Julie Kagawa

PLÖTZLICH FEE

Die Saga in einem Band

Übersetzt von Charlotte Lungstrass-Kapfer

WILHELM HEYNE VERLAG
MÜNCHEN

Titel der amerikanischen Originalausgaben:
THE IRON FEY: THE IRON KING (1), THE IRON DAUGHTER (2),
THE IRON QUEEN (3), THE IRON KNIGHT (4)

Penguin Random House Verlagsgruppe FSC® N001967

Deutsche Erstausgabe 10/2021
Copyright © 2010, 2011 by Julie Kagawa
Copyright © 2021 dieser Ausgabe und der Übersetzung
by Wilhelm Heyne Verlag, München,
in der Penguin Random House Verlagsgruppe GmbH,
Neumarkter Straße 28, 81673 München
Printed in Germany
Umschlaggestaltung: Nele Schütz Design, München
unter Verwendung von Shutterstock.com
(nikiteev_konstantin, Montreeboy, mamita)
Satz: Uhl + Massopust, Aalen
Druck und Bindung: Druckerei C.H.Beck, Nördlingen

ISBN 978-3-453-32151-9
www.heyne.de

Inhalt

SOMMERNACHT

ERSTER TEIL

Der Geist im Computer

Vor zehn Jahren an meinem sechsten Geburtstag verschwand mein Vater.

Nein, er ist nicht abgehauen. Das würde ja bedeuten, dass er seine Koffer gepackt hätte, dass Schubladen plötzlich leer gewesen wären und dass ich von ihm, wenn auch verspätet, Geburtstagskarten mit einem Zehndollarschein darin bekommen hätte. Abhauen würde auch bedeuten, dass er mit Mom und mir nicht mehr glücklich gewesen wäre oder dass er irgendwo anders eine neue Liebe gefunden hätte. So war es aber nicht. Und er ist auch nicht gestorben, denn davon hätten wir gehört. Es gab keinen Autounfall, keine Leiche, keine Polizisten, die am Tatort eines grausamen Mordes herumgestanden hätten.

Es geschah in aller Stille.

An meinem sechsten Geburtstag nahm mein Vater mich mit in den Park, was damals einer meiner Lieblingsplätze war. Es war ein verschwiegener kleiner Park mitten im Nirgendwo, mit einem Pfad für Jogger und einem trüben grünen Teich, der von Nadelbäumen umgeben war. Wir standen am Ufer und fütterten die Enten, als plötzlich auf dem Parkplatz hinter dem Hügel die Glocke eines Eiswagens bimmelte. Ich bettelte meinen Dad an, mir ein Eis zu kaufen. Er lachte, gab mir ein paar Scheine und ließ mich zu dem Wagen laufen.

Da habe ich ihn das letzte Mal gesehen.

Als die Polizei später die Gegend absuchte, entdeckten sie am Ufer seine Schuhe, sonst nichts. Sie haben Taucher in den Teich geschickt, aber der war kaum drei Meter tief, und auf dem Grund fanden sie nur Zweige und Schlamm. Mein Vater war spurlos verschwunden.

Noch Monate später hatte ich immer wieder diesen Albtraum, in dem ich oben auf dem Hügel stand, hinunterschaute und sah, wie mein Vater in den Teich watete. Sobald das Wasser über seinem Kopf zusammenschlug, hörte ich das Lied des Eiswagens im Hintergrund – eine schleppende, unheimliche Melodie mit einem Text, den ich nicht richtig verstehen konnte. Jedes Mal, wenn ich versuchte, mich darauf zu konzentrieren, wachte ich auf.

Kurz nachdem mein Vater verschwunden war, zog meine Mutter mit mir in ein winziges Nest mitten in den Sümpfen von Louisiana. Mom sagte, sie wolle »ganz neu anfangen«, aber tief in mir drin wusste ich immer, dass sie vor irgendetwas davonlief. Es sollte allerdings noch zehn Jahre dauern, bis ich herausfand, wovor.

Mein Name ist Meghan Chase.

In weniger als vierundzwanzig Stunden werde ich sechzehn Jahre alt. Sweet Sixteen. Das hat etwas Magisches. Mit sechzehn werden Mädchen angeblich zu Prinzessinnen, verlieben sich, gehen auf Bälle und all so was. Unzählige Geschichten, Lieder und Gedichte wurden über dieses wundervolle Alter geschrieben, in dem ein Mädchen seine wahre Liebe findet, die Sterne nur für sie leuchten und der umwerfend gut aussehende Prinz mit ihr in den Sonnenuntergang reitet.

Ich glaubte nicht, dass es bei mir so laufen würde.

Am Tag vor meinem Geburtstag wachte ich auf, stellte mich unter die Dusche und wühlte dann in meinem Kleiderschrank, um etwas zum Anziehen zu finden. Normalerweise hätte ich mir das nächstbeste, halbwegs saubere Teil geschnappt, das auf dem Boden herumlag, aber heute war ein besonderer Tag. Heute war der Tag, an dem Scott Waldron mich endlich bemerken würde. Ich wollte perfekt aussehen.

Allerdings war die Abteilung für angesagte Klamotten in meinem Schrank hoffnungslos unterbesetzt. Während andere Mädchen stundenlang heulend vor ihrem Kleiderschrank verbrachten, weil sie sich nicht entscheiden konnten, was sie anziehen sollten, gab es in meinem lediglich drei Kategorien: Klamotten von der Wohlfahrt, Sachen aus dem Secondhandladen und Arbeitskleidung.

Ich wünschte, wir wären nicht so arm. Ich weiß ja, dass Schweinezucht nicht gerade ein glamouröser Job ist, aber man sollte doch meinen, dass Mom es sich leisten könnte, mir wenigstens eine schicke Jeans zu kaufen. Angewidert starrte ich in meinen spärlich bestückten Kleiderschrank. *Na ja, ich schätze, ich werde Scott einfach mit meinem natürlichen Charme und meiner Anmut umhauen müssen, vorausgesetzt, ich mache mich vor ihm nicht total zum Idioten.*

Schließlich entschied ich mich für eine Cargohose, ein neutrales grünes T-Shirt und mein einziges ausgelatschtes Paar Sneakers. Dann zog ich noch schnell die Bürste durch meine weißblonden Haare. Meine Haare waren glatt und sehr fein und gerade mal wieder dabei, dämlich um meinen Kopf zu schweben, sodass ich aussah, als hätte ich in eine Steckdose gefasst. Ich band sie zu einem Pferdeschwanz zusammen und lief nach unten.

Mein Stiefvater Luke saß am Tisch, trank Kaffee und blätterte in der jämmerlichen Lokalzeitung, die sich mehr wie die Klatschkolumne unserer Highschool las und nicht wie eine wirkliche Nachrichtenquelle. »Pattersons Kuh wirft fünfbeiniges Kalb«, sprang mir die Schlagzeile von der Titelseite entgegen, den Rest könnt ihr euch denken.

Mein vierjähriger Halbbruder Ethan saß auf dem Schoß seines Vaters, aß eine Apfeltasche und krümelte Lukes Overall voll. Mit einem Arm umklammerte er sein Lieblingsstofftier Floppy, einen Hasen, und versuchte immer wieder, ihm etwas von seinem Frühstück abzugeben. Das Gesicht des Hasen war mit Krümeln und Stücken der Fruchtfüllung übersät.

Ethan war ein süßes Kind. Auf seinem Kopf ringelten sich die braunen Locken seines Vaters, aber genau wie ich hatte er die großen blauen Augen unserer Mutter geerbt. Er war eines dieser Kleinkinder, bei denen alte Damen stehen blieben und entzückte Laute ausstießen und denen Wildfremde von der anderen Straßenseite aus grinsend zuwinkten. Mom und Luke waren völlig verrückt nach ihrem kleinen Liebling, aber Gott sei Dank schien ihm das nicht zu schaden.

»Wo ist Mom?«, fragte ich, als ich in die Küche kam.

Während ich die Schranktüren aufriss und unter den Cornflakespackungen nach denen suchte, die ich mochte, fragte ich mich, ob Mom daran gedacht hatte, welche für mich zu kaufen. Natürlich nicht. Nur

11

fades Müsli und diese widerlichen Marshmallow-Cornflakes für Ethan. War es denn wirklich so schwierig, an die Cheerios zu denken?

Luke ignorierte mich und schlürfte seinen Kaffee. Ethan kaute auf seiner Apfeltasche herum und nieste auf den Ärmel seines Vaters.

Ich schlug die Schranktüren mit einem deutlichen Knall zu. »Wo ist Mom?«, fragte ich wieder, diesmal etwas lauter.

Luke fuhr ruckartig hoch und sah mich endlich an. In seinen trägen braunen Augen, die stark an die einer Kuh erinnerten, spiegelte sich milde Überraschung.

»Oh, hallo Meg«, sagte er ruhig. »Ich habe gar nicht gehört, wie du hereingekommen bist. Was hast du gesagt?«

Seufzend wiederholte ich die Frage zum dritten Mal.

»Sie hat einen Termin mit einigen Damen von der Kirche«, murmelte Luke und wandte sich wieder seiner Zeitung zu. »Das wird ein paar Stunden dauern, du musst also den Bus nehmen.«

Ich nahm immer den Bus. Ich wollte Mom eigentlich nur daran erinnern, dass sie an diesem Wochenende mit mir zur Führerscheinstelle fahren sollte, damit ich meinen Führerschein auf Probe bekam. Luke war ein hoffnungsloser Fall. Ich konnte ihm etwas vierzehn Mal sagen, er vergaß es trotzdem wieder, sobald ich den Raum verlassen hatte. Es war nicht so, dass Luke gemein war oder bösartig – oder gar dumm. Er liebte Ethan abgöttisch, und Mom schien mit ihm wirklich glücklich zu sein. Aber jedes Mal, wenn ich mit meinem Stiefvater sprach, sah er mich so überrascht an, als hätte er völlig vergessen, dass ich auch in diesem Haus lebte.

Ich nahm mir einen Bagel aus der Schachtel auf dem Kühlschrank und kaute genervt darauf herum, während ich gleichzeitig die Uhr im Auge behielt. Beau, unser Deutscher Schäferhund, kam herein und legte seinen großen Kopf auf mein Knie. Ich kraulte ihn hinter den Ohren, bis er selig schnaufte. Wenigstens der Hund wusste meine Anwesenheit zu schätzen.

Luke stand auf und setzte Ethan sanft auf seinen Stuhl. »Alles klar, mein Großer«, meinte er und drückte Ethan einen Kuss auf den Scheitel. »Dad muss jetzt den Abfluss im Bad reparieren, also bleib schön hier sitzen und sei brav. Wenn ich fertig bin, gehen wir die Schweine füttern, okay?«

»'kay«, zwitscherte Ethan und wackelte mit seinen strammen Beinchen. »Floppy will sehen, ob Miss Daisy schon ihre Babys hat.«

Lukes Lächeln war so ekelhaft stolz, dass mir ganz schlecht wurde.

»Hey, Luke«, sagte ich, als er gerade gehen wollte. »Rate mal, was morgen ist.«

»Mm?« Er drehte sich nicht einmal um. »Keine Ahnung, Meg. Wenn du für morgen etwas geplant hast, besprich das mit deiner Mutter.« Er schnippte mit den Fingern, und sofort ließ Beau mich stehen und folgte ihm.

Ihre Schritte verklangen auf der Treppe, und ich blieb allein mit meinem Halbbruder zurück.

Ethan strampelte mit den Beinen und musterte mich bedeutungsvoll, wie er es oft tat. »Ich weiß es«, verkündete er leise und legte seine Apfeltasche auf den Tisch. »Morgen ist dein Geburtstag, stimmt's? Floppy hat es mir erzählt, und ich habe mich dran erinnert.«

»Stimmt«, murmelte ich, drehte mich um und warf den Bagel in den Mülleimer. Bevor er hineinfiel, schlug er mit einem satten Geräusch gegen die Wand und hinterließ dort einen Fettfleck. Ich grinste und beschloss, den Fleck nicht wegzumachen.

»Floppy wünscht dir alles Gute zum Vor-Geburtstag.«

»Sag Floppy Danke.« Ich wuschelte Ethan durchs Haar und verließ die Küche. Jetzt war ich wirklich sauer. War ja klar. Mom und Luke würden meinen Geburtstag morgen völlig vergessen. Ich würde keine Karte kriegen, keinen Kuchen, nicht einmal ein »Happy Birthday« von irgendwem. Außer von dem blöden Stoffhasen meines kleinen Bruders. Wie erbärmlich war das?

Zurück in meinem Zimmer schnappte ich mir meine Bücher, Hausaufgaben, Sportsachen und den iPod, für den ich ein ganzes Jahr lang gespart hatte, auch wenn Luke diese »nutzlosen, hirnlosen Elektronikspielereien« verabscheute. Wie es sich für einen echten Hinterwäldler gehörte, hegte mein Stiefvater ein tiefes Misstrauen und eine starke Abneigung gegen alles, was einem das Leben erleichterte. Handys? – Keine Chance, wir hatten doch einen soliden Festnetzanschluss. Computerspiele? – Werkzeuge des Teufels, die aus Kindern Verbrecher und Serienkiller machten. Wieder und wieder hatte ich Mom angebettelt, mir einen Laptop für die Schule zu kaufen, aber Luke beharrte darauf, dass sein uralter, monströser PC gut genug für ihn sei und damit auch gut genug für die ganze Familie. War ja egal, dass es mit dem analogen Modem eine *Ewigkeit* dauerte, sich einzuwählen. Ich meine, wer hatte heutzutage noch ein analoges Modem?

Ein Blick auf die Uhr ließ mich fluchen. Der Bus würde bald kommen, und ich musste bis zur Hauptstraße noch gute zehn Minuten laufen. Ich warf einen Blick aus dem Fenster auf die dicken grauen Regenwolken am Himmel und schnappte mir auch noch eine Jacke. Und wünschte nicht zum ersten Mal, wir würden näher an der Stadt wohnen.

Ich schwöre, wenn ich erst mal meinen Führerschein und ein Auto habe, sieht mich dieses Haus nie wieder.

»Meggie?« Ethan stand im Türrahmen und drückte sich seinen Hasen unters Kinn. Seine blauen Augen musterten mich traurig. »Kann ich heute mit dir mitkommen?«

»Was?« Ich schlüpfte in meine Jacke und sah mich suchend nach meinem Rucksack um. »Nein, Ethan. Ich gehe zur Schule. Die Schule für große Kinder – Hosenscheißer verboten.«

Als ich mich abwandte, schlangen sich zwei kleine Arme um mein Bein. Ich stützte mich mit einer Hand an der Wand ab, um nicht umzufallen, und sah genervt auf meinen Halbbruder hinab. Ethan klammerte sich an mich, sah zu mir hoch und schob entschlossen das Kinn vor. »Bitte!«, flehte er. »Ich werde auch ganz brav sein, versprochen. Nimm mich mit, nur heute!«

Seufzend bückte ich mich und nahm ihn hoch. »Was ist denn los, Zwerg?«, fragte ich ihn und strich ihm die Haare aus dem Gesicht. Mom würde sie bald wieder schneiden müssen, sie sahen schon aus wie ein Vogelnest. »Du bist heute Morgen furchtbar anhänglich. Was ist denn?«

»Angst«, murmelte Ethan und versteckte sein Gesicht an meinem Hals.

»Du hast Angst?«

Er schüttelte den Kopf. »Floppy hat Angst.«

»Und wovor hat Floppy Angst?«

»Vor dem Mann im Schrank.«

Ich spürte, wie mir ein leichter Schauer über den Rücken lief. Manchmal war Ethan so still und ernst. Man vergaß dabei fast, dass er erst vier war. Doch er hatte immer noch die Ängste eines Kindes, vor Monstern unter dem Bett und dem Schwarzen Mann im Schrank. In Ethans Welt konnten Stofftiere sprechen, winkten unsichtbare Männer ihm aus den Büschen zu und kratzten unheimliche Kreaturen mit ihren langen Krallen über sein Fenster. Mit seinen Geschichten von Monstern und dem Schwarzen Mann ging er nur selten zu Mom oder Luke. Seit er laufen konnte, kam er damit zu mir.

Ich seufzte, weil ich wusste, was er erwartete. Er wollte, dass ich raufging und nachschaute, um ihm dann zu versichern, dass in seinem Kleiderschrank oder unter seinem Bett nichts lauerte. Aus genau diesem Grund hatte ich eine Taschenlampe auf seiner Kommode deponiert.

Draußen zuckte ein Blitz, und Donner grollte in der Ferne. Ich fuhr zusammen. Der Weg zum Bus würde nicht gerade angenehm werden.

Verdammt, ich habe keine Zeit für diesen Mist.

Ethan rückte ein Stück von mir ab und sah mich mit flehenden Augen an.

Ich seufzte noch einmal. »Also schön«, murmelte ich und setzte ihn ab. »Dann schauen wir eben nach den Monstern.«

Schweigend folgte er mir die Treppe hinauf und beobachtete angespannt, wie ich die Taschenlampe nahm, mich auf die Knie fallen ließ und unter das Bett leuchtete.

»Keine Monster«, verkündete ich und erhob mich. Dann ging ich zum Kleiderschrank und riss die Tür auf, während Ethan zwischen meinen Beinen hindurchspähte.

»Hier sind auch keine Monster. Meinst du, du kommst jetzt klar?«

Er nickte und schenkte mir ein dünnes Lächeln. Ich wollte gerade die Tür schließen, als ich in einer Ecke einen seltsamen grauen Hut entdeckte. Er war oben rund, hatte eine umlaufende Krempe und ein rotes Band: eine Melone.

Seltsam. Wie kam der hierher?

Als ich mich aufrichtete und umdrehen wollte, bemerkte ich aus dem Augenwinkel eine Bewegung. Ein Schatten verschwand hinter der Zimmertür, und fahle Augen beobachteten mich durch den Türspalt. Ich drehte ruckartig den Kopf, aber natürlich war da nichts.

Mann, jetzt hat Ethan es geschafft, dass ich auch schon Monster sehe. Ich muss aufhören, mir spätnachts Horrorstreifen reinzuziehen.

Als direkt über uns ein heftiger Donner krachte, zuckte ich zusammen. Dann klatschten dicke Regentropfen gegen die Scheiben. Ich hetzte an Ethan vorbei, rannte aus dem Haus und sprintete die Einfahrt hinunter.

Als ich an der Bushaltestelle ankam, war ich klatschnass. Der Frühlingsregen war zwar nicht mehr eisig, aber immer noch kalt genug, um verdammt unangenehm zu sein. Ich verschränkte die Arme und stellte mich unter eine moosbewachsene Zypresse, um dort auf den Bus zu warten.

Wo bleibt denn Robbie?, fragte ich mich und spähte die Straße hinunter. *Normalerweise ist er um diese Zeit doch schon da. Vielleicht hat er keine Lust, nass zu werden, und ist daheimgeblieben.* Schnaubend verdrehte ich die Augen. *Wieder mal Schule schwänzen, was? Faulpelz! Ich wünschte, ich könnte das bringen.*

Wenn ich nur ein Auto hätte. Ich kannte welche, die bekamen von ihren Eltern zum sechzehnten Geburtstag eines geschenkt. Ich konnte mich schon glücklich schätzen, wenn ich einen Kuchen kriegte. Die meisten in meiner Klasse hatten bereits einen Führerschein und konnten allein in Klubs und zu Partys und so fahren. Ich stand dann immer dumm da – die Hinterwäldlerin, die niemand einlud.

Bis auf Robbie, korrigierte ich mich mit einem kleinen gedanklichen Achselzucken. *Robbie wird wenigstens dran denken. Ich frage mich, was er diesmal für meinen Geburtstag plant.* Ich könnte fast drauf wetten, dass es etwas Seltsames oder total Irres sein würde. Letztes Jahr hatte er mich aus dem Haus geschmuggelt, und wir hatten im Wald ein Mitternachtspicknick veranstaltet. Es war seltsam: Ich konnte mich noch genau an das kleine Tal mit dem Teich und den Glühwürmchen erinnern, die überall herumschwirrten. Doch obwohl ich seitdem unzählige Male den Wald hinter unserem Haus durchstreift hatte, hatte ich die Stelle nie wiedergefunden.

In den Büschen hinter mir raschelte etwas. Ein Opossum, ein Reh oder vielleicht sogar ein Fuchs, der Schutz vor dem Regen suchte. Die

Tiere hier draußen waren so dreist, dass es schon an Dummheit grenzte, und hatten kaum Angst vor den Menschen. Hätten wir Beau nicht, Moms Gemüsegarten wäre längst ein Büfett für Kaninchen und Rehe, und die ortsansässige Waschbärenfamilie würde sich aus unseren Schränken bedienen.

Ein Ast knackte, diesmal viel näher. Ich trat unbehaglich auf der Stelle, weigerte mich jedoch, mich wegen eines blöden Eichhörnchens oder Waschbären umzudrehen. Ich war schließlich nicht wie diese aufgeblasene Tussi Angie, Miss Perfect Cheerleader, die schon ausflippte, wenn sie eine Maus im Käfig oder einen Fleck auf ihrer Markenjeans entdeckte. Ich habe Heu gemacht, Ratten getötet und Schweine durch knietiefen Matsch getrieben. Wilde Tiere machten mir keine Angst.

Trotzdem starrte ich angestrengt die Straße hinunter in der Hoffnung, dass der Bus bald um die Ecke bog. Vielleicht lag es am Regen oder an meiner kranken Vorstellungskraft, aber der Wald wirkte wie die Kulisse von *Blair Witch Project.*

Hier draußen gibt es keine Wölfe oder Serienkiller, ermahnte ich mich. *Spar dir die Paranoia.*

Plötzlich war es um mich herum totenstill. Zitternd lehnte ich mich gegen den Baum und versuchte, den Bus durch meinen bloßen Willen herbeizuzwingen. Mir lief ein Schauer über den Rücken. Ich war nicht allein. Vorsichtig hob ich den Kopf und spähte durch die Nadeln über mir. Auf einem Ast hockte ein riesiger schwarzer Vogel. Seine Federn hatte er aufgeplustert, um sich vor dem Regen zu schützen, doch er saß völlig regungslos da, wie eine Statue. Während ich ihn anstarrte, drehte er plötzlich den Kopf und erwiderte meinen Blick. Seine Augen waren grün wie farbiges Glas.

Und dann schob sich eine Hand um den Baum herum und packte mich.

Ich schrie auf und machte einen Satz. Mir schlug das Herz bis zum Hals. Ich wirbelte herum und wollte weglaufen. Durch meinen Kopf schossen Gedanken an Vergewaltiger, Mörder und Leatherface aus dem *Kettensägenmassaker.*

Hinter mir ertönte lautes Gelächter.

Robbie Goodfell, mein nächster Nachbar – was bedeutete, dass er fast drei Kilometer weit weg wohnte – lehnte lässig am Baumstamm und keuchte vor Lachen. Er war groß und schlaksig und trug zerschlissene Jeans und ein altes T-Shirt. Er hielt inne, musterte mein bleiches Gesicht und prustete wieder los. Seine roten Haare, die normalerweise wild vom Kopf abstanden, hingen ihm nass in die Stirn, seine Kleidung klebte an seiner Haut, was noch betonte, wie schmal und knochig er war – so als würden seine Gliedmaßen nicht richtig zusammenpassen. Doch völlig durchnässt und mit Zweigen, Blättern und Schlamm bedeckt zu sein schien ihn nicht weiter zu stören. Es gab nur wenig, was Robbie störte.

»Verdammt, Robbie!«, fauchte ich, stapfte zu ihm rüber und trat nach ihm.

Er wich aus und stolperte auf die Straße. Sein Gesicht war knallrot vor Lachen.

»Das war nicht witzig, du Idiot. Ich hätte fast einen Herzinfarkt gekriegt!«

»T-tut mir leid, Prinzessin«, keuchte Robbie und griff sich ans Herz, während er nach Luft schnappte. »Das war einfach zu gut.« Er gab einen letzten Gluckser von sich, dann richtete er sich auf, wobei er sich den Bauch hielt. »Mann, das war echt beeindruckend. Du bist fast einen Meter hoch gesprungen. Was hast du denn geglaubt, wer ich bin? Leatherface, oder was?«

»Natürlich nicht, Blödmann.« Ich wandte mich schnaubend ab, damit er nicht sah, wie rot ich geworden war. »Und ich habe dir gesagt, du sollst aufhören, mich so zu nennen! Ich bin keine zehn mehr.«

»Geht klar, Prinzessin.«

Ich verdrehte die Augen. »Hat dir eigentlich schon mal jemand gesagt, dass du ungefähr so reif bist wie ein Vierjähriger?«

Er lachte fröhlich. »Das sagt die Richtige. Ich bin nicht die ganze Nacht wach geblieben und habe das Licht angelassen, nachdem ich das *Kettensägenmassaker* geschaut hatte. Dabei hatte ich dich gewarnt.« Er verzog das Gesicht zu einer grotesken Grimasse und wankte mit ausgestreckten Armen auf mich zu. »Huhuuu, pass auf, hier kommt Leatherface.«

Mürrisch trat ich in eine Pfütze und bespritzte ihn mit Wasser. Lachend spritzte er zurück. Als ein paar Minuten später der Bus neben uns hielt, waren wir beide so verdreckt und tropfnass, dass der Busfahrer sagte, wir sollten uns ganz nach hinten setzen.

»Was machst du heute nach der Schule?«, fragte Robbie, als wir auf der hintersten Bank kauerten. Um uns herum saßen andere Schüler und unterhielten sich, rissen Witze, lachten und ignorierten uns. »Hast du Lust auf einen Kaffee? Oder wir könnten uns ins Kino schleichen und uns einen Film ansehen.«

»Heute nicht, Rob«, erwiderte ich, während ich versuchte, mein T-Shirt auszuwringen. Jetzt, wo es vorbei war, bereute ich unsere kleine Schlammschlacht. Ich würde in Scotts Augen aussehen wie ein Wesen aus dem Sumpf. »Du musst dich heute mal ohne mich reinschleichen. Ich gebe nach der Schule noch Nachhilfe.«

Robbies grüne Augen wurden schmal. »Du gibst Nachhilfe? Wem denn?«

In meinem Magen kribbelte es, und ich versuchte ein Grinsen zu unterdrücken. »Scott Waldron.«

»Was?« Angewidert verzog Robbie die Lippen. »Mr. Suspensorium? Will er denn, dass du ihm das Lesen beibringst?«

Ich blickte ihn strafend an. »Nur weil er der Kapitän des Footballteams ist, musst du dich nicht gleich wie ein Idiot aufführen. Oder bist du etwa eifersüchtig?«

»Oh, klar, das ist es«, erklärte Robbie höhnisch. »Ich wollte schon immer den IQ eines Steins haben. Nein, warte mal. Das wäre ja eine Beleidigung für den Stein.«

Er schnaubte abfällig. »Ich fasse es nicht, du stehst also auf Mr. Suspensorium. Dabei hättest du etwas viel Besseres verdient, Prinzessin.«

»Nenn mich nicht so.« Ich wandte mich ab, damit er nicht mitkriegte, dass ich knallrot geworden war. »Es ist ja nur eine Nachhilfestunde und nicht so, als hätte er mich zum Abschlussball eingeladen. Mann!«

»Genau.« Robbie klang wenig überzeugt. »Und das wird er auch nicht, aber du *hoffst,* dass er es tut. Gib's zu. Du bist genauso scharf auf ihn wie die ganzen hohlköpfigen Cheerleader.«

»Und wenn es so wäre?«, fauchte ich und fuhr zu ihm herum. »Das geht dich einen feuchten Dreck an, Rob. Was interessiert es dich überhaupt?«

Er wurde ziemlich still und murmelte nur irgendetwas Unverständliches. Ich drehte ihm wieder den Rücken zu und starrte aus dem Fenster. Mir war egal, was Robbie dachte. Heute Nachmittag würde Scott Waldron für eine glückselige Stunde mir ganz allein gehören, und das würde ich mir von niemandem kaputt machen lassen.

Der Unterricht zog sich. Die Lehrer brabbelten unverständliches Zeug, und die Uhren schienen rückwärts zu laufen. Der Nachmittag verging im Schneckentempo, ich nahm ihn nur wie durch einen nebelhaften Schleier wahr. Endlich, endlich verkündete der Gong das Ende der letzten Stunde und befreite mich von der nervtötenden Folter von X ist gleich Y.

Heute ist es so weit, sagte ich mir, während ich mich durch die überfüllten Gänge schob, wobei ich mich immer am Rand der lärmenden Menge hielt. Nasse Sneakers quietschten über die Fliesen, und eine widerwärtige Mischung aus Schweiß, Rauch und Körpergerüchen hing schwer in der Luft. Ein nervöses Kribbeln breitete sich in mir aus. *Du schaffst das. Bloß nicht drüber nachdenken. Geh einfach rein und bring es hinter dich.*

Ich wich einigen Schülern aus, arbeitete mich den Gang entlang und spähte schließlich in den Computerraum.

Da war er. Er saß an einem der Tische, beide Füße auf einen anderen Stuhl gestützt. Scott Waldron, Kapitän des Footballteams. Der umwerfende Scott, König der Schule. Er trug seine rot-weiße Teamjacke, die seine breite Brust betonte, und seine dichten dunkelblonden Haare streiften gerade so seinen Kragen.

Mein Herz raste. *Eine ganze Stunde in einem Raum mit Scott Waldron und niemand, der uns stört.*

Normalerweise kam ich nicht einmal in die Nähe von Scott. Entweder schwänzelten Angie und ihre Cheerleader-Groupies um ihn herum, oder seine Footballkumpels umringten ihn. Außer uns waren noch ein paar andere Schüler im Computerraum, aber das waren Nerds und Streber und damit so minderwertig, dass Scott sie nicht einmal wahrnahm. Die Sportler und Cheerleader würden sich niemals hier drin erwischen lassen, wenn es sich irgendwie vermeiden ließ.

Ich holte tief Luft und ging hinein.

Er sah nicht auf, als ich neben ihm stehen blieb. Stattdessen hing er in seinem Stuhl, die Füße hochgestellt und den Kopf in den Nacken gelegt, und tat so, als würde er einen imaginären Ball durch den Raum werfen. Ich räusperte mich. – Nichts. Ich räusperte mich etwas lauter. – Immer noch nichts.

Also nahm ich meinen ganzen Mut zusammen, stellte mich vor ihn hin und wedelte mit der Hand vor seinem Gesicht herum. Endlich richteten sich seine kaffeebraunen Augen auf mich. Einen Moment lang schien er erschrocken zu sein. Dann zog er lässig eine Augenbraue hoch, als käme er einfach nicht darauf, warum ich mit ihm reden wollte.

Oh-oh. Sag was, Meg. Irgendwas Intelligentes.

»Ähm ...«, stammelte ich. »Hi. Ich bin Meghan. Ich sitze hinter dir. Also, im Computerkurs.« Er starrte mich immer noch völlig ausdruckslos an, und ich spürte, wie ich rot wurde. »Äh ... ich schaue mir eigentlich nicht viel Sport an, aber ich finde, du bist ein fantastischer Quarterback – auch wenn ich noch nicht viele gesehen habe, na ja, eigentlich nur dich, bisher. Aber du scheinst echt Ahnung von dem zu haben, was du da tust. Weißt du, ich sehe mir alle eure Spiele an. Für gewöhnlich sitze ich immer ganz hinten, deshalb hast du mich wahrscheinlich noch nie bemerkt.«

O Gott. Halt die Klappe, Meg. Halt sofort die Klappe. Ich presste die Lippen fest zusammen, um mein unablässiges Geplapper zu stoppen, und hätte mich am liebsten in irgendeinem Loch verkrochen, um zu sterben. Was hatte ich mir nur dabei gedacht, als ich dieser Sache zustimmte? Es war immer noch besser, unsichtbar zu sein, als sich zum totalen Vollidioten zu machen, besonders vor Scott.

Er blinzelte träge, richtete sich auf und zog sich die Kopfhörer aus den Ohren. »Tut mir leid, Süße«, sagte er gedehnt mit seiner wundervollen tiefen Stimme. »Konnte dich nicht hören.« Er musterte mich eingehend und grinste dann. »Sollst du mir Nachhilfe geben?«

»Äh, ja.« Ich richtete mich auf und kratzte den letzten Rest meiner Würde zusammen. »Ich bin Meghan. Mr. Sanders hat mich gebeten, dir bei deinem Computerprojekt zu helfen.«

Er grinste mich an. »Bist du nicht diese Bauerntussi, die draußen im Sumpf lebt? Weißt du überhaupt, was ein Computer ist?«

Meine Wangen brannten, und mein Magen krampfte sich zu einem harten, kleinen Ball zusammen. Okay, ich hatte keinen tollen Computer zu Hause. Deswegen verbrachte ich ja auch den Großteil meiner Nachmittage hier im Computerraum, um meine Hausaufgaben zu machen oder einfach nur im Internet zu surfen. Genau genommen hoffte ich, in ein paar Jahren auf eine technische Universität gehen zu können. Programmieren und Webdesign flogen mir einfach zu. Verdammt, ich wusste, wie man mit einem Computer umging.

Doch im Angesicht von Scotts Kritik konnte ich nur stammeln:»J-ja, schon. Ich meine, ich weiß eine Menge.« Er sah mich zweifelnd an, und ich spürte, wie sich mein verletzter Stolz aufbäumte. Ich musste ihm einfach beweisen, dass ich nicht das zurückgebliebene Landei war, für das er mich hielt. »Okay, ich werde es dir beweisen«, erklärte ich und zog die Tastatur, die auf dem Tisch lag, zu mir heran.

Da passierte etwas Seltsames.

Ich hatte die Tasten noch gar nicht berührt, da leuchtete der Bildschirm auf. Während meine Finger noch zögernd über den Tasten schwebten, erschienen bereits Wörter auf dem Bildschirm.

Meghan Chase. Wir sehen dich. Wir kommen dich holen.

Ich erstarrte. Es erschienen immer mehr Wörter, aber immer nur diese drei Sätze, die sich ständig wiederholten. *Meghan Chase. Wir sehen dich. Wir kommen dich holen. Meghan Chase wir sehen dich wir kommen dich holen. Meghan Chase wir sehen dich wir kommen dich holen ...* wieder und wieder, bis der ganze Bildschirm voll war.

Scott lehnte sich auf seinem Stuhl zurück und starrte erst mich an, dann den Bildschirm. »Was soll das?«, fragte er missmutig. »Was zum Teufel machst du da, du Freak?«

Ich schob ihn zur Seite, schüttelte die Maus, hämmerte auf die Escape-Taste ein und drückte Strg-Alt-Entf, um den endlosen Wortstrom abzubrechen. Nichts davon half.

Plötzlich, ohne jede Vorwarnung, kamen keine neuen Wörter mehr. Der Bildschirm wurde für einen Moment schwarz. Dann erschien in riesigen Buchstaben eine andere Botschaft auf dem Schirm.

SCOTT WALDRON BEOBACHTET ANDERE JUNGS UNTER DER DUSCHE. LOL.

Ich keuchte. Die Botschaft erschien auch auf allen anderen Monitoren und sprang durch den Raum, ohne dass ich sie hätte aufhalten können. Die Schüler an den anderen Tischen schienen einen Moment lang geschockt zu sein und hielten inne, dann zeigten sie mit dem Finger auf uns und lachten.

Ich spürte Scotts Blick wie ein Messer im Rücken. Ängstlich drehte ich mich um. Er starrte mich tatsächlich an. Seine Brust hob und senkte sich angestrengt. Vor Wut oder Scham war sein Gesicht knallrot angelaufen, und er zeigte mit einem Finger in meine Richtung.

»Findest du das witzig, Sumpfhuhn? Hä? Warte nur ab. Ich werde dir zeigen, was witzig ist. Du hast dir gerade dein eigenes Grab geschaufelt, du Miststück!«

Er stürmte aus dem Raum, verfolgt von einer Welle lauten Gelächters. Einige der anderen grinsten mich an, applaudierten und reckten triumphierend die Daumen nach oben. Einer zwinkerte mir sogar verschwörerisch zu.

Ich bekam weiche Knie und ließ mich auf einen Stuhl fallen. Verständnislos starrte ich auf den Monitor, der sich plötzlich abschaltete. Die anstößige Nachricht erlosch, doch es war bereits zu spät. Mein Magen rebellierte, und meine Augen brannten.

Ich vergrub mein Gesicht in den Händen. *Ich bin tot. Ich bin so was von tot. Das war's, Meghan, Game over. Ob Mom mich wohl auf ein Internat in Kanada wechseln lässt?*

Ein feines Kichern drang in meine trübseligen Gedanken, und ich hob den Kopf.

Oben auf dem Monitor kauerte etwas. Vor dem hellen Fenster zeichnete sich die dunkle Silhouette eines winzigen missgestalteten *Dings* ab. Es war dürr, hatte lange dünne Arme und riesige Fledermausohren. Schmale grüne Augen musterten mich über den Tisch hinweg, und in ihnen blitzte Intelligenz. Das Ding grinste, wobei es zwei Reihen spitzer Zähne entblößte, die neonblau leuchteten, bevor es wie ein Bild auf einem Computerbildschirm verschwand.

Ich saß einen Moment lang einfach nur da und starrte auf die Stelle, wo ich das Wesen gesehen hatte, während meine Gedanken rotierten.

Okay. Großartig. Nicht nur, dass Scott mich jetzt hasst, nein, ich habe auch noch Halluzinationen. Meghan Chase erlitt einen Tag vor ihrem sechzehnten Geburtstag einen Nervenzusammenbruch. Schickt mich einfach direkt in die Klapse, ich überlebe hier an dieser Schule sowieso keinen einzigen Tag mehr.

Mühsam stemmte ich mich hoch und schlurfte wie ein Zombie auf den Flur hinaus.

Robbie wartete an den Schließfächern auf mich, in jeder Hand eine Limoflasche. »Hey, Prinzessin«, begrüßte er mich, als ich an ihm vorbeiwankte, »du bist aber früh dran. Wie ist denn deine Nachhilfe gelaufen?«

»Nenn mich nicht so«, murmelte ich und knallte meine Stirn gegen mein Schließfach. »Die Nachhilfe ist fantastisch gelaufen. Bitte bring mich jetzt um.«

»So gut also?« Er warf mir die Cola light zu, die ich gerade noch auffing, und drehte den Deckel seiner Kräuterlimonade auf, die aus dem Flaschenhals schäumte. Ich konnte das Grinsen in seiner Stimme hören. »Tja, ich schätze, ich könnte jetzt antworten: ›Ich hab's dir gleich gesagt‹ ...«

Ich warf ihm einen vernichtenden Blick zu, der ihn verstummen lassen sollte.

Das Grinsen verschwand aus seinem Gesicht. »... aber das werde ich nicht tun.« Er verzog die Lippen und versuchte nicht zu grinsen. »Weil ... es falsch wäre.«

»Was machst du überhaupt hier?«, wollte ich wissen. »Die Busse sind doch alle längst weg. Bist du etwa wie so ein gruseliger Stalker um den Computerraum herumgeschlichen?«

Rob räusperte sich vernehmlich und nahm einen tiefen Schluck von seiner Limo. »Hey, ich habe mich gefragt, was du morgen an deinem Geburtstag so vorhast«, meinte er dann strahlend.

Mich in meinem Zimmer verstecken und mir die Bettdecke über den Kopf ziehen, dachte ich, aber ich zuckte nur die Schultern und riss meinen rostigen Spind auf. »Keine Ahnung. Ist auch egal. Ich habe nichts Bestimmtes geplant.« Ich packte meine Bücher, stopfte sie in meinen Rucksack und schmiss die Spindtür zu. »Warum?«

Robbie schenkte mir dieses Lächeln, das mich immer nervös machte – ein Lächeln, das sich über sein ganzes Gesicht zog, sodass sich seine Augen zu grünen Schlitzen verengten. »Ich habe noch eine Flasche Champagner, die ich mal aus dem Weinkeller stibitzt habe«, flüsterte er und wackelte vielsagend mit den Augenbrauen. »Wie wäre es, wenn ich morgen bei dir vorbeikomme? Dann könnten wir deinen Geburtstag angemessen feiern.« Ich hatte noch nie Champagner getrunken. Einmal hatte ich an Lukes Bier genippt und gedacht, ich müsste kotzen. Mom brachte manchmal Wein im Tetrapack mit, der war gar nicht so schlimm, aber eigentlich trank ich kaum Alkohol.

Aber was soll's? Du wirst schließlich nur einmal sechzehn, oder? »Sicher«, sagte ich und zuckte resigniert mit den Schultern. »Klingt gut. Schließlich kann ich genauso gut mit einem Paukenschlag untergehen.«

Er legte den Kopf schief und musterte mich prüfend. »Alles okay mit dir, Prinzessin?«

Was sollte ich ihm sagen? Dass der Kapitän des Footballteams, auf den ich seit zwei Jahren insgeheim stand, es auf mich abgesehen hatte – und zwar nicht im positiven Sinne? Dass mir hinter jeder Ecke Monster aufzulauern schienen? Oder dass die Schulcomputer entweder gehackt worden waren oder von Geistern besessen? Ja, klar. Vom größten Witzbold der Schule hatte ich bestimmt kein Mitleid zu erwarten. So wie ich Robbie kannte, würde er das alles für einen grandiosen Witz halten und mir auch noch dazu gratulieren. Wenn ich ihn nicht so gut kennen würde, hätte ich vielleicht sogar geglaubt, dass er das Ganze eingefädelt hatte. So schenkte ich ihm nur ein müdes Lächeln und nickte. »Mir geht's gut. Wir sehen uns dann morgen, Robbie.«

»Bis dann, Prinzessin.«

Mom verspätete sich mal wieder. Die Nachhilfe hätte nur eine Stunde dauern sollen, aber ich hockte noch eine gute halbe Stunde länger im Nieselregen an der Straße, dachte über mein erbärmliches Leben nach und schaute zu, wie Autos ein- und ausparkten. Endlich bog ihr blauer Kombi um die Ecke und kam neben mir zum Stehen. Der Beifahrersitz wurde von Einkaufstüten und Zeitungen blockiert, also schlüpfte ich hinten rein.

»Meg, du bist ja klatschnass!«, rief meine Mutter aus, nachdem sie einen Blick in den Rückspiegel geworfen hatte. »So kannst du dich nicht auf den Sitz setzen – leg ein Handtuch unter oder so. Hast du denn keinen Schirm dabeigehabt?«

Auch schön, dich zu sehen, Mom, dachte ich, während ich missmutig eine Zeitung vom Boden aufhob und auf den Sitz legte. Kein »Wie war dein Tag?«, oder »Tut mir leid, dass ich so spät komme.« Ich hätte einfach die blöde Nachhilfestunde mit Scott sausen lassen und den Bus nehmen sollen.

Schweigend fuhren wir dahin.

Früher hatten die Leute mir immer erzählt, ich würde wie sie aussehen – also, bevor Ethan kam und das ganze Scheinwerferlicht für sich beanspruchte. Bis heute weiß ich nicht, wo sie diese Ähnlichkeit sahen. Mom gehört zu den Frauen, die dafür geboren zu sein scheinen, Hosenanzüge und Pumps zu tragen. Ich bevorzuge weite Cargohosen und Sneakers. Moms Gesicht wird von ihren dicken goldblonden Locken umrahmt; mein Haar ist schnurgerade, fein und fast silbern, wenn das Licht im richtigen Winkel darauffällt. Sie wirkt königlich, elegant und ist schlank; ich bin einfach nur knochig.

Mom hätte jeden heiraten können – einen Filmstar, einen reichen Geschäftsmann –, aber sie nahm Luke den Schweinebauern und seine schäbige kleine Farm draußen im Sumpf. Was mich daran erinnerte…

»Hey, Mom, vergiss nicht, dass du mich am Wochenende zur Führerscheinstelle fahren musst.«

»O Meg.« Mom seufzte. »Ich weiß nicht. Ich habe dieses Wochenende jede Menge zu tun, und dein Vater will, dass ich ihm dabei helfe, die Scheune zu reparieren. Vielleicht nächste Woche.«

»Mom, du hast es versprochen!«

»Bitte, Meghan. Es war ein langer Tag.« Mom seufzte wieder und musterte mich im Rückspiegel. Ihre Augen waren gerötet und ihre Wimperntusche verschmiert. Unruhig rutschte ich auf meinem Sitz herum. Hatte Mom etwa geweint?

»Was ist los?«, fragte ich vorsichtig.

Sie zögerte. »Zu Hause hat es… einen Unfall gegeben«, setzte sie an, und beim Klang ihrer Stimme wurde mir ganz anders. »Dein Vater musste Ethan heute Nachmittag ins Krankenhaus bringen.« Sie hielt erneut inne, blinzelte hektisch und holte krampfhaft Luft. »Beau hat ihn angefallen.«

»*Was?*« Mein Aufschrei ließ sie zusammenzucken. *Unser* Schäferhund sollte Ethan angefallen haben? »Geht es Ethan gut?«, fragte ich und spürte, wie sich mein Magen vor Angst verkrampfte.

»Ja.« Mom lächelte erschöpft. »Er ist ziemlich durch den Wind, aber Gott sei Dank hat er keine ernsten Verletzungen.«

Ich seufzte erleichtert auf. »Wie ist das passiert?«, fragte ich, weil ich immer noch nicht glauben konnte, dass unser Hund tatsächlich ein Familienmitglied angegriffen haben sollte. Beau liebte Ethan abgöttisch. Er wurde ja schon unruhig, wenn einer von uns nur mit meinem Halbbruder schimpfte. Ich hatte beobachtet, wie Ethan Beau am Fell, an den Ohren und am Schwanz gezogen hatte und die einzige Reaktion des Hundes gewesen war, dass er ihn ableckte. Ich hatte gesehen, wie Beau Ethans Ärmel geschnappt und den Kleinen vorsichtig von der Auffahrt gezogen hatte. Unser Schäferhund war ja vielleicht der Schrecken aller Eichhörnchen und Rehe, aber er hatte bisher bei keinem aus der Familie auch nur die Zähne gefletscht. »Warum ist Beau so durchgedreht?«

Mom schüttelte den Kopf. »Keine Ahnung. Luke hat gesehen, wie Beau die Treppe raufgerannt ist, und dann hat er gehört, wie Ethan geschrien hat. Als er in sein Zimmer kam, hat der Hund Ethan über den Boden geschleift. Sein Gesicht war böse zerkratzt, und er hatte Bissspuren am Arm.«

Mir gefror das Blut in den Adern. Ich stellte mir vor, wie Ethan angefallen wurde – seine schreckliche Angst, als sich unser bis dahin so zuverlässiger Schäferhund auf ihn stürzte. Es war kaum zu glauben. Wie eine Szene aus einem Horrorfilm. Ich wusste, dass Mom genauso fassungslos war wie ich. Sie hatte Beau blind vertraut.

An der Art, wie sie die Lippen zusammenpresste, erkannte ich jedoch, dass Mom mir noch etwas verschwieg. Da war etwas, was sie mir nicht sagen wollte, und ich befürchtete, bereits zu wissen, was es war.

»Was passiert jetzt mit Beau?«

Ihre Augen füllten sich mit Tränen, und bei dem Anblick rutschte mir das Herz in die Hose.

»Wir können einen so gefährlichen Hund nicht frei herumlaufen lassen, Meg«, erklärte sie, und ihr Ton bettelte um Verständnis. »Falls Ethan fragt, sag ihm, wir hätten ein neues Zuhause für Beau gefunden.«

Sie holte tief Luft und umklammerte das Lenkrad, ohne mich anzusehen. »Es geht um die Sicherheit der Familie, Meghan. Gib nicht deinem Vater die Schuld. Aber nachdem Luke mit Ethan aus dem Krankenhaus zurückgekommen ist, hat er Beau ins Tierheim gebracht.«

Klingelton des Grauens

Die Stimmung beim Abendessen war angespannt. Ich war wütend auf meine Eltern: auf Luke, weil er es getan hatte, und auf Mom, weil sie es ihm erlaubt hatte. Deshalb weigerte ich mich, mit ihnen zu sprechen. Mom und Luke unterhielten sich über sinnloses, triviales Zeug. Ethan saß schweigend da und klammerte sich an Floppy. Es war ein seltsames Gefühl, ohne Beau, der um den Tisch schlich und nach Krümeln Ausschau hielt, wie er es sonst immer getan hatte. Ich stand so bald wie möglich auf und ging auf mein Zimmer, wobei ich die Tür möglichst laut hinter mir zuschlug.

Ich ließ mich aufs Bett fallen und dachte an die vielen Male, die Beau sich hier neben mir zusammengerollt hatte, an die beruhigende Wärme seines Körpers. Er hatte nie irgendwas von irgendwem gefordert, sondern war zufrieden gewesen, einfach dabei zu sein und sich vergewissern zu dürfen, dass seine Schützlinge in Sicherheit waren. Jetzt war er weg, und das Haus schien leerer ohne ihn.

Ich wollte mit jemandem reden. Am liebsten hätte ich Robbie angerufen und mich bei ihm darüber ausgekotzt, wie unfair das alles war. Aber seine Eltern – die offenbar noch rückständiger waren als meine – hatten kein Telefon und auch keinen Computer. So etwas nenne ich finsteres Mittelalter.

Robbie und ich verabredeten uns normalerweise in der Schule. Manchmal tauchte er auch einfach unter meinem Fenster auf, nachdem er die drei Kilometer zu unserem Haus gelaufen war. Das war einfach absolut nervig und gehörte zu den Dingen, die ich ändern würde, sobald ich ein eigenes Auto hatte. Mom und Luke konnten mich ja hier nicht ewig einsperren. Vielleicht sollte ich demnächst einfach *zwei* Handys für Robbie und mich kaufen, egal was Luke davon hielt. Diese ganze Geschichte von wegen »teuflische Technologie« war langsam echt nicht mehr lustig.

Ich würde das morgen mit Robbie besprechen.

Da klopfte es leise an meiner Tür, und Ethan steckte den Kopf herein.

»Hallo, Zwerg.« Ich setzte mich auf und wischte mir ein paar Tränen ab. Ein Pflaster mit Dinosauriern klebte auf seiner Stirn, und am rechten Arm trug er einen Verband. »Was ist los?«

»Mommy und Daddy haben Beau weggegeben.« Seine Unterlippe zitterte, und er bekam Schluckauf. Dann wischte er sich mit Floppys Fell über die Augen.

Ich seufzte und klopfte neben mir aufs Bett. »Sie mussten das machen«, erklärte ich ihm, während er aufs Bett kletterte und sich samt Hasen in meinen Schoß kuschelte. »Sie wollten nicht, dass Beau dich noch mal beißt. Sie hatten Angst, dass er dir wehtun könnte.«

»Beau hat mich nicht gebissen.« Ethan starrte mich mit großen, tränenverschmierten Augen an. Ich las Angst in seinem Blick und ein Wissen, das weit über sein Alter hinausging. »Beau hat mir nicht wehgetan«, beharrte er. »Beau hat versucht, mich vor dem Mann im Schrank zu retten.«

Schon wieder das Monster? Ich seufzte und wollte es als Unsinn abtun, aber ein Teil von mir zögerte. Was, wenn Ethan recht hatte? Ich hatte heute auch seltsame Dinge gesehen. Was, wenn … Was, wenn Beau Ethan wirklich vor etwas Schrecklichem, Grauenhaftem beschützt hatte …?

Nein! Ich schüttelte den Kopf. Das war doch lächerlich! In ein paar Stunden würde ich sechzehn sein und damit viel zu alt, um an Monster zu glauben. Außerdem war es höchste Zeit, dass auch Ethan erwachsen wurde. Er war ein cleveres Kind, und ich hatte es langsam satt, dass er immer Fantasieprodukte wie den Schwarzen Mann dafür verantwortlich machte, wenn mal etwas schiefging.

»Ethan.« Wieder seufzte ich, doch ich versuchte, nicht zu schroff zu sein. Wenn ich zu streng war, würde er wahrscheinlich anfangen zu heulen, und nach allem, was er heute durchgemacht hatte, wollte ich ihn nicht noch mehr durcheinanderbringen. Trotzdem war jetzt das

Maß voll. »In deinem Schrank sind keine Monster, Ethan. So etwas wie Monster gibt es nicht, okay?«

»Gibt es wohl!« Er runzelte die Stirn und stemmte die Füße in meine Tagesdecke. »Ich hab sie gesehen. Und sie haben mit mir gesprochen. Sie haben gesagt, der König will mich sehen.« Er zeigte auf den Arm mit dem Verband. »Hier hat mich der Mann aus dem Schrank gepackt. Er hat mich unters Bett gezogen, doch dann ist Beau gekommen und hat ihn verjagt.«

Offensichtlich würde ich es nicht schaffen, seine Meinung zu ändern. Und ich hatte jetzt wirklich keine Lust auf einen Trotzanfall in meinem Zimmer. »Okay, schon gut«, lenkte ich ein und nahm ihn in den Arm. »Gehen wir mal davon aus, dich hat heute wirklich etwas anderes angegriffen als Beau. Warum erzählst du es nicht Mom und Luke?«

»Das sind doch Erwachsene«, erwiderte Ethan, als wäre damit alles klar. »Sie würden mir nicht glauben. Sie können die Monster nicht sehen.« Er seufzte und schaute mich mit einer Ernsthaftigkeit an, die ich noch bei keinem anderen Kind gesehen hatte. »Aber Floppy sagt, *du* kannst sie sehen. Wenn du dich genug anstrengst. Floppy sagt, du kannst durch den Nebel und den Schein sehen.«

»Durch den was und den was?«

»Ethan?« Vor der Tür erklang Moms Stimme, und dann erschien sie im Türrahmen. »Bist du hier drin?« Als sie uns beide entdeckte, blinzelte sie hektisch und lächelte unsicher. Ich erwiderte ihren Blick mit versteinerter Miene.

Mom ignorierte mich einfach. »Zeit fürs Bett, Ethan. Es war ein langer Tag, Liebling.« Sie streckte die Hand aus. Ethan hüpfte vom Bett und stapfte durchs Zimmer, wobei er den Hasen hinter sich herzog.

»Kann ich bei dir und Daddy schlafen?«, fragte er mit leiser, ängstlicher Stimme.

»Oh, ich denke schon. Aber nur heute Nacht, okay?«

»'kay.«

Ihre Stimmen entfernten sich, und ich schloss mit einem Tritt die Zimmertür.

In dieser Nacht hatte ich einen seltsamen Traum: Ich wachte auf, und Ethans Stoffhase Floppy saß am Fußende meines Bettes. Im Traum sprach der Hase mit mir, und seine Worte waren schwerwiegend und erschreckend. Er wollte mich warnen oder mir helfen. Ich glaube, ich gab ihm sogar irgendein Versprechen. Doch am nächsten Morgen konnte ich mich an nicht mehr viel erinnern.

Das Prasseln des Regens auf dem Dach weckte mich. Mein Geburtstag schien ein kalter, ekliger und nasser Tag zu werden.

Einen Moment lang spürte ich etwas schwer auf meiner Seele lasten, auch wenn ich keine Ahnung hatte, warum ich so deprimiert war. Dann erinnerte ich mich wieder an alles, was am Vortag passiert war, und stöhnte.

Happy Birthday für mich, dachte ich und zog die Decke über den Kopf. *Den Rest der Woche bleibe ich im Bett, vielen Dank auch.*

»Meghan?« Moms Stimme drang durch die Tür, dann klopfte sie leise. »Es wird langsam Zeit. Bist du schon wach?«

Ich ignorierte sie und wickelte die Decke enger um mich. Wut stieg in mir auf, als ich daran dachte, dass der arme Beau ins Tierheim geschafft worden war. Mom wusste, dass ich sauer auf sie war, doch sie konnte ruhig noch eine Weile in ihren Schuldgefühlen schmoren. Ich war noch nicht bereit, ihr zu vergeben und einfach weiterzumachen wie bisher.

»Steh auf, Meghan, sonst verpasst du noch den Bus!« Mom streckte den Kopf ins Zimmer. Sie klang völlig sachlich, und ich schnaubte empört. So viel zum Thema Versöhnung.

»Ich gehe heute nicht in die Schule«, brummte ich unter meiner Decke. »Mir geht's nicht gut. Ich glaube, ich habe Grippe.«

»Krank? An deinem Geburtstag? Wie blöd.«

Mom trat jetzt ins Zimmer, und ich beobachtete sie durch einen Spalt zwischen Bettdecke und Laken. Sie hatte daran gedacht?

»Wirklich schade«, fuhr Mom fort und verschränkte grinsend die Arme vor der Brust. »Eigentlich wollte ich heute nach der Schule mit dir zur Führerscheinstelle fahren, aber wenn du krank bist ...«

Ruckartig richtete ich mich auf. »Wirklich? Äh ... na ja, ich glaube, so schlecht geht's mir gar nicht. Ich nehme einfach ein paar Aspirin oder so.«

»Habe ich's mir doch gedacht.« Mom schüttelte den Kopf, als ich aus dem Bett sprang. »Ich muss deinem Vater heute Nachmittag helfen, die Scheune zu reparieren, deshalb kann ich dich nicht abholen. Aber sobald du zu Hause bist, fahren wir zusammen zur Führerscheinstelle. Ist das ein gutes Geburtstagsgeschenk?«

Ich hörte kaum noch zu. Ich war zu sehr damit beschäftigt, durchs Zimmer zu rennen, mir Klamotten zu schnappen und meine Sachen zu packen. Je schneller ich den Schultag hinter mich brachte, desto besser.

Ich war gerade dabei, meine Hausaufgaben in den Rucksack zu stopfen, als die Tür ein zweites Mal aufging.

Ethan spähte herein. Er hielt die Hände hinter dem Rücken und lächelte schüchtern, aber auch erwartungsvoll.

Ich zwinkerte ihm zu und warf meine Haare zurück. »Was willst du, Zwerg?«

Noch immer grinsend trat er einen Schritt vor und streckte mir ein gefaltetes Blatt Papier entgegen. Vorne drauf prangte ein leuchtendes Wachsmalkreidebild: Über einem kleinen Haus, aus dessen Schornstein Rauch aufstieg, schwebte eine lachende Sonne.

»Alles Gute zum Geburtstag, Meggie«, sagte er und war sehr zufrieden mit sich. »Siehst du, ich hab's nicht vergessen!«

Lächelnd nahm ich ihm die selbst gemachte Karte ab und klappte sie auf. Von der Innenseite strahlte mir eine einfache Wachsmalkreideversion unserer Familie entgegen: Mom und Luke, Ethan und ich Hand in Hand als Strichmännchen und ein vierbeiniges Etwas, das wohl Beau sein sollte. Plötzlich hatte ich einen Kloß im Hals, und mir standen Tränen in den Augen.

»Gefällt sie dir?«, fragte Ethan, der mich gespannt ansah.

»Und wie!« Ich wuschelte ihm durch die Haare. »Vielen Dank. Warum hängst du sie nicht an den Kühlschrank, damit jeder sehen kann, was du für ein großer Künstler bist?«

Grinsend flitzte er davon, wobei er stolz die Karte umklammerte. Bei diesem Anblick fühlte ich mich gleich etwas besser. Vielleicht würde der Tag ja doch nicht so schrecklich werden.

»Dann holst du also heute mit deiner Mom deinen Führerschein?«, fragte Robbie, während der Bus auf den Schulparkplatz einbog. »Wie cool! Dann können wir endlich mit dem Auto in die Stadt und ins Kino fahren. Wir sind nicht mehr auf den Bus angewiesen und müssen auch nicht mehr auf deinem Minifernseher alte VHS-Videos schauen.«

»Es ist nur der Führerschein auf Probe, Rob.« Ich nahm meinen Rucksack, während der Bus holpernd zum Stehen kam. »Das ist noch nicht der endgültige. So wie ich meine Mom kenne, dauert es noch mal sechzehn Jahre, bis ich das Auto allein fahren darf. Wahrscheinlich wird Ethan früher seinen Führerschein kriegen als ich.«

Beim Gedanken an meinen Halbbruder lief es mir plötzlich kalt den Rücken runter, als mir seine Worte vom Vorabend einfielen: *Floppy sagt, du kannst durch den Nebel und den Schein sehen.*

Von dem Stoffhasen mal abgesehen hatte ich keine Ahnung, wovon er da gesprochen hatte.

Als ich aus dem Bus stieg, löste sich eine vertraute Gestalt aus einer größeren Gruppe und kam auf mich zu. Scott. Mir drehte sich der Magen um, und ich hielt Ausschau nach einem möglichen Fluchtweg. Aber bevor ich in der Menge untertauchen konnte, hatte er mich schon erreicht und baute sich vor mir auf.

»Hey.« Seine tiefe Stimme jagte mir einen Schauer über den Rücken. Obwohl ich völlig verängstigt war, fand ich ihn trotzdem immer noch umwerfend, mit dem feuchten blonden Haar, das ihm in wilden Locken in die Stirn fiel.

Aus irgendeinem Grund schien er heute nervös zu sein, denn er fuhr sich mehrmals mit der Hand durch die Haare und sah sich um. »Ähm…« Er zögerte, dann kniff er die Augen zusammen. »Wie heißt du noch mal?«

»Meghan«, flüsterte ich.

»Oh, ja.« Er trat noch näher, sah kurz zu seinen Freunden rüber und senkte dann die Stimme: »Hör mal, ich habe ein schlechtes Gewissen, weil ich dich gestern so mies behandelt habe. Das war nicht in Ordnung. Tut mir leid.«

Im ersten Moment verstand ich gar nicht, was er sagte. Ich hatte Drohungen, Spott und Beschuldigungen erwartet. Die Erleichterung breitete sich in meinem Bauch aus wie ein großer Ballon, als seine Worte endlich zu mir durchgedrungen waren. »Oh«, stammelte ich und spürte, wie ich rot wurde. »Das ist schon okay, vergiss es einfach.«

»Kann ich nicht«, murmelte er. »Du gehst mir seit gestern nicht mehr aus dem Kopf. Ich habe mich aufgeführt wie ein Vollidiot, und das würde ich gern wiedergutmachen. Willst du ...« Er unterbrach sich, kaute auf seiner Unterlippe herum und platzte dann damit heraus: »Willst du heute zusammen mit mir Mittag essen?«

Mein Herz raste. Schmetterlinge flatterten völlig irre in meinem Bauch herum, und es kam mir vor, als würde ich drei Zentimeter über dem Boden schweben. Meine Stimme war so wackelig, dass ich es kaum schaffte, ein atemloses »Klar« herauszubringen.

Scott grinste breit und zeigte seine strahlend weißen Zähne, dann zwinkerte er mir zu. »Hey, Leute! Hier drüben!«

Einer von Scotts Footballkumpels, der in unserer Nähe stand, hielt eine Handykamera hoch und richtete die Linse auf uns. »Wo ist das Vögelchen?«

Bevor ich begriff, was passierte, hatte Scott mir schon einen Arm um die Schultern gelegt und mich an sich gezogen. Völlig überrumpelt sah ich zu ihm auf, während mir fast das Herz aus der Brust sprang. Er lächelte strahlend in die Kamera, während ich nur dämlich glotzte.

»Danke, Meg«, sagte Scott und löste sich von mir. »Wir sehen uns beim Mittagessen.« Er grinste, zwinkerte mir noch einmal zu und trabte in Richtung Schulgebäude davon. Der Fotograf spurtete kichernd hinter ihm her und ließ mich völlig benommen und verwirrt auf dem Parkplatz stehen.

Einen Moment stand ich einfach nur da und starrte wie ein Idiot vor mich hin, während meine Klassenkameraden um mich herumströmten. Dann überzog ein fettes Grinsen mein Gesicht, ich stieß einen Freudenschrei aus und machte einen Luftsprung. Scott Waldron wollte sich mit mir treffen! Er wollte mit mir, mit mir ganz allein in der Cafeteria zu Mittag essen. Vielleicht wendete sich das Blatt jetzt endlich. Vielleicht war das der Beginn des besten Geburtstags, den ich je hatte.

Während sich der Regen wie ein silberner Vorhang über den Parkplatz schob, spürte ich, dass ich beobachtet wurde. Ich drehte mich um und entdeckte Robbie, der ein paar Schritte entfernt stand und mich über die Menge hinweg ansah. Durch den Regen glänzten seine Augen in einem abartig hellen Grün. Während das Wasser auf den Beton prasselte und die Schüler hastig ins Gebäude flüchteten, glaubte ich so etwas wie einen Schatten auf seinem Gesicht zu sehen: eine lange Schnauze, schräg stehende schmale Augen und eine zwischen spitzen Reißzähnen heraushängende Zunge. Mein Magen krampfte sich vor Angst zusammen. Ich blinzelte, und Robbie war plötzlich wieder ganz er selbst – normal, grinsend und völlig unbekümmert, obwohl er gerade durchnässt wurde.

Wie ich übrigens auch.

Mit einem kleinen Quietschen hechtete ich unter das Vordach und schob mich ins Schulgebäude. Robbie folgte mir lachend und zog mich an den nassen Haaren, bis ich ihm eine scheuerte.

Während der ersten Stunde musste ich immer wieder zu Robbie hinüberschauen und nach diesem unheimlichen raubtierhaften Schatten in seinem Gesicht suchen. Ich fragte mich, ob ich vielleicht verrückt wurde. Das brachte mir jedoch nichts weiter ein als einen steifen Hals und einen gereizten Kommentar meines Englischlehrers, der meinte, ich solle besser aufpassen, statt Jungs anzustarren.

Als der Gong zur Mittagspause ertönte, sprang ich sofort auf. Mein Puls raste. In der Cafeteria wartete Scott auf mich. Ich schnappte mir meine Bücher, stopfte sie in den Rucksack, wirbelte herum – und stieß fast mit Robbie zusammen, der direkt hinter mir stand.

Ich schrie auf. »Rob, wenn du damit nicht aufhörst, werde ich dir eine verpassen! Und jetzt schieb ab. Ich muss wohin.«

»Geh nicht«, sagte er ruhig und klang dabei todernst.

Überrascht musterte ich ihn. Sein ewig freches Grinsen war verschwunden, und er wirkte entschlossen. Der Ausdruck in seinen Augen war fast schon beängstigend.

»Das wird übel enden, das spüre ich. Mr. Suspensorium hat irgendwas vor. Er und seine Kumpels waren ziemlich lange in der Jahrbuchredaktion, nachdem er mit dir geredet hat. Das gefällt mir nicht. Versprich mir, dass du da nicht hingehst.«

Ich wich zurück. »Hast du uns etwa belauscht?«, fragte ich missmutig. »Was ist nur mit dir los? Schon mal was von Privatsphäre gehört?«

»Waldron interessiert sich nicht für dich.« Robbie verschränkte die Arme vor der Brust, als wollte er mich herausfordern, ihm zu widersprechen. »Er wird dir das Herz brechen, Prinzessin. Vertrau mir. Ich kenne genug von diesen Typen, um das zu wissen.« In mir stieg heiße Wut auf. Wut darüber, dass er es wagte, seine Nase in meine Angelegenheiten zu stecken. Wut darüber, dass er vielleicht recht haben könnte. »Noch mal, Rob: Das geht dich nichts an!«, fauchte ich, woraufhin er erstaunt die Augenbrauen hob. »Ich kann sehr gut allein auf mich aufpassen, okay? Also hör auf, dich einzumischen, wenn es nicht erwünscht ist.«

Kurz flackerte Schmerz in seinen Augen auf, verschwand aber schnell wieder. »Na schön, Prinzessin.« Er grinste und hob beschwichtigend die Hände. »Mach dir nicht gleich ins königliche Hemd. Vergiss, was ich gesagt habe.«

»Das werde ich.« Ich reckte das Kinn und stolzierte aus dem Raum, ohne mich noch einmal umzusehen.

Schuldgefühle nagten bereits an mir, während ich mich durch die Gänge Richtung Cafeteria schob. Es tat mir leid, dass ich Robbie so angefahren hatte. Aber manchmal übertrieb er es einfach mit seinem Großen-Bruder-Getue. Doch so war Robbie schon immer gewesen. Mit Argusaugen und überbesorgt hatte er stets auf mich achtgegeben, als wäre das sein Job. Ich konnte mich nicht erinnern, wann wir uns zum ersten Mal begegnet waren. Es kam mir vor, als wäre er einfach schon immer da gewesen.

In der Cafeteria war es laut und durch den Regen draußen ziemlich dämmrig. Ich blieb an der Tür stehen und hielt nach Scott Ausschau. Schließlich entdeckte ich ihn an einem Tisch mitten im Raum, zusammen mit den Cheerleadern und den Footballtypen. Ich zögerte. Ich konnte nicht einfach zu diesem Tisch marschieren und mich dazusetzen. Angie Whitmond und ihre Cheerleader-Truppe würden mich in Stücke reißen.

Da sah Scott auf und entdeckte mich. Ein lässiges Grinsen breitete sich auf seinem Gesicht aus. Das verstand ich als Einladung und schob mich zwischen den Tischen hindurch, um zu ihm zu gelangen. Er zog sein iPhone heraus, drückte eine Taste und sah mich zufrieden grinsend aus halb geschlossenen Augen an.

In meiner Nähe klingelte ein Handy.

Ich zuckte kurz zusammen, ging aber weiter. Hinter mir hörte ich ein Keuchen, gefolgt von hysterischem Gekicher. Und dann ein Gespräch im Flüsterton, bei dem man sofort dachte, die Leute redeten über einen. Ich spürte die Blicke im Rücken, doch ich versuchte sie zu ignorieren und ging weiter durch den Saal.

Ein zweites Handy klingelte.

Und ein drittes.

Das Getuschel und Gelächter breitete sich jetzt in Windeseile aus. Irgendwie fühlte ich mich schrecklich bloßgestellt, als wäre ein Scheinwerfer auf mich gerichtet. Das Gelächter konnte doch nichts mit mir zu tun haben, oder? Ich sah, wie einige Leute auf mich zeigten, während sie miteinander flüsterten, und wieder versuchte ich, sie zu ignorieren. Scotts Tisch war nur noch ein paar Schritte entfernt.

»Hey, Knackarsch!« Eine Hand landete auf meinem Hintern, und ich schrie auf. Ich wirbelte herum und starrte Dan Ottoman wütend an, einen blonden, pickeligen Klarinettenspieler aus dem Schulorchester. Er warf mir lüsterne Blicke zu und zwinkerte anzüglich. »Hätte dich nie für so ein Flittchen gehalten, Kleines«, sagte er und machte einen auf Charmebolzen, was mich aber eher an eine dreckige Version von Kermit dem Frosch erinnerte. »Komm doch irgendwann mal im Orchester vorbei. Ich habe da eine Flöte, die du blasen könntest.«

»Wovon redest du?«, fauchte ich, aber er lachte nur und hielt mir sein Handy hin.

Zuerst war das Display schwarz. Aber dann tauchten grellgelbe Buchstaben auf. *Was haben Meghan Chase und ein kaltes Bier gemeinsam?*, las ich. Ich keuchte. Da verschwanden die Buchstaben, und ein Bild erschien. Von mir. Von mir und Scott auf dem Parkplatz. Er hatte den Arm um mich gelegt und grinste breit. Aber jetzt war ich – mir fiel die Kinnlade runter – splitternackt und glotzte aus leeren Augen dämlich zu ihm hoch. Offenbar hatte er mit Photoshop gearbeitet: Mein »Körper« war abartig dünn und konturlos wie der einer Puppe und meine Brust so flach wie bei einer Zwölfjährigen. Ich erstarrte, und mein Herz setzte kurz aus, als der zweite Teil der Nachricht auf dem Display erschien.

Sie prickelt und ist leicht zu haben!

Mir wurde schlecht, und das Blut stieg mir in den Kopf. Entsetzt warf ich einen Blick hinüber zu Scott, nur um zu sehen, wie die Leute an seinem Tisch vor Lachen brüllten und mit dem Finger auf mich zeigten. Überall in der Cafeteria klingelten jetzt Handys, und das Gelächter schlug wie eine Welle über mir zusammen. Ich begann zu zittern, und meine Augen brannten.

Ich bedeckte mein Gesicht, drehte mich um und wollte aus der Cafeteria flüchten, bevor ich noch zu heulen anfing wie ein Baby. Schrilles Gelächter umschwirrte mich, und die Tränen brannten wie Gift in meinen Augen. Ich schaffte es, den Raum zu durchqueren, ohne dabei über Bänke oder meine eigenen Füße zu stolpern, warf mich gegen die Schwingtüren und stürzte auf den Gang hinaus.

Fast eine Stunde verbrachte ich in der hintersten Kabine auf dem Mädchenklo, weinte mir die Augen aus und plante meinen Umzug nach Kanada oder vielleicht auf die Fidschi-Inseln. Hauptsache, weit, weit weg. Ich konnte mich ja in diesem Staat nirgendwo mehr blicken lassen. Irgendwann kamen keine Tränen mehr, und meine Atmung normalisierte sich. Dann begann ich darüber nachzudenken, wie erbärmlich mein Leben doch war.

Wahrscheinlich sollte ich mich geehrt fühlen, dachte ich verbittert und hielt die Luft an, als ein paar Mädchen in die Toilette kamen. *Immerhin hat Scott sich die Zeit genommen, höchstpersönlich mein Leben zu ruinieren. Ich wette, das hat er noch für niemanden getan. Ich Glückliche: Ich bin der größte Loser der Welt.* Wieder stiegen mir Tränen in die Augen, aber ich hatte genug vom Heulen und zwinkerte sie weg.

Zunächst hatte ich vor, auf der Toilette zu bleiben, bis die Schule vorbei war. Doch falls mich jemand im Unterricht vermisste, wäre das der erste Ort, an dem sie suchen würden. Daher nahm ich schließlich all meinen Mut zusammen und schlich mich zur Schulkrankenschwester, um schreckliche Bauchschmerzen vorzutäuschen, damit ich im Krankenzimmer untertauchen konnte.

Die Krankenschwester war selbst mit ihren Schuhen mit extrem dicken Sohlen nur knapp einen Meter dreißig groß, aber der Blick, den sie mir zuwarf, als ich mich zur Tür hereinschob, machte klar, dass sie keinerlei Verständnis für Teenagerdummheiten hatte. Ihre Haut sah aus wie eine alte Walnuss, ihre weißen Haare waren zu einem strengen Dutt zusammengedreht, und sie trug eine winzige goldene Lesebrille auf der Nase.

»Nun, Miss Chase«, fragte sie mit ihrer rauen, schrillen Stimme, während sie ihr Klemmbrett zur Seite legte, »was wollen Sie hier?«

Ich blinzelte verwirrt und fragte mich, woher sie mich wohl kannte. Ich war erst ein Mal in diesem Büro, als mich ein verirrter Fußball an der Nase getroffen hatte. Damals war die Krankenschwester groß und knochig gewesen und hatte einen so starken Überbiss gehabt, dass sie ausgesehen hatte wie ein Pferd. Diese mollige, verschrumpelte kleine Frau war neu, und die Art, wie sie mich musterte, verunsicherte mich etwas.

»Ich habe Bauchschmerzen«, klagte ich und hielt mir den Bauch, als würde er gleich platzen. »Ich muss mich nur ein paar Minuten hinlegen.«

»Natürlich, Miss Chase. Da hinten stehen die Liegen. Ich bringe Ihnen etwas, dann werden Sie sich gleich besser fühlen.«

Ich nickte und ging tiefer in den Raum, der durch mehrere Vorhänge unterteilt war. Außer mir und der Krankenschwester war niemand da. Perfekt. Ich wählte die Liege in der Ecke und legte mich auf die mit Papier bedeckte Matratze.

Wenig später tauchte die Krankenschwester auf und drückte mir einen Plastikbecher in die Hand, in dem es brodelte und qualmte. »Trinken Sie das, dann geht es Ihnen gleich besser«, sagte sie.

Ich starrte darauf. Die zischende weiße Flüssigkeit roch nach Schokolade und Kräutern, aber irgendwie stärker. Der Dampf war so beißend, dass meine Augen tränten.

»Was ist das?«, fragte ich.

Die Krankenschwester lächelte nur und ging hinaus.

Ich nahm einen kleinen Schluck und spürte, wie sich in mir, von der Kehle bis in den Magen, eine wohlige Wärme ausbreitete. Es schmeckte unglaublich, wie die beste Schokolade der Welt, nur mit einem leicht bitteren Nachgeschmack. Ich leerte den Becher in zwei Schlucken und kippte ihn dann so weit, dass auch noch der letzte Tropfen herausrann.

Fast im selben Moment wurde ich müde. Also ließ ich mich auf die knisternde Liege zurücksinken und schloss nur für einen Moment die Augen – schon war ich eingeschlafen.

Ich wurde durch leise Stimmen direkt hinter dem Vorhang geweckt, die sich verstohlen unterhielten. Ich wollte mich aufsetzen, aber es fühlte sich an, als wäre mein ganzer Körper in Watte gepackt und mein Kopf mit einem dicken Verband umwickelt. Selbst die Augen offen zu halten fiel mir sogar schwer. Hinter dem Vorhang entdeckte ich zwei Silhouetten.

»Werde bloß nicht leichtsinnig«, warnte eine leise, raue Stimme. *Die Krankenschwester,* dachte ich und fragte mich gleichzeitig in meinem Delirium, ob sie mir wohl noch etwas von diesem Schokoladenzeug geben würde. »Denk dran, es ist deine Pflicht, auf das Mädchen aufzupassen. Du darfst keine Aufmerksamkeit erregen.«

»Ich?«, fragte eine seltsam vertraute Stimme. »Aufmerksamkeit erregen? So was würde ich niemals tun!«

Die Krankenschwester schnaubte abfällig. »Wenn sich das gesamte Cheerleaderteam plötzlich in Mäuse verwandelt, werde ich sehr wütend auf dich sein, Robin. Sterbliche Jugendliche sind nun einmal grausam und blind. Das weißt du doch. Du darfst auf keinen Fall Rache üben, ganz egal, was du für das Mädchen empfindest. Insbesondere zum jetzigen Zeitpunkt, denn es geschehen noch ganz andere besorgniserregende Dinge.«

Das ist ein Traum, entschied ich. *Es muss ein Traum sein. Was war in diesem Trank drin?*

In dem gedämpften Licht wirkten die Schatten, die über den Vorhang tanzten, fremdartig und verwirrend. Die Krankenschwester schien jetzt noch kleiner zu sein, gerade mal einen Meter groß.

Der andere Schatten war noch eigenartiger: normal groß, aber mit seltsamen Auswüchsen am Kopf, die aussahen wie Hörner – oder Ohren.

Der größere Schatten seufzte, setzte sich auf einen Stuhl und schlug seine langen Beine übereinander. »Davon habe ich auch schon gehört«, murmelte er. »Finstere Gerüchte verbreiten sich. Die Höfe sind beunruhigt. Anscheinend ist dort draußen etwas, was beiden Angst macht.«

»Ein Grund mehr für dich, weiterhin ihr Schutz und ihr Wächter zu sein.« Die Krankenschwester drehte sich um und stemmte die Hände in die Hüften, bevor sie tadelnd fortfuhr:»Es überrascht mich, dass du ihr den Nebelwein noch nicht verabreicht hast. Heute ist ihr sechzehnter Geburtstag. Der Schleier lüftet sich langsam.«

»Ich weiß, ich weiß. Bin quasi schon dabei.« Der Schatten seufzte und stützte den Kopf in die Hände. »Darum werde ich mich heute Nachmittag kümmern. Wie geht es ihr?«

»Sie ruht sich aus«, erklärte die Krankenschwester. »Das arme Ding war ja total traumatisiert. Ich habe ihr einen leichten Schlaftrank gegeben, der sie außer Gefecht setzt, bis sie nach Hause gehen kann.«

Ein Kichern. »Das letzte Kind, das einen deiner ›leichten‹ Schlaftränke bekommen hat, ist zwei Wochen lang nicht mehr aufgewacht. Und da redest gerade du von keine Aufmerksamkeit erregen.«

Die Erwiderung der Krankenschwester war irgendwie abgehackt, doch ich war fast sicher, dass sie etwas sagte wie:»Sie ist die Tochter ihres Vaters. Sie wird es verkraften.« Aber vielleicht hatte ich mir das auch nur eingebildet. Dann wurde die Welt verschwommen wie eine nicht fokussierte Kamera, und ich driftete wieder weg.

»Meghan!«

Jemand schüttelte mich wach.

Fluchend schlug ich um mich. Einen Moment lang war ich völlig verwirrt. Schließlich hob ich den Kopf. Meine Augen fühlten sich an, als hätte ich fünf Kilo Sand drin, und die Augenwinkel waren total verkrustet mit Körnchen, die mir die Sicht trübten. Stöhnend rieb ich mir die Lider und starrte verschlafen in Robbies Gesicht. Einen Moment lang runzelte er besorgt die Stirn. Dann blinzelte ich, und er war wieder ganz der Alte, normal und fröhlich.

»Aufwachen, Dornröschen«, stichelte er, während ich mich mühsam hochstemmte. »Glück gehabt, der Unterricht ist vorbei. Zeit, nach Hause zu gehen.«

»Hä?«, murmelte ich nicht gerade besonders intelligent und rieb mir den letzten Schlaf aus den Augen.

Robbie prustete und zog mich auf die Beine. »Hier«, meinte er und reichte mir meinen Rucksack voll mit Büchern. »Du hast echt Glück, dass du so einen guten Freund hast wie mich. Ich habe in allen Stunden seit der Mittagspause für dich mitgeschrieben. Ach, und übrigens verzeihe ich dir. Ich werde nicht einmal sagen: ›Ich hab's dir ja gleich gesagt.‹«

Er redete zu schnell. Mein Gehirn befand sich noch im Ruhemodus, mein Verstand war vernebelt. »Wovon redest du?«, murmelte ich, während ich meinen Rucksack über die Schulter warf.

Und dann erinnerte ich mich.

»Ich muss meine Mom anrufen«, sagte ich und ließ mich zurück auf die Liege fallen.

Robbie runzelte verwirrt die Stirn.

»Sie muss mich abholen«, erklärte ich. »Ich werde nicht in diesen Bus steigen, nie wieder.« Verzweiflung packte mich, und ich schlug die Hände vors Gesicht.

»Schau, Meghan«, meinte Robbie, »ich habe gehört, was passiert ist. Das ist doch keine große Sache.«

»Bist du zugedröhnt oder was?«, fragte ich und warf ihm durch meine Finger einen giftigen Blick zu. »Die gesamte Schule zerreißt sich das Maul über mich. Diese Geschichte schafft es wahrscheinlich sogar in die Schülerzeitung. Die massakrieren mich, wenn ich mich noch mal in der Öffentlichkeit zeige. Und da sagst du, es wäre keine große Sache?« Ich zog die Beine an und drückte meine Stirn gegen die Knie. Das Ganze war so schrecklich unfair. »Heute ist mein Geburtstag«, stöhnte ich in meine Hose. »So etwas sollte nicht passieren, wenn man Geburtstag hat.«

Robbie seufzte. Er ließ seine Tasche fallen, setzte sich neben mich, legte mir den Arm um die Schultern und zog mich an sich. Ich schniefte und heulte ein bisschen in seine Jacke, wobei ich sein Herz schlagen hörte. Es raste, als wäre er kilometerweit gerannt.

»Na komm.« Robbie stand auf und zog mich mit sich.

»Du schaffst das. Und ich verspreche dir, dass sich niemand dafür interessieren wird, was heute passiert ist. Bis morgen werden sie es alle vergessen haben.« Er lächelte und drückte meinen Arm. »Davon abgesehen musst du dich doch noch um deinen Führerschein kümmern, oder?«

Dieser eine Lichtblick in der finsteren Trübseligkeit meines Daseins gab mir Hoffnung. Ich nickte und wappnete mich gegen das, was nun kommen würde. Als wir zusammen das Krankenzimmer verließen, hielt Robbie fest meine Hand.

»Bleib dicht bei mir«, murmelte er, während wir uns den belebteren Gängen näherten.

Angie und drei ihrer Groupies standen neben den Schließfächern, tratschten und knallten mit ihren Kaugummis. Mein Magen verkrampfte sich, und mein Herz begann zu rasen.

Robbie drückte meine Hand. »Schon okay. Lass mich nicht los und sprich mit niemandem. Sie werden gar nicht merken, dass wir da sind.«

Wir näherten uns den Mädchen, und ich stellte mich darauf ein, dass sie mit Gelächter und fiesen Kommentaren über mich herfallen würden. Aber als wir vorbeigingen, würdigten sie uns keines Blickes, obwohl Angie gerade dabei war, meinen schmachvollen Rückzug aus der Cafeteria zu schildern.

»Und dann hat sie voll losgeheult«, erzählte Angie gerade. Ihre näselnde Stimme hallte durch den ganzen Flur. »Und ich dachte mir, ey, die ist ja *so* ein Loser. Aber was will man erwarten, bei so einem Inzest-Bauerntrampel?«

Sie senkte die Stimme zu einem Flüstern und beugte sich vor. »Ich habe gehört, dass ihre Mom ein etwas zu inniges Verhältnis zu ihren Schweinen hat, wenn ihr wisst, was ich meine.«

Die Mädchen begannen entsetzt zu kichern, während ich innerlich fast ausflippte. Doch Robbie hielt meine Hand fest und zog mich weiter. Ich hörte, wie er etwas vor sich hin murmelte, und dann spürte ich eine Art Vibration in der Luft, wie ein Donner ohne Ton.

Hinter uns begann Angie zu schreien.

Ich versuchte mich umzudrehen, aber Robbie zerrte mich weiter und schob uns durch die Menge, während die anderen Schüler ihre Köpfe zu dem Geschrei umwandten. Für den Bruchteil einer Sekunde konnte ich erkennen, wie Angie ihre Nase mit den Händen bedeckte, und ihre Schreie klangen immer mehr wie das Quieken eines Schweins.

Der Wechselbalg

Die Busfahrt nach Hause verlief schweigend, zumindest was Robbie und mich betraf. Zum Teil lag das daran, dass ich keine Aufmerksamkeit erregen wollte, doch vor allem ging mir so viel durch den Kopf.

Wir saßen ganz hinten auf der letzten Bank, und ich hatte mich ans Fenster gedrückt, sodass ich die Bäume anstarren konnte, die vorbeizogen. Mein iPod lief, und ich hatte die Musik richtig laut gestellt, was aber nur ein Vorwand war, um nicht reden zu müssen.

Angies schweineartige Schreie dröhnten mir immer noch in den Ohren. Das war wahrscheinlich das Schrecklichste gewesen, was ich je gehört hatte, und obwohl sie ein gemeines Miststück war, fühlte ich mich irgendwie schuldig. Ich zweifelte nicht daran, dass Robbie irgendetwas damit zu tun hatte, auch wenn ich es nicht beweisen konnte. Genau genommen hatte ich sogar Angst davor, das Thema anzusprechen. Robbie schien auf einmal ein ganz anderer Mensch zu sein. Er war still und grüblerisch und beobachtete die anderen Leute im Bus wie ein lauerndes Raubtier. Er verhielt sich seltsam – seltsam und unheimlich –, und ich fragte mich, was wohl mit ihm los war.

Dann war da noch dieser eigenartige Traum, bei dem ich langsam nicht mehr sicher war, ob es überhaupt ein Traum gewesen war. Je länger ich darüber nachdachte, desto klarer wurde mir, dass die vertraute Stimme, die mit der Krankenschwester gesprochen hatte, Robbies Stimme gewesen war.

Irgendetwas ging hier vor sich, etwas Seltsames, Unheimliches und Angsteinflößendes, doch das Erschreckendste daran war, dass es ein normales, vertrautes Gesicht trug. Verstohlen musterte ich Robbie. Wie gut kannte ich ihn eigentlich, also, so richtig? Wir waren befreundet, seit ich denken konnte, und trotzdem war ich noch nie bei ihm zu Hause gewesen oder hatte seine Eltern kennengelernt. Wenn ich mal vorgeschlagen hatte, dass wir uns ja bei ihm treffen könnten, hatte er immer irgendeine Ausrede gehabt: Seine Eltern wären nicht da oder die Küche würde gerade renoviert – eine Küche, die ich noch nie gesehen hatte. Das war schon eigenartig, aber noch befremdlicher fand ich, dass ich mich nie darüber gewundert hatte, es nie hinterfragt hatte, bis heute.

Robbie war einfach *da,* als wäre er aus dem Nichts erschienen, ohne Zusammenhang, ohne Zuhause, ohne Vergangenheit. Welche Musik hörte er am liebsten? Hatte er Ziele, die er in seinem Leben erreichen wollte? War er schon einmal verliebt gewesen?

Überhaupt nicht, flüsterte mir mein Verstand beunruhigenderweise zu. *Du kennst ihn überhaupt nicht.* Der Gedanke ließ mich frösteln.

Ich sah wieder aus dem Fenster. Der Bus hielt an einer Kreuzung, und ich stellte fest, dass wir die Vororte mittlerweile hinter uns gelassen hatten und auf dem Weg in die Wildnis waren. Mein Zuhause. Der Regen prasselte immer noch gegen die Scheiben und ließ das sumpfige Marschland verschwimmen. Die Bäume waren nichts als unscharfe schwarze Schatten.

Ich blinzelte und setzte mich auf. Draußen im Sumpf stand unter den Zweigen einer riesigen Eiche ein Pferd mit Reiter – so reglos wie die Bäume ringsum. Es war ein riesiges schwarzes Pferd, dessen Schweif und Mähne im Wind flatterten, obwohl sie völlig durchnässt sein mussten. Der Reiter war groß und schlank, ganz in Silber und Schwarz gekleidet. Ein schwarzes Cape bauschte sich um seine Schultern. Durch den Regen konnte ich sein Gesicht nicht wirklich sehen, aber er war jung, blass, verdammt hübsch ... und starrte mich direkt an. Mein Magen krampfte sich zusammen, und ich hielt erschrocken den Atem an.

»Rob«, murmelte ich und nahm die Kopfhörer ab, »sieh dir das ...«

Robbies Gesicht war nur wenige Zentimeter von meinem entfernt. Er starrte aus dem Fenster, seine Augen zu grünen Schlitzen verengt. Sein Blick war hart und gefährlich. Plötzlich hatte ich ein ungutes Gefühl und lehnte mich möglichst weit von ihm weg, doch er bemerkte es gar nicht. Seine Lippen bewegten sich, und er flüsterte ein Wort, so leise, dass ich es fast nicht verstanden hätte, obwohl wir so eng aufeinanderhockten.

»Ash.«

»Ash?«, wiederholte ich. »Wer ist Ash?«

Ruckelnd fuhr der Bus wieder an. Robbie lehnte sich zurück, sein Gesicht so ausdruckslos wie in Stein gehauen. Ich schluckte und warf noch einen Blick aus dem Fenster, doch der Platz unter der Eiche war leer. Pferd und Reiter waren verschwunden, als hätten sie nie existiert.

Alles wurde immer unheimlicher.

»Wer ist Ash?«, wiederholte ich und drehte mich zu Robbie um, der in seiner eigenen Welt versunken zu sein schien. »Robbie? Hey!« Ich stieß ihn an.

Er zuckte zusammen und sah mich endlich an.

»Wer ist Ash?«

»Ash?« Einen Moment lang funkelten seine Augen gefährlich, und er erinnerte mich an einen Wildhund. Dann blinzelte er und war wieder er selbst. »Oh, er ist nur ein alter Freund von mir, aber das ist eine Ewigkeit her. Zerbrich dir darüber nicht den Kopf, Prinzessin.«

Seine Worte legten sich auf eine eigenartige Weise über mich, als wollte er mich dazu bringen, das Ganze zu vergessen, nur weil er es verlangte. Kurz spürte ich Ärger in mir aufsteigen, weil er mir offenbar etwas verschwieg, doch der verflog schnell, weil ich mich plötzlich nicht mehr daran erinnern konnte, worüber wir gesprochen hatten.

An unserer Haltestelle sprang Robbie auf, als würde sein Sitz brennen, und stürzte aus dem Bus. Sein plötzlicher Abgang verwirrte mich zwar, doch ich verstaute erst sorgfältig meinen iPod im Rucksack, bevor ich ausstieg. Ich wollte auf keinen Fall, dass das teure Ding nass wurde.

»Ich muss weg«, verkündete Robbie, als ich schließlich neben ihm auf der Straße stand. Seine grünen Augen wanderten über die Bäume, als erwarte er, dass etwas aus dem Wald hervorbrechen würde.

Ich sah mich um, aber bis auf ein paar Vögel, die über unseren Köpfen zwitscherten, war der Wald friedlich und still.

»Ich … äh … ich habe daheim etwas vergessen.« Er wandte sich mir zu und schenkte mir einen entschuldigenden Blick. »Wir sehen uns heute Abend, Prinzessin? Ich bringe dann den Champagner mit, okay?«

»Oh.« Das hatte ich ganz vergessen. »Klar.«

»Lauf direkt nach Hause, ja?« Robbie kniff die Augen zusammen und sah mich eindringlich an. »Bleib nicht stehen und rede mit niemandem, alles klar?«

Ich lachte nervös. »Wer bist du, meine Mom? Willst du mir jetzt auch noch erzählen, dass ich nicht mit Streichhölzern spielen darf und immer nach links und rechts schauen soll, bevor ich die Straße überquere?« Robbie grinste und wirkte dadurch wieder wesentlich normaler. »Außerdem, wem sollte ich hier draußen in der Pampa schon begegnen?« Plötzlich tauchte der Junge auf dem Pferd vor meinem inneren Auge auf, und mein Magen machte wieder diesen komischen Purzelbaum. Wer war er? Und warum konnte ich nicht aufhören, an ihn zu denken – falls er überhaupt existierte? Das war alles echt seltsam. Wäre da nicht Robbies sonderbare Reaktion im Bus gewesen, hätte ich den Jungen wohl für eine meiner verrückten Halluzinationen gehalten.

»Na, dann.« Robbie hob die Hand und schenkte mir ein spitzbübisches Lächeln. »Bis später, Prinzessin. Und pass auf, dass dich Leatherface nicht auf dem Heimweg erwischt.«

Ich holte zu einem Tritt aus. Er sprang lachend zur Seite und spurtete dann die Straße hinunter. Ich warf mir den Rucksack über die Schulter und marschierte unsere Auffahrt hinauf.

»Mom?«, rief ich, als ich die Haustür aufriss. »Mom, ich bin zu Hause!«

Stille schlug mir entgegen. Sie hallte von den Wänden und dem Boden wider und hing schwer in der Luft. Die Stille war fast wie ein Lebewesen, das mitten im Raum hockte und mich aus kalten Augen anstarrte. Mein Puls beschleunigte sich und schlug unregelmäßig. Irgendetwas stimmte hier nicht.

»Mom?«, rief ich erneut und wagte mich ins Haus. »Luke? Irgendjemand zu Hause?«

Die Tür quietschte, als ich mich hineinschlich. Der Fernseher lief, und die Wiederholung irgendeiner uralten Schwarz-Weiß-Sitcom flackerte über den Bildschirm, doch das Sofa davor war leer. Ich schaltete das Gerät aus und ging durch den Flur Richtung Küche.

Im ersten Moment wirkte alles normal, bis auf die Kühlschranktür, die offen stand. Ein kleiner Gegenstand auf dem Boden erregte meine Aufmerksamkeit. Erst dachte ich, es wäre ein schmutziger Putzlappen. Doch als ich genauer hinsah, erkannte ich Floppy, Ethans Hasen. Jemand hatte dem Stofftier den Kopf abgerissen, und aus seinem Hals quoll die Baumwollfüllung hervor.

Als ich mich wieder aufrichtete, hörte ich hinter dem Esstisch ein leises Geräusch. Ich trat um den Tisch herum, und mir wurde so übel, dass mir die Galle hochkam.

Meine Mutter lag mit dem Rücken auf dem Fliesenboden, Arme und Beine von sich gestreckt. Eine Seite ihres Gesichts war mit einer feuchten roten Flüssigkeit verschmiert. Ihre Handtasche, deren Inhalt überall verstreut war, lag neben einer schlaffen weißen Hand. Und über ihr im Türrahmen stand, wie eine neugierige Katze mit schräg gelegtem Kopf, Ethan.

Und er lächelte.

»Mom!«, schrie ich und ließ mich neben ihr auf die Knie fallen. »Mom, bist du okay?« Ich packte sie an der Schulter und schüttelte sie, doch es war, als würde ich einen toten Fisch schütteln.

Ihre Haut war noch warm, also konnte sie nicht tot sein, oder?

Wo zur Hölle ist Luke?

Wieder schüttelte ich sie und sah zu, wie ihr Kopf schlaff hin und her schaukelte. Mir drehte sich der Magen um.

»Mom, wach auf! Kannst du mich hören? Ich bin's, Meghan.«

Panisch sah ich mich um und schnappte mir einen Lappen von der Spüle. Während ich ihr damit das blutige Gesicht abtupfte, wurde mir bewusst, dass Ethan immer noch im Türrahmen stand. Er hatte die blauen Augen jetzt weit aufgerissen und war den Tränen nahe.

»Mommy ist ausgerutscht«, flüsterte er, und da fiel mir die Pfütze aus klarer, schmieriger Flüssigkeit auf, die den Boden vor dem Kühlschrank bedeckte.

Mit zitternden Händen tauchte ich einen Finger hinein und roch daran. *Pflanzenöl? Was zur Hölle ...?* Ich tupfte ihr weiter das Blut vom Gesicht und entdeckte dabei einen kleinen Kratzer an ihrer Schläfe, der unter dem ganzen Blut und ihren Haaren fast nicht zu sehen war.

»Wird sie sterben?«, fragte Ethan, woraufhin ich ihm einen scharfen Blick zuwarf. Seine Augen waren zwar entsetzt geweitet, und es standen Tränen darin, doch er klang vor allen Dingen neugierig.

Ich wandte den Blick von meinem Halbbruder ab. Ich musste Hilfe holen. Luke war nicht da. Es blieb mir also nichts anderes übrig, als einen Krankenwagen zu rufen. Gerade als ich aufstehen wollte, um zu telefonieren, stöhnte Mom und schlug die Augen auf.

Mein Herz machte einen Sprung. »Mom«, seufzte ich erleichtert, als sie sich mühsam aufrichtete. Sie wirkte noch ziemlich benommen.

»Nicht bewegen. Ich rufe einen Krankenwagen.«

»Meghan?« Blinzelnd schaute Mom sich um. Dann berührte sie mit einer Hand ihre Wange und starrte auf ihre blutigen Fingerspitzen. »Was ist passiert? Ich ... ich muss hingefallen sein ...«

»Du hast dir den Kopf angeschlagen«, erwiderte ich, stand auf und suchte das Telefon. »Du könntest eine Gehirnerschütterung haben. Bleib liegen, ich rufe dir einen Krankenwagen.«

»Krankenwagen? Nein, nein.« Mom setzte sich auf, sie wirkte jetzt schon klarer. »Das brauchst du nicht, Liebling. Mir geht es gut. Ich werde die Wunde einfach reinigen und ein Pflaster draufkleben. Kein Grund, solche Umstände zu machen.«

»Aber, Mom ...«

»Es geht mir gut, Meg.« Mom nahm den Lappen und fing an, sich das Blut aus dem Gesicht zu wischen. »Tut mir leid, dass du dich erschreckt hast, aber ich bin wirklich okay. Das ist nur Blut, nichts Ernstes. Wir können uns ohnehin keine hohe Arztrechnung leisten.« Plötzlich richtete sie sich auf und sah sich in der Küche um. »Wo ist dein Bruder?«

Überrascht sah ich zur Tür hinüber, aber Ethan war verschwunden.

Moms Proteste halfen nichts mehr, als Luke nach Hause kam. Er warf nur einen Blick auf ihr blasses, von einem Verband umrahmtes Gesicht, tobte und bestand darauf, dass sie ins Krankenhaus fuhren. Luke war verdammt stur und hartnäckig, wenn es sein musste, und so gab Mom schließlich unter seinem Druck nach. Sie rief mir die ganze Zeit noch Anweisungen zu – pass auf Ethan auf, lass ihn nicht zu lange aufbleiben, im Gefrierschrank ist noch Pizza –, während Luke sie in seinen rostigen Ford schob und die Auffahrt hinunterraste.

Nachdem der Transporter um die Ecke gebogen und außer Sicht war, senkte sich wieder diese eisige Stille über das Haus. Zitternd rieb ich mir die Arme, als ich spürte, wie sie ins Zimmer gekrochen kam und ihr Atem meinen Nacken streifte. Das Haus, in dem ich den größten Teil meines Lebens verbracht hatte, wirkte plötzlich fremd und unheimlich, als würde etwas in den Schränken und Ecken lauern, was nur darauf wartete, mich zu schnappen, wenn ich vorbeikam. Mein Blick fiel auf die zerknautschten Überreste von Floppy, von denen der Boden übersät war, und aus irgendeinem Grund machte mich der Anblick sehr traurig und jagte mir gleichzeitig Angst ein. Niemand in diesem Haus würde jemals Ethans Lieblingsstofftier zerfetzen. Hier stimmte irgendetwas ganz und gar nicht.

Ich hörte Schritte. Als ich mich umdrehte, stand Ethan im Türrahmen und starrte mich an. Ohne den Hasen im Arm sah er irgendwie komisch aus, und ich fragte mich, warum ihn das gar nicht störte.

»Ich habe Hunger«, verkündete er unvermittelt. »Koch mir was, Meggie.«

Bei seinem fordernden Tonfall runzelte ich die Stirn. »Es ist noch nicht Zeit fürs Abendessen, Zwerg«, erklärte ich und verschränkte die Arme vor der Brust. »Du kannst noch ein paar Stunden warten.«

Seine Augen wurden schmal, und er verzog die Lippen, als wolle er die Zähne fletschen. Einen Moment lang bildete ich mir ein, sie wären klein und spitz.

»Ich habe aber *jetzt* Hunger«, knurrte er und trat einen Schritt vor.

Angst packte mich, und ich wich zurück.

Fast augenblicklich wurde sein Gesichtsausdruck wieder weich, seine Augen rund und flehend. »Meggie, bitte?«, jammerte er. »Bitte? Ich bin so hungrig.« Er zog einen Schmollmund und fügte drohend hinzu: »Mommy hat mir auch nichts zu essen gemacht.«

»Also gut, okay! Wenn du dann die Klappe hältst!« Angst und heiße Scham für diese Angst hatten mich wütend klingen lassen. Angst vor Ethan. Vor meinem dummen, vier Jahre alten Halbbruder. Ich hatte keine Ahnung, wo diese dämonischen Stimmungsschwankungen bei ihm herkamen, aber ich hoffte sehr, dass es nicht der Beginn einer neuen Phase war. Vielleicht war er ja auch nur verstört wegen Moms Unfall. Wenn ich den Schlingel fütterte, würde er hoffentlich einschlafen und mich den Rest des Abends in Ruhe lassen. Ich ging zum Gefrierschrank, nahm die Pizza und schob sie in den Ofen.

Während die Pizza backte, versuchte ich die Öllache vor dem Kühlschrank aufzuwischen. Ich fragte mich, wie das Zeug da überhaupt hingekommen war, vor allem, nachdem ich die leere Flasche im Mülleimer entdeckt hatte. Als ich fertig war, roch ich wie eine Fritteuse, und der Boden war immer noch etwas schmierig, aber besser ging's nicht.

Das Quietschen der Backofentür riss mich aus meinen Gedanken. Als ich mich umdrehte, war Ethan gerade dabei, sie aufzuziehen und in den Ofen zu fassen.

»Ethan!« Ich packte sein Handgelenk und riss ihn zurück, ohne auf seine Protestschreie zu achten. »Was machst du denn da, du Idiot? Willst du dich verbrennen oder was?«

»Hunger!«

»Hinsetzen!«, fauchte ich und drückte ihn auf einen Stuhl am Esstisch. Da versuchte er doch glatt, mich zu schlagen, der undankbare Scheißer. Ich widerstand dem Drang, ihm eine Ohrfeige zu verpassen. »Mann, heute bist du aber biestig. Bleib da sitzen und sei still. Ich bringe dir gleich dein Essen.«

Als die Pizza fertig war, fiel er darüber her wie ein wildes Tier, ohne sie abkühlen zu lassen. Völlig perplex verfolgte ich, wie er wie ein ausgehungerter Hund die Stücke verschlang und sich kaum Zeit nahm, zu kauen, bevor er schluckte. Kurz darauf waren sein Gesicht und seine Hände mit Tomatensoße und Käse beschmiert und von der Pizza nicht mehr viel übrig. In weniger als zwei Minuten hatte er alles bis auf den letzten Krümel vertilgt.

Ethan leckte sich die Hände, dann sah er stirnrunzelnd zu mir auf.

»Immer noch hungrig.«

»Sicher nicht«, widersprach ich und schüttelte meine Verwunderung ab. »Wenn du jetzt noch etwas isst, wird dir nur schlecht. Geh in dein Zimmer und spiel was.«

Er warf mir einen unheilvollen Blick zu. Seine Haut schien dunkler zu werden und runzlig, als würde sie sich über seinem Babyspeck zusammenziehen. Ohne Vorwarnung sprang er von seinem Stuhl auf, rannte auf mich zu und grub seine Zähne in mein Bein.

»Aaah!« Der Schmerz fuhr wie ein Stromschlag durch meinen Unterschenkel. Ich packte ihn an den Haaren und versuchte, seine Zähne aus meiner Haut zu lösen, aber er klebte an mir wie ein Blutegel und biss nur noch fester zu. Es fühlte sich an, als würden sich Glasscherben in mein Bein bohren. Tränen traten mir in die Augen, und meine Knie drohten wegzuknicken, so groß war der Schmerz.

»Meghan!«

Robbie stand in der Tür. Er trug einen Rucksack über der Schulter, und seine grünen Augen waren vor Schreck weit aufgerissen.

Ethan ließ von mir ab und fuhr ruckartig herum. Seine Lippen waren blutverschmiert. Als er Robbie sah, zischte er und – man kann es nicht anders sagen – *trippelte* von uns weg und verschwand die Treppe hinauf.

Ich zitterte so heftig, dass ich mich erst mal aufs Sofa setzen musste. Mein Bein pochte, und mein Atem ging stoßweise. Leuchtend rotes Blut quoll durch meine Jeans wie eine sich langsam öffnende Blüte. Verstört betrachtete ich es, während sich Taubheit in meinen Gliedern ausbreitete. Ich war starr vor Schreck.

Robbie war mit drei Schritten bei mir und kniete sich neben mich. Entschlossen begann er, mein Hosenbein hochzukrempeln, als hätte er das schon öfter gemacht.

»Robbie«, flüsterte ich, während er weitermachte, wobei seine langen Finger erstaunlich sanft vorgingen. »Was ist hier los? Das ist doch völlig verrückt. Ethan hat mich angegriffen wie ... wie ein tollwütiger Hund.«

»Das war nicht dein Bruder«, murmelte Robbie, als er den Stoff zurückschob und die blutverschmierte Stelle unter meinem Knie freilegte. Ein Halbkreis aus eingerissenen Stichwunden verunstaltete mein Bein. Blut sickerte heraus, und die Haut rund um die Wunden lief bereits violett an. Rob pfiff leise. »Übel. Warte hier, ich bin gleich wieder da.«

»Als würde ich so irgendwohin gehen«, erwiderte ich automatisch, doch dann wurde mir bewusst, was er zuvor gesagt hatte. »Moment mal. Was meinst du damit, dass das nicht Ethan war? Wer zur Hölle soll es sonst gewesen sein?«

Rob ignorierte mich. Er öffnete seinen Rucksack und zog eine schlanke grüne Flasche und einen winzigen Kristallbecher hervor. Verwundert runzelte ich die Stirn. Was hatte er denn jetzt mit dem Champagner vor? Ich war verletzt, hatte Schmerzen, und mein kleiner Bruder hatte sich gerade in ein Monster verwandelt. Mir war jetzt ganz bestimmt nicht nach Feiern zumute.

Äußerst vorsichtig goss Robbie Champagner ein und kam zu mir zurück, wobei er darauf achtete, keinen einzigen Tropfen zu verschütten. »Hier!« Er reichte mir den kleinen Becher, der in seiner Hand funkelte. »Trink das. Wo finde ich Handtücher?«

Misstrauisch nahm ich den Becher. »Im Badezimmer. Aber nimm nicht die weißen, das sind Moms gute Handtücher.«

Während Robbie sich auf die Suche machte, starrte ich in den winzigen Becher. Das reichte ja kaum für einen Schluck. Und es sah nicht aus wie Champagner, fand ich. Ich hatte etwas mit Kohlensäure erwartet, klar oder leicht rosa, das im Glas perlte. Die Flüssigkeit in diesem Becher war tiefrot, wie Blut. Von der Oberfläche stieg ein wenig Dampf auf, der über dem Becher waberte.

»Was ist das?«

Robbie, der gerade mit einem weißen Handtuch aus dem Bad zurückkam, verdrehte die Augen. »Musst du immer alles hinterfragen? Es wird dir dabei helfen, die Schmerzen zu vergessen. Jetzt trink schon.«

Ich schnüffelte vorsichtig und erwartete einen Duft nach Rosen oder Beeren, irgendeinen süßen Geruch in Verbindung mit Alkohol.

Es roch nach nichts. Nach überhaupt nichts.

Na gut. Ich hob den Becher wie zu einem Trinkspruch. »Alles Gute für mich.«

Der Wein lief durch meinen Mund und überflutete meine Sinne. Er schmeckte nach nichts und gleichzeitig nach allem. Nach Zwielicht und Nebel, Mondschein und Raureif, Leere und Sehnsucht. Der Raum begann sich zu drehen, und ich sank zurück auf das Sofa. Das Denken fiel mir schwer, die Realität verschwamm, und ein lähmender Nebel hüllte mich ein. Mir war übel, und gleichzeitig war ich hundemüde.

Als sich meine Sinne klärten, wickelte Robbie gerade einen Verband um mein Bein. Wobei ich mich nicht daran erinnern konnte, wie er die Wunde gereinigt oder versorgt hatte. Ich fühlte mich erschöpft und benommen, als hätte jemand eine Decke über meine Gedanken gelegt, und es fiel mir schwer, mich zu konzentrieren.

»So«, meinte Robbie und richtete sich auf. »Das war's. Wenigstens wird das Bein jetzt nicht abfallen.« Er musterte mich abschätzend und fragte besorgt: »Wie fühlst du dich, Prinzessin?«

»Äh …«, erwiderte ich nicht gerade vor Scharfsinn sprühend und versuchte, einen klaren Gedanken zu fassen. Da war etwas, woran ich mich erinnern sollte, etwas Wichtiges. Warum hatte Robbie mein Bein verbunden? Hatte ich mich irgendwie verletzt?

Ruckartig setzte ich mich auf.

»Ethan hat mich gebissen!«, rief ich, erneut fassungslos und wütend. Ich wandte mich an Robbie. »Und du … du hast gesagt, das sei gar nicht Ethan gewesen! Wie hast du das gemeint? Was läuft hier?«

»Entspann dich, Prinzessin.« Robbie warf das blutige Handtuch auf den Boden und ließ sich auf einen Hocker sinken. Er seufzte schwer. »Ich hatte gehofft, dass es nicht so weit kommen würde. Mein Fehler, schätze ich. Ich hätte dich heute nicht allein lassen dürfen.«

»Wovon redest du?«

»Du solltest das nicht sehen, nichts davon«, fuhr Robbie fort und verwirrte mich damit nur noch mehr. Er schien eher mit sich selbst zu sprechen als mit mir. »Dein *Blick* war schon immer stark, was nicht weiter verwunderlich ist. Allerdings habe ich nicht gedacht, dass sie auch hinter deiner Familie her sind. Das ändert natürlich alles.«

»Rob, wenn du mir nicht sofort sagst, was los ist …«

Robbie sah mich an. In seinen Augen lag ein wildes, verschmitztes Funkeln. »Es dir sagen? Bist du sicher?« Seine Stimme klang jetzt gefährlich sanft und verursachte mir eine Gänsehaut. »Wenn du einmal anfängst, die Dinge zu sehen, wirst du nicht wieder aufhören können. Manche Leute wurden durch zu viel Wissen schon in den Wahnsinn getrieben.« Er seufzte, und seine Miene verlor jede Bedrohlichkeit. »Ich will nicht, dass dir das passiert, Prinzessin. Weißt du, es muss nicht so sein. Ich kann dafür sorgen, dass du das alles vergisst.«

»Vergessen?«

Er nickte und hielt die Weinflasche hoch. »Das ist Nebelwein. Du hast nur einen Schluck gehabt. Ein ganzer Becher, und alles ist wieder beim Alten.« Er balancierte die Flasche auf zwei Fingern und sah zu, wie sie vor und zurück schwankte. »Ein Becher, und du bist wieder normal. Das Verhalten deines Bruders wird dir nicht mehr komisch vorkommen, und du wirst dich an nichts Seltsames oder Unheimliches erinnern können. Du weißt doch, was man sagt – Unwissenheit ist ein Segen, richtig?«

Trotz meines Unbehagens fühlte ich Wut in mir aufsteigen. »Du willst also, dass ich dieses ... dieses Zeug trinke und das mit Ethan vergesse. Meinen einzigen Bruder einfach vergesse. Das willst du mir damit doch sagen, oder?«

Er zog eine Augenbraue hoch. »Na ja, wenn du es so ausdrückst ...«

Die Wut wurde rasend heiß und brannte meine Angst weg. Ich ballte die Fäuste. »Auf keinen Fall werde ich Ethan vergessen! Er ist mein Bruder! Bist du wirklich so unmenschlich oder einfach nur dämlich?«

Überraschenderweise erschien ein breites Grinsen auf seinem Gesicht. Er ließ die Flasche fallen, fing sie noch in der Luft ab und stellte sie auf den Boden. »Eher Ersteres«, erklärte er sanft.

Das brachte mich aus dem Konzept. »Was?«

»Unmenschlich.« Er grinste immer noch übers ganze Gesicht, sodass seine Zähne im Dämmerlicht schimmerten. »Ich habe dich gewarnt, Prinzessin. Ich bin nicht wie du. Und dein Bruder auch nicht mehr.«

Obwohl die Angst wieder in meinem Magen rumorte, beugte ich mich gespannt vor. »Ethan? Was soll das heißen? Was ist mit ihm?«

»Das war nicht Ethan.« Robbie lehnte sich zurück und verschränkte die Arme. »Das Ding, das dich heute angegriffen hat, ist ein Wechselbalg.«

Puck

Ich starrte Robbie fassungslos an und fragte mich, ob das wieder einer seiner blöden Scherze war. Doch er saß nur ruhig da und beobachtete meine Reaktion. Obwohl er immer noch schief grinste, war sein Blick ernst. Er scherzte nicht.

»W-Wechselbalg?«, stotterte ich schließlich und starrte ihn an, als sei er geisteskrank. »Ist das nicht ein ... ein ...«

»Feenwesen«, beendete Robbie den Satz für mich. »Ein Wechselbalg ist ein Feensprössling, der mit einem menschlichen Kind vertauscht wurde. Normalerweise ist es ein Troll oder ein Kobold, doch es gab auch schon Fälle, in denen die Sidhe – adelige Feen – den Tausch vorgenommen haben. Dein Bruder wurde ausgetauscht. Dieses Ding ist genauso wenig Ethan wie du oder ich.«

»Du bist verrückt«, flüsterte ich. Säße ich nicht auf dem Sofa, wäre ich jetzt langsam in Richtung Tür vor ihm zurückgewichen. »Du bist völlig wahnsinnig. Vielleicht solltest du weniger Mangas lesen, Rob. So etwas wie Feenwesen gibt es nicht.«

Robbie seufzte. »Wirklich? Das ist also deine Meinung? Wie vorhersehbar.« Er lehnte sich zurück und verschränkte die Arme. »Von dir hätte ich mehr erwartet, Prinzessin.«

»Mehr? Von *mir?*«, schrie ich und sprang auf. »Hör dir doch mal selbst zu! Erwartest du etwa, ich glaube, dass mein Bruder irgend so eine Elfe ist, mit Glitzerstaub und Schmetterlingsflügeln?«

»Mach dich nicht lächerlich«, tadelte Robbie mich milde. »Du hast ja keine Ahnung, wovon du redest. Du denkst an *Tinker Bell,* eine typisch menschliche Reaktion auf das Wort *Fee.* Die echten Feenwesen sind nicht so.« Er zögerte. »Na ja, außer den Blumenelfen natürlich, aber das ist eine andere Geschichte.«

Ich schüttelte den Kopf, meine Gedanken überschlugen sich. »Ich kann mich jetzt nicht damit befassen«, murmelte ich und wich vor ihm zurück. »Ich muss nach Ethan sehen.«

Robbie zuckte mit den Schultern, lehnte sich gegen die Wand und verschränkte die Hände hinter dem Kopf. Ich warf ihm noch einen letzten Blick zu, dann rannte ich die Treppe hinauf und öffnete die Tür zu Ethans Zimmer.

Drinnen herrschte Chaos. Ein Kriegsschauplatz aus zerstörten Spielsachen, Büchern und verstreuten Klamotten. Ich suchte nach Ethan, doch das Zimmer schien leer zu sein. Bis ich ein kratzendes Geräusch hörte, das unter seinem Bett hervordrang.

»Ethan?« Ich kniete mich hin, schob kaputte Actionfiguren und zerbrochene Baukastenteile zur Seite und spähte in den Spalt zwischen Matratze und Boden. Im tiefsten Schatten entdeckte ich eine kleine Gestalt, die sich mit dem Rücken zu mir in eine Ecke drückte. Sie zitterte.

»Ethan«, rief ich leise. »Bist du okay? Warum kommst du nicht mal kurz raus? Ich bin nicht böse auf dich.« Okay, das war gelogen, aber eigentlich war ich eher bestürzt als sauer. Am liebsten wollte ich Ethan nach unten schleifen und beweisen, dass er kein Troll oder Wechselbalg oder sonst was war, wie Robbie behauptet hatte.

Die Gestalt bewegte sich, und Ethans Stimme drang unter dem Bett hervor. »Ist der unheimliche Mann noch da?«, fragte er ängstlich.

Vielleicht hätte ich sogar Mitleid mit ihm gehabt, wenn mein Bein nicht so wehgetan hätte. »Nein«, log ich, »er ist weg. Du kannst rauskommen.«

Ethan rührte sich nicht, was mich noch mehr reizte.

»Das ist doch lächerlich, Ethan. Jetzt komm schon raus!« Ich schob den Kopf unter das Bett und streckte die Hand nach ihm aus.

Ethan fuhr zischend zu mir herum. Seine Augen flackerten gelb, und er schnappte nach meinen Fingern. Ich riss die Hand gerade noch rechtzeitig zurück, als seine Zähne, die gezackt und spitz waren wie die eines Hais, mit einem schrecklichen Geräusch aufeinanderschlugen. Ethan fauchte. Seine Haut war bläulich wie die eines ertrunkenen Babys, und seine gefletschten Zähne blitzten in der Dunkelheit. Kreischend krabbelte ich rückwärts, wobei sich Legosteine und Bauklötze in meine Handflächen bohrten. Als ich an die Zimmerwand stieß, sprang ich auf, wirbelte herum und flüchtete durch die Tür – und prallte prompt mit Robbie zusammen, der davor stand.

Er packte meine Schultern, während ich hysterisch weiterschrie, und ohne wirklich zu realisieren, was ich tat, nach ihm schlug. Er ließ die Attacke wortlos über sich ergehen und hielt mich einfach nur fest, bis ich zusammensackte und den Kopf an seine Brust drückte. Und er hielt mich weiter, während ich meiner Angst und Wut schluchzend Luft machte.

Irgendwann versiegten die Tränen, und ich fühlte mich nur noch leer und erschöpft. Schniefend trat ich zurück und rieb mir zitternd die Augen. Robbie stand immer noch ganz ruhig da, sein T-Shirt nass von meinen Tränen. Ethans Zimmertür war geschlossen, aber ich konnte durch das Holz gedämpftes Rumpeln und ein gackerndes Lachen hören.

Zitternd sah ich zu Robbie auf. »Ethan ist also wirklich verschwunden?«, flüsterte ich. »Er hat sich nicht einfach irgendwo versteckt? Er ist weg?«

Robbie nickte ernst.

Ich sah zu Ethans Zimmertür hinüber und biss mir auf die Lippe. »Wo ist er jetzt?«

»Wahrscheinlich im Feenland.«

Das kam so selbstverständlich, dass ich fast gelacht hätte, weil das Ganze so absurd klang. Ethan war von Feen geraubt und durch einen fiesen Doppelgänger ersetzt worden. *Feen* hatten meinen Bruder entführt. Fast hätte ich mich gezwickt, um herauszufinden, ob das alles nur ein wirrer Traum oder eine Halluzination war. Vielleicht war ich ja total betrunken auf dem Sofa eingeschlafen. Einem Impuls folgend, biss ich mir fest in die Wange. Der stechende Schmerz und der Geschmack von Blut verrieten mir, dass alles tatsächlich real war.

Ich sah Robbie an, und sein ernster Gesichtsausdruck erstickte die letzten Zweifel. Ein mulmiges Gefühl breitete sich in meinem Magen aus, mir wurde übel, und ich hatte Angst.

»Dann…« Ich schluckte und zwang mich, ruhig zu bleiben. Okay, Ethan war also von Feen entführt worden. Damit würde ich fertigwerden müssen. »Was machen wir jetzt?«

Robbie zuckte eine Schulter. »Das hängt ganz von dir ab, Prinzessin. Es gibt Menschenfamilien, die Wechselbälger als ihre eigenen Kinder aufgezogen haben. Allerdings wissen sie normalerweise nichts von der wahren Natur des Kindes. Wenn man sie füttert und ansonsten in Ruhe lässt, leben sie sich meist ohne allzu große Probleme in ihrem neuen Heim ein. Am Anfang sind Wechselbälger die reinste Pest, aber die meisten Familien gewöhnen sich an sie.« Robbie grinste, doch es war eher ein Versuch, die Stimmung zu heben, als echte Belustigung. »Mit etwas Glück werden deine Leute denken, dass er eine verspätete schlimme Trotzphase durchmacht.«

»Robbie, das Ding hat mich gebissen und wohl auch dafür gesorgt, dass Mom in der Küche ausgerutscht und gestürzt ist. Das ist mehr als nervig, das ist gefährlich!« Ich starrte auf Ethans geschlossene Tür und schauderte. »Ich will, dass es verschwindet. Ich will meinen Bruder zurückhaben. Wie können wir es loswerden?«

Robbie wurde sachlich, doch er schien sich nicht ganz wohl in seiner Haut zu fühlen. »Na ja, es gibt Möglichkeiten, wie man einen Wechselbalg loswerden kann. Eine alte Methode besteht darin, in Eierschalen Bier zu brauen oder Eintopf zu kochen, um den Wechselbalg dazu zu bringen, dass er sich darüber auslässt, wie seltsam das ist.

Aber das hat man nur bei vertauschten Babys gemacht. Da Babys eigentlich zu jung sind, um sprechen zu können, wussten die Eltern, dass es ein Wechselbalg war, und die wahren Eltern mussten ihn zurücknehmen. Ich glaube nicht, dass das bei älteren Kindern wie deinem Bruder funktioniert.«

»Na klasse. Gibt es noch andere Möglichkeiten?«

»Ähm, eine andere Möglichkeit wäre, den Wechselbalg halb tot zu prügeln, bis seine Schreie die Feeneltern dazu zwingen, das echte Kind zurückzugeben. Abgesehen davon könnte man ihn noch in den Ofen stecken und bei lebendigem Leib rösten ...«

»Stopp.« Mir wurde schlecht. »So etwas kann ich nicht tun, Robbie. Ich kann es einfach nicht. Es muss einen anderen Weg geben.«

»Na ja ...« Robbie zögerte und kratzte sich nachdenklich im Nacken. »Die einzige verbleibende Möglichkeit wäre dann, ins Feenland zu reisen und ihn zurückzuholen. Bringt man das echte Kind in sein Heim zurück, wird der Wechselbalg dadurch vertrieben. Aber ... « Er verstummte, so als hätte er noch etwas sagen wollen, es sich dann jedoch anders überlegt.

»Aber was?«

»Aber ... du hast keine Ahnung, wer deinen Bruder entführt hat. Und solange du das nicht weißt, wirst du nur ziellos herumlaufen. Und nebenbei bemerkt: Im Feenland ziellos herumzulaufen ist eine sehr, sehr schlechte Idee.«

Ich kniff die Augen zusammen. »Ich weiß vielleicht nicht, wer ihn entführt hat«, stimmte ich ihm zu und sah Robbie durchdringend an, »aber du schon.«

Robbie scharrte nervös mit den Füßen. »Ich hab so eine Ahnung.«

»Wer?«

»Wie gesagt, es ist nur eine Vermutung. Ich könnte mich irren. Wir sollten keine voreiligen Schlüsse ziehen.«

»Robbie!«

Er seufzte. »Der Dunkle Hof.«

»Der was?«

»Der Dunkle Hof«, wiederholte Robbie. »Der Hof von Mab, der Königin von Luft und Finsternis. Die Erzfeinde von König Oberon und Königin Titania. Sehr mächtig. Sehr niederträchtig.«

»Moment, Moment, warte mal.« Ich hob abwehrend die Hände. »Oberon? Titania? Wie in Shakespeares *Sommernachtstraum?* Sind das nicht nur alte Sagengestalten?«

»Alt, ja«, erwiderte Robbie, »Sagengestalten, nein. Die Hohen Feen sind unsterblich. Diejenigen, über die Lieder, Balladen und Geschichten geschrieben werden, sterben niemals. Glaube, Verehrung, Fantasie: Wir wurden aus den Träumen und Ängsten der Sterblichen geboren, und solange man sich an uns erinnert – und sei es nur ansatzweise –, werden wir existieren.«

»Du sagst ständig *wir*«, stellte ich fest. »Als wärst du auch eine von diesen unsterblichen Feengestalten. Als wärst du einer von ihnen.« Robbie lächelte. Es war ein stolzes, etwas spitzbübisches Lächeln, und ich schluckte. »Wer bist du?«

»Na ja.« Robbie zuckte mit den Schultern, versuchte bescheiden zu wirken und versagte dabei kläglich. »Wenn du den *Sommernachtstraum* gelesen hast, wirst du dich vielleicht an mich erinnern. Da gab es diesen unglücklichen und völlig ungeplanten Zwischenfall, wo ich jemandem einen Eselskopf verpasst und dann dafür gesorgt habe, dass sich Titania in ihn verliebt.«

In Gedanken ging ich das Stück durch. Ich hatte es in der siebten Klasse gelesen, aber den Großteil der Handlung wieder vergessen. Es gab so viele Figuren, so viele Namen, und dieses ständige Ver- und Entlieben der Leute war einfach lächerlich. Ein paar der menschlichen Namen fielen mir ein: Hermia, Helena, Demetrius. Bei den Feen gab es Oberon, Titania und …

»Scheiße«, flüsterte ich und ließ mich fassungslos rückwärts gegen die Wand sinken. Plötzlich sah ich Robbie mit ganz neuen Augen. »Robbie Goodfell. Robin … Du bist Robin Goodfellow.«

Robbie grinste. »Nenn mich Puck.«

Puck. *Der* Puck stand bei mir im Flur.

»Nie im Leben«, flüsterte ich und schüttelte den Kopf. Das war Robbie, mein bester Freund. Ich hätte doch gewusst, wenn er ein uraltes Feenwesen gewesen wäre.

Oder?

Erschreckenderweise kam es mir immer wahrscheinlicher vor, je länger ich darüber nachdachte. Ich hatte noch nie Robbies Haus gesehen, geschweige denn seine Eltern. Die Lehrer liebten ihn, auch wenn er nie einen Strich für die Schule machte und die meisten Stunden einfach verpennte. Und seltsame Dinge passierten, wenn er in der Nähe war: In Pulten tauchten Mäuse und Frösche auf, oder Namen wurden auf Klassenarbeiten vertauscht. Obwohl Robbie Goodfell diese Vorfälle zum Totlachen fand, fiel der Verdacht nie auf ihn.

»Nie«, murmelte ich und wich langsam in Richtung meines Zimmers zurück. »Das ist unmöglich. Puck ist eine Sagengestalt, eine Märchenfigur. Das glaube ich nicht.«

Robbie schenkte mir wieder dieses unheimliche Lächeln. »Tja, Prinzessin, dann sollte ich dich unbedingt davon überzeugen.«

Er hob die Arme, als wolle er sich in die Luft erheben. Unten öffnete sich quietschend die Haustür, und ich hoffte nur, dass Mom und Luke noch nicht zurückkamen.

Tja, Mom, Ethan hat sich in ein Monster verwandelt, und mein bester Freund hält sich für eine Fee. Und wie war dein Tag?

Ein riesiger schwarzer Vogel schoss durch den Flur auf uns zu. Ich zog mit einem Schrei den Kopf ein, als der Rabe – oder die Krähe oder was auch immer das für ein Vogel war – direkt auf Robbie zuhielt und sich auf seinem Arm niederließ. Die beiden sahen mich mit funkelnden Augen an, und Robbie lächelte.

Ein Windstoß folgte, und auf einmal war die Luft erfüllt von kreischenden schwarzen Vögeln, die durch die offene Tür hereinflatterten. Ich duckte mich keuchend, als die Raben wie eine Wolke den Flur erfüllten. Ihre krächzenden Schreie waren ohrenbetäubend. Sie kreisten um Robbie, ein Wirbel aus schlagenden Flügeln und scharfen Krallen, und zerrten mit ihren Klauen und Schnäbeln an ihm. Überall flogen Federn, und Robbie verschwand in der brodelnden Masse. Dann, plötzlich, zerstreuten sich die Vögel, flogen durch die offene Tür davon und waren so schnell verschwunden, wie sie gekommen waren. Als der letzte Vogel hinausglitt, schlug die Tür hinter ihm zu, und es breitete sich Stille aus. Ich hielt den Atem an und sah mich nach Robbie um.

Er war weg. Nur etwas Staub und ein Kreis aus schwarzen Federn waren an der Stelle zurückgeblieben, wo er gerade noch gestanden hatte.

Das war zu viel. Ich spürte, wie sich mein Verstand verabschiedete. Mit einem erstickten Schrei fuhr ich herum, rannte in mein Zimmer und schlug die Tür hinter mir zu. Ich schlüpfte ins Bett und zog mir zitternd das Kissen über den Kopf, in der Hoffnung, dass alles wieder normal sein würde, wenn ich aufwachte.

Die Zimmertür öffnete sich, und ich hörte Flügel schlagen. Ich wollte nicht hinsehen und wickelte mich fester in meine Decke. Ich wollte nur noch, dass dieser Albtraum endlich ein Ende hatte. Dann hörte ich ein Seufzen und Schritte.

»Ich habe versucht, dich zu warnen, Prinzessin.«

Ich spähte unter der Decke hervor. Da stand Robbie und sah mit einem gequälten Lächeln auf mich herunter. Bei seinem Anblick verspürte ich gleichzeitig Erleichterung, Wut und Angst. Ich warf die Decke zurück, setzte mich auf und starrte ihn aus zusammengekniffenen Augen an. Robbie schob nur die Hände in die Hosentaschen und stand ruhig da, als erwarte er weitere Einwände von mir.

»Und du bist wirklich Puck?«, fragte ich schließlich. »*Der* Puck? Der aus den Geschichten?«

Robbie/Puck machte eine angedeutete Verbeugung. »Der einzig wahre.«

Mein Herz schlug immer noch wie wild. Ich holte tief Luft, um mich zu beruhigen, und starrte den Fremden in meinem Zimmer an. Ich war völlig durcheinander und hatte keine Ahnung, was ich empfinden sollte. Schließlich entschied ich mich für Wut: Robbie war jahrelang mein Freund gewesen und hatte es nie für nötig gehalten, mir sein Geheimnis anzuvertrauen.

»Das hättest du wirklich auch mal früher sagen können«, meckerte ich und versuchte, nicht zu verletzt zu klingen. »Ich hätte dein Geheimnis für mich behalten.«

Er grinste nur und zog eine Augenbraue hoch, was mich noch wütender machte.

»Schön. Dann geh doch zurück ins Feenland oder wo auch immer du hergekommen bist. Bist du nicht eigentlich Oberons Hofnarr oder so was? Warum hängst du dann ewig bei *mir* rum?«

»Das tut weh, Prinzessin.« Robbie klang allerdings kein bisschen verletzt. »Und das, nachdem ich gerade beschlossen hatte, dir dabei zu helfen, deinen Bruder zurückzuholen.«

Meine Wut war augenblicklich verflogen, stattdessen kehrte die Angst zurück. Bei dem ganzen Gerede über Feenwesen und Unsterbliche hatte ich Ethan fast vergessen.

Ich begann zu zittern, während sich mein Magen zu einem kleinen Klumpen zusammenkrampfte. Das alles kam mir immer noch vor wie ein Albtraum. Aber Ethan war wirklich verschwunden, und Feen waren real. Das musste ich jetzt akzeptieren. Robbie sah mich erwartungsvoll an. Eine schwarze Feder löste sich aus seinen Haaren und segelte auf mein Bett. Vorsichtig hob ich sie auf und drehte sie zwischen den Fingern. Sie fühlte sich echt an.

»Wirst du mir wirklich helfen?«, flüsterte ich.

Er warf mir einen frechen Blick zu, und ein amüsiertes Lächeln umspielte seine Lippen. »Kennst du einen Zugang zur Feenwelt?«

»Nein.«

»Dann brauchst du definitiv meine Hilfe.« Grinsend rieb sich Robbie die Hände. »Außerdem war ich schon seit einer ganzen Weile nicht mehr zu Hause, und hier passiert ja nie etwas. Den Dunklen Hof zu stürmen hört sich doch spaßig an.«

Ich konnte seine Begeisterung nicht teilen.

»Wann brechen wir auf?«, fragte ich.

»Sofort«, erwiderte Robbie. »Je früher, desto besser. Willst du noch irgendetwas mitnehmen, Prinzessin? Es könnte eine Weile dauern, bis du zurückkommst.«

Ich nickte und versuchte ruhig zu bleiben. »Gib mir nur eine Minute.«

Robbie verschwand auf den Flur. Ich nahm meinen knallorangen Rucksack und warf ihn aufs Bett, ohne genau zu wissen, was ich einpacken sollte. Was brauchte man für eine Reise ins Feenland? Ich schnappte mir eine Jeans und ein Ersatzshirt, eine Taschenlampe und eine Schachtel Aspirin und stopfte alles in den Rucksack. Dann lief ich hinunter in die Küche und packte Cola und ein paar Tüten Chips ein, hoffte aber, dass Robbie wissen würde, woher wir auf der Reise etwas zu essen bekamen. Zum Schluss griff ich noch, ohne zu wissen, warum, nach meinem iPod und schob ihn in die Reißverschlusstasche an der Seite.

Eigentlich wollte Mom heute mit mir zur Führerscheinstelle fahren. Ich zögerte und kaute auf meiner Lippe. Was würden Mom und Luke denken, wenn sie entdeckten, dass ich weg war? Ich hatte mich immer an die Regeln gehalten, mich nie rausgeschlichen – bis auf das eine Mal mit Robbie – und war nie länger aufgeblieben als erlaubt. Ich fragte mich, was Rob genau meinte, wenn er sagte, wir würden »eine Weile« wegbleiben. Luke würde vielleicht gar nicht merken, dass ich nicht da war, aber Mom würde sich bestimmt Sorgen machen. Ich nahm einen Schmierzettel und wollte ihr schnell eine Nachricht schreiben, doch dann verharrte ich, und der Stift schwebte über dem Papier.

Was willst du ihr denn sagen? »*Liebe Mom, Ethan ist von Feen entführt worden. Bin losgezogen, um ihn zurückzuholen. Oh, und dem Ethan, der hier ist, darfst du nicht trauen – er ist in Wirklichkeit ein Wechselbalg der Feen.*«

Das klang selbst für mich total geisteskrank. Ich zögerte, dachte einen Moment nach und schrieb dann:

Mom, es gibt da eine Sache, um die ich mich kümmern muss.
Aber ich komme bald wieder, versprochen.
Mach dir keine Sorgen.
Meghan

Ich heftete die Nachricht an die Kühlschranktür und verdrängte den Gedanken, dass ich mein Zuhause vielleicht nie wiedersehen würde. Dann warf ich mir den Rucksack über die Schulter, während es in meinem Magen rumorte wie in einem Schlangennest, und stieg die Treppe hinauf.

Robbie wartete oben auf dem Treppenabsatz auf mich. Er hatte die Arme verschränkt und ein müdes Grinsen aufgesetzt. »Fertig?«

Vor Anspannung kribbelte es in meinem Magen. »Wird es gefährlich werden?«

»O ja, sehr«, erwiderte Robbie, während er auf Ethans Zimmertür zuging. »Deshalb macht es ja so viel Spaß. Es gibt dermaßen viele interessante Arten zu sterben – von einem Glasschwert durchbohrt werden, von einem Kelpie unter Wasser gezogen und ertränkt werden, für immer und ewig in eine Spinne oder einen Rosenbusch verwandelt werden ...« Er drehte sich zu mir um. »Kommst du jetzt oder nicht?«

Ich bemerkte, dass meine Hände zitterten, und drückte sie an die Brust. »Warum sagst du solche Sachen?«, flüsterte ich. »Willst du mir Angst machen?«

»Ja«, antwortete Robbie ungerührt. Er blieb vor Ethans Zimmertür stehen, eine Hand auf dem Knauf, und sah mich durchdringend an. »Das sind die Sachen, mit denen du es zu tun bekommen wirst, Prinzessin. Ich will dich nur warnen. Willst du trotzdem gehen? Mein Angebot von vorhin steht noch.«

Ich erinnerte mich an den Geschmack des Nebelweins, an die Sehnsucht nach mehr, und schauderte.

»Nein«, sagte ich schnell, »ich werde Ethan nicht einer Horde Monster überlassen. Ich habe schon meinen Vater verloren – ich werde nicht auch noch meinen Bruder verlieren.«

Da kam mir ein Gedanke, der mir den Atem raubte, und ich wunderte mich, dass ich nicht schon früher darauf gekommen war. *Dad.* Mein Herz begann zu rasen, als mir die halb vergessenen Träume einfielen, in denen mein Vater in einem Teich verschwunden und nie wieder aufgetaucht war. Was, wenn er auch von Feen entführt worden war? Ich könnte Ethan *und* meinen Dad finden und *beide* nach Hause bringen!

»Gehen wir«, forderte ich und sah Robbie direkt in die Augen. »Los jetzt! Wir haben hier schon genug Zeit vertrödelt. Wenn wir das durchziehen wollen, sollten wir es anpacken.«

Rob blinzelte, und ein seltsamer Ausdruck huschte über sein Gesicht. Kurz schien es, als wollte er etwas sagen. Doch dann schüttelte er sich, als würde er aus einer Trance erwachen, und der Moment war vorbei.

»Alles klar. Aber sag nicht, ich hätte dich nicht gewarnt.« Er grinste wieder, und das Funkeln in seinen Augen wurde stärker. »Eins nach dem anderen. Zunächst müssen wir einen Zugang zum Nimmernie finden. Also, zum Feenland. Da kann man nicht einfach so hingehen, die Tore sind normalerweise gut versteckt. Zum Glück habe ich eine Idee, wo sich eines verbergen könnte.« Mit einem Grinsen wandte er sich um und hämmerte gegen Ethans Zimmertür. »*Klopf, klopf!*«, rief er mit hoher, singender Stimme.

Einen Moment lang herrschte Stille. Dann ertönte ein Poltern und Krachen, als wäre etwas Schweres gegen die Tür geschleudert worden. »Haut ab!«, kam eine fauchende Stimme von drinnen.

»Äh, nö. So geht der Witz nicht!«, rief Rob. »Ich sage: ›Klopf, klopf!‹, und du musst antworten: ›Wer da?‹«

»Verpiss dich!«

»Nein, immer noch falsch.« Robbie schien völlig unbeeindruckt zu sein.

Ich war allerdings entsetzt über Ethans Ausdrucksweise, obwohl ich ja wusste, dass er es gar nicht war.

»Pass auf!«, rief Rob freundlich. »Ich werde das Ganze allein durchspielen, damit du beim nächsten Mal weißt, was du zu sagen hast.« Er räusperte sich und schlug wieder gegen die Tür. »Klopf, klopf!«, brüllte er. »Wer ist da? – Puck! – Welcher Puck? – Der Puck, der dich in ein quiekendes Schwein verwandeln und in den Ofen schieben wird, wenn du uns nicht aus dem Weg gehst!« Und mit diesen Worten riss er die Tür auf.

Das Ding, das so aussah wie Ethan, stand auf dem Bett und hielt in jeder Hand ein Buch. Mit einem lauten Zischen schleuderte er sie Richtung Tür. Robbie konnte ausweichen, aber ich bekam ein Taschenbuch in den Magen und ächzte.

Ich hörte, wie Robbie »Oh, bitte« murmelte, dann schien sich die Luft zu kräuseln. Auf einmal schlugen alle Bücher im Raum mit ihren Deckeln, stiegen vom Boden auf, erhoben sich aus den Regalen und stürzten sich wie ein Schwarm wütender Möwen auf Ethan. Ich sah fassungslos zu und hatte das Gefühl, dass mein Leben von Sekunde zu Sekunde surrealer wurde. Der falsche Ethan zischte und fauchte und schlug nach den Büchern, die um ihn herumflatterten, bis eines ihn im Gesicht traf und zu Boden stürzen ließ. Mit einem wütenden Schrei schoss er unters Bett. Ich hörte Krallen über das Holz kratzen, als seine Beine in dem schmalen Spalt verschwanden. Aus der Dunkelheit drangen geknurrte Flüche.

Robbie schüttelte den Kopf. »Dilettanten.« Er seufzte, als die Bücher mitten im Flug erstarrten und dann mit lautem Gepolter zu Boden fielen. »Gehen wir, Prinzessin.«

Ich schüttelte mich kurz und suchte mir dann einen Weg zwischen den herabgefallenen Büchern hindurch, bis ich Robbie erreichte, der mitten im Raum stand.

»Also«, meinte ich möglichst lässig, als wären fliegende Bücher und Feen etwas, womit ich jeden Tag zu tun hatte. »Wo ist nun dieser Eingang zum Feenland? Musst du einen magischen Ring schmieden oder einen Zauberspruch aufsagen oder so was?«

Rob kicherte. »Nicht ganz, Prinzessin. So kompliziert ist es gar nicht. Tore zum Nimmernie pflegen an Stellen zu erscheinen, wo es eine Menge Glauben, Kreativität und Fantasie gibt. Oft findet man sie im Schrank eines Kindes oder unter seinem Bett.«

Floppy hat Angst vor dem Mann im Schrank. Schaudernd schickte ich eine stumme Entschuldigung an meinen Halbbruder. Wenn ich ihn wiederfand, würde ich ihm auf jeden Fall erzählen, dass ich jetzt auch an die Monster glaubte.

»Also im Schrank«, murmelte ich und trat über die Bücher und Spielsachen hinweg, um zu ihm zu kommen.

Meine Hand zitterte leicht, als ich sie nach dem Griff ausstreckte. *Kein Zurück mehr,* sagte ich mir und öffnete den Schrank.

Als die Tür aufschwang, erblickte ich eine große, ausgemergelte Gestalt mit schmalem Gesicht und tief liegenden Augen. An ihrem dürren Körper hing ein schwarzer Anzug schlabbrig herab, und auf dem spitzen Schädel saß eine Melone. Sie blinzelte träge und starrte mich an, dann verzog sie die blutleeren Lippen, sodass ihre schmalen, spitzen Zähne aufblitzten.

Schreiend wich ich zurück.

»Mein Schrank!«, zischte die Gestalt. Eine spinnenartige Hand schoss vor und griff nach der Tür. »Mein Schrank! Meiner!« Damit wurde die Schranktür zugeschlagen.

Robbie seufzte entnervt, während ich mich hinter ihm versteckte. Mein Herz flatterte in meinem Brustkorb wie eine eingesperrte Fledermaus.

»Immer diese Schwarzen Männer«, murmelte er kopfschüttelnd. Dann ging er zum Schrank, klopfte dreimal an die Tür und öffnete sie. Diesmal war er leer, bis auf die darin hängenden Hemden, die aufgestapelten Kisten und alle möglichen normalen Sachen, die in einen Schrank gehörten. Robbie schob die Klamotten beiseite, wand sich zwischen den Kisten hindurch und legte dann eine Hand an die Rückwand, wobei er seine Finger suchend über das Holz gleiten ließ.

Neugierig trat ich näher.

»Wo bist du denn?«, murmelte er und tastete die Wand ab. Ich schob mich an die Schranktür heran und sah ihm über die Schulter. »Ich weiß, dass du da bist. Wo ... Ah!«

Er ging in die Hocke, holte tief Luft und blies gegen die Wand. Augenblicklich stieg eine Staubwolke auf und wirbelte glitzernd um ihn herum wie orangefarbene Funken.

Als er sich aufrichtete, entdeckte ich eine goldene Klinke an der Schrankrückwand, und die feinen Umrisse einer Tür zeichneten sich auf dem Holz ab. Durch den Spalt am Boden drang helles Licht.

»Komm, Prinzessin.« Rob drehte sich um und winkte mich herbei. Seine Augen leuchteten grün in der Dunkelheit. »Das ist unsere Gelegenheit. Deine Fahrkarte ins Nimmernie.«

Ich zögerte, da ich warten wollte, bis sich mein Puls wieder einigermaßen beruhigt hatte. Was er nicht tat.

Das ist doch total krank, flüsterte eine kleine, ängstliche Stimme in mir. Wer wusste schon, was hinter dieser Tür auf mich wartete, welche Schrecken in den Schatten lauerten? Ich würde vielleicht nie wieder nach Hause zurückkehren. Das war meine letzte Chance, umzukehren.

Nein, sagte ich mir. *Ich kann nicht zurück. Ethan ist irgendwo da draußen. Ethan zählt auf mich.* Also holte ich tief Luft und trat einen Schritt nach vorn.

In diesem Moment schoss eine faltige Hand unter dem Bett hervor und umklammerte meinen Knöchel. Sie zerrte wie wild daran, und ich wäre fast hingefallen, während aus der Dunkelheit unter dem Bett ein unheimliches Fauchen erklang. Mit einem Schrei trat ich nach der Klaue, sprang blindlings in den Kleiderschrank und warf die Tür hinter mir zu.

Als mich die muffige Dunkelheit von Ethans Kleiderschrank umfing, drückte ich eine Hand an die Brust und wartete wieder einmal darauf, dass sich mein Herzschlag beruhigte. Abgesehen von dem feinen Lichtrechteck, das sich an der Rückwand abzeichnete, herrschte absolute Finsternis. Ich konnte Robbie nicht sehen, spürte ihn aber in meiner Nähe und hörte seine leisen Atemzüge an meinem Ohr.

»Bereit?«, flüsterte er. Sein Atem strich warm über meine Haut. Noch bevor ich antworten konnte, drückte er gegen die Tür, die sich quietschend öffnete und den Blick auf das Nimmernie freigab.

Fahles silbriges Licht strömte in den Schrank. Die Lichtung auf der anderen Seite der Tür wurde von riesigen Bäumen umstanden, die so dick und dicht belaubt waren, dass zwischen ihren Ästen kein Himmel zu sehen war. Nebelschwaden zogen wabernd über den Boden, und der Wald war so düster und still, als wäre er in ewigem Zwielicht gefangen. Hier und da leuchteten einzelne Farbtupfer und durchbrachen das vorherrschende Grau. Ein Fleck mit Blumen, deren Blüten geradezu elektrisierend blau waren, wiegte sich sanft im Nebel. Eine Ranke wand sich um den Stamm einer sterbenden Eiche, wobei ihre langen roten Dornen in starkem Kontrast zu dem Baum standen, den sie tötete.

Die warme Brise trug eine verwirrende Mischung von Gerüchen in den Schrank. Gerüche, die es eigentlich gar nicht zusammen an einem Ort geben sollte. Zerdrückte Blätter und Zimt, Rauch und Äpfel, frische Erde, Lavendel und der feine, durchdringende Geruch von Moder und Verwesung. Einen Moment lang nahm ich einen Hauch von Metall und Kupfer wahr, der sich um den Modergeruch legte, doch beim nächsten Atemzug war er verschwunden.

Über uns schwirrten scharenweise Insekten, und als ich genauer hinhörte, glaubte ich, Gesang zu vernehmen. Auf den ersten Blick schien der Wald völlig leblos zu sein, doch dann entdeckte ich Bewegungen in den Schatten und hörte, wie die Blätter um uns herum raschelten. Von überall her schienen mich unsichtbare Augen zu beobachten, sich in meine Haut zu bohren.

Robbie, dessen Haare wie eine leuchtende Flamme um seinen Kopf

wehten, trat durch die offene Tür, blickte sich um und lachte. »Daheim.«
Mit einem Seufzer breitete er die Arme aus, als wollte er alles an seine
Brust drücken. »Endlich bin ich daheim.« Er drehte sich wie wild im
Kreis, ließ sich dann immer noch lachend rückwärts in den Nebel fal-
len – wie jemand, der einen Schnee-Engel macht – und war verschwun-
den.

Ich schluckte schwer und machte vorsichtig einen Schritt aus dem
Schrank. Der Nebel kroch um meine Knöchel, als wäre er lebendig, und
streichelte mit feuchten Fingern meine Haut. »Rob?«

Die Stille schien mich zu verspotten. Aus dem Augenwinkel sah ich,
wie etwas Großes, Weißes wie Quecksilber zwischen die Bäume glitt.

»Rob?«, rief ich wieder und schlich zögernd zu der Stelle, an der er
sich fallen gelassen hatte. »Wo bist du? Robbie?«

»Buh!«

Rob erhob sich hinter mir aus dem Nebel wie ein Vampir aus seinem
Sarg. Zu sagen, ich hätte geschrien, wäre wohl untertrieben gewesen.

»Sind wir heute ein wenig schreckhaft?« Robbie sprang lachend außer
Reichweite, bevor ich ihn umbringen konnte. »Du solltest nur noch
Koffeinfreien trinken, Prinzessin. Wenn du jedes Mal so schreien willst,
wenn ein Schwarzer Mann auftaucht und ›Buh!‹ macht, bist du fix und
fertig, bevor wir aus dem Wald draußen sind.«

Er hatte sich verändert. Seine Jeans und das abgerissene T-Shirt waren
verschwunden und durch eine leuchtend grüne Hose und einen dicken
braunen Kapuzenpulli ersetzt worden. Seine Füße konnte ich im Nebel
nicht genau erkennen, aber es sah fast so aus, als hätte er seine Sneakers
gegen weiche Lederstiefel getauscht. Sein Gesicht war schmaler, mar-
kanter und spitzer zulaufend. Zusammen mit seinen rotbraunen Haaren
und den grünen Augen erinnerte mich sein Anblick an einen grinsenden
Fuchs.

Doch am deutlichsten unterschieden sich seine Ohren. Sie ragten
schmal und spitz an den Seiten seines Kopfes empor wie die eines … na
ja, wie die eines Elfen. In diesem Moment verblassten die letzten Spuren
von Robbie Goodfell. Der Junge, den ich fast mein ganzes Leben lang
gekannt hatte, war verschwunden, als hätte er nie existiert, und nur
Puck blieb zurück.

»Was ist denn, Prinzessin?« Puck gähnte und streckte seine langen Glieder. Bildete ich mir das nur ein oder war er auch größer geworden? »Du siehst aus, als hättest du gerade deinen besten Freund verloren.« Ich ignorierte die Frage, weil ich mich nicht weiter damit befassen wollte. »Wie hast du das gemacht?«, wollte ich wissen, um das Thema zu wechseln. »Ich meine, deine Klamotten. Es sind andere. Und wie du die Bücher zum Fliegen gebracht hast. War das Magie?«

Puck grinste. »Schein«, antwortete er, als würde das alles erklären. Nachdem ich ihn nur stirnrunzelnd anstarrte, seufzte er. »Ich hatte keine Zeit, mich umzuziehen, bevor wir hierhergekommen sind, und mein Herr König Oberon sieht es nicht gern, wenn man bei Hofe die Kleidung der Sterblichen trägt. Also habe ich Schein eingesetzt, um mich hoffähig zu machen. Genauso, wie ich Schein benutzt habe, um menschlich auszusehen.«

»Moment!« Ich musste an das Gespräch zwischen Robbie und der Krankenschwester in meinem Traum denken. »Gibt es in unserer Welt etwa noch andere ... Feentypen wie dich? Direkt vor unserer Nase?«

Puck schenkte mir ein sehr gruseliges Lächeln. »Wir sind überall, Prinzessin«, erklärte er bestimmt. »Unter deinem Bett, auf deinem Speicher, wir begegnen euch auf der Straße.« Sein Grinsen wurde breiter, irgendwie wölfisch. »Schein wird durch die Träume und Vorstellungen der Sterblichen gespeist. Schriftsteller, Künstler, kleine Jungen, die so tun, als wären sie Ritter – die Feenwesen werden von ihnen angezogen wie Motten vom Licht. Warum, glaubst du, haben so viele Kinder imaginäre Freunde? Auch dein Bruder hatte einen. Er hat ihn Floppy genannt, glaube ich, obwohl das natürlich nicht sein wahrer Name war. Wirklich schade, dass es dem Wechselbalg gelungen ist, ihn zu töten.«

Mein Magen krampfte sich zusammen. »Und ... euch kann niemand sehen?«

»Wir sind unsichtbar, oder wir benutzen Schein, um unsere wahre Gestalt zu verbergen.« Puck lehnte sich an einen Baum und verschränkte die Hände hinter dem Kopf, wie Robbie es auch immer getan hatte. »Schau nicht so entsetzt, Prinzessin. Nur das zu sehen, was man erwartet, ist eine Kunst, die die Sterblichen perfektioniert haben. Obwohl es ein paar vereinzelte Menschen gibt, die durch den Nebel und den

Schein sehen können. Üblicherweise sind das ganz besondere Individuen – unschuldige, naive Träumer –, zu denen sich die Feenwesen sehr stark hingezogen fühlen.«

»Wie Ethan«, murmelte ich.

Puck sah mich eigenartig an, und seine Mundwinkel zuckten. »Wie du, Prinzessin.« Er schien noch etwas anderes sagen zu wollen, doch da knackte irgendwo in der zugewucherten Dunkelheit ein Zweig. Blitzartig richtete er sich auf. »Oh, wir müssen los. Es ist gefährlich, zu lange an einem Ort zu bleiben. Dadurch erregen wir nur unerwünschte Aufmerksamkeit.«

»Was?«, rief ich, während er schon anmutig wie ein Reh über die Lichtung sprang. »Du hast doch gesagt, das hier wäre dein Zuhause.«

»Das Nimmernie ist das Zuhause aller Feenwesen«, erklärte Puck, ohne sich umzuschauen. »Es ist in Territorien unterteilt, oder genauer gesagt, in Höfe. Der Lichte Hof ist das Reich Oberons, während Mab über die Dunklen Territorien herrscht. Es ist normalerweise verboten, ohne die Genehmigung des jeweiligen Herrschers ein Feenwesen zu foltern, zu verstümmeln oder zu töten, solange man sich in einem der Reiche aufhält. Momentan …«, fuhr er fort und drehte sich nun doch kurz zu mir um, »… befinden wir uns allerdings auf neutralem Gebiet, in der Heimat der wilden Feenwesen. Hier ist, wie ihr Menschen so schön sagt, alles möglich. Was da gerade auf uns zukommt, könnte eine Herde Satyrn sein, die dich erst so lange tanzen lassen, bis du vor Erschöpfung umkippst, und dich dann einer nach dem anderen vergewaltigen, oder es könnte ein Rudel Stachelwölfe sein, das uns in Stücke reißen will. So oder so, ich denke nicht, dass du weiter hier rumhängen möchtest.«

Schon wieder hatte ich Angst. Anscheinend hatte ich jetzt ständig Angst. Ich wollte nicht hier sein, in diesem unheimlichen Wald, mit dieser Person, von der ich fälschlicherweise gedacht hatte, ich würde sie kennen. Ich wollte nach Hause. Nur dass sich mein Zuhause ebenfalls in einen Ort des Schreckens verwandelt hatte, fast so schlimm wie das Nimmernie. Ich fühlte mich verloren, verraten und völlig deplatziert in einer Welt, die mir nur schaden wollte.

Ethan, rief ich mir ins Gedächtnis. *Du tust das hier für Ethan. Sobald du ihn gefunden hast, kannst du nach Hause, und alles wird wieder wie früher.*

Das Rascheln wurde lauter, und immer mehr Zweige knackten, als das, was da draußen war, sich näherte.

»Prinzessin«, fauchte Puck direkt neben mir. Ich zuckte zusammen und musste einen Schrei unterdrücken, als er mein Handgelenk packte. »Die üblen Wesen, die ich gerade erwähnte, haben unsere Fährte aufgenommen und sind hinter uns her.« Obwohl er völlig ruhig klang, sah ich die Anspannung in seinen Augen. »Wenn du nicht willst, dass dein erster Tag im Nimmernie gleichzeitig dein letzter ist, würde ich vorschlagen, dass wir uns in Bewegung setzen.«

Ich sah zurück zu der Tür, durch die wir gekommen waren, die mitten auf der Lichtung stand. »Kommen wir auf diesem Weg auch wieder nach Hause?«, fragte ich, während Puck mich wegzog.

»Nö.« Als ich ihn entsetzt anstarrte, zuckte er mit den Schultern. »Na ja, man kann schließlich nicht erwarten, dass die Tore ständig an einer Stelle bleiben, Prinzessin. Aber keine Sorge. Du hast doch mich, schon vergessen? Wenn die Zeit gekommen ist, werden wir schon einen Weg zurück finden.«

Wir rannten quer über die Lichtung auf ein Gebüsch zu, das mit gebogenen gelben Dornen bestückt war, die fast so lang waren wie mein Daumen. Ich zögerte, weil ich mir sicher war, dass wir in Streifen geschnitten werden würden, doch als wir uns näherten, zitterten die Zweige, wichen vor uns zurück und gaben einen schmalen Pfad frei, der sich zwischen den Bäumen hindurchwand. Nachdem wir sie passiert hatten, schoben sich die Zweige wieder ineinander, verbargen den Pfad und gaben uns Rückendeckung.

Wir wanderten stundenlang – oder zumindest fühlte es sich so an. Puck behielt ein gleichbleibendes Tempo bei, das weder zu schnell noch zu langsam war, und nach und nach verklangen die Geräusche unserer Verfolger. Manchmal teilte sich der Pfad und führte in unterschiedliche Richtungen weiter, aber Puck wählte immer ohne zu zögern einen Weg. Oft bemerkte ich aus dem Augenwinkel eine Bewegung – das Aufblitzen von Farbe im Unterholz, eine Silhouette zwischen den Bäumen –, aber wenn ich mich danach umdrehte, war da nichts. Manchmal hätte ich schwören können, Gesang oder Musik zu hören, doch natürlich verstummte der Klang, sobald ich mich darauf konzentrierte.

Das schwache Licht im Wald blieb, wie es war, es wurde weder dunkler noch heller. Als ich Puck fragte, wann denn die Abenddämmerung einsetzen würde, zog er nur eine Augenbraue hoch und erwiderte, die Nacht werde kommen, wenn sie dazu bereit sei.

Genervt sah ich auf meine Uhr und fragte mich, wie lange wir wohl schon unterwegs waren. Eine unangenehme Überraschung erwartete mich. Die Zeiger standen still. Entweder hatte die Batterie der Uhr den Geist aufgegeben, oder etwas anderes beeinträchtigte sie.

Oder vielleicht existiert an diesem Ort gar keine Zeit.

Ich wusste nicht, warum mich dieser Gedanke so verstörte, aber es war so.

Meine Füße brannten, mein Bauch tat weh, und meine Beine schmerzten vor Erschöpfung, als das ewige Zwielicht endlich endete. Puck blieb stehen und betrachtete den Himmel, an dem über den Baumwipfeln ein riesiger Mond stand, so nah, dass man auf seiner Oberfläche jede Senke und jeden Krater erkennen konnte.

»Ich denke, wir sollten während der Nacht rasten«, meinte Puck schließlich widerwillig. Er grinste schief, als ich auf einem mit Moos überzogenen Holzklotz zusammenbrach. »Wir wollen schließlich nicht, dass du aus Versehen auf einen tanzenden Hügel stößt oder einem weißen Kaninchen in ein tiefes schwarzes Loch folgst. Komm, ich kenne nicht weit von hier einen Ort, wo wir ungestört schlafen können.«

Er nahm meine Hand und zog mich auf die Füße. Meine Beine protestierten schmerzhaft, und fast hätte ich mich wieder fallen lassen. Ich war müde und gereizt. Das Letzte, was ich wollte, war, noch weiter zu wandern. Als ich mich umsah, entdeckte ich hinter ein paar Bäumen einen zauberhaften kleinen Teich. Das Wasser schimmerte im Mondlicht. Ich blieb stehen und starrte auf die spiegelglatte Fläche hinaus.

»Warum bleiben wir nicht hier?«, fragte ich.

Puck warf einen Blick auf den Teich, schnitt eine Grimasse und zog mich weiter. »Äh, nein«, sagte er hastig. »Unter Wasser lauern zu viele Ungeheuer – Kelpies und Undinen und Nixen und so etwas. Das sollten wir besser nicht riskieren.«

Als ich über die Schulter zurückschaute, sah ich, wie ein dunkler Schatten die glatte Wasseroberfläche durchbrach und kleine Wellen ans Ufer schlugen. Es erschien der obere Teil eines Pferdekopfs – mit rabenschwarzem Fell, das glatt war wie das eines Seehunds – und beobachtete mich aus drohenden weißen Augen. Aufkeuchend eilte ich weiter.

Wenige Minuten später kamen wir an einen riesigen knorrigen Baumstamm. Die Rinde war so rau und rissig, dass ich beinahe Gesichter aus dem Stamm spähen sehen konnte. Sie erinnerte mich an runzlige alte Männer, die übereinandergestapelt waren und empört mit ihren gekrümmten Armen wedelten.

Puck kniete sich zwischen die Wurzeln und klopfte gegen das Holz. Ich sah ihm über die Schulter und entdeckte mit einem Mal eine winzige, knapp dreißig Zentimeter hohe Tür am Fuß des Baumes. Während ich sie noch mit großen Augen anstarrte, öffnete sie sich quietschend, und ein Gesicht erschien, das misstrauisch herausspähte.

»Hä? Wer ist da?«, fragte eine raue, quiekende Stimme. Die Haut des kleinen Mannes hatte die Farbe von Walnüssen, und seine Haare sahen aus wie ein Bündel Reisig, das aus seiner Kopfhaut wuchs. Er trug einen braunen Kittel und braune Leggins und sah insgesamt aus wie ein lebendig gewordener Stock. Bis auf seine Augen, die glänzend schwarz wie die eines Käfers aus seinem Gesicht äugten.

»Guten Abend, Twiggs«, grüßte Puck ihn freundlich.

Der kleine Mann blinzelte und ließ seinen Blick an der Gestalt hinaufwandern, die über ihm aufragte. »Robin Goodfellow?«, quiekte er schließlich. »Dich habe ich hier ja schon eine ganze Weile nicht mehr gesehen. Was führt dich zu meinem bescheidenen Baum?«

»Begleitservice«, erwiderte Puck und trat zur Seite, sodass Twiggs mich besser sehen konnte. Seine Knopfaugen richteten sich auf mich und blinzelten verwirrt. Dann wurden sie plötzlich kugelrund, und Twiggs starrte Puck aufgeregt an.

»Ist … ist das …?«

»Jawohl.«

»Weiß sie …«

»Nein.«

»Heidewitzka.« Twiggs riss die Tür auf und wedelte mit seinem dünnen Arm. »Kommt rein, kommt rein. Schnell! Bevor die Dryaden, diese nervtötenden Klatschtanten, euch sehen.« Er verschwand nach drinnen, und Puck drehte sich zu mir um.

»Da passe ich doch niemals rein«, erklärte ich, bevor er etwas sagen konnte. »Keine Chance, dass ich mich da durchquetschen kann, es sei denn, du hast einen magischen Pilz, der mich auf Wespengröße schrumpfen lässt. Und so etwas würde ich nie essen. Ich habe *Alice im Wunderland* gesehen!«

Grinsend nahm Puck meine Hand.

»Schließ die Augen«, befahl er, »und komm einfach mit.«

Ich gehorchte und erwartete halb, mir im nächsten Moment die Nase an dem Baumstamm anzuschlagen – dank Robbie, dem Streichekönig. Als nichts passierte, hätte ich fast einen Blick riskiert, überlegte es mir dann aber doch anders. Die Luft um mich herum wurde wärmer, und ich hörte eine Tür zuschlagen. Dann sagte Puck, ich könne die Augen wieder aufmachen.

Ich befand mich in einem gemütlichen runden Zimmer, dessen Wände aus glattem rotem Holz bestanden. Der Boden war mit einem Moosteppich überzogen. In der Mitte des Zimmers diente ein flacher Stein auf drei Holzklötzen als Tisch, und darauf lagen Beeren, die so groß waren wie Fußbälle. Am anderen Ende des Raums hing eine Strickleiter an der Wand, und als ich meinen Blick daran nach oben wandern ließ, wäre ich fast in Ohnmacht gefallen. An den Wänden und in der Luft über uns wimmelte es nur so von Insekten, denn der Stamm reichte weiter hinauf, als ich sehen konnte. Jeder dieser Käfer war ungefähr so groß wie ein Cockerspaniel, und ihre Hinterteile leuchteten grünlich.

»Du hast renoviert, Twiggs«, stellte Puck fest und setzte sich auf ein Bündel Felle, das wohl ein Sofa darstellen sollte. Als ich genauer hinsah, erkannte ich, dass an einem davon noch der Kopf eines Eichhörnchens hing. Hastig wandte ich den Blick ab. »Als ich das letzte Mal hier war, war das hier quasi nicht mehr als ein Loch im Baum.«

Twiggs wirkte erfreut. Er war jetzt so groß wie wir – wobei ich eher glaubte, dass wir jetzt so klein waren wie *er* –, und aus der Nähe roch er nach Zedernholz und Moos.

»Ja, es ist mir richtig ans Herz gewachsen.« Twiggs nickte und ging zum Tisch hinüber. Er nahm ein Messer und schnitt eine der Beeren in drei Teile, die er dann auf Holztellern anrichtete. »Allerdings könnte es sein, dass ich bald umziehen muss. Die Dryaden flüstern mir zu, sie erzählen schlimme Dinge. Sie sagen, dass Teile des Wilden Waldes sterben, dass von Tag zu Tag mehr schwindet. Niemand kennt den Grund dafür.«

»Natürlich kennst du den Grund«, widersprach Puck und drapierte einen Eichhörnchenschwanz über seinem Schoß. »Wie wir alle. Das ist nichts Neues.«

»Nein.« Twiggs schüttelte den Kopf. »Sterbliche Ungläubigkeit hat immer ein bisschen was vom Nimmernie genommen, aber nicht so. Das ist … anders. Es ist schwer zu erklären. Wenn ihr weitergeht, werdet ihr sehen, was ich meine.«

Er reichte jedem von uns einen Teller mit einer riesigen Scheibe roter Beere, einer halben Eichel und einem Batzen von etwas, das aussah wie gedämpfte weiße Maden. Auch wenn der Tag völlig verrückt gewesen war, hatte ich nach der stundenlangen Wanderung auf jeden Fall einen Mordshunger. Die Beere schmeckte scharf und gleichzeitig süß, doch das madenartige Zeug rührte ich lieber nicht an, sondern gab es Puck. Nach dem Abendessen baute Twiggs mir aus Eich- und Streifenhörnchenfellen ein Bett, und obwohl ich es etwas eklig fand, schlief ich darin sofort ein.

In dieser Nacht hatte ich einen Traum.

Im Traum war ich zu Hause, und alles war dunkel und still, das Wohnzimmer in Schatten gehüllt. Ein kurzer Blick auf die Wanduhr verriet mir, dass es 3.19 Uhr morgens war. Ich schwebte durchs Wohnzimmer, an der Küche vorbei und die Treppe hinauf. Die Tür zu meinem Zimmer war geschlossen. Ich hörte Lukes bärenartiges Schnarchen aus dem Elternschlafzimmer dringen, aber Ethans Tür am Ende des Flurs war nur angelehnt. Ich tapste den Flur hinunter und spähte durch den Spalt.

In Ethans Zimmer stand ein Fremder, eine große, schlanke Gestalt in Schwarz und Silber. Ein Junge, vielleicht ein wenig älter als ich, auch wenn es unmöglich war, sein genaues Alter zu schätzen. Sein Körper war der eines Jugendlichen, doch die Ruhe, die er ausstrahlte, kündete von etwas wesentlich Älterem und unglaublich Gefährlichem. Voller

Schrecken erkannte ich ihn: Er war der Junge auf dem Pferd gewesen, der mich am Nachmittag durch die Bäume beobachtet hatte. Warum war er jetzt hier, in unserem Haus? Wie war er überhaupt reingekommen? Da ich mir bewusst war, dass das alles nur ein Traum war, spielte ich mit dem Gedanken, ihn zu stellen. Aber dann fiel mir noch etwas auf, etwas, was mir das Blut in den Adern gefrieren ließ. Das dichte rabenschwarze Haar fiel ihm bis über die Schultern, doch es verdeckte nicht ganz die schmalen, spitzen Ohren.

Er war nicht menschlich. Er war einer von *denen,* ein Feenwesen. Und er stand in unserem Haus, im Zimmer meines Bruders. Schaudernd wich ich zurück.

Da drehte er sich um und blickte direkt durch mich hindurch. Wenn ich nicht wie erstarrt gewesen wäre, hätte ich gekeucht. Er war umwerfend. Nicht einfach nur umwerfend, er war wunderschön. Auf königliche Art schön. Schön wie der Prinz eines fernen Landes. Hätte er mitten in den Abschlussprüfungen unser Klassenzimmer betreten, Schüler wie Lehrer hätten sich ihm zu Füßen geworfen. Doch es war auch eine kalte, strenge Schönheit wie die einer Marmorstatue – unmenschlich und überirdisch. Seine leicht schräg stehenden Augen unter den langen Ponyfransen funkelten wie Stahl.

Der Wechselbalg war nirgendwo zu sehen, aber ich konnte von unter dem Bett leise Geräusche hören – das schnelle Klopfen eines Herzens. Der Feenjunge schien es nicht zu bemerken. Er drehte sich um, legte eine blasse Hand auf die Schranktür und ließ die Finger über das ausgebleichte Holz gleiten. Ein geisterhaftes Lächeln umspielte seine Lippen.

In einer fließenden Bewegung zog er die Schranktür auf und ging hindurch. Die Tür schloss sich mit einem leisen Klicken hinter ihm.

Vorsichtig schob ich mich auf den Schrank zu, während ich gleichzeitig den Spalt unter dem Bett im Auge behielt. Ich konnte noch immer den dumpfen Herzschlag hören, doch das Ding kam nicht heraus, um mich zu packen. Ich schaffte es, das Zimmer ohne Zwischenfall zu durchqueren. So leise wie möglich griff ich nach der Schranktür und zog sie auf.

»Mein Schrank!«, kreischte der Mann mit der Melone und stürzte sich auf mich. »Meiner!«

Ich schrie immer noch und schlug um mich, als ich aufwachte.

Einen Moment lang wusste ich nicht, wo ich war, und sah mich panisch um. Mein Herz raste, und mir stand kalter Schweiß auf der Stirn. Szenen aus einem viel zu realistischen Albtraum tanzten durch mein Bewusstsein: Ethan, der mich angriff, Robbie, der Bücher durch den Raum fliegen ließ, und ein Tor in eine unheimliche, neue Welt.

Ein lautes Schnarchen erregte meine Aufmerksamkeit, und ich drehte mich danach um. Puck lag mir gegenüber auf dem Sofa, ein Arm über seinem Gesicht und fest in eine Eichhörnchendecke gewickelt.

Als die Erinnerungen zurückkamen, wurde mir ganz anders. Das hier war kein Albtraum. Ich hatte das nicht geträumt. Ethan war verschwunden, und ein Monster hatte seinen Platz eingenommen. Robbie war ein Feenwesen. Und ich befand mich irgendwo im Nimmernie, auf der Suche nach meinem Bruder, obwohl ich keine Ahnung hatte, wo ich anfangen sollte, und auch keine großen Hoffnungen hegte, ihn zu finden.

Zitternd legte ich mich wieder hin. In Twiggs Heim war es dunkel. Die Glühwürmchen, oder was auch immer sie waren, hatten aufgehört zu leuchten und hingen jetzt offenbar schlafend an den Wänden. Nur ein flackernder orangefarbener Schein vor dem Fenster spendete ein wenig Licht. Vielleicht hatte Twiggs die Außenbeleuchtung angelassen oder so.

Ruckartig setzte ich mich auf. Der Schein stammte von einer Kerze, und über der Flamme spähte ein Gesicht zu uns herein. Ich wollte schon den Mund aufmachen, um Puck zu wecken, doch dann richteten sich die blauen Augen auf mich, und ein Gesicht, das ich nur zu gut kannte, wich zurück und verschwand in der Dunkelheit.

Ethan.

Hastig krabbelte ich aus dem Bett und rannte Richtung Tür, ohne mir die Mühe zu machen, meine Schuhe anzuziehen. Puck grunzte und wälzte sich unter dem Berg von Fellen herum, aber ich beachtete ihn nicht weiter. Ethan war da draußen! Wenn ich ihn fand, könnten wir nach Hause gehen und einfach vergessen, dass dieser ganze Kram überhaupt existierte.

Ich riss die Tür auf und trat über die Schwelle, wobei ich schon den Wald nach einem Anzeichen von meinem Bruder absuchte. Erst kurz darauf bemerkte ich, dass ich wieder normal groß und die Tür immer noch nur dreißig Zentimeter hoch war. Ich konnte an nichts anderes denken als an Ethan und daran, ihn nach Hause zu bringen, uns beide nach Hause zu bringen.

Dunkelheit umhüllte mich, doch ein Stück voraus bemerkte ich ein hüpfendes, flackerndes Glühen, das sich immer weiter von mir entfernte. »Ethan!«, schrie ich, und meine Stimme hallte durch die Stille. »Ethan, warte!«

Ich rannte los, und meine nackten Füße traten auf Blätter und Zweige, rutschten auf Steinen und im Schlamm aus. Mein Zeh schlug gegen etwas Hartes, und es hätte eigentlich wehtun müssen, aber mein Gehirn registrierte den Schmerz gar nicht. Ich sah ihn vor mir, eine kleine Gestalt mit einer Kerze in der Hand, die sich ihren Weg durch die Bäume suchte. Ich lief, so schnell ich konnte, obwohl Zweige mich zerkratzten und sich in meinen Haaren und Kleidern verfingen, doch der Abstand zu ihm schien immer gleich zu bleiben.

Dann blieb er plötzlich stehen und sah grinsend über die Schulter zurück. Das flackernde Licht der Kerze ließ sein Gesicht unheimlich aufleuchten. Ich legte noch einmal an Tempo zu und war nur noch wenige Meter von ihm entfernt, als ich plötzlich keinen Boden mehr unter den Füßen spürte. Schreiend stürzte ich in die Dunkelheit und landete mit einem lauten Platschen in eiskaltem Wasser, das über meinem Kopf zusammenschlug und mir in Mund und Nase lief.

Keuchend kam ich an die Oberfläche. Mein Gesicht brannte vor Kälte, und meine Beine wurden bereits taub. Über mir kicherte etwas, und ein rundes Licht schwebte über meinem Kopf. Einen Moment lang blieb es da hängen, als wollte es sich an meiner Erniedrigung weiden, dann verschwand es mit einem schrillen Lachen zwischen den Bäumen.

Ich trat Wasser und sah mich um. Über mir ragte ein schlammiges Ufer auf, glitschig und tückisch. Einige alte Bäume streckten ihre Äste über das Wasser, doch sie hingen alle zu hoch, um sie zu erreichen. Ich versuchte, im Uferschlamm Halt zu finden, um mich rauszuziehen, aber meine Füße rutschten ab, und die Pflanzen, nach denen ich griff, lösten sich aus der Erde und ließen mich mit lautem Platschen ins Wasser zurückfallen. Ich musste einen anderen Weg finden.

Und dann hörte ich ein weiteres Platschen und erkannte, dass ich nicht allein war.

Mondlicht funkelte auf dem Wasser und tauchte alles in Silber und Schwarz. Abgesehen vom Summen einiger Insekten war die Nacht völlig still. Auf der anderen Seite des Sees tanzten Glühwürmchen über dem Wasser. Einige von ihnen glühten rosa und blau anstatt grünlich. Vielleicht hatte ich mir das Geräusch ja auch nur eingebildet. Außer einem alten Baumstamm, der langsam auf mich zutrieb, rührte sich nichts.

Ich blinzelte und schaute noch einmal genauer hin.

Plötzlich hatte dieser Baumstamm verdammt viel Ähnlichkeit mit einem Pferdekopf, als könne ein Pferd schwimmen wie ein Krokodil. Und dann bemerkte ich die toten weißen Augen und die schmalen schimmernden Zähne, und Panik stieg in mir auf wie eine schwarze Flutwelle.

»Puck!«, schrie ich und versuchte verzweifelt, die Böschung raufzuklettern. Der Matsch löste sich in dicken Klumpen. Sobald ich etwas zum Festhalten fand, rutschte ich auch schon wieder ab. Ich konnte spüren, wie das Ding näher kam. »Puck, hilf mir!«

Ich sah über die Schulter. Das Pferdeding war nur noch wenige Meter entfernt und streckte den Kopf aus dem Wasser, wobei es ein Maul voller nadelspitzer Zähne entblößte. *O Gott, ich werde sterben! Dieses Ding wird mich fressen! Hilfe, bitte!* Panisch klammerte ich mich an die Böschung – und spürte plötzlich einen dicken Ast unter meinen Fingern. Ich packte ihn, klammerte mich fest und spürte, wie der Ast mich genau in dem Moment aus dem Wasser zog, als das Pferdemonster brüllend nach mir schnappte. Seine nasse, gummiartige Schnauze glitt an meiner Fußsohle entlang, und seine Kiefer schlossen sich mit einem fiesen Geräusch. Dann schleuderte mich der Ast ans Ufer, und das Pferdeding verschwand wieder unter der Wasseroberfläche. Ich keuchte und schluchzte unkontrolliert.

Puck fand mich wenige Minuten später. Ich hatte mich ein ganzes Stück vom Ufer entfernt zusammengerollt, war völlig durchnässt und zitterte heftig. In seinem Blick stand eine Mischung aus Mitgefühl und Fassungslosigkeit, als er mir aufhalf.

»Bist du okay?« Er ließ die Hände über meine Arme gleiten, um sicherzugehen, dass noch alles an mir dran war. »Bist du noch da drin, Prinzessin? Sprich mit mir.«

Ich nickte zitternd. »Ich habe ... Ethan gesehen«, stotterte ich, während ich versuchte, das alles auf die Reihe zu kriegen. »Ich bin ihm gefolgt, aber dann hat er sich in eine Lichtkugel verwandelt und ist weggeflogen. Und dann hat dieses Pferdeding versucht, mich zu fressen ...« Ich verstummte. »Das war nicht Ethan, oder? Das war nur irgendein Feenwesen, das meine Gefühle ausgenutzt hat. Und ich bin drauf reingefallen.«

Puck führte mich seufzend zurück zum Pfad. »Ja«, murmelte er schließlich und warf mir einen flüchtigen Blick zu, »so sind Irrwische. Sie lassen dich genau das sehen, was du sehen willst, und führen dich dann in die Irre. Obwohl dieser besonders bösartig war, wenn er dich direkt zum Teich eines Kelpies geführt hat. Ich nehme an, ich sollte dir jetzt sagen, dass du hier nie allein herumlaufen darfst, aber das wäre wohl vergebliche Liebesmüh. Verdammt, was soll's.« Er blieb stehen und wirbelte herum, was mich erstarren ließ. »*Lauf hier nicht allein herum, Prinzessin.* Unter gar keinen Umständen, verstanden? In dieser Welt sieht man dich entweder als Spielzeug oder als Zwischenmahlzeit. Vergiss das niemals!«

»Okay«, murmelte ich. »Ich hab's verstanden.«

Wir wanderten weiter den Pfad entlang. Die Tür in dem knorrigen Baumstamm war verschwunden. Meine Sneakers und mein Rucksack lagen davor; ein deutliches Zeichen, dass wir nicht mehr willkommen waren. Zitternd schlüpfte ich mit meinen blutigen Füßen in die Schuhe. Ich hasste diese Welt und alles, was sich darin befand, und wollte nur noch nach Hause.

»Tja«, meinte Puck betont fröhlich. »Wenn du deine Spielstunde mit Irrwischen und Kelpies beendet hast, sollten wir wohl weiterziehen. Oh, und wenn du demnächst mit einem Oger Tee trinken willst, sag vorher Bescheid, damit ich meine Keule mitbringe.«

Ich warf ihm einen giftigen Blick zu. Er grinste nur.

Über uns hellte sich der Himmel zu diesem unheimlichen grauen Zwielicht auf, lautlos und schleichend wie der Tod, während wir immer tiefer ins Nimmernie vordrangen.

Die Wilde Jagd

Wir waren noch nicht weit gekommen, als wir auf das tote Stück Land mitten im Wald stießen.

Der Wilde Wald war ein unheimlicher, stiller Ort, aber trotzdem war er voller Leben. Uralte Bäume ragten in den Himmel, Pflanzen blühten, und leuchtende Farbkleckse durchdrangen das ewige Grau und versprachen Leben. Tiere schlichen zwischen den Bäumen herum, und seltsame Wesen lauerten in den Schatten. Man sah sie nie wirklich, wusste aber genau, dass sie da waren. Man konnte spüren, wie sie einen beobachteten.

Und dann wichen die Bäume plötzlich zurück, und wir standen am Rand einer verdorrten Lichtung.

Das wenige Gras, das es noch gab, war welk und abgestorben, vereinzelte kümmerliche Pflanzen auf dem steinigen Boden. Hier und da standen einige Bäume, aber es waren kahle, verkrüppelte Dinger, schwarz und ohne Blätter. Aus der Entfernung schienen ihre Zweige zu glänzen, zerklüftet und schartig wie eigenartige Metallskulpturen. Der heiße Wind roch nach Kupfer und Staub.

Puck starrte lange Zeit stumm auf das tote Stück Wald. »Twiggs hatte recht«, murmelte er schließlich und musterte einen der kahlen Bäume. Er streckte die Hand aus, als wolle er einen der Äste berühren, zog sie dann aber schaudernd zurück. »Das ist widernatürlich. Irgendetwas vergiftet den Wilden Wald.«

Ich fasste einen der glänzenden Zweige an und zuckte hastig zurück. »Aua!«

Puck wirbelte zu mir herum. »Was ist?«

Ich zeigte ihm meine Hand. Aus einer Wunde am Finger, die so schmal war, als hätte ich mich an Papier geschnitten, quoll Blut. »Der Baum, ich habe mich daran geschnitten.«

Puck untersuchte stirnrunzelnd meinen Finger. »Metallische Bäume«, grübelte er, zog ein Taschentuch hervor und wickelte es um meinen Finger. »Das ist neu. Wenn du irgendwo Dryaden aus Stahl siehst, sag mir Bescheid, damit ich schreiend weglaufen kann.«

Stirnrunzelnd blickte ich mich zu dem Baum um. An der Spitze des Zweiges, der mich verletzt hatte, hing ein einzelner Blutstropfen, der kurz im Licht glänzte, bevor er auf die zerklüftete Erde fiel. Die Zweige schimmerten an ihren Kanten wie geschliffene Klingen.

»Oberon muss davon erfahren«, murmelte Puck und hockte sich hin, um einen vertrockneten Grasflecken zu untersuchen. »Twiggs meinte, es würde sich ausbreiten, aber woher kommt es?« Als er sich hastig erhob, schwankte er kurz und musste eine Hand ausstrecken, um sich zu fangen. Ich packte seinen Arm.

»Geht es dir gut?«, fragte ich.

»Alles in Ordnung, Prinzessin«, nickte er und schenkte mir ein etwas angestrengtes Lächeln. »Vielleicht ein bisschen beunruhigt, weil sich meine Heimat in so einem Zustand befindet, aber was soll man machen?« Er hustete und wedelte mit der Hand, als hätte er einen unangenehmen Geruch in die Nase bekommen. »Aber von der Luft hier wird mir schlecht. Lass uns verschwinden.«

Ich schnupperte, bemerkte aber nichts Besonderes, nur Erde und den scharfen Geruch nach rostigem Metall. Doch Puck war bereits losgestiefelt und verzog vor Wut oder Schmerz das Gesicht. So beeilte ich mich, ihn einzuholen.

Ein paar Stunden später begann das Heulen.

Puck blieb so abrupt mitten auf dem Weg stehen, dass ich fast in ihn reinrannte. Bevor ich ihn fragen konnte, was los war, signalisierte er mir mit erhobener Hand, still zu sein.

Dann hörte ich es. Der Wind trug einen Chor aus unheilvollem Gebell und Jaulen zu uns, der irgendwo hinter uns durch die Bäume hallte. Mein Puls beschleunigte sich, und ich trat dichter zu meinem Begleiter.

»Was ist das?«

»Eine Jagd«, erwiderte Puck und starrte in die Ferne. Er verzog das Gesicht. »Weißt du, gerade habe ich gedacht, dass uns genau das noch fehlen würde: Wie die Hasen gejagt und in Stücke gerissen zu werden. An einem Tag, an dem nicht irgendetwas versucht, mich zu töten, fehlt mir einfach was.«

Mir wurde kalt. »Etwas ist hinter *uns* her?«

»Du hast wohl noch nie eine Wilde Jagd erlebt, was?« Puck fuhr sich mit den Fingern durchs Haar und stöhnte. »Verdammt! Tja, das verkompliziert die Sache natürlich ein wenig. Ich hatte gehofft, ich könnte mit dir die große Besichtigungsrunde durch das Nimmernie drehen, Prinzessin, aber ich schätze, das muss jetzt warten.«

Das Gebell wurde lauter. Jetzt war es ein tiefes, kehliges Heulen. Was auch immer da hinter uns her war, es war verdammt riesig. »Sollten wir nicht weglaufen?«, flüsterte ich.

»Vor denen kannst du nicht weglaufen«, erwiderte Puck und wich ein paar Schritte zurück. »Sie haben unsere Fährte aufgenommen, und es ist noch nie einem Sterblichen gelungen, der Wilden Jagd zu entkommen.« Er seufzte und legte dramatisch einen Arm vor seine Augen. »Ich schätze, jetzt kann uns nur noch die Opferung meiner Würde retten. Was erdulde ich nicht alles für die Liebe! Die Schicksalsgöttinnen lachen über meine Qualen.«

»Was redest du da?«

Puck schenkte mir nur dieses unheimliche Lächeln und begann, sich zu verwandeln.

Sein Gesicht streckte sich, und sein Hals wurde länger. Die Arme zuckten unkontrolliert, und seine Finger wurden schwarz und verwandelten sich in Hufe. Er krümmte den Rücken, während sich seine Wirbelsäule verlängerte und seine Beine zu Hinterläufen mutierten, die vor Muskeln nur so strotzten. Ihm wuchs ein Fell, und er ließ sich auf alle viere nieder – nun kein Junge mehr, sondern ein schlankes graues Pferd mit wilder Mähne und zerzaustem Schweif. Die gesamte Verwandlung hatte keine zehn Sekunden gedauert.

Ich wich zurück, weil ich an meine Begegnung mit dem Ding im Wasser denken musste. Das scheckig-graue Pferd stampfte mit einem Huf auf und schlug ungeduldig mit dem Schweif. Seine Augen blitzten wie Smaragde unter seinem Schopf hervor, und meine Angst ließ etwas nach.

Das Heulen war jetzt sehr nah und wurde immer wilder. Ich rannte auf den Pferde-Puck zu, griff in seine Mähne und zog mich hoch, um auf seinen Rücken zu gelangen. Obwohl ich auf einer Farm lebte, hatte ich erst ein- oder zweimal auf einem Pferd gesessen, und so brauchte ich noch ein paar Anläufe, bis ich oben saß. Puck schnaubte und warf empört den Kopf hin und her, als er erkannte, wie es um mein reiterisches Können bestellt war.

Nachdem ich mich mühsam zurechtgesetzt hatte und mich an der Mähne festklammerte, drehte Puck kurz die Augen nach hinten, um nach mir zu sehen. Dann stieg er leicht, und wir galoppierten durch die Büsche davon.

Ohne Sattel zu reiten war nicht gerade ein Spaß, vor allem wenn man überhaupt keine Kontrolle darüber hatte, wo das Pferd hinlief oder was es tat. Ganz ehrlich, das war der schlimmste Ritt meines Lebens. Die Bäume flogen wie Schatten vorbei, mir schlugen Äste ins Gesicht, und meine Beine brannten vom Umklammern der Pferdeflanken. Meine Finger hatte ich krampfhaft in die Mähne gekrallt, aber das konnte auch nicht verhindern, dass ich immer dann zur Seite wegrutschte, wenn Puck die Richtung wechselte. Der Wind brauste in meinen Ohren, aber ich konnte trotzdem noch das schreckliche Heulen unserer Verfolger hören, die uns direkt auf den Fersen zu sein schienen. Ich wagte es jedoch nicht, mich nach ihnen umzudrehen.

Ich verlor jegliches Zeitgefühl. Puck wurde nie langsamer und geriet auch nicht außer Atem, aber irgendwann war sein Fell schweißgetränkt, wodurch mein Sitz noch unsicherer und ich noch ängstlicher wurde. Meine Beine wurden taub, und meine Arme schienen jemand anders zu gehören.

Und dann brach rechts von uns eine riesige schwarze Kreatur aus dem Unterholz, sprang das Pferd an und fletschte die Zähne. Es war ein Hund, der größte, den ich je gesehen hatte, und in seinen Augen loderte blaues Feuer. Puck wich ihm mit einem Sprung aus und stieg, wobei ich fast auf dem Boden gelandet wäre. Während ich noch schrie, schoss eines seiner Vorderbeine nach vorn und traf den Hund mitten im Sprung an der Brust, sodass dieser jaulend davongeschleudert wurde.

Die Büsche explodierten und spuckten fünf weitere Monsterhunde aus. Sie umzingelten uns, knurrten und heulten, schnappten nach den Pferdebeinen und wichen geschickt aus, wenn Puck nach ihnen trat. Vor Schreck erstarrt, klammerte ich mich an Pucks Rücken und beobachtete, wie die massigen Hundekiefer nur Zentimeter von meinen Füßen entfernt zuschnappten.

Da bemerkte ich ihn zwischen den Bäumen, eine schlanke Gestalt auf einem riesigen schwarzen Pferd. Der Junge aus meinem Traum, der, den ich an jenem Nachmittag vom Bus aus gesehen hatte. Auf seinem grausamen engelsgleichen Gesicht lag ein Lächeln, als er einen großen Bogen spannte, der mit einem glänzenden Pfeil bestückt war.

»Puck!«, kreischte ich, auch wenn ich wusste, dass es zu spät war. »Pass auf!«

Das Blattwerk über dem Jäger raschelte, und plötzlich fegte ein großer Ast herab und traf den Jungen in dem Moment am Arm, als er die Bogensehne losließ. Ich konnte den Luftzug des Pfeils spüren, als er an meinem Kopf vorbeischwirrte und in einem Baum stecken blieb. Von der Stelle, an der er ins Holz eindrang, breitete sich eisiger Frost wie ein Spinnennetz aus, und Pucks Pferdekopf wirbelte zu dem Bogenschützen herum. Der Jäger legte bereits einen neuen Pfeil auf die Sehne. Puck wieherte schrill, erhob sich auf die Hinterbeine und sprang über die Hunde hinweg, wobei er es irgendwie schaffte, ihren scharfen Reißzähnen zu entkommen. Als er wieder Erde unter den Hufen hatte, flog er los, während die Hunde noch bellten und nach seinen Hufen schnappten.

Ein Pfeil zischte an uns vorbei, und als ich mich umdrehte, sah ich, dass das andere Pferd uns durch den Wald verfolgte, während sein Reiter bereits nach dem nächsten Pfeil griff. Puck schnaubte und änderte die Richtung – wobei er mich fast abgeworfen hätte –, um uns tiefer in den Wald hineinzubringen.

Die Bäume hier waren monströs und standen so dicht beieinander, dass Puck immer wieder Haken schlagen musste, um einen Weg zwischen ihnen hindurchzufinden. Die Hunde fielen zurück, aber ich hörte sie weiterhin heulen und erspähte immer wieder ihre schlanken schwarzen Körper, die sich durch das Unterholz kämpften. Der Reiter war verschwunden, doch ich wusste, dass er uns weiterhin verfolgte und seine tödlichen Pfeile bereithielt, um sie uns ins Herz zu jagen.

Als wir die Äste einer riesigen Eiche passierten, kam Puck rutschend zum Stehen und buckelte wie wild, sodass sich meine Hände von seiner Mähne lösten und ich den Halt verlor. Ich wurde über seinen Kopf geschleudert, wobei sich mir fast der Magen umdrehte, und landete schreiend in einer großen Astgabel. Mir wurde die Luft aus den Lungen gepresst, und in meinen Rippen breitete sich ein stechender Schmerz aus, der mir die Tränen in die Augen trieb. Mit einem Schnauben galoppierte Puck wieder an, und die Hunde folgten ihm in die Dunkelheit.

Nur Sekunden später erschienen das schwarze Pferd und sein Reiter unter dem Baum. Er ließ das Tier für einen Moment langsamer gehen, und mir blieb fast das Herz stehen. Verzweifelt hielt ich die Luft an, weil ich sicher war, dass er gleich hochschauen und mich entdecken würde. Da zerriss das aufgeregte Heulen eines Hundes die Stille, der Junge trieb sein Pferd an und folgte der Meute. Wenig später waren die Geräusche verklungen. Stille senkte sich über die Bäume, und ich war allein.

»Nun ja«, sagte jemand neben mir. »Das war interessant.«

Kobolde und Grimalkin

Diesmal schrie ich nicht los, war aber sehr knapp davor. Allerdings wäre ich fast vom Baum gefallen. Im letzten Moment klammerte ich mich an einen Ast, wobei ich mich panisch umschaute, um den Besitzer der Stimme zu finden, entdeckte aber nichts außer Blätter und das kränkliche graue Licht, das zwischen den Ästen hindurchdrang.

»Wo bist du?«, keuchte ich. »Zeig dich.«

»Aber ich verstecke mich doch gar nicht, Mädchen.«

Die Stimme klang amüsiert. »Vielleicht … solltest du die Augen ein bisschen weiter aufmachen. Ungefähr so.«

Keine zwei Meter vor mir erschienen wie aus dem Nichts zwei große runde Augen, und ich starrte plötzlich in das Gesicht einer riesigen grauen Katze.

»So«, schnurrte sie und musterte mich träge. Ihr Fell war lang und flaumig und verschmolz perfekt mit dem Baum und der Landschaft. »Siehst du mich jetzt?«

»Du bist eine Katze«, stellte ich dümmlich fest, und ich hätte schwören können, dass sie voller Ironie eine Augenbraue hochzog.

»Im weitesten Sinne des Wortes könnte man mich wohl als solche bezeichnen.« Die Katze streckte sich, machte einen Buckel und setzte sich dann, wobei sie den buschigen Schwanz um die Pfoten legte.

Als der erste Schreck nachließ, erkannte ich, dass es ein *Kater* war, keine Katze.

»Andere haben mich als Cat Sidhe, Grimalkin oder Teufelskatze bezeichnet, aber da all diese Namen dasselbe meinen, würde ich sagen, das ist korrekt.«

Ich gaffte ihn fassungslos an, bis mich das schmerzhafte Pochen meiner Rippen daran erinnerte, dass ich andere Sorgen hatte. Zum Beispiel, dass Puck mich mutterseelenallein zurückgelassen hatte, in dieser Welt, in der man mich als Zwischenmahlzeit betrachtete, und ich keine Ahnung hatte, wie ich hier überleben sollte.

Zuerst war es Schrecken und Wut – Puck hatte mich tatsächlich hier sitzen lassen, um seine eigene Haut zu retten –, dann packte mich eine so furchtbare und überwältigende Angst, dass ich nicht anders konnte, als mich an meinen Ast zu klammern und heillos zu schluchzen. Wie konnte Puck mir das antun? Allein würde ich es nie schaffen. Ich würde als Nachtisch irgendeines fleischfressenden Pferdemonsters enden, von einem Rudel Wölfe zerfetzt werden oder mich hoffnungslos verirren und jahrzehntelang verschollen bleiben, denn ich war sicher, dass die Zeit aufgehört hatte zu existieren und ich ewig hier festhängen würde.

Schließlich holte ich tief Luft und zwang mich, ruhig zu werden. *Nein, das würde Robbie mir niemals antun. Da bin ich sicher.* Vielleicht hatte er mich ja nur abgeworfen, um die Jäger abzulenken und sicherzugehen, dass sie ihm folgten und mich in Ruhe ließen. Vielleicht dachte er, er würde mir damit das Leben retten. Vielleicht hatte er mir damit das Leben gerettet. Falls es so war, konnte ich nur hoffen, dass er bald zurückkam. Denn ich glaubte nicht, dass ich es ohne ihn aus dem Nimmernie herausschaffen würde.

Grimalkin – oder wie auch immer er hieß – beobachtete mich weiterhin, als wäre ich ein besonders interessantes Insekt. Plötzlich musterte ich ihn voller Misstrauen. Okay, er sah aus wie eine riesige, leicht plumpe

Hauskatze, aber Pferde waren normalerweise auch keine Fleischfresser, und in Bäumen wohnten gewöhnlich keine kleinen Männchen. Dieser Kater konnte mich schließlich auch so mustern, weil er abschätzen wollte, ob ich als nächste Mahlzeit taugte. Ich schluckte schwer und begegnete seinem unheimlich-intelligenten Blick.

»W-was willst du von mir?«, fragte ich und war dankbar, dass meine Stimme nur ein kleines bisschen zitterte.

Der Kater starrte mich weiter an, ohne zu blinzeln. »Mensch…«, sagte er schließlich, und wenn eine Katze herablassend klingen konnte, dann er in diesem Moment, »… denk doch mal darüber nach, wie absurd deine Frage ist. Ich liege auf meinem Baum und ruhe mich aus, denke an nichts Böses und überlege, ob ich heute auf die Jagd gehen soll, da kommst du angeflogen wie eine Banshee und verscheuchst sämtliche Vögel in der gesamten Umgebung. Und dann hast du auch noch die Dreistigkeit, zu fragen, was ich von dir will.« Er schnaubte und schenkte mir einen sehr katzentypischen verächtlichen Blick. »Mir war ja bewusst, dass die Sterblichen unhöflich und barbarisch sind, aber das geht doch zu weit.«

»Tut mir leid«, murmelte ich reflexartig. »Ich wollte dich nicht verärgern.«

Grimalkin zuckte mit dem Schwanz und legte sich dann hin, um seine Hinterbeine zu putzen.

»Ähm…«, begann ich nach einem Moment des Schweigens, »ich frage mich, ob du … ob du mir vielleicht helfen könntest.«

Grimalkin hielt kurz inne, leckte dann aber weiter, ohne aufzuschauen. »Und warum sollte ich das tun?«, fragte er, wobei er die Worte so zwischen die Leckbewegungen flocht, dass er nicht aus dem Rhythmus geriet. Er sah mich immer noch nicht an.

»Ich versuche, meinen Bruder zu finden«, erklärte ich, getroffen von seiner beiläufigen Zurückweisung. »Der Dunkle Hof hat ihn entführt.«

»Mm. Wie schrecklich langweilig.«

»Bitte«, flehte ich. »Hilf mir. Gib mir einen Tipp oder zeig mir einfach, in welche Richtung ich gehen muss. Irgendwas. Ich werde mich auch dafür revanchieren, das verspreche ich dir.«

Grimalkin gähnte, zeigte dabei seine langen Fangzähne und eine rosa

Zunge und sah mich dann endlich an. »Willst du etwa vorschlagen, dass ich dir einen Gefallen tun soll?«

»Genau. Schau, ich werde mich dafür auch irgendwie erkenntlich zeigen, versprochen.«

Belustigt zuckte er mit einem Ohr. »Sei vorsichtig mit dem, was du da sagst«, warnte er mich. »Wenn ich das tue, stehst du in meiner Schuld. Bist du sicher, dass du das willst?«

Ich dachte nicht darüber nach. Ich war so verzweifelt, dass ich allem zugestimmt hätte. »Ja! Bitte, ich muss Puck finden. Das Pferd, auf dem ich geritten bin und das mich abgeworfen hat. Er ist eigentlich gar kein Pferd, weißt du. Er ist ein …«

»Ich weiß, was er ist«, erwiderte Grimalkin ruhig.

»Wirklich? Oh, großartig. Weißt du denn, wo er hingelaufen sein könnte?«

Er starrte mich wieder an, ohne zu blinzeln, dann zuckte er einmal mit dem Schwanz. Wortlos erhob er sich, sprang elegant auf einen tiefer hängenden Ast und ließ sich von dort zu Boden fallen. Dann machte er einen Buckel, streckte den buschigen Schwanz in die Höhe und verschwand, ohne sich umzusehen, im Unterholz.

Als ich versuchte, mich von den Ästen zu befreien, stöhnte ich auf, denn in meinen Rippen stach es schmerzhaft. Schließlich fiel ich vom Baum und landete hart auf meinem Hinterteil, was mich zu einem Ausdruck verleitete, für den meine Mom mir ebenjenes versohlt hätte. Ich klopfte mir den Staub ab und sah mich suchend nach Grimalkin um.

»Mensch.« Er erschien wie ein grauer Geist zwischen den Büschen. Nur seine großen Augen leuchteten und zeigten, wo er sich befand. »So lautet unsere Übereinkunft: Ich werde dich zu deinem Puck führen, und als Gegenleistung wirst du mir einen kleinen Gefallen schulden, einverstanden?«

Irgendetwas an der Art, wie er das Wort *Übereinkunft* betonte, jagte mir einen Schauer über den Rücken, doch ich nickte.

»Sehr schön. Folge mir. Und versuch möglichst, mit mir Schritt zu halten.«

Leichter gesagt als getan.

Wenn ihr jemals versucht habt, einer Katze durch einen dichten Wald zu folgen, der voller Dornbüsche, Sträucher und dichtem Unterholz war, wisst ihr ja, dass das fast unmöglich ist.

Ich hatte irgendwann den Überblick verloren, wie oft Grimalkin schon verschwunden war und ich minutenlang mit heftigem Herzklopfen nach ihm suchte, in der Hoffnung, noch auf dem richtigen Weg zu sein. Wenn ich dann endlich sah, wie er sich vor mir zwischen den Bäumen hindurchschob, verspürte ich abgrundtiefe Erleichterung, nur um kurz darauf dasselbe erneut durchzumachen.

Es war auch nicht gerade hilfreich, dass ich ständig daran denken musste, was Puck alles passiert sein konnte. War er tot – von dem düsteren Feenjungen erschossen oder von den Hunden zerfleischt? Oder war es ihm gelungen zu fliehen und er hatte beschlossen, nicht zu mir zurückzukommen, da ich mein Glück auch allein versuchen könnte?

Angst und Ärger stiegen abwechselnd in mir auf. Dann wandten sich meine düsteren Gedanken meinem momentanen Führer zu. Grimalkin schien zu wissen, welchen Weg wir nehmen mussten. Aber woher sollte er wissen, wo Puck war? Aus welchem Grund sollte ich ihm überhaupt vertrauen? Was, wenn der hinterhältige Kater mich in eine Falle lockte?

Gerade, als mir diese unterhaltsamen Gedanken kamen, verschwand Grimalkin mal wieder.

Verdammt, ich werde dem blöden Mistvieh eine Glocke um den Hals hängen, wenn es nicht damit aufhört.

Das Licht schwand, und der Wald wurde noch grauer. Ich blieb stehen und starrte angestrengt in die Büsche, um nach dem flüchtigen Kater Ausschau zu halten. Direkt vor mir raschelte es, was mich etwas erstaunte. Bis jetzt war Grimalkin immer völlig lautlos gewesen.

»Mensch!«, flüsterte eine vertraute Stimme irgendwo über mir. »Versteck dich!«

»Was?«, fragte ich, doch da war es schon zu spät. Zweige brachen, die Büsche teilten sich, und eine Horde wilder Kreaturen stürzte heraus.

Es waren hässliche kleine Wesen, knapp einen Meter groß, mit warziger gelblich-grüner Haut und Knollennasen. Ihre Ohren waren lang und spitz. Sie trugen zerschlissene Kleidung und hatten Speere mit Spitzen aus Knochen in den gelblichen Krallen. Ihre Gesichter wirkten gemein und grausam, vor allem ihre kleinen Knopfaugen und die Mäuler voller brüchiger gezackter Zähne.

Einen Moment lang blieben sie überrascht blinzelnd stehen. Dann kreischten sie alle gleichzeitig los und drängten vorwärts, um mich mit ihren Speeren zu piken.

»Was ist es? Was ist es?«, fauchte einer, während ich vor den scharfen Spitzen zurückschreckte. Gelächter und Jubelrufe wurden laut, während sie mich einkreisten.

»Das ist eine Elfe«, zischte ein anderer und grinste mich schmierig an. »Vielleicht eine Elfe, die ihre Ohren verloren hat.«

»Nein, ein Ziegenmädchen«, rief ein Dritter. »Gutes Fleisch haben die.«

»Das ist keine Ziege, Blödian! Schau doch, sie hat gar keine Hufe!«

Zitternd sah ich mich nach einem Fluchtweg um, aber wo auch immer ich mich hinwandte, wurden mir scharfe Knochenspitzen entgegengestreckt.

»Bringt sie zum Häuptling«, schlug schließlich einer von ihnen vor. »Der Häuptling wird wissen, was sie ist und ob man sie gefahrlos essen kann.«

»Genau! Der Häuptling wird's wissen!«

Einige von ihnen stürzten sich von hinten auf mich, und ich bekam einen heftigen Schlag in die Kniekehlen. Mit einem Schrei brach ich zusammen, woraufhin mich die ganze Horde johlend und kreischend bedrängte. Ich schrie und trat um mich, schlug mit den Armen und versuchte die Kreaturen loszuwerden, die sich auf mich warfen. Ein paar wurden in die Büsche geschleudert, aber sie sprangen einfach wieder brüllend in die Höhe und warfen sich erneut auf mich. Es hagelte Schläge von überall.

Plötzlich traf mich etwas so hart am Hinterkopf, dass ich Sterne sah, und ich wurde ohnmächtig.

Als ich aufwachte, tanzte die Mutter aller Kopfschmerzen in meinem Schädel Polka. Ich saß in einer aufrechten Position, und irgendetwas, das sich anfühlte wie Besenstiele, drückte schmerzhaft in meinen Rücken. Stöhnend tastete ich meinen Kopf ab, um herauszufinden, ob ich verletzt oder etwas gebrochen war. Doch bis auf eine dicke Beule knapp über dem Haaransatz schien alles in Ordnung zu sein.

Nachdem ich sicher war, dass ich ansonsten unverletzt war, öffnete ich die Augen.

Und bereute es sofort.

Ich hockte in einem Käfig. In einem sehr kleinen Käfig aus Stöcken, die mit Lederriemen zusammengebunden waren. Es war so eng, dass ich kaum den Kopf heben konnte, und als ich mich bewegte, stach mich etwas Spitzes so kräftig in den Arm, dass ich blutete. Ich sah genauer hin und entdeckte entsetzt, dass viele von den Stöcken mit knapp drei Zentimeter langen Dornen besetzt waren.

Hinter den Gitterstäben standen einige Lehmhütten, die ohne erkennbare Anordnung rund um eine große Feuerstelle errichtet waren. Die plumpen, hässlichen kleinen Kreaturen wuselten durch dieses Lager, kämpften miteinander, stritten sich oder nagten einfach an irgendwelchen Knochen herum. Eine Gruppe hatte sich um meinen Rucksack versammelt und zerrte Stück für Stück den Inhalt heraus. Meine Ersatzklamotten schmissen sie einfach in den Dreck, doch die Chipstüten und die Schmerztabletten wurden sofort aufgerissen, der Inhalt probiert und dann darum gestritten. Einer von ihnen schaffte es, eine der Getränkedosen zu öffnen. Dann spritzte er überall mit der klebrigen Flüssigkeit herum, was seine Gefährten mit wütendem Kreischen quittierten.

Schließlich entdeckte ein ziemlich kleines Wesen mit einer schlammverschmierten roten Weste, dass ich wach war. Zischend wieselte es auf meinen Käfig zu und stieß seinen Speer durch die Gitterstäbe. Ich wollte zurückweichen, hatte aber keinen Platz, und so bohrten sich die Dornen in meine Haut, während der Speer mich am Oberschenkel pikte.

»Aua, lass das!«, rief ich, was es aber nur noch weiter anstachelte. Kichernd pikte und stach es zu, bis ich den Speer packte. Die Kreatur fauchte, fluchte und wollte ihn mir entreißen, und so waren wir in ein lächerliches Tauziehen verstrickt, bis ein weiterer Kobold darauf aufmerksam wurde, was wir da machten. Er kam angerannt und stach von der anderen Seite her auf mich ein, sodass ich den Speer mit einem Schrei losließ.

»Hör auf, das Fleisch zu piksen, Greertig«, befahl das zweite, größere Wesen. »Ist nicht gut, wenn das ganze Blut rausläuft.«

»Pah, ich hab mich nur vergewissert, ob es auch schön zart ist, mehr nicht.« Der Kleine schnaubte und spuckte aus, dann starrte er mich mit gierigen roten Augen an. »Worauf warten wir noch? Essen wir es doch endlich.«

»Der Häuptling ist noch nicht wieder da.« Das größere Wesen musterte mich, und entsetzt sah ich, wie ihm ein langer Speichelfaden übers Kinn lief. »Er muss erst klären, ob man das Ding gefahrlos essen kann.«

Sie schenkten mir noch einen sehnsüchtigen Blick, dann stapften sie zurück zur Feuerstelle, wobei sie nicht aufhörten, sich zu streiten und gegenseitig anzuspucken.

Ich zog die Knie an die Brust und versuchte mein Zittern unter Kontrolle zu bekommen.

»Wenn du weinen willst, tu es bitte leise«, murmelte eine vertraute Stimme in meinem Rücken. »Kobolde können Angst riechen. Sie werden dich nur noch mehr quälen, wenn du ihnen einen Grund dafür gibst.«

»Grimalkin?« Mühsam rutschte ich in dem engen Käfig hin und her, bis ich mich umdrehen konnte. Fast unsichtbar hockte der graue Kater an einer Ecke des Käfigs. Seine Augen waren konzentriert zusammengezogen, und er kaute mit seinen starken scharfen Zähnen auf einem der Lederriemen herum.

»Sieh nicht zu mir her, du Idiot!«, fauchte er, und schnell schaute ich in eine andere Richtung. Knurrend zerrte der Kater an einer Gitterstange. »Kobolde sind nicht besonders clever, aber selbst die werden etwas merken, wenn du plötzlich anfängst, mit der Luft zu reden. Bleib einfach ruhig sitzen, dann habe ich dich in ein paar Minuten befreit.«

»Danke, dass du zurückgekommen bist«, flüsterte ich, während ich dabei zusah, wie zwei Kobolde um den Brustkorb irgendeiner armen Kreatur kämpften. Der Streit hatte ein Ende, als der eine Kobold dem anderen mit einer Keule eins überbriet und dann mit seiner Trophäe abzog. Der andere Kobold lag einen Moment lang benommen da, dann rappelte er sich hoch und nahm die Verfolgung auf.

Grimalkin schnaubte abfällig und begann wieder an den Riemen zu kauen. »Pass auf, dass du dich nicht noch tiefer in meine Schuld begibst«, meinte er, während er kaute. »Wir haben bereits einen Vertrag. Ich habe zugesagt, dich zu Puck zu bringen, und ich löse meinen Teil einer Vereinbarung immer ein. Und jetzt sei still, damit ich weitermachen kann.«

Ich nickte und hielt den Mund, aber plötzlich herrschte großes Geschrei im Lager. Die Kobolde sprangen auf, zischten und rannten wild durcheinander, als eine ziemlich große Kreatur aus dem Wald geschlendert kam und auf die Mitte des Lagers zuhielt.

Es war ebenfalls ein Kobold, aber er war größer, breiter und fieser als seine Kumpels. Er hatte eine leuchtend rote Uniformjacke mit Messingknöpfen an, deren Ärmel hochgekrempelt waren, während die Rockschöße über den Boden schleiften. Außerdem trug er ein rostiges Bronzeschwert mit ziemlich schartiger Klinge. Als er fauchend ins Lager stolzierte und die anderen Kobolde kratzbuckelnd vor ihm zurückwichen, wusste ich, dass das der Häuptling war.

»Haltet die Schnauze, ihr jämmerlichen Köter«, brüllte er und schlug nach ein paar Kobolden, die ihm nicht schnell genug Platz machten. »Wertloses Pack! Ich schufte und plündere die Grenzgebiete, und was habt ihr vorzuweisen? Nichts! Nicht einmal einen Hasen für den Eintopf. Ihr macht mich krank!«

»Häuptling, Häuptling!«, schrien mehrere Kobolde gleichzeitig, zappelten herum und zeigten auf mich. »Schau mal! Schau mal! Wir haben was gefangen! Wir haben es für dich mitgebracht!«

»Hä?« Der Häuptling ließ seinen Blick durch das Lager wandern, bis seine bösartigen Augen mich entdeckten. »Was ist das? Habt ihr missratenen Tölpel es etwa geschafft, eine hochwohlgeborene Elfe zu schnappen?«

Er schlenderte auf meinen Käfig zu. Ich konnte es mir nicht verkneifen, kurz einen Blick zu Grimalkin hinüberzuwerfen, weil ich hoffte, der Kater würde fliehen. Doch Grimalkin war nirgendwo zu sehen.

Also schluckte ich schwer, sah auf und begegnete dem Blick aus den roten Augen des Häuptlings.

»Was bei Pans Kronjuwelen ist das?«, schnaubte der Häuptling der Kobolde. »Das ist keine Elfe, ihr Trottel.

Es sei denn, sie hat ihre Ohren verkauft! Außerdem …« Er sog die

Luft ein und zog die schnauzenartige Nase kraus. »... riecht es anders. Hey, komisches Elfending.« Er schlug mit seinem Schwert gegen den Käfig, was mich heftig zusammenfahren ließ. »Was bist du?«

Der Rest des Koboldstammes versammelte sich um meinen Käfig und beobachtete mich – manche neugierig, aber die meisten einfach nur hungrig. Ich holte tief Luft. »Ich bin ... eine Otaku-Fee«, erklärte ich, woraufhin der Häuptling verwirrt die Stirn runzelte und die anderen Kobolde überraschte Blicke tauschten. Die Menge begann zu tuscheln, und das Geflüster breitete sich schnell aus.

»Eine was?«

»Nie gehört.«

»Ist das lecker?«

»Können wir das essen?«

Der Häuptling runzelte noch immer die Stirn. »Ich muss zugeben, dass ich noch nie einer Otaku-Fee begegnet bin«, knurrte er und kratzte sich am Kopf. »Äh, aber das ist ja auch egal. Du siehst jung und knackig aus, wirst wohl reichen, um mich und meine Truppe ein paar Nächte lang zu ernähren. Also, wie hättest du's gern, Otaku?« Grinsend hob er sein Schwert. »Lebendig kochen oder braten am Spieß über dem Feuer?«

Ich ballte die Hände zu Fäusten, um mein Zittern zu verbergen. »Ist mir beides recht«, erwiderte ich möglichst gelassen. »Morgen wird es sowieso keine Rolle mehr spielen. In meinen Adern fließt ein tödliches Gift. Wenn ihr auch nur einen Bissen von meinem Fleisch nehmt, wird euer Blut anfangen zu kochen, eure Eingeweide werden schmelzen, und ihr werdet euch in einen dampfenden Haufen Dreck verwandeln.«

Der Stamm begann zu fauchen, einige Kobolde fletschten die Zähne und zischten mich an. Ich verschränkte die Arme, hob entschlossen das Kinn und hielt dem Blick des Koboldhäuptlings stand.

»Also los, esst mich ruhig. Dann seid ihr morgen nur noch eine Schlammpfütze, die im Boden versickert.«

Einige Kobolde wichen vor mir zurück, aber der Häuptling blieb ungerührt. »Haltet die Klappe, ihr winselnden Schlappschwänze!«, fauchte er die nervösen Kobolde an. Dann musterte er mich säuerlich und spuckte aus. »Wir können dich also nicht essen, was?« Er klang nicht sonderlich beeindruckt. »Echt schade. Aber glaub nicht, dass dich das rettet, Mädchen. Wenn du wirklich so tödlich bist, werde ich dich jetzt trotzdem umbringen. Ich werde dich langsam ausbluten lassen, sodass mir das Gift in deinem Blut nichts anhaben kann. Dann werde ich dich häuten und deine Haut an meine Tür hängen – und aus deinen Knochen mache ich Pfeilspitzen. Wie meine Großmutter immer gesagt hat: Bloß nichts verschwenden.«

»Warte!«, schrie ich, als er vortrat und sein Schwert hob. »Es – es wäre eine Schande und Verschwendung, wenn ich so enden würde«, stammelte ich, während er mich misstrauisch anstarrte. »Es *gibt* einen Weg, mein Blut von dem Gift zu reinigen, sodass ich genießbar werde. Wenn ich sowieso sterben muss, möchte ich lieber gegessen werden statt gefoltert.«

Der Häuptling lächelte. »Ich wusste doch, dass du das auch so sehen würdest«, höhnte er. Er drehte sich zu seinen Untergebenen um und reckte die Brust. »Seht ihr das, ihr Hunde? Euer Häuptling kümmert sich eben um euch! Heute Nacht gibt es ein Festmahl!«

Lauter Jubel brach los, woraufhin sich der Häuptling wieder zu mir umdrehte und mir sein Schwert vor die Nase hielt. »Also, Otaku-Mädchen. Was ist dein Geheimnis?«

Meine Gedanken rasten. »Um mein Blut von dem Gift zu befreien, müsst ihr mich mit einigen reinigenden Zutaten in einem großen Kessel kochen. Quellwasser von einem Wasserfall, eine Eichel vom größten Eichenbaum, blaue Pilze und … äh …«

»Sag bloß nicht, du hast es vergessen«, meinte der Häuptling drohend und stocherte mit der Schwertspitze durch die Stäbe. »Vielleicht kann ich deinem Gedächtnis ja auf die Sprünge helfen.«

»Feenstaub!«, platzte ich verzweifelt heraus. Er blinzelte verwundert. »Und zwar von einer lebendigen Blumenfee«, fügte ich hinzu, »keine tote. Wenn sie dabei stirbt, wirkt das Rezept nicht.« Ich konnte nur beten, dass es in dieser Welt Blumenfeen gab. Wenn nicht, war ich schon so gut wie tot.

»Hm«, grunzte der Häuptling und wandte sich an seine gespannt wartenden Stammesmitglieder. »Alles klar, ihr Trottel. Ihr habt es gehört! Ich will diese Zutaten noch vor dem Morgengrauen hier haben! Wer nicht arbeitet, wird auch nichts essen! Und jetzt bewegt euch!«

Die Menge lief auseinander. Zischend, plappernd und fluchend verschwanden sie im Wald und ließen nur eine Wache zurück, die sich gelangweilt auf einen krummen Speer stützte.

Der Häuptling musterte mich argwöhnisch und stach noch einmal sein Schwert durch die Gitterstäbe. »Glaub bloß nicht, dass du mich reinlegen kannst, indem du mir falsche Zutaten nennst«, drohte er. »Ich werde dir erst mal einen Finger abschneiden und ihn in die Brühe werfen, dann wird einer meiner Jungs ihn probieren. Wenn er stirbt oder sich in eine Pfütze verwandelt, werden wir dir einen langen, qualvollen Tod bereiten. Verstanden?«

Fröstelnd nickte ich. Ich wusste, dass keiner der Kobolde sterben würde, denn das angebliche Gift und das Rezept für die Brühe waren – natürlich – frei erfunden. Trotzdem war ich nicht begeistert von der Aussicht, einen Finger zu verlieren. Total verängstigt traf es besser.

Der Häuptling spuckte aus und sah sich dann in dem verlassenen Lager um. »Mann, keiner dieser Hunde wird wissen, wie man eine Blumenelfe fängt«, murmelte er schließlich und kratzte sich hinter dem Ohr. »Und wenn sie eine erwischen, würden sie sie wahrscheinlich einfach fressen. Verdammt, ich muss wohl selbst eine suchen. Bugrat!«

Ein paar Meter entfernt ging der einsame Wachmann in Habtachtstellung. »Häuptling?«

»Behalte unser Abendessen im Auge«, befahl der Häuptling und schob sein Schwert in die Scheide. »Wenn es fliehen will, schneide ihm die Füße ab.«

»Alles klar, Häuptling.«

»Ich gehe auf die Jagd.« Der Häuptling warf mir einen letzten warnenden Blick zu, dann verschwand er im Unterholz.

»Das war schlau«, murmelte Grimalkin, und er klang gegen seinen Willen beeindruckt.

Ich nickte nur nach Luft ringend. Einen Moment später hörte ich wieder Kaugeräusche.

Es dauerte noch eine ganze Weile. Solange nagte ich nervös an meiner Unterlippe, wrang die Hände und versuchte, Grimalkin nicht alle zwanzig Sekunden zu fragen, wie er vorankam. Während sich die Minuten hinzogen, beobachtete ich nervös die umstehenden Bäume und den Rest des Waldes, da ich erwartete, den Häuptling oder die Koboldhorden jeden Moment durch das Unterholz brechen zu sehen. Der einsame Wächter schritt die Grenze des Lagers ab und warf mir jedes Mal, wenn er vorbeikam, giftige Blicke zu, was für Grimalkin das Zeichen war, unsichtbar zu werden. Endlich, nach der achten oder neunten Runde, hörte ich Grimalkins Stimme, nachdem der Wärter mich passiert hatte.

»So, ich denke, jetzt müsstest du durchpassen.«

Ich drehte mich um, so gut es ging. Als ich die Gitterstäbe in Augenschein nahm, sah ich, dass einige der Lederriemen durchgekaut waren, ein Beweis für Grims starke Kiefer und scharfe Zähne.

»Komm schon, komm schon, lass uns gehen«, zischte Grimalkin und schlug mit seinem Schwanz. »Du kannst später noch dumm schauen – sie kommen zurück.«

Um mich herum raschelte es in den Büschen, und raues Gelächter erklang, das immer näher kam. Mit klopfendem Herzen packte ich die Gitterstäbe, wobei ich sorgfältig die Dornen mied, und drückte. Sie rührten sich nicht, sie wurden von eingeflochtenen Zweigen blockiert, also schob ich fester. Es war ungefähr so, wie wenn man versuchte, sich durch eine dichte Dornenhecke zu schieben. Die Stäbe bewegten sich etwas und lockten mich mit der Aussicht auf Freiheit, aber dann stellten sie sich stur und gaben nicht weiter nach.

Der Häuptling trat, gefolgt von drei Kobolden, aus dem Wald. Er hielt etwas Kleines in der Hand, das wie wild zappelte, und seine Anhänger waren mit blassblauen, giftig aussehenden Pilzen beladen.

»Die Pilze waren leicht«, schnaubte der Häuptling und streifte seine Begleiter mit einem abfälligen Blick. »Jeder Vollidiot kann Pflanzen sammeln. Aber wenn ich es diesen Hunden überlassen hätte, eine Blumenelfe zu fangen, wären wir nur noch Haut und Knochen, bis ...« Er hielt abrupt inne und starrte zu mir herüber. Einen Moment lang stand er nur da und blinzelte, dann kniff er die Augen zusammen und ballte die Fäuste. Das Wesen in seiner Hand quietschte schrill, als der Kobold es zerquetschte und zu Boden schleuderte. Mit einem wütenden Brüllen zog der Häuptling sein Schwert.

Ich kreischte auf und rüttelte so stark an den Stäben, wie ich konnte.

Endlich brachen die Zweige, die Rückseite des Käfigs löste sich, und ich war frei.

»Lauf!«, schrie Grimalkin, doch ich brauchte keine weitere Ermunterung. Wir rannten in den Wald, verfolgt von den wütenden Schreien der Kobolde.

Das Mondscheinwesen

Ich hetzte durch den Wald und versuchte, so gut ich konnte, Grimalkins schattenhafter Gestalt zu folgen, während mir Äste und Blätter ins Gesicht schlugen. Hinter mir krachten Zweige, hallte das Fauchen der Kobolde, und die wütenden Schimpftiraden des Häuptlings dröhnten mir immer lauter in den Ohren. Mein Atem ging keuchend, und meine Lungen brannten, aber ich zwang meine Beine, immer weiter zu rennen. Und ich wusste genau: Sollte ich stolpern oder hinfallen, würde ich sterben.

»Hier entlang!«, hörte ich Grimalkin rufen, als er in einen Brombeerbusch schoss. »Wenn wir es bis zum Fluss schaffen, sind wir in Sicherheit! Kobolde können nicht schwimmen!«

Ich folgte ihm ins Gestrüpp und machte mich gefasst auf die Dornen, die sich in meine Haut bohren und meine Kleider zerfetzen würden. Doch die Zweige teilten sich vor mir, wie sie es getan hatten, als ich mit Puck unterwegs gewesen war, und ich schlüpfte fast unversehrt hindurch.

Als ich das Brombeergestrüpp hinter mir hatte, hörte ich ein lautes Krachen, gefolgt von schrillem Geheul und derben Flüchen. Offensichtlich war dieser Weg für die Kobolde nicht so leicht zu passieren, und während ich weiterlief, schickte ich ein stummes Dankgebet an jene Kräfte, die hier am Werk waren.

Über das Rauschen in meinen Ohren und meine lauten Atemzüge hinweg hörte ich schließlich das Plätschern von Wasser. Kurz darauf stolperte ich zwischen den Bäumen hervor, wo der Boden abrupt zu einem felsigen Ufer hin abfiel. Ein großer Fluss lag vor mir, knapp hundert Meter breit. Und es gab in Sichtweite weder Brücken noch Flöße.

Da eine wabernde Nebelbank über der Wasseroberfläche schwebte, konnte ich nicht einmal richtig bis zur anderen Seite sehen.

Grimalkin stand am Ufer und schlug ungeduldig mit dem Schwanz. In dem dichten Nebel war er beinahe unsichtbar.

»Beeil dich!«, befahl er mir, als ich die Böschung hinunterstolperte. Meine Beine brannten vor Erschöpfung. »Das Reich des Erlkönigs liegt auf der anderen Seite. Du musst hinüberschwimmen, schnell!«

Ich zögerte. Wenn in stillen Teichen Pferdemonster lauerten, was lebte dann in großen schwarzen Flüssen? Bilder von Riesenfischen und Seeungeheuern blitzten in meinem Kopf auf.

Da flog etwas an meinem Arm vorbei und prallte klappernd von den Felsen ab. Es war ein Koboldspeer. Seine gelblich weiße Knochenspitze glänzte zwischen den Steinen. Ich wurde blass. Entweder blieb ich hier und wurde aufgespießt, oder ich suchte mein Heil im Fluss.

Hastig rutschte ich das restliche Ufer hinunter und stürzte mich in die Fluten.

Die Kälte war ein Schock, und ich schnappte nach Luft, während ich gegen die Strömung ankämpfte, die mich flussabwärts ziehen wollte. Ich war eine ziemlich gute Schwimmerin, aber meine Gliedmaßen fühlten sich an wie Pudding, und meine Lungen pumpten krampfhaft, um genug Sauerstoff zu bekommen. Ich strampelte mit den Beinen, ging unter und schluckte Wasser, bis meine Lungen schmerzten. Durch die Strömung wurde ich immer weiter abgetrieben, wobei ich versuchte, meine Panik niederzukämpfen.

Ein weiterer Speer zischte über meinen Kopf hinweg. Ich blickte zurück und sah, wie die Kobolde mich am Ufer entlang verfolgten. Sie kletterten über die Felsen und schleuderten ihre Speere nach mir. Nackte Angst packte mich und verlieh mir neue Kraft. Ich hielt auf das andere Ufer zu, ruderte wie wild mit Armen und Beinen und kämpfte verzweifelt gegen die Strömung an. Immer mehr Speere schlugen um mich herum im Wasser ein, aber glücklicherweise schien die Treffsicherheit der Kobolde ungefähr so ausgeprägt zu sein wie ihre Intelligenz.

Als ich kurz vor der Nebelbank war, traf etwas mit enormer Kraft meine Schulter und jagte lähmende Schmerzen durch meinen gesamten Rücken. Ich konnte noch einmal keuchend Luft holen, dann ging ich unter. Der Schmerz war so heftig, dass ich meinen Arm nicht mehr bewegen konnte. Als mich die Strömung in die Tiefe zog, war ich sicher, dass ich sterben würde.

Auf einmal packte etwas mein Handgelenk, und ich spürte, wie ich nach oben gezogen wurde. Mein Kopf stieß durch die Wasseroberfläche, und ich sog panisch Luft in meine leeren Lungen, während ich gleichzeitig die Schwärze zurückdrängte, die am Rande meines Gesichtsfeldes lauerte. Als meine Sinne langsam zurückkehrten, wurde mir bewusst, dass ich durchs Wasser gezogen wurde, aber ich sah rundherum nichts außer Nebel. Dann hatte ich plötzlich wieder Boden unter den Füßen.

Als Nächstes nahm ich wahr, dass ich im Gras lag und die Sonne mir das Gesicht wärmte. Meine Augen waren geschlossen. Vorsichtig öffnete ich sie einen Spaltbreit.

Das Gesicht eines Mädchens schwebte über mir. Ich spürte, wie ihre blonden Haare meine Wange berührten, und ihre großen grünen Augen musterten mich besorgt und auch neugierig. Ihre Haut hatte die Farbe von Sommergras, und an ihrem Hals glänzten winzige silbrige Schuppen. Als sie mich angrinste, sah ich, dass ihre Zähne scharf und spitz waren wie die eines Aals.

In meiner Kehle stieg ein Schrei auf, doch ich unterdrückte ihn. Dieses ... Mädchen ... hatte mir gerade das Leben gerettet, selbst wenn sie nur vorhatte, mich anschließend zu fressen. Es wäre sehr unhöflich, ihr jetzt ins Gesicht zu schreien. Außerdem könnten abrupte Bewegungen vielleicht einen aggressiven Fressflash bei ihr auslösen. Ich durfte keine Angst zeigen. Also holte ich tief Luft und setzte mich auf, wobei ein stechender Schmerz durch meine Schulter fuhr.

»Äh ... hallo«, stammelte ich, während sie sich auf die Fersen sinken ließ und mich stumm musterte. Ich war überrascht, dass sie keinen Fischschwanz, sondern Beine hatte, obwohl ihr Schwimmhäute zwischen Fingern und Zehen wuchsen – und sie sicherlich sehr, sehr scharfe Krallen besaß. Ein kurzes weißes Kleid bedeckte ihren Körper, der Saum war noch klatschnass. »Ich bin Meghan. Und wie heißt du?«

Sie legte den Kopf schief und erinnerte mich plötzlich an eine Katze, die sich nicht entscheiden konnte, ob sie die Maus nun fressen oder lieber mit ihr spielen sollte. »Du siehst lustig aus«, verkündete sie schließlich. Ihre Stimme klang wie das Plätschern von Wasser über Steine. »Was bist du?«

»Ich? Ich bin ein Mensch.« Sobald ich es ausgesprochen hatte, wünschte ich, ich hätte es nicht gesagt. In den Märchen, an die ich mich jetzt immer besser erinnern konnte, waren Menschen immer entweder Fressen, Spielzeug oder Opfer tragischer Liebe. Und wie ich gerade mit atemberaubendem Tempo herausfand, hatten die Bewohner dieser Welt kein Problem damit, ein sprechendes, intelligentes Lebewesen zu verspeisen. In der Nahrungskette stand ich hier auf derselben Stufe wie ein Kaninchen oder Eichhörnchen. Das war ein beängstigender Gedanke, der einen demütig werden ließ.

»Ein Mensch?« Das Mädchen neigte den Kopf zur anderen Seite. Kurz sah ich unter ihrem Kinn rosa Kiemen aufblitzen. »Meine Schwestern haben mir Geschichten über die Menschen erzählt. Sie haben gesagt, dass sie ihnen manchmal etwas vorsingen, um sie ins Wasser zu locken.« Sie grinste und entblößte dabei ihre scharfen, spitzen Zähne. »Ich habe schon geübt. Willst du es hören?«

»Nein, das will sie mit Sicherheit nicht.« Grimalkin stolzierte durch das Gras auf uns zu und reckte seinen buschigen Schwanz kerzengerade in die Höhe. Der Kater war tropfnass, das Wasser lief ihm in kleinen Bächen aus dem Fell, und er wirkte alles andere als erfreut. »Kusch«, knurrte er das Mädchen an, woraufhin sie zischend zurückwich und die Zähne fletschte. Grimalkin schien das nicht zu beeindrucken. »Verschwinde! Ich habe momentan keine Lust, mit kleinen Nixen zu spielen. Na los, fort mit dir!«

Das Mädchen fauchte noch einmal und ließ sich dann wie ein Seehund ins Wasser gleiten. Als sie die Mitte des Flusses erreicht hatte, warf sie uns noch einen bösen Blick zu, bevor sie unter viel Gespritze verschwand.

»Nervtötende Sirenen«, meckerte Grimalkin, bevor er den Blick auf mich richtete und die Augen zu Schlitzen verengte. »Du hast ihr doch nichts versprochen, oder?«

»Nein.« Ich wurde ärgerlich. Natürlich war ich froh, den Kater zu sehen, aber seine Einstellung passte mir nicht. Schließlich war es nicht meine Schuld, dass uns die Kobolde gejagt hatten. »Du hättest sie nicht vergraulen müssen, Grim. Immerhin hat sie mir das Leben gerettet.«

Der Kater schlug mit dem Schwanz und bespritzte mich mit kleinen Wassertröpfchen. »Sie hat dich nur aus reiner Neugier aus dem Fluss gezogen. Wenn ich nicht gekommen wäre, hätte sie dich entweder mit ihrem Gesang zurück ins Wasser gelockt und ertränkt, oder sie hätte dich einfach so gefressen. Zum Glück sind Nixen nicht besonders mutig. Sie ziehen Kämpfe unter Wasser vor, wo sie den Vorteil auf ihrer Seite haben. Und nun würde ich vorschlagen, dass wir uns einen Schlafplatz suchen. Du bist verletzt, und die Schwimmstunde hat mich ziemlich angestrengt. Falls du gehen kannst, würde ich dir raten, das jetzt zu tun.«

Ich zog eine Grimasse, rappelte mich aber mühsam auf. Meine Schulter fühlte sich an, als würde sie brennen, aber wenn ich den Arm eng an die Brust drückte, reduzierte sich der Schmerz auf ein dumpfes Pochen. Ich biss mir auf die Lippe, dann folgte ich Grimalkin weg vom Fluss und hinein in das Reich des Erlkönigs.

Trotz Nässe, Erschöpfung und Schmerzen fand ich immer noch die Energie zu gaffen. Bald fühlten sich meine Augen vom Starren riesig und geschwollen an. Das Land auf dieser Seite des Flusses war völlig anders als der unheimliche graue Wald der wilden Feen. Hier waren die Farben nicht blass und verwaschen, sondern extrem strahlend und lebendig. Die Bäume waren knallgrün, die Blumen schreiend bunt. Blätter funkelten rasiermesserscharf im Licht, und die Blüten fingen das Sonnenlicht ein wie Edelsteine. Es war alles wunderschön, aber während ich mich umsah, überkam mich ein beklemmendes Gefühl, das ich einfach nicht mehr loswurde. Alles schien … irgendwie falsch zu sein, als hätte die Realität nur einen schicken Anstrich erhalten, als würde ich hier gar nicht die wahre Welt sehen.

Meine Schulter schmerzte, und die Haut um die Wunde war heiß und geschwollen. Während die Sonne am Himmel höher stieg, kroch die pulsierende Hitze in meinen Arm und breitete sich über meinen Rücken aus. Schweiß lief mir übers Gesicht und in die Augen, und meine Knie wurden weich.

Schließlich brach ich keuchend unter einer Tanne zusammen. Mein Körper war gleichzeitig heiß und kalt. Grimalkin schlug einen Bogen und kam mit steil aufgerecktem Schwanz zu mir zurückgetrottet. Einen Moment lang sah ich zwei Grimalkins, doch dann blinzelte ich den Schweiß aus meinen Augen, und da war nur einer.

»Irgendetwas stimmt nicht mit mir«, keuchte ich, als der Kater mir einen gleichgültigen Blick zuwarf. Plötzlich sprangen seine Augen aus seinem Gesicht und schwebten zwischen uns in der Luft. Ich blinzelte, diesmal heftiger, und sie waren wieder normal.

Grimalkin nickte. »Traumgespinstgift«, erklärte er zu meiner Bestürzung. »Kobolde tränken ihre Speere und Pfeile in Gift. Wenn die Wahnvorstellungen einsetzen, bleibt einem nicht mehr viel Zeit.«

Angestrengt holte ich Luft. »Gibt es kein Heilmittel?«, flüsterte ich und ignorierte den Farn, der auf mich zugekrochen kam wie eine mit Blättern besetzte Spinne. »Jemanden, der mir helfen kann?«

»Doch, dorthin sind wir gerade unterwegs.« Grimalkin stand auf und drehte den Kopf zu mir zurück. »Es ist nicht mehr weit, Mensch. Achte nur auf mich und versuche alles andere zu ignorieren, egal, was es ist.«

Ich brauchte drei Anläufe, um wieder auf die Beine zu kommen. Schließlich schaffte ich es, mich hochzustemmen und lange genug aufrecht stehen zu bleiben, um einen Schritt zu machen. Und dann noch einen. Und noch einen. Kilometerweit lief ich hinter Grimalkin her, oder zumindest fühlte es sich so an.

Nachdem sich der erste Baum mit zitternden Ästen auf mich stürzen wollte, wurde es immer schwieriger, mich zu konzentrieren. Einige Male hätte ich Grimalkin fast aus den Augen verloren, als die Landschaft sich schrecklich verzerrte und mit dürren Fingern nach mir griff. Aus den Schatten winkten mir dunkle Gestalten zu und riefen meinen Namen. Der Boden verwandelte sich in eine brodelnde Masse aus Spinnen und Tausendfüßlern, die an meinen Beinen hochkrochen. Ein Reh trat vor mir auf den Pfad, neigte den Kopf und fragte mich nach der Uhrzeit.

Grimalkin hielt inne, sprang auf einen Felsen – wobei er dessen empörte Rufe, gefälligst von ihm runterzugehen, ignorierte – und drehte sich zu mir um. »Ab hier bist du auf dich allein gestellt, Mensch«, erklärte er, oder es war zumindest das, was ich über das Geschrei des Felsens hinweg verstand. »Geh einfach weiter, bis *er* sich zeigt. Er schuldet mir noch einen Gefallen, allerdings hegt er auch ein grundsätzliches

Misstrauen Menschen gegenüber. Die Chancen, dass er dir hilft, stehen also etwa fünfzig zu fünfzig. Unglücklicherweise ist er der Einzige, der dich jetzt noch heilen kann.«

Stirnrunzelnd versuchte ich, seinen Worten zu folgen, aber sie schwirrten wie Fliegen um meinen Kopf, und ich bekam sie nicht zu fassen. »Wovon redest du?«, fragte ich.

»Du wirst wissen, was ich meine, wenn du ihn findest – falls du ihn findest.« Der Kater legte den Kopf schief und musterte mich kritisch. »Du bist doch noch Jungfrau, oder?«

Ich entschied, dass der letzte Teil wohl ein Produkt meines Deliriums war. Bevor ich ihm weitere Fragen stellen konnte, verschwand Grimalkin und ließ mich völlig verwirrt und planlos zurück. Ich versuchte, mit der Hand einen Wespenschwarm zu verscheuchen, der um meinen Kopf kreiste, und stolperte hinter ihm her.

Eine Ranke hob sich und wand sich um meinen Fuß.

Ich fiel, durchschlug den Boden und landete auf einem Bett aus gelben Blumen. Die Blüten wandten mir ihre winzigen Gesichter zu und schrien, was die Luft mit Pollen erfüllte. Als ich mich aufsetzte, fand ich mich in einem von Mondlicht überfluteten Hain wieder. Der Boden war von Blumen bedeckt. Bäume tanzten, Steine lachten mich an, und winzige Lichter schossen durch die Luft.

Meine Beine wurden schwer, und plötzlich war ich sehr müde. Am Rand meines Gesichtsfelds erschienen schwarze Flecken. Ich lehnte mich gegen einen Baum und beobachtete die herumschwirrenden Lichter. Ein Teil von mir realisierte schwach, dass ich aufgehört hatte zu atmen, doch dem Rest von mir war es egal.

Ein Mondstrahl löste sich von den Bäumen und glitt auf mich zu. Ich beobachtete ihn teilnahmslos, da ich wusste, dass es nur eine Halluzination war. Als er näher kam, flirrte er kurz und verwandelte sich dann in etwas, das mich erst an ein Reh erinnerte, dann an eine Ziege oder ein Pony. Auf seiner Stirn wuchs ein Horn aus Licht, und es musterte mich mit wissenden goldenen Augen.

»Hallo, Meghan Chase.«

»Hallo«, erwiderte ich, obwohl sich meine Lippen nicht bewegten und ich ja auch keinen Atem hatte, um zu sprechen. »Bin ich tot?«

»Nicht ganz.« Das Mondscheinwesen lachte leise und schüttelte seine Mähne. »Es ist nicht dein Schicksal, hier zu sterben, Prinzessin.«

»Oh.« Ich grübelte darüber nach, wobei die Gedanken träge durch meinen Kopf tanzten. »Woher weißt du, wer ich bin?«

Das Wesen schnaubte und schlug mit seinem Löwenschwanz. »Diejenigen unter uns, die den Himmel beobachten, haben dein Kommen schon lange vorhergesehen, Meghan Chase. Auslöser strahlen immer hell, und dein Licht scheint heller als alles, was ich je zuvor gesehen habe. Bleibt nur die Frage, welchen Weg du wählen wirst und auf welche Art du herrschen möchtest.«

»Ich verstehe nicht.«

»Das sollst du auch gar nicht.« Das Mondscheinwesen trat vor und atmete tief ein und aus. Silbrige Luft fegte über mich hinweg, und mir fielen die Augen zu. »Schlaf jetzt, meine Prinzessin. Dein Vater erwartet dich. Und sage Grimalkin, dass ich mich aus persönlichen Gründen entschieden habe, dir zu helfen, nicht um einen Gefallen einzulösen. Wenn er mich das nächste Mal ruft, wird das das letzte Mal sein.«

Ich wollte nicht schlafen. Mir schwirrten so viele drängende Fragen durch den Kopf. Ich öffnete gerade den Mund, um nach meinem Vater zu fragen, als das Wesen mit seinem Horn meine Brust berührte und ein Hitzeschwall meinen Körper durchflutete. Keuchend riss ich die Augen auf.

Der Hain im Mondschein war verschwunden. Stattdessen stand ich auf einer Wiese, auf der sich hohes Gras im Wind wiegte, während sich der Horizont rosa verfärbte. Die letzten Spuren eines seltsamen Traums schwebten durch mein Bewusstsein: tanzende Bäume, sprechende Rehe und ein Wesen aus Reif und Mondlicht. Ich fragte mich, was davon real und was ein Produkt meines Fieberwahns gewesen war. Ich fühlte mich gut – sogar sehr gut. Einiges davon musste real gewesen sein.

Dann raschelte es im Gras, als würde sich etwas anschleichen.

Ich wirbelte herum und entdeckte ein paar Schritte entfernt meinen Rucksack, dessen grelles Orange sich deutlich vom grünen Gras abhob. Ich machte ihn auf. Das Essen war natürlich verschwunden, genau wie die Taschenlampe und die Schmerztabletten, aber meine Ersatzklamotten waren da – zu einem Ball zusammengerollt und klatschnass.

Verwirrt starrte ich den Rucksack an. Wer konnte ihn den ganzen Weg vom Lager der Kobolde hierher gebracht haben? Ich glaubte nicht, dass Grimalkin deswegen noch einmal zurückgegangen war, insbesondere da er dafür noch einmal durch den Fluss gemusst hätte. Und trotzdem hielt ich meinen Rucksack in den Händen – er war nass und muffig, aber er war da. Zumindest die Klamotten würden trocknen.

Und dann fiel mir noch etwas anderes ein. Etwas, was mich schmerzhaft zusammenzucken ließ.

Ich zog den Reißverschluss des Seitenfachs auf und holte meinen tropfenden, wassergetränkten iPod hervor.

»Verdammt.« Seufzend untersuchte ich das Gerät. Das Display war völlig ruiniert, und damit waren die Ersparnisse eines Jahres futsch. Als ich ihn schüttelte, hörte ich Wasser darin plätschern. Nicht gut. Nur um ganz sicherzugehen, stöpselte ich die Kopfhörer ein und schaltete den iPod an. Nichts. Nicht einmal ein Rauschen. Er war definitiv Schrott.

Traurig schob ich ihn wieder in das Seitenfach und zog den Reißverschluss zu. So viel also zu Aerosmith im Feenland. Ich wollte mich gerade auf die Suche nach Grimalkin machen, als ein Kichern über meinem Kopf mich aufblicken ließ.

Zwischen den Ästen kauerte etwas. Etwas Kleines, Missgebildetes, das mich aus rot glühenden Augen beobachtete. Ich erkannte einen sehnigen Körper, lange, dürre Arme und Ohren wie die eines Kobolds. Aber es war kein Kobold. Dazu war es zu klein, und außerdem schien es, was wesentlich beunruhigender war, intelligent zu sein.

Als das Monster bemerkte, dass ich es entdeckt hatte, schenkte es mir ein mattes Grinsen. Seine spitzen, rasiermesserscharfen Zähne leuchteten kurz auf wie neonblaues Feuer, bevor es verschwand. Und damit meine ich nicht, dass es weggekrabbelt oder wie ein Geist langsam verblasst wäre. Es war von einem Moment auf den anderen einfach *weg,* wie ein Bild auf einem Computermonitor.

Wie das Ding, das ich im Computerraum gesehen hatte.

Eindeutig Zeit, von hier abzuhauen.

Ich fand Grimalkin, wie er auf einem Stein ein Sonnenbad nahm. Er hatte die Augen geschlossen und schnurrte leise. Als ich angerannt kam, blinzelte er träge mit einem Auge.

»Wir müssen weiter«, verkündete ich, während ich meinen Rucksack aufsetzte. »Du wirst mich zu Puck bringen, dann rette ich Ethan, und wir kehren nach Hause zurück. Und wenn ich danach *nie wieder* einen Kobold, eine Nixe, Cat Sidhe oder was auch immer sehen werde, ist das immer noch definitiv zu früh.«

Grimalkin gähnte. Provozierend langsam stand er auf, streckte sich, gähnte noch mal, kratzte sich hinter dem Ohr und prüfte, ob auch jedes Haar an seinem Platz war. Ich stand daneben, trat ungeduldig von einem Fuß auf den anderen und hätte ihn am liebsten am Nacken gepackt und geschüttelt. Doch dafür hätte er mich wahrscheinlich in Stücke zerrissen.

»Arkadia, der Sommerhof, ist nahe«, erklärte Grimalkin, als er sich schließlich für startklar hielt. »Denk dran, du schuldest mir einen kleinen Gefallen, wenn wir deinen Puck gefunden haben.« Er sprang von dem Stein auf den Boden und sah mich ernst an. »Ich werde meine Gegenleistung einfordern, sobald wir ihn gefunden haben. Vergiss das nicht.«

Wir wanderten stundenlang durch einen Wald, der immer dichter zu werden schien. Aus dem Augenwinkel glaubte ich zu sehen, wie Äste, Blätter und sogar Stämme sich bewegten und verschoben, um nach mir zu greifen. Manchmal kam ich auch an einem Baum oder Strauch vorbei, nur um ein paar Meter weiter genau denselben zu entdecken. Aus dem Blätterdach über uns erklang Gelächter, und seltsame Lichter blinkten und tanzten in der Ferne. Einmal spähte ein Fuchs unter einem umgefallenen Baumstamm hervor, und ein menschlicher Schädel saß auf seinem Kopf. Nichts davon brachte Grimalkin aus der Ruhe, der mit erhobenem Schwanz den Pfad entlangstolzierte und sich kein einziges Mal umdrehte, um sich zu vergewissern, ob ich mitkam.

Die Nacht war angebrochen, und ein riesiger blauer Mond stand hoch über uns, als Grimalkin plötzlich stehen blieb und die Ohren anlegte. Fauchend huschte er vom Pfad und verschwand zwischen einigen Farnbüschen. Als ich überrascht aufschaute, sah ich zwei Reiter näher kommen, die in der Dunkelheit hell leuchteten. Ihre Pferde waren silbergrau, und ihre Hufe berührten nicht den Boden, als sie direkt auf mich zu galoppierten.

Ich blieb still stehen und ließ sie herankommen. Es hatte keinen Sinn, vor Jägern zu Pferde weglaufen zu wollen. Als sie kurz vor mir waren, konnte ich Einzelheiten erkennen: Die Reiter waren groß und schön, mit scharfen Gesichtszügen und rötlichen Haaren, die sie zusammengebunden hatten. Sie trugen silberne Rüstungen, die im Mondlicht funkelten, und lange, schmale Schwerter hingen an ihren Seiten.

Die Pferde umkreisten mich und schnaubten, sodass ihr Atem in großen Wolken in der Luft hing. Die Ritter blieben in ihren Sätteln sitzen und blickten auf mich herab. Sie waren unnatürlich schön – ihre Gesichter zu fein gezeichnet und zu grazil, um real zu sein.

»Bist du Meghan Chase?«, fragte einer der beiden mit einer Stimme, die hell und rein klang wie ein Flötenton. Seine Augen funkelten in der Farbe eines Sommerhimmels.

Ich schluckte. »Ja.«

»Du wirst uns begleiten. Seine Majestät König Oberon, Herr des Sommerhofes, schickt nach dir.«

Am Lichten Hof

Ich saß vor einem der Elfenritter, der einen Arm sicher um meine Hüfte gelegt hatte, während er mit der anderen Hand die Zügel hielt. Grimalkin lag warm und schwer auf meinem Schoß, döste vor sich hin und weigerte sich, mit mir zu sprechen. Die Ritter antworteten ebenfalls nicht auf meine Fragen: Wohin wir ritten, ob sie Puck kannten oder was König Oberon von mir wollte. Ich wusste nicht einmal, ob ich nun eine Gefangene oder ein Gast dieser Leute war, obwohl ich davon ausging, dass ich es noch früh genug herausfinden würde. Die Pferde flogen über den Pfad, und schließlich bemerkte ich, wie sich der Wald langsam lichtete.

Als wir die Bäume hinter uns ließen, erhob sich vor uns ein riesiger Hügel. Er ragte in seiner ganzen ewigen, grasbewachsenen Pracht vor uns auf, und sein Gipfel schien bis in den Himmel zu reichen. Überall wuchsen Dornbüsche und Brombeersträucher, besonders rund um den Gipfel, sodass das ganze Ding mich an einen großen bärtigen Kopf erinnerte. Um den Fuß des Hügels zog sich eine dichte Hecke, deren Dornen zum Teil länger waren als mein Arm.

Die Ritter trieben ihre Pferde auf den dichtesten Teil der Hecke zu. Dabei war ich nicht überrascht, als sich die Zweige vor ihnen teilten und einen Rundbogen bildeten, unter dem wir hindurchritten, bevor sie mit einem lauten Knirschen wieder in ihre alte Position zurückkehrten.

Ich war allerdings schon überrascht, als die Pferde direkt auf den Hügel zuhielten, ohne langsamer zu werden, und ich klammerte mich fest an Grimalkin, der protestierend fauchte. Der Hügel öffnete sich nicht und wich auch nicht irgendwie zur Seite aus. Wir ritten einfach *in* den Hügel hinein, was mir einen Schauer über den Rücken jagte, der sich bis in meine Zehen ausbreitete.

Ich blinzelte und starrte auf das reinste Durcheinander.

Vor mir erstreckte sich ein riesiger Hof, eine große runde Fläche mit Elfenbeinsäulen, Marmorstatuen und blühenden Bäumen. Springbrunnen schleuderten Wasserfontänen in die Luft, bunte Lichter tanzten über den Becken, und überall wuchsen Blumen in allen Farben des Regenbogens. Leise Musik drang an mein Ohr, eine Mischung aus Harfen und Trommeln, Geigen und Flöten, Glöckchen und Pfeifen, die irgendwie fröhlich und gleichzeitig melancholisch klang. Sie trieb mir Tränen in die Augen, und plötzlich wollte ich nur noch von diesem Pferd runter und so lange tanzen, bis die Musik mich verzehrte und ich ganz in ihr aufging. Zum Glück murmelte Grimalkin so etwas wie: »Krieg dich wieder ein«, und grub seine Krallen in mein Handgelenk, bis ich wieder zu mir kam.

Und überall waren Feenwesen: Sie saßen auf den Marmorstufen und den Bänken, tanzten in kleinen Gruppen miteinander oder wanderten einfach umher. Meine Augen konnten gar nicht alles aufnehmen. Aus dem Schatten eines Busches blinzelte mir ein Mann mit nacktem Oberkörper zu, dessen Beine mit zottigem Fell bewachsen waren und in Hufen endeten. Ein schlankes Mädchen mit grünlicher Haut trat aus einem Baum und schimpfte mit einem Kind, das an den Ästen baumelte. Der Junge streckte ihr die Zunge raus, schlug mit seinem Eichhörnchenschwanz und sprang höher in die Baumkrone hinauf.

Ich spürte, wie mich jemand an den Haaren zog. Über meiner Schulter schwebte eine winzige Gestalt, deren hauchdünne Flügel surrten wie die eines Kolibris. Ich keuchte erschrocken auf, doch der Ritter, der mich hielt, schenkte ihr nicht mal einen Blick. Die Gestalt streckte mir grinsend eine Frucht entgegen, die wie eine große Traube aussah, allerdings leuchtend blau und mit orangen Punkten. Ich lächelte höflich und nickte, doch die Kleine zeigte stirnrunzelnd auf meine Hand. Verwirrt streckte ich sie aus. Sie ließ die Frucht hineinfallen, kicherte entzückt und zischte ab.

»Sei vorsichtig«, grummelte Grimalkin, während ich den berauschenden Duft der kleinen Frucht einsog, bei dem mir das Wasser im Mund zusammenlief. »Für jemanden wie dich kann es unangenehme Folgen haben, gewisse Sachen im Feenland zu essen oder zu trinken. Also iss nichts. Eigentlich würde ich dir sogar raten, auch mit niemandem zu sprechen, bis wir Puck finden. Und was du auch tust, nimm keinerlei Geschenke an. Das wird eine lange Nacht!«

Ich schluckte und ließ die Frucht in einen Brunnen fallen, an dem wir vorbeiritten. Riesige grün-goldene Fische schwammen um sie herum und rissen die Mäuler auf.

Die Ritter bahnten sich einen Weg zwischen den Feenwesen hindurch über den Hof und ritten auf eine hohe Steinmauer zu, in der ein zweiflügeliges silbernes Tor prangte. Zwei mindestens drei Meter große Kreaturen mit blauer Haut und kräftigen Stoßzähnen bewachten es. Unter ihren verlausten schwarzen Haaren und buschigen Augenbrauen blitzten gelbe Augen hervor. Obwohl sie bekleidet waren – über ihren Armen und ihrem Brustkorb spannte sich eine rote Uniform, deren Messingknöpfe fast absprangen –, wirkten sie Furcht einflößend.

»Trolle«, murmelte Grimalkin, während ich mich an den unerschütterlichen Elfenritter drückte. »Du kannst dankbar sein, dass wir uns in Oberons Reich befinden. Am Winterhof beschäftigen sie Oger.«

Die Ritter zügelten ihre Pferde und ließen mich wenige Meter vor dem Tor absteigen.

»Sei höflich, wenn du mit dem Erlkönig sprichst, Kind«, riet mir der Ritter, auf dessen Pferd ich gesessen hatte, bevor er sein Tier wendete. Dann stand ich vor zwei riesigen Trollen, mit nichts in der Hand als einem Kater und meinem Rucksack.

Grimalkin wand sich in meinem Arm, also setzte ich ihn auf den Boden.

»Komm schon.« Der Kater seufzte und zuckte mit dem Schwanz. »Begeben wir uns zu König Spitzohr und bringen es hinter uns.«

Die beiden Trolle blinzelten verwirrt, als der Kater furchtlos auf das Tor zulief. Er wirkte wie ein grauer Käfer zwischen ihren krallenbewehrten Füßen. Einer von ihnen setzte sich in Bewegung, und ich rechnete fest damit, dass er Grimalkin zu Katzenpudding zertrampeln würde. Doch der Troll beugte sich nur vor und zog den einen Torflügel auf, während sein Kollege auf der anderen Seite dasselbe tat. Grimalkin warf mir über die Schulter einen ungeduldigen Blick zu, schlug mit dem Schwanz und schlüpfte zwischen den Torflügeln hindurch. Ich holte tief Luft, strich mir über die zerzausten Haare und folgte ihm.

Auf der anderen Seite des Tors wuchs dichter Wald, fast als wäre die Mauer gebaut worden, um ihn zurückzuhalten. Vor mir erstreckte sich ein Tunnel mit Wänden aus blühenden Bäumen und grünen Zweigen, und der Duft der Blüten war so stark, dass ich davon leicht benebelt wurde.

Am Ende des Tunnels hing ein Vorhang aus Ranken, hinter dem sich eine große, von riesigen Bäumen umstandene Lichtung erstreckte. Die alten Stämme und verschlungenen Äste bildeten dort eine Art Dom – einen lebenden Palast mit dicken Säulen und einer gewölbten Decke aus Blättern. Obwohl ich wusste, dass wir uns unter der Erde befanden und draußen außerdem Nacht war, sah ich Sonnenstrahlen durch kleine Lücken im Blätterdach dringen und über den Waldboden tanzen. Glühende Lichtkugeln schwebten in der Luft, und in der Nähe plätscherte Wasser über Stufen in einen Teich. Und die Farben hier waren atemberaubend.

Auf der Lichtung waren ungefähr hundert Feen versammelt, alle in leuchtende fremdartige Stoffe gehüllt.

So wie sie aussahen, schätzte ich, dass ich es hier mit den adeligen Höflingen zu tun hatte. Ihre Haare fielen in sanften Wellen über ihre Schultern oder waren zu unmöglichen Frisuren aufgetürmt. Satyrn, die man leicht an ihren zotteligen Ziegenbeinen erkennen konnte, und pelzige kleine Männchen servierten Getränke und Häppchen. Schlanke

Hunde mit moosgrünem Fell schlichen herum und hofften darauf, dass ein paar Happen für sie abfallen würden. Elfenritter in silbernen Kettenhemden standen steif an den Rändern der Lichtung. Einige von ihnen hatten Falken oder sogar winzige Drachen bei sich.

In der Mitte dieser Versammlung standen zwei Throne, die direkt aus dem Waldboden gewachsen zu sein schienen und von zwei livrierten Zentauren flankiert wurden.

Einer der Throne war leer, nur auf der einen Armlehne stand ein Käfig mit einem Raben darin. Der große schwarze Vogel schlug krächzend mit den Flügeln, als wollte er sich befreien, und seine runden Augen funkelten hell und grün. Auf dem linken Thron dagegen...

König Oberon – denn ich musste davon ausgehen, dass er es war – hatte die Fingerspitzen aneinandergelegt und ließ den Blick ziellos über die Menge schweifen. Wie die anderen adeligen Feen war auch er groß und schlank, doch er hatte silbernes Haar, das ihm bis zur Hüfte ging, und Augen wie grünes Eis. Eine geweihartige Krone saß auf seinem Kopf und warf über den Hofstaat lange Schatten, die aussahen wie gekrümmte Krallen. Macht strahlte von ihm aus, die in der Luft lag wie die Spannung vor einem Gewitter.

Über das bunte Treiben der Adeligen hinweg begegneten sich unsere Blicke. Oberon zog eine Augenbraue hoch, was so elegant wirkte wie der Flügelschlag eines Falken, doch auf seinem Gesicht zeigte sich keine Regung. Und genau in diesem Moment hielten alle Feen im Raum in ihrem Tun inne, drehten sich nach mir um und starrten mich an.

»Großartig«, murmelte Grimalkin, den ich ganz vergessen hatte. »Jetzt wissen alle, dass wir hier sind. Tja, komm schon, Mensch. Spielen wir die braven Höflinge.«

Meine Knie wurden weich und mein Mund trocken, doch ich zwang mich weiterzugehen. Die Damen und Herren des Feenhofes traten beiseite, aber ich konnte nicht sagen, ob sie es aus Respekt oder Verachtung taten. Ihre kalten, amüsierten Blicke gaben nichts preis. Ein grüner Feenhund schnüffelte an mir und knurrte, als ich vorbeiging, doch ansonsten herrschte Stille.

Was machte ich hier überhaupt? Ich hatte keine Ahnung. Eigentlich sollte Grimalkin mich zu Puck bringen, aber jetzt wollte Oberon mich sehen. Mir kam es vor, als würde ich mich immer weiter von meinem eigentlichen Ziel entfernen, nämlich Ethan zu retten.

Es sei denn natürlich, Oberon wusste, wo Ethan war.

Es sei denn, Oberon hielt ihn gefangen.

Ich erreichte den Thron und blieb davor stehen. Da ich nicht wusste, was ich sonst tun sollte, sank ich mit klopfendem Herzen auf ein Knie und verbeugte mich. In meinem Nacken spürte ich den Blick des Erlkönigs, so alt wie der Wald, der uns umgab. Schließlich sprach er.

»Erhebe dich, Meghan Chase.«

Seine Stimme war sanft, doch ein leise schwingender Unterton ließ mich an brausende Meere und rasende Stürme denken. Der Boden unter meinen Fingern bebte. Meine Angst beherrschend, stand ich auf und sah ihn an. Dabei bemerkte ich, wie ein nicht fassbarer Ausdruck über sein maskenhaftes Gesicht huschte. Stolz? Belustigung? Ich konnte nicht sagen, was es war.

»Du bist in unser Land eingedrungen«, stellte er fest und löste damit ein Raunen unter den Feenhöflingen aus. »Es war dir nicht bestimmt, das Nimmernie zu sehen, und doch hast du ein Mitglied dieses Hofes dazu gebracht, dich über die Grenze zu bringen. Warum?«

Da ich nicht wusste, was ich sonst tun sollte, sagte ich ihm die Wahrheit: »Ich suche nach meinem Bruder, Ethan Chase.«

»Und du hast Grund zu der Annahme, dass er hier ist?«

»Ich weiß nicht.« Ich sah mich verzweifelt nach Grimalkin um, doch der putzte sich gerade eine Hinterpfote und beachtete mich gar nicht. »Mein Freund Robbie … Puck … hat gesagt, dass Ethan von Feenwesen entführt wurde. Und dass sie an seiner Stelle einen Wechselbalg zurückgelassen hätten.«

»Verstehe.« Oberon drehte leicht den Kopf und musterte den eingesperrten Vogel auf dem Thron. »Das stellt einen weiteren Verstoß dar, Robin.«

Mir entgleisten die Gesichtszüge, und ich keuchte: »Puck?«

Der Rabe sah mich mit leuchtend grünen Augen an, krächzte leise und schien mit den Schultern zu zucken.

Wütend blickte ich wieder Oberon an. »Was haben Sie mit ihm gemacht?«

»Er hatte den Befehl, dich niemals in unser Land zu bringen.« Oberons Stimme war ruhig, aber unbarmherzig. »Er hatte den Befehl, dafür zu sorgen, dass du nichts von unserer Art, unserem Leben oder auch nur unserer bloßen Existenz erfährst. Ich habe ihn wegen seines Ungehorsams bestraft. Vielleicht werde ich ihn in ein paar Jahrhunderten wieder freilassen, wenn er genug Zeit hatte, über seine Verfehlungen nachzudenken.«

»Er hat nur versucht, mir zu helfen!«

Oberon lächelte, doch es war ein kaltes, nichtssagendes Lächeln. »Wir Unsterblichen haben eine andere Vorstellung vom Leben als die Menschen. Puck hätte kein Interesse daran haben sollen, ein menschliches Kind zu retten, insbesondere nicht, wenn es meinen direkten Befehlen zuwiderlief. Dass er deinen Forderungen nachgegeben hat, legt nahe, dass er zu viel Zeit unter den Sterblichen verbracht und sich ihre Art und ihre launenhaften Emotionen angeeignet hat. Es wird Zeit, dass er sich wieder daran erinnert, was es heißt, ein Feenwesen zu sein.«

Ich schluckte schwer. »Und was ist mit Ethan?«

»Das entzieht sich meiner Kenntnis.« Oberon lehnte sich zurück und zuckte mit den schlanken Schultern. »Er ist nicht hier, innerhalb der Grenzen meines Reiches. So viel kann ich dir versichern.«

Verzweiflung drückte mich nieder wie ein tonnenschweres Gewicht. Oberon hatte keine Ahnung, wo Ethan war, und was noch schlimmer war, es kümmerte ihn nicht. Und jetzt hatte ich auch noch Puck als meinen Führer verloren. Ich stand wieder ganz am Anfang. Ich würde diesen anderen Hof – den Dunklen – finden, mich reinschleichen und meinen Bruder retten müssen, und das ganz allein. Also, falls ich es überhaupt in einem Stück bis dorthin schaffte. Vielleicht konnte ich ja Grimalkin dazu bringen, mir zu helfen. Ich musterte den Kater, der voll und ganz darauf konzentriert war, seinen Schwanz zu putzen, und mich verließ der Mut. Wahrscheinlich nicht. Tja, dann war ich wohl auf mich allein gestellt.

Das gesamte Ausmaß meiner Aufgabe türmte sich vor mir auf, und plötzlich musste ich gegen die Tränen ankämpfen. Wohin sollte ich mich jetzt wenden? Wie sollte ich überleben?

»Schön.« Eigentlich wollte ich nicht beleidigt klingen, aber ich fühlte mich in diesem Moment eben nicht besonders hoffnungsfroh. »Dann gehe ich jetzt. Wenn Sie mir nicht helfen wollen, muss ich eben allein weitersuchen.«

»Unglücklicherweise«, erwiderte Oberon, »kann ich dich im Moment nicht ziehen lassen.«

»Was?« Ich wich vor ihm zurück. »Warum nicht?«

»Fast das gesamte Land weiß, dass du hier bist«, fuhr der Erlkönig fort. »Und außerhalb dieses Hofstaates habe ich viele Feinde. Jetzt, wo du hier bist, jetzt, wo du dir *bewusst* bist, würden sie dich benutzen, um an mich heranzukommen. Ich fürchte, das kann ich nicht zulassen.«

»Versteh ich nicht.« Ich musterte die adeligen Feen um mich herum. Viele von ihnen sahen grimmig drein. Ihre Blicke waren jetzt voller Ablehnung. Ich wandte mich wieder an Oberon und flehte: »Was sollten die denn mit mir anfangen? Ich bin doch nur ein Mensch. Ich habe nichts mit eurem Volk zu tun. Ich will nur meinen Bruder zurückhaben.«

»Ganz im Gegenteil.« Oberon seufzte, und plötzlich schien das Gewicht seines Alters ihn niederzudrücken. Er sah alt aus; immer noch tödlich und extrem mächtig, aber auch uralt und müde. »Deine Verbindungen zu unserer Welt sind tiefer, als du ahnst, Meghan Chase. Du bist meine Tochter.«

Die Tochter des Erlkönigs

Ich starrte Oberon fassungslos an, während meine gesamte Welt zusammenbrach. Der Erlkönig erwiderte meinen Blick, doch seine Miene war kühl und gleichgültig, seine Augen einmal mehr ausdruckslos. Absolute Stille umgab uns. Ich nahm niemanden wahr außer Oberon. Der Rest des Hofstaates trat immer mehr in den Hintergrund, bis es auf der ganzen Welt nur noch uns beide gab.

Puck krächzte empört und schlug mit den Flügeln gegen die Gitterstäbe seines Käfigs.

Das brach den Bann.

»*Was?*«, würgte ich hervor. Der Erlkönig blinzelte nicht einmal, was mich irgendwie noch wütender machte. »Das ist nicht wahr! Mom war mit meinem Dad verheiratet. Sie war mit ihm zusammen, bis er verschwunden ist, und dann hat sie Luke geheiratet.«

»Das ist korrekt.« Oberon nickte. »Aber dieser Mann ist nicht dein Vater, Meghan. Ich bin es.« Er stand auf, und seine höfischen Gewänder bauschten sich um seinen Körper. »Du bist eine Halbfee, zur Hälfte von meinem Blut. Was meinst du, warum ich Puck damit beauftragt habe, dich zu bewachen und dich daran zu hindern, unsere Welt zu erblicken? Weil das ganz natürlich für dich ist. Die meisten Sterblichen sind blind, doch du konntest von Anfang an durch den Nebel sehen.«

Mir fielen die vielen Gelegenheiten ein, bei denen ich etwas zu sehen geglaubt hatte, immer nur aus dem Augenwinkel oder als Schatten in den Bäumen. Kurze Blicke auf Dinge, die nicht wirklich da waren.

Ich schüttelte den Kopf. »Nein, ich glaube Ihnen nicht. Meine Mom hat meinen Dad geliebt. Sie hätte nie …« Ich verstummte, da ich nicht weiter darüber nachdenken wollte, was das bedeutete.

»Deine Mutter war eine wunderschöne Frau«, fuhr Oberon sanft fort, »und recht außergewöhnlich – für eine Sterbliche. Künstlerisch begabte Menschen können immer einen Hauch der Feenwelt um sich herum spüren. Sie ging oft in den Park, um zu zeichnen und zu malen. Dort, an dem kleinen Teich, sind wir uns das erste Mal begegnet.«

»Hören Sie auf«, presste ich hervor. »Sie lügen. Ich bin keine von euch. Kann ich gar nicht sein.«

»Nur zur Hälfte«, schränkte Oberon ein, und aus dem Augenwinkel sah ich die angewiderten, verächtlichen Blicke der anderen Höflinge. »Doch das reicht aus, dass meine Feinde versuchen werden, mich durch dich unter ihre Kontrolle zu zwingen. Oder vielleicht auch, dich gegen mich aufzubringen. Du bist gefährlicher, als es dir bewusst ist, Tochter. Und da du eine Bedrohung darstellst, musst du hierbleiben.«

Immer mehr schien meine Welt zusammenzubrechen. »Und wie lange?«, flüsterte ich und dachte dabei an Mom, Luke, die Schule, einfach alles, was ich in meiner Welt zurückgelassen hatte. Wurde ich bereits vermisst?

Würde ich irgendwann zurückkehren und feststellen müssen, dass hundert Jahre vergangen waren, während ich weg war, und alle Menschen, die ich gekannt hatte, schon lange tot waren?

»Bis ich etwas anderes beschließe«, verkündete Oberon in demselben Ton, den meine Mutter immer anschlug, wenn sie nicht weiter diskutieren wollte. *Weil ich es sage.* »Auf jeden Fall, bis das Elysium vorbei ist. Der Winterhof wird in ein paar Tagen eintreffen, und da will ich dich hier haben, wo ich dich im Auge behalten kann.« Er klatschte in die Hände, woraufhin sich ein weiblicher Satyr aus der Menge löste und sich vor ihm verneigte. »Bring meine Tochter in ihr Gemach«, befahl er und nahm wieder auf seinem Thron Platz. »Und sorg dafür, dass sie sich wohlfühlt.«

»Jawohl, Herr«, murmelte die Satyrin und schritt davon, wobei sie sich umschaute, ob ich ihr auch folgte.

Oberon lehnte sich zurück und sah mit ausdrucksloser, starrer Miene an mir vorbei. Meine Audienz beim Erlkönig war beendet.

Ich war bereits einige Schritte zurückgestolpert, um dem Ziegenmädchen zu folgen, als plötzlich Grimalkins Stimme von unten herauf erklang. Den Kater hatte ich völlig vergessen. »Ich bitte um Verzeihung, Herr«, sagte Grimalkin, setzte sich aufrecht hin und legte den Schwanz um seine Pfoten. »Leider ist der geschäftliche Teil noch nicht abgeschlossen. Seht Ihr, das Mädchen steht in meiner Schuld. Sie versprach mir einen Gefallen, wenn ich sie sicher hierher bringe, und dieser Verpflichtung muss noch nachgekommen werden.«

Verwirrt starrte ich den Kater an und fragte mich, warum er das ausgerechnet jetzt zur Sprache bringen musste.

Oberon hingegen musterte mich streng. »Ist das wahr?«

Ich nickte, während ich beunruhigt feststellte, dass die Adeligen mich plötzlich voller Entsetzen und Mitleid ansahen. »Grim hat mir geholfen, den Kobolden zu entkommen«, erklärte ich. »Er hat mir das Leben gerettet. Ich würde jetzt nicht hier stehen, wenn er nicht …« Als ich den Blick in Oberons Augen sah, versagte mir die Stimme.

»Also eine Lebensschuld.« Er seufzte. »Na gut, Cat Sidhe. Was verlangst du von mir?«

Grimalkin kniff genüsslich die Augen zusammen. Es war nicht zu übersehen, dass der Kater schnurrte. »Nur eine kleine Gefälligkeit, Majestät«, säuselte er, »die erst bei einer späteren Gelegenheit eingefordert werden wird.«

»Gewährt.« Der Erlkönig nickte und schien auf seinem Thron irgendwie in die Höhe zu wachsen. Sein Schatten legte sich über den Kater, der die Ohren anlegte und blinzelte. Donner grollte über unseren Köpfen, das Licht im Wald schwand, und ein kalter Wind fuhr durch die Zweige und löste Blütenblätter, die auf uns herabregneten. Der Rest des Hofes wich zurück; einige verschwanden sogar ganz außer Sicht. In der plötzlichen Finsternis glühten Oberons Augen in der Farbe von Bernstein. »Doch sei gewarnt, Katze!«, rief er, und seine Stimme ließ die Erde beben. »Treibe keine Spielchen mit mir. Glaube nicht, dass du mich zum Narren halten kannst, denn ich kann dir deine Gefälligkeit auf unsagbar schreckliche Weise gewähren.«

»Selbstverständlich, großer Erlkönig«, murmelte Grimalkin beruhigend, während sein Fell vom Sturm zerzaust wurde. »Ich bin Euer ergebener Diener.«

»Ich wäre wahrlich ein Narr, wenn ich den Schmeicheleien einer Cat Sidhe trauen würde.« Oberon lehnte sich zurück. Sein Gesicht war wieder zu einer ausdruckslosen Maske erstarrt. Der Wind flaute ab, die Sonne kam wieder hervor, und alles war wieder wie zuvor. »Du bekommst deine Gefälligkeit. Nun geh.«

Grimalkin neigte den Kopf, drehte sich weg und kam mit erhobenem Schwanz zu mir herüber.

»Was sollte das denn, Grim?«, fragte ich und starrte den Kater böse an. »Ich dachte, du wolltest einen Gefallen von mir. Was sollte das mit Oberon?«

Grimalkin blieb nicht einmal stehen. Mit hochgerecktem Schwanz lief er kommentarlos an mir vorbei, betrat den Tunnel aus Bäumen und verschwand.

Das Satyrmädchen berührte mich behutsam am Arm. »Hier entlang«, murmelte sie und führte mich von der Hofgesellschaft weg. Während wir uns entfernten, spürte ich die Blicke der Adeligen und der Hunde in meinem Rücken.

»Ich verstehe das nicht.« Ich fühlte mich elend, während ich dem Satyrmädchen über die Lichtung folgte. Mein Hirn war wie betäubt. Ich paddelte in einem Meer aus Verwirrung und war kurz davor, darin zu ertrinken. Ich wollte doch nur meinen Bruder finden. Wie hatte es so weit kommen können?

Die Satyrin schenkte mir einen mitleidigen Blick. Sie war knapp einen halben Meter kleiner als ich und hatte große braune Augen, die zu ihrem ebenfalls dunklen lockigen Haar passten. Ich versuchte, nicht auf ihre fellbewachsene untere Hälfte zu starren, aber das war gar nicht so einfach, vor allem, weil sie auch leicht nach Streichelzoo roch.

»Ist doch nicht so schlimm«, sagte sie, während sie mich nicht zum Tunnel, sondern auf die andere Seite der Lichtung führte. Hier waren die Bäume so dicht belaubt, dass kein Sonnenlicht durch die Zweige fiel, weshalb alles in grünes Zwielicht getaucht war. »Vielleicht gefällt es dir hier ja ganz gut. Dein Vater erweist dir eine große Ehre.«

»Er ist nicht mein Vater«, fauchte ich.

Sie riss erschrocken ihre großen braunen Augen auf, und ihre Unterlippe begann zu zittern.

Ich seufzte. Es tat mir leid, dass ich sie so angefahren hatte. »Entschuldige. Es ist einfach alles ein bisschen viel. Vor zwei Tagen war ich noch zu Hause und habe in meinem eigenen Bett geschlafen. Ich glaubte nicht an Kobolde oder Elfen oder sprechende Katzen, und ich habe ganz bestimmt nicht darum gebeten, dass all das passiert.«

»König Oberon geht deinetwegen ein großes Risiko ein«, erklärte das Satyrmädchen mit etwas festerer Stimme. »Die Cat Sidhe hielt eine Lebensschuld von dir, was bedeutet, dass sie alles hätte fordern können. Seine Majestät hat sie zu seiner gemacht, damit Grimalkin nicht von dir verlangen kann, jemanden zu vergiften oder ihm dein erstes Kind zu überlassen.«

Entsetzt schreckte ich zurück. »So was hätte er getan?«

»Wer weiß schon, was im Kopf einer Katze vorgeht?« Die Satyrin zuckte mit den Schultern und stieg über einige Wurzeln hinweg. »Sei einfach … vorsichtig mit dem, was du sagst. Wenn du jemandem ein Versprechen gibst, bist du daran gebunden, und wegen ›kleiner Gefälligkeiten‹ wurden hier schon ganze Kriege geführt. Besondere Vorsicht ist bei den adeligen Damen und Herren geboten – sie beherrschen das Spiel der Politik und sind gut darin, sich ein Unterpfand zu sichern.« Plötzlich wurde sie blass und schlug sich die Hand vor den Mund. »Ich habe schon zu viel gesagt. Bitte verzeih mir. Wenn König Oberon davon erfährt …«

»Ich werde nichts sagen«, versprach ich.

Sie wirkte erleichtert. »Ich bin dir verbunden, Meghan Chase. Andere hätten das möglicherweise gegen mich verwendet. Ich bin immer noch dabei, die Spielregeln des höfischen Lebens zu lernen.«

»Wie heißt du?«

»Tansy.«

»Nun ja, du bist bisher die Einzige, die nett zu mir war, ohne etwas dafür zu erwarten«, erklärte ich. »Danke.«

Das machte sie verlegen. »Du musst dich wirklich nicht in meine Schuld begeben, Meghan Chase. Komm, ich zeige dir dein Gemach.«

Wir standen am äußersten Rand der Lichtung. Vor uns ragte eine blühende Brombeerhecke auf, die so dicht und hoch war, dass ich die andere Seite nicht sehen konnte. Zwischen den rosa-violetten Blüten ragten bedrohliche Dornen hervor.

Tansy streckte die Hand aus und strich über ein Blütenblatt. Die Hecke zitterte, dann zogen sich die Zweige zurück und verformten sich, bis ein Tunnel entstand, so ähnlich wie der, der zum Hof geführt hatte. Am Ende dieses stacheligen Gangs befand sich eine kleine rote Tür.

Völlig benommen folgte ich Tansy durch den Dornentunnel und die Tür, die sie mir aufhielt. Drinnen erwartete mich ein umwerfendes Schlafzimmer. Der Boden bestand aus weißem Marmor, in den Bilder von Blumen, Vögeln und Tieren eingelassen waren. Ich konnte es kaum glauben, als ich sah, wie sich einige von ihnen bewegten. In der Mitte des Raums plätscherte ein Brunnen, und daneben stand ein kleiner Tisch, auf dem Kuchen, Tee und Weinflaschen warteten. Eine Wand wurde von einem riesigen seidenbezogenen Bett eingenommen, eine andere von einem großen Kamin. Die Flammen des Feuers wechselten die Farbe, von Grün über Blau zu Rosa und wieder zurück.

»Dies ist das Gemach für Ehrengäste«, verkündete Tansy, wobei sie sich neidisch umsah. »Nur bedeutende Gäste des Lichten Hofes dürfen hier wohnen. Dein Vater erweist dir wirklich eine große Ehre.«

»Bitte nenn ihn nicht so, Tansy.« Seufzend schaute ich mich in dem großen Raum um. »Mein Vater war ein Versicherungsvertreter aus Brooklyn. Ich würde es doch wissen, wenn ich kein richtiger Mensch wäre, oder? Gäbe es nicht bestimmte Anzeichen wie spitze Ohren oder Flügel oder so?«

Tansy blinzelte und musterte mich auf eine Art, die mir einen kalten Schauer über den Rücken jagte. Mit klappernden Hufen durchquerte sie den Raum, stellte sich neben eine große Frisierkommode mit Spiegel und winkte mich mit einem Finger zu sich heran.

Angespannt trat ich zu ihr und stellte mich neben sie. Irgendwo tief in mir schrie eine Stimme, dass ich eigentlich gar nicht sehen wollte, was gleich offenbart werden würde. Ich hörte nicht rechtzeitig hin. Mit einem ernsten Blick zeigte Tansy auf den Spiegel, und dann wurde bereits zum zweiten Mal an diesem Tag meine gesamte Welt auf den Kopf gestellt.

Seit ich mit Puck durch den Kleiderschrank gegangen war, hatte ich mein Spiegelbild nicht mehr gesehen. Ich wusste, dass meine Sachen dreckig, verschwitzt und von Zweigen, Dornen und Krallen zerfetzt waren. Vom Hals abwärts sah ich auch genauso aus wie erwartet: Wie ein Penner, der zwei Tage lang durch die Wildnis gerannt war, ohne sich zu waschen.

Mein Gesicht erkannte ich nicht.

Ich meine, ich wusste natürlich, dass ich es war. Das Spiegelbild bewegte die Lippen, wenn ich es tat, und blinzelte, wenn ich blinzelte. Aber meine Haut war blasser, meine Wangenknochen ausgeprägter, und meine Augen schienen riesig zu sein, wie bei einem Reh im Scheinwerferlicht. Und durch meine verfilzten, zerzausten Haare ragten, wo gestern noch nichts zu sehen gewesen war, zwei lange, spitze Ohren empor.

Fassungslos starrte ich mein Spiegelbild an. Mir wurde schwindelig. Ich begriff einfach nicht, was das bedeutete. *Nein!,* schrie mein Verstand und weigerte sich, das Bild vor meinen Augen zu akzeptieren. *Das bist du nicht! Niemals!*

Der Boden begann sich zu drehen. Ich bekam keine Luft mehr. Dann brachen der Schock, das Adrenalin, die Angst und das Entsetzen der letzten zwei Tage auf einmal über mich herein. Die Welt drehte sich, kippte aus den Angeln und schickte mich in die Bewusstlosigkeit.

ZWEITER TEIL

Titanias Versprechen

»Meghan«, rief Mom durch die Tür, »aufstehen. Sonst kommst du zu spät zur Schule.«

Stöhnend spähte ich unter meiner Decke hervor. War es wirklich schon Morgen? Anscheinend. Trübes graues Licht fiel durch mein Schlafzimmerfenster und auf meinen Wecker, der 6.48 Uhr anzeigte.

»Meghan!«, rief Mom wieder, diesmal begleitet von einem scharfen Klopfen an der Tür. »Bist du wach?«

»Ja-ha!«, brüllte ich vom Bett aus und wünschte nur, dass sie verschwinden würde.

»Dann beeil dich! Du verpasst noch den Bus.«

Mühsam kam ich auf die Füße, zog ein paar Klamotten vom saubersten Haufen auf dem Boden an und schnappte mir meinen Rucksack. Mein iPod fiel heraus und landete mit einem feuchten Klatschen vor meinen Füßen. Irritiert runzelte ich die Stirn. Warum war er nass?

»Meghan!«, hörte ich wieder Moms Stimme und rollte genervt mit den Augen. »Es ist schon fast sieben! Wenn ich dich zur Schule fahren muss, nur weil du den Bus verpasst hast, kriegst du einen Monat Hausarrest!«

»Schon gut, schon gut! Ich komme ja, verdammt!« Ich stapfte zur Tür und riss sie auf.

Vor mir stand Ethan. Sein Gesicht war blau und faltig.

Die Lippen hatte er zu einem breiten Grinsen verzogen. In einer Hand hielt er ein großes Schlachtermesser. Blutspritzer bedeckten seine Hände und sein Gesicht.

»Mommy ist hingefallen«, flüsterte er und rammte mir das Messer ins Bein.

125

Ich wachte schreiend auf.

Im Kamin flackerten grüne Flammen und tauchten den Raum in ein unheimliches Licht. Keuchend ließ ich mich in die kühlen Seidenkissen zurückfallen und wartete, bis der Albtraum langsam von der Realität verdrängt wurde.

Ich befand mich am Hof des Lichten Feenkönigs und war hier genauso gefangen wie der arme Puck in seinem Käfig. Ethan, der echte Ethan, war immer noch irgendwo da draußen und wartete darauf, gerettet zu werden. Ich fragte mich, ob es ihm gut ging und ob er genauso verängstigt war wie ich. Ich fragte mich auch, ob Mom und Luke mit diesem dämonischen Wechselbalg in ihrem Haus klarkamen. Ich konnte nur hoffen, dass Moms Verletzung nicht weiter schlimm war und dass der Wechselbalg niemanden sonst verletzen würde.

Während ich in diesem fremden Bett im Feenreich lag, kam mir noch ein anderer Gedanke. Ausgelöst durch etwas, was Oberon gesagt hatte: *Dieser Mann ist nicht dein Vater, Meghan. Ich bin es.*

Ist, nicht *war.* So als wüsste Oberon, wo er war. So als wäre er noch am Leben. Bei diesem Gedanken klopfte mein Herz vor Aufregung. Ich hatte es geahnt. Mein Dad musste hier im Feenreich sein, irgendwo. Vielleicht sogar ganz in der Nähe. Wenn ich doch nur zu ihm gelangen könnte!

Aber eins nach dem anderen. Erst mal musste ich hier weg.

Ich setzte mich auf … und blickte in die ausdruckslosen grünen Augen des Erlkönigs.

Er stand neben dem Kamin, und das flackernde, unstete Licht der Flammen, das über sein Gesicht glitt, ließ ihn noch unheimlicher und gespenstischer erscheinen. Sein langer Schatten kroch durch den Raum, bis sich die Spitzen der geweihartigen Krone wie dürre Finger über die Bettdecke streckten. Im Halbdunkel leuchteten seine Augen katzenhaft. Als er sah, dass ich wach war, nickte er mir zu und winkte mich mit einer schlanken langfingrigen Hand heran.

»Komm.« Seine Stimme war zwar sanft, doch in ihr schwang bedingungslose Autorität mit. »Tritt näher. Unterhalten wir uns, Tochter.«

Ich bin nicht deine Tochter, wollte ich erwidern, doch mir blieben die Worte im Hals stecken. Aus dem Augenwinkel konnte ich den Spiegel über der Kommode und mein langohriges Abbild darin erkennen. Schaudernd wandte ich mich ab.

Als ich die Bettdecke zurückschlug, bemerkte ich, dass ich andere Kleidung trug. Statt des zerrissenen T-Shirts und der dreckigen Hose, die ich während der letzten zwei Tage angehabt hatte, trug ich ein weißes Spitzennachthemd und war sauber. Zudem lag am Fußende des Bettes ein weiteres Outfit für mich bereit: ein absurd edles Kleid, das über und über mit Smaragden und Saphiren besetzt war, und dazu passend ein Mantel und Handschuhe, die bis zum Ellbogen reichten. Das gesamte Ensemble entlockte mir ein Naserümpfen.

»Wo sind meine Sachen?«, fragte ich Oberon. »Also, meine richtigen Sachen.«

Der Erlkönig schnaubte. »Ich lehne es ab, dass an meinem Hof die Kleidung der Sterblichen getragen wird«, erklärte er ruhig. »Ich bin der Meinung, du solltest etwas tragen, was deiner Herkunft entspricht, da du ja nun eine Weile bei uns bleiben wirst. Deine menschlichen Lumpen habe ich verbrennen lassen.«

»Du hast *was?*«

Oberon zog unwirsch die Augen zusammen, und mir wurde bewusst, dass ich möglicherweise zu weit gegangen war. Der Herrscher des Lichten Hofes war es sicher nicht gewöhnt, dass man sein Handeln infrage stellte.

»Äh ... tut mir leid«, murmelte ich und stieg vorsichtig aus dem Bett. Über die Kleiderfrage würde ich mir später den Kopf zerbrechen. »Also, worüber wolltest du mit mir reden?«

Der Erlkönig seufzte und musterte mich, bis mir unbehaglich wurde. Dann wandte er sich wieder dem Kamin zu und murmelte: »Du bringst mich in eine schwierige Lage, Tochter. Du bist die Einzige von meinen Sprösslingen, die sich in unsere Welt gewagt hat. Ich muss zugeben, ich war ein wenig überrascht, dass du es geschafft hast, so lange zu überleben, auch wenn Robin auf dich aufgepasst hat.«

»Sprösslinge?« Ich blinzelte verwirrt. »Willst du damit sagen, dass ich Brüder und Schwestern habe? Halbgeschwister?«

»Keiner von ihnen ist mehr am Leben.« Oberon machte eine wegwerfende Handbewegung. »Und es gab auch keine anderen in diesem

Jahrhundert, das kann ich dir versichern. Deine Mutter war seit fast zweihundert Jahren der einzige Mensch, der meine Aufmerksamkeit erregt hat.«

Mein Mund war plötzlich trocken. Mit wachsendem Zorn starrte ich Oberon an. »Warum?«, wollte ich wissen, worauf er eine schmale Augenbraue hochzog. »Warum sie? War sie nicht bereits mit meinem Dad verheiratet? Hast du dich darum überhaupt gekümmert?«

»Nein, habe ich nicht.« Oberons Blick war unbarmherzig und zeigte keinerlei Reue. »Warum sollten mich irgendwelche menschlichen Rituale interessieren? Ich brauche keine Erlaubnis, um mir zu nehmen, was ich will. Und wäre sie wirklich glücklich gewesen, hätte es nicht in meiner Macht gestanden, sie zu beeinflussen.«

Scheißkerl. Ich biss mir auf die Zunge, damit das Schimpfwort mir nicht entschlüpfte. Ich war zwar stinksauer, aber nicht lebensmüde.

Doch Oberons Blick wurde schärfer, als wüsste er, was ich dachte. Er sah mich lange ausdruckslos an, als wollte er mich herausfordern, mich ihm zu widersetzen. Einige Sekunden lang starrten wir uns an, während sich die Schatten um uns herum zusammenballten und ich darum kämpfte, seinem Blick standzuhalten. Es war zwecklos. Oberon niederstarren zu wollen war ungefähr so, als würde man sich einem Tornado entgegenstellen. Erschaudernd senkte ich schließlich als Erste den Blick.

Kurz darauf wurde Oberons Miene weich, und ein leichtes Lächeln umspielte seine Lippen. »Du bist ihr sehr ähnlich, Tochter«, nahm er den Faden wieder auf, und in seiner Stimme lag sowohl Stolz als auch Resignation. »Deine Mutter war eine bemerkenswerte Sterbliche. Wäre sie eine Fee gewesen, ihre Bilder wären zum Leben erwacht, so viel Gefühl hat sie in sie hineingelegt. Wenn ich sie im Park beobachtet habe, spürte ich ihre Sehnsucht, ihre Einsamkeit und ihre Isolation. Sie wollte mehr vom Leben. Sie wollte, dass etwas Außergewöhnliches geschieht.«

Das wollte ich nicht hören. Ich wollte nichts erfahren, was meine schönen Erinnerungen an unser früheres Leben zerstören konnte. Ich wollte weiterhin glauben, dass meine Mom meinen Dad geliebt hatte, dass wir glücklich und zufrieden waren und dass sie sein Ein und Alles gewesen war. Ich wollte nichts über eine Mutter hören, die einsam gewesen war und auf Feentricks und den Schein hereingefallen war. Mit einer beiläufigen Bemerkung löste sich meine ganze Vergangenheit in ein völlig fremdes Chaos auf, und ich hatte das Gefühl, meine Mutter überhaupt nicht mehr zu kennen.

»Ich habe einen Monat gewartet, bis ich sie angesprochen habe«, fuhr Oberon fort, der meine Qualen überhaupt nicht zu bemerken schien. Ich ließ mich wieder aufs Bett sinken, während er weitersprach: »Langsam lernte ich ihre Gewohnheiten kennen, ihre Gefühle, jede Kleinigkeit von ihr. Und als ich mich ihr zu erkennen gab, da ließ ich sie einen kleinen Teil meiner wahren Natur sehen, weil ich neugierig war, ob sie auf das Außergewöhnliche zugehen oder sich an den Unglauben der Sterblichen klammern würde. Sie akzeptierte mich freudig, mit ungezügelter Begeisterung, als hätte sie die ganze Zeit nur auf mich gewartet.«

»Halt«, würgte ich hervor. Mein Magen rebellierte. Ich schloss die Augen, um gegen die Übelkeit anzukämpfen. »Ich will das nicht hören. Wo war mein Dad, als das alles passiert ist?«

»Der *Ehemann deiner Mutter* war die meisten Nächte nicht da«, erwiderte Oberon, wobei er die drei Worte betonte, die mich daran erinnern sollten, dass dieser Mann nicht mein Vater war. »Vielleicht sehnte sich deine Mutter deswegen nach mehr. Ich habe es ihr gegeben: eine Nacht voll Magie, voll der Leidenschaft, die sie vermisste. Nur diese eine, bevor ich nach Arkadia zurückkehrte und die Erinnerung an unser Beisammensein in ihr langsam verblasste.«

»Sie kann sich nicht an dich erinnern?« Überrascht sah ich zu ihm auf. »Hat sie es mir deshalb nie erzählt?«

Oberon nickte. »Sterbliche neigen dazu, ihre Begegnungen mit uns zu vergessen«, erklärte er sanft. »Im besten Fall erscheinen sie ihnen wie ein lebhafter Traum. Doch meistens verschwinden wir vollkommen aus ihrer Erinnerung. Das ist dir sicher schon aufgefallen. Selbst Menschen, die mit dir zusammenleben und dich jeden Tag sehen, fällt es schwer, sich an dich zu erinnern. Allerdings hatte ich immer den Verdacht, dass deine Mutter mehr wusste und sich an mehr erinnern konnte, als sie zugab. Insbesondere, nachdem du geboren warst.« Ein finsterer Unterton stahl sich in seine Stimme, und seine schräg stehenden Augen wurden so dunkel, dass keine Pupille mehr zu sehen war.

Ich begann zu zittern, als sein Schatten über den Boden wanderte und mit spitzen Fingern nach mir griff.

»Sie hat versucht, dich wegzubringen«, fuhr er mit unheilvoller Stimme fort. »Sie wollte dich vor uns verstecken. Vor mir verstecken.« Oberon schwieg. Er sah plötzlich absolut unmenschlich aus, obwohl er sich nicht gerührt hatte. Das Feuer im Kamin züngelte hoch auf und flackerte wild in den Augen des Erlkönigs. »Und trotzdem bist du jetzt hier.« Oberon blinzelte, seine Stimme wurde sanfter, und das Feuer beruhigte sich wieder. »Und während du vor mir stehst, verblasst dein menschliches Gebaren endlich. Nachdem du einen Fuß ins Nimmernie gesetzt hattest, war es nur noch eine Frage der Zeit, bis sich deine Herkunft zeigen würde. Doch jetzt muss ich extrem umsichtig sein.« Er richtete sich auf und zog sein Gewand zurecht, als wollte er gehen. »Ich kann gar nicht wachsam genug sein, Meghan Chase. Es gibt viele, die dich gern gegen mich einsetzen würden. Einige halten sich sogar hier an diesem Hof auf. Sei vorsichtig, Tochter. Selbst ich kann dich nicht vor allem schützen«, warnte er mich.

Ich sank auf dem Bett zusammen. Mir brummte der Schädel. Oberon sah mich einen Moment lang an, die Lippen grimmig zusammengepresst, dann durchquerte er, ohne sich noch einmal umzudrehen, den Raum. Als ich aufschaute, war der Erlkönig verschwunden. Ich hatte nicht einmal gehört, wie die Tür zugefallen war.

Ein Klopfen an der Tür ließ mich hochfahren. Ich hatte keine Ahnung, wie viel Zeit seit Oberons Besuch vergangen war. Ich lag immer noch auf dem Bett. Die bunten Flammen im Kamin brannten nicht mehr so hoch, flackerten aber wild. Alles kam mir surreal und nebelhaft vor wie ein Traum, so als hätte ich mir die ganze Begegnung nur eingebildet.

Als es erneut klopfte, richtete ich mich auf. »Herein!«

Die Tür öffnete sich quietschend, und Tansy trat lächelnd ein. »Guten Abend, Meghan Chase. Wie geht es dir heute?«

Als ich die Füße auf den Boden stellte, wurde mir bewusst, dass ich immer noch das Nachthemd trug.

»Ich schätze, gut«, murmelte ich und sah mich um. »Wo sind meine Klamotten?«

»König Oberon hat dir ein Kleid geschenkt.« Immer noch lächelnd deutete Tansy auf die Robe auf dem Bett. »Er hat es extra für dich anfertigen lassen.«

Ich runzelte die Stirn. »Nein. Auf keinen Fall. Ich will meine eigenen Sachen.«

Das kleine Satyrmädchen blinzelte verschreckt. Dann kam sie mit klappernden Hufen zu mir herüber, nahm den Saum des Kleides und ließ ihn durch die Finger gleiten. »Aber ... mein Herr Oberon wünscht, dass du das hier trägst.« Sie schien völlig fassungslos zu sein, dass ich mich Oberons Wünschen widersetzen wollte. »Gefällt es dir denn nicht?«

»Tansy, ich werde das *nicht* anziehen.«

»Warum nicht?«

Ich schreckte vor dem Gedanken zurück, in diesem Zirkuszelt herumzulaufen. Mein ganzes Leben hatte ich schäbige Jeans und T-Shirts getragen. Meine Familie war arm und konnte sich keine Designerklamotten oder Markenmode leisten. Und anstatt mich darüber zu beschweren, dass ich nie irgendwelche schicken Sachen bekam, trug ich meinen abgerissenen Look mit einem gewissen Stolz und verachtete die hohlköpfigen reichen Mädchen, die stundenlang auf der Toilette verbrachten, um ihr Make-up zu perfektionieren. Ich hatte erst ein Mal ein Kleid getragen, und das war auf irgendeiner Hochzeit gewesen.

Davon abgesehen – wenn ich das schicke Outfit anzog, das Oberon für mich ausgesucht hatte, war das so, als würde ich zugeben, seine Tochter zu sein. Und das würde ich ganz bestimmt nicht.

»Ich ... ich will es einfach nicht«, stammelte ich lahm. »Ich würde lieber meine eigenen Sachen tragen.«

»Deine Kleidung wurde verbrannt.«

»Wo ist mein Rucksack?« Plötzlich fiel mir ein, dass ich ja Ersatzklamotten eingepackt hatte. Sie waren wahrscheinlich feucht, muffig und ekelig, aber immer noch besser als Feencouture.

Schließlich fand ich den Rucksack, den man einfach hinter den Kleiderschrank gestopft hatte, und zog den Reißverschluss auf. Als ich den Inhalt auf den Boden ausleerte, stieg ein saurer, muffiger Geruch davon auf. Die zusammengerollten Klamotten rollten heraus – zerknüllt und stinkend, aber meine. Der kaputte iPod kugelte ebenfalls heraus, rutschte über den Marmorboden und blieb vor Tansys Füßen liegen.

Das Satyrmädchen stieß einen Schrei aus und sprang mit einem Riesensatz aufs Bett. Dort umklammerte sie den Bettpfosten und starrte mit weit aufgerissenen Augen auf das Ding auf dem Boden.

»Was ist *das*? «

»Was? Das hier? Das ist ein iPod.« Verwirrt hob ich ihn auf und streckte ihn ihr entgegen. »Das ist eine Maschine, mit der man Musik hören kann, aber sie ist leider kaputt. Ich kann dir also nicht zeigen, wie es funktioniert. Tut mir leid.«

»Es stinkt nach Eisen!«

Ich wusste nicht, was ich darauf erwidern sollte, deshalb versuchte ich es einfach mit einem verwirrten Stirnrunzeln.

Tansy starrte mich aus großen braunen Augen an und stieg vorsichtig und sehr zögerlich von ihrem Zufluchtsort herunter. »Du … du kannst es berühren?«, flüsterte sie. »Ohne dich zu verbrennen? Ohne dein Blut zu vergiften?«

»Ähm.« Ich sah auf den iPod, der völlig harmlos in meiner Hand lag. »Ja?«

Sie schauderte. »Bitte, tu das weg.«

Mit einem Achselzucken nahm ich den Rucksack und schob den iPod in die Seitentasche.

Tansy seufzte erleichtert auf und entspannte sich wieder. »Verzeih mir, ich wollte dich nicht verärgern. König Oberon hat mich gebeten, dir bis zum Elysium Gesellschaft zu leisten. Würdest du gern mehr vom Hof sehen?«

Eigentlich nicht, aber das war immer noch besser, als hier eingesperrt zu sein und sich zu langweilen. *Und vielleicht finde ich ja einen Weg, wie ich von hier verschwinden kann.*

»Okay«, sagte ich zu ihr. »Aber erst will ich mich anziehen.«

Das Satyrmädchen warf einen Blick auf meine Sterblichensachen, die immer noch zerknüllt auf dem Boden lagen, und rümpfte die Nase. Ich konnte ihr ansehen, dass sie am liebsten etwas dazu gesagt hätte, aber zu höflich war, um einen Kommentar abzugeben. »Ganz wie du wünschst. Ich warte so lange draußen.«

Ich schlüpfte in die schlabbrige Jeans, streifte das zerknitterte, stinkende T-Shirt über und empfand einen hässlichen Anflug von Befriedigung, als der Stoff weich über meine Haut glitt. *Meine Sachen verbrennen, was?*, dachte ich, zog meine Sneakers hervor und schlüpfte hinein. *Ich bin nicht Teil dieses Hofstaates, und ich werde ganz sicher nicht behaupten, seine Tochter zu sein. Egal, was er sagt.*

Auf der Frisierkommode lag eine Bürste, die ich durch meine Haare zog. Während ich in den Spiegel schaute, krampfte sich mein Magen zusammen. Ich schien noch weniger ich selbst zu sein als am Tag zuvor, auch wenn ich nicht genau sagen konnte, woran es lag. Aber eines war klar – je länger ich blieb, desto mehr verblasste von mir.

Schaudernd griff ich nach meinem Rucksack und war froh, das vertraute, tröstliche Gewicht zu spüren, als ich ihn aufsetzte. Auch wenn ich nichts weiter drinhatte als einen kaputten iPod, gehörte er trotzdem mir. Ich weigerte mich, noch einmal in den Spiegel zu sehen, glaubte aber Blicke im Nacken zu spüren, als ich die Tür öffnete und in den Dornentunnel hinaustrat.

Mondlicht fiel durch die Zweige und tauchte den Pfad in silbrige Schatten. Ich fragte mich, wie lange ich eigentlich geschlafen hatte. Die Nacht war warm, und der Wind trug leise Musik heran. Tansy trat auf mich zu. In der Dunkelheit schien ihr Gesicht weniger menschlich zu sein und mehr Ähnlichkeit mit einer schwarzen Ziege zu haben, die mich anstarrte. Als ein Mondstrahl auf sie fiel, war dieser Eindruck wieder verschwunden. Lächelnd nahm sie mich an der Hand und führte mich herum.

Diesmal schien der Dornentunnel länger zu sein, voller Biegungen und Kurven, an die ich mich nicht erinnern konnte. Einmal sah ich mich um und entdeckte, dass sich die Dornen hinter uns schlossen und der Tunnel verschwand.

»Ähm...«

»Das ist schon in Ordnung«, beruhigte Tansy mich und zog mich weiter. »Die Hecke kann einen überallhin bringen, wo auch immer man bei Hofe möchte. Man muss nur die richtigen Pfade kennen.«

»Wo gehen wir hin?«

»Du wirst schon sehen.«

Der Tunnel führte zu einem Hain, der ganz in Mondlicht getaucht war. Die Luft war erfüllt von leiser Musik, die von einem schlanken grünhäutigen Mädchen gespielt wurde, das eine goldene Harfe hielt. Rund um einen hohen, von Ranken überwucherten Stuhl, aus dessen Armlehnen weiße Rosen sprossen, scharte sich eine kleine Gruppe Feenmädchen.

Zu Füßen des Stuhls saß ein Mensch. Ich blinzelte und rieb mir die Augen, um sicherzugehen, dass sie mir keinen Streich spielten. Ja, da saß wirklich ein Mensch – ein junger Mann mit blonden Locken.

Sein Blick war leer, und er wirkte leicht benommen. Er trug kein Hemd, aber um seinen Hals wand sich ein goldenes Band, an dem eine dünne Silberkette befestigt war. Die Feenmädchen schwärmten um ihn herum, küssten seine nackten Schultern, rieben mit den Händen über seine Brust und flüsterten ihm etwas ins Ohr.

Eine von ihnen ließ ihre pinkfarbene Zunge über seinen Nacken gleiten und kratzte ihm mit den Fingernägeln den Rücken blutig, bis er sich vor Verlangen aufbäumte. Mir drehte sich der Magen um, und ich musste mich abwenden. Einen Moment später hatte ich sie alle vergessen.

Auf dem Thron saß eine Frau von solch überirdischer Schönheit, dass ich mich augenblicklich für meine schäbigen Klamotten und mein lässiges Auftreten schämte. Ihr langes Haar veränderte im Mondlicht immer wieder die Farbe – mal war es silbern, mal schimmerte es golden. Sie strahlte Arroganz aus, während sie eine Aura von Macht umgab. Als Tansy mich vorwärtszog und sich verbeugte, kniff die Frau ihre funkelnden blauen Augen zusammen und musterte mich wie eine Schnecke, die sie unter einem Holzscheit gefunden hatte.

»So«, sagte sie schließlich mit einer Stimme, die vor vergifteten Eiszapfen triefte. »Das ist also Oberons kleiner Bastard.«

Oh, scheiße. Ich wusste, wer sie war. Ihr gehörte der zweite Thron an Oberons Hof. Sie war die andere treibende Kraft im *Sommernachtstraum*. Und sie war beinahe so mächtig wie Oberon.

»Königin Titania«, würgte ich hervor und verbeugte mich.

»Es spricht«, fuhr die Dame mit gespielter Überraschung fort, »so, als würde es mich kennen. Als würde die Tatsache, dass es Oberons Brut ist, es vor meinem Zorn schützen.« Ihr Augen funkelten wie Diamantsplitter, und wenn sie lächelte, machte sie das noch schöner und noch schrecklicher. »Doch heute Abend bin ich gnädig gestimmt. Vielleicht werde ich ihm nicht die Zunge herausschneiden und sie den Hunden vorwerfen. Vielleicht.« Titania sah an mir vorbei auf Tansy, die immer noch in ihrer tiefen Verbeugung verharrte, und krümmte einen schlanken Finger, um sie zu sich zu winken. »Tritt vor, Ziegenkind.«

Ohne den Kopf zu heben, schob Tansy sich näher heran, bis sie direkt vor der Feenkönigin stand. Königin Titania beugte sich zu ihr, als wollte sie dem Satyrmädchen etwas zuflüstern, sprach dann aber laut genug, dass ich sie auch hören konnte: »Ich werde dir erlauben, in diesem Gespräch die Stimme zu sein«, erklärte sie ihr wie einem kleinen Kind. »Ich werde alle Fragen an dich richten, und du wirst für das Bastardkind dort drüben sprechen. Sollte es auch nur ein einziges Mal versuchen, mich direkt anzusprechen, werde ich es in einen Hirsch verwandeln und meine Hunde auf es hetzen, bis es vor Erschöpfung zusammenbricht oder in Stücke gerissen wird. Habe ich mich klar ausgedrückt?«

»Jawohl, Herrin«, flüsterte Tansy.

Vollkommen klar, Zickenkönigin, bestätigte ich in Gedanken.

»Hervorragend.« Zufrieden lehnte sich Titania zurück. Sie schenkte mir ein kurzes Lächeln, das ungefähr so feindselig war wie ein knurrender Hund, und wandte sich dann an Tansy: »Also, Ziegenmädchen, warum ist der Bastard hier?«

»Warum bist du hier?«, wiederholte Tansy die Frage an mich gerichtet.

»Ich bin auf der Suche nach meinem Bruder«, antwortete ich und achtete gewissenhaft darauf, nur Tansy anzusehen und nicht die rachsüchtige Eishexe neben ihr.

»Sie ist auf der Suche nach ihrem Bruder«, gab Tansy an die Feenkönigin gewandt weiter.

Himmel, das würde ja ewig dauern.

»Er wurde entführt und ins Nimmernie gebracht«, fuhr ich hastig fort, bevor Titania eine weitere Frage stellen konnte. »Puck hat mich durch einen Schrank hierhergeführt. Ich bin nur gekommen, um meinen Bruder zu holen und nach Hause zu bringen, damit wir den Wechselbalg loswerden, der an seiner Stelle zurückgelassen wurde. Mehr will ich nicht. Ich werde verschwinden, sobald ich ihn gefunden habe.«

»Puck?«, hakte die Königin nach. »Aah, da hat er also die ganze Zeit gesteckt. Wie schlau von Oberon, dich so zu verstecken. Und dann ruinierst du sein kleines Täuschungsmanöver, indem du einfach hierherkommst.« Sie zischte missbilligend und schüttelte den Kopf. »Ziegenmädchen«, sagte sie und wandte sich wieder an Tansy, »frage den Bastard Folgendes: Wäre sie lieber ein Kaninchen oder ein Hirsch?«

»H-Herrin?«, stammelte Tansy, doch ich spürte bereits, wie mich die Schatten umschlossen. Mit laut klopfendem Herzen sah ich mich nach einem Fluchtweg um. Wir waren von dornigen Büschen umgeben; es gab keinen Ausweg.

»Das ist eine simple Frage«, fuhr Titania in entspanntem Konversationston fort. »Was würde sie bevorzugen, in was ich sie verwandle – ein Kaninchen oder einen Hirsch?«

Obwohl sie nun selbst wirkte wie ein Kaninchen in der Falle, drehte Tansy sich zu mir um und begegnete meinem Blick. »M-meine Herrin möchte wissen, ob du …«

»Ja, ich habe es gehört«, unterbrach ich sie. »Kaninchen oder Hirsch. Wie wäre es mit weder noch?« Ich wagte es, den Blick zu heben und die Feenkönigin direkt anzusehen. »Hören Sie, ich weiß ja, dass Sie mich hassen, aber lassen Sie mich doch einfach meinen Bruder retten und nach Hause gehen. Er ist erst vier und bestimmt völlig verängstigt. Bitte, ich weiß, dass er auf mich wartet. Sobald ich ihn gefunden habe, werden wir verschwinden, und Sie werden uns nie wiedersehen, das schwöre ich.«

Auf Titanias Gesicht machte sich wütender Triumph breit. »Die Kreatur wagt es, mich anzusprechen! Na schön. Sie hat ihr Schicksal selbst besiegelt.« Die Feenkönigin hob die behandschuhte Hand, und über unsere Köpfe zuckte ein Blitz. »Dann also ein Hirsch. Lasst die Hunde los. Das wird eine fröhliche Jagd!«

Ihre Hand bewegte sich langsam nach unten, und als ihre Finger auf mich zeigten, wurde mein Körper von Krämpfen geschüttelt. Ich schrie und bog den Rücken durch, als sich meine Wirbelsäule mit lautem Knacken verlängerte. Unsichtbare Zangen griffen nach meinem Gesicht und zogen daran, bis sich meine Lippen in ein Maul verwandelten. Ich spürte meine Beine länger und dünner werden und meine Finger sich in gespaltene Hufe verwandeln. Wieder schrie ich auf, doch der Laut, der aus meiner Kehle stieg, war das gequälte Blöken eines Rehs.

Und dann war es plötzlich vorbei. Mein Körper sprang wie ein gespanntes Gummiband in seine gewohnte Form zurück, und ich brach keuchend auf dem Waldboden zusammen.

Nur verschwommen konnte ich Oberon erkennen, der am Eingang des Tunnels stand, sein Arm ausgestreckt und mit ein paar Elfenrittern hinter ihm. Einen Moment lang war ich sicher, Grimalkin zu seinen Füßen zu sehen, aber als ich blinzelte, waren da nichts als Schatten. Bei seinem Erscheinen brach die klimpernde Harfenmusik abrupt ab. Die Feenmädchen, die den Mann mit dem Halsband umringten, warfen sich zu Boden und neigten die Köpfe.

»Weib«, sagte Oberon ruhig, während er auf die Lichtung trat, »das wirst du nicht tun.«

Titania erhob sich mit wutverzerrtem Gesicht. »Du wagst es, so mit mir zu reden?«, fauchte sie, und ein heftiger Windstoß ließ die Blätter rascheln. »Du wagst es, nachdem du sie vor mir versteckt und ihr dein kleines Schoßhündchen hinterhergeschickt hast, damit es auf sie aufpasst?« Titania zischte, und ein Blitz zuckte über den Himmel. »Mir verbietest du einen Gespielen, und selbst stellst du stolz deinen Halbblutbastard bei Hofe zur Schau. Du bist eine Schande. Hinter deinem Rücken macht sich der gesamte Hofstaat über dich lustig, und trotzdem beschützt du sie.«

»Gleichwohl ist sie von meinem Blut, und du wirst sie nicht anrühren.« Oberons ruhige Stimme übertönte, auf welche Art auch immer, das Heulen des Windes. »Wenn du irgendwelche Beschwerden vorzubringen hast, meine Liebe, wende dich an mich, aber lasse das Mädchen aus dem Spiel. Es ist nicht ihre Schuld.«

»Vielleicht sollte ich sie in einen Kohlkopf verwandeln«, überlegte die Königin und warf mir einen hasserfüllten Blick zu, »und sie in meinen Garten pflanzen, zur Freude der Kaninchen. Dann wäre sie nützlich und begehrt.«

»Du wirst sie *nicht* anrühren«, wiederholte Oberon, diesmal mit einer Stimme voll Autorität. Sein Mantel bauschte sich, er gewann an Größe, und sein Schatten fiel lang über den Boden. »Ich befehle es dir, Weib. Ich habe mein Wort gegeben, dass ihr an meinem Hof kein Leid geschieht, und du wirst mir in dieser Sache gehorchen. Ist das klar?«

Blitze zuckten, und der Boden bebte unter den wütenden Blicken der beiden Herrscher. Die Mädchen am Fuß des Throns schauderten, während Oberons Wachen die Griffe ihrer Schwerter umfasst hielten. Ganz in der Nähe brach von einem Baum ein Ast, der fast das Harfenmädchen traf, das sich im letzten Moment hinter den Stamm flüchtete. Ich kauerte mich auf den Boden und versuchte, mich so klein wie möglich zu machen.

»Nun gut, mein Gemahl.« Titanias Stimme war eiskalt, aber der Wind ließ nach, und die Erde beruhigte sich wieder. »Wie du befiehlst. Ich werde dem Halbblut kein Leid zufügen, solange es sich am Hofe befindet.«

Oberon nickte knapp. »Und deine Bediensteten werden ihr ebenfalls nichts tun.«

Die Königin verzog den Mund, als hätte sie in eine Zitrone gebissen. »Jawohl, mein Gemahl.«

Der Erlkönig seufzte. »Also schön. Wir werden uns später noch darüber unterhalten. Ich wünsche euch eine gute Nacht, meine Liebe.« Er drehte sich schwungvoll um, sodass sich sein Mantel bauschte, und verließ mit den Wachen im Gefolge die Lichtung. Eigentlich hätte ich ihm gern etwas hinterhergerufen, aber ich wollte nicht, dass es so aussah, als würde ich Daddys Schutz suchen, insbesondere nicht, nachdem er Titania einen Maulkorb verpasst hatte.

Apropos …

Ich schluckte schwer und drehte mich zu der Feenkönigin um, die mich anstarrte, als wolle sie das Blut in meinen Adern zum Kochen bringen. »Tja, du hast Seine Majestät gehört, Halbblut«, säuselte sie giftig. »Verschwinde besser, bevor ich mein Versprechen vergesse und dich in eine Schnecke verwandele.«

Ich wollte nichts lieber als das. Doch gerade, als ich aufgestanden war und mich zur Flucht wandte, schnippte Titania mit den Fingern.

»Warte!«, befahl sie. »Ich habe eine bessere Idee. Ziegenmädchen, komm her.«

Tansy erschien an ihrer Seite. Die Satyrin wirkte total verängstigt. Ihre Augen quollen aus dem Kopf, und ihre pelzigen Beine zitterten. Die Königin zeigte mit einem Finger auf mich. »Bring Oberons Bastard in die Küche. Sage Sarah, dass wir eine neue Magd gefunden haben. Wenn der Bastard bleiben muss, soll er wenigstens arbeiten.«

»A-aber, Herrin«, stammelte Tansy, und ich fand es bewundernswert, dass sie den Mut aufbrachte, der Königin zu widersprechen. »König Oberon sagte ...«

»Ah, aber König Oberon ist nicht mehr hier, oder?« Titanias Augen funkelten, und ein Lächeln breitete sich auf ihrem Gesicht aus. »Und was Oberon nicht weiß, macht ihn nicht heiß. Jetzt geh, bevor ich endgültig die Geduld verliere.«

Wir folgten dem Befehl und versuchten nicht übereinanderzustolpern, während wir vor der Königin in Richtung des Tunnels flohen.

Als wir die Hecke erreichten, fegte eine Welle der Macht wie ein Windstoß über die Lichtung, und die Mädchen hinter uns heulten auf. Einen Moment später schoss ein Fuchs wie ein pelziger roter Blitz in den Tunnel. Ein paar Meter weiter blieb er stehen und starrte uns an. In seinen weit aufgerissenen grünen Augen spiegelten sich Verwirrung und Furcht. Ich sah, wie ein goldenes Halsband an seiner Kehle aufblitzte, bevor er ein ängstliches Bellen ausstieß und in der Hecke verschwand.

Schweigend folgte ich Tansy durch das Labyrinth aus Dornen und versuchte zu verarbeiten, was gerade geschehen war. Okay, Titania hatte also ein ernsthaftes Problem mit mir. Das war richtig, richtig übel! Hätte es eine Liste von Leuten gegeben, die ich bestimmt nicht zum Feind haben wollte, hätte die Königin der Feen wahrscheinlich den ersten Platz belegt. Von nun an würde ich wirklich vorsichtig sein müssen, um nicht zu riskieren, als Pilz in irgendeiner Suppe zu enden.

Tansy sagte kein Wort, bis wir eine große Doppeltür aus Stein in der Hecke erreichten. Durch den Schlitz am Boden drangen Dampfwolken, und die Luft war heiß und fettig.

Nachdem wir die Türen aufgedrückt hatten, schlug uns heiße, verrauchte Luft entgegen. Als ich die Tränen weggeblinzelt hatte, sah ich eine riesige Küche vor mir. Gemauerte Öfen bullerten, Kupferkessel blubberten über offenen Feuerstellen, und ein Dutzend Gerüche überfluteten meine Sinne. Pelzige kleine Männer in Schürzen wuselten zwischen verschiedenen Arbeitstischen hin und her und kochten, backten und prüften den Inhalt der Kessel. Auf einem Tisch lag der blutige Kadaver eines Schweins, der gerade von einer riesigen grünhäutigen Frau mit kräftigen Hauern und geflochtenen braunen Haaren zerlegt wurde.

Als sie uns in der Tür stehen sah, stapfte sie zu uns herüber. An ihrer Schürze klebten Blut und Fleischfetzen.

»Keine Schnorrer in meiner Küche«, knurrte sie und wedelte mit einem großen bronzenen Schlachtermesser vor meiner Nase herum. »Für solche wie dich habe ich keine Küchenabfälle. Musst deine miesen, diebischen Finger woanders hinstecken.«

»S-Sarah Hautschäler, das ist Meghan Chase.« Als Tansy uns vorstellte, schenkte ich der Trollfrau ein schwaches »Bitte töte mich nicht«-Lächeln. »Auf Befehl der Königin soll sie dir in der Küche helfen.«

»Ich brauche keine Hilfe von einem dürren Halbblutäffchen«, knurrte Sarah Hautschäler und musterte mich abschätzig. »Sie würde uns nur aufhalten, und wir arbeiten uns sowieso schon die Finger wund, um alles für das Elysium vorzubereiten.« Nach einem prüfenden Blick auf mich seufzte sie und kratzte sich mit dem Messergriff am Kopf. »Schätze, ich könnte einen Platz für sie finden. Aber richte Ihrer Majestät aus, dass sie bitte die Stallungen oder die Hundezwinger auswählen soll, wenn sie das nächste Mal jemanden foltern will. Ich habe hier alle Hilfe, die ich brauche.«

Tansy nickte und verschwand hastig. Ich blieb mit der Riesin allein zurück. Ich spürte, wie mir der Schweiß den Rücken herunterlief, und das lag nicht an den Feuerstellen.

»Also gut, Äffchen«, bellte Sarah Hautschäler und richtete ihr Messer auf mich. »Mir ist völlig egal, dass du der Sprössling Seiner Majestät bist, ab jetzt gehörst du zu meiner Küche. Die Regeln hier sind einfach – wer nicht arbeitet, isst auch nicht und hat ein bisschen Spaß in der Ecke mit mir und meiner Peitsche. Man nennt mich nicht umsonst Sarah Hautschäler.«

Der Rest des Abends verging mit Schrubben und Putzen. Ich wischte Blut und Fleischbrocken vom Steinboden auf. Ich fegte Asche aus den

Öfen. Ich spülte bergeweise Teller, Kelche, Töpfe und Pfannen ab. Jedes Mal, wenn ich eine Pause machte, um mir die schmerzenden Glieder zu reiben, stand plötzlich die Trollfrau da, brüllte Befehle und scheuchte mich zu meiner nächsten Aufgabe. Als sie mich gegen Ende des Abends dabei erwischte, wie ich mich auf einen Hocker setzte, knurrte sie etwas von »faulen Menschen«, riss mir den Besen aus der Hand und gab mir einen anderen. Sobald sich meine Hände um den Besenstiel schlossen, erwachte der Besen zum Leben und fegte mit energischen, kräftigen Bewegungen den Boden, während mich meine Beine durch den Raum trugen. Ich versuchte das Ding loszulassen, aber meine Finger schienen an dem Stiel festzukleben, und ich konnte sie nicht lösen. Ich fegte, bis meine Beine schmerzten, meine Arme brannten und ich vor lauter Schweiß in den Augen nichts mehr sah. Endlich schnippte die Trollfrau mit den Fingern, und der Besen hörte mit seinen wahnsinnigen Fegebewegungen auf. Meine Knie waren so weich, dass ich zusammenbrach. Den sadistischen Besen hätte ich am liebsten in den nächsten Ofen geworfen.

»Hat dir das gefallen, Halbblut?«, fragte Sarah Hautschäler, aber ich war zu erschöpft, um zu antworten. »Morgen gibt es noch mehr davon, das verspreche ich dir. Hier.« Zwei Stücke Brot und ein Brocken Käse landeten vor mir auf dem Boden. »Das ist das Abendessen, das du dir heute verdient hast. Solltest du eigentlich ohne Probleme essen können. Vielleicht kriegst du morgen was Besseres.«

»Toll«, murmelte ich und wollte in mein Zimmer kriechen. Niemals würde ich hierher zurückkehren. Morgen würde ich meinen aufgezwungenen Dienst ganz zufällig »vergessen« und dann vielleicht sogar einen Weg finden, vom Lichten Hof zu verschwinden. »Bis morgen.«

Die Trollfrau trat mir in den Weg. »Wo willst du hin, Halbblut? Du gehörst jetzt zu meiner Arbeitstruppe, und das bedeutet, dass du *mir* gehörst.« Sie zeigte auf eine Holztür in der Ecke. »Die Dienstbotenquartiere sind voll. Du kannst da in der Speisekammer schlafen.« Sie schenkte mir ein grausames Lächeln, wobei sie stumpfe gelbe Zähne und ihre Hauer entblößte. »Arbeitsbeginn ist bei Sonnenaufgang. Bis morgen, Äffchen.«

Ich verspeiste mein karges Abendessen und kroch dann zum Schlafen unter die Regalbretter, auf denen Zwiebeln, Rüben und seltsames blaues Gemüse gelagert wurde. Ich hatte zwar keine Decke, aber in der Küche war es sowieso unangenehm warm. Gerade versuchte ich mir aus einem Getreidesack ein Kissen zu formen, als mir mein Rucksack einfiel, den man achtlos auf ein Küchenbrett geworfen hatte, und ich kroch wieder raus, um ihn zu holen. Der orangefarbene Sack enthielt jetzt nichts mehr außer einem kaputten iPod, aber es war trotzdem meiner, die einzige Erinnerung an mein altes Leben.

Ich holte also den Rucksack von dem Regal und wollte gerade in meine winzige Kammer zurückkehren, als ich plötzlich spürte, wie sich etwas darin bewegte. Vor Schreck hätte ich ihn fast fallen lassen, woraufhin ich ein leises Kichern vernahm. Vorsichtig schlich ich zu einem der Arbeitstische, legte den Rucksack drauf, packte ein Messer und zog dann den Reißverschluss auf, bereit, alles, was herausspringen würde, abzustechen.

Da lag nur mein iPod, kaputt und stumm. Seufzend zog ich den Reißverschluss wieder zu und nahm den Rucksack mit in die Speisekammer. Dort schmiss ich ihn in eine Ecke, rollte mich auf dem Boden zusammen, bettete den Kopf auf den Getreidesack und ließ meine Gedanken schweifen. Ich dachte an Ethan, an Mom und an die Schule. Wurde ich zu Hause schon vermisst? Wurden Suchtrupps losgeschickt, schnüffelten Polizeihunde die Orte ab, an denen ich zuletzt gesehen worden war? Oder hatte Mom mich vergessen, so wie Luke es bestimmt getan hatte? Würde ich überhaupt noch ein Zuhause haben, in das ich zurückkehren konnte, falls ich es schaffte, Ethan zu finden?

Ich begann zu zittern, und meine Augen wurden feucht. Bald liefen mir Tränen über die Wangen, durchnässten den Sack unter meinem Kopf und ließen meine Haare zusammenkleben. Ich drückte schluchzend das Gesicht gegen den rauen Stoff. Jetzt war ich ganz unten angekommen. Ich lag in einer finsteren Speisekammer, hatte keine Chance mehr, Ethan zu retten, und nichts lag vor mir außer Angst, Schmerz und Erschöpfung. Ich war bereit aufzugeben.

Nach und nach verloren meine Schluchzer an Kraft, und meine Atmung beruhigte sich wieder. Da bemerkte ich, dass ich nicht allein war.

Ich hob den Kopf und sah als Erstes meinen Rucksack in der Ecke liegen, wo ich ihn hingeworfen hatte. Der Reißverschluss stand offen, und die Tasche wirkte wie ein aufgerissenes Maul. Darin konnte ich das metallische Schimmern des iPods sehen.

Dann entdeckte ich die Augen.

Mir blieb fast das Herz stehen, und ich setzte mich ruckartig auf, wobei ich mit dem Kopf gegen ein Regalbrett knallte. In einer Staubwolke zog ich mich bis in die hinterste Ecke zurück, wo ich mich keuchend hinkauerte.

Ich hatte diese Augen schon einmal gesehen, ihr grünes Glühen und das intelligente Funkeln darin. Das Wesen war klein, kleiner als ein Kobold, hatte glatte schwarze Haut und lange, dürre Arme. Bis auf die großen koboldähnlichen Ohren sah es aus wie eine grauenhafte Mischung aus Affe und Spinne.

Die Kreatur grinste, sodass ihre glühenden Zähne die Ecke in fahlblaues Licht tauchten.

Dann sprach sie.

Ihre Stimme knisterte in der Finsternis wie ein Radio, das statisches Rauschen von sich gab. Erst konnte ich nichts verstehen. Dann war es, als würde der Sender gewechselt, das Rauschen verschwand, und ich hörte einzelne Worte.

»... wartet«, krächzte das Wesen, immer noch etwas verzerrt. »Komm zum ... Eisen ... dein Bruder ... gefangen ...«

»Ethan?« Sofort schoss ich hoch und stieß mir prompt wieder den Kopf. »Wo ist er? Was weißt du von ihm?«

»... Eiserne Hof ... wir ... warten auf ...« Das Wesen flackerte in der Dunkelheit und wurde unscharf wie ein schwindendes Fernsehbild. Dann zischte es, erlosch und ließ nur pechschwarze Finsternis zurück.

Ich lag mit klopfendem Herz in der Dunkelheit und dachte über das nach, was das Wesen gesagt hatte. Dieses unheimliche Gespräch verriet mir nicht viel, außer dass mein Bruder noch lebte und etwas, das sich Eiserner Hof nannte, auf irgendetwas wartete.

Okay, sagte ich mir und holte tief Luft. *Sie sind immer noch da draußen, Meghan. Ethan und dein Dad. Du kannst jetzt nicht aufgeben. Hör auf rumzuheulen und reiß dich zusammen.*

Ich nahm den iPod und schob ihn mir in die Gesäßtasche. Falls dieses Monsterding wiederkam und mir Neuigkeiten von Ethan brachte, wollte ich vorbereitet sein. Dann legte ich mich wieder auf den kalten Boden, schloss die Augen und schmiedete Pläne.

Die folgenden zwei Tage rauschten an mir vorbei. Ich tat alles, was mir die Trollfrau auftrug: Spülte Teller, schrubbte Böden, schnitt Fleisch von Tierkadavern, bis meine Hände blutrot waren. Es folgten keine Zauber mehr gegen mich, und Sarah Hautschäler betrachtete mich langsam mit widerwilligem Respekt. Das Essen, das ich bekam, war einfach: Brot, Käse und Wasser. Die Trollfrau erklärte mir, dass alles Exotischere meinen empfindlichen halbmenschlichen Stoffwechsel durcheinanderbringen würde. Nachts kroch ich erschöpft auf meinen Schlafplatz in der Speisekammer und schlief auf der Stelle ein. Das dürre Wesen kam nach der ersten Nacht nicht wieder, und ich wurde Gott sei Dank auch nicht mehr von Albträumen heimgesucht.

Doch die ganze Zeit über hielt ich Augen und Ohren offen und sammelte jede Information, die nützlich sein konnte, wenn ich schließlich fliehen würde. In der Küche stand ich unter strenger Beobachtung von Sarah Hautschäler, von hier war eine Flucht unmöglich. Die Trollfrau hatte die Angewohnheit, immer genau dann aufzutauchen, wenn ich mal eine Pause machen wollte, oder in dem Moment hereinzukommen, wenn ich mit einer Aufgabe fertig war. In einer Nacht versuchte ich, mich aus der Küche zu schleichen, doch als ich die Doppeltür öffnete, befand sich dahinter nicht der Dornentunnel, sondern nur ein kleiner Lagerraum. An diesem Punkt wäre ich fast verzweifelt, doch ich zwang mich zu Geduld. Der richtige Moment würde schon kommen, sagte ich mir. Ich musste einfach bereit sein, wenn es so weit war.

Wann immer es ging, unterhielt ich mich mit den anderen Küchenhelfern, die vor allem Heinzelmännchen und Gnome waren, doch die waren so beschäftigt, dass ich kaum etwas von ihnen erfuhr. Aber ich bekam etwas heraus, was mein Herz höherschlagen ließ: Das Elysium, das Event, wegen dem in der Küche alle wie aufgescheuchte Hühner herumrannten, würde in wenigen Tagen stattfinden. Wie es die Tradition gebot, würden sich der Lichte und der Dunkle Hof in friedlicher

Absicht treffen, um politische Entscheidungen zu diskutieren, neue Abkommen zu unterzeichnen und ihren wackeligen Waffenstillstand zu bekräftigen. Da Frühling war, würde der Dunkle Hof für das Elysium in Oberons Reich reisen. Im Winter würden dann die Dunklen die Gastgeber sein. Der gesamte Hofstaat war eingeladen, und als Küchenpersonal war es unsere Pflicht, ebenfalls anwesend zu sein.

Ich arbeitete weiterhin hart, während sich in meinem Kopf ganz eigene Pläne für das Elysium entwickelten.

Drei Tage nach meiner Verbannung in die Küche bekamen wir Besuch.

Ich stand neben einem Korb mit winzigen toten Wachteln, die ich rupfte, nachdem Sarah Hautschäler ihnen das Genick gebrochen hatte und sie an mich weitergab. Ich versuchte nicht hinzusehen, wenn die Trollfrau in den Käfig griff, einen wild flatternden, panisch dreinschauenden Vogel packte und ihm mit einem ploppenden Geräusch den Hals umdrehte. Dann warf sie den leblosen Körper wie eine gepflückte Frucht in den Korb und griff nach dem nächsten.

Plötzlich ging die Tür auf, Licht flutete in den Raum, und drei Feenritter traten ein. Ihr langes silbernes Haar, das sie zu einfachen Pferdeschwänzen zusammengebunden trugen, schimmerte im Halbdunkel, und in ihren Mienen spiegelten sich Arroganz und Herablassung.

»Wir kommen wegen des Halbbluts«, verkündete einer von ihnen mit lauter Stimme. »Auf Befehl von König Oberon soll sie uns begleiten.«

Sarah Hautschäler sah kurz zu mir rüber, schnaubte und griff nach der nächsten Wachtel. »Von mir aus gern. Die Göre war sowieso nur eine Last und das von Anfang an. Schafft sie aus meiner Küche, auf Nimmerwiedersehen.« Sie unterstrich ihre Aussage durch das scharfe Knacken eines brechenden Vogelhalses.

Ein Heinzelmännchen verließ seinen Platz an einem der Öfen, um meine Stelle einzunehmen. Es scheuchte mich weg, während es auf einen Hocker sprang.

Ich wollte den Rittern schon folgen, als mir mein Rucksack einfiel, der noch in der Speisekammer lag. Also murmelte ich eine Entschuldigung, holte ihn rasch und warf ihn mir beim Zurückkommen über die Schulter. Keines der Heinzelmännchen sah auf, als ich ging, doch

Sarah Hautschäler starrte mir finster hinterher, während sie einen weiteren Wachtelhals umdrehte. Mit einer Mischung aus Erleichterung und einem eigenartigen Schuldgefühl folgte ich den Rittern aus der Küche.

Sie führten mich durch das verzweigte Brombeergestrüpp zu einer anderen Tür und öffneten sie. Ich betrat ein kleines Schlafgemach, das nicht annähernd so edel ausgestattet war wie das erste, aber trotzdem schön war. Als ich mich umsah, entdeckte ich hinter einer angrenzenden Tür ein dampfendes Wasserbecken, und plötzlich sehnte ich mich nach einem Bad.

Da hörte ich gedämpftes Hufgeklapper auf dem Teppich und drehte mich um. Eine große, schlanke Frau mit strahlend weißer Haut und schwarzen Haaren, gefolgt von zwei Satyrmädchen, trat ein. Das Kleid der Frau war so schwarz, dass es das Licht aufzusaugen schien, und ihre Finger waren dürr und extrem lang.

Eines der Satyrmädchen spähte hinter dem Rock der Frau hervor. Ich erkannte Tansy, die mir ein schüchternes Lächeln schenkte, als fürchtete sie, ich wäre wegen des Vorfalls mit Titania böse auf sie. War ich nicht. Sie war genau wie ich nur eine Schachfigur im Spiel der Königin gewesen. Doch bevor ich etwas sagen konnte, glitt die große Frau auf mich zu und packte mit ihren knochigen Fingern mein Kinn. Schwarze Augen, in denen weder Pupillen noch eine Iris zu erkennen war, musterten mein Gesicht.

»Schmutzig«, hauchte sie schließlich mit einer Stimme wie Seide, die über eine Stahlklinge gezogen wird. »Was für ein unansehnliches, schmutziges kleines Geschöpf. Was erwartet Oberon denn, was ich damit anfangen soll? Ich kann keine Wunder wirken.«

Ich entwand mein Gesicht ihrem Griff, was die Satyrmädchen erschrocken quieken ließ.

Die Frau schien jedoch belustigt. »Nun ja, ich schätze, wir werden es einfach versuchen müssen. Halbblut …«

»Mein Name ist nicht Halbblut«, fauchte ich, weil ich es langsam satthatte, diese Bezeichnung immer wieder zu hören, »sondern Meghan. Meghan Chase.«

Die Frau blinzelte nicht einmal. »Du gibst deinen Namen ziemlich leichtfertig preis, mein Kind«, stellte sie fest, was mich verwirrt die

Stirn runzeln ließ. »Du hast Glück, dass das nicht dein Wahrer Name ist, sonst könntest du dich schnell in einer unangenehmen Lage wiederfinden. Also schön, Meghan Chase. Ich bin Dame Weberin, und du wirst mir jetzt gut zuhören. König Oberon hat mich gebeten, dich für das Elysium heute Abend hoffähig zu machen. Er wünscht nicht, dass seine Halbbluttochter vor dem Dunklen Hof in Bauernlumpen, oder schlimmer noch, in der Kleidung von Sterblichen herumstolziert. Ich sagte ihm, ich würde mein Bestes geben. Er solle keine Wunder erwarten, doch wir würden es zumindest versuchen. Aber ...«, sie zeigte auf den Nebenraum, »... eins nach dem anderen. Du stinkst nach Mensch, Troll und Blut. Nimm ein Bad.« Sie klatschte in die Hände, und die beiden Satyrmädchen trabten an ihr vorbei und stellten sich vor mich. »Tansy und Clarissa werden dir zur Hand gehen. Ich muss nun etwas entwerfen, was du tragen kannst und was deinen Vater nicht zum Gespött der Leute macht.«

Ich sah kurz zu Tansy, die meinem Blick auswich. Schweigend folgte ich den beiden zu dem Wasserbecken, zog meine stinkenden Sachen aus und glitt in das heiße Wasser.

Reinste Glückseligkeit. Ich ließ mich einige Minuten lang treiben und die Wärme bis in meine Knochen vordringen, bis die Schmerzen und die Anspannung der letzten drei Tage sich zu legen begannen. Dabei fragte ich mich, ob Feen eigentlich jemals schmutzig wurden oder schwitzten. Alle Adeligen, die ich bisher gesehen hatte, waren immer nur tadellos und elegant gewesen.

Die Hitze machte mich schläfrig. Ich musste wohl kurz eingedöst sein, denn ich hatte einen beängstigenden Traum, in dem eine große Schar schwarzer Spinnen über meinen Körper kroch und mich mit ihren Fäden einspannen, als wäre ich eine riesige Fliege. Als ich aufwachte, fröstelte ich, und meine Haut juckte. Ich lag auf dem Bett, und Dame Weberin stand über mir.

»Nun ja.« Sie seufzte, während ich mich mühsam aufsetzte. »Es ist sicherlich nicht mein herausragendstes Werk, aber es wird wohl reichen. Komm her, Mädchen. Stell dich für einen Moment vor den Spiegel.«

Ich folgte ihrer Anweisung und starrte dann erstaunt mein Spiegelbild an. Ein schimmerndes silbernes Kleid bedeckte meinen Körper, der

Stoff zarter als Seide. Er floss selbst bei der kleinsten Bewegung wie Wasser über meine Haut, die Ärmel bauschten sich um meine Arme und berührten mich kaum. Meine Haare waren aufgedreht und mit funkelnden Klammern in eleganten Locken an meinem Kopf festgesteckt worden. An meinem Hals erstrahlte ein Saphir in blauem Feuer, der ungefähr so groß war wie die Faust eines Babys.

»Nun?« Dame Weberin berührte sanft einen meiner Ärmel und betrachtete ihn bewundernd wie ein Künstler sein Lieblingsgemälde. »Was hältst du davon?«

»Es ist wunderschön«, erwiderte ich überwältigt, während ich weiter die Feenprinzessin im Spiegel anstarrte. »Ich erkenne mich gar nicht wieder.« Plötzlich kam mir ein Gedanke, und ich kicherte leicht hysterisch. »Aber ich werde mich um Mitternacht nicht in einen Kürbis verwandeln, oder?«

»Wenn du dich mit den falschen Leuten anlegst, kann das durchaus passieren.« Dame Weberin wandte sich ab und klatschte in die Hände. Wie Stehaufmännchen erschienen Tansy und Clarissa, beide in einfachen weißen Kleidern und mit gebürsteten Lockenköpfen, sodass ich unter Tansys braunen Locken kleine Hörner aufblitzen sehen konnte. Sie hielt meinen orangefarbenen Rucksack mit spitzen Fingern, als hätte sie Angst, er könne sie beißen.

»Ich habe die Mädchen deine Sterblichenkleidung waschen lassen«, erklärte Dame Weberin nach einem letzten Blick in den Spiegel. »Oberon wollte sie zerstört sehen, doch das hätte noch mehr Arbeit für mich bedeutet. Also habe ich sie in deine Tasche gepackt. Sobald das Elysium vorbei ist, werde ich dieses Kleid zurückfordern. Du solltest also gut auf deine eigenen Sachen aufpassen.«

»Äh, okay«, stammelte ich und nahm Tansy den Rucksack ab. Ein kurzer Blick hinein zeigte mir, dass meine Jeans und das T-Shirt ordentlich gefaltet darin lagen und der iPod immer noch in der Seitentasche steckte. Kurz überlegte ich, ob ich den Rucksack hier zurücklassen sollte, entschied mich dann aber dagegen. Oberon könnte ihn als abstoßend empfinden und ihn auch ohne mein Wissen verbrennen lassen. Doch er gehörte nun einmal mir, und darin befand sich alles, was ich in dieser Welt besaß. Etwas verlegen schob ich mir einen Trageriemen über die Schulter – die Landeiprinzessin mit dem orangefarbenen Rucksack.

»Gehen wir«, hauchte Dame Weberin und wickelte sich einen weichen schwarzen Schal um den Hals. »Das Elysium erwartet uns. Und, Halbblut: Ich habe viel Arbeit in dieses Kleid gesteckt. Versuche, dich nicht umbringen zu lassen.«

Elysium

Durch einen Dornentunnel gelangten wir wieder auf den Hof. Wie vor ein paar Tagen war er voller Feenwesen, aber eine düstere Stimmung hatte Einzug gehalten. Musik wurde gespielt, eindringlich und wild. Die Feen tanzten, sprangen und tollten dazu selbstvergessen herum. Ein Satyr kniete hinter einem wehrlosen Mädchen mit roter Haut, ließ seine Hände über ihre Rippen gleiten und küsste ihren Nacken. Zwei Frauen mit Fuchsohren umkreisten ein benommen wirkendes Heinzelmännchen, und in ihren goldenen Augen stand die blanke Gier. Eine Gruppe Adelige tanzte einen hypnotischen Reigen, ihre Bewegungen sinnlich und erotisch, ganz verloren in der Musik und ihrer Leidenschaft.

Ich verspürte den unbändigen Drang, mich ihnen anzuschließen, den Kopf zurückzuwerfen und mich im Takt der Musik zu drehen, ohne mir Gedanken darüber zu machen, wohin sie mich führen würde. Als ich für einen Moment die Augen schloss, fühlte ich, wie die wilde Melodie meine Seele ergriff und mit ihr in den Himmel aufstieg. Meine Kehle wurde eng, und mein Körper begann sich im Rhythmus der Musik zu wiegen. Abrupt riss ich die Augen auf. Unbewusst hatte ich mich dem Kreis der Tänzer genähert.

Ich biss mir auf die Lippe, bis ich Blut schmeckte, und der brennende Schmerz brachte mich wieder zur Besinnung. *Reiß dich zusammen, Meghan. Wachsam bleiben! Das bedeutet: kein Essen, kein Tanz, keine Gespräche mit Fremden. Konzentriere dich auf deine Aufgabe.*

Ich entdeckte Oberon und Titania an einer langen Tafel sitzend, umgeben von Lichten Rittern und Trollen. König und Königin saßen zwar nebeneinander, ignorierten einander aber geflissentlich. Oberon hatte das Kinn in die Hand gestützt und ließ seinen Blick ausdruckslos über seinen Hofstaat wandern. Titania saß so gerade, als hätte ihr jemand einen Eiszapfen in den Hintern geschoben.

Puck war nirgendwo zu sehen. Ich fragte mich, ob Oberon ihn schon freigelassen hatte.

»Genießt du die Feierlichkeiten?«, fragte eine vertraute Stimme.

»Grimalkin!«, rief ich aus, als ich den grauen Kater auf dem Rand des Teichbeckens entdeckte. Er hatte den Schwanz ordentlich um die Pfoten gelegt, und seine goldenen Augen musterten mich mit dem üblichen Desinteresse. »Was machst du denn hier?«

Er gähnte. »Ich habe ein Nickerchen gemacht, aber wie es aussieht, könnte das hier bald ganz interessant werden, also werde ich wohl noch ein wenig bleiben.« Der Kater stand auf, streckte sich, machte einen Buckel und warf mir dann einen fragenden Seitenblick zu. »Und, Mensch, wie ist das Leben an Oberons Hof?«

»Du hast es gewusst«, beschuldigte ich ihn, als er sich wieder setzte und begann, sich eine Pfote zu putzen. »Du hast die ganze Zeit gewusst, wer ich war. Deshalb hast du dich bereit erklärt, mich zu Puck zu bringen – du hast gehofft, du könntest Oberon erpressen.«

»Erpressen«, erwiderte Grimalkin und blinzelte träge mit den gelben Augen, »ist so ein barbarisches Wort. Du hast noch viel über Feen zu lernen, Meghan Chase. Denkst du denn, andere hätten nicht dasselbe getan? Hier hat alles seinen Preis. Frag Oberon. Oder, wenn wir schon dabei sind, frag deinen Puck.«

Ich wollte gerade nachhaken, was er damit meinte, doch in dem Moment fiel ein Schatten über mich, und als ich mich umdrehte, ragte Dame Weberin vor mir auf.

»Der Winterhof wird bald eintreffen«, hauchte sie und umschloss mit ihren bleistiftdünnen Fingern meine Schulter. »Du musst deinen Platz an der Tafel einnehmen, an der Seite König Oberons. Er besteht auf deiner Gegenwart. Los, geh.«

Ihr Griff wurde härter, und sie schob mich zu der langen Tafel, an der Oberon und die Adeligen des Sommerhofes warteten. Oberons Blick war betont gleichgültig, aber in Titanias Augen funkelte der blanke Hass, sodass ich am liebsten weggerannt wäre und mich irgendwo verkrochen hätte. Mit der unheimlichen Spinnenfrau auf der einen Seite und der Königin des Lichten Hofes auf der anderen würde ich am Ende des Abends ziemlich sicher als Maus oder Kakerlake enden.

»Mach deinem Vater deine Aufwartung«, zischte Dame Weberin mir ins Ohr, bevor sie mich in Richtung des Erlkönigs schubste.

Ich schluckte schwer und ging dann unter den starren Blicken der Höflinge auf die Tafel zu. Ich wusste nicht, was ich sagen sollte. Ich wusste nicht, was ich tun sollte. Es fühlte sich an, als müsste ich vor der gesamten Schule eine Rede halten und hätte meine Notizen vergessen. Also betete ich schweigend um eine Eingebung, während ich Oberon in die ausdruckslosen grünen Augen sah und dann in einen unbeholfenen Knicks sank.

Der Erlkönig setzte sich auf. Ich sah, wie sein Blick kurz an dem grellorangen Rucksack hängen blieb und er die Augenbrauen zusammenzog. Mir stieg das Blut in den Kopf, aber jetzt konnte ich ihn auch nicht mehr absetzen.

»Wir heißen Meghan Chase bei Hofe willkommen«, erklärte Oberon dann mit steifer, formeller Stimme. Er hielt inne und schien darauf zu warten, dass ich etwas erwiderte, aber mir blieb jedes Wort im Halse stecken. Schweigen breitete sich aus, und irgendjemand in der Menge kicherte leise. Schließlich wies Oberon auf einen freien Stuhl am unteren Ende des Tisches, und mit knallrotem Gesicht ließ ich mich unter dem Blick des gesamten Hofstaates darauf nieder.

»Höchst beeindruckend«, raunte eine Stimme zu meinen Füßen. Grimalkin sprang auf den Stuhl neben mir, wo ich gerade meinen Rucksack hatte ablegen wollen. »Du hast eindeutig die Schlagfertigkeit deines Vaters geerbt. Dame Weberin muss so stolz auf dich sein.«

»Halt die Klappe, Grim«, murmelte ich und schob den Rucksack unter meinen Stuhl. Ich hätte noch mehr zu sagen gehabt, doch in diesem Moment verstummte die Musik, und laute Fanfarenstöße ertönten.

»Sie sind da«, stellte Grimalkin fest und presste die Augen zu goldenen Schlitzen zusammen. Der Kater schien zu lächeln. »Das dürfte höchst interessant werden.«

Die Fanfarenstöße schwollen an, und auf einer Seite des Hofes geriet die allgegenwärtige Dornenhecke in Bewegung, die Zweige zogen sich zurück und bildeten einen hohen Torbogen, der wesentlich größer und schöner war als alle, die ich bisher gesehen hatte. An den Ranken erblühten schwarze Rosen, und ein eisiger Wind blies durch das Tor und überzog die Bäume in der Nähe mit Frost.

Das erste Wesen tappte durch den Bogen, und ich zitterte auf einmal nicht mehr nur vor Kälte. Es war ein Kobold mit warziger grüner Haut, der einen edlen schwarzen Mantel mit Goldknöpfen trug. Er musterte verschlagen den wartenden Hofstaat, drückte die Brust heraus und rief mit klarer, aber irgendwie knirschender Stimme: »Ihre Majestät Königin Mab, Herrin des Winterhofes, Herrscherin der Herbstlande, Königin von Luft und Finsternis!«

Und dann kamen die Dunklen.

Auf den ersten Blick sahen sie den Lichten Feen sehr ähnlich. Die kleinen Männer, die das Banner der Dunklen trugen, sahen aus wie Gnome in schicken Mänteln und mit roten Kappen. Dann bemerkte ich ihr schiefes, haifischähnliches Grinsen und den flackernden Wahnsinn in ihren Augen und wusste, dass sie keine netten Gartenzwerge waren, ganz im Gegenteil.

»Dunkerwichtel«, murmelte Grimalkin und rümpfte die Nase. »Vor denen solltest du dich besser in Acht nehmen, Mensch. Als sie das letzte Mal hier waren, hat ein etwas minderbemittelter Puca einen von ihnen zu einem gezinkten Muschelspiel herausgefordert und gewonnen. Das ist nicht gut ausgegangen.«

»Was ist passiert?«, wollte ich wissen, während ich mich gleichzeitig fragte, was wohl ein Puca war.

»Sie haben ihn gefressen.«

Als Nächstes deutete er auf die Oger, riesige muskelbepackte Viecher mit wulstigen dummen Gesichtern und Hauern, an denen der Speichel heruntertropfte. Ihre Hände waren mit Metallringen gefesselt, und um ihre dicken Hälse hingen Silberketten. Sie watschelten auf den Hof wie zugedröhnte Gorillas: Ihre Hände schleiften über den Boden, und sie kriegten nicht einmal mit, wie die Trolle ihnen mörderische Blicke zuwarfen.

Immer mehr Dunkle kamen auf die Lichtung: Dürre Schwarze Männer, wie der aus Ethans Kleiderschrank, staksten wie Spinnen über den

Boden. Da gab es fauchende, spuckende Kobolde; einen Mann, dessen obere Körperhälfte die einer verfilzten schwarzen Ziege war, mit spitzen Hörnern, deren Enden im Licht funkelten. Und noch andere Kreaturen, eine grauenerregender als die andere. Sobald sie mich entdeckten, warfen sie mir gierige Blicke zu und leckten sich die Lippen. Zum Glück wagte es unter den strengen Blicken von Oberon und Titania keiner von ihnen, sich der Tafel zu nähern.

Nachdem sich die Zahl der Anwesenden fast verdoppelt hatte, erschien endlich Königin Mab.

Der erste Hinweis darauf war, dass die Temperatur auf der Lichtung um gute zehn Grad sank. Auf meinen Armen breitete sich Gänsehaut aus, und zitternd wünschte ich mir, ich hätte etwas mehr an als nur ein Kleid aus Spinnenseide und Florschleier. Ich wollte mit meinem Stuhl die Tafel schon ein Stück weiter hinunterrutschen, um dem kalten Wind zu entgehen, als eine Schneewolke aus dem Tor hervorbrach und eine Frau auf die Lichtung trat, bei deren Anblick andere Frauen vor Neid weinen und Männer ganze Kriege anzetteln würden.

Sie war nicht so groß wie Oberon und nicht so gertenschlank wie Titania, aber ihre bloße Anwesenheit zog alle Blicke auf sie. Ihr Haar war so schwarz, dass es stellenweise blau schimmerte, und fiel ihr wie ein Wasserfall aus Tinte über den Rücken. Ein Abgrund wie eine sternenlose Nacht tat sich in ihren Augen auf, die einen faszinierenden Kontrast zu ihrer hellen Porzellanhaut und ihren blassen, leicht bläulichen Lippen bildeten. Sie trug ein Kleid, das ihren Körper wie ein lebendig gewordener Schatten umfloss. Und genau wie Oberon und Titania strahlte sie absolute Macht aus.

Die Menge an Feenwesen auf diesem Hof – sowohl Lichte als auch Dunkle – machte mich äußerst nervös. Doch gerade, als ich dachte, es könne nicht mehr schlimmer werden, kam Mabs Gefolge durch das Tor.

Die ersten beiden Feen waren groß und schön wie alle ihrer Art, perfekt proportioniert und voller Anmut. Sie trugen ihre schwarz-silbernen Outfits mit dem unerschütterlichen Selbstbewusstsein des Adels und hatten die langen schwarzen Haare zurückgebunden, was ihre stolzen, grausamen Gesichtszüge betonte. Fürsten der Finsternis gleich marschierten sie mit derselben Arroganz wie die Königin mit wehenden

Mänteln hinter Mab her. Ihre schlanken Hände ruhten auf den Griffen ihrer Schwerter.

Der dritte Adelige, der ihnen folgte, war ebenfalls in Schwarz und Silber gekleidet. Genau wie die beiden anderen hing ein Schwert wie selbstverständlich an seiner Hüfte, und sein Gesicht trug die feinen Züge eines Aristokraten. Doch im Gegensatz zu den beiden anderen blickte er völlig desinteressiert drein. Das ganze Ereignis schien ihn eher zu langweilen. Als das Mondlicht seine Augen traf, funkelten sie wie Silbermünzen.

Mein Herz erstarrte zu Eis, und mir wurde schlecht. Das war er, der Junge aus meinen Träumen, der Junge, der Puck und mich durch den Wald gejagt hatte. Hektisch sah ich mich um und fragte mich, ob ich ein Versteck finden konnte, bevor er mich entdeckte.

Grimalkin musterte mich irritiert und zuckte mit dem Schwanz.

»Das ist er!«, flüsterte ich, sah erneut zu den Adeligen hinüber, die sich im Gefolge ihrer Königin näherten, und senkte dann schnell den Blick. »Dieser Junge! Er hat mich an dem Tag im Wald gejagt, als ich in deinem Baum gelandet bin. Er hat versucht, mich umzubringen!«

Grimalkin blinzelte. »Das ist Prinz Ash, der jüngste Sohn von Königin Mab. Man erzählt sich, er sei ein ziemlich guter Jäger. Angeblich verbringt er mehr Zeit im Wilden Wald als bei Hofe mit seinen Brüdern.«

»Ist mir egal, wer er ist«, zischte ich und machte mich auf meinem Stuhl möglichst klein. »Ich muss verhindern, dass er mich sieht. Wie kann ich hier verschwinden?«

Grimalkins Schnauben klang verdächtig nach Gelächter. »Darüber würde ich mir keine Sorgen machen, Mensch. Ash würde niemals Oberons Zorn riskieren, indem er dich an dessen eigenen Hof angreift. Die Regeln des Elysiums verbieten jegliche Form von Gewalt. Außerdem«, der Kater schniefte, »ist diese Jagd bereits Tage her. Wahrscheinlich hat er dich längst vergessen.«

Ich warf Grimalkin einen bösen Blick zu und beobachtete dann den Feenjungen, wie er sich vor Oberon und Titania verbeugte und etwas murmelte, was ich nicht verstand. Oberon nickte, und der Feenjunge trat mit einer weiteren Verbeugung zurück. Als er sich aufrichtete und umwandte, ließ er den Blick über die Tafel wandern – bis er an mir hängen blieb. Seine Augen zogen sich zusammen, dann lächelte er und nickte mir kurz zu. Mein Herz raste, und ich begann zu zittern.

Ash hatte mich nicht vergessen, ganz im Gegenteil.

Im weiteren Verlauf des Abends sehnte ich mich nach der Zeit in der Küche zurück.

Nicht nur wegen Prinz Ash, auch wenn er der Hauptgrund war, weshalb ich möglichst unbemerkt bleiben wollte. Die Lakaien des Dunklen Hofes machten mich nervös, und ich fühlte mich unwohl. Damit war ich nicht die Einzige: Die Spannung zwischen den Lagern der Lichten und der Dunklen war beinahe greifbar. Ihre uralte Feindschaft war deutlich zu spüren. Nur die Hingabe, mit der die Feenwesen Regeln und Etikette befolgten, und die Macht ihrer adeligen Herrscher verhinderten, dass es zu einem Blutbad kam.

Zumindest behauptete das Grimalkin. Ich verließ mich auf sein Wort und blieb ganz still auf meinem Stuhl sitzen, bemüht, möglichst keine Aufmerksamkeit zu erregen.

Oberon, Titania und Mab blieben den ganzen Abend an der Tafel sitzen. Die Prinzen saßen zu Mabs linker Seite, Ash am weitesten von mir entfernt, was mich ein wenig aufatmen ließ. Es wurde Essen serviert und Wein ausgeschenkt, und die Herrscher der Sidhe unterhielten sich. Grimalkin langweilte sich bald, gähnte und verschwand schließlich in der Menge.

Nach einer halben Ewigkeit begann das Unterhaltungsprogramm.

Drei bunt gekleidete Jungen mit Affenschwänzen schwangen sich auf die Bühne, die vor der Tafel errichtet worden war. Sie vollführten atemberaubende Sprünge und purzelten über-, auf- und durcheinander. Ein Satyr spielte seine Flöte, und eine Menschenfrau tanzte dazu, bis sie blutige Füße hatte. In ihrem Gesicht stand eine Mischung aus Entsetzen und Ekstase. Eine atemberaubend schöne Frau mit Ziegenhufen und Piranhazähnen sang eine Ballade von einem Mann, der seiner Liebsten auf den Grund eines Sees folgte und nie wieder gesehen wurde. Als das Lied endete, schnappte ich keuchend nach Luft und richtete mich auf. Mir war gar nicht bewusst gewesen, dass ich nicht in der Lage gewesen war, zu atmen.

Irgendwann im Laufe der Darbietungen verschwand Ash.

Stirnrunzelnd sah ich mich nach ihm um und suchte in der wimmelnden Menge aus Feenwesen nach einem blassen Gesicht und schwarzen Haaren. Soweit ich erkennen konnte, war er nicht auf dem Hof unterwegs, und er befand sich auch nicht bei Mab und Oberon an der Tafel ...

Als neben mir ein leises Lachen erklang, blieb mir fast das Herz stehen.

»Das ist also Oberons berühmtes Halbblut«, stellte Ash fest, als ich herumwirbelte.

Seine kalten, unmenschlichen Augen funkelten belustigt. Aus der Nähe war er sogar noch schöner, mit hohen Wangenknochen und ein paar frechen Strähnen, die ihm in die Stirn hingen. Meine Hände zuckten verräterisch, weil ich am liebsten mit den Fingern durch diese Strähnen gefahren wäre. Entsetzt ballte ich sie im Schoß zu Fäusten und versuchte mich auf Ashs Worte zu konzentrieren.

»Nicht zu fassen«, fuhr der Prinz immer noch lächelnd fort, »dass ich dich damals im Wald verloren habe, ohne auch nur zu ahnen, was ich da jage.«

Ich fuhr zurück und warf einen nervösen Blick zu Oberon und Königin Mab hinüber. Sie waren völlig ins Gespräch vertieft und nahmen keine Notiz von mir. Ich wollte sie auch nicht unterbrechen, nur weil ein Prinz des Dunklen Hofes mich ansprach. Außerdem war ich jetzt eine Feenprinzessin. Auch wenn ich das selbst noch nicht ganz glauben konnte, Ash tat es sicherlich. Also holte ich tief Luft, reckte das Kinn und sah ihm direkt in die Augen.

»Ich warne dich«, sagte ich und stellte zufrieden fest, dass meine Stimme überhaupt nicht zitterte. »Wenn du irgendeine krumme Nummer versuchst, wird mein Vater dir den Kopf abschlagen und ihn sich an die Wand hängen.«

Er zuckte entspannt mit einer Schulter. »Es gibt Schlimmeres.« Als ich ihn entsetzt anstarrte, schenkte er mir ein feines selbstironisches Lächeln. »Keine Sorge, Prinzessin, ich werde nicht gegen die Regeln des Elysiums verstoßen. Ich habe keine Lust, mir Mabs Zorn zuzuziehen, indem ich sie blamiere. Deswegen bin ich nicht hier.«

»Was willst du dann?«

Er verbeugte sich. »Einen Tanz.«

»*Was?*« Ungläubig starrte ich ihn an. »Du hast versucht, mich umzubringen!«

»Eigentlich habe ich versucht, Puck umzubringen. Du warst nur zufällig da. Allerdings, wenn ich freies Schussfeld gehabt hätte, hätte ich es getan.«

»Und wie zum Teufel kommst du dann auf die absurde Idee, dass ich mit dir tanzen würde?«

»Das war damals.« Sein Blick wurde sanft. »Jetzt ist jetzt. Und es ist eine Tradition des Elysiums, dass ein Sohn und eine Tochter der beiden Reiche miteinander tanzen, um den guten Willen beider Hofstaaten zu demonstrieren.«

»Was für eine bescheuerte Tradition.« Ich verschränkte die Arme vor der Brust und starrte ihn böse an. »Das kannst du vergessen. Mit dir werde ich ganz bestimmt nicht tanzen.«

Er zog eine Augenbraue hoch. »Du würdest ablehnen und damit meine Herrscherin, Königin Mab, beleidigen? Das würde sie sehr persönlich nehmen und Oberon dafür verantwortlich machen. Und Mab kann wirklich äußerst nachtragend sein.«

Verdammt. Ich saß in der Falle. Wenn ich mich weigerte, würde ich damit die Dunkle Feenkönigin beleidigen.

Dann stünde ich nicht mehr nur bei Titania, sondern auch bei Mab auf der Abschussliste, was meine Überlebenschancen klar gegen null gehen lassen würde.

»Du willst also sagen, ich habe keine Wahl.«

»Man hat immer eine Wahl.« Ash hielt mir seine Hand hin. »Ich werde dich zu nichts zwingen. Ich befolge nur die Befehle meiner Königin. Aber du solltest wissen, dass der Rest des Hofes uns erwartet.« Er lächelte selbstironisch. »Und ich verspreche, dass ich bis zum Ende der Nacht ein perfekter Gentleman sein werde. Ich gebe dir mein Wort.«

»Verdammt.« Ich rieb mir die Arme, während ich verzweifelt nach einem Ausweg suchte. »Ich würde dich sowieso nur blamieren«, erklärte ich widerwillig. »Ich kann nicht tanzen.«

»In deinen Adern fließt Oberons Blut.« Er klang kühl, aber amüsiert. »Selbstverständlich kannst du tanzen.«

Ich rang noch einen Moment länger mit mir. *Das ist ein Prinz des Dunklen Hofes.* Meine Gedanken rasten. *Vielleicht weiß er ja etwas über Ethan. Oder über Dad! Zumindest fragen kann ich ihn.*

Ich holte tief Luft. Ash wartete geduldig mit ausgestreckter Hand. Als ich endlich meine Finger in seine Handfläche legte, schenkte er mir ein leises Lächeln. Während er galant meine Hand auf seinem Unterarm platzierte, spürte ich die Kälte seiner Haut, und die körperliche Nähe ließ mich frösteln. Er roch nach Raureif und irgendetwas Fremdartigem – nicht unangenehm, aber ungewohnt.

Wir verließen zusammen die Tafel, und mein Magen spielte verrückt, als ich bemerkte, wie Hunderte glühender Feenaugen uns beobachteten. Die Lichten wie die Dunklen machten uns Platz und verbeugten sich, während wir auf die Bühne zugingen.

Meine Knie zitterten. »Ich schaffe das nicht«, flüsterte ich und klammerte mich an Ashs Arm. »Lass mich. Ich glaube, ich muss mich übergeben.«

»Alles wird gut.« Ash sah mich nicht an, als wir die Tanzfläche betraten. Stattdessen wandte er sich mit erhobenem Kopf und ausdrucksloser Miene den drei Feenherrschern zu.

Zitternd vor Angst blickte ich in das Meer von Gesichtern.

Ash packte meine Hand fester. »Lass dich einfach von mir führen.«

Er verbeugte sich in Richtung Oberons Tafel, und ich machte einen Knicks. Der Erlkönig nickte ernst, dann drehte Ash sich zu mir um, nahm meine eine Hand in seine und führte die andere auf seine Schulter.

Die Musik setzte ein.

Ash machte einen Schritt nach vorn. Ich wäre fast gestolpert und biss mir auf die Lippe, während ich versuchte, mich seinen Schritten anzupassen. Wir schoben uns mehr stolpernd als gleitend über die Bühne, wobei ich mich voll darauf konzentrierte, nicht hinzufallen oder ihm auf die Zehen zu treten, während Ash sich mit raubtierhafter Eleganz bewegte. Zum Glück wurden wir nicht ausgebuht oder mit Sachen beworfen. Dennoch taumelte ich benommen hin und her und wollte nur, dass diese Demütigung endlich vorüberging.

Irgendwann durchdrang ein leises Lachen diesen Albtraum. »Hör auf nachzudenken«, murmelte Ash und zog mich in eine Drehung, bei der ich an seiner Brust landete. »Das Publikum ist nicht wichtig. Die Schritte sind auch nicht wichtig. Schließ einfach die Augen und höre auf die Musik.«

»Du hast leicht reden«, knurrte ich, doch da drehte er mich schon wieder, diesmal so schnell, dass die Bühne verschwamm und ich die Augen schließen musste. *Denk immer daran, warum du das tust,* zischte meine innere Stimme. *Du tust es für Ethan.* Genau. Ich öffnete die Augen und sah den Dunklen Prinzen entschlossen an. »Also«, murmelte ich möglichst unverbindlich, »du bist der Sohn von Königin Mab, richtig?«

»Ja, obwohl ich dachte, das hätten wir bereits geklärt.«

»Und ... sammelt sie gern Dinge?« Ash sah mich verwirrt an, also fuhr ich hastig fort: »Zum Beispiel Menschen? Hat sie viele Menschen an ihrem Hof?«

»Ein paar.« Ash führte mich in die nächste Drehung, und diesmal machte ich mit. Seine Augen strahlten, als ich wieder in seinen Armen landete. »Mab langweilen Sterbliche für gewöhnlich bereits nach ein paar Jahren. Dann lässt sie sie entweder frei, oder sie verwandelt sie in irgendetwas Interessanteres, je nach Laune. Warum fragst du?«

Mein Herz klopfte. »Hält sie einen kleinen Jungen an ihrem Hof?«, fragte ich, während wir weiter über die Tanzfläche wirbelten. »Vier Jahre alt, braune Locken, blaue Augen? Meistens ziemlich still?«

Ash musterte mich eigenartig. »Keine Ahnung«, sagte er dann zu meiner Enttäuschung. »Ich war in letzter Zeit nicht bei Hofe. Und selbst wenn, kann ich mich nicht an alle Sterblichen erinnern, die über die Jahre von der Königin geholt oder entlassen wurden.«

»Oh«, murmelte ich und senkte den Blick. Tja, so viel zu meinem Plan. »Und wenn du nicht bei Hofe bist, wo treibst du dich dann so rum?«

Ash schenkte mir ein Lächeln, das mir das Blut in den Adern gefrieren ließ. »Im Wilden Wald«, erwiderte er und drehte mich von sich weg. »Auf der Jagd. Mir entgeht nur äußerst selten eine Beute. Du solltest also dankbar sein, dass Puck so ein Feigling ist.« Bevor ich antworten konnte, zog er mich wieder eng an sich und flüsterte mir ins Ohr: »Obwohl ich nun ganz froh bin, dass ich dich nicht getötet habe. Ich habe dir doch gesagt, dass Oberons Tochter tanzen kann.«

Die Musik hatte ich ganz vergessen und merkte erst jetzt, dass mein Körper den Autopiloten eingeschaltet hatte und wie von selbst über die Tanzfläche schwebte, als hätte ich das schon tausendmal gemacht. Eine Weile schwiegen wir und gaben uns ganz der Musik und dem Tanz hin. Die Töne schwollen schließlich zu einem Crescendo an und mit ihnen meine Gefühle, während wir ganz allein durch die Nacht zu schweben schienen und uns immer weiter und weiter drehten.

Ash zog mich in eine letzte Drehung, und die Musik verstummte. Unser Tanz endete mit mir an seiner Brust, unsere Gesichter nur Zentimeter voneinander entfernt. Seine durchdringenden grauen Augen strahlten. Einen Moment lang standen wir wie erstarrt und spürten den wilden Herzschlag des anderen. Der Rest der Welt war verschwunden. Ash blinzelte und lächelte unsicher. Ein halber Schritt, und meine Lippen träfen seine.

Ein Schrei durchschnitt die Nacht und brachte uns zur Besinnung. Der Prinz ließ mich los, trat einen Schritt zurück und trug wieder diese ausdruckslose Maske zur Schau.

Wieder ertönte der Schrei, diesmal gefolgt von einem dröhnenden Brüllen, das die Tafel beben und die filigranen Kristallkelche zu Boden stürzen ließ. Über die Menge hinweg sah ich, wie die Dornenhecke heftig erzitterte, während sich offenbar etwas Großes seinen Weg hindurchbahnte. Die Feen begannen zu schreien und durcheinanderzulaufen, bis Oberon sich erhob und mit durchdringender Stimme um Ruhe bat. Einen Moment lang rührte sich niemand.

Dann teilten sich die Zweige mit lautem Knacken, und etwas Riesiges schob sich heraus. Das bräunliche Fell des Monsters war blutverschmiert. Und das war kein schattenhaftes Schreckgespenst von unter dem Bett, das einem nur etwas Angst einjagen wollte, sondern ein wahrhaftiges Monster, das einem den Bauch aufschlitzen und die Eingeweide fressen würde. Es hatte drei furchterregende Köpfe: einen Löwen mit einem blutenden Satyr in den Fängen, eine Ziege mit irren weißen Augen und einen fauchenden Drachen, dem flüssiges Feuer aus dem Maul tropfte. Es war eine Chimäre.

Einen Herzschlag lang zögerte sie und musterte die Partygesellschaft, in die sie geplatzt war. Die Köpfe blinzelten synchron. Der tote

Satyr, nicht mehr als eine zerkaute matschige Masse, fiel zu Boden, und irgendjemand in der Menge begann zu schreien.

Daraufhin brüllte die Chimäre, wobei sich ihre drei Stimmen zu einem ohrenbetäubenden Gekreische vereinten. Die Menge stob auseinander, als das Monster die Hinterbeine anzog und mitten in das Gewühl hineinsprang. Es landete neben einem fliehenden Dunkerwichtel, schlug mit einer krallenbewehrten Pranke nach ihm und erwischte das Feenwesen am Bauch, wobei es komplett ausgeweidet wurde.

Während der Dunkerwichtel taumelnd zu Boden stürzte und seine Innereien in beiden Händen hielt, drehte sich die Chimäre weg, sprang einen Troll an und riss ihn zu Boden. Knurrend bekam der Troll den Löwenkopf an der Kehle zu fassen und hielt ihn auf Distanz, doch stattdessen schlug der Drachenkopf zu, schloss seine Kiefer um das Genick des Trolls und brach es. Dunkles Blut spritzte hervor und erfüllte die Luft mit einem ekelerregenden metallischen Geruch. Den Troll durchlief ein Zittern, dann erschlaffte er.

Mit blutverschmiertem Maul sah die Chimäre sich um und entdeckte mich auf der Bühne, immer noch völlig erstarrt. Mit einem Brüllen landete sie am Rand der Tanzfläche. Mein Verstand schrie mir zu, ich solle weglaufen, aber ich konnte mich nicht rühren. Mit entrückter Faszination beobachtete ich, wie das Monster zum Sprung ansetzte und sich die Muskeln unter seinem blutigen Fell spannten. Sein heißer Atem streifte mich. Er stank nach Blut und verrottetem Fleisch, und an einem Zahn des Löwenmauls bemerkte ich einen roten Stofffetzen.

Als die Chimäre sich kreischend auf mich stürzte, schloss ich die Augen und hoffte nur, dass es schnell gehen würde.

Flucht vom Lichten Hof

Etwas prallte gegen mich und stieß mich aus dem Weg. Als ich auf meiner Schulter landete, schoss mir der Schmerz in den Arm, und ich riss keuchend die Augen auf.

Ash stand mit gezogenem Schwert zwischen mir und der Chimäre. Die Klinge glühte eisblau, war mit Reif überzogen und von leichtem

Nebel umhüllt. Das Monster brüllte und schlug nach ihm, doch er sprang zur Seite und schwang sein Schwert. Die kalte Schneide fuhr in die Pranke der Chimäre, was dem Monster einen fast menschlichen Schrei entlockte. Es stürzte vor, und Ash hechtete zur Seite. Kaum war er wieder auf den Beinen, hob er einen Arm, und blaue Lichtfunken tanzten um seine Finger. Als das Monster zu ihm herumwirbelte, schleuderte er die Hand nach vorn, und die Chimäre kreischte, als sich funkelnde Eissplitter in ihr Fell bohrten.

»Zu den Waffen!« Oberons dröhnende Stimme übertönte sogar das Brüllen der Chimäre. »Ritter, treibt das Biest zurück! Schützt die Gesandten! Rasch!«

Mabs Stimme mischte sich in das Chaos, während sie ihren Untertanen befahl anzugreifen. Nun erschienen immer mehr Feenwesen und sprangen mit Waffen und Kriegsgeschrei, mit gefletschten Zähnen und ausgefahrenen Klauen auf die Bühne. Weniger kämpferische Feen schlichen von der Bühne weg und rannten um ihr Leben, während die anderen sich in die Schlacht warfen. Trolle und Oger zogen der Chimäre mit ihren großen, mit Stacheln besetzten Keulen eins über, Dunkerwichtel stachen mit schartigen Bronzemessern auf sie ein, und die Lichten Ritter rammten ihr Flammenschwerter in die Flanken. Ich entdeckte Ashs Brüder, die sich den Kämpfern anschlossen und dem Monster ihre Eisklingen in den Rücken stachen. Die Chimäre brüllte schwer getroffen auf und schien einen Moment lang durch die Angreifer eingeschüchtert zu sein.

Dann erschien der Drachenkopf, Rauch stieg aus seinem Maul auf, und er spie den Feen in seiner Nähe eine Ladung flüssiges Feuer entgegen. Der glühende Speichel ergoss sich auf einige der Angreifer, die schreiend zu Boden stürzten und wild um sich schlugen, als ihnen das Fleisch von den Knochen schmolz. Das Monster versuchte die Tanzfläche zu verlassen, doch die Feen trieben es immer mehr in die Enge und hielten es mit ihren Waffen an Ort und Stelle.

Sobald die letzten Zivilisten die Bühne verlassen hatten, erhob sich der Lichte König. Sein Gesicht war überirdisch und beängstigend, und sein langes silbernes Haar flatterte hinter ihm. Als er die Hände hob, bebte die Erde. Teller fielen klappernd zu Boden, Bäume erzitterten, und die Feen wichen vor dem fauchenden Monster zurück. Die Chimäre knurrte und schnappte, ihr Blick war argwöhnisch und verwirrt, als verstünde sie nicht, was vor sich ging.

Die Bühne – die aus einer fast eineinhalb Meter dicken Marmorplatte bestand – zersprang mit einem ohrenbetäubenden Krachen, und kräftige Triebe bohrten sich durch sie hindurch. Die dicken, uralten und mit funkelnden Dornen besetzten Ranken wanden sich wie riesige Schlangen um die Chimäre und bohrten sich in ihr Fell. Das Monster brüllte und schlug mit seinen Pranken nach dem lebenden Holz, doch die Ranken zogen sich nur fester um sie.

Nun stürzten sich die Feen wieder auf das Monster und hackten und stachen auf das Biest ein. Die Chimäre kämpfte weiter, schlug mit tödlichen Klauen und Fängen um sich und erwischte alle, die sich zu nahe heranwagten. Ein Oger verpasste ihr mit seiner Keule einen Schlag gegen die Flanke, musste aber selber einen Hieb ihrer Pranke einstecken, der seine gesamte Schulter aufriss. Ein Lichter Ritter hieb nach dem Drachenkopf, doch dessen Kiefer öffnete sich und bespuckte die Fee mit flüssigem Feuer. Schreiend taumelte der Ritter rückwärts, während sich der Drachenkopf hob und den Blick auf den Erlkönig richtete, der an seiner Tafel stand und die Lider vor Konzentration gesenkt hatte. Das Monster öffnete die Lippen und holte tief Luft. Ich schrie Oberons Namen, aber meine Stimme ging in dem Lärm unter, und ich wusste, dass meine Warnung zu spät kommen würde.

Und dann war Ash da, wich geschickt den Pranken des Monsters aus und ließ seine Klinge in einem Eissturm niedersausen. Sie fuhr in den Drachenhals und trennte den Kopf ab, der mit einem ekelerregenden Klatschen auf dem Marmorboden aufschlug. Ash tänzelte zurück, als der Kopf sich weiter wand und Blut und flüssiges Feuer aus dem Stumpf spritzten. Einige Feenwesen heulten vor Schmerzen auf.

Während Ash sich vor der sprühenden Lava in Sicherheit brachte, rammte ein Troll seinen Speer in das offene Löwenmaul und trieb ihn so weit durch den Schädel, dass er am anderen Ende wieder austrat, und einem Trio von Dunkerwichteln gelang es, den um sich schlagenden Pranken auszuweichen, um sich beißend und stechend auf den Ziegenkopf zu stürzen. Die Chimäre bäumte sich auf, trat noch einmal um sich, brach schließlich in dem Netz aus Ranken zusammen und zuckte nur noch sporadisch. Selbst als sie starb, rissen ihr die Dunkerwichtel weiter das Fleisch vom Körper.

Die Schlacht war vorüber, doch die Zerstörung blieb. Rund um die gesprungene Bühne lagen verkohlte, zerfetzte und verstümmelte Körper wie kaputtes Spielzeug. Schwer verletzte Feen hielten sich mit schmerzverzerrten Gesichtern die verwundeten Körperstellen. Der Gestank nach Blut und verbranntem Fleisch war übermächtig. Mein Magen zog sich zusammen. Ich wandte mich von dem grausigen Anblick ab, kroch zum Rand der Bühne und kotzte in die Rosenbüsche.

»Oberon!«

Der Schrei ließ mir das Blut in den Adern gefrieren. Königin Mab hatte sich erhoben, zeigte mit einem behandschuhten Finger auf den Erlkönig und starrte ihn wutentbrannt an.

»Wie kannst du es wagen!«, rief sie mit rauer Stimme, und ich begann zu zittern, als die Temperatur unter den Gefrierpunkt fiel. Raureif überzog die Zweige und breitete sich auf dem Boden aus. »Wie kannst du es wagen, uns während des Elysiums dieses Monster auf den Hals zu hetzen, wo wir im Namen des gegenseitigen Vertrauens hierhergekommen sind! Du hast unser Abkommen gebrochen, und ich werde nicht über diese Häresie hinwegsehen!«

Oberon blickte nur gequält drein, doch Königin Titania sprang auf. »Das wagst du?«, kreischte sie, und ein Blitz zuckte über den Himmel. »Du wagst es, uns zu unterstellen, wir hätten diese Kreatur herbeigerufen? Ganz offensichtlich war das das Werk des Dunklen Hofes, mit dem Ziel, uns in unserem eigenen Heim zu schwächen!«

Ein Raunen erhob sich unter den Feen, und sie warfen den Vertretern des jeweils anderen Hofes misstrauische Blicke zu, obwohl sie noch vor wenigen Sekunden Seite an Seite gekämpft hatten. Ein Dunkerwichtel, aus dessen Mund noch schwarzes Chimärenblut tropfte, sprang von der Bühne und starrte mich lauernd an. In seinem Blick stand die blanke Gier.

»Ich rieche Mensch«, gackerte er und fuhr sich mit der dunkelroten Zunge über die Zähne. »Ich rieche Jungmädchenblut und süßeres Fleisch als das eines Monsters.«

Ich eilte hastig um die Bühne herum, doch er folgte mir.

»Komm her, kleines Mädchen«, lockte er. »Monsterfleisch ist bitter, nicht so süß wie das von jungen Menschen. Ich will nur mal knabbern. Vielleicht an einem Finger.«

»Verschwinde.« Ash erschien aus dem Nichts und sah mit den dunklen Blutflecken im Gesicht echt gefährlich aus. »Wir stecken auch so schon genug in Schwierigkeiten, auch ohne dass du Oberons Tochter frisst. Verzieh dich!«

Der Dunkerwichtel knurrte und trippelte davon.

Seufzend wandte sich der Feenjunge mir zu und musterte mich von oben bis unten. »Bist du verletzt?«

Ich schüttelte den Kopf. »Du hast mir das Leben gerettet«, murmelte ich. Ich wollte schon »Danke« sagen, verkniff es mir aber, da man im Feenreich so offenbar eingestand, dass man dem anderen etwas schuldete. Plötzlich kam mir ein verstörender Gedanke. »Ich ... ich bin doch jetzt nicht irgendwie an dich gebunden, oder?«, fragte ich ängstlich. Er zog eine Augenbraue hoch, und ich schluckte schwer. »Keine Lebensschuld oder dass ich dich jetzt heiraten muss oder so?«

»Nein, es sei denn, unsere Herrscher haben eine Übereinkunft getroffen, von der wir nichts wissen.« Ash sah über die Schulter zu den sich streitenden Herrschern hinüber. Oberon versuchte Titania zum Schweigen zu bringen, doch die wollte davon nichts wissen und richtete ihren Zorn sowohl gegen ihn als auch gegen Mab. »So wie ich das sehe, sind jetzt aber ohnehin alle geschlossenen Verträge hinfällig. Das bedeutet wahrscheinlich Krieg.«

»Krieg?« Etwas Kaltes streifte meine Wange, und als ich nach oben sah, entdeckte ich Schneeflocken, die durch einen von Blitzen zerrissenen Himmel tanzten. Es war auf unheimliche Weise schön, und ich schauderte. »Was wird dann passieren?«

Ash trat näher. Sanft strich er mir ein paar Strähnen aus dem Gesicht, und die Berührung fuhr wie ein elektrischer Schlag durch meinen ganzen Körper. Sein kühler Atem streifte mein Ohr, als er sich zu mir beugte.

»Ich werde dich töten«, flüsterte er, dann wandte er sich ab, um sich zu seinen Brüdern zu gesellen, die neben der langen Tafel standen. Er blickte nicht zurück.

Benommen und gleichzeitig verängstigt strich ich über die Stelle, wo seine Finger meine Haut berührt hatten.

»Vorsicht, Mensch.« Grimalkin erschien am Rand der Bühne und stand im Schatten der toten Chimäre. »Verliere dein Herz nicht an einen Feenprinzen. Das geht nie gut aus.«

»Wer hat dich denn gefragt?« Ich sah ihn böse an. »Und warum tauchst du eigentlich immer dann auf, wenn du gerade nicht erwünscht bist? Du hast deine Bezahlung doch erhalten. Warum verfolgst du mich immer noch?«

»Du bist amüsant«, schnurrte Grimalkin. Seine goldenen Augen richteten sich kurz auf die zankenden Herrscher und kehrten dann zu mir zurück. »Und von großem Interesse für den König und die Königinnen. Das macht dich in der Tat zu einer wertvollen Spielfigur. Ich frage mich, was du wohl als Nächstes tun wirst, da sich dein Bruder nicht in Oberons Reich befindet.«

Ich sah zu Ash, der mit versteinerter Miene neben seinen Brüdern stand, während der Streit zwischen Mab und Titania weitertobte. Oberon versuchte, beide zu beruhigen, aber mit mäßigem Erfolg.

»Ich muss an den Dunklen Hof«, flüsterte ich, was Grimalkin ein Lächeln entlockte. »Ich muss in Königin Mabs Reich nach Ethan suchen.«

»Das dachte ich mir schon«, schnurrte Grimalkin und sah mich aus zusammengekniffenen Augen an. »Doch du hast keine Ahnung, wo sich der Dunkle Hof befindet, nicht wahr? Mabs Gefolge ist in fliegenden Kutschen hierhergekommen. Wie willst du ihn finden?«

»Vielleicht könnte ich mich in eine der Kutschen schmuggeln. Verkleidet.«

Grimalkin lachte schnaubend. »Wenn die Dunkerwichtel dich nicht aufspüren, werden es die Oger tun. Bis du Tir Na Nog erreichst, wäre nur noch ein Häufchen Knochen von dir übrig.« Er gähnte und leckte sich eine Vorderpfote. »Zu dumm, dass du keinen Führer hast. Jemanden, der den Weg kennt.«

Ich starrte den Kater an, und als ich erkannte, was er damit sagen wollte, stieg langsam Wut in mir auf.

»Du kennst den Weg zum Dunklen Hof«, stellte ich ruhig fest.

Grimalkin rieb sich mit einer Pfote über die Ohren. »Eventuell.«

»Und du würdest mich hinbringen«, fuhr ich fort, »für einen kleinen Gefallen.«

»Nein«, widersprach Grimalkin und sah zu mir auf.

»Es ist nichts ›Kleines‹ daran, sich in das Reich der Dunklen zu wagen. Mein Preis wird gepfeffert sein, Mensch, davon kannst du ausgehen. Du solltest dich also ernsthaft fragen, wie viel dir dein Bruder wert ist.«

Schweigend starrte ich zu der Tafel hinüber, an der die Königinnen noch immer aufeinander losgingen.

»Warum hätte ich das Biest rufen sollen?«, fragte Mab gerade mit einem bösen Blick in Titanias Richtung. »Unter meinen Untertanen hat es schließlich ebenfalls Verluste gegeben. Warum sollte ich ein solches Wesen auf meine eigenen Leute hetzen?«

Titania war der anderen Königin an Verachtung ebenbürtig. »Dir ist es doch völlig egal, wen du umbringst«, erklärte sie mit einem abfälligen Schnauben, »solange du am Ende nur das bekommst, was du willst. Das ist eine gut durchdachte Intrige, um unseren Hof zu schwächen, ohne dass der Verdacht auf dich fällt.«

Mab richtete sich zornig auf, und der Schnee wurde zu Graupel. »Jetzt beschuldigst du mich schon, meine eigenen Untertanen zu ermorden! Ich werde mir das keinen Moment länger anhören! Oberon …« Sie wandte sich zähnefletschend an den Erlkönig. »Finde den Schuldigen!«, zischte sie, und ihre Haare ringelten sich um ihren Kopf wie Schlangen. »Finde ihn und liefere ihn mir aus oder spüre den Zorn des Dunklen Hofes.«

»Verehrte Mab!« Oberon hob beschwichtigend eine Hand. »Überstürze nichts. Dir ist doch sicher bewusst, was das für uns beide bedeuten würde.«

Mabs Gesicht blieb ungerührt. »Ich werde bis zur Sommersonnenwende warten«, verkündete sie mit steinerner Miene. »Falls der Lichte Hof mir bis dahin nicht denjenigen ausliefert, der für diese Gräueltat verantwortlich ist, solltet ihr euch für einen Krieg rüsten.« Sie wandte sich an ihre Söhne, die schweigend ihre Befehle erwarteten. »Schickt nach unseren Heilern«, ordnete sie an. »Sammelt unsere Verletzten und Toten ein. Wir werden noch heute Nacht nach Tir Na Nog zurückkehren.«

»Wenn du eine Entscheidung fällen willst, solltest du es schnell tun«, sagte Grimalkin leise. »Wenn sie erst mal weg sind, wird Oberon dich nicht mehr gehen lassen. Du bist ein zu gutes Pfand, um dich an den Dunklen Hof zu verlieren. Er wird dich auch gegen deinen Willen hier festhalten und dich zur Not sogar einsperren, nur um dich vor Mabs Fängen zu schützen. Nach dieser Nacht wirst du vielleicht keine weitere Möglichkeit zur Flucht bekommen, und dann wirst du deinen Bruder niemals finden.«

Ich beobachtete, wie Ash und seine Brüder in der Menge der Dunklen Feen verschwanden, sah den grimmigen Ausdruck des Erlkönigs und traf meine Entscheidung.

Ich holte tief Luft. »Alles klar, verschwinden wir von hier.«

Grimalkin erhob sich. »Gut, dann gehen wir gleich. Bevor sich das Chaos legt und Oberon sich an dich erinnert.« Er musterte mein elegantes Kleid und rümpfte die Nase. »Ich werde deine Habseligkeiten holen. Warte hier und versuch, keine Aufmerksamkeit zu erregen.« Er zuckte mit dem Schwanz, trat in die Schatten und verschwand.

Ich stand neben der toten Chimäre, sah mich nervös um und versuchte, nicht in Oberons Blickfeld zu geraten.

Da fiel etwas Kleines aus der Mähne des Löwen, funkelte kurz im Licht und traf mit einem leisen Klimpern auf dem Marmorboden auf. Neugierig trat ich näher, behielt aber weiterhin argwöhnisch den riesigen Kadaver und die wenigen Dunkerwichtel im Auge, die immer noch an ihm nagten. Das Ding auf dem Boden funkelte metallisch. Ich kniete mich hin, nahm es und rollte es dann in meiner Hand hin und her.

Es sah aus wie ein kleiner Metallkäfer, war rund und ungefähr so groß wie der Nagel an meinem kleinen Finger. Die dürren Metallbeinchen waren über dem Bauch zusammengezogen, wie Insekten es machten, wenn sie starben. Außerdem war es mit schwarzem Schleim bedeckt – Chimärenblut, wie ich entsetzt erkannte.

Während ich das Ding noch anstarrte, wackelte es plötzlich mit den Beinchen und rollte sich auf meiner Handfläche herum. Kreischend schleuderte ich den Käfer zu Boden, wo er über die Marmorbühne krabbelte, sich in eine Ritze zwängte und verschwand.

Ich war gerade dabei, mir das Chimärenblut von den Händen zu wischen, wobei ich entdeckte, dass es hässliche Flecken auf der Haut hinterließ, als Grimalkin wie aus dem Nichts mit meinem orangefarbenen Rucksack auftauchte.

»Hier entlang«, murmelte der Kater und führte mich vom Hof zu einer Baumgruppe. »Zieh dich um, aber beeil dich«, befahl er mir, als wir in die Schatten unter den Zweigen eintauchten, »wir haben nicht viel Zeit.«

Ich öffnete den Rucksack und ließ meine Sachen herausfallen. Gerade wollte ich das Kleid abstreifen, als ich bemerkte, dass Grimalkin mich immer noch beobachtete. Seine Augen glühten in der Dunkelheit.

»Könnte ich vielleicht etwas Privatsphäre haben?«, fragte ich.

Der Kater fauchte. »Du hast nichts an dir, was für mich von Interesse wäre, Mensch. Beeil dich.«

Stirnrunzelnd legte ich das Kleid ab und zog meine alten, bequemen Klamotten an. Als ich in die Sneakers schlüpfte, fiel mir auf, dass Grimalkin inzwischen den Hof beobachtete. Drei Lichte Ritter kamen über den Rasen in unsere Richtung, und es sah ganz so aus, als würden sie jemanden suchen.

Grimalkin legte die Ohren an. »Du wirst bereits vermisst. Hier entlang!«

Ich folgte dem Kater durch die Schatten, bis wir die Hecke erreichten, die den gesamten Hof umgab. Die Zweige wichen zurück, als wir uns näherten, und gaben eine schmale Lücke in der Hecke frei, gerade groß genug, dass ich mich auf allen vieren hineinquetschen konnte. Grimalkin lief hinein, ohne sich noch einmal umzusehen. Ich zog eine Grimasse, kniete mich hin und folgte dem Kater im Kriechgang, wobei ich meinen Rucksack hinter mir herschleifte.

Der Tunnel war dunkel und gewunden. Während ich versuchte, mich durch das dornige Labyrinth zu schlängeln, stach ich mich mindestens ein Dutzend Mal. Als ich mich durch eine besonders enge Passage zwängte, verfingen sich die Dornen in meinen Haaren und meiner Kleidung und zerkratzten meine Haut, was mich laut fluchen ließ. Grimalkin schaute über die Schulter zurück und beobachtete mit hell glühenden Augen, wie ich mich abmühte.

»Versuche, nicht so viel auf die Dornen zu bluten«, riet er mir, als ich mich in die Handfläche stach und vor Schmerz zischte. »Momentan könnte alles Mögliche hinter uns her sein, und du hinterlässt eine ziemlich leicht zu verfolgende Spur.«

»Klar, ich blute hier ja auch aus reinem Spaß an der Freude alles voll.« Ein Zweig verfing sich in meinen Haaren, und ich löste ihn mit einem schmerzhaften Ruck. »Wie weit noch, bis wir draußen sind?«

»Nicht weit. Wir nehmen eine Abkürzung.«

»Das ist eine Abkürzung? Führt die etwa direkt in Mabs Garten oder was?«

»Nicht ganz.« Grimalkin setzte sich und kratzte sich hinter dem Ohr. »Genauer gesagt führt uns dieser Pfad zurück in deine Welt.«

Ich sah abrupt auf und bohrte mir prompt ein paar Dornen in die Kopfhaut, was mir die Tränen in die Augen trieb. »Was? Ist das dein Ernst?« Erleichterung und Vorfreude überfielen mich. Ich konnte nach Hause! Ich konnte meine Mom sehen, die bestimmt schon ganz krank vor Sorge um mich war. Ich konnte in mein Zimmer gehen und…

Ich unterbrach meinen Gedankenstrom, und der Ballon der Freude platzte so schnell, wie er angeschwollen war. »Nein. Ich kann noch nicht nach Hause«, sagte ich und spürte, wie sich mir die Kehle zuschnürte. »Nicht ohne Ethan.« Entschlossen biss ich mir auf die Lippe und starrte den Kater durchdringend an. »Ich dachte, du bringst mich zum Dunklen Hof, Grim.«

Grimalkin gähnte und zeigte damit, wie sehr ihn das Ganze langweilte. »Das tue ich. Der Dunkle Hof liegt aber wesentlich näher an deiner Welt als das Reich der Lichten. Es geht schneller, wenn wir in die Welt der Sterblichen gehen und uns von dort aus nach Tir Na Nog schleichen.«

»Oh.« Ich dachte einen Moment darüber nach. »Und warum hat Puck mich dann durch den Wilden Wald geführt? Wenn man den Dunklen Hof leichter von meiner Welt aus erreicht, warum haben wir dann nicht diesen Weg benutzt?«

»Wer weiß das schon? Steige – also, die Pfade ins Nimmernie – sind schwer zu finden. Einige wechseln ständig ihre Position. Die meisten führen direkt in den Wilden Wald. Nur sehr wenige bringen einen in die

Territorien der Lichten oder der Dunklen, und die werden von mächtigen Wächtern geschützt. Der Steig, den wir gerade benutzen, ist eine Einbahnstraße. Sobald wir ihn verlassen haben, werden wir ihn nicht wiederfinden können.«

»Gibt es keinen anderen Weg dorthin?«

Grimalkin seufzte. »Es gibt andere Pfade nach Tir Na Nog, doch sie beginnen alle im Wilden Wald. Dann müsstest du dich aber mit den Wesen auseinandersetzen, die dort leben, so wie mit den Kobolden, und das waren nicht einmal die schlimmsten Kreaturen, denen du begegnen kannst. Außerdem werden Oberons Wachen bereits auf der Jagd nach dir sein, und im Wilden Wald werden sie als Erstes suchen. Der schnellste Weg an den Dunklen Hof ist genau der, auf dem ich dich gerade führe. Also, entscheide dich, Mensch. Willst du immer noch dorthin?«

»So, wie es aussieht, habe ich wohl keine andere Wahl, oder?«

»Das sagst du ziemlich oft«, stellte Grimalkin fest, »dabei hat man immer eine Wahl. Und nun würde ich vorschlagen, dass wir aufhören zu plaudern und weitergehen. Wir werden nämlich verfolgt.«

Also suchten wir uns weiter einen Weg durch den Dornentunnel und schoben uns durch die stacheligen Zweige, bis ich jedes Gefühl für Zeit und Ort verloren hatte. Zunächst versuchte ich, den Dornen auszuweichen, die mich zerkratzten, aber als ich immer wieder gestochen und gepikt wurde, gab ich es schließlich auf und machte mir keine Gedanken mehr darum. Seltsamerweise wurde ich von da an wesentlich weniger stark zerkratzt. Nachdem ich mich nicht mehr im totalen Schneckentempo bewegte, führte Grimalkin mich zügig durch die Hecke, und ich folgte ihm, so gut es ging. Hin und wieder entdeckte ich Seitengänge, die in verschiedene Richtungen abzweigten, und erhaschte einen Blick auf schattenhafte Gestalten, die sich durch die dichten Zweige bewegten, aber ich konnte nie etwas Genaues erkennen.

Dann bogen wir um eine Ecke, und plötzlich erhob sich vor uns eine Betonröhre. Es war ein Abflussrohr, denn durch das Loch konnte ich den blauen Himmel sehen. Seltsamerweise schien auf der anderen Seite die Sonne.

»Dahinter beginnt die Welt der Sterblichen«, erklärte mir Grimalkin.

»Denk daran, dass wir nicht mehr auf diesem Weg ins Nimmernie zurückkehren können, wenn wir einmal durchgegangen sind. Wir werden uns einen anderen Steig suchen müssen, wenn wir zurück wollen.«

»Weiß ich doch«, erwiderte ich.

Grimalkin starrte mich lange durchdringend an, bis ich anfing, mich unwohl zu fühlen. »Also, denk immer daran, Mensch – du warst im Nimmernie. Der Schein, der deine Augen getrübt hat, ist verschwunden. Andere Sterbliche werden an dir zwar nichts Seltsames bemerken, dir werden die Dinge nun allerdings etwas … anders erscheinen. Also versuch, nicht überzureagieren.«

»Anders? Wie denn?«

Grimalkin lächelte. »Du wirst schon sehen.«

Wir tauchten aus dem Kanal auf und in die Geräuschkulisse der Autos und des Straßenverkehrs ein, was nach so langer Zeit in der Wildnis irgendwie ein Schock war. Wir befanden uns offenbar in einem Stadtzentrum, denn um uns herum ragten überall Gebäude auf. Über dem Kanal befand sich ein Bürgersteig, daneben verstopfte der Berufsverkehr die Straßen, und die Leute schoben sich aneinander vorbei, ganz in ihre eigenen kleinen Welten versunken. Niemand schien zu bemerken, wie eine Katze und ein gammeliger, blutender Teenager aus einem Gully krochen.

»Okay.« Trotz meiner Sorgen war es berauschend, wieder in meiner eigenen vertrauten Welt zu sein, und die riesigen gläsernen Gebäude, die über uns aufragten, raubten mir fast den Atem. Es war hier unangenehm kalt, und schmutziger Schneematsch bedeckte die Bürgersteige. Ich legte den Kopf in den Nacken und sah an den Wolkenkratzern empor, doch dann schien es, als würden sie sich dem Himmel zuneigen, und mir wurde schwindelig. In meiner Kleinstadt in Louisiana gab es so etwas nicht. »Wo sind wir?«

»Detroit.« Grimalkin beobachtete aus halb geschlossenen Augen die Szenerie und die Leute, die an uns vorbeiliefen. »Einen Moment noch. Es ist schon eine Weile her, dass ich das letzte Mal hier war. Lass mich nachdenken.«

»Detroit in *Michigan?*«

»Ruhe.«

Während er nachdachte, löste sich eine große Gestalt in einem abgerissenen roten Kapuzenpulli aus der Menge, schlurfte auf uns zu und umklammerte dabei eine Flasche in einer Papiertüte. Für mich sah der Typ aus wie ein Obdachloser, auch wenn ich noch nie einen gesehen hatte. Ich war nicht *allzu* sehr beunruhigt; wir befanden uns auf einer belebten Straße mit vielen Zeugen, die meine Schreie hören würden, sollte er auf dumme Gedanken kommen. Wahrscheinlich würde er mich nur um etwas Kleingeld oder eine Zigarette bitten und dann weitergehen.

Aber als er näher kam und den Kopf hob, sah ich sein faltiges, von einem Bart überwuchertes Gesicht, aus dessen Mund zwei gewaltige gebogene Fangzähne ragten. Seine gelben Augen, die im Schatten der Kapuze lagen, hatten senkrechte Pupillen wie die einer Katze. Als der Fremde mit gierigem Blick auf mich zutrat, zuckte ich heftig zusammen. Sein Gestank hätte mich fast umgehauen: eine Mischung aus Aas, verfaulten Eiern und in der Sonne verrottendem Fisch. Ich würgte und wäre fast mein Frühstück wieder losgeworden.

»Hübsches Mädchen«, knurrte der Fremde und streckte eine Klaue nach mir aus. »Du kommst von *dort,* nicht wahr? Schick mich zurück. Schick mich zurück!«

Ich wich zurück, aber da sprang Grimalkin schon zwischen uns und reckte seinen aufgeplusterten Schwanz in die Höhe. Sein heulendes Fauchen ließ den Mann innehalten, und die Augen des Penners weiteten sich entsetzt. Mit einem gurgelnden Schrei drehte er sich um und rannte weg, wobei er einige Leute zur Seite stieß. Die Leute fluchten, sahen sich suchend um und warfen einander wütende Blicke zu, schienen aber den fliehenden Penner nicht zu bemerken.

»Was war das?«, fragte ich Grimalkin.

»Ein Norrgen.« Der Kater seufzte. »Widerliche Dinger. Haben panische Angst vor Katzen, ist das zu fassen? Wahrscheinlich wurde er irgendwann aus dem Nimmernie verbannt. Das würde auch seine an dich gerichteten Worte erklären, dass du ihn zurückschicken sollst.«

Ich sah mich nach dem Norrgen um, doch er war bereits in der Menge verschwunden. »Sind alle Feenwesen, die sich in der Menschenwelt aufhalten, Verbannte?«, wollte ich wissen.

»Natürlich nicht.« Grimalkin sah mich verächtlich an, was niemand besser konnte als eine Katze. »Viele sind freiwillig hier und pendeln, wie sie wollen, zwischen dem Nimmernie und dieser Welt, solange sie einen Steig finden. Manche, wie Heinzelmännchen oder Schwarze Männer, geistern auch für immer in ein und demselben Haus herum. Andere passen sich der menschlichen Gesellschaft an, tun so, als wären sie Sterbliche, und ernähren sich von Träumen, Emotionen und Talent. Einige haben sogar besonders außergewöhnliche Sterbliche geheiratet, obwohl ihre Kinder von der Feengesellschaft nicht anerkannt werden und der Feenelternteil sich oft zurückzieht, wenn es schwierig wird. Natürlich gibt es auch solche, die tatsächlich in die Welt der Sterblichen verbannt wurden. Sie versuchen, so gut wie möglich zurechtzukommen, aber wenn sie so lange Zeit in der Menschenwelt bleiben, geschehen seltsame Dinge mit ihnen. Vielleicht ist es das ganze Eisen und die Technik, die sich so fatal auf ihre Existenz auswirkt. Nach und nach verlieren sie sich, Stück für Stück, bis sie nur noch ein Schatten ihrer selbst sind, leere Hüllen, die durch den Schein dazu gebracht werden, real auszusehen. Und letzten Endes hören sie ganz auf zu existieren.«

Ängstlich sah ich Grimalkin an. »Kann dir das auch passieren? Oder mir?« Ich musste an meinen iPod denken und wie Tansy entsetzt davor zurückgewichen war.

Plötzlich fiel mir auch wieder ein, dass Robbie mysteriöserweise immer im Computerkurs gefehlt hatte. Und ich hatte gedacht, er würde einfach nicht gern tippen. Ich hatte ja keine Ahnung gehabt, dass es tödlich für ihn gewesen wäre.

Grimalkin schien nicht beunruhigt zu sein. »Wenn ich lange genug hierbleibe, vielleicht. Eventuell in zwanzig oder dreißig Jahren. Allerdings habe ich definitiv nicht vor, so lange zu bleiben. Und was dich angeht, bist du doch halb menschlich. Dein sterbliches Blut schützt dich vor Eisen und den banalen Auswirkungen eurer Wissenschaft und Technik. Ich würde mir also keine allzu großen Sorgen machen, wenn ich du wäre.«

»Was ist falsch an Wissenschaft und Technik?«

Grimalkin rollte genervt mit den Augen. »Wenn ich gewusst hätte, dass das hier eine Geschichtsstunde wird, hätte ich mir ein besseres

Klassenzimmer ausgesucht als eine Straße mitten in der Innenstadt.« Er schlug mit seinem Schwanz und setzte sich. »Du wirst auf einer Wissenschaftsmesse niemals ein Feenwesen finden. Warum nicht? Weil es in der Wissenschaft nur darum geht, Theorien zu beweisen und das Universum zu entschlüsseln. Die Wissenschaft packt alles in saubere, logische, gut erklärbare kleine Päckchen. Doch die Feen sind magisch, unberechenbar, unlogisch und unerklärlich. Die Wissenschaft kann die Existenz von Feen nicht beweisen, also existieren wir logischerweise nicht. Diese Art von Unglaube ist tödlich für Feen.«

»Und was ist mit Robbie ... äh ... Puck?«, fragte ich, ohne zu wissen, warum ich gerade jetzt an ihn denken musste. »Wie konnte er so nah bei mir sein, zur Schule gehen und alles, mit dem ganzen Eisen um uns herum?«

Grimalkin gähnte wieder. »Robin Goodfellow ist ein sehr altes Feenwesen«, erklärte er, und es fiel mir echt schwer, auf diese Weise an ihn zu denken. »Hinzu kommt, dass es Balladen, Gedichte und Geschichten über ihn gibt, sodass er fast unsterblich ist, solange die Menschen diese Geschichten nicht vergessen. Das soll nicht heißen, dass er immun gegen Eisen und Technik ist – ganz im Gegenteil. Puck ist stark, aber nicht einmal er kann den Auswirkungen standhalten.«

»Es würde ihn umbringen?«

»Langsam, im Laufe der Zeit.« Grimalkin sah mich ernst an. »Das Nimmernie stirbt, Mensch. Es schrumpft mit jedem Jahrzehnt, das vergeht, immer mehr und mehr. Zu viel Fortschritt, zu viel Technologie. Die Sterblichen glauben an nichts anderes mehr als an die Wissenschaft. Selbst die Menschenkinder werden vom Fortschritt verzehrt. Sie verachten die alten Geschichten und werden nur von den neuesten Spielzeugen, Computern und Videospielen angezogen. Sie glauben nicht mehr an Monster und Magie. Während die Städte immer größer werden und die Technologie die Welt an sich reißt, schwinden Glaube und Vorstellungskraft, und ebenso schwinden wir.«

»Was können wir tun, um das aufzuhalten?«, flüsterte ich.

»Nichts.« Grimalkin hob eine Hinterpfote und kratzte sich hinterm Ohr. »Vielleicht hält das Nimmernie durch bis zum Ende der Welt. Vielleicht ist es schon in wenigen Jahrhunderten verschwunden. Alles stirbt irgendwann einmal, Mensch. So, und wenn du nun fertig bist mit deiner Fragestunde, sollten wir endlich weitergehen.«

»Aber wenn das Nimmernie stirbt, verschwindest du dann nicht auch?«

»Ich bin eine Katze«, erwiderte Grimalkin, als würde das alles erklären.

Ich folgte Grimalkin den Gehsteig entlang, während die Sonne sich dem Horizont näherte und nach und nach die Straßenlaternen angingen.

Überall sah ich Feenwesen; sie gingen an uns vorbei, drückten sich in dunklen Gassen herum, schlichen über die Hausdächer oder sprangen über Stromleitungen. Ich fragte mich, wie ich früher so blind hatte sein können. Und ich erinnerte mich an das Gespräch mit Robbie, das wir vor so langer Zeit – mir schien es schon ein ganzes Leben her zu sein – in unserem Wohnzimmer geführt hatten. *Wenn du einmal anfängst, die Dinge zu sehen, wirst du nicht wieder aufhören können. Du weißt doch, was man sagt – Unwissenheit ist ein Segen, richtig?*

Hätte ich damals nur auf ihn gehört.

Grimalkin führte mich durch einige weitere Straßen, dann blieb er plötzlich stehen. Auf der anderen Straßenseite befand sich eine zweistöckige Disco, deren pinke und blaue Neonschrift grell leuchtete. Laut dem Schild hieß sie *Blue Chaos*. Junge Männer und Frauen standen vor dem Klub Schlange, und das bunte Licht funkelte auf Ohrringen, Piercings und gebleichten Haaren. Die Musik dröhnte durch die Wände bis nach draußen.

»Da wären wir«, verkündete Grimalkin selbstzufrieden. »Die Energie rund um einen Steig verändert sich nie, auch wenn es hier bei meinem letzten Besuch etwas anders aussah.«

»Diese Disco ist das Steigending?«

»Er befindet sich *in* der Disco«, korrigierte mich Grimalkin mit demonstrativ zur Schau gestellter Geduld.

»Da komme ich doch nie rein«, erklärte ich dem Kater mit einem Blick auf den Klub. »Die Schlange ist vielleicht einen Kilometer lang, und ich glaube nicht, dass die besonders auf Minderjährige stehen. Ich werde es nicht mal bis zur Eingangstür schaffen.«

»Man sollte meinen, dein Puck hätte dir mehr beigebracht.« Seufzend verschwand Grimalkin in einer Gasse.

Verwirrt folgte ich ihm, wobei ich mich fragte, ob wir jetzt vielleicht auf einem anderen Weg reingingen.

Doch Grimalkin sprang nur auf einen überquellenden Müllcontainer und sah mich fest an. Seine Augen wirkten in der Dunkelheit wie zwei schwebende gelbe Leuchtkugeln. »Also«, begann er und zuckte mit dem Schwanz, »hör mir jetzt gut zu, Mensch. Du bist zur Hälfte Fee.

Und was noch wichtiger ist, du bist Oberons Tochter. Also wird es höchste Zeit, dass du dir Zugang zu der Macht verschaffst, wegen der sich alle so aufregen.«

»Ich habe keine ...«

»Natürlich hast du die.« Grimalkin kniff die Augen zusammen. »Du stinkst geradezu nach Macht. Deswegen reagieren die Feen ja auch so stark auf dich. Du weißt nur nicht, wie du sie nutzen kannst. Nun, ich werde es dir beibringen, weil das leichter sein wird, als wenn ich dich in den Klub schmuggele. Bist du bereit?«

»Keine Ahnung.«

»Das reicht. Zunächst ...«, Grimalkins Augen verschwanden, »... schließe deine Augen.«

Mit einem ziemlich flauen Gefühl im Magen folgte ich seiner Anweisung.

»Jetzt strecke deine Sinne aus und spüre den Schein um dich herum. Wir befinden uns sehr nahe am Klub, deshalb ist durch die geballten Emotionen dort drin mehr als genug Schein vorhanden. Der Schein ist die Quelle unserer Macht. Mit seiner Hilfe können wir unsere Gestalt wechseln, andere in den Tod singen und für die Menschen unsichtbar sein. Kannst du ihn spüren?«

»Keine Ah ...«

»Hör auf zu reden und *fühle*.«

Ich versuchte es, auch wenn ich keine Ahnung hatte, was ich fühlen sollte. Das Einzige, was ich spürte, war Unwohlsein und Angst, und diese Gefühle kamen eindeutig von mir selbst.

Dann schien hinter meinen Augen plötzlich Licht zu explodieren, und ich *spürte* es.

Es war, als hätten die Emotionen Farben bekommen: orangefarbene Leidenschaft, tiefrote Lust, grellrote Wut, blauer Kummer. In meinem Geist tanzte ein wirbelnder hypnotischer Reigen von Empfindungen. Ich keuchte und hörte ein befriedigtes Schnurren von Grimalkin.

»Ja, das ist der Schein. Die Träume und Emotionen der Sterblichen. Jetzt öffne die Augen. Wir werden mit der einfachsten Feenmagie beginnen, der Fähigkeit, aus der Sicht der Menschen zu verschwinden, also unsichtbar zu werden.«

Ich war zwar immer noch wie erschlagen von dem Gefühlssturm, aber ich nickte. »Alles klar, unsichtbar werden. Klingt einfach.«

Grimalkin starrte mich finster an. »Wenn du so denkst, wird dein Unglaube dich behindern, Mensch. Wenn du glaubst, dass es unmöglich ist, wird es das auch *sein*.«

»Okay, okay, tut mir leid.« Ich hob beschwichtigend die Hände. »Also, was muss ich tun?«

»Rufe den Schein in deinen Geist.« Der Kater schloss die Augen zur Hälfte. »Stelle dir vor, er wäre ein Mantel, der dich vollständig einhüllt. Du kannst den Schein so formen, dass er jede Gestalt annimmt, die du wünschst, auch eine leere Stelle, an der nichts ist. Während du dir den Schein überstreifst, musst du daran glauben, dass dich niemand sehen kann. Ungefähr so.«

Die Augen verschwanden und mit ihnen der gesamte Rest des Katers. Obwohl ich wusste, dass Grimalkin das konnte, war es trotzdem ein unheimlicher Anblick, wie er sich direkt vor meinen Augen in Luft auflöste.

»So.« Die Augen erschienen wieder, gefolgt vom Katzenkörper. »Jetzt bist du dran. Wenn du daran glaubst, unsichtbar zu sein, gehen wir.«

»Was? Kriege ich keinen Probedurchgang oder so was?«

»Alles, was man braucht, ist Glaube, Mensch. Wenn du beim ersten Versuch nicht glaubst, unsichtbar zu sein, wird es danach nur noch schwieriger. Lass uns gehen. Und denke daran: keine Zweifel.«

»Genau. Keine Zweifel.« Ich holte tief Luft, schloss die Augen und rief den Schein herbei. Dann stellte ich mir vor, wie ich langsam verschwand, mir einen wirbelnden Umhang aus Licht und Luft um die Schultern legte und die Kapuze aufsetzte. *Niemand kann mich sehen,* dachte ich und versuchte, mir nicht allzu dämlich vorzukommen. *Ich bin jetzt unsichtbar.*

Ich öffnete die Augen und sah hinunter auf meine Hände.

Sie waren noch da.

Als ich enttäuscht aufschaute, schüttelte Grimalkin nur den Kopf. »Ich werde die Menschen nie verstehen«, murmelte er. »Nach allem, was du erlebt hast – Magie, Feen, Monster und Wunder –, konntest du immer noch nicht glauben, dass du unsichtbar werden kannst.« Mit einem tiefen Seufzer sprang er von dem Müllcontainer. »Nun gut. Ich schätze, dann muss *ich* uns wohl reinbringen.«

Das Blue Chaos

Wir standen fast eine Stunde lang in der Schlange.

»All das wäre vermeidbar gewesen, wenn du einfach getan hättest, was ich dir gesagt habe«, zischte Grimalkin zum ungefähr hundertsten Mal. Dabei grub er seine Krallen in meinen Arm, und ich musste mich schwer zurückhalten, ihn nicht wie einen Fußball mit einem Tritt über den Zaun zu befördern.

»Halt die Luft an, Grim. Ich habe es ja versucht! Also, vergiss es endlich.« Ich ignorierte die seltsamen Blicke, die ich von den Umstehenden kassierte, während sie zuhörten, wie das verrückte Mädchen mit sich selbst sprach. Ich hatte keine Ahnung, was sie sahen, wenn sie Grim anschauten, aber es war bestimmt keine lebendige, sprechende Katze. Übrigens auch eine ziemlich schwere.

»Ein simpler Unsichtbarkeitszauber. Es gibt nichts Einfacheres. Selbst Kätzchen beherrschen den schon, noch bevor sie laufen können.«

Gern hätte ich etwas erwidert, aber wir näherten uns dem Türsteher, der den Eingang zum Blue Chaos bewachte. Der muskulöse, breitschultrige Schwarze überprüfte die Ausweise des Pärchens vor uns und winkte sie dann durch. Grim krallte mich in den Arm, damit ich vortrat.

Kalte schwarze Augen musterten mich von oben bis unten. »Wohl eher nicht, Süße«, sagte der Türsteher und ließ seinen Bizeps spielen.

»Warum drehst du nicht einfach um und verschwindest? Du musst morgen bestimmt in die Schule.«

Mein Mund war völlig ausgetrocknet, doch Grim meldete sich mit leiser, schmeichelnder Stimme zu Wort: »Du siehst mich nicht richtig an«, schnurrte er, obwohl der Türsteher ihn überhaupt keines Blickes würdigte. »Ich bin viel älter, als ich aussehe.«

»Ach ja?« Er schien nicht überzeugt zu sein, aber wenigstens packte er mich nicht gleich am Kragen und stieß mich auf die Straße. »Dann zeig mir doch mal deinen Ausweis.«

»Natürlich.« Grim krallte mich wieder, und ich verlagerte sein Gewicht auf einen Arm, damit ich dem Türsteher meinen Videothekenausweis geben konnte. Er nahm ihn, und während er ihn misstrauisch prüfte, drehte sich mir fast der Magen um, und in meinem Nacken bildeten sich Schweißperlen. Grimalkin schnurrte völlig ungerührt auf meinem Arm, und schließlich gab mir der Türsteher den Ausweis mit einem widerwilligen Blick zurück.

»Also schön, dann geh rein.« Er winkte mit seiner massigen Hand, und wir hatten es geschafft.

Drinnen herrschte tatsächlich *Chaos.* Ich war noch nie in einer Disco gewesen, und für einen Moment war ich völlig benommen von den Lichtern und dem Lärm. Der Dampf von Trockeneis wirbelte über den Boden und erinnerte mich an den Nebel, der durch den Wilden Wald zog. Bunte Lichter verwandelten die Tanzfläche in ein schrilles Märchenland aus Pink, Blau und Gold. Musik dröhnte in meinen Ohren; ich spürte die Vibrationen in der Brust und fragte mich, wie bei diesem Lärm irgendeine Art von Kommunikation möglich sein sollte.

Auf der Tanzfläche wirbelten, drehten und wiegten sich Tänzer, hüpften im Rhythmus der Musik herum und versprühten dabei Schweiß und Energie. Einige tanzten allein, andere bildeten Paare, die nicht die Finger voneinander lassen konnten, sodass ihre Energie in Leidenschaft umschlug.

Und mitten unter ihnen tanzten und wirbelten Feen, rekelten sich ekstatisch und sogen den ausströmenden Schein in sich auf.

Ich sah Feen in Lederjeans und funkelnden, engen, halb zerfetzten Outfits, Welten entfernt von den mittelalterlichen Roben des Sommerhofes. Ein Mädchen mit Vogelkrallen und Federhaaren flatterte durch die Menge, ritzte den Tänzern die Haut und leckte ihr Blut. Ein dürrer Junge, dessen Arme mit drei Gelenken ausgestattet waren, schlang diese um ein tanzendes Paar und krallte seine langen Finger in ihre Haare. Zwei Mädchen mit Fuchsohren hatten einen Sterblichen zwischen sich genommen und pressten ihre Körper an ihn, während sie miteinander tanzten. Der Mensch hatte entzückt den Kopf zurückgeworfen und bemerkte nicht, wie ihre Hände über seinen Hintern und zwischen seine Beine wanderten.

Grimalkin wand sich und sprang von meinem Arm. Dann trottete er in den hinteren Teil des Klubs, wobei sein hochgereckter Schwanz aus dem künstlichen Dampf ragte wie ein flauschiges Periskop, das durch einen Ozean aus Nebel navigierte. Ich folgte ihm und versuchte die überirdischen Tänzer, die zwischen den Menschen herumwirbelten, nicht zu sehr anzustarren.

Neben der Bar gab es eine kleine Tür, die mit dem Schild »Zutritt nur für Personal« versehen war. Ich bemerkte den Schein, der sie umgab und es schwierig machte, die Tür anzusehen. Immer wieder rutschte mein Blick von ihr ab. Möglichst lässig ging ich auf die Tür zu, doch bevor ich ihr zu nahe kommen konnte, tauchte der Barkeeper hinter der Theke auf und kniff die Augen zusammen.

»Das willst du nicht tun, Süße«, warnte er mich. Seine dunklen Haare waren zu einem Pferdeschwanz zusammengebunden, und auf seiner Stirn kringelten sich zwei Hörner. Während er ans Ende der Bar ging, hörte ich Hufe über den Holzboden klappern. »Warum kommst du nicht hier rüber und ich mixe dir was Schönes? Geht aufs Haus, wie wär's?«

Grimalkin sprang auf einen Barhocker und stützte die Vorderpfoten auf die Theke. Der Mensch auf dem Hocker neben ihm schlürfte seinen Drink, als wäre nichts passiert.

»Wir sind auf der Suche nach Shard«, sagte Grim, als der Barkeeper sich von mir abwandte, um ihm einen irritierten Blick zuzuwerfen.

»Shard hat zu tun«, erklärte der Satyr, doch er wich dabei Grims Blick aus und begann, geschäftig die Theke abzuwischen. Grim starrte ihn unverwandt weiter an, bis der Satyr wieder aufschaute. »Ich habe doch gesagt, sie ist beschäftigt. Und jetzt verpiss dich besser, bevor ich den Dunkerwichteln sage, sie sollen dich in eine Flasche stopfen!«

»So redet man doch nicht mit Gästen, David«, hauchte eine kühle weibliche Stimme hinter mir und ließ mich zusammenzucken. »Insbesondere, wenn einer ein alter Freund ist.«

Die Frau hinter uns war klein, schlank und blass und hatte neonblaue Lippen, die zu einem boshaften Lächeln verzogen waren. Ihre zu Stacheln geformten Haare, die wild von ihrem Kopf abstanden, waren blau, grün und weiß gefärbt, sodass es aussah, als würden ihr Eiszapfen aus der Kopfhaut wachsen. Sie trug eine enge Lederhose, ein bauchfreies Top, das gerade so ihren Busen bedeckte, und an ihrem einen Oberschenkel einen Dolch. In ihrem Gesicht funkelten unzählige Piercings aus Silber oder Gold: an den Augenbrauen, der Nase, den Lippen, den Wangen. An ihren langen, spitzen Ohren glitzerten Ringe, Stecker und Stäbe, und zwar genug davon, um jeden Metalfan vor Neid erblassen zu lassen. Ihr Bauchnabel war von einem Silberstab durchstochen, an dem ein winziger Anhänger in Form eines Drachen hing.

»Hallo, Grimalkin«, fuhr die Frau in schicksalsergebenem Ton fort. »Ist schon eine Weile her, oder? Was führt dich in meinen bescheidenen Klub? Und noch dazu mit dem Welpen vom Sommerhof im Schlepptau.« Ihre mal blau, mal grün schimmernden Augen musterten mich neugierig.

»Wir brauchen eine Passage nach Tir Na Nog«, erklärte Grimalkin, ohne zu zögern. »Wenn möglich, noch heute Nacht.«

»Sonst noch was?« Shard grinste und bedeutete uns, uns in einer Sitzgruppe in der Ecke niederzulassen. Sobald wir alle saßen, lehnte sie sich zurück und schnippte mit den Fingern. Ein schlaksiger, hoch aufgeschossener Mensch löste sich aus den Schatten und trat neben sie. Das Gesicht des Mannes glühte vor Bewunderung.

»Einen Appletini«, befahl sie. »Wenn du was verschüttest, verbringst du den Rest deiner Tage als Kakerlake. Wollt ihr zwei auch etwas?«

»Nein«, erklärte Grimalkin entschieden.

Ich schüttelte nur den Kopf.

Der Mensch schlich davon. Shard lehnte sich vor, und ihre blauen

Lippen verzogen sich zu einem Lächeln. »Also, eine Passage ins Reich des Winters. Ihr wollt meinen Steig benutzen, ist das korrekt?«

»Es ist nicht dein Steig«, entgegnete Grimalkin und klopfte mit dem Schwanz auf das Sitzkissen.

»Aber er befindet sich unter *meiner* Disco«, erklärte Shard, »und die Winterkönigin wird nicht erfreut sein, wenn ich den Sommerwelpen unangekündigt in ihr Reich lasse. Schau mich nicht so an, Grim. Ich bin nicht blöd. Ich erkenne die Tochter des Erlkönigs, wenn ich sie sehe. Bleibt also die Frage, was springt für mich dabei raus?«

»Eine Gefälligkeit wird eingelöst«, Grimalkin sah sie aus schmalen Augen an, »deine Schuld bei mir beglichen.«

»Was dich angeht, ist das ja gut und schön«, meinte Shard und musterte mich anzüglich, »aber was ist mit ihr? Was kann sie mir anbieten?«

Ich schluckte. »Was willst du?«, fragte ich, bevor Grimalkin etwas erwidern konnte. Der Kater warf mir einen verärgerten Blick zu, doch ich ignorierte ihn. Wenn schon jemand um mein Schicksal feilschen musste, dann würde ich das sein. Ich wollte auf keinen Fall, dass Grimalkin dieser Frau ohne meine Zustimmung mein Erstgeborenes versprach.

Shard lehnte sich zurück und schlug lächelnd die Beine übereinander. Der schlaksige Mann erschien mit ihrem Drink, einer grünen Flüssigkeit mit einem Schirmchen darin, und sie nippte in aller Ruhe daran, ohne mich dabei aus den Augen zu lassen.

»Hm, das ist eine gute Frage«, murmelte Shard und ließ nachdenklich ihren Appletini im Glas kreisen. »Was will ich von dir? Es muss ja schrecklich wichtig für dich sein, in Mabs Reich zu gelangen. Was wäre es dir denn wert?« Sie nahm noch einen Schluck und schien dabei völlig in Gedanken versunken zu sein. »Wie wäre es mit ... deinem Namen?«, bot sie mir schließlich an.

Ich blinzelte verwirrt. »Meinem ... meinem Namen?«

»Genau.« Shard schenkte mir ein entwaffnendes Lächeln. »Das ist nicht viel. Versprich mir einfach, dass ich deinen Namen, deinen *Wahren* Namen, benutzen darf, dann sind wir quitt, okay?«

»Das Mädchen ist noch jung, Shard«, wandte Grimalkin ein, der uns aus zusammengekniffenen Augen beobachtete. »Vielleicht kennt sie ihre wahre Bezeichnung noch gar nicht.«

»Das ist schon okay.« Shard lächelte mich immer noch an. »Gib mir einfach den Namen, den du jetzt trägst, und wir sehen, was sich damit anfangen lässt. Ich bin mir sicher, dass ich *irgendeine* Verwendung dafür finden werde.«

»Nein«, erwiderte ich. »Keine Chance, du kriegst meinen Namen nicht.«

»Na schön.« Mit einem Schulterzucken hob Shard ihr Glas erneut an die Lippen. »Dann wirst du wohl einen anderen Weg in Mabs Reich finden müssen.« Sie rutschte ans Ende der Couch. »War mir ein Vergnügen. Und jetzt entschuldigt mich bitte, ich muss hier einen Klub leiten.«

»Warte!«, platzte ich heraus.

Shard zögerte. Sie sah mich aufmerksam an.

»Also gut«, flüsterte ich. »Gut, ich werde dir einen Namen geben. Und danach öffnest du uns den Steig, ja?«

Die Fee zeigte breit grinsend ihre Zähne. »Natürlich.«

»Bist du sicher, dass du das tun willst?«, fragte Grimalkin leise. »Ist dir klar, was passiert, wenn du einem Feenwesen deinen Namen überlässt?«

Ich beachtete ihn nicht. »Schwöre es«, forderte ich von Shard. »Schwöre, dass du den Steig öffnen wirst, sobald ich dir den Namen gegeben habe. Sag es.«

Das Grinsen der Fee wurde boshaft. »Nicht so dumm, wie es zunächst den Anschein hatte«, murmelte sie und zuckte dann mit den Schultern. »Na schön. Ich, Shard, Hüterin des Chaossteigs, schwöre, den Pfad zu öffnen, sobald ich meine Bezahlung in Form eines einzelnen Namens erhalten habe, von der betreffenden Partei ausgesprochen.« Sie unterbrach sich und grinste mich breit an. »Reicht das?«

Ich nickte.

»Schön.« Shard leckte sich über die Lippen, und auf einmal stand ein unmenschliches, gieriges Funkeln in ihren Augen. »Jetzt gib mir den Namen.«

»Alles klar.« Ich holte tief Luft, während mein Magen zu rebellieren begann. »Fred Feuerstein.«

Shard starrte mich an. »Was?« Einen wundervollen Moment lang war sie völlig fassungslos. »Das ist nicht dein Name, Halbblut. Das entspricht nicht unserer Abmachung.«

Mein Herz raste. »Doch, tut es«, erklärte ich mit fester Stimme. »Ich habe versprochen, dir *einen* Namen zu geben, nicht *meinen* Namen. Damit habe ich meinen Teil des Vertrags erfüllt. Du hast deinen Namen. Jetzt bring uns zu dem Steig.«

Grimalkin neben mir begann zu niesen, ein jäher Ausbruch von kätzischem Gelächter. Shards Gesicht blieb noch einen Moment starr, dann verzerrte es sich vor kalter Wut, und ihre Augen wurden tiefschwarz. Die Haare sträubten sich ihr. Das Glas in ihrer Hand überzog sich mit Eis, bevor es in Millionen funkelnder Scherben zersprang.

»Du.« Ihr kalter, Furcht einflößender Blick durchbohrte mich. Ich kämpfte gegen den Drang an, einfach schreiend aus dem Klub zu rennen. »Diese Unverschämtheit wird dir noch leidtun, du Missgeburt. Das werde ich dir nicht vergessen. Ich werde dafür sorgen, dass du mich um Gnade anflehst, bis deine Kehle wund ist.«

Mit zitternden Knien stand ich auf und sah ihr ins Gesicht. »Aber nicht, bevor du uns zu dem Steig geführt hast.«

Grimalkin hörte auf zu lachen und sprang auf den Tisch. »Du wurdest reingelegt, Shard«, erklärte er, immer noch vergnügt. »Schreib die Verluste ab und versuch es ein andermal wieder. Wir müssen jetzt gehen.«

Die Augen der Fee schimmerten immer noch schwarz. Sie rang sichtlich um Fassung. »Na gut«, sagte sie schließlich möglichst würdevoll. »Ich werde meinen Teil des Handels erfüllen. Wartet hier. Ich sage David Bescheid, dass ich kurz weg bin.«

Sie stiefelte mit hocherhobenem Kinn davon, wobei ihre Stachelhaare zitterten wie Eiszapfen bei einem Erdbeben.

»Sehr clever«, lobte Grimalkin leise, während die Fee zur Bar marschierte. »Shard war schon immer zu unbesonnen, hat sich nie die Zeit genommen, auf wichtige Details zu achten. Sie glaubt, sie sei äußerst gerissen. Trotzdem ist es nie klug, eine Fee aus dem Wintervolk zu verärgern. Es könnte sein, dass du euren kleinen Schlagabtausch noch bereust, bevor das alles hier vorüber ist. Feen vergessen niemals eine Kränkung.«

Ich beobachtete schweigend, wie Shard sich über die Theke lehnte und dem Satyr etwas ins Ohr flüsterte. David sah zu mir herüber, die

Augen zu Schlitzen verengt, bevor er kurz nickte und dann weiter die Theke abwischte.

Shard kam zu uns zurück. Ihre Augen hatten wieder ihre normale Farbe, auch wenn sie mich mit kühler Abneigung musterten. »Hier entlang«, verkündete sie frostig und führte uns zu der »Nur für Personal«-Tür an der hinteren Wand.

Wir folgten ihr fünf oder sechs Treppen hinunter und blieben dann vor einer weiteren Tür stehen, auf die in grellroter Farbe »Gefahr! Kein Zutritt!« geschrieben worden war. Shard drehte sich mit einem bösartigen Lächeln zu mir um.

»Kümmert euch nicht um Grumly. Er ist unser letztes Bollwerk gegen alle, die ihre Nase in Sachen stecken, die sie nichts angehen. Hin und wieder hält sich ein Puca oder ein Dunkerwichtel für besonders clever und schleicht sich an David vorbei, um zu sehen, was hier unten ist. Das kann ich natürlich nicht zulassen. Also benutze ich Grumly, um sie davon abzubringen.« Sie kicherte. »Manchmal verirrt sich auch ein Sterblicher hier herunter. Das ist immer Spitzenunterhaltung. Senkt auch seine Futterkosten.« Sie schenkte mir noch ein messerscharfes Lächeln, dann drückte sie die Tür auf.

Der Gestank traf mich wie ein Vorschlaghammer, eine widerliche Mischung aus Verwesung, Schweiß und Exkrementen. Würgend wich ich zurück. Der Steinboden war mit Knochen übersät, einige menschlich, andere definitiv nicht. Dreckiges Stroh lag in einer Ecke direkt neben einer Tür in der gegenüberliegenden Wand. Ich wusste, dass das der Eingang zum Reich der Dunklen war, doch ihn zu erreichen würde eine echte Herausforderung sein.

An einem Eisenring im Boden hing eine Kette, an deren Ende das baumstammartige Bein des größten Ogers gefesselt war, den ich je gesehen hatte. Seine Haut hatte die Farbe eines frischen Blutergusses, und aus seinem Unterkiefer ragten vier gebogene gelbliche Hauer hervor. Sein Körper war riesig, und unter der fleckigen Haut wölbten sich mächtige Muskeln und Sehnen. Die dicken Finger endeten in geschwungenen schwarzen Krallen.

Um den Hals trug er noch einen schweren Ring, unter dem seine Haut wund und aufgescheuert war. Alte Narben zeigten, wo er versucht hatte, sich das Ding abzureißen. Es dauerte einen Moment, bis ich begriff, dass sowohl das Halsband als auch die Fußfessel aus Eisen waren. Der Oger humpelte durch den Raum, wobei er das Bein mit der Fessel schonte, da sein Knöchel voller Blasen und offener Wunden war.

Grimalkin fauchte kurz. »Interessant«, sagte er dann. »Ist der Oger wirklich so stark, dass man ihn auf diese Weise in Ketten legen muss?«

»Bevor wir Eisen benutzt haben, ist er ein paarmal ausgebrochen«, erwiderte Shard, die sehr zufrieden mit sich wirkte. »Hat den gesamten Klub demoliert und ein paar Kunden gefressen, bevor wir ihn stoppen konnten. Ich war der Meinung, das erfordere drastische Maßnahmen. Jetzt ist er brav.«

»Es bringt ihn um.« Grimalkins Stimme war ausdruckslos. »Dir muss doch klar sein, dass seine Lebensspanne dadurch erheblich verkürzt wird.«

»Halt mir keine Vorträge, Grimalkin.« Shard warf dem Kater einen angewiderten Blick zu und trat durch die Tür. »Wenn ich ihn nicht hier halten würde, würde er anderswo Schaden anrichten. Das Eisen bringt ihn schon nicht gleich um. Oger heilen verdammt schnell.«

Sie schlenderte zu dem Oger, der sie mit schmerzerfüllten gelben Augen ansah. »Beweg dich«, befahl sie und zeigte dabei auf den Strohhaufen in der Ecke. »Geh in dein Bettchen, Grumly. Sofort.«

Der Oger starrte sie an, fauchte schwach und schlurfte zu seinem Bett. Die Kette schleifte klirrend hinter ihm her, und in mir regte sich unwillkürlich Mitleid mit ihm.

Shard öffnete die gegenüberliegende Tür. Dahinter erstreckte sich ein langer Korridor, und Nebel drang von dort in den Raum. »Also?«, rief sie uns zu. »Das ist euer Steig ins Winterreich. Wollt ihr weiter da rumstehen oder was?«

Mit einem wachsamen Blick auf Grumly setzte ich mich in Bewegung.

»Warte«, brummte Grimalkin.

»Was ist denn?« Ich wandte mich zu ihm um und sah, wie er angespannt den Blick durch den Raum schweifen ließ. Seine Augen waren zu Schlitzen verengt. »Hast du Angst vor dem Oger? Den wird Shard uns doch wohl vom Hals halten, oder?«

»Keineswegs«, entgegnete der Kater. »Euer Handel ist erfüllt. Sie hat gerade den Pfad nach Tir Na Nog für uns geöffnet. Schutz hat sie uns nie versprochen.«

Ich schaute wieder hoch und merkte, wie Grumly uns anstarrte. Von seinen Hauern tropfte Speichel zu Boden. Gegenüber von mir stand Shard und grinste mich verschlagen an.

Dann polterte es auf der Treppe, als würden viele Füße die Stufen heruntertrampeln. Über dem Geländer erschien ein faltiges, bösartiges Gesicht mit Haifischzähnen. Ein rotes Tuch fiel ihm vom Kopf und landete vor meinen Füßen.

»Dunkerwichtel«, keuchte ich und trat, ohne weiter nachzudenken, über die Schwelle.

Grumly brüllte, warf sich gegen seine Kette und kratzte mit den Krallen über den Boden. Kreischend drückte ich mich gegen die Wand, während der Oger fauchend die Luft zerfetzte, während er versuchte, mich zu erreichen. Seine riesigen Fäuste knallten keine drei Meter von mir entfernt auf den Boden, und er grunzte frustriert.

Ich konnte mich nicht rühren.

Grimalkin war verschwunden.

Als ungefähr ein Dutzend Dunkerwichtel in den Raum stürmte, lachte Shard laut auf. Sie lehnte lässig im Türrahmen. »Also, das nenne ich mal gute Unterhaltung.«

Puck kehrt zurück

Die Dunkerwichtel drängten durch die Tür herein, und ihre Zähne blitzten im dämmrigen Licht. Sie trugen Bikerjacken und Lederhosen, und um die Köpfe hatten sie sich statt ihrer traditionellen Kappen rote Tücher geschlungen. Fauchend und zähnefletschend entdeckten die Wichtel im selben Moment den Oger, als auch er sie bemerkte. Hastig sprangen sie zurück, als eine riesige Faust auf den Boden knallte.

Sie knurrten und fluchten. Knapp außerhalb der Reichweite des Ogers tänzelten die Dunkerwichtel wild herum und zogen Bronzemesser und Baseballschläger hervor.

»Was soll das?«, hörte ich einen von ihnen kreischen. »Der Ziegenmann hat uns junges Fleisch versprochen, wenn wir die Treppen hinuntersteigen. Wo ist unser Fleisch?«

»Da!«, fauchte ein anderer und zeigte mit etwas auf mich, das aussah wie eine angelaufene Klinge. »In der Ecke! Das Monster darf unser Fleisch nicht kriegen!«

Sie schlichen sich näher, wobei sie sich genauso eng an die Mauer drückten wie ich, um nicht in die Fänge des Ogers zu geraten. Grumly brüllte und zog mit seinen Krallen tiefe Furchen in den Betonboden, doch die Dunkerwichtel waren klein und schnell, und er kam nicht an sie heran. Starr vor Entsetzen musste ich mit ansehen, wie die widerwärtigen Feenwesen auf mich zugekrochen kamen und grinsend ihre Waffen schwenkten. Gleich würde ich bei lebendigem Leib gefressen werden. Doch ich konnte mich nicht rühren – wenn ich mich weiter in den Raum hineinwagte, würde mich Grumly in Stücke reißen.

Trotz alldem war mir weiterhin die Anwesenheit von Shard bewusst, die an der anderen Tür lehnte und mich selbstzufrieden angrinste.

»Gefällt dir die Richtung, in die sich unsere Vereinbarung entwickelt, du kleines Miststück?«, rief sie mir über Grumlys Gebrüll und das Zähneklappern der Dunkerwichtel hinweg zu. »Wenn du mir deinen echten Namen verrätst, pfeife ich sie möglicherweise zurück.«

Einer der Dunkerwichtel sprang mich mit weit aufgerissenem Maul an und wollte mich ins Gesicht beißen. Ich riss abwehrend den Arm hoch, und die gezackten Zähne gruben sich wie eine Bärenfalle in mein Fleisch. Kreischend schüttelte ich den Arm, bis sich das widerliche Gewicht löste und in Richtung Oger geschleudert wurde. Der Wichtel landete auf dem Boden und sprang fauchend auf die Füße, doch im selben Moment verwandelte Grumlys Faust ihn in blutigen Brei.

Die Zeit schien langsamer zu vergehen. Ich nahm an, das passierte immer, wenn man kurz davor stand zu sterben. Die Dunkerwichtel drängten näher und bleckten ihre Haifischzähne, Grumly riss brüllend an seiner Kette, und Shard lehnte lachend am Türrahmen.

Da flog ein großer schwarzer Vogel durch die offene Tür.

Die Dunkerwichtel hüpften in die Höhe.

Der Vogel ließ sich fallen und grub kreischend und flatternd seine

Krallen in das Gesicht eines Dunkerwichtels. Verwirrt zögerten die Wichtel, während der Vogel unter wildem Flügelschlagen mit dem Schnabel nach den Augen ihres Freundes hackte. Dann schwang die Meute schreiend ihre Baseballschläger und wollte auf ihn einprügeln, doch der Vogel stieg im letzten Moment auf, sodass die Waffen stattdessen sein heulendes Opfer trafen.

Im folgenden Chaos explodierte der Vogel und verwandelte sich noch in der Luft. Zwischen mir und den Dunkerwichteln fiel ein Körper zu Boden, warf schwarze Federn von sich und schenkte mir ein vertrautes Grinsen.

»Hallo, Prinzessin. Tut mir leid, dass ich so spät komme. Der Verkehr war die Hölle.«

»Puck!«

Er zwinkerte mir zu, dann richtete er seinen Blick auf die Winterfee, die im Türrahmen stand. »Hey, Shard.« Er hob grüßend die Hand. »Nette Hütte hast du hier. Werde ich mir merken, damit ich ihr den speziellen Puck-Touch verleihen kann.«

»Es ist eine Ehre, dich hier begrüßen zu dürfen, Robin Goodfellow«, erwiderte Shard mit einem bösen Grinsen. »Wenn die Dunkerwichtel deinen Kopf unversehrt lassen, werde ich ihn über der Bar aufhängen, damit jeder ihn sofort beim Hereinkommen sehen kann. Tötet ihn!«

Fauchend stürzten die Dunkerwichtel los und ließen ihre Zähne aufblitzen wie Piranhas, die einen ertrinkenden Vogel einkreisten. Puck zog etwas aus der Tasche und schleuderte es ihnen entgegen. Es verwandelte sich in einen dicken Holzblock, in den die Wichtel ihre Zähne schlugen und tief in die Rinde gruben. Mit gedämpftem Heulen fielen sie mitsamt dem Holzblock zu Boden.

»Hol das Stöckchen!«, rief Puck.

Wutschnaubend zerlegten die Wichtel den Holzblock, als wären sie kleine Kreissägen. Dann spuckten sie zähneknirschend die Holzspäne aus und starrten uns mit mörderischem Hass an.

Puck drehte sich mit einem bedauernden Blick zu mir um. »Bitte entschuldige mich kurz, Prinzessin. Ich muss ein bisschen mit den Hündchen spielen.«

Grinsend machte er einen Schritt auf sie zu, woraufhin die Dunkerwichtel mit gezogenen Messern und Baseballschlägern angriffen. Puck wartete bis zur letzten Sekunde, dann wich er aus, allerdings tiefer *in* den Raum hinein, weg von der Wand. Das Rudel folgte ihm. Keuchend beobachtete ich, wie Grumlys Faust zuschlug, aber Puck sprang rechtzeitig zur Seite, sodass ein Wichtel zermalmt wurde, bis er flacher war als ein Pfannkuchen.

»Ups!«, schrie Puck und schlug beide Hände vor den Mund, während er gleichzeitig Grumlys zweitem Schlag auswich. »Wie ungeschickt von mir!«

Die Dunkerwichtel knurrten Flüche und griffen erneut an.

Sie setzten diesen tödlichen Tanz quer durch den ganzen Raum fort, wobei Puck die Wichtel mit Sticheleien, Gelächter und Jubelrufen anstachelte. Grumly schlug brüllend nach den kleinen Männchen, die um seine Füße herumhuschten, doch die Dunkerwichtel waren schnell und sich nun auch der Gefahr bewusst. Das hielt sie jedoch nicht davon ab, mit allen Kräften auf Puck einzustürmen, der wiederum mit geschickten Ausweichmanövern um den Oger herumtänzelte und sich dabei scheinbar köstlich amüsierte. Mir schlug die ganze Zeit das Herz bis zum Hals. Eine falsche Bewegung, einmal die Entfernung falsch eingeschätzt, und schon wäre Puck nur noch ein roter Fleck auf dem Boden.

Die Luft um mich herum wurde kälter. Ich hatte mich so auf Puck konzentriert, dass ich nicht bemerkt hatte, wie Shard ihren Platz am Türrahmen verlassen und sich mir bis auf wenige Meter genähert hatte. Ihre Augen waren schwarz und ihre Lippen zu einem Lächeln verzerrt, als sie die Hand hob. Über ihrem Kopf bildete sich ein Speer aus Eis, und er war auf mich gerichtet.

Dann jaulte sie plötzlich auf. Ein unsichtbares Gewicht musste sie im Rücken getroffen haben, denn sie taumelte ein paar Schritte vorwärts und wäre beinahe gestürzt. Auf ihrer Brust blitzte etwas Goldenes auf: ein Schlüssel, der an einer dünnen Silberkette hing. Fluchend schleuderte Shard ihren unsichtbaren Angreifer gegen die Wand. Es knallte, und mit einem schmerzerfüllten Fauchen wurde Grimalkin kurz sichtbar, bevor er wieder verschwand.

In dem kurzen Moment, den sie abgelenkt war, stürzte ich mich auf Shard und packte den Schlüssel, der um ihren Hals hing. Sie wirbelte mit übermenschlicher Geschwindigkeit herum, und eine blasse Hand schloss sich um meine Kehle. Keuchend schlug ich mit der freien Hand nach ihrem Arm, aber er war hart wie Stein. Ihre Haut brannte vor Kälte. Als Shard lächelnd den Griff verstärkte, formten sich Eiskristalle an meinem Hals. Ich sank auf die Knie, und der Raum schien sich zu verdunkeln.

Mit einem schrillen Kreischen landete Grimalkin auf ihrem Rücken und versenkte seine Krallen und Zähne in ihrem Nacken. Shard schrie auf, und der Druck an meiner Kehle verschwand. Blitzschnell richtete ich mich auf und stieß die Fee mit aller Kraft von mir. Ein kurzer Ruck, dann riss etwas, und ich hielt den Schlüssel in der Hand. Hustend löste ich mich von der Wand und sah zu dem Oger hoch.

»Grumly!«, schrie ich mit rauer Stimme. »Grumly, sieh mich an! Hör mir zu!«

Der Oger hörte auf, wie wild auf den Boden einzuschlagen, und wandte mir seinen gequälten Blick zu. Hinter mir erklang ein tierischer Schrei, und Grimalkins Körper fiel zu Boden.

»Hilf uns!«, schrie ich und hielt den Schlüssel hoch. Er funkelte golden. »Hilf uns, Grumly, dann werden wir dich befreien! Wir werden dich freilassen!«

»Frei … mich?«

Etwas traf mich am Hinterkopf, und ich verlor fast das Bewusstsein. Ich brach zusammen, hielt aber weiter den Schlüssel umklammert, während Schmerzen durch meine Sinne tobten. Etwas trat mich in die Rippen und rollte mich dann auf den Rücken. Shard ragte über mir auf. Sie hatte einen Dolch in der erhobenen Hand.

»Nein!«

Grumlys Schrei hallte durch den Raum. Verdutzt sah Shard auf und erkannte erst da, dass sie sich in der Reichweite des Ogers befand. Zu spät. Grumlys Rückhand erwischte sie an der Brust und schleuderte sie mit einem lauten Klatschen gegen die Wand. Selbst die Dunkerwichtel unterbrachen ihre Jagd nach Puck und sahen sich nach uns um.

Taumelnd kam ich auf die Füße, wobei ich die Protestschreie meiner schmerzenden Muskeln ignorierte. Ich stolperte auf Grumly zu und betete, dass der Oger es nicht vergessen und mich zu Brei schlagen würde. Als ich die Kette erreichte, blieb er still stehen, doch die eiserne Fußfessel grub sich trotzdem in sein Fleisch. Ich steckte den Schlüssel ins Schloss und drehte ihn, bis ich ein Klicken hörte. Das eiserne Band löste sich und fiel ab.

Grumly stieß einen triumphierenden Schrei aus, in dem seine ganze Wut mitschwang. Er wirbelte herum – erstaunlich flink für ein so massiges Wesen – und beförderte mit einem gezielten Tritt einen Dunkerwichtel gegen die Wand. Puck sprang hastig aus dem Weg, als der Oger einen Fuß hob und zwei weitere Wichtel wie Kakerlaken zertrat. Da drehten die Dunkerwichtel durch. Kreischend stürzten sie sich auf Grumlys Beine, trommelten mit ihren Baseballschlägern auf ihnen herum und vergruben ihre Zähne in seinen Knöcheln. Grumly stampfte und trat um sich, bis der Boden unter seinen Tritten erzitterte – und verfehlte mich dabei nur knapp, doch ich hatte keine Kraft mehr, mich in Sicherheit zu bringen.

Puck sprang um das Gemetzel herum, packte mich und zog mich aus der Schusslinie. »Gehen wir«, murmelte er und sah über die Schulter zurück, »solange sie noch abgelenkt sind. Lauf Richtung Steig.«

»Was ist mit Grimalkin?«

»Ich bin hier«, meldete sich der Kater und erschien an meiner Seite. Seine Stimme klang angestrengt, und er schonte seine linke Vorderpfote, doch ansonsten schien es ihm gut zu gehen. »Es wird definitiv Zeit, zu verschwinden.«

Wir stolperten auf die offene Tür zu, aber Shard versperrte uns unvermittelt den Weg.

»Nein«, knurrte die Fee. Ihr linker Arm hing schlaff herab, doch sie hob einen Eisspeer und richtete ihn auf meine Brust. »Ihr werdet nicht passieren. Ihr werdet hier sterben, und dann werde ich euch an die Wand nageln, damit alle es sehen können.«

Hinter uns wurde ein Grollen laut, und schwere Schritte ließen den Boden beben.

»Grumly«, befahl Shard, ohne den Blick von mir abzuwenden, »töte sie. Dann ist alles verziehen. Zerfetze sie, aber langsam. Tu es. Sofort.«

Grumly knurrte wieder, und ein dickes Bein landete neben mir. »Frrrcunde«, grollte der Oger, der über uns aufragte. »Befreien Grumly. Grumlys Freunde.« Er machte noch einen Schritt, und wir konnten den Gestank nach Wundbrand und Verwesung riechen, den die offene Wunde an seinem Knöchel verströmte. »Töte Herrin«, knurrte er.

»Was?« Shards Augen weiteten sich, und sie wich zurück. Grumly schlurfte weiter und hob seine riesigen Fäuste. »Was machst du denn? Zurück, du blödes Vieh. Ich befehle es dir! Nein, nein!«

»Lass uns gehen«, flüsterte Puck und zog mich am Arm. Wir tauchten unter Grumlys Beinen hindurch und rannten zu der offenen Tür. Das Letzte, was ich sah, bevor sich die Tür hinter uns schloss, war Grumly, der sich drohend über seine ehemalige Herrin beugte, während Shard mit erhobenem Speer zurückwich.

Der Korridor erstreckte sich vor uns, erfüllt mit Nebel und flackernden Lichtern. Ich lehnte mich schwer gegen die Wand. Jetzt, wo der Adrenalinschub nachließ, kam das große Zittern.

»Alles klar, Prinzessin?«, fragte Puck, dessen grüne Augen besorgt leuchteten.

Ich stolperte vorwärts, schlang die Arme um ihn und hielt ihn ganz fest. Er schloss mich ebenfalls in die Arme und zog mich an sich. Ich konnte seine Wärme und den schnellen Schlag seines Herzens spüren, sein Atem streifte warm mein Ohr. Schließlich löste ich mich von ihm, ließ mich wieder gegen die Wand fallen und zog ihn mit zu Boden.

»Ich dachte, Oberon hätte dich in einen Vogel verwandelt«, flüsterte ich.

»Hat er auch«, erklärte Puck achselzuckend. »Aber als er entdeckte, dass du weggelaufen warst, hat er mich losgeschickt, um nach dir zu suchen.«

»Dann warst also du der Verfolger, den ich gehört habe«, meldete sich Grimalkin, der in dem Nebel fast nicht zu sehen war.

Puck nickte. »Ich dachte mir schon, dass ihr auf dem Weg zum Dunklen Hof seid. Was meint ihr, wer eure Abkürzung erschaffen hat? Wie dem auch sei, als ich erst mal draußen war, habe ich ein wenig herumgeschnüffelt, und dann hat mir eine Blumenfee verraten, dass er euch in diesem Teil der Stadt gesehen hat. Ich wusste, dass Shard hier einen Klub besitzt, und der Rest ist, wie die Sterblichen so schön sagen, Geschichte.«

»Ich bin froh, dass du gekommen bist«, sagte ich und stemmte mich hoch. Meine Beine fühlten sich jetzt wieder etwas kräftiger an, das Zittern hatte fast aufgehört. »Du hast mir das Leben gerettet. Mal wieder. Ich weiß, dass du das wohl nicht hören willst, aber: danke!«

Puck warf mir einen Seitenblick zu, der mir ganz und gar nicht behagte. »Danke mir nicht voreilig, Prinzessin. Oberon war ziemlich wütend, dass du die Sicherheit des Lichten Reiches verlassen hast.« Er rieb sich verlegen die Hände. »Ich muss dich wohl zurück an seinen Hof bringen.«

Ich starrte ihn an und fühlte mich, als hätte er mir gerade einen Tritt in den Magen verpasst. »Aber ... das wirst du nicht tun, stimmt's?«, stammelte ich. Er wich meinem Blick aus, und Verzweiflung stieg in mir auf. »Das kannst du nicht machen, Puck. Ich muss Ethan finden. Ich muss an den Dunklen Hof gehen und ihn nach Hause bringen.«

Puck fuhr sich mit der Hand durch die Haare, eine merkwürdig menschliche Geste. »Du verstehst das einfach nicht ...« Er klang verunsichert, was völlig untypisch für ihn war. »Ich bin Oberons Lieblingslakai, aber selbst ich kann seine Geduld nur bis zu einem bestimmten Punkt strapazieren. Wenn ich ihn noch einmal enttäusche, steht mir am Ende Schlimmeres bevor als ein oder zwei Jahrhunderte als Rabe. Er könnte mich für alle Zeit aus dem Nimmernie verbannen. Dann wäre ich nicht in der Lage, je wieder nach Hause zurückzukehren.«

»Bitte«, flehte ich und nahm seine Hand. Er sah mich immer noch nicht an. »Hilf uns! Ich kenne dich schon seit einer Ewigkeit, Puck. Tu das nicht.« Ich ließ seine Hand los und musterte ihn aus schmalen Augen. »Dir ist doch wohl klar, dass du mich mit Gewalt zurückschleifen musst. Und dass ich nie wieder ein Wort mit dir reden werde.«

»Sei nicht so.« Endlich sah Puck auf. »Du weißt doch gar nicht, was du tust. Wenn Mab dich findet ... Du hast ja keine Ahnung, wozu sie fähig ist.«

»Das ist mir egal. Ich weiß nur, dass mein Bruder immer noch da draußen ist und dass er in Schwierigkeiten steckt. Ich muss ihn finden. Und das werde ich auch, entweder mit dir oder ohne deine Hilfe.«

Pucks Augen funkelten gefährlich. »Ich könnte dir einfach einen Liebeszauber anhängen«, überlegte er, und ein Lächeln umspielte seine Mundwinkel. »Das würde eine Menge Probleme lösen.«

»Nein«, widersprach Grimalkin, bevor ich an die Decke gehen konnte, »das wirst du nicht tun. Und das weißt du auch, also hör auf, dich so aufzuspielen. Außerdem verfüge ich über etwas, das dieses kleine Problem lösen könnte.«

»Ach?«

»Eine Gefälligkeit.« Grimalkin zuckte gelangweilt mit dem Schwanz. »Von Seiner Majestät persönlich.«

»Das wird Oberon nicht davon abhalten, mich zu verbannen.«

»Das wohl nicht«, stimmte Grimalkin ihm zu. »Aber ich könnte verlangen, dass du nur für eine begrenzte Zeit verbannt wirst. Für ein paar Jahrzehnte oder so. Das ist besser als gar nichts.«

»Hm.« Puck klang nicht überzeugt. »Und das würde mich im Gegenzug nur eine kleine Gefälligkeit meinerseits kosten, nicht wahr?«

»Du hast mich in diesen Konflikt hineingezogen, als du das Mädchen in meinen Baum geworfen hast«, erwiderte Grimalkin und blinzelte träge. »Ich kann mir nicht vorstellen, dass es sich dabei um einen Zufall gehandelt hat – nicht, wenn der berüchtigte Robin Goodfellow seine Finger im Spiel hatte. Du hättest dir denken können, dass es so weit kommt.«

»Ich bin nicht so dumm, mich auf ein Abkommen mit einer Cat Sidhe einzulassen«, schoss Puck zurück. Dann schlug er seufzend eine Hand vor die Augen. »Na schön«, erklärte er schließlich. »Du hast gewonnen, Prinzessin. Freiheit wird sowieso ziemlich überbewertet. Wenn ich schon etwas anstelle, dann kann es genauso gut etwas richtig Großes sein.«

Mir wurde etwas leichter ums Herz. »Dann wirst du uns also helfen?«

»Klar, warum nicht?« Puck schenkte mir ein resigniertes Lächeln. »Ohne mich werdet ihr doch mit Haut und Haaren verspeist. Außerdem – den Dunklen Hof stürmen?« Sein Grinsen wurde breiter. »Das darf ich auf keinen Fall verpassen.«

»Dann lasst uns gehen«, bestimmte Grimalkin, während Puck mich auf die Füße zog. »Je länger wir herumtrödeln, desto weiter wird sich die Nachricht von unseren Plänen verbreiten. Von hier aus ist es nicht mehr weit nach Tir Na Nog.« Damit drehte er sich um und trottete den Korridor hinunter, den Schwanz steil aufgerichtet, sodass er aus dem Nebel ragte.

Mehrere Minuten lang folgten wir einfach dem Gang. Nach einer Weile wurde die Luft kälter und beißender. An den Wänden des Korridors bildete sich Frost, und Eiszapfen hingen von der Decke.

»Wir sind gleich da.« Grimalkins körperlose Stimme schwebte durch den Nebel.

Am Ende des Korridors erwartete uns eine schlichte Holztür. Eine dünne Schneeschicht lag auf der Schwelle, und die Tür selbst zitterte und knarrte im Wind, der auf der anderen Seite heulte.

Puck trat vor. »Ladys und Katzenwesen«, verkündete er hochtrabend und umfasste den Türknauf, »willkommen in Tir Na Nog. Land des ewigen Winters und der scheißhohen Schneewehen.«

Ein Schwall eiskalter Pulverschnee strich über mein Gesicht, als er die Tür aufriss. Ich blinzelte die Eiskristalle fort, trat über die Schwelle und stand in einem gefrorenen Garten: Die Dornbüsche am Zaun waren mit Eis überzogen, und der mit Engeln verzierte Brunnen in der Mitte spuckte gefrorenes Wasser. In einiger Entfernung, hinter den kahlen Bäumen und dem dornigen Unterholz, ragte der spitze Giebel eines riesigen viktorianischen Anwesens auf. Als ich mich nach Grim und Puck umdrehte, standen sie unter einem Spalier, an dem violette Ranken mit leuchtend blauen Blüten hingen. Als sie darunter hervortraten, verschwand der Gang hinter ihnen.

»Reizend«, kommentierte Puck und sah sich angewidert um. »Ich stehe total auf diese kalte, tote Atmosphäre, auf die sie hier abzielen. Ich frage mich, wer diesen Garten pflegt! Von dem würde ich gern ein paar Tipps bekommen.«

Ich fröstelte bereits. »W-wie weit ist es noch bis zu Mabs Hof?«, fragte ich mit klappernden Zähnen.

»Der Winterhof ist vielleicht zwei Tagesmärsche von hier entfernt«, erklärte Grimalkin, während er auf einen Baumstumpf sprang. Er schüttelte eine Pfote nach der anderen, dann setzte er sich vorsichtig. »Wir sollten möglichst bald einen Unterschlupf finden. Ich fühle mich bei diesem Wetter nicht besonders wohl, und das Mädchen wird sich sonst den Tod holen.«

Ein finsteres leises Lachen hallte durch den Garten. »Darüber würde ich mir im Moment keine Sorgen machen.«

Hinter einem Baum trat eine Gestalt hervor, ein Schwert nachlässig in der Hand. Mein Herz setzte einen Schlag aus und pochte dann unregelmäßig und lauter als zuvor. Der Wind fuhr ihm durch die schwarzen Haare, während er sich lautlos und anmutig wie ein Schatten auf uns zubewegte.

Grimalkin fauchte und verschwand, während Puck mich hinter sich schob.

»Ich habe euch bereits erwartet«, brach Ash das Schweigen.

Die Eisernen Feen

»Ash«, flüsterte ich, als die schlanke Gestalt gelassen auf uns zukam. Seine Stiefel glitten dabei völlig geräuschlos durch den Schnee. Er sah einfach umwerfend aus, ganz in Schwarz, sodass sein blasses Gesicht in der Luft zu schweben schien. Ich musste an sein Lächeln denken, an den Ausdruck in seinen silbrigen Augen, als wir miteinander getanzt hatten.

Jetzt lächelte er nicht, und seine Augen waren kalt. Das war nicht der Prinz, mit dem ich in der Nacht des Elysiums getanzt hatte; das war nichts anderes als ein Raubtier auf der Suche nach Beute.

»Ash«, wiederholte Puck im entspannten Plauderton, obwohl sein Gesicht einen harten, wilden Ausdruck angenommen hatte. »Was für eine Überraschung, dich hier zu treffen. Wie hast du uns gefunden?«

»Das war nicht besonders schwierig.« Ash klang gelangweilt. »Die Prinzessin erwähnte, dass sie auf der Suche nach jemandem an Mabs Hof sei. Es gibt von der Welt der Sterblichen nur wenige Wege nach Tir Na Nog, und Shard macht kein großes Geheimnis daraus, dass sie den Steig bewacht. Ich nahm an, dass es nur eine Frage der Zeit sein konnte, bis ihr hierherkommt.«

»Sehr clever«, stellte Puck mit einem abfälligen Grinsen fest. »Aber du warst ja schon immer ein großer Stratege, nicht wahr? Was willst du, Ash?«

»Deinen Kopf«, erwiderte Ash leise. »Auf einem Spieß. Aber diesmal geht es nicht darum, was ich will.« Er zeigte mit seinem Schwert auf mich. »Ich bin wegen ihr hier.«

Ich keuchte auf, als Herz und Magen anfingen, in meiner Brust Achterbahn zu fahren. *Er ist meinetwegen hier, um mich zu töten, wie er es beim Elysium angekündigt hat.*

»Nur über meine Leiche.« Puck lächelte, als wäre das alles netter Small Talk an einer Straßenecke, aber ich spürte, wie sich die Muskeln unter seiner Haut spannten.

»Das war Teil des Plans.« Der Prinz hob sein Schwert, und um die eisige Klinge kräuselte sich Nebel. »Heute werde ich sie rächen und dann die Erinnerung an sie begraben.« Ein düsterer Schatten huschte über sein Gesicht, und er schloss gequält die Augen. Als er sie wieder öffnete, blickten sie eiskalt und funkelten tückisch. »Mach dich bereit.«

»Bleib zurück, Prinzessin«, warnte Puck mich und schob mich aus dem Weg. Dann griff er in seinen Stiefel und zog einen Dolch hervor, dessen gekrümmte Klinge durchsichtig war wie Glas. »Das könnte etwas ungemütlich werden.«

»Puck, nein.« Ich packte ihn am Ärmel. »Kämpf nicht mit ihm. Dabei könnte jemand sterben.«

»Duelle auf Leben und Tod enden meistens auf diese Art.« Puck grinste, doch es war ein wildes, grimmiges Grinsen, das mir Angst machte. »Aber ich bin gerührt, dass du dir Sorgen machst. Einen Moment, Prinzlein!«, rief er zu Ash hinüber, der kurz nickte. Dann nahm Puck mein Handgelenk, zog mich hinter den Brunnen und beugte sich so nah zu mir, dass ich die Wärme seines Atems auf meiner Wange spüren konnte. »Ich muss das tun, Prinzessin«, erklärte er bestimmt. »Ash wird uns nicht ohne Kampf gehen lassen, und dieser ist schon lange fällig.« Ein Ausdruck des Bedauerns huschte über sein Gesicht. »Also«, murmelte er und hob lächelnd mein Kinn an, »bevor ich in die Schlacht ziehe – wie wäre es da mit einem kleinen Kuss als Glücksbringer?«

Ich zögerte, weil ich mich fragte, warum er ausgerechnet jetzt einen Kuss von mir wollte. Er nahm mich doch bestimmt nicht auf diese Art wahr … oder? Ich schüttelte den Gedanken ab. Dafür war jetzt keine Zeit. Ich beugte mich vor und küsste ihn auf die Wange. Seine Haut war warm, und seine Bartstoppeln kratzten. »Nicht sterben«, flüsterte ich, als ich mich von ihm zurückzog.

Puck wirkte enttäuscht, jedoch nur für einen Moment. »Ich? Sterben? Hat dir das denn keiner gesagt, Prinzessin? Ich bin Robin Good-fellow.« Mit einem Jubelschrei zog er seinen Dolch und stürmte auf den wartenden Prinzen los.

Ash stürzte sich so schnell auf ihn, dass er nur ein dunkler Schatten im Schnee war. Dabei schwang er sein Schwert in einem zischenden Bogen nach unten. Puck sprang aus dem Weg, und der Schlag schickte einen Miniblizzard in meine Richtung. Die Eiskristalle stachen wie Nadeln, und ich rieb mir keuchend die brennenden Augen. Als ich sie wieder öffnete, waren Ash und Puck tief in ihren Kampf verstrickt, und es sah ganz so aus, als wären sie voll darauf konzentriert, einander zu töten.

Puck wich einem harten Schlag aus und schleuderte Ash etwas entgegen, was er aus seiner Tasche gezogen hatte. Es wurde zu einem riesigen, wild quiekenden Wildschwein, das den Prinzen mit glänzenden Hauern angriff. Das Eisschwert durchbohrte es, und das Schwein verwandelte sich explosionsartig in herumwirbelnde trockene Blätter. Ash streckte den Arm aus, und auf Puck flog eine Wolke glitzernder Eissplitter zu, jeder spitz wie ein Dolch. Ich schrie auf, doch Puck holte nur tief Luft und pustete in ihre Richtung, als wolle er eine Geburtstagskerze ausblasen. Sofort wurden die Splitter zu kleinen Gänseblümchen, die harmlos um ihn herum niederregneten, was er mit einem Grinsen quittierte.

Ash griff erbarmungslos an. Seine Klinge sirrte, als er sie auf seinen Gegner herabsausen ließ. Puck duckte sich darunter hinweg und parierte den Schlag mit seinem Dolch, wobei er langsam vor dem Ansturm des Winterprinzen zurückwich. Plötzlich hechtete er zur Seite, schnappte sich eine Handvoll Zweige, die am Fuß eines Baumes lagen, blies sie an und schleuderte sie in die Luft – und da standen auf einmal *drei* Pucks, die sich mit einem verschlagenen Grinsen auf den Gegner stürzten. Drei Dolche wurden gezückt, und drei Körper kreisten den dunklen Prinzen ein, während der echte Puck lässig an den Baum gelehnt zusah, wie Ash kämpfte.

Doch Ash war noch lange nicht geschlagen. Er tänzelte zwischen den Pucks und schwang dabei sein Schwert so schnell, dass es nur noch ein verschwommener Schatten war, täuschte an, parierte und ging nahtlos von einem Angriff zum nächsten über. Er duckte sich unter der Deckung eines Gegners hinweg, riss seine Klinge nach oben und zog sie dem Puck sauber durch den Bauch. Der Doppelgänger zersprang in zwei Teile und verwandelte sich in einen durchtrennten Ast, dessen Stücke zu Boden fielen. Ash wirbelte herum, um sich dem Puck zu stellen, der ihn von der Seite angriff. Das Schwert fand sein Ziel, und Pucks Kopf fiel von den Schultern, bevor auch er wieder zu einem Zweig wurde. Der letzte Puck griff den Prinzen rücklings mit hocherhobenem Dolch an. Ash drehte sich nicht einmal um, sondern stieß mit seinem Schwert blind nach hinten und oben. Der dritte Puck sprang genau in die Klinge hinein, und die Wucht seines Angriffs sorgte dafür, dass sie sich so tief in seinen Bauch bohrte, dass die Spitze am Rücken wieder austrat. Ohne hinzusehen, befreite der Prinz mit einem Ruck sein Schwert, woraufhin ein in Stücke geschlagener Zweig in den Schnee fiel.

Ash ließ das Schwert sinken und sah sich wachsam um. Als ich seinem Blick folgte, zuckte ich zusammen. Puck war verschwunden – er hatte einen auf Grimalkin gemacht, während wir abgelenkt gewesen waren. Bedächtig suchte der Winterprinz den Garten ab und rückte mit gezückter Klinge langsam vor. Ich erschrak, als sein Blick kurz zu mir wanderte, doch er blendete mich sofort wieder aus und trat unter die Äste einer mit Frost überzogenen Kiefer.

Sobald Ash sich unter den Zweigen befand, sprang etwas heulend aus dem Schnee. Der Prinz wich zurück, die Klinge verfehlte ihn knapp, und Puck verlor das Gleichgewicht, was ihn ein paar Schritte vorwärtstaumeln ließ. Mit einem Knurren rammte Ash das Schwert so tief in Pucks Rücken, dass es an der Brust wieder austrat, und fixierte ihn am Boden.

Ich schrie, doch da verschwand die Leiche. Ash starrte für den Bruchteil einer Sekunde auf das Blatt, das an seiner Schwertspitze hing, dann warf er sich zur Seite, als etwas mit einem funkelnden Dolch aus dem Baum stürzte.

Puck lachte auf, während Ash wieder auf die Beine kam und sich den Arm hielt. Zwischen seinen bleichen Fingern quoll Blut hervor. »Diesmal warst du fast zu langsam, Prinz«, höhnte Puck und balancierte seinen Dolch auf zwei Fingern. »Dabei war das nun wirklich ein Trick wie aus dem Lehrbuch. Und ich muss es wissen, schließlich habe ich das

Lehrbuch *geschrieben*. Ich habe noch jede Menge davon auf Lager, wenn du weiterspielen willst.«

»Ich bin es langsam leid, mit billigen Kopien Schaukämpfe auszufechten.« Ash richtete sich auf und ließ seinen Arm los. »Offensichtlich gilt Ehre am Lichten Hof nicht so viel, wie ich dachte. Bist du der echte Puck oder ist er zu feige, mir gegenüberzutreten?«

Puck musterte ihn höhnisch, bevor er sich leicht schimmernd in Luft auflöste. Hinter einem Baum trat ein anderer Puck hervor und grinste böse.

»Also gut, Prinz«, sagte er, während er immer noch grinsend näher kam. »Wenn es das ist, was du willst, werde ich dich eben auf die altmodische Art töten.« Und schon gingen sie wieder aufeinander los.

Ich beobachtete mit klopfendem Herzen den Kampf und wünschte, ich könnte irgendetwas tun. Ich wollte nicht, dass einer von ihnen starb, aber ich hatte keine Ahnung, wie ich das Ganze beenden konnte. Loszubrüllen oder mich zwischen sie zu werfen schien eine wirklich blöde Idee zu sein; dadurch könnte einer von ihnen abgelenkt werden, und der andere würde keine Zeit verlieren, ihn zu erledigen. Lähmende Verzweiflung machte sich in mir breit. Mir war nicht klar gewesen, dass Puck so blutrünstig sein konnte, doch das wilde Funkeln in seinen Augen sagte mir, dass er den Winterprinzen sofort töten würde, wenn er die Gelegenheit dazu bekam.

Sie haben eine gemeinsame Vergangenheit, begriff ich, während ich zusah, wie Ash nach Pucks Kopf schlug, ihn aber knapp verfehlte, weil sein Gegner sich duckte. *Irgendetwas ist passiert, was diesen Hass zwischen ihnen ausgelöst hat. Ob sie wohl einmal Freunde waren?*

Meine Haut kribbelte, ein unangenehmer Schauer, der nicht von der Kälte kam. Über das Scheppern und Klirren von Metall hörte ich noch etwas anderes, ein leises Rascheln, als würden Tausende von Insekten in unsere Richtung krabbeln.

»Lauf!« Grimalkins Schrei ließ mich zusammenfahren. Im Schnee erschienen Spuren, die schnell näher kamen, und unsichtbare Krallen trafen auf Borke, als der Kater sich auf einen Baum flüchtete. »Da kommt etwas! Schnell, versteck dich!«

Ich warf einen Blick zu Puck und Ash hinüber, die immer noch ganz auf ihren Kampf konzentriert schienen. Das Rascheln wurde lauter, begleitet von einem statischen Rauschen und leisem, schrillem Lachen. Plötzlich waren wir von Hunderten von Augen umgeben, die elektronisch grün in der Dunkelheit zwischen den Bäumen glühten.

Puck und Ash lösten sich voneinander und unterbrachen ihren Kampf. Auch sie bemerkten endlich, dass etwas nicht stimmte, doch da war es zu spät.

Von überall kamen sie und breiteten sich über den Boden aus wie ein lebender Teppich: kleine schwarze Kreaturen mit dürren Ärmchen, riesigen Ohren und rasiermesserscharfen Zähnen, die bläulich leuchteten. Ich hörte die entsetzten Schreie der Jungen und Grimalkins erschrockenes Heulen, während er in dem Baum noch höher kroch. Die Kreaturen hatten mich entdeckt, und mir blieb keine Zeit, zu reagieren. Sie umschwärmten mich wie wütende Wespen, krabbelten an meinen Beinen hoch und stürzten sich auf meinen Rücken. Ich spürte, wie sich Krallen in meine Haut gruben. Ihr lautes Summen und schrilles Lachen dröhnte in meinen Ohren, und ich begann zu schreien und wild um mich zu schlagen. Ich konnte nichts mehr sehen und wusste nicht, wo oben und unten war. Das Gewicht ihrer Körper drückte mich zu Boden, und ich fiel in die wimmelnde Masse, die nach mir griff. Hunderte Hände hoben mich hoch wie Ameisen, die einen Grashüpfer trugen, und schleppten mich davon.

»Puck!«, kreischte ich und wand mich, um freizukommen. Aber immer wenn ich von einer Gruppe wegrollte, glitten Dutzende andere unter mich und übernahmen mein Gewicht. Ich berührte nicht einmal den Boden. »Grimalkin! Hilfe!«

Ihre Schreie schienen aus weiter Ferne zu kommen. Ziemlich schnell glitt ich wie auf einer summenden, lebenden Matratze über den Boden und wurde schließlich von der Dunkelheit verschluckt.

Ich weiß nicht, wie lange sie mich so fortschleppten. Wenn ich mich wehrte, gruben sich die Krallen, die mich hielten, tiefer in meine Haut, und die Matratze wurde zu einem Nadelkissen. Ich gab es bald auf, um mich zu schlagen, und versuchte mich stattdessen darauf zu konzentrieren, wo sie mich hinbrachten. Aber es war schwierig. Da ich auf dem Rücken lag, war das Einzige, was ich klar sehen konnte, der Himmel.

Ich versuchte den Kopf zu drehen, aber die Kreaturen krallten sich auch in meine Haare und rissen daran, bis mir die Tränen in die Augen traten. Schließlich ergab ich mich in mein Schicksal, hielt still, zitterte vor Kälte und wartete, was weiter passieren würde. Die Kälte und die nagende Angst zehrten an mir ... schließlich schloss ich meine Augen und fand Trost in der Dunkelheit.

Als ich die Augen wieder öffnete, war der Nachthimmel verschwunden, und ich starrte stattdessen auf eine Decke aus reinem Eis. Wir bewegten uns jetzt wohl unter der Erde. Als der Tunnel in eine weitläufige Eishöhle mündete, die in rauer, fremdartiger Schönheit erstrahlte, wurde die Luft noch kälter. Riesige Eiszapfen hingen von der Decke, manche größer als ich und gefährlich spitz. Es war etwas beunruhigend, sich unter diesen dornenartigen Stacheln hindurchzubewegen. Sie funkelten wie Kristallkronleuchter, und ich betete stumm, sie mögen nicht herunterfallen.

Meine Zähne klapperten, und meine Lippen waren vor Kälte ganz taub. Doch als wir tiefer in die Höhle vordrangen, wurde die Luft nach und nach wärmer. Ein feines Zischen wie von Dampf, der aus einer kaputten Leitung dringt, hallte durch die tiefer gelegenen Höhlen. Inzwischen tropfte das Wasser in Rinnsalen von der Decke und durchnässte meine Sachen. Einige der Eiszapfen wirkten gefährlich instabil.

Das Zischen wurde immer lauter, begleitet von dröhnendem Husten und dem durchdringenden Geruch nach Rauch. Jetzt sah ich auch, dass einige der Eiszapfen tatsächlich abgestürzt und am Boden zersprungen waren, wo ihre Splitter wie Glasscherben funkelten.

Meine Kidnapper trugen mich in eine große Höhle, deren Boden mit Scherben aus Eis übersät war. Pfützen hatten sich gebildet, und das Wasser tropfte wie Regen von der Decke. Die Kreaturen ließen mich auf den eisigen Boden gleiten und krabbelten von mir weg. Ich rieb mir die tauben, schmerzenden Glieder und sah mich um, während ich mich fragte, wo ich wohl war. Die Höhle war so gut wie leer, nur in einer Ecke stand eine Holzkiste mit schwarzen Steinen – oder Kohle? Mehr davon waren an der gegenüberliegenden Wand neben einem hölzernen Torbogen aufgestapelt, der in die Dunkelheit führte.

Ein schrilles Pfeifen wie von einer Dampflok, die in einen Bahnhof einfährt, drang aus dem Tunnel, und schwarzer Rauch quoll daraus hervor. Ich roch Asche und Schwefel, dann hallte eine tiefe Stimme durch die Höhle: »HABT IHR SIE HERGEBRACHT?«

Die kleinen Kreaturen flitzten auseinander, und mehrere Eiszapfen fielen mit einem fast melodischen Klimpern von der Decke. Ich versteckte mich hinter einer Säule aus Eis, als schwere Schritte durch den Tunnel schepperten. Durch den Rauch konnte ich nur einen riesigen, schrecklich verzerrten Umriss erkennen, der definitiv nicht menschlich war, und ich zitterte vor Angst.

Aus der Rauchwolke trat ein gewaltiges schwarzes Pferd. Seine Augen glühten wie Kohlen, und aus seinen geblähten Nüstern stieg Dampf. Es war ungefähr so groß wie die Pferde, die man vor Bierkutschen spannte, doch damit endete auch schon jede Ähnlichkeit mit einem normalen Pferd. Erst dachte ich, es wäre mit Eisenplatten bedeckt. Durch das schwarze, rostige Metall wirkte sein Körper unförmig, und es bewegte sich durch das Gewicht merkwürdig. Dann erkannte ich, dass sein Körper aus Eisen *bestand* und aus seinen Rippen Kolben und Hebel hervorragten. Mähne und Schweif bestanden aus Kabeln, und in seinem Bauch brannte ein großes Feuer, das man durch die Lücken in seiner Haut sehen konnte. Das Gesicht, das es mir nun zuwandte, war eine schreckliche Maske, aus deren Nüstern Flammen züngelten.

Ich wich zurück, sicher, dass ich nun sterben würde.

»BIST DU MEGHAN CHASE?« Die Stimme des Pferdes ließ die Wände vibrieren. Immer mehr Eiszapfen stürzten herab, doch das war im Moment meine geringste Sorge. Ich erschauderte, als das eiserne Monster über mir aufragte, den Kopf schüttelte und Flammen spie. »ANTWORTE MIR, MENSCH. BIST DU MEGHAN CHASE, DIE TOCHTER DES SOMMERKÖNIGS?«

»Ja«, wisperte ich, als das Pferd näher trat und mit seinen eisernen Hufen das Eis zermalmte. »Wer bist du? Was willst du von mir?«

»ICH BIN EISENPFERD«, erwiderte das Biest. »EINER VON KÖNIG MACHINAS LEUTNANTS. ICH HABE DICH HIERHER BRINGEN LASSEN, WEIL MEIN HERR ES BEFOHLEN HAT. DU WIRST MIT MIR ZUM EISERNEN KÖNIG KOMMEN.«

Von der dröhnenden Stimme bekam ich Kopfschmerzen. Ich versuchte, mich trotz des Hämmerns in meinem Kopf zu konzentrieren. »Der Eiserne König?«, fragte ich ratlos. »Wer ...?«

»KÖNIG MACHINA«, erklärte Eisenpferd. »HERRSCHER DES EISERNEN HOFES UND GEBIETER ÜBER DIE EISERNEN FEEN.«

Eiserne Feen?

Mir lief ein kalter Schauer über den Rücken. Ich sah mich um, erblickte die unzähligen Augen der gremlinartigen Monster, den massigen Körper von Eisenpferd, und mir wurde von den möglichen Folgen schwindelig.

Eiserne Feen? Konnte es so etwas geben? In den ganzen Geschichten, Theaterstücken und Gedichten waren sie mir nie begegnet. Woher kamen sie? Und wer war dieser Machina, Herrscher über die Eisernen Feen? Und was noch wichtiger war ...

»Was will er denn von mir?«

»ES STEHT MIR NICHT ZU, DARÜBER BESCHEID ZU WISSEN.« Eisenpferd schnaubte und schlug mit einem klappernden Geräusch mit dem Schweif. »ICH GEHORCHE NUR. DOCH WENN DU DEINEN BRUDER WIEDERSEHEN WILLST, WÄRE ES KLUG, MIT UNS ZU KOMMEN.«

»Ethan?« Ruckartig riss ich den Kopf hoch und starrte Eisenpferd in das ausdruckslose Maskengesicht. »Was weißt du von ihm?«, rief ich. »Geht es ihm gut? Wo ist er?«

»KOMM MIT MIR, DANN WERDEN ALL DEINE FRAGEN BEANTWORTET. DER EISERNE HOF UND MEIN HERR MACHINA ERWARTEN DICH.«

Ich stand auf, als Eisenpferd sich umdrehte und scheppernd Richtung Tunnel lief. Die Kolben quietschten, und die Scharniere beschwerten sich lautstark, während das Pferd sich vorwärtsschob. Als ich sah, wie sich ein Hebel löste und zu Boden fiel, wurde mir klar, dass das Ding alt war. Ein Relikt aus vergangenen Zeiten. Ich fragte mich, ob es irgendwo dort draußen neuere, elegantere Modelle gab und wie sie wohl aussahen. Schnellere, bessere, überlegene Eiserne Feen. Dann beschloss ich jedoch, dass ich es lieber nicht herausfinden wollte.

Eisenpferd blieb am Eingang des Tunnels stehen und stampfte ungeduldig mit den Hufen, sodass Funken flogen. Es starrte mich finster an.

»KOMM«, befahl es und blies Dampf aus den Nüstern. »FOLGE DEM STEIG ZUM EISERNEN HOF. WENN DU DICH WEIGERST, WERDEN DIE GREMLINS DICH TRAGEN.« Es schüttelte den Kopf, stieg auf die Hinterbeine, und Flammen schossen aus seinem Maul. »ODER VIELLEICHT JAGE ICH AUCH HINTER DIR HER UND SPUCKE FEUER ...«

Ein Eisspeer flog durch die Luft, traf Eisenpferd zwischen die Rippen und verwandelte sich in eine Dampfwolke, als er von den Flammen eingeschlossen wurde. Das Pferd stieß einen schrillen, pfeifenden Schrei aus und wirbelte herum, sodass seine Hufe auf dem Eis Funken schlugen. Die Gremlins jagten vorwärts, sahen sich hektisch um und suchten nach Eindringlingen.

»Hey, Hackfresse!«, rief eine vertraute Stimme. »Nette Bude hast du hier! Nur so eine Überlegung: Such dir beim nächsten Mal doch ein Versteck, das etwas mehr Widerstand gegen Feuer bietet als eine Eishöhle!«

»Puck!«, schrie ich, als der rothaarige Elf mir von der anderen Seite der Höhle grinsend zuwinkte. Eisenpferd kreischte und griff an, wobei die Gremlins wie aufgescheuchte Hühner auseinanderliefen, während es auf Puck zuwalzte. Puck rührte sich nicht, und das große eiserne Vieh rannte ihn glatt um und zertrampelte ihn mit seinen Metallhufen.

»Oh, das sah aber schmerzhaft aus!«, rief ein anderer Puck, der noch ein Stück weiter weg stand. »Wir sollten mal über dein Aggressionsverhalten reden.«

Brüllend griff Eisenpferd den zweiten Puck an und entfernte sich dabei immer weiter von mir und dem Steig. Die Gremlins folgten ihm lachend und fauchend, hielten aber gewissenhaft Abstand von dem wütenden Pferd und seinen Hufen.

Eine kühle Hand legte sich über meinen Mund und erstickte meinen überraschten Aufschrei. Als ich mich umdrehte, blickte ich in funkelnde Silberaugen.

»Ash?«

»Hier entlang«, sagte er leise und zog an meiner Hand, »solange der Idiot sie noch ablenkt.«

»Nein, warte«, flüsterte ich und riss mich los. »Er weiß etwas über Ethan. Ich muss meinen Bruder finden ...«

Ashs Augen wurden schmal. »Wenn du jetzt zögerst, wird Goodfellow sterben. Davon abgesehen …« Er griff wieder nach meiner Hand. »… lasse ich dir keine Wahl.«

Benommen folgte ich dem Winterprinzen, der mich an der Höhlenwand entlangführte, zu verwirrt, um zu fragen, warum er mir half. Wollte er mich nicht eigentlich töten? Diente diese Rettungsaktion nur dazu, mich in die Finger zu kriegen, damit er dann den Job in Ruhe zu Ende bringen konnte? Aber das ergab keinen Sinn: Er hätte mich auch einfach töten können, während Puck mit Eisenpferd beschäftigt war.

»Hallooo-ooo.« Pucks Stimme hallte weit entfernt durch die Höhle. »Tut mir leid, Hackfresse, das war das falsche Ich! Aber mach ruhig weiter, beim nächsten Mal erwischst du bestimmt den Richtigen!«

Eisenpferd, das gerade damit beschäftigt war, einen falschen Puck zu zertrampeln, sah auf, und in seinen roten Augen brannte der Hass. Es entdeckte einen neuen Puck, spannte die eisernen Muskeln und wollte angreifen, als einer der Gremlins bemerkte, wie wir an der Wand entlangschlichen, und einen Warnruf ausstieß.

Eisenpferd wirbelte herum und richtete seinen glühenden Blick auf uns. Ash murmelte einen Fluch. Das Pferd brüllte, stieß einen Flammenstoß aus den Nüstern und stürmte mit der Macht einer Dampflok auf uns los. Ash zog sein Schwert und schleuderte dem Monster einen Schwung Eissplitter entgegen, aber sie prallten wirkungslos an seiner gepanzerten Haut ab und sorgten nur dafür, dass es noch wütender wurde. Während der dröhnende, glühende Metallblock sich näherte, stieß Ash mich aus dem Weg und hechtete seitwärts, wobei er nur haarscharf den wirbelnden Hufen entkam. Er rollte sich ab, kam hinter dem Monster wieder auf die Füße und schlug auf seine Flanke ein. Eisenpferd senkte daraufhin wütend den Kopf und trat Ash mit den Hinterbeinen in die Rippen. Es krachte Übelkeit erregend, Ash wurde fortgeschleudert und blieb reglos liegen.

Doch Eisenpferd war plötzlich von einem kreischenden Schwarm Raben umgeben, bevor es Ash zertrampeln konnte. Die Vögel flatterten um seinen Kopf, hackten und krallten nach ihm. Brüllend setzte Eisenpferd den Schwarm in Brand und verwandelte ihn in glühende

Kohlestückchen. Ash kam gerade mühsam auf die Füße, als Puck neben uns auftauchte und meine Hand nahm.

»Zeit zum Abflug«, verkündete er fröhlich. »Prinz, entweder kannst du mithalten oder du bleibst hier. Wir verschwinden.«

Wir rannten durch die Höhlen, schlitterten über Eis und Matsch, dicht gefolgt vom wahnsinnigen Brüllen des Eisenpferds und vom Fauchen der Gremlins. Ich wagte nicht, mich umzudrehen. Die Höhle bebte, um uns herum stürzten Eiszapfen zu Boden und bestäubten mich mit stechenden Splittern, doch wir liefen weiter.

Auf einmal sprang ein pelziger grauer Schatten mit erhobenem Schwanz auf uns zu. »Ihr habt sie gefunden«, stellte Grimalkin fest und blieb stehen, um Puck einen bösen Blick zuzuwerfen. »Idiot. Ich hatte dir doch gesagt, dass du nicht gegen dieses Pferdeding kämpfen sollst.«

»Kann jetzt nicht reden, bin gerade etwas beschäftigt!«, keuchte Puck. Wir rannten an dem Kater vorbei, weiter den Tunnel entlang. Grimalkin legte die Ohren an und folgte uns, während das Kreischen der Gremlins von den Wänden widerhallte. Endlich konnte ich den Eingang der Höhle sehen, der voller tropfender Eiszapfen hing, und legte noch einen Zahn zu.

Eisenpferd stieß einen Schrei aus, und direkt vor meiner Nase zerbarst ein Eiszapfen.

»Lasst die Höhle einstürzen!«, rief Grimalkin, der immer noch hinter uns herlief. »Lasst ihnen die Decke auf den Kopf fallen! Jetzt!« Er schoss durch den Höhleneingang davon und war verschwunden.

Sekunden später hetzten wir aus der Höhle und taumelten keuchend in den Schnee hinaus. Ich drehte mich um, sah Dutzende grüne Augen hinter uns und hörte die dröhnenden Hufschläge von Eisenpferd, das ihnen folgte.

»Lauft weiter!«, schrie Ash und wirbelte herum. Er schloss die Augen, hob eine Faust vor das Gesicht und neigte den Kopf. Die Gremlins wieselten auf ihn zu, und das rote Glühen von Eisenpferd erschien hinter ihnen. Flammen zuckten in der Dunkelheit.

Ash öffnete die Augen, und seine Hand schoss nach vorn.

Ein dumpfes Grollen ließ den Boden beben und die Höhle erzittern. Riesige Gruppen von Eiszapfen klirrten und wankten hin und her.

Gerade als die Gremlins den Höhleneingang erreichten, stürzte über ihnen – mit dem durchdringenden Geräusch von brechendem Glas – die gesamte Höhlendecke ein. Die Gremlins kreischten, als sie unter mehreren Tonnen Eis und Fels begraben wurden, und die entrüsteten Schreie von Eisenpferd durchdrangen das Chaos.

Der Lärm verhallte, und Stille breitete sich aus.

Ash, der nur einen knappen halben Meter von der massiven Eiswand entfernt stand, die nun die Höhle versiegelte, brach zusammen und fiel in den Schnee.

Puck packte mich am Arm, als ich zu ihm laufen wollte. »Hey, hey, Prinzessin«, rief er, als ich mich losreißen wollte. »Was soll denn das? Falls du es vergessen hast, das Prinzlein ist unser Feind. Und wir helfen dem Feind nicht.«

»Er ist verletzt.«

»Ein Grund mehr, sofort von hier zu verschwinden.«

»Er hat uns gerade das Leben gerettet!«

»Also, technisch gesehen hat er sein eigenes Leben gerettet«, erwiderte Puck, ohne mich loszulassen. Erst als ich ihm einen heftigen Stoß versetzte, gab er mich frei. »Schau mal, Prinzessin.« Er seufzte, als ich ihn böse anstarrte. »Glaubst du, Ash wird jetzt plötzlich lieb und nett sein? Der einzige Grund, warum er uns geholfen hat – und der einzige Grund, warum er sich auf einen Waffenstillstand eingelassen hat –, ist der, dass er dich zu Mab bringen soll. Sie will dich lebend, damit sie dich als Druckmittel gegen Oberon einsetzen kann. Das ist der *einzige* Grund, warum er mitgekommen ist. Wenn er nicht verletzt wäre, würde er jetzt schon wieder versuchen, mich umzubringen.«

Ich sah zu Ash, der reglos im Schnee lag. Weiße Flocken fielen auf seinen Körper – bald würde er völlig von ihnen bedeckt sein.

»Wir können ihn nicht einfach sterben lassen.«

»Er ist ein Winterprinz, Meghan. Vertrau mir, er wird sicher nicht gleich erfrieren.«

Ich warf ihm einen bösen Blick zu. »Du bist genauso schlimm wie die.« Er blinzelte überrascht, aber ich wandte mich von ihm ab. »Ich werde wenigstens nachschauen, ob es ihm gut geht. Komm mit oder geh mir aus dem Weg.«

Puck warf in einer dramatischen Geste die Arme in die Luft. »Fein, Prinzessin. Ich werde ihm helfen, dem Sohn von Mab, der Erzfeindin unseres Hofes. Auch wenn er mir wahrscheinlich sein Schwert in den Rücken rammen wird, sobald meine Deckung fällt.«

»Darum würde ich mir keine Sorgen machen«, murmelte Ash und stemmte sich hoch. In der einen Hand hielt er sein Schwert; die andere hatte er an die Rippen gepresst. Er schüttelte sich den Schnee aus den Haaren und hob die Waffe. »Wir können jetzt fortfahren, wenn dir das recht ist.«

Grinsend zog Puck seinen Dolch. »Es wäre mir ein Vergnügen«, murmelte er und trat einen Schritt vor. »Es wird auch nicht lange dauern.«

Ich warf mich zwischen sie.

»Hört auf!«, zischte ich und starrte beide abwechselnd finster an. »Hört sofort damit auf! Legt die Waffen weg, alle beide! Ash, du bist nicht in der Verfassung, um zu kämpfen, und Puck, du solltest dich schämen, einem Duell zuzustimmen, wenn er doch offensichtlich verletzt ist. Setzt euch hin und haltet die Klappe.«

Sie starrten mich völlig verblüfft an, ließen aber zögernd die Waffen sinken.

Ein schnaubendes Lachen erklang aus den Ästen eines Baumes. Grimalkin sah auf uns herab und schlug fröhlich mit dem Schwanz.

»Eine wahre Tochter Oberons«, rief er und bleckte in einem kätzischen Grinsen die Zähne. »Königin Titania wäre stolz auf dich.«

Puck zuckte mit den Schultern, ließ sich auf einen Baumstumpf fallen und verschränkte Arme und Beine. Ash blieb stehen und musterte mich mit undurchdringlicher Miene. Puck ignorierend, ging ich auf den Prinzen zu. Er kniff die Augen zusammen, spannte sich an und hob sein Schwert, aber ich hatte keine Angst. Zum ersten Mal, seit ich hierhergekommen war, hatte ich kein bisschen Angst.

»Prinz Ash«, sagte ich ruhig, während ich auf ihn zuging, »ich würde vorschlagen, wir treffen eine Abmachung.«

Er wirkte überrascht.

»Wir brauchen deine Hilfe«, fuhr ich fort und sah ihm freimütig in die Augen. »Ich habe keine Ahnung, was das für Dinger waren, aber sie selbst nennen sich Eiserne Feen. Außerdem haben sie einen gewissen Machina erwähnt, den Eisernen König. Weißt du, wer das ist?«

»Der Eiserne König?« Ash schüttelte den Kopf. »An keinem der beiden Höfe gibt es jemanden mit diesem Namen. Falls dieser König Machina wirklich existiert, ist er eine Gefahr für uns alle. Beide Höfe würden darüber Bescheid wissen wollen, über ihn und diese... Eisernen Feen.«

»Ich muss ihn finden«, erklärte ich so entschlossen wie möglich. »Er hat meinen Bruder. Und ich brauche deine Hilfe, um aus dem Dunklen Reich zu entkommen und den Hof des Eisernen Königs zu finden.«

Ash hob eine Augenbraue. »Und warum sollte ich das tun?«, fragte er leise – ohne jede Ironie, aber todernst.

Ich schluckte. »Du bist verletzt«, begann ich und hielt seinem Blick stand. »Du wirst mich also nicht mit Gewalt mitnehmen können, nicht, solange Puck so scharf darauf ist, dir ein Messer zwischen die Rippen zu jagen.« Ich sah mich nach Puck um, der schmollend auf seinem Baumstamm hockte, und senkte die Stimme: »Ich schlage folgenden Handel vor: Wenn du mir hilfst, meinen Bruder zu finden und ihn sicher nach Hause zu bringen, dann komme ich mit dir an den Dunklen Hof. Ohne Widerstand, weder von mir noch von Puck.«

Ashs Augen leuchteten auf. »Bedeutet er dir so viel? Du würdest deine Freiheit für seine Sicherheit eintauschen?«

Ich holte tief Luft und nickte. »Ja.« Das Wort hing bedeutungsschwer zwischen uns in der Luft, und ich fuhr schnell fort, bevor ich es zurücknehmen konnte. »Also, haben wir eine Abmachung?«

Er legte den Kopf schief, als versuche er immer noch, aus mir schlau zu werden. »Nein, Meghan Chase. Wir haben einen Vertrag.«

»Gut.« Mit zitternden Knien wich ich vor ihm zurück. Ich musste mich dringend setzen, bevor ich zusammenklappte. »Und auch keine Mordanschläge mehr auf Puck.«

»Das war nicht Teil unserer Abmachung«, widersprach Ash, bevor er das Gesicht verzog und auf die Knie sank. Er umklammerte krampfhaft seinen Brustkorb. Zwischen seinen Lippen quoll dunkles Blut hervor.

»Puck!«, rief ich und funkelte das Feenwesen auf dem Baumstumpf wütend an. »Komm her und hilf ihm.«

»Oh, dann sind wir jetzt also alle Freunde oder was?« Puck blieb sitzen, und er wirkte alles andere als entgegenkommend. »Wie wäre es zuerst mit einer Tasse Tee? Soll ich uns eine Kanne Leck-mich-am-Arsch kochen?«

»Puck!«, schrie ich frustriert.

Doch Ash hob den Kopf und sah seinen alten Feind an. »Waffenstillstand, Goodfellow«, krächzte er. »Das Haus der Kalten Klagen befindet sich nur ein paar Kilometer östlich von hier. Die Dame des Hauses hält sich zurzeit bei Hofe auf, also sollten wir dort in Sicherheit sein. Ich schlage vor, dass wir unser Duell verschieben, bis wir dort sind und die Prinzessin vor der Kälte geschützt ist. Es sei denn, du willst mich jetzt gleich umbringen.«

»Nein, nein, wir können uns auch später noch umbringen.« Puck sprang von dem Baumstumpf, schob sich den Dolch in den Stiefel und schlenderte zu uns herüber. Er legte sich den Arm des Prinzen um die Schultern und zog ihn hoch. Ash ächzte und biss sich auf die Lippen, schrie aber nicht. Ich warf Puck einen bösen Blick zu, doch er ignorierte mich.

»Los geht's.« Puck seufzte. »Kommst du mit, Grimalkin?«

»Oh, aber sicher doch.« Grimalkin landete mit einem sanften Plumps im Schnee. Seine goldenen Augen funkelten belustigt, und er musterte mich wissend. »Um nichts in der Welt würde ich das verpassen wollen.«

Das Orakel

Das Haus der Kalten Klagen machte seinem Namen alle Ehre. Die Außenanlagen des weitläufigen Anwesens waren von Eis bedeckt, die Grünflächen mit Reif überzogen, die zahllosen Dornbüsche von gefrorenem Wasser eingehüllt. Drinnen war es nicht wesentlich besser. Die Treppen waren glatt, die Fußböden erinnerten an Eislaufbahnen, und mein Atem kondensierte, während wir durch die engen, kalten Flure wanderten.

Wenigstens waren die Dienstboten hilfsbereit, wenn auch extrem unheimlich – klapperdürre Gnome mit strahlend weißer Haut und sehr,

sehr langen Fingern, die lautlos durch das Haus glitten, ohne ein Wort zu sagen. Ihre schwarzen Augen, ohne erkennbare Pupillen, schienen zu groß für ihre Gesichter zu sein, und sie hatten die beunruhigende Angewohnheit, einen immer kummervoll anzustarren, als hätte man eine tödliche Krankheit und würde nicht mehr lange auf dieser Welt weilen.

Doch sie hießen uns im Haus willkommen, verbeugten sich respektvoll vor Ash und machten es ihm in einem der Zimmer bequem. Die beißende Kälte machte dem Winterprinzen nichts aus, doch ich zitterte, und meine Zähne klapperten, bis mir einer der Dienstboten eine dicke Decke gab und dann wortlos davonhuschte.

Dankbar umklammerte ich die Decke und spähte dann in das Zimmer, in dem Ash umgeben von Frostgnomen auf einem Bett saß. Er hatte sein Hemd ausgezogen, sodass seine kräftige Brust und seine schlanken, muskulösen Arme zu sehen waren. Er hatte eher die Statur eines Tänzers oder Kampfsportlers als die eines Bodybuilders, und seine Körperhaltung verriet eine Anmut, mit der ein Mensch einfach nicht mithalten konnte. Sein schwarzes Haar war zerzaust und fiel ihm in die Stirn, bis er es sich geistesabwesend aus dem Gesicht strich.

In meinem Bauch kribbelte es sonderbar, und ich zog mich auf den Flur zurück. *Was machst du da?*, fragte ich mich selbst entsetzt. *Das ist Ash, ein Prinz des Dunklen Hofes. Er hat versucht, Puck umzubringen, und dich wird er wohl auch noch umbringen wollen. Er ist nicht sexy. Absolut nicht.*

Doch das war er, und zwar extrem, und es hatte keinen Zweck, es zu leugnen. Mein Herz und mein Hirn waren sich nicht einig, und ich wusste, dass ich das möglichst schnell für mich klären sollte.

Okay, gut, sagte ich mir. *Ich gebe ja zu, dass er umwerfend ist. Ich reagiere einfach nur auf sein gutes Aussehen, das ist alles. Die Sidhe sind alle atemberaubend schön. Das hat nichts zu bedeuten.*

Mit diesem Gedanken als Stütze betrat ich das Zimmer.

Ash sah auf, als ich mit der Decke um die Schultern näher kam. Zwei Gnome wickelten gerade einen Verband um seinen Oberkörper, doch oberhalb seines Magens konnte ich einen üblen dunklen Striemen erkennen.

»Ist das die Stelle, wo …?«

Ash nickte knapp. Als ich weiter darauf starrte, erkannte ich, dass die Haut fast schwarz und mit Schorf bedeckt war. Schaudernd wandte ich den Blick ab.

»Das sieht fast aus wie eine Verbrennung.«

»Die Hufe dieses Wesens waren aus Eisen«, erwiderte Ash. »Eisen neigt dazu, uns zu verbrennen, wenn es uns nicht sofort tötet. Ich hatte Glück, dass der Tritt mich nicht auf Höhe des Herzens getroffen hat.« Die Gnome zogen den Verband zurecht, und er zuckte zusammen.

»Wie schlimm ist die Verletzung?«

Er sah mich abschätzend an. »Wir Feen heilen schneller als ihr Sterblichen«, antwortete er schließlich und erhob sich geschmeidig, was die Gnome auseinanderstieben ließ. »Insbesondere, wenn wir uns auf eigenem Territorium befinden. Abgesehen davon ...«, er berührte vorsichtig die Verbrennung an seinen Rippen, »... sollte ich bis morgen wiederhergestellt sein.«

»Oh.« Irgendwie war ich etwas atemlos und konnte die Augen plötzlich nicht mehr von ihm abwenden. »Das ... ist ja gut.«

Da lächelte er, kalt und humorlos, und trat dicht vor mich.

»Gut?«, fragte er spöttisch. »Du solltest es nicht gut finden, dass ich wieder zu Kräften komme, Prinzessin. Es wäre einfacher für dich gewesen, wenn Puck mich getötet hätte, als er die Chance dazu hatte.«

Ich widerstand dem Drang, vor ihm zurückzuweichen. »Nein, wäre es nicht.« Sein Schatten fiel über mich und ließ meine Haut kribbeln, doch ich hielt mich tapfer. »Ich brauche deine Hilfe, sowohl um aus dem Dunklen Reich zu entkommen als auch um meinen Bruder zu retten. Außerdem konnte ich nicht zulassen, dass er dich kaltblütig umbringt.«

»Warum nicht?« Er stand jetzt sehr dicht vor mir, so dicht, dass ich die blassen Narben auf seiner Brust sehen konnte. »Er scheint dir treu ergeben zu sein. Vielleicht wartest du ja nur, bis wir Tir Na Nog verlassen haben, und lässt ihn dann hinterrücks zustechen? Was wäre, wenn wir noch einmal kämpfen und ich ihn töte?«

»Hör auf.« Ich funkelte ihn an und sah ihm dabei direkt in die Augen. »Warum tust du das? Ich habe dir mein Wort gegeben. Warum ziehst du jetzt so eine Nummer mit mir ab?«

»Ich wollte nur sehen, wo du stehst, Prinzessin.« Ash trat einen Schritt zurück, und sein Lächeln verblasste. »Ich entwickle gern ein Gespür für meine Gegner, bevor ich mich mit ihnen im Kampf messe. Um zu sehen, wo ihre Stärken und Schwächen liegen.«

»Wir werden uns nicht im Kampf ...«

»Nicht jeder Kampf wird mit Schwertern ausgetragen.« Ash kehrte zurück zum Bett, zog seine Waffe hervor und musterte prüfend die glänzende Klinge. »Gefühle können tödliche Waffen sein, und die Schwachstelle eines Gegners zu kennen kann der Schlüssel zum Sieg sein. Zum Beispiel ... « Er drehte sich um, zeigte mit dem Schwert auf mich und starrte an der polierten Schneide entlang in mein Gesicht. »Zum Beispiel würdest du alles tun, um deinen Bruder zu finden: dich in Gefahr begeben, einen Pakt mit deinem Feind schließen, deine Freiheit aufgeben – solange du ihn dadurch retten kannst.

Für deine Freunde oder jeden anderen, der dir wichtig ist, würdest du wahrscheinlich dasselbe tun. Dein Sinn für Loyalität ist deine Schwachstelle, und deine Feinde werden sie mit Sicherheit gegen dich einsetzen. *Das* ist deine große Schwäche, Prinzessin. Das ist der gefährlichste Punkt in deinem Leben.«

»Na und?« Trotzig zog ich die Decke enger um mich. »Damit sagst du nur, dass ich meine Freunde und meine Familie nie im Stich lassen würde. Wenn das eine Schwäche ist, habe ich sie gern.«

Er musterte mich mit funkelnden Augen, doch seine Miene blieb unergründlich. »Und wenn du die Wahl hättest, deinen Bruder zu retten oder mich sterben zu lassen? Welche Wahl würdest du treffen? Die Antwort sollte eindeutig sein, aber könntest du es tun?«

Ich kaute auf meiner Unterlippe herum, antwortete aber nicht.

Ash nickte bedächtig und wandte sich ab. »Ich bin müde«, sagte er knapp und setzte sich aufs Bett. »Du solltest Puck suchen und mit ihm beschließen, wohin wir uns von hier aus wenden. Es sei denn natürlich, ihr wisst, wo sich der Hof dieses Machina befindet. Ich weiß es jedenfalls nicht. Wenn ich euch helfen soll, muss ich mich jetzt ausruhen.«

Er lehnte sich zurück und legte einen Arm über die Augen, zum Zeichen, dass ich entlassen war. Ich verließ das Zimmer, doch quälender Zweifel hatte sich in mir festgesetzt.

Auf dem Flur stieß ich auf Puck, der mit verschränkten Armen an der Wand lehnte. »Und, wie geht es dem hübschen Prinzlein?«, spottete er und stieß sich von der Wand ab. »Wird er die Qualen überstehen und wieder kämpfen können?«

»Es geht ihm gut«, murmelte ich, als Puck neben mir herlief. »Er hat eine übel aussehende Verbrennung an der Stelle, wo ihn das Pferd getreten hat, und ich glaube, seine Rippen sind gebrochen, aber er wollte es mir nicht sagen.«

»Verzeih mir, wenn mir seinetwegen nicht das Herz blutet«, erwiderte Puck und rollte genervt mit den Augen. »Ich habe keine Ahnung, wie du ihn dazu gebracht hast, uns zu helfen, Prinzessin, aber ich würde ihm nicht weiter über den Weg trauen, als ich ihn werfen kann. Abmachungen mit dem Winterhof bringen nichts Gutes. Was hast du ihm versprochen?«

»Nichts«, behauptete ich, konnte ihm dabei jedoch nicht in die Augen sehen. Ich spürte seinen ungläubigen Blick und ging zum Angriff über, um ihn abzulenken. »Sag mal, was ist das eigentlich für eine Geschichte zwischen euch beiden? Er sagte, du wärst ihm schon einmal in den Rücken gefallen. Was hat es damit auf sich?«

»Das ...« Puck zögerte, und ich wusste, dass ich einen wunden Punkt getroffen hatte. »Das war ein Unfall«, sagte er dann leise. »Ich wollte nicht, dass das passiert.« Er schüttelte sich, und sofort fiel jeder Selbstzweifel von ihm ab, und sein nervtötendes Grinsen kehrte zurück. »Ist ja auch egal. Ich bin hier nicht der Böse, Prinzessin.«

»Stimmt«, gab ich zu. »Bist du nicht. Aber ich werde euch beide brauchen, um Ethan zurückzubekommen. Besonders jetzt, wo dieser Eiserne König so scharf auf mich ist. Weißt du irgendetwas über ihn?«

Sofort wurde Puck sachlich. »Noch nie von ihm gehört«, murmelte er nachdenklich, während wir das Esszimmer betraten.

Das Zentrum des Raums bildete eine lange Holztafel, in deren Mitte eine atemberaubende Eisstatue aufragte. Grimalkin hockte auf dem Tisch und hatte den Kopf über eine Schüssel gesenkt, aus der er etwas fraß, was stark nach Fisch roch. Er sah auf, als wir eintraten, und leckte sich mit seiner rosa Zunge das Maul.

»Von wem noch nie gehört?«

»König Machina.« Ich zog einen Stuhl heraus, setzte mich und stützte das Kinn in die Hände. »Dieses Pferdeding – Eisenpferd – hat ihn als Herrscher über die Eisernen Feen bezeichnet.«

»Hm. Nie von ihm gehört.« Grimalkin steckte den Kopf wieder in die Schüssel und kaute hörbar.

Puck setzte sich neben mich. »Das erscheint unmöglich«, murmelte er und ahmte meine Haltung nach, indem er ebenfalls das Kinn in die Hand stützte. »Eiserne Feen? Das ist Blasphemie! Das widerspricht allem, was wir kennen.« Er fuhr sich mit den Fingern über eine Braue und kniff die Augen zusammen. »Und trotzdem war Eisenpferd definitiv ein Feenwesen. Das konnte ich spüren. Wenn es noch mehr wie ihn und diese Gremlindinger gibt, muss Oberon umgehend davon unterrichtet werden. Wenn dieser König Machina seine Eisernen Feen gegen uns führt, könnte er beide Höfe zerstören, bevor wir auch nur wissen, was uns da getroffen hat.«

»Aber du weißt rein gar nichts über ihn.« Grimalkins Stimme hallte in der Schüssel wider. »Du hast keine Ahnung, wo er sich aufhält, was er für Motive hat und wie viele Eiserne Feen es da draußen überhaupt gibt. Was könntest du Oberon momentan schon berichten? Insbesondere, nachdem du ... na ja ... nicht mehr in seiner Gunst stehst, da du dich seinem Befehl widersetzt hast.«

»Er hat recht«, stellte ich fest. »Wir sollten mehr über diesen Machina herausfinden, bevor wir die Höfe informieren. Was, wenn sie beschließen, sich ihm jetzt schon entgegenzustellen? Dann schlägt er vielleicht zurück, oder er verschwindet in den Untergrund. Ich kann es nicht riskieren, Ethan zu verlieren.«

»Meghan ...«

»Kein Wort zu den Höfen«, sagte ich bestimmt und sah ihn fest an, »und dabei bleibt es.«

Puck seufzte und schenkte mir dann ein widerstrebendes Lächeln. »Na schön, Prinzessin.« Er hob resignierend die Hände. »Wir machen es auf deine Art.«

Grimalkin kicherte in seine Schüssel.

»Und wie finden wir diesen Machina überhaupt?«, stellte ich die Frage, die mich schon den ganzen Abend beschäftigte. »Der einzige Steig in sein Reich, von dem wir wissen, ist unter Tonnen von Eis begraben. Wo sollen wir mit der Suche anfangen? Er könnte überall sein.«

Grimalkin hob den Kopf. »Ich kenne da vielleicht jemanden, der uns helfen könnte«, schnurrte er und kniff die Augen zusammen. »Eine Art Orakel, lebt in deiner Welt. Sehr alt, sogar noch älter als Puck. Älter als Oberon. Fast so alt wie wir Katzen. Wenn dir irgendjemand sagen kann, wo sich dieser Eiserne König aufhält, dann sie.«

Mein Herz machte einen Sprung. Wenn dieses Orakel mir etwas über den Eisernen König sagen konnte, dann wusste sie vielleicht auch, wo mein Dad war. Es konnte ja nicht schaden, mal zu fragen.

»Ich dachte, sie wäre gestorben«, meinte Puck. »Wenn das dasselbe Orakel ist, das ich meine, dann ist sie schon vor Ewigkeiten verschwunden.«

Grimalkin gähnte und putzte sich die Schnurrhaare. »Nicht gestorben«, erwiderte er. »Wohl kaum. Aber sie hat ihren Namen und ihr Aussehen so oft geändert, dass sich selbst die ältesten Feenwesen kaum noch an sie erinnern. Sie bleibt gern unsichtbar, weißt du?«

Puck runzelte die Stirn. »Und wie kommt es dann, dass *du* dich an sie erinnerst?«, fragte er ungehalten.

»Ich bin eine Katze«, schnurrte Grimalkin.

In dieser Nacht schlief ich nicht besonders gut. Auch die vielen Decken konnten mich nicht ganz vor der allgegenwärtigen Kälte schützen. Sie kroch durch jeden Spalt, den sie finden konnte, und stahl mir mit eisigen Fingern die Wärme. Außerdem schlief Grimalkin unter den Decken direkt auf mir, und auch wenn sein pelziger Körper eine willkommene Wärmequelle war, grub er doch immer wieder seine Krallen in meine Haut. Nachdem ich kurz vor Sonnenaufgang wieder einmal wach gekratzt worden war, stand ich auf, wickelte mir eine Decke um die Schultern und machte mich auf die Suche nach Puck.

Doch stattdessen fand ich Ash im Speisezimmer vor, wo er im grauen Morgenlicht Schwertübungen machte. Sein schlanker, muskulöser Körper glitt über die Fliesen, das Schwert wirbelte elegant durch die Luft, er war voll konzentriert und hatte die Augen geschlossen. Einige Minuten lang blieb ich an der Tür stehen und beobachtete ihn, unfähig, den Blick von ihm zu lösen. Es war wie ein Tanz, wunderschön und hypnotisch. Ich verlor jegliches Zeitgefühl, während ich dort stand und ihm zusah, und ich wäre wohl auch liebend gern noch den ganzen Morgen da stehen geblieben, wenn er nicht plötzlich die Augen geöffnet und mich entdeckt hätte.

Ich quietschte überrascht und richtete mich schuldbewusst auf. »Beachte mich gar nicht«, sagte ich, während er sich entspannte. »Ich wollte dich nicht stören. Mach einfach weiter, bitte.«

»Ich war sowieso fertig.« Er schob das Schwert in die Scheide und musterte mich ernst. »Wolltest du etwas?«

Mir wurde bewusst, dass ich ihn anstarrte, und ich wandte schnell den Blick ab, wobei mir das Blut ins Gesicht schoss. »Äh … nein. Also … ich bin froh, dass es dir besser geht.«

Er schenkte mir ein seltsames schmales Lächeln. »Ich muss schließlich in Topform sein, wenn ich alles Mögliche für dich töten soll, nicht wahr?«

Mir blieb eine Antwort erspart, da Puck hereingeschlendert kam. Er summte vor sich hin und trug eine Schüssel mit seltsamen goldenen Früchten, die ungefähr die Größe von Golfbällen hatten. »Guten Morgen, Prinzessin«, nuschelte er mit vollem Mund und stellte die Schüssel schwungvoll auf dem Tisch ab. »Schau mal, was ich gefunden habe.«

Ash blinzelte. »Plünderst du schon den Keller, Goodfellow?«

»Ich? Stehlen?« Puck ließ ein verschlagenes Lächeln aufblitzen und stopfte sich noch eine Frucht in den Mund. »Im Haus meines Erzfeindes? Wie kommst du denn darauf?« Er nahm noch eine Frucht und warf sie mir mit einem schelmischen Zwinkern zu. Sie war warm und weich und fühlte sich an wie eine überreife Birne.

Grimalkin sprang auf den Tisch und schnüffelte an den Früchten. »Sommerbuchteln«, stellte er fest und legte den Schwanz um die Beine. »Ich hätte nicht gedacht, dass die im Reich des Winters überhaupt wachsen.« Er drehte sich zu mir um und sah mich ernst an. »Iss besser nicht zu viele davon«, warnte er mich. »Daraus wird Feenwein gemacht. Deine menschliche Seite wird sie nicht besonders gut vertragen.«

»Ach, lass sie doch eine probieren«, schnaubte Puck und rollte genervt mit den Augen. »Sie ist schon lange genug im Feenreich und isst unsere Nahrung. Es wird sie schon nicht in eine Ratte verwandeln oder so.«

»Wohin wollen wir uns jetzt wenden?«, fragte Ash, der von uns ziemlich gelangweilt zu sein schien. »Habt ihr es geschafft, euch einen Plan auszudenken, wie wir den Eisernen König finden können, oder sollen wir uns einfach Zielscheiben auf den Rücken malen und im Kreis laufen, bis er uns bemerkt?«

Ich biss in die Frucht, und sofort breitete sich Wärme in meinen Mund aus. Als ich schluckte, erfüllte sie meinen gesamten Körper und vertrieb die Kälte. Mit der Decke war es plötzlich brütend heiß. Ich hängte sie über einen der Stühle und verschlang den Rest der Frucht auf einmal.

»Du bist wirklich ekelhaft hilfsbereit«, säuselte Puck und lehnte sich gegen den Tisch. »Und ich Dummerchen habe mich schon auf ein Duell im Morgengrauen eingestellt. Wie kam es zu diesem Sinneswandel, Prinz?«

Die Wirkung der Sommerbuchtel ließ schnell nach. Kälte kribbelte an meinen Armen und meinen Wangen. Ohne Grimalkins warnenden Blick zu beachten, schnappte ich mir noch eine Frucht und schob sie mir in den Mund, wie Puck es getan hatte. Wundervolle, köstliche Wärme durchdrang mich, und ich seufzte genüsslich.

Ashs Konturen verschwammen an den Rändern, als er sich zu Puck umdrehte. »Deine Prinzessin und ich haben eine Abmachung getroffen«, erklärte er. »Ich habe mich bereit erklärt, ihr bei der Suche nach dem Eisernen König zu helfen, mit weiteren Einzelheiten will ich dich nicht langweilen. Und auch wenn ich meinen Teil der Vereinbarung einhalten werde, bist du davon in keinster Weise betroffen. Ich habe lediglich versprochen, *ihr* zu helfen.«

»Was also heißt, dass wir uns weiterhin duellieren können, wann immer wir wollen.«

»Ganz genau.«

Der Raum begann leicht zu schwanken. Ich ließ mich auf einen Stuhl fallen, nahm eine weitere Frucht aus der Schüssel und stopfte sie mir in den Mund. Wieder spürte ich diesen wunderbaren Rausch von Wärme und Leichtigkeit. Irgendwo weit weg führten Puck und Ash ein brandgefährliches Gespräch, aber ich konnte mich nicht dazu durchringen, mich darum zu kümmern. Stattdessen schob ich einen Finger unter den Rand der Schüssel, zog sie zu mir heran und verschlang die Früchte wie Bonbons.

»Wozu noch warten?« Puck klang begierig. »Wir könnten doch auf der Stelle nach draußen gehen, Eure Hoheit, und es hinter uns bringen.«

Grimalkin seufzte laut und unterbrach damit ihr Gespräch. Beide Feen drehten sich zu ihm um und sahen ihn böse an. »Das ist ja alles wahnsinnig faszinierend«, meinte Grimalkin, und irgendwie klang seine Stimme für mich ziemlich lallend, »aber statt euch in Pose zu werfen und mit den Füßen zu scharren wie balzende Pfauen, solltet ihr euch vielleicht mal um das Mädchen kümmern.«

Die Jungen wandten sich nun mir zu, und Puck riss die Augen auf. »Prinzessin!«, kreischte er, hechtete zu mir rüber und entriss mir die Schüssel. »Du solltest doch nicht ... nicht alle ... Wie viele hast du gegessen?«

»Das ist mal wieder typisch für dich, Puck.« Ashs Stimme kam von weit her, und der Raum begann sich zu drehen. »Gib ihnen einen Schluck Feenwein und tu dann überrascht, wenn sie davon verzehrt werden.«

Das fand ich wahnsinnig witzig und brach in hysterisches Gekicher aus. Und einmal angefangen, konnte ich nicht mehr damit aufhören. Ich lachte, bis ich nach Atem rang und mir die Tränen übers Gesicht liefen.

Meine Füße juckten, und meine Haut kribbelte. Ich musste mich bewegen, etwas tun. Ich versuchte aufzustehen, wollte mich im Kreis drehen und tanzen, aber der Raum kippte plötzlich weg, und ich fiel, wobei ich immer noch vor Lachen kreischte. Jemand fing mich auf, stellte mich auf die Füße und zog mich in seine Arme. Ich roch Raureif und Winter und hörte irgendwo über meinem Kopf ein genervtes Seufzen.

»Was machst du da, Ash?«, hörte ich jemanden fragen. Die Stimme klang vertraut, doch mir fiel sein Name nicht ein, und ich verstand auch nicht, warum er so argwöhnisch klang.

»Ich bringe sie zurück auf ihr Zimmer.« Die Stimme über mir klang herrlich ruhig und tief. Seufzend kuschelte ich mich in die Arme, die mich hielten. »Sie muss ihren Rausch ausschlafen, bis die Wirkung der Früchte nachlässt. Wegen deiner Dämlichkeit werden wir jetzt wohl noch einen weiteren Tag hierbleiben müssen.«

Die andere Stimme sagte etwas, aber es war total verzerrt und unverständlich. Plötzlich war ich zu müde und benommen, um mich weiter darum zu kümmern. Entspannt lehnte ich mich gegen die Brust des mysteriösen Mannes und fiel in tiefen Schlaf.

Ich befand mich in einem dunklen Raum, umgeben von Maschinen. Kabel, die so dick waren wie mein Arm, hingen über meinem Kopf, Computer so groß wie Häuser bedeckten die Wände. An ihnen blinkten Millionen von bunten Lämpchen. Tausende kaputte Fernseher, vorsintflutliche PCs, veraltete Spielekonsolen und Videorekorder waren im ganzen Raum zu wahren Bergen aufgetürmt. Überall verliefen Leitungen, schlängelten sich an den Wänden entlang und über die Haufen vergessener Technik, hingen in verworrenen Klumpen von der Decke. Ein lautes Summen erfüllte den Raum, ließ den Boden vibrieren und meine Zähne klappern.

»Meggie.«

Das erstickte Flüstern erklang hinter mir. Ich drehte mich um und entdeckte einen kleinen Körper, der an den Kabeln hing. Sie waren um Arme, Brust und Beine gewickelt und fixierten ihn mit ausgestreckten Gliedern knapp unter der Decke. Entsetzt bemerkte ich, dass einige der Kabel *in* seinen Körper hineinliefen, angestöpselt an Gesicht, Hals und Stirn, als hätte er elektrische Anschlüsse. Er schwankte leicht, und seine blauen Augen sahen mich flehend an.

»Meggie«, flüsterte Ethan wieder, als sich hinter ihm ein riesiger monströser Schatten erhob. »Rette mich.«

Schreiend setzte ich mich auf, das Bild von Ethan, der an den Kabeln hing, in mein Gehirn eingebrannt. Grimalkin sprang mit einem Jaulen von mir runter und rammte mir dabei seine scharfen Krallen in die Brust, bevor er floh. Ich spürte es kaum. Hastig schleuderte ich die Bettdecken weg und rannte zur Tür.

Ein dunkler Schatten erhob sich aus dem Sessel an der Wand und hielt mich auf, bevor ich hinausstürzen konnte. Er packte mich an den Oberarmen und hielt mich fest, als ich mich herauszuwinden versuchte. Ich sah nur Ethans schmerzverzerrtes Gesicht, wie er direkt vor meinen Augen starb.

»Lass mich!«, schrie ich, riss einen Arm los und versuchte meinem

Gegner die Augen auszukratzen. »Ethan ist da draußen! Ich muss ihn retten! Lass mich gehen!«

»Du weißt ja nicht einmal, wo er ist.« Eine Hand fing meinen wild fuchtelnden Arm ein und drückte ihn an eine Brust. Silberne Augen sahen mich an, und er schüttelte mich noch einmal. »Hör mir zu! Wenn du völlig kopflos da rausrennst, wirst du uns alle umbringen, und dein Bruder wird sterben. Willst du das?«

Ich sank gegen ihn. »Nein«, flüsterte ich, und plötzlich verlor ich meinen ganzen Kampfgeist. Tränen stiegen mir in die Augen, und es schüttelte mich bei dem Versuch, sie zurückzuhalten. Ich durfte nicht schwach sein, nicht mehr. Wenn ich auch nur die geringste Chance haben wollte, meinen Bruder zu retten, durfte ich mich nicht in eine Ecke stellen und heulen. Ich musste stark sein.

Zitternd holte ich tief Luft, richtete mich auf und wischte mir die Tränen weg. »Tut mir leid«, flüsterte ich verlegen. »Mir geht's gut. Keine Ausraster mehr, versprochen.«

Ash hielt immer noch meine Hand. Behutsam versuchte ich, sie zurückzuziehen, aber er ließ nicht los. Als ich aufschaute, war sein Gesicht ganz dicht vor meinem, und seine Augen schienen in dem dunklen Raum hell zu strahlen.

Die Zeit schien stillzustehen. Mein Herz setzte kurz aus, dann pochte es lauter und schneller als zuvor. Ashs Gesicht war völlig ausdruckslos, weder an seiner Miene noch an seinen Augen ließ sich etwas ablesen, aber sein Körper hatte sich gespannt. Ich wusste, dass ich inzwischen wahrscheinlich so rot war wie eine Tomate. Er hob die Hand und wischte mir mit einem Finger sanft eine Träne von der Wange, was ein Prickeln über meine Haut sandte. Ich zitterte aus Furcht vor der Spannung, die sich zwischen uns aufbaute. Ich musste sie unbedingt lösen.

Also befeuchtete ich meine trockenen Lippen und flüsterte: »Ist das der Punkt, an dem du sagst, dass du mich töten wirst?«

Ein Lächeln umspielte seine Mundwinkel. »Wenn du willst«, murmelte er, und endlich erhellte echte Belustigung sein Gesicht, wenn auch nur kurz. »Obwohl es dafür eigentlich schon viel zu interessant geworden ist.«

Draußen auf dem Flur erklangen Schritte. Ash wich zurück und ließ meine Hand los. Dann verschränkte er die Arme und lehnte sich gegen die Wand, als Puck hereinkam, gefolgt von Grimalkin, der träge hinter ihm herschlenderte.

Verstohlen holte ich tief Luft und konnte nur hoffen, dass meine Gesichtsfarbe in dem schwachen Dämmerlicht nicht auffiel. Puck musterte Ash misstrauisch, bevor er sich mir zuwandte. Er grinste verlegen.

»Äh, wie fühlst du dich, Prinzessin?«, fragte er und verschränkte die Hände hinter dem Kopf, ein eindeutiges Zeichen dafür, dass er nervös war. »Diese Sommerbuchteln hauen ganz schön rein, was? Aber, hey, immerhin war es kein Borstenwurz, sonst hättest du den Rest des Abends als Igel zugebracht.«

Ich seufzte, da ich wusste, dass das alles war, was ich als Entschuldigung erwarten konnte. »Es geht mir gut«, versicherte ich ihm, rollte aber genervt mit den Augen. »Wann brechen wir auf?«

Puck blinzelte, doch Ash antwortete, als wäre nichts passiert: »Heute Abend«, erklärte er, löste sich von der Wand und streckte sich wie eine Raubkatze. »Wir haben hier schon genug Zeit verloren. Ich nehme mal an, die Cat Sidhe kennt den Weg zu diesem Orakel?«

Grimalkin gähnte und präsentierte dabei seine Fangzähne und seine rosa Zunge. »Selbstredend.«

»Wie weit ist es?«, wollte ich von ihm wissen.

Die Katze sah von Ash zu mir und schnurrte wissend. »Das Orakel lebt in der Menschenwelt«, erklärte er, »in einer großen Stadt, die unterhalb des Meeresspiegels liegt. Jedes Jahr verkleiden sich die Menschen dort und veranstalten ein großes Trauerspiel. Sie tanzen und essen und werfen bunte Perlenketten auf andere, damit sie sich ihrer Kleidung entledigen.«

»New Orleans«, brachte ich es stirnrunzelnd auf den Punkt. »Du redest von New Orleans.« Stöhnend machte ich mir klar, wie lange es dauern würde, dort hinzukommen. New Orleans war von unserem kleinen Nest aus die nächstgelegene Großstadt, aber es war immer noch eine ewig lange Fahrt. Das wusste ich so genau, weil ich davon träumte, in diese fast mythische Stadt zu fahren, wenn ich endlich meinen Führerschein hatte. »Das ist Hunderte von Kilometern weit weg!«, protestierte ich. »Ich habe kein Auto und auch kein Geld für ein Flugticket. Wie sollen wir das schaffen – oder wolltet ihr etwa trampen?«

»Mensch, das Nimmernie hat jede Menge Berührungspunkte mit der Menschenwelt.« Grimalkin schüttelte den Kopf, bevor er ungeduldig fortfuhr: »Es hat keine messbaren Grenzen – wenn du den richtigen Steig kennst, kannst du von hier aus auch nach Bora Bora gelangen. Hör endlich auf, in menschlichen Dimensionen zu denken. Ich bin mir sicher, dass der Prinz einen Pfad in diese Stadt kennt.«

»Aber sicher tut er das«, fiel Puck ihm ins Wort. »Oder einen Pfad direkt zum Dunklen Hof. Nicht, dass es mich stören würde, Mabs Party zu sprengen, aber das würde ich dann doch lieber auf meine Art machen.«

»Er wird uns nicht in die Falle locken«, fauchte ich Puck an, der mich geschockt anblinzelte. »Er hat versprochen, uns bei der Suche nach dem Eisernen König zu helfen. Er würde sein Wort brechen, wenn er uns jetzt an Mab auslieferte. Stimmt doch, Ash?«

Ash schien sich nicht ganz wohl in seiner Haut zu fühlen, aber er nickte.

»Stimmt also«, wiederholte ich mit einer Überzeugung, die ich gar nicht empfand. Ich hoffte zwar, dass Ash uns nicht verraten würde, aber ich hatte auch gelernt, dass Abmachungen mit Feenwesen einen gern mal in den Hintern traten. Ich verdrängte meine Zweifel und wandte mich an den Prinzen: »Also«, begann ich möglichst selbstsicher, »wo finden wir diesen Steig nach New Orleans?«

»In den Ruinen der Eisriesen«, erwiderte Ash und blickte nachdenklich drein. »Das ist ganz in der Nähe von Mabs Hof.« Als Puck ihn finster anstarrte, zuckte er mit den Schultern und schenkte uns ein kleines, verzagtes Lächeln. »Sie besucht jedes Jahr den Mardi Gras.«

Ich stellte mir vor, wie die Königin des Dunklen Hofes vor einer Horde betrunkener Partygänger einen Busenblitzer hinlegte, und bekam einen Lachanfall. Alle drei sahen mich verwundert an. »Tut mir leid«, keuchte ich und biss mir auf die Lippe. »Bin wohl immer noch etwas albern. Sollen wir dann mal los?«

Puck grinste. »Lasst mich vorher nur noch etwas Proviant borgen.«

Wenig später stiefelten wir vier einen schmalen, vereisten Pfad entlang, während das Haus der Kalten Klagen hinter uns immer kleiner und kleiner wurde. Irgendwann im Laufe der Nacht waren die Gnome verschwunden. Als wir das Haus verließen, stand es leer und wirkte so, als sei es das schon seit Hunderten von Jahren.

Ich trug ein langes Gewand aus grauem Pelz, das beim Gehen melodisch klimperte, als wäre es voller winziger Windspiele. Puck hatte es mir gegeben, als wir ein Stück vom Haus entfernt waren – was ihm einen missbilligenden Blick von Ash eingebracht hatte –, und ich traute mich nicht zu fragen, wo er es herhatte. Aber es hielt mich kuschelig warm, solange wir durch Mabs kaltes, gefrorenes Reich wanderten.

Während wir weiterliefen, erkannte ich nach und nach, dass die mit Eis überzogene Landschaft des Dunklen Reiches genauso schön – und gefährlich – war wie Oberons Reich. Von den Bäumen hingen Eiszapfen, die im Sonnenlicht funkelten wie Diamanten. Gelegentlich lag ein Skelett unter ihnen, mit Speeren aus Eis zwischen den Knochen. Am Wegesrand blühten Kristallblumen, ihre Blüten so hart und zerbrechlich wie Glas, mit Dornen, die sich in meine Richtung streckten, wenn ich mich ihnen näherte. Einmal glaubte ich, einen weißen Bären mit einer winzigen Gestalt auf dem Rücken zu sehen, der uns von einem Hügel aus beobachtete, aber dann nahm mir ein Baum die Sicht, und anschließend waren sie verschwunden.

Ash und Puck sprachen die ganze Zeit kein Wort miteinander, was wahrscheinlich auch besser war. Das Letzte, was ich gebrauchen konnte, war ein weiteres Duell auf Leben und Tod. Der Prinz führte uns in gleichbleibendem Tempo schweigend an und sah sich nur selten nach uns um, während Puck mich mit Witzen und sinnlosem Geplapper unterhielt. Wahrscheinlich wollte er mich bei Laune halten, damit ich nicht die ganze Zeit an Machina und meinen Bruder dachte, und ich war ihm dankbar für die Ablenkung. Grimalkin machte sich immer wieder unsichtbar oder verschwand zwischen den Bäumen, nur um Minuten oder Stunden später wieder aufzutauchen, ohne uns zu erzählen, wo er gewesen war.

Am späten Nachmittag erreichten wir einen zerklüfteten, eisbedeckten Gebirgszug, und der Pfad stieg steil an. Der Weg wurde extrem glatt und tückisch, und ich musste aufpassen, wo ich hintrat. Puck hatte sich ein Stück zurückfallen lassen und warf immer wieder misstrauische Blicke über die Schulter, als fürchte er einen Angriff von hinten. Ich warf einen Blick zu ihm zurück, trat in dem Moment auf eine Eisplatte, und es zog mir die Füße weg. Ich verlor auf dem schmalen Pfad das Gleichgewicht und ruderte wie wild mit den Armen, in dem verzweifelten Versuch, mich aufrecht zu halten und nicht den Berg hinunterzustürzen.

Jemand packte mein Handgelenk und zog mich vorwärts. Ich landete an einer breiten Brust und grub meine Finger in den Stoff, der sie bedeckte, um nicht hinzufallen. Als der Adrenalinschub nachließ und sich mein Herzschlag normalisierte, sah ich auf. Ashs Gesicht war nur Zentimeter von meinem entfernt, so nah, dass ich mein Spiegelbild in seinen silbrigen Augen erkennen konnte. Seine Nähe ließ meine Sinne verrücktspielen, doch ich konnte einfach nicht wegsehen.

Er hatte vorsorglich eine verschlossene Miene aufgesetzt, doch ich spürte seinen wilden Herzschlag unter meiner Hand. Mein eigenes Herz beschleunigte meinen Puls, als würde es auf seines reagieren. Er hielt mich noch einen Moment fest, gerade lang genug, dass mein Magen anfangen konnte, Achterbahn zu fahren, dann trat er zurück und ließ mich atemlos mitten auf dem Weg stehen.

Als ich mich umsah, bemerkte ich, wie Puck mich wütend anstarrte. Verlegen und irgendwie schuldbewusst klopfte ich mir die Kleider ab und richtete mit einer empörten Geste mein Haar, bevor ich Ash weiter den Berg hinauf folgte.

Danach redete Puck nicht mehr mit mir.

Spät am Abend begann es zu schneien. Dicke, weiche Flocken schwebten träge vom Himmel herab. Sie sangen, wenn sie an meinen Ohren vorbeikamen, und ihre kaum hörbaren Stimmen tanzten im Wind.

Ash blieb mitten auf dem Pfad stehen und drehte sich zu uns um. Die Flocken legten sich auf seine Haare und seine Kleidung und wirbelten um ihn herum, als wären sie lebendig. »Der Dunkle Hof ist nicht mehr fern«, erklärte er und ignorierte dabei den wirbelnden Tanz um ihn. »Wir sollten den Weg verlassen. Mab hat außer mir noch andere ausgeschickt, um nach euch zu suchen.«

Er hatte gerade den Satz beendet, da fegte der Schnee wie wild um uns herum und riss brüllend an unseren Kleidern. Mein Pelzmantel klirrte, während der Blizzard mich mit Schnee bewarf, der auf meinen Wangen brannte und meine Augen tränen ließ. Ich bekam keine Luft mehr, und meine Arme hingen wie festgefroren an mir herab. Als sich der Wind beruhigte, war ich vom Hals abwärts in einem Eisblock eingeschlossen und konnte mich nicht bewegen. Puck war ähnlich eingefroren, nur dass bei ihm auch der Kopf von durchsichtigen Kristallen eingeschlossen war. Sein Gesicht war in Schock erstarrt.

Ash war völlig frei von Eis und starrte uns verblüfft an.

»Verdammt, Ash!«, schrie ich und versuchte verzweifelt, mich zu befreien. Ich konnte nicht einmal einen Finger rühren. »Ich dachte, wir hätten eine Abmachung!«

»Eine Abmachung?«, hauchte eine fremde Stimme.

Der wirbelnde Schnee verdichtete sich und wurde zu einer großen Frau mit langen weißen Haaren und bläulicher Haut. Ein weißes Kleid umfloss ihren graziösen Körper, und ihre schwarzen Lippen verzogen sich zu einem Lächeln.

»Eine Abmachung?«, wiederholte sie und drehte sich mit gespielt schockierter Miene zu Ash um. »So was! Ash, mein Lieber, da hast du uns wohl einiges verheimlicht.«

Das Voodoomuseum

»Narissa«, murmelte Ash. Er klang desinteressiert, fast schon gelangweilt, doch ich bemerkte, wie seine Hand Richtung Schwert zuckte. »Welchem Umstand verdanke ich das Vergnügen deiner Aufwartung?«

Die Winterfee musterte mich wie eine Spinne ein Insekt in ihrem Netz, bevor sie die pupillenlosen schwarzen Augen wieder auf Ash richtete. »Habe ich das richtig verstanden, mein Lieber?«, schnurrte sie und glitt auf den Prinzen zu. »Hast du tatsächlich einen Handel mit dem Halbblut geschlossen? Soweit ich mich erinnere, hat unsere Königin befohlen, ihr Oberons Tochter zu bringen. Verbrüderst du dich jetzt schon mit dem Feind?«

»Mach dich nicht lächerlich«, erwiderte Ash völlig gleichgültig, während er mir einen abschätzigen Blick zuwarf. »Ich würde niemals meine

Königin verraten. Sie will Oberons Tochter, und ich werde ihr Oberons Tochter bringen. Ich war gerade dabei, genau das zu tun, als du aufgetaucht bist und mich dabei unterbrochen hast.«

Narissa schien nicht überzeugt zu sein. »Was für eine hübsche Ansprache«, gurrte sie und fuhr mit einem Finger über Ashs Wange, wo sie eine Spur aus Raureif hinterließ. »Aber was ist mit dem Begleiter des Mädchens? Ich glaube, mein lieber Ash, du hast einmal geschworen, Robin Goodfellow zu töten, und jetzt bringst du ihn mitten ins Herz unseres Reiches. Wenn die Königin wüsste, dass er hier ist …«

»Sie würde mir gestatten, nach eigenem Gutdünken mit ihm zu verfahren«, unterbrach Ash sie und kniff die Augen zusammen. Jetzt stand echte Wut in seinen Augen. »Ich habe Puck mitgenommen, weil ich ihn schön langsam töten will. Ich will mir dabei Zeit lassen. Nachdem ich das Halbblut abgeliefert habe, werde ich Jahrhunderte haben, um Rache an Robin Goodfellow zu üben. Und wenn es so weit ist, wird *niemand* mir diese Freude nehmen.«

Narissa schwebte ein Stück zurück. »Selbstverständlich nicht, mein Lieber«, sagte sie beschwichtigend. »Aber vielleicht sollte ich das Halbblut von hier ab übernehmen und sie an den Hof bringen. Du weißt ja, wie ungeduldig die Königin werden kann, und es ist wirklich nicht passend für einen Prinzen, Eskorte zu spielen.« Lächelnd glitt sie auf mich zu. »Ich werde dir diese Last gern abnehmen.«

Ashs Schwert fuhr zischend aus der Scheide und ließ die Fee innehalten. »Wenn du noch einen Schritt machst, wird es dein letzter sein.«

»Wie kannst du es wagen, mir zu drohen!« Narissa wirbelte in einer Schneewolke zu ihm herum. »Ich biete an, dir zu helfen, und das ist der Dank! Warte nur, bis dein Bruder davon erfährt.«

»Ich bin sicher, das wird er.« Ash lächelte kalt, ließ aber das Schwert nicht sinken. »Außerdem kannst du Rowan ausrichten, wenn er Mabs Gunst gewinnen will, soll er das Halbblut gefälligst selbst fangen und nicht dich schicken, um es mir zu stehlen. Und wenn du schon dabei bist, kannst du Königin Mab darüber informieren, dass ich ihr Oberons Tochter *auf jeden Fall* bringen werde, darauf gebe ich ihr mein Wort. Und jetzt«, fuhr er fort und wedelte mit seinem Schwert, als wolle er sie verscheuchen, »wird es Zeit, dass du gehst.«

Narissa starrte ihn noch einen Moment länger wütend an, während ihr Haar um ihr Gesicht wogte. Dann lächelte sie. »Na schön, mein Lieber. Es wird mir eine Freude sein, zuzusehen, wie Rowan dir alle Glieder einzeln ausreißt. Bis zum nächsten Mal.«

Sie wirbelte auf der Stelle, bis ihr Körper sich in Schnee und Wind aufgelöst hatte, und wehte dann zwischen den Bäumen davon.

Ash schüttelte seufzend den Kopf. »Wir müssen uns beeilen«, murmelte er, während er zu mir herüberkam. »Narissa wird Rowan erzählen, wo wir sind, und dann wird er angerannt kommen, um Anspruch auf dich zu erheben. Halt still.«

Er hob sein Schwert und schlug mit dem Griff gegen das Eis. Die kalte Schale bekam Risse, und kleine Stückchen sprangen ab. Er hämmerte erneut darauf ein, und die Risse verbreiterten sich.

»K-kümmere dich n-nicht um m-mich«, stammelte ich mit klappernden Zähnen. »Hilf P-Puck. Er wird da drin noch ersticken!«

»Mit Goodfellow habe ich keine Abmachung«, murmelte Ash, ohne von seiner Arbeit aufzuschauen. »Und es gehört auch nicht zu meinen Gepflogenheiten, meinen Todfeinden zu helfen. Außerdem wird ihm schon nichts passieren. Der hat bereits wesentlich Schlimmeres überstanden, als in einem Eisblock eingeschlossen zu sein. Leider.«

Ich starrte ihn an. »Hilfst du uns denn wirklich?«, fragte ich, als immer größere Brocken meines Gefängnisses absplitterten. »Was du zu Narissa gesagt hast …«

»Ich habe ihr nur die Wahrheit gesagt«, unterbrach Ash mich und starrte zurück. »Ich werde meine Königin nicht verraten. Wenn das hier vorbei ist, werde ich ihr wie versprochen Oberons Halbbluttochter bringen.« Er senkte den Blick und legte an der Stelle mit den größten Rissen eine Hand auf das Eis. »Ich werde es nur etwas später tun, als sie es erwartet. Schließ die Augen.«

Ich gehorchte und spürte, wie der Eisblock zu vibrieren begann. Die Schwingungen verstärkten sich, bis das Eis mit dem Geräusch von berstendem Glas in tausend Splitter zersprang. Ich war frei.

Ich sank zu Boden, am ganzen Körper unkontrolliert zitternd. Mein Mantel war von Eis bedeckt, und der klingende Pelz war verstummt. Ash kniete sich nieder, um mir aufzuhelfen, doch ich schlug seine Hand weg.

»Ich werde nirgendwo hingehen«, knurrte ich, »bevor du nicht Puck da rausgeholt hast.«

Er seufzte genervt, stand aber auf, ging zu dem zweiten Eisblock und legte eine Hand darauf. Diesmal zersprang das Eis sofort explosionsartig, und die Splitter flogen wie Kristallgeschosse in alle Richtungen. Einige Stücke trafen einen Baum und bohrten sich wie funkelnde Dolche in die Rinde. Ich fuhr erschrocken zusammen. Wenn er das bei mir auch so gemacht hätte, wäre ich in Stücke zerfetzt worden.

Puck taumelte mit blutigem Gesicht und zerfetzten Klamotten ein paar Schritte vorwärts. Dann blieb er schwankend stehen, sein Blick trübte sich, und er fiel. Ich schrie seinen Namen, stürzte zu ihm und fing ihn auf, als er zusammenbrach – und verschwand. Sein Körper löste sich auf, sobald meine Arme ihn berührten, und ich starrte nur noch auf ein ausgefranstes Blatt, das langsam zu Boden trudelte.

Ash schnaubte und schüttelte den Kopf. »Hast du alles gehört, was du erfahren wolltest, Goodfellow?«, rief er.

»Allerdings«, erklang Pucks körperlose Stimme zwischen den Bäumen, »aber ich bin mir nicht sicher, ob ich meinen Ohren trauen kann.«

Er ließ sich von den Ästen einer Kiefer fallen und landete sanft im Schnee. Als er sich aufrichtete, glühten seine grünen Augen vor Wut. Nicht auf Ash, sondern auf mich.

»*Das* hast du ihm also versprochen, Prinzessin?«, schrie er und warf hilflos die Hände in die Luft. »Das war eure Abmachung? Dass du dich freiwillig dem Dunklen Hof auslieferst?« Er drehte sich um und boxte heftig gegen einen Baum, sodass sich kleine Zweige und Eiszapfen lösten. »Von allen *dämlichen* Ideen, die man haben kann! Was ist nur in dich gefahren?«

Ich schreckte zurück. Das war das erste Mal, dass ich ihn wütend erlebte. Nicht nur Puck, sondern auch Robbie. Er wurde niemals wütend, er hielt immer alles für einen Riesenwitz. Jetzt sah er allerdings aus, als würde er mir gleich den Kopf abreißen.

»Wir haben Hilfe gebraucht«, setzte ich an und beobachtete verängstigt, wie sich das Glühen in seinen Augen verstärkte und die Haare auf seinem Kopf zuckten wie flackernde Flammen. »Wir müssen aus dem Dunklen Reich raus und Machinas Reich finden.«

»*Ich* hätte dich dort hingebracht!«, brüllte Puck. »Ich! Du brauchst seine Hilfe nicht! Traust du mir denn nicht zu, dich zu beschützen? Ich hätte alles für dich getan. Warum dachtest du denn, ich sei nicht genug?«

Ich war sprachlos. Puck klang unglaublich *verletzt,* und er starrte mich an, als hätte ich ihm ein Messer in den Rücken gerammt. Ich wusste nicht, was ich sagen sollte. Ich wagte es nicht, zu Ash hinüberzuschauen, doch ich konnte spüren, dass er die ganze Show urkomisch fand.

Während wir einander anstarrten, kam Grimalkin aus einem Busch und schwebte wie eine kleine Rauchwolke über den Schnee. Er hatte diesen amüsierten Blick aus halb geschlossenen Augen aufgesetzt, während er zwischen dem schäumenden Puck und mir hin und her sah.

»Es wird von Tag zu Tag unterhaltsamer«, schnurrte er mit einem Katzengrinsen.

Ich war nicht in der Stimmung für seinen Sarkasmus. »Hast du auch irgendetwas Nützliches von dir zu geben, Grim?«, fauchte ich und bemerkte, wie sich seine Augen noch weiter verengten.

Der Kater gähnte und setzte sich, um sich zu putzen. »Eigentlich schon«, murmelte er und wandte sich seiner Flanke zu. »Ich wüsste da etwas, das euch interessieren dürfte.« Einige Herzschläge lang fuhr er fort, sich wortlos den Schwanz zu putzen, während ich gegen den Drang ankämpfen musste, ihn an ebenjenem Körperteil zu packen und wie ein Lasso über dem Kopf zu schwingen. Endlich streckte er sich, sah auf und blinzelte träge. »Ich glaube«, begann er schnurrend, »ich habe den Steig gefunden, den ihr sucht.«

Wir folgten Grimalkin in den Hof einer alten Schlossruine, wo eingestürzte Säulen und zerbrochene Wasserspeier herumlagen. An vielen Stellen ragten auch Knochen aus dem Schnee, was mich ziemlich nervös machte. Puck blieb ein Stück hinter uns und sprach mit niemandem, er hüllte sich vielmehr in wütendes Schweigen. Ich nahm mir fest vor, später mit ihm zu reden, wenn er sich etwas beruhigt hatte, aber jetzt wollte ich erst mal aus dem Dunklen Reich verschwinden.

»Da«, meinte Grimalkin und deutete mit dem Kopf auf eine große Steinsäule, die in der Mitte durchgebrochen war. Die beiden Hälften lehnten aneinander und bildeten so eine Art Torbogen.

Und davor lag ein Körper. Ein Körper, der mindestens drei Meter lang war. Er war mit Lederfetzen und Pelzen statt Kleidung bedeckt und hatte eine bläulich weiße Haut und einen zerzausten weißen Bart. Er lag auf dem Rücken, hatte das Gesicht von uns abgewandt und umklammerte mit einer Hand eine riesige Steinkeule.

Ash zog eine Grimasse. »Wundervoll«, brummte er, während wir hinter einer niedrigen Steinmauer in Deckung gingen. »Mab stellt ihren Lieblingsriesen ab, um hier Wache zu halten. Der Kalte Tom hört nur auf die Königin, auf sonst niemanden.«

Ich starrte den Kater wütend an, der jedoch völlig unbeteiligt wirkte. »Du hättest ja mal was sagen können, Grim. Hast du dieses kleine, aber ach so wichtige Detail vergessen? Oder hast du einfach nicht gesehen, dass da ein drei Meter großer Riese mitten auf der Erde liegt?«

Puck, der seine Wut wohl vergessen hatte oder unterdrückte, spähte hinter einem Steinblock hervor. »Sieht so aus, als würde Tom gerade ein Nickerchen machen«, meinte er. »Vielleicht können wir uns an ihm vorbeischleichen.«

Grimalkin musterte uns alle nacheinander und blinzelte bedächtig. »In solchen Momenten bin ich noch dankbarer, eine Katze zu sein.« Seufzend trottete er zu dem riesigen Körper hinüber.

»Grim! Halt!«, zischte ich. »Was machst du denn da?«

Der Kater ignorierte mich. Mir blieb fast das Herz stehen, als er zu dem Riesen hinüberschlenderte. Neben Toms Masse wirkte er wie eine pelzige kleine Maus. Er sah an dem gigantischen Körper hoch, zuckte einmal mit dem Schwanz, spannte sich und sprang dem Riesen mitten auf die Brust.

Ich hielt den Atem an, doch der Riese rührte sich nicht. Vielleicht war Grim zu leicht, um überhaupt von ihm bemerkt zu werden. Der Kater drehte sich einmal um sich selbst, setzte sich, legte ordentlich den Schwanz um die Hinterpfoten und sah gedankenversunken auf uns herab.

»Tot«, rief er uns zu. »Sogar ziemlich tot, um genau zu sein. Wenn ihr wollt, könnt ihr jetzt aufhören, euch in eurer erbärmlichen Angst zu winden. Ich schwöre, ich werde nie begreifen, wie ihr mit solchen Nasen überhaupt überleben könnt. Ich habe seinen Gestank schon aus einem Kilometer Entfernung wahrgenommen.«

»Er ist tot?« Sofort marschierte Ash mit gerunzelter Stirn zu dem Riesen hinüber. »Merkwürdig. Der Kalte Tom war einer der Stärksten seines Clans. Wie ist er gestorben?«

Grimalkin gähnte. »Vielleicht hat er etwas gegessen, was er nicht vertragen hat.«

Ich schob mich vorsichtig näher. Vielleicht hatte ich ja zu viele Horrorfilme gesehen, aber ich rechnete doch halb damit, dass der »tote« Riese gleich die Augen öffnen und sich zu uns umdrehen würde.

»Was spielt das für eine Rolle?«, rief ich Ash zu, ohne den Blick von dem Körper abzuwenden. »Wenn er tot ist, können wir von hier verschwinden, ohne gegen das Ding kämpfen zu müssen.«

»Du hast ja keine Ahnung«, entgegnete Ash. Er hatte die Augen zusammengekniffen und inspizierte den Leichnam von oben bis unten. »Dieser Riese war stark, einer der stärksten überhaupt. Irgendetwas hat ihn getötet und das in unserem Reich. Ich will wissen, was den Kalten Tom ausschalten konnte.«

Ich befand mich jetzt auf Höhe des Kopfes, nahe genug, um die leeren, aus den Höhlen quellenden Augen zu erkennen und die graue Zunge, die ihm aus dem Mund hing. Blaue Adern traten deutlich um seine Augenhöhlen und an seinem Hals hervor. Was auch immer ihn getötet hatte, es war nicht schnell gegangen.

Dann krabbelte eine Metallspinne aus seinem Mund.

Schreiend sprang ich zurück. Puck und Ash stürzten zu mir, während das riesige Spinnentier über Toms Gesicht kroch und eine Mauer erklomm. Ash zog sein Schwert, doch Puck stieß einen kurzen Schrei aus und schleuderte einen Stein nach ihr. Der Stein traf genau die Spinne. In einem Funkenregen fiel sie zu Boden und landete scheppernd auf den Steinplatten.

Wir näherten uns vorsichtig, Ash mit gezogenem Schwert, Puck mit einem weiteren großen Stein in der Hand. Doch das Insektenteil lag reglos und fast in zwei Hälften zerbrochen da. Aus der Nähe ähnelte es weniger einer Spinne, sondern sah mehr aus wie diese Dinger aus *Alien*, die sich am Gesicht festkrallten, nur, dass das hier aus Metall war. Vorsichtig nahm ich es an seinem dünnen Schwanz und hielt es hoch.

»Was *ist* das?«, murmelte Ash. Zum ersten Mal wirkte der unerschütterliche Feenjunge beinahe... ängstlich. »Noch eine von Machinas Eisernen Feen?«

Plötzlich fiel bei mir der Groschen. »Es ist eine Wanze«, flüsterte ich. Die Jungen sahen mich verwirrt an, also fuhr ich hastig fort: »Eiserne Pferde, Gremlins, Wanzen – langsam ergibt alles einen Sinn.« Ich wirbelte zu Puck herum, der erschrocken die Augen aufriss und einen Schritt zurückwich. »Puck, du hast doch erzählt, dass die Feen den Träumen der Sterblichen entspringen, richtig?«

»Und?«, fragte Puck verständnislos.

»Na, was wäre, wenn diese Dinger ...« Ich wedelte mit dem Metallinsekt herum. »... andersgearteten Träumen entspringen? Träumen von Technik und Fortschritt? Träumen der Wissenschaft? Was, wenn die Verfolgung von Ideen, die früher einmal als unmöglich galten – Flugzeuge, Dampfmaschinen, das Internet –, eine völlig neue Art von Feen hervorgebracht hat? Die Menschheit hat in den vergangenen Jahrhunderten riesige technische Fortschritte gemacht. Und nach jedem Erfolg haben wir uns nach mehr gesehnt – uns mehr erträumt. Diese Eisernen Feen könnten das Ergebnis davon sein.«

Puck wurde blass, und Ash wirkte ziemlich verstört.

»Wenn das wahr ist«, murmelte er, während sich seine grauen Augen wie Gewitterwolken verdunkelten, »könnten alle Feenwesen in Gefahr sein, nicht nur der Lichte und der Dunkle Hof. Das Nimmernie selbst wäre betroffen, die gesamte Feenwelt.«

Puck nickte, ernster, als ich ihn je erlebt hatte. »Das ist ein Krieg«, stellte er fest und tauschte mit Ash Blicke. »Wenn der Eiserne König die Wächter der Steige tötet, plant er eine Invasion. Wir müssen Machina finden und ihn zerstören. Wahrscheinlich ist er das Herz dieser Eisernen Feen. Wenn wir ihn töten, zerstreuen sich seine Anhänger womöglich in alle Winde.«

»Gut, dem stimme ich zu.« Ash steckte sein Schwert weg und musterte angewidert die Wanze. »Wir bringen Meghan zum Eisernen Hof und retten ihren Bruder, indem wir den Herrscher der Eisernen Feen töten.«

»Bravo«, kommentierte Grimalkin, der immer noch von der Brust des Kalten Tom auf uns heruntersah. »Der Winterprinz und Oberons Hofnarr sind sich in einer Sache einig. Das Ende der Welt ist nahe.«

Wir alle warfen ihm böse Blicke zu.

Der Kater stieß ein schnaubendes Lachen aus, sprang von der Leiche herunter und musterte dann die Wanze in meiner Hand. Er zog die Nase kraus.

»Interessant«, sinnierte er dann. »Dieses Ding stinkt nach Eisen und Stahl, und trotzdem verbrennst du dich nicht daran. Ich schätze mal, ein halber Mensch zu sein hat doch seine Vorteile.«

»Was meinst du damit?«, wollte ich wissen.

»Hm. Wirf es doch mal zu Ash rüber, ja?«

»Nein!« Ash wich einen Schritt zurück und legte die Hand an sein Schwert.

Grimalkin lächelte. »Siehst du? Selbst der mächtige Winterprinz erträgt die Berührung von Eisen nicht. Du allerdings kannst es ohne negative Folgen anfassen. Verstehst du jetzt, warum beide Hofstaaten sich überschlagen, um dich zu finden? Stell dir nur einmal vor, was Mab alles tun könnte, wenn sie dich unter ihrer Kontrolle hätte.«

Schaudernd ließ ich die Wanze fallen. »Ist das der Grund, warum Mab mich haben will?«, fragte ich Ash, der immer noch einige Schritte von mir entfernt stand.

»Als Waffe?«

»Lächerlich, oder?«, schnurrte Grimalkin. »Sie kann noch nicht einmal den Schein nutzen. Sie wäre eine grauenhafte Attentäterin.«

»Ich weiß nicht, warum Mab dich haben will«, erklärte Ash bedächtig und sah mir dabei fest in die Augen. »Ich hinterfrage die Befehle meiner Königin nicht. Ich gehorche nur.«

»Das spielt jetzt auch keine Rolle mehr«, unterbrach Puck ihn mit einem finsteren Blick. »Als Erstes müssen wir Machina finden und ausschalten. Danach werden wir entscheiden, wie es weitergeht.« Sein Ton stellte klar, dass diese Entscheidung wohl durch einen Kampf fallen würde.

Ash sah aus, als wollte er noch etwas dazu sagen, doch dann nickte er nur.

Grimalkin gähnte lautstark und trottete auf das Tor zu.

»Mensch, lass die Wanze nicht hier, wenn wir gehen«, rief er, ohne sich umzudrehen. »Sie könnte die ganze Umgebung verseuchen. Du

kannst sie in deiner Welt entsorgen, da macht es keinen Unterschied.«
Mit wogendem Schwanz wanderte er unter den Säulen hindurch und
verschwand.

Ich nahm die Wanze mit spitzen Fingern und ließ sie in meinen
Rucksack fallen. Mit Ash und Puck, die mich wie eifrige Wachhunde
in die Mitte nahmen, trat ich unter die Säulen, und alles wurde weiß.

Als das Leuchten nachließ, sah ich mich um – erst verwirrt, dann entsetzt. Ich stand mitten in einem aufgerissenen Maul mit stumpfen Zähnen zu beiden Seiten und einer roten Zunge unter meinen Füßen. Ich
quietschte panisch und sprang hinaus, blieb dabei aber an der Unterlippe hängen und landete flach auf dem Bauch.

Als ich mich herumwälzte, sah ich, wie Ash und Puck aus dem weit
geöffneten Maul eines blauen Wals traten. Oben auf dem Wal saß, grinsend und mit weit ausgestrecktem Arm, Pinocchio, dessen hölzerne
Züge in diesem Fall aus Plastik und Fiberglas bestanden.

»'tschuldigung, Tante!« Ein kleines Mädchen in einem pinkfarbenen
Overall stieg über mich hinweg und rannte in das Maul des Wals, gefolgt von zwei Freundinnen. Ash und Puck traten zur Seite, doch die
Kinder schenkten ihnen keinerlei Beachtung, als sie schreiend im Maul
des Wals herumsprangen.

»Interessanter Ort«, meinte Puck, während er mir aufhalf.

Ich antwortete nicht, da ich zu sehr damit beschäftigt war, unsere
Umgebung zu bestaunen. Offensichtlich waren wir mitten in einem
Märchenpark rausgekommen. Ein paar Meter weiter stand ein gieganti-
scher, leuchtend rosafarbener Schuh, und dahinter ragte ein hellblaues
Schloss auf, beide voll mit herumwuselnden Kindern. Zwischen Park-
bänken und Schatten spendenden Bäumen beherbergte ein Piratenschiff kleine Säbelschwinger, und ein fantastischer grüner Drache stand
auf seinen Hinterbeinen und spuckte Plastikfeuer. Die Flammen, die
aus seinem Maul schossen, bildeten eine Rutsche. Ich beobachtete, wie
ein kleiner Junge die Leiter auf dem Rücken des Drachen erklomm,
um dann jubelnd vorn wieder hinunterzurutschen, und lächelte traurig.

Ethan fände es hier bestimmt himmlisch, dachte ich, während ich zusah, wie der Junge Richtung Kürbiskutsche davonwetzte. *Wenn das alles vorbei ist, kann ich ja vielleicht mal mit ihm hierherkommen.*

»Gehen wir«, sagte Grimalkin und sprang auf einen gigantischen pinkfarbenen Pilz. Sein Schwanz bauschte sich, und er sah sich unruhig um. »Es ist nicht weit bis zum Orakel, aber wir sollten uns beeilen.«

»Warum so nervös, Grim?«, zog Puck ihn auf, während er sich im Park umsah. »Ich denke, wir sollten noch ein wenig bleiben und die Atmosphäre in uns aufnehmen.« Grinsend winkte er einem kleinen Mädchen zu, das hinter einem Hexenhäuschen hervorspähte und daraufhin sofort wieder in Deckung ging.

»Zu viele Kinder«, erklärte Grim und sah angespannt über die Schulter. »Zu viel Vorstellungskraft. Sie können uns sehen, wisst ihr. So, wie wir wirklich sind. Und im Gegensatz zu dem Kobold da drüben genieße ich diese Aufmerksamkeit nicht.«

Ich folgte seinem Blick und entdeckte auf dem Riesenschuh ein kleines Feenwesen, das mit einigen Kindern spielte. Es hatte lockiges braunes Haar, trug einen verschlissenen Trenchcoat, und an den Seiten seines Kopfs saßen pelzige Ohren. Lachend jagte der Kobold die Kinder um sich herum, doch die Eltern auf den Bänken schienen nichts davon zu bemerken.

Ein ungefähr dreijähriger Junge entdeckte uns und kam herüber, den Blick fest auf Grimalkin gerichtet. »Miez, Miez, Miez«, lockte er und streckte beide Hände aus.

Grimalkin legte die Ohren an, fauchte und fletschte die Zähne, woraufhin der Junge sofort zurückwich. »Vergiss es, Kind«, knurrte Grim.

Der Junge brach in Tränen aus und rannte zu einem Pärchen auf einer Bank. Sie runzelten die Stirn, als ihr Sohn etwas von einer fiesen Mieze heulte, und starrten finster in unsere Richtung.

»Stimmt, Zeit, zu gehen«, fand jetzt auch Puck und schritt davon.

Wir folgten ihm, und Grimalkin übernahm die Führung.

Wir verließen »Storyland«, wie es auf einem Schild am Ausgang hieß, durch ein Tor, das von Humpty Dumpty, dem Eierkopf, und Little Bo Peep, der kleinen Schäferin, bewacht wurde, und wanderten dann durch einen Park voller wahrhaft riesiger Eichen, an deren Stämmen Moos und Ranken wuchsen. Ich bemerkte, wie an ihnen vereinzelt Gesichter aufblitzten, die uns zu beobachten schienen. Es waren Frauengesichter mit schwarzen Knopfaugen. Puck warf einigen von ihnen Kusshände zu, während Ash ihnen im Vorbeigehen respektvoll zunickte. Selbst Grimalkin gönnte den Gesichtern in den Bäumen ein Nicken, und ich fragte mich, warum sie wohl so wichtig waren.

Nach fast einer Stunde Fußmarsch erreichten wir die Straßen der Stadt.

Ich blieb kurz stehen, sah mich um und wünschte, wir hätten Zeit für eine Erkundungstour. Schon immer wollte ich mal nach New Orleans, besonders zu Mardi Gras, obwohl ich wusste, dass Mom das nie erlauben würde. Auch jetzt pulsierte New Orleans nur so vor Leben und Energie. Urige Läden und Häuser säumten die Straße, manche zwei oder drei Stockwerke hoch, mit Balkonen und kleinen Veranden, die nach vorne hinausgingen. Leise Jazzklänge wehten durch die Straße, und der würzige Duft von Cajun-Essen brachte meinen Magen zum Knurren.

»Glotzen kannst du später.« Grimalkin hieb mir eine Kralle ins Schienbein. »Wir sind nicht zum Sightseeing hier. Wir müssen ins French Quarter. Einer von euch sollte sich nach einem Transportmittel für uns umsehen.«

»Wo genau wollen wir hin?«, fragte Ash, während Puck eine Kutsche heranwinkte, die von einem verschlafenen roten Maultier gezogen wurde. Das Maultier schnaubte und legte die Ohren an, als wir alle einstiegen, doch der Fahrer nickte lächelnd.

Grimalkin sprang auf den Kutschbock. »Zum Historischen Voodoomuseum«, verlangte er vom Fahrer, der überhaupt nicht überrascht zu sein schien, dass eine Katze sprechen konnte. »Und zwar Vollgas.«

Voodoomuseum? Ich war nicht sicher, was ich erwarten sollte, als die Kutsche vor einem schäbig aussehenden Gebäude im French Quarter hielt. Unter dem Vordach entdeckte ich eine schlichte schwarze Doppeltür, und ein bescheidenes Holzschild bestätigte, dass dies das Historische Voodoomuseum von New Orleans war. Inzwischen war es dunkel geworden, und das Pappschild hinter dem dreckigen Fenster zeigte an, dass das Museum geschlossen war. Grimalkin nickte Puck zu, der ein paar Worte murmelte und dann leicht an die Tür klopfte. Sie öffnete sich mit einem leisen Quietschen, und wir traten ein.

Drinnen war es warm und muffig. Ich stolperte über eine Falte im Teppich und fiel gegen Ash, der mich mit einem Seufzer auffing. Puck schloss die Tür hinter uns und tauchte damit den Raum in absolute Finsternis. Während ich noch nach der Wand tastete, sprach Ash ein kurzes Wort, und prompt erschien eine blaue Feuerkugel über seinem Kopf und erhellte die Dunkelheit.

Das fahle Licht beleuchtete eine gruselige Horrorsammlung. An der gegenüberliegenden Wand hing ein Skelett mit einem Zylinder direkt neben einer Schaufensterpuppe, die den Kopf eines Krokodils trug. Schädel von Menschen und Tieren waren im Raum verteilt, außerdem diverse grinsende Masken und jede Menge Holzpuppen. In Schaukästen waren Gläser mit eingelegten Schlangen und Fröschen ausgestellt, die in einer bernsteinfarbenen Flüssigkeit schwammen, daneben Zähne, Mörser, Trommeln, Schildkrötenpanzer und andere Kuriositäten.

»Hier entlang.« Grimalkins Stimme schien in der drückenden Stille unnatürlich laut.

Wir folgten ihm durch einen dunklen Flur, von dessen Wänden die Porträts einiger Männer und Frauen auf uns herabblickten. Ich spürte, wie ihre Blicke mir folgten, bis ich einen Raum betrat, in dem noch mehr gruselige Utensilien angehäuft waren und in dessen Zentrum ein runder Tisch stand, der mit einem schwarzen Tuch bedeckt war. Um ihn herum standen vier Stühle, als würden wir erwartet.

Während wir auf den Tisch zugingen, rührte sich eines der ausgetrockneten Gesichter, die in einer Ecke hingen, und löste sich von der Wand.

Schreiend versteckte ich mich hinter Puck, als eine klapperdürre Frau mit wirren weißen Haaren auf uns zuschlurfte. Ihre Augen lagen so tief in den Höhlen, dass sie in dem faltigen Gesicht wie Krater wirkten.

»Hallo, Kinder«, flüsterte die Alte mit einer Stimme, die klang wie rieselnder Sand. »Gekommen, um die alte Anna zu besuchen, was? Da ist Puck – und Grimalkin auch. Was für eine Freude.« Sie zeigte auf den Tisch, und die Nägel an ihren knorrigen Fingern funkelten dabei wie Stahl. »Bitte, setzt euch.«

Nachdem wir uns am Tisch niedergelassen hatten, baute sich die Alte vor uns auf. Sie roch nach Staub und Moder wie alte Zeitungen, die jahrelang auf dem Speicher gelegen haben. Als sie mich anlächelte, entblößte sie nadelspitze gelbe Zähne.

»Ich rieche Verzweiflung«, krächzte sie und ließ sich auf einen Stuhl sinken. »Verzweiflung und Verlangen. Du, Kind.« Sie zeigte mit einem krummen Finger auf mich. »Du bist gekommen auf der Suche nach Wissen. Du suchst nach etwas, das unbedingt gefunden werden muss, nicht wahr?«

»Ja«, flüsterte ich.

Die Alte nickte mit dem verschrumpelten Kopf. »Dann frag, Kind zweier Welten. Aber bedenke…« Sie richtete ihre leeren Augen auf mich. »Jedes Wissen hat seinen Preis. Ich werde dir die Antworten geben, die du suchst, aber im Gegenzug verlange ich etwas. Wirst du den Preis akzeptieren?«

Hoffnungslosigkeit überkam mich. Noch ein Feenhandel. Noch mehr Gefälligkeiten, die zu bezahlen waren. Und ich war bereits so hoch verschuldet, dass ich da wohl nie wieder rauskommen würde. »Ich habe nicht mehr viel, was ich geben könnte«, erklärte ich ihr.

Sie lachte zischend. »Irgendetwas gibt es immer, mein Kind. Bisher wurde nur deine Freiheit von einem anderen beansprucht.« Sie schnüffelte wie ein Hund, der eine Fährte aufnimmt. »Du hast noch deine Jugend, deine Talente, deine Stimme. Dein zukünftiges Kind. All das wäre für mich von Interesse.«

»Mein zukünftiges Kind kriegen Sie nicht«, sagte ich automatisch.

»Tatsächlich?« Das Orakel legte die Fingerspitzen aneinander. »Du würdest es nicht weggeben, auch wenn es dir nur Kummer bringt?«

»Genug.« Ashs kräftige Stimme hallte durch die Dunkelheit. »Wir sind nicht gekommen, um die Eventualitäten der Zukunft zu diskutieren. Nenne deinen Preis, Orakel, und lass das Mädchen entscheiden, ob sie ihn zu zahlen bereit ist.«

Schnüffelnd lehnte sich das Orakel zurück. »Eine Erinnerung«, verkündete es.

»Eine was?«

»Eine Erinnerung«, wiederholte die Alte. »Eine, an die du mit großer

Liebe zurückdenkst. Der glücklichste Moment deiner Kindheit. Weißt du, ich selbst habe ziemlich wenige davon.«

»Wirklich?«, fragte ich. »Das ist alles? Sie wollen nur eine meiner Erinnerungen, dann sind wir im Geschäft?«

»Meghan«, schaltete sich Puck ein, »tu das nicht so leichtfertig ab. Deine Erinnerungen sind ein Teil von dir. Wenn du eine deiner Erinnerungen verlierst, verlierst du einen Teil deiner Seele.«

Das klang schon etwas beunruhigender. *Trotzdem ist eine Erinnerung ein wesentlich angenehmerer Preis als meine Stimme oder mein Erstgeborenes,* dachte ich. *Ich werde sie schließlich nicht vermissen, besonders, wenn ich mich nicht daran erinnern kann.* Ich dachte an die glücklichsten Momente in meinem Leben: Geburtstagspartys, mein erstes Fahrrad, Beau, als er noch ein Welpe war. Keiner davon schien so wichtig zu sein, dass ich ihn unbedingt behalten musste. »Also gut«, erklärte ich dem Orakel und sah sie fest an. »Ich bin dabei. Sie kriegen eine meiner Erinnerungen, nur eine einzige, und dann sagen Sie mir, was ich wissen will. Abgemacht?«

Die Alte lächelte breit. »Jaaaaa.«

Sie stand auf, lehnte sich über den Tisch und umfasste mit ihren Klauen mein Gesicht. Ich schloss zitternd die Augen, als ihre Nägel leicht über meine Wangen kratzten.

»Das könnte sich etwas … unangenehm anfühlen«, zischte die Alte, und ich keuchte auf, als sie ihre Krallen in meinen Geist grub und ihn aufriss wie eine Papiertüte. Ich spürte, wie sie in meinem Kopf herumwühlte, die Erinnerungen wie Fotos durchblätterte und sie untersuchte, bevor sie sie verwarf. Abgelegte Bilder flogen durch mein Bewusstsein: Erinnerungen, Emotionen und alte Wunden tauchten auf, frisch und schmerzhaft. Ich wollte mich zurückziehen, wollte es beenden, aber ich konnte mich nicht rühren. Endlich hielt die Alte inne und griff nach einem strahlenden Moment des Glücks, und entsetzt erkannte ich, worauf sie es abgesehen hatte.

Nein!, wollte ich schreien. *Nein, nicht diese! Lass sie in Ruhe, bitte!*

»Jaaaaa«, zischte das Orakel und schlug ihre Klauen in die Erinnerung. »Ich werde diese hier nehmen. Nun gehört sie mir.«

Etwas in mir schien zu zerreißen, und brennender Schmerz schoss durch meinen Schädel. Mein Körper verspannte sich, die verkrampften

Kiefer verhinderten, dass ich schrie, dann sank ich in meinem Stuhl mit dem Gefühl zusammen, mir sei gerade der Schädel gespalten worden.

Ich richtete mich wieder auf und zuckte zusammen, weil mein Kopf schmerzhaft pulsierte. Das Orakel beobachtete mich mit einem zufriedenen Lächeln. Puck murmelte etwas, was ich nicht verstand, und Ash musterte mich mitleidig. Ich war erschöpft und ausgelaugt und fühlte mich aus irgendeinem Grund völlig leer, als wäre in mir ein riesiges Loch. Zögernd ging ich meine Erinnerungen durch und fragte mich, welche das Orakel wohl genommen hatte. Im selben Moment ging mir auf, wie absurd das war.

»Es ist vollbracht«, murmelte die Alte. Sie legte die Hände mit den Handflächen nach oben zwischen uns auf den Tisch. »Und nun werde ich meinen Teil des Handels erfüllen. Gib mir deine Hände, Kind, und stelle deine Fragen.«

Ich verdrängte den Ekel, legte leicht meine Hände auf ihre und zitterte unwillkürlich, als sich die langen Nägel um meine Finger bogen.

Die Alte schloss ihre tief liegenden Augen. »Drei Fragen«, krächzte sie mit einer Stimme, die von weit her zu kommen schien. »Das ist der übliche Handel. Drei Fragen beantworte ich, dann habe ich meinen Teil erfüllt. Wähle klug.«

Ich holte tief Luft, sah kurz zu Puck und Ash und flüsterte: »Wo kann ich meinen Bruder finden?«

Einen Moment schwieg sie. Dann öffnete die Alte die Augen, und ich fuhr zusammen. Sie waren nicht länger leer, sondern es brannte ein Feuer darin, das so schwarz und endlos war wie der tiefste Abgrund. Ihr Mund öffnete sich unfassbar weit, und sie hauchte:

Im Inneren des Eisenbergs wartet ein gestohlenes Kind.

Ein König, der den Thron verlor, führt dich durch das Tor geschwind.

»Na fabelhaft«, brummte Puck, lehnte sich in seinem Stuhl zurück und rollte mit den Augen. »Ich liebe Rätsel, die reimen sich immer so hübsch. Frag sie, wo wir den Eisernen König finden können.«

Ich nickte. »Wo ist Machina, der Eiserne König?«

Das Orakel seufzte, dann brachen die Worte aus ihr hervor:

Im Herzen der Pest ein Turm steht, der singt, auf dessen Throne das Eisen Könige bringt.

»Pest.« Puck nickte und zog die Augenbrauen hoch. »Und singende Türme. Tja, das wird ja immer besser. Ich bin wirklich froh, dass wir uns entschlossen haben herzukommen. Prinz, fällt dir vielleicht noch etwas ein, was du dieses äußerst hilfreiche Orakel fragen möchtest?«

Ash, der tief in Gedanken das Kinn in die Hand gestützt hatte, hob den Kopf. Seine Augen wurden schmal. »Frag sie, wie wir ihn töten können«, verlangte er.

Ich wand mich, weil mir der Gedanke, jemanden töten zu müssen, nicht behagte. Ich wollte doch nur Ethan retten. Ich hatte keine Ahnung, wie das Ganze plötzlich zu einem Heiligen Krieg hatte werden können. »Ash …«

»Tu es einfach.«

Ich schluckte und wandte mich wieder an das Orakel: »Wie können wir den Eisernen König töten?«, flüsterte ich widerwillig.

Der Mund des Orakels öffnete sich.

Der König des Eisens kann nicht vergehen durch die Hand von Mensch oder Fee.

Findet die Hüter der Bäume nun, und ihre Herzen werden euch zeigen, was zu tun.

Sobald das letzte Wort ihren Mund verlassen hatte, brach das Orakel auf dem Tisch zusammen. Einen Moment lang lag sie da, eine völlig verschrumpelte alte Frau, und dann … dann löste sie sich einfach auf. Staub wirbelte umher und reizte meine Augen und meine Kehle. Keuchend und hustend wandte ich mich ab. Als ich wieder Luft bekam, war das Orakel verschwunden. Nur ein paar umhertänzelnde Staubflocken zeigten an, dass sie überhaupt da gewesen war.

Grimalkin spähte über die Tischkante. »Ich glaube, unsere Audienz ist beendet.«

»Und wohin jetzt?«, fragte ich, als wir das Voodoomuseum verließen und auf die trüb beleuchteten Straßen des French Quarter hinaustraten. »Das Orakel hat uns ja nicht gerade viel gegeben, womit wir arbeiten können.«

»Ganz im Gegenteil«, widersprach Grimalkin und warf mir über die Schulter einen Blick zu. »Sie hat uns eine Menge verraten. Erstens wissen wir nun, dass sich dein Bruder bei Machina befindet. Das war uns zwar schon klar, aber eine Bestätigung kann nie schaden. Zweitens wissen wir, dass Machina angeblich unbezwingbar ist und sich sein Versteck mitten in einem verpesteten Land befindet. Und, was das Wichtigste ist, wir wissen drittens, dass es jemanden gibt, der weiß, wie man ihn töten kann.«

»Ja, aber wer?« Ich rieb mir mit einer Hand über die Augen. Ich hatte es so satt. Ich hatte es satt zu suchen, und ich hatte es satt, mich immer im Kreis zu drehen, ohne irgendwelche Antworten. Ich wollte, dass einfach alles vorbei war.

»Wirklich, Mensch, hast du nicht zugehört?« Grimalkin seufzte, nun wieder gereizt, aber es war mir egal. »Es war ja eigentlich nicht mal ein echtes Rätsel. Was ist mit euch beiden?«, fragte er mit einem Blick auf die Jungen. »Haben unsere mächtigen Beschützer ein Körnchen Wissen gefunden, oder habe ich als Einziger aufgepasst?«

Ash antwortete nicht, da er zu konzentriert darauf war, aus schmalen Augen die Straße hinunterzustarren.

Puck zuckte mit den Schultern. »Findet die Hüter der Bäume«, murmelte er. »Das ist einfach. Ich schätze, wir müssen zurück in den Park.«

»Sehr gut, Goodfellow.«

»Ich gebe mir Mühe.«

»Ich versteh's nicht.« Stöhnend ließ ich mich auf den Bordstein fallen. »Warum gehen wir jetzt zurück in den Park? Da sind wir doch gerade erst hergekommen. Es gibt doch auch noch andere Bäume in New Orleans.«

»Nun, Prinzessin, weil ...«

»Erklär es ihr später.« Ash stand plötzlich direkt neben mir. Seine Stimme war rau, als er leise sagte: »Wir müssen hier weg. Sofort.«

»Warum?«, fragte ich, doch im selben Moment flackerten und erloschen die Straßenlaternen – und jede andere künstliche Lichtquelle in diesem Block.

Über uns flammte Feenlicht auf, als sowohl Ash wie auch Puck ihre Leuchtkugeln erschufen. In den Schatten hallten Schritte, die aus allen Richtungen auf uns zukamen. Grimalkin grummelte etwas und verschwand. Puck und Ash traten an meine Seite und suchten die Dunkelheit ab.

Schwarze Schatten näherten sich uns. Als sie unseren beleuchteten Ring betraten, fiel das Feenlicht auf menschliche Gesichter – ganz normaler Männer und Frauen –, die jedoch völlig ausdruckslos waren, während sie weiter auf uns zutaumelten. Die meisten von ihnen waren bewaffnet: mit Metallrohren, Baseballschlägern aus Aluminium oder Messern. Alle Zombiefilme, die ich jemals gesehen hatte, kamen mir in den Sinn, und ich drückte mich so fest an Ash, dass ich die angespannten Muskeln unter seiner Haut spüren konnte.

»Menschen«, murmelte Ash, und seine Hand glitt zu seinem Schwert. »Was machen die denn? Sie sollten uns gar nicht sehen können.«

Aus den Reihen, die auf uns zuschlurften, stieg ein finsteres Kichern auf, und plötzlich blieb der Mob stehen. Die Menschen wichen zur Seite, und eine Frau schwebte zwischen ihnen hervor, die Hände in die schlanken Hüften gestemmt. Sie trug ein giftgrünes Businesskostüm, Zehnzentimeterabsätze und grünen Lippenstift, der strahlte wie radioaktiver Müll. Ihr Haar schien aus Kabeln zu bestehen, aus dünnen Netzwerkkabeln in verschiedenen Farben: Grün, Schwarz und Rot.

»Da seid ihr ja endlich.« In ihrer Stimme lag ein Summen, als hätten Millionen von Bienen die Sprache entdeckt. »Ich bin schockiert, dass Eisenpferd solche Probleme mit euch hatte, aber andererseits ist er ja auch dermaßen *alt*. Jenseits von jedem Nutzen, würde ich sagen. Mit mir werdet ihr kein so leichtes Spiel haben.«

»Wer bist du?«, knurrte Ash.

Puck stellte sich neben ihn, sodass sie gemeinsam einen lebenden Schild vor mir bildeten.

Die Frau kicherte, was wie nächtliches Mückensummen am Ohr klang, und streckte eine Hand mit grün lackierten Fingernägeln aus.

»Ich bin Virus, die Nummer zwei unter König Machinas Leutnants.«
Sie warf mir eine Kusshand zu, was mir einen kalten Schauer über den
Rücken jagte. »Freut mich, dich kennenzulernen, Meghan Chase.«

»Was hast du mit diesen Menschen gemacht?«, fragte ich wütend.

»Oh, mach dir um die keine Sorgen.« Virus wirbelte lächelnd einmal im Kreis herum. »Die haben nur ein kleines Wanzenproblem. Diese
Wanzen, um genau zu sein.« Sie hob die Hand, worauf ein Schwarm
winziger Insekten aus ihrem Ärmel flog und über ihrer Handfläche
schwebte. Sie sahen aus wie funkelnder Silberstaub. »Niedlich, nicht
wahr? Sie sind ziemlich harmlos, allerdings ermöglichen sie mir, in Gehirne einzudringen und ihre Programme umzuschreiben. Erlaubt mir,
es kurz zu demonstrieren.« Sie zeigte auf den Mann, der ihr am nächsten stand, und er ließ sich sofort auf alle viere fallen und begann zu
bellen. Virus kicherte und klatschte in die Hände. »Seht ihr? Jetzt denkt
er, er sei ein Hund.«

»Brillant«, lobte Puck. »Kannst du ihn auch krähen lassen wie einen
Hahn?«

Ash und ich starrten ihn böse an.

Er blinzelte. »Was denn?«

Plötzlich erinnerte ich mich an etwas und wandte mich ruckartig
wieder Virus zu. »Du warst das ... Du hast beim Elysium die Chimäre
losgelassen!«

»O ja, das war mein Werk.« Virus wirkte geschmeichelt, doch einen
Moment später verfinsterte sich ihre Miene. »Obwohl das Experiment
nicht ganz so verlaufen ist, wie ich es mir erhofft hatte. Die normalen
Feenwesen reagieren nicht sonderlich gut auf meine Wanzen. Wegen
dieser Abneigung gegen Eisen, du weißt schon. Sie hat das blöde Vieh
in den Wahnsinn getrieben und hätte es wahrscheinlich auch getötet,
wenn es nicht vorher in Stücke gehauen worden wäre. Aber die Sterblichen!« Sie drehte wieder eine Pirouette in der Luft und streckte die
Arme aus, als wolle sie die Menge an sich drücken. »Sie geben wundervolle Drohnen ab. Sie sind ihren Computern und ihrer Technologie so
hoffnungslos verfallen, dass sie bereits ihre Sklaven waren, lange bevor
ich aufgetaucht bin.«

»Lass sie frei«, befahl ich.

Virus musterte mich mit funkelnden grünen Augen. »Ich denke nicht, Süße.« Sie schnippte mit den Fingern, woraufhin der Mob wieder losschlurfte und die Arme nach uns ausstreckte. »Bringt mir das Mädchen«, befahl sie, während sich der Kreis immer enger um uns schloss. »Und tötet die anderen.«

Ash zog sein Schwert.

»Nein!«, schrie ich und packte seinen Arm. »Du darfst sie nicht verletzen. Das sind nur ganz normale Menschen. Sie wissen nicht, was sie tun.«

Ash warf mir über die Schulter einen hektischen Blick zu. »Und was soll ich deiner Meinung nach machen?«

»Ich schlage vor, wir nehmen die Beine in die Hand«, sagte Puck und zog etwas aus der Tasche. Er schleuderte es in die Menge, wo es sich mit einem Knall in einen Baumstamm verwandelte, der zwei verdutzte Zombiemänner unter sich begrub und so eine Lücke in den Ring riss, der sich um uns geschlossen hatte.

»Los jetzt!«, schrie Puck, doch wir brauchten keinen weiteren Ansporn. Wir sprangen über die zappelnden Körper, wichen den Rohren aus, mit denen sie nach uns schlugen, und rannten die Straße hinunter.

Die Dryaden aus dem Stadtpark

Hämmernde Schritte verrieten uns, dass wir verfolgt wurden. Ein Rohrstück flog schlingernd über meine Schulter hinweg und schlug das Schaufenster eines Geschäfts ein. Ich jaulte erschrocken auf und strauchelte, doch Ash packte meine Hand und riss mich weiter.

»Das ist doch lächerlich«, knurrte er, während er mich mit sich zog. »Wir rennen vor einem Mob davon, vor einem menschlichen Mob. Ich könnte sie mit einem Wedeln meiner Hand erledigen.«

»Vielleicht ist dir ja nicht aufgefallen, dass sie eine beträchtliche Menge Eisen bei sich tragen«, erwiderte Puck und zuckte zusammen, als ein Messer an ihm vorbeiflog und über die Straße schlitterte. »Aber wenn du einen dramatischen, selbstmörderischen Auftritt hinlegen willst, werde ich dich selbstverständlich nicht davon abhalten. Obwohl ich es schon enttäuschend fände, wenn du nicht bei unserem finalen Duell antreten könntest.«

»Angst, Goodfellow?«

»Du träumst wohl, Prinzlein!«

Ich konnte es nicht fassen, dass sie sich zankten, während wir um unser Leben liefen. Gerade wollte ich ihnen sagen, dass sie die Klappe halten sollten, als ein Rohrstück angeflogen kam und Puck voll an der Schulter traf.

Er keuchte und geriet aus dem Tritt. Im letzten Moment konnte er sich fangen, während ich angsterfüllt aufschrie.

Hinter uns ertönte summendes Gelächter. Als ich mich umdrehte, sah ich, dass Virus über der Menge schwebte und ihre Wanzen wie ein funkelnder Wirbelsturm um sie herumschwirrten. »Ihr könnt vielleicht weglaufen, ihr kleinen Feenjungs, aber ihr könnt euch nicht verstecken«, rief sie. »Die Menschen sind überall, und ich kann sie alle zu meinen Marionetten machen. Wenn ihr jetzt stehen bleibt und mir das Mädchen ausliefert, werde ich euch sogar die Wahl lassen, wie ihr sterben wollt.«

Ash schnaubte. Er stieß mich vorwärts, wirbelte herum und schleuderte der Frau über uns eine Wolke aus Eissplittern entgegen. Sie keuchte auf, doch ein Zombie sprang hoch, um den Angriff abzufangen, sodass die Splitter seine Brust zerfetzten. Während er zuckend zusammenbrach, zischte Virus wie eine aufgebrachte Wespe.

»Oh, netter Versuch, Prinz«, rief Puck, als die Zombies nun mit empörten Schreien vorwärtstaumelten. »Gute Art, sie wütend zu machen.«

»Du hast ihn getötet!« Entsetzt starrte ich Ash an. »Du hast gerade jemanden getötet, der gar nichts getan hat!«

»Jeder Krieg fordert Verluste«, erwiderte Ash kalt und zog mich um die nächste Ecke. »Er hätte uns getötet, wenn er gekonnt hätte. Ein Soldat weniger, um den wir uns Sorgen machen müssen.«

»Das hier ist kein Krieg!«, schrie ich ihn an. »Und es ist ein Unterschied, weil die Menschen nicht einmal wissen, was sie tun. Sie sind doch nur hinter uns her, weil irgendein durchgedrehtes Feenwesen mit ihrem Verstand herumspielt!«

»So oder so, wir wären trotzdem tot.«

»Keine weiteren Toten«, fauchte ich und wünschte mir, ich könnte stehen bleiben und ihm direkt in die Augen sehen. »Hast du verstanden, Ash? Finde einen anderen Weg, um sie aufzuhalten. Du musst sie nicht töten.«

Er warf mir einen finsteren Seitenblick zu, dann seufzte er genervt. »Wie du wünschst, Prinzessin. Obwohl du das vielleicht noch bereuen wirst, bevor die Nacht vorüber ist.«

Wir rannten schließlich auf einen hell erleuchteten Platz, in dessen Mitte ein Brunnen aus Marmor aufragte. Auf den Bürgersteigen waren Leute unterwegs, und ich entspannte mich ein wenig. Virus würde uns bestimmt nicht vor so vielen Augenzeugen angreifen. Feen konnten sich tarnen oder unsichtbar werden, aber Menschen, insbesondere ein ganzer Haufen davon, verfügten nicht über solche Kräfte.

Ash wurde langsamer, packte meine Hand und zog mich neben sich. »Gehen«, murmelte er und hielt meinen Arm fest, um mich zu stoppen. »Nicht rennen, damit erregst du nur ihre Aufmerksamkeit.«

Die Menge, die uns jagte, löste sich an der Straßenecke auf und schlenderte ziellos herum, als hätten die Menschen das von Anfang an vorgehabt. Mein Herz hämmerte wie wild, doch ich zwang mich dazu, ohne Eile zu gehen und Ashs Hand zu halten, als würden wir nur einen kleinen Spaziergang machen.

Virus schwebte auf den Platz, und ihre Wanzen verteilten sich in alle Richtungen. Sofort stieg meine Nervosität. Als ich einen Polizisten entdeckte, der entspannt an seinen Einsatzwagen lehnte, löste ich mich von Ash und rannte zu ihm.

Virus' Lachen durchschnitt die Nacht. »Ich kann dich sehen!«, schrie sie, gerade als ich den Polizisten erreichte.

»Entschuldigen Sie, Sir!«, keuchte ich, und der Polizist drehte sich zu mir um. »Können Sie mir helfen? Da ist diese Gang, die jagen …« Entsetzt wich ich zurück.

Der Polizist starrte mich ausdruckslos an, sein Unterkiefer hing herunter, und in seinen Augen lag keinerlei Bewusstsein. Er stürzte sich auf mich und packte meinen Arm, ich schrie und trat ihm gegen das Schienbein. Das interessierte ihn nicht im Geringsten, und er schnappte sich auch noch mein anderes Handgelenk.

Die Fußgänger auf dem Platz schlurften mit neuer Energie auf uns zu. Ich fluchte, schlug nach dem Polizisten und rammte ihm mein Knie in den Schritt. Er zuckte zusammen und verpasste mir eine Ohrfeige, die meinen Kopf zur Seite schleuderte. Der Mob drängte heran und griff nach meinen Haaren und Kleidern.

Plötzlich war Ash da und rammte dem Polizisten seinen Schwertgriff ins Gesicht, sodass er zurückgeschleudert wurde. Puck packte mich, sprang über den Streifenwagen und zog mich mit sich über die Motorhaube. Wir setzten uns von dem Mob ab und rannten, doch Virus' Lachen verfolgte uns.

»Da!« Grimalkin tauchte neben uns auf, mit gebauschtem Schwanz und irrem Blick. »Immer geradeaus! Da vorn! Eine Kutsche. Nehmt sie, schnell.«

Ich sah die Straße hinunter und entdeckte ein einsames Pferd vor einer offenen Kutsche, die am Straßenrand auf Passagiere wartete. Es war nicht gerade der perfekte Fluchtwagen, aber besser als nichts. Wir rannten über die Straße auf die Kutsche zu.

Hinter uns fiel ein Schuss.

Puck zuckte krampfartig, wurde nach vorn geschleudert und brach mit einem Schmerzensschrei auf dem Straßenpflaster zusammen. Ich schrie entsetzt auf, während Ash ihn augenblicklich wieder auf die Füße riss und drängte weiterzulaufen. Sie stolperten über die Straße, Ash zerrte Puck mit sich, als ein weiterer Schuss die Dunkelheit zerriss. Das Pferd wieherte, stieg bei dem Lärm und rollte wild mit den Augen. Ich packte es am Zügel, bevor das verängstigte Tier durchgehen konnte. Hinter mir sah ich den Polizisten, der im Zombieschritt in unsere Richtung gewankt kam, einen Arm ausgestreckt und die Pistole auf uns gerichtet.

Ash hievte Puck in die Kutsche und sprang dann auf den Bock, Grimalkin folgte ihm. Ich kletterte hinten rein und kauerte mich neben Puck, der auf dem Boden der Kutsche lag und nach Luft rang. Entsetzt bemerkte ich, wie dunkles Blut zwischen seinen Rippen hervorquoll und auf den Bodenbrettern eine Lache bildete.

»Haltet euch fest!«, schrie Ash und knallte dem Pferd mit einem lauten »Hija!« die Zügel auf den Rücken. Das Pferd wieherte und stürzte los. Wir galoppierten über eine rote Ampel und rammten fast ein Taxi. Autos hupten, Leute schrien und fluchten, doch die Geräusche unserer Verfolger blieben langsam hinter uns zurück.

»Ash!«, schrie ich ein paar Minuten später. »Puck bewegt sich nicht mehr!«

Da er voll darauf konzentriert war, die Kutsche zu lenken, hatte Ash nur einen flüchtigen Blick für uns, aber Grimalkin sprang vom Kutschbock und kam zu uns. Pucks Gesicht war blass wie Eierschalen, seine Haut kalt und feucht. Ich hatte versucht, die Blutung mit dem Ärmel seines Pullovers zu stoppen, aber es war einfach zu viel Blut. Mein bester Freund lag im Sterben, und ich konnte nichts tun, um ihm zu helfen.

»Er braucht einen Arzt«, rief ich Ash zu. »Wir müssen zu einem Krankenhaus ...«

»Nein«, unterbrach Grimalkin mich. »Denk nach, Mensch! Kein Feenwesen würde in einem Krankenhaus überleben. Mit den ganzen scharfen Metallinstrumenten wäre er tot, bevor die Nacht vorüber ist.«

»Was können wir dann tun?«, schrie ich am Rande der Hysterie.

Grimalkin sprang wieder zu Ash auf den Kutschbock. »Der Park«, sagte er ruhig. »Wir bringen ihn in den Park. Die Dryaden sollten in der Lage sein, ihm zu helfen.«

»*Sollten?* Was, wenn sie es nicht können?«

»Dann würde ich anfangen, um ein Wunder zu beten, Mensch.«

Als wir den Park erreichten, hielt Ash die Kutsche nicht an, sondern lenkte sie über den Bordstein direkt auf den Rasen zwischen die Bäume.

In meiner Sorge um Puck bemerkte ich nicht, dass wir angehalten hatten, bis der Prinz plötzlich neben mir kniete, sich Puck auf die Schulter hob und aus der Kutsche sprang. Völlig benommen folgte ich ihm.

Wir hatten unter zwei riesigen Eichen gehalten, deren kräftige Äste ein dichtes Dach bildeten, das den Nachthimmel aussperrte. Ash trug Puck direkt unter die knorrigen Riesen und legte ihn dort behutsam ins Gras.

Und dann warteten wir.

Nach kurzer Zeit lösten sich völlig lautlos zwei Gestalten aus den Baumstämmen. Es waren schlanke Frauen mit moosgrünem Haar und dunkler Haut, die aussah wie poliertes Mahagoni. In einer Duftwolke aus frischer Erde und Borke kamen die Dryaden näher und musterten uns aus ihren schwarzen Augen. Grimalkin und Ash nickten respektvoll, aber ich war zu besorgt, um es rechtzeitig zu bemerken.

»Wir wissen, warum ihr gekommen seid«, sagte die eine Dryade. Ihre Stimme klang wie ein Windstoß, der durch die Blätter fuhr. »Der Wind flüstert uns Dinge zu, Neuigkeiten von weit entfernten Orten. Wir wissen vom Eisernen König und deiner Misere. Wir haben bereits auf dich gewartet, Kind zweier Welten.«

»Bitte«, flehte ich und trat vor, »könnt ihr Puck helfen? Er wurde auf dem Weg hierher angeschossen. Ich lasse mich auf jeden Handel ein, gebe euch alles, was ihr wollt, wenn ihr ihn nur retten könnt.«

Aus dem Augenwinkel sah ich, wie Ash mir einen finsteren Blick zuwarf, aber ich ignorierte ihn.

»Wir werden nicht mit dir handeln, Kind«, raunte die zweite Dryade, was mich noch mehr in Verzweiflung stürzte. »Das ist nicht unsere Art. Wir sind nicht wie die Hohen Feen oder die Cat Sidhe, die stets nach Wegen suchen, ihre Macht zu vergrößern. Wir sind einfach nur.«

»Dann einen Gefallen«, bettelte ich, da ich mich weigerte aufzugeben. »Bitte, er wird sterben, wenn ihr ihm nicht helft.«

»Der Tod ist ein Teil des Lebens.« Die Dryade musterte mich mit ihren mitleidslosen schwarzen Augen. »Alles vergeht irgendwann, selbst wenn ein Wesen so lange gelebt hat wie Puck. Die Menschen werden die Geschichten über ihn vergessen, vergessen, dass es ihn je gegeben hat, und seine Existenz wird verlöschen. Dies ist der Lauf der Dinge.«

Am liebsten hätte ich laut geschrien. Die Dryaden würden uns nicht helfen; sie hatten Puck gerade zum Tode verurteilt. Ich ballte meine Hände zu Fäusten und starrte die Baumnymphen fassungslos an. Am liebsten hätte ich sie gepackt und geschüttelt, sie gewürgt, bis sie sich bereit erklärten, uns zu helfen. Ich spürte, wie etwas in mir aufstieg, etwas … Fremdes … Die Bäume stöhnten und erzitterten über mir, ließen ihre Blätter auf uns herabregnen.

Ash und Grimalkin wichen einen Schritt zurück, und die Dryaden tauschten einen langen Blick.

»Sie ist stark«, wisperte die eine.

»Ihre Kraft schläft«, raunte die andere. »Die Bäume hören sie, die Erde erwidert ihren Ruf.«

»Vielleicht wird das ausreichen.«

Wieder nickten sie, dann nahm eine von ihnen Puck und zog ihn zu ihrem Baum. Beide Körper verschmolzen mit der Borke und verschwanden.

Beunruhigt richtete ich mich auf. »Was macht ihr?«

»Keine Sorge«, erwiderte die Dryade, die bei uns geblieben war, und wandte sich wieder mir zu. »Wir können ihn nicht heilen, aber wir können den Schaden eingrenzen. Puck wird schlafen, bis er wieder stark genug ist, um zu euch zurückzukehren. Ob das eine Nacht oder mehrere Jahre dauern wird, hängt ganz von ihm ab.« Sie legte den Kopf schief und sah mich an, wobei sich feine Moosfäden aus ihrem Haar lösten. »Du und deine Begleiter, ihr könnt heute Nacht hierbleiben. Ihr seid in Sicherheit. Hierher werden die Eisernen Feen nicht vordringen. Unsere Macht über Bäume und Land hält sie fern. Ruht euch aus, wir werden euch rufen, wenn der Zeitpunkt gekommen ist.«

Damit verschmolz auch sie wieder mit ihrem Baum und ließ uns allein zurück, nun mit einem Gefährten weniger.

Ich wollte schlafen. Ich wollte mich hinlegen, mich der Bewusstlosigkeit hingeben und dann wieder in einer Welt aufwachen, in der beste Freunde nicht angeschossen und kleine Brüder nicht entführt wurden. Ich wollte, dass alles vorbei war und mein Leben wieder normal verlief.

Aber obwohl ich völlig fertig war, konnte ich nicht schlafen. Ich wanderte wie ferngesteuert durch den Park, zu betäubt, um irgendetwas wahrzunehmen. Ash hatte sich verzogen, um mit den im Park wohnenden Feenwesen zu sprechen, und Grimalkin war ebenfalls verschwunden. Ich war also allein.

Im diffusen Mondlicht tanzten, sangen und lachten diverse Feen und riefen aus der Ferne nach mir. Satyrn spielten auf ihren Flöten, Blumenelfen schwirrten auf zarten Flügeln durch die Luft, und Dryaden wiegten ihre geschmeidigen Körper wie Grashalme im Wind, während sie durch ihre Bäume tanzten. Ich ignorierte sie alle.

Ich setzte mich an den Rand eines Teichs, unter eine weitere Rieseneiche, die ihre Äste ins Wasser hängen ließ, zog die Knie an die Brust und weinte.

Nixen tauchten auf und starrten mich an, und bald umgab mich ein Ring aus Blumenelfen, die wie winzige verwirrende Lichtflecke um mich herumschwebten. Ich nahm sie kaum wahr. Die ständige Sorge um Ethan, die Angst, Puck zu verlieren, und das unglückselige Versprechen, das ich Ash gegeben hatte, waren einfach zu viel für mich. Ich weinte, bis ich nach Luft schnappte und einen Schluckauf bekam, der mich fast zerriss.

Aber natürlich konnten die Feen mich nicht in Ruhe in meinem Unglück schwelgen lassen. Als die Tränen langsam versiegten, bemerkte ich, dass ich nicht allein war. Eine ganze Herde Satyrn stand um mich herum, ihre Augen leuchteten hell in der Dunkelheit.

»Hübsche Blume«, sagte einer von ihnen und kam auf mich zu. Er hatte ein dunkles Gesicht, einen Ziegenbart und gebogene Hörner, die aus seinem dichten schwarzen Haar ragten. Seine Stimme war sanft und ruhig, und er sprach mit einem leicht kreolischen Akzent. »Warum so traurig, meine Schöne? Komm mit mir, und du wirst bald wieder lachen.«

Mir lief ein Schauer über den Rücken, und zittrig stand ich auf. »Nein, dan… Nein. Mir geht's gut. Ich will einfach nur eine Weile allein sein.«

»Aber allein zu sein ist schrecklich«, erwiderte der Satyr und kam noch näher. Sein Lächeln war charmant, und er war durchaus attraktiv. Vom Schein umgeben, konnte ich für einen Moment seine Tarnung in der Menschenwelt sehen: ein hübscher Collegestudent, der mit seinen Freunden um die Häuser zog. »Warum holen wir uns nicht einen Kaffee und dann erzählst du mir alles?«

Er klang so überzeugend, dass ich ihm fast geglaubt hätte. Doch dann sah ich die ungezügelte Lust in seinem Blick und in den Augen seiner Freunde, und mir wurde schlecht vor Angst.

»Ich muss jetzt wirklich gehen«, meinte ich und wich zurück. Sie folgten mir, die durchdringenden hungrigen Blicke starr auf mich gerichtet. Ich nahm einen starken Geruch wahr und erkannte, dass es Moschus war. »Bitte, bitte lasst mich in Ruhe.«

»Hinterher wirst du uns dankbar sein«, versprach der Satyr und sprang vor.

Ich rannte los.

Die Herde verfolgte mich jubelnd und rief mir ihre Kommentare hinterher: dass ich es genießen würde und dass ich einfach lockerer werden solle. Sie waren viel schneller als ich, und bald packte mich der Anführer von hinten und schlang mir einen Arm um die Taille. Als er mich hochhob, schrie ich, schlug um mich und trat nach ihm. Die anderen Satyrn kamen heran, begrapschten und befummelten mich und zerrten an meinen Sachen.

Dieses fremde Machtgefühl, das ich vorhin schon einmal gehabt hatte, stieg in mir auf, und plötzlich rührte sich die Eiche über unseren Köpfen. Mit einem ohrenbetäubenden Krachen schnellte ein knorriger Ast, der ungefähr so dick war wie meine Taille, nach unten und knallte dem Anführer der Satyrn voll gegen den Kopf. Er ließ mich los und taumelte rückwärts, während der Ast ausholte und ihm noch einen Schlag in den Magen verpasste, der ihn zu Boden schleuderte. Die anderen Satyrn wichen zurück.

Der Ziegenjunge rappelte sich auf und starrte mich wutentbrannt an. »Ich verstehe, du magst es lieber auf die harte Tour«, keuchte er und wischte sich den Schmutz ab. Er schüttelte den Kopf, fuhr sich mit der Zunge über die Lippen und machte einen Schritt auf mich zu. »Das ist okay, wir können hart sein, was, Jungs?«

»Genau wie ich.« Ein dunkler Schatten glitt zwischen den Bäumen hervor, als wäre ein Stück Finsternis zum Leben erwacht. Die Satyrn blinzelten verblüfft und traten hastig von mir zurück, als Ash mitten durch die Herde schritt. Er baute sich hinter mir auf, legte mir einen Arm um die Schultern und zog mich an seine Brust. Mein Herz begann zu rasen, und mein Magen fuhr Achterbahn. »Die hier«, knurrte Ash leise, »ist tabu.«

»Prinz Ash?«, stammelte der Anführer, während der Rest der Herde respektvoll die Köpfe neigte. Der Ziegenjunge war blass geworden und hob beschwichtigend die Hände. »Entschuldigt, Eure Hoheit, ich wusste ja nicht, dass sie Euch gehört. Tut mir aufrichtig leid. Ist ja nichts passiert, oder?«

»Niemand rührt sie an«, erklärte Ash mit eisiger Stimme. »Berührt sie, und ich verwandle eure Eier in Eisklumpen und stecke sie in ein Glas. Ist das klar?«

Die Satyrn zuckten zusammen. Dann stammelten sie diverse Entschuldigungen, die sowohl an Ash als auch an mich gerichtet waren, verbeugten sich und galoppierten davon.

Ash warf zwei Blumenelfen, die in der Nähe schwebten und alles beobachtet hatten, einen finsteren Blick zu, woraufhin sie mit schrillem Gekicher zwischen den Bäumen verschwanden. Um uns herum breitete sich Stille aus; wir waren allein.

»Geht es dir gut?«, murmelte Ash und ließ mich los. »Bist du verletzt?«

Ich zitterte. Das erhebende Gefühl von Macht war verflogen. Jetzt fühlte ich mich nur noch völlig ausgelaugt.

»Ich bin okay«, flüsterte ich und wandte mich ab. Vielleicht hätte ich geweint, aber ich hatte keine Tränen mehr übrig. Meine Knie wurden weich, und ich musste mich an einem Baum abstützen.

Ash kam näher. Er nahm mein Handgelenk, zog mich sanft zu sich heran, legte die Arme um mich und drückte mich fest an sich. Für einen Moment war ich überrascht, dann schloss ich die Augen und legte schniefend den Kopf an seine Brust. Seine Berührung löste meine ganze Angst und Frustration und ließ sie schwinden. Ich vernahm seinen schnellen Herzschlag und spürte die Kälte, die durch sein Hemd drang und meine Haut kribbeln ließ. Seltsamerweise war es kein bisschen unangenehm.

Wir blieben eine ganze Zeit so stehen. Ash sprach nicht, stellte keine Fragen, tat nichts, außer mich festzuhalten. Seufzend entspannte ich mich und lehnte mich an ihn. Für eine kurze Weile war alles gut. Ethan und Puck spukten mir immer noch im Hinterkopf herum, aber für den Moment war es okay. Das war genug.

Dann machte ich einen dämlichen Fehler und sah zu ihm auf.

Unsere Blicke trafen sich, einen Moment lang schaute er mich offen an, und ich erkannte die Verletzlichkeit in seinen Augen. Während wir einander ansahen, lag so etwas wie Verwunderung in seinem Blick. Dann beugte er sich langsam zu mir herunter. Ich hielt den Atem an, aber ein kleiner Seufzer entschlüpfte mir doch.

Er versteifte sich, sein Blick wurde ausdruckslos und seine Augen hart und kalt. Ruckartig schob er mich weg und trat zurück. Sofort verließ mich der Mut. Ash schaute in die Bäume, die Schatten, den Teich, überallhin, nur nicht zu mir. Da ich den verlorenen Moment zurückholen wollte, streckte ich die Hand nach ihm aus, doch er trat zur Seite.

»Das wird langsam langweilig«, erklärte er mit einer Stimme, die zum Ausdruck seiner Augen passte. Er verschränkte die Arme und brachte noch mehr Abstand zwischen uns. »Ich bin nicht hier, um für dich das Kindermädchen zu spielen, Prinzessin. Vielleicht solltest du einfach nicht allein durch die Gegend spazieren. Ich möchte nicht riskieren, dass du Schaden nimmst, bevor wir den Dunklen Hof erreichen.«

Meine Wangen brannten, und ich ballte die Fäuste. Die Erinnerung an die Demütigung in der Schulcafeteria, die schon so lange zurückzuliegen schien, stieg in mir auf, um mich zu verspotten. »Mehr bin ich nicht für dich, stimmt's?«, fauchte ich. »Nur eine Möglichkeit, um die Gunst deiner Königin zu gewinnen. Das ist alles, worum es dir geht.«

»Stimmt«, erwiderte er ruhig, was mich noch wütender machte. »Und ich habe nie vorgegeben, dass es anders wäre. Du kanntest meine Motive von Anfang an.«

Tränen der Wut stiegen mir in die Augen. Ich hatte gedacht, ich wäre leer geweint, aber da hatte ich mich wohl geirrt. »Scheißkerl«, zischte ich. »Puck hatte völlig recht, was dich angeht.«

Er lächelte kalt. »Vielleicht solltest du Puck irgendwann fragen, warum ich geschworen habe, ihn umzubringen.« Seine Augen funkelten. »Mal sehen, ob er den Mumm hat, dir diesen Teil unserer gemeinsamen Vergangenheit zu berichten.« Mit einem fiesen Grinsen verschränkte er die Arme. »Das heißt, falls er je wieder aufwacht.«

Ich wollte etwas erwidern, als Blätter in der Nähe raschelten und zwei Dryaden aus einem Stamm traten. Ash zog sich in die Dunkelheit zurück, während sie näher kamen, und ließ mir keine Chance, meine wütende Antwort loszuwerden. Ich ballte die Fäuste und hätte ihm am liebsten die Arroganz aus seinem makellosen Gesicht geprügelt. Stattdessen drehte ich mich um und trat gegen einen Baumstamm.

Die Dryaden ignorierten meinen kleinen Wutanfall und verbeugten sich vor mir.

»Meghan Chase, die Älteste empfängt dich nun.«

Ich folgte ihnen zum Fuß einer allein stehenden Eiche, an deren Ästen so viel Moos hing, dass es aussah, als wären modrige Vorhänge angebracht worden. Ash und Grimalkin waren bereits da, doch Ash sah nicht mal in meine Richtung, als ich zu ihnen trat. Ich starrte ihn finster an, doch er ignorierte mich einfach.

Mit dem Kater an der einen Seite und dem Winterprinzen an der anderen trat ich unter die tief hängenden Äste der riesigen Eiche und wartete.

Schließlich verschwamm die Borke kurz, und eine uralte Frau trat aus dem Stamm. Ihre Haut war schrumpelig wie raue Baumrinde, und ihre langen Haare hatten die braungrüne Färbung von altem Moos. Sie ging gebeugt und trug ein Gewand aus Flechten, in denen sich Tausende Insekten und Spinnen tummelten. Ihr Gesicht sah aus wie eine Walnuss, voller Furchen und Falten, und wenn sie sich bewegte, ächzten ihre Gelenke wie Zweige im Wind. Doch ihre glänzenden Knopfaugen blickten klar und scharf, als sie mich eingehend musterte und mich dann mit einer knorrigen dürren Hand zu sich winkte.

»Komm näher, Kind«, wisperte sie mit einer Stimme, die raschelte wie trockenes Laub.

Ich schluckte und trat so nah an sie heran, dass ich ihren erdigen Geruch wahrnehmen und sehen konnte, wie sich die Insekten in ihre Haut bohrten.

»Ja, du bist die Tochter von Oberon, die, von der der Wind uns berichtet hat. Ich weiß, warum du hier bist. Du bist auf der Suche nach jenem, den man den Eisernen König nennt, nicht wahr? Du wünschst, den Zugang zu seinem Reich zu finden.«

»Ja«, murmelte ich. »Ich suche nach meinem Bruder. Machina hat ihn entführt, und ich werde ihn zurückbringen.«

»So, wie du jetzt bist, wirst du ihn nicht retten können«, erklärte die Älteste, und mir rutschte das Herz in die Hose. »Der Eiserne König erwartet dich in seiner Festung aus Stahl. Er weiß, dass du kommen wirst, und du wirst ihn nicht aufhalten können. Keine Waffe, die von der Hand eines Sterblichen oder eines Feenwesens geschmiedet wurde, kann dem Eisernen König etwas anhaben. Er fürchtet nichts und niemanden.«

Ash trat vor und neigte ehrfürchtig den Kopf. »Älteste«, begann er leise, »man sagte uns, du wüsstest um das Geheimnis, wie der Eiserne König vernichtet werden kann.«

Die alte Dryade musterte ihn ernst. »So ist es, junger Prinz«, wisperte sie schließlich. »Ihr habt richtig gehört. Es gibt einen Weg, Machina zu töten und seiner Herrschaft ein Ende zu bereiten. Ihr braucht eine spezielle Waffe, eine, die nicht mithilfe von Werkzeugen geschmiedet werden kann, sondern so natürlich ist wie eine Blume, die im Sonnenschein wächst.«

Ash beugte sich begierig vor. »Wo finden wir diese Waffe?«

Die Älteste der Dryaden seufzte und schien auf einmal in sich zusammenzufallen. »Hier«, murmelte sie schließlich, und in ihrer Stimme lag ein Hauch von Trauer, als sie sich zu der großen Eiche umwandte. »Die Waffe, die ihr braucht, ist das Hexenholz, geschnitten aus dem Herzen des Ältesten aller Bäume und für Machina ebenso tödlich wie Eisen für normale Feen. Lebendes Holz, das den Geist der Natur und die Macht der reinen Erde in sich birgt – das ist das Verderben für alle Feen, die Fortschritt und Technik entspringen. Ohne diese Waffe gibt es keine Hoffnung, ihn zu besiegen und das Menschenkind zu retten.«

Ash schwieg mit grimmigem Blick.

Überrascht sah ich erst zu ihm, dann wieder zu der Dryadenältesten. »Sie werden es uns doch geben, oder?«, fragte ich. »Wenn es keinen anderen Weg gibt, um Ethan zu retten...«

»Meghan«, drang Grimalkins Stimme leise aus dem Gras, »du hast keine Ahnung, was du da verlangst. Das Hexenholz ist das Herz des Baumes der Ältesten. Entfernst du es, wird die Eiche sterben und mit ihr die Dryade, die an sie gebunden ist.«

Bestürzt sah ich die Älteste an, deren Lippen sich zu einem feinen Lächeln verzogen hatten.

»Er spricht die Wahrheit«, wisperte sie. »Ohne sein Herz wird der Baum langsam verkümmern und sterben. Und doch, ich wusste, warum du gekommen bist, Meghan Chase. Und ich plante von Anfang an, dir dieses Angebot zu machen.«

»Nein«, wehrte ich automatisch ab. »Ich will es nicht. Nicht so. Es muss einen anderen Weg geben.«

»Es gibt keinen anderen Weg, Kind.« Die Älteste schüttelte den Kopf. »Und wenn du den Eisernen König nicht besiegst, werden wir sowieso zugrunde gehen. Sein Einfluss wächst stetig. Je stärker er wird, desto mehr verblasst das Nimmernie. Letzten Endes werden wir alle verkümmern und in einer Ödnis aus Logik und Wissenschaft sterben.«

»Aber ich kann ihn nicht töten«, protestierte ich. »Ich bin keine Kriegerin. Ich will nur Ethan wiederhaben, mehr nicht.«

»Darum wirst du dir keine Sorgen machen müssen.« Die Dryade deutete mit einem Kopfnicken auf Ash, der schweigend dastand. »Ich nehme an, der Winterprinz wird für dich kämpfen. Er riecht nach Blut und Leid. Ihm werde ich das Hexenholz mit Freuden überlassen.«

»Bitte.« Ich sah sie flehend an, wollte, dass sie mich verstand. Wahrscheinlich hatte schon Puck sein Leben für meinen Kreuzzug gegeben, ich wollte nicht die Schuld an einem weiteren Tod tragen müssen. »Ich will nicht, dass Sie das tun. Es ist zu viel. Sie sollten nicht meinetwegen sterben müssen.«

»Ich gebe mein Leben für alle Feen«, erwiderte die Dryade ernst. »Du wirst lediglich mein Werkzeug zur Erlösung sein. Außerdem erwartet uns alle irgendwann der Tod. Ich hatte ein langes Leben, länger als das der meisten. Ich bereue nichts.«

Sie schenkte mir noch ein großmütterliches Lächeln, dann verschmolz sie wieder mit ihrer Eiche. Ash, Grim und die anderen Dryaden standen schweigend da. Sie wirkten alle ernst und betrübt. Wenig später tauchte die Älteste wieder auf, und jetzt trug sie etwas in der knorrigen Hand – einen langen, geraden Stock, so blass, dass er fast weiß schien, mit rötlichen Adern, die sich an ihm entlangzogen. Als sie vortrat und ihn mir darbot, vergingen einige Sekunden, bevor ich mich dazu überwinden konnte, ihn zu nehmen. Dann lag er warm und glatt in meinen Händen. Er pulsierte vor Leben, und ich hätte ihn beinahe von mir geschleudert.

Die Älteste legte mir ihre schrumpelige, knotige Hand auf den Arm. »Noch eine letzte Sache, Kind«, sagte sie, während ich damit kämpfte, das lebendige Holz zu halten. »In dir steckt große Macht, viel mehr, als dir bewusst ist. Oberons Blut fließt durch deine Adern, und das Nimmernie selbst reagiert auf dein Wesen. Momentan schläft deine Begabung noch, aber sie beginnt bereits, sich zu regen. Die Art, wie du sie einsetzt, wird Auswirkungen haben auf beide Höfe, die Feen, dein persönliches Schicksal und alles andere.« Ihre Stimme klang schwächer, als sie fortfuhr: »Und nun geh und rette deinen Bruder. Den Steig zu Machinas Reich findet ihr in einer verlassenen Fabrik, unten bei den Zwergen. Morgen wird euch ein Führer dorthin begleiten. Tötet den Eisernen König und bringt beiden Welten Frieden.«

»Was, wenn ich es nicht schaffe?«, flüsterte ich. »Was, wenn der Eiserne König wirklich unbesiegbar ist?«

»Dann werden wir alle sterben«, erklärte die Älteste der Dryaden und verschmolz wieder mit ihrer Eiche. Die anderen Dryaden verschwanden ebenfalls und ließen mich allein zurück mit einem Kater, einem Prinzen und einem Stock. Seufzend sah ich hinunter auf das Holzstück in meiner Hand.

»Bloß kein Druck oder so«, brummelte ich.

DRITTER TEIL

Eisendrachen und Elsterlinge

Wir brachen im Morgengrauen auf. Zeit genug für mich, um auf dem unebenen Boden ungefähr zwei Stunden zu schlafen und mich von Puck zu verabschieden. Er schlief immer noch, tief in dem Baum, als ich in den dämmrigen Stunden vor Sonnenaufgang aufwachte. Die Dryade, die mit der Eiche verbunden war, erzählte mir, dass er am Leben sei, aber sie hatte auch keine Ahnung, wann er aufwachen würde.

Ich stand neben der Eiche, drückte eine Hand an ihren Stamm und versuchte, durch das Holz seinen Herzschlag zu spüren. Er fehlte mir. Ash und Grimalkin waren vielleicht meine Verbündeten, aber sie waren keine Freunde. Sie wollten mich für ihre eigenen Zwecke benutzen. Nur Puck hatte sich wirklich um mich gesorgt, und jetzt war er weg.

»Prinzessin.« Ash tauchte hinter mir auf. Seine Stimme klang erstaunlich sanft. »Wir sollten aufbrechen. Wir können es uns nicht erlauben, auf ihn zu warten, nicht, wenn es Monate dauern kann, bis er aufwacht. So viel Zeit haben wir nicht.«

»Ich weiß.« Ich presste meine Handfläche gegen die Borke und spürte, wie sich die rauen Kanten in meine Haut drückten. *Wach schnell wieder auf,* bat ich ihn lautlos und fragte mich, ob er wohl träumte und ob er durch den Baum meine Berührung spüren konnte. *Wach schnell auf und finde mich. Ich werde auf dich warten.*

Als ich mich zu Ash umdrehte, sah ich, dass er für den Kampf gerüstet war, mit dem Schwert an der Seite und einem Bogen, den er über der Schulter trug. Allein sein Anblick ließ meine Haut kribbeln.

»Hast du es?«, fragte ich, um von meinem geröteten Gesicht abzulenken.

Er nickte und zeigte mir einen glänzenden weißen Pfeil, an dessen Schaft sich rote Adern entlangzogen. Er hatte mich noch in der Nacht gebeten, ihm das Hexenholz zu überlassen, da er erklärte, eine geeignete Waffe daraus machen zu können, und ich hatte es ihm ohne zu zögern übergeben. Jetzt starrte ich den Pfeil an und spürte, wie meine Besorgnis wuchs. Er wirkte so klein und zerbrechlich. Wie sollte man damit den angeblich unbesiegbaren König der Eisernen Feen bezwingen können?

»Darf ich ihn mal halten?«, fragte ich, und sofort drückte Ash mir den Pfeil in die Hand, wobei seine Finger meine ein wenig länger berührten als nötig. Das Holz pulsierte in meiner Hand, ein rhythmisches *Bum-Bum-Bum* wie ein Herzschlag. Schaudernd streckte ich ihm die Hand entgegen, damit er ihn mir wieder abnahm.

»Bewahr du ihn für mich auf«, bat Ash leise und sah mir dabei fest in die Augen. »Das ist deine Mission. Du entscheidest darüber, wann ich ihn einsetzen soll.«

Verlegen öffnete ich den Rucksack und schob den Pfeil hinein. Der Schaft ragte ein Stück heraus. Ich zog die Reißverschlüsse um ihn herum zu und sicherte ihn damit, bevor ich mir den Rucksack aufsetzte. Er war jetzt um einiges schwerer, denn ich hatte letzte Nacht einen der Brunnen im Park geplündert und dabei genug Münzen herausgeholt, um uns für den Rest der Reise mit Essen und Trinken einzudecken. Der Kassierer an einer Tankstelle in der Nähe schien zwar etwas genervt, als er um ein Uhr morgens reihenweise Centmünzen hatte zählen müssen, aber ich wollte den letzten Abschnitt unserer Reise nicht mit leeren Händen antreten. Ich konnte nur hoffen, dass Ash und Grim gern Beef Jerky, Schokolinsen und Studentenfutter aßen.

»Du wirst nur den einen Schuss haben«, murmelte ich.

Ash lächelte humorlos. »Dann sollte ich wohl besser treffen.«

Er klang so selbstbewusst. Ich fragte mich, ob er jemals Angst verspürte oder Zweifel hegte in Bezug auf das, was er zu tun hatte. Noch zu schmollen schien mir jetzt irgendwie töricht, wo er dabei war, sich mit mir in tödliche Gefahr zu begeben.

»Hör mal, das mit gestern Abend tut mir leid«, setzte ich an. »Ich wollte mich nicht wie ein Psycho aufführen. Ich habe mir einfach Sorgen gemacht, wegen Ethan. Und als dann auch noch Puck angeschossen wurde und so …«

»Mach dir deswegen keine Gedanken, Meghan.«

Ich blinzelte überrascht, während mein Magen Purzelbäume schlug. Das war das erste Mal, dass er meinen Namen sagte. »Ash, ich …«

»Ich habe nachgedacht«, verkündete Grimalkin und sprang auf einen Felsen. Ich starrte ihn böse an, verkniff mir aber einen genervten Seufzer. Ein beschissenes Timing hatte dieser Kater. Doch er fuhr fort, ohne etwas zu bemerken: »Vielleicht sollten wir unsere Strategie noch einmal überdenken«, erklärte er und sah uns abwechselnd an. »Wenn ihr mich fragt, ist es eine ziemlich schlechte Idee, einfach so in Machinas Reich zu stürmen.«

»Was meinst du damit?«

»Nun ja.« Der Kater setzte sich und begann seine Hinterpfoten zu putzen. »Da er uns immer wieder seine Schergen auf den Hals hetzt, vermute ich mal stark, er weiß, dass wir kommen. Warum hat er deinen Bruder überhaupt entführt? Er muss gewusst haben, dass du dich auf die Suche nach ihm machen würdest.«

»Selbstüberschätzung?«, riet ich.

Grimalkin schüttelte den Kopf. »Nein. Uns fehlt ein Puzzleteil. Oder vielleicht sehen wir es nur nicht. Der Eiserne König hat doch keinerlei Verwendung für ein Kind. Es sei denn …« Der Kater sah zu uns auf und kniff die Augen zusammen. »Ich verschwinde.«

»Was? Warum?«

»Ich habe eine Theorie.« Grimalkin erhob sich und schlug mit dem Schwanz. »Ich denke, ich kenne noch einen anderen Zugang zu Machinas Reich. Ihr könnt euch mir gern anschließen.«

»Eine Theorie?« Ash verschränkte die Arme vor der Brust. »Wir können nicht wegen einer bloßen Vermutung unseren ganzen Plan über den Haufen werfen, Cat Sidhe.«

»Auch nicht, wenn euer Weg euch direkt in eine Falle führt?«

Ich schüttelte den Kopf. »Wir müssen es riskieren. Wir sind so nah dran, Grim. Wir können jetzt keinen Rückzieher machen.« Ich kniete mich hin, um ihm in die Augen sehen zu können. »Komm mit. Wir brauchen dich. Du hast uns bisher immer den richtigen Weg gewiesen.«

»Ich bin kein Kämpfer, Mensch.« Grimalkin schüttelte den Kopf und blinzelte träge. »Dafür hast du den Prinzen. Ich habe dich begleitet, um dir den Weg zu deinem Bruder zu zeigen, und natürlich zu meinem eigenen Vergnügen. Doch ich kenne meine Grenzen.« Er sah zu Ash hinüber und legte die Ohren an. »Ich wäre euch dort keine Hilfe. Nicht auf dem Weg, den ihr einschlagt. Also wird es Zeit, dass wir unsere Schulden begleichen und getrennte Wege gehen.«

Stimmt, ich schuldete dem Kater ja noch einen Gefallen. Mir wurde unbehaglich. Ich hoffte, dass er nicht meine Stimme oder mein zukünftiges Kind verlangen würde. Ich hatte immer noch keinen Schimmer, was in diesem hinterhältigen kleinen Katzenkopf vorging.

»Okay.« Ich seufzte und versuchte, das Zittern in meiner Stimme zu unterdrücken. Ash trat ruhig und schweigend hinter mich, als Unterstützung. »Abgemacht ist abgemacht. Was willst du von mir, Grim?«

Grimalkins Blick bohrte sich in mich. Er setzte sich kerzengerade auf und zuckte einmal mit dem Schwanz. »Mein Preis ist folgender«, verkündete er. »Ich will das Recht, dich rufen zu können, ein Mal, zu einem Zeitpunkt meiner Wahl und ohne dass irgendwelche Fragen gestellt werden. Damit ist deine Schuld beglichen.«

Erleichterung durchströmte mich wie eine warme Welle. Das klang doch gar nicht so schlimm.

Ash jedoch gab ein bedächtiges Schnaufen von sich und verschränkte die Arme. »Eine Beschwörung?« Der Prinz schien verwundert. »Passt gar nicht zu dir, Cat Sidhe. Was erhoffst du dir für einen Nutzen davon?«

Grimalkin ignorierte ihn einfach. »Wenn ich dich rufe«, fuhr er fort und starrte mich weiter an, »musst du sofort kommen, ohne zu zögern. Und du musst mir auf jede Art behilflich sein, zu der du fähig bist. Dies sind die Bedingungen unseres Vertrages. Du bist an mich gebunden, bis sie erfüllt sind.«

»Okay«, nickte ich, »damit kann ich leben. Aber wenn du mich rufst, wie werde ich dich finden?«

Grimalkin lachte schnaubend. »Mach dir darüber keine Sorgen, Mensch. Du wirst es wissen. Aber jetzt muss ich euch verlassen.« Er stand auf, nickte erst mir zu, dann Ash. »Auf ein baldiges Wiedersehen.«

Dann glitt er zwischen die hohen Grashalme, bis nur noch sein aufgestellter buschiger Schwanz zu sehen war, und verschwand.

Ich lächelte traurig. »Da waren es nur noch zwei.«

Ash kam näher und berührte meinen Arm, eine schnelle, zarte Geste. Als ich zu ihm aufschaute, schenkte er mir dieses schmale, liebenswerte Lächeln, das gleichzeitig Entschuldigung und Ermutigung war und ein wortloses Versprechen, dass er mich nicht verlassen würde. Ich erwiderte es mit einem unsicheren Grinsen und widerstand der Versuchung, mich an ihn zu lehnen und noch einmal seine Arme um mich zu spüren.

Eine Blumenelfe schwirrte von den Zweigen über uns herab und schwebte dann dicht vor meinem Gesicht.

Das blauhäutige Wesen, dessen Haare wie die Samen einer Pusteblume aussahen, streckte mir die Zunge heraus und flitzte dann mit seinen durchscheinenden zarten Flügeln zu Ash und ließ sich auf seiner Schulter nieder. Ash neigte den Kopf, als ihm die Blumenelfe etwas ins Ohr flüsterte. Sein einer Mundwinkel zuckte, er warf mir einen flüchtigen Blick zu und schüttelte dann den Kopf. Die Blumenelfe kicherte und schraubte sich wieder in die Höhe.

Stirnrunzelnd fragte ich mich, was sie wohl über mich tratschten, beschloss dann aber, dass es mir egal war.

»Das ist Leuchtsame«, erklärte Ash, während die Blumenelfe wie ein besoffener Kolibri durch die Luft taumelte. »Sie wird uns zu den Zwergen führen und anschließend zu dieser Fabrik. Von da an werden wir auf uns allein gestellt sein.«

Ich nickte, und das Blut rauschte mir in den Ohren. Jetzt war es also so weit, der letzte Abschnitt der Reise lag vor uns. An ihrem Ende warteten Machina und Ethan oder der Tod. Ich setzte ein Grinsen auf und täuschte Tapferkeit vor. Mit stolz vorgerecktem Kinn meinte ich: »Alles klar, Glöckchen.« Die Blumenelfe summte empört. »Dann mal los.«

Wir folgten dem tanzenden Lichtfleck zum Ufer des Flusses, wo der kalte, träge Mississippi sich unter einem schiefergrauen Himmel dahinwälzte. Wir redeten nicht viel. Ash ging so dicht neben mir, dass sich unsere Schultern fast berührten. Nach einigen Minuten des Schweigens streifte ich leicht seine Hand. Er schloss seine Finger um meine, und wir liefen Hand in Hand, bis wir die Fabrik erreichten.

Hinter einem Maschendrahtzaun ragte ein Wellblechgebäude auf und verdunkelte wie ein schmieriger Fleck den Himmel. Leuchtsame wandte sich brabbelnd an Ash, der ernst nickte, woraufhin die Elfe davonschoss und bald darauf verschwunden war. Sie hatte uns so weit geführt, wie sie konnte. Ab jetzt waren wir auf uns allein gestellt.

Als wir uns dem Tor näherten, fiel Ash ein wenig zurück und wirkte angestrengt.

»Was ist?«

Er verzog das Gesicht. »Nichts. Nur ...« Er nickte in Richtung Zaun. »Zu viel Eisen. Ich kann es von hier aus spüren.«

»Tut es weh?«

»Nein.« Er schüttelte den Kopf. »Dazu müsste ich es berühren. Aber es erschöpft mich.« Offenbar fiel es ihm schwer, das zuzugeben. »Und es ist schwieriger, den Schein zu nutzen.«

Ich rüttelte versuchsweise an dem Tor. Es gab nicht nach. Eine schwere Kette, die von einem Vorhängeschloss zusammengehalten wurde, versperrte es, und oben auf dem Zaun war Stacheldraht angebracht.

»Gib mir dein Schwert«, bat ich Ash.

Er sah mich überrascht an. »Was?«

»Gib mir dein Schwert«, wiederholte ich. »Wir müssen da rein, und du stehst nicht gerade drauf, Eisen zu berühren, oder? Wenn du mir das Schwert gibst, kümmere ich mich darum.«

Er sah zweifelnd drein, aber er zog die Klinge aus der Scheide und reichte sie mir mit dem Griff voran. Ich nahm die Waffe vorsichtig entgegen. Der Griff war schmerzhaft kalt und die Klinge von einer kühlen blauen Aura umgeben. Ich hob das Schwert über den Kopf und ließ es mit voller Wucht auf die Kette knallen, mit der das Tor verschlossen war. Die Glieder zerbarsten, als wären sie aus Glas – sie zerbrachen mit einem metallischen Knirschen. Zufrieden packte ich die Kette, um sie vom Tor zu ziehen, doch das Metall brannte wie Feuer. Mit einem Aufschrei ließ ich sie fallen.

Ash trat neben mich und forderte sein Schwert zurück, während ich schmerzerfüllt herumtanzte und meine verbrannte Hand schüttelte.

Nachdem er die Waffe weggesteckt hatte, schnappte er sich meine wild zuckende Hand und drehte die Handfläche nach oben. Eine grellrote Wunde, die gleichzeitig taub war und prickelte, zog sich über meine Finger.

»Ich dachte, ich wäre immun gegen Eisen«, schniefte ich.

Ash seufzte. »Das bist du auch«, grummelte er und führte mich ein Stück weg von dem Zaun und seinem magiehemmenden Einfluss. Seine Miene schwankte zwischen Belustigung und Resignation. »Aber tiefgefrorenes Metall zu berühren ist für eine Sommerfee trotzdem ziemlich unangenehm, ganz egal, wer sie ist.«

»Oh.«

Er schüttelte den Kopf und untersuchte die Wunde genauer. »Keine Erfrierungen«, murmelte er vor sich hin. »Es wird Blasen geben, aber die heilen ab. Du könntest allerdings ein paar Finger verlieren.«

Ich sah ihn scharf an, da grinste er. Einen Moment lang war ich sprachlos. Verdammt, jetzt machte der Eisprinz schon Witze – ja, uns stand offenbar tatsächlich der Weltuntergang bevor. »Das ist nicht witzig«, zischte ich und schlug mit der freien Hand nach ihm. Er wich mir problemlos aus, immer noch amüsiert.

»Du bist ihr ziemlich ähnlich«, stellte er nachdenklich fest, allerdings so leise, dass ich ihn kaum verstehen konnte. Und bevor ich irgendetwas sagen konnte, ging er los, zog sein Schwert und fegte damit die Kette vom Tor. Es schwang quietschend auf, und Ash ließ seinen Blick wachsam über das Gelände wandern.

»Bleib dicht bei mir«, murmelte er, als wir das Tor vorsichtig passierten.

Überall auf dem Hof lagen große Berge Altmetall, dessen scharfe Kanten in den ersten blassen Sonnenstrahlen funkelten. Jedes Mal, wenn wir an einem der Berge vorbeikamen, zuckte Ash zusammen und behielt ihn wachsam im Auge, als würde er gleich aufspringen und ihn angreifen. Seltsame Wesen krabbelten über die Metallhaufen, winzige Männchen mit rattenartigen Gesichtern und nackten Schwänzen. Wenn sie an einem Stück Metall nagten, rostete es sofort. Sie beachteten uns nicht, aber Ash schauderte, wann immer er eines sah, und nahm nie die Hand von seinem Schwert.

An den Eisentüren zum Gebäude hingen noch mehr Ketten, aber die Eisklinge durchtrennte sie problemlos. Als wir eintraten, sah ich mich aufmerksam um und wartete, bis sich meine Augen an das Halbdunkel gewöhnt hatten. Wir schienen uns in einer gewöhnlichen verlassenen Lagerhalle zu befinden, doch in den Ecken hörte ich raschelnde Geräusche. In dem trüben Licht waren noch mehr Metallhaufen zu erahnen, einige davon höher als ich.

Wo ist der Steig?, fragte ich mich und schlich tiefer in die Halle hinein. Die Metallgitter, die den Boden bedeckten, drückten sich in die Sohlen meiner Sneakers.

Ash blieb zögernd in der offenen Tür stehen.

Dampfschwaden trieben über den Boden und legten sich um meine Beine. An der gegenüberliegenden Wand entdeckte ich, dass eines der Gitter herausgerissen war, darunter klaffte ein viereckiges Loch. Durch die Öffnung quoll Rauch. *Dort!*

Ich ging darauf zu. Von der Tür her hörte ich Ash rufen, dass ich stehen bleiben solle. Bevor mir mein Instinkt eine Warnung schicken konnte, geriet einer der Metallhaufen in Bewegung. Mit einem Kreischen, das mir durch Mark und Bein ging, streckte der Haufen sich und kroch Funken sprühend über den Boden. Aus dem Berg erhob sich ein langer Hals, der aus Eisen, Draht und Glasscherben zu bestehen schien. Ein reptilienartiger Kopf, in dessen Schädel unzählige Metallsplitter steckten, blickte auf mich herab.

Dann entrollte sich der gesamte Metallhaufen und wurde zu einer riesigen Echse aus Eisen und Stahl, mit Pranken mit eisernen Krallen und einem zerklüfteten, mit Dornen besetzten Schwanz.

Der Drache stieß eine Art Brüllen aus, das mehr wie ein ohrenbetäubendes metallisches Quietschen klang, bei dem mir fast die Augen aus den Höhlen springen wollten.

Als er losstürzte, hechtete ich schnell hinter einen der anderen Haufen, wobei ich darum betete, dass der sich nicht auch als Drache entpuppen würde. Das Untier folgte mir zischend. Aus seinem offenen Maul quoll eine Dampfwolke, und seine stählernen Krallen kratzten über den Boden.

Eine Salve Eispfeile kam angeflogen und traf den Drachen am Kopf, prallte aber wirkungslos an seinem Schädel ab. Das Monster schrie auf, erhob sich auf die Hinterbeine und wandte sich zu Ash um, der mit gezogenem Schwert am anderen Ende der Halle stand. Mit peitschendem Schwanz griff der Drache ihn an. Seine Krallen sprühten Funken, als er sich auf Ash stürzte, und mir blieb fast das Herz stehen.

Ash schloss für einen Moment die Augen, dann kniete er sich hin und rammte seine Schwertspitze in den Boden. Ein blauer Lichtblitz durchschnitt die Dunkelheit, und von der Schwertspitze breitete sich rasend schnell Eis über den Boden aus, das alles mit einer funkelnden Kristallschicht bedeckte. Mein Atem hing sichtbar vor mir in der Luft, und an den Streben unter der Decke wuchsen Eiszapfen. Ich begann zu zittern, während sich in der plötzlichen Kälte Raureif auf den Metallhaufen bildete, die noch mehr Kälte abstrahlten.

Ash sprang zur Seite, als der Drache ihn erreichte, wobei er sich auf Eis genauso sicher bewegte wie auf normalem Untergrund. Der Drache hingegen konnte nicht bremsen und knallte so hart gegen die Wand, dass es Metallteile regnete. Zischend kämpfte er sich hoch, rutschte aber auf dem glatten Boden immer wieder aus und schlug wild mit dem Schwanz. Ash sprang vor und stieß einen langen Pfiff aus, mit dem er einen eisigen Wirbelsturm entfachte. Der Drache kreischte, als der Blizzard ihn umpeitschte und mit Eis und Schnee überzog. Grauer Reif verkrustete seinen Metallkörper mit einer dicken Schicht, und seine Bewegungen wurden immer schwerfälliger, während das Eis ihn niederdrückte.

Ash keuchte schwer. Er wandte sich taumelnd von dem gefrorenen Drachen ab, lehnte sich gegen einen Pfeiler und schloss die Augen.

Halb rennend, halb schlitternd rutschte ich über das Eis zu ihm.

»Bist du okay?«

»Nie wieder«, murmelte er vor sich hin. Seine Augen hielt er immer noch geschlossen, und ich war nicht sicher, ob er überhaupt wusste, dass ich neben ihm stand. »Ich werde das *nicht* noch einmal mit ansehen. Ich werde ... nicht noch einmal ... jemanden so verlieren. Das kann ich nicht ...«

»Ash?«, flüsterte ich und berührte ihn leicht am Arm.

Seine Augen öffneten sich langsam, und er sah mich an. »Meghan«, murmelte er, anscheinend verblüfft, dass ich noch da war. Dann blinzelte er und schüttelte den Kopf. »Warum bist du nicht weitergelaufen? Ich habe versucht, dir Zeit zu verschaffen. Du hättest vorgehen sollen.«

»Bist du irre? Ich konnte dich doch nicht mit diesem Ding allein lassen. Und jetzt komm.« Ich nahm seine Hand und zog ihn von dem Pfeiler weg, während ich gleichzeitig nervös den gefrorenen Drachen im Auge behielt. »Verschwinden wir von hier. Ich glaube, dieses Ding hat gerade geblinzelt.«

Seine Finger schlossen sich um meine, und er zog mich zu sich heran. Ich verlor das Gleichgewicht, sah überrascht zu ihm hoch, und da küsste er mich.

Einen Moment lang war ich starr vor Schreck. Dann legte ich ihm die Arme um den Hals, stellte mich auf die Zehenspitzen, um ihm entgegenzukommen, und erwiderte seinen Kuss mit einer Leidenschaft, die uns beide überraschte. Er zog mich noch enger an sich, und ich ließ meine Finger durch seine seidigen Haare gleiten. Seine Lippen waren kühl, und mein Mund kribbelte leicht. Einen Moment lang gab es keinen Ethan, keinen Puck, keinen Eisernen König. Nur das hier.

Schließlich zog er sich etwas außer Atem zurück. Mein Herz raste. Ich lehnte den Kopf an seine Schulter und spürte seine harten Rückenmuskeln unter meinen Fingern. Er bebte.

»Das ist nicht gut«, murmelte er mit seltsam bewegter Stimme. Aber er ließ mich trotzdem nicht los. Ich schloss die Augen und lauschte auf seinen schnellen Herzschlag.

»Ich weiß«, flüsterte ich.

»Beide Höfe würden uns umbringen, wenn sie es herausfinden.«

» Ja. «

»Mab würde mich des Hochverrats beschuldigen. Oberon würde glauben, dass ich dich gegen ihn aufbringen will. Beide würden darin ausreichende Gründe für eine Verbannung sehen, vielleicht sogar für eine Exekution.«

»Tut mir leid.«

Er seufzte und drückte sein Gesicht in meine Haare. Sein kühler Atem strich über meinen Nacken, und ich zitterte. Eine halbe Ewigkeit sagte keiner von uns etwas.

»Uns wird schon etwas einfallen«, meinte ich.

Er nickte stumm und löste sich von mir. Als er einen Schritt zurück machte, stolperte er. Ich fasste schnell nach seinem Arm.

»Bist du okay?«

»Das wird wieder.« Er ließ meinen Arm los. »Zu viel Eisen. Der Zauber hat mir eine Menge abverlangt.«

»Ash ...«

Ein durchdringendes Knacken unterbrach uns. Der Drache hatte eine Vorderpfote freibekommen und schlug sie krachend auf den Boden. Während er sich abmühte, sich zu erheben, bildeten sich immer mehr Risse in seinem Panzer, und Eisstücke lösten sich. Ash packte meine Hand, und wir rannten los.

Mit einem wütenden Schrei sprengte der Drache sein eisiges Gefängnis. Eissplitter flogen in alle Richtungen. Wir stürmten durch die Halle und konnten hören, wie der Drache die Verfolgung aufnahm, als seine Krallen sich in den vereisten Boden gruben. Das Loch mit dem fehlenden Gitter lag jetzt direkt vor uns, und wir warfen uns hinein, sprangen durch den Dampf und stürzten ins Ungewisse. Das frustrierte Brüllen des Drachen ertönte über uns, Dampfwolken hüllten uns ein, und alles wurde weiß.

Ich konnte mich nicht an eine Landung erinnern, doch mir war bewusst, dass Ash meine Hand hielt, als sich der Dampf um uns herum lichtete. Mit entsetzt aufgerissenen Augen sahen wir uns um.

Vor uns erstreckte sich eine verseuchte Landschaft, öde und düster. Der Himmel darüber leuchtete in einem kränklichen gelbgrauen Schein. Das gesamte Land wurde von Schrottbergen beherrscht: Veraltete Computer, rostige Autos, Fernseher, Telefone und Radios waren zu riesigen Bergen aufgetürmt, die alles überschatteten. Einige der Berge brannten und stießen dichten, stinkenden Rauch aus. Ein heißer Wind fegte über die karge Landschaft, schob den Staub zu funkelnden Häufchen zusammen und ließ das Rad eines uralten Fahrrads rotieren, das auf einem der Schrottberge lag. Aluminiumstücke, alte Dosen und Styroporbecher rollten herum, und ein scharfer metallischer Geruch hing in der Luft und setzte sich in meiner Kehle fest. Die Bäume waren kränkliche Dinger, verkrüppelt und verdorrt. An einigen hingen wie glitzernde Früchte Glühbirnen und Batterien.

»Das ist ein Teil des Nimmernie«, murmelte Ash grimmig. »Irgendwo im Tiefen Wirrwarr, würde ich sagen. Kein Wunder, dass der Wilde Wald stirbt.«

»Das hier gehört zum Nimmernie?«, fragte ich und schaute mich schockiert um. Ich dachte an die kalte, makellose Schönheit von Tir Na Nog und die strahlenden Farben des Sommerhofes. »Irre. Wie konnte es so werden?«

»Machina«, erwiderte Ash knapp. »Die Reiche übernehmen Wesenszüge ihrer Herrscher. Ich nehme an, sein Territorium ist momentan noch sehr klein, aber wenn es sich ausdehnt, wird es den Wilden Wald schlucken und letztendlich das gesamte Nimmernie vernichten.«

Ich hatte gedacht, ich würde das Feenland und alles, was darin war, hassen, aber das war vor der Sache mit Ash gewesen. Es war seine Heimat. Wenn das Nimmernie starb, würde auch er sterben. Und Puck und Grim und alle, denen ich auf meiner seltsamen Reise hierher begegnet war. »Wir müssen es aufhalten«, rief ich und musterte noch einmal das tote Land um uns herum. Rauch kratzte in meinem Hals, und ich unterdrückte einen Hustenreiz. »Wir können nicht zulassen, dass es sich ausbreitet.«

Ash lächelte kalt. »Deshalb sind wir ja hier.«

Bedächtig suchten wir uns einen Weg zwischen den Schrottbergen hindurch, wobei wir ein wachsames Auge darauf hatten, dass keiner von ihnen zum Leben erwachte und uns angriff. Als ich aus dem Augenwinkel eine Bewegung wahrnahm, wirbelte ich herum, weil ich einen weiteren Drachen fürchtete, der sich als harmloser Müll getarnt hatte. Doch diesmal war es kein Drache, sondern einige kleine, bucklige Gestalten, die zwischen den Bergen herumwuselten. Sie sahen aus wie verhutzelte Gnome, denn sie gingen gebückt, weil sie auf ihrem Rücken gewaltige Mengen von Dingen aufgehäuft hatten, ein bisschen wie riesige Einsiedlerkrebse. Wenn sie etwas fanden, das ihnen gefiel – ein kaputtes Spielzeug oder die Speichen eines Fahrrads –, fügten sie es der Sammlung auf ihrem Rücken hinzu und schlurften zum nächsten Haufen. Einige dieser Buckel waren ziemlich groß und beeindruckend, wenn auch auf traurige Art.

Ein paar von diesen Wesen bemerkten uns und kamen angewackelt. Ihre schwarzen Knopfaugen leuchteten neugierig.

Ash griff nach seinem Schwert, doch ich hielt ihn zurück. Ich spürte, dass von diesen Wesen keine Gefahr ausging, und vielleicht konnten sie uns ja zeigen, in welche Richtung wir mussten.

»Hallo«, begrüßte ich sie freundlich, als sie sich um uns scharten und uns beschnüffelten wie neugierige Hunde. »Wir wollen keinen Ärger. Wir haben uns nur etwas verlaufen.«

Sie legten die Köpfe schief, sagten aber nichts. Ein paar von ihnen schoben sich näher heran und streckten ihre langen Finger aus, mit denen sie gegen meinen Rucksack stupsten und an dem grellbunten Stoff zupften. Doch sie waren nicht bösartig, sondern nur neugierig wie Möwen, die auf etwas herumpickten. Zwei von ihnen wandten sich Ash zu und betatschten seine Schwertscheide. Er bewegte sich nervös und trat ein paar Schritte beiseite.

»Ich muss König Machina finden«, erklärte ich. »Könnt ihr uns zeigen, wo er lebt?«

Aber die Wesen hörten mir gar nicht zu. Sie waren viel zu beschäftigt damit, an meinem Rucksack herumzuzerren und sich in einer brabbelnden Sprache zu unterhalten. Eines von ihnen zog mit einem so heftigen Ruck an mir, dass ich fast umgefallen wäre.

Blaues Licht flammte auf, Ash hatte sein Schwert gezogen. Die Wesen wichen hastig zurück und starrten mit weit aufgerissenen Augen auf die leuchtende Klinge. Einige zuckten mit den Fingern, als wollten sie sie berühren, doch sie ließen es lieber bleiben und näherten sich ihr nicht.

»Komm schon«, raunte Ash mir zu und richtete das Schwert nacheinander auf die einzelnen Gnome, die sich schrittweise vorwagten. »Die werden uns nicht helfen. Verschwinden wir besser von hier.«

»Warte.« Ich hielt ihn am Ärmel zurück, als er sich wegdrehte. »Ich habe eine Idee.«

Ich nahm den Rucksack ab, machte die Seitentasche auf und holte den kaputten iPod heraus, der aus einem anderen Leben zu stammen schien. Ich trat vor, hielt ihn hoch und beobachtete, wie die Gnome mit starren Blicken meinen Bewegungen folgten.

»Eine Abmachung«, rief ich ihnen zu. Sie sahen mich aufmerksam an. »Seht ihr das hier?« Ich schwenkte den iPod. Sie folgten ihm mit den Augen wie Hunde einem Leckerchen. »Ich gebe ihn euch, aber als Gegenleistung bringt ihr mich zum Eisernen König.«

Die Gnome wandten sich einander zu und brabbelten aufgeregt. Hin und wieder schauten sie sich nach mir um, um sicherzugehen, dass ich noch da war. Schließlich löste sich einer aus dem Haufen und trat vor. Auf seinem Buckel schwankte ein komplettes Dreirad. Er starrte mich unverwandt an und signalisierte mir, ihm zu folgen.

Wir gingen hinter den seltsamen kleinen Wesen her – die ich heimlich Elsterlinge taufte – durch das Ödland des Schrotts und zogen dabei die neugierigen Blicke der anderen Bewohner dieser Gegend auf uns.

Ich sah noch mehr rattenartige Männchen, deren Zähne Metall rosten ließen, ein paar ausgezehrte streunende Hunde und ganze Schwärme von Eisenkäfern, die einfach auf allem herumkrochen. Einmal entdeckte ich in der Ferne sogar noch einen Drachen, dessen Furcht einflößende Silhouette sich aus einem Schrotthaufen schälte. Gott sei Dank suchte er sich nur eine bequemere Schlafposition und versank dann wieder in seine perfekte Tarnung als Schrottberg.

Irgendwann ließen wir das Abfallgebirge hinter uns, und der Elsterling, der unsere Prozession anführte, zeigte mit dem Finger hinunter auf eine öde Ebene. Dort erstreckten sich Eisenbahngleise über ein rissiges graues Plateau, das von Lavaströmen durchzogen wurde und mit blinkenden Lichtern übersät war. Neben den Gleisen standen wuchtige Maschinen, die wie enorme Eisenkäfer wirkten, und spuckten Dampf. Und vor dem trüben Himmel ragte ein zerklüfteter schwarzer Turm auf, der in Abgase und wabernde Rauchwolken gehüllt war.

Machinas Festung.

Ash holte tief Luft.

Ich starrte auf den imposanten Turm, und mein Magen krampfte sich angsterfüllt zusammen, bis mich ein Zupfen an meinem Rucksack aus meiner Benommenheit riss. Vor mir stand der Elsterling mit erwartungsvollem Blick und zuckenden Fingern.

»Oh, ja, richtig.« Ich fischte den iPod heraus und überreichte ihn feierlich. »Abgemacht ist abgemacht. Viel Spaß damit.«

Der Elsterling zwitscherte glücklich. Er drückte sich das Ding an die Brust, eilte wie eine riesige Krabbe davon und verschwand im Land der

Müllberge. Ich hörte aufgeregtes Gebrabbel und stellte mir vor, wie er stolz seine Trophäe herumzeigte. Dann verklangen die Stimmen, und wir waren allein.

Ash wandte sich mir zu, und entsetzt bemerkte ich, wie schlecht er aussah. Er hatte dunkle Ringe unter den Augen, seine Haut war fahl und sein Haar feucht von Schweiß.

»Wirst du es schaffen?«, flüsterte ich.

Sein Mundwinkel zuckte leicht. »Das werden wir dann sehen, was?«

Ich nahm seine Hand und drückte sie fest. Er hob meine an seine Wange und schloss die Augen, als wolle er aus der Berührung Kraft schöpfen. Dann stiegen wir zusammen hinunter in das Herz von Machinas Reich.

Die Ritter der Eisernen Krone

»Dreh dich jetzt nicht um«, murmelte Ash, nachdem wir schon stundenlang gelaufen waren, »aber wir werden verfolgt.«

Ich verrenkte mir fast den Hals, als ich über die Schulter sah.

Wir folgten den Schienen – wir liefen neben ihnen entlang, statt direkt auf den eisernen Strängen – in Richtung der vor uns aufragenden Festung und waren bisher keinem einzigen Lebewesen begegnet, weder Feenwesen noch anderen. Aus der Erde wuchsen Straßenlaternen, die unseren Weg beleuchteten, und neben den Schienen standen eiserne Riesentiere, die zischend Rauch spuckten und mich an Fahrzeuge aus Steampunk-Comics erinnerten.

Bei dem allgegenwärtigen Qualm war es schwierig, mehr als ein paar Meter weit zu sehen. Doch dann krabbelte eine vertraute kleine Gestalt über die Schienen und verschwand in einer Rauchwolke. Ich konnte gerade noch das Dreirad erkennen, das auf dem Schrotthaufen auf ihrem Rücken schwankte.

Stirnrunzelnd fragte ich: »Warum folgen uns die Elsterlinge?«

»Elsterlinge?« Ash grinste breit.

»Na, du weißt schon, sie sammeln glänzendes Zeug und horten es dann, wie Elstern eben … ach, vergiss es.« Ich warf ihm einen gespielt finsteren Blick zu, doch in Wahrheit war ich zu besorgt, um verärgert zu sein. Ash hatte sich noch kein einziges Mal beklagt, aber ich konnte sehen, dass das ganze Eisen um uns herum seinen Tribut forderte.

»Willst du irgendwo anhalten und dich ausruhen?«

»Nein.« Er drückte sich eine Handfläche aufs Auge, als wolle er Kopfschmerzen vertreiben. »Das würde keinen Unterschied machen.«

Die verseuchte Landschaft nahm kein Ende. Wir kamen an Löchern mit geschmolzener Lava vorbei, die blubberte und die Luft vor Hitze flimmern ließ. Überall ragten Schornsteine auf und spuckten Wolken voller schwarzer Abgase aus, die den gelbgrauen Himmel trübten. An blinkenden Metalltürmen zuckten Blitze, und die Luft summte fast vor elektrischer Spannung. Auf dem Boden zogen sich Rohre entlang, an deren Nahtstellen und Ventilen Dampf austrat, und über uns spannten sich schwarze Drähte. Der Gestank nach Eisen, Rost und Abgasen brannte mir in Hals und Nase.

Ash sprach kaum noch, aber er schleppte sich mit eiserner Entschlossenheit vorwärts. Die Sorge um ihn nagte fortwährend an mir. Ich war es, die ihm das antat. Es war mein Handel, durch den er gezwungen war, mir zu helfen, auch wenn ihn das langsam, aber sicher umbrachte. Doch wir konnten nicht umkehren, und ich konnte nur hilflos zusehen, wie Ash sich weiterkämpfte. Sein Atem ging rasselnd, und er wurde von Stunde zu Stunde blasser. Angst schnürte mir die Kehle zu. Ich hatte Panik, dass er sterben könnte und mich allein an diesem finsteren, schrecklichen Ort zurücklassen würde.

Ein Tag verging. Der Eisenturm ragte schwarz und bedrohlich vor uns auf, obwohl er immer noch weit entfernt war. Das kränkliche Gelbgrau des Himmels verfinsterte sich, und hinter dichten Wolken erschien ein verschwommener Mond. Ich blieb stehen und sah zum Himmel auf. Keine Sterne. Kein einziger. Die künstlichen Lichter, die vom Smog reflektiert wurden, sorgten dafür, dass es nachts fast so hell war wie am Tag.

Ash begann zu husten und stützte sich mit einer Hand an einer bröckelnden Mauer ab. Ich legte ihm einen Arm um die Taille und stützte ihn, als er sich an mich lehnte. Das raue Krächzen aus seiner Kehle krampfte mir das Herz zusammen.

»Wir sollten uns ausruhen«, murmelte ich und sah mich nach einem Platz um, an dem wir Pause machen konnten. Neben den Schienen lag, halb im Dreck versunken, ein gewaltiges Zementrohr, das mit Graffiti beschmiert war. Ich schob Ash darauf zu. »Komm schon.«

Diesmal protestierte er nicht, sondern folgte mir den Bahndamm hinunter in den Betonunterschlupf. Die Röhre war nicht groß genug, um aufrecht darin zu stehen, und auf dem Boden lagen überall bunte Glasscherben herum. Nicht gerade der beste Lagerplatz, aber wenigstens war er nicht aus Eisen. Ich schob mit dem Fuß eine zerbrochene Flasche zur Seite, setzte mich vorsichtig und streifte den Rucksack ab.

Ash zog das Schwert aus der Scheide und ließ sich mit einem unterdrückten Stöhnen gegenüber von mir auf den Boden sinken.

Der Hexenholzpfeil pulsierte, als ich den Reißverschluss aufzog und um ihn herum nach Essen und einer Wasserflasche suchte.

Ich riss eine Packung Beef Jerky auf und bot Ash davon an. Er schüttelte den Kopf. Sein Blick war trüb und erschöpft.

»Du musst etwas essen«, tadelte ich ihn und nagte an dem Trockenfleisch herum. Eigentlich war ich selbst nicht besonders hungrig – Müdigkeit, Hitze und die Sorge verdarben mir den Appetit –, aber ich wollte etwas im Magen haben. »Ich habe auch noch Knabberkram und Süßes, wenn du etwas anderes willst. Hier!« Ich wedelte mit einer Tüte Studentenfutter vor seiner Nase herum. Als er sie misstrauisch beäugte, zog ich die Augenbrauen hoch. »Tut mir leid, aber die verkaufen an Tankstellen nun mal keine Feennahrung. Und jetzt iss.«

Schweigend nahm er die Tüte und schüttete sich ein paar Erdnüsse und Rosinen in die Hand. Ich schaute zu dem schwarzen Turm, der in weiter Ferne bis in die Wolken aufragte. »Was meinst du, wie lange wir noch brauchen?«, murmelte ich, einfach, um ihn zum Reden zu bringen.

Ash stopfte sich die ganze Handvoll Nüsse in den Mund, kaute und schluckte sie teilnahmslos. »Höchstens einen Tag, schätze ich«, erwiderte er dann und stellte die Tüte ab. »Dann…« Er seufzte, und sein Blick verdüsterte sich. »Ich bezweifle, dass ich dann noch sonderlich nützlich sein werde.«

Mein Magen verkrampfte sich vor Angst. Ich durfte ihn jetzt nicht verlieren. Ich hatte schon so viel verloren, und es erschien mir besonders grausam, dass Ash es jetzt vielleicht nicht bis zum Ende unseres Abenteuers schaffen sollte. Ich brauchte ihn so sehr, wie ich noch nie irgendjemanden gebraucht hatte. *Ich werde dich beschützen*, dachte ich, von mir selbst überrascht. *Du wirst es schaffen, das verspreche ich dir. Stirb mir bloß nicht weg, Ash.*

Als könnte er meine Gedanken lesen, sah Ash mich ernst an. Im Zwielicht wirkten seine Augen grau und matt. Ich fragte mich, ob meine Gefühle meine Gedanken verrieten, ob Ash die Aura des Scheins lesen konnte, der mich umgab. Einen Moment lang zögerte er, als würde er einen inneren Kampf ausfechten. Dann seufzte er ergeben, lächelte schwach und streckte die Hand aus. Ich nahm sie, sodass er mich zu sich heranziehen, mich vor sich setzen und die Arme um meine Hüfte schlingen konnte. Ich lehnte mich gegen seine Brust und lauschte seinem schlagenden Herzen. Mit jedem Klopfen zeigte es mir, dass das alles real war, dass Ash lebte und immer noch bei mir war.

Der Wind frischte auf und trug den Geruch von Ozon und einen seltsamen, chemischen Gestank heran. Als ein Regentropfen auf das Ende unseres Rohrs fiel, stieg eine winzige Dampfwolke auf.

Abgesehen von seinen langsamen Atemzügen verharrte Ash vollkommen reglos, als hätte er Angst, dass eine abrupte Bewegung mich verschrecken könnte. Ich ließ meine Hand sinken und malte ihm Muster auf den Arm, wobei ich immer noch darüber staunte, wie kühl und glatt seine Haut war – wie lebendiges Eis. Ich spürte, wie er zitterte, und hörte ein Rasseln, als er Luft holte.

»Ash?«

»Hm?«

Ich leckte mir angespannt über die Lippen. »Warum hast du geschworen, Puck umzubringen?«

Er zuckte zusammen. Ich spürte seinen Blick im Nacken, biss mir auf die Wange und wünschte, ich könnte die Frage zurücknehmen. Ich wusste nicht einmal, warum ich sie überhaupt gestellt hatte.

»Vergiss es«, sagte ich schnell und wedelte abwehrend mit der Hand. »Du musst es mir nicht sagen. Ich habe mich nur gefragt …«

Wer du eigentlich bist. Was Puck getan hat, dass du ihn so hasst. Ich will verstehen. Ich habe das Gefühl, keinen von euch beiden richtig zu kennen.

Noch mehr Regentropfen fielen auf den Boden und verdampften zischend. Ich kaute auf meinen Fleischstreifen herum, starrte in den Regen hinaus und war mir dabei jeder Berührung von Ashs Körper und seiner Arme an meiner Taille überdeutlich bewusst. Ich hörte, wie er seufzte. Dann setzte er sich zurecht.

»Es ist schon lange her«, murmelte er so leise, dass er im aufkommenden Wind kaum zu verstehen war. »Das war sogar noch vor deiner Geburt. Winter und Sommer lebten seit einigen Jahren in Frieden. Es gab immer kleinere Streitigkeiten zwischen den Höfen, aber so lange hatten wir einander schon seit Jahrhunderten nicht mehr in Ruhe gelassen.« In seiner Stimme schwang Schmerz mit, als er fortfuhr: »Der Sommer ging zu Ende, und Veränderungen kündigten sich an. Feen können nicht gut mit Langeweile umgehen, und einige von den Ungeduldigeren richteten wieder mal Unheil an. Ich hätte wissen müssen, dass es Ärger geben würde, aber in diesem Sommer dachte ich nicht an Politik. Der ganze Hof war gelangweilt und ruhelos, doch ich...« Seine Stimme brach, nur für einen kurzen Moment, bevor er weitersprach: »Ich hatte meine Liebste, Ariella Tularyn.«

Ich spürte, wie mir der Atem wegblieb. Seine Liebste. Ash hatte schon einmal etwas Festes gehabt. Und wenn man nach dem unterdrückten Schmerz in seiner Stimme ging, hatte er sie sehr geliebt. Ich verkrampfte, spürte plötzlich jeden Atemzug und vor allem seine Arme um mich. Ash schien keine Notiz davon zu nehmen.

»Wir waren im Wilden Wald auf der Jagd«, erzählte er weiter und stützte dabei das Kinn auf meinen Kopf. »Angeblich war in dieser Gegend ein goldener Fuchs gesichtet worden. Wir waren an diesem Tag zu dritt, drei Jagdgefährten. Ariella, ich und ... und Robin Goodfellow.«

»*Puck?*«

Ash rutschte unruhig hin und her. Donner grollte in der Ferne, dann zuckten grüne Blitze über den Himmel.

»Ja«, brummte er, als würde es ihm Schmerzen bereiten, es auszusprechen. »Puck. Puck ... war einmal ein Freund. Ich schämte mich nicht, ihn meinen Freund zu nennen. Damals trafen wir drei uns oft im Wilden Wald, weit weg von der Missbilligung der Hofgesellschaften. Die

Regeln interessierten uns nicht. Damals waren Puck und Ariella meine besten Freunde. Ich vertraute ihnen blind.«

»Was ist passiert?«

Ashs Stimme wurde sanft, während er seine Erinnerungen mit mir teilte: »Wir waren auf der Jagd«, wiederholte er, »und verfolgten unsere Beute bis in ein Gebiet, in dem wir noch nie gewesen waren. Der Wilde Wald ist riesig, und einige Teile verändern sich ständig. Er kann sehr gefährlich sein, selbst für uns. Wir verfolgten den goldenen Fuchs drei Tage lang durch unbekannte Haine und Waldstücke und schlossen Wetten ab, wessen Pfeil ihn letztendlich zur Strecke bringen würde. Puck prahlte damit, dass der Winter mit Sicherheit gegen den Sommer verlieren würde, und Ariella und ich hielten dagegen. Währenddessen wurde der Wald um uns herum immer dunkler und dichter. Unsere Pferde waren Feenrösser, deren Hufe den Boden nicht berührten, doch sie wurden trotzdem immer nervöser. Wir hätten auf sie hören sollen, aber das taten wir nicht. Stolz und Sturheit trieben uns voran wie Narren.

Am vierten Tag erreichten wir schließlich eine Anhöhe, von der es hinunter in eine steile Bodensenke ging. Auf der anderen Seite lief genau an der Kante der goldene Fuchs entlang. Die Senke, die uns von ihm trennte, war gar nicht besonders tief, aber sie war breit und bestand nur aus einem Gewirr von Schatten und dichtem Gestrüpp, was es schwer machte, zu erkennen, was sich eigentlich dort unten befand. Ariella wollte sie umgehen, auch wenn das länger gedauert hätte. Puck war anderer Meinung, er beharrte darauf, dass wir die Beute verlieren würden, wenn wir nicht den direkten Weg durch die Senke nähmen. Wir stritten uns. Ich schlug mich auf Ariellas Seite – ich wusste zwar nicht, warum sie so ängstlich war, aber wenn sie nicht hindurchschreiten wollte, würde ich sie nicht dazu zwingen. Puck jedoch hatte andere Pläne. Während ich mein Pferd wendete, stieß er einen Schrei aus, klatschte Ariellas Pferd mit der Hand aufs Hinterteil und trieb sein eigenes Ross an. Sie sprangen über die Kante und rasten den Abhang hinunter, wobei Puck mir zurief, ich solle versuchen, sie einzuholen, wenn ich könnte. Mir blieb nichts anderes übrig, als ihnen zu folgen.«

Ash schwieg. Sein Blick hatte sich verfinstert, heimgesucht von den

Geistern der Vergangenheit. Er starrte so lange in die Ferne, bis ich es nicht mehr aushielt.

»Was ist passiert?«, flüsterte ich.

Er lachte bitter. »Ariella hatte natürlich recht. Puck führte uns direkt in ein Wyvernnest.«

Ich kam mir blöd vor, weil ich fragen musste, aber …

»Was sind Wyvern?«

»Sie sind mit den Drachen verwandt«, erklärte Ash.

»Weniger intelligent, aber trotzdem extrem gefährlich. Sie verteidigen ihr Territorium bis zum Tod. Das Ding tauchte aus dem Nichts auf, griff mit Krallen, Zähnen und Flügeln an und schlug mit seinem Giftstachel nach uns. Es war riesig, ein uraltes Männchen, bösartig und mächtig. Wir kämpften, Seite an Seite. Wir waren schon so lange befreundet, dass wir den Kampfstil der anderen in- und auswendig kannten und damit den Gegner gemeinsam besiegen konnten. Ariella landete schließlich den tödlichen Treffer. Doch sterbend schlug der Wyvern noch einmal mit dem Schwanz und bohrte seinen Stachel in ihre Brust. Wyverngift ist sehr stark, und wir waren viel zu weit von jedem Heiler entfernt. Wir … wir haben versucht, sie zu retten, aber …« Er holte bebend Luft. Ich drückte seinen Arm, um ihm Trost zu spenden.

»Sie ist in meinen Armen gestorben«, beendete er mühsam beherrscht seine Erzählung. »Sie starb mit meinem Namen auf den Lippen, sie flehte mich an, sie zu retten. Während ich sie hielt und zusehen musste, wie das Leben aus ihren Augen schwand, konnte ich nur an eines denken – dass Puck daran schuld war. Wäre er nicht gewesen, wäre sie noch am Leben.«

»Es tut mir so leid, Ash.«

Ash nickte knapp. Seine Stimme wurde hart, als er fortfuhr: »An diesem Tag habe ich geschworen, Ariellas Tod zu rächen und Robin Goodfellow zu töten – oder bei dem Versuch zu sterben. Wir sind seitdem einige Male aufeinandergetroffen, aber Goodfellow schafft es immer wieder, sich mir zu entziehen, oder er blendet mich mit einem Trick, der unser Duell beendet. Ich finde keine Ruhe, solange er lebt. Ich habe Ariella versprochen, dass ich Robin Goodfellow so lange weiter jagen werde, bis einer von uns tot ist.«

»Puck hat gesagt, es sei ein Missverständnis gewesen. Er wollte nicht, dass das passiert.« Die Worte schmeckten bitter. Es fühlte sich nicht richtig an, ihn zu verteidigen. Ash hatte aufgrund von Pucks Taten jemanden verloren, den er liebte, wegen eines Streichs, der zu weit gegangen war.

»Es spielt keine Rolle«, sagte Ash kalt und rückte von mir ab. »Mein Schwur ist bindend. Ich finde keine Ruhe, bis ich ihn erfüllt habe.«

Ich wusste nicht, was ich sagen sollte, also starrte ich einfach traurig und innerlich zerrissen in den Regen hinaus. Ash und Puck, Feinde in einem Kampf, der erst enden würde, wenn einer den anderen tötete. Wie konnte man zwischen zwei solchen Feinden stehen und wissen, dass eines Tages einer von ihnen Erfolg haben würde? Ich wusste ja, dass die Schwüre der Feen bindend waren, und Ash hatte allen Grund, Puck zu hassen, aber trotzdem fühlte ich mich wie in der Falle. Ich konnte sie nicht aufhalten, aber ich wollte auch nicht, dass einer von ihnen starb.

Seufzend lehnte Ash sich wieder vor, streichelte meine Hand und fuhr mit den Fingerspitzen über meine Haut. »Es tut mir leid«, murmelte er. Ein Schauer überlief mich. »Ich wünschte, du wärst nicht darin verwickelt. Sobald ein Schwur ausgesprochen ist, gibt es keine Möglichkeit, ihn zurückzunehmen. Aber eines solltest du wissen – hätte ich damals geahnt, dass ich dir begegnen würde, hätte ich diesen Eid vielleicht nicht so voreilig geleistet.«

Mir schnürte sich die Kehle zu. Ich wollte etwas sagen, aber genau in diesem Moment trieb ein Windstoß ein paar Regentropfen herein. Sie fielen auf meine Jeans, und ich schrie auf, als etwas meine Haut verbrannte.

Wir untersuchten mein Bein. Wo die Regentropfen den Stoff getroffen hatten, hatte meine Jeans jetzt winzige Löcher, der Stoff war versengt und die Haut darunter rot und verbrannt. Sie schmerzte, als hätte man mir Nadeln ins Fleisch gerammt.

»Was zum Teufel ...?« Verwirrt starrte ich in den Sturm hinaus. Es sah aus wie ein normaler Regenschauer – grau, neblig und deprimierend. Fast zwanghaft streckte ich die Hand in Richtung der Röhrenöffnung, wo Wasser vom Rand tropfte.

Ash packte mein Handgelenk und riss meinen Arm zurück. »Es wird deine Hand ebenso verbrennen wie dein Bein«, sagte er sanft. »Und ich dachte, du hättest deine Lektion nach der Sache mit der Kette gelernt.«

Beschämt ließ ich die Hand sinken und rutschte weiter in die Röhre, weg von der Öffnung und dem Säureregen, der davon heruntertropfte. »Ich werde dann wohl die ganze Nacht aufbleiben«, murmelte ich und verschränkte die Arme. »Ich habe keine Lust, einzuschlafen und dann beim Aufwachen festzustellen, dass in der Zwischenzeit mein halbes Gesicht weggebrannt ist.«

Ash zog mich erneut an sich und strich mir die Haare aus dem Nacken. Seine Lippen glitten über meine Schulter und meinen Hals und ließen tausend Schmetterlinge durch meinen Bauch tanzen. »Wenn du dich ausruhen willst, mach das ruhig«, hauchte er an meinem Hals. »Der Regen wird dir nicht zu nahe kommen, das verspreche ich.«

»Und was ist mit dir?«

»Ich wollte sowieso nicht schlafen.« Mit einer lässigen Geste verwandelte er ein Regenrinnsal, das in die Röhre sickerte, in Eis. »Ich fürchte, ich würde möglicherweise nicht wieder aufwachen.«

Meine Sorgen regten sich. »Ash …«

Er streifte mit den Lippen mein Ohr. »Schlaf, Meghan Chase«, flüsterte er, und plötzlich konnte ich die Augen nicht mehr offen halten. Die Hälfte meines Bewusstseins kämpfte noch dagegen an, während die Dunkelheit mich verschlang und ich in seine wartenden Arme sank.

Als ich aufwachte, hatte es aufgehört zu regnen, und alles war wieder trocken, auch wenn der Boden noch dampfte. Durch die dichten Wolken war keine Sonne zu sehen, aber die Luft flimmerte vor Hitze.

Ich nahm meinen Rucksack und kroch aus der Röhre, auf der Suche nach Ash. Er saß draußen, den Rücken gegen die Röhre gelehnt, den Kopf zurückgelegt und das Schwert auf den Knien. Bei seinem Anblick überfiel mich eine Mischung aus Wut und Angst. Letzte Nacht hatte er einen Zauber gewirkt, mich mithilfe von Magie zum Schlafen gezwungen – ohne meine Einwilligung. Er hatte den Schein benutzt, obwohl sein eigener Körper schwächer und schwächer wurde. Wütend und gleichzeitig beunruhigt stapfte ich zu ihm hinüber und legte ihm die Hände an die Hüften. Seine grauen Augen öffneten sich, und er sah mich müde an.

»Mach das nie wieder.« Eigentlich hatte ich ihn anschreien wollen, aber die Verletzlichkeit in seinem Blick ließ mich zögern. Er blinzelte kurz, hatte aber immerhin den Anstand, mich nicht zu fragen, was ich meinte.

»Entschuldige«, murmelte er und neigte den Kopf. »Ich dachte nur, dass wenigstens einer von uns ein paar Stunden Schlaf gebrauchen könnte.«

Gott, er sah furchtbar aus. Seine Wangen waren eingefallen, die Ringe unter seinen Augen waren noch dunkler geworden, und seine Haut wirkte fast durchscheinend. Ich musste Ethan finden und uns alle hier rausbringen, bevor Ash sich in ein wandelndes Skelett verwandelte und tot zusammenbrach.

Ash starrte an mir vorbei zu dem Turm, und aus dem Anblick schien er Kraft zu ziehen. »Nicht mehr weit«, murmelte er, als wäre das ein Mantra, das ihn vorantrieb.

Ich streckte ihm die Hand hin, und er ließ sich von mir auf die Füße ziehen.

Wir wanderten weiter an den Schienen entlang.

Während wir tiefer in Machinas Reich eindrangen, blieben irgendwann auch die Schornsteine und die Metalltürme hinter uns zurück. Die Landschaft wurde zu einer verbrannten Ebene. Der Boden war von Rissen durchzogen, aus denen Dampf aufstieg, der wie geisterhafte Schemen um unsere Füße waberte. Auch hier standen riesige Maschinen mit massigen eisernen Rädern neben den Gleisen. Diese hier hatten eine gewisse Ähnlichkeit mit Panzern. Doch sie waren alt und verrostet, was mich an Eisenpferd denken ließ.

Plötzlich ächzte Ash, seine Beine knickten ein, und er stürzte. Ich packte seinen Arm, während er sich keuchend wieder hochstemmte. Er fühlte sich knochig an.

»Sollen wir anhalten und uns ausruhen?«, fragte ich.

»Nein«, stieß er zwischen zusammengebissenen Zähnen hervor. »Weiter. Wir müssen …« Er richtete sich ruckartig auf, und seine Hand fuhr zu seinem Schwert.

Vor uns teilte sich der wabernde Rauch, sodass wir eine massige Gestalt erkennen konnten, die mitten auf den Schienen stand. Ein Pferd aus Eisen, das Feuer aus seinen Nüstern züngeln ließ und mit schweren Metallhufen stampfte. Seine glühenden Augen sahen uns drohend an.

»Eisenpferd!«, keuchte ich und fragte mich eine surreale Sekunde lang, ob mein letzter Gedanken es heraufbeschworen hatte.

»DACHTET WOHL, IHR WÄRT MICH LOSGEWORDEN, WAS?«, fragte Eisenpferd dröhnend, und seine Stimme wurde von den Maschinen um uns herum zurückgeworfen. »MAN BRAUCHT SCHON MEHR ALS EINE EINSTÜRZENDE HÖHLE, UM MICH ZU TÖTEN. ICH HABE DEN FEHLER BEGANGEN, EUCH ZU UNTERSCHÄTZEN. DAS WIRD NICHT WIEDER PASSIEREN.«

Der Boden um uns herum geriet in Bewegung, als Hunderte von zischenden, knisternden Gremlins auftauchten. Lachend und kichernd krabbelten sie wie Spinnen über die Maschinen und wuselten über den Boden. Innerhalb weniger Sekunden hatten sie uns umzingelt und sich wie ein lebender schwarzer Teppich über alles um uns herum gelegt. Ash zog sein Schwert, was die Gremlins mit einem fiesen Zischen quittierten.

Rechts und links von uns erschienen zwei Gestalten aus dem Dampf. Sie marschierten im Gleichschritt auf uns zu, und die Gremlins machten ihnen gehorsam Platz. Krieger in voller Rüstung inklusive Helme und Masken, die ihre Gesichter verdeckten, kamen immer näher. Ihre insektenartig wirkenden Rüstungen sahen aus, als stammten sie aus einem Science-Fiction-Film, irgendwie modern, aber gleichzeitig auch altmodisch. Auf ihren Brustpanzern prangte ein Emblem, auf dem eine Krone aus Stacheldraht abgebildet war. Sie zogen ihre Schwerter und gingen auf uns los.

»Zurück, Meghan«, zischte Ash und wandte sich den beiden Gepanzerten zu.

»Bist du verrückt? Du kannst so nicht käm…«

»Geh!«

Widerwillig wich ich zurück, wobei ich plötzlich von hinten gepackt wurde. Ich schrie und trat um mich, wurde aber trotzdem zum Rand des Kreises gezerrt, den die schnatternden Gremlins um uns gebildet hatten. Ich wand mich und sah, dass es sich bei meinem Angreifer um einen dritten Krieger handelte.

»Meghan!« Ash versuchte mir zu folgen, aber die ersten beiden Ritter vertraten ihm den Weg, auf ihren Eisenklingen funkelte das trübe Licht. Mit einem finsteren Blick ließ Ash sein Schwert herumwirbeln und ging in Kampfhaltung.

Sie stürzten sich auf ihn, und ihre Schwerter sausten nur so durch die Luft. Die Schläge kamen aus allen Richtungen, von oben und unten. Ash sprang über den ersten Schwertstreich hinweg und parierte den zweiten, indem er ihn in einem Wirbel aus Eis und Funken zur Seite schlug. Er landete, wirbelte nach links, blockte einen harten Rückhandschlag ab und wich geschickt aus, als eine Klinge über ihn hinwegfegte. Wieder drehte er sich, schlug zu und rammte sein Schwert mit einem metallischen Kreischen in eine gepanzerte Brust. Der Ritter taumelte zurück. Sein Kronenemblem war in der Mitte gespalten und mit Reif überzogen.

Für einen Moment lösten sie sich voneinander und standen sich mit gezogenen Schwertern gegenüber. Ash keuchte und hatte die Augen konzentriert zusammengekniffen. Er sah nicht gut aus, und mein Magen krampfte sich vor Angst zusammen. Die anderen Ritter begannen nun, ihn langsam zu umkreisen, wie hungrige Wölfe, die aus verschiedenen Richtungen angreifen wollten. Doch bevor sie in Position gehen konnten, stürzte Ash knurrend los.

Durch die Wucht des Angriffs wurde der Ritter, auf den er sich konzentrierte, für einen Moment zurückgedrängt. Ash schlug erbarmungslos auf ihn ein, bis seine Klinge die Deckung des Gegners durchbrach und seine Rüstung traf. Funken flogen, der Ritter taumelte und wäre fast gestürzt. Ash riss das Schwert hoch und landete einen heftigen Schlag seitlich gegen seinen Kopf, sodass ihm der Helm abgerissen wurde.

Ich keuchte. Das Gesicht unter dem Helm war das von Ash, oder zumindest hätte er ein verschollener Bruder sein können: dieselben grauen Augen, dasselbe rabenschwarze Haar, dieselben spitzen Ohren. Dieses Gesicht war etwas älter, und über eine Wange zog sich eine lange Narbe, aber die Ähnlichkeit war verblüffend.

Der echte Ash zögerte, genauso fassungslos wie ich, und das wurde ihm zum Verhängnis. Der zweite Ritter griff ihn von hinten an und ließ sein Schwert auf ihn niedersausen. Ash wirbelte herum – doch es war zu spät.

Er konnte den Schlag zwar mit dem Schwert abfangen, doch dabei wurde ihm die Waffe aus der Hand gerissen. Gleichzeitig verpasste ihm der andere mit dem Panzerhandschuh einen Schlag hinters Ohr. Ash fiel auf den Rücken, und sofort waren zwei Schwerter auf seine Kehle gerichtet.

»Nein!« Ich wollte zu ihm laufen, aber der dritte Krieger hielt mich gepackt und drehte mir die Arme auf den Rücken. Eiserne Fesseln schlossen sich um meine Handgelenke.

Die beiden Ritter traten Ash, bis er sich auf den Bauch rollte, und fesselten ihm dann ebenfalls die Arme auf den Rücken. Ich hörte sein Keuchen, als das Metall seine Haut berührte, dann stellte sein Doppelgänger ihn grob auf die Füße.

Sie stießen uns zu Eisenpferd, das immer noch auf den Schienen stand und mit zuckendem Schweif auf uns wartete. Seine eiserne Maske verriet keine Regung.

»GUT«, schnaubte es. »KÖNIG MACHINA WIRD ERFREUT SEIN.« Seine roten Augen richteten sich auf Ash, der kaum noch aufrecht stehen konnte, und es legte die Ohren an. »ENTSORGT IHRE WAFFEN«, befahl es verächtlich.

Ashs Gesicht war schmerzverzerrt. Er biss die Zähne zusammen, während ihm der Schweiß übers Gesicht lief. Reglos sah er zu, wie einer der Eisernen Ritter sein Schwert nahm und es in einen Graben neben den Schienen schleuderte. Mit einem leisen Platschen landete die Waffe im öligen Wasser und versank. Ich hielt den Atem an und betete, dass sie die wichtigste aller Waffen nicht bemerken würden.

»DEN PFEIL EBENFALLS.«

Verzweiflung packte mich.

Ashs Doppelgänger trat zu mir, zerrte den Hexenholzpfeil aus meinem Rucksack und schleuderte ihn ebenfalls in den Graben. Mein Mut versank mit ihm, und der letzte winzige Hoffnungsfunke erstarb. Das war's dann. Game Over. Wir hatten versagt.

Eisenpferd musterte uns durchdringend, und Dampf stieg aus seinen Nüstern. »KEINE SPIELCHEN, PRINZESSIN«, warnte es mich und blies mir eine Rauchwolke entgegen. »SONST WERDEN MEINE RITTER DEN WINTERPRINZEN IN SO VIEL EISEN WICKELN, DASS SICH SEINE HAUT VOM KÖRPER SCHÄLT.« Es stieß hustend ein paar Flammen aus, die mir die Augenbrauen versengten, und deutete mit dem Kopf auf die Festung. »GEHEN WIR. KÖNIG MACHINA ERWARTET EUCH.«

Ashs letzter Kampf

Der qualvolle Marsch zu Machinas Turm kam mir vor wie ein nicht enden wollender Albtraum.

Sie hatten mir eine lange Eisenkette um die Taille geschlungen, die mich an Eisenpferd fesselte, das zügig über die Schienen marschierte, ohne einmal stehen zu bleiben oder sich umzusehen. Ash, der neben mir lief, trug ebenfalls eine, und ich wusste, dass sie ihm Schmerzen bereitete. Immer wieder stolperte er und schaffte es nur mit Mühe, auf den Beinen zu bleiben, während wir Eisenpferd über die Gleise folgten. Die Gremlins sprangen um uns herum, kniffen und zwickten uns und lachten über unsere Qualen. Die Ritter marschierten links und rechts neben uns und verhinderten, dass Ash die eisernen Schienen verließ. Bei jedem Versuch stießen sie ihn wieder zurück. Einmal fiel er hin und wurde einige Meter mitgeschleift, bevor es ihm gelang, sich wieder aufzurappeln. An den Stellen, wo sein Gesicht die Schienen berührt hatte, zogen sich offene rote Wunden über seine Haut, und seine Schmerzen waren auch für mich eine Qual.

Dann bewölkte sich der Himmel und verwandelte sich innerhalb weniger Sekunden von einem kränklichen Gelbgrau in ein bedrohliches Rotschwarz.

Eisenpferd blieb stehen, legte den Kopf schief und blähte die Nüstern. »VERDAMMT«, knirschte es und stampfte mit den Hufen. »ES WIRD BALD REGNEN.«

Bei dem Gedanken an den Säureregen drehte sich mir der Magen um. Ein Blitz zuckte und erfüllte die Luft mit einem stechenden Geruch.

»SCHNELL, BEVOR DER STURM LOSBRICHT.« Das Pferd verließ die Schienen und begann zu traben, während über unseren Köpfen der Donner grollte.

Meine Beine brannten, und meine Muskeln protestierten schmerzhaft, als ich hinter ihm in einen unbeholfenen Sprint verfiel. Aber wenn ich nicht mithielt, würde ich durch den Dreck geschleift werden. Ash taumelte und stürzte, und diesmal stand er nicht wieder auf.

Ein Regentropfen traf mein Bein, und ein brennender Schmerz durchzuckte mich. Ich keuchte. Immer mehr Tropfen fielen und kamen zischend auf dem Boden auf. Die Luft roch nach Chemikalien, und ich hörte, dass auch einige der Gremlins kreischten, als sie von den Regentropfen getroffen wurden.

Eine silbrige Regenwand schob sich auf uns zu. Sie holte die langsameren Gremlins ein und umhüllte sie. Die Eisernen Feen schrien, sie wanden sich, und ihre Körper sprühten Funken, bis sie nur noch ein wenig zuckten und schließlich still liegen blieben.

Der Regen kam immer näher.

Von Panik erfüllt, drehte ich mich wieder nach vorn und sah, dass Eisenpferd uns in einen Minenschacht führte. Im letzten Moment, bevor der Sturm uns erreichte, rannten wir unter das schützende Dach. Ein paar von den Gremlins erwischte es noch, und sie sprangen schreiend vor Schmerzen herum, als sich Löcher in ihre Haut brannten. Die restlichen Gremlins lachten feixend. Ich wandte mich ab, bevor mir endgültig schlecht wurde.

Ash lag reglos auf dem Boden, mit Dreck und Blut verschmiert, da er die halbe Strecke über den Boden geschleift worden war. Von seinem Körper stiegen kleine Dampfwolken auf, wo die Regentropfen ihn erwischt hatten. Stöhnend versuchte er hochzukommen, schaffte es aber nicht mal, sich aufzurichten. Kichernd fingen einige von den Gremlins an, ihn zu zwicken, und krabbelten auf seine Brust, um ihm Ohrfeigen zu verpassen. Er zuckte zurück und drehte sich weg, aber das stachelte die kleinen Biester nur noch mehr an.

»Hört auf!« Ich sprang vor und trat mit aller Kraft nach einem Gremlin, der daraufhin wie ein Fußball von Ash herunterflog. Die anderen fielen prompt über mich her, und ich versuchte, sie mir mit Tritten vom Leib zu halten. Zischend krabbelten sie meine Hosenbeine hoch, zerrten an meinen Haaren und gruben mir ihre Klauen ins Fleisch. Einer versenkte sogar seine rasiermesserscharfen Zähne in meiner Schulter, bis ich aufschrie.

»DAS REICHT!« Eisenpferd brüllte so laut, dass die Decke bebte. Dreck regnete auf uns herab, und die Gremlins zogen sich zurück.

Ich hatte Dutzende kleine Wunden, aus denen Blut rann, und meine Schulter pulsierte dort, wo mich der Gremlin gebissen hatte.

Eisenpferd starrte mich finster an, schlug kurz mit dem Schweif und wandte sich dann an die Ritter: »BRINGT SIE IN DIE TUNNEL«, befahl es leicht gereizt. »UND SORGT DAFÜR, DASS SIE NICHT ENT-KOMMEN. WENN DER STURM NICHT NACHLÄSST, WERDEN WIR WOHL EINE WEILE HIERBLEIBEN MÜSSEN.«

Die Ketten, die uns an Eisenpferd gefesselt hatten, wurden gelöst. Zwei Ritter zogen Ash auf die Füße und schleppten ihn in einen Tunnel. Der dritte Ritter, der mit Ashs Gesicht, packte meinen Arm und führte mich hinter seinen Brüdern her.

Wir blieben an einer Kreuzung stehen, wo sich mehrere Tunnel trafen. Hölzerne Schienen führten in die Dunkelheit, und an den Seiten standen klapprige Loren, die halb mit Erz gefüllt waren. Dicke Holzbalken, die alle paar Meter neben den Schienen standen, stützten die Decke. Einige Laternen waren an ihnen festgenagelt worden, doch die meisten davon waren kaputt und spendeten kein Licht mehr. Im flackernden Lichtschein konnte man die glitzernden Erzadern erkennen, die sich über die Wände zogen.

Wir folgten einem Tunnel, der in einen kleinen Raum führte, in dessen Zentrum zwei Holzpfeiler aufragten. In einer Ecke stapelten sich ein paar Kisten, und eine vergessene Spitzhacke lag darauf. Die Ritter schoben Ash zu einem der Pfeiler, lösten eines der Handeisen, führten es hinter dem Pfosten herum und legten es ihm wieder an. Seine Haut war unter dem Eisenring rot und verbrannt, und er zuckte heftig, als die Fessel sich wieder um sein Handgelenk schloss. Mitfühlend biss ich mir auf die Lippe.

Der Ritter, der mich gefangen genommen hatte, richtete sich auf, tätschelte Ash die Wange und lachte, als der vor seinem eisernen Panzerhandschuh zurückwich. »Fühlt sich gut an, was, du Wurm?«, meinte er.

Ich fuhr überrascht zusammen. Das war das erste Mal, dass einer von ihnen sprach.

»Ihr Altblütler seid dermaßen schwach. Es wird höchste Zeit, dass ihr abtretet. Ihr seid überflüssig geworden, altertümlich. Eure Zeit ist vorbei.«

Ash hob den Kopf und schaute dem Feenmann furchtlos in die Augen. »Große Worte von einem, der bloß danebengestanden und es nur mit einem Mädchen aufgenommen hat, während seine Brüder für ihn gekämpft haben.«

Der Ritter verpasste ihm eine Ohrfeige. Ich schrie wütend auf und wollte mich auf ihn stürzen, doch der Ritter hinter mir packte meinen Arm und hielt mich zurück.

»Lass ihn in Ruhe, Quintus«, sagte er mit ruhiger Stimme.

Quintus grinste spöttisch. »Tut er dir etwa leid, Tertius? Hegst du vielleicht so was wie Brudergefühle für deinen Zwilling hier?«

»Wir sollen nicht mit den Altblütlern sprechen«, erwiderte Tertius immer noch völlig gelassen, »das weißt du doch. Oder soll ich etwa Eisenpferd informieren?«

Quintus spuckte aus. »Du warst schon immer schwach, Tertius«, knurrte er. »Zu weichherzig, um aus Eisen zu sein. Du bist eine Schande für die Bruderschaft.« Damit drehte er sich auf dem Absatz um und marschierte den Tunnel zurück, gefolgt von dem dritten Ritter. Ihre Stiefel schepperten laut auf dem Steinboden, dann verklang das Geräusch langsam.

»Was für ein Idiot«, murmelte ich, als der verbliebene Ritter mich zu dem zweiten Pfosten schob. »Du heißt Tertius, stimmt's?«

Er schloss die Eisenfessel auf und führte die Kette um den Pfosten, ohne mich anzusehen. »Ja.«

»Hilf uns«, flehte ich. »Du bist nicht wie die, das spüre ich. Bitte, ich muss meinen Bruder retten und ihn hier rausbringen. Ich würde mich auch auf einen Handel mit dir einlassen, wenn es sein muss. Bitte, hilf uns.«

Einen Moment lang sah er mir in die Augen. Die starke Ähnlichkeit mit Ash verblüffte mich erneut. Seine Augen waren eher bleigrau als silbern, und durch die Narbe wirkte er älter, aber er hatte das gleiche ausdrucksstarke, ehrenhafte Gesicht.

Er zögerte, und ganz kurz wagte ich zu hoffen. Doch dann schloss er die Fessel um mein Handgelenk und trat zurück. Seine Augen wurden schwarz.

»Ich bin ein Ritter der Eisernen Krone«, erklärte er mit einer Stimme, die hart war wie Stahl. »Ich werde weder meine Brüder verraten noch meinen König.« Er drehte sich um und ging, ohne sich noch einmal umzusehen.

Im flackernden Halbdunkel der Höhle hörte ich Ashs rasselnden Atem und das Knirschen von Steinen, als er sich zu Boden sinken ließ.

»Ash?«, rief ich leise, doch meine Stimme hallte trotzdem durch die Minenschächte. »Alles in Ordnung?«

Einen Moment lang herrschte Stille. Als Ash schließlich antwortete, war seine Stimme so leise, dass ich sie kaum verstehen konnte: »Tut mir leid, Prinzessin«, murmelte er fast wie zu sich selbst. »Sieht so aus, als könnte ich unseren Vertrag doch nicht erfüllen.«

»Du darfst jetzt nicht aufgeben«, sagte ich zu ihm und kam mir dabei vor wie eine Heuchlerin, da ich genug mit meiner eigenen Verzweiflung zu kämpfen hatte. »Wir kommen hier schon irgendwie raus. Wir müssen nur einen klaren Kopf behalten.« Plötzlich kam mir eine Idee, und ich fragte leise: »Kannst du die Ketten nicht einfrieren und sprengen, so wie du es bei der Fabrik gemacht hast?«

Ein leises, humorloses Lachen erklang. »Im Moment muss ich mich voll und ganz darauf konzentrieren, nicht das Bewusstsein zu verlieren«, keuchte er angestrengt. »Falls du wirklich über diese Macht verfügst, von der die Dryadenälteste gesprochen hat, wäre jetzt der richtige Zeitpunkt, sie einzusetzen.«

Ich nickte. Was hatten wir schon zu verlieren? Ich schloss die Augen, konzentrierte mich darauf, den Schein um uns herum zu spüren, und versuchte mich daran zu erinnern, was Grimalkin mir beigebracht hatte.

Nichts. Außer einem kurzen Aufflackern von Entschlossenheit bei Ash gab es hier keine Emotionen, die ich aufnehmen konnte, keine Hoffnungen oder Träume oder sonst etwas. Alles hier war tot, ohne jedes Leben, leidenschaftslos. Die Eisernen Feen waren zu sehr wie Maschinen – kalt, logisch und berechnend –, und ihre Welt spiegelte das wider.

Da ich mich weigerte, so schnell aufzugeben, bohrte ich tiefer und versuchte unter die sichtbare Oberfläche zu blicken. Das hier war einmal ein Teil des Nimmernie gewesen. Es musste doch noch irgendetwas geben, das von Machinas Einfluss unberührt geblieben war.

Irgendwo ganz tief drin spürte ich ein wenig Leben. Ein einsamer Baum, der zwar vergiftet und halb tot war, sich aber trotzdem ans Leben klammerte. Seine Zweige verwandelten sich langsam in Eisen, doch seine Wurzeln und das Herz des Baumes waren noch nicht befallen. Er reagierte auf meine Gegenwart – ein winziges Stückchen Nimmernie im abgrundtiefen Nichts. Doch bevor ich irgendetwas tun konnte, störten schlurfende Schritte meine Konzentration, und die Verbindung riss ab.

Ich machte die Augen wieder auf. Das Licht im Tunnel war erloschen, sodass wir jetzt in völliger Dunkelheit hockten. Ich hörte, wie irgendwelche Wesen sich um uns herum bewegten und uns einkreisten, aber ich konnte rein gar nichts sehen. Mein Verstand lieferte mir diverse grauenhafte Möglichkeiten: Riesige Ratten, riesige Kakerlaken, riesige Spinnen, die unter der Erde lebten. Als etwas meinen Arm berührte, wäre ich fast ohnmächtig geworden, doch dann hörte ich ein vertrautes leises Brabbeln.

Gelbliches Licht vertrieb die Finsternis: eine Taschenlampe. Sie beleuchtete die neugierigen, verschrumpelten Gesichter von einigen Elsterlingen, die in der plötzlichen Helligkeit heftig blinzelten. Verblüfft starrte ich sie an, während sie in ihrer komischen zwitschernden Sprache auf mich einredeten. Ein paar von ihnen waren zu Ash gelaufen und zupften an seinen Ärmeln.

»Was macht ihr hier?«, flüsterte ich. Sie brabbelten weiter unverständliches Zeug und zerrten an meinen Klamotten, als wollten sie mich wegschleppen. »Versucht ihr etwa, uns zu helfen?«

Der Elsterling mit dem Dreirad trat vor. Er zeigte auf mich, dann in den hinteren Teil des kleinen Raums. Im Schein der Taschenlampe bemerkte ich die Öffnung zu einem weiteren Tunnel, die in den Schatten schwer zu erkennen war. Sie war nur teilweise ausgeformt, als hätten die Minenarbeiter angefangen zu graben, es dann aber schnell wieder aufgegeben. Ein Fluchtweg? Mein Herz machte einen Satz. Der Elsterling zwitscherte ungeduldig und winkte mir, endlich loszulaufen.

»Ich kann nicht«, erklärte ich ihm und rasselte mit den Ketten. »Ich kann mich nicht bewegen.«

Er sagte etwas zu den anderen, die daraufhin näher kamen. Einer nach dem anderen griff in den Schrottberg auf seinem Rücken und zog etwas hervor.

»Was machen sie?«, fragte Ash schwach.

Ich wusste nicht, wo ich mit meiner Antwort anfangen sollte. Einer der Elsterlinge holte einen Elektrobohrer hervor und zeigte ihn dem Anführer, der jedoch den Kopf schüttelte. Ein anderer zog ein Klappmesser heraus, aber der Anführer lehnte es ebenfalls ab, genau wie ein Feuerzeug, einen Hammer und einen alten Wecker. Dann zwitscherte ein kleinerer Elsterling aufgeregt und trat vor, wobei er stolz einen langen Metallgegenstand präsentierte.

Ein Bolzenschneider.

Der Anführer brabbelte und deutete wild. Im gleichen Moment hörte ich das Scheppern von Metallstiefeln im Tunnel und das Scharren Tausender Krallen auf Stein.

Mein Magen krampfte sich zusammen. Die Ritter kamen zurück, und sie hatten die Gremlins dabei.

»Beeilt euch!«, drängte ich, als die Elsterlinge hinter mich krabbelten und anfingen, an der Kette herumzufummeln.

Im Tunnel erschienen Lichtpunkte, die unregelmäßig über den Boden tanzten – Gremlins mit Laternen oder Taschenlampen. Gelächter echote in den Raum, und mein Magen zog sich noch weiter zusammen. *Schnell!,* dachte ich und hätte am liebsten geschrien, weil die Elsterlinge so langsam vorankamen. *Wir werden es nicht schaffen! Sie sind schon fast da!*

Endlich spürte ich, wie die Kettenglieder nachgaben, ich war frei.

Ich schnappte mir den Bolzenschneider und rannte zu Ash. Die Lichter kamen immer näher, und das Zischen der Gremlins drang bereits aus dem Tunnel. Ich schob die Kette zwischen die Metallscheren und drückte den Griff zusammen, aber das Werkzeug war rostig und schwergängig. Fluchend packte ich den Griff fester und drückte zu.

»Lass mich«, flüsterte Ash, während ich damit kämpfte, die Scheren zusammenzupressen. »Ich wäre dir sowieso keine Hilfe mehr und würde dich nur behindern. Geh einfach.«

»Ich werde dich nicht zurücklassen«, keuchte ich, knirschte mit den Zähnen und drückte mit aller Kraft.

»Meghan ...«

»Ich werde dich nicht zurücklassen!«, fauchte ich und musste gegen Tränen der Wut ankämpfen. *Blöde Kette!*

Warum brach sie nicht endlich? Ich warf mein ganzes Gewicht auf den Hebel und drückte voller Zorn, der aus nackter Angst entsprang.

»Weißt du noch, was ich dir über deine große Schwäche gesagt habe?«, flüsterte Ash und drehte den Kopf, um mich ansehen zu können. Der Blick seiner Augen war hart und glasig vor Schmerz, doch seine Stimme war sanft. »Jetzt musst du diese Entscheidung treffen. Was ist für dich am wichtigsten?«

»Halt die Klappe!« Tränen nahmen mir die Sicht, und ich blinzelte sie weg. »Du kannst nicht von mir verlangen, dass ich diese Entscheidung treffe. Du bist mir doch auch wichtig, verdammt. Und ich werde dich nicht zurücklassen, also halt endlich die Klappe.«

Die ersten Gremlins kamen in die Höhle und kreischten aufgeregt, als sie mich entdeckten. Mit einem wütenden und gleichzeitig entsetzten Knurren presste ich noch einmal die Griffe des Bolzenschneiders zusammen, und endlich gab die Kette nach. Ash kam mühsam auf die Beine, während die Gremlins wütend aufheulten und auf uns zustürmten.

Wir rannten zu dem verborgenen Tunnel hinüber und folgten den Elsterlingen, die bereits durch die Öffnung wuselten. Der Gang war niedrig und eng. Ich musste mich bücken, um nicht an die Decke zu stoßen, und meine Arme berührten immer wieder die Wände, während wir flohen. Hinter uns strömten die Gremlins wie Ameisen durch die Öffnung, krabbelten die Wände hoch, an der Decke entlang und zischten drohend.

Auf einmal blieb Ash stehen. Er drehte sich zu der Horde um und schwang eine Spitzhacke wie einen Baseballschläger, während er sich an der Wand abstützte. Völlig perplex blieb ich ebenfalls stehen. Er musste sie von dem Kistenstapel in der Ecke genommen haben, bevor wir in den Tunnel geflüchtet waren. Die zerschnittene Kette, die noch von seinen Fesseln baumelte, klapperte, als seine Arme anfingen zu zittern.

Die Gremlins blieben wenige Meter vor uns stehen und musterten mit glühenden Augen die neue Bedrohung. Dann krochen sie geschlossen auf uns zu.

»Was machst du, Ash?«, schrie ich verzweifelt. »Komm weiter!«

»Meghan.« In Ashs Stimme schwang Schmerz mit, doch sie war trotzdem ruhig. »Ich hoffe, du findest deinen Bruder. Falls du Puck wiedersiehst, richte ihm aus, dass ich es bedauere, von unserem Duell zurücktreten zu müssen.«

»Nein, Ash! Tu das nicht!«

Ich spürte, wie er lächelte. »Durch dich habe ich mich wieder lebendig gefühlt«, murmelte er.

Mit einem schrillen Kreischen griffen die Gremlins an.

Ash schlug zwei mit der Spitzhacke bewusstlos, wich einem dritten aus, der ihm ins Gesicht springen wollte, und wurde dann überrannt. Sie fielen über ihn her, krallten sich erst in seine Beine, dann in seine Arme und bissen und kratzten wie wild. Er taumelte und fiel auf ein Knie. Sie krabbelten nun auch seinen Rücken hinauf, bis ich ihn in der wabernden Masse aus Gremlins nicht mehr länger erkennen konnte. Doch Ash kämpfte immer noch; mit einem Knurren sprang er wieder auf die Füße und schleuderte dabei etliche Gremlins von sich, deren Platz jedoch sofort von Dutzenden anderen eingenommen wurde.

»Lauf, Meghan!« Seine Stimme war nur noch ein heiseres Flüstern, während er einen Gremlin gegen die Tunnelwand schleuderte. *»Los!«*

Schluchzend wandte ich mich ab und floh. Ich folgte den wild gestikulierenden Elsterlingen, bis wir an eine Stelle kamen, wo der Tunnel sich verzweigte und in mehrere Richtungen weiterführte. Einer der Elsterlinge zog etwas aus seinem Haufen und zeigte es dem Anführer. Entsetzt erkannte ich, dass es eine Stange Dynamit war. Der Anführer knurrte, und sofort trat ein anderer Elsterling mit einem Feuerzeug vor.

Ich konnte nicht anders und sah noch einmal zurück. Genau in diesem Moment verschwand Ash endgültig in dem Meer aus Gremlins. Die Biester kreischten triumphierend und wandten sich uns zu.

Die Lunte fing Feuer. Der Anführer der Elsterlinge zischte mich an und zeigte auf einen Tunnel, wo der Rest von ihnen bereits verschwand. Mir liefen die Tränen übers Gesicht, als ich ihnen folgte und der Elsterling mit dem Dynamit den Sprengstoff auf die heranströmenden Gremlins schleuderte.

Die Explosion brachte die Decke zum Beben. Kleine Steinchen regneten auf mich herab, und Staub erfüllte die Luft. Hustend lehnte ich mich gegen die Wand und wartete, bis sich das Chaos legte. Als wieder Ruhe herrschte, schaute ich hoch und sah, dass der Eingang zu unserem Tunnel verschüttet war.

Die Elsterlinge klagten leise. Einer von ihnen hatte es nicht rechtzeitig geschafft.

Ich ließ mich zu Boden sinken, zog die Knie an die Brust und stimmte in ihre Klage mit ein. Ich fühlte mich, als hätte ich mein Herz in dem Tunnel gelassen, in dem Ash gefallen war.

Der Eiserne König

Mehrere Minuten lang saß ich einfach nur da, zu benommen, um weinen zu können. Ich konnte nicht glauben, dass Ash wirklich tot sein sollte. Reglos starrte ich auf die eingestürzte Stollenwand und erwartete fast, ihn zu sehen, wie er irgendwie, wie durch ein Wunder, den Schutt zur Seite schob und erschien – zwar verletzt und blutend, aber lebendig.

Ich hatte keine Ahnung, wie lange ich dort saß. Irgendwann zupfte mich der Anführer der Elsterlinge behutsam am Ärmel. Er sah mich mit ernsten Augen traurig an, bevor er sich abwandte und mir winkte, ihnen zu folgen. Ich warf einen letzten Blick auf die eingestürzte Wand, dann lief ich hinter ihnen her durch den Tunnel.

Wir wanderten stundenlang, und allmählich wurde der Tunnel abgelöst von natürlich entstandenen Höhlen, in denen von Stalaktiten Wasser tropfte. Die Elsterlinge borgten mir eine Taschenlampe. Als ich den Strahl durch die Höhle wandern ließ, entdeckte ich, dass auf dem Boden verstreut seltsame Dinge lagen: hier ein Kotflügel, dort ein Spielzeugroboter. Offensichtlich waren wir auf dem Weg zum Nest der Elsterlinge, denn je weiter wir kamen, desto mehr Schrott lag herum.

Schließlich betraten wir eine Höhle, so groß wie eine Kathedrale, deren hohe Decke sich in der Dunkelheit verlor. An den Wänden türmte sich bergeweise Schrott, sodass die Höhle aussah wie die Müll-landschaft draußen in klein.

Im Zentrum der Höhle saß auf einem Thron, der vollkommen aus Schrott bestand, ein uralter Mann. Seine Haut war grau, und da-mit meine ich nicht fahl oder aschfarben, sondern metallisch grau wie Quecksilber. Die weißen Haare wallten bis hinunter zu seinen Füßen und berührten fast den Boden, so als hätte er sich seit Jahrhunderten nicht von seinem Thron erhoben. Die Elsterlinge wuselten um ihn herum, hielten verschiedene Dinge hoch und legten sie ihm dann zu Füßen, darunter auch mein iPod. Der alte Mann lächelte, während die Elsterlinge zwitschernd um ihn herumsprangen wie eifrige Hunde, dann richteten sich seine blassgrünen Augen auf mich.

Er blinzelte ein paarmal, als würde er seinen Augen nicht trauen.

Ich hielt den Atem an. War das Machina? Hatten mich die Elsterlinge etwa schnurstracks zum Eisernen König gebracht? Einen unbesiegbaren Herrscher hatte ich mir allerdings nicht so … alt vorgestellt.

»Nun«, keuchte er schließlich, »meine Untertanen haben mir im Laufe der Jahre ja schon viele merkwürdige Sachen gebracht, aber ich glaube, das hier ist das Ungewöhnlichste von allen. Wer bist du, Mäd-chen? Was machst du hier?«

»Ich … Mein Name ist Meghan, Sir. Meghan Chase. Ich bin auf der Suche nach meinem Bruder.«

»Nach deinem Bruder?« Entgeistert blickte der alte Mann die Elster-linge an. »Ich kann mich nicht erinnern, dass ihr mir ein Kind gebracht hättet. Was ist bloß in euch gefahren?« Die Elsterlinge zwitscherten wild und schüttelten die Köpfe. Stirnrunzelnd schaute der alte Mann ihnen zu, wie sie schnatternd herumsprangen, dann wandte er sich wieder an mich. »Meine Untertanen sagen, außer dir und deinem Freund wäre ihnen in der Schrottwüste niemand begegnet. Warum glaubst du, dein Bruder wäre hier?«

»Ich …« Ich hielt inne, sah mich in der dreckigen Höhle um, musterte die Elsterlinge und schließlich den gebrechlichen alten Mann. Irgend-etwas stimmte hier nicht. »Es tut mir leid«, setzte ich erneut verwirrt an und kam mir dabei ziemlich dämlich vor, »aber … sind Sie Machina, der Eiserne König?«

»Ah.« Der alte Mann lehnte sich zurück und verschränkte die Hände vor dem Bauch. »Jetzt verstehe ich. Machina hat deinen Bruder, was? Und du bist gekommen, um ihn zu retten.«

»Ja.« Ich entspannte mich und atmete erleichtert auf. »Dann gehe ich mal davon aus, dass Sie nicht der Eiserne König sind?«

»Oh, das würde ich so nicht sagen.« Der alte Mann lächelte, und sofort kehrte meine Wachsamkeit zurück. Er kicherte leise. »Keine Sorge, mein Kind. Ich will dir nichts Böses. Aber es wäre besser, wenn du den Plan, deinen Bruder zu retten, aufgeben würdest. Machina ist zu stark. Keine Waffe kann ihm Schaden zufügen. Du würdest dein Leben wegwerfen.«

Ich musste an den Hexenholzpfeil denken, der auf dem Grund des dreckigen Wassergrabens gelandet war, und mein Herz krampfte sich schmerzhaft zusammen. »Ich weiß«, flüsterte ich. »Aber ich muss es versuchen. Ich bin so weit gekommen, ich werde jetzt nicht aufgeben.«

»Wenn Machina deinen Bruder entführt hat, wird er dich erwarten«, sagte der alte Mann und lehnte sich vor. »Er braucht dich für irgendetwas. Ich spüre die Macht in dir, mein Kind, aber sie wird nicht reichen. Der Eiserne König ist ein Meister der Manipulation. Er wird dich dazu benutzen, seine eigenen Pläne voranzutreiben, und du wirst nicht in der Lage sein, dich ihm zu widersetzen. Geh nach Hause, Mädchen. Vergiss, was du verloren hast, und geh nach Hause.«

»Vergessen?« Ich dachte an meine Freunde, die alles geopfert hatten, um mich so weit zu bringen. Puck. Die Dryadenälteste. Ash. »Nein«, murmelte ich und spürte, wie sich mir die Kehle zuschnürte, »das kann ich niemals vergessen. Selbst wenn es hoffnungslos ist, muss ich weitermachen. Das schulde ich allen.«

»Närrisches Mädchen«, brummte der alte Mann. »Ich weiß mehr über Machina als irgendjemand sonst. Ich kenne sein Wesen, seine Macht, die Art, wie er denkt, und trotzdem willst du nicht auf mich hören. Nun gut. Renn in dein Verderben wie alle anderen vor dir auch. Du wirst die Wahrheit viel zu spät erkennen – genau wie ich damals. Machina kann nicht besiegt werden. Ich wünschte nur, ich hätte auf meine Ratgeber gehört, als sie mir das sagten.«

»*Sie* haben versucht, ihn zu besiegen?« Fassungslos starrte ich ihn an und versuchte mir vorzustellen, wie der gebrechliche alte Mann gegen jemanden kämpfte und verlor. »Wann? Warum?«

»Weil einst ich der Eiserne König war«, erklärte der alte Mann geduldig. »Mein Name ist Ferrum«, fuhr er fort, während ich geschockt schwieg. »Wie du zweifellos bemerkt haben dürftest, bin ich alt. Älter als dieser Welpe Machina, älter als alle Eisernen Feen. Weißt du, ich war der Erste, geboren in den Schmiedewerkstätten, als die Menschheit anfing, mit Eisen zu experimentieren. Ich entstand aus ihrer Fantasie, aus ihrem Ehrgeiz, mit einem Metall, das durch Bronze schneiden konnte wie durch Papier, die Welt zu erobern. Ich war dort, als die Welt anfing sich zu verändern, als die Menschen die ersten zögerlichen Schritte aus dem dunklen Zeitalter in Richtung Zivilisation machten. Viele Jahre lang dachte ich, ich sei allein. Doch der Mensch ist nie zufrieden – immer strebt er nach mehr, immer versucht er, es noch besser zu machen. Andere kamen, andere wie ich, die aus diesen Träumen von einer neuen Welt geboren wurden. Sie akzeptierten mich als ihren König, und jahrhundertelang blieben wir im Verborgenen, abgeschieden vom Rest der Feenwesen. Ich war absolut sicher, dass die Höfe, sollten sie von unserer Existenz erfahren, sich verbünden würden, um uns zu zerstören.

Dann, mit der Erfindung der Computer, kamen die Gremlins und die Wanzen. Die Angst vor Monstern, die in den Maschinen lauern könnten, schenkte ihnen das Leben, und sie waren noch chaotischer als die anderen Feen, gewalttätig und zerstörerisch. Sie verbreiteten sich über die ganze Welt. Als Technologie die treibende Kraft in jedem Land wurde, erschienen neue mächtige Feenwesen. Virus. Glitch. Und Machina, der Mächtigste von allen. Er wollte sich nicht damit zufriedengeben, im Verborgenen zu leben. Er wollte erobern, sich im Nimmernie ausbreiten wie ein Virus, das alles zerstört, was sich ihm in den Weg stellt. Er war meine Nummer eins – mein mächtigster Leutnant –, und wir sind bei mehreren Gelegenheiten heftig aneinandergeraten. Meine Ratgeber drängten mich, ihn zu verbannen, ihn zu inhaftieren, sogar ihn zu töten. Sie fürchteten ihn und das zu Recht, doch ich war blind, wollte die Gefahr nicht sehen.

Natürlich war es nur eine Frage der Zeit, bis sich Machina gegen mich wandte. Er scharte eine Armee gleich gesinnter Feen um sich, griff die Festung von innen heraus an und schlachtete alle ab, die mir treu ergeben waren. Meine Anhänger schlugen zurück, aber sie waren alt und überholt, kein ernst zu nehmender Gegner für Machinas grausame Armee.

Letzten Endes saß ich auf meinem Thron, und er marschierte auf mich zu. Ich wusste, dass ich nun sterben würde. Doch als Machina mich zu Boden schleuderte, lachte er und sagte, er würde mich nicht töten. Er würde mich ganz langsam dahinschwinden lassen, zusehen, wie ich immer mehr in Vergessenheit geriete, bis niemand mehr wüsste, wer ich sei oder wie ich hieße. Und als er sich auf meinem Thron niederließ, spürte ich, wie die Macht mich verließ, in Machina strömte und ihn als den neuen Eisernen König anerkannte. Nun lebe ich hier.« Ferrum deutete auf die Höhle und die Elsterlinge, die immer noch überall herumwuselten. »In einer vergessenen Höhle auf einem Thron aus Müll als König der mächtigen Schrottsammler. Ein nobler Titel, nicht?« Seine Lippen verzogen sich zu einem bitteren Lächeln. »Diese Kreaturen sind äußerst loyal, sie bringen mir Gaben, die ich nicht brauche, und machen mich zum Herrscher ihres Müllbergs. Sie haben mich als ihren König anerkannt, aber was nützt mir das? Sie können mir meinen Thron nicht zurückgeben, und doch sind sie die Einzigen, die verhindern, dass ich dahinschwinde. Ich kann nicht sterben, ertrage es aber kaum zu leben, da ich doch weiß, was ich verloren habe. Was mir geraubt wurde. Und an all dem ist Machina schuld!«

Er sackte auf seinem Thron zusammen und schlug die Hände vors Gesicht. Die Elsterlinge liefen zu ihm, tätschelten ihn und zwitscherten besorgt. Während ich ihn mir so ansah, stieg sowohl Mitleid als auch Abscheu in mir auf.

»Ich habe auch einiges verloren«, sagte ich über sein gedämpftes Schluchzen hinweg. »Machina hat mir sehr viel geraubt. Aber ich werde nicht einfach herumsitzen und auf ihn warten. Ich werde mich ihm stellen, unbesiegbar oder nicht, und irgendwie werde ich mir zurückholen, was mir gehört. Oder bei dem Versuch sterben. Auf jeden Fall werde ich nicht aufgeben.«

Ferrum linste durch seine Finger hindurch, während sein schmächtiger Körper von Weinkrämpfen geschüttelt wurde. Dann schniefte er noch einmal, ließ die Hände sinken und starrte mich finster und verdrießlich an.

»Dann geh«, flüsterte er und wedelte mit den Händen, als wollte er mich verscheuchen. »Ich kann dich nicht davon abhalten. Vielleicht wird ein einzelnes, unbewaffnetes Mädchen Erfolg haben, wo eine ganze Armee gescheitert ist.« Und dann lachte er, verbittert und gehässig, was mich ärgerte. »Viel Glück, du Närrin. Wenn du nicht auf mich hören willst, bist du hier nicht länger willkommen. Meine Untertanen werden dich durch die geheimen Tunnel, die das Land durchziehen, bis unter seine Festung bringen. Das ist der schnellste Weg in dein Verderben. Und nun geh. Ich bin fertig mit dir.«

Ich verbeugte mich nicht. Ich dankte ihm auch nicht für seine Hilfe. Ich drehte mich einfach um und folgte den Elsterlingen aus der Höhle. Dabei spürte ich den hasserfüllten Blick des entthronten Königs im Rücken.

Noch mehr Tunnel. Die kurze Pause beim ehemaligen Eisernen König hatte nicht ausgereicht, um meine Erschöpfung zu lindern. Wir legten hin und wieder eine Rast ein, und ich versuchte dann, etwas zu schlafen, doch es war einfach zu wenig.

Die Elsterlinge gaben mir seltsame Pilze, die ich kauen sollte: winzige weiße Dinger, die im Dunkeln glühten und nach Schimmel schmeckten. Damit konnte ich selbst in größter Dunkelheit noch so gut sehen wie in der Dämmerung. Das war sehr nützlich, denn irgendwann flackerte meine Taschenlampe und erlosch, und niemand bot mir frische Batterien an.

Ich verlor jedes Zeitgefühl. Die ganzen Höhlen und Tunnel verschmolzen zu einem riesigen unübersichtlichen Labyrinth. Mir wurde klar, selbst wenn ich in Machinas Festung eindringen und Ethan retten konnte, würde ich auf keinen Fall auf demselben Weg wieder herauskommen.

Irgendwann endete der Tunnel, und ich stand plötzlich vor einer steinernen Brücke, die über einen tiefen Abgrund führte. Vom Boden der Schlucht ragten spitze Steinnadeln in die Höhe. Um mich herum hingen, gefährlich nah an der Brücke, riesige Getriebeteile an Wänden und Decke und drehten sich quietschend, sodass der ganze Boden vibrierte. Die Zahnräder, die mir am nächsten waren, waren mindestens dreimal so groß wie ich, einige sogar noch größer. Ich kam mir vor wie im Gehäuse einer riesigen Uhr. Der Lärm war ohrenbetäubend.

Wir müssen unter Machinas Festung sein, dachte ich, während ich mich völlig überwältigt umsah. *Aber wozu ist diese riesige Konstruktion gut?*

An meinem Arm zupfte es, und als ich hinuntersah, deutete der Anführer der Elsterlinge gerade auf die Brücke und schnatterte etwas, was allerdings in dem scheppernden Lärm unterging. Ich verstand. Sie hatten mich so weit geführt, wie sie konnten. Den letzten Teil der Strecke würde ich allein bewältigen müssen.

Ich nickte zum Zeichen, dass ich verstanden hatte, und wollte schon losmarschieren, als er nach meiner Hand griff. Er hielt mich am Handgelenk zurück, winkte seinen Elsterlingen und zwitscherte etwas in ihre Richtung. Zwei von ihnen watschelten heran und griffen nach Dingen auf ihren Buckeln.

»Schon okay«, wehrte ich ab, »ich brauche keine …«

Ich verstummte. Der erste Elsterling zog eine lange Schwertscheide hervor, aus der ein vertrauter Griff ragte, der in der Dunkelheit bläulich schimmerte. Mir blieb die Luft weg. »Ist das etwa …?«

Er reichte sie mir feierlich. Ich packte den Schwertgriff und zog die Waffe, durch die der Raum in ein fahlblaues Licht getaucht wurde. Als ich sah, wie an der Schneide von Ashs Waffe Nebel waberte, spürte ich wieder den Kloß im Hals.

O Ash.

Ich schob die Waffe zurück in die Scheide und schlang mir mit grimmiger Entschlossenheit den Waffengürtel um die Taille. »Ich weiß das wirklich zu schätzen«, erklärte ich den Elsterlingen, auch wenn ich nicht sicher war, ob sie mich verstanden.

Sie redeten schnatternd auf mich ein und rührten sich immer noch nicht vom Fleck. Dann zeigte der Anführer auf den zweiten kleineren Elsterling, der sich mir genähert hatte. Er blinzelte, griff auf seinen Rücken und zog einen etwas ramponierten Bogen hervor und …

Zum zweiten Mal glaubte ich, mir würde das Herz stehen bleiben.

Der Elsterling streckte mir den Hexenholzpfeil entgegen, der zwar öl-verschmiert, aber ansonsten völlig intakt war. Ich nahm ihn vorsichtig, während sich in meinem Kopf alles drehte. Sie hätten ihn Ferrum geben können, aber das hatten sie nicht, sondern sie hatten ihn die ganze Zeit für mich aufgehoben. Der Pfeil pulsierte in meiner Hand, immer noch lebendig und todbringend.

Ich dachte nicht weiter nach. Stattdessen fiel ich auf die Knie und umarmte die Elsterlinge, sowohl den Anführer als auch den Kleinen. Sie quiekten überrascht. Ihre Buckel pikten mich und machten es unmöglich, die Arme ganz um sie zu legen, aber das war mir egal. Als ich aufstand, hatte ich den Eindruck, als wäre der Anführer rot angelaufen, doch das war in der Dunkelheit schwer zu erkennen. Der Kleine grinste jedenfalls breit.

»Danke«, sagte ich und legte so viel Aufrichtigkeit in das Wort, wie ich konnte. »Eigentlich ist ein einfaches Dankeschön gar nicht genug, aber das ist alles, was ich habe. Ihr Kerlchen seid einfach fantastisch.«

Sie schnatterten und tätschelten meine Hände. Ich wünschte mir so sehr, ich könnte verstehen, was sie sagten. Schließlich gab der Anführer einen scharfen Befehl, und sie drehten sich um und verschwanden im Tunnel. Der Kleine schaute noch einmal zu mir zurück, dann waren sie weg.

Ich richtete mich auf und steckte mir den Pfeil in den Gürtel, wie Ash es getan hätte. Dann nahm ich den Bogen, schob Ashs Schwert an meiner Hüfte zurecht und betrat die Brücke zu Machinas Turm.

Ich folgte dem Weg, dessen Untergrund von Stein zu Eisengittern wechselte und der durch ein riesiges Labyrinth aus Zahnrädern führte, bei deren metallischem Knirschen sich mir die Nackenhaare aufstellten. Schließlich stieß ich auf eine Wendeltreppe aus Metall, an deren oberem Ende mich eine Falltür erwartete, die mit einem Knall aufflog, als ich dagegendrückte. Erschrocken zuckte ich zusammen und spähte vorsichtig hinaus.

Nichts. In dem Raum darüber entdeckte ich nichts außer reihenweise riesige Heizkessel, die rot glühten und die Luft mit zischendem Dampf erfüllten.

»Alles klar«, murmelte ich und kletterte durch die Falltür hinauf. Mein Gesicht und mein Shirt waren von der feuchten Hitze schon jetzt schweißnass. »Ich bin drin. Und wohin jetzt?«

Nach oben.

Der Gedanke kam mir völlig unvermittelt, trotzdem wusste ich, dass er richtig war. Machina und Ethan würden in der Spitze des Turmes zu finden sein.

Scheppernde Schritte erregten meine Aufmerksamkeit, und schnell duckte ich mich hinter einen der Heizkessel, ohne mich um die brennende Hitze zu kümmern, die das Metall abstrahlte.

Einige Gestalten betraten den Raum. Sie waren klein und bullig und trugen voluminöse Schutzanzüge, ähnlich wie Feuerwehrmänner. Ihre Gesichter wurden völlig von Atemschutzmasken bedeckt, aus denen zwei Schläuche zu einer Flasche auf ihrem Rücken führten. Sie stapften zwischen den Heizkesseln herum, schlugen mit Schraubenschlüsseln dagegen und prüften die diversen Rohre und Ventile. Jeder von ihnen hatte einen dicken Schlüsselbund am Gürtel hängen, der bei jeder Bewegung laut klimperte. Während ich mich in eine dunkle Ecke zurückzog, hatte ich plötzlich eine Idee.

Ich folgte ihnen durch den Raum, hielt mich immer im Dampf oder in den Schatten verborgen und beobachtete, wie sie arbeiteten. Die Arbeiter unterhielten sich nicht, sie sprachen kein Wort miteinander, völlig in ihre Arbeit vertieft. Das passte mir hervorragend. Schließlich löste sich einer von der Gruppe. Die anderen schenkten ihm keinerlei Beachtung, während er im Dampf verschwand. Ich folgte ihm in einen Gang voller Rohre und sah, wie er sich bückte, um einen Riss im Metall zu untersuchen, aus dem ein lautes Zischen drang. Vorsichtig schlich ich mich von hinten an ihn heran.

Ich zog behutsam Ashs Schwert und wartete, bis er sich umdrehte, um dann vorzutreten und ihm die Schwertspitze gegen die Brust zu drücken. Der Arbeiter fuhr zusammen und wich taumelnd zurück, aber das Geflecht von Rohren hielt ihn auf. Ich folgte ihm und richtete die Schwertspitze diesmal auf seine Kehle.

»Keine Bewegung«, fauchte ich so bedrohlich wie möglich. Er nickte und hob die Hände in den dicken Handschuhen. Mein Herz raste, aber ich machte weiter und stieß ihn mit der Klinge an. »Wenn du genau das tust, was ich sage, werde ich dich nicht töten, klar? Zieh den Anzug aus.«

Er gehorchte, legte den Anzug ab und zog die Maske vom Gesicht, unter der ein verschwitzter kleiner Mann mit einem buschigen schwarzen Bart zum Vorschein kam. Ein Zwerg, und zwar ein ziemlich gewöhnlich aussehender: keine Stahlhaut, keine Kabel im Kopf, nichts, was ihn als Eiserne Fee kennzeichnen würde. Er starrte mich mit rabenschwarzen Augen an, ließ die Muskeln an seinem Arm spielen und grinste gehässig.

»Bist also endlich gekommen, wie?« Er spuckte neben dem Rohr auf den Boden, dass es zischte. »Wir haben uns schon alle gefragt, welchen Weg du wohl nehmen würdest. Tja, Mädchen, wenn du mich töten willst, bring's hinter dich.«

»Ich bin nicht hier, um jemanden zu töten«, sagte ich vorsichtig und hielt das Schwert weiter auf ihn gerichtet, wie ich es bei Ash gesehen hatte. »Ich bin nur wegen meinem Bruder hier.«

Der Zwerg schnaubte abfällig. »Er ist oben im Thronsaal, bei Machina. Westliche Ecke der Turmspitze. Viel Glück bei deinem Befreiungsversuch.«

Misstrauisch kniff ich die Augen zusammen. »Du bist schrecklich hilfsbereit. Warum sollte ich dir glauben?«

»Pah, uns sind Machina und dein heulender Bruder völlig schnuppe, Mädchen.« Der Zwerg räusperte sich und spuckte diesmal auf das Rohr, wo der Schleim Blasen warf wie Säure. »Unser Job besteht darin, das Ganze hier am Laufen zu halten, wir spielen nicht mit einem Haufen schnöseliger Aristokraten Hofstaat. Was Machina macht oder nicht macht, ist allein seine Angelegenheit, und ich würde dich bitten, mich da rauszuhalten.«

»Also wirst du nicht versuchen, mich aufzuhalten?«

»Hast du Blei in den Ohren? Mir ist scheißegal, was du machst, Mädchen! Also, bring mich um oder lass mich verdammt noch mal in Frieden, verstanden? Ich werde dir nicht in die Quere kommen, wenn du mir auch nicht in die Quere kommst.«

»Okay.« Ich ließ das Schwert sinken. »Aber ich brauche trotzdem deinen Anzug.«

»Klar doch, nimm ihn ruhig.« Der Zwerg trat mit seinem Stahlkappenstiefel gegen den Stoff, und der Anzug rutschte zu mir herüber. »Wir haben mehrere davon. Kann ich jetzt endlich wieder an die Arbeit gehen, oder hast du noch mehr hirnverbrannte Forderungen, die mich davon abhalten, meinen Job zu machen?«

Ich zögerte. Ich wollte ihn nicht verletzen, aber ich konnte ihn auch nicht einfach laufen lassen. Egal, was er sagte, er konnte die anderen Arbeiter alarmieren, und ich würde sie bestimmt nicht alle abwehren können. Ich sah mich um und entdeckte eine Falltür wie die, durch die ich heraufgekommen war.

Ich zeigte mit dem Schwert darauf. »Mach sie auf und geh da runter.«

»In die Getrieberäume?«

»Lass deine Stiefel hier. Und deine Schlüssel.«

Er starrte mich finster an, und ich hob erneut das Schwert, bereit, zuzustechen, falls er sich auf mich stürzen sollte. Doch der Zwerg fluchte nur leise, stiefelte zu dem Metallgitter und steckte einen Schlüssel in das Schloss. Dann zog er das Gitter scheppernd hoch, riss sich die Stiefel von den Füßen und stampfte die Wendeltreppe hinunter, die bei jedem seiner Schritte geräuschvoll vibrierte. Während der Zwerg noch böse zu mir heraufstarrte, klappte ich die Falltür zu und verschloss sie, wobei ich versuchte, das nagende Schuldgefühl in meinem Inneren zu ignorieren.

Ich nahm den Schutzanzug des Zwergs, der heiß und schwer war und nach Schweiß stank. Würgend streifte ich ihn über. Er war zu klein, aber da der Anzug sehr weit war und ich ziemlich dünn, schaffte ich es irgendwie hinein. Meine Beine ragten unten raus, doch als ich meine Sneakers in die Stiefel des Zwergs schob, fiel es nicht mehr so auf. Zumindest hoffte ich das. Ich hängte mir die Flasche auf den Rücken, die erstaunlich leicht war, und setzte die Maske auf. Kühle, reine Luft blies mir ins Gesicht, und ich seufzte erleichtert auf.

Blieben noch das Schwert und der Bogen. Da ich davon ausging, dass die Arbeiter des Turms nicht unbedingt bewaffnet herumliefen, suchte ich mir eine Plane, wickelte die Waffen darin ein und klemmte sie mir unter den Arm. Der Hexenholzpfeil steckte immer noch unter dem Anzug in meinem Gürtel.

Mit klopfendem Herzen trat ich zurück in den Kesselraum, den die anderen Zwerge gerade mehr oder weniger in Reih und Glied verließen. Ich holte tief Luft, um meinen nervösen Magen zu beruhigen, dann schloss ich mich ihnen an, wobei ich den Kopf unten hielt und jeden Augenkontakt vermied. Doch niemand achtete auf mich, und so folgte ich ihnen eine lange Treppe hinauf, bis wir den Hauptturm erreichten.

Machinas Festung war riesig, ganz aus Metall und gut gesichert. Ranken wanden sich an den Befestigungsmauern entlang, mit Dornen aus Metall. Ohne erkennbaren Grund ragten an den Außenseiten Scherben aus den Mauern. Alles bestand aus geraden Linien und scharfen Kanten, sogar die Feen, die hier lebten. Außer den allgegenwärtigen Gremlins entdeckte ich einige Ritter in voller Rüstung, mechanische Hunde und Kreaturen, die aussahen wie Gottesanbeterinnen aus Metall, deren mit Klingen versehene Vorderbeine und silberne Fühler im spärlichen Licht glänzten.

Die Zwerge trennten sich voneinander, sobald sie die Treppe hinter sich hatten, und gingen zu zweit oder dritt ihrer Wege. Ich löste mich von der sich schnell verlaufenden Gruppe und ging an der Mauer entlang, wobei ich versuchte, möglichst zielstrebig zu wirken. Gremlins krabbelten über die Mauern, jagten einander und piesackten die anderen Feen. Computermäuse mit winzigen Ohren, Pfoten und rot blinkenden Augen huschten davon, sobald ich mich ihnen näherte. Einmal landete ein Gremlin auf einer von ihnen und entlockte ihr ein schrilles Fiepen, bevor er sich das winzige Wesen ins Maul stopfte und es Funken sprühend verschlang. Er grinste mich an, während noch der Mäuseschwanz zwischen seinen spitzen Zähnen heraushing, und krabbelte weg. Angewidert rümpfte ich die Nase und setzte meinen Weg fort.

Endlich entdeckte ich eine Treppe, die sich an der Innenseite des Turms scheinbar endlos in die Höhe schraubte. Als ich die unzähligen Stufen hinaufblickte, hatte ich plötzlich einen dicken Klumpen im Magen. Das war's. Dort oben war Ethan. Und Machina.

Mein Herz krampfte sich zusammen, ein Ziehen, als wäre da noch etwas ... noch jemand, an den ich mich erinnern müsste. Doch die Erinnerung entschlüpfte mir und blieb außer Reichweite.

Während ich den letzten Teil meiner Reise in Angriff nahm, schlug mir das Herz bis zum Hals. Nach ungefähr jeder zwanzigsten Stufe kam ein kleines, schmales Fenster. Als ich einmal hinausspähte, sah ich seltsam glitzernde Vögel am Himmel schweben.

Am oberen Ende der Treppe erwartete mich eine Eisentür, an der das Emblem mit der Stacheldrahtkrone prangte. Schnell legte ich den Zwergenanzug ab und war froh, das sperrige, stinkende Teil los zu sein. Dann wickelte ich den Bogen aus und legte sorgfältig den Hexenholzpfeil auf die Sehne. Als er den Bogen berührte, pulsierte der Pfeil auf einmal schneller, als würde sich sein Herzschlag vor Aufregung beschleunigen.

Da stand ich also vor der letzten Tür im Turm des Eisernen Königs. Ich zögerte. Konnte ich das wirklich tun, ein Lebewesen töten? Ich war kein Krieger wie Ash, kein brillanter Gauner wie Puck. Ich war nicht so clever wie Grim, und ich verfügte ganz sicher nicht über eine Macht wie mein Vater Oberon. Ich war einfach nur Meghan Chase, ein ganz normales Schulmädchen. Nichts Besonderes.

Nein. Die Stimme in meinem Kopf war meine, aber irgendwie auch nicht. *Du bist mehr als das. Du bist die Tochter von Oberon und Melissa Chase. Du bist der Schlüssel, der einen Krieg der Feen verhindern kann. Freundin von Puck, Schwester von Ethan, Liebste von Ash – du bist viel mehr, als du zu sein glaubst. Du hast alles, was du brauchst. Du musst nur noch diesen einen Schritt tun.*

Einen Schritt tun. Das konnte ich. Ich holte tief Luft und drückte gegen die Tür.

Quietschend schwang sie auf, und ich stand am Rand eines riesigen Gartens. Oben auf den glatten Eisenwänden, die den Garten umgaben, saßen zerklüftete Spitzen, die sich dunkel gegen den Himmel abzeichneten. Bäume säumten einen steinigen Pfad, doch sie waren alle aus Metall, und ihre gekrümmten Äste funkelten scharf. Von den eisernen Zweigen aus beobachteten mich Vögel. Ihr Flügelschlagen klang wie aneinanderreibende Messer.

Im Zentrum des Gartens, wo alle Pfade zusammentrafen, gab es einen Brunnen. Er bestand allerdings nicht aus Marmor oder Gips, sondern aus unterschiedlichen Getriebeteilen, die sich im herabströmenden Wasser träge drehten. Blinzelnd sah ich genauer hin. Auf dem untersten Zahnrad lag, mit dem Gesicht nach oben, eine Gestalt, die langsam mitgeschleift wurde.

Es war Ash.

Ich schrie nicht seinen Namen. Ich rannte nicht zu ihm, auch wenn das jede Faser meines Körpers wollte. Ich zwang mich, ruhig zu bleiben, und sah mich wachsam um, auf der Suche nach Fallen oder einem Hinterhalt. Doch es gab nicht viele Stellen, wo sich Angreifer verstecken konnten. Abgesehen von den Metallbäumen und ein paar Dornenbüschen schien der Garten verlassen zu sein.

Nachdem ich mich versichert hatte, dass ich allein war, rannte ich zu dem Brunnen hinüber.

Sei nicht tot. Bitte, sei nicht tot.

Mir blieb fast das Herz stehen, als ich ihn sah. Er war mit einer Metallkette an das Zahnrad gefesselt, die wieder und wieder um seinen Körper geschlungen worden war. Ein Bein hing über die Kante, das andere war unter dem Körper angewinkelt. Sein Hemd war völlig zerfetzt und seine bleiche Haut von leuchtend roten Kratzspuren überzogen. An den Stellen, wo die Kette ihn berührte, war sein Fleisch wund und offen. Er schien nicht zu atmen.

Mit zitternden Händen zog ich das Schwert. Beim ersten Schlag zersprangen die meisten Kettenglieder, der zweite zerschmetterte fast das ganze Zahnrad. Die Kette löste sich, und quietschend kam das Zahnrad zum Stehen. Ich ließ das Schwert fallen, zog Ash aus dem Brunnen und schloss seinen steifen, kalten Körper in die Arme.

»Ash.« Ich bettete seinen Kopf in meinen Schoß. Es kamen keine Tränen mehr, in mir war nichts mehr, nur noch eine schreckliche, gähnende Leere. »Komm schon, Ash.« Ich schüttelte ihn sanft. »Tu mir das nicht an. Mach die Augen auf. Wach auf. Bitte ...«

Sein Körper war schlaff, er reagierte nicht.

Ich biss mir so fest auf die Lippe, dass ich Blut schmeckte, und vergrub mein Gesicht an seinem Hals. »Es tut mir leid«, flüsterte ich, und jetzt fing ich doch an zu weinen.

Tränen quollen unter meinen geschlossenen Lidern hervor und rannen über seine kalte Haut. »Es tut mir so schrecklich leid. Ich wünschte, du wärst nicht mitgekommen. Ich wünschte, ich hätte mich nie auf diese blöde Abmachung eingelassen. Das ist alles meine Schuld. Puck, die Dryade, Grim und jetzt du ...« Ich konnte kaum noch sprechen, die Tränen erstickten meine Stimme. »Es tut mir leid«, murmelte ich wieder, weil es nichts gab, was ich sonst sagen konnte. »So schrecklich, schrecklich leid ...«

An meiner Wange zuckte etwas. Ich blinzelte, verschluckte mich, richtete mich auf und starrte in sein Gesicht. Seine Haut war immer noch aschfahl, aber seine Augenlider flatterten leicht. Mit klopfendem Herzen beugte ich mich vor und hauchte ihm einen Kuss auf den Mund. Seine Lippen teilten sich, und ein leiser Seufzer entrang sich ihnen.

Erleichtert flüsterte ich seinen Namen. Seine Augen öffneten sich, und er sah mich verwirrt an, als sei er nicht sicher, ob es ein Traum war oder Wirklichkeit. Er bewegte die Lippen, brauchte aber einige Anläufe, bevor er einen Ton herausbrachte.

»Meghan?«

»Ja«, flüsterte ich hastig. »Ich bin hier.«

Er hob die Hand, legte sie an meine Wange und streichelte sie. »Ich ... habe geträumt ... dass du kommen würdest«, murmelte er. Doch dann klärte sich sein Blick etwas, und seine Miene verfinsterte sich. »Du ... solltest nicht ... hier sein«, keuchte er und grub seine Finger in meinen Arm. »Das ist ... eine Falle.«

Und dann hörte ich es – ein grauenhaftes finsteres Lachen, das aus der Mauer vor uns zu kommen schien. Die Zahnräder im Brunnen zitterten, dann drehten sie sich plötzlich rückwärts. Mit lautem Scheppern und Knirschen versank die Mauer im Boden und gab einen weiteren Teil des Gartens frei. Metallbäume säumten den Pfad, der zu einem riesigen Eisenthron führte, dessen Spitzen weit in den Himmel ragten. Eine ganze Schwadron Ritter stand mit gezogenen Schwertern am Fuß des Throns und hatte die Waffen auf mich gerichtet. Eine weitere Gruppe kam durch die Tür hinter mir, die sie zuwarfen. Wir waren zwischen ihnen gefangen.

Ganz oben, direkt vor dem Thron, stand eine Gestalt und musterte uns mit grimmiger Befriedigung – Machina, der Eiserne König.

Machina

Der Mann vor dem Thron warf mir ein Lächeln zu, so scharf wie eine Rasierklinge. »Meghan Chase.« Seine klare Stimme hallte durch den ganzen Garten. »Willkommen. Ich habe dich bereits erwartet.«

Ich legte Ash behutsam ab, ignorierte seine Proteste und trat vor ihn, um ihn mit meinem Körper zu schützen. Mein Herz raste. Ich wusste nicht, was ich vom Eisernen König in Bezug auf sein Aussehen erwartet hatte, aber das ganz bestimmt nicht. Die Gestalt vor dem Thron war groß und elegant, hatte glänzende silberne Haare und die spitzen Ohren des Feenadels. Er erinnerte ein wenig an Oberon – kultiviert und voll Grazie, gleichzeitig eine unglaubliche Macht ausstrahlend. Doch im Gegensatz zu Oberon und dem Modetrend am Sommerhof trug der Eiserne König einen schlichten schwarzen Mantel, der hinter ihm im Wind flatterte. Pure Energie umgab ihn, wie Donner ohne Ton, und ich konnte kleine Lichtblitze in seinen schräg stehenden schwarzen Augen erkennen. An einem Ohr trug er einen glitzernden Metallstecker, am anderen ein Bluetooth-Headset. Er war wunderschön, mit scharf geschnittenen Gesichtszügen, strahlte aber pure Arroganz aus. Ich hatte das Gefühl, als könne man sich an seinen Wangenknochen schneiden, wenn man ihnen zu nahe kam. Und doch, wenn er lächelte, strahlte der ganze Raum. Über dem langen Mantel trug er ein Cape aus einem seltsamen silbrigen Material, das sich zu bewegen schien, als wäre es lebendig.

Ich schnappte mir Pfeil und Bogen und richtete die Waffe auf den Eisernen König. Das war vielleicht meine einzige Chance. Das Hexenholz pulsierte unter meinen Fingern, als ich die Sehne spannte und auf Machinas Brust zielte. Die Ritter schrien alarmiert auf und liefen los, aber es war zu spät. Ich gab mit einem triumphierenden Schrei die Sehne frei und verfolgte, wie der Pfeil direkt auf sein Ziel zuflog, das Herz des Eisernen Königs.

Da wurde Machinas Cape lebendig.

Mit Lichtgeschwindigkeit entrollten sich silberne Kabel, die aus seinen Schultern und seiner Wirbelsäule hervorschossen. Sie legten sich um Machina wie metallene Schwingen, die an ihrem unteren Ende mit scharfen funkelnden Spitzen versehen waren. Blitzartig peitschten sie nach vorn, um den Eisernen König zu schützen, und lenkten das Hexenholz ab. Der Pfeil flog in eine andere Richtung weiter, und ich sah, wie er gegen einen Metallbaum prallte, daran zerbrach und die beiden Teile zu Boden fielen. Jemand schrie voller Wut und Entsetzen, und erst nach einem Moment erkannte ich, dass ich es gewesen war.

Die Wachen stürmten mit gezogenen Schwertern auf uns zu, doch ich beobachtete ihren Angriff wie aus der Ferne. Hinter mir nahm ich Ash wahr, der auf die Beine zu kommen versuchte, um mich zu beschützen, aber ich wusste, dass es zu spät war. Der Pfeil hatte sein Ziel verfehlt, und wir würden sterben.

»Halt.«

Machina hatte seine Stimme nicht erhoben. Weder schrie noch brüllte er den Befehl, doch jeder einzelne der Ritter blieb so abrupt stehen, als hingen sie an unsichtbaren Fäden. Der Eiserne König schwebte von seinem Thron herab, umgeben von den Kabeln, die sich träge wanden wie hungrige Schlangen. Als seine Füße den Boden berührten, lächelte er mich an, völlig ungerührt von der Tatsache, dass ich gerade versucht hatte, ihn zu töten.

»Geht«, befahl er den Rittern, ohne den Blick von mir abzuwenden. Einige von ihnen rissen überrascht die Köpfe hoch.

»Mein König?«, stammelte einer, und ich erkannte seine Stimme. Es war Quintus, einer der Ritter, die mit Eisenpferd in der Mine gewesen waren. Ich fragte mich, ob Tertius wohl auch hier war.

»Die Dame fühlt sich in eurer Gegenwart nicht wohl«, fuhr Machina fort und sah dabei weiterhin nur mich an. »Und ich wünsche nicht, dass sie sich unwohl fühlt. Geht. Ich werde mich um sie kümmern und um den Winterprinzen ebenfalls.«

»Aber, Majestät …«

Machina rührte sich nicht. Doch eines der Kabel peitschte vor – fast zu schnell, um es zu sehen –, durchbohrte die Rüstung des Ritters und trat an seinem Rücken wieder aus. Das Kabel hob Quintus hoch in die Luft und schleuderte ihn gegen die Mauer. Quintus prallte scheppernd gegen die Metallwand und stürzte zu Boden, wo er reglos liegen blieb.

In seinem Brustpanzer klaffte ein gezacktes Loch, und dunkles, öliges Blut sammelte sich unter seinem Körper.

»Geht«, wiederholte Machina leise, und die Ritter beeilten sich, dem Befehl Folge zu leisten. Sie stapften nacheinander durch die Tür und schlugen sie hinter sich zu. Wir waren allein mit dem Eisernen König.

Machina musterte mich mit schwarzen, unergründlichen Augen. »Du bist genauso schön, wie ich es mir vorgestellt habe«, sagte er schließlich und kam auf mich zu, wobei sich die Kabel hinter seinem Rücken ringelten. »Schön, heißblütig und willensstark.« Er blieb einige Meter vor mir stehen, und die Kabel verwandelten sich wieder in ein silbriges Cape. »Perfekt.«

Mit einem letzten Blick auf Ash, der immer noch zusammengesunken neben dem Brunnen lag, trat ich vor. »Ich bin wegen meines Bruders hier«, erklärte ich, erleichtert, dass meine Stimme nicht zitterte. »Bitte, lassen Sie ihn gehen. Erlauben Sie mir, ihn nach Hause zu bringen.«

Machina musterte mich schweigend, dann zeigte er mit einer schnellen Geste hinter sich. Ein lautes Scheppern setzte ein, und neben dem Thron stieg etwas aus dem Boden wie eine Fahrstuhlkabine. Ein großer schmiedeeiserner Vogelkäfig kam zum Vorschein und in dem Käfig...

»Ethan!« Ich wollte zu ihm, doch Machinas Kabel entrollten sich wieder und schnitten mir den Weg ab. Ethan umklammerte die Gitterstäbe und sah mit ängstlichen blauen Augen zu mir herunter. Seine Stimme hallte schrill über den Hof.

»Meggie!«

Hinter mir knurrte Ash einen Fluch und versuchte sich hochzustemmen.

Wütend wandte ich mich an Machina. »Lassen Sie ihn gehen! Er ist doch noch ein kleines Kind! Was wollen Sie überhaupt von ihm?«

»Du verstehst das völlig falsch, meine Liebe.« Machinas Kabel zuckten bedrohlich und drängten mich zurück. »Ich habe deinen Bruder nicht entführt, weil ich etwas von ihm will. Ich habe es getan, weil ich wusste, dass es dich hierherbringen würde.«

»Warum?«, fuhr ich ihn an. »Warum mussten Sie Ethan entführen? Warum haben Sie nicht einfach mich genommen? Warum haben Sie ihn in all das reingezogen?«

Machina lächelte. »Du warst gut geschützt, Meghan Chase. Robin Goodfellow ist ein hervorragender Bodyguard, und ich konnte es nicht riskieren, Aufmerksamkeit auf mich und mein Reich zu lenken, indem ich dich entführte. Glücklicherweise wurde dein Bruder nicht so gut beschützt. Es war besser, dich zu ködern, damit du aus freien Stücken hierherkommst, als den Zorn Oberons und des Sommerreiches zu riskieren. Davon abgesehen...« Machinas Augen verengten sich zu schwarzen Schlitzen, obwohl er noch immer lächelte. »Ich musste dich testen, um sicherzugehen, dass du wirklich die Richtige bist. Hättest du es nicht geschafft, meinen Turm aus eigener Kraft zu erreichen, wärst du nicht würdig gewesen.«

»Wessen würdig?« Plötzlich fühlte ich mich schrecklich müde. Ich war müde und verzweifelt. Ich wollte nur noch meinen Bruder retten, ihn von diesem Wahnsinn wegbringen, bevor es ihn verzehrte. Ich konnte nicht gewinnen. Machina hatte uns schachmatt gesetzt, aber wenigstens würde ich Ethan nach Hause bringen. »Was willst du, Machina?«, fragte ich erschöpft und spürte, wie der Eiserne König näher trat. »Was auch immer es ist, lass mich nur Ethan zurück in unsere Welt bringen. Du sagst, du wolltest mich. Hier bin ich. Aber lass mich meinen Bruder nach Hause bringen.«

»Selbstverständlich«, beschwichtigte Machina mich. »Aber vorher sollten wir eine Abmachung treffen.«

Ich erstarrte, in mir war plötzlich alles wie tot. Eine Abmachung mit dem Eisernen König im Austausch gegen das Leben meines Bruders. Ich fragte mich, was er wohl verlangen würde. Irgendwie wusste ich, dass der Preis so oder so ziemlich hoch für mich sein würde.

»Tu es nicht, Meghan«, knurrte Ash und zog sich am Brunnenrand hoch, ohne auf die Verbrennungen an seinen Händen zu achten. Machina ignorierte ihn.

»Was für eine Abmachung?«, fragte ich leise.

Der Eiserne König kam noch näher. Seine Kabel strichen sanft über mein Gesicht und meine Arme, was mir einen kalten Schauer über den Rücken jagte. »Ich habe dich sechzehn Jahre lang beobachtet«, murmelte er, »und auf den Tag gewartet, an dem du endlich die Augen öffnen und uns sehen würdest. Auf den Tag, an dem du zu mir kommen würdest. Dein Vater hätte dich ewig im Dunkeln gelassen über diese Welt. Er fürchtet deine Macht, fürchtet dein Potenzial – eine halbe Fee, die immun ist gegen Eisen und in deren Adern doch das Blut des Sommerkönigs fließt. Welch ein Potenzial.« Sein Blick wanderte zu Ash, der endlich auf die Beine gekommen war, und kehrte genauso schnell wieder zu mir zurück. »Mab hat deine Macht erkannt, deshalb will sie dich unbedingt für sich haben. Deshalb hat sie ihren Besten geschickt, um dich zu fangen. Doch selbst sie kann dir nicht das geben, was ich zu bieten habe.«

Machina trat nun direkt vor mich und nahm meine Hand. Seine Haut war kühl, und ich spürte die Macht, die durch ihn floss. Sie summte wie ein starker elektrischer Strom. »Ich will, dass du meine Königin wirst, Meghan Chase. Ich biete dir mein Königreich, meine Untertanen, mich selbst. Ich möchte, dass du an meiner Seite herrschst. Die Altblütler sind Vergangenheit. Ihre Ära ist vorüber. Es wird Zeit, dass sich eine neue Ordnung erhebt, stärker und besser als die vorangegangenen. Sag einfach Ja, und du wirst ewig leben, als Königin der Feen. Dein Bruder kann nach Hause gehen. Ich werde dir sogar deinen Prinzen lassen, wenn du es wünschst, auch wenn ich befürchte, dass er sich in unserem Königreich nicht sonderlich gut einleben würde. Doch du gehörst hierher, an meine Seite. Ist es nicht das, was du immer wolltest? Dazugehören?«

Ich zögerte. Mit Machina gemeinsam herrschen, eine Königin werden. Niemand würde mich mehr ärgern oder verspotten, ich hätte massenweise dienstbare Geister, die springen würden, wenn ich rief. Ich wäre endlich ganz oben. Ich wäre endlich die Beliebteste von allen.

Doch dann fiel mein Blick auf die verkrüppelten metallischen Bäume, und ich musste an den schrecklichen toten Landstrich im Wilden Wald denken. Machina würde das gesamte Nimmernie verseuchen. Alle Pflanzen würden sterben oder zu entstellten Formen ihrer selbst werden. Oberon, Grimalkin, Puck: Sie würden genauso dahinschwinden wie der Rest des Nimmernie, bis nur noch Gremlins, Wanzen und die Eisernen Feen übrig wären.

Ich schluckte. Obwohl ich die Antwort bereits kannte, fragte ich: »Und was passiert, wenn ich ablehne?«

Machinas Miene blieb unverändert. »Dann wird dein Prinz sterben. Und dein Bruder wird sterben. Oder vielleicht mache ich ihn auch zu einem meiner Spielzeuge, halb Mensch, halb Maschine. Die Auslöschung der Altblütler wird mit dir oder ohne dich vonstattengehen, meine Liebe. Ich lasse dir die Wahl: Entweder führst du sie an, oder du wirst von ihr verzehrt.«

Ich wurde immer verzweifelter.

Machina hob die Hand und strich mir sanft mit den Fingern über die Wange. »Ist es denn wirklich so schrecklich zu herrschen, meine Geliebte?«, fragte er und hob mein Kinn, damit ich ihm in die Augen sah. »Durch die Jahrtausende haben sowohl die Menschen als auch die Feenwesen genau das getan: Die Schwachen ausgemerzt, um Platz zu schaffen für die Starken. Die Altblütler und die Eisernen Feen können nicht parallel existieren, das weißt du. Oberon und Mab würden uns zerstören, wenn sie von uns wüssten. Wo liegt da der Unterschied?« Er streifte meine Lippen mit einem federleichten Kuss, der gleichzeitig vor Energie vibrierte. »Komm. Ein Wort, mehr musst du nicht sagen. Ein Wort, um deinen Bruder nach Hause zu schicken und den Prinzen zu retten, den du liebst. Schau!« Er hob langsam eine Hand, und ein großer Torbogen aus Eisen stieg aus dem Boden auf. Auf der anderen Seite konnte ich unser Haus sehen, das durch das Tor schimmerte, bevor es verblasste und verschwand.

Ich keuchte auf, und Machina lächelte noch immer. »Ich werde ihn sofort nach Hause schicken, wenn du nur Ja sagst. Ein Wort, dann bist du für immer meine Königin.«

Ich holte Luft. »Ich ...«

Und dann war da plötzlich Ash. Dass er überhaupt stehen, geschweige denn sich bewegen konnte, war ein Wunder. Doch jetzt stieß er mich mit einem wilden Ausdruck zur Seite, sodass Machina überrascht die Augenbrauen hochzog. Die Kabel hoben sich und schossen auf Ash zu, während der Prinz vorsprang und sein Schwert in Machinas Brust rammte.

Machina taumelte zurück, und sein Gesicht verzerrte sich gequält. Blitze zuckten um die Klinge in seiner Brust. Seine Kabel peitschten wild um ihn herum, erwischten dabei Ash und schleuderten ihn zu einem Metallbaum, gegen dessen Stamm er mit einem ekelerregenden Knirschen prallte. Ash blieb reglos am Fuß des Baumes liegen, während Machina sich bereits wieder aufrichtete und ihm einen hasserfüllten Blick zuwarf. Dann packte der Eiserne König den Schwertgriff und zog sich mit einer fließenden Bewegung die Klinge aus der Brust. Blitze zischten und tauten das Eis rund um die Wunde, dann schoben sich wie von selbst dünne Drähte über das Loch, verknoteten sich und verschlossen es. Machina schleuderte das Schwert von sich und starrte mich an. In seinen schwarzen Augen flackerte Wut.

»Langsam verliere ich die Geduld, meine Liebe.« Eines seiner Kabel schoss zur Seite, wickelte sich um Ashs Kehle und hob ihn in die Luft. Ash röchelte und wehrte sich schwach, während Machina ihn über unseren Köpfen baumeln ließ. Ethan jammerte in seinem Käfig. »Herrsche an meiner Seite oder lass sie sterben. Entscheide dich!«

Zitternd gaben meine Beine unter mir nach, und ich sank auf die Knie. Der Steinboden unter meinen Handflächen war kalt. *Was soll ich tun?,* dachte ich verzweifelt. *Wie kann ich eine Wahl treffen? Was ich auch tue, es wird jemand sterben. Das kann ich nicht zulassen. Das werde ich nicht zulassen.*

Der Boden pulsierte unter meinen Händen. Ich schloss die Augen und schickte mein Bewusstsein in die Erde, auf der Suche nach einem Funken Leben. Ich konnte die Bäume in Machinas Hof spüren. Ihre Zweige waren leblos und abgestorben, aber ihre Wurzeln und ihre Herzen waren noch rein. *Genau wie beim letzten Mal.* Ich stieß sie leicht an und spürte, wie sie reagierten, wie sie sich streckten, um mich zu erreichen, sich durch den Boden schoben – wie die Bäume des Sommerhofes es für Oberon getan hatten, als er gegen die Chimäre gekämpft hatte.

Wie der Vater, so die Tochter.

Ich holte tief Luft und *zog.*

Der Boden bebte, und plötzlich brachen Wurzeln aus ihm hervor, zertrümmerten den Beton, entrollten sich peitschend und wirbelten herum. Machina stieß einen erschrockenen Schrei aus, doch die Wurzeln krochen blitzschnell auf ihn zu, wickelten sich um seinen Körper und fesselten auch seine Kabel. Brüllend schlug er um sich, ließ Blitze aus seinen Handflächen schießen und sprengte mit ihnen das Holz.

Wurzeln und Stahlkabel wickelten sich umeinander wie durchgedrehte Schlangen und verstrickten sich in einem hypnotischen Tanz der Wut.

Ash wurde von den Kabeln fallen gelassen und kam atemlos und benommen neben einem Metallbaum auf. Sofort begann er sich hochzustemmen und suchte taumelnd nach seiner Waffe. Am Fuß des Baumes entdeckte ich ein Stück helles Holz – eine Hälfte des zerbrochenen Hexenholzpfeils – und hechtete hin, um es mir zu holen.

Da wickelte sich ein Kabel um mein Bein und riss mich von den Füßen. Als ich mich herumwälzte, sah ich, wie Machina mich finster anstarrte, während er gleichzeitig mit erhobenen Händen gegen das Netz aus Wurzeln ankämpfte. Das Kabel schlang sich noch fester um mein Bein und zerrte mich in seine Richtung. Schreiend krallte ich mich in den Boden, meine Nägel brachen, meine Finger bluteten, aber ich fand keinen Halt. Das wütende Gesicht des Eisernen Königs kam immer näher.

Ashs Klinge schlug erneut zu, grub sich in das Kabel und durchtrennte es. Immer mehr Kabel schlängelten sich in seine Richtung, doch der Winterprinz wich nicht zurück und ließ sein Schwert tanzen, während sich die eisernen Tentakel um uns wanden.

»Lauf«, knurrte er und schlug in der Luft das Ende eines Kabels ab. »Ich werde sie aufhalten. Los!«

Ich sprang auf und rannte zu dem Baumstamm, neben dem der zerbrochene Pfeil lag. Meine Hand schloss sich um das Stück Holz, und ich fuhr herum, nur um zu sehen, wie gerade ein Kabel Ashs Abwehr durchbrach, sich in seine Schulter bohrte und ihn zu Boden drückte. Ash heulte auf, hob schwach das Schwert, doch ein anderes Kabel schlug es ihm aus der Hand.

Ich hetzte auf den Eisernen König zu, wich dabei den herumwirbelnden Kabeln und kriechenden Wurzeln aus. Für einen Moment noch konzentrierte sich seine ganze Aufmerksamkeit auf Ash, dann fuhr er zu mir herum. In den schwarzen Abgründen seiner Augen zuckten Blitze.

Ich stieß einen schrillen Kampfschrei aus und stürzte mich auf ihn. Kurz bevor ich ihn erreichte, traf mich etwas mit voller Wucht am Rücken, was mir die Luft aus den Lungen presste. Ich konnte mich nicht bewegen und erkannte, dass mich eines der Kabel erwischt hatte. Seltsamerweise tat es gar nicht weh.

Machina zog mich mithilfe des Kabels zu sich, während Wurzeln und Kabel weiter ihren Kampf ausfochten. Die Welt um uns herum schien zu verblassen, es gab nur noch ihn und mich.

»Ich hätte dich zu meiner Königin gemacht«, murmelte er und streckte eine Hand nach mir aus. Die Wurzeln schlangen sich um seinen Körper und hatten seine andere Hand an seine Seite gefesselt. Sie zogen sich immer enger zu, doch er schien es gar nicht zu bemerken. »Ich hätte dir alles gegeben. Warum lehnst du ein solches Angebot ab?«

Meine Hand schloss sich fester um das Hexenholz, und ich spürte den schwachen Pulsschlag des Lebens in seinem Inneren. Ich hob den Arm. »Weil ich bereits alles habe, was ich brauche«, flüsterte ich. Dann stieß ich zu und versenkte den Pfeil in seiner Brust.

Machinas Lippen verzogen sich zu einem lautlosen Schrei. Er warf den Kopf zurück, grüne Triebe schossen aus seinem Mund und rankten sich hinunter zu seinem Hals. Ein Energiestoß, fast wie ein elektrischer Schlag, fuhr durch meinen Körper und ließ meine Muskeln zucken. Das Kabel stieß mich von sich. Ich schlug hart auf dem Boden auf und unterdrückte einen Schrei, als der Schmerz durch meine Wirbelsäule zuckte. Mühsam kämpfte ich mich hoch, sah mich kurz um, packte das Schwert und hetzte zu Ethans Käfig. Ein Schlag mit der Eisklinge genügte, um die Tür zu zertrümmern, dann hielt ich meinen Bruder in den Armen und spürte, wie er weinend das Gesicht in meinen Haaren vergrub.

»Meghan!« Ash taumelte auf mich zu und hielt sich dabei die Schulter, an der dunkles Blut herunterlief. Hinter ihm flog die Tür auf, und Dutzende Ritter stürmten herein. Einen Moment lang blickten sie starr vor Schreck auf ihren König im Zentrum des Gartens.

Machina wand sich noch in seinem Gefängnis, aber nur noch schwach. Äste wuchsen aus seiner Brust, und seine Kabel verwandelten sich in Ranken, an denen sich winzige weiße Blüten öffneten. Während wir das beobachteten, wurde er mitten entzweigerissen, und der Stamm einer jungen Eiche schob sich aus seinem Brustkasten und reckte sich in die Höhe. Das Bluetooth-Headset fiel aus den Zweigen und blieb blinkend am Fuß des Baumes liegen.

»Wow«, brach ich flüsternd das Schweigen.

Da wandten sich die Ritter brüllend uns zu. Sie rannten los, doch plötzlich begann der Boden zu beben. Mit lautem Dröhnen brach der Eiserne Thron in sich zusammen, und scharfe Splitter schossen durch die Luft. Ein heftiger Erdstoß ließ alle taumeln. Dann brach ein großer Teil des Gartens weg, stürzte in die Tiefe und riss einige Ritter mit sich. Immer mehr tiefe Risse bildeten sich, und der Hof begann zu zerfallen. Die verbliebenen Ritter flüchteten schreiend.

»Der gesamte Turm stürzt ein!«, brüllte Ash und wich einem herabfallenden Trümmerstück aus. »Wir müssen hier weg, schnell!«

Ich rannte stolpernd zu dem eisernen Torbogen, während immer mehr Risse den Boden überzogen. Hastig trat ich hindurch, nur um auf der anderen Seite wieder herauszukommen. Nichts geschah. Verzweifelt sah ich mich um.

»Mensch«, meldete sich eine vertraute Stimme, kurz bevor Grimalkin sichtbar wurde und mit dem Schwanz schlug. Ich glotzte ihn an und traute meinen Augen kaum. »Hier entlang, schnell.«

»Ich dachte, du wolltest nicht herkommen«, keuchte ich und folgte ihm durch den Garten zu einer Stelle, wo zwei Metallbäume zusammenwuchsen, sodass ihre Stämme einen Durchgang bildeten.

Grimalkin sah sich nach mir um und schnaubte. »War ja klar, dass du den härtesten Weg von allen nehmen musstest.« Er schlug wieder mit dem Schwanz. »Wenn ihr auf mich gehört hättet, hätte ich euch einen einfacheren Weg gezeigt. Und jetzt beeil dich. Diese Luft hier macht mich ganz krank.«

Mit einem lauten Knirschen bebte noch einmal die Erde, und der Garten fiel endgültig auseinander. Ich drückte Ethan fest an mich und hechtete zwischen die Stämme, dicht gefolgt von Ash. Kurz spürte ich das Prickeln der Magie, als wir die Barriere durchbrachen, und registrierte, dass ich fiel, bevor alles um mich herum schwarz wurde.

Endlich zu Hause

Langsam kam ich zu mir und spürte einen harten, kalten Fliesenboden an meiner Wange. Mühsam richtete ich mich auf und horchte in mich hinein, ob ich noch Schmerzen hatte. Ein unbestimmtes Gefühl sagte mir, dass ich welche haben sollte. Ich erinnerte mich an Machina, der mir sein Kabel in den Rücken gerammt hatte, und an den brennenden Schmerz, als es wieder herausgerissen wurde – aber da war nichts. Genau genommen hatte ich mich schon lange nicht mehr so gut gefühlt, und meine Sinne arbeiteten auf Hochtouren, während ich mich umsah. Ich lag in einem lang gezogenen, halbdunklen Raum, der voller Tische und Computer stand. Der Computerraum der Schule!

Ruckartig fuhr ich hoch und blickte mich suchend nach meinem Bruder um. Einen schockierenden Moment lang fragte ich mich, ob das alles nur ein grauenvoller Traum gewesen war. Doch gleich darauf entspannte ich mich wieder. Ethan lag neben mir unter einem der Tische. Er schlief friedlich und atmete tief und gleichmäßig. Ich strich ihm lächelnd eine Locke aus der Stirn, dann stand ich auf.

Ash war nirgendwo zu sehen, aber Grim lag auf einem Tisch unter einem Fenster und genoss schnurrend das Sonnenlicht, das durch die trübe Scheibe fiel. Da ich Ethan nicht wecken wollte, schlich ich leise zu dem Kater hinüber.

»Da bist du ja.« Er gähnte und blinzelte träge mit einem goldenen Auge. »Langsam dachte ich schon, du würdest ewig schlafen. Übrigens schnarchst du.«

Ich ignorierte den letzten Kommentar und ließ mich neben ihm auf dem Tisch nieder. »Wo ist Ash?«

»Verschwunden.« Grimalkin setzte sich auf, streckte sich und legte dann den Schwanz um seine Pfoten. »Er ist vorhin gegangen, bevor du aufgewacht bist. Er meinte, er müsse sich noch um ein paar Dinge kümmern. Ich soll dir ausrichten, dass du nicht auf ihn warten sollst.«

»Oh.« Ich ließ das erst mal sacken, wusste jedoch nicht, was ich davon halten sollte. Ich hätte beunruhigt, wütend oder beleidigt sein können, weil er so plötzlich abgehauen war, aber ich fühlte mich einfach nur erschöpft. Und ein bisschen traurig. »Er war ziemlich schwer verletzt, Grim. Wird er wieder gesund werden?«

Grimalkin gähnte wieder, offenbar unbesorgt. Das beruhigte mich zwar nicht, doch Ash war stark: stark genug, um es den ganzen Weg bis ins Zentrum des Eisernen Königreiches zu schaffen und zurück. Ein schwächeres Feenwesen wäre gestorben. Er wäre *fast* gestorben. Hatte er

Schein von mir genommen, dort, an diesem trostlosen Ort? Oder hatte etwas anderes dafür gesorgt, dass er überlebte? Ich fragte mich, ob ich je die Gelegenheit bekommen würde, ihn das zu fragen.

Nach einem Moment des Grübelns ließ ich den Blick durch den Raum wandern und konnte es kaum fassen, dass der Steig in das Eiserne Königreich so nah gewesen war. Verbarg sich der Pfad zu Machinas Reich in einem der Computer? Waren wir aus einem der Monitore herausgeflogen oder waren wir einfach erschienen, so wie die Gremlins?

»Also.« Ich wandte mich wieder dem Kater zu. »Du hast uns einen Weg nach Hause verschafft. Gratuliere. Was schulde ich dir dafür? Noch eine Gefälligkeit oder Lebensschuld? Mein Erstgeborenes?«

»Nein.« Grimalkin kniff belustigt die Augen zusammen. »Lassen wir es einfach gut sein. Nur dieses eine Mal.«

Dann saßen wir eine Weile schweigend nebeneinander, genossen die Sonne und freuten uns einfach, am Leben zu sein. Doch während mein Blick auf Ethan ruhte, der immer noch unter dem Tisch schlief, erfüllte mich plötzlich eine seltsame Schwere, als würde ich noch irgendetwas vermissen. Als hätte ich im Feenland etwas unglaublich Wichtiges vergessen.

Grimalkin leckte sich die Vorderpfote und fragte: »Und, was wirst du jetzt tun?«

Ich zuckte mit den Schultern. »Keine Ahnung. Erst mal Ethan nach Hause bringen, schätze ich. Dann wieder zur Schule gehen. Versuchen, mein Leben weiterzuführen.« Ich musste an Puck denken und hatte plötzlich einen Kloß im Hals. Ohne ihn würde die Schule nie wieder dasselbe sein. Ich konnte nur hoffen, dass es ihm gut ging und dass ich ihn irgendwann wiedersehen würde. Dann dachte ich an Ash und fragte mich, ob der Prinz des Dunklen Hofes wohl einwilligen würde, mit mir essen und ins Kino zu gehen.

»Die Hoffnung stirbt zuletzt«, murmelte der Kater.

»Ja.« Ich seufzte, dann schwiegen wir wieder.

»Ich habe mich gefragt«, meldete sich Grimalkin schließlich wieder zu Wort, »wie Machina deinen Bruder überhaupt entführen konnte. Sicher, er hat einen Wechselbalg benutzt, aber der war keine Eiserne Fee. Wie konnte er den Austausch vornehmen, wenn es keine seiner Feen war?«

Stirnrunzelnd dachte ich darüber nach. »Irgendjemand muss ihm geholfen haben«, vermutete ich.

Grimalkin nickte. »Das denke ich auch. Was bedeutet, dass auch normale Feen für Machina gearbeitet haben. Und jetzt, wo er fort ist, werden die wahrscheinlich nicht sonderlich gut auf dich zu sprechen sein.«

Es schüttelte mich, und ich spürte, wie meine Hoffnung auf ein normales Leben schwand. In meiner Vorstellung sah ich schon Messer auf dem Boden liegen, meine Haare, die am Bettpfosten festgeknotet waren, fehlende Sachen und wütende Feen in meinem Schrank und unter meinem Bett, die nur darauf warteten, sich auf mich zu stürzen. Ich würde nie wieder schlafen können, das war schon mal sicher. Und ich fragte mich, wie ich meine Familie beschützen sollte.

Ein Stöhnen kam von der schlafenden Gestalt in der Ecke. Ethan wachte langsam auf.

»Geh schon«, schnurrte Grimalkin, als ich mich erhob. »Bring ihn nach Hause.«

Ich wollte mich bei ihm bedanken, aber auf keinen Fall wollte ich noch tiefer in die Schuld dieses Katers geraten. Also ging ich stattdessen zu Ethan hinüber, und gemeinsam schoben wir uns zwischen den Tischen und den dunklen Computern hindurch. Als wir die – glücklicherweise unverschlossene – Tür erreichten, sah ich noch einmal zurück zu dem Sonnendeck unter dem Fenster, aber Grimalkin war verschwunden.

Die Schulflure waren verlassen und dunkel. Verwundert lief ich mit Ethan an der Hand durch die schäbigen Flure und fragte mich, wo wohl alle waren. Vielleicht war Wochenende, aber das erklärte nicht die staubigen Böden und Spinde und dieses Gefühl absoluter Leere, als wir an einem verschlossenen Klassenzimmer nach dem anderen vorbeikamen. Selbst an einem Samstag müsste es zumindest eine AG oder so etwas geben. Doch es fühlte sich an, als stünde die Schule schon seit Wochen leer.

Die Eingangstüren waren abgeschlossen, also öffnete ich ein Fenster. Nachdem ich Ethan hinausgehoben hatte, kletterte ich selbst durch den Rahmen, ließ mich auf den Gehweg fallen und sah mich um. Auf dem Parkplatz stand kein einziges Auto, obwohl helllichter Tag war. Das Gelände wirkte vollkommen verwaist.

327

Ethan sah sich schweigend um und nahm mit seinen blauen Augen alles in sich auf. Er strahlte eine Wachsamkeit aus, die sich schrecklich falsch anfühlte – als wäre er viel älter und nur sein Körper jung geblieben. Das beunruhigte mich, und ich drückte sanft seine Hand.

»Wir sind bald zu Hause, okay?«, flüsterte ich, während wir über den Parkplatz gingen. »Nur noch eine kurze Busfahrt, dann siehst du Mom wieder – und Luke. Freust du dich?«

Er musterte mich ernst und nickte einmal kurz. Doch er lächelte nicht.

Wir verließen das Schulgelände und gingen den Bürgersteig entlang, bis wir zur nächsten Bushaltestelle kamen. An uns fuhren Autos vorbei und schlängelten sich durch den Feierabendverkehr. Leute liefen um uns her. Einige alte Damen lächelten und winkten Ethan zu, aber er beachtete sie gar nicht. Mein Magen krampfte sich vor Sorge um ihn zusammen. Ich versuchte ihn aufzuheitern, stellte ihm Fragen und erzählte ihm kurze Geschichten von meinen Abenteuern, aber er sah mich nur mit diesen traurigen blauen Augen an und sagte kein Wort.

So standen wir an der Straßenecke, warteten auf den Bus und beobachteten die Leute um uns herum. Ich sah Feen durch die Menge gleiten, kleine Geschäfte an der Straße betreten und die Menschen verfolgen wie hungrige Wölfe. In einer Gasse auf der anderen Straßenseite stand ein Feenjunge mit schwarzen Lederschwingen und winkte Ethan grinsend zu. Ethan schauderte und hielt meine Hand fester.

»Meghan?«

Als ich meinen Namen hörte, drehte ich mich um. Aus einem Café hinter uns war ein Mädchen getreten, das mich jetzt überrascht und ungläubig anstarrte.

Ich runzelte verwirrt die Stirn, und mir wurde unbehaglich. Sie hatte lange dunkle Haare, war schlank wie ein Cheerleader und kam mir irgendwie bekannt vor. Aber ich kam einfach nicht drauf, woher ich sie kannte. War sie eine Klassenkameradin? Aber dann hätte ich sie doch erkannt. Sie wäre wirklich hübsch gewesen, wenn ihr ansonsten perfektes Gesicht nicht von dieser riesigen deformierten Nase entstellt worden wäre.

Und dann wusste ich es plötzlich wieder.

»Angie«, flüsterte ich. Der Schock, den ich verspürte, war wie ein Schlag in die Magengrube. Mir fiel alles wieder ein: das höhnische Gelächter des Cheerleaders, Puck, der irgendetwas vor sich hin murmelte, Angies entsetzte Schreie. Ihre Nase war platt und glänzte, mit großen Nasenlöchern, die stark an ein Schwein erinnerten. Sah so die Rache einer Fee aus? Furchtbare Schuldgefühle packten mich, und ich riss den Blick von ihrem Gesicht los. »Was willst du?«

»O mein Gott, du bist es wirklich!« Angie starrte mich mit bebenden Nasenflügeln an, und ich bemerkte, dass Ethan ungehemmt auf ihren Zinken starrte. »Alle dachten, du wärst tot! Die Polizei und Privatdetektive haben nach dir gesucht. Sie haben gesagt, du wärst weggelaufen. Wo hast du gesteckt?«

Ich blinzelte verwirrt. Das war neu. Angie hatte noch nie mit mir gesprochen, es sei denn, um sich vor ihren Freunden über mich lustig zu machen. »Ich ... Wie lange war ich denn weg?«, stammelte ich, da ich nicht wusste, was ich sonst sagen sollte.

»Über drei Monate«, erwiderte sie, woraufhin ich sie fassungslos anstarrte.

Drei Monate? Mein Ausflug ins Nimmernie hatte doch nicht so lang gedauert, oder? Höchstens ein oder zwei Wochen. Dann fiel mir wieder ein, wie im Wilden Wald meine Uhr stehen geblieben war, und plötzlich wurde mir übel. Im Feenland verging die Zeit anders. Kein Wunder, dass die Schule verlassen und abgesperrt gewesen war – inzwischen waren Sommerferien. Ich war tatsächlich drei Monate weg gewesen. Angie starrte mich immer noch neugierig an, und ich suchte verzweifelt nach einer Erklärung, die nicht völlig irre klingen würde. Doch bevor ich mir etwas ausdenken konnte, blieben drei Blondinen, die auf dem Weg in das Café waren, stehen und gafften uns an.

»O mein Gott!«, kreischte eine von ihnen. »Die Sumpfschlampe! Sie ist wieder da!« Schrilles Gelächter erklang und hallte über den Bürgersteig, sodass mehrere Leute stehen blieben und zu uns herüberschauten. »Hey, wir haben gehört, du hast dich schwängern lassen, und deine Familie hat dich in irgendeine Militärschule verfrachtet. Stimmt das?«

»O mein Gott!«, quietschte eine ihrer Freundinnen und zeigte auf Ethan. »Seht mal! Sie hat ihr Kind schon gekriegt!« Sie brachen in schrilles Gegacker aus und warfen mir verstohlene Blicke zu, wie ich wohl reagieren würde.

Ich lächelte gelassen. *Tut mir leid, euch enttäuschen zu müssen,* dachte ich und beobachtete, wie sie verwirrt die Augenbrauen hoben. *Aber nachdem ich mörderische Kobolde, Dunkerwichtel, Gremlins, Ritter und böse Feen überlebt habe, seid ihr einfach nicht mehr besonders Furcht einflößend.*

Doch zu meiner Überraschung verdüsterte sich Angies Miene, und sie stellte sich vor mich. »Haltet die Klappe«, fauchte sie, und da fiel mir wieder ein, dass das blonde Trio zu ihrer alten Cheerleader-Truppe gehörte. »Sie ist gerade erst zurückgekommen. Gönnt ihr eine Pause.«

Die Mädchen musterten sie abfällig.

»Tut mir leid, Schweinenase, redest du etwa mit uns?«, fragte eine zuckersüß. »Mit dir hat doch überhaupt niemand gesprochen. Warum gehst du nicht einfach mit der kleinen Sumpfschlampe nach Hause? Sie findet auf ihrer Farm bestimmt ein nettes Plätzchen für dich.«

»Sie kann dich nicht verstehen«, meldete sich eine andere zu Wort. »Du musst in ihrer Sprache mit ihr reden, etwa so!« Sie fing an zu grunzen und zu quieken, und die beiden anderen stimmten mit ein. Das schrille Gegrunze hallte die ganze Straße hinunter, und Angies Wangen wurden feuerrot.

Völlig perplex stand ich da. Es war so schräg, mit anzusehen, wie das beliebteste Mädchen der Schule an meiner Stelle gequält wurde. Es hätte mich glücklich machen sollen: Endlich musste der perfekte Cheerleader einmal einen Löffel seiner eigenen bitteren Medizin schlucken. Doch mein Gefühl sagte mir, dass sie nicht erst seit gestern so behandelt wurde. Es hatte an dem Tag begonnen, als Puck ihr diesen grausamen Streich gespielt hatte, und ich empfand nichts außer Mitleid für sie. Wenn er jetzt hier wäre, würde ich ihm so lange den Arm verdrehen, bis er sie zurückverwandelte.

Wenn er hier wäre ...

Schnell schob ich den Gedanken beiseite. Wenn ich noch länger an ihn dachte, würde ich nur anfangen zu heulen, und das war wirklich das Allerletzte, was ich vor diesen Cheerleadern tun wollte.

Einen Moment lang glaubte ich, Angie würde in Tränen ausbrechen und wegrennen. Doch dann holte sie tief Luft, drehte sich zu mir um und rollte demonstrativ mit den Augen. »Lass uns von hier verschwinden«, flüsterte sie und deutete mit dem Kopf auf einen Parkplatz in der Nähe. »Warst du schon zu Hause? Ich kann dich fahren, wenn du willst.«

»Ähm…« Das verwirrte mich erneut, und ich sah Ethan fragend an. Er war blass und wirkte müde, als er zu mir aufsah. Trotz meiner Bedenken wollte ich ihn eigentlich nur so schnell wie möglich nach Hause bringen. Und auch wenn ich noch gewisse Zweifel hegte, schien Angie sich doch ziemlich verändert zu haben. Kurz fragte ich mich, ob ein großes Unglück die Menschen stärker machte. »Klar, gern.«

Auf der Fahrt stellte sie mir jede Menge Fragen: Wo ich gewesen sei, warum ich verschwunden war, ob ich wirklich wegen einer Schwangerschaft abgehauen sei.

Ich antwortete so vage wie möglich und ließ natürlich den Teil mit den mörderischen Feen komplett weg. Ethan rollte sich neben mir zusammen und schlief ein. Bald war sein leises Schnarchen das einzige Geräusch neben dem Brummen des Motors.

Schließlich hielt Angie an der vertrauten Kiesauffahrt, und mein Magen krampfte sich nervös zusammen, als ich die Wagentür öffnete und Ethan hinter mir herzog. Die Sonne war inzwischen untergegangen, und irgendwo über unseren Köpfen kreischte eine Eule. In der Ferne schimmerte die Verandalampe in der Dämmerung wie ein Leuchtturm.

»Wirklich nett, dass du uns gefahren hast«, sagte ich zu Angie, als ich die Tür zuschlug. Sie nickte, und ich zwang mich, die beiden magischen Worte auszusprechen: »Vielen Dank.« Schuldbewusst musterte ich ihr Gesicht.

»Und es tut mir leid wegen… du weißt schon.«

Sie zuckte mit den Schultern. »Mach dir keine Gedanken. In ein paar Wochen habe ich einen Termin bei einem Schönheitschirurgen. Der macht das schon.« Sie wollte den Gang einlegen, zögerte dann aber und drehte sich noch einmal zu mir um. »Weißt du«, sagte sie stirnrunzelnd, »ich kann mich nicht einmal daran erinnern, wie sie so geworden ist. Manchmal glaube ich fast, sie war schon immer so. Aber dann sehen mich die Leute so seltsam an, als könnten sie es einfach nicht verstehen.

Als hätten sie Angst vor mir, weil ich anders bin.« Sie zwinkerte mir zu. Unter ihren Augen lagen tiefe Schatten, und ihre Nase schien aus ihrem Gesicht springen zu wollen. »Aber du weißt ja, wie das ist, oder?«

Ich nickte benommen.

Angie blinzelte verwirrt, als würde sie mich gerade zum ersten Mal sehen. »Tja, dann …« Etwas verlegen winkte sie Ethan zu und nickte knapp. »Wir sehen uns.«

»Ciao.« Ich sah zu, wie sie anfuhr und ihre Rücklichter kleiner und kleiner wurden, bis sie um eine Kurve bog und verschwand. Plötzlich erschien die Nacht finster und beklemmend still.

Ethan nahm meine Hand, und ich schaute besorgt auf ihn hinunter. Er redete immer noch nicht. Mein Bruder war schon immer ein ruhiges Kind gewesen, aber diese völlige brütende Stille war erschreckend. Ich konnte nur hoffen, dass die ganze Tortur ihn nicht zu sehr traumatisiert hatte.

»Endlich zu Hause, Kleiner.« Seufzend blickte ich die lange, lange Auffahrt hinauf. »Meinst du, das schaffst du noch?«

»Meggie?«

Erleichtert sah ich ihn an. »Ja?«

»Bist du jetzt eine von *denen*?«

Es war, als hätte er mich geschlagen, und ich holte angestrengt Luft. »Was?«

»Du siehst anders aus.« Ethan zupfte sich am Ohr und musterte dabei meine. »Wie der böse König. Wie eine von *denen*.« Er schniefte leise. »Wirst du jetzt bei *denen* wohnen?«

»Natürlich nicht. Ich gehöre nicht zu *denen*.« Ich drückte seine Hand. »Ich werde bei dir und Mom und Luke wohnen, wie immer.«

»Der finstere Mann hat mit mir geredet. Er hat gesagt, ich würde *die* vergessen, in einem Jahr oder zwei, und dass ich *die* dann nicht mehr sehen kann. Heißt das, dass ich dich auch vergessen werde?«

Ich kniete mich vor ihn und sah ihm fest in die Augen. »Keine Ahnung, Ethan. Aber weißt du was? Das ist egal. Was auch immer passiert, wir sind trotzdem eine Familie, okay?«

Er nickte ernst, viel zu ernst für sein Alter. Dann machten wir uns zusammen auf den Weg.

Das Haus schien immer größer zu werden, je näher wir kamen. Es wirkte gleichzeitig fremd und vertraut. In der Einfahrt stand Lukes verbeulter Laster, und Moms Blumenvorhänge bauschten sich hinter den Fenstern. Mein Zimmer war dunkel, aber hinter Ethans Fenster leuchtete ein orangefarbenes Nachtlicht. Wenn ich daran dachte, was dort oben schlief, drehte sich mir der Magen um. Im Erdgeschoss war nur ein einziges Fenster erleuchtet, und ich beschleunigte meine Schritte.

Mom saß schlafend auf dem Sofa, als ich die Tür öffnete. Der Fernseher lief, und sie hatte eine Box mit Taschentüchern auf dem Schoß. Eines davon hing zerknüllt zwischen ihren Fingern. Als ich die Tür hinter mir zuzog, regte sie sich, doch bevor ich etwas sagen konnte, schrie Ethan:»Mommy!«, und warf sich auf ihren Schoß.

»Was?« Ruckartig wurde Mom wach und schaute verwirrt auf das zitternde Kind in ihrem Schoß.»Ethan? Was machst du hier unten? Hattest du einen Albtraum?«

Dann sah sie auf, entdeckte mich, und sie wurde bleich. Ich versuchte zu lächeln, aber meine Lippen gehorchten mir nicht, und der Kloß in meinem Hals war so groß, dass ich nicht sprechen konnte. Sie stand auf, ohne Ethan loszulassen, und wir fielen uns in die Arme. Schluchzend klammerte ich mich an ihren Hals, und sie hielt mich fest an sich gedrückt, während ihre Tränen meine Wange herunterliefen.

»Meghan.« Schließlich lehnte sie sich zurück, um mich prüfend anzusehen. Neben der Erleichterung schlich sich nun auch Ärger in ihren Blick.»Wo warst du?«, wollte sie etwas zittrig wissen.»Wir haben die Polizei eingeschaltet, um nach dir zu suchen, und Detektive, fast die ganze Stadt. Aber niemand hat auch nur die kleinste Spur von dir entdeckt. Ich war ganz krank vor Sorge. Wo hast du in den letzten drei Monaten gesteckt, verdammt?«

»Wo ist Luke?«, fragte ich, ohne wirklich zu wissen, warum. Vielleicht glaubte ich, dass er das nicht zu hören brauchte, dass es eine Sache zwischen Mom und mir war. Ich fragte mich, ob Luke überhaupt gemerkt hatte, dass ich weg war.

Mom zog die Augenbrauen hoch, so als wüsste sie, was ich dachte. »Er ist oben und schläft«, erwiderte sie und löste sich von mir.»Ich sollte ihn wecken und ihm sagen, dass du wieder da bist. Während der letzten drei Monate ist er jede Nacht die kleinen Nebenstraßen abgefahren, um nach dir zu suchen. Manchmal ist er erst gegen Morgen zurückgekommen.«

Völlig überwältigt versuchte ich, meine aufsteigenden Tränen wegzublinzeln.

Mom warf mir einen strengen Blick zu, einen von der Sorte, auf die normalerweise Hausarrest folgte. »Du bleibst jetzt genau hier stehen, bis ich ihn geholt habe, junge Dame. Und dann kannst du uns erzählen, wo du gewesen bist, während wir hier fast durchgedreht sind. Ethan, Schatz, bringen wir dich ins Bett.«

»Warte«, sagte ich, als sie sich wegdrehte. Ethan klammerte sich immer noch an ihren Morgenrock. »Ich komme mit. Und Ethan auch. Ich glaube, das sollten alle hören.«

Sie zögerte, sah kurz hinunter auf Ethan, nickte dann aber. Wir wollten gerade zusammen nach oben gehen, als ein Geräusch auf der Treppe uns innehalten ließ.

Da stand der Wechselbalg, mit zusammengekniffenen Augen und gebleckten Zähnen. Er trug Ethans Häschenpyjama und hatte wütend die kleinen Fäuste geballt. Der echte Ethan drückte sich wimmernd an Mom und versteckte sein Gesicht in ihrem Morgenrock. Mom schlug keuchend eine Hand vor den Mund, als der Wechselbalg mich anzischte.

»Verdammt sollst du sein!«, kreischte er und stampfte mit dem Fuß auf. »Dummes, dummes Mädchen! Warum musstest du ihn zurückholen? Ich hasse dich! Ich hasse dich! Ich …«

Rauch begann von seinen Füßen aufzusteigen, und der Wechselbalg heulte. Er wand sich in der Rauchwolke und schleuderte mir Flüche entgegen, während er immer kleiner wurde und schließlich verschwand.

Ich gestattete mir ein triumphierendes Grinsen.

Mom ließ ihre Hand sinken. Als sie sich zu mir umdrehte, stand Verstehen in ihren Augen – und furchtbare, furchtbare Angst. »Ach so«, flüsterte sie nur mit einem Blick auf Ethan. Sie zitterte, und ihr Gesicht war aschfahl. Sie wusste es. Sie wusste alles über *die*.

Ich starrte sie an. Fragen stiegen in mir auf, aber sie waren zu verquer und verworren, um sie zu formulieren. Mom kam mir jetzt anders vor, zerbrechlich und ängstlich, gar nicht wie die Mutter, die ich kannte.

»Warum hast du es mir nicht gesagt?«, flüsterte ich.

Mom setzte sich wieder aufs Sofa und zog Ethan neben sich. Er kuschelte sich an sie, als wollte er sie nie wieder loslassen. »Meghan, ich … Das war vor so vielen Jahren, als ich … ihm … begegnet bin … deinem Vater. Ich kann mich kaum daran erinnern. Es kam mir mehr vor wie ein Traum, nicht wie die Wirklichkeit.« Sie sah mich nicht an, war in ihre eigene Welt versunken. Ich ließ mich auf die Armlehne des Sessels sinken, während sie mit leiser Stimme fortfuhr: »Ich versuchte monatelang, mir einzureden, es wäre nie passiert. Es schien alles nicht real zu sein, was wir taten und die Dinge, die er mir zeigte. Es war nur das eine Mal, danach habe ich ihn nie wiedergesehen. Als ich dann herausfand, dass ich schwanger war, war ich etwas nervös. Aber Paul war so glücklich. Die Ärzte hatten uns gesagt, dass wir niemals Kinder haben würden.«

Paul. Bei diesem Namen rührte sich etwas in mir. Ich hatte das Gefühl, als sollte ich ihn kennen. Dann drangen Moms Worte zu mir durch, und ich verstand: Paul war mein Vater gewesen oder zumindest der Ehemann meiner Mom. Ich konnte mich nicht an ihn erinnern, nicht im Geringsten. Ich hatte keinen Schimmer, wer er war oder wie er aussah. Er musste wohl gestorben sein, als ich noch sehr klein war.

Der Gedanke machte mich traurig – und wütend. Wieder ein Vater, den meine Mom vor mir verborgen gehalten hatte.

»Dann wurdest du geboren«, erzählte Mom, immer noch mit dieser abwesenden Stimme, »und seltsame Dinge passierten. Oft fand ich dich außerhalb deiner Wiege, entweder auf dem Boden oder sogar draußen, obwohl du noch gar nicht laufen konntest. Türen öffneten und schlossen sich von allein. Dinge verschwanden und tauchten dann an den merkwürdigsten Stellen wieder auf. Paul dachte, es würde spuken, aber ich wusste, dass *die* sich bei uns herumtrieben. Ich konnte *sie* spüren, auch wenn ich *sie* nicht sehen konnte. Das machte mir Angst. Ich fürchtete, dass *sie* hinter dir her sein könnten, und ich konnte noch nicht einmal meinem Mann sagen, was los war. Wir beschlossen umzuziehen, und eine Zeit lang lief alles gut. Du wurdest zu einem ganz gewöhnlichen, glücklichen Kind, und ich dachte, wir hätten das alles hinter uns gelassen. Doch dann …« Moms Stimme zitterte, und ihr standen Tränen in den Augen. »Dann geschah diese Sache im Park, und ich wusste, dass *sie* uns wieder aufgespürt hatten. Danach, als sich alles wieder etwas beruhigt hatte, kamen wir hierher, und ich habe Luke kennengelernt. Den Rest der Geschichte kennst du.«

Ich runzelte die Stirn. Ich erinnerte mich an den Park mit den hohen Bäumen und dem kleinen grünen Teich, aber ich hatte keine Ahnung, was diese »Sache« war, von der Mom da sprach. Aber bevor ich sie fragen konnte, lehnte Mom sich vor und nahm meine Hand.

»Ich wollte es dir schon so lange erzählen«, flüsterte sie mit verheulten Augen. »Aber ich hatte Angst. Nicht davor, dass du mir nicht glauben würdest, sondern genau vor dem Gegenteil. Ich wollte, dass du ein normales Leben führst. Du solltest nicht in Angst vor *ihnen* leben und jeden Morgen aufwachen und fürchten müssen, dass *sie* dich finden könnten.«

»Hat ja nicht wirklich geklappt, was?« Meine Stimme war heiser und rau. In mir stieg Ärger auf, und ich starrte sie finster an. »Jetzt waren *die* nicht nur hinter mir her, sondern Ethan wurde auch noch mit reingezogen. Was sollen wir jetzt machen, Mom? Wieder weglaufen, wie bei den letzten beiden Malen? Du hast ja gesehen, wie toll das funktioniert hat.«

Sie lehnte sich zurück und legte schützend die Arme um Ethan. »Ich … ich weiß es nicht«, stammelte sie und wischte sich über die Augen, sodass ich mich augenblicklich schuldig fühlte. Mom hatte genauso viel durchgemacht wie ich. »Wir werden uns etwas überlegen. Im Moment bin ich einfach nur froh, dass du in Sicherheit bist. Ihr beide.«

Sie schenkte mir ein zaghaftes Lächeln, und ich erwiderte es, auch wenn ich wusste, dass es noch nicht vorbei war. Natürlich konnten wir den Kopf in den Sand stecken und so tun, als gäbe es da draußen keine Feen. Machina war vielleicht weg, aber das Eiserne Königreich würde sich weiter ausbreiten und das Nimmernie nach und nach vergiften. Es gab keine Möglichkeit, Technik und Fortschritt aufzuhalten. Irgendwie wusste ich, dass wir *ihnen* nicht entkommen konnten. Weglaufen funktionierte nicht – *sie* waren einfach zu stur und hartnäckig.

Und nachtragend und das in alle Ewigkeit. Früher oder später würden wir uns den Feen erneut stellen müssen.

Und natürlich kam »früher« schneller, als ich dachte.

»Ethan«, meinte Mom nach einer Weile, als die Aufregung nachließ und im Haus wieder alles ruhig war. »Warum läufst du nicht nach oben und weckst Daddy? Er wird wissen wollen, dass Meghan wieder da ist. Später kannst du zwischen uns im Bett schlafen, wenn du willst.«

Ethan nickte, doch in diesem Moment öffnete sich quietschend die Haustür, und ein kalter Windstoß fuhr in den Raum. Das Mondlicht vor der Tür schimmerte und nahm dann feste Gestalt an.

Ash trat über die Schwelle.

Mom sah nicht auf, aber Ethan und ich zuckten zusammen, und mein Herz pochte plötzlich laut in meiner Brust. Ashs Schnittwunden und Verbrennungen waren verheilt, und das weiche Haar fiel ihm ins Gesicht. Er trug eine schlichte schwarze Hose und ein weißes Hemd, und an seiner Hüfte hing sein Schwert. Immer noch gefährlich. Immer noch unmenschlich und tödlich. Immer noch das schönste Wesen, das ich jemals gesehen hatte. Seine silbernen Augen wandten sich mir zu, und er neigte den Kopf.

»Es wird Zeit«, sagte er leise.

Einen Moment lang starrte ich ihn verständnislos an. Dann traf mich die Erkenntnis wie ein Schlag. *O Gott. Der Vertrag. Er ist gekommen, um mich an den Winterhof zu bringen.*

»Meghan?« Mom schaute von mir zur Tür, doch sie konnte den Winterprinzen nicht sehen, der immer noch im Türrahmen stand. Trotzdem wirkte sie angespannt. Sie wusste, dass dort *irgendetwas* war. »Was ist los? Wer ist da?«

Ich kann jetzt nicht gehen, fluchte ich wortlos. *Ich bin gerade erst heimgekommen! Ich will normal sein. Ich will zur Schule gehen, meinen Führerschein machen und nächstes Jahr auf den Abschlussball gehen. Am liebsten würde ich vergessen, dass es Feen überhaupt gibt.*

Aber ich hatte mein Wort gegeben. Und Ash hatte seinen Teil des Vertrages erfüllt, wenngleich er dabei fast gestorben wäre.

Ash wartete schweigend, ohne den Blick von mir zu wenden. Ich nickte ihm kurz zu und drehte mich dann zu meiner Familie um.

»Mom«, flüsterte ich leise und setzte mich neben sie. »Ich … ich muss gehen. Ich habe jemandem versprochen, dass ich eine Zeit lang bei *denen* bleiben werde. Mach dir bitte keine Sorgen und sei nicht traurig. Ich werde zurückkommen, das schwöre ich. Aber ich muss das tun, sonst kommen *die* vielleicht zurück und spüren dich oder Ethan auf.«

»Meghan, nein.« Mom nahm meine Hand und umklammerte sie fest. »Wir können etwas machen. Es muss einen Weg geben, wie … wie man *die* fernhalten kann. Wir können wieder umziehen, wir alle. Wir …«

»Mom.« Ich ließ den magischen Schleier fallen und zeigte ihr meine wahre Gestalt. Diesmal war es gar nicht schwierig, den Schein, der mich umgab, zu beeinflussen. Genau wie bei den Wurzeln in Machinas Reich geschah es völlig selbstverständlich, sodass ich mich fragte, warum ich jemals gedacht hatte, es sei schwer.

Moms Augen weiteten sich entsetzt, sie riss ihre Hand zurück und zog Ethan an sich.

»Ich bin jetzt eine von *denen*«, flüsterte ich. »Davor kann ich nicht weglaufen. Du solltest das eigentlich wissen. Ich muss gehen.«

Mom antwortete nicht. Sie starrte mich einfach nur an, in ihrem Blick eine Mischung aus Sorge, Schuld und Entsetzen. Seufzend stand ich auf und zog den Schein wieder über mich. Er wog so schwer wie die ganze Welt.

»Fertig?«, fragte Ash.

Ich zögerte und warf einen Blick in Richtung Treppe.

Wollte ich noch etwas aus meinem Zimmer mitnehmen? Dort lagen meine Sachen, meine Musik und die wenigen persönlichen Gegenstände, die ich in meinen sechzehn Lebensjahren angesammelt hatte.

Nein. Ich brauchte nichts davon. Diese Person war verschwunden, falls sie überhaupt je existiert hatte. Ich musste herausfinden, wer ich wirklich war, bevor ich hierher zurückkehrte. Falls ich hierher zurückkehrte. Ich sah Mom an, die schreckerstarrt auf dem Sofa hockte, und fragte mich, ob das je wieder mein Zuhause sein würde.

»Meggie?« Ethan rutschte vom Sofa und tapste auf mich zu. Ich kniete mich hin, er schlang mir die Arme um den Hals und drückte mich mit aller Kraft, die ein Vierjähriger aufbringen konnte. »Ich werde dich nicht vergessen«, flüsterte er.

Ich spürte wieder den Kloß in meinem Hals. Hastig stand ich auf, wuschelte ihm durch die Haare und drehte mich dann zu Ash um, der nach wie vor wartend in der Tür stand.

»Hast du alles?«, fragte er, als ich zu ihm kam.

Ich nickte. »Alles, was ich brauche«, murmelte ich.

»Lass uns gehen.«

Er verbeugte sich – nicht vor mir, sondern vor Mom und Ethan – und ging hinaus.

Ethan schniefte laut, winkte und versuchte, nicht zu weinen.

Und ich musste lächeln, als ich ihre Gefühle so deutlich sah, als wären sie auf eine Leinwand gemalt: blauer Kummer, smaragdgrüne Hoffnung, scharlachrote Liebe. Wir waren alle miteinander verbunden. Und nichts, keine Fee, kein Gott oder Unsterblicher konnte dieses Band durchtrennen.

Ich winkte Ethan, nickte Mom verzeihend zu und schloss die Tür. Dann folgte ich Ash in das silberne Mondlicht hinaus.

WINTERNACHT

ERSTER TEIL

Der Winterhof

Der Eiserne König stand vor mir, prachtvoll und wunderschön. Sein silbernes Haar wehte um seine Schultern wie ein ungebändigter Wasserfall. Sein langer, schwarzer Mantel bauschte sich hinter ihm und betonte noch das blasse, kantige Gesicht mit der durchscheinenden Haut, unter der die blaugrünen Venen glühten. In der Tiefe seiner schwarzen Augen zuckten Blitze, und die stählernen Tentakel, die entlang seiner Wirbelsäule und an seinen Schulterblättern entsprangen, legten sich um ihn wie glänzende Flügel. Einem Racheengel gleich schwebte er auf mich zu und streckte mit einem sanften, traurigen Lächeln die Hand nach mir aus.

Sobald ich einen Schritt machte, um ihm entgegenzutreten, schlangen sich die Kabel sanft um mich und zogen mich zu ihm. »Meghan Chase«, murmelte Machina und fuhr mit einer Hand durch meine Haare. Schaudernd ließ ich die Arme hängen, während die Tentakel zärtlich über meine Haut glitten. »Du bist gekommen. Was wünschst du?«

Ich runzelte die Stirn. Was wollte ich? Warum war ich hergekommen? »Mein Bruder«, antwortete ich, als es mir wieder einfiel. »Du hast meinen Bruder Ethan entführt, um mich hierherzulocken. Ich will ihn zurückhaben.«

»Nein.« Machina schüttelte den Kopf und kam noch näher. »Du bist nicht wegen deines Bruders gekommen, Meghan Chase. Und auch nicht wegen des Dunklen Prinzen, den du zu lieben glaubst. Du bist nur aus einem einzigen Grund hier. Macht.«

In meinem Schädel pochte es, und ich versuchte, vor ihm zurückzuweichen, aber die Kabel hielten mich fest. »Nein«, murmelte ich, während ich weiter gegen das eiserne Netz ankämpfte. »Das … das stimmt nicht. So war es nicht.«

»Dann zeig es mir.« Machina breitete einladend die Arme aus. »Wie sollte es denn eigentlich ablaufen? Wozu bist du hergekommen? Was wolltest du tun? Zeig es mir, Meghan Chase.«

»Nein!«

»Zeig es mir!«

Plötzlich pulsierte etwas in meiner Hand – der kraftvolle Herzschlag des Hexenholzpfeils. Mit einem Schrei riss ich den Arm hoch und trieb Machina das angespitzte Ende in die Brust; so tief, dass der Pfeil sich in sein Herz bohrte.

Taumelnd wich Machina zurück und starrte mich völlig entsetzt an. Doch jetzt war er nicht mehr Machina, sondern ein Feenprinz mit nachtschwarzem Haar und hellen Silberaugen. Schlank und gefährlich, ganz in Schwarz gekleidet, fasste er nach dem Schwert an seinem Gürtel, bevor er erkannte, dass es zu spät war. Er schwankte, kämpfte darum, auf den Beinen zu bleiben, und ich unterdrückte einen Schrei.

»Meghan«, hauchte Ash. Ein schmales Rinnsal Blut quoll ihm zwischen den Lippen hervor. Seine Hände umfassten den Pfeil in seiner Brust, und er fiel auf die Knie. Flehend sah er mich an. »Warum?«

Zitternd hob ich die Hände und sah, dass sie rot glänzten und mir eine Flüssigkeit über die Arme lief und zu Boden tropfte. Unter der feuchten Schicht wanden sich Dinge unter meiner Haut und versuchten, sich an die Oberfläche zu bohren wie gierige Blutegel. Irgendwo in den Tiefen meines Bewusstseins war mir klar, dass ich eigentlich entsetzt, erschrocken und extrem angewidert sein müsste. Aber das war ich nicht. Ich fühlte mich mächtig – mächtig und stark, als würde elektrischer Strom durch meinen Körper fließen, als könnte ich alles tun, was ich wollte, und niemand könnte mich aufhalten.

Ich sah hinab auf den Dunklen Prinzen und verzog beim Anblick dieser jämmerlichen Gestalt verächtlich die Lippen. Hatte ich wirklich einmal einen solchen Schwächling geliebt?

»Meghan.« Ash kniete vor mir, und das Leben floss nach und nach aus seinem Körper, obwohl er darum kämpfte, es festzuhalten. Einen kurzen Moment lang bewunderte ich diese Hartnäckigkeit, aber sie würde ihn auch nicht retten. »Was ist mit deinem Bruder?«, flehte er. »Und deiner Familie? Sie warten darauf, dass du nach Hause kommst.«

Aus meinem Rücken und meinen Schultern entrollten sich metallene Kabel und breiteten sich um mich wie glitzernde Flügel. Wieder sah ich hinunter auf den Dunklen Prinzen, der hilflos vor mir kniete, und ich schenkte ihm ein nachsichtiges Lächeln.

»Ich *bin* zu Hause.«

Die Kabel stießen blitzschnell herab, bohrten sich in die Brust des Feenprinzen und nagelten ihn am Boden fest.

Ash zuckte und öffnete den Mund zu einem stummen Schrei, bevor sein Kopf nach hinten fiel und er in tausend Stücke zersprang wie ein Kristall, der auf Beton aufschlägt.

Umgeben von den funkelnden Überresten des Dunklen Prinzen legte ich den Kopf in den Nacken und lachte – mein Lachen verwandelte sich in einen rauen Schrei, als ich aus dem Schlaf hochschreckte.

Mein Name ist Meghan Chase.

Ich bin jetzt schon eine ganze Weile im Palast der Winterfeen. Wie lange genau? Keine Ahnung. Die Zeit vergeht hier irgendwie anders. Während ich im Nimmernie festsitze, dreht sich die Außenwelt, die Welt der Sterblichen, ohne mich weiter. Falls ich jemals hier rauskomme und es zurück nach Hause schaffe, muss ich vielleicht feststellen, dass hundert Jahre vergangen sind, während ich weg war, wie bei Dornröschen, mit dem Unterschied, dass meine Familie und Freunde dann schon lange tot sind.

Ich versuche, nicht zu oft darüber nachzudenken, aber manchmal verfalle ich einfach in diese Grübeleien.

In meinem Zimmer war es kalt. Hier war es immer kalt. *Mir* war immer kalt. Nicht einmal die saphirblauen Flammen im Kamin reichten aus, um die ständige Kälte zu vertreiben. Die Wände und Decken bestanden aus blickdichtem, rauchigem Eis. Selbst am Kronleuchter hingen Tausende von Eiszapfen. An diesem Abend trug ich eine Trainingshose, Handschuhe, einen dicken Pullover und eine Wollmütze, aber das war nicht genug. Vor meinem Fenster glitzerte die unterirdische Stadt der Winterfeen in ihrem eisigen Glanz. Dunkle Gestalten hüpften und flatterten in den Schatten und zeigten Klauen, Zähne und Flügel. Zitternd sah ich zum Himmel hinauf. Die Decke der gigantischen Höhle war zu weit entfernt, um sie in der Dunkelheit erkennen zu können, aber Tausende winziger Lichter – Kugeln aus Feenfeuer oder Feen selbst – funkelten wie Sterne am Himmel.

Es klopfte an meiner Tür.

Ich rief nicht *Herein*. Dass das nicht empfehlenswert war, hatte ich bereits gelernt. Das hier war der Dunkle Hof, und jemanden in sein Zimmer einzuladen war eine wirklich, wirklich blöde Idee. Ich konnte sie mir nicht ganz vom Hals halten, aber die Feen stellten sklavisch Regeln über alles andere, und ihre Königin hatte befohlen, dass ich nicht belästigt werden durfte, außer auf eigenen Wunsch.

Und wenn ich sie hereinbat, könnte das als ein solcher Wunsch gedeutet werden.

Ich durchquerte umhüllt von den Dampfwolken meines Atems das Zimmer und öffnete die Tür einen Spaltbreit.

Eine geschmeidige schwarze Katze saß auf dem Boden, den Schwanz um ihre Pfoten gelegt, und sah mit durchdringenden gelben Augen zu mir hoch. Bevor ich den Mund aufmachen konnte, fauchte sie und schoss wie ein schwarzer Schatten durch den offenen Spalt.

»Hey!«

Ich wirbelte herum, doch die Katze war nicht länger eine Katze. Stattdessen stand dort die Puca Tiaothin und grinste mich mit funkelnden Fangzähnen an. War ja klar, dass es eine Puca sein würde – sie befolgten keinerlei gesellschaftliche Regeln. Genau genommen schien es ihnen sogar einen Riesenspaß zu machen, sie zu brechen.

Zwischen ihren Dreadlocks lugten pelzige Ohren hervor, die immer wieder mal zuckten. Sie trug eine knallbunte Jacke, besetzt mit Glasedelsteinen und Nieten, zerfetzte Jeans und Kampfstiefel. Im Gegensatz zu den Feen des Lichten Hofes bevorzugten die Dunklen Feen die Kleidung der Sterblichen. Ob das eine offene Provokation des Lichten Hofes darstellen sollte oder ob sie so unter Menschen weniger auffallen wollten, war mir nicht ganz klar.

»Was willst du?«, fragte ich wachsam. Tiaothin hatte von dem Moment an, als ich an den Hof gebracht wurde, ein lebhaftes Interesse an mir gezeigt. Der Grund dafür war wohl die unstillbare Neugier einer Puca. Wir hatten uns ein paarmal unterhalten, aber ich würde sie nicht gerade als Freundin bezeichnen. Die Art, wie sie mich anstarrte, ohne zu blinzeln – als würde sie abwägen, ob ich zu ihrer nächsten Mahlzeit taugte –, machte mich immer ziemlich nervös.

Die Puca fauchte und fuhr sich mit der Zunge über die Zähne. »Du bist noch nicht so weit«, stellte sie fauchend fest und musterte mich skeptisch. »Beeil dich. Beeil dich und zieh dich um. Wir sollten los. Schnell.«

Verwirrt runzelte ich die Stirn. Tiaothin war noch nie leicht zu verstehen gewesen, da sie so rasch von einem Thema zum nächsten sprang, dass man ihr nur schwer folgen konnte. »Wohin denn?«, fragte ich, worauf sie kicherte.

»Zur Königin«, schnurrte Tiaothin und zuckte mit den Ohren. »Die Königin verlangt nach dir.«

Mein Magen zog sich zusammen. Seit ich mit Ash an den Winterhof gekommen war, hatte ich mich vor diesem Augenblick gefürchtet. Bei unserer Ankunft im Palast hatte die Königin mich mit einem raubtierhaften Lächeln gemustert und mich dann mit dem Kommentar entlassen, dass sie unter vier Augen mit ihrem Sohn zu sprechen wünsche, aber bald nach mir schicken würde. Natürlich war »bald« im Feenland ein sehr dehnbarer Begriff, und so hatte ich seitdem wie auf glühenden Kohlen gesessen und darauf gewartet, dass Mab sich an mich erinnerte. Zu diesem Zeitpunkt hatte ich auch Ash zum letzten Mal gesehen.

Bei dem Gedanken an Ash flatterten Schmetterlinge in meinem Bauch, und ich erinnerte mich daran, wie viel sich geändert hatte. Als ich auf der Suche nach meinem entführten Bruder das erste Mal ins Feenland gekommen war, war Ash mein Feind gewesen – der kühle, gefährliche Sohn von Mab, der Königin des Dunklen Hofes. Als zwischen den beiden Höfen Krieg auszubrechen drohte, schickte Mab Ash los, um mich gefangen zu nehmen, da sie hoffte, mich als Druckmittel gegen meinen Vater, König Oberon, einsetzen zu können. Doch da ich meinen Bruder retten wollte, ging ich in meiner Notlage einen Handel mit dem Winterprinzen ein: Wenn er mir half, Ethan zu befreien, würde ich widerstandslos mit ihm an den Dunklen Hof kommen. Zu diesem Zeitpunkt war es ein Akt der Verzweiflung. Ich brauchte jede Hilfe, die ich kriegen konnte, um dem Eisernen König entgegenzutreten und meinen Bruder zu retten. Doch irgendwann, während wir uns durch dieses verfluchte Ödland aus Staub und Eisen schlugen und ich Ash dabei zusehen musste, wie er gegen dieses Reich ankämpfte, das sein innerstes Wesen vergiftete, erkannte ich, dass ich mich in ihn verliebt hatte.

Ash hatte mich dorthin gebracht, aber seine Begegnung mit Machina hätte er beinahe nicht überlebt. Der König der Eisernen Feen war unfassbar stark, fast unbesiegbar. Doch entgegen allen Erwartungen gelang es mir irgendwie, Machina zu besiegen, meinen Bruder zu retten und ihn nach Hause zu bringen.

Ash kam noch in derselben Nacht, um mich zu holen, wie wir es vereinbart hatten. Es war an der Zeit, dass ich meinen Teil der Abmachung erfüllte. Also verließ ich erneut meine Familie und folgte Ash nach Tir Na Nog, ins Land des Winters.

Es war kalt auf der Reise durch Tir Na Nog, dunkel und furchterregend. Selbst mit dem Winterprinzen an meiner Seite war das Feenland nach wie vor wild und nicht besonders gastfreundlich, besonders gegenüber Menschen. Ash war der perfekte Bodyguard – gefährlich, wachsam und Schutz bietend –, aber manchmal wirkte er seltsam distanziert und abgelenkt. Je weiter wir in das Winterreich vordrangen, desto mehr zog er sich zurück und verschloss sich vor mir und der Welt. Und er weigerte sich, mir den Grund dafür zu nennen.

In der letzten Nacht unserer Reise wurden wir angegriffen. Ein riesiger Wolf, von Oberon geschickt, spürte uns auf, um Ash zu töten und mich an den Sommerhof zurückzubringen. Wir konnten ihm entkommen. Aber Ash war verwundet worden, als er gegen die Kreatur kämpfte, und deshalb suchten wir Zuflucht in einer verlassenen Eishöhle, um uns auszuruhen und seine Wunden zu versorgen.

Er schwieg, während ich den behelfsmäßigen Verband um seinen Arm wickelte, aber ich spürte seinen Blick auf mir, als ich ihn verknotete. Ich ließ seinen Arm los, sah auf und direkt in seine silbrigen Augen. Ash blinzelte bedächtig und musterte mich mit diesem Blick, der verriet, dass er mich zu verstehen versuchte. Ich wartete ab und hoffte, dass er mir endlich einen gewissen Einblick in seine plötzliche Unnahbarkeit gewähren würde.

»Warum bist du nicht weggelaufen?«, fragte er schließlich leise. »Wenn dieses Ding mich getötet hätte, hättest du nicht mit mir nach Tir Na Nog kommen müssen. Du wärst frei gewesen.«

Ich sah ihn böse an.

»Ich habe unserem Handel genauso zugestimmt wie du«, murmelte ich und zog mit einem heftigen Ruck den Knoten des Verbands fest, aber Ash ächzte nicht einmal. Jetzt kochte ich vor Wut und funkelte ihn zornig an. »Was denn, hast du gedacht, nur weil ich ein Mensch bin, würde ich mich drücken? Ich wusste, worauf ich mich einlasse, und ich werde meinen Teil unserer Vereinbarung erfüllen, egal, was passiert. Und wenn du glaubst, ich würde dich einfach zurücklassen, nur damit ich Mab nicht gegenübertreten muss, kennst du mich kein bisschen.«

»Gerade *weil* du ein Mensch bist«, fuhr Ash mit derselben ruhigen Stimme fort und hielt meinem Blick stand, »hast du eine taktisch günstige Gelegenheit verstreichen lassen. Eine Winterfee an deiner Stelle wäre nicht geblieben. Sie lassen nicht zu, dass ihre Gefühle ihnen in die Quere kommen. Wenn du am Winterhof überleben willst, musst du anfangen, so zu denken wie sie.«

»Tja, ich *bin* aber nicht wie sie.« Ich stand auf und wich einen Schritt zurück, wobei ich krampfhaft versuchte, das schmerzhafte Gefühl des Verrats zu ignorieren, auch wenn mir bereits bescheuerte Tränen der Wut in die Augen stiegen. »Ich bin keine Winterfee. Ich bin ein Mensch, mit menschlichen Gefühlen. Und wenn du glaubst, dass ich mich dafür entschuldige, vergiss es. Ich kann meine Gefühle nicht so einfach ausblenden wie du.«

Ich wirbelte herum und wollte beleidigt davonstiefeln, doch Ash erhob sich blitzartig und packte mich von hinten an den Oberarmen. Ich erstarrte, drückte die Knie durch und hielt mich kerzengerade, da es keinen Sinn gehabt hätte, gegen seinen Griff anzukämpfen. Selbst verwundet und blutend war er viel stärker als ich.

»Ich wollte nicht undankbar erscheinen«, flüsterte er mir ins Ohr, und gegen meinen Willen meldeten sich wieder die Schmetterlinge in meinem Bauch. »Ich wollte dir nur etwas klarmachen. Die Angehörigen des Winterhofes sehen die Schwachen als Beute an. So sind sie nun mal. Sie werden versuchen, dich in Stücke zu reißen, sowohl körperlich als auch emotional, und ich werde nicht immer da sein können, um dich zu beschützen.«

Ich begann zu zittern, und mein Ärger verflog, während meine eigenen Zweifel und Ängste zurückkehrten. Ash seufzte, und ich spürte, wie er seine Stirn an meinen Hinterkopf lehnte und sein Atem meinen Nacken streifte. »Ich will das nicht tun«, gab er leise und gequält zu. »Ich will nicht mit ansehen müssen, was sie alles mit dir anstellen werden. Eine Sommerfee hat am Winterhof so gut wie keine Chance. Aber ich habe geschworen, dich zurückzubringen, und ich bin an dieses Versprechen gebunden.« Er hob den Kopf, umklammerte fast schmerzhaft meine Schultern und fuhr mit einer Stimme fort, die nicht nur wesentlich tiefer, sondern auch grimmig und kalt klang: »Deswegen musst du stärker sein als sie. Du darfst nie nachlassen in deiner Wachsamkeit, egal, was kommt. Sie werden dich in die Falle locken wollen, mit Spielen und schönen Worten. Und dann werden sie es genießen, wie du leidest. Lass sie nicht an dich ran. Und vertraue niemandem.« Er hielt inne und fügte dann noch leiser hinzu: »Nicht einmal mir.«

»Dir werde ich immer vertrauen«, flüsterte ich, ohne nachzudenken.

Sofort wurde sein Griff härter, und er drehte mich fast gewaltsam zu sich herum. »Nein«, widersprach er, seine Augen zu Schlitzen verengt. »Das darfst du nicht. Ich bin dein Feind, Meghan. Das darfst du niemals vergessen. Wenn Mab mir befiehlt, dich vor dem gesamten Hofstaat zu töten, ist es meine Pflicht, dem nachzukommen. Wenn sie Rowan oder Sage befiehlt, dich langsam aufzuschlitzen und dafür zu sorgen, dass du in jeder Sekunde Höllenqualen leidest, wird von mir erwartet, daneben zu stehen und sie gewähren zu lassen. Verstehst du das? Meine Gefühle für dich sind am Winterhof ohne Bedeutung. Sommer und Winter werden sich immer feindlich gegenüberstehen, und daran wird sich nie etwas ändern.«

Ich wusste, dass ich eigentlich Angst vor ihm haben sollte. Schließlich war er ein Prinz des Dunklen Hofes und hatte soeben unmissverständlich erklärt, dass er mich töten würde, wenn Mab es ihm befahl. Aber er hatte auch zugegeben, dass er Gefühle für mich hatte – Gefühle, die dort keine Bedeutung hatten, aber trotzdem kribbelte es in meinem Bauch, als ich es hörte. Vielleicht war ich ja naiv, aber ich konnte nicht glauben, dass Ash mir absichtlich wehtun würde, nicht mal, wenn wir am Winterhof waren. Nicht, wenn er mich so ansah wie jetzt, wo sich Zerrissenheit und Ärger in seinen Silberaugen spiegelten.

Er starrte mich noch einen Moment an, dann seufzte er. »Du hast kein Wort von dem, was ich gesagt habe, verstanden, oder?«, murmelte er und schloss die Augen.

»Ich habe keine Angst«, erklärte ich, was eine Lüge war: Ich hatte Todesangst vor Mab und dem Dunklen Hof, der mich am Ende dieser Reise erwartete. Aber solange Ash da war, würde mir nichts geschehen.

»Du bist so verdammt dickköpfig«, murmelte Ash und fuhr sich frustriert mit der Hand durch sein Haar. »Und ich habe keine Ahnung, wie ich dich beschützen soll, wenn du keinerlei Selbsterhaltungstrieb zeigst.«

Ich stellte mich dicht vor ihn und legte eine Hand auf seine Brust, sodass ich seinen Herzschlag unter dem Hemd spüren konnte. »Ich vertraue dir«, sagte ich und stellte mich auf die Zehenspitzen, bis unsere Gesichter nur noch Zentimeter voneinander entfernt waren. Langsam ließ ich meine Finger zu seinem Bauch hinuntergleiten. »Ich weiß, dass du einen Weg finden wirst.«

Sein Atem stockte, und er musterte mich sehnsüchtig. »Du spielst mit dem Feuer, ist dir das klar?«

»Das ist ziemlich schräg, wenn man bedenkt, dass du ein Eisprin…« Ich kam nicht weiter, denn Ash beugte sich vor und küsste mich. Ich schlang ihm die Arme um den Nacken, während er seine Hände um meinen Bauch legte, und für einige Augenblicke konnte mir die Kälte nichts anhaben.

Am nächsten Morgen war er wieder distanziert und unnahbar und sprach kaum mit mir, ganz egal, wie oft ich es versuchte. Am Abend erreichten wir den unterirdischen Palast des Winterhofes, wo mich Mab fast augenblicklich entließ. Ein Diener brachte mich in mein Quartier, und ich hockte mich in das kleine, kalte Zimmer und wartete darauf, dass Ash mich aufsuchen würde.

Doch er kam nach seiner Besprechung mit der Königin nicht zu mir, und nachdem ich ein paar Stunden gewartet hatte, wagte ich mich schließlich in die Gänge des Palastes hinaus, um nach ihm zu suchen. Bei dieser Gelegenheit stieß ich auf Tiaothin, oder besser gesagt, sie stieß auf mich, und zwar in der Bibliothek, wo ich mit einem Riesen Verstecken spielte, während er mich durch die Regalreihen jagte. Nachdem sie den Riesen losgeworden war, informierte sie mich darüber, dass Prinz Ash sich nicht mehr im Palast aufhielt und niemand wusste, wann er zurückkommen würde.

»Aber so ist Ash nun einmal«, erklärte sie und grinste mich von einem Bücherregal herab an. »Er ist fast nie bei Hofe. Da erhascht man mal einen kleinen Blick auf ihn und *puff* – schon ist er wieder für ein paar Monate verschwunden.«

Warum sollte Ash einfach so verschwinden?, fragte ich mich gerade zum hunderttausendsten Mal. *Er hätte mir wenigstens sagen können, wohin er geht und wann er zurückkommen will. Er hätte mich nicht so in der Luft hängen lassen brauchen.*

Es sei denn, er ging mir absichtlich aus dem Weg. Es sei denn, all das, was er gesagt hatte – unser Kuss, die Gefühle, die sich in seinen Augen und in seiner Stimme spiegelten –, bedeutete ihm nichts. Vielleicht hatte er das alles nur getan, um mich ohne Probleme zum Winterhof zu bringen.

»Du wirst noch zu spät kommen«, schnurrte Tiaothin und brachte mich damit zurück in die Gegenwart, wo sie mich mit glühenden Katzenaugen musterte. »Mab wartet nicht gern.«

»Klar«, erwiderte ich schwach und schüttelte die finsteren Gedanken ab. *Ups, richtig. Ich habe ja eine Audienz bei der Winterkönigin.* »Gib mir nur eine Minute, um mich umzuziehen.« Ich wartete, doch als Tiaothin sich nicht rührte, sah ich sie finster an. »Äh, wie wär's bitte mit etwas Privatsphäre?«

Tiaothin kicherte und verwandelte sich in einer fließenden Bewegung in eine zottelige schwarze Ziege, die auf allen vier Hufen aus dem Zimmer hüpfte. Ich schloss die Tür und lehnte mich dagegen, während mein Herz heftig pochte. Mab wollte mich sehen. Die Königin des Dunklen Hofes schickte endlich nach mir. Zitternd stieß ich mich von der Tür ab und trat zu meiner Frisierkommode mit dem Eisspiegel.

Mein Spiegelbild starrte mir entgegen, durch die Sprünge im Eis leicht verzerrt. Es gab immer noch Momente, in denen ich mich selbst nicht erkannte. Meine glatten blonden Haare wirkten in dem gedämpften Licht des Raumes fast silbern, und meine Augen schienen viel zu groß für mein Gesicht zu sein. Außerdem waren da noch andere Dinge, tausend kleine Details, die ich nicht genau benennen konnte, die mir aber sagten, dass ich kein Mensch war, sondern etwas, wovor man sich fürchten sollte. Und natürlich war da der offensichtlichste Unterschied: Spitze Ohren ragten an den Seiten meines Kopfes auf, eine schreiend deutliche Erinnerung daran, wie anormal ich war.

Ich wandte den Blick von meinem Spiegelbild ab und sah hinunter auf meine Kleidung. Sie war zwar warm und bequem, aber ich war ziemlich sicher, dass es keine gute Idee war, der Königin des Dunklen Hofes in Jogginghose und Schlabberpulli entgegenzutreten.

Na toll. Ich soll in fünf Minuten vor der Königin der Winterfeen erscheinen. Was soll ich nur anziehen?

Ich schloss meine Augen, versuchte den Schein um mich zu sammeln und über meine Kleidung zu legen. Nichts. Der enorme Kraftstrom, aus dem ich geschöpft hatte, während ich gegen den Eisernen König kämpfte, schien versiegt zu sein, und zwar so radikal, dass ich nicht einmal mehr eine simple Illusion erschaffen konnte. Und das lag bestimmt nicht daran, dass ich es nicht genug versuchte. Ich musste an die Lehrstunden denken, die ich von Grimalkin erhalten hatte, einem Feenkater, den ich auf meiner ersten Reise ins Nimmernie getroffen hatte.

Ich hatte versucht, unsichtbar zu werden, Schuhe schweben zu lassen und Feenfeuer zu erschaffen. Alles Reinfälle. Ich konnte den Schein nicht einmal mehr spüren, obwohl ich wusste, dass er überall war. Der Schein wird von Emotionen gespeist, und je wilder und leidenschaftlicher die Emotionen sind – Wut, Lust, Liebe –, desto leichter kann man sich ihrer bedienen. Doch jetzt hatte ich keinen Zugriff mehr darauf. Anscheinend war ich wieder die gewöhnliche, nicht magische Meghan Chase von früher. Mit spitzen Ohren.

Es war seltsam: Jahrelang hatte ich nicht einmal gewusst, dass ich zur Hälfte eine Fee war. Erst vor ein paar Monaten, an meinem sechzehnten Geburtstag, hatte mein bester Freund Robbie mir enthüllt, dass er selbst

Robin Goodfellow war, der berüchtigte Puck aus Shakespeares *Sommer-nachtstraum*. Mein kleiner Bruder Ethan war von Feen entführt worden, und ich musste ihn retten. Ach ja, und nebenbei stellte sich heraus, dass ich die halb menschliche Tochter von König Oberon war, dem Herrscher der Sommerfeen. Es dauerte eine Weile, bis ich mich daran gewöhnt hatte – sowohl an die Tatsache, dass ich eine Halbfee war, als auch daran, dass ich die Magie der Feen, den Schein, nutzen und damit zaubern konnte. Nicht dass ich besonders gut darin war – ich war sogar grottenschlecht, was Grimalkin ziemlich irritierte –, aber darum ging es gar nicht. Früher hatte ich nicht mal an Feen geglaubt, doch jetzt, da meine Magie verschwunden war, fühlte es sich an, als würde ein Teil von mir fehlen.

Seufzend zog ich eine Kommodenschublade heraus und schlüpfte in eine Jeans und ein weißes Shirt, über das ich schnell noch einen langen schwarzen Mantel warf, bevor ich erfror. Kurz überlegte ich, ob ich etwas Schickeres anziehen sollte, so etwas wie ein Abendkleid. Doch dann entschied ich mich dagegen. Am Dunklen Hof war formelle Kleidung verpönt. Meine Überlebenschancen standen besser, wenn ich versuchte, mich anzupassen.

Als ich die Tür öffnete, starrte mich Tiaothin – nicht länger Ziege oder Katze – kurz an und grinste dann dreckig. »Hier entlang«, fauchte sie und trat rückwärts in einen eisigen Korridor. Ihre gelben Augen schienen körperlos in der Dunkelheit zu schweben. »Die Königin erwartet dich.«

Ich folgte Tiaothin durch gewundene dunkle Gänge und versuchte ganz bewusst nur geradeaus zu schauen. Doch aus den Augenwinkeln bemerkte ich trotzdem die albtraumhaften Gestalten, die den Dunklen Hof bevölkerten.

Hinter einer Tür hockte wie eine riesige Spinne ein dürrer Schwarzer Mann, dessen fahles, ausgemergeltes Gesicht mich durch den Türspalt musterte. Ein gewaltiger schwarzer Hund mit glühenden Augen folgte uns völlig lautlos durch die Gänge, bis Tiaothin ihn anfauchte und er sich verzog. Zwei Kobolde und ein Dunkerwichtel mit seinem typischen Haifischgebiss drückten sich in einer Ecke herum und spielten mit Würfeln aus Zähnen und winzigen Knochen. Als ich vorbeiging, brach gerade ein Streit aus, wobei die Kobolde auf den Dunkerwichtel zeigten und schrill »Betrüger, Betrüger!« kreischten. Ich sah mich nicht um, doch hinter mir ertönte ein Schrei und dann das durchdringende Geräusch von brechenden Knochen. Schaudernd folgte ich Tiaothin um eine Ecke.

Hier endete der Gang und weitete sich zu einem gewaltigen Raum, an dessen Decke Eiszapfen hingen wie funkelnde Kronleuchter. Irrwische und Kugeln aus Feenfeuer schwebten zwischen ihnen und ließen Lichtblitze über Wände und Boden zucken. Der Boden war mit Eis bedeckt und in Nebel gehüllt. Mein Atem bildete Dampfwolken, als ich den Raum betrat. Die Decke wurde von Eissäulen getragen, die wie durchsichtige Kristalle glitzerten und noch mehr zu der blendenden, verwirrenden Mischung aus Licht und Farben beitrugen. Lockende, schnelle Musik hallte durch den Raum, gespielt von einer Gruppe Menschen auf einer Bühne in einer der Ecken. Die Musiker bearbeiteten mit glasigen Augen ihre Instrumente und waren erschreckend dünn. Ihre Haare waren lang und verfilzt, als hätten sie sie seit Jahren nicht geschnitten. Und trotzdem schienen sie nicht beunruhigt oder unglücklich zu sein, sondern spielten ihre Instrumente mit zombieartigem Eifer, offensichtlich blind gegenüber ihrem nicht menschlichen Publikum.

Dutzende Dunkle Feen hielten sich in dem Raum auf, jede ein Wesen, das einem Albtraum entsprungen zu sein schien. Oger und Dunkerwichtel, Kobolde und Wassergeister, Gnome, Pucas und Feen, für die mir keine Bezeichnung einfiel, schlenderten durch die flackernde Dunkelheit.

Schnell suchte ich den Raum nach zerzaustem, schwarzem Haar und hellen Silberaugen ab. Meine Hoffnung schwand. Er war nicht hier.

Auf der anderen Seite des Raums schwebte ein Thron aus Eis in der Luft, der in blendender Helligkeit erstrahlte. Und auf diesem Thron saß, mächtig und unbezwingbar wie ein Gletscher, Mab, die Königin des Dunklen Hofes.

Die Winterkönigin sah schlicht und einfach umwerfend aus. An Oberons Hof hatte ich sie neben ihrer größten Rivalin gesehen, der Sommerkönigin Titania, die ebenfalls wunderschön war, aber eher auf die Art einer bösartigen High-Society-Lady. Auch Titania hasste mich, weil ich Oberons Tochter war, und hatte einmal versucht, mich in einen Hirsch zu verwandeln – sie war also nicht gerade meine beste Freundin. Und obwohl sie in jeder Hinsicht das krasse Gegenteil voneinander waren, waren beide Königinnen unglaublich mächtig. Titania war ein Sommersturm: schön, tödlich und immer bereit, jemanden mit einem Blitz zu zerschmettern, wenn er sie reizte. Mab hingegen war der kälteste aller Wintertage, wenn alles reglos und tot war, erstarrt vor Angst vor dem gnadenlosen Eis, das die Welt schon früher getötet hatte und es jederzeit wieder konnte.

Die Königin saß entspannt auf ihrem Thron, umgeben von mehreren adeligen Feen – den Sidhe –, die teure moderne Kleidung trugen, zum Beispiel makellose weiße Businesskostüme und Nadelstreifenanzüge von Armani. Als ich sie das letzte Mal gesehen hatte, an Oberons Hof, hatte Mab ein schwarzes Kleid aus fließendem Stoff getragen, das sich wie lebendige Schatten bewegt hatte. Heute war sie ganz in Weiß gekleidet: weißer Hosenanzug, grau schimmernder Nagellack und elfenbeinfarbene Pumps. Ihre dunklen Haare waren auf ihrem Kopf zu einer eleganten Frisur festgesteckt. Plötzlich sahen ihre schwarzen Augen, die so unergründlich waren wie eine sternenlose Nacht, auf und entdeckten mich, woraufhin sich ihre bläulichen Lippen zu einem trägen Lächeln verzogen.

Mir lief ein eiskalter Schauer über den Rücken. Den Feen sind die Menschen ziemlich egal. Menschen sind nichts weiter als Spielzeuge, die benutzt und dann weggeworfen werden. Diese Einstellung herrschte sowohl am Lichten wie auch am Dunklen Hof. Und auch wenn ich eine Halbfee und Oberons Tochter war, hier war ich ganz allein am Hof der Erzfeinde meines Vaters. Wenn ich Mab reizte, wer weiß, was die Königin tun würde. Vielleicht würde sie mich in ein weißes Kaninchen verwandeln und die Kobolde auf mich hetzen, obwohl das mehr Titanias Stil zu sein schien. Irgendwie hatte ich das Gefühl, dass Mab sich etwas ausdenken würde, was um ein Vielfaches schrecklicher und grausamer wäre, und das machte mir echt Angst.

Tiaothin glitt zwischen den vielen Dunklen Feen hindurch, die sie kaum beachteten. Der Großteil ihrer Aufmerksamkeit richtete sich auf

mich, während ich der Puca mit klopfendem Herzen folgte. Sie musterten mich hungrig, grinsten gierig und folgten mir mit Blicken, die ich
im Nacken spürte, während ich mich darauf konzentrierte, mit erhobenem Kopf möglichst selbstsicher weiterzugehen. Nichts zieht ein Feenwesen so stark an wie Angst. Einer der adeligen Sidhe, dessen Gesicht
nur aus Kanten zu bestehen schien, fing meinen Blick auf und lächelte,
worauf sich mein Herz schmerzhaft zusammenzog. Er erinnerte mich
an Ash, der nicht hier war, der mich an diesem Hof voller Monster
allein gelassen hatte.

Je näher wir der Winterkönigin kamen, umso spürbarer wurde die
Kälte, die von ihr ausging. Bald war die Luft so kalt, dass jeder Atemzug schmerzte. Tiaothin blieb am Fuß des Throns stehen und verbeugte
sich. Ich folgte ihrem Beispiel, auch wenn es schwierig war, dabei mein
Zähneklappern zu unterdrücken. Die Dunklen Feen scharten sich hinter
uns, und ihr Atem und ihre murmelnden Stimmen verursachten mir
Gänsehaut.

»Meghan Chase.« Die raue Stimme der Königin hallte über die Versammlung hinweg und sorgte dafür, dass sich mir die Nackenhaare aufstellten. Tiaothin schlich davon und verschwand in der Menge, sodass
ich endgültig allein war. »Wie nett von dir, dich zu uns zu gesellen.«

»Es ist mir eine Ehre, hier zu sein, Eure Hoheit«, erwiderte ich und
zwang meine Stimme unter Einsatz meiner gesamten Willenskraft,
nicht zu zittern. Ein wenig vibrierte sie trotzdem, und das kam nicht
nur von der Kälte.

Mab lächelte belustigt, lehnte sich zurück und musterte mich mit
ihren ausdruckslosen schwarzen Augen. Ein paar Herzschläge lang
herrschte vollkommene Stille.

»Nun.« Die Königin klopfte mit ihren Nägeln rhythmisch auf ihre
Armlehne, was mich zusammenzucken ließ. »Da wären wir. Du musst
dich ja für sehr gerissen halten, Tochter des Oberon.«

»Verzeiht, Hoheit?«, stammelte ich und spürte, wie sich eine eisige
Faust um mein Herz schloss. Das fing gar nicht gut an, kein bisschen.

»Bis jetzt nicht«, fuhr Mab fort und schenkte mir ein geduldiges
Lächeln. »Und wohl auch in Zukunft nicht, da solltest du dir besser
nichts vormachen.« Sie lehnte sich vor und sah plötzlich so unmensch-

lich aus, dass ich gegen den Drang ankämpfen musste, schreiend aus dem Thronsaal zu rennen. »Ich habe von deinen Eskapaden gehört, Meghan Chase«, erklärte die Königin mit rauer Stimme und kniff die Augen zusammen. »Dachtest du, ich würde es nicht herausfinden? Du hast einen Prinzen des Dunklen Hofes durch einen Trick dazu gebracht, dir in das Eiserne Reich zu folgen. Du hast ihn dazu gebracht, für dich gegen deine Feinde zu kämpfen. Du hast ihn an einen Vertrag gebunden, der ihn fast umgebracht hätte. Beinahe hätte ich meinen kostbaren Jungen für immer verloren, und das deinetwegen. Was denkst du, wie ich mich dabei fühle?«

Mabs Lächeln wurde immer bedrohlicher, und mein Magen krampfte sich vor Angst zusammen. Was konnte sie mir alles antun? Mich in Eis einschließen? Mich von innen heraus einfrieren? Mein Blut abkühlen, sodass ich nie wieder Wärme spüren würde, ganz egal, was ich anhatte oder wie heiß es um mich herum war? Ich begann zu zittern, doch da bemerkte ich einen leichten Schimmer um mich herum wie Hitzewellen und erkannte plötzlich, dass Mab die Luft mit Schein vollpumpte, um meine Gefühle zu manipulieren und dafür zu sorgen, dass ich mir die schlimmsten Szenarien ausmalte. So musste sie mir gar nicht drohen, indem sie etwas sagte. Ich schaffte es auch ganz allein ziemlich gut, mich in Angst und Schrecken zu versetzen.

Abgelenkt fragte ich mich in einem lichten Moment, ob Ash dasselbe mit mir gemacht und meine Gefühle manipuliert hatte, damit ich mich in ihn verliebte. Wenn Mab das konnte, verfügten ihre Söhne sicher über das gleiche Talent. Waren meine Gefühle für Ash echt oder nur irgendein künstlich geschaffener Zauber?

Das ist jetzt nicht der richtige Zeitpunkt, um dir darüber den Kopf zu zerbrechen, Meghan!

Mab starrte mich an, um meine Reaktion einzuschätzen. Ich zitterte immer noch vor Angst, aber ein Teil von mir wusste, was die Königin tat. Wenn ich jetzt durchdrehte und um Gnade bettelte, wäre ich an einen Feenvertrag gebunden, noch ehe mir bewusst würde, was geschehen war. Versprechen wurden unter den Feen tödlich ernst genommen, und ich würde mich von Mab bestimmt nicht dazu zwingen lassen, etwas zu schwören, was ich sofort bereuen würde.

Verstohlen holte ich Luft, um meine Gedanken zu ordnen, damit ich nicht losheulte wie eine Zweijährige, wenn ich der Königin der Winterfeen antwortete.

»Vergebt mir, Königin Mab«, begann ich und wählte meine Worte mit Bedacht. »Ich wollte weder Euch noch den Euren schaden. Ich brauchte Ashs Hilfe, um meinen Bruder vor dem Eisernen König zu retten.«

Bei der Erwähnung des Eisernen Königs kam Bewegung in die Dunklen Feen hinter mir. Sie brummten und knurrten und sahen sich wachsam um. Ich spürte, wie sich Fell aufstellte, Zähne gefletscht und Krallen ausgefahren wurden. Für normale Feenwesen war Eisen ein tödliches Gift, das ihnen ihre Magie entzog und ihr Fleisch verbrannte. Ein ganzes Königreich aus Eisen war eine grauenhafte, Furcht einflößende Vorstellung für sie; ein Feenherrscher, der als Eiserner König bezeichnet wurde, die reinste Blasphemie. Mich durchzuckte die befriedigende Erkenntnis, dass die Eisernen Feen so was wie die Schwarzen Männer der Feenwelt geworden waren, und ich musste mir ein rachsüchtiges Lächeln verkneifen.

»Ich würde dich eine Lügnerin nennen, Mädchen«, erwiderte Mab ruhig, während sich das Knurren und Murmeln hinter mir langsam legte, »wenn ich nicht von meinem Sohn dasselbe gehört hätte. Sei versichert, dass die Gefolgsleute des Eisernen Königs keinerlei Bedrohung für uns darstellen. Genau in diesem Moment sind Ash und seine Brüder dabei, unser Reich nach diesen Eisernen Feen abzusuchen. Falls sich diese Abscheulichkeiten innerhalb unserer Grenzen aufhalten, werden wir sie jagen und vernichten.«

Ich spürte eine Welle der Erleichterung in mir aufsteigen, die allerdings nichts mit Mabs Versicherungen zu tun hatte. Ash war da draußen. Es gab einen Grund, warum er nicht bei Hofe war.

»Und trotzdem ...« Mab warf mir einen Blick zu, bei dem sich mir der Magen umdrehte. »Trotzdem stellt sich mir unausweichlich die Frage, wie du überleben konntest. Möglicherweise hat sich das Sommerreich ja mit den Eisernen Feen verbündet, und sie spinnen gemeinsam Intrigen gegen den Winterhof. Das wäre doch schrecklich amüsant, oder nicht, Meghan Chase?«

»Nein«, erwiderte ich leise. Vor meinem inneren Auge sah ich wieder den Eisernen König, wie er zurückwich, nachdem ich ihm den Pfeil in die Brust gerammt hatte, und musste meine Hände zu Fäusten ballen, damit sie nicht zitterten. Ich konnte immer noch sehen, wie Machina sich vor Schmerzen wand, und spürte, wie etwas Kaltes wie eine Schlange unter meine Haut kroch. »Der Eiserne König wollte das Sommerreich genauso zerstören wie den Winterhof. Aber jetzt ist er tot. Ich habe ihn getötet.«

Mab kniff ihre Augen zu schwarzen Schlitzen zusammen.

»Und du denkst wirklich, ich würde glauben, dass du – ein halber Mensch und im Grunde genommen völlig machtlos – es geschafft hast, den Eisernen König zu töten?«

»Glaub ihr ruhig«, ertönte da eine Stimme, bei der mein Magen Purzelbäume schlug und mein Herz bis zum Hals klopfte. »Ich war dabei. Ich habe gesehen, was passiert ist.«

Ein Murmeln erhob sich, während sich die Menge der Dunklen Feen teilte. Ich konnte mich nicht rühren. Wie angewurzelt stand ich da und beobachtete mit klopfendem Herzen, wie Prinz Ash mit gefährlich geschmeidigen Bewegungen in den Saal schlenderte.

Ich zitterte, und mein Magen verlegte sich von Purzelbäumen auf Rückwärtssaltos. Ash sah so aus wie immer, eine finstere Schönheit in Schwarz und Grau, wobei seine blasse Haut in scharfem Kontrast zu seinen Haaren und seiner Kleidung stand. Sein Schwert hing an seiner Seite, und die Scheide leuchtete blauschwarz, als wolle sie die eisige Aura der Waffe wiedergeben.

Ich war so erleichtert, ihn zu sehen. Lächelnd machte ich einen Schritt auf ihn zu, blieb aber abrupt stehen, als ich seinen kalten Blick auffing. Verwirrt hielt ich inne. Vielleicht erkannte er mich ja nicht. Ich begegnete seinem Blick und wartete darauf, dass seine Miene auftauen und er mir dieses schmale Lächeln schenken würde, das ich so unwiderstehlich fand. Vergeblich. Seine kalten Augen streiften mich mit einem kurzen abschätzigen Blick, bevor er um mich herumging und vor seine Königin trat. Ich war geschockt und tief verletzt. Vielleicht spielte er ja wegen der Königin den Coolen, aber zumindest *Hallo* hätte er doch sagen können. Ich machte mir eine gedankliche Notiz, ihn später deswegen anzumotzen, wenn wir allein waren.

»Prinz Ash«, schnurrte Mab, als Ash sich vor ihrem Thron auf ein Knie sinken ließ. »Du bist zurückgekehrt. Begleiten deine Brüder dich?«

Ash hob den Kopf, doch eine weitere Stimme kam ihm zuvor.

»Unser jüngster Bruder ist unserer Gegenwart beinahe schon entflohen, so eilig hatte er es, zu dir zurückzukehren, Königin Mab«, sagte die helle, klare Stimme hinter mir. »Wenn ich es nicht besser wüsste, würde ich vermuten, dass er nicht in unserem Beisein mit dir sprechen wollte.«

Ash richtete sich mit angestrengt ausdrucksloser Miene auf, während zwei weitere Männer den Saal betraten, was zur Folge hatte, dass die Feen wie Vögel auseinanderflatterten. Genau wie Ash trugen sie lange, schmale Schwerter an der Seite und bewegten sich mit der mühelosen Eleganz des Adels.

Der Erste – der auch gesprochen hatte – ähnelte Ash in Größe und Statur: schlank, geschmeidig und gefährlich. Er hatte ein schmales, spitzes Gesicht und schwarze Haare, die ihm wie Stacheln vom Kopf abstanden. Hinter ihm bauschte sich ein weißer Trenchcoat, und in einem seiner spitzen Ohren funkelte ein goldener Stecker. Im Vorbeigehen traf sein Blick mich, wobei seine eisblauen Augen funkelten wie Diamantsplitter und seine Lippen sich zu einem trägen Lächeln verzogen.

Der zweite Bruder war größer als seine Geschwister, eher schmal als schlank und trug die langen, schwarzen Haare zu einem Pferdeschwanz zurückgebunden, der ihm bis zur Hüfte reichte. Ihm folgte ein großer, grauer Wolf, dessen schmale Augen wachsam umherschweiften.

»Rowan.« Mab lächelte den ersten Prinzen an, während sich die beiden vor ihr verbeugten, wie Ash es getan hatte. »Sage. Endlich sind meine Jungen alle wieder zu Hause. Welche Neuigkeiten bringt ihr mir? Habt ihr diese Eisernen Feen innerhalb unserer Grenzen gefunden? Bringt ihr mir ihre giftigen kleinen Herzen?«

»Meine Königin.« Jetzt sprach der größte der drei, der älteste Bruder Sage. »Wir haben Tir Na Nog von Grenze zu Grenze abgesucht, von den Eisigen Ebenen bis zum Gefrorenen Sumpf und bis zum Scherbenmeer. Wir haben keine Spur dieser Eisernen Feen entdeckt, von denen unser Bruder berichtet hat.«

»Bringt einen zu der Frage, ob unser geliebter Bruder Ash vielleicht ein wenig übertrieben hat«, meldete sich Rowan, und seine Stimme passte zu dem spöttischen Grinsen in seinem Gesicht. »Immerhin scheinen sich die Legionen von ›Eisernen Feen‹ in Luft aufgelöst zu haben.«

Ash starrte Rowan zornig an, sah aber sofort wieder gelangweilt aus, während ich spürte, wie ich rot vor Wut wurde.

»Er sagt die Wahrheit«, platzte ich heraus und spürte dabei die Blicke des gesamten Hofes auf mir. »Die Eisernen Feen sind real, und sie sind immer noch da draußen. Und wenn ihr sie nicht ernst nehmt, werdet ihr tot sein, bevor ihr realisiert, was eigentlich los ist.«

Rowan lächelte mich mit zusammengekniffenen Augen an. Es wirkte gefährlich. »Und warum sollte es Oberons Halbbluttochter kümmern, ob der Winterhof lebt oder stirbt?«

»Genug.« Mabs raue Stimme hallte durch den Saal. Sie erhob sich und wedelte mit der Hand in Richtung der Feen, die sich hinter uns versammelt hatten. »Raus mit euch. Verschwindet, und zwar alle. Ich will allein mit meinen Söhnen sprechen.«

Die Menge zerstreute sich und verließ schleichend, stampfend und gleitend den Thronsaal. Ich zögerte und versuchte Ashs Blick aufzufangen, weil ich nicht sicher war, ob ich an diesem Gespräch teilnehmen sollte. Immerhin wusste ich auch über die Eisernen Feen Bescheid. Es gelang mir tatsächlich, seine Aufmerksamkeit auf mich zu ziehen, aber der Winterprinz starrte mich nur gelangweilt und feindselig aus zusammengekniffenen Augen an.

»Hast du die Königin nicht gehört, Missgeburt?«, fragte er kalt, und mein Herz krampfte sich zu einem winzigen Ball zusammen. Ich starrte ihn mit offenem Mund an und wollte einfach nicht glauben, dass Ash tatsächlich so mit mir sprach, doch er fuhr mit gnadenloser Verachtung fort: »Du bist hier nicht willkommen. Verschwinde.«

Ich spürte, wie Tränen der Wut mir in den Augen brannten, und trat einen Schritt auf ihn zu. »Ash …«

Mit funkelnden Augen schenkte er mir einen Blick voll puren Abscheus. »Für dich immer noch *Prinz* Ash oder *Eure Hoheit,* Missgeburt. Und ich kann mich nicht erinnern, dir erlaubt zu haben, mit mir zu sprechen. Vergiss das besser nicht wieder, denn das nächste Mal werde ich dich mit meinem Schwert daran erinnern, wo dein Platz ist.« Er wandte sich ab und entließ mich mit einer lässigen, kalten Geste.

Rowan kicherte, und Mab beobachtete mich von ihrem Thron aus mit kühler Belustigung.

Mir schnürte sich die Kehle zu, und hinter meinen Augen baute sich eine Flut auf, die hervorzubrechen drohte. Zitternd biss ich mir auf die Lippe und drängte die Tränen zurück. Ich würde *nicht* weinen. Nicht jetzt. Nicht hier vor Mab und Rowan und Sage. Sie warteten ja nur darauf. Das konnte ich in ihren Mienen lesen, während sie mich erwartungsvoll musterten. Wenn ich überleben wollte, durfte ich am Dunklen Hof keine Schwäche zeigen.

Ganz besonders jetzt nicht, wo Ash zu einem der Monster mutiert war.

Mit so viel Würde, wie ich aufbringen konnte, verbeugte ich mich vor Königin Mab. »Dann entschuldigt mich bitte, Eure Hoheit«, sagte ich, und meine Stimme zitterte nur ganz leicht. »Ich will Euch und Eure Söhne nicht länger belästigen.«

Mab nickte, und Rowan machte eine spöttische, völlig übertriebene Verbeugung vor mir. Ash und Sage ignorierten mich komplett.

Ich drehte mich auf dem Absatz um und verließ mit hocherhobenem Haupt den Thronsaal, doch bei jedem Schritt brach mir das Herz.

Eine Proklamation

Als ich aufwachte, war es hell im Zimmer, und kalte Lichtstrahlen fielen durch das Fenster. Mein Gesicht fühlte sich heiß und verklebt an, und mein Kopfkissen war feucht. Einen wundervollen Moment lang erinnerte ich mich nicht an die Ereignisse vom Abend zuvor. Dann kehrte die Erinnerung wie eine schwarze Welle zurück.

Wieder drohte ich in Tränen auszubrechen und versteckte meinen Kopf unter der Bettdecke. Den Großteil der Nacht hatte ich damit verbracht, in mein Kissen zu weinen, das Gesicht fest in den Stoff gedrückt, damit mein Schluchzen so weit gedämpft wurde, dass die Feen im Korridor es nicht hören konnten.

Ashs grausame Worte waren wie ein Stich mitten ins Herz. Selbst jetzt konnte ich immer noch nicht fassen, wie er sich im Thronsaal benommen hatte. Als wäre ich nur Dreck unter seinen Schuhen, als würde er mich wahrhaft verabscheuen. Ich hatte so sehr gehofft und mich danach gesehnt, dass er zurückkäme, und jetzt waren diese Gefühle wie ein verbogener Nagel in meinem Inneren. Ich fühlte mich hintergangen, als wäre alles, was wir auf unserer Reise zum Eisernen König miteinander geteilt hatten, nur eine Farce, ein taktisches Manöver gewesen, das der verschlagene Eisprinz durchgezogen hatte, damit ich ihm an den Dunklen Hof folgte. Oder vielleicht hatte er auch einfach genug von mir und war weitergezogen. Ein weiteres Beispiel dafür, wie unberechenbar und unsensibel die Feen sein konnten.

In diesem Moment absoluter Einsamkeit und Verwirrung wünschte ich mir, Puck wäre hier. Puck mit seiner Sorglosigkeit und seinem ansteckenden Grinsen, der immer wusste, was er sagen musste, um mich wieder zum Lachen zu bringen. Als Mensch war Robbie Goodfell mein Nachbar und bester Freund gewesen; wir hatten alles miteinander geteilt, alles zusammen gemacht. Und dann stellte sich heraus, dass Robbie Goodfell eigentlich Robin Goodfellow war, der berüchtigte Puck aus Shakespeares *Sommernachtstraum,* und dass er von Oberon den Befehl erhalten hatte, mich vor der Feenwelt zu bewahren. Er widersetzte sich seinem König, als er mich für die Suche nach Ethan ins Nimmernie brachte, und dann noch einmal, als ich vom Lichten Hof floh und Oberon mir Puck hinterherschickte, um mich zurückzuholen. Er musste für seine Loyalität einen hohen Preis zahlen, als er schließlich in einem Kampf gegen Machinas Leutnant Virus angeschossen und fast getötet wurde. Wir waren gezwungen, ihn zurückzulassen, tief im Inneren des Baumes einer Dryade, wo er von seinen Verletzungen genesen sollte. Was diese Entscheidung anging, fühlte ich mich immer noch schuldig. Bei der Erinnerung daran stiegen mir erneut Tränen in die Augen. Puck konnte einfach nicht tot sein. Dafür vermisste ich ihn viel zu sehr.

Ein heftiges Klopfen an der Tür ließ mich aufschrecken.

»Meghaaan«, hörte ich die singende Stimme von der Puca Tiaothin. »Auufwaaachen. Ich weiß, dass du da drin bist. Mach die Tüüür aaauuuf.«

»Geh weg«, schrie ich und wischte mir über die Augen. »Ich werde nicht rauskommen, klar? Ich fühle mich nicht so besonders.«

Natürlich stachelte sie das nur weiter an. Das Klopfen wurde zu einem Kratzen, bei dem sich mir die Nackenhaare aufstellten, und ihre Stimme wurde lauter und drängender. Da ich wusste, dass sie notfalls den ganzen Tag kratzend und nörgelnd da sitzen würde, sprang ich aus dem Bett, stampfte quer durchs Zimmer und riss die Tür auf.

»Was ist denn?«, knurrte ich.

Die Puca musterte blinzelnd meine zerknautschten Klamotten, die Tränenspuren auf meinem Gesicht und meine angeschwollene, laufende Nase. Ihre Lippen verzogen sich zu einem wissenden Lächeln, das mich noch wütender machte. Wenn sie nur gekommen war, um mich zu ärgern, konnte sie gleich wieder verschwinden. Ich trat einen Schritt zurück, um ihr die Tür vor der Nase zuzuschlagen, als sie schon ins Zimmer schoss und elegant auf mein Bett sprang.

»Hey! Verdammt, Tiaothin! Verzieh dich!« Meine Proteste wurden einfach ignoriert, stattdessen sprang die Puca fröhlich auf dem Bett herum und riss mit ihren scharfen Krallen Löcher in die Decke.

»Meghan ist verliihiiebt«, sang die Puca, und mir blieb fast das Herz stehen. »Meghan ist verliihiiebt. Meghan und Ash gehen in den Wald ...«

»Halt die Klappe, Tiaothin!« Ich knallte die Tür zu und ging mit einem finsteren Blick zu ihr rüber.

Die Puca kicherte, hörte auf herumzuhopsen und ließ sich im Schneidersitz auf meinem Kissen nieder. Ihre grüngoldenen Augen funkelten schelmisch.

»Ich bin nicht in Ash verliebt«, erklärte ich und verschränkte die Arme vor der Brust. »Hast du nicht mitgekriegt, wie er mit mir geredet hat? Als wäre ich der letzte Dreck. Ash ist ein herzloser, arroganter Mistkerl. Ich hasse ihn.«

»Lügnerin«, erwiderte die Puca. »Lügner, Lügner, lügnerischer Mensch. Ich habe gesehen, wie du ihn angestarrt hast, als er reinkam. Diesen Blick kenne ich. Dich hat's voll erwischt.« Tiaothin zuckte kichernd mit einem Ohr, während ich mich wand. Dann grinste sie so breit, dass man ihr gesamtes Gebiss sehen konnte. »Ist wirklich nicht deine Schuld. Ash wirkt einfach so auf die Leute. Kein dummer Sterblicher kann ihn ansehen und sich *nicht* Hals über Kopf in ihn verlieben. Was meinst du denn, wie viele Herzen er schon gebrochen hat?«

Das zog mich noch weiter runter. Ich hatte gedacht, ich wäre etwas Besonderes. Dass Ash etwas für mich empfand, wenigstens ein kleines bisschen. Jetzt wurde mir klar, dass ich wohl nur ein weiteres Mädchen in einer langen Reihe von Menschen war, die so blöd gewesen waren, sich in ihn zu verlieben.

Tiaothin lehnte sich gähnend in meine Kissen zurück. »Ich sage dir das, damit du nicht deine Zeit damit vergeudest, dem Unerreichbaren nachzujagen«, schnurrte sie und sah mich aus zusammengekniffenen Augen an. »Außerdem ist Ash in eine andere verliebt«, fuhr sie fort. »Schon seit ewigen Zeiten. Er hat sie nie vergessen.«

»Ariella«, flüsterte ich.

Sie wirkte überrascht. »Er hat dir von ihr erzählt? Wow. Tja, dann sollte dir eigentlich klar sein, dass Ash sich niemals in ein unscheinbares, halb menschliches Mädchen verlieben würde. Immerhin war Ariella die schönste Sidhe am gesamten Winterhof. Er würde niemals ihr Andenken verraten, selbst wenn das Gesetz keine Rolle spielen würde. Du kennst doch das Gesetz, oder?«

Ich hatte keine Ahnung von irgendeinem Gesetz, und es war mir auch egal. Irgendwie hatte ich das Gefühl, die Puca wollte, dass ich sie danach fragte, aber diesen Gefallen würde ich ihr nicht tun. Doch Tiaothin schien fest entschlossen, es mir trotzdem zu erzählen, denn sie fuhr naserümpfend fort: »Du bist Sommer«, erklärte sie abfällig. »Wir sind Winter. Es verstößt gegen das Gesetz, dass die beiden Seiten sich miteinander einlassen. Es passiert zwar nicht oft, aber hin und wieder verliebt sich eine durchgedrehte Sommerfee in einen aus dem Winterreich oder andersrum. Das bringt nur Probleme – Sommer und Winter sind einfach nicht füreinander bestimmt. Wenn sie erwischt werden, verlangen die Herrscher, dass sie ihrer Liebe unverzüglich abschwören. Wenn sie sich weigern, werden sie bis in alle Ewigkeit in die Menschenwelt verbannt, damit sie ihre blasphemische Beziehung an einem Ort fortsetzen können, wo die Hofstaaten es nicht mit ansehen müssen … falls sie nicht auf der Stelle hingerichtet werden.« Sie fixierte mich mit ihrem stechenden Blick. »Du siehst also, Ash würde seine Königin und sein Reich niemals wegen eines *Menschen* verraten. Es ist also das Beste, wenn du ihn dir aus dem Kopf schlägst. Vielleicht suchst du dir einfach einen blöden sterblichen Jungen, wenn du wieder in der Menschenwelt bist – falls Mab dich jemals gehen lässt.«

Inzwischen ging es mir so miserabel, dass ich nicht einmal mehr den Mund aufmachen konnte, weil nichts als Schluchzen oder Schreie herausgekommen wären. Meine Kehle brannte, und meine Augen schwollen zu. Ich musste hier raus, weg von Tiaothins brutalen Wahrheiten, bevor ich in Stücke zersprang.

Ich biss mir auf die Lippe, um die Tränen zurückzuhalten, drehte mich um und rannte in die Korridore des Dunklen Hofes hinaus.

Fast wäre ich über einen Kobold gestolpert, der zischend seine Fangzähne bleckte, die im Halbdunkeln schimmerten. Hastig murmelte ich eine Entschuldigung und lief weiter. Eine große Frau in einem geisterhaften, weißen Kleid schwebte durch den Gang, und ich bog schnell in einen anderen Korridor ab, bevor ihre roten, geschwollenen Augen mich entdeckten.

Ich musste hier raus. Nach draußen, an die klare, kalte Luft, und wenigstens ein paar Minuten allein sein, bevor ich völlig durchdrehte. In den dunklen Korridoren und überfüllten Hallen des Palastes wurde ich klaustrophobisch. Tiaothin hatte mir einmal den Weg nach draußen gezeigt – eine große Doppeltür, die auf der einen Seite mit einem lachenden Gesicht verziert war, auf der anderen Seite mit einer furchtbaren Fratze. Ich hatte allein wieder nach ihr gesucht, sie aber nie gefunden. Inzwischen hatte ich den Verdacht, dass Mab sie mit einem Zauber belegt hatte, um sie vor mir zu verbergen. Oder vielleicht spielten die Türen auch auf grausame Art Verstecken mit mir – im Feenland machten Türen das manchmal. Es war frustrierend: Von meinem Zimmerfenster aus konnte ich die funkelnde, schneebedeckte Stadt sehen, aber ich konnte sie nie erreichen.

Plötzlich klapperte etwas hinter mir. Als ich mich umdrehte, sah ich eine Gruppe Dunkerwichtel, die durch den Korridor auf mich zukam. In ihren irren gelben Augen funkelten Hunger und Gier. Bis jetzt hatten sie mich noch nicht entdeckt, aber wenn sie es taten, wäre ich allein und ungeschützt, weit weg von der Sicherheit meines Zimmers, und Dunkerwichtel waren *immer* hungrig. Angst packte mich. Panisch bog ich um eine Ecke …

Und da war sie, am anderen Ende einer vereisten Halle. Die Doppeltür mit dem lachenden Gesicht und der Fratze, die mich gleichzeitig zu verspotten und zu bedrohen schienen. Jetzt, wo ich sie endlich gefunden hatte, zögerte ich. Würde ich wieder hereinkommen können, wenn ich einmal rausging? Jenseits des Palastes erstreckte sich die verwinkelte, Furcht einflößende Stadt der Winterfeen. Wenn ich nicht wieder reinkam, würde ich erfrieren – oder Schlimmeres.

Hinter mir ertönte ein freudiger Schrei. Die Dunkerwichtel hatten mich entdeckt.

Ich lief los und versuchte auf den bunten Fliesen, die aus purem Eis zu bestehen schienen, nicht auszurutschen. Ein spindeldürrer Butler im schwarzen Anzug musterte mich ausdruckslos, als ich auf ihn zuschlitterte. Lange graue Haare fielen ihm bis auf die Schultern. Riesige runde Augen, die wie Spiegel glänzten, starrten mich an. Ich beachtete ihn nicht weiter, packte die Klinke des lachenden Gesichts und zog daran, doch die Tür rührte sich nicht.

»Möchten Sie ausgehen, Miss Chase?«, fragte der Butler und neigte seinen Eierkopf.

»Nur ein wenig«, keuchte ich, während ich weiter an der Tür zerrte, die nun frustrierenderweise auch noch anfing, mich auszulachen. Da ich schon wesentlich seltsamere Dinge erlebt hatte, zuckte ich nicht zusammen und schrie auch nicht, aber es machte mich wütend. »Ich bin bald zurück, versprochen.« Jetzt mischte sich das johlende Gelächter der Dunkerwichtel unter das Grölen der Tür, was wie der entscheidende Stoß für mich war. »Verdammt, geh auf, du blödes Mistding!«

Der Butler seufzte. »Sie beleidigen die falsche Tür, Miss Chase.« Er schob seinen Arm an mir vorbei und zog an der Fratzentür, die mir einen finsteren Blick zuwarf, als sie sich quietschend öffnete. »Bitte seien Sie umsichtig bei Ihrer Exkursion«, sagte der Butler gestelzt. »Ihre Majestät wäre höchst ungehalten, falls Sie … ähm … weglaufen sollten. Was Sie sicherlich nicht tun würden. Der Schutz Ihrer Majestät ist das Einzige, was verhindert, dass Sie erfrieren oder verspeist werden.«

Ein eisiger Luftschwall fuhr durch die Eingangshalle. Die Landschaft hinter der Tür war finster und kalt. Mit einem letzten Blick auf die

Dunkerwichtel, die mich aus den Schatten mit strahlendem Haifischgrinsen beobachteten, trat ich zitternd hinaus in den Schnee.

Es war so kalt, dass ich fast auf der Stelle umgekehrt wäre. Mein kondensierter Atem hing in der Luft, und kleine Eiswirbel strichen über meine Haut, bis sie kribbelte und brannte. Vor mir erstreckte sich ein unberührter, verschneiter Hof, dessen Bäume, Blumen, Statuen und Brunnen mit glasklarem Eis bedeckt waren. Riesige zerklüftete Kristalle, einige sogar größer als ich, ragten aus dem Boden und streckten sich dem Himmel entgegen. Auf dem Rand eines Brunnenbeckens saß eine Gruppe von Feen. Sie waren alle in funkelndes Weiß gekleidet, und ihre langen blauen Haare fielen ihnen offen über den Rücken. Als sie mich sahen, kicherten sie hinter vorgehaltener Hand und erhoben sich. Ihre Fingernägel schimmerten in der Dämmerung bläulich.

Ich ging in die andere Richtung, stapfte durch den knirschenden Schnee und hinterließ tiefe Stiefelabdrücke. Früher hätte ich mich vielleicht gewundert, wie es unter der Erde schneien konnte, doch ich hatte schon lange akzeptiert, dass die Dinge im Feenland eigentlich nie logisch waren. Natürlich hatte ich keine Ahnung, wo ich hinlief, aber Bewegung war jetzt besser, als stillzustehen.

»Was glaubst du, wo du gerade hingehst, Missgeburt?«

Schnee wirbelte auf, biss mich ins Gesicht und blendete mich. Als der Sturm sich legte, standen die vier Feenmädchen, die gerade am Brunnen gesessen hatten, um mich herum. Groß, grazil und wunderschön, mit blasser Haut und glänzendem, kobaltblauem Haar, umkreisten sie mich wie ein Rudel Wölfe, während sich ihre frostigen vollen Lippen zu einem hässlichen Grinsen verzogen.

»Ooh, Schneebeere, du hattest recht«, sagte eine von ihnen und rümpfte die Nase, als hätte sie etwas Ekliges gerochen. »Sie stinkt *tatsächlich* wie ein totes Schwein im Sommer. Ich weiß nicht, wie Mab das aushält.«

Ich ballte die Fäuste, versuchte aber, ruhig zu bleiben. Für so eine Nummer war ich gerade absolut nicht in der Stimmung. *Gott, das ist ja genau wie auf der Highschool. Hört das denn nie auf? Verdammt noch mal, das sind uralte Feenwesen, und sie führen sich auf wie die Cheerleader an meiner Schule.*

Die Größte der Gruppe, eine gertenschlanke Fee, deren blaue Haare von giftgrünen Strähnchen durchsetzt waren, musterte mich aus kalten blauen Augen und kam mir so nah, dass ich mich bedrängt fühlte. Als ich trotzdem nicht zurückwich, kniff sie die Augen zusammen. Vor einem Jahr hätte ich vielleicht noch mild gelächelt, genickt und allem zugestimmt, was sie sagten, nur damit sie mich in Ruhe ließen. Mittlerweile lagen die Dinge anders. Diese Mädchen waren nicht das Schrecklichste, was mir je begegnet war. Bei Weitem nicht.

»Kann ich euch irgendwie helfen?«, fragte ich so ruhig wie möglich.

Sie lächelte. Es war kein nettes Lächeln. »Ich bin nur neugierig, wie eine Missgeburt wie du es geschafft hat, einfach so davonzukommen, nachdem sie mit Prinz Ash wie eine Gleichgestellte gesprochen hat.« Angewidert verzog sie die Lippen und rümpfte die Nase. »Wenn ich Mab wäre, hätte ich dir die Kehle zugefroren, allein weil du ihn angesehen hast.«

»Tja, bist du aber nicht«, erwiderte ich und sah ihr direkt in die Augen. »Und da ich hier Gast bin, denke ich, dass sie es nicht gutheißen würde, wenn ihr irgendetwas gegen mich ausheckt. Also, warum tun wir uns nicht gegenseitig einen Gefallen und tun so, als würde die andere nicht existieren? Das würde eine Menge Probleme lösen.«

»Du kapierst es einfach nicht, was, Missgeburt?«

Schneebeere richtete sich zu ihrer vollen Größe auf und starrte über ihre perfekte Nase hinweg auf mich herab. »Meinen Prinzen anzusehen gilt als kriegerischer Akt. Bei dem Gedanken daran, dass du es gewagt hast, mit ihm zu *sprechen,* dreht sich mir der Magen um. Du scheinst nicht zu begreifen, dass du ihn anwiderst, wie es ja auch richtig ist – mit deinem verdorbenen Sommerblut und deinem Menschengestank. Und dagegen sollten wir etwas unternehmen, nicht wahr?«

Mein Prinz? Redete sie etwa von Ash? Ich starrte sie fassungslos an und hätte gern etwas Dummes gesagt wie: *Witzig, er hat dich nie erwähnt.* Doch auch wenn sie sich aufführte wie ein verzogenes, fieses, reiches Mädchen von meiner alten Schule – die Art, wie sich ihre Augen verdunkelten, bis die Pupillen nicht mehr zu erkennen waren, erinnerte mich daran, dass sie immer noch eine Fee war.

»Also.« Schneebeere trat einen Schritt zurück und schenkte mir ein herablassendes Lächeln. »Wir werden Folgendes tun: Du, Missgeburt, wirst versprechen, dass du meinen Schnuckel Ash nie wieder ansehen wirst, nicht einmal flüchtig. Brichst du dieses Versprechen, darf ich dir deine ungehorsamen Augen ausreißen und mir eine Kette daraus machen. Das scheint mir ein fairer Handel, oder?«

Der Rest der Mädchen kicherte, und irgendwie klang es gierig, hungrig, als wollten sie mich bei lebendigem Leib fressen. Ich hätte ihr sagen können, dass sie sich keine Gedanken zu machen brauchte. Ich hätte ihr sagen können, dass Ash mich hasste und keine Drohungen nötig waren, damit ich mich von ihm fernhielt. Hätte ich. Stattdessen richtete ich mich auf, sah ihr direkt in die Augen und fragte: »Und was, wenn ich nicht darauf eingehe?«

Stille. Ich spürte, wie die Luft noch kälter wurde, und bereitete mich auf einen Ausbruch vor. Ein Teil von mir wusste, dass es dämlich war, mit einem Feenwesen Streit anzufangen. Wahrscheinlich bekam ich jetzt einen Arschtritt oder wurde verflucht oder sonst etwas Fieses. Aber es war mir egal. Ich hatte es satt, herumgeschubst zu werden, hatte es satt, auf die Toilette zu rennen, um mir dort die Augen auszuheulen. Wenn dieses Miststück von einer Fee Streit wollte, nur zu. Ich konnte auch meine Krallen ausfahren.

»Na, wenn das nicht nach Spaß aussieht.« Eine sanfte, selbstbewusste Stimme durchbrach die Stille, nur eine Sekunde, bevor die Hölle losgebrochen wäre. Wir zuckten alle zusammen, als sich eine schlanke Gestalt ganz in Weiß mit wehendem Mantel aus dem Schnee materialisierte. Sein spitzes Gesicht glühte quasi vor arroganter Belustigung.

»Prinz Rowan!«

Der Prinz grinste und kniff die eisblauen Augen zusammen. »Verzeiht mir, Mädels«, sagte er und stellte sich neben mich, woraufhin das Rudel ein paar Schritte zurückwich. »Ich will eure kleine Party ja nicht stören, aber ich muss mir die Missgeburt für einen Moment ausleihen.«

Schneebeere lächelte Rowan an, und innerhalb eines Sekundenbruchteils verschwand jede Spur von Gehässigkeit aus ihrem Gesicht. »Selbstverständlich, Hoheit«, flötete sie, als hätte man ihr gerade ein tolles Geschenk gemacht. »Wie Ihr befehlt. Wir haben ihr nur ein wenig Gesellschaft geleistet.«

Am liebsten hätte ich gekotzt, aber Rowan erwiderte ihr Lächeln, als würde er ihr das glauben, und das Rudel schwebte ohne einen weiteren Blick auf mich davon.

Sobald sie verschwunden waren, verwandelte sich das Lächeln des Prinzen in ein abfälliges Grinsen, und er musterte mich so anzüglich, dass ich sofort wachsam wurde. Mochte ja sein, dass er mich vor Schneebeere und ihren Harpyien gerettet hatte, aber ich glaubte nicht, dass er das aus reiner Ritterlichkeit getan hatte.

»So, so, du bist also Oberons Halbblut«, schnurrte er und bestätigte damit meinen Verdacht. Er musterte mich von oben bis unten, und ich kam mir schrecklich entblößt vor, als würde er mich mit den Augen ausziehen. »Ich habe dich im Frühjahr beim Elysium gesehen. Irgendwie dachte ich, du wärst … größer.«

»Tut mir leid, wenn ich dich enttäusche«, erwiderte ich eisig.

»O nein, du bist nicht enttäuschend.« Rowan grinste, und sein Blick blieb an meiner Brust hängen. »Kein bisschen.« Er kicherte wieder und trat zurück, wobei er mir bedeutete, ihm zu folgen. »Komm, Prinzessin, machen wir einen kleinen Spaziergang. Ich will dir etwas zeigen.«

Das wollte ich ganz bestimmt nicht, aber ich sah keine Möglichkeit, einem Prinzen des Dunklen Hofes höflich eine Abfuhr zu erteilen, besonders nicht, nachdem er mir gerade einen Gefallen getan und mich von den Harpyien befreit hatte. Also folgte ich ihm in einen anderen Teil des Hofes, wo gefrorene Statuen die Landschaft zierten, die dadurch unheimlich und surreal wirkte. Einige von ihnen standen stolz und aufrecht, andere krümmten sich in kläglicher Angst zusammen und hatten die Arme hochgerissen, um sich zu schützen. Als ich mir einige der Gesichter ansah, die sehr real und lebensecht wirkten, lief mir ein Schauer über den Rücken. *Die Winterkönigin hat einen echt gruseligen Geschmack.*

Rowan blieb vor einer Statue stehen. Sie war mit einer rauchigen Eisschicht bedeckt und ihr Gesicht durch die schimmernde Ummantelung kaum zu erkennen. Entsetzt begriff ich, dass es gar keine Statue war. Aus dem eisigen Gefängnis starrte mir ein Mensch entgegen; sein Mund war panisch aufgerissen, und er hatte eine Hand ausgestreckt. Seine weit aufgerissenen blauen Augen sahen auf mich herab.

Dann blinzelte er.

Taumelnd wich ich zurück und spürte, wie ein Schrei in meiner Kehle aufstieg. Der Mensch blinzelte wieder und starrte mich ängstlich flehend an. Ich sah, wie seine Lippen zitterten, als wolle er etwas sagen, doch das Eis hielt ihn gefangen, erstarrt und hilflos. Unwillkürlich fragte ich mich, wie er wohl atmen konnte.

»Brillant, nicht wahr?«, sagte Rowan und betrachtete die Statue voller Bewunderung. »Mabs Strafe für jene, die sie enttäuschen. Sie können alles sehen, fühlen und hören, was um sie herum vorgeht, sie sind sich also völlig bewusst, was mit ihnen passiert ist. Ihre Herzen schlagen, ihre Gehirne funktionieren, aber sie altern nicht. Der Lauf der Zeit ist für sie für immer unterbrochen.«

»Wie können sie atmen?«, flüsterte ich, ohne den Menschen aus den Augen zu lassen.

»Gar nicht.« Rowan grinste verschlagen. »Natürlich können sie das nicht. Ihre Nasen und Münder sind ja voll Eis. Aber trotzdem versuchen sie es immer wieder. Es ist, als würden sie für alle Ewigkeit ersticken.«

»Das ist grauenvoll!«

Der Sidheprinz zuckte mit den Schultern. »Dazu kann ich nur eins sagen: Es ist besser, Mab nicht zu reizen.« Dann richtete er seinen eisigen Blick auf mich. »Also, Prinzessin«, fuhr er fort und machte es sich am Fuß der Statue bequem. »Verrate mir doch mal eines.« Er nahm einen Apfel aus dem Nichts, biss hinein und lächelte mich unverwandt an. »Wie ich höre, sind du und Ash bis in das Reich des Eisernen Königs und zurück gereist. Oder zumindest behauptet er das. Was hältst du von meinem lieben kleinen Bruder?«

Ich vermutete einen Hintergedanken und verschränkte die Arme. »Warum willst du das wissen?«

»Ich mache nur ein wenig Konversation.« Rowan schuf einen weiteren Apfel und warf ihn mir zu. Ich fing ihn ungeschickt auf, und Rowan grinste. »Mach dich mal locker. Bei dir würde selbst ein Heinzelmännchen einen Nervenzusammenbruch kriegen. Also, war mein Bruder ein totaler Troll oder hat er sich daran erinnert, dass er auch Manieren hat?«

Ich war hungrig. Mein Magen knurrte, und der Apfel lag kühl und knackig in meiner Hand. Bevor ich wusste, wie mir geschah, hatte ich schon hineingebissen. Süßer, frischer Saft erfüllte meinen Mund, mit einem kaum wahrnehmbaren bitteren Nachgeschmack. »Er war ein perfekter Gentleman«, sagte ich mit vollem Mund. Irgendwie klang meine Stimme seltsam. »Er hat mir geholfen, meinen Bruder vor dem Eisernen König zu retten. Ohne ihn hätte ich es nicht geschafft.«

Rowan lehnte sich zurück und schenkte mir ein träges Lächeln. »Sag bloß.«

Dieses Lächeln ließ mich die Stirn runzeln. Irgendetwas stimmte hier nicht. Warum erzählte ich ihm das alles? Ich versuchte den Mund zu halten und biss mir sogar auf die Zunge, aber meine Lippen öffneten sich, und die Worte strömten von ganz allein heraus.

»Mein Bruder Ethan war vom Eisernen König entführt worden«, sagte ich und hörte mir gleichzeitig selbst entsetzt beim Plappern zu. »Ich kam ins Nimmernie, um ihn zu suchen. Als Ash von Mab geschickt wurde, um mich gefangen zu nehmen, habe ich ihn stattdessen durch einen Trick dazu gebracht, einen Vertrag mit mir zu schließen. Wenn er mir dabei half, Ethan zu retten, würde ich mit ihm an den Dunklen Hof kommen. Er hat zugestimmt, mir zu helfen, doch als wir das Eiserne Königreich betreten hatten, machte es Ash furchtbar krank, und er wurde von Machinas Eisernen Rittern gefangen genommen. Ich habe mich in den Turm des Eisernen Königs geschlichen, ihn mit einem magischen Pfeil getötet und meinen Bruder und Ash gerettet. Und dann sind wir hierhergekommen.«

Ich schlug beide Hände vor den Mund, um die Wortflut zu stoppen, doch der Schaden war bereits angerichtet. Rowan sah aus wie die sprichwörtliche Katze, die gerade den Kanarienvogel verspeist hat.

»So, so«, säuselte er und sah mich aus zusammengekniffenen Augen an. »Mein kleiner Bruder lässt sich also austricksen – von einem schwachen Halbblut –, rettet ein Menschenkind und bringt sich dabei fast selbst um. Das passt gar nicht zu Ash. Erzähl mir mehr, Prinzessin.«

Ich behielt die Hände vor dem Mund, um die Worte zu dämpfen, als sie wieder hervorquollen.

Rowan lachte, sprang vom Sockel der Statue auf und kam mit einem fiesen Grinsen auf mich zu. »Ach komm schon, Prinzessin, du weißt doch, dass es keinen Sinn hat, sich zu wehren. Mach es dir nicht noch schwerer, als es schon ist.«

Am liebsten hätte ich ihn geschlagen, aber ich hatte Angst davor, die Hände vom Mund zu nehmen und so noch mehr zu verraten. Rowan kam immer näher, und sein Grinsen bekam etwas Bedrohliches. Ich wich zurück, aber Schwindelgefühle und eine Welle der Übelkeit packten mich, und ich musste um mein Gleichgewicht kämpfen. Der Prinz schnippte mit den Fingern, und der Schnee rund um meine Füße wurde zu Eis, umschloss meine Stiefel und hielt mich an Ort und Stelle fest. Entsetzt sah ich zu, wie das Eis über meine Knie wanderte und sich mit scharfem Knacken zu meinem Bauch vorarbeitete.

Es ist so kalt! Ich begann unkontrolliert zu zittern, während tausend Nadeln durch meine Kleidung in meine Haut zu stechen schienen. Panisch keuchte ich und wollte nur noch weg von dem Eis, aber ich konnte mich natürlich nicht bewegen. Mein Magen zog sich zusammen, und wieder stieg Übelkeit in mir auf. Rowan lehnte sich lächelnd an die Statue und sah zu, wie ich mich abmühte.

»Ich kann es stoppen, weißt du?«, sagte er, während er den Rest seines Apfels verputzte. »Du musst mir nur ein paar harmlose Fragen beantworten, mehr nicht. Ich weiß gar nicht, warum du dich so sträubst, außer du hättest etwas zu verbergen. Wen versuchst du zu schützen, Missgeburt?«

Die Kälte wurde unerträglich. Meine Muskeln verkrampften in der schrecklichen, alles durchdringenden Kälte. Meine Arme zitterten, und meine Hände rutschten von meinem Mund.

»Ash«, flüsterte ich. Genau in diesem Moment zersprang der Eispanzer, der mich gefangen hielt. Mit dem Klang von brechendem Porzellan löste er sich in Tausende Kristallsplitter auf, die im schwachen Licht funkelten. Ich schrie und taumelte rückwärts, endlich frei von der eisigen Umarmung, während sich eine schlanke dunkle Gestalt aus den Schatten löste.

»Ash.« Rowan sah lächelnd zu, wie sein Bruder auf uns zukam.

Mein Herz machte einen Sprung. Einen Moment lang glaubte ich, Ashs graue Augen wären wütend zusammengekniffen, aber dann kam er näher und wirkte dabei genauso wie am Abend zuvor – kühl, distanziert und gelangweilt.

»Was für ein Zufall«, sagte Rowan, der immer noch dieses widerliche, selbstgefällige Grinsen zur Schau trug. »Leiste uns doch etwas Gesellschaft, kleiner Bruder. Wir haben gerade von dir gesprochen.«

»Was machst du hier, Rowan?«, fragte Ash und seufzte gereizt. »Mab hat gesagt, wir sollen die Missgeburt nicht belästigen.«

»Ich soll sie belästigt haben?« Rowan schien fassungslos zu sein und riss die blauen Augen weit auf – das reinste Unschuldslamm. »Ich würde sie niemals belästigen. Wir haben uns nur angeregt unterhalten. Ist es nicht so, Prinzessin? Warum sagst du ihm nicht, was du mir gerade erzählt hast?«

Ashs silberne Augen richteten sich kurz auf mich, und ich sah Verunsicherung darin aufblitzen. Meine Lippen öffneten sich ungewollt, und hastig schlug ich wieder die Hände vor den Mund, um die Worte aufzuhalten, die herauskommen wollten. Ich sah ihn mit flehendem Blick an und schüttelte den Kopf.

»Komm schon, Prinzessin, nicht so schüchtern«, schnurrte Rowan. »Du schienst doch eine Menge über unseren lieben Jungen Ash zu sagen zu haben. Na los, erzähle es ihm.«

Ich starrte Rowan an und wünschte mir, ich könnte ihm sagen, wo er sich seine Kommentare hinschieben konnte, aber inzwischen war mir so schlecht und schwindelig, dass ich mich voll darauf konzentrieren musste, nicht umzukippen. Ashs Blick wurde hart. Er wandte sich von mir ab, bückte sich und hob etwas aus dem Schnee auf, das er eingehend musterte.

Es war die Frucht, die ich fallen gelassen hatte, nachdem ich nur einen Bissen davon genommen hatte, wie bei Schneewittchens vergiftetem Apfel. Nur dass es jetzt kein Apfel mehr war, sondern ein großer gepunkteter Pilz, dessen Fleisch so weiß war wie gebleichte Knochen. Mein Magen zog sich krampfartig zusammen, und fast hätte ich den Bissen wieder ausgekotzt.

Ash sagte nichts. Mit einem vielsagenden Blick hielt er Rowan den Pilz entgegen und zog eine Augenbraue hoch.

Rowan seufzte. »Mab hat nicht ausdrücklich gesagt, dass wir *keine* Spucksauspilze verwenden dürfen«, sagte Rowan und zuckte mit den schmalen Schultern. »Außerdem glaube ich, dass du es höchst interessant finden dürftest, was unsere kleine Sommerprinzessin über dich gesagt hat.«

»Warum sollte ich?« Ash warf den Pilz weg und wirkte wieder höchst gelangweilt. »Diese Unterhaltung ist nicht wichtig. Ich bin diesen Handel eingegangen, um sie hierher zu bringen, und das war's. Alles, was ich gesagt oder getan habe, diente nur dem Zweck, sie an den Hof zu bringen.«

Keuchend ließ ich die Hände sinken und starrte ihn an. Dann war es also wahr. Er hatte die ganze Zeit nur mit mir gespielt. Was er mir im Eisernen Königreich gesagt hatte, alles, was wir geteilt hatten – nichts davon war echt. Ich spürte, wie Kälte sich in meinem Bauch ausbreitete, und schüttelte den Kopf, als könnte ich so verdrängen, was ich eben gehört hatte. »Nein«, murmelte ich so leise, dass es niemand verstehen konnte. »Das ist nicht wahr. Das kann nicht wahr sein. Sag, dass das gelogen ist, Ash.«

»Mab ist völlig egal, wie ich es geschafft habe, solange der Auftrag erfüllt wurde«, fuhr Ash fort, der nicht einmal bemerkte, wie sehr er mich quälte. »Was man von dir nicht gerade behaupten kann.« Er verschränkte die Arme und zuckte mit den Schultern, die personifizierte Gleichgültigkeit. »Also, wenn wir hier fertig sind, sollte die Missgeburt besser wieder reingehen. Die Königin wird nicht erfreut sein, wenn sie erfriert.«

»Ash«, flüsterte ich, als er sich abwandte. »Warte!« Er würdigte mich keines Blickes. Tränen stiegen in mir auf, und ich stolperte hinter ihm her, immer noch gegen die Schwindelgefühle ankämpfend. »Ash! Ich liebe dich!«

Die Worte purzelten einfach so aus mir heraus. Ich wollte das nicht sagen, aber in dem Moment, als ich es tat, zog sich mein Magen vor Angst und Fassungslosigkeit zusammen. Ruckartig schlug ich die Hände wieder vor den Mund, aber es war längst zu spät. Rowan grinste so breit wie nie, ein Lächeln voller schrecklicher Freude, als hätte er gerade das tollste Geschenk der Welt bekommen.

Ash erstarrte. Er wandte mir immer noch den Rücken zu. Kurz sah ich, wie seine Hände sich zu Fäusten ballten.

»Tja, da hast du wohl Pech gehabt, was?«, sagte er völlig emotionslos. »Aber der Sommer war immer schon schwach. Warum sollte ich die missratene Tochter von Oberon anrühren? Du machst mich krank, Mensch.«

Es war, als würde eine eisige Hand in meinen Körper fahren und mir das Herz aus der Brust reißen. Ich verspürte sogar körperliche Schmerzen. Meine Knie gaben nach, und ich brach im Schnee zusammen. Eiskristalle bohrten sich in meine Handflächen. Ich konnte nicht atmen, konnte nicht einmal weinen. Ich konnte nur dort knien, während die Kälte durch meine Jeans drang und Ashs Worte in meinem Kopf widerhallten.

»Oh, das war aber gemein, Ash«, sagte Rowan fröhlich. »Ich glaube, du hast unserer armen Prinzessin das Herz gebrochen.«

Ash erwiderte etwas, was ich nicht verstand, weil der Boden anfing, sich unter mir zu drehen, als der nächste Schwindelanfall mich packte. Ich hätte ihn niederkämpfen können, aber ich war völlig betäubt, und in diesem Moment war mir alles egal. *Lass die Dunkelheit ruhig kommen,* dachte ich. *Soll sie mich mitnehmen.* Dann legte sich eine schwere Decke über meine Augen, und ich verlor das Bewusstsein.

Das Jahreszeitenzepter

Eine Zeit lang schwebte ich im Nichts, nicht richtig wach, aber auch nicht schlafend, sondern irgendwo dazwischen gefangen. Schemenhafte, halb vergessene Träume zogen durch meinen Geist und vermischten sich mit der Realität, bis ich nicht mehr wusste, was was war. Ich träumte von meiner Familie, von Ethan, Mom und meinem Stiefvater Luke. In meinem Traum lebten sie einfach ohne mich und vergaßen nach und nach, wer ich gewesen war und dass ich überhaupt je existiert hatte.

Gestalten und Stimmen tauchten in meinem Bewusstsein auf und verschwanden wieder: Tiaothin, die mir sagte, dass es jetzt genug sei, weil sie sich langweile; Rowan, der Königin Mab erklärte, er habe doch nicht wissen können, dass ich auf einen einfachen Pilz so heftig reagieren würde; eine weitere Stimme, die der Königin erklärte, dass ich vielleicht nie wieder aufwachen würde. Manchmal träumte ich, dass Ash in meinem Zimmer wäre, in einer Ecke oder neben meinem Bett stünde und mich einfach nur mit hellen Silberaugen beobachtete. In meinem

Delirium kam es mir sogar vor, als hörte ich ihn leise flüstern, dass es ihm leidtue.

»Menschen sind ja so zerbrechliche Wesen, nicht wahr?«, murmelte eines Nachts eine Stimme, während ich immer wieder wegdriftete. »Ein winziger Bissen von einem Spucksauspilz lässt sie gleich ins Koma fallen. Wie erbärmlich.« Die Stimme schnaubte. »Angeblich ist die da in Prinz Ash verliebt. Da stellt sich doch die Frage, was Mab wohl mit ihr anstellt, wenn sie wieder aufwacht. Sie ist sicher nicht begeistert davon, dass das Sommerpüppchen ihrem Lieblingssohn schöne Augen macht.«

»Tja, sie hat sich jedenfalls nicht gerade den passendsten Zeitpunkt ausgesucht, um einen auf Dornröschen zu machen«, fügte eine andere Stimme hinzu. »Jetzt, wo die Übergabe näher rückt und so.« Wieder ein Schnauben. »Falls sie aufwacht, tötet Mab sie vielleicht allein schon wegen des ganzen Ärgers. So oder so wird es sicher unterhaltsam.« Das Gelächter der beiden schien sich zu entfernen, und ich schwebte weiter in der Dunkelheit.

Eine Ewigkeit verging mit nur wenigen Unterbrechungen. Stimmen zogen an mir vorbei, waren aber ohne Bedeutung für mich. Tiaothin stach mir immer wieder in die Rippen, bis ihre scharfen Krallen mir die Haut aufrissen, aber der Schmerz gehörte zu jemand anders. Szenen mit meiner Familie erschienen mir: Mom auf der Veranda mit einem Polizisten, dem sie erklärte, dass sie keine Tochter habe, die vermisst werde; Ethan, der in meinem Zimmer spielte, das jetzt ein Arbeitszimmer war, frisch gestrichen und neu möbliert – all meine persönlichen Sachen weggegeben.

Während ich ihn dabei beobachtete, spürte ich einen dumpfen Druck in der Brust. In einem anderen Leben wäre es vielleicht Trauer oder Sehnsucht gewesen, aber ich hatte jegliche Gefühle hinter mir gelassen und beobachtete meinen Halbbruder mit distanzierter Neugier. Er sprach mit einem Stoffhasen, der mir bekannt vorkam, und ich runzelte verwirrt die Stirn. War dieser Hase nicht zerrissen worden …?

»Sie haben dich vergessen«, murmelte eine Stimme in der Dunkelheit. Eine vertraute, tiefe Stimme. Als ich mich umdrehte, entdeckte ich Machina, die eingerollten Kabel auf dem Rücken, der mich mit einem schmalen Lächeln musterte. Seine silbernen Haare leuchteten in der Dunkelheit.

Ich runzelte die Stirn. »Du bist nicht hier«, murmelte ich und wich zurück. »Ich habe dich getötet. Du bist nicht real.«

»Tja, meine Liebe.« Machina schüttelte den Kopf, und seine Haare kräuselten sich leicht. »Du hast mich getötet, aber ich bin immer noch bei dir. Jetzt werde ich für immer bei dir sein. Das lässt sich nicht vermeiden. Wir sind eins.«

Zitternd wich ich weiter zurück. »Geh weg«, sagte ich und trat in die Dunkelheit. Der Eiserne König beobachtete mich gespannt, folgte mir aber nicht. »Du bist nicht hier«, wiederholte ich. »Das ist nur ein Traum, und du bist tot! Lass mich in Ruhe.« Ich drehte mich um und floh in die Finsternis, bis das sanfte Glühen des Eisernen Königs von der unendlichen Schwärze verschluckt wurde.

Wieder verging eine Ewigkeit oder vielleicht auch nur einige Augenblicke, bis ich durch die Verwirrung und die Dunkelheit spürte, dass jemand an meinem Bett stand. *Mom?*

Bei dem Gedanken wurde ich wieder zu einem kleinen Mädchen. Vielleicht war es auch nur Tiaothin, die mich wieder ärgern wollte. *Geh weg,* sagte ich und zog mich wieder in meine Träume zurück. *Ich will dich nicht sehen. Ich will niemanden sehen. Lasst mich einfach in Ruhe.*

»Meghan«, flüsterte eine Stimme, die mir so schmerzhaft vertraut war, dass sie mich aus dem Abgrund zog. Ich erkannte sie sofort, doch gleich darauf wurde mir klar, dass sie nur das Produkt meiner verzweifelten Einbildungskraft sein konnte, denn der Besitzer dieser Stimme wäre niemals hier und würde mit mir sprechen.

Ash?

»Wach auf«, murmelte er, und seine sanfte Stimme durchdrang mühelos die tiefste Dunkelheit. »Tu das nicht. Wenn du nicht bald da rauskommst, wirst du verblassen und für immer so dahinschweben. Kämpfe dagegen an. Komm zu uns zurück.«

Ich wollte nicht aufwachen. In der echten Welt erwartete mich nichts als Schmerz. Wenn ich schlief, spürte ich nichts. Wenn ich schlief, musste ich mich Ash nicht stellen und der kalten Verachtung in seinen Augen, wenn er mich ansah. Die Dunkelheit war meine Zuflucht, mein Allerheiligstes. Ich zog mich vor Ashs Stimme zurück, tiefer in die tröstende Dunkelheit hinein. Und dann hörte ich – durch alle Schichten aus Träumen und Delirium hindurch – ein leises Schluchzen.

»Bitte.« Eine Hand nahm meine, eine echte, feste Hand, und verankerte mich in der Realität. »Ich weiß ja, was du von mir denken musst, aber ...« Die Stimme brach ab, und es folgte ein gepresster Atemzug. »Geh nicht«, flüsterte sie weiter. »Meghan, geh nicht. Komm zu mir zurück.«

Jetzt schluchzte auch ich und schlug die Augen auf.

Das Zimmer war düster und leer. Durch das Fenster drang ein wenig Feenlicht herein und überzog alles mit einem silberblauen Schimmer. Wie gewöhnlich war die Luft eiskalt. *Nur ein Traum,* dachte ich, als der Nebel, der so lange in meinem Geist herumgewabert war, sich endlich verzog und mich erschreckend wach und klar zurückließ. *Es war doch nur ein Traum.*

Irgendwie fühlte ich mich betrogen. Ich war für nichts und wieder nichts aus meiner geliebten Dunkelheit gekommen. Ich wollte zurück, wieder in das Vergessen eintauchen, in dem mich nichts verletzen konnte. Aber jetzt, wo ich wach war, konnte ich nicht mehr zurück.

Schmerz flammte in meiner Brust auf, so heftig, dass ich laut aufkeuchte. Fühlte sich so ein gebrochenes Herz an? War es möglich, an diesem Schmerz zu sterben? Ich hatte die Mädchen in der Schule immer für melodramatisch gehalten, wenn sie wochenlang rumheulten und jammerten, weil sie von ihren Freunden verlassen worden waren. Ich hatte immer gedacht, dass es völlig unnötig wäre, so ein Theater zu machen. Aber ich war auch nie zuvor verliebt gewesen.

Was sollte ich jetzt tun? Ash verabscheute mich. Alles, was er gesagt und getan hatte, hatte nur dem Zweck gedient, mich zu seiner Königin zu bringen. Er war ein Schwindler. Er hatte mich *benutzt,* um seine eigenen Ziele zu erreichen.

Und das Traurigste daran war, dass ich ihn noch immer liebte.

Schluss jetzt!, befahl ich mir, als wieder Tränen zu fließen drohten. *Es reicht! Ash verdient das doch gar nicht. Er verdient überhaupt nichts. Er ist ein seelenloses Feenwesen, das die ganze Zeit nur mit dir gespielt hat, und du bist auf ihn reingefallen wie eine Vollidiotin.* Ich holte tief Luft, drängte die Tränen zurück und wollte sie in mir einfrieren, wollte eigentlich alles in mir einfrieren. Gefühle, Tränen, Erinnerungen, alles, was mich schwach machte. Denn wenn ich am Dunklen Hof bestehen wollte, musste ich aus Eis sein. Nein, nicht aus Eis. Aus Eisen. *Mich wird nie wieder etwas verletzen,* dachte ich, während meine Tränen trockneten und meine Gefühle zu einem kleinen, verkümmerten Ball zusammenschrumpften. *Wenn die verdammten Feen es auf die harte Tour wollen, können sie das kriegen. Ich kann auch die harte Tour fahren.*

Ich schlug die Bettdecke zurück, stand auf und spürte, wie die kalte Luft über meine Haut strich. *Soll sie mich doch einfrieren, mir egal.* Meine Haare waren eine Katastrophe, zerzaust und schlaff, meine Klamotten verknittert und dreckig. Ich zog sie aus, ging ins Badezimmer und nahm ein heißes Bad in der Badewanne – der einzige warme Ort am ganzen Hof –, bevor ich schwarze Jeans, ein schwarzes Neckholder-Top und meinen langen schwarzen Mantel anzog. Als ich gerade dabei war, meine schwarzen Stiefel zu schnüren, kam Tiaothin herein.

Sie blinzelte, offenbar überrascht, mich auf den Beinen zu sehen, dann grinste sie so breit, dass ihre Fangzähne im Mondlicht glänzten. »Du bist wach!«, rief sie aus, stürmte los und sprang auf mein Bett. »Du bist wach. Was für eine Erleichterung. Mab war ziemlich verärgert und launenhaft, seit du zusammengebrochen bist. Sie dachte, du würdest für immer schlafen. Dann hätte sie alle Hände voll zu tun gehabt, den Abgesandten vom Lichten Hof zu erklären, warum du in diesem Zustand bist, wenn sie zur Übergabe herkommen.«

Verwirrt sah ich sie an, und für einen Moment flammte ein Hoffnungsschimmer in mir auf. »Welche Übergabe?«, fragte ich. *Kommen sie meinetwegen? Hat Oberon endlich jemanden geschickt, um mich aus diesem Höllenloch zu befreien?*

Tiaothin schien trotz all ihrer zur Schau getragenen Arglosigkeit genau zu wissen, was ich dachte. »Keine Sorge, Missgeburt«, schnaubte sie und musterte mich aus schmalen Augen. »Sie kommen nicht *deinetwegen*. Sie kommen, um das Jahreszeitenzepter zu überreichen. Der Sommer ist endlich vorbei, und der Winter ist dran.«

Kurz verspürte ich Enttäuschung, verdrängte sie aber. *Keine Schwäche. Lass dir nichts anmerken.* Also zuckte ich mit den Schultern und fragte beiläufig: »Was ist das Jahreszeitenzepter?«

Tiaothin gähnte und machte es sich auf meinem Bett bequem. »Das ist ein magischer Gegenstand, den die Höfe beim Wechsel der Jahreszeiten untereinander weitergeben«, erklärte sie und zupfte an einem losen Faden meiner Überdecke. »Sechs Monate im Jahr ist das Zepter bei Oberon, wenn Frühling und Sommer herrschen und der Winter am schwächsten ist. Dann, zur Tagundnachtgleiche im Herbst, wird es an Königin Mab übergeben, um zu zeigen, dass sich die Macht zwischen den Höfen verschiebt. Die Höflinge des Sommerreiches werden bald hier sein, und wir geben eine Riesenparty, um den Beginn des Winters zu feiern. Jeder in Tir Na Nog ist eingeladen, und die Feier wird mehrere Tage dauern.« Grinsend hüpfte sie auf der Stelle, bis ihre Dreadlocks flogen. »Gut, dass du jetzt aufgewacht bist, Missgeburt. Diese Party willst du bestimmt nicht verpassen!«

»Werden König Oberon und Königin Titania auch teilnehmen?«

»König Spitzohr?« Tiaothin rümpfte die Nase. »Der hält sich für viel zu wichtig, um mit den niederen Dunklen abzuhängen. Nö, Oberon und seine Zickenkönigin Titania werden in Arkadia bleiben, wo sie es bequem haben. Zum Glück, denn die beiden Miesmacher können einem wirklich jede Party versauen.«

Ich war also definitiv auf mich allein gestellt. Auch gut.

Der Sommerhof traf in einem Rausch aus Musik und Blumen ein, vermutlich in unverhohlenem Widerstand gegen den Winterhof, dessen Traditionen ich langsam wirklich hasste. Ich stand bis zu den Waden im Schnee, hatte den Kragen meines Pelzmantels gegen die Kälte hochgeschlagen und beobachtete die Dunklen Feen, die im Hof herumliefen. Die Veranstaltung sollte draußen stattfinden, in dem vereisten Hof mit den eingefrorenen Statuen. Irrwische und Leichenkerzen schwebten umher und tauchten alles in ein unheimliches Zwielicht. Warum konnten die Winterfeen ihre Party nicht wenigstens einmal über der Erde abhalten? Ich vermisste die Sonne so sehr, dass es schmerzte.

Plötzlich spürte ich jemanden hinter mir und hörte ein leises Lachen dicht an meinem Ohr. »Wie schön, dass du es zur Party geschafft hast, Prinzessin. Ohne dich wäre es schrecklich langweilig geworden.«

Meine Haut kribbelte, und ich unterdrückte die Angst, als Rowans Atem meinen Nacken streifte. »Das würde ich auf keinen Fall verpassen wollen«, erwiderte ich mit unbekümmerter Stimme. Sein Blick bohrte sich in meinen Hinterkopf, aber ich drehte mich nicht um. »Was kann ich für Euch tun, Eure Hoheit?«

»O-ho, jetzt spielen wir also die Eiskönigin. Bravo, Prinzessin, bravo. Welch ein tapferes Comeback aus dem Tal der gebrochenen Herzen. Das hätte ich dem Sommer gar nicht zugetraut.« Er schob sich so dicht um mich herum, dass wir nur Zentimeter voneinander entfernt waren. Dann stand er so nah vor mir, dass ich mein Spiegelbild in seinen eisblauen Augen erkennen konnte. »Weißt du«, hauchte er, und sein Atem streifte kalt meine Wange, »ich kann dir dabei helfen, über ihn hinwegzukommen.«

Alles in mir schrie danach zurückzuweichen, aber ich rührte mich nicht. *Du bist aus Eisen,* ermahnte ich mich. *Er kann dich nicht verletzen. Innerlich bist du aus Stahl.* »Ich weiß das Angebot zu schätzen«, erwiderte ich und sah dem Prinzen dabei direkt in die Augen. »Aber ich brauche deine Hilfe nicht. Ich bin bereits darüber hinweg.«

»Ach, wirklich?« Rowan klang nicht überzeugt. »Du weißt, dass er gleich da drüben steht, oder? Und so tut, als würde er uns nicht beobachten?« Mit einem Grinsen nahm er meine Hand und drückte sie an seine Lippen. In meinem Bauch kribbelte es, bevor ich es unterdrücken konnte. »Zeigen wir dem lieben Ash doch, wie du über ihn weg bist. Komm schon, Prinzessin. Du weißt, dass du es willst.«

Und wie ich es wollte. Ich wollte Ash verletzen, ihn eifersüchtig machen, ihm denselben Schmerz zufügen, den ich durchlitten hatte. Und hier war Rowan mit diesem Angebot. Ich musste nichts anderes tun, als mich vorlehnen und seine grinsenden Lippen berühren. Ich zögerte. Rowan *war* umwerfend. Was eine unverfängliche Knutscherei betraf, konnte ich es schlechter treffen.

»Küss mich«, flüsterte Rowan.

Eine Fanfare erklang und hallte über den Hof, dann erfüllte der Duft von Rosen die Luft. Der Lichte Hof traf ein, begleitet vom Brüllen und Schreien der Winterfeen.

Ich zuckte zusammen, befreite mich von der vom magischen Schein ausgelösten Benommenheit. »Verdammt, lass das!«, fauchte ich, entriss ihm meine Hand und taumelte zurück. Mein Herz hämmerte gegen meinen Brustkorb. Gott, diesmal wäre ich fast darauf reingefallen, eine halbe Sekunde noch, und ich hätte mich ihm an den Hals geworfen. Ich wurde rot vor Scham.

Rowan lachte. »Wenn du so errötest, bist du ja fast attraktiv«, kicherte er und zog sich so weit zurück, dass ich ihm keine mehr kleben konnte. »Bis zum nächsten Mal, Prinzessin.« Mit einer letzten spöttischen Verbeugung machte er sich davon.

Ich sah mich verstohlen um und fragte mich, ob Ash wirklich irgendwo stand und uns beobachtet hatte, wie Rowan behauptet hatte. Doch obwohl ich Sage und seinen riesigen Wolf an einer Säule in der Nähe von Mabs Thron entdeckte, war Ash nirgendwo zu sehen.

Zwei Satyrn trabten durch die dornenumrankten Tore des Hofes und hoben ihre hellen Blasinstrumente, die aussahen wie aus Knochen gefertigt. Sie setzten die Hörner an die Lippen und spielten einen schrillen Tusch, der die Dunklen Höflinge aufschreien ließ. Mab saß auf ihrem Thron aus Eis und beobachtete das Geschehen mit einem feinen Lächeln.

»Hab dich!«, fauchte eine Stimme, und jemand zwickte mich schmerzhaft in den Hintern. Quietschend wirbelte ich herum und entdeckte Tiaothin, die lachend von mir wegtänzelte, wobei die Dreadlocks wild um ihren Kopf flogen. »Du bist eine Idiotin, Missgeburt«, spottete sie, während ich mit dem Fuß Schnee nach ihr kickte. Sie wich der Wolke mit Leichtigkeit aus. »Rowan ist zu gut für dich, und er hat Erfahrung. Fast jeder, Feen und sterbliche Jungs eingeschlossen, würden sich die Finger danach lecken, ihn nur eine Nacht für sich allein zu haben. Probier ihn mal aus. Es gefällt dir garantiert.«

»Kein Interesse«, schnauzte ich und starrte sie finster an. Mein Hintern tat immer noch weh, weshalb meine Worte schärfer ausfielen. »Ich spiele keine Spielchen mit Feenprinzen mehr, damit bin ich durch. Was mich angeht, können sie alle zur Hölle fahren. Eher würde ich vor einer Gruppe Dunkerwichtel einen Striptease hinlegen.«

»Oooh, darf ich dabei zusehen?«

Ich verdrehte die Augen und wandte mich von ihr ab, als der Lichte Hof endlich erschien. Eine Reihe weißer Pferde fegte in den Hof, ihre Hufe schwebten über dem Boden, und ihre Augen waren so blau wie der Sommerhimmel. In den Sätteln aus Borke, Zweigen und blühenden Ranken saßen Elfenritter, gekleidet in elegante, aus Blättern geschaffene Rüstungen, und sahen arrogant auf die Menge herab. Nach den Rittern folgten die Standartenträger, Satyrn und Zwerge in den Farben des Sommerhofes. Dann fuhr endlich eine elegante Kutsche vor, die aus Dornenranken und Rosenbüschen geflochten war und von zwei grimmigen Trollen flankiert wurde, die knurrend und zähnefletschend auf die versammelten Winterfeen reagierten.

Tiaothin schnaubte. »Dieses Jahr sind sie aber extrem paranoid«, murmelte sie, als einer der Trolle nach einem Kobold schlug, der sich zu nahe heranwagte. »Ich frage mich, wer der hochwohlgeborene Adelige wohl ist, wenn sie solche Sicherheitsvorkehrungen treffen.«

Ich antwortete nicht, doch meine Haut überlief ein warnendes Prickeln, auch wenn ich den Grund dafür erst einen Moment später erkannte. Die Kutsche hielt an, die Türen wurden geöffnet ...

... und König Oberon, der Herrscher des Lichten Hofes, trat in den Schnee hinaus.

Die Dunklen Feen wichen keuchend und fauchend von der Kutsche zurück, während der Erlkönig seinen ausdruckslosen Blick über die Menge schweifen ließ. Mein Herz raste. Oberon war so beeindruckend wie immer: schlank, uralt und mächtig, mit hüftlangem, silbernem Haar und Augen, die die Farbe von verblasstem Laub hatten. Er trug ein Gewand in den Farben des Waldes – Braun, Gold und Grün –, und auf seiner Stirn saß eine Krone in Form eines Geweihs.

Tiaothin neben mir keuchte und legte die Ohren an. »Oberon?«, fauchte sie, während ich zusah, wie der Blick des Erlkönigs akribisch die Menge absuchte. »Was will König Spitzohr hier?«

Ich konnte nicht antworten, denn Oberons durchdringender Blick hatte mich endlich gefunden. Seine Augen wurden schmal, und ich erzitterte unter diesem Blick. Als ich den Erlkönig das letzte Mal gesehen hatte, hatte ich mich vom Lichten Hof davongestohlen, um nach meinem Bruder zu suchen. Oberon hatte mir Puck hinterhergeschickt, um mich zurückzubringen, doch stattdessen hatte ich ihn dazu überredet, mir zu helfen. Nach unserer Auflehnung und dem offenen Ungehorsam konnte ich mir vorstellen, dass der Lichte Herrscher nicht besonders gut auf uns zu sprechen war.

Mein Magen verkrampfte sich, und in meinem Hals bildete sich ein Kloß, als ich an Puck dachte. Ich konnte ihn gerade noch runterschlucken, bevor irgendeine der Dunklen Feen diesen Anflug von Schwäche bemerkte. Aber die Erinnerungen verfolgten mich trotzdem. Ich wünschte mir so sehr, Puck wäre hier. Ich starrte auf die Kutsche, in der Hoffnung, dass der schlaksige, rothaarige Unruhestifter herausspringen und mir sein freches Lächeln schenken würde, aber er erschien nicht.

»König Oberon«, ergriff Mab gelassen das Wort, aber es war klar, dass sie ebenfalls erstaunt war, ihren Erzrivalen zu sehen. »Welch eine Überraschung. Welchem Umstand verdanken wir die Ehre deines Besuches?«

Oberon näherte sich dem Thron, zwei der Trolle wie Bodyguards an seiner Seite. Die Menge der Dunklen Feen teilte sich hastig vor ihm, bis er direkt vor dem Thron stand.

»Königin Mab«, setzte der Erlkönig an, und seine mächtige Stimme erfüllte den gesamten Hof, »ich bin gekommen, um die Freilassung meiner Tochter Meghan Chase zu verlangen, damit sie an den Lichten Hof zurückkehren kann.«

Ein Raunen lief durch die Reihen der Dunklen, und alle Augen richteten sich auf mich. *Eisen,* ermahnte ich mich. *Du bist aus Eisen. Lass dir von denen keine Angst machen.* Ich trat hinter Tiaothin hervor und stellte mich erhobenen Hauptes ihren überraschten, wütenden Blicken.

Oberon deutete auf die Kutsche, und die Trolle zogen zwei blasse Winterfeen heraus. Ihre Hände waren mit lebendigen, sich windenden Ranken hinter ihrem Rücken gefesselt. »Wie das Protokoll es vorschreibt, habe ich Gefangene zum Austausch mitgebracht«, fuhr Oberon fort, während die Trolle die beiden Winterfeen vor sich herschoben. »Ich gebe dir die Deinen zurück, im Austausch gegen die Freiheit meiner Toch…«

Mab unterbrach ihn: »Ich fürchte, da liegt ein Missverständnis vor, König Oberon«, hauchte sie mit einem angedeuteten Lächeln. »Deine

Tochter ist keine Gefangene des Dunklen Hofes, sondern ein geneigter Gast. Sie kam aus freien Stücken zu uns, nachdem sie sich in einem Handel mit meinem Sohn dazu verpflichtet hatte. Das Mädchen ist durch ihren Vertrag mit Prinz Ash gebunden, und es liegt nicht in deiner Macht, ihre Rückkehr zu fordern. Ist ein Handel einmal geschlossen, muss er von allen respektiert werden.«

Oberon versteifte sich, dann drehte er sich langsam zu mir um. Ich schluckte schwer, als diese Augen, die so alt waren wie der Wald selbst, mich zu durchbohren schienen. »Ist das wahr, Tochter?«, fragte er, und obwohl seine Stimme leise war, hallte sie in meinen Ohren wider und ließ den Boden beben.

Ich biss mir auf die Lippe und nickte. »Es ist wahr«, flüsterte ich. *Dein Freund der Wolf ist wohl nicht zurückgekommen, um dir diesen Teil der Geschichte zu erzählen, was?*

Der Erlkönig schüttelte den Kopf. »Dann kann ich dir nicht helfen, törichtes Mädchen. Du hast dir dein Schicksal selbst zuzuschreiben. So sei es.« Er wandte sich von mir ab – eine Geste, die mehr sagte als tausend Worte –, und ich fühlte mich, als habe er mir einen Schlag in den Magen verpasst. »Meine Tochter hat ihre Wahl getroffen«, verkündete er. »Damit ist das entschieden.«

Das war's?, dachte ich, als Oberon zur Kutsche zurückging. *Du wirst nicht kämpfen, um mich hier rauszuholen, nicht mit Mab über meine Freilassung verhandeln? Nur wegen meines blöden Vertrages lässt du mich einfach hier zurück?*

Sah ganz so aus. Der Erlkönig würdigte mich keines Blickes mehr, als er die Kutsche erreichte und den Trollen ein Zeichen gab. Einer von ihnen schob die Dunklen Gefangenen zurück in die Kutsche, während der andere grunzend die gegenüberliegende Tür öffnete.

Eine hochgewachsene, majestätisch wirkende Fee stieg aus. Trotz ihrer Größe wirkte sie so zart, als könne der leiseste Windhauch sie zerbrechen. Ihre Gliedmaßen bestanden aus Zweigen, die von Schnüren aus gewebtem Gras zusammengehalten wurden. Anstelle von Haaren wuchsen auf ihrem Kopf zarte weiße Knospen. Ein fantastischer Mantel bedeckte ihre Schultern, der aus allen Blumen unter der Sonne zu bestehen schien: Lilien, Rosen, Tulpen, Narzissen und Blüten, deren Namen ich nicht kannte. Bienen und Schmetterlinge umschwärmten sie, und plötzlich wurde der Rosenduft übermächtig.

Sie trat vor, und die Horden der Winterfeen wichen so hastig vor ihr zurück, als hätte sie eine ansteckende Krankheit. Doch die Augen aller waren nicht auf die Blumenfrau gerichtet, sondern auf das, was sie in den Händen hielt.

Es war ein Zepter, wie es Könige und Königinnen trugen, doch das hier war nicht nur irgendein verzierter Stab. Es verströmte einen sanft pulsierenden bernsteinfarbenen Schein, als würde reines Sonnenlicht an dem lebenden Holz haften, unter dessen Berührung Schnee und Eis schmolzen. Der lange Griff war mit Ranken umwickelt, und aus der geschnitzten Spitze des Zepters sprossen unaufhörlich Blüten, Knospen und winzige Pflanzen. Es hinterließ auf dem Weg der Fee eine Spur aus Blättern und Blüten, zu der die Winterfeen knurrend und fauchend auf Distanz gingen.

Am Fuß des Throns kniete die Fee nieder, hielt das Zepter mit beiden Händen hoch und beugte den Kopf. Einen Moment lang tat Mab nichts. Sie musterte nur mit undurchdringlicher Miene die Fee. Der Rest des Winterhofes schien den Atem anzuhalten. Dann stand Mab betont langsam auf und nahm der Frau das Zepter aus der Hand. Die Königin hielt es vor sich, musterte es prüfend und hob es schließlich hoch, damit alle es sehen konnten.

Das Zepter flackerte, und sein goldener Schein wurde von einem eisigen Blau verschluckt. Die Blüten und Blätter welkten und fielen ab. Bienen und Schmetterlinge trudelten leblos zu Boden, und ihre zarten Flügel überzogen sich mit Reif. Wieder flackerte das Zepter und verwandelte sich in Eis, das funkelnde Lichtblitze über den Hof schickte.

Die Fee, die immer noch vor der Königin kniete, zuckte kurz und dann … dann verwelkte sie ebenfalls. Ihr wundervoller Mantel vertrocknete, die Blumen wurden schwarz und fielen ab. Ihre Haare rollten sich ein, wurden trocken und brüchig und fielen ihr vom Kopf. Ich hörte Äste knacken, als ihre Beine an den Knien brachen und sie nicht länger tragen konnten. Sie fiel mit dem Gesicht voran in den Schnee, zuckte noch einmal und lag dann still da. Während ich entsetzt zusah und mich fragte, warum ihr niemand half, verflog der Rosenduft, und der Gestank verrottender Pflanzen erfüllte den Hof.

»Es ist vollbracht«, sagte Oberon mit müder Stimme. Er hob den Kopf und begegnete Mabs Blick. »Die Übergabe ist vollzogen, bis zur Frühlings-Tagundnachtgleiche. Wenn du uns nun entschuldigen würdest, Königin Mab. Wir müssen nach Arkadia zurückkehren.«

Mab warf ihm einen raubtierhaften Blick zu. »Willst du nicht noch bleiben, König Oberon?«, säuselte sie. »Um mit uns zu feiern?«

»Ich denke nicht, Verehrteste.« Falls Oberon die Art, wie Mab ihn ansah, beunruhigend fand, zeigte er es nicht. »Das Ende des Sommers ist nichts, dem wir freudig entgegensehen. Ich fürchte, wir müssen die Einladung ausschlagen. Doch sei gewarnt, Königin Mab, es ist noch nicht vorbei. Ich werde einen Weg finden, meine Tochter zurückzubekommen.«

Bei diesen Worten zuckte ich zusammen. Vielleicht würde Oberon sich ja doch noch für mich einsetzen.

Mabs Augen wurden schmal, und sie streichelte den Griff des Zepters. »Das klingt ja fast wie eine Drohung, Erlkönig.«

»Lediglich ein Versprechen, Verehrteste.«

Während Mab ihn noch finster anstarrte, drehte Oberon der Winterkönigin bewusst den Rücken zu und schritt zu seiner Kutsche. Ein Troll öffnete ihm die Tür, und der Erlkönig stieg ein, ohne sich noch einmal umzusehen. Der Kutscher nahm die Zügel auf, und die Gefolgschaft des Sommerhofes setzte sich in Bewegung. Sie wurden kleiner und kleiner, bis die Dunkelheit sie verschluckte.

Mab lächelte. »Der Sommer ist vorüber«, verkündete sie mit ihrer rauen Stimme und breitete die Arme aus, als wolle sie ihre wartenden Untertanen umarmen. »Der Winter ist gekommen. Möge das Fest beginnen!«

Die Dunklen drehten völlig durch. Sie heulten, brüllten und schrien ihre Begeisterung in die Nacht hinaus. Von irgendwoher erklang Musik, wilde, düstere Melodien mit einem schnellen, fieberhaften Trommelrhythmus. Die Feen wurden zu einer chaotischen, brodelnden Masse, hüpften, heulten und tanzten ekstatisch und feierten den anbrechenden Winter.

Ich nahm an der Feier nicht teil. Zum einen war ich nicht in der Stimmung dazu, und zum anderen schien es keine so gute Idee zu sein, mit den Winterfeen zu tanzen. Vor allem nicht, nachdem ich eine Gruppe besoffener, magietrunkener Dunkerwichtel gesehen hatte, wie sie über einen Kobold herfielen und ihn in Stücke rissen. Es war, als hätte ich Logenplätze bei einem Konzert in der Hölle.

Ich hielt mich überwiegend in den Schatten, versuchte nicht aufzufallen und fragte mich, ob Mab es wohl sehr unhöflich finden würde, wenn ich einfach auf mein Zimmer ging. Nach einem Blick auf die Eisstatuen aus Menschen und Feen, die überall im Hof standen, beschloss ich, es lieber nicht zu riskieren.

Wenigstens war Rowan nicht auf dem Fest oder hing zumindest irgendwo herum, wo ich ihn nicht sehen konnte. Ich hatte mich schon darauf eingestellt, mich den ganzen Abend über gegen ihn zur Wehr setzen zu müssen. Ash fehlte mysteriöserweise auch, was gleichzeitig eine Erleichterung und eine Enttäuschung war. Ich ertappte mich dabei, wie ich mich nach ihm umsah und in den Schatten und den Horden der tanzenden Feen nach den vertrauten schwarzen Haaren und dem Funkeln silberner Augen suchte.

Hör auf damit, dachte ich, als mir klar wurde, was ich da tat. *Er ist nicht hier. Und selbst wenn er hier wäre, was würdest du tun? Ihn um einen Tanz bitten? Er hat doch unmissverständlich klargemacht, was er von dir hält.*

»Entschuldige, Prinzessin.«

Als ich die leise, tiefe Stimme hörte, machte mein Herz einen Sprung. Sie konnte entweder Rowan oder Ash gehören, beide klangen sehr ähnlich. Ich wappnete mich, drehte mich um, aber da stand nicht Ash. Zum Glück auch nicht Rowan. Es war der andere Bruder, der älteste der drei. Sage.

Verdammt, der ist auch umwerfend. Wie kam es nur, dass in dieser Familie alle Söhne so verdammt gut aussahen, dass es fast schmerzte, sie nur anzusehen? Sage hatte das gleiche blasse Gesicht und die gleichen ausgeprägten Wangenknochen wie seine Brüder. Seine Augen waren wie grüne Eissplitter, die unter schmalen Augenbrauen hervorstrahlten, und seine langen Haare fielen ihm wie ein tintenschwarzer Wasserfall über die Schultern. Sein Wolf saß ein paar Schritte entfernt und beobachtete mich mit intelligenten goldenen Augen.

»Prinz Sage«, grüßte ich ihn misstrauisch und stellte mich schon darauf ein, die nächste Anmache abwehren zu müssen. »Kann ich Euch irgendwie behilflich sein, Hoheit?« *Oder seid Ihr nur gekommen, um sich mir aufzudrängen wie Rowan oder mich zu verhöhnen wie Ash?*

»Ich möchte mit dir sprechen«, sagte der Prinz ohne lange Vorrede. »Allein. Gehst du ein Stück mit mir?«

Das überraschte mich, wobei eine gewisse Wachsamkeit mich zögern und fragen ließ: »Wohin gehen wir denn?«

»In den Thronsaal«, erwiderte Sage, und sein Blick streifte den Palast. »Es ist meine Pflicht, das Zepter heute Nacht zu bewachen, da nur jenen von königlichem Geblüt erlaubt ist, es zu berühren. Bei dem Chaos, das die Feierlichkeiten mit sich bringen, ist es besser, das Zepter von der Menge fernzuhalten. Sonst könnte es etwas unschön werden.« Als ich nachdenklich innehielt, zuckte er mit den Schultern. »Ich werde dich zu nichts zwingen, Prinzessin. Komm mit mir oder nicht, das macht keinen Unterschied. Ich wollte lediglich mit dir sprechen, ohne dass Rowan, Ash oder eine gewisse Puca versucht, unser Gespräch zu belauschen.«

Er wartete geduldig, während ich mich abmühte, eine Antwort zu finden. Ich konnte sein Angebot ablehnen, aber ich war mir nicht sicher, ob ich das auch wollte. Sage schien sehr direkt zu sein, fast schon geschäftsmäßig. Ganz anders als seine Brüder. Er gab sich keinerlei Mühe, besonders charmant zu wirken, war aber auch nicht herablassend. Und im Gegensatz zu Rowan, dem Charme und Bösartigkeit aus jeder Pore troffen, setzte er keinen Schein ein, und das war wahrscheinlich der ausschlaggebende Faktor.

»Also gut«, entschied ich und deutete auf den Weg. »Ich werde mich mit Euch unterhalten. Geht voran.«

Er bot mir seinen Arm, was mich schon wieder überraschte. Nach kurzem Zögern nahm ich ihn, und wir machten uns auf den Weg, lautlos gefolgt von dem Wolf.

Sage führte mich zurück in den Palast, durch leere Flure, die in Eis und Schatten getaucht waren. Alle Dunklen Feen waren draußen und tanzten die Nacht durch. Meine Schritte hallten laut auf dem harten Boden; Sage und der Wolf bewegten sich völlig geräuschlos.

»Ich habe euch gesehen«, murmelte Sage, ohne mich anzusehen. Er bog so rasch um eine Ecke, dass ich nur stolpernd mithalten konnte. »Ich habe dich und meinen Bruder beobachtet. Und ich möchte dich warnen, du darfst ihm nicht trauen.«

Fast hätte ich gelacht, da diese Feststellung so offensichtlich war. »Welchem von beiden?«, fragte ich bitter.

»Keinem.« Er zog mich in einen weiteren Gang, den ich sogar wiedererkannte. Wir waren jetzt ganz in der Nähe des Thronsaals. Sage ging zügig weiter. »Du kannst nichts von der Feindschaft zwischen Ash und Rowan wissen und wie tief diese Rivalität geht. Besonders von Rowans Seite. Die Eifersucht, die er gegenüber seinem jüngeren Bruder empfindet, ist wie ein düsteres Gift. Sie zerfrisst ihn von innen und macht ihn verbittert und rachsüchtig. Er hat Ash Ariellas Tod nie verziehen.«

Wir betraten den Thronsaal, der in seiner ganzen eisigen Schönheit erstrahlte. Sage ließ meinen Arm los und trat zum Thron. Sein Wolf folgte ihm. Ich zitterte und kuschelte mich tiefer in meinen Mantel. Hier drin war es kälter als draußen. »Aber Ash war doch gar nicht für Ariellas Tod verantwortlich«, sagte ich und rieb mir die Arme. »Das…« Ich brach ab, weil ich es nicht laut aussprechen wollte. *Das war Pucks Schuld, weil er sie in Gefahr gebracht hat. Puck war dafür verantwortlich, dass Ashs große Liebe gestorben ist.*

Sage antwortete nicht. Er war ein paar Schritte neben Mabs eisigem Thron stehen geblieben und starrte auf einen Altar vor sich. Kurz darauf erkannte ich, dass dort die Quelle für die mörderische Kälte hier drin lag. Das Jahreszeitenzepter schwebte ein paar Zentimeter über dem Altar und tauchte das Gesicht des Prinzen in kaltes blaues Licht.

»Wunderschön, nicht wahr?«, murmelte er und ließ die Finger über den gefrorenen Griff gleiten. »Ich sehe es jedes Jahr, und doch lässt meine Bewunderung dafür niemals nach.« Seine Augen funkelten, er schien sich in einer Art Trance zu befinden. »Eines Tages, falls Mab des Amtes jemals müde wird und nicht mehr Königin sein will, wird es an mir sein, es anzunehmen und mit ihm zu herrschen.

Wenn das passiert…«

Den Rest bekam ich nicht mehr zu hören, denn genau in diesem Moment stieß der Wolf ein langes, tiefes Knurren aus und fletschte die Zähne.

Sage wirbelte herum. Mit einer fließenden Bewegung zog er das Schwert an seiner Hüfte. Ich starrte es an. Es war ähnlich wie Ashs, gerade und schmal, die Klinge von einer eisigen blauen Aura umgeben. Schaudernd erinnerte ich mich daran, wie ich den Griff gepackt und die grauenhafte Kälte meine Haut versengt hatte. Und einen Moment lang bekam ich Angst. *Er wird mich töten, deshalb hat er mich hierhergebracht, damit wir allein sind. Er hatte die ganze Zeit nur vor, mich umzubringen.*

»Wie seid ihr hier reingekommen?«, zischte Sage.

Ich fuhr herum. An der hinteren Wand des Saals lösten sich mehrere dunkle Gestalten aus den Schatten. Vier waren groß und dünn, fast schon ausgemergelt. Sie bestanden aus nichts als verknoteten Drähten, die Gliedmaßen und einen Rumpf bildeten. Als sie auf allen vieren über den Boden krochen, wirkten sie wie riesige Marionetten.

Das Knurren des Wolfs wurde zu einem lauten Grollen. Als eine weitere Gestalt ins Licht trat, blieb mir fast das Herz stehen. Sie war mit einer Metallrüstung bekleidet, die mit dem Emblem einer Stacheldrahtkrone verziert war. Der Ritter trug einen Helm, doch das Visier stand offen und gab den Blick frei auf ein Gesicht, das mir fast so vertraut war wie mein eigenes. Die blasse Haut und die ausdrucksstarken grauen Augen waren unverwechselbar. Aus dem Helm sah mir Ashs Gesicht entgegen, sein Blick so trostlos wie der Himmel an einem Wintertag.

Der Diebstahl

»Ash?«, murmelte Sage ungläubig.

Ich schüttelte stumm den Kopf, aber der Prinz sah es nicht.

Der Ritter blinzelte und musterte Sage ernst. »Ich fürchte nicht, Prinz Sage«, sagte er, und ich erschauderte, als ich hörte, wie sehr seine Stimme der seines Doppelgängers glich. »Euer Bruder war lediglich die Blaupause bei meiner Erschaffung.«

»Tertius«, flüsterte ich, und Ashs Doppelgänger schenkte mir ein gequältes Lächeln. Das letzte Mal war ich dem Eisernen Ritter in Machinas Turm begegnet, kurz bevor er eingestürzt war. Ich konnte mir einfach nicht vorstellen, wie er überlebt haben sollte. »Was machst du hier?«

Tertius begegnete meinem Blick mit seinen toten, ausdruckslosen Augen, die mich so sehr an Ashs erinnerten, dass es schmerzte. »Vergebt mir, Prinzessin«, murmelte er und riss abrupt den Arm hoch.

Mit schrillen Schreien, die klangen wie Messer, die aneinandergerieben werden, stürzten sich die Eisernen Feen auf mich.

Sie waren beängstigend schnell, huschende graue Schatten auf dem Boden. Ich hatte kurz die absurde Vorstellung von einem Schwarm Metallspinnen, der mich aus dem Hinterhalt angriff, dann hatten sie mich bereits erreicht. Der erste Angreifer sprang hoch und schlug mit einer rasiermesserscharfen, gekrümmten Kralle aus Draht nach meinem Gesicht.

Doch sie traf nur auf eine glänzende, blaue Klinge und rutschte Funken sprühend davon ab, mit einem kreischenden Laut, der mir die Tränen in die Augen trieb. Sage stieß den Angreifer zurück, wirbelte zum nächsten herum und duckte sich schnell, als Drahtkrallen über seinen Kopf hinwegfegten. Der Winterprinz streckte eine Hand vor, und ein zerklüfteter Speer aus Eis schoss aus dem Boden und stach auf die Eisernen Feen ein. Blitzschnell wichen sie ihm aus und sprangen zurück, was uns Zeit verschaffte, uns Deckung zu suchen. Sage packte mein Handgelenk und zerrte mich hinter den Thron.

»Halt dich da raus«, befahl er, gerade als die Feen sich wieder näherten, über den Thron krabbelten und dabei tiefe Spuren im Eis hinterließen. Sage schlug nach einer, doch sie wich aus. Eine zweite näherte sich von hinten und stürzte sich mit ihren Stahlkrallen auf ihn. Der Prinz duckte sich, war aber nicht schnell genug, und helles Blut spritzte auf den Boden.

Mein Magen verkrampfte sich, als der Prinz taumelte, der immer noch verzweifelt seine Klinge schwang, um die Attentäter zurückzudrängen. Doch es waren zu viele für ihn, und sie waren zu schnell. Hektisch sah ich mich nach einer Waffe um, entdeckte aber nur das Zepter auf dem Sockel neben dem Thron. In dem Bewusstsein, dass ich wahrscheinlich ein Dutzend heiliger Regeln brach, sprang ich darauf zu und packte es an seinem gefrorenen Griff.

Die Kälte fraß sich wie ätzende Säure in meine Hände. Ich keuchte erschrocken und hätte es fast fallen gelassen, biss aber die Zähne zusammen und verdrängte den Schmerz. Sage stand mitten in einem Wirbelsturm aus Krallen und Zähnen und versuchte verzweifelt, sie von sich fernzuhalten. Ich entdeckte blutige Schrammen in seinem Gesicht und an seiner Brust. Entschlossen versuchte ich den brennenden Schmerz zu ignorieren, trat hinter eine der Eisernen Feen, hob das Zepter über den Kopf und rammte es der Fee in den mageren Rücken.

Sie wirbelte mit einer irren Geschwindigkeit zu mir herum. Ich sah den Schlag nicht einmal kommen, als sie mir eine so kräftige Ohrfeige verpasste, dass Sterne vor meinen Augen explodierten. Ich wurde in eine Ecke geschleudert, schlug mit dem Kopf gegen etwas Hartes und sank zu Boden. Das Zepter fiel mir aus der Hand und rollte davon. Benommen sah ich, wie die Fee auf mich zukrabbelte, dann aber ruckartig stehen blieb, als hinge sie an unsichtbaren Fäden. Ihr Körper wurde langsam von Eis eingeschlossen, das sich durch die Verbindungen der Drähte schob, während die Fee hektisch an sich herumkratzte. Die dünnen Drahtfinger brachen ab, und die Bewegungen der Fee wurden immer langsamer, bis sie sich schließlich wie ein riesiges Insekt einrollte und überhaupt nicht mehr rührte.

Ich fand keine Luft, um zu schreien. Vorsichtig versuchte ich mich von der Wand abzustoßen, aber alles drehte sich um mich, und mir wurde übel. Dann hörte ich Schritte, und als ich die Augen öffnete, sah ich, wie Tertius sich bückte und das Jahreszeitenzepter aufhob.

»Nicht«, presste ich hervor und versuchte verzweifelt, auf die Füße zu kommen. Der Boden schwankte, und ich taumelte hilflos. »Was tust du?«

Er musterte mich mit ernsten grauen Augen. »Ich befolge die Befehle meines Königs.«

»König?« Meine Augen wollten mir nicht gehorchen. Alles schien sich wie in Zeitlupe abzuspielen. Ein paar Meter von mir weg kämpften Sage und die Attentäter immer noch. Der Wolf hatte sich in das Bein einer Fee verbissen, und Sage drängte sie mit seinem Schwert erbarmungslos zurück. »Du hast keinen König mehr«, erklärte ich Tertius trotz Schwindel und Benommenheit. »Machina ist tot.«

»Ja, aber unser Reich besteht fort. Ich folge den Befehlen des neuen Eisernen Königs«, murmelte Tertius und zog sein Schwert. Ich starrte die stählerne Klinge an und hoffte nur, dass es schnell gehen würde.

»Ich hege keinen Groll gegen dich, zumindest nicht dieses Mal. Meine Befehle sehen nicht vor, dass ich dich töte. Aber ich muss meinem Herrscher gehorchen.«

Mit diesen Worten drehte Tertius sich auf dem Absatz um und marschierte, das Jahreszeitenzepter immer noch in der Hand, davon. Es pulsierte in blauem und weißem Licht und überzog seinen Panzerhandschuh mit Reif, aber das schien ihm nichts auszumachen. Mit grimmiger Miene näherte er sich Sage, der immer noch in den Kampf mit den Attentätern verstrickt war. Der Wolf lag in einer Blutlache auf dem Boden. Sages Atem ging keuchend, während er allein weiterkämpfte. Entsetzt erkannte ich, was Tertius vorhatte, und brüllte Sage eine Warnung zu.

Zu spät. Da Sage heftige Schläge gegen eine der Eisernen Feen führte, bemerkte er erst, dass Tertius hinter ihm auftauchte, als der Ritter ihn bereits erreicht hatte. Endlich erkannte er die Gefahr, wirbelte mit erhobenem Schwert herum und zielte auf Tertius' Kopf. Der Ritter schlug die Klinge jedoch beiseite, und Sage taumelte zurück, woraufhin Tertius einen Schritt vortrat und dem Winterprinzen sein Schwert in die Brust stieß.

Die Zeit schien stillzustehen. Sage verharrte einen Moment lang und starrte mit entsetzter Miene auf die Klinge in seiner Brust. Sein Schwert fiel laut scheppernd zu Boden.

Daraufhin zog Tertius seine Klinge aus Sages Körper, und ich keuchte auf. Der Dunkle Prinz brach zusammen, aus seiner Brust floss Blut auf das Eis. Die Attentäter wollten sich auf ihn stürzen, doch Tertius hielt sie mit seinem Schwert zurück.

»Das reicht. Wir haben, was wir wollten. Gehen wir.« Er wischte das Blut von seinem Schwert und steckte es in die Scheide zurück, dann richtete sich sein Blick auf die Leiche des gefrorenen Attentäters. »Holt euren Bruder, und zwar schnell. Wir dürfen keine Beweise zurücklassen.«

Die Eisernen Feen folgten hastig seinem Befehl und luden sich den Toten auf die Schultern, wobei sie darauf achteten, nicht mit dem Eis in Berührung zu kommen, das ihn durchbohrt hatte. Sie sammelten sogar seine Einzelteile vom Boden auf.

Tertius wandte sich mit freudloser Miene mir zu, während sich vom Rand meines Gesichtsfelds schwarze Flecken heranschoben. »Leb wohl, Meghan Chase. Ich hoffe, wir sehen uns nicht wieder.« Dann drehte er sich schnell um, folgte den Attentätern und verschwand aus meiner Sicht. Ich drehte den Kopf, um ihnen nachzuschauen, aber sie waren bereits verschwunden.

Mein Schädel pochte, und die dunklen Flecken vor meinen Augen wurden größer. Ich holte ein paarmal tief Luft, um sie zurückzudrängen. Ich würde jetzt *nicht* ohnmächtig werden. Nach und nach legte sich die Schwärze, ich richtete mich auf und sah mich um. Im Thronsaal war Stille eingekehrt. Das Einzige, was ich hörte, war das langsame Schlagen meines Herzens, das in meinen Ohren unnatürlich laut klang. Blut war an die Wände gespritzt und sammelte sich in Lachen auf dem Boden, wo es vor dem fahlen Eis entsetzlich grell wirkte. Der Altar, über dem das Zepter geschwebt hatte, war jetzt nackt und leer.

Mein Blick wanderte zu den zwei Gestalten, die sich außer mir noch im Saal befanden. Sage lag auf dem Rücken, sein Schwert nur wenige Zentimeter von seiner Hand entfernt, und starrte keuchend an die Decke. Ein paar Meter weiter lag der pelzige Körper des Wolfs zusammengekrümmt auf dem Eis, das graue Fell blutverschmiert.

Ich humpelte so schnell wie möglich hinüber zu Sage, vorbei an dem Leichnam des Wolfs. Das Maul des Tieres stand offen, und zwischen den blutigen Zähnen hing die Zunge hervor. Er war dabei gestorben, als er seinen Herrn beschützte, und bei dem Gedanken wurde mir übel.

In dem Moment, als ich Sage erreichte, durchlief ein Zittern den Körper des Prinzen. Sein Kopf wurde zurückgerissen, der Mund öffnete sich, und Eis kroch über seine Lippe, breitete sich auf seinem Gesicht aus, dann über seine Brust und bis hinunter zu den Füßen. Er erstarrte, während die Luft um uns herum noch kälter wurde und das Eis den Prinzen mit einem scharfen Knirschen in einen gläsernen Kokon einschloss.

Nein. Ich sah genauer hin und erkannte, dass Sages Körper selbst zu Eis wurde. Seine verkrampften Finger entspannten sich, verloren jede Farbe und wurden hart und durchsichtig. Sein Daumen brach plötzlich ab und zersplitterte auf dem Boden. Ich drückte beide Hände auf den Mund, um nicht zu schreien. Oder zu kotzen. Sage zuckte noch einmal, dann lag er still – eine kalte, harte Statue, wo gerade noch ein lebendiger Körper gewesen war.

Der älteste Prinz des Winterhofes war tot.

Und so fand uns Tiaothin kurz darauf.

Später konnte ich mich an diesen Moment nicht mehr so richtig erinnern, doch ich weiß noch, wie die Puca vor Wut und Entsetzen schrie und dann losrannte, um den Rest des Hofes zu benachrichtigen. Ich hörte ihre schrille Stimme durch den Gang hallen und wusste, dass ich besser irgendetwas tun sollte, aber alles in mir war kalt, völlig taub. Ich wich dem Prinzen nicht von der Seite, bis Rowan mit ein paar Wachen hereingestürmt kam, die sich mit wütenden Schreien auf mich stürzten. Grobe Hände packten mich an Armen und Haaren und zerrten mich von Sages Leiche weg, ohne auf meine Proteste und Schmerzensschreie zu achten. Dann schrie ich Rowan an, wollte ihm erzählen, was passiert war, aber er beachtete mich nicht.

Hinter ihm drängten jede Menge Dunkle Feen in den Saal, und wütendes, fassungsloses Gebrüll wurde laut, als sie ihren toten Prinzen entdeckten. Die Feen schrien, weinten, zerrten an sich und anderen, forderten Rache und Blut. Obwohl ich so benommen war, begriff ich, dass die Dunklen völlig geschockt von der Vorstellung waren, dass ein Winterprinz in seinem eigenen Reich ermordet worden war. Dass jemand es gewagt hatte, sich einzuschleichen und einen der Ihren direkt vor ihrer Nase zu töten. Sie empfanden keine Trauer über den Verlust, es ging nicht um den Prinzen selbst, sondern nur um Wut und Rachegelüste, weil jemand so dreist gewesen war. Ich fragte mich, ob irgendjemand den Ältesten der Winterprinzen aufrichtig vermissen würde.

Rowan stand neben Sages Leiche und starrte mit gespenstisch ausdrucksloser Miene auf seinen toten Bruder hinunter. Inmitten des Gebrülls und Geschreis der ganzen Feen stand er da und musterte seinen Bruder mit der gleichen Neugier, die jemand für einen toten Vogel auf dem Bürgersteig aufbringen mochte. Das ließ mich schaudern.

Schweigen senkte sich auf den Saal herab, und Kälte breitete sich aus wie eine eisige Decke. Ich wand mich im Griff der Wache, die mich hielt, und sah Mab in der Tür stehen. Völlig reglos starrte sie auf Sages Leiche. Alle wichen zurück, als sie den Thronsaal betrat. Während die Königin sich Sages Leiche näherte, hätte man eine Stecknadel fallen hören können. Sie beugte sich zu ihm hinunter und berührte seine kalte, gefrorene Wange. Ich zitterte, denn die Temperatur fiel immer weiter. Selbst einige der Winterfeen schienen sich unwohl zu fühlen, als sich an der Decke neue Eiszapfen bildeten und Haut und Fell sich mit Reif überzogen. Mab stand noch immer über Sage gebeugt, ihr Gesicht undurchdringlich, doch ihre bläulichen Lippen teilten sich und formten ein einziges Wort: »Oberon.«

Dann fing sie an zu schreien, und die Welt zersprang in tausend Splitter. Eiszapfen explodierten, flogen wie gläserne Geschosse umher und bedeckten alles mit glitzernden Scherben. Wände und Boden bekamen Risse, und einige Feen verschwanden kreischend in den sich auftuenden Spalten.

»Oberon!«, wütete Mab weiter und wirbelte mit einem wahnsinnigen, Furcht einflößenden Funkeln in den Augen herum. »Er hat das getan! Das ist seine Rache! Oh, der Sommer wird dafür bezahlen! Sie werden dafür bezahlen, bis sie um Gnade winseln, doch sie werden kein Erbarmen finden am Winterhof! Diese ruchlose Tat werden wir ihnen heimzahlen, meine Untertanen! Rüstet zum Krieg!«

»Nein!« Meine Stimme ging in dem Aufschrei unter, der durch die Reihen der Dunklen lief. Ich riss mich von dem Wächter los und stolperte in die Mitte des Saales.

»Königin Mab«, keuchte ich, als Mab ihren schrecklichen Blick allein auf mich richtete. Wahnsinn und Wut rangen in ihren Augen um die Oberhand, und ich wich entsetzt zurück. »Bitte, hört mich an! Oberon war es nicht! Der Sommerhof hat Sage nicht getötet, das war der Eiserne König. Die Eisernen Feen haben es getan!«

»Schweig!«, zischte die Königin und fletschte die Zähne. »Ich werde mir deine erbärmlichen Versuche, deine elende Familie zu schützen, nicht anhören. Nicht, nachdem der Sommerkönig mir an meinem eigenen Hof gedroht hat. Dein Vater hat meinen Sohn ermordet, und du wirst jetzt schweigen, sonst vergesse ich mich und zahle es ihm mit gleicher Münze heim!«

»Aber das stimmt nicht!«, erwiderte ich, auch wenn mein Verstand mir zuschrie, endlich die Klappe zu halten. Ich sah mich verzweifelt um und entdeckte Rowan, der das Schauspiel mit einem feinen Lächeln verfolgte. Ash hätte mich unterstützt, aber Ash war – wie immer – nicht da, wenn ich ihn brauchte. »Bitte, Rowan. Hilf mir. Ich lüge nicht, und das weißt du.«

Er musterte mich ernst, und einen Moment lang glaubte ich wirklich, dass er mich unterstützen würde, doch dann zuckte sein Mundwinkel, und ein fieses Lächeln huschte über sein Gesicht. »Es ist nicht sehr nett, die Königin zu täuschen, Prinzessin«, sagte er mit finsterer Miene. Nur in seinen Augen stand der Spott. »Wenn diese Eisernen Feen eine reale Bedrohung wären, hätten wir sie doch inzwischen zu Gesicht bekommen, oder?«

»Aber sie existieren!«, schrie ich, jetzt fast panisch. »*Ich* habe sie gesehen, und sie *sind* eine Bedrohung!« Ich wandte mich wieder an Mab. »Was ist mit dem riesigen, Feuer spuckenden Eisenpferd, das Euren Sohn fast getötet hätte? Meint Ihr nicht, dass das eine Bedrohung ist? Lasst Ash rufen«, flehte ich. »Er war dabei, als wir gegen Eisenpferd und Machina gekämpft haben. Er wird es bestätigen.«

»*Genug!*«, kreischte Mab und schleuderte ihre Arme in die Luft. »Du gehst zu weit, Missgeburt! Dein Haus hat mir bereits einen Sohn geraubt, du wirst nicht noch einen von ihnen anrühren! Ich weiß, dass du meinen Jüngsten mit deinen blasphemischen Liebesversprechen gegen mich aufhetzen willst, aber das *werde ich nicht zulassen!*« Sie zeigte mit einem sehr gepflegten Finger auf mich, etwas Blau-Weißes blitzte zwischen uns auf und schleuderte mich zurück. »Du wirst schweigen, ein für alle Mal!«

Etwas umklammerte meine Füße und hielt mich fest. Als ich runterschaute, sah ich, wie Eis an meinen Beinen emporkroch, schneller, als ich es je gesehen hatte. In Sekundenbruchteilen hatte es meine Hüfte erreicht und breitete sich weiter über meinen Bauch und meine Brust aus. Eisige Nadeln stachen in meine Haut, und ich schlang die Arme um meinen Körper, kurz bevor sie an meiner Brust festfroren. Und immer weiter kroch das Eis, erst über meinen Hals, dann brannte es an meinem Kinn. Als es meinen Unterkiefer erreichte, erfasste mich Panik.

Ich begann zu schreien, als das Eis in meinen Mund floss. Bevor ich auch nur einen weiteren Atemzug nehmen konnte, bedeckte es meine Nase, meine Wangen, meine Augen und erreichte schließlich meinen Scheitel.

Ich konnte mich nicht bewegen. Ich konnte nicht atmen. Meine Lunge brannte vor Sauerstoffmangel, aber mein Mund und meine Nase waren voller Eis. Ich ertrank, erstickte, und meine Haut fühlte sich an, als würde die Kälte sie abziehen. Ich wollte in Ohnmacht fallen, sehnte mich danach, dass die Dunkelheit mich holte. Aber obwohl ich nicht atmen konnte und meine Lunge nach Sauerstoff schrie, starb ich nicht.

Hinter der Wand aus Eis war es still geworden. Mab stand vor mir und musterte mich, offensichtlich hin- und hergerissen zwischen Triumph und Hass. Schließlich drehte sie sich zu ihren Untertanen um, die sie wachsam beobachteten, als könne sie sich genauso schnell gegen sie wenden.

»Macht euch bereit, meine Untertanen!«, rief die Königin mit rauer Stimme und erhob beide Arme. »Der Krieg gegen den Sommer beginnt!«

Wieder ein Brüllen, dann löste die Menge sich auf, und die Untertanen des Dunklen Hofes verließen unter wüstem Kriegsgeschrei den Saal. Mab warf mir über die Schulter noch einen Blick zu, ihre Lippen verächtlich herabgezogen, dann ging sie. Rowan starrte mich noch etwas länger an, kicherte dann und folgte seiner Königin hinaus. Es wurde still, und ich war allein – sterbend, ohne sterben zu können.

Wenn man nicht atmen kann, fühlt sich jede Sekunde an wie eine Ewigkeit. Meine gesamte Existenz reduzierte sich auf den Versuch, Luft in meine Lunge zu saugen. Obwohl mein Kopf wusste, dass es unmöglich war, sah mein Körper das nicht ein. Ich spürte, wie mein Herz mühsam in meiner Brust schlug; ich konnte die grausame Kälte des Eises fühlen, das auf meiner Haut brannte. Mein Körper wusste, dass er noch lebte, und kämpfte weiter um dieses Leben.

Ich weiß nicht, wie lange ich dort gestanden hatte, Stunden oder vielleicht nur wenige Minuten, als eine Gestalt in den Saal schlüpfte. Obwohl ich noch hinausschauen konnte, wirkte durch das Eis alles zerrissen und verschwommen, deshalb konnte ich nicht erkennen, wer es war. Der Schatten zögerte an der Tür und sah mich eine Weile an. Dann glitt er rasch durch den Raum, bis er neben meinem Gefängnis auftauchte und eine blasse Hand auf das Eis legte.

»Meghan«, flüsterte eine Stimme. »Ich bin's.«

Trotz meines Luftmangeldeliriums machte mein Herz einen Sprung. Durch die Wand, die uns trennte, spähten Ashs silberne Augen so strahlend und gefühlvoll wie immer. Bestürzt stellte ich fest, dass er unglaublich gequält wirkte, als wäre er hier eingeschlossen und unfähig zu atmen.

»Halt durch«, murmelte er und drückte seine Stirn gegen meine – beziehungsweise gegen die entsprechende Stelle auf dem Eis. »Ich hol dich da raus.« Er lehnte sich zurück, presste beide Hände gegen das Eis und schloss die Augen. Die Luft begann zu vibrieren, ein Zittern lief durch das Eis um mich herum, und winzige Risse durchzogen es wie ein Spinnennetz.

Mein Gefängnis zersprang mit dem Geräusch von brechendem Glas, wobei die Splitter nach außen flogen und mich nicht verletzten. Meine Knie gaben nach, und ich fiel hin, würgte, hustete und kotzte Wasser und Eissplitter aus. Ash kniete sich neben mich, und ich klammerte mich an ihn, während ich keuchend Luft in meine Lunge saugte und die Welt sich um mich drehte.

Neben dem Schwindelanfall, den die plötzliche Sauerstoffzufuhr auslöste, und der Erleichterung darüber, dass ich wieder atmen konnte, bemerkte ich, dass Ash mich auch festhielt. Seine Arme lagen um meine Schultern, und er drückte mich an seine Brust, sodass seine Wange auf meinen nassen Haaren ruhte. Ich spürte seinen schnellen Herzschlag, der laut an meinem Ohr pochte, und seltsamerweise beruhigte mich das etwas.

Der Moment ging viel zu schnell vorbei. Ash löste sich von mir und legte mir seinen schwarzen Mantel um die Schultern. Ich nahm ihn dankbar, da ich immer noch zitterte.

»Kannst du gehen?«, flüsterte er drängend. »Wir müssen von hier verschwinden, und zwar sofort.«

»W-wo gehen wir d-denn hin?«, fragte ich zähneklappernd.

Er antwortete nicht, sondern zog mich nur auf die Füße und ließ wachsam den Blick schweifen. Dann packte er mein Handgelenk und wollte mich aus dem Saal ziehen.

»Ash«, japste ich, »warte mal!« Er wurde nicht langsamer. Meine Nerven schrien mir eine Warnung zu. Mit aller Kraft stemmte ich mitten im Saal die Füße in den Boden und entriss ihm mein Handgelenk. Er wirbelte herum und kniff die Augen zu Schlitzen zusammen. Plötzlich fiel mir wieder ein, was er zu Rowan gesagt hatte. Dass alles, was er getan hatte, im Auftrag seiner Königin geschehen sei. Rasch wich ich zurück, bis ich außer Reichweite war. »Wo bringst du mich hin?«, fragte ich fordernd.

Er wirkte ungeduldig, fuhr sich mit den Fingern durchs Haar – eine für ihn ganz untypische Geste, die seine Nervosität verriet. »Zurück in das Reich der Lichten«, fauchte er und griff wieder nach mir. »Du kannst hier nicht länger bleiben, nicht, wenn es zum Krieg kommt. Ich werde dich sicher auf deine Seite bringen, dann ist die Sache für mich erledigt.«

Es fühlte sich an, als hätte er mir ins Gesicht geschlagen. Angst und Wut loderten in mir auf und blendeten mich. Ich wollte ihn einfach nur verletzen. »Warum sollte ich dir trauen?«, zischte ich und schleuderte ihm die Worte wie Steine ins Gesicht. Mir war vollkommen klar, dass ich mich wie eine Idiotin aufführte und dass wir dringend hier raus mussten, bevor uns jemand entdeckte. Aber es war, als hätte ich wieder Spucksauspilze gegessen, und die Worte strömten einfach aus mir heraus. »Du hast mich von Anfang an getäuscht. Alles, was du gesagt hast, alles, was wir getan haben, alles war nur ein Trick, um mich hierher zu locken. Du hast mich von Anfang an nur verarscht.«

»Meghan ...«

»Halt's Maul! Ich hasse dich!« Jetzt war ich nicht mehr zu bremsen und verfolgte voll rachsüchtiger Freude, wie Ash zusammenzuckte, als hätte ich ihn geschlagen. »Du bist echt widerlich, weißt du? Ist das ein Spiel, das du immer wieder spielst? Sorgst dafür, dass das dumme Menschenmädchen sich in dich verliebt, und reißt ihr dann das Herz raus? Du wusstest, was Rowan vorhat, und du hast nichts getan, um ihn daran zu hindern!«

»Natürlich nicht!«, wehrte sich Ash so vehement, dass es mich kurz sprachlos machte. »Hast du eine Ahnung, was Rowan tun würde, wenn er herausfände, was ... wir getan haben? Hast du eine Ahnung, was *Mab* tun würde? Ich musste sie glauben lassen, dass du mir egal bist, sonst hätten sie dich in Stücke gerissen.« Er seufzte tief und sah mich ernst an. »Gefühle sind hier eine Schwäche, Meghan. Und der Winterhof frisst die Schwachen. Sie hätten dich verletzt, um mich damit zu treffen. Und jetzt komm.« Wieder fasste er nach mir, und diesmal überließ ich ihm widerstandslos meine Hand. »Lass uns von hier verschwinden, bevor es zu spät ist.«

»Ich fürchte, das ist es bereits«, meldete sich da eine vertraute, spöttische Stimme, und das Herz blieb mir stehen. Ash erstarrte und zog mich hinter sich, als Rowan aus dem Korridor trat und träge grinste wie eine Katze. »Ich fürchte, eure Zeit ist gerade abgelaufen.«

Brüder

»Hallo, Ash.« Der ältere der beiden Prinzen lächelte hämisch, während er in den Saal geschlendert kam. Er begegnete meinem Blick und zog spöttisch eine Augenbraue hoch. »Dürfte ich wohl fragen, was du mit der Missgeburt vorhast? Könnte es vielleicht sein, dass du ihr zur Flucht verhilfst? Oje, was für eine schreckliche, verräterische Idee du da doch hattest. Ich bin mir sicher, dass Mab furchtbar enttäuscht von dir sein wird.«

Ash sagte nichts, aber seine Hand schloss sich schmerzhaft fest um meine. Rowan kicherte und begann uns zu umkreisen wie ein hungriger Hai. Ash bewegte sich mit, sodass sein Körper immer zwischen mir und Rowan blieb.

»Also, kleiner Bruder«, fuhr der ältere Prinz fort und machte ein nachdenkliches Gesicht, »ich bin neugierig: Was hat dich dazu gebracht, für diese eigensinnige kleine Prinzessin alles aufs Spiel zu setzen?« Ash schwieg weiterhin, und Rowan schnalzte abfällig mit der Zunge. »Sei nicht so dickköpfig, kleiner Bruder. Du kannst es mir genauso gut sagen, bevor Mab dich in Stücke reißt und aus Tir Na Nog verbannt. Nenn mir deinen Preis für so loyalen Gehorsam! Ein Vertrag? Ein Versprechen? Was gibt dir die kleine Hure dafür, dass du dein eigenes Reich verrätst?«

»Nichts.« Ashs Stimme war kalt, aber unter der Oberfläche nahm ich ein leichtes Zittern wahr.

Rowan offenbar auch, denn seine Augenbrauen wanderten ruckartig in die Höhe, und er starrte seinen Bruder fassungslos an. Dann legte er den Kopf in den Nacken und lachte laut. »Ich fasse es nicht«, keuchte er und starrte Ash ungläubig an. »Du hast dich in das Sommerpüppchen *verliebt!*« Er machte eine Pause, doch als Ash es nicht abstritt, brach er erneut in schrilles Gelächter aus. »Oh, das ist gut. Das ist einfach großartig. Ich dachte, die Missgeburt wäre nur eine Idiotin und würde den unnahbaren Eisprinzen aus der Ferne anschmachten, doch anscheinend lag ich damit falsch. Du hast uns einfach hingehalten, Ash.«

Ash bebte, ließ meine Hand aber nicht los. »Ich bringe sie zurück nach Arkadia. Geh aus dem Weg, Rowan.«

Schlagartig wurde Rowan ernst. »O nein, ich denke nicht, kleiner Bruder.« Er lächelte, aber jetzt war es ein grausames und rasiermesserscharfes Grinsen. »Wenn Mab das herausfindet, werdet ihr *beide* den Hof des Palastes zieren. Falls sie gerade gnädig gestimmt ist, friert sie euch vielleicht als Paar ein. Das wäre doch passend und voll tragischer Ironie, findest du nicht?«

Ich erschauderte. Der Gedanke daran, in diesen kalten, luftlosen Zustand zwischen Leben und Tod zurückzukehren, war zu viel für mich. Ich konnte das nicht, da würde ich lieber sterben. Und der Gedanke, dass Ash das mit mir zusammen jahrhundertelang ertragen müsste, war noch entsetzlicher. Ich drückte Ashs Hand, presste mein Gesicht gegen seine Schulter und starrte Rowan möglichst finster an.

»Natürlich«, fuhr der fort und kratzte sich im Gesicht, »könntest du immer noch um Vergebung flehen, die Missgeburt zur Königin schleifen und so weiterhin in Mabs Gunst stehen.« Er schnippte mit den Fingern. »Wenn du jetzt sofort zu Mab gehst und die Prinzessin auslieferst, würde ich sogar den Mund halten und niemandem verraten, was ich hier gesehen habe. Von mir würde sie keinen Ton erfahren, das schwöre ich.«

Ash versteinerte. Ich konnte spüren, wie sich unter seiner Haut die Muskeln spannten und sich sein Rücken versteifte.

»Komm schon, kleiner Bruder.« Rowan lehnte sich gegen den Türrahmen und verschränkte die Arme vor der Brust. »Du weißt, dass es so am besten ist. Dir bleiben nur zwei Möglichkeiten: Entweder lieferst du die Prinzessin aus oder du stirbst zusammen mit ihr.«

Endlich rührte sich Ash, als würde er aus einer Trance erwachen. »Nein«, flüsterte er, und ich konnte den Schmerz in seiner Stimme hören, als er eine schreckliche Entscheidung fällte. »Es gibt noch eine dritte Möglichkeit.« Er ließ meine Hand los, trat demonstrativ einen Schritt vor und zog sein Schwert. Rowan hob überrascht eine Augenbraue, als Ash die Klinge auf ihn richtete, von deren Schneiden kalter Nebel aufstieg. Einen Moment lang herrschte absolute Stille. »Geh aus dem Weg, Rowan«, knurrte Ash. »Verschwinde, sonst werde ich dich töten.«

Rowans Miene veränderte sich schlagartig. Innerhalb eines Atemzugs wechselte er von dem arroganten, herablassenden und furchtbar selbstgefälligen Grinsen zu etwas absolut Fremdem und Erschreckendem. In seinen Augen brannte ein rücksichtsloser Hunger, als er sich vom Türrahmen abstieß und in aller Ruhe sein Schwert zog. Mit einem rauen Kratzen, das durch den ganzen Saal hallte, kam die Klinge zum Vorschein, die schmal und gezackt war wie der Zahn eines Hais.

»Bist du sicher, kleiner Bruder?«, säuselte Rowan und ließ seine Waffe durch die Luft wirbeln, während er Ash entgegentrat. »Willst du *ihretwegen* alles verraten – dein Reich, deine Königin, dein eigen Fleisch und Blut? Wenn du diesen Pfad einmal betrittst, kannst du deine Meinung nicht mehr ändern.«

»Meghan.« Ashs Stimme war so sanft, dass ich fast zusammengebrochen wäre. »Halt dich raus. Versuch nicht, mir zu helfen.«

»Ash …« Ich hätte gern etwas gesagt. Ich wusste, dass ich diesen Kampf zwischen Brüdern eigentlich stoppen sollte, doch gleichzeitig war mir klar, dass Rowan uns niemals gehen lassen würde. Ash wusste das auch, und in seinen Augen konnte ich den Widerwillen lesen, als er sich zum Kampf rüstete. Er wollte nicht gegen seinen Bruder kämpfen, aber er würde es tun … für mich.

Sie standen einander in dem eisigen Saal gegenüber, zwei Statuen, die nur darauf warteten, dass der andere den ersten Schritt machte. Ash hatte Kampfhaltung eingenommen, das Schwert vor sich ausgestreckt.

Seine Miene war unwillig, aber auch unnachgiebig. Rowan hielt seine Waffe locker an der Seite, ihre Spitze zeigte zu Boden, und er musterte seinen Gegner spöttisch. Keiner von beiden schien zu atmen.

Dann grinste Rowan wie ein Raubtier, das die Zähne fletscht. »Nun denn«, murmelte er und riss die Waffe in einer blitzschnellen Bewegung hoch. »Ich denke, das wird mir Spaß machen.«

Er stürzte sich auf Ash, sein Schwert nicht mehr als ein gezackter Schatten in der Luft. Ash riss seine Waffe hoch, und eisige Funken flogen, als die Klingen aufeinandertrafen. Mit einem Fauchen riss Rowan das Schwert in einem Bogen herum und ließ einige heftige Schläge gegen Ashs Kopf folgen. Der parierte, duckte sich, sprang plötzlich vor und zielte dabei auf Rowans Kehle. Doch Rowan wich elegant zur Seite aus, während sein Schwert vor- und zurückschnellte. Ash drehte sich mit übermenschlicher Geschwindigkeit weg und hätte seinen Gegner dabei in zwei Hälften geteilt, wenn der ältere Prinz nicht zurückgesprungen wäre.

Mit einem Lächeln hob Rowan seine Waffe, und ich keuchte. Die glänzende Spitze war blutverschmiert.

»Das erste Blut geht an mich, kleiner Bruder«, höhnte er, während ein paar rote Tropfen von Ashs Schwertarm fielen und den Boden sprenkelten. »Noch kannst du das hier beenden. Liefere die Prinzessin aus und bitte Mab um Gnade. Und mich.«

»Du kennst keine Gnade, Rowan«, knurrte Ash und stürzte sich wieder auf ihn.

Diesmal bewegten sich beide so schnell – drehten, sprangen, wichen aus und schlugen zu –, dass man ihnen kaum folgen konnte und das Ganze eher einem wundervoll choreografierten Tanz glich. Und zwar im Zeitraffer. Funken flogen, und das Scheppern der Waffen hallte von den Wänden wider. Auf beiden Schwertern klebte Blut, und rund um die Kämpfer landeten rote Spritzer auf dem Boden, aber ich konnte nicht erkennen, wer im Vorteil war.

Plötzlich schlug Rowan Ashs Klinge weg, streckte die Hand aus und ließ einen gezackten Eisspeer auf das Gesicht seines Bruders los. Ash warf sich nach hinten, um ihm auszuweichen, und rollte sich ab, sodass er wieder auf den Knien landete. Als Rowan das Schwert auf seinen knienden Gegner niederstieß, schrie ich angsterfüllt auf, doch Ash warf sich zur Seite, sodass die Klinge ihn um ein paar Zentimeter verfehlte. Er zog an Rowans Arm, sein Bruder wurde durch seinen eigenen Schwung nach vorn geschleudert, Ash wirbelte herum und warf Rowan zu Boden. Sein Kopf schlug hart auf dem Eis auf, und ich hörte, wie ihm mit einem Stöhnen die Luft aus der Lunge gepresst wurde. Geschmeidig wie eine Schlange wollte Rowan sich herumrollen, ohne sein Schwert loszulassen, aber in diesem Moment setzte Ash ihm die Spitze seiner Klinge an die Kehle.

Rowan starrte seinen Bruder an, und sein Gesicht verzerrte sich zu einer Maske aus Schmerz und Hass. Beide keuchten und bluteten aus mehreren Wunden, dennoch zitterte Ashs Hand nicht, während er Rowan die Klinge an den Hals drückte.

Der ältere Prinz kicherte, hob den Kopf und spuckte Ash sein Blut ins Gesicht. »Na los, kleiner Bruder«, förderte er ihn heraus, nachdem Ash zusammengezuckt war, aber nicht zurückwich. »Tu es. Du hast deine Königin verraten, dich mit dem Feind verbündet, das Schwert gegen deinen eigenen Bruder erhoben ... da kannst du der Liste genauso gut noch einen Mord an einem Familienmitglied hinzufügen. Danach kannst du mit der Missgeburt durchbrennen und deine schmutzigen Fantasien ausleben. Ich frage mich nur, wie Ariella sich wohl fühlen würde, wenn sie wüsste, wie mühelos sie ersetzt worden ist.«

»Sprich nicht von ihr!«, fauchte Ash und hob den Schwertgriff, als wollte er wirklich Rowans Kehle durchbohren. »Ariella ist nicht mehr. Es vergeht kein Tag, an dem ich nicht an sie denke, aber sie ist nicht mehr, und es gibt nichts, was ich dagegen tun könnte.« Er holte tief Luft, um sich wieder zu beruhigen, doch die Sehnsucht war ihm deutlich anzusehen. In meiner Kehle bildete sich ein Kloß, und ich wandte mich ab, um die Tränen wegzublinzeln. Ganz egal, wie sehr ich diesen wunderschönen Dunklen Prinzen liebte, ich könnte mich niemals mit dem messen, was er bereits verloren hatte.

Rowan grinste höhnisch und kniff die Augen zusammen. »Ariella war zu gut für dich«, zischte er und stemmte sich auf die Ellbogen hoch. »Du hast sie im Stich gelassen. Wenn du sie wirklich geliebt hättest, wäre sie heute noch hier.«

Ash zuckte zusammen, als hätte Rowan ihn geschlagen, und der nutzte den Vorteil.

»Du hast nie erkannt, was für einen Schatz du da hattest«, fuhr er fort. Er setzte sich auf, als Ash einen Schritt zurückwich. »Nur deinetwegen ist sie tot, weil du sie nicht beschützen konntest! Und jetzt befleckst du ihr Andenken mit dieser abscheulichen Missgeburt.«

Leichenblass wanderte Ashs Blick zu mir, und ich registrierte eine Sekunde zu spät, dass Rowans Arm sich bewegte. »Ash!«, schrie ich, als der ältere Prinz aufsprang und blitzschnell zuschlug. »Pass auf!«

Ash reagierte bereits, die geschärften Reflexe eines Kämpfers setzten automatisch ein, auch wenn sein Geist noch ganz woanders war. Er wich zurück und riss gleichzeitig seine Klinge hoch, als Rowan mit einem Dolch nach ihm stach, der aus dem Nichts aufgetaucht war. Rowan konnte seinen Schwung nicht mehr abbremsen und fiel genau in Ashs Klinge.

Beide Brüder erstarrten, und ich unterdrückte einen Schrei. Für einen Moment stand alles still, selbst die Zeit. Rowan blinzelte und sah verwirrt mit weit aufgerissenen Augen auf die Klinge in seinem Bauch hinunter. Ash starrte entsetzt auf seine Hand.

Dann taumelte Rowan zurück, ließ den Dolch fallen und lehnte sich an die Wand, wobei er einen Arm um seinen Bauch schlang. Zwischen den Fingern quoll Blut hervor und färbte sein weißes Hemd rot.

»Gratuliere ... kleiner Bruder.« Seine Stimme klang erstickt, doch seine Augen waren klar, als er Ash zunickte, der immer noch starr war vor Schreck. »Du hast es am Ende doch geschafft ... mich umzubringen.«

Durch den Gang hallten dröhnende Schritte, und gedämpfte Rufe drangen bis in den Thronsaal. Ich riss meinen Blick von Rowans blutendem Körper los und rannte zu Ash, der seinen Bruder immer noch völlig entsetzt entstarrte.

»Ash!« Ich packte ihn am Arm und riss ihn aus seiner Trance. »Da kommt jemand!«

»Ja, lauf nur weg mit deiner ... Missgeburt, Ash.« Rowan hustete, und Blut quoll aus seinem Mund. »Bevor Mab reinkommt und sieht ... dass nun auch ihr letzter Sohn gestorben ist. Ich glaube nicht, dass du noch mehr tun kannst ... um dein Reich zu verraten.«

Die Stimmen wurden lauter. Ash warf Rowan einen letzten schuldbewussten und gequälten Blick zu, dann packte er mein Handgelenk, und wir liefen zur Tür.

Ich weiß nicht mehr, wie wir es nach draußen schafften. Ash zog mich wie ein Wahnsinniger hinter sich her und rannte durch Flure, die ich nicht kannte. Es grenzte an ein Wunder, dass wir niemandem begegneten, obwohl überall um uns herum Schritte und andere Geräusche unserer Verfolger zu hören waren. Vielleicht war es aber auch gar kein Wunder, denn Ash schien genau zu wissen, welchen Weg er nehmen musste. Zweimal schob er mich in eine Nische, presste sich eng an mich und flüsterte mir zu, still zu sein und mich nicht zu rühren. Ich erstarrte, als eine Gruppe Dunkerwichtel vorbeirannte, die fauchend ihre Messer schwenkten, doch sie bemerkten uns nicht. Beim zweiten Mal schwebte eine bleiche Frau in einem blutigen Kleid vorbei, und mein Herz klopfte so laut, dass ich mir sicher war, sie müsste es hören, doch sie glitt weiter, ohne uns zu entdecken.

Wir flohen durch einen kalten, verlassenen Korridor, in dem Eiszapfen wie Kronleuchter von der Decke hingen und in einem sanften blauen Licht glühten. Schließlich zog mich Ash durch eine Tür, auf der ein knochenbleicher, kahler Baum abgebildet war. Das Zimmer dahinter war klein und spärlich möbliert, mit einem hohen Bücherregal, einer Kommode aus glänzendem, schwarzem Holz und einer beeindruckenden Messersammlung an der Wand. In einer Ecke stand ein einfaches Bett, dessen Decken so akkurat gefaltet waren, als wäre es seit Jahrzehnten nicht mehr benutzt worden. Alles wirkte außergewöhnlich sauber, ordentlich und spartanisch – gar nicht wie das Schlafzimmer eines Prinzen.

Mit einem Seufzen ließ Ash mich endlich los, lehnte sich mit dem Rücken gegen die Wand und ließ seinen Kopf nach hinten sinken. Blut durchtränkte sein Hemd und hinterließ dunkle Flecken auf dem schwarzen Stoff. Bei dem Anblick drehte sich mir der Magen um.

»Wir sollten deine Wunden reinigen«, sagte ich. »Wo hast du Verbandszeug?«

Ash sah mit glasigen, ausdruckslosen Augen einfach durch mich hindurch. Er stand offensichtlich unter Schock.

Ich verdrängte meine Angst, stellte mich direkt vor ihn und versuchte, möglichst ruhig und vernünftig zu klingen. »Hast du irgendwelche Lappen oder Handtücher hier, Ash? Irgendetwas, womit wir die Blutung stoppen können?«

Er starrte mich noch einen Moment länger an, dann schüttelte er sich und deutete mit dem Kopf in eine Ecke. »Kommode«, murmelte er. Er klang erschöpfter, als ich es je erlebt hatte. »In der obersten Schublade ist ein Tiegel mit Salbe. *Sie* hat sie hiergelassen … für Notfälle …«

Ich hatte keine Ahnung, was er damit meinte, aber ich ging zu der Kommode hinüber und zog die oberste Schublade auf. Darin lag eine seltsame Sammlung von Dingen: getrocknete Blumen, eine blaue Seidenschleife, ein gläserner Dolch mit filigran verziertem Knochengriff.

Ich suchte ein wenig herum und fand schließlich eine fast leere Dose mit nach Kräutern duftender Salbe, die auf einem alten, blutigen Lappen stand. In einer Ecke lag noch eine Rolle Verbandsmull, der aussah, als wäre er aus Spinnenseide gemacht. Als ich beides herausholte, hatte sich an der Mullbinde eine feine Silberkette verfangen, die sich aber löste und auf den Boden fiel. Ich bückte mich, um sie aufzuheben, und entdeckte dabei zwei Ringe an der Kette, einen kleinen und einen größeren, und endlich verstand ich, was Ash gesagt hatte.

Das alles – der ganze Krimskrams in der Schublade – gehörte Ariella. Dort bewahrte Ash seine Erinnerungen an sie auf. Der Dolch gehörte ihr, die Schleife gehörte ihr. Die Ringe, die mit einem filigranen Muster aus silbernen und goldenen Blättern verziert waren, bildeten ein zueinander passendes Paar.

Ich legte die Kette zurück und schloss die Schublade, während sich in meinem Magen ein kalter Knoten bildete. Falls ich jemals einen Beweis dafür gebraucht hätte, dass Ash Ariella immer noch liebte – hier war er.

Meine Augen brannten, und ich blinzelte ärgerlich. Jetzt war nicht der richtige Zeitpunkt für einen Eifersuchtsanfall. Ich drehte mich um und entdeckte, dass Ash mich aus stumpfen, freudlosen Augen ansah. Ich holte tief Luft. »Äh, ich denke, du musst das Hemd ausziehen«, flüsterte ich.

Er gehorchte und stieß sich von der Wand ab, wo er einen roten Fleck hinterließ. Dann zog er das zerfetzte Hemd aus, warf es auf den Boden und drehte sich wieder zu mir um. Ich gab mir alle Mühe, nicht seine muskulöse Brust anzustarren, auch wenn mein Mund trocken wurde und mein Gesicht sich mit heißer Röte überzog.

»Soll ich mich hinsetzen?«, murmelte er und half mir damit wieder auf die Sprünge. Dankbar nickte ich. Er ging zum Bett und ließ sich mit dem Rücken zu mir auf die Matratze sinken. Die Wunden an seiner Schulter und den Rippen waren blutverschmiert, was in scharfem Kontrast zu seiner blassen Haut stand.

Du schaffst das, Meghan. Vorsichtig stellte ich mich hinter ihn und untersuchte schaudernd die langen, ausgefransten Schnitte in seinem Fleisch. So viel Blut. Ich tupfte es behutsam ab, da ich ihm nicht wehtun wollte, aber er gab keinen Ton von sich. Als das Blut weg war, tauchte ich zwei Finger in die Salbe und trug sie vorsichtig auf die Wunde an der Schulter auf.

Er gab ein leises Geräusch von sich, fast wie ein Seufzen. Dann ließ er den Kopf nach vorn hängen, sodass seine Haare über seine Augen fielen. »Mach dir keine Sorgen, dass es wehtun könnte«, murmelte er, ohne aufzusehen.

»Ich bin das … gewöhnt.«

Ich nickte und trug die Salbe dicker auf die Wunden auf.

Seine Schultern waren zwar angespannt, sodass ich die harten Muskelstränge unter meinen Fingern spüren konnte, doch er zuckte nicht. Unwillkürlich fragte ich mich, ob Ariella das früher für ihn getan hatte, hier in diesem Schlafzimmer, ob sie ihn wieder zusammengeflickt hatte, wenn er verletzt worden war. Wenn man nach den blassen Narben auf seinem Rücken ging, war er heute nicht zum ersten Mal in einem ernsten Kampf verwundet worden. Hatte sie sich auch so gefühlt wie ich, wütend und entsetzt, wann immer Ash sich in tödliche Gefahr begab?

Mein Blick verschwamm. Ich versuchte zu blinzeln, aber es half nichts. Ich nahm den Verband, wickelte ihn um seine Schulter und biss mir auf die Lippen, damit mir kein Laut entkam, während mir die Tränen übers Gesicht liefen.

»Es tut mir leid.«

Er hatte sich nicht bewegt, und seine Stimme war so leise, dass ich sie kaum hörte, doch ich hätte trotzdem fast den Verband fallen lassen.

Ich band ihn fest, ohne zu antworten, und machte dann an den Rippen weiter, indem ich Ash den Verband um den Bauch wickelte. Ash saß vollkommen still und atmete kaum. Eine Träne tropfte von meinem Kinn und landete auf seinem Rücken, was ihn zusammenzucken ließ.

»Meghan?«

»Warum entschuldigst du dich?« Meine Stimme klang wackeliger als beabsichtigt, und ich schluckte schwer. »Du hast mir doch schon erklärt, warum du dich wie ein Mistkerl aufgeführt hast. Du musstest mich vor deiner Familie und dem Winterhof schützen. Das waren völlig verständliche Gründe.« *Nicht dass ich verbittert wäre oder so.*

»Ich wollte dich nicht verletzen.« Ashs Stimme war immer noch sehr leise und zögernd. »Ich dachte, falls ich dich dazu bringen könnte, mich zu hassen, würde es das leichter machen, wenn du in deine Welt zurückkehrst.« Er zögerte kurz, dann flüsterte er fast tonlos: »Was ich da im Hof gesagt habe ... Rowan hätte dich nur noch mehr gequält, wenn er es gewusst hätte.«

Ich war mit dem Verband um seine Rippen fertig und zog die Enden fest. Mir liefen immer noch die Tränen übers Gesicht, aber jetzt waren es andere. Mir war die subtile Formulierung nicht entgangen: wenn du in deine Welt zurückkehrst. Nicht *falls*, sondern wenn. Als wüsste er mit Sicherheit, dass ich eines Tages dorthin zurückgehen würde und wir uns dann nie wiedersehen würden.

Immer noch schweigend nahm ich den Tiegel und legte ihn in die Kommode zurück. Ich wollte ihm jetzt nicht ins Gesicht sehen. Ich wollte nicht daran denken, dass er für immer aus meinem Leben verschwinden könnte, in eine Welt, in die ich ihm nicht folgen konnte.

»Meghan.« Ash drehte sich um und nahm meine Hand, was meinen ganzen Arm kribbeln ließ. Gegen meinen Willen sah ich zu ihm hinunter. Auf seinem Gesicht spiegelte sich Hoffnungslosigkeit, und sein Blick flehte um Verständnis. »Ich darf ... keine Gefühle für dich haben«, murmelte er und stieß mir damit ein Riesenloch durchs Herz. »Nicht so, wie du es dir wünschst. Was auch passiert, Mab ist immer noch meine Königin, und der Winterhof ist mein Zuhause. Was in Machinas Reich geschehen ist ...« Seine Brauen zogen sich zusammen, und sein Gesicht verfinsterte sich vor Schmerz. »Wir müssen das vergessen und weitermachen. Nachdem ich dich an die Grenze von Arkadia gebracht habe und du sicher bei Oberon angekommen bist, wirst du mich nicht wiedersehen.«

Der Schmerz in meinem Herzen wurde zu einem üblen, glühenden Nagen. Ich starrte ihn an in der Hoffnung, dass er es zurücknehmen und mir sagen würde, dass er nur gescherzt hatte. Doch stattdessen zog er seine Hand zurück, stand auf und sah mich abgrundtief traurig an. »Es tut mir leid«, murmelte er wieder und wich meinem Blick aus. »Es … es ist besser so.«

»Nein.« Ich schüttelte den Kopf, als er sich von mir wegdrehte und an mir vorbeischob. Ich wirbelte herum, um ihn zurückzuhalten, griff nach seinem Arm, verfehlte ihn aber. »Ash, warte …«

»Mach es doch nicht noch schwerer.« Er öffnete seinen Kleiderschrank, zog ein graues Hemd heraus und schlüpfte hinein, wobei er kaum merklich zusammenzuckte. »Ich … ich habe Rowan umgebracht.« Er schloss die Augen und kämpfte gegen die Erinnerung an. »Ich bin ein Brudermörder. Die Zukunft hält nichts mehr für mich bereit. Du solltest froh sein, dass du nicht dabei bist und siehst, was passiert.«

»Was wirst du tun?«

Er verzog das Gesicht. »An den Hof zurückkehren. Versuchen, zu vergessen.« Er griff in den Schrank, holte einen langen schwarzen Mantel, der mit Silberketten besetzt war, heraus und zog ihn sich über die Schultern. »Ich werde mich Mabs Urteil unterwerfen und hoffen, dass sie mich nicht tötet.«

»Das kannst du nicht machen!«

Mit wehendem Mantel drehte er sich zu mir um und sah mich direkt an. Mit einem Mal war er wieder kalt und distanziert, ein wunderschönes, tödliches Feenwesen, unnahbar und nicht von dieser Welt. »Misch dich nicht in die Politik der Feen ein, Meghan«, erklärte er finster und schloss die Schranktür. »Mab wird mich finden, ganz egal, was ich tue oder wo ich mich verstecke. Und jetzt, wo Krieg droht, wird der Winter jeden Soldaten nehmen, den er kriegen kann. Bis der Sommer das Zepter zurückgibt, wird Mab keinen Zoll nachlassen.«

Er wandte sich ab, aber die Sache mit dem Krieg erinnerte mich an etwas. »Das Zepter. Ash, warte mal!« Ich packte seinen Ärmel und achtete nicht darauf, wie er versteinerte. »Das war nicht der Sommerhof!«, platzte ich heraus, bevor er etwas sagen konnte. »Das waren die Eisernen Feen. Ich habe sie gesehen.« Er runzelte die Stirn, und ich beugte mich vor, ich wollte unbedingt, dass er mir glaubte. »Es war Tertius, Ash. Tertius hat Sage getötet.«

Einen Moment lang starrte er mich ausdruckslos an, und ich studierte mit angehaltenem Atem sein Gesicht. Ash war der Einzige am gesamten Winterhof, der die Eisernen Feen jemals gesehen hatte. Wenn er mir nicht glaubte, würde ich auch niemand anders überzeugen können.

»Bist du dir sicher?«, murmelte er nach ein paar Sekunden. Erleichterung durchströmte mich, und ich nickte eifrig. »Warum? Warum sollten die Eisernen Feen das Zepter stehlen? Wie sind sie überhaupt reingekommen?«

»Keine Ahnung. Vielleicht sind sie scharf auf seine Macht? Oder vielleicht haben sie es gestohlen, um einen Krieg zwischen den beiden Reichen anzuzetteln. Das haben sie schließlich auch erreicht.«

»Ich muss es der Königin sagen.«

»Nein!« Ich stellte mich ihm in den Weg, woraufhin er mich finster ansah. »Sie wird dir nicht glauben, Ash«, sagte ich verzweifelt. »Ich habe versucht, es ihr zu sagen, und sie hat mich in einen Eiszapfen verwandelt. Sie ist davon überzeugt, dass es Oberon war.«

»Auf mich wird sie hören.«

»Bist du dir da sicher? Nach allem, was du getan hast? Wird sie noch auf dich hören, nachdem du mich gerettet und Rowan getötet hast?« Sein Gesicht verfinsterte sich, und ich ignorierte das Schuldgefühl, das in mir tobte. »Wir müssen ihnen folgen«, flüsterte ich, und plötzlich war ich absolut sicher, was wir tun mussten. »Wir müssen Tertius finden und das Zepter zurückholen. Das ist der einzige Weg, den Krieg zu verhindern. Dann wird Mab uns doch glauben müssen, oder?«

Ash zögerte. Einen Moment lang wirkte er furchtbar unsicher, hin- und hergerissen zwischen mir und der Verpflichtung seiner Königin gegenüber. Er fuhr sich mit der Hand durchs Haar, und ich sah die Unentschlossenheit in seinem Blick. Doch bevor er antworten konnte, ließ uns ein Kratzen an der Tür zusammenfahren.

Wir tauschten einen Blick. Dann zog Ash sein Schwert, bedeutete

mir, hinter ihn zu treten, ging zur Tür und zog sie wachsam einen Spaltbreit auf. In einer schwarzen Pelzwolke schoss eine Katze durch den
Spalt. Überrascht schrie ich auf.

Ash schob das Schwert zurück in die Scheide. »Tiaothin«, murmelte
er, als die Puca die Katzengestalt ablegte und wieder ein etwas mensch-
licheres Aussehen annahm. »Was ist da draußen los? Was geschieht gerade?«

Die Puca grinste ihn an, und ihre schmalen Augen funkelten eifrig.
»Überall sind Soldaten«, verkündete sie und schlug mit dem Schwanz.
»Sie haben jeden Zugang zum Palast abgeriegelt. Alle suchen nach dir
und der Missgeburt.« Sie warf mir einen kurzen Blick zu und kicherte.
»Mab ist stinksauer. Wenn ihr gehen wollt, solltet ihr jetzt gehen. Die
Elitegarde ist schon auf dem Weg hierher.«

Flehend sah ich Ash an. Sein Blick wanderte zu mir, dann zur Tür,
und er wirkte völlig zerrissen. Schließlich schüttelte er ungläubig den
Kopf, als könne er nicht fassen, was er tat. »Hier entlang«, befahl er
knapp und riss die Schranktür wieder auf. »Rein da, sofort.«

Ich betrat den kleinen dunklen Raum und sah mich nach Ash um.
Er zögerte an der Tür und sah die Puca an, die mitten im Zimmer herumtanzte. »Halt dich nach dieser Geschichte etwas zurück, Tiaothin«,
warnte er sie. »Geh Mab für eine Weile aus dem Weg. Verstanden?«

Die Puca grinste verschmitzt. »Und wo bliebe da der Spaß?«, fragte
sie dann und streckte ihm die Zunge heraus. Bevor Ash mit ihr darüber
diskutieren konnte, legte sie die Ohren an und hob ruckartig den Kopf.
»Sie sind schon fast da. Los jetzt, ich werde sie ablenken. Niemand kann
besser eine sinnlose Verfolgung anzetteln als eine Puca.« Und bevor wir
sie aufhalten konnten, rannte sie zur Tür, riss sie auf und lehnte sich in
den Gang hinaus. »Der Prinz!«, kreischte sie so laut, dass ihre schrille
Stimme durch den ganzen Korridor hallte. »Der Prinz und die Missgeburt! Sie sind da lang! Folgt mir!«

Wir kauerten im Schrank, als schwere Stiefel an der Tür vorbeidon-
nerten und Tiaothin folgten, die sie weglockte. Ash raufte sich seufzend
die Haare. »Idiotische Puca«, murmelte er.

»Wird sie klarkommen?«

Ash schnaubte. »Tiaothin kann besser auf sich aufpassen als sonst jemand, den ich kenne. Deswegen hatte ich sie ja gebeten, ein Auge auf dich zu haben.«

Deshalb hatte die Puca sich also so für mich interessiert. »Ich hätte keinen Babysitter gebraucht«, erklärte ich gereizt wie auch erfreut, dass er daran gedacht hatte, ein Auge auf mich zu haben, auch wenn er selbst nicht da sein konnte.

Ash ignorierte mich. Er legte eine Hand auf die Wand, schloss die Augen und murmelte einige merkwürdige, unverständliche Worte. Ein schmales Rechteck aus Licht erschien, und Ash zog eine weitere Tür auf, woraufhin fahles Licht in den Raum fiel. Hinter der Tür erschien eine vereiste Treppe, die in die Dunkelheit hinabführte.

»Komm.« Er drehte sich zu mir um und streckte eine Hand nach mir aus. »Auf diesem Weg schaffen wir es aus dem Palast raus, aber wir müssen uns beeilen, sonst verschwindet er wieder.«

Hinter uns hallte ein erfreutes Brüllen durch den Gang, dann streckte etwas den Kopf in den Raum und schrie nach seinen Freunden. Ich packte Ashs Hand, und wir flohen in die Dunkelheit.

Der Markt der Kobolde

Ich folgte Ash die glitzernde Treppe hinunter und einen schmalen Korridor entlang, in dem flackernde blaue Fackeln und anzüglich grinsende Gargoyles an den Wänden hingen. Wir redeten nicht, die einzigen Geräusche waren unsere Schritte, die von den Steinen widerhallten, und mein stoßweise gehender Atem. Als sich einige Male der Tunnel teilte und in verschiedene Richtungen weiterführte, wählte Ash immer ohne Zögern einen Weg. Ich war froh über den langen Wintermantel, denn die Luft hier war eisig, und mein Atem bildete weiße Wölkchen, während wir immer weiter liefen und auf die Geräusche eventueller Verfolger lauschten.

Der Tunnel endete abrupt, eine massive Wand aus Eis versperrte uns den Weg. Ich fragte mich schon, ob wir falsch abgebogen waren, da ließ mich Ash los, ging zu der Wand und legte eine Hand auf das Eis. Mit einem scharfen, splitternden Krachen teilte es sich unter seinen

Fingern, bis sich wieder ein Tunnel vor uns erstreckte, der ins Freie führte.

Ash drehte sich zu mir um. »Bleib dicht hinter mir«, murmelte er und machte eine schnelle Geste. Ich spürte das Prickeln von Schein, der sich wie eine Decke über mich legte. »Sprich niemanden an, vermeide jeden Blickkontakt und zieh keine Aufmerksamkeit auf dich. Durch den Schein wird dich niemand bemerken, aber er verliert seine Wirkung, wenn du ein Geräusch machst oder jemandem in die Augen siehst. Halt einfach den Kopf unten und folge mir.«

Ich versuchte es. Das Problem war nur, dass es schwierig war, jenseits der Schlossmauern *nichts* zu bemerken. Die prachtvolle verwinkelte Stadt der Dunklen Feen erstreckte sich um mich, mit steil aufragenden Türmen aus Eis und Stein, Häusern aus versteinerten Wurzeln und Höhlen, in deren Öffnungen Eiszapfen wuchsen wie Zähne. Ich folgte Ash durch enge Gassen, in denen Augen unter Steinen und aus den Schatten hervorspähten, durch Tunnel, in denen Millionen von winzigen Kristallen funkelten, und Straßen hinunter, die von knochenweißen, kränklich glühenden Bäumen gesäumt wurden.

Und natürlich waren die Dunklen in dieser Nacht scharenweise unterwegs. Die Straßen wurden von Irrwischen und Leichenkerzen erhellt, und Horden von Winterfeen tanzten, tranken und johlten lauthals, sodass ihre Stimmen von den Steinen widerhallten. Ich musste wieder an das wilde Spektakel im Schlosshof denken und begriff, dass die Dunklen immer noch den offiziellen Winterbeginn feierten.

Wir hielten uns am Rand der Menge und versuchten, jede Aufmerksamkeit zu vermeiden, während die Winterfeen um uns herumwirbelten. Musik schallte durch die Nacht, dunkle, verführerische Rhythmen, die den Mob noch weiter anheizten. Mehr als einmal verwandelte sich der Tanz in ein Blutbad, wenn irgendein unglückliches Feenwesen unter einem Haufen kreischender Feierwütiger verschwand und in Stücke gerissen wurde. Zitternd hielt ich den Kopf gesenkt und meine Augen auf Ashs Schultern gerichtet, während wir uns einen Weg durch die brüllenden Massen suchten.

Auf einmal packte mich Ash, zog mich in eine Gasse, und sein warnender Blick sagte mir, ich solle mich ruhig verhalten. Kurz darauf trabten zwei Ritter auf riesigen, schwarzen Pferden mit glühenden blauen Augen durch die Menge und ließen die Winterfeen auseinanderflattern wie ein Vogelschwarm. Die Tanzenden fauchten und zischten, während sie zur Seite sprangen, und ein Kobold kreischte los, weil er von einem der Pferde getreten wurde. Er verstummte, als ein Huf seinen Schädel zermalmte.

Die Ritter brachten ihre Tiere zum Stehen und wandten sich der Menge zu, wobei sie das wütende Knurren und die geschrienen Beleidigungen ignorierten. Sie trugen schwarze Lederrüstungen mit Dornen an den Schultern, und die Gesichter unter den offenen Helmen waren scharf geschnitten und blickten grausam.

Ash schob sich neben mich. »Das sind Rowans Ritter«, erklärte er leise. »Seine Elitetruppe, die Dornengarde. Sie sind nur ihm und der Königin Rechenschaft schuldig.«

»Auf Befehl Ihrer Majestät Königin Mab«, rief einer der Ritter und schaffte es irgendwie, die Kakofonie aus Musik und zischenden Stimmen zu übertönen, »hat der Winterhof offiziell Oberon und seinem Sommerhof den Krieg erklärt! Für den verbrecherischen Mord an Kronprinz Sage und den Diebstahl des Jahreszeitenzepters sollen alle Sommerfeen ohne Gnade gejagt und vernichtet werden!«

Die Winterfeen brüllten, kreischten und heulten los. Das Geschrei klang jedoch nicht wütend, sondern begeistert. Ich sah lachende Dunkerwichtel, Kobolde, die Freudentänze aufführten, und wild grinsende Gnome. Mein Magen hob sich. Sie lechzten nach Blut. Der Winterhof liebte Gewalt, und sie lebten für die Gelegenheit, gnadenlos über die alten Erzfeinde herzufallen. Der Ritter ließ sie brüllen und wartete ein paar Sekunden, bevor er mit erhobener Hand Ruhe forderte.

»Außerdem«, rief er so laut, dass sich das Chaos um ihn herum auf leises Gemurmel reduzierte, »solltet ihr wissen, dass Prinz Ash von nun an als Verräter und Flüchtiger angesehen wird! Er hat seinen Bruder Prinz Rowan angegriffen und schwer verwundet. Dann ist er mit Oberons Halbbluttochter aus dem Palast geflohen. Beide gelten als extrem gefährlich, ihr solltet euch also besser in Acht nehmen.«

Ash atmete tief ein. In seinem Gesicht spiegelte sich sowohl Erleichterung als auch Schuld und Sorge. Rowan lebte noch, allerdings würde unsere Flucht durch die Stadt ab jetzt viel gefährlicher werden.

»Solltet ihr sie sehen, dürfen sie auf Befehl von Königin Mab nicht angerührt werden!«, schrie der Ritter. »Fangt sie oder informiert eine der Wachen über ihren Aufenthaltsort, und ihr werdet großzügig belohnt. Wer es unterlässt, zieht sich den Zorn der Königin zu. Verbreitet diese Kunde! Und morgen ziehen wir in den Krieg!«

Die Ritter trieben ihre Pferde an und galoppierten mitten durch die brüllende Menge der Dunklen davon.

Ash wirkte sehr nachdenklich, seine Augen waren zu grauen Schlitzen verengt. »Rowan ist also nicht tot«, hauchte er, doch ich konnte nicht sagen, ob er froh über die Nachricht war oder nicht. »Oder zumindest noch nicht. Dadurch wird alles wesentlich schwieriger.«

»Wie sollen wir hier rauskommen?«, flüsterte ich.

Ash runzelte die Stirn. »Die Tore werden bewacht«, murmelte er und ließ den Blick über meine Schulter hinweg über die Straße schweifen. »Und den regulären Steigen traue ich nicht, da Rowan weiß, dass wir hier draußen sind.« Er dachte kurz nach und seufzte dann. »Ein Ort bleibt uns noch, an den wir gehen können.«

»Welcher denn?«

Er musterte mich, und plötzlich wurde mir bewusst, wie nah wir uns waren. Unsere Gesichter waren nur Zentimeter voneinander entfernt, und ich spürte, wie sich sein Herzschlag beschleunigte, bis er im Gleichklang mit meinem war. Hastig wandte er sich ab, und ich senkte den Kopf, um mein brennendes Gesicht zu verbergen.

»Komm«, flüsterte er, und ich glaubte, ein leichtes Zittern in seiner Stimme zu hören. »Es ist nicht weit, aber wir müssen uns beeilen. Der Markt folgt seinem eigenen Zeitrhythmus, und wenn wir nicht rechtzeitig dort sind, wird er verschwinden.«

Ein wildes Heulen hallte durch die Dunkelheit, und wir sahen hinüber zu der Menge. Die Winterfeen hatten sich wieder ihrer Feier zugewandt, als wäre nichts passiert, aber jetzt haftete ihren Ausschweifungen etwas Niederträchtiges und Verzweifeltes an, als hätte die Aussicht auf Krieg ihre Blutlust noch mehr angefacht. Zwei Dunkerwichtel und eine Alte stritten sich gerade um die Leiche eines Kobolds, und ich wandte mich ab, bevor mir schlecht wurde. Ash nahm meine Hand und zog mich weiter, bis uns die Schatten verschluckten.

Wir flohen durch die Stadt, hielten uns in den Schatten und der Dunkelheit und schafften es irgendwie, die Massen auf der Straße zu meiden. Einmal wären wir fast über einen Dunkerwichtel gestolpert, der aus einem Loch in der Mauer gesprungen war. Das Wesen fauchte eine Beleidigung, doch dann weiteten sich seine Knopfaugen, als es uns erkannte, und es drehte sich weg, um einen Warnschrei auszustoßen. Ash vollführte eine scharfe Geste, woraufhin ein Dolch aus Eis in den offenen Mund des Wichtels flog und ihn für immer zum Schweigen brachte.

Irgendwann erreichten wir einen runden Hof an den Ufern eines riesigen unterirdischen Sees, von dessen Oberfläche Nebelschwaden aufstiegen und über den Boden waberten. Wir kamen an bunten, aber leeren Ständen und Zelten vorbei. Planen flatterten im Wind wie bei einem verlassenen Jahrmarkt. In der Mitte des Hofes stand ein riesiger weißer Baum, an dem Früchte wuchsen, die aussahen wie menschliche Köpfe. Mitten in dem dicken Stamm war eine schmale Tür eingelassen, und Ash beschleunigte seine Schritte, als wir uns ihr näherten.

»Der Markt liegt hinter dieser Tür«, erklärte er und zog mich schnell hinter den Baum, als ein Oger mit langsamen, schweren Schritten an uns vorbeistapfte. »Hör gut zu: Was auch immer du dort siehst – kauf nichts, mach keine Angebote und nimm von niemandem etwas an, ganz egal, wie sehr du es haben möchtest. Die Marktleute werden versuchen, einen Handel mit dir zu schließen – ignoriere sie einfach. Halt den Mund und schau am besten nur auf mich. Verstanden?«

Ich nickte. Ash öffnete die schmale Tür, die laut quietschte, führte mich hinein und schloss sie hinter uns. Das Innere des Baumstammes glühte matt, und es roch faulig-süßlich, wie nach verrottenden Blumen. Ich sah mich nach einer zweiten Tür oder einem anderen Ausgang um, aber bis auf die Tür, durch die wir gekommen waren, gab es in dem Stamm nichts.

»Bleib dicht bei mir«, flüsterte Ash, bevor er die Tür wieder öffnete.

Schlagartig drang Lärm durch die Tür. Jetzt war der runde Hof voller Leben. An den Ständen häuften sich die Waren, Musik und Feenfeuer schwebten durch die Nacht, und jede Menge Feen wanderten umher, kauften, redeten und feilschten mit den Händlern. Instinktiv drückte ich mich an den Baumstamm, doch Ash schenkte mir ein beruhigendes Lächeln.

»Ist schon gut«, meinte er und führte mich weiter. »Auf dem Markt fragt niemand, warum du hier bist oder woher du kommst. Alles, was die interessiert, ist der Handel.«

»Dann ist es hier also sicher?«, fragte ich und beobachtete ein Feenwesen mit Wolfskopf, das mit einem Strick voll abgetrennter Hände durch die Menge schlenderte.

Ash lachte trocken. »So weit würde ich nicht gehen.«

Wir gesellten uns zu der Menge, die uns – trotz Schubsen, Schieben und gezischten Beleidigungen – wenig Beachtung schenkte. Unheimliche Händler standen neben ihren Buden und Zelten, priesen lautstark ihre Waren an und winkten die Passanten mit langen Fingern oder Klauen zu sich heran. Ein mit Warzen übersäter Kobold fing meinen Blick auf und zeigte grinsend auf seine Auslage voller Halsketten, die aus Fingern, Zähnen und Knochen gefertigt waren. Eine alte Hexe wedelte mit einem Schweineschrumpfkopf vor meinem Gesicht herum, während ein riesiger Troll versuchte, mir irgendwelches Fleisch am Spieß in die Hand zu drücken. Es roch köstlich, zumindest bis ich erkannte, dass knusprig gebratene Vogel- und Rattenköpfe zwischen anderen unidentifizierbaren Brocken auf dem Spieß steckten. Hastig schloss ich wieder zu Ash auf.

Die Kuriositäten wurden nicht weniger: Traumfänger aus Spinnenseide und Babyknochen. Affenpfoten und Ruhmeshände. An einem Stand waren noch schlagende Herzen ausgestellt, während im Zelt daneben Blumen aus filigran gearbeitetem Glas angeboten wurden. Überall, wo ich hinsah, entdeckte ich erstaunliche, grauenhafte oder einfach nur merkwürdige Dinge. Die Händler waren unfassbar hartnäckig. Wenn sie einen dabei erwischten, wie man sich ihre Waren ansah, sprangen sie einem in den Weg, schrien einem die Wunder ihrer Waren ins Gesicht und lockten einen mit »einem Handel, den man nicht ablehnen« könne.

»Nur ein paar Haarsträhnen von dir«, krähte ein Wichtel mit Rattengesicht und streckte mir einen goldenen Apfel entgegen. »Dafür ewige Jugend und Schönheit.«

Ich schüttelte den Kopf und eilte weiter.

»Eine Erinnerung«, säuselte eine rehäugige Frau und schwenkte ein funkelndes Amulett. »Nur eine winzige Erinnerung, und dein größter Wunsch wird in Erfüllung gehen.« Na klar. Die Sache mit der Erinnerung hatte ich schon einmal gemacht, vielen Dank auch. Das war alles andere als angenehm gewesen.

»Dein Erstgeborenes«, wollten eine ganze Reihe von ihnen. »Deinen Namen. Eine Phiole voll mit deinen Tränen. Ein Tropfen Blut.«

Bei jedem Angebot schüttelte ich nur den Kopf und suchte mir hastig einen Weg durch die Menge, um mit Ash Schritt zu halten. Einige Male schreckte der finstere Blick des Eisprinzen die besonders hartnäckigen Händler ab, die uns durch die Standreihen folgten oder mich am Ärmel packten, aber meistens liefen wir einfach weiter.

Eine Reihe hölzerner Docks schwammen auf dem tintenschwarzen Wasser des Sees. Am Ufer ragte eine verwitterte Schenke wie eine aufgeblähte Kröte auf. Durch die Tür kam ein Kobold mit einem Humpen in der Hand gewankt, kotzte auf den Gehweg, brach darüber zusammen und blieb mit dem Gesicht nach oben in der Suppe liegen. Ash stieg über den stöhnenden Bewusstlosen hinweg und trat geduckt durch die Schwingtür. Ich rümpfte angewidert die Nase über den besoffenen Kobold und folgte ihm.

Drinnen war es düster und verqualmt. Im Raum verteilt standen ramponierte Holztische, an denen diverse widerwärtig aussehende Feenwesen saßen – von der Dunkerwichtelgang in der einen Ecke bis zu einem Puca mit Ziegenkopf, der mich mit glühenden gelben Augen beobachtete.

Ash glitt durch den Raum und schlängelte sich bis zur Bar, wo ein Zwerg mit zerzaustem, schwarzem Bart ihn finster musterte, während er in ein Glas spuckte. »Ihr solltet nicht hier sein, Prinz«, knurrte er halblaut und polierte das Glas mit einem schmutzigen Tuch. »Rowan lässt die halbe Stadt nach euch suchen. Früher oder später wird die Dornengarde hier auftauchen und den Laden auseinandernehmen, wenn sie glauben, dass wir euch verstecken.«

»Ich bin auf der Suche nach Naschkatze«, erklärte Ash genauso leise, während ich mich auf einem Barhocker niederließ. »Ich muss aus Tir Na Nog raus, und zwar noch heute Nacht. Weißt du, wo er ist?«

Der Zwerg warf mir einen Seitenblick zu, und sein derbes Gesicht verzog sich mürrisch. »Wenn ich es nicht besser wüsste, Prinz, würde ich behaupten, Ihr wärt weich geworden«, murmelte er und polierte weiter das Glas. »Angeblich habt Ihr Hochverrat begangen, aber das ist mir egal.« Er stellte das Glas ab und lehnte sich über die Bar. »Beantwortet mir nur eine Frage: Ist sie es wert?«

Ashs Gesicht wurde so schnell kalt und leer, wie eine Tür zuschlug. »Würde das als Bezahlung dafür gelten, dass du mir sagst, wo Naschkatze ist?«, erwiderte er mit völlig ausdrucksloser Stimme.

Der Zwerg schnaubte. »Klar, sicher, was auch immer. Aber ich will eine ernst gemeinte Antwort, Prinz.«

Ash schwieg einen Moment. »Ja«, murmelte er dann so leise, dass ich ihn kaum verstand. »Sie ist es wert.«

»Ihr wisst, dass Mab Euch dafür in Stücke reißen wird.«

»Ich weiß.«

Der Zwerg schüttelte den Kopf und musterte Ash mitleidig. »Ihr und Eure Frauengeschichten«, seufzte er und stellte das Glas unter den Tresen. »Schlimmer als jeder Satyr, das ist sicher. Und *die* sind wenigstens schlau genug, sich nicht auf was Ernstes einzulassen.«

In eisigem Ton fragte Ash: »Kannst du Naschkatze jetzt für mich finden oder nicht?«

»Ja, ich weiß, wo er ist.« Der Zwerg kratzte sich an der Nase und schnippte dann etwas weg. »Ich werde jemanden losschicken, um ihn zu holen. Ihr könnt mit dem Sommerpüppchen oben warten, bis er auftaucht.«

Ash stieß sich von der Theke ab. Sein Gesicht war immer noch eine ausdruckslose Maske, als er sich zu mir umdrehte. »Gehen wir.«

Ich hüpfte vom Barhocker. »Wer ist Naschkatze?«, fragte ich, während wir den Schankraum durchquerten. Niemand hielt uns auf. Die anderen Gäste beachteten uns entweder nicht oder machten einen weiten Bogen um uns. Was nicht weiter überraschend war, denn der Winterprinz strahlte eine solche Kälte aus, dass sie nahezu greifbar war.

»Er ist ein Schmuggler«, erwiderte Ash und winkte mich die Treppe in der Ecke hinauf. »Ein Kobold, um genau zu sein. Doch anstelle von Waren schmuggelt er lebende Wesen. Er ist wahrscheinlich der Einzige, der uns aus der Stadt bringen kann. Wenn wir seinen Preis bezahlen können.«

Ein Kobold. Ich schauderte. Meine persönlichen Erfahrungen mit Kobolden waren alles andere als angenehm gewesen. Bei meinem ersten Besuch im Nimmernie hatte eine Horde von ihnen versucht, mich zu fressen.

Oben führte Ash mich durch einen Flur, dessen Bodendielen knarrten, vorbei an einigen Holztüren, durch die seltsame Geräusche zu hören waren. Hinter der letzten Tür erwartete uns ein winziges Zimmer mit zwei schlichten Betten an den Wänden und einer flackernden Lampe in der Ecke. Dann erkannte ich, dass die Lampe ein runder Käfig auf einem goldenen Ständer war und dass das Licht verzweifelt quietschte, während es hin und her flatterte. Ash zog die Tür zu, und ich hörte ein Schloss einrasten, bevor er sich mit dem Rücken dagegenlehnte. Er sah ziemlich erschöpft aus.

Ich sehnte mich danach, ihn in den Arm zu nehmen. Ich wollte mich an ihn drücken und seine Arme um mich spüren, doch seine letzten Worte standen zwischen uns wie ein Stacheldrahtzaun. »Bist du okay?«, flüsterte ich.

Er nickte und fuhr sich mit den Fingern durchs Haar. »Schlaf ein wenig«, murmelte er. »Ich weiß nicht, ob wir später noch einmal Gelegenheit haben werden, eine Rast einzulegen. Du solltest dich ausruhen, solange du kannst.«

»Ich bin nicht müde.«

Er drängte mich nicht dazu, sondern stand nur da und sah mich mit müder, trauriger Miene an. Ich erwiderte seinen Blick und wünschte mir, ich könnte die Distanz zwischen uns überwinden, aber ich wusste nicht, wie ich zu ihm durchdringen sollte.

Ein peinliches Schweigen erfüllte den Raum. Mir lag einiges auf der Zunge, und ich wäre am liebsten damit herausgeplatzt, aber ich wusste, dass Ash es nicht hören wollte. Also schwankte ich zwischen Schweigen und Geständnis, da ich zwar wusste, dass ich eine Abfuhr erhalten würde, es aber wenigstens versuchen wollte. Ash stand schweigend da und ließ den Blick durch das Zimmer wandern. Ein paarmal schien auch er kurz davor zu sein, etwas zu sagen, schwieg dann aber doch und fuhr sich nur ruckartig mit der Hand durchs Haar. Als wir schließlich so weit waren, fingen wir gleichzeitig an.

»Ash...«

»Meghan, ich...«

Jemand hämmerte gegen die Tür, was uns beide zusammenzucken ließ. »Prinz Ash!«, rief eine quiekende Stimme durch die Tür. »Seid Ihr da drin? Naschkatze ist unten und wartet auf Euch.«

»Sag ihm, dass ich gleich komme«, antwortete Ash und stieß sich von der Tür ab. »Warte hier«, sagte er zu mir. »Hier sollte es sicher sein. Schließ die Tür ab und ruh dich etwas aus.« Er öffnete die Tür, vor der ein grinsender Kobold stand, und zog sie leise hinter sich zu.

Ich setzte mich auf eines der Betten, das nach Bier und schmutzigem Stroh stank, und starrte lange Zeit einfach nur die Tür an.

Dann wurde ich wach gerüttelt. Ich blinzelte in die Finsternis – jemand hatte ein schwarzes Tuch über das eingesperrte Licht geworfen, sodass es ziemlich düster im Zimmer war. Der Schlaf machte meine Lider schwer, aber ich öffnete sie mühsam und nahm die verschwommene Gestalt vor mir wahr. Ash saß auf der Bettkante und hielt mich sanft an den Schultern. Seine Silberaugen strahlten in der Dunkelheit.

»Wach auf, Meghan«, murmelte er. »Es ist Zeit.«

Die Erschöpfung hielt mich in ihrem Bann. Ich war doch müder gewesen als gedacht, und meine Gedanken drehten sich träge im Kreis. Als Ash sah, dass ich wach war, wollte er aufstehen, doch ich rutschte vor und schlang ihm die Arme um den Bauch.

»Nein«, murmelte ich mit verschlafener Stimme. »Bleib.«

Er legte zögernd eine Hand auf meine. »Du machst das hier nicht gerade einfacher«, flüsterte er in die Dunkelheit.

»Mir egal«, nuschelte ich und hielt ihn noch fester. Seufzend drehte er sich in meinen Armen und strich mir die Haare aus dem Gesicht.

»Warum fühle ich mich nur so zu dir hingezogen?«, murmelte er, eher wie zu sich selbst. »Warum fällt es mir so schwer loszulassen? Ich dachte ... am Anfang ... es sei wegen Ariella, weil du mich so sehr an sie erinnerst. Aber das ist es nicht.« Obwohl er nicht lächelte, wurden seine Augen doch etwas heller. »Du bist wesentlich dickköpfiger, als sie es jemals war.«

Ich schnaubte leise. »Wer im Glashaus sitzt, sollte nicht mit Steinen werfen«, flüsterte ich, und ein schmales Lächeln huschte über sein Gesicht, bevor sich seine Miene verfinsterte und er den Kopf neigte, um seine Stirn gegen meine zu drücken.

»Was willst du von mir, Meghan?«, fragte er mit einem Anflug von Qual in seiner sonst so ruhigen Stimme.

Tränen stiegen mir in die Augen, und all die Angst und der Herzschmerz der letzten Tage kamen wieder hoch. »Nur dich«, hauchte ich. »Ich will nur dich.«

Er schloss die Augen. »Ich kann das nicht.«

»Warum nicht?«, wollte ich wissen. Sein Gesicht schwebte über mir, verschwommen durch den Tränenschleier, doch ich wollte ihn nicht loslassen, um mir die Tränen abzuwischen. Ich wurde immer verzweifelter. »Wen interessiert schon, was die Höfe sagen?«, fragte ich herausfordernd. »Wir könnten uns heimlich treffen. Du könntest in meine Welt kommen, dort würde uns niemand sehen.«

Er schüttelte den Kopf. »Mab weiß es bereits. Meinst du wirklich, sie würde uns das durchgehen lassen? Im Thronsaal hast du doch ihre Reaktion zu spüren bekommen.«

Schluchzend vergrub ich mein Gesicht an seiner Seite, während er mir sanft mit den Fingern durchs Haar strich. Ich wollte ihn nicht loslassen. Ich wollte mich an ihn kuscheln und für immer so liegen bleiben.

»Bitte«, flüsterte ich verzweifelt und vergaß endgültig meinen Stolz. »Tu das nicht. Wir finden einen Weg, wie wir die Regeln der Höfe umgehen. Bitte.« Ich biss mir auf die Lippe, als er erschauderte, und hielt ihn noch fester. »Ich liebe dich, Ash.«

»Meghan.« Ashs Stimme klang gequält. »Du ... kennst mich doch gar nicht. Du weißt nicht, was ich getan habe ... Blut klebt an meinen Händen, das von Feen und das von Sterblichen.« Er unterbrach sich, holte tief Luft, um sich wieder in den Griff zu bekommen. »Als Ariella starb, ist alles in mir gefroren. Nur bei der Jagd – wenn ich tötete – spürte ich noch etwas. Mir war alles egal, auch ich selbst. Ich stürzte mich in Kämpfe, von denen ich glaubte, sie zu verlieren, nur um den Schmerz der Klinge in meinem Fleisch zu spüren oder Krallen, die mich zerfetzten.«

Zitternd klammerte ich mich an ihn und erinnerte mich an die Narben auf seinem Rücken und seinen Schultern. Ich konnte mir vorstellen, wie er kämpfte: mit kalten, leeren Augen, in der Hoffnung, dass endlich ein Gegner einen glücklichen Treffer landen und ihn töten würde.

»Und dann kamst du«, murmelte er und berührte meine nasse Wange, »und plötzlich ... ich weiß auch nicht. Es war, als würde ich vieles zum ersten Mal wahrnehmen. Als ich dich mit Puck gesehen habe, an dem Tag, als du ins Nimmernie kamst ...«

»Der Tag, als du versucht hast, uns zu töten«, erinnerte ich ihn.

Er schrak zusammen, nickte aber. »Ich dachte, das Schicksal wolle mir einen grausamen Streich spielen. Dass ein Mädchen, das Ariellas Schatten hätte sein können, sich mit meinem Erzfeind zusammentut – das war zu viel. Ich wollte euch beide umbringen.« Er seufzte. »Aber dann bin ich dir beim Elysium begegnet und ...«, er schloss gequält die Augen, »und alles, wovon ich geglaubt hatte, es für immer verloren zu haben, kehrte nach und nach zurück. Es war frustrierend. Während des Elysiums war ich ein paarmal kurz davor, dich zu töten, nur um das aufzuhalten, wovon ich wusste, dass es mein Untergang sein würde. Ich wollte das nicht, wollte nichts empfinden, vor allem nicht für ein halb menschliches Mädchen, das auch noch die Tochter des Sommerkönigs war.« Er schnaubte reuevoll und schüttelte den Kopf. »Von dem Moment an, als du das Nimmernie betratst, warst du mein Verderben. Ich hätte mich niemals auf diesen Vertrag einlassen sollen.«

Ich schnappte nach Luft. »Warum nicht?«

Er strich mir eine Haarsträhne aus dem Gesicht und fuhr sanfter fort: »Weil es keine Rolle spielt, was ich fühle – ich kann nicht gegen jahrhundertealte Regeln und Traditionen ankämpfen und du auch nicht.«

»Wir könnten es versuchen ...«

»Du kennst die Höfe nicht«, fuhr Ash sanft fort. »Du bist noch nicht lange genug im Feenreich, um zu wissen, was passieren kann, ich schon. Ich habe es immer wieder erlebt, seit Jahrhunderten. Selbst wenn wir das Zepter zurückbringen und es schaffen, den Krieg zu stoppen, werden wir immer noch auf unterschiedlichen Seiten stehen. Nichts kann daran etwas ändern, ganz egal, wie sehr du dir wünschst, es wäre nicht so. Egal, wie sehr *ich* mir wünsche, es wäre nicht so.«

Ich antwortete nicht, ich fühlte mich zu elend, um etwas zu sagen. Seine Stimme klang, auch wenn Bedauern mitschwang, entschlossen. Er hatte seine Entscheidung gefällt, und daran würde ich nichts ändern können.

Ein seltsamer Friede durchdrang mich – oder vielleicht war es auch meine Verzweiflung, die letztendlich in Resignation umschlug. *Das war's dann also,* dachte ich, während sich ein Taubheitsgefühl in meinem Körper ausbreitete und den scharfen Schmerz in meiner Brust linderte. *So fühlt sich Schlussmachen also an.* Obwohl ich mir ziemlich sicher war, dass »Schlussmachen« nicht der richtige Ausdruck war. Er schien viel zu gewöhnlich und trivial für das, was hier gerade passierte.

»Komm jetzt.« Ash löste meine Finger von seinem Bauch und stand auf. »Wir sollten gehen. Naschkatze und ich haben einen Handel abgeschlossen. Er wird uns durch die Koboldtunnel rausschmuggeln, die unterhalb der Stadt verlaufen. Wir müssen uns beeilen – Rowans Dornengarde sucht nach wie vor die Straßen nach uns ab.«

»Warte, Ash«, sagte ich und setzte mich auf. »Nur eine Sache noch, bevor wir gehen.«

Er runzelte argwöhnisch die Stirn. »Was willst du?«

Ich erhob mich mit klopfendem Herzen vom Bett. »Küss mich«, flüsterte ich und sah, wie er überrascht die Augenbrauen hochzog. »Nur noch ein einziges Mal«, flehte ich, »ich verspreche, dass es das letzte Mal sein wird. Danach werde ich dich vergessen können.« Eine glatte Lüge. Selbst wenn ich neunzig werden, den Verstand verlieren und alles andere vergessen sollte, wäre die Erinnerung an den Winterprinzen immer noch ein strahlendes Licht, das niemals erlöschen würde.

Als er unsicher zögerte, versuchte ich einen lockeren Ton anzuschlagen: »Das letzte Mal, ich schwör's.« Ich sah ihm in die Augen und rang mir ein Lächeln ab. »Das ist das Mindeste, was du tun kannst. Wenn ich schon keine anständige Trennung kriege.«

Ash schwankte immer noch, wirkte hin- und hergerissen. Sein Blick huschte zur Tür, und für einen Moment glaubte ich, er würde einfach gehen und mich als gedemütigtes Häufchen Elend zurücklassen. Aber dann seufzte er leise und ließ resigniert die Schultern hängen. Er sah mir in die Augen, trat einen Schritt vor und zog mich in seine Arme. Seine Lippen strichen sanft über meine.

Ich dachte, unser letzter Kuss würde kurz und keusch sein, doch nach der ersten Berührung seiner Lippen flammte ein Feuer in mir auf und wütete in meinem Bauch. Ich zog ihn enger an mich, grub meine Finger in seinen Rücken, und seine Arme pressten mich so fest an ihn, als wolle er uns miteinander verschmelzen. Ich krallte eine Hand in seine Haare und knabberte an seiner Unterlippe, was ihm ein leises Stöhnen entlockte. Seine Lippen teilten sich, und meine Zunge begann mit seiner zu tanzen. An unserem letzten Kuss war nichts Sanftes oder Zärtliches – er war voll Trauer und Verzweiflung, in dem bitteren Wissen, dass wir etwas Perfektes hätten haben können, es aber einfach nicht sein sollte.

Es war viel zu schnell vorbei. Ash lehnte sich zurück, und seine Augen strahlten, während sein Körper vor Verlangen und Leidenschaft zitterte. Unsere Herzen schlugen wie wild, und Ash bohrte seine Finger schmerzhaft in meine Schulter. »Bitte mich nie wieder darum«, keuchte er, und ich war zu sehr außer Atem, um zu antworten.

Er ließ mich los und ging zur Tür, ohne sich umzusehen. Ich holte tief Luft, drängte die Tränen zurück, die in meine Augen steigen wollten, und folgte ihm.

Am Fuß der Treppe wartete ein Kobold auf uns und verzog den Mund zu einem breiten Grinsen, das fehlende Hauer und einige Goldzähne enthüllte. Er war von oben bis unten mit Schmuck behängt: Ringe, Ohrstecker, Halsketten und sogar ein goldener Nasenring. Als er sich zu mir umdrehte, funkelte mich ein milchiges Glasauge an. Er rieb sich die Klauen und grinste wie ein hämischer Hai.

»Ah, hier ist Prinzessin, die Prinz gemacht hat zu Verräter«, zischte er und musterte mich von oben bis unten. »Und jetzt sie brauchen Koboldtunnel raus aus Stadt, gut, gut.« Er wedelte mit einer goldbestückten Hand. »Keine Zeit für Reden. Wir jetzt gehen, bevor auftauchen Wachen und stellen zu viele Fragen. Braucht Ihr noch etwas, bevor wir gehen, Verräterprinz?«

Ash schaute gequält, schüttelte aber den Kopf. Der Kobold kicherte, und seine Goldzähne funkelten im schwachen Licht. »Ja, gut! Dann ihr folgt mir.«

Der Ring

Naschkatze führte uns durch eine Hintertür aus der Schenke und dann am Seeufer entlang.

Hinter den Docks fiel das Ufer steil ab zu einem schmalen Felsenstrand. Wir kletterten über die Wellenbrecher und folgten Naschkatze zum Wasser hinunter, wo zwei kräftigere Kobolde in einem kleinen Holzkahn warteten.

»Schnell, schnell«, drängte Naschkatze und scheuchte uns hinein.

Vorsichtig setzten wir uns zwischen die beiden Handlanger, die nach den Rudern griffen, als Naschkatze uns ins Wasser schob und dann in den Kahn sprang. Während die beiden uns weiter vom Ufer wegruderten, drehte er sich mit einem entschuldigenden Lächeln zu uns um.

»Die Koboldtunnel nicht weit von hier«, erklärte er und spielte an einem seiner Ringe herum. »Nur Kobolde wissen, wo sie sind, nur Kobolde dürfen sie sehen und leben. Früher deine hübschen Äuglein wären Bezahlung gewesen, aber Zeiten ändern sich. Punkt ist, ihr keine Kobolde, ihr dürft nicht sehen unsere geheimen Tunnel. Regel, wisst ihr. Tut aufrichtig leid.«

»Verstanden«, murmelte Ash, als einer der Kobolde hinter ihn rutschte und ihm die Augen verband. Ich zuckte zusammen, als auch mir ein schwarzes Tuch vor die Augen gelegt wurde, sodass ich in völliger Dunkelheit hockte.

Ziemlich lange trieben wir dahin. Das rhythmische Klatschen der Ruder und die vereinzelten Kommentare, die Naschkatze seinen Schlägertypen zuraunte, waren die einzigen Geräusche. Ashs Körper neben mir war gespannt, seine Muskeln wölbten sich unter der Haut. Die Luft wurde kälter, und ich hörte irgendwo über uns Fledermäuse quietschen. Das Boot stieß rumpelnd und schabend gegen Felsen, und ein fauliger

Gestank hing in der Luft, der Geruch nach Dung und verwesendem Fleisch. In der Dunkelheit hallte Kichern und kreischendes Gelächter wider, und man hörte das Schaben von Krallen über Stein.

Dann blieben die Geräusche und Gerüche hinter uns, und wir trieben wieder in völliger Stille dahin. Ich hörte, wie Naschkatze und seine Wachen sich murmelnd unterhielten, und wurde extrem nervös. Schließlich stieß das Boot gegen einen festen Untergrund, und irgendjemand zog es an Land.

Ich nahm die Augenbinde ab und blinzelte in dem trüben Licht. Wir befanden uns in einer kleinen Höhle mit Kiesboden, auf dem Knochen und Abfall verstreut lagen. Etwas entfernt schimmerte einladend ein Lichtkreis. Erleichtert atmete ich auf. Wir hatten es geschafft.

Naschkatze beobachtete uns verschlagen, während Ash mir aus dem Boot half. »Wie versprochen«, sagte er und zeigte auf den Ausgang auf der Rückseite der Höhle. »Sicherer Weg aus der Stadt. Und jetzt ich glaube, Verräterprinz schuldet mir etwas, ja?« Er streckte eine juwelenbesetzte Pfote aus, und Ash ließ einen kleinen Lederbeutel hineinfallen.

»Sagt niemandem, dass ihr uns gesehen habt«, befahl Ash, als die beiden Handlanger das Boot zurück ins Wasser schoben.

»Ich fürchte, dafür ist es zu spät, Hoheit«, erklang eine raue Stimme vom anderen Ende der Höhle.

Wir wirbelten herum, Ashs Hand an seinem Schwert, als vier Mitglieder der Dornengarde mit knirschenden Schritten über den Kies auf uns zukamen.

»Sehr klug, nicht die üblichen Steige zu benutzen, Ash«, sagte einer der Wachen. Seine Rüstung war mit mehr Dornen besetzt als die der anderen, und die Widerhaken auf seinen Schultern standen ab wie riesige Stachelschweinborsten. »Mab lässt sie alle streng bewachen, aber das wusstet Ihr, nicht wahr? Bedauerlicherweise hatte Rowan bereits alle Schmuggler der Stadt bestochen, als Ihr diesen hier aufspürtet. Kobolde sind wirklich widerwärtige Opportunisten, nicht wahr?«

Wütend drehte ich mich nach Naschkatze um, aber das Boot war bereits ein ganzes Stück außer Reichweite, und Naschkatze grinste mir vom Bug aus zu.

»Tut mir leid, Prinzessin«, kicherte der Kobold. »Angebot des Prinzen war gut. Angebot des anderen Prinzen war besser. Nicht persönlich nehmen, ja?« Er winkte, und das Boot verschwand in der Dunkelheit.

In meinem Magen bildete sich ein eiskalter Klumpen, als ich mich wieder den Wachen zuwandte.

Synchron zog die Dornengarde ihre Waffen. Ihre Schwerter waren stachelig und schwarz, mit langen Dornen entlang der Klingen, die extrem scharf aussahen.

»Tritt beiseite, Heckenstachel«, befahl Ash. Er hatte sein Schwert noch nicht gezogen, hielt sich aber gespannt bereit. »Ich will nicht gegen dich kämpfen. Ihr könnt euch einfach zurückziehen, und Rowan würde es nie erfahren. Wir werden nicht in die Stadt zurückkehren.«

»Ich fürchte, unsere Befehle sehen nicht vor, euch in die Stadt oder zu Mab zu bringen«, erklärte Heckenstachel mit dem Anflug eines Grinsens. »Rowan weiß, dass ihr hinter dem Zepter her seid, und das kann er nicht zulassen. Der neue König will die Missgeburt lebend, aber ich fürchte, Euch werden wir töten müssen, Prinz. Wie Naschkatze bereits sagte: Nehmt es nicht persönlich.«

Zuerst begriff ich nicht, von wem er da redete. Dann ging mir ein Licht auf, und die Erkenntnis traf mich wie ein Schlag in den Magen. Der neue König. Der neue *Eiserne König*. Sie arbeiteten für das Eiserne Königreich. Rowan musste Tertius und die Drahtmänner in den Palast gelassen haben. Er hatte zugelassen, dass sie Sage töteten und das Zepter stahlen, und dann hatte er Mab davon überzeugt, dass die Eisernen Feen keine Gefahr darstellten.

Ashs Miene versteinerte vor Entsetzen. »Nein«, sagte er, während alle Farbe aus seinem Gesicht wich. »Nein, Rowan würde uns nicht verraten. Nicht an die. Was habt ihr getan?«

»Wir können das Eiserne Königreich nicht aufhalten«, fuhr Heckenstachel ernst fort. »Die alten Sitten sind überholt. Mab kann uns nicht länger beschützen. Es ist an der Zeit, uns mit der größeren Macht zu verbünden, zu etwas Höherem zu werden, als wir es jetzt sind. Rowan wird uns in eine neue Ära führen, eine, in der wir nichts mehr zu fürchten brauchen. Nicht die Berührung des Eisens, nicht das Nachlassen der menschlichen Fantasie, gar nichts! Lasst die Altblütler doch in ihren veralteten Traditionen verharren. Sie werden bald fallen, und dann werden wir aufsteigen und ihren Platz einnehmen.«

»Rowan wird uns vernichten«, entgegnete Ash grimmig. »Dieser Krieg beschleunigt unsere Vernichtung nur. Wenn Sommer und Winter sich zusammentun würden, könnten wir das Eiserne Königreich aufhalten.«

»Und für wie lange?«, fragte Heckenstachel und unterstrich seine Worte mit einem wilden Schwung seines Schwertes. »Die Menschen erträumen sich ihre Technologie, ihre großen, mitreißenden Visionen – und vergessen uns. Wir können die Zeit nicht zurückdrehen, aber wir können uns weiterentwickeln, um zu überleben. Ich werde Euch zeigen, was ich meine.« Er zog seinen Schutzhandschuh aus und hob die bloße Hand. An seinem Ringfinger funkelte ein eisernes Band. Das Fleisch rundherum war schwarz und verschrumpelt, und mir drehte sich der Magen um, als er triumphierend seine Faust schüttelte. »Seht!«, rief er. »Seht mich an! Ich fürchte mich nicht vor der Berührung des Eisens, vor dem Fortschritt. Jetzt verbrennt es mich noch, doch bald werde ich in der Lage sein, es nach Belieben zu nutzen wie die Menschen. Bald werde ich wie sie sein.«

»Du stirbst, Heckenstachel.« Ash klang entsetzt und mitleidig. »Es bringt dich langsam um, und du merkst es nicht einmal.«

»Nein! Nach dem Krieg, wenn beide Seiten geschwächt sind, werden die Eisernen Feen einmarschieren und alle Spuren des alten Systems auslöschen. Es wird keinen Sommer und Winter mehr geben. Es wird keine Höfe mehr geben. Es wird nur noch das Eiserne Königreich geben und jene, die stark genug sind, weiterzubestehen.«

Ich starrte ihn fassungslos an. »Rowan hat die Eisernen Feen in den Palast gelassen, nicht wahr?«, flüsterte ich, woraufhin sich sein fiebriger Blick auf mich richtete. »Er hat ihnen aufgetragen, das Zepter zu stehlen, und er hat zugelassen, dass sie seinen eigenen Bruder töten. Wie könnt ihr so einem Drecskerl dienen? Begreift ihr denn nicht, dass er euch nur ausnutzt?«

»Schweig, Missgeburt.« Heckenstachel starrte mich finster an. »Wenn du meinen Prinzen noch einmal beleidigst, schneide ich dir die Zunge heraus und verfüttere sie an meine Hunde. Rowan ist der Einzige, der sich Gedanken um die Zukunft von Tir Na Nog macht.«

Ash schüttelte den Kopf. »Rowan will Macht, und er würde sein gesamtes Reich opfern, um sie zu bekommen. Du brauchst nicht die Verantwortung für seinen Wahnsinn zu übernehmen, Heckenstachel. Lass uns gehen. Wir können diesen Krieg beenden, und wenn der Sommer sich mit uns verbündet, werden wir auch einen Weg finden, mit dem Eisernen Königreich fertigzuwerden.«

Heckenstachels Miene blieb unverändert. »Wir haben unsere Befehle, Prinz Ash. Die Missgeburt werden wir mitnehmen, aber ich fürchte, Eure Reise endet hier. Rowan hat deutlich gemacht, dass er nicht wünscht, dass Ihr zu Mab zurückkehrt, aus welchen Gründen auch immer.« Er gab den Rittern hinter sich ein Zeichen, und sie rückten vor. »Es tut mir leid, dass es an diesem Ort geschehen muss. Das Grab eines Prinzen sollte eigentlich prunkvoller sein.«

Ich wich zurück, da ich wusste, dass es nun zum Kampf kommen würde. Zum hunderttausendsten Mal versuchte ich verzweifelt, *irgendetwas* mit dem Schein zu machen – eine Wurzel anheben, um die Ritter zu Fall zu bringen, eine glühende Lichtkugel zu schleudern, um sie abzulenken, irgendetwas. Doch es war, als würde ich gegen eine Glaswand rennen. Ich *wusste,* dass meine Macht dort auf der anderen Seite war, aber ich konnte sie einfach nicht erreichen.

Ash sah den Rittern gelassen entgegen, obwohl ich spüren konnte, wie sich die Muskeln unter seiner Haut spannten. »Rowan kennt mich nicht so gut, wie er denkt«, murmelte er anscheinend unbeeindruckt von den gezackten Klingen, die immer näher kamen. »Sonst hätte er niemals einen solchen Fehler gemacht.«

Heckenstachel warf Ash hinter den drei Rittern stehend ein hämisches Grinsen zu; zufrieden damit, seine Wachen in den Kampf gegen den Winterprinzen zu schicken. »Und welcher Fehler wäre das?«

»Ihr seid nur zu viert.« Sein Arm schnellte vor, und er schleuderte eine Wolke aus Eissplittern auf die vorrückende Dornengarde. Die Ritter rissen die Arme hoch, um ihre Gesichter zu schützen, und sofort sprang Ash in ihre Mitte.

Der Erste hatte nicht die geringste Chance. Ashs Schwert schlitzte seine Rüstung auf, und das Feenwesen brach zusammen, bevor es überhaupt seine Waffe heben konnte. Als er stürzte, schien sich seine Rüstung aufzulösen und in dicke schwarze Dornenranken zu verwandeln, deren Spitzen sich in der Luft ringelten. Innerhalb weniger Sekunden hatte sich der Körper der Fee in einen gewaltigen Dornenstrauch verwandelt, der auf dem nackten Fels wuchs. An einem der Zweige glänzte ein Metallring.

Das Kreischen der Schwerter lenkte meine Aufmerksamkeit wieder auf den Kampf. Heckenstachel konnte ich nicht sehen, aber die beiden anderen Ritter der Dornengarde hatten Ash in eine Ecke getrieben und drangen unerbittlich auf ihn ein. Ash parierte, wich aus und blockte die Angriffe so schnell ab, dass seine Klinge kaum mehr war als ein blau-weißer Schatten. Ich sah mich um und holte mir ein paar faustgroße Steine vom Ufer. Vielleicht konnte ich ja keine Feuerbälle schleudern, aber das hielt mich noch lange nicht davon ab, andere Sachen zu werfen.

Bitte triff nicht Ash, dachte ich, als ich ausholte.

Der erste Stein prallte wirkungslos vom Rücken des einen Ritters ab, doch der zweite traf ihn an der Schläfe, was ihn kurz zusammenzucken ließ. Das genügte. Ashs Klinge schnellte vor und bohrte sich in seine Brust. Der Ritter zerfiel lautlos, Ranken brachen aus seiner Rüstung hervor und hüllten seinen Körper in einen Kokon aus Dornen.

Ich stieß einen triumphierenden Schrei aus, doch da schob sich eine dunkle Gestalt in mein Blickfeld. Heckenstachel trat aus der Dunkelheit und griff mit klauenartigen Fingern nach mir. Ich wollte mich wegducken, doch der Ritter packte mich am Handgelenk, zog mich an sich und drehte mir den Arm auf den Rücken. Als ich schmerzerfüllt keuchte, schob sich sein anderer Arm um meinen Hals. Ich wand mich und trat nach ihm, verletzte mich aber nur selbst an seiner dornigen Rüstung, während er mit dem Arm immer fester zudrückte und mir die Luft abschnitt.

Explosionsartig erscheinende Ranken meldeten das Ende des letzten Ritters, und Ash schritt mit einem kalten, mörderischen Funkeln in den Augen durch die Hecke auf uns zu.

»Bleibt, wo Ihr seid, Prinz«, fauchte Heckenstachel und drückte mir einen kalten schwarzen Dolch an die Wange. »Keinen Schritt weiter, sonst steche ich ihr die hübschen Äuglein aus. Den Eisernen König kümmert es nicht, falls sie leicht lädiert ist, wenn sie zu ihm kommt.«

Ash blieb stehen und senkte sein Schwert, hielt den Blick aber unverwandt auf den Ritter gerichtet. Heckenstachels Würgegriff lockerte sich ein klein wenig, und ich sog dringend benötigte Luft in meine Lunge, wobei ich ruhig zu bleiben versuchte. Aus der Nähe roch der Ritter nach Schweiß und Leder und nach etwas Schärferem, irgendwie metallisch. Der Ring an seiner Hand hob sich funkelnd von dem schwarzen Finger ab, als er den Dolch auf mein Gesicht richtete.

Keuchend hielt Heckenstachel Ashs Blick stand. »Und jetzt will ich, dass Ihr Euer Schwert niederlegt und schwört, uns nicht zu folgen.« Als Ash sich nicht rührte, drückte Heckenstachel die Dolchspitze gerade so tief in meine Wange, dass Blut floss. Der plötzliche Schmerz ließ mich erstickt aufkeuchen, und Ash spannte sich an. »Ich werde Euch nicht noch einmal darum bitten, Hoheit«, knurrte Heckenstachel. »Ihr habt diesen Kampf verloren. Legt Euer Schwert nieder und versprecht, dass Ihr uns nicht folgen werdet.«

»Heckenstachel.« Ashs Stimme war kalt wie gefrorener Stahl. »Rowan hat deinen Verstand vergiftet, genau wie dieses Eisen deinen Körper vergiftet. Du kannst das Ruder immer noch herumreißen. Lass mich die Prinzessin nach Arkadia zurückbringen, und dann warnen wir Mab vor dem Eisernen König und Rowan.«

»Es ist zu spät.« Heckenstachel schüttelte wild den Kopf. »Sie sind bereits auf dem Vormarsch. Ihr könnt sie nicht aufhalten, Ash. Niemand kann das.« In seinem Kichern schwang eine Spur Wahnsinn mit, als er den Griff um meinen Hals wieder verstärkte. »*Die Männer des Königs und seine Armeen*«, flüsterte er und wedelte mit dem Dolch vor meinen Augen herum, »*kamen ins Feenreich, um den Tag seines Endes zu sehen.*«

Okay, das reichte jetzt. Heckenstachel war völlig durchgedreht, er war auf dem direkten Weg ins Gagaland. Ich musste etwas tun. Aber was konnte ich tun, ohne eine Waffe oder den Schein?

Blut lief über meine Wange und zog eine Spur über meine Haut wie eine große rote Träne. Mein Gesicht pochte, und der Schmerz schärfte meine Sinne. Vor meinem inneren Auge sah ich den Metallring, wie er weiß glühte und vor Energie pulsierte. Ich spürte den Schein, der ihn umgab, doch er unterschied sich von allem, was ich bisher gefühlt hatte – er war kalt und farblos. War das … der Schein des Eisens? Konnte ich ihn einsetzen, wie die Feen die ungezügelte Magie der Träume und Gefühle einsetzten? Der Ring schimmerte, fließend und lebendig, als warte er sehnsüchtig darauf, benutzt zu werden. In eine neue Form gebracht zu werden.

Enger, dachte ich. Das Metallband reagierte sofort und grub sich in die Haut des Ritters. Heckenstachel zuckte zusammen, er wirkte überrascht, woraufhin ich fester zudrückte und den Ring so verdrehte, dass er tief genug in sein Fleisch schnitt, um Blut hervorquellen zu lassen. Bei jeder Berührung mit seiner Haut zischte es, Heckenstachel heulte auf und riss den Arm von meinem Hals, als hätte er sich verbrannt. Ich wand mich aus seinem Griff und stieß ihn weg.

Ash stürzte sich auf Heckenstachel. Der Anführer der Dornengarde sah ihn kommen und griff im letzten Moment nach seinem Schwert, doch es war zu spät. Ash umging seine Deckung und bohrte ihm die Klinge so tief in die Brust, dass sie am Rücken des Ritters wieder austrat.

Heckenstachel taumelte zurück und landete mit einem lauten Platschen im Wasser. Verwirrt starrte er hinunter auf das Blut auf seiner Brust, dann sah er uns an. »Ihr ... versteht nicht«, stammelte er, während Ash traurig auf ihn hinabschaute. »Wir wären ... wie sie ... geworden. Rowan ... hat es uns ... versprochen. Er hat es ... versprochen ...« Dann verdrehten sich seine Augen, und Dornenranken schlängelten sich über seinen Körper, bis nichts mehr von ihm zu sehen war.

Schaudernd stand ich da und wusste nicht, ob ich mich übergeben oder in Tränen ausbrechen sollte. Komisch, dass selbst die lange Zeit am Winterhof mich nicht unempfindlich gemacht hatte, was Blut und Tod anging. Ich spürte Ashs Blick auf mir – fragend und argwöhnisch wie der eines Fremden.

»Was hast du mit ihm gemacht?«

Ich schüttelte den Kopf. Der seltsame Schein verblasste bereits, als hätte es ihn nie gegeben. Mein Körper zitterte von den Nachwirkungen des Schocks und dem ganzen Adrenalin. »Keine Ahnung.«

Ash warf noch einen Blick zu dem Dornenstrauch hinüber und dem Eisenring, der an einem der Zweige hing, und schauderte. »Komm her!« Er seufzte und schob mich zu einem großen Felsblock. »Setz dich. Lass mich dein Gesicht ansehen.«

Die Wunde war nicht tief, mehr ein Stich als ein Schnitt, doch sie brannte höllisch. Ash kniete sich vor mich und untersuchte sie eingehend, dann riss er einen Stoffstreifen von seinem Ärmel und tauchte ihn in eine Pfütze. Als er den Stoff an meine Wange hob, zuckte ich instinktiv zurück und verzog das Gesicht.

Er schüttelte den Kopf, und sein Mundwinkel zuckte. »Ich hab dich noch nicht mal berührt. Jetzt halt still.«

Er hob wieder den Lappen, und unsere Blicke trafen sich. Ash erstarrte. Ich sah, wie ein Dutzend Emotionen über sein Gesicht huschten, bevor er kurz Luft holte und ganz vorsichtig den nassen Stoff an meine Wange drückte.

Die Versuchung, die Augen zu schließen, war groß, doch ich hielt ihr stand und beobachtete sein Gesicht. Ihn hier zu haben, so nah bei mir, war den Schmerz wert. Ich studierte seine Augen, seine Lippen, den winzigen Silberstecker in seinem Ohr, fast verdeckt von den dunklen Haaren. Jedes kleinste Detail prägte ich mir ein, brannte mir sein Bild ins Hirn ein, da ich diesen Moment für immer in meiner Erinnerung verankern wollte. Und obwohl sein Gesicht nach diesem ersten Blick verschlossen und nüchtern wirkte, waren seine Finger ganz sanft.

»Warum starrst du mich so an?«

Seine Stimme ließ mich zusammenfahren. »Was? Tue ich nicht.«

»Lügnerin.« Ash nahm meine Hand und drückte sie gegen den Stoff, um ihn an meiner Wange zu fixieren. »Hier. Die Blutung ist gestoppt, aber drück noch etwas drauf, um sicherzugehen.« Seine Hand lag immer noch auf meiner, kühl und glatt, doch er sah mir nicht mehr in die Augen. »Es tut mir leid, Meghan.«

»Was denn?«

»Das mit Rowan. Das alles hier.« Er erhob sich und ging zu der Stelle, an der Heckenstachel gefallen war. Jetzt markierte ein schwarzer Dornenstrauch den Ort, wo er gestorben war, und Ash starrte ihn an, als könne er jederzeit wieder zum Leben erwachen.

»Rowan«, hörte ich ihn murmeln, »was denkst du dir nur dabei?«

Ich ließ den Lappen fallen und trat zu ihm. »Und was jetzt?«

Einen Moment lang schwieg er nachdenklich. Der Schock über die

Entdeckung, dass sein Bruder für den Verrat am gesamten Feenreich verantwortlich war, war noch zu frisch – wie eine Wunde, die sich nicht schließen würde. Ich begriff, dass er es nicht glauben konnte.

»Es hat sich nichts geändert«, sagte er schließlich mit kalter, entschlossener Stimme. »Das Zepter ist immer noch irgendwo da draußen, und falls Rowan weiß, wo es sich befindet, wird er es uns nicht sagen. Wenn das alles hier vorbei ist, wird Mab entscheiden, was mit Rowan geschehen soll, aber das Zepter hat Vorrang.«

Leicht berührte ich ihn am Arm. »Es tut mir leid. Er ist ein Arsch, aber es tut mir trotzdem leid, dass ausgerechnet er es sein muss.«

Ash nickte. »Verschwinden wir von hier.«

Am Eingang der Höhle warteten vier Pferde – Feenrösser mit rabenschwarzem Fell, leuchtend weißer Mähne und glühenden, weiß-blauen Augen. Ihre schlanken Hufe berührten den Boden nicht, als sie unruhig auf der Stelle traten und uns mit beklemmender Intelligenz musterten.

Ash half mir in den Sattel. Das Feenpferd peitschte mit dem Schweif und verdrehte die Augen, als würde es mein Unbehagen spüren.

Ich warf ihm einen warnenden Blick zu. »Versuch keine Spielchen mit mir, Pferd«, murmelte ich, woraufhin es die Ohren anlegte, was kein gutes Zeichen war.

Ash trat zu einem zweiten Tier und schwang sich so mühelos in den Sattel, als hätte er das schon tausendmal gemacht.

»Wohin jetzt?«, fragte ich und fummelte an den Zügeln herum, was das Pferd mit einem Seitwärtstänzeln quittierte. Verdammt, daran würde ich mich nie gewöhnen. »Wir wissen, dass Tertius das Zepter gestohlen hat, dass Rowan ihm geholfen hat, in den Palast einzudringen, und dass sie beide dem neuen Eisernen König dienen.« Stirnrunzelnd überlegte ich, was das für uns bedeutete. »Was meinst du, Ash, müssen wir wieder in das Eiserne Königr...«

Plötzlich stieß mein Pferd ein schrilles Wiehern aus, stieg und warf mich dadurch fast ab. Während ich kreischte und mich an die Mähne klammerte, versuchte das andere Pferd durchzugehen, doch Ash nahm einen der Zügel kurz und ließ das Pferd wild im Kreis wirbeln, bis es sich beruhigte. Als unsere Pferde wieder einigermaßen runtergekommen waren, auch wenn sie weiterhin mit den Hufen scharrten und die

Köpfe hin und her warfen, sahen wir uns nach dem Grund für ihre Furcht um. Wir mussten nicht lange suchen.

Vor den Bäumen stand ein einsamer Reiter auf einem Schneehügel und beobachtete uns. Seine Silhouette zeichnete sich deutlich vor dem bewölkten Himmel ab. Der einzelne Baum, unter dem er stand, hatte seine Zweige so weit wie möglich von der Gestalt weggebogen, die Äste völlig krumm und verdreht, doch den Reiter schien das nicht zu interessieren. Während wir einander anstarrten, spähte die Sonne hinter einer Wolke hervor und ließ seine stählerne Rüstung aufblitzen.

Der Wind trug ein leises, metallisches Knirschen zu uns herüber, als würden Tausende von Messern aneinandergerieben. Bei dem Geräusch gefror mir das Blut in den Adern. Während der Eiserne Ritter weiter reglos auf dem Hügel stand, erschien um ihn herum ein großes Rudel von Kreaturen mit spindeldürren Beinen. Mit leuchtenden Krallen und zuckenden Gliedern krochen die Drahtfeen wie riesige Spinnen über den Hügel. Ihre Körper glänzten in der Sonne.

Ash wurde blass, und mein Herz zog sich entsetzt zusammen, als der Ritter mit einer Hand auf uns deutete und das gesamte Rudel den Hügel hinunterfegte.

Wir flohen.

Die Feenpferde preschten durch den Wald und galoppierten auf fast lautlosen Hufen durch den Schnee. Bei der irren Geschwindigkeit flogen die Bäume nur so an uns vorbei, während die Pferde sich zwischen den Stämmen hindurchwanden und über umgestürzte Stämme sprangen. Das Ganze erinnerte mich irgendwie an meinen ersten wilden Ritt im Feenreich, nur dass ich damals ironischerweise vor Ash geflohen war. Wenigstens hatte ich diesmal einen Sattel. Ich klammerte mich an den Hals des Pferdes, unfähig, irgendetwas anderes zu tun, wie etwa, es zu lenken. Zum Glück schien Ash zu wissen, wohin er wollte, und mein Pferd folgte einfach seinem, während wir immer weiter hetzten.

Hinter uns hallte das metallische Schaben der Drahtfeen durch den Wald, ohne je leiser zu werden oder zurückzufallen.

Schließlich lichtete sich der Wald, und vor uns ragte eine Steigung auf, spitze Felsen, mit Eis überzogen, so glatt wie Glas. Mir drehte sich fast der Magen um, als ich mir vorstellte, wie mein Pferd dort ausrutschte und auf mich draufrollte, aber die Hufe der Pferde des Winterreiches erklommen den Hügel, ohne zu zögern. Es fühlte sich an, als würden sie eine Wand hochgaloppieren, und ich klammerte mich so verzweifelt an mein Pferd, dass meine Arme anfingen zu brennen.

Als wir oben angekommen waren, zügelte Ash sein Pferd, und meines hielt ebenfalls an und trat unruhig auf der Stelle. Mit – von meinen Bemühungen, im Sattel zu bleiben – zitternden Armen richtete ich mich vorsichtig auf.

Ash starrte mit zu Schlitzen zusammengekniffenen Augen den vor uns liegenden Abhang hinunter. Ich folgte seinem Blick, und wieder rebellierte mein Magen. Auf der anderen Seite fiel der Abhang fast senkrecht in schwindelerregende Tiefen ab, wobei vereinzelte Felsen wie Stachel aus dem Hang ragten. Plötzlich wünschte ich mir, ich wüsste, wie ich mein Pferd lenken könnte, nur um es von dieser Kante wegzubringen.

»Sie kommen«, murmelte Ash.

Die Drahtfeenmänner brachen wie ein funkelnder Insektenschwarm zwischen den Bäumen hervor. Sie wuselten auf den Abhang zu und begannen den Aufstieg, indem sie ihre Krallen in das Eis schlugen und sich daran hochzogen. Mit funkelnden stählernen Gliedern krabbelten sie wie Ameisen den vereisten Hang hinauf, wobei sie kaum an Tempo verloren.

»Was sind das für Dinger?«, flüsterte Ash. Dann hob er einen Arm, und die Luft um ihn herum begann zu schimmern, als sich über seinem Kopf ein funkelnder Eisspeer bildete. Mit einer schnellen Handbewegung schleuderte er ihn den Hang hinunter in die Reihen der sich nähernden Feen.

Der Speer traf einen direkt ins Gesicht, durchtrennte seine Drähte und riss ihn vom Hügel. Scheppernd und wild mit Armen und Beinen rudernd, rollte er den Abhang hinunter, doch die anderen Feen sprangen über seinen Körper hinweg oder wichen ihm aus und krabbelten einfach weiter.

Mein Pferd wich schnaubend zurück. Ich klammerte mich gerade wieder an seiner Mähne fest, als Ash sein Tier mit grimmigem Gesicht wendete.

»Wir können nicht vor ihnen weglaufen«, verkündete er, und ich hörte einen ganz leichten Anflug von Furcht in seiner Stimme, was mich nur noch mehr in Panik versetzte. »Sie sind schneller als wir und werden die Pferde überholen, lange bevor wir einen Steig erreichen. Wir müssen uns ihnen stellen.«

Ich starrte hinunter auf den heranstürmenden Schwarm und quietschte verängstigt: »Hier? Jetzt?«

»Nicht hier.« Ash schüttelte den Kopf und deutete die andere Seite des Hügels hinunter. »Am Rand des Wilden Waldes gibt es eine verlassene Festung. Ariella und ich haben sie oft als Jagdhütte benutzt. Wenn wir sie erreichen können, haben wir vielleicht eine Chance.«

Die andere Seite des Hügels fiel halsbrecherisch steil ab. Weit, weit entfernt sah ich die Stelle, wo die schneebedeckten Baumspitzen auf den wabernden grauen Nebel des Wilden Waldes trafen.

Über uns kreiste ein Rabe und stieß einen kehligen Schrei aus, bevor er verschwand. In diesem Moment schoben sich die ersten Drahtfeen über die Kante. Ash trieb sein Pferd an, und meines folgte ihm zur gegenüberliegenden Kante des Hügels. Ich schrie, als mein Pferd sich sammelte und dann in den Abgrund sprang.

Wir fielen eine gefühlte Ewigkeit. Als wir endlich den Boden erreichten, landeten die Pferde fast ohne jegliche Erschütterung und rannten sofort weiter Richtung Wald.

Hinter uns strömten die Drahtmänner wie eine funkelnde Flutwelle den Hang hinab.

Mein Körper schmerzte, und meine Arme brannten, weil ich mich jetzt schon so lange an das Pferd klammerte. Bei jedem Stoß fuhr ein stechender Schmerz durch meine Seite, und ich atmete in kurzen, gequälten Stößen. Endlich wichen die Bäume zurück, und wir galoppierten auf eine schneebedeckte Lichtung hinaus. In ihrer Mitte erhob sich ein verfallener Turm in den Himmel, der ein beunruhigendes, umgedrehtes L bildete, so als wolle er jeden Moment umstürzen.

»Komm, schnell!« Ash sprang von seinem Pferd und beachtete gar nicht, dass es hastig weiterstürmte und zwischen den Bäumen verschwand. Mein Pferd wollte ihm schon folgen, doch der Prinz packte es an den Zügeln und hielt es fest. Halb rutschte, halb fiel ich aus dem

Sattel und konnte kaum Luft holen, als Ash mich schon weiter durch den Schnee zerrte.

Während wir zur Festung rannten, hörten wir Krallen hinter uns durch den Schnee schaben. Ich wagte nicht, mich umzusehen.

Vor uns, durch die großen Holztüren, sah ich in einen dunklen Raum. Durch Löcher im Dach fielen die letzten Sonnenstrahlen herein und ergossen sich über einen seltsam leuchtenden Boden. Als wir näher kamen, keuchte ich auf. Der Boden war vollständig mit glockenförmigen weißen Blumen bedeckt, die in dem trüben Licht sanft glühten. Sie wuchsen auch an den Wänden und bedeckten sogar die uralten Möbelstücke, die in dem Raum verstreut standen: einen Holztisch, einen Schrank, ein paar einfache Betten. Außerdem war alles mit Schnee und Eis bedeckt, da das Dach voller Löcher war, aber ich nahm an, dass das für Ash und Ariella keine Rolle gespielt hatte. Frostige Temperaturen störten die Winterfeen grundsätzlich nicht.

Ash zog uns durch den Eingang, zertrampelte dabei jede Menge Blumen und warf sich sofort mit vollem Gewicht gegen die Türflügel. Sie ächzten, rührten sich aber nicht. Ich trat neben ihn, und wir stemmten uns gemeinsam gegen die widerspenstigen Türen. Ganz langsam schlossen sie sich, quietschten dabei vor Altersschwäche und Verschleiß. Die Drahtmänner waren nur noch knapp zwanzig Meter entfernt, als sie endlich dröhnend zufielen. Ash schob den Riegel vor, legte dann beide Hände auf die Tür und versiegelte sie mit einer dicken Eisschicht. Er war gerade damit fertig, als die ersten Schläge die Holztür trafen und durch den Raum hallten. Das Eis vibrierte, und feine Risse bildeten sich auf seiner Oberfläche, als immer mehr Schläge das Tor erschütterten. Das würde sie nicht lange abhalten.

Ash zog sein Schwert. »Tritt zurück«, sagte er zu mir, als die Tür wieder bebte. Immer mehr Risse entstanden in der Eisschicht. »Such dir ein Versteck. Hinter der Statue in der Wand ist eine Nische – da müsstest du reinpassen.«

Ich schüttelte heftig den Kopf und sah Sage wieder vor mir, umgeben von den grauenhaften Drahtfeen, wie er auf dem Boden des Thronsaals starb. Ich konnte nicht zusehen, wie Ash direkt vor meinen Augen ebenso zerfetzt wurde.

Ash sah mich kurz an und runzelte die Stirn. »Du kannst nichts tun, Meghan. Geh! Ich werde sie so lange aufhalten, wie ich kann. Jetzt geh!«

Ein großer Splitter brach aus der Tür, als eine gebogene Kralle ihn wegriss. Das Loch wurde größer, während immer mehr Metallklauen an dem Holz rissen und kratzten. Furcht überwältigte mich. Ich rannte zu der rissigen Statue irgendeines vergessenen Helden und schob mich gerade dahinter, als sich der erste Drahtmann wie eine riesige Spinne durch den Spalt quetschte.

Mit funkelnden Krallen stürzte er sich auf Ash, der ihn bereits erwartete. Sein Schwert wirbelte durch die Luft und teilte das dürre Feenwesen in zwei Hälften. Ein weiteres krabbelte auf ihn zu, und er riss die Klinge herum, um ihm einen wild rudernden Arm abzutrennen. Der Drahtmann brach zuckend auf den Blumen zusammen und zerfetzte die zarten Blüten wie Papier.

Ich biss mir auf die Wange und versuchte, die Übelkeit zu unterdrücken. Immer mehr Feen quollen durch die Öffnung, während sie die Tür weiter zerstückelten. Ash wurde zurückgedrängt und musste nachgeben, um zu verhindern, dass die Drahtmänner ihn umzingelten. Schließlich stellte er sich vor einen zusammengebrochenen Stützpfeiler, mit den Steinen im Rücken, während die Eisernen Feen ihn bedrängten, kratzten und nach ihm schlugen.

Plötzlich hörte ich über uns ein Geräusch, und ein Regen aus Steinen und Eis fiel auf uns herab. Ein metallischer Körper kroch durch ein Loch im Dach und krabbelte dann an der Decke entlang. Mir gefror das Blut in den Adern. »Ash, pass auf, über dir!«, schrie ich, als immer mehr Feen durch die Löcher kamen. »Sie kommen durchs Dach!«

Die Drahtmänner schlossen Ash in einem chaotischen Wirbel ein. In dem Wald aus zuckenden Krallen konnte ich ihn kaum noch erkennen. Plötzlich sprang er senkrecht in die Höhe, über die Köpfe der Eisernen Feen hinweg, und landete oben auf einem gebrochenen Stützpfeiler. Sein Mantel war völlig zerfetzt, eine Hälfte seines Gesichts war blutverschmiert, und noch mehr Blut tropfte aus diversen Wunden auf die Blumen unter ihm.

Die Drahtmänner organisierten ihren Angriff neu, krochen den Pfeiler hinauf oder ließen sich von der Decke fallen. Die Angst hämmerte in meiner Brust. Ich versuchte, diesen seltsamen, kalten Schein zu er-spüren, den ich zuvor bei Heckenstachel genutzt hatte, aber es klappte nicht. Dann versuchte ich, normalen Schein um mich zu sammeln, rannte dabei aber wieder gegen die Glaswand. Am liebsten hätte ich laut geschrien. Was war nur los mit mir? Ich hatte vor nicht allzu langer Zeit den Eisernen König besiegt – wo war diese Macht jetzt? Ash würde direkt vor meinen Augen sterben, und ich konnte nichts tun, um es zu verhindern.

Etwas Großes, Schwarzes flog durch die zerstörte Tür und warf sich in den Kampf. Kreischend stürzte es sich auf einen Drahtmann und schleuderte ihn von dem Pfeiler. Der Rest der Feen sah auf, überrascht von dieser neuen Bedrohung. Das Wesen wendete und landete auf dem Pfeiler Ash gegenüber – es war ein riesiger schwarzer Rabe mit smaragdgrünen Augen. Mein Herz machte einen Sprung.

Mit einem rauen, fast lachenden Schrei zerfiel der Vogel und ver-schwand in einer wirbelnden schwarzen Wolke. Aus dieser Explosion erhob sich eine neue Gestalt, schüttelte sich die Federn aus den feuerro-ten Haaren und schenkte mir ein vertrautes breites Grinsen.

»Hey, Prinzessin!«, rief Puck, strich sich noch ein paar Federn von der Kleidung und bestaunte das Gemetzel um sich herum. »Sieht ganz so aus, als wäre ich gerade noch rechtzeitig gekommen.«

Die Drahtfeen zögerten nur einen Moment und starrten blinzelnd zu dem Neuankömmling hoch, dann krabbelten sie weiter. Puck zog einen pelzigen Ball aus der Tasche, zwinkerte mir kurz zu und warf ihn in die Masse der Eisernen Feen, die unter ihm brodelte. Er landete, prallte einmal vom Boden ab und verwandelte sich in ein großes schwarzes Wildschwein, das die Feen mit einem irren Quieken angriff.

Puck schenkte Ash ein spöttisches Lächeln. »Du siehst echt beschissen aus, Prinz. Hast du mich vermisst?«

Ash runzelte die Stirn und erstach eine Fee, die nach seinen Füßen krallte. »Was machst du hier, Goodfellow?«, fragte er kalt, was Puck nur dazu brachte, noch breiter zu grinsen.

»Ich rette die Prinzessin vor dem Winterhof, was denkst du denn?« Puck beobachtete, wie die Drahtfeen sich haufenweise auf das quie-kende Wildschwein stürzten und es mit Krallen und Zähnen zerfetzten.

Explosionsartig verwandelte sich das Tier in einen Haufen Laub, und sie stoben verwirrt auseinander. »Obwohl ich anscheinend gerade auch deinen Hintern rette.«

»Ich wäre mit denen schon fertiggeworden.«

»Oh, da bin ich mir sicher.« Puck zog zwei geschwungene Dolche, deren Klingen durchscheinend waren wie Glas. Sein Grinsen wurde wölfisch. »Na dann, legen wir mal los, was? Versucht ruhig, mit mir mitzuhalten, Eure Hoheit.«

»Komm mir einfach nicht in die Quere.«

Sie sprangen von ihren Pfeilern direkt zwischen die Drahtmänner, die sie sofort umzingelten. Rücken an Rücken schlugen Ash und Puck mit frischem Elan auf ihre Gegner ein und wichen keinen Millimeter zurück, jetzt, wo der andere da war. Die Menge der Eisernen Feen reduzierte sich rapide.

Zwischen den ganzen zuckenden Gliedern erhaschte ich immer wieder kurze Blicke auf Ashs vor Konzentration angespanntes Gesicht und auf Pucks grimmiges Lächeln.

Geräuschlos stahlen sich die letzten paar Drahtmänner aus dem tödlichen Wirbelsturm in der Mitte des Raumes davon. Ohne zurückzusehen, krabbelten sie die Wände hoch, zogen sich mit ihren Krallen durch die Löcher im Dach und verschwanden.

Puck, dessen Hemd jetzt nur noch ein zerfetzter Lumpen war, steckte seine Dolche weg und sah sich mit einem zufriedenen Grinsen um. »Tja, das war doch lustig.« Dann blieb sein Blick an mir hängen, die ich immer noch erstarrt hinter der Statue stand, und er schüttelte den Kopf. »Wow, das ist ja mal ein eisiger Empfang. Und dafür bin ich extra von den Toten auferstanden.«

Ich schob mich mit klopfendem Herzen aus meinem Versteck und rannte zu ihm. Er breitete die Arme aus, und ich warf mich an seine Brust und drückte ihn fest an mich. Er war echt. Er war wirklich hier und lag nicht sterbend in irgendeinem Baum, allein zurückgelassen und vergessen. »Du hast mir gefehlt«, flüsterte ich mit dem Gesicht an seinem Hals.

Er drückte mich noch fester. »Für dich würde ich immer zurückkommen«, murmelte er, was so gar nicht nach ihm klang, dass ich mich von ihm löste und ihn aufmerksam musterte. Einen Moment lang strahlten seine grünen Augen so intensiv, dass ich erkannte, wie stark das Gefühl war, das in ihm brannte, und mir die Luft wegblieb. Dann grinste er, und die Wirkung verpuffte.

Plötzlich wurde ich mir wieder Ashs Gegenwart bewusst, der an einem Pfeiler lehnte und uns mit undurchdringlicher Miene beobachtete. Sein Gesicht war blutverschmiert, die weißen Blumen unter seinen Füßen blutbesprenkelt, und sein Schwert hing schlaff in seiner Hand.

Puck folgte meinem Blick, und sein Grinsen wurde breiter. »Hey, Prinz«, grüßte er ihn. »Wie man hört, hast du den Winterhof verraten. Du hast den gesamten Wilden Wald in Aufruhr versetzt – man sagt, du hättest versucht, Rowan umzubringen, nachdem er dich dabei erwischt hat, wie du mit der Prinzessin fliehen wolltest. Offenbar habe ich einiges verpasst.«

»Manche Nachrichten verbreiten sich schnell«, erwiderte Ash müde. Er wollte sich mit seiner blutigen Hand durchs Haar fahren, überlegte es sich dann aber anders und ließ sie einfach hängen. »Es war ein interessanter Vormittag.«

»Das kann man wohl sagen.« Puck musterte die Leichen der Drahtmänner und rümpfte die Nase. »Was zur Hölle sind das für Dinger?«

»Eiserne Feen«, erklärte ich. »Ich habe sie schon einmal gesehen. Sie waren mit Tertius im Thronsaal, als er das Zepter gestohlen hat.«

»Das Jahreszeitenzepter?« Puck starrte mich fassungslos an. »O Mann. Daher kommen also die Gerüchte, dass es Krieg geben wird. Der Winter wird den Sommer tatsächlich angreifen.« Finster sah er Ash an. »Dann befinden wir uns also im Krieg. Wunderbar! Sollen wir Zeit sparen und uns gleich gegenseitig umbringen, oder willst du bis später warten?«

»Fang gar nicht erst damit an, Goodfellow.« Ash starrte genauso finster zurück. »Ich wollte nicht, dass es so kommt. Und ich habe keine Zeit für einen Kampf.« Er seufzte tief und wich meinem Blick aus. »Eigentlich kannst du uns beiden sogar einen Gefallen tun, wenn du schon mal hier bist. Ich möchte, dass du Meghan zurück an den Sommerhof bringst.«

»Das ist alles?«, fragte Puck, während ich Ash anstarrte und nicht glauben konnte, was ich eben gehört hatte. Er sah mich immer noch nicht an, und Puck redete weiter, ohne irgendetwas zu bemerken: »Sie zurück an den Hof bringen? Das ist leicht. Das hätte ich sowieso gemacht, egal, ob es dir gepasst hätte oder nicht. Das gehört zu dieser ganzen Geschichte mit der Rettung dazu, weißt du …«

»Was redest du da?«, schrie ich, und Puck zuckte zusammen. »Von wegen zurück an den Sommerhof! Wir müssen das Zepter von den Eisernen Feen zurückholen! Das ist der einzige Weg, wie wir diesen Krieg verhindern können.«

»Das ist mir durchaus bewusst.« Ash sah mich endlich an, doch seine Augen waren kalt. »Aber das ist das Problem des Winterreiches. Das Zepter wiederzubeschaffen liegt in meiner Verantwortung. Ich will, dass du an deinen eigenen Hof zurückkehrst, Meghan. Dort wirst du sicherer sein. Diesmal kannst du mir nicht helfen. Geh nach Hause.«

Ich fühlte mich verletzt und verraten. »Du wolltest mich von Anfang an bei Oberon abladen, oder?«, fauchte ich. »Verdammter Lügner. Ich dachte, wir würden zusammen nach dem Zepter suchen.«

»Das habe ich nie behauptet.«

Puck sah verwirrt zwischen Ash und mir hin und her. »Ähm, du willst damit also sagen, dass du nicht zurück nach Hause willst?«, fragte er mich. Ich starrte ihn wütend an, woraufhin er nur mit den Schultern zuckte. »Wow, damit wäre mein ganzer Rettungsplan ja irgendwie total überflüssig. Wie wäre es mit einem kleinen Stichwort, Prinzessin? Irgendwie habe ich keine Ahnung, was hier gerade abgeht.«

»Wir müssen das Zepter finden«, erklärte ich Puck, weil ich hoffte, dass er mich dabei unterstützen würde. »Ash kann das nicht allein machen. Wir können ihm helfen …«

»Nein, könnt ihr nicht«, unterbrach Ash mich. »Diesmal nicht. Du hättest keinerlei Nutzen für mich, Meghan, nicht solange deine Magie versiegelt …« Er brach hastig ab und sah schuldbewusst drein, doch Puck kniff die Augen zusammen.

»Versiegelt?« Puck trat drohend einen Schritt auf ihn zu. »Du hast sie mit einem Bindungszauber belegt?«

»Ich nicht.« Ash sah ihn trotzig an. »Mab hat es getan. Als sie an den Winterhof kam. Mab befürchtete, dass ihre Kraft zu groß sein könnte, also hat sie ihre Magie versiegelt, um den Hof zu schützen.«

Ich erinnerte mich wieder an die Glaswand, gegen die ich zu rennen schien, wann immer ich mehr als den simpelsten Schein einsetzen wollte, und Wut loderte in mir auf. Wie konnte sie nur! »Und du hast es gewusst«, beschuldigte ich Ash. »Du hast von diesem Siegel gewusst und hast es nicht für nötig gehalten, es mir zu sagen?«

Ash zuckte ohne einen Funken Reue mit den Schultern. »Mab hat es so befohlen. Außerdem, welchen Unterschied hätte es gemacht? Ich kann schließlich nichts dagegen tun.«

Ich wandte mich an Puck, der den Prinzen so finster anstarrte, als würde er ihn am liebsten auf der Stelle angreifen. »Kannst du das Siegel brechen?«

Er schüttelte den Kopf. »Tut mir leid, Prinzessin. Nur Mab oder jemand, der über eine ähnlich große Macht verfügt wie sie, kann eine Bindung aufheben, nachdem sie einmal gesetzt wurde. Damit kannst du zwischen Oberon und Mab selbst wählen.«

»Ein Grund mehr für dich, an den Sommerhof zurückzukehren.« Ash stieß sich von dem steinernen Stützpfeiler ab und zuckte zusammen. Hinter ihm hatte sich an dem Pfeiler ein blutiger Fleck gebildet.

»Wo willst du hin?«, fragte ich, weil ich plötzlich Angst hatte, er könnte einfach aus der Tür marschieren und nicht mehr wiederkommen.

Er schob sein Schwert in die Scheide, ohne mich anzusehen. »Ein paar Meter hinter dem Turm entspringt eine Quelle«, erwiderte er, während er langsam Richtung Tür ging. Ich konnte sehen, dass er sich krampfhaft ein Humpeln verkniff. »Falls von euch keiner etwas dagegen hat, werde ich ein Bad nehmen.«

»Aber du kommst zurück, oder?«

Er seufzte. »Heute Nacht werde ich nirgendwo mehr hingehen«, versprach er und deutete auf die gegenüberliegende Wand. »Dort in der Ecke steht eine Kiste mit Decken und Vorräten. Macht es euch bequem. Wir werden wohl alle die Nacht hier verbringen, denke ich.«

In der Kiste fanden wir einige Bettdecken, ein paar Töpfe, einen Köcher mit Pfeilen und eine Flasche mit dunklem Wein, den ich nicht kannte und deshalb sofort die Finger davon ließ.

Puck ging auf die Suche nach Feuerholz und kehrte mit einigen Scheiten und einem Zweig zurück, an dem seltsame blaue Früchte hingen, von denen er schwor, dass man sie gefahrlos essen könne.

Gemeinsam entfernten wir die kleinen Blumen, um ein Lagerfeuer machen zu können, auch wenn ich bei jeder, die ich ausriss, ein schlechtes Gewissen hatte. Sie waren wirklich hübsch, mit so zarten, fast durchscheinenden Blütenblättern.

»Du bist ziemlich still, Prinzessin«, sagte Puck, während er das Feuerholz kunstvoll aufstapelte. Er warf mir mit seinen leicht schräg stehenden grünen Augen einen wissenden Blick zu. »Eigentlich hast du kein einziges Wort mehr gesagt, seit Seine Königliche Eisigkeit verschwunden ist. Was ist los?«

»Oh.« Verzweifelt suchte ich nach einer Ausrede. Auf keinen Fall würde ich Puck etwas über meine Gefühle für Ash erzählen. Sonst würde er ihn wohl zum Duell fordern, sobald er durch die Tür trat. »Ich... äh... ich bin einfach ziemlich durch den Wind, weißt du, mit diesen ganzen toten Drahtmännern hier. Das ist irgendwie unheimlich. Als würden sie gleich wieder zum Leben erwachen und uns dann im Schlaf angreifen oder so.«

Er rollte mit den Augen. »Du und deine Zombiebesessenheit. Ich habe nie verstanden, was dich an Horrorfilmen so fasziniert, vor allem, wenn sie dir solch eine Angst machen.«

»Sie machen mir keine Angst«, widersprach ich, dankbar für den Themawechsel.

»Geeeenau, du lässt beim Schlafen ja nur das Licht an, um die Kakerlaken zu vertreiben.«

Dieser Kommentar ließ mich lächeln. Nicht weil er damit recht hatte, sondern weil er mich an alte Zeiten erinnerte, einfachere Zeiten, als ich mir über nichts anderes den Kopf zerbrechen musste als über Hausaufgaben, die Schule und die neuesten Filmtrends. Als Robbie Goodfell und ich noch mit einer Riesenschüssel Popcorn auf dem Sofa hocken und uns einen »*Freitag der 13.*«-Marathon reinziehen konnten, bis die

Sonne aufging. Ich fragte mich, was ich wohl alles verpasst hatte, seit ich weg war.

Nachdem ich nichts erwiderte, schnaubte Puck und schüttelte den Kopf. »Na schön, dann pass mal auf.« Er machte eine schnelle Geste mit der Hand. Die Luft begann zu schimmern, und die verkrümmten Drahtkörper, die überall herumlagen, wurden zu aufgehäuften Zweigen. »Besser so?«

Ich nickte, auch wenn ich wusste, dass es nur eine Illusion war. Die toten Feenwesen waren immer noch da, unter dem Schein. Aus den Augen, aus dem Sinn funktionierte bei mir zwar nicht sonderlich gut, aber wenigstens hielt es Puck davon ab, zu viele Fragen zu stellen. Zumindest kurzfristig.

»Also, Prinzessin«, fing er wieder an, sobald in der Mitte des Raumes ein fröhliches Feuer prasselte. Ich hatte keine Ahnung, wie er es in Gang gebracht hatte, aber ich hatte inzwischen gelernt, solche Dinge nicht zu hinterfragen. Sonst stellte sich vielleicht heraus, dass es nur eine Illusion war und ich nur *dachte,* mir wäre warm. »Offenbar habe ich einiges verpasst, während ich weg war. Erzähl mir alles.«

Ich schluckte schwer. »Alles?«

»Klar!« Er setzte sich auf eine Decke und lehnte sich bequem zurück. »Habt ihr Machina gefunden? Und hast du es geschafft, deinen Bruder zurückzuholen?«

»Oh.« Ich entspannte mich etwas und setzte mich neben ihn. »Ja. Ethan ist in Sicherheit. Er ist wieder zu Hause, und dieser blöde Wechselbalg ist für immer verschwunden.«

»Was ist mit Machina?«

Ich biss mir auf die Lippe. »Er ist tot.«

Puck musste etwas an meiner Stimme aufgefallen sein, denn er setzte sich auf, legte mir einen Arm um die Schultern und zog mich an sich. Ich lehnte mich gegen ihn, spürte seine Wärme und schöpfte Trost aus seiner Nähe. »Ich bin das alles hier so leid«, flüsterte ich und fühlte mich plötzlich wie ein kleines Kind. Meine Augen fingen an zu brennen, und alles verschwamm. »Ich will nach Hause.«

Puck schwieg einen Moment und hielt mich einfach nur fest, während ich mich weiter an ihn lehnte und gegen die Tränen ankämpfte.

»Weißt du«, sagte er schließlich, »ich muss dich nicht unbedingt an den Sommerhof zurückbringen. Wenn du willst, kann ich dich auch in deine Welt bringen. Wenn du wirklich nach Hause willst.«

»Würde Oberon mich denn gehen lassen?«

»Ich sehe keinen Grund, warum nicht. Deine Magie wurde versiegelt. Du wärst wieder wie jedes andere Highschool-Mädchen auch. Mab würde dich nicht mehr als Bedrohung ansehen, was bedeutet, dass die Dunklen dich wahrscheinlich auch in Ruhe lassen würden.«

Mein Herz machte einen Sprung. Nach Hause. Konnte ich wirklich nach Hause gehen? Zurück zu Mom und Luke und Ethan, zurück an die Schule, zu Sommerjobs und einem normalen Leben? Mir fehlte das alles, sogar mehr, als ich geglaubt hatte. Mein schlechtes Gewissen meldete sich bei dem Gedanken, den Plan, das Zepter zurückzuholen, aufzugeben, aber pfeif drauf! Ash wollte mich nicht dabeihaben. Mein Vertrag mit ihm war Geschichte, und ich hatte meine Pflicht gegenüber dem Dunklen Hof erfüllt. Unser Vertrag hatte nie etwas darüber gesagt, dass ich im Winterreich *bleiben* müsse.

»Was ist mit dir?«, fragte ich und sah zu Puck hoch. »Hast du nicht den Befehl, mich ins Sommerreich zurückzubringen? Wirst du keine Schwierigkeiten bekommen?«

»Oh, ich sitze sowieso schon in der Patsche.« Puck grinste fröhlich. »Eigentlich hätte ich auch nicht zulassen dürfen, dass du dich auf die Suche nach dem Eisernen König machst, schon vergessen? Dafür wird Oberon mir sowieso bei lebendigem Leib die Haut abziehen, ich kann mich also gar nicht mehr tiefer reinreiten.«

Er sagte das ganz locker, aber ich schloss die Augen, weil ich wieder von Schuldgefühlen geplagt wurde. Anscheinend wurden alle, an denen mir etwas lag, verletzt oder riskierten zu viel, nur um mich zu beschützen. Ich hatte es satt. Ich wünschte mir, ich hätte meine Magie wieder, damit ich im Gegenzug auch mal sie beschützen könnte.

»Warum?«, flüsterte ich. »Warum bist du noch hier? Du und Ash, ihr hättet heute sterben können.«

Pucks Herzschlag unter meinen Fingern beschleunigte sich. Als er endlich antwortete, war seine Stimme ganz sanft, fast nur ein Flüstern: »Ich dachte, das hättest du inzwischen begriffen.«

Ich sah zu ihm hoch und bemerkte, dass unsere Gesichter nur noch wenige Zentimeter voneinander entfernt waren. Die Abenddämmerung tauchte den Raum in tiefe Schatten, obwohl der Blumenteppich heller glühte als zuvor. Das Feuer tanzte in Pucks Augen, während wir uns stumm ansahen. Sein Mund war zwar noch zu einem kleinen, schiefen Lächeln verzogen, doch das Gefühl, das ihm ins Gesicht geschrieben stand, war unverkennbar.

Mir stockte der Atem. Ein winziger Teil von mir, ganz tief drin, jubelte über diese neueste Entdeckung, obwohl ich glaube, dass ich es tief in mir schon immer vermutet hatte. *Puck liebt mich,* flüsterte dieser Teil begeistert. *Er ist in mich verliebt. Ich wusste es. Ich habe es schon immer gewusst.*

»Irgendwie bist du ziemlich blind, weißt du?«, flüsterte Puck und nahm den Worten mit einem Lächeln ihre Schärfe. »Ich würde mich nicht für jeden mit Oberon anlegen.

Aber für dich …« Er beugte sich vor und drückte seine Stirn gegen meine. »Für dich würde ich von den Toten auferstehen.«

Mein Herz raste. Dieser winzige Teil von mir wollte es. Puck war immer da gewesen, hatte mich zuverlässig beschützt. Er war ein Mitglied *meines* Hofes, es gab also kein blödes Gesetz, das uns in die Quere kommen konnte. Ash war weg; er hatte sich bereits entschieden. Warum sollte ich es also nicht mit Puck versuchen?

Puck schob sich näher heran, seine Lippen verharrten über meinem Mund. Doch alles, was ich sehen konnte, war Ash: die Leidenschaft in seinem Gesicht, den Ausdruck in seinen Augen, wenn er mich küsste. Schuldgefühle nagten an mir. *Nein,* flüsterte mein Verstand, als Pucks Atem über meine Wange strich. *Ich kann das im Augenblick nicht. Es tut mir leid, Puck.*

Ich zog mich ein wenig zurück und setzte schon zu einer Entschuldigung an, zu einer Erklärung, dass ich das im Augenblick nicht konnte, als ein Schatten an der Tür auftauchte und Ash hereinkam.

Er erstarrte, wurde zu einer Silhouette vor dem dämmrigen Abendhimmel, während die Blumen sein Gesicht gleichzeitig in ein fahles Licht tauchten. Sein Haar war feucht und seine Kleidung geflickt, wobei ich nicht sagen konnte, ob sie durch Schein oder irgendetwas anderes zusammengehalten wurde. Einen Moment lang spiegelte sein Gesicht reines Entsetzen und Schmerz wider, und seine Hände ballten sich zu Fäusten. Dann verschloss sich seine Miene, und seine Augen wurden ausdruckslos und hart.

Puck sah meine Gesichtszüge entgleisen und blinzelte verwirrt. Dann drehte er sich um, als Ash hereinkam. »Oh, hey, Prinz«, sagte er gedehnt und völlig unbeeindruckt. »Ich hatte ganz vergessen, dass du auch noch da bist. Entschuldige das gerade.«

Ich versuchte Ashs Blick einzufangen, um ihm zu bedeuten, dass es nicht das war, was er dachte, aber er ignorierte mich bewusst.

»Ich will, dass ihr bis zum Morgen verschwunden seid«, erklärte Ash kalt und knapp, während er um das Lagerfeuer ging. »Ich will euch beide aus meinem Reich haben, dich und die Prinzessin. Laut Gesetz könnte ich euch hier und jetzt töten, wegen unbefugten Eindringens. Wenn ich einen von euch jemals wieder in Tir Na Nog erwische, werde ich nicht so nachsichtig sein.«

»Mann, dreht nicht gleich durch, Eure Hoheit.« Puck rümpfte die Nase. »Wir sind überglücklich, von hier wegzukommen, nicht wahr, Prinzessin?«

Endlich schaffte ich es, Ashs Blick aufzufangen, und verlor jede Hoffnung. Er starrte mich eiskalt an, in seiner Miene war keine Spur von Wärme oder Freundlichkeit zu finden. »Ja«, flüsterte ich, während ein Kloß sich in meiner Kehle bildete. Das war's, mir reichte es. Ich war lange genug im Feenreich gewesen. Es wurde Zeit, nach Hause zu gehen.

Ash fing an, die Zweige – also eigentlich die toten Eisernen Feen – zu nehmen und nach draußen zu schaffen. Er arbeitete schnell und wortlos, sah keinen von uns an und schien ein fast fieberhaftes Interesse daran zu entwickeln, die Dinger rauszuschaffen. Als die Leichen weggeschafft waren, nahm er sich die Weinflasche aus der Kiste, zog sich damit in eine Ecke zurück und starrte brütend darauf. Seine Haltung sagte überdeutlich: *Lasst mich bloß in Ruhe,* und obwohl ich am liebsten zu ihm gegangen wäre, hielt ich mich zurück. Zum Glück versuchte Puck nicht noch einmal, mich zu küssen, doch er entfernte sich nie sonderlich weit von mir, schenkte mir immer wieder ein verstohlenes Lächeln und zeigte mir so, dass er immer noch interessiert war. Ich wusste nicht, was ich tun sollte. Mir schwirrte der Kopf, und ich schaffte es nicht, einen klaren Gedanken zu fassen.

Später am Abend stand Ash ruckartig auf und ging hinaus, wobei er verkündete, er wolle sich »nach weiteren Eisernen Feen umsehen«. Als ich ihn dabei beobachtete, wie er ohne einen Blick zurück durch die Tür verschwand, war ich hin- und hergerissen, ob ich ihm hinterherlaufen oder mich an Pucks Schulter ausweinen sollte. Stattdessen tat ich so, als sei ich völlig erschöpft, legte mich auf eines der Betten und zog mir die Decke über den Kopf, damit ich keinen von beiden mehr sehen musste.

Ich schlief in dieser Nacht kaum. Eingemummelt in meine Decken lag ich wach, hörte Puck beim Schnarchen zu und kämpfte gegen die Tränen.

Ich wusste gar nicht, warum ich mich so elend fühlte. Morgen konnte ich endlich nach Hause gehen. Ich würde Mom, Luke und Ethan wiedersehen; ich vermisste sie alle so sehr, sogar Luke. Und auch wenn ich keine Ahnung hatte, wie viel Zeit in der wirklichen Welt vergangen war, hätte mich eigentlich allein der Gedanke an eine Heimkehr mit Erleichterung erfüllen müssen. Selbst wenn Mom und Luke schon alt und grau waren und mein vierjähriger kleiner Bruder älter wäre als ich, selbst wenn *wirklich* hundert Jahre vergangen wären und alle, die ich kannte …

Ich keuchte auf und lenkte meine Gedanken weg, da ich nicht darüber nachdenken wollte. Mein Zuhause würde so sein wie immer. Ich könnte endlich wieder zur Schule gehen, Fahrstunden nehmen und dieses Jahr vielleicht sogar auf den Abschlussball gehen. *Vielleicht würde Puck mich ja begleiten.* Dieser Gedanke war so absurd, dass ich fast laut gelacht hätte, doch die ungeweinten Tränen brachten mich zum Husten. Ganz egal, wie sehr ich ein normales Leben führen wollte, ein Teil von mir würde sich nach dieser Welt sehnen, nach ihrer Magie und ihrer Einzigartigkeit. Sie hatte meine Seele berührt und mir Dinge gezeigt, von denen ich nicht einmal geahnt hatte, dass es sie geben könnte. Ich würde nie wieder normal und ahnungslos sein, jetzt, wo ich wusste, was es dort draußen alles gab. Das Feenland war jetzt ein Teil von mir.

Solange ich lebte, würde ich immer nach verborgenen Türen Ausschau halten und nach den Gestalten, die man nur aus dem Augenwinkel wahrnahm. Und nach einem gewissen Dunklen Prinzen, der niemals mein sein konnte.

Ich musste doch eingeschlafen sein, denn als Nächstes erinnerte ich mich daran, wie ich die Augen aufschlug und der Raum in das trübe Licht der Sterne getaucht war. Die Blumen hatten ihre Blüten ganz geöffnet. Sie glühten, als würden kleine Monde zwischen ihren Blütenblättern sitzen, und drängten die Dunkelheit zurück. Geisterhafte Motten und Nachtfalter tanzten über diesen Teppich, und ihre zarten Flügel reflektierten das Licht, wenn sie zwischen den Blüten schwebten. Da ich Puck nicht wecken wollte, stand ich leise auf, betrat den Blumenteppich, atmete den schweren Duft und bewunderte eine zarte blaue Motte, die federleicht auf meinem Daumen landete. Als ich ausatmete, flatterte sie davon auf eine dunkle Gestalt zu, die in der Mitte des Blumenteppichs stand.

Ash stand mitten im Raum, umgeben von den glühenden weißen Blumen, und hielt die Augen geschlossen, während winzige Lichter um ihn herumtanzten. Sie schimmerten und flossen ineinander, bis sie eine leuchtende Fee mit langem Silberhaar bildeten, deren Gesicht so schön und perfekt war, dass ich schlucken musste. Als sie die Hand nach ihm ausstreckte, öffnete Ash die Augen, doch ihre Finger verharrten knapp vor seinem Gesicht. In seinen Augen spiegelte sich unfassbare Sehnsucht, und ich erschauderte, als die geisterhafte Fee direkt durch ihn hindurchschwebte und sich wieder in winzige Lichtpunkte auflöste.

»Ist das ... Ariella?«, flüsterte ich, während ich mich seinem Rücken näherte.

Ash wirbelte herum, und seine Augen weiteten sich, erschrocken über die plötzliche Störung. Sobald er mich sah, huschten diverse Empfindungen über sein Gesicht – Schock, Wut, Scham –, dann seufzte er resigniert und wandte sich ab. »Nein«, murmelte er, als die geisterhafte Fee wieder erschien und anfing, zwischen den Blumen zu tanzen. »Das ist sie nicht. Nicht so, wie du denkst.«

»Ihr Geist?«

Er schüttelte den Kopf, doch sein Blick hing unverwandt an der Erscheinung, die sich nun geschmeidig wiegte und über den glühenden Teppich wirbelte, umschwärmt von Schmetterlingen. »Nicht einmal das. Für uns gibt es kein Leben nach dem Tod. Wir haben keine Seelen, die durch die Welt spuken könnten. Das ist … nur eine Erinnerung.« Er seufzte schwer, und seine Stimme wurde weich, als er fortfuhr: »Hier war sie immer so glücklich. Die Blumen … erinnern sich daran.«

Plötzlich verstand ich. Das war Ashs Erinnerung an Ariella: wunderschön, glücklich und voller Leben. Es war eine Sehnsucht, die so stark war, dass sie Gestalt annahm, wenn auch nur für eine Weile. Ariella war nicht hier. Das hier war nur ein Traum, das Echo eines Wesens, das schon lange vergangen war.

Tränen stiegen mir in die Augen und liefen mir übers Gesicht. Als sie den Schnitt auf meiner Wange erreichten, brannte es, aber das war mir egal. Ich konnte nichts anderes sehen als Ashs Schmerz, seine Einsamkeit, sein Verlangen nach jemandem, der nicht ich war. Es zerriss mich innerlich, doch ich brachte kein Wort heraus. Denn irgendwie wusste ich, dass Ash gerade Abschied nahm, und zwar von uns beiden.

Schweigend standen wir da und sahen der Erinnerung an Ariella dabei zu, wie sie zwischen die Blumen tanzte und ihr feines Haar im Wind wehte, während leuchtender Staub um sie herumwirbelte. Ich fragte mich, ob sie wirklich so perfekt gewesen war oder ob Ash sich einfach so an sie erinnerte.

»Ich gehe jetzt«, sagte Ash leise, wie ich es bereits vorausgeahnt hatte. Endlich wandte er sich mir zu und sah mir ins Gesicht – traurig, umwerfend schön und so weit entfernt wie die Sterne. »Lass dich von Goodfellow nach Hause bringen. Hier ist es nicht länger sicher.«

Meine Kehle wurde eng, meine Augen brannten, und ich holte zitternd Luft, um etwas sagen zu können. Und obwohl ich die Antwort bereits kannte, obwohl mein Hirn mir sagte, ich sollte den Mund halten, flüsterte ich: »Ich werde dich nie wiedersehen, oder doch?«

Er schüttelte den Kopf. »Ich war nicht fair dir gegenüber«, murmelte er. »Ich kannte die Gesetze, besser als irgendjemand sonst. Ich wusste, dass es so … enden würde. Ich habe wider besseres Wissen gehandelt, und das tut mir leid.« Seine Stimme blieb unverändert ruhig und höflich, aber ich spürte, wie eine eisige Hand mein Herz zerquetschte, als er fortfuhr: »Am Ende dieser Nacht werden wir Feinde sein. Dein Vater und meine Königin werden Krieg führen. Falls ich dich wiedersehe, werde ich dich vielleicht töten.« Seine Augen wurden schmal und seine Stimme kalt. »Diesmal wirklich, Meghan.«

Er wandte sich ab, als wollte er gehen. Das Glühen der Blumen umhüllte ihn und betonte seine überirdische Schönheit noch. In einiger Entfernung tanzte Ariella und wirbelte frei von Sorgen, Schmerz und den Mühen der Lebenden dahin.

»Geh nach Hause, Prinzessin«, murmelte der Dunkle Prinz. »Geh nach Hause und vergiss. Du gehörst nicht hierher.«

An den Rest der Nacht erinnerte ich mich kaum noch, obwohl ich glaube, dass ich viel Zeit damit verbrachte, in meine Decke zu heulen. Als ich am Morgen aufwachte, fielen Schneeflocken durch das Dach und bedeckten den Boden mit schwerem, weißem Puder. Die Blumen waren verblüht, und Ash war verschwunden.

ZWEITER TEIL

Die Beschwörung

Am Abend nach Ashs Verschwinden erreichten Puck und ich den Rand des Wilden Waldes.

»Jetzt ist es nicht mehr weit, Prinzessin«, sagte Puck und schenkte mir ein ermutigendes Lächeln. Ein paar Meter weiter hörten Schnee und Eis einfach auf. Dahinter erstreckte sich der Wilde Wald – düster, undurchdringlich und im ewigen Zwielicht gefangen. »Wir müssen nur den Wilden Wald durchqueren, um dich nach Hause zu bringen. Du wirst schneller wieder in deinem alten, langweiligen Leben sein, als du ›Sommerkurse‹ sagen kannst.«

Ich versuchte sein Lächeln zu erwidern, schaffte es aber nicht. Obwohl ich beim Gedanken an mein Zuhause, meine Familie und sogar an die Sommerkurse ein freudiges Kribbeln im Bauch verspürte, kam es mir vor, als würde ich einen Teil von mir zurücklassen. Während unserer Wanderung hatte ich mich immer wieder umgesehen und gehofft, Ashs dunkle Silhouette hinter uns durch den Schnee stapfen zu sehen, etwas verlegen und missmutig, aber da. Es passierte nicht. Tir Na Nog blieb gespenstisch verlassen und still, während Puck und ich unsere Reise allein fortsetzten. Und als die Sonne unterging und unsere Schatten immer länger wurden, erkannte ich langsam, dass Ash nicht zurückkommen würde. Er war unwiderruflich verschwunden.

Mir brannten Tränen in den Augen, aber ich hielt sie zurück. Ich wollte Puck nicht erklären müssen, warum ich weinte. Er wusste bereits, dass ich ziemlich durch den Wind war, und versuchte, mich mit Scherzen und nie enden wollenden Fragen abzulenken. Was war passiert, nachdem wir ihn zurückgelassen hatten, um Machina entge-

461

genzutreten? Wie hatten wir das Eiserne Reich gefunden? Wie war es dort? Ich antwortete ihm, so gut es ging, wobei ich natürlich die Teile, die Ash und mich betrafen, wegließ. Puck brauchte nicht noch einen Grund, um den Winterprinzen zu hassen, und mit etwas Glück würde er es nie herausfinden.

Während wir uns der farblosen Düsternis des Wilden Waldes näherten, bewegte sich links von uns etwas in den Schatten. Puck wirbelte mit unglaublicher Geschwindigkeit herum und zog seinen Dolch, als eine schmale Gestalt durch die Bäume taumelte und ein paar Meter von uns entfernt zusammenbrach. Es war ein schlankes, anmutiges Mädchen mit moosgrüner Haut und Haaren, die wirkten wie welke Ranken. Eine Dryade.

Die Baumfrau stemmte sich zitternd und keuchend in die Höhe. Die langen, schlanken Finger ihrer Hand legten sich um ihre Kehle, als würde sie erwürgt. »Hilf … mir«, keuchte sie Puck zu, und ihre braunen Augen waren vor Angst weit aufgerissen. »Mein Baum …«

»Was ist mit ihm passiert?«, fragte Puck und fing sie auf, als sie wieder zusammenbrach.

Sie lehnte sich an ihn und ließ kraftlos den Kopf hängen.

»Hey«, sagte er und schüttelte sie sanft. »Bleib bei mir. Wo ist dein Baum? Hat ihn jemand gefällt?«

Krampfhaft rang die Dryade nach Luft. »Ver-giftet«, flüsterte sie, bevor ihre Augen sich verdrehten und ihr Körper in Pucks Armen zu Holz wurde. Mit dem Geräusch brechender Zweige rollte sich die Dryade zusammen, bis sie fast aussah wie ein Bündel trockener Zweige.

Ich sah zu, wie das Leben des Feenwesens schwand, musste daran denken, was Ash über die Feen und den Tod gesagt hatte, und wurde furchtbar traurig. Das war's also für sie. Sie hatte einfach aufgehört zu existieren.

Puck seufzte schwer, neigte respektvoll den Kopf und hob die leblose Dryade auf seine Arme. Sie war nun dürr und morsch, zerbrechlich wie hauchfeines Glas, aber kein einziger Zweig splitterte oder brach ab, als er sie davontrug. Ganz vorsichtig legte er den Leichnam am Fuß eines großen Baumes ab, murmelte ein paar Worte und trat zurück.

Einen Moment lang passierte gar nichts. Dann lösten sich riesige

Wurzeln aus dem Boden, wickelten sich um die Dryade und zogen sie unter die Erde. Sekunden später war sie verschwunden.

Wir blieben noch eine Weile schweigsam stehen, da wir die trauervolle Stimmung nicht stören wollten.

»Was meinte sie mit vergiftet?«, murmelte ich schließlich.

Puck schüttelte sich und schenkte mir ein humorloses Grinsen. »Lass es uns rausfinden.«

Wir mussten nicht groß suchen. Nachdem wir ein paar Minuten lang tiefer in den Wilden Wald hineingewandert waren, wichen die Bäume zurück, und wir stolperten über einen nur allzu bekannten toten Flecken Erde mitten im Wald. Eine ganze Schneise sah jetzt krank aus und starb, die Bäume wurden zu seltsamen verkrüppelten Metallversionen ihrer selbst. Eiserne Laternenpfähle wuchsen aus der Erde, verkrümmt und unstet flackernd. Kabel krochen über Wurzeln und Stämme und erstickten die Bäume und Sträucher wie rote und schwarze Schlingpflanzen. In der Luft lag der Gestank von Kupfer und Verfall.

»Es breitet sich aus«, murmelte Puck und hielt sich den Ärmel vors Gesicht, als eine nach Metall stinkende Brise mir durchs Haar und die Kleider fuhr. »Das war vor ein paar Monaten noch nicht so.« Er drehte sich zu mir um. »Du hast doch gesagt, du hättest den Eisernen König getötet.«

»Habe ich. Ich meine, ja, er ist tot.« Schaudernd betrachtete ich den vergifteten Wald. »Aber das heißt nicht, dass das Eiserne Reich verschwunden ist. Tertius hat gesagt, dass er einem neuen Eisernen König dient.«

Puck kniff die Augen zusammen. »*Noch einer?* Irgendwie hast du vergessen, das zu erwähnen, Prinzessin.« Kopfschüttelnd ließ er den Blick über die zerstörte Landschaft schweifen und seufzte dann. »Noch ein Eiserner König. Verdammt, wie viele von denen werden wir denn umbringen müssen? Werden die jetzt immer wieder auftauchen, so wie Ratten?«

Bei dem Gedanken an einen weiteren Mord krümmte ich mich. Ein scharfer Wind fuhr über das Ödland, ließ die Zweige der Metallbäume knirschen und mich zittern. Hustend taumelte Puck zurück.

»Komm schon, Prinzessin. Wir können im Moment nichts dagegen tun. Bringen wir dich nach Hause.«

Nach Hause. Ich dachte an meine Familie, an mein normales Leben, das so verführerisch nah war. Dann dachte ich an das Nimmernie, wie es Stück für Stück verblasste und starb. Und ich traf eine Entscheidung. »Nein.«

Puck drehte sich zu mir um und blinzelte verwirrt. »Was?«

»Ich kann jetzt nicht nach Hause gehen, Puck.« Wieder betrachtete ich das vergiftete Nimmernie, sah die Spuren von Machinas Reich, die sich drohend über alles legten. »Sieh dir das an. Hier sterben Leute. Ich kann nicht einfach die Augen zumachen und so tun, als würde nichts davon passieren.«

»Wieso nicht?«

Seine unbekümmerte Einstellung schockierte mich so sehr, dass diesmal ich verwirrt blinzelte.

Er grinste nur. »Du hast genug getan, Prinzessin. Ich finde, nach allem, was du durchgemacht hast, verdienst du es, nach Hause gehen zu dürfen. Verdammt, du hast dich schon um einen Eisernen König gekümmert. Das Nimmernie wird es überstehen, glaub mir.«

»Und was ist mit dem Zepter?«, bohrte ich nach. »Und dem Krieg? Oberon sollte erfahren, dass Mab vorhat, ihn anzugreifen.«

Puck zuckte mit den Schultern, doch er schien sich in seiner Haut nicht ganz wohlzufühlen. »Ich hatte sowieso vor, es ihm zu sagen, Prinzessin, vorausgesetzt, er verwandelt mich nicht gleich in eine Ratte, sobald er mich sieht. Und was das Zepter angeht, nach dem sucht schon der Eisprinz. Wir können also sowieso nicht viel tun.« Als ich protestieren wollte, wedelte er abwehrend mit der Hand.

»Der Krieg wird so oder so kommen, Prinzessin, mit oder ohne uns. Das ist nichts Neues. Winter und Sommer waren sich immer schon spinnefeind. Es vergeht kein Jahrhundert ohne irgendwelche Kämpfe. Dieser Krieg wird vergehen, wie alle vergangen sind. Irgendwann wird das Zepter wieder auftauchen, und die Dinge werden zur Normalität zurückkehren.«

Dann fiel mir etwas ein, was Mab während der Zeremonie zu Oberon gesagt hatte, und ich runzelte die Stirn. »Was ist mit meiner Welt?«, wollte ich wissen. »Mab sagte, dort würde es zu einer Katastrophe kommen, wenn der Sommer das Zepter länger behält als geplant. Was wird erst passieren, wenn der Eiserne König es in die Finger kriegt? Dann wird das totale Chaos ausbrechen, oder?«

Puck kratzte sich verlegen im Nacken. »Äh ... könnte sein.«

»Was genau könnte sein?«

»Wolltest du schon mal in der Mojave-Wüste Schlitten fahren?«

Fassungslos starrte ich ihn an. »Das können wir nicht zulassen, Puck! Was ist nur mit dir los? Ich kann nicht glauben, dass du wirklich denkst, ich könnte dabei einfach wegsehen!« Er zuckte immer noch frustrierend gelassen mit den Schultern, also versuchte ich es auf die billige Tour. »Du hast Schiss, oder? Du hast einfach nur Schiss vor den Eisernen Feen und willst da nicht mit reingezogen werden. Ich hätte nie gedacht, dass du so ein Feigling bist.«

»Ich versuche bloß, dich zu beschützen!«, brach es aus Puck heraus, und er fuhr zu mir herum. In seinen Augen flackerte es fiebrig, und ich wich vor ihm zurück. »Das ist kein Spiel, Meghan! Die Kacke ist hier gerade mächtig am Dampfen, und du steckst mittendrin, ohne auch nur den Hauch einer Ahnung zu haben, wie man da wieder rauskommt!«

Heiße Wut kochte in mir hoch. Ich hatte es so satt, ständig gesagt zu bekommen, was ich zu tun hatte oder dass ich besser Angst haben sollte. »Ich bin nicht völlig hilflos, Puck!«, schoss ich zurück. »Ich bin nicht irgendein kreischender Cheerleader, für den du den Babysitter spielen musst. Mir klebt jetzt auch Blut an den Händen. Ich habe den Eisernen König getötet, und ich habe immer noch Albträume deswegen. Ich habe *getötet!* Und ich würde es wieder tun, wenn ich müsste!«

»Das weiß ich«, fauchte Puck und riss frustriert die Arme hoch. »Ich weiß, dass du einfach alles riskieren würdest, um uns zu beschützen, und genau das macht mir Sorgen. Du weißt immer noch nicht genug über diese Welt, um angemessen verängstigt zu sein. Uns wird hier alles bald entsetzlich um die Ohren fliegen, und du hast nichts Besseres zu tun, als dem Feind schöne Augen zu machen! Ich habe gehört, was in Machinas Reich passiert ist, und ja, das hat mir eine Heidenangst eingejagt. Verdammt, ich liebe dich. Und ich werde nicht einfach zusehen, wie du in Stücke gerissen wirst, wenn hier alles den Bach runtergeht.«

Mein Magen verkrampfte sich, wegen seines Geständnisses und auch wegen dem, was er über mich und Ash gesagt hatte. »Du ... du hast es gewusst?«, stammelte ich.

Er schenkte mir einen höhnischen Blick. »Ich bin nicht von gestern, Prinzessin. Trau mir mal ein bisschen was zu. Selbst ein Blinder würde merken, wie du ihn ansiehst. Ich schätze mal, in Machinas Reich ist irgendwas zwischen euch vorgefallen, aber sobald ihr dort raus wart, hat sich unser Kleiner wieder daran erinnert, dass er sich ja nicht in eine Sommerfee verlieben darf.« Ich wurde rot, und Puck schüttelte den Kopf. »Ich habe nichts gesagt, weil er sich bereits entschieden hatte zu gehen. Dir mag ja nicht bewusst sein, was es für Folgen hätte, aber Ash kennt die Konsequenzen. So schwer es mir auch fällt, etwas Gutes über ihn zu sagen, aber er hat das Richtige getan.«

Meine Unterlippe begann zu zittern.

Puck schnaubte, doch dann sah er, dass ich kurz davor war, in Tränen auszubrechen. Sein Blick wurde weich. »Vergiss ihn, Meghan«, sagte er sanft. »Ash bringt nur Ärger. Selbst wenn das Gesetz kein Thema wäre – ich habe oft genug gegen ihn gekämpft, um zu wissen, dass er dir das Herz brechen würde.«

Schließlich begannen die Tränen zu fließen. »Ich kann nicht«, flüsterte ich und ergab mich der Verzweiflung, die mich schon den ganzen Tag niederdrückte. Das war nicht fair gegenüber Puck, nachdem er gerade gestanden hatte, dass er mich liebte, aber so, wie es aussah, könnte ich einfach nicht aufhören. Meine Seele schrie nach Ash, nach seinem Mut und seiner Entschlossenheit; nach der Art, wie sein Blick auftaute, wenn er mich ansah, als wäre ich die einzige Frau auf der Welt; nach dieser wundervollen, verletzten Seele, die ich hinter der kalten Fassade sah, die er der Welt präsentierte. »Ich kann ihn nicht vergessen. Er fehlt mir. Ich weiß, dass er der Feind ist und dass wir alle möglichen Regeln gebrochen haben, aber das ist mir egal. Ich vermisse ihn so sehr, Puck.«

Puck seufzte, vielleicht mitfühlend oder auch verärgert, und zog mich an sich. Ich weinte mich an seiner Brust aus und ließ all die Gefühle raus, die sich in mir angestaut hatten, seit ich Ash im Thronsaal wiedergesehen hatte. Puck hielt mich fest, streichelte mir wie früher übers Haar und sagte nichts, bis die Tränen schließlich versiegten und ich nur noch leise in sein Hemd schniefte.

»Besser?«, murmelte er dann.

Ich nickte, löste mich von ihm und wischte mir über die Augen. Der Schmerz war noch da, aber jetzt war er erträglich. Ich wusste, dass es lange dauern würde, bis dieser Schmerz verschwand – wenn überhaupt je –, aber tief in meinem Herzen wusste ich auch, dass ich mich gerade endgültig von Ash verabschiedet hatte. Vielleicht konnte ich ihn jetzt loslassen.

Puck trat hinter mich, legte mir die Hände auf die Schultern und lehnte sich vor. »Mir ist klar, dass es jetzt noch zu früh ist«, murmelte er in mein Haar, »aber nur, damit du es weißt: Ich werde auf dich warten. Wenn du bereit bist, werde ich da sein. Vergiss das nicht, Prinzessin.«

Ich konnte nur nicken. Puck drückte noch einmal meine Schultern, trat dann zurück und wartete schweigend, bis ich mich beruhigt hatte. Als ich mich schließlich zu ihm umdrehte, war er wieder der normale Puck, der mit seinem typischen Grinsen im Gesicht an einem Baum lehnte.

»Tja«, seufzte er. »Ich schätze mal, ich werde es nicht schaffen, gegen deinen Dickschädel etwas auszurichten, was?«

»Nein, keine Chance.«

»Das hatte ich befürchtet.« Er sprang auf einen Baumstumpf, verschränkte die Arme und legte den Kopf schief. »Nun denn, meine durchtriebene kleine Prinzessin, was schlägst du vor?«

Ich wollte das mit einem Lächeln quittieren, aber irgendetwas stimmte nicht. Meine Beine waren auf einmal ganz kribbelig, und in meinem Magen machte sich ein seltsames Ziehen breit. Ich fühlte mich rastlos, als würden Ameisen unter meiner Haut krabbeln, und ich hätte nicht stillstehen können, selbst wenn es um mein Leben gegangen wäre. Ohne es zu wollen, drängte es mich von Puck weg Richtung Wald.

»Prinzessin?« Stirnrunzelnd sprang Puck von dem Stumpf herunter. »Alles klar? Hast du Hummeln in der Hose oder was?«

Ich wollte gerade den Mund aufmachen, um ihm zu antworten, als eine unsichtbare Kraft mich fast von den Füßen riss und ich stattdessen einen Schrei ausstieß. Puck griff nach mir, aber ich sprang, ohne es zu wollen, von ihm weg. »Was ist das?«, kreischte ich, als die seltsame Kraft wieder an mir zerrte und mich zwischen die Bäume trieb. »Ich … kann nicht anhalten. Was passiert mit mir?«

Puck packte meinen Arm, um mich festzuhalten, doch dadurch fühlte sich mein Bauch an, als würde er in zwei Hälften gerissen. Ich schrie, und Puck ließ sofort los. Er war leichenblass vor Schreck.

»Das ist eine Beschwörung«, erklärte er und lief hinter mir her, als ich davonging. »Irgendjemand ruft nach dir. Hast du dich in letzter Zeit auf einen Handel eingelassen oder etwas Persönliches hergegeben? Haare? Blut? Ein Kleidungsstück?«

»Nein!«, schrie ich und packte eine Ranke, um mich festzuhalten. Schmerz schoss in meine Arme, und ich ließ jaulend los. »Ich habe nichts hergegeben! Wie kann ich das verhindern?«

»Gar nicht.« Puck lief neben mir her und musterte mich besorgt, aber er rührte mich nicht an. »Wenn dich etwas ruft, musst du gehen. Es wird nur schmerzhafter, wenn du dich widersetzt. Aber keine Sorge.« Er versuchte es mit einem fröhlichen Grinsen. »Ich bin direkt hinter dir.«

»Keine Sorge?« Ich versuchte, ihm über die Schulter einen finsteren Blick zuzuwerfen. »Das ist wie bei *Invasion der Körperfresser;* natürlich mache ich mir Sorgen!« Wieder versuchte ich, mich an einen Baum zu klammern und meine Füße so daran zu hindern, ohne mein Einverständnis weiterzurennen. Keine Chance. Jetzt gehorchten mir nicht einmal mehr meine Arme. Mit einem letzten Blick auf Puck gab ich dem seltsamen Druck nach und ließ mich von meinem Körper davontragen.

Ich stiefelte durch den Wald, als hätte ich es furchtbar eilig, und ignorierte alles außer den größten Hindernissen. Ich kletterte über Felsen und umgestürzte Bäume, stürmte zielstrebig durch Wasserrinnen und schob mich durch Hecken und Dornenbüsche, die an meiner Haut und meiner Kleidung rissen, dass ich keuchte.

Puck folgte dicht hinter mir, seinen besorgten Blick auf meinen Rücken gerichtet, aber er versuchte nicht noch einmal, mich aufzuhalten. Meine Beine brannten, mein Atem ging stoßweise, und meine Arme waren von Dutzenden blutender Schnitte und Kratzer übersät, aber ich konnte genauso wenig anhalten, wie ich fliegen konnte. Und so setzten wir unsere wilde Hatz durch den Wald fort, entfernten uns weiter von Tir Na Nog und drangen immer tiefer in unbekanntes Gebiet vor.

Es wurde bereits Nacht, als der seltsame Zauber endlich aufhörte und meine Füße so abrupt stehen blieben, dass ich nach vorn fiel und mit dem Gesicht voran durch den Dreck rollte. Puck war sofort an meiner Seite, half mir auf und fragte, ob alles in Ordnung wäre. Erst konnte ich nicht sprechen. Meine Beine brannten wie Feuer, und ich wollte nur Luft in meine unterversorgte Lunge saugen und die Erleichterung genießen, dass mein Körper endlich wieder mir gehörte.

»Wo sind wir?«, keuchte ich, sobald ich dazu in der Lage war.

Anscheinend waren wir in so was wie einem Dorf gelandet. Einfache, mit Stroh gedeckte Lehmhütten standen in einem lockeren Halbkreis um eine Feuergrube, die jedoch leer und kalt war. Knochen, Tierhäute und angefressene Kadaver voller Fliegen lagen herum.

»Sieht aus wie ein aufgegebenes Kobolddorf«, murmelte Puck, als ich mich immer noch keuchend an ihn lehnte. Grinsend sah er auf mich runter. »Hast du dich in letzter Zeit mit Kobolden angelegt, Prinzessin?«

»Was? Nein.« Ich wischte mir den Schweiß aus den Augen und taumelte zu einem Baumstumpf, auf den ich mich stöhnend fallen ließ. »Soweit ich weiß, nicht.«

»Da bist du ja«, kam eine körperlose Stimme von irgendwo aus der Nähe des Waldrands.

Ich sprang auf und sah mich hektisch um, konnte den Sprecher aber nicht entdecken.

»Du bist spät dran. Ich hatte schon befürchtet, du könntest dich verirrt haben oder gefressen worden sein. Doch vermutlich muss man der menschlichen Schwäche für diesen Mangel an Pünktlichkeit die Schuld geben.«

Mein Herz machte einen Sprung. Ich kannte diese Stimme! Neugierig sah ich mich um, aber natürlich entdeckte ich ihn nicht, bis Puck mich am Arm packte und auf den Waldrand deutete. In den Schatten jenseits des Dorfes lag ein alter Baumstamm, auf dem ein paar Flecken Mondlicht leuchteten. Im einen Moment war er leer. Dann blinzelte ich wohl, oder das Mondlicht wanderte ein Stück weiter, und plötzlich saß dort ein großer grauer Kater, der den buschigen Schwanz um die Pfoten gelegt hatte und mich mit trägen goldenen Augen musterte.

»Grimalkin!«

Grimalkin blinzelte mich gelassen an und sah eigentlich aus wie immer. Sein langes graues Fell verschmolz perfekt mit dem Mondlicht und den Schatten. Er ignorierte mich und konzentrierte sich ganz darauf, seine Vorderpfote zu putzen, während ich auf ihn zustürmte. Am liebsten hätte ich ihn auf den Arm genommen und fest gedrückt, aber ich wusste, dass seine scharfen Krallen mein Gesicht zu Hackfleisch verarbeiten würden und er mir das niemals verzeihen würde.

Puck grinste. »Hey, Kater«, grüßte er ihn mit einem fröhlichen Winken. »Lange nicht gesehen. Ich schätze mal, diesen kleinen Todesmarsch haben wir dir zu verdanken?«

Der Kater gähnte. »Das war das letzte Mal, dass ich einen Menschen mit einer Beschwörung belegt habe«, sinnierte er und hob eine Hinterpfote, um sich am Ohr zu kratzen. »Ich hätte genauso gut ein Nickerchen machen können, statt darauf zu warten, dass du endlich auftauchst. Was hat dich aufgehalten, Mensch? Bist du etwa *gelaufen?*«

Da fiel es mir wieder ein: Grimalkin hatte mir bei der Suche nach meinem Bruder geholfen, und im Gegenzug hatten wir uns darauf geeinigt, dass er mich einmalig zu einem Zeitpunkt seiner Wahl rufen dürfe, auch wenn ich damals keine Ahnung gehabt hatte, was das zur Folge hatte. So lautete unser Handel. Anscheinend hatte er endlich beschlossen, meinen Teil der Abmachung einzufordern.

»Was machst du hier, Grim?«, fragte ich, hin- und hergerissen zwischen Freude und Verärgerung. Natürlich freute ich mich, ihn zu sehen, aber der erzwungene Marsch durch koboldverseuchte Wälder, nur um mal Hallo zu sagen, war nicht gerade ein Brüller. »Es sollte besser wichtig sein, Kater. Dein bescheuerter Beschwörungszauber hätte mich umbringen können. Was willst du?«

Grimalkin drehte sich um und fing an, seine Hinterpfoten zu putzen. »*Ich* will gar nichts von dir, Mensch«, erklärte er zwischen zwei Leckern. »Ich habe dich hierhergeholt, um jemand anders einen Gefallen zu tun. Den Rest der Angelegenheit wirst du mit ihm klären müssen. Und wenn du schon dabei bist, könntest du ihn freundlicherweise daran erinnern, dass er mir nun eine Gefälligkeit schuldet, da ich eine tadellose Beschwörung an dich verschwendet habe.«

»Von wem redest du?«

»ER MEINT MICH, MEGHAN CHASE.« Die dröhnende Stimme ließ den Boden beben, und der Wind trug den Geruch brennender Kohle heran. »ICH HABE IHN GEBETEN, DICH HIERHER ZU RUFEN.«

Hinter einer der Hütten trat ein monströses Pferd aus schwarzem Eisen hervor. Seine Augen brannten wie rotes Feuer, und durch die Ritzen in seinem Bauch konnte man Flammen lodern sehen. Rauch stieg aus seinen Nüstern auf, als es mir seinen riesigen, bedrohlichen Kopf zuwandte, der mir erschreckend vertraut war.

Eisenpferd.

Wahrheit und Lügen

»HALT!«, brüllte Eisenpferd, als Puck reflexartig seinen Dolch zog und sich vor mich schob. »ICH BIN NICHT HIERHERGEKOMMEN, UM ZU KÄMPFEN, ROBIN GOODFELLOW. LEG DEINE WAFFE NIEDER UND HÖR MICH AN.«

»Wohl kaum, Rostbirne«, fauchte Puck, und wir wichen langsam Richtung Dorfrand zurück. »Ich hab eine bessere Idee. Du bleibst hier, bis wir Oberon geholt haben. Der wird dich in Stücke reißen und deine Überreste so weit verstreut begraben, dass du es niemals schaffst, sie wieder zusammenzusetzen.«

Mein Herz raste, sowohl vor Angst als auch vor Wut, die plötzlich in mir aufstieg. Eisenpferd war einer von Machinas Leutnants, der ausgeschickt worden war, um mich zu fangen und zum Eisernen König zu bringen. Wir waren ihm damals zweimal entkommen, einmal in Tir Na Nog und einmal im Eisernen Königreich, aber Eisenpferd hatte die schlechte Angewohnheit, immer genau dann aufzutauchen, wenn wir es am wenigsten erwarteten. Ich hatte ganz bestimmt nicht erwartet, ihm *hier* über den Weg zu laufen.

»Verdammt, Grim!«, tobte ich und warf dem Kater einen wütenden Blick zu, während wir weiter zurückwichen. Der blinzelte mich nur gelassen an. »Du hast uns an *die* verraten? Das ist sogar für deine Verhält-nisse echt unterstes Niveau.«

Grimalkin seufzte und strafte Eisenpferd mit einem tadelnden Blick ab. »Ich dachte, du würdest dich versteckt halten, bis ich die Dinge er-klärt habe«, sagte er und schlug gereizt mit dem Schwanz. »Ich habe dir doch gesagt, dass sie überreagieren würden.«

Eisenpferd stampfte mit dem Huf auf, und Dreck wirbelte in die Luft. »DIE ZEIT DRÄNGT«, dröhnte es und schlug mit dem Kopf. »WIR KÖNNEN ES UNS NICHT LEISTEN, NOCH LÄNGER ZU WAR-TEN. MEGHAN CHASE, ICH MUSS MIT DIR REDEN. WIRST DU MICH ANHÖREN?«

Ich zögerte. Das war neu. Normalerweise hätten wir zu diesem Zeit-punkt bereits um unser Leben gekämpft. Eisenpferd war für gewöhnlich nicht so höflich. Und Grimalkin beobachtete das Ganze immer noch völlig gelassen von seinem Baumstamm aus und schätzte unsere Reak-tionen ab. Neugier packte mich. Ich legte Puck eine Hand auf den Arm, um ihn daran zu hindern, noch weiter zurückzuweichen.

»Ich will mit ihm reden«, flüsterte ich, ohne sein besorgtes Stirnrun-zeln zu beachten. »Er ist aus einem bestimmten Grund hier, und viel-leicht weiß er ja etwas über das Zepter. Behalt ihn im Auge, okay?«

Puck starrte mich missbilligend an, doch dann zuckte er mit den Schultern. »Na schön, Prinzessin. Aber sobald er eine falsche Bewegung macht, hängt er kopfüber in einem Baum, bevor er auch nur blinzeln kann.«

Ich drückte seinen Arm und trat dann hinter ihm hervor, um mich Eisenpferd zu stellen. Die riesige Eiserne Fee ragte über mir auf, und aus seinem Maul und seinen Nüstern quoll Dampf. »Was willst du?«

Ich hatte ganz vergessen, wie *groß* Eisenpferd war. Nicht einfach nur hoch, sondern wuchtig. Es verlagerte quietschend und scheppernd sein Gewicht, und ich trat wachsam einen Schritt zurück. Wahrscheinlich war das keine Vorbereitung auf einen Angriff, aber ich traute ihm unge-fähr so weit, wie ich es werfen konnte, also überhaupt nicht. Außerdem hatte ich ihm noch nicht verziehen, dass es Ash bei unserer letzten Be-gegnung fast umgebracht hätte.

Eisenpferd senkte den Kopf, was fast wie eine Verbeugung wirkte.

»VIELEN DANK, MEGHAN CHASE. ICH HABE DICH HIERHER GERUFEN, WEIL WIR EIN PROBLEM HABEN, DAS UNS BEIDE BETRIFFT. DU BIST AUF DER SUCHE NACH DEM JAHRESZEITENZEPTER, IST DAS KORREKT?«

Ich verschränkte die Arme vor der Brust. »Was weißt du darüber?«

»ICH WEISS, WO ES SICH BEFINDET«, fuhr Eisenpferd fort und zuckte scheppernd mit dem Schweif. »ICH KANN DIR DABEI BEHILFLICH SEIN, ES WIEDERZUBESCHAFFEN.«

Puck lachte auf. »Aber sicher doch«, spottete er, und Eisenpferd legte schnaubend die Ohren an. »Und dazu müssen wir dir nur wie eifrige kleine Hündchen hinterherlaufen, direkt in die Falle. Tut mir wahnsinnig leid, Blechdose, aber so naiv sind wir nicht.«

Eisenpferd schnaubte noch einmal heftig. »VERSPOTTE MICH NICHT, ROBIN GOODFELLOW«, sagte es und ließ einen Flammenstrahl aus seinen Nüstern schießen.

»MEIN ANGEBOT IST AUFRICHTIG GEMEINT. ICH ZIELE NICHT DARAUF AB, EUCH IN DIE IRRE ZU FÜHREN.«

»Blödsinn«, schnauzte ich, die Arme immer noch verschränkt.

Verblüfft blinzelte Eisenpferd mich an.

»Tertius und eine Horde gruseliger Metallattentäter haben das Zepter gestohlen und Sage getötet, und sie wussten ganz genau, dass Mab Oberon dafür verantwortlich machen würde. Der neue Eiserne König hat diesen Krieg inszeniert. Er plant, alle abzuschlachten, wenn die beiden Höfe erst geschwächt sind. Warum solltest du uns also dabei helfen wollen, das Ganze aufzuhalten?«

»WEIL ...«, Eisenpferd stampfte energisch mit dem Huf auf, »... DER NEUE EISERNE KÖNIG EIN HOCHSTAPLER IST.«

Jetzt blinzelte ich verblüfft. »Ein Hochstapler? Wie meinst du das?«

Der Leutnant schüttelte verächtlich den Kopf. »GENAU SO, WIE ICH ES GESAGT HABE. DER KÖNIG, DER ZURZEIT AUF DEM THRON SITZT, IST EIN EINDRINGLING UND EIN SCHWINDLER. IHM GEGENÜBER EMPFINDE ICH KEINE LOYALITÄT.« Es zuckte mit dem Schweif und hob dann herausfordernd den Kopf. »ICH BIN NICHT WIE DIE EISERNE BRUDERSCHAFT. DIE RITTER WURDEN ERSCHAFFEN, UM JEDEM ZU GEHORCHEN, DER

AUF DEM THRON SITZT. IHR PFLICHTGEFÜHL IST FALSCH. ICH KENNE DIE WAHRHEIT. UND ICH WERDE IHM NICHT DIENEN.«

Fragend sah ich Puck an. »Was hältst du von der Sache?«

»Ich?« Grinsend verschränkte Puck die Arme. »Ich denke, alle Eisernen Feen sollten eingeschmolzen und zu Altmetall verarbeitet werden. Ich würde Rostbirne hier nicht einmal folgen, wenn mein Leben davon abhinge.«

»Wie unglaublich vorhersehbar.« Grimalkins Stimme stieg von einem Punkt neben meinen Füßen auf. Ich hatte nicht einmal mitbekommen, dass er sich bewegt hatte. »Deine Vorurteile machen dich blind dem gegenüber, was wirklich geschieht.«

»Ach, tatsächlich?« Ich musterte ihn finster. »Warum erzählst du uns dann nicht einfach, was wirklich los ist, Grim?«

Grimalkin gähnte. »Ist das nicht offensichtlich? Als du Machina getötet hast, haben die Eisernen Feen ihren Herrscher verloren. Sie brauchten jemanden auf dem Thron, jemanden, der ihnen die Richtung vorgibt. Ein angeblicher Monarch, der behauptete, der Eiserne König zu sein, meldete sich, aber nicht alle akzeptierten ihn als Herrscher. Und nun sind die Eisernen Feen in zwei Lager gespalten, eines unterstützt den falschen König, das andere möchte ihn stürzen. Eisenpferd gehört dem zweiten Lager an. Ist es nicht so?«

»DAS IST KORREKT.«

»Falls der falsche König das Zepter in die Hände bekommt, wird er noch mächtiger werden«, fuhr Grimalkin fort und sah mich mit starren goldenen Augen an. »Wenn man ihn aufhalten will, muss das vorher geschehen. Eisenpferd behauptet zu wissen, wo sich das Zepter befindet. Ihr wärt dumm, wenn ihr euch das nicht anhört.«

»Und was ist, wenn es lügt?«

Eisenpferd riss den Kopf hoch und stieß empört eine Stichflamme aus. »ICH LÜGE NICHT«, dröhnte es, während ich vor der Hitze zurückwich. »WAS AUCH IMMER IHR VON MIR HALTEN MÖGT, ICH BIN IMMER NOCH EIN FEENWESEN, UND KEIN FEENWESEN KANN EINE UNWAHRHEIT AUSSPRECHEN.«

Blinzelnd sah ich zu Puck. Davon hatte ich noch nie gehört, abgesehen von einigen vagen Andeutungen in alten Feenmythen. »Stimmt das?«

Puck nickte. »Im Prinzip schon, Prinzessin.« Er warf Eisenpferd einen bösen Blick zu. »Obwohl es doch ziemlich weit geht, Rostbirne mit einem von uns zu vergleichen.«

»Aber … als du noch Robbie warst, hast du die ganze Zeit gelogen. Dein ganzes Leben war eine Lüge.«

Grimalkin schnaubte abfällig. »Dass er nicht lügen kann, bedeutet nicht, dass er nicht täuschen kann, Mensch. Robin Goodfellow ist ein wahrer Experte darin, um die Wahrheit herumzutänzeln.«

»Na, da redet ja der Richtige. Wenn du nicht ein Experte darin bist, die Leute zu bescheißen, fresse ich meinen Kopf.«

Eisenpferd schüttelte schnaubend seine Mähne. »GENUG. DIE ZEIT DRÄNGT. WIR HABEN KEINE ZEIT FÜR DISKUSSIONEN. MEGHAN CHASE, WIRST DU MEINE HILFE NUN ANNEHMEN ODER NICHT?«

Ich sah ihm in die Augen. Die nichtssagende, starre Maske sah auf mich herunter, völlig ausdruckslos und ungerührt. »Bist du wirklich hier, um uns zu helfen?«, fragte ich. »Du willst wirklich das Zepter zurückholen und den Krieg beenden?«

»JA.«

»Und du wirst uns nicht in irgendeine Falle locken?«

»NEIN.«

Ich atmete einmal tief durch. »Das scheinen alle Fragen zu sein, die mir momentan einfallen.«

»Ich hätte da noch eine wichtige …«, mischte sich Puck ein. »Wo *ist* das Zepter denn, Rostbirne?«

Eisenpferd hüllte ihn in eine Dampfwolke. »DIR BIN ICH KEINE RECHENSCHAFT SCHULDIG, ALTBLÜTLER. MEIN HANDEL UMFASST NUR DAS MÄDCHEN.«

»Ach ja?« Pucks Lächeln wurde bedrohlich. »Wie wäre es dann, wenn ich dich auseinandernehme und in einen Toaster verwandele? Wie würde dir das gefallen, Blechdose?«

»ICH WÜRDE GERN SEHEN, WIE DU DAS VERSUCHST.«

»Jungs, bitte!« Das war ja genauso schlimm, wie die ständigen Drohduelle zwischen Puck und Ash zu schlichten. »Das war jetzt genug Testosteron-Posing. Hör zu, Eisenpferd, wenn wir uns darauf einlassen sollen, müssen wir wissen, wo das Zepter ist. Wir können dir nicht einfach blind irgendwohin folgen.«

Eisenpferd nickte knapp. »SELBSTVERSTÄNDLICH, MEGHAN CHASE.« Diese Bereitwilligkeit ließ mich es schräg anschauen, aber es fuhr nahtlos fort: »DAS JAHRESZEITENZEPTER WURDE IN DIE WELT DER STERBLICHEN GEBRACHT. ES WIRD AN EINEM ORT AUFBEWAHRT, DER SICH SILICON VALLEY NENNT.«

»Silicon Valley? Das ist in Kalifornien.«

»JA.«

»Warum dorthin?«

»SILICON VALLEY WAR DER GEBURTSORT VON KÖNIG MACHINA«, erklärte Eisenpferd ernst. »VIELE SEINER LEUTNANTS WIE VIRUS UND GLITCH STAMMEN EBENFALLS AUS DIESER GEGEND. ES IST EIN GEBIET DER EISERNEN FEEN, EINES, DAS DIE ALTBLÜTLER ...«, es warf Puck einen schnellen Blick zu, »... GÄNZLICH MEIDEN. ES IST DER PERFEKTE ORT, UM DAS ZEPTER ZU VERSTECKEN.«

»Das kannst du laut sagen«, murmelte ich nachdenklich. Silicon Valley war nicht nur eine Stadt, es umfasste alle Städte in dieser Region. »Das Zepter da zu finden wird wie die Suche nach der Stecknadel im Heuhaufen oder eher in einem ganzen Feld voller Heuhaufen.«

»ICH KANN ES FINDEN.« Eisenpferd hob stolz den Kopf und sah auf uns herunter. »DAS SCHWÖRE ICH. WILLST DU, DASS ICH ES AUSSPRECHE? MEGHAN CHASE: ICH, EISENPFERD, LETZTER LEUTNANT DES KÖNIGS MACHINA, WERDE DICH ZUM JAHRESZEITENZEPTER BRINGEN, UND ICH SCHWÖRE, DICH ZU BESCHÜTZEN, BIS ES SICH IN DEINEN HÄNDEN BEFINDET. DAS GELOBE ICH BEI MEINER EHRE UND MEINER PFLICHT GEGENÜBER DEM WAHREN MONARCHEN DES EISERNEN HOFES.«

Ich schnappte nach Luft, und sogar Puck wirkte überrascht. Ein solcher Schwur bedeutete, dass der Sprecher gezwungen war, ihn auch zu erfüllen. Eisenpferd meinte es ernst. Während ich es noch sprachlos anstarrte, nahm Puck meinen Arm und zog mich beiseite.

»Was ist mit Oberon?«, murmelte er. »Er ist der Einzige, der das Siegel brechen kann. Wenn wir auf eine Vergnügungstour nach Kalifornien gehen, wirst du über keinerlei Magie verfügen, um dich zu schützen.«

»Darüber können wir uns jetzt keine Gedanken machen.« Ich schüttelte seine Hand ab. »Das Zepter ist wichtiger. Außerdem, wofür habe ich *dich* dabei?« Ich schenkte ihm ein Lächeln und wandte mich an Eisenpferd: »Alles klar, Eisenpferd. Wir sind im Geschäft. Bring uns zu dem Zepter.«

»Na endlich.« Grimalkin stand auf und streckte sich, sein buschiger Schwanz ragte steil über seinem Rücken auf. »Du triffst deine Entscheidungen ebenso langsam, wie du auf Beschwörungen reagierst, Mensch. Ich kann nur hoffen, dass das nicht zur Gewohnheit wird.«

»Warte mal, du kommst auch mit? Warum?«

»Mir ist langweilig.« Grimalkin schlug lustlos mit dem Schwanz. »Und du bist stets unterhaltsam... außer natürlich, wenn ich auf deine Ankunft warte. Außerdem haben der Leutnant und ich ebenfalls eine geschäftliche Vereinbarung.«

»Tatsächlich?« Ich wartete, aber er ging nicht näher darauf ein. »Welche denn?«

Der Kater schnaubte und verengte die Augen zu Schlitzen. »Nichts, was dich etwas angehen würde, Mensch. Außerdem werdet ihr mich als Führer brauchen, wenn ihr so schnell wie möglich zu dem Zepter gelangen wollt. Ich denke, der nächste Steig nach Silicon Valley führt durch das Gestrüpp.«

Pucks Augenbrauen schossen nach oben. »Das Gestrüpp? Du gehst ein enormes Risiko ein, Kater. Warum versuchen wir es nicht mit einem Steig, der... ich weiß nicht, etwas weniger... tödlich ist? Wenn wir kehrtmachen, können wir den Steig durch die Frostigen Auen nehmen. Der bringt uns in die Nähe von San Francisco, und von dort aus finden wir ganz leicht eine Mitfahrgelegenheit.«

Grimalkin schüttelte den Kopf. »Wenn wir nach Silicon Valley wollen, müssen wir durch das Gestrüpp. Keine Sorge, ich werde dafür sorgen, dass ihr nicht verloren geht. Der Steig durch die Frostigen Auen ist nicht mehr zugänglich. Er liegt zu nahe an Tir Na Nog.«

»Ich wüsste nicht, wo da das Problem liegt, Kater.«

Eisenpferd schnaubte abfällig. »DIE FROSTIGEN AUEN SIND ZUM SCHLACHTFELD GEWORDEN, ROBIN GOODFELLOW«, erklärte es. Mein Magen krampfte sich schmerzhaft zusammen. »DER WINTER HAT BEREITS EINE SCHNEISE DER ZERSTÖRUNG DURCH DEN WILDEN WALD GEZOGEN, UND SIE MARSCHIEREN GENAU IN DIESEM MOMENT AUF DAS SOMMERREICH ZU. ZWISCHEN UNS UND DEM STEIG BEFINDET SICH EINE RIESIGE ARMEE DER DUNKLEN. DIE CAT SIDHE HAT RECHT – WIR KÖNNEN NICHT UMKEHREN.«

»Natürlich habe ich recht«, nickte Grimalkin. »Wir gehen durch das Gestrüpp.«

»Ich verstehe nur Bahnhof«, sagte ich, als Grimalkin mit hocherhobenem Schwanz davontrottete und sich seines Sieges freute. »Was ist das Gestrüpp? Grimalkin? Hey!«

Grimalkin sah zurück, und seine hellen Augen schienen wie Leuchtkugeln in der Dunkelheit zu schweben. »Ich bin nicht hier, um zu plaudern, Mensch. Wenn du wirklich eine Antwort auf diese Frage willst, wende dich an Puck. Vielleicht schafft er es ja, die Wirklichkeit für dich etwas abzumildern. Ich werde es jedenfalls nicht tun.« Er zuckte mit dem Schwanz und ging, ohne sich noch einmal umzusehen, durch die Bäume davon.

Ich sah zu Puck.

Er zog eine Grimasse und schenkte mir ein humorloses Grinsen. »Ja, richtig, das Gestrüpp. Einen Moment noch, Prinzessin. – Hey, Rostbirne«, rief er und winkte Eisenpferd zu, das sofort die Ohren anlegte, »warum läufst du nicht vor uns? Ich will deinen großen, hässlichen Hintern da haben, wo ich ihn sehen kann.«

Eisenpferd starrte ihn übellaunig an, warf den Kopf herum und stiefelte dann Grimalkin nach, der fast schon außer Sichtweite war. Die Eiserne Fee zog eine leichte Spur der Verwüstung hinter sich her: Zweige bogen sich weg, Pflanzen welkten, und das Gras vertrocknete unter ihren Hufen, sodass sie auf dem Pfad verbrannte Hufabdrücke hinterließ. Kopfschüttelnd murmelte Puck etwas sehr Unhöfliches und folgte ihr immer tiefer in den Wilden Wald hinein.

Irgendwann, nachdem wir Grimalkin die ganze Nacht lang durch den immer dichter werdenden Wald gefolgt waren, beschloss ich, dass manche Fragen besser unbeantwortet blieben.

»Das Gestrüpp«, begann Puck, während er ein wachsames Auge auf Eisenpferd hatte, das vor uns herlief, »oder die Ranken oder Dornen, wie auch immer du es nennen willst, ist ein Labyrinth. Niemand weiß, wie groß es wirklich ist, aber es ist auf jeden Fall riesig. Manche behaupten, es umschließe das gesamte Nimmernie. Es gibt Gerüchte, dass man, wenn man sich im Wilden Wald befindet, in jede beliebige Richtung gehen kann und irgendwann immer auf das Gestrüpp stößt. Einzelne Flecken wachsen fast überall, vom Großen Wald und den Giftsümpfen bis zu den Höfen in Arkadia und Tir Na Nog.«

»Wie die Hecke«, murmelte ich, als ich mich wieder an die Dornentunnel an Oberons Hof und an den stacheligen Fluchtweg erinnerte, auf dem Grimalkin mich aus dem Feenreich geführt hatte. Die Dornenwand, die sich rund um den Lichten Hof zog, hatte sich für den Kater geöffnet und ein Labyrinth aus Tunneln enthüllt. Dort hinein war ich ihm gefolgt, und er hatte mich zurück in die Menschenwelt gebracht.

Puck nickte. »So nennt man es auch, ja. Obwohl die Hecke eine etwas zahmere Version des echten Gestrüpps ist. In Arkadia reagiert die Hecke ziemlich zuverlässig und bringt dich innerhalb des Hofes an jeden Ort, zu dem du willst. Hier draußen im Wilden Wald ist das Gestrüpp allerdings eher … sadistisch.«

»Bei dir klingt das so, als wäre es lebendig.«

Puck schenkte mir einen sehr beunruhigenden Blick. »Es *ist* lebendig, Prinzessin«, warnte er mich leise. »Zwar nicht auf die Art, wie wir es gewöhnt sind, aber du darfst es nicht unterschätzen. Das Gestrüpp ist eine Macht für sich, eine, die man nicht zähmen und auch nicht begreifen kann, nicht einmal Oberon oder Mab. Und es hat immer Hunger. Hineinzukommen ist einfach – es wieder rauszuschaffen ist der knifflige Teil. Und nicht nur das, die Dinge, die im Gestrüpp leben, haben auch immer Hunger.«

Ich spürte, wie es mir eiskalt den Rücken runterlief. »Und wir gehen jetzt durch das Gestrüpp, weil …?«

»Weil es innerhalb des Gestrüpps die höchste Konzentration an Steigen im gesamten Nimmernie gibt«, erklärte Puck. »Überall im Gestrüpp gibt es verborgene Türen, manche wechseln ständig ihre Position, manche erscheinen nur zu bestimmten Zeiten und unter besonderen Umständen. Ein Gerücht besagt, dass es innerhalb des Gestrüpps einen Steig zu jeder Tür in die Welt der Sterblichen gibt, von einem Stripklub in L. A. bis zur Schranktür in irgendeinem Kinderzimmer. Finde die richtige Tür, und du bist fein raus.« Sein Grinsen wurde breiter, und er schüttelte den Kopf. »Aber vorher musst du es erst mal bis zu der Tür schaffen.«

Der Regen rauschte durch das Astwerk der Bäume, ein kalter grauer Regen, der allem, was er berührte, die Farbe entzog. Selbst Pucks leuchtend rostrotes Haar wurde in diesen nebligen Fluten farblos und stumpf. Wenn er sich mit den Fingern hindurchfuhr, hinterließen sie helle rote Streifen, aber das hielt nur, bis der Regen die Haare wieder durchnässt hatte und die Farbe verblassen ließ. Grimalkin war praktisch unsichtbar; nicht einmal seine Augen leuchteten in dem Zwielicht.

Über uns erhob sich eine massive Wand aus schwarzem Dornengestrüpp, deren Ranken sich knarzend hin und her wanden. Einige der Dornen waren länger, als ich groß war, und zuckten wie die Stacheln eines Seeigels. Das gesamte Ding strahlte eine unheimliche Bösartigkeit aus.

Ich zitterte, obwohl ich dicht neben Eisenpferd stand, das schwelende Hitze abstrahlte. Die Eiserne Fee war von wabernden Schwaden umgeben, da das Wasser, das auf seine heiße Metallhaut fiel, dort zischend verdampfte. Eisenpferd sah an der Dornenwand hinauf und legte sogar den Kopf in den Nacken, um sie zu erfassen. Es qualmte wie ein kleiner Geysir in dem Sturm.

»Wie sollen wir da durchkommen?«, fragte ich mich laut.

Sobald die Worte über meine Lippen gekommen waren, bewegte sich die Wand. Knarzend und ächzend lösten sich die Zweige voneinander und gaben einen engen, stacheligen Korridor frei, der durch das Dornengestrüpp führte. Nebel quoll daraus hervor, und Schatten lagen über dem Pfad.

Puck verschränkte die Arme vor der Brust. »Sieht so aus, als würden wir erwartet.« Er sah auf Grimalkin hinab, ein grauer Schemen im Nebel, der sich gerade gelassen die Vorderpfoten putzte. »Bist du sicher, dass du uns da durchbringen kannst, Kater?«

Grimalkin leckte noch ein-, zweimal über seine eine Pfote, bevor er aufstand. Er schüttelte sich das Wasser aus dem Fell, das prompt überallhin spritzte, gähnte, streckte sich und trottete los, ohne sich umzusehen. »Folgt mir, dann werdet ihr es herausfinden«, waren seine letzten Worte, bevor er in dem Tunnel verschwand.

Puck verdrehte die Augen. Dann streckte er die Hand aus und schenkte mir ein ermutigendes Lächeln. »Komm, Prinzessin. Da drin sollten wir besser nicht getrennt werden.« Ich umklammerte seine Hand, und er schloss seine Finger fest um meine. »Gehen wir. Rostbirne kann das Schlusslicht machen. So verlieren wir wenigstens nichts Wichtiges, wenn wir von hinten angegriffen werden.«

Ich spürte Eisenpferds empörtes Schnauben, als wir in den Tunnel traten, und drückte mich dichter an Puck, während sich die Schatten wie gierige Finger um uns schlossen. Der Tunnel um uns herum pulsierte vor Leben, er schlängelte und wand sich mit knarzenden, schleifenden Lauten. Fremdartige wispernde Stimmen hallten durch den Korridor und murmelten Worte, die ich nicht recht verstand. Als wir weiter hineintraten, schloss sich das Loch hinter uns mit einem leisen Zischen und machte uns zu Gefangenen des Gestrüpps.

»Hier entlang«, hörte ich vor uns Grimalkins körperlose Stimme. »Versucht, dicht zusammenzubleiben.«

Die stacheligen Wände des Korridors schienen sich immer enger um uns zusammenzuziehen. Puck ließ meine Hand nicht los, aber wir mussten hintereinander durch den Tunnel gehen, um nicht zerkratzt zu werden. Ein paarmal glaubte ich, dass ein Dorn oder eine Ranke auf mich zukommen würde, um mich zu verletzen oder sich in meiner Kleidung zu verhaken. Einmal schaute ich mich nach Eisenpferd um, um zu sehen, wie es ihm ging, doch die Dornen schienen – wie eigentlich der gesamte Rest des Nimmernie auch – die Berührung der großen Eisernen Fee vermeiden zu wollen und zogen sich vor ihr zurück, wenn sie vorbeiging.

Schließlich erweiterte sich der Tunnel zu einer kleinen Höhle, von der in alle Richtungen Tunnel und Pfade abzweigten. Über uns sperrte ein Dach aus Ranken das Licht aus. Es war so dicht, dass man durch die Lücken den Himmel nicht sehen konnte. Zwischen den Dornen lagen gebleichte weiße Knochen, die in der Dunkelheit leuchteten. Aus einem Netz aus Ranken grinste mich ein Schädel an, in dessen leeren Augenhöhlen Würmer herumkrochen. Schaudernd drückte ich das Gesicht gegen Pucks Schulter.

»Wo ist Grim?«, flüsterte ich.

»Hier«, erwiderte Grimalkin und erschien aus dem Nichts. Der Kater sprang auf einen großen Schädel und musterte uns der Reihe nach. »Wir werden jetzt tief in das Gestrüpp eindringen«, erklärte er mit ruhiger, sehr leiser Stimme. »Ich könnte euch erzählen, womit wir es eventuell zu tun bekommen, aber vielleicht ist es besser, wenn ihr das nicht wisst. Versucht, möglichst leise zu sein. Bleibt dicht zusammen. Betretet keine anderen Pfade. Und haltet euch von allen Türen fern, auf die wir vielleicht stoßen. Viele der Tore hier sind Einbahnstraßen – wenn ihr hindurchgeht, seid ihr eventuell nicht mehr in der Lage zurückzukehren. Seid ihr bereit?«

Ich hob die Hand. »Wie findest du dich denn hier drin zurecht, Grim?«

Grimalkin blinzelte träge. »Ich bin eine Katze«, sagte er nur und verschwand in einem der Tunnel.

Als ich zwölf war, machten wir mit der Schule ungefähr eine Woche vor Halloween einen Ausflug zu einem »verfluchten« Maislabyrinth am Stadtrand. Während wir im Bus saßen und ich zuhörte, wie die Jungs sich mit ihren Prahlereien, wer als Erster einen Weg aus dem Labyrinth finden würde, überboten und die Mädchen kichernd in ihren Grüppchen tuschelten, schwor ich mir, dass ich das ebenfalls hinkriegen würde. Ich wusste noch, wie ich ganz allein zwischen den Stauden herumlief, einerseits ängstlich und andererseits aufgeregt, und versuchte, einen Weg bis ins Zentrum und zurück zu finden. Und ich erinnerte mich an das grauenhafte Gefühl, als ich erkannte, dass ich mich verirrt hatte, und begriff, dass mir niemand helfen würde und ich ganz allein war.

Das hier war zehntausendmal schlimmer.

Das Gestrüpp blieb niemals still. Immer bewegte es sich, schlängelte umher und griff nach mir, was ich nur aus dem Augenwinkel sehen konnte. Manchmal, wenn ich angestrengt lauschte, konnte ich fast hören, wie es meinen Namen flüsterte. Tief in der undurchdringlichen Dunkelheit knackten Ranken und Zweige, und *Dinge* schoben sich raschelnd durch die Dornen. Ich konnte sie nie genau erkennen, sondern erhaschte immer nur kurze Blicke auf dunkle Schemen, die irgendwo im Dickicht verschwanden.

Extremer Gruselfaktor – hoch zehn.

Das Gestrüpp ging immer weiter, ein endloses Labyrinth aus sich windenden Dornen und knorrigen Zweigen, die sich knarzend verdrehten, um nach uns zu greifen. Als wir immer tiefer vordrangen, erschienen in unregelmäßigen Abständen Türen, Tore und Durchgänge an den unmöglichsten Orten. Eine ausgebleichte rote Tür, an der die angelaufene Nummer 216 funkelte, hing schwankend an einem Zweig über unseren Köpfen. Am Rand des Pfades stand irgendwann eine verdreckte Toilettenkabine, von deren gesprungener Holztür die grüne Farbe abblätterte. Sie war so von Ranken umschlungen, dass es unmöglich schien, die Tür zu öffnen. Einmal kroch vor uns etwas Schlankes, Schwarzes über den Weg und verschwand in einem geöffneten Schrank. Bevor die Tür zufiel, sah ich dahinter kurz ein im Mondlicht liegendes Kinderzimmer mit einer Wiege, dann rankten sich stachelige Zweige um die Tür und zogen sie in das Gestrüpp zurück.

Grimalkin führte uns, ohne zu zögern und ohne einen Blick zurück, an Toren, Türen und seltsamen Dingen vorbei, die wahllos in den verworrenen Zweigen hingen. Wir kamen an einem Spiegel, einer Puppe und einer leeren Golftasche vorbei, die an den Dornen baumelten, aber auch an unzähligen Knochen und manchmal sogar ganzen Skeletten, die den Weg säumten. Aus den Schatten beobachteten uns seltsame Kreaturen, die aber meist unsichtbar blieben. Nur ihre Augen glühten in der Dunkelheit. Schwarze Vögel mit menschlichen Gesichtern hockten im Geäst und musterten uns schweigend wie wartende Geier. Einmal zog Grimalkin uns in einen Seitentunnel und zischte uns zu, still zu sein und uns nicht zu rühren. Sekunden später kroch direkt über uns eine riesige

Spinne, mindestens so groß wie ein Auto, durch die Zweige, und ich biss mir so fest auf die Lippe, dass ich Blut schmeckte. Das gigantische glänzende Monstrum, auf dessen aufgeblähtem Hinterleib ein roter Fleck leuchtete, zögerte, als würde es ganz in der Nähe warmes Blut und Körpersäfte spüren und nur darauf warten, dass eine leise Bewegung seine Beute verriet.

Wir hielten den Atem an und gaben vor, aus Stein zu sein.

Ein paar nervenzerfetzende Sekunden lang hockten wir in dem Tunnel und spürten, wie unsere Muskeln verkrampften und unsere Herzen viel zu laut dröhnten. Über uns hing die Spinne ebenso reglos und wartete geduldig darauf, dass ihre Beute anfing, sich zu langweilen, und annahm, dass sie in Sicherheit sei, um die eine Bewegung zu machen, die ihre letzte sein würde. Endlich raschelte irgendwo vor uns etwas in den Zweigen, und sie schoss davon, erschreckend schnell für etwas, das so groß war. Der Schrei irgendeines unglücklichen Wesens zerriss die Stille, dann war wieder alles still.

Nachdem die Spinne weg war, traute sich noch eine Weile keiner von uns, sich zu rühren. Schließlich kroch Grimalkin vor, streckte vorsichtig den Kopf in den Tunnel und suchte die Dornen ab.

»Wartet hier«, sagte er zu uns. »Ich werde nachsehen, ob wir weiterkönnen.« Wie ein Geist tauchte er in die Schatten ein und verschwand.

Als der Adrenalinschub nachließ und meine Muskeln zu zittern anfingen, sank ich auf die Knie. Ich fühlte mich schwach und hätte fast hyperventiliert. Mit Kobolden, Schwarzen Männern und fiesen fleischfressenden Pferden kam ich klar, aber verdammte Riesenspinnen? Da zog ich endgültig die Grenze.

Puck hockte sich hin und legte mir eine Hand auf die Schulter. »Alles klar, Prinzessin?«

Ich nickte und wollte schon einen abfälligen Kommentar über das Ungezieferproblem hier drin loslassen. Aber dann bewegte sich eine der Ranken.

Stirnrunzelnd beugte ich mich vor und kniff die Augen zusammen, um besser sehen zu können. Erst passierte gar nichts. Dann bebte die knapp acht Zentimeter lange Ranke und wurde zu einem Paar spitzer schwarzer Flügel, die an einer winzigen Fee hingen, die mich mit funkelnden Augen und einer irgendwie insektenhaften Bösartigkeit anstarrte. Ihr dürrer Körper war von einem glänzenden schwarzen Panzer umgeben. An Ellbogen und Schultern wuchsen Stacheln, und sie hielt einen Speer mit Dornenspitze in ihrer winzigen Klaue. Während wir einander noch anstarrten, verzog die Fee die Lippen, entblößte nadelspitze Zähne und schwirrte auf mein Gesicht los.

Wild um mich schlagend wich ich zurück und traf dabei Puck, wodurch wir beide ins Taumeln gerieten. Die Fee wich meinen wedelnden Händen aus und summte um uns herum wie eine wütende Wespe. Ich sah, wie sie kurz in der Luft hing wie ein bösartiger Kolibri und dann mit einem rauen Schrei vorwärtsschoss.

Eine Flammenzunge verbrannte die Luft direkt vor mir. Ich spürte die Hitzewelle im Gesicht, die mir die Tränen in die Augen trieb, und die Fee verschwand in den Flammen.

Ihr winziger verkohlter Körper fiel wie ein Stein zu Boden und rollte sich zusammen. Die zarten schwarzen Flügel waren versengt. Sie zuckte noch einmal wie ein sterbendes Insekt, dann lag sie still.

Eisenpferd warf den Kopf, schnaubte und wirkte sehr zufrieden, während noch Rauch aus seinen Nüstern stieg. Puck zog eine Grimasse, stemmte sich hoch und streckte mir die Hand hin, um mir aufzuhelfen.

»Weißt du, langsam gehen mir die Insekten hier ziemlich auf die Nerven«, murmelte er. »Erinnere mich dran, dass ich beim nächsten Mal Autan mitnehme!«

»Du hättest sie nicht töten müssen«, schimpfte ich Eisenpferd, während ich mir die Hose abklopfte. »Sie war nicht mal zehn Zentimeter groß!«

»SIE HAT DICH ANGEGRIFFEN.« Eisenpferd klang überrascht und sah mich mit schräg gelegtem Kopf an. »SIE HATTE EINDEUTIG AGGRESSIVE ABSICHTEN. MEINE MISSION LAUTET, DICH ZU BESCHÜTZEN, BIS WIR DAS ZEPTER WIEDERERLANGT HABEN. ICH WERDE NICHT ZULASSEN, DASS DIR IRGENDETWAS SCHADEN ZUFÜGT. SO LAUTET MEIN SCHWUR.«

»Ja, aber man muss doch nicht gleich mit einem Maschinengewehr auf Spatzen schießen.«

»Mensch!« Grimalkin erschien mit angelegten Ohren. »Du machst zu viel Lärm, ihr alle. Wir müssen aus diesem Bereich verschwinden, und zwar schnell.« Er sah sich um, und das Fell auf seinem Rücken sträubte sich. »Es könnte bereits zu spät sein.«

»Eisenpferd hat diese winzige Minifee getötet ...«, setzte ich an, aber Grimalkin fauchte mich an.

»Idiotischer Mensch! Denkst du denn, das war die Einzige? Sieh dich um!«

Als ich seinem Rat folgte, blieb mir fast das Herz stehen. Die Dornen um uns herum waren in Bewegung geraten, und Hunderte von ihnen verwandelten sich in winzige Feen mit spitzen, knirschenden Zähnen. Ein durchdringendes Summen erhob sich, und Tausende winziger schwarzer Augen funkelten in den Dornen.

»Oh-oh, das ist nicht gut«, murmelte Puck, als das Summen noch lauter und wütender wurde. »Jetzt hätte ich wirklich gern das Autan.«

»Lauft!«, fauchte Grimalkin, und wir rannten los.

Die Feen schwirrten um uns herum. Das Geräusch ihrer Flügel ließ die Luft vibrieren, und ihre schrillen Stimmen schmerzten in meinen Ohren. Ich spürte das Gewicht ihrer winzigen Körper auf meiner Haut, kurz bevor sie zustachen, und ich schlug wild um mich, um sie abzuschütteln.

Puck fauchte etwas Unverständliches und schlug mit seinen Dolchen nach ihnen, während Eisenpferd brüllend Feuer aus Maul und Nüstern schoss. Verkohlte, verstümmelte Feen fielen kreischend aus der Luft, aber Dutzende mehr schwirrten heran und nahmen ihren Platz ein. Grimalkin war natürlich verschwunden. Wir rannten blindlings durch irgendeinen Dornentunnel, verfolgt von Schwärmen wütender Killerwespenfeen und ohne die leiseste Ahnung, wohin wir liefen.

Als ich um eine Ecke bog, stand plötzlich jemand vor mir. Ich hatte keine Zeit mehr zu reagieren, bevor ich voll in ihn rein rannte und wir beide auf dem Boden landeten.

»Aua! Was zum Geier ...?«, jaulte jemand.

Immer noch nach den Feen schlagend, sah ich in das Gesicht eines Mädchens, das vielleicht ein oder zwei Jahre jünger war als ich. Die Haare der winzigen Asiatin wirkten, als wären sie mit einer Machete geschnitten worden, und sie trug einen schäbigen Pulli, der ihr ungefähr zwei Nummern zu groß war. Einen Moment war ich völlig davon überrumpelt, einen anderen Menschen zu sehen, doch dann bemerkte ich die pelzigen Ohren, die aus ihren Haaren hervorlugten.

Kurz starrten wir uns an, bis mich der Stich einer Killerwespenfee aus meiner Benommenheit riss. Um mich schlagend rappelte ich mich auf, während sich der summende Schwarm nun auch auf das seltsame Mädchen stürzte. Sie jaulte auf, schlug wild drauflos und wich zurück.

»Was soll das?«, zischte sie, als Puck hinter mir auftauchte und Eisenpferd angestampft kam und Feuer spuckte. »Wer zur Hölle seid ihr, Leute? Ach, egal! Lauft!« Sie schoss an uns vorbei, rief aber noch einmal über ihre Schulter zurück: »Beeil dich, Nelson!« Ich hatte kaum Zeit, mich zu fragen, wer wohl dieser Nelson war, als schon ein Junge, der wie ein Footballspieler gebaut war, zwischen uns hindurchrannte, irgendwie Puck und Eisenpferd auswich und hinter dem Mädchen herraste. Ich sah gorillaartige Schultern, schmutzig blondes Haar und Haut so grün wie Sumpfwasser. Er hielt einen Rucksack wie einen Football an sich gedrückt und stürmte, ohne sich umzusehen, den Pfad entlang.

»Wer waren die denn?«, fragte ich über das Summen des Schwarms hinweg und schlug weiter verzweifelt um mich.

»Keine Zeit«, erwiderte Puck und schlug nach einer Fee in seinem Nacken. »Au! Verdammt, wir müssen hier raus! Los!«

Wir hatten uns gerade wieder aufgemacht, als vor uns ein lautes Brüllen durch den Tunnel hallte und die Killerfeen mitten im Angriff erstarren ließ. Das Brüllen erklang erneut, kehlig und wild. Irgendetwas ließ die Dornenwand erbeben, und das Geräusch von brechenden Zweigen ließ darauf schließen, dass es sich auf uns zubewegte. Ich spürte, wie Hunderte von Kreaturen im Gestrüpp um ihr Leben rannten.

Die Feen stoben blitzartig auseinander. Mit einem ängstlichen Summen verschwanden sie in der Hecke und quetschten sich in die Spalten und winzigen Lücken zwischen den Dornen. Innerhalb von Sekunden war der gesamte Schwarm verschwunden. Ich spähte durch die Zweige und sah, wie etwas durch den Tunnel stapfte und sich durch die Dornen schob, als wären sie gar nicht da. Etwas Schwarzes, Schuppiges, das viel, viel größer war als die Spinne.

Ist es das, wofür ich es halte?

»Diiiieeeeeb!«, brüllte eine tiefe, unmenschliche Stimme, kurz bevor eine Stichflamme durch die Hecke schoss, einen ganzen Bereich in Brand steckte und die Luft explosionsartig erhitzte. Eisenpferd trompetete und stieg alarmiert auf die Hinterbeine. Puck packte fluchend meinen Arm und zerrte mich in die Richtung zurück, aus der wir gekommen waren.

Wir flohen auf demselben Pfad wie das seltsame Mädchen und ihr muskelbepackter Gefährte und spürten die Hitze des Feuers im Rücken, das das Monster entfacht hatte.

»*Diebe!*«, fauchte die grauenhafte Stimme, die uns dicht auf den Fersen blieb. »*Ich kann euch riechen! Ich spüre euren Atem und euren Herzschlag. Gebt mir zurück, was mir gehört!*«

»Großartig!«, keuchte Puck, als Eisenpferd zu uns aufholte und brüllte, er werde mich vor den Flammen schützen. »Ganz großartig. Ich hasse Spinnen. Ich hasse Wespen. Aber weißt du, was ich noch mehr hasse?«

Das Ding hinter uns brüllte, und ein weiterer Flammenstrahl versengte die Ranken über unseren Köpfen. Ich zuckte zusammen, als ein Regen aus Glut und brennenden Zweigen auf uns niederging. »Drachen?«, keuchte ich.

»Erinnere mich daran, dass ich Grimalkin umbringe, wenn wir ihn das nächste Mal sehen.«

Der Pfad verengte sich und wurde zu einem schmalen, dornigen Tunnel, der sich in die Dunkelheit wand. Als ich mich duckte und hineinspähte, konnte ich an seinem Ende gerade noch eine Tür ausmachen. Und ich war mir zwar nicht sicher, aber es sah ganz so aus, als würde sich die Tür gerade schließen.

»Ich glaube, da ist eine Tür!«, rief ich mit einem Blick über die Schulter.

Puck nickte ungeduldig. »Na, worauf wartest du dann noch, Prinzessin? Bewegung!«

»Was ist mit Eisenpferd?«

»Der wird sich eben durchquetschen müssen!« Puck schob mich auf die Tunnelöffnung zu, doch ich weigerte mich. »Komm schon, Prinzessin. Wir wollen ganz bestimmt nicht mehr hier sein, wenn Grillatem beschließt, dass er niesen muss.«

»Wir können ihn nicht zurücklassen!«

»KEINE SORGE, PRINZESSIN«, sagte Eisenpferd, und ich starrte ihn ungläubig an. Wo gerade noch ein Pferd gewesen war, stand jetzt ein breitschultriger schwarzer Mann mit kantigem Gesicht und Fäusten so groß wie Schinkenhälften. Er trug Jeans und ein schwarzes T-Shirt, unter dem sich die Muskeln wölbten, und seine Haut spannte sich über stahlharten Sehnen. Auf seinem Kopf wuchsen Dreadlocks, die sehr an eine Mähne erinnerten, und in seinen Augen glühte ein helles rotes Feuer. »DU BIST NICHT DER EINZIGE, DER EIN PAAR TRICKS AUF LAGER HAT, GOODFELLOW«, sagte er, und in seiner Stimme klang ein leichtes Grinsen mit. »UND NUN GEHT. ICH BIN DIREKT HINTER EUCH.«

Mit einem furchtbaren Krachen erhob sich der Kopf des Drachen auf einem langen schlangenartigen Hals über das Gestrüpp und ragte in unfassbarer Höhe auf. Er war noch größer, als ich ihn mir vorgestellt hatte. Das lange, mit jeder Menge Zähnen bestückte Maul war mit schwarzgrünen Schuppen bedeckt, und aus dem Schädel ragten zwei geschwungene elfenbeinfarbene Hörner in den Himmel. Fremdartige, rotgoldene Augen, in denen Verschlagenheit und Intelligenz funkelten, suchten gelassen den Boden ab. *Ich kann euch sehen, ihr kleinen Diebe.*

Puck gab mir einen Stoß, und ich taumelte in den Gang, schürfte mir Hände und Knie auf und stach mich an den Dornen. Fluchend schaute ich auf und sah in zwei vertraute goldene Augen, die vor mir in der Dunkelheit schwebten.

»Beeilung, Mensch«, fauchte Grimalkin und floh durch den Tunnel.

Der Gang schien immer enger zu werden, und die Dornen zerkratzten mir den Rücken und verfingen sich in Haaren und Kleidung, während ich Grimalkin gebückt und im Krebsgang folgte. Ich hörte Puck und Eisenpferd hinter mir, spürte den Blick des Drachen im Rücken und fluchte, als sich mein Ärmel an einem Dorn verfing. Wir waren viel zu langsam! Die rote Tür ragte am Ende des Tunnels auf, ein Lichtstrahl, der Sicherheit versprach – doch noch so weit weg. Aber als ich näher kam, sah ich Grimalkin davorstehen und fauchend die Zähne fletschen, die Ohren angelegt.

»Johanniskraut«, zischte er, und da bemerkte ich ein Büschel getrockneter gelber Blumen, das wie winzige Sonnenstrahlen an der Tür hing. »Wenn das an einer Tür hängt, können Feen nicht eintreten. Nimm es ab, Mensch, schnell!«

»Brennt, kleine Diebe!«

Der Tunnel explodierte in einem Feuersturm, einem rasenden, sich windenden Mahlstrom aus Hitze und Wut, der auf uns zuschoss. Ich riss die Blumen von der Tür und stürzte hindurch, Puck und Eisenpferd stolperten hinter mir her. Flammen schossen über meinen Kopf hinweg und versengten mir den Rücken, als ich keuchend auf einem kalten Betonboden landete. Dann schlug die Tür zu, schnitt den Feuerstrom ab, und wir saßen im Dunkeln.

Leanansidhe

Eine Zeit lang blieb ich einfach auf dem Betonboden liegen und wunderte mich darüber, dass mein Körper gleichzeitig heiß und kalt sein konnte. Mein Nacken, meine Schultern und die Rückseite meiner Beine brannten von dem Feuerstoß, der mir definitiv zu nahe gekommen war, um noch angenehm zu sein. Meine Wange und mein Bauch jedoch berührten den kalten Beton, was mich zittern ließ. Rechts und links von mir kämpften sich Puck und Eisenpferd fluchend und stöhnend auf die Füße.

»Tja, das war doch mal lustig«, murmelte Puck, während er mir beim Aufstehen half. »Ich schwöre dir, wenn ich diese beiden Kids jemals wiedersehe, werden die was zu hören kriegen. Wenn man eine fünfzehn Meter große, Feuer spuckende Echse mit dem Erinnerungsvermögen eines Elefanten bestehlen will, sollte man entweder ein verdammt beeindruckendes Rätsel parat haben oder warten, bis sie nicht zu Hause ist. Und wer zum Teufel hat das Johanniskraut an die Tür gehängt? Ich fühle mich hier jetzt nicht sonderlich willkommen.«

In den Schatten wurde eine Taschenlampe eingeschaltet und blendete mich. Ich schirmte die Augen ab und zählte hinter dem Strahl drei Silhouetten. Zwei von ihnen erkannte ich wieder: das winzige Mädchen mit den pelzigen Ohren und den grünhäutigen Jungen, dem wir im Gestrüpp begegnet waren. Die letzte, die auch die Taschenlampe hielt, war groß und dürr, hatte dickes schwarzes Haar, einen zotteligen Ziegenbart und ein Paar schartige Hörner auf der Stirn. In der anderen Hand hielt das Wesen ein Kreuz, das es sich vor das Gesicht hielt, als wolle es einen Vampir abwehren.

Puck lachte. »Tut mir leid, dir das sagen zu müssen, Junge, aber solange du kein Priester bist, wird das nicht funktionieren. Genauso wenig wie das Salz, das ihr auf dem Boden verstreut habt. Ich bin doch kein dahergelaufener Schwarzer Mann.«

»Verdammte Feen«, fauchte der Ziegenjunge und wurde blass. »Wie seid ihr hier überhaupt reingekommen? Wenn ihr wisst, was gut für euch ist, verschwindet ihr besser sofort wieder. Sonst wird *sie* euch die Gedärme rausreißen und Harfensaiten aus ihnen machen.«

»Tja, da gibt es nur ein Problem«, erwiderte Puck mit aufgesetztem Bedauern. »Denn weißt du, direkt hinter dieser Tür befindet sich ein ziemlich angefressenes Reptil, das nichts lieber tun würde, als uns zu Schaschlik zu verarbeiten, und zwar weil *ihr drei* dämlich genug wart, einen Drachen zu bestehlen.« Er seufzte und schüttelte in gespielter Enttäuschung den Kopf. »Euch ist schon klar, dass Drachen niemals vergessen, wer sie bestohlen hat, oder? Also, was habt ihr mitgehen lassen?«

»Geht dich gar nichts an, Fee«, schoss der Ziegenjunge zurück. »Und vielleicht habe ich mich ja nicht klar genug ausgedrückt, als ich sagte, dass ihr hier nicht willkommen seid.« Er fasste in seine Tasche, holte drei Eisennägel heraus und schob sie sich zwischen die zitternden weißen Finger. »Vielleicht kann euch eine Tracht Prügel mit Eisen ja überzeugen.«

Ich trat vor und warf Puck einen warnenden Blick zu, bevor er auf die Herausforderung eingehen konnte. »Ganz locker bleiben«, sagte ich beruhigend und hob beschwichtigend die Hände. »Wir wollen keinen Ärger. Wir versuchen nur, es durch das Gestrüpp zu schaffen, mehr nicht.«

»Warren!«, keuchte das Mädchen und starrte mich mit großen Augen an. »Das ist sie!«

Alle Augen richteten sich auf mich.

»Du bist es wirklich«, hauchte Warren. »Du bist es doch, oder? Oberons Halbblut! Die Sommerprinzessin!«

Eisenpferd grollte und trat neben mich, woraufhin das Trio zurückwich.

Ich legte ihm eine Hand auf die Brust. »Woher kennt ihr mich?«

»Na, weißt du, *sie* sucht nach dir. Hat bestimmt die Hälfte der Exilanten auf die Suche nach dir ...«

»Hey, hey, ganz langsam, Ziegenjunge.« Puck hob die Hand. »Wer ist denn diese sagenhafte *Sie*, von der du die ganze Zeit redest?«

Warren schenkte ihm einen Blick, der halb ängstlich, halb ehrfürchtig war. »Na, *sie* natürlich. Die Chefin von diesem Ort. Also ... wenn das da Oberons Tochter ist, dann musst du er sein, nicht wahr? Robin Goodfellow? *Der* Puck?« Puck grinste, was Warren erst mal schwer schlucken ließ. Sein Adamsapfel hüpfte hoch und runter. »Aber ...« Er sah zu Eisenpferd. »... von dem da hat sie nichts gesagt. Wer ist das?«

»Er stinkt«, knurrte der grünhäutige Junge, verzog angewidert die Lippen und entblößte dabei schiefe, stumpfe Zähne. »Er stinkt nach Kohle, nach Eisen.«

Warrens Augenbrauen schossen in die Höhe. »Verdammte Scheiße. Das ist einer von *denen*, oder? Einer von diesen Eisernen Feen! Das wird ihr gar nicht gefallen.«

»Er gehört zu mir«, sagte ich schnell, als Eisenpferd sich demonstrativ aufrichtete. »Er ist in Ordnung, das versichere ich euch. Und von wem redet ihr da immer? Wer ist diese *sie*?«

»Ihr Name ist Leanansidhe«, erklärte Warren in einem Tonfall, als wäre ich ein Idiot, weil ich nicht von selbst draufgekommen war. »Leanansidhe, die Dunkle Muse, Königin der Exilanten.«

Puck zog die Augenbrauen bis zum Haaransatz hoch. »Du willst mich wohl verarschen«, sagte er dann, halb stirnrunzelnd und halb grinsend. »Leanansidhe hält sich jetzt also für eine Königin, ja? Oh, Titania wird entzückt sein.«

»Wer ist Leanansidhe?«, fragte ich.

Das Stirnrunzeln gewann die Oberhand. Er schüttelte den Kopf und wandte sich mit grimmiger Miene zu mir um. »Schlechte Neuigkeiten, Prinzessin. Leanansidhe war einmal eines der mächtigsten Wesen im gesamten Nimmernie. Man nannte sie die Dunkle Muse, weil sie viele große Künstler inspiriert und ihnen geholfen hat, ihre brillantesten Werke zu erschaffen. Einige der Sterblichen, die sie unterstützt hat, sagen dir vielleicht etwas – James Dean, Jimi Hendrix, Kurt Cobain.«

»Du spinnst doch.«

Puck zuckte mit den Schultern. »Aber wie du ja wissen solltest, hat diese Art von Hilfe immer ihren Preis. Niemand, der von Leanansidhe Inspiration erhielt, lebte sonderlich lang. Ihre Leben waren brillant, bunt und sehr kurz. Manchmal, wenn der Künstler besonders einzigartig war, hat sie ihn mit ins Nimmernie genommen, damit er sie für den Rest der Ewigkeit unterhalten konnte. Oder zumindest, bis es ihr langweilig wurde. Aber das war natürlich, bevor …« Er brach ab und sah mich kurz von der Seite an.

»Bevor was?«

»Bevor Titania sie in die Welt der Sterblichen verbannte«, erklärte Puck hastig, als hätte er eigentlich etwas anderes sagen wollen. »Einige behaupten, Leanansidhe sei zu mächtig geworden und wäre von zu vielen Sterblichen verehrt worden, außerdem gab es Gerüchte, sie wolle sich selbst zur Königin erklären. Da wurde unsere gute Sommerkönigin natürlich etwas eifersüchtig. Also hat sie die selbst ernannte Königin der Musen verbannt und alle Steige versiegelt, damit Leanansidhe niemals ins Nimmernie zurückkehren kann. Das war vor einigen Jahren, und seitdem hat niemand je wieder etwas von ihr gehört. Aber anscheinend«, fügte Puck mit Blick auf die drei Teenager hinzu, die ihm fasziniert zuhörten, »hat Leanansidhe ein neues Gefolge gefunden. Einen neuen kleinen Kult unter Sterblichen, die bereit sind, sich ihr zu Füßen zu werfen.« Er unterdrückte ein Lachen. »Die Ausbeute scheint heutzutage ja ziemlich gering zu sein.«

»Hey!« Das Mädchen kniff die Augen zusammen. »Was willst du damit sagen?«

»Warum ist Leanansidhe auf der Suche nach mir?«, fragte ich, doch dann kam mir ein unangenehmer Gedanke. »Du … du denkst doch nicht, dass sie Vergeltung üben will, oder? Wegen dem, was Titania ihr angetan hat?« Na toll. Das hatte mir gerade noch gefehlt, dass noch eine Feenkönigin es auf mich abgesehen hatte. Damit hielt ich bestimmt eine Art Rekord.

Fragend starrten wir Warren an, der daraufhin einen Schritt zurück machte und die Hände hob. »Hey, Mann, seht mich nicht so an. Ich habe keine Ahnung, was sie von dir will. Ich weiß nur, dass sie nach dir sucht.«

»WIR KÖNNEN JETZT NICHT ZU DIESER LEANANSIDHE GEHEN«, dröhnte Eisenpferd. Die Teenies zuckten heftig zusammen, und die Decke vibrierte. Gott, der konnte nicht einmal leise reden, wenn sein Leben davon abhing.

»UNSERE MISSION HAT VORRANG. WIR MÜSSEN SO SCHNELL WIE MÖGLICH NACH KALIFORNIEN.«

»Tja, im Moment gehen wir nirgendwohin. Nicht solange der gute Grillatem den einzigen Ausgang bewacht.«

»Kommt mit uns.«

Ich sah auf. Das hatte Warren gesagt, der mich jetzt gespannt ansah. Das begierige Funkeln in seinem Blick sorgte ebenso dafür, dass ich mich unwohl fühlte, wie sein plötzlicher Sinneswandel. »Kommt mit uns zu Leanansidhe«, drängte er. »Sie kann euch helfen. Ihr wollt nach Kalifornien? Sie kann euch ganz leicht hinbringen ...«

»Warren«, unterbrach ihn das Mädchen, packte ihn am Ärmel und zog ihn beiseite. »Komm doch mal kurz mit, ja? Entschuldigt uns einen Moment, Leute.« Mit erstaunlich viel Kraft für jemanden von ihrer Größe zog sie ihn in eine Ecke. Dort drückten sie sich an eine Wand, flüsterten wütend miteinander und warfen dabei immer wieder misstrauische Blicke auf Eisenpferd.

»Was sollen wir tun?«, fragte ich laut. »Sollen wir warten, bis der Drache verschwindet, und uns dann einen Weg durch das Gestrüpp suchen? Oder sollen wir rausfinden, was Leanansidhe will?«

»NEIN«, donnerte Eisenpferd so laut, dass seine Stimme von den Wänden widerhallte. »ICH TRAUE DIESER LEANANSIDHE NICHT. DAS IST ZU GEFÄHRLICH.«

»Puck?«

Er zuckte mit den Schultern. »Unter normalen Umständen würde ich dem Toaster recht geben«, sagte er, was ihm einen bösen Blick von Eisenpferd einbrachte. »Leanansidhe war schon immer unberechenbar, und sie verfügt über so viel Macht, dass dieser Drache dagegen wie eine schrullige Gila-Echse aussieht. Aber ... ich sage auch immer, dass ein bekannter Feind besser ist als ein Feind, den du nicht siehst.«

Ich nickte. »Das denke ich auch. Wenn Leanansidhe nach uns sucht, sollten wir ihr besser zu unseren Bedingungen gegenübertreten. Sonst würde ich mir nur ständig Sorgen machen, was sie uns wohl auf den Hals hetzen könnte.«

»Außerdem…«, Puck rollte mit den Augen, »…glaube ich, wir haben da noch ein anderes Problem.«

»Und das wäre?«

»Unser vertrauenswürdiger Führer hat sich unerlaubt von der Truppe entfernt.«

Ich sah mich um, aber Grimalkin war verschwunden und reagierte auch nicht auf meine leisen Rufe, er solle sich zeigen. Die Straßenkids beobachteten uns jetzt teils hoffend, teils zögerlich. Ich seufzte. Es war unmöglich, zu sagen, wo Grimalkin gerade steckte oder wann er zurückkommen würde. Eigentlich blieb uns nur eine Möglichkeit.

»Also.« Ich schenkte den dreien ein hoffnungsvolles Lächeln. »Wie weit ist es denn bis zu Leanansidhe?«

Wie sich herausstellte, befanden wir uns im Keller ihrer Villa.

»Und Leanansidhe lässt euch also Drachen bestehlen?«, fragte ich das Mädchen, während wir durch die schwach beleuchteten Gänge wanderten, in denen Fackellicht zuckend über die feuchten Steinwände flackerte. Wie auch immer dieses Haus aussehen mochte, der Keller war jedenfalls riesig. Er erinnerte mich an einen mittelalterlichen Kerker, inklusive schwerer Türen, hölzerner Fallgitter und grinsender Gargoyles an den Wänden. Mäuse huschten über den Boden, und knapp außerhalb unseres Gesichtsfeldes regten sich auch noch andere Dinge in den Schatten.

Das Mädchen, das Kimi hieß, grinste mich an. »Leanansidhe hat eine Menge Kunden mit sehr außergewöhnlichen Vorlieben«, erklärte sie. »Die meisten von ihnen sind Exilanten so wie sie selbst, die aus irgendeinem Grund nicht mehr ins Nimmernie zurückkehren können. Sie benutzt uns…«, mit einer Geste deutete sie auf sich selbst und Nelson, »…um die Dinge zu holen, die sie selbst nicht beschaffen kann, so wie bei dem Drachen. Anscheinend zahlt eine verbannte Winterfee in New York ein Vermögen für echte Dracheneier.«

»Ihr habt seine *Eier* gestohlen?«

»Nur eins.« Kimi kicherte, als sie mein verdutztes Gesicht sah. »Dann ist die dämliche Echse aufgewacht, und wir mussten die Beine in die Hand nehmen.« Sie kicherte noch einmal und strich sich die Ohren glatt. »Keine Sorge, wir dezimieren dadurch nicht die Drachenpopulation. Leanansidhe hat uns ausdrücklich befohlen, ein paar zurückzulassen.«

Puck gab ein Geräusch von sich, das entfernt anerkennend klang. »Und was springt für euch dabei raus?«

»Freie Kost und Logis. Und der Ruf, der da mit dranhängt. Wir würden sonst auf der Straße leben.« Kimi und Nelson tauschten einen verschwörerischen Blick, doch Warren starrte nur mich an. Damit hatte er schon angefangen, als wir aufgebrochen waren, um Leanansidhe zu treffen, und ich fühlte mich deswegen zunehmend unwohl.

»Die Bezahlung ist auch nicht übel«, fuhr Kimi fort, ohne sich um Warrens prüfenden Blick zu kümmern. »Und auf jeden Fall besser als die Alternative – gejagt zu werden, nur weil wir so sind, wie wir sind, und von den Exilanten und den Feen, denen es in der Welt der Sterblichen einfach besser gefällt, herumgeschubst zu werden. Leanansidhe hat dafür gesorgt, dass es uns besser geht. Mit den Lieblingen der Königin legt sich keiner an! Sogar die Dunkerwichtelgangs wissen, dass man uns besser in Ruhe lässt. Zumindest meistens.«

»Warum?«, fragte ich. »Ihr seid doch auch Exilanten, oder? Warum sollten sie euch jagen?« Ich musterte Kimis pelzige, büschelige Ohren, Nelsons sumpfwasserfarbene Haut und Warrens Hörner. Sie waren ganz sicher keine Menschen. Doch dann fiel mir wieder ein, wie Warren uns das Eisenkreuz entgegengestreckt hatte, seine angsterfüllte Beschimpfung aller Feen und wie sie durch diese Tür gegangen waren, die für Grimalkin blockiert gewesen war. Und da wusste ich, was sie waren, noch bevor Kimi es aussprach.

»Weil wir Halbfeen sind«, erklärte sie mit einem fröhlichen Ohrenzucken. »Ich bin halb Puca, Nelson ist halb Troll, und Warren ist teilweise Satyr. Und wenn es eines gibt, was Exilanten noch mehr hassen als die Feen, von denen sie verbannt wurden, dann sind das Missgeburten wie wir.«

Der Gedanke war mir noch nie gekommen, obwohl es eigentlich logisch war. Ich nahm an, dass Halbblute wie Kimi, Nelson und Warren es nicht gerade leicht hatten. Ohne Oberons Schutz waren sie den Launen der echten Feen ausgeliefert, die ihnen das Leben wohl ziemlich schwer machten. Da war es nicht überraschend, dass sie sich auf einen Handel mit dieser Königin der Exilanten einließen, um einen gewissen Schutz zu genießen. Selbst wenn das hieß, dass sie einem Drachen seine Eier unter dem Hintern wegklauen mussten.

»Ach, und übrigens«, fuhr Kimi mit einem schnellen Blick auf Eisenpferd fort, der klappernd hinter mir herstapfte. »Leanansidhe weiß über … ähm … *seinesgleichen* Bescheid. Die haben in letzter Zeit einen Haufen Exilanten getötet, und das treibt sie zur Weißglut. Dein ›Freund‹ sollte in ihrer Gegenwart also verdammt vorsichtig sein. Ich habe keine Ahnung, wie sie reagiert, wenn plötzlich eine Eiserne Fee in ihrem Wohnzimmer steht. Ich habe schon erlebt, dass sie aus wesentlich geringeren Gründen ausgerastet ist.«

»Halt die Klappe, Kimi«, sagte Warren auf einmal. Wir hatten das Ende des Flurs erreicht, wo uns am oberen Ende einer Treppe eine leuchtend rote Tür erwartete. »Ich sagte doch schon, dass das kein Problem ist.«

Ich sah stirnrunzelnd zu ihm rüber, wurde dann aber abgelenkt. Leise Musik drang von oben zu uns herunter, der zittrige Klang eines Klaviers oder einer Orgel. Sie war düster und drängend und erinnerte mich an ein Musical, das ich vor langer Zeit gesehen hatte: *Das Phantom der Oper.* Ich erinnerte mich daran, wie Mom mich ins Theater geschleift hatte, als sie mit dem Stück in unserer Kleinstadt gastierten. Das war kurz vor Ethans Geburt gewesen. Und daran, wie ich gedacht hatte, dass ich nun drei Stunden tödliche Langeweile und Folter ertragen müsste. Doch dann war ich von den ersten, dröhnenden Akkorden an völlig gefesselt gewesen. Außerdem wusste ich noch, wie Mom bei einigen Szenen geweint hatte, was sie sonst nie tat, nicht einmal bei den traurigsten Filmen. Damals hatte ich mir nichts dabei gedacht, doch jetzt kam es mir irgendwie seltsam vor.

Wir stiegen hoch und traten durch die Tür in eine prachtvolle Empfangshalle. Zu beiden Seiten erhoben sich breite, geschwungene Treppenaufgänge in Richtung der gewölbten Decke, und in ihrem großen Kamin, um den einige exklusive schwarze Sofas arrangiert waren, flackerte ein Feuer. Der Massivholzboden schimmerte rötlich, die Wände waren rot-schwarz gemustert, und zarte schwarze Vorhänge verhüllten die geschwungenen Fenster am anderen Ende des Raumes. Fast jeder freie Fleck an den Wänden war mit Bildern bedeckt – Ölbilder, Aquarelle, Schwarz-Weiß-Zeichnungen. An der gegenüberliegenden Wand schenkte uns Mona Lisa ihr geheimnisvolles schmales Lächeln, direkt neben einem seltsam verzerrten Gemälde, das wahrscheinlich ein Picasso war.

Musik schallte durch den Raum, dunkle, drängende Klavierakkorde, die mit einer solchen Wucht gespielt wurden, dass die Luft zitterte und meine Zähne vibrierten. In der Nähe des Kamins stand ein riesiger Konzertflügel, auf dessen polierter Holzoberfläche sich die Flammen spiegelten. Eine zusammengesunkene Gestalt in einem verknitterten weißen Hemd hämmerte mit fliegenden Fingern auf die Elfenbeintasten ein.

»Wer...?«

»Schhh!« Kimi schlug mir leicht auf den Arm, um mich zum Schweigen zu bringen. »Nicht reden. Das mag *sie* nicht, wenn gerade jemand spielt.«

Also schwieg ich und sah mir den Pianisten genauer an. Seine braunen Haare hingen ihm strähnig auf die Schultern und sahen aus, als wären sie seit Tagen nicht gewaschen worden. Er hatte breite Schultern, doch das Hemd hing schlabberig an seinem schmalen, knochigen Körper, der so ausgemergelt war, dass sich die Wirbelsäule unter der Haut abzeichnete.

Das Lied endete in einem letzten durchdringenden Akkord. Als die Töne verklangen und sich Stille ausbreitete, blieb der Mann gebeugt über den Tasten sitzen. Ich konnte sein Gesicht nicht sehen, glaubte aber, dass seine Augen geschlossen waren. Seine Muskeln zitterten, als wäre er völlig erschöpft. Er schien auf etwas zu warten. Ich sah zu den anderen und fragte mich, ob wir applaudieren sollten.

Von der Freitreppe her erklang ein träges Klatschen. Als ich hochschaute, sah ich niemand anders als Grimalkin, der auf dem Geländer saß, den Schwanz um die Pfoten drapiert, und sich offenbar wie zu Hause fühlte. Jegliche Wut auf ihn verpuffte, als ich seine Begleiterin entdeckte.

Auf der Empore stand eine Frau in einem rotgoldenen Kleid, das sich um ihre Füße bauschte. Ich war mir absolut sicher, dass dort vor einer Sekunde noch niemand gewesen war. Ihr lockiges kupferfarbenes Haar, das ihr bis zur Hüfte reichte, schimmerte so hell, dass man es kaum ansehen konnte, und schwebte um ihr Gesicht, als wäre es völlig gewichtslos. Sie war groß, blass, absolut umwerfend und durch und durch königlich. Mein Magen krampfte sich zusammen. Vergesst Arkadia oder Tir Na Nog – jetzt befanden wir uns an ihrem Hof und spielten nach ihren Regeln. Ich fragte mich, ob sie eine Verbeugung erwartete.

»Bravo, Charles.« Ihre Stimme war reinste Musik, Klang gewordene Poesie, und spiegelte jeden kreativen Gedanken, von dem man je gehört hatte. Sie weckte in mir das Gefühl, ich könnte mich hier und jetzt auf eine Bühne stellen und die Massen mitreißen, bis sie schrien und jubelten. »Das war wirklich ausgezeichnet. Du kannst jetzt gehen.«

Der Mann erhob sich unsicher und grinste dabei wie ein kleines Kind, das gerade vom Lehrer für seine Fingermalerei gelobt wurde. Er war jünger als mein Stiefvater, wenn auch nicht viel, und feine Bartstoppeln überzogen seinen Mund und sein Kinn. Als er sich umdrehte und uns entdeckte, erschauderte ich. Weder in seinem Gesicht noch in seinen braunen Augen fand sich ein Funken Verstand, sie waren so leer wie ein wolkenloser Sommerhimmel.

»Armes Schwein«, hörte ich Puck murmeln. »Der ist schon eine Weile hier, was?«

Der Mann blinzelte mir benommen zu, dann wurde sein Grinsen noch breiter. »Du«, murmelte er, schlurfte vorwärts und zeigte mit dem Finger auf mich. Ich sah erschrocken drein. »Ich kenne dich. Oder nicht? Oder nicht? Wer bist du? Wer?« Sein Gesicht verzerrte sich zu einer gequälten Grimasse. »Die Ratten flüstern in der Dunkelheit«, sagte er und zerrte an seinen Haaren. »Sie flüstern. Ich kann mich nicht an ihre Namen erinnern. Sie erzählen mir …« Er kniff die Augen zusammen, sah mich an und keuchte. »Lumpenmädchen fliegt um mein Bett. Wer bist du? *Wer?*« Das Letzte brüllte er und taumelte auf mich zu.

Eisenpferd schob sich mit einem kehligen Grollen zwischen uns. Der Mann sprang zurück und schlug die Hände vors Gesicht. »Nein«, wimmerte er, wand sich auf dem Boden und umschlang den Kopf mit den Armen. »Niemand da. Leer, leer, leer. Wer bin ich? Ich weiß es nicht. Die Ratten sagen es mir, aber ich vergesse es immer wieder.«

»Das reicht jetzt.« Leanansidhe schwebte die Treppe hinunter, wobei ihr Kleid in einer langen Schleppe hinter ihr her glitt. In einer fließenden Bewegung rauschte sie zu dem Menschen und berührte ihn sanft am Kopf. »Mein lieber Charles, ich habe jetzt Gäste«, murmelte sie, als er mit tränenverschleiertem Blick zu ihr aufsah. »Warum nimmst du nicht ein Bad? Und dann kannst du beim Abendessen wieder für uns spielen.«

Charles schniefte. »Mädchen«, wimmerte er und raufte sich wieder die Haare. »In meinem Kopf.«

»Ja, ich weiß, mein Lieber. Aber wenn du jetzt nicht gehst, werde ich dich in eine Harfe verwandeln müssen. Also, geh jetzt. Husch, husch.« Sie wedelte leicht mit den Händen, und nachdem er einen letzten Blick auf mich geworfen hatte, schlurfte der Mann davon.

Leanansidhe drehte sich seufzend zu uns um, und erst da schien sie das Trio zu bemerken. »Ah, da seid ihr ja.« Sie lächelte, und sofort erhellten sich die Gesichter der drei im Schein ihrer Aufmerksamkeit. »Ist es euch gelungen, die Eier zu bekommen, meine Lieben?«

Warren riss Nelson den Rucksack aus den Armen und streckte ihn ihr hin. »Wir haben das Nest gefunden, Leanansidhe. Es war genau da, wo du gesagt hast. Aber dann ist der Drache aufgewacht und ...« Er zog den Reißverschluss des Rucksacks auf und enthüllte ein gelblich grünes Ei, das ungefähr so groß war wie ein Basketball. »Wir konnten nur eins kriegen.«

»Eins?« Leanansidhe runzelte die Stirn, und Schatten legten sich über den Raum. »Nur eins? Ich brauche mindestens zwei, meine Lieben, sonst ist das Geschäft geplatzt. Der ehemalige Herzog von Frostfall hat explizit um ein Paar gebeten. Aus wie vielen Teilen besteht ein Paar, mein Lieber?«

»Z-zwei«, stammelte Warren.

»Nun denn. Ich würde sagen, auf euch wartet noch Arbeit. Geht jetzt. Hopp, hopp. Und kommt nicht ohne diese Eier zurück!«

Das Trio stürzte hastig davon und verschwand durch dieselbe Tür, durch die auch der Mensch gegangen war. Leanansidhe sah ihnen nach, dann wirbelte sie mit einem strahlenden raubtierhaften Lächeln zu mir herum. »Nun! Endlich vereint. Als Grimalkin mir erzählte, dass du kommen wirst, war ich über die Maßen entzückt. Es ist so *schön,* dich endlich kennenzulernen.«

Grimalkin kam mit seiner üblichen Gleichgültigkeit die Treppe herunter, ohne sich auch nur im Mindesten um die tödlichen Blicke zu scheren, die Puck und ich ihm zuwarfen. Er sprang auf eines der Sofas, setzte sich und fing an, seinen Schwanz zu putzen.

»Und Puck!« Leanansidhe klatschte einmal begeistert in die Hände, als sie sich ihm zuwandte. »Wir haben uns ja seit einer Ewigkeit nicht mehr gesehen, mein Lieber. Wie geht es Oberon so? Steht er immer noch unter dem Pantoffel dieses Basilisken, den er seine Ehefrau nennt?«

»Kein Grund, die Basilisken zu beleidigen«, erwiderte Puck lächelnd. Er verschränkte die Arme, sah sich im Raum um und schob sich dabei unauffällig vor mich. »Sieht ganz so aus, als wärst du ziemlich umtriebig gewesen, Lea. Was soll das mit den Irren und den Halbblütern? Schaffst du dir eine Armee aus Außenseitern?«

»Mach dich nicht lächerlich, Dummchen.« Schnaubend pflückte Leanansidhe eine Zigarettenspitze von einem Lampenständer. Sie nahm einen Zug und blies eine dichte grüne Wolke über unsere Köpfe. Der Rauch nahm wabernd die Form eines nebligen Drachen an, bevor er sich auflöste. »Meine aufständischen Tage sind vorbei. Ich habe mir hier ein nettes, kleines eigenes Reich geschaffen und ein Staatsstreich ist so ermüdend. Ich würde dich allerdings bitten, Titania nicht zu verraten, dass du mich gefunden hast, mein Lieber. Denn wenn du loszziehst und dich verplapperst, müsste ich dir wohl die Zunge rausreißen.« Lächelnd musterte sie einen ihrer blutroten Fingernägel, während Puck sich noch weiter vor mich schob. »Und, mein lieber Robin, um den Schutz des Mädchens musst du dir keine Gedanken machen. Ich will ihr nichts Böses. Die Eiserne Fee muss ich vielleicht auseinandernehmen und ihre Überreste nach Asien schicken ...« Eisenpferd spannte sich an und trat einen Schritt vor. »... aber ich habe nicht die Absicht, Oberons Tochter etwas anzutun. Also entspann dich, mein Lieber. Deswegen habe ich sie nicht hergerufen.«

»Eisenpferd gehört zu mir«, sagte ich schnell und legte ihm eine Hand auf den Arm, bevor er etwas Dummes tun konnte. »Er wird niemanden verletzen, das verspreche ich.«

Leanansidhe richtete den funkelnden Blick ihrer saphirblauen Augen auf mich. »Du bist ja so *süß*, weißt du das? Und du siehst aus wie dein Vater. Kein Wunder, dass Titania deinen Anblick nicht erträgt. Wie heißt du, Liebes?«

»Meghan.«

Sie lächelte bösartig und herausfordernd, während sie mich abschätzend musterte. »Und was würde ein so süßes Ding wie du tun, wenn ich diese Abscheulichkeit aus meinem Haus haben wollte? Du trägst da ein ziemlich mächtiges Siegel mit dir herum, Täubchen. Ich bezweifle stark, dass du auch nur genug Schein zusammenkratzen könntest, um meine Zigarette anzuzünden.«

Ich schluckte. Das war ein Test. Wenn ich Eisenpferd retten wollte, durfte ich keine Schwäche zeigen. Ich stählte mich, sah in diese kalten blauen Augen, die so uralt und gnadenlos waren, und sagte leise: »Eisenpferd ist einer meiner Begleiter. Ich brauche ihn, also kann ich nicht zulassen, dass du ihm etwas antust. Wenn es sein muss, werde ich einen Handel mit dir abschließen, aber er bleibt. Er ist nicht dein Feind, und er wird weder dir noch einem deiner Schützlinge Schaden zufügen. Darauf gebe ich dir mein Wort.«

»Das weiß ich, Liebes.« Leanansidhe erwiderte die ganze Zeit lächelnd meinen Blick. »Ich mache mir keine Gedanken darum, dass die Eiserne Fee mir etwas antun könnte. Ich mache mir lediglich Sorgen darüber, dass ich ihren Gestank vielleicht nicht mehr aus meinen Teppichen rausbekomme. Aber egal.« Sie richtete sich auf und erlöste mich von ihrem Blick. »Du hast mir ein Versprechen gegeben, und ich werde dich beim Wort nehmen. Jetzt komm, Liebes. Zunächst essen wir zu Abend, dann können wir uns unterhalten. Oh, und sag deinem eisernen Spielzeug doch bitte, dass es hier nichts anfassen soll. Ich will nicht, dass er den Schein zum Schmelzen bringt.«

Wir folgten Leanansidhe durch mehrere lange Korridore, die mit rotem und schwarzem Samt ausgelegt und mit Porträts geschmückt waren, deren Blicke uns zu verfolgen schienen. Leanansidhe redete in einer Tour, während sie uns durch ihr Heim führte. Ein hirnloser, sprudelnder Schwall von Namen, Orten und Kreaturen, von denen ich noch nie gehört hatte. Doch ich konnte einfach nicht aufhören, ihrer Stimme zu lauschen, auch wenn ich nur blödsinnigen Tratsch hörte. Am Rand meines Gesichtsfeldes nahm ich immer wieder halb geöffnete Türen wahr, hinter denen Räume lagen, die entweder stockfinster oder von einem seltsam flackernden Licht erfüllt waren. Manchmal wirkten diese Räume extrem sonderbar, als würden Bäume aus dem Boden wachsen oder Fischschwärme durch die Luft schwimmen. Aber Leanansidhes Stimme schnitt durch meine Neugier, und ich konnte den Blick nicht von ihr abwenden, nicht mal für einen kurzen Moment.

Schließlich betraten wir ein weitläufiges Speisezimmer, dessen linke Hälfte fast vollständig von einem langen Tisch eingenommen wurde, um den Stühle aus Glas und Holz standen. Über der gesamten Länge des Tisches schwebten Kerzenleuchter, die ein Festmahl bestrahlten, von dem eine ganze Armee satt geworden wäre. Platten mit Fleisch und Fisch, rohes Gemüse und Obst, winzige Kuchen, Süßigkeiten, Weinflaschen und in der Mitte ein riesiges geröstetes Schwein mit einem Apfel im Maul. Abgesehen von dem flackernden Licht der Kerzen war der Raum stockdunkel, doch ich konnte hören, wie sich in der Finsternis murmelnd etwas bewegte.

Leanansidhe schwebte in den Raum, gefolgt von der Rauchwolke ihrer Zigarette, und stellte sich an den Kopf des Tisches. »Kommt, ihr Lieben«, rief sie und winkte uns mit behandschuhten Fingern heran. »Ihr seht aus, als wärt ihr halb verhungert. Setzt euch und esst. Und seid bitte nicht so unhöflich, zu glauben, das Essen wäre mit einem Zauber belegt oder etwas in der Art. Für was für eine Gastgeberin haltet ihr mich?« Sie schnaubte, als fände sie diesen Gedanken höchst ärgerlich, und richtete den Blick in die Dunkelheit. »Entschuldigung«, rief sie, während wir uns wachsam dem Tisch näherten. »Lakaien? Ich habe Gäste, und euretwegen sieht es jetzt so aus, als wäre ich unhöflich. Wenn mein Ruf darunter leidet, werde ich nicht begeistert sein, ihr Lieben.«

Es folgte Unruhe, Gemurmel und leise Schritte in der Dunkelheit, dann schob sich eine Gruppe kleiner Männchen ins Licht. Ich musste mir auf die Lippe beißen, um nicht laut loszulachen. Es waren Dunkerwichtel. Bösartige Dunkerwichtel mit Haifischgebiss und ihren roten Kappen, die in das Blut ihrer Feinde getaucht worden waren, aber sie trugen außerdem noch zueinander passende Butleruniformen mit pinken Fliegen. Mit missmutig verzogenen Gesichtern traten sie aus der Dunkelheit und musterten uns so finster, wie es nur ging. *Lacht und ihr werdet sterben,* warnten uns ihre Blicke. Puck sah sie nur einen Moment lang an und brach in schallendes Gelächter aus. Die Dunkerwichtel starrten ihn an, als wollten sie ihm den Kopf abbeißen.

Einer von ihnen entdeckte Eisenpferd und stieß ein schrilles Zischen aus, das sie alle zurückweichen ließ. »Eisen!«, kreischte er und bleckte seine gezackten Zähne. »Das ist eine von diesen stinkenden Eisernen Feen! Tötet ihn! Tötet ihn, sofort!«

Eisenpferd brüllte los, und Pucks Dolch blitzte auf. Bei dem Gedanken an einen kleinen Kampf breitete sich auf seinem Gesicht ein teuflisches Grinsen aus. Die Dunkerwichtel waren ebenso begeistert und stürmten fauchend und zähneklappernd los. Ich schnappte mir ein silbernes Messer vom Tisch und hielt es vor mich, während die Dunkerwichtel heranstürzten. Einer von ihnen sprang auf den Tisch, zog die kurzen Beine an und wollte sich mit gefletschten Zähnen auf uns werfen.

»Das *reicht!*«

Wir erstarrten. Es war unmöglich, nicht zu erstarren. Selbst der Wichtel auf dem Tisch versteinerte und fiel in eine Schüssel mit Obstsalat.

Leanansidhe stand am Ende des Tisches und musterte uns alle mit finsteren Blicken. Ihre Augen glühten wie Bernstein, ihre Haare peitschten um ihr Gesicht, und die Kerzen in den Leuchtern flackerten wild. In diesem Moment war sie so fremdartig und Furcht einflößend, dass mir fast das Herz stehen blieb. Dann seufzte sie, strich sich das Haar zurück, griff nach ihrer Zigarettenspitze und nahm einen tiefen Zug. Als sie den Rauch ausstieß, kehrte alles wieder zur Normalität zurück, einschließlich der Fähigkeit, uns zu bewegen. Doch niemand, und am allerwenigsten die Dunkerwichtel, hatte noch irgendwelche aggressiven Absichten.

»Nun?«, fragte sie schließlich und sah die Wichtel an, als wäre nichts passiert. »Was steht ihr Lakaien da so rum? Mein Stuhl wird sich nicht von allein bewegen.«

Der größte Dunkerwichtel, ein stämmiger Kerl, der einen Angelhaken in der Nase trug, schüttelte sich und kroch vor, um Leanansidhes Stuhl vom Tisch wegzuziehen. Die anderen folgten seinem Beispiel, und auch wenn sie aussahen, als würden sie uns am liebsten mit unseren eigenen Armen zu Tode prügeln, schoben sie wortlos unsere Stühle zurecht. Derjenige, der Eisenpferd bediente, zeigte der Eisernen Fee knurrend die Zähne und schoss dann so schnell wie möglich davon.

»Ich muss mich für meine Lakaien entschuldigen«, sagte Leanansidhe, als wir alle saßen. Sie legte die Fingerspitzen an die Schläfen, als hätte sie Kopfschmerzen. »Es ist heutzutage so schwer, gutes Personal zu finden. Das könnt ihr euch nicht vorstellen, meine Lieben.«

»Sie kamen mir irgendwie bekannt vor«, meinte Puck und nahm sich beiläufig eine Birne von der Tischmitte. »Heißt ihr Anführer nicht Rasierklingen-Dan oder so? Hat während der Koboldkriege für etwas Unruhe gesorgt, als er versuchte, Informationen an beide Seiten zu verkaufen, nicht wahr?«

»Eine unschöne Geschichte, mein Lieber.« Leanansidhe schnippte zweimal mit den Fingern, und ein Heinzelmännchen mit einem Weinglas und einer Flasche löste sich aus den Schatten und kletterte auf einen Hocker, um ihr Glas zu füllen. »Jeder weiß, dass man die Koboldstämme besser nicht betrügt. Da kann man genauso gut mit einem Stock in einem Ameisenhaufen herumstochern.« Sie nippte an dem Wein, den das Heinzelmännchen ihr eingeschenkt hatte, und seufzte. »Sie haben mich um Asyl gebeten, nachdem sie sich mit jedem Koboldstamm im gesamten Wilden Wald überworfen hatten, also lasse ich sie arbeiten. So sind hier die Regeln, mein Lieber: Wer bleibt, muss arbeiten.«

Ich spähte in die Richtung, in der die Dunkerwichtel verschwunden waren, und spürte, wie ihre hasserfüllten Blicke mich aus der Dunkelheit durchbohrten. »Aber hast du keine Angst, dass sie durchdrehen und jemanden fressen könnten?«

»Das werden sie nicht, wenn sie wissen, was gut für sie ist, Liebes. Und du isst ja gar nichts. Iss!« Sie zeigte auf die Speisen, und plötzlich wurde mir bewusst, wie hungrig ich war. Ich griff nach einer Platte mit winzigen glasierten Küchlein. Inzwischen war ich so ausgehungert, dass mir selbst mögliche Illusionen und Zauber egal waren. Wenn ich dadurch giftige Pilze oder Grashüpfer in mich reinstopfte, dann war es eben so. Unwissenheit war ein Segen.

»Während man hier ist«, fuhr Leanansidhe fort und sah uns lächelnd beim Essen zu, »lässt man all seine persönlichen Fehden ruhen. Das ist meine zweite Regel. Ich kann ihnen leicht die Zuflucht verweigern, aber wo wären sie dann? Zurück in der Welt der Sterblichen, wo sie langsam dahinsiechen oder mit den Eisernen Feen kämpfen, die nach und nach jeden Ort und jede Stadt dieser Welt verpesten. Nichts für ungut, mein Lieber«, fügte sie hinzu und schenkte Eisenpferd ein Lächeln, das genau das Gegenteil besagte. Eisenpferd starrte vor sich auf den Tisch und antwortete nicht. Er rührte das Essen nicht an, was wohl daran lag, dass er entweder Leanansidhe nichts schuldig bleiben wollte oder keine normale Nahrung zu sich nahm. Zum Glück schien Leanansidhe es nicht zu bemerken. »Die meisten entscheiden sich dafür, dieses Risiko nicht einzugehen«, erklärte sie weiter und fuchtelte mit ihrer Zigarettenspitze in die Richtung, in der die Dunkerwichtel verschwunden waren. »Die Lakaien zum Beispiel: Gelegentlich steckt einer von ihnen die Nase wieder in die Welt der Sterblichen. Die wird dann prompt von einem Söldner der Kobolde abgehackt, und er kommt wieder bei mir angekrochen. Bei den Exilanten, Halbblutfeen und Ausgestoßenen ist es dasselbe. Ich bin ihr einziger sicherer Hafen zwischen dem Nimmernie und der Welt der Sterblichen.«

»Was uns zu der Frage führt, *wo* wir hier eigentlich sind«, stellte Puck fast schon zu beiläufig fest.

»Ach, mein Lieber.« Leanansidhe schenkte ihm ein Lächeln, aber es war beängstigend kalt und verschlagen. »Ich habe mich schon gewundert, wann du das fragen würdest. Und wenn du meinst, du müsstest losrennen und mich bei deinen Herren verpetzen, kannst du dir die Mühe sparen. Ich habe nichts Verbotenes getan. Ich habe mein Exil nicht verlassen. Das ist mein Reich, ja, aber Titania kann sich entspannen. Es dringt in keinerlei Hinsicht in ihres ein.«

»Okay, das ging jetzt meilenweit an meiner Frage vorbei.« Puck hielt mit einem Apfel in der Hand inne und zog eine Augenbraue hoch. »Und ich denke, jetzt bin ich sogar noch mehr beunruhigt. Wo sind wir, Lea?«

»Im Zwischenraum, Liebes.« Leanansidhe lehnte sich zurück und nippte an ihrem Wein. »Innerhalb des Schleiers zwischen dem Nimmernie und der Welt der Sterblichen. Das müsste dir doch inzwischen klar geworden sein.«

Jetzt schossen bei Puck beide Augenbrauen in die Höhe. »Im Zwischenraum? Der Zwischenraum ist eine große Leere, zumindest hat man mir das immer so erzählt. Wer im Zwischenraum hängen bleibt, wird normalerweise innerhalb kürzester Zeit wahnsinnig.«

»Ja, ich gebe zu, das war anfangs etwas schwierig.« Leanansidhe wedelte nachlässig mit der Hand. »Aber genug von mir, ihr Lieben. Reden wir von euch.« Sie nahm einen Zug von ihrer Zigarette und blies einen Fisch aus Rauch über den Tisch. »Warum seid ihr durch das Gestrüpp gestampft, als meine Straßenkinder euch gefunden haben? Ich dachte, ihr wärt auf der Suche nach dem Jahreszeitenzepter, aber das werdet ihr dort unten sicher nicht finden, ihr Lieben. Es sei denn, ihr glaubt, Bellatorallix sitzt drauf.«

Ich zuckte zusammen. Eisenpferd fuhr so ruckartig hoch, dass dabei eine Schale mit Trauben auf dem Boden landete. Wie aus dem Nichts erschienen einige Heinzelmännchen und wieselten herum, um die Früchte aufzusammeln, die über die Fliesen rollten. Leanansidhe hob leicht eine schmale Augenbraue und zog an ihrer Zigarette, während wir uns wieder fingen.

»Du weißt davon?« Ich starrte sie überrascht an, während die Heinzelmännchen die Schale wieder auf den Tisch stellten und verschwanden. »Du weißt von dem Zepter?«

»Liebes, ich bitte dich.« Leanansidhe schenkte mir einen halb spöttischen, halb herablassenden Blick. »Ich weiß alles, was an den beiden Höfen vorgeht. Ich fände es unverzeihlich, dermaßen uninformiert zu sein, und sonst wäre es hier auch furchtbar langweilig. Meine Informanten halten mich über alle wichtigen Details auf dem Laufenden.«

»Du meinst, deine Spione«, stellte Puck fest.

»Das ist so ein hässliches Wort, mein Lieber.« Leanansidhe schnalzte tadelnd mit der Zunge. »Und das ist jetzt auch nicht von Belang. Von

Belang ist, was ich euch berichten kann. Ich weiß, dass jemand das Zepter direkt vor Mabs Nase gestohlen hat, ich weiß, dass Sommer und Winter deswegen kurz vor einem blutigen Krieg stehen, und ich weiß, dass sich das Zepter nicht im Nimmernie, sondern in der Welt der Sterblichen befindet. Und ...« Sie zog ausgiebig an ihrer Zigarette und ließ einen Falken über unsere Köpfe segeln. »... ich kann euch dabei helfen, es zu finden.«

Das machte mich sofort misstrauisch, und ich spürte, dass es Eisenpferd und Puck ebenso ging. »Warum?«, wollte ich wissen. »Was hast du davon?«

Leanansidhe sah mich an, und ein Schatten legte sich über ihre Stimme, sodass sie tief und unheilvoll klang. »Ich habe gesehen, was mit der Welt der Sterblichen geschieht, Liebes. Im Gegensatz zu Oberon und Mab, die sich an ihren sicheren kleinen Höfen verstecken, kenne ich die Realität, die uns von allen Seiten bedrängt. Die Eisernen Feen werden immer stärker. Sie sind überall: Sie hocken in Computern, kriechen aus Fernsehern und sammeln sich in Fabriken. Zurzeit habe ich mehr Exilanten unter meinem Dach als im gesamten vergangenen Jahrhundert. Sie sind verängstigt und nicht bereit, in der Welt der Sterblichen zu bleiben, weil die Eisernen Feen sie in Stücke reißen.«

Ich schauderte, und Eisenpferd saß ganz still da.

Leanansidhe hielt inne, und einen Moment lang hörte man nur die trippelnden Geräusche der Wesen, die ungesehen in der bedrückenden Dunkelheit herumschlichen.

»Wenn Sommer und Winter sich bekriegen und die Eisernen Feen sie dann angreifen, ist alles verloren. Wenn die Eisernen Feen gewinnen, wird das Nimmernie unbewohnbar. Ich weiß nicht, wie sich das auf den Zwischenraum auswirkt, aber ich bin sicher, dass es für mich ziemlich fatal wäre. Ihr seht also, ihr Lieben ...«, sie nahm noch einen Schluck Wein, »dass es durchaus von Vorteil für mich wäre, wenn ich euch helfe. Und da ich meine Augen und Ohren überall in der Welt der Sterblichen habe, wäre es nur vernünftig, wenn ihr mein Angebot annehmt.«

Eisenpferd rutschte unruhig auf seinem Stuhl herum und meldete sich dann zum ersten Mal zu Wort. Man musste ihm zugutehalten, dass er versuchte, seine Stimme zu dämpfen, doch sie hallte immer noch durch den ganzen Raum. »WIR WISSEN EUER ANGEBOT ZU SCHÄTZEN«, polterte er, »ABER WIR WISSEN BEREITS, WO SICH DAS ZEPTER BEFINDET.«

»Ach, wirklich?« Leanansidhe schenkte ihm ein verschlagenes Lächeln. »Und wo?«

»IM SILICON VALLEY.«

»Wundervoll. Wo *genau* im Silicon Valley, Liebchen?«

Er zögerte. »ICH WEISS NICHT ...«

»Und wie wollt ihr das Zepter in euren Besitz bringen, wenn ihr es schließlich gefunden habt, mein Lieber? Wollt ihr einfach zur Vordertür reinmarschieren?«

Eisenpferd musterte sie finster. »ICH WERDE EINEN WEG FINDEN.«

»Verstehe.« Leanansidhe warf ihm einen spöttischen Blick zu. »Tja, vielleicht sollte ich euch mal erzählen, was *ich* so über das Silicon Valley weiß, Liebchen, damit die Prinzessin eine Vorstellung davon bekommt, womit sie es zu tun kriegt. Es ist die Brutstätte der Gremlins. Ihr wisst schon, diese fiesen kleinen Dinger, die aus Computern und anderen Maschinen krabbeln. Da unten gibt es buchstäblich Tausende von ihnen, vielleicht sogar Hunderttausende, und dazu noch einige sehr mächtige Eiserne Feen, die euch in blutige Fetzen reißen würden, sobald sie euch sehen. Wenn ihr da ohne Plan auftaucht, lauft ihr direkt in eine tödliche Falle, Liebes. Außerdem seid ihr bereits zu spät.« Leanansidhe schnippte mit den Fingern und streckte die Hand mit dem Glas aus, um mehr Wein zu bekommen. »Seit ich gehört habe, dass es gestohlen wurde, habe ich die Bewegungen des Zepters beobachtet. Es wurde in einem großen Bürogebäude in San José aufbewahrt, aber meine Spione berichten, es wurde weggebracht. Offenbar hat bereits jemand versucht, einzubrechen und es zurückzuholen, war dabei aber nicht wirklich erfolgreich. Jetzt wurde das Gebäude ausgeräumt, und das Zepter ist weg.«

»Ash«, flüsterte ich und sah zu Puck hinüber. »Das muss Ash gewesen sein.« Puck sah nicht überzeugt aus, also wandte ich mich wieder an Leanansidhe, während sich kalte Verzweiflung in meinem Bauch breitmachte. »Was ist mit ihm geschehen, mit dem, der versucht hat, das Zepter zu finden? Wo ist er jetzt?«

»Ich habe keine Ahnung, Liebes. Ash, sagtest du? Gehe ich richtig in der Annahme, dass es sich dabei um Mabs Ash handelt, den Liebling des Dunklen Hofes?«

»Wir müssen ihn finden!« Ich stand auf, worauf Puck und Eisenpferd mich überrascht anblinzelten. »Er könnte in Schwierigkeiten stecken. Er braucht unsere Hilfe.« An Leanansidhe gewandt fragte ich: »Könntest du deine Spione nach ihm suchen lassen?«

»Das könnte ich, Täubchen.« Leanansidhe spielte mit ihrer Zigarettenspitze. »Aber ich fürchte, es gibt wichtigere Dinge, die ich finden muss. Wir sind schließlich hinter dem Zepter her, Liebes, schon vergessen? Der Prinz des Winterhofes – auch wenn er wirklich zum Anbeißen ist – wird leider warten müssen.«

»Ash geht es gut, Prinzessin«, fügte Puck hinzu und lehnte die Idee damit ebenfalls ab. »Der kann schon auf sich aufpassen.«

Ich setzte mich wieder hin, während Wut und Sorge mein Gehirn lähmten. Was, wenn es Ash nicht gut ging? Was, wenn er gefangen genommen worden war und sie ihn folterten, so wie damals in Machinas Reich? Was, wenn er verletzt war und irgendwo in der Gosse lag und auf mich wartete? Ich steigerte mich so in meine Sorge um Ash hinein, dass ich kaum hörte, was Puck und Leanansidhe diskutierten, und einem Teil von mir war es auch egal.

»Was schlägst du vor, Lea?« Das kam von Puck.

»Lassen wir das Valley von meinen Leuten absuchen. Ich kenne einen Sluah, der einfach unschlagbar ist, wenn es um das Aufspüren von Dingen geht. Ich habe heute bereits nach ihm geschickt. In der Zwischenzeit werde ich all meine Lakaien auf die Straßen schicken, sie sollen den Kopf unten und die Ohren offen halten. Irgendwann werden sie auf etwas stoßen.«

»Irgendwann?« Böse starrte ich sie an. »Und was werden wir bis dahin machen?«

Leanansidhe blies mir lächelnd einen Rauchhasen ins Gesicht. »Ich würde vorschlagen, dass ihr es euch hier gemütlich macht, Liebes.«

Das war allerdings nicht wirklich ein Vorschlag.

Ich hasse es zu warten. Ich hasse es rumzuhängen, nichts zu tun zu haben und mir die Beine in den Bauch zu stehen, bis mir jemand das Startzeichen gibt. Das hatte ich gehasst, als ich am Winterhof war, und jetzt gefiel es mir hier, in Leanansidhes Villa, ganz sicher kein bisschen besser, wo wir darauf warteten, dass völlig Fremde uns Neuigkeiten über das Zepter brachten. Was die Sache noch schlimmer machte, war die Tatsache, dass es keine Uhren in der Villa gab und – was sogar noch merkwürdiger war – keine Fenster, durch die man nach draußen hätte sehen können.

Außerdem hasste Leanansidhe wie die meisten Feen jede Art von Technologie, was natürlich bedeutete, kein Fernseher, keine Computer, keine Telefone, keine Videospiele, kein gar nichts, womit man sich die Zeit hätte vertreiben können. Nicht einmal ein Radio. Allerdings brachen die verrückten Menschen, die in der Villa umherwanderten, öfter mal spontan in Gesang aus oder fingen an, irgendein Instrument zu spielen, sodass im Haus immer ein gewisser Geräuschpegel herrschte. Die wenigen hier im Exil lebenden Feen, die ich sah, flohen entweder vor mir oder erklärten nervös, dass ich auf Befehl von Leanansidhe nicht belästigt werden dürfe. Ich kam mir vor wie eine Maus, die in irgendeinem bizarren Labyrinth gefangen war. Gepaart mit meiner Sorge um Ash wurde ich so langsam, aber sicher genauso verrückt wie Leanansidhes Sammlung begabter, aber wahnsinniger Sterblicher.

Und offensichtlich war ich nicht die Einzige, die hier durchdrehte.

»DAS IST INAKZEPTABEL«, verkündete Eisenpferd eines Tages – oder nachts? –, als wir in der Bibliothek rumhingen, einem großen Raum mit rotem Teppichboden, steinernem Kamin und Bücherregalen, die bis zur Decke reichten. Die beeindruckende Sammlung von Romanen und diversen Modemagazinen half mir, mich einigermaßen zu beschäftigen, während wir Ewigkeiten darauf warteten, dass Leanansidhes Spione irgendetwas herausfanden. Heute hatte ich mich mit Stephen Kings *Dunklem-Turm*-Zyklus auf dem Sofa zusammengerollt, aber mit einer rastlosen, ungeduldigen Eisernen Fee im Raum war es schwer, sich zu konzentrieren.

Puck war vor einiger Zeit verschwunden – wahrscheinlich, um das Personal zu terrorisieren oder sich sonst irgendwie in Schwierigkeiten zu bringen –, und Grimalkin war bei Leanansidhe, um Gefälligkeiten und Klatsch auszutauschen, sodass ich mit Eisenpferd allein war, der mir den letzten Nerv raubte. Er war keine Sekunde lang still. Selbst in dem menschlichen Körper verhielt er sich noch wie ein nervöses Rennpferd, trabte durch den Raum und schüttelte den Kopf, dass seine Dreadlocks gegen seine Schultern klapperten. Ich bemerkte, dass er zwar Stiefel trug, aber immer noch hufförmige verkohlte Abdrücke auf dem Teppich hinterließ, die jedoch von der Magie der Villa schnell ausgelöscht wurden.

»PRINZESSIN«, sagte er, kam um die Couch herum und kniete sich vor mich. »WIR MÜSSEN BALD HANDELN. DAS ZEPTER ENTFERNT SICH IMMER WEITER VON UNS, WÄHREND WIR HIER SITZEN UND NICHTS TUN. WIE KÖNNEN WIR DIESER LEANANSIDHE TRAUEN? WAS, WENN SIE UNS HIER FESTHÄLT, WEIL SIE SICH DAS ZEPTER SELBST ANEIGNEN ...?«

»Schhh! Still, Eisenpferd«, zischte ich, woraufhin er sofort schwieg und so zerknirscht dreinschaute, wie es mit seinem ausdruckslosen Gesicht möglich war. »So etwas darfst du nicht laut aussprechen. Sie könnte dich hören oder ihre Spione könnten uns belauschen. Ich bin ziemlich sicher, dass sie jede unserer Bewegungen überwacht.« Ein schneller Blick durch die Bibliothek ergab zwar nichts, trotzdem fühlte ich mich von unsichtbaren Augen beobachtet, die in Ritzen und Schatten lauerten. »Sie hat sowieso schon einen Hass auf alle Eisernen Feen, mach es nicht noch schlimmer.«

»BITTE ENTSCHULDIGT, PRINZESSIN.« Eisenpferd neigte den Kopf. »ICH ERTRAGE DIESE WARTEREI EINFACH NICHT. ICH HABE DAS GEFÜHL, DRINGEND ETWAS TUN ZU MÜSSEN, ABER HIER BIN ICH FÜR EUCH NUTZLOS.«

»Ich weiß, wie du dich fühlst«, erwiderte ich und legte eine Hand auf seinen massigen Arm. Seine Haut war heiß und die Sehnen darunter hart wie Stahl. »Ich will ja auch hier raus. Aber wir müssen Geduld haben. Puck und Grim sind ja auch noch da – sie werden uns wissen lassen, wenn sich etwas ergibt oder wir von hier wegkönnen.«

Er sah immer noch unglücklich aus, nickte aber. Ich seufzte erleichtert und hoffte gleichzeitig, dass Leanansidhes Spione bald etwas herausfinden würden, bevor Eisenpferd noch anfing, die Wände einzureißen.

Die Tür flog krachend auf, und wir schreckten beide hoch, doch es war nur ein Mensch, der ungepflegte Klavierspieler, den wir bei unserer Ankunft in der Villa gesehen hatten. Er schlurfte in den Raum und hielt die leeren Augen auf den Boden gerichtet, bis er mich entdeckte. Mit einem sinnentleerten Lächeln stolperte er vorwärts, blieb aber abrupt stehen, als er die riesige Eiserne Fee sah, die vor mir kniete.

Eisenpferd erhob sich mit einem Grollen, und ich boxte ihm gegen den Arm, was allerdings nur mich zusammenzucken ließ, als ich mir an seinem steinharten Bizeps die Knöchel prellte. »Ich glaube nicht, dass er mir etwas tun wird. Er sieht ziemlich harmlos aus.«

Eisenpferd warf dem Menschen einen misstrauischen Blick zu und schnaubte. »WENN IHR MICH BRAUCHT ...«

»Dann schreie ich.«

Er nickte, starrte den Mann weiterhin finster an und zog sich an das andere Ende des Raumes zurück, von wo aus er uns beobachtete.

Nachdem Eisenpferd sich nun entfernt hatte, schien sich der Mann zu entspannen. Er schob sich Zentimeter für Zentimeter an meine Couch heran, hockte sich auf die Kante und starrte mich neugierig an. Ich lächelte über mein Buch hinweg zurück. Heute schien er viel ruhiger zu sein, nicht ganz so verrückt. Sein Blick war klar, auch wenn ich mich etwas unbehaglich fühlte, weil er mich so anstarrte.

»Hi«, sagte ich zu ihm und wand mich unter diesem unablässigen Blick. »Du bist Charles, stimmt's? Ich habe dich spielen hören, du bist echt gut.«

Verwirrt runzelte er die Stirn und legte den Kopf schief.

»Du hast mich ... spielen hören?«, murmelte er mit überraschend klarer, tiefer Stimme. »Ich ... kann mich nicht erinnern.«

Ich nickte bekräftigend. »In der Eingangshalle, als wir gerade erst angekommen waren. Du hast für Leanansidhe gespielt, und wir haben den Schluss noch mitgekriegt.«

»Ich erinnere mich nicht«, sagte er wieder und kratzte sich am Kopf. »Ich kann mich an vieles nicht erinnern.« Dann blinzelte er und sah mich an, plötzlich sehr nachdenklich. »Aber... an dich erinnere ich mich. Ist das nicht seltsam?«

Ich warf einen kurzen Blick zu Eisenpferd, der sich in seiner Ecke herumtrieb und so tat, als würde er nicht lauschen. »Wie lange bist du schon hier, Charles?«

Wieder runzelte er die Stirn. Sein Gesicht war zwar ausgemergelt und von Falten durchzogen, wirkte aber trotzdem merkwürdig kindlich. »Ich... ich bin schon immer hier.«

»Sie können sich an nichts erinnern.« Grimalkin erschien ohne Vorwarnung auf der Rückenlehne der Couch und schlug mit dem Schwanz. Ich fuhr zusammen und ließ mein Buch fallen, doch Charles sah den Kater einfach nur an, als hätte er schon wesentlich seltsamere Dinge erlebt. »Er ist schon zu lange hier«, fuhr Grimalkin fort, setzte sich und legte den Schwanz um seine Pfoten. »Das geschieht mit den Sterblichen, die zu lange im Feenreich sind.

Dieser hier hat alles vergessen, was mit seinem früheren Leben zusammenhängt. Genau wie all die anderen Sterblichen, die hier herumgeistern.«

»Hallo, Miezekatze«, murmelte Charles und streckte die Hand nach Grimalkin aus. Der sträubte das Fell und zog sich ans andere Ende der Couch zurück.

»Wie viele von ihnen gibt es hier?«, fragte ich.

»Menschen?« Grimalkin begann sich eine Pfote zu lecken, behielt Charles dabei aber wachsam im Auge. »Nicht sonderlich viele. Schätzungsweise ein Dutzend oder so. Alle große Künstler – Dichter oder Maler oder irgend so ein Unsinn.« Er rümpfte die Nase und fuhr sich mit der Pfote übers Gesicht. »Das erhält diesen Ort am Leben, all die kreative Energie und der Schein. Nicht einmal die Dunkerwichtel würden ihnen ein Haar krümmen.«

»Wie kann sie sie hier festhalten?«, fragte ich weiter, aber Grimalkin gähnte, rollte sich auf der Rückenlehne der Couch zusammen, vergrub die Nase unter dem Schwanz und schloss die Augen. Offenbar hatte er genug davon, Fragen zu beantworten. Ich hätte ihn ja gepikt, aber dann hätte er nur nach mir geschlagen oder wäre verschwunden.

»Hier seid ihr, meine Lieben.« Leanansidhe schwebte in den Raum, in einem hauchzarten schwarzen Kleid mit Schleppe und Schultertuch. »Ich bin ja so froh, dass ich euch noch erwischt habe, bevor ich gehe. Charles, Lieber, ich muss jetzt mit meinen Gästen sprechen. Husch, husch.« Sie wedelte mit den Händen, und mit einem letzten Blick auf mich rutschte Charles von der Couch und verschwand durch die Tür.

»Du gehst?« Ich musterte ihr Kleid und ihre Handtasche. »Warum?«

»Hast du Puck gesehen, Liebes?« Leanansidhe sah sich suchend in der Bibliothek um, ohne auf meine Frage einzugehen. »Ich muss ein ernstes Wörtchen mit ihm reden. Die Köchin hat sich beschwert, dass gewisse Zutaten immer wieder verschwinden, das oberste Dienstmädchen hat sich mysteriöserweise in einen Garderobenständer verliebt, und mein Butler hat den ganzen Abend damit verbracht, in der Empfangshalle Mäuse zu jagen.« Seufzend rieb sie sich die Nasenwurzel und schloss die Augen. »Wie dem auch sei, Liebes. Falls du Puck sehen solltest, sei so gut und sag ihm, dass er den Schein von meinem armen Dienstmädchen nehmen soll und dass er bitte keine Kuchen mehr aus dem Ofen stibitzen soll, weil die Köchin sonst einen Nervenzusammenbruch bekommt. Mir wird ganz anders, wenn ich daran denke, was ich wohl vorfinde, wenn ich zurückkomme, aber ich kann einfach nicht bleiben.«

»Wo willst du denn hin?«

»Ich? Ich mache mich auf den Weg nach Nashville, Liebes. Irgendein brillanter junger Songwriter braucht Inspiration. So eine Blockade ist wirklich schrecklich, aber kein Grund zur Sorge. Schon bald werden alle ganz verrückt sein nach seiner Mu-hu-hu-hu-sik.« Das letzte Wort sang sie, und ich musste mir fest auf die Lippe beißen, um den Drang zu unterdrücken, tanzen zu wollen. Leanansidhe fuhr fort, ohne darauf zu achten: »Dann muss ich noch einer schwarzen Hexe einen Besuch abstatten und sehen, ob sie irgendwelche Informationen für uns hat. In ein oder zwei Tagen menschlicher Zeit bin ich zurück. Ciao, Liebes.«

Sie winkte mir geziert zu und verschwand in einem funkelnden Wirbel.

Blinzelnd kämpfte ich gegen den Drang an zu niesen.

»Angeberin«, murmelte Puck und trat hinter einem der Bücherregale hervor, als hätte er nur darauf gewartet, dass sie ging. Er kam zu uns rüber, hockte sich auf eine der Armlehnen und rollte mit den Augen.

»Sie hätte auch ohne diesen ganzen Flitterkram verschwinden können. Andererseits wusste Lea schon immer, wie man einen guten Abgang hinlegt.«

»ABER JETZT IST SIE WEG.« Eisenpferd eilte zu uns und sah sich dabei immer wieder um, als fürchte er, Leanansidhe könnte sich in Wahrheit noch hinter einem der Sessel verstecken und ihn belauschen. »SIE IST WEG, UND WIR KÖNNEN NACH EINEM WEG SUCHEN, HIER RAUSZUKOMMEN.«

»Um dann was genau zu tun?« Grimalkin hob den Kopf und schenkte ihm einen höhnischen Blick. »Wir wissen immer noch nicht, wo sich das Zepter befindet. Wir würden also nur dem Feind unsere Gegenwart verraten und damit unsere Chancen schmälern, es zu finden.«

»Leider hat der Fellball recht«, seufzte Puck. »Lea ist nicht gerade die umgänglichste Fee, aber sie steht zu ihrem Wort, und sie hat nun einmal gute Chancen, das Zepter zu finden. Wir sollten uns nicht vom Fleck rühren, bis wir genau wissen, wo es ist.«

»AHA.« Eisenpferd verschränkte seine massigen Arme, und in seinen Augen glühte heiße Wut. »DAS IST ALSO DER PLAN DES GROSSEN ROBIN GOODFELLOW – HERUMSITZEN UND NICHTS TUN.«

»Wie lautet denn dein brillanter Plan, Rostbirne? Sollen wir vielleicht in die Stadt traben und unsere Nase in jeden größeren Konzern stecken, bis uns das Zepter zufällig auf den Kopf fällt?«

»PRINZESSIN.« Hilfe suchend wandte sich Eisenpferd an mich. »DAS IST TÖRICHT. WARUM SOLLTEN WIR NOCH LÄNGER HIER WARTEN? WOLLT IHR NICHT AUCH DAS ZEPTER FINDEN? WOLLT IHR NICHT PRINZ ASH FINDEN …«

»Kein Wort mehr.« Meine Stimme wurde um einige Grad kälter, und Eisenpferd bemerkte wohl die unterschwellige Warnung, denn er hielt sofort die Klappe. Ich sprang auf und ballte die Fäuste. »Wage es ja nicht, Ash ins Spiel zu bringen«, zischte ich, woraufhin er einen Schritt zurückwich. »Ja, ich will ihn finden – ich denke jeden verdammten Tag an ihn. Aber das kann ich nicht, weil wir zuerst das Zepter finden müssen. Und selbst wenn das Zepter nicht wäre, könnte ich nichts für Ash tun, weil er nicht gefunden werden *will*. Zumindest nicht von mir. Das hat er mir unmissverständlich klargemacht, als ich ihn das letzte Mal gesehen habe.« In meiner Kehle bildete sich ein Kloß, und ich holte zitternd Luft, um gegen ihn anzukämpfen. »Die Antwort auf deine Frage lautet also: Ja, ich will Ash finden. Aber ich kann es nicht, weil das verdammte Zepter wichtiger ist. Und ich werde das nicht vermasseln, bloß weil du keine verdammten zwei Minuten stillsitzen kannst.« Mir stiegen Tränen in die Augen, und ich blinzelte sie wütend weg, da mir bewusst war, dass sie mich alle drei anstarrten, als stünde mein Kopf in Flammen. Ich konnte wegen Eisenpferds ausdrucksloser Maske nicht sagen, was es dachte, aber Grimalkin wirkte gelangweilt, und Pucks Miene schwankte zwischen Eifersucht und Mitleid.

Was mich nur noch wütender machte.

»Meghan«, setzte Puck an, doch ich wirbelte herum und stürmte los, bevor ich wirklich noch anfing zu heulen. Er rief mir etwas nach, aber ich beachtete ihn nicht und schwor mir, dass er sich eine einfangen würde, falls er mich aufzuhalten versuchte oder sich mir in den Weg stellte.

»Lass sie«, hörte ich Grimalkin sagen, als ich die Tür aufriss. »Sie würde dir jetzt sowieso nicht zuhören, Goodfellow. Sie will nur ihn.«

Die Tür fiel hinter mir zu. Ich stampfte den Korridor entlang und kämpfte mit Tränen der Wut.

Es war einfach nicht fair. Ich hatte es satt, Verantwortung zu tragen, hatte es satt, schmerzliche Entscheidungen zu fällen, nur weil ich damit das Richtige tat. Ich wollte einfach nur Ash finden und ihn anflehen, es sich noch einmal zu überlegen. Wir könnten zusammen sein; wir könnten einen Weg finden, wie es funktionierte, wir mussten es nur ernsthaft versuchen, zur Hölle mit den Konsequenzen. Und zur Hölle mit dem Zepter.

Die Korridore erschienen mir endlos, und einer sah genauso aus wie der andere: eng, düster und rot. Ich wusste nicht, wohin ich lief, und es war mir eigentlich auch egal. Ich wollte nur weg von Puck und Eisenpferd und eine Weile mit meinen selbstsüchtigen Wünschen allein sein. Statuen, Bilder und Musikinstrumente säumten die Flure. Einige vibrierten sanft, wenn ich vorbeiging, sodass zarte Klänge in der Luft hingen.

Schließlich ließ ich mich neben einer Harfe auf den Boden sinken, ignorierte dabei die Blumenelfe, die mich vom Ende des Flurs aus beobachtete, und vergrub das Gesicht in den Händen.

Du fehlst mir so, Ash.

Meine Augen brannten. Wütend rieb ich sie, fest entschlossen, nicht zu weinen. Die Harfe summte neben meinem Ohr, es klang neugierig und mitfühlend. Träge ließ ich einen Finger über die Saiten gleiten und entlockte ihnen traurige, zitternde Töne, die durch den Korridor schwebten.

Ein Akkord antwortete ihnen, dann ein weiterer. Ich hob den Kopf und lauschte den leisen, zarten Klavierklängen, die durch den Flur schwebten. Die Melodie war düster, eindringlich und seltsam vertraut. Ich wischte mir ein letztes Mal über die Augen, stand auf und folgte ihr durch die gewundenen Gänge, vorbei an Instrumenten, die der Melodie summend ihre Stimmen hinzufügten.

Sie führte mich zu einer dunkelroten Doppeltür mit vergoldeten Klinken. Es klang, als würde hinter den Holztüren eine ganze Sinfonie aufgeführt. Vorsichtig schob ich die Türflügel auf und betrat einen großen runden Raum, der ganz in Rot gehalten war.

Die Musik schlug mir wie Wellen entgegen. Der Raum war voller Instrumente: Harfen, Celli und Violinen, noch ein paar Gitarren und sogar eine Ukulele. In der Mitte des Raumes saß Charles über einen kleinen Flügel gebeugt und ließ mit geschlossenen Augen die Finger über die Tasten fliegen. An den Wänden brummten und trällerten die anderen Instrumente und liehen der Melodie ihren Klang, verwandelten die Kakofonie in etwas Reines und Einzigartiges. Die Musik lebte, wirbelte düster, gespenstisch und drängend durch den Raum und ließ neue Tränen in mir aufsteigen. Ich sank auf eine rote Samtcouch und ergab mich meinem Gefühlschaos.

Ich kenne dieses Lied.

Doch sosehr ich es auch versuchte, mir fiel einfach nicht ein, woher. Die Erinnerung verspottete mich, blieb immer knapp außer Reichweite, ein klaffendes Loch, wo eigentlich ein Bild sein sollte. Diese mysteriöse und verstörend vertraute Melodie zerrte an meinem Innersten und erfüllte mich mit einem Gefühl von Traurigkeit und schmerzlichem Verlust.

Mir liefen die Tränen nur so übers Gesicht, während ich Charles' schmale Schultern beobachtete, die sich mit den Akkorden hoben und senkten. Sein Kopf hing so tief, dass er fast die Tasten berührte. Ich war mir nicht ganz sicher, glaubte aber, dass seine Wangen ebenfalls feucht waren.

Als der letzte Ton verklungen war, rührte sich einige Herzschläge lang keiner von uns beiden. Charles saß da, seine Finger lagen noch auf den Tasten, und er atmete schwer. In meinem Kopf drehte sich alles, weil ich immer noch versuchte, mich an dieses Lied zu erinnern. Doch je länger ich dasaß und mich bemühte, die Erinnerung hervorzulocken, desto mehr entglitt mir die Melodie, verschwand in den Wänden und den Teppichen, bis sich nur noch die Instrumente daran erinnern konnten.

Endlich schob Charles die Klavierbank zurück und stand auf. Ich stand ebenfalls auf und fühlte mich etwas schuldbewusst, weil ich gelauscht hatte.

»Das war wunderschön«, sagte ich, als er sich umdrehte. Er blinzelte, offenbar überrascht, mich zu sehen, aber er zuckte nicht zusammen und wich auch nicht zurück. »Wie heißt dieses Lied?«

Die Frage schien ihn zu verwirren. Er legte den Kopf schief und runzelte angestrengt die Stirn, als versuche er, mich zu verstehen. Dann huschte ein schmerzlicher Ausdruck über sein Gesicht, und er zuckte mit den Schultern. »Ich erinnere mich nicht.«

Ich war enttäuscht. »Oh.«

»Aber …« Er zögerte und ließ mit verträumtem Blick die Finger über die Elfenbeintasten gleiten. »Ich glaube mich zu erinnern, dass es eines meiner Lieblingsstücke war. Vor langer Zeit. Denke ich.« Blinzelnd richtete er den Blick wieder auf mich. »Weißt du, wie es heißt?«

Ich schüttelte den Kopf.

»Oh. Das ist wirklich zu schade.« Er seufzte und verzog schmollend den Mund. »Die Ratten haben gesagt, du würdest dich vielleicht daran erinnern.«

Okay, Zeit zu gehen. Ich drehte mich um, doch bevor ich verschwinden konnte, öffnete sich quietschend die Tür, und Warren kam herein.

»Oh, hi, Meghan.« Er leckte sich die Lippen und ließ nervös den Blick durch den Raum wandern. Eine Hand steckte in seiner Jacke, wo er etwas vor mir verbarg. »Ich … äh … ich bin auf der Suche nach Puck. Ist er hier?«

Irgendetwas an ihm brachte mich aus der Fassung. Unruhig trat ich von einem Fuß auf den anderen und verschränkte die Arme. »Nein. Ich glaube, er ist mit Eisenpferd in der Bibliothek.«

»Gut.« Er trat näher und zog die Hand aus der Jacke.

Das Licht spiegelte sich auf dem schwarzen Lauf einer Pistole, als er sie hob und auf mich richtete. Ich erstarrte vor Schreck. Warren sah kurz über die Schulter. »Okay«, rief er, »die Luft ist rein.«

Wieder öffneten sich die Türen, und ein halbes Dutzend Dunkerwichtel drängte in den Raum. Der mit dem Angelhaken in der Nase, Rasierklingen-Dan, trat vor und grinste mich mit seinen schartigen Zähnen dreckig an.

»Bist du sicher, dass es die Richtige ist, Missgeburt?«

Warren feixte. »Ich bin sicher«, erwiderte er, ohne die Waffe oder den Blick von mir abzuwenden. »Der Eiserne König wird uns großzügig belohnen, darauf gebe ich dir mein Wort.«

»Mistkerl«, zischte ich Warren an, was die Dunkerwichtel mit einem Kichern quittierten. »Verräter. Warum tust du das? Leanansidhe gibt euch doch alles.«

»Ach, komm schon.« Warrens Grinsen wurde gehässig, und er schüttelte den Kopf. »Du tust ja gerade so, als wäre es total schockierend, dass ich etwas Besseres will als das hier.« Mit der freien Hand machte er eine Geste, die den gesamten Raum einschloss. »In Leanansidhes traurigem, kleinem Flüchtlingskult als Lakai zu dienen war nicht gerade mein Lebenstraum, Prinzessin. Zugegeben, vielleicht bin ich etwas verbittert. Doch der neue Eiserne König bietet Halbblutfeen und Exilanten einen Teil des Nimmernie und die Gelegenheit, den reinblütigen Arschlöchern, die immer auf uns herumgetrampelt sind, kräftig in den Hintern zu treten, wenn wir ihm den klitzekleinen Gefallen tun, dich zu finden. Und du warst so nett und bist mir direkt in den Schoß gefallen.«

»Damit kommst du niemals durch«, behauptete ich verzweifelt. »Puck und Eisenpferd werden nach mir suchen.

Und Leanansidhe …«

»Bis Leanansidhe zurückkehrt, sind wir längst verschwunden«, unterbrach Warren mich. »Und der Rest von Dans Gang kümmert sich um Goodfellow und das eiserne Monster. Die sind also gerade ziemlich beschäftigt. Tut mir leid, aber es wird niemand zu deiner Rettung eilen, Prinzessin.«

»Warren«, fauchte Rasierklingen-Dan ungeduldig. »Wir haben keine Zeit für Angebereien, du Idiot. Erschieß den Irren und lass uns von hier verschwinden, bevor Leanansidhe zurückkommt.«

Mein Magen krampfte sich schmerzhaft zusammen. Warren verdrehte die Augen und richtete die Waffe auf Charles. Der erstarrte und schien erst zu begreifen, was los war, als Warren ihn schief angrinste.

»Tut mir leid, Charles«, murmelte er, und mein Blickfeld wurde ganz und gar von der Waffe ausgefüllt, kalt, schwarz und eisern. Ich spürte die Mündung des Laufs so, wie ich Heckenstachels Ring wahrgenommen hatte, und fühlte ein Prickeln unter der Haut. »Es ist nichts Persönliches. Du bist uns nur im Weg.«

Enger, befahl ich dem Pistolenlauf in Gedanken, und genau in diesem Moment drückte Warren den Abzug.

Mit einem lauten Donnern explodierte die Waffe in Warrens Hand, und der Halbsatyr taumelte rückwärts. Schreiend ließ er die zerfetzten Überreste der Waffe fallen und presste seine Hand an die Brust, während der Geruch von Rauch und verkohltem Fleisch den Raum erfüllte.

Die Dunkerwichtel starrten Warren aus weit aufgerissenen Augen an, als er auf die Knie fiel und heulend seine verbrannte Hand schüttelte. »Worauf wartet ihr noch?«, schrie er sie halb schluchzend an. »Tötet den Irren und schnappt euch das Mädchen!«

Der Dunkerwichtel, der mir am nächsten stand, fauchte und sprang. Ich wich zurück, und plötzlich trat Charles zwischen uns. Bevor der Wichtel ausweichen konnte, hatte Charles sich ein Cello von der Wand geschnappt und es ihm über den Kopf gezogen. Das Instrument stieß einen Schrei aus, als hätte es Schmerzen, und der Dunkerwichtel brach bewusstlos zusammen.

Rasierklingen-Dan seufzte. »Also gut, Jungs«, knurrte er, während ich Charles' Hand nahm und ihn hinter das Klavier zog. »Alle zusammen. Schnappt sie euch!«

»PRINZESSIN!«

Hinter ihnen wurde die Tür mit einem wütenden Brüllen aufgerissen, und zwei Dunkerwichtel flogen durch die Luft und klatschten mit dem Gesicht voran gegen die Wand. Die Gang wirbelte herum und riss die Augen auf, als Eisenpferd sich laut brüllend und mit fliegenden Fäusten auf sie stürzte. Einige weitere Dunkerwichtel lernten fliegen, dann stürzte sich der Rest mit blutrünstigen Schreien auf Eisenpferd und biss ihn in Arme und Beine. Im nächsten Moment wichen sie zurück und schrien vor Schmerzen – ihre Zähne waren zerschmettert und das Fleisch um ihre Münder schwarz und offen. Eisenpferd warf sie weiter durch die Gegend, als wäre er völlig durchgedreht.

»Hey, Prinzessin.« Puck tauchte neben mir auf und grinste übers ganze Gesicht. »Grimalkin meinte, du hättest Schwierigkeiten mit ein paar Dunkerwichteln. Also sind wir hergeeilt, um dir zu helfen, obwohl ich zugeben muss, dass Rostbirne sich auch allein ganz gut schlägt.« Er duckte sich, als ein Dunkerwichtel über uns hinwegsegelte und mit einem Knirschen an der Wand landete. »Ich muss daran denken, ihn in meiner Nähe zu behalten. Er wäre ein toller Partygag, oder?«

Der Dunkerwichtel, den Eisenpferd gerade gegen die Wand geschleudert hatte, stand taumelnd und benommen auf. Als er uns entdeckte, bleckte er die abgebrochenen Zähne und spannte sich zum Sprung. Puck zog grinsend seinen Dolch, doch da flammte ein blendendes Licht zwischen den beiden auf, und eine melodische Stimme erfüllte den Raum.

»*Stillgestanden, alle!*«

Wir erstarrten.

»Nun ja«, sagte Leanansidhe und schlenderte zu mir und Puck. »Sieht ganz so aus, als wäre dieses Spiel ein Riesenerfolg gewesen. Obwohl ich zugeben muss, dass ich auf eine Überraschung gehofft hatte. Irgendwann wird es ziemlich langweilig, immer recht zu haben.«

»L-Leanansidhe«, stammelte Rasierklingen-Dan, und jegliche Farbe wich aus seinem Gesicht, als sie ihn mit ihrem Furcht einflößenden Lächeln musterte. »W-wie …? Du solltest doch in Nashville sein.«

»Dan, Lieber.« Leanansidhe schüttelte den Kopf und schnalzte tadelnd mit der Zunge. »Dachtest du wirklich, ich wäre so blind und würde nicht bemerken, was vor sich geht? In meinem eigenen Haus? Ich weiß, was man sich auf den Straßen erzählt, mein Lieber. Ich weiß, dass der Eiserne König eine Belohnung für die Ergreifung des Mädchens ausgesetzt hat. Ich hatte das Gefühl, einen Verräter im Haus zu haben, einen sogenannten Agenten des Eisernen Königs. Welchen besseren Weg hätte es gegeben, ihn aus der Reserve zu locken, als ihn mit der Prinzessin allein zu lassen und darauf zu warten, dass er zuschlägt? Eure Art ist so berechenbar, mein Lieber.«

»Wir ...« Dan ließ den Blick über seine Gang wandern, offenbar auf der Suche nach jemandem, dem er die Schuld in die Schuhe schieben konnte. »Das war nicht unsere Idee, Leanansidhe.«

»Oh, das weiß ich doch, mein Lieber. Ihr seid zu beschränkt, um etwas Derartiges aufzuziehen. Deshalb werde ich euch auch nicht bestrafen.«

»Wirklich?« Dan entspannte sich etwas.

»Wirklich?«, platzte ich heraus und sah zu ihr hoch. »Aber sie haben mich angegriffen! Und sie wollten Charles umbringen! Willst du denn deswegen nichts unternehmen?«

»Sie sind nur ihren niederen Instinkten gefolgt, Liebes.« Leanansidhe lächelte mich an. »Ich habe nichts anderes von ihnen erwartet. Wer mich wirklich interessiert, ist der Drahtzieher. Warum bleibst du nicht noch ein wenig ...

Warren?«

Wir fuhren alle herum und sahen, wie Warren gerade versuchte, unbemerkt auf den Flur zu schleichen. Er erstarrte, zuckte beim Klang seines Namens zusammen und schenkte Leanansidhe ein klägliches Lächeln. »Ich ... ich kann das erklären, Leanansidhe.«

»Aber sicher kannst du das, mein Lieber.« Bei Leanansidhes Stimme drehte sich mir der Magen um. »Und das wirst du auch. Wir werden ein bisschen miteinander plaudern, und du wirst mir alles sagen, was du über den Eisernen König und das Zepter weißt. Du wirst singen, mein Lieber. Du wirst singen, wie du noch nie zuvor gesungen hast, das verspreche ich dir.«

»Komm«, sagte Puck und nahm meinen Ellbogen. »Das willst du nicht hören, Prinzessin, vertrau mir. Lea wird uns die Neuigkeiten erzählen, wenn sie sie hat.«

»Charles«, sagte ich, und er drehte sich von Leanansidhe weg zu mir. Sein Blick war erneut völlig leer. »Komm, lass uns gehen.«

»Die hübsche Lady funkelt«, murmelte Charles.

Ich seufzte. »Ja«, sagte ich traurig und nahm seine Hand. »Das tut sie.«

Unter der Führung von Puck verließen wir mit dem finster dreinblickenden Eisenpferd das Musikzimmer, flohen aus Leanansidhes Dunstkreis und überließen Warren seinem Schicksal.

Eine königliche Behandlung

»Eine Softwarefirma?«, wiederholte Puck mit gerunzelter Stirn. »Tatsächlich? Da haben sie es die ganze Zeit versteckt?«

»Sieht ganz so aus, mein Lieber.« Leanansidhe lehnte sich in ihrem Stuhl zurück und schlug die langen Beine übereinander. »Du musst bedenken, die Eisernen Feen sind nicht wie wir. Sie treiben sich nicht in Museen und Parks herum und singen den Blumen etwas vor. Sie bevorzugen hoch technisierte Orte, die genau die kalten, berechnenden Sterblichen anziehen, aus denen wir uns nicht sonderlich viel machen.«

Ich wechselte einen Blick mit Puck. Wir hatten uns über diesen seltsamen kalten Schein unterhalten, den ich bei der Waffe eingesetzt hatte, bevor Leanansidhe aufgetaucht war. Wir konnten zwar nur raten, waren aber beide zu dem Schluss gekommen, dass es tatsächlich Eiserner Schein war, den ich bei Warren angewendet hatte, und dass Leanansidhe, die eine so offensichtliche Verachtung und Hass gegen die Eisernen Feen hegte, vorerst nichts davon erfahren sollte.

Ich wünschte nur, *ich* würde mehr darüber wissen. Ich hatte so ein Gefühl, dass so etwas in der Welt der Feen noch nie vorgekommen war, dass ich ein Novum war und dass es keinen Experten gab, mit dem ich reden konnte. Warum hatte ich Zugang zum Eisernen Schein? Warum konnte ich ihn manchmal benutzen und dann wieder nicht? Zu viele Fragen und keine Antworten. Seufzend beschloss ich, mich auf das aktuelle Problem zu konzentrieren, anstatt auf das, bei dem ich vorerst keine Hoffnung hatte, es zu lösen.

»Wie heißt diese Firma?«, fragte ich Leanansidhe, ohne sie darauf hinzuweisen, dass auch ich eine dieser kalten, berechnenden Sterblichen war, die technische Spielereien und Computer mochten. Mein armer, ersoffener iPod fehlte mir immer noch – er war einer Flussüberquerung zum Opfer gefallen, als ich das erste Mal im Feenland gewesen war. Und ich hatte auch noch nie so lange ohne Fernsehen auskommen müssen. Falls ich jemals in ein normales Leben zurückkehren würde, hätte ich jede Menge aufzuholen.

Leanansidhe tippte ihre Finger schnell nacheinander auf die Armlehne und verzog nachdenklich die Lippen. »Oh, wie haben sie es genannt? Die klingen für mich ja alle gleich, Liebes.« Sie schnippte mit den Fingern. »Ich glaube, es war SciCorp. Ja, in der Innenstadt von San José. Im Herzen des Silicon Valley.«

»Großer Konzern«, murmelte ich. »Ich glaube nicht, dass wir da so einfach reinspazieren können. Es gibt bestimmt Kameras und Wachleute und solche Sachen.«

»Ja, ein Frontalangriff ist zum Scheitern verurteilt«, stimmte Leanansidhe mir zu und warf einen schnellen Blick auf Eisenpferd, der mit verschränkten Armen in der Ecke stand. »Und denkt daran, dass ihr euch nicht nur um die Sterblichen Sorgen machen müsst. Dort werden mit Sicherheit auch Eiserne Feen sein. Ihr werdet also etwas … raffinierter vorgehen müssen.«

Eisenpferd hob in seiner Ecke den Kopf. »WIE WÄRE ES MIT EINEM ABLENKUNGSMANÖVER?«, schlug er vor. »ICH KÖNNTE IHRE AUFMERKSAMKEIT AUF MICH LENKEN, WÄHREND JEMAND ANDERS DURCH DIE HINTERTÜR REINGEHT.«

»Und ich könnte Meghan mithilfe des Scheins unsichtbar machen«, fügte Puck hinzu.

Grimalkin, der auf der Couch lag, gähnte. »Es wäre ziemlich gewagt, Schein einzusetzen und ihn aufrechtzuerhalten, bei dem ganzen Eisen und Stahl da drin«, sagte er und blinzelte schläfrig. »Und wir wissen schließlich alle, wie schrecklich unfähig dieser Mensch ist, wenn es um Magie geht, selbst wenn ihr Schein nicht versiegelt wäre.«

Ich warf ein Kissen nach ihm. Er schenkte mir nur einen herablassenden Blick und schloss die Augen.

»Wissen wir irgendetwas über das Gebäude?«, fragte ich Leanansidhe. »Baupläne, Sicherheitsmaßnahmen, etwas in der Art?« Plötzlich fühlte ich mich wie eine Spionin in einem Actionfilm. Vor meinem inneren Auge sah ich ein Bild, wie ich à la *Mission Impossible* über einem Netz aus Stolperdrähten hing, und ich musste mir ein nervöses Kichern verkneifen.

»Unglücklicherweise hatte Warren zu dem Gebäude nicht viel zu sagen, obwohl er es gegen Ende wirklich gern getan hätte, der arme Junge.« Leanansidhe lächelte, als würde sie einer schönen Erinnerung nachhängen, und ich schauderte. »Zum Glück haben meine Spione alles herausgefunden, was wir wissen müssen. Sie sagten, das Zepter werde im Stockwerk neunundzwanzigeinhalb aufbewahrt.«

»Neunundzwanzigeinhalb?« Verwirrt runzelte ich die Stirn. »Wie soll das denn gehen?«

»Ich habe keine Ahnung, Liebes. Aber das haben sie gesagt.« Elegant ließ sie ein Stück Papier in ihrer Hand entstehen. »Sie konnten allerdings auch noch das hier auftreiben. Vermutlich ist es eine Art Code, den man braucht, um in das Hauptquartier der Eisernen Feen zu gelangen. Sie konnten ihn nicht entschlüsseln, aber vielleicht hast du ja mehr Glück damit. Ich habe leider überhaupt kein Verständnis für Zahlen.«

Sie reichte mir das Blatt. Puck und Eisenpferd stellten sich hinter mich, und wir starrten eine Zeit lang stumm auf den Zettel. Leanansidhe hatte recht – das war definitiv ein Teil eines Codes.

3

13

1113

3113

132113

1 ...

»Okay«, meinte ich nachdenklich, nachdem ich mir eine Weile das Hirn zermartert hatte und trotzdem auf keine Lösung gekommen war. »Wir müssen also nur das hier entschlüsseln, dann haben wir es geschafft. Klingt doch gar nicht so schwierig.«

»Ich fürchte, es ist ein wenig komplizierter, Liebes.« Leanansidhe nahm von einem Heinzelmännchen ein Glas Wein entgegen. »Wie du bereits sagtest, ist SciCorp keine Firma, in die man einfach so reinspazieren kann. Besucher kommen nicht weiter als bis zum Empfang, und die Sicherheitsvorkehrungen sind ziemlich streng. Man muss ein Mitarbeiter sein, um überhaupt über das Erdgeschoss hinauszukommen.«

»Tja, wie wäre es, wenn wir uns als Hausmeister oder Reinigungspersonal oder so ausgeben würden?«

Grimalkin fauchte und suchte nach einer neuen bequemen Position. »Bräuchte man dazu nicht eine Art Ausweis?«, gab er zu bedenken und machte es sich auf dem Kissen bequem, das ich nach ihm geworfen hatte. »Wenn das Gebäude wirklich so gut bewacht ist, bezweifele ich stark, dass sie jedes dahergelaufene Gesindel von der Straße reinlassen.«

Frustriert sackte ich in mich zusammen. »Er hat recht. Wir bräuchten einen gefälschten Ausweis oder den Ausweis eines Mitarbeiters, um reinzukommen. Und ich kenne niemanden, der uns so etwas besorgen kann.«

Leanansidhe lächelte verschlagen. »Ich schon.« Sie schnippte zweimal mit den Fingern. »Skrae, mein Lieber«, rief sie, »würdest du bitte für einen Moment herkommen? Du musst etwas für mich aufspüren.«

Mit summenden Flügeln schraubte sich ein Blumenelf von der Decke. Er war knapp zehn Zentimeter groß, hatte leuchtend blaue Haut, Haare wie Pusteblumensamen und war splitternackt. Er grinste breit, als er an uns vorbeiflatterte, und zeigte uns seine rasiermesserscharfen Zähne.

Seine Augen, die wie riesige weiße Kugeln in seinem spitzen Gesicht saßen, musterten mich neugierig, bis Leanansidhe in die Hände klatschte.

»Ich bin hier drüben, Skrae. Konzentration, mein Lieber.« Der Blumenelf zwinkerte mir zu und wackelte zweideutig mit den Hüften, bevor er seine Aufmerksamkeit auf Leanansidhe richtete. »Schön. Und jetzt pass gut auf. Ich habe einen Auftrag für dich. Ich will, dass du die Straßenkinder aufspürst. Diese Halbpuca und den Halbtroll, ihre Namen vergesse ich immer wieder. Sag ihnen, dass sie die Eier erst mal vergessen sollen, ich habe einen anderen Job für sie. Und jetzt los, mein Lieber. Summ, summ.« Sie wedelte mit der Hand, und der Blumenelf schoss davon.

»Kimi und Nelson«, sagte ich leise.

»Wie meinst du, Liebes?«

»Das sind ihre Namen, Kimi und Nelson. Sie waren mit ... mit Warren zusammen, als wir ihnen das erste Mal begegnet sind.« Ich sah plötzlich Kimis verschmitztes Grinsen und Nelsons stoische Miene vor mir. »Du denkst doch nicht, dass sie sich auch mit den Eisernen Feen eingelassen haben, oder?«

»Nein.« Leanansidhe lehnte sich wieder zurück und schnippte nach einem Heinzelmännchen, das ihr mehr Wein bringen sollte. »Sie wussten nichts von Warrens Verrat oder seinem Plan, dich zu entführen. Das hat er sehr deutlich gemacht.«

»Oh. Das ist ja eine Erleichterung.«

In Leanansidhes Augen trat ein geistesabwesender Blick. »Obwohl das Mädchen eine wundervolle Violine abgeben würde. Oder vielleicht eine Leier. Der Troll hingegen eher einen Bass, denke ich. Was meinst du, Liebes?«

Ich schauderte und hoffte sehr, dass sie nur scherzte.

Kimi und Nelson tauchten ein paar Stunden später auf. Sobald sie die Empfangshalle betreten hatten, erzählte Leanansidhe ihnen prompt, was mit Warren passiert war. Danach waren sie schockiert und wütend, aber sie zweifelten nicht daran. Es wurden keine Tränen vergossen und auch keine wüsten Beschimpfungen ausgestoßen. Kimi schniefte zwar ein bisschen, aber als Leanansidhe sie darüber informierte, dass sie einen neuen Auftrag hätten, wurden sie sofort wieder munter. Auf mich wirkten sie wie extrem pragmatische Kids, die durch die harte Schule des Lebens gegangen waren, die keinen Platz ließ, sich im Selbstmitleid zu suhlen.

Kimi schmiss sich auf das Sofa, das sie fast verschluckte. »Und was sollen wir für dich tun?«

Lächelnd deutete Leanansidhe auf mich, damit ich übernahm. »Das ist dein Plan, Täubchen. Sag ihnen, was du benötigst.«

»Äh ... okay.« Die beiden Halbblutkids sahen mich erwartungsvoll an. Ich schluckte. »Ähm, also, habt ihr schon mal was von einer Firma namens SciCorp gehört?«

Kimi nickte und strampelte mit den Füßen. »Klar. Großer Konzern, der Software entwickelt oder so was Ähnliches. Warum?«

Ich sah zu Leanansidhe, die mir mit ihrer Zigarettenspitze ermutigend zunickte. »Tja, wir müssen in ihr Gebäude rein und etwas stehlen. Unbemerkt.«

Kimis Augen weiteten sich. »Ist das dein Ernst?«

Ich nickte. »Ja. Aber wir brauchen eure Hilfe, um an den Wachen und den anderen Sicherheitsvorkehrungen vorbeizukommen. Vor allem brauchen wir einen Dienstausweis von einem der Angestellten, und Leanansidhe meinte, ihr könntet uns vielleicht einen besorgen. Schafft ihr das?«

Kimi und Nelson tauschten einen Blick, dann wandte sich die Halbpuca mit einem spitzbübischen Lächeln wieder an mich: »Kein Problem.« Ihre Augen funkelten – offenbar gefiel ihr die Sache. »Wann willst du ihn haben?«

»So bald wie möglich.«

»Alles klar.« Kimi drückte sich von der Couch hoch und tippte Nelson auf den gigantischen Bizeps. »Komm schon, Großer. Lass uns einen Menschen terrorisieren. Wir sind gleich zurück.«

Als die beiden die Eingangshalle verließen, warf Puck Leanansidhe einen Blick zu. »Bist du sicher, dass sie das hinkriegen?« Er grinste schelmisch. »Oder soll ich ihnen etwas unter die Arme greifen?«

»Nein, mein Lieber, besser nicht.« Leanansidhe stand auf, eingehüllt in eine grüne Rauchwolke. »Die Missgeburten haben es leichter in Silicon Valley. Sie werden nicht so viel Aufmerksamkeit erregen wie normale Feen, und ihnen fehlt unsere Allergie gegen Eisen und Stahl. Diese beiden werden glänzend zurechtkommen, glaub mir.« Sie kam lächelnd auf mich zu. »Und du wirst jetzt mit mir kommen, Liebes. Wir haben einen großen Tag vor uns.«

Nervös starrte ich sie an. »Wo gehen wir denn hin?«

»Shoppen, Liebes!«

»Was? Jetzt? Warum?«

Leanansidhe schnalzte ungläubig mit der Zunge. »Liebes, du glaubst doch nicht etwa, dass du bei SciCorp reinmarschieren kannst, solange du *so* aussiehst.« Sie musterte meinen Pulli und meine Jeans abschätzig und rümpfte die Nase. »Das schreit ja nicht gerade: ›Ich bin eine erfolgreiche Geschäftsfrau‹. Eher: ›Ich bin süchtig nach Secondhand‹. Wenn wir dich bei SciCorp reinschmuggeln sollen, brauchst du mehr als Glück und Schein. Du brauchst eine Generalüberholung.«

»Aber uns läuft die Zeit davon. Warum kann Puck mir nicht einfach mit Schein ein paar Klamotten …«

»Liebes, Liebes, Liebes.« Leanansidhe wedelte abwehrend mit der Hand. »Man lässt einfach *niemals* eine Gelegenheit aus, shoppen zu gehen. Außerdem hast du Grimalkin doch gehört, oder? Selbst der mächtigste Schein neigt dazu, sich aufzulösen, wenn er von Stahl und Eisen umgeben ist. Wir wollen nicht nur, dass du wie eine Angestellte des Konzerns *aussiehst,* Täubchen, wir wollen, dass du zu einer Angestellten des Konzerns *wirst*. Und wir werden shoppen gehen, keine Diskussion.« Sie schenkte mir ein mildes Lächeln, das mir kein bisschen gefiel. »Sieh in mir einfach vorübergehend deine gute Fee, Liebes. Ich muss nur noch schnell meinen Zauberstab holen.«

Ich folgte Leanansidhe durch einen der langen Korridore, der uns zu einem sonnigen Bürgersteig brachte, auf dem jede Menge Leute unterwegs waren, die von unserem plötzlichen Auftauchen aus einer gerade noch leeren Gasse überhaupt keine Notiz nahmen. Obwohl die Sonne schien und der Himmel klar war, lag beißende Kälte in der Luft, und die Leute auf der Straße trugen dicke Pullis und Mäntel – ein Zeichen dafür, dass der Winter vor der Tür stand oder sogar schon begonnen hatte. Als wir an einem Zeitungskasten vorbeikamen, warf ich schnell einen Blick auf das Datum in der Ecke und atmete dann erleichtert auf. Fünf Monate. Ich hatte fünf Monate im Feenreich festgesessen. Sicher, das war eine lange Zeit, aber immer noch besser als fünf Jahre oder fünf Jahrhunderte. Jedenfalls lebten meine Eltern noch.

Den Rest des Nachmittags wurde ich von einem Geschäft ins nächste gezerrt und dackelte hinter Leanansidhe her, die ständig irgendwelche Sachen von den Ständern pflückte und mir mit dem Befehl in die Hand drückte, sie anzuprobieren. Als ich wegen der astronomischen Preise protestierte, lachte sie nur und erinnerte mich daran, dass sie heute doch meine gute Fee sei und Geld keine Rolle spiele.

Zuerst probierte ich Businesskostüme an, schmale Jacketts und enge knielange Röcke, in denen ich fünf Jahre älter aussah – zumindest behauptete Leanansidhe das. Ich hatte bestimmt zwei Dutzend verschiedene Schnitte, Farben und Kombinationen angezogen, bevor Leanansidhe endlich verkündete, dass ihr das schlichte schwarze Outfit am besten gefiele, das genauso aussah wie alle anderen schwarzen Outfits, die ich anprobiert hatte.

»Dann sind wir jetzt fertig?«, fragte ich hoffnungsvoll, als Leanansidhe die Verkäuferin mit dem Kostüm losschickte, damit sie es einpackte.

Die Fee sah ehrlich überrascht auf mich herab und lachte. »O nein, Liebes. Das war erst das Kostüm. Jetzt brauchst du noch Schuhe, Makeup, eine Tasche, ein paar Accessoires … nein, Täubchen, wir haben gerade erst angefangen.«

»Ich dachte immer, Feen stehen nicht auf Shoppen und Kaufrausch. Ist das nicht ein bisschen … unnatürlich?«

»Aber auf keinen Fall, Liebes. Shoppen ist nur eine andere Form der Jagd. *Alle* Feen sind Jäger, ob sie es nun zugeben oder nicht. Das ist ein Teil unseres Wesens und hat nichts Unnatürliches an sich, Liebes.«

Auf eine verdrehte Art und Weise ergab das sogar einen Sinn.

Noch mehr Geschäfte. Ich verlor völlig den Überblick über die Läden, die wir betraten, die Regalreihen, die wir abschritten, und die Ständer, die wir durchsuchten. Leanansidhe war eine Fee mit einer Mission. Sobald wir ein Geschäft betraten, ließen sämtliche Verkäufer alles stehen und liegen, scharten sich um sie und fragten, ob sie behilflich sein könnten. Neben ihr war ich unsichtbar – selbst wenn Leanansidhe verkündete, dass wir für *mich* einkauften, vergaßen die Verkäufer, dass ich existierte, sobald sie sich von mir abwandten. Trotzdem waren sie eifrig bemüht zu gefallen, brachten ihre besten Schuhe in meiner Größe, zeigten uns eine gigantische Auswahl an Handtaschen, die ich niemals brauchen würde, und präsentierten Ohrringe, die meine Augenfarbe unterstreichen würden. Zu diesem Zeitpunkt entdeckte Leanansidhe dann auch, dass ich keine Ohrlöcher hatte. Dreißig Minuten später saß ich mit pochenden Ohrläppchen da, während eine quirlige Verkäuferin mir Wattebäusche auf die Ohren drückte und fröhlich erklärte, dass die Schwellung in ein oder zwei Tagen nachlassen würde.

Endlich, als die Sonne bereits hinter den Hochhäusern verschwand, beschloss die Königin des Shoppens, dass wir fertig waren. Voller Erleichterung darüber, dass dieser lange Tag vorbei war, hockte ich auf einem Stuhl und starrte auf den dämlichen Geheimcode. Es nervte mich, dass ich ihn immer noch nicht geknackt hatte.

Ich sah zu, wie Leanansidhe mit der Verkäuferin schwatzte, die gerade dabei war, unsere Einkäufe in Tüten zu packen. Als sie die Gesamtsumme der Rechnung verkündete, wäre ich fast vom Stuhl gekippt, doch Leanansidhe reichte ihr lächelnd und ohne mit der Wimper zu zucken eine Kreditkarte. Als die Verkäuferin ihr die Karte zurückgab, sah sie für einen Moment eher aus wie ein Stück Borke, aber Leanansidhe ließ sie in ihre Handtasche fallen, bevor ich einen genaueren Blick darauf werfen konnte.

»Tja«, meinte meine zeitweilige gute Fee strahlend, als wir den Laden verließen. »Wir haben dein Outfit, deine Schuhe und deine Accessoires. Aber jetzt beginnt der eigentliche Spaß.«

»Was?«, fragte ich erschöpft.

»Deine Haare, Täubchen. Die sind einfach ... nicht schön.« Leanansidhe tat so, als wolle sie an einer Strähne zupfen, konnte sich aber nicht dazu überwinden, sie zu berühren. »Und deine Nägel. Sie brauchen Hilfe. Zum Glück wird das Spa gleich aufmachen.«

»Spa?« Ich sah hoch zu dem glühenden orangefarbenen Ball, der gerade hinter dem Horizont verschwand, und wünschte mir, wir könnten nach Hause gehen. »Aber es ist bestimmt schon sechs Uhr. Haben die meisten Einrichtungen dieser Art da nicht schon geschlossen?«

»Natürlich, Liebes. Um diese Zeit gehen die Menschen alle. Stell doch nicht so dumme Fragen.« Sie schüttelte den Kopf über meine Naivität. »Jetzt komm. Ich weiß, dass Ben darauf brennen wird, dich kennenzulernen.«

An diesem Abend war der *Mutter Erde Wellnesssalon* total überfüllt. Auf dem Kiesweg, der zum Salon führte, kamen wir an zwei kichernden Sylphen vorbei. Sie waren zierlich und schmal, doch ihre summenden Flügel hatten rasiermesserscharfe Kanten, und als sie uns angrinsten, funkelten ihre Zähne wie kleine Dolche. Als wir die Tür zum Wartebereich öffneten, fegte eine Wintersidhe an uns vorbei, groß, kalt und wunderschön. Sie hinterließ eine leichte Frostspur auf meiner Haut und ein kaltes Brennen in meiner Lunge. Drei Blumenelfen landeten in meinen Haaren und zerrten lachend daran, bis Leanansidhe ihnen einen scharfen Blick zuwarf und sie nach draußen abschwirrten.

Drinnen herrschte gedämpftes Licht, und die Wände bestanden aus bearbeitetem Naturstein, sodass man sich vorkam wie in einer Höhle. Im Zentrum der Eingangshalle stand ein mit Fischen und Meerjungfrauen verzierter Marmorbrunnen und erfüllte den Raum mit dem fröhlichen Geräusch von plätscherndem Wasser. Überall standen Orchideen und Bambusstauden in Tontöpfen, und die Luft war warm und feucht.

»Warum sind hier so viele Feen?«, fragte ich leise, als ein riesiger schwarzer Hund durch einen Durchgang im Hintergrund trat. »Ist das ein Versammlungsort der Exilanten? – Ein Wellnesssalon? Das ist doch irgendwie seltsam.«

»Spürst du es denn nicht, Täubchen? Den Schein dieses Ortes?« Leanansidhe beugte sich zu mir herunter und zeigte auf die Wände und den Brunnen. »Einige Orte in der Welt der Sterblichen sind magischer als andere; Brennpunkte des Scheins, wenn man so will. Wir werden davon angezogen wie die Motten vom Licht – Exilanten, Einzelgänger und Höflinge gleichermaßen. Außerdem, Liebes …« Sie richtete sich schnaubend auf. »Selbst unsereiner weiß es zu schätzen, gelegentlich ein bisschen verwöhnt zu werden.«

Ein blonder, gut gekleideter Satyr begrüßte Leanansidhe mit Wangenküsschen, bevor er sich mit einem strahlenden Lächeln an mich wandte.

»Ah, das ist also die Prinzessin, von der ich schon so viel gehört habe«, schwärmte er, während er meine Hand nahm und sie an seine Lippen drückte. »Sie ist absolut bezaubernd. Aber …«, er warf Leanansidhe einen schnellen Blick zu, »… ich weiß jetzt, was du in Bezug auf ihre Haare sagen wolltest. Und ihre *Nägel*.« Schaudernd schüttelte er den Kopf, bevor ich etwas erwidern konnte. »Na, überlass das ganz mir. Wir werden in null Komma nichts dafür sorgen, dass sie einfach umwerfend aussieht.«

»Schwing deinen Zauberstab, Ben«, sagte Leanansidhe und ging gemächlich auf eine Tür im Hintergrund zu. »Falls du mich brauchst, ich bin bei Miguel, mein Lieber. Meghan, Süße, tu einfach, was Ben sagt, dann wird alles gut.« Sie winkte noch einmal träge mit der Hand, schlenderte durch die Tür und war weg.

Ben wandte sich wieder mir zu und klatschte in die pelzigen Hände. »Also, Schätzchen, du hast Glück. Wir haben den ganzen Abend für dich geblockt.«

»Wirklich?« Ich konnte mir einen zweifelnden Unterton nicht verkneifen. Bisher war ich noch nie in einem Wellnesssalon gewesen, schon gar nicht in einem, der von Feen geführt wurde, und ich wusste nicht, was ich zu erwarten hatte. »Wie lange kann es schon dauern, mir die Haare zu machen?«

Ben lachte. »O Süße, du schaffst mich. Jetzt komm, wir haben viel zu tun.«

Die nächsten paar Stunden gingen in einem verwirrenden Strom dahin. Die Feen, die hier arbeiteten – vor allem Satyrn und ein paar Heinzelmännchen –, waren beängstigend aufmerksam. Sie zogen mich aus und hüllten mich in einen extrem weißen Bademantel. Dann musste ich mich auf den Rücken legen, während Heinzelmännchen in weißen Anzügen mir Creme ins Gesicht schmierten, Gurkenscheiben auf die Augen legten und mir befahlen, still liegen zu bleiben. Das ging ungefähr eine Stunde so, dann durfte ich mich aufsetzen, und ein niedlicher Satyr namens Miroku badete meine Hände in einer warmen Flüssigkeit, die nach Kakao und Kaffeebohnen duftete. Anschließend massierte er meine Hände mit einer Lotion, bevor er mir sorgfältig die Nägel feilte, polierte und lackierte. Dieselbe Prozedur wiederholte er mit meinen Füßen. Danach schoben sie mich plötzlich zum Friseur ab, der meine Haare shampoonierte, schnitt und stylte – und zwar mit Bronzescheren, wie mir auffiel –, wobei er ununterbrochen redete.

Es war ein seltsames Gefühl. Ich sage nicht, dass mir diese Verwöhnkur und die ganze Aufmerksamkeit nicht gefallen hätten, aber ich war die ganze Zeit irgendwie benebelt und kam mir etwas fehl am Platze vor. Das hier war nicht ich. Ich war keine Prinzessin oder ein Superstar oder sonst etwas Besonderes. Ich war ein armes Mädchen von einer Schweinefarm in Louisiana, und ich gehörte nicht hierher.

Sie waren gerade dabei, letzte Hand an mein Augen-Make-up zu legen und Lippenstift aufzutragen, als Leanansidhe hereingeschlendert kam. Sie sah so selbstzufrieden und entspannt aus, dass ihre Haut förmlich glühte. Ihren eher menschlichen Schein hatte sie abgelegt, sodass ihre überirdische Schönheit den Raum erfüllte und ihr rotblondes Haar in dem künstlichen Licht blendend hell erstrahlte. Ben folgte ihr auf den Fersen und betonte immer wieder, wie atemberaubend sie aussähe.

»Mm, ja, ich schwöre, Miguel hat die Finger eines wahren Musikers«, murmelte Leanansidhe und hob die fast schon zu schlanken Arme über den Kopf, um sich wie eine Katze genüsslich zu strecken. »Wenn du ihn hier nicht so dringend brauchen würdest, mein Lieber, würde ich ihn mir schnappen und zu mir nach Hause entführen. Ein solches Talent findet man nur selten, glaub mir.« Sie stieß einen kleinen Schrei aus, als sie mich entdeckte. »Sieh dich nur an, Liebes. Du bist eine ganz andere Frau geworden. Ich hätte dich fast nicht erkannt.«

»Ist sie nicht süß?«, fügte Ben hinzu und strahlte mich an. »Ist es nicht einfach fantastisch, was sie mit ihren Haaren gemacht haben? Diese Highlights sind einfach umwerfend, und Patricia legt so sensationell.«

»Es ist perfekt«, bestätigte Leanansidhe nickend und musterte mich mit einem schmalen Lächeln, bei dem mir ziemlich unbehaglich wurde. »Wenn ich sie nicht erkenne, wird das bei SciCorp auch niemand.«

Ich wollte etwas sagen, aber genau in diesem Moment durchschnitt ein seltsamer Geruch die Dunstwolke aus Parfum, Make-up und Feuchtigkeitscreme und ließ mich den Atem anhalten. Leanansidhe, Ben und alle anderen Feen im Raum versteiften sich. Einige Heinzelmännchen wieselten entsetzt davon, und die Feenkundschaft begann zu murmeln und unruhig hin und her zu rutschen, als der seltsame Geruch immer stärker wurde. Endlich erkannte ich ihn, und mein Herz begann schneller zu schlagen, bis es heftig gegen meine Rippen pochte. Metall. Irgendwo in der Nähe war eine Eiserne Fee.

Und dann trat sie durch die Tür.

Mir drehte sich der Magen um, und einige der Kunden keuchten erschrocken auf. Die Eiserne Fee trug einen taubengrauen Anzug, und zwar einen ziemlich edlen. Die kurzen schwarzen Haare verdeckten weder seine langen, spitzen Ohren noch das Bluetoothheadset. Seine Haut war grün wie eine Schaltplatte und mit Hunderten von funkelnden Lämpchen, Drähten und Computerchips bedeckt. Die Augen hinter den dicken Gläsern der Drahtgestellbrille schimmerten grün, blau und rot.

Mit einer fließenden Bewegung schob sich Ben vor mich, was mir zwar die Sicht nahm, mich aber auch vor den Blicken der Eisernen Fee abschirmte. Ich erstarrte und versuchte, mich möglichst unsichtbar zu machen.

»Also?« Die höhnische Stimme der Eisernen Fee hallte durch den Raum. »Will mich niemand hereinbitten? Oder mir einen Flyer geben? Mir etwas über Ihr Angebot erzählen? Für ein so renommiertes Etablissement lässt der Kundenservice aber sehr zu wünschen übrig.«

Einen Moment lang rührte sich niemand. Dann schob sich einer der Satyrn vor – zitternd, aber auch wütend. »Solche wie Sie werden hier nicht bedient.«

»Tatsächlich?« Die Eiserne Fee legte eine Hand an die Brust und tat überrascht. »Nun, ich muss sagen, das beschämt mich doch etwas. Andererseits könnte ich euch wahrscheinlich alle töten, ohne mir im Geringsten Gedanken darüber zu machen. Also sind ein paar Vorurteile wohl vertretbar.«

Jetzt trat Leanansidhe vor. Ihre Haare wanden sich wie Schlangen um ihren Kopf. »Was willst du, Abscheulichkeit?«

»Leanansidhe.« Die Eiserne Fee lächelte. »Du bist doch Leanansidhe, nicht wahr? Wir haben von dir gehört und von deinem kleinen Agentennetzwerk. Angeblich weißt du, wo sich Oberons Tochter aufhält, die Sommerprinzessin.«

»Ich weiß eine Menge, mein Lieber.« Leanansidhe klang äußerst gelangweilt und desinteressiert. »Es gehört zu meinem Geschäft, gut informiert zu sein, zu meinem persönlichen Vergnügen und zu meiner Sicherheit. Aber es gehört nicht zu meinen Gewohnheiten, mich einzumischen. Und es gehört ebenfalls nicht zu meinen Gewohnheiten, mich mit Eisernen Abscheulichkeiten zu unterhalten. Wenn wir hier also fertig sind, solltest du besser gehen.«

»Oh, ich werde bald gehen, keine Sorge.« Die Eiserne Fee wirkte nicht das leiseste bisschen beunruhigt. »Aber mein Boss hat eine Nachricht für dich und ein Angebot. Verrate uns den Aufenthaltsort von Oberons Tochter, und all deine Verfehlungen werden gelöscht, wenn wir das Nimmernie übernehmen. Du könntest nach Hause zurückkehren. Willst du nicht nach Hause zurückkehren, Leanansidhe?« Er erhob die Stimme und wandte sich an die Gesamtheit der versammelten Feen: »Das gilt für jedes Halbblut und jeden Exilanten, egal ob reinblütig oder nicht. Helft uns, die Sommerprinzessin zu finden, dann ist euch ein Platz im Nimmernie sicher. Der Eiserne König heißt jeden willkommen, der ihm dienen will.«

Nach dieser Bekanntmachung schwieg er und wartete darauf, dass jemand vortrat. Niemand rührte sich. Wahrscheinlich weil Leanansidhe, die mitten im Raum stand, gerade ziemlich Furcht einflößende Signale ausstrahlte, sodass sogar die Lampen durch ihre Macht flackerten. Was gut war, weil so alle auf sie schauten und nicht auf mich.

Die Eiserne Fee wartete noch etwas länger, doch als sich niemand freiwillig dafür meldete, die Königin der Exilanten zu verärgern, trat er lächelnd einen Schritt zurück. »Tja, falls jemand seine Meinung ändert, soll er uns einfach rufen. Wir sind überall. Und letztendlich werden wir euch alle holen.«

Er drehte sich auf dem Absatz um, und seine Schritte hallten laut auf den Fliesen, als er den Salon verließ. Alle beobachteten schweigend, wie er ging.

Leanansidhe starrte finster die Tür an, bis auch die letzte Spur von Eisen verschwunden war, dann wirbelte sie zu mir herum. »Die Party ist vorbei, Liebes. Gehen wir! Ben, du bist ein Goldstück, und ich weiß deinen heutigen Einsatz wirklich zu schätzen, aber wir müssen los.«

»Natürlich, meine Liebe.« Ben winkte uns nach, als wir hinauseilten. »Bring mir dieses Herzchen bald wieder mal vorbei, ja? Und viel Glück bei der Infiltrierung eures Riesenkonzerns!«

Als wir in die Villa zurückkehrten, waren Puck und Eisenpferd gerade in eine Strategiebesprechung mit Kimi und Nelson vertieft, die bereits von ihrer Mission zurückgekehrt waren. Zu viert saßen sie um einen der Tische in der Bibliothek, hatten die Köpfe zusammengesteckt und unterhielten sich gedämpft.

Als wir, gefolgt von ein paar Dunkerwichteln, die unsere Tüten trugen, hereinkamen, richteten sie sich abrupt auf und starrten fassungslos. Selbst Eisenpferd riss seine glühenden Augen so weit auf, dass sie groß und rund wurden, als wir durch die Tür glitten.

»Wow, Meghan!« Kimi hüpfte auf ihrem Stuhl herum und klatschte in die Hände. »Du siehst genial aus! Dieser neue Haarschnitt ist einfach super!«

»PRINZESSIN.« Eisenpferd musterte mich von oben bis unten und nickte dann anerkennend. »IHR SEID WAHRLICH EINE OFFENBARUNG.«

Ich sah Puck an, der mich leicht benommen anstarrte. »Äh ...«, stammelte er, während ich völlig verblüfft war – ein sprachloser Puck war wirklich mal was Neues. »Du siehst ... nett aus«, murmelte er schließlich.

Ich wurde rot, plötzlich selbst verlegen.

»Kinder.« Leanansidhe klatschte in die Hände und lenkte damit die Aufmerksamkeit wieder auf sich. »Wenn wir das Zepter zurückerobern wollen, müssen wir schnell handeln. Ihr Straßenkinder.« Sie schnippte mit den Fingern in Richtung Kimi und Nelson. »Habt ihr bekommen, weshalb ich euch ausgesandt habe?«

Kimi nickte Nelson auffordernd zu, der daraufhin in seiner Tasche herumwühlte und schließlich eine Plastikkarte hochhielt. Aus der rechten Ecke starrte uns das Gesicht einer blonden Frau mit Brille entgegen, die den Mund so verzogen hatte, als würde sie die Kamera am liebsten umbringen. Nelson warf Leanansidhe die Karte zu, die sie herablassend studierte.

»Rosalyn Smith. Ein bisschen alt, aber sie wird es tun müssen. Nun denn.« Sie wandte sich an den Rest von uns. »Morgen ist ein großer Tag, meine Lieben. Bleibt nicht zu lange auf. Wir treffen uns morgen früh in der Empfangshalle. Meghan, Täubchen, du musst diesen Code unbedingt bis morgen entschlüsselt haben. Die Operation Zepter beginnt im Morgengrauen. Danke!« Sie machte eine dramatische Geste und verschwand in einer Glitzerwolke.

In dieser Nacht war ich so nervös, dass ich nicht schlafen konnte. Ich lag auf meinem Bett – Grimalkin döste neben mir auf einem Kissen – und versuchte, den Code zu knacken. Eigentlich starrte ich nur auf die Zahlen, bis sie vor meinen Augen verschwammen. Immer wieder ging ich in Gedanken durch, was bei dieser Mission alles schiefgehen konnte, und das ergab eine ziemlich lange Liste. In ein paar Stunden würden wir uns mithilfe des Ausweises dieser Frau bei SciCorp einschleichen, uns das Zepter schnappen und abhauen, bevor jemand merkte, dass wir da gewesen waren. Als würde das so leicht werden wie ein Strandspaziergang. Als würden die das Zepter nicht Tag und Nacht bewachen.

Es klopfte leise an meiner Tür, dann streckte Puck den Kopf ins Zimmer. »Hey, Prinzessin. Ich dachte, du könntest vielleicht was zu essen vertragen. Stört es dich, wenn ich reinkomme?« Ich schüttelte den Kopf, und Puck betrat mit einem Teller voller Sandwiches und Apfelschnitze das Zimmer. »Hier«, verkündete er und stellte ihn auf dem Bett ab. »Du musst was essen. Ich habe versucht, dir was Besseres zu machen, aber die Köchin hat mich mit dem Nudelholz aus der Küche gejagt. Ich glaube, sie mag mich nicht besonders.« Kichernd ließ er sich quer aufs Bett fallen und nahm sich einen Apfelschnitz, während er es sich bequem machte.

»Wirklich nett«, murmelte ich und griff nach einem Sandwich. Käse und... noch mehr Käse; schätzungsweise besser als nichts. »Wo ist Eisenpferd?«

»Mit den beiden Straßenkids dabei, die Strategie weiter zu besprechen«, erwiderte Puck und schob sich das Apfelstück als Ganzes in den Mund. »Du solltest sie mal hören – die denken, sie wären in einem James-Bond-Film oder so.« Er bemerkte, wie ich an einer Ecke des Zettels herumspielte, und setzte sich auf. »Wie läuft's damit, Prinzessin?«

Ich knüllte das Blatt zu einem Ball zusammen und schleuderte es quer durch den Raum.

Puck blinzelte überrascht. »Äh... wohl nicht so toll?«

»Ich komm einfach nicht drauf«, seufzte ich und wischte mir mit der Hand über die Augen. »Ich hab alles versucht, was mir nur eingefallen ist, um irgendeinen Sinn darin zu entdecken – Addition, Multiplikation der Zeilen, Division –, und trotzdem verstehe ich es nicht. Und wenn ich diesen dämlichen Code nicht entschlüsseln kann, kommen wir nicht ins richtige Stockwerk, was bedeutet, dass wir nicht an das Zepter herankommen, was bedeutet, dass alle sterben werden, und das nur wegen mir!«

»Hey.« Puck legte einen Arm um mich. »Warum drehst du denn so durch? Das ist doch gar nichts, Prinzessin. Das sollte für dich ein Kinderspiel sein. Du warst es, die den Eisernen König erledigt hat. Du bist mitten ins Feindesland marschiert und hast ihm in den Arsch getreten. Das hier ist auch nichts anderes.«

»Doch, ist es!« Ich legte das Sandwich weg und starrte ihn an. »Da liegen Welten dazwischen! Als ich Machina gegenübergetreten bin, habe ich das getan, um Ethan zu retten, und zwar nur Ethan. Ich will damit nicht sagen, dass er nicht wichtig war – ich wäre ohne zu zögern gestorben, um ihn zu retten. Aber das war nur ein Einzelner.« Ich schloss die Augen, lehnte mich an Pucks Brust und lauschte ein paar Sekunden lang seinem Herzschlag. »Wenn ich das hier versaue«, murmelte ich, »wenn ich das Zepter nicht zurückholen kann, sterben *alle*. Nicht nur du und Eisenpferd und die anderen, sondern alle. Das Feenreich wird ausgelöscht werden. Kein Sommer, kein Winter, nichts mehr. Es wird nichts übrig bleiben außer den Eisernen Feen. Verstehst du jetzt, warum ich ein bisschen nervös bin?«

Ich erwähnte nicht, wie sehr ich mir wünschte, Ash wäre hier. Dass er der Hauptgrund war, warum ich im Eisernen Königreich so tapfer gewesen war. Ich vermisste ihn – seine ruhige, unverrückbare Entschlossenheit und sein stilles Selbstvertrauen.

Puck rutschte herum, bis er mir gegenübersaß, und hob mein Kinn an, um mich direkt anzusehen. Ich begegnete seinem Blick und sah hundert verschiedene Emotionen in seinen grünen Augen funkeln.

»Ich bin da«, murmelte er und fuhr mit seinen langen Fingern durch mein Haar. »Vergiss das nicht. Egal, was passiert, ich werde dich beschützen.« Er lehnte sich vor und legte seine Stirn an meine. Sein Atem roch nach Äpfeln, und ich sah mein Spiegelbild in seinen Augen. »Ich werde niemals von deiner Seite weichen, ganz egal, was kommt. Darauf kannst zu zählen.«

Mein Herzschlag dröhnte in meinen Ohren. Ich wusste, dass ich am Rand eines Abgrunds stand und in die Tiefe schaute. Ich wusste, dass ich mich zurückziehen sollte, denn wenn ich bliebe, würde unwiderruflich eine Grenze überschritten. Stattdessen schloss ich die Augen. Und Puck küsste mich.

Erst strichen seine Lippen zögernd über meine und ließen mir Raum, mich zurückzuziehen. Als ich mich an ihn schmiegte, umfasste seine Hand meinen Hinterkopf, und er küsste mich richtig. Ich legte die Arme um seinen Hals und zog ihn zu mir heran, da ich alles vergessen und einfach in diesem Gefühl ertrinken wollte. Vielleicht würden jetzt der bohrende Schmerz und die Einsamkeit für eine Weile verschwinden. Puck schob den Teller aus dem Bett, lehnte sich zurück und zog mich mit sich. Plötzlich waren seine Lippen an meinem Hals und zogen eine brennende Spur über meine Haut.

»Wenn ihr das unbedingt tun müsst, würde es euch etwas ausmachen, das Bett nicht ganz so durchzuschütteln?«, ertönte eine sarkastische Stimme vom Kopfteil her. »Vielleicht könntet ihr euch auf dem Boden herumwälzen.«

Sofort stieg mir das Blut in den Kopf, und ich sah auf. Grimalkin lag auf dem Kopfkissen und musterte uns verschlafen aus halb geöffneten Augen.

Puck folgte meinem Blick und stieß einen explosionsartigen Seufzer aus. »Habe ich schon erwähnt, wie sehr ich Katzen hasse?«

»Schieb die Schuld nicht auf mich, Goodfellow.« Grimalkin blinzelte und schaffte es, gleichzeitig gelangweilt und entrüstet zu klingen. »Ich habe mich ganz still um meine eigenen Angelegenheiten gekümmert, und das schon lange bevor du und die Prinzessin angefangen habt, zu rammeln wie die Kaninchen.«

Puck schnaubte. Er rollte sich auf den Bauch, schob sich aus dem Bett, zog mich mit sich hoch und schloss die Arme um mich. Mein Gesicht war knallrot, aber ich konnte nicht sagen, ob das von Grimalkins schlecht platzierten Kommentaren oder von etwas anderem kam.

»Ich geh besser.« Puck seufzte widerwillig. »Ich habe Eisenpferd versprochen, dass ich mir die Baupläne ansehe, die Kimi irgendwo besorgt hat.« Sein Blick wanderte über das auf dem Boden verstreute Essen. Die Sandwiches und Apfelstücke lagen überall herum, und er verkniff sich ein verlegenes Grinsen. »Äh, das Chaos tut mir leid, Prinzessin. Und mach dir wegen des Codes keine Sorgen, uns wird schon etwas einfallen. Versuch ein wenig zu schlafen, okay? Wir sind gleich da draußen.«

Er beugte sich vor, als wolle er mich küssen, aber ich konnte ihm nicht in die Augen sehen und wich seinem Blick aus. Er zögerte kurz, dann drückte er mir einen sanften Kuss auf die Stirn, ging und zog die Tür hinter sich zu.

Ich warf mich aufs Bett und vergrub mein Gesicht in einem Kissen. Was hatte ich getan? Ich hatte Puck geküsst, weil er gerade da gewesen war. Weil ich Angst hatte und mich nach einem anderen sehnte. Puck liebte mich, und ich hatte ihn aus den völlig falschen Gründen geküsst. Ich hatte ihn geküsst und dabei an Ash gedacht. Und ... es war schön gewesen.

Schuldgefühle nagten an mir. Ich vermisste Ash, und die Sehnsucht tobte in meinem Innersten, aber gleichzeitig wollte ich, dass Puck zurückkam und mich weiterküsste.

»Ich bin so was von verkorkst«, murmelte ich und drehte mich auf den Rücken. Die Risse in der Decke grinsten mich höhnisch an, und ich stöhnte. »Was soll ich nur machen?«

»Dich hoffentlich still weiter in die Sache reinsteigern, damit ich endlich schlafen kann«, sagte Grimalkin, ohne die Augen zu öffnen. Er fuhr kurz die Krallen aus, gähnte und wühlte sich tiefer in sein Kissen. »Vielleicht könntest du auch daran arbeiten, den Code zu entschlüsseln, damit wir das Zepter zurückholen können. Ich fände es mehr als ärgerlich, so viel Arbeit in die Sache gesteckt zu haben, wenn dann nichts dabei herauskommt.«

Ich starrte ihn finster an, aber er hatte recht. Und vielleicht würde mich das auch für eine Weile von Puck ablenken. »Ich meine, es ist ja nicht so, als würde ich Ash betrügen oder so«, schlussfolgerte ich, hob den zerknüllten Zettel auf und stieg dann wieder ins Bett. »Immerhin hat er mich sitzen lassen und gesagt, ich solle ihn vergessen. Das mit uns ist vorbei. Eigentlich bin ich mir gar nicht sicher, ob da überhaupt etwas zwischen uns war.«

Grimalkin antwortete nicht.

Ich starrte auf den Code und seufzte wieder schwer, während die Zahlen wie Ameisen über das Papier zu kriechen schienen. »Ich werde das nie rauskriegen, Grim«, murmelte ich. »Es ist hoffnungslos. Dafür muss man schon ein Mathegenie sein oder so.«

Grimalkin schlug mit dem Schwanz und drehte sich so, dass er mir den Rücken zuwandte. »Versuch, den Code als ein Rätsel zu sehen, nicht als mathematische Gleichung«, murmelte er. »Vielleicht willst du ihn einfach zu sehr in eine Formel pressen. Die Eisernen Feen sind schließlich immer noch Feen, und Rätsel liegen uns im Blut.«

Ein Rätsel also? Wieder sah ich auf das Papier und runzelte angestrengt die Stirn. Dieser blöde Code ergab immer noch keinen Sinn, ganz egal, wie lange ich ihn anstarrte.

3

13

1113

3113

132113 1 …

»Grim, ich …«

»Lies ihn laut vor, Mensch.« Grim klang genervt, aber resigniert, als wüsste er, dass er keinen Schlaf kriegen würde, wenn er mir nicht half. »Wenn du schon Lärm machen musst, versuch wenigstens, etwas Nützliches dabei zu tun.«

»Na schön«, murmelte ich. »Aber das wird auch nichts bringen.« Grim antwortete nicht, also fing ich an, die erste Zeile zu lesen: »Drei. Eins, drei. Eins, eins, eins, drei. Drei, eins, eins, drei.« Stirnrunzelnd unterbrach ich mich. Laut vorgelesen klang es irgendwie anders. Ich versuchte es noch einmal mit der dritten Zeile. »Eins, eins; eins, drei.«

Eine 1. Eine 3.

Ich blinzelte. Konnte es wirklich so einfach sein? Nur zur Sicherheit ging ich die anderen Zeilen durch, und meine Augen weiteten sich, als alles zusammenpasste. »Ich … ich hab's! Glaube ich. Warte kurz.« Wieder studierte ich das Papier. »Ja, es stimmt! Es ist nicht nur ein Zahlenrätsel, sondern auch ein Worträtsel! Du hattest recht, Grim! Schau!« Ich streckte Grimalkin den Zettel hin, und obwohl er mich nach wie vor nicht beachtete, machte ich weiter: »Jede Zeile beschreibt die vorangegangene Zeile. Die erste Zahl ist eine Drei, also lautet die zweite Zeile:

Eine 3. Die nächste Zeile heißt: Eine 1, eine 3 und so weiter. Also, wenn das stimmt, ist die letzte Zeile des Rätsels und damit der richtige Code…« Ich ging die Ziffern im Kopf durch. »1-1-1-3-1-2-2-1-1-3.« Stolz und Aufregung packten mich, weil ich irgendwie wusste, dass ich recht hatte, und so konnte ich mir ein breites Grinsen nicht verkneifen. »Ich hab es rausgekriegt, Grim! Wir können das Zepter doch holen.«

Grimalkin antwortete nicht. Seine Augen waren geschlossen, ich konnte aber nicht sagen, ob er wirklich schlief oder nur so tat. Kurz überlegte ich, ob ich zu Puck und Eisenpferd gehen sollte, um meinen Triumph mit ihnen zu teilen, aber bei genauerer Betrachtung war ich mir nicht sicher, ob ich Puck jetzt wirklich sehen wollte. Also blieb ich auf dem Bett liegen, hörte den Heinzelmännchen zu, die herumwuselten, um die Apfelstücke aufzusammeln, und ließ vor meinem inneren Auge immer wieder Pucks Kuss ablaufen, bis sich die Erinnerung in mein Gehirn eingebrannt hatte. Abwechselnd überkamen mich Schuldgefühle und Aufregung. Im einen Moment hätte ich Puck am liebsten wieder hierhergezerrt und zu Ende gebracht, was wir angefangen hatten, und im nächsten vermisste ich Ash so sehr, dass es wehtat. Ich war zu aufgedreht, um zu schlafen, also blieb ich wach, bis ein Heinzelmännchen den Kopf zur Tür reinstreckte, um mir zu sagen, dass der Morgen graute und Leanansidhe auf mich wartete.

Operation Zepter

Die Frau starrte mich über ihre goldene Brillenfassung hinweg an, die Lippen verächtlich verzogen. Sie trug ein schwarzes Businesskostüm, das sich eng an ihren Körper schmiegte, und ihre Haare waren zu einem straffen, aber trotzdem eleganten Knoten hochgesteckt, der sie streng wirken ließ. Ihr Make-up war perfekt, und durch die schwarzen High Heels schien sie größer zu sein und noch einschüchternder.

»Und, was meinst du, Liebes?«, fragte Leanansidhe zufrieden. »Die Brille ist vielleicht etwas übertrieben, aber wir wollen heute kein Risiko eingehen.«

Ich streckte der Frau die Zunge heraus, was die im Spiegel sofort nachahmte. »Es ist perfekt«, stellte ich verwundert fest. »Ich erkenne mich nicht einmal mehr selbst. Ich sehe aus wie eine Anwältin oder so.«

»Hoffentlich gut genug, um heute Nachmittag bei SciCorp reinzukommen«, murmelte Leanansidhe, und sofort stiegen alle Befürchtungen und Ängste, die ich den Morgen über erfolgreich verdrängt hatte, wieder wie eine schwarze Welle in mir auf. Ich schluckte schwer, um die Übelkeit unter Kontrolle zu halten, und wünschte mir gleichzeitig, ich hätte nicht die ganze Schachtel Puderzuckerdonuts gegessen, die Kimi zum Frühstück besorgt hatte. Es würde nicht besonders professionell wirken, wenn ich mir auf die teuren Schuhe kotzte.

Puck, Kimi, Nelson und Eisenpferd waren in der Empfangshalle und hatten sich um einen Grundriss versammelt, als wir hereinkamen – ich hinter Leanansidhe, auf meinen schmalen Absätzen noch etwas wackelig. Grimalkin lag dösend auf dem Flügel und strich mit dem Schwanz über die Tasten, ohne irgendjemanden zu beachten. Ich bemerkte, wie Leanansidhe einen Blick in seine Richtung warf und kurz zusammenzuckte, als würde sie schon die Kratzspuren auf dem polierten Holz vor sich sehen.

Puck sah auf und lächelte. Er streckte die Hand aus. Ich stöckelte auf ihn zu und hielt mich an seinem Arm fest, um mich abzustützen. Meine Zehen pochten schmerzhaft, und ich lehnte mich auf ihn, um meine Füße zu entlasten. Wie schafften diese Frauen es nur, jeden Tag in solchen Dingern herumzulaufen, ohne sich die Knöchel zu brechen?

»Wie läuft's mit dem Gehen?«, murmelte Puck so leise, dass nur ich ihn hören konnte.

»Halt die Klappe.« Ich gab seinem Arm einen scherzhaften Klaps. »Ich übe noch, okay? Das ist ungefähr so, als würde man auf Zahnstochern laufen.« Er kicherte, während ich mich auf den Plan konzentrierte, den die anderen zwischen sich ausgebreitet hatten. »Was sehen wir uns da gerade an?«

»Den Plan«, erklärte Kimi, die auf Zehenspitzen stand, um sich über den Tisch beugen zu können. »Das ist der Eingang zu SciCorp«, fuhr die Halbpuca fort und zeigte auf eine undeutliche Linie am unteren Rand des Blattes. Ich kniff die Augen zusammen, konnte sie aber nicht von den ganzen anderen Linien unterscheiden, die sich über den Bauplan zogen. Kimi bewegte ihren Finger zu einer anderen Linie. »Laut Warren wird das Zepter hier aufbewahrt, zwischen den Stockwerken neunundzwanzig und dreißig.«

»Ich hab immer noch keine Ahnung, wie das möglich sein soll«, murmelte ich. »Wie kann ein Gebäude ein Stockwerk zwischen zwei Stockwerken haben?«

»Genauso wie ich eine Villa zwischen der Welt der Sterblichen und dem Nimmernie haben kann, Liebes«, erwiderte Leanansidhe und warf Grimalkin wieder einen Blick zu, als würde sie ihn am liebsten vom Flügel scheuchen. »Die Eisernen Feen verfügen über ihren eigenen grässlichen Schein, ebenso wie wir unseren haben. Wir verwandeln andere in Kaninchen, sie fressen ganze Bankkonten leer. Grim, mein Lieber, *musst* du ausgerechnet dort schlafen?«

»Du, Puck und Eisenpferd werdet hier reingehen«, fuhr Kimi fort und tippte auf den unteren Rand des Plans. »Hinter den Eingangstüren ist die Sicherheitsschleuse, wo sie deinen Ausweis scannen. Puck und Eisenpferd werden für die Augen der Sterblichen unsichtbar sein, wir müssen uns also keine Gedanken darum machen, dass jemand sie entdecken könnte.«

»Was, wenn im Erdgeschoss Eiserne Feen sind?«, fragte Puck.

»Da sind keine«, erwiderte Kimi und warf ihm einen flüchtigen Blick zu. »Das haben Nelson und ich gecheckt. Falls die Eisernen Feen dieses Gebäude betreten, dann jedenfalls nicht durch den Vordereingang.«

Das klang verdächtig, so als hätten die Eisernen Feen verborgene Türen oder Steige, von denen wir nichts wussten. Aber daran ließ sich jetzt nichts mehr ändern.

»Sobald ihr die Sicherheitsschleuse passiert habt, seht ihr hier die Aufzüge«, machte Kimi mit ihrer Erklärung weiter und fuhr unseren Weg mit dem Finger nach, bevor sie uns einen ernsten Blick zuwarf. »Und da wird die Sache brenzlig. Ich weiß nicht, wie ihr zum Stockwerk neunundzwanzigeinhalb kommt. Vielleicht haben sie einen Knopf im Aufzug, den man nur mit dem *Blick* sehen kann, vielleicht braucht man ein Passwort, oder man muss die Knöpfe in einer bestimmten Reihenfolge drücken. Ich habe keine Ahnung. Die zweite Möglichkeit wäre, dass ihr das Treppenhaus nehmt, das ist hier. Aber das würde bedeuten, dass ihr dreißig Stockwerke hochlaufen müsst und das ohne Garantie, dass es von dort einen Zugang zu Stockwerk neunundzwanzigeinhalb gibt.«

»Darüber werden wir uns den Kopf zerbrechen, wenn es so weit ist«, meinte Puck abwinkend. »Und was ist mit dem Stockwerk, in dem sich das Zepter befindet? Was erwartet uns da?«

»Moment mal«, mahnte ich und drückte ihm eine Hand an die Brust. »Das klingt alles ziemlich riskant. Und wir wissen nicht mal, ob wir es überhaupt bis zum neunundzwanzigsten Stockwerk schaffen? Soll das etwa ein guter Plan sein?«

»Neunundzwanzigeinhalb«, korrigierte Puck mich. »Und es ist keiner. Also, kein guter Plan. Aber sieh es doch mal so.« Er grinste. »Entweder hören wir bei der Sache auf unser Bauchgefühl, oder wir lassen es gleich bleiben. Wir haben keine große Wahl, Prinzessin. Aber keine Sorge«, er legte mir einen Arm um die Schultern und drückte mich an sich, »du brauchst keinen Plan. Du hast doch Puck dabei, schon vergessen? In solchen Sachen bin ich Experte. Und ich habe noch nie einen ausgeklügelten Plan gebraucht, um etwas auf die Beine zu stellen.«

Vom Flügel ertönte ein schräger Akkord, als Leanansidhe Grimalkin endlich davon überzeugt hatte, woanders sein Schläfchen zu halten. Gereizt war der Kater von seinem Platz gerutscht und mit seinem ganzen Gewicht auf den Tasten gelandet, bevor er auf die Klavierbank sprang. »Keine Sorge, Mensch.« Er seufzte und schüttelte sich ausgiebig. »Ich werde ebenfalls mitkommen. Bei Goodfellows beispielhafter Planung muss doch jemand dafür sorgen, dass ihr auch durch die richtige Tür geht.«

»Hah.« Puck schnaubte und starrte ihn finster an. »Du bist ja wirklich schrecklich hilfsbereit, Kater. Was springt denn für dich dabei raus?«

»Mach dir darüber keine Gedanken, mein Lieber, Grimalkin und ich haben uns bereits auf etwas geeinigt.« Leanansidhe warf über Pucks Schulter einen flüchtigen Blick auf den Grundriss, wandte sich dann aber naserümpfend ab. »Denkt dran, ihr Lieben, wenn ihr das Stockwerk erreicht habt, in dem das Zepter verwahrt wird, müsst ihr auf alles gefasst sein. Robin, du und das Eisending haben die Aufgabe, die Prinzessin zu beschützen. Ich bin ziemlich sicher, dass das Zepter nicht einfach irgendwo herumliegt, wo es sich jeder nehmen kann. Höchstwahrscheinlich wird es Wachen, Schutzzauber und ähnlich widerliche Dinge geben.«

»ICH WERDE DIE PRINZESSIN MIT MEINEM LEBEN SCHÜTZEN«, dröhnte Eisenpferd so laut, dass Puck das Gesicht verzog und Kimi die Ohren anlegte. »ICH SCHWÖRE, SOLANGE ICH NOCH EINEN ATEMZUG IN MIR TRAGE, WIRD NIEMAND IHR AUCH NUR EIN HAAR KRÜMMEN. WIR WERDEN DAS ZEPTER ZURÜCKEROBERN ODER BEI DEM VERSUCH STERBEN.«

»Und ich persönlich würde das mit dem Sterben doch lieber vermeiden«, ergänzte Puck.

Ich wollte ihm gerade zustimmen, als aus einem der Flure Geräusche erklangen und kurz darauf ein Mensch in die Empfangshalle gerannt kam. Es war Charles, der verrückte Klavierspieler, der bestürzter und panischer aussah als je zuvor, sogar noch schlimmer als bei unserer Konfrontation mit den Dunkerwichteln. Mit sorgenvollen braunen Augen sah er mich an und stürzte auf mich zu, hielt aber inne, als Eisenpferd sich mit einem warnenden Grollen vor mich stellte.

»Sie ... sie geht?« Charles wirkte völlig verzweifelt, wrang die Hände und kaute auf seiner Unterlippe herum. »Nein, nein, nein. Darf nicht wieder gehen. Darf nicht verschwinden. Bleib.«

»Charles.« Leanansidhes Stimme ließ die Luft vibrieren, und der arme Mann sah sie erschrocken an. »Was tust du hier? Geh zurück in dein Zimmer.«

»Ist schon gut, Charles«, sagte ich schnell, weil er so aussah, als würde er gleich in Tränen ausbrechen. »Ich gehe ja nicht für immer weg. Ich komme wieder, keine Sorge.«

Er ließ die Hände sinken, richtete sich zu seiner vollen Größe auf und sah mir direkt in die Augen. Und für einen kurzen Moment verschwand das wahnsinnige Flackern aus seinem Blick. So musste er ... früher gewesen sein. Jung. Groß. Gut aussehend, mit Lachfältchen um den Mund. Ein nettes, wenn auch erschöpftes Gesicht. Ein Gesicht, das mir vage bekannt vorkam.

»Du kommst zurück?«, murmelte er. »Versprochen?«

Ich nickte. »Versprochen.«

Dann klatschte Leanansidhe in die Hände, und das scharfe Geräusch ließ uns zusammenfahren. »Charles, mein Lieber«, sagte sie wieder. Bildete ich mir das nur ein oder klang sie wirklich etwas nervös? »Du hast das Mädchen gehört. Sie wird wiederkommen. Also, warum suchst du nicht den anderen Charles, und ihr überlegt euch etwas, was ihr heute Abend spielen könnt? Geh schon, husch.« Sie wedelte mit der Hand, und Charles stolperte, nachdem er sich noch einmal nach mir umgedreht hatte, hinaus.

Stirnrunzelnd sah ich Leanansidhe an. »Der andere Charles? Gibt es denn mehr als einen?«

»Ich nenne sie alle Charles, Liebes.« Sie zuckte mit den Schultern. »Wie du sicher bereits bemerkt hast, kann ich mir einfach keine Namen merken, und die menschlichen Männer sehen für mich alle gleich aus. Also sind sie der Einfachheit halber eben alle Charles.«

Grimalkin sprang mit einem Seufzen von der Klavierbank. »Wir verschwenden unsere Zeit«, verkündete er und streckte seinen buschigen Schwanz in die Höhe, als er an uns vorbeitrottete. »Wenn wir diesen Zirkus wirklich veranstalten wollen, sollten wir jetzt gehen.«

»Viel Glück, meine Lieben«, rief Leanansidhe uns hinterher, als wir Grim aus der Empfangshalle hinaus folgten. »Wenn ihr zurückkommt, müsst ihr mir alles *haarklein* erzählen. Und Meghan, Täubchen, tu nichts, was ich nicht auch tun würde.«

Kimi und Nelson führten uns in die Außenwelt. Wir folgten ihnen durch mehrere Räume, in denen Gruppen aus Feen und Menschen saßen und unseren Auszug beobachteten, dann durch einen mit rotem Teppich ausgelegten Flur und eine lange Wendeltreppe hinauf, die schließlich unter einer Luke in der Decke endete. Diese Luke sah seltsam aus: rund, grau und irgendwie schwer. Ich sah genauer hin und erkannte, dass es die Unterseite eines Kanaldeckels war. Als Nelson ihn anhob und hinausspähte, fiel helles Sonnenlicht durch den Spalt, und der Geruch von Asphalt, Teer und Abgasen kitzelte mich in der Nase.

Während der Halbtroll die Straße über uns absuchte und auf eine Lücke im Verkehr wartete, drehte sich Kimi zu mir um. »Weiter können wir leider nicht mitgehen.« Die kleine Halbpuca wirkte enttäuscht, als sie mir den Plastikdienstausweis an einem Band übergab.

»Ihr kommt nicht mit?«

Sie schenkte mir ein entschuldigendes Lächeln und nickte Puck und Eisenpferd zu. »Nö, aber du hast doch deine Ritter. Die beiden sind reinblütig. Sie werden für die Menschen unsichtbar sein, einfach durch die Gnade des Feeseins. Nelson und ich können mit dem Schein nicht so gut umgehen, und es würde verdächtig aussehen, wenn du zwei Straßenkinder im Schlepptau hättest. Aber keine Sorge, SciCorp ist ganz in der Nähe, und von hier aus könnt ihr euch ein Taxi nehmen oder so. Hier!« Sie gab mir ein Stück Papier, das mit grellgrüner Tinte beschrieben war. »Das ist die Adresse, zu der ihr müsst. Der Steig zurück befindet sich an der Kreuzung Vierzehnte und Maple, sucht nach dem zweiten Kanaldeckel von links. Alles verstanden?«

Ich nickte, und in meinem Magen machte sich ein nervöses Kribbeln breit. »Verstanden.«

»Freie Bahn«, grummelte Nelson und schob den Kanaldeckel zur Seite. Puck kroch als Erster hinaus und zog mich dann hoch. Während Eisenpferd und Grimalkin nach oben kletterten, sah ich mich um und fand mich mitten auf einer belebten Straße wieder.

Eine Hupe dröhnte, und ein grellroter Mustang kam knapp vor mir zum Stehen. »Verzieh dich von der Straße, verrückte Tussi!«, schrie der Fahrer aus dem geöffneten Fenster, und ich stöckelte hastig zum Randstein. Der Fahrer gab wieder Gas und hatte dabei keine Ahnung, dass gerade eine massige Eiserne Fee mit ihrer riesigen Faust nach seiner Motorhaube schlug, sie aber knapp verfehlte.

»Du hast sowieso 'ne rote Ampel überfahren, du Spinner!«, brüllte ich ihm hinterher, während Puck und Eisenpferd zu mir auf den Bürgersteig traten. Die Leute starrten mich an, schüttelten die Köpfe oder kicherten leise. Ich starrte böse zurück und versuchte, mein rasendes Herz zu beruhigen. Die würden bestimmt nicht lachen, wenn sie Eisenpferd sehen könnten, der über mir aufragte wie ein pflichtversessener Bodyguard und jeden, der mir zu nahe kam, finster musterte.

»Bist du okay?«, fragte Puck besorgt. Er stand so dicht bei mir, dass sein Atem über meine Wange strich. Als ich nickte, drückte er mir einen Kuss auf den Scheitel, der Schmetterlinge in meinem Bauch flattern ließ. »Jag mir bloß nicht noch mal so einen Schrecken ein, Prinzessin.«

»Tja, das war doch unterhaltsam.« Grimalkin sprang leichtfüßig auf den Bürgersteig und ließ sich betont viel Zeit. »Wären wir dann so weit und können gehen? Mensch, du weißt, in welche Richtung wir müssen, richtig?«

Ich sah hinunter auf den Papierfetzen, den ich immer noch umklammert hielt. Er zitterte nur ganz leicht. »Ist es okay für euch, wenn wir ein Taxi nehmen?«

Puck verzog das Gesicht. »Also, jeder andere hätte sicher gewisse Schwierigkeiten damit, in einer großen Metallkiste herumzukurven, aber ich habe gelernt, damit zurechtzukommen.« Er grinste mich an. »Die ganzen Jahre, in denen ich mit dir im Bus saß, waren ein gutes Training. Lass trotzdem besser die Fenster offen, Prinzessin.«

Wir fanden eine Telefonzelle, und ich rief uns ein Taxi. Zehn Minuten später hielt ein hellgelbes Taxi neben uns, das von einem bärtigen Mann gefahren wurde, der auf einer dicken Zigarre herumkaute. Er warf mir im Rückspiegel immer wieder Blicke zu und lächelte, wobei er keine der beiden Feen wahrnahm, weder die mit der bedrohlich gerunzelten Stirn noch die, die den Kopf so weit wie möglich aus dem Fenster streckte. Ich saß eingezwängt zwischen Puck und Eisenpferd, hatte Grim auf dem Schoß und ließ beide Rückfenster geöffnet, während wir durch die Straßen der Stadt rasten. Der Zigarrenrauch des Fahrers stach mir in die Nase und ließ meine Augen tränen, und auch Puck war verdächtig grün im Gesicht.

Endlich hielten wir vor einem glänzenden Hochhaus, dessen verspiegelte Fassade das Sonnenlicht reflektierte und sich scheinbar endlos in die Höhe zog. Ich bezahlte den Fahrer, und wir schälten uns aus dem Wagen. Sobald wir das Taxi verlassen hatten, begann Puck zu husten. Er sah bleich aus und war verschwitzt. Mir zog sich das Herz zusammen, weil es mich daran erinnerte, in welchem Zustand Ash im Ödland der Eisernen Feen gewesen war. Eisenpferd musterte ihn neugierig, fast schon fasziniert, während Grim sich setzte und anfing, seinen Schwanz zu putzen.

»Würg! Das war ja widerlich«, murmelte Puck, als das raue Keuchen endlich nachließ. Er spuckte auf den Bürgersteig und wischte sich mit dem Handrücken über den Mund. »Ich weiß nicht, was schlimmer war: das Taxi selbst oder der Zigarrengestank von diesem Typen.«

»Wirst du denn klarkommen?« Ich musterte ihn besorgt, aber er grinste nur.

»Mir ging es nie besser, Prinzessin. Da wären wir also.« Er legte den Kopf in den Nacken und sah an den steil aufragenden Wänden der Doppeltürme empor, die die Firma SciCorp beherbergten. In seinen Augen funkelte seine typische Verschmitztheit. »Dann kann die Party ja losgehen.«

Mein Herz riss sich zusammen, bis wir durch die großen Glastüren waren. Dann fing es an, so heftig gegen meine Rippen zu hämmern, dass ich befürchtete, sie könnten brechen.

»Oh, wow«, flüsterte ich und blieb unwillkürlich stehen, um mich mit offenem Mund in der riesigen Lobby umzusehen. Ungefähr acht oder neun Stockwerke über uns wölbte sich die Decke, an der seltsame, an Drähten befestigte Metallkonstruktionen hingen und in der Sonne funkelten. Leute in teuren Anzügen eilten an uns vorbei, Designerschuhe klapperten über den sterilen grauen Boden. In jeder Ecke entdeckte ich Kameras, und an den Drehkreuzen der Sicherheitsschleuse standen bewaffnete Wachen herum. Ich presste die Knie zusammen, damit sie nicht zitterten.

»Ganz ruhig, Prinzessin.« Während ich dort stand und wie ein Vollidiot gaffte, legten sich Pucks starke Hände auf meine Schultern. »Du schaffst das. Halt den Kopf hoch und den Rücken gerade, und es könnte auch nicht schaden, jedem, der Augenkontakt herstellt, ein herablassendes Lächeln zu schenken.« Er drückte meine Schultern und beugte sich so nah zu mir, dass sein warmer Atem mein Ohr streifte. »Wir sind direkt hinter dir.«

Ich nickte zittrig. Puck drückte noch einmal meine Schultern und ließ mich dann los. Ich reckte das Kinn, holte tief Luft, nahm die Schultern zurück und marschierte auf die Sicherheitskontrolle zu.

Ein Wachmann in schiefergrauer Uniform musterte mich desinteressiert, während ich näher kam – er sah so aus, wie ich mich immer in Algebra fühlte, mit glasigen Augen und total gelangweilt. Der Mann vor mir murmelte gehetzt: »Morgen, Ed«, bevor er seinen Ausweis durch einen Scanner zog. Das rote Licht wurde grün, und der Mann fegte durch das Drehkreuz.

Jetzt war ich dran. Mit, wie ich hoffte, autoritärer Miene schlenderte ich zu dem Drehkreuz. »Guten Morgen, Edward«, grüßte ich den Wachmann und schob Rosalyn Smiths Ausweis unter das flackernde rote Licht des Scanners. Der Wachmann nickte und lächelte höflich, sah mich dabei aber nicht einmal an. *Ha,* dachte ich triumphierend. *Das war ja leicht. Wir haben's geschafft.*

Dann gab der Scanner einen schrillen Warnton von sich, und mir blieb fast das Herz stehen.

Ed stand auf und runzelte die Stirn. »Entschuldigen Sie, Miss«, sagte er, während ich das Gefühl hatte, meine Wirbelsäule würde in Eiswasser getaucht. »Ich müsste kurz Ihren Ausweis kontrollieren.«

Puck, Grim und Eisenpferd waren bereits auf der anderen Seite der Sperre und sahen sich besorgt nach mir um. Ich schluckte den Schreck runter und fragte mich, ob wir jetzt den Plan aufgeben und die Beine in die Hand nehmen sollten. Der Wachmann streckte wartend die Hand aus, und ich zwang mich, ruhig zu bleiben.

»Natürlich.« Zum Glück blieb meine Stimme fest, während ich mir das Band über den Kopf zog und ihm den Ausweis reichte.

Der Wachmann nahm ihn, hielt ihn sich vors Gesicht und kniff die Augen zusammen. Ich spürte mindestens ein Dutzend Blicke in meinem Rücken und versuchte, gelangweilt und gereizt zu wirken.

»Tut mir leid, Miss Smith.« Endlich sah Ed von dem Ausweis auf. »Aber wussten Sie nicht, dass Ihr Ausweis gestern abgelaufen ist? Sie haben noch bis morgen Zeit, um sich einen neuen zu besorgen.«

»Oh.« Erleichterung durchströmte meinen Magen. Vielleicht konnte ich die Sache ja doch noch durchziehen. »Natürlich«, murmelte ich und versuchte, möglichst verlegen zu klingen. »Ich wollte ihn schon erneuern lassen, aber Sie wissen ja, wie viel in letzter Zeit zu tun war. Ich hatte einfach keine Zeit dazu. Aber ich werde mich heute noch darum kümmern, bevor ich gehe. Vielen Dank.«

»Kein Problem, Miss Smith.« Ed gab mir den Ausweis zurück und tippte sich an die Mütze. »Wünsche noch einen schönen Vormittag.« Dann drückte er auf einen Knopf und winkte mich durch.

Ich hastete um die nächste Ecke, brach an der Wand zusammen und fing an zu hyperventilieren.

»Nicht doch, Prinzessin«, mahnte Puck und zog mich auf die Füße, gerade als ein paar Geschäftsmänner um die Ecke bogen, die in ein Gespräch über Berichte, Teambesprechungen und die Kündigung eines stellvertretenden Abteilungsleiters vertieft waren. Ich senkte den Blick, als sie vorbeigingen, aber sie schenkten mir sowieso keine Beachtung.

»Du hast das gerade übrigens großartig gemacht«, fuhr Puck fort, während wir durch den hell erleuchteten Flur schritten. »Ich dachte schon, du würdest einknicken, aber du hast dich gut im Griff gehabt. Reife Leistung, Prinzessin.«

Ich grinste.

»Die erste Hürde liegt hinter uns«, ergänzte Puck fröhlich. »Jetzt müssen wir nur noch Stockwerk neunundzwanzigeinhalb finden, uns das Zepter schnappen und wieder verschwinden. Wir sind schon fast wieder zu Hause.«

Er hatte leicht reden. Mein Herz raste immer noch wie verrückt, und mir lief der kalte Schweiß bis in die Kniekehlen. Ich wollte ihm gerade erklären, wie es mir ging, als mir auffiel, dass wir noch ein ganz anderes Problem hatten. »Äh, wo ist eigentlich Grim?«

Wir sahen uns hastig um, doch der Kater blieb verschwunden. Vielleicht hatte die kleine Szene an der Sperre sein Vertrauen in den Plan erschüttert, oder er hatte einfach beschlossen, dass es ihm eigentlich total egal war, und war gegangen. Es wäre nicht das erste Mal.

»WARUM SOLLTE ER UNS IM STICH LASSEN?«, fragte Eisenpferd. Ich zuckte zusammen, als seine Stimme durch den Flur hallte. Zum Glück konnten Menschen die Feen auch nicht hören. »ICH DACHTE, DIE CAT SIDHE HÄTTE EHRBARE ABSICHTEN. ICH HÄTTE IHN NICHT FÜR EINEN FEIGLING GEHALTEN.«

Puck schnaubte. »Dann kennst du Grimalkin nicht besonders gut«, bemerkte er, aber ich war nicht sicher, ob ich ihm recht geben sollte. Grimalkin hatte sich eigentlich immer für uns eingesetzt, auch wenn er oft ohne Erklärung verschwunden war. Ungeachtet der Tatsache, dass Eisenpferd völlig perplex wirkte, machte ich mir keine ernsthaften Sorgen – Grimalkin würde sicherlich wieder auftauchen und zwar genau dann, wenn man es am wenigsten erwartete.

»Was soll's.« Ich drehte mich um und ging weiter.

Eisenpferd sah immer noch verwirrt und fast schon verletzt aus, weil ein Verbündeter ihn derart verraten hatte.

Ich schenkte ihm ein Lächeln, das beruhigend sein sollte. »Ist schon okay, Eisenpferd. Grim kann hervorragend auf sich selbst aufpassen, und er wird wieder auftauchen, wenn wir ihn brauchen. Wir sollten jetzt weiter nach dem Zepter suchen.«

»WENN IHR ES SAGT, PRINZESSIN.«

Am Ende des Flurs stießen wir auf zwei Fahrstühle.

»Stockwerk neunundzwanzigeinhalb«, murmelte ich nachdenklich, während ich auf den Knopf nach oben drückte. Nach ein paar Sekunden öffneten sich die massiven Türen des einen Fahrstuhls mit einem Klingeln, zwei Frauen stiegen aus und gingen an uns vorbei, ohne uns eines Blickes zu würdigen. Ich spähte in die Fahrstuhlkabine und musterte die Wand, aber wie erwartet gab es keinen Knopf mit der Aufschrift 29,5.

Ich betrat die Kabine, dicht gefolgt von Eisenpferd. Aus den Lautsprechern drang leise heitere Orchestermusik, und der Boden war mit rotem Teppich ausgelegt. Puck stürzte in die Kabine, blieb dann genau in ihrer Mitte stehen, möglichst weit von den Wänden entfernt, und verschränkte die Arme vor der Brust. Eisenpferd drehte sich zu ihm um und blinzelte verwirrt.

»GEHT ES DIR GUT, GOODFELLOW?«, fragte er, und seine Stimme hallte in der kleinen Kabine so laut wider, dass es mir fast die Tränen in die Augen trieb.

Puck schenkte ihm ein furchterregendes Lächeln. »Mir? Bestens. Große Metallkiste in einer großen Metallröhre? Kein Problem. Los jetzt, Prinzessin, bring uns ins richtige Stockwerk.«

Ich nickte, zog ein Stück Papier aus meiner Jacketttasche, faltete es auseinander und hielt es ins Licht. »Tja, alles oder nichts«, murmelte ich und begann, den Code mit den Knöpfen für die einzelnen Etagen einzugeben: 1-1-13-1-2-2-1-1-3. Die Ziffern leuchteten auf, wenn ich sie drückte, und gaben leise Töne von sich wie die Tasten an einem Handy.

Ich drückte auf die letzte 3, trat zurück und hielt den Atem an. Einen Moment lang passierte gar nichts. Eisenpferds rauer Atem wurde von den Metallwänden zurückgeworfen und füllte die Kabine mit dem Geruch von Rauch. Puck hustete und murmelte leise etwas vor sich hin.

Ich wollte den Code gerade noch einmal eingeben, weil ich dachte, dass ich vielleicht einen falschen Knopf gedrückt hatte, da schlossen sich die Türen plötzlich. Das Licht verdunkelte sich, die Musik verstummte, und ein großer weißer Knopf erschien, auf dem in klaren Ziffern die Zahl 29,5 prangte.

Ich tauschte einen Blick mit meinen Begleitern, die beide nickten.

»Stockwerk neunundzwanzigeinhalb«, flüsterte ich und drückte mit dem Daumen auf den Knopf. »Auf nach oben.«

Der Fahrstuhl hielt an, und die Türen öffneten sich mit einem fröhlichen Klingeln.

Wir spähten hinaus in einen langen, hell erleuchteten Gang, an dessen Wänden sich zahlreiche Türen befanden und dessen grauer Fliesenboden direkt zu einer einzelnen Tür ganz am Ende führte. Ich wusste, dass wir hier richtig waren. Es lag regelrecht in der Luft, ein leises Summen, ein scharfes Kitzeln direkt unter meiner Haut. Mir stellten sich die Nackenhaare auf, doch das Gefühl war auch seltsam vertraut. Als ich mich nach Puck und Eisenpferd umsah, wusste ich, dass sie es ebenfalls spüren konnten.

Langsam bewegten wir uns durch den Korridor. Puck ging voran, und Eisenpferd bildete das Schlusslicht. Unsere Schritte hallten laut durch die Stille. Ohne zu zögern, passierten wir die einzelnen Türen, da wir wussten, dass es nicht die richtigen waren. Ich konnte spüren, wie das Summen lauter wurde, je näher wir dem Ende des Korridors kamen.

Dann hatten wir die letzte Tür erreicht, und Puck lehnte sich dagegen, drückte ein Ohr an das Holz. *Ich kann nichts hören,* formten seine Lippen, und er zeigte auf die Klinke. *Sollen wir?*

Eisenpferd nickte und ballte die massigen Fäuste. Puck zog seine Dolche und zeigte mit einem von ihnen auf mich. Ich biss mir auf die Lippe, streckte die Hand aus und drückte vorsichtig die Klinke.

Die Tür schwang quietschend auf, und eisige Luft schlug mir entgegen. Ich begann zu zittern und unterdrückte den Impuls, mir die Arme zu reiben, während mein Atem sich in eine weiße Wolke verwandelte. Irgendjemand hatte die Klimaanlage auf schätzungsweise minus zwanzig Grad gestellt. Der Raum, den wir betraten, war wie ein riesiger Gefrierschrank.

Ungefähr ein Dutzend Menschen in teuren Anzügen saßen an einem langen, u-förmigen Tisch in der Mitte des Raumes. Wie es aussah, waren wir in eine Besprechung geplatzt, denn sie drehten sich alle um und sahen mich mit unterschiedlich starker Verärgerung und Verwirrung an. Am Ende des Tisches stand ein Drehstuhl, dessen Lehne uns zugewandt war und so den Sprecher oder Geschäftsführer, oder wer auch immer hier das Sagen hatte, verdeckte. Plötzlich musste ich an die vielen Male denken, wenn ich zu spät in die Klasse gekommen war und durch die Reihen bis zu meinem Tisch huschen musste und dabei von allen beobachtet wurde. Mein Gesicht wurde heiß, und für einen Moment hätte man eine Stecknadel fallen hören können.

»Äh, Entschuldigung«, murmelte ich und wich zurück. Die Anzugträger starrten mich weiter an. »Tut mir leid, falscher Raum. Wir werden einfach ... gehen.«

»Oh, warum bleibst du nicht noch ein wenig, Süße?«

Die schrille, summende Stimme jagte mir einen Schauer über den Rücken. Am Ende des Tisches wirbelte der Drehstuhl herum und präsentierte uns eine lächelnde Gestalt. Sie trug ein neongrünes Kostüm und radioaktiv-blau leuchtenden Lippenstift. Eine grellgelbe Brille saß in ihrem schmalen Gesicht über einem spöttischen Lächeln. Ihre Haare, die aus unzähligen Computerkabeln bestanden, waren auf dem Kopf zu einer bunten, schrägen Version eines Knotens aufgesteckt. Sie hielt das Zepter in den Fingern mit den grünen Nägeln und wirkte dadurch wie eine Königin, die ihre Untertanen musterte. Mein Magen krampfte sich, als ich die Gestalt erkannte.

»VIRUS!«, dröhnte Eisenpferd los.

»Kein Grund, zu schreien, alter Mann. Ich bin doch da.« Virus legte die in High Heels steckenden Füße auf den Tisch und sah uns selbstzufrieden an. »Ich habe dich schon erwartet, Mädchen. Du suchst das hier, nicht wahr?« Sie hob den Arm, und ich keuchte erschrocken auf. Das Jahreszeitenzepter pulsierte zwischen ihren Fingern in einem kränklichen grünen Licht. Virus bleckte lächelnd die Zähne. »Dass das Mädchen und ihr Hofnarr deswegen hier herumschnüffeln würden, darauf war ich gefasst, aber ich hätte niemals gedacht, dass das ehrenwerte Eisenpferd sich gegen uns wenden würde. Ts-ts.« Sie schüttelte den Kopf. »Loyalität wird in diesen Tagen ja so überbewertet. Wodurch die Mächtigen stürzen.«

»DU WAGST ES, MICH ZU BESCHULDIGEN?« Eisenpferd stampfte auf sie zu, und aus seinem Mund und seiner Nase quoll Rauch. Hastig eilten wir hinter ihm her. »DU BIST DER BETRÜGER, DER DEM BEFEHL DES FALSCHEN KÖNIGS FOLGT. DU BIST DIEJENIGE, DIE GESTÜRZT IST.«

»Sei doch nicht so melodramatisch«, seufzte Virus. »Wie gewöhnlich hast du keine Ahnung, was wirklich los ist. Glaubst du im Ernst, ich will dem Gekeuche eines überalterten Monarchen folgen? Das will ich noch weniger als du. Als er mich damit beauftragt hat, das Zepter zu stehlen, wusste ich, dass das der letzte Befehl sein würde, den ich je befolgen würde. Der arme Tertius glaubt immer noch, dass ich seinem falschen König gegenüber loyal wäre. Der gutgläubige Trottel hat mir das Zepter ohne zu zögern überlassen.« Sie schenkte uns ein grimmiges Lächeln. »Jetzt besitze *ich* das Jahreszeitenzepter. Ich habe die Macht. Und wenn der falsche König es haben will, wird er es sich von mir mit Gewalt holen müssen.«

»Ich verstehe«, sagte ich und blieb in einigen Schritten Entfernung von ihr stehen. Die Anzugträger um uns herum starrten mich weiter unverwandt an. »*Du* willst der nächste Herrscher werden. Du hattest nie vor, es dem Eisernen König zu geben.«

»Wollt ihr mir das etwa zum Vorwurf machen?« Virus schwang die Füße vom Tisch und lächelte mich an. Dann zeigte sie mit dem Zepter auf Puck. »Wie oft hast du dich deinem König widersetzt, weil seine Befehle schwachsinnig waren? Goodfellow, wie oft hast du schon mit dem Gedanken an Rebellion gespielt? Erzähl mir bloß nicht, du wärst in all den Jahren, die du ihn jetzt kennst, immer ein treues kleines Äffchen gewesen und hättest Oberon jeden erdenklichen Wunsch erfüllt.«

»Das ist etwas anderes«, erklärte ich.

»Ach, wirklich?« Virus grinste mich höhnisch an. »Eins kann ich dir sagen, es war nicht sonderlich schwierig, Rowan zu überzeugen. Der Hass und die Eifersucht dieses Jungen sind wirklich inspirierend.

Er brauchte nur einen winzigen Schubser, das kleine Versprechen von mehr Macht, und schon hat er alle verraten, die er kannte. Er war es übrigens auch, der mir gesteckt hat, dass du hinter dem Zepter her bist, weißt du?« Sie schnaubte abfällig. »Die Behauptung, sie würden gegen Eisen immun werden, ist natürlich völliger Blödsinn. Als könnte jahrtausendealte Geschichte umgeschrieben oder ausgelöscht werden. Eisen und Technologie waren immer schon tödlich für die traditionellen Feen, und das werden sie auch immer bleiben. Deshalb sind wir euch Altblütlern ja so eindeutig überlegen. Und deshalb werdet ihr nach dem Krieg schlicht und einfach untergehen.«

Eisenpferd grollte, und es klang wie das wütende Rumpeln eines herannahenden Zuges. »ICH WERDE DAS ZEPTER AN MICH NEHMEN UND DEN WAHREN HERRSCHER DER EISERNEN FEEN AUF DEN THRON BRINGEN«, schwor er und trat drohend einen Schritt vor. »DU WIRST ES MIR JETZT GEBEN, VERRÄTERIN. DEINE MENSCHLICHEN MARIONETTEN WERDEN DICH NICHT BESCHÜTZEN KÖNNEN.«

»Ah, ah, ah.« Virus drohte ihm gespielt mit dem Finger. »Nicht so hastig. Ich wollte meine Drohnen nicht mit heraufnehmen, weil sie so empfindlich sind, aber ich bin nicht so dumm, völlig ungeschützt zu sein.« Sie warf ein Lächeln in die Tischrunde. »In Ordnung, meine Herren. Das Meeting ist beendet.«

Mit diesen Worten standen alle Menschen auf, die am Tisch gesessen hatten, und legten ihre Tarnungen ab wie alte Mäntel, sodass die Illusionen wie Fetzen durch die Luft trieben. Die menschlichen Fassaden verschwanden, dahinter tauchte ein Dutzend Feen in dornigen schwarzen Rüstungen auf, deren Gesichter fahl und bleich unter ihren Helmen hervorsahen. Völlig synchron zog die Dornengarde ihre gezackten schwarzen Schwerter und richtete sie auf uns, sodass wir uns plötzlich in einem Kreis aus Feenstahl wiederfanden.

Der Magen drehte sich mir um, wollte meine Kehle hochkriechen und zur Tür hinaus. Ich hörte, wie Puck die Luft ausstieß und Eisenpferd irritiert schnaubte, während er dichter neben mich rückte.

Kichernd lehnte sich Virus in ihrem Stuhl zurück. »Ich fürchte, ihr seid blindlings in die Falle gelaufen, meine Lieben«, triumphierte sie, während wir uns anspannten, bereit, zu kämpfen oder zu fliehen. »Oh, aber ihr wollt jetzt doch nicht etwa schon verschwinden, oder? Ich habe noch eine letzte kleine Überraschung für euch.« Sie kicherte wieder und schnippte mit den Fingern.

Quietschend öffnete sich eine Tür hinter ihr, eine dunkle Gestalt betrat den Raum und baute sich neben ihrem Stuhl auf. Diesmal rutschte mir das Herz in die Hose und blieb gleich dort.

»Ich bin sicher, ihr vier kennt euch bereits«, sagte Virus, während meine Welt sich zu einem schmalen Tunnel verengte und alles andere ausblendete. »Meine bisher großartigste Schöpfung, denke ich. Es brauchte sechs Dornengardisten und fast zwei Dutzend Drohnen, um ihn zu überwältigen, aber das war es wert. Und welche Ironie, nicht wahr? Er hätte es fast geschafft, mit dem Zepter zu fliehen, und jetzt würde er alles tun, damit es hierbleibt.«

Nein, flüsterte eine Stimme in mir. *Das geschieht nicht wirklich. Nein, nein, nein, nein, nein.*

»Ash«, schnurrte Virus, als die Gestalt ins Licht trat. »Sag Hallo zu unseren Gästen.«

Verräter

Völlig betäubt starrte ich Ash an, hin- und hergerissen zwischen der Erleichterung darüber, dass er noch lebte, und unerträglicher Verzweiflung. Was hier gerade passierte, konnte doch nicht real sein. Ich war in einen Albtraum geraten, wo alles, was ich liebte, in etwas Monströses, Schreckliches verwandelt wurde. Meine Beine wurden schwach, und ich musste mich an Puck lehnen, um nicht hinzufallen.

Eisenpferd schnaubte. »EINE ILLUSION«, spottete er und starrte Ash voller Geringschätzung an. »EIN EINFACHER ZAUBER, MEHR NICHT. ICH HABE GESEHEN, WAS MIT DEN ALTBLÜTLERN PASSIERT, DENEN DU DEINE WIDERWÄRTIGEN WANZEN IMPLANTIERST. SIE WERDEN WAHNSINNIG, UND DANN STERBEN SIE. DAS IST NICHT DER WINTERPRINZ, GENAUSO WENIG WIE DIESE WACHEN.«

»Meinst du?« Virus' Grinsen war erschreckend selbstgefällig. »Tja, wenn du dir so sicher bist, alter Mann, kannst du gern versuchen, ihn aufzuhalten. Es sollte ja leicht sein, eine einfache Wache zu besiegen. Obwohl ich denke, dass diese Aufgabe schwieriger sein wird, als du je erwartet hast.« Mit einem absolut sadistischen Lächeln wandte sie sich mir zu. »Die Prinzessin weiß es, nicht wahr, Süße?«

Eisenpferd drehte sich um und sah mich fragend an, aber ich konnte den Blick einfach nicht von Virus' Bodyguard abwenden. »Das ist keine Illusion«, flüsterte ich. »Das ist wirklich er.« Das Flattern in meiner Brust bewies, dass es stimmte. Ohne auf die Dornengarde zu achten, die ihre Waffen hob, trat ich vor. Der Blick des Prinzen wurde scharf und durchdrang mich wie eine Klinge. »Ash«, flüsterte ich, »ich bin's. Bist du verletzt? Sag doch was.«

Ashs Blick war leer, nichts in seinen Silberaugen wies darauf hin, dass er mich erkannte: kein Ärger, keine Trauer, gar nichts. »Ihr alle«, sagte er mit ruhiger Stimme, »werdet sterben.«

Angst und Entsetzen packten mich und ließen mich erstarren.

Virus stieß ihr verhasstes summendes Lachen aus. »Es hat keinen Zweck«, höhnte sie. »Er hört dich, er erkennt dich sogar, aber er kann sich an nichts aus seinem alten Leben erinnern. Dank meiner Wanzen wurde er völlig neu programmiert. Und jetzt hört er nur noch auf mich.«

Ich sah ihn mir genauer an, und mein Herz blutete noch stärker. Selbst in den Schatten des Raumes war deutlich zu erkennen, wie grau das Gesicht des Prinzen war. Die Haut über seinen Wangenknochen spannte so sehr, dass sie stellenweise gerissen war und offene Wunden aufwies. Seine Wangen waren eingesunken, und obwohl sein Blick ausdruckslos und leer war, waren seine Augen hell vor Schmerz. Ich kannte diesen Blick: Genauso hatte Heckenstachel in der Höhle ausgesehen, am Rand des Wahnsinns.

»Es bringt ihn um«, flüsterte ich.

»Na ja, ein bisschen vielleicht.«

»Hör auf damit«, zischte ich, woraufhin Virus süffisant eine Augenbraue hochzog. Mein Herz raste vor Angst, aber ich biss die Zähne zusammen und fuhr fort: »Bitte«, flehte ich und trat noch einen Schritt vor. »Lass ihn gehen. Lass mich seinen Platz einnehmen. Ich werde einen Vertrag unterschreiben, mich auf einen Handel einlassen, alles, was du willst. Aber hol die Wanze aus seinem Kopf und lass ihn gehen.«

»Meghan!«, keuchte Puck, und Eisenpferd starrte mich entsetzt an.

Mir war es egal. Ich konnte nicht zulassen, dass Ash einfach ins Nichts verschwand, als hätte er niemals existiert. Unwillkürlich sah ich mich selbst in einem Feld aus weißen Blumen stehen und beobachten, wie Ash und Ariella gemeinsam im Mondschein tanzten, endlich vereint. Aber es wäre eine Lüge. Ash wäre nicht mit seiner wahren Liebe vereint, nicht einmal im Tod. Er wäre überhaupt nicht mehr.

Virus kicherte. »Welch Hingabe«, murmelte sie und erhob sich von ihrem Stuhl. »Ich bin schrecklich gerührt. Komm her, Ash.« Sofort stellte sich Ash neben sie, und Virus legte eine Hand an seine Brust. »Ihr solltet mich beglückwünschen«, fuhr Virus fort und musterte den Prinzen wie ein Schüler, der mit seinem Wissenschaftsprojekt gerade bei Jugend forscht gewonnen hat. »Ich habe endlich einen Weg gefunden, meine Wanzen im System der Feen zu implantieren, ohne dass es sie sofort umbringt oder innerhalb weniger Stunden in den Wahnsinn treibt. Anstatt sein Gehirn zu überschreiben...«, sie streichelte Ash durchs Haar, und ich ballte meine zitternden Hände zu Fäusten, während ich gegen den Drang ankämpfen musste, mich über den Tisch zu werfen und ihr die Augen auszureißen, »... habe ich sie sein Zentralnervensystem übernehmen lassen, genau hier.« Ihre Finger wanderten zu seinem Hinterkopf und strichen über eine Stelle im Genick. »Du kannst gern versuchen, sie rauszuschneiden, aber ich fürchte, das wäre ziemlich fatal für ihn. Nur ich allein kann meinen Wanzen befehlen, ihren Wirt freiwillig zu verlassen. Und was dein Angebot betrifft...« Sie schenkte mir ein nachsichtiges Lächeln. »Du verfügst nur über eine Sache, die ich haben will, und die werde ich dir gleich nehmen. Nein, ich denke, ich bevorzuge meinen Bodyguard in der gegenwärtigen Form – für die restliche Zeit, die ihm noch bleibt.«

Mein Herz hämmerte. Er war so nah. Ich könnte den Arm über den Tisch strecken, seine Hand packen und ihn in Sicherheit ziehen. »Ash!«, schrie ich und hielt ihm die Hand hin. »Spring! Komm schon, du kannst dagegen ankämpfen. Bitte... « Meine Stimme brach und wurde zu einem Flüstern. »Tu das nicht. Zwing uns nicht, gegen dich zu kämpfen ...«

Ash starrte nur weiter geradeaus und rührte sich nicht. Ein Schluchzen stieg in meiner Kehle auf. Ich erreichte ihn nicht. Ash war für uns verloren. Der kalte Fremde auf der anderen Seite des Tisches hatte seinen Platz eingenommen.

»Tja.« Virus trat einen Schritt zurück. »Das wird langsam langweilig. Ich denke, es wird Zeit, mir zu holen, was ich von dir will, Süße. Ash ...« Sie legte ihm eine Hand auf die Schulter. »Töte die Prinzessin. Töte sie alle.«

Blaues Licht flammte auf, als Ash sein Schwert zog und über dem Tisch kreisen ließ. Es ging so schnell, dass ich nicht einmal mehr schreien konnte, ehe die eisige Klinge auf mein Gesicht zuraste.

Puck warf sich vor mich, fing die Klinge mit seinem Dolch ab und lenkte den Schlag unter dem Kreischen des Metalls ab, dass die Funken nur so sprühten. Ich taumelte zurück, Puck packte mein Handgelenk und zog mich weg, selbst als ich zu protestieren begann. »Rückzug!«, schrie er, als die Dornenwache mit Gebrüll über den Tisch hechtete. Als ich über die Schulter schaute, sah ich, wie Ash elegant auf die Tischplatte sprang und mich mit diesen schrecklich ausdruckslosen Augen fixierte. »Zieh dich zurück, Eisenpferd, es sind zu viele!«

Mit einem Grollen und einem Feuerstrahl nahm Eisenpferd seine wahre Gestalt an, spuckte Stichflammen und trat mit seinen Hufen um sich. Die Wachen wichen erschrocken zurück. Eisenpferd stürmte auf sie zu, fegte einige von ihnen aus dem Weg und erkämpfte uns so einen Weg zur Tür.

Sobald die riesige Eiserne Fee an uns vorbeigedonnert war, schob Puck mich Richtung Ausgang. »Lauf!«, rief er und wirbelte herum, um Ashs Schwert abzuwehren, das auf seinen Rücken gezielt hatte.

»Ash, hör auf!«, schrie ich, aber der Winterprinz beachtete mich nicht.

Als die Dornengarde nachrückte, stieß Puck einen unterdrückten Fluch aus und warf einen pelzigen schwarzen Ball in ihre Mitte. Er verwandelte sich in einen wütenden Grizzlybären, der sich mit einem ohrenbetäubenden Brüllen auf die Hinterbeine erhob und damit jeden im Raum zusammenschrecken ließ. Während die Dornengarde und Ash sich dieser neuen Bedrohung zuwandten, packte Puck meine Hand und zerrte mich aus dem Raum.

»Den habe ich mir aufgehoben, nur für alle Fälle«, keuchte er, als Eisenpferd anerkennend schnaubte. »Und jetzt lasst uns von hier verschwinden.«

Wir rannten zum Fahrstuhl. Der Flur schien jetzt viel länger zu sein, so als würden die Stahltüren sich absichtlich vor uns zurückziehen. Einmal schaute ich zurück und sah, dass Ash auf uns zumarschierte. Sein Schwert tauchte den Flur in bläuliches Licht. Die eisige Ruhe in seinem Gesicht jagte mir schreckliche Angst ein, und ich riss den Blick von ihm los.

Vor uns klingelte der Aufzug. Einen Moment später glitten die Fahrstuhltüren auf, und eine Schwadron Dornengardisten trat heraus.

»Ihr wollt mich wohl verarschen!«, rief Puck, während er schlitternd zum Stehen kam. Völlig synchron zogen die Ritter ihre Schwerter und marschierten im Gleichschritt auf uns zu, sodass das Scheppern ihrer Stiefel im ganzen Flur widerhallte.

Ich schaute mich um. Ash kam ebenfalls immer näher, seine Augen waren glasig, sein Blick furchterregend.

Ein Klicken erklang irgendwo im Flur, und wie durch ein Wunder öffnete sich eine der Seitentüren.

»Wie vorhersehbar«, seufzte Grimalkin, als er in der offenen Tür erschien. Wir gafften ihn an, während er uns amüsiert musterte. »Ich dachte mir, ihr bräuchtet vielleicht einen alternativen Fluchtweg. Warum bleibt es eigentlich immer an mir hängen, an so etwas zu denken?«

»Ich würde dich ja küssen, Kater«, erklärte Puck, während wir uns durch die Tür schoben, »aber jetzt haben wir es gerade ziemlich eilig. Außerdem könnten die Haarknäuel unangenehm sein.«

Ich knallte die Tür hinter uns zu und lehnte mich keuchend dagegen, während wir die neue Umgebung studierten. Vor uns erstreckte sich ein riesiger weißer Raum, in dem Hunderte von Raumteilern ein Labyrinth aus Arbeitsnischen und Gängen schufen. Ein leises Summen lag in der Luft, fast übertönt vom rhythmischen Klappern der Tastaturen. An den Schreibtischen in den Arbeitsnischen saßen Menschen, alle in identischen weißen Hemden und grauen Hosen, und starrten mit glasigen Augen auf ihre Monitore, während sie ununterbrochen tippten.

»Wow«, murmelte Puck. »Die reinste Bürohölle.«

Auf einen Schlag hörte das Tippen auf. Stühle wurden quietschend zurückgeschoben, und jeder einzelne Mensch im Raum stand auf und drehte sich in unsere Richtung. Dann öffneten sie synchron die Münder und sprachen.

»Wir sehen dich, Meghan Chase. Du wirst nicht entkommen.«

Wäre ich nicht schon ganz von tiefer, dumpfer Verzweiflung erfüllt gewesen, hätte mir das eine Heidenangst eingejagt.

Puck zog fluchend einen Dolch, gerade als ein mächtiger Schlag die Tür hinter uns erzittern ließ. »Sieht so aus, als müssten wir mitten durch«, murmelte er und kniff die Augen zusammen. »Beweg dich, Grimalkin. Rostbirne, mach uns den Weg frei!«

Grimalkin sprang in das Labyrinth, wich Füßen aus und wand sich zwischen Beinen hindurch, als die Horden aus Zombie-Drohnen auf uns zuzuschlurfen begannen. Eisenpferd scharrte mit den Hufen über die Fliesen, senkte den Kopf und ging mit Gebrüll zum Angriff über. Die Drohnen stürzten sich auf ihn, schlugen und kratzten, prallten aber an ihm ab oder wurden zur Seite gefegt, als die wütende Eiserne Fee wild durch den Raum stampfte. Puck und ich folgten ihm, sprangen über bewusstlose Körper und wichen den Händen aus, die nach uns griffen. Einem gelang es, meinen Knöchel zu packen, aber ich trat ihm mit einem schrillen Schrei ins Gesicht, sodass er zurückgeschleudert wurde. An meinen Schuh geklammert stürzte er zu Boden, und ich streifte hastig auch den zweiten ab und rannte barfuß weiter.

Das Labyrinth aus Gängen und Nischen schien sich ewig hinzuziehen. Ich warf einen Blick über die Schulter und sah die Meute aus Zombieköpfen immer wieder über den Raumteilern auftauchen – sie folgten uns.

»Verdammt«, fauchte Puck, der es ebenfalls bemerkt hatte. »Die sind schnell. Wie weit noch, Kater?«

»Hier«, antwortete Grimalkin und flitzte um eine Nische. Der Raum endete endlich an einer nackten weißen Wand mit einer Tür in der Ecke, die mit einem »Exit«-Schild gekennzeichnet war. »Die Feuertreppe ...«, erklärte er, als wir erleichtert weiterhetzten. »... bringt uns zurück ins Erdgeschoss. Beeilung!«

Während wir auf die Tür zustürmten, trat Ash aus einem Nebengang. Er erschien wie aus dem Nichts. Es blieb keine Zeit zum Nachdenken, nicht einmal, um eine Warnung zu rufen. Ich warf mich zur Seite und prallte so hart gegen die Wand, dass es mir die Luft aus der Lunge presste.

Alles schien wie in Zeitlupe abzulaufen. Puck und Eisenpferd brüllten etwas, doch es kam wie von weit her. Ein brennender Schmerz schoss durch meinen Arm Richtung Schulter. Meine andere Hand war plötzlich nass und klebrig, als ich nach dem Arm tastete. Eine Sekunde lang starrte ich verständnislos auf meine Finger.

Was ist passiert? Hat ... Ash das getan? Hat Ash mich verwundet?

Bestürzt sah ich in die glasigen Augen des Dunklen Prinzen, der das Schwert zum tödlichen Schlag erhoben hatte.

Für den Bruchteil einer Sekunde zögerte er. Ich sah, wie das Schwert zitterte und sein Arm bebte, während ein gequälter Ausdruck über sein Gesicht huschte. Es war nur ein Wimpernschlag, dann raste die Klinge auf mich zu. Doch es war Zeit genug für Eisenpferd, um sich zwischen uns zu werfen und Ash wegzustoßen. Ich hörte das markerschütternde Kreischen von Metall, als die Klinge sich in Eisenpferds Flanke bohrte und er fast in die Knie ging. Dann zog Puck mich auf die Füße und schrie Eisenpferd zu, er solle sich beeilen. Er zerrte mich durch die Tür, während ich ihn anschrie, mich loszulassen. Eisenpferd stemmte sich mühsam hoch und folgte uns, eine dicke, schwarze Flüssigkeit tropfte hinter ihm auf den Boden, und seine keuchenden Atemzüge hallten durchs Treppenhaus.

Als wir aus dem Gebäude von SciCorp stürzten und in den Straßen abtauchten, sah ich immer noch das Bild vor mir, wie sich die Tür zum Treppenhaus hinter mir geschlossen hatte und ich Ashs Gesicht durch das Türfenster sah – eine einzelne gefrorene Träne auf seiner Wange.

DRITTER TEIL

Entscheidungen

In meinem Traum kniete er mit gesenktem Kopf im abgestorbenen Gras unter einem riesigen eisernen Baum, und das dunkle Haar fiel ihm ins Gesicht. Um uns herum waberte grauer Nebel und verhüllte alles, was mehr als ein paar Meter entfernt war, doch ich konnte spüren, dass noch etwas anderes hier war, ein kaltes, feindseliges Wesen, das mich mit scharfer Intelligenz beobachtete. Ich versuchte es zu ignorieren, als ich auf die Gestalt unter dem Baum zuging. Er trug kein Hemd, und seine blasse Haut war mit winzigen roten Wunden bedeckt, fast wie Stiche, die sich über seine Schultern und seine Wirbelsäule zogen.

Ich blinzelte. Einen Moment lang konnte ich glänzende Drähte sehen, die in seinen Körper liefen, sich nun aber aufrollten und im Nebel verschwanden. Ich ging schneller, aber mit jedem Schritt entfernte sich der Körper unter dem Baum weiter von mir. Stolpernd und keuchend begann ich zu rennen, doch der Nebel zog ihn weg in seine besitzergreifenden Arme und beanspruchte ihn ganz für sich.

Verzweifelt rief ich nach ihm. Er hob den Kopf, und der Ausdruck auf seinem Gesicht war jenseits der Verzweiflung. Er spiegelte völlige Niederlage, Hoffnungslosigkeit und Schmerz wider. Seine Lippen bewegten sich stumm, dann umschlang der Nebel ihn, und er war verloren.

Zitternd stand ich da, während der Nebel immer finsterer wurde und diese andere Präsenz am Rand meines Bewusstseins lauerte. Langsam verblasste der Traum, und ich versank in Dunkelheit, doch ich konnte immer noch die letzten Worte sehen, die seine Lippen voller Verzweiflung geformt hatten, und sie machten mir mehr Angst als alles andere.

Töte mich.

Nur langsam kehrte mein Bewusstsein zurück. Mühsam kämpfte ich mich aus dem Schlaf und war immer noch benommen und verwirrt, als die Welt vor meinen Augen klarer wurde. Zum Glück erkannte ich quasi sofort, wo ich war. In Leanansidhes Villa in der Empfangshalle, zumindest wenn man nach dem riesigen Kamin ging. Ich lag auf einem der gemütlichen Sofas und trug eine Hose und ein weites Hemd. Irgendjemand hatte mir das enge Businesskostüm ausgezogen, und die Stöckelschuhe hatte ich ja sowieso bei SciCorp zurückgelassen.

»Was ist passiert?«, murmelte ich und kämpfte mich mühsam hoch. Brennende Schmerzen rasten durch meinen Arm und meine Schulter, und ich keuchte gequält auf.

»Ganz langsam, Prinzessin.« Plötzlich war Puck da und drückte mich wieder runter. »Du hast eine ganze Menge Blut verloren – davon bist du so benommen. Auf dem Weg hierher bist du ohnmächtig geworden. Bleib einfach noch ein bisschen ruhig liegen.«

Ich musterte den dicken Verband, der um meinen Arm und meine Schulter gewickelt war und unter dem sich ein hellrosa Fleck abzeichnete.

Als die verschwommenen Erinnerungen an die Oberfläche drängten, krampfte sich mein Magen zusammen. In meiner Kehle bildete sich ein Kloß, und ich hätte am liebsten geweint. Doch ich drängte diese Gefühle zurück, holte zitterig Luft und konzentrierte mich auf die Gegenwart.

»Wo ist Eisenpferd?«, wollte ich wissen. »Und Grim? Sind alle heil rausgekommen?«

»MIR GEHT ES GUT, PRINZESSIN.« Eisenpferd, der wieder seine menschlichere Gestalt angenommen hatte, beugte sich über die Sofalehne. »NICHT MEHR GANZ SO GUT WIE VORHER, ABER ICH WERDE ES ÜBERLEBEN. ICH BEREUE NUR, DASS ICH EUCH NICHT BESSER SCHÜTZEN KONNTE.«

»Tatsächlich?« Die Tür öffnete sich, und Leanansidhe betrat den Raum, gefolgt von Grim und zwei Heinzelmännchen, die ein Tablett mit Porzellanbechern trugen. »Ich würde da noch einiges anderes bereuen, mein Lieber. Meghan, Täubchen, trink das. Es sollte helfen.«

Wieder versuchte ich mühsam hochzukommen und biss die Zähne vor Schmerzen zusammen. Puck kniete sich neben das Sofa und half mir in eine sitzende Position, dann reichte er mir einen Becher von den Heinzelmännchen. Die heiße Flüssigkeit darin roch so stark nach Kräutern, dass mir die Augen tränten. Vorsichtig nippte ich daran, zog eine Grimasse und schluckte.

»Kimi und Nelson?«, fragte ich und zwang mich, noch mehr von dem Zeug zu trinken. Igitt, das war, als würde man Potpourri in heißem Wasser trinken, doch noch während es meine Kehle hinunterlief, konnte ich spüren, wie es seine Wirkung entfaltete – Wärme und Schläfrigkeit breiteten sich in mir aus. »Sind sie auch hier?«

Leanansidhe schwebte um das Sofa herum und zog eine Rauchfahne aus ihrer Zigarettenspitze hinter sich her. »Noch sind sie nicht zurück, Liebes, aber ich bin sicher, dass es ihnen gut geht. Sie sind wirklich clever.« Schwungvoll setzte sie sich in den Sessel mir gegenüber, schlug die Beine übereinander und musterte mich dann über ihre Zigarette hinweg. »Also, Liebes, warum erzählst du mir nicht, was da drin passiert ist, bevor der Trank anfängt zu wirken? Grimalkin hat mir schon einiges berichtet, aber er war ja nicht während der ganzen Operation dabei, und aus diesen beiden ...« Sie deutete mit ihrer Zigarette auf Eisenpferd und Puck. »... konnte ich einfach keine zusammenhängenden Sätze rauskriegen, weil sie zu sehr damit beschäftigt waren, sich um dich zu sorgen. Warum habt ihr das Zepter nicht gekriegt, Liebes? Was ist bei SciCorp passiert?«

Eine Welle der Erinnerungen überflutete mich, und die Verzweiflung, vor der ich mich versteckt hatte, legte sich wie eine schwere Decke auf mich. »Ash«, flüsterte ich und spürte, wie Tränen in meinen Augen brannten. »Es war Ash. Sie hat ihn.«

»Den Prinzen?«

»Virus hat ihn«, fuhr ich benommen fort. »Sie hat ihm eine von ihren Gehirnwäschewanzen eingepflanzt, und er hat uns angegriffen. Er hat versucht ... versucht, uns zu töten.«

»Er bewacht das Zepter«, ergänzte Puck und ließ sich in einen Sessel fallen. »Zusammen mit ungefähr zwei Dutzend üblen Dornengardisten und einem ganzen Gebäude voll mit Virus' kleinen, menschlichen Drohnen.« Er schüttelte den Kopf. »Ich habe früher schon gegen Ash gekämpft, aber so war es noch nie. Bei jedem unserer Duelle war da ein kleiner Teil in ihm, ganz tief drin, der es nicht ernst gemeint hat. Ich kenne Seine Königliche Eisigkeit, und ich wusste immer, dass er mich nicht wirklich töten wollte, ganz egal, wie hartnäckig er es versichert hat. Deswegen hat unsere kleine Fehde ja so lange angehalten.« Puck verschränkte schnaubend die Arme und wirkte plötzlich sehr ernst. »Das Ding, gegen das ich heute gekämpft habe, war nicht der frostige Eisprinz, den wir alle kennen und lieben. Es ist einfach nichts mehr da: keine Wut, kein Hass, keine Furcht. Er ist jetzt gefährlicher als jemals zuvor, weil es ihm völlig egal ist, ob er lebt oder stirbt.«

Stille trat ein. Das einzige leise Geräusch, das ich hörte, kam von Grim, der sich gerade die Krallen am Sofa schärfte. Am liebsten hätte ich mich hingelegt und geheult, aber langsam setzte die Wirkung der Kräuter ein, und die Depressionen wurden von lähmender Erschöpfung verdrängt.

»Und was wollt ihr jetzt tun?«, fragte Leanansidhe schließlich.

Ich kämpfte gegen die Schläfrigkeit an. »Wir gehen zurück«, murmelte ich mit einem Blick zu Puck und Eisenpferd, in der Hoffnung, dass sie auf meiner Seite wären. »Das müssen wir. Wir müssen das Zepter kriegen und den Krieg beenden. Es führt kein Weg daran vorbei.« Beide nickten ernst, und ich entspannte mich, dankbar und erleichtert, dass sie das mit mir durchziehen würden. »Wenigstens wissen wir jetzt, womit wir es zu tun haben«, fuhr ich fort und klammerte mich an diesen kleinen Hoffnungsschimmer. »Beim zweiten Mal haben wir vielleicht bessere Chancen.«

»Und der Winterprinz?«, fragte Leanansidhe sanft. »Was habt ihr mit ihm vor?«

Ich warf ihr einen scharfen Blick zu und wollte ihr gerade erklären, dass wir Ash retten würden und dass mir ganz und gar nicht gefiel, was sie andeuten wollte, aber Puck war schneller.

»Wir werden ihn töten müssen.«

Kreischend kam die Welt zum Stillstand. Ganz langsam drehte ich den Kopf, um Puck anzustarren, weil ich einfach nicht glauben konnte, was ich da gerade gehört hatte. »Wie kannst du nur?«, flüsterte ich. »Er war dein Freund. Ihr habt Seite an Seite gekämpft. Und jetzt willst du ihn abschlachten, als wäre das nichts?«

»Du hast gesehen, was er getan hat.« Puck blickte mich beschwörend an. »Du hast gesehen, was er jetzt ist. Ich glaube nicht, dass ich mich zurückhalten kann, wenn ich gegen ihn kämpfe. Wenn er dich wieder angreift ...«

»Du willst ihn gar nicht retten«, beschuldigte ich ihn und beugte mich vor. Mein Arm pochte, aber ich war so wütend, dass es mir egal war. »Du willst es nicht einmal versuchen! Du bist eifersüchtig, du wolltest ihn doch schon immer aus dem Weg haben!«

»Das habe ich nie gesagt!«

»Musst du auch gar nicht! Ich kann es in deinem Gesicht lesen!«

»ER STIRBT BEREITS, PRINZESSIN.«

Mir blieben die Worte im Hals stecken. Ich starrte Eisenpferd an und flehte stumm, dass er sich irrte. Er erwiderte meinen Blick mit einem Ausdruck der Trauer. »Nein.« Ich schüttelte den Kopf und kämpfte gegen die hartnäckigen Tränen an, die in meinen Augen brannten. »Das will ich einfach nicht glauben. Es muss eine Möglichkeit geben, ihn zu retten.«

»ES TUT MIR LEID, PRINZESSIN.« Eisenpferd ließ den Kopf hängen. »ICH KENNE EURE GEFÜHLE FÜR DEN WINTERPRINZEN, UND ICH WÜNSCHTE, ICH KÖNNTE EUCH ETWAS ANDERES SAGEN. ABER ES GIBT KEINE MÖGLICHKEIT, DIE WANZE GEWALTSAM ZU ENTFERNEN, NACHDEM SIE EINMAL IMPLANTIERT WURDE. NICHT OHNE DEN WIRT ZU TÖTEN.« Er seufzte, und seine Stimme wurde sanfter, wenn auch nicht leiser. »GOODFELLOW HAT RECHT. DER WINTERPRINZ IST VIEL ZU GEFÄHRLICH. WENN ER ERNEUT ANGREIFT, DÜRFEN WIR UNS NICHT ZURÜCKHALTEN.«

»Was ist mit Virus?«, fragte ich gepresst. Ich weigerte mich, einfach aufzugeben. »Sie kontrolliert doch die Wanzen. Wenn wir sie ausschalten, wird ihre Kontrolle über ihn vielleicht ...«

»Selbst wenn das der Fall wäre«, unterbrach Puck mich, »dann wäre die Wanze immer noch in ihm drin. Und ohne eine Möglichkeit, sie zu entfernen, wird er entweder wahnsinnig werden oder solche Schmerzen haben, dass er tot besser dran wäre. Ash ist stark, Prinzessin, aber dieses Ding in seinem Körper bringt ihn um. Du hast es doch gesehen, hast gehört, was Virus gesagt hat.« Er runzelte die Stirn und fuhr dann ganz leise fort: »Ich glaube nicht, dass ihm noch viel Zeit bleibt.«

Die Tränen in meinen Augen begannen endlich zu fließen, und ich vergrub das Gesicht in einem Kissen und biss fest in den Stoff, um nicht zu schreien. Gott, das war nicht fair! Was wollten sie denn von mir? Hatte ich ihnen nicht schon genug gegeben? Ich hatte alles geopfert – Familie, Zuhause, ein normales Leben –, alles für das dämliche höhere Ziel. Ich hatte so hart geschuftet, versuchte ständig tapfer zu sein und erwachsen, und jetzt sollte ich einfach zusehen, wie das, was ich am meisten liebte, direkt vor meinen Augen getötet wurde?

Das konnte ich nicht. Selbst wenn es unmöglich war, selbst wenn Ash mich eigenhändig umbrachte, ich würde trotzdem versuchen, ihn zu retten.

Um mich herum war es still geworden. Als ich aufschaute, erkannte ich, dass alle außer Puck gegangen waren. Sie mussten sich davongeschlichen haben, damit ich mich wieder in den Griff kriegen und mich mit der schrecklichen Entscheidung, die wie ein Damoklesschwert über mir schwebte, abfinden konnte.

Als er sah, dass ich aufblickte, versuchte Puck mir in die Augen zu sehen. »Meghan ...«

Ich wandte mich ab und drückte das Gesicht wieder in die Kissen. Zorn und Wut brodelten in mir – Puck war der Letzte, den ich jetzt sehen wollte, und noch viel weniger wollte ich mit ihm reden. In diesem Moment hasste ich ihn. »Geh weg, Puck.«

Seufzend erhob er sich aus dem Sessel, kam rüber und setzte sich neben mich auf das Sofa. »Tja, du weißt doch, dass das nicht funktionieren wird.«

Das Schweigen zwischen uns zog sich in die Länge. Ich spürte, dass Puck etwas sagen wollte, aber wohl nicht die richtigen Worte fand. Das war seltsam. Solange ich ihn kannte, war er noch nie zögerlich gewesen.

»Ich werde nicht zulassen, dass du ihn tötest«, murmelte ich schließlich, nachdem wir uns einige Minuten angeschwiegen hatten.

Es dauerte lange, bis er antwortete: »Würdest du von mir verlangen, dass ich dir beim Sterben zusehe?«, fragte er leise. »Dass ich einfach danebenstehe, während er dir ein Schwert ins Herz rammt? Oder vielleicht willst du ja auch, dass ich stattdessen sterbe. Du könntest mir ja befehlen, einfach stillzuhalten, während Ash mir den Kopf abschlägt. Würde dich das glücklich machen, Prinzessin?«

»Sei nicht so bescheuert!« Frustriert biss ich mir auf die Lippe und setzte mich auf. Ich zuckte zusammen, als der Raum sich kurz um mich drehte. »Ich will, dass überhaupt niemand stirbt. Aber ich ertrage es nicht, ihn zu verlieren, Puck.« Meine Wut verrauchte schlagartig und hinterließ nichts als Leere und Verzweiflung. »Und ich ertrage es auch nicht, dich zu verlieren.«

Puck legte die Arme um mich und zog mich ganz vorsichtig an sich, damit mein verletzter Arm möglichst nicht erschüttert wurde. Ich legte den Kopf an seine Brust und schloss die Augen, wobei ich mir wünschte, einfach nur normal zu sein und nicht solche unmöglichen Entscheidungen treffen zu müssen... dass alles wieder gut wäre. Träume sind Schäume...

»Was soll ich tun, Prinzessin?«, flüsterte Puck mir ins Ohr.

»Wenn es irgendeine Möglichkeit gibt, wie wir ihn retten können...«

Er nickte. »Ich werde alles versuchen, um Seine Königliche Eisigkeit nicht zu töten, wenn wir ihm das nächste Mal begegnen. Glaub es oder nicht, Prinzessin, ich will genauso wenig wie du, dass Ash stirbt.« Er schnaufte. »Na ja, vielleicht doch nur fast genauso wenig. Aber...« Vorsichtig lehnte er sich zurück, damit er mir in die Augen sehen konnte. »Wenn er dich irgendwie in Gefahr bringt, werde ich mich nicht mehr zurückhalten. Das verspreche ich dir. Ich werde nämlich auch nicht das Risiko eingehen, *dich* zu verlieren, verstanden?«

»Ja«, flüsterte ich und schloss die Augen. Mehr konnte ich nicht verlangen. *Ich werde dich retten,* dachte ich, als die Schläfrigkeit sich über mich legte und meine Gedanken mir entglitten. *Egal wie, ich werde eine Möglichkeit finden, dich zurückzuholen. Versprochen.*

Ich war fast schon eingeschlafen, hatte mich der Erschöpfung ergeben, die mir jeden klaren Gedanken raubte, als ich durch eine knallende Tür aufgeschreckt wurde und sich Pucks Arme um mich spannten.

»Meghan Chase.« Kimis Stimme hallte durch den Raum, hart, ausdruckslos und mechanisch. Als ich aufschaute, krampfte sich mein Magen zusammen.

Kimi und Nelson standen wie Soldaten in Habtachtstellung an der Tür. Diese Haltung war so untypisch für die beiden, dass ich sie fast nicht erkannt hätte. Synchron drehten sie die Köpfe und starrten mich mit leeren Augen an. Derselbe Blick, mit dem Ash mich bei SciCorp angesehen hatte.

»O nein«, flüsterte ich.

Puck erstarrte vor Schreck.

»Unsere Herrin schickt dir eine Nachricht, Meghan Chase.« Kimi trat einen kleinen Schritt vor, dabei bewegte sie sich wie ein Roboter. »Glückwunsch zu dem erfolgreichen Einbruch und dem noch wesentlich beeindruckenderen Ausbruch bei SciCorp. Ich bin voller Bewunderung für euch. Bedauerlicherweise kann ich nicht zulassen, dass ihr Amok lauft und weitere Pläne schmiedet, das Zepter zurückzuholen, wie ihr es sicherlich vorhabt. Ich werde es noch heute Nacht an einen sichereren Ort bringen. Falls ihr noch einmal zu SciCorp zurückkehrt, werdet ihr feststellen müssen, dass es dort ziemlich leer geworden ist, fürchte ich. Und übrigens: Ich werde Ash losschicken, um deine Familie zu töten. Sie lebt in Louisiana, richtig?«

Ich schnappte nach Luft, und jegliche Farbe wich aus meinem Gesicht.

Kimis Miene blieb reglos, aber ihre Stimme wurde spöttisch: »Du musst dich also entscheiden, Süße: Entweder kehrst du zurück und suchst nach dem Zepter, oder du rennst nach Hause und versuchst, Ash aufzuhalten. Du solltest dich besser beeilen. Inzwischen ist er wahrscheinlich schon auf halbem Weg zu den Sümpfen. Oh, eins noch!«, fügte sie hinzu, als ich schon aufsprang. Jede Schläfrigkeit war vergessen. Mit klopfendem Herz starrte ich sie an. Roboter-Kimi schenkte mir ein leeres Lächeln. »Denk immer daran, Meghan Chase: Das ist kein Spiel. Wenn du meinst, du könntest in mein Hauptquartier stapfen und ohne irgendwelche Konsequenzen versuchen, dir zu nehmen, was mir gehört, solltest du besser noch einmal gründlich darüber nachdenken. Deinetwegen kommen Leute zu Schaden.« Kimi trat vor und kniff die Augen zusammen. »Leg dich nicht mit mir an, Kind. Sieh das als kleine Mahnung an, was passieren kann, wenn man mit den großen Mädchen spielt.«

Kimi begann zu zucken, ihr Rücken bog sich durch, und sie riss den

Mund auf, doch es kam kein Schrei über ihre Lippen, während sie unkontrolliert um sich schlug. Im nächsten Moment geschah mit Nelson das Gleiche, seine Glieder zuckten wie wild, dann brachen beide zusammen.

Sofort war Puck an Kimis Seite und rollte sie herum. Die Augen der kleinen Halbpuca standen offen und starrten blicklos zur Decke. Kein Muskel rührte sich mehr.

Ich biss mir auf die Lippe, und mein Herz raste. »Sind sie ... tot?«

Er zögerte kurz, bevor er aufstand. »Nein. Zumindest glaube ich das nicht. Sie atmen noch, aber ...« Stirnrunzelnd musterte er Kimis schlaffen Körper. »Ich glaube, ihre Gehirne hatten einen Kurzschluss. Oder die Wanzen halten sie in einer Art Koma.« Er schüttelte ratlos den Kopf und sah zu mir rüber. »Tut mir leid, Prinzessin, ich kann nichts für sie tun.«

»Natürlich kannst du das nicht, mein Lieber.« Leanansidhe kam durch die Tür gerauscht. Ihr Gesicht war starr wie eine Porzellanmaske, nur ihre Augen leuchteten grün. »Zum Glück kenne ich einen Arzt der Sterblichen, der vielleicht helfen kann. Wenn er die Straßenkinder nicht zurückholen kann, besteht keinerlei Hoffnung mehr für sie.« Sie wandte sich zu mir um, und ich versuchte unter diesem überirdischen Blick nicht zu erschaudern. »Du wirst jetzt aufbrechen, nehme ich an?«

Ich nickte. »Ash ist da draußen. Er ist hinter meiner Familie her. Ich muss ihn aufhalten.« Ich kniff die Augen zusammen und erwiderte ihren starren Blick. »Versuch ja nicht, mich hier festzuhalten.«

Sie seufzte. »Das könnte ich, Liebes, aber dann wärst du bald ein ziemliches Wrack und hättest keinerlei Nutzen mehr für uns. Wenn ich eines über die Menschen gelernt habe, dann, dass sie vollkommen unvernünftig werden, wenn es um ihre Familien geht.« Sie rümpfte die Nase und wedelte mit der Hand. »Also geh, Liebes. Rette deine Mutter, deinen Vater und deinen Bruder und bring es hinter dich. Meine Tür steht dir jederzeit offen, wenn du zurückkommst. Das heißt, falls wir dann noch am Leben sind.«

»PRINZESSIN!« Eisenpferd stieß die Tür auf und kam schlitternd und keuchend mitten im Raum zum Stehen. »SEID IHR VERLETZT? WAS IST PASSIERT?«

Ich sah mich gerade nach meinen Sneakers um und zuckte zusammen, als der Schmerz wie eine glühende Kralle an meinem Arm riss. »Virus hat Ash losgeschickt, um meine Familie zu töten«, erklärte ich und ließ mich auf die Knie fallen, um unter der Couch nachsehen zu können. »Ich werde ihn aufhalten.«

»WAS IST MIT DEM ZEPTER?«, wollte er wissen, während ich die Sneakers hervorzog, meine Füße hineinschob und die Zähne zusammenbiss, weil mein Arm bei jeder Bewegung schmerzhaft pochte. »WIR MÜSSEN ES ZURÜCKHOLEN, BEVOR VIRUS ES AN EINEN ANDEREN ORT BRINGEN LÄSST. IM MOMENT IST SIE ANGREIFBAR UND WIRD UNS NICHT ERWARTEN. JETZT IST DER IDEALE ZEITPUNKT FÜR EINEN ANGRIFF.«

»Nein.« Es kam mir vor, als würde ich zugleich in mehrere Richtungen gezerrt, und ich versuchte ruhig zu bleiben. »Tut mir leid, Eisenpferd. Ich weiß, dass wir das Zepter kriegen müssen, aber meine Familie hat Vorrang. Immer. Ich erwarte nicht, dass du das verstehst.«

»NUN GUT«, erwiderte Eisenpferd für mich völlig überraschend. »DANN WERDE ICH MIT EUCH KOMMEN.«

Erstaunt sah ich zu ihm auf, doch bevor ich etwas sagen konnte, meldete sich Grimalkin zu Wort.

»Was für eine heroische Entscheidung«, schnurrte der Kater und sprang auf den Tisch. »Und wohl genau das, worauf Virus hofft. Wir müssen ihr einen ziemlichen Schrecken eingejagt haben, wenn sie so drastisch reagiert. Wenn wir die Mission jetzt aufgeben, werden wir Virus vielleicht nie wieder aufspüren können.«

»Er hat recht«, sagte ich nickend, ohne auf Eisenpferds finstere Miene zu achten. »Wir müssen uns aufteilen. Eisenpferd, du bleibst hier bei Grim. Haltet weiter nach dem Zepter und Virus Ausschau. Puck und ich werden Ash suchen gehen. Wir kommen so schnell wie möglich zurück.«

»ES GEFÄLLT MIR NICHT, EUCH ALLEIN ZU LASSEN, PRINZESSIN.« Eisenpferd hob stolz den Kopf und blieb stur. »ICH HABE GESCHWOREN, EUCH ZU BESCHÜTZEN.«

»Und während wir nach dem Zepter gesucht haben, hast du das ja auch getan. Aber das ist jetzt etwas anderes.« Ich stand auf und sah ihm in die flackernden roten Augen. »Das ist eine persönliche Sache, Eisenpferd. Und bei deiner Mission ging es immer um das Zepter. Ich will, dass du mit Grim hierbleibst. Sucht weiter nach Virus.« Er öffnete den Mund, um mir zu widersprechen, also schleuderte ich ihm die letzten Worte fast entgegen: »Das ist ein Befehl.«

Er blies Rauch aus seinen Nasenlöchern wie ein wütender Bulle und wandte sich ab. »WIE IHR WÜNSCHT, PRINZESSIN.«

Sein Ton war extrem steif, aber ich konnte mich jetzt nicht mit Schuldgefühlen aufhalten. Ich wandte mich an Puck: »Wir müssen so schnell wie möglich nach Louisiana. Wie kommen wir hier raus?«

Er warf Leanansidhe einen Blick zu. »Du hast nicht zufällig irgendwelche Steige hier, die nach Louisiana führen, oder, Lea?«

»Es gibt einen nach New Orleans«, erwiderte Leanansidhe nachdenklich. »Ich liebe den Mardi Gras abgöttisch, auch wenn Mab jedes Jahr das Rampenlicht für sich beansprucht. Typisch für sie.«

»Das ist zu weit weg.« Ich atmete tief durch und spürte, wie mir die Zeit durch die Finger rann. »Gibt es keinen Steig, der näher dran liegt? Ich muss nach Hause und zwar *sofort*.«

»Das Gestrüpp.« Puck schnippte mit den Fingern. »Wir können durch das Gestrüpp gehen. Das bringt uns ganz schnell hin.«

Leanansidhe blinzelte träge. »Wie kommst du darauf, dass es im Gestrüpp einen Steig zum Haus des Mädchens gibt, mein Lieber?«

Puck schnaubte. »Ich kenne dich, Lea. Du kannst es nicht ertragen, wenn du nicht auf dem Laufenden bist, stimmt's? Du musst im Gestrüpp einen Steig zu Meghans Haus haben, selbst wenn du ihn nicht benutzen kannst. Ich weiß doch, dass du Oberons Tochter im Auge behalten willst. Was würde dir sonst nicht alles an Klatsch entgehen, habe ich recht?«

Leanansidhe verzog den Mund, als müsste sie eine bittere Pille schlucken. »Da hast du mich eiskalt erwischt, mein Lieber. Du bist aber nicht gerade zimperlich, wenn es darum geht, Salz in meine Wunden zu streuen, was? *Eventuell* könnte ich euch diesen Steig benutzen lassen, aber dafür schuldet ihr mir anschließend einen Gefallen, meine Lieben.« Pikiert zog Leanansidhe an ihrer Zigarette. »Wenn ich schon mein größtes Geheimnis mit euch teile, finde ich, dass ich *irgendetwas* dafür verlangen sollte. Insbesondere, da ich keinerlei Interesse an der Familie des Mädchens habe. So ein langweiliger Haufen, bis auf den kleinen Jungen – der hat Potenzial.«

»Abgemacht«, sagte ich. »Du kriegst deine Gefälligkeit. Zumindest von mir. Dürfen wir ihn jetzt benutzen oder nicht?«

Leanansidhe schnippte mit den Fingern, worauf sich der Blumenelf Skrae von der Decke fallen ließ. »Bring sie zum Steig im Keller«, befahl sie ihm, »und führe sie zur richtigen Tür. Los.«

Skrae schwebte einmal auf und ab, dann schoss er zu meiner Schulter und versteckte sich in meinen Haaren.

»Ich werde SciCorp weiterhin von meinen Spionen überwachen lassen«, fügte Leanansidhe hinzu. »Vielleicht können sie ja herausfinden, wo Virus das Zepter hinbringen lässt. Du solltest jetzt gehen, Liebes.«

Ich richtete mich kerzengerade auf und warf Puck einen Blick zu, der kurz nickte. »Alles klar, gehen wir. Grim, pass bitte auf Eisenpferd auf, ja? Sorg dafür, dass er nicht die gesamte Armee allein angreift. Wir sind bald zurück.« Ich schüttelte meine Haare und vertrieb so den Blumenelf, der sich an meinen Hals gekuschelt hatte. »Okay, Skrae, bring uns hier raus.«

Nah am Eis

Unsere zweite Tour durch das Gestrüpp war weniger aufregend als die erste. Wir sahen keine Drachen, Spinnen oder Killerwespenfeen, obwohl ich ehrlicherweise zugeben muss, dass ich sie auch nicht bemerkt hätte, wenn ich direkt in ihr Nest gerannt wäre. Ich konnte an nichts anderes denken als an Ash und meine Familie. Würde er sie wirklich … umbringen? Sie kaltblütig abschlachten, unsichtbar und lautlos? Was würde ich dann tun?

Ich presste eine Handfläche gegen meine Wange und versuchte vergeblich, meine Tränen zurückzuhalten. Ich würde ihn töten. Wenn er Ethan oder Mom wie auch immer verletzte, würde ich ihm höchstpersönlich ein Messer ins Herz stoßen, selbst wenn ich mir die Augen ausheulen würde, während ich es tat. Selbst wenn ich ihn immer noch mehr liebte als das Leben selbst.

Krank vor Sorge und im ständigen Kampf gegen die Verzweiflung, die mich zu ersticken drohte, bemerkte ich nicht, dass Puck stehen geblieben war, bis ich in ihn hineinrannte, doch er fing mich wortlos auf. Wir hatten das Ende des Tunnels erreicht, und wenige Meter vor uns hing eine schlichte Holztür in den Dornen. Selbst im rankendurchzogenen Halbdunkel des Gestrüpps erkannte ich sie. Das war das Tor, durch das ich vor so vielen Monaten ins Feenreich gekommen war. Dort hatte alles angefangen, an Ethans Schranktür.

Vor uns summte Skrae noch einmal laut auf, dann flog er den Tunnel zurück, wohl direkt zu Leanansidhe, um ihr Bericht zu erstatten. Für mich gab es kein Zurück. Ich griff nach der Türklinke.

»Warte«, sagte Puck.

Ungeduldig und gereizt drehte ich mich zu ihm um, doch dann bemerkte ich die grimmige Härte in seinen Augen.

»Bist du bereit dafür, Prinzessin?«, fragte er leise. »Was auch immer hinter dieser Tür liegt, es ist nicht mehr Ash. Wenn wir deine Familie retten wollen, dürfen wir uns jetzt nicht zurückhalten. Vielleicht müssen wir ...«

»Ich weiß«, unterbrach ich ihn, da ich es nicht hören wollte. Meine Brust zog sich zusammen, und schon wieder sammelten sich Tränen in meinen Augen, doch ich wischte sie unwillig weg. »Ich weiß. Lass ... lass es uns einfach tun, okay? Ich überlege mir etwas, wenn ich ihn sehe.« Und bevor Puck noch etwas sagen konnte, riss ich die Tür auf und ging hindurch.

Die Kälte traf mich wie ein Schlag und raubte mir den Atem. Die eisige Luft ließ mich zittern, während ich mich entsetzt umsah und mein Magen sich so zusammenkrampfte, dass mir schlecht wurde. Ethans Zimmer war komplett mit Eis überzogen. Die Wände, die Kommode, das Bücherregal, über allem lag eine fast fünf Zentimeter dicke Kristallschicht, die so klar war, dass ich alles, was sich darunter befand, genau erkennen konnte. Draußen vor dem Fenster herrschte eine kalte, klare Nacht, und das Mondlicht, das durch das Fenster fiel, funkelte leblos auf dem Eis.

»O Mann«, hörte ich Puck hinter mir flüstern.

»Wo ist Ethan?«, keuchte ich und rannte zu seinem Bett. Die grauenhafte Vorstellung, er könnte in dem Eis gefangen sein, unfähig zu atmen, machte mich im wahrsten Sinne des Wortes krank, denn ich hätte mich bei dem Gedanken fast übergeben. Aber Ethans Bett war leer, die Überdecke lag flach und glatt unter der Eisschicht.

»Wo ist er?«, flüsterte ich am Rand der Panik. Dann hörte ich unter dem Bett ein Geräusch, ein leises, gepresstes Wimmern. Ich ließ mich auf die Knie fallen und spähte in den Spalt zwischen Boden und Matratze, allerdings vorsichtig, da dort schließlich Monster, Schwarze Männer und andere Dinge lauern konnten. Ganz hinten in der Ecke hockte ein kleiner, zitternder Haufen, und ein blasses Gesicht sah mich an.

»Meggie?«

»Ethan!« Unendlich erleichtert streckte ich die Hand unter das Bett und zog ihn raus, um ihn dann ganz fest in die Arme zu nehmen. Er war so kalt. Mit halb erfrorenen Händen klammerte der Vierjährige sich an mich, und sein Körper zitterte wie Espenlaub.

»Du b-bist zurückgekommen«, flüsterte er, während Puck das Zimmer durchquerte und lautlos die Tür schloss. »Schnell, d-du musst Mommy und Daddy retten!«

Mir gefror das Blut in den Adern. »Was ist passiert?«, fragte ich, nahm ihn auf einen Arm und öffnete mit der freien Hand die Tür, durch die wir gekommen waren. Jetzt war es wieder ein ganz normaler Schrank. Ich holte schnell eine Decke heraus, die nicht mit Eis überzogen war, wickelte Ethan darin ein und setzte ihn auf das gefrorene Bett.

»*Er* ist gekommen«, flüsterte Ethan und zog die Decke enger um sich. »Der dunkle Mann. Sp-Spinnenmann hat mir gesagt, dass er kommt. Er hat mir gesagt, ich s-soll mich verstecken.«

»Spinnenmann? Wer ist Spinnenmann?«

»Der M-Mann unter meinem B-Bett.«

»Verstehe.« Stirnrunzelnd rieb ich seine tauben Finger zwischen meinen Händen. Warum sollte ein Schwarzer Mann Ethan helfen? »Was ist dann passiert?«

»Ich habe mich versteckt, und alles hat sich in Eis verwandelt.« Ethan packte meine Hand und sah mich mit seinen großen blauen Augen flehend an. »Meggie, Mommy und Daddy sind noch da draußen bei ihm! Du musst sie retten. Mach, dass er weggeht!«

»Das werden wir«, versprach ich. Mein Herz schlug unrhythmisch in meiner Brust. »Wir sorgen dafür, dass alles wieder gut wird, Ethan, das verspreche ich.«

»Er sollte besser hier drin bleiben«, murmelte Puck, der durch einen Spalt in der Zimmertür spähte. »Mann, sieht ganz so aus, als wäre das ganze Haus eingefroren. Ash ist auf jeden Fall hier.«

Ich nickte. Es gefiel mir zwar gar nicht, Ethan allein zu lassen, aber auf keinen Fall sollte mein Bruder sehen, was als Nächstes passierte. »Du wartest hier«, erklärte ich ihm und strich ihm beruhigend über die Locken. »Bleib in deinem Zimmer, bis ich dich hole. Mach die Tür zu und komm nicht raus, egal was passiert, okay?«

Er schniefte und kuschelte sich fester in seine Decke.

Mit einem dicken Kloß im Hals wandte ich mich an Puck. »Alles klar«, flüsterte ich. »Suchen wir Ash.«

Wir schlichen die Treppe hinunter, Puck vorneweg, ich an das Geländer geklammert, weil die Stufen so rutschig waren. Im Haus herrschte eine unheimliche Stille. Es war zu einem fremdartigen Palast aus funkelnden Kristallen geworden, in dem eine so durchdringende Kälte herrschte, dass die Luft in meiner Lunge brannte und die Finger, mit denen ich das Geländer umklammerte, schmerzten.

Wir erreichten das Wohnzimmer, das in Schatten getaucht dalag, beleuchtet nur durch das Licht, das durch die offene Tür hereinfiel, und durch das Flimmern des Fernsehers. Vor dem Bildschirm zeichneten sich über der Rückenlehne der Couch die Köpfe von Mom und Luke ab. Sie lehnten aneinander, als würden sie schlafen, doch sie waren festgefroren und mit Eis überzogen wie alles andere auch. Mir blieb das Herz stehen.

»Mom!«

Ich stürmte los, doch Puck packte mich am Arm und hielt mich zurück. Fauchend drehte ich mich zu ihm um und versuchte ihn abzuschütteln, bis ich sein Gesicht sah. In seinen Augen lag eine unerbittliche Härte, er presste die Kiefer aufeinander, während er mich hinter sich zog und wie aus dem Nichts ein Dolch in seiner Hand erschien.

Zitternd sah ich mich im Wohnzimmer noch einmal um, gerade als Ash sich aus den Schatten an der gegenüberliegenden Wand löste und sein Schwert zog. In dem kalten blauen Licht sah er schrecklich aus, die Haut an seinen Wangenknochen war noch weiter aufgerissen, und seine Augen lagen tief in den Höhlen. An seinen Armen und Händen bemerkte ich frische Wunden, an deren Rändern sich die Haut schwarz verfärbt hatte, sodass sie verbrannt und tot aussah. Seine silbernen Augen waren hell vor Schmerz und Wahnsinn, als er uns anstarrte. Er war jetzt durch und durch ein Killer, aber ich konnte einfach keine Angst vor ihm haben. In mir war nur noch Trauer, ein seelenzerreißender Schmerz, weil ich wusste: Egal was passierte, ich musste ihn sterben lassen. Wenn ich meine Familie retten wollte, würde Puck Ash töten müssen. Noch heute Nacht. Hier in meinem Wohnzimmer. Ich unterdrückte ein Schluchzen und trat vor, ohne auf Puck zu achten, der mich zurückhalten wollte. Ich sah nur den Dunklen Prinzen auf der anderen Seite des Raumes.

»Ash«, flüsterte ich, als seine Augen sich blitzartig auf mich richteten und jede meiner Bewegungen registrierten. »Kannst du mich überhaupt hören? Bitte, gib uns ein Zeichen. Sonst wird Puck ...« Ich schluckte hart, während er mich nur weiter ausdruckslos anstarrte. »Ich kann nicht zulassen, dass du meine Familie verletzt, Ash. Aber ... dich will ich auch nicht verlieren.« Die Tränen quollen hervor, und ich sah ihn verzweifelt an. »Bitte sag mir, dass du dagegen ankämpfen kannst. Bitte ...«

»Töte mich.«

Entsetzt schnappte ich nach Luft und starrte ihn an. Er stand vollkommen reglos, nur seine Kiefermuskeln arbeiteten, als kämpfe er darum zu sprechen. »Ich ... kann nicht dagegen ankämpfen«, presste er hervor, die Augen geschlossen, um sich besser konzentrieren zu können. Sein Arm zitterte, und er packte sein Schwert fester. »Ihr müsst ... mich töten, Meghan. Ich kann ... mich nicht ... kontrollieren.«

»Ash ...«

Er riss die Augen auf, und sofort wurden sie wieder glasig. »Weg von mir, sofort!«

Puck schob mich aus dem Weg, als Ash losstürmte und sein Schwert so wild schwang, dass es nur noch ein blauer Schatten war. Ich stürzte zu Boden und zuckte zusammen, als ich mir an dem Eis die Knie aufschlug und die Handflächen aufschürfte. Mit dem Rücken zur Wand beobachtete ich, wie Puck und Ash sich mitten im Wohnzimmer eine Schlacht lieferten, doch ich fühlte mich innerlich und äußerlich tot. Ich konnte ihn nicht retten. Ash war jetzt für mich verloren, und was noch schlimmer war, einer von beiden würde sterben. Wenn Puck gewann, würde Ash getötet. Aber wenn Ash siegreich aus dem Kampf hervorging, würde ich alles verlieren, sogar mein Leben. Ich hätte wohl Puck anfeuern sollen, aber die kalte Verzweiflung in meinem Herzen sorgte dafür, dass ich gar nichts mehr fühlte.

Als Ash mit einer wilden Drehung einem fiesen, aufwärts geführten Schlag auswich, funkelte etwas unter seinen Haaren, knapp über dem Nacken. Hastig rappelte ich mich auf, kniff die Augen zusammen und konzentrierte all meine Sinne auf das Ding. Ein winziger Funke des kalten Eisernen Scheins leuchtete am oberen Ende von Ashs Wirbelsäule. Ich keuchte. Das war sie! Die Wanze, das Ding, das ihn kontrollierte und letzten Endes töten würde.

Als könnte er meine Gedanken spüren, wirbelte Ash herum und blickte aus zusammengekniffenen Augen in meine Richtung. Im selben Moment raste Pucks Dolch auf seinen Rücken zu, doch Ash drehte sich zurück, schlug die Klinge weg und stach mit seiner eigenen Waffe zu. Puck versuchte verzweifelt auszuweichen, aber es reichte nicht, und die eisige Klinge grub sich tief in seine Schulter. Ich schrie auf, und Puck taumelte zurück. Auf seinem Hemd breitete sich ein dunkler Blutfleck aus, und sein Gesicht war schmerzverzerrt.

Jetzt stürzte sich Ash auf mich, und ich erstarrte mit rasendem Puls. Die vielen Male, die ich ihn im Kampf beobachtet hatte, ließen mich ahnen, was kommen würde. Als das Schwert auf meinen Kopf zuraste, tauchte ich nach vorn und hörte ein scharfes Klirren, als die Klinge auf Eis traf. Noch während ich mich abrollte, sah ich mich um, registrierte, aus welcher Richtung das Schwert kam, und warf mich zur Seite, sodass ich knapp auch dem zweiten Schlag entging, der den Boden traf und Eissplitter auf mich regnen ließ. Ich landete an der Wand, und als ich mich umdrehte, stand Ash über mir und hatte die Waffe zum Schlag erhoben. Es gab keinen Ausweg mehr. Ich sah ihm ins Gesicht, sah, wie sich sein Kiefer anspannte und sein Arm anfing zu zittern, während er meinen Blick erwiderte. Für einen kurzen Moment schwankte die Klinge, und Ash schloss die Augen …

Und genau in diesem Moment tauchte Puck wie aus dem Nichts auf und rammte ihm mit einem Knurren seinen Dolch in die Rippen.

Die Zeit stand still. Ein Schrei stieg in meiner Kehle auf, Puck und Ash starrten sich an. Pucks Schultern zuckten, doch ob er nur schwer atmete oder schluchzte, konnte ich nicht sagen. Für einen Moment standen sie da, in einer tödlichen Umarmung erstarrt, bis Puck schließlich einen erstickten Laut ausstieß, sich von ihm löste und ruckartig den Dolch in einem Blutregen aus seiner Brust riss. Das Schwert entglitt Ashs Hand und landete mit einem lauten Scheppern, das durchs ganze Haus hallte, auf dem Boden.

Taumelnd wich Ash zurück, schaffte es, noch kurz auf den Beinen zu bleiben und sich den Arm um den Bauch zu schlingen. Schwankend lehnte er sich gegen die Wand, wo dunkles Blut über den Eispanzer zu laufen begann und sich in einer Pfütze zu seinen Füßen sammelte.

Als ich endlich meine Stimme wiederfand und seinen Namen schrie, hob Ash den Kopf und schenkte mir ein erschöpftes Lächeln. Dann trübten sich seine silbrigen Augen wie der Himmel, wenn die Sonne hinter einer Wolke verschwand, und er brach lautlos zusammen.

Krankheit

»Ash!« Ich schob Puck aus dem Weg und stürmte vorwärts.

Puck taumelte zur Seite, er bewegte sich wie ein Schlafwandler. Der blutige Dolch fiel ihm aus der kraftlosen Hand. Ohne auf ihn zu achten, stürzte ich zu Ash.

»Bleib weg!«

Seine Stimme, schneidend hart und verzweifelt, ließ mich abrupt innehalten. Ash kämpfte sich auf die Knie, umklammerte weiter seinen Bauch und zitterte bei jedem keuchenden, gequälten Atemzug. Das Blut sammelte sich um ihn, doch er hob den Kopf und sah mich mit vor Schmerz verschleiertem Blick an.

»Bleib weg, Meghan«, presste er hervor, und ein dünnes, blutiges Rinnsal quoll aus seinem Mund. »Ich könnte dich ... immer noch töten. Lass mich.« Er verzog das Gesicht, schloss die Augen und fuhr sich mit einer Hand an den Schädel. »Ich kann es ... immer noch spüren«, keuchte er schaudernd. »Es steht jetzt ... unter Schock, aber ... es wird wieder stärker.« Er holte gequält Luft, dann biss er die Zähne zusammen. »Verdammt, Goodfellow. Du hättest ... sauber zuschlagen sollen. Beeil dich und bring es hinter dich.«

»Nein!«, schrie ich und warf mich neben ihn auf den Boden. Er wich vor mir zurück, aber ich packte ihn an der Schulter. Es war, als hätte ich einen Elektrozaun berührt, nur ohne den Schlag. Ich spürte, wie eine Welle von scharfem, metallischem Schein von Ash auf mich übersprang, bis es in meinen Ohren summte und meine Sinne vibrierten. Irgendetwas in mir reagierte darauf wie eine elektrische Spannung unter meiner Haut, die bis in meine Fingerspitzen raste, und plötzlich war alles viel klarer. Wenn normaler Schein rohe Emotion und Leidenschaft war, dann war das hier das genaue Gegenteil: logisch, berechnend, teilnahmslos. Ich spürte, wie meine Angst, die Panik und die Verzweiflung schwanden, und musterte Ash mit einer gewissen Neugier. Das war ein Problem, aber wie konnte ich es beheben? Wie sollte ich diese Gleichung lösen?

»Lauf, Meghan.« Ashs Stimme klang gepresst, und das war die einzige Warnung, bevor seine Augen wieder glasig wurden, sich seine Hände um meine Kehle schlossen und mir die Luft abdrückten. Keuchend umklammerte ich seine Finger und starrte in seine ausdruckslosen Augen, als plötzlich eine dumpfe Stimme in meinem Kopf ertönte.

Töte dich.

Ich bekam keine Luft mehr, kämpfte aber darum, ruhig zu bleiben und die Verbindung zu diesem kalten, teilnahmslosen Schein nicht zu verlieren, der unter meiner Haut summte. Als ich Ash weiter in die Augen starrte, konnte ich die Wanze *sehen,* die meinen Blick hasserfüllt erwiderte. Ich konnte ihren runden, zeckenartigen Körper erkennen, der sich oben an Ashs Wirbelsäule klammerte, ein metallischer Parasit, der ihn langsam umbrachte. Ich konnte sie hören, und ich wusste, dass sie mich ebenfalls hörte.

»Meghan!« Puck schnappte sich das Eisschwert, das vergessen auf dem Boden lag, und hob es über den Kopf.

»Puck, nicht.« Meine Stimme war rau, aber gelassen. Ich rang um Luft und spürte, wie Ashs Griff sich minimal lockerte. Er schloss die Augen und unterbrach so meine Verbindung zu der Wanze, aber ich spürte immer noch den Eisernen Schein, der überall um mich herum vibrierte. Ash kämpfte gegen die Befehle der Wanze an, sein Gesicht war vor Konzentration verzerrt, und ihm lief der Schweiß über die Stirn.

»Tu es«, keuchte er, und mir wurde klar, dass er mit Puck sprach, nicht mit mir.

»Nein!« Ich warf einen Blick zu Puck und sah, dass er hin- und hergerissen war. Das Schwert in seiner Hand zitterte, als er es auf Ash richtete. »Tu es nicht, Puck! Vertrau mir!«

Meine Sicht wurde langsam trüb. Ich hatte nicht mehr viel Zeit. Also betete ich still, dass Puck noch ein wenig länger zögern würde, drehte mich wieder zu Ash um und legte eine Hand an seine Wange. »Ash«, setzte ich an und hoffte, dass meine schwache Stimme zu ihm durchdringen würde. »Bitte, sieh mich an.«

Zunächst reagierte er nicht, nur seine Finger zitterten, während er gegen den Zwang ankämpfte, mir die Kehle zu zerquetschen. Als er schließlich aufsah, zerriss mir das Leid, das Entsetzen und die Qual in seinem Blick fast das Herz. Doch hinter diesen schmerzerfüllten Augen konnte ich den Parasiten sehen, der seinen Griff auf ihn immer weiter verstärkte. Mit ungebrochenem Willen trat ich ihm entgegen, während der Eiserne Schein uns umwirbelte. Ich formte den Schein zu einem Befehl und schickte ihn wie einen Pfeil in den Körper der Metallwanze.

Lass los, befahl ich ihr und legte so viel Kraft in diese Worte, wie ich aufbringen konnte.

Sie summte nur wütend und packte fester zu, sodass Ash gequält aufschrie. Seine Finger schlossen sich enger um meinen Hals, quetschten meine Luftröhre und tauchten meine Welt in rot glühenden Schmerz.

Ich sank in mich zusammen und kämpfte darum, nicht das Bewusstsein zu verlieren, doch am Rand meines Gesichtsfelds breitete sich Dunkelheit aus. *Nein!,* schrie ich die Wanze an. *Ich werde nicht gegen dich verlieren. Ich werde ihn nicht aufgeben! Lass los!*

Die Wanze zischte ... und ließ ganz langsam los, wobei sie die ganze Zeit weiter gegen mich ankämpfte.

Ich legte eine zitternde Hand auf Ashs Brust, direkt über dem Herzen, und spürte, wie es hart gegen seine Rippen schlug. Ashs Griff verengte sich noch einmal, und langsam wurde mir schwarz vor Augen. *Verschwinde,* fauchte ich mit letzter Kraft. *Verschwinde aus seinem Körper, sofort!*

Es folgte ein lautes Knistern und ein greller Blitz, Ash fing an zu zucken und schob mich von sich weg. Ich landete auf dem kalten Boden und schlug mit dem Kopf auf dem Eis auf, sodass mir wirklich kurz schwarz vor Augen wurde. Halb bewusstlos sah ich ein Funkeln und dann etwas Winziges, Metallisches in Richtung Decke fliegen und Ash, der entsetzt auf seine Hände starrte. Der metallische Funke schwebte einen Moment reglos in der Luft, dann raste er mit einem wütenden Summen auf mich zu.

Pucks Hand schoss vor, fing die Wanze aus der Luft und schleuderte sie zu Boden. Für den Bruchteil einer Sekunde lag sie funkelnd auf dem Eis. Dann senkte sich Pucks Stiefel herab und zertrat die Wanze zu Brei.

Mühsam setzte ich mich auf, atmete schwer und wartete darauf, dass der Raum aufhörte, sich zu drehen. Puck kniete vor mir; seine eine Schulter war blutverschmiert und sein gesamter Körper angespannt vor Sorge.

»Meghan.« Er fuhr mir mit einer Hand fest und drängend über die Wange. »Sprich mit mir. Geht es dir gut?«

Ich nickte. »Glaube schon.« Meine Stimme klang rau und kratzig, und meine Kehle brannte, als hätte ich mit Rasierklingen gegurgelt. Etwas Kaltes, Nasses tropfte auf mein Knie. Als ich hochschaute, sah ich, dass die Decke Risse bekam und langsam schmolz. »Wo ist Ash?«

Puck wich mit ernster Miene zur Seite. Ash saß zusammengesunken in der Ecke an der Wand, sein Kopf hing schlaff herunter, und eine Hand lag auf seinem noch immer blutenden Brustkorb. Seine Augen waren offen und starrten auf den Boden, ins Leere. Mit rasendem Herzen näherte ich mich ihm vorsichtig und kniete mich neben ihn, sah wie er ganz leicht von mir abrückte.

»Ash.« Die Sorge um ihn, um Ethan, um meine Familie bildete

einen schmerzhaften Knoten in meinem Magen. Ich hätte ihm so gern geholfen, aber das Bild von meiner Mom und Luke, eingefroren auf der Couch, erfüllte mich mit Grauen und Angst. Wenn Ash sie verletzt hatte, wenn sie ... Das könnte ich ihm niemals verzeihen. »Meine Mom«, fragte ich und sah ihm direkt ins Gesicht. »Mein Stiefdad. Hast ... hast du ...?«

Er schüttelte ganz sacht den Kopf, eine winzige Bewegung in den Schatten. »Nein«, flüsterte er, ohne mich anzusehen. Seine Stimme klang matt und leer. »Sie ... schlafen nur. Wenn das Eis schmilzt, sollten sie wieder in Ordnung sein, ohne jede Erinnerung an das, was passiert ist.«

Erleichterung durchströmte mich, wenn auch nur kurz. Ich streckte die Hand aus, um Ashs Arm zu berühren, doch er wich zurück, als wäre meine Berührung Gift für ihn.

»Was wirst du jetzt mit mir machen?«, flüsterte er.

Pucks Schatten fiel über uns. Als ich aufschaute, sah ich, dass er Ashs Schwert in der Hand hielt und eine grimmige, Furcht einflößende Miene aufgesetzt hatte. Eine Sekunde lang hatte ich Angst, dass er Ash jetzt und hier erstechen würde, aber er warf Ash nur die Waffe vor die Füße und wandte sich ab. »Meinst du, du kannst laufen, Prinz?«

Ash nickte, ohne aufzusehen. Ich ließ mich von Puck widerstrebend auf die Füße ziehen, und er nahm mich beiseite. »Ich kläre das mit Ash, Prinzessin«, murmelte er und hob eine Hand, um meinen Protest im Keim zu ersticken. »Warum schaust du nicht noch mal nach deinem Bruder, bevor wir gehen?«

»Gehen? Wohin denn?«

»Ich würde mal behaupten, dass Ash einen Heiler braucht, Prinzessin.« Puck warf einen Blick auf den Prinzen und verzog das Gesicht. »Ich bräuchte jedenfalls einen, wenn ich eine Metallwanze in meinem Kopf gehabt hätte. Hat ihn wahrscheinlich ziemlich mitgenommen. Zum Glück kenne ich eine Heilerin, die nicht weit von hier wohnt. Aber wir sollten *sofort* aufbrechen.«

Ich sah zu Mom und Luke hinüber, wie das Wasser langsam an ihren erstarrten Körpern herunterlief, und Sehnsucht packte mich. Ich vermisste sie, und wer wusste schon, wann ich sie wiedersehen würde? »Wir können wirklich nicht bleiben, nur ein kleines bisschen?«

»Was würdest du ihnen denn sagen, Prinzessin?« Puck musterte mich zugleich mitfühlend und gereizt. »Die Wahrheit? Dass ein Feenprinz das Innere ihres Hauses eingefroren hat, um dich hierherzulocken und zu töten?« Er schüttelte den Kopf, doch was er sagte, machte Sinn, auch wenn ich ihn und seine Logik in diesem Moment hasste. »Außerdem müssen wir Seine Königliche Eisigkeit zu einem Heiler bringen und zwar schnell. Glaub mir, es ist besser, wenn deine Leute nicht wissen, dass du hier warst.«

Ich warf meinen Eltern einen letzten Blick zu und nickte nachdenklich. »Okay«, seufzte ich dann. »Ich war niemals hier. Aber lass mich wenigstens zu Ethan und ihm Auf Wiedersehen sagen.«

Innerlich und äußerlich erschöpft, schleppte ich mich die Treppe hinauf und blieb nur einmal kurz stehen, um zurückzuschauen. Puck kauerte vor dem Dunklen Prinzen und bewegte lautlos die Lippen, aber Ash sah direkt zu mir, und seine zusammengekniffenen Augen funkelten in der Dunkelheit. Ich biss mir auf die Lippe und ging weiter zu Ethans Zimmer.

Ich fand ihn im Flur, wo er zwischen den Stangen des Treppengeländers hindurchspähte. Die Decke hing immer noch über seinen Schultern. »Ethan!«, zischte ich, und er sah mit großen blauen Augen zu mir auf. »Was machst du denn hier? Ich hatte doch gesagt, du sollst in deinem Zimmer bleiben.«

»Wo sind Mommy und Daddy?«, fragte er, als ich ihn hochhob und in sein Zimmer zurücktrug. »Hast du dem bösen Mann gesagt, dass er weggehen soll?«

»Sie kommen wieder in Ordnung«, erklärte ich ihm und spürte dabei meine eigene Erleichterung. »Ash hat ihnen nicht wehgetan, und sobald das Eis geschmolzen ist, werden sie wieder ganz die Alten sein.« Obwohl sie sich wahrscheinlich wundern würden, warum das ganze Haus nass war. Das Eis schmolz jetzt rasend schnell; ich musste auf dem Flur zu seinem Zimmer um einige Pfützen herumgehen.

Ethan nickte und musterte mich ernst, als ich ihn auf seinem Bett absetzte. »Du gehst wieder weg, stimmt's?«, fragte er sachlich, obwohl seine Unterlippe zitterte und er schniefte, um die Tränen zurückzuhalten. »Du bist nicht zurückgekommen, um bei mir zu bleiben.«

Seufzend setzte ich mich neben ihn auf das noch gefrorene Bett. »Noch nicht«, murmelte ich und strich ihm übers Haar. »Ich wünschte, ich könnte bleiben. Wirklich, aber ...« Ethan schniefte wieder, und ich zog ihn an mich. »Es tut mir leid«, flüsterte ich. »Es gibt da ein paar Sachen, um die ich mich erst noch kümmern muss.«

»Nein!« Ethan klammerte sich an mich und drückte sein Gesicht an meine Seite. »Du darfst nicht wieder weggehen. Sie werden dich nicht wieder holen. Ich lasse sie nicht.«

»Ethan ...«

»Prinzzzesssin.« Aus der Dunkelheit unter dem Bett packte etwas meinen Knöchel, und lange Nägel gruben sich in meine Haut. Ich schrie auf und zog ruckartig den Fuß hoch aufs Bett, während Ethan ein überraschtes Quietschen ausstieß.

»Verdammter Schwarzer Mann!« Bei dem Schrei brannte meine wunde Kehle wieder, was mich noch wütender machte. Ich sprang vom Bett, ging zu Ethans Kommode und schnappte mir die Taschenlampe, die dort nach wie vor stand. Schwarze Männer hassten Licht, und der helle Strahl einer Taschenlampe ließ sie panisch flüchten. »Ich bin gerade echt nicht in der Stimmung«, krächzte ich und knipste die Lampe an. »Du hast drei Sekunden, um da rauszukommen, bevor ich höchstpersönlich dafür sorge, dass du verschwindest.«

»Meggie.« Ethan hopste vom Bett, tapste zu mir rüber und nahm meine Hand. »Ist schon okay. Das ist nur Spinnenmann. Er ist mein Freund.«

Fassungslos starrte ich ihn an. Seit wann schlossen Schwarze Männer Freundschaft mit den Kindern, die sie terrorisierten? Ich konnte es nicht glauben, doch dann ertönte unter dem Bett ein leises, robbendes Geräusch, und zwei gelbe Augen starrten zu mir hoch.

»Keine Angsst, Prinzzzesssin«, flüsterte er und behielt die Taschenlampe in meiner Hand wachsam im Auge. »Ich habe Order, hier zu ssein. Prinzzz Ash hat unss befohlen, diesssesss Hausss zzzu bewachen. Esss steht unter dem Schutzzz desss Dunklen Hofesss.«

»*Ash* hat das angeordnet? Wann?«

»Bevor er kam, um Euren Teil des Gessschäftsss einzufordern, Prinzzesssin. Bevor Ihr mit ihm nach Tir Na Nog gegangen ssseid.« Das Ding schlängelte sich zum Rand der Spalte, hielt sich aber gerade noch in der Dunkelheit. »Dasss Kind issst nicht in Gefahr«, zischte es. »Und auch ssseine Eltern nicht, obwohl sssie nicht wisssen, dasss wir hier sssind. Beschützzzt diesssesss Hausss und fügt jenen, die darin leben, keinerlei Schaden zzzu, ssso lauten unsssere Befehle.«

»Er erzählt mir jeden Abend Geschichten«, sagte Ethan und sah zu mir hoch. »Die meisten sind ziemlich gruselig, aber das macht nichts. Und manchmal steht vorn im Garten ein schwarzes Pony, und dann ist da noch ein kleiner Mann im Keller. Mommy und Daddy können sie aber nicht sehen.«

Ich schloss die Augen. Der Gedanke, dass so viele Dunkle Feen in meinem Haus rumhingen, half nicht gerade dabei, meine Nervosität abzubauen, selbst wenn sie behaupteten, meine Familie zu beschützen. »Woher wusstest du, dass Ash kommt?«, fragte ich schließlich.

»Ich habe gerochen, dasss sssich eine Eisssserne Fee nähert, und ich wussste, dasss ich zzzumindessst den Jungen beschützzzen mussste«, erklärte Spinnenmann, der meine widersprüchlichen Gefühle nicht zu bemerken schien. »Ich habe ihn unter dasss Bett gezzzogen, wo ich ihn bessser verstecken konnte. Stellt Euch meine Überraschung vor, alsss ich entdeckte, dasss esss Prinzzz Ash perssssönlich war, der diesssesss Hausss angriff. Er musss wohl besesssen gewesssen sssein, oder vielleicht war esss auch eine Eisssserne Fee, die sssich alsss der Prinzzz getarnt hatte. Ich habe meine Befehle befolgt und den Jungen beschützzzt.«

»Tja, dafür danke ich dir«, murmelte ich. Dann kam mir ein Gedanke, und ich traute mich kaum, ihn auszusprechen, doch er ließ mich nicht los. »Haben … haben meine Eltern mich mal erwähnt? Reden sie überhaupt von mir oder fragen sich, wo ich wohl bin?«

»Über die Erwachsssenen weisss ich nichtsss, Prinzzzesssin.«

Eigentlich war es im Moment auch nicht wichtig, aber plötzlich wollte ich es wissen. War ich immer noch ein Teil dieser Familie oder nur eine verschwommene Erinnerung? Wie konnte ich es herausfinden, ohne Mom und Luke zu fragen? Ich schnippte mit den Fingern. Mein Zimmer! Ich hatte es ganz bewusst gemieden, da ich nicht sicher war, ob ich den Anblick ertragen würde, wenn es jetzt ein Arbeits- oder Gästezimmer war – ein sichtbarer Beweis dafür, dass Mom mich vergessen hatte. Aber nun ging ich mit Ethan an der Hand, der seine Decke hinter sich herschleifte, den Flur hinunter bis zu meinem Zimmer und öffnete die Tür.

Es war noch genau so, wie ich es in Erinnerung hatte, nur mit Eis überzogen, vertraut und fremdartig zugleich. Ein Kloß bildete sich in meinem Hals, als ich hineinging. Nichts hatte sich verändert. Da saß mein alter Stoffteddy auf dem Bett, ein Geburtstagsgeschenk vor ewigen Zeiten. Meine Poster von *Naruto* und *Escaflowne* hingen noch an der Wand. Ich ließ einen Finger über meine Kommode gleiten und musterte die Fotos, die zwischen den Stapeln von CDs standen, die jetzt wahrscheinlich Schrott waren. Fotos von mir, Mom und Ethan. Ein Familienporträt mit Luke. Eins von mir und Beau, unserem alten Deutschen Schäferhund, als er noch ein Welpe war. Und ein kleines gerahmtes Bild auf meinem Nachttisch, das ich nicht wiedererkannte.

Stirnrunzelnd brach ich es aus seinem Eispanzer, hob es hoch und starrte auf das Foto. Es zeigte mich als Kleinkind, ungefähr in Ethans Alter, auf dem Arm eines fremden Mannes mit kurzen braunen Haaren und einem schiefen Lächeln.

»O mein Gott«, flüsterte ich. Meine Knie wurden weich, und ich musste mich aufs Bett setzen, wo sofort Schneematsch und eisiges Wasser meine Hose durchnässten. Ich spürte es kaum.

Ethan stellte sich auf die Zehenspitzen, um das Foto sehen zu können. »Wer ist das?«, flüsterte er.

Puck erschien im Türrahmen. Sein Hemd und seine Hände waren blutverschmiert. »Prinzessin? Wir sollten aufbrechen. Ash sagt, draußen steht ein Kelpiefohlen, das uns zu der Heilerin bringen kann.« Er brach ab, als er mein Gesicht sah. »Was ist los?«

Ich streckte ihm das Bild entgegen. »Kennst du den?«

Puck studierte das Foto, dann riss er die Augen auf. »Verdammt«, murmelte er, »das ist Charles.«

Ich nickte schwach. »Charles«, flüsterte ich und zog die Hand mit dem Bild zurück. »Ich kannte ihn nicht mal. Ich verstehe nicht, warum ich nicht erkannt habe …« Ich verstummte, weil ich plötzlich wieder vor mir sah, wie eine alte Frau meine Gedanken durchwühlte und Erinnerungen verstreute wie altes Laub, immer auf der Suche nach der einen, die sie wollte. Als wir damals auf der Suche nach Ethan und dem Eisernen König gewesen waren, hatten wir ein uraltes Orakel, das in New Orleans lebte, um Hilfe gebeten, Machinas Reich zu finden. Das Orakel hatte eingewilligt ... und als Gegenleistung eine meiner Erinnerungen gefordert. Bis jetzt hatte ich gar nicht mehr daran gedacht. »Das war der Preis, nicht wahr?«, fragte ich bitter und sah Puck an. »Der Preis des Orakels für die Hilfe. Das war die Erinnerung, die sie sich genommen hat.«

Puck antwortete nicht. Seufzend starrte ich wieder auf das Bild, schließlich schüttelte ich den Kopf. »Wer ist er?«, fragte ich.

»Er war dein Vater«, murmelte Puck. »Oder zumindest der Mann, den du für deinen Vater gehalten hast. Bevor ihr hierher gezogen seid und deine Mom Luke kennengelernt hat. Er ist verschwunden, als du sechs warst.«

Ich konnte den Blick einfach nicht von diesem merkwürdigen Foto abwenden, von dem Mann, der mich so unbeschwert hielt, während wir beide in die Kamera lächelten. »Du hast gewusst, wer er war«, murmelte ich, ohne aufzusehen. »Du hast gewusst, wer Charles war, oder? Die ganze Zeit, während wir bei Leanansidhe waren, hast du es gewusst.« Puck antwortete nicht, und schließlich riss ich mich von dem Foto los und starrte ihn wütend an. »Warum hast du es mir nicht gesagt?«

»Und was hättest du dann getan, Prinzessin?« Puck verschränkte die Arme vor der Brust und erwiderte stur meinen Blick. »Dich auf einen Handel mit Leanansidhe eingelassen? Ihn wieder nach Hause geschleppt, als wäre nie etwas geschehen? Glaubst du denn, deine Mom würde ihn einfach so wieder zurücknehmen?«

Natürlich würde sie das nicht. Sie hatte jetzt Luke und Ethan. Gar nichts würde sich ändern, selbst wenn ich es schaffen würde, Charles nach Hause zu holen. Und das Schlimmste daran war, dass ich mich nicht daran erinnern konnte, warum ich das eigentlich wollen sollte.

Meine Gedanken drehten sich im Kreis. Ich erstickte fast in einem Wirbelsturm verwirrender Gefühle, und es kam mir vor, als wäre meine gesamte Welt auf den Kopf gestellt. Der Schock über diese Entdeckung.

Schuldgefühle, dass ich den ersten Mann meiner Mutter nicht erkannt hatte, den Mann, der mich als kleines Kind erzogen hatte und an den ich mich – was noch viel schlimmer war – überhaupt nicht erinnern konnte. Er war für mich wie irgendein Fremder auf der Straße. Wut auf Puck. Er hatte es die ganze Zeit gewusst und mich absichtlich im Dunkeln gelassen. Wut auf Leanansidhe. Was zum Teufel machte sie mit meinem Dad? Wie war er überhaupt dort gelandet? Und wie sollte ich ihn da rausholen? Wollte ich ihn da überhaupt rausholen?

»Prinzessin.« Pucks Stimme riss mich aus meiner tranceartigen Benommenheit. Ich durchbohrte ihn mit tödlichen Blicken, die er mit einem schwachen Lächeln erwiderte. »Beängstigend. Aber du kannst mich später immer noch in der Luft zerreißen. Seine Königliche Eisigkeit sieht ziemlich beschissen aus. Wir müssen ihn sofort zu der Heilerin bringen.«

Ethan schniefte und umklammerte mein Bein. Sein kleiner Körper hatte sich vor Entschlossenheit ganz verkrampft. »Nein!«, heulte er. »Nein, sie geht nicht weg! Nein!«

Hilflos sah ich zu Puck, da ich mich total hin- und hergerissen fühlte und am liebsten losgeheult hätte. »Ich kann ihn nicht allein hier zurücklassen.«

»Er wird nicht allein sssein, Prinzzzesssin«, ertönte die Stimme von Spinnenmann unter meinem Bett hervor. »Wir werden ihn mit unssserem Leben schützzzen, wie befohlen.«

»Kannst du mir das versprechen?«

Es folgte ein leises Zischen. »Wie Ihr wünscht. Wir drei vom Dunklen Hof – Schwarzzzer Mann, Kelpiefohlen und Wanderkobold – versprechen, den Chassse-Jungen zzzu beschützzzen, bisss wir von ssseiner Königlichen Hoheit Prinzzz Ash oder Königin Mab perssssönlich andere Befehle erhalten.«

Es gefiel mir immer noch nicht, aber mehr konnte ich im Moment nicht tun. Sobald ein Feenwesen das Wort *Versprechen* aussprach, war das wie ein wasserdichter Vertrag. Ethan heulte allerdings immer noch und klammerte sich noch fester an mein Bein. »Nein!«, schrie er wieder und stand offenbar kurz vor einem seiner seltenen, aber dafür heftigen Wutanfälle. »Du gehst nicht weg! Nein, nicht!«

Puck seufzte und legte Ethan sanft eine Hand auf den Kopf, während er leise etwas murmelte. Ich sah den Schein in der Luft aufleuchten, dann sank Ethan an meinem Bein in sich zusammen und verstummte mitten in einem Schrei. Alarmiert hob ich ihn hoch, aber dann hörte ich sein leises Schnarchen. Puck grinste.

»Musste das wirklich sein?«, fragte ich gereizt, wickelte Ethan in seine Decke und trug ihn in sein Zimmer zurück.

»Na ja, entweder das oder ich hätte ihn für ein paar Stunden in ein Kaninchen verwandeln können«, erklärte Puck frustrierend unbekümmert, während er mir durch den Flur folgte. »Und ich denke nicht, dass deine Eltern das besonders toll gefunden hätten.«

Eiswasser tropfte von der Decke, lief in kleinen Bächen die Wand herunter und durchnässte Ethans Spielzeuge und Stofftiere völlig. »Das wird nicht gehen«, stöhnte ich. »Auch wenn er schläft, kann ich ihn nicht einfach hierlassen. Er wird erfrieren!«

Wie auf Befehl öffnete sich die Schranktür und präsentierte das warme, dunkle und vor allem trockene Innere des Schranks.

»Komm schon, Prinzessin«, drängte Puck, als ich zögerte. »Du musst dich entscheiden, uns läuft die Zeit davon.«

Widerwillig legte ich Ethans kleinen schlafenden Körper in den Schrank und zog noch ein paar mehr Decken vom obersten Brett, um ihm daraus eine Art Nest zu bauen. Er schlief tief und fest, atmete mühelos durch Mund und Nase und rührte sich nicht einmal, als ich die Decken um ihn drapierte.

»Ihr solltet besser gut auf ihn aufpassen«, flüsterte ich in die Schatten, da ich wusste, dass sie mir zuhörten. Nachdem ich ihm noch ein letztes Mal die Haare aus dem Gesicht gestrichen und die Decken bis über seine Schultern hochgezogen hatte, stand ich schließlich auf und folgte Puck nach unten.

»Ich hoffe, Ash hat nichts dagegen, wenn wir sein Gerippe nach draußen schleifen«, murmelte Puck, während wir die Treppe hinunterliefen und alle paar Meter Wasser auf unsere Köpfe tropfte. »Ich habe ihn, so gut es ging, zusammengeflickt, aber ich glaube nicht, dass er besonders gut laufen …« Er verstummte, als wir das gefrorene Wohnzimmer erreichten. Die Vordertür quietschte leise in den Angeln, ein breiter Streifen Mondlicht fiel in den und von Ash war keine Spur zu sehen.

Ich hastete durch den Raum, rutschte über Schneematsch und Eisplatten und stürzte auf die Veranda hinaus. Ashs schlanke Gestalt bewegte sich lautlos über den Hof, alle paar Schritte stolperte er, einen Arm um seinen Bauch geschlungen. Am Waldrand stand, in den Schatten fast unsichtbar, ein kleines schwarzes Pferd mit leuchtend roten Augen und wartete auf ihn.

Ich sprang die Stufen hinunter und rannte über den Hof, während mein Puls in meinen Ohren hämmerte. »Ash!«, schrie ich und warf mich nach vorn, um seinen Arm zu packen. Er zuckte zusammen und versuchte mich abzuschütteln, wäre dabei aber fast gestürzt. »Warte! Wo willst du denn hin?«

»Das Zepter holen.« Seine Stimme klang dumpf. Er versuchte, sich von mir zu lösen, aber ich klammerte mich entschlossen an ihn. »Lass mich los, Meghan. Ich muss das tun.«

»Nein, musst du nicht! Nicht in diesem Zustand.« Die Verzweiflung stieg wieder in mir auf wie eine schwarze Welle, doch ich drängte die Tränen zurück. »Wie stellst du dir das vor? Du kannst ihnen nicht allein entgegentreten. Die werden dich umbringen.« Er rührte sich nicht, weder um mir zu widersprechen noch um mich abzuschütteln, was mich nur noch mehr fertigmachte. »Warum tust du das?«, flüsterte ich. »Warum lässt du dir nicht von uns helfen?«

»Meghan, bitte.« Ash klang, als würde er sich krampfhaft an die letzten Reste seiner Selbstbeherrschung klammern. »Lass mich gehen. Ich kann nicht hierbleiben. Nicht nach…« Er schauderte und holte mühsam Luft. »Nicht nach dem, was ich getan habe.«

»Das warst nicht du.« Ich ließ seinen Arm los und stellte mich ihm stattdessen in den Weg. Er konnte mir nicht in die Augen sehen. Ich zögerte kurz, dann trat ich noch einen Schritt vor, nahm meinen ganzen Mut zusammen und drehte sein Gesicht sanft zu mir. »Das warst nicht du, Ash. Mach dir deswegen keine Vorwürfe – du hattest keine darüber. Ganz allein *sie* hat daran Schuld.«

Seine silbernen Augen wirkten gehetzt. »Das ist keine Entschuldigung für das, was ich getan habe.«

»Stimmt.« Er zuckte zusammen und wollte sich von mir zurückziehen, doch ich hielt ihn fest. »Aber das bedeutet nicht, dass du dein Leben einfach wegwerfen sollst, nur weil du dich schuldig fühlst. Was würde das bringen?« Er sah mich mit ernster, undurchdringlicher Miene an, und mir schnürte es vor Sehnsucht die Kehle zu. Alles in mir schrie danach, die Arme um ihn zu schlingen und ihn an mich zu ziehen, aber ich wusste, dass er das nicht zulassen würde. »Virus ist immer noch da draußen«, fuhr ich fort und hielt seinem Blick stand. »Und wir haben jetzt eine reelle Chance, das Zepter zurückzuholen. Aber diesmal müssen wir es zusammen angehen. Abgemacht?«

Er sah mich ernst an. »Soll das ein neuer Vertrag sein?«

»Nein«, flüsterte ich entsetzt. »Das würde ich dir niemals wieder antun.« Schweigend starrte er mich an, und ich ließ ihn widerwillig los, während sich die nackte Verzweiflung durch meine Brust fraß. »Wenn du wirklich gehen willst, kann ich dich nicht aufhalten, Ash. Aber ...«

»Ich akzeptiere.«

Verwirrt blinzelte ich ihn an. »Akzeptieren? Was ...«

»Die Bedingungen deines Vertrages.« Er neigte den Kopf und fuhr mit finsterer Stimme fort: »Ich werde dich unterstützen, bis wir das Zepter wiedererlangt und es an den Winterhof zurückgebracht haben. Ich werde bei dir bleiben, bis diese Bedingungen erfüllt sind, das verspreche ich.«

»Mehr ist es nicht für dich? Nur ein Handel?«

»Meghan.« Flehend sah er mich an. »Lass mich das tun. Es ist das Einzige, was mir einfällt, um Wiedergutmachung an dir zu leisten.«

»Aber ...«

»Also, sind wir dann hier fertig?« Puck schlenderte heran, stellte sich neben mich und legte mir einen Arm um die Schultern, bevor ich ihn daran hindern konnte. Ash versteifte sich und zog sich zurück. Sein Blick wurde eisig. Puck sah an ihm vorbei zu dem Kelpiefohlen, das immer noch unter den Bäumen stand, und zog eine Augenbraue hoch. »Das wäre dann wohl unser Transportmittel.«

Das schwarze Pferdchen legte die Ohren an und fletschte mit einem nicht sehr pferdeartigen Fauchen seine breiten gelben Zähne.

Puck kicherte. »Oh, oh, ich glaube, dein Freund mag mich nicht besonders, Hoheit. Sieht ganz so aus, als müsstest du allein zu der Heilerin reiten.«

»Ich reite mit ihm«, sagte ich schnell und löste mich aus Pucks lockerer Umarmung. Er blinzelte irritiert und sah mürrisch drein, als ich ihn beiseite zog. »Ash kann sich kaum auf den Beinen halten«, flüsterte ich und erwiderte seinen finsteren Blick. »Einer muss bei ihm bleiben. Ich will nur sichergehen, dass er nicht allein loszieht.«

Er schenkte mir dieses nervtötende Grinsen. »Klar, Prinzessin. Was auch immer du sagst.«

Ich widerstand dem Drang, ihm eine reinzuhauen. »Bring uns einfach zu dieser Heilerin, Puck.«

Er verdrehte die Augen und stapfte davon. Ash warf er einen wütenden Blick zu, als er an ihm vorbeikam. Der verfolgte kommentarlos, wie er davonging. Sein Gesicht war beunruhigend reglos, fast wie tot.

Dann drehte Ash sich um und wankte unsicher zu dem Kelpiefohlen hinüber, das brav mit den Vorderbeinen einknickte und sich für ihn hinkniete, damit er sich mit einer kaum merklichen, schmerzerfüllten Grimasse auf seinen Rücken ziehen konnte.

Etwas nervös näherte ich mich dem Pferdefeenwesen, das zwar den Kopf herumriss und mit seinem struppigen Schweif schlug, aber zum Glück nicht nach mir trat oder biss. Für mich ging es allerdings nicht in die Knie, sodass ich mühsam auf seinen Rücken klettern musste, bevor ich hinter Ash saß und die Arme um seinen Bauch schlingen konnte. Für einen Moment schloss ich die Augen und legte die Wange an seinen Rücken, einfach froh darüber, ihn ohne Angst berühren zu können. Ich hörte, wie sich sein Herzschlag beschleunigte, und spürte, wie er leicht erbebte, aber sein Körper blieb angespannt und steif zwischen meinen Armen, als fühle er sich unwohl. Niedergeschlagenheit breitete sich in mir aus, und ich schluckte an dem Kloß in meinem Hals.

Ein heiserer Schrei ließ mich aufblicken. Ein riesiger Rabe flog so dicht über uns hinweg, dass der Wind seiner Flügel meine Haare zerzauste. Er ließ sich auf einem Ast nieder und musterte uns aus grünen Augen, die in der Dunkelheit glühten, bevor er einen weiteren Schrei ausstieß und zwischen den Bäumen verschwand. Ash gab leise den Befehl, ihm zu folgen, woraufhin das Kelpiefohlen sich in Bewegung setzte und lautlos wie ein Geist in den Wald eintauchte.

Ich drehte mich um und sah zu, wie mein Haus zwischen den tief hängenden Zweigen immer kleiner und kleiner wurde, bis der Wald uns ganz verschluckte und es endgültig verschwand.

Die Heilerin

Wir ritten einige Stunden, während sich der Himmel über uns von Pechschwarz zu Dunkelblau verfärbte und dann einen hauchfeinen pinken Schimmer annahm. Puck hielt sich ein ganzes Stück vor uns und hüpfte von Ast zu Ast, bis wir ihn eingeholt hatten, dann hob er wieder ab. Er führte uns tief in den Sumpf, durch Schlammlöcher, in denen das Kelpiefohlen teilweise schultertief durch dreckiges Wasser pflügte, und vorbei an riesigen moosbedeckten Baumstämmen, von denen dicke Ranken herabhingen. Ash schwieg während des Rittes, und sein Kopf sank immer tiefer, je weiter wir kamen, bis ich ihn schließlich mit aller Kraft stützen musste, um ihn oben zu halten.

Als die letzten Sterne am Himmel verblassten, schob sich das Kelpiefohlen zwischen ein paar efeuüberwucherten Bäumen hindurch, hinter denen endlich mitten im Sumpf eine rustikal wirkende Hütte auftauchte, auf deren Dach der Rabe hockte.

Noch bevor das Kelpiefohlen richtig stand, rutschte Ash von seinem Rücken und brach auf der dampfenden Erde zusammen. Sobald er nicht mehr auf seinem Rücken saß, begann das Kelpiefohlen wild mit dem Kopf zu schlagen und zu buckeln, bis ich halb rutschend, halb fallend im Matsch landete. Schnaubend und mit hocherhobenem Kopf trottete das Tier durch die Büsche davon und verschwand.

Ich kniete neben Ash, und mein Herz krampfte sich zusammen, als ich sah, wie blass er war. Die Wunden in seinem Gesicht hoben sich in leuchtendem Rot deutlich von der bleichen Haut ab. Als ich seine Wange berührte, stöhnte er zwar, öffnete aber nicht die Augen.

Plötzlich war Puck da und zerrte Ash auf die Füße, wobei er das Gesicht verzog, weil seine eigene Wunde schmerzte. »Prinzessin«, stieß er zwischen zusammengebissenen Zähnen hervor, während er sich das Gewicht des Prinzen auf die Schulter lud. »Geh und weck die Heilerin. Sag ihr, dass wir hier einen Prinzen mit Eisenvergiftung haben. Aber sei vorsichtig…« Er grinste und war wieder ganz er selbst. »Vor dem ersten Kaffee ist sie manchmal etwas miesepetrig.«

Ich stieg die marode Holztreppe hinauf zur Veranda, deren Bodendielen unter meinem Gewicht laut knarzten. Ein paar Pilze, die direkt neben der Tür an der Wand wuchsen, pulsierten in einem sanften Licht; die ganze Hütte war mit verschiedenen Moosen, Flechten und Pilzen in vielen bunten Farben bedeckt. Ich holte tief Luft und klopfte an die Tür.

Als nicht gleich eine Antwort kam, klopfte ich wieder, diesmal lauter. »Hallo?«, rief ich und spähte durch ein verdrecktes kleines Fenster mit Vorhängen. Meine wunde Kehle brannte so sehr, dass mir Tränen in die Augen stiegen, trotzdem hob ich die Stimme erneut und rief: »Ist hier jemand? Wir brauchen Ihre Hilfe! Hallo?«

»Weißt du eigentlich, wie spät es ist?«, schrie eine gereizte Stimme hinter der Tür. »Meint ihr Leute eigentlich, Heiler bräuchten keinen Schlaf oder was?« Schlurfende Schritte näherten sich der Tür, während die Stimme in einem fort murmelte: »Die ganze Nacht wach wegen eines kranken Katoblepas, aber bekomme ich vielleicht mal ein bisschen Ruhe? Natürlich nicht, Heiler brauchen ja keinen Schlaf. Sie können einfach einen von ihren speziellen Tränken schlucken und Tag und Nacht wach bleiben, tagelang. Immer bereit, bei jedem Notfall, der um fünf Uhr morgens an ihre Tür klopft, gleich zu springen!«

Die Tür flog auf, und ich starrte in einen leeren Raum.

»Was denn?«, fauchte die Stimme von meinen Füßen her.

Ich sah nach unten. Vor mir stand eine uralte Gnomin, deren Gesicht unter einer struppigen weißen Haarmähne hervorlugte und so gefurcht und verschrumpelt war wie eine Walnuss. Sie war nur ungefähr sechzig Zentimeter groß, trug einen ehemals weißen Morgenrock und eine winzige goldene Brille auf der Nase und starrte mich an wie ein winziger wütender Bär. Ihre schwarzen Augen sprühten vor Zorn.

Plötzlich glaubte ich sie zu erkennen. »Miss… Miss Stacy?«, platzte ich heraus, da ich für einen Moment meine alte Schulkrankenschwester in ihr sah. Die Gnomenfrau sah blinzelnd zu mir hoch, dann nahm sie ihre Brille ab und putzte sie.

»Nun, Miss Chase«, sagte sie und bestätigte damit meinen Verdacht. »Es ist schon eine Weile her. Als ich Sie das letzte Mal gesehen habe, haben Sie sich in meinem Büro versteckt, nachdem dieser Junge Ihnen in der Cafeteria diesen grausamen Streich gespielt hatte.«

Bei der Erinnerung daran zuckte ich zusammen. Das war der demütigendste Tag meines Lebens gewesen, und ich wollte nicht daran denken. »Was machen Sie hier?«, fragte ich verwirrt.

Schnaubend schob sich die Schwester die Brille auf die Nase. »Ihr Vater, König Oberon, bat mich, Sie ein wenig im Auge zu behalten, zusammen mit Mr. Goodfellow«, erwiderte sie und sah streng zu mir hoch. »Falls Sie verletzt würden, sollte ich Sie heilen. Wenn Sie etwas Merkwürdiges sahen, war es meine Aufgabe, dass Sie es vergaßen. Ich habe Goodfellow mit den nötigen Kräutern und Tränken versorgt, die er brauchte, um Sie daran zu hindern, uns zu sehen.« Sie seufzte. »Aber dann sind Sie ins Nimmernie spaziert, um Ihren Bruder zu suchen, und das hat alles verdorben. Zum Glück hat Oberon mir gestattet, meinen Job als Schulkrankenschwester zu behalten, für den Fall, dass Sie irgendwann zurückkommen.«

Ich spürte Ärger in mir aufsteigen, dass diese Frau mich so lange zur Unwissenheit verdammt hatte, aber dafür war jetzt keine Zeit. »Wir brauchen Ihre Hilfe«, sagte ich und wandte mich um, sodass sie Puck und Ash sehen konnte, die gerade auf die Veranda zuwankten. »Mein Freund hat eine schwere Stichwunde. Aber nicht nur das, er hat auch eine Eisenvergiftung und wird immer schwächer. Bitte, können Sie ihm helfen?«

»Eisenvergiftung? Oje.« Die Gnomin spähte an mir vorbei und starrte die beiden Feenjungen in ihrem Vorgarten an. Dann riss sie die Augen hinter den Brillengläsern weit auf. »Das ... ist das ... Prinz Ash?«, keuchte sie und wurde bleich. »*Mabs* Sohn? Sie erwarten von mir, dass ich einem Winterprinz helfe? Sind Sie wahnsinnig geworden? Ich ... nein!« Sie wich in die Hütte zurück und schüttelte hektisch den Kopf. »Nein, ganz bestimmt nicht!«

Sie wollte die Tür zuschlagen, doch ich schob meinen Fuß in den

Spalt und zuckte zusammen, als das Holz gegen mein Knie knallte. »Bitte«, flehte ich und drückte meine Schulter in den Türspalt. Die Schwester starrte mich finster an und verzog die Lippen, als ich mich in den Türrahmen drängte. »Bitte, er könnte sterben, und wir wissen nicht, an wen wir uns sonst wenden sollen.«

»Es widerspricht meinen Prinzipien, den Dunklen zu helfen, Miss Chase.« Sie rümpfte die Nase und versuchte mit aller Kraft, die Tür zu schließen, aber ich wich keinen Zentimeter zurück. »Sollen sich doch seine Leute um ihn kümmern. Ich bin mir sicher, dass dem Winterhof ausreichend Heiler zur Verfügung stehen.«

»Wir haben aber keine Zeit!« Wut kochte in mir hoch. Ash wurde immer schwächer. Er könnte sterben, und mit jeder Sekunde entfernte sich das Zepter weiter von uns. Ich rammte meine Schulter gegen die Tür, und sie flog auf. Die Schwester taumelte zurück und drückte die Hände an die Brust, als ich in die Hütte trat. »Tut mir leid«, erklärte ich möglichst selbstbewusst, »aber ich habe nicht vor, Ihnen eine Wahl zu lassen. Sie *werden* Ash helfen, oder es wird schon sehr bald sehr unangenehm für Sie werden.«

»Ich lasse mich doch nicht von einer halb menschlichen Göre herumschubsen!«

Ich streckte mich und ragte vor ihr auf, wobei ich mit dem Kopf fast an die Decke stieß. »Wie Sie bereits selbst sagten, ist Oberon mein Vater. Betrachten Sie das also als einen Befehl von Ihrer Prinzessin.« Als sich ihr Gesicht vor Wut so stark verzerrte, dass ihre Augen fast zwischen den vielen Falten verschwanden, verschränkte ich die Arme und starrte sie herrisch an. »Oder soll ich meinem Vater mitteilen, dass Sie sich geweigert haben, mir zu helfen? Dass ich mich in der Not an Sie gewendet habe und Sie mich abwiesen? Ich glaube nicht, dass er darüber sonderlich erfreut wäre.«

»Schon gut, schon gut!« Sie hob abwehrend die Hände. »Sie lassen mir sonst ja doch keine Ruhe. Bringt den Winterprinzen rein. Aber Ihr Vater wird von dieser Sache erfahren, junge Dame.« Sie drehte sich zu mir um und hob drohend einen Finger. »Er wird davon erfahren, und dann werden wir ja sehen, gegen wen sich sein Zorn richtet.«

Kurz meldeten sich bei mir Schuldgefühle, weil ich wie ein verzogenes reiches Gör die Trumpfkarte Daddy ausgespielt hatte, aber die verschwanden sofort, als Puck Ash über die Schwelle zerrte. Der Prinz war jetzt nur noch ein Schatten seiner selbst, mehr Geist als Körper, und abgesehen von den flammend roten Wunden im Gesicht und an den Armen, wo sich die Haut von den Knochen zu lösen schien, war er krankhaft bleich. Ich begann zu zittern, und mein Herz zog sich vor Sorge zusammen.

»Leg ihn da rein«, befahl die Schwester und führte Puck in einen kleinen Nebenraum, in dem ein niedriges Bett stand. Puck gehorchte und ließ Ash auf die Laken sinken, bevor er sich erschöpft in einen Sessel fallen ließ, der aussah wie ein gigantischer Pilz.

Die Schwester schnaubte. »Wie ich sehe, hat die Prinzessin dich da ebenfalls mit reingezogen, Robin.«

»Schau mich nicht so an.« Puck grinste und wischte sich mit einer Hand übers Gesicht. »Ich habe mein Bestes gegeben, um den Kerl umzubringen. Aber wenn die Prinzessin sich einmal etwas in den Kopf gesetzt hat, kann man sie nur schwer davon abbringen.«

Ich warf ihm einen finsteren Blick zu. Er zuckte nur mit den Schultern und erwiderte ihn mit einem hilflosen Lächeln. Darauf wandte ich mich wieder Ash zu.

»Igitt, der riecht ja nicht nur nach Eisen, der Gestank dringt ihm aus jeder Pore«, murmelte die Schwester und untersuchte die Wunden in seinem Gesicht und an seinen Armen. »Das sind keine normalen Verbrennungen – sie breiten sich von innen nach außen aus. Fast als hätte er etwas Metallisches *im* Körper gehabt.«

»Hatte er auch«, sagte ich leise, woraufhin sich die Schwester schaudernd die Hände abwischte. Dann zog sie Ashs Hemd hoch und legte einen Verband frei, durch den bereits Blut auf die Matratze zu sickern begann. »Wenigstens wurde er anständig verbunden«, stellte sie fest. »Schöne, saubere Arbeit. Ich nehme mal an, das ist dein Werk, Goodfellow?«

»Was genau?«

»Der Verband, Robin.«

»Ja, der auch.«

Seufzend beugte sich die Schwester über Ash, musterte eingehend die Schnitte in seinem Gesicht und löste dann vorsichtig den Verband, um sich die Stichwunde anzusehen. Sie runzelte die Stirn. »Nur damit ich das richtig verstehe«, nahm sie den Faden wieder auf und sah kurz zu Puck hinüber. »Du hast Ash, den Prinzen des Winterhofes, niedergestochen.«

»Schuldig im Sinne der Anklage.«

»Und wenn ich mir euch beide so ansehe ...« Ihr Blick wanderte von meiner Kehle zu Pucks blutiger Schulter. »... schätze ich mal, dass der Winterprinz euch so zugerichtet hat.«

»Wieder richtig.«

»Was bedeutet, dass ihr gegeneinander gekämpft habt.« Die Schwester kniff die Augen zusammen. »Was wiederum bedeutet, dass er höchstwahrscheinlich versucht hat, euch zu töten, korrekt?«

»Na ja ...«, stammelte ich.

»Und warum im Namen von allem, was heilig ist, wollt ihr dann, dass ich ihn heile? Ich will damit nicht sagen, dass ich es nicht tun werde«, fügte sie eilig hinzu und hob beschwichtigend ihre Hand. »Aber was sollte ihn daran hindern, euch wieder anzugreifen? Oder mich, wenn wir schon mal dabei sind?«

»Das wird er nicht«, versicherte ich schnell. »Ich verspreche, dass er das nicht tun wird.«

»Habt ihr vor, ihn als Geisel zu benutzen? Ist es das?«

»Nein! Es ist einfach ...« Ich seufzte. »Das ist eine lange Geschichte.«

»Tja, die werden Sie mir später erzählen müssen«, sagte die Schwester ebenfalls seufzend und stand auf. »Ihr Freund hat großes Glück«, fuhr sie fort und durchquerte das Zimmer, um einen Porzellantiegel von einem Regal zu nehmen. »Ich habe keine Ahnung, warum er nicht gestorben ist, aber er ist offensichtlich sehr stark, wenn er so lange überlebt hat. Er muss grauenhafte Schmerzen gehabt haben.« Sie kehrte an seine Seite zurück und kniete sich kopfschüttelnd neben ihn. »Seine oberflächlichen Wunden kann ich heilen, aber ich weiß nicht, ob ich etwas gegen die Eisenvergiftung tun kann. Davon muss er sich allein erholen. Es wäre besser, wenn er nach der Behandlung nach Tir Na Nog zurückkehrt. Sein Körper wird die Vergiftung schneller überwinden, wenn er sich in seinem eigenen Reich befindet.«

»Das ist nicht wirklich eine Option«, merkte ich an.

Die Schwester schnaubte. »Ich fürchte, dann wird er für sehr lange Zeit ziemlich geschwächt bleiben.« Sie richtete sich auf, drehte sich um und sah uns mit in die Hüfte gestemmten Händen durchdringend an. »Und jetzt muss ich arbeiten. Raus hier, alle beide. Falls ihr müde seid, könnt ihr das freie Bett nebenan benutzen, aber stört auf keinen Fall meinen anderen Patienten. Der Prinz wird schon wieder, aber ich kann es nicht brauchen, dass ich ständig über euch stolpere. Los jetzt. Ab.«

Sie machte scheuchende Bewegungen mit den Händen und trieb uns aus dem Zimmer, bevor sie geräuschvoll die Tür hinter uns zuwarf.

Obwohl ich völlig erschöpft war, machte ich mir viel zu große Sorgen, um zu schlafen. Ich streifte wie eine rastlose Katze durch die Hütte der Heilerin und warf alle zehn Sekunden einen Blick zu der Tür, weil ich hoffte, sie würde sich öffnen. Ash war da drin, und ich wusste nicht, was ihm bevorstand. Mit meiner Wanderung von einem Raum zum nächsten machte ich Puck und den Satyr mit dem gebrochenen Bein ganz verrückt, bis Puck nur halb scherzhaft drohte, mich mit einem Schlafzauber zu belegen, wenn ich mich nicht endlich etwas entspannte. Was ich mit der nur halb scherzhaften Drohung quittierte, ihn umzubringen, falls er das versuchte.

Endlich öffnete sich quietschend die Tür, und die Schwester kam blutverschmiert, mit müden Augen und wirren Haaren aus dem Behandlungszimmer.

»Es geht ihm gut«, versicherte sie mir, als ich mit der entsprechenden Frage auf der Zunge auf sie zustürzte. »Wie ich bereits sagte, ist er durch die Eisenvergiftung noch geschwächt, aber er schwebt nicht mehr in Lebensgefahr. Obwohl ich sagen muss, dass der Junge mir fast das Handgelenk gebrochen hätte, als ich versucht habe, seine Wunden zu nähen.« Sie warf mir einen mörderischen Blick zu. »Verdammte Dunkle, die kennen nichts außer Gewalt!«

»Kann ich ihn sehen?«

Sie musterte mich über ihre goldene Brille hinweg und seufzte dann. »Eigentlich sollte ich Nein sagen, da er Ruhe braucht, aber Sie würden ja sowieso nicht auf mich hören. Also, ja, Sie können ihn sehen, aber

nur kurz. Oh, und Robin«, sie winkte Puck mit gekrümmtem Finger zu sich, »auf ein Wort.«

Puck verzog in gespieltem Schrecken das Gesicht und folgte der Schwester aus dem Raum. Ich sah ihnen nach, bis sie weg waren, schlich dann leise in das dunkle Behandlungszimmer und zog die Tür hinter mir zu.

Ich trat an das Bett, setzte mich neben Ash und musterte sein Gesicht. Die Schnittwunden waren noch da, aber sie waren verblasst und weniger schlimm. Er trug kein Hemd mehr, und sein ganzer Oberkörper war mit sauberen Verbänden umwickelt. Seine Atmung ging langsam und tief, sein Brustkorb hob und senkte sich bei jedem Atemzug. Ganz sanft legte ich ihm eine Hand aufs Herz, weil ich ihn berühren und seinen Herzschlag unter meinen Fingern spüren wollte. Sein Gesicht wirkte friedlich, ohne scharfe Linien und Sorgenfalten, aber selbst im Schlaf sah er ein wenig traurig aus.

Da ich so darauf konzentriert war, sein Gesicht zu betrachten, bemerkte ich nicht, wie sich sein Arm bewegte, bis seine starken Finger sich sanft um meine schlossen. Als ich hinunterschaute und sah, wie meine Hand von seiner gehalten wurde, machte mein Herz einen kleinen Hüpfer. Dann schaute ich ihm wieder ins Gesicht. Jetzt waren seine silbernen Augen geöffnet, und er starrte mich durchdringend an, aber in der Dunkelheit konnte ich seine Miene nicht deuten. Mir stockte der Atem.

»Hi«, flüsterte ich, da ich keine Ahnung hatte, was ich sonst sagen sollte. Er musterte mich weiterhin stumm, also plapperte ich drauflos: »Äh, die Krankenschwester sagt, du bist jetzt über den Berg. Du bist noch etwas schwach von dem Eisen, aber das sollte sich mit der Zeit geben.« Er schwieg nach wie vor und starrte mich immer weiter an, bis ich schließlich rot wurde. Vielleicht hatte er ja einen Albtraum gehabt, und ich hatte ihn erschreckt, als ich wie ein Stalker in sein Zimmer geschlichen war. Ich hatte Glück gehabt, dass er mir nicht das Handgelenk gebrochen hatte, wie er es fast bei der Schwester getan hätte. »Tut mir leid, wenn ich dich geweckt habe«, murmelte ich und wollte mich von ihm lösen. »Ich lass dich jetzt besser schlafen.«

Sein Griff wurde fester, um mich aufzuhalten. »Bleib.«

Schlagartig klopfte mein Herz schneller. Ich sah auf ihn runter und wünschte mir, ich könnte mich einfach an ihn drücken und seine Arme um mich spüren.

Er seufzte, und seine Augen schlossen sich. »Du hattest recht«, murmelte er so leise, dass seine Stimme sich fast im Dunkeln verlor. »Ich konnte es nicht allein. Ich hätte auf dich hören sollen, damals in Tir Na Nog.«

»Ja, das hättest du«, flüsterte ich. »Erinnere dich immer daran, und stimme beim nächsten Mal einfach allem zu, was ich sage, und wir werden prima zurechtkommen.« Obwohl er die Augen weiter geschlossen hielt, hob sich einer seiner Mundwinkel, wenn auch nur ganz leicht. Darauf hatte ich gehofft. Für einen Moment war die Barriere zwischen uns eingerissen, und alles war wieder gut. Ich drückte seine Hand. »Du hast mir gefehlt«, flüsterte ich.

Ich wartete darauf, dass er sagen würde: *Du mir auch*, aber er versteifte sich unter meiner Hand, und mir sank der Mut. »Meghan ...«, begann er und schien sich dabei unwohl zu fühlen. »Ich ... ich weiß immer noch nicht, ob ...« Er hielt inne und schlug die Augen auf. »Wir stehen immer noch auf verschiedenen Seiten«, murmelte er dann mit einer Spur Bedauern. »Daran lässt sich nichts ändern, nicht einmal jetzt. Abgesehen von dem Vertrag giltst du immer noch als mein Feind. Außerdem dachte ich, du und Goodfellow ...«

Ich schüttelte den Kopf. »Puck ist ...«, setzte ich an, verstummte dann aber. Was war er denn? Während ich darüber nachdachte, wurde mir klar, dass ich nicht sagen konnte, er wäre nur ein Freund. »Nur Freunde« küssten sich nicht in einem einsamen Schlafzimmer. »Nur ein Freund« brachte meinen Magen nicht dazu, auf merkwürdige Weise zu kribbeln, wenn er durch die Tür kam. War dieser seltsame, verwirrende Gefühlsrausch Liebe? Ich hegte nicht dieselben intensiven Gefühle für Puck wie für Ash, aber ich empfand etwas für ihn. Ich konnte das nicht länger abstreiten. Ich schluckte. »Puck ist ...«, versuchte ich es erneut.

»Ist was?«

Ich wirbelte herum. Puck stand im Türrahmen und hatte ein ziemlich gefährliches Lächeln aufgesetzt. Er betrachtete uns aus schmalen grünen Augen.

»…gerade dabei, mit der Krankenschwester zu sprechen«, beendete ich schwach den Satz, während Ash meine Hand losließ und das Gesicht abwandte.

Puck starrte mich durchdringend an, als wüsste er, was ich dachte.

»Die Schwester will mit dir sprechen«, sagte er schließlich und wandte sich ab. »Sie meinte, du sollst Seine Königliche Eisigkeit in Ruhe lassen, damit er schlafen kann. Du solltest besser gehen und herausfinden, was sie dir zu sagen hat, Prinzessin, bevor sie noch ihren Kaffeebecher nach dir wirft.«

Ich sah auf Ash hinunter, doch seine Augen waren geschlossen, und er hatte das Gesicht abgewandt.

Etwas ängstlich näherte ich mich der Küche, wo die Schwester am Tisch saß, vor sich einen dampfenden Becher, in dem wahrscheinlich Kaffee war, da der ganze Raum danach duftete.

Sie sah auf und zeigte auf den Stuhl, der ihrem gegenüberstand. »Setzen Sie sich, Miss Chase.«

Ich gehorchte. Puck gesellte sich zu uns, ließ sich auf den Stuhl neben mir fallen und biss in einen Apfel, den er wer weiß woher hatte.

»Robin hat mir erzählt, dass ihr euch von hier aus auf eine gefährliche Mission begeben werdet«, begann die Heilerin, legte die faltigen Hände um den Becher und starrte in ihren Kaffee. »Er wollte mir keine Details verraten, aber deshalb wollt ihr, dass der Winterprinz gesund wird. Damit er euch helfen kann. Ist das korrekt?«

Ich nickte.

»Das Problem an der Sache ist, dass ihr ihn – wenn ihr diesen Plan durchzieht – höchstwahrscheinlich umbringen werdet.«

Ich fuhr hoch. »Wovon reden Sie da?«

»Er ist sehr krank, Miss Chase.« Sie warf mir über den Becher hinweg einen scharfen Blick zu, während der Dampf um ihre Brille waberte. »Es war kein Scherz, als ich sagte, er wäre geschwächt. Das Eisen war zu lange in seinem Körper.«

»Können Sie denn nicht noch irgendetwas tun?«

»Ich? Nein. Er braucht den Schein seines eigenen Reiches, um gesund zu werden, damit sein Körper die Krankheit loswerden kann. Abgesehen davon …« Sie nippte an ihrem Kaffee. »Wenn ihr einen großen Zu-

strom an menschlichen Emotionen in wirklich hoher Dosierung finden
könntet, das würde ihm vielleicht helfen. Zumindest könnte damit der
Heilungsprozess beginnen.«

»Viel Schein?« Ich dachte einen Moment nach. Wo könnte es jede
Menge verrückte, zügellose menschliche Emotionen geben? Ein Konzert oder ein Klub wären perfekt, aber wir hatten keine Eintrittskarten, und da ich noch nicht volljährig war, schieden die meisten Klubs
von vornherein aus. Doch wie Grimalkin mir beigebracht hatte, war das
kein Problem, wenn man aus Blättern Geld und aus einem Videothekenausweis einen gültigen Führerschein machen konnte. »Meinst du, du
könntest uns heute Nacht noch in einen Klub reinschmuggeln, Puck?«

Er schnaubte. »Ich kann uns überall reinschmuggeln, Prinzessin. Was
glaubst du denn, mit wem du hier redest?« Grinsend schnippte er mit
den Fingern. »Wir könnten dem *Blue Chaos* noch einmal einen Besuch
abstatten, das wäre doch lustig.«

Die Schwester blinzelte irritiert. »Das *Blue Chaos* gehört einer Wintersidhe, die Dunkerwichtel beschäftigt und angeblich einen Oger in
ihrem Keller hält.« Sie seufzte. »Wartet. Wenn ihr darauf besteht, so
etwas zu machen, habe ich eine bessere Idee. Eine, die weniger … irrsinnig ist.« Ihr Blick schwankte zwischen Widerwillen und Resignation,
als sie sich an mich wandte: »An Ihrer alten Schule findet heute Abend
der Winterball statt, Miss Chase. Wenn es einen Ort gibt, an dem garantiert mehr als genug emotional aufgeladene, hormongesteuerte Teenager herumlaufen werden, dann dort.«

»Der Winterball? Heute Nacht?« In meinem Magen kribbelte es. An
meine alte Schule zurückzukehren würde bedeuten, dass ich mich meinen ehemaligen Klassenkameraden stellen müsste und in der Folge auch
den Gerüchten, dem Klatsch und den ganzen Geschichten, die dort die
Runde machten. Ich würde vor allen Leuten in einem schicken Kleid
rumlaufen und vielleicht sogar tanzen müssen, und dann würden alle
hinter meinem Rücken kichern, flüstern und über mich lachen. *Denk
dir eine Ausrede aus, Meghan, schnell.* »Wie sollen wir da denn reinkommen? Ich war schon seit einer Ewigkeit nicht mehr in der Schule, und
sie werden wahrscheinlich die Karten überprüfen, um sicherzugehen,
dass nur Schüler kommen.«

Puck schnaubte wieder. »O bitte. Was meinst du denn, wie viele von diesen Veranstaltungen ich schon gesprengt habe? Eintrittskarten?« Er grinste höhnisch. »Wir brauchen keine blöden Eintrittskarten.«

Die Schwester warf Puck einen empörten Blick zu und wandte sich dann wieder an mich. »Ihre Eltern haben die offizielle Suche nach Ihnen vor ein paar Monaten eingestellt, Miss Chase«, erklärte sie ernst. »Ich glaube, Ihre Mutter hat die Ausrede benutzt, dass Sie wieder nach Hause gekommen wären und sie Sie anschließend auf ein Internat in einem anderen Bundesstaat geschickt hätten. Ich bin nicht sicher, was sie Ihrem Vater gesagt hat …«

»Stiefvater«, murmelte ich automatisch.

»… aber es hat schon seit einer ganzen Weile niemand mehr nach Ihnen gesucht«, beendete die Schwester ihren Satz, als hätte ich nichts gesagt. »Es mag zunächst seltsam erscheinen, wenn Sie dort auftauchen, aber ich bin mir sicher, dass Robin es so einrichten kann, dass Sie nicht auffallen. So oder so bezweifle ich stark, dass sich noch jemand an Sie erinnern wird.«

Da war ich mir nicht so sicher. »Und was ist mit dem Kleid?«, wandte ich ein, immer noch wild entschlossen, ein Schlupfloch zu finden. »Ich habe nichts zum Anziehen.«

Diesmal erhielt ich sowohl von der Schwester als auch von Puck einen herablassenden Blick. »Wir können dir ein Kleid besorgen, Prinzessin«, erklärte Puck spöttisch. »Himmel, wenn du willst, kann ich dir ein Kleid aus Diamanten und Schmetterlingen herbeizaubern.«

»Das wäre doch etwas zu extravagant, meinst du nicht, Robin?« Die Schwester musterte ihn kopfschüttelnd. »Keine Sorge, Miss Chase«, sagte sie dann zu mir. »Ich habe Freunde, die uns in dieser Hinsicht helfen können. Sie werden ein wunderschönes Kleid für den Ball bekommen, das verspreche ich Ihnen.«

Tja, das wäre ein schöner Gedanke, wenn ich nicht absolut panisch gewesen wäre. Ich versuchte es noch einmal. »Bis zur Schule braucht man eine Dreiviertelstunde«, stellte ich fest, »und ich habe keinen Führerschein. Wie sollen wir hinkommen?«

»Ich habe einen Steig, der direkt in mein Büro in der Schule führt«, erwiderte die Schwester und zerstörte damit auch diese Hoffnung. »Wir können innerhalb weniger Sekunden dort sein, und Ihnen wird garantiert nichts entgehen.«

Verdammt. Mir gingen die Ausreden aus und das ziemlich schnell. Verzweifelt spielte ich meine letzte Karte aus. »Und was ist mit Ash? Sollten wir ihn wirklich so schnell schon wieder bewegen? Was, wenn er gar nicht gehen will?«

»Ich werde gehen.«

Wir alle wirbelten herum. Ash stand in der Tür und lehnte am Rahmen. Er wirkte erschöpft, sah aber schon etwas besser aus als vorhin. Seine Haut hatte diesen Graustich verloren, und die Wunden an Gesicht und Armen hoben sich nicht mehr so deutlich ab. Er sah bei Weitem noch nicht gut aus, aber wenigstens stand er nicht mehr an der Schwelle des Todes.

Ash hob eine Hand vors Gesicht und ballte sie zur Faust, dann ließ er sie sinken. »Ich kann in diesem Zustand nicht kämpfen«, sagte er. »Ich wäre nur eine Belastung, und unsere Chancen, das Zepter zurückzuholen, würden sich verringern. Wenn es eine Möglichkeit gibt, wie ich das loswerden kann, werde ich sie nutzen.«

»Bist du sicher?«

Er sah mich an, und dieses feine, vertraute Lächeln huschte über sein Gesicht. »Ich muss doch in Hochform sein, wenn ich alles Mögliche für dich töten soll, oder?«

»Ihr müsst nur eines«, entgegnete die Schwester und stapfte mit einem unnachgiebigen Funkeln in den Augen auf ihn zu, »und zwar zurück ins Bett. Ich habe bestimmt nicht die letzten Stunden damit verbracht, Euch zusammenzuflicken, damit Ihr gleich wieder auseinanderfallt, nur weil Ihr Euch weigert stillzuliegen. Ab jetzt, zurück ins Bett!«

Er wirkte leicht amüsiert, ließ sich aber zurück in sein Zimmer treiben, woraufhin die Schwester mit einem Ruck die Tür hinter ihm schloss. »Sturköpfige Jugend«, seufzte sie. »Denken immer, sie wären unverwundbar.«

Puck kicherte, was wohl das Schlimmste war, was er tun konnte.

Sie wirbelte herum. »Oh, du findest das also lustig, Goodfellow, wie?«, fauchte sie, und Puck zuckte zusammen. »Zufällig ist mir aufgefallen, dass deine Schulter auch nicht besonders gut aussieht. Genauer gesagt blutet sie mir meinen frisch gewischten Boden voll. Ich denke, das muss genäht werden. Folge mir bitte.«

»Es ist nur eine Fleischwunde«, sagte Puck, woraufhin sich der Blick der Schwester verfinsterte. Sie stapfte zu ihm, packte ihn an einem seiner spitzen Ohren und zog ihn daran von seinem Stuhl hoch. »Au! Hey! Aua! Okay, okay, ich komme ja mit! Mann.«

»Miss Chase«, fauchte die Schwester, und ich fuhr alarmiert hoch. »Ich möchte, dass Sie ein wenig schlafen, während ich diesen Idioten hier behandele. Sie wirken ziemlich erschöpft. Nehmen Sie das leere Bett im Patientenzimmer und sagen Sie Amano, dass er Sie nicht belästigen soll, sonst breche ich ihm auch noch das andere Bein. Wenn ich mit Robin fertig bin, komme ich mit etwas für Ihren Hals.«

Obwohl ich immer noch gewisse Zweifel hatte, nickte ich brav und machte mich auf zu dem leeren Bett. Ich legte mich hin, wobei ich den Satyr, der mich einlud, sein »viel weicheres Bett« mit ihm zu teilen, einfach ignorierte. *Ich werde mich nur eine Minute hinlegen,* dachte ich und drehte Amano den Rücken zu. *Nur eine Minute, dann sehe ich wieder nach Ash.*

»Hoch mit dir, Dornröschen. Auf uns wartet ein Ball.«

Ich setzte mich auf und sah mich verlegen, verwirrt und mit verquollenen Augen um. Im Zimmer war es ziemlich dunkel, nur ein paar Kerzen flackerten, und die Pilze an den Wänden glühten in einem sanften Gelb. Puck stand – wie immer grinsend – vor mir, und das flackernde Licht warf seltsame tanzende Schatten auf sein Gesicht.

»Na los, Prinzessin. Du hast den ganzen Tag geschlafen und den Spaß verpasst. Unsere allerliebste Schwester hat ein paar Freunde zusammengetrommelt, damit sie dir ein Kleid machen. Natürlich weigern sie sich, es mir zu zeigen, deshalb musst du jetzt da reinmarschieren und in dem Ding wieder rauskommen.«

»Wovon redest du?«, murmelte ich, bevor es mir wieder einfiel. Der Winterball! Ich sollte nach meiner langen Abwesenheit wieder an meiner alten Schule antanzen und mich all meinen ehemaligen Klassenkameraden stellen. Sie würden auf mich zeigen und tratschen und hinter meinem Rücken über mich lästern – allein bei dem Gedanken wurde mir schon schlecht.

Aber es gab jetzt kein Zurück mehr. Wenn wir an das Zepter gelangen wollten, musste Ash wieder gesund werden, was bedeutete, dass ich die Demütigung ertragen und einfach irgendwie damit klarkommen musste.

Ich folgte Puck zögernd aus dem Patientenzimmer auf den Gang, wo die Schwester bereits mit einem sanften, zufriedenen Lächeln im Gesicht auf mich wartete. »Ah, da sind Sie ja, Miss Chase.«

»Wie geht es Ash?«, fragte ich, bevor sie noch etwas sagen konnte.

Mit einem Schnauben drehte sich die Schwester um und signalisierte mir, dass ich ihr folgen sollte. »Unverändert«, erklärte sie, während sie mich den Gang entlangführte. Wir kamen an Ashs Zimmer vorbei, dessen Tür geschlossen war, und gingen ohne anzuhalten weiter.

»Dieser Dickkopf läuft herum und hat Robin heute Nachmittag sogar schon zu einem Übungskampf herausgefordert. Selbstverständlich habe ich sie davon abgehalten, obwohl Robin, dieser Dummkopf, nur allzu gern gegen ihn gekämpft hätte.«

»Hey«, meldete sich Puck hinter uns, »die Forderung kam schließlich nicht von mir. Ich wollte dem Typen nur einen Gefallen tun.«

Die Schwester wirbelte herum und fixierte ihn mit funkelndem Blick. »Du ...«, setzte sie an, warf dann aber resigniert die Hände in die Luft. »Geh und mach dich fertig, Dummkopf. Du hast ja den ganzen Tag wie ein verlorenes Hündchen vor dieser Tür herumgelungert. Sag dem Prinzen, dass wir aufbrechen werden, sobald Miss Chase fertig ist. Na los.«

Puck zog sich grinsend zurück, und die Schwester seufzte leise.

»Diese beiden«, murmelte sie. »Entweder sie sind die besten Freunde oder die erbittertsten Feinde, ich kann es einfach nicht sagen. Kommen Sie mit, Miss Chase.«

Sie drückte eine Tür auf und trat hindurch. Ich folgte ihr mit eingezogenem Kopf. Wir betraten einen kleinen Raum, dessen Wände von Regalbrettern mit lauter Topfpflanzen bedeckt waren und der von einem scharfen, fast medizinischen Geruch erfüllt war. Es kam mir vor, als wäre ich in einem Kräutergarten gelandet. Was wahrscheinlich auch der Fall war.

Zwei Gnome, die genauso faltig und verschrumpelt waren wie die Schwester, hockten auf dreibeinigen Hockern und sahen mit einem fröhlichen Winken zu mir hoch.

Mir stockte der Atem. Sie arbeiteten an einem Kleid, das so umwerfend war, dass all meine wirren Gedanken für einen Moment zum Stillstand kamen. Eine Schneiderpuppe in der Mitte des Raumes trug ein bodenlanges blaues Satinkleid, das wie Wasser in der Sonne funkelte. Das Mieder war mit silbernen Mustern und glänzenden Bändern aus reinem Licht bestickt, und um die nackten Schultern war ein luftiges blaues Umschlagtuch drapiert, das so fein war, dass es fast durchsichtig schien. Der Hals der Puppe war mit einem Kropfband aus funkelnden Diamanten geschmückt, die schillernde Regenbogen aus gebrochenem Licht an die Wände warfen. Das gesamte Outfit war einfach atemberaubend.

Ich schluckte schwer. »Ist das ... für mich?«

Einer der Gnome, ein kleiner Mann, dessen Nase aussah wie eine Kartoffel, lachte. »Na ja, der Prinz wird das sicherlich nicht tragen.«

»Es ist wunderschön.«

Die Gnome warfen sich stolz in die Brust. »Unsere Vorfahren waren Schuhmacher, aber wir haben gelernt, noch ein paar andere Sachen zu nähen. Dieser Stoff ist stärker als normaler Schein und wird sich nicht auflösen, wenn Ihr versehentlich etwas Eisernes berührt. Und jetzt probiert es doch mal an.«

Es passte perfekt und glitt über meine Haut, als wäre es für mich gemacht. Aus dem Augenwinkel sah ich Schein aufblitzen, als ich es anzog, und ignorierte ihn ganz bewusst. Wenn dieses Kleid aus Blättern, Moos und Spinnenseide bestand, wollte ich es gar nicht wissen.

Als ich fertig war, hob ich die Arme und drehte mich langsam im Kreis, um mich begutachten zu lassen. Die Schneidergnome klatschten wie glückliche Seehunde in die Hände, und die Schwester nickte anerkennend.

»Wirf einen Blick auf dich«, murmelte sie und ließ den erhobenen Finger kreisen.

Ich drehte mich um und betrachtete mich in dem Ganzkörperspiegel, der aus dem Nichts erschien. Überrascht blinzelte ich.

Nicht nur das Kleid war perfekt, meine Haare waren außerdem zu einer komplizierten Lockenfrisur hochgesteckt, und ich trug ein dezentes Make-up, das mich älter aussehen ließ. Hinzu kam, dass ich – entweder durch die Magie des Kleides oder durch die Hilfe der Schwester – wieder *menschlich* aussah, ohne die spitzen Ohren und die unnatürlich großen Augen. Ich sah aus wie ein normaler Teenager, bereit für den Abschlussball. Nur eine Illusion, das wusste ich, aber trotzdem stutzte ich beim Anblick dieser großen, eleganten Fremden im Spiegel für einen Moment.

»Die Jungs werden die Augen nicht von ihr abwenden können«, prophezeite einer der Gnome seufzend, und sofort kehrten meine Ängste zurück. Schickes Kleid hin oder her, ich war immer noch ich, die unsichtbare Sumpftussi der Albany High. Nichts würde daran etwas ändern.

»Komm«, sagte die Schwester und legte ihre schrumpelige Hand auf meine. »Es wird Zeit.«

Wir gingen zurück und betraten durch eine Tür wieder den Hauptraum, wo ein gut aussehender Junge in einem klassischen schwarzen Smoking auf uns wartete. Ich keuchte erstaunt, als ich sah, dass es Puck war. Seine roten Haare waren etwas gebändigt, sodass sie nicht mehr ganz so verstrubbelt aussahen, und seine breiten Schultern füllten das Jackett problemlos aus. Mir war gar nicht bewusst gewesen, wie durchtrainiert er war. Seine grünen Augen musterten mich kurz von oben bis unten, bevor sie sich auf mein Gesicht richteten und er mich anlächelte. Dieses Lächeln war weder spöttisch noch sarkastisch, sondern einfach nur offen und herzlich.

»Hmpf«, grummelte die Schwester, die nicht annähernd so verblüfft war wie ich. »Ich schätze, wenn du es wirklich willst, kannst sogar du ganz ordentlich aussehen, Robin.«

»Nun, ich versuche es zumindest.« Puck, der jetzt sehr menschlich aussah, durchquerte den Raum, griff nach meiner Hand und schob mir ein weißes Anstecksträußchen über das Handgelenk. »Du siehst umwerfend aus, Prinzessin.«

»Danke«, flüsterte ich. »Du siehst auch nicht schlecht aus.«

»Nervös?«, fragte er.

Ich nickte. »Ein bisschen. Was soll ich sagen, wenn mich jemand fragt, wo ich gewesen bin? Wie soll ich erklären, was ich das ganze Jahr über gemacht habe, besonders nachdem ich jetzt reinspaziere, als wäre nichts gewesen? Und was ist mit dir?« Ich sah zu ihm hoch. »Werden sie sich nicht fragen, wo du die ganze Zeit gesteckt hast?«

»Bei mir nicht.« Pucks normales Grinsen kehrte zurück.

»Ich war zu lange weg – lange genug, damit alle vergessen konnten, dass ich je auf dieser Highschool war. Ich werde höchstens noch eine vage Erinnerung sein, so etwas wie ein Déjà-vu, aber niemand wird mich wirklich wiedererkennen.« Er zuckte mit den Schultern. »Einer der Vorteile, wenn man ich ist.«

»Glückspilz«, murmelte ich.

»Sind wir dann so weit?«, fragte die Schwester, die plötzlich in ihrer menschlichen Gestalt vor uns stand, als kleine, korpulente Frau im weißen Arztkittel mit faltiger brauner Haut und goldener Brille auf der Nasenspitze. »Und bevor ihr euch fragt: Ja, ich werde euch begleiten«, verkündete sie und musterte uns scharf über ihre Brille hinweg. »Nur um sicherzugehen, dass mein Patient sich nicht so übernimmt, dass er zusammenbricht. Also, sind wir hier fertig?«

»Wir warten noch auf Ash.«

»Jetzt nicht mehr«, erwiderte sie mit einem Blick über meine Schulter.

Langsam drehte ich mich um und spürte, wie mein Herz dabei pochte, da ich nicht wusste, was mich erwartete. Für einen Moment setzte mein Verstand aus.

In meinen Tagträumen hatte ich mir Ash schon im Smoking vorgestellt, lächerliche Fantasien, die mir hin und wieder durch den Kopf geisterten, aber diese Bilder waren der Realität ungefähr so ähnlich wie eine Hauskatze einem Jaguar. Sein Smoking war nicht schwarz, sondern strahlte in makellosem, reinem Weiß, und das offene Jackett gab den Blick frei auf eine ebenso weiße Weste und einen eisblauen Kummerbund. Seine Manschettenknöpfe, das seidene Einstecktuch in der Brusttasche und der funkelnde Stecker in seinem Ohr hatten dieselbe Farbe. Alles andere war weiß, sogar seine Schuhe, doch statt dadurch geisterhaft oder bleich zu wirken, füllte er den Raum mit seiner Präsenz, ganz der Königssohn unter Bürgerlichen. Er stand in der Tür, hatte die Hände in die Hosentaschen geschoben – die personifizierte Lässigkeit – und war selbst als Mensch noch unbeschreiblich umwerfend. Seine schwarzen Haare waren so zurückgekämmt, dass sie weich sein Gesicht umrahmten, und seine Quecksilberaugen, die bei dem ganzen Weiß eigentlich hätten blass aussehen müssen, funkelten strahlender als alles andere. Und sie waren ausschließlich auf mich gerichtet.

Ich konnte mich weder bewegen noch einen Ton von mir geben. Wenn ich die Knie nicht sowieso schon durchgedrückt hätte, wäre ich als Pfütze in blauem Satin auf dem Boden gelandet. Ash erwiderte meinen Blick. Seine Augen waren die ganze Zeit auf mein Gesicht gerichtet, doch gleichzeitig spürte ich, wie er mich musterte und meinen Anblick so sicher in sich aufnahm, wie Puck mit einem Blick mein ganzes Kleid erfasst hatte. Ich konnte nicht anders als zurückstarren. Alles um mich herum – Geräusche, Farben, Leute – trat zurück, verlor jegliche Bedeutung und Wichtigkeit, bis es auf der ganzen Welt nur noch Ash und mich gab.

Dann nahm jemand meinen Ellbogen, und mein Verstand begann wieder zu arbeiten.

»Okay«, sagte Puck ein wenig zu laut und zog mich in eine andere Richtung. »Die Truppe ist vollzählig. Gehen wir jetzt auf diese Party oder nicht?«

Ash trat neben mich. Er gab keinen Laut von sich, aber ich konnte seine Anwesenheit ebenso selbstverständlich spüren wie meine eigene. Weder bot er mir seinen Arm, noch versuchte er sonst irgendwie, mich zu berühren, doch meine Nerven summten, und meine Haut kribbelte, einfach weil er dort stand. Ich spürte einen Hauch von Frost und diesen seltsamen klaren Geruch, der allein seiner war, und die Erinnerung an unseren ersten gemeinsamen Tanz stieg in mir auf.

Doch mir entging auch nicht der subtile Blick, den Ash und Puck wechselten. Ashs Miene blieb dabei bewusst ausdruckslos, während Pucks Mund sich zu einem feinen, höhnischen Lächeln verzog – eines von seinen gefährlichen – und er ganz leicht die Augen zusammenkniff.

Die Schwester musste es ebenfalls gesehen haben, denn sie klatschte so energisch in die Hände, dass ich einen wahren Luftsprung hinlegte.

»Dürfte ich euch drei daran erinnern, dass wir zwar auf eine Party gehen, aber nur aus einem ganz bestimmten Grund?«, fragte sie mit ihrer strengsten Stimme. »Wir werden weder etwas in den Punsch schütten noch die Menschen verführen, das Essen verzaubern, die Männer zu irgendwelchen Kämpfen herausfordern oder sonst irgendetwas tun, was als Unfug gilt. Ist das klar?«

Während dieser Aufzählung warf sie Puck einen scharfen Blick zu, der daraufhin auf seine Brust deutete und die Augen in einem Ausdruck verständnisloser Unschuld aufriss. Sie fand das nicht komisch.

»Ich werde euch im Auge behalten«, warnte sie, und auch wenn sie gerade mal einen Meter zwanzig groß, weißhaarig und schrumpelig wie eine Rosine war, klang diese Drohung bei ihr wirklich Furcht einflößend. »Versucht, euch anständig zu benehmen!«

Der Winterball

Es war ein ziemlich schräges Gefühl, wieder durch die Flure meiner Schule zu gehen, nachdem ich so lange weg gewesen war. Dutzende von Erinnerungen zogen durch meinen Kopf, als wir an den früher so vertrauten Orten vorbeikamen: Mr. Delanys Klassenzimmer, wo ich im Literaturkurs hinter Scott Waldron gesessen hatte, die Toiletten, auf denen ich so viel Zeit mit Heulen verbracht hatte, die Cafeteria, in der Robbie und ich immer zusammen gegessen hatten, am letzten Tisch ganz hinten in der Ecke. Seit damals hatte sich so viel verändert. Die Schule schien jetzt irgendwie anders zu sein, weniger real. Oder vielleicht war auch ich es, die sich so verändert hatte.

Trauben von blauen und weißen Ballons säumten den Weg zur Turnhalle, und Licht und Musik drangen durch die Doppeltüren und Fenster. Je näher wir der Halle kamen, desto mehr nervöse Purzelbäume schlug mein Magen, besonders als sich die Türen öffneten und zwei kichernde Schüler Händchen haltend herauskamen. Der Junge zog das Mädchen an sich und gab ihr einen langen, schlabberigen Zungenkuss, bevor sie sich wieder voneinander lösten und sich hinter dem Gebäude ein stilles Eckchen suchten.

»Mm, riech nur, diese Lust«, murmelte Puck an meiner Seite.

Die Schwester schnaubte abfällig. »Sie dürften die Turnhalle gar nicht unbeaufsichtigt verlassen«, knurrte sie und stemmte die Hände in die Hüften. »Wo sind die Betreuer? Ich fürchte, ich werde mich darum kümmern müssen. Ihr drei, benehmt euch!« Sie stapfte davon, sozusagen mit empört gesträubtem Gefieder, und folgte dem Pärchen in die dunklen Schatten hinter der Turnhalle.

Die Luft war rein. Ich schluckte meine Nervosität hinunter und drehte mich zu den Jungs um, ob sie bereit waren. Puck grinste mich so erwartungsvoll an wie immer, und der Schalk stand ihm ins Gesicht geschrieben. Ash musterte mich ernst. Er wirkte bereits kräftiger, seine Augen strahlten wieder, und die Schnittwunden waren zu blassen, feinen Narben verheilt, die sich über seine Wangen zogen. Als sich unsere Blicke trafen, stockte mir von der Intensität der Gefühle, die unter der Oberfläche brodelten, der Atem.

»Wie geht es dir?«, fragte ich, um die Sehnsucht zu verbergen, die man mir bestimmt vom Gesicht ablesen konnte. »Bringt das hier überhaupt was? Wird es schon besser?«

Er lächelte, wenn auch sehr verhalten. »Reservier mir einen Tanz«, murmelte er.

Und dann gingen wir auf die Turnhalle zu. Die Musik wurde lauter, und man hörte im Inneren unzählige Stimmen, die von den Wänden widerhallten. Puck und Ash schoben je einen Türflügel auf, und wir betraten eine andere Welt.

Die ganze Turnhalle war mit blauen und weißen Ballons, Krepppapier und glitzernden Styroporschneeflocken geschmückt, obwohl wir hier in Louisiana nie Schnee zu Gesicht bekamen. Wir gingen am Ticketverkauf vorbei, wo sich eine Gruppe Teenies angesammelt hatte, die entweder gerade ihre Eintrittskarten kauften oder in der Schlange warteten. Niemand schien uns zu bemerken, aber mein Magen verkrampfte sich, als ich eine vertraute Gestalt entdeckte, die gerade einem gut gekleideten Paar lächelnd ihre Karten reichte. Angie, die Ex-Cheerleaderin, stand hinter dem Tisch, jetzt ohne die riesige Schweinsnase, die Puck ihr letztes Jahr in einem Racheakt verpasst hatte. Sie schien rundum zufrieden zu sein, lächelte und nickte, als würde sie so etwas jeden Tag machen. Ich versuchte, ihren Blick aufzufangen, als wir auf ihrer Höhe waren, aber sie war ganz auf die Schlange vor ihr konzentriert, und dann war der Moment vorbei.

Hinter dem Ticketverkauf waren auf einer Seite des Raumes blaue und weiße Tische aufgebaut. Nur wenige Leute saßen dort: die Unglücklichen, die kein Date bekommen hatten, den Ball aber auch nicht verpassen wollten, nur weil sie allein waren.

Dort würde ich auch sitzen, dachte ich, wenn ich nicht ins Feenreich gegangen wäre. Oder höchstwahrscheinlich wäre ich gar nicht hier. Ich wäre zu Hause geblieben, mit einem Film und einer großen Packung Eiscreme.

Die andere Hälfte der Halle war ein Meer aus Smokings und wirbelnden Kleidern. Paare wiegten sich zur Musik, einige tanzten ganz lässig mit ihrem Partner, andere hielten sich so eng umschlungen, dass man wohl eine Brechstange gebraucht hätte, um sie voneinander zu trennen. Scott Waldron, meine alte Flamme, hielt eine klapperdürre Blondine im Arm, eine von den Cheerleadern, wie ich schnell erkannte, und ließ gerade seine Hände an ihrem Rücken hinuntergleiten, um ihren Hintern zu betatschen. Ich sah ihnen beim Tanzen zu, beobachtete, wie ihre Hände jeden Quadratzentimeter des jeweils anderen befummelten, und empfand rein gar nichts.

Und dann begann das Getuschel: Es nahm seinen Anfang am Tisch der Datelosen und breitete sich über die Tanzfläche bis in die hintersten Ecken der Halle aus. Die Leute starrten uns an, warfen uns verstohlene Blicke über die Schultern ihrer Tanzpartner zu und steckten die Köpfe zusammen, um miteinander zu flüstern. Mein Gesicht brannte, und ich zögerte weiterzugehen. Am liebsten hätte ich einen hastigen Rückzug angetreten und mich auf dem nächsten Klo verkrochen.

Mr. Delany, mein alter Englischlehrer, sah von der Punschschüssel auf, die er bewachte, und runzelte nachdenklich die Stirn. Er stieß sich vom Tisch ab, schlenderte zu uns herüber und blinzelte durch seine dicken Brillengläser.

Mein Herz raste, und ich drehte mich panisch zu Puck um. »Mr. Delany kommt zu uns rüber!«, zischte ich.

Puck kniff kurz die Augen zu und sah über meine Schulter. »Jepp, das ist der alte Delany. Mann, ist der fett geworden. Hey, weißt du noch, wie ich ihm einmal Juckpulver in sein Toupet gestreut habe?« Er seufzte verträumt. »Das war ein guter Tag.«

»Puck!« Ich starrte ihn böse an. »Hilf mir! Was soll ich sagen? Er weiß doch, dass ich seit Monaten nicht mehr in der Schule war!«

»Entschuldigung«, sagte Mr. Delany direkt hinter mir, und mir blieb fast das Herz stehen. »Sind Sie ... Meghan Chase?« Mit einem schwachen Lächeln drehte ich mich zu ihm um. »Du bist es wirklich. Dachte ich's mir doch.« Fassungslos starrte er mich an. »Was machst du hier? Deine Mutter hat uns gesagt, du wärst jetzt auf einem Internat in Maine.«

Da war ich also die ganze Zeit. Nette Tarnung, Mom.

»Äh ... ich bin ... über die Weihnachtsferien zu Hause«, platzte ich mit dem Ersten heraus, was mir einfiel. »Und ich wollte noch mal meine alte Schule sehen, bevor ich wieder zurückfahre.«

Mr. Delany sah verwirrt drein. »Aber die Weihnachtsferien waren doch schon vor einigen ... « Plötzlich verstummte er, und seine Augen wurden glasig. »Weihnachtsferien«, murmelte er. »Natürlich. Wie schön für dich. Wirst du denn nächstes Jahr zu uns zurückkehren?«

»Ähm.« Dieser plötzliche Stimmungswechsel verblüffte mich kurz. »Ich weiß es nicht. Vielleicht? Es gibt da noch einiges, was zuvor geklärt werden muss.«

»Verstehe. Tja, es war schön, dich mal wiederzusehen, Meghan. Viel Spaß noch auf dem Ball.«

»Bis dann, Mr. Delany.«

Während er zu der Punschschüssel zurückwanderte, atmete ich erleichtert auf. »Das war knapp. Netter Schachzug, Puck.«

»Ha?« Puck sah mich erstaunt an. »Was meinst du damit?«

»Der Zauber?« Ich senkte meine Stimme zu einem Flüstern. »Komm schon, war der denn nicht von dir?«

»Leider nein, Prinzessin. Ich wollte seine Perücke in ein Frettchen verwandeln, aber dann wurde er plötzlich ganz verträumt, noch bevor ich es durchziehen konnte.« Puck seufzte und sah dem Englischlehrer enttäuscht nach. »Wirklich schade. Das hätte die Party etwas in Schwung gebracht. Hier gibt es so viel Schein, dass es eine Schande wäre, ihn nicht zu benutzen.«

Ich sah über seine Schulter. »Ash?«

Der Winterprinz schenkte mir ein schwaches Lächeln. »Subtilität war noch nie Goodfellows Stärke«, murmelte er und ignorierte Pucks bösen Blick. »Wir sind schließlich nicht hier, um einen Aufruhr zu verursachen. Und menschliche Emotionen ließen sich schon immer leicht manipulieren.«

So wie meine?, fragte ich mich unwillkürlich, während wir weiter durch die Turnhalle wanderten. *Hast du mich einfach mit einem Liebeszauber belegt, um meine Gefühle zu manipulieren, so wie Rowan es versucht hat? Sind meine Gefühle für dich real oder nur irgendein künstlich hervorgerufener Schein? Und würde es mich denn stören, wenn es so wäre?*

Als wir die Tische erreichten, trat Puck vor mich und verbeugte sich. »Prinzessin«, setzte er formvollendet an, auch wenn seine Augen verräterisch funkelten, während er die Hand ausstreckte. »Würdet Ihr mir die Ehre erweisen, mir den ersten Tanz zu schenken?«

»Ähm.« Im ersten Moment schreckte ich vor dem Gedanken zurück und war kurz davor, Puck zu sagen, dass ich nicht tanzen konnte. Doch dann spürte ich Ashs Blick auf mir und erinnerte mich an einen Hain im Mondschein und daran, wie ich mit dem Dunklen Prinzen über die Tanzfläche geschwebt war, während uns etliche Feen zusahen. *In deinen Adern fließt Oberons Blut,* murmelte seine tiefe Stimme in meinem Kopf. *Selbstverständlich kannst du tanzen.*

Außerdem ließ Puck mir nicht wirklich eine Wahl. Er nahm einfach meine Hand und führte mich zur Tanzfläche. Ich versuchte, Ash noch einen entschuldigenden Blick zuzuwerfen, doch der Prinz hatte sich in eine dunkle Ecke verzogen, wo er sich gegen die Wand lehnte und das Meer aus unbekannten Gesichtern studierte.

Und dann tanzten wir.

Puck tanzte sehr gut, ich hatte allerdings keine Ahnung, warum mich das überraschte. Er hatte wahrscheinlich unendlich viel Erfahrung darin. Am Anfang stolperte ich noch ein paarmal, aber dann schloss ich die Augen und dachte an meinen ersten Tanz mit Ash. *Hör auf nachzudenken,* hatte Ash mir in dieser Nacht gesagt, als wir vor Dutzenden von Feen über die Tanzfläche gewirbelt waren. *Das Publikum ist nicht wichtig. Die Schritte sind auch nicht wichtig. Schließ einfach die Augen und höre auf die*

Musik. Als ich an diesen Tanz dachte und daran, wie ich mich dabei gefühlt hatte, kamen die Schritte von ganz allein.

Puck kicherte leise. »Oookay«, murmelte er, während wir durch den Raum glitten. »Ich meine, mich daran zu erinnern, wie eine gewisse Person einmal geschworen hat, sie könne überhaupt nicht tanzen. Offenbar war das deine Zwillingsschwester, denn eigentlich hatte ich erwartet, dass du mir den ganzen Abend auf den Zehen rumtrampeln würdest. Hast du heimlich Unterricht genommen, Prinzessin?«

»Oh … äh. Das habe ich irgendwie aufgeschnappt, während ich im Nimmernie war.« *Nicht wirklich gelogen.*

Während wir uns über die Tanzfläche schoben, erhaschte ich immer wieder kurze Blicke auf Ash, der allein in seiner Ecke stand und die Hände in die Hosentaschen geschoben hatte. Es war zu dunkel, um den Ausdruck auf seinem Gesicht erkennen zu können, aber er ließ uns nicht aus den Augen. Dann zog Puck mich in eine Drehung, und Ash verschwand für einen Moment aus meinem Blickfeld.

Als ich das nächste Mal in seine Richtung sah, war er nicht mehr allein. Drei Mädchen – eine davon die dürre Blondine, die noch vor wenigen Minuten an Scott geklebt hatte – hatten ihn umzingelt und flirteten ganz offensichtlich mit ihm. Sie lächelten geziert, schoben sich möglichst nah an ihn heran, spielten mit ihren Haaren und warfen ihm unter den getuschten Wimpern hervor lüsterne Blicke zu. Meine Hand an Pucks Revers verkrampfte sich. Es kostete mich all meine Selbstbeherrschung, nicht rüberzumarschieren und ihnen zu sagen, dass sie sich verdammt verziehen sollten – aber mit welchem Recht? Ash gehörte nicht mir. Ich konnte keinerlei Anspruch auf ihn erheben.

Davon abgesehen würde er sie wahrscheinlich sowieso einfach ignorieren oder ihnen sagen, dass sie verschwinden sollten. Doch als ich das nächste Mal in die Ecke spähte, sah ich, wie Ash, der umwerfend aussehende Ash, den Mädchen ein charmantes Lächeln schenkte, und sofort verkrampfte sich alles in mir. Er *flirtete* mit ihnen.

Das Lied war zu Ende, und Puck trat mit einem leicht irritierten Blick zurück, als wisse er, dass ich nicht mehr ganz bei der Sache war. Ich fächelte mir mit beiden Händen Luft zu und tat so, als wäre ich außer Atem, doch in Wahrheit wollte ich nur die Tränen trocknen, die in meinen Augen brannten. Ash stand immer noch in seiner Ecke und lachte gerade über irgendetwas, was eines der Mädchen gesagt hatte. Die Kehle schnürte sich mir zu, und mir wurde eng um die Brust.

»Alles klar, Prinzessin?«

Ich riss meinen Blick von Ash und den Mädchen los und schluckte schwer. »Nur etwas heiß«, erklärte ich und schritt lächelnd neben ihm durch die Menge, runter von der Tanzfläche und zurück zu den Tischen. »Und vielleicht ein bisschen schwindelig.«

Puck kicherte, wieder ganz er selbst, und schob mir einen Stuhl zurecht. »Tut mir leid, ich habe einfach diese Wirkung auf die Leute.« Ich schlug ihm mit dem Handrücken scherzhaft auf den Bauch und setzte mich, während er grinste. »Halt durch. Ich hole dir was zu trinken.« Er verschwand in der Menge, auf dem Weg zu dem Tisch mit den Erfrischungen, der an der gegenüberliegenden Seite der Halle aufgebaut war. Ich konnte nur hoffen, dass er nicht etwas in den Punsch schütten würde, das alle Leute in Frösche verwandelte. Bei dem Gedanken seufzte ich kurz auf, dann ließ ich den Blick durch die Turnhalle wandern, wobei ich ganz bewusst die Ecke mit Ash mied.

»Hey.« Jemand schob sich in mein Blickfeld und verstellte mir die Sicht. Ein breitschultriger Junge in einem perfekt sitzenden Smoking. Ich ließ meine Augen über Weste, Revers und Fliege nach oben gleiten und begegnete dem lächelnden Blick von Scott Waldron. »Hi«, begrüßte er mich fröhlich, woraufhin mein Magen einen Purzelbaum schlug.

Geschah das gerade tatsächlich? Wollte wirklich *Scott Waldron*, Sportskanone und Ausnahmefootballspieler, mit mir reden? Oder war das wieder einer seiner Tricks, mit dem er mich niedermachen und demütigen wollte, so wie beim letzten Mal? Ich musste zugeben – er war wirklich süß: breite Schultern, lockiges blondes Haar, ein umwerfendes Lächeln. Aber die Erinnerung an die Szene in der Cafeteria, als alle brüllend über mich gelacht hatten, dämpfte meine Begeisterung ein wenig. Der würde nie wieder so mit mir spielen.

»Äh, hi«, erwiderte ich misstrauisch.

»Ich bin Scott«, fuhr er mit der absoluten Selbstsicherheit eines Menschen fort, der es gewöhnt war, angehimmelt zu werden. »Ich habe dich hier noch nie gesehen. Du gehst wahrscheinlich auf eine andere Schule, was? Ich bin der Quarterback der Albany High.«

Er erkannte mich nicht mal. Ich wusste nicht, ob ich erleichtert oder wütend sein sollte. Würde er sich überhaupt mit mir unterhalten, wenn er wüsste, wer ich war? Würde er sich noch an die schüchterne, ungeschickte Sumpftussi erinnern, die ihn zwei Jahre angeschmachtet und jeden Tag neben seinem Schließfach gewartet hatte, nur um ihn an ihr vorbei durch den Gang laufen zu sehen? Hatte er den grausamen Streich, den er mir vor so vielen Monaten gespielt hatte, jemals bereut?

»Willst du tanzen?«, fragte er und streckte mir seine große, vom Football schwielige Hand entgegen.

Ein Blick zum Erfrischungsstand verriet mir, dass Puck von der Krankenschwester gestellt worden war, die ihn – nach seinem halb ärgerlichen, halb zerknirschten Gesichtsausdruck zu schließen – offenbar dabei erwischt hatte, wie er irgendwelchen Unsinn anzettelte. Wahrscheinlich hatte er den Punsch etwas aufgepeppt, wie ich es befürchtet hatte.

Aus der Ecke, in die ich nicht schauen wollte, tönte ein schrilles Kichern, das mir den Magen umdrehte.

»Klar«, antwortete ich und legte meine Hand in Scotts. Falls er die Verbitterung in meiner Stimme wahrnahm, zeigte er es jedenfalls nicht, und wir betraten die Tanzfläche.

Scott legte seine Hände sehr tief um meine Taille, während wir uns im Takt der Musik wiegten, und er kam mir auch so nah, dass ich mich unwohl fühlte, aber ich protestierte nicht. Das war ich, Meghan Chase, und ich tanzte mit dem allseits beliebten Sonnyboy der Albany High. Ich versuchte, das Kribbeln zu spüren. Noch vor einem Jahr hätte ich *alles* darum gegeben, dass Scott mich nur ansah und mir ein Lächeln schenkte. Hätte er mich um einen Tanz gebeten, wäre ich wahrscheinlich in Ohnmacht gefallen. Aber jetzt, wo seine Hände auf meiner Hüfte lagen und sein Gesicht nur knapp zwanzig Zentimeter von meinem entfernt war, dachte ich vor allem, dass Scott verdammt jung wirkte. Immer noch attraktiv und charmant, gar keine Frage, aber das intensive Flattern, das ich früher bei jedem Blick auf ihn verspürt hatte, war verschwunden.

»Also«, murmelte Scott und ließ seine Hände über meinen Rücken wandern. Ich wand mich unruhig, aber wenigstens glitten sie nach oben, nicht nach unten. »Habe ich schon erwähnt, dass ich der Quarterback der Schulmannschaft bin?«

»Hast du.« Ich lächelte zu ihm hoch.

»Oh, richtig.« Er erwiderte mein Lächeln und wickelte sich eine meiner Locken um den Finger. »Tja, warst du denn schon einmal bei einem meiner Spiele?«

»Ein paarmal, ja.«

»Wirklich? Ziemlich beeindruckend, was? Meinst du, wir haben eine Chance, es dieses Jahr in die Nationals zu schaffen?«

»Ich habe eigentlich nicht viel Ahnung von Football«, gab ich zu und hoffte, er würde das Thema damit fallen lassen. Offensichtlich hatte ich damit jedoch genau das Falsche gesagt. Sofort erging er sich in umfassenden Erklärungen zu diesem Sport, zählte alle Spiele auf, die er gewonnen hatte, erklärte mir die Schwächen und Defizite seiner Teamkollegen und prahlte damit, all die Jahre allein sein Team zum Sieg geführt zu haben. Das brachte ihn zu seinen Plänen fürs College, wie er ein Stipendium für die Louisiana State bekommen hatte und dass er zum erfolgversprechendsten Mitglied seines Jahrgangs gewählt worden war. Außerdem schwärmte er von dem brandneuen Mustang, den sein Dad ihm gekauft hatte, weil er ja so stolz auf ihn war.

Ich zementierte ein Dauerlächeln auf meinem Gesicht, gab hin und wieder die passenden anerkennenden Geräusche von mir und versuchte zu verhindern, dass mein Blick glasig wurde.

»Hey«, sagte er schließlich, und ich hoffte verzweifelt, er würde doch noch zum Ende kommen. »Wie wär's, wenn wir von hier verschwinden? Ich treffe mich noch mit ein paar Leuten bei Brody – sein Alter ist nicht in der Stadt, und bei ihm zu Hause steigt nach dem Ball eine Party. Hast du Lust?«

Wieder ein Schock. Scott lud mich tatsächlich auf eine Party der coolen Kids ein, wo sie Alkohol trinken, Drogen nehmen und diverse andere Dinge tun würden, die Eltern nicht lustig fanden. Für einen kurzen Moment spürte ich Bedauern in mir aufsteigen. Ausgerechnet in der einen Nacht, in der ich auf so eine Party eingeladen wurde, konnte ich nicht hingehen.

»Ich kann nicht«, erklärte ich ihm. »Tut mir leid, aber ich habe schon andere Pläne.«

Er zog einen Schmollmund. »Wirklich?«, hakte er nach und ließ die Hände über meine Hüften gleiten, definitiv weiter, als es mir angenehm war. »Und du kannst sie nicht ändern, nicht einmal für mich?«

Ich versteifte mich, und diesen Wink schien er doch zu verstehen, denn seine Hände glitten zurück auf neutrales Gebiet. »Tut mir leid«, sagte ich wieder. »Aber es geht wirklich nicht. Nicht heute.«

Er seufzte, und es klang aufrichtig enttäuscht. »Alles klar, geheimnisvolles Mädchen, brich mir ruhig das Herz.« Er nahm meine Hand, drückte sie an seine Brust und schenkte mir ein aufgesetztes, spitzbübisches Lächeln. »Aber erlaube mir wenigstens, dich am Wochenende anzurufen. Wie heißt du?«

Jetzt war es so weit. Ich konnte es ihm sagen. Ich konnte es ihm sagen und dabei zusehen, wie das Lächeln von seinem Gesicht verschwand, wenn er realisierte, wen er da so heftig angebaggert hatte. Beobachten, wie das freche Grinsen in Entsetzen und Ungläubigkeit umschlug, vielleicht gemischt mit wenigstens ein bisschen Reue. Ich wollte Reue sehen. Er hatte es verdient, nach allem, was er mir angetan hatte. Nur zwei Worte, ich musste nur zwei kleine Worte aussprechen, *Meghan Chase,* und der König der Albany High wäre am Boden zerstört.

Ich musste nichts weiter tun, als ihm meinen Namen zu sagen.

Ich seufzte, tätschelte ihm sanft die Brust und flüsterte: »Wie wäre es, wenn das ein Geheimnis bleibt?«

»Äh…« Sein Grinsen wurde unsicher, und er sah mich so verwirrt an, dass ich fast laut losgelacht hätte. »Okay. Aber… wie kann ich dich dann erreichen? Woher soll ich wissen, wen ich anrufen soll?«

»Entschuldige.«

In meinem Magen begann es zu kribbeln. Ich spürte, wie sich, noch bevor wir uns umdrehten, ein Lächeln auf meinem Gesicht ausbreitete, obwohl ich eigentlich abweisend und wütend aussehen wollte. Es hatte keinen Sinn. Ash stand dort im gedämpften Licht, ernst und wunderschön, und streckte mir eine Hand entgegen.

»Darf ich abklatschen?«

So wie ich Scott kannte, erwartete ich, dass er ablehnen und dem

Konkurrenten sagen würde, er solle abdampfen. Aber vielleicht war er immer noch verunsichert, oder im ruhigen Blick des Prinzen lag etwas, was ihn zurückweichen ließ. Immer noch ziemlich verwirrt, als wüsste er nicht, was da gerade passiert war, verließ er die Tanzfläche und verschwand in der Menge. Und plötzlich hatte ich das seltsame Gefühl, dass ich Scott Waldron gerade zum letzten Mal gesehen hatte.

Wahrscheinlich hätte ich überglücklich sein sollen, aber ich war einfach nur erleichtert, dass er weg war. Ash lächelte mich an, und sofort vergaß ich meine Wut, vergaß, dass ich eigentlich vorgehabt hatte, mich kühl, distanziert und zurückhaltend zu geben. Stattdessen nahm ich seine Hand und ließ mich in seine Arme ziehen, atmete seinen frischen kühlen Duft ein, und es war wieder wie bei unserem ersten Tanz unter den Sternen, als ich das erste Mal seine Hand gehalten, als ich das erste Mal in seine Augen gesehen und mich darin verloren hatte.

Mit Ash zu tanzen war genau so, wie ich es in Erinnerung hatte.

Es war ein langsames, ruhiges Lied, und so wiegten wir uns hin und her, ohne uns viel zu bewegen, dabei war mir sein Gesichtsausdruck und das Gefühl unserer verschränkten Hände so schmerzhaft vertraut. Ich legte den Kopf an seine Brust, schloss die Augen und war einfach damit zufrieden, ihn zu spüren und auf seinen Herzschlag zu lauschen. Seufzend stützte er das Kinn auf meinen Scheitel, und einen Moment lang sprach keiner von uns. Wir wiegten uns einfach zur Musik.

Bis ich beschloss, so bescheuert zu sein, den Mund aufzumachen. »Du scheinst dich ja vorhin ziemlich gut amüsiert zu haben.« Ich schaffte es nicht, den vorwurfsvollen Ton zu unterdrücken, obwohl ich mich gleichzeitig dafür hasste, dass ich klang wie eine krankhaft eifersüchtige Kuh. »Diese Mädchen fanden dich wahrscheinlich unglaublich faszinierend. Worüber habt ihr denn geredet?«

Er lachte leise, was mir einen angenehmen Schauer über den Rücken jagte. Er lachte so selten, dabei klang es immer herrlich tief und atemberaubend. »Sie haben mich zu einer Party nach dem Ball eingeladen«, murmelte er und lehnte sich etwas zurück, um mich ansehen zu können. »Ich habe ihnen gesagt, dass ich bereits eine Begleiterin habe, woraufhin sie die nächsten Minuten in dem Versuch verbrachten, mich davon zu überzeugen, dass ich eben jener Begleiterin ... *den Laufpass geben?* ... und mich ihnen anschließen sollte. Das war ein ziemlich interessantes Gespräch.«

»Du hättest ihnen doch einfach sagen können, dass sie verschwinden sollen.« Ich kannte seinen eiskalten *Nerv-mich-nicht-sonst-töte-ich-dich-Blick*. Niemand, der noch bei Verstand war, würde den Eisprinzen weiter belästigen, wenn er einmal diesen unterkühlten Blick abgekriegt hatte.

»Das wäre aber nicht besonders höflich gewesen.« Ash klang belustigt. »Außerdem war es von Vorteil für mich, dass sie geblieben sind. In dieser einen Ecke war genug Schein, um damit einen Drachen zu ersticken. Und sind wir nicht deswegen hier?«

»Oh.« Erleichterung und Scham trieben mir die Röte ins Gesicht. »Stimmt. Genau. Ich dachte nur ... ach, egal. Ich halte jetzt besser die Klappe.«

Ash sah nachdenklich auf mich herunter, den Kopf leicht schief gelegt. »Was genau wirfst du mir eigentlich vor, Meghan Chase?«

»Das war kein Vorwurf.« Ich verbarg mein Gesicht an seinem Hemd und murmelte in den kühlen Stoff: »Ich dachte nur ... Da es doch so leicht ist, menschliche Emotionen zu manipulieren ... dass du ... ach, ich weiß auch nicht. Dass du vielleicht etwas Interessanteres finden würdest als mich.«

Wow, das hatte jetzt absolut dämlich und psychomäßig geklungen. Mein Gesicht wurde immer heißer. Ich hielt den Kopf gesenkt, damit er meine brennenden Wangen nicht bemerkte und ich auch nicht seine Reaktion sehen musste.

»Ah.« Ash strich mir mit dem Handrücken über die Wange und nahm eine lose Haarsträhne zwischen seine Finger. »Ich habe Tausende von sterblichen Mädchen gesehen«, sagte er sanft, »mehr als du jemals zählen könntest, aus allen Regionen deiner Welt. Für mich sind sie alle gleich.« Sein Finger glitt unter mein Kinn und hob es an. »Sie sehen immer nur die äußere Hülle, nie, wer ich darunter wirklich bin. Du schon. Du hast mich ohne Schein und Illusionen gesehen, sogar ohne die Fassade, die ich meiner Familie zeige, ohne die Farce, die ich spiele, um zu überleben. Du hast gesehen, wer ich wirklich bin, und trotzdem bist du noch hier.« Er strich mit dem Daumen über meine Haut und hinterließ eine

Spur eiskalter Glut. »Du bist hier, und das ist der einzige Tanz, den ich tanzen will.«

Mein Herz setzte einen Schlag aus. Seine Nähe war berauschend, sein Gesicht und seine Lippen waren nur Zentimeter entfernt. Wir starrten uns an, und ich sah den Hunger in seinen Augen. Ich zitterte vor Erwartung, meine Lippen sehnten sich danach, seine zu berühren, doch dann blitzte leises Bedauern in seiner Miene auf, er zog sich schweigend zurück und beendete damit diesen Moment. Seufzend legte ich wieder den Kopf an sein Hemd, während mein gesamtes Selbst nur noch aus zerstörter Hoffnung zu bestehen schien und sich bleischwere Enttäuschung in mir ausbreitete. Ich hörte, wie sein Herz an meiner Wange pochte, und spürte, dass auch er zitterte.

»Da wir gerade beim Thema sind«, murmelte Ash, nachdem wir ein paar Minuten schweigend getanzt hatten. »Du hast meine Frage nie beantwortet.«

Er klang verunsichert, was gar nicht zu ihm passte. Ich lehnte mich etwas zurück, um ihn ansehen zu können. »Welche Frage?«

Seine Augen waren dunkelgrau in dem gedämpften Licht. Der Schein schimmerte um ihn herum, hing schwer in der Luft und in den Träumen derer, die um uns tanzten. Einen Moment lang verblasste die Illusion des menschlichen Jungen vor mir, und ein überirdisches Feenwesen mit silbernen Augen erschien, das in dichten Wellen Magie verströmte. Verglichen mit den auf einmal so gewöhnlichen menschlichen Tänzern um uns herum war seine Schönheit fast schmerzhaft.

»Liebst du ihn?«

Mir stockte der Atem. Eine knappe Sekunde lang dachte ich, er meinte Scott, aber das war natürlich Quatsch. Es gab nur einen, der damit gemeint sein konnte. Fast gegen meinen Willen sah ich über die Schulter durch die tanzende Menge zu der Stelle, wo Puck am Rand des Lichtkreises stand. Er hatte die Arme verschränkt und beobachtete uns aus zusammengekniffenen grünen Augen.

Mein Herz hüpfte. Ich drehte meinen Kopf zurück und spürte Ashs Blick auf mir, doch meine Gedanken wirbelten im Kreis. *Sag Nein*, flüsterte eine Stimme in mir. *Sag ihm, dass Puck nur ein Freund ist. Dass du nichts für ihn empfindest.*

»Ich weiß es nicht«, flüsterte ich kläglich.

Ash sagte nichts. Ich hörte ihn seufzen, seine Arme schlossen sich fester um mich und zogen mich enger an ihn. Wir verfielen wieder in Schweigen, und jeder hing seinen eigenen Gedanken nach. Ich schloss die Augen und wünschte, die Zeit würde stehen bleiben, wünschte, ich könnte das Zepter und die beiden Feenhöfe vergessen und diese Nacht ewig andauern lassen.

Aber natürlich ging sie nur allzu schnell zu Ende.

Als die letzten Töne durch die Turnhalle schwebten, senkte Ash den Kopf, und seine Lippen berührten mein Ohr. »Wir haben Gesellschaft«, murmelte er. Sein Atem strich kühl über meine Haut.

Ich öffnete die Augen, sah mich um und versuchte, in dem dichten Schein verborgene Feinde zu entdecken.

Über einem der Tische schwebte ein Paar goldener Augen genau in der Mitte über dem Blumengesteck und starrte mich an. Ich blinzelte, und prompt erschien Grimalkin, legte den buschigen Schwanz um die Hinterpfoten und betrachtete mich. Niemand sonst schien zu bemerken, dass mitten auf dem Tisch eine große graue Katze saß. Sie bewegten sich um ihn herum, ohne den Kater eines Blickes zu würdigen.

Wir trafen am Rand der Tanzfläche auf Puck, der Grimalkin ebenfalls bemerkt hatte. Betont lässig gingen wir zu dem Tisch hinüber, wo Grimalkin inzwischen dazu übergegangen war, seine Hinterpfote zu putzen. Er sah träge auf, als wir uns ihm näherten.

»Hallo, Prinz«, schnurrte er und musterte Ash aus halb geschlossenen Augen. »Schön, zu sehen, dass Ihr nicht mehr böse ... na ja, Ihr wisst schon. Ich nehme mal an, Ihr seid ebenfalls wegen des Zepters hier?«

»Unter anderem.« Ashs Stimme war kalt. Unter der Oberfläche brodelte Wut, und die Luft um ihn herum kühlte sich merklich ab. Ich zitterte. Er wollte nicht einfach nur das Zepter – ihm ging es auch um Rache.

»Konntet ihr etwas herausfinden, Grim?«, fragte ich und hoffte, dass die anderen Schüler nicht merkten, wie kalt es plötzlich geworden war.

Grimalkin nieste heftig, stand auf und schlug mit dem Schwanz. Seine goldenen Augen waren plötzlich sehr ernst. »Ich denke, das solltet ihr euch am besten selbst ansehen«, erwiderte er. Damit sprang er vom Tisch, glitt durch die Menge und verschwand durch die Tür.

Ich ließ den Blick noch einmal durch die Turnhalle wandern, musterte meine ehemaligen Mitschüler und Lehrer und wurde ein bisschen traurig. Ich würde sie wahrscheinlich nie wiedersehen. Dann schenkte mir Puck ein aufmunterndes Lächeln, und wir folgten Grimalkin hinaus auf den Gang.

Draußen war es bitterkalt. Ich zitterte in meinem dünnen Kleid und fragte mich, ob Ashs Stimmung sich wohl auf diesen ganzen Ort ausgebreitet haben konnte. Vor uns glitt Grimalkin wie ein pelziger Geist um eine Ecke, fast unsichtbar in den Schatten. Wir folgten ihm durch die Flure, an einigen Klassenzimmern vorbei und dann auf den Parkplatz hinaus, wo er am Randstein stehen blieb und auf die asphaltierte Fläche vor uns starrte.

»O mein Gott«, flüsterte ich. Der gesamte Platz – der Gehsteig, die Autos, sogar der alte gelbe Bus, der ein ganzes Stück entfernt stand – war mit einem feinen weißen Pulver überzogen, das im Mondlicht funkelte. »Das gibt's doch nicht. Ist das etwa ... Schnee?« Ich bückte mich und schob eine Handvoll von dem weißen Zeug zusammen. Nass, kalt und krümelig. Es konnte nichts anderes sein. »Was ist hier los? Bei uns schneit es nie.«

»Das Gleichgewicht ist gestört«, erklärte Ash finster, während er die befremdliche Landschaft musterte. »Im Moment sollte der Winter die Macht haben, aber das Zepter ist verschwunden und damit der natürliche Kreislauf aus den Fugen geraten. Dadurch entstehen solche Phänomene.« Er deutete auf den verschneiten Parkplatz. »Und bedauerlicherweise wird es immer schlimmer werden.«

»Wir müssen das Zepter jetzt zurückholen«, sagte ich und sah zu Grimalkin hinunter. Er erwiderte meinen Blick so gelassen, als wäre Schnee in Louisiana völlig normal. »Grim, haben du und Eisenpferd schon etwas gefunden?«

Der Kater leckte sich betont gelassen die Vorderpfote. »Eventuell.«

Ich fragte mich, ob Ash und Puck auch manchmal den Drang verspürten, den Kater zu würgen. Aber anscheinend stellte ich nicht die richtigen Fragen.

»Was habt ihr gefunden?«, fragte Puck, und da sah Grimalkin endlich auf.

»Vielleicht das Zepter. Vielleicht aber auch gar nichts.« Er schüttelte ein paarmal seine Pfote, bevor er fortfuhr: »Aber ... auf den Straßen geht das Gerücht um, dass es in der Innenstadt von San José eine Fabrik gibt, in der sich eine große Menge Eiserner Feen versammeln. Wir haben die Fabrik lokalisiert, und sie wirkt verlassen, also hat Virus ihre Armee vielleicht noch nicht um sich geschart.«

»Wo ist Eisenpferd?«, fragte ich.

Ashs Augen wurden zu schmalen Schlitzen.

»Ich habe ihn bei der Fabrik zurückgelassen«, erklärte Grimalkin. »Er wollte sie schon stürmen, aber ich habe ihn davon überzeugt, dass ich mit dir und Goodfellow zurückkommen würde. Soweit ich weiß, ist er immer noch dort.«

»Du hast ihn *allein* gelassen?«

»Habe ich das nicht gerade gesagt, Mensch?« Grimalkin sah mich aus zusammengekniffenen Augen an, doch ich warf inzwischen den Jungs panische Blicke zu. »Ich würde vorschlagen, dass ihr euch beeilt«, schnurrte er und ließ den Blick über den Parkplatz schweifen. »Virus ist nicht nur gerade dabei, eine Armee von Eisernen Feen aufzustellen, ich glaube außerdem auch, dass Eisenpferd sich nicht sonderlich lange gedulden wird. Er schien ziemlich erpicht darauf, allein da reinzustürmen.«

»Gehen wir«, beschloss ich mit einem Blick auf Ash und Puck. »Ash, bist du fit genug dafür? Wirst du kämpfen können?«

Er sah mich ernst an und vollführte dann eine schnelle Geste mit der Hand. Der Schein verblasste, der Smoking verwandelte sich in Nebel, der Menschenjunge verschwand, und der Dunkle Prinz nahm seinen Platz ein, wobei sein schwarzer Mantel dramatisch um seine Schultern flatterte.

Als ich mich zu Puck umdrehte, sah ich, dass sein Smoking inzwischen von seinem üblichen grünen Kapuzenpulli ersetzt worden war.

Puck musterte mich von oben bis unten und grinste. »Nicht gerade das passende Outfit für eine Schlacht oder, Prinzessin?«

Ich sah auf mein wunderschönes Kleid hinunter und realisierte mit

Bedauern, dass es bis zum Morgen wahrscheinlich völlig ruiniert sein würde. »Ich glaube, mir bleibt keine Zeit, mich umzuziehen«, stellte ich seufzend fest.

»Nein.« Grimalkin zuckte mit einem Ohr. »Die bleibt dir nicht.« Er schüttelte den Kopf und sah zum Himmel. »Wie spät ist es?«

»Äh … keine Ahnung.« Ich trug schon lange keine Armbanduhr mehr. »Kurz vor Mitternacht, schätze ich. Warum?«

Auf seinem Gesicht erschien so etwas wie ein Lächeln, was ziemlich gruselig war. »Warte es einfach ab, Mensch. Sie werden bald hier sein.«

»Wovon redest du …« Ich verstummte, als ein kalter Windstoß über den Parkplatz fegte und den Schnee zu kleinen Wirbeln zusammen-trieb, die funkelnd über die weiße Fläche tanzten. Die Äste der Bäume knarzten, und ein schauerliches Heulen erhob sich über das Geräusch des Windes und der Bäume. Ich zitterte und sah, wie Ash ergeben die Augen schloss.

»Du hast *sie* gerufen, Cat Sidhe?«

»Sie schuldeten mir noch eine Gefälligkeit«, schnurrte Grimalkin, während Puck nervös den Himmel beobachtete. »Wir haben keine Zeit, um einen Steig zu suchen, und das ist von hier aus die schnellste Reise-möglichkeit. Komm damit klar.«

»Was ist denn?«, fragte ich, als sowohl Ash als auch Puck näher rück-ten und angespannt neben mir Stellung bezogen. »Wen hat er gerufen? Was kommt da?«

»Die Schar«, murmelte Ash Unheil verkündend.

»Was …« Doch in diesem Moment hörte ich ein lautes Rauschen, als würden Tausende Blätter im Wind rascheln. Als ich hochschaute, ent-deckte ich eine zerfetzte Wolke, die rasend schnell auf uns zukam und den Himmel und die Sterne tilgte.

»Halt dich fest«, sagte Puck und packte meine Hand.

Die schwarze Masse stürzte sich auf uns und kreischte mit hundert verschiedenen Stimmen. Ich sah Dutzende Gesichter, Augen, aufgeris-sene Münder, dann war sie über uns, und ich schreckte entsetzt zurück. Eiskalte Finger griffen nach mir und hoben mich in die Höhe. Meine Füße lösten sich jäh vom Boden, und ich wurde Richtung Himmel ge-zogen, während ein Schrei in meiner Kehle stecken blieb. Eisiger Wind umfing mich, riss an meinen Haaren und meiner Kleidung und ließ mich völlig gefühllos werden, überall, bis auf den kleinen warmen Fleck, wo Puck immer noch meine Hand umklammert hielt. Ich schloss die Augen und hielt ihn fester, während die Schar uns in die Nacht zerrte.

Eisenpferds Entscheidung

Ich weiß nicht, wie lange die Schar uns über den Himmel trug, immer begleitet vom Kreischen und Klagen ihrer unheimlichen Stimmen. Ich weiß auch nicht, ob sie Steige kannte, über die sie sich zwischen den Welten bewegen konnte, ob sie die Gesetze von Zeit und Raum außer Kraft setzen konnte oder ob sie einfach nur verdammt schnell flog. Doch was Stunden hätten sein müssen, fühlte sich nur an wie Minuten, dann berührten meine Füße wieder festen Boden, und ich stolperte.

Puck packte mich fester und riss mich zurück, bevor ich hinfallen konnte. Ich klammerte mich an seinen Arm, um das Gleichgewicht wiederzuerlangen, und sah mich benommen um.

Wir standen am Rand eines riesigen Fabrikgeländes. Hinter einem taghellen Parkplatz, der von akkurat aufgereihten Straßenlaternen beleuchtet wurde, ragte eine riesige Monstrosität aus Glas, Stahl und Zement auf. Obwohl der Parkplatz völlig verlassen dalag, waren an dem Gebäude keinerlei Schäden zu erkennen: keine eingeworfenen Fenster, keine Graffiti an den Wänden.

Irgendetwas bewegte sich an den Mauern entlang, Blitze aus blauem Licht zuckten darüber wie launenhafte Glühwürmchen. Dann erkannte ich, dass es Gremlins waren – Hunderte, wenn nicht sogar Tausende –, die wie Ameisen über das Fabrikgebäude krabbelten. Das blaue Leuchten kam vom Glühen ihrer Fangzähne, wenn sie einander zischend und kreischend die Zähne zeigten. Mir lief es eiskalt den Rücken runter, und ich begann zu zittern.

»Ein Gremlinnest«, stellte Grimalkin nachdenklich fest und beobachtete mit einer gewissen Neugier den Schwarm. »Leanansidhe meinte, dass die Gremlins von Orten angezogen werden, wo es viel Technologie gibt. Es wäre also nur logisch, wenn Virus ebenfalls hierher käme.«

»Ich kenne diesen Ort«, sagte Ash unvermittelt, woraufhin wir uns alle zu ihm umdrehten. Er starrte stirnrunzelnd zu der Fabrik hinüber. »Ich erinnere mich, dass Virus davon gesprochen hat, als ich … als ich bei ihr war.« Ein Schatten zog über sein Gesicht, doch er schüttelte ihn ab. »Es gibt im Inneren wohl einen Steig in das Eiserne Königreich.«

Puck stieß mich an und streckte den Arm aus. »Schau mal.«

Ich folgte seinem ausgestreckten Finger und entdeckte ein Schild an der Vorderseite des Gebäudes, eine von diesen riesigen Marmorplatten, in die glänzende Buchstaben eingraviert waren. »SciCorp Enterprises«, murmelte ich kopfschüttelnd.

»Zufall?« Puck hob vielsagend seine Augenbrauen. »Ich denke nicht.«

»Wo ist Eisenpferd?«, fragte ich und sah mich suchend um.

»Kommt mit«, erwiderte Grimalkin und trottete am Rand des Parkplatzes entlang.

Wir folgten ihm – die Jungs mit leicht unscharfen Silhouetten, was mir verriet, dass sie nun für Menschen unsichtbar waren, und ich in meinem extrem auffälligen Ballkleid und Stöckelschuhen, absolut ungeeignet, um damit eine Fabrik zu stürmen oder auch nur den Bürgersteig entlangzulaufen. Rechts von mir rasten auf der Straße die Autos an uns vorbei. Einige wurden langsamer, und ihre Fahrer hupten oder pfiffen mir hinterher, sodass ich knallrot wurde. Ich wünschte, ich hätte mich mithilfe des Scheins unsichtbar machen können oder ich hätte wenigstens die Zeit gehabt, mir etwas weniger Unpraktisches anzuziehen.

Grimalkin führte uns um die Fabrik herum, verließ dann den Bürgersteig und hielt auf einen Abwassergraben zu, der das Grundstück vom nächsten trennte. Auf dem Grund des Grabens sammelte sich öliges schwarzes Wasser aus einem riesigen Abflussrohr und versickerte zwischen Unkraut und Gras. Flaschen und Dosen lagen überall verstreut und schimmerten im Mondlicht, aber von Eisenpferd war nichts zu sehen.

»Ich habe ihn genau hier zurückgelassen«, erklärte Grimalkin. Er sah sich kurz um, sprang auf einen trockenen Stein und begann nacheinander seine Pfoten auszuschütteln. »Anscheinend sind wir zu spät gekommen. Wie es aussieht, ist unser ungeduldiger Freund bereits reingegangen.«

Ich wollte gerade in Panik ausbrechen, als ein tiefes Schnauben die Stille zerriss. »FÜR WIE DÄMLICH HÄLTST DU MICH EIGENT-LICH?«, grollte Eisenpferd, duckte sich und sprang vom Rand des Rohrs herunter. Er hatte seine menschlichere Gestalt angenommen, seinen echten Körper hätte er dort wohl auch niemals reinquetschen können. »PLÖTZLICH TAUCHTE EINE PATROUILLE AUF, UND ICH MUSSTE MICH VERSTECKEN. ICH BRECHE MEINE VERSPRE-CHEN NICHT.« Er starrte Grimalkin böse an, doch der Kater gähnte nur und begann seinen Schwanz zu putzen.

Ash versteifte sich, und seine Hand glitt unauffällig zum Griff seines Schwertes. Ich konnte es ihm nicht verübeln. Abgesehen von der kurzen Szene mit Virus hatte Ash Eisenpferd das letzte Mal gesehen, als der uns in Ketten zu Machina schleifen wollte. Auch wenn Eisenpferd jetzt eine andere Gestalt angenommen hatte, musste man nur etwas genauer hinsehen, um das riesige schwarze Eisenmonster zu erkennen, das unter der Oberfläche lauerte.

Ich konzentrierte mich wieder auf das aktuelle Problem, registrierte aber den finsteren Blick, den Ash Eisenpferd zuwarf. »Können wir sicher sein, dass Virus da drin ist?«, fragte ich und schob mich möglichst unauffällig zwischen die beiden. »Und wie sollen wir da reinkommen, insbesondere wenn die Gremlins überall auf dem Gebäude herumkriechen?«

Eisenpferd schnaubte erneut. »DIE GREMLINS WERDEN UNS NICHT BELÄSTIGEN, PRINZESSIN. SIE SIND EINFÄLTIGE KRE-ATUREN. SIE LEBEN FÜR CHAOS UND ZERSTÖRUNG, DOCH SIE SIND FEIGE UND WÜRDEN EINEN MÄCHTIGEREN GEGNER NIEMALS ANGREIFEN.«

»Ich fürchte, da muss ich widersprechen«, sagte Ash mit einem gefährlichen Unterton. »Du selbst hast doch in Machinas Reich eine Armee von Gremlins angeführt, oder hast du das bereits vergessen? Sie greifen keine mächtigen Gegner an? Ich meine mich daran zu erinnern, wie eine ganze Horde von ihnen in den Minen versucht hat, mich in Stücke zu reißen.«

»Das stimmt«, unterstützte ich ihn stirnrunzelnd. »Und was war damals, als die Gremlins mich entführt und zu dir geschleppt haben? Also sag mir nicht, die Gremlins wären nicht gefährlich.«

»NEIN.« Eisenpferd schüttelte den Kopf. »LASST MICH DAS ER-
KLÄREN. BEIDE MALE STANDEN DIE GREMLINS UNTER MA-
CHINAS BEFEHL. KÖNIG MACHINA WAR DER EINZIGE, DER
SIE KONTROLLIEREN KONNTE, DER EINZIGE, AUF DEN SIE JE
GEHÖRT HABEN. ALS ER STARB, KEHRTEN SIE IN IHREN NOR-
MALEN UNGEZÄHMTEN ZUSTAND ZURÜCK. JETZT SIND SIE
KEINE GEFAHR MEHR FÜR UNS.«

»Und was ist mit Virus?«, wollte Puck wissen.

»VIRUS HÄLT SIE FÜR UNGEZIEFER. SELBST WENN SIE SIE
KONTROLLIEREN KÖNNTE, WÜRDE SIE EHER IHREN DROH-
NEN DIE DRECKSARBEIT ÜBERTRAGEN, ALS SICH DAZU HER-
ABZULASSEN, MIT TIEREN ZUSAMMENZUARBEITEN.«

»Nun, dann sollte die Sache ja ganz einfach sein.« Puck grinste. »Wir
spazieren zur Vordertür rein, schlendern zu Virus hinüber, schnappen
uns das Zepter, trinken schnell ein Tässchen Tee und retten so noch vor
dem Frühstück die Welt. Wie dumm von mir, zu glauben, es könnte
schwierig werden.«

»Ich denke, was Puck damit sagen will, ist ...«, erklärte ich und bedachte ihn mit einem finsteren Blick, »was machen wir mit Virus, wenn
wir sie finden? Sie hat das Zepter. Soll das nicht angeblich unglaublich
mächtig sein?«

»Macht euch darum keine Sorgen.« Beim Klang von Ashs Stimme
stellten sich mir die Nackenhaare auf. »Ich werde mich um Virus kümmern.«

Puck verdrehte die Augen. »Ganz toll, Prinz Sonnenschein, aber da
gibt es ein kleines Problem: Erst mal müssen wir reinkommen. Was
schlägst du vor, wie wir das machen?«

»Da bist du doch der Experte.« Ash musterte Puck und verzog dabei seinerseits den Mund zu einem verächtlichen Grinsen. »Sag du es
mir.«

Mit einem tiefen Seufzer erhob sich Grimalkin und schlug mit dem
Schwanz. »Darauf setzt das Nimmernie also seine Hoffnungen«, sagte er
und musterte die beiden abfällig. »Wartet hier. Ich werde mir die Sache
mal ansehen.«

Er war noch nicht lange weg, als Puck plötzlich erstarrte und Ash sich wachsam aufrichtete, die Hand am Schwertgriff. »Da kommt jemand«, warnte er uns, und wir kletterten in den Graben, wobei mein Kleid im Gestrüpp und an Glasscherben hängen blieb. Mit einem Platschen landete ich in der Röhre und verzog das Gesicht, als das kalte, dreckige Wasser meine Schuhe und mein Kleid durchnässte. Wenn das so weiterging, würde das Ding die Nacht nicht überleben.

Zwei Gestalten marschierten an unserem Versteck vorbei. Sie trugen die vertrauten schwarzen Uniformen mit den Stacheln an Schultern und Rücken. Als sie ziemlich nahe waren, trieb ein schwacher Geruch nach Verwesung und faulendem Fleisch heran. Ich unterdrückte ein Husten und legte mir die Hand über die Nase.

»Rowans Dornengarde«, murmelte Ash finster, nachdem die beiden weitergegangen waren.

Stirnrunzelnd spähte Puck über seine Schulter. »Ich frage mich, wie viele von denen es da drin wohl gibt.«

»Einige Einheiten werden es schon sein, schätze ich«, erwiderte Ash. »Ich könnte mir vorstellen, dass Rowan seine Besten geschickt hat, um an die Macht zu kommen.«

»Du hast recht«, bestätigte Grimalkin, der unversehens neben uns auftauchte. Er kauerte auf einem Betonblock, um das Wasser nicht zu berühren, und reckte den Schwanz steil in die Höhe. »Dort drin befinden sich jede Menge Dornengardisten, außerdem einige Eiserne Feen und ein paar Dutzend menschliche Drohnen. Und natürlich Gremlins. In der Fabrik wimmelt es nur so von ihnen, aber niemand scheint sie sonderlich zu beachten.«

»Konntest du Virus oder das Zepter entdecken?«, fragte ich.

»Nein.« Grimalkin setzte sich bequemer hin und legte den Schwanz eng um die Pfoten. »Jedenfalls sind zwei Mitglieder der Dornengarde an der Hintertür postiert, die wohl niemanden durchlassen werden.«

Als Ash Virus' Namen hörte, verengten sich seine Augen zu Schlitzen. »Können wir uns den Weg freikämpfen?«

»Das würde ich nicht empfehlen«, erwiderte Grimalkin.

»Es scheint, einige von denen benutzen Waffen aus Eisen – stählerne

Schwerter, Armbrüste mit Eisenbolzen und so was. Es bräuchte nur *einen* wohlplatzierten Schuss, um euch zu töten.«

Puck sah finster drein. »Feen, die Eisenwaffen benutzen? Meinst du, Virus hat sie alle verwanzt?«

»Ich fürchte, es ist viel schlimmer.« Ashs Gesicht war zu Stein erstarrt, als er zu der Fabrik hinüberschaute. »Ich wurde dazu gezwungen, ihr zu dienen. Virus hat mir keine Wahl gelassen. Die Dornengarde hingegen handelt aus freien Stücken, ebenso wie Rowan. Sie wollen das Nimmernie zerstören und es den Eisernen Feen überlassen.«

Schockiert riss Puck die Augenbrauen hoch. »Verdammte Scheiße! Warum?«

»Weil sie glauben, sie könnten so werden wie Virus«, erklärte ich und musste an das zurückdenken, was Heckenstachel gesagt hatte, und an den wahnsinnigen Ausdruck in seinen Augen. »Sie glauben, es ist nur noch eine Frage der Zeit, bis das Feenreich endgültig dahinschwindet. Der einzige Weg, um zu überleben, ist also, so zu werden wie die Eisernen Feen. Um ihre Loyalität zu beweisen, tragen sie unter ihren Schutzhandschuhen einen eisernen Ring. Und weil sie glauben, dass er sie immun macht gegen die Wirkung des Metalls. Aber in Wirklichkeit tötet er sie nur ganz langsam.«

»Oh. Nun, das ist … ja grauenhaft.« Ungläubig schüttelte Puck den Kopf. »Aber trotzdem müssen wir da irgendwie reinkommen, Eisenwaffen hin oder her. Können wir uns mithilfe des Scheins so verwandeln, dass wir aussehen wie sie?«

»Das würde dem ganzen Eisen nicht standhalten«, murmelte Ash tief in Gedanken.

»Ich hätte da vielleicht eine bessere Idee«, meldete sich Grimalkin wieder zu Wort. »Auf dem Dach der Fabrik gibt es einige Oberlichter aus Glas. Von dort aus könntet ihr euch den Aufbau des Gebäudes ansehen und vielleicht sogar herausfinden, wo Virus sich aufhält.«

Das klang nach einer guten Idee. Allerdings … »Und wie kommen wir da hoch?«, fragte ich mit einem Blick auf die steil aufragende Fassade der Fabrik, die nur aus Glas und Metall zu bestehen schien. »Puck kann fliegen, und ich bin sicher, dass Ash da auch irgendwie raufkommt, aber Eisenpferd und ich sind etwas erdgebundener.«

Grimalkin nickte weise. »Normalerweise würde ich dir zustimmen. Aber so wie es aussieht, ist das Schicksal heute Nacht auf unserer Seite. Auf der anderen Seite des Gebäudes hängt ein Außenlift für Fensterputzer.«

Trotz der Versicherungen von Eisenpferd, dass die Gremlins uns nichts tun würden, näherten wir uns dem Gebäude mit größter Vorsicht. Die Erinnerung daran, wie ich von den Gremlins entführt worden war und wie sie ihre scharfen Krallen in meine Haut gebohrt hatten, an ihr durchgeknalltes, irres Lachen und ihre summenden Stimmen hatte sich mir tief ins Gehirn eingebrannt. Einer von ihnen hatte sogar in meinem iPod gelebt, bevor er kaputtgegangen war, und Machina hatte ihn dazu benutzt, um innerhalb der Grenzen von Arkadia mit mir zu kommunizieren. Gremlins waren hinterhältige, bösartige kleine Monster, und ich traute ihnen kein Stück.

Doch unsere Glückssträhne schien anzuhalten, während wir um die Fabrik herumschlichen. An der Rückseite des Gebäudes hing knapp über der Erde eine kleine Plattform, die an einem Seilzugsystem befestigt war, das bis zum Dach hinaufreichte. Die Mauer war dunkel, und zumindest im Moment waren keine Gremlins in Sicht.

Grimalkin sprang leichtfüßig auf die Holzplattform, dicht gefolgt von Ash und Puck, die sorgfältig darauf achteten, nicht das Metallgeländer zu berühren. Ash half mir hoch, dann kletterte Eisenpferd an Bord. Die hölzernen Bodenplanken quietschten entsetzlich und bogen sich unter seinem Gewicht durch, hielten aber zum Glück. Ich betete darum, dass die Konstruktion nicht wie ein Streichholz mittendurch brechen würde, wenn wir ungefähr drei Stockwerke über dem Boden waren.

Puck und Eisenpferd packten jeweils ein Seil und zogen die Plattform langsam an der Außenwand des Gebäudes in die Höhe. Die verspiegelten dunklen Wände warfen das Bild einer seltsamen Gruppe zurück: ein Kater, zwei Elfenjungen, ein Mädchen in einem etwas ramponierten Ballkleid und ein riesenhafter schwarzer Mann mit rot glühenden Augen. Kurz dachte ich darüber nach, wie schräg mein Leben doch geworden war, aber dann wurde ich von einem leisen Zischen über uns abgelenkt.

Auf den Seilrollen knapp unterhalb des Daches hockte ein Gremlin, und seine schräg stehenden Augen glühten in der Dunkelheit. Er hatte lange, dürre Glieder, riesige Fledermausohren und zeigte mir seine leuchtenden blauen Zähne, als er kurz grinste. Dann stieß er einen summenden Schrei aus.

Augenblicklich erschienen aus allen Richtungen weitere Gremlins. Sie krochen aus den Fenstern, krabbelten über die Mauer und kamen über das Dach, um uns anzustarren. Ein paar hängten sich an die Zugseile oder hockten sich auf das Geländer, um uns von dort aus mit ihren unheimlichen grünen Augen zu mustern. Ash drückte mich an sich und zog sein Schwert, bereit, jeden Gremlin aufzuschlitzen, der uns zu nahe kam, aber die winzigen Eisernen Feen machten keinerlei Anstalten, uns anzugreifen. Ihre summenden Stimmen erfüllten die Luft wie das Rauschen eines falsch eingestellten Radios, und ihre wild grinsenden Münder tauchten uns in einen bläulichen Schein, während wir ungehindert weiter die Mauer hinaufkrochen.

»Was machen die denn?«, flüsterte ich und drückte mich enger an Ash. Er hatte einen Arm um mich geschlungen und hielt sein Schwert zwischen uns und die Gremlins. »Warum starren sie uns nur an? Was wollen sie? Eisenpferd?«

Der Leutnant schüttelte den Kopf. »ICH WEISS ES NICHT, PRINZESSIN«, erwiderte er und klang dabei genauso verwirrt, wie ich mich fühlte. »EIN SOLCHES VERHALTEN HABE ICH BEI IHNEN NOCH NIE ZUVOR ERLEBT.«

»Tja, dann sag ihnen doch, dass sie verschwinden sollen. Die sind mir echt zu gruselig.«

Ein lautes Summen lief durch die uns umgebenden Gremlins, dann fing der Schwarm an, sich aufzulösen. Sie krochen über die Mauer davon, verschwanden durch die Fenster, quetschten sich in irgendwelche Spalten oder krabbelten einfach zurück auf das Dach. Genauso schnell, wie sie aufgetaucht waren, verschwanden die Gremlins wieder, und an der Mauer war es abermals dunkel und still.

»Okay.« Puck sah sich wachsam um. »Das war … schräg. Hat irgendjemand vielleicht Gremlinabwehrmittel versprüht? Oder ist ihnen einfach langweilig geworden?«

Ash steckte sein Schwert weg und ließ mich los. »Vielleicht haben wir sie verschreckt.«

»Vielleicht«, stimmte ich ihm zu, aber Eisenpferd musterte mich, seine roten Augen waren unergründlich.

Grimalkin tauchte wieder auf und kratzte sich am Ohr, als wäre gar nichts passiert. »Das spielt jetzt keine Rolle«, sagte er, als die Plattform mit einem Knirschen die Dachkante erreichte. »Sie sind weg, und das Zepter ist nahe.« Gähnend blinzelte er zu uns hoch. »Nun? Wollt ihr hier nur rumstehen und hoffen, dass es euch direkt in die Arme fliegt oder was?«

Wir kletterten von der Plattform auf das Dach der Fabrik. Hier oben war der Wind stärker, riss an meinen Haaren und ließ mein Kleid flattern wie ein Segel. Ich klammerte mich an Ash, und wir kämpften uns über das Dach vorwärts. Tief unter uns breitete sich die Stadt um uns herum aus wie ein funkelnder Sternenteppich.

In der Mitte des Daches befanden sich einige leicht erhöhte Oberlichter, durch die ein grünliches Leuchten nach draußen drang. Vorsichtig schob ich mich an eines von ihnen heran und spähte in die Tiefe.

»Da«, murmelte Ash und zeigte auf ein Zwischengeschoss, das sich ungefähr sechs Meter über dem Boden befand und damit circa zehn Meter unter uns. Durch das Glas konnte ich zwischen einheitlichem Grau und Weiß einen giftgrünen Fleck erkennen, der von einigen Feen in schwarzen Rüstungen umgeben war. Virus trat an den Rand der Galerie und blickte über die Menge hinweg – schätzungsweise hatte sie vor, zu den versammelten Feen zu sprechen. Ich sah Dornengardisten, Drahtmänner und ein paar grünhäutige Männer in schicken Anzügen, dazu noch mehrere Feenwesen, die ich nicht kannte. Das Zepter pulsierte gelblich grün in Virus' Händen, als sie es über ihrem Kopf schwenkte und ein gedämpftes Gebrüll von der Menge aufstieg.

»Okay, wir haben sie also gefunden«, stellte Puck fest und drückte die Nase gegen das Glas. »Und so, wie es aussieht, hat sie noch nicht ihre gesamte Armee versammelt, was ja wirklich nett ist. Also, wie kommen wir an sie ran?«

Ash räusperte sich leise und zog sich zurück. »Ihr überhaupt nicht«, murmelte er. »Ich schon.« Er wandte sich zu mir um. »Nach ihrem letzten Kenntnisstand stehe ich noch immer unter ihrer Kontrolle. Wenn ich nahe genug an sie herankomme, um mir das Zepter zu schnappen, bevor sie realisiert, was passiert …«

»Vergiss es, Ash, das ist viel zu gefährlich.«

Er schenkte mir einen nachsichtigen Blick. »Alles, was wir versuchen, wird gefährlich sein. Ich bin bereit, dieses Risiko einzugehen.« Er hob die Hand und strich mit den Fingern über die Stelle, wo Puck ihn verwundet hatte. »Ich bin noch nicht vollständig genesen. Ich werde also nicht ganz so gut kämpfen können wie sonst. Hoffentlich kann ich Virus lange genug täuschen, um ihr das Zepter abzunehmen.«

»Und dann was?«, fragte ich vorwurfsvoll. »Willst du dir den Weg hinaus freikämpfen? Durch diese Massen? Und Virus? Was, wenn sie weiß, dass du die Wanze nicht mehr in dir trägst? Du kannst nicht erwarten, dass …« Ich hielt inne, starrte ihn an, und plötzlich machte es klick in meinem Gehirn. »Es geht dir gar nicht darum, an das Zepter zu kommen, oder?«, murmelte ich, und er wich meinem Blick aus. »Es geht dir darum, Virus zu töten. Du hoffst, nahe genug an sie heranzukommen, um sie abstechen oder ihr den Kopf abschlagen oder sonst was machen zu können, und dir ist völlig egal, was danach passiert.«

»Was sie mir angetan hat, war schlimm genug.« Ashs silberne Augen funkelten so kalt wie der Mond über uns, als er den Blick wieder auf mich richtete. »Aber was sie mich gezwungen hat zu tun, das werde ich ihr niemals vergeben können. Falls ich auffliege, will ich wenigstens eine Ablenkung sein, die so erschöpfend ist, dass ihr reinschleichen und euch das Zepter schnappen könnt.«

»Du könntest dabei umkommen!«

»Das spielt jetzt keine Rolle.«

»Für mich schon.« Entsetzt starrte ich ihn an. Er meinte es ernst. »Du kannst nicht ganz allein da runtergehen, Ash. Ich habe zwar keine Ahnung, wo diese fatalistische Scheiße jetzt herkommt, aber die kannst du dir echt sparen. Ich werde nicht noch einmal riskieren, dich zu verlieren.«

»SIE HAT RECHT.« Wir sahen auf. Eisenpferd stand auf der anderen Seite des Oberlichts und beobachtete uns. Seine Augen glühten rot in der Dunkelheit. »ES IST TATSÄCHLICH ZU GEFÄHRLICH FÜR EUCH.«

Ich zog die Augenbrauen hoch. »Was meinst du da ...?«

»PRINZESSIN.« Ruckartig verbeugte er sich vor mir. »ES WAR MIR EINE EHRE. UNTER ANDEREN UMSTÄNDEN WÜRDE ICH EUCH MIT FREUDEN BIS AN DAS ENDE ALLER ZEITEN DIENEN.« Er sah zu Ash und nickte knapp, und plötzlich dämmerte mir, was er damit sagen wollte. »IHR BEDEUTET IHR SEHR VIEL, PRINZ. BESCHÜTZT SIE MIT EUREM LEBEN.«

»Wage es ja nicht, Eisenpferd!«

Er wirbelte herum und rannte los, ohne sich darum zu kümmern, dass ich ihm lauthals befahl, stehen zu bleiben. Mein Herz krampfte sich zusammen, als er das zweite Oberlicht erreichte, und ich musste hilflos zusehen, wie er sich sammelte und sprang ...

Das Glas explodierte regelrecht, als er hindurchstürzte, und zerplatzte in eine Million funkelnder Scherben. Keuchend starrte ich durch unser Oberlicht und beobachtete, wie ein glitzernder Scherbenregen auf die Menge unter uns niederging. Kreischend und fauchend starrten die Feen nach oben und bedeckten schützend Augen und Gesichter, während mit einem lauten Knall, der das Gebäude erzittern ließ, das riesige Eisenpferd zwischen ihnen landete. Brüllend stieg Eisenpferd auf die Hinterbeine, ließ Flammen aus seinen Nüstern schießen und schlug mit den tödlichen Stahlhufen um sich.

Unter uns brach das absolute Chaos los. Sobald sie sich halbwegs von ihrem Schock erholt hatten, drängten die Dornengardisten und Drahtmänner vorwärts, stürzten sich auf Eisenpferd und versuchten ihn in Stücke zu reißen.

»Wir müssen da runter!«, schrie ich und wollte zu dem kaputten Oberlicht rennen, aber Ash hielt mich am Arm zurück.

»Nicht so«, sagte er nur und zog mich wieder zu unserem noch intakten Fenster. »Das Ablenkungsmanöver ist eingeleitet. Wir können ihm jetzt nicht helfen. Unser Ziel ist Virus und das Zepter. Du solltest hierbleiben, Meghan.

Dir steht keine Magie zur Verfügung ...«

Wutentbrannt riss ich mich von ihm los. »Du kommst mir nicht wirklich gerade wieder mit dieser dämlichen Ausrede, oder?«, fauchte ich so wütend, dass er mich überrascht anblinzelte. Finster starrte ich ihn an. »Weißt du nicht mehr, was das letzte Mal passiert ist, als du ohne mich losgezogen bist? Krieg das endlich in deinen sturen Dickschädel, Ash: Ich werde mich nicht raushalten, basta!«

Einer seiner Mundwinkel zuckte ganz leicht. »Wie Ihr wünscht, Prinzessin«, erwiderte er und sah dann zu Puck, der anzüglich grinste. »Bist du bereit, Goodfellow?«

Puck nickte und sprang auf das Oberlicht. Ich warf beiden noch einen bösen Blick zu und stellte mich dann ebenfalls auf das Glas, wobei ich Pucks ausgestreckte Hand absichtlich ignorierte. »Und wie gedenkt ihr, dass wir da runterkommen?«, wollte ich wissen, während ich mich schwankend aufrichtete. »Sollen wir direkt durch das Fenster springen?«

Puck kicherte. »Mit Glas ist das so eine Sache, Prinzessin. Was meinst du, warum die Leute in alten Zeiten Salz auf die Fensterbretter gestreut haben, um uns fernzuhalten?« Ich blickte nach unten und sah, dass Virus jetzt genau unter uns stand. Sie brüllte etwas und schwenkte das Zepter über dem Kopf, ganz auf Eisenpferd und die Schlacht konzentriert.

Ash sprang auf das Oberlicht und zog dabei sein Schwert. »Pass du auf Meghan auf«, rief er, als er und Puck plötzlich von schimmerndem Schein umgeben waren.

»Ich kümmere mich um Virus.«

»Was …?«, setzte ich an, aber da riss Puck mich plötzlich in seine Arme. Ich war so überrascht, dass mir keine Zeit blieb, um zu protestieren.

»Halt dich gut fest, Prinzessin«, murmelte er, als das Schimmern sich rund um uns ausbreitete und wir einfach durch das Glas fielen, als wäre es gar nicht da.

Wir stürzten auf die Galerie zu, und meiner Kehle entrang sich ein Schrei, der jedoch in dem Chaos, das Eisenpferd und der Rest der Feen veranstalteten, völlig unterging. Ash sank auf Virus herab wie ein Racheengel: Sein Mantel flatterte im Wind, er hatte sein Schwert gezogen und über den Kopf erhoben, wo es bösartig funkelte.

Erst im letzten Moment sah einer der Dornengardisten, die Virus abschirmten, nach oben und riss die Augen auf. Er zog sein Schwert, stieß einen warnenden Schrei aus, und erstaunlicherweise wirbelte Virus selbst herum und sah auf. Ashs Schwert senkte sich in einem bläulich schimmernden Bogen herab und traf auf das Jahreszeitenzepter, das Virus hochgerissen hatte, um den Schlag abzuwehren.

Ein blaugrüner Blitz zuckte, und ein schrilles Kreischen hallte durch den Raum, das dafür sorgte, dass alle Anwesenden sich zu dem Paar auf der Galerie umwandten. Funken sprühten zwischen der Eisklinge und dem Zepter und tauchten die Gesichter der beiden Kontrahenten in flackerndes Licht. Virus schien ziemlich geschockt zu sein, als sie ihren ehemaligen Soldaten vor sich sah. Ashs Mund hingegen war vor Konzentration zusammengekniffen, als er sich mit erhobenem Schwert auf sie stürzte.

Puck setzte mich ab – ich konnte mich nicht einmal daran erinnern, dass wir gelandet waren – und sprang zwischen die Dornengardisten, die mit gezogenen Schwertern heranstürmten. Grinsend stellte er sich den Rittern entgegen, seine Dolche funkelten dabei in dem höllischen Licht, das von Ashs Schwert und dem Zepter ausging.

Dann lachte Virus.

Ich spürte einen Strom kalten Eisernen Scheins, und sie stieß Ash von sich, drängte ihn mit einem Aufblitzen von grünem Licht zurück. Er erholte sich augenblicklich von dem Stoß, doch bevor er sich erneut auf sie stürzen konnte, zog Virus sich zurück und sprang von der Galerie, um ein paar Meter entfernt in der Luft zu schweben. Ihre giftgrünen Augen richteten sich auf mich, und sie lächelte.

»Tja.« Sie schnaubte und warf verträumt Blicke auf das Chaos unter sich. Eisenpferd, der völlig von Eisernen Feen eingeschlossen war, trat immer noch um sich und wütete unter ihnen, doch seine Bewegungen wurden langsam schwächer. Gleichzeitig drängten noch mehr Dornengardisten die Treppe herauf, aber sie waren mit Armbrüsten bewaffnet, die mit eisernen Bolzen bestückt und direkt auf uns gerichtet waren. Ash und Puck zogen sich so weit zurück, bis sie zwischen mir und den Rittern standen, die schnell einen stacheligen schwarzen Ring um uns bildeten.

»Meghan Chase. Du steckst wirklich voller Überraschungen, was?« Virus lächelte mir zu. »Ich habe keinen blassen Schimmer, wie du es geschafft hast, den Winterprinzen von meiner Wanze zu befreien, aber das spielt jetzt auch keine Rolle mehr. Die Armeen des falschen Königs stehen bereit, um Sommer und Winter anzugreifen. Sobald sie das Nimmernie übernommen und die Herrscher der Altblütler getötet haben, sind wir am Zug. Wir werden seine Armeen überrennen und den falschen König töten, bevor er auch nur die leiseste Chance hat, seinen Triumph auszukosten. Und dann wird das Nimmernie mir gehö…«

Sie bekam nicht die Gelegenheit, den Satz zu beenden. Ash holte aus und schleuderte ihr eine Ladung Eisdolche ins Gesicht, was sie etwas aus dem Konzept brachte. Sie wich zurück und hob das Zepter. Ein grüner Blitz leuchtete auf, gefolgt von einem Machtstrom. Die Eiszapfen splitterten und zerbrachen, bevor sie ihr Gesicht erreichten.

Mit wütenden Schreien feuerten die Armbrustschützen ihre Bolzen ab, obwohl Virus ihnen kreischend befahl, es nicht zu tun.

Die tödliche Ladung flog auf uns zu. Ich konnte *spüren,* wie die eisernen Bolzen durch die Luft segelten, *Matrix*mäßig, und dabei verschwommene Wellen hinterließen. Ohne nachzudenken, drehte ich mich und streckte die Hand aus. Mir war überhaupt nicht bewusst, wie verrückt das war und dass mich die Bolzen auf so kurze Distanz zerfetzen würden wie ein Blatt Papier. Dass wir alle höchstwahrscheinlich sterben würden, durchlöchert von den spitzen Geschossen, die selbst dann noch tödlich gewesen wären, wenn sie nicht aus Eisen bestanden hätten. Ich dachte an gar nichts, als ich herumwirbelte und ruckartig die Hände bewegte, während ein elektrischer Strom unter meiner Haut summte.

Eine Druckwelle erschütterte die Luft. Die Bolzen flogen rechts und links an uns vorbei, bohrten sich in die Wände oder prallten scheppernd von Metallstreben ab, um klappernd auf dem Boden zu landen. Ich hörte einige Eiserne Feen aufschreien, als sie getroffen wurden, aber nicht einer von dem halben Dutzend Bolzen kam uns auch nur nahe.

Die Ritter von der Dornengarde keuchten. Ash und Puck starrten mich an, als wäre mir ein zweiter Kopf gewachsen. Ich zitterte heftig, wohl von dem seltsamen, kalten Schein, der sich unter meiner Haut wand und mir in den Ohren dröhnte.

»Unmöglich.« Virus drehte sich langsam zu mir um. Aus ihrem Gesicht war jede Farbe gewichen. Sie schüttelte den Kopf, als müsse sie sich selbst von etwas überzeugen. »Du kannst es nicht sein. Ein schwächliches Menschenmädchen? Du bist ja nicht einmal eine von uns. Da liegt ein Fehler vor, da muss ein Fehler vorliegen!«

Ich hatte keine Ahnung, wovon sie da redete, aber das schien auch nicht weiter wichtig zu sein. Virus begann zu kichern und schob sich einen der grün lackierten Fingernägel in den Mund, während ihr Gelächter immer lauter und hysterischer wurde, bis sie schließlich verstummte und mich mit weit aufgerissenen irren Augen anstarrte.

»Nein!«, schrie sie so laut, dass sogar die Dornengardisten zusammenfuhren. »Das ist falsch! Ich war seine Nummer zwei! Seine Macht sollte mir gehören!«

Ihr Mund öffnete sich, klaffte grotesk weit auf, und die Ritter wichen langsam vor ihr zurück. Mein Herz raste, und ich drückte mich an Ash und Puck. Ich spürte ihre finstere Entschlossenheit, kämpfend unterzugehen, egal, was kam. Die Luft begann zu vibrieren, ein schreckliches Summen kam von überall her, und Virus legte den Kopf in den Nacken. Mit dem Dröhnen von einer Million Bienen stieg kreisend ein riesiger Schwarm Metallwanzen aus Virus' Mund und wogte wie eine bizarr funkelnde Wolke um sie herum.

Mit einem grausamen Grinsen sah sie auf uns herab und streckte dann eine Hand aus, die aus dem Zentrum ihres summenden Wirbelsturms ragte. »Und jetzt, meine Lieben«, verkündete sie, auch wenn sie über dem dröhnenden Summen Tausender Käfer kaum zu verstehen war, »werden wir dieses kleine Spiel ein für alle Mal beenden. Ich hätte das schon tun sollen, als ich dich zum ersten Mal gesehen habe, aber ich hatte ja keine Ahnung, dass du diejenige bist, nach der ich die ganze Zeit gesucht habe.«

Um mich herum herrschte auf einmal vollkommene Stille. Der kalte Schein vibrierte immer noch unter meiner Haut, und ich konnte Metall in der Luft schmecken. Ich musterte den Schwarm und sah Tausende von einzelnen Käfern, aber gleichzeitig auch eine einzige Kreatur mit einem Bewusstsein, einem Ziel, einer Absicht.

Schwarmintelligenz, dachte ich ungerührt, obwohl ich keine Ahnung hatte, warum ich so gelassen war. *Kontrolliere einen, dann kontrollierst du alle.*

Am Rand meines Bewusstseins nahm ich wahr, dass Virus gerade etwas sagte, doch ihre Stimme schien von weit her zu kommen.

»Los«, kreischte sie und riss den Arm herum, bis er auf uns zeigte. »Kriecht in ihre Kehlen und Nasenlöcher, in ihre Augen und Ohren und in jede Pore. Grabt euch in ihre Gehirne und sorgt dafür, dass sie sich selbst das Herz rausreißen!«

Der Schwarm flog auf uns zu, eine wütende, summende Wolke. Ash und Puck drückten sich enger an mich. Ich spürte, dass einer von ihnen zitterte, konnte aber nicht sagen, wer. Ein Dröhnen erfüllte meine Ohren, während der Schwarm immer näher kam – strahlend hell durch den Eisernen Schein und verschmolzen zu einer einzigen riesigen Einheit.

Ein Bewusstsein. Ein Wesen.

Ich riss beide Hände hoch, als der Schwarm seinen Angriff startete. *Stopp!*

Der Schwarm teilte sich, rauschte um uns herum und summte ohrenbetäubend. Aber er griff nicht an. Wir standen in der Mitte eines dröhnenden Wirbelsturms, die Metallkäfer schossen wild um uns herum, doch sie näherten sich nicht weiter.

Ich spürte, wie der Schwarm sich gegen meinen Willen auflehnte und versuchte, gegen ihn anzukommen. Ich sah Virus' Gesicht – erst völlig ungläubig, dann blass vor Wut. Sie machte eine entschlossene Geste, und der Schwarm reagierte mit wütendem Summen. Ich verstärkte meinen Griff auf ihn, schickte mehr Magie in die unsichtbare Barriere und zog Schein aus der Fabrik. In meinem Kopf hämmerte es, und mir lief der Schweiß in die Augen, aber ich durfte in meiner Konzentration nicht nachlassen, sonst würden wir in Stücke gerissen werden.

Virus grinste fies. »Ich habe dich unterschätzt, Meghan Chase«, stellte sie fest und schwebte höher in die Luft hinauf. »Ich hätte nicht gedacht, dass du mich dazu zwingen würdest, das Zepter zu benutzen, aber bitte schön. Weißt du eigentlich, was es macht, Süße?«, fragte sie und hielt es vor sich ausgestreckt. Ruckartig hob Ash den Kopf. »Ich habe eine Ewigkeit gebraucht, es herauszukriegen, aber ich habe es schließlich geschafft.« Sie grinste triumphierend. »Es verstärkt die Macht desjenigen, der es hält. Ist das nicht interessant? Ich könnte also zum Beispiel dafür sorgen, dass meine lieben Käferchen das hier machen ...«

Das Zepter leuchtete kränklich grün auf, und in seinem Licht begann der Schwarm, sich zu verwandeln. Die Käfer schwollen an wie Zecken voller Blut, wurden scharfkantig, bekamen lange Stacheln und riesige, geschwungene Kiefer. Jetzt waren sie so groß wie meine Faust, eine grauenhafte Kreuzung aus Wespe und Skorpion, und ihr Flügelschlag klang, als würden eine Million Messer gewetzt. Und auch ihr Bewusstsein veränderte sich, es wurde wilder, instinktgesteuerter und räuberischer. Ich verlor nahezu den Zugriff darauf, sodass der Wirbelsturm sich enger um uns schloss und immer näher kam. Bis ich die Kontrolle zurückgewann und ihn wieder ein Stück wegschob.

Da stürzten die Käfer sich mit einem wütenden Summen auf jedes Lebewesen, das in ihrer Reichweite war, inklusive der Wachen, die uns umringten. Die Ritter der Dornengarde schrien auf, taumelten zurück und schlugen wild auf sich selbst ein, während die Metallkäfer sie umschwärmten, bissen, stachen und sich in ihre Rüstungen gruben.

Virus kicherte wie wahnsinnig über unseren Köpfen. »Tötet sie!«, kreischte sie, als einige der Käfer sich in ihre Opfer hineinfraßen, die sofort wild zuckend und schreiend zu Boden gingen. Mir drehte sich der Magen um, aber ich konnte den Blick nicht abwenden aus Angst, dann den Schwarm nicht mehr abhalten zu können. Mir war schleierhaft, was Virus damit bezweckte, bis die Ritter der Dornengarde sich einen Moment später schwerfällig aufrichteten und plötzlich dieses irre Funkeln in ihren Augen stand.

Mit erhobenen Schwertern taumelten sie auf uns zu, während aus ihren Wunden und den Löchern in ihren Rüstungen das Blut strömte – in ihrem Blick nicht einmal ein Hauch von Verstand. Ash und Puck stellten sich ihnen am Rand des Wirbels entgegen, und das Scheppern ihrer Waffen gesellte sich zum Dröhnen des Schwarms.

Wir waren verloren. Ich konnte nicht ewig so weitermachen. Das schmerzhafte Hämmern in meinem Kopf war inzwischen so stark, dass mir davon übel wurde, und meine Arme zitterten vor Erschöpfung. Ich konnte spüren, wie die Menge an Schein, die ich benutzte, um den Schwarm zurückzuhalten, mir die Kraft raubte.

Aus dem Augenwinkel bemerkte ich einen Ritter der Dornengarde, der völlig mit Käfern bedeckt war. Er wankte zum Rand des Zwischengeschosses und hob eine Armbrust auf. Dann bestückte er die Waffe mit einem eisernen Bolzen und richtete sie auf mich. Ich konnte mich nicht bewegen. Wenn ich auswich, würde der Schwarm losbrechen und uns töten. Puck und Ash waren damit beschäftigt, gegen die anderen Ritter zu kämpfen, und konnten mir nicht helfen. Ich konnte ihnen nicht einmal eine Warnung zurufen. Wie in Zeitlupe sah ich zu, wie er ungehindert die Armbrust hob und zielte.

Später erinnerte ich mich an die scheppernden Schritte, die die Treppe heraufstürmten, aber auch nur, weil sie so fehl am Platz schienen. Ich sah, wie Puck herumwirbelte, wie er hektisch seinen Dolch warf und die schmale Waffe auf den Dornengardisten zusegelte, gerade als der den Abzug drückte. Der Dolch bohrte sich tief in die Brust des Ritters und schleuderte ihn von der Galerie, aber es war zu spät. Der Bolzen flog auf mich zu, und ich konnte nichts dagegen tun.

Etwas Großes, Schwarzes stürzte einen Sekundenbruchteil, bevor der Bolzen einschlug, durch mein Blickfeld. Eisenpferd, der von Käfern bedeckt war und jede Menge Eisenteile verlor, strauchelte und kämpfte verzweifelt darum, sich auf den Hufen zu halten. Er taumelte zum Rand der Galerie und schüttelte heftig den Kopf, als die Käfer ihn wütend umschwärmten. Einer seiner Hufe rutschte an der Kante ab, und er neigte sich gefährlich seitwärts.

»Nein!«, schrie ich.

Mit einem letzten, trotzigen Brüllen und einem Flammenstrahl stürzte Eisenpferd über die Kante und verschwand aus meinem Blickfeld. Ich hörte, wie sein Körper mit einem dumpfen Schlag, der durch das ganze Gebäude hallte, auf dem Betonboden aufschlug.

Das machte mich so wütend, dass vor meinen Augen alles weiß wurde. Ich richtete mich auf, ballte die Fäuste und ließ den Schein durch mich hindurchströmen, bis er explosionsartig aus mir hervorbrach. »ZURÜCK!«, brüllte ich den Schwarm, Virus und alle anderen Eisernen Feen im Raum an. »Ihr verdammten Mistviecher! Verzieht euch, SOFORT!«

Der Schwarm flog in alle Richtungen auseinander und verteilte sich in den vier Ecken des Raumes. Die Dornengardisten zuckten zusammen und wichen taumelnd zurück, einige von ihnen stürzten sogar über die Kante. Selbst Virus zuckte mitten in der Luft und taumelte rückwärts, als hätte sie unvermutet ein Schlag in den Magen getroffen. Ihre Arme hingen schlaff herab.

Alle Kräfte verließen mich, und ich brach zusammen. Während der Schwarm sich mit einem wütenden Summen wieder vereinigte und die Dornengardisten sich erneut sammelten, legte Virus eine Hand an ihre Schläfe und sah mit einem selbstzufriedenen Lächeln auf den blauen Lippen auf mich herab.

»Tja, Meghan Chase. Herzlichen Glückwunsch, es ist dir gelungen, mir eine heftige Migräne zu verpassen. Aber das reicht nicht aus, um – aaaahhhhhh!«

Sie ruckte herum und riss die Hände hoch, als Ash sich von der Kante der Galerie abstieß und mit hocherhobenem Schwert auf sie zuflog. Immer noch schreiend versuchte sie, das Zepter hochzureißen, aber es war zu spät. Das eisige Schwert fuhr auf sie nieder, durchtrennte ihr Schlüsselbein und grub sich durch ihren ganzen Körper, bis er in zwei Hälften geteilt war.

Wenn ich nicht so benommen gewesen wäre, hätte ich wahrscheinlich gekotzt. Virus' Hälften klappten auseinander, Drähte und irgendein öliger Schleim fielen aus ihrem zerteilten Körper, als sie zusammen mit Ash abstürzte und verschwand.

Die Ritter der Dornengarde fingen an zu zucken, dann brachen sie zusammen wie Marionetten, denen man die Fäden abgeschnitten hat.

Ich saß einfach nur da, völlig betäubt von dem, was gerade passiert war, doch Puck zog mich hoch und schleppte mich unter einen Stahlträger. In diesem Moment begann es Insekten zu regnen.

Das Prasseln der Metallkäfer brachte mich wieder zur Besinnung. »Ash«, murmelte ich und versuchte mich loszureißen. Puck legte beide Arme um mich und drückte mich an seine Brust. »Ich muss zu ihm ... muss sehen, ob es ihm gut geht.«

»Er ist okay, Prinzessin«, blaffte Puck und packte mich noch fester. »Entspann dich. Er weiß, dass man sich bei Regen besser unterstellt.«

Erschöpft gab ich auf. Ich schloss die Augen, lehnte mich an ihn und legte den Kopf an seine Brust, während die Käfer wie glitzernder Hagel um uns herum einschlugen. Puck hielt mich eng umschlungen und murmelte etwas von altägyptischen Plagen, aber ich hörte nicht zu.

Mein Kopf tat weh, und ich versuchte immer noch, alles zu verarbeiten, was hier gerade passiert war. Ich war hundemüde, aber wenigstens war es jetzt vorbei. Und wir hatten überlebt.

Oder zumindest die meisten von uns.

»Eisenpferd«, flüsterte ich, als der Käferregen endlich aufhörte.

Ich spürte, wie Puck sich versteifte. Kurz entschlossen befreite ich mich aus seinen Armen, stolperte quer durch das Zwischengeschoss, wobei ich tunlichst den toten Käfern und Dornengardisten auswich, und nahm die Treppe nach unten. Ich hatte keine Ahnung, was ich dort vorfinden würde, aber ich hatte noch Hoffnung. Eisenpferd konnte nicht tot sein. Er war der Stärkste von uns allen.

Vielleicht war er schrecklich schwer verletzt und wir würden jemanden suchen müssen, der ihn wieder zusammenflickte, aber Eisenpferd war quasi unzerstörbar. Er musste überlebt haben. Er musste einfach.

Ich hatte mich schon fast selbst überzeugt, dass es keinen Grund zur Sorge gab, als Ash unter der Galerie hervortrat, sich an den Fuß der Treppe stellte und zu mir hochschaute. Sein Schwert steckte in der Scheide, und in seiner Hand pulsierte das Jahreszeitenzepter in reinem blauem Licht.

Eine kleine Ewigkeit starrten wir einander an, keiner von uns wollte das Schweigen brechen, um auszusprechen, was wir beide dachten. Ich fragte mich, ob Ash jetzt einfach das Zepter nehmen und verschwinden würde. Unser Vertrag war erfüllt. Er hatte, weshalb er hergekommen war, es gab für ihn keinen Grund, noch länger hierzubleiben.

»Also…« Ich war dann doch die, die das Schweigen zuerst brach, und versuchte, das Zittern in meiner Stimme zu unterdrücken, genau wie die blöden Tränen, die wieder mal in meinen Augen brannten. »Gehst du jetzt?«

»Bald.« Seine Stimme klang ruhig, aber müde. »Ich werde ins Winterreich zurückkehren, doch ich dachte, ich sollte den Gefallenen die letzte Ehre erweisen, bevor ich gehe.«

Mein Magen zog sich zusammen. Ich schaute an ihm vorbei und sah zum ersten Mal den Haufen aus verbogenem Eisen, der im Schatten des Zwischengeschosses lag. Keuchend taumelte ich die letzten Stufen hinunter, schob mich an Ash vorbei und rannte stolpernd zu der Stelle, wo Eisenpferd zwischen toten Käfern und den qualmenden Überresten von Virus lag.

»Eisenpferd?« Für den Bruchteil einer Sekunde glaubte ich, Grimalkin neben seinem Kopf sitzen zu sehen. Doch dann blinzelte ich, um die Tränen in Schach zu halten, und das Bild verschwand. Eisenpferd lag auf der Seite, sein Atem ging keuchend und schwer. Das Feuer in seinem Bauch glühte nur noch schwach. Eines seiner Beine war zertrümmert, und große Stücke aus seinem Leib waren herausgerissen worden. Um ihn herum lagen verstreute Kolben und Hebel wie bei einer kaputten Uhr.

Ich kniete mich neben seinen Kopf und legte ihm eine zitternde Hand auf den Hals. Er war ganz kalt, und das Glühen in seinen Augen war schwach und flackerte unstet. Als ich ihn berührte, regte er sich zwar, hob aber nicht den Kopf und sah mich auch nicht an. Ich hatte den schrecklichen Verdacht, dass er keinen von uns sehen konnte.

»Prinzessin?«

Seine Stimme war so leise und atemlos, dass ich fast in Tränen ausgebrochen wäre. »Es tut mir so leid«, flüsterte ich und spürte plötzlich Puck und Ash hinter mir, die mir über die Schulter schauten.

»Nein.« Das rote Licht in seinen Augen schrumpfte zur Größe von Stecknadelköpfen zusammen, und seine Stimme senkte sich zu einem Flüstern. Ich musste mich anstrengen, um ihn überhaupt verstehen zu können. »Es war ... mir eine Ehre ...« Er seufzte noch einmal, und die winzigen Lichtpunkte flackerten einmal, zweimal. »... meine Königin.« Dann starb er.

Ich schloss die Augen und ließ meinen Tränen freien Lauf. Ich weinte um Eisenpferd, der niemals geschwankt hatte, niemals schwach geworden war in seinem Glauben oder seinen Überzeugungen. Der ein Feind gewesen war, dann jedoch beschlossen hatte, ein Verbündeter zu werden und letztendlich ein Freund. Ich kniete auf den kalten Fliesen und schluchzte ohne jede Scham, unter den ernsten Blicken von Puck und Ash, bis die ersten schwachen Sonnenstrahlen durch das zerbrochene Oberlicht fielen.

»Meghan.« Ashs leise Stimme drang durch meine Trauer. »Wir sollten jetzt gehen.« Sein Ton war sanft, aber unerbittlich. »Die Armee des

Eisernen Königs ist bereit zum Abmarsch. Wir müssen das Zepter zurückbringen. Uns bleibt nicht mehr viel Zeit.«

Ich richtete mich auf und wischte mir über die Augen, wobei ich die verdammten Feen und ihren ewigen Krieg verfluchte. Anscheinend war nie genug Zeit. Zeit, um zu tanzen, zu reden, zu lachen oder auch, um den Tod eines Freundes zu betrauern. Ich streifte das Anstecksträußchen ab und legte es auf Eisenpferds kalte Metallschulter, da ich wollte, dass er etwas Schönes und Natürliches hatte, hier an diesem leblosen Ort. *Leb wohl, Eisenpferd.*

Ash streckte eine Hand aus, und ich ließ mich von ihm auf die Füße ziehen.

»Wohin jetzt?«, schniefte ich.

»Zu den Feldern der Ewigen Ernte«, antwortete mir eine vertraute Stimme, und Grimalkin erschien. Er hockte ein paar Meter weiter auf einem Karton. Vorsichtig schob er einen Metallkäfer vom Deckel, der klappernd zu Boden fiel, bevor der Kater fortfuhr: »Alle großen Schlachten zwischen den beiden Höfen wurden in dieser Ebene geführt. Würde ich die Armeen von Sommer und Winter suchen, wäre das der Ort, wo ich als Erstes hinginge.«

»Bist du sicher?«, fragte ich.

»Ich sagte nicht, ich sei sicher, Mensch.« Grimalkin zuckte mit den Schnurrhaaren in meine Richtung. »Ich sagte nur, dass es der Ort sei, wo ich suchen würde. Aber ich werde euch nicht begleiten.«

Irgendwie überraschte mich das nicht. »Warum nicht? Wohin verschwindest du denn diesmal?«

»Zurück zu Leanansidhe.« Grimalkin gähnte, streckte sich und reckte den Schwanz über den Rücken. »Da wir jetzt hier fertig sind, werde ich sie darüber informieren, dass Virus tot und das Zepter auf dem Weg zurück an den Winterhof ist. Ich bin mir sicher, dass sie alles über euren Erfolg erfahren möchte.« Der Kater wandte sich ab und schlug zum Abschied mit dem Schwanz. »Bis zum nächsten Mal, Mensch.«

»Grim, warte.«

Er zögerte und sah mit seinen goldenen Augen zu mir zurück.

»Was hat Eisenpferd dir versprochen, damit du mitmachst?«

Er zuckte mit dem Schwanz. »Das zu wissen ist dir nicht bestimmt,

Mensch«, antwortete er mit leiser, ernster Stimme. »Vielleicht wirst du es eines Tages herausfinden. Oh, und wenn ihr es bis zu den Feldern der Ewigen Ernte schafft, sucht dort nach einem Freund von mir. Er schuldet mir noch eine Gefälligkeit. Ich glaube, du bist ihm schon einmal begegnet.« Mit dieser kryptischen Anweisung sprang er von dem Karton und glitt elegant zwischen den verstreut herumliegenden Feen und Käfern hindurch. Dann kam er zu einem Stützpfeiler und verschwand.

Ich sah die Jungs fragend an. »Wie kommen wir denn zu den Feldern der Ewigen Ernte?«

Ash hob das Zepter. Es pulsierte in kaltem, blauem Licht und funkelte, als wäre es aus Kristall gemacht, genauso wie ich es in Tir Na Nog zum letzten Mal gesehen hatte. »Ich werde das Zepter benutzen, um uns einen Steig zu öffnen«, murmelte er und wandte sich ab. »Bleibt zurück.«

Das Zepter flammte auf und erfüllte den Raum mit einer solchen Kälte, dass mein Atem kondensierte. Die Luft um uns herum schimmerte, als wäre ein Schleier über alles gelegt worden. Vor Ash erschien ein verschwommener Kreis – und darin entdeckte ich Bäume, Erdboden und das neblige Zwielicht des Wilden Waldes.

»Los«, befahl Ash mit angespannter Stimme.

»Komm, Prinzessin, das ist unsere Haltestelle.« Puck deutete auf das Portal und wartete darauf, dass ich hindurchging. Ich drehte mich um und warf einen letzten Blick auf Eisenpferds Leichnam, der erkaltet auf dem Betonboden lag. Blinzelnd drängte ich die Tränen zurück.

Danke, sagte ich wortlos zu ihm und trat durch den Kreis.

Die Felder der Ewigen Ernte

Im Wilden Wald herrschte Chaos. Wind und Hagel peitschten um mich herum, als ich aus dem Steig stolperte. Heulend fegten sie durch die Bäume und überzogen mich mit Eissplittern. Grüne Blitze zuckten am Himmel und fuhren durch die dicken Wolken, die sich brodelnd über uns zusammengeballt hatten. Die Äste schwankten, und der Dreck am

Boden stob in kleinen, wilden Wirbeln dahin. Regen vermischte sich mit dichten Schneeschauern, die Flocken sammelten sich zu Hügeln und Verwehungen, bevor sie vom Wind wieder auseinandergetrieben wurden. Eine Blumenelfe mit lila Haut kam angesaust, geriet wild ins Trudeln und verschwand zwischen den Bäumen.

»Verdammt.« Puck erschien hinter mir. Seine roten Haare flogen wild in alle Richtungen. Er musste schreien, um sich verständlich zu machen. »Der Krieg hat ohne uns angefangen. Und dabei hatte ich auch eine Einladung.«

Ash trat durch den Kreis, der sich hinter ihm schloss. »Die Felder der Ewigen Ernte sind nahe.« Er hob den Kopf in den Wind und schloss die Augen. Seine Miene verfinsterte sich. »Die Kämpfe sind bereits im Gange. Ich kann das Blut riechen. Folgt mir.«

Wir eilten durch den Wald, Ash als Führer vorneweg, und das Zepter verdrängte mit seinem blauen Schein das Dunkel des Wilden Waldes. Um uns herum tobte heulend der Sturm, und Donnerschläge krachten über uns, die so heftig waren, dass der Boden erzitterte. Meine Schuhe versanken im Matsch, und mein Kleid blieb an Dutzenden von Dornen und Zweigen hängen, die den feinen Stoff durchbohrten und zerfetzten, was davon noch übrig war.

Endlich lichtete sich der Wald, und wir starrten auf eine weitläufige eisige Senke, die von zerklüfteten Hügeln umgeben war, deren Spitzen in den Wolken verschwanden. Ein gefrorener Fluss wand sich durch das mit Felsbrocken bestückte Tal und schob sich träge um die Ruinen einer uralten Burg herum, die mitten in der Ebene aufragten.

Von hier aus wirkten die Armeen von Sommer und Winter wie Ameisen, alles war ein chaotisches Gewusel aus schnellen Bewegungen und bunten Farben. Gebrüll und Schreie erfüllten die Luft und übertönten sogar das Heulen des Windes. Soldaten in Reih und Glied trafen in irgendwie halbwegs disziplinierter Weise aufeinander, während andere Gruppen einfach über das Feld sprangen, von einem Gefecht zum nächsten schossen und sich voller Freude ins Getümmel stürzten. Riesige Gestalten ragten aus den Massen und schlugen wild um sich, gleichzeitig griffen Schwärme von fliegenden Wesen aus der Luft an. Es war ein gigantisches, brutales, verrücktes Spektakel, bei dem jeder mitmachen konnte, und es war mit Sicherheit der reinste Selbstmord, da durchgehen zu wollen.

Ich schluckte schwer und drehte mich zu Ash und Puck um. »Wir müssen also da durch, ja?«

Ash nickte. »Halte nach Oberon oder Mab Ausschau«, sagte er mit grimmiger Miene und ließ den Blick über das Schlachtfeld schweifen. »Sie werden wahrscheinlich auf verschiedenen Seiten des Flusses stehen. Versuche, dich nicht in irgendetwas verwickeln zu lassen, Goodfellow.

Wir wollen keinen Kampf – wir wollen einfach nur das Zepter zur Königin bringen.«

»Mach dich nicht lächerlich, Prinz.« Puck zog grinsend seine Dolche und zeigte damit auf Ash. »Du bist ein Verräter, Meghan ist die Sommerprinzessin, und ich bin Robin Goodfellow. Ich bin sicher, die Dunklen werden uns liebend gern durch ihre Reihen spazieren lassen.«

Und dann fiel ein Schatten auf uns, und ein Windstoß hätte mich fast von den Füßen gerissen. Ash zog mich zur Seite, als eine riesige geflügelte Echse genau da landete, wo ich gerade noch gestanden hatte, und massenweise Schnee und Geröll aufwirbelte. Die Kreatur zischte, schlug kreischend mit ihren ramponierten Flügeln und wühlte mit ihren krallenbesetzten Vorderpranken den steinigen Boden auf. Ihre Schuppen waren schmutzig braun, die gelben Augen blickten bösartig und dumm. Hinter ihr peitschte ein langer, muskulöser Schwanz durch die Luft, an dessen Ende ein gefährlich funkelnder Stachel saß. Zischend trat die Echse zwischen Puck, Ash und mich, sodass ihr massiger Körper uns voneinander trennte, und rollte dann den Schwanz über dem Rücken zusammen wie ein gigantischer Skorpion.

Zwischen den Schulterblättern dieses Monsters saß ein Reiter, dessen weiße Rüstung jungfräulich rein war, ohne einen einzigen Blutspritzer.

»Rowan!«, keuchte ich.

»So, so.« Der ältere Prinz schenkte mir vom Rücken seiner riesigen Reitechse ein anzügliches Lächeln. »Da seid ihr ja wieder: die widerspenstige Prinzessin und unser verräterischer Prinz. Keine Bewegung, Ash«, warnte er ihn und warf seinem Bruder einen finsteren Blick zu. »Bei der kleinsten Regung wird Thraxa deine geliebte Missgeburt schneller schnappen, als du blinzeln kannst. Und du willst doch nicht noch ein Mädchen durch Wyverngift verlieren, oder?«

Ash hatte sein Schwert bereits gezogen, doch bei Rowans Drohung wurde er bleich und warf mir einen gehetzten Blick zu. Ich erkannte die Verzweiflung in seinen Augen, bevor er das Schwert sinken ließ und zurücktrat.

»Guter Junge. Es wird bald vorbei sein, keine Sorge.« Rowan hob eine Faust, und ein Dutzend Ritter der Dornengarde tauchte mit gezogenen Waffen zwischen den Bäumen auf, sodass wir zwischen ihnen und Rowan in der Falle saßen. »Es dürfte jetzt nicht mehr lange dauern«, erklärte der ältere Prinz lächelnd. »Sobald die beiden Höfe sich gegenseitig zerfleischt haben, werden die Armeen des Eisernen Königs einmarschieren, und dann ist alles vorbei. Aber zuvor«, fuhr er fort und starrte Ash wütend an, »brauche ich das Zepter. Gib es mir, kleiner Bruder.«

Ash spannte sich an, doch bevor er etwas tun konnte, trat Puck zwischen uns. Auf seinem Gesicht lag ein bösartiges Grinsen. »Komm und hol's dir«, rief er spöttisch.

Rowan sah auf ihn runter und grinste herablassend. »Robin Goodfellow«, stellte er lächelnd fest. »Ich habe ja schon so viel von dir gehört. Du bist doch der Grund dafür, dass Ariella tot ist, nicht wahr?« Puck runzelte die Stirn, aber Rowan redete einfach weiter. »Schon schade, dass Ash seine Rache jetzt niemals bekommen wird, aber du kannst mir glauben, wenn ich sage, dass es mir ein Vergnügen sein wird. Thraxa«, befahl er und deutete mit ausgestrecktem Arm verächtlich auf Puck. »Töte ihn.«

Der Kopf des Wyvern schoss zischend herab, seine spitzen Zähne waren gefletscht. Er war erschreckend schnell, wie eine Viper, und seine Kiefer schlossen sich unbarmherzig um Pucks Kopf.

Entsetzt keuchte ich, doch Puck löste sich explosionsartig in einen Haufen Blätter auf, was den Wyvern verwirrt blinzeln ließ. Er zog sich zurück und suchte schnüffelnd den Boden nach seinem Opfer ab, als plötzlich ein riesiger schwarzer Rabe aus den Bäumen herabstieß und direkt auf den Kopf der Echse zuhielt. Mit einem heiseren Kreischen grub der Vogel seine Krallen seitlich in den Schädel des Wyvern und pickte mit seinem scharfen Schnabel nach einem der gelben Schlitz-augen.

Der Wyvern erhob sich mit einem Schrei auf die Hinterbeine, schlug hektisch mit den Flügeln und schüttelte den Kopf, um den Vogel loszu-werden, der sich weiter an ihm festkrallte. Rowan, der fast aus dem Sat-tel geschleudert wurde, riss fluchend an den Zügeln, um die Kontrolle über den Wyvern zurückzuerlangen, aber der war jetzt völlig panisch, kreischte und schlug vor Schmerz wild um sich. Ich duckte mich unter dem Monster durch und rannte zu Ash, der mich fast verzweifelt in seine Arme zog, während er gleichzeitig Rowan im Auge behielt. Ich spürte, wie sein Herz unter seinem Mantel raste.

Der Rabe machte weiter, er pickte und kratzte, bis das Gesicht des Wyvern mit schwarzem Schleim bedeckt und sein Auge nur noch eine zermatschte Masse war, die nutzlos aus der Augenhöhle hing. Dann ließ er sich mit einem triumphierenden Krächzen fallen, flog zu uns zurück und verwandelte sich in einem Wirbel aus Federn wieder in Puck. Er lachte immer noch, als er sich erhob und mit großer Geste seine Waffen zog.

»Tötet sie!«, schrie Rowan, als sein Reittier beschloss, dass es genug hatte, und sich in den Himmel schwang. »Tötet sie alle und bringt mir das Zepter! Lasst nicht zu, dass sie alles ruinieren!«

»Tritt zurück«, sagte Ash zu mir, als die Ritter der Dornengarde auf uns zumarschierten und ihren todbringenden Halbkreis immer enger zogen. Es waren ziemlich viele, die sich da aus den Schatten der Bäume und Büsche lösten, mehr als ich anfangs gedacht hatte. Mein Blick blieb an Ash hängen, der das Zepter und sein Schwert wie zwei Waffen hielt. Konnte ich mir einfach das Zepter schnappen und losrennen? Kurz sah ich über den Abhang in das Tal hinunter, und mein Herz zog sich vor Angst zusammen. Keine Chance. Niemals würde ich es lebendig durch diese brodelnde Masse schaffen.

Grelle, unheimliche Blitze zuckten, und zwischen einem und dem nächsten Lichtstrahl erschien plötzlich ein weißes Wesen am Rand des Abhangs. Zuerst dachte ich, es wäre ein Pferd. Aber es war kleiner und graziler als jedes Pferd, das ich jemals gesehen hatte, es hatte eher etwas von einem Reh als von einem Pferd. Dazu kamen noch ein Löwenschwanz und gespaltene Hufe, die kaum den Boden zu berühren schienen. Sein gedrehtes Horn ragte direkt zwischen den Ohren auf, zugleich wunderschön und schrecklich. Es zerstörte mit einem Schlag jede klischeehafte Vorstellung, die ich je bei dem Wort *Einhorn* gehabt hatte. Es musterte mich aus Augen, die so alt wirkten wie der Wald selbst, und mich beschlich eine leise Ahnung, dass wir uns kannten – wie eine Rückblende aus einem Traum –, doch dann war diese Erinnerung wieder verschwunden.

Grimalkin schickt mich. Die Stimme erklang leise in meinem Kopf, so leicht wie eine schwebende Feder. *Schnell, Meghan Chase.* Das Einhorn warf den Kopf, machte auf den Hinterbeinen kehrt und verschwand den Abhang hinunter.

Und in diesem Moment wusste ich, was ich zu tun hatte.

Die ganze Begegnung schien nur einen Augenblick gedauert zu haben. Als ich mich wieder zu den Jungs umdrehte, warteten die immer noch auf die Ritter, die sich gemächlich näherten, als wüssten sie, dass wir nirgendwo hingehen würden.

»Ash«, murmelte ich leise und legte ihm eine Hand auf den Arm. »Gib mir das Zepter.«

Über die Schulter warf er mir einen irritierten Blick zu.

»Was?«

»Ich werde es zu Mab bringen. Halt sie mir nur so lange vom Hals, bis ich es über das Feld geschafft habe.« Ash starrte mich an, offenbar innerlich zerrissen. Ich legte die Hand um das Zepter und biss die Zähne zusammen, als die Kälte sich wie Feuer in meine Haut brannte. »Ich kriege das hin.«

»Hey, Prinz«, rief Puck über die Schulter, »äh, du kannst jederzeit einsteigen, weißt du? Sobald du so weit bist.«

Ein schrilles Kreischen hallte über das Tal, und ein dunkler Schatten mit ledrigen Schwingen kam auf uns zugeflogen. Rowan kehrte zurück.

»Ash!« Die Dornengardisten hatten uns fast erreicht, und Ash hielt das Zepter immer noch fest. Verzweifelt suchte ich seinen Blick und sah Unentschlossenheit in seinen Augen, Zweifel und die Angst, dass er mich in den Tod schicken könnte. »Ash«, flüsterte ich und legte meine andere Hand über seine. »Du musst mir vertrauen.«

Er begann zu zittern, nickte knapp und ließ los. Ich packte das Zepter und trat zurück, hielt seinem besorgten Blick aber weiter stand, während die Ritter immer näher kamen und der Schrei des Wyvern über den Bäumen ertönte.

»Sei vorsichtig«, bat er mich, und in diesen zwei einfachen Worten lag ein wahrer Gefühlssturm.

Ich nickte atemlos. »Ich werde nicht scheitern«, versprach ich.

Mit einem lauten Brüllen griffen die Dornengardisten an. Ash wirbelte mit blitzendem Schwert zu ihnen herum, während Puck einen jubelnden Schlachtruf ausstieß und sich in ihre Mitte stürzte. Als mir das Brennen des Zepters in meiner Hand wieder bewusst wurde, drehte ich mich um und rannte den Abhang hinunter.

Das Einhorn wartete am Fuß des Hügels, fast unsichtbar im Nebel, sein Horn in diesem Moment realer als alles andere an ihm. Mein Herz raste, als ich mich ihm näherte. Obwohl das Einhorn vollkommen reglos dastand und mich betrachtete, war es so, als würde man sich einem zahmen, friedlichen Tiger nähern – aber eben doch einem Tiger. Es konnte jetzt entweder auf die Knie sinken und seinen Kopf in meinen Schoß betten, oder es konnte durchdrehen und mich mit seinem schimmernden Horn aufspießen. Zum Glück tat es nichts von beidem, sondern stand ruhig wie eine Statue, während ich so nahe heranging, dass ich mein Spiegelbild in seinen dunklen Augen erkennen konnte.

Was soll ich sagen? Muss ich um Erlaubnis bitten, bevor ich auf seinen Rücken steige?

Ein schrilles Kreischen zerriss die Luft, und der Schatten des Wyvern zog über uns hinweg. Das Einhorn zuckte, legte die Ohren an und zitterte vor Anstrengung, nicht zu fliehen. *Scheiß drauf, ich habe keine Zeit!* Als das Heulen des Wyvern erneut ertönte, hievte ich mich schwerfällig auf den Rücken des Einhorns und packte seine Mähne.

Sobald ich saß, machte das Einhorn einen gigantischen Sprung über die Felsbrocken hinweg bis an den Rand des eisigen Feldes, wobei mir der Magen hochkam. Einen Moment zögerte es, sah hin und her und versuchte, einen leichteren Weg in das Schlachtengewühl zu finden. Ein rotäugiger Hund mit hängender Zunge sprang uns knurrend an. Das Einhorn wich leichtfüßig zur Seite aus und schlug mit den Hufen nach ihm. Ich hörte ein Knacken und ein Winseln, dann floh der Hund auf drei Beinen in den Nebel.

»Wir haben nicht genug Zeit, um außen rum zu gehen!«, schrie ich und hoffte, dass das Einhorn mich verstand. »Mab ist auf der anderen Seite des Flusses! Wir müssen mitten durch!«

Hinter uns ertönte Gebrüll. Als ich zurückschaute, sah ich den Wyvern, der im Sturzflug den Abhang herunterglitt und direkt auf uns zuhielt. Ich sah Rowan mit gezogenem Schwert auf dem Rücken des Wyvern sitzen, den wütenden Blick starr auf mich gerichtet. Mir wurde schlecht vor Angst.

»Los!«, kreischte ich, und mit einem verzweifelten Wiehern stürzte sich das Einhorn mitten in die Schlacht.

Das Einhorn sprang durch das Chaos, wich Waffen aus, setzte über Hindernisse hinweg und das alles mit einer irren Geschwindigkeit. Meine Hand umklammerte die Mähne so fest, dass mein Arm vor Anstrengung zitterte. In der anderen Hand brannte das Zepter. Überall um uns herum schlugen und hackten Sommer- und Winterfeen aufeinander ein und schrien vor Schmerz, Wut oder reiner Blutlust und Freude. Während wir hindurchrasten, boten sich mir Ausschnitte der Schlacht wie Momentaufnahmen. Zwei Trolle prügelten mit Steinkeulen auf einen Schwarm Kobolde ein – ihre Schultern und Rücken mit spitzen Dornen besetzt. Drei Dunkerwichtel zerrten eine kreischende Sylphe aus der Luft, ignorierten die rasiermesserscharfen Kanten ihrer Flügel und durchbohrten sie immer wieder mit ihren Messern. Lichte Ritter in grünen und goldenen Rüstungen kreuzten die Schwerter mit Dunklen Kriegern, ihre Bewegungen so elegant, dass es aussah, als würden sie tanzen, doch ihre überirdisch schönen Gesichter waren vor Hass verzerrt.

Das Kreischen des Wyvern erklang direkt über uns, und das Einhorn sprang so abrupt zur Seite, dass ich fast den Halt verloren hätte. Ich verfolgte, wie die gebogenen Krallen des Wyvern sich in einen Zwerg bohrten und der bärtige kleine Mann schreiend in die Luft gerissen wurde, während er schwach zappelte. Der Wyvern erhob sich in den Himmel, und ich musste entsetzt zusehen, wie er den immer noch zappelnden Zwerg auf die Felsen unter sich fallen ließ. Dann flog er träge eine Kurve und kam wieder auf uns zu.

Das Einhorn verlegte sich auf einen wilden Zickzackkurs, bei dem ich von einer Seite auf die andere geschleudert wurde, wobei mir vor Angst schlecht wurde. Ich presste ihm meine Knie so fest in die Seiten, dass ich durch das Kleid seine Rippen spüren konnte.

Der Wyvern hing irritiert in der Luft, dann ließ er sich mit einem weiteren markerschütternden Schrei fallen. Mein flinkes Reittier wich ihm abermals aus, doch diesmal rauschte der Wyvern so dicht an uns vorbei, dass ich ihm mit dem Handrücken auf die Krallen hätte schlagen können.

Wir befanden uns mitten auf der Ebene, immer noch weit entfernt vom Fluss, als das Einhorn zu Boden ging.

Im Zentrum des Schlachtfeldes tobten die Kämpfe heftiger, hier trafen die Soldaten beider Seiten über die Toten und die Sterbenden hinweg aufeinander. Das Einhorn schoss zwischen den Massen hindurch und schien immer genau zu wissen, wann sich wo eine Lücke auftun würde, sodass es hindurchschlüpfen konnte, ohne langsamer zu werden. Aber Rowan war immer noch hinter uns her. Als das Einhorn gerade zum dritten Mal einem Angriff des Wyvern auswich, erhob sich aus dem Schnee plötzlich ein riesiges Monster, das ganz aus Fels zu bestehen schien, und schlug mit seiner wuchtigen Keule nach uns. Es zertrümmerte dem Einhorn beide und das grazile Tier brach mit einem schrillen Wiehern zusammen. Ich wurde von seinem Rücken geschleudert und schlug so hart in einer Schneewehe auf, dass es mir die Luft aus der Lunge presste.

Benommen lag ich da, während sich die Welt um mich drehte wie ein Karussell und immer wieder ein- und ausgeblendet wurde. Verschwommene, schattenhafte Gestalten tobten um mich herum und schrien, doch alle Geräusche klangen nur dumpf und verzerrt an meine Ohren wie aus weiter Ferne.

Dann bäumte sich die weiße Gestalt des Einhorns auf. Es stampfte wild und schlug mit seinem Horn um sich, bevor es wieder unter die schwarze Masse gezogen wurde. Ich stemmte mich auf die Knie hoch, um nach ihm zu rufen, aber meine Arme zitterten unkontrolliert, und ich brach wieder zusammen und schluchzte frustriert.

Noch einmal bäumte sich das Einhorn auf, sein weißes Fell von roten Flecken übersät, und einige dunkle Gestalten klammerten sich an seinen Rücken. Ich schrie und krabbelte verzweifelt in seine Richtung, doch mit einem schrillen Wiehern verschwand das Einhorn wieder in der brodelnden Masse. Diesmal tauchte es nicht wieder auf.

Während ich keuchend nach Luft schnappte und die Tränen zu unterdrücken versuchte, tropfte etwas Nasses, Schleimiges auf meinen Arm. Als ich hochsah, grinste mich das warzige Gesicht eines Kobolds an, von dessen krummen Zähnen der Speichel lief und der sich mit der blassen Zunge über die Lippen fuhr.

»Leckeres Mädchen schon tot?«, fragte er und pikte mich mit dem Schaft seines Speers in den Arm.

Mit einem Ruck setzte ich mich auf. Mir wurde schlecht, und der Boden drehte sich um mich. Ich musste mich voll darauf konzentrieren, nicht ohnmächtig zu werden. Der Kobold wich zischend zurück, dann schob er sich schnell wieder näher an mich heran. Verzweifelt sah ich mich nach einer Waffe um und entdeckte dabei das Zepter, das nur wenige Meter entfernt im Schnee lag.

Der Kobold hob grinsend seinen Speer, wurde dann aber unter ein paar Tonnen Wyvern begraben, als die monströse Echse mit einem lauten Krachen auf ihm landete, das die Erde beben und den Schnee aufwirbeln ließ. Brüllend erhob sie sich auf die Hinterbeine, um zuzuschlagen, während ich mich auf das Zepter stürzte.

Meine Hand schloss sich um den Griff, und ein elektrischer Schlag fuhr durch meinen Arm. Ich spürte den heißen Atem des Wyvern im Nacken, rollte zurück und riss das Zepter hoch. In diesem Augenblick füllte das weit aufgerissene, mit spitzen Zähnen bestückte Maul des Wyvern mein gesamtes Blickfeld aus, und das Zepter in meiner Hand flammte auf – nicht blau, golden oder grün, sondern in reinem, blendendem Weiß. Ein Blitz schoss aus der Spitze mitten in das offene Maul des Wyvern. Seine Wucht schleuderte den Kopf der Echse zurück, und der Geruch von verbranntem Fleisch erfüllte die Luft.

Gleichzeitig spürte ich, wie etwas in mir zerbrach, als würde ein Hammer gegen ein Glas schlagen, sodass es in tausend Stücke zersprang. Geräusche, Farben und Gefühle überschwemmten mein Bewusstsein, eine angestaute Welle von Schein floss aus mir und ich schrie. Eine unsichtbare Druckwelle zerriss die Luft und breitete sich aus. Sie riss die

Kämpfer in meiner Nähe von den Füßen und rollte weiter über das gesamte Schlachtfeld.

Gegen einen starken Schwindel ankämpfend, rappelte ich mich auf und kam auf die Füße, schwankend wie ein betrunkener Matrose in einem zerfetzten, versifften Kleid. In den verschwommenen Schatten um mich herum konnte ich weder Mab noch Oberon erkennen, aber ich sah Hunderte von glühenden Augen, funkelnden Klingen und gefletschten Zähnen, alle bereit, mich in Stücke zu reißen. Jetzt war mir die allgemeine Aufmerksamkeit sicher.

Das Zepter pulsierte in meiner Hand. Ich packte den Griff fester und hob es über den Kopf. Ein zuckendes Licht breitete sich über der Menge aus, die daraufhin murmelnd zurückwich.

»Wo ist Königin Mab?«, rief ich mit hoher, dünner Stimme, die sich kaum über das Heulen des Windes erhob. Als niemand antwortete, versuchte ich es noch einmal: »Mein Name ist Meghan Chase, ich bin die Tochter von König Oberon. Ich bin hier, um das Jahreszeitenzepter zurückzugeben.« Ich hoffte, dass irgendjemand schnell Mab informieren würde, denn ich hatte keine Ahnung, wie lange ich noch bei Bewusstsein bleiben, geschweige denn in ganzen Sätzen zu einer Königin sprechen konnte.

Langsam teilte sich die Menge, und die Luft kühlte sich um einige Grad ab, sodass mein Atem vor meinem Gesicht zu Wölkchen kondensierte. Mab kam auf einem riesigen, weißen Schlachtross durch die Menge geritten, ihr Gewand schleifte in einer langen Schleppe hinter ihr her, und ihre Haare flossen offen über ihren Rücken. Die Hufe des Pferdes berührten nicht ganz den Boden, und aus seinen Nüstern stiegen dichte Wolken auf, die die Winterkönigin in einen geisterhaften Nebel hüllten. Ihre Lippen und Fingernägel waren blau und ihre Augen so schwarz wie eine sternenlose Nacht, als sie auf mich herabsah.

»Meghan Chase.« Die Stimme der Königin war nicht mehr als ein Zischen und ihre makellosen Züge erschreckend ausdruckslos. Ihr Blick wanderte kurz zu dem Stab in meiner Hand, und ein kaltes, gefährliches Lächeln breitete sich auf ihrem Gesicht aus. »Wie ich sehe, hast du mein Zepter. Dann will der Sommerhof seinen Fehler also endlich eingestehen?«

»Nein«, ertönte eine kräftige Stimme, bevor ich etwas sagen konnte. »Der Sommerhof hatte mit dem Diebstahl des Zepters nichts zu tun. Du warst es, die voreilige Schlüsse gezogen hat, Königin Mab.«

Und da war Oberon, er saß auf einem hellbraunen Hengst und schob sich, flankiert von einer Gruppe Elfenritter, durch die Menge. Seine Feenrüstung funkelte grün und golden, helle Kettenglieder waren um dickere Elemente aus Borke und Knochen geschlungen, und auf seinem Kopf saß ein Helm, auf dem ein Geweih prangte.

Als ich ihn sah, empfand ich Erleichterung, doch sie löste sich in Luft auf, als der Erlkönig mich ansah: Seine grünen Augen waren kalt, sein Blick distanziert. »Wie ich dir bereits sagte, Königin Mab«, fuhr er an sie gerichtet fort, obwohl sein finsterer Blick auf mir ruhte, »wusste ich nichts von alledem, und ich habe auch nicht meine Gefolgsleute entsandt, um dir das Zepter zu rauben. Du hast aufgrund einer völlig falschen Annahme einen Krieg gegen uns begonnen.«

»Das sagst *du*.« Mab schenkte mir ein raubtierhaftes Lächeln, bei dem ich mich fühlte wie ein Kaninchen in der Falle. »Doch allem Anschein nach befindet sich der Sommerhof trotz allem im Unrecht, Erlkönig. Vielleicht wusstest du ja nichts von dem Zepter, aber deine Tochter gesteht ihre Schuld ein, indem sie versucht, mir zurückzubringen, was mein ist, vielleicht in der Hoffnung, dass ich mich dann gnädig zeige. Ist es nicht so, Meghan Chase?«

Mir fiel auf, dass die Menge – Winter- wie Sommerfeen – vor ihren Herrschern zurückwich, und wünschte mir, ich könnte dasselbe tun. »Nein«, würgte ich schließlich hervor, während die stechenden Blicke beider Herrscher mir fast schon Löcher in den Schädel brannten. »Ich meine ... nein, ich habe es nicht gestohlen.«

»Lüge!« Mab sprang von ihrem Streitross und stolzierte zu mir. Sie hatte wieder diesen irren Blick, und mein Magen krampfte sich vor Angst zusammen. »Du bist nichts als ein dreckiger und alles, was aus deinem Mund kommt, ist gelogen. Du hast Ash gegen mich aufgehetzt. Du hast ihn dazu gebracht, dass er gegen seinen eigenen Bruder kämpft. Du bist aus Tir Na Nog geflohen und hast bei der Exilantin Leanansidhe Unterschlupf gesucht. Ist es nicht so, Meghan Chase?«

»Ja, aber ...«

»Du warst im Thronsaal, als mein Sohn ermordet wurde. Warum haben sie dich am Leben gelassen? Wie konntest du überleben, wenn nicht der Sommerhof hinter all dem steckte?«

»Ich sagte Euch doch …«

»Wenn du das Jahreszeitenzepter nicht gestohlen hast, wer dann?«

»Die Eisernen Feen!«, schrie ich, als mir schließlich der Geduldsfaden riss.

Sicherlich kein besonders cleverer Schachzug, aber ich war verletzt, mir war schwindelig, ich war erschöpft, und ich sah immer noch den Leichnam von Eisenpferd vor mir, wie er leblos auf dem Betonboden lag, und das Einhorn, das vor meinen Augen in Stücke gerissen worden war. Und dass mich nach allem, was wir getan hatten, nach allem, was wir durchgemacht hatten, so eine blöde Feenzicke der Lüge bezichtigte, war einfach zu viel.

»Verdammt, ich lüge nicht!«, schrie ich sie an. »Halt den Mund und hör mir einfach mal zu! Die Eisernen Feen haben das Zepter gestohlen und Sage getötet! Ich war dabei, als es passiert ist! Da draußen steht eine ganze Armee von ihnen, und im Moment bereitet sie sich gerade darauf vor anzugreifen! Deswegen haben sie das Zepter gestohlen! Sie wollten, dass ihr euch gegenseitig zerfleischt, bevor sie dann kommen und alles auslöschen!«

Mabs Blick wurde glasig und Grauen und sie hob die Hand. Schätzungsweise war ich jetzt tot. Man brüllte nicht erst eine Feenkönigin an und erwartete dann, damit einfach so davonzukommen.

Aber endlich trat Oberon vor und unterbrach Mab, bevor sie mich in ein Eis am Stiel verwandeln konnte. »Warte, verehrte Mab«, sagte er leise. Die Winterkönigin richtete ihren irren, tödlichen Blick auf ihn, aber er erwiderte ihn gelassen. »Nur einen Moment, bitte. Schließlich ist sie meine Tochter.« Er musterte mich abschätzig. »Meghan Chase, bitte gib Königin Mab das Zepter zurück, damit wir diese Angelegenheit abschließen können.«

Liebend gern. Ich näherte mich Mab und hielt ihr das Zepter mit beiden Händen hin, ich wollte das blöde Teil einfach nur loswerden. Trotz all seiner Macht schien es ein so kleines, triviales Ding zu sein. Unfassbar, dass es so viel Hass, Verwirrung und Tod verursachen konnte. Einen

Moment lang starrte mich die Winterkönigin mit kalter, ausdrucksloser Miene an und ließ mich schwitzen. Dann streckte sie endlich mit großer Würde die Hand aus und ergriff das Zepter, woraufhin sich ein kollektiver Seufzer der Erleichterung über das Schlachtfeld ausbreitete. Es war geschafft. Das Jahreszeitenzepter war wieder da, wo es hingehörte, und der Krieg war vorbei.

»Und nun«, forderte Oberon, als es wieder still geworden war, »berichte uns doch in allen Einzelheiten, was geschehen ist, Meghan Chase.«

Was ich auch tat. So gut wie möglich fasste ich alles zusammen. Ich erzählte ihnen, wie Tertius das Zepter gestohlen und Sage getötet hatte. Ich erzählte ihnen von der Dornengarde und dass sie selbst zu Eisernen Feen werden wollten. Ich beschrieb ihnen, wie Grimalkin uns durch das Gestrüpp geführt hatte, wie wir Leanansidhe begegnet waren und wie sie sich bereit erklärt hatte, uns zu helfen. Und schließlich erzählte ich ihnen von Virus, von ihren Plänen, im Nimmernie einzumarschieren, und wie es uns gelungen war, sie aufzuspüren und das Zepter zurückzuerobern.

Die Teile mit Eisenpferd ließ ich weg. Trotz seiner Hilfe und seines noblen Opfers würden sie in ihm nur den Feind sehen, und ich wollte nicht auch noch des Verrats bezichtigt werden. Als ich fertig war, herrschte ungläubiges Schweigen, und für einen Moment war nur der Wind zu hören, der über die Ebene heulte.

»Unmöglich.« Mabs Stimme war frostig, doch wenigstens hatte sie diesen irren Unterton verloren. Dass ich ihr das Zepter überreicht hatte, schien sie fürs Erste zu beschwichtigen. »Wie sind sie denn in den Palast und wieder herausgekommen, ohne dass sie jemand gesehen hat?«

»Fragt Rowan«, schoss ich zurück, woraufhin ein Raunen durch die Reihen der Feen in unserer Nähe lief. »Er arbeitet mit ihnen zusammen.«

Mab erstarrte. Gänsehaut kroch meine Arme hoch, während sich knirschend und knackend Eis auf dem Boden ausbreitete, ausgehend von den Füßen der Winterkönigin. Als sie sprach, war ihre Stimme leise, fast nur ein Flüstern, aber es machte mir mehr Angst, als wenn sie wie irre rumgebrüllt hätte: »Was hast du gesagt, Missgeburt?«

Ich sah zu Oberon, aber der wirkte ebenfalls ungläubig. Ich konnte spüren, dass seine Geduld und seine Bereitschaft, mich zu unterstützen, langsam schwanden. Wenn ich einen Sohn von Mab des Hochverrats bezichtigte, sollte ich das besser auch beweisen können. Sonst würde er mich nicht mehr lange schützen können.

»Rowan arbeitet mit den Eisernen Feen zusammen«, wiederholte ich, während das Eis sich um mich herum ausbreitete und sich funkelnd über den Schnee schob. »Er und die Dornengarde. Sie ... sie wollen so werden wie die, immun gegen Eisen. Sie glauben ....«

»*Genug!*« Mabs Schrei ließ alle außer Oberon zusammenfahren. »Wo ist der Beweis, Missgeburt? Erwarte bloß nicht, dass ich diese lästerlichen Anschuldigungen ohne einen Beweis akzeptieren werde – du bist ein Mensch und kannst daher ganz einfach lügen! Du behauptest, mein Sohn hätte seinen Hof und sein Volk verraten und sich auf die Seite dieser eisernen Abscheulichkeiten geschlagen, die noch nie jemand zu Gesicht bekommen hat? Also schön! Bring mir Beweise!« Sie zeigte mit dem Finger auf mich und kniff triumphierend die Augen zusammen. »Wenn du keine hast, hast du dich der Schmähung der königlichen Familie schuldig gemacht, und ich werde dich nach meinem Ermessen bestrafen!«

»Ich habe keine ...«

Doch der Lärm einer Rangelei unterbrach uns. Es kam Bewegung in die Menge, die Leute sahen sich um und machten dann drei Feen Platz. Ash und Puck – beide blutverschmiert, mit finsteren Mienen und völlig verdreckt – zerrten einen stachelbewehrten Ritter der Dornengarde mit sich. Sie traten taumelnd in unseren Kreis und warfen Mab die Fee vor die Füße.

Keuchend richtete Puck sich auf und wischte sich mit dem Handrücken das Blut vom Mund. »Da habt Ihr Euren Beweis.«

Oberon zog eine Augenbraue hoch. »Goodfellow«, sagte er, und dieses eine Wort jagte mir schon einen Schauer über den Rücken und ließ Puck zusammenzucken. »Was hat das zu bedeuten?«

Mab lächelte. »Ash«, schnurrte sie, aber es war keine freundliche Begrüßung. »Welch eine Überraschung, dich hier zu sehen, in der Gesellschaft des Sommermädchens und Robin Goodfellows. Würdest du der Liste deiner Verbrechen gerne noch etwas hinzufügen?«

»Meine Königin.« Ash stand schwer atmend vor Mab, er wirkte trostlos und resigniert. »Die Prinzessin sagt die Wahrheit. Rowan hat uns tatsächlich verraten. Er hat seine Elitegarde entsandt, um die Armeen der Eisernen Feen zu stärken, er hat ihnen Zutritt zum Palast verschafft, und er ist verantwortlich für den Tod von Prinz Sage. Wären Robin Goodfellow und die Sommerprinzessin nicht gewesen, wäre das Zepter verloren und die Armeen des Eisernen Königs würden uns überrennen.« Mab kniff die Augen zusammen, doch Ash trat zurück und deutete mit dem Kopf auf den stöhnenden Ritter. »Falls du an meinen Worten zweifelst, meine Königin, frag ihn nach der Wahrheit. Ich bin sicher, dass er dir mit Freuden alles berichten wird.«

»Scheiß drauf«, fauchte Puck und schob sich an mir vorbei. »Ihr könntet auch einfach das hier machen.« Er stürzte sich auf den Ritter und drückte ihm das Knie gegen die gepanzerte Brust. Der Dornengardist hob die Arme, um sich zu verteidigen. Puck packte einen seiner Schutzhandschuhe und riss ihn herunter, wobei er das Handgelenk des Mannes umklammert hielt.

Der scharfe Geruch von Metall erfüllte die Luft, und der Kreis der neugierigen Zuschauer sprang mit entsetzten Schreien zurück. Die gesamte Hand des Ritters war schwarz und verdorrt, die Haut löste sich ab wie Ascheflocken. Und an einem der langen, gekrümmten Finger hob sich der Eisenring hell funkelnd von dem vertrockneten Fleisch ab.

»Da!«, fauchte Puck, ließ den Arm fallen und trat beiseite. »Reicht Euch das als Beweis? Jeder Einzelne von diesen Mistkerlen trägt so einen Ring, und das ist sicher kein Modetrend. Wenn ihr noch mehr Beweise braucht, sucht in den Büschen oben auf dem Hügel. Den hier haben wir am Leben gelassen, damit er seiner Königin von seinen kleinen Machtspielchen berichten kann.«

Mab richtete ihren eiskalten Blick auf den Dornengardisten, der erschauderte und zu stammeln begann: »Meine Königin, ich kann das erklären. Rowan hat es uns befohlen. Ich habe nur seine Befehle befolgt. Er sagte, es wäre der einzige Weg, wie wir uns retten könnten. Bitte, ich wollte niemals … bitte nicht!«

Mab winkte knapp. Ein blauer Blitz flammte auf, dann kroch das Eis an dem Ritter hoch und schloss ihn in eisiges Kristall ein. Er holte Luft für einen letzten Schrei, doch das Eis bedeckte bereits sein Gesicht und erstickte den Ton. Zitternd wandte ich den Blick ab.

»Er wird mir später alles berichten.« Mab lächelte kalt und sprach mehr zu sich selbst als zu uns. »O ja. Er wird mich anflehen, es mir erzählen zu dürfen.« Dann sah sie auf, und ihr Blick war ebenso furchterregend wie ihr Ton. »Wo ist Rowan?«

Während die Menge sich murmelnd umsah, schaute ich hinüber zu dem toten Wyvern, der ein paar Meter von uns entfernt lag. Aus seinem offenen Maul stieg immer noch Rauch auf. Ich wandte mich zitternd ab, denn ich kannte die Antwort auf ihre Frage bereits. Rowan war verschwunden. Sie würden ihn im Nimmernie nicht finden, denn er würde zu den Eisernen Feen flüchten und weiter seine Mission verfolgen, so zu werden wie sie.

Nach einer Weile war klar, dass Rowan nicht mehr auf dem Schlachtfeld weilte.

»Verehrte Mab«, begann Oberon und richtete sich zu voller Größe auf. »Im Lichte dieser neuesten Enthüllungen schlage ich einen vorläufigen Waffenstillstand vor. Falls der Eiserne König tatsächlich plant, uns anzugreifen, würde ich bevorzugen, ihm mit starken und ausgeruhten Streitkräften entgegentreten zu können. Wir werden diese Sache später noch weiter besprechen, doch zunächst werde ich mein Volk zurück nach Arkadia führen. Meghan, Goodfellow.« Er nickte uns steif zu. »Kommt.«

Ich warf Ash noch einen Blick zu, der mir ein schwaches Lächeln schenkte. Ich konnte die Erleichterung in seinem Gesicht sehen. Aber Mab war noch nicht bereit, mich gehen zu lassen.

»Nicht so schnell, mein lieber Oberon«, schnurrte sie, und die selbstgefällige Zufriedenheit in ihrer Stimme verursachte mir schon wieder Gänsehaut. »Ich denke, du vergisst da eine Kleinigkeit. Die Gesetze unseres Volkes gelten ebenso für deine Tochter. Sie muss zur Verantwortung gezogen werden, da mein Sohn sich ihretwegen von mir abgewandt hat.« Mab zeigte mit dem Zepter auf mich, während sich in der Menge wütendes Gemurmel erhob. »Sie muss dafür bestraft werden, dass sie ihn durch Tricks dazu gebracht hat, ihr bei der Flucht aus Tir Na Nog zu helfen.«

»Das war nicht Meghans Entscheidung.« Ashs tiefe Stimme übertönte das allgemeine Raunen. Ich sah ihn scharf an und schüttelte den Kopf, aber er ignorierte mich. »Es war meine. Ich habe diese Entscheidung getroffen. Sie hatte nichts damit zu tun.«

Mab drehte sich zu ihm um, und ihr Blick wurde weich. Lächelnd winkte sie ihn zu sich, und er näherte sich ihr unverzüglich, ohne zu zögern, obwohl er die Hände zu Fäusten geballt hatte.

»Ash«, säuselte Mab, als er vor sie trat. »Mein lieber Junge. Rowan hat mir erzählt, was zwischen euch beiden vorgefallen ist, aber ich weiß auch, dass du deine Gründe hattest. Warum solltest du mich verraten?«

»Ich liebe sie.«

Ganz sanft und ohne zu zögern sagte er das, als hätte er seine Entscheidung bereits gefällt. Mein Herz machte einen Sprung, und ich keuchte, doch das ging völlig unter in dem Entsetzen und der Fassungslosigkeit der Menge. Ein Flüstern und Raunen erfüllte die Luft: Einige Feen fauchten, zischten und fletschten die Zähne, als wollten sie sich auf Ash stürzen, doch sie wahrten Abstand zu ihrer Königin.

Mab wirkte nicht überrascht, doch das Lächeln, zu dem sich ihre Lippen verzogen, war kalt und unbarmherzig wie eine Schwertklinge. »Du liebst sie. Die Halbbluttochter des Sommerkönigs.«

»Ja.«

Ich sehnte mich so sehr nach ihm, dass mein Magen sich schmerzhaft zusammenzog. Er wirkte so verlassen, wie er ganz allein dort stand, vor einer durchgeknallten Königin und Tausenden wütenden Feen. Er klang schwach und resigniert, als wäre er in eine Ecke gedrängt worden und hätte aufgegeben, als wäre ihm egal, was weiter passieren würde. Ich wollte zu ihm gehen, doch Puck packte meinen Arm und schüttelte den Kopf. Seine grünen Augen blickten ernst.

»Ash.« Mab legte eine Hand an seine Wange. »Du bist verwirrt. Das sehe ich an deinen Augen. Du wolltest das alles nicht, oder? Nicht nach Ariella.« Ash antwortete nicht, und Mab zog sich von ihm zurück und musterte ihn durchdringend. »Du weißt, was jetzt kommt, oder?«

Ash nickte knapp. »Ich leiste einen Eid«, flüsterte er, »sie niemals wiederzusehen, niemals wieder mit ihr zu sprechen, jegliche Beziehungen abzubrechen und an den Winterhof zurückzukehren.«

»Genau«, erwiderte Mab leise, und wilde Verzweiflung packte mein Herz. Wenn Ash diese Worte aussprach, war es vorbei. Ein Feenwesen *konnte* kein Versprechen brechen, selbst wenn es das wollte. »Leiste den Eid«, fuhr Mab fort, »dann ist alles verziehen. Du kannst nach Tir Na Nog zurückkommen. Du kannst in den Palast zurückkehren und deinen Platz als Thronfolger einnehmen. Sage ist nicht mehr, und Rowan ist für mich gestorben.« Mab drückte Ash einen Kuss auf die Wange und trat zurück. »Du bist der letzte Prinz des Winterreiches. Es ist Zeit, nach Hause zurückzukehren.«

»Ich ...« Diesmal zögerte Ash. Er sah mich an, seine Augen waren hell, und sein gequälter Blick flehte um Vergebung. Das aufsteigende Schluchzen würgte mich, und ich wandte mich ab. Meine Kehle zog sich vor Kummer zusammen. Ich wollte nicht hören, wie er die Worte aussprach, die ihn mir für immer nehmen würden.

»Ich kann nicht.«

Schweigen senkte sich über die Ebene. Puck erstarrte. Ich konnte spüren, wie geschockt er war. Ich biss mir auf die Lippe und wandte mich wieder Ash zu. Ich konnte es kaum glauben.

Ash erwiderte Mabs Blick ruhig, während die Königin ihn mit einer schrecklich ausdruckslosen Miene anstarrte. »Verzeih mir«, murmelte Ash, und ich bemerkte ein ganz leichtes Zittern in seiner Stimme. »Aber ich kann nicht ... Ich werde ... ich werde sie nicht aufgeben. Nicht jetzt, nachdem ich sie gerade erst gefunden habe.«

Ich hielt es nicht länger aus. Mit einem Ruck riss ich mich von Puck los und wollte zu Ash laufen. Ich konnte nicht zulassen, dass er das allein durchstand. Doch da trat Oberon mir in den Weg und hielt mich zurück, unverrückbar wie ein Berg.

»Störe die beiden nicht, Tochter«, sagte Oberon so leise, dass nur ich ihn verstehen konnte. »Das ist eine Angelegenheit zwischen dem Winterprinzen und seiner Königin. Das Lied muss bis zum Ende gespielt werden.«

Verstört sah ich wieder zu Ash.

Mab war wie versteinert, eine wunderschöne, todbringende Statue, die auf eisbedecktem Boden stand. Nur ihre Lippen bewegten sich, während sie ihren Sohn anstarrte. Die Luft um sie herum wurde mit jeder Sekunde frostiger. »Du weißt, was geschehen wird, wenn du dich weigerst.«

Falls Ash Angst hatte, zeigte er es nicht. »Ich weiß«, sagte er matt.

»Ihre Welt wird dich verschlingen«, prophezeite Mab. »Sie wird dich verzehren, Stück für Stück. Abgeschnitten vom Nimmernie wirst du nicht überleben. Ganz egal, ob es ein Jahr der Sterblichen dauert oder tausend, du wirst nach und nach verblassen, bis du irgendwann einfach aufhörst zu existieren.« Mab trat noch näher an ihn heran und zeigte mit dem Zepter auf mich. »Sie wird sterben, Ash. Sie ist nur ein Mensch. Sie wird alt werden, welken und sterben, und ihre Seele wird an einen Ort fliehen, an den du ihr nicht folgen kannst. Und dann wirst du allein zurückbleiben und durch die Welt der Sterblichen streifen, bis auch du nur noch eine Erinnerung bist. Und danach …«, die Königin öffnete ihre leere Faust, »… nichts. Für immer.«

Ash reagierte nicht, aber mich trafen die Worte der Königin wie ein Schlag in den Magen. Bittere Galle stieg mir in die Kehle. Wie konnte ich nur so blind und dumm gewesen sein? Grimalkin hatte mir einst erzählt, dass Feenwesen, die aus dem Nimmernie verbannt wurden, sterben mussten, dass sie so lange dahinschwanden, bis nichts mehr von ihnen übrig war. Tiaothin hatte mir im Winterpalast dasselbe erzählt, aber ich hatte es nicht hören wollen. Ich hatte es die ganze Zeit gewusst, hatte mich aber geweigert, es zu glauben. Oder vielleicht hatte ich mich auch einfach nicht daran erinnern wollen.

»Das ist deine letzte Chance, Prinz.« Mab trat zurück. Ihre Stimme war jetzt hart und kalt, als würde sie mit einem Fremden sprechen. »Leiste mir diesen Schwur, sonst wirst du für immer in die Welt der Sterblichen verbannt werden. Triff deine Wahl.«

Ash sah mich an. In seinen Augen spiegelten sich Schmerz und ein wenig Bedauern, aber vor allem ein so tiefes Gefühl, dass mir der Atem stockte. »Das habe ich bereits.«

»So sei es.« Wenn Mabs Stimme zuvor kalt gewesen war, so war sie jetzt arktisch. Sie schwenkte das Zepter, und mit einem scharfen Knacken erschien ein Riss in der Luft. Wie Tinte, die über Papier läuft, erweiterte er sich zu einem zerklüfteten Tor. Hinter dem Tor flackerte eine Straßenlaterne, und Regen fiel zischend auf eine Straße. Der Geruch von Teer und nassem Asphalt drang durch die Öffnung. »Von diesem Tag an«, rief Mab, und ihre Stimme trug die Worte über das gesamte Feld, »gilt Prinz Ash als Verräter und Exilant. Alle Steige werden ihm verschlossen sein, alle sicheren Orte versperrt, und sollte er innerhalb der Grenzen des Nimmernie gesehen werden, so ist er zu ergreifen und umgehend zu töten.« Sie sah Ash an und verzog voller Wut und Verachtung die Lippen. »Du bist nicht länger mein Sohn. Geh mir aus den Augen.«

Ash trat zurück. Ohne ein Wort drehte er sich um und trat auf das Tor zu, aufrecht und hocherhobenen Hauptes. Am Rand des Steigs zögerte er, und ich sah einen Hauch von Furcht über sein Gesicht huschen. Doch dann verschloss sich seine Miene, und er ging mit schnellen Schritten und ohne sich umzusehen durch das Tor.

»Ash, warte!«

Ich schlug einen Haken um Oberon und rannte zu dem Steig. Die Feen zischten und fauchten, und Puck rief, ich solle stehen bleiben, aber ich ignorierte sie alle. Als ich mich Mab näherte, verzogen sich ihre Lippen zu einem grausamen Lächeln, und sie trat zurück, gab mir den Weg zu dem Steig frei.

»Meghan Chase!« Oberons Stimme schnitt durch die Luft wie ein Peitschenknall. Ein Donnerschlag ließ den Boden erbeben.

Wenige Meter vor dem Tor kam ich stolpernd zum Stehen. Ich war so nah dran, dass ich die Straße, die dunklen Bürgersteige und die verschwommenen Schatten der Häuser im Regen erkennen konnte.

Die Stimme des Erlkönigs war unheilvoll ruhig, und der Bernsteinton seiner Augen leuchtete intensiv durch den fallenden Schnee. »Die Gesetze unseres Volkes sind unumstößlich«, warnte mich Oberon. »Sommer und Winter teilen viele Dinge, aber die Liebe gehört nicht dazu. Wenn du diese Wahl triffst, Tochter, werden die Steige sich auch für dich niemals wieder öffnen.«

Mir wurde flau im Magen. Das war's also. Oberon würde mich ebenfalls aus dem Nimmernie verbannen. Einen Moment lang war ich kurz davor, ihm ins Gesicht zu lachen. Das hier war nicht mein Zuhause. Ich hatte nicht darum gebeten, eine Halbfee zu sein. Ich wollte nie in ihre Probleme verwickelt oder in ihre Welt gezogen werden. Sollten sie mich doch verbannen, was juckte mich das?

Mach dir nichts vor, dachte ich, und mir schnürte es die Kehle zu. *Du liebst diese Welt. Du hast alles riskiert, um sie zu retten. Kannst du dich einfach von ihr abwenden und vergessen, dass sie je existiert hat?*

»Meghan.« Puck trat vor und sah mich flehend an. »Tu das nicht. Diesmal kann ich dir nicht folgen. Bleib hier. Bei mir.«

»Ich kann nicht«, flüsterte ich. »Es tut mir leid, Puck. Ich liebe dich wirklich, aber ich muss das einfach tun.«

Schmerz verdüsterte sein Gesicht, und er wandte sich ab. Schuldgefühle packten mich, aber letzten Endes war die Entscheidung immer klar gewesen.

»Es tut mir leid«, entschuldigte ich mich noch einmal flüsternd bei Puck, bei Oberon, bei allen und wandte mich wieder dem Tor zu. *Ich gehöre hier nicht her. Nicht wirklich. Zeit, aufzuwachen und nach Hause zu gehen.*

»Bist du sicher, Meghan Chase?« Oberons Stimme war unbarmherzig und kalt. »Wenn du das Feenreich jetzt mit ihm verlässt, wirst du niemals zurückkehren.«

Irgendwie machte dieses Ultimatum die Sache noch viel einfacher.

»Dann werde ich eben niemals zurückkehren«, sagte ich leise, ging durch das Tor und ließ das Feenreich für immer hinter mir.

EPILOG

Die zweite Heimkehr

Als ich vom Steig auf den Bürgersteig stolperte, traf mich der Regen wie ein Vorschlaghammer: kalt, nass und tröstlich unangenehm. Wie normaler Regen eben. Am Himmel zuckten Blitze: normale weiße Blitze, die nicht den Launen eines Feenkönigs gehorchten. Mein Ballkleid klebte an meinem Körper, und dieses Vollbad würde den letzten Beitrag dazu leisten, es vollkommen zu ruinieren, aber das war mir egal. Meine Zeit im Feenreich war vorbei. Nie mehr Feenschein, Feennahrung oder Feentricks. Damit war ich durch.

Mit einer Ausnahme natürlich.

»Ash!«, rief ich und versuchte blinzelnd bei dem Regen und der Dunkelheit etwas zu erkennen, doch trotz des gedämpften Lichts der Straßenlaternen war es unmöglich, weiter als ein paar Meter zu sehen. »Ash, ich bin hier! Wo bist du?«

Die leere Straße schien mich zu verspotten. Hatte er etwa geglaubt, ich würde ihm nicht folgen? War er schon verschwunden, hatte er sich ohne einen Blick zurück im Regen aufgelöst, in dem Glauben, ganz allein auf der Welt zu sein? Tränen erstickten meine Stimme. »Ash!«, schrie ich und ging ein paar Schritte den Bürgersteig entlang. »Ash!«

»Wenn du weiter so rumbrüllst, wirst du noch alle aufwecken.«

Ich wirbelte herum. Er stand an der Stelle, wo das Portal gewesen war, und der Regen trommelte auf seine Schultern, und nasse Strähnen hingen ihm ins Gesicht. Das Laternenlicht umfloss ihn, wurde von seinem nassen Mantel reflektiert und tauchte ihn in eine Art bleichen Heiligenschein. Aber für mich hatte er noch nie so real ausgesehen.

»Du bist mir gefolgt«, murmelte er fassungslos, ungläubig und erleichtert zugleich.

Ich ging zu ihm und musste trotz der Tränen lächeln. »Du hast doch nicht geglaubt, dass ich dich allein losziehen lasse, oder?«

»Ich hatte es gehofft.« Ash trat vor und zog mich unbeschreiblich erleichtert an sich. Ich schob die Arme unter seinen Mantel, drückte ihn fest an mich und schloss die Augen. Der Regen durchnässte uns, ein einsames Auto fuhr an uns vorbei und spritzte uns voll, aber ich verspürte keinen Drang, mich zu bewegen. Solange Ash mich hielt, konnte ich hier für immer stehen bleiben.

Schließlich lehnte er sich etwas zurück, ließ mich aber nicht los. »Also«, murmelte er und musterte mich durchdringend mit seinen Silberaugen. »Was machen wir jetzt?«

»Keine Ahnung«, sagte ich und bebte, als er mir eine nasse Haarsträhne von der Wange strich. »Ich denke … ich sollte bald nach Hause gehen. Mom und Luke drehen wahrscheinlich schon völlig durch. Was ist mit dir?«

Er zuckte gelassen mit einer Schulter. »Sag du es mir. Als ich das Nimmernie verlassen habe, hatte ich keinerlei Pläne, außer mit dir zusammen zu sein. Wenn du mich in deiner Nähe haben willst, musst du es nur sagen.«

Mir stiegen die Tränen in die Augen. Ich dachte an Rowan, an Eisenpferd und an die Armeen des falschen Königs, die immer noch unterwegs waren. Ich dachte an Leanansidhe und Charles, gefangen im Zwischenraum. Irgendwann würde ich ihn da rausholen und Leanansidhe zur Rede stellen müssen, weil sie mir vor so langer Zeit meinen Dad gestohlen hatte. Aber im Moment stand alles, was ich wollte, hier vor mir und sah mich so offen und ehrlich an, dass ich Angst hatte, mir würde das Herz aus der Brust springen.

»Geh nicht weg«, flüsterte ich und umarmte ihn noch fester. »Geh nie wieder weg. Bleib bei mir. Für immer.«

Der Winterprinz schenkte mir ein kleines unbeschwertes Lächeln und senkte seine Lippen auf meine. »Ich verspreche es.«

HERBSTNACHT

ERSTER TEIL

Der lange Weg nach Hause

Vor elf Jahren, an meinem sechsten Geburtstag, verschwand mein Vater.

Vor einem Jahr, an eben jenem Tag, wurde mir auch mein Bruder genommen. Doch diesmal ging ich ins Feenreich, um ihn zurückzuholen.

Es ist seltsam, wie eine Reise einen verändern und was man dabei alles lernen kann. Ich lernte, dass der Mann, den ich für meinen Vater gehalten hatte, gar nicht mein Vater war. Dass mein biologischer Vater nicht einmal ein Mensch war. Dass ich die Halbbluttochter eines legendären Feenkönigs war und dass sein Blut in meinen Adern floss. Ich lernte, dass ich Macht hatte, eine Macht, die mir Angst macht, auch heute noch. Eine Macht, die selbst die Feen fürchten – etwas, was sie vernichten kann. Und ich bin nicht sicher, ob ich sie kontrollieren kann.

Ich lernte, dass die Liebe die Grenzen von Spezies und Zeit zu überwinden imstande ist, dass sie wundervoll und perfekt sein kann und es wert ist, um sie zu kämpfen. Aber auch, dass sie manchmal zerbrechlich ist, dass sie einem das Herz zerreißen kann und dass sie unter Umständen große Opfer fordert. Dass du manchmal allein gegen die ganze Welt kämpfst und es keine einfachen Antworten gibt. Dass man wissen muss, wann man jemanden festhalten sollte ...

und wann es besser ist, loszulassen. Und selbst wenn diese Liebe zu dir zurückkommt, kann es passieren, dass du in einem anderen, der die ganze Zeit schon da war, etwas ganz Neues entdeckst.

Ich dachte, es wäre vorbei. Ich dachte, meine Zeit bei den Feen, all die unmöglichen Entscheidungen, die ich fällen musste, und die Opfer für all jene, die ich liebte, lägen hinter mir. Doch es braute sich ein Sturm zusammen, der all diese Entscheidungen auf die Probe stellen sollte wie noch nie zuvor. Und diesmal würde es kein Zurück geben.

Mein Name ist Meghan Chase.

In weniger als vierundzwanzig Stunden werde ich siebzehn.

Déjà-vu, was? Schon schockierend, wie die Zeit an einem vorbeirast, als würde man stillstehen. Ich kann nicht glauben, dass seit diesem Tag schon ein Jahr vergangen ist. Seit dem Tag, als ich ins Feenreich ging. Dem Tag, der mein Leben für immer verändert hat.

Technisch gesehen werde ich eigentlich gar nicht siebzehn. Dazu war ich zu lange im Nimmernie. Solange man im Feenreich ist, altert man nicht oder zumindest so langsam, dass es nicht weiter erwähnenswert ist. Deshalb bin ich, obwohl in der wirklichen Welt ein ganzes Jahr vergangen ist, wahrscheinlich nur ein paar Tage älter als damals, als ich ins Feenreich ging.

Doch in Wirklichkeit habe ich mich so sehr verändert, dass ich mich selbst kaum wiedererkenne.

Unter mir klapperten die Hufe des Kelpiefohlens auf dem Betonboden; ein regelmäßiger Rhythmus, der zu meinem Herzschlag passte. Auf diesem verlassenen Stück Highway mitten in Louisiana, das von Tupelobäumen und moosbedeckten Zypressen gesäumt war, fuhren nur wenige Autos, doch die rasten vorbei, ohne langsamer zu werden, und wirbelten dabei tote Blätter auf. Denn sie konnten das zerzauste schwarze Pferd, dessen rote Augen leuchteten wie glühende Kohlen und das ohne Zaumzeug und Sattel an der Straße entlangtrabte, nicht sehen. Genauso wenig wie die Gestalten auf seinem Rücken: das Mädchen mit den hellen Haaren und den umwerfenden dunkelhaarigen Prinzen hinter ihr, der die Arme um ihre Hüfte geschlungen hatte. Sterbliche waren blind gegenüber der Welt der Feen, einer Welt, der ich inzwischen angehörte – ganz egal, ob ich darum gebeten hatte oder nicht.

»Wovor hast du Angst?«, murmelte mir eine tiefe Stimme ins Ohr und jagte mir einen Schauer über den Rücken. Selbst in den schwülwarmen Sümpfen von Louisiana strahlte der Winterprinz Kälte aus, und sein Atem strich erfrischend kühl über meine Haut.

Ich warf ihm über meine Schulter einen Blick zu. »Was meinst du?«

Ash, der Prinz des Dunklen Hofes, sah mich an. Seine silbernen Augen funkelten in der Dämmerung. Offiziell war er kein Prinz mehr. Königin Mab hatte ihn aus dem Nimmernie verbannt, nachdem er sich geweigert hatte, seiner Liebe zu der halb menschlichen Tochter des Sommerkönigs Oberon abzuschwören. Oberon, mein Vater. Sommer und Winter waren dazu bestimmt, Feinde zu sein. Wir sollten uns nicht verbünden, sollten nicht gemeinsam gefährliche Abenteuer bestehen, und vor allen Dingen sollten wir uns nicht ineinander verlieben.

Doch das hatten wir getan, und jetzt war Ash hier, bei mir.

Wir waren Exilanten, und die Steige – die Pfade, die ins Feenreich führten – waren uns für immer verschlossen, aber das war mir egal. Ich hatte nicht vor, jemals zurückzugehen.

»Du bist nervös.« Ashs Hand glitt über mein Haar und strich mir die Strähnen aus dem Nacken, was mich erneut erschauern ließ. »Ich kann es spüren. Dich umgibt so eine unruhig flackernde Aura, und das macht mich ein bisschen verrückt, so nah bei dir. Was ist los?«

Ich hätte es wissen müssen. Es war einfach unmöglich, meine Gefühle vor Ash, oder genau genommen vor irgendeinem Feenwesen, zu verbergen. Ihre Magie, der sogenannte Schein, zog seine Energie aus den menschlichen Träumen und Emotionen. Deshalb konnte Ash spüren, was ich empfand, ohne sich sonderlich anstrengen zu müssen.

»Tut mir leid«, sagte ich zu ihm. »Schätze, ich bin etwas nervös.«

»Warum?«

»Warum? Ich war fast ein Jahr weg. Mom wird an die Decke gehen, wenn sie mich sieht.« Mein Magen verkrampfte sich, wenn ich an dieses Wiedersehen dachte: die Tränen, die wütende Erleichterung, die unausweichlichen Fragen. »Sie haben nichts von mir gehört, während ich im Feenreich war.« Seufzend starrte ich die Straße hinunter, wo der Asphalt sich in der Dunkelheit verlor. »Was soll ich ihnen sagen? Wo soll ich mit meinen Erklärungen anfangen?«

Das Kelpiefohlen schnaubte und legte die Ohren an, als ein Laster unangenehm dicht an uns vorbeiraste. Ich war nicht ganz sicher, aber er sah aus wie Lukes schäbiger alter Ford, der nun die Straße hinunterrumpelte und hinter einer Kurve verschwand. Falls das wirklich mein

Stiefvater gewesen war, hatte er uns definitiv nicht gesehen. Für ihn war es ja schon schwierig gewesen, sich an meinen Namen zu erinnern, als wir noch im selben Haus wohnten.

»Sag ihnen die Wahrheit«, schlug Ash vor und riss mich aus meinen Gedanken. Ich hatte nicht damit gerechnet, dass er mir antworten würde. »Erzähl alles, vom Anfang bis zum Ende. Entweder akzeptieren sie es oder nicht, aber du kannst nicht verbergen, was du bist, vor allem nicht vor deiner Familie. Am besten bringst du es schnell hinter dich – was auch immer dann passiert, wir werden schon damit klarkommen.«

Seine Offenheit überraschte mich. An diesen neuen Ash musste ich mich erst noch gewöhnen, dieses Feenwesen, das mit mir sprach und mich anlächelte, statt sich hinter einer eisigen Mauer der Gleichgültigkeit zu verbergen. Seit wir aus dem Nimmernie verbannt worden waren, war er offener, weniger grüblerisch und nicht mehr so angespannt, so als wäre ihm eine tonnenschwere Last von den Schultern genommen worden. Sicher, gemessen am normalen Standard war er immer noch still und ernst, aber ich hatte zum ersten Mal das Gefühl, den Ash zu Gesicht zu bekommen, von dem ich schon immer gewusst hatte, dass es ihn gab.

»Aber was, wenn sie *nicht* damit klarkommen?«, murmelte ich und sprach damit das aus, was mir schon den ganzen Morgen über Sorgen bereitete. »Was, wenn sie sehen, was ich bin, und durchdrehen? Was, wenn sie mich …

nicht mehr wollen?«

Meine Stimme wurde am Ende immer leiser, denn ich wusste, dass ich wie eine schmollende Fünfjährige klang. Aber Ash hielt mich einfach fest und zog mich noch enger an sich.

»Dann bist du eine Waise, so wie ich«, sagte er. »Und wir werden einen Weg finden, wie wir zurechtkommen.« Seine Lippen strichen über mein Ohr, was meinen Magen in hellen Aufruhr versetzte. »Gemeinsam.«

Mein Atem stockte. Ich drehte den Kopf, um ihn zu küssen, und streckte einen Arm nach hinten, um mit der Hand durch seine seidigen schwarzen Haare zu streichen.

Das Kelpiefohlen schnaubte und buckelte leicht, nicht stark genug, um mich abzuwerfen, aber doch so heftig, dass ich ein paar Zentimeter in die Luft geschleudert wurde. Ich packte panisch seine Mähne, während Ash wieder meinen Bauch umschlang und so verhinderte, dass ich runterfiel. Mit klopfendem Herzen starrte ich finster auf die Ohren des Kelpiefohlens und unterdrückte den Drang, ihm in die Rippen zu treten, was es nur als Entschuldigung genommen hätte, um mich endgültig abzuwerfen. Es hob den Kopf und warf uns mit seinen rot glühenden Augen einen bösen Blick zu – auf dem Pferdegesicht war deutliche Abscheu zu erkennen.

Ich rümpfte die Nase darüber. »Oh, Verzeihung, bereiten wir dir Unbehagen?«, fragte ich sarkastisch, woraufhin das kleine Pferd schnaubte. »Also schön, wir werden uns zusammenreißen.«

Ash kicherte, versuchte aber nicht mehr, mich nach hinten zu ziehen. Seufzend sah ich über den wippenden Kopf des Kelpiefohlens hinweg auf die Straße, auf der Suche nach vertrauten Fixpunkten. Mein Herz machte einen Sprung, als ich neben der Straße einen verrosteten Van zwischen den Bäumen entdeckte, der so alt und verfallen war, dass sogar ein Baum aus seinem Dach hervorwuchs. Der stand da schon, solange ich denken konnte, und ich hatte ihn jeden Tag vom Schulbus aus gesehen. Sein Anblick hatte mir immer gesagt, dass ich bald zu Hause sein würde.

Es schien schon so lange her zu sein – quasi eine Ewigkeit –, dass ich mit meinem Freund Robbie im Bus gesessen hatte und mir um nichts anderes Gedanken machen musste als Noten, Hausaufgaben und meinen Führerschein. So vieles hatte sich verändert. Es würde sich seltsam anfühlen, wieder in die Schule zu gehen und zu meinem alten, banalen Leben zurückzukehren, als wäre nichts passiert. »Ich werde wahrscheinlich eine Klasse wiederholen müssen«, seufzte ich und spürte dabei Ashs verwirrten Blick im Nacken. Klar, als unsterbliches Feenwesen musste er sich keine Gedanken machen über Dinge wie Schule, Führerschein und …

Plötzlich schien die Realität mit einem Schlag über mich hereinzubrechen. Meine Zeit im Nimmernie war wie ein Traum, verschwommen und unwirklich, aber jetzt waren wir wieder in der richtigen Welt. Wo ich mir durchaus Gedanken um Dinge wie Hausaufgaben, Noten und Collegebewerbungen machen musste. Eigentlich hatte ich mir im Sommer einen Ferienjob suchen und auf ein eigenes Auto sparen wollen. Nach der Highschool wollte ich auf eine technische Universität gehen, entweder nach Baton Rouge oder nach New Orleans. Konnte ich das jetzt noch machen? Nach allem, was passiert war? Und wie würde ein verstoßener Dunkler Feenprinz in dieses Bild passen?

»Was ist los?« Ashs Atem streifte wieder mein Ohr und ließ mich erschauern.

Ich holte tief Luft. »Wie soll das funktionieren, Ash?« Ich drehte mich halb zu ihm um. »Wo werden wir in einem oder zwei Jahren sein? Ich kann nicht ewig hierbleiben – früher oder später werde ich mit meinem Leben weitermachen müssen. Schule, Arbeit, irgendwann College...« Ich verstummte und starrte auf meine Hände. »Irgendwann werde ich damit fortfahren müssen, aber ich will das alles nicht ohne dich tun.«

»Darüber habe ich bereits nachgedacht«, erwiderte Ash. Erstaunt sah ich zu ihm auf, und er überraschte mich mit einem flüchtigen Lächeln. »Du hast noch dein gesamtes Leben vor dir. Da ist es nur logisch, dass du Pläne für die Zukunft machst. Und wenn ich das richtig verstanden habe, hat Goodfellow ungefähr sechzehn Jahre lang vorgegeben, er wäre ein Sterblicher. Es gibt keinen Grund, warum ich das nicht auch tun sollte.«

Verwirrt blinzelte ich ihn an. »Echt?«

Er berührte sanft meine Wange und sah mich mit einem durchdringenden Blick an. »Vielleicht wirst du mir ein paar Dinge über die Welt der Sterblichen beibringen müssen, aber ich bin bereit, alles zu lernen, solange das bedeutet, dass ich bei dir sein kann.« Er lächelte wieder, und diesmal war es ein etwas schiefes Grinsen. »Ich bin sicher, dass ich mich dem ›Menschsein‹ anpassen kann, wenn es sein muss. Wenn du willst, dass ich zur Schule gehe, kann ich das tun. Wenn du in eine große Stadt ziehen willst, um deine Träume zu verwirklichen, werde ich dir folgen. Und wenn du eines Tages eine Hochzeit ganz in Weiß haben willst, um das mit uns in den Augen der Menschen offiziell zu machen, bin ich auch dazu bereit.« Er lehnte sich so weit vor, dass ich mein Spiegelbild in seinen silbrigen Augen erkennen konnte. »Ich fürchte, du hast mich jetzt am Hals, komme, was wolle.«

Ich bekam nur schwer Luft und wusste nicht, was ich sagen sollte. Am liebsten hätte ich ihm gedankt, aber für eine Fee hatten solche Worte eine andere Bedeutung. Dann wollte ich mich nach hinten lehnen und ihn küssen, aber das Kelpiefohlen würde mich wahrscheinlich in den Graben werfen, wenn ich das versuchte. »Ash …«, setzte ich schließlich an, kam aber um den Rest einer Erwiderung herum, weil das Kelpiefohlen in diesem Moment abrupt stehen blieb. Wir waren am Ende einer langen, mit Kies bestreuten Auffahrt angelangt, die sich über einen kleinen Hügel zog. An einem Pfosten neben der Auffahrt hing gefährlich schief ein wohlbekannter grüner Briefkasten, der im Laufe der Zeit ziemlich ausgebleicht war, doch ich konnte selbst in der Dunkelheit problemlos lesen, was darauf stand.

Chase 14202

Mein Puls setzte kurz aus. Ich war zu Hause.

Ich rutschte vom Rücken des Kelpiefohlens und stolperte, als ich auf dem Boden aufkam. Meine Beine fühlten sich nach der langen Zeit auf dem Pferderücken seltsam wackelig an. Ash stieg mühelos ab und raunte dem Kelpiefohlen etwas zu, woraufhin es schnaubend den Kopf hochriss und in die Dunkelheit davongaloppierte. Innerhalb von Sekunden war es verschwunden.

Ich spähte die lange Kiesauffahrt hinauf und spürte, wie mein Herzschlag sich beschleunigte. Direkt hinter diesem Hügel warteten mein Zuhause und meine Familie: das alte grüne Farmhaus, dessen Farbe sich schon vom Holz löste; hinten raus – hinter dem matschigen Hof – die Schweineställe; Lukes Laster und Moms Kombi direkt vor dem Haus in der Einfahrt.

Ash tauchte neben mir auf, völlig lautlos auf dem Kies. »Bist du bereit?«

Nein, war ich nicht. Stattdessen spähte ich in die Richtung, in der das Kelpiefohlen verschwunden war. »Was ist mit unserem Reittier passiert?«, fragte ich, um mich von dem abzulenken, was ich eigentlich tun musste. »Was hast du zu ihm gesagt?«

»Ich habe ihm gesagt, dass die Gefälligkeit eingelöst ist und wir damit quitt sind.« Aus irgendeinem Grund schien ihn das zu amüsieren. Mit einem leisen Lächeln sah er dem Pferd hinterher. »Es hat den Anschein, als könne ich ihnen nicht mehr einfach Befehle erteilen, so wie früher. Von nun an werde ich mich darauf verlegen müssen, Gefälligkeiten einzufordern.«

»Ist das schlimm?«

Sein Lächeln verwandelte sich in ein breites Grinsen. »Es gibt eine Menge Leute, die mir noch etwas schuldig sind.« Als ich immer noch zögerte, deutete er mit dem Kopf auf die Auffahrt. »Geh. Deine Familie wartet auf dich.«

»Und was ist mit dir?«

»Es ist wahrscheinlich besser, wenn du erst mal allein gehst.« Leises Bedauern blitzte in seinen Augen auf, und er schenkte mir ein gequältes Lächeln. »Ich glaube nicht, dass dein Bruder sonderlich glücklich wäre, mich wiederzusehen.«

»Aber ...«

»Ich werde in der Nähe sein.« Er strich mir eine Haarsträhne hinters Ohr. »Versprochen.«

Seufzend wandte ich mich wieder der Auffahrt zu. »Also gut«, murmelte ich und rüstete mich für das Unausweichliche. »Wird schon schiefgehen.«

Ich machte drei Schritte, spürte den Kies unter meinen Füßen und sah noch einmal zurück. Die leere Straße schien mich zu verspotten, und der Wind ließ einige welke Blätter über die Stelle tanzen, an der Ash gerade noch gestanden hatte. *Typisch Fee.* Ich schüttelte den Kopf und setzte meine einsame Wanderung über die Auffahrt fort.

Es dauerte nicht lange, bis ich die Kuppe des Hügels erreicht hatte und es dort in all seiner rustikalen Pracht vor mir sah: das Haus, in dem ich zehn Jahre gelebt hatte. Die Fenster waren erleuchtet, und ich konnte erkennen, dass sich meine Familie gerade in der Küche aufhielt. Moms schlanke Gestalt stand über die Spüle gebeugt, während Luke in einem verwaschenen Overall gerade schmutzige Teller auf die Arbeitsfläche stellte. Und wenn ich ganz genau hinsah, konnte ich Ethans lockigen Scheitel erkennen, der knapp über den Küchentisch hinausragte.

Mir stiegen Tränen in die Augen. Nach einem Jahr, in dem ich gegen Feen gekämpft hatte, herausgefunden hatte, wer ich wirklich war, und den Tod öfter ausgetrickst hatte, als mir lieb war, war ich endlich wieder zu Hause.

»Ist das nicht allerliebst?«, zischte eine Stimme.

Ich sah mich hektisch um.

»Hier oben, Prinzessin.«

Ich schaute hoch und bemerkte ein feines, schimmerndes Netz, einen Moment bevor es mich traf und ich stürzte. Fluchend schlug ich um mich und zerrte an den Maschen, um das zarte Hindernis zu zerreißen. Ein schneidender Schmerz ließ mich aufkeuchen. Blut lief mir über die Finger, und mit zusammengekniffenen Augen starrte ich auf die Fäden. Das Netz bestand aus einem feinen, biegsamen Draht, und durch meine Bemühungen hatte er mir in die Finger geschnitten.

Raues Gelächter lenkte mich von dem Netz ab, und ich verrenkte mir fast den Hals bei der Suche nach meinen Angreifern. Auf der einsamen Hochspannungsleitung, die sich zum Dach des Hauses zog, hockten drei aufgeblähte Kreaturen mit dürren Beinen, die im Mondlicht glänzten. Mein Herz geriet aus dem Rhythmus, als die drei völlig synchron von der Leitung sprangen und mit leisem Klicken auf dem Kies landeten. Sie richteten sich auf und krochen auf mich zu.

Ich schreckte zurück und verhedderte mich dabei noch mehr in dem Drahtnetz. Jetzt, wo ich sie deutlich sehen konnte, erinnerten sie mich an riesige Spinnen, nur dass sie irgendwie noch schrecklicher waren. Ihre dürren Beine bestanden aus großen, glänzenden Nadeln, deren Spitzen über den Boden huschten. Ihre Oberkörper sahen eher aus wie ausgemergelte dürre Frauen mit bleicher Haut und hervorquellenden schwarzen Augen. Ihre Arme bestanden aus Draht, und während sie weiter auf mich zukamen und ihre Beine sich klickend über den Kies bewegten, entrollten sie lange, nadelartige Finger wie Klauen.

»Da ist sie«, zischte eine von ihnen grinsend, während sie mich umzingelten. »Genau, wie der König es gesagt hat.«

»Zu leicht«, fauchte eine andere und starrte mich mit einem schwarzen Glupschauge an. »Ich bin ziemlich enttäuscht. Ich dachte, sie wäre ein guter Fang, aber in Wahrheit zappelt da nur ein magerer kleiner Käfer in unserem Netz. Wovor hat der König nur solche Angst?«

»Der König«, wiederholte ich, woraufhin die drei mich erstaunt anblinzelten. Sie waren wohl überrascht, dass ich mit ihnen sprach, statt mich ängstlich zusammenzukauern. »Ihr meint den falschen König, oder? Er ist also immer noch hinter mir her.«

Die Spinnenschrullen fletschten die Zähne und zischten.

»Wage es nicht, ihn derart zu schmähen, Kind!«, kreischte eine, packte das Netz und zog mich zu sich. »Er ist nicht der *falsche* König! Er ist der Eiserne König, der wahre Monarch der Eisernen Feen!«

»Nicht nach dem, was ich gehört habe«, widersprach ich und erwiderte den stechenden Blick der schwarzen Augen. »Ich bin dem Eisernen König begegnet, dem wahren Eisernen König Machina. Oder habt ihr ihn bereits vergessen?«

»Natürlich nicht«, zischte die Schwester der ersten Schrulle. »Wir werden Machina niemals vergessen. Er wollte dich zu seiner Königin machen, zur Königin aller Eisernen Feen, und du hast es ihm gedankt, indem du ihn umgebracht hast.«

»Er hat meinen Bruder entführt und plante, das Nimmernie zu zerstören!«, fauchte ich zurück. »Aber darum geht es jetzt nicht. Der König, dem ihr dient und der den Thron bestiegen hat, ist ein Hochstapler. Er ist nicht der wahre Erbe. Ihr unterstützt den falschen König.«

»Lüge!«, kreischten die Schrullen, umstellten mich und packten mich mit ihren scharfen Nadelkrallen, sodass ich blutete. »Wer hat das gesagt? Wer wagt es, den Namen unseres neuen Königs zu beschmutzen?«

»Eisenpferd«, erklärte ich und wand mich, als eine mich an den Haaren packte und meinen Kopf hin und her schüttelte. »Eisenpferd hat das gesagt, Machinas Leutnant höchstpersönlich.«

»Der Verräter! Er und die Rebellen werden vernichtet werden, gleich nachdem der König sich um dich gekümmert hat!«

Die Spinnenschrullen kreischten jetzt in den höchsten Tönen, schrien Flüche und Drohungen und zerrten durch das Drahtnetz mit ihren Krallen an mir. Die eine packte meine Haare fester und zog mich an ihnen in die Höhe. Ich schnappte nach Luft, und Tränen schossen mir in die Augen, während die Fee mich weiter anzischte.

Ein Blitz aus kaltem blauem Licht flammte zwischen uns auf. Die Eiserne Fee kreischte und … *zerfiel* in Tausende winziger Splitter, die um mich herum zu Boden regneten. Sie funkelten in der Dunkelheit.

Unzählige Nadeln reflektierten das Mondlicht, als die Spinnenschrulle so von dieser Welt abtrat, wie es ihrer Art entsprach. Die beiden anderen wichen heulend zurück, als jemand das Netz von mir wegzog und zwischen sie und mich trat.

»Geht es dir gut?«, knurrte Ash, während ich schwankend auf die Füße kam, wobei er die Schrullen nicht aus den Augen ließ. Meine Kopfhaut brannte, meine Finger bluteten immer noch, und Dutzende winziger Kratzer von den Klauen der Schrullen bedeckten meine Arme, aber ich war nicht ernsthaft verletzt.

»Ich bin okay«, versicherte ich ihm, während ich langsam wütend wurde.

Ich spürte, wie der Schein in mir aufstieg wie ein Wirbelsturm, ein Strudel aus Emotion und Energie. Bei meiner ersten Begegnung mit Mab hatte die Winterkönigin meine Magie mit einem Siegel belegt, weil sie meine Macht fürchtete, doch dieses Siegel war gebrochen, und ich konnte das Pulsieren des Scheins wieder spüren. Er war überall um mich herum, wild und ungezügelt, die Magie von Oberon und den Sommerfeen.

»Du hast unsere Schwester getötet!«, kreischten die Schrullen und zerrten wild an ihren Haaren. »Wir werden dich in Stücke reißen!« Zischend und mit erhobenen Klauen krochen sie auf uns zu.

Ich spürte den Schein, der wie eine Welle von Ash ausging, kälter als die Feenmagie des Sommers, und der Winterprinz riss den Arm nach vorn. Blaues Licht blitzte auf, und eine der Schrullen stürzte in eine Wolke aus Eisdolchen, deren Spitzen sie wie Granatsplitter zerfetzten. Heulend löste sie sich auf und verwandelte sich in Tausende verstreute Teilchen, die im Gras funkelten. Ash zog sein Schwert und griff die Letzte an.

Die verbliebene Spinnenschrulle brüllte ihre Wut heraus und hob die Arme. Zehn schimmernde Drähte schienen aus ihren nadelspitzen Fingern zu wachsen. Sie schleuderte sie nach Ash, der sich schnell duckte, und die Drähte zerfetzten ein Bäumchen in der Nähe. Während Ash sie tänzelnd umkreiste, kniete ich mich hin, grub meine Finger in die Erde und rief meinen Schein. Ich spürte das Pulsieren von Leben tief in der Erde und schickte meine Bitte in den Boden, flehte um Hilfe, um die eisernen Monster an der Oberfläche zu besiegen.

Die Spinnenschrulle war so auf den Versuch konzentriert, Ash in Streifen zu schneiden, dass es sie vollkommen überraschte, als plötzlich der Boden unter ihren Füßen aufbrach. Gräser, Flechten, Ranken und Wurzeln schlangen sich um ihre dürren Beine und krochen über ihren Oberkörper. Sie kreischte, schlug mit ihren tödlichen Drähten um sich und zerfetzte die Vegetation wie ein wütender Rasentrimmer, doch ich schickte immer mehr Schein in den Boden, und die Pflanzen reagierten darauf, indem sie wie im Schnelldurchlauf wuchsen.

Panisch versuchte die Spinnenschrulle zu fliehen und riss an den Pflanzen, die sich um ihre Beine gewickelt hatten und sie zu Boden zerrten. Dann flog über ihr ein dunkler Schatten durch die Luft, als Ash sich mit gerade nach unten gerichteter Klinge auf sie fallen ließ. Das Schwert traf den aufgeblähten Körper der Fee und nagelte sie für eine Sekunde am Boden fest, bevor sie sich bebend in einen Haufen Nadeln auflöste, die sich anschließend über den Boden verteilten.

Mit einem erleichterten Seufzer erhob ich mich, doch plötzlich schien die Erde unter mir wegzukippen. Die Bäume fingen an sich zu drehen, meine Arme und Beine wurden taub, und dann merkte ich nur noch, wie der Boden auf mich zukam.

Als ich aufwachte, lag ich auf dem Rücken und fühlte mich so atemlos und erschöpft, als wäre ich gerade einen Marathon gelaufen. Ash sah auf mich herab, und in seinen Silberaugen spiegelte sich Sorge.

»Geht es dir gut, Meghan? Was ist passiert?«

Der Schwindel ließ langsam nach. Ich holte ein paarmal tief Luft, um sicherzugehen, dass mein Magen da blieb, wo er hingehörte, dann setzte ich mich auf und sah Ash an.

»Ich … habe keine Ahnung. Ich habe meinen Schein benutzt und dann … bin ich einfach umgekippt.« Verdammt, die Welt drehte sich immer noch. Ich lehnte mich gegen Ash, der mich so vorsichtig festhielt, als hätte er Angst, ich könnte zerbrechen. »Ist das normal?«, murmelte ich mit dem Gesicht an seiner Brust.

»Nicht dass ich wüsste.« Er klang beunruhigt und besorgt, versuchte aber offenbar, es sich nicht anmerken zu lassen. »Vielleicht ist das eine Art Nebenwirkung, wenn die Magie so lange versiegelt war.«

Tja, noch etwas, wofür ich mich bei Mab bedanken konnte. Ash stand auf und zog mich vorsichtig mit hoch. Meine Arme brannten, und meine Finger waren klebrig, wo ich sie mir an dem Drahtnetz aufgeschnitten hatte. Ash riss ein paar Streifen von seinem Hemd ab und wickelte sie schweigend um meine Hände. Er arbeitete schnell, doch seine Berührungen waren sanft.

»Sie haben auf mich gewartet«, murmelte ich und musterte die unzähligen Nadeln, die auf dem Hof verstreut lagen und im Mondlicht funkelten. Noch mehr Probleme, die die Feen meiner Familie machten. Mom und Luke würden wahrscheinlich ausflippen, und ich konnte nur hoffen, dass Ethan nicht aus Versehen auf eine der Nadeln trat, bevor sie sich in Luft auflösten. »Sie wissen, wo ich wohne«, fuhr ich fort. Die Splitter im Gras schienen mir zuzuzwinkern. »Der falsche König wusste, dass ich nach Hause kommen würde, und hat sie hierhergeschickt ...« Mein Blick wanderte zum Haus und zu meiner Familie, die sich hinter den Scheiben bewegte, ohne zu ahnen, was für ein Chaos hier draußen herrschte.

Ich fror, und mir war schlecht. »Ich kann nicht nach Hause«, flüsterte ich und spürte Ashs Blick auf mir. »Noch nicht. Ich kann diesen Wahnsinn nicht bei meiner Familie einschleppen.« Ich starrte das Haus noch einen Moment an, dann schloss ich die Augen. »Der falsche König wird nicht aufgeben. Er wird mir immer wieder jemanden auf den Hals hetzen, und meine Familie wird zwischen die Fronten geraten. Ich kann das nicht zulassen. Ich ... ich muss verschwinden. Sofort.«

»Wo willst du denn hin?« Ashs ruhige Stimme drang durch meine Verzweiflung. »Wir können nicht ins Feenreich zurück, und die Eisernen Feen sind in der Welt der Sterblichen überall.«

»Ich weiß es nicht.« Ich schlug die Hände vors Gesicht. Ich wusste nur, dass ich nicht bei meiner Familie sein, nicht nach Hause gehen und ein normales Leben führen konnte. Erst wenn der falsche König aufhörte, nach mir zu suchen, oder überraschend umkippte und starb.

Oder *ich* umkippte und starb. »Das spielt doch jetzt keine Rolle, oder?«, stöhnte ich zwischen den Fingern hindurch. »Egal, wohin ich gehe, sie werden mir ja sowieso folgen.«

Starke Finger schlossen sich um meine Handgelenke und zogen sanft meine Hände von meinem Gesicht. Zitternd sah ich in seine strahlenden Silberaugen.

»Ich werde weiter für dich kämpfen«, erklärte Ash mit leiser, fester Stimme. »Tu, was du tun musst. Ich werde da sein, ganz egal, wie du dich entscheidest. Ob es ein Jahr dauert oder tausend – ich werde dafür sorgen, dass du in Sicherheit bist.«

Mein Herz klopfte wie wild. Ash ließ meine Handgelenke los, strich mit den Händen über meine Arme und zog mich an sich. Ich versank in seiner Umarmung und vergrub mein Gesicht an seiner Brust, benutzte ihn als Schild gegen die Enttäuschung und die Trauer, gegen das Wissen, dass meine Wanderjahre noch nicht vorbei waren. Mein Entschluss stand mir ganz klar vor Augen: Wenn ich wollte, dass diese endlose Flucht und die ewigen Kämpfe ein Ende fanden, würde ich mich mit dem Eisernen König auseinandersetzen müssen. Wieder einmal.

Ich schaute auf und sah zu der Stelle, wo die letzte Eiserne Fee gefallen war, auf die funkelnden Metallsplitter im Gras. Der Gedanke, dass solche Monster sich in mein Zimmer schleichen oder ihre mörderischen Blicke auf Ethan oder meine Mom richten könnten, ließ mich zittern vor Wut. *Also gut,* dachte ich und krallte meine Fäuste in Ashs Hemd. *Der falsche König will Krieg? Den kann er haben.*

Ich war noch nicht so weit. Erst musste ich stärker werden. Ich musste lernen, meine Magie zu kontrollieren, sowohl die Sommermagie als auch den Eisernen Schein, falls es überhaupt möglich war, beides zu beherrschen. Und dazu brauchte ich Zeit. Ich brauchte einen Platz, an den mir die Eisernen Feen nicht folgen konnten. Und ich kannte nur einen einzigen sicheren Ort, an dem die Diener des falschen Königs mich niemals finden würden.

Ash musste gespürt haben, dass ich einen Entschluss gefasst hatte. »Wohin werden wir gehen?«, murmelte er mit den Lippen in meinen Haaren.

Ich holte tief Luft und lehnte mich zurück, um ihm ins Gesicht sehen zu können. »Zu Leanansidhe.«

Überraschung und ein Hauch von Beunruhigung huschten über sein Gesicht. »Die Königin der Exilanten? Bist du sicher, dass sie uns helfen wird?«

Nein, war ich nicht. Die Königin der Exilanten – wie sie unter anderem genannt wurde – war launisch, unberechenbar und offen gesagt ziemlich Furcht einflößend. Aber sie hatte mir schon einmal geholfen, und ihr Heim im Zwischenraum, also dem Schleier, der die Welt der Sterblichen vom Feenreich trennte, war der einzige annähernd sichere Hafen für uns.

Außerdem hatte ich mit Leanansidhe noch eine Rechnung offen und einige Fragen, die sie mir beantworten sollte.

Ash beobachtete mich immer noch besorgt.

»Ich weiß es nicht«, antwortete ich ihm wahrheitsgemäß. »Aber mir fällt sonst niemand ein, der uns helfen könnte, und sie hasst die Eisernen Feen abgrundtief. Außerdem ist sie nun einmal die Königin der Exilanten. Und zu denen gehören wir schließlich auch, oder?«

»Wem sagst du das.« Ash verschränkte die Arme und lehnte sich gegen einen Baum. »Ich hatte bisher noch nicht das Vergnügen, sie kennenzulernen. Doch ich habe einiges über sie gehört. Und das war ziemlich Furcht einflößend.« Auf seiner Stirn erschien eine winzige Falte, dann seufzte er. »Das Ganze wird wahnsinnig gefährlich werden, oder?«

»Wahrscheinlich schon.«

Ein klägliches Lächeln umspielte seine Lippen. »Wohin zuerst?«

Mein Magen zog sich zusammen, doch ich war fest entschlossen. Ich schaute zurück auf mein Heim und meine Familie, die so verdammt nah waren, und schluckte schwer. *Noch nicht, aber bald,* versprach ich ihnen in Gedanken. *Bald werden wir uns wiedersehen können.*

»Nach New Orleans«, sagte ich, dann und drehte mich zu Ash um, der geduldig gewartet hatte, ohne mich einen Moment aus den Augen zu lassen. »Zum Historischen Voodoomuseum. Dort gibt es etwas, das ich mir zurückholen muss.«

Von Kleinoden und Friedhofswärtern

Jeder Stadtführer in New Orleans, der etwas auf sich hält, wird einem sagen, dass man nachts besser nicht allein durch die Straßen zieht. Mitten im French Quarter, das sich fest im Griff der Straßenlaternen und Touristen befand, war es relativ sicher, aber außerhalb dieses Bereichs verbargen sich in den dunklen Gassen Schlägertypen, Gangs und andere Jäger der Nacht.

Wegen der menschlichen Jäger machte ich mir keine Sorgen. Sie konnten uns nicht sehen, bis auf den einen weißhaarigen Obdachlosen, der sich gegen eine Mauer drückte und immer wieder flüsterte: »nicht hier, nicht hier«, als wir an ihm vorbeikamen. Aber die Dunkelheit barg auch noch andere Dinge. Zum Beispiel eine Puca mit Ziegenkopf, die uns aus einer Gasse auf der anderen Straßenseite mit einem irren Grinsen beobachtete, und die Dunkerwichtelgang, die uns durch mehrere Viertel verfolgte, bis ihnen schließlich langweilig wurde und sie sich auf die Suche nach einer leichteren Beute machten. New Orleans war eine Stadt voller Feen. Mystisches, Fantastisches und uralte Traditionen verbanden sich hier zu einer perfekten Mischung und zogen die verbannten Feen scharenweise an.

Ash ging neben mir her – ein schweigsamer, wachsamer Schatten –, eine Hand immer fast beiläufig am Schwertgriff. Alles an ihm, von seinem Blick und der Kälte, wenn er vorbeiging, bis zu dem ruhigen, aber tödlichen Ausdruck auf seinem Gesicht, war eine Warnung: Das hier war niemand, mit dem man sich anlegen sollte. Obwohl er verbannt und nicht länger ein Prinz des Dunklen Hofes war, war er immer noch ein beeindruckender Krieger, immer noch der Sohn von Königin Mab, und nur wenige wagten es, ihn zu reizen.

Zumindest sagte ich mir das immer wieder, während wir nach und nach tiefer in die finsteren Seitengassen des French Quarter vordrangen und uns langsam unserem Ziel näherten. Doch dann erschien am Ende einer engen Gasse plötzlich die Dunkerwichtelgang, von der ich gedacht hatte, sie hätte aufgegeben, und versperrte uns den Weg. Sie waren klein und kräftig, bösartige Zwerge mit blutroten Mützen, und ihre Augen und ihre schartigen Zähne funkelten in der Dunkelheit.

Ash blieb stehen. Mit einer fließenden Bewegung schob er mich hinter sich und zog sein Schwert, das die Gasse in flackerndes blaues Licht tauchte. Ich ballte die Fäuste und sog Schein aus der Luft, wobei ich Angst, Besorgnis und einen Hauch von Gewaltbereitschaft wahrnahm. Während ich den Schein zu mir zog, wurde mir übel und schwindelig, und ich musste darum kämpfen, auf den Füßen zu bleiben.

Einen Moment lang rührte sich niemand.

Dann stieß Ash ein finsteres, humorloses Lachen aus und trat ein paar

Schritte vor. »Wir können noch die ganze Nacht so herumstehen und uns anstarren«, sagte er und sah dabei den größten Dunkerwichtel, der sich ein schmutziges rotes Tuch um den Kopf geschlungen hatte und dem ein Auge fehlte, herausfordernd an. »Oder wäre es euch lieber, wenn ich gleich mit dem Massaker beginne?«

Der Einäugige fletschte die Zähne. »Mach dich locker, Prinz«, entgegnete er mit rauer Stimme, die an das Knurren eines Hundes erinnerte. »Wir haben kein Problem mit dir.« Er schniefte und wischte sich die Hakennase ab. »Haben nur das Gerücht gehört, dass ihr in der Stadt seid, verstehste, und würden gern ein paar Worte mit der Kleinen wechseln, bevor ihr wieder abhaut, das ist alles.«

Das ließ mich auf der Stelle misstrauisch werden. Ich konnte Dunkerwichtel nicht ausstehen. Wann immer ich ihnen bisher begegnet war, hatten sie versucht, mich zu entführen, zu foltern oder zu fressen. Sie waren die Söldner und Schläger des Dunklen Hofes, und die Verbannten unter ihnen waren sogar noch schlimmer. Ich wollte nichts mit ihnen zu tun haben.

Ash hielt sein Schwert auf sie gerichtet und ließ die Dunkerwichtel nicht aus den Augen. Seine freie Hand wanderte hinter seinen Rücken und nahm meine. »Na schön. Sagt, was ihr zu sagen habt, und dann verschwindet.«

Der Einäugige fauchte ihn an, wandte sich dann aber an mich: »Wollten Euch nur wissen lassen, *Prinzessin*«, er betonte das Wort mit einem anzüglichen Grinsen, »dass es so 'ne Clique von Eisernen Feen gibt, die überall in der Stadt rumschnüffeln und nach Euch suchen. Einer von denen bietet eine Belohnung für jede Information über Euren Aufenthaltsort. Ich wäre also echt vorsichtig, wenn ich Ihr wäre.« Einauge zog sich das Tuch vom Kopf und machte eine alberne, höhnische Verbeugung. »Dachte mir, dass Ihr das vielleicht wissen wollt.«

Ich versuchte, nicht zu zeigen, wie erschrocken ich war. Nicht darüber, dass die Eisernen Feen nach mir suchten, das war ja sowieso klar, sondern darüber, dass ein Dunkerwichtel es auf sich nahm, mich deswegen zu warnen. »Warum erzählt ihr mir das?«

»Und wie kann ich sicher sein, dass *ihr* nicht losrennt und ihnen verratet, wo wir sind?«, ergänzte Ash mit kalter Stimme.

Der Anführer der Dunkerwichtel musterte Ash mit halb empörtem, halb ängstlichem Blick. »Glaubt Ihr wirklich, ich will diese Eisenplage in meinem Revier haben? Glaubt Ihr wirklich, ich würde mit denen *handeln?* Ich will jeden Einzelnen von ihnen tot sehen oder zumindest aus meinem Revier raushaben. Ich werde ihnen verflucht noch mal ganz sicher nicht geben, was sie wollen. Wenn es irgendeinen Weg gibt, denen einen Strich durch die Rechnung zu machen, dann werde ich den nehmen, selbst wenn das bedeutet, dass ich *Euch* warnen muss, um *die* zu ärgern. Und wenn Ihr es schafft, die alle für mich umzubringen, hey – das wäre für mich die beste Nachricht des Abends.« Er starrte mich hoffnungsvoll an.

Ich wand mich unbehaglich. »Ich werde euch ganz sicher nichts versprechen«, sagte ich warnend, »ihr könnt also aufhören, mir zu drohen.«

»Wer sagt denn, dass ich Euch drohe?« Einauge hob beschwichtigend die Hände, und sein Blick schweifte kurz zu Ash. »Das ist bloß eine freundliche Warnung. Ich dachte mir nur, hey, sie hat doch früher auch schon diese eisernen Arschlöcher erledigt. Vielleicht will sie das ja mal wieder machen.«

»Wer hat dir das erzählt?«

»Oh, bitte. Das ist stadtbekannt. Wir wissen von Euch – von Euch und Eurem Dunklen Lover hier.« Er sah Ash abschätzig an, der seinen Blick gelassen erwiderte. »Wir haben von dem Zepter gehört und wie Ihr diese eiserne Schlampe kaltgemacht habt, die es gestohlen hatte. Wir wissen auch, dass Ihr es Mab zurückgegeben habt, um den Krieg zwischen Sommer und Winter zu beenden, und dass sie Euch zum Dank dafür verbannt haben.« Einauge schüttelte den Kopf und sah mich fast schon mitfühlend an. »Neuigkeiten verbreiten sich auf der Straße sehr schnell, Prinzessin, besonders wenn die Eisernen Feen rumrennen wie kopflose Hühner und eine Belohnung auf ›die Tochter des Sommerkönigs‹ aussetzen. Also, ich würde aufpassen, wenn ich Ihr wäre.«

Er schniefte, drehte sich zur Seite und spuckte einem seiner Handlanger auf die Schuhe. Der andere Dunkerwichtel fluchte fauchend, doch Einauge schien das gar nicht zu bemerken.

»Aber egal, so ist es jedenfalls. Als ich sie das letzte Mal gesehen habe, haben diese Arschlöcher rund um die Bourbon Street rumgeschnüffelt. Falls Ihr es doch einrichten könnt, sie umzulegen, Prinzessin, sagt ihnen, der Einäugige Jack lässt schön grüßen. Und jetzt Abmarsch, Jungs.«

»Äh, Boss.« Der Dunkerwichtel, der gerade bespuckt worden war, grinste mich an und leckte sich die Reißzähne. »Können wir die Prinzessin nicht anknabbern, nur ein kleines bisschen?«

Der Einäugige Jack zog dem aufmüpfigen Feenwesen eins über den Schädel, ohne auch nur hinzusehen. »Idiot«, fauchte er. »Ich habe keine Lust, deine gefrorenen Eingeweide vom Pflaster zu kratzen. Und jetzt bewegt euch, ihr dämlichen Vollidioten, bevor ich die Geduld mit euch verliere.«

Der Anführer der Dunkerwichtel grinste mich an, schenkte Ash ein letztes, verächtliches Lächeln und zog sich zurück. Fauchend und streitend zog die Dunkerwichtelgang ab und verschwand in der Dunkelheit.

Ich sah Ash an. »Weißt du, es gab mal eine Zeit, da habe ich mir gewünscht, so heiß begehrt zu sein.«

Er steckte sein Schwert weg. »Sollen wir uns ein Nachtlager suchen?«

»Nein.« Ich rieb mir die Arme, entließ den Schein, wobei auch das Unwohlsein verging, das mit ihm gekommen war, und starrte angestrengt die Straße hinunter. »Ich kann nicht weglaufen und mich verstecken, nur weil die Eisernen Feen nach mir suchen. So käme ich nie weiter. Wir sollten einfach in Bewegung bleiben.«

Ash nickte. »Wir sind auch fast da.«

Wir erreichten unser Ziel ohne weitere Zwischenfälle.

Das Historische Voodoomuseum von New Orleans sah noch genauso aus, wie ich es in Erinnerung hatte: eine verwitterte schwarze Doppeltür, die tief in die Wand eingelassen war. Das Holzschild, das über uns an einer Kette hing, quietschte im Wind.

»Ash«, murmelte ich, während wir uns leise der Tür näherten. »Ich habe nachgedacht.« Die Begegnung mit den Spinnenschrullen und den Dunkerwichteln hatte mich weiter in meiner Überzeugung bestärkt, und ich war jetzt bereit, über meine Pläne zu sprechen. »Ich möchte, dass du etwas für mich tust, wenn das für dich okay ist.«

»Was immer du willst.« Wir standen jetzt vor der Tür, und Ash spähte durch ein Fenster ins Innere des Hauses. Im Museum war alles dunkel. Dann sah er sich nach allen Seiten um, bevor er eine Hand auf die Tür legte. »Ich höre dir zu, Meghan«, murmelte er. »Was soll ich für dich tun?«

Ich holte tief Luft. »Bring mir bei, wie man kämpft.«

Mit hochgezogenen Augenbrauen drehte er sich zu mir um.

Ich nutzte den Moment des Schweigens und machte weiter, bevor er protestieren konnte. »Ich meine es ernst, Ash. Ich habe es satt, immer tatenlos am Rand zu stehen und zuzusehen, wie du für mich kämpfst. Ich will lernen, mich zu verteidigen. Wirst du es mir beibringen?« Stirnrunzelnd öffnete er den Mund, doch bevor er etwas sagen konnte, fügte ich hinzu: »Und komm mir jetzt nicht mit diesem Mist, dass du nur meine Ehre verteidigst oder dass Mädchen nicht mit Waffen umgehen können oder dass es zu gefährlich für mich wäre, zu kämpfen. Wie soll ich den falschen König besiegen, wenn ich nicht einmal ein Schwert schwingen kann?«

»*Eigentlich* wollte ich sagen«, begann Ash mit fast feierlich ernster Stimme, die im krassen Gegensatz zu dem schmalen Grinsen in seinem Gesicht stand, »dass ich das für eine gute Idee halte. Ich wollte dir sowieso vorschlagen, dass wir dir eine Waffe besorgen, wenn wir hier fertig sind.«

»Oh«, erwiderte ich leise.

Ash seufzte. »Wir haben eine Menge Feinde«, fuhr er fort. »Und sosehr ich den Gedanken auch hasse, könnte es doch Zeiten geben, in denen ich nicht da sein werde, um dir zu helfen. Daher ist es lebenswichtig, dass du lernst, zu kämpfen und mit dem Schein umzugehen. Ich war noch dabei, mir zu überlegen, wie ich dir vorschlagen könnte, dass ich dich unterrichte, ohne dass du mir gleich ins Gesicht springst.« Dann lächelte er – eigentlich nur ein winziges Zucken seiner Mundwinkel –, bevor er den Kopf schüttelte und sagte: »Wahrscheinlich hatte ich so oder so keine Chance.«

»Oh«, sagte ich wieder, diesmal noch etwas leiser. »Tja, dann … schön. Solange wir uns da einig sind.« Ich war froh, dass die Dunkelheit mein feuerrotes Gesicht verbarg, obwohl Ash es, so wie ich ihn kannte, wahrscheinlich trotzdem registrierte.

Immer noch lächelnd drehte Ash sich wieder zu der Tür um, legte eine Hand an das verwitterte Holz und murmelte ein Wort. Mit einem Klicken schwang die Tür langsam auf.

Im Inneren des Museums war es muffig und warm. Als wir vorsichtig durch die Tür traten, stolperte ich über dieselbe Falte im Teppich wie vor einem Jahr und fiel gegen Ash. Er fing mich mit einem Seufzer auf, ebenfalls wie vor einem Jahr. Doch diesmal berührte er anschließend sanft meine Hand und beugte sich zu mir, um mir etwas ins Ohr zu flüstern.

»Erste Lektion«, begann er, und ich hörte deutlich die Belustigung in seiner Stimme, auch wenn ich im Zwielicht seinen Gesichtsausdruck nicht erkennen konnte. »Pass immer auf, wo du hintrittst.«

»Danke«, erwiderte ich trocken. »Ich werde es mir merken.«

Er wandte sich ab und erschuf einen Ball aus Feenfeuer. Die glühende, bläulich-weiße Kugel schwebte über unseren Köpfen und erleuchtete den Raum mit seiner makaberen Sammlung verschiedenster Voodooutensilien. Von der gegenüberliegenden Wand grinsten uns immer noch das Skelett mit dem Zylinder und die Schaufensterpuppe mit dem Alligatorenkopf an. Doch das Duo wurde jetzt durch eine uralte, mumienhafte Gestalt ergänzt, eine verschrumpelte alte Frau, deren Augen tief in dunklen Höhlen lagen und deren Arme so brüchig wirkten wie trockene Zweige.

Dann wandte sich das verdorrte Gesicht mir zu und lächelte, woraufhin ich mir einen kleinen Schrei verkneifen musste.

»Hallo, Meghan Chase«, flüsterte das Orakel und glitt von der Wand und seinen beiden gruseligen Bodyguards weg. »Ich wusste, dass du zurückkehren würdest.«

Ash griff nicht nach seinem Schwert, aber ich spürte, wie sich die Muskeln unter seiner Haut spannten. Ich holte tief Luft, um mein rasendes Herz zu beruhigen, und trat vor. »Dann weißt du ja auch, warum ich hier bin.«

Der ausdruckslose Blick des Orakels richtete sich auf mein Gesicht. »Du wünschst zurückzunehmen, was du vor einem Jahr gegeben hast. Was dir damals nicht so wichtig erschien, ist dir nun sehr teuer. So ist es immer. Ihr Sterblichen wisst nicht, was ihr habt, bis ihr es verliert.«

»Die Erinnerung an meinen Vater.« Ich trat noch weiter von Ash weg und überwand die Distanz zwischen mir und dem Orakel. Der leere Blick der Alten folgte mir, und der Geruch von verstaubten Zeitungen drang mir in Mund und Nase, als ich mich ihr näherte. »Ich will sie zurück. Ich brauche sie, wenn … falls ich ihn bei Leanansidhe wiedersehe. Ich muss einfach wissen, was er mir bedeutet. Bitte.«

Das Wissen, dass ich einen solchen Fehler gemacht hatte, schmerzte immer noch. Als ich damals nach meinem Bruder gesucht hatte, hatten wir das Orakel um Hilfe gebeten. Die Seherin hatte sich zwar dazu bereit erklärt, wollte als Gegenleistung aber eine Erinnerung von mir. Damals schien mir das völlig unbedeutend zu sein. Ich war mit dem Preis einverstanden und hatte danach keine Ahnung gehabt, welche Erinnerung sie genommen hatte.

Dann waren wir Leanansidhe begegnet, die sich in ihrem Heim im Zwischenraum einige Menschen hielt. All ihre Menschen waren irgendwelche Künstler: brillant, talentiert und leicht verrückt, da sie schon so lange im Zwischenraum lebten. Einer von ihnen, ein begnadeter Pianist, hatte sich ziemlich für mich interessiert, obwohl ich keine Ahnung hatte, wer er war. Das fand ich erst heraus, nachdem wir die Villa verlassen hatten und es zu spät war, zurückzugehen.

Mein Vater. Mein menschlicher Vater, oder zumindest der Mann, der mich aufgezogen hatte, bis ich sechs war und er verschwand. Das war die Erinnerung, die mir das Orakel genommen hatte: jegliches Wissen über meinen menschlichen Dad. Und jetzt brauchte ich sie zurück. Wenn ich zu Leanansidhe ging, wollte ich alle Erinnerungen an meinen Vater präsent haben, bevor ich sie fragen würde, warum er überhaupt bei ihr war.

»Dein Vater ist Oberon, der Sommerkönig«, flüsterte das Orakel, und sein schmaler Mund verzog sich zu einem Lächeln. »Dieser Mann, den du suchst, dieser Mensch, er ist nicht mit dir verwandt. Er ist ein gewöhnlicher Sterblicher. Ein Fremder. Was kümmert's dich?«

»Ich weiß es nicht«, erwiderte ich und fühlte mich elend. »Ich weiß nicht einmal, ob es mich kümmern *sollte,* aber ich will Gewissheit haben. Wer war er? Warum hat er uns verlassen? Warum ist er jetzt bei Leanansidhe?« Ich verstummte und starrte das Orakel an, dabei spürte ich, wie

Ash hinter mich trat, um mich schweigend zu unterstützen. »Ich muss es wissen«, flüsterte ich. »Ich brauche diese Erinnerung zurück.«

Nachdenklich tippte das Orakel seine glitzernden Fingernägel aneinander. »Der Handel war fair«, sagte die Alte schließlich mit rauer Stimme. »Ein Tausch, dem wir beide zugestimmt hatten. Ich kann dir nicht einfach geben, was du begehrst.« Sie rümpfte die Nase und wirkte einen Moment entrüstet. »Ich verlange eine Gegenleistung.«

Das hatte ich mir schon gedacht. Von einem Feenwesen konnte man nicht erwarten, dass es einem einen Gefallen tat, ohne einen Preis dafür zu verlangen. Ich unterdrückte meine Verärgerung, warf Ash einen kurzen Blick zu und sah, dass er nickte. Er hatte ebenfalls damit gerechnet. Seufzend wandte ich mich wieder an das Orakel: »Was willst du?«

Die Seherin tippte sich mit einem Fingernagel ans Kinn, und ein paar Flocken toter Haut oder Staub lösten sich. Angeekelt rümpfte ich die Nase und wich einen Schritt zurück. »Hm, mal sehen. Wovon würde das Mädchen sich wohl trennen? Vielleicht ... dein Erstge...«

»Nein«, sagten Ash und ich gleichzeitig.

Sie schnaubte. »Einen Versuch war es wert. Na schön.« Sie beugte sich vor und musterte mich aus den leeren Höhlen in ihrem Gesicht. Ich spürte, wie etwas sanft meinen Geist berührte, wich zurück und schloss sie aus.

Das Orakel zischte, und die Luft wurde erfüllt von einem starken Verwesungsgeruch. »Wie ... interessant«, murmelte es nachdenklich. Ich wartete, aber es ging nicht weiter darauf ein, sondern zog sich einen Moment später zurück, wobei ein seltsames Lächeln auf dem verschrumpelten Gesicht lag. »Nun gut, Meghan Chase, das ist meine Forderung: Du bist nicht gewillt, irgendetwas aufzugeben, das dir wichtig ist. Es wäre also reine Zeitverschwendung, nach etwas Derartigem zu fragen. Also werde ich dich stattdessen bitten, mir etwas zu bringen, das einem anderen wichtig ist.«

Verwirrt blinzelte ich sie an. »Was?«

»Ich wünsche, dass du mir ein Kleinod bringst. Das ist sicherlich nicht zu viel verlangt.«

»Ääähhh ...« Hilflos sah ich zu Ash. »Was ist ein Kleinod?«

Das Orakel seufzte. »Immer noch so ahnungslos.« Sie warf Ash einen fast mütterlich wirkenden, tadelnden Blick zu. »Ich hoffe, in Zukunft werdet Ihr sie besser unterweisen, junger Prinz. Nun hör mir zu, Meghan Chase, und ich werde dich an überliefertem Wissen der Feen teilhaben lassen.« Sie nahm mit ihren knochigen Krallenfingern einen Schädel von einem Tisch. »Die meisten Dinge sind genau das: banal, gewöhnlich, alltäglich. Nichts Besonderes. Jedoch …« Mit einem dumpfen Knall setzte sie den Schädel wieder ab und nahm vorsichtig einen kleinen Lederbeutel zur Hand, der mit einer Schnur verschlossen war. Als sie ihn hochhielt, hörte ich kleine Steine oder Knochen darin klappern. »Gewisse Dinge wurden von Sterblichen derart geliebt und geschätzt, dass sie zu etwas gänzlich anderem wurden – zu einem Symbol dieses Gefühls, sei es nun Liebe, Hass, Stolz oder Angst: eine Lieblingspuppe oder das Meisterwerk eines Künstlers. Und manchmal, wenn auch selten, wird dieser Gegenstand so wichtig, dass er ein Eigenleben entwickelt. Es ist so, als bliebe ein Teil der Seele des Sterblichen zurück, als bliebe er an diesem früher so gewöhnlichen Gegenstand haften. Wir Feen nennen diese Gegenstände Kleinode, und sie sind äußerst begehrt, denn sie geben einen ganz speziellen Schein ab, der niemals verblasst.« Das Orakel trat zurück und schien mit den Sammlerstücken an den Wänden zu verschmelzen. »Bring mir ein Kleinod, Meghan Chase«, flüsterte es, »dann werde ich dir deine Erinnerung zurückgeben.«

Dann war die Alte verschwunden.

Fröstelnd rieb ich mir die Arme und drehte mich zu Ash um, der sehr nachdenklich wirkte. Er starrte immer noch auf die Stelle, wo das Orakel verschwunden war.

»Großartig«, murmelte ich. »Also, wir müssen so ein Kleinoddingsda finden. Ich schätze mal, die liegen nicht einfach so herum, oder? Irgendwelche Vorschläge?«

Er erwachte aus seiner Trance und sah auf mich herunter. »Eventuell weiß ich, wo wir eines finden können«, erklärte er immer noch nachdenklich und sehr ernst. »Diesen Ort besuchen Menschen allerdings nicht besonders gern, vor allem nicht bei Nacht.«

Ich lachte. »Wie, meinst du etwa, ich käme damit nicht klar?«

Er zog eine Augenbraue hoch, und ich warf ihm einen bösen Blick zu.

»Ash, ich war schon in Arkadia, Tir Na Nog, dem Gestrüpp, dem Zwischenraum, dem Eisernen Reich, in Machinas Turm und auf den Schlachtfeldern des Nimmernie. Ich denke nicht, dass es noch einen Ort gibt, der mir Angst machen könnte.«

Ein belustigtes Funkeln erschien in seinen Augen, eine wortlose Herausforderung an mich. »Nun gut«, sagte er, während er mich nach draußen führte. »Dann folge mir.«

Die Stadt der Toten lag vor mir, kahl und schwarz unter einem runden gelben Mond und dampfend in der feuchten Luft. Unzählige Grüfte, Gräber und Mausoleen säumten die schmalen Wege, einige liebevoll geschmückt mit Blumen, Kerzen und Gedenktafeln, andere völlig verwahrlost und verfallen. Ein paar sahen aus wie Miniaturhäuser oder sogar wie winzige Kathedralen mit Türmchen und Steinkreuzen, die sich dem Himmel entgegenstreckten. Engelsstatuen und weinende Frauengestalten sahen von den Dächern herab, entweder ernst oder schmerzerfüllt und traurig. Ihre dunklen Augenhöhlen schienen mich auf meinem Weg zwischen den Gräbern zu verfolgen.

Ich sollte wirklich lernen, meine große Klappe im Zaum zu halten, dachte ich, während ich Ash die schmalen Pfade entlang folgte und mir jedes Geräusch und jeder verdächtig wirkende Schatten einen Schauer über den Rücken jagte. Eine warme Brise flüsterte zwischen den Gräbern, wirbelte Staub auf und ließ tote Blätter über den Boden tanzen. Meine viel zu lebhafte Fantasie arbeitete auf Hochtouren und ließ mich zwischen den Grabreihen schlurfende Zombies und quietschende Steintüren sehen, die sich langsam öffneten, während Skeletthände nach uns griffen. Zitternd drückte ich mich an Ash, dem es frustrierenderweise überhaupt nichts auszumachen schien, mitten in der Nacht über einen Friedhof in New Orleans zu wandern. Ich spürte, wie er sich im Stillen über mich amüsierte, und ich schwor mir, dass ich ihm eine reinhauen würde, falls er irgendwas in der Art von sich geben würde wie: *Ich hab's dir doch gesagt.*

Es gibt hier keine Geister, sagte ich mir, während mein Blick panisch zwischen den Grüften hin und her flog. *Keine Geister, keine Zombies, keine Männer mit Hakenhand, die nur darauf warten, dumme Teenager, die nachts auf den Friedhof kommen, in eine Falle zu locken. Sei gefälligst nicht so parano…*

Ich registrierte eine Bewegung zwischen den Gräbern – ein weißes, geisterhaftes Flattern: eine Frau in einer blutbefleckten Kutte, die knapp über der Erde schwebte. Mir blieb fast das Herz stehen, und mit einem Quietschen packte ich Ashs Ärmel und zwang ihn, stehen zu bleiben. Als er sich zu mir umdrehte, warf ich mich in seine Arme und vergrub mein Gesicht an seiner Brust. Wer brauchte schon Stolz? Ich würde ihn später dafür umbringen, dass er mich hierhergebracht hatte.

»Meghan?« Besorgt hielt er mich fest. »Was ist?«

»Ein Geist«, flüsterte ich und gestikulierte wie wild in die Richtung, wo die Gestalt aufgetaucht war. »Ich habe einen Geist gesehen. Da drüben.«

Er drehte sich in die entsprechende Richtung um, dann spürte ich, wie er sich entspannte. »Eine Banshee«, murmelte er und klang dabei, als versuche er, seine Belustigung zu unterdrücken. »Es ist nicht ungewöhnlich, sie hier zu sehen. Sie halten sich oft noch auf den Friedhöfen auf, nachdem der Tote begraben wurde.«

Vorsichtig sah ich auf und beobachtete, wie die Banshee in der Dunkelheit umherschwebte. Also kein Geist. Mit einem entrüsteten Schnauben trat ich zurück, aber nicht so weit, dass ich Ash loslassen musste. »Sollten Banshees nicht eigentlich irgendwo unterwegs sein und rumheulen?«, murmelte ich und warf dem Möchtegerngeist einen finsteren Blick zu. »Warum hängt sie hier rum?«

»Auf alten Friedhöfen lässt sich jede Menge Schein finden. Spürst du ihn nicht?«

Jetzt, wo er es sagte, bemerkte ich es auch. Trauer, Angst und Verzweiflung hingen wie ein dünner grauer Nebel über allem, klebten an den Steinen und krochen über den Boden. Als ich einatmete, flutete der Schein meine Nase und meinen Mund. Ich schmeckte Salz, Tränen und starken, schwelenden Schmerz, vermischt mit abgrundtief schwarzer Todesangst und der Furcht vor dem Unbekannten.

»Grässlich«, würgte ich hervor.

Ash nickte. »Ich mache mir auch nicht wirklich was draus, aber einige unserer Art ziehen Trauer und Angst allem anderen vor. Deshalb wirken Friedhöfe so anziehend auf sie, besonders nachts.«

»Wie Banshees?«

»Banshees sind Todesomen und bleiben manchmal noch eine Weile am Ort ihres letzten Ziels.« Ash hatte mich immer noch nicht losgelassen. Ihm schien es zu gefallen, mich so zu halten, und mir gefiel es, genau in dieser Position zu bleiben. »Aber es gibt noch andere wie Schwarze Männer oder Wiedergänger, deren einziger Lebenszweck darin besteht, die Sterblichen zu ängstigen. Vielleicht sehen wir noch ein paar von ihnen, aber sie werden dich nicht belästigen, solange du keine Angst hast.«

»Zu spät«, murmelte ich und spürte, wie er in sich hineinlächelte. Sofort starrte ich ihn böse an, woraufhin er meinen Blick voller Unschuld erwiderte. »Nur damit du es weißt«, knurrte ich und rammte ihm den Zeigefinger gegen die Brust, »später werde ich dich definitiv umbringen, weil du mich hierhergebracht hast.«

»Ich freue mich schon darauf.«

»Warte nur. Es wird dir noch leidtun, wenn mich irgendetwas packt und ich so laut schreie, dass es sogar die Toten aufweckt.«

Lächelnd ließ Ash mich los. »Dieses Etwas müsste aber zuerst an mir vorbei«, versprach er mit einem gefährlichen Funkeln in den Augen. »Abgesehen davon sind die meisten Dinge, die dich packen könnten, nicht wesentlich anders als der Schwarze Mann im Kinderzimmer – nervtötend, aber harmlos. Die wollen dir nur einen Schrecken einjagen.« Er wurde wieder ernst, kniff die Augen zusammen und sah sich wachsam auf dem Friedhof um. »Die eigentliche Bedrohung wäre der Grimm, falls dieser Friedhof einen hat.«

»Was ist ein Grimm?« Irgendwie musste ich an Grimalkin denken, den neunmalklugen sprechenden Kater, der immer dann auftauchte, wenn man am wenigsten damit rechnete, und stets Gefälligkeiten als Gegenleistung für seine Hilfe verlangte. Ich fragte mich, wo der Kater wohl gerade steckte und ob er nach unserem letzten Abenteuer in den Wilden Wald zurückgekehrt war. Obwohl ein Grimm, da wir uns auf einem Friedhof befanden, natürlich auch ein grinsendes Skelett in einer schwarzen Kutte sein konnte, das mit einer Sense in der Hand die Grabreihen entlangschwebte. Zitternd verfluchte ich meine hyperaktive Vorstellungskraft. Bei aller Liebe, wenn *so etwas* auf mich zukäme, wäre es völlig egal, ob Ash bei mir war – dann würden selbst die Leute am anderen Ende der Stadt meinen Schrei hören.

Ein unheimliches Heulen zerriss die Stille der Nacht und ließ mich zusammenzucken. Ash erstarrte, und unter seinem Hemd spannten sich die sehnigen Muskeln. Eine tödliche Ruhe breitete sich auf seinem Gesicht aus: die Maske von Ash, dem Killer. Auf dem Friedhof wurde es totenstill, so als hätten selbst die Geister und Schwarzen Männer Angst, sich zu rühren.

»Lass mich raten. *Das* war der Grimm.«

Ashs Stimme war sehr leise, als er sich wegdrehte: »Gehen wir.«

Wir liefen noch ein paar Reihen weiter an steinernen Grabhäusern entlang. Ich spähte angespannt zwischen den Gräbern hindurch und rechnete jederzeit damit, dass mich Schwarze Männer, Wiedergänger oder sonst etwas ansprang. Außerdem hielt ich Ausschau nach dem mysteriösen Grimm, während mein verängstigtes Gehirn mir Werwölfe, Zombiehunde und Sensen schwingende Skelette vorgaukelte, die uns verfolgten.

Endlich erreichten wir ein kleines, steinernes Mausoleum mit einem alten Kreuz auf dem Dach und einer schlichten Holztür – also nichts Schickes oder Extravagantes. Die winzige Gedenktafel an der Mauer war so verwittert, dass es unmöglich war, sie zu entziffern. Ich wäre einfach an dem Grabhaus vorbeigelaufen, wenn Ash nicht davor stehen geblieben wäre.

»Wessen Grab ist das?«, fragte ich und hielt einen möglichst großen Abstand von der Tür, als würde sie gleich quietschend aufspringen und den gruseligen Inhalt des Grabes enthüllen.

Ash stieg die bröckeligen Granitstufen hinauf und legte eine Hand an das Holz der Tür. »Ein altes Ehepaar, niemand Besonderes«, erwiderte er und ließ die Finger über die brüchige Oberfläche gleiten, als könne er spüren, was sich auf der anderen Seite befand. Dann sah er mich aus zusammengekniffenen Augen an. »Meghan, komm hier rauf, schnell.«

Ich zuckte zusammen. »Wir gehen da *rein?*«

»Wenn ich erst mal die Tür geöffnet habe, wird der Grimm wissen, dass wir hier sind. Es ist seine Pflicht, den Friedhof und die Überreste derer, die hier liegen, zu bewachen. Er wird also ganz und gar nicht glücklich darüber sein, dass wir die Ruhe der Toten stören. Und glaub mir, du willst bestimmt nicht allein da draußen sein, wenn er kommt.«

Mit rasendem Puls hastete ich die Stufen hinauf, drückte mich an Ashs Rücken und spähte über den Friedhof. »Was ist er überhaupt?«, fragte ich. »Kannst du uns nicht einfach mit deinem Schwert einen Weg an ihm vorbei bahnen oder uns unsichtbar machen oder so?«

»Das ist nicht so leicht«, erklärte Ash geduldig. »Ein Grimm, der als Friedhofswächter fungiert, ist immun gegen Magie und Schein – er durchschaut jede Illusion. Und selbst wenn du ihn tötest, stirbt er nicht. Um einen Grimm zu vernichten, muss man seinen wahren Körper ausgraben und verbrennen, aber dazu fehlt uns die Zeit.« Er wandte sich wieder der Tür zu, murmelte leise ein Wort und schob sie auf.

Ein heißer Luftschwall schlug uns aus der Gruft entgegen, zusammen mit dem muffigen Geruch nach Staub, Schimmel und Verwesung. Würgend drückte ich mein Gesicht gegen Ashs Schulter, während wir uns vorsichtig hineinschoben und die Tür hinter uns schlossen. Der winzige Raum war heiß wie ein Backofen. Nach wenigen Sekunden war ich völlig verschwitzt, während ich mir einen Ärmel vor Mund und Nase drückte. Keuchend atmete ich durch den Stoff und versuchte, nicht einfach mitten auf den Boden zu kotzen.

Auf einem leicht erhöhten Steintisch lagen zwei Skelette, dicht nebeneinander. Der Raum war so klein, dass man den Tisch kaum umrunden konnte, was bedeutete, dass die Skelette ziemlich nah waren. Zu nah, für meinen Geschmack. Die Knochen waren vergilbt, und nichts hing mehr an ihnen – keine Haut, keine Haare, kein Fleisch. Sie mussten also schon eine ganze Weile hier liegen.

Mir fiel auf, dass die Skelette sich an den Händen hielten. Die langen Knochenfinger waren in einer grauenhaften Parodie von Verbundenheit umeinandergeschlungen. An einem der knotigen, blanken Finger hing ein angelaufener Ring, der im Halbdunkel glänzte.

Neugier drängte meinen Ekel zurück, und ich sah Ash an, der das Paar ernst musterte. »Wer sind sie?«, flüsterte ich durch meinen Ärmel.

Ash zögerte kurz, dann holte er tief Luft. »Man erzählt sich eine Geschichte«, begann er ernst, »über einen talentierten Saxofonisten, der eines Nachts den Mardi Gras besuchte und dabei einer Feenkönigin auffiel. Die Königin bat ihn, mit ihr zu kommen, denn er war jung, schön und charmant, und seine Musik ließ einem die Seele entflammen. Doch der Saxofonist weigerte sich, denn er hatte bereits eine Frau, und seine Liebe zu ihr war noch größer als die Schönheit der Feenkönigin. Die Königin nahm ihn aus Zorn darüber, dass er sie zurückgewiesen hatte, mit sich ins Nimmernie, hielt ihn dort viele lange Tage gefangen und zwang ihn, sie zu unterhalten. Doch ganz gleich, was der junge Mann im Feenreich auch sah, und ganz gleich, wie sehr die Königin auch versuchte, ihn für sich zu gewinnen – sogar als er seinen eigenen Namen vergaß –, er konnte doch niemals vergessen, dass in der Welt der Sterblichen seine Frau auf ihn wartete.«

Während Ash sprach, beobachtete ich sein Gesicht und sah die Schatten in seinen Augen. Ich wurde das Gefühl nicht los, dass er diese Geschichte nicht einfach nur irgendwo gehört hatte. Er hatte diese Geschichte miterlebt. Er wusste von dem Kleinod und wo man es finden konnte, weil er sich an den Saxofonisten am Hof der Königin erinnerte – ein weiterer Sterblicher, der sich in die grausamen Machenschaften der Feen verstrickt hatte.

»Die Zeit verging«, fuhr Ash fort, »und schließlich ließ die Königin ihn gehen, weil es sie amüsierte, das zu tun. Und als der junge Mann, den Kopf voller Erinnerungen – sowohl echte als auch geträumte –, zu seiner geliebten Frau zurückkehrte, war sie um sechzig Jahre gealtert, während er sich kein bisschen verändert hatte, seit er aus der Welt der Sterblichen verschwunden war. Sie trug noch immer seinen Ring und hatte sich weder einen Ehemann genommen noch einen Verehrer erhört, da sie immer daran geglaubt hatte, dass er zurückkehren würde.«

Ash hielt inne, und ich hob meine freie Hand, um mir die Tränen abzuwischen. Die Skelette schienen jetzt nicht mehr so gruselig zu sein, wie sie da reglos auf dem Tisch lagen. Zumindest konnte ich sie jetzt ansehen, ohne dass sich mir der Magen umdrehte.

»Was ist dann passiert?«, flüsterte ich und sah Ash hoffnungsvoll an, mit der unausgesprochenen Bitte, dass dieses Märchen ein Happy End haben möge. Oder zumindest ein Ende ohne Schrecken. Ich hätte es inzwischen besser wissen müssen.

Ash schüttelte seufzend den Kopf. »Nachbarn fanden sie einige Tage später. Sie lagen nebeneinander im Bett, ein junger Mann und eine verschrumpelte alte Frau, die Finger untrennbar verschlungen und die Gesichter einander zugewandt. Das Blut aus ihren Handgelenken war bereits auf dem Bettlaken eingetrocknet.«

Ich schluckte an dem Kloß in meinem Hals und musterte wieder die beiden Skelette, deren Finger im Tod so verbunden waren, wie sie es im Leben gewesen waren. Und ich wünschte mir, dass Märchen – also die Geschichten mit *echten* Feen, nicht die Disney-Versionen – ausnahmsweise auch mal ein glückliches Ende fänden.

Wie mein Ende wohl sein wird? Der Gedanke kam wie aus dem Nichts und ließ mich besorgt die Stirn runzeln. Über den Tisch hinweg sah ich Ash an. Er erwiderte meinen Blick mit seinen silbrigen Augen, und ich spürte, wie mein Herz schneller schlug. Ich befand mich doch in einem Märchen, oder nicht? Ich spielte meine Rolle: das Mädchen, das sich in einen Feenprinzen verliebt hatte. Solche Geschichten gingen selten gut aus. Selbst wenn ich diese Sache mit dem falschen König zu Ende brachte, selbst wenn ich zu meiner Familie zurückkehrte und ein normales Leben führte, wie würde Ash da reinpassen? Ich war ein Mensch. Er war ein Unsterblicher, ein seelenloses Feenwesen. Was für eine gemeinsame Zukunft hatten wir? Ich würde irgendwann alt werden und sterben. Ash würde ewig weiterleben oder zumindest so lange, bis die Welt der Sterblichen zu viel für ihn wurde und er einfach aufhören würde, zu existieren.

Ich schloss die Augen. In meinem Herzen brannte die bittere Wahrheit. Er gehörte einfach nicht hierher, in die Welt der Sterblichen. Er gehörte ins Feenreich, zu den anderen Gestalten aus den Sagen, Albträumen und Fantasien.

Ash war ein wunderschöner, unerreichbarer Traum – ein Märchen. Und ich war, trotz des Blutes meines Vaters, immer noch ein Mensch.

»Meghan?« Seine Stimme war sanft, fragend. »Was ist?«

Plötzlich von Wut gepackt, schob ich die düsteren Gedanken gewaltsam weg. Nein. Das würde ich so nicht akzeptieren. Das hier war meine Geschichte, *unsere* Geschichte. Ich würde einen Weg finden, wie wir beide leben, wie wir beide glücklich sein konnten. Das war ich Ash einfach schuldig.

Etwas landete mit einem dumpfen Schlag auf dem Dach der Gruft, und ein Staubregen ging auf uns nieder. Hustend wedelte ich mit der Hand vor meinem Gesicht herum und blinzelte durch den herabrieselnden Dreck.

»Was war das?«

Ash starrte mit schmalen Augen zum Dach hinauf. »Unser Signal zum Aufbruch. Hier.« Er warf mir über den Tisch hinweg etwas zu. Es schimmerte kurz, bevor ich es auffing – es war der angelaufene Goldring vom Finger des Skeletts. »Da hast du dein Kleinod«, murmelte Ash, und ich sah, wie seine Hand so schnell, dass es kaum zu erkennen war, in seine Manteltasche glitt, bevor er von dem Tisch zurücktrat. »Verschwinden wir von hier.«

Er zog die Tür auf und winkte mich hinaus. Als ich geduckt durch den Türrahmen trat, tropfte etwas von oben auf meine Schulter, etwas Warmes, Nasses und Schleimiges. Ich legte eine Hand in den Nacken, und als ich sie zurückzog, war sie voll schaumigem Speichel.

Mit rasendem Puls sah ich nach oben.

Auf dem Mausoleum kauerte eine monströse Gestalt, die sich deutlich vor dem mondhellen Himmel abzeichnete – schlank, muskulös und definitiv widernatürlich. Zitternd starrte ich in die rot flackernden Augen eines riesigen schwarzen Hundes, der größer war als eine ausgewachsene Kuh und die Lefzen hochzog, was seine Reißzähne entblößte, die ungefähr so lang waren wie Tafelmesser.

»Ash«, quietschte ich und wich zurück. Die Augen des Monsterhundes folgten mir, und ihr brennender Blick richtete sich auf die Hand, mit der ich den Ring umklammerte.

»Ist das …?«

Mit einem leisen Kratzen glitt Ashs Schwert aus der Scheide. »Der Grimm.«

Der Grimm warf einen kurzen Blick auf ihn und knurrte, was den Boden vibrieren ließ, dann richtete er seine schrecklichen Augen wieder auf mich. Unter dem glänzenden Fell spielten die Muskeln, als er sich spannte. Speichel tropfte in glitzernden Fäden von seinen Zähnen.

Ash schwang sein Schwert und ließ den Grimm nicht aus den Augen, als er zu mir sagte: »Meghan, wenn ich ›lauf!‹ rufe, dann rennst du *auf ihn zu,* nicht von ihm weg. Verstanden?«

Für mich klang das ziemlich nach Selbstmord, aber ich vertraute Ash.

»Ja«, flüsterte ich, schloss die Finger fester um den Ring und spürte, wie seine Kanten sich in meine Handfläche gruben. »Ich bin bereit.«

Der Grimm heulte so laut auf, dass ich glaubte, mir würde der Schädel platzen. Am liebsten hätte ich mir die Ohren zugehalten und die Augen fest zugemacht. Er sprang, und ich wäre völlig versteinert stehen geblieben, wenn Ash nicht *»los!«* gebrüllt und mich so aus meiner Erstarrung geholt hätte. Hastig hechtete ich vorwärts, unter dem Hund durch, der über meinen Kopf hinwegflog, und spürte den schweren Aufprall, als der Grimm genau an der Stelle landete, wo ich gerade noch gestanden hatte.

»Lauf!«, rief Ash. »Wir müssen runter von dem Friedhof und zwar schnell!«

Hinter uns brüllte der Grimm vor Wut und griff an.

Die Erinnerung

Eine Flut funkelnder Splitter kam aus Ashs Richtung geflogen und überzog den Grimm mit gefrorenen Dolchen und spitzen Eisstücken. Sie zerbrachen oder prallten an dem muskulösen Körper ab, ohne das Tier zu verletzen. Doch es reichte aus, um uns ein paar Sekunden Vorsprung zu verschaffen.

Wir flohen die Wege hinunter, rasten zwischen Grüften hindurch, schoben uns an Statuen von Engeln und Heiligen vorbei, immer mit dem heißen Atem des Grimms im Nacken. Wären wir auf offenem Gelände gewesen, hätte der Monsterhund mich innerhalb von drei Sekunden umgerannt und als Kauknochen benutzt, doch die schmalen Wege und engen Durchgänge behinderten ihn. Wir suchten uns im Zickzackkurs einen Weg über den Friedhof und waren dem Grimm dabei immer einen Schritt voraus, bis die weiße Betonmauer, die das Ende des Friedhofs markierte, vor uns aufragte.

Ash erreichte sie zuerst und wirbelte herum, um mir hochzuhelfen, indem er eine Räuberleiter machte. Mit dem sicheren Gefühl, dass ich gleich Zähne an meinem Rücken spüren würde, trat ich in seine verschränkten Hände und zog mich strampelnd auf die Mauer. Ash sprang senkrecht in die Höhe, als hinge er an Drähten, landete neben mir und packte meinen Arm.

Ein ohrenbetäubendes Heulen dröhnte durch meinen Kopf, und ich machte den Fehler zurückzuschauen. Das aufgerissene Maul des Grimms füllte mein gesamtes Blickfeld, sein Atem schlug mir heiß und stinkend ins Gesicht, und Speichelfetzen flogen mir entgegen.

Ash zog mich genau in dem Moment zurück, als die massigen Kiefer nur wenige Zentimeter vor meinem Gesicht zuschnappten, und wir fielen gemeinsam von der Mauer und landeten so hart auf dem Boden, dass es mir die Luft aus der Lunge presste.

Keuchend schaute ich auf. Der Grimm hockte auf der Mauer und starrte mich finster an. Seine gefletschten Zähne glitzerten im Mondlicht. Einen Moment lang war ich sicher, dass er runterspringen und uns beide zerfetzen würde. Doch dann drehte er sich mit einem letzten Knurren um und verschwand von der Mauer, zurück auf den Friedhof, den er zu bewachen hatte.

Ash atmete erleichtert aus und ließ den Kopf zurück ins Gras sinken. »Eines sage ich dir«, keuchte er, schloss die Augen und drehte das Gesicht Richtung Himmel. »Mit dir wird es wirklich nie langweilig.«

Ich öffnete meine zitternde Faust und betrachtete den Ring, der immer noch in meiner Hand lag. Er glühte von innen heraus und war von einer Aura aus Schein umgeben, die leuchtende Emotionen widerspiegelte: tiefblaue Trauer, grüne Hoffnung, rote Liebe. Jetzt, wo ich ihn so klar vor mir sah, packten mich Reue und Schuldgefühle. Er war das Symbol einer Liebe, die Jahrzehnte überdauert hatte, und wir hatten ihn, ohne einen Gedanken daran zu verschwenden, aus dem Grab gestohlen.

Ich schluckte den Kloß in meinem Hals hinunter und schob den Ring in die Tasche meiner Jeans. Dann wischte ich mir den widerwärtigen Grimmsabber aus dem Gesicht und sah auf Ash runter.

Er öffnete die Augen, und plötzlich wurde mir bewusst, wie nah wir uns waren. Ich lag fast auf ihm drauf, unsere Arme waren verknotet und unsere Gesichter nur wenige Zentimeter voneinander entfernt. Mein Herz setzte kurz aus und schlug dann schneller als zuvor. Seit wir aus dem Feenreich verbannt worden waren und uns auf den Weg zu mir nach Hause gemacht hatten, waren wir nie wirklich *zusammen* gewesen, so richtig zusammen. Ich war so sehr damit beschäftigt gewesen, mir zu überlegen, was ich meiner Familie sagen sollte, und hatte es so eilig gehabt, nach Hause zu kommen, dass ich nicht weiter darüber nachgedacht hatte. Und Ash ging nie über eine kurze Berührung oder harmlose Zärtlichkeiten hinaus. Er schien damit zufrieden zu sein, wenn ich das Tempo vorgab. Allerdings hatte ich keine Ahnung, was er überhaupt wollte oder erwartete. Was genau *war* das zwischen uns eigentlich?

»Du machst dir schon wieder Sorgen.« Ash kniff die Augen zusammen. Die Nähe zu ihm ließ mich nach Luft schnappen. »Anscheinend machst du dir ständig Sorgen, und ich kann nichts dagegen tun.«

Ich sah ihn böse an. »Du könntest aufhören, jedes Mal meine Emotionen zu lesen, wenn ich nicht aufpasse«, sagte ich und tat so, als wäre ich genervt, während in Wahrheit mein Herz so wild schlug, dass ich mir sicher war, er müsste es spüren. »Wenn es dich so stört, könntest du dir ja etwas anderes suchen, worauf du dich konzentrierst.«

»Ich kann nichts dafür.« Er klang widerwärtig ungezwungen, vollkommen selbstsicher und entspannt, wie er da so auf dem Rücken lag. »Je enger wir mit unseren Auserwählten verbunden sind, desto mehr können wir von ihrer Gefühlswelt aufschnappen. Das läuft ganz instinktiv ab, wie Atmen.«

»Und du kannst nicht die Luft anhalten?«

Sein Mundwinkel zuckte. »Ich schätze, ich könnte es ausblenden, wenn ich mir Mühe gäbe.«

»Aha. Aber das wirst du nicht tun, richtig?«

»Genau.« Er wurde wieder ernst, streckte die Hand aus und strich mir damit durchs Haar, sodass ich einen Moment lang vergaß zu atmen. »Ich will wissen, wann du dir Sorgen machst, wann du wütend, glücklich oder traurig bist. Wahrscheinlich kannst du dasselbe mit mir machen, obwohl ich ein bisschen besser darin bin, meine Gefühle abzuschirmen. Mehr Übung.« Ein Schatten huschte über sein Gesicht, ein Aufblitzen von Schmerz, der schnell wieder verschwand. »Unglücklicherweise wird es immer schwieriger werden, etwas zu verbergen, je länger wir zusammen sind, und zwar für uns beide.« Er schüttelte den Kopf und schenkte mir ein trockenes Lächeln. »Eines der Risiken, wenn ein Feenwesen in dich verliebt ist.«

Ich küsste ihn. Seine Arme schlangen sich um mich und zogen mich an ihn, und wir blieben einfach eine Weile so liegen, meine Hände vergraben in seinen Haaren und seine kühlen Lippen auf meinen. Die Gedanken, die mich in der Gruft überfallen hatten, kehrten zurück, doch ich schob sie in den hintersten Winkel meines Bewusstseins. Ich würde ihn nicht aufgeben. Ich würde einen Weg finden, wie es zum Happy End käme und zwar für uns beide.

Ein paar Sekunden lang schrumpfte meine Welt auf diesen kleinen Fleck zusammen, mit Ashs Herzschlag unter meinen Fingern und unserem Atem, der sich vermischte. Doch dann räusperte er sich leise und zog sich zurück. In seinem Gesicht rang Belustigung mit Wachsamkeit. »Wir haben Gesellschaft«, murmelte er, woraufhin ich mich ruckartig aufsetzte und mich misstrauisch umsah. Die Nacht war immer noch ruhig, doch jetzt saß eine große graue Katze auf der Friedhofsmauer, legte den Schwanz um sich und beobachtete uns aus goldenen Augen, die belustigt funkelten.

Mit brennendem Gesicht sprang ich auf. »Grimalkin!« Ich starrte den Kater böse an, der meinen Blick ausdruckslos erwiderte. »Verdammt, Grim! Planst du das eigentlich immer? Wie lange hast du uns schon beobachtet?«

»Es freut mich ebenfalls, dich zu sehen, Mensch.« Grimalkin blinzelte mich an – sarkastisch, stoisch und absolut nervtötend. Er warf einen kurzen Blick auf Ash, der fast lautlos aufgestanden war, und zuckte dann mit einem Ohr. »Und es ist gut, zu wissen, dass die Gerüchte vollständig der Wahrheit entsprechen.«

Ash hatte eine ausdruckslose Miene aufgesetzt und strich sich beiläufig Blätter aus den Haaren, aber mein Gesicht fühlte sich an, als wäre es noch röter geworden. »Warum bist du hier, Grim?«, wollte ich wissen. »Ich schulde dir nichts mehr, was du einfordern könntest. Oder war dir nur langweilig?«

Gähnend leckte sich der Kater eine Vorderpfote. »Bilde dir nur nichts ein, Mensch. Auch wenn es immer wieder amüsant ist, dabei zuzusehen, wie du dich abmühst, bin ich doch nicht zu meiner eigenen Belustigung hier.« Grim strich sich mit einer Pfote über das Gesicht, dann säuberte er gründlich seine Krallen, eine nach der anderen, bevor er sich wieder mir zuwandte. »Als Leanansidhe hörte, warum ihr aus dem Nimmernie verbannt worden seid, konnte sie es einfach nicht glauben. Ich sagte ihr, dass Menschen völlig unvernünftig und irrational sind, wenn es um ihre Gefühle geht, aber dass der Winterprinz ebenfalls verbannt wurde… Sie war sich sicher, dass dieses Gerücht falsch sein müsste. Mabs Sohn würde niemals seiner Königin und seinem Hof trotzen, um dann mit der Halbbluttochter von Oberon in die Welt der Sterblichen verbannt zu werden.« Grimalkin schnaubte selbstzufrieden. »Genauer gesagt haben wir eine ziemlich interessante Wette darüber abgeschlossen. Sie wird schrecklich verärgert sein, wenn sie erfährt, dass sie verloren hat.«

Ich schaute zu Ash, der sorgsam darauf bedacht war, seine ausdruckslose Miene beizubehalten.

Grimalkin nieste – die kätzische Entsprechung für ein Lachen – und fuhr fort: »Also, Leanansidhe hat mich natürlich gebeten, euch aufzuspüren, nachdem ihr aus dem Nimmernie verschwunden wart. Sie möchte mit dir sprechen, Mensch. Sofort.«

Mein Magen zog sich zu einem kleinen Knoten zusammen, als Grimalkin aufstand, elegant von der Mauer sprang und lautlos im Gras landete. »Folgt mir«, ordnete er an, während seine Augen zu zwei schwebenden goldenen Kugeln in der Dunkelheit wurden. »Ich werde euch den Steig zeigen, der euch von hier in den Zwischenraum bringt. Und, Mensch: Es gibt ebenfalls Gerüchte, dass die Eisernen Feen auf der Jagd nach dir sind. Ich würde also vorschlagen, dass wir uns beeilen.«

Ich schluckte. »Nein«, sagte ich dann, woraufhin die goldenen Kugeln überrascht blinzelten. »Ich bin hier noch nicht fertig. Leanansidhe will mit mir reden? Schön, ich will auch über so einiges mit ihr reden. Aber ich werde nicht in ihre Villa spazieren, wenn ich genau weiß, dass mein Dad *dort* ist, ohne irgendeine Ahnung zu haben, wer er eigentlich ist. Ich hole mir erst meine Erinnerung zurück. So lange kann sie ja wohl warten.«

Ash berührte mich am Arm, eine subtile, zustimmende Geste, während Grimalkin mich anstarrte, als wären mir plötzlich drei Köpfe gewachsen. »Du widersetzt dich Leanansidhe. Ich hatte ja keine Ahnung, dass diese Sache so interessant werden würde.« Schnurrend kniff er die Augen zusammen. »Na schön, Mensch. Ich werde euch begleiten, und sei es nur, um das Gesicht der Königin der Exilanten zu sehen, wenn du ihr erklärst, warum sie warten musste.«

Das klang irgendwie unheilvoll, aber mir war das egal. Leanansidhe schuldete mir noch eine Menge Antworten, und ich würde sie auf jeden Fall bekommen – aber zuerst musste ich wissen, wonach ich eigentlich fragen sollte.

Die Tür des Museums war immer noch unverschlossen, als ich hineinschlich, gefolgt von Ash und einem beständig schnurrenden Grimalkin, der allerdings verschwand, sobald er durch die Tür geschlüpft war. Er kroch nicht etwa davon oder versteckte sich in den Schatten – er verschwand einfach spurlos. Mich überraschte das kein bisschen, denn ich war inzwischen daran gewöhnt.

Hinten im Raum wartete eine verschrumpelte Gestalt auf uns. Sie lehnte an einem Glastisch und drehte einen Schädel in den Händen. Als ich näher kam, bleckte sie lächelnd ihre nadelspitzen Zähne und fuhr mit den Fingernägeln über die blanken Wangenknochen des Schädels.

»Du hast es«, flüsterte sie und richtete ihren leeren Blick auf mich. »Ich kann es von hier aus riechen. Zeig es mir, Mensch. Was hast du der alten Anna mitgebracht?«

Ich holte den Ring aus meiner Tasche und hielt ihn hoch, wo er in der muffigen Dunkelheit leuchtete wie ein Glühwürmchen.

Das Lächeln des Orakels wurde breiter. »Ah, ja. Die vom Schicksal verdammten Liebenden, getrennt durch Alter und Zeit – und die Hoffnung, die sie am Leben hielt. Auch wenn sie am Ende vergeblich war.« Die Alte lachte keuchend, und eine Staubwolke entstieg ihrem Mund. »Ihr seid auf dem Friedhof gewesen, was? Wie dreist. Kein Wunder, dass ich immer wieder einen Hund in deiner Zukunft gesehen habe. Ihr habt nicht zufällig auch den Gefährten dieses Rings mitgebracht, oder?«

»Äh ... nein.«

»Tja.« Sie streckte eine vertrocknete Hand aus wie ein Vogel, der seine Krallen spreizt. »Dann werde ich mich wohl mit dem hier zufriedengeben müssen. Und nun, Meghan Chase, gib mir das Kleinod.«

»Du hast es versprochen«, ermahnte ich sie, als ich einen Schritt vortrat. »Das Kleinod gegen meine Erinnerung. Ich will sie vollständig zurück.«

»Selbstverständlich, mein Kind.« Das Orakel schien verärgert zu sein. »Ich werde die Erinnerung an deinen Vater – die Erinnerung, die du freiwillig hergegeben hast, möchte ich hinzufügen – als Gegenleistung für das Kleinod freigeben. Wie unser Handel es vorsieht, soll es auch geschehen.« Sie zuckte ungeduldig mit den Krallen. »Wenn ich jetzt bitten darf, gib es mir.«

Ich zögerte noch einen Moment, dann ließ ich den Ring in ihre Handfläche fallen. Ihre Finger schlossen sich so blitzartig darum, dass ich einen Schritt zurückwich.

Das Orakel seufzte und drückte sich den Ring an die eingefallene Brust. »Dieses Verlangen«, murmelte die Alte wie in Trance. »Diese Emotion. Ich erinnere mich. Bevor ich sie alle aufgab. Ich erinnere mich, wie es war, zu *fühlen*.« Schniefend tauchte sie aus ihrer Trance wieder auf und schwebte rückwärts, hinter den Tisch, wo sie mit brüchiger, säuerlicher Stimme meinte: »Ich habe keine Ahnung, wie ihr Sterblichen das macht. All diese Gefühle, die ihr ertragen müsst. Am Ende werden sie euch ruinieren. Ist es nicht so, Prinz?«

Ich zuckte zusammen, aber Ash schien nicht überrascht zu sein. »Das ist es wert«, sagte er ruhig.

»Ja, das sagt Ihr Euch jetzt.« Das Orakel schob sich den Ring über einen der Krallenfinger und hob die Hand, um ihn zu bewundern. »Aber mal sehen, wie Ihr Euch in ein paar Jahrzehnten fühlt, wenn das Mädchen verwelkt und schwach ist und Euch mit jedem Tag, der vergeht, mehr entgleitet, während Ihr ewig jung seid wie die Zeit selbst. Oder vielleicht…«, jetzt wandte sie sich mir zu, »… wird dein geliebter Prinz feststellen, dass die Welt der Sterblichen zu viel für ihn ist, um zu bleiben, um zu *sein,* und er wird zu Nichts vergehen. Eines Tages wirst du aufwachen, und er wird einfach nicht mehr da sein, nur noch eine Erinnerung, und du wirst nie wieder eine neue Liebe finden, denn wie könnte ein gewöhnlicher Sterblicher gegen das Lichte Volk bestehen?« Das Orakel verzog zischend die Lippen und grinste hämisch. »Dann wirst du dir wünschen, innerlich leer zu sein. So wie ich.«

Ash blieb ruhig und seine Miene ausdruckslos, doch mein Magen zog sich vor Angst zusammen.

»Hast ... hast du das gesehen?«, flüsterte ich, während sich ein bleiernes Band um meine Brust legte. »Ist das unsere Zukunft?«

»Nur Momente«, erwiderte das Orakel und wedelte herablassend mit der Hand. »Die entfernte Zukunft ist eine sich stetig ändernde Welle, immer in Bewegung, niemals gewiss. Die Geschichte verändert sich mit jedem Atemzug. Jede Entscheidung, die wir treffen, schickt sie auf einen anderen Pfad. Jedoch ...« Sie kniff die eingesunkenen Augenhöhlen zusammen. »Es gibt eine Konstante in deiner Zukunft, Kind, und das ist der Schmerz. Schmerz und Einsamkeit, denn deine Freunde, all jene, die deinem Herzen am nächsten stehen, sind nirgendwo zu sehen.«

Das Band um meine Brust zog sich zusammen. Das Orakel setzte ein bitteres, leeres Lächeln auf und wandte den Blick ab.

»Aber vielleicht wirst du das alles noch ändern«, sagte es dann nachdenklich und deutete auf etwas hinter dem Tisch, was ich nicht sehen konnte. »Vielleicht findest du ein glückliches Ende zu dieser Geschichte, eines, das ich nicht gesehen habe. Denn schließlich ...«, sie hob einen langen Finger, an dem der Ring im Halbdunkel glühte, »... wo wären wir heute, ohne die Hoffnung?« Sie lachte schrill und streckte ihre Hand aus.

Eine kleine Glaskugel schwebte hinter dem Tisch hervor und blieb kurz in der Luft stehen, bevor sie sich auf die Handfläche des Orakels senkte. Die langen Nägel schlossen sich darum, und die Alte winkte mich mit der anderen Hand zu sich.

»Hier ist, was du suchst«, erklärte sie mit ihrer rauen Stimme und ließ die Kugel in meine Hand fallen.

Ich blinzelte überrascht. Das Glas lag leicht und zart wie eine Seifenblase auf meiner Handfläche, so als könne ich es zerbrechen, indem ich nur die Finger bewegte.

»Wenn du bereit bist, zerdrücke einfach die Kugel, und deine Erinnerung wird freigesetzt. Und nun«, sie zog sich von mir zurück, »hast du, denke ich, alles, was du brauchst, Meghan Chase. Wenn ich dich das nächste Mal sehe, wirst du – ganz egal, wie du dich entscheidest – nicht mehr dieselbe sein.«

»Was soll das heißen?«

Das Orakel lächelte. Ein Windstoß fegte durch den Raum, und die Gestalt löste sich in einen Wirbel aus Staub auf, der durch die Luft getragen wurde und mir in Augen und Kehle brannte. Hustend wandte ich mich ab, und als ich wieder aufsehen konnte, war sie verschwunden.

Zitternd betrachtete ich die Glaskugel in meiner Hand. In dem flackernden Feenlicht konnte ich verschwommene Umrisse auf der spiegelnden Oberfläche erkennen, Bilder, die über das Glas glitten. Reflexionen von Dingen, die nicht da waren.

»Nun?« Grimalkin erschien auf einem anderen Tisch, zwischen einigen Gläsern mit toten Schlangen, die in einer bernsteinfarbenen Flüssigkeit schwammen. »Wirst du sie zerdrücken oder nicht?«

»Seid ihr sicher, dass sie dann zu mir zurückkommt?«, fragte ich und beobachtete, wie das Gesicht eines Mannes über das Glas schwebte, gefolgt von einem Mädchen auf einem Fahrrad. Andere Szenen flimmerten vorbei wie Trugbilder, zu kurz und verzerrt, um sie zu erkennen.»Das Orakel hat nur gesagt, dass sie freigesetzt wird – sie hat nicht gesagt, dass sie zu mir zurückkehrt. Wenn ich das jetzt zerbreche, wird sich meine Erinnerung doch nicht in Luft auflösen oder von irgendeinem verborgenen, feenhaften Erinnerungsfresser aufgesaugt werden, oder?«

Grimalkin nieste, wie als Echo auf das leise Lachen, das aus Ashs Ecke kam.

»Du warst offenbar zu lange mit unseresgleichen zusammen«, murmelte Ash, und ich meinte, eine Spur Traurigkeit in seiner Stimme zu hören. Ich wusste nicht, ob er damit sagen wollte, ich wäre zu misstrauisch, weil ich nach möglichen Schlupflöchern in einem Feenhandel suchte, oder ob er dachte, dass ich genau das Richtige tat.

Grimalkin schnaubte und warf mir einen verächtlichen Blick zu. »Nicht alle Feen sind darauf aus, dich zu hintergehen, Mensch«, sagte er gelangweilt. »Soweit ich das beurteilen kann, war das Angebot des Orakels echt.« Er rümpfte die Nase und klopfte mit dem Schwanz auf den Tisch. »Hätte sie dir eine Falle stellen wollen, hätte sie das Angebot mit so vielen Rätseln versehen, dass du keine Chance gehabt hättest, seine wahre Bedeutung zu entschlüsseln.«

Ich sah fragend zu Ash hinüber, und er nickte.

»Na dann«, sagte ich und holte tief Luft. Ich hob die Glaskugel hoch über meinen Kopf. »Wird schon schiefgehen.« Dann schleuderte ich sie mit voller Kraft auf den Teppich.

Das dünne Glas zerbrach mit einem fast melodischen Ton, die Scherben flogen in die Luft und verwandelten sich in Lichtpunkte, die durch den Raum wirbelten. Sie verschmolzen miteinander und fügten sich zu Tausenden Bildern zusammen, die durch die Luft flatterten wie kopflose Tauben. Während ich noch atemlos zusah, rotteten sie sich alle zusammen und stürzten sich auf mich wie ein Vogelschwarm in einem Horrorfilm. Ich wurde mit einem endlosen Strom von Bildern und Emotionen bombardiert, die alle gleichzeitig versuchten, in meinen Kopf einzudringen.

Ich legte die Hände vor mein Gesicht und versuchte sie abzuwehren, aber es half nichts. Die Bilder kamen unaufhaltsam und zuckten durch meinen Kopf wie Stroboskoplichter. Ein Mann mit glatten braunen Haaren, langen, sanften Fingern und Augen, die immer lächelten. Die Bilder zeigten alle ihn. Ihn … wie er mich auf der Schaukel im Park anschubste. Wie er mein erstes Fahrrad hielt, während ich schwankend den Bürgersteig entlangfuhr. Wie er an unserem alten Klavier saß und seine langen Finger über die Tasten fliegen ließ, während ich auf dem Sofa kauerte und ihm beim Spielen zusah.

Wie er in einen winzigen grünen Tümpel stieg und das Wasser über seinem Kopf zusammenschlug, während ich schrie und schrie, bis die Polizei kam.

Als es endlich vorbei war, kniete ich auf dem Boden, und Ash hatte die Arme um mich geschlungen und drückte mich an seine Brust. Ich keuchte, hatte die Hände in sein Hemd gekrallt und spürte seinen gespannten Körper neben mir. Mein Kopf schien übervoll zu sein und pochte, als würde er gleich explodieren, einfach an den Nähten aufplatzen.

Aber ich erinnerte mich. An alles. Ich erinnerte mich an den Mann, der sich sechs Jahre lang um mich gekümmert hatte. Der mich aufgezogen und geglaubt hatte, ich sei seine Tochter, ohne etwas von meiner wahren Herkunft zu ahnen. Oberon hatte ihn als Fremden bezeichnet, aber der hatte ja keine Ahnung. Was mich anging, *war* Paul mein Vater, und zwar in jeder Hinsicht – außer biologisch. Oberon mochte ja mein leiblicher Vater sein, aber er war nie da gewesen. Er war ein Fremder, der sich kein Stück für mein Leben interessierte, der mich *Tochter* nannte, mich aber kein bisschen kannte. Der Mann, der mir mit melodiöser Stimme Gutenachtgeschichten vorgelesen hatte, der mir Einhorn-Pflaster auf meine aufgeschrammten Ellbogen geklebt hatte und mich auf seinen Knien reiten ließ, während er Klavier spielte – *das* war mein richtiger Vater. Und das würde ich immer genauso sehen.

»Geht es dir gut?« Ashs kühler Atem strich über meinen Nacken.

Ich nickte und richtete mich auf. Mein Kopf schmerzte immer noch, und es würde viele Stunden dauern, diese Flut von Bildern und Emotionen zu ordnen, aber ich wusste endlich, was ich zu tun hatte.

»Alles klar, Grim«, sagte ich und sah mit neuer Entschlossenheit zu dem Tisch hoch. »Ich habe, weshalb ich gekommen bin. *Jetzt* bin ich bereit, mich mit Leanansidhe zu treffen.«

Doch ich bekam keine Antwort. Grimalkin war verschwunden.

Glitchs Widerstand

»Grimalkin?«, rief ich noch einmal und sah mich in dem Raum um. »Wo bist du?« Nichts. Das war ein schlechtes Zeichen. Grimalkin verschwand oft, wenn es Ärger gab, und zwar ohne Erklärung oder Warnung an den Rest von uns. Manchmal verschwand er natürlich auch einfach, weil ihm gerade danach war. Es ließ sich also eigentlich nicht wirklich etwas daraus ableiten.

»Meghan.« Ash starrte mit zusammengekniffenen Augen aus dem Fenster. »Ich denke, das solltest du dir ansehen.«

Vor dem Museum stand eine Gestalt auf der Straße. Kein Mensch, so viel konnte ich erkennen. Auch wenn er zerrissene Jeans und eine Nietenlederjacke trug, verrieten ihn doch das kantige, schmale Gesicht und die spitzen Ohren. Das und die Tatsache, dass zwischen den zerzausten schwarzen Haarsträhnen, die zu einer Punkfrisur aufgetürmt waren, grelle Lichtblitze zuckten, die mich an die Plasmalampen in Krimskramsläden erinnerten. Seine Haltung verriet, dass er offenbar auf uns wartete.

»Eine Eiserne Fee«, murmelte Ash und ließ die Hand auf den Schwertgriff sinken. »Willst du, dass ich ihn töte?«

»Nein«, sagte ich und legte ihm eine Hand auf den Arm. »Er weiß, dass wir hier sind. Wenn er uns angreifen wollte, hätte er es schon längst getan. Lass uns erst mal hören, was er will.«

»Davon würde ich abraten.« Ash sah mich finster an, und in seinem Blick lag eine Spur Verbitterung. »Denk dran, dass der falsche König immer noch hinter dir her ist. Du kannst den Eisernen Feen nicht trauen, vor allem jetzt. Warum willst du überhaupt mit ihm reden? Das Eiserne Königreich und seine Bewohner sind unsere Feinde.«

»Eisenpferd war kein Feind.«

Seufzend nahm Ash die Hand vom Schwertgriff. »Wie du wünschst«, murmelte er und senkte den Kopf. »Es gefällt mir zwar nicht, aber dann hören wir uns eben an, was die Eiserne Fee will. Wenn er allerdings nur eine einzige bedrohliche Bewegung macht, werde ich ihn schneller niederschlagen, als er blinzeln kann.«

Wir schlüpften durch die Tür in die schwülwarme Nacht hinaus und gingen über die Straße zu der Eisernen Fee, die uns schon erwartete.

»Oh, gut.« Der Eiserne lächelte, als wir vor ihm auftauchten – ein freches, selbstsicheres Grinsen, ganz ähnlich wie das eines gewissen Rotschopfs, den ich gut kannte. »Ihr seid nicht abgehauen. Ich hatte schon befürchtet, ich müsste euch durch die halbe Stadt nachjagen, bevor wir reden können.«

Ich warf ihm einen finsteren Blick zu. Aus der Nähe wirkte er jünger, fast wie jemand in meinem Alter, obwohl ich wusste, dass das überhaupt nichts zu bedeuten hatte. Die Feen waren ewig jung. Nach allem, was ich wusste, konnte er genauso gut einige Jahrhunderte alt sein. Aber trotz dieser Tatsache und trotz seiner offensichtlichen feenhaften Schönheit sah er aus wie ein siebzehnjähriger Punk.

»Also«, begann ich und verschränkte die Arme vor der Brust, »hier bin ich. Wer bist du und was willst du von mir?«

»Kurz und bündig, das gefällt mir.« Das Feenwesen grinste spöttisch. Ich erwiderte sein Lächeln nicht, woraufhin es die Augen verdrehte, die, wie ich bemerkte, violett schimmerten. »Also schön, wenn ich mich vorstellen darf: Mein Name ist Glitch.«

»Glitch.« Stirnrunzelnd sah ich zu Ash. »Das kommt mir irgendwie bekannt vor. Wo habe ich diesen Namen schon mal gehört?«

»Ich bin sicher, dass Ihr ihn schon einmal gehört habt, Meghan Chase«, sagte Glitch, und das Grinsen in seinem Gesicht wurde breiter, bis man seine Zähne sehen konnte. »Ich war König Machinas Erster Leutnant.«

Ash zog begleitet von einem blauen Lichtblitz sein Schwert, und die Luft wurde spürbar kälter. Glitchs Augenbrauen wanderten ruckartig nach oben, aber er rührte sich nicht, nicht einmal, als die Schwertspitze nur wenige Zentimeter vor seiner Brust schwebte. »Ihr *könntet* mich ausreden lassen, statt voreilige Schlüsse zu ziehen«, schlug er vor.

»Ash«, mahnte ich sanft.

Ash trat einen Schritt zurück. Er steckte sein Schwert zwar nicht weg, zielte aber auch nicht mehr auf Glitchs Herz.

»Was willst du von mir?«, fragte ich wieder und hielt seinem Blick stand. »Dienst du jetzt dem falschen König? Oder bist du nur kurz vorbeigekommen, um dich vorzustellen?«

»Ich bin hier«, entgegnete Glitch, »weil ich genau wie Ihr will, dass der falsche König aufgehalten wird. Falls Ihr es noch nicht gehört habt, Prinzessin: Der Krieg gegen das Eisen läuft nicht besonders gut. Oberon und Mab haben sich zusammengetan, um den falschen König aufzuhalten, aber ihre Armeen werden nach und nach aufgerieben. Der Wilde Wald wird mit jedem Tag kleiner, da er immer mehr vom Eisernen Königreich absorbiert wird und das Reich des falschen Königs sich ausbreitet. Er braucht nur noch eine einzige Sache, dann ist er nicht mehr aufzuhalten.«

»Mich«, flüsterte ich, und das war keine Frage.

Glitch nickte. »Er braucht Machinas Macht, dann wird sein Anspruch auf den Thron unanfechtbar sein. Wenn es ihm gelingt, Euch zu töten und diese Kraft an sich zu reißen, wird alles vorbei sein.«

»Woher weiß er überhaupt, dass ich sie habe? Ich bin mir ja nicht einmal selbst sicher.«

»Ihr habt Machina getötet.« Glitch sah mich ernst an, sein Übermut war restlos verflogen. »Die Macht des Eisernen Königs geht auf den über, der ihn besiegt. Zumindest habe ich das so verstanden. Deshalb ist der Thronanspruch des falschen Königs ja auch ein Schwindel. Und deshalb will er Euch so dringend in die Finger bekommen.« Dann grinste er, bösartig und verschlagen. »Zum Glück haben wir ihm die Sache etwas erschwert, bei seinen Kriegsanstrengungen und bei Euch.«

»Wer ist wir?«

Glitch wurde wieder ernst. »Eisenpferd war mein Freund«, murmelte er, und die Erwähnung dieser edelmütigen Fee versetzte mir einen Stich. »Er war der Erste, der sich von dem falschen König losgesagt hat, und andere folgten seinem Beispiel. Wir sind nur wenige und können nur mit Guerillataktiken gegen die Armee des falschen Königs vorgehen, aber wir tun, was wir können.«

»Ihr seid also der Widerstand, von dem die Spinnenschrullen gesprochen haben.«

»Spinnenschrullen?« Glitch sah mich irritiert an. »Oh, Ihr müsst die Auftragskiller des Königs meinen. Ja, das sind wir. Obwohl wir eigentlich, wie gesagt, zu wenige sind, um einen echten Schlag gegen den falschen König zu führen. Aber wir können etwas Wichtiges tun, was ihn für immer vom Thron fernhalten wird.«

»Und das wäre?«

Glitch lächelte mich entschuldigend an und schnippte mit den Fingern.

Die Schatten um uns herum gerieten in Bewegung, als sich Dutzende von Eisernen Feen aus ihnen lösten. Während sie uns einkreisten, spürte ich das kalte Pulsieren des Eisernen Scheins, grau, matt und farblos. Ich sah Zwerge mit mechanischen Armen und Elfen mit riesigen schwarzen Augen, über deren Pupillen leuchtende grüne Ziffern liefen wie ein Schwarm Ameisen. Ich sah Hunde, deren Körper aus tickenden Uhrwerken bestanden, grünhäutige Feen mit Computerkabelhaaren und viele andere mehr. Alle hatten Waffen – Eisenklingen, Baseballschläger aus Metall und Ketten, stählerne Reißzähne oder Krallen –, die für normale Feen tödlich waren.

Ash drängte sich mit grimmigem Gesicht dicht an mich und hob angespannt sein Schwert.

Ich wirbelte herum und funkelte Glitch wütend an. »Das ist also euer Plan?«, fauchte ich und zeigte auf den Kreis um uns herum. »Ihr wollt mich entführen? Das ist eure Lösung, um den falschen König aufzuhalten?«

»Ihr müsst das verstehen, Prinzessin.« Glitch wich achselzuckend vor mir zurück und trat in den Kreis der Feen. »Es dient Eurer eigenen Sicherheit. Wir können nicht zulassen, dass Ihr dem falschen König in die Hände fallt, sonst wird er gewinnen, und alles ist verloren. Wir müssen Euch verstecken, in Sicherheit bringen. Nur darum geht es jetzt. Bitte kommt freiwillig mit. Ihr wisst, dass wir zu viele sind, um gegen uns zu kämpfen. Nicht einmal der Winterprinz kann so viele Gegner besiegen.«

»Ach wirklich?«, meldete sich eine neue Stimme, die irgendwo von hinter und über uns kam. »Na, wenn das so ist, warum schaffen wir dann nicht etwas ausgeglichenere Verhältnisse?«

Ich wirbelte herum und suchte mit den Augen die Hausdächer ab. Mein Herz raste. Vor dem Mond hob sich eine Gestalt ab, die Arme verschränkt, das rote Haar vom Wind zerzaust, und ein vertrautes Gesicht sah grinsend und kopfschüttelnd auf uns herab.

»Du bist wirklich schwer zu finden, Prinzessin«, sagte Puck und fing meinen Blick auf. »Nur gut, dass Grimalkin gekommen ist, um mich zu holen. Und wie üblich sieht es so aus, als müsste ich dich und den Eisbubi vor irgendetwas retten. Mal wieder. Das wird langsam zur Gewohnheit.«

Ash verdrehte die Augen, konzentrierte sich aber weiter auf die Feen, die uns umzingelten. »Hör auf zu kläffen und komm hier runter, Goodfellow.«

»Goodfellow?« Glitch starrte nervös zu Puck hoch. »*Robin* Goodfellow?«

»Oh, sieh mal einer an, er hat schon von mir gehört. Mein Ruhm mehrt sich.« Puck schnaubte und sprang mit einem Satz vom Dach.

Mitten in der Luft wurde er zu einem riesigen schwarzen Raben, der mit einem krächzenden Schrei auf uns zuschoss, bevor er in einer Federexplosion als Puck bei uns im Kreis landete. »Ta-daaaaaaaaaa.«

Die Rebellen wichen einen Schritt zurück, nur Glitch blieb reglos stehen. »Ihr seid immer noch nur zu dritt«, stellte er fest. »Nicht genug, um gegen uns alle zu kämpfen. Bitte, Prinzessin, wir wollen Euch doch nur beschützen. Das muss nicht in Gewalt ausarten.«

»Ich brauche euren Schutz nicht«, entgegnete ich. »Wie ihr seht, habe ich davon mehr als genug.«

»Außerdem«, ergänzte Puck, der sein durchtriebenstes Lächeln aufgesetzt hatte, »wer sagt, dass ich allein gekommen bin?«

»Du gerade«, rief ein anderer Puck von dem Dach, das er soeben verlassen hatte.

Glitch riss überrascht die Augen auf, als der zweite Puck auf ihn heruntergrinste.

»Nein, hat er nicht«, mischte sich ein dritter Puck vom gegenüberliegenden Dach aus ein.

»Tja, ich bin sicher, sie wissen, was er gemeint hat«, sagte noch ein Puck, der auf einer Straßenlaterne hockte. »Wie dem auch sei, hier sind wir.«

»Das ist ein Trick«, murmelte Glitch, während die Rebellen nervös zwischen den drei Pucks hin und her schauten, die ihnen fröhlich zuwinkten. »Das sind keine echten Körper. Du manipulierst unsere Wahrnehmung.«

Puck kicherte. »Tja, wenn du meinst. Du kannst sie gern auf die Probe stellen.«

»So oder so würde es nicht gut für euch ausgehen«, unterbrach Ash ihn. »Selbst wenn es euch gelingen sollte, uns zu schlagen, werden wir dafür sorgen, dass euer kleiner Rebellentrupp um einiges dezimiert wird, bevor wir fallen. Verlass dich drauf.«

»Verschwinde, Glitch«, sagte ich ruhig. »Wir werden dich und deine Freunde nirgendwohin begleiten. Ich werde mich ganz sicher nicht vor dem falschen König verstecken und nichts tun.«

Glitch kniff die Augen zusammen. »Genau das befürchte ich ja.« Doch er drehte sich um und signalisierte seinen Leuten, sich zurückzuziehen, woraufhin die Eisernen Feen wieder mit den Schatten verschmolzen. »Wir werden Euch im Auge behalten, Prinzessin«, warnte er mich, bevor er ebenfalls in der Dunkelheit verschwand.

Mit klopfendem Herzen drehte ich mich um und sah, wie Puck mich anstarrte, wie üblich mit einem schiefen Grinsen im Gesicht. Er sah aus wie immer: groß und schlaksig, zu jeder Schandtat bereit und immer mit einer sarkastischen Bemerkung oder einer geistreichen Entgegnung auf den Lippen. Doch ich sah auch den Schmerz in seinen Augen aufflackern und einen Hauch von Wut, die er nicht ganz verbergen konnte, und das bereitete mir Bauchschmerzen. »Hey, Prinzessin.«

»Hey«, flüsterte ich, gerade als Ash mir von hinten die Arme um die Taille schlang und mich an sich zog. Gleichzeitig spürte ich, wie er Puck über meinen Kopf hinweg einen durchdringenden Blick zuwarf – eine wortlose, abwehrende Geste, die mehr sagte als tausend Worte: *Meine. Finger weg.* Puck ignorierte ihn und konzentrierte sich ganz auf mich. Sein eindringlicher Blick erinnerte mich wieder an unsere letzte Begegnung und an die schicksalhafte Entscheidung, die uns hierhergebracht hatte.

»Meghan Chase!«

Oberons Stimme schnitt durch die Luft wie ein Peitschenknall. Ein Donnerschlag ließ den Boden erbeben.

Die Stimme des Erlkönigs war unheilvoll ruhig, und der Bernsteinton seiner Augen leuchtete intensiv durch den fallenden Schnee. »Die Gesetze unseres Volkes sind unumstößlich«, warnte Oberon mich. »Sommer und Winter teilen viele Dinge, aber die Liebe gehört nicht dazu. Wenn du diese Wahl triffst, Tochter, werden die Steige sich für dich niemals wieder öffnen.«

»Meghan.« Puck trat vor und sah mich flehend an. »Tu das nicht. Diesmal kann ich dir nicht folgen. Bleib hier. Bei mir.«

»Ich kann nicht«, flüsterte ich. »Es tut mir leid, Puck. Ich liebe dich wirklich, aber ich muss das tun.«

Schmerz verdusterte sein Gesicht, und er wandte sich ab. Schuldgefühle packten mich, aber letzten Endes war die Entscheidung immer klar gewesen.

»Es tut mir leid«, entschuldigte ich mich noch einmal flüsternd. Dann folgte ich Ash durch das Tor und ließ das Feenreich für immer hinter mir.

Die Erinnerung brannte wie Galle in meinem Magen. Ich schloss die Augen und wünschte, dass es nicht so sein müsste. Ich liebte Puck wie einen Bruder und besten Freund. Und trotzdem hatten mich in einer sehr schlimmen Zeit, als ich verwirrt, einsam und verletzt gewesen war, meine Gefühle für ihn dazu verleitet, etwas sehr Dummes zu tun, etwas, das ich besser nicht getan hätte. Ich wusste, dass er mich liebte, und wenn ich daran dachte, dass ich diese Gefühle ausgenutzt hatte, ekelte es mich vor mir selbst. Ich wünschte, ich wüsste, wie ich es wiedergutmachen könnte, doch der schlecht verborgene Schmerz in Pucks Blick sagte mir, dass Worte nicht ausreichen würden.

Endlich fand ich meine Stimme wieder. »Was machst du hier?«, flüsterte ich und war plötzlich dankbar für Ashs Arm um meine Taille, der sozusagen eine Barriere zwischen mir und Puck bildete.

Puck rollte achselzuckend mit den Augen. »Das ist doch offensichtlich, oder nicht?«, erwiderte er, und es klang ein wenig schärfer als gewöhnlich. »Nachdem du und der Eisbubi es geschafft hattet, euch verbannen zu lassen, habe ich mir Sorgen gemacht, dass die Eisernen Feen immer noch hinter dir her sein könnten. Also bin ich gekommen, um herauszufinden, ob ich recht hatte. Und das war offenbar goldrichtig. Also, wer ist diese neueste Eiserne Fee, der du da auf den Schlips getreten bist? Glitch, richtig? Machinas Erster Leutnant – du hast wirklich ein Händchen für die, Prinzessin.«

»Später.« Grimalkin erschien aus einem Schatten, sein buschiger Schwanz wehte im Wind. »Deine versuchte Entführung hat die Feen von New Orleans in Aufruhr versetzt, Mensch«, verkündete er und musterte mich durchdringend mit seinen goldenen Augen. »Wir sollten uns auf den Weg machen, bevor noch mehr passiert. Die Eisernen Feen haben die Jagd auf dich eröffnet, und ich verspüre nicht das Verlangen, schon wieder so eine kleine Rettungsaktion zu starten. Ihr könnt reden, wenn wir bei Leanansidhe sind. Gehen wir.«

Er trottete mit hocherhobenem Schwanz die Straße hinunter und blieb nur einmal an einer Seitengasse kurz stehen, um uns mit glühenden Augen einen Blick zuzuwerfen, bevor er in der Dunkelheit verschwand.

Ich löste mich aus Ashs Armen und machte einen Schritt in Pucks Richtung, da ich hoffte, wir könnten miteinander reden. Er fehlte mir. Er war mein bester Freund, und ich wollte, dass alles wieder so wurde wie früher, wir drei gegen den Rest der Welt. Doch sobald ich mich bewegte, trat Puck von mir weg, als wäre meine Nähe für ihn unerträglich. Mit drei langen Schritten erreichte er den Eingang der Gasse, dann drehte er sich zu uns um und grinste. Sein rotes Haar leuchtete im Schein der Straßenlaterne.

»Was ist, Turteltäubchen? Kommt ihr? Ich kann es gar nicht erwarten, Leas Gesicht zu sehen, wenn ihr beide reinschneit.« Seine Augen funkelten, und sein Grinsen wurde grimmig. »Wisst ihr, ich habe gehört, sie tut denen, die ihr ein Dorn im Auge sind, grauenhafte Dinge an. Man kann also nur hoffen, dass sie dir nicht die Eingeweide rausreißt und sie als Harfensaiten verwendet, Prinz.« Er wackelte kichernd mit den Augenbrauen, drehte sich um und folgte Grimalkin in die Schatten der Gasse.

Ich seufzte. »Er hasst mich.«

Ash knurrte. »Nein, ich denke, diese spezielle Empfindung hat er für mich reserviert«, erklärte er belustigt. Als ich darauf nichts erwiderte, zog er mich vorwärts, und wir liefen gemeinsam zu der Gasse. »Goodfellow hasst dich nicht«, fuhr er fort, als die Schatten jenseits der Straßenlaternen finster und bedrohlich vor uns aufragten. »Er ist wütend, aber ich glaube, mehr auf sich selbst. Immerhin hatte er sechzehn Jahre Zeit, um etwas zu unternehmen. Es ist ganz allein seine Schuld, dass ich ihm zuvorgekommen bin.«

»Dann ist das jetzt also so eine Art Wettkampf?«

»Wenn du es so nennen willst.«

Ich wollte Puck und Grimalkin schon in die Gasse folgen, da packte er mein Handgelenk, zog mich an sich und ließ eine Hand meinen Rücken hinaufgleiten, während er die andere an meine Wange legte. »Ich habe schon einmal seinetwegen ein Mädchen verloren«, murmelte Ash und vergrub seine Finger in meinem Haar. Obwohl sein Ton unbekümmert war, huschte kurz ein altbekannter Schmerz über sein Gesicht. »Ich will nicht noch eines verlieren.« Seine Stirn landete sanft an meiner, und sein strahlender, silbern schimmernder Blick durchbohrte mich. »Ich habe vor, sie alle von dir fernzuhalten, solange ich lebe. Damit meine ich Puck, den falschen König und jeden anderen, der dich mir wegnehmen könnte.« Sein Mundwinkel zuckte, während ich mich bemühte, unter seinem eindringlichen Blick wieder zu Atem zu kommen. »Wahrscheinlich hätte ich dich warnen sollen – ich habe eine etwas besitzergreifende Ader.«

»Ist mir noch gar nicht aufgefallen«, flüsterte ich und versuchte, fröhlich und sarkastisch zu klingen, blieb aber ziemlich atemlos. »Ist schon okay – ich werde dich auch nicht aufgeben.«

Sein Blick wurde sanft, er neigte den Kopf, und seine Lippen strichen über meine. Ich verschränkte die Hände in seinem Nacken, schloss die Augen und atmete seinen Duft ein – um einfach alles um mich herum zu vergessen, wenn auch nur für einen Moment.

»Hey, Turteltäubchen!« Pucks Stimme zerriss die Stille und hallte durch die Dunkelheit.

Ash zog sich mit einem reumütigen Lächeln von mir zurück.

»Nehmt euch gefälligst ein Zimmer, ja! Wir haben Besseres zu tun, als zuzusehen, wie ihr euch gegenseitig die Zunge in den Hals schiebt!«

»Allerdings.« In Grimalkins Stimme schwang dieselbe Verärgerung mit wie in Pucks, und ich zuckte zusammen. War jetzt sogar der Kater einer Meinung mit ihm? »Beeilt euch, sonst lassen wir euch zurück.«

Wir folgten Grimalkin durch die Stadt, eine ungewöhnlich lange, gewundene Gasse entlang, in der es irgendwann stockfinster wurde. Dann waren wir plötzlich wieder in einem vertrauten kerkerartigen Keller, wo Fackeln an den Wänden hingen und sich anzüglich grinsende Gargoyles um die Steinsäulen ringelten.

Grimalkin legte ein scharfes Tempo vor und glitt durch einige Flure, in denen die Fackeln hektisch flackerten und es in den dunklen Ecken knurrte und raschelte. Ich musste daran denken, wie ich zum ersten Mal hierhergekommen und zum ersten Mal Leanansidhe begegnet war. Damals waren wir mehr gewesen: ich, Puck, Grim, Eisenpferd und die drei Halbblutkids Kimi, Nelson und Warren.

Jetzt war unsere Gruppe wesentlich kleiner. Eisenpferd gab es nicht mehr, genau wie Kimi und Nelson. Sie waren alle Opfer von Machinas grausamem Leutnant Virus geworden. Warren war ein Verräter, der für den falschen König gearbeitet hatte. Ich fragte mich, wen ich noch verlieren würde, bevor das alles vorbei war. Ob es allen in meinem Umfeld bestimmt war, zu sterben. Die finstere Prophezeiung des Orakels kam mir wieder in den Sinn, dass ich am Ende ganz allein sein würde, und ich kämpfte die aufsteigende Furcht nieder.

Ashs Finger schlossen sich um meine und drückten sie. Er sagte nichts, doch ich klammerte mich an seine Hand wie an eine Rettungsleine, so als könnte er jeden Moment verschwinden.

Wir folgten Grimalkin über eine lange Treppe in Leanansidhes bombastische Eingangshalle, in der sich zwei breite Freitreppen Richtung Decke erhoben und die Wände mit berühmten Gemälden und anderen Kunstwerken geschmückt waren. Automatisch wanderte mein Blick zu dem Flügel in einer Ecke des Raums. Dort hatte ich meinen Vater zum ersten Mal gesehen, auf der Klavierbank sitzend, über die Tasten gebeugt, und hatte ihn nicht einmal erkannt.

Der Flügel war verwaist, aber das vornehme schwarze Sofa vor dem brennenden Kamin nicht. Dort saß, entspannt in die Kissen gelehnt und mit einem Weinkelch in der schlanken Hand, Leanansidhe, die Königin der Exilanten.

»Meine Lieben!« Leanansidhe – blass, groß und umwerfend schön – schenkte uns mit ihren blutroten Lippen ein Lächeln, während ihre glänzenden kupferroten Haare um ihren Kopf schwebten, als wären sie schwerelos. Sie erhob sich mit müheloser Grazie, und ihr elfenbeinfarbenes Kleid wogte um ihre Füße, während sie ihr Weinglas geistesabwesend einem wartenden Satyr reichte, um es gegen eine Zigarettenspitze einzutauschen. Dann kam sie mit dem Lächeln eines hungrigen Tigers auf uns zu, wobei sie saphirblauen Zigarettenrauch hinter sich herzog.

»Meghan, Liebes, wie *wundervoll,* dass du mal reinschaust. Als du von deiner letzten Mission nicht zurückgekehrt bist, habe ich schon das Schlimmste befürchtet. Aber wie ich sehe, hast du es doch geschafft.« Der kalte Blick aus ihren blauen Augen wanderte zu Ash, und sie zog eine schmale Augenbraue hoch. »Und in Begleitung des Winterprinzen. Wie...«, sie tippte ihre langen Fingernägel aneinander und spitzte die Lippen, »... hartnäckig.« Sie kniff die Augen zusammen, und eine Welle von Macht strömte durch die Luft und ließ die Lampen flackern, als Leanansidhe sich Ash zuwandte. »Als ich Euch das letzte Mal gesehen habe, habt Ihr gedroht, die Familie des Mädchens abzuschlachten, Eure Hoheit. Sei gewarnt, mein Lieber, es ist mir völlig egal, ob du Mabs Lieblingssohn bist. Wenn du in *diesem* Haus irgendjemanden bedrohst, werde ich dir die Eingeweide durch die Nase rausreißen und meine Harfen mit ihnen bespannen.«

»Ich persönlich würde das zu gern sehen«, murmelte Puck grinsend.

Ich warf ihm einen wütenden Blick zu, woraufhin er mir die Zunge rausstreckte.

Ash verbeugte sich. »Ich habe jegliche Verbindung zum Winterhof abgebrochen«, sagte er ruhig und erwiderte den durchdringenden Blick der Königin der Exilanten. »Ich bin nicht länger ›Eure Hoheit‹, sondern nur ein Exilant, genau wie Meghan. Und ich will weder dir noch irgendjemandem in deinem Haus etwas Böses.«

Leanansidhe schenkte ihm ein schmallippiges Lächeln. »Vergiss nur nicht, wer hier die Königin ist, mein Lieber.« Dann nickte sie dem Rest unserer Gruppe zu und deutete auf die Sofas. »Setzt euch, meine Lieben, setzt euch«, forderte sie uns in einem Ton auf, der eine nur leicht verschleierte Drohung enthielt. »Ich fürchte, wir haben einiges zu besprechen.«

Ich holte tief Luft, während ich in die Samtkissen sank, und fühlte mich unglaublich klein, als das Sofa versuchte, mich zu verschlucken. Ash blieb lieber stehen und ragte neben mir auf, während Puck und Grim sich auf die Armlehnen hockten. Leanansidhe ließ sich elegant auf dem gegenüberliegenden Sessel nieder, überkreuzte ihre langen Beine und starrte mich über ihre Zigarette hinweg an. Ich dachte an meinen Dad, und heiße, brodelnde Wut stieg in mir auf. Ich wollte sie so viel fragen, dass ich gar nicht wusste, wo ich anfangen sollte. Ash legte mir warnend eine Hand auf die Schulter und drückte sie sanft. Es konnte nichts Gutes dabei herauskommen, wenn man die Königin der Exilanten wütend machte, besonders da sie die morbide Angewohnheit hatte, Leute in Harfen, Celli oder Violinen zu verwandeln, wenn sie sie verärgerten. Ich musste mit Bedacht vorgehen.

»Also, Liebes.« Leanansidhe zog an ihrer Zigarette und blies den fischförmigen Rauch in meine Richtung. »Du wurdest aus dem Nimmernie verbannt und zwar aufgrund eines höchst spektakulären Akts des Widerstands, wie ich hörte. Was hast du denn nun vor?«

»Warum interessiert dich das?«, fragte ich zurück und versuchte, meine Gefühle im Zaum zu halten. »Wir haben das Zepter zurückgebracht und den Krieg zwischen den beiden Höfen beendet. Wieso interessiert es dich also, was wir jetzt vorhaben?«

Leanansidhes Augen funkelten, und ihre Zigarettenspitze zitterte vor Verärgerung. »Weil auf der Straße beunruhigende Gerüchte umgehen, Liebes. Die Welt der Sterblichen wird von seltsamen Wetterphänomenen heimgesucht, Sommer und Winter verlieren immer mehr Boden an das Eiserne Reich, und kürzlich ist eine neue Fraktion von Eisernen Feen aufgetaucht, die nach dir sucht.« Leanansidhe lehnte sich vor und kniff die Augen zusammen. »Außerdem kursieren Gerüchte über eine Halbblutprinzessin, die sowohl über Sommermagie als auch über Eisernen Schein verfügt. Man erzählt, sie hätte die Macht, beide Höfe zu beherrschen, und dass sie eine eigene Armee aufstellt – eine Armee aus Exilanten und Eisernen Feen –, um einen Umsturz herbeizuführen.«

»*Was?*«

»So lauten die Gerüchte, Liebes.« Leanansidhe setzte sich zurück und stieß einen Schwarm Schmetterlinge aus. Sie flatterten um mich herum und verbreiteten den Geruch von Rauch und Nelken, bevor sie sich in Nichts auflösten. »Du wirst verstehen, dass ich beunruhigt bin, Liebes. Ich wollte also selbst die Wahrheit herausfinden.«

»Aber ... das ist ...« Mir fehlten die Worte, außerdem spürte ich Ashs Blick im Nacken, und Puck starrte mich neugierig an. Nur Grimalkin, der gerade dabei war, sich auf der Armlehne den Schwanz zu putzen, schien völlig unbeeindruckt zu sein. »Natürlich stelle ich keine Armee auf«, platzte es schließlich aus mir heraus. »Das ist doch lächerlich. Ich habe nicht vor, irgendeinen Umsturz herbeizuführen!«

Leanansidhe musterte mich mit undurchdringlicher Miene. »Und die anderen Behauptungen, Liebes? Von der Prinzessin, die den Schein des Sommers und des Eisens beherrscht? Sind die ebenfalls reine Erfindung?«

Ich kaute auf meiner Unterlippe herum. »Nein. Das stimmt.«

Sie nickte langsam. »Ob es dir nun gefällt oder nicht, Täubchen, du bist zu einem entscheidenden Spieler in diesem Krieg geworden. Du bewegst dich am Rande von allem – zwischen Fee und Sterblicher, Sommer und Eisen, den alten Wegen und dem unaufhaltsamen Fortschritt. Wohin wirst du tendieren? Für welche Seite wirst du dich entscheiden?

Vergib mir also, wenn es mich nicht unwesentlich interessiert, was du vorhast und wie du dich fühlst, Liebes. Was genau sind deine Pläne für die Zukunft?«

»Ich weiß es nicht.« Verzweifelt vergrub ich mein Gesicht in den Händen. Ich wollte doch nur ein normales Leben führen. Ich wollte nach Hause. Ich wollte... Ich richtete mich auf und sah Leanansidhe direkt in die Augen. »Ich will meinen Vater zurück. Und ich will wissen, warum du ihn mir vor elf Jahren weggenommen hast.«

Schweigen breitete sich aus. Ich konnte spüren, wie die Spannung im Raum stieg, während Leanansidhe mich anstarrte. Ihre Zigarettenspitze verharrte auf halbem Weg zu ihrem Mund, und blauer Rauch stieg davon empor. Ash umklammerte meine Schultern. Er war angespannt und bereit, falls nötig, sofort zu reagieren. Aus dem Augenwinkel sah ich, dass Grimalkin verschwunden war und Puck wie erstarrt auf seiner Armlehne hockte.

Ein paar Herzschläge lang rührte sich niemand.

Dann legte Leanansidhe den Kopf in den Nacken und begann zu lachen, was mich zusammenzucken ließ. Die Lampen flackerten, erloschen und gingen wieder an, als die Königin der Exilanten den Blick schließlich auf mich richtete.

»Weggenommen?« Leanansidhe lehnte sich zurück und schlug erneut ihre langen Beine übereinander. »Gestohlen? Du meinst sicherlich *gerettet*, oder, Liebes?«

»Ich...« Verwirrt blinzelte ich. »Wovon redest du?«

»Oh, dann kennst du diese Geschichte noch gar nicht. Puck, mein Lieber, du solltest dich schämen. Du hast es ihr nie erzählt.«

Sofort sah ich Puck scharf an. Er wand sich auf seiner Armlehne, wich meinem Blick aus, und plötzlich rutschte mir das Herz in die Hose.

Nein, nein. Nicht du, Puck. Ich kenne dich doch schon ewig. Sag mir, dass du nichts damit zu tun hattest.

Leanansidhe lachte wieder. »Tja, welch unerwartetes Drama. Fantastisch! Dafür muss ich eine Bühne schaffen.« Sie klatschte in die Hände, und die Lichter erloschen abrupt, bis auf einen einzelnen Strahl über dem Piano.

»Lea, nein.« Pucks Stimme überraschte mich – leise, rau und fast verzweifelt. Mein Herz rutschte noch weiter. »Nicht so. Lass es mich ihr erklären.«

Leanansidhe warf Puck einen unbarmherzigen Blick zu und schüttelte den Kopf. »Nein, mein Lieber. Ich denke, es ist nötig, dass das Mädchen die Wahrheit erfährt. Du hattest jede Menge Zeit, es ihr zu erzählen. Du bist also selbst schuld.« Sie wedelte mit der Hand, und Musik erklang – dunkle, Unheil verkündende Klavierklänge –, obwohl niemand am Flügel saß. Ein zweiter Strahler richtete sich nun auf Leanansidhe, während sie sich mit wogendem Kleid und wehenden Haaren erhob. Aufrecht und mit ausgebreiteten Armen, als wolle sie ihr Publikum umarmen, schloss die Dunkle Muse die Augen und begann zu sprechen.

»Es waren einmal zwei Sterbliche.«

Ihre melodische Stimme erklang in meinem Kopf, und vor mir erschienen so klare Bilder, als würde ich einen Film sehen. Ich sah meine Mom, jünger, lächelnd und sorglos, wie sie mit einem großen, schlanken Mann Händchen hielt, den ich jetzt auch erkannte. Paul. Mein Dad. Sie redeten und lachten, waren offensichtlich verliebt und blind für den Rest der Welt. Es schnürte mir die Kehle zu.

»In den Augen der Sterblichen«, fuhr Leanansidhe fort, »waren sie unscheinbar. Zwei Seelen in einer Masse von identischen Menschen. Doch für die Welt der Feen waren sie sprudelnde Quellen des Scheins, Leuchtfeuer in der Nacht. Eine Malerin, deren Bilder ein solches Eigenleben entwickelten, dass sie fast schon sangen, und ein Musiker, dessen Seele mit der Musik verschmolzen war – und ihre Liebe mehrte ihre Talente noch.«

»Moment«, platzte ich heraus und unterbrach damit die Geschichte. Leanansidhe blinzelte, senkte die Hände, und der Strom der Bilder riss holpernd ab. »Ich glaube, da liegst du falsch. Mein Dad war kein großer Musiker, er war Versicherungsvertreter. Ich meine, klar, er hat Klavier gespielt, aber wenn er wirklich *so* gut war, warum hat er dann nicht was mit Musik gemacht?«

»Wer erzählt hier die Geschichte, Liebes?« Die Königin der Exilanten starrte mich gereizt an, und die Lichter flackerten wieder. »Sagt dir der Begriff ›hungernder Künstler‹ etwas? Dein Vater war sehr talentiert, aber mit Musik konnte er nicht die Rechnungen bezahlen. Also, willst du die Geschichte jetzt hören oder nicht, Liebes?«

»Sorry«, murmelte ich und sank auf das Sofa zurück. »Bitte mach weiter.«

Leanansidhe schnaufte, warf ihr Haar über die Schulter, und der Film lief weiter, als sie fortfuhr: »Sie heirateten, und wie das bei Menschen oft der Fall ist, lebten sie sich langsam auseinander. Der Mann nahm einen neuen Job an, der es erforderte, dass er oft lange Zeit nicht zu Hause war. Seine Musik verkümmerte und versiegte schließlich ganz. Seine Frau malte weiterhin, wenn auch nicht mehr so oft wie früher. Jetzt war ihre Kunst allerdings von Sehnsucht erfüllt, von dem Verlangen nach mehr. Und vielleicht lenkte genau das den Blick des Sommerkönigs auf sie.«

Ich biss mir auf die Lippe. Diesen Teil der Geschichte hatte ich schon einmal gehört, von Oberon persönlich, aber das machte es nicht leichter.

Ash drückte meine Schulter.

»Wenig später wurde ein Kind geboren, ein Kind zweier Welten, halb Fee und halb Sterbliche. Daraufhin wurde am Sommerhof viel spekuliert. Man fragte sich, ob das Kind in das Reich der Feen geholt und dort als Tochter Oberons aufgezogen werden sollte, oder ob es bei seinen sterblichen Eltern in der Menschenwelt bleiben sollte. Unglücklicherweise floh die Familie mit dem Kind, bevor eine Entscheidung gefällt werden konnte. Sie ließen die Kleine wie von Zauberhand aus Oberons Einflussgebiet verschwinden. Bis heute weiß niemand, wie sie das angestellt haben, obwohl es Gerüchte gibt, dass die Mutter des Mädchens einen Weg gefunden hat, sie alle zu verbergen. Möglicherweise war sie gegenüber dem Feenreich nicht so blind, wie es zunächst den Anschein hatte.

Ironischerweise war es die Musik des Mannes, die sie schließlich verraten hat, als der Vater des Mädchens wieder anfing zu komponieren. Sechs Jahre, nachdem sie vor den Höfen geflohen waren, entdeckte Königin Titania den Aufenthaltsort der Familie jenes Mädchens und war fest entschlossen, sich zu rächen. Sie konnte das Mädchen nicht töten, ohne Oberons Zorn zu riskieren, noch wagte sie es, etwas gegen die

Mutter zu unternehmen, jene Menschenfrau, die das Interesse des Sommerkönigs geweckt hatte. Doch der menschliche Vater des Mädchens genoss keinerlei Schutz dieser Art.«

»Dann hat Titania meinen Dad entführt?«, musste ich sie einfach unterbrechen, auch wenn ich wusste, dass es Leanansidhe wahrscheinlich wieder aufregen würde.

Sie warf mir einen finsteren Blick zu, aber ich war zu frustriert, um mich darum zu kümmern.

»Aber das ergibt doch gar keinen Sinn! Wie ist er denn dann bei dir gelandet?«

Leanansidhe seufzte melodramatisch, griff nach ihrer Zigarette und zog mit gespitzten Lippen daran. »Ich war gerade dabei, mich dem dramatischen Höhepunkt zu nähern, Liebes.« Sie erschuf einen blauen Panther aus Rauch, der über meinen Kopf hinwegzog. »Es ist wahrscheinlich nervtötend, mit dir ins Kino zu gehen, oder?«

»Keine Geschichten mehr«, sagte ich und stand auf. »Bitte sag es mir einfach: Hat Titania meinen Vater geholt oder nicht?«

»Nein, Liebes.« Leanansidhe verdrehte die Augen. »*Ich* habe deinen Vater geholt.«

Fassungslos starrte ich sie an. »Also doch! *Warum?* Nur damit Titania es nicht tun konnte?«

»Ganz genau, Täubchen. Ich halte nicht sonderlich viel von diesem Sommerbiest, bitte entschuldige meine Ausdrucksweise, da diese eifersüchtige Hexe für mein Exil verantwortlich ist. Und du solltest dankbar sein, dass *ich* deinen Vater entführt habe und nicht Titania. Er hat hier kein schlechtes Leben. Die Sommerkönigin hätte ihn wahrscheinlich in eine Kröte oder einen Rosenstrauch oder etwas Ähnliches verwandelt.«

»Woher wusstest du überhaupt davon? Wie kamst du ins Spiel?«

»Frag Puck«, erwiderte Leanansidhe und deutete mit der Zigarettenspitze auf das Ende des Sofas. »Er war zu dieser Zeit als dein Beschützer abgestellt. Er war es, der mir alles darüber erzählt hat.«

Es fühlte sich an, als hätte mir jemand mit voller Wucht in den Magen geschlagen. Ungläubig drehte ich mich zu Puck um, der eifrig damit beschäftigt war, die nächste Zimmerecke zu mustern. Ich bekam kaum noch Luft. »Puck? *Du* hast ihr von meinem Dad erzählt?«

Er fuhr zusammen. Dann sah er mich an und kratzte sich am Hinterkopf. »Du verstehst nicht, Prinzessin. Als ich von Titanias Plänen Wind bekam, musste ich doch etwas tun. Oberon wäre es egal gewesen, er hätte keine Hilfe geschickt. Lea war die Einzige, die ich fragen konnte.« Er zuckte mit den Schultern und schenkte mir ein zaghaftes Lächeln. »Mit der Königin des Lichten Hofes kann ich es nicht aufnehmen, Prinzessin. Das wäre reiner Selbstmord gewesen, sogar für mich.«

Ich holte tief Luft, um einen klaren Gedanken fassen zu können, doch dann packte mich grenzenlose Wut. Puck hatte es gewusst. Er hatte die ganze Zeit gewusst, wo mein Dad war. All die Jahre, in denen er mein bester Freund gewesen war – oder *vorgegeben* hatte, er wäre mein bester Freund –, hatte er mit angesehen, wie ich mit dem Schmerz gekämpft hatte, meinen Vater verloren zu haben. Mit den Albträumen, die folgten, der Verwirrung, der Isolation und der Einsamkeit. Und er hatte es die ganze Zeit gewusst.

Die Wut kochte in mir hoch, und ich sah rot, als elf Jahre der Trauer, der Verwirrung und des Zorns mich überspülten. »Warum hast du es mir nicht gesagt?«, brach es aus mir heraus, woraufhin Puck wieder zusammenzuckte. Mit geballten Fäusten stapfte ich zu ihm rüber. Der Schein loderte um mich herum, heiß und wütend. »Die ganze Zeit, all die *Jahre* hast du es gewusst und nie etwas gesagt! Wie konntest du nur? Du warst doch mein bester Freund!«

»Prinzessin …«, setzte Puck an, aber der Zorn überwältigte mich, und ich schlug ihm, so fest ich konnte, ins Gesicht. Er wurde von der Armlehne geschleudert. Völlig geschockt landete er der Länge nach auf dem Boden. Ich ragte über ihm auf, zitterte vor Hass und drängte die Tränen zurück. »Du hast mir meinen Dad weggenommen!«, schrie ich und unterdrückte den Drang, ihn immer und immer wieder in die Rippen zu treten. »Du warst es!«

Ash packte mich von hinten und hielt mich zurück. Einen Moment lang versuchte ich, ihn abzuschütteln, dann drehte ich mich zu ihm um, vergrub das Gesicht an seiner Brust und rang nach Luft, während meine Tränen sein Hemd durchweichten.

So. Jetzt kannte ich die Wahrheit, aber ich konnte ihr nichts Positives abgewinnen. Was sagt man, wenn der beste Freund einen elf Jahre lang angelogen hat? Ich wusste nicht, wie ich Puck je wieder ins Gesicht sehen sollte, ohne dabei das Verlangen zu verspüren, ihn zu schlagen. Aber eines wusste ich – je länger mein Dad hier im Zwischenraum blieb, desto mehr würde er die reale Welt vergessen. Ich konnte nicht zulassen, dass er bei Leanansidhe blieb. Ich musste ihn hier rausholen, heute noch.

Als ich aufschaute, war Puck verschwunden, doch Leanansidhe war immer noch da. Sie saß in ihrem Sessel und beobachtete mich aus zusammengekniffenen blauen Augen.

»Also, Liebes«, murmelte sie, als ich mich von Ash löste und mir mit dem Ärmel die Wangen trocknete. »Was wirst du jetzt tun?«

Ich holte tief Luft und sah Leanansidhe mit dem letzten Rest meiner Selbstbeherrschung fest an. »Ich will, dass du meinen Dad gehen lässt«, forderte ich und beobachtete, wie sie eine schmale Augenbraue hob. »Er gehört nicht hierher, zu dir. Lass mich ihn in die wirkliche Welt zurückbringen.«

Leanansidhe musterte mich ausdruckslos. Weder in ihren Augen noch auf ihrem Gesicht spiegelte sich irgendein Gefühl, als sie an ihrer Zigarette zog und eine sich ringelnde Viper in die Luft blies. »Liebes, dir ist doch wohl klar, dass deine Mutter wahrscheinlich ausflippen wird, wenn du eines Abends mit ihrem verschollenen Ehemann bei ihr auftauchst? Denkst du etwa, sie wird ihn einfach zurücknehmen, und alles wird wieder wie früher? So funktioniert das nicht, Täubchen. Viel eher wirst du so deine kleine Menschenfamilie auseinanderreißen.«

»Ich weiß.« Wieder stiegen mir Tränen in die Augen, und ich versuchte sie runterzuschlucken, aber sie blieben in meiner Kehle hängen und machten es mir schwer zu sprechen, anstatt zu heulen. »Ich habe ja gar nicht vor, ihn mit nach Hause zu nehmen. Mom... Mom hat jetzt Luke und Ethan. Ich weiß, dass... wir nicht wieder zu dieser Familie werden können, nie wieder.« Sobald ich es laut ausgesprochen hatte, begannen die Tränen zu fließen. Sicher, es war nur ein Wunschtraum gewesen, aber es tat trotzdem weh, zu sehen, wie er zerstört wurde, und zu wissen, dass die Familie, die ich damals verloren hatte, für immer aufgehört hatte zu existieren.

»Was willst du dann mit ihm, Täubchen?«

»Ich will, dass er wieder normal ist, dass er einfach ein normales Leben führen kann!« Frustriert und verzweifelt riss ich die Arme hoch. »Ich will nicht, dass er verrückt ist! Ich will nicht, dass er ewig hier umherwandert, ohne zu wissen, wer er ist oder was in seiner Vergangenheit passiert ist. Ich ... ich will mit ihm reden können wie mit einem normalen Menschen, und sehen, ob er sich an mich erinnert.«

Ash kam wieder zu mir und streichelte meinen Rücken, einfach um mir zu versichern, dass er noch da war. Ich sah kurz zu ihm hoch und lächelte.

»Ich will, dass er sich weiterentwickeln kann«, fasste ich zusammen und sah Leanansidhe direkt in die Augen. »Und ... das kann er hier nicht, wo er nicht altert und sich an nichts erinnern kann, was ihn ausmacht. Du musst ihn gehen lassen.«

»Muss ich?« Leanansidhe lächelte breit, und ihre Stimme bekam einen gefährlichen Unterton. »Und wie genau willst du mich davon überzeugen, Liebes? Ich gebe wirklich nur sehr ungern einen meiner Lieblinge auf, ganz egal, ob er mit dir verwandt ist oder nicht. Also, mein Täubchen, was kannst du mir für die Freiheit deines Vaters anbieten?«

Ich riss mich zusammen. Jetzt kam der gefährlichste Teil des Ganzen, der Handel. Ich konnte mir so einiges vorstellen, was die Dunkle Muse von mir verlangen würde: meine Stimme, meine Jugend, mein Erstgeborenes, all das könnte sie haben wollen. Doch bevor ich etwas sagen konnte, nahm Ash meinen Ellbogen und schob mir etwas zwischen die Finger.

Neugierig hob ich die Hand. Dort funkelte ein kleiner goldener Ring, umgeben von einer sanft wirbelnden Aura aus Blau- und Grüntönen. Er sah genauso aus wie der, den wir aus dem Grab geholt hatten. Ich sah Ash fragend an, und er zwinkerte mir zu.

»Erinnerst du dich, wie das Orakel gefragt hat, ob du auch den Gefährten des Ringes hast?«, flüsterte er, und sein Atem kitzelte mich am Ohr. »Wenigstens hat einer von uns vorausgedacht.«

»Also, Liebes?«, fragte Leanansidhe, bevor ich etwas erwidern konnte. »Was flüstert ihr zwei da? Hat es irgendetwas damit zu tun, was du gegen deinen Vater eintauschen willst?«

Ich schenkte Ash ein strahlendes Lächeln und wandte mich wieder

Leanansidhe zu. »Ja«, sagte ich dann leise und hob das Kleinod hoch, sodass es im Licht funkelte. Leanansidhe richtete sich kerzengerade in ihrem Sessel auf. »Ich kann dir das hier geben.«

Das kurze, gierige Aufblitzen in den Augen der Königin verriet mir, dass wir gewonnen hatten.

»Ein Kleinod, Liebes?« Leanansidhe lehnte sich zurück und gab sich gelassen. »Das könnte ausreichend sein. Zumindest vorerst. Ich denke mal, dafür kann ich deinen Vater hergeben.«

Mir wurde ganz schwummrig vor Erleichterung, aber Ash trat vor und schloss die Hand um den Ring und meine Finger. »Das reicht nicht«, sagte er, woraufhin ich ihn fassungslos anstarrte. »Du weißt, dass die Eisernen Feen nach Meghan suchen. Wir können nicht einfach planlos in der Welt der Sterblichen umherwandern. Wir brauchen einen Ort, an dem wir sicher sind vor den Gefolgsleuten des falschen Königs.«

»Was machst du, Ash?«, zischte ich tonlos.

Er warf mir einen Seitenblick zu und formte lautlos die Worte: »Vertrau mir.«

Leanansidhe spitzte die Lippen. »Ihr zwei strapaziert meine Geduld aufs Äußerste.« Sie trommelte mit ihren Fingern auf der Armlehne, dann seufzte sie. »Also gut, ihr Lieben. Ich habe ein malerisches, kleines Refugium, das ich euch für eine Weile überlassen kann. Es liegt mitten im Nirgendwo und ist ziemlich sicher – ich trage Sorge dafür, dass einige der ortsansässigen Waldkobolde ein Auge darauf haben. Wäre das *gut genug* für euch, Täubchen?«

Ich sah Ash fragend an, und er nickte. »Alles klar«, sagte ich zu Leanansidhe und legte das Kleinod auf einen der Beistelltische, wo es schimmerte wie ein verirrtes Glühwürmchen. »Damit ist der Handel perfekt. Also, wo ist mein Dad?«

Leanansidhe lächelte. Sie erhob sich anmutig, glitt zu dem Flügel in der Ecke, setzte sich auf die Klavierbank und ließ die Finger über die Tasten gleiten.

»Genau hier, Liebes. Nachdem du weg warst, war dein Vater leider untröstlich. Er versuchte immer wieder, die Villa zu verlassen, und bedauerlicherweise musste ich diesen erbärmlichen Fluchtversuchen irgendwann ein Ende machen.«

»Verwandle ihn zurück!«, schrie ich. Meine Füße schienen vor Entsetzen wie festgenagelt zu sein.

»Oh, reg dich nicht auf, Liebes.« Leanansidhe strich mit einem Fingernagel über die Tasten und ließ einen kummervollen, zittrigen Ton erklingen. »Es ist doch nicht dauerhaft. Du wirst ihn allerdings aus dem Zwischenraum entfernen müssen, um ihn zurückzuverwandeln. Der Zauber sieht vor, dass er in dieser Form bleibt, solange er hier ist. Aber sieh es doch mal so, Liebes: Wenigstens habe ich ihn nicht in eine Pfeifenorgel verwandelt.« Sie erhob sich, streckte sich wie eine Katze und nahm meinen entsetzten Blick nicht einmal wahr. »Und nun muss ich darauf bestehen, dass ihr mir beim Abendessen Gesellschaft leistet, meine Lieben. Die Köchin macht heute Seepferdchensuppe, und ich brenne darauf, zu erfahren, wie ihr Virus das Zepter abgenommen habt. Und natürlich von eurer kleinen Erklärung vor Mab und Oberon und den versammelten Hofstaaten.« Sie rümpfte fast schon liebevoll die Nase. »Ach, junge Liebe. Es muss wundervoll sein, wenn man so naiv ist.«

»Was ist mit meinem Dad?«

»Papperlapapp, Liebes. Der geht doch nirgendwo hin.« Leanansidhe wedelte affektiert mit der Hand.

Vielleicht bemerkte sie ja nicht, wie gereizt ich reagierte, sie kommentierte es jedenfalls nicht. Ash legte mir eine Hand auf den Arm, bevor ich explodieren konnte.

»Und jetzt komm, Täubchen. Erst mal essen wir zu Abend, vielleicht gefolgt von ein wenig Klatsch, dann könnt ihr euch auf den Weg machen, wenn ihr wollt. Ich denke, Puck und Grimalkin sind schon im Speisesaal.«

Als sie Puck erwähnte, flammte mein Zorn wieder auf. *Mistkerl,* dachte ich, während wir Leanansidhe durch jede Menge Flure mit rotem Teppichboden folgten, und lauschte nur mit halbem Ohr ihrem Geplapper. *Das werde ich ihm nie verzeihen. Niemals. Mir nichts von meinem Dad zu sagen war einfach unverzeihlich. Diesmal ist er zu weit gegangen.*

Als wir eintraten, war zwar Grimalkin im Speisesaal, Puck jedoch nicht, was auch gut war, denn sonst hätte ich den ganzen Abend damit verbracht, ihm über meinen Suppenteller hinweg giftige Blicke zuzuwerfen. Stattdessen aß ich eine extrem fischige Suppe, die bei jedem Schluck alles in seltsame, wirbelnde Farben tauchte, und beantwortete Leanansidhes Fragen zu den Ereignissen rund um Virus und das Zepter. So kam ich schließlich auch zu dem Teil, als Ash und ich aus dem Nimmernie verbannt wurden.

»Und was ist dann passiert, Täubchen?«, drängte Leanansidhe, als ich ihr berichtet hatte, wie ich Mab das Zepter zurückgegeben hatte.

»Äh ...« Ich zögerte verlegen und warf Ash einen verstohlenen Blick zu. Er saß in seinem Stuhl, hatte das Kinn in die Hände gestützt und schien sich kein bisschen für unser Gespräch zu interessieren. »Hat Grimalkin dir das nicht erzählt?«

»Natürlich, Liebes, aber ich würde es lieber aus erster Hand erfahren. Weißt du, so wie es aussieht, werde ich eine sehr kostspielige Wette verlieren. Deshalb wäre ich entzückt, wenn du mir ein Hintertürchen verschaffen könntest.« Sie warf Grimalkin einen finsteren Blick zu, der auf dem Tisch saß und sich extrem selbstgefällig die Pfoten putzte. »Ich fürchte, nach dieser Geschichte wird er wohl absolut unausstehlich sein. Details, Liebes, ich brauche Details.«

»Also ...«

»Herrin!«

Zum Glück blieben mir durch die geräuschvolle Ankunft von Rasierklingen-Dan und seinen Dunkerwichteln weitere Ausführungen erspart. Sie trugen immer noch aufeinander abgestimmte Butleruniformen mit pinken Fliegen. Als sie nacheinander in den Speisesaal gestürmt kamen, warf mir jeder Einzelne von ihnen einen finsteren Blick zu.

Ash machte große Augen und schlug hastig die Hände vor den Mund, doch ich sah, wie seine Schultern vor Lachen zuckten. Zum Glück bemerkten die Dunkerwichtel es nicht.

»Wir haben das Klavier in die Hütte gebracht, wie du es befohlen hast«, knurrte Rasierklingen-Dan, und der Angelhaken in seiner Nase zitterte vor Empörung. »Und wir haben sie mit Vorräten aufgefüllt, wie du es wolltest. Es ist alles bereit für die Göre und ihre kleinen Lieblinge.« Er starrte mich böse an und fletschte die Zähne, als sei ihm gerade unser letzter kleiner Zusammenstoß wieder eingefallen. Er hatte mit Warren, dem verbitterten jungen Halbsatyr, unter einer Decke gesteckt und versucht, mich zu entführen und an den falschen König auszuliefern, als ich das letzte Mal hier gewesen war. Leanansidhe hatte Warren dafür bestraft – ich war mir nicht ganz sicher, wie, und ich wollte es auch gar nicht wissen –, doch die Dunkerwichtel hatte sie mit der Begründung verschont, sie würden nur ihren niederen Instinkten folgen. Oder vielleicht wollte sie auch einfach nicht ihre kostenlosen Arbeitssklaven verlieren. Jedenfalls hatten sie mir gerade eine dringend notwendige Ablenkung verschafft.

Ich sprang von meinem Stuhl auf, und alle warfen mir überraschte Blicke zu. »Wir sollten jetzt wirklich gehen«, sagte ich und musste meine Ungeduld nicht mal vortäuschen. »Mein Dad ist schon dort, oder? Ich will nicht, dass er allein ist, wenn er aufhört, ein Klavier zu sein.«

Leanansidhe schnaubte belustigt, und mir wurde bewusst, wie seltsam dieser Satz klang, auch für mich. »Keine Sorge, Täubchen. Es wird eine Weile dauern, bis der Schein seine Wirkung verliert. Aber ich habe Verständnis dafür, wenn ihr aufbrechen müsst. Doch denkt immer daran: Meine Tür steht euch stets offen, wenn ihr zurückkommen wollt.« Sie deutete mit der Zigarettenspitze auf Grimalkin, der am anderen Ende des Tisches saß. »Grim, mein Lieber, du kennst ja den Weg, nicht wahr?«

Grimalkin gähnte ausgiebig und streckte sich. Dann legte er den Schwanz um sich, musterte die Königin der Exilanten durchdringend und zuckte mit einem Ohr. »Ich denke, du und ich haben immer noch diese kleine Wette offen, die es zu begleichen gilt«, schnurrte er. »Eine, die du verloren hast, wenn du dich erinnerst.«

»Du bist wirklich grässlich, Grimalkin.« Leanansidhe blies seufzend eine Rauchkatze in die Luft und schickte einen Rauch-Jagdhund hinterher. »Anscheinend ist es mir heute bestimmt, beim Handeln den Kürzeren zu ziehen. Nun gut, Kater, du kriegst deine verdammte Gefälligkeit. Mögest du dran ersticken, wenn du versuchst, sie einzufordern.«

Grimalkin schnurrte und schien zu lächeln. »Hier entlang«, sagte er zu mir und schlug mit dem Schwanz, als er sich erhob. »Wir werden durch den Keller gehen müssen, aber der Steig ist nicht weit entfernt.

Seid nur vorsichtig, wenn wir ankommen – Leanansidhe hat wohl vergessen zu erwähnen, dass dieser Ort mit Herdmännlein verseucht ist.«

»Was ist mit Goodfellow?«, fragte Ash, bevor ich fragen konnte, was denn ein Herdmännlein war. »Sollen wir ihn wissen lassen, wohin wir gehen, oder lassen wir ihn einfach hier zurück?«

Mein Magen verkrampfte sich vor Ärger und Trotz. »Mir egal«, knurrte ich und ließ den Blick durch den Speisesaal wandern, weil ich mich fragte, ob einer der Stühle, Teller oder anderen Dinge der getarnte Puck war. »Er kann uns folgen oder es bleiben lassen, aber er sollte mir besser aus dem Weg gehen, wenn er weiß, was gut für ihn ist. Ich will ihn erst mal eine ganze Weile nicht mehr sehen. Komm jetzt, Grim.« Ich wandte mich an den Kater, der uns aus halb geschlossenen Augen amüsiert beobachtete, und hob entschlossen das Kinn. »Verschwinden wir von hier.«

Also kehrten wir in den Keller zurück und wurden von Grimalkin durch noch mehr verschlungene, von Fackeln beleuchtete Gänge geführt, bis wir eine alte Holztür erreichten, die schief in den Angeln hing. Durch die Spalten im Holz drang Sonnenlicht, und irgendwo hinter der Tür sang ein Vogel.

Ich öffnete sie und fand mich auf einer abgeschiedenen, von großblättrigen Bäumen umstandenen Waldlichtung wieder, mit einem murmelnden Bach, der mitten über die Lichtung floss. Der Waldboden war gesprenkelt vom Sonnenlicht, und zwei Rehe hoben die Köpfe, um uns neugierig und ohne jede Furcht zu mustern.

Ash trat aus dem Steinhügel, durch den wir gekommen waren, und die Tür schloss sich mit einem Quietschen hinter ihm. Mit geübtem Blick nahm er den Wald und die Umgebung in sich auf und wandte sich an Grimalkin: »Da stecken einige Waldkobolde in den Büschen, die uns beobachten. Können die zum Problem werden?«

Überrascht ließ ich den Blick über die Lichtung schweifen und suchte nach den versteckten Kobolden, die – wenn ich das richtig verstanden hatte – dickliche, hässliche, unterirdisch lebende Feenwesen waren. Aber abgesehen von den Rehen schienen wir allein zu sein.

Grimalkin gähnte und kratzte sich hinter dem Ohr. »Das sind Leanansidhes Hausmeister«, sagte er dann beiläufig. »Nichts, worüber man sich Sorgen machen müsste. Wenn ihr heute Nacht Schritte in der Hütte hört, sind sie das wahrscheinlich. Oder die Heinzelmännchen.«

»Welche Hütte?«, fragte ich und suchte noch einmal die Lichtung ab. »Ich sehe hier keine Hütte.«

»Natürlich nicht. Hier entlang, Mensch.« Mit hocherhobenem Schwanz trottete Grimalkin über die Lichtung, sprang über den Bach und verschwand mitten im Sprung.

Ich seufzte. »Warum macht er das ständig?«

»Ich denke, diesmal war es keine Absicht«, sagte Ash und nahm meine Hand. »Komm mit.«

Wir überquerten die Lichtung, wobei wir sehr nah an den Rehen vorbeigingen, die immer noch nicht davonliefen, und sprangen über den kleinen Bach.

Sobald meine Füße den Boden verließen, spürte ich das Kribbeln von Magie, als würde ich durch eine unsichtbare Barriere springen. Als ich landete, starrte ich nicht mehr auf den bloßen Wald, sondern auf ein imposantes, zweistöckiges Holzhaus, dessen obere Etage komplett von einer Veranda umgeben wurde und aus dessen Kamin Rauch aufstieg. Der vordere Teil stand auf Stelzen und hing gut acht Meter über der Erde, sodass man von der vorderen Veranda aus einen fantastischen Ausblick über die gesamte Lichtung haben musste.

Überrascht schnappte ich nach Luft. »Das ist ihr ›malerisches, kleines Refugium‹? Ich hatte eher an eine kleine Hütte mit einem Zimmer und Plumpsklo gedacht oder so.«

»So ist Leanansidhe«, erwiderte Ash amüsiert. »Sie hätte es mit einem Zauber belegen können, damit es von außen aussieht wie eine verfallene Hütte, statt es vollständig zu verstecken. Aber ich denke, das wäre nicht ihr Stil.« Er sah an dem eindrucksvollen Bauwerk hinauf und runzelte die Stirn. »Ich höre Musik.«

Mein Herz machte einen Sprung. »Klaviermusik? Mein Dad!«

Wir liefen die Treppe hinauf, immer zwei Stufen auf einmal nehmend, und stürzten ins Wohnzimmer, wo ein fröhliches Feuer im Kamin prasselte und düstere Klavierklänge aus einer Ecke drangen.

Mein Dad saß auf der Klavierbank, und die glatten braunen Haare fielen ihm ins Gesicht, während sich die schmalen Schultern über die Tasten beugten. Ein paar Meter weiter lümmelte Puck auf einem Sofa, die Füße auf dem Beistelltisch und die Hände im Nacken verschränkt.

Als Puck meinen Blick auffing, grinste er, aber ich ignorierte ihn und eilte zur Klavierbank. »Dad!« Ich musste schreien, um die Musik zu übertönen. »Dad! Erkennst du mich? Ich bin Meghan. Meghan, deine Tochter. Erinnerst du dich?«

Er beugte sich noch tiefer über die Tasten und schlug auf sie ein, als hinge sein Leben davon ab.

Ich packte ihn am Arm, drehte ihn mit einem Ruck zu mir um und zwang ihn, mich anzusehen. »Dad!«

Seine braunen Augen waren absolut leer, sie sahen einfach durch mich hindurch. In meinem Magen breitete sich ein Gefühl aus, als wäre ich von einem eisigen Speer durchbohrt worden. Ich ließ ihn los, und sofort fing er wieder an, auf dem Klavier zu spielen. Er haute in die Tasten, während ich taumelnd zurückwich und mich in einen Sessel sinken ließ.

»Was ist mit ihm?«, flüsterte ich.

Grimalkin sprang neben mir auf den Sessel. »Bedenke, dass er sehr lange im Reich der Feen war, Mensch. Hinzu kommt, dass er bis vor Kurzem ein Musikinstrument war, was bei ihm wahrscheinlich ein ziemliches Trauma hinterlassen hat. Es war also zu erwarten, dass sein Geist ein wenig zerrüttet ist. Gib ihm Zeit, dann sollte er irgendwann darüber hinwegkommen.«

»Sollte?« Es schnürte mir die Kehle zu. Der Kater war allerdings bereits dazu übergegangen, seine Hinterpfoten zu putzen, und antwortete nicht.

Ich vergrub kurz das Gesicht in den Händen, dann lehnte ich mich zurück und warf Puck einen wütenden Blick zu. »Was machst du hier?«, fragte ich ihn mit versteinerter Miene.

»Ich?« Puck grinste mich frech an, selbstgefällig und ohne eine Spur von Reue. »Ich mache Ferien, Prinzessin.«

»Verschwinde«, befahl ich ihm und stand auf. »Geh zurück zu Oberon und lass uns in Frieden. Du hast schon genug Schaden angerichtet.«

»Er kann nicht zu Oberon zurückgehen«, wandte Grimalkin ein und sprang auf die Rückenlehne des Sofas. »Oberon hat ihn verbannt, als er dir gefolgt ist. Er hat sich den Befehlen des Königs widersetzt und wurde aus dem Nimmernie verbannt.«

Zu dem Wirbelsturm aus Wut und Ärger gesellten sich nun auch noch Schuldgefühle, während ich Puck ungläubig anstarrte. »Das war dämlich«, erklärte ich. »Warum verdammt noch mal sorgst du dafür, dass du verbannt wirst? Jetzt hängst du hier fest wie wir.«

In Pucks Augen schimmerte etwas Wildes, Bedrohliches, als er antwortete: »Oh, ich weiß auch nicht, Prinzessin. Vielleicht lag es einfach daran, dass ich dämlich genug war, mich um dich zu sorgen. Vielleicht dachte ich ja auch, ich hätte noch eine Chance. Wie blöd von mir, zu glauben, dass ein kleiner Kuss irgendeine Bedeutung für dich haben könnte.«

»Du hast ihn geküsst?« Ash klang, als versuche er zu verbergen, wie schockiert er war.

Ich wand mich verlegen. Irgendwie geriet gerade alles außer Kontrolle und zwar im Schnelldurchlauf. Mein Vater schien die Spannungen zu spüren, denn er schlug härter auf die Tasten ein.

Hin- und hergerissen zwischen Wut und Schuld starrte ich Puck an. »Darum geht es jetzt doch gar nicht«, setzte ich an, aber er fiel mir ins Wort.

»Oh, ich finde schon, dass es darum gehen sollte«, unterbrach er mich und verschränkte die Arme vor der Brust. Ich wollte protestieren, aber er sprach einfach lauter weiter: »Also, Prinzessin, als du gesagt hast, du würdest mich lieben, war das gelogen?«

Ash versteifte sich. Ich spürte seinen Blick auf mir und verfluchte Puck dafür, dass er jetzt davon anfing. Puck beobachtete mich ebenfalls, doch seine Lippen waren zu einem Grinsen verzogen, und er genoss meine Reaktion. Ich wollte ihn schlagen und mich gleichzeitig bei ihm entschuldigen; schließlich siegte die Wut.

Ich holte tief Luft. Fein. Wenn Puck jetzt auf Teufel komm raus auf dieser Sache herumreiten wollte, dann würde ich ihm die Wahrheit sagen. »Nein«, antwortete ich mit lauter Stimme auf seine Frage, damit man mich trotz der Klavierakkorde hörte. »Ich habe dich nicht angelogen, Puck. Ich habe gemeint, was ich gesagt habe – zumindest damals.

Aber ich empfinde für dich nicht dasselbe wie für Ash, und das wusstest du auch.«

»Ach ja?« Jetzt klang Puck gemein. »Vielleicht wusste ich das ja wirklich, aber du hast mich hübsch an der Nase herumgeführt, Prinzessin. Fast wie ein Profi. Wann wolltest du mir sagen, dass ich nicht die geringste Chance habe?«

»Keine Ahnung!«, fauchte ich, trat einen Schritt vor und ballte die Fäuste. »Wann wolltest du mir denn von meinem Vater erzählen, Puck? Wann wolltest du mir sagen, dass du die ganze Zeit wusstest, wo er war?«

Puck schwieg und musterte mich mürrisch.

Die Klavierklänge erfüllten den Raum, wild und chaotisch. Ash stand in einer Ecke und rührte sich nicht – er hätte genauso gut aus Stein sein können.

Dann erhob sich Puck vom Sofa, musterte uns alle mit einem abfälligen Blick und grinste höhnisch. »Wisst ihr, ich denke, ich werde verschwinden«, sagte er lässig. »Irgendwie ist es hier ziemlich voll geworden, und ich dachte gerade, ich könnte mal wieder Urlaub vertragen.« Immer noch grinsend sah er zu Ash und schüttelte den Kopf. »In dieser Hütte ist nicht genug Platz für uns beide, Eisbubi. Falls du dich immer noch mit mir duellieren willst, findest du mich im Wald, jederzeit. Und falls irgendeiner von euch tatsächlich einen Plan entwickeln sollte, tut mir einen Gefallen und lasst mich aus der Sache raus. Ich bin weg.« Mit einem letzten fiesen Grinsen durchquerte Puck den Raum und verschwand durch die Tür, ohne sich noch einmal umzusehen.

Schuldgefühle und Wut loderten in mir, doch ich wandte mich wieder meinem Dad zu, dessen wildes Gehämmer sich etwas beruhigt hatte. Ich hatte noch andere Sorgen außer Puck.

»Dad«, sagte ich leise und schob mich neben ihn auf die Bank. »Du musst jetzt aufhören. Nur für eine Weile, okay? Wirst du aufhören?«

Ich zog seine Finger mit sanfter Gewalt von den Tasten, und diesmal ließ er es geschehen und legte die Hände in den Schoß. Er war also nicht völlig unerreichbar, das war gut. Allerdings sah er mich immer noch nicht an, und als ich sein schmales, ausgezehrtes Gesicht betrachtete, die Falten, die sich um Augen und Mund zogen, obwohl er noch ein ziemlich junger Mann war, wäre ich fast verzweifelt.

Ash erschien dicht neben mir, aber ohne mich zu berühren. »Das große Schlafzimmer ist am Ende des Flurs«, sagte er leise. »Ich denke, dein Vater wird sich dort wohlfühlen, wenn du ihn dazu bringen kannst, dir zu folgen.«

Benommen nickte ich. Irgendwie schafften wir es, meinen Dad auf die Füße zu stellen und ihn durch den Flur zu dem großen Schlafzimmer zu führen. Leanansidhes Schlafzimmer fehlte es nicht an Luxus, von dem riesigen Himmelbett bis zu einer heißen Quelle im Badezimmer. Trotzdem fühlte es sich an wie eine Gefängniszelle, als ich meinen Dad hineinschob und die Tür hinter ihm schloss.

Dann lehnte ich mich gegen die Tür und begann zu zittern. Tränen der Erschöpfung schüttelten mich, und ich hatte das Gefühl, ich würde gleichzeitig in verschiedene Richtungen gezerrt. Ash blieb immer in meiner Nähe, aber er beobachtete mich nur. Er wirkte unglücklich, als würde er mich am liebsten in den Arm nehmen. Doch zwischen uns gab es eine unsichtbare Barriere, die Sache mit Puck hing wie Stacheldraht in der Luft.

»Komm«, murmelte Ash und strich schließlich kurz über meinen Arm. »Du kannst im Moment nichts für ihn tun. Du bist völlig erschöpft, und in diesem Zustand wirst du niemandem eine Hilfe sein. Ruh dich etwas aus.«

Völlig betäubt ließ ich mich von ihm durch den Gang und eine Treppe hinauf zu einem großen Raum führen, der eine offene Galerie über dem Hauptraum bildete. Eine rustikale Holzbrüstung zog sich an der Kante entlang, von der aus man in das Wohnzimmer hinunterschauen konnte, und unter den Dachbalken stand ein großes Doppelbett, komplett ausgestattet mit einem Bärenfell, an dem sogar noch Kopf und Klauen hingen.

Ash zog den grauenhaften Bärenteppich vom Bett und signalisierte mir, mich hinzulegen. Benommen legte ich mich auf das Bett. Ohne die Klaviermusik schien es in der Hütte unnatürlich ruhig zu sein, und die Stille dröhnte mir in den Ohren.

Ash ragte über mir auf, ungewöhnlich förmlich und unsicher. »Ich bin dann unten«, murmelte er. »Versuch etwas zu schlafen.« Er wollte sich zurückziehen, aber ich hob den Arm, nahm seine Hand und hielt sie fest.

»Ash, warte«, bat ich, und er erstarrte. Vielleicht war es ja noch zu früh, um mich ihm wieder zu nähern, aber ich ertrank fast in der Flut der Gefühle, die in mir tobten: Wut auf Puck, Sorge um meinen Dad, Angst, dass ich gerade meine Beziehung zu Ash sabotiert haben könnte. »Ich kann jetzt nicht allein sein«, flüsterte ich und klammerte mich an seine Hand. »Bitte bleib noch ein bisschen bei mir. Du musst gar nichts sagen, wir müssen nicht reden. Sei einfach ... da. Bitte.«

Er zögerte. Ich konnte die Unentschlossenheit in seinem Blick sehen, den stillen Kampf, bevor er schließlich nickte. Er glitt aufs Bett und lehnte sich gegen das Kopfteil, während ich mich neben ihm zusammenrollte. Es reichte mir schon, ihn einfach in meiner Nähe zu haben. Ich hörte seinen Herzschlag, und obwohl er so verkrampft war, bemerkte ich, dass ihn eine verschwommene Aura, der Schimmer eines Gefühls, umgab. Eine Reaktion, die er nicht verbergen konnte.

Ich blinzelte überrascht. »Du bist ... eifersüchtig«, stellte ich ungläubig fest. Ash, der ehemalige Prinz des Dunklen Hofes, war eifersüchtig. Auf Puck. Ich hatte keine Ahnung, warum mich das so überraschte. Vielleicht wirkte Ash einfach zu gelassen und selbstsicher, um eifersüchtig zu sein. Aber es gab keinen Zweifel an dem, was ich sah.

Ash wand sich unsicher und warf mir einen Blick aus dem Augenwinkel zu. »Ist das denn so falsch?«, fragte er leise und drehte sich so, dass er die gegenüberliegende Wand anstarren konnte. »Ist es so falsch, eifersüchtig zu sein, wenn ich höre, dass du ihn geküsst hast, dass du ihm gesagt hast ... « Er unterbrach sich und fuhr sich mit der Hand durchs Haar, während ich mir auf die Lippe biss. »Ich weiß ja, dass ich es war, der gegangen ist«, fuhr er fort, ohne den Blick von der Wand abzuwenden. »Ich habe gesagt, wir wären Feinde und könnten nicht zusammen sein. Ich wusste, dass ich dir damit das Herz brechen würde, aber ... ich wusste auch, dass Puck da sein würde, um die Scherben aufzusammeln. Was auch immer sich daraus entwickeln würde – das hätte ich mir selbst zuzuschreiben. Ich weiß, dass ich kein Recht habe, dich das zu fragen ...«

Er zögerte und holte kurz Luft, als wäre ihm dieses Geständnis ziemlich schwergefallen. Ich hielt den Atem an, da ich wusste, dass noch mehr kommen würde.

»Aber«, fuhr er schließlich fort und drehte sich zu mir um, »ich muss es einfach wissen, Meghan. Ich kann darüber nicht immer wieder nachgrübeln, nicht, wenn es um ihn geht. Oder um dich. Das würde mich in den Wahnsinn treiben.« Er seufzte, nahm auf einmal meine Hand und starrte auf unsere verschlungenen Finger. »Du weißt, was ich für dich empfinde. Du weißt, dass ich dich vor allem beschützen werde, was sich uns in den Weg stellt, aber das ist die einzige Sache, gegen die ich nicht kämpfen kann.«

»Ash...«

»Wenn du dir nicht sicher bist, ob du nicht vielleicht doch mit Goodfellow zusammen sein willst, sag es mir jetzt. Dann werde ich mich zurückziehen, dir Raum geben, was auch immer du willst.« Ash zitterte leicht, während er das sagte. Als er sich zu mir umdrehte, um mich mit seinen silbernen Augen eindringlich anzusehen, spürte ich, wie sein Herzschlag sich beschleunigte. »Beantworte mir jetzt diese Frage, und ich werde sie dir nie wieder stellen: Liebst du ihn?«

Ich holte Luft, um das auf der Stelle abzustreiten, hielt dann aber inne. Ich konnte ihn nicht mit einer knappen, leichtfertigen Antwort abspeisen. Nicht, wenn er mich so ansah. Er verdiente es, die Wahrheit zu erfahren. Die ganze Wahrheit.

»Habe ich«, sagte ich leise. »Zumindest dachte ich das. Jetzt bin ich mir nicht mehr sicher.« Ich zögerte und wägte meine Worte sorgfältig ab.

Ash wartete, und sein Körper war so angespannt wie eine Sprungfeder, während ich meine Gedanken ordnete.

»Als du gegangen bist«, fuhr ich schließlich fort, »war ich unglaublich verletzt. Ich dachte, ich würde dich nie wiedersehen. Du hattest mir gesagt, wir wären Feinde, dass wir niemals zusammen sein könnten, und ich habe dir geglaubt.

Ich war wütend und verwirrt, und Puck war da, um die Scherben aufzusammeln, genau wie du gesagt hast. Es war so einfach, mich Puck zuzuwenden, weil ich ja wusste, was er empfand. Und für kurze Zeit dachte ich, ich könnte ihn vielleicht ... ebenfalls lieben.« Meine Stimme begann zu zittern, als ich erklärte: »Aber als ich dich wiedergesehen habe, wurde mir klar, dass meine Gefühle für Puck nicht dasselbe waren. Er war mein bester Freund, und er würde mir immer wichtig sein, aber ... du bist es einfach, Ash. Ich hatte eigentlich nie eine Wahl. Du warst es schon immer.«

Ash sagte nichts, aber ich hörte ihn leise seufzen, als hätte er bis jetzt den Atem angehalten. Er zog mich an sich und nahm mich in die Arme. Ich legte den Kopf an seine Brust, schloss die Augen und drängte alle Gedanken an Puck, meinen Dad und den falschen König in den hintersten Winkel meines Bewusstseins. Damit würde ich mich morgen wieder rumschlagen. Im Moment wollte ich einfach nur schlafen, ins Nichts versinken und für eine Weile alles vergessen.

Ash schwieg immer noch nachdenklich. Der Schein seiner Aura flackerte noch einmal auf, dann verschwand er. Aber ich musste nur auf seinen Herzschlag hören, der dumpf in seiner Brust hämmerte, um zu wissen, was er empfand.

»Rede mit mir«, flüsterte ich und zog mit den Fingern die Linie seiner Rippen unter dem Hemd nach, was ihn beben ließ. »Bitte. Diese Stille macht mich wahnsinnig. Im Moment will ich nicht meine eigenen Gedanken hören.«

»Was soll ich denn sagen?«

»Irgendwas. Erzähl mir eine Geschichte. Erzähl mir von Orten, an denen du gewesen bist. Ganz egal, Hauptsache, es lenkt mich ab von ... allem.«

Ash zögerte. Kurz darauf fing er an, eine zarte Melodie zu summen, und vertrieb damit die Stille. Es war ein eingängiges, ruhiges Lied, bei dem ich an Schneeflocken, ruhende Bäume und Tiere in ihren Höhlen denken musste, die Winterschlaf hielten. Ich spürte, wie seine Hand über meinen Rücken glitt, ein sanfter Rhythmus, der das Schlaflied ergänzte, und die Müdigkeit legte sich wie eine warme Decke über mich.

»Ash?«, flüsterte ich, als mir langsam die Augen zufielen.

»Ja?«

»Verlass mich nicht, ja?«

»Ich habe dir bereits versprochen, dass ich bleibe.« Er strich mir über die Haare, und seine Stimme war fast nur noch ein Flüstern, als er hinzufügte: »So lange du mich haben willst.«

»Ash?«

»Hm?«

»...ich liebe dich.«

Seine Hände verharrten, doch ich konnte spüren, dass sie zitterten. »Ich weiß«, murmelte er dann und schob seinen Kopf dicht an meinen heran. »Schlaf jetzt. Ich bin da.«

Seine tiefe Stimme war das Letzte, was ich hörte, bevor ich wegdriftete.

»Hallo, meine Geliebte«, flüsterte Machina und streckte mir die Hände entgegen, als ich mich ihm näherte. Hinter ihm führten die Stahlkabel einen hypnotischen Tanz auf. Er war groß und elegant, seine langen silbernen Haare umflossen ihn wie Quecksilber, und er beobachtete mich mit Augen, die so schwarz waren wie die Nacht. »Ich habe dich bereits erwartet.«

»Machina.« Zitternd sah ich mich um und bemerkte, wie meine Stimme in der Leere widerhallte. Wir befanden uns ganz allein in endloser Dunkelheit. »Wo bin ich? Warum bist du hier? Ich dachte, ich hätte dich getötet.«

Der Eiserne König lächelte, und sein Silberhaar glühte in der undurchdringlichen Finsternis. »Du wirst mich niemals loswerden, Meghan Chase. Wir sind eins, jetzt und bis in alle Ewigkeit. Du hast das nur noch nicht akzeptiert. Komm.« Er winkte mich näher. »Komm zu mir, meine Geliebte, dann werde ich dir zeigen, was ich meine.«

Ich wich zurück. »Nenn mich nicht so, ich bin nicht dein.«

Er schwebte näher heran, und ich trat noch einen Schritt zurück.

»Und du solltest gar nicht hier sein. Hör auf, mir in meinen Träumen aufzulauern. Ich bin schon mit jemandem zusammen, aber nicht mit dir.«

Machinas Lächeln war unerschütterlich. »Ach ja. Dein Dunkler Prinz. Meinst du denn, du kannst ihn halten, wenn dir erst einmal bewusst wird, wer du wirklich bist? Meinst du, er wird dich dann überhaupt noch wollen?«

»Was weißt du denn schon? Du bist nur ein Traum – ein Albtraum, um genau zu sein.«

»Nein, meine Geliebte.« Machina schüttelte den Kopf. »Ich bin der Teil von dir, den zu akzeptieren du nicht bereit bist. Und so lange du mich verleugnest, wirst du dein wahres Potenzial nie begreifen. Ohne mich wirst du niemals stark genug sein, um den falschen König zu besiegen.«

»Das Risiko gehe ich ein.« Ich kniff die Augen zusammen und zeigte mit dem Finger auf ihn. »Und jetzt solltest du besser verschwinden. Das ist *mein* Traum, und du bist hier nicht willkommen. Verzieh dich.«

Machina schüttelte traurig den Kopf. »Na schön, Meghan Chase. Falls du zu dem Schluss kommen solltest, dass du mich doch brauchst – und das wirst du –, findest du mich genau hier.«

»Da kannst du lang drauf warten«, murmelte ich und wurde durch den Klang meiner eigenen Stimme wach.

Blinzelnd hob ich den Kopf vom Kissen. Im Zimmer war es dunkel, aber vor dem runden Dachfenster herrschte das graue Zwielicht der Morgendämmerung. Ash war weg, und die Stelle neben mir war kalt. Er war irgendwann im Laufe der Nacht gegangen.

Von unten drang der Geruch nach gebratenem Speck zu mir herauf, und mein Magen reagierte mit einem Knurren. Ich ging nach unten, während ich mich gleichzeitig fragte, wer wohl in aller Frühe kochte. Vor meinem inneren Auge sah ich Ash in einer weißen Schürze, wie er fleißig Pfannkuchen wendete, und so kicherte ich leicht hysterisch, als ich die Küche betrat.

Ash war nicht da, genauso wenig wie Puck, aber Grimalkin sah von einem Tisch auf, auf dem sich das Essen türmte. Eier, Pfannkuchen, Speck, Gebäck, Obst und Haferbrei standen auf jeder freien Fläche des Tisches, dazu kamen noch zwei Krüge mit Milch und Orangensaft. Grimalkin, der auf einer Ecke des Tisches saß, blinzelte mich kurz an und machte sich dann wieder daran, seine Pfote in ein Glas Milch zu tauchen und sie anschließend abzulecken.

»Was ist das alles?«, fragte ich erstaunt. »Hat Dad das gekocht? Oder ... Ash?«

Grimalkin schnaubte abfällig. »Die beiden? Mich schaudert es, wenn ich an die möglichen Folgen denke. Nein, darum haben sich Leanansidhes Heinzelmännchen gekümmert, genau wie sie inzwischen wohl dein Zimmer geputzt und das Bett gemacht haben werden.« Er musterte die weißen Tropfen an seiner Pfote und schüttelte sie rasch ab.

»Wo sind denn alle?«

»Der Mensch schläft noch. Goodfellow ist nicht zurückgekommen, obwohl ich mir sicher bin, dass er es irgendwann tun wird – wahrscheinlich verfolgt vom Zorn aller ortsansässigen Feen.«

»Mir ist egal, was Puck macht. Meinetwegen kann er auch von Trollen gefressen werden.«

Grimalkin schien meine Feindseligkeit nicht zu beeindrucken, denn er leckte sich ruhig die Pfote.

Ich stocherte in dem Rührei herum, das vor mir stand. »Wo ist Ash?«

»Der Winterprinz ist gestern Abend aufgebrochen, als du geschlafen hast, und hat natürlich kein Wort darüber verloren, wohin er geht. Er ist vor wenigen Minuten zurückgekehrt.«

»Er war weg? Und wo ist er jetzt?«

Ein dumpfer Schlag von der Tür her lenkte uns ab. Paul kam in die Küche geschlurft wie ein Zombie, mit völlig zerzausten Haaren. Er sah keinen von uns an.

»Hey«, begrüßte ich ihn freundlich, aber das hätte ich mir genauso gut sparen können.

Paul wirkte, als würde er mich gar nicht hören. Er starrte auf den überfüllten Frühstückstisch, nahm sich ein Stück Toast, knabberte daran und verschwand wieder, alles, ohne meine Anwesenheit auch nur zur Kenntnis zu nehmen.

Mir verging schlagartig der Appetit.

Grimalkin musterte das Milchglas, das dicht an der Tischkante stand, und tippte es probeweise mit der Pfote an. »Übrigens«, fuhr er fort, während ich trübselig auf die Tür starrte, »wünscht dein Winterprinz, dass du dich mit ihm auf der Lichtung hinter dem Bach triffst, wenn du gegessen hast. Er ließ durchblicken, dass es wichtig sei.«

Ich nahm mir einen Speckstreifen und knabberte halbherzig daran. »Das hat Ash gesagt? Warum?«

»Es hat mich nicht genug interessiert, um danach zu fragen.«

»Was ist mit meinem Dad?« Ich spähte noch einmal in die Richtung, in der Paul verschwunden war. »Ist er hier in Sicherheit? Kann ich ihn einfach allein lassen?«

»Du bist heute Morgen wirklich schrecklich schwerfällig.« Grimalkin stieß mit voller Absicht das Milchglas um und sah befriedigt zu, wie die Flüssigkeit zu Boden tropfte. »Dieselbe Magie, die Sterbliche von diesem Ort fernhält, schließt sie auch hier ein. Sollte der Mensch zufällig draußen umherspazieren, wird er nicht in der Lage sein, die Lichtung zu verlassen. Egal, in welche Richtung er sich wendet, er wird immer wieder am Ausgangspunkt landen.«

»Und was ist, wenn ich ihn von hier wegbringen will? Er kann schließlich nicht ewig hierbleiben.«

»Das solltest du dann besser mit Leanansidhe klären, nicht mit mir. So oder so betrifft mich das nicht.« Grimalkin ließ sich vom Tisch fallen und landete mit einem dumpfen Geräusch auf den Holzdielen. »Wenn du losgehst, um dich mit dem Prinzen zu treffen, lass hier einfach alles stehen, wie es ist«, sagte er und reckte den Schwanz in die Höhe. »Wenn du den Abwasch machst, werden die Heinzelmännchen beleidigt sein und vielleicht die Hütte verlassen, und das wäre schrecklich unpraktisch.«

»Hast du deswegen diese Schweinerei veranstaltet?«, fragte ich mit einem Blick auf die immer noch tropfende Milch. »Damit die Heinzelmännchen etwas zum Saubermachen haben?«

»Natürlich nicht, Mensch.« Grimalkin gähnte gelangweilt. »Das war einfach aus Spaß.« Damit trottete er aus dem Raum.

Ich schüttelte fassungslos den Kopf, schnappte mir ein Stück Toast und rannte nach draußen.

Unterricht

Es war ein grauer, trüber Morgen, der Nebel wand sich in feinen weißen Schwaden über dem Boden und dämpfte meine Schritte. Ich sprang über den Bach und drehte mich sofort um, als ich gelandet war. Die Hütte war wieder verschwunden, auf der anderen Seite des Baches war nur nebliger Wald zu sehen.

Mitten auf der Lichtung wirbelte eine dunkle Gestalt in einer Art Tanz herum. Der lange Mantel bauschte sich hinter ihr, und ein eisiges Schwert durchtrennte die Nebelschwaden wie Papier.

Ich lehnte mich an einen Baum und sah zu, völlig hypnotisiert von den anmutigen, wirbelnden Bewegungen, der tödlichen Geschwindigkeit und der Genauigkeit der Schwerthiebe, die so schnell ausgeführt wurden, dass kein menschliches Auge ihnen folgen konnte. Plötzlich musste ich wieder an meinen Traum denken, und mit einem unangenehmen Gefühl im Bauch hörte ich Machinas leise Stimme in meinem Kopf: *Meinst du denn, du kannst ihn halten, wenn dir erst einmal bewusst wird, wer du wirklich bist? Meinst du, er wird dich dann überhaupt noch wollen?*

Wütend schob ich diese Gedanken beiseite. Was wusste der schon? Außerdem war es nur ein Traum gewesen, ein Albtraum, der durch den Stress und die Sorge um meinen Dad hervorgerufen worden war. Das hatte überhaupt nichts zu bedeuten.

Ash beendete die Übung mit einem letzten Schwung seines Schwertes und rammte die Klinge zurück in die Scheide. Einen Moment lang stand er reglos da und atmete tief ein, während der Nebel um ihn herumwaberte.

»Geht es deinem Vater schon besser?«, fragte er dann, ohne sich zu mir umzudrehen.

Ich zuckte erschrocken zusammen. »Keine Veränderung.« Durch das feuchte Gras ging ich zu ihm hinüber, wobei meine Hosenbeine nass wurden. »Wie lange bist du schon hier draußen?«

Er wandte sich um und strich sich mit einer Hand die Haare aus dem Gesicht. »Ich bin letzte Nacht zu Leanansidhe zurückgegangen«, erklärte er und kam dabei auf mich zu. »Ich wollte etwas für dich besorgen, also habe ich einen ihrer Kontakte genutzt, um es aufzuspüren.«

»Aufspüren? Was denn?«

Ash ging zu einem Felsen, bückte sich und warf mir einen langen, leicht gebogenen Stab zu. Als ich ihn auffing, erkannte ich, dass es in Wirklichkeit eine lederne Schwertscheide war, aus der ein mit Gold verzierter Messinggriff herausragte. Ein Schwert. Ash schenkte mir ein Schwert ... Warum?

Ach ja. Weil ich kämpfen lernen wollte. Weil ich ihn gebeten hatte, es mir beizubringen.

Ash, der mich mit diesem ganz speziellen, wissenden Blick musterte, schüttelte den Kopf. »Du hast es vergessen, nicht wahr?«

»Neeeeeiiiiiiiin«, versicherte ich schnell. »Ich habe nur ... ich hätte nicht gedacht, dass es so bald sein würde.«

»Das hier ist der perfekte Ort.« Ash drehte sich leicht und ließ den Blick über die Lichtung wandern. »Ruhig und versteckt. Hier können wir durchatmen. Es ist der ideale Ort zum Lernen, während du darauf wartest, dass dein Vater sich erholt. Etwas sagt mir, dass alles wesentlich chaotischer werden wird, wenn wir hier fertig sind.« Er deutete auf das Schwert in meiner Hand. »Deine erste Lektion beginnt jetzt. Zieh dein Schwert.«

Ich gehorchte. Während es aus der Scheide glitt, sandte es ein raues Flüstern über die Lichtung, und ich starrte das Schwert fasziniert an. Die Klinge war dünn und leicht gebogen, es war eine elegante Waffe, rasiermesserscharf und tödlich. Meine Nackenhaare stellten sich auf. Irgendetwas an diesem Schwert war ... anders. Verwirrt ließ ich meine Finger an der kühlen, funkelnden Schneide entlanggleiten, und plötzlich breitete sich Kälte in meinem Magen aus.

Die Klinge bestand aus Stahl. Nicht aus Feenstahl. Das hier war kein Feenschwert, von Schein umgeben. Das hier war echtes, gewöhnliches Eisen. Eisen, das Feenfleisch verbrannte und den Schein zerfetzte. Eisen, das Wunden hinterließ, die man nicht heilen konnte.

Fassungslos starrte ich erst das Schwert und dann Ash an, der im Angesicht seiner größten Schwäche erstaunlich gelassen wirkte. »Das ist Stahl«, erklärte ich ihm, sicher, dass Leanansidhe einen Fehler gemacht hatte.

Er nickte. »Ein spanischer Säbel aus dem achtzehnten Jahrhundert. Leanansidhe hat fast einen Anfall bekommen, als ich ihr gesagt habe, was ich will. Aber im Austausch gegen eine Gefälligkeit konnte sie schließlich einen ausfindig machen.« Er unterbrach sich und wand sich ein wenig. »Gegen eine wirklich große Gefälligkeit.«

Alarmiert sah ich ihn an. »Was hast du ihr versprochen?«

»Das spielt keine Rolle. Es ist nichts, was uns in irgendeiner Form in Gefahr bringt«, versicherte er mir hastig, bevor ich etwas dagegen sagen konnte. »Ich wollte eine leichte, scharfe Waffe für dich, eine mit einer guten Reichweite, damit sie deine Gegner möglichst auf Distanz hält.« Begleitet von einem blitzschnellen blauen Funkeln zeigte er mit seiner eigenen Waffe auf den Säbel. »Du wirst viel in Bewegung sein und Geschwindigkeit statt reiner Kraft gegen deine Gegner einsetzen. Diese Klinge wird keine schwereren Waffen abwehren können, und du bist nicht stark genug, um ein Langschwert effektiv zu führen. Also werden wir dir beibringen müssen, wie man ausweicht. Das war die beste Wahl.«

»Aber das ist Stahl«, wiederholte ich, nachdem ich ihm erstaunt zugehört hatte. Mit seinem Wissen über Waffen und Kampftechniken hätte er Kurse geben können. »Warum ein echtes Schwert? Damit könnte ich jemanden ernsthaft verletzen.«

»Meghan.« Ash warf mir einen geduldigen Blick zu. »Genau deshalb habe ich mich dafür entschieden. Diese Waffe, die keiner von uns berühren kann, verschafft dir einen klaren Vorteil. Selbst der brutalste Dunkerwichtel wird es sich zweimal überlegen, bevor er einer echten, tödlichen Waffe entgegentritt. Die Eisernen Feen wird das natürlich nicht abschrecken, aber da kommt das Training ins Spiel.«

»Aber ... aber was ist, wenn ich dich damit treffe?«

Ein Schnauben. »Du wirst mich nicht treffen.«

»Wie willst du das wissen?« Sein belustigter Tonfall reizte mich. »Ich könnte dich treffen. Selbst meisterhafte Schwertkämpfer machen Fehler. Ich könnte einen Glückstreffer landen, oder vielleicht siehst du mich mal nicht kommen. Ich will dich nicht verletzen.«

Wieder schenkte er mir diesen geduldigen Blick. »Und wie viel Erfahrung hast du so mit Schwertern und Waffen im Allgemeinen?«

»Äh.« Ich sah hinunter auf den Säbel in meiner Hand. »Ungefähr dreißig Sekunden?«

Seine Lippen verzogen sich zu diesem gelassenen, frustrierend selbstsicheren Lächeln. »Du wirst mich nicht treffen.«

Ich starrte ihn finster an.

Ash schmunzelte, dann hob er die Waffe und ging langsam auf mich zu. Schlagartig war jede Heiterkeit verschwunden. Vollkommen mühelos schaltete er in seinen Raubtiermodus und fügte hinzu: »Obwohl ich möchte, dass du es versuchst.«

Ich schluckte schwer und wich vor ihm zurück. »Jetzt gleich? Machen wir keine Aufwärmübungen oder so etwas? Ich weiß ja noch nicht mal, wie man dieses Ding richtig hält.«

»Das ist doch ganz einfach.« Ash glitt näher und umkreiste mich wie ein hungriger Wolf. Er zeigte mit einem Finger auf die Spitze seiner Klinge. »Das scharfe Ende nach vorn.«

»Das ist überhaupt nicht hilfreich, Ash.«

Er lächelte grimmig und umkreiste mich weiter. »Ich würde dich liebend gern anständig unterrichten, Meghan, von Grund auf, aber das dauert Jahre, wenn nicht Jahrhunderte. Und da wir nicht annähernd so viel Zeit haben, kriegst du sozusagen die verkürzte Version. Außerdem lernt man in der Praxis am besten.« Er stach mit seinem Schwert nach mir, ohne mir auch nur ansatzweise nahe zu kommen, aber ich sprang trotzdem hastig zurück. »Und jetzt versuch, mich zu treffen. Ohne jede Zurückhaltung bitte.«

Ich wollte nicht, aber schließlich hatte ich ihn gebeten, mich zu unterrichten. Also spannte ich meine Muskeln an, stieß einen jämmerlichen Kampfschrei aus und stürzte los, wobei ich die Schwertspitze auf ihn richtete.

Ash glitt zur Seite. Innerhalb eines Wimpernschlags zuckte sein Schwert vor und traf mich mit der flachen Seite der Klinge an den Rippen.

Ich kreischte, als die gnadenlose Kälte durch mein Shirt drang, und starrte ihn finster an. »Verdammt, Ash, das hat wehgetan!«

Er schenkte mir ein humorloses Lächeln. »Dann lass dich nicht treffen.«

Meine Rippen pochten. Heute Abend würde ich da wohl einen Striemen haben. In diesem Moment hätte ich die Klinge am liebsten hingeschmissen und wäre zurück zum Haus marschiert. Aber ich schluckte meinen Stolz hinunter und drehte mich entschlossen erneut zu ihm um. Das hier war wichtig. Ich musste lernen, mich und diejenigen, die mir wichtig waren, zu verteidigen. Mit ein paar blauen Flecken kam ich schon klar, wenn das bedeutete, dass ich irgendwann mal ein Leben retten konnte.

Ash schwang routiniert seine Klinge und lockte mich mit zwei Fingern. »Noch mal.«

Den Rest des Vormittags verbrachten wir mit Training. Oder besser gesagt, ich versuchte, Ash zu treffen, und musste dabei noch einige Schläge einstecken, die sich durch meine Kleidung brannten und ziemlich schmerzhaft waren. Er machte es nicht jedes Mal, und ich bekam keine einzige Schnittwunde, aber trotzdem wuchs die Angst vor einem Treffer immer mehr.

Nach einigen Hieben, die meinen Stolz genauso verletzten wie meine Haut, ging ich voll in Verteidigungshaltung, und Ash griff mich an.

Ich wurde noch viel öfter getroffen.

Wut kochte in mir und flackerte bei jedem Treffer auf, bei jedem mühelosen Schlag, nach dem auf meiner Haut mein Versagen brannte. Das war nicht fair. Er hatte jahrelange, sogar jahrzehntelange Erfahrung im Schwertkampf und ließ mir nicht die geringste Chance. Statt mir beizubringen, wie ich seine Attacken abwehren konnte, spielte er mit mir. Das hier war keine Lektion, das war reine Angeberei.

Schließlich ging mein Temperament mit mir durch. Nachdem ich verzweifelt versucht hatte, eine Reihe von blitzschnellen Schlägen abzuwehren, kassierte ich einen Treffer auf den Hintern, der meine Wut explodieren ließ. Mit einem Schrei stürzte ich mich auf Ash und wollte ihn diesmal wirklich treffen, um ihm wenigstens diese Gelassenheit aus dem Gesicht zu prügeln.

Diesmal wich Ash nicht aus und blockte meinen Schlag auch nicht, sondern wirbelte herum und schlang seinen Arm um meine Taille, als ich an ihm vorbeistürmte. Dann ließ er sein Schwert fallen, schnappte sich mein Handgelenk und zog mich an seine Brust, wo er mich festhielt und meine Waffe fixierte, während ich fluchend gegen seinen Griff ankämpfte.

»Na also«, murmelte er müde, aber zufrieden. »Genau das wollte ich erreichen.«

Obwohl ich immer noch wütend war, erschlaffte meine Gegenwehr. Meine Sinne arbeiteten auf Hochtouren, und ich wurde stocksteif in seinen Armen. »Was?«, fauchte ich. »Dass ich so wütend werde, dass ich dir am liebsten ein Auge ausstechen würde?«

»Dass du das hier endlich so ernst nimmst, dass du *mit aller Kraft* versuchst, mich zu treffen.« Ashs tiefe, grimmige Stimme ließ mich frösteln. Er seufzte und legte die Stirn an meinen Hinterkopf. »Das hier ist nicht irgendein Hobby, Meghan«, hauchte er und schickte damit einen wohligen Schauer über meinen Rücken. »Es ist kein Spiel oder Sport oder Freizeitvergnügen. Hier geht es um Leben und Tod. Wäre es mir ernst gewesen, hätte jeder dieser Treffer dich töten können. Wenn du eine Waffe in die Hand nimmst, bedeutet das, dass du sie auch irgendwann einsetzen musst. In einem Kampf wie diesem wirst du verletzt werden. Machst du auch nur einen einzigen Fehler, bist du tot. Und dann würde ich ... dich verlieren.«

Er verstummte, als wäre ihm der letzte Teil des Satzes unabsichtlich rausgerutscht. Ich hatte plötzlich einen Kloß im Hals, und meine Wut verflog.

Ash drückte seine Lippen auf eine Strieme an meiner Schulter, und mein Herz setzte kurz aus. »Es tut mir leid«, murmelte er mit aufrichtigem Bedauern. »Ich wollte dich nicht verletzen. Aber ich will, dass du begreifst. Wenn ich dir beibringe, wie man kämpft, bedeutet das, dass du dich in noch größere Gefahr begeben wirst. Und wenn ich manchmal hart zu dir bin, dann nur, weil ich dich nicht verlieren will.« Er ließ mein Handgelenk los, fuhr mit seinen Fingern hinauf bis zu meiner Schulter und strich mir die Haare aus dem Nacken. »Willst du trotzdem weitermachen?«

Ich konnte nicht sprechen. Also nickte ich nur, und Ash drückte mir einen Kuss in den Nacken.

»Morgen«, beschloss er und zog sich zurück, während ich mir wünschte, wir wären ewig so stehen geblieben. »Um dieselbe Zeit. Und jetzt sollten wir diese Striemen versorgen.«

Sobald wir den Bach überquert hatten, hörte ich die Musik. Als wir reinkamen, saß mein Dad auf der Klavierbank und sah nicht einmal von den Tasten auf. Doch die Musik heute war nicht mehr so finster und wild wie am Abend zuvor, sondern eher ruhig und friedlich. Grimalkin lag auf dem Klavier, hatte die Pfoten unter den Körper gezogen, die Augen geschlossen und schnurrte anerkennend.

Ich riskierte ein »Hi, Dad« und fragte mich, ob er mich heute mal richtig ansehen würde.

Die Musik geriet aus dem Takt, und für den Bruchteil einer Sekunde dachte ich, er würde aufsehen. Doch dann zog er die Schultern wieder nach vorne und spielte weiter, etwas schneller als vorher. Grimalkin machte sich nicht einmal die Mühe, die Augen zu öffnen.

»Ich schätze, das ist ein Anfang«, seufzte ich, während Ash für einen Moment in der Küche verschwand. Ich hörte ein paar unbekannte, hohe Stimmen, die etwas zu ihm sagten – Leanansidhes Heinzelmännchen? –, bevor er mit einem kleinen braunen Topf in der Hand wieder auftauchte.

Mein Dad spielte einfach weiter. Ich versuchte, ruhig und hoffnungsvoll zu wirken, aber die Enttäuschung lastete schwer auf mir, was auch Ash bemerkte.

Er schwieg, während er mich nach oben in mein Schlafzimmer führte und mir bedeutete, mich auf das ordentlich gemachte Bett zu setzen, nachdem er das Bärenfell heruntergezogen hatte. Als er den Deckel abnahm, breitete sich im Raum ein intensiver Geruch nach Kräutern aus, der mir seltsam vertraut war. Er erinnerte mich an eine ähnliche Szene in einem eiskalten Schlafzimmer, nur dass damals Ash blutend und ohne Hemd vor mir gesessen und ich seine Wunden verarztet hatte.

Unten spielte das Klavier ein leises, trauriges Lied, das mir irgendwie an die Nieren ging.

Ash kniete sich neben mich aufs Bett und strich vorsichtig den Ärmel von meiner Schulter, weit genug, um die dünne rote Linie sichtbar werden zu lassen, die sich über meine Haut zog. Ich empfing ein Aufblitzen von Reue, dann dumpfes Bedauern, während er die kühle, prickelnde Salbe auf der Wunde verteilte.

»Ich bin immer noch sauer auf dich, weißt du?«, sagte ich, ohne mich umzudrehen. Die düsteren Klavierklänge machten mich trübsinnig und nachdenklich, und ich versuchte, die kühlen Finger zu ignorieren, die über meine Rippen glitten und wunderbare Taubheit hinterließen. »Eine kleine Warnung wäre schon nett gewesen. Du hättest ja einfach sagen können: ›Hey, Teil deines heutigen Trainings wird sein, dass ich dich grün und blau prügele.‹«

Ash streckte beide Arme um mich herum nach vorn und drückte mir den Tiegel in die Hand, dann zog er mich noch mit derselben Bewegung an seine Brust. »Dein Vater wird sich wieder erholen«, murmelte er, als die angestaute Trauer mir die Brust zu zerreißen drohte. »Der Verstand braucht einfach eine Weile, bis er alles wieder hervorholt, was er vergessen hat. Im Moment ist er verwirrt und verängstigt und sucht Trost bei dem Einzigen, was ihm vertraut ist. Rede einfach weiter mit ihm, dann wird er irgendwann anfangen, sich zu erinnern.«

Er roch so gut, eine Mischung aus Frost und irgendetwas Scharfem, wie Pfefferminz. Ich hob den Kopf und drückte einen Kuss an seinen Hals, direkt unter seinem Kieferknochen, woraufhin er leise die Luft einsog und die Hände zu Fäusten ballte. Schlagartig wurde mir bewusst, dass wir auf einem Bett lagen, allein in einer abgeschiedenen Hütte, ohne Erwachsene – zumindest ohne zurechnungsfähige Erwachsene –, die mit dem Finger auf uns gezeigt oder uns verurteilt hätten. Mein Puls beschleunigte sich und dröhnte laut in meinen Ohren, und ich spürte, wie auch sein Herz schneller schlug.

Ich verlagerte leicht mein Gewicht und wollte ihm noch einen Kuss auf den Hals drücken, aber er neigte blitzschnell den Kopf, sodass unsere Lippen sich berührten, und plötzlich küsste ich ihn, als wollte ich mit seinem Körper verschmelzen. Seine Finger fuhren durch meine Haare, und meine Hände glitten unter sein Hemd, wo ich über die harten Muskeln an seiner Brust und seinem Bauch strich. Stöhnend zog er mich auf seinen Schoß, und wir sanken beide auf das Bett, wobei er darauf achtete, mich nicht zu zerdrücken.

Mein ganzer Körper kribbelte, meine Sinne drehten fast durch, und in meinem Bauch wirbelten so viele verschiedene Empfindungen durcheinander, dass ich sie gar nicht alle benennen konnte. Ash war über mir, seine Lippen lagen auf meinen, und meine Hände glitten über seine kühle, glatte Haut. Ich konnte nicht sprechen. Ich konnte nicht denken. Ich konnte einfach nur *fühlen*.

Ash lehnte sich ein wenig zurück und sah mich mit strahlenden Silberaugen an, während sein kühler Atem über mein heißes Gesicht strich.

»Du bist wunderschön, das weißt du, oder?«, murmelte er vollkommen ernst und legte sanft eine Hand an meine Wange. »Ich weiß, dass ich ... so etwas ... nicht so oft sage, wie ich sollte. Ich wollte nur, dass du es weißt.«

»Du musst gar nichts sagen«, flüsterte ich, auch wenn mein Puls bei seinem Geständnis hochgeschossen war. Ich konnte spüren, wie die Emotionen um uns herumwirbelten, Ströme aus Farbe und Licht. Ich schloss die Augen. »Ich kann dich spüren«, murmelte ich, als sein Herzschlag sich unter meinen Fingern beschleunigte. »Fast kann ich deine Gedanken spüren. Ist das sehr schräg?«

»Nein«, erwiderte Ash mit erstickter Stimme, und ein Zittern packte ihn.

Ich riss die Augen auf und sah in sein makelloses Gesicht. »Was ist?«

»Nichts. Nur ...« Er schüttelte den Kopf. »Ich hätte nie gedacht, dass ... ich jemals wieder so fühlen würde. Ich wusste nicht, dass das möglich ist.« Er seufzte schwer und sah mich flehend an. »Tut mir leid, ich kann es nicht besonders gut erklären.«

»Ist schon okay.« Ich verschränkte die Hände in seinem Nacken und lächelte. »Im Moment ist mir sowieso nicht so nach Reden.«

Ash lächelte schwach und senkte den Kopf.

Und erstarrte.

Stirnrunzelnd reckte ich den Hals, sah kopfüber hinter uns und stieß einen kurzen Schrei aus.

Paul stand oben an der Treppe und sah uns aus großen, leeren Augen an. Auch wenn er kein Wort sagte und wahrscheinlich nicht einmal verstand, was hier vorging, wurde ich knallrot und war total verlegen.

Ash rollte sich von mir runter, stand auf und setzte seine ausdruckslose, gleichmütige Maske auf, während ich versuchte, genug Selbstbeherrschung zusammenzukratzen, um etwas zu sagen.

Ich setzte mich auf, strich mir Haare und Klamotten glatt und starrte meinen Vater an, der meinen Blick benommen erwiderte. »Was machst du hier, Dad?«, fragte ich ihn. »Warum bist du nicht unten am Klavier?« *Wo du hingehörst,* dachte ich säuerlich. Natürlich war ich froh, dass mir mein Vater zum ersten Mal, seit wir hier waren, direkt ins Gesicht sah, aber sein Timing war einfach absolut beschissen.

Paul blinzelte, starrte mich weiter benommen an und sagte nichts.

Ich seufzte, warf Ash einen entschuldigenden Blick zu und wollte meinen Vater die Treppe hinterführen. »Komm, Dad. Gehen wir doch mal schauen, wo sich ein gewisser Kater rumtreibt, den ich dann umbringen werde, weil er uns nicht gewarnt hat.«

»Warum?«, flüsterte Paul, und mein Herz hüpfte vor Aufregung. Er sah mich mit weit aufgerissenen Augen und tränenverschleiertem Blick an. »Warum... bin ich... hier? Wer... wer bist du?«

Mir schnürte es die Kehle zu. »Ich bin deine Tochter.« Er starrte mich ohne jede Regung an, also erwiderte ich seinen Blick und versuchte, ihn durch die Kraft meiner Gedanken dazu zu bringen, dass er mich erkannte. »Du warst mit meiner Mom verheiratet, Melissa Chase. Ich bin Meghan. Als du mich das letzte Mal gesehen hast, war ich sechs Jahre alt. Erinnerst du dich?«

»Tochter?«

Ich nickte atemlos.

Ash stand abseits und beobachtete uns schweigend; ich konnte seinen Blick auf meinem Rücken spüren.

Paul schüttelte den Kopf – eine traurige und hoffnungslose Geste. »Ich kann mich nicht... erinnern«, sagte er schließlich, wich vor mir zurück und stieg die Treppe hinunter. Sein Blick trübte sich wieder.

»Dad...«

»Nicht erinnern!« Seine Stimme bekam einen schwermütigen Klang, und ich blieb stehen, als jede Klarheit aus seiner Miene schwand. »Nicht erinnern! Die Ratten schreien, aber ich kann mich nicht erinnern! Geh weg, geh weg.« Er lief zum Klavier und begann, laut und heftig auf die Tasten einzuhämmern.

Seufzend beugte ich mich über das Geländer und beobachtete ihn traurig.

Einen Moment später schlossen sich Ashs Arme um mich und zogen mich zurück an seine Brust. »Es ist ein Anfang«, erklärte er, und ich nickte, bevor ich mein Gesicht an seinen Arm drückte. »Wenigstens spricht er jetzt. Irgendwann wird er sich erinnern.«

Kühle Lippen drückten sich an meinen Hals, eine leichte Berührung, die mich wohlig schaudern ließ.

»Tut mir leid«, flüsterte ich, während ich mir voller Selbstsucht wünschte, wir wären nicht unterbrochen worden. »Ich wette, das ist dir noch nie passiert.« Ash schnaubte, und ich fragte mich kurz, ob wir den verlorenen Moment irgendwie zurückholen konnten. Also streckte ich die Arme nach hinten aus und vergrub meine Finger in seinen seidigen Haaren, um ihn zu mir runterzuziehen. »Woran denkst du gerade?«

»Dass dadurch die Dinge ins richtige Licht gerückt wurden«, erwiderte er, während die dröhnenden, düsteren, verrückten Klavierakkorde um uns herumflossen. »Dass es wichtigere Dinge gibt, über die wir uns Gedanken machen müssen. Wir sollten uns auf dein Training konzentrieren und darauf, was wir wegen des falschen Königs unternehmen können, wenn es so weit ist. Er ist immer noch da draußen und sucht nach dir.«

Ich zog einen Schmollmund, weil mir Ashs Worte ganz und gar nicht gefielen.

Doch er ließ mit einem leisen Lachen seine Finger über meinen Arm gleiten. »Wir haben Zeit, Meghan«, murmelte er dann. »Wenn das hier vorbei ist, wenn dein Vater seine Erinnerung wiedererlangt hat und wir uns mit dem falschen König auseinandergesetzt haben, werden wir immer noch den ganzen Rest unseres Lebens Zeit haben. Ich gehe nirgendwohin, das verspreche ich dir.« Er zog mich noch enger an sich und hauchte mir einen Kuss aufs Ohr. »Ich werde warten. Sag mir einfach, wenn du so weit bist.«

Damit ließ er mich los und ging nach unten. Ich blieb noch ein paar Minuten auf der Empore stehen, lauschte den Klavierklängen und ließ mich von meinen Gedanken an verbotene Orte tragen.

Sommer und Eisen

Im Laufe der Tage entwickelten wir eine zuverlässige, wenn auch nicht gerade angenehme Routine.

Bei Sonnenaufgang, noch bevor die ersten Strahlen den Waldboden berührten, ging ich auf die kleine Lichtung hinaus und machte mit Ash Schwertkampfübungen. Er entpuppte sich als geduldiger, aber strenger Lehrer, der mich dazu trieb, meine Zurückhaltung aufzugeben und so zu kämpfen, als wollte ich ihn wirklich töten. Er brachte mir auch Verteidigungsstrategien bei, wie ich um den Gegner herumtänzeln konnte, ohne getroffen zu werden, und wie ich die Energie meines Gegners gegen ihn einsetzen konnte.

Als sowohl meine Fähigkeiten als auch mein Selbstbewusstsein zunahmen und unsere Übungskämpfe etwas ernster wurden, fing ich langsam an, ein Muster zu erkennen, einen bestimmten Rhythmus in der Kunst des Schwertkampfs. Es wurde mehr und mehr zu einer Art Tanz: eine Komposition aus Drehungen, wirbelnden Klingen und ständiger Beinarbeit. Ich war natürlich nicht mal annähernd so gut wie Ash und würde es auch niemals sein, aber ich lernte kontinuierlich dazu.

Die Nachmittage verbrachte ich damit, mit meinem Dad zu reden und zu versuchen, ihn aus seinem Panzer des Wahnsinns zu holen, wobei ich mir oft vorkam, als würde ich immer und immer wieder mit dem Kopf gegen eine Wand rennen. Es war ein langsamer, schmerzhafter Prozess. Seine lichten Momente waren sehr selten, und die Hälfte der Zeit erkannte er mich nicht einmal. Die meisten Tage liefen so ab, dass er Klavier spielte, während ich in einem Sessel saß und mit ihm redete, wann immer die Musik aussetzte. Manchmal war Ash dabei, lag auf dem Sofa und las ein Buch. Manchmal verschwand er aber auch stundenlang im Wald. Ich hatte keine Ahnung, wohin er dann ging oder was er trieb, bis irgendwann Kaninchen oder andere Tiere zum Abendessen serviert wurden und mir dämmerte, dass die fehlenden Fortschritte wohl auch an seinen Nerven zerrten.

Eines Tages kam er zurück und überreichte mir ein großes, in Leder gebundenes Buch. Als ich es aufschlug, erkannte ich geschockt, dass es voller Familienfotos war. Bilder meiner Familie von ... früher. Paul und meine Mom bei ihrer Hochzeit. Ein niedlicher Mischlingswelpe, den ich nicht kannte. Ich als Baby, dann als Kleinkind, dann als grinsende Vierjährige auf einem Dreirad.

»Ich habe eine Gefälligkeit eingefordert«, erklärte Ash, weil ich ihn fassungslos anstarrte. »Der Schwarze Mann, der im Schrank deines Bruders lebt, hat es für mich aufgespürt. Vielleicht hilft es deinem Vater ja dabei, sich zu erinnern.«

Ich umarmte ihn. Er hielt mich locker und achtete darauf, mich nicht fest an sich zu drücken oder auf sonst irgendeine Art zu reagieren, die uns in Versuchung führen könnte. Doch ich genoss das Gefühl seiner Arme an meinem Körper und atmete tief seinen Duft ein, bevor er sich sanft von mir löste. Ich schenkte ihm noch ein dankbares Lächeln, dann wandte ich mich wieder meinem Vater am Klavier zu.

»Dad«, sagte ich leise und setzte mich behutsam neben ihn auf die Klavierbank. Er warf mir einen wachsamen Blick zu, aber wenigstens zuckte er nicht zusammen oder wich zurück und fing an, auf die Tasten einzuhämmern. »Ich habe hier etwas, das ich dir zeigen möchte. Schau dir das mal an.«

Ich schlug die erste Seite auf und wartete darauf, dass er zu mir rübersehen würde. Zunächst ignorierte er das Album bewusst, beugte sich tiefer über die Tasten und weigerte sich aufzuschauen. Sein Blick zuckte einmal zu der Albumseite hinüber, doch er spielte weiter, und seine Miene veränderte sich nicht. Nach ein paar Minuten wollte ich schon aufgeben und mich aufs Sofa zurückziehen, um selbst in dem Album zu blättern, da geriet die Musik plötzlich aus dem Takt. Überrascht sah ich ihn an, und mein Magen zog sich zusammen.

Tränen liefen ihm übers Gesicht und fielen auf die Tasten. Während ich ihn wie gelähmt anstarrte, setzte die Musik immer wieder aus und verstummte schließlich, als mein Vater zu schluchzen begann. Er beugte sich zu mir, und seine langen Finger strichen über die Fotos in dem Album, während seine Tränen auf die Seiten und auf meine Hände tropften. Ash verließ leise den Raum, ich legte einen Arm um meinen Dad, und wir weinten gemeinsam.

Von diesem Tag an sprach er mit mir. Zunächst waren es nur zögerliche, stockende Gespräche, während wir auf dem Sofa saßen und in dem Album blätterten. Er war so labil – sein Verstand so zerbrechlich wie dünnes Glas, das von einem Windhauch zersplittern kann. Aber ganz langsam fing er an, sich an meine Mom und mich zu erinnern, an sein altes Leben, obwohl er keine Verbindung herstellen konnte zwischen dem Kleinkind aus dem Album und dem Teenager, der neben ihm auf dem Sofa saß. Er fragte oft, wo Mom und die kleine Meghan seien, und dann musste ich ihm wieder und wieder erklären, dass Mom jetzt mit einem anderen verheiratet war, dass er elf Jahre lang verschwunden gewesen war und dass sie nicht mehr auf ihn wartete. Und ich musste mit ansehen, wie die Tränen in seine Augen aufstiegen, wann immer er das hörte.

Es tat mir in der Seele weh.

Die Abende waren am härtesten. Ash stand zu seinem Wort – er übte nie Druck aus und achtete darauf, dass jede Interaktion zwischen uns locker und unverbindlich blieb. Er wies mich nie ab. Wenn ich jemanden brauchte, um nach einem anstrengenden Tag mit meinem Vater Dampf abzulassen, war er immer da, gelassen und stark. Dann rollte ich mich auf dem Sofa neben ihm zusammen, und er hörte mir zu, wenn mein Frust und meine Ängste aus mir hervorbrachen. Manchmal lasen wir auch einfach gemeinsam ein Buch – ich lag dann auf seinem Schoß, und er blätterte die Seiten um. Allerdings war unser Büchergeschmack extrem unterschiedlich, und für gewöhnlich schlief ich mittendrin ein.

Eines Abends, als ich besonders gelangweilt und ruhelos war, fand ich in einem Schrank einen Stapel verstaubter Brettspiele und nötigte Ash dazu, Scrabble, Dame und Kniffel zu lernen. Überraschenderweise stellte Ash fest, dass ihm diese »Menschenspiele« Spaß machten, und bald fragte *er* öfter *mich,* ob wir spielen wollten, statt andersrum. Das füllte einige der langen, ruhelosen Abende und lenkte mich von gewissen anderen Dingen ab. Blöd war nur, dass Ash, sobald er die Regeln gelernt hatte, in Strategiespielen wie Dame nahezu unschlagbar war und dass er durch sein langes Leben auf einen riesigen Schatz an langen, komplizierten Worten zurückgreifen konnte, mit denen er bei Scrabble punktete. Auch wenn das manchmal damit endete, dass wir uns darüber stritten, ob es erlaubt war, Feenbegriffe wie *Gwragedd Annwn* oder *Hobyahs* zu benutzen.

Trotzdem genoss ich unsere gemeinsame Zeit, da ich genau wusste, dass diese friedliche Atempause irgendwann ein Ende finden würde.

Doch zwischen uns stand jetzt eine unsichtbare Mauer, eine Barriere, die nur ich allein einreißen konnte, und das machte mich ziemlich fertig.

Und auch wenn ich es nicht wollte, ich vermisste Puck. Puck konnte mich einfach immer zum Lachen bringen, selbst wenn die Dinge wirklich übel aussahen. Manchmal erhaschte ich im Wald einen kurzen Blick auf ein Reh oder einen Vogel und fragte mich, ob das wohl Puck war, der uns beobachtete. Dann wurde ich wütend auf mich selbst, weil ich überhaupt darüber nachdachte, und verbrachte den Rest des Tages mit dem Versuch, mir einzureden, dass es mir egal war, wo er sich rumtrieb oder was er machte.

Aber trotzdem fehlte er mir.

Eines Morgens ein paar Wochen später waren Ash und ich gerade dabei, unser tägliches Übungsprogramm zu beenden, als Grimalkin auf einem Felsen erschien und uns beobachtete.

»Du verrätst immer noch jede deiner Bewegungen«, sagte Ash, während wir einander mit erhobenen Waffen umkreisten. »Schau nicht auf den Punkt, den du zu treffen versuchst, sondern lass dein Schwert von allein dorthin wandern.« Er machte einen Ausfallschritt und zielte dabei auf meinen Kopf. Ich duckte mich und drehte mich weg, dabei führte ich einen Schlag gegen seinen Rücken, den er mit zufriedener Miene parierte. »Gut. Du bist auch schneller geworden. Für die meisten Dunkerwichtelschläger wärst du bereits ein ernst zu nehmender Gegner, falls sie irgendwas versuchen sollten.«

Bei dem Kompliment musste ich grinsen, aber Grimalkin, der bis jetzt geschwiegen hatte, fragte: »Und was passiert, wenn sie Schein gegen sie einsetzen?«

Ich drehte mich um. Grimalkin hatte den Schwanz um die Pfoten gelegt und beobachtete völlig fasziniert eine gelbe Hummel, die taumelnd über die Wiese schwebte. »Was?«

»Schein. Du weißt schon, die Magie, die zu benutzen ich dich einmal lehren wollte, bevor ich entdeckt habe, dass du keinerlei Talent dafür hast?« Grimalkin schlug nach der Hummel, als sie sich ihm näherte, verfehlte sie aber, woraufhin er so tat, als würde sie ihn überhaupt nicht interessieren, während das Insekt eilig davonflog. Er rümpfte die Nase, zuckte mit dem Schwanz und richtete den Blick wieder auf mich. »Der Winterprinz setzt im Kampf nicht nur sein Schwert ein – ihm steht auch der Schein zur Verfügung, genau wie deinen Feinden. Was planst du dem entgegenzusetzen, Mensch?«

Bevor ich etwas sagen konnte, setzte er sich ruckartig auf, und seine Aufmerksamkeit richtete sich auf einen großen orangefarbenen Schmetterling, der in unsere Richtung flatterte. Dann sprang er von seinem Felsen und verschwand im hohen Gras.

Ich sah Ash fragend an, der seufzend sein Schwert in die Scheide steckte.

»Er hat leider recht«, sagte er dann und fuhr sich mit einer Hand durchs Haar. »Der Unterricht mit dem Schwert sollte nur die Hälfte deiner Ausbildung ausmachen. Ich wollte auch, dass du lernst, wie du den Schein einsetzen kannst.«

»Ich weiß doch, wie man Schein einsetzt«, widersprach ich gereizt, weil Grimalkins lapidare Feststellung, ich hätte kein Talent, immer noch schmerzte. Ash zog wortlos eine Augenbraue hoch, woraufhin ich seufzend sagte: »Na schön, dann werde ich es dir eben beweisen. Pass gut auf.«

Er trat ein paar Schritte zurück, und ich schloss die Augen, bevor ich meine Sinne nach dem Wald ausstreckte, der mich umgab.

Augenblicklich war mein Bewusstsein erfüllt von den verschiedensten wachsenden Dingen: dem Gras unter meinen Füßen, den Ranken, die sich über den Boden schlängelten, den Wurzeln der Bäume, die uns umstanden. Auf dieser Lichtung herrschte der Sommer mit aller Macht. Ob durch Leanansidhes Einfluss oder durch etwas anderes – die Pflanzen hier waren schon seit langer Zeit nicht mehr von Winter, Kälte oder Tod berührt worden.

Ashs Stimme störte meine Konzentration, und ich öffnete die Augen. »Du hast sicher große Macht, aber wenn du sie einsetzen willst, musst du lernen, sie zu kontrollieren.« Er bückte sich, pflückte etwas aus dem Gras und hielt es mir hin. Es war eine winzige Blume, deren weiße Blütenblätter noch geschlossen und zu einer kleinen Kugel gefaltet waren.

»Lass sie erblühen«, wies Ash mich sanft an.

Stirnrunzelnd starrte ich auf die kleine Knospe, und meine Gedanken überschlugen sich. *Okay, ich kann das. Ich habe schon Wurzeln aus dem Boden gezogen, Bäume in Bewegung versetzt und eine Ladung fliegender Pfeile abgewehrt. Ich kann dafür sorgen, dass so ein winziges Blümchen blüht.* Trotzdem zögerte ich. Ash hatte recht: Ich konnte den Schein, der mich umgab, zwar spüren, war aber immer noch unsicher, wenn es darum ging, wie man ihn genau benutzte.

»Brauchst du vielleicht einen kleinen Tipp?«, fragte Grimalkin von einem nahen Felsen. Überrascht fuhr ich zusammen, und er zuckte belustigt mit einem Ohr. »Stell dir die Magie als einen Fluss vor«, fuhr er fort, »dann als ein Band, dann als einen Faden. Wenn er so schmal ist, wie es nur irgendwie geht, benutze diesen Faden, um damit die Blütenblätter aufzubiegen. Alles Stärkere würde die Blüte zerreißen, was zur Folge hätte, dass der Schein sich wieder verteilt.« Er blinzelte weise, dann erregte ein Schmetterling am Bach seine Aufmerksamkeit, und er sprang erneut davon.

Ich sah kurz zu Ash, weil ich fürchtete, er könne gereizt darauf reagieren, dass Grimalkin mir half, aber er nickte nur. Also holte ich tief Luft und hielt den Schein in meinem Bewusstsein fest – einen wirbelnden, bunten Strudel aus Emotionen und Träumen. Voll konzentriert ließ ich ihn schrumpfen, bis er nur noch ein schimmerndes Seil war, dann weiter, bis er nicht mehr als ein glänzender, zarter Faden in meinem Geist war.

Mir lief der Schweiß über die Stirn, und meine Arme begannen zu zittern. Mit angehaltenem Atem berührte ich mit dem Scheinfaden ganz vorsichtig die Blüte, schob Magie in die winzige Knospe und ließ sie sich dann sanft ausbreiten. Die Blütenblätter zitterten kurz und öffneten sich dann langsam.

Ash nickte anerkennend.

Ich grinste, aber bevor ich meinen Triumph feiern konnte, überkam mich Schwindelgefühl wie eine Flutwelle, die mich fast umgehauen hätte. Die Welt drehte sich wie wild, und ich spürte, wie meine Knie nachgaben – ein Gefühl, als hätte jemand den Stöpsel gezogen und meine gesamte Magie versickern lassen. Keuchend kippte ich nach vorn um.

Ash fing mich auf und hielt mich fest. Ich klammerte mich an ihn. Mir war fast schlecht vor Schwäche, und ich war völlig frustriert, dass etwas so Natürliches so schwer war.

Ash ließ sich mit mir zu Boden gleiten, lehnte sich zurück und sah mich mit seinen silbernen Augen beunruhigt an.

»Ist … ist es normal, dass man danach so erschöpft ist?«, fragte ich, als langsam das Gefühl in meine Beine zurückkehrte.

Ash schüttelte mit finsterer Miene den Kopf. »Nein. Diese geringe Menge Schein hätte ein Kinderspiel für dich sein sollen.« Er stand auf, verschränkte die Arme vor der Brust und musterte mich besorgt. »Irgendetwas stimmt hier nicht, aber ich weiß nicht genug über Sommermagie, um dir helfen zu können.« Er streckte eine Hand aus und zog mich seufzend auf die Beine. »Wir werden Puck suchen müssen.«

»Was? Nein!« Ich löste mich so hastig von ihm, dass ich ins Taumeln geriet und fast wieder hingefallen wäre. »Warum? Wir brauchen Puck nicht. Was ist denn mit Grimalkin? Der kann mir doch helfen, oder?«

»Vielleicht.« Ash sah zu der Stelle hinüber, wo Grimalkin gerade im Gras kauerte und mit vor Aufregung zuckendem Schwanz einen Schmetterling belauerte. »Würdest du ihn denn wirklich fragen wollen?«

Ich wand mich. »Nein, eigentlich nicht«, seufzte ich. Blöder, Gefälligkeiten sammelnder Kater. »Na schön. Aber warum ausgerechnet Puck? Meinst du wirklich, dass er weiß, was los ist?«

Ash zuckte mit einer Schulter. »Keine Ahnung. Aber er existiert schon länger als ich und weiß vielleicht mehr über das, was mit dir los ist. Wir könnten ihn ja zumindest fragen.«

»Ich will ihn nicht sehen.« Mit finsterer Miene verschränkte ich die Arme vor der Brust. »Er hat mich angelogen, Ash.

Und erzähl mir jetzt nicht, dass Feen nicht lügen können – die Wahrheit zu verschweigen ist genauso schlimm. Er hat mich glauben lassen, dass mein Dad uns verlassen hat, dabei wusste er die ganze Zeit, wo er war. Elf Jahre lang hat er mich belogen. Das kann ich ihm nicht verzeihen.«

»Glaub mir, Meghan, ich weiß genau, wie es ist, Puck zu hassen. Das mache ich schon wesentlich länger als du, schon vergessen?« Ash milderte seine Worte mit einem kläglichen Lächeln ab, aber ich war trotzdem zerknirscht. »Du kannst sicher sein, dass ich es auch nicht gerade toll finde, ihn um Hilfe zu bitten.« Er seufzte und fuhr sich wieder mit der Hand durchs Haar. »Aber wenn dich irgendjemand in Sommermagie unterrichten sollte, dann er. Ich kann dir nur die Grundlagen zeigen, und du wirst mehr brauchen als das.«

Meine Wut verflog. Natürlich hatte er recht. Ich ließ die Schultern hängen und warf ihm einen finsteren Blick zu. »Ich hasse es, wenn du so vernünftig bist.«

Ash lachte. »Einer muss es doch sein. Und jetzt komm.« Er streckte eine Hand nach mir aus. »Wenn wir Goodfellow finden wollen, sollten wir sofort anfangen zu suchen. Falls er sich versteckt oder nicht gefunden werden will, könnte es eine Weile dauern.«

Resigniert nahm ich seine Hand, und wir überquerten die Lichtung, um anschließend in den dichten Wald einzutauchen, der uns umgab.

Letzten Endes fand Puck uns.

Die ausgedehnten Wälder rund um die Hütte bestanden vor allem aus Kiefern und großen, struppigen Bäumen mit bemoosten Stämmen. Ich überlegte, dass wir wahrscheinlich irgendwo in den Bergen waren. Farne und Kiefernnadeln bedeckten den Waldboden. Die Luft war kühl und roch nach Baumsäften.

Ash glitt wie ein Geist zwischen den Bäumen hindurch und folgte irgendeinem unsichtbaren Pfad, gelenkt von seinem scharfen Jagdinstinkt. Während wir wanderten, Ästen auswichen und über nadelbedeckte Felsen kletterten, brodelte es in mir. Warum musste ausgerechnet Puck uns helfen? Was konnte der schon wissen? Vor mir tauchte das Gesicht meines Dads auf, mit tränenverschleiertem Blick, als ich ihm wieder einmal erzählte, dass meine Mom einen anderen geheiratet hatte. Wütend ballte ich die Fäuste. Egal ob die Entführung meines Dads geplant gewesen war oder nicht, Puck hatte einiges zu erklären.

Ash führte uns zu einer Höhle, die dicht von Kiefern umstanden war, blieb davor stehen und sah sich aufmerksam um. Ich trat zu ihm und nahm seine Hand, während wir die Baumstämme und Schatten absuchten.

Es war sehr still hier. Einzelne Sonnenstrahlen bahnten sich ihren Weg durch die Baumkronen und sprenkelten den Waldboden, der mit Pilzen und Kiefernnadeln bedeckt war. Die Bäume hier waren sehr alte und mächtige Wesen, und eine uralte Magie schien in der Luft zu liegen.

»Er war hier«, sagte Ash, als eine Brise durch die Zweige fuhr und seine dunklen Haare zerzauste. »Genauer gesagt ist er ganz in der Nähe.«

»Sucht ihr irgendwas?«

Die vertraute Stimme kam von irgendwo über uns. Ich drehte mich um, und da war Puck – er lag ausgestreckt auf einem Ast und grinste mich an. Er trug kein Hemd, sondern präsentierte uns seine braun gebrannte, durchtrainierte Brust, und seine roten Haare standen wild in alle Richtungen. Hier draußen sah er mehr nach ... *Fee* aus, wie etwas Wildes und Unberechenbares, mehr wie Shakespeares Robin Goodfellow, der Nick Bottom in einen Esel verwandelt und die verirrten Menschen im Wald ins Chaos gestürzt hatte.

»Es gehen Gerüchte um, dass ihr mich sucht«, sagte er und warf einen Apfel in die Luft, bevor er ihn mit einer Hand auffing und hineinbiss. »Tja, hier bin ich. Was wünscht Ihr, *Eure Hoheiten?*«

Auf diese versteckte Beleidigung wollte ich gereizt reagieren, doch Ash trat schnell einen Schritt vor. »Mit Meghans Schein stimmt etwas nicht«, erklärte er kurz und bündig, wie üblich. »Du verstehst mehr von Sommermagie. Wir müssen wissen, was mit ihr los ist und warum sie keinen Schein einsetzen kann, ohne dabei fast ohnmächtig zu werden.«

»Aha.« In Pucks grünen Augen funkelte die Schadenfreude. »Und so kommen sie schließlich doch wieder angekrochen und betteln um Pucks Hilfe. Ts, ts.« Kopfschüttelnd biss er wieder in seinen Apfel. »Wie leicht es doch ist, alten Groll zu vergessen, wenn jemand etwas hat, was du brauchst.«

Empört richtete ich mich auf, doch Ash seufzte nur, als hätte er nichts anderes erwartet. »Was willst du, Goodfellow?«, fragte er müde.

»Ich will, dass die Prinzessin mich darum bittet«, sagte Puck und richtete den Blick demonstrativ auf mich. »Schließlich werde ich *ihr* helfen. Ich will es von ihren eigenen, puderrosa Lippen hören.«

Ich presste meine puderrosa Lippen aufeinander, um eine gehässige Antwort zurückzuhalten. *Wie schön, dass wenigstens einer von uns sich wie ein Erwachsener verhält,* hätte ich am liebsten gesagt, was wiederum nicht besonders erwachsen gewesen wäre. Außerdem spürte ich Ashs Blick auf mir: ernst, bedrückt und ein bisschen flehend. Wenn er seinen Stolz runterschlucken und seinen Erzfeind um Hilfe bitten konnte, konnte ich mich hier ja wohl auch als Erwachsene erweisen.

Erst mal.

Ich seufzte. »Na schön.« *Aber das wird noch ein Nachspiel haben, glaub mir.* »Puck, ich würde es wirklich zu schätzen wissen, wenn du mir bei dieser Sache ein wenig behilflich sein könntest.« Er zog eine Augenbraue hoch, und ich fügte zähneknirschend hinzu: »Bitte.«

Daraufhin schenkte er mir ein selbstgefälliges Lächeln. »Bei welcher Sache, Prinzessin?«

»Meiner Magie.«

»Was stimmt denn damit nicht?«

Ich war schwer in Versuchung, ihm einen Stein an den Kopf zu knallen, aber das blöde Grinsen war jetzt verschwunden, also meinte er es ja vielleicht ernst. »Ich weiß es nicht«, seufzte ich. »Ich kann keinen Schein mehr einsetzen, ohne dass mir dadurch schlecht wird oder ich vor Erschöpfung fast zusammenbreche. Ich habe keine Ahnung, was mit mir nicht stimmt. Früher war das nicht so.«

»Hm.« Puck sprang vom Baum und landete leichtfüßig wie eine Katze. Dann machte er zwei Schritte in unsere Richtung, blieb stehen und sah mich mit seinen grünen Augen durchdringend an. »Wann hast du das letzte Mal Schein eingesetzt, Prinzessin? Ohne dass es dich müde oder krank gemacht hätte?«

Ich versuchte mich zu erinnern. Gegen die Spinnenschrullen hatte ich Sommermagie eingesetzt und mich danach fast übergeben. Davor war meine Magie durch Mabs Siegel blockiert gewesen, also … »In der Fabrik«, antwortete ich und erinnerte mich an die Schlacht mit einem von Machinas ehemaligen Leutnants. »Als wir gegen Virus gekämpft haben. Du warst doch dabei, weißt du nicht mehr? Ich habe ihre Wanzen davon abgehalten, sich auf uns zu stürzen.«

Puck nickte, wirkte jedoch sehr nachdenklich. »Aber das war *Eiserner* Schein, oder nicht, Prinzessin?«, hakte er nach, woraufhin ich nickte. »Wann hast du also das letzte Mal Sommermagie eingesetzt, normalen Schein, ohne dich krank oder schwach zu fühlen?«

»In Machinas Reich«, sagte Ash leise und sah mich an. Offenbar begann er langsam zu begreifen, auch wenn ich keinen blassen Schimmer hatte, wohin das Ganze führte. »Du hast die Wurzeln aus der Erde gezogen, um den Eisernen König zu töten«, fuhr er fort, »kurz bevor er dich verwundet hat. Kurz bevor er gestorben ist.«

»Da hast du deinen Eisernen Schein bekommen, Prinzessin«, fügte Puck hinzu und nickte wieder gedankenvoll. »Darauf würde ich Titanias goldenen Spiegel verwetten. Irgendwie ist Machinas Eisenmagie an dir hängen geblieben – und ich wette, das ist auch der Grund, warum der falsche König dich unbedingt in die Finger kriegen will. Das hat irgendetwas mit der Kraft des Eisernen Königs zu tun.«

Ich schauderte. Glitch hatte auch etwas in der Art gesagt, aber ich hatte nicht weiter darüber nachdenken wollen. »Und was hat das jetzt mit meinen Problemen mit dem Schein zu tun?«, fragte ich schnell.

Ash und Puck wechselten einen wissenden Blick.

»Ganz einfach, Prinzessin«, antwortete Puck schließlich und lehnte sich gegen einen Baum. »Du trägst jetzt zwei Arten von Magie in dir, Sommer und Eisen. Und einfach ausgedrückt kommen die beiden nicht besonders gut miteinander klar.«

»Sie können zusammen nicht existieren«, ergänzte Ash, als habe er das gerade erst begriffen. »Jedes Mal, wenn du es versuchst, reagiert die eine Art Schein aggressiv auf die andere, genauso wie wir auf Eisen reagieren. Die Sommermagie macht dich also krank, weil sie von der Eisenmagie berührt wurde, und andersherum.«

Puck stieß einen Pfiff aus. »Na, das nenne ich mal einen Teufelskreis.«

»Aber ... aber ich habe doch auch schon Eisernen Schein eingesetzt«, protestierte ich, weil mir ihre Erklärung überhaupt nicht gefiel. »In der Fabrik, gegen Virus. Und da hatte ich überhaupt keine Probleme. Sonst wären wir jetzt alle tot.«

»Deine reguläre Magie war damals noch versiegelt.« Ash runzelte nachdenklich die Stirn. »Als wir ins Winterreich gingen, hat Mab dich mit einem Bindungszauber belegt und deine Sommermagie versiegelt. Sie wusste ja nichts von dem Eisernen Schein.« Er sah auf. »Die Schwierigkeiten haben erst begonnen, nachdem das Siegel gebrochen war.«

Frustriert verschränkte ich die Arme vor der Brust. »Das ist so unfair«, murmelte ich, während Ash und Puck mich mit unterschiedlich großem Mitgefühl ansahen. Ich warf beiden einen finsteren Blick zu. »Und was soll ich jetzt machen?«, fragte ich. »Wie soll ich das denn wieder hinkriegen?«

»Du wirst lernen müssen, beide einzusetzen«, erklärte Ash ruhig. »Es muss einen Weg geben, wie man beide Arten von Schein getrennt handhaben kann, ohne dass eine die andere vergiftet.«

»Vielleicht wird es mit etwas Übung einfacher«, ergänzte Puck, und dieses nervtötende Grinsen schlich sich wieder auf sein Gesicht. »Ich könnte dich unterrichten. Zumindest was die Sommermagie angeht. Wenn du willst.«

Ich starrte ihn durchdringend an und suchte nach einer Spur meines ehemaligen besten Freundes, nach einem Funken der Zuneigung, die wir füreinander empfunden hatten. Das fiese Grinsen wankte nicht, aber in seinem Blick entdeckte ich etwas … war es ein Hauch von Reue? Was auch immer es war, für mich war es genug. Ich konnte das nicht allein schaffen. Irgendetwas sagte mir, dass ich jede Hilfe brauchen würde, die ich kriegen konnte.

»Na schön«, sagte ich zu ihm und beobachtete, wie sein Grinsen gefährlich anzüglich wurde. »Aber das heißt nicht, dass zwischen uns alles wieder in Ordnung ist. Ich habe dir noch nicht verziehen, was du meiner Familie angetan hast.«

Puck seufzte melodramatisch und warf einen kurzen Blick zu Ash. »Willkommen im Klub, Prinzessin.«

Maßhalten

Da waren wir also wieder, wir drei: Puck, Ash und ich, wieder vereint, aber nicht mehr ganz dieselben.

Ich trainierte jetzt vormittags mit Ash Schwertkampf und nachmittags mit Puck Sommermagie, gewöhnlich zur heißesten Zeit des Tages. Abends hörte ich dem Klavierspiel zu oder redete mit meinem Dad, wobei ich versuchte, die offensichtliche Spannung zwischen den beiden Feen zu ignorieren.

Paul ging es inzwischen besser. Oder zumindest lagen jetzt größere Abstände zwischen seinen seltener werdenden Momenten der Verwirrung. Als er eines Morgens Frühstück machte, weinte ich fast vor Erleichterung, auch wenn die ansässigen Heinzelmännchen völlig ausrasteten und fast die Hütte verlassen hätten. Es gelang mir, sie mit Schüsseln voll Sahne und Honig zurückzulocken, musste ihnen aber versprechen, dass Paul sich nicht mehr in ihre Pflichten einmischen würde.

Mein Problem mit dem Schein wurde nicht besser.

Jeden Tag, wenn die Sonne im Zenit stand, beendete ich mein Mittagessen und ging runter auf die Wiese, wo Puck auf mich wartete. Er zeigte mir, wie man Schein aus Pflanzen zog, wie man sie schneller wachsen ließ, wie man aus nichts eine Illusion schuf und wie man den Wald um Hilfe anrief.

Sommermagie war die Magie des Lebens, der Wärme und der Leidenschaft, erklärte er mir. Das frische Wachstum im Frühling, die tödliche Schönheit des Feuers, die wilde Zerstörungskraft eines Sommersturms – das alles waren Beispiele für Sommermagie in der normalen Welt. Er zeigte mir kleine Wunder, indem er eine tote Blume wiederbelebte oder ein Eichhörnchen rief, das sich auf seinen Schoß setzte, und gab mir dann genaue Anweisungen, wie man es machte.

Ich versuchte es. Die Magie zu rufen war leicht. Das war für mich so natürlich wie atmen. Ich spürte sie überall um mich herum, pulsierend vor Leben und Energie. Aber sobald ich versuchte, sie irgendwie einzusetzen, packte mich die Übelkeit, und ich endete keuchend im Gras, mit so heftigen Übelkeits- und Schwindelattacken, dass ich dachte, ich würde ohnmächtig werden.

»Versuch es noch mal«, sagte Puck eines Nachmittags, als er im Schneidersitz auf einem flachen Felsen am Bach saß, das Kinn in die Hand gestützt. Zwischen uns stand der Stiel eines Wischmopps und ragte aus dem Gras auf wie ein nackter Baum. Puck hatte ihn sich am Morgen aus dem Besenschrank »geliehen« und würde sich damit wahrscheinlich den Zorn der Heinzelmännchen zuziehen, wenn sie entdeckten, dass eines ihrer geheiligten Werkzeuge fehlte.

Ich starrte finster den Holzstiel an und holte tief Luft. Eigentlich sollte ich dafür sorgen, dass aus dem blöden Ding Rosen und andere Blumen sprossen, aber bisher hatte ich es nur geschafft, mir mörderische Kopfschmerzen zu verpassen. Ich zog den Schein zu mir und versuchte es erneut. *Okay, konzentriere dich, Meghan. Konzentration ...*

Ash erschien am Rand meines Blickfeldes, verschränkte die Arme und sah uns aufmerksam zu. »Schon Glück gehabt?«, fragte er leise und zerstörte damit mühelos jede Konzentration meinerseits.

Puck gestikulierte in meine Richtung. »Sieh selbst.«

Genervt von beiden fixierte ich wieder den Mopp. *Holz ist Holz,* hatte Puck an diesem Mittag gesagt. *Egal ob toter Baum, Schiffsplanke, hölzerne Armbrust oder simpler Besenstiel, die Sommermagie kann es wieder zum Leben erwecken, und sei es nur für einen Moment. Das ist dein Geburtsrecht. Konzentrier dich.*

Der Schein wirbelte roh und mächtig um mich herum. Ich schickte ihn zu dem Mopp, und sofort schlug die Übelkeit zu wie ein Hammer, und mein Magen krampfte sich zusammen. Keuchend beugte ich mich vor und kämpfte gegen den Brechreiz an. Wenn es das war, was Feen spürten, wann immer sie etwas aus Eisen berührten, dann war es kein Wunder, dass sie es mieden wie die Pest.

»Das funktioniert so nicht«, hörte ich Ash sagen. »Sie sollte aufhören, bevor sie sich ernsthaft Schaden zufügt.«

»Nein!« Mühsam richtete ich mich auf, starrte auf den Stiel und wischte mir den Schweiß von der Stirn. »Ich werde das hinkriegen, verdammt.« Ohne auf meinen grummelnden Magen oder den Schweiß zu achten, der mir in die Augen lief, holte ich erneut tief Luft und konzentrierte mich auf den Schein, der den Mopp umtanzte. Das Holz war lebendig, es pulsierte vor Energie und wartete nur auf den kleinen Schubs, der dafür sorgen würde, dass das Leben explosionsartig aus ihm hervorbrach.

Der Holzstiel bebte. Übelkeit kroch meinen Magen hoch. Ich biss mir auf die Lippe und hieß den Schmerz willkommen. Und plötzlich blühten Rosen an dem Stiel, rote, weiße, rosafarbene und gelbe, ein bunter Farbenreigen zwischen Blättern und Dornen. Genauso schnell, wie sie erblüht waren, schrumpften die Blütenblätter zusammen, fielen ab und landeten auf dem Boden rund um den Stiel, der jetzt wieder kahl und nackt war. Doch es war ein eindeutiger Sieg, und ich stieß einen Triumphschrei aus – kurz bevor ich zusammenbrach.

Ash fing mich auf und kniete sich neben mir ins Gras. Es war mir schleierhaft, wie er immer genau wissen konnte, wo er sein musste, wenn ich umkippte.

»Na also«, keuchte ich, während ich mich an seinen Armen abstützte, um mich aufzusetzen. »Das war doch gar nicht so schwer. Ich glaube, langsam kriege ich den Dreh raus. Lass es uns noch mal versuchen, Puck.«

Puck zog eine Augenbraue hoch. »Äh, besser nicht, Prinzessin. Wenn ich nach dem bösen Blick gehe, den dein Freund mir gerade zuwirft, ist der Unterricht für heute wohl offiziell beendet.« Er stand gähnend auf und streckte seine langen Glieder. »Außerdem war ich sowieso kurz davor, vor Langeweile zu sterben. Den Blumen beim Wachsen zuzusehen ist nicht gerade prickelnd.« Er warf uns einen Blick zu, registrierte Ashs Arm um meine Schultern und grinste abfällig. »Bis morgen, ihr Turteltäubchen.« Er sprang über den Bach und verschwand im Wald, ohne sich noch einmal umzudrehen.

Seufzend kämpfte ich mich auf die Füße und lehnte mich an Ash, um das Gleichgewicht nicht zu verlieren.

»Geht es dir gut?«, fragte er und stützte mich, während der letzte Schwindel abklang.

Wut stieg in mir auf. Nein, es ging mir nicht gut. Ich war eine verdammte Fee, die keinen Schein einsetzen konnte! Zumindest nicht, ohne in Ohnmacht zu fallen, zu kotzen oder solche Schwindelanfälle zu kriegen, dass ich praktisch nutzlos war. Ich war allergisch gegen mich selbst! Wie erbärmlich war das denn?

Genervt drehte ich mich um und trat gegen den Mopp, sodass der Stiel klappernd in den Büschen landete. Der Zorn der Heinzelmännchen würde furchtbar sein, aber das war mir in diesem Moment egal. Was hatte ich denn von diesem Eisernen Schein, wenn er nur dafür sorgte, dass mir schlecht wurde? Ich war fast schon so weit, dem falschen König seine blöde Eisenmagie *freiwillig* zu geben, so nutzlos war sie für mich.

Über meinen kleinen Wutausbruch zog Ash eine Augenbraue hoch, sagte aber nichts weiter als: »Lass uns reingehen.« Etwas beschämt folgte ich ihm über die Lichtung, über den Bach und die Treppe hinauf zur Hütte, wo Grimalkin auf der Verandabrüstung in der Sonne lag und mich komplett ignorierte, als ich ihm zuwinkte.

In der Hütte war es eigenartig still, als wir reinkamen, das Klavier stumm und verlassen. Als ich mich suchend umsah, entdeckte ich Paul am Küchentisch, wo er über wild verstreute Papiere gebeugt saß und hektisch etwas schrieb. Ich konnte nur hoffen, dass er jetzt nicht dem kreativen Wahnsinn verfallen war. Doch er sah auf und schenkte mir ein kurzes, eindeutig nicht irres Lächeln, bevor er sich wieder in seine Papiere versenkte. Heute war also einer seiner zurechnungsfähigeren Tage; das war doch wenigstens etwas.

Stöhnend ließ ich mich auf das Sofa fallen. Meine Finger waren taub und kribbelten von den letzten Resten des Scheins.

»Was ist nur mit mir los, Ash?«, seufzte ich und rieb mir erschöpft die Augen. »Warum muss immer alles so schwierig sein? Ich schaffe es nicht einmal, eine normale Halbfee zu sein.«

Ash kniete sich neben mich, zog meine Hände zu sich heran und drückte meine Finger an seine Lippen. »Du warst nie normal, Meghan.« Er lächelte, und plötzlich kribbelten meine Finger aus einem ganz anderen Grund. »Wärst du es, wäre ich jetzt nicht hier.«

Ich befreite meine Finger, streichelte seine Wange und ließ meinen Daumen über die glatte, blasse Haut gleiten. Ash schloss für einen Moment die Augen und lehnte sich gegen meine Hand, bevor er einen Kuss auf meine Handfläche hauchte und aufstand.

»Ich gehe Puck suchen«, verkündete er. »Irgendetwas entgeht uns, da muss es etwas geben, was wir übersehen. Es muss einen einfacheren Weg geben.«

»Tja, wenn ihr ihn finden würdet, wäre das genial. Es kotzt mich einfach an, jedes Mal ... kotzen ... zu müssen, wenn ich eine Blume wachsen lasse.« Ich versuchte mich an einem dankbaren Lächeln, aber ich fürchtete, es wurde eher eine Grimasse daraus.

Ash legte mir eine Hand auf die Schulter und drückte sie sanft, bevor er ging.

Seufzend schlenderte ich hinüber zum Küchentisch, weil ich neugierig war, woran mein Dad da so fieberhaft arbeitete. Diesmal sah er nicht auf, also lehnte ich mich neben ihn an die Tischkante. Der Tisch war mit Blättern bedeckt, die mit Linien und schwarzen Punkten vollgekritzelt waren. Als ich genauer hinsah, erkannte ich, dass es handgemalte Notenblätter waren.

»Hey, Dad«, sagte ich leise, da ich ihn nicht ablenken oder erschrecken wollte. »Was machst du gerade?«

»Ich schreibe einen Song«, erwiderte er, warf mir einen kurzen Blick zu und lächelte. »Er ist mir heute Morgen plötzlich durch den Kopf geschossen, und ich wusste, ich muss ihn schnell aufschreiben, bevor ich ihn wieder verliere. Früher habe ich ständig Lieder geschrieben, für ... für deine Mutter.«

Ich wusste nicht, was ich dazu sagen sollte, also sah ich einfach zu, wie der Stift Punkte auf die fünf einfachen Linien kritzelte. Für mich sah das nicht aus wie Musik, aber Dad hielt immer wieder inne, schloss die Augen und bewegte den Stift im Takt einer unhörbaren Melodie, bevor er anschließend weitere Punkte auf die Linien malte.

Für einen Moment verschwamm alles vor meinen Augen, und die Punkte auf dem Blatt schienen sich zu bewegen. Eine Sekunde lang war das gesamte Lied in leuchtenden Schein gehüllt. Die strengen, geraden Linien schimmerten wie Metalldrähte, während die unterschiedlichen Noten, die gerade noch schwarz und unscheinbar gewesen waren, wie Wassertropfen im Licht funkelten. Ich blinzelte überrascht, und das Gekrakel wurde wieder normal.

»Komisch«, murmelte ich.

»Was ist komisch?«, fragte Paul und schaute hoch.

»Äh.« Hektisch suchte ich nach einem unverfänglichen Thema. Dad hatte nicht viel für Schein übrig, er sah darin nicht mehr als Feentricks und Täuschung. Nach allem, was er durchgemacht hatte, konnte ich ihm daraus keinen Vorwurf machen. »Äh«, stammelte ich erneut. »Ich habe mich nur gefragt ... wozu diese ganzen Punkte und Linien da sind. Ich meine, für mich sieht das nicht aus wie Musik.«

Paul lächelte voll Freude, da er nun über sein Lieblingsthema sprechen durfte, und nahm ein vollgeschriebenes Blatt von einem der Stapel. »Das sind Maßangaben«, erklärte er, als er das Blatt zwischen uns legte. »Siehst du die Linien? Jede Linie steht für eine bestimmte Tonhöhe. Jede Note einer Tonleiter wird durch ihre Position auf der Linie oder in den Zwischenräumen dargestellt. Je höher die Note auf den Linien, desto höher die Tonlage. Kannst du mir so weit folgen?«

»Ääähhhh ...«

»Und jetzt sieh dir die unterschiedlichen Punkte beziehungsweise Noten an«, fuhr Dad fort, als hätte ich irgendetwas von dem begriffen, was er gerade gesagt hatte. »Eine leere Note wird länger gespielt als eine volle Note. Die kleinen Hälse und Fähnchen, die du hier sehen kannst, halbieren oder vierteln die Spieldauer. Das Aussehen der Noten verrät dem Spieler also, welchen Ton er spielen und wie lange er ihn halten soll. Alles wird durch Länge und Position bemessen und in perfekter Harmonie gehalten. Eine Note oder ein Takt an der falschen Stelle wirft das gesamte Lied aus der Bahn.«

»Klingt ziemlich kompliziert«, meinte ich hilflos und versuchte, mit seinen Erklärungen Schritt zu halten.

»Es kann kompliziert sein. Musik und Mathematik waren schon immer eng miteinander verknüpft. Es geht immer um Formeln, Bruchteile und solche Sachen.« Paul stand mit dem Notenblatt in der Hand abrupt auf und ging zum Klavier. Ich folgte ihm und hockte mich auf das Sofa. »Aber wenn man dann alles zusammenfügt, klingt es *so*.«

Und dann spielte er ein Lied, das so wunderschön war, dass es mir direkt unter die Haut ging und mich dazu brachte, gleichzeitig lächeln, lachen und weinen zu wollen. Ich hatte seine Musik schon oft gehört, aber diese hier war anders, so als hätte er sein gesamtes Herzblut und seine Seele hineingelegt und das Lied hätte ein Eigenleben entwickelt. Um ihn herum flammte wirbelnd der Schein auf, ein Strudel der umwerfendsten Farben, die ich je gesehen hatte. Kein Wunder, dass die Feen sich zu talentierten Sterblichen hingezogen fühlten. Jetzt war klar, warum Leanansidhe ihn nur widerstrebend hatte gehen lassen.

Es war ein kurzes Stück, das sehr abrupt endete, als wären Paul einfach die Noten ausgegangen. »Na ja, es ist noch nicht fertig«, murmelte er, als er die Hände sinken ließ. »Aber zumindest hast du jetzt eine Vorstellung davon.«

»Wie heißt es?«, flüsterte ich, während das Lied noch in mir nachhallte.

Paul lächelte. »Erinnerungen an Meghan.«

Bevor ich etwas erwidern konnte, wurde die Tür aufgerissen, und Ash stürmte herein, dicht gefolgt von Puck. Ich zuckte zusammen, als Ash mit ernstem, verschlossenem Gesicht auf mich zukam, während Puck mit verschränkten Armen an der Tür stehen blieb und aus dem Fenster starrte.

»Was ist denn?«, fragte ich Ash, als er näher kam.

Er sah so aus, als wolle er mich in seine Arme reißen und davonstürmen. Schnell warf ich einen Blick zu meinem Dad, um zu sehen, wie er auf das Ganze reagierte, und stellte erleichtert fest, dass er zwar argwöhnisch und alarmiert wirkte, aber nicht verrückt. Ash packte meinen Arm und zog mich mit sich.

»Der Lichte und der Dunkle Hof«, murmelte er dann so leise, dass mein Vater ihn nicht hören konnte. »Sie sind hier und sie suchen nach dir.«

Der Ritterschwur

Entsetzt blinzelte ich Ash an, während sich ein komisches Gefühl in meinem Magen ausbreitete, eine Mischung aus Aufregung und Angst. »Beide?«, flüsterte ich und warf einen Blick zu meinem Dad, der wieder zum Tisch gewandert war und sich über seine Notenblätter beugte. Er hatte es sich angewöhnt, die Feen zu ignorieren, sobald sie den Raum betraten – er sprach nie mit ihnen und sah sie kaum an. Und die Jungs ließen es dabei bewenden. Das machte einige Abende etwas ungemütlich, aber ich glaube, Paul hatte einfach Angst, dass er wieder verrückt werden könnte, wenn er ihre Aufmerksamkeit auf sich lenkte.

Ash zuckte mit den Schultern. »Sie wollten weder mit mir noch mit Puck reden, sondern meinten nur, Leanansidhe habe ihnen die Erlaubnis erteilt hierherzukommen. Sie wollen mit dir sprechen. Sie sind jetzt draußen auf der Lichtung.«

Ich trat ans Fenster und spähte hinaus. Am Rand der Lichtung konnte ich gerade noch zwei höfische Ritter erkennen, die jeweils ein Banner trugen. Das eine war in Grün und Gold gehalten und zeigte einen stattlichen Hirschkopf, das andere war schwarz mit einer dornigen weißen Rose in der Mitte.

»Der Abgesandte meinte, er habe eine Nachricht, die ausdrücklich an dich gerichtet sei, Prinzessin«, erklärte Puck, der mit verschränkten Armen am Türrahmen lehnte. »Er behauptet, sie sei von Oberon persönlich.«

»Oberon.« Das letzte Mal, als ich meinen biologischen Vater gesehen hatte, hatte er mich ins Reich der Sterblichen verbannt, nachdem Mab zuvor dasselbe mit Ash gemacht hatte. Ich dachte, wir hätten alle Verbindungen gekappt. Er hatte das bei unserem Abschied unmissverständlich klargemacht und betont, dass ich nun auf mich allein gestellt und im Reich der Feen nie wieder willkommen sei. Was wollte der König des Sommerhofes jetzt von mir?

Es gab nur einen Weg, es herauszufinden.

»Dad?« Ich drehte mich zum Tisch um. »Ich muss kurz weg, aber ich komme bald zurück. Verlass solange bitte nicht das Haus, okay?«

Er winkte mir zu, ohne hochzusehen, und ich seufzte. Zumindest würde Paul zu beschäftigt sein, um sich Gedanken über die plötzliche Versammlung auf der Wiese zu machen.

»Alles klar«, murmelte ich und ging zur Tür, die Puck galant für mich öffnete. »Dann bringen wir es hinter uns.«

Wir überquerten den Bach und entdeckten auf einem flachen Felsen auf der anderen Seite Grimalkin, der sich völlig unbeeindruckt von der Ankunft der höfischen Abgesandten putzte. Wir gingen weiter, bis wir das andere Ende der Lichtung erreichten. Es war später Nachmittag, und die Glühwürmchen tanzten schon über das Gras. Ash und Puck flankierten mich, und ihre Auren strahlten einen solchen Beschützergeist aus, dass meine Angst augenblicklich verschwand. Wir drei hatten schon so viel zusammen durchgestanden. Was sollte da noch kommen, dem wir gemeinsam nicht entgegentreten könnten?

Die beiden Ritter verbeugten sich, als wir uns näherten. Ich fing einen Schimmer der Überraschung von Ash und Puck auf, wohl darüber, dass zwei Krieger der rivalisierenden Höfe hier sein konnten, ohne sich zu bekämpfen. Die Ironie dabei amüsierte mich.

Zwischen den Rittern schob sich nun, in dem hohen Gras fast verborgen, ein kartoffelgesichtiger Gnom hindurch. Auch er verbeugte sich tief.

»Meghan Chase«, begrüßte er mich mit überraschend tiefer Stimme, die so steif und formell klang wie die eines Butlers. »Euer Vater, König Oberon, sendet Euch Grüße.«

Das ärgerte mich. Oberon hatte kein Recht, mich als seine Tochter zu bezeichnen. Nicht, nachdem er mich im Beisein des gesamten verdammten Hofstaats verstoßen hatte. Ich verschränkte die Arme und starrte den Gnom finster an. »Ihr wolltet mich sehen, hier bin ich. Was will Oberon denn?«

Der Gnom blinzelte. Die Ritter wechselten einen raschen Blick. Puck und Ash standen hoch aufgerichtet und schweigend neben mir wie Bodyguards. Obwohl ich keinen von beiden ansah, spürte ich Pucks spöttische Belustigung.

Der Gnom räusperte sich. »Ähm. Nun, wie Ihr ja wisst, Prinzessin, befindet sich Euer Vater im Krieg mit dem Eisernen Königreich. Zum ersten Mal seit Jahrhunderten haben wir ein einvernehmliches Bündnis mit Königin Mab und dem Winterhof geschlossen.« Sein Blick schnellte zu Ash, bevor er sich wieder auf mich konzentrierte. »Eine Armee der Eisernen Feen steht sozusagen auf unserer Schwelle, begierig darauf, unser Land zu verseuchen und alle seine Bewohner zu töten. Die Situation ist inzwischen äußerst heikel.«

»Das weiß ich alles. Genau genommen denke ich, dass sogar ich diejenige war, die Oberon überhaupt erst vor dieser Bedrohung gewarnt hat. Kurz bevor er mich ins Exil geschickt hat.« Ich erwiderte ungerührt den Blick des Gnoms und versuchte die Bitterkeit in meiner Stimme zu unterdrücken. »Ich habe Oberon schon vor einer Ewigkeit vor dem Eisernen König gewarnt, ihn und Mab. Sie haben nicht auf mich gehört. Warum also erzählst du mir das jetzt?«

Der Gnom seufzte und legte für einen Moment den formellen Ton ab. »Weil die Höfe nicht an ihn herankommen, Prinzessin. Der Eiserne König verbirgt sich tief in seinem verdorbenen Reich, und die Armeen von Sommer und Winter können nicht weit genug vordringen, um einen Schlag gegen ihn zu führen. Wir verlieren Boden, Soldaten und Ressourcen, und die Eisernen Feen kommen den beiden Höfen immer näher. Das Nimmernie stirbt schneller als je zuvor, und bald wird es keinen sicheren Ort mehr geben, an den wir uns zurückziehen können.«

Er räusperte sich wieder, diesmal verlegen, und wurde dann aufs Neue förmlich.

»Aus diesem Grund erklären sich König Oberon und Königin Mab bereit, Euch ein Angebot zu unterbreiten, Meghan Chase.« Er zog aus seiner Tasche eine Schriftrolle mit einem grünen Band hervor, die er mit einer schwungvollen Geste entrollte.

»Los geht's«, murmelte Puck.

Der Gnom warf ihm einen mahnenden Blick zu, bevor er sich wieder der Schriftrolle zuwandte und mit getragenem Ton verkündete: »Meghan Chase, auf Befehl von König Oberon und Königin Mab sind Sommer und Winter bereit, Eure Verbannung aufzuheben – ebenso die Verbannung von Prinz Ash und Robin Goodfellow – sowie alle vorliegenden Vergehen mit einer umfassenden Begnadigung aus der Welt zu schaffen.«

Puck schnappte nach Luft. Ash war wie erstarrt. Auf seinem Gesicht zeigte sich keine Regung, aber ich spürte ein kurzes Aufflackern von Hoffnung und Sehnsucht. Sie wollten nach Hause. Sie vermissten das Feenreich, und wer konnte es ihnen verdenken? Sie gehörten dorthin, nicht in die Welt der Sterblichen mit ihrer ständigen Skepsis und der ungläubigen Abneigung gegen alles, was nicht wissenschaftlich zu belegen war. Es war kein Wunder, dass die Eisernen Feen die Welt übernahmen – an Magie glaubten nur noch so wenige Menschen.

Aber da ich wusste, dass ein Handel mit den Feen immer einen Preis hatte, behielt ich eine ausdruckslose Miene bei und fragte: »Im Gegenzug wofür?«

»Im Gegenzug für …« Der Gnom ließ die Hände sinken und schlug den Blick nieder. »… eine Reise ins Eiserne Reich, bei der Ihr seinen König ausschaltet.«

Ich nickte bedächtig und fühlte mich auf einmal sehr müde. »Das dachte ich mir.«

Ash trat einen Schritt vor, was der Gnom und die beiden Ritter mit argwöhnischen Blicken quittierten. »Allein?«, fragte er leise, um den Ärger in seiner Stimme zu verschleiern. »Oberon bietet ihr keine Hilfe an? Das scheint doch etwas viel verlangt zu sein, wenn nicht einmal seine eigene Armee hineingelangt.«

»König Oberon glaubt, dass eine einzelne Person sich unbemerkt durch das Eiserne Reich bewegen könnte«, erwiderte der Gnom, »und daher bessere Chancen hätte, den Eisernen König zu finden. Oberon und Mab stimmen darin überein, dass die Sommerprinzessin die beste Wahl ist – sie ist immun gegen die Wirkung des Eisens, sie war schon einmal dort, und sie hat bereits einen Eisernen König gestürzt.«

»Ich hatte damals Hilfe«, murmelte ich mit einem komischen Gefühl im Magen. Trostlose, Furcht einflößende Erinnerungen stiegen in mir auf, und gegen meinen Willen fingen meine Hände an zu zittern. Ich musste an das schreckliche Ödland des Eisernen Königreiches denken: die verfluchte Schrottwüste, den ätzenden Regen, den imposanten schwarzen Turm, der bis in den Himmel ragte. Ich erinnerte mich daran, wie ich Machina getötet hatte, wie ich ihm einen Pfeil in die Brust gerammt hatte und sein gesamter Turm in sich zusammengefallen war. Und ich erinnerte mich an Ash, an seinen kalten, leblosen Körper in meinen Armen. Bei diesem Bild presste ich meine Fäuste so fest zusammen, dass ich mir die Nägel in die Handflächen bohrte.

»Ich bin noch nicht bereit«, sagte ich und warf Ash und Puck einen Blick zu, der um Unterstützung bat. »Ich kann noch nicht dorthin zurückgehen. Ich muss erst noch lernen, wie man kämpft und den Schein einsetzt und … und was ist mit meinem Dad? Er kann nicht allein hierbleiben.«

Der Gnom zwinkerte verwirrt, doch Puck meldete sich zu Wort, bevor er etwas sagen konnte. »Sie braucht etwas Zeit, um darüber nachzudenken«, erklärte er und trat mit einem entwaffnenden Lächeln vor. »Ich nehme an, dass Oberon nicht jetzt sofort eine Antwort braucht, oder?«

Der Gnom betrachtete ihn ernst, sprach aber zu mir: »Er betonte, dass die Zeit drängt, Eure Hoheit. Je länger Ihr hierbleibt, desto weiter breitet sich die Fäulnis aus und desto stärker wird der Eiserne König. König Oberon kann nicht warten. Wir werden im Morgengrauen zurückkehren, um Eure Antwort zu erfahren.« Er verbeugte sich, und die Ritter traten zurück, bereit zum Abmarsch. »Das ist ein einmaliges Angebot, Hoheit«, warnte mich der Gnom. »Falls Ihr beschließen solltet, Oberons Angebot auszuschlagen und nicht mit uns ins Nimmernie zurückzukehren, wird keiner von Euch es jemals wiedersehen.« Er rollte schwungvoll das Papier zusammen und verschwand mit seiner Leibwache im Wald.

Ich ging völlig benommen zurück zur Hütte und ließ mich dort auf das Sofa fallen. Dad war in einem anderen Zimmer, und die Heinzelmännchen hatten noch nicht mit den Vorbereitungen fürs Abendessen begonnen, sodass wir allein waren.

»Ich bin noch nicht bereit«, sagte ich wieder, als Puck sich auf eine Armlehne hockte und Ash zwar stehen blieb, mich aber ernst musterte. »Ich habe es ja kaum geschafft, den ersten Eisernen König zu erledigen, und da hatte ich den Hexenholzpfeil. Jetzt habe ich nichts dergleichen.«

»Stimmt«, erklang Grimalkins Stimme direkt neben meinem Kopf, was mich zusammenfahren ließ. Der Kater blinzelte nur, als ich ihn böse anstarrte, und machte es sich auf der gepolsterten Rückenlehne bequem. »Aber der Pfeil war speziell für Machina gedacht. Du weißt nicht, ob so etwas für den falschen König vonnöten ist.«

»Das ist doch egal«, erwiderte ich. »Diesmal habe ich überhaupt nichts. Den Schein kann ich immer noch nicht richtig einsetzen, ich habe keine Ahnung, wie ich mich in einem Kampf schlagen würde und …« Ich unterbrach mich und flüsterte dann: »… ich schaffe es nicht allein.«

»Hey, hey, hey.« Puck stand auf und starrte mich nun gemeinsam mit Ash böse an. »Was redest du denn da, von wegen allein? Du weißt doch, dass wir auf jeden Fall an deiner Seite sein werden, Prinzessin.«

Ich schüttelte den Kopf. »Ash wäre beim letzten Mal fast gestorben. Das Eiserne Königreich ist tödlich für Feen, deshalb können Oberon und Mab es ja nicht besiegen. Ich will euch beide nicht verlieren. Wenn ich das mache, dann muss ich es allein tun.«

Ich spürte Ashs scharfen Blick, der mich durchbohrte. Seine Wut war von kalter, eisiger Farbe, und sie stach mir in die Haut, obwohl ich spürte, wie meine eigene Wut wuchs und sich ihr entgegenstellte. Er sollte es besser wissen. Von allen sollte Ash am besten wissen, wie tödlich das Eiserne Königreich für normale Feen war. Woher nahm er überhaupt das Recht, jetzt wütend zu sein? Ich war doch diejenige, die in das Eiserne Königreich gehen musste. Und auf keinen Fall würde ich einen von ihnen dieser Folter aussetzen. Da würde ich noch eher Oberons sogenanntes Angebot ausschlagen.

Aber wenn ich es ausschlug, würden Ash und Puck für immer mit mir im Reich der Sterblichen festsitzen. Das war ihre Chance, nach Hause zurückzukehren. Das konnte ich ihnen nicht nehmen, selbst wenn das bedeutete, dass ich noch einmal in das verfluchte Land der Eisernen Feen gehen und mich ganz allein dem falschen König stellen musste.

»Du weißt doch, dass das nicht funktionieren wird, Prinzessin«, sagte Puck, als hätte er meine Gedanken gelesen. »Wenn du denkst, du könntest mich oder den Eisbubi davon abhalten, dir ins Eiserne Reich zu folgen ...«

»Ich will euch dort nicht haben!«, platzte es aus mir heraus, und ich sah die beiden endlich an. Puck blinzelte mich überrascht an, während Ash mich weiter mit seinen eiskalten Augen anstarrte. »Verdammt, Puck, du hast das Eiserne Reich nicht gesehen. Du weißt nicht, wie es dort ist. Frag Ash!« Ich zeigte auf den Eisprinzen, wobei mir bewusst war, dass ich ihn gefährlich reizte, aber das war mir egal. »Frag ihn, wie schon das Atmen ihn in dieser Luft fast von innen heraus getötet hat. Frag ihn, wie ich mich gefühlt habe, als ich zusehen musste, wie es ihm immer schlechter ging, und ich nichts dagegen tun konnte.«

»Und doch bin ich jetzt hier.« Ashs Stimme war frostig, und seine Augen waren schwarz. »Und wie es aussieht, hat mein Versprechen keinerlei Bedeutung für dich. Willst du mich jetzt daraus entlassen, da es gerade bequem für dich ist?«

»Ash.« Ich sah zu ihm hoch. Es war schrecklich, dass er jetzt wütend war, aber ich wollte, dass er verstand. »Ich kann nicht zusehen, wie du wieder leidest, nicht so. Wenn du mir noch einmal in das Eiserne Königreich folgst, könntest du sterben, und das würde mich umbringen. Das kannst du nicht von mir verlangen.«

»Das ...« Ash unterbrach sich und schloss für einen Moment die Augen. »Das ist nicht deine Entscheidung, Meghan«, fuhr er dann mit gezwungen ruhiger Stimme fort. »Ich kannte die Risiken, als ich mich auf diesen Handel einließ, und ich weiß, was passieren wird, wenn ich dir in das Eiserne Reich folge. Ich würde trotzdem mit dir gehen.« Seine

Stimme wurde schneidend. »Aber darum geht es jetzt nicht. Ich *kann* dich nicht verlassen, solange du mich nicht offiziell von meinem Eid entbindest, der mich dazu verpflichtet, bei dir zu bleiben.«

Ihn entbinden? Einen Eid rückgängig machen, damit er nicht gezwungen war, mir zu folgen? »Ich wusste nicht, dass man das machen kann«, murmelte ich und spürte kurz sowohl Reue als auch Wut in mir aufsteigen. »Also hätte ich dich damals in Machinas Reich die ganze Zeit aus dem Handel entlassen können und du hättest mir nicht mehr helfen müssen?«

Ash zögerte, als wolle er nicht länger darüber reden, aber da meldete sich Grimalkin von der Sofalehne. »Nein, Mensch«, schnurrte er. »Das war ein Vertrag, kein *Versprechen*. Ihr habt euch beide auf etwas geeinigt und hattet beide einen Nutzen davon. So gestalten sich die meisten Handel.« Ash sah zu Boden und fuhr sich mit der Hand durch die Haare, während Grimalkin sich die Vorderpfote leckte. »Ein Eid wird freiwillig geleistet, wird sich bewusst auferlegt und stellt keinerlei Forderungen an den Empfänger. Keine Erwartungen irgendeiner Art.« Er rümpfte die Nase und rieb sich mit der Pfote über die Ohren. »So ist der eine gefangen und vollständig der Gnade des anderen ausgeliefert … es sei denn natürlich, dieser beschließt, ihn davon zu entbinden.«

»Also …« Ich sah Ash an. »Ich könnte dich von deinem Versprechen entbinden und dann müsstest du dich nicht länger daran halten, richtig?«

Ash wirkte, als hätte ich ihn geschlagen, doch nur einen Herzschlag lang. Dann wurde die Luft um ihn herum eiskalt, und Raureif kroch über die Bodendielen. Wortlos drehte er sich um, verließ den Raum, glitt durch die Eingangstür und verschwand in der Nacht.

Puck schnaufte. »Autsch. Du weißt echt, wie man einem Kerl das Herz rausreißt, was, Prinzessin?«

Ich starrte fassungslos auf die Eingangstür und spürte, wie mein Herz immer schwerer wurde. »Warum ist er denn so wütend?«, flüsterte ich. »Ich versuche doch nur, sein Leben zu retten. Ich will nicht, dass er mir folgt, weil er durch irgendeinen dämlichen Eid dazu *gezwungen* wird.«

Puck zuckte zusammen. »Dieser *dämliche* Eid ist die schwerwiegendste Erklärung, die wir machen können, Prinzessin«, erklärte er mit unerwarteter Schärfe. »Wir geben Versprechen nicht leichtfertig, wenn überhaupt. Und zufällig ist es die schlimmste aller Beleidigungen, eine Fee von einem Eid zu entbinden. Damit sagst du ihm im Prinzip, dass du ihm nicht mehr vertraust, dass du nicht glaubst, dass er dazu in der Lage ist, den Eid zu erfüllen.«

Ich stand auf. »Das stimmt doch gar nicht«, protestierte ich, während Grimalkin sich von der Rückenlehne gleiten ließ, um sich auf dem Platz zusammenzurollen, den ich gerade freigemacht hatte. »Ich will nur nicht, dass er bei mir bleibt, weil er es *muss*.«

»Mann, du bist manchmal echt dämlich.« Puck schüttelte den Kopf über meinen fassungslosen Blick. »Ash hätte diesen Eid nie geleistet, wenn er nicht sowieso vorgehabt hätte, dir überallhin zu folgen, Prinzessin. Selbst wenn er diese Worte nie ausgesprochen hätte: Denkst du wirklich, du könntest ihn dazu zwingen zurückzubleiben?« Er grinste höhnisch. »Ich weiß zumindest, dass du *mich* nicht dazu zwingen kannst. Ich werde dich begleiten, ob es dir nun passt oder nicht. Du kannst also aufhören, mich so anzustarren. Aber wenn du darauf bestehst ...« Er wedelte mit der Hand Richtung Tür. »Such deinen Eisbubi und entlasse ihn aus seinem blöden Versprechen. Dann wirst du ihn niemals wiedersehen, so viel steht fest. Denn das bedeutet es im Prinzip, wenn man eine Fee entlässt – dass man sie nicht länger um sich haben will.«

Niedergeschlagen sackte ich in mich zusammen. »Ich ... Ich wollte doch nur ... Ich kann nicht mit ansehen, wie einer von euch stirbt«, murmelte ich wieder. Eine lahme Entschuldigung, die mit jedem Moment schwächer klang.

Puck schnaubte. »Komm schon, Meghan. Wie wäre es mit ein wenig Vertrauen?« Er verschränkte die Arme und warf mir einen gereizten Blick zu. »Du schreibst uns ja schon ab, bevor wir überhaupt losgelegt haben. Sowohl mich als auch den Eisbubi. Mich gibt es jetzt schon eine ganze Weile, und ich bin fest entschlossen, dass das auch noch ziemlich lange so bleibt.«

»Ich hatte nicht gedacht, dass es so bald sein würde.« Ich ließ mich wieder auf das Sofa sinken, stand aber hastig auf, als Grimalkin mich anfauchte. »Ich meine, ich wusste ja, dass ich mich ihm irgendwann stellen muss, also, dem falschen König. Aber ich dachte, ich hätte mehr Zeit, um mich darauf vorzubereiten.« Ich ging ein Stück weiter, weg von dem Kater, und hockte mich auf die Armlehne. »Die ganze Zeit hatte ich das Gefühl, dass ich nur so herumstolpere und einfach wieder und wieder Glück hatte. Aber dieses Glück wird mich eines Tages verlassen.«

»Es hat uns immerhin hierhergebracht, Prinzessin.« Puck kam zu mir rüber und legte mir einen Arm um die Schultern. Ich schüttelte ihn nicht ab. Mir fehlte die Kraft, um noch weiter zu kämpfen. Ich wollte meinen besten Freund zurückhaben. Also lehnte ich mich an ihn und hörte den Heinzelmännchen zu, die in der Küche herumwuselten. Der warme, tröstliche Geruch von gebackenem Brot drang zu uns. Vielleicht unsere letzte Mahlzeit?

Ganz toll, Meghan, denk positiv.

»Du hast ja recht«, sagte ich schließlich. »Und ich muss es tun. Das weiß ich. Wenn ich jemals wieder ein normales Leben führen will, muss ich mich dem falschen König stellen, sonst wird er mich nie in Ruhe lassen.« Seufzend ging ich zum Fenster und starrte nachdenklich in die Abenddämmerung hinaus. »Es ist nur ... diesmal fühlt es sich anders an«, erklärte ich und betrachtete mein Spiegelbild in der Scheibe, das brav zurückstarrte. »Ich habe so viel mehr zu verlieren. Dich und Ash, das Nimmernie, meine Familie, meinen Dad.« Ich unterbrach mich und drückte die Stirn gegen die Scheibe. »Mein Dad«, stöhnte ich. »Was soll ich nur mit meinem Dad machen?«

Vom Flur her hörte ich ein Geräusch und schloss resigniert die Augen. Tja, das war mal wieder perfektes Timing.

Seufzend richtete ich mich auf. »Wie lange stehst du da schon, Dad?«

»Ungefähr seit dem Punkt, als ihr über das Glück gesprochen habt.« Paul kam herein und setzte sich schräg auf die Klavierbank. Ich beobachtete ihn in der Spiegelung der Scheibe. »Du gehst weg, nicht wahr?«, fragte er leise.

Puck stand auf und ging diskret aus dem Zimmer, um mich und meinen Dad allein zu lassen – abgesehen von dem dösenden Grimalkin.

Ich zögerte kurz, nickte dann aber. »Ich will dich in deinem Zustand eigentlich nicht allein lassen«, erklärte ich und drehte mich zu ihm um. »Ich wünschte, ich müsste nicht gehen.«

Paul hatte die Stirn gerunzelt, als fiele es ihm schwer, das zu verstehen. Doch sein Blick war klar, als er bedächtig nickte. »Es ist … wichtig?«, fragte er dann.

»Ja.«

»Wirst du zurückkommen?«

Mir schnürte es die Kehle zu. Ich schluckte und holte tief Luft. »Ich hoffe es.«

»Meghan.« Dad zögerte und rang offenbar um Worte. »Ich weiß … ich verstehe viele Dinge nicht. Ich weiß, du bist … Teil einer Sache, die größer ist als ich … etwas, was ich niemals verstehen werde. Und eigentlich sollte ich ja dein Vater sein, aber … aber ich weiß, dass du ganz gut selbst auf dich aufpassen kannst. Also, geh.« Er lächelte, und rund um seine Augen bildeten sich feine Fältchen. »Sag nicht Auf Wiedersehen und mach dir keine Sorgen um mich. Tu, was du tun musst. Ich werde hier sein, wenn du zurückkommst.«

Ich lächelte ihn an. »Danke, Dad.«

Er nickte, doch dann wurden seine Augen glasig, als hätte er sein Kontingent an geistiger Klarheit mit diesem Gespräch verbraucht. Er schnupperte und richtete sich auf. Sein Gesicht begann zu strahlen wie das eines Kleinkinds. »Essen?«

Ich nickte und fühlte mich plötzlich sehr alt. »Ja. Warum gehst du nicht zurück in dein Zimmer, und ich rufe dich dann, wenn das Abendessen fertig ist? Du kannst ja … bis dahin weiter an deinem Lied arbeiten.«

»Oh, richtig.« Strahlend stand er auf und trat in den Flur hinaus. »Es ist fast fertig, weißt du?«, rief er mit vor Stolz geschwellter Brust über die Schulter. »Eigentlich ist es für meine Tochter, aber ich werde es dir morgen vorspielen, okay?«

»Okay«, flüsterte ich, aber er war schon weg.

Im Raum herrschte Stille, unterbrochen nur durch das Ticken der Wanduhr und vereinzelte Geräusche aus der Küche. Ich ging zurück zum Sofa und ließ mich neben Grimalkin auf das Polster sinken, unschlüssig, was ich jetzt tun sollte. Mir war klar, dass ich eigentlich Ash suchen und mich bei ihm entschuldigen oder ihm zumindest erklären sollte, warum ich nicht gewollt hatte, dass er mitkam. Mir wurde ganz flau bei dem Gedanken, wie wütend er auf mich war. Ich hatte ihm doch nur weitere Schmerzen ersparen wollen – woher sollte ich denn wissen, dass es einen solchen Vertrauensbruch darstellte, eine Fee aus einem Versprechen zu entlassen?

»Wenn du dir solche Sorgen um ihn machst«, durchbrach Grimalkin die Stille, »warum fragst du ihn dann nicht, ob er dein Ritter sein will?«

Verwirrt sah ich ihn an. »Was?«

Seine Augen öffneten sich so weit, bis sie goldene Schlitze waren, die mich belustigt musterten. »Dein Ritter«, sagte er noch einmal, diesmal ganz langsam. »Das Wort kennst du doch, oder? So lange ist es auch noch nicht her, dass die Menschen es schon vergessen hätten.«

»Ich weiß, was ein Ritter ist, Grim.«

»Oh, gut. Dann sollte es dir eigentlich leichtfallen, die Bedeutung zu erfassen.« Grimalkin setzte sich gähnend auf und legte den Schwanz um die Pfoten. »Es ist eine sehr alte Tradition«, begann er, »selbst unter Feen. Eine Dame bittet einen Krieger, ihr Ritter zu sein, ihr erwählter Beschützer, so lange, bis beide ihren letzten Atemzug tun. Nur jene von königlichem Blut können das Ritual vollziehen, und die Wahl eines Favoriten steht allein der Dame zu. Doch es ist der ultimative Vertrauensbeweis der Dame an den Ritter, denn sie vertraut ihm damit mehr als allen anderen, wenn es um ihren Schutz geht, da sie weiß, dass er sein Leben für sie geben würde. Der Ritter gehorcht – soweit er kann – immer noch seiner Königin und seinem Hof, doch seine erste und einzige Verpflichtung gilt seiner Dame.« Er gähnte wieder, streckte eine Hinterpfote in die Luft und inspizierte seine Zehen. »Sicherlich eine entzückende Tradition. Bei Hofe liebt man solch dramatische Tragödien.«

»Warum ist das denn eine Tragödie?«

»Sollte die Dame sterben«, erklang Ashs Stimme von der Tür her und ließ mich erschrocken zusammenzucken, »stirbt der Ritter ebenfalls.«

Schnell stand ich auf. Mein Herz raste. Ash kam nicht herein, sondern musterte mich weiter von der Tür aus. Er hatte seine Aura sorgfältig verborgen, und seine silbrigen Augen glänzten kalt und ausdruckslos.

»Begleite mich auf einen Spaziergang«, wies er mich leise an und fügte, erst als ich zögerte, ein »Bitte« hinzu.

Ich warf Grimalkin einen Blick zu, doch der Kater hatte sich wieder zusammengerollt, die Augen geschlossen und schnurrte zufrieden. *Ver-*

dammter Kater, dachte ich, während ich Ash über die Treppe hinaus in die warme Sommernacht folgte. *Ihm wäre es doch völlig egal, wenn Ash mich absticht oder in einen Eiszapfen verwandelt. Wahrscheinlich hat er mit Leanansidhe eine Wette laufen, wie lange es wohl dauert.*

Entsetzt und voller Schuldgefühle, dass ich so etwas denken konnte – sowohl über Ash als auch über Grimalkin –, überquerte ich hinter dem Winterprinzen den Bach und folgte ihm schweigend über die Wiese. Glühwürmchen schwebten über dem Gras und verwandelten den Hain in eine winzige Galaxie blinkender Lichter, während eine sanfte Brise durch meine Haare fuhr, die den Geruch von Kiefern und Zedern mit sich brachte. Mir wurde bewusst, dass ich diesen Ort vermissen würde. Trotz allem war ich hier seit Langem der Normalität am nächsten gewesen. Hier war ich keine Feenprinzessin, nicht die Tochter eines mächtigen Königs oder eine Spielfigur in den ewigen Kämpfen der beiden Höfe. Morgen bei Sonnenaufgang würde sich das wieder ändern.

»Falls du mich von meinem Eid entbinden willst«, murmelte Ash, und ich nahm ein ganz leichtes Zittern in seiner Stimme wahr, »dann tu es jetzt, damit ich gehen kann. Ich wäre lieber nicht mehr hier, wenn du ins Nimmernie zurückkehrst.«

Ich blieb stehen, woraufhin auch er stehen blieb, sich aber nicht zu mir umdrehte. Ich starrte seinen Rücken an, die starken Schultern, das nachtschwarze Haar und die stolze, angespannte Haltung seiner Wirbelsäule. Er wartete darauf, dass ich über sein Schicksal entschied. *Wenn er dir wirklich etwas bedeuten würde,* flüsterte eine Stimme in meinem Kopf, *dann würdest du ihn gehen lassen. Ihr wärt zwar getrennt, aber er würde leben. Wenn du zulässt, dass er dir in das Eiserne Reich folgt, könnte ihn das umbringen, das weißt du.* Aber der Gedanke, dass er gehen könnte, zerriss mir das Herz, was mich innerlich aufkeuchen ließ. Ich konnte es nicht tun. Ich konnte ihn nicht gehen lassen. Gott möge mir vergeben, wenn ich selbstsüchtig war, aber ich wollte nichts anderes, als für immer mit ihm zusammen zu sein.

»Ash«, sagte ich leise, und selbst das ließ ihn zusammenzucken, bevor er sich sichtlich wappnete. Mein Herz raste, aber ich ignorierte alle Zweifel und fuhr hastig fort: »Ich … will …« Ich schloss die Augen, holte tief Luft und flüsterte: »Willst du mein Ritter sein?«

Er wirbelte herum, und für den Bruchteil einer Sekunde riss er erstaunt die Augen auf. Einige Herzschläge lang starrte er mich vollkommen überrascht und ungläubig an. Ich erwiderte seinen Blick und fragte mich gleichzeitig, ob es ein Fehler gewesen war, ihn das zu fragen. Ob ich ihn damit nur noch enger an mich band und er es hassen würde, zu einem neuen Vertrag gezwungen zu werden.

Als er sich mir näherte, begann ich zu zittern. Er blieb dicht vor mir stehen. Ganz langsam nahm er meine Hand und berührte zart meine Finger, während er mir tief in die Augen sah. »Bist du sicher?«, fragte er so leise, dass es fast vom sanften Wind davongetragen wurde.

Ich nickte. »Aber nur, wenn du wirklich willst. Ich würde dich niemals zwingen ...«

Er ließ meine Hand los, trat einen halben Schritt zurück, sank auf ein Knie und beugte den Kopf. Mein Herz machte einen Purzelbaum, und ich musste mir auf die Lippe beißen, während ich gleichzeitig die Tränen zurückdrängte.

»Mein Name ist Ashallayn'darkmyr Tallyn, dritter Sohn des Dunklen Hofes.« Obwohl er leise sprach, war seine Stimme fest, und mir stockte der Atem, als ich seinen vollen Namen hörte. Seinen Wahren Namen. »Hiermit sei verkündet – ich schwöre, von diesem Tag an Meghan Chase, die Tochter des Sommerkönigs, mit meinem Schwert, meiner Ehre und meinem Leben zu schützen. Ihr Begehr sei mein Begehr. Ihr Wunsch sei mein Wunsch. Stünde selbst die gesamte Welt gegen sie, so wird mein Schwert an ihrer Seite sein. Und sollte es versagen, in meinem Streben, sie zu beschützen, so sei mein Dasein verwirkt. Das schwöre ich bei meiner Ehre, meinem Wahren Namen und meinem Leben. Von diesem Tag an ... « Seine Stimme wurde noch leiser, aber ich hörte sie so deutlich, als würde er es direkt in mein Ohr flüstern. »... bin ich dein.«

Jetzt konnte ich die Tränen nicht mehr zurückhalten. Vor meinen Augen verschwamm alles, und sie liefen mir über die Wangen, aber ich machte mir nicht die Mühe, sie abzuwischen. Ash stand auf, ich warf mich in seine Arme und spürte sein Zittern, als er mich an sich drückte. Jetzt war er mein, mein Ritter, und nichts würde sich zwischen uns stellen.

»Tja.« Pucks Seufzen hallte über die Wiese. »Ich hatte mich schon gefragt, wie lange es wohl dauern würde, bis es so weit kommt.«

Ich drehte mich um, und Ash ließ mich betont langsam los.

Puck saß auf einem Felsen am Bach, die Glühwürmchen tanzten um ihn herum und landeten in seinen Haaren, sodass sie wie glühende Kohlen leuchteten. Er grinste nicht und machte sich auch nicht über uns lustig. Er sah uns nur an.

Als er aufsprang und mit Glühwürmchen im Schlepptau zu uns herüberkam, erschrak ich. Wie lange hatte er da gesessen und uns beobachtet?

»Hast du ...?«

»Eisbubis Wahren Namen gehört? Nö.« Puck zuckte mit den Schultern und verschränkte die Hände hinter dem Kopf. »Auch wenn es schwer zu glauben ist, bei etwas so Ernstem würde selbst ich nicht stören, Prinzessin. Besonders da ich weiß, dass du mich sonst umbringen würdest.« Einer seiner Mundwinkel zuckte leicht, weit entfernt von seinem üblichen breiten Grinsen. Er warf Ash einen Blick zu und schüttelte dann den Kopf, halb belustigt, halb ... respektvoll? »Mab wird durchdrehen, das ist dir doch wohl klar, oder?«

Ash schenkte ihm ein leises Lächeln. »Irgendwie ist es mir nicht mehr so wichtig, was man am Winterhof von mir hält.«

»Ziemlich befreiend, nicht?« Puck schnaubte, setzte sich ins Gras und wandte das Gesicht dem Himmel zu. »Das ist dann also unsere letzte Nacht als Exilanten, wie?«, stellte er nachdenklich fest und ließ sich auf die Ellbogen zurücksinken. Aus dem Gras stieg eine leuchtende Schar Glühwürmchen auf. »Klingt vielleicht komisch, aber irgendwie werde ich es vermissen. Keiner, der mich herumschubst, keiner, der mir sagt, was ich zu tun habe – außer ein paar wütenden Heinzelmännchen, die ihre Besen zurückhaben wollen und mir Spinnen ins Bett legen. Das ist so ... entspannend.« Er sah mich kurz an und klopfte neben sich auf den Boden.

Ich ließ mich in das kühle, feuchte Gras sinken, und sofort umschwärmten mich goldene und grüne Lichtfunken und landeten auf meinen Händen und meinen Haaren. Ich sah zu Ash hoch, nahm seine Hand und zog ihn ebenfalls zu uns runter. Er setzte sich hinter mich und legte die Arme um meine Taille, sodass ich mich an ihn lehnen und die Augen schließen konnte. In einem anderen Leben wären es vielleicht einfach nur wir drei gewesen: Ich, mein bester Freund und mein Liebster, wie wir in den Sternenhimmel schauten, vielleicht unsere Sperrstunde überzogen und keine anderen Sorgen hatten als Schule, Eltern und Hausaufgaben.

»Was tun wir hier gerade?«, fragte Grimalkin. Der Kater glitt mit hocherhobenem Schwanz neben mir durchs Gras. Ein Glühwürmchen landete auf seiner Schwanzspitze, und er schüttelte es gereizt ab. »Ich würde es ja für reine Entspannung halten, wenn ich nicht wüsste, dass ein gewisser Prinz viel zu verklemmt ist, um sich zu entspannen.«

Ash lachte leise und zog mich enger an sich. »Fühlst du dich etwa ausgeschlossen, Cat Sidhe?«

Grimalkin schnaubte. »Das hättest du wohl gern.« Aber er tänzelte durch das Gras zu mir und rollte sich auf meinem Schoß zusammen, ein warmer, schwerer grauer Fellball. Ich streichelte ihn hinter dem Ohr, woraufhin er spürbar schnurrte.

»Meinst du, mein Dad wird klarkommen?«, fragte ich ihn, und Grimalkin gähnte.

»Er wird hier sicherer sein, als er es in der realen Welt wäre, Mensch«, erwiderte der Kater träge. »Niemand betritt diesen Ort ohne Leanansidhes Zustimmung, und niemand verlässt ihn, bis sie es gestattet. Zerbrich dir also nicht den Kopf.« Zufrieden fuhr er die Krallen aus und wieder ein. »Der Mensch wird noch hier sein, wenn du zurückkommst. Auch, falls nicht. Und wenn du dich jetzt um das andere Ohr kümmern würdest, das wäre zu freundlich. Ah … ja, das ist ziemlich angenehm.« Seine Stimme ging in dröhnendem Schnurren unter.

Ash legte seine Wange an meinen Hinterkopf und seufzte. Es war kein Seufzer der Gereiztheit, der Wut oder der Melancholie, die ihn manchmal heimzusuchen schien. Er klang … zufrieden. Friedlich sogar. Das machte mich ein bisschen traurig, da ich wusste, dass wir nicht mehr Zeit haben würden, dass das hier unsere letzte gemeinsame Nacht sein könnte, in der weder Krieg noch Politik oder Feengesetze sich zwischen uns drängten.

Ash strich mir die Haare aus dem Nacken, beugte sich zu meinem

Ohr vor und murmelte mit so leiser Stimme, dass nicht einmal Grimalkin es hören konnte: »Ich liebe dich.« Während mir fast das Herz aus der Brust sprang, fügte er hinzu: »Jetzt sind wir zusammen, was auch immer geschieht. Für immer.«

Wir saßen noch lange da, wir vier, unterhielten uns leise oder genossen die Stille und beobachteten den Sternenhimmel. Ich sah keine Sternschnuppen, aber hätte ich eine gesehen, hätte ich mir gewünscht, dass meinem Dad nichts passierte, dass Ash und Puck den anstehenden Krieg überlebten und dass wir alle aus dieser Sache irgendwie heil rauskommen würden. *Träume sind Schäume.*

Ich wusste es besser. Es gab keine guten Feen, und selbst wenn, würden sie nicht einfach ihren Zauberstab schwingen und alles wäre gut – zumindest nicht ohne bindenden Vertrag. Außerdem hatte ich etwas Besseres als eine gute Fee: Ich hatte meinen Feenritter, meinen Feentrickster und meinen Feenkater, und das war genug.

Letzten Endes spielte es auch keine Rolle. Ein einfacher Wunsch würde uns nicht vor dem retten, was wir tun mussten, und ich hatte mich endgültig entschieden.

Als die Morgendämmerung den Himmel rosa färbte und die Abgesandten wieder erschienen, hatte ich meine Antwort parat.

ZWEITER TEIL

Die Schärfe des Eisens

Das Feenreich war nicht so, wie ich es in Erinnerung hatte.

Ich rief mir ins Gedächtnis, wie ich zum ersten Mal durch die Tür in Ethans Kleiderschrank das Nimmernie betreten hatte. Ich erinnerte mich an die gewaltigen Bäume, die so dicht standen und ineinander verschlungen waren, dass ihre Äste den Himmel ausschlossen, an den Nebel, der über den Boden gekrochen war, und an das ewige Zwielicht. Hier im Wilden Wald herrschte keiner der beiden Höfe – er war ein raues neutrales Territorium, das sich weder um die mittelalterlichen Gebräuche des Sommers noch um die grausame Gesellschaft des Winterhofes scherte.

Und er lag im Sterben.

Das Verderben war unmerklich gekommen, es war tief in das Land und den Wald eingesunken und zerstörte sie von innen heraus. Hier und da sah man einen Baum ohne Blätter oder einen Rosenstrauch mit funkelnden stählernen Dornen.

Ich verfing mich in einem Spinnennetz, nur um herauszufinden, dass es aus haarfeinen Drähten bestand, ganz ähnlich wie das Gebilde, das die Spinnenschrullen benutzt hatten. Äußerlich war die Veränderung nur gering und kaum sichtbar. Aber dem Herzschlag des Nimmernie, den ich überall um mich herum spüren konnte, in jedem Baum, jedem Blatt und jedem Grashalm, haftete etwas von Verfall an. Alles war vom Eisernen Schein berührt worden, und langsam zerfraß er das Nimmernie, wie eine Flamme ein Stück Papier vernichtete.

Und aus den entsetzten Mienen von Ash und Puck konnte ich schließen, dass sie es auch spürten.

»Es ist schrecklich, nicht?«, sagte der Gnomenabgesandte und sah sich betrübt um. »Nicht lange, nachdem Ihr ... äh ... verbannt wurdet, griff die Armee des Eisernen Königs an, und wohin auch immer sie zog, breitete sich das Eiserne Reich aus. Die vereinten Streitkräfte von Sommer und Winter konnten sie zwar zurückdrängen, aber selbst nachdem sie verschwunden waren, blieb das Gift. Unsere Armeen lagern an der Grenze, wo der Wilde Wald auf das Eiserne Königreich trifft, und versuchen die Eisernen Feen davon abzuhalten, durch die Bresche einzudringen.«

»Ihr haltet nur die Stellung?« Ash richtete seinen eisigen Blick auf den Gnom, der sofort vor ihm zurückwich. »Wie wäre es denn mit einem Frontalangriff, um die Bresche vollständig zu schließen?«

Der Gnom schüttelte den Kopf. »Funktioniert nicht. Wir haben bereits einige Streitkräfte durch die Bresche geschickt, aber keiner ist je zurückgekehrt.«

»Und der Eiserne König hat seine hässliche Visage nicht ein einziges Mal in der Schlacht gezeigt?«, erkundigte sich Puck. »Er lehnt sich einfach wie ein Feigling zurück und lässt die Armee zu ihm kommen?«

»Natürlich tut er das.« Grimalkin rümpfte die Nase und verzog angewidert die Schnurrhaare. »Warum sollte er sich in Gefahr begeben, wenn er klar im Vorteil ist? Er hat die Zeit auf seiner Seite – die beiden Höfe nicht. Oberon und Mab müssen verzweifelt sein, wenn sie sich bereit erklären, eure Verbannung aufzuheben. Ich kann mich an keine einzige andere Gelegenheit erinnern, bei der sie je willens gewesen wären, einen Befehl zurückzunehmen.« Er blinzelte mich an und kniff die Augen zusammen. »Es muss wirklich äußerst schlimm stehen. Anscheinend bist du die letzte Hoffnung auf eine Rettung des gesamten Nimmernie.«

»Danke, Grim. Gut, dass du mich noch mal daran erinnert hast.« Mit einem Seufzer schob ich die trostlosen, Furcht einflößenden Gedanken in den hintersten Winkel meines Bewusstseins und wandte mich an den Abgesandten: »Ich schätze mal, dass Oberon mich erwartet?«

»Jawohl, Hoheit.« Der Gnom nickte knapp und trippelte los. »Hier entlang, bitte. Ich werde Euch an die Front bringen.«

Von einem Hügel aus schaute ich in das Tal hinunter, in dem die Armeen von Sommer und Winter ihr Lager aufgeschlagen hatten.

Aufs Geratewohl waren Zelte errichtet worden, sodass das Ganze aussah wie eine kleine Stadt aus buntem Stoff und matschigen Straßen. Selbst aus dieser Entfernung erkannte ich den Unterschied zwischen Lichten und Dunklen: Die Lichten bevorzugten helle, sommerliche Zelte in Braun-, Grün- und Gelbtönen, während das Lager der Dunklen in Schattierungen von Schwarz, Blau und Dunkelrot gehalten war. Obwohl sie auf derselben Seite standen, vermischten sich Sommer und Winter nicht, sie teilten sich nicht den Platz, ja nicht einmal dieselbe Seite des Tals. Doch in der Mitte, wo die beiden Lager aufeinandertrafen, ragte eine etwas größere Konstruktion auf, an der die Banner beider Höfe Seite an Seite im Wind flatterten. Wenigstens Mab und Oberon versuchten, miteinander klarzukommen. Zumindest vorerst.

Hinter den beiden Lagern markierte ein pervertierter Wald aus funkelndem Stahl den Eingang zum Reich des Eisernen Königs.

Ash stand neben mir, studierte die Kriegsfront mit zusammengekniffenen Augen und nahm jedes einzelne Detail in sich auf. »Sie mussten einige Male den Rückzug antreten«, murmelte er leise und ernst. »Das gesamte Lager wirkt, als wäre es bereit, jederzeit auf Befehl abgebaut und verlegt zu werden. Ich frage mich, wie schnell sich das Eiserne Reich wohl ausbreitet.«

»Schätze, wir werden es bald herausfinden«, sagte Puck, als der Gnomenabgesandte uns weiterwinkte und wir in das Lager hinunterstiegen.

Die Zeltstadt war aus der Nähe wesentlich größer und weitläufiger als von oben. Und als wir eine große Gruppe von Feen passierten, deren glühende, unmenschliche Augen jede meiner Bewegungen verfolgten, wurde mir wieder ziemlich unbehaglich. Zum Glück mussten wir nur durch das Lager der Lichten gehen, um zu dem großen Zelt in der Mitte zu gelangen.

Trotzdem blieben Puck und Ash dicht an meiner Seite, während wir über die schmalen Pfade liefen. Elegante Ritter des Sommers, deren Rüstungen so gestaltet waren, dass sie aussahen wie Tausende sich überlappender Blätter, musterten uns mit steinernen Mienen und ließen den Winterprinzen neben mir keine Sekunde aus den Augen. Zwei Sylphen, die lautstark ihre rasiermesserscharfen Libellenflügel aneinanderrieben, hasteten aus dem Weg, wobei sie mich mit unverhohlener Neugier anstarrten. Ein Stück weiter war ein Greif angepflockt, der den Kopf hob, uns anfauchte und seine bunte Federmähne sträubte. Einer seiner Flügel war verletzt und schleifte auf dem Boden, als das Tier hin und her humpelte.

»Hier riecht es nach Blut«, murmelte Ash und ließ den Blick über das Lager schweifen.

Ein matschgrüner Troll, dessen einer Arm schwarz verbrannt war und eine klebrige Flüssigkeit absonderte, tappte an uns vorbei. Ich schauderte.

»Sieht ganz so aus, als würde der Krieg nicht so gut für uns laufen«, fügte Ash hinzu.

»Das mag ich so an dir, Prinz. Du bist immer so fröhlich.« Puck schüttelte den Kopf, sah sich ebenfalls im Lager um und rümpfte die Nase. »Obwohl ich zugeben muss, dass dieser Ort wirklich schon bessere Tage gesehen hat. Möchte sonst noch jemand kotzen, oder geht es nur mir so?«

»Das ist das Eisen.« Grimalkin trippelte durch eine Pfütze und sprang dann auf einen umgestürzten Baumstamm, wo er sich die Pfoten schüttelte. »So nah am Reich des falschen Königs ist sein Einfluss stärker als je zuvor. Es wird noch schlimmer werden, wenn ihr euch erst innerhalb seiner Grenzen befindet.«

Puck schnaubte. »Das scheint dich ja nicht sonderlich zu stören, Kater.«

»Das liegt daran, dass ich klüger bin als ihr und mich auf solche Dinge vorbereite.«

»Ach, wirklich? Wie würdest du dich denn darauf vorbereiten, dass ich dich in einen See schmeiße?«

»Puck«, mahnte ich seufzend, aber in diesem Moment traten zwei Sommerritter vor uns und verbeugten sich mit hochmütig verzogenen Mienen.

»Prinzessin Meghan«, sagte einer von ihnen steif, nachdem er Ash einen giftigen Blick zugeworfen hatte. »Seine Majestät König Oberon wird Euch nun empfangen.«

»Geht ihr mal«, schnurrte Grimalkin und machte es sich auf dem Baumstamm bequem. »Ich habe heute nichts mit König Spitzohr zu besprechen. Ich werde nicht mit euch kommen.«

»Wo wirst du denn sein, Grim?«

»Hier und dort.« Und damit verschwand der Kater.

Ich folgte kopfschüttelnd den Rittern, doch ich wusste, dass Grimalkin wieder auftauchen würde, wenn wir ihn brauchten.

Wir erreichten das große Zelt, traten geduckt durch den Eingang, als die Wachen die Stoffbahnen zur Seite zogen, und landeten auf einer schattigen Waldlichtung. Riesige Bäume ragten über uns auf, zwischen deren Ästen kleine Lichtpunkte aufblitzten. Irrwische tanzten umher und umschwärmten mich lachend, bis ich sie verscheuchte. Irgendwo in der Nähe schrie eine Eule, was der komplexen Illusion, die uns umgab, noch mehr Tiefe verlieh. Wenn ich die Bäume nur aus dem Augenwinkel betrachtete und mich nicht wirklich auf sie konzentrierte, konnte ich die Stoffbahnen des Zeltes und die Stützpfeiler erkennen. Aber ich spürte auch die feuchte Wärme der Sommernacht und roch den erdigen Duft von Kiefern und Zedern. Also, was Illusionen anging, war die hier nahezu perfekt.

In der Mitte der Lichtung standen zwei Throne, so uralt und imposant wie der Wald selbst, auf denen die Herrscher des Sommerhofes saßen und uns erwarteten.

Oberons Kriegsgewand bestand aus einer Rüstung, die im Licht der illusionären Sterne grün-golden glitzerte. Ein gesprenkeltes Cape fiel über seinen Rücken, und seine Geweihkrone warf krallenartige Schatten auf den Waldboden. Wie immer war er groß, schlank und elegant, sein langes silbernes Haar zu einem Zopf geflochten, und trug ein Schwert an seiner Seite. Der Erlkönig verfolgte unsere Ankunft mit fremdartigen grünen Augen, die keinerlei Emotion verrieten, nicht einmal, als sein Blick kurz zu Ash und Puck zuckte, die neben mir standen, bevor er sie dann schnell wieder ignorierte.

Titania saß neben ihm, und ihr Gesichtsausdruck war wesentlich leichter zu deuten. Die Feenkönigin strahlte puren Hass aus, nicht nur auf mich, sondern auch auf den Winterprinzen. Sie warf sogar Puck einen verächtlichen Blick zu, doch der Großteil ihres Missfallens war gegen mich und Ash gerichtet.

Der Anblick von Titania ließ Wut in mir auflodern. Letzten Endes war sie für die ganze Situation mit meinem menschlichen Dad verantwortlich. Ihre Eifersucht hatte Puck dazu gebracht, Leanansidhe zu bitten, ihn zu entführen, aus Angst davor, dass die Sommerkönigin ihn verletzen oder töten könnte, um Oberon zu kränken. Titania bemerkte meinen Gesichtsausdruck, und ihre Lippen verzogen sich zu einem bösartigen Grinsen, so als hätte sie meine Gedanken erraten. Plötzlich hatte ich Angst um Paul. Wenn Titania wusste, dass er noch am Leben war, würde sie ihm vielleicht etwas antun, um mich zu treffen.

»Du bist gekommen«, sagte Oberon mit einer Stimme, die den Boden beben ließ. »Willkommen zu Hause, Tochter.«

Jetzt gehöre ich also wieder zur Familie, ja? Jetzt, wo du mich brauchst. Ich wollte ihm sagen, dass er mich nicht Tochter nennen sollte, dass er dazu kein Recht habe. Ich wollte ihm sagen, dass er mich nicht einfach verstoßen und dann wieder zurückholen konnte, als wäre nichts gewesen. Aber ich tat es nicht. Ich nickte nur und musterte den Erlkönig mit, wie ich hoffte, selbstbewusster Miene. Von wegen Verbeugung und Katzbuckeln, damit war ich durch. Wenn die Feen etwas von mir wollten, würden sie sich schon ein bisschen anstrengen müssen.

Oberon nahm mein Schweigen mit hochgezogenen Brauen zur Kenntnis, aber das war auch das einzige sichtbare Zeichen seiner Überraschung. »Ich nehme an, die Bedingungen unseres Vertrages sind für dich akzeptabel?«, fuhr er mit sanfter, einschmeichelnder Stimme fort, die sich wie klebriger Sirup um mich legte und es mir schwer machte, einen klaren Gedanken zu fassen. »Wir werden deine Verbannung aufheben, ebenso die Verbannung von Robin Goodfellow, wenn du uns im Gegenzug zu Diensten bist, um den Eisernen König zu vernichten. Ich denke, das ist ein fairer Handel. Und nun ...« Oberon wandte sich an Puck, als wäre die Angelegenheit damit bereits erledigt. »... sage mir, was du im Laufe deiner Verbannung über die Eisernen Feen in Erfahrung gebracht hast. Als du das Feenreich verlassen hast und dem Mädchen gefolgt bist, hast du dich meinem ausdrücklichen Befehl widersetzt — es muss also von äußerster Wichtigkeit gewesen sein.«

»Nicht so schnell.« Ich schüttelte den Zauber ab, der meine Gedanken so träge machte, und sah Oberon durchdringend an. »Ich habe noch nicht Ja gesagt.«

Der Erlkönig starrte mich überrascht an. »Du bist also nicht der Meinung, dass es fair ist?« Seine Stimme hob sich am Ende der Frage. Er schien ernsthaft schockiert zu sein bei dem Gedanken, dass ich ihn abweisen könnte – aber vielleicht war das auch nur noch mehr Feenmagie. »Dieses Angebot ist äußerst großzügig, Meghan Chase. Ich bin willens, über deine frevelhafte Beziehung zu dem Winterprinzen hinwegzusehen und dir die Möglichkeit zu geben, nach Hause zu kommen.«

»Ich überlege noch.« Ich spürte, wie Ash und Puck mich anstarrten, und fuhr hastig fort: »Es ist nur so: Das hier ist nicht mein Zuhause. Ich habe bereits ein Zuhause, das in der Welt der Sterblichen auf mich wartet. Ich habe bereits eine Familie und brauche nichts von alldem hier.«

»Genug.« Titania erhob sich und warf mir einen absolut tödlichen Blick zu. »Wir brauchen die Missgeburt nicht, mein Gemahl. Schick sie zurück in die Welt der Sterblichen, an der sie so hängt.«

»Setzt Euch. Ich war noch nicht fertig.«

Der Ausdruck auf Titanias Gesicht war unbezahlbar, auch wenn er beängstigend war. Ich machte schnell weiter, bevor ich die Nerven verlor oder sie mich in eine Spinne verwandeln konnte. »Ich bin bereit, einen Handel mit Euch einzugehen, aber er wird noch um ein paar Punkte ergänzt werden müssen. Meine Familie – haltet sie aus diesem Krieg raus. Lasst sie komplett in Ruhe und damit basta. Und das gilt für *alle* meine Familienmitglieder, inklusive des Mannes, den Leanansidhe entführt hat, als ich sechs war.« Ich warf Titania einen durchdringenden Blick zu, die mit einem mörderischen Ausdruck in den Augen zurückstarrte. »Ich will Euer Wort, dass Ihr ihn in Frieden lassen werdet.«

»Du wagst es, mir zu sagen, was ich tun soll, Meghan Chase?« Die Stimme der Königin war sehr leise, und die unterschwellige Bedrohung eines aufziehenden Sturms schwang darin mit. Noch vor einem halben Jahr hätte mir das Angst gemacht. Jetzt bestärkte es mich nur in meinem Entschluss.

»Ihr braucht mich«, betonte ich und weigerte mich, klein beizugeben, wobei ich spürte, wie Ash und Puck näher rückten. »Ich bin die

Einzige, die auch nur eine Chance hat, den falschen König aufzuhalten. Ich bin die Einzige, die in dieses Höllenloch gehen und da lebendig wieder rauskommen kann. Also, das sind meine Bedingungen: Euer Wort, dass meine Familie für den Rest ihres Lebens keine Fee mehr zu Gesicht bekommt und dass Ash und Puck nach Hause zurückkehren können, wenn das alles vorbei ist, wie ihr es bereits versprochen habt. Ich will das aus erster Hand hören, jetzt und hier. So lautet mein Angebot, wenn ich den falschen König aufhalten soll. Nehmt es an oder lasst es bleiben.«

Der Erlkönig schwieg einen Moment. Seine grünen Augen waren ausdruckslos wie Spiegel, die nichts preisgaben.

Dann lächelte er kaum sichtbar und nickte einmal. »Wie du wünschst, Tochter«, sagte er nachdenklich und ignorierte dabei Titania, die wütend zu ihm herumfuhr. »Ich werde versprechen, dass deiner sterblichen Familie von *niemandem* an meinem Hof irgendein Leid getan wird. Der Winterhof und die Bewohner von Tir Na Nog unterliegen nicht meiner Befehlsgewalt, aber das ist das Beste, was ich dir anbieten kann.«

Titania stieß einen unterdrückten Wutschrei aus und stolzierte von der Lichtung, wodurch ich als Sieger auf dem Platz zurückblieb. Ich atmete einmal tief durch, um mein rasendes Herz zu beruhigen, dann wandte ich mich wieder an Oberon: »Und was ist mit Ash und Puck?«

»Goodfellow steht es frei, nach seinem Gutdünken in das Feenreich zurückzukehren«, erklärte Oberon mit einem flüchtigen Blick auf Puck. »Auch wenn ich sicher bin, dass er innerhalb der nächsten ein oder zwei Jahrhunderte wieder irgendetwas tun wird, wodurch er sich meinen Zorn zuzieht.« Puck sah Oberon treuherzig an. Den Erlkönig schien das nicht zu besänftigen. »Ich bin jedoch nicht derjenige, der Prinz Ashs Verbannung ausgesprochen hat«, fuhr er an mich gewandt fort. »Darüber wirst du mit der Winterkönigin verhandeln müssen.«

»Wo ist sie?«

»Meghan.« Ash trat dicht neben mich und legte mir eine Hand auf den Arm. »Du musst dich meinetwegen nicht mit Mab anlegen.«

Ohne Oberon weiter zu beachten, wandte ich mich Ash zu und sah ihm in die Augen. »Ist es dir denn nicht wichtig, wieder nach Hause gehen zu können?«

Er zögerte, aber ich sah es in seinen Augen. Es war ihm wichtig. Abgeschnitten vom Nimmernie würde er letzten Endes dahinschwinden und zu Nichts vergehen, das wussten wir beide. Aber er sagte nur: »Meine einzige Pflicht gilt jetzt dir.«

»Mab hält sich im Lager des Winters auf«, sagte Oberon nach einem langen, durchdringenden Blick auf Ash. Dann sah er mich ernst an. »Heute Abend wird eine Versammlung des Kriegsrats stattfinden, Tochter, an der alle Generäle von Sommer und Winter teilnehmen. Es wäre angebracht, wenn du ebenfalls erscheinen würdest.«

Ich nickte, woraufhin der Erlkönig uns mit einer Handbewegung entließ.

»Ich werde bald jemanden schicken, der euch euer Quartier zeigt«, murmelte er noch. »Und jetzt geht.«

Wir waren gerade dabei, uns zurückzuziehen, und hatten den Ausgang schon fast erreicht, als Oberons Stimme uns aufhielt.

»Robin Goodfellow.« Puck zuckte zusammen. »Du bleibst hier.«

»Verdammt«, murmelte Puck. »Das ging schnell. Eine Minute zurück im Nimmernie, und schon fängt er wieder an, mich herumzukommandieren. Geht ihr schon voraus«, sagte er mit einem Winken. »Ich komme so bald wie möglich nach.« Puck rollte mit den Augen und schlenderte dann zu Oberon zurück, während wir die Lichtung verließen.

»Das war beeindruckend«, sagte Ash leise, als wir durch das Labyrinth aus Zelten liefen. Die Sommerfeen gingen uns aus dem Weg und verschwanden eilig aus unserem Blickfeld, während wir tiefer in das Lager vordrangen. »Oberon hat so viel bewusstseinsveränderndem Schein auf dich gelegt, wie er konnte, um dich dazu zu bringen, schnell und ohne Rückfragen seinen Bedingungen zuzustimmen. Und du hast dem nicht nur widerstanden, sondern den Vertrag auch noch zu deinen Gunsten geändert. Das hätten nicht viele geschafft.«

»Wirklich?« Ich musste wieder an dieses träge, dumpfe Gefühl denken, das mich im Zelt des Erlkönigs befallen hatte. »Das war also Oberon, der wieder einmal versucht hat, mich zu manipulieren, wie? Vielleicht konnte ich widerstehen, weil ich zur Familie gehöre. Zur Hälfte von Oberons Blut und so weiter.«

»Oder du bist einfach nur unglaublich stur«, ergänzte Ash, woraufhin ich ihm auf den Arm schlug. Schmunzelnd nahm er meine Hand, und wir gingen weiter zum Territorium des Winters.

Das Lager der Dunklen lag näher an der Grenze zum Eisernen Reich, und die Anspannung hier war eindeutig hoch. Grimmige Ritter des Winterreiches, die in ihren Rüstungen aus schwarzem Eis echt gefährlich aussahen, patrouillierten an den Grenzen des Lagers. Oger starrten mich von ihren Wachtposten aus finster an, während ihnen der Speichel von den Hauern tropfte und ihre ansonsten ausdruckslosen Augen bösartig funkelten. Wir kamen an einem Wyvern vorbei, der an mehreren Pfählen angepflockt war und trotzdem noch mit den Flügeln schlug, um sich zu befreien, und mit wütendem Geschrei nach seinen Betreuern schnappte. Ich zitterte, und Ashs Hand schloss sich fester um meine. Wir trafen auf keinen Widerstand, nicht einmal bei den vielen Kobolden, Dunkerwichteln und Herdmännlein, die zwischen den Zeltreihen umherwanderten. Die Dunklen machten einen großen Bogen um uns und starrten Ash mit einer Mischung aus Faszination, Angst und Verachtung an – den missratenen Prinzen, der ihnen allen den Rücken gekehrt hatte, um mit einem Halbblutmädchen zusammen zu sein. Sie gingen nie weiter, als mir ausdruckslose Blicke oder mal ein anzügliches Grinsen zuzuwerfen, aber ich war trotzdem verdammt froh, sowohl den Winterprinzen als auch ein Eisenschwert an meiner Seite zu haben.

Direkt hinter dem Lager tat sich drohend der Eingang zum Eisernen Reich auf, mit Metallbäumen, deren verkrüppelte Stahläste im trüben Licht funkelten.

Ich blieb stehen, um mir das anzusehen, und in meinem Bauch breitete sich eisige Kälte aus, als ich mich daran erinnerte, wie es dort war: die brennende Einöde voller Schrott, der ätzende Regen, der über das Land fegte und einem das Fleisch von den Knochen fraß, und Machinas schwarzer Turm, der wie eine Nadel in den Himmel ragte.

»Sieh mal einer an, wer wieder da ist.«

Als ich mich umdrehte, versperrten uns drei Winterritter den Weg, in voller, bedrohlich aussehender Rüstung, an deren Schultern und Helmen blaue Eissplitter aufragten.

»Faolan.« Ash nickte einem von ihnen zu und schob sich unauffällig vor mich.

»Du hast echt Nerven, hier wieder aufzutauchen, Ash«, sagte der mittlere Ritter. Hinter seinem Helm funkelten glasig-blaue, hasserfüllte Augen. »Mab hatte völlig recht damit, dich zu verbannen. Du und deine Hure von einer Missgeburt sollten besser im Reich der Sterblichen bleiben, wo ihr hingehört.«

Ash zog mit einem rauen Kreischen, das über das ganze Feld zu hallen schien, sein Schwert. Die Ritter spannten sich an und wichen hastig zurück, wobei ihre Hände zu ihren Waffen wanderten.

»Beleidige sie noch ein einziges Mal, und ich werde dich in so viele Stücke zerhacken, dass man sie niemals alle finden wird«, erwiderte Ash ruhig. Faolan trat empört einen Schritt vor, doch Ash richtete die Schwertspitze auf seine Brust. »Wir haben keine Zeit, jetzt mit dir zu spielen, also werde ich dich einfach bitten, uns aus dem Weg zu gehen.«

»Du bist kein Prinz mehr, Ash«, knurrte Faolan und zog sein Schwert. »Du bist nichts weiter als ein Exilant, wertloser als Koboldscheiße.« Er spuckte uns vor die Füße, und der Speicheltropfen im Gras gefror sofort zu Eis. »Ich denke, es wird Zeit, dass wir dir zeigen, wo dein Platz ist, *Hoheit*.«

Noch mehr Ritter tauchten auf, zogen ihre Waffen und umzingelten uns. Insgesamt zählte ich fünf, und mein Herz begann zu rasen. Als sie uns immer enger einkreisten, zog ich mein Schwert, stellte mich Rücken an Rücken mit Ash und hob meine Waffe, sodass das Licht auf der metallenen Schneide funkelte.

»Bleibt auf der Stelle stehen«, befahl ich den Rittern mit gespielter Tapferkeit. »Das ist *Eisen*, wie ihr ja sicher sehen könnt.« Ich ließ die Klinge mit einem überzeugenden Zischen durch die Luft wirbeln und richtete sie dann auf den nächststehenden Angreifer. »Wenn ihr das wirklich durchziehen wollt, nur zu. Ich wollte schon lange mal sehen, was das Ding mit Feenrüstungen anstellen kann.«

»Zieh dich zurück, Meghan«, murmelte Ash, ohne die Gegner aus den Augen zu lassen. »Du musst das nicht tun. Sie sind nicht deinetwegen hier.«

»Ich werde dich bestimmt nicht allein gegen sie kämpfen lassen«, zischte ich zurück.

Langsam bildete sich eine Zuschauermenge, die zwischen den Zeltreihen hervorspähte, neugierig und heiß auf einen Kampf.

Ein paar Kobolde und Dunkerwichtel schrien: »*Kämpft!*«, und: »*Tötet sie!*«

Aufgestachelt durch den Mob und die Rufe nach Blut grinste Faolan und hob sein Schwert. »Keine Sorge, Ash«, sagte er lächelnd. »Wir werden dein Menschlein nicht *zu* hart rannehmen. Von dir kann ich das dummerweise nicht behaupten. Angriff!«

Die Ritter eröffneten den Kampf. Ich verlagerte das Gewicht auf die Fußballen, wie Ash es mir gezeigt hatte, konzentrierte mich auf die beiden, die von meiner Seite aus angriffen, und überließ dann meinem Instinkt das Ruder. Die Ritter grinsten spöttisch, während sie sich näherten, ihre Haltung locker und nachlässig. Offensichtlich hielten sie mich nicht gerade für eine Bedrohung. Ein Schwert näherte sich in einem lahmen Schwung meinem Kopf. Ich hob meine Waffe, um den Schlag zu parieren, und schlug es beiseite. Im Gesicht des Ritters sah ich das Entsetzen darüber, dass ich seinen Angriff abgewehrt hatte, und entdeckte gleichzeitig eine Lücke in seiner Deckung. Rein instinktiv schoss mein Arm nach vorn, und schneller, als ich es bei mir selbst für möglich gehalten hätte, bohrte sich die Spitze meines Schwertes durch die Rüstung in seinen Oberschenkel.

Der Schrei des Ritters riss mich aus meiner Trance, und der Gestank nach verbranntem Fleisch, der nun die Luft verpestete, ließ meinen Magen rebellieren. Ich hatte fest damit gerechnet, dass er zur Seite ausweichen oder den Schlag parieren würde, so wie Ash es immer tat. Stattdessen sah ich nun zu, wie mein Gegner sein Bein umklammerte und heulend davonhumpelte, was mich völlig aus dem Rhythmus brachte.

Mit einem wütenden Blick hob der andere Ritter einen riesigen blauen Zweihänder und griff mich fauchend an. Hektisch wich ich aus, sodass er mich nur knapp verfehlte. Jetzt war er richtig sauer und stürzte sich mit einem solchen Tempo auf mich, dass sich die nackte Angst in mir breitmachte.

»Meghan! Konzentrier dich!«

Ashs Stimme holte mich aus dem Taumel der Angst, ich setzte mich instinktiv wieder in Bewegung und hob mein Schwert.

»Denk immer daran, was ich dir beigebracht habe«, knurrte er irgendwo links von mir, knapp und etwas atemlos, da er gerade selbst einige Angreifer abwehrte. »Das hier ist nichts anderes.«

Der Ritter griff rücksichtslos an, die Zähne Furcht einflößend gefletscht, und sein Zweihänder sauste in einem tödlichen Bogen durch die Luft. *Seine Waffe,* dachte ich, während ich dem Schlag auswich. *Sie ist schwerer als meine und macht ihn langsam. Nutze die Schwäche deines Feindes immer zu deinem Vorteil.* Ich tänzelte um ihn herum, hielt mich immer knapp außerhalb seiner Reichweite und sah zu, wie er mir keuchend und zähneknirschend folgte und nach mir schlug wie nach einer lästigen Fliege.

Mit einem frustrierten Schrei rammte der Ritter die Schneide seines Schwertes in den Boden, und eine Wolke aus Staub und Eissplittern flog mir ins Gesicht. Ich wandte mich rasch ab, um meine Augen zu schützen, spürte, wie das Eis in meine Wange und jede ungeschützte Hautpartie stach, und hörte dann, wie der Ritter sich auf mich stürzte. Instinktiv duckte ich mich so weit, dass ich fast in die Knie ging, und spürte, wie die Klinge über meinen Kopf hinwegfegte. Blind richtete ich mich wieder auf, ließ mich von meinem Schwertarm führen und stach mit voller Kraft zu.

Ein harter Widerstand drückte meine Schulter zurück, und der Ritter schrie auf. Als ich aufschaute, stand ich direkt vor dem Ritter, und mein Eisenschwert steckte tief in seinem Bauch.

Der Ritter würgte, ließ sein Schwert fallen und umklammerte seinen Leib, während er rückwärts taumelte und der Gestank von verbranntem Fleisch aufstieg. Mit vor Wut und Schmerz verzerrtem Gesicht wandte er sich ab und verschwand in der Menge.

Ich holte mühsam Luft. Aufgeputscht durch das Adrenalin schaute ich mich nach Ash um und sah, wie er gerade dem knienden Faolan das Schwert an die Kehle drückte. Die anderen Ritter lagen stöhnend auf dem Boden verteilt.

»War's das jetzt hier?«, fragte Ash leise, und Faolan, in dessen Augen blanker Hass brannte, nickte. Ash ließ ihn aufstehen, und zusammen mit seinen Rittern humpelte er davon, verfolgt von den Schreien und Schmähungen der Winterfeen.

Ash steckte sein Schwert zurück in die Scheide und drehte sich zu mir um. Ich zitterte immer noch, während in meinem Kopf noch einmal jeder Moment des Kampfes ablief. Es kam mir irgendwie unwirklich vor, so als wäre es jemand anderem passiert. Aber die Erregung, die durch meine Adern strömte, sagte etwas anderes.

»Hast du das gesehen?«, fragte ich Ash grinsend, auch wenn meine Stimme vor Aufregung und Nervosität zitterte. »Ich habe es geschafft. Ich habe tatsächlich gewonnen!«

»Allerdings«, bestätigte eine vertraute, Furcht einflößende Stimme, bei deren Klang sich mein Blut in Eis verwandelte und sich mir die Nackenhaare aufstellten. »Das war *recht* unterhaltsam. Ich brauche wohl ein paar neue Wachen, wenn diese hier nicht einmal ein mickriges Halbblut besiegen können.«

Es ist schon erstaunlich, wie schnell sich ein blutrünstiger Mob auflösen kann, aber die Königin der Winterfeen hatte nun einmal diese Wirkung auf die Leute. Innerhalb von Sekunden hatte sich die Menge verlaufen und war in den Tiefen des Lagers verschwunden, bis nur noch ich und Ash mitten auf dem Weg standen.

Die Temperatur fiel rapide, und auf den Grashalmen zu unseren Füßen bildete sich Raureif, was nur eines bedeuten konnte. Ein paar Meter von uns entfernt, flankiert von zwei ernst dreinblickenden Rittern, stand Königin Mab und beobachtete uns so reglos wie ein Gletscher.

Wie üblich sah die Winterkönigin umwerfend aus, in einem langen Kriegsgewand aus schwarzem und rotem Stoff und mit offenem ebenholzschwarzem Haar, das ihr wie eine dunkle Wolke über den Rücken fiel. Ich drückte mich zitternd enger an Ash, als sie eine blasse Hand hob und uns heranwinkte. Die Herrscherin der Dunklen war so unberechenbar und gefährlich, wie sie schön war, und hatte die Angewohnheit, lebende Kreaturen in Eis einzuschließen oder ihnen das Blut in den Adern gefrieren zu lassen, sodass sie langsam und qualvoll verendeten. Ich war bereits das Ziel ihrer legendären Launenhaftigkeit gewesen und hatte absolut kein Bedürfnis, diese Erfahrung zu wiederholen.

»Ash«, säuselte Mab, ohne mir die geringste Beachtung zu schenken. »Ich habe das Gerücht vernommen, dass du zurück bist. Hast du schon genug von der Welt der Sterblichen? Bist du bereit, nach Hause zu kommen?«

Ashs Gesicht war hinter einer ausdruckslosen Maske verschwunden, und seine Augen waren kalt und gefühllos. Jetzt erkannte ich, dass das ein Selbstschutzmechanismus war, um sich vor den Grausamkeiten des Winterhofes zu schützen. Die Dunklen stürzten sich auf die Schwachen, und Gefühle galten hier als nichts anderes als Schwäche.

»Nein, meine Königin«, sagte er schließlich leise, aber furchtlos. »Ich unterstehe nicht länger deinem Befehl. Meine Verpflichtung gegenüber dem Winterhof hat letzte Nacht ein Ende gefunden.«

Ein paar Herzschläge lang herrschte Stille.

»Du.« Mab richtete ihre abgrundtief schwarzen Augen auf mich, dann sah sie wieder Ash an. »Du bist ihr Ritter geworden, nicht wahr? Du hast den Eid geleistet.« Ungläubig und voll Entsetzen schüttelte sie den Kopf. »Dummer, dummer Junge«, flüsterte sie. »Nun bist du für mich endgültig gestorben.«

Da ich Angst hatte, dass sie sich einfach umdrehen und gehen würde, schob ich mich nach vorn. »Ihr werdet doch trotzdem seine Verbannung aufheben, oder?«, fragte ich, woraufhin Mab zu mir herumfuhr. »Wenn diese Sache vorbei ist, wenn wir uns um den falschen König gekümmert haben, dann steht es Ash doch frei, ins Nimmernie zurückzukehren, oder?«

»Das wird er nicht«, sagte Mab mit tödlich ruhiger Stimme, und plötzlich wurde es so kalt, dass ich Gänsehaut bekam. »Selbst wenn ich seine Verbannung aufhebe, wird er bei dir in der Welt der Sterblichen bleiben, da du so töricht warst, ihn um diesen Eid zu bitten. Du hast ihn viel schlimmer verdammt, als ich es je könnte.«

Mein Magen krampfte sich zusammen, aber ich holte tief Luft und fuhr entschlossen fort: »Trotzdem will ich Euer Wort, Königin Mab. Bitte. Sobald das hier vorbei ist, soll Ash nach Tir Na Nog zurückkehren können, wenn er das will.«

Mab starrte mich an, so lange, dass mir der Schweiß über den Rücken lief, dann schenkte sie uns ein kaltes, humorloses Lächeln. »Warum nicht? Ihr werdet sowieso beide sterben. Ich sehe also nicht, inwieweit das eine Rolle spielen sollte.« Sie seufzte. »Also schön, Meghan Chase.

Es steht Ash frei, nach Hause zurückzukehren, wenn er das will, obwohl er ja bereits selbst sagte, dass seine Verpflichtung gegenüber dem Dunklen Hof nicht mehr besteht. Der Eid, den er dir geleistet hat, wird ihn schneller zerstören als irgendetwas sonst.«

Ohne eine Antwort abzuwarten, wirbelte die Dunkle Königin herum und stolzierte davon. Und obwohl ich bei ihrem Abgang ihr Gesicht nicht sehen konnte, war ich fast sicher, dass sie weinte.

Der Kriegsrat der Feen

In dieser Nacht hing ein unheilvoller, riesiger roter Mond über dem Lager und tauchte alles in ein gespenstisches blutrotes Licht. Aus dem fast klaren Himmel schwebten Schneeflocken herab, rostige Flecken, die im Wind tanzten und wie der Mond irgendwie schmutzig und zerfressen aussahen.

Ich verließ mein Zelt, das klein und muffig war und keine Waldlichtungsillusion vorweisen konnte, und stellte fest, dass Ash und Puck vor den Zeltklappen auf mich warteten. Das gruselige rote Licht betonte ihre schmalen, kantigen Gesichter, ihre Augen glühten im Zwielicht, und sie wirkten insgesamt noch weniger menschlich als sonst. Das Lager hinter ihnen lag ruhig da; unter dem schroffen roten Mond regte sich nichts, und das weitläufige Zeltlager wirkte wie eine Geisterstadt.

»Sie haben nach dir gerufen«, sagte Ash ernst.

Ich nickte. »Dann sollten wir sie nicht warten lassen.«

Oberons Zelt überragte alle anderen, und die beiden Banner schlugen träge in der leichten Brise. Der Boden war mit einer feinen Schneeschicht bedeckt, die von Stiefeln, Klauen und Hufen aufgewühlt war, die sich alle Richtung Lagermitte bewegt hatten. Zwischen den Zeltklappen drang flackerndes gelbes Licht hindurch, und ich schob mich hinein.

Die Waldlichtung war immer noch da, aber diesmal stand in ihrer Mitte ein massiger Steintisch, um den sich lauter Feen in Rüstung versammelt hatten. Oberon und Mab standen grimmig und eindrucksvoll am Kopf des Tisches, neben ihnen einige Vertreter der adeligen Sidhe. Ein riesiger Troll, dessen Widderhörner sich aus einem Knochenhelm hervorringelten, stand mit verschränkten Armen gelassen da und beobachtete das Geschehen, während ein Zentaur sich mit einem Koboldhäuptling stritt und beide mit den Fingern auf einer Karte auf dem Tisch herumstocherten. Ein gigantischer, knorriger Eichenmann mit gekrümmten Ästen beugte sich tief herunter, um die Stimmen zu seinen Füßen verstehen zu können. Sein wettergegerbtes Gesicht war ausdruckslos.

»Ich warne Euch«, sagte der Zentaur gerade so wütend, dass die Muskeln in seinen Flanken zitterten. »Wenn Eure Späher am Rand der Ödnis Fallen auslegen, lasst es mich gefälligst wissen, damit *meine* Späher nicht direkt reinlaufen! Zwei haben sich bereits die Beine gebrochen, als sie in eine Grube gefallen sind, und ein dritter wäre durch einen Eurer vergifteten Pfeile fast gestorben.«

Der Koboldhäuptling kicherte. »Nicht meine Schuld, wenn Eure Späher nicht aufpassen, wo sie hinrennen«, höhnte er und bleckte seine schiefen Fangzähne. »Außerdem, was haben Eure Späher denn so nah an unserem Lager zu suchen, hä? Stehlen Geheimnisse, würd ich wetten. Sind eifersüchtig, weil wir schon immer die besseren Fährtenleser waren, wett ich.«

»Genug.« Oberon griff ein, bevor der Zentaur über den Tisch springen und den Kobold erwürgen konnte. »Wir sind nicht hier, um gegeneinander zu kämpfen. Ich wünschte nur zu erfahren, was eure Späher berichtet haben, nichts über den stillen Krieg, der zwischen ihnen tobt.«

Der Zentaur seufzte und bedachte den Kobold mit einem mörderischen Blick. »Es ist so, wie die Kobolde sagen, Majestät«, erklärte er dann an Oberon gewandt. »Bei den Gefechten, die wir mit den eisernen Abscheulichkeiten ausgetragen haben, sind wir anscheinend nur gegen ihre Vorhut angetreten. Sie testen uns, um unsere Schwächen herauszufinden, und wissen dabei genau, dass wir ihnen nicht in das Eiserne Reich folgen können. Ihre gesamte Truppenstärke haben wir noch nicht zu Gesicht bekommen. Genauso wenig den Eisernen König.«

»Majestät«, meldete sich einer der Sidhe-Generäle zu Wort und verbeugte sich vor Oberon. »Was, wenn das alles eine List ist? Was, wenn der Eiserne König beabsichtigt, an einer anderen Stelle anzugreifen? Vielleicht wären wir besser beraten, wenn wir Arkadia und den Sommerhof verteidigen, anstatt am Rand des Wilden Waldes zu warten.«

»Nein.« Das war Mabs Stimme, kalt und unnachgiebig. »Wenn ihr geht und an euren heimatlichen Hof zurückkehrt, sind wir verloren. Falls es dem Eisernen König gelingt, den Wilden Wald zu vergiften, werden Sommer und Winter bald folgen. Wir können uns nicht in unsere Reiche zurückziehen. Wir müssen hier die Stellung halten.«

»Dem stimme ich zu«, sagte Oberon und beendete damit jede Diskussion. »Der Sommer wird nicht zurückweichen. Der einzige Weg, wie wir Arkadia und das gesamte Nimmernie schützen können, besteht darin, ihren Vormarsch hier aufzuhalten. Kruxas«, fragte er mit Blick auf den Troll, »wo befinden sich deine Truppen? Sind sie auf dem Weg hierher?«

»Jawohl, Eure Majestät«, knurrte der Troll und nickte mit dem mächtigen Schädel. »Falls keine Komplikationen auftreten, werden sie in drei Tagen hier sein.«

»Und was ist mit den Uralten?« Mab sah zu dem General, dessen Vorschlag abgelehnt worden war. »Das hier ist ihre Welt, auch wenn sie ihren Lauf verschlafen. Sind die Drachen unserem Ruf zu den Waffen gefolgt?«

»Wir wissen nicht, wie es um die wenigen verbliebenen Uralten steht, Eure Majestät.« Der General neigte den Kopf. »Bislang konnten wir nur eine von ihnen aufspüren, und wir sind uns nicht sicher, ob sie uns helfen wird. Was den Rest angeht, so liegen sie entweder noch in tiefem Schlummer, oder sie haben sich in die Erde zurückgezogen, um die Entwicklung der Dinge abzuwarten.«

Oberon nickte. »Dann werden wir ohne sie auskommen müssen.«

»Verzeiht mir, Eure Majestät.« Der Zentaur meldete sich erneut zu Wort und sah Oberon flehend an. »Aber wie sollen wir den Eisernen König aufhalten, wenn er sich weigert, sich an der Schlacht zu beteiligen? Er verbirgt sich noch immer in seinem vergifteten Reich, während wir Leben und Ressourcen verschwenden und auf ihn warten. Wir können nicht ewig hier herumsitzen und zusehen, wie diese eisernen Abscheulichkeiten uns Stück für Stück auseinandernehmen.«

Oberon sah mich vielsagend an, als er antwortete: »Nein, das können wir nicht.«

Alle Blicke richteten sich auf mich. Ich schluckte und kämpfte gegen den Drang an, zurückzuweichen, als Puck geräuschvoll schnaubte und mich schief angrinste. »Tja, das war wohl unser Stichwort.«

»Meghan Chase hat sich bereit erklärt, in das Ödland vorzudringen und den Eisernen König ausfindig zu machen«, erklärte Oberon, während ich mich, gefolgt von Ash und Puck, an den Tisch heranschob. Neugierige, ungläubige und herablassende Blicke folgten mir. »Ihr zur Hälfte menschliches Blut wird sie vor dem Gift dieses Reiches schützen, und ohne eine Armee hat sie die Chance, unbemerkt durch seine Reihen zu schlüpfen.« Oberon kniff die Augen zusammen und tippte mit einem Finger auf die Karte. »Während sie dort ist, müssen wir unter allen Umständen diese Position hier halten. Wir müssen ihr genug Zeit verschaffen, damit sie den Aufenthaltsort des Eisernen Königs herausfinden und ihn töten kann.«

Mein Magen rebellierte, und mein Hals war plötzlich ganz trocken. Ich wollte nicht wieder töten müssen. Ich hatte immer noch Albträume davon, wie ich dem letzten Eisernen König einen Pfeil in die Brust gerammt hatte. Aber ich hatte mein Wort gegeben, und alle verließen sich auf mich. Wenn ich meine Familie wiedersehen wollte, mussten wir das jetzt zu Ende bringen.

»Eure Majestät.« Diesmal meldete sich ein Wintersidhe, ein großer Krieger in Eisrüstung, dessen weißes Haar in einem langen Zopf über seinen Rücken fiel. »Vergebt mir, Majestät, aber wollen wir wirklich die Sicherheit des Reiches und des gesamten Nimmernie diesem… Halbblut anvertrauen? Dieser *Exilantin,* die sich über die Gesetze beider Höfe hinwegsetzt?« Seine funkelnden blauen Augen musterten mich feindselig. »Sie ist keine von uns. Sie wird niemals eine von uns sein. Warum sollte es sie kümmern, was aus dem Nimmernie wird? Warum sollten wir ihr trauen?«

»Sie ist meine Tochter.« Oberons Stimme war ruhig, aber von den subtilen Schwingungen eines drohenden Erdbebens durchzogen. »Und du musst ihr nicht trauen. Du musst nur gehorchen.«

»Er spricht damit aber einen guten Punkt an, Erlkönig«, wandte Mab ein und schenkte mir ein Lächeln, das mir Gänsehaut verursachte. »Wie sieht dein Plan aus, Halbblut? Wie willst du den Eisernen König aufspüren, und falls dir das gelingt, wie willst du ihn aufhalten?«

»Ich weiß es nicht«, gab ich leise zu, woraufhin sich ein angewidertes Brummen am Tisch erhob. »Ich weiß nicht, wo er ist. Aber ich werde ihn finden, das verspreche ich euch. Ich habe bereits einen Eisernen König ausgeschaltet – ihr werdet einfach darauf vertrauen müssen, dass ich es noch einmal schaffe.«

»Da verlangst du aber eine ganze Menge von uns, Halbblut«, stellte eine andere Fee, diesmal einer der Sommerritter, fest. Er musterte mich zweifelnd mit seinen grellgrünen Augen. »Ich kann nicht behaupten, dass mir dein sogenannter Plan gefällt.«

»Er muss dir auch nicht gefallen«, erwiderte ich und wandte mich an alle. »Und ihr müsst mir auch nicht trauen. Aber für mich sieht es ganz so aus, als wäre ich eure beste Chance, um den falschen König aufzuhalten. Bisher habe ich jedenfalls noch nicht mitgekriegt, dass einer von *euch* sich freiwillig gemeldet hätte, um in das Eiserne Reich zu gehen. Falls irgendjemand eine bessere Idee hat, würde ich sie liebend gerne hören.«

Für einen langen Moment herrschte Stille, die nur durch das leise Kichern von Puck unterbrochen wurde. Sie starrten mich alle wütend oder missmutig an, aber niemand ging auf die Herausforderung ein. Oberons Gesicht war völig ausdruckslos, doch Mab musterte mich mit einem kalten, Furcht einflößenden Blick.

»Du hast recht, Erlkönig«, sagte sie schließlich und drehte sich zu Oberon um. »Die Zeit drängt. Wir werden das Halbblut in die Einöde schicken, damit es diese Abscheulichkeit, die sich Eiserner König nennt, vernichtet. Falls es ihr gelingt, ist der Sieg unser. Falls sie stirbt …« Mab unterbrach sich, um mich anzusehen, und ihre perfekten roten Lippen verzogen sich zu einem Lächeln. »… verlieren wir nichts.«

Oberon nickte, immer noch ohne jede Gefühlsregung. »Ich würde dich nicht allein gehen lassen, wenn die Umstände nicht so ernst wären, Tochter«, erklärte er. »Ich weiß, dass ich dir damit viel abverlange, aber du hast mich früher bereits überrascht. Ich kann nur beten, dass du mich wieder überraschen wirst.«

»Sie wird nicht allein gehen«, sagte Ash leise und schockte sie damit alle. Der Prinz trat neben mich und stellte sich mit entschlossener Miene und ruhiger Stimme den Blicken des Kriegsrats. »Goodfellow und ich werden sie begleiten.«

Der Erlkönig musterte ihn. »Das dachte ich mir bereits, Ritter. Und deine Loyalität ist bewundernswert, auch wenn ich fürchte, dass sie letzten Endes dein Ruin sein wird.

Doch … tu, was du tun musst. Wir werden dich nicht daran hindern.«

»Ich halte dich immer noch für einen Narren, mein Junge«, wandte Mab ein und richtete ihren kalten Blick auf ihren jüngsten Sohn. »Wäre es nach mir gegangen, hätte ich dir die Kehle ausgerissen, um dich davon abzuhalten, diesen Eid zu leisten. Doch wenn du darauf bestehst, das Mädchen zu begleiten, verfügt der Dunkle Hof über etwas, das dir helfen könnte.«

Ich blinzelte überrascht; auch Oberon wandte sich Mab zu und zog eine Augenbraue hoch. Offenbar war ihm das ebenfalls neu. Doch die Winterkönigin ignorierte ihn und richtete ihre wilden schwarzen Augen auf mich.

»Überrascht dich das, Halbblut?« Sie rümpfte abfällig die Nase. »Glaub, was du willst, aber ich hege keinerlei Verlangen, auch meinen letzten Sohn tot zu sehen. Wenn Ash darauf besteht, dir erneut in das Eiserne Reich zu folgen, wird er etwas brauchen, was ihn vor dem Gift dieses Ortes schützt. Meine Schmiede haben an einem Zauber gearbeitet, der den Träger womöglich vor dem Eisernen Schein abschirmt. Sie berichten mir, er sei fast fertig.«

Mein Herz machte einen Sprung. »Was genau ist es?«

Mabs Lippen verzogen sich zu einem kalten, spröden Lächeln, als sie sich den umstehenden Feen zuwandte. »Hinaus«, zischte sie. »Alle außer dem Mädchen und ihren Beschützern hinaus.«

Die Winterfeen richteten sich augenblicklich auf und verließen die Lichtung ohne einen Blick zurück. Die Sommerritter sahen erst fragend zu Oberon, der sie mit einem knappen Nicken entließ. Widerwillig zogen sie sich zurück. Sie verneigten sich noch einmal vor ihrem König und folgten dann den Winterfeen aus dem Zelt, sodass wir mit den Herrschern der Feenreiche allein zurückblieben.

Oberon sah Mab an. »Verbergt Ihr etwa gewisse Dinge vor dem Sommerhof, verehrte Mab?«

»*Ihr* braucht gar nicht erst diesen Ton anzuschlagen, verehrter Oberon.« Mab starrte ihn aus schmalen Augen an. »Du würdest dasselbe tun. Ich kümmere mich um die Meinen, nicht um andere.« Sie hob die Hände und klatschte einmal. »Wieland, bringt die Abscheulichkeit rein.«

Das Gras raschelte, als sich drei kleine Männer mit reptilienartigen Gesichtern aus den Schatten lösten und zum Tisch getrottet kamen. Sie waren kleiner als Zwerge und reichten mir kaum bis zum Knie, doch sie waren keine Gnome, Hausgnome oder Kobolde. Ich warf Ash einen fragenden Blick zu, der kurz das Gesicht verzog.

»Bjergfolke«, erklärte er. »Sie sind die Schmiede des Dunklen Hofes.«

Die Bjergfolke trugen einen Käfig zwischen sich, der aus verwobenen Zweigen bestand, die mit leuchtender Sommermagie belegt waren, sodass sie einsperrten, was auch immer sich in dem Käfig befand. Zwischen ihnen spähte zischend und fauchend ein Gremlin hervor, der wütend an den Gitterstäben rüttelte.

Unwillkürlich zuckte ich zusammen, als ich die Kreatur sah. Gremlins gehörten zwar zu den Eisernen Feen, aber sie waren so chaotisch und wild, dass nicht einmal die anderen Eisernen sie in ihrer Nähe haben wollten. Sie lebten in Maschinen und Computern und fanden sich oft zu großen Schwärmen zusammen, normalerweise an Orten, wo sie den meisten Schaden anrichten konnten. Es waren dürre, hässliche kleine Wesen, eine Art Kreuzung zwischen einem nackten Affen und einer Fledermaus ohne Flügel, mit langen Armen, breiten Stehohren und rasiermesserscharfen Zähnen, die neonblau leuchteten, wenn die Kreaturen grinsten.

Jetzt verstand ich, warum Mab gewollt hatte, dass alle anderen verschwanden. Der Gremlin hätte den Weg bis zum Tisch wohl nicht überlebt, da einer oder mehrere der Ritter ihn wahrscheinlich abgeschlachtet hätten, sobald sie ihn entdeckt hätten. Oberon musterte das zischende Feenwesen wie jemand, der ein besonders ekelhaftes Insekt betrachtet, zuckte ansonsten aber nicht mit der Wimper.

Die Bjergfolke hievten den Käfig auf den Tisch, wo der Gremlin von einer Seite seines Gefängnisses zur anderen sprang, uns anfauchte und anspuckte. Der größte Bjergfolk, eine Kreatur mit gelben Augen und buschigen Haaren, grinste und ließ die Zunge vorschießen wie eine Eidechse. »Esss issst bereit, Königin Mab«, zischte er. »Würdet Ihr gerne dasss Ritual vollzzziehen?«

Mabs Lächeln war durch und durch beängstigend. »Gib mir das Amulett, Wieland.«

Der Bjergfolk reichte ihr etwas, das im trüben Licht kurz aufblitzte. Immer noch lächelnd wandte sich die Winterkönigin dem Gremlin zu und musterte ihn mit einem raubtierhaften Funkeln in den Augen. Der Gremlin fauchte sie an. Die Königin hob die Faust und begann zu singen – Worte, die ich nicht verstand, Worte voller Macht, die wie ein wilder Strudel um sie herumwirbelten. Ich spürte ein Ziehen in meinem Inneren, als wolle meine Seele meinen Körper verlassen und in diesen Wirbelsturm fliegen. Ich keuchte erschrocken auf und spürte, wie Ash nach meiner Hand griff und sie umklammerte, als hätte auch er Angst, ich könnte davonfliegen.

Der Gremlin krümmte sich, riss das Maul auf und stieß ein schrilles Heulen aus. Ich verfolgte, wie ein fetzenhafter schwarzer Nebel aus dem Maul des Gremlins stieg wie eine schmutzige Wolke und in den Wirbel gezogen wurde. Mab sang weiter, und wie ein Tornado, der in einen Abfluss gesogen wird, verschwand der Wirbel in dem Ding, das sie der Hand hielt. Der Gremlin brach zuckend zusammen, und sein Körper sprühte Funken, die zischend auf dem Steintisch landeten. Er zitterte noch einmal, dann lag er still.

Mein Mund war ganz trocken, als Mab sich mit triumphierender Miene zu uns umdrehte.

»Was habt Ihr mit ihm gemacht?«, fragte ich rau.

Mab hob die Hand. An einer dünnen Silberkette baumelte ein Amulett und funkelte wie ein Wassertropfen in der Sonne. Es war winzig, hatte die Form einer Träne und wurde von kleinen Eisstiften gehalten. Die Träne war klar wie Glas, und ich konnte sehen, wie in ihr ein kleiner Rauchschwaden herumwaberte.

»Wir haben einen Weg gefunden, die Lebensessenz der Eisernen Kreaturen einzufangen«, schnurrte Mab und klang dabei furchtbar selbstzufrieden. »Wenn das Amulett funktioniert, wird es den Eisernen Schein von seinem Träger wegsaugen, sodass er von dem Gift gereinigt und vor ihm geschützt wird. Er wird sogar Eisen berühren können, ohne sich zu verbrennen. Oder wenigstens nicht allzu schwer.« Sie zuckte mit den Schultern. »Zumindest haben meine Schmiede es mir so erklärt. Es ist bisher noch nicht getestet worden.«

»Und war das der Einzige?« Ash deutete mit dem Kopf auf den leblosen Gremlin. In seinem Gesicht spiegelte sich Unsicherheit.

Tot schien die Kreatur sogar noch kleiner zu sein als lebendig, sie wirkte so zerbrechlich wie ein Bündel Zweige.

Mab stieß ein grausames Lachen aus und schüttelte den Kopf. »O nein, mein Lieber.« Sie schwenkte das Amulett, das sich langsam an seiner Kette drehte. »Viele, viele Abscheulichkeiten sind in die Entstehung dieses Zaubers eingeflossen. Weshalb wir ihn auch nicht wahllos an jeden verteilen können. Die Kreaturen lebendig zu fangen erwies sich als ... schwierig.«

»Und ...« Ich starrte auf den wabernden Nebel in dem gläsernen Amulett, und mir wurde schlecht. »... man muss sie *umbringen,* damit es funktioniert?«

»Wir befinden uns im *Krieg,* Mensch«, erwiderte Mab erbarmungslos. »Wir können entweder töten oder werden selbst vernichtet.« Die Königin rümpfte die Nase und musterte abfällig den verdrehten Körper des Gremlins. »Die Eisernen Feen verseuchen unsere Heimat und vergiften unser Volk. Ich denke, das hier ist ein gerechter Tausch, meinst du nicht?«

Da war ich mir nicht so sicher, aber in diesem Moment räusperte sich Puck und lenkte damit die Aufmerksamkeit auf sich. »Ich will ja nicht gierig klingen oder so«, sagte er, »aber ist Eisbubi der Einzige, der so ein funkelndes Schmuckstück bekommt? Immerhin gehen doch drei von uns in das Eiserne Reich.«

Mab schenkte ihm einen kalten Blick. »Nein, Robin Goodfellow«, erwiderte sie, wobei sie Pucks Namen aussprach wie einen Fluch. »Das Wesen, das uns gezeigt hat, wie man diese Amulette herstellt, hat darauf bestanden, dass du ebenfalls eines bekommst.« Sie winkte mit der Hand, und Wieland der Bjergfolk trat schmunzelnd zu Puck und reichte ihm ein weiteres Amulett an einer Kette. Bei diesem schlangen sich Ranken statt Eisstifte um das Glas, doch ansonsten waren sie identisch. Puck streifte sich grinsend die Kette über und verbeugte sich leicht vor Mab, was sie jedoch ignorierte.

Stattdessen winkte sie Ash zu sich und legte ihm das Amulett um den Hals, als er sich vor ihr verneigte. »Mehr können wir nicht für euch tun«, sagte sie, als Ash sich aufrichtete, und für einen Moment schien die Winterkönigin ihren Sohn fast bedauernd anzusehen. »Wenn ihr den Eisernen König nicht besiegen könnt, sind wir alle verloren.«

»Wir werden nicht versagen«, erwiderte Ash leise, woraufhin Mab ihm eine Hand an die Wange legte und ihm einen Blick zuwarf, als würde sie ihn nie wiedersehen.

»Eines noch«, sagte sie, als Ash zurücktrat. »Die Magie in den Amuletten ist nicht von Dauer. Sie wird mit der Zeit schwächer werden und sich zersetzen, und irgendwann wird sie sich gänzlich auflösen. Die Schmiede haben mir außerdem gesagt, dass jede Anwendung von Schein die Zerstörung des Amuletts beschleunigen wird, genau wie direkter Kontakt mit allem, was aus Eisen gemacht ist. Sie sind sich nicht sicher, wie lang die Magie halten wird. Aber in einem sind sie sich einig – sie wird nicht ewig halten. Sobald ihr das Eiserne Reich betreten habt, steht euch eine begrenzte Zeitspanne zur Verfügung, um euer Ziel zu finden und zu vernichten. Ich würde mich also beeilen, wenn ich du wäre, Meghan Chase.«

Na klar, dachte ich, während mein Magen sich erst verkrampfte und dann absackte. *Diese unmögliche Situation gibt es natürlich nur inklusive Zeitlimit. Bloß kein Druck.*

»Königin Mab!«

Der schrille und gleichzeitig raue Schrei hallte über die Lichtung, und kurz darauf hüpfte ein grüner Busch ins Zelt und tänzelte um Mabs Füße herum. Ich brauchte einen Moment, um zu erkennen, dass es ein Kobold war, an dessen Kleidung Blätter und Zweige klebten, sodass er in einem Wald perfekt getarnt war.

»Königin Mab!«, kreischte er wieder. »Eiserne Feen! Snigg hat jede Menge Eiserne Feen erspäht, die am Rand der Ödnis campieren! Schlagt Alarm! Zu den Waffen! Los, los!«

Mab bückte sich, packte mit einer blitzschnellen Bewegung den durchgedrehten Kobold an der Kehle und hob ihn in die Luft.

»Wie viele sind es?«, fragte sie leise, während der Kobold sich würgend und strampelnd in ihrem Griff wand und seine Blättertarnung zitterte.

»Ähm.« Der Kobold zuckte noch einmal und beruhigte sich dann. »Ein paar Hundert?«, krächzte er. »Viele Lichter, viele Wesen. Snigg hat es nicht so genau gesehen, tut mir leid.«

»Und nähern sie sich oder lagern sie an einem Ort?«, fuhr Mab mit eigentlich ruhiger, vernünftiger Stimme fort – wäre da nicht dieser glasige Ausdruck in ihren Augen gewesen, der ihre Bedrohlichkeit verriet. »Bleibt uns noch Zeit, uns vorzubereiten, oder stehen sie schon vor unserer Tür?«

»Ein paar Meilen weit weg, Eure Majestät. Snigg ist den ganzen Weg zurückgerannt. Als er sie gesehen hat, haben sie ein Lager aufgeschlagen, ein Nachtlager. Snigg schätzt, dass sie im Morgengrauen angreifen werden.«

»Dann haben wir wenigstens noch etwas Zeit.« Mab schleuderte den Kobold fort, als würde sie eine leere Limodose wegwerfen. »Geh und informiere unsere Truppen, dass eine Schlacht bevorsteht. Richte den Generälen aus, sie sollen zu mir kommen, damit wir die Strategie für den Morgen besprechen können. Los!«

Der Kobold floh. Er krabbelte als dichter Busch aus dem Zelt.

Mab wirbelte zu Oberon herum. »Was für ein Zufall«, zischte sie mit finsterer Miene, »dass wir unmittelbar, nachdem deine Tochter aufgetaucht ist, angegriffen werden. Das sieht ja fast so aus, als wären sie hinter ihr her.«

Nackte Angst packte mich. Mit ein oder zwei Gegnern kam ich klar, aber nicht mit einer ganzen Armee. »Was soll ich tun?«, fragte ich und versuchte das Zittern in meiner Stimme zu unterdrücken. »Wollt Ihr, dass ich sofort aufbreche?«

Oberon schüttelte den Kopf. »Nicht heute Nacht«, sagte er bestimmt. »Der Feind steht an unserer Schwelle, und du könntest ihm direkt in die Arme laufen.«

»Ich könnte mich an ihnen vorbeischl…«

»Nein, Meghan Chase. Ich werde nicht riskieren, dass sie dich entdecken. Es steht zu viel auf dem Spiel. Du darfst nicht gefangen genommen oder getötet werden. Wir werden morgen gegen sie kämpfen, und wenn sie besiegt sind, wird der Weg in das Eiserne Reich für dich frei sein.«

»Aber ...«

»Ich werde das nicht mit dir diskutieren, Tochter.« Oberon fixierte mich mit seinen unnachgiebigen grünen Augen, und seine Stimme wurde tief und drohend. »Du wirst hierbleiben, wo wir dich beschützen können, bis die Schlacht geschlagen ist. Ich bin immer noch König, und das ist mein letztes Wort in dieser Angelegenheit.«

Er starrte mich durchdringend an, und ich protestierte nicht weiter. Familienbande hin oder her, er war immer noch der Herrscher der Sommerfeen. Es wäre gefährlich, ihn weiter zu bedrängen.

Mab rümpfte die Nase und schüttelte missbilligend den Kopf. »Nun gut, Erlkönig«, sagte sie und richtete sich zu voller Größe auf. »Ich muss meine Truppen auf die Schlacht vorbereiten. Entschuldige mich.« Mit einem letzten, frostigen Lächeln in meine Richtung verließ die Königin der Winterfeen die Lichtung.

Ich sah zu, wie sie aus dem Zelt rauschte, und wandte mich dann an Oberon: »Und was jetzt?«

»Jetzt bereiten wir uns auf die Schlacht vor«, erwiderte Oberon.

Der verräterische Ritter

In dieser Nacht feierte das gesamte Lager. Sobald sich herumgesprochen hatte, dass ein Angriff bevorstand, verbreiteten sich Aufregung und Vorfreude wie ein Lauffeuer unter den Feen, die es irgendwann nicht mehr in ihren muffigen Zelten hielt. Die Feen strömten durch die Zeltgassen wie Fans nach einem Eishockeyspiel und stopften sich mit Essen, Alkohol und anderen, fragwürdigeren Dingen voll. Trommeln und Pfeifen hallten wild und dunkel im Wind und gaben einen archaischen Rhythmus vor. Auf beiden Seiten des Lagers wurden große Feuer entzündet, die sich wie Phönixe in die Nacht erhoben, während die

Armeen von Sommer und Winter tanzend, trinkend und singend die Nacht durchfeierten.

Ich hielt mich von den Hauptfeuern fern und mied den Tanz, den Alkohol und die diversen anderen Dinge, die sich in den Schatten abspielten. Stattdessen wärmte ich mir an einem Becher mit schwarzem Tee die Hände und beobachtete von meinem Standort aus die Feuer von Sommer und Winter und die dunklen Silhouetten, die sie tanzend umkreisten. Auf der Seite der Dunklen sangen Kobolde und Dunkerwichtel finstere, vulgäre Schlachtlieder, die hauptsächlich von Blut, Fleisch und Körperteilen handelten, während im Lager der Lichten Dryaden und Baumnymphen hypnotische Tänze aufführten und sich wiegten wie Blätter im Wind. Eine Sylphe, die von einem Satyr gejagt wurde, flatterte an mir vorbei, und ein Oger hielt sich einen vollen Bierkrug über den Kopf und badete sein Gesicht in der dunklen Flüssigkeit.

»Man sollte nicht glauben, dass ihnen morgen ein Kampf bevorsteht«, sagte ich leise zu Ash, der an einem Baum lehnte und mit zwei Fingern lässig eine grüne Flasche hielt. Hin und wieder hob er sie an die Lippen, aber ich war schlau genug, ihn nicht nach einem Schluck zu fragen. Feenwein war ein starkes Zeug, und ich hatte keine Lust, den Rest der Nacht als Igel zu verbringen oder mich mit riesigen rosa Kaninchen zu unterhalten. »Entspricht es nicht eher der Tradition, *nach* einem Sieg zu feiern?«

»Und wenn es kein Morgen gibt?« Ash sah zu dem Feuer der Dunklen hinüber, wo die Kobolde irgendetwas von Fingern und Schlachterbeilen sangen. »Viele von ihnen werden den nächsten Sonnenaufgang nicht erleben. Und wenn wir sterben, bleibt nichts. Kein Leben nach diesem hier.« Obwohl seine Stimme sachlich klang, legte sich ein Schatten auf sein Gesicht. Er nahm einen Zug und sah mich mit einem schiefen Lächeln an. »Ich glaube, ihr Sterblichen habt da ein Sprichwort: ›Lasset uns des flücht'gen Tags genießen, gilt's vielleicht doch, morgen schon zu sterben‹.«

»Oh, das ist ja auch gar nicht morbide, Ash.«

Bevor er etwas erwidern konnte, taumelte jemand auf unseren kleinen Platz, stolperte und landete ausgestreckt vor meinen Füßen. Es war Puck – ohne Hemd und mit zerzausten Haaren. Er hielt eine Flasche umklammert, und jemand hatte ihm einen Kranz aus Gänseblümchen ins Haar geflochten. Einen Moment später scharte sich eine kichernde Gruppe Nymphen um ihn. Sie stürzten sich auf ihn, und ich wich zurück.

»Oh, hey, Prinzessin!« Puck winkte albern, während die Nymphen ihn immer noch kichernd auf die Füße zogen. Sein Haar leuchtete, seine Augen leuchteten, und ich erkannte ihn kaum wieder. »Willst du mit uns ›Reit die Puca‹ spielen?«

»Äh, nein danke, Puck.«

»Wie du meinst. Aber man lebt nur einmal, Prinzessin.« Damit ließ Puck sich von den Nymphen davonziehen und verschwand in der Menge, die sich um das Feuer gebildet hatte.

Ash schüttelte den Kopf und trank wieder aus seiner Flasche. Ich starrte ihnen hinterher und wusste nicht, was ich davon halten sollte.

»Das ist eine Seite an ihm, die ich noch nie zu Gesicht bekommen habe«, murmelte ich schließlich und zog gegen den kühlen Wind die Schultern hoch.

Ash lachte leise. »Dann kennst du Goodfellow nicht so gut, wie du denkst.« Der Dunkle Prinz stieß sich von dem Baum ab, trat neben mich und berührte mich sanft an der Schulter. »Versuch, dich etwas auszuruhen. Das Spektakel wird im Laufe der Nacht immer wilder werden, und du wirst wohl nicht sehen wollen, was passiert, wenn Feen so richtig betrunken sind. Außerdem willst du vor der Schlacht morgen bestimmt noch ein paar Stunden schlafen.«

Ich stand zitternd auf, und mein Magen krampfte sich zusammen, als ich an die drohende Schlacht dachte. »Werde ich auch kämpfen müssen?«, fragte ich, während wir gemeinsam zu meinem Zelt zurückgingen.

Ash seufzte. »Nicht, wenn ich ein Wörtchen mitzureden habe«, sagte er wie zu sich selbst. »Außerdem denke ich nicht, dass Oberon wollen wird, dass du dich mitten ins Getümmel stürzt. Du bist zu wichtig, als dass er deinen Tod riskieren könnte.«

Ich war erleichtert, gleichzeitig nagten aber auch Schuldgefühle an mir. Langsam hatte ich es satt, dass Leute starben, während ich hilflos danebenstand. Vielleicht wurde es Zeit, dass ich anfing, meine eigenen Schlachten zu schlagen.

Wir erreichten mein Zelt, und ich blieb zögernd davor stehen, während mein Herz plötzlich wie verrückt pochte. Ich spürte Ashs Präsenz hinter mir, ruhig und selbstbewusst, was meine Haut kribbeln ließ. Die Dunkelheit hinter den Zeltklappen lockte, und mir lagen Worte auf der Zunge, die nur von Nervosität und Angst zurückgehalten wurden.

Spuck's einfach aus, Meghan. Frag ihn, ob er heute Nacht bei dir bleibt. Was ist das Schlimmste, was passieren könnte? Dass er Nein sagt? Innerlich krümmte ich mich vor Scham. *Okay, das wäre scheiße. Aber würde er wirklich ablehnen? Du weißt doch, dass er dich liebt. Worauf wartest du also noch?*

Ich holte tief Luft. »Ash ... ähm ...«

»Prinz Ash!« Ein Winterritter kam zwischen den Zelten durchmarschiert und verbeugte sich, als er uns erreichte. Ich hätte ihm am liebsten einen Tritt verpasst, doch Ash schien belustigt zu sein.

»So, so, jetzt bin ich also wieder ein Prinz, wie?«, fragte er leise. »Na schön. Was willst du, Deylin?«

»Königin Mab wünscht Eure Anwesenheit, Hoheit«, begann der Ritter, ohne mir die geringste Beachtung zu schenken. »Sie möchte, dass Ihr in ihr Zelt auf der Winterseite des Lagers kommt. Ich werde hierbleiben und die Sommerprinzessin bewachen, bis ...«

»Ich bin Königin Mab nicht länger zu Gehorsam verpflichtet«, unterbrach Ash ihn, worauf der Ritter ihn fassungslos anstarrte. »Wenn meine Dame wünscht, dass ich gehe, werde ich ihrer Bitte Folge leisten. Wenn nicht, würde ich dich bitten, der Königin mein Bedauern auszurichten.«

Der Ritter war immer noch völlig vor den Kopf gestoßen, doch Ash drehte sich ernst und förmlich zu mir um, auch wenn ich spürte, dass er innerlich triumphierte. »Wenn du willst, dass ich hierbleibe, musst du es nur sagen«, erklärte er mir leise. »Oder ich könnte gehen und herausfinden, was Mab von mir will. Dein Wunsch ist mir Befehl.«

Die Versuchung, ihn zu bitten, dass er blieb, war verdammt groß. Am liebsten hätte ich ihn in mein Zelt gezerrt und uns beide den Krieg, die beiden Reiche und die drohende Schlacht vergessen lassen, wenigstens für eine Nacht. Aber dann wäre Mab nur noch wütender geworden, und ich wollte die Winterkönigin definitiv nicht noch mehr gegen mich aufbringen, als ich es schon getan hatte.

»Nein«, seufzte ich daher. »Geh und finde heraus, was Mab will. Ich komme schon klar.«

»Bist du sicher?«

Ich nickte, woraufhin er ein paar Schritte zurücktrat.

»Ich bin nicht weit weg«, sagte er noch, »und Deylin wird direkt vor deinem Zelt stehen. Du kannst ihm vertrauen, aber wenn du mich brauchst, ruf einfach.«

»Werde ich«, versprach ich und sah ihm nach, bis er in den Schatten verschwand. Meine Haut brannte vor ausgebremstem Verlangen.

Deylin verbeugte sich ruckartig vor mir, drehte sich um und bezog vor meinem Zelt Stellung. Seufzend ging ich hinein, warf mich aufs Bett und drückte mir ein Kissen auf mein heißes Gesicht. In meinem Kopf wirbelten verbotene Gedanken und Gefühle umher und machten es mir unmöglich, mich zu entspannen. Ziemlich lange konnte ich an nichts anderes denken als an einen gewissen Dunklen Ritter, und als ich endlich wegdöste, drängte er sich auch in meine Träume.

In der Dunkelheit drückte sich etwas auf meinen Mund und dämpfte meinen überraschten Aufschrei. Ich zuckte zusammen, musste aber feststellen, dass ich hilflos auf dem Rücken lag und meine Arme unter der Gestalt gefangen waren, die auf meinem Bauch saß. Über mir ragte ein Ritter in voller Rüstung auf, dessen Helm und Visier sein Gesicht verbargen.

»Schhhh.« Der Ritter legte einen Finger an den Helm, dort, wo seine Lippen waren. Ich konnte spüren, dass er hinter seinem Visier grinste. »Entspannt Euch, Hoheit. Das Ganze wird wesentlich einfacher, wenn du dich nicht wehrst.«

Ich wand mich verzweifelt, doch der Panzerhandschuh auf meinem Gesicht drückte so hart zu, dass mir Tränen in die Augen stiegen.

Der Ritter seufzte. »Ich sehe schon, du willst es lieber auf die harte Tour.«

Der Panzerhandschuh wurde eiskalt und brannte wie Feuer auf meiner Haut. Ich trat mit beiden Beinen aus, konnte aber weder das Gewicht auf meiner Brust noch die Hand auf meinem Gesicht loswerden. Auf meiner Haut bildete sich Eis, das sich über meine Wangen und den Unterkiefer ausbreitete, sodass meine Lippen zusammenfroren. Der Ritter zog kichernd die Hand zurück, während ich schnaufend durch die Nase atmete, um nicht an dem Eisknebel zu ersticken. Mein Gesicht fühlte sich an, als wäre es mit Säure bespritzt worden, und die scharfe Kälte drang mir bis in die Knochen.

»Schon besser.« Der Ritter setzte sich zurück, sodass nun sein gesamtes Gewicht auf mir ruhte, und starrte auf mich herunter. »Wir wollen schließlich nicht, dass der liebe Ash jetzt schon angerannt kommt, nicht wahr?«

Ich fuhr zusammen, als ich ihn erkannte. Diese selbstverliebte, arrogante Stimme kannte ich genau.

Der Ritter bemerkte meine Reaktion und kicherte wieder. Dann klappte er das Visier des Helms hoch und bestätigte so meinen Verdacht. Mein Herz raste, ich zitterte am ganzen Körper und kämpfte darum, meine Angst unter Kontrolle zu bekommen.

»Hast du mich vermisst, Prinzessin?« Rowan lächelte, und seine saphirblauen Augen funkelten in der Dunkelheit, doch ich hätte angewidert gekeucht, wenn ich gekonnt hätte. Ashs älterer Bruder hatte sich äußerlich stark verändert: Sein früher so attraktives, schmales Gesicht war jetzt eine Kraterlandschaft aus entzündetem Fleisch und hässlichen Verbrennungen. Aus offenen Wunden lief eitrige Flüssigkeit über seine Wangen, und seine Nase war abgefallen und hatte nur zwei hässliche Löcher hinterlassen. Er erinnerte mich an einen grinsenden Totenschädel, mit den glasigen Augen, die tief in ihre Höhlen eingesunken waren, und in seinem Blick spiegelten sich Schmerz und Wahnsinn.

»Findest du mich etwa abstoßend?«, flüsterte er, während ich gegen den Würgereiz ankämpfte. »Das ist nur eine Prüfung, Prinzessin, mein Übergangsritual. Das Eisen verbrennt das schwache, nutzlose Fleisch, bis ich schließlich als einer von ihnen wiedergeboren werde. Ich muss lediglich den Schmerz ertragen, bis ich vollständig bin. Wenn der Eiserne König das Nimmernie übernimmt, werde ich der Einzige unter den Altblütlern sein, der den Wandel übersteht.«

Ich schüttelte den Kopf, um ihm zu sagen, dass er falsch lag, dass es kein Übergangsritual gab und dass der falsche König ihn genauso benutzte wie alle anderen. Aber natürlich konnte ich durch das Eis nicht sprechen, und plötzlich zog Rowan einen Dolch hervor, dessen schwarze Onyxklinge so dünn und gezackt war wie die Kanten eines Haifischzahns.

»Der Eiserne König will selbst die Ehre haben«, flüsterte er, »aber du brauchst nur gerade noch so am Leben zu sein, wenn du bei ihm eintriffst. Ich denke, ich werde dir ein paar Finger abschneiden und sie für Ash zurücklassen, bevor wir gehen. Was meinst du dazu, Hoheit?«

Er verlagerte sein Gewicht so, dass einer meiner Arme freikam, packte dann mein Handgelenk und fixierte es trotz meiner wilden Gegenwehr am Boden. »Oh, winde dich nur unter mir, Prinzessin«, säuselte er. »Das macht die Sache schön erotisch.« Er nahm den Dolch und hob ihn über meiner Hand, während er einen Finger auswählte.

Ich holte tief Luft, um mich zu beruhigen, und versuchte nachzudenken. Mein Schwert war ganz nah, aber ich konnte meinen Arm nicht bewegen. Schein einzusetzen würde mich entweder völlig auslaugen oder schreckliche Übelkeit verursachen, aber diesmal hatte ich keine Wahl. Während Rowan mit der Dolchspitze in meine ausgestreckten Finger stach, bis winzige Blutstropfen hervorquollen, um meine Folter so in die Länge zu ziehen, konzentrierte ich mich auf den Griff der Waffe.

Holz ist Holz, hörte ich Pucks Stimme in meinem Kopf. *Egal, ob toter Baum, Schiffsplanke, hölzerne Armbrust oder simpler Besenstiel, die Sommermagie kann es wieder zum Leben erwecken, und sei es nur für einen Moment. Konzentrier dich.*

Der Schein strömte in einer Welle aus mir heraus, und aus dem Dolchgriff sprossen schimmernde Dornen, die den Panzerhandschuh durchdrangen und sich in Rowans Fleisch bohrten. Das Schwindelgefühl setzte fast augenblicklich ein und ließ den Raum um mich kreisen. Sobald Rowan aufheulte, zurückwich und meinen Arm losließ, kappte ich die Verbindung. Genau darauf hatte ich gehofft. Ich schrie innerlich, richtete mich auf, ignorierte den Schwindel und schob meine freie Hand unter sein Visier, um ihm das widerliche verbrannte Gesicht zu zerkratzen.

Diesmal war Rowans Schmerzensschrei so laut, dass er die Zeltwände beben ließ. Er ließ den Dolch fallen, um sein Gesicht zu schützen, während ich ihn gleichzeitig mit aller Kraft von mir runterschob. Hastig sprang ich auf, wirbelte herum und packte mit einer Hand mein Schwert, während ich mit der anderen mein eingefrorenes Gesicht rieb. Das Eis splitterte ab und riss dabei dem Gefühl nach ganze Hautfetzen mit. Ich blinzelte die Tränen weg, als Rowan auf die Füße kam und mir einen mörderischen Blick zuwarf.

»Du glaubst wirklich, du könntest mich besiegen?« Rowan zog sein Schwert, das eisblau und genauso gezackt war wie der Dolch, und trat vor. Blut lief ihm übers Gesicht, und ein Auge war zugeschwollen. »Warum bist du nicht weggelaufen, Prinzessin?«, fragte er erstaunt. »Zu Ash und deinem Vater – ich kann dich nicht durchs ganze Lager jagen. Du hättest weglaufen sollen.«

Ich riss mir die letzten Eisreste von den Lippen und spuckte zwischen uns auf den Boden. Ich schmeckte Blut. »Mit dem Weglaufen bin ich durch«, sagte ich und beobachtete, wie er das unverletzte Auge zusammenkniff. »Und ich werde auch nicht zulassen, dass du mir ein Messer in den Rücken jagst. Ich will, dass du dem falschen König eine Nachricht von mir überbringst.«

Mit einem Lächeln, bei dem das Gebiss in seinem zerstörten Gesicht glitzerte wie Fangzähne, schob Rowan sich näher an mich heran. Ich wich nicht von der Stelle, sondern nahm die Verteidigungshaltung ein, die Ash mir gezeigt hatte. Trotzdem hatte ich Angst, denn ich hatte Rowan schon gegen Ash kämpfen sehen und wusste, dass er wesentlich besser war als ich. Aber meine Wut besiegte die Angst, also zeigte ich mit meinem Schwert auf Rowan. »Sag dem falschen König, dass er niemanden mehr schicken muss, um mich zu holen«, erklärte ich so entschlossen, wie es ging. »Ich werde zu ihm kommen. Ich komme zu ihm, und wenn ich ihn gefunden habe, werde ich ihn töten.«

Entsetzt wurde mir klar, dass ich es ernst meinte. Jetzt hieß es er oder meine Familie, sowohl die sterbliche als auch die Feen. Damit alle anderen leben konnten, musste der falsche König sterben. Wie Grim es einmal prophezeit hatte, war ich zum Auftragskiller der beiden Höfe geworden.

Rowan grinste unbeeindruckt. »Sei versichert, dass ich es ihm ausrichten werde, Prinzessin«, spottete er. »Aber glaub bloß nicht, dass du mir ohne einen Kratzer davonkommst.« Er trat noch einen Schritt vor, und diesmal wich ich in Richtung der Zeltklappen zurück. »Ich denke, ich werde ein Ohr als Trophäe mitnehmen, nur um dem König zu zeigen, dass ich seine Erwartungen erfüllt habe.«

Er stürzte sich mit einer solchen Geschwindigkeit auf mich, dass ich für einen Moment völlig überrumpelt war. Hastig zuckte ich zurück, riss meine Klinge hoch und schaffte es so, seinen Schlag abzuwehren – aber ich war ein wenig zu langsam. Seine Schwertspitze fuhr über meine Haut und ritzte mir eine brennende Linie in die Wange. Ich taumelte, stolperte über etwas, das im Eingang lag, und fiel rückwärts aus dem Zelt.

Deylins lebloser, gefrorener Körper lag vor mir, und seine entsetzt geweiteten Augen starrten mich an. Ein Schauder lief über den Körper des Feenritters, dann löste er sich vor meinen Augen auf wie ein Eiswürfel in der Mikrowelle, bis nichts mehr von ihm übrig war außer einer Pfütze im Dreck.

Fluchend stemmte ich mich hoch und wich vom Zelteingang zurück. Meine Wange brannte, und ich spürte, wie etwas Warmes über mein Gesicht lief. »Ash!«, schrie ich und sah mich panisch um. »Puck! Es ist Rowan! Rowan ist hier!«

Im Lager war es dunkel und still. Einige Feen lagen bewusstlos auf dem Boden und schnarchten, wo auch immer sie gerade gelandet waren. Überall lagen Krüge und Flaschen herum. Von den verkohlten Holzstücken stieg träger Rauch auf, und in der Dunkelheit flackerte schwach die letzte Glut.

Rowan kam aus dem Zelt, er schlug die Klappen zur Seite und trat dreist nach draußen. Dabei grinste er ununterbrochen und hörte auch nicht damit auf, als er sich zwei Finger in den Mund schob und einen schrillen Pfiff ausstieß, der über die Bäume hallte.

»Läufst du jetzt doch noch weg, Prinzessin?«, fragte er, als sich einige der Feen stöhnend regten und verwirrt blinzelnd umsahen. »Wie willst du denn den Eisernen König töten, wenn du es nicht mal schaffst, an seinem Ritter vorbeizukommen?«

»Ich werde einen Weg finden«, versicherte ich ihm, wobei ich mit meinem Schwert auf seine Brust zielte. »Ich habe es schon einmal geschafft.«

Rowan kicherte. »Dann freuen wir uns schon auf dich, Prinzessin. Grüß Ash von mir.«

»Rowan!« Ashs Wutschrei hallte durch das ganze Lager. Der Dunkle Prinz erschien wie aus dem Nichts an meiner Seite, Zorn umgab ihn als rot-schwarze Wolke. Ein Furcht einflößender Ausdruck erschien in seinen Augen, als er seinem Bruder entgegentrat. Es war dieser leere, glasige Killerblick, der keine Gnade verhieß.

Rowan lachte und riss einen Arm hoch.

Über unseren Köpfen erklang als Antwort ein dröhnendes Brüllen, und ein zwei Tonnen schwerer, schuppiger brauner Wyvern landete krachend zwischen uns, schrie und schlug mit seinem Schwanz. Ich sah den funkelnden, giftigen Stachel auf mich zukommen, schwang wild mein Schwert und trennte die Spitze ab. Der Stachel und ein Stück des Schwanzes fielen zuckend in den Dreck, doch die Wucht des Schlages riss mich von den Füßen. Im selben Moment schnellte Ashs Schwert vor und schnitt in eines der gelben Glupschaugen.

Der Wyvern wich kreischend zurück. In einer fließenden Bewegung sprang Rowan auf den schuppigen Hals, während das Tier sich bereits in die Luft schwang und mit seinen zerfetzten, ledrigen Schwingen pumpte. Die gigantische Echse erhob sich über unsere Köpfe, flog Richtung Waldrand und verschwand durch die Bresche, die in das Eiserne Reich führte. Das Echo von Rowans spöttischem Gelächter hallte noch lange nach.

Keuchend steckte Ash sein Schwert zurück in die Scheide und half mir auf. »Geht es dir gut, Meghan?«, fragte er und ließ seinen Blick rasch über mein Gesicht wandern, bevor er auf dem Schnitt an meiner Wange hängen blieb. »Es tut mir leid, dass ich nicht schneller hier war. Mab wollte einen vollständigen Bericht über die Zeit unseres Exils haben. Was ist passiert?«

Ich zuckte zusammen. Sprechen tat weh; meine Lippen waren aufgerissen und bluteten, und die linke Gesichtshälfte fühlte sich an, als hätte sie jemand gegen einen brennenden Ofen gedrückt.

»Er ist in meinem Zelt aufgetaucht und hat damit angegeben, dass er jetzt eine Eiserne Fee würde und dass der falsche König auf mich wartet. Er wollte mir die Finger abschneiden und sie für dich zurücklassen«, ergänzte ich noch und sah, wie Ash die Augen zusammenkniff. »Aber das war, bevor ich ihm die Augen ausgekratzt habe. Au!« Ich betastete vorsichtig meine Wange und zog eine Grimasse, als meine Finger anschließend blutverschmiert waren. »Mistkerl.«

»Ich werde ihn umbringen«, murmelte Ash mit dieser beängstigend sanften Stimme. Es klang wie ein Versprechen, auch wenn er es nicht so formulierte. Der mörderische Blick in seinen Augen sagte alles.

»Prinzessin!« Puck erschien, immer noch ohne Hemd und mit Haaren, die aussahen, als hätte ein Geier darin genistet. »Was ist passiert? War das *Rowan,* der da gerade die Flügel in die Hand genommen hat? Was ist hier los?«

Ich warf ihm einen finsteren Blick zu und konnte es mir gerade noch verkneifen, zu fragen, was er die ganze Nacht getrieben hatte. In seinen Haaren hingen immer noch geflochtene Blumen, und ich war mir nicht sicher, ob das auf seiner nackten Haut Kratzer waren oder nicht. »Das war Rowan«, bestätigte ich stattdessen. »Ich habe keine Ahnung, wie es ihm gelungen ist, sich durch das Lager zu schleichen, aber er hat es geschafft. Und du kannst darauf wetten, dass er gerade auf dem Weg ist, dem falschen König zu berichten, dass ich hier bin.«

Ash kniff die Augen zusammen. »Dann sollten wir uns bereitmachen.«

Da schallte der laute, scharfe Ton eines Horns über die Bäume. Es folgte ein zweiter, dann noch einer, während die Feen schlagartig erwachten oder mit einem erschrockenen Blinzeln aus ihren Zelten traten. Ash hob den Kopf und spähte in Richtung des Geräuschs, wobei ein boshaftes Lächeln über sein Gesicht huschte.

»Sie kommen.«

Das Lager brach in eine Art organisiertes Chaos aus. Feen sprangen auf die Füße und griffen nach Waffen und Rüstung. Hauptmänner und Leutnants erschienen, brüllten Befehle und gaben ihren Einheiten Anweisungen, sich in Reih und Glied zu formieren. Greifen- und Wyvernwärter rannten los, um ihre Tiere für die Schlacht zu rüsten, und Ritter sattelten ihre Feenrösser, während die Pferde voller Erwartung mit den

Köpfen schlugen und auf der Stelle tänzelten. Einen Moment lang hatte ich das surreale Gefühl, mich in einem mittelalterlichen Fantasyfilm zu befinden, wie *Herr der Ringe*, mit den ganzen Rittern und Pferden überall. Dann traf es mich wie ein Schlag, und mir wurde schwindelig: Das war kein Film. Das war eine echte Schlacht, mit echten Gegnern, die ihr Bestes geben würden, um mich zu töten.

»Meghan Chase!« Zwei weibliche Satyrn trabten in meine Richtung, duckten und schoben sich durch die Menge und sprangen mit ihren pelzigen Ziegenbeinen über den Schlamm.

»Euer Vater schickt uns, damit wir dafür sorgen, dass Ihr für die Schlacht angemessen gekleidet seid«, erklärte mir eine von ihnen, als sie näher kamen. »Er hat extra etwas für Euch entwerfen lassen. Wenn Ihr uns bitte folgen würdet.«

Mir schwante Übles. Als Oberon das letzte Mal extra etwas für mich hatte entwerfen lassen, war das ein furchtbar edles Kleid gewesen, das zu tragen ich mich geweigert hatte. Doch Ash ließ meinen Arm los und schob mich sanft auf die wartenden Satyrn zu.

»Geh mit ihnen«, sagte er. »Ich muss mir auch noch etwas suchen.«

»Ash…«

»Ich bin bald zurück. Kümmere dich um sie, Goodfellow.« Damit lief er davon und verschwand in der Menge.

Die Satyrn winkten ungeduldig, also folgten wir ihnen zu einem seltsamen weißen Zelt auf der Sommerseite des Lagers. Es bestand aus einem leichten, durchscheinenden Material, das in feinen Strängen über die Zeltstangen drapiert war und mich unangenehm an Spinnennetze erinnerte. Die Satyrn scheuchten uns durch die Zeltklappen, doch noch am Eingang drehte ich mich um, hielt Puck auf und erklärte ihm streng, dass er draußen warten müsse, während ich mich umzog. Ich ignorierte sein dämliches Grinsen und hoffte nur, dass er sich nicht in eine Maus verwandeln würde, um sich so reinzuschmuggeln und zu gaffen.

Ich trat ein. Im Inneren des Zeltes war es dunkel und warm. An den Wänden hing ein dichtes Gewebe, das raschelte und zuckte, als würden Hunderte winziger Kreaturen darin herumwuseln. In dem dämmrigen Innenraum erwartete mich eine große bleiche Frau mit langen dunklen

Haaren, und zwei glänzende schwarze Augen sahen mir aus ihrem verkniffenen Gesicht entgegen.

»Meghan Chase«, hauchte die Frau und folgte mit ihren riesigen schwarzen Augen jeder meiner Bewegungen. »Du bist hier. Welch ein Zufall, dass wir uns wiedersehen.«

»Dame Weberin.« Jetzt erkannte ich die oberste Schneiderin des Lichten Hofes wieder und unterdrückte den Impuls, mir die Arme zu reiben. Stattdessen nickte ich ihr zu.

Bei meinem ersten Ausflug ins Feenreich war ich ihr schon einmal begegnet, und genau wie damals fühlte ich mich in ihrer Gegenwart extrem unwohl, so als würden Tausende von Käfern über meine Haut kriechen.

»Komm, komm.« Dame Weberin winkte mir mit einer bleichen, spinnenartigen Hand. »Die Schlacht wird bald beginnen, und dein Vater hat mich gebeten, dir eine Rüstung zu entwerfen.« Sie führte mich in den hinteren Teil des Zeltes, wo im Halbdunkel etwas Schimmerndes hing, das von dünnen weißen Fäden in der Luft gehalten wurde. »Es ist mein bisher bestes Werk. Was meinst du?«

Auf den ersten Blick sah es aus wie eine Art langer Mantel, der in der Taille gebunden wurde und hinten geschlitzt war, sodass er sich um die Beine bauschte. Dann sah ich genauer hin und erkannte, dass das Material aus winzigen Schuppen bestand, die zwar flexibel, aber unglaublich strapazierfähig waren. Der Rücken der Rüstung war mit filigranen Mustern bedeckt, die fast schon geometrisch wirkten. Panzerhandschuhe, Beinschienen, Leggins und Stiefel, die aus dem gleichen Schuppenmaterial bestanden, vervollständigten das Outfit.

»Wow«, hauchte ich und trat unwillkürlich näher. »Das ist wunderschön.«

Dame Weberin schnaubte. »Wie üblich wird mein Talent nicht hinreichend gewürdigt«, seufzte sie und schnippte mit den Fingern, woraufhin die beiden Satyrn eilig vortraten. »Ich bin die beste Schneiderin des gesamten Nimmernie, und was tue ich? Ich webe Drachenhautrüstungen für unkultivierte Missgeburten. Nun gut, Mädchen. Probiere sie an. Sie wird perfekt passen.«

Die Satyrn halfen mir in das Gewand, das leichter war und mehr

Bewegungsfreiheit bot, als ich dachte. Abgesehen von den Panzerhandschuhen und Beinschienen fühlte es sich gar nicht an, als trüge ich eine Rüstung. Was wohl irgendwie auch der Sinn der Sache war.

»Hübsch«, erklang eine Stimme vom Zelteingang her, und Puck schlenderte herein.

Ich blinzelte überrascht. Er hatte sich ebenfalls für die Schlacht umgezogen und trug jetzt eine silbrig-grüne Rüstung mit ledernem Brustpanzer, dunkle Lederhandschuhe und kniehohe Stiefel. An seinem Gürtel hing ein grünes Tuch, das mit verschlungenen Ranken und Blättern geschmückt war, und an seinen Schlüsselbeinen saßen dicke Schulterplatten, die aussahen wie raue Borke.

»Überrascht, Prinzessin?« Puck zuckte mit den Schultern, woraufhin die Stachelplatten sich hoben. »Normalerweise trage ich keine Rüstung, aber andererseits stehe ich normalerweise auch keiner Armee von Eisernen Feen gegenüber. Da dachte ich mir, ich könnte mir genauso gut etwas Schutz verschaffen.« Er musterte mein Outfit und nickte anerkennend. »Eindrucksvoll. Echte Drachenhaut – die wird so ziemlich alles aushalten.«

»Hoffentlich«, murmelte ich.

Dame Weberin schnaubte. »Selbstverständlich wird sie das, Mädchen«, fauchte sie und spitzte ihre blutleeren Lippen. »Was meinst du denn, wer dieses Gewand kreiert hat? Und jetzt husch. Ich muss noch an anderen Dingen arbeiten. Raus!«

Puck und ich verließen fluchtartig das Zelt.

Das Lager war jetzt nahezu ausgestorben, dafür hatten die Sommer- und Winterfeen in langen Reihen am Rand des Metallwaldes Aufstellung genommen. Sie warteten darauf, dass die Schlacht beginnen würde.

Ich schauderte und rieb mir die Arme.

Als hätte er meine Gedanken gelesen, stellte sich Puck dichter neben mich und legte mir eine Hand auf den Ellbogen. »Keine Sorge, Prinzessin«, sagte er. Seine Stimme klang fröhlich, aber sein Lächeln hatte etwas Hartes und Erbarmungsloses an sich. »Jeder von diesen eisernen Idioten, der an dich rankommen will, wird erst mal an *mir* vorbeimüssen.« Er rollte mit den Augen. »Und natürlich an dem Dunklen Ritter da drüben.«

»Wo?« Ich folgte seinem Blick und sah gerade noch, wie Ash hinter einem der Zelte auftauchte und auf uns zukam.

Seine Rüstung glänzte in der Sonne – schwarz mit eisigen Silberapplikationen –, und auf dem Brustpanzer prangte ein stilisierter Wolfskopf. Er sah unglaublich gefährlich aus, wie der sagenhafte schwarze Ritter, besonders mit dem zerfetzten Cape, das hinter ihm herflatterte.

»Oberon lässt dich rufen«, berichtete er und quittierte meinen Aufzug mit einem knappen, anerkennenden Nicken. »Er wünscht, dass du dich im Hintergrund hältst, wo die Kämpfe dich nicht erreichen können. Er hat dort einen ganzen Zug von Leibwächtern positioniert, um dich zu …«

»Da werde ich nicht hingehen.«

Sowohl Ash als auch Puck sahen mich erstaunt an. »Ich werde kämpfen«, sagte ich so entschlossen, wie ich konnte. »Ich will nicht im Hintergrund rumhängen und zusehen, wie alle anderen für mich sterben. Das ist auch mein Krieg.«

»Bist du sicher, dass das eine gute Idee ist, Prinzessin?«

Ich sah Puck an und lächelte. »Willst du mich etwa aufhalten?«

Er hob abwehrend die Hände. »Würde mir nicht im Traum einfallen.« Kopfschüttelnd grinste er mich an. »Ich hoffe nur, du weißt, was du tust.«

Ich wandte mich Ash zu und fragte mich, was er wohl davon hielt und ob er versuchen würde, es mir auszureden.

Er erwiderte meinen Blick mit ernster Miene, ein Lehrer, der seinen Schüler einschätzt. »Du hast noch nie in einem echten Krieg gekämpft«, sagte er schließlich sanft, und ich hörte leise Sorge in seiner Stimme. »Du weißt nicht, wie es in einer wirklichen Schlacht zugeht. Das ist etwas völlig anderes als ein Duell Mann gegen Mann. Es wird brutal, blutig und chaotisch werden, und dir wird keine Zeit bleiben, darüber nachzudenken, was du tust. Was du bisher gesehen und erlebt hast – nichts davon konnte dich darauf vorbereiten. Goodfellow und ich werden dich, so gut wir können, schützen, aber du *wirst* kämpfen müssen und du *wirst* töten müssen. Ohne jede Gnade. Bist du sicher, dass es das ist, was du willst?«

»Ja.« Ich hob das Kinn und sah ihm fest in die Augen. »Ich bin mir sicher.«

»Gut.« Er nickte knapp und drehte sich in Richtung Wald. »Denn sie kommen.«

Das schleichende Eisen

»Halte dich bereit«, murmelte Ash und zog sein Schwert.

Meine Hand zitterte, als ich seinem Beispiel folgte, und die Klinge lag fremd und schwer in meinem Griff. Vor uns brach sich das Licht auf Schwertern, Schilden und Rüstungen – eine bedrohliche Mauer aus spitzem Feenstahl. Trolle und Oger traten ungeduldig auf der Stelle und umklammerten ihre Stachelkeulen. Kobolde und Dunkerwichtel leckten sich die spitzen Zähne, und in ihren Augen stand die Blutlust. Dryaden, Hamadryaden und Eichenmänner warteten schweigend, doch ihre grünen und braunen Gesichter waren von Hass und Angst verzerrt. Von allen Feen waren sie am stärksten von der langsamen Verpestung des Nimmernie betroffen, und sie riefen mir wieder ins Bewusstsein, was auf dem Spiel stand.

Ich packte meinen Schwertgriff so fest, dass sich das Metall in meine Handfläche bohrte. *Kommt schon,* dachte ich, als direkt hinter der Bresche ein lautes Scheppern ertönte – Hunderte von Füßen, die auf uns zumarschierten. Zweige brachen, Bäume bebten, und die Armeen von Sommer und Winter schrien ihnen ihre Antwort entgegen. *Ihr werdet mich nicht schlagen. Der falsche König wird nicht gewinnen. Euer Vormarsch endet genau hier.*

»Und los geht's«, knurrte Ash, als die Eisernen Feen mit dem Kreischen von einer Million Messern aus dem Wald hervorbrachen und in unser Sichtfeld kamen. Drahtmänner und Eiserne Ritter, mechanische Hunde und Spinnenschrullen, skelettartige, glänzende Metallwesen, die aussahen wie der Terminator, und Hunderte anderer Gestalten in verschiedenen Größen kamen in einem riesigen, chaotischen Schwarm aus dem Wald. Einen Moment lang starrten die beiden Armeen sich einfach nur an, Hass, Brutalität und Blutlust glänzten in ihren Augen. Dann trat ein monströser Ritter, auf dessen Stahlhelm Dornen prangten, an die Spitze der Armee, riss einen Arm nach vorn, und die Eisernen Feen stürzten mit schrillem Geschrei los, dass einem die Haare zu Berge standen.

Die Lichten und Dunklen brüllten zurück und drängten vorwärts, um sich ihnen zu stellen. Wie Ameisen krabbelten beide Seiten auf dem Schlachtfeld aufeinander zu, und der Abstand zwischen ihnen verringerte sich immer mehr. Die Armeen trafen aufeinander – das Kreischen und Scheppern ihrer Waffen war ohrenbetäubend –, dann löste sich alles in Chaos auf.

Ash und Puck schirmten mich ab. Sie wollten nicht vorstoßen, sondern widmeten sich nur den Feinden, die sie attackierten. Die Frontlinie hielt die schlimmsten Kämpfe von uns fern, aber nach und nach schlüpften die Eisernen Feen durch die Lücken und drängten weiter nach hinten. Ich umklammerte meine Waffe und versuchte mich zu konzentrieren, aber das war verdammt schwierig. Alles passierte so schnell, Körper wirbelten vorbei, Schwerter blitzten auf – und dann noch das Schreien und Heulen der Verwundeten. Ein riesiges Ding, das entfernte Ähnlichkeit mit einer Gottesanbeterin hatte, schlug mit seinen klingenbewehrten Armen nach mir, aber Ash baute sich vor ihm auf, fing die Klingen mit seinem Schwert ab und drängte das Ding zurück. Ein Eiserner Ritter, der von Kopf bis Fuß in einem Plattenpanzer steckte, stürmte auf mich zu, fiel aber der Länge nach hin, als Puck ihm gegen das Knie trat.

Ein zweiter Ritter brach durch die Reihen vor uns und schlug mit seinem gezackten Breitschwert nach mir. Instinktiv wich ich dem Schlag aus und stieß mit meinem Schwert nach ihm. Es rutschte kreischend an seinem Brustpanzer ab und hinterließ eine funkelnde Spur auf der Rüstung, verletzte ihn aber nicht. Der Ritter lachte bellend und siegessicher, griff wieder an und führte einen waagerechten Schwertstreich gegen meinen Kopf. Ich duckte mich unter dem Schlag weg, trat einen Schritt vor und rammte meine Waffe in sein Visier, bis ich spürte, dass die Spitze auf die Rückseite des Helms traf.

Der Ritter brach zusammen wie eine Marionette, der man die Fäden durchtrennt hat. Mir wurde flau im Magen, aber es blieb keine Zeit, darüber nachzudenken, was ich gerade getan hatte. Immer mehr Eiserne Feen stürmten aus dem Wald.

Ich sah, wie Oberon sich auf einem riesigen schwarzen Schlachtross ins Getümmel stürzte, umgeben von einem wirbelnden Strudel aus Magie. Er hob die Hand und deutete auf eine Stelle, wo die Kämpfe am heftigsten tobten. Ranken und Wurzeln brachen daraufhin aus dem Boden, schlangen sich um die Eisernen Feen und würgten sie oder zogen sie unter die Erde.

Auf einer Anhöhe stand Mab mit erhobenen Armen und schickte einen Wirbelsturm über das Feld, der die Feen zu Eis erstarren ließ oder sie mit Eissplittern durchbohrte. Die Soldaten von Sommer und Winter heulten mit frischem Elan und stürzten sich auf den Feind.

Und dann brach etwas Monströses durch die Bäume und stapfte auf das Schlachtfeld. Ein riesiger eiserner Käfer, so groß wie ein Elefantenbulle, wühlte sich durch das Chaos und zertrampelte Feen unter seinen Füßen. Auf einer Plattform auf seinem Rücken saßen vier Elfen mit metallisch schimmernden Haaren und schossen mit altmodischen Musketen in die Menge. Sommer- und Winterfeen fielen unter den Musketensalven, während ein zweiter Käfer aus dem Wald kam. Schwerter und Pfeile prallten an ihren dunklen, glänzenden Rückenschilden ab, und die panzerartigen Käfer stapften weiter auf das Lager zu, wobei sie eine Spur aus Toten hinter sich herzogen.

»Rückzug!« Oberons Stimme dröhnte über das Feld, während die Käfer immer weiter wüteten. »Rückzug und Sammeln! Sofort!«

Als die Truppen von Sommer und Winter anfingen, sich zurückzuziehen, erreichte mich eine Welle Eisernen Scheins, der offenbar von den Käfern ausging. Ich kniff die Augen zusammen, spähte durch das Chaos und sah genauer hin. Die Käfer wurden zu einem klaren Bild vor einem verschwommenen Hintergrund; ich sah, wie der Eiserne Schein um sie herum funkelte, kalt und farblos. Die starken, runden Rückenschilde waren fast unverwundbar, doch die Beine der Insekten waren dünn und spinnenartig, gerade mal stark genug, um die Monster in der Luft zu halten. Die Gelenke waren schwach und rostig ... und plötzlich schoss mir eine Idee durch den Kopf.

»Ash, Puck!« Ich wirbelte zu ihnen herum, und sofort hatte ich ihre

Aufmerksamkeit. »Ich glaube, ich weiß, wie wir diese Käfer ausschalten können, aber ich muss näher ran! Bahnt mir einen Weg!«

Puck sah mich ungläubig an. »Äh … du willst auf den Feind zurennen? Ist das nicht so ziemlich das Gegenteil von *Rückzug?*«

»Wir müssen diese Käfer aufhalten, bevor sie das halbe Lager umbringen!« Flehend sah ich zu Ash. »Ich kann das schaffen, aber ihr müsst mich währenddessen schützen. Bitte, Ash.«

Eine Sekunde lang starrte Ash mich an, dann nickte er knapp. »Wir werden dich hinbringen«, murmelte er und hob sein Schwert. »Goodfellow, gib mir Rückendeckung.«

Er stürmte vorwärts, gegen den Strom der Feen auf dem Rückzug. Puck schüttelte zwar den Kopf, folgte ihm dann aber. Wir bahnten uns einen Weg zum Zentrum des Schlachtfelds, wo überall Leichen von Feen – oder das, was einmal Feen gewesen waren – verstreut lagen. Hier tobten die Kämpfe wesentlich heftiger, und meine Leibwächter hatten alle Hände voll zu tun, um mir den Feind vom Hals zu halten.

Eine Musketensalve donnerte, und nur wenige Meter von uns entfernt stürzte kreischend ein Wyvern vom Himmel, der dabei wild mit den Flügeln um sich schlug. Dann ragte der massige Körper des Käfers über uns auf, und sein glänzender schwarzer Panzer verdunkelte die Sonne.

»Ist das … nah genug, Prinzessin?«, keuchte Puck, der gerade in ein Gefecht mit zwei Drahtmännern verstrickt war, die mit ihren rasiermesserscharfen Klauen nach ihm schlugen. Neben ihm kreuzte Ash knurrend mit einem Eisernen Ritter die Klinge, sodass das schrille Kreischen des Metalls die Luft erfüllte.

Ich nickte, auch wenn mir das Herz bis zum Hals schlug. »Haltet sie nur noch ein paar Sekunden auf Abstand!«, rief ich, wandte mich dem Eisenkäfer zu und studierte seine Unterseite. Ja, die Beine bestanden aus mehreren Abschnitten, die mit Metallbolzen zusammengehalten wurden. Als eines der dürren Beine an mir vorbeifegte, duckte ich mich, schloss die Augen und zog den Eisernen Schein aus der Luft, von dem Käfer, den Bäumen und dem verseuchten Land um mich herum. Das Musketenfeuer dröhnte, und das Kreischen der Schwerter und die Schreie der Feen hallten in meinem Kopf, aber ich vertraute darauf, dass meine Wächter für meinen Schutz sorgen würden, und konzentrierte mich.

Ich öffnete die Augen, fixierte eines der Gelenke des Insekts, genauer gesagt den kleinen Bolzen, der es zusammenhielt, und *zog*. Der Bolzen zitterte, Rost bröselte ab, dann schoss er aus seiner Halterung wie ein Korken – nur ein kurzes, metallisches Funkeln im Sonnenlicht. Das Insekt taumelte, als das Bein zusammensackte und im Matsch landete, dann geriet der ganze Käfer in Schieflage wie ein Bus, der aus der Kurve getragen wird.

»Ja!«, jubelte ich, doch da überkam mich das Schwindelgefühl. Ein heftiger Schmerz bohrte sich in meinen Magen, und ich sank auf die Knie, während ich verzweifelt gegen den Brechreiz ankämpfte. Als ein Schatten auf mich fiel, schaute ich hoch und sah, wie der riesige Leib des Insekts seitlich umkippte, sodass alle Feen – egal ob Eiserne oder normale – hektisch das Weite suchten. Nur ich konnte mich nicht rühren.

Dunkelheit drängte heran, da packte Ash meinen Arm und riss mich hoch. Wir sprangen, gleichzeitig krachte der Käfer mit einem tiefen Stöhnen auf den Boden und überschlug sich, wobei er die Musketenelfen unter sich begrub und mich umgebracht hätte, hätte ich noch dort gekauert. Als er auf dem Rücken landete, strampelten und zuckten die verbliebenen Beine des Käfers nutzlos in der Luft, was bei mir ein leicht hysterisches Kichern auslöste.

Ash murmelte etwas Unverständliches und zog mich in eine kurze, heftige Umarmung. »Dir macht es wohl Spaß, dafür zu sorgen, dass mir das Herz stehen bleibt, was?«, flüsterte er.

Ich spürte, wie das Adrenalin oder sonst was ihn zittern ließ. Bevor ich antworten konnte, ließ er mich los und trat einen Schritt zurück, wieder ganz der stoische Bodyguard. Keuchend ließ ich den Blick über das Schlachtfeld schweifen und sah, dass die Eisernen Feen sich zurückzogen und wieder im Metallwald verschwanden. Der andere Käfer schien unter einer Masse aus zuckenden Ranken begraben zu sein, die seine Beine umschlangen und ihn zu Boden zerrten. Die Musketenschützen auf seinem Rücken waren von riesigen Eisspeeren durchbohrt worden. Wie es aussah, das Werk von Oberon und Mab.

»Ist es vorbei?«, fragte ich gerade, als Puck zu uns trat. Er atmete ebenfalls schwer, und an seiner Rüstung klebte eine schmierige schwarze Flüssigkeit, eine Art Öl. »Haben wir gewonnen?«

Puck nickte, aber seine Augen blickten grimmig. »In gewisser Weise schon, Prinzessin.«

Irritiert sah ich mich um, und mein Magen zog sich zusammen. Die Gefallenen beider Seiten lagen auf dem Feld verstreut, einige stöhnend, andere still und leblos. Viele hatten sich bereits in Stein, Eis, Erde, Zweige oder Wasser verwandelt oder hatten sich völlig aufgelöst. Manchmal geschah es sofort, manchmal dauerte es Stunden, aber die Feen ließen nie einen Körper zurück, wenn sie starben. Sie hörten einfach auf zu existieren.

Doch als ich genauer hinsah, entdeckte ich etwas viel Verstörenderes: Der Eiserne Wald war noch näher herangekrochen, er reichte jetzt schon bis zum Zentrum des Lagers. Entsetzt musste ich zusehen, wie ein junges grünes Bäumchen metallisch zu glänzen begann, während graues Gift durch seinen Stamm kroch. Einige Blätter fielen ab, trudelten zu Boden und blieben dort stecken wie funkelnde Messer.

»Es breitet sich jetzt noch schneller aus.« Ein Schatten fiel über uns, und Oberon brachte sein Schlachtross neben uns zum Stehen. Unter seinem Geweihhelm funkelten seine Augen wie glühender Bernstein. »Nach jeder Schlacht sind wir gezwungen, uns zurückzuziehen, und verlieren mehr an Boden. Mit jeder gefallenen Fee, ob Winter oder Sommer, wächst das Eiserne Königreich und zerstört alles, was ihm in den Weg kommt. Wenn das so weitergeht, ist bald nichts mehr übrig.« Oberons Stimme wurde schärfer. »Ferner meine ich, dir befohlen zu haben, dich von der Schlacht fernzuhalten, Meghan Chase. Und doch stürzt du dich mitten in die Gefahr, trotz meiner Bestrebungen, für deine Sicherheit zu sorgen. Warum widersetzt du dich mir nur wieder und wieder?«

Ohne auf seine Frage einzugehen, starrte ich auf den dunklen Wald, in dem gerade die letzten Eisernen Feen verschwanden. Direkt hinter der ersten Baumreihe konnte ich das Eiserne Königreich spüren, wie es dort lauerte, begierig darauf, weiter voranzukriechen, und mich mit seinen vergifteten Blicken beobachtete. Irgendwo dort, in der Sicherheit seines eisernen Landes, wartete der falsche König auf mich, geduldig und gelassen, da er genau wusste, dass die beiden Höfe ihm nichts anhaben konnten.

»Er weiß jetzt, dass ich hier bin«, murmelte ich und spürte, dass nicht nur Oberon mich beobachtete, sondern auch Puck und Ash. Ich schluckte, um das Zittern aus meiner Stimme zu verbannen. »Ich kann nicht hierbleiben – er wird euch alles, was er hat, entgegenschleudern, nur um an mich heranzukommen.«

»Wann wirst du aufbrechen?« Oberons Stimme war völlig emotionslos.

Ich holte tief Luft und betete, dass ich Ash und Puck nicht in den Tod schicken würde. »Heute Nacht.« Sobald ich es ausgesprochen hatte, begann ich heftig zu zittern. Ich verschränkte rasch meine Arme, um meine Angst zu verbergen. »Je früher ich gehe, desto besser. Ich schätze, die Zeit ist gekommen.«

Aufbruch in das Eiserne Reich

Ich faltete sorgfältig die Decke zusammen und steckte sie neben den Päckchen mit Trockenfrüchten und Nüssen und dem Wasserschlauch aus Ziegenleder in die Tasche. Wasser, Nahrung, Decke, Schlafsack … brauchte ich sonst noch etwas für den Campingtrip in die Hölle? Mir fielen da ein paar rein menschliche Annehmlichkeiten ein, für die ich in diesem Moment gemordet hätte – Taschenlampe, Aspirin, Toilettenpapier –, aber das Feenreich weigerte sich, meine sterbliche Seite derart bei Laune zu halten, also würde ich wohl ohne diese Dinge auskommen müssen.

Hinter mir wurde die Zeltklappe angehoben, und Ash tauchte im Eingang auf. Durch das unheimliche rote Licht des Mondes zeichnete sich seine Silhouette deutlich vor der Zeltwand ab. »Bereit?«

Ich klappte die Tasche zu und spielte an den Gurten herum. Als ich sah, dass meine Hände zitterten, fluchte ich leise. »So bereit, wie ich wohl jemals sein werde«, murmelte ich und hoffte, dass er das Beben meiner Stimme nicht bemerkte. Die Gurte rutschten mir wieder aus den Fingern, und ich knurrte.

Die Zeltplane klappte herunter, und einen Moment später spürte ich seine Arme um mich, als er meine zitternden Hände in seine nahm. Ich schloss die Augen und lehnte mich an ihn, während er sich vorbeugte und sein Atem kühl über meinen Hals glitt.

»Ich will nicht den Auftragskiller für sie spielen«, flüsterte ich. Er sagte nichts, sondern drückte nur meine Hände und zog mich enger an sich. »Ich dachte ... als ich Machina getötet hatte ... ich dachte, ich würde so etwas nie wieder tun müssen. Ich habe heute noch Albträume davon.« Seufzend drückte ich mein Gesicht an seinen Arm. »Ich mache keinen Rückzieher oder so. Ich weiß, dass ich das tun muss, aber ... ich bin kein Killer, Ash.«

»Ich weiß«, murmelte er dicht an meiner Haut. »Du bist ganz bestimmt *kein* Killer. Sieh doch.« Er öffnete seine Hände, sodass meine Handflächen offen dalagen, und strich mit den Daumen darüber. »Absolut rein«, sagte er. »Kein Makel, kein Blut. Glaub mir, wenn du dagegen meine sehen könntest ...« Seufzend schloss er die Hände wieder und schlang seine Finger um meine. »Wenn ich könnte, würde ich es dir ersparen, das gleiche Schicksal zu erleiden wie ich«, fuhr er so leise fort, dass ich ihn kaum verstehen konnte, obwohl wir so dicht beieinanderstanden. »Lass mich den falschen König töten. An meinen Händen klebt so viel Blut, dass es keine Rolle mehr spielt.«

»Das würdest du tun?«

»Wenn ich kann.«

Ich dachte darüber nach und genoss das Gefühl, so von ihm gehalten zu werden.

»Ich schätze mal ... solange der falsche König am Ende stirbt, ist es eigentlich egal, wer ihn tötet, oder?«

Ash zuckte mit den Schultern, doch ich fühlte mich nicht wohl bei dieser Entscheidung. Es war *meine* Aufgabe. *Ich* hatte mich bereit erklärt, den falschen König zu töten. Ich trug die Verantwortung, und ich wollte nicht, dass wieder irgendjemand anders für mich töten musste, besonders nicht Ash.

Auch wenn ich immer noch keine Ahnung hatte, wie ich es schaffen sollte, wenn wir erst mal dort waren. Diesmal hatten wir keinen Pfeil aus magischem Hexenholz. Wir hatten bloß ... mich.

»Darüber sollten wir uns jetzt noch keine Sorgen machen«, bestimmte ich, da ich nicht länger darüber nachdenken wollte. »Wir müssen ja sowieso erst mal zu ihm *hinkommen*.«

»Was wir nie schaffen werden, wenn ihr zwei euch alle paar Sekunden befummelt«, verkündete Puck und rauschte ins Zelt. Ich wurde rot, löste mich von Ash und tat so, als würde ich meine Tasche überprüfen. Puck schnaubte. »Wenn ihr zwei dann so weit wärt«, sagte er und schob auffordernd die Zeltklappe zurück. »Wir warten schon alle auf euch.«

Wir verließen das Zelt und traten in die kalte, stille Nacht hinaus. Mein Atem kondensierte zu Dampfwolken, und rußige Flocken landeten auf meinem Gesicht und meinen Händen. Der Weg zum Wald wurde auf beiden Seiten von den Armeen von Sommer und Winter flankiert. Hunderte von Feenaugen glühten in der Dunkelheit und verfolgten unseren Aufbruch. Irgendwo im Lager kreischte ein Wyvern, doch abgesehen davon war alles still.

Mab und Oberon standen am Rand der Menge, beide so reglos wie die Bäume des Waldes. Hinter den Herrschern verlor sich der funkelnde Stahlwald in der Dunkelheit.

»Wir haben euch so viel mit auf den Weg gegeben, wie wir konnten«, erklärte Oberon, als wir uns ihnen näherten. Seine ernste Stimme hallte über die Köpfe der Menge hinweg. »Von hier ab können wir euch nur noch Glück wünschen und warten. Nun hängt alles von euch ab.«

Mab hob eine Hand, woraufhin sich ein Kobold aus der Menge löste und vor uns aufbaute. Er trug diese blättrige Tarnkleidung, durch die er aussah wie ein Busch. »Snigg wird euch durch den Wald bis zu der Grenze führen, wo die eigentliche Ödnis beginnt«, sagte sie mit rauer Stimme. Ihr Blick ruhte auf Ash. »Danach seid ihr auf euch allein gestellt. Keiner der Späher, die tiefer vorgedrungen sind, ist zurückgekehrt.«

Oberon sah mich immer noch an, und der Ausdruck in seinen grünen Augen war in den Schatten seines Gesichts nicht zu deuten. Irgendwie kam es mir vor, als sähe der Erlkönig müde und abgespannt aus, aber das konnte auch einfach nur am Licht liegen. »Sieh dich vor, Tochter«, sagte er so leise, dass nur ich es hören konnte.

Ich seufzte. Mehr väterliche Zuneigung konnte ich von Oberon wohl nicht erwarten. »Das werde ich«, versprach ich ihm und schob mir die Tasche über die andere Schulter. »Und wir werden nicht versagen, das …«, ich konnte mich gerade noch davon abhalten zu sagen: »das *schwöre* ich«, da ich nicht wusste, ob ich dieses Versprechen auch halten konnte. Stattdessen beendete ich den Satz mit: »Das werde ich nicht zulassen.«

Er nickte mir knapp zu. Ash verbeugte sich vor seiner Königin, und Puck grinste Oberon an, bis zum Schluss der Rebell.

Ich sah zu dem Kobold hinunter. »Gehen wir, Snigg.«

Der Kobold verbeugte sich kurz und verschwand schlurfend zwischen den Bäumen, wo er im Unterholz beinahe unsichtbar wurde. Mit Ash und Puck neben mir betrat ich den Wald und folgte dem hüpfenden Blätterhügel durch die Bäume. Bald verschwand das Lager hinter uns.

Nachdem wir einige Minuten dahingewandert waren, murmelte Ash leise: »Ich erkenne das hier wieder.« Wir folgten immer noch dem Späherkobold und schoben uns zwischen und unter Bäumen hindurch, deren Stämme aussahen, als wären sie mit Quecksilber überzogen, und selbst in dem spärlichen Licht metallisch funkelten. »Ich denke, ich weiß, wo wir sind.«

»Ach, wirklich?« Puck klang sarkastisch. »Ich hatte mich schon gefragt, wann du draufkommen würdest, Prinz. Zugegeben, die breite Masse wusste auch nie, wie nah sie waren, also Daumen hoch für deine Geschichtskenntnisse.« Er schnaubte. »Jede Wette, dass beide, Oberon und Mab, es wussten und absichtlich nichts gesagt haben. Typisch.«

»Was?« Ich sah mich um, konnte aber nichts Außergewöhnliches entdecken – zumindest nichts Außergewöhnlicheres als einen Wald, der komplett aus Metall bestand. »Wo sind wir denn?«

»Das hier ist das Gebiet der Fomorianer«, erklärte Ash und kniff die Augen zusammen. »Wir gehen direkt auf Mag Tuiredh zu.«

Verwirrt sah ich ihn an. »Was ist Mag Tuiredh? Und was sind Fomorianer?«

»Ein uraltes Riesengeschlecht, Prinzessin«, beantwortete Puck meine Frage, während er sich unter einem tief hängenden Ast hinwegduckte. »Sie waren zur Hälfte Wasserwesen, in Clans organisiert und die hässlichsten Mistkerle, die du jemals das Unglück haben könntest zu sehen. Alle deformiert und entstellt. Und damit meine ich einarmige, einäugige Schreckgestalten, denen Hufe aus den Köpfen wachsen und die Gliedmaßen an Stellen haben, wo einfach keine sein sollten. Eine ihrer Königinnen hatte sogar ein paar Zusatzgebisse, eins an jeder ...«

»Okay, ich denke, ich hab's kapiert«, unterbrach ich ihn schaudernd und wich einem Busch aus, aus dem Metalldornen wuchsen wie Nadeln. »Sind diese Riesenviecher denn aggressiv? Meinst du, das Eisen hat sie getötet?«

»Oh, die waren allerdings aggressiv«, fuhr Puck fröhlich fort. »Genauer gesagt waren sie so aggressiv, dass wir vor langer, langer Zeit Krieg gegen sie geführt haben. Ich glaube, das war die *einzige* andere Gelegenheit, bei der Sommer und Winter kooperiert haben, richtig, Prinz? Ach, warte, damals gab es dich ja noch gar nicht, nicht wahr?«

»Sie sind ausgestorben, Meghan«, erklärte Ash, ohne Puck zu beachten. »Und das schon seit Jahrhunderten. Sommer und Winter haben sie vollständig ausgelöscht. Mag Tuiredh war ihre Hauptstadt. Jetzt sind nur noch Ruinen davon übrig, und normalerweise meidet jeder diesen Ort. Es ist ein böser Ort, voller Flüche und unbekannter Monster. Einer der dunklen Orte des Nimmernie.«

»Und perfekt für den neuen Eisernen König«, überlegte ich.

Danach schwiegen wir wieder, da wir die Bäume auf einmal hinter uns ließen und sich das Eiserne Königreich vor uns ausbreitete.

Ich erinnerte mich noch gut an Machinas Reich, ein flaches, zerklüftetes Plateau, durchzogen von Lavakanälen und den endlosen Eisenbahnschienen, die direkt zu dem schwarzen Turm führten. Das hier war anders: eine öde, steinige Wüste mit riesigen, kantigen Felsen und unregelmäßig geformten Hügeln. Als ich genauer hinsah, erkannte ich, dass einige dieser Hügel gigantische Müllberge waren: Reifen, Rohre, verbeulte Autos, rostige Fässer, Satellitenschüsseln, kaputte Computer und Laptops, sogar ein Flugzeugflügel fand sich da. Aus dem steinigen Boden und entfernten Felsen ragten Straßenlaternen empor und schimmerten trüb in der dunstigen Luft. Der zerfressene rote Mond stand genau über zwei spitzen Felskämmen, sodass es aussah, als würde er von ihnen getragen. Er schien näher zu sein als je zuvor.

»Interessant«, stellte Puck fest und verschränkte die Arme vor der Brust. »Wisst ihr, früher pflegte ich zu sagen, das Gebiet der Fomorianer könnte nicht schlimmer werden, als es bereits war. Es ist doch gut zu wissen, dass selbst ich mich ab und zu noch irren kann.«

Ash trat einen Schritt vor und ließ den Blick schweigend über das Ödland wandern. Er stand mit dem Rücken zu mir, sodass ich sein Gesicht nicht sah, aber wahrscheinlich dachte er gerade an unseren letzten Ausflug in das Eiserne Königreich. Ich fragte mich, ob er sein Versprechen schon bereute.

Snigg der Kobold hustete schwach, murmelte eine Entschuldigung und kehrte in den Wald zurück, aus dem wir gerade gekommen waren, womit er uns unserem Schicksal überließ. Plötzlich bekam ich Angst und musterte Ash und Puck genauer, wobei ich mich verfluchte, dass es mir nicht früher bewusst geworden war. Wir befanden uns jetzt tief im Eisernen Reich; Ash und Puck mussten die Auswirkung des Landes spüren, das Gift, das sie umbringen würde, wenn diese Amulette nicht funktionierten.

»Geht es euch beiden gut? Ash? Sieh mich an.« Ich packte den Prinzen am Arm, drehte ihn zu mir um und starrte ihm ins Gesicht. Seine Haut schien bleicher zu sein als sonst, und mein Magen verkrampfte sich. »Die Amulette funktionieren nicht, stimmt's? Ich wusste es. Wir sollten zurückgehen.«

»Nein.« Ash legte seine Hand auf meine. »Alles in Ordnung, Meghan, sie funktionieren gut genug. Ich kann das Eisen zwar noch spüren, aber es ist auszuhalten. Nicht so wie beim letzten Mal.«

»Bist du sicher?« Als er nickte, wanderte mein Blick von ihm zu Puck. »Und was ist mit dir?«

Puck zuckte mit den Schultern. »Es ist keine Shiatsu-Massage, Prinzessin, aber ich werde es überleben.«

Ich starrte beide finster an. »Ich weiß, dass Feen nicht lügen können, aber wehe euch, wenn ihr das nur behauptet, damit ich mir keine Sorgen mache.« Als keiner von beiden etwas sagte, wurde ich noch wütender. »Ich meine es ernst, ihr zwei.«

»Entspann dich, Prinzessin.« Puck zuckte wieder mit den Schultern, aber diesmal eher entschuldigend. »Sie funktionieren, okay? Ich weiß, dass ich mich hier nicht besonders rosig fühlen werde, aber es ist jetzt auch nicht so, als würden mir die Eingeweide die Kehle hochsteigen. Ich werde es überleben. Ich habe schon Schlimmeres durchgemacht.«

»Und es spielt auch keine Rolle.« Ash sah mich gleichmütig mit seiner ihm eigenen Sturheit an. »Wir wären trotzdem hier, auch wenn es anders wäre. Wir können jetzt nicht mehr zurück. Außerdem verschwenden wir kostbare Zeit.«

»Allerdings«, meldete sich eine weitere Stimme tiefer aus dem Eisenland zu Wort. »Schließlich sind die schützenden Eigenschaften eurer Amulette begrenzt. Je länger ihr herumsteht und nichts tut, desto weniger Zeit bleibt euch.«

Irgendwie war ich nicht besonders überrascht. »Grimalkin«, stellte ich mit einem Seufzer fest und drehte mich zu ihm um. »Hör auf, Verstecken zu spielen. Wo bist du?«

Der Kater blinzelte von einem nahen Felsen zu mir hoch, auf dem eine Sekunde zuvor noch nichts gewesen war. »Ihr seid spät dran«, schnurrte er und musterte uns träge. »Mal wieder.«

»Warum bist du hier, Grim?«

»Ist das nicht offensichtlich?« Grimalkin gähnte und sah uns der Reihe nach an. »Aus demselben Grund, aus dem ich immer auftauche, Mensch. Um dich davon abzuhalten, in ein tiefes dunkles Loch zu fallen oder in das Nest einer Riesenspinne zu laufen.«

»Du kannst nicht hierbleiben«, erklärte ich. »Das Eisen wird dich umbringen, und du hast kein Amulett.«

Grimalkin schnaufte. »Also, manchmal bist du wirklich unfassbar begriffsstutzig, Mensch. Was glaubst du denn, wer Mab überhaupt erst von den Amuletten erzählt hat?« Er reckte das Kinn weit genug in die Höhe, dass ich einen Kristall unter seinem buschigen Fell aufblitzen sehen konnte.

»*Du* hast eins? Wie das denn?«

Der Kater setzte sich und leckte seine Vorderpfote. »Willst du das wirklich wissen, Mensch?«, fragte er mit einem Seitenblick. »Überlege dir deine Antwort gut. Manche Dinge bleiben besser ein Geheimnis.«

»Was ist das denn für eine Antwort? Natürlich will ich es wissen, besonders jetzt!«

Er seufzte so tief, dass seine Schnurrhaare zitterten. »Na schön. Aber denk immer daran, dass du darauf bestanden hast.« Er stellte die Pfote ab, setzte sich auf und legte den Schwanz um seinen Körper, wobei er mich ernst musterte. »Erinnerst du dich noch daran, wie Eisenpferd starb?«

Es schnürte mir die Kehle zu. Natürlich erinnerte ich mich. Diese Nacht würde ich nie vergessen. Eisenpferd, wie er ganz allein den Feind angriff, um ihn von uns abzulenken; Eisenpferd, wie er mich vor einem tödlichen Schlag bewahrte; Eisenpferd, wie er zertrümmert auf dem Betonboden des Lagerhauses lag. Seine letzten Worte. Mir traten Tränen in die Augen, wenn ich daran dachte.

Dann fiel mir wieder ein, wie Grimalkin kurz vor ihrem Tod neben der noblen Eisernen Fee gesessen und sich zu ihrem Kopf hinuntergebeugt hatte. Damals hatte ich gedacht, meine Augen würden mir einen Streich spielen, da ich nur einen flüchtigen Blick auf den Kater erhascht hatte, bevor er verschwunden war. Aber jetzt schien es extrem wichtig zu sein, dass ich mich daran erinnerte.

Kälte breitete sich in mir aus. »Was hast du ihm angetan, Grim?«

»Nichts.« Grimalkin sah mich starr an. »Nichts, womit er nicht einverstanden gewesen wäre. Ich ahnte, dass ich früher oder später das Eiserne Reich würde betreten müssen, und Eisenpferd war sich der Tatsache bewusst, dass er bei seiner Mission, dir zu helfen, ums Leben kommen konnte. Er war darauf vorbereitet. Wir haben eine ... Übereinkunft getroffen.«

»O mein Gott.« Die Erkenntnis traf mich wie ein Schlag, und fassungslos starrte ich den Kater an. »Das ist er, das da drin, richtig? Du hast Eisenpferd für dein Amulett benutzt.« Plötzlich war mir schlecht, und taumelnd wich ich vor der Cat Sidhe zurück und prallte gegen Ash. »Wie konntest du nur?«, flüsterte ich und begann zu zittern. »Ist für dich denn *alles* nur ein Geschäft? Eisenpferd war unser Freund, ohne seine Hilfe wäre ich gestorben. Ist es dir denn egal, dass du ihn jetzt benutzt wie eine Batterie?«

»Eisenpferd war bereit, alles für dich zu geben, Mensch.« Grimalkin verengte die Augen zu goldenen Schlitzen und starrte mich durchdringend an. »Er wollte es so. Er wollte einen Weg finden, dich zu beschützen, wenn er nicht länger bei uns wäre. Du solltest dankbar sein. Ich hätte das nicht getan. Aufgrund seines Opfers kann die Mission weitergehen.« Der Kater stand auf, sprang von dem Felsen und warf uns über die Schulter einen Blick zu. »Also?«, fragte er mit peitschendem Schwanz. »Kommt ihr jetzt oder nicht?«

Ich musterte ihn finster, doch ich machte ein paar Schritte vorwärts. »Was meinst du denn, wohin du uns führst?«

Er zuckte mit einem Ohr. »Eisenpferd hat gesagt, würde ich jemals mit euch im Eisernen Reich landen, sollte ich nach einem alten Freund von ihm Ausschau halten. Ich glaube, er nannte ihn den Uhrmacher. Und er befindet sich nicht weit von hier. Wir haben also Glück.«

»Warum sollen wir zu dem Uhrmacher gehen? Warum suchen wir nicht einfach nach dem falschen König?«

»Eisenpferd ließ durchblicken, dass es wichtig wäre, Mensch.« Grimalkin setzte sich blinzelnd und schlug ungeduldig mit dem Schwanz auf die Erde. »Aber wenn du anderer Meinung bist, wandere doch einfach ziellos herum, bis die Amulette ihre Wirkung verlieren und du dich hoffnungslos verirrt hast. Oder war das von Anfang an dein Plan?«

Fragend sah ich die Jungs an. Beide zuckten mit den Schultern.

»Scheint genauso gut zu sein wie jeder andere Plan auch«, meinte Puck und rollte mit den Augen. »Das heißt, falls der Kater wirklich weiß, was er tut. Ich würde mich hier nur sehr ungern verirren.«

Grimalkin schnaubte und rümpfte verächtlich die Schnurrhaare. »Bitte, keine Beleidigungen. Verirren? Habe ich euch denn jemals in die Irre geführt?«

Ich seufzte. »Dann also los.«

Nachdem wir die ganze Nacht gewandert waren, wurde mir erst klar, wie *groß* die Stadt der Fomorianer eigentlich war.

Ich hatte angenommen, dass Mag Tuiredh eine weitläufige Ruinenstadt war: bröckelnde Steinmauern, halb eingestürzte Gebäude und ein paar verstreute Trümmer, wo früher einmal ein Schloss gestanden hatte. Und hätte es in der wirklichen Welt gelegen, wäre das wohl auch so gewesen. Doch im Nimmernie, wo Alter und Zeit nicht existierten und selbst Bauwerke sich dem Prinzip des Verfalls widersetzten, ragte Mag Tuiredh in der dunstigen Ferne bedrohlich auf, mit schwarzen Türmen, die Rauch in den fleckigen Himmel spien.

»Wie alt ist diese Stadt?«, fragte ich und schirmte meine Augen mit der Hand ab, während ich über die öde Landschaft hinweg in die Ferne spähte. Der Himmel war zwar gesprenkelt mit schmutzig gelben Wolken, doch das Licht wurde von Tausenden von metallischen Dingen reflektiert, die in der Sonne funkelten und mich blendeten. Puck und Grimalkin hatten auf den Felsen Bewegungen bemerkt und sich auf Erkundungstour begeben, um herauszufinden, was dahintersteckte.

»Das weiß niemand so genau«, erwiderte Ash, der den Blick ebenfalls über die Landschaft wandern ließ. »Die Fomorianer waren schon vor uns hier, und als wir kamen, war ihre Stadt bereits riesig. Damals befand sich Mag Tuiredh zur Hälfte im Reich der Sterblichen, an einer Stelle, die heute unter dem Namen Irland bekannt ist. Da die Menschen uns damals noch als Götter verehrten und das Nimmernie immer noch sehr jung war, zogen viele Feenvölker es vor, im Reich der Sterblichen zu leben. Die Fomorianer hatten bereits einige niedere Völker versklavt und versuchten schließlich, dasselbe mit uns zu machen. Wir waren davon natürlich nicht sonderlich begeistert.«

»So kam es zum Krieg.«

»Und zwar zu einem, der die Fundamente beider Welten erschütterte. Am Ende wurde Mag Tuiredh vollständig ins Nimmernie gezogen, und die Fomorianer wurden ins Meer getrieben. Danach wurde nie wieder einer von ihnen gesehen. Zumindest nach dem, was ich gehört habe.«

»Aber wenn sie verschwunden sind ...« Ich musterte den dunklen Qualm, der über der Stadt in den Himmel stieg. »... warum stoßen diese Dinger dann immer noch Rauch aus?«

»Ich weiß es nicht.« Ash richtete den Blick auf die Türme in der Ferne. »Die Stadt war angeblich Tausende von Jahren verlassen, aber wer weiß, in was sie inzwischen verwandelt wurde. Nach dem Rauch zu schließen, würde ich sagen, dass Mag Tuiredh nicht länger unbewohnt ist.«

»Schlechte Neuigkeiten.« Puck sprang plötzlich von einem überhängenden Felsen und landete in einer dichten Staubwolke neben uns. »Wir werden verfolgt. Grim und ich haben etwas gefunden, das aussah wie ein riesiges Metallinsekt, und es schwirrte hinter uns her. Ich habe versucht, den kleinen Scheißer zu fangen, aber es hat mich kommen sehen und sich verzogen.«

»Meint ihr denn, dass es noch mehr davon gibt?« Ash spannte alle Muskeln an, und seine Hand glitt zum Schwertgriff. Wahrscheinlich musste er an die Gremlinhorde denken, die bei unserem ersten Besuch hier in den Minen über ihn hergefallen war.

Pucks Blick verfinsterte sich. Er schüttelte den Kopf. »Keine Ahnung. Aber ich denke, dass irgendjemand weiß, dass wir hier sind.«

Grim erschien mit zuckendem Schwanz auf einem Felsen. Sein flaumiges graues Fell stand zu Berge, als käme er direkt aus einem Trockner mit extremer statischer Aufladung. »Es zieht ein Sturm auf. Wir sollten irgendwo Schutz suchen.«

Sobald die Worte ausgesprochen waren, zuckte ein Blitz über den trüben Himmel, und der durchdringende Geruch von Ozon hing in der Luft.

Meine Nackenhaare stellten sich auf. »Bring uns hier weg, Grim!«, keuchte ich und drehte mich hastig zu dem Kater um. »Wir brauchen sofort einen Unterschlupf!«

Ich weiß nicht, ob es an meinem ängstlichen Blick oder an der Panik in meiner Stimme lag, aber diesmal trödelte der Kater nicht herum. Wir rannten los und kletterten über Dreck und Felsen, während der Himmel über uns sich innerhalb weniger Sekunden von einem gelblichen Grau zu tiefstem Schwarz verdunkelte. Ein scharf riechender Wind zerrte an unserer Kleidung und trieb mir die Tränen in die Augen. Bald war die Luft um uns herum elektrisch aufgeladen. Ein grüner Blitz spaltete den Himmel, und die ersten Tropfen fielen.

Ein stechender Schmerz durchfuhr meinen Oberschenkel, und ich biss die Zähne zusammen, um nicht laut zu schreien, als ich erkannte, dass einer der Säuretropfen mich getroffen hatte. Irgendwo hinter uns jaulte Puck entsetzt und überrascht auf. Mein Magen verkrampfte sich, und plötzlich konnte ich in der Dunkelheit und dem Wind den Kater nicht mehr sehen.

»Grimalkin!«, schrie ich verzweifelt.

»Hier entlang!« Der Schrei des Katers durchschnitt den anwachsenden Sturm, und plötzlich erschienen in einem Höhleneingang neben einem Felsvorsprung zwei glühende Augen. Die Höhle lag so versteckt und fügte sich so perfekt in die Landschaft ein, dass ich sie nie gesehen hätte, hätte Grimalkin nicht dort gesessen.

Ein weiterer Tropfen traf meine Stirn und lief über meine Wange. Diesmal schrie ich, als sich eine brennende Feuerspur über meine Haut zog. Ich hörte das Zischen des Regens um uns herum und warf mich in die Höhle, dicht gefolgt von Ash und Puck. Genau in diesem Moment öffnete der Himmel brüllend seine Schleusen, und der Regen rauschte herab.

Keuchend lag ich auf dem Rücken auf sandigem Boden und sah zu, wie der Sturm über das Land fegte, während Ash und Puck sich schnaufend an die Höhlenwand lehnten.

»Tja, das war ... mal was anderes«, stieß Puck schließlich hervor. »Was verdammt noch mal war das eigentlich?«

»Säureregen«, erklärte ich, konnte aber noch nicht die Willenskraft aufbringen, aufzustehen. Mein Gesicht brannte, und der Sand lag schön kühl an meiner Wange. »Wir sind bei unserem ersten Besuch hier auch hineingeraten. Nicht besonders lustig.«

»Kommt und bestaunt die Wunder des Eisernen Königreiches«, murmelte Ash, stieß sich von der Wand ab und kniete sich neben mich. Ich nahm seine Hand und ließ mich von ihm in eine sitzende Position hochziehen.

»Bist du in Ordnung?«, fragte er und strich mir sanft die Haare aus dem Gesicht, weg von der Verbrennung. Seine Finger schwebten über der Wunde, und unwillkürlich zuckte ich zurück, was ihn seufzen ließ. Über Ashs Schulter hinweg sah ich, wie Puck uns beobachtete, und wurde rot vor Verlegenheit. Plötzlich wollte ich unbedingt die Spannung lösen, die sich aufgebaut hatte.

»Also, sag mir die Wahrheit«, begann ich nur halb im Scherz. »Wird eine Narbe zurückbleiben? Werde ich wie das Phantom der Oper eine Maske tragen müssen, um meine abscheuliche Fratze zu verbergen?«

Ash stellte seine Tasche ab, und einen Moment später landete eine kühle, vertraut riechende Salbe auf meiner Wange und betäubte den brennenden Schmerz. »Ich denke, du wirst es überstehen«, erwiderte er mit einem leisen Lächeln. »Keine bleibenden Kriegsverletzungen für dich, zumindest nicht heute.« Er ließ die Hand noch einen Moment an meiner Wange ruhen, bevor er aufstand und mich auf die Füße zog.

Puck wandte sich schnaubend ab und tat so, als würde er die Höhle erkunden.

Grimalkin stolzierte mit aufgerichtetem Schwanz an uns vorbei und schien die sich wachsende Spannung gar nicht zu bemerken. »Der Regen wird so schnell nicht nachlassen«, bemerkte er im Vorbeigehen. »Ich würde also vorschlagen, dass ihr euch ausruht, solange die Möglichkeit dazu besteht. Des Weiteren würde ich vorschlagen, dass einer von euch Wache hält. Wir wollen schließlich nicht überrascht werden, falls der Eigentümer dieser Höhle zurückkehrt, während wir schlafen.«

»Gute Idee«, kam Pucks Stimme aus dem hinteren Teil der Höhle. »Warum übernimmst du nicht die erste Wache, Prinz? Dadurch könntest du tatsächlich mal etwas tun, was in mir nicht den Drang auslöst, mir mit einem Göffel die Augen auszuschaben.«

Ashs Lippen verzogen sich zu einem verächtlichen Lächeln. »Ich würde sagen, du bist besser für diese Aufgabe geeignet, Goodfellow«, sagte er, ohne sich umzudrehen. »Immerhin kannst du das doch am allerbesten, oder nicht? Andere beobachten?«

»Oh, mach nur so weiter, Eisbubi. Irgendwann musst du ja auch mal schlafen.«

Genervt verdrehte ich die Augen. »Schön. Ihr zwei könnt das gern ausdiskutieren – ich werde jedenfalls versuchen, ein bisschen zu schlafen.« Ich stapfte in eine Ecke, stellte meine Tasche ab, leerte sie aus und rollte meinen Schlafsack aus. Als ich schließlich auf dem sandigen Boden lag, hörte ich Ash und Puck bei ihrem Geplänkel zu, das im Austausch von Beleidigungen und Herausforderungen bestand, während sie nebenbei ihr Lager aufschlugen. Seltsamerweise erschien es mir wesentlich normaler, als es bisher gewesen war, und so schlief ich mit ihren Stimmen und dem Geräusch des Regens im Ohr schließlich ein.

Er wartete wieder in meinen Träumen auf mich.

Ich seufzte. »Warum bist du hier, Machina?«, fragte ich den Eisernen König, wobei meine Stimme in der bodenlosen Leere fast verhallte.

»Ich dachte, ich hätte dir gesagt, dass du mich in Ruhe lassen sollst. Ich brauche dich nicht.«

»Nein, das ist nicht wahr«, murmelte er und lächelte, während seine Kabel ihn in eine Art schimmernden Stahlkäfig hüllten. »Du bist schon weit gekommen, aber du bist noch nicht am Ziel, Meghan Chase. Du brauchst mich.«

»Tue ich nicht.« Ich rührte mich nicht, als er näher kam und die Kabel sich nach mir streckten, um sich um mich zu wickeln. »Ich bin jetzt stärker als bei unserer ersten Begegnung. Ich lerne, die Magie zu kontrollieren, die du mir vermacht hast.« Mit reiner Gedankenkraft schob ich die Kabel weg, woraufhin sie überrascht zurückwichen.

»Du verstehst es immer noch nicht.« Machina zog seine Auswüchse zurück und faltete sie wie funkelnde Flügel auf seinem Rücken. »Du benutzt die Magie wie ein Werkzeug, wie ein Schwert, das du in ungelenken Kreisen schwingst und mit dem du wild auf alles in deiner Umgebung einschlägst. Wenn du gewinnen willst, musst du sie vollständig annehmen und zu einem Teil von dir machen. Wenn du doch nur zulassen würdest, dass ich dir zeige, wie.«

»Du hast mir schon genug gegeben«, erwiderte ich bitter. »Ich habe nicht darum gebeten. Ich wollte diese Magie nicht. Wenn du noch am Leben wärst, wäre ich überglücklich, wenn du sie zurücknehmen würdest.«

»Das könnte ich nicht.« Machina sah mich aus abgrundtief schwarzen Augen an. »Die Kraft des Eisernen Königs kann gegeben werden, oder man kann sie verlieren. Sie kann nicht genommen werden.«

Verwirrt runzelte ich die Stirn. »Aber ... warum versucht der falsche König dann, mich umzubringen? Wenn die Kraft nur freiwillig gegeben werden kann, warum versucht er dann, sie sich mit Gewalt zu holen?«

Machina schüttelte den Kopf. »Der falsche König hat nie gelernt, wie ein König erwählt wird. Der Glaube, er könne dir die Kraft mit Gewalt entreißen, ist zu einer Besessenheit geworden. Ihm ist nicht klar, dass seine Taten nur dafür sorgen, dass er noch unwürdiger wird.«

»Wenn ich sterbe ... geht die Kraft dann verloren?«

Machina nickte. »Es sei denn, du gibst sie freiwillig weiter, oder sie sucht sich einen neuen Erben.«

»Kann ich sie nicht jetzt einfach abgeben?«

»Nein«, erklärte Machina kategorisch. »Wenn die Kraft weitergegeben wird, so muss sie im Moment des Todes weitergegeben werden. Nur wenn der Träger weiß, dass er sterben wird, verlässt die Kraft den Körper. Stirbt der Träger, ohne einen Erben zu erwählen, ruht die Kraft und wartet, bis jemand kommt, der würdig ist, sie zu tragen. Also nein, du kannst sie nicht einfach abgeben, wann es dir gefällt.« Machina schien diesen Gedanken ein wenig beleidigend zu finden. »Wem würdest du sie überhaupt geben, Meghan Chase? Wen würdest du als würdig genug erachten, diese Last zu tragen?«

»Ich schätze mal, das bedeutet, dass du mich irgendwie für würdig gehalten hast«, murmelte ich. »Obwohl ich mir ehrlich wünschte, du hättest dir nicht die Mühe gemacht.«

Der Eiserne König lächelte nur. »Ich werde hier sein«, sagte er leise und verblasste. Sein Strahlen wurde weniger, auch wenn seine Stimme noch immer durch die Leere hallte. »Ohne mich kannst du nicht gewinnen, Meghan Chase. Solange wir nicht eins sind, bist du dazu verdammt, diesen Krieg zu verlieren.«

Als ich die Augen aufschlug, herrschte Stille. Der Regen hatte aufgehört, und ein warmes, pelziges Gewicht, das schnurrend vibrierte, drückte sich gegen meine Rippen. Vorsichtig, um Grimalkin nicht zu stören, schob ich den Schlafsack zurück und stand auf. Dann sah ich mich in der Höhle um. Puck lag in einer Ecke auf dem Rücken, völlig in seine Decken verheddert, und hatte einen Arm über das Gesicht gelegt. Aus seinem geöffneten Mund stieg ein Schnarchen auf, das einem Presslufthammer alle Ehre gemacht hätte, und ich verzog das Gesicht.

Am Eingang der Höhle zeichnete sich Ashs Silhouette vor dem wolkigen Himmel ab. Er stand still da und sah auf die weit entfernte Stadt hinaus. Dem kränklichen Licht nach zu schließen, das in die Höhle drang, war es schätzungsweise Nachmittag. An der leichten Neigung von Ashs Kopf erkannte ich, dass er mich gehört hatte, aber er drehte sich nicht um.

Ich tappte zu ihm rüber und schlang ihm von hinten die Arme um den Bauch. Er legte seine Hände auf meine und verflocht unsere Finger ineinander, dann blieben wir einen Moment einfach so stehen, atmeten im Gleichtakt, und ich lauschte durch seine Rüstung auf seinen Herz-schlag.

»Geht es dir gut?« Seine tiefe Stimme vibrierte in meinem Ohr, das ich gegen seinen Rücken drückte.

»Alles okay.« Ich zog mich etwas zurück und starrte auf seinen Hin-terkopf. »Warum? Liest du etwa schon wieder meine Emotionen?«

»Du hast im Schlaf gesprochen«, erklärte er ernst. »Ich habe nicht ge-lauscht, aber du hast ein- oder zweimal ›Machina‹ gesagt.« Er zögerte, und mein Herz setzte einen Schlag aus. »Es ist das Eiserne Königreich, nicht wahr?«, fuhr Ash schließlich fort. »Wieder hier zu sein bringt auch die Erinnerungen zurück.«

»Genau«, log ich und drückte mein Gesicht wieder an seinen Rücken. Ich wollte ihm nichts von meinen Gesprächen mit dem früheren Ei-sernen König erzählen, den wir bei unserem letzten Trip ins Eiserne Königreich getötet hatten, der aber anscheinend noch immer irgendwo in mir lauerte. »Es war nur ein Albtraum, Ash. Mach dir meinetwegen keine Sorgen.«

»Das ist jetzt aber meine Aufgabe«, erwiderte er so leise, dass ich es kaum hörte. »Hab keine Angst, um Hilfe zu bitten, Meghan. Du bist nicht allein. Vergiss das nicht.«

Ich wand mich verlegen und hoffte, dass er meine Schuldgefühle nicht bemerken würde. »Also, diese Sache mit dem Ritter und der Dame«, wechselte ich abrupt das Thema. »Heißt das, dass du tun musst, was ich sage? Oder wäre es mehr eine Art gewichtiger Vorschlag? Wenn ich dir befehlen würde ... keine Ahnung ... einen Kopfstand zu machen, würdest du es tun?« Eigentlich meinte ich es nicht ernst, aber er zögerte, weshalb ich mich unwillkürlich fragte, ob ich damit einen wunden Punkt berührt hatte.

»Du kennst jetzt meinen Wahren Namen«, sagte er schließlich. »Tech-nisch gesehen wäre ich also gezwungen zu gehorchen, wenn du mir unter Einbindung meines vollen Namens etwas befiehlst. Allerdings ...« Wieder zögerte er. Ich hatte es noch nie erlebt, dass er so unsicher klang. »Man geht eigentlich davon aus, dass es niemals so weit kommt. Dass ... die Dame dem Ritter hinreichend vertraut, um ...«

»Ash«, unterbrach ich ihn, »dreh dich um.«

Er gehorchte und drehte sich langsam zu mir, sodass er mir ins Gesicht sehen konnte. Seine Miene war wachsam. Ich verschränkte die Hände in seinem Nacken, zog ihn zu mir runter und küsste ihn. Im ersten Moment versteifte er sich, doch dann schlang er die Arme um meinen Bauch und zog mich enger an sich.

»Es tut mir leid«, flüsterte ich nach dem Kuss. »Ich will nicht, dass du es bereust ... hier bei mir zu sein, mein Ritter zu sein und so.«

Er fuhr mir mit den Fingern durchs Haar und strich es mir aus dem Gesicht. »Wenn ich befürchtet hätte, ich könnte es bereuen, hätte ich diesen Eid niemals geleistet«, erklärte er ruhig. »Ich wusste, was es bedeutet, ein Ritter zu werden. Und wenn du mich heute noch einmal fragen würdest, wäre meine Antwort dieselbe.« Seufzend umschloss er mein Gesicht mit den Händen. »Mein Leben ... alles, was ich bin ... ist dein.«

Meine Augen brannten, als Ash sich vorbeugte und mich küsste.

Ein besonders lauter Schnarcher drang aus der Höhle, und der Hügel in der Ecke rollte sich verdächtig genau in unsere Richtung.

Ash seufzte erneut und zog sich ein wenig zurück, nachdem er dem »schlafenden« Puck einen resignierten Blick zugeworfen hatte. »Wir sollten bald aufbrechen«, murmelte er und spähte wieder Richtung Stadt. »Wenn wir jetzt gehen, können wir Mag Tuiredh noch vor Einbruch der Dunkelheit erreichen. Außerdem habe ich Pucks Metallinsekt gesehen, es ist da draußen herumgeflogen. Es ist uns eindeutig gefolgt. Und wenn es angreift, wäre es mir lieber, wenn ich es sehen kann und es nicht in der Dunkelheit bekämpfen muss.«

Schaudernd senkte ich den Blick auf das Amulett auf seiner Brust. Der Kristall war jetzt nicht mehr völlig klar. Etwas Silbriges, Metallisches wirbelte in seinem Inneren herum, wie Quecksilber in einem Fieberthermometer. Es machte mir Angst, als würde ich auf den rieselnden Sand in einem Stundenglas starren. Es erinnerte mich daran, dass seine Zeit im Eisernen Reich begrenzt war.

»Alles klar«, sagte ich und löste mich von ihm. »Dann lasst uns gehen. Puck, ich weiß, dass du wach bist. Wir brechen auf.«

»Gott sei Dank.« Schnaubend sprang Puck auf die Füße.

»Ich hatte schon Angst, ich müsste euer Gesabber den ganzen Vormittag ertragen. Mir ist schon leicht übel – macht es bitte nicht noch schlimmer.«

»Wohl wahr«, fügte Grimalkin vom Höhleneingang her hinzu, obwohl er eine Sekunde zuvor noch auf meiner Decke geschlafen hatte. »Gehen wir. Die Zeit läuft uns davon.«

Schnell packten wir unsere Sachen zusammen und machten uns wieder auf den Weg. Die eindrucksvolle Stadt der Fomorianer grüßte uns aus der Ferne.

Als wir die Höhle verließen, wobei wir Grim und Puck über die Felsen folgten, sah ich aus dem Augenwinkel ein Schimmern wie eine Hitzespiegelung, das hinter einen Felsblock huschte. Ich blieb stehen und schaute zurück, sah aber nur auf leeren Sand und Felsen, als ich den Kopf drehte.

»Hast du es gesehen?«, murmelte Ash, als wir weiter den staubigen Pfad hintergingen.

Stirnrunzelnd studierte ich die Landschaft und zuckte zusammen, als die Sonne von diversen Metallobjekten reflektiert wurde, die überall verstreut lagen. »Ich weiß nicht. Ich dachte, ich hätte … etwas gesehen. Fast wie ein Schimmern, aber ganz deutlich. Hast du es gesehen?«

Er nickte. Sein geübter Jägerblick kam nie zur Ruhe, er suchte ständig unsere Umgebung ab. »Irgendetwas verfolgt uns«, sagte er leise. »Goodfellow weiß es auch. Pass gut auf. Könnte sein, dass wir bald Ärger be…«

Es griff von einem Felsen aus an und sprang kreischend auf uns herunter. In der einen Sekunde war da gar nichts. In der nächsten glitt wieder dieser seltsame Schimmer durch die Luft, und irgendetwas prallte gegen mich und fuhr mit unsichtbaren Krallen quietschend über meine Drachenhautrüstung. Ich taumelte zurück, als eine lange, katzenartige Gestalt, ungefähr so groß wie ein Puma und durchsichtig wie Glas, mit einem Sprung Ashs Schwert auswich und wieder zwischen den Felsen verschwand.

Ich zog mit einem metallischen Kreischen mein Schwert, gleichzeitig zückte Puck seine Dolche und suchte die scheinbar leere Landschaft ab.

»Würde mir vielleicht mal jemand verraten, was das war?«, rief er genau in dem Moment, als ein zweites durchsichtiges Katzending ihn aus der entgegengesetzten Richtung ansprang.

Ich stieß einen Schrei aus, und er duckte sich, sodass die Katze ihn knapp verfehlte. Sie landete in einer Staubwolke auf dem Boden, sprang zwischen die Felsen und verschwand ebenfalls.

Wir stellten uns Rücken an Rücken, hielten unsere Waffen bereit und suchten nach einem Hinweis auf unsere unsichtbaren Gegner. *Nein,* dachte ich, *nicht unsichtbar.* Das ergab keinen Sinn, nicht im Eisernen Königreich. Grimalkin konnte unsichtbar werden, er setzte dazu normalen Schein ein – auch jetzt war er wieder verschwunden. Normaler Schein war der Zauber der Illusion und der Mythen. Dinge, mit denen die Eisernen Feen nicht umgehen konnten. Wie schafften sie es also, ihre Anwesenheit zu verbergen? Welche logische Erklärung gab es dafür?

Da waren verschwommene Flecke, als die Monsterkatzen wieder von entgegengesetzten Seiten angriffen. Ich sah sie nicht, bis eine von ihnen direkt über mir war und ich spürte, wie eine gekrümmte Klaue sich in meine Seite grub. Sie waren erschreckend schnell. Zum Glück hielt die Drachenhautrüstung, auch wenn sie quietschte und Funken sprühte. Und die Katze schoss wieder davon, bevor ich reagieren konnte.

Puck fluchte knurrend und drosch auf die bloße Luft ein, während die zweite Katze aufs Neue hinter die Felsen sprang und weg war. An seinem Arm lief Blut herunter und tropfte in den Staub – er hatte weniger Glück gehabt als ich. Ich wurde immer verzweifelter.

Denk nach, Meghan! Es musste eine Erklärung geben. Eiserne Feen konnten keinen normalen Schein einsetzen. Wie war es also möglich, dass eine massive Kreatur unsichtbar zu sein schien? Ich konnte spüren, wie der Eiserne Schein um uns herum wehte, kalt, geduldig und berechnend, und plötzlich begriff ich.

»Sie tarnen sich«, sagte ich, als die Puzzleteile an ihren Platz fielen. »Sie benutzen Eisernen Schein, um das Licht um sich herum zu brechen, damit sie unsichtbar erscheinen.« Ich war ganz aufgeregt über meine Entdeckung, weil ich wusste, dass ich recht hatte. Endlich zahlten sich die ganzen Jahre, in denen ich regelmäßig *Star Trek* gesehen hatte, aus.

Ash warf mir einen schnellen Blick zu. »Kannst du das einsetzen, um zu sehen, aus welcher Richtung sie kommen?«

»Ich werde es versuchen.«

Ich schloss die Augen und streckte meine Fühler aus, suchte nach den Angreifern, dehnte meine Sinne weiter aus, bis … da. Ich konnte sie in meinem Geist spüren, zwei klare, katzenförmige Klumpen aus Schein, die nur wenige Meter von uns entfernt über den Boden krochen. Eine schlich sich an Ash heran, spannte die zitternden Muskeln und sprang mit einem Schrei auf ihn los.

»Ash, oben links! Auf sieben Uhr!«

Ash wirbelte herum und schlug blitzschnell zu. Ich hörte ein Jaulen, und die Katzengestalt in meinem Geist wurde in zwei Teile gespalten, bevor eine warme Flüssigkeit mein Gesicht traf.

Mir blieb keine Zeit zum Nachdenken oder Kotzen, da ich sah, wie die zweite Katze mit ausgestreckten Krallen auf mich zuflog. Diesmal zielte sie auf meinen Hals. Ich riss mein Schwert hoch, das Monster prallte gegen meine Brust und wurde durch die Wucht des Sprunges direkt in die Klinge katapultiert. Das Gewicht der Katze stieß mich um, sodass ich rückwärts im Staub landete und mit einem schmerzerfüllten Stöhnen die Luft aus meiner Lunge wich.

Ein paar Sekunden konnte ich einfach nur keuchend daliegen, eingeklemmt unter dem Körper der Killerkatze. Aus der Nähe betrachtet war die tote Katze seltsam grau, irgendwie metallisch, und ihr kurzes Fell glänzte wie ein Spiegel. Aber ihre Zähne waren genauso elfenbeinfarben, spitz und tödlich wie bei allen Großkatzen, und ihr Atem stank nach verfaultem Fleisch und Batteriesäure. Mehr erkannte ich nicht, bevor Ash das riesige Tier von mir runterzerrte und Puck mir auf die Beine half.

»Na, das war doch lustig.« Puck zog eine seiner sarkastischen Grimassen. »Bist du okay, Prinzessin?«

»Ja.« Ich schenkte Ash ein kurzes Lächeln, um die Sorgenfalten aus seinem Gesicht zu vertreiben, wandte mich dann jedoch wieder an Puck: »Mir geht es gut – aber du blutest, Puck!«

»Was, das?« Er grinste. »Das ist nur ein Kratzer.« Sein Grinsen verwandelte sich in eine Grimasse, als ich ihn zwang, sich auf einen Felsen zu setzen, und anfing seinen Ärmel abzureißen. Sein Arm war völlig blutverschmiert, und ich konnte vier böse Schrammen von den Krallen sehen, die sich vom Ellbogen bis zum Handgelenk zogen. Voller Mitgefühl zuckte ich zusammen.

»Ich werde etwas von deiner Salbe brauchen, Ash«, murmelte ich, während ich das Blut abtupfte. Als er sich nicht rührte, drehte ich mich zu ihm um und kniff die Augen zusammen. »Okay, ich bin das jetzt leid. Ich weiß ja, dass ihr nicht miteinander klarkommt, aber ihr müsst euch da irgendwas überlegen, sonst werden wir niemals lebend hier rauskommen.«

Das brachte mir einen kühlen Blick ein, aber wenigstens öffnete er seine Tasche und holte den kleinen Topf heraus, den er mir steif reichte. Puck lehnte sich auf dem Felsen zurück und grinste, während ich mich über seinen Arm beugte.

»Du kannst das richtig gut, Prinzessin«, schnurrte er und schenkte Ash über meine Schulter hinweg ein selbstgefälliges Grinsen. »Hast du dir das beim Eisbubi abgeschaut, oder bist du von Natur aus so fürsorglich? Daran könnte ich mich gewö... aua!« Er warf mir einen finsteren Blick zu, als ich den Verband mit einem Ruck festzog.

»Treib's nicht zu weit«, warnte ich ihn, woraufhin er die Augen aufriss und mir einen rehäugigen Unschuldsblick schenkte. Das war das erste Mal seit langer Zeit, dass ich einen kurzen Blick auf den alten Puck erhaschte, was mich zum Lächeln brachte.

Während ich die Verbandssachen zusammenpackte, erschien Grimalkin wieder und musterte naserümpfend die toten Katzen.

»Barbaren«, schnaubte er, sprang von seinem Felsen und trottete zu uns herüber, wobei er einen weiten Bogen um die Leichen machte. »Mensch, vielleicht interessiert es dich, dass es sicherlich noch andere Kreaturen geben wird, die der Lärm eventuell anlockt. Ich würde euch empfehlen, euch zu beeilen.«

Der Uhrmacher

Wir erreichten die Stadt der Fomorianer, gerade als die Sonne unterging.

Mag Tuiredh war gewaltig. Nicht einfach nur groß, sondern riesig.

Riesig wie in *Ich-fühle-mich-als-wäre-ich-auf-Mäusegröße-geschrumpft*. Riesig wie in Hans und die Bohnenranke. Alles hatte gigantische Ausmaße: Türen waren über fünf Meter hoch, die Straßen waren breit genug, um ein Flugzeug darauf zu landen, und Stufen waren so hoch wie ich. Wer auch immer die Fomorianer gewesen waren, ich hoffte inständig, dass sie wirklich verschwunden waren, wie Ash behauptete.

Die Stadt war uralt. Das spürte ich, als wir uns einen Weg zwischen den mit Moos überwachsenen Ruinen hindurch suchten, die wie zerbrochene Riesen über uns aufragten. Die Originalgebäude bestanden aus rauem Stein, doch der Einfluss des Eisernen Reichs war überall zu erkennen. In unregelmäßigen Abständen tauchten kaputte Straßenlaternen auf, die direkt aus dem Boden wuchsen und wild flackerten. Stromleitungen und Computerkabel rankten sich an Wänden hinauf, liefen über Straßen und wickelten sich um alles, als wollten sie der alten Stadt das Leben auspressen.

In einiger Entfernung, in der Nähe des Zentrums von Mag Tuiredh, ragten schwarze Schornsteine auf, die Rauch in den trüben Himmel spuckten.

»Und wo finden wir jetzt diesen Uhrmacher?«, wollte Puck wissen, als wir einen Platz überquerten, auf dem seltsame Metallbäume wuchsen. Die Bäume standen in voller Blüte, doch sie trugen keine Knospen oder Früchte, sondern Glühbirnen, die unheimlich grell leuchteten. In der Mitte des Platzes gab es einen Springbrunnen, in dem eine dicke, glänzend schwarze Flüssigkeit sprudelte, die starke Ähnlichkeit mit Öl hatte.

Grimalkin sah sich nach uns um, seine Augen leuchteten im Halbdunkel. »Am offensichtlichsten aller Orte«, erwiderte er und schaute zum Himmel hinauf.

Über den Dächern der Gebäude ragte wie eine dunkle Nadel ein riesiger Turm in die Wolken auf, dessen große Uhr wie ein nummerierter Mond auf die Stadt hinabblickte.

»Oh.« Puck legte den Kopf in den Nacken und starrte auf den riesigen Zeitmesser. »Tja, das ist ja mal … ironisch.« Er kratzte sich stirnrunzelnd am Hinterkopf. »Ich hoffe, der Uhrmacher ist noch wach. Er kriegt wahrscheinlich nicht oft Besuch nach neun Uhr abends.«

Irgendetwas an dieser Aussage kam mir komisch vor, und das Gefühl verstärkte sich noch, als ich zu Ash sah, der die Uhr mit wachsendem Entsetzen musterte. »Sie sollte nicht hier sein«, murmelte er kopfschüttelnd. »Wie funktioniert sie überhaupt? Im Nimmernie existiert keine Zeit, aber dieses Ding dokumentiert sie und verfolgt ihren Fluss. Mit jeder Sekunde, die dokumentiert wird, wird das Nimmernie älter.«

Mir fiel wieder ein, wie bei meinem ersten Besuch im Feenreich meine Armbanduhr stehen geblieben war, und ich schaute alarmiert zu Grim. »Ist das wahr?«

Der Kater blinzelte träge. »Ich bin kein Experte für das Eiserne Reich, Mensch. Selbst ich kann dir nicht alle Fragen beantworten.« Er hob eine Hinterpfote, kratzte sich am Ohr und betrachtete dann nachdenklich seine Zehen. »Doch bedenke: Nichts lebt ewig. Selbst das Nimmernie hat ein Alter, auch wenn niemand sich daran erinnern kann, wie alt es ist. Diese Uhr dokumentiert also nichts Neues.«

»Sie sollte zerstört werden«, murmelte Ash, der immer noch finster nach oben starrte.

»Ich würde davon abraten, ihren Hüter zu verärgern, bevor wir uns seiner Hilfe versichert haben.« Grimalkin stand auf, streckte sich und erstarrte plötzlich. Einen Moment lang stand er reglos da und zuckte nur mit den Ohren, während er auf etwas lauschte, was sich außerhalb des Baumkreises befand. Ganz langsam richtete sich das Fell auf seinem Rücken auf, und ich schluckte, da ich wusste, dass er kurz davor war, zu verschwinden.

»Grim?«

Der Kater legte die Ohren an. »Sie sind überall«, zischte er noch, bevor er verschwand.

Wir zogen unsere Waffen.

Tausende grüner Augen tauchten in der Dunkelheit auf, und rasiermesserscharfe Zähne leuchteten wie neonblaues Feuer, als eine riesige Horde Gremlins heranströmte. Wie Ameisen krabbelte der Schwarm über den Boden, ihre Stimmen zischten und knisterten wie statisches Rauschen, und schnell hatten sie uns umzingelt. Wir standen Rücken an Rücken – ein winziger freier Kreis in einem Meer aus kleinen schwarzen Monstern, die uns mit leuchtenden Fängen und glühenden Augen angrinsten.

Tausende Stimmen quatschten auf mich ein, so als wären Hunderte Radios gleichzeitig eingeschaltet worden. Der Lärm war unvorstellbar, und das unverständliche hohe Summen ihrer Stimmen schmerzte in meinen Ohren. Aber die Gremlins griffen uns nicht an. Sie standen da, tanzten oder hüpften auf der Stelle und ließen ihre Zähne aufblitzen wie Klingen, aber sie kamen nicht näher.

»Was haben die vor?«, fragte Puck. Er musste schreien, damit wir ihn verstehen konnten.

»Keine Ahnung!«, brüllte ich zurück. Von dem Lärm bekam ich Kopfschmerzen. In meinen Ohren dröhnte es, und es kam mir so vor, als würde der Lärm noch schlimmer, nachdem ich gesprochen hatte. Ohne weiter darüber nachzudenken, hob ich den Kopf und schrie die Gremlinhorde an: »*Haltet die Klappe!*«

Sofort wurde es still. Man hätte eine Grille zirpen hören können.

Mit weit aufgerissenen Augen tauschte ich Blicke mit Ash und Puck.

»Warum hören sie auf mich?«, flüsterte ich.

Ash kniff die Augen zusammen. »Ich weiß es nicht, aber kannst du das noch mal machen?«

»Verzieht euch«, sagte ich probehalber und trat einen Schritt vor.

Eine ganze Gruppe von Gremlins krabbelte rückwärts, um den alten Abstand zwischen uns wiederherzustellen. Noch ein Schritt, und sie taten es wieder.

Ich blinzelte verwirrt. »Okay, das wird langsam unheimlich. Geht weg?«, probierte ich es eher fragend, aber diesmal rührten sich die Gremlins nicht, und einige von ihnen zischten mich an. Ich wich zurück. »Tja, ich schätze, mein Einfluss ist begrenzt.«

»Du darfst sie nicht *fragen*«, murmelte Ash hinter mir. »Befiehl es ihnen.«

»Hältst du das wirklich für eine gute Idee?«

Er nickte.

Ich schluckte schwer und fixierte erneut die Horde, wobei ich nur hoffen konnte, dass sie nicht beschlossen, wie ein Schwarm wütender

Piranhas über mich herzufallen. »Verschwindet von hier!«, befahl ich ihnen mit lauter Stimme. »Sofort!«

Die Gremlins zischten, fauchten und kreischten protestierend, aber sie zogen sich zurück wie das Meer bei Ebbe, bis wir wieder allein auf dem Platz standen.

»Wie… interessant«, stellte Grimalkin nachdenklich fest, nachdem er wieder sichtbar geworden war. »Fast so, als hätten sie auf dich gewartet.«

»Das war schräg«, stimmte ich ihm zu und strich mir über die Arme, wo ich immer noch das Kribbeln des Gremlinsummens auf der Haut spüren konnte. Die Gremlins gehorchten mir jetzt, genau wie sie Machina gehorcht hatten. Auch wenn es beunruhigend war: Da ich über die Kraft des Eisernen Königs verfügte, hielten sie mich wahrscheinlich für ihren neuen Meister. Ich hatte aber wirklich keine Lust darauf, von einer lachenden Horde gruseliger kleiner Monster verfolgt zu werden, die ständig Ärger machte. Dieser ganze Vorfall machte mich nervös, und plötzlich wollte ich unbedingt aus dieser Stadt raus. »Kommt schon«, sagte ich. »Ich denke, wir sollten besser in Bewegung bleiben.«

Wir hielten weiter auf den Turm zu, dessen riesige Uhr über die Stadt wachte. Überall, wo wir hingingen, konnte ich die Blicke der Gremlins im Rücken spüren und hörte, wie sie in den Schatten herumhuschten. Wollten sie irgendetwas von mir? Oder waren sie nur neugierig? Abgesehen von den Gremlins schien Mag Tuiredh völlig ausgestorben zu sein. Das erklärte allerdings nicht die qualmenden Schornsteine in der Ferne oder das wiederholte Aufblitzen von Eisernem Schein, den ich überall um mich herum spürte.

Je tiefer wir in die Stadt eintauchten, desto »moderner« wurde Mag Tuiredh. Rostige Stahlgebäude standen zwischen den alten Ruinen, über unseren Köpfen zogen sich dicke schwarze Leitungen, und auf Hausdächern und an Ecken leuchteten Neonlichter. Über die Straßen und Bürgersteige zogen Nebelschwaden, die der toten Stadt eine noch gruseligere, unheimlichere Atmosphäre verliehen. Ich fragte mich, wo wohl die ganzen Eisernen Feen waren. Ich wollte ihnen zwar nicht unbedingt begegnen, aber in einer so großen Stadt hätte es doch zumindest ein paar von ihnen geben müssen.

Als wir den Fuß des Uhrturms erreichten, staunte ich, wie riesig er war: Ein Turm aus Stahl und Glas, der zwischen uralten Ruinen stand, die selbst bereits gigantisch waren, und sie doch alle überragte. Die Tür zum Turm hatte allerdings menschliche Ausmaße. Sie bestand aus Bronze und Kupfer und war mit Zahnrädern bestückt, die sich klappernd drehten, als ich sie aufzerrte.

An den Wänden führte eine endlose Wendeltreppe entlang, die sich in die Dunkelheit hinaufschraubte. Seile und Flaschenzüge hingen an dicken Metallstreben, und monströse Zahnräder drehten sich träge in der großen freien Fläche in der Mitte. Wie nicht anders zu erwarten, hatte man das Gefühl, sich im Inneren einer riesigen Uhr zu befinden.

»Hier entlang«, ertönte Grimalkins Stimme, und wir folgten dem Kater die Wendeltreppe hinauf, bis er irgendwo über uns verschwand.

Die Treppe hatte kein Geländer, daher hielt ich mich an der Wand fest, als wir immer höher in die Uhr hinaufstiegen und der Boden zu einem schrumpfenden Steinviereck irgendwo ganz weit unten wurde.

Endlich endete die Treppe an einer Galerie, die über den tiefen Abgrund ragte. Über uns befand sich eine hölzerne Decke, und in der Mitte der Galerie führte eine Leiter zu einer rechteckigen Falltür von der Art, durch die man normalerweise auf einen Dachboden gelangte. Puck kletterte die Leiter hinauf, rüttelte an der Falltür und drückte sie, als er entdeckte, dass sie unverschlossen war, vorsichtig auf, um durch den Spalt zu spähen. Einen Moment später klappte er sie ganz auf und signalisierte uns raufzukommen.

Als wir uns möglichst leise durch die Falltür schoben, erwartete uns ein gemütlicher, vollgestopfter Raum. Boden und Wände waren aus Holz, nur die gegenüberliegende Wand bestand aus der Rückseite des riesigen Uhrenzifferblatts. Mehrere lange Tische durchzogen den Raum, und jeder Zentimeter Stellfläche war mit Zeitmessern in verschiedenen Größen und Formen bedeckt. Die Wände waren ebenfalls voll davon. Kuckucksuhren, Standuhren, Holzuhren, elegante Metalluhren – hier gab es alles, was man sich vorstellen konnte. Auf jeder Uhr wurde eine andere Zeit angezeigt, alle waren völlig unterschiedlich. Ein endloses Ticken, durchbrochen von gelegentlichem Piepsen, Klingeln oder Gongen, erfüllte den Raum. Blieb ich länger hier, würde es mich innerhalb kürzester Zeit in den Wahnsinn treiben.

Der Uhrmacher, wer auch immer er war, war nirgendwo zu sehen. In einer Ecke stand ein gepolsterter grüner Sessel, eine Insel der Behaglichkeit in einem Meer aus Chaos, doch im Moment war er nicht frei.

Eine riesige Katze mit Spiegelfell lag zusammengerollt auf dem gepolsterten Sitz und atmete tief und gleichmäßig, als würde sie schlafen. Eindeutig nicht Grimalkin. Das hier war dieselbe Art von Kreatur wie die, von denen wir auf dem Weg zur Stadt angegriffen worden waren, das erkannte ich sofort. Bevor ich entscheiden konnte, was wir tun sollten, öffneten sich die schräg stehenden grünen Augen, und die Katze sprang fauchend auf.

Wir zogen unsere Schwerter, doch das Kreischen der Klingen war kaum zu hören, da in diesem Moment eine Standuhr in der Ecke dröhnend schlug. Die Katze fauchte noch einmal und wurde dann mit einem Schimmern unsichtbar. Schnell streckte ich meine Sinne nach dem Eisernen Schein aus und versuchte zu erkennen, wo die Katze hinwollte, um dann Ash und Puck Anweisungen zurufen zu können. Doch statt uns anzugreifen, sprang der katzenförmige Fleck aus Schein auf einen Tisch, schlängelte sich wie durch ein Wunder an den vielen Uhren vorbei, die darauf lagen und standen, und verschwand durch einen kleinen Zugang auf der anderen Seite aus dem Zimmer.

»Da seid ihr ja«, sagte eine Stimme. »Gerade zur rechten Zeit.«

Ein kleines, gebücktes Männchen schob einen Vorhang zur Seite und watschelte zwischen den Tischreihen hindurch auf uns zu. Es war nur halb so groß wie ich und trug eine leuchtend rote Weste, an der mehrere Taschenuhren befestigt waren. Sein Kopf war eine Mischung aus Mensch und Maus, mit großen runden Ohren, strahlenden Knopfaugen und einem Schnurrbart, der eine verdächtig große Ähnlichkeit mit Tasthaaren hatte. Beim Gehen zog es einen dünnen, behaarten Schwanz hinter sich her, und auf seiner Nasenspitze saß eine winzige goldene Brille.

»Hallo, Meghan Chase«, begrüßte es mich und hüpfte auf einen Hocker, wo es eine Uhr aus der Weste zog und sie prüfend musterte. »Es ist überaus angenehm, dich endlich kennenzulernen. Ich würde ja eine Kanne Tee aufsetzen, aber leider habt ihr keine Zeit, um auf ein Schwätzchen zu bleiben. Wirklich bedauerlich.« Als ich schwieg, blinzelte der kleine Mann verwirrt, dann fielen ihm wohl die wachsamen Blicke meiner Gefährten auf. »Oh, macht euch wegen Kräuselchen keine Gedanken. Ich halte ihn mir wegen der Gremlins. Widerliche kleine Viecher, diese Gremlins. Ständig geraten sie in die Zahnräder und bringen alles aus dem Takt. Und nun, Meghan Chase ...« Er steckte seine Uhr weg, faltete die langen Finger vor der Brust und starrte zu mir hoch. »Unsere Zeit verrinnt schnell. Warum seid ihr gekommen?«

Das brachte mich aus dem Konzept. »Wie ...? Wissen Sie das nicht? Sie wussten doch auch meinen Namen und wann ich kommen würde.«

»Natürlich.« Der Uhrmacher zuckte mit seinen Tasthaaren. »*Natürlich* wusste ich, wann du hier eintreffen würdest, Mädchen. Genauso wie ich weiß, wann Goodfellow meine französische Kaminuhr aus dem neunzehnten Jahrhundert umstoßen wird.« Als er das hörte, zuckte Puck zusammen, stieß dabei gegen einen Tisch, und eine Uhr landete krachend auf dem Boden. »Auf die Sekunde genau«, seufzte der Uhrmacher und schloss die Augen. Als er sie wieder öffnete, musterte er mich mit einem durchdringenden Blick und ignorierte Puck, der die Uhr schnell auf den Tisch zurückstellte und versuchte, sie wieder zusammenzusetzen. »Ich sehe, wie etwas beginnt, und den genauen Moment, in dem seine Zeit abläuft. Aber das war nicht meine Frage, Meghan Chase. Ich weiß, warum ihr hier seid. Die Frage lautet, weißt du es?«

Verwirrt tauschte ich einen Blick mit Ash, der nur mit den Schultern zuckte. »Ich suche nach dem falschen König«, erklärte ich und zuckte zusammen, als Puck fluchend etwas Kleines, Glänzendes fallen ließ, das anschließend über den Boden rollte. »Eisenpferd meinte, Sie könnten mir vielleicht helfen.«

»Eisenpferd?« Die Tasthaare des Uhrmachers zitterten, dann hüpfte er von seinem Hocker und watschelte durch den Raum. »Ich habe gesehen, wie seine Uhr stehen blieb, als seine Zeit endete. Er war einer der Großen, auch wenn sein Schicksal direkt mit dem von König Machina verknüpft war. Als Machinas Sekunden verrannen, war es nur eine Frage der Zeit, bis Eisenpferd ebenfalls aufhörte zu sein.«

Ich schluckte an dem Kloß, der sich beim Gedanken an Eisenpferd in meinem Hals gebildet hatte. »Wir müssen den falschen König finden«, sagte ich wieder. »Wissen Sie, wo er ist?«

»Nein.« Der Uhrmacher rümpfte die Nase, hob einen Bolzen auf und betrachtete ihn stirnrunzelnd. »Das weiß ich nicht.«

Frustriert stieß ich den Atem aus. »Warum sind wir dann hier?«

»Alles zu seiner Zeit, meine Liebe. Alles zu seiner Zeit.« Mit wedelnden Armen scheuchte er Puck weg vom Tisch, sprang auf einen Hocker und widmete sich seiner Arbeit. Seine langen Finger flogen so schnell über die Uhr, dass sie kaum zu erkennen waren, als würde er im Schnelldurchlauf etwas tippen. »Wie ich bereits sagte, Mädchen, weiß ich, *wann* die Dinge geschehen und wann sie enden. Die Gründe, warum sie geschehen, kenne ich nicht. Und genauso wenig kenne ich den Aufenthaltsort des falschen Königs.« Er richtete sich auf und zog nach kurzer Suche einen weißen Lappen aus seiner Weste, mit dem er die frisch reparierte Uhr polierte. »Eines weiß ich jedoch: Du wirst ihn finden und das bald. Dein Schicksal und das Schicksal vieler anderer ist sichtbar in den Zeigern der Uhren, die gemeinsam ticken. Du siehst also, Mädchen…« Er nahm die Uhr und hüpfte von dem Hocker herunter, dann hielt er inne und warf mir mit seinen Knopfaugen einen langen Blick zu. »…du weißt bereits alles, was du wissen musst, um ihn zu finden.«

Ich versuchte, meine Ungeduld zu zähmen. Das hier war so sinnlos. Und mit jeder Sekunde, die wir hier verschwendeten, zersetzten sich Pucks und Ashs Amulette weiter und erlagen dem Gift des Eisernen Reiches.

»Bitte«, flehte ich den Uhrmacher an, »wir haben nicht viel… Zeit. Wenn Sie uns wirklich helfen können, tun Sie es bitte jetzt, damit wir uns wieder auf den Weg machen können.«

»Ja«, nickte der Uhrmacher zustimmend und drehte sich zu mir um. »*Jetzt* ist es Zeit.«

Er griff in seine Weste und holte einen großen, eisernen Schlüssel hervor, der an einem Seidenband hing. »Er gehört dir«, sagte er ernst und gab ihn mir. »Pass gut auf ihn auf. Verliere ihn nicht, denn du wirst ihn bald brauchen.«

Ich nahm den Schlüssel und sah zu, wie er sich an dem Band im Licht drehte. »Wofür ist der?«

»Ich weiß es nicht.« Der Uhrmacher blinzelte, als ich ihm einen finsteren Blick zuwarf. »Wie ich bereits sagte, Mädchen: Ich kenne nur das *Wann* einer Sache. Die *Wies* und *Warums* entziehen sich meiner Kenntnis. Ich weiß nur Folgendes: In einhunderteinundsechzig Stunden, dreizehn Minuten und zweiundfünfzig Sekunden wirst du diesen Schlüssel brauchen.«

»Einhundertsechzig Stunden? Das dauert ja noch *Tage*. Wie soll ich denn da den Überblick behalten?«

»Nimm das.« Der Uhrmacher zog aus der anderen Tasche seiner Weste eine Taschenuhr hervor, die sich hypnotisch an ihrer Goldkette drehte. »Jeder sollte einen Zeitmesser haben«, verkündete er, als er sie mir gab. »Ich weiß nicht, wie die Altblütler es schaffen, sich nie Gedanken über die Zeit zu machen. Ich fände das einfach zum Verrücktwerden. Deshalb gebe ich dir die hier.«

»Ich ... äh ... weiß das zu schätzen.«

Seine Tasthaare zuckten. »Da bin ich mir sicher. Oh, eine Sache noch: Diese Uhr in deiner Hand, Meghan Chase – ihre Lebenszeit nähert sich ihrem Ende. Zweiunddreißig Minuten und zwölf Sekunden, nachdem du diesen Schlüssel benutzt hast, wird sie aufhören zu laufen.«

Plötzlich schien es in dem warmen, gemütlichen Raum eiskalt zu werden. »Was bedeutet das?«

Der Uhrmacher sah mich mit seinen Knopfaugen starr an. »Das bedeutet, dass in einhunderteinundsechzig Stunden, sechsundvierzig Minuten und vier Sekunden irgendetwas geschehen wird, was dafür sorgt, dass diese Uhr stehen bleibt. Und jetzt ...« Er lächelte mich unter seinen Tasthaaren hervor an – zumindest glaubte ich das – und verbeugte sich leicht. »... denke ich, dass unsere gemeinsame Zeit zu Ende geht. Viel Glück, Meghan Chase.« Er watschelte durch den Raum. »Denke immer daran: Es endet, wo es begonnen hat. Und richte dem Ersten Leutnant meine Grüße aus, wenn du ihn siehst.« Damit schob er den Vorhang an der Tür zur Seite, schlüpfte hindurch und war verschwunden.

Ich seufzte. Dann fädelte ich das Band des Schlüssels durch die Uhrkette und hängte mir das Ganze um den Hals. »Ich wünschte, ich würde nur ein einziges Mal eine eindeutige Antwort von einem Feenwesen bekommen«, murmelte ich, als Ash die Falltür hochzog. »Mir kommt es jedenfalls so vor, als wäre dieser kleine Ausflug die reinste Zeitverschwendung gewesen, und wir haben keine Zeit zu verschwenden. Und wo zum Teufel steckt eigentlich Grimalkin? Möglicherweise könnte er in dem Ganzen einen Sinn erkennen, wenn er sich nicht jedes Mal in Luft auflösen würde, sobald ich mich umdrehe.«

»Ich bin genau hier, Mensch.« Grimalkin erschien auf dem Sessel, genauso zusammengerollt wie die größere Katze zuvor. Sein Schwanz schlug gereizt auf das Sitzkissen. »Wo ich übrigens auch während des Großteils eurer Unterhaltung war. Es ist nicht meine Schuld, wenn du nicht weiter siehst als bis zu deiner Nasenspitze.« Beleidigt sprang der Kater von seinem Kissen und schlüpfte, ohne sich noch einmal umzusehen, durch die Falltür.

Großartig, jetzt war der Kater sauer auf mich. So wie ich Grimalkin kannte, würde ich betteln und flehen müssen, damit er uns verriet, was er wusste. Oder ich musste ihm meinen erstgeborenen Sohn oder so etwas anbieten.

Frustriert stapfte ich die Treppe hinunter, gefolgt von Ash und Puck.

Draußen funkelten die natürlichen und künstlichen Lichter der Stadt, doch abgesehen von den Gremlins, die plappernd und summend in den Schatten kauerten, waren die Straßen verlassen. Ich fragte mich, wie viel Zeit wir durch unseren Besuch hier verloren hatten. Und ich fragte mich trotz Grimalkins Versicherungen, ob er wirklich nötig gewesen war.

»Wohin jetzt?«, wollte Ash wissen. »Haben wir ein Ziel?«

»Ja«, erwiderte ich entschlossen und war fast schon erleichtert, wieder unterwegs zu sein. »Den Turm.«

»Den Turm? *Machinas* Turm?«

Ich nickte. »Das ist der einzige Ort, den ich kenne, an dem wir den falschen König finden können. Der Uhrmacher hat es selbst gesagt – es endet, wo es begonnen hat. Mit *ihm* hat alles angefangen. Wir müssen zu Machinas Turm.«

»Klingt gut«, meinte Puck und verschränkte die Arme.

»Wir haben einen Plan. Endlich. Also, äh … wie kommen wir da hin? Ich sehe hier keine Infostände, an denen Wanderkarten verkauft werden.«

Ich schloss die Augen und versuchte mich an den Turm des Eisernen Königs und den Weg zu erinnern, den wir damals genommen hatten. Ich sah die Schienen, die sich über eine flache Ebene aus Obsidian zogen, Lavabecken und Schornsteine, die den Boden aufbrachen. Ich erinnerte mich daran, wie ich mit Ash diesen Weg entlang gewandert war, während uns die Sonne die Gesichter verbrannte und wir uns dem kantigen schwarzen Monolithen näherten, der in der Ferne aufragte.

»Osten«, murmelte ich und öffnete die Augen wieder. »Machinas Turm bildet das Zentrum des Eisernen Reiches. Wenn wir Richtung Osten gehen, sollten wir ihn finden.«

Echos der Vergangenheit

Wir wanderten fast zwei Tage und hielten nur hin und wieder an, um ein paar Stunden erschöpft zu schlafen, bevor es weiter nach Osten ging. Immer der aufgehenden Sonne entgegen liefen wir durch einen Sumpf voll blubbernder Öltümpel, in denen rostige Autowracks im Schlamm verrotteten, und durch einen Wald aus Straßenlaternen und Telefonmasten, wo seltsame elektrische Vögel von Draht zu Draht flatterten und Funkenspuren hinter sich herzogen. Wir kamen am »Tal der Würmer« vorbei, wie Puck es nannte, einer Schlucht, in der Tausende weggeworfener Computer lagen und riesige Würmer herumkrochen – einige davon größer als Pythons –, deren metallisch blaue Haut von Hunderten blinkender Lichter und Funken beleuchtet wurde. Zum Glück schienen sie unsere Anwesenheit nicht zu bemerken oder sich zumindest nicht für uns zu interessieren, aber mein Herz schlug immer noch wild gegen meine Rippen, als wir das Tal der Würmer längst hinter uns gelassen hatten.

Während unseres Marsches spürte ich immer wieder ein seltsames Pulsieren, das vom Land selbst auszugehen schien. Zunächst war es nur schwach, wurde aber immer stärker, je weiter wir kamen. Als würde mich etwas rufen und mich anziehen wie ein Magnet. Und das Unheimlichste war, dass ich nur die Augen schließen und mich konzentrieren musste, dann konnte ich das Zentrum des Eisernen Reiches in meinem Inneren *spüren* wie die Mitte einer unsichtbaren Zielscheibe. Ash und Puck gegenüber erwähnte ich es nicht, da ich nicht sicher war, ob es vielleicht nur ein verrücktes Gefühl war. Aber ich erwischte Grimalkin ein- oder zweimal dabei, wie er mich mit ernsten, nachdenklichen Katzenaugen musterte, als wüsste er, was los war.

Am zweiten Tag erreichten wir eine große Wüste – einen Ozean aus Sanddünen, die sich mit dem Wind erhoben und in sich zusammenfielen. Ich hatte noch nie das Meer gesehen, aber so ungefähr stellte ich es mir vor, nur mit Wasser statt Sand: eine endlose Fläche, die sich bis zum Horizont erstreckte. Links von uns ragte eine zerklüftete, schwarze Steinwand hinter den Dünen auf, und vom Wind getriebene Wellen schlugen gegen die gezackten Felsen und ließen Staub aufwirbeln wie Meeresschaum.

»Bist du sicher, dass wir noch auf dem richtigen Weg sind, Prinzessin?«, fragte Puck und schirmte sein Gesicht gegen die Sonne ab.

Ich kniff die Augen zusammen und spähte über die Dünen. Irgendwo auf der anderen Seite spürte ich dieses Signal, das Leuchtfeuer, das mich führte.

»Ja.« Ich nickte. »Wir sind noch auf Kurs. Gehen wir weiter.«

Die Wüste und die Klippen schienen kein Ende zu nehmen. Allein schon durch den Sand zu laufen erwies sich als Herausforderung: Er hielt zwar unser Gewicht, aber trotzdem sanken wir in den Dünen manchmal bis zu den Knien ein, als wollte die Wüste uns verschlingen.

Immer wieder wurden die Sandberge vom Wind beiseitegefegt, und dann kam zum Vorschein, was sich darunter befand. Seltsame Dinge tauchten auf wie Treibgut, das auf den Wellen tanzt. Von Socken und Stiften über Gabeln und Löffel, Schlüssel, Ohrringe, Geldbörsen bis hin zu Matchboxautos war alles dabei, auch ein endloser Strom an Münzen, die nur einen Moment lang im Licht funkelten, bevor der Sand sich wieder über sie schob und sie verschwinden ließ.

Aus reiner Neugier bückte ich mich einmal, fischte ein grellrosa Handy aus dem Sand und klappte es auf. Der Akku war natürlich schon lange leer, und das Display war schwarz, aber vorne drauf war ein verblasster Hello-Kitty- Aufkleber mit einem japanischen Schriftzeichen. Ich fragte mich, wie das Ding wohl hierhergekommen war. Offensichtlich hatte es ja mal jemandem gehört. Hatte derjenige es einfach verloren?

»Überlegst du, jemanden anzurufen, Prinzessin?«, fragte Puck, als er zu mir aufschloss und mit hochgezogener Augenbraue das Telefon in meiner Hand betrachtete. »Der Empfang ist hier draußen wahrscheinlich echt beschissen. Falls du allerdings ein Netz kriegst, versuch doch, eine Pizza zu bestellen. Ich bin am Verhungern.«

»Verstehe«, sagte ich unvermittelt, was mir ein verblüfftes Stirnrunzeln von Puck einbrachte. Ich zeigte auf die Dünen und fuhr fort: »Ich weiß, wo wir sind, zumindest in etwa. Ich wette, all diese Dinge sind in der Welt der Sterblichen irgendwann mal verloren gegangen. Seht euch das Zeug an: Stifte, Schlüssel, Handys. Hier landet das alles, hier landen all die verlorenen Dinge.«

»Die Wüste der verlorenen Dinge«, verkündete Puck dramatisch. »Tja, das passt. Schließlich sind *wir* auch hier, was?«

»Wir sind nicht verloren«, erklärte ich bestimmt und warf das Handy weg. Sobald es auf dem Sand aufschlug, wurde es von ihm verschluckt. »Ich weiß genau, wo wir hinmüssen.«

»Sehr gut. Und ich dachte schon, wir würden die Panoramaroute nehmen.«

»Wir haben ein Problem«, unterbrach uns Ash brüsk. Der Winterprinz kam die Düne heraufgestapft, dicht gefolgt von Grimalkin, dem das lange Fell zu Berge stand. Ein heißer Windstoß fuhr durch Ashs Haare und ließ seinen Mantel flattern. »Es zieht ein Sturm auf«, sagte er und zeigte in die Wüste hinaus. »Seht.«

Mit zusammengekniffenen Augen spähte ich über die Dünen. In der flimmernden Hitze am Horizont bewegte sich etwas. Als der Wind heulend zunahm und Einkaufslisten, Hausaufgabenzettel und Baseballsammelkarten um uns herumflatterten, sah ich eine Wand aus wirbelndem, glitzerndem Sand, die rasend schnell auf uns zukam wie eine entfesselte Flut.

»Sandsturm!«, keuchte ich und taumelte rückwärts. »Was sollen wir tun? Wir können doch nirgendwohin.«

»Hier entlang.« Grimalkin klang wesentlich gelassener, als ich mich fühlte. Ein Windstoß schleuderte ihm einen Schwall Sand auf den

Rücken, und er schüttelte sich gereizt. »Wir müssen zu den Klippen, bevor der Sturm uns erreicht, sonst könnte es unangenehm werden. Folgt mir.«

Wir liefen in Richtung der Felsen und kämpften gegen den Wind an, der jaulend an unserer Kleidung zerrte, und gegen den Sand, der auf der bloßen Haut stach. Als der Sturm näher kam, flogen auch schwerere Sachen durch die Luft. Als eine Schere gegen meine Brust prallte und über die Drachenhautrüstung kratzte, ließ mir das das Blut in den Adern gefrieren. Wir mussten schnell irgendwo Schutz finden, sonst würden wir in Fetzen geschnitten werden.

Die ersten Ausläufer des Sandsturms brausten über mich hinweg wie eine Flutwelle, dröhnten in meinen Ohren und bombardierten mich mit Sand und anderen Dingen. Da ich die Augen beinahe ganz zugekniffen hatte, konnte ich fast nicht mehr sehen, wohin ich stolperte. Staub drang mir in Mund und Nase und erschwerte das Atmen. Bald verlor ich Grimalkin und die anderen aus den Augen und kämpfte mich allein durch den Mahlstrom. Mit einem Arm schützte ich mein Gesicht, den anderen hielt ich tastend vor mir ausgestreckt.

Jemand packte meine Hand und zerrte mich weiter. Als ich kurz aufsah, erkannte ich Ash. Er hatte den Kopf zwischen die Schultern gezogen, um sich vor dem Wind zu schützen, und schleppte mich auf die mächtige Felswand zu, die wie ein dunkler Vorhang inmitten eines tobenden Meeres wirkte. Puck hatte sich bereits hinter einen zerklüfteten Felsvorsprung geduckt und drückte sich eng an ihn, während der Sand in Strömen um ihn herumfloss und diverse Gegenstände von dem Stein abprallten.

»Was für ein Spaß«, rief Puck, als wir uns hinter den Felsen kauerten und aneinanderdrängten. Der Wind und der Sand wirbelten heulend um uns herum. »Das passiert einem auch nicht jeden Tag, dass man sagen kann, man sei von einer fliegenden Lesebrille angegriffen worden. Au!« Er rieb sich die Stirn, auf der sich ein blauer Fleck gebildet hatte.

»Wo ist Grimalkin?«, schrie ich und spähte in den tobenden Sturm hinaus. Nur wenige Zentimeter von meinem Gesicht entfernt prallte der Kopf einer Plastikpuppe gegen den Felsen, um anschließend taumelnd im Sturm zu verschwinden. Hastig wich ich zurück.

»Ich bin hier.« Grimalkin erschien hinter dem Felsen und schüttelte sich den Sand in einer staubigen Wolke aus dem Fell. »Ein paar Meter weiter gibt es einen schmalen Spalt in der Klippe«, verkündete er und sah zu mir hoch. »Ich gehe jetzt dorthin, ihr könnt mir gern folgen. Das ist wesentlich angenehmer, als sich an einen Felsen zu pressen.«

Also hielten wir uns an die Felswand, schützten mit erhobenem Arm unsere Augen vor dem Sand und herumfliegenden Dingen und folgten Grimalkin die Klippe entlang, bis wir den Spalt erreichten – einen kleinen Korridor, der sich in den Felsen hineinwand. Die Öffnung war zwar eng, und es war gerade genug Platz, um aufrecht zu stehen, aber es war besser als draußen im Sturm.

Mit einem erleichterten Seufzer schob ich mich in den Gang. Meine Ohren summten von dem Heulen, und der Sand hing einfach überall: in den Haaren, auf den Lippen und in den Wimpern. Ich zog einen meiner Panzerhandschuhe aus und wischte mir das Gesicht ab, wobei ich wünschte, ich hätte ein Handtuch. Dann versuchte ich, mir den Sand aus den Haaren zu kämmen.

»Igitt.« Puck schüttelte sich wie ein Hund und verteilte Staub und Dreck um sich herum. Mit einem finsteren Blick wich Ash vor der Dreckdusche zurück und stellte sich neben mich. »Wäh. Na toll, es fängt schon an zu jucken. Jetzt werde ich monatelang Sand in jeder Körperöffnung haben.«

Pucks Feststellung entlockte mir ein Grinsen, während ich die Hand ausstreckte und Ash durchs Haar fuhr, was Staub zu Boden rieseln ließ. Er zuckte zusammen und schenkte mir einen kläglichen Blick.

»Ich frage mich, wie lange dieser Sturm wohl dauern wird«, überlegte ich laut und sah zu, wie Sand an der Öffnung vorbeigetrieben wurde. Als ich Grimalkin entdeckte, der auf einem Felsen hockte und sich penibel putzte, rief ich ihm zu: »Grim? Hast du eine Ahnung?«

Der Kater geriet nicht einmal aus dem Rhythmus. »Warum fragst du mich das, Mensch?«, erwiderte er und leckte sich, als stünde sein Fell in Flammen und wäre nicht nur von Sand bedeckt. »Ich war noch nie hier.« Er schüttelte den Kopf, dann wandte er sich seinen Pfoten und Schnurrhaaren zu. »Wir könnten hier minuten- oder auch tagelang festsitzen. Ich bin kein Experte für die Windbewegungen in der Wüste der verlorenen Dinge.« Seine Stimme triefte vor Sarkasmus, und ich verdrehte die Augen. Er strich sich mit der Pfote ein paarmal übers Gesicht: »Es könnte dich allerdings interessieren, dass rechts um die Ecke ein Tunnel ist – der Zugang liegt halb hinter einem Busch versteckt. Vielleicht solltest du sicherstellen, dass er leer ist und nicht voller Eisenspinnen oder ähnlichen Unannehmlichkeiten steckt.«

Wir zogen unsere Waffen. Wie war das noch mit dem Regen und der Traufe? Das Letzte, was wir gebrauchen konnten, war, in einem engen Korridor festzusitzen, mit einem Feind vor uns und dem Sturm im Rücken. Mit Ash als Vorhut und Puck hinter mir schoben wir uns voran, bis wir den Tunnel fanden, von dem Grim gesprochen hatte. Es war ein klaffendes Loch in der Felswand, dunkel und bedrohlich wie das aufgerissene Maul eines Monsters.

Vorsichtig schob Ash sein Schwert in die Öffnung, und als nichts herausgesprungen kam, schlich ich heran und spähte hinein.

Während meine Augen sich noch an die Dunkelheit gewöhnten, sah er aus wie ein normaler Steintunnel, vielleicht ein Teil eines Höhlensystems oder so. Doch dann erkannte ich, dass der Tunnel aus dem Felsen geschlagen worden war, dass nahe beim Eingang einige vertraute weiße Pilze an der Wand wuchsen und dass ein Stück weiter drinnen eine alte Laterne an einem Nagel hing. Das war nicht irgendeine Höhle. Irgendjemand hatte diesen Tunnel benutzt, und das war noch gar nicht so lange her.

Plötzlich wusste ich, wo wir waren.

»Warte, Prinzessin«, warnte Puck mich, als ich in den Tunnel trat. »Was machst du denn?«

»Ich weiß, was das ist«, murmelte ich und nahm die Laterne vom Haken. Es war noch Öl drin, also zündete ich sie an und hielt sie hoch. Das Licht wurde von einem Spielzeugfeuerwehrauto reflektiert, das neben einem Stein lag. Unwillkürlich musste ich lächeln. »Ja«, murmelte ich, bückte mich und hob das Spielzeug auf. »Das ist ein Elsterlingtunnel. Da bin ich sicher.«

»Was?«, fragte Puck verwirrt und schob sich durch die Öffnung, behielt seine Dolche aber in der Hand, während er sich wachsam umsah. »Engerlinge? Riesige, eiserne Engerlinge? Na Gott sei Dank, das ist ja viel besser als Spinnen.«

»Nein.« Ich sah ihn böse an, während Ash sein Schwert wegsteckte, in den Tunnel trat und sich vorsichtig umsah. »*Elsterlinge.* Kleine Eiserne Feen, die riesige Schrottberge auf dem Rücken tragen. Wir sind ihnen auf unserer ersten Reise durch das Eiserne Reich begegnet, als ich auf der Suche nach Machina war. Diese Tunnel führen wahrscheinlich direkt zu ihrem Nest.«

»Oh, klasse. Da fühle ich mich doch gleich *viel* besser.«

»Hörst du endlich mal damit auf? Sie sind harmlos. Und sie haben uns schon einmal geholfen.« Ich legte das Spielzeugauto zurück, ging tiefer in den Tunnel hinein und hielt die Laterne so hoch wie möglich. Der Gang verlor sich in absoluter Finsternis, aber ich spürte wieder dieses seltsame Ziehen, diesmal aus der Dunkelheit.

»Wo gehst du hin, Mensch?« Grimalkin erschien auf einem Stein und sah mich eindringlich an. »Kennst du den Weg durch diese Tunnel? Es wäre nämlich überaus lästig, wenn wir uns verirrten, nur weil wir dir folgen.«

»Ich kenne den Weg«, sagte ich leise und ging noch ein paar Schritte weiter. »Und wenn wir die Elsterlinge finden, können sie uns vielleicht helfen.« Ich drehte mich um und bemerkte, wie meine drei Reisegefährten zögerten. In jedem Gesicht spiegelte sich ein gewisser Grad an Zweifel. Ich seufzte. »Ich weiß, was ich tue, Jungs. Vertraut mir einfach, okay?«

Ash und Puck wechselten einen kurzen Blick, dann stieß sich Ash von der Wand ab und trat neben mich. »Geh voran«, sagte er und nickte mit dem Kopf in die Dunkelheit. »Wir sind direkt hinter dir.«

»Nur fürs Protokoll«, meldete sich Grimalkin, als wir im Gänsemarsch in die Finsternis eintauchten. »Ich halte das für keine gute Idee. Aber da offenbar niemand mehr auf den Kater hört, werde ich warten müssen, bis wir uns verirrt haben, um dann anzumerken, dass ich es euch ja gleich gesagt habe.«

Die Tunnel zogen sich ewig hin. Wie in einem gigantischen Kaninchenbau oder Termitennest wanden und schlängelten sie sich durch den Berg und führten immer tiefer unter die Erde. Ich folgte dem seltsamen Ziehen und ließ mich von ihm durch das scheinbar endlose

Labyrinth der Gänge führen. Ash, Puck und Grim blieben immer dicht hinter mir.

Abgesehen von dem ein oder anderen kaputten Spielzeug oder sonstigem Kram zwischen den Felsen sahen die Steintunnel alle gleich aus. Einige Male erreichten wir Durchgangshöhlen, von denen mehrere Tunnel in verschiedene Richtungen abzweigten. Aber ich wusste immer, welchen Weg wir nehmen, welchem Tunnel wir folgen mussten, und musste nicht lange darüber nachdenken.

Irgendwann stieß Grimalkin ein irritiertes Zischen aus. »*Wie* machst du das, Mensch?«, wollte er wissen und schlug gereizt mit dem Schwanz. »Du warst erst einmal hier, und es ist für Sterbliche absolut unmöglich, sich einen Weg so schnell einzuprägen. Woher weißt du also, dass du in die richtige Richtung läufst?«

»Keine Ahnung«, murmelte ich und führte uns in den nächsten Seitentunnel. »Ich weiß es einfach.«

Pucks bellendes Lachen ließ mich zusammenzucken.

»Siehst du?«, krähte er und zeigte auf Grimalkin, der wütend die Ohren anlegte. »Siehst du jetzt, wie nervtötend das ist? Denk daran, wenn du das nächste Mal – hey!«, schrie er, als Grimalkin einfach verschwand. »Klar, ich kann dich nicht sehen, aber ich weiß, dass du mich immer noch hören kannst!«

Langsam kamen wir dem Nest der Elsterlinge näher, was ich daran erkannte, dass immer mehr Kram auftauchte: mal eine kaputte Tastatur hier, dann eine Fahrradhupe dort. Bald waren die Tunnel mit Dingen übersät, und wir mussten aufpassen, wo wir hintraten. Mir war etwas mulmig zumute. So tief in ihrem Bau hätten wir schon ein oder zwei Elsterlingen begegnen müssen. Ich hatte mich darauf gefreut, sie wiederzusehen, und mich gefragt, ob sie sich wohl noch an mich erinnerten. Aber die Tunnel waren leer und wirkten verlassen. Und anscheinend waren sie das schon eine ganze Weile.

Plötzlich endete der Tunnel, und wir traten in eine riesige Höhle, in der sich, so weit das Auge reichte, Müllberge auftürmten. Während wir uns einen Weg zwischen den riesigen Haufen hindurchsuchten, strengte ich Augen und Ohren an, in der Hoffnung, irgendwo Elsterlinge zu entdecken und ihre lustige, plappernde Sprache zu hören. Doch tief in meinem Inneren wusste ich, dass es vergeblich war. Ich spürte an diesem Ort nicht den geringsten Hauch von Leben. Die Elsterlinge waren schon lange fort.

»Hey«, rief Puck auf einmal, und seine Stimme hallte durch die Höhle. »Ist das ... ein Thron?«

Ich atmete scharf ein. Mitten im Raum stand auf einem kleineren Müllberg ein Stuhl, der komplett aus Schrott bestand. Einer plötzlichen Eingebung folgend, trat ich zu dem Haufen, kniete mich vor den Thron und wühlte in dem Schutt herum.

»Äh ... Prinzessin?«, fragte Puck vorsichtig. »Was machst du da?«

»Ha!« Ich richtete mich auf, streckte triumphierend eine Hand in die Höhe und präsentierte meinen alten iPod. Ash und Puck starrten mich verwirrt an, als ich das kaputte Gerät wieder auf den Haufen warf. »Ich wollte nur sehen, ob er noch hier ist. Wir können jetzt gehen.«

»Ich gehe mal davon aus, dass du schon einmal hier warst«, sagte Ash ruhig und deutete mit dem Kopf auf den Stuhl. »Und dass dieser Thron bei deinem ersten Besuch nicht leer war, richtig? Wer saß dort?«

»Sein Name war Ferrum«, erklärte ich und erinnerte mich an den uralten Mann mit den Silberhaaren, die fast bis zum Boden gereicht hatten. »Er sagte, er sei der erste Eiserne König gewesen, der, den Machina gestürzt hat, als er die Macht übernahm. Die Elsterlinge verehrten ihn noch immer als König, auch wenn er panische Angst vor Machina hatte.« Als ich auf den leeren Stuhl schaute, spürte ich eine leise Traurigkeit in mir. »Ich schätze mal, er ist irgendwann gestorben, und die Elsterlinge sind verschwunden, nachdem er nicht mehr da war. Ich wünschte, ich wüsste, wo sie hingegangen sind.«

»Wir haben jetzt keine Zeit, uns darüber Gedanken zu machen«, mahnte Grimalkin, der mitten auf dem Thronsitz erschien. Mit einem erschreckenden Selbstverständnis sah er auf uns herab. »Dieser Raum stinkt immer noch nach mächtiger Eisenmagie. Das zersetzt eure Amulette stärker als sonst. Wir müssen schnell weiter, sonst verlieren sie genau hier noch ihre Wirkung.«

Alarmiert untersuchte ich Ashs Kristall und sah, dass er recht hatte. Das Amulett war inzwischen fast schwarz.

»Schnell!«, rief ich und rannte, gefolgt von den Jungs, aus dem Thronsaal, zurück in das endlose Steinlabyrinth. »Ich denke, wir sind fast da.«

Es vergingen noch einige Stunden, oder zumindest glaubte ich das – unter der Erde war es echt schwer, die Zeit einzuschätzen –, und langsam ging der Brennstoff in der Laterne zur Neige. Wir rasteten ein paarmal, aber es fiel mir schwer stillzustehen, und so wurde ich total zappelig, bis wir uns wieder in Bewegung setzten. Puck machte einen Witz darüber, dass ich wohl wieder mit einer Beschwörung belegt worden war, und ich wusste nicht, ob er damit wirklich so falsch lag. Sicher war, dass *irgendetwas* mich anzog, und es wurde immer stärker, je näher wir ihm kamen, sodass es für mich unmöglich wurde, mich auszuruhen oder in Ruhe nachzudenken, bis wir unser Ziel erreicht hatten.

Und dann endeten die Tunnel endlich an einer tiefen Schlucht, die von einer schmalen Steinbrücke überspannt wurde. Da wusste ich, dass wir es fast geschafft hatten.

»Machinas Festung …«, erklärte ich leise mit einem Blick über die Schlucht, »… liegt auf der anderen Seite der Brücke. Auf diesem Weg bin ich damals hineingekommen. Wir befinden uns quasi direkt unter dem Turm.«

Puck stieß einen Pfiff aus, dessen Echo von den Wänden zurückgeworfen wurde. »Und du glaubst, der falsche König könnte hier sein, Prinzessin?«

»Das muss er«, erwiderte ich in der Hoffnung, dass ich damit richtig lag. »*Es endet, wo es begonnen hat.* Machina ist derjenige, der das alles begonnen hat.«

Zumindest hoffte ich das. Als ich mit den Elsterlingen hierhergekommen war, nannte man das Gebiet unterhalb des Turms die Getriebeäume, da an den Wänden und der Decke riesige eiserne Zahnräder, Getriebeteile und Kolben ihre scheppernde Arbeit verrichtet hatten, sodass sogar der Boden vibrierte.

Der Lärm war ohrenbetäubend gewesen, immerhin waren einige der massiveren Teile ungefähr dreimal so groß gewesen wie ich. Jetzt war alles ruhig, die riesigen Zahnräder waren gesprungen oder zerbrochen, und ihre Überreste lagen überall verstreut, als wäre das gesamte Getriebe in sich zusammengestürzt. Einiges lag unter großen Felsbrocken begraben, ein Zeichen dafür, dass auch die Decke eingestürzt war. Als Machina gestorben war, war sein Turm zusammengebrochen und hatte alles zerstört, was sich unter ihm befand. Ich fragte mich, wie es wohl an der Oberfläche aussah und wie viel vom Einfluss des Eisernen Königs übrig war.

Wahrscheinlich nicht besonders viel.

Wir gingen über die Brücke, deren Boden irgendwann von Stein zu Gitterrost wechselte, und suchten dann zwischen den zerstörten Teilen des Mechanismus nach einem Weg nach oben. Während ich durch die Trümmer stapfte, fielen mir seltsame, knorrige Wurzeln auf, die früher nicht da gewesen waren. Sie rankten sich um die Zahnräder und hingen von der Decke. Ich konnte spüren, dass sie voller Leben waren.

»Hier drüben«, rief Ash schließlich und winkte uns heran.

Aus dem Chaos erhob sich eine verbeulte eiserne Wendeltreppe, die zu einer Metallluke in der Decke führte.

Eine Woge der Aufregung und Anspannung überflutete mich. Was auch immer mich gerufen hatte, es befand sich dort oben. Wahrscheinlich war es der falsche König, und wir liefen geradewegs in eine Falle, aber ich musste einfach wissen, was dort oben war.

Die Jungs griffen nach ihren Waffen, und auch ich zog mein Schwert, wobei mein Herz raste, auch wenn ich nicht sagen konnte, ob vor Nervosität oder Vorfreude. Ash ging voran, und Puck hielt sich dicht hinter mir. So stiegen wir die Treppe zu Machinas Turm hinauf.

Die Ruinen des Eisernen Königs

Als ich das letzte Mal die Falltür zu Machinas Turm aufgestoßen und den Heizraum betreten hatte, war mir die Hitze von einem Dutzend Heizkesseln entgegengeschlagen. In dem feurigen Glühen waren Zwerge in sperrigen Schutzanzügen mit Sauerstoffmasken umhergetappt, hatten mit ihren Schraubenschlüsseln hantiert und undichte Rohre überprüft.

Jetzt war alles still, und die großen Heizkessel waren dunkel und kalt. Deckenstreben waren heruntergestürzt, Rohre verbogen und zerbrochen, und alles war mit einer feinen grauen Ascheschicht überzogen. Außerdem waren überall diese seltsamen Wurzeln. Sie schienen sich aus den Ruinen über uns herunterzuschlängeln. Und durch die Löcher in der Decke konnte ich einen Teil der metallisch glänzenden Turmwand erkennen.

»Für mich sieht das alles ziemlich verlassen aus«, sagte Puck, fuhr mit dem Finger durch den Staub und malte einen Smiley mit herausgestreckter Zunge hinein. »Ich hoffe bloß, dass wir hier richtig sind, Prinzessin.«

Ich spähte durch die Decke nach oben und folgte mit meinen Augen dem Verlauf der Wurzeln, so weit ich konnte. »Was auch immer wir suchen, es ist da oben. Kommt weiter.«

Mithilfe der Wurzeln und Steinhaufen kletterten wir ein Stockwerk höher. Als wir schließlich wieder auf festem Grund standen, richtete ich mich auf und sah mir an, was früher einmal Machinas Turm gewesen war.

Es war das reinste Chaos, ein wirres Durcheinander aus Stahlträgern, zerbrochenem Glas und eingestürzten Mauern. Überall lagen Getriebeteile herum, bereits verrostet und zerbrochen, über uns baumelten Drähte und Kabel, und aus geplatzten Rohren tropfte Wasser und Öl auf den Boden. In den Ruinen lagen diverse Ritterrüstungen verstreut, die alle das Symbol der Stacheldrahtkrone auf der Brustplatte trugen und nun wirkten wie Spielzeugsoldaten. Zitternd stellte ich mir verwesende Skelette in den Metallanzügen vor, aber als Ash mit einem Tritt das Visier eines Helms öffnete, war der völlig leer. Anscheinend unterlagen Machinas Eiserne Ritter denselben Gesetzen wie der Rest des Feenreiches: Wenn Feen starben, hörten sie einfach auf zu existieren.

Es war totenstill, als würden die Ruinen selbst den Atem anhalten.

»Sieht so aus, als wäre niemand zu Hause«, stellte Puck fest und drehte sich langsam um die eigene Achse. »Haaaallllloooooo? Ist da jemand?«

»Sei still, Goodfellow«, knurrte Ash und spähte mit zusammengekniffenen Augen in die Schatten. »Wir sind nicht allein.«

»Ach ja? Wie kommst du darauf, Prinz? Ich sehe jedenfalls niemanden.«

»Die Cat Sidhe ist verschwunden.«

»... Mist.«

Hier entlang, Meghan Chase.

Vom Zentrum der Ruine ging ein schwaches Leuchten aus, von dem ich angezogen wurde wie die Motte vom Licht. Ohne etwas zu sagen, ging ich darauf zu, duckte mich unter Stahlträgern hindurch und umrundete halb eingestürzte Mauern, immer tiefer hinein in das chaotische Labyrinth.

»Prinzessin! Warte, verdammt noch mal!«

Hektisch und leise fluchend stolperten sie hinter mir her, aber ich hörte sie kaum. Es war dort, das, was mich gerufen hatte. Es war direkt vor mir ...

Und dann wichen die Mauern, die Trümmer und das Geröll zurück und gaben den Blick auf einen riesigen Baum frei, der im Zentrum des Turms stand.

Die Eiche reckte sich gewaltig und stolz in den Himmel hinein, ihr Stamm so dick, dass vier Leute nicht ausgereicht hätten, ihn einmal zu umschließen. Ihre riesigen Äste breiteten sich wie ein Dach über den Turm und verdunkelten die Sterne. Der gesamte Baum schimmerte wie eine Messerklinge. Ein metallischer Glanz ging von ihm aus, und seine Blätter funkelten in dem trüben Licht wie Lametta.

»Machina«, flüsterte ich und starrte immer noch verblüfft auf den Baum, als Puck und Ash mich endlich einholten. »Ist das wirklich ... kann das sein?« Vorsichtig trat ich an die Wurzeln der Eiche heran und ließ den Blick über den Stamm nach oben wandern. Ein paar Meter über mir ragte ein gerader, dünner Stab aus dem Metall, der – im Gegensatz zum Rest des Baumes – aus Holz war. »Da ist der Pfeil! Oh ... wow. Er ist es wirklich.«

»Moment mal, Machina war ein Baum?« Verwirrt kratzte sich Puck im Nacken. »Das ist mir jetzt echt zu hoch, Prinzessin.«

»Er hat sich in einen Baum verwandelt, nachdem ich ihn mit dem Hexenholzpfeil erstochen hatte.« Ich stand jetzt so dicht vor dem ehemaligen Eisernen König, dass ich mein verzerrtes Spiegelbild auf seinem

Stamm erkennen konnte. »Ich hätte nie gedacht, dass er den Einsturz des Turms überleben würde.« Aus einem Impuls heraus streckte ich die Hand aus und legte sie an die glänzende Oberfläche.

Das ist nicht mehr der Eiserne König, Meghan Chase. Es war nicht wirklich überraschend, seine Stimme wieder in meinem Kopf zu hören, denn ich konnte spüren, wie die Kraft unter meiner Hand pulsierte. Obwohl der Baum bis ins Mark von Eisen durchzogen war, starb er nicht. Eigentlich gedieh er sogar. *Diese Eiche ist nur der physische Überrest seiner Kraft – und deiner. Wie ich dir bereits sagte, bin ich jetzt in dir.*

»Meghan«, sagte Ash warnend.

Ich trat von dem Baum zurück und brach die Verbindung ab. Als ich mich umdrehte, stellte ich fest, dass wir umstellt waren.

Aus jeder Ecke der Ruine starrten uns Eiserne Feen entgegen. Ihre glühenden Augen leuchteten in den Schatten.

Soweit ich es erkennen konnte, waren die meisten von ihnen bewaffnet – vor allem mit Eisenschwertern und Armbrüsten, aber einige hatten auch Pistolen auf uns gerichtet.

»Meghan Chase«, ertönte eine bekannte Stimme, und Glitch löste sich aus der Menge. Seine Stachelfrisur knisterte vor Elektrizität, als er mich kopfschüttelnd musterte. »Was zur Hölle macht Ihr hier?«

Verwirrung und Enttäuschung machten sich in mir breit, während ich Glitch anstarrte.

»Glitch?«, fragte ich ungläubig, woraufhin der Rebellenführer eine Augenbraue hochzog. »Warum bist du hier? Ich dachte ... der falsche König würde hier leben.«

Glitch schnaubte. »Soll das ein Witz sein? Der falsche König würde sich nicht einmal auf hundert Meter diesem Ort nähern. Das hier ist immer noch Machinas Herrschaftsgebiet, das weiß jeder.« Er verschränkte die Arme vor der Brust und musterte mich finster mit seinen funkelnden violetten Augen. »Aber ich glaube, ich habe zuerst gefragt, Prinzessin: Warum seid Ihr hier? Und sagt jetzt nicht, Ihr wärt auf der Suche nach dem falschen König.«

»Doch«, erwiderte ich. »Ich bin gekommen, um ihn zu töten.«

Glitch keuchte, und seine Stacheln knisterten, als wilde Blitze zwischen ihnen hin- und hersprangen. »Wie bitte?«, würgte er hervor.

»Lasst mich das kurz zusammenfassen: Ihr seid diejenige, die der falsche König braucht, um unbesiegbar zu werden, und statt Euch wie jedes vernünftige Wesen in der Menschenwelt zu verstecken, oder besser noch, zuzulassen, dass wir Euch bewachen und in Sicherheit bringen, wollt Ihr es mit der Armee des falschen Königs aufnehmen und ihn ganz allein ausschalten.« Mit einem Knallen seiner geladenen Stacheln schüttelte er den Kopf. »Ihr seid sogar noch verrückter, als ich gedacht habe.«

»Wir können es schaffen«, beharrte ich. »Ich muss nur wissen, wo er ist.«

»O nein, das könnt Ihr nicht«, schoss Glitch zurück. »Und auf keinen Fall werde ich Euch seinen Aufenthaltsort verraten, damit Ihr fröhlich losziehen könnt, um Euch umbringen zu lassen. Stattdessen werden wir Folgendes tun: Ihr und Eure beiden Freunde werdet hierbleiben, wohlbehalten außerhalb der Reichweite des falschen Königs, während er das Nimmernie angreift und seine Streitkräfte ein wenig dezimiert. Dann können wir anfangen, einen Gegenschlag zu planen, aber im Moment ist er zu mächtig, um ihn anzugreifen.«

»Wir können nicht warten«, drängte ich. »Ich kann nicht zulassen, dass er das Nimmernie angreift und noch mehr davon zerstört. Wir müssen sofort handeln.«

»Tut mir leid, Eure Hoheit, aber ich glaube nicht, dass Ihr in der richtigen Position seid, um Befehle zu geben«, erwiderte Glitch entschlossen. »Das hier ist mein Stützpunkt, und das hier sind meine Truppen. Und so leid es mir tut, ich kann Euch nicht wieder gehen lassen. Wie ich bereits sagte, würden wir dem falschen König damit den Sieg quasi schenken. Und ich bin kein guter Verlierer. Ihr und die beiden Altblütler werdet hierbleiben.«

»Du meinst also, du könntest uns hier gewaltsam festhalten?«, fragte Ash mit dieser sanften, gefährlichen Stimme und ließ seinen abschätzenden Blick über die Armee wandern, die uns umstellt hatte. »Ich kann dir versprechen, dass du so eine Menge Rebellen verlieren wirst, und du brauchst doch jeden, den du kriegen kannst.«

»Unterschätzt mich nicht, Prinz«, erwiderte Glitch, dessen Stimme jetzt ebenfalls tödlich ruhig klang. »Es gibt einen Grund, warum ich Machinas Erster Leutnant war, und ich habe hier den Heimvorteil.«

»Ach, wirklich?« Bevor ich ihn aufhalten konnte, zog Puck seine Dolche. »Tja, ich wette dann mal auf die Gastmannschaft.« Die Rebellen um uns herum spannten sich an und zogen ihre Waffen. Puck wandte sich darauf nur mit einem wilden Grinsen an Ash. »Die Chancen stehen genau so, wie ich es gern habe. Bist du bereit, Eisbubi?«

»*Schluss damit und zwar sofort!*« Meine Stimme hallte durch die Ruinen und ließ alle Anwesenden zusammenfahren, mich eingeschlossen. »Das hier wird unter gar keinen Umständen in einem Kampf enden. Wir stehen doch auf derselben Seite, verdammt. Legt die Waffen weg, sofort.«

Puck blinzelte mich überrascht an, doch Ash richtete sich auf und schob gelassen sein Schwert zurück in die Scheide, womit er die Spannung etwas löste. Ein kollektives Aufatmen schien über den Platz zu laufen, und die Rebellen entspannten sich und senkten ebenfalls die Waffen.

Seufzend wandte ich mich wieder Glitch zu, der mich mit unergründlicher Miene musterte. »Hör mal«, begann ich und machte einen Schritt auf ihn zu. »Ich weiß ja, dass du denkst, ich sollte nicht mal in die Nähe des falschen Königs kommen, aber du musst dir wirklich keine Sorgen machen. Ich war diejenige, die Machina besiegt hat, schon vergessen? Ich habe mich in genau diesen Turm hier geschlichen, bin dem letzten Eisernen König entgegengetreten und habe ihm einen Pfeil ins Herz gerammt. Deswegen bin ich jetzt hier. Oberon und Mab haben mich geschickt, damit ich mich um den falschen König kümmere – sie meinen, ich sei die Einzige, die eine Chance gegen ihn hat. Ich will nicht gegen dich kämpfen, aber so oder so werde ich mich ihm stellen müssen. Du kannst mir entweder dabei helfen oder mir aus dem Weg gehen.«

Glitch seufzte schwer und fuhr sich mit der Hand durch die Haare, was elektrische Blitze zischen ließ. »Ihr habt doch gar keine Ahnung, was Ihr da tut«, fauchte er und schüttelte neonfarbene Funken von seinen Fingern. »Ihr denkt wirklich, Ihr seid bereit, es mit dem falschen König aufzunehmen? Na schön.« Er trat von dem Baum zurück und winkte mich heran. »Kommt mit. Ihr beide nicht!«, fügte er bellend hinzu und deutete auf Ash und Puck. »Die können hierbleiben. Wir machen nur einen kleinen Ausritt.«

»Wohl eher nicht«, entgegnete Ash ruhig und senkte die Hand auf seinen Schwertgriff.

Ich warf ihm einen warnenden Blick zu.

Glitch schnaubte. »Kommt wieder runter, Prinz«, sagte er müde. »Glaubt Ihr wirklich, ich würde ihr etwas antun? Immerhin bin ich doch derjenige, der nicht will, dass sie auf diese selbstmörderische Mission geht. Jetzt ist sie endlich da, wo ich sie von Anfang an haben wollte. Das werde ich doch wohl kaum aufs Spiel setzen, oder? Eure Prinzessin wird in meiner Obhut absolut sicher sein. Und glaubt mir, das wird sie unbedingt sehen wollen.«

»Ich sehe keinen Grund, auch nur ein Wort von dem zu glauben, was du sagst«, erklärte Ash kategorisch.

Der Rebellenführer warf resigniert die Arme in die Luft. »Na schön«, fauchte er. »Ihr wollt einen Schwur von mir, ist es das? Hier ist er: Ich, Glitch, letzter Leutnant von König Machina, verspreche, Meghan Chase vor jeglichem Schaden zu bewahren und sie sicher in die paranoide Obhut ihrer Bewacher zurückzubringen. Ist das gut genug für Euch?«

»Was ist mit Puck und Ash?«, hakte ich nach.

»Des Weiteren werden meine Truppen den beiden keinerlei Schaden zufügen. Sind wir dann hier fertig?« Glitch warf mir einen gereizten Blick zu. »Man sollte meinen, dass Ihr das sehen wollt, Prinzessin, wo Ihr doch so erpicht darauf seid, zum falschen König zu gelangen.«

Ich warf Ash und Puck einen Blick zu. »Ich komme schon klar«, versicherte ich ihnen und hob eine Hand, um Pucks Protest abzuwürgen. »Wenn Glitch sagt, dass es wichtig ist, sollte ich gehen.«

»Mir gefällt das nicht.« Puck verschränkte die Arme und warf dem Rebellenführer einen zweifelnden Blick zu. »Es ist ja nicht so, dass ich diesem Typen nicht trauen würde, aber ... nein, warte mal – es ist *genau* das. Bist du sicher, Prinzessin?«

Ich nickte. »Ich bin mir sicher. Ihr zwei bleibt hier, ich werde, so schnell ich kann, zurück sein.«

»Eines noch«, begann Ash mit dieser gefährlich sanften Stimme, woraufhin Glitch ihm einen wachsamen Blick zuwarf. Ash starrte ihn durchdringend an, während er fortfuhr: »Wenn du sie nicht zurückbringst oder wenn sie in irgendeiner Form zu Schaden kommt, während sie mit dir unterwegs ist, werde ich dieses Lager in ein Blutbad verwandeln. So lautet *mein* Versprechen, Leutnant.«

»Ich werde sie zurückbringen, Prinz«, fauchte Glitch, doch jetzt schwang ein Anflug von Angst in seiner Stimme mit. »Ich habe Euch mein Wort gegeben, und ich bin dazu gezwungen, es zu halten, genau wie Ihr. Versucht bitte, keinen von meinen Leuten abzuschlachten, während wir weg sind, okay?«

»Wo gehen wir hin?«, fragte ich ihn, als wir uns abwandten.

Glitch schenkte mir ein humorloses Lächeln. »Ich werde Euch zeigen, womit Ihr es zu tun habt.«

Er führte mich eine Treppe hinauf in einen Teil des Turms, der nicht komplett eingestürzt war und an dessen Ende eine Plattform im Wind schwankte. Tief unter uns erstreckte sich die obsidianschwarze Ebene bis zum Horizont, durchbrochen von einem Spinnennetz aus orange glühender Lava und vereinzelten Metallbäumen. Der Himmel über uns war bis auf einzelne Wolkenfetzen klar, und der blutrote Mond zwinkerte uns zu wie ein bösartiges Auge.

Glitch trat an den Rand der Plattform, ließ den Blick über das Eiserne Reich schweifen und wandte das Gesicht dann nach oben. »Der Himmel ist klar, das ist gut.« Blitzschnell drehte er sich um und grinste mich an. »Momentan ist es wolkenlos, aber es kann schnell ein Sturm aufziehen, wir müssen uns also beeilen. Hier wird man besser nicht ohne Schirm vom Regen überrascht, das kann ich Euch sagen.«

»Wie werden wir dort hinkommen?«, fragte ich und linste vorsichtig über den Rand zu der schwarzen Ebene hinunter.

Glitch grinste immer noch. »Wir fliegen.«

Plötzlich erfüllte ein lautes Summen die Luft. Direkt über uns entdeckte ich zwei lange Kreaturen mit gegliederten Körpern, die in engen Kreisen zu uns herunterschwebten. Hastig sprang ich zurück, als sie am Rand der Plattform landeten.

Ich versuchte, nicht zu schaudern, aber das war gar nicht so einfach. Die Wesen sahen mit ihren hervorquellenden Insektenaugen und den sechs Kupferbeinen aus wie eine Kreuzung aus Hängegleiter und Libelle. Mit winzigen Klauen klammerten sie sich an die Plattform.

Ihre Körper waren dünn und glänzend, allerdings erinnerten ihre Flügel eher an die von Fledermäusen als an Insekten – sie schienen mehr für den Gleitflug gemacht zu sein, weniger für hohe Geschwindigkeiten. Und an ihren Hinterteilen saßen Propeller.

Glitch wirkte widerwärtig selbstzufrieden. »Das sind Gleiter«, erklärte er und genoss sichtlich, dass ich mich so unbehaglich fühlte. »Stellt Euch einfach an den Rand der Plattform und breitet die Arme aus, dann werden sie in Position kriechen. Man steuert sie, indem man an ihren Vorderbeinen zieht und das eigene Gewicht verlagert. Ist doch ganz einfach, oder?« Ich starrte ihn ungläubig an, und er kicherte. »Bitte nach Euch, Eure Hoheit. Es sei denn, Ihr habt Angst.«

»Aber nicht doch«, erwiderte ich sarkastisch und hätte Puck damit alle Ehre gemacht. »Ein riesiges Insektendingsbums soll mich mehrere Hundert Meter über dem Boden halten? Wovor sollte man da Angst haben?«

Glitch grinste hinterhältig, sagte aber nichts dazu.

Ich holte noch einmal tief Luft, um meinen rasenden Herzschlag zu beruhigen, dann trat ich an den Rand der Plattform und sah nach unten – was ein Fehler war. Resigniert machte ich mich auf das Unvermeidliche gefasst und streckte die Arme aus.

Einen Moment später spürte ich, wie gruselige Gliederbeine sich an meiner Kleidung festkrallten und eines der Insekten über meinen Rücken kroch. Für etwas so Großes war es erschreckend leicht. Ich biss die Zähne zusammen und unterdrückte den Impuls, wild um mich zu schlagen, als die Beine sich unter mir verschränkten und so eine Art Hängematte bildeten. Über mir summten und flatterten die Flügel, als wollten sie starten, aber wir rührten uns nicht. Ich blickte in den schwindelerregenden Abgrund, und mir drehte sich so der Magen um, dass ich befürchtete, mich jeden Moment übergeben zu müssen.

»Ach, Ihr müsst Euch nach vorn fallen lassen, Prinzessin«, sagte Glitch hilfsbereit.

Ich hätte mich ja umgedreht und ihn böse angestarrt, wenn ich nicht solche Angst gehabt hätte, mich zu bewegen.

»Ja, bin schon dabei.« Ich schloss die Augen, atmete stoßweise ein und bereitete mich auf den Sturz vor. Eines war sicher: Ich würde niemals

Bungee-Jumping machen. »Okay«, flüsterte ich in dem Versuch, mir Mut zu machen. »Auf drei. Los geht's. Eins … zwei … drei!«

Nichts geschah. Mein Verstand sagte: »Spring!«, aber mein Körper weigerte sich zu fallen. Ich wankte am Rand der Plattform, der Wind zerrte an meinen Haaren, und mir war schlecht.

»Ich weiß nicht, ob ich das schaffe«, sagte ich, woraufhin mein Gleiter ein irritiertes Summen ausstieß. »Hey, wage es ja nicht, über mich zu urteilen. Woher soll ich denn überhaupt wissen, dass es si… aahhh!«

Etwas stieß mich von hinten an, gerade fest genug, dass ich das Gleichgewicht verlor. Ich kreischte wie eine Banshee in der Achterbahn und fiel.

Einen Moment lang konnte ich die Augen nicht öffnen und war sicher, ich würde sterben. Der Wind fegte um mich herum und heulte in meinen Ohren, während ich wie ein Stein direkt in den Tod zu stürzen schien. Dann beschrieb der Gleiter eine Kurve nach oben und richtete sich aus, von einer Luftströmung getragen. Mein Herzschlag beruhigte sich etwas, und ich lockerte meinen Klammergriff an den Beinen des Gleiters. Vorsichtig öffnete ich die Augen und sah mich um.

Das endlos flache Land breitete sich unter mir aus, die glühenden Lavaströme schlängelten sich bis zum Horizont. Aus dieser Höhe wirkte das Eiserne Reich nicht mehr ganz so unheilvoll. Der Wind dröhnte immer noch in meinen Ohren und riss an meinen Haaren, aber ich hatte keine Angst mehr. Probeweise zog ich an einem Vorderbein des Gleiters, und sofort schwenkte er nach rechts. Ich zog an dem anderen Bein, und er schwebte nach links. Euphorie packte mich. Ich wollte schneller fliegen, höher, mir einen Schwarm … irgendwas … suchen und mit ihnen ein Wettrennen zur Sonne machen. Wie hatte ich mich nur davor fürchten können? Es war so leicht; es war großartig! Der Gleiter summte aufgeregt, fast als könne er meine Stimmung spüren, und ich hätte ihn sofort in einen Sturzflug gelenkt, wenn mich nicht eine Stimme aufgehalten hätte.

»Es ist belebend, nicht wahr, Prinzessin?« Glitch musste schreien, damit ich ihn verstehen konnte, während sein Gleiter sich neben meinen schob. Die Blitze in seinen Haaren knatterten wild, und er zog eine Spur aus Energie hinter sich her. »Wer einmal mit einem Gleiter geflogen ist, will danach nie wieder zu Fuß gehen.«

»Hättest du mich nicht allein springen lassen können?«, rief ich zurück und warf ihm einen finsteren Blick zu.

Er lachte. »Hätte ich schon. Aber dann wären wir noch bis zum Sonnenaufgang dagestanden.« Glitch zog an den Beinen seines Gleiters, und das Insekt schoss in den Himmel hinauf, drehte sich einmal um die eigene Achse und sank auf meiner anderen Seite wieder zu mir herab. »Also, Hoheit, anscheinend habt Ihr langsam den Dreh raus. Soll ich Euch mal zeigen, was diese Dinger alles draufhaben? Falls Ihr nichts gegen eine kleine Herausforderung einzuwenden habt.«

Das Adrenalin rauschte durch meine Adern, und der Kick des Fliegens verdrehte mir den Kopf. Außerdem war ich sauer auf die Eiserne Fee und jederzeit bereit, eine Herausforderung anzunehmen, ganz egal, ob groß oder klein.

»Leg los!«

Glitch grinste, und seine Augen funkelten. »Dann folgt mir. Und versucht, mit mir mitzuhalten!«

Sein Insekt jagte in die Höhe, und er stieß einen lauten Jubelschrei aus. Ich riss die Vorderbeine meines Gleiters nach hinten, und sofort folgte er dem anderen und schoss in die Höhe wie eine Rakete. Glitch brach scharf nach rechts weg; ich zog am rechten Bein des Gleiters, und er vollführte dasselbe Manöver und flog eine weite Rechtskurve. Wir jagten Glitch durch den weiten Himmel und machten eine Reihe von Loopings, Bogen, Kurven und Sturzflügen und das alles bei Höchstgeschwindigkeit. Der Boden raste unter mir dahin, der Wind heulte in meinen Ohren, und mein Blut floss schneller als jemals zuvor. Ich jagte den Gleiter in einen steilen, fast senkrechten Sturzflug und zog ihn erst im letzten Moment wieder hoch. Mein Adrenalinspiegel stieg sprunghaft an, und ich stieß einen Freudenschrei aus.

Schließlich schlossen wir wieder zu Glitch auf und flogen ganz normal geradeaus. Er musterte mich widerwillig, während ich durch den Kick von meinem Stuntflug mit einem Insekt immer noch keuchte.

»Ihr seid ein Naturtalent«, stellte er kopfschüttelnd fest. »Die Gleiter reagieren nicht bei jedem so gut. Man muss eine Bindung mit ihnen eingehen, damit sie einem wirklich alles geben. Ihr habt schätzungsweise einen ganz schönen Eindruck hinterlassen.«

Dieses Kompliment machte mich absurderweise ziemlich stolz, und ich spürte den eigenartigen Impuls, meinem Gleiter den Kopf zu tätscheln.

»Wie lange dauert es noch, bis wir da sind?«, fragte ich, als ich bemerkte, dass der riesige rote Mond über unseren Köpfen bereits dabei war, unterzugehen.

Glitch seufzte, und seine Fröhlichkeit verschwand. »Wir sind fast da. Genauer gesagt müsstet Ihr es ungefähr … jetzt sehen können.«

Wir schwebten über eine Anhöhe hinweg, das Land fiel zu einer flachen Mulde ab, und da sah ich zum ersten Mal die Streitmacht des falschen Königs.

Sie bedeckte den gesamten Boden wie ein funkelnder Teppich. Es waren genug Eiserne Feen, um eine Kleinstadt zu bevölkern, und sie marschierten alle in perfekten, rechteckigen Formationen. Diese Armee war riesig, mindestens doppelt so groß wie die von Sommer und Winter. Große eiserne Käfer wie die zwei, die wir bereits bei dem Angriff gesehen hatten, stapften wie Panzer voran und überschatteten die Reihen der kleineren Feen. Ich zählte mindestens drei Dutzend und musste sofort daran denken, wie schwierig es schon gewesen war, nur einen dieser massigen Käfer zu Fall zu bringen. Aber das war noch nicht das Schlimmste.

Hinter der Armee, die sich mit einer unglaublichen Geschwindigkeit vorwärtsbewegte, ragte eine riesige eiserne Festung auf. Ich blinzelte, rieb mir die Augen und fragte mich, ob ich vielleicht halluzinierte. Das war unmöglich. Etwas von dieser Größe sollte nicht in der Lage sein, sich zu bewegen. Aber da war sie, eine Riesenkonstruktion aus Eisen und Stahl, die hinter der Armee herrollte. Sie war krumm und schief und schien aus allem zusammengeschustert worden zu sein, was gerade so herumgelegen hatte. Aber das war dann irgendwie zu einer gigantischen beweglichen Zitadelle modelliert worden.

»Er hat schon seit einiger Zeit seine Truppen zusammengezogen«, erklärte Glitch, während ich noch auf die Festung starrte und einfach nicht den Blick davon abwenden konnte. »Diese Scharmützel an der Grenze zum Nimmernie sind nichts als Ablenkungsmanöver. Sie sollen die Gegenseite schwächen, während er seine Kräfte sammelt. Wenn er in dem Tempo weitermarschiert, wird er in knapp einer Woche die Grenze des Eisernen Königreiches erreichen. Und wenn er mit dieser Festung und der gesamten Macht seiner Armee durch das Nimmernie pflügt, wird keiner der Altblütler in der Lage sein, ihn aufzuhalten. Zunächst wird er die beiden Höfe ausschalten, und dann wird er diese Burg mitten in Euer kostbares Nimmernie stellen, um es endgültig zu erledigen. Das Feenreich wird innerhalb weniger Tage zum Eisen bekehrt werden. Also, Eure Hoheit«, schloss Glitch, als wir unsere Gleiter umkehren ließen und uns von der Armee und der Festung des Todes, die ihr folgte, abwandten. »Was gedenkt Ihr, *dagegen* zu unternehmen?«

Darauf hatte ich keine Antwort.

Meine Erregung war verflogen, verdrängt von nackter Angst und nagender Verzweiflung.

Die Rebellen hatten Teile von Machinas Turm in einen unterirdischen Stützpunkt umgewandelt. Obwohl vieles noch in Schutt und Asche lag, war doch genug Platz freigeräumt worden, damit jeder von uns ein eigenes Quartier bekam.

Glitch zeigte uns die Räumlichkeiten, die wir benutzen konnten – kleine, fensterlose Kammern mit unbehauenem Steinboden –, und erklärte, dass er sie vorerst unverschlossen lassen würde.

»Ihr könnt euch auf dem Gelände des Turms frei bewegen, aber ich würde es begrüßen, wenn ihr die Ruinen nicht verlassen würdet«, sagte er und schob die Tür zu einem weiteren, nahezu identischen Zimmer auf. Die Einrichtung bestand aus einem Feldbett, einer Lampe und einem umgedrehten Fass, das als Tisch diente. »Selbstverständlich seid ihr unsere Gäste, aber ich sollte euch vorwarnen: Ich habe strikte Anweisung gegeben, euch daran zu hindern, den Turm zu verlassen, falls nötig mit Gewalt. Ich will allerdings nicht gegen euch kämpfen. Mir wäre es lieber, wenn die Dinge zwischen uns zivilisiert ablaufen würden.«

»Tja, dann mal viel Glück, du Blitzbirne«, fauchte Puck.

Doch ich war zu erschöpft, um zu streiten. Glitch hätte sich keine Gedanken machen müssen, ich plante keine spektakuläre Flucht. Es gab keinen Ort, an den wir gehen konnten. Wir konnten uns nicht durch diese riesige Armee zum falschen König vorkämpfen, und selbst wenn, müssten wir irgendwie einen Weg in diese mobile Festung finden, die mit Sicherheit schwer bewacht war. Ich hatte keine Ahnung, was wir tun sollten. Glitch und die Rebellen zu bitten, die Armee des falschen Königs anzugreifen, wäre der reinste Selbstmord, aber wenn wir nicht schnell etwas unternahmen, würde diese Burg die Front erreichen, und dann wäre alles aus.

Ash trat zu mir und legte mir eine Hand auf die Schulter. Er sah besorgt aus. »Mach dir keine Gedanken wegen Glitch oder der Festung«, sagte er so leise, dass nur ich ihn hören konnte. Sobald ich mit Glitch zurückgekehrt war, hatte ich ihm von der Armee, den Eisernen Feen und der mobilen Festung erzählt. Der Winterprinz hatte grimmig genickt, schien ansonsten aber nicht besonders beunruhigt zu sein. »Nichts ist uneinnehmbar. Wir werden uns etwas überlegen.«

»Wirklich? Denn im Moment fühle ich mich waffentechnisch doch extrem unterlegen.« Seufzend lehnte ich mich an ihn und schloss die Augen.

Puck und Glitch warfen sich ein paar Meter von uns entfernt Beleidigungen und Kampfansagen an den Kopf, aber es schien nicht sehr ernst zu sein, sodass ich mir darüber keine Gedanken machen musste.

»Wie sollen wir nur in dieses Ding reinkommen?«, flüsterte ich. »Oder auch nur in seine Nähe? Es gibt keine Macht, die groß genug wäre, um es mit dieser Riesenarmee aufzunehmen. Und wenn sie erst mal den Wilden Wald erreichen, wird es zu spät sein.«

»Wir haben noch ein wenig Zeit.« Ashs leise, beruhigende Stimme durchströmte mich. »Und du hast nicht mehr wirklich geschlafen, seit wir Leanansidhes Hütte verlassen haben. Ruh dich etwas aus. Ich werde direkt vor deiner Tür sein.«

»Du sagst mir ständig …«, mein Satz wurde von einem heftigen Gähnen unterbrochen, »… ich solle mich ausruhen.« Die Ironie dieser Beschwerde ignorierte ich einfach. Ash schnaubte nur, doch ich sah ihn finster an und pikte ihn in die Brust. »Ich kann ganz gut selbst auf mich aufpassen, weißt du?«

»Weiß ich«, erwiderte er und schob mich in das Zimmer. »Aber du hast auch die Angewohnheit, dich weit über deine Leistungsgrenzen hinaus zu fordern, und du merkst es gar nicht, bis du vor Erschöpfung umfällst.« Er begleitete mich über die Schwelle und lächelte nur, als ich ihn böse anstarrte. »Als dein Ritter ist es meine Aufgabe, dich auf solche Dinge hinzuweisen. Das war Teil der Stellenbeschreibung, als du mich gefragt hast.«

»Aber sicher doch«, murmelte ich und verschränkte die Arme.

Ash lächelte immer noch. »Ich kann nicht lügen, schon vergessen?« Er beugte sich zu mir herunter, hauchte mir einen federleichten Kuss auf die Lippen, der meine Eingeweide in Aufruhr versetzte, und zog sich zurück. »Ich bleibe ganz in der Nähe. Versuch zu schlafen.« Er schloss die Tür hinter sich und ließ mich mit einer wachsenden Sehnsucht zurück, die einfach nicht vergehen wollte.

Razor

Obwohl ich hundemüde war, fiel es mir schwer einzuschlafen. Ich lag auf dem unbequemen, durchgelegenen Feldbett und starrte an die Decke, während meine Gedanken viel zu wild umherwirbelten, um zur Ruhe zu kommen. Ich dachte an den falschen König und seine mobile Festung und an die Armeen von Sommer und Winter in ihrem Lager an der Grenze zum Eisernen Königreich, die nichts von der Gefahr ahnten. Dann versuchte ich, mir verschiedene Wege zu überlegen, wie man die mobile Burg und die riesige Armee davon abhalten könnte, das Lager zu überrollen. Aber meine Pläne drehten sich entweder in verrückten, komplizierten Kreisen, oder sie waren zu selbstmörderisch, um ernsthaft infrage zu kommen.

Aber vor allem dachte ich an Ash, der sich immer wieder in meine Überlegungen drängte. Ich wollte ihn hier bei mir haben, in diesem kleinen Zimmer bei verschlossener Tür mit ihm allein sein.

Aber gleichzeitig war ich mir nicht sicher, ob ich dafür bereit war. Ein paarmal überlegte ich sogar, ob ich nicht einfach die Tür öffnen und ihn zu mir hereinzerren sollte, aber wäre das nicht zu dreist? Wenn man bedachte, wo wir gerade waren, könnte er es vielleicht für unpassend halten. Oder wartete er darauf, dass ich den ersten Schritt machte?

Er hatte doch gesagt, dass er auf mich warten würde, oder nicht?

Ich musste wohl eingenickt sein, denn als Nächstes erinnerte ich mich daran, wie etwas auf meinem Bauch landete und ich mich kreischend aufsetzte, wobei das Ding von mir runtergeschleudert wurde.

»Aua!«, rief eine raue Stimme, und ein Gremlin sprang vom Boden auf die Bettkante, von wo aus er mich mit neongrünen Augen anstarrte. »Gefunden!«, rief er dann, was mir einen weiteren Schrei abnötigte.

Eine Millisekunde später stürmte Ash mit gezogenem Schwert ins Zimmer, bereit, mich gegen alles zu verteidigen, was mich aus dem Hinterhalt angegriffen haben könnte. Als er den Gremlin sah, spannte er sich an, weshalb ich abwehrend die Hand hochriss, um ihn davon abzuhalten, sich auf ihn zu stürzen.

»Ash, warte!« Er zögerte mit finsterer Miene, und ich wandte mich dem Gremlin zu, der sich schützend zusammengekauert hatte und Ash fauchend und mit gebleckten Zähnen im Auge behielt. »Hast ... hast du gerade gesprochen?«, stammelte ich. »Du hast doch gesprochen, richtig? Oder habe ich mir das nur eingebildet?«

»Ja!«, schrie er und hüpfte so wild auf und ab, dass seine Ohren wie kleine Segel flatterten. »Ja, du hörst mich! Razor hat dich gefunden! Habe Mädchen und komischen dunklen Elf gefunden.«

»Razor«, wiederholte ich, während Ash uns völlig fassungslos anstarrte. »Ist das dein Name?«

»Du kannst ihn verstehen?«, fragte Ash und musterte den Gremlin mit gerunzelter Stirn. Der wiederum krabbelte fauchend ein Stück die Wand hinauf, bis er wie eine riesige Spinne hängen blieb. »Dieses Wesen spricht mit dir?«

Nickend sah ich wieder den Gremlin an, der jetzt an einem seiner großen Ohren kaute, wobei er Ash immer noch finster anstarrte. »Wann habt ihr Jungs denn sprechen gelernt?«

Verblüfft blinzelte der Gremlin mich an. »Wir reden«, erklärte er und legte den Kopf schief, als wäre er verwirrt. »Wir reden schon immer. Aber keiner hört uns. Außer dem Meister.«

Ich zuckte zusammen. Auch wenn ich es schon seit einiger Zeit geahnt hatte, war es doch beunruhigend, es jetzt von einem Gremlin tatsächlich bestätigt zu bekommen. Sie gehorchten mir, weil sie mich für ihren neuen Meister hielten. Ich war völlig verwirrt. Noch vor Kurzem hatte ich die Gremlins für hirnlos und primitiv gehalten, für gerissen, aber frei von jeder Sprache oder Gesellschaftsform. Einen von ihnen sprechen zu hören war doch eine ziemliche Überraschung.

Hilflos sah ich Razor an, der mich begeistert anstrahlte und förmlich an meinen Lippen hing. Ich hatte absolut keine Ahnung, was ich mit einem Gremlin anfangen sollte.

»Wie bist du hier reingekommen?«, fragte ich erst mal.

»Gefolgt!« Die dürre Kreatur grinste und ließ ihre rasiermesserscharfen neonblauen Zähne aufblitzen. Ihre Stimme rauschte wie ein Radiosender mit Empfangsstörungen. »Brüder sagen, sie haben dich in alter Stadt gesehen. Razor ist gefolgt. Ist dir hierhergefolgt. Gefunden!«

»Was will er denn?«, murmelte Ash und beobachtete irritiert, wie der Gremlin kichernd an die Decke krabbelte, wo er kopfüber hängen blieb und leicht hin und her pendelte.

»Keine Ahnung.« Ich sah zu dem Gremlin hoch. »Warum bist du mir gefolgt, Razor? Was willst du von mir?«

»Essen!«, krähte der Gremlin. »Razor riecht Essen! Hunger!« Zischend krabbelte er über die Decke, schoss durch die offene Tür und verschwand zwischen den Ruinen.

Seufzend schob Ash sein Schwert in die Scheide. »Geht es dir gut?«, fragte er dann. »Er hat dich nicht verletzt, oder?«

Ich schüttelte den Kopf. »Ich kann sie verstehen«, sagte ich dann und fragte mich gleichzeitig, was ich jetzt mit dieser neuen Erkenntnis anfangen sollte. Ich stand auf, ging zur Tür und spähte über die Ruinenlandschaft. Die Lichter flackerten hektisch, und ein leises Summen lag in der Luft, das unterschwellige Geräusch von Maschinen und Elektrizität. »Sie denken, ich wäre jetzt ihr Meister, Ash«, erklärte ich und lehnte mich gegen den Türrahmen. »So wie Machina es war. Ich schätze … weil ich seine Kraft habe, glauben sie, sie müssten mir folgen.«

»Interessant.« Ash klang ziemlich nachdenklich, und ich drehte mich zu ihm um. Halb rechnete ich damit, dass er besorgt oder angewidert reagieren würde, weil ich mit Gremlins sprechen konnte. Aber sein Blick war eher fasziniert als verächtlich. »Ich frage mich, was du mit all diesen Gremlins unter deinem Kommando tun könntest«, überlegte er.

Irgendwo in den Ruinen wurden Stimmen laut und lenkten mich ab.

»Gremlin!«, schrie jemand, dann folgte lautes Fluchen. »Wir haben einen Gremlin! Weg von diesen Drähten, du kleiner – verdammt.« Die Lichter flackerten und gingen aus, sodass die Ruinen in völlige Dunkelheit getaucht wurden. »Glitch! Er hat sich durch die Leitungen gefressen!«

»Werft den Notfallgenerator an!«, hallte Glitchs Stimme durch das Chaos. »Diode, sieh nach, ob du das Licht wieder anschließen kannst. Und irgendjemand soll diesen Gremlin fangen!«

Puck löste sich aus den Schatten und fuhr sich gähnend durchs Haar. »Hört sich so an, als hätten die hier ein kleines Ungezieferproblem.« Er grinste, als die Lichter kurz aufleuchteten, in dem angestrengten Versuch, wieder ihren Dienst zu tun.

Ash warf ihm einen finsteren Blick zu. »Wo hast du gesteckt, Goodfellow?«

»Ich? Ach, ich habe das Terrain sondiert, mit den Eingeborenen geplaudert, mögliche Fluchtwege erkundet, du weißt schon, eben allen möglichen nützlichen Kram erledigt.« Puck kratzte sich an der Nase und musterte Ash abfällig. »Was hast *du* so die ganze Nacht getrieben, Eisbubi?«

»Das willst du gar nicht wissen.«

Ich seufzte hörbar und fragte, bevor sie wieder anfingen, sich Beleidigungen an den Kopf zu werfen: »Hat irgendjemand Grimalkin gesehen?«

»Nö, aber du kennst doch unseren pelzigen Freund.« Achselzuckend lehnte sich Puck gegen die Mauer. »Er wird auftauchen, wenn wir am wenigsten damit rechnen, und dann total cool und geheimnisvoll tun. Ich würde mir um das Fellknäuel keine Sorgen machen.« Die Lichter flackerten wieder und blieben diesmal an. Puck rollte mit den Augen. »Wisst ihr, wenn wir jemals so ein richtiges Riesenchaos veranstalten wollten, müssten wir nur ein Dutzend Gremlins finden und sie freilassen. Diese Dinger machen mehr Ärger als ich. Na ja, fast. Also, Prinzessin …« Er drehte sich zu mir um und fuhr im Flüsterton fort: »Hast du irgendeine Ahnung, wann wir hier rauskommen?«

»Ich weiß es nicht, Puck«, erwiderte ich kopfschüttelnd. »Bisher habe ich noch nicht wirklich einen Plan. Wir müssen es irgendwie schaffen, diese Riesenarmee zu umgehen, uns in die Burg zu schleichen, den falschen König zu finden und ihn auszuschalten, und das alles, bevor er den Wilden Wald erreicht.«

»Klingt ziemlich unmöglich«, grinste Puck. »Wann legen wir los?«

»Loslegen womit?« Glitch kam um die Ecke, die Augen misstrauisch zusammengekniffen. »Ich hoffe nur, Ihr plant nicht irgendetwas in Bezug auf den falschen König. Und falls doch, lasst mich noch einmal sagen, wie dämlich und unmöglich das ist. Außerdem werde ich nicht zulassen, dass Ihr ihm direkt in die Arme lauft, Prinzessin. Erst mal müsst Ihr an mir vorbei, bevor Ihr auf irgendwelche selbstmörderischen Missionen gehen könnt. Das wollte ich Euch nur gesagt haben. Also, bitte benehmt Euch.« Er schenkte mir ein Lächeln, das nicht ganz bis zu den Augen reichte. »Zum Wohle von uns allen.«

»Was willst du, Glitch?«, fragte ich schnell, bevor Ash und Puck irgendetwas sagen konnten, wofür wir im Rebellengefängnis landen würden. Ich zweifelte zwar nicht daran, dass wir uns unseren Weg freikämpfen könnten, aber ich wollte kein unnötiges Blutvergießen unter denen, die eventuell unsere Verbündeten waren. Auch wenn ich wusste, dass es letzten Endes wahrscheinlich doch dazu kommen würde. Keiner der beiden Jungs kam mit Gefangenschaft gut klar, und wir würden bald etwas gegen den falschen König unternehmen müssen, ganz egal, ob mit oder ohne Plan. Ich konnte einfach nicht zulassen, dass er den Wilden Wald erreichte und alles zerstörte.

»Ich wollte Euch nur wissen lassen, dass ein Gremlin auf dem Stützpunkt herumläuft, falls es Euch entgangen sein sollte. Sie sind normalerweise harmlos, werden aber zur reinsten Plage, wenn sie die Leitungen anknabbern und Kurzschlüsse in unseren Geräten auslösen. Wenn also das Licht flackert oder irgendetwas plötzlich nicht mehr funktioniert, könnt Ihr Euch bei unserem kleinen Freund dafür bedanken.«

Puck kicherte. »Das verschafft mir so ein wohliges Gefühl, zu wissen, dass deine bestens ausgebildeten Truppen nicht einmal einen winzigen Gremlin aufspüren können.«

»Wenn du meinst, du kannst es besser, versuch du doch, das Viech zu finden.« Glitch starrte Puck wütend an, und seine Haarstacheln summten, bevor er sich wieder mir zuwandte: »Aber egal. Hier!« Er reichte mir eine Tasche. »Ich dachte mir, Ihr seid vielleicht hungrig. Da Ihr unsere Gäste seid, wäre es sehr unhöflich, wenn wir nicht unser Essen mit Euch teilen würden. Da drin sind Eure Wochenrationen. Versucht, möglichst lange damit auszukommen.« Als ich ihn überrascht ansah, rollte er mit den Augen. »Wisst Ihr, wir leben nicht alle nur von Öl und Strom.«

»Was ist mit Ash und Puck?«

»Na ja, ich bin mir *ziemlich* sicher, dass ihre Eingeweide sich nicht in klebrigen Schleim verwandeln werden, wenn sie unser Essen zu sich nehmen. Man kann allerdings nie wissen.«

»Vielen Dank«, sagte ich trocken.

Das Licht flackerte wieder, und irgendwo über uns rief eine Stimme nach Glitch. Seufzend entschuldigte er sich und eilte davon, wobei er noch im Gehen Anweisungen brüllte. Kurz fragte ich mich, ob ich den Rebellen dabei helfen sollte, den Gremlin zu fangen – immerhin war es ja meine Schuld, dass Razor hier war. Doch dann entschied ich, dass das jetzt Glitchs Problem war. Er war nicht bereit, uns zu helfen oder uns gehen zu lassen, also konnte er sich auch mit dem Ärger rumschlagen, den das mit sich brachte.

Als das Essen erwähnt worden war, war mir bewusst geworden, dass ich seit dem Vorabend nichts mehr gegessen hatte, und mein Magen begann zu knurren. Ich öffnete die Tasche und fand darin einige Dosen mit eingelegtem Fleisch, Bohnen und Fruchtcocktail, außerdem eine Tube Käsecreme und Cracker und ein Sixpack Diätlimo. Außerdem gab es noch ein paar Pappteller und eine Handvoll Plastiklöffel.

Puck spähte über meine Schulter in die Tasche und würgte angewidert. »War ja klar, dass bei denen das gesamte Essen in dämlichen Dosen steckt. Was ist an Konservierungsstoffen bitte so toll, frage ich dich? Warum können Menschen sich nicht einfach mit einem Apfel zufriedengeben?«

Seufzend schaute ich über die Schulter. »Kann ich also davon ausgehen, dass du nichts essen wirst, solange wir hier sind?«

»Das habe ich nicht gesagt.«

»Dann hör auf zu meckern und lass uns einen Platz suchen, wo wir essen können.« Ich machte die Tasche wieder zu und ging den Gang hinunter, auf der Suche nach ein wenig Privatsphäre. Mein Zimmer war zwar die logische Wahl, aber in dem winzigen Raum fühlte ich mich eingesperrt und klaustrophobisch. Ich wollte den freien Himmel sehen.

»Schön, Prinzessin.« Ash und Puck folgten mir über eine Treppe hoch in die Ruinen. »Aber dafür erwarte ich, dass du mir jeden Wunsch von den Augen abliest, falls ich krank werde.«

»Falls du krank wirst, werde ich Ash einfach bitten, dich von deinem Leiden zu erlösen.«

»Es bedeutet mir viel, dass du dich so um mich sorgst.«

Im Turm herrschte an diesem Abend hektische Betriebsamkeit. Massenhaft rannten Rebellen herum und versuchten, den Schaden zu reparieren, den ein einziger Gremlin verursacht hatte. Ich spürte hässliche Befriedigung in mir aufsteigen, während ich ihnen dabei zusah, außerdem eine seltsame Art von Stolz, dass ich all das ausgelöst hatte. Na ja, dass mein Gremlin das ausgelöst hatte. Wozu waren diese Rebellen denn gut, wenn sie nichts anderes taten, als sich vor dem falschen König zu verstecken und zu hoffen, dass irgendjemand anders die Schweinerei wegmachen würde?

Und wann habe ich angefangen, den Gremlin als meinen zu betrachten?

Trotz der ganzen Hektik im Turm war der Platz rund um die große Eiche verlassen und ruhig. Irgendetwas zog mich dorthin, so wie in der Nacht, als wir hier angekommen waren. Am Fuß des Stammes, unter den ausladenden Ästen, bildeten die Wurzeln eine nestartige Mulde, in die ich mich setzte, bevor ich die Vorräte auspackte.

Ash und Puck beobachteten mich misstrauisch, bis ich ihnen mit einem Plastiklöffel zuwinkte. »Setzt euch«, sagte ich und zeigte auf die Wurzeln. »Ich weiß ja, es ist kein Feenwein, aber was anderes haben wir nicht, und wir müssen etwas essen.« Ich schüttete den Inhalt einer Fruchtcocktaildose in eine Plastikschale und reichte sie Ash. Er nahm sie und hockte sich widerstrebend auf eine Wurzel.

Puck setzte sich ebenfalls und starrte trübsinnig in die Schale, die ich ihm gab. »Kein einziges Apfelstückchen«, seufzte er und stocherte mit dem Finger in der klebrigen Masse herum. »Wie können Sterbliche das überhaupt Früchte nennen? Das ist so, als hätte ein Pfirsichbauer in eine Schale gekotzt.«

Ash nahm seinen Löffel und starrte ihn an, als wäre er eine außerirdische Lebensform. Dann ließ er ihn wieder in das unberührte Essen fallen, stellte die Schale auf den Boden und stand auf.

»Ash.« Ich schaute von meinen kalten Bohnen auf. »Was hast du vor?«

»Es beobachtet uns.« Ganz langsam wanderte seine Hand an den Schwertgriff. »Diesmal ist es ganz nah. Es fühlt sich an…« Er schloss die Augen, und ich sah kurz den Schein um ihn herum aufleuchten. »… als wäre es genau über uns.«

Blitzschnell wirbelte er herum. Er schleuderte etwas gegen den Baum, blaues Licht blitzte auf, und eine Sekunde später ertönte ein schrilles Kreischen, als etwas aus dem Geäst fiel und fast in meinem Schoß landete.

Ich sprang auf. Es war irgendein großes, glänzendes Metallinsekt, das stark an eine Wespe erinnerte. Seine Flügel summten noch einmal schwach, dann starb es. Unser geheimnisvoller Verfolger war also endlich aufgeflogen. Eine Eisscherbe hatte seinen Körper durchbohrt und das Insekt fast in zwei Hälften gespalten, doch seine gekrümmten Beinchen hielten immer noch einen langen, schmalen Gegenstand. Ich bückte mich und zog das Ding aus der Umklammerung, wobei ich aufpasste, dass ich dem nadelspitzen Stachel am Hinterleib nicht zu nahe kam.

Es war ein Stock, genauer gesagt ein Zweig, an dem noch einige Blätter wuchsen. Das Holz lebte noch, obwohl die Blätter mit Eisen gesprenkelt waren und sich glänzende Adern an dem Zweig entlangzogen. An dem Stock war ein Zettel befestigt. Als ich ihn ablöste, nahm Ash mir sanft den Zweig ab und kniff die Augen zusammen.

»Wisst ihr, was das ist?«, murmelte er.

Puck grinste. »Äh, ja, eigentlich schon. Die meisten Leute bezeichnen so etwas als einen Stock. Man benutzt ihn, um Feuer anzuzünden, große Insekten damit zu piken oder um ihn von seinem Hund apportieren zu lassen.«

Ash beachtete ihn gar nicht. »Das ist der Zweig eines Vogelbeerbaums.« Er sah mich ernst an. »Das ist Rowans Namensbaum, und unter diesen Umständen glaube ich nicht, dass das ein Zufall ist. Er weiß, dass wir hier sind. Er hat dir das geschickt.«

Mir gefror das Blut in den Adern. »Du meinst, er ist irgendwo da draußen?«

»Ich bin mir sicher. Lies die Nachricht.«

Ich entrollte den Zettel, und mein Magen krampfte sich schmerzhaft zusammen, als ich die Worte las.

Der Eiserne König möchte dir ein Angebot unterbreiten. Finde mich.

Puck las die Nachricht auf dem Kopf und runzelte die Stirn. »Ihn finden? Sollen wir jetzt etwa alles stehen und liegen lassen und durch das ganze Eiserne Reich marschieren, um ihn zu suchen? Du denkst doch nicht etwa ernsthaft daran, dich mit ihm zu treffen, oder, Prinzessin?«

»Ich denke, ich sollte es tun«, sagte ich langsam und sah dabei Ash an. »Er könnte etwas wissen, was wir gegen den falschen König einsetzen können. Oder vielleicht will der falsche König mir ja auch anbieten, dass er den Krieg beendet.«

»Oder es könnte eine Falle sein, und Rowan will uns verraten, so wie er es mit dem gesamten Feenreich getan hat.« Ashs Stimme war eiskalt.

»Kann sein, aber ich denke trotzdem, dass wir herausfinden sollten, was er will. Was er uns anzubieten hat.« Ich beobachtete die Rebellen, die in den Ruinen herumwuselten. »Aber zuerst müssen wir einen Weg finden, wie wir hier rauskommen. Ihr habt Glitch ja gehört – er wird nicht zulassen, dass wir einfach durch den Haupteingang spazieren.«

»Na endlich.« Grinsend rieb Puck sich die Hände. »Ich dachte schon, wir würden nie mehr hier rauskommen. Also, was darf's denn sein? Ein Ablenkungsmanöver? Ein direkter Kampf? Ein Schleichweg durch die Hintertür?«

»Bevor wir das gesamte Lager gegen uns aufbringen, sollten wir vielleicht erst mal herausfinden, wo Rowan eigentlich ist«, sagte Ash und gab mir den Zweig zurück.

»Ja, stimmt. Das wäre nur logisch, oder?« Verwirrt starrte ich auf die Nachricht und wünschte mir wieder einmal, Feen wären dazu in der Lage, einfach zu sagen, was sie meinten, ohne immer aus allem ein Rätsel zu machen. »Ich wünschte, Grim wäre hier. Der wüsste, wo wir Rowan finden.« Plötzlich fühlte ich mich schuldig, weil ich bis jetzt gar nicht mehr an den Kater gedacht hatte. »Meint ihr, es geht ihm gut? Sollten wir versuchen, ihm eine Nachricht zu schicken?«

»Zu riskant.« Ash schüttelte den Kopf. »Damit könnten wir uns verdächtig machen. Außerdem weiß bisher niemand außer uns, dass die Cat Sidhe hier ist. Es könnte sich später noch als nützlich erweisen, einen Verbündeten zu haben, von dem niemand weiß.«

»Grim kann gut auf sich aufpassen, Prinzessin«, sagte auch Puck, der es offenbar gar nicht erwarten konnte, dass es endlich losging. »Das kann er eigentlich am allerbesten. Die Frage ist also, wie finden wir heraus, wo dieser Stock herkommt?«

Ich sah mich um und entdeckte einen dünnen Hackerelf, der gerade schwer beladen mit Tastaturen und Kabeln durch die Ruinen lief. »Das ist leicht. Wir fragen einfach.«

»Hey, du!«, rief ich und rannte zu dem Elf hinüber, der zusammenfuhr und mich über seinen Kabelsalat hinweg nervös anstarrte. Über seine riesigen schwarzen Augen liefen endlose grüne Zahlenkolonnen, und sie drehten sich sorgenvoll. »Diode, stimmt's? Ich habe mich gefragt, ob du mir vielleicht helfen könntest.«

Der Hacker blinzelte und trat von einem Fuß auf den anderen. »Glitch hat uns darüber informiert, dass es uns nicht gestattet ist, mit euch Altblütlern in verbale Kommunikation zu treten«, sagte er mit näselnder Stimme.

»Ich habe nur eine kurze Frage.« Ich schenkte ihm ein breites Lächeln, in der Hoffnung, dass sich seine Nervosität dadurch etwas legen würde. Es sorgte allerdings nur dafür, dass er sich noch stärker wand. Seufzend streckte ich ihm den Vogelbeerzweig entgegen. »Den habe ich bei der Eiche gefunden. Weißt du, was das ist?«

Diode kniff die Augen zusammen. »Das ist eine *Sorbus aucuparia,* besser bekannt als europäische Eberesche oder auch Vogelbeere. Ja, den Großteil der natürlichen Flora und Fauna haben inzwischen die Einflüsse des Eisens in Besitz genommen, aber es gibt noch ein paar Stellen, an denen man Exemplare finden kann, die sich an ihren natürlichen Zustand klammern.«

Ich verstand zwar nur die Hälfte von dem, was er sagte, begriff aber, worum es ging. »Wo?«, fragte ich.

Diode blinzelte wieder. »Der nächste Standort von *Sorbus aucuparia* befindet sich 4,345 Kilometer westlich des Turms«, erklärte er und deutete mit dem Kopf in die entsprechende Richtung. »Natürlich werdet Ihr sie nicht zu Gesicht bekommen, da es Euch ja verboten ist, das Gelände zu verlassen. O nein!« Er wich einen Schritt zurück, und seine Augen drehten sich wie wild. »Ihr plant doch nicht etwa Eure Flucht, oder? Glitch wird es herausfinden, und dann führt die Spur zu mir, und dann wäre ich der Mittäterschaft bei diesem Verbrechen schuldig. Bitte sagt mir, dass Ihr keine Fluchtpläne schmiedet.«

»Entspann dich, ich schmiede keine Fluchtpläne.« Es war nicht wirklich gelogen, denn immerhin hatte er mich gebeten, ihm das zu sagen, und mich nicht direkt gefragt, ob es so war. Es musste jedenfalls funktioniert haben, denn er seufzte erleichtert auf und entspannte sich etwas.

»Tja, es war wirklich nett, aber jetzt muss ich wieder an die Arbeit.« Der Hackerelf wich ein paar Schritte zurück, wäre fast über eine Wurzel gestolpert und schenkte mir ein zittriges Lächeln. »Ich muss jetzt … irgendwohin. Es war … äh … Wiedersehen.« Er packte seine Kabel fester und floh tiefer in die Ruinen hinein.

»Habt ihr das gehört?«, fragte ich, als Puck und Ash hinter mich traten.

Ash gab ein nachdenkliches Geräusch von sich und verschränkte die Arme. »Vier Kilometer westlich von hier«, murmelte er und sah dem fliehenden Elf nach. »Nicht besonders weit. Aber hältst du es für klug, ihn einfach laufen zu lassen? Er könnte direkt zu Glitch rennen.«

»Dann sollten wir uns besser beeilen.« Ich kontrollierte mein Schwert und meine Rüstung, um sicherzugehen, dass alles an Ort und Stelle war. »Wir verschwinden von hier und zwar sofort.«

Pucks Augen funkelten. »Brauchst du irgendein spektakuläres Ablenkungsmanöver, Prinzessin?«, fragte er.

»Nein, wir sollten keine Brücken hinter uns abbrechen, bevor es unbedingt nötig ist.« Ich ging auf den Teil der Ruine zu, in dem ich eine gewisse Treppe vermutete, die uns an unser vorläufiges Ziel bringen würde. »Vielleicht wollen wir irgendwann noch einmal hierher zurückkommen, und dann will ich nicht eine Horde wütender Rebellen bekämpfen müssen, nur weil du ihren Stützpunkt in die Luft gejagt hast oder so. Wir werden uns schön leise und unauffällig rausschleichen.«

»Äh, aber wenn wir uns rausschleichen wollen, sollten wir dann nicht nach einer Hintertür suchen?«

»Versteckt euch.« Ash packte mich am Arm, zog mich hinter eine Säule und drückte mich an sich, während Puck hinter einen Steinhaufen sprang.

Einen Augenblick später bog Glitch um eine Ecke, gefolgt von Diode.

»Ich weiß nicht, Sir«, sagte Diode gerade, »aber es kam mir verdächtig vor. Sie glauben doch nicht, dass sie fliehen wollen, oder? Sie sagte mir, dass sie es nicht wollen.«

»Das heißt gar nichts«, erwiderte Glitch. Ich spürte Ashs Herzschlag unter meiner Hand, obwohl er absolut still stand und kaum atmete. »Du bist in deinem gesamten Leben noch keinem Menschen begegnet, Diode. Du kannst also nicht wissen, dass sie dazu in der Lage sind, einem direkt ins Gesicht zu lügen.«

Diode keuchte, und Glitch stieß angestrengt den Atem aus, während er sich mit den Händen durch seine Haarstacheln fuhr. »Vielleicht ist ja auch gar nichts«, sagte er dann, und sie gingen weiter. Ich hielt den Atem an, als sie genau an unserer Säule vorbeikamen. »Aber geh vorsichtshalber los und such sie. Es wäre wirklich das Letzte, was wir gebrauchen können, wenn dieses Mädchen dem falschen König in die Hände fällt.«

»Natürlich, Sir.« Ihre Stimmen wurden leiser, als sie tiefer in die Ruinen vordrangen und dort verschwanden.

Pucks Kopf tauchte hinter dem Geröll auf. »Wenn wir gehen wollen, sollten wir es bald tun. Besser gesagt, jetzt. Bevor Blitzbirne uns auf die Schliche kommt.«

»Hier entlang«, zischte ich, und wir eilten los.

Es wurde noch ein paarmal ziemlich knapp, aber dann fand ich endlich die Treppe zu der großen Plattform, die über die Ebene hinausragte. Dummerweise wurde sie von einem stämmigen Zwerg mit einem mechanischen Arm bewacht, der einen Speer mit Eisenspitze trug. Und in der Nähe hockten einige Hackerelfen, die diverse Kabel und elektronische Geräte reparierten.

»Willst du, dass ich sie ausschalte?«, murmelte Ash, als wir uns in die Schatten duckten.

»O ja, das wäre auch echt leise und unauffällig«, flüsterte Puck.

Frustriert starrte ich auf den Zwerg und die Eisernen Feen, die einzigen Hindernisse auf dem Weg zu unserem Ziel.

Und dann sah ich in den Ruinen über uns plötzlich ein grünes Auge aufleuchten, gefolgt von einem neonblauen Grinsen. *Razor! Ich wette, er würde sie ablenken. Wenn er mich doch nur irgendwie hören könnte …*

Als hätte er meine Gedanken gelesen, drehte sich der Gremlin auf einmal um und sah uns direkt an.

Mir stockte der Atem. *Na ja, warum denn nicht? Wenn du das hören kannst, Razor: Ich muss unbedingt an dem Zwerg vorbei zu der Treppe. Könntest du vielleicht für etwas Ablenkung sorgen oder …*

Der Gremlin grinste wild, dann krabbelte er mit einem Schrei, der fast schon irre klang, aus seinem Versteck und sprühte Funken, womit er die Aufmerksamkeit aller auf sich zog. Lachend hing er über Kopf und schien sie zu verspotten, bevor er blitzartig verschwand. Schreiend und fluchend ließen die Rebellen – inklusive Zwerg – alles stehen und liegen, um den Gremlin zu verfolgen.

»Tja, wie praktisch«, meinte Puck. »Ich muss mir wirklich ein paar von diesen Dingern besorgen.«

»Kommt schon«, fauchte ich, und wir rannten die Treppe hinauf.

Unter uns waren immer noch die Schreie der Rebellen zu hören, als Razor sie auf eine wilde – und aussichtslose – Gremlinjagd schickte. Wir erreichten ohne Probleme die Plattform, und der Wind riss sofort an meinen Haaren, als wir hinaustraten.

Puck schenkte mir einen gespielt entsetzten Blick, als ich auf der Suche nach unserem Fluchtmittel die obere Turmwand absuchte. »Äh, wie genau wolltest du denn auf diesem Weg nach draußen kommen, Prinzessin? Wolltest du fliegen?«

»Ganz genau.« Endlich entdeckte ich, wonach ich gesucht hatte; direkt unter der Turmspitze hing eine Gruppe von Gleitern, die in der Sonne dösten. Als ich einen leisen Pfiff ausstieß, regten sie sich und drehten ihre Insektenköpfe, um zu uns herunterzustarren.

Puck folgte meinem Blick und gab angewiderte Würglaute von sich.

»Das ist doch wohl ein Witz. Du willst, dass wir an einem dieser Dinger hier rausfliegen? Äh … wie wäre es denn, wenn ich mich einfach in einen Vogel verwandele und euch folge … «

»Nein, du hast gehört, was Mab gesagt hat.« Ich winkte den Gleitern, die verschlafen anfingen zu summen. »Wenn du Schein einsetzt, könnte das dein Amulett zerstören. Und wir wollen es doch so lange wie möglich erhalten.«

Puck verzog das Gesicht. »Ich glaube, in diesem Fall würde ich eine Ausnahme machen, Prinzessin. Es ist ja nicht so, dass ich mich nicht gern von einem riesigen Metallkäfer durch die Gegend tragen lasse, aber …« Er wich einen Schritt zurück, als die Gleiter an der Mauer herunterkrochen. »Oh, klasse. Die schauen mich schon so seltsam an, Prinzessin.«

»Was ist denn los, Goodfellow?«, fragte Ash mit einem höhnischen Grinsen und verschränkte lässig die Arme, als die Gleiter auf der Plattform landeten und uns mit ihren riesigen Facettenaugen anstarrten. »Hast du etwa Angst vor ein paar Käfern?«

»Käfer sind gruselig.« Puck schnitt einem der Gleiter eine Grimasse und zuckte zurück, als der das mit einem Summen quittierte. »Riesige Metallkäfer, die mich komisch anschauen, gehören in Horrorfilme.« Dann erwiderte er Ashs Grinsen. »Außerdem drängelst *du* dich ja auch nicht gerade begeistert vor, Prinz.«

»Ich will diesen Moment einfach so lange wie möglich auskosten.«

»Wir haben dafür jetzt keine Zeit, Jungs!« Ich starrte sie böse an, woraufhin beide verstummten und schuldbewusst dreinblickten. »Das ist unser einziger Weg hier raus. Also seht mir einfach zu und tut genau das, was ich auch mache.«

Ich trat an den Rand der Plattform und schaute nach unten. Gestern hatte sich mir beim Blick in den Abgrund der Magen umgedreht. Jetzt raste mein Herz vor Erregung, und ich streckte schnell die Arme aus.

Erst geschah nichts, und ich bekam Angst, dass die Gleiter vielleicht gar nicht reagieren würden. Doch dann hörte ich das vertraute Summen der Flügel, und eine Sekunde später landete der Gleiter auf meinen Schultern und legte seine Kupferbeine um mich.

»Gruuuuuuselig«, trällerte Puck.

Ich wandte mich um und strafte ihn mit einem bösen Blick. »Halt die Klappe und hör zu. Man benutzt die Vorderbeine, um zu lenken. Versuch einfach, dich zu entspannen, dann wird alles gut.« Ich ignorierte Pucks zweifelnden Blick und drehte mich wieder nach vorn. »Los geht's«, murmelte ich und sprang von der Kante.

Der Wind verfing sich in den Flügeln des Gleiters und ließ uns nach oben schießen, was bei mir sofort einen Adrenalinschub auslöste. Ich meinte einen ungläubigen Schrei von Puck zu hören, als ich mich in die Höhe schraubte, und grinste unbeherrscht, während ich mir sein Gesicht vorstellte, wenn ich ihm zeigte, was der Gleiter wirklich alles konnte. Aber wir hatten jetzt keine Zeit für die wilden Sturzflüge und Manöver von letzter Nacht, auch wenn ich spüren konnte, dass der Gleiter ebenfalls aufgeregt war wie ein nervöses Rennpferd, das loslegen wollte. Um es zur Ruhe zu bringen, machte ich ein paar Rückwärtsloopings, bevor ich in großen Kreisen zurückflog, um nachzusehen, ob die Jungs noch weitere Ermutigungen brauchten. Überrascht stellte ich fest, dass Puck und Ash es geschafft hatten abzuheben und jetzt gemeinsam auf mich zuglitten. Puck war allerdings etwas grünlich im Gesicht, als ich mich neben ihn setzte.

»Kommt ihr zwei klar?«, rief ich und unterdrückte ein Grinsen.

Puck streckte mir zittrig den erhobenen Daumen entgegen. »Großartig, Prinzessin!« Sein Gleiter summte laut, und er zuckte zusammen. »Auch wenn ich lieber mit meinen eigenen Schwingen fliegen würde. Das hier ist widernatürlich. Wohin jetzt?«

Ash zeigte in Richtung Horizont. »Westen liegt dort«, rief er, und ich nickte.

Mein Gleiter wartete nicht einmal, dass ich ihn lenkte, sondern brach abrupt rechts weg. So nahmen wir Kurs auf Rowan und die untergehende Sonne.

Rowans Angebot

Nachdem wir ein paar Minuten geflogen waren, entdeckte ich mitten in der ansonsten konturlosen Landschaft einen dunklen Fleck, der flimmerte wie eine Fata Morgana. Als wir näher kamen, erkannte ich, dass es ein Wäldchen war, das sogar noch lebte, eine Art Oase inmitten des Ödlands. Doch während wir über den Bäumen kreisten, sah ich auch, dass sie bereits dem Tod geweiht waren: Die Stämme wurden von glitzernden Adern durchzogen, und die meisten Blätter glänzten schon metallisch. Nur an ganz wenigen Ästen hingen noch lebende Blätter, die genauso aussahen wie an dem Zweig, den ich auf dem Stützpunkt der Rebellen gefunden hatte. Das hier waren also die Vogelbeeren, die wir suchten. Falls man der Nachricht glauben konnte, musste Ashs verräterischer Bruder hier sein.

Wir landeten unsere Gleiter, die unruhig summten, als sie merkten, dass sie zurückgelassen werden sollten, und traten dann vorsichtig und mit gezogenen Waffen zwischen die Bäume. Die Äste zitterten im Wind, und die metallischen Zweige schabten wie schleifende Messer aneinander, was mir einen kalten Schauer über den Rücken jagte.

Plötzlich trat Rowan zwischen den Bäumen vor uns hervor – eine schlanke, ganz in Weiß gekleidete Gestalt, deren schrecklich verbranntes Gesicht mir Übelkeit verursachte.

Zwei Eiserne Ritter flankierten ihn, deren segmentierte Ganzkörperrüstung ein neues Symbol trug. Anstelle der Stacheldrahtkrone prangte nun eine eiserne Faust, die Richtung Himmel zeigte, auf ihren Brustplatten. Einer von ihnen war ein Fremder, zumindest hatte ich ihn noch nie gesehen. Doch den zweiten erkannte ich sofort. Das Gesicht über dem Brustpanzer hätte Ashs sein können, wären da nicht die Narbe auf der Wange gewesen und die Abgestumpftheit der grauen Augen.

»Wow, ich glaub, ich sehe doppelt«, murmelte Puck und blinzelte wie wild. »Ist das dein verschollener Zwilling, Eisbubi? Wurdet ihr bei der Geburt getrennt oder so?«

»Das ist Tertius«, flüsterte ich, während wir weiter auf die drei zugingen. »Er war Eisenpferd unterstellt, als wir das erste Mal ins Eiserne Reich kamen. Dann habe ich ihn im Winterpalast wiedergesehen, als er das Jahreszeitenzepter gestohlen und Sage getötet hat.« Als er das hörte, ballte Ash die Fäuste, und die Luft um ihn herum wurde kalt. »Unterschätzt ihn nicht. Er sieht vielleicht aus wie Ash, aber er ist durch und durch ein Eiserner Ritter.«

»Ja, aber …« Pucks Blick wanderte von Tertius zu Ash und zurück. »Das erklärt noch nicht, warum er aussieht wie Eisbubis Klon.«

Rowans weiche Stimme schwebte zwischen den Bäumen, als er erklärte: »Weil er ein Klon meines lieben kleinen Bruders *ist*. Der ehemalige König Machina schuf seine Ritter als Elitegarde, also modellierte er sie nach dem Vorbild der Höflinge. Ihr hättet mein Double sehen sollen – ein hässlicher Kerl. Ich habe ihm einen Gefallen getan und ihn von seinem Elend erlöst. Sages Zwilling ist leider verschwunden, bevor wir uns begegnen konnten.« Er blieb wenige Meter vor uns stehen und verbeugte sich. Die beiden Ritter bauten sich schräg hinter ihm auf. »So sieht man sich wieder, Prinzessin. Ich bin wirklich froh, dass du es einrichten konntest. Und dass du auch noch deine beiden Schoßhündchen mitgebracht hast – ich bin beeindruckt. Da muss ja richtig aufwendige Magie im Spiel sein.« Seine blauen Augen huschten zu Ash und funkelten gefährlich, als er die Lippen zu einem Lächeln verzog. »Das ist eine wirklich reizende Halskette, Brüderlein, aber die wird dich letzten Endes auch nicht retten. Es gibt nur einen Weg, wie man das Eiserne Reich überleben kann, und zwar, indem man ein Teil davon wird. Mit dieser Spielerei erkaufst du dir nur etwas Zeit. Sobald sie versagt – und ich bin sicher, dass sie das tun wird –, wird dieses Reich dich mit Haut und Haaren verschlingen.«

»Sie wird mir immerhin genug Zeit verschaffen, um dich zu töten«, erwiderte Ash. »Was ich mit Freuden jetzt sofort tue, wenn du möchtest.«

»Aber, aber.« Rowan drohte ihm spielerisch mit dem Finger. »Nicht doch. Wir sind nicht hier, um zu kämpfen. Ich bin gekommen, um euch ein Angebot zu unterbreiten, durch das dieser Krieg eventuell beendet werden könnte. Möchtest du den Krieg denn nicht beenden, Meghan Chase?«

Das machte mich augenblicklich misstrauisch, und ich verschränkte die Arme vor der Brust. »Deswegen hast du mich hierhergelockt? Um im Namen des falschen Königs zu verhandeln?«

»Natürlich«, nickte Rowan beschwichtigend. »Aber erst einmal brauche ich eine Zusicherung von dir, Prinzessin. Eine, die besagt, dass wir uns darüber einig sind, uns nicht gegenseitig zu töten, solange wir uns auf neutralem Boden befinden. Wir wollen schließlich nicht, dass mein kleiner Bruder sich vergisst und plötzlich angreift, nicht wahr?«

Ich kniff die Augen zusammen. »Ich mache mir mehr Sorgen darüber, dass du ein doppeltes Spiel mit uns spielst und irgendwo da draußen ein Hinterhalt auf uns wartet. Warum sollte ich dir trauen?«

»Wie verletzend, Prinzessin.« Rowan legte eine Hand ans Herz. »Ich versichere dir, wir wollen lediglich mit dir reden, aber wenn du kein Interesse daran hast, dir unser Angebot anzuhören, können wir wohl nur mit eingeklemmtem Schwanz abziehen und unseren Marsch Richtung Nimmernie fortsetzen.«

»Na schön.« Ich hätte diesen Tanz mit Rowan noch ewig fortsetzen können, aber damit würden wir ihrem Angebot auch nicht näherkommen. Immerhin hatte ich bei diversen Geschäften und Abmachungen mit Feen meine Lektion gelernt und wählte meine Worte mit Bedacht: »Wir erklären uns zu einem Waffenstillstand bereit, sofern deine Seite ihn ebenfalls einhält. Solange wir uns auf neutralem Boden befinden ...« Ich umfasste mit einer Geste das Wäldchen, »wird keine Seite die andere angreifen. Abgemacht?«

»Abgemacht. Na also, das war doch gar nicht so schlimm, oder?« Rowan schenkte mir ein ekelhaft selbstgefälliges Lächeln. »Und ich bin mir sicher, dass du hören willst, was ich zu sagen habe, Prinzessin. Eigentlich denke ich sogar, dass du diesen Deal sehr interessant finden wirst.« Er lehnte sich ein wenig zurück und musterte mich eingehend.

Ich antwortete nicht, da ich mich nicht provozieren lassen wollte.

Rowan grinste. »Deine Seite ist am Ende, Prinzessin«, sagte er schließlich. »Wir wissen doch alle, dass ihr nicht gewinnen könnt. Die Armee des Eisernen Königs ist um einiges größer als die von Sommer oder Winter, und seine Festung ist uneinnehmbar. In wenigen Tagen wird das Feenreich vom Eisernen Reich geschluckt werden, es sei denn, Meghan Chase tritt vor und rettet es.«

»Komm zur Sache, Rowan.«

Rowans Lächeln wurde so breit, dass er mich an einen grinsenden Totenschädel erinnerte. »Der Eiserne König ist bereit, seinen Vormarsch auf das Nimmernie zu stoppen, seine Truppen zurückzurufen und seine

Festung in ihrer heutigen Position zu belassen, wenn du sein Angebot annimmst.«

»Das wäre?«

»Ihn zu heiraten.« Rowan grinste noch breiter, während ich ihn entsetzt anstarrte. »Vereine deine Kraft mit seiner. Vermähle Sommer mit Eisen, dann wird der Eiserne König seinen Krieg gegen das Nimmernie einstellen, solange du seine Braut bleibst. So wird niemand mehr verletzt, niemand stirbt, und was das Wichtigste ist: Das Nimmernie, wie du es kennst, wird überleben. Aber du musst zustimmen, seine Königin zu werden, sonst wird er Sommer und Winter mit allen Kräften angreifen, die ihm zur Verfügung stehen. Und er wird die Höfe vernichten.«

Meine Hände zitterten, und ich ballte sie zu Fäusten, um sie ruhig zu halten. »Das ist sein Deal? Eine Heirat?« Der Gedanke war so widerwärtig, dass ich den Atem anhalten musste, um die Übelkeit zu unterdrücken. »Was ist nur mit diesen Eisernen Königen los, dass sie mich immer alle heiraten wollen?«

»Wenn du mich fragst, ist das kein schlechtes Angebot«, sagte Rowan grinsend. »Werde Königin, rette die Welt ... Selbstverständlich würde eure Ehe nur auf dem Papier bestehen – der Eiserne König hat keinerlei Interesse an deinem ... ähm ... Körper, nur an deiner Macht. Bestimmt würde er dir sogar deine Schoßhündchen lassen, wenn du das möchtest. Denk nur daran, wie viele Leben du retten würdest, indem du einfach Ja sagst.«

Ich fühlte mich elend, aber ... wenn ich dadurch den Krieg beenden konnte, ohne dass noch jemand starb ... War die Rettung des gesamten Nimmernie es wert, den Eisernen König zu heiraten? Ich könnte so viele Leben retten, Ash und Puck und alle anderen ... Ich warf Ash einen Blick zu, der genauso angewidert und entsetzt aussah, wie ich mich fühlte.

»Nein, Meghan«, sagte er, als hätte er meine Gedanken gelesen. »Du musst das nicht tun.«

»Natürlich *muss* sie es nicht tun«, rief Rowan. »Sie kann auch einfach ablehnen. Dann wird der Eiserne König eben im Nimmernie einmarschieren und alles zerstören. Und vielleicht hat sie ja auch gar kein Interesse daran, das Feenreich zu retten. Vielleicht ist es ihr vollkommen egal, wie viele Opfer es geben wird. Falls es so ist, macht bitte einfach weiter und vergesst, dass dieses Gespräch jemals stattgefunden hat.«

Ich schloss die Augen, weil in meinem Kopf Möglichkeiten und Entscheidungen durcheinanderwirbelten. *Falls ich zustimme, werde ich dann nah genug an den falschen König herankommen, um ihn umzubringen? Würde das die Bedingungen der Vereinbarung verletzen? Ich muss es versuchen. Das könnte unsere einzige Chance sein, so nah an ihn heranzukommen. Aber ...* Ich öffnete die Augen und schaute zu Ash, sah den wilden Beschützerinstinkt in seinem Gesicht aufleuchten und die Angst, dass ich Ja sagen könnte. *Es tut mir unendlich leid, Ash. Ich will dich nicht verraten. Ich hoffe, du kannst mir verzeihen.*

Irgendetwas in meiner Miene musste mich verraten haben, denn er wurde blass, trat zu mir und packte mich so fest an den Armen, dass seine Finger sich in meine Haut gruben. »Meghan ...« Seine Stimme war hart, aber unter der Oberfläche nahm ich die Verzweiflung wahr. »Tu es *nicht*. Bitte.«

Rowans Lachen war so scharf wie eine Klinge. Offenbar genoss er unsere Qualen. »O ja, fleh sie an, kleiner Bruder«, spottete er. »Fleh sie an, das Feenreich nicht zu retten – zeig ihr, was du wirklich bist: eine seelenlose Kreatur, die nur von ihren eigenen, selbstsüchtigen Bedürfnissen erfüllt ist und die sich nur um das schert, was sie als ihr Eigen betrachtet. Sag ihr unmissverständlich, wie sehr du sie liebst, sogar so sehr, dass du dein eigenes Reich und alle, die darin leben, vernichten würdest.«

»Hey, Moderatem, warum tust du uns nicht den Gefallen und lässt dir die Lippen zunähen?«, höhnte Puck, der wütend die Augen zusammengekniffen hatte. »Das würde optisch super zum Rest deines Gesichts passen *und* es wäre eine echte Verbesserung. Hör bloß nicht auf den, Prinzessin«, fuhr er an mich gewandt fort. »Hinter dieser Art von Heiratsantrag steckt immer irgendeine verborgene Absicht oder ein Hintertürchen.«

Pucks Kommentar löste eine Erinnerung in mir aus, und ich befreite mich sanft aus Ashs Griff und wandte mich Rowan zu. »Ich würde diesen Vorschlag gern noch einmal hören«, forderte ich. »Von Anfang an. Nur sein Angebot, Wort für Wort.«

Rowan rollte mit den Augen. »Sehe ich vielleicht aus wie ein Papagei?«, fauchte er. »Also gut, Prinzessin, aber ich werde langsam ungeduldig, genau wie der König. Das ist das letzte Mal, also gib dir Mühe, mir zu folgen, okay? Der Eiserne König wünscht, dass du seine Königin wirst. Vermähle Sommer mit Eisen, dann wird er seinen Krieg gegen das Nimmernie einstellen, solange du seine Braut bleibst ...«

»Solange ich seine Braut bleibe ...«, wiederholte ich. »Bis der Tod uns scheidet, nehme ich an?«

»Ich denke, so lautet das traditionelle Hochzeitsgelübde, ja.«

»Und was sollte ihn davon abhalten, mich umzubringen, sobald ich ›Ich will!‹ gesagt habe?«

Rowan versteifte sich kurz, und die beiden Eisernen Ritter wechselten einen schnellen Blick. »Du denkst, der Eiserne König würde so etwas tun?«

»Natürlich würde er das!«, ergänzte Puck und nickte, als würde plötzlich alles einen Sinn ergeben. »Wenn Meghan ›ihre Kraft mit seiner vermählt‹, braucht er sie nicht länger. Dann hat sie ihm ja gegeben, was er wollte. Deshalb, in der Hochzeitsnacht: runter mit dem Kopf.«

»*Er wird seinen Krieg gegen das Nimmernie einstellen, solange sie seine Braut bleibt*«, zitierte Ash nachdenklich und kniff misstrauisch die Augen zusammen. »Was bedeutet, dass er seinen Vormarsch fortsetzen wird, sobald sie tot ist.«

»Und dann wird er mächtiger sein als je zuvor«, schloss ich.

Rowan lachte, doch es klang gezwungen. »Faszinierende Theorie«, spottete er, aber auch hier fehlte der gewohnte Biss. »Das ändert allerdings nichts an der Tatsache, dass der Eiserne König kurz davorsteht, das Nimmernie zu zerstören, und dies eure einzige Chance ist, ihn aufzuhalten. Wie lautet deine Antwort, Prinzessin?«

Ich sah Ash an, lächelte leise und drehte mich dann wieder zu Rowan um. »Meine Antwort lautet Nein«, sagte ich bestimmt. »Ich lehne das Angebot ab. Richte dem falschen König aus, dass er mir keinen Heiratsantrag machen muss, damit ich zu ihm komme. Ich werde auch so bald da sein, wenn es Zeit ist, ihn zu töten.«

Rowans Lippen verzogen sich zu einem gemeinen Grinsen. »Wie vorhersehbar«, zischte er und wich ein paar Schritte zurück. »Ich dachte mir schon, dass du das sagen würdest, Prinzessin. Deswegen habe ich bereits Truppen losgeschickt, um euer kleines Rebellennest zu zerstören. Ihr solltet euch besser beeilen, inzwischen müssten sie fast dort sein.«

»*Was?*« Fassungslos starrte ich Rowan an und wünschte mir, ich könnte ihm das Grinsen aus dem Gesicht prügeln. »Du verdammter Dreckskerl. Sie waren ja nicht einmal eine ernsthafte Bedrohung! Hättet ihr sie nicht einfach in Ruhe lassen können?«

»Glitch hat sich des Hochverrats am Eisernen König schuldig gemacht, und seine Rebellen sind eine Plage, die ausgemerzt werden muss«, erklärte Rowan voller Befriedigung. »Außerdem hätte ich sie sowieso vernichtet, einfach nur, um dein Gesicht zu sehen, wenn dir klar wird, dass deinetwegen jetzt immer mehr Leben ausgelöscht werden. Und natürlich verschwendest du mit jedem Moment, den du länger hierbleibst und große Sprüche schwingst, wertvolle Zeit, um deine kleinen Freunde zu warnen. Ich würde lieber ganz schnell losrennen, Prinzessin.«

Ich grub mir die Fingernägel in die Handflächen, so stark brannte die Wut in mir. Wir durften sie nicht angreifen, das verboten die Bedingungen unseres Waffenstillstands, außerdem mussten wir schnell zurück, um Glitch zu helfen. Wenn es dafür nicht schon zu spät war. Da er genau wusste, in welcher Klemme wir steckten, grinste Rowan mir ins Gesicht und winkte fröhlich.

Ich starrte ihn nur finster an, während ich mich mit Ash und Puck zurückzog. »Wenn ich komme, um mich um den falschen König zu kümmern, bist du auch dran, das verspreche ich dir«, rief ich Rowan zu.

Der verräterische Prinz fuhr sich mit seiner schwarzen Zunge über die Lippen. »Oh, ich kann es kaum erwarten, Prinzessin.« Sein Grinsen war das Letzte, was ich sah, bevor wir aus dem Vogelbeerhain rannten.

Eisen gegen Eisen

Selbst über das Heulen des Windes hinweg hörte ich den Lärm der Schlacht.

Ich holte alles an Geschwindigkeit aus meinem Gleiter raus, was möglich war, glitt über eine Anhöhe und sah, dass es in den Turmruinen bereits von eisernen Feinden wimmelte. Eiserne Ritter trafen auf Zwerge in Rüstung, silbern glänzende Gottesanbeterinnen schlugen mit sensenartigen Armen nach verzweifelten Hackerelfen, und mechanische Hunde warfen sich ins Getümmel. In einiger Entfernung taumelte ein riesiger Käferpanzer Richtung Stützpunkt und machte alles platt, was sich ihm in den Weg stellte, während elfische Musketenschützen mit ihren Waffen in die Menge feuerten.

»Wir sollten zunächst den Käfer ausschalten«, rief Ash, nachdem er sich neben mich gesetzt hatte. »Kannst du ihn zu Fall bringen, wenn ich mich um die Schützen auf seinem Rücken kümmere?«

Ich nickte und ignorierte das permanente Angstgefühl, das sich in meinem Magen breitgemacht hatte. »Denke schon.«

»Macht ihr zwei nur«, brüllte Puck und lenkte seinen Gleiter in eine Kurve. »Ich werde am Eingang die Stellung halten und sicherstellen, dass nichts mehr reinkommt. Wir sehen uns bei der Siegesfeier, Prinzessin!« Damit flog er davon.

Ich holte tief Luft und warf meinem Ritter einen Blick zu. »Bist du bereit?«

Er nickte. »Und los.«

Ich drückte die Beine des Gleiters nach vorn und schickte ihn in den Sturzflug, sodass ich auf das riesige schwarze Insekt zuraste. Tief unter uns schrillte das Kreischen von Metall. Schüsse hallten über die Ebene, und die Schreie der Verwundeten und Sterbenden jagten mir einen Schauer über den Rücken.

Irgendetwas Kleines, Schnelles schoss an uns vorbei, traf in einem Funkenregen das Bein meines Gleiters und ließ ihn hart nach links wegbrechen. Ich wirbelte herum und sah hinter uns einige vogelartige Kreaturen flattern, deren Schnäbel und Flügelkanten funkelten wie Schwertklingen. Sie schraubten sich gerade in die Höhe, um dann ihren nächsten Angriff zu starten.

»Wir müssen uns trennen!«, rief ich Ash zu, der sie ebenfalls gesehen hatte. »Sonst sind wir ein leichtes Ziel. Ich werde versuchen, sie von dir abzulenken.« Ohne auf eine Antwort zu warten, riss ich am Bein des Gleiters und schickte ihn in eine andere Richtung, wobei ich mich gleichzeitig nach den Bombervögeln umsah. Zwei lösten sich von dem Schwarm und flogen mit schrillen Schreien auf mich zu.

Ich schwenkte nach links, verfehlte sie aber knapp. Sie schossen wie Sternschnuppen an mir vorbei, mit einer unglaublichen Geschwindigkeit. Einer der rasiermesserscharfen Flügel streifte wieder meinen armen Gleiter, und ich hätte fast die Kontrolle über ihn verloren, als der Vogel davonraste. Ich richtete ihn im letzten Moment wieder aus, doch als ich aufsah, bemerkte ich, dass die Vögel schon zur nächsten Runde ansetzten. Ich biss die Zähne zusammen.

Okay, ihr Vögel. Ihr wollt spielen? Dann kommt doch.

Ich zwang den Gleiter in einen steilen Sturzflug und schoss auf das Schlachtfeld unter mir zu. Die Vögel folgten mir, ihre Jagdrufe hallten mir hinterher. Als wir an Ash vorbeirasten, warf ich ihm einen schnellen Blick zu und sah gerade noch, wie vor seinem Gleiter ein eisblauer Blitz aufflammte und ein zerfetzter Vogel in die Tiefe stürzte. Ich erschrak – er setzte Schein ein! Doch der Boden raste wahnsinnig schnell auf mich zu, sodass mir keine Zeit für andere Gedanken blieb.

Ich zog hoch, wobei ich nur knapp den Schädel eines Ritters verfehlte, und hörte wenig später einen Schrei der Bestürzung, als der Vogel, der mir am dichtesten auf den Fersen war, mit einem lauten Krachen gegen den Eisernen Ritter prallte und beide über das Schlachtfeld taumelten. Ich flog dicht über dem Boden dahin und vollführte wilde Ausweichmanöver, während die Soldaten und Rebellen wie Telefonmasten an mir vorbeiflitzten. Dabei hielt ich immer auf den Turm zu.

»Vielleicht war das doch keine so gute Idee«, murmelte ich noch, aber dann war es bereits zu spät, und wir flogen direkt in die Ruine hinein.

Vor mir ragten Stahlstreben und Mauern auf. Hektisch duckte ich mich und riss wie wild an den Beinen des armen Gleiters, um immer wieder nur um Haaresbreite einem Zusammenprall zu entgehen. Ich traute mich nicht, einen Blick zurückzuwerfen und herauszufinden, wie es unserem letzten Verfolger erging, aber ich hörte auch keinen Aufprall oder das Kreischen von Metall. Also ging ich davon aus, dass er immer noch hinter uns her war.

Dann duckte ich mich unter einem letzten Balken hinweg und schoss auf den Platz hinaus, in dessen Mitte der riesige, atemberaubende Baum aufragte. Der Vogel hinter mir stieß einen wütenden Schrei aus, als ich auf den Stamm zuhielt.

Durch den Körper meines Gleiters lief ein Beben, und ich biss die Zähne zusammen. »Komm schon, nur noch ein letzter Trick«, murmelte ich. Der Stamm ragte jetzt so dicht vor uns auf, dass er mein gesamtes Blickfeld ausfüllte. Erst im allerletzten Moment zerrte ich an den dünnen Beinen, und der Gleiter stieg senkrecht in die Höhe, sodass wir den Baum um wenige Zentimeter verfehlten. Der Vogel hatte weniger Glück und raste mit dem Schnabel voran frontal gegen den Stamm, wodurch einige Blätter herabregneten. Ich konnte allerdings nicht anhalten und mich freuen, da wir senkrecht am Baum hinaufflogen, so dicht am Stamm, dass ich nur die Hand auszustrecken brauchte, um ihn zu berühren, und die Äste rasend schnell an uns vorbeizischten. Mit letzter Kraft suchten wir uns einen Weg durch die Baumkrone, bis wir endlich in einer Explosion aus silbrigem Laub durch das Blätterdach brachen und in den Himmel aufstiegen.

Der Gleiter sackte ab, und sein ganzer Körper zitterte. Schnell streckte ich eine Hand nach oben und tätschelte seine Brust.

»Das hast du gut gemacht«, keuchte ich, dann schüttelte ich mich kurz. »Es ist allerdings noch nicht vorbei.«

Er summte müde, doch dann riss sich der Gleiter zusammen und raste wieder Richtung Schlachtfeld.

Ash tauchte an unserer Seite auf. Er sah verärgert aus, und sogar die Art, wie er seinen Gleiter lenkte, wirkte wütend.

»Warum bestehst du darauf, dich ständig in Kämpfe zu stürzen, in die ich dir nicht folgen kann?«, fauchte er, während er seinen Gleiter möglichst dicht an meinen heranlenkte. »Ich kann dich nicht beschützen, wenn du ständig vor mir wegläufst.«

Seine Worte verletzten mich, und mein adrenalingetränktes Gehirn reagierte ganz von allein, bevor ich mich eines Besseren besinnen konnte. »Ich habe eine klare Ansage gemacht – mir blieben nur Bruchteile von Sekunden für die Entscheidung, und ich brauche nicht deine Erlaubnis, Ash! Du musst mich nicht ständig vor allem beschützen!«

Geschockt, verletzt und ungläubig sah er mich an. Dann verschloss sich seine Miene, seine Augen wurden ausdruckslos und hart, und die Maske des Dunklen Prinzen legte sich über sein Gesicht.

»Wie Ihr wünscht«, erwiderte er mit steifer, formeller Stimme. »Was darf ich nun für Euch tun?«

Als ich ihn so reden hörte, begann ich zu zittern. Der kalte, unnahbare Eisprinz … Doch dann stieg von den Kämpfern unter uns ein Schrei auf, und eine Reihe von Schüssen riss mich brutal in die Gegenwart zurück – wir hatten jetzt keine Zeit zum Reden. Das musste warten.

»Hier entlang«, rief ich und ließ meinen Gleiter in den Sinkflug gehen. Ash folgte mir prompt.

Die Kämpfe tobten nach wie vor heftig, aber auf beiden Seiten hatte sich die Zahl der Kämpfer reduziert. Der monströse Eisenkäfer stapfte immer noch erbarmungslos vorwärts und schob die Reihen der Rebellen, deren Waffen wirkungslos an seinem Metallpanzer abglitten, wie eine Bugwelle vor sich her.

»Wir müssen diesen Käfer zu Fall bringen und zwar schnell!«, brüllte ich Ash zu und hoffte, dass er mich hörte. »Wenn ich irgendwie auf ihn draufkomme, kann ich ihn vielleicht stoppen!«

Als ich den Käfer umkreiste, sahen die mit Musketen bewaffneten Elfen auf seinem breiten Rücken nach oben und entdeckten mich. Sie rissen ihre Waffen herum, das Musketenfeuer dröhnte, und ich spürte, wie einige Bleikugeln dicht an meinem Gesicht vorbeiflogen. Der Gleiter zuckte heftig und zitterte dann in der Luft, während ich verzweifelt versuchte, ihn gerade zu halten.

Dann zischte Ashs Gleiter über uns hinweg, und der Dunkle Prinz ließ sich mitten zwischen die Elfen fallen. Mit blitzendem Schwert zog er einen Kreis aus blauem Tod um sich herum, und die Elfen wichen zurück und stürzten unvermeidlich vom Rücken des Käfers auf den Boden.

Plötzlich ganz allein auf dem riesigen Insekt, ließ Ash noch einmal seine Klinge wirbeln und rammte sie dann zurück in die Scheide. Kalt starrte er mich an – trotzig und unnachgiebig –, und in seinen Augen stand eine wortlose Herausforderung. Ich wich dem eisigen Blick aus, lenkte meinen armen, tapferen Gleiter so nahe heran, dass ich auf den

Panzer des Käfers springen konnte, und ließ ihn dann fliegen, damit er sich erholen konnte.

Okay, ich war also auf dem Rücken des Käfers. Und jetzt? Ich sah mich um und fragte mich, ob es vielleicht ein Lenkrad oder Zügel oder sonst irgendetwas gab, womit man das riesige Ding unter Kontrolle kriegen konnte.

»Die Fühler«, erklärte Ash ausdruckslos und durchdrang damit meine Gedanken.

Verwirrt sah ich ihn an. »Was?«

Der Eisprinz schenkte mir einen seiner feindseligen Blicke und zeigte dann zum Kopf des Käfers, wo zwei steife schwarze Fühler, die jeweils so dick waren wie mein Oberarm, über dem Panzer des Insekts aufragten. An ihren Spitzen waren Seile befestigt, die an einer Plattform hinter dem Kopf festgebunden waren.

»Da ist dein Sattel«, erklärte Ash, immer noch mit dieser ausdruckslosen, kalten Stimme. »Du solltest das Ding besser unter Kontrolle kriegen, bevor es direkt in den Turm stampft.«

Ich versuchte den Kloß in meinem Hals herunterzuschlucken und balancierte rasch zu der Lenkplattform, die Arme weit ausgestreckt, um auf dem schwankenden Riesenkäfer nicht das Gleichgewicht zu verlieren. Hastig schnappte ich mir die Zügel und sah über den Kopf des Käfers hinweg, wie die verbliebenen Ritter und Rebellen vor uns hektisch das Weite suchten.

Ich entdeckte Glitch, der in einen Kampf mit einem gigantischen mechanischen Golem verstrickt war. Er duckte sich gekonnt unter einem Schlag des Riesen hinweg und berührte in der Bewegung das Knie seines Gegners. Der Golem zuckte kurz, dann erstarrte er und fiel um, während fette Blitze über seinen Körper zuckten. Ein Eiserner Ritter stürzte sich von hinten auf Glitch, aber plötzlich sprang Puck über den reglosen Golem hinweg und trat dem Ritter mit einer solchen Wucht ins Gesicht, dass er zurückgeschleudert wurde.

Sie kämpften alle tapfer, aber die Truppen des falschen Königs hatten die Rebellen bereits bis an den Fuß des Turms zurückgedrängt und trieben sie immer dichter zusammen. Sie brauchten Unterstützung von der Kavallerie und zwar *schnell.*

»Okay, Käferchen«, murmelte ich und packte die Zügel fester. Die Fühler zuckten, und der Käfer rollte eines seiner mächtigen Augen nach hinten, um mich anzustarren. »Ich hoffe nur, du magst mich lieber als alle Pferde, auf denen ich bisher gesessen habe. Los, Angriff!«

Ruckartig stampfte der Käfer vorwärts und hätte mich dabei fast abgeworfen. Dann stieß er ein Brüllen aus, das die Erde beben ließ. Die Eisernen Ritter und Soldaten sahen alarmiert auf, als der Riesenkäfer auf sie zugestürmt kam und sie entweder platt trampelte oder mit seinem gepanzerten Kopf zur Seite schleuderte. Als wir ihre Linien sprengten und die Feinde wie trockenes Laub durch die Gegend wirbelten, fassten die Rebellen neuen Mut. Sie stießen einen wilden Schrei aus und griffen an, stürzten sich mit verzweifelter Hingabe auf die Soldaten.

Kurz darauf hatten wir die verbliebenen Feinde zurückgedrängt und demoralisiert. Die Hälfte ihrer Armee war entweder von den Rebellen getötet oder von dem Riesenkäfer zertrampelt worden. Sie zerstreuten sich, traten hektisch den Rückzug an und flohen über die zerklüftete Ebene, bis sie am Horizont verschwanden.

Ich ließ den wild gewordenen Käfer anhalten und band gerade seine Zügel fest, als ein lautes Jubeln von Glitchs verbliebenen Truppen zu mir aufstieg. Während ich mich noch fragte, wie ich von dem Riesenvieh runterkommen sollte, klappte der Käfer, der wohl spürte, dass die Schlacht vorbei war, seine Beine ein und ließ sich so schwer zu Boden sinken, dass die Erde bebte. Also rutschte ich einfach an dem glatten Panzer herunter, landete stöhnend und richtete mich dann schnell auf, um mich nach Glitch umzusehen.

Völlig lautlos landete Ash neben mir. Sein Gesicht wirkte immer noch distanziert und kalt wie das eines Fremden. Als ich ihn ansah, bekam ich heftige Schuldgefühle, aber im Moment konnte ich nicht in Ruhe mit ihm reden. Jetzt wusste ich nur mehr denn je, dass wir nicht untätig herumsitzen konnten. Nicht, wenn der falsche König schon fast die Kriegsfront erreicht hatte. Wir mussten sofort etwas unternehmen.

Ich drängte mich durch die Menge und schob die Rebellen zur Seite, die mich lachend und jubelnd umringten und mir zu dem brillanten Gegenschlag gratulierten.

»Wo ist Glitch?«, rief ich, doch meine Stimme ging in dem Lärm unter. »Ich muss mit ihm reden! Wo ist er?«

Auf einmal entdeckte ich ihn. Er stand mit verschränkten Armen und grimmigem Gesicht neben einer reglosen Gestalt am Boden. Ein Hackerelf kniete neben dem Körper und tastete ihn mit seinen langen Fingern ab. Als ich erkannte, wer es war, blieb mir fast das Herz stehen.

»*Puck!*« Hektisch schob ich mich durch die Menge und rannte, bis ich ihn erreichte. Mein Herz raste. Irgendwo unter seinen Haaren quoll Blut hervor, das sein Gesicht befleckte, und er war so blass. In einer Hand hielt er immer noch seinen gebogenen Dolch. Ich schubste den Elf aus dem Weg, ohne auf seine Proteste zu achten, kniete mich neben Puck und nahm seine Hand. Er lag da wie tot, auch wenn ich zu sehen glaubte, wie sich seine Brust ganz leicht hob und senkte. Mir stiegen Tränen in die Augen.

»Er hat tapfer gekämpft«, sagte Glitch leise. »Hat sich auf eine Schwadron Eiserner Ritter gestürzt, die mich sonst umgebracht hätten. Selten habe ich solchen Mut gesehen, nicht einmal unter den Eisernen Feen.«

Heiße, unkontrollierbare Wut stieg in mir auf und verbrannte die Tränen. Plötzlich musste ich gegen den Drang ankämpfen, aufzuspringen und Glitch mit Pucks Dolch abzustechen.

»Ihr«, sagte ich leise, während die Wut weiter in meiner Kehle brannte. »Ihr habt doch keine Ahnung, was Mut ist. Ihr behauptet, ihr würdet euch dem falschen König widersetzen, aber in Wirklichkeit hockt ihr nur hier und stellt euch tot, in der Hoffnung, dass er euch dann nicht bemerkt. Ihr seid alle nichts als Feiglinge. Puck wurde verletzt, weil er *euren* Krieg für euch ausgefochten hat, und ihr habt nicht einmal den Mumm, es ihm gleichzutun.«

Durch die Menge lief ein wütendes Murmeln. Ich spürte, wie Ash neben mich trat und damit stillschweigend jeden warnte, sich bloß nicht zu nähern.

Glitch schwieg einen Moment, doch die Blitze in seinen Haaren zischten wütend.

»Und was sollten wir Eurer Meinung nach tun, Hoheit?«, fragte er herausfordernd. »Soll ich meine Leute dem falschen König zum Fraß vorwerfen, auch wenn ich genau weiß, dass das ihr Tod wäre? Ihr habt seine Armee gesehen. Ihr wisst, dass wir nicht die geringste Chance hätten.«

»Ihr habt doch gar keine andere Wahl«, erwiderte ich, ohne den Blick von Pucks Gesicht abzuwenden, weil ich hoffte, einen Funken Leben darin zu entdecken, irgendein Zeichen, dass er wieder in Ordnung kommen würde. »Ihr könnt nicht hierbleiben. Der falsche König weiß jetzt, wo ihr seid. Er wird wiederkommen, und er wird nicht ruhen, bis er jeden Einzelnen von euch getötet hat.«

»Wir können weggehen«, wandte Glitch ein. »Wir können uns an einen anderen sicheren Ort zurückziehen ...«

»Und für wie lange?« Ich erhob mich, drehte mich zu Glitch um und starrte ihn wütend an. »Was glaubst du, wie lange ihr euch verstecken könnt, bevor er euch erneut aufspürt?« Ich hob die Stimme und ließ den Blick über die versammelten Feen wandern. »Wie lange wollt ihr euch noch wie Schafe zusammendrängen, während er alles zerstört? Denkt ihr denn, ihr wärt *jemals* sicher, solange er da draußen ist? Wenn wir uns jetzt nicht gegen ihn erheben, wird er nur immer stärker werden.«

»Und noch einmal: Was sollen wir Eurer Meinung nach tun, Prinzessin?«, fauchte Glitch, dessen Stacheln wild blitzten. »Unsere Streitmacht ist zu klein! Wir können nichts tun, um ihn aufzuhalten.«

»O doch.« Ich starrte ihn an, fuhr aber mit ruhiger Stimme fort. »Ihr könnt euch mit Sommer und Winter verbünden.«

Glitch stieß ein bellendes Lachen aus, und gleichzeitig explodierte die Menge geradezu. »Mit den Altblütlern?«, rief er spöttisch. »Ihr seid ja wahnsinnig. Die wollen uns doch genauso vernichten wie der falsche König. Glaubt Ihr wirklich, Oberon und Mab werden uns fröhlich einmarschieren lassen, uns die Hände schütteln und dann wird alles gut? Die würden uns niemals über ihre Grenze lassen, ohne zumindest zu versuchen, uns alle abzuschlachten.«

»Das werden sie wohl, wenn *ich* euch hinbringe.« Ich starrte ihn trotzig an und weigerte mich, einfach aufzugeben. »Wenn es keine andere Möglichkeit gibt, den falschen König zu besiegen, werden sie es tun. Komm schon, Glitch! Ihr wollt doch alle dasselbe, und nur so haben wir eine Chance. Ihr könnt euch nicht ewig vor ihm verstecken.«

Glitch sagte nichts darauf und wich meinem Blick aus.

Frustriert warf ich die Arme in die Luft. »Na schön! Dann bleibt hier und zittert wie die letzten Feiglinge. Aber ich werde gehen. Du kannst versuchen, mich mit Gewalt hier festzuhalten, aber ich kann dir sagen, dass das nicht besonders angenehm werden wird. Sobald Puck sich erholt hat, werden wir gehen, mit deinem Einverständnis oder ohne. Also: Entweder hilfst du mir, oder du gehst mir aus dem Weg.«

»Also gut!«, schrie Glitch, und ich schrak zusammen. Er fuhr sich mit den Händen durch die Stachelhaare, seufzte und starrte mich gereizt an. »Also gut, Prinzessin«, fuhr er dann leiser fort. »Ihr habt gewonnen. Kein schlechtes Argument. Der Feind meines Feindes ist mein Freund, richtig?« Er seufzte wieder und schüttelte den Kopf. »Wir können uns nicht ewig verstecken. Es ist nur eine Frage der Zeit, bis er wieder hinter uns her sein wird. Wenn ich schon sterben muss, sterbe ich lieber in der Schlacht und nicht wie eine Ratte, die in die Enge getrieben wird. Ich hoffe nur, dass Eure Altblütlerfreunde nicht versuchen werden, uns umzubringen, sobald die Schlacht vorbei ist. Irgendwie kann ich mir gut vorstellen, dass Oberon dieses kleine Detail praktischerweise außer Acht lässt, wenn wir einen Deal mit ihm machen.«

»Wird er nicht«, versprach ich erleichtert. »Ich werde da sein und dafür sorgen.«

»Zeig's ihnen, Prinzessin«, kam Pucks schwache Stimme vom Boden.

Ich wirbelte herum, und mein Herz machte einen Satz, als Puck die Augen aufschlug und schwach zu mir hochgrinste.

»Also, das war mal eine bewegende Ansprache«, sagte er, als ich neben ihm auf die Knie fiel. »Ich glaube, ich habe sogar ein paar Tränen vergossen.«

»Du Idiot!« Am liebsten hätte ich ihm gleichzeitig eine reingehauen und ihn in die Arme geschlossen. »Was ist passiert? Wir dachten schon, du würdest sterben.«

»Ich? Ach was.« Puck hielt sich an meinem Arm fest und zog sich daran hoch. Dann tastete er vorsichtig seinen Hinterkopf ab und zuckte zusammen. »Ich habe nur einen fiesen Schlag auf den Kopf abbekommen, der mich für ein paar Minuten auf die Bretter geschickt hat, mehr nicht. Ich hätte ja schon früher was gesagt, aber du hattest gerade so einen Lauf, da wollte ich dich nicht unterbrechen.«

Der Drang, ihm eine zu verpassen, wuchs. Vor allem, weil er wieder dieses blöde Grinsen aufgesetzt hatte, das mich an meinen besten Freund erinnerte, der in der Schule auf mich aufgepasst hatte und einfach immer für mich da war, egal, was passierte. Ich half ihm auf die Beine, boxte ihm gegen die Schulter und schlang dann die Arme um ihn und drückte ihn ganz fest.

»Jag mir bloß nie wieder eine solche Angst ein«, zischte ich. »Ich könnte es nicht ertragen, dich noch einmal zu verlieren.« Dann ließ ich ihn los und drehte mich zu Glitch um, der uns mit verwirrt-verlegener Miene beobachtete. »Sagtest du nicht etwas davon, dass du uns helfen willst?«

»Sicher, Prinzessin, was Ihr wünscht.« Glitch wirkte eher resigniert als überzeugt, aber er drehte sich trotzdem zu seinen Rebellen um und rief: »Räumt das Lager!« Seine Stimme hallte über das Schlachtfeld. »Packt zusammen und nehmt nur mit, was absolut notwendig ist! Die Heiler sammeln unsere Verwundeten ein und kümmern sich um sie, so gut es geht! Jeder, der noch kämpfen kann, hat bis morgen früh reisefertig zu sein! Ihr anderen reißt euch zusammen und macht euch marschbereit! Morgen werden wir uns mit Oberon und den Altblütlern zusammentun! Wer ein Problem damit hat oder zu stark verletzt oder geschwächt ist, um zu kämpfen, sollte jetzt verschwinden! Bewegt euch!«

Hektische Aktivität machte sich im Lager breit.

Glitch beobachtete noch einen Moment lang, wie die Rebellen sich in Bewegung setzten, dann drehte er sich mit einem müden Blick zu mir um. »Tja, das wäre erledigt. Ich hoffe nur, Ihr wisst, was Ihr tut, Eure Hoheit. Wir werden im Morgengrauen aufbrechen.«

Dann rief jemand nach ihm, und er verschwand in der sich zerstreuenden Menge und ließ mich mit Puck und Ash allein.

Plötzlich wurde mir bewusst, dass Ash nur wenige Meter entfernt stand und mich und Puck mit einer Miene beobachtete, die ungefähr so viel Wärme ausstrahlte wie eine Granitwand. Natürlich hatte ich ihn nicht vergessen, aber dieser kalte Blick aus den silbernen Augen, die so ausdruckslos waren wie ein Spiegel, ließ eine Flut von Gefühlen in mir aufsteigen.

Bevor ich etwas sagen konnte, verbeugte sich Ash steif. »Meine Dame«, begann er mit ruhiger, tonloser Stimme und sah mir direkt in die Augen. »Ich muss mich um meine Verletzungen kümmern, bevor die Nacht endet. Würdet Ihr mich bitte entschuldigen?«

Schon wieder dieser kühle, formelle Ton. Nicht spöttisch, nicht gemein, sondern einfach nur extrem höflich und ohne jedes Gefühl. Mein Magen verkrampfte sich, und die Worte gefroren mir in der Kehle. Ich wollte mit ihm reden, aber die Kälte in seinen Augen durchbohrte mich und ließ mich erstarren. Stattdessen nickte ich nur und sah zu, wie mein Ritter sich abrupt umdrehte und Richtung Turm marschierte, ohne noch einmal zurückzuschauen.

Puck zitterte übertrieben und rieb sich die Arme. »Puh, ist das kalt hier, oder liegt das an mir? Ärger im Paradies, Prinzessin?« Ich spürte, wie ich rot wurde, und Puck schüttelte den Kopf. »Tja, zieh mich da bloß nicht mit rein. Ich habe schon vor langer Zeit gelernt, dass man bei einem Zank unter Liebenden besser nicht zwischen die Fronten gerät. Denn *nichts* läuft so wie geplant – Leute verlieben sich in die Falschen, irgendjemand hat plötzlich einen Eselskopf, und alles endet in einem Riesenchaos.« Er warf mir einen Seitenblick zu und seufzte. »Lass mich raten«, fuhr er leise fort, während er mit mir zum Turm zurückging. »Du hast während der letzten Schlacht etwas leicht Verrücktes getan, und der Eisbubi ist durchgedreht.«

Ich nickte, und in meinem Hals bildete sich ein Kloß. »Er war wütend, weil ich es ohne ihn gemacht habe«, erklärte ich. »Aber dann bin ich sauer geworden, weil er mir nicht zugetraut hat, dass ich die Dinge auch allein geregelt kriege. Ich meine, das geht doch nicht, dass er mir ständig über die Schulter schaut, oder?« Puck zog nur die Augenbrauen hoch, und ich seufzte. »Okay, es war halsbrecherisch und dämlich. Ich hätte getötet werden können, und dabei verlassen sich viele Leute darauf, dass ich den falschen König aufhalte. Ash wusste das.«

»Und …?«, hakte Puck nach.

»Und … vielleicht … habe ich so etwas Ähnliches gesagt wie … dass ich ihn nicht mehr brauche.«

Puck zuckte zusammen. »Autsch. Na ja, du weißt ja, was man sagt: Diejenigen, die man liebt, verletzt man am schlimmsten. Oder waren es diejenigen, die man hasst? Das kann ich mir nie merken.« Ich schniefte, und er legte mir einen Arm um die Schultern, während wir in die Ruinen eintauchten. »Ach, mach dir deswegen nicht zu viele Gedanken, Prinzessin. Lass Eisbubi heute Nacht etwas runterkommen, und versuch morgen mit ihm zu reden. Ich wette, er kann dir sowieso nicht lange böse sein. Ash ist nicht der nachtragende Typ.«

Ich löste mich von ihm und sah ihn stirnrunzelnd an. »Was redest du da? Den Groll gegen dich hegt er jetzt schon seit Jahrhunderten!«

»Oh, richtig.« Puck verzog etwas das Gesicht, als ich ihm einen Schlag gegen die Brust verpasste. »Aber bei dir ist das etwas anderes, Prinzessin. Ash hat nur Angst davor, dass du ihn *nicht* brauchst. Diese ganze Eisprinzenshow?« Er schnaubte. »Das ist nur ein Mittel, um sich zu schützen, damit er nicht verletzt wird, wenn ihm jemand hinterrücks eine verpasst. Und wie du ja sicher weißt, passiert das am Winterhof ziemlich häufig.«

Ja, das wusste ich. Ich hatte die kalte, herzlose Atmosphäre, die am Dunklen Hof herrschte, kennengelernt. Und innerhalb der königlichen Familie war es am schlimmsten, da Mab zu ihrem eigenen Vorteil gern ihre Söhne gegeneinander ausspielte. Ash war unter Leuten aufgewachsen, die nur Gewalt und Verrat kannten und bei denen Gefühle als Schwäche galten, die man ausnutzte. Liebe war dort quasi ein Todesurteil.

»Aber ich kenne Ash«, fuhr Puck fort. »Wenn er mit dir zusammen ist ...« Er zögerte und kratzte sich am Hinterkopf, wie er es immer machte, wenn er nervös war. »Ich habe ihn nur ein einziges Mal so erlebt, und das war in der Zeit mit Ariella.«

»Wirklich?«

Er nickte. »Ich glaube, du tust ihm gut, Meghan«, sagte er mit einem schmalen, traurigen Lächeln, das so gar nicht zu dem Puck passte, den ich kannte. »Wenn er dich ansieht, entdecke ich an ihm etwas, das seit dem Tag verschwunden war, als wir Ariella verloren haben. Und ... ich weiß, dass du ihn auf eine Art liebst, wie du mich nicht lieben kannst.« Für einen Moment wich er meinem Blick aus und holte tief Luft. »Mit Eifersucht kann unsereiner nicht sonderlich gut umgehen«, gab er zu. »Aber einige von uns existieren schon lange genug, um zu wissen, wann man loslassen muss und was wirklich wichtig ist. Das Glück meiner beiden besten Freunde sollte wichtiger sein als irgendeine alte Fehde.«

Er legte eine Hand an meine Wange und strich mir eine Haarsträhne aus dem Gesicht. Um ihn herum leuchtete der Schein auf und tauchte ihn in strahlend grünes Licht. In diesem Moment war er ein reines Feenwesen, frei von oberflächlichen menschlichen Ängsten und Scham, ein Wesen, so natürlich und ursprünglich wie der Wald.

»Ich habe dich immer geliebt, Prinzessin«, erklärte Robin Goodfellow, und seine grünen Augen leuchteten in der Dunkelheit. »Und ich werde dich immer lieben. Ich werde einfach nehmen, was auch immer du mir geben kannst.«

Typisch menschliche Ängste und Befangenheit stiegen in mir auf, und ich konnte seinem offenen Blick nicht länger standhalten und sah zu Boden. »Selbst wenn ich dir nicht mehr als Freundschaft anbieten kann? Ist dir das trotzdem genug?«

»Na ja, nicht wirklich.« Puck ließ seine Hand sinken, und seine Stimme wurde wieder fröhlich und sorglos, wieder mehr wie der Puck, den ich kannte. »Schon scheiße, wenn man nicht lügen kann. Also, Prinzessin: Wenn du plötzlich der Meinung bist, dass Eisbubi ein totaler Vollidiot ist und du es keine Sekunde länger bei ihm aushältst, werde ich immer da sein. Aber im Moment gebe ich mich mit der Rolle des besten Freundes zufrieden. Und als dein bester Freund ist es meine Pflicht, dir mitzuteilen, dass du heute Nacht noch schlafen musst, Ash hin oder her.« Wir hatten mein Zimmer erreicht, und Puck hatte schon eine Hand am Türknauf, als er plötzlich zögerte und sich zu mir umdrehte. »Versuch also nicht, ihn zu finden. Wenn Ash sagt, dass er seine Ruhe haben will, dann will er seine Ruhe haben. Wer ihn dann stört, könnte mit einem Eiszapfen im Schädel enden.« Er zuckte kurz mit den Schultern und öffnete dann die Tür. »Das kannst du mir glauben.«

Als wir das Zimmer betraten, wandten sich uns ein Paar verschlafene goldene Augen zu, und Grimalkin setzte sich auf dem Feldbett auf. »Da seid ihr ja.« Er seufzte und präsentierte gähnend seine rosa Zunge. »Ich hatte schon befürchtet, ihr würdet gar nicht mehr kommen.«

»Wo hast du gesteckt, Grimalkin?«, platzte es aus mir heraus, und ich durchquerte den Raum, um dann wütend auf ihn herunterzustarren.

Er blinzelte mich nur träge an.

»Alle stehen kurz vor dem Aufbruch, und von dir hat jede Spur gefehlt.«

»Mmm. Dann habt ihr wohl nicht besonders gründlich gesucht.« Wieder blinzelte der Kater zu mir hoch. »Du hast Glitch also tatsächlich davon überzeugt, sich den beiden Höfen anzuschließen, wie? Das wird sicherlich interessant. Dir ist schon klar, dass unsere Seite selbst mit den Kräften der Rebellen der Armee des falschen Königs zahlenmäßig noch um einiges unterlegen ist? Ich glaube, das war der Grund, warum Mab und Oberon dich ganz gezielt auf den falschen König angesetzt haben – wenn der Kopf erst einmal fällt, wird der Körper folgen.«

»Ich weiß.« Unter dem missbilligenden Blick des Katers fühlte ich mich ziemlich unwohl. »Aber ich muss durch die Armee, um den Kopf zu erreichen. So habe ich wenigstens eine Chance, in diese Festung zu gelangen. Im Moment komme ich ja nicht einmal in ihre Nähe.«

»Und den falschen König mit seiner Armee im Nimmernie einmarschieren zu lassen ist die bessere Alternative?«

»Was soll ich denn machen, Grimalkin? Das ist unsere einzige Chance. Ich habe keine andere Wahl.«

»Vielleicht. Vielleicht marschiert ihr aber auch alle in den Tod. Eure mangelhafte Vorbereitung ist für mich ein ständiger Quell der Verwunderung.« Grimalkin kratzte sich am Ohr, dann stand er auf und schlug mit dem Schwanz. »Übrigens, ich glaube, da hat jemand nach dir gesucht.«

Er trat beiseite und gab den Blick auf einen reglos zusammengesackten Gremlin frei, der auf dem Feldbett lag. Ich keuchte auf und starrte Grim an, der mal wieder furchtbar zufrieden mit sich zu sein schien.

»Grimalkin! Du hast doch nicht … ist er …?«

»Tot? Natürlich nicht, Mensch.« Empört zuckte der Kater mit den Schnurrhaaren. »Er könnte allerdings ein wenig benommen sein, wenn er aufwacht. Ich würde dir jedoch empfehlen, ihn in Zukunft besser zu kontrollieren, denn er scheint Ärger über alle Maßen anziehend zu finden. Vielleicht könntest du ihn ja an die Leine nehmen.«

»Sieht so aus, als käme er wieder zu sich«, bemerkte Puck.

Als Razors Ohren zuckten und sein dürrer Körper sich rührte, kniete ich mich neben das Feldbett. Er hob den Kopf. Einen Moment lang starrte er mich nur an und blinzelte verwirrt. Dann wanderte sein Blick zu Grimalkin, und er schoss zischend hoch und sprang Richtung Wand. Er verfehlte sie jedoch und fiel in einem Knäuel aus Ohren und Gliedmaßen zurück aufs Bett. Vor Verwirrung und Wut fauchte er, kam taumelnd auf die Füße, blieb unsicher stehen und schlug wild um sich. Ich wollte ihn fangen, aber er rannte blitzschnell davon und sprang vom Bett.

Pucks Hand schoss vor und packte ihn an den riesigen Ohren. Dann hielt er ihn am ausgestreckten Arm, während der Gremlin sich wand und gegen den Griff ankämpfte. Razor zischte, fauchte und spuckte, bis Funken aus seinem Maul flogen, doch sein Blick war nicht auf Puck gerichtet, sondern auf die Cat Sidhe, die neben mir saß.

»Böse Mieze!«, kreischte er und zeigte Grimalkin knurrend die Zähne.

Der gähnte nur und wandte sich ab, um sich den Schwanz zu putzen.

»Böse, böse, hinterhältige Mieze! Werde dir im Schlaf den Kopf abbeißen, jawohl! Werde dich an den Zehen aufhängen und anzünden! Brenn, brenn!«

»Äh, Prinzessin?« Puck zuckte zusammen, als der Gremlin weiter um sich schlug, kratzte und Funken sprühte. »Das ist nicht gerade angenehm. Soll ich das Ding einfach fallen lassen oder soll Grim es wieder für uns umhauen?«

»Razor!«, rief ich scharf und klatschte direkt vor seinem Gesicht in die Hände. »Hör auf damit, sofort!«

Der Gremlin erstarrte und blinzelte mit fast schon verletzter Miene zu mir hoch. »Wird Meister böse Mieze bestrafen?«, fragte er mit leidender Stimme.

»Nein, ich werde die böse Mieze nicht bestrafen«, erwiderte ich, und Grimalkin schnaubte. »Und du auch nicht. Ich will mit dir reden. Wirst du hierbleiben und nicht weglaufen, wenn wir dich loslassen?«

Er nickte, so gut es ging, da Puck seine Ohren immer noch fest gepackt hielt. »Meister will, dass Razor bleibt, dann Razor bleibt. Bewege mich nicht, bis du es sagst. Versprochen.«

»Na schön.« Ich sah Puck an und nickte. »Lass ihn los.«

Puck zog fragend eine Augenbraue hoch. »Bist du sicher, Prinzessin? Ich habe nämlich nur statisches Rauschen und Quietschlaute wie von einem Erdhörnchen gehört.«

»Ich kann ihn verstehen«, versicherte ich ihm, was mir einen zweifelnden Blick von Puck und ein Aufblitzen von Interesse von Grimalkin einbrachte. »Er hat versprochen, sich nicht zu rühren. Lass ihn los.«

Achselzuckend öffnete er seine Faust und ließ den Gremlin wieder auf das Feldbett fallen. Sobald Razor auf der Matratze aufkam, erstarrte er. Nicht einmal seine Ohren zitterten, als er mit erwartungsvollen grünen Augen zu mir hoch starrte.

Ich blinzelte überrascht. »Äh, rühr dich«, murmelte ich, woraufhin der Gremlin sich rasch hinsetzte, allerdings ohne mich aus den Augen zu lassen. »Also, Razor, ich denke, es wird das Beste sein, wenn du gehst. Das Lager wird gerade geräumt. Du kannst nicht ganz allein hierbleiben, und ich glaube nicht, dass du da, wo wir hingehen, willkommen wärst.«

»Nicht gehen!« Mit eifriger Miene sprang Razor auf. »Bleibe bei Meister. Gehe hin, wo Meister hingeht. Razor kann helfen!«

»Kannst du nicht«, widersprach ich und kam mir äußerst mies vor, als er wie ein trauriger Welpe die Ohren hängen ließ. »Wir ziehen in den Krieg, und das wird gefährlich. Gegen die Armee des falschen Königs kannst du uns nicht helfen.« Er summte traurig, aber ich fuhr mit fester Stimme fort: »Geh nach Hause, Razor. Geh zurück nach Mag Tuiredh. Wärst du nicht viel lieber dort? Bei den ganzen anderen Gremlins?«

Grimalkin seufzte hörbar, was mich dazu brachte, mich nach ihm umzudrehen, und Razor, ihn wieder anzufauchen. »Bin ich denn wirklich der Einzige hier, der einen Durchblick hat?«, fragte der Kater und musterte uns der Reihe nach. Wir starrten ihn nur an, woraufhin er den Kopf schüttelte. »Kein Glück, wie? Denk noch einmal darüber nach, was du da gerade gesagt hast, Mensch. Bitte wiederhole deinen letzten Satz.«

Ich runzelte die Stirn. »*Wärst du nicht viel lieber dort?*«

Er schloss genervt die Augen. »Den nächsten Satz, Mensch.«

»*Bei den ganzen anderen Gremlins.*« Er sah mich erwartungsvoll an, aber ich hob resigniert die Hände. »Was denn? Worauf willst du hinaus, Grim?«

Grimalkin klopfte mit seinem Schwanz auf das Bett. »In solchen Momenten bin ich sogar noch dankbarer, dass ich eine Katze bin«, seufzte er. »Was meinst du, warum ich dir dieses Wesen gebracht habe, Mensch? Um meine Fähigkeiten als Jäger zu trainieren? Ich kann dir versichern, dass die bereits ausreichend geschult sind. Bitte versuche wenigstens, das Gehirn zu benutzen, das sich irgendwo in deinem Kopf versteckt. In Mag Tuiredh gibt es Tausende von Gremlins, vielleicht sogar Hunderttausende. Und wer ist die einzige Person im gesamten Reich, die mit ihnen kommunizieren kann?«

»Ich.« Schlagartig wurde mir klar, worauf er hinauswollte. »Die Gremlins. Es gibt Tausende da draußen. Und … und sie gehorchen mir.«

»Bravo«, kommentierte Grimalkin trocken und rollte mit den Augen. »Endlich ist dir ein Licht aufgegangen.«

»Ich kann die Gremlins fragen, ob sie uns helfen«, fuhr ich fort, ohne Grimalkin zu beachten, der sich hinlegte und den Schwanz um den Körper schlang – seine Arbeit war offenbar getan. »Ich kann nach Mag Tuiredh gehen und …« Ich unterbrach mich und schüttelte den Kopf. »Nein. Nein, kann ich nicht. Ich muss dabei sein, wenn wir im Nimmernie ankommen, sonst werden Oberon und Mab versuchen, Glitch und seine Armee zu töten. Sie würden denken, es sei ein weiterer Angriff des falschen Königs.«

»Damit könntest du recht haben«, nickte Puck und verschränkte die Arme vor der Brust. »Mab würde keine Sekunde zögern, und selbst Oberon würde erst zuschlagen und dann fragen, wenn es um Eiserne Feen geht.« Nachdenklich musterte er Razor, der mich immer noch eifrig anschaute und immer wieder den Kopf schief legte wie ein Hund, der zu verstehen versucht, was man sagt.

»Wie wäre es mit unserer kleinen Kreissäge hier? Könntest du ihn nicht mit einer Nachricht zu seinen Freunden schicken, um ihnen zu sagen, was du willst?«

»Zumindest könnte ich es versuchen. Was haben wir schon zu verlieren?« Ich drehte mich zu dem Gremlin um, der sich sofort voller Tatendrang aufsetzte und die Ohren aufstellte. »Razor, wenn ich die anderen Gremlins bitten würde, mir zu helfen, meinst du, sie würden kommen?«

»Wir helfen!« Grinsend hüpfte Razor auf und ab. »Razor hilft! Dem Meister helfen, ja!«

Ich wusste nicht, ob das nun bedeutete, dass alle Gremlins helfen würden oder nur er, aber trotzdem fuhr ich fort: »Ich möchte, dass du eine Nachricht nach Mag Tuiredh bringst, an alle Gremlins. Schare alle um dich, die bereit sind, zu kämpfen, und stoße dann an der Grenze des Eisernen Reiches zu uns, dort, wo es auf den Wilden Wald trifft. Wir müssen den mobilen Turm des falschen Königs aufhalten, bevor er die Kriegsfront erreicht. Schaffst du das, Razor? Hast du verstanden, worum ich dich bitte?«

»Razor versteht!«, krähte der Gremlin, sprang an die Wand und schenkte mir ein neonblaues Grinsen. »Ich helfe! Treffe Meister in komischem Elfenland! Los!« Und bevor ich ihn zurückbeordern konnte, huschte er die Wand hoch, schlüpfte durch die Lüftungsschlitze und war verschwunden.

Mit erhobener Augenbraue sah Puck mich an. »Meinst du wirklich, er hat begriffen, was du von ihm wolltest?«

Grimalkin hob den Kopf und sah mich genervt an, als hätte ich gerade etwas verbockt, was er stundenlang vorbereitet hatte.

»Keine Ahnung«, murmelte ich mit einem Blick auf die Lüftungsschlitze. »Wir können es nur hoffen.«

Ich bekam Ash den ganzen Abend lang nicht zu Gesicht, obwohl ich Pucks Ratschlag ignorierte und nach ihm suchte. Die anfängliche Geschäftigkeit in den Ruinen wich irgendwann einer düsteren Stille, während die Elfenrebellen sich reihenweise darauf vorbereiteten, in die Schlacht zu ziehen. Rüstungen wurden gereinigt, Waffen geschliffen, und irgendwann verschwand Glitch mit einigen seiner Berater und Hackerelfen hinter verschlossenen Türen, wahrscheinlich zu einer Strategiebesprechung.

Puck, der ewig Neugierige, der alle privaten Treffen als persönliche Herausforderung ansah, erklärte mir, er würde herausfinden, was da vor sich ging, und verschwand.

Rastlos, nervös und gereizt, weil ich Ash nicht finden konnte, zog ich mich in mein Zimmer zurück, wo Grimalkin sich mitten auf meinem Bett zusammengerollt hatte und sich weigerte, Platz zu machen, damit ich mich hinlegen konnte.

»Beweg dich, Grimalkin!«, fauchte ich, nachdem ich vergeblich versucht hatte, ihn sanft wegzuschieben. Als ich fester drückte, knurrte er leise und fuhr seine extrem scharfen Krallen aus, woraufhin ich meine Hand schnell wegzog.

Seine Augen öffneten sich zu goldenen Schlitzen, mit denen er mich finster anstarrte. »Ich bin ein wenig erschöpft, Mensch«, warnte er mich und legte in einem seiner seltenen, aber gefährlichen Temperamentsausbrüche die Ohren an. »Da ich schließlich die ganze Nacht damit verbracht habe, diesen Gremlin aufzuspüren, würde ich dich nun freundlichst bitten, mich schlafen zu lassen, bevor wir denselben Weg zurückmarschieren müssen, auf dem wir gekommen sind. Falls du den Winterprinzen suchst, der ist oben auf dem Balkon bei diesen Insektendingern.« Mit einem empörten Naserümpfen schloss Grimalkin die Augen. »Warum belästigst du nicht ihn eine Weile?«

Mein Herz machte einen Sprung. »Ash? Ash ist auf dem Balkon?«

Grimalkin seufzte. »Warum halten Menschen es eigentlich für notwendig, immer alles zu wiederholen, was man sagt?«, fragte er noch, aber ich war bereits aus der Tür gerannt.

Ferrums Vergangenheit

Die Rebellen warfen mir neugierige und verärgerte Blicke zu, als ich durch das Lager rannte, Hackerelfen auswich, die ihre Computer abbauten, und immer wieder Entschuldigungen murmelte, wenn ich mich durch die Menge schob. Endlich erreichte ich die Treppe zu dem Balkon und rannte sie zwei Stufen auf einmal nehmend hinauf, wurde allerdings langsamer, als ich mich der Plattform näherte. Da ich daran denken musste, was Puck mir über Störenfriede und Eiszapfen erzählt hatte, spähte ich zunächst vorsichtig um die Ecke.

Ash stand mit dem Rücken zu mir am Rand der Plattform, und der Wind zerrte an seinen Haaren und seinem Mantel. Über uns verdeckten dunkelrote Wolken den Mond, und winzige graue Flocken tanzten im

Wind und lösten sich in feines Pulver auf, sobald sie meine Haut berührten. Der Balkon war mit einer dünnen Staubschicht bedeckt, die meine Schritte dämpfte, als ich mich unter dem Torbogen hindurchschob. An der Neigung seines Kopfes erkannte ich, dass Ash mich gehört hatte, doch er drehte sich nicht um.

»Es ist unbegreiflich«, flüsterte er mit Blick über die weite Ebene. In der Ferne zuckte ein giftgrüner Blitz an den dickbäuchigen Wolken entlang, und ein scharfer Chemiegeruch erfüllte die Luft. »Dass das alles früher einmal zum Nimmernie gehörte. Und zu wissen, dass sich alles in so etwas verwandeln könnte ...« Er schüttelte langsam den Kopf. »Das wäre unser Ende. Das Feenreich wäre für immer ausgelöscht. Alles, was ich kenne, Orte, die seit Anbeginn der Zeit existiert haben, einfach weg.«

»Wir werden das nicht zulassen«, sagte ich entschlossen und trat zu ihm an den Rand der Plattform. »Irgendwie werden wir den falschen König aufhalten, und alles wird wieder wie früher werden. Ich werde nicht zulassen, dass alles verschwindet.«

Er sagte nichts dazu, sondern starrte nur weiter auf die Ebene hinaus. Unangenehmes, drückendes Schweigen breitete sich aus. Der Wind peitschte meine Haare und heulte über die Entfernung, die zwischen uns bestand. Ich konnte spüren, dass wir beide etwas sagen wollten, dass wir die Wand aus unausgesprochenen Entschuldigungen durchbrechen wollten, bis ich das Schweigen nicht länger ertragen konnte.

»Es tut mir leid, Ash«, murmelte ich. »Was ich vorhin gesagt habe. Ich habe es nicht so gemeint.«

Er schüttelte leicht den Kopf. »Nein. Du solltest dich nicht entschuldigen.« Seufzend fuhr er sich mit der Hand durchs Haar, sah mich aber immer noch nicht an. »Ich war es doch, der dir beigebracht hat, wie man kämpft und sich verteidigt. Ich habe kein Recht, wütend zu sein, wenn du unter Beweis stellst, dass du jede meiner Lektionen umsetzen kannst.«

»Ich hatte einen ziemlich guten Lehrer.«

Er lächelte leise, doch seine Augen waren noch immer dunkel, als er den Blick auf die Wolken richtete, die über den Himmel glitten. »Du bist nicht mehr dasselbe Mädchen, dem ich bei seinem ersten Besuch im Nimmernie begegnet bin, als es auf der Suche nach seinem Bruder war«, erklärte er sanft. »Du bist gewachsen … hast dich verändert. Du bist jetzt stärker, so wie sie es war.« Er sprach ihren Namen nicht aus, aber ich wusste, wen er meinte: Ariella, seine große Liebe, die er durch den Angriff eines Wyvern verloren hatte, lange bevor wir uns begegnet waren. »Sie war immer die Stärkere von uns beiden«, fuhr Ash leise fort, seine Stimme kaum mehr als ein Murmeln. »Nicht einmal der Winterhof konnte ihren Geist brechen und sie gehässig und grausam werden lassen. Sie war die Beste von uns allen. Aber ich konnte sie nicht retten.« Er schloss die Augen und ballte die Fäuste, als die Erinnerung zurückkehrte. »Sie starb, weil ich nicht fähig war, sie zu beschützen. Ich kann nicht …« Seine Stimme zitterte leicht, und er holte tief Luft. »Ich kann nicht mit ansehen, wie mit dir dasselbe passiert.«

»Ich bin nicht sie«, sagte ich und hakte mich bei ihm ein. »Du wirst mich nicht verlieren, das verspreche ich dir.«

Er zitterte und musterte mich aus dem Augenwinkel. »Meghan«, setzte er an, und ich konnte spüren, wie unwohl er sich fühlte. »Da ist etwas … was ich dir nie gesagt habe. Ich hätte es dir schon früher erzählen sollen, aber … ich hatte Angst, dass es zu einer sich selbst erfüllenden Prophezeiung werden würde, wenn du es weißt.« Er unterbrach sich, als erwarte er, dass ich etwas sagen würde. Als ich schwieg, holte er tief Luft. »Vor langer Zeit sagte mir einmal jemand, dass ich, was die Liebe betrifft, verflucht sei; dass mir alle, die ich liebte, entrissen würden und dass ich, solange ich ohne Seele bliebe, alle verlieren würde, die mir wirklich wichtig seien.«

Mein Herz setzte einen Moment aus, dann schlug es schneller als zuvor. »Wer hat dir das gesagt?«

»Eine alte Druidenpriesterin.« Er schien jetzt zu zögern, und aus dem Augenwinkel bemerkte ich das Aufflackern von dunkelblauer Reue. »Das war vor Ariella, damals in der alten Zeit, als die Menschen noch die alten Götter fürchteten und verehrten und diverse Rituale kannten, um uns fernzuhalten, die uns wiederum nur dazu anstachelten, nach Schlupflöchern zu suchen. Damals war ich noch wesentlich jünger, und meine Brüder und ich trieben unsere grausamen Spielchen mit den Sterblichen, insbesondere mit den jungen, naiven Frauen, denen wir begegneten.« Er unterbrach sich wieder, neigte den Kopf und versuchte, meine Reaktion abzuschätzen.

»Erzähl weiter«, murmelte ich.

Er seufzte, löste ganz sanft meine Hand von seinem Arm und drehte sich zu mir um, sodass er mir ins Gesicht sehen konnte. »Es gab da ein Mädchen«, fuhr er fort und wählte seine Worte sehr sorgfältig. »In der Zeit der Sterblichen war sie gerade mal sechzehn und vollkommen unschuldig. Am liebsten pflückte sie Blumen und spielte am Bach, der am Waldrand floss. Das wusste ich, weil ich sie im Schutz der Bäume beobachtete. Sie war immer allein und völlig sorglos, so unwissend, was die Gefahren des Waldes betraf.« Leise Bitterkeit schlich sich in seine Stimme, dunkle Verachtung gegenüber der Fee in seiner Geschichte. Als er mit leiser, ausdrucksloser Stimme fortfuhr, wurde mir kalt. »Ich habe sie mit hübschen Worten, Geschenken und Liebesversprechungen in den Wald gelockt. Ich sorgte dafür, dass sie sich in mich verliebte, dass kein menschlicher Mann jemals solche Gefühle in ihr wecken würde wie ich, und dann habe ich ihr all das genommen. Ich sagte ihr, dass Sterbliche den Feen nichts bedeuteten und dass sie ein Nichts sei. Ich sagte ihr, dass es ein Spiel gewesen sei, sonst nichts, und dass dieses Spiel nun vorbei sei. Ich habe mehr gebrochen als nur ihr Herz; ich habe ihren Geist gebrochen, ihr Wesen zerstört. Und ich habe es genossen.«

Ich hatte mit so etwas gerechnet, aber trotzdem machte es mich ganz krank: zu wissen, dass Ash so herzlos sein konnte, nicht anders als all die anderen launenhaften Feen, die mit den Gefühlen der Menschen spielten. Dieses sechzehnjährige, einsame Mädchen, das sich nach Liebe gesehnt hatte, war so gewesen wie ich früher. Wenn an diesem Tag ich statt ihr am Waldrand gewesen wäre, hätte Ash dasselbe mit mir gemacht.

»Was ist mit ihr passiert?«, fragte ich, als er wieder schwieg.

Ash schloss die Augen. »Sie starb«, sagte er schlicht. »Sie konnte nicht mehr essen, nicht mehr schlafen, nur noch dahinwelken, bis ihr Körper so schwach wurde, dass er aufgab.«

»Und du hattest deswegen schreckliche Schuldgefühle?«, vermutete ich, weil ich in dieser Geschichte noch irgendeine Moral zu finden versuchte, eine Lektion, die er gelernt hatte, irgendetwas.

Aber Ash schüttelte mit einem bitteren Lächeln den Kopf. »Ich habe keinen Gedanken an sie verschwendet«, sagte er und zerstörte damit meine Hoffnungen. Mein Magen rebellierte. »Dass wir keine Seele haben, befreit uns auch von jeder Art von Gewissen. Sie war nur ein Mensch, noch dazu ein törichter Mensch, der sich in ein Feenwesen verliebt hatte. Sie war nicht die Erste und sie würde auch nicht die Letzte sein. Doch ihre Großmutter, die Hohepriesterin ihres Clans, war nicht so töricht. Sie spürte mich auf und sagte mir, was ich dir gerade erzählt habe: Sie verfluchte mich und versprach, dass ich dazu verdammt sei, alle zu verlieren, die mir wirklich etwas bedeuteten, und dass dies der Preis dafür sei, dass ich keine Seele habe. Natürlich tat ich das als den Aberglauben eines schwachen Sterblichen ab ... bis ich mich in Ariella verliebte.« Seine Stimme wurde noch leiser. »Und jetzt in dich.«

Er wandte sich ab und starrte wieder auf die Ebene hinaus.

»Als mir Ariella genommen wurde, verstand ich plötzlich. Wir haben zwar kein Gewissen, aber wenn man sich verliebt, verändern sich die Dinge. Ich verstand, was ich diesem Mädchen angetan hatte, den Schmerz, den sie meinetwegen durchlitten hatte. Und ich sagte mir, dass ich nie wieder den Fehler machen würde, irgendjemanden an mich heranzulassen.« Er lachte verbittert und schüttelte den Kopf. »Und dann kamst du daher und hast all das ruiniert.«

Ich konnte nicht antworten. Immer noch sah ich dieses Mädchen vor mir und den schönen dunkelhaarigen Fremden, in den sie sich verliebte und der ihr den Tod brachte.

»Warum erzählst du mir das?«, flüsterte ich schließlich.

»Weil ich will, dass du begreifst, was ich bin.« Ash sah ernst und grimmig auf mich herunter. »Ich bin kein Mensch mit spitzen Ohren, Meghan. Ich bin eine Fee, und das werde ich auch immer bleiben. Seelenlos. Unsterblich. Aufgrund dessen, was ich an diesem Tag getan habe, ist jemand gestorben, den ich liebte. Und jetzt stehen wir hier, am Vorabend des Krieges, und ...« Er sah in den Abgrund hinunter, und seine Stimme wurde zu einem Flüstern. »Und ich habe Angst. Ich habe Angst, dass ich dich genauso im Stich lassen werde wie Ariella und dass die Verbrechen meiner Vergangenheit für uns jede Chance auf eine Zukunft zunichtemachen. Dass du erkennen wirst, wer ich wirklich bin, *was* ich wirklich bin, und dass du irgendwann nicht mehr da sein wirst, wenn ich mich umdrehe.«

Der Wind zerrte an seinen Haaren und seiner Kleidung und ließ Aschewolken durch die Stille tanzen. Einer der Gleiter an der Mauer drehte den Kopf und summte verschlafen. Ash stand kerzengerade, mit starrem Rücken und durchgedrückten Schultern, gewappnet für meine Reaktion. Er stellte sich darauf ein, Schritte zu hören, die sich über die Treppe entfernten. Ich sah, wie seine Schultern bebten, und fing einen Hauch von Angst auf, bevor er sie verbergen konnte.

Ich trat ganz nah zu ihm, schlang ihm die Arme um den Bauch und hörte, wie er leise einatmete, als ich ihn an mich zog. »Das war vor langer Zeit«, murmelte ich, legte die Wange an seinen Rücken und lauschte seinem pochenden Herzen. »Du hast dich seitdem verändert. Der alte Ash würde kein dummes Menschenmädchen mit seinem Leben schützen oder ihr Ritter werden oder mit ihr ins Exil gehen. Auf dem gesamten Weg warst du immer da, bei jedem Schritt warst du an meiner Seite. Ich werde dich jetzt bestimmt nicht gehen lassen.«

»Ich bin ein Feigling.« Ashs Stimme klang kleinlaut. »Wenn ich dich so lieben würde, wie ich sollte, würde ich meinem Leben ein Ende setzen und damit auch dem Fluch.

Meine Existenz bringt dich in Gefahr. Wenn ich nicht mehr da wäre…«

»Wage es ja nicht, Ashallayn'darkmyr Tallyn.« Ich hielt ihn noch fester, selbst als er bei der Nennung seines Wahren Namens zusammenzuckte. »Wage es ja nicht, wegen eines obskuren Aberglaubens dein Leben wegzuwerfen. Wenn du stirbst…« Meine Stimme brach, und ich schluckte schwer. »Ich liebe dich«, flüsterte ich schließlich und drückte meine geballten Fäuste gegen seinen Bauch. »Du darfst nicht gehen. Du hast geschworen, dass du es nicht tun wirst.«

Ashs Hand legte sich auf meine, und er verflocht unsere Finger miteinander. »Stünde selbst die gesamte Welt gegen dich«, murmelte er und neigte den Kopf. »Ich verspreche es.«

Wir verbrachten den Rest der Nacht auf dem Balkon, lehnten uns gegen die Mauer und beobachteten, wie der Sturm über die weit entfernten

Hügel fegte. Wir redeten nicht viel, sondern genossen einfach die Nähe des anderen und hingen unseren Gedanken nach. Wenn wir redeten, ging es um den Krieg, die Rebellen und andere akute Dinge. Von der Vergangenheit hielten wir uns fern ... und auch von der Zukunft. Ein paarmal nickte ich ein, und immer wenn ich aufwachte, lag ich in seinen Armen, und mein Kopf ruhte an seiner Schulter.

Dann bekam ich erst wieder mit, dass er mich wach rüttelte. Die Nacht war fast vorüber, und am Horizont glühte es rosa.

»Wach auf, Meghan.«

»Hm?« Ich gähnte und rieb mir die Augen. An eine Wand gelehnt in einer Rüstung zu schlafen entpuppte sich nun als schlechte Idee. Mein Hinterteil pochte vor Schmerz. »Müssen wir schon los?«

»Nein.« Ash trat an die Kante der Plattform. »Sieh dir das an, schnell.«

Ich spähte über die Kante. Erst konnte ich nichts erkennen, aber dann wurde das Licht von etwas Glänzendem, Metallischem am Horizont reflektiert. Ich kniff die Augen zusammen und schirmte sie mit einer Hand ab. Konnte das der Glanz einer Metallrüstung sein? Oder der funkelnde Rücken eines Eisenkäfers? Mir gefror das Blut in den Adern.

»Sie kommen«, murmelte Ash, während ich von der Kante zurückwich.

»Wir müssen es Glitch sagen!«

Hastig lief ich zur Treppe, Ash dicht hinter mir. Als wir die Stufen hinunterrannten, wurde uns schnell klar, dass Glitch es bereits wusste. Im Lager herrschte das reinste Chaos, die Rebellen rannten hin und her, schnappten sich Waffen und streiften sich Rüstungen über. Die Verwundeten vom Vortag verließen mit ihren frischen Verbänden die Ruine, humpelten davon oder trugen diejenigen, die nicht laufen konnten.

»Da seid ihr ja!« Puck erwartete uns am Fuß der Treppe und verdrehte die Augen, als wir heruntergerannt kamen. »Schon wieder eine Armee auf dem Vormarsch, und ihr zwei knutscht auf dem Balkon rum. Kommt in die Gänge, sieht so aus, als gäbe es bald die nächste Schlacht.«

»Wo ist Glitch?«, fragte ich, während wir durch die Ruine stürzten und immer wieder diversen Rebellen auswichen. »Was denkt er sich bloß? Wir können jetzt nicht gegen die nächste Armee kämpfen! Wir haben zu viele Verwundete, ein weiterer Kampf würde sie vernichten.«

»Es sieht nicht so aus, als hätten wir eine große Wahl, Prinzessin«, sagte Puck gerade, als ich den Rebellenführer unter den Zweigen des riesigen Baums entdeckte. Er war in einen Streit mit Diode vertieft. Glitchs Gesicht wirkte angespannt, und die Augen des Hackerelfen rollten wild herum, während er hektisch gestikulierte.

»Glitch!« Ich rannte auf ihn zu und wich im letzten Moment einem großen Hund aus, der mich anknurrte, nachdem ich nur knapp einem Zusammenprall entgangen war. »Hey, ich muss mit dir reden!«

Glitch sah auf und zuckte zusammen, als er erkannte, wer es war. »Was wollt Ihr, Eure Hoheit? Ich bin gerade ziemlich beschäftigt.«

»Was soll das denn?«, fragte ich, als ich ihn erreichte und Diode mir hastig Platz machte. »Du kannst deine Leute jetzt nicht kämpfen lassen! Wir wollen uns doch mit Sommer und Winter zusammentun, und dazu brauchen wir jeden, den wir kriegen können. Wenn ihr jetzt, so bald nach der letzten Schlacht, schon wieder kämpft, könntet ihr alle verlieren!«

»Das ist mir durchaus bewusst, Eure Hoheit!«, fauchte Glitch mich an und seine Stacheln blitzten wütend. »Aber uns bleibt keine andere Wahl, oder? Wir können nicht weglaufen – die würden uns da draußen zur Strecke bringen. Wir können uns nicht verstecken – es gibt keinen Ort, an den wir gehen könnten. Wir können nichts anderes tun, als uns ihnen hier zu stellen. Zum Glück ist es nicht die gesamte Armee des falschen Königs, nur ein paar Angriffstruppen. Die eigentliche Armee ist immer noch auf dem Weg zum Wilden Wald, übrigens inklusive mobiler Festung. Und wenn wir uns jetzt nicht um dieses kleine Problem kümmern, werden wir keine Gelegenheit mehr haben, uns Sommer und Winter anzuschließen. Jetzt geht mir aus dem Weg. Ich sollte an der Front sein, wenn die Kämpfe losgehen.«

»Warte!« Ich packte ihn am Ärmel, als er an mir vorbeieilte, woraufhin er wütend zu mir herumwirbelte. »Es gibt noch eine weitere Option. Wir sind durch die Elsterlingtunnel unter dem Turm gekommen. Auf diesem Weg könnten wir fliehen.«

»Die Tunnel?« Glitch schüttelte meine Hand ab. »Diese Tunnel erstrecken sich kilometerweit. Das ist ein riesiges Labyrinth da unten. Da könnten wir tagelang herumirren.«

»Ich nicht.« Ich hatte immer noch keine Ahnung, warum mir diese Tunnel so vertraut waren, aber sobald ich es ausgesprochen hatte, wusste ich, dass es die Wahrheit war. »Ich kenne den Weg. Ich kann alle sicher durchführen.«

Er wirkte ungläubig, und nun wurde ich wütend. »Entweder das, oder du verlierst deine Leute, noch bevor der eigentliche Krieg begonnen hat! Verdammt, Glitch, du solltest mir langsam mal vertrauen!«

»Tu es«, sagte Ash leise und starrte der Eisernen Fee in die Augen. »Du weißt, dass sie recht hat.«

Glitch seufzte schwer und wedelte mit den Händen. »Und Ihr wisst ganz sicher den Weg?«, fragte er.

»Ich wäre jetzt nicht hier, wenn es nicht so wäre.«

»Na schön«, sagte er bedächtig. »Gut. Wir werden noch einmal unser Leben in Eure Hände legen, Hoheit. Diode, sag es allen: Wir treffen uns marschbereit auf dem großen Platz.«

»Ja, Sir.« Diode warf mir einen erleichterten Blick zu und flitzte davon.

Glitch sah ihm nach, dann drehte er sich um und musterte mich mit zusammengekniffenen violetten Augen. »Das sollte besser funktionieren. Ihr seid eine verdammte Nervensäge, wisst Ihr das, Hoheit?«

»Aber eine, die euch den Arsch retten wird«, schoss ich zurück, was mir ein anerkennendes Prusten von Puck einbrachte.

Glitch rollte nur mit den Augen und stapfte davon.

Keine fünfzehn Minuten später hatte sich die gesamte Rebellenarmee unter den Zweigen der großen Eiche versammelt, alle bewaffnet, gerüstet und marschbereit. Ich schlug mich gerade mit der Frage herum, wie schnell wir alle Rebellen in die Tunnel runterbringen konnten, als Diode zu mir kam und mich darüber informierte, dass die Falltür, durch die wir gekommen waren, nicht die einzige war. Es gab wohl überall im Turm welche, und eine von ihnen befand sich in der zentralen Kammer direkt unter dem Baum. Er war gerade dabei, mir zu erklären, wo sie fast unsichtbar zwischen den Wurzeln des Baumes lag, als Glitch mit wild blitzenden Haaren am Baumstamm auftauchte.

»Sie haben den Turm schon fast erreicht! Wir müssen sofort los!«

Mit vereinten Kräften stemmten Ash, Puck und Glitch die Falltür auf und ließen sie mit einem lauten Scheppern, das durch die gesamte Ruine hallte, auf den Boden knallen.

Dann richtete Glitch sich auf, sah mich an und deutete auf das gähnende Loch, das in die Dunkelheit führte. »Nach Euch, Hoheit. Diode, geh mit der Prinzessin, damit alle wissen, dass sie ihr folgen sollen.«

»Was ist mit dir?«

»Ich bleibe oben und stelle sicher, dass auch alle mitkommen.« Glitch nickte dem stämmigen Zwerg mit dem mechanischen Arm zu, der stoisch hinter uns stand und wartete. »Wenn alle unten sind, kommen Torque und ich runter und versiegeln den Tunnel hinter uns. Wir werden ja höchstwahrscheinlich nicht hierher zurückkehren.«

»Aber ...«

»Ich mache mir Gedanken darüber, wie ich unseren Fluchtweg sichere, Ihr macht Euch Gedanken darüber, dass wir uns da unten nicht verirren.« Glitch gab mir eine Taschenlampe und zeigte auf das Loch. »Und jetzt los, bevor der Feind direkt vor der Tür steht!«

Ich schaltete die Taschenlampe ein und stieg in den Tunnel hinunter.

Die muffige Dunkelheit empfing mich, zusammen mit dem Geruch nach Staub, Schimmel und nassem Fels – fremdartig und vertraut zugleich. Ash landete neben mir, dann Puck und Diode, dessen glühende Zahlenaugen körperlos in der Dunkelheit zu schweben schienen. Kurz fragte ich mich, wo Grimalkin steckte, und hoffte, dass er sicher hier rauskommen würde.

Der Hackerelf sah sich nervös in den Tunneln um, und seine Augen rollten hektisch. »Seid Ihr sicher, dass Ihr den Weg kennt?«, murmelte er und versuchte zuversichtlich zu klingen, aber es klang mehr nach einem verzweifelten Quieken.

Ich ließ den Strahl der Taschenlampe durch den unterirdischen Gang wandern und lächelte erleichtert. Alles war so vertraut. Ich wusste exakt, in welche Richtung wir mussten.

»Fang an, sie runterzuschicken, Diode. Sag allen, dass sie mir folgen sollen.«

Ich ging ein paar Schritte, und die Rebellen ließen sich nach und nach durch die Falltür fallen. Ihre Laternen und Taschenlampen schwebten in der Dunkelheit.

Anfangs fühlte es sich seltsam an, am Kopf einer so großen Armee zu marschieren und ihre Blick im Rücken zu spüren, während ich sie durch die Tunnel führte. Doch bald wurden die schwankenden Lichter und ihre knirschenden Schritte zu einer Art Hintergrundgeräusch, das ich irgendwann fast nicht mehr wahrnahm.

Mehrere Minuten später dröhnte ein lauter Knall durch die Gänge, der den Boden beben und Staub von der Decke rieseln ließ.

Diode quietschte vor Angst, Puck hielt sich an einer Wand fest, und Ash packte meinen Arm und stützte mich, als ich taumelte.

»Was war das?«, schrie der Hackerelf, als der Staub sich langsam legte.

Hustend wedelte ich mit einer Hand vor meinem Gesicht herum und sah mich nach den Rebellen um, die gerade wieder auf die Füße kamen und sich nervös umschauten.

Ich wechselte einen vielsagenden Blick mit Ash und Puck. »Glitch muss die Tunnel zum Einsturz gebracht haben«, stellte ich fest und hob die Taschenlampe auf, die ich fallen gelassen hatte. »Das war der einzige Weg, um die Truppen des falschen Königs daran zu hindern, uns zu folgen.«

»Was?« Diode blickte ängstlich zurück, und seine Augen kreisten wie wild. »Ich dachte, er würde einfach nur die Türen versiegeln. Dann können wir also nicht zum Stützpunkt zurückkehren?«

»Er hatte nie vor, hierher zurückzukehren«, murmelte ich und richtete den Lichtstrahl auf das Labyrinth vor uns. »Es gibt jetzt kein Zurück mehr. Wir können nur noch weitergehen.«

In den lichtlosen Gängen des Elsterlingtunnelsystems hatte Zeit keine Bedeutung. Vielleicht liefen wir schon stundenlang, vielleicht auch bereits mehrere Tage. Die Tunnel sahen alle gleich aus: dunkel, unheimlich und voll seltsamem Kram wie einem vergessenen Computermonitor oder dem abgetrennten Kopf einer Puppe. Nach der Explosion kam Glitch immer wieder zu mir an die Spitze des Zugs, meistens nur, um sich zu versichern, dass ich immer noch wusste, wohin ich ging. Ungefähr nach dem sechsten Mal fing er an, mir auf die Nerven zu gehen.

»Ja, ich weiß immer noch, wohin ich gehe«, fauchte ich, als er wieder einmal an meiner Seite auftauchte, und schnitt ihm damit das Wort ab, bevor er überhaupt etwas sagen konnte.

Ash ging an meiner anderen Seite, ganz der schweigende Beschützer. Aber ich ertappte ihn dabei, wie er genervt die Augen verdrehte, als Glitch erschien.

Der Rebellenführer runzelte irritiert die Stirn. »Entspannt Euch, Hoheit. Das wollte ich diesmal gar nicht fragen.«

»Oh, wie schade«, meinte Puck, der sich nun neben ihn schob. »Du schaffst es noch, dass ich meine Wette mit dem Eisbubi verliere. Komm schon, sei kein Spielverderber. Sag es nur noch einmal, für mich!«

»Was ich eigentlich fragen wollte«, fuhr Glitch fort, ohne Puck zu beachten, »ist: Wie lange dauert es noch, bis wir hier rauskommen? Meine Leute werden langsam müde – ohne eine Pause können wir nicht mehr lange so weitermachen.«

Verunsichert sah ich Ash an. »Wie lange sind wir denn schon unterwegs?«

Er zuckte mit den Schultern. »Schwer zu sagen. Einen Tag vielleicht, könnte auch länger sein.«

»Wirklich?« Mir war es gar nicht so lange vorgekommen. Ich war nicht müde. Eigentlich war es eher so, dass ich über immer mehr Energie zu verfügen schien, je länger unsere Reise dauerte – und es war die Art von Energie, die mich zu Machinas Baum gezogen hatte. Allerdings war diese Kraft hier dunkler, bitterer und älter, und plötzlich wusste ich, woher sie kam.

»Wir müssen ganz in der Nähe von Ferrums Kammer sein«, murmelte ich.

Glitch zog überrascht die Augenbrauen hoch. »Ferrum? Der alte König Ferrum?«

»Du kennst ihn?«

»Ich habe Machina dabei geholfen, ihn zu stürzen.« Glitch starrte mich ungläubig an. »Ich habe zusammen mit Virus und Eisenpferd den Sturm auf den Thronsaal angeführt. Willst du mir etwa erzählen, er sei noch am Leben?«

»Nein.« Ich schüttelte den Kopf. »Nicht mehr. Er war hier unten, als ich das erste Mal ins Eiserne Reich kam, um meinen Bruder zurückzuholen. Die Elsterlinge haben ihn damals noch verehrt, aber er hatte panische Angst, dass Machina ihn finden könnte. Ich denke, irgendwann ist er vergangen, und die Elsterlinge sind weitergezogen, als er starb.«

»Wow.« Verblüfft schüttelte Glitch den Kopf. »Ich kann kaum glauben, dass der alte Kauz so lange am Leben geblieben ist. Ich schwöre Euch, hätte ich von ihm gewusst, hätte ich jeden verdammten Tunnel des Eisernen Reiches abgesucht, bis ich ihn gefunden und von seinem Elend erlöst hätte.«

Entsetzt starrte ich ihn an. »Warum? Auf mich wirkte er ganz harmlos. Er war einfach nur ein bedauernswerter, wütender alter Mann.«

»Ihr wisst ja nicht, wie er früher war.« Glitchs Augen verengten sich. »Ihr wart nicht hier, als er König war. Ferrum war paranoid. Ständig hatte er Angst, dass ihm jemand seine Krone stehlen könnte. Ich war einer der jüngsten Leutnants, aber Eisenpferd erzählte mir, dass Ferrum mit jeder neuen Eisernen Fee, die auftauchte, immer ängstlicher und wütender wurde. Es wäre das Beste gewesen, wenn er abgedankt und seinen Thron einem Nachfolger überlassen hätte. Er war alt und überholt, und alle wussten es. In diesem Reich tritt das Alte beiseite, um dem Neuen Platz zu machen. Aber Ferrum weigerte sich, seine Macht aufzugeben, obwohl seine Verbitterung bereits das Land um ihn herum verseuchte. Machina hat ihn angefleht, seinen Herrschaftsanspruch zu überdenken, mit Würde abzutreten und die Verantwortung einem anderen zu überlassen.«

»Ferrum erzählte mir, Machina habe ihm den Thron aus Machtgier entrissen, weil er ihn für sich haben wollte.«

Glitch schnaubte abfällig. »Machina war einer von Ferrums entschiedensten Fürsprechern. Der Rest von uns – Virus, Eisenpferd und ich – war Ferrums ständige Drohungen leid, seine dauernde Angst, einer von uns könnte der Nächste sein. Aber Machina sagte uns, wir müssten Geduld haben, und ihm gegenüber waren wir loyaler als gegenüber unserem verrückten König. Dann kam der Tag, als Ferrums krankhafte Paranoia die Oberhand gewann und er versuchte, Machina zu töten. Er wollte ihn erstechen, als Machina ihm den Rücken zukehrte. Ich fürchte, das war sein letzter Fehler. Machina erkannte, dass Ferrum nicht mehr in der Lage war, zu herrschen, und scharte seine Anhänger um sich, um den König vom Thron zu stoßen. Wir waren überglücklich, diesem Wunsch nachzukommen.«

Ich fühlte mich leicht benommen. Alles, was ich über Machina zu wissen geglaubt hatte, war falsch. »Aber ... Machina wollte immerhin das Nimmernie übernehmen«, protestierte ich. »Er wollte die alten Feen auslöschen und ein Königreich der Eisernen Feen gründen.«

»Machina war schon immer ein Stratege.« Glitch zuckte ungerührt mit den Achseln. »Er wusste, dass Ferrums Vorgehensweise – sich voll Angst vor den beiden Höfen zu verstecken und zu hoffen, dass sie uns nicht bemerken würden – bald nicht mehr funktionieren würde. Das Eiserne Königreich wuchs schneller als je zuvor. Wir konnten uns nicht länger verstecken. Früher oder später hätten die Höfe es herausgefunden, und was dann? Was meint Ihr, was passiert wäre, wenn sie entdeckt hätten, dass es ein ganzes Königreich voller Feen gibt, die genau dem entspringen, was sie töten kann? Machina wusste, dass es zum Krieg kommen würde. Es hielt es einfach für das Beste, wenn wir den Erstschlag führten.«

»Nur blöd, dass Meghan euch das versaut hat«, ergänzte Puck und grinste Glitchs Hinterkopf spöttisch an.

Glitch drehte sich um und erwiderte das Grinsen. »Das wird keine Rolle mehr spielen, falls der falsche König das Nimmernie erobert, oder?«, konterte er. »Mich wird es auch weiterhin geben, genau wie alle anderen Eisernen Feen, aber ihr Altblütler werdet dann der Vergangenheit angehören. Und nicht einmal Ihre Hoheit wird dann in der Lage sein, etwas dagegen zu tun.«

»Das wird nicht passieren«, fauchte ich Glitch an. »Ich werde den falschen König aufhalten, genau wie ich Machina aufgehalten habe.«

»Freut mich, das zu hören.« Glitch sah mich durchdringend an. »Aber habt Ihr jemals darüber nachgedacht, wie Ihr die Ausbreitung des Eisernen Reiches aufhalten wollt? Nur weil der falsche König nicht mehr da ist, heißt das noch lange nicht, dass wir alle ebenfalls verschwinden werden. Das Eiserne Königreich wird auch weiterhin wachsen und das Nimmernie verändern, und letztendlich werden die beiden Höfe sich so oder so gegen uns wenden. Ich bin ja auch der Meinung, dass wir den falschen König aufhalten müssen, aber damit zögert Ihr das Unvermeidliche nur hinaus.«

»Es muss einen Weg geben«, murmelte ich. »Ihr seid alle Feen, ihr benutzt alle euren Schein auf die gleiche Weise. Es gibt nur ein paar kleine Unterschiede, das ist alles.«

»Es sind nicht nur *kleine* Unterschiede«, erklärte Glitch bestimmt. »Unser Schein tötet die Altblütler. Und die Sommermagie ist für uns ebenfalls tödlich. Wenn Ihr meint, wir könnten Händchen halten und Freunde werden, dann macht Ihr Euch etwas vor, Prinzessin. Aber auf jeden Fall müssen wir bald Pause machen, sonst wird diese Armee zu erschöpft sein, um gegen irgendjemanden zu kämpfen.«

Ich schüttelte den Kopf. »Nein, wir müssen weiter. Zumindest, bis wir aus den Tunneln raus sind.«

»Warum?«

»Weil…« Ich schloss die Augen. »Weil er fast da ist.« Alle drei Feen starrten mich an.

»Woher weißt du das?«, fragte Ash leise.

»Ich kann ihn spüren.« Auf meinen Armen breitete sich Gänsehaut aus, und ich schlang sie zitternd um meinen Körper. »Ich kann spüren… wie das Land aufschreit, wenn er vorbeizieht. Es fühlt sich an wie…« Verzweifelt suchte ich nach den richtigen Worten. »Es fühlt sich an, als würde jemand eine Klinge über seine Oberfläche ziehen und eine Narbe hinterlassen. Ich kann ihn spüren, seit wir an Ferrums alter Kammer vorbeigekommen sind. Der falsche König… er nähert sich dem Wilden Wald, und er wartet auf mich.«

Die letzte Nacht

Irgendwann lagen die Tunnel hinter uns.

Die Nacht war erstaunlich klar, als unsere angeschlagene, bunt zusammengewürfelte Armee ihre Zelte an einem brodelnden Lavasee aufschlug, wo die Luft stark nach Schwefel roch. Ich wollte eigentlich nicht so nah am See lagern, aber Glitch setzte sich über mich hinweg. Er sagte, dass der Geruch unsere Anwesenheit verschleiern würde und seine Armee außerdem dank meines Gewaltmarsches durch die Elsterlingtunnel völlig erschöpft sei.

Sogar Ash und Puck waren müde. Sie sagten zwar nichts, aber ihre hageren, bleichen Gesichter verrieten mir, dass sie sich nicht besonders gut fühlten. Ihre Amulette waren fast aufgezehrt. Das Eiserne Reich verlangte nun doch seinen Tribut.

»Legt euch hin«, sagte ich zu ihnen, sobald Glitch verschwunden war, um seinen Leuten bei der Errichtung des Lagers zu helfen. »Ihr seid beide total kaputt, und wir machen heute Nacht sowieso nichts mehr. Ruht euch etwas aus.«

Puck schnaubte. »Na, wir sind heute ja mal herrisch«, sagte er, aber irgendwie ohne seine übliche Energie. »Gib einem Mädchen eine Armee, und schon steigt es ihr zu Kopf.« Dann gähnte er und rieb sich den Schädel. »Na gut.

Falls mich jemand braucht, findet er mich bewusstlos in meinem Zelt, bei dem Versuch, zu vergessen, wo ich bin.

Schaut mal: Dämonenfeen, ein See kochender Lava – erinnert euch das nicht an irgendwas?« Er verzog das Gesicht und schenkte mir ein schwaches Grinsen. »Als ich sagte, ich würde dir bis in die Hölle und zurück folgen, war das eigentlich nicht wörtlich gemeint, Prinzessin. Ach, was soll's.« Er hob eine Hand und winkte munter. »Bis morgen, ihr Turteltäubchen.«

»Was ist mit dir?«, fragte Ash, als Puck laut pfeifend davonschlenderte. »Du bist genauso lange marschiert wie der Rest von uns. Wir werden keine weitere Gelegenheit haben, um uns auszuruhen, bevor wir das Schlachtfeld erreichen.«

Eine kurze Bewegung erregte meine Aufmerksamkeit. Einen Moment lang glaubte ich, eine pelzige graue Katze zu sehen, die auf einen Felsblock am Seeufer sprang. Aber die Luft um den Felsen flimmerte vor Hitze, und dann war das Bild verschwunden.

»Ich weiß«, wandte ich mich wieder Ash zu und blinzelte in der heißen, trockenen Luft. »Und es klingt wahrscheinlich komisch, aber mir geht es gut. Geh ruhig«, sagte ich und sah ernst zu ihm hoch. »Ich weiß doch, dass du erschöpft bist. Ruh dich etwas aus, bevor wir in die Schlacht ziehen. Ich bleibe in der Nähe.«

Er protestierte nicht, was mir nur zeigte, wie erschöpft er war. Er trat dicht vor mich und drückte mir einen sanften Kuss auf die Stirn, bevor er zu der Zeltgruppe ging, die am weitesten vom See entfernt stand. Ich sah ihm nach, bis er hinter einem alten, krummen Monolithen verschwand, dann wanderte ich zum Seeufer hinunter.

So dicht bei der Lava fühlte meine Haut sich an, als würde sie sich von den Knochen lösen, wenn ich nur daran kratzte, und ich traute mich nicht zu nahe ans Ufer heran. Einmal stolpern oder ausrutschen, und es würde ein böses Ende nehmen.

Die Lava brodelte träge und verzog sich zu zähen, hypnotischen Mustern aus Orange und Gold, die in diesem höllischen Glühen seltsam schön erschienen. Kurz packte mich das irre Verlangen, einen Stein über die leuchtende Oberfläche springen zu lassen. Ich entschied dann aber, dass das wahrscheinlich keine gute Idee war.

»Das Schmelzbecken«, sagte eine Stimme hinter mir, und Grimalkin erschien auf einem Felsen. Seine Schnurrhaare glühten rot. Ich war erleichtert, ihn zu sehen, auch wenn ich wusste, dass er gut allein auf sich aufpassen konnte. »Im Zentrum der Obsidianebenen. Eisenpferd hat mir davon erzählt. Das hier war sein Land, damals, als König Machina regierte.«

»Eisenpferd.« Ich lehnte mich gegen den Felsen und schaute auf den See hinaus. Der Felsblock war so warm, dass ich es sogar durch meine Rüstung spüren konnte. »Ich wünschte, er könnte hier sein und das sehen«, murmelte ich und stellte mir vor, wie das riesige Pferd aus schwarzem Metall stolz auf der anderen Seite des Sees stand. »Ich wünschte, wir hätten ihn nach Hause bringen können.«

»Es hat keinen Zweck, sich das Unmögliche zu wünschen, Mensch.« Grimalkin setzte sich und legte den Schwanz um seinen Körper, dann starrten wir gemeinsam auf den See hinaus. »Eisenpferd wusste, was er zu tun hatte. Lass dich nicht durch menschliche Schuldgefühle von deinen Pflichten ablenken, das hat Eisenpferd auch nicht getan.«

Ich seufzte. »Das war es, was du mir sagen wolltest, Grim? Lade dir nicht die Schuld für den Tod eines Freundes auf?«

»Nein.« Der Kater zuckte mit einem Ohr, stand auf und sah mich durchdringend an. »Ich bin gekommen, um dir zu sagen, dass ich gehe.

Ich wollte nicht, dass du dir so kurz vor der Schlacht Sorgen darum machst, wo ich wohl sein könnte. Du musst dich jetzt auf wichtigere Dinge konzentrieren. Also ... ich gehe.«

Ich stieß mich von dem Felsen ab und drehte mich zu ihm um. »Warum?«

»Mensch, mein Teil hier ist getan.« Grimalkin musterte mich fast schon liebevoll. »Morgen wirst du mit einer Armee Eiserner Feen im Rücken in die Schlacht ziehen. In diesem Kampf gibt es keinen Platz für mich – ich gebe mich nicht der Illusion hin, ich sei ein Krieger.« Er trat vor und sah mich mit seinen uralten goldenen Augen an, in denen sich das Licht des Sees spiegelte. »Ich habe dich so weit gebracht, wie ich konnte. Nun wird es Zeit für dich, allein weiterzugehen und dein Schicksal in die Hand zu nehmen. Außerdem ... « Grimalkin setzte sich wieder und schaute noch einmal auf den See hinaus. Seine Schnurrhaare zitterten in der heißen Luft. »... habe ich auch noch einen Vertrag zu erfüllen, bevor das alles vorbei ist.«

»*Du* hast dich auf einen Vertrag eingelassen?«

Er zuckte mit dem Schwanz und schenkte mir einen herablassenden Blick. »Du glaubst doch nicht etwa, Eisenpferd hätte keinerlei Gegenleistung gefordert, oder? Also wirklich, Mensch, manchmal verzweifle ich an dir. Aber die Nacht verfliegt, und ich muss gehen.« Er sprang elegant von dem Felsen und wollte mit stolz aufgerecktem Schwanz davontraben.

Ich schluckte schwer. »Werde ich dich jemals wiedersehen, Grim?«

Die Cat Sidhe drehte sich noch einmal um und musterte mich mit schief gelegtem Kopf. »Was für eine seltsame Frage«, stellte der Kater nachdenklich fest. »Ob du mich wiedersehen wirst – wo ich doch kein Orakel bin und nichts über die Zukunft weiß? Das kann ich dir nicht sagen. Ich werde die Menschen nie verstehen, aber ich schätze, das macht ihren Charme aus.« Er rümpfte die Nase und schwenkte träge seinen buschigen Schwanz. »Versuche, dich aus Schwierigkeiten rauszuhalten, Mensch. Ich fände es mehr als verdrießlich, wenn du es schaffen würdest, dich umbringen zu lassen.«

»Grim, warte. Bist du sicher, dass du klarkommen wirst?«

Grimalkin lächelte. »Ich bin eine Katze.«

Und dann verschwand er, einfach so.

Ich wischte mir mit einem zaghaften Lächeln eine Träne aus dem Gesicht. Grim war immer verschwunden und wieder aufgetaucht, wie es ihm gerade passte, aber diesmal war es anders. Plötzlich wusste ich, dass ich ihn nicht wiedersehen würde, zumindest für sehr lange Zeit nicht.

»Mach's gut, Grimalkin«, flüsterte ich und fügte dann – für den Fall, dass der gerissene Kater noch irgendwo lauschte – sehr leise hinzu: »Danke.«

Zitternd stand ich in dem heißen Wind und vermisste ihn bereits. Wie viele würde ich wohl noch verlieren, bevor das hier vorbei war? Irgendwo da draußen – näher als je zuvor – marschierte der falsche König auf die Armeen von Sommer und Winter zu. Morgen würde die Stunde der Wahrheit kommen. Morgen war der Jüngste Tag, an dem wir entweder siegen oder sterben würden.

Auf einmal wünschte ich mir, ich könnte mit meiner Familie sprechen. Ich wollte noch einmal Moms Gesicht sehen und Ethan in den Arm nehmen und ihm ein letztes Mal durch die Haare wuscheln. Sogar Luke wollte ich sehen, um ihm zu sagen, dass ich ihm verzieh, dass er mich nie bemerkt hatte, mich nie gesehen hatte. Mom war glücklich mit ihm, und wenn sie ihm nicht begegnet wäre, hätte ich nicht Ethan als Bruder. Ich hätte keine Familie. Mir schnürte es die Kehle zu, und die Sehnsucht drückte wie ein schmerzhafter Knoten in meinem Bauch. Würden sie mich vermissen, falls ich nie wieder nach Hause zurückkam? Würden sie irgendwann aufhören, nach mir zu suchen, nach der Tochter, die eines Nachts verschwand und nie zurückkehrte?

Der Wind fuhr mit einem einsamen, trostlosen Heulen über die Ebene, während eine überraschende Erkenntnis mit eisigen Fingern nach meinem Herzen griff. Ich könnte morgen sterben. Es herrschte Krieg, und es würde auf beiden Seiten zahlreiche Opfer geben. Der falsche König könnte zu stark für mich sein, selbst wenn ich einen Weg fand, in seine Festung einzudringen. Wir konnten genauso gut verlieren. Ich könnte erschlagen werden, und dann würde meine Familie niemals wissen, was passiert war oder wofür ich gekämpft hatte. Wenn ich starb, wer würde es ihnen überhaupt sagen? Oberon? Nein, wenn ich verlor, würde er ebenfalls schwinden. Wenn ich verlor, wäre alles vorbei. Es wäre das Ende des Feenreiches. Für immer.

O Gott.

Ich zitterte jetzt völlig unkontrolliert. Das war es also. Die letzte Schlacht, und alle Hoffnungen ruhten auf mir. Was, wenn ich versagte?

Wenn ich den falschen König nicht schlagen konnte, würden alle sterben – Oberon, Grim, Puck, Ash …

Ash.

Zitternd rannte ich zurück ins Lager, vorbei an den Zelten, die rund um den See standen. Hier war alles dunkel und still, ganz anders als das wilde Gelage, das vor der Schlacht in den Lagern von Sommer und Winter stattgefunden hatte. Plötzlich verstand ich seine Bedeutung und hätte diese Ablenkung heute Nacht furchtbar gern genossen. Zu viele finstere Gedanken wirbelten in meinem Kopf herum, so viele Emotionen, dass ich das Gefühl hatte, gleich platzen zu müssen. Doch trotz allem, was ich empfand, und trotz aller chaotischen Gefühle lief alles immer wieder auf ihn hinaus.

Ich fand sein Zelt am Rand des Lagers, ein Stück entfernt von den anderen. Ich hatte keine Ahnung, woher ich wusste, dass es seines war – im Prinzip sahen die Zelte alle gleich aus. Aber ich konnte ihn spüren, so deutlich wie meinen eigenen Herzschlag. Am Eingang zögerte ich, die Hand schon erhoben, um die Klappe zurückzuschlagen. Was sollte ich ihm sagen, in der vielleicht letzten Nacht unseres Lebens?

Schließlich nahm ich meinen ganzen Mut zusammen, schlug die Zeltklappe zurück und ging hinein.

Ash lag in einer Ecke auf dem Rücken. Er hatte einen Arm über das Gesicht gelegt und atmete tief und gleichmäßig. Sein Oberkörper war nackt, und das Amulett, das inzwischen fast völlig schwarz war, glänzte wie ein Tropfen Tinte auf der blassen Haut seiner durchtrainierten Brust. Ich war überrascht, dass er nicht gehört hatte, wie ich reingekommen war. Normalerweise wäre Ash innerhalb eines Wimpernschlags mit gezogenem Schwert auf den Beinen gewesen. Unser Marsch durch die Tunnel musste ihn völlig ausgelaugt haben.

Ich kostete diesen Moment aus, musterte ihn, bewunderte die schlanken, kräftigen Muskeln und sah mir die Narben an, die sich über seine bleiche Haut zogen. Seine Brust hob und senkte sich bei jedem leisen Atemzug, und ihm einfach nur beim Schlafen zuzusehen sorgte schon dafür, dass ich etwas ruhiger wurde.

»Wie lange willst du mich noch anstarren?«

Ich zuckte zusammen. Er hatte sich nicht gerührt, aber ein Mundwinkel hatte sich zu einem schiefen Grinsen verzogen. »Wie lange weißt du schon, dass ich hier bin?«

»Ich habe dich in dem Moment gespürt, als du zum Zelt gekommen und dann draußen stehen geblieben bist und dich gefragt hast, ob du wirklich reinkommen sollst.« Ash nahm den Arm vom Gesicht und stützte sich auf einen Ellbogen, um mich ansehen zu können. Sein Gesicht war jetzt ernst, und seine silbernen Augen strahlten im Halbdunkel. »Was ist los?«

Ich schluckte. »Ich konnte … Ich wollte nur … Oh, verdammt …« Ich wurde rot und verstummte, den Blick auf den Boden gerichtet. »Ich habe Angst«, gab ich schließlich leise zu. »Morgen ist Krieg, und wir könnten sterben, und ich würde meine Familie nie wiedersehen und … und ich will heute Nacht nicht allein sein.«

Ashs Blick wurde weich. Ohne ein Wort zu sagen, rückte er auf seinem Feldbett zur Seite und machte mir Platz. Mit klopfendem Herzen durchquerte ich das Zelt und legte mich neben ihn. Sofort schlang er einen Arm um meinen Bauch und zog mich an sich. Ich spürte, wie sein Herz an meinem Rücken klopfte, und schloss die Augen, während ich sinnlose Muster auf seinen Arm malte und eine verblasste Narbe auf seinem Handgelenk streichelte.

»Ash?«

»Hm?«

»Hast du Angst? Vor dem Tod?«

Er spielte einen Moment schweigend mit meinen Haaren, und sein Atem strich sanft über meinen Hals. »Vielleicht nicht so, wie du denkst«, murmelte er schließlich. »Ich lebe schon sehr lange und habe in vielen Schlachten gekämpft. Natürlich wusste ich dabei immer, dass ich sterben könnte. Aber es gab auch Zeiten, in denen ich mich gefragt habe, ob ich nicht einfach aufgeben und es geschehen lassen sollte.«

»Warum?«

»Um der Leere zu entgehen. Ich war so lange innerlich tot. Nicht mehr zu existieren schien nicht wesentlich anders zu sein als mein Leben.« Er vergrub das Gesicht an meiner Schulter, und ich schauderte. »Aber jetzt ist es anders. Ich habe etwas, wofür es sich zu kämpfen lohnt. Ich habe keine Angst davor zu sterben. Aber ich habe auch nicht vor, einfach aufzugeben.« Seine Lippen streiften sanft mein Haar. »Ich werde nicht zulassen, dass dir etwas passiert«, murmelte er. »Du bist mein Herz, mein Leben, meine gesamte Existenz.«

Meine Augen wurden feucht, und mein Herz klopfte so laut, dass es mir in den Ohren dröhnte. »Ash«, flüsterte ich wieder und grub meine Finger in die Bettdecke, damit sie aufhörten zu zittern. Ich wusste, was ich wollte, aber ich hatte immer noch Angst: Angst, dass ich es nicht richtig machen würde, Angst vor dem Unbekannten, Angst, dass ich ihn irgendwie enttäuschen könnte.

Ash küsste meinen Nacken, und ich spürte, wie sein Arm sich enger um mich legte und seine Finger sich in mein Hemd gruben. Ich sah das leuchtende Rot der Leidenschaft hinter mir aufflammen und spürte sein Beben, als er krampfhaft versuchte, nicht die Kontrolle zu verlieren. Da schwanden alle meine Zweifel.

Ich drehte mich in seinen Armen zu ihm um, bis er auf einen Ellbogen gestützt über mir aufragte. Seine Augen strahlten in der Dunkelheit. Und dann zeigte ich ihm mein Verlangen und die Sehnsucht, die wie bunte Rauchfäden aufstieg, um mit seiner zu tanzen. Ich musste nichts sagen. Er holte tief Luft und neigte den Kopf, bis seine Stirn an meiner lag.

»Bist du sicher?« Seine Stimme war nur ein Hauch, ein Geist in der Dunkelheit.

Ich nickte, fuhr mit den Fingern über seine Wange, staunend, als er die Augen schloss. »Wir könnten morgen sterben«, flüsterte ich. »Ich will heute Nacht mit dir zusammen sein. Ich will nichts zu bereuen haben, wenn es um uns geht. Also ja, ich bin sicher. Ich liebe dich, Ash.«

Mehr brauchte ich nicht zu sagen, da Ash die letzten Zentimeter zwischen uns überwand und mich küsste.

Und in der tiefen Stille vor Sonnenaufgang, kurz vor der Schlacht, die uns auseinanderreißen konnte, tanzten und taumelten unsere Auren in der Dunkelheit und umkreisten einander, bis sie sich schließlich vereinten und zu einer verschmolzen.

DRITTER TEIL

Die Schlacht um das Feenreich

Als ich aufwachte, war es noch dunkel im Zelt, obwohl trübes graues Licht durch die Zeltklappe drang. Ash war bereits weg, was typisch für ihn war, aber mein Körper glühte noch von der Erinnerung an die vergangene Nacht.

Ich konnte ihn jetzt stärker spüren als je zuvor. Er war ganz in der Nähe. Er war...

Direkt neben mir.

Ich zuckte zusammen und drehte mich um. Da entdeckte ich ihn auf der Kante des Feldbetts, vollständig angezogen und mit dem Schwert auf dem Schoß. Ganz ruhig saß er da und beobachtete mich. Er lächelte zwar nicht, aber sein Gesicht war entspannt und seine Augen friedlich.

»Hey«, flüsterte ich und streckte lächelnd die Hand nach ihm aus. Seine Finger schlangen sich um meine, und er küsste meinen Handrücken, bevor er aufstand.

»Es ist fast so weit«, sagte er ruhig, während er das Schwert in den Gürtel schob. Und damit kehrte der drohende Krieg mit einem Hammerschlag zurück und zerschmetterte den Frieden. »Du solltest dich besser anziehen, Glitch wird bald nach uns suchen. Oder noch schlimmer...«

»Puck«, stöhnte ich, setzte mich mühsam auf und suchte nach meinen Klamotten.

Ash drehte sich schweigend mit dem Gesicht zur Tür, während ich mich anzog. Es war nicht leicht, mir ein Kichern über diesen Akt der Ritterlichkeit zu verkneifen. Sobald ich meine Drachenhautrüstung an-

973

gelegt hatte, drehte ich mich zu ihm um, bereit, ihm nach draußen zu folgen. Aber Ash kam zu mir, zog mich in seine Arme und strich mir mit versonnener Miene durch die zerzausten Haare.

»Ich habe nachgedacht...«, begann er, während ich die Arme um seinen Nacken schlang und zu ihm hochschaute. »Wenn das hier vorbei ist, sollten wir für eine Weile verschwinden. Einfach nur wir zwei. Wir können erst nachsehen, ob mit deiner Familie alles in Ordnung ist, und dann gehen. Ich kann dir das Nimmernie zeigen, wie du es noch nie erlebt hast. Vergiss die Höfe, vergiss die Eisernen Feen, vergiss alles. Nur du und ich und sonst nichts.«

»Das wäre schön«, flüsterte ich.

Ash lächelte, hauchte einen Kuss auf meine Lippen und löste sich dann von mir.

»Mehr wollte ich gar nicht hören.« In seinen Augen funkelten Entschlossenheit und Erwartung und noch etwas, das ich vorher noch nicht an ihm gesehen hatte – Hoffnung. »Dann gewinnen wir mal diesen Krieg.«

Wir verließen gemeinsam das Zelt, jedoch ohne uns zu berühren. Aber ich brauchte auch keinen Körperkontakt, um ihn an meiner Seite zu spüren. Er war jetzt ein Teil meiner Seele, und dadurch wurde das alles irgendwie noch realer. Der Krieg schwebte wie ein Damoklesschwert über unseren Köpfen, dicht und bedrohlich. Durch die unheimlichen roten Wolken und die Ascheflocken, die aus ihnen herabregneten, als würde der gesamte Himmel auseinanderfallen, wirkte alles nur noch furchteinflößender. Ich sah mit wilder Entschlossenheit zum Himmel hinauf. Ich würde diesen Krieg gewinnen. Noch nie hatte ich etwas so gewollt.

»Da seid ihr ja.« Glitch löste sich aus der Menge, für die Schlacht gerüstet mit einem Speer, dessen Spitze von Blitzen umzüngelt wurde und Funken sprühte. »Wir sind fast fertig. Meine Späher haben berichtet, dass die Schlacht schon begonnen hat, Sommer und Winter sind bereits auf die Truppen des falschen Königs getroffen. Die feindliche Armee hat eine tiefe Bresche in den Wilden Wald geschlagen – sieht ganz so aus, als wäre das der entscheidende Kampf.«

Mir gefror das Blut in den Adern. »Was ist mit der Festung?«

»Noch nicht da.« Glitch rammte seinen Speer in den Boden. »Die Festung hält sie auf. Aber sie ist schon nah, wir müssen uns beeilen. Wo ist Goodfellow?«

»Hier.« Puck erschien mit einem triumphierenden Grinsen. Er trug eine lange Stange unter dem Arm. »Ich habe da an etwas gearbeitet, Prinzessin. Letzte Nacht habe ich mich nämlich gefragt, wie die Höfe uns von der Armee des falschen Königs unterscheiden sollen. Ich meine, böse Eiserne Feen, gute Eiserne Feen – für mich sehen die alle gleich aus. Alsoooo …« Mit einem gekonnten Schwung riss er seine Stange in die Höhe, und ein leuchtend grünes Banner entrollte sich, das mit dem stolzen Symbol einer riesigen Eiche geschmückt war. »Erst wollte ich es mit einer Blume oder einem Schmetterling verzieren«, erklärte Puck und grinste, als er meinen bewundernden Blick bemerkte, »aber dann dachte ich mir, dass das nicht gerade Furcht im Herzen des falschen Königs säen würde.«

»Nicht schlecht, Goodfellow«, erklärte Glitch mit widerwilligem Respekt.

»Oh, das freut mich aber, dass du so denkst, Blitzbirne. Da waren meine wilden Häkelkünste doch endlich mal zu etwas gut.«

Glitch verdrehte die Augen, doch er fügte hinzu: »Jedenfalls würden wir es für Euch voller Stolz in der Schlacht tragen.«

Mir wurde warm ums Herz. All diese Leute waren breit, mir zu folgen und zu sterben, um das Feenreich zu retten. Ich durfte sie nicht enttäuschen. Und das würde ich auch nicht.

In diesem Moment brach am Rand des Lagers ein Tumult aus: Eiserne Feen schlugen Alarm und stießen Zelte um, während sich das Geräusch donnernder Schritte näherte. Kurz darauf teilte sich die Menge, als eine Gruppe großer schwarzer Pferde ins Lager galoppierte und schlitternd vor mir zum Stehen kam.

Überrascht keuchte ich auf. Sie sahen aus wie kleinere, schlankere Versionen von Eisenpferd, wie er aus schwarzem Metall, mit brennenden roten Augen und Feuer speienden Nüstern. Während ich sie noch anstarrte, trat eines von ihnen vor und warf seinen Kopf herum.

»Meghan Chase?«, fragte es in erhabenem Ton, der mir bekannt vorkam – genau wie die Aschewolke, die aufstieg, als die tiefe Stimme erklang.

Ich blinzelte überrascht und nickte.

»Jemand namens Grimalkin schickt uns.« Der Doppelgänger von Eisenpferd deutete mit dem Kopf auf die anderen. »Er trägt den Geist unseres Stammvaters mit sich, des ersten Eisernen Pferdes, und hat uns genötigt, uns dir und deinem Kreuzzug gegen den falschen König anzuschließen. Aus Respekt vor dem Einen Großen haben wir zugestimmt. Nimmst du unsere Unterstützung an?«

Eisenpferd, dachte ich traurig, *selbst jetzt hilfst du uns noch.* »Ich nehme euer Angebot an«, sagte ich zu dem ersten Pferd, das hoheitsvoll nickte und sein Vorderbein beugte, um sich zu verneigen.

»Dann gilt es«, erklärte es, während die anderen ebenfalls die Vorderbeine beugten und seinem Beispiel folgten. »Einzig und allein während dieses Konflikts werden wir dich und deine Offiziere in die Schlacht tragen. Danach ist unser Vertrag erfüllt, und du wirst uns wieder freilassen.«

»Oh, klasse«, meinte Puck, als ich vortrat. »Da werde ich aber an wirklich unangenehmen Stellen Ausschlag kriegen.«

Ich schwang mich auf den Rücken des Pferdes und spürte, wie die kräftigen eisernen Muskelstränge sich spannten, als es sich scheppernd und ächzend erhob. Seine Metallhaut war warm, besonders an meinen Beinen, als würde ein großes Feuer in ihm brennen. Das erinnerte mich an die Flammen, die in Eisenpferds Bauch gelodert hatten und immer wieder zwischen den Rippen und Kolben aufgeblitzt waren. Wieder spürte ich die Trauer über seinen Verlust in mir aufsteigen.

Ash, Puck und Glitch beobachteten mich vom Rücken ihrer Metallpferde aus, die bereits eifrig Flammen spuckten und die Köpfe warfen. Das Banner wurde gehisst, und die schwarze Eiche auf grünem Grund flatterte im Wind. Ich musterte die ernsten Gesichter, die zu mir hochsahen, und holte tief Luft.

»Sommer und Winter sind nicht unsere Feinde«, rief ich so laut, dass meine Stimme in der Stille dröhnte. »Ja, sie sind anders, aber sie kämpfen gegen den Feind, den auch ihr hasst – gegen einen Tyrannen, der alles vernichten will, wofür König Machina stand. Wir können sie jetzt nicht im Stich lassen! Ein Friede mit den beiden Höfen ist möglich, aber der falsche König wird jeden Einzelnen von uns zerstören oder versklaven, wenn er gewinnt. Das Böse kann ganz leicht siegen, wenn wir und andere wie wir einfach nichts tun – aber ich werde mich nicht zurücklehnen und zusehen, wie das geschieht! Wir werden diese Schlacht zum falschen König tragen, und wir werden ihm zeigen, was passiert, wenn wir uns vereint gegen ihn stellen! Wer ist dabei?«

Das Brüllen der Soldaten war wie ein Wirbelsturm, Hunderte von Stimmen erhoben sich gleichzeitig. Ich zog mein Schwert und ließ es über dem Kopf kreisen, nur eine Klinge mehr in dem Meer aus Waffen, das in der Sonne funkelte.

»Dann gewinnen wir jetzt diesen Krieg!«

Ich hörte die Schlacht, bevor ich sie sah. Der Lärm hallte durch die Bäume, die die Grenze zum Eisernen Reich markierten: Rufe und Schreie, Wutgeheul und das Krachen von Waffen. Immer wieder dröhnten Schüsse, und Flammenzungen brüllten. Plötzlich stieg ein riesiger smaragdgrüner Drache über den Bäumen auf, schwebte kurz in der Luft und stieß dann wieder herab.

Schienenstift, mein Pferd, schnaubte und warf den Kopf. »Die Schlacht hat bereits begonnen«, verkündete er und tänzelte beinah vor Aufregung. »Sollen wir Befehl zum Angriff geben?«

»Noch nicht«, erwiderte ich und legte ihm eine Hand auf die Schulter, um ihn zu beruhigen. »Lass uns zumindest noch die Bäume hinter uns bringen. Ich will das Schlachtfeld zuerst sehen.«

Er stampfte ungeduldig mit den Hufen, behielt aber den schnellen Schritt bei, als wir in den Wald vordrangen. Die düsteren, verkrüppelten Metallstämme ragten um uns herum auf und rochen nach Rost und Batteriesäure. Über dem Lärm der Schlacht hörte ich noch etwas anderes im Wald – ein Klatschen und Stöhnen, als würde sich etwas Riesiges durch die Bäume schieben.

»Schneller«, wies ich Schienenstift an, der daraufhin antrabte und Aschewolken aufwirbelte, während wir uns durch den Wald bewegten.

Der Lärm der Schlacht kam immer näher. Und dann fielen die Bäume zurück, und wir sahen vor uns das reinste Chaos.

Ich hatte die Feen nun schon zweimal in einer Schlacht erlebt, aber diese hier schien viel brutaler und verzweifelter zu sein. Als hätten sich die Tore der Hölle auf diesem Feld geöffnet. Die Truppen fielen wie Ameisenschwärme übereinander her und gingen mit antiken und modernen Waffen aufeinander los. In dem wirbelnden Aschesturm blitzten immer wieder Rüstungen und Klingen auf. Eiserne Käfer stapften durch die Massen, und die Schützen auf ihren Rücken feuerten wild um sich. Die seltsamsten Kreaturen segelten durch die Luft. Ein eisblauer Drache mit rot verschmierten Schuppen landete auf dem Rücken eines Eisenkäfers, spuckte den Musketenelfen eine tödliche Ladung Eis entgegen, bevor sie reagieren konnten, und hob sofort wieder ab. Ein Greif, der von einem Elf geritten wurde, schoss an uns vorbei, wurde dann aber von einem mechanischen Golem aus der Luft gepflückt und gegen einen Felsen geschleudert. Zwei Metallgottesanbeterinnen hatten sich zusammen auf einen Sommerritter gestürzt und schlugen mit ihren mächtigen geschwungenen Klingen nach ihm, bis er schließlich in der Asche ausrutschte und augenblicklich geköpft wurde.

Die Schlacht schien nicht besonders gut zu laufen. Auf dem Feld konnte man wesentlich mehr Silber und Grau sehen als Grün und Gold beziehungsweise Blau und Schwarz.

»Scheint so, als wären wir gerade noch rechtzeitig gekommen«, stellte Puck neben mir fest. »Bereit für den ›Hier kommt die Kavallerie‹-Angriff, Prinzessin?«

»Wenn wir ihre rechte Flanke angreifen«, überlegte Ash, der die Schlacht mit schmalen Silberaugen studierte, »dürften wir sie dort überraschen, wo ihre Reihen schwach sind, und brechen durch, bevor sie reagieren können.«

Ich sah den beiden in die Augen, in denen Mut, Liebe und Kampfgeist funkelten, und hatte plötzlich keine Angst mehr. Okay, vielleicht ein bisschen Angst, aber sie wurde von der Entschlossenheit und der fast schmerzhaften Notwendigkeit, diese Schlacht zu gewinnen, verdrängt. Ich zog mein Schwert, wendete Schienenstift, um die Armee – *meine* Armee, wenn wir ehrlich waren – direkt vor mir zu haben, und musterte die angespannt wartenden Soldaten.

»Für das Feenreich!«, schrie ich und riss mein Schwert hoch.

Sofort nahmen die Rebellen den Ruf auf. Einige Hundert Stimmen erhoben sich, brüllten, jubelten, und immer mehr Waffen wurden zum Himmel gereckt. Als die Schreie um mich herum immer lauter wurden, stieg mein Adrenalinspiegel, und ich brüllte wieder los und trug meinen Teil zu der Masse bei. Mit einem schrillen Wiehern stieg Schienenstift auf die Hinterbeine, wirbelte mit den Vorderhufen in der Luft und tauchte die Böschung hinab.

Der Wind zerrte an meinen Haaren, und die aufgewirbelte Asche brannte in meinen Augen. Hufgetrommel und das Brüllen der Soldaten hinter uns dröhnten in meinen Ohren. Wir näherten uns dem Schlachtenmeer, dem Hin und Her der Soldaten, die wie Wellen an einem Strand herumgespült wurden, dem Geschrei und Waffenklirren, und stürmten selbst brüllend heran wie ein Hurrikan, der auf die Küste trifft. Die Soldaten des falschen Königs wandten sich genau in dem Moment zu uns um, als wir sie erreichten. Sie rissen die Augen auf und versuchten verzweifelt, es mit dieser neuen Bedrohung aufzunehmen, aber da war es schon zu spät. Wir stürzten uns mit der Macht einer Sturmflut auf sie, schnell und tödlich, und dann brach um mich herum die Hölle los.

Schienenstift tobte durch die Menge, spie schnaubend Flammen und trat mit seinen mächtigen Hufen nach allen, die uns zu nahe kamen. Ich schlug von seinem Rücken aus um mich und setzte den Soldaten des falschen Königs mit meinem Schwert zu. Es war das reinste Chaos. Vage nahm ich wahr, dass Ash und Puck dicht an meiner Seite kämpften und Angriffe von allen Seiten abwehrten. Ich sah, wie Ash einem Eisernen Ritter das Schwert in die Brust rammte und einem anderen einen Eisspeer entgegenschleuderte. Ich bemerkte, wie Puck etwas, das aussah wie ein pelziger Golfball, auf eine Gruppe Eiserner Ritter warf, wo es sich explosionsartig in einen wütenden Grizzly verwandelte. Glitch zog mit seinem Speer tödliche Kreise und rammte den Rittern die Funken sprühende Spitze in die Rüstung, was sie zu schwarzen Hülsen verkohlen ließ.

Wo steckt Oberon?, fragte ich mich, während ich gleichzeitig einen Speerstoß von meinem Gesicht ablenkte und den Ritter mit einem Tritt von mir wegstieß. Ich musste ihn unbedingt finden und ihm sagen, dass die Rebellen keine Feinde waren, sondern dass sie hier waren, um zu helfen. Durch eine Lücke in den Reihen der Kämpfenden entdeckte ich Glitch und trieb Schienenstift in seine Richtung. Wenn Glitch mitkam und sich und seine Handlungsweise erklärte, würde Oberon uns vielleicht zuhören.

»Glitch!«, schrie ich, als wir nahe genug bei ihm waren. »Komm mit mir ...«

Ein Schrei schnitt mir das Wort ab, und ein gigantischer mechanischer Golem pflügte durch unsere Reihen, schwang seine Keule und schleuderte Rebellen durch die Luft. Er erwischte Glitch völlig unvorbereitet, der Rebellenführer versuchte zwar noch auszuweichen, aber es war schon zu spät. Die Metallkeule traf sein Pferd an der Schulter und ließ beide einige Meter durch die Luft fliegen. Ich schrie, doch meine Stimme wurde von dem allgemeinen Lärm übertönt. Ungerührt stapfte der Golem zu dem reglosen Glitch und hob seine Keule zum tödlichen Schlag.

Kurzerhand riss Ash sein Pferd herum. Er griff den Golem an und warf einen Eisdolch nach ihm, der zwar an seinem Metallschädel zersprang, aber immerhin dafür sorgte, dass der Golem ruckartig den Kopf hob. Brüllend schlug er nach Ash, und mir blieb fast das Herz stehen, als die riesige Keule auf ihn zuraste. Doch im allerletzten Moment sprang Ash vom Pferderücken und landete auf dem Arm des Golems, über den er geschickt bis zu dessen Schulter hinauflief. Als der Golem erneut brüllte, um sich schlug und mit wild rudernden Armen rückwärtstaumelte, hob der Eisprinz sein Schwert und rammte es der eisernen Konstruktion ins Genick. Ein blauer Blitz flammte auf, dann fiel der Golem mit einem Schmerzensschrei auf die Knie. Ash sprang von dem Riesen herunter und landete sicher im Gras, während der Golem kurz zitterte und dann in Hunderte gefrorener Getriebeteile zerfiel, die durch die Asche rollten.

»Nicht sonderlich beeindruckend, Eisbubi!«, schrie Puck, der gerade auf einen Eisernen Ritter eintrat. »Mach's noch mal, aber diesmal lass ihn tanzen!«

Ohne auf Puck zu achten, wendete ich Schienenstift und trieb ihn zu der Stelle, an der Glitch gestürzt war. Sein Pferd lag noch immer in einem Aschehaufen und kämpfte darum, wieder auf die Beine zu kommen. Glitch lag ein paar Meter weiter, und seine Haarstacheln summten schwach.

»Glitch!« Ich sprang von Schienenstift und rannte zu der reglosen Gestalt, um mich neben ihn in die Asche zu knien. »Bist du okay? Sag was!« Ash und Puck tauchten rechts und links von mir auf und schützten uns vor dem Chaos rundum. Ich rüttelte leicht an seinem schlaffen Arm. »Glitch!«

Stöhnend schlug er die Augen auf. »Au«, jammerte er. »Verdammt, was hat mich denn da erwischt?« Er versuchte sich aufzusetzen, zuckte aber zusammen und griff sich an den Arm. »Aua. Das ist gar nicht gut.«

»Kannst du aufstehen?«, fragte ich besorgt.

Er nickte und versuchte es, keuchte dann aber schmerzerfüllt auf und ließ sich mit zusammengebissenen Zähnen zurücksinken. »Nö. Gebrochene Rippen. Tut mir leid, Hoheit.« Fluchend schüttelte Glitch den Kopf. »Könnte sein, dass ich das jetzt aussitzen muss.«

»Ist schon okay, aber wir müssen dich hier rausbringen.« Hastig sah ich mich um und zuckte vor Schreck zusammen, als Puck sich mit einem Sprung zwischen mich und einen mechanischen Hund warf und ihn noch im Flug niedermähte. Ich entdeckte Glitchs Pferd, das endlich wieder auf den Beinen war, auch wenn es noch etwas benommen wirkte. Schnell stieß ich einen schrillen Pfiff aus. »Kohlefresser!«, brüllte ich, als mir der Name des Pferdes wieder einfiel. »Hierher!«

Das Pferd näherte sich humpelnd, und wir halfen Glitch auf seinen Rücken.

»Bring ihn in Sicherheit«, befahl ich dem Pferd, das zustimmend mit dem Kopf nickte und selbst froh zu sein schien, aus den Kämpfen herauszukommen. »Sorge dafür, dass er die Hilfe bekommt, die er braucht. Von jetzt an übernehme ich.«

»Meghan.« Glitchs Stimme war zwar schmerzverzerrt, aber entschlossen. Der Rebellenführer sah auf mich runter und nickte knapp. »Ich habe mich in Euch getäuscht. Viel Glück. Gewinnt diesen Krieg für uns.«

»Das werde ich«, erwiderte ich, als Kohlefresser vorsichtig, aber schnell in der wirbelnden Asche verschwand.

Jetzt waren wir nur noch zu dritt, so wie früher. Puck und Ash drängten sich dicht an mich, während ich die Augen zusammenkniff und zwischen den herumwirbelnden Gestalten hindurchzuspähen versuchte. »Wir müssen Oberon finden, so schnell wie möglich.«

Ich stürzte mich wieder in den Kampf, mit Puck und Ash an meiner Seite. Gemeinsam bahnten wir uns einen Weg durch die scheinbar endlosen Reihen der Eisernen Feen. Mir lief der Schweiß in die Augen, meine Drachenhautrüstung fing ungefähr hundert schmerzhafte Schläge und Stöße ab, und mein Arm brannte, weil ich so wild mit dem Schwert um mich schlug. Aber wir kämpften immer weiter und überquerten langsam, aber stetig das Schlachtfeld. Irgendwann verlor ich mich in dem brutalen Tanz: blocken, schwingen, parieren, ausweichen, zustechen und alles wieder von vorn, immer weiter, um vorwärtszukommen.

Einmal tauchte ein Eisenkäfer vor uns auf, und das Musketenfeuer dröhnte um uns herum, doch ich setzte Eisernen Schein ein, um die Bolzen aus seinen Beingelenken zu ziehen, auch wenn ich direkt danach gegen grauenhafte Übelkeit ankämpfen musste. Der Käfer stürzte krachend zu Boden und wurde wenig später überrannt. Dann geriet noch ein mechanischer Riese in unsere Mitte, und diesmal stürzten sich Ash und Puck gemeinsam auf ihn. Puck verwandelte sich dafür in einen Raben und hackte auf seine Augen ein, während Ash ihn blitzschnell umkreiste, auf seinen Rücken sprang und ihm sein Schwert in die Brust rammte. Schein wirbelte um mich herum, von Eisen, Sommer und Winter, obwohl die Magie der Eisernen Feen eindeutig am stärksten war. Ich konnte spüren, wie sie pulsierend durch das Land floss und sowohl den Rebellen als auch den Truppen des falschen Königs Kraft verlieh. Und ich konnte spüren, wie der Kern des Eisernen Scheins immer näher kam – hämmernd, wütend und zerstörerisch für alles, was sich ihm in den Weg stellte.

Nur einen kurzen Moment war ich abgelenkt, doch das reichte aus, dass sich unbemerkt etwas nähern konnte. Die Spitze eines Speers durchbrach meine Deckung und traf mich an der Schulter. Der Stoß war nicht hart genug, um meine Drachenhautrüstung zu durchdringen, aber er reichte aus, um mich zurückzuschleudern und einen brennenden Schmerz durch meinen Arm zu schicken. Mir fiel das Schwert aus der Hand, während der Ritter zu einem zweiten Stoß ausholte.

Eine gigantische knorrige Faust schloss sich um seinen Kopf, zerquetschte seinen Helm wie eine Weintraube und hob den Ritter hoch in die Luft. Vollkommen überrumpelt sah ich zu, wie ein riesenhaftes, baumartiges Wesen mit starker, dorniger Haut und einem mächtigen Geweih den Ritter von sich schleuderte, sich dann umdrehte und dabei mit seinen baumstammähnlichen Beinen einen ganzen Trupp Soldaten niedermähte. Wo es seine Füße hinsetzte, blühten kurz Gräser und Blumen auf, während sich das riesige Baumwesen überraschend schnell und elegant vorwärtsbewegte, bis es direkt über mir aufragte, als wolle es mich beschützen. Dann wanderte sein Blick zu mir herunter, und ich sah in das uralte, vertraute Gesicht des Sommerkönigs.

»Du bist zurückgekommen.« Oberons Stimme ließ die Erde beben, tiefer und dröhnender als ein Donnerschlag – und genauso gefühllos. Der Lichte König ließ sich nicht im Geringsten anmerken, was er empfand, falls er überhaupt irgendetwas empfand, wenn er mich sah. »Und du hast noch mehr Eiserne Feen in unser Reich gebracht.«

»Sie sind hier, um uns zu helfen!«, schrie ich, packte mein Schwert und starrte entschlossen zu ihm hoch. Er erwiderte meinen Blick mit seinen ausdruckslosen grünen Augen, woraufhin ich mit dem ausgestreckten Finger auf ihn zeigte. »Wage es ja nicht, gegen sie vorzugehen, Vater! Sie wollen genau dasselbe wie du!«

Oberon blinzelte, und erst da wurde mir bewusst, dass ich ihn gerade *Vater* genannt hatte. Na ja, ich *war* immerhin die Sommerprinzessin, es brachte gar nichts, das noch länger zu leugnen.

»Ich werde nichts versprechen«, erklärte der Lichte König schließlich und wandte sich ab, wobei er mit seinen gigantischen Beinen zwei weitere Eiserne Ritter zerquetschte. »Nach der Schlacht werden wir sehen, wie mit diesen Eindringlingen zu verfahren ist.«

Aufgebracht stieß ich einen Fluch aus und drehte mich zu dem Eisernen Ritter um, der gerade versuchte, mich von hinten anzugreifen. Blöde, unvernünftige, kompromisslose Feen! Er sollte besser nicht auf die Idee kommen, den Rebellen irgendetwas anzutun, wenn das hier vorbei war. Ich hatte ihnen mein Wort gegeben, dass er und Mab keine Gefahr für sie darstellen würden.

Ich rammte dem Eisernen Ritter mein Schwert in die Brust und sah kurz zu, wie seine leere Rüstung scheppernd auf dem Boden aufschlug, bevor ich mir den nächsten Gegner suchte. Aber da war keiner. Als ich mich umsah, erkannte ich, dass die Truppen des falschen Königs sich zurückzogen, dass sie wegrannten. Während die Armee um uns herum in müde Jubelrufe ausbrach, beobachtete ich, wie Oberon zwischen den Überresten zahlloser Eiserner Feen stand und einen letzten Golem in Altmetall verwandelte. Dann drehte er sich zu mir um. Ein Zittern lief durch den Körper des Sommerkönigs. Er begann zu schrumpfen, wurde kleiner und kleiner und irgendwie weniger … dornig, bis er wieder so war, wie ich ihn kannte. Doch seine Augen und die starre Miene waren unverändert geblieben.

»Warum hast du sie hierhergeführt?«, wollte Oberon wissen, während sein kalter Blick sich auf die Rebellen hinter mir richtete. »Noch mehr Eiserne Feen, die unser Land vergiften, noch mehr Eiserne Feen, die uns vernichten wollen.«

»Nein!« Ich trat vor und stellte mich instinktiv schützend vor die Rebellen. »Ich habe dir bereits gesagt, dass sie hier sind, um uns zu helfen. Sie wollen den falschen König loswerden, genau wie du.«

»Und was dann? Sollen wir ihnen vielleicht Asyl an unseren Höfen gewähren? Oder sollen wir sie in das Eiserne Reich zurückkehren lassen, damit es sich immer weiter ausbreitet und unsere Heimat vergiftet?« Oberon schien imposanter zu werden, auch wenn seine Größe sich nicht wirklich veränderte. Die Rebellen wichen murmelnd zurück, als der Lichte König die Menge mit einer weiten Geste umfasste. »*Jede* Eiserne Fee, ganz egal, ob sie uns feindlich oder freundlich gesinnt ist, stellt eine Gefahr für uns dar. Wir werden *niemals sicher sein,* solange sie am Leben sind. Deshalb hatten wir dich gebeten, in ihr Reich einzudringen und den Eisernen König zu vernichten. Du hast uns enttäuscht. Und nun wird das Feenreich untergehen, deinetwegen.«

»Ich habe ihnen mein Wort gegeben, dass sie hier sicher sein werden!«, rief ich und spürte, wie Ash und Puck an meine Seite traten. »Wenn du sie angreifst, dann machst du mich ebenfalls zu deinem Feind! Und ich glaube nicht, dass du es dir leisten kannst, an zwei Fronten zu kämpfen, Vater.«

»Das Mädchen hat recht.« Mit einem eisigen Luftstoß fegte Mab, die

Winterkönigin, heran. Ihr weißes Kriegsgewand war mit roten und schwarzen Spritzern befleckt. »Wir verschwenden mit dieser Diskussion nur Zeit, während unsere Heimat zerstört wird. Lasst die abtrünnigen Feen doch an unserer Seite kämpfen – später wird noch genug Zeit sein, eine Entscheidung über ihr Schicksal zu fällen.«

Das klang in meinen Ohren auch nicht viel besser, aber im nächsten Moment spielte es keine Rolle mehr. Vom Waldrand drang ein lautes Knirschen über das Feld, als würden Tausende von Bäumen gleichzeitig ausgerissen. Die Äste zitterten wild und bogen sich wie Schilf im Wind, und mein Herz machte einen panischen Satz, als schließlich die massige Festung aus dem Wald hervorbrach, die letzten Bäume unter sich zermalmte und sich auf das Schlachtfeld hinausschob.

Aus der Nähe war die Burg des falschen Königs sogar noch größer, als ich gedacht hatte. Sie warf einen bedrohlichen Schatten über das Schlachtfeld und verdunkelte die Sonne. Wieder fiel mir auf, wie ungleichmäßig sie geformt war: eine Ansammlung verschiedener Teile – Schornsteine, Türme, Balkone –, die ohne jede Überlegung zusammengewürfelt worden waren, ohne Rücksicht darauf, wie das Ergebnis aussehen würde. Trotzdem wurden sie irgendwie zusammengehalten. Aus jedem Spalt quoll Rauch hervor und stieg in den Himmel, während sich das Ding mit lautem Klappern und Ächzen vorwärtsbewegte, was mir einen eiskalten Schauer über den Rücken jagte.

Während die Armeen von Sommer und Winter entsetzt vor diesem Ungetüm zurückwichen, packte Ash mich am Arm und deutete auf die Basis der Festung. »Sieh doch!«, rief er, gleichzeitig geschockt und ungläubig. »Siehst du, von wem sie getragen wird?«

Ich keuchte auf und konnte kaum fassen, was ich sah. Die Festung ruhte auf den Schultern von Hunderten, wenn nicht sogar Tausenden von Elsterlingen. Völlig benommen schleppten sie sich voran, ihre Augen glasig und ausdruckslos. Sie bewegten sich über das Feld wie Ameisen, die einen gigantischen Grashüpfer trugen.

»O Gott«, flüsterte ich und taumelte einen Schritt zurück. »Sie wissen gar nicht, was sie da tun. Der falsche König muss sie irgendwie verzaubert haben.«

»Äh ... egal ob verzaubert oder nicht, sie bleiben jedenfalls nicht stehen«, stellte Puck fest und behielt nervös die riesige Festung im Auge, die langsam, aber stetig durch den Ascheregen vorwärtskroch. »Also, falls wir wirklich da reingehen und den falschen König aufhalten wollen, wäre jetzt wohl der richtige Zeitpunkt dafür.«

»Angriff!«, brüllte Oberon und zeigte mit ausgestrecktem Arm auf die mobile Festung. »Alle Mann, stoppt diese Burg! Lasst nicht zu, dass sie unsere Linien durchbricht!«

Die Armeen stürmten wieder vorwärts, meine Eisernen Feen genauso wie die Altblütler, und jetzt kümmerte es niemanden mehr, dass sie auf einmal Seite an Seite kämpften. Im Angesicht dieses wesentlich größeren Übels stürzten sie sich auf die Festung, und ihre Kriegsschreie stiegen vereint in den Himmel.

In der Festung blitzte Feuer auf, Rauch quoll aus ihr hervor, und einen Moment später schlug eine Kanonenkugel auf dem Feld ein, die mehrere Kämpfer gleichzeitig umriss. Plötzlich war die Luft von dröhnenden Explosionen erfüllt, als man in der Festung das Feuer auf die heranstürmenden Feen eröffnete. Gebrüll und Schreie wurden laut, und hinter der Festung stürmte ein weiteres Regiment des falschen Königs aus dem Wald und strömte auf das Schlachtfeld.

»Verstärkung!«, keuchte ich, als dieser neue Feind unsere Truppen erreichte. Mit gezogenem Schwert drehte ich mich zu Ash und Puck um. »Gehen wir. Ganz egal wie, wir müssen in diese Festung.«

Wir stürmten auf das Feld und schlossen uns unseren Verbündeten an, die verzweifelt versuchten, die Frontlinie zu halten. Aber die Armee des falschen Königs war frisch und ausgeruht, während der Großteil unserer Truppen bereits erschöpft war. Unter dem unnachgiebigen Ansturm der Armee des falschen Königs fielen immer mehr unserer Soldaten, doch die Festung kroch weiter und sprengte mit ihren Kanonenkugeln und Explosionen das Feld. Wir wurden zurückgedrängt. Wir verloren immer mehr an Boden.

Brüllend stieg der grüne Sommerdrache auf, und sein Schatten fegte über uns hinweg, bevor er auf der Burg landete und seine Klauen in das Mauerwerk grub. Fauchend zerrte und riss der Drache an den Mauern der Festung, zertrümmerte Kanonen und spuckte Feuer auf die Feen, die sie bedienten. Für einen kurzen Moment stieg Hoffnung in mir auf.

Doch dann begannen die Metalltürme oben auf der Festung bläulich weiß zu glühen, und ein gewaltiger Lichtbogen sprang über und traf den Drachen. Er kreischte, dann erstarrte er, als immer mehr tödliche Stromstöße durch ihn hindurchflossen und den Himmel erleuchteten. Schließlich stürzte er in einem Regen aus geschwärzten Schuppen von der Burg und landete krachend auf dem Boden. Der Drache rührte sich nicht mehr.

Jede Hoffnung versiegte. Wir konnten es nicht schaffen. Wenn selbst ein verdammter *Drache* nicht in diese Festung reinkam, wie standen dann meine Chancen? Ich spaltete einen Drahtmann in zwei Teile und schaute mich dann auf dem Schlachtfeld um, was mein Herz nur weiter sinken ließ. Es schienen nicht besonders viele von den Guten übrig zu sein. Oberon hatte wieder seine Riesenbaumgestalt angenommen, und Mab fegte als eisiger Wirbelwind des Todes über das Feld und zog eine Spur gefrorener Leichen und Rüstungen hinter sich her. Aber zwischen den Massen von Eisernen Rittern und anderen Soldaten des falschen Königs konnte ich nicht mehr viel von unserer Armee erkennen. Und was noch schlimmer war: Sie schienen uns umzingelt zu haben.

Ganz in meiner Nähe ließ eine Explosion den Boden beben, und ich taumelte zurück, als Steine und Dreck auf mich herabregneten. Ash und Puck standen Rücken an Rücken und wehrten Angriffe von allen Seiten ab, aber auch sie wurden zurückgedrängt. Eisige Taubheit breitete sich in meinem Körper aus. Wir würden verlieren. Ich konnte nicht in die Festung eindringen, konnte den falschen König nicht besiegen. Seine Armee war zu stark für uns. Wir hatten versagt. *Ich* hatte versagt.

»Meister!«

Ein kleiner Schatten kam auf mich zugesprungen. Instinktiv schlug ich danach und schleuderte ihn zu Boden.

»Aua.«

»Razor!« Ich hob den Gremlin auf und hielt ihn am ausgestreckten Arm, um ihn deutlich sehen zu können. Er summte vor Freude. »Was machst du hier? Ich hatte dir doch gesagt, du sollst nach Mag Tuiredh gehen. Warum bist du mir gefolgt?«

»Razor hilft! Hilft Meister! Wollte dich finden!«

»Ich weiß, aber du hättest die anderen holen sollen!« Die Verzweiflung stieg in mir auf wie eine Welle, und vor lauter Wut und Frust schüttelte ich ihn. Razor quiekte erschrocken. »Warum bist du nicht nach Mag Tuiredh gegangen? Warum hast du nicht getan, worum ich dich gebeten habe? Jetzt werden wir alle sterben!«

»Nicht sterben!« Razor wand sich aus meinem Griff, landete auf dem Boden und hüpfte wie wild um mich herum. »Nein, nicht sterben! Razor hat getan, was Meister wollte! Hinschauen!«

Er streckte den Arm aus. Über die dröhnenden Explosionen und das Schlachtengetümmel hinweg spähte ich zum Waldrand und sah dort Tausende winziger grüner Lichter glühen. Augen, die mich anstarrten. Ich keuchte auf, und völlig synchron grinsten sie, sodass unzählige neonblaue Halbmonde in der Luft schwebten.

Sie schwappten wie eine schwarze Tintenflut aus dem Wald: eine dunkle Welle auf dem mit Asche bedeckten Untergrund. Tausende und Abertausende von Gremlins, die alle auf die Festung zuströmten. Sie flossen ungehindert und unaufhaltsam über die Eisernen Soldaten hinweg und um sie herum wie ein Bach um Felsbrocken. Einige der Feen schlugen nach ihnen, wobei mehrere Gremlins fielen und von der Menge zurückgelassen wurden, aber es waren einfach zu viele, um sie aufzuhalten. Sie huschten an der Festung hinauf, sprangen an die Mauern und nahmen sie ein wie ein Ameisen- oder Hornissenschwarm. Blitze zuckten und sprengten sie von den Mauern weg, was einen regelrechten Gremlinregen auslöste, aber zischend und summend strömten immer mehr von ihnen herbei, und abrupt kam die Festung zum Stehen.

Lachend umklammerte Razor mein Bein. »Siehst du?«, krähte er und krabbelte auf meine Schulter. »Wir helfen! Razor hilft! Hat Razor das gut gemacht?«

Ich pflückte ihn von mir herunter und drückte ihm einen dicken Kuss auf den Kopf, wobei ich den ziemlich kräftigen Stromschlag, den ich mir dabei einfing, nicht weiter beachtete. »Das hast du großartig gemacht. Und jetzt bring dich in Sicherheit. Von hier ab übernehme ich.« Mit einem glücklichen Summen schoss er davon und verschwand in der Menge.

Ich holte tief Luft und sah mich um. Ash und Puck hatten sich aus den Kämpfen gelöst, um mich vor den Massen zu schützen, die weiter vordrangen. Durch diese Linien würden wir brechen müssen und zwar schnell.

»Ash! Puck!« Sie wirbelten zu mir herum, und ich deutete nach vorn. »Die Verteidigung der Festung ist zusammengebrochen! Ich gehe jetzt rein!«

»Warte!« Mab erschien direkt vor uns, wunderschön und beängstigend wie immer. Ihre Haare zuckten um ihren Kopf wie Schlangen. »Ich werde euch einen Weg schaffen«, sagte sie nur und drehte sich zu dem chaotischen Schlachtfeld um. »Das wird den letzten Rest meiner Kraft fordern, du solltest also besser dafür sorgen, dass ich sie nicht verschwende, Missgeburt. Seid ihr bereit?«

Obwohl ich immer noch total fassungslos war, dass Mab mir helfen wollte, nickte ich. Die Winterkönigin hob die Hand, und ich spürte, wie roher, mächtiger Schein um sie herumwirbelte. Ruckartig senkte sie den Arm, und eine kalte, von Eiszapfen durchsetzte Böe fuhr durch die Menge und ließ Eissplitter auf die Kämpfenden niederprasseln, scharf wie Rasierklingen. Kreischend und halb geblendet wichen die Eisernen Feen zurück und bedeckten hastig ihre Augen und Gesichter. So öffnete sich vor uns ein Pfad, der direkt zur Festung führte.

»Geht«, zischte Mab mit leicht angespannter Stimme.

Wir zögerten nicht. Ich packte mein Schwert und stürzte mich, dicht gefolgt von Puck, hinter Ash durch die entstandene Bresche.

Die Festung ragte bedrohlich über uns auf, immer noch Blitze spuckend, während die Gremlins weiter auf ihr herumwuselten. Die Elsterlinge schienen wie erstarrt zu sein, ihre Augen leer und ihre Gesichter schlaff. Offenbar bekamen sie gar nicht mit, dass um sie herum eine Schlacht tobte. Sie reagierten nicht, als wir den Fuß der Zitadelle erreichten und Ash auf die untere Kante sprang.

Mit angehaltenem Atem betete ich, dass er nicht weggesprengt würde wie der Drache, aber es huschten so viele Gremlins herum, dass die Abwehrsysteme gar keine Notiz von uns nahmen. Es zuckten allerdings immer noch überall Blitze, und es roch nach Ozon und verbranntem Fleisch, als Ash mich hochzog und wir uns gegen die Mauer drückten. Immer wieder fielen schwarz verkohlte Gremlins zu Boden, deren

Anblick dafür sorgte, dass ich für einen Moment das Gesicht an Ashs Schulter vergrub.

»Eine Tür, eine Tür, mein Königreich für eine Tür«, murmelte Puck.

»Da«, sagte Ash und deutete auf einen Balkon, der einige Meter über uns aus der Mauer ragte. »Los, wir müssen klettern.«

An der Mauer hinaufzuklettern war nicht besonders schwierig, auch wenn es durch die Blitze und die Schreie der sterbenden Gremlins ziemlich nervenaufreibend war. Aber nach kurzer Zeit hatten wir den Balkon erreicht. Neben der Brüstung schmiegte sich eine kleine Eisentür in eine Mauernische. Da ich möglichst schnell aus dem Blitzbombardement herauswollte, lief ich hastig darauf zu. Doch bevor ich den Balkon auch nur halb überquert hatte, erzitterte die gesamte Festung wie ein Hund, der sich Wasser aus dem Fell schüttelt, und setzte sich mit einem Ruck wieder in Bewegung.

Ich taumelte weiter und rammte meine Schulter gegen die Tür. Die gab nicht nach, egal, wie heftig ich an der Klinke riss oder mich dagegenwarf.

»Verdammt!«, schrie Puck und duckte sich, als ganz in der Nähe ein tödlicher Blitz einschlug. Ich bekam eine Gänsehaut. »Wir müssen einen anderen Weg finden, es sei denn, einer von euch hat den Schlüssel!«

Der Schlüssel! Mit einer schnellen Bewegung zog ich die Kette vom Hals, schob den Eisenschlüssel in das Schlüsselloch unter der Klinke und schickte ein Stoßgebet Richtung Himmel, dass er sich drehen lassen würde. Dann hörte ich ein sanftes Klicken und warf mich genau in dem Moment gegen die Tür, als die Festung einen Ruck nach vorn machte. Diesmal flog die Tür auf, und ich stolperte über die Schwelle, dicht gefolgt von Puck und Ash. Kaum waren wir durch, schlug die Tür krachend hinter uns zu und schloss uns in der Festung des falschen Königs ein.

Keuchend sah ich mich um und klammerte mich an einem Rohr fest, um nicht das Gleichgewicht zu verlieren, als die Festung hüpfte, zitterte und taumelte, offenbar, um die Eindringlinge abzuschütteln. Das Innere der Burg des falschen Königs sah im Prinzip genauso aus wie das Äußere, zusammengeschustert ohne Rücksicht auf architektonische Prinzipien oder auch nur irgendeine Art von Sinn. Treppen endeten an Wänden, Türen hingen an der Decke, und gewundene Gänge verschwanden im Nirgendwo oder verliefen im Kreis. Die Zimmer und Stockwerke lagen in merkwürdigen Winkeln zueinander, sodass es nicht ganz leicht war, das Gleichgewicht zu halten, und überall lagen die seltsamsten Sachen herum. Plötzlich rollte ein Dreirad an uns vorbei und knallte gegen eine Treppe, woraufhin eine Lampe, die falsch herum an der Decke hing, wild flackerte.

»Großartig. Die Festung des falschen Königs ist ein riesiger Kaninchenbau.« Puck duckte sich, als ein Modellflugzeug vorbeiflog, das ihn nur knapp verfehlte. »Wie sollen wir in diesem Chaos denn irgendetwas finden?«

Ich schloss die Augen und spürte, wie der dunkle Eiserne Schein um mich herum pulsierte. In Machinas Turm hatte ich gewusst, dass ich den Eisernen König am höchsten Punkt des Gebäudes finden würde, dicht am Himmel und den Wolken, wo er auf mich warten würde. Hier, in diesem überfüllten, verwirrenden Bau, konnte ich ihn ebenfalls spüren. Den falschen König. Er wusste, dass ich hier war, ein Eindringling in seiner privaten Höhle. Ich konnte seine Vorfreude und seine Erwartung spüren. Und dann richtete die Festung plötzlich ihren Blick nach innen und suchte nach uns. Nach mir.

Zitternd öffnete ich die Augen. »Er ist im tiefsten Inneren«, murmelte ich und hängte mir Kette, Uhr und den lebensrettenden Schlüssel wieder um den Hals. »Im Herzen der Festung. Und er erwartet uns.«

»Dann sollten wir ihn nicht warten lassen«, murmelte Ash und zog sein Schwert, das wie ein Leuchtfeuer die Dunkelheit durchdrang. Eng aneinandergedrängt schoben wir uns vorwärts, immer tiefer hinein in das düstere, verworrene Chaos der Festung des falschen Königs.

Wir suchten uns unseren Weg zwischen Müllbergen hindurch, durch Räume, die völlig widersinnig waren, wichen Schrott und tief hängenden Kabeln aus. Einmal folgten wir einem Korridor, der uns in einer engen Spirale wieder an unseren Ausgangspunkt zurückführte. Ein anderes Mal wählten wir einen Weg durch ein Labyrinth aus riesigen Rohren, die zischend Dampf ausstießen. Und die ganze Zeit über spürte ich, wie der dunkle Schein immer stärker wurde, immer erwartungsfroher, je näher wir dem Zentrum kamen.

Plötzlich wichen die engen, bedrückenden Mauern zurück, und wir stolperten auf eine weite, freie Fläche hinaus. Dicke, laut zischende schwarze Rohre stützten die Decke, aus der Metallstäbe ragten, zwischen denen sich Lichtbogen spannten, sodass der gesamte Raum zuckte wie unter Stroboskoplicht.

Mitten auf der freien Fläche wuchs ein eiserner Sessel aus dem Boden, der funkelte wie frisch poliert. Auf diesem Thron hockte eine reglose Gestalt, die uns beobachtete, aber wegen des flackernden Lichts war es schwer, Einzelheiten zu erkennen. Doch dann löste sich ein Lichtblitz von der Decke und glitt über den Thron, sodass er aufleuchtete wie ein Christbaum – und da sah ich zum ersten Mal das Gesicht des falschen Königs.

»Du?«, keuchte ich. Mein Herz setzte einen Schlag aus, und mein Magen hob sich. Natürlich war er es. Wieso hatte ich das nicht früher erkannt?

»Hallo, Meghan Chase«, schnurrte Ferrum und lächelte mich an. »Ich habe bereits auf dich gewartet.«

»Ferrum«, flüsterte ich und versuchte die Gestalt des falschen Königs mit dem traurigen, wütenden alten Mann in Einklang zu bringen, dem ich in den Tunneln der Elsterlinge begegnet war.

Er sah immer noch fast genauso aus, verschrumpelt und gebeugt, mit Armen und Beinen, die an brüchige Zweige erinnerten, und weißem Haar, das ihm fast bis zu den Füßen reichte. Sein gebrechlicher Körper ging in der wallenden schwarzen Robe fast unter, und auf seinem Kopf ruhte eine gewundene Eisenkrone, die ihn niederzudrücken schien. Seine Haut hatte immer noch diese metallische Farbe, als wäre er in flüssiges Quecksilber getaucht worden, und der Blitz, der gerade über seinen Körper kroch, schien ihn nicht im Geringsten zu stören.

Aber jetzt glühte er geradezu vor Kraft und war von einer dunklen, fast violett strahlenden Aura umgeben, die alles Licht aufzusaugen schien. Ich konnte spüren, wie sie an mir zog und versuchte, mir das Leben und den Schein auszusaugen, bis ich nur noch eine leere Hülle war. Schaudernd wich ich einen Schritt zurück, woraufhin Ferrum ein irres Grinsen aufsetzte.

»Ja, du kannst es spüren, nicht wahr, Mädchen?« Immer noch grinsend hob Ferrum eine klauenartige Hand und winkte mich zu sich. »Du spürst den Abgrund, die Leere, wo früher einmal meine Kraft ruhte. Die Macht des Eisernen Königs. Die Macht, die du mir gestohlen hast, als du Machina umbrachtest!« Ferrum schlug mit der geballten Faust auf die Armlehne seines Throns, und das hohle Dröhnen ließ mich erschrocken zusammenzucken. Ich konnte mich gar nicht mehr daran erinnern, dass er so stark gewesen war.

»Aber jetzt bist du hier«, stellte er fest, während er mich mit diesen verrückten, unmenschlichen Augen musterte. »Und ich werde mir zurückholen, was rechtmäßig mein ist. Jahrhundertelang habe ich auf diesen Tag gewartet, an dem ich endlich meinen Thron und meine rechtmäßige Königswürde zurückfordern kann!« Er beugte sich vor und fuhr in einem so leidenschaftlichen Ton fort, als müsse er uns überzeugen. »Diesmal wird es anders sein. Machina hatte recht damit, dass er die Altblütler fürchtete. Sie werden uns vernichten, wenn wir sie nicht zuerst niederringen. Wenn ich dich getötet habe und meine Kraft wiederhergestellt ist, werde ich dieses Land nehmen und nach meinen Vorstellungen formen, sodass meine Untertanen und Sklaven in Frieden leben können und ich wieder so herrschen kann wie früher, ungehindert und unumstritten.«

»Du irrst dich«, sagte ich ruhig, woraufhin seine Augen sich weiteten und einen fiebrigen Glanz bekamen. »Die Kraft des Eisernen Königs hat nie dir gehört, zumindest nicht mehr, seit du sie vor all den Jahren an Machina verloren hast. Man kann sie sich verdienen, und man kann sie verlieren, aber man kann sie sich niemals nehmen. Machina hat sie mir gegeben. Selbst wenn du mich tötest, wirst du deine Kraft nicht zurückbekommen. Du kannst die Vergangenheit nicht zurückholen, Ferrum. Lass los. Du wirst nie wieder der Eiserne König sein.«

»Schweig!«, kreischte Ferrum und schlug wieder auf seine Armlehne ein. »Alles Lügen! Ich habe zu lange auf diesen Tag gewartet, um mir jetzt deine dreckigen Halbwahrheiten anzuhören! Wachen, Wachen!«

Scheppernde Schritte dröhnten heran, und eine Gruppe Eiserner Ritter erschien und bildete einen Kreis um die freie Fläche. Ash und Puck traten zu mir, und wir bauten uns mit gezogenen Waffen Rücken an Rücken auf, während die Ritter am Rand der freien Fläche stehen blieben und uns als stählerner Ring umschlossen.

Ferrum erhob sich von seinem Thron und schwebte plötzlich wie ein dürrer Geist knapp über dem Boden, während seine Haare wie Nebel um ihn herumflossen. »Du wirst mir nicht vorenthalten, was rechtmäßig mein ist«, wütete der falsche König und zeigte mit einem langen, metallisch schimmernden Finger auf mich. »Und deine kleinen Leibwächter werden mich auch nicht davon abhalten, es mir zu nehmen. Ich habe hier ein paar Freunde von ihnen, die sich schon glühend danach sehnen, sie zu sehen.«

Ich war nicht überrascht, als sich auf der einen Seite Rowan aus dem Kreis der Ritter löste, auf der anderen Tertius. Der Eiserne Ritter wirkte gelangweilt und gleichgültig, aber Rowans Grinsen war voll unmenschlicher Gier, als er sein Schwert zog und mit träge herumwirbelnder Waffe auf Ash zutrat.

»Na los, kleiner Bruder«, stichelte Rowan, während das zuckende Licht über sein verwüstetes Gesicht huschte. »Darauf warte ich jetzt schon verdammt lange.«

»Meghan.« Ash wich einen Schritt zurück, hin- und hergerissen zwischen seinem Wunsch, mich zu beschützen, und dem Drang, sich auf Rowan zu stürzen.

Sanft berührte ich seinen Arm. »Schon okay.« Er schenkte mir einen verzweifelten, hilflosen Blick, den ich mit einem ermutigenden Lächeln erwiderte. »Ich komme schon klar. Deshalb sind wir doch hergekommen. Halt du mir Rowan vom Leib, dann kümmere ich mich um Ferrum.« *Hoffentlich.* »Kommst du zurecht, Puck?«

»Null Problemo, Prinzessin.« Puck ließ seine Dolche wirbeln und trat Ashs Doppelgänger entgegen. Der Ausdruck auf seinem Gesicht machte mir ein bisschen Angst. In seiner Miene spiegelte sich pure, ungezügelte Begeisterung, als er die Lippen zu einem Furcht einflößenden Grinsen verzog. »Ich denke, das wird jede Menge Spaß machen.«

Ash sah mich durchdringend an. »Diesmal kann ich dich nicht beschützen«, flüsterte er. »Ich weiß, dass du dafür bereit bist, Meghan, aber … sei trotzdem vorsichtig«, bat er.

Ich nickte. »Du auch.« Ich wollte einen Schritt zurücktreten, aber er zog mich an sich und gab mir einen schnellen, verzweifelten Kuss, bevor er sich zu Rowan umdrehte.

»Also los«, sagte er noch mit leiser, zitternder Stimme. »Rette uns alle.«

Hocherhobenen Hauptes und fest entschlossen drehte ich mich um und trat in die Mitte des Raums. Das war es jetzt also. Ash und Puck konnten mir nicht mehr helfen. Das musste ich allein machen.

Ferrum erwartete mich vor seinem Thron wie ein skelettartiges Gespenst, sein Gewand und seine Haare bauschten sich um ihn. Hinter mir erklang das Kreischen von Metall und das Klirren von Waffen, als zwei der Wesen, die ich auf der Welt am meisten liebte, um ihr Leben kämpften. Doch ich drehte mich nicht um, um zuzusehen. Mein Blick war starr auf den falschen König gerichtet, als ich wenige Meter vor dem Thron stehen blieb, das Schwert locker an der Seite.

Ferrum musterte mich einen Moment, während er noch immer wie ein klappriger Geier in der Luft hing, dann erschien langsam ein gieriges Lächeln auf seinem Gesicht. »Das Ganze könnte einfach und schmerzlos über die Bühne gehen, weißt du?«, flüsterte er. »Knie jetzt vor mir nieder, dann wirst du nicht leiden. Dein Ende wird so friedlich sein wie ein Wiegenlied, das dich in den Schlaf singt.«

Ich schwang mein Schwert und führte es in die Ausgangsposition, die Ash mir gezeigt hatte. »Wir wissen doch beide, dass das nicht passieren wird.«

Ferrum lächelte. »Nun gut«, sagte er dann und hob beide Arme. Ich spürte, wie er Schein an sich zog – aus der Festung, aus dem verseuchten Land und sogar aus seinen Untertanen – und die ganze dunkle Kraft in sich aufsog. Seine Finger streckten sich, wurden lang und spitz und verwandelten sich in funkelnde Klingen. »Mir ist es so auch lieber.« Dann stürzte er sich auf mich.

Er war irrsinnig schnell. Mir blieb kaum Zeit, zu realisieren, wie er auf mich zuflog. Wie ein silbriger Schleier wirbelte er über den Boden und schlug nach meinem Gesicht, noch bevor er mich erreicht hatte. Ich stieß die spitzen Finger beiseite und wollte ebenfalls einen Schlag landen, aber er war bereits weg und schwirrte an mir vorbei. Ich spürte, wie seine Finger meine Rüstung trafen, dann folgte ein brennender Schmerz, als er die Schuppen wie Papier zerfetzte und seine Krallen in meinen Arm schnitten. Ich wirbelte herum und schlug nach ihm, aber meine Klinge fuhr nur durch die leere Luft, da Ferrum wieder davongeflogen war und innerhalb eines Wimpernschlages den gesamten Raum durchquerte.

Mein Arm brannte, und die silberne Drachenhaut war blutverschmiert, wo der falsche König mich getroffen hatte. Diesmal schwebte Ferrum langsamer heran, seinen Mund hatte er zu einem hungrigen Lächeln verzogen. Er wusste, dass er schneller war als ich. Ich verdrängte den Schmerz und hob wieder mein Schwert, was dem falschen König ein triumphierendes Lachen entlockte.

»Ist das alles, wozu du fähig bist, Meghan Chase? Dir steht die gesamte Kraft des Eisernen Königs zur Verfügung, und doch kannst du nichts tun. Wie enttäuschend.«

Ein Wimpernschlag und er war wieder direkt vor mir und grinste mich an. Ich wich hastig zurück, aber Ferrum nutzte seinen Vorteil nicht, sondern schüttelte nur wie ein enttäuschter Großvater den Kopf.

»Du hast keine Ahnung, wie man diese Kraft einsetzt, nicht wahr, Mädchen? Sie steckt schwelend in dir, eine angestaute Flut. Oder hebst du sie dir nur für später auf?«

Jetzt war er so siegessicher, dass er mich verhöhnte, und das machte mich wütend. Knurrend stürzte ich mich auf ihn und schlug nach seinem Kopf, weil ich ihm dieses widerwärtige Grinsen aus dem Gesicht wischen wollte. Er wich aus, streckte dabei eine Hand aus, und ein Stoß aus reinster Eisenmagie traf mich. Mir wurde das Schwert aus den Händen gerissen. Die Kraft schleuderte mich zurück, bis ich keuchend und atemlos am Rand der Arena landete, direkt vor den Füßen der Eisernen Ritter. Über das Dröhnen in meinen Ohren hinweg hörte ich Ashs Wutschrei und das spöttische Gelächter des falschen Königs.

»Steh auf!«, schnauzte er, während ich mich taumelnd auf die Knie kämpfte. Ich versuchte es, aber der Boden hörte einfach nicht auf, sich zu drehen, und mein Magen fühlte sich an, als wäre sein Innerstes nach außen gekehrt worden. Wieder lachte der falsche König bellend. »Armselig!«, krähte er. »Du bist schwach! So schwach, und doch trägst du die Kraft des Eisernen Königs in dir. Ich weiß nicht, was Machina sich dabei gedacht hat, sie an dich zu verschwenden! Aber das spielt jetzt keine Rolle mehr. Ich werde sie aus deinem schwachen menschlichen Körper herausschneiden und sie so einsetzen, wie es gedacht war, zu meinem eigenen Ruhm und dem meines Königreiches.«

Er hob die Hand mit den blutverschmierten Krallen und schwebte langsam auf mich zu. Dunkler, giftiger Eiserner Schein pulsierte um uns herum, er strömte aus den Wänden und jedem Schatten der Festung heran, nährte den alten Mann und machte ihn stark. So konnte ich Ferrum nicht schlagen. Ich würde Feuer mit Feuer bekämpfen müssen und konnte nur hoffen, dass ich dabei nicht das Bewusstsein verlor.

Suchend sah ich mich nach meinem Schwert um, das unter dem zuckenden Licht mitten im Raum auf dem Boden lag. Ich erinnerte mich, wie ich einmal die Form eines Eisenrings verändert hatte und wie ich Eisenbolzen dazu gebracht hatte, mitten im Flug die Richtung zu ändern. Ich dachte daran, wie Ferrum die Gestalt seiner eigenen Finger verändert hatte, damit sie tödlich scharf wurden, und konzentrierte mich ganz auf meine Waffe, sobald ich den Eisernen Schein in meinem Geist spürte. Das Schwert begann weiß zu glühen, streckte sich und verwandelte sich von einem Schwert in einen Speer. Als die Sommermagie auf den Eisernen Schein reagierte, wurde mir übel, und ich bekam so heftige Krämpfe, dass sich alles um mich drehte. Verzweifelt biss ich mir auf die Lippe und gab der Magie einen letzten verzweifelten Stoß.

Ferrum war jetzt direkt über mir und hatte die Klauen erhoben, um meinem Leben ein Ende zu setzen, als der Speer vom Boden abhob, durch den Raum schoss und ihn in den Rücken traf. Ich sah, wie er vorn aus seiner Brust hervorbrach, und hastig krabbelte ich nach hinten weg.

Ferrum bog mit einem Schrei den Rücken durch und umklammerte den Speer, der ihn durchbohrte.

Mit letzter Kraft schleppte ich mich in das Zentrum des Raums, wo ich zusammenbrach, als der Schwindel mich überwältigte, und keuchend versuchte ich, mich nicht zu übergeben. Es war vorbei. Wir hatten gewonnen, irgendwie. Jetzt mussten wir nur noch an Rowan und Tertius vorbeikommen und es zurück zu unseren Truppen schaffen. Jetzt, wo Ferrum tot war, würden die Eisernen Ritter uns hoffentlich gehen lassen …

Schrilles, wahnsinniges Gelächter ließ mich erstarren.

Als ich aufsah, gefror mir das Blut in den Adern. Ferrum stand immer noch aufrecht, der Speer ragte aus seiner Brust, und der Schein wirbelte knisternd um ihn herum wie ein Gewittersturm.

»Glaubst du wirklich, du könntest mich mit Eisen besiegen, Meghan Chase?«, heulte er. »Ich *bin* Eisen! Ich war die erste Eiserne Fee, die in diese Welt hineingeboren wurde – es fließt durch meine Adern, ist mein Blut, meine Essenz! Dein jämmerlicher Einsatz von Eisernem Schein macht mich nur stärker!«

Dann griff er sich an die Brust, warf mir einen herablassenden Blick zu und zog mit einer fließenden Bewegung den Speer aus seinem Körper. Als der falsche König anschließend hoch in die Luft stieg und seine Haare und Kleidung wild um ihn herumpeitschten, richtete ich mich mühsam auf.

»Und jetzt«, verkündete Ferrum dröhnend und hob den Speer über den Kopf, »wird es Zeit, das hier zu beenden.«

Von der Decke schoss ein Blitz in die Speerspitze, raste durch den Schaft und wand sich dann zischend um den falschen König. Ich spürte, wie meine Haare anfingen zu schweben und sich meine Nackenhaare aufstellten, als Ferrum seine andere Hand hob und damit auf mich zeigte.

Es folgte ein gleißender Lichtblitz. Irgendetwas traf meine Brust, und so abrupt, als hätte jemand einen Fernseher ausgeschaltet, verstummten die Geräusche der Welt um mich herum.

Alles wurde weiß.

»Du kannst ihn nicht besiegen.«

Blinzelnd spähte ich in die Helligkeit, dann beschirmte ich die Augen mit der Hand und sah mich um. Alles um mich herum war weiß. Kein Boden, keine Schatten, nichts außer einer konturlosen weißen Helligkeit, die so leer war wie das All.

Aber ich wusste, dass er hier war, irgendwo bei mir.

»Wo bist du, Machina?«, fragte ich, und meine Stimme hallte in der Leere.

»Ich war immer hier, Meghan Chase.« Machinas Antwort kam von überall und nirgends. »Ich wurde dir gegeben, freiwillig und rückhaltlos. Du warst es, die mich immer wieder zurückgewiesen hat.«

Das ergab überhaupt keinen Sinn, deshalb schüttelte ich den Kopf, um meine Gedanken zu ordnen, und versuchte mich daran zu erinnern, wo ich war. »Wo sind denn alle? Wo ist … Ferrum! Ich habe doch gegen Ferrum gekämpft. Ich muss zurück. Wo ist er?«

»Du kannst ihn nicht besiegen«, wiederholte Machina. »Nicht, wenn du auf diese Weise kämpfst. Er ist die Essenz allen Verderbens, das von Eisen ausgeht, er zehrt von seinem Land wie eine vollgesogene Zecke. Seine Kraft ist zu groß. Mit Eisernem Schein allein kannst du ihn nicht bezwingen.«

»Ich werde es wohl versuchen müssen«, erwiderte ich ärgerlich. »Diesmal habe ich keinen magischen Hexenholzpfeil, um ihn zu töten, nicht wie bei dir damals. Ich habe nur mich selbst.«

»Der Hexenholzpfeil war nur eine Kanalisierung für deine eigene Sommermagie. Ja, er war mächtig, aber es hat nur funktioniert, weil du Oberons Tochter bist und sein lebendiges, heilendes Sommerblut durch deine Adern fließt. Im Prinzip hast du dem Eisernen König deine Sommermagie injiziert, und mein Körper hat das nicht verkraftet. Für Ferrum gilt dasselbe.«

»Tja, das kann ich aber nicht mehr machen. Jedes Mal, wenn ich Sommermagie einsetze, stellt sich das Eisen quer. Ich kann nicht das eine benutzen, ohne dass das andere es verdirbt. So kann ich nicht gewinnen. Ich kann nicht …« Verzweifelt sank ich auf die Knie und vergrub das Gesicht in den Händen. »Ich muss gewinnen«, flüsterte ich. »Ich muss einfach. Alle verlassen sich auf mich. Es muss einen Weg geben, wie ich meine Sommermagie einsetzen kann. Verdammt, mein Vater ist der Sommerkönig, es muss doch eine Möglichkeit geben, beides zu trennen...«

Und dann traf es mich wie ein Schlag.

Ich dachte an meinen Vater. Nicht an den Lichten König, sondern an meinen menschlichen Vater Paul. Ich sah uns an dem alten Klavier sitzen, während er versuchte, mir zu erklären, wie Musik funktioniert. In den Noten, den geraden Linien und den strengen Regeln der Takte, konnte ich den Eisernen Schein erkennen, doch die Musik selbst war ein klangvoller Wirbel reinster Emotion. Sie waren keine getrennten Wesen, die kreative Magie und der Eiserne Schein. Sie waren eins: Kalte Logik und wilde Emotion verschmolzen miteinander, um etwas wahrhaft Schönes zu erschaffen.

»Natürlich«, flüsterte ich, noch etwas benommen von der Erkenntnis. »Ich habe sie immer getrennt eingesetzt, natürlich haben sie da gegeneinander gewirkt. Das war es, was du mir die ganze Zeit sagen wolltest, oder? Diese Kraft... ich, du, Sommer- und Eisenmagie... ich kann nicht eines ohne das andere einsetzen. Getrennt voneinander sind sie nutzlos. Ich muss... sie miteinander verbinden.«

Jetzt, wo ich darüber nachdachte, war es so einfach. Paul hatte mir gezeigt, wie man sie vereinigen konnte. Das war nichts Neues. Deswegen hatte Machina seine Kraft an mich weitergegeben – ich war die Einzige, die sie miteinander verbinden konnte, ein Halbblut, das sowohl den Sommer als auch das Eisen beherrschen konnte.

Ich spürte jemanden hinter mir, drehte mich aber nicht um. Es würde nichts zu sehen sein, auch wenn ich es tat.

»Bist du bereit?«, flüsterte Machina.

Nein, es war nicht Machina. Es war die Manifestation des Eisernen Scheins, *meines* Eisernen Scheins. Die Magie, die ich zurückgewiesen hatte, vor der ich die ganze Zeit davongelaufen war. Ich hatte sie benutzt, aber nie wirklich akzeptiert. Das würde heute ein Ende finden. Die Zeit war gekommen.

»Ich bin bereit«, murmelte ich und spürte schmale, kräftige Hände auf meinen Schultern. Stahlkabel schlangen sich um mich – nein, um uns – und zogen sich immer fester, während sie über meine Haut glitten. Irgendwann bohrten sie sich in mich hinein und wanden sich unter meiner Haut Richtung Herz. Ich schloss die Augen.

Machinas Präsenz wurde schwächer, er verblasste mehr und mehr, doch kurz bevor er endgültig verschwand, beugte er sich vor und flüsterte mir ins Ohr: »Du hattest immer die Macht, den falschen König zu besiegen. Er ist ein Verderber, er nimmt Leben und vergiftet alles, was er berührt. Er wird versuchen, dir deine Magie mit Gewalt auszusaugen. Du kannst ihn besiegen, aber du musst sehr tapfer sein. Gemeinsam können wir dieses Land wieder heilen.«

Dann erreichten die Kabel mein Herz, und ein Schock wie von einem elektrischen Schlag fuhr durch meinen Körper, während alles, was vom Eisernen König noch übrig war, sich auflöste und für immer verschwand.

Keuchend riss ich die Augen auf.

Ich lag in Ferrums Thronsaal auf dem Rücken und sah zu, wie die Blitze über die Decke tanzten. Es konnten nicht mehr als ein paar Sekunden vergangen sein, seit Ferrum mich getroffen hatte, denn der falsche König stand immer noch mit erhobenem Arm mitten im Raum. Hinter ihm konnte ich Ash und Puck erkennen, die immer noch in den Kampf gegen ihren jeweiligen Gegner verstrickt waren. Ash rief etwas, aber seine Stimme rauschte nur in meinen Ohren und schien von weit her zu kommen. Mir war schwindelig, ich fühlte mich benommen, und meine Haut kribbelte, als wären meine Arme und Beine eingeschlafen, aber ich lebte noch.

Eine leichte Berührung streifte meinen Hals und kitzelte mich im Nacken. Als ich danach griff, spürte ich kaltes Metall. Es war die Taschenuhr, die der Uhrmacher mir vor einer gefühlten Ewigkeit gegeben hatte. Ich nahm sie und erkannte sofort, dass sie nicht mehr zu retten war. Der Stromschlag hatte das Glas springen lassen und die Ränder des Goldgehäuses geschmolzen. Die schlanken Zeiger standen still. Dem Schaden nach zu urteilen, hatte der Zeitmesser die volle Wucht des Blitzschlages abgekriegt, einhunderteinundsechzig Stunden, nachdem der Uhrmacher sie mir gegeben hatte.

Ich sagte ihm stumm *Danke,* streifte mir die Kette über den Kopf und ließ die Uhr scheppernd zu Boden fallen.

Ferrum riss die Augen auf, als ich mich mühsam erst auf die Knie erhob und dann auf die Füße kam, auch wenn ich um mein Gleichgewicht kämpfen musste, da sich der Boden ruckartig zu drehen schien.

»Immer noch am Leben?«, zischte er, als ich den Rest des Schwindels abschüttelte und mich mit geballten Fäusten zu ihm umdrehte.

Jetzt war alles viel klarer. Ich spürte den Eisernen Schein der Festung, der überall pulsierte, und die Aura des falschen Königs, die wie ein schwarzes Loch alles in sich aufsaugte. Als ich weiter vordrang, spürte ich auch den Schein des Nimmernie, das sich noch gegen das Eiserne Reich zur Wehr setzte, auch wenn es immer schwächer wurde, während das Eiserne Königreich sich ausbreitete. Ich konnte den Herzschlag beider Länder spüren und all die Lebewesen, die auf beiden Seiten starben.

Die Kraft des Eisernen Königs kann gegeben werden, oder man kann sie verlieren. Sie kann nicht genommen werden.

Plötzlich wusste ich, was ich zu tun hatte.

Zitternd wünschte ich, ich hätte mehr Zeit gehabt – dass Ash und ich mehr Zeit gehabt hätten. Hätte ich es gewusst, hätte ich vielleicht einiges anders gemacht. Doch abgesehen von diesem Moment des Bedauerns war ich ruhig und fühlte mich sicher. In mir breitete sich eine Entschlossenheit aus, die alle Ängste und Zweifel verdrängte. Ich war bereit. Es gab keinen anderen Weg.

Ich sah Ferrum in die Augen und lächelte.

Der falsche König zischte und ließ wieder einen Blitz auf mich los. Ich hob die Hand, spürte den Wirbel aus Sommer und Eisen um mich herum und schlug den Blitz beiseite, sodass er über Ferrums Kopf in die Wand einschlug. Die Energie entlud sich in einem Funkenregen, und Ferrum kreischte vor Wut. Einen Moment lang hielt ich den Atem an, da ich damit rechnete, dass gleich der Schmerz und die Übelkeit einsetzen würden.

Nichts. Kein Schmerz, keine Übelkeit. Sommer- und Eisenmagie waren perfekt miteinander verschmolzen, jetzt korrumpierte keine Kraft mehr die andere. Ich streckte die Hand aus und rief meinen Speer zu mir, entriss ihn Ferrums Griff und packte ihn, als er in meiner Handfläche landete. Ferrum fielen fast die Augen aus dem Kopf, und der Schein um ihn herum flammte auf wie dunkles Feuer. Ich ließ den Speer einmal kreisen und ging dann in Angriffsstellung.

»Komm schon, alter Mann!«, rief ich und versuchte meinen rasenden Puls und meine zitternden Hände zu ignorieren. »Du wirfst wie ein Mädchen. Du willst meine Kraft? Dann hol sie dir!«

Ferrum stieg wie ein rachedurstiger Phönix in die Luft, seine Haare und sein Gewand flatterten wild hinter ihm her. »Dreistes Gör!«, kreischte er. »Ich werde keinen Moment länger mit dir herumspielen! Ich werde mir meine Kraft augenblicklich zurückholen!«

Er stürzte sich auf mich, durchquerte dabei den Raum innerhalb von Sekundenbruchteilen, doch diesmal sah ich alles ganz klar. Ich beobachtete, wie Ferrum heranstürmte: Sein Gesicht war zu einer hasserfüllten Grimasse verzerrt, und er hatte sich erwartungsvoll vorgebeugt. Ich sah die tödlichen Klauen, die auf meine Brust gerichtet waren. Ich wusste, dass ich sie abwehren konnte oder dass ich einfach einen Schritt zur Seite machen ...

Es tut mir leid, Ash.

Stattdessen schloss ich die Augen.

Ferrum traf mich mit der gesamten Kraft seines Hasses in den Bauch und grub seine Klauen in meine Brust. Die Wucht seines Aufpralls ließ mich taumeln, und mir wurde die Luft aus der Lunge gedrückt. Eine Sekunde später breitete sich flüssiges Feuer in meinem Bauch aus. Die Schmerzen waren unerträglich. Am liebsten hätte ich gekeucht, aber in meinem Körper gab es keine Luft mehr. Irgendwo weit weg brüllte Ash voll Wut, und Puck stieß einen bestürzten Schrei aus, aber dann trat Ferrum vor, drückte seine Klauen noch tiefer in mich hinein, und alles wurde zu einem schmerzerfüllten roten Nebel.

Mein Körper brach über den Arm des falschen Königs gebeugt zusammen und zitterte und zuckte, während ich mich voll darauf konzentrierte, nicht ohnmächtig zu werden, nicht der Dunkelheit nachzugeben, die am Rande meines Gesichtsfelds herangekrochen kam. Es war so verdammt verlockend, einfach aufzugeben, die Schmerzen loszulassen und im Vergessen zu versinken. Zwischen uns tropfte mein Blut auf den Boden und bildete eine leuchtend rote Pfütze. Gleichzeitig konnte ich spüren, wie das Leben aus mir herausfloss.

»Ja«, flüsterte Ferrum dicht an meinem Ohr. Sein Atem stank nach Rost und Verwesung. »Leide. Leide dafür, dass du mir meine Kraft gestohlen hast. Dafür, dass du dachtest, du wärst würdig, sie zu tragen. Nun wirst du sterben, und ich werde wieder Eiserner König werden. Die Kraft des Eisernen Königs ist endlich wieder mein!«

Ich hob eine zitternde, blutverschmierte Hand, packte den Kragen seines Gewands und hob den Kopf, um dem triumphierenden Blick des falschen Königs zu begegnen. Mein Leben verrann schnell, ich musste mich beeilen.

»Du willst sie haben?«, flüsterte ich, wobei ich jedes Wort aus mir herauspressen musste. Am liebsten hätte ich einfach geschrien oder geheult. »Nimm sie. Sie gehört dir.« Und damit presste ich meine Kraft, den verschmolzenen Schein von Sommer und Eisen, in den falschen König hinein.

Ferrum legte den Kopf in den Nacken und lachte, während er immer weiter anschwoll vor Kraft und seine Stimme durch den gesamten Saal dröhnte. Der Schein umzüngelte ihn wie ein dunkles Feuer, und er schien sich tatsächlich aufzublähen und größer zu werden, als die geballte Kraft des Eisernen Königs in seinen Körper strömte.

Aber plötzlich geriet der Strom ins Stocken, und in dem kalten, schwarzen Verderben flackerten grüne und goldene Flammen auf, heiß und lebendig. Ferrum zuckte zusammen, riss verwirrt die Augen auf und starrte mich entsetzt an.

»Was ... was machst du mit mir? Was hast du getan?« Er versuchte zurückzuweichen, aber ich krallte meine Finger um sein Handgelenk und kettete uns so aneinander.

»Du wolltest die Kraft des Eisernen Königs«, erklärte ich Ferrum, dessen irre Augen jetzt aus den Höhlen traten, während der Schein weiter wie ein bunter Mahlstrom um ihn herumwirbelte. »Du kannst sie haben. Eisen und Sommer. Beide. Dummerweise kannst du sie jetzt nicht mehr trennen.« Die Magie floss immer weiter in Ferrum hinein, während ich mich mit schwindender Kraft an ihn klammerte. »Mag sein, dass du mich getötet hast, aber ich schwöre dir, ich werde nicht zulassen, dass du das Nimmernie kriegst. Oder meine Familie. Oder meine Freunde. Hier und jetzt endet die Herrschaft des Eisernen Königs.«

Aus der Brust des falschen Königs brachen knorrige, verkrüppelte Zweige hervor und streckten sich rasend schnell Richtung Decke. Ferrum schrie. Ruckartig zog er die Klauen aus meinem Bauch, wich taumelnd zurück und versuchte sich die Zweige aus dem Körper zu reißen. Ich fiel auf die Knie, konnte mich noch eine Sekunde aufrecht halten und brach dann so schnell zusammen, dass mein Kopf mit einem dumpfen Schlag auf dem Boden landete.

Die Realität verschwamm, und die Zeit schien langsamer zu fließen. Ferrum zuckte und schlug wild um sich. Seine Schreie hallten durch die Arena, als seine Arme aufrissen und zu Baumästen wurden, seine Finger zu krummen kleinen Zweigen. Ich sah Ash mit beängstigend unbeherrschter Miene das Schwert seines Bruders abwehren, bevor er einen Ausfallschritt machte und seine Klinge durch die Rüstung in Rowans Brust rammte. Ein greller blauer Blitz flammte auf, dann bog Rowan den Rücken durch und wurde so steif, als wäre er von innen heraus gefroren. Ash zerrte das Schwert aus seinem Körper, und sofort zersprang Rowan in eine Million funkelnder Splitter, die sich über den Boden verteilten.

Ein Heulen auf der anderen Seite des Raums signalisierte, dass gerade zwei Pucks Tertius festhielten, während ein dritter Puck seinen Dolch hob und ihn dem Ritter in die Brust stieß.

»Verdammt seist du.« Ferrums Stimme war nur noch ein Röcheln, doch sie lenkte meine Aufmerksamkeit wieder auf den falschen König. Er war jetzt fast ganz verschwunden in dem kleinen, verkrüppelten alten Baum mit dem krummen, verwitterten Stamm. Nur sein Gesicht war in der Borke noch zu erkennen, und sein hasserfüllter Blick schien mich zu durchbohren. »Ich dachte, ich hätte in Machina das Böse gesehen«, keuchte er, »aber du bist noch viel, viel schlimmer. Meine Kraft, meine ganze Kraft ist verschwunden. Verschwendet.« Seine Stimme brach, und er stieß eine Art Schluchzen aus, bevor er mich noch einmal gehässig angrinste. »Zumindest bleibt mir der Trost, dass am Ende keiner von uns sie bekommt. Du wirst bald tot sein. Jetzt kann dich nicht einmal mehr die Kraft des Eisernen Königs re…« Seine Stimme verstummte abrupt, oder vielleicht war ich auch kurz ohnmächtig geworden, denn als ich die Augen wieder öffnete, war Ferrum verschwunden.

Ein hässlicher, skelettartiger Baum war alles, was vom falschen König geblieben war.

Die Schmerzen waren noch da, aber sie waren jetzt eher dumpf und weit entfernt, quasi bedeutungslos. Von irgendwoher kam eine Stimme, die meinen Namen rief. Zumindest glaubte ich, dass es mein Name war. Blinzelnd versuchte ich, mich zu konzentrieren, aber meine Gedanken waren total vernebelt, sie glitten mir immer wieder wie Rauchschwaden durch die Finger, und ich war zu erschöpft, um sie wieder einzufangen.

Also schloss ich die Augen und ließ mich treiben. Ich wollte mich nur noch ausruhen. Das hatte ich mir jetzt doch verdient. Einen falschen König zu besiegen und das gesamte Feenreich zu retten – es gab bestimmt schlechtere Arten zu sterben. Aber selbst in diesem Moment, als ich am Rand des Nichts schwebte, spürte ich noch den angestrengten Herzschlag des Landes, die vergiftete Schneise, die Ferrum auf seiner Reise gerissen hatte, und das Verderben, das langsam ins Nimmernie einsickerte. Nur weil Ferrum nicht mehr da war, würde das Eiserne Reich nicht einfach so verschwinden. Die letzten Reste der Kraft des Eisernen Königs flackerten noch in mir, ganz schwach wie eine Kerze im Wind. Für diese Kraft war ich immer noch verantwortlich. Was würde mit ihr passieren, wenn ich starb? An wen würde ich sie weiterreichen? An wen *konnte* ich sie weiterreichen, diese neue Magie aus Sommer und Eisen, ohne denjenigen dadurch umzubringen?

»Meghan!« Wieder rief mich diese Stimme, und jetzt erkannte ich sie. Es war *seine* Stimme, die Stimme meines Ritters, die mich voller Verzweiflung und Qual aus dem Nichts zurückholte. »Meghan, nein!«, flehte sie hallend in der Dunkelheit. »Tu das nicht. Komm schon, wach auf. Bitte.« Das letzte Wort war nur noch ein verzweifeltes, leises Schluchzen.

Ich öffnete die Augen.

Ash starrte auf mich herab, seine Silberaugen glänzten verräterisch, und sein Gesicht war nicht mehr nur blass, sondern fahl. Ich lag in seinen Armen und stellte blinzelnd fest, dass plötzlich die Geräusche der Welt zurückkehrten – das Knistern der Energie über uns, das Scheppern der Metallstiefel der Eisernen Ritter, die uns immer noch umringten.

Als ich einen kurzen Blick zu ihnen hinüberwarf, bemerkte ich, dass alle Ritter ihre Waffen niedergelegt hatten und uns nun mit ernsten Mienen abwartend beobachteten.

Ich sah zurück zu Ash und entdeckte hinter seiner Schulter Puck, der ebenfalls erschreckend blass war.

»Ash«, flüsterte ich, und meine Stimme klang selbst in meinen Ohren schwach und wie gehaucht. »Es tut mir so leid. Ich habe nicht nachgedacht... Jetzt wirst du meinetwegen vergehen, nur weil ich dich gebeten habe, diesen Schwur zu leisten.«

Er drückte sein Gesicht in meine Haare und schloss die Augen. »Wenn du nicht mehr bist«, flüsterte er mit zitternder Stimme, »dann werde ich mein Sein mit Freuden aufgeben. Dann wird es nichts mehr geben, wofür es sich zu leben lohnt.« Er lehnte sich zurück und sah mich durchdringend an. »Aber uns bleibt noch Zeit«, murmelte er und stand mit mir in den Armen mühelos auf. »Wir müssen dich zu einem Heiler bringen.«

Auf einmal stand Puck neben mir, und seine roten Haare bildeten einen krassen Kontrast zu seinem bleichen Gesicht. Er starrte mich wütend an. »Verdammt, Meghan«, fauchte er. »Was zur Hölle hast du dir dabei gedacht? Wir müssen dich sofort hier rausbringen!« Er musterte den Kreis der Ritter und kniff die Augen zusammen. »Meinst du, die Eimerbrigade lässt uns durch, oder soll ich uns besser den Weg freischaufeln?«

»Nein«, hauchte ich und krallte mich in Ashs Hemd. Beide sahen mich überrascht an. »Ich kann nicht zu einem Heiler gehen. Bringt mich...« Ich fuhr zusammen und unterdrückte ein Keuchen, als sich ein heftiger Schmerz wie ein Pfeil in meinen Bauch bohrte. Ashs Griff verstärkte sich. »Bringt mich zu dem Baum«, presste ich hervor. »In den Ruinen. Ich muss dorthin zurück... wo alles angefangen hat.«

Ash starrte mich ausdruckslos an, aber ein Schauder lief durch seinen Körper. »Nein«, flüsterte er, aber es war eher ein Flehen.

»Uns bleibt keine Zeit, Prinzessin!« Verzweifelt stapfte Puck los. »Sei nicht dumm! Wenn wir dich nicht sofort zu einem Heiler bringen, wirst du sterben!«

Ich achtete nicht auf Puck, sondern ließ Ash nicht aus den Augen und wappnete mich für das, was ich jetzt tun musste. »Ash«, flüsterte ich, und Tränen schossen mir in die Augen. »Bitte. Mir bleibt … nicht mehr viel Zeit. Das ist meine letzte Bitte an dich. Ich muss zu … diesem Baum. Bitte.«

Er schloss die Augen, und eine einzelne Träne lief über seine Wange. Ich wusste, dass ich das Unmögliche von ihm verlangte, und es zerriss mich fast, ihn so leiden zu sehen. Aber wenigstens würde ich es zu guter Letzt in Ordnung bringen. Das würde ich ihm versprechen.

»Hör nicht auf sie, Prinz.« Puck schien jetzt völlig außer sich zu sein und packte Ash an der Schulter. »Sie ist im Delirium. Verdammt, bring sie zu einem Heiler. Sag nicht, dass du auf diesen Wahnsinn hören wirst.«

»Puck«, flüsterte ich, doch auf einmal bemerkte ich die Silberkette an Ashs Hals. Das Amulett war aufgezehrt. An der Stelle, wo der Kristall gehangen hatte, war jetzt nur noch eine schwarze Scherbe. Es musste während des Kampfes mit Rowan endgültig zersprungen sein. Mein Magen krampfte sich zusammen. »O Gott, Ash«, hauchte ich. »Das Amulett. Jetzt wirst du im Eisernen Königreich nicht mehr geschützt sein. Jemand anders muss mich zurückbringen.«

Er hob den Kopf, und in seinen Augen spiegelte sich Trostlosigkeit, aber auch Entschlossenheit. Diesen Blick kannte ich. Er bedeutete, dass er nichts mehr zu verlieren hatte.

»Ich werde dich hinbringen.«

»Nein, wirst du nicht!« Puck baute sich vor uns auf, und plötzlich drückte er seinen Dolch an Ashs Kehle. Ash rührte sich nicht. Puck beugte sich mit wilder Entschlossenheit vor. »Du wirst sie jetzt zu einem Heiler bringen, Prinz, sonst werde ich dir, bei allem, was mir heilig ist, diesen Eisklumpen rausschneiden, den du dein Herz nennst, und sie selbst hinbringen.«

»Puck«, flüsterte ich wieder, »bitte.« Er sah mich nicht an, aber in seinen Augen glitzerten Tränen und die Hand mit dem Dolch begann zu zittern. »I-ich muss das tun«, fuhr ich fort, während Ash und Puck sich anstarrten, ohne dass einer auch nur einen Zentimeter nachgegeben hätte. »Nur … nur so kann alles … gerettet werden. Bitte.«

Puck holte zitternd Luft. »Wie kannst du von mir verlangen, dass ich dich sterben lasse?«, würgte er hervor, ohne die Klinge von der Kehle des Prinzen zu nehmen. Unter dem Dolch entstand ein feiner Schnitt, und ein schmales Rinnsal Blut floss auf Ashs Kragen zu. »Ich würde alles für dich tun, Meghan. Aber ... das nicht. Das nicht.«

Ganz sanft hob ich die Hand und schloss die Finger um den Griff des Dolchs. Vorsichtig zog ich ihn zu mir herunter, weg von Ashs Hals. Puck sperrte sich noch einen Moment, dann trat er schluchzend zurück. Der Dolch glitt aus seiner Hand und landete scheppernd auf dem Boden.

»Bist du sicher, dass du das willst, Prinzessin?« Seine Stimme war angestrengt, und sein Blick flehte darum, dass ich es mir anders überlegen sollte.

»Nein«, hauchte ich. Meine Tränen begannen zu fließen, und Ashs Arm drückte mich fester. Natürlich wollte ich das nicht. Ich wollte leben. Ich wollte meine Familie wiedersehen, die Schule fertig machen und an all die weit entfernten Orte reisen, die ich nur aus Büchern kannte. Ich wollte mit Puck lachen und Ash lieben und all das tun, was für normale Menschen ganz selbstverständlich war. Aber ich konnte nicht. Mir war diese Kraft gegeben worden, diese Verantwortung. Und ich musste nun zu Ende bringen, was ich angefangen hatte, ein für alle Mal. »Nein, Puck, ich will das nicht. Aber so muss es nun einmal sein.«

Puck nahm meine Hand und drückte sie so fest, als könnte er mich dadurch hierbehalten. Ich sah in seine grünen Augen, die vor Emotionen strahlten, sah all seine Jahre als Fee, all seine Triumphe und Niederlagen, Lieben und Verluste. Ich sah ihn als Puck, den legendären, verschmitzten Unruhestifter, und als Robin Goodfellow, ein Wesen so alt wie die Zeit, mit all den Narben und Wunden, die ihm sein endloses Leben eingebracht hatte. Puck drückte immer weiter meine Hand, und ihm liefen hemmungslos die Tränen über die Wangen, während er fassungslos den Kopf schüttelte.

»Wow«, murmelte er mit tränenerstickter Stimme. »Da sind wir nun, unsere letzte Nacht und so, und mir fällt nichts ein, was ich sagen könnte.«

Ich legte meine Hand an seine Wange, spürte die Nässe unter meinen Fingern und fragte lächelnd: »Wie wäre es mit ›Lebewohl‹?«

»Neee.« Puck schüttelte den Kopf. »Ich sage grundsätzlich niemals ›Lebewohl‹, Prinzessin. Das klingt ja so, als würdest du nie wiederkommen.«

»Puck ...«

Er beugte sich zu mir runter und küsste sanft meine Lippen. Ash versteifte sich, und seine Arme drückten mich fest an ihn, aber Puck war schon außer Reichweite, bevor einer von uns reagieren konnte.

»Pass gut auf sie auf, Eisbubi«, meinte er lächelnd, während er ein paar Schritte zurücktrat. »Ich schätze mal, dich werde ich auch nicht wiedersehen, was? Es war ... ein Spaß, solange es hielt.«

»Es tut mir leid, dass wir keine Gelegenheit hatten, uns gegenseitig umzubringen«, erwiderte Ash leise.

Puck bückte sich glucksend und hob seinen Dolch auf. »Das Einzige, was ich wirklich bedauere. Zu schade, das wäre ein historischer Kampf gewesen.« Als er sich wieder aufrichtete, schenkte er uns sein dämliches Grinsen und hob eine Hand zum Abschied. »Wir sehen uns, ihr Turteltauben.«

Schein ließ die Luft vibrieren, und Puck löste sich in einen Schwarm Raben auf, die sich mit wild schlagenden Flügeln in alle Richtungen verteilten. Die Ritter gingen in Deckung, als die Vögel mit spöttischem Krächzen über ihre Köpfe hinwegfegten. Dann verschwanden die Vögel in der Dunkelheit, und das Rauschen ihrer Flügel verhallte. Puck war fort.

Die Ritter ließen uns ohne jeden Widerstand passieren. Sie neigten die Köpfe, als wir an ihnen vorbeigingen. Einige von ihnen hoben sogar ihre Schwerter wie zu einem Salut, aber ich bekam davon nicht wirklich viel mit. Sanft in Ashs Arme gebettet, mein Körper und mein Geist weitgehend betäubt, konzentrierte ich mich hauptsächlich darauf, nicht einzuschlafen. Ich wusste, dass ich sonst vielleicht nie wieder die Augen aufschlagen würde. Bald würde ich mich ausruhen und der Erschöpfung nachgeben können, die von meinem Körper Besitz ergriffen hatte, mich einfach zurücklehnen und alles vergessen können. Aber vorher musste ich noch eine letzte Sache erledigen. Erst dann konnte ich endlich loslassen.

Weiche Flocken landeten auf meiner Wange, und ich sah auf.

Wir waren nicht mehr in der Festung, sondern standen oben an einer Treppe und blickten auf das Schlachtfeld hinunter. Der Lärm der Kämpfe war verstummt, und Schweigen breitete sich über dem Feld aus, als alle Feen – egal ob Sommer, Winter oder Eisen – sich in meine Richtung drehten. Sie waren alle wie erstarrt und sahen mich erschrocken an, unsicher, was jetzt zu tun war.

Ash blieb nicht stehen, sondern ging entschlossen weiter. Seine Miene war unergründlich, während sich die Reihen von Sommer, Winter und Eisen stumm vor ihm teilten. Schweigende Gesichter zogen im Ascheregen an mir vorbei. Diode, der die kreisenden Augen alarmiert aufgerissen hatte. Schienenstift und seine Herde, die respektvoll die Köpfe senkten, als wir sie erreichten. Gremlins folgten uns durch die Menge, stumm und düster.

Mab und Oberon tauchten auf und musterten uns ausdruckslos, doch gleichzeitig voll Mitgefühl. Ash blieb nicht stehen, nicht einmal vor Mab. Er marschierte an den beiden Feenherrschern vorbei, ohne sie eines Blickes zu würdigen, und stapfte immer weiter durch die grauen Aschehaufen, bis wir den Rand des Schlachtfeldes erreichten, wo uns der riesige Eisdrache erwartete. Der Drache nahm den Kopf zurück, sodass er dem Winterprinzen mit seinen eisblauen Augen ins Gesicht sehen konnte.

»Bring uns in das Eiserne Reich.« Ashs Stimme war leise, aber einige Grad unter null anzusiedeln, und ließ keinerlei Spielraum für Diskussionen. »Sofort.«

Der Drache blinzelte. Dann drehte er sich mit einem leisen Zischen um, kauerte sich hin und streckte seinen langen Hals nach vorn, damit Ash aufsteigen konnte. Ohne die leiseste Erschütterung trat Ash auf eine der schuppigen Vordertatzen und sprang von dort auf den Rücken des Drachen, bevor er sich zwischen seinen Schulterblättern niederließ und mich in seinen Schoß legte. Als der Drache sich erhob und die Flügel ausbreitete, um abzuheben, stieß Razor einen summenden Schrei aus, und alle Gremlins stimmten ein schrilles Klagegeheul an, hüpften auf und ab und zerrten an ihren Ohren. Obwohl alle überrascht waren, versuchte niemand, sie davon abzuhalten, und so begleiteten uns ihre jammernden Stimmen in den Himmel, bis der Wind sie schließlich verschluckte.

Ich erinnerte mich nicht an den Flug. Ich erinnerte mich nicht an die Landung. Nur an einen sanften Ruck, als Ash vom Rücken des Drachen rutschte und auf der Erde landete. Ich hob das Gesicht von seiner Brust und sah mich um. Die Landschaft schien verschwommen und verzerrt, wie bei einer alten, falsch eingestellten Kamera, doch dann ging mir auf, dass das an mir lag und nicht an der Umgebung. Alles war grau und düster, aber ich konnte trotzdem noch den Baum erkennen, die riesige eiserne Eiche, die aus den Turmruinen aufragte und sich in den Himmel streckte.

Hinter uns stieß der Drache ein Knurren aus, das wie eine Frage klang.

»Ja, geh«, murmelte Ash, ohne sich umzudrehen.

Ein Windstoß zeigte an, dass der Drache zurück Richtung Nimmernie geflohen war, wo er nicht vergiftet wurde. Trotz meiner Benommenheit fiel mir auf, dass Ash ihm nicht befohlen hatte, auf ihn zu warten.

Weil er nicht vorhatte, hier noch einmal wegzugehen.

Ohne zu zögern, trug Ash mich durch den Turm, schob sich durch die leeren Ruinen und glitt durch die Schatten, bis wir am Fuß des Baums ankamen. Erst als wir den zentralen Platz betreten hatten und die Äste sich über uns ausbreiteten, begann er zu zittern. Doch seine Stimme war fest, und er ließ mich nicht los, als er auf den Stamm zuging und direkt davor stehen blieb.

Vorsichtig neigte er den Kopf zu mir herunter. »Wir sind da«, murmelte er.

Ich schloss die Augen und schickte meinen verbliebenen Schein aus, bis ich das pulsierende Herz des Baums spürte und den Verlauf der Wurzeln, die sich bis tief in die Erde erstreckten.

»Leg mich ... direkt am Stamm ab«, flüsterte ich.

Er zögerte, trat dann aber zu dem Baum, kniete nieder und ließ mich sanft zwischen zwei dicken Wurzeln zu Boden gleiten. Und dort blieb er, kniete neben mir und hielt meine Hand. Etwas tropfte auf meinen Handrücken. Es war so kalt wie Quellwasser und gefror auf meiner Haut. Die Tränen einer Fee.

Ich sah zu ihm hoch und versuchte zu lächeln, versuchte tapfer zu sein und ihm zu zeigen, dass nichts hiervon seine Schuld war. Dass alles so war, wie es sein sollte. Seine Augen strahlten in der Dunkelheit, hell und voll Schmerz. Ich drückte seine Hand.

»Es war … ein ziemlich irres Abenteuer, was?«, flüsterte ich und spürte, wie mir die Tränen über die Wangen liefen und auf die harte Erde tropften. »Es tut mir leid, Ash. Ich wünschte … wir hätten mehr Zeit gehabt. Ich wünschte … ich hätte mit dir kommen können … Aber es hat nicht so ganz funktioniert, nicht wahr?«

Ash hob meine Hand an seine Lippen, ohne den Blick von mir zu lösen. »Ich liebe dich, Meghan Chase«, hauchte er an meiner Haut. »Für den Rest meines Lebens, wie lange auch immer wir noch sein werden. Ich betrachte es als Ehre, an deiner Seite zu sterben.«

Ich holte tief Luft und drängte die Dunkelheit zurück, die am Rand meines Gesichtsfelds lauerte. Jetzt kam der schwierigste Teil, der Teil, vor dem ich mich gefürchtet hatte. Ich wollte nicht sterben, und ich wollte erst recht nicht allein sterben. Schon beim Gedanken daran verkrampfte sich mein Magen, und mein Atem kam in keuchenden Stößen. Aber Ash würde nicht vergehen. Ich würde ihn nicht wegen seines Schwurs sterben lassen. Das war der eine, letzte Akt der Selbstlosigkeit, den ich für ihn erbringen konnte.

Er war bei jedem Schritt des Weges an meiner Seite gewesen. Jetzt war es an mir, ihn freizugeben.

»Ash.« Ich hob die Hand, berührte seine Wange und fuhr die Konturen seines Gesichts nach. »Ich liebe dich. Vergiss das niemals. Und ich … ich wollte den Rest meines Lebens mit dir verbringen. Aber …«

Verzweifelt rang ich nach Luft. Das Sprechen wurde immer schwieriger, und Ashs Gesicht verschwamm vor meinen Augen. Ich blinzelte, um ihn wieder klar sehen zu können.

»Aber ich … ich kann dich nicht meinetwegen sterben lassen«, fuhr ich schließlich fort. In seinen Augen blitzte Verstehen auf, dann Entsetzen. »Ich werde es nicht zulassen.«

»Meghan, nein.«

»Ist schon okay, wenn du mich hasst.« Ich sprach jetzt schneller, damit er mich nicht umstimmen konnte. »Das ist bestimmt sogar ganz gut. Hasse mich, dann kannst du … kannst du jemand anders finden und …

und lieben. Aber ich will, dass du lebst, Ash. Es gibt so vieles, wofür es sich zu leben lohnt.«

»Bitte.« Ash packte meine Hand. »Tu das nicht.«

»Ich gebe dich frei«, flüsterte ich. »Ich entbinde dich von deinem Ritterschwur und allen Versprechen, die du mir gegeben hast. Dein Dienst an meiner Seite ist beendet, Ash. Du bist frei.«

Ash ließ den Kopf hängen, und seine Schultern zuckten. Ich versuchte den bitteren Kloß in meinem Hals runterzuschlucken, während sich gleichzeitig mein Magen schmerzhaft zusammenzog. Es war geschafft. Ich hasste mich dafür, aber es war das einzig Richtige gewesen. Ich hatte ihm schon so viel abverlangt. Selbst wenn er sich darauf vorbereitet hatte zu sterben, würde ich das nicht zulassen.

»Und jetzt«, fügte ich hinzu und ließ seine Hand los, »verschwinde von hier, Ash. Bevor es zu spät ist.«

»Nein.«

»Du kannst nicht bleiben, Ash. Das Amulett ist aufgebraucht. Wenn du noch länger hierbleibst, wirst du sterben.«

Ash sagte nichts. Aber ich kannte diese Haltung seiner Schultern, die absolute Sturheit und Entschlossenheit, die er ausstrahlte, und ich begriff, dass er trotzdem bei mir bleiben würde. Also tat ich das Einzige, was mir noch einfiel. Er würde den Tag verfluchen, an dem er im Wilden Wald diesem Menschenmädchen begegnet war, und schwören, sich niemals wieder zu verlieben. Aber er würde leben.

»Ashallayn'darkmyr Tallyn«, begann ich, woraufhin er verzweifelt die Augen schloss. »Ich befehle dir bei der Kraft deines Wahren Namens, jetzt sofort das Eiserne Reich zu verlassen.« Ich wandte den Kopf ab, damit ich ihn nicht sehen musste, und presste die letzten Worte hervor: »Und komm nicht zurück.«

Es tut mir so leid, Ash. Aber bitte, lebe für mich. Wenn irgendjemand es verdient hat, lebend aus dieser ganzen Sache rauszukommen, dann bist du das.

Ich hörte ein leises Geräusch, fast wie ein Schluchzen. Ash erhob sich zögernd, als würde er gegen den Zwang ankämpfen, dem er gehorchen musste. »Ich werde immer dein Ritter sein, Meghan Chase«, flüsterte er gepresst, als würde ihm jeder Moment, den er länger blieb, Schmerzen bereiten. »Und ich schwöre, falls es einen Weg gibt, wie wir zusammen sein können, werde ich ihn finden. Ganz egal, wie lange es dauert, selbst wenn ich deine Seele bis ans Ende aller Zeiten suchen muss. Ich werde nicht ruhen, bis ich dich gefunden habe, das verspreche ich.«

Und dann war er fort.

Jetzt, allein am Fuß der Rieseneiche, ließ ich mich zurücksinken und kämpfte gegen den Drang an, einfach loszuheulen und meine ganze Angst und Einsamkeit herauszuschreien. Dafür hatte ich keine Zeit mehr. Die Welt wurde immer dunkler, und eine Sache musste ich noch tun.

Ich schloss die Augen und streckte meine Sinne aus, bis ich spürte, wie Sommer und Eisen auf mich reagierten. Vorsichtig tastete ich nach den Wurzeln der riesigen Eiche und folgte ihnen tief in die gesprungene, trockene Erde hinab, wo ich die Verwüstung des Landes ringsum spüren konnte. Der Eiserne Schein, der die eine Art tötete, aber der anderen Kraft gab.

Ich dachte an meine Familie. An Mom, Luke und Ethan, die immer noch zu Hause auf mich warteten. Ich dachte an meinen menschlichen Vater Paul und an meinen richtigen Vater, den Sommerkönig. An alle, denen ich auf meinem Weg begegnet war: Glitch, die Rebellen, Razor. Eisenpferd. Sie gehörten dem Eisernen Königreich an, waren aber trotzdem Feen. Sie hatten eine Chance auf Leben verdient, genau wie alle anderen auch.

Ich dachte an Grimalkin und Puck. An meinen weisen Lehrer und meinen tapferen, treuen besten Freund. Sie würden leben, dafür würde ich sorgen. Sie würden lachen, die Menschen zu Geschichten inspirieren und Gefälligkeiten sammeln bis ans Ende aller Zeiten. Das hier war für sie.

Und für meinen Ritter, der alles für mich gegeben hatte. Der bis zum bitteren Ende bei mir geblieben wäre, wenn ich ihn gelassen hätte.

Ash, Puck, ihr alle. Ich liebe euch. Erinnert euch an mich.

Dann packte ich die Kraft des Eisernen Königs in eine große wirbelnde Kugel und schickte sie mit einem letzten, entschlossenen Stoß tief in die Wurzeln der riesigen Eiche.

Der Baum erschauerte, und das Beben breitete sich in das Land ringsum aus wie Kreise auf einem stillen Teich. Es lief immer weiter, erfasste die toten Bäume und Sträucher, und die ehemals verdorrten Pflanzen regten sich, als der neue Schein ihre Wurzeln streifte. Ich spürte, wie das Land erwachte, diese neue Magie in sich aufsog und so die Vergiftungen heilte, die der Eiserne Schein im Land hinterlassen hatte. Bäume streckten sich, und an ihren stählernen Ästen sprossen frische Blätter. Die harte Obsidianebene brach auf, und grüne Sprösslinge schoben sich an die Oberfläche. Die gelben Wolkenfetzen begannen sich zu verziehen, und durch die Lücken brachen helle Sonnenstrahlen, blauer Himmel war zu sehen.

Von irgendwoher kam ein frischer Wind, der mein Gesicht kühlte und Blätter auf mich herabregnen ließ. Die Luft roch nach Erde und frischem Gras. Ich ließ mich von dem zutiefst friedlichen Geräusch der wachsenden Dinge um mich herum einlullen, schloss die Augen und ergab mich endlich der Dunkelheit.

Die Eiserne Königin

Auf der anderen Seite erwartete mich Machina.

»Hallo, Meghan Chase«, begrüßte er mich lächelnd in der strahlenden Helligkeit, die uns umgab.

Das war nicht mehr der schwarze Abgrund aus meinen Träumen oder das grelle Weiß meines Geistes, doch eigentlich wusste ich gar nicht so genau, wo ich war. Nebelschwaden trieben um mich her, und ich fragte mich, ob das wieder nur ein Test war, bevor ich im Leben danach ankam – oder was auch immer sonst hinter diesem Dunst lag.

»Machina.« Ich nickte. Er war in dem Nebel kaum zu erkennen, aber hin und wieder lichteten sich die Schwaden, und ich sah ihn klarer, auch wenn er manchmal als riesiger Baum erschien. »Was machst du hier?«, seufzte ich. »Erzähl mir nicht, du bewachst das Himmelstor. Du hast auf mich eigentlich nie besonders engelhaft gewirkt.«

Der Eiserne König schüttelte den Kopf. Seine Kabel waren so hinter seinem Rücken gefaltet, dass sie fast wirkten wie glänzende Flügel, aber Machina hätte man niemals für irgendetwas anderes halten können. Ich blinzelte und schien für einen Moment wieder unter den breiten Ästen der riesigen Eiche zu stehen. Aber das Land ringsum hatte sich verändert, jetzt waren Grün und Silber nahtlos miteinander verbunden. Ich drehte den Kopf, und da stand wieder Machina vor mir und sah mich mit unverkennbarem Stolz an.

»Ich wollte dich beglückwünschen«, murmelte er, und seine Stimme klang wie das Flüstern des Windes in den Blättern. »Du hast es weiter geschafft, als jemals jemand vermutet hätte. Den falschen König zu besiegen, indem du dich selbst opferst, war phänomenal. Und dann hast du deine Kraft an das eine Wesen weitergegeben, das euch beide retten konnte – an das Land selbst.«

Farben wirbelten um mich herum, sie zeigten mir ein Land, das mir gleichzeitig vertraut und fremd vorkam. Mächtige Schrottberge beherrschten die Landschaft, doch jetzt waren sie mit Moosen und Flechten bewachsen, die sich schnell ausbreiteten und bunt blühten.

In einer riesigen Stadt aus Stein und Stahl standen sowohl eiserne Laternen als auch blühende Bäume an den Straßen, und in einem Brunnen im Zentrum sprudelte klares Wasser. Über eine mit Gras bewachsene Ebene zogen sich Eisenbahnschienen, und aus verfallenen Ruinen ragte eine riesige silberne Eiche auf, die metallisch glänzte, aber quicklebendig war.

»Sommer und Eisen«, fuhr Machina leise fort, »miteinander verschmolzen und zu einer Einheit verbunden. Du hast das Unmögliche geschafft, Meghan Chase. Die Vergiftung des Nimmernie wurde behoben. Die Eisernen Feen haben jetzt einen Ort zum Leben, ohne den Zorn der anderen Reiche fürchten zu müssen.« Seufzend schüttelte er den Kopf. »Zumindest, falls Mab und Oberon uns in Frieden lassen können.«

»Was ist mit den normalen Feen?«, fragte ich, als die Bilder verblassten und wieder nur ich und der Eiserne König da waren. »Können sie auch hier leben?«

»Nein.« Machina musterte mich ernst. »Auch wenn du das Gift beseitigt und die Ausbreitung des Eisernen Scheins aufgehalten hast, ist unsere Welt noch immer genauso tödlich für die Altblütler wie zuvor. Die Eisernen Feen repräsentieren immer noch alles, was die normalen Feen fürchten und verabscheuen. Wir können nicht am selben Ort überleben. Das Beste, worauf wir hoffen können, ist eine friedliche Koexistenz in getrennten Reichen. Und selbst das könnte für die Herrscher der anderen Feenhöfe schon zu viel sein. Sommer und Winter stecken im Sumpf ihrer Traditionen fest. Sie brauchen jemanden, der ihnen einen anderen Weg zeigt.«

Schweigend dachte ich darüber nach. Was Machina sagte, ergab durchaus einen Sinn, aber er hatte nicht gesagt, wie er das bewerkstelligen würde. Wer sollte denn vortreten und zum Fürsprecher der Eisernen Feen werden, also zum neuen Eisernen König?

Natürlich. Seufzend schüttelte ich den Kopf. »Man sollte doch meinen, dass man irgendeine Art von Urlaub kriegt, wenn man gerade erst das gesamte Feenreich gerettet hat«, murmelte ich und dachte mutlos an die gewaltige Aufgabe, die vor mir lag. »Warum muss ich es sein? Kann das nicht jemand anders machen?«

»Als du deine Kraft aufgegeben hast, hast du dadurch das Land im Kern geheilt«, erklärte Machina und schenkte mir ein schmales Lächeln. »Und da ihr miteinander verbunden seid, hat das Land im Gegenzug dich geheilt. Du, Meghan Chase, bist das lebendige, schlagende Herz des Eisernen Reiches. Seine Magie nährt dich, deine Existenz schenkt ihm das Leben. Eins kann nicht ohne das andere überleben.« Er begann zu verblassen, und die Helligkeit um uns herum verdunkelte sich, wurde zu einem schwarzen Abgrund. »Also«, murmelte der letzte Eiserne König so leise, dass seine Stimme kaum mehr ein Flüstern in der Dunkelheit war. »Bleibt die Frage, was du jetzt tun wirst?«

Etwas streifte mein Gesicht, und ich öffnete die Augen.

Ein kleines, besorgtes Gesicht starrte mich an. Die Augen glühten grün, und von seinem Kopf ragten riesige Ohren auf. Razor quiekte, als ich ihn anblinzelte, dann grinste er entzückt.

»Meister!«

Stöhnend scheuchte ich ihn weg. Mein Körper war geschwächt und fühlte sich an, als wäre er bis zur Kapitulation durchgeprügelt worden, aber zum Glück hatte ich keine Schmerzen mehr. Über mir wiegten sich die Metalläste der großen Eiche sanft im Wind, und Sonnenstrahlen fielen durch das Blattwerk und überzogen den Boden mit hellen

Flecken. Als ich mich vorsichtig aufsetzte und erstaunt umsah, strichen meine Finger über kühles Gras.

Ich war umringt von Eisernen Feen: Gremlins und Eiserne Ritter, Hackerelfen und mechanische Hunde, Drahtmänner, Zwerge, Spinnenschrullen und viele mehr. Glitch stand schweigend da, einen Arm in der Schlinge, neben ihm Schienenstift und zwei seiner eisernen Pferde, die mich mit ernsten Augen musterten.

Ich konnte sie spüren, sie alle. Ich spürte jeden Herzschlag, spürte den Eisernen Schein, der durch ihre Körper strömte und im Rhythmus des Landes pulsierte – und auch in mir. Ich kannte jeden Winkel meines Reiches, das an das Nimmernie stieß, ohne sich weiter auszudehnen oder es zu verderben, sondern zufrieden in seinen neuen Grenzen ruhte. Ich spürte jeden Baum, jeden Strauch und jeden Grashalm. Alles erstreckte sich vor mir wie ein nahtloser Flickenteppich. Und wenn ich die Augen schloss und mich stark konzentrierte, konnte ich meinen Herzschlag hören und das Pulsieren des Landes, das ihn reflektierte.

Was wirst du jetzt tun, Meghan Chase?

Ich verstand. Das hier war mein Schicksal, meine Bestimmung. Ich wusste, was zu tun war. Also richtete ich mich auf und trat einen Schritt von dem Stamm weg, sodass ich aus eigener Kraft stand.

Wie ein einziges Wesen neigte jede einzelne Eiserne Fee, Reihe um Reihe, den Kopf und sank auf die Knie. Sogar Glitch ließ sich unbeholfen auf ein Knie sinken, wobei er sich an Schienenstift abstützte. Selbst Razor und die Gremlins drückten ihre Gesichter ins Gras. Die Eisernen Ritter schepperten, als sie gemeinsam ihre Schwerter zogen und kniend ihre Spitzen in die Erde rammten.

Dann breitete sich Stille aus.

Ich ließ den Blick über die Menge der knienden Feen wandern und erhob die Stimme. Ich hatte keine Ahnung, warum ich das sagte, aber tief in meinem Inneren wusste ich einfach, dass es richtig war. Meine Worte hallten über die Köpfe der Menge und besiegelten mein Schicksal. Es würde ein harter Weg werden, und ich hatte jede Menge Arbeit vor mir, aber letzten Endes war es die einzige Möglichkeit.

»Mein Name ist Meghan Chase, und ich bin die Eiserne Königin.«

EPILOG

»Seid Ihr sicher, dass Ihr das tun wollt?«, fragte Glitch mich, und seine Stacheln leuchteten elektrisch-blau in der Dunkelheit. Wir standen am Waldrand und schauten auf den überwucherten Vorgarten mit der Kiesauffahrt, in der ein verbeulter Ford stand.

Ich nickte müde.

Die Nachtluft war warm und feucht, und nicht die kleinste Brise bewegte die Äste der Tupelobäume, unter denen wir standen. Ich trug Jeans und ein weißes Top, aber es fühlte sich irgendwie seltsam an, wieder in normalen Klamotten zu stecken.

»Sie verdienen es, die Wahrheit zu erfahren. Das bin ich ihnen einfach schuldig. Sie müssen verstehen, warum ich nicht nach Hause kommen kann.«

»Ihr könnt sie doch besuchen«, meinte Glitch ermutigend. »Niemand wird Euch daran hindern. Es gibt keinen Grund, warum Ihr nicht hin und wieder hierher zurückkommen könntet.«

»Stimmt«, erwiderte ich leise, aber ich war nicht überzeugt. Im Feenreich, genau wie im Eisernen Königreich, das ich jetzt auf einmal regierte, verging die Zeit anders als hier.

Die ersten paar Tage waren ziemlich hektisch gewesen, da ich alle Hände voll zu tun hatte, mit allen Mitteln zu verhindern, dass Mab und Oberon den Eisernen Feen sofort wieder den Krieg erklärten, nachdem Ferrum weg war. Es waren einige Treffen abgehalten und neue Vereinbarungen aufgesetzt und unterzeichnet worden, in denen strenge

Regeln aufgestellt wurden, was die Grenzen unserer Königreiche anging. Erst danach waren die Herrscher von Sommer und Winter besänftigt. Ich hegte den leisen Verdacht, dass Oberon ein wenig nachgiebiger war, weil wir verwandt waren, und ich hatte kein Problem damit.

Puck hatte ebenfalls an diesen Treffen teilgenommen, gesellig und unverändert wie eh und je. Er stellte klar, dass er mich kein bisschen anders behandeln würde, nur weil ich jetzt eine Königin war, und bewies es, indem er mich direkt vor einer Gruppe wütender Eiserner Ritter auf die Wange küsste. Anschließend musste ich die Ritter anbrüllen, sich zurückzuhalten, weil sie sonst wohl versucht hätten, ihn aufzuschlitzen. Puck hatte sich nur lachend verdrückt. Er war in meiner Gegenwart fröhlich und respektlos wie immer, aber irgendwie wirkte es etwas übertrieben, als sei er sich nicht mehr ganz sicher, wer ich eigentlich war. Er strahlte jetzt eine gewisse Wachsamkeit aus, eine Unsicherheit, die über unsere entspannte Freundschaft hinausging und dafür sorgte, dass wir im Umgang miteinander irgendwie unbeholfen wurden. Vielleicht war das aber auch nur ein Teil seines wahren Wesens als der unverbesserliche Robin Goodfellow, der sich Königen und Königinnen widersetzte und sämtliche Autoritäten verspottete. Ich wusste es einfach nicht. Irgendwann würde Puck sich auch wieder einkriegen, aber ein unbestimmtes Gefühl sagte mir, dass es noch einige Zeit dauern würde, bis ich meinen alten besten Freund zurückbekam.

Ash sah ich kein einziges Mal.

Ich schüttelte mich und versuchte den Gedanken an ihn zu verdrängen, wie ich es bereits die vergangenen Tage getan hatte. Ash war fort. Dafür hatte ich gesorgt. Selbst wenn ich nicht seinen Wahren Namen benutzt hätte, es gab keinen Weg für ihn, wie er sich in das Eiserne Königreich hätte wagen können, es gab keinen Weg für ihn, dort zu überleben. Es war besser so.

Jetzt musste ich nur noch mein Herz davon überzeugen.

»Seid Ihr sicher, dass Ihr klarkommt?«, fragte Glitch und riss mich damit aus meinen Gedanken. »Ich könnte mitkommen, wenn Ihr wollt. Sie würden mich nicht einmal sehen.«

Ich schüttelte den Kopf. »Es ist besser, wenn ich allein gehe.

Außerdem gibt es ein Mitglied dieses Haushalts, das dich sehr wohl sehen kann. Und er hat schon so viele gruselige Monster gesehen, dass es für ein ganzes Leben reicht.«

»Ich bitte um Verzeihung, Eure Hoheit«, protestierte Glitch schmunzelnd, »aber wen nennt Ihr hier ein gruseliges Monster?«

Ich verpasste ihm einen Klaps. Mein Erster Leutnant – und ständiger Schatten, seit ich das Eiserne Königreich übernommen hatte – grinste. Die Eisernen Feen sahen zu ihm auf und gehorchten ihm, wenn ich einmal nicht da war. Die Eisernen Ritter hatten seine Stellung problemlos akzeptiert und schienen fast erleichtert, wieder unter seinem Kommando zu stehen, was ich lieber nicht hinterfragte.

»Ich bin vor Sonnenaufgang zurück«, erklärte ich mit einem Blick zum Mond, der zwischen den Zweigen hindurch funkelte. »Ich nehme an, du hast solange alles im Griff?«

»Jawohl, Eure Majestät«, erwiderte Glitch, der jetzt nicht mehr grinste. Ich zuckte zusammen, da ich mich erst noch an den Gedanken gewöhnen musste, jetzt von allen »Eure Majestät« genannt zu werden. »Prinzessin« war schon schlimm genug gewesen. »Mag Tuiredh wird vollkommen sicher sein, bis Ihr zurückkommt. Und um Euren … Vater … werden wir uns gut kümmern, keine Sorge.«

Ich nickte und war dankbar, dass Glitch mich verstand. Nachdem ich Königin geworden war und Mag Tuiredh zum Sitz des neuen Eisernen Hofes bestimmt hatte, hatte ich das Versprechen eingelöst, das ich mir selbst gegeben hatte, und war zu Leanansidhes Hütte zurückgekehrt, um Paul zu holen. Mein menschlicher Vater hatte sich fast vollständig erholt. Er war jetzt die meiste Zeit völlig klar, und seine Erinnerungen waren lückenlos zurückgekehrt. Er erkannte mich und wusste auch wieder, was vor so vielen Jahren mit ihm passiert war. Und nachdem sein Geist nun wieder ganz allein ihm gehörte, wollte er alles, was in seiner Macht stand, dafür tun, dass das auch so blieb. Ich erklärte ihm, dass er das Feenreich jederzeit verlassen konnte und ich ihn nicht zurückhalten würde, wenn er gehen wollte. Vorerst lehnte Paul das ab. Er war noch nicht bereit, sich der Menschenwelt zu stellen. Während er weg gewesen war, hatte sich zu viel verändert, und zu viel war passiert, sodass er den Anschluss verloren hatte. Eines Tages würde er vielleicht in die wirkliche Welt zurückkehren, aber jetzt wollte er erst mal seine Tochter neu kennenlernen.

Er hatte sich auch geweigert, mich hierher zu begleiten. »Diese Nacht gehört dir«, hatte er mir erklärt, bevor ich aufgebrochen war. »Da kannst du keine Ablenkung gebrauchen. Irgendwann sollte deine Mutter zwar erfahren, was damals passiert ist, aber das würde ich ihr dann gern selbst erklären. Falls sie mich überhaupt noch einmal sehen will.« Seufzend hatte er aus dem Fenster seines Zimmers gesehen. Die Sonne war gerade hinter dem Uhrenturm untergegangen und hatte sein Gesicht in rötliches Licht getaucht. »Sag mir nur eins: Ist sie glücklich?«

Mit einem Kloß im Hals zögerte ich. »Ich denke schon.«

Paul nickte und lächelte traurig. »Dann braucht sie nichts von mir zu wissen. Zumindest jetzt noch nicht. Vielleicht auch nie. Nein, geh du nur und triff dich mit deiner Familie. Ich habe dort wirklich nichts zu suchen.«

»Majestät?« Glitchs Stimme unterbrach erneut meine Überlegungen. Das machte er in letzter Zeit ziemlich oft, mich wieder in die Gegenwart zurückzuholen, wenn ich gedanklich abgeschweift war. »Ist alles in Ordnung?«

»Mir geht es gut.« Ich wandte mich wieder dem dunklen Haus zu und strich mir die Haare aus dem Gesicht. »Na dann, los geht's. Wünsch mir Glück.« Und bevor ich den Mut verlor, trat ich auf die Auffahrt und zwang meine Füße, mich Richtung Haus zu tragen.

Solange ich denken konnte, hatte die mittlere Stufe immer geknarrt, wenn ich draufgetreten war, ganz egal, wo ich meinen Fuß hinsetzte oder wie sanft ich auftrat. Jetzt knarrte sie nicht, nicht einmal das leiseste Knarzen war zu hören, als ich die Stufen hinaufglitt und vor der Fliegentür stehen blieb. Alle Fenster waren dunkel, nur die Motten flatterten um die Lampe auf der Veranda und warfen zuckende Schatten über die verwitterten Holzstufen.

Es wäre ein Leichtes für mich gewesen, die verschlossene Tür zu öffnen. Türen und Schlösser stellten für mich keine Hindernisse mehr dar. Ein paar geflüsterte Worte, ein wenig sanft gestoßener Schein, und schon würde die Tür von ganz allein aufschwingen. Ich hätte völlig ungehindert ins Wohnzimmer treten können, unsichtbar wie ein Windhauch.

Ich verzauberte die Tür nicht. Heute Nacht wollte ich, zumindest für kurze Zeit, ein Mensch sein. Also hob ich eine Hand und klopfte laut gegen das ausgebleichte Holz.

Zunächst kam keine Reaktion, im Haus blieb alles dunkel und still. Irgendwo in der Nacht bellte ein Hund.

Schließlich wurde drinnen Licht gemacht, und Schritte näherten sich. Hinter den Türvorhängen erschien eine Silhouette, dann tauchte Lukes Gesicht hinter der Scheibe auf, das misstrauisch nach draußen spähte.

Erst schien mein Stiefvater mich gar nicht zu sehen, obwohl ich ihm direkt ins Gesicht starrte. Er runzelte die Stirn, ließ den Vorhang wieder fallen und trat von der Tür zurück.

Ich seufzte schwer und klopfte noch einmal.

Diesmal wurde die Tür mit Schwung aufgerissen, als wolle derjenige auf der anderen Seite den Witzbold erwischen, der um Mitternacht an seine Tür klopfte.

Luke starrte mich an. Ich fand, er sah älter aus. Seine braunen Augen wirkten müder als früher, und sein Gesicht war von Falten durchzogen. Er musterte mich verwirrt, ohne die Hand vom Türknauf zu nehmen. »Ja?«, fragte er, als ich nichts sagte. »Kann ich Ihnen helfen?«

Er erkannte mich immer noch nicht. Das überraschte mich nicht, und eigentlich machte es mich auch nicht wütend. Ich war nicht mehr das Mädchen, das vor einem Jahr im Feenreich verschwunden war. Doch bevor ich etwas sagen konnte, wurde die Tür weit aufgerissen, und Mom erschien im Türrahmen.

Wir starrten uns an. Mein Herz raste, da ein Teil von mir fürchtete, Mom könnte mich ausdruckslos und verwirrt ansehen und das seltsame Mädchen auf ihrer Veranda nicht erkennen. Doch eine Sekunde später stieß Mom einen leisen Schrei aus und stürzte durch die Tür.

Im nächsten Moment lag ich in ihren Armen und umklammerte sie, so fest ich konnte, während sie gleichzeitig weinte und lachte und mich mit tausend Fragen bombardierte. Ich schloss die Augen und ließ mich von diesem Augenblick umfangen, hielt ihn fest, solange ich konnte. Wenigstens ein paar Herzschläge lang wollte ich mich daran erinnern, wie es sich anfühlte, keine Fee, keine Schachfigur oder Königin, sondern einfach nur eine Tochter zu sein.

»Meggie?«

Ich lehnte mich etwas zurück und sah durch die offene Tür Ethan, der am Fuß der Treppe stand. Er war größer, älter. Er musste mindestens fünf Zentimeter gewachsen sein, während ich weg war. Doch seine Augen waren unverändert: strahlend blau und todernst.

Als ich ins Wohnzimmer ging, stürmte er nicht auf mich zu, und er lächelte auch nicht. Vollkommen gelassen – als hätte er schon immer gewusst, dass ich zurückkommen würde – kam er näher, bis er nur noch knapp einen halben Meter von mir entfernt war. Ich kniete mich hin. Er musterte mich nur und hielt meinem Blick mit einem Gesichtsausdruck stand, der viel zu erwachsen für ihn war.

»Ich habe gewusst, dass du zurückkommen wirst.« Seine Stimme hatte sich ebenfalls verändert, sie war klarer und selbstsicherer geworden. Mein Halbbruder war jetzt kein Kleinkind mehr. »Ich habe es nicht vergessen.«

»Nein«, flüsterte ich, »du hast es nicht vergessen.«

Ich breitete die Arme aus, und endlich kam er zu mir und vergrub seine Fäuste in meinen Haaren. Ohne ihn loszulassen, stand ich auf und fragte mich, ob das vielleicht das letzte Mal war, dass ich ihn so halten konnte. Wenn ich ihn das nächste Mal sah, war er vielleicht schon ein Teenager.

»Meghan.« Moms Stimme sorgte dafür, dass ich mich zu ihr umdrehte. Sie stand an der Tür zum Wohnzimmer, Luke dicht hinter ihr, und beobachtete mich mit seltsam trauriger Miene. So als hätte sie gerade etwas begriffen. »Du ... du wirst nicht bleiben, oder?«

Ich schloss die Augen und spürte, wie Ethans Arme sich noch fester um meinen Hals schlangen. »Nein«, sagte ich ihr dann mit einem Kopfschütteln. »Ich kann nicht. Ich bin jetzt ... für gewisse Dinge verantwortlich. Einige Leute brauchen mich. Ich wollte mich nur verabschieden und ...« Mir stockte der Atem, und ich musste mich mehrmals räuspern. »... und versuchen, euch zu erklären, was in der Nacht passiert ist, als ich dorthin zurückgegangen bin.« Ich seufzte und sah kurz zu Luke, der immer noch mit gerunzelter Stirn an der Tür stand und völlig verwirrt zwischen Mom und mir hin und her schaute. »Ich weiß nicht, ob ihr mir glauben werdet«, fuhr ich fort, »aber ihr solltet die Wahrheit erfahren. Bevor ... bevor ich wieder fortmuss.«

Mom ging wie eine Schlafwandlerin durchs Wohnzimmer und ließ sich benommen auf das Sofa sinken. Doch dann sah sie mich aufmerksam und entschlossen an und klopfte neben sich aufs Polster. »Erzähl mir alles«, sagte sie nur.

Also tat ich es.

Ich fing ganz von vorn an, mit dem Tag, als ich ins Feenreich ging, um Ethan zurückzuholen. Ich erzählte ihnen von den beiden Feenhöfen, von Oberon, Mab und Puck. Ich erzählte ihnen von Machina und den Eisernen Feen, von Glitch und den Rebellen und dem falschen König. Ein paar kleine, erschreckende Details ließ ich aus, vor allem die Teile der Geschichte, als ich fast gestorben wäre, oder die zu unheimlich für Ethan gewesen wären. Die Episoden mit Paul ließ ich ebenfalls weg, da ich wusste, dass es mir nicht zustand, seine Geschichte zu erzählen. Als ich das Ende erreichte, also die Stelle, wo ich Ferrum besiegt hatte und die Eiserne Königin geworden war, war Ethan auf meinem Schoß eingeschlafen, und Luke wirkte so ungläubig, dass seine Augen ganz glasig waren. Ich wusste, dass er sich später höchstens noch an Bruchteile dieser Geschichte erinnern oder sie einfach vergessen würde, bis sie nur noch wie etwas wäre, was er aus einem Märchen wusste.

Als ich fertig war, schwieg Mom ein paar Sekunden lang. »Dann bist du jetzt also ... eine Königin.« Sie sagte das so, als wollte sie erst mal den Klang der Worte testen. »Eine ... Feenkönigin.«

»Ja.«

»Und ... es gibt keine Möglichkeit für dich, in der wirklichen Welt zu bleiben? Bei uns, bei deiner Familie?«

Ich schüttelte den Kopf. »Das Land ruft nach mir. Ich bin jetzt mit ihm verbunden. Ich muss zurückgehen.«

Mom biss sich auf die Lippe, und dann stiegen ihr doch Tränen in die Augen.

Ich war überrascht, als ich Lukes tiefe, ruhige Stimme hörte: »Werden wir dich wiedersehen?«

»Ich weiß es nicht«, antwortete ich ehrlich. »Vielleicht.«

»Wirst du denn zurechtkommen?«, fragte Luke weiter.

»Ganz allein mit diesen … Dingern?« Als ob es realer werden würde, wenn er das Wort *Fee* aussprach und er noch nicht bereit war, tatsächlich daran zu glauben.

»Ich komme schon klar.« Ich musste an Paul denken und wünschte mir plötzlich, er könnte jetzt hier sein. »Ich bin nicht allein.«

Der Himmel draußen wurde langsam heller. Wir hatten die ganze Nacht geredet, und die Morgendämmerung brach an.

Ganz sanft küsste ich Ethan auf die Stirn und schob ihn vorsichtig aufs Sofa, damit er nicht aufwachte. Dann stand ich auf und sah Mom und Luke an. »Ich muss jetzt gehen«, erklärte ich leise. »Sie warten auf mich.«

Mom umarmte mich noch einmal, und Luke schloss uns zusammen in seine kräftigen Arme. »Schreib uns mal«, schniefte Mom, als würde ich nur eine lange Reise machen oder aufs College gehen. Vielleicht war es einfacher für sie, wenn sie so dachte. »Ruf an, wenn du die Gelegenheit dazu bekommst, und versuch, zu den Feiertagen nach Hause zu kommen.«

»Ich werde es versuchen«, murmelte ich und löste mich von ihnen. Dann sah ich mich noch einmal in dem Farmhaus um, schwelgte kurz in alten Erinnerungen und ließ mich von ihnen wärmen. Es war zwar nicht mehr mein Zuhause, aber doch noch ein Teil von mir, der immer da sein würde, ein Ort, der nie verblassen würde. Ich drehte mich wieder zu Mom und Luke um und schenkte ihnen unter Tränen ein Lächeln.

»Meghan.« Mit flehendem Gesichtsausdruck machte Mom einen Schritt auf mich zu. »Bist du sicher, dass du das tun musst? Kannst du nicht bleiben, wenigstens für ein paar Tage?«

Ich schüttelte den Kopf. »Ich liebe dich, Mom.« Ich zog meinen Schein um mich und hüllte mich darin ein wie in einen Mantel. »Sag Ethan, dass ich ihn nicht vergessen werde.«

»Meghan!«

»Lebt wohl«, flüsterte ich und wurde unsichtbar.

Mom und Luke zuckten erschreckt zusammen und sahen sich hektisch um, aber schließlich vergrub Mom das Gesicht an Lukes Schulter und begann zu weinen.

Ethan wachte auf, sah blinzelnd zu seinen Eltern und richtete den Blick dann direkt auf mich. Ich stand immer noch unsichtbar an der Haustür. Er zog fragend die Augenbrauen hoch, aber ich legte nur einen Finger an die Lippen und hoffte, dass er jetzt keine Szene machen würde.

Ethan lächelte. Er hob eine kleine Hand und winkte kurz, dann sprang er vom Sofa und ging zu Mom rüber, die immer noch von Luke getröstet wurde. Ich sah mir meine Familie an, spürte ihre Liebe, ihre Trauer und ihre Unterstützung, und lächelte stolz.

Ihr werdet zurechtkommen, erklärte ich ihnen wortlos, während sich ein dicker Kloß in meinem Hals bildete. *Ihr werdet auch ohne mich zurechtkommen.*

Ich blinzelte gegen die Tränen an, schenkte meiner Familie einen letzten langen Blick und glitt dann durch die Haustür hinaus in die Morgendämmerung.

Ich hatte den Vorgarten schon halb hinter mich gebracht und zwang mich, weiter einen Fuß vor den anderen zu setzen und nicht zurückzuschauen, als ich plötzlich ein Bellen hörte und aufsah.

Irgendetwas tobte über die Wiese auf mich zu, ein Schatten in der Dämmerung. Etwas Großes, Pelziges, das mir vage bekannt vorkam. Ein Wolf? Nein, ein Hund! Ein großer, zotteliger … nein, das konnte nicht sein …

»Beau?«, hauchte ich, als der Schäferhund mit der Wucht eines Güterzugs gegen mich prallte und mich fast von den Füßen riss.

Es war tatsächlich Beau. Ich lachte fassungslos, als seine dicken Tatzen Matschflecken auf meinem Shirt hinterließen und seine feuchte Zunge über meine Wange fuhr.

»Was machst du denn hier?«, fragte ich und kraulte seinen Nacken, während er hechelte und vor Freude mit dem gesamten Körper wackelte. Ich hatte unseren ehemaligen Hofhund nicht mehr gesehen, seit Luke ihn unfairerweise ins Tierheim gebracht hatte, da er dachte, Beau hätte Ethan gebissen. »Hat Mom beschlossen, dich nach Hause zu holen? Wie …«

Ich unterbrach mich, als meine Finger in seinem dichten Fell auf etwas Dünnes, Metallisches stießen, das um seinen Hals geschlungen war. Verwirrt fragte ich mich, ob das ein Halsband mit Hundemarke war. Also beruhigte ich Beau so weit, dass ich es ihm über die Ohren ziehen und mir ansehen konnte.

Es war eine Silberkette, die ich gut kannte, an der die Reste eines gesprungenen Amuletts hingen, die im frühen Morgenlicht funkelten.

Mein Herz setzte kurz aus. Während Beau weiter um mich herumtanzte, suchte ich den Vorgarten und den Waldrand ab. Er konnte nicht hier sein. Ich hatte ihn weggeschickt, hatte ihn von seinem Eid entbunden. Er sollte mich jetzt hassen.

Und doch ... da war diese Kette.

Mit klopfendem Herzen wartete ich ein paar Sekunden. Wartete darauf, dass eine dunkle Gestalt aus den Schatten treten würde. Wartete darauf, dass diese strahlenden Silberaugen mich fixieren würden. Ich glaubte, ihn in der Nähe spüren zu können, wie er mich beobachtete. Fast konnte ich mir vorstellen, seinen Herzschlag zu spüren, seine Gefühle ... aber vielleicht war das auch nur meine eigene Sehnsucht. Mein eigenes Verlustgefühl, meine Trauer und mein Bedauern – und die Liebe, die niemals wahr werden konnte, wie ich jetzt wusste.

Ein schwerer Stein schien auf meine Brust zu drücken, und ich lächelte traurig. Tief in mir drin wusste ich, dass er nicht kommen würde. Wir lebten jetzt in verschiedenen Welten. Ash konnte im Eisernen Reich nicht überleben, und ich konnte – und würde – das Land nicht im Stich lassen. Ich trug Verantwortung: für das Eiserne Reich, für meine Untertanen und für mich selbst. Ash konnte nicht Teil davon sein. Besser ein klarer Schnitt, als es ewig hinauszuzögern und sich das Unmögliche zu wünschen. Er wusste das. Das hier war nur sein letztes Geschenk, sein letzter Abschiedsgruß.

Trotzdem zögerte ich mit einem Ziehen im Bauch und hoffte, er würde mich finden, es sich anders überlegen und zurückkommen. Doch mehrere Minuten verrannen, und Ash tauchte nicht auf. Nachdem der letzte Stern am Himmel verblasst war, steckte ich schließlich die Kette in die Tasche und kniete mich hin, um Beau hinter den Ohren zu kraulen.

»Das ist schon einer, was?«, sagte ich zu dem Hund, der nur blinzelte und eifrig mit dem Schwanz auf den Boden klopfte. »Ich habe keine Ahnung, wo er dich gefunden oder wie er dich hierhergebracht hat, aber ich bin froh, dass er es getan hat. Ich wünschte nur, ich könnte ihn noch einmal sehen…« Wieder bekam ich einen Kloß im Hals, den ich runterschlucken musste. »Dir wird dein neues Zuhause gefallen, Junge«, fuhr ich gespielt fröhlich fort. »Jede Menge Platz, viele Gremlins, die du jagen kannst, und ich glaube, du wirst Paul mögen.« Der Hund legte winselnd den Kopf schief. Ich küsste ihn auf die lange Schnauze und stand auf. »Komm«, sagte ich, während ich mir die Tränen abwischte. »Ich werde dich allen vorstellen.«

Der Himmel hatte inzwischen einen zarten Rosaton angenommen. In den Bäumen zwitscherten die Vögel, und ein sanfter Wind strich durch die Blätter. Überall regte sich Leben, ging das Leben weiter. Ich holte tief Luft, hob das Gesicht zum Himmel und ließ den Wind meine Tränen trocknen. Ash war fort, aber es gab immer noch Leute, die mich brauchten und die auf mich warteten. Ich konnte mich in meinem Verlust suhlen, oder ich konnte auf meinen Ritter vertrauen und weitermachen. Und ich konnte warten. Immerhin war die Zeit auf meiner Seite. Und in der Zwischenzeit hatte ich ein Königreich zu regieren.

»Majestät!« Glitchs Stimme zerriss die morgendliche Stille, als mein Erster Leutnant zwischen den Bäumen hervortrat.

Beau legte knurrend die Ohren an, bis ich ihm beruhigend über den Nacken strich.

»Geht es Euch gut?«, fragte Glitch angespannt und starrte mit weit aufgerissenen, violetten Augen Beau an. »Was ist dieses… Ding? Es sieht gefährlich aus. Hat es Euch verletzt?«

»Beau, das ist Glitch«, stellte ich ihn dem Hund vor, der daraufhin vorsichtig mit dem Schwanz wedelte. »Glitch, das ist Beau. Seid nett zueinander, ihr zwei. Ich schätze mal, dass ihr euch in Zukunft ziemlich oft über den Weg laufen werdet.«

»Moment. Kommt das etwa mit uns?«

Ich lachte über sein entsetztes Gesicht. Beau bellte fröhlich, lehnte sich gegen mein Bein und wedelte mit dem Schwanz. Ich hakte mich bei Glitch ein und stellte lächelnd fest, dass der Hund sich weiter eng an mich drückte. Das Leben war nicht perfekt, aber in diesem Moment war es so perfekt, wie es eben sein konnte. Ich hatte einen Platz in der Welt. Und ich war nicht allein.

»Kommt jetzt«, sagte ich zu den beiden. »In der Hauptstadt warten sie bestimmt schon auf uns. Gehen wir nach Hause.«

Ash

Er stand in der schwindenden Dunkelheit, unbemerkt und unsichtbar, nur ein Schatten zwischen den Bäumen. Während er sie beobachtete, fragte er sich, ob es richtig gewesen war, hierherzukommen, um sie noch ein letztes Mal zu sehen – während er gleichzeitig wusste, dass es vergeblich gewesen wäre, ihr widerstehen zu wollen. Er konnte einfach nicht gehen, ohne sie noch einmal zu sehen, ihre Stimme zu hören, ihr Lächeln zu sehen, selbst wenn es nicht ihm galt. Was seine Abhängigkeit von ihr anging, gab er sich keinen Illusionen hin. Sie hatte ihre Finger tief in seinem Herzen vergraben und konnte damit tun, was ihr beliebte.

Er sah zu, wie sie mit der Eisernen Fee und dem Hund davonging, sah zu, wie sie in ihr eigenes Reich zurückkehrte, zurück an einen Ort, an den er ihr nicht folgen konnte.

Noch nicht.

»Also.« Robin Goodfellow erschien neben ihm und verschränkte die Arme vor der Brust, während er ebenfalls beobachtete, wie das Mädchen mit seinen Begleitern verschwand. »Jetzt ist sie weg.«

»Ja.«

Goodfellow warf ihm einen wachsamen und gleichzeitig erwartungsvollen Blick zu. »Was nun?«

Seufzend fuhr er sich mit der Hand durch die Haare. »Ich muss etwas erledigen«, murmelte er. »Ein Versprechen einlösen. Es könnte sein, dass ich ziemlich lange fortbleibe.«

»Hm.« Grinsend kratzte sich Goodfellow am Kopf. »Klingt nach Spaß. Wo gehen wir hin?«

Jetzt war er es, der die andere Fee wachsam musterte. »Ich kann mich nicht daran erinnern, dich eingeladen zu haben.«

»Tja, Pech gehabt, Eisbubi.« Nervtötend wie immer lehnte sich

Goodfellow zurück und grinste ihn spöttisch an. »Ich habe erst mal die Schnauze voll von Kriegen und Gemetzel. Dich zu quälen macht viel mehr Spaß. Außerdem…« Seufzend sah Goodfellow hinüber zu der jetzt leeren Verandatreppe. »Außerdem will ich, dass sie glücklich ist, und sie ist nun mal am glücklichsten, wenn sie mit dir zusammen ist. Vielleicht kann ich damit ein paar… Fehler aus der Vergangenheit wiedergutmachen.« Er schüttelte sich und kehrte zu seinem üblichen Blödsinn zurück. »Also, entweder sagst du jetzt: ›Klar, freut mich, dass du dabei bist‹, oder während der gesamten Reise wird ein großer Vogel über dir schweben, der gewisse Dinge auf deinen Kopf fallen lässt.«

Er stieß einen resignierten Seufzer aus. Vielleicht war es ja gar nicht so schlecht, Goodfellow dabeizuhaben. Immerhin war er ein ganz guter Kämpfer. Und sie waren einmal… Freunde gewesen. Vor langer Zeit. Auch wenn diese Reise nichts zwischen ihnen ändern würde.

»Also schön«, murmelte er schließlich. »Aber komm mir nicht in die Quere.«

Die Sommerfee grinste vergnügt und rieb sich die Hände.

Kurz fühlte er sich beklommen, weil er Puck eingeladen hatte. Höchstwahrscheinlich würden sie lange vor Ende der Reise versuchen, sich gegenseitig umzubringen.

»Also, wo gehen wir hin?«, fragte Goodfellow. »Ich nehme mal an, du hast irgendeinen Plan für dieses Abenteuer.«

Ein Abenteuer. So sah er das Ganze nicht, aber das spielte keine Rolle. *Mir ist egal, wie er es nennt. Ich will einfach nur am Ende mit ihr zusammen sein. Ich werde nicht aufgeben. Bald werde ich bei dir sein, Meghan. Bitte warte auf mich.*

»Hey, Eisbubi, hast du mich gehört? Wo gehen wir hin? Und was machen wir da?«

»Ich habe dich gehört«, murmelte er, wandte sich ab und ging in den Wald hinein. »Und ja, ich habe einen Plan.«

»Ach, wirklich? Dann klär mich mal auf.«

»Zuerst müssen wir einen gewissen Kater finden.«

FRÜHLINGSNACHT

ERSTER TEIL

Das Haus der Knochenhexe

»Hey, Eisbubi! Bist du sicher, dass du weißt, wo es langgeht?«

Ich ignorierte Robin Goodfellow und schob mich weiter durch den düsteren Nebel des Wilden Waldes, immer tiefer in einen morastigen Sumpf hinein, der als die Knochenmarsch bekannt war. Bei jedem meiner Schritte klebte Schlamm an meinen Füßen, ständig tropfte irgendwo Wasser, und die knorrigen Äste der Bäume waren so stark mit grünem Moos bewachsen, dass sie von einer dicken Schleimschicht umhüllt zu sein schienen. Um die mächtigen Baumwurzeln waberten Nebelschwaden und verwandelten die Senken im Boden in uneinsehbare Stolperfallen. Hin und wieder plätscherte etwas in dem stillen Wasser – eine Erinnerung daran, dass wir nicht allein waren. Die Marsch machte ihrem Namen alle Ehre, denn überall waren Knochen verstreut: Sie ragten aus dem Matsch auf, versteckten sich im Gestrüpp oder schimmerten bleich unter der Wasseroberfläche. Dies war ein gefährlicher Teil des Wilden Waldes, noch gefährlicher als manch anderer. Und zwar nicht wegen der Katoblepas, der Jabberwocks oder der anderen Monster, die in diesem finsteren Sumpf zu Hause waren, sondern wegen eines ganz bestimmten Bewohners, der irgendwo im Herzen der Marsch lebte.

Und zu dem wir unterwegs waren.

Etwas flog dicht an meinem Kopf vorbei und landete klatschend an einem Baumstamm. Ich blieb unter dem Astwerk stehen, drehte mich um und starrte meinen Begleiter finster an; eine schweigende Mahnung, das ja nicht wieder zu tun.

»Hey, er lebt!« Voll spöttischer Begeisterung riss Robin Goodfellow die schlammverklebten Hände in die Höhe. »Und ich hatte schon Angst, er wäre zum Zombie geworden oder so.« Grinsend verschränkte er die Arme vor der Brust. Der Matsch überzog seine roten Haare und sprenkelte sein schmales Gesicht. »Hast du mich gehört, Eisbubi? Ich schreie jetzt schon eine ganze Weile hinter dir her.«

»Ja.« Ich unterdrückte ein Stöhnen. »Ich habe dich gehört. Ich denke, sogar die Jabberwocks am anderen Ende des Sumpfes haben dich gehört.«

»Oh, gut. Wenn wir gegen ein paar von denen antreten müssen, schenkst du mir vielleicht endlich mal ein wenig Beachtung.« Puck erwiderte meinen finsteren Blick und wies in Richtung Sumpf. »Das ist doch Wahnsinn. Woher sollen wir überhaupt wissen, ob er hier ist? Die Knochenmarsch steht nicht unbedingt auf der Liste meiner bevorzugten Ferienziele, Prinz. Bist du sicher, dass dein Kontaktmann wusste, wovon er da redet? Denn wenn sich das hier mal wieder als falsche Fährte herausstellt, schnappe ich mir diese Puca und verwandle sie in ein Paar Handschuhe.«

»Ich dachte, du wolltest ein Abenteuer«, erwiderte ich, einfach nur um ihn zu ärgern. Puck schnaubte empört.

»Klar doch, versteh mich nicht falsch: Ich latsche unheimlich gerne von einem Ende des Nimmernie zum anderen, lasse mich von wütenden Sommerköniginnen jagen, schleiche mich in den Keller eines Ogers, kämpfe gegen Riesenspinnen oder spiele mit einem launischen Drachen Verstecken – alles super.« Er schüttelte den Kopf, und bei diesen schönen Erinnerungen leuchteten seine Augen. »Aber das hier ist ungefähr unser sechster Versuch, diesen verdammten Kater zu finden, und wenn er hier nicht ist, dann kriege ich fast Angst vor unserem nächsten Ziel.«

»Du musst nicht mitkommen«, erinnerte ich ihn. »Wenn du willst, kannst du jederzeit gehen. Ich werde dich nicht aufhalten.«

»Netter Versuch, Prinz.« Puck grinste breit. »Aber so leicht wirst du mich nicht los.«

»Dann sollten wir weitergehen.« Es wurde langsam dunkel, und sein ständiges Geschnatter ging mir langsam auf die Nerven. Ich hatte absolut keine Lust, die Aufmerksamkeit eines hungrigen Jabberwock zu erregen und mitten im Sumpf gegen ihn kämpfen zu müssen.

»Na schön«, seufzte Puck und schloss zu mir auf. »Aber ich weigere mich, mit dir zum Palast der Spinnenkönigin zu gehen, falls wir ihn hier nicht finden, Eisbubi. Irgendwo muss mal Schluss sein.«

Mein Name, mein voller, Wahrer Name lautet Ashallayn'darkmyr Tallyn, und ich bin der letzte Prinz des Dunklen Hofes.

Einst waren wir zu dritt, drei Winterprinzen: meine Brüder Sage und Rowan und ich. Meinen Vater habe ich nie kennengelernt, noch wollte ich ihn kennenlernen, und meine Brüder haben nie von ihm gesprochen. Ich war nicht einmal sicher, ob wir denselben Vater hatten, doch das spielte auch keine Rolle. Am Dunklen Hof war Mab die alleinige Herrscherin, die eine, wahre Königin. Attraktive Adelige oder verirrte Sterbliche mochten den Weg in ihr Bett finden, aber ihren Thron teilte Mab mit niemandem.

Wir standen uns nie sonderlich nahe, meine Brüder und ich. Als Winterprinzen wuchsen wir in einer Welt voller Gewalt und finsterer Machenschaften auf. Unsere Königin trug das Ihre dazu bei, indem sie denjenigen von uns vorzog, der sich bei ihr beliebt machte, während sie die anderen bestrafte. Wir benutzten einander, spielten einen gegen den anderen aus, doch gegenüber unserem Hof und unserer Königin waren wir stets loyal. Zumindest dachte ich das.

Es gibt einen Grund, warum am Winterhof alle Gefühle eingefroren werden, warum Emotionen bei den Dunklen Feen als Schwäche und Torheit gelten. Sie korrumpieren die Sinne, verweichlichen sie und beeinträchtigen die Loyalität gegenüber Familie und Hof. Das finstere, gefährliche Feuer der Eifersucht nagte an meinem Bruder Rowan, bis er schließlich das Undenkbare tat, sich gegen sein Volk stellte und uns an unsere Feinde verriet. Mein ältester Bruder Sage fiel Rowans Verrat zum Opfer, und er war nur der Erste von vielen. Aus reiner Machtgier verbündete sich Rowan mit unserem schlimmsten Feind, den Eisernen Feen, und unterstützte ihren König bei seinem Versuch, das Nimmernie zu zerstören. Am Ende tötete ich Rowan und rächte so Sage und die anderen Opfer meines Volkes, doch die Vergeltung brachte keinen von ihnen zurück. Nun gibt es nur noch mich. Ich bin der letzte verbliebene Sohn von Mab, der Königin des Dunklen Hofes.

Und für sie bin ich gestorben.

Rowan war nicht der Einzige, der Emotion und Leidenschaft nachgab. Mein Niedergang begann, wie in so vielen Geschichten, mit einem Mädchen. Einem Mädchen namens Meghan Chase, der halb sterblichen Tochter unseres Erzrivalen, des Sommerkönigs. Das Schicksal führte uns zusammen, und trotz meiner Versuche, meine Gefühle zu bezwingen, trotz aller Gesetze unseres Volkes, trotz des Krieges gegen die Eisernen Feen und der Gefahr, für immer aus meiner Heimat verbannt zu werden, verliebte ich mich in sie. Unsere Lebenswege waren miteinander verwoben, unsere Schicksale verknüpft, und so schwor ich vor der letzten großen Schlacht, ihr bis ans Ende der Welt zu folgen, sie vor allen Gefahren zu schützen, selbst vor meinem eigenen Volk, und mein Leben für sie zu geben, sollte es nötig sein. Ich wurde zu ihrem Ritter, und zu gerne hätte ich diesem Mädchen, dieser Sterblichen, die mein Herz gestohlen hatte, bis zu meinem letzten Atemzug gedient.

Doch das Schicksal ist eine grausame Herrin, und am Ende trennten sich unsere Wege, wie ich es immer befürchtet hatte. Meghan folgte ihrer Bestimmung – sie bestieg den Thron, wurde zur Eisernen Königin und trat die Herrschaft über das Eiserne Reich an. Dorthin konnte ich ihr nicht folgen, nicht als das, was ich nun einmal war: ein Feenwesen, dessen Lebenskraft durch die Berührung von Eisen geschwächt wird und das daran verbrennt. Meghan verbannte mich höchstpersönlich aus dem Land der Eisernen Feen, da sie wusste, dass es mich umbringen würde, bei ihr zu bleiben, und dass ich dies trotzdem versuchen würde. Doch bevor ich ging, legte ich einen Eid ab: Ich würde einen Weg finden, um zurückzukehren, um mit ihr zusammen zu sein, sodass niemand uns je wieder würde trennen können. Mab wollte mich dazu überreden, an den Winterhof zurückzukehren – immerhin war ich nun ihr einziger Prinz, und es war meine Pflicht, nach Hause zurückzukehren –, aber ich habe sie mit aller Deutlichkeit wissen lassen, dass ich nicht länger Teil des Dunklen Hofes sein und damit weder ihr noch dem Winterhof weiterhin dienen würde.

Es gibt nichts Schrecklicheres als eine geschmähte Feenkönigin, insbesondere, wenn man sich ihr bereits zum zweiten Mal widersetzt hat. Nur knapp gelang es mir, mit heiler Haut vom Winterhof zu entkommen, und ich würde sicher nicht so bald dorthin zurückkehren. Doch ich bedaure es nicht, meiner Königin, meiner Sippe und meiner Heimat den Rücken gekehrt zu haben. Dieser Teil meines Lebens ist vorbei. Meine Loyalität gilt nun einer anderen Königin – der auch mein Herz gehört.

Ich habe versprochen, einen Weg zu finden, damit wir zusammen sein können. Und ich werde dieses Versprechen halten. Selbst wenn das bedeutet, wegen eines Gerüchts durch einen endlosen, tödlichen Sumpf zu laufen. Selbst wenn das bedeutet, mich mit meinem schlimmsten und nervtötendsten Rivalen herumzuschlagen, mit Robin Goodfellow; der – auch wenn er stets versucht, es zu verbergen – ebenfalls in meine Königin verliebt ist. Ich habe keine Ahnung, warum ich ihn noch nicht getötet habe. Vielleicht, weil Puck Meghans bester Freund ist und sie ihn schrecklich vermissen würde, wenn er nicht mehr wäre (obwohl mir vollkommen schleierhaft ist, warum). Oder vielleicht bin ich es tief in meinem Innersten auch leid, ständig allein zu sein.

Was auch immer der Grund sein mag, es ist nicht weiter wichtig. Denn jede Ruine, die wir durchsuchen, jeder Drache, den wir töten, und jedes Gerücht, dem wir nachgehen, bringt mich einen Schritt näher an mein Ziel. Und sollte es auch hundert Jahre dauern, am Ende werde ich mit ihr vereint sein. Irgendwo in diesem feuchten Sumpfland befindet sich ein weiterer Teil des Puzzles. Bleibt nur das Problem, es zu finden.

Zum Glück hielten es die Jabberwocks, trotz Pucks ständigem Genörgel und Gejammer, *nicht* der Mühe wert, durch den Sumpf zu wandern, um nachzusehen, woher der Radau kam. Das war von Vorteil, vor allem weil es auch so fast die ganze Nacht dauerte, bis wir gefunden hatten, was wir suchten.

Am Rande eines schaumigen Tümpels stand ein Haus, das fast ebenso vermodert und grau schien wie der gesamte Sumpf. Es war von einem Zaun aus gebleichten, weißen Knochen umgeben, auf dessen Pfählen nackte Schädel thronten. In dem dadurch abgegrenzten »Hof« pickten ein paar zerrupfte Hühner herum. Das kleine Holzhäuschen quietschte hin und wieder, obwohl keinerlei Wind ging. Am ungewöhnlichsten war allerdings nicht das Haus selber, sondern vielmehr das, worauf es stand. Der Boden ruhte auf zwei krummen, gelben Vogelbeinen, deren stumpfe Krallen sich in den Morast bohrten. Die Beine waren gebeugt, als würden sie schlafen, doch immer wieder durchlief sie ein unruhiger Schauer, wodurch das gesamte Haus zitterte und ächzte.

»Da wären wiiiiir«, sang Puck leise vor sich hin. »Und ich kann mit Fug und Recht behaupten, dass das alte Mädchen noch genauso gruselig ist wie bei unserer letzten Begegnung.«

Ich kniff die Augen zusammen. »Halt einfach die Klappe, und lass mich diesmal reden. Wie du den Häuptling der Zentauren beleidigt hast, war schlimm genug.«

»Ich habe lediglich erwähnt, dass wir ein Reittier gebrauchen könnten, um aus dieser Aue rauszukommen. Damit habe ich doch nicht *ihn* gemeint.«

Seufzend öffnete ich das knöcherne Törchen und überquerte den von Unkraut überwucherten Hof. Die Hühner ergriffen die Flucht. Noch bevor wir die Stufen erreichten, die zum Haus hinaufführten, öffnete sich quietschend die Tür, und eine alte Frau trat heraus. Ihr faltiges Gesicht war von zotteligen weißen Haaren umgeben, und sie musterte uns mit einem funkelnden Blick aus leuchtend schwarzen Augen. Eine knorrige Hand umklammerte einen Korb, die andere ein Schlachtermesser, an dem noch das Blut zahlreicher Opfer klebte.

Wachsam blieb ich am Fuß der Treppe stehen. Die Hexe dieses Hauses mochte alt erscheinen, doch sie war mächtig und unberechenbar. Sollte Puck irgendetwas Dummes sagen oder sie versehentlich beleidigen, würden wir uns den Weg freikämpfen müssen, was höchst ärgerlich wäre.

»Na«, sagte die Hexe und verzog die blutleeren Lippen zu einem Lächeln. Ihre krummen, gelblichen Zähne glänzten in dem trüben Licht wie Knochensplitter. »Was haben wir denn da? Zwei schicke Feenjungs, die eine arme, alte Frau besuchen. Und wenn meine Augen mich nicht täuschen, steht Robin Goodfellow höchstpersönlich vor mir. Als ich dich das letzte Mal gesehen habe, hast du mir meinen Besen geklaut und die Beine meines Hauses zusammengebunden, sodass es umgefallen ist, als wir dich verfolgen wollten!«

Wieder unterdrückte ich ein Stöhnen. Kein guter Anfang. Ich hätte wissen müssen, dass Puck sich hier schon unbeliebt gemacht hatte. Doch gleichzeitig musste ich mir ein Lächeln verkneifen; der Gedanke war einfach zu köstlich: wie das Haus kopfüber in den Matsch fiel, weil der Streichekönig ihm die Füße zusammengebunden hatte.

Da die Hexe kein bisschen amüsiert zu sein schien, bemühte ich mich um eine neutrale Miene. »Was hast du zu deiner Verteidigung vorzubringen, Schurke?«, fuhr sie fort und drohte Puck mit ihrem Schlachtermesser, während der einen erbärmlichen Versuch machte, sich hinter mir zu verstecken. Allerdings konnte ich hören, wie er ein Lachen unterdrückte. »Weißt du, wie lange ich gebraucht habe, um mein Haus zu reparieren? Und dann besitzt du auch noch die unglaubliche Unverfrorenheit, meinen Besen am Waldrand zurückzulassen. Nur um zu beweisen, dass du ihn kriegen kannst. Am liebsten würde ich dich in den Trog stecken und an meine Hühner verfüttern!«

»Ich entschuldige mich für ihn«, sagte ich hastig, woraufhin sich ihre scharfen, dunklen Augen auf mich richteten. Unwillkürlich nahm ich die Schultern zurück – unerschrocken, aber höflich, damit sie mich nicht mit dem Trottel hinter meinem Rücken in eine Schublade steckte. »Entschuldige unser Eindringen, Mütterchen«, fuhr ich formvollendet fort. »Ich bin Ash, vom Winterhof. Hör mich an, ich brauche deine Hilfe.«

Die Hexe blinzelte überrascht. »Tadellose Manieren. Du bist offenbar nicht in einem Schweinestall aufgewachsen, so wie der da.« Sie zeigte mit dem Messer in Pucks Richtung und rümpfte die lange Nase. »Und ich weiß, wer du bist, Sohn der Mab. Was willst du von mir? Raus damit.«

»Wir sind auf der Suche nach jemandem«, erklärte ich. »Gerüchte besagen, dass er hier durchgekommen ist, auf der Reise durch die Knochenmarsch. Da haben wir uns gedacht, du könntest vielleicht wissen, wo er ist.«

»Ach ja?« Die Hexe neigte den Kopf und musterte mich durchdringend. »Und wie kommt ihr darauf, dass ich wissen könnte, wo diese Person sich aufhält?«

»Person ist nicht ganz richtig«, schränkte ich ein. »Es handelt sich um einen Kater, eine Cat Sidhe, um genau zu sein. In manchen Geschichten nennt er sich Grimalkin. Und in einigen davon heißt es, er pflege Umgang mit einer mächtigen Hexe aus den Sümpfen, deren Haus auf Hühnerbeinen läuft und einen Gartenzaun aus Knochen hat.«

»Verstehe«, erwiderte die Hexe mit ausdrucksloser Miene. »Ich bewundere deine Hartnäckigkeit, junger Prinz. Grimalkin ist selbst unter den besten Bedingungen schwer aufzuspüren. Der Versuch, ihn zu finden, hat euch also bis zu mir geführt.« Sie starrte mich prüfend an und kniff dann die Augen zusammen. »Und dies ist nicht die erste Station eurer Suche, das kann ich dir an der Nasenspitze ansehen. Doch warum?, frage ich mich. Warum nimmt er den weiten Weg auf sich? Was ersehnt er so sehr, dass er den Zorn der Knochenhexe riskiert? Was willst du, Ash vom Winterhof?«

»Würdest du mir glauben, wenn ich dir sage, dass der Kater ihm noch Geld schuldet?«, fragte Puck so nah an meiner Schulter, dass ich zusammenzuckte. Die Hexe sah ihn böse an.

»Dich habe ich nicht gefragt, Robin Goodfellow«, fauchte sie und schlug mit ihren klauenartigen Fingern nach ihm. »Hüte deine Zunge, sonst landest du in einem Kessel mit kochendem Schlangengift. Die Manieren deines Freundes sind momentan das Einzige, was mich davon abhält, dir bei lebendigem Leib die Haut abzuziehen. Solange du dich auf meinem Grund und Boden befindest, wirst du schweigen oder dich verziehen. Meine Frage galt dem Prinzen.«

»Ich bin kein Prinz mehr«, unterbrach ich verhalten ihre Strafpredigt. »Ich stehe nicht mehr im Dienst des Winterhofes, und Mab hat mich aus ihrem Kreis verbannt. Für sie bin ich gestorben.«

»Spielt keine Rolle.« Die Hexe wandte sich wieder mir zu. »Und das ist keine Antwort auf meine Frage. Warum bist du hier, Ash-der-kein-Prinz-mehr-ist? Und versuch bloß nicht, mich mit Feenrätseln und Halbwahrheiten in die Irre zu führen. Das würde ich merken, und es würde mich nicht gerade fröhlich stimmen. Wenn du diesen Grimalkin sehen willst, musst du zuerst meine Frage beantworten. Wonach strebst du?«

»Ich …« Einen Moment lang zögerte ich und das nicht, weil Puck mir warnend den Ellbogen in die Rippen rammte. Er wusste, warum wir hier waren und warum ich Grimalkin finden wollte, aber ich hatte mein Vorhaben noch nie laut ausgesprochen. Vielleicht wusste die Hexe das, vielleicht war sie auch einfach nur neugierig, doch es laut zu sagen machte alles viel realer. »Ich will … ein Sterblicher werden«, erklärte ich schließlich leise. Mein Magen zog sich schmerzhaft zusammen, als ich die Worte nun zum ersten Mal hörte. »Ich habe jemandem versprochen ... ich habe geschworen, einen Weg zu finden, wie ich im Eisernen Reich leben kann, was ich nicht kann, so, wie ich jetzt bin.« Die Hexe zog erstaunt die Augenbrauen hoch, was ich mit einem frostigen Blick quittierte. Hocherhobenen Hauptes fuhr ich fort: »Ich will ein Mensch werden. Und Grimalkin soll mir dabei helfen, das möglich zu machen.«

»Sieh an«, meldete sich eine vertraute Stimme hinter uns zu Wort. »Das ist doch mal ein *wirklich* interessantes Ersuchen.«

Wir wirbelten herum. Grimalkin saß auf einem umgedrehten Eimer. Der dickfellige graue Kater hatte den Schwanz um die Pfoten gelegt und beobachtete uns träge.

»Aber natürlich!«, rief Puck. »Hier steckst du also. Ist dir eigentlich klar, was wir alles durchgemacht haben, nur um dich zu finden, Kater? Warst du schon die ganze Zeit da?«

»Zwing mich nicht, das Offensichtliche auszusprechen, Goodfellow.« Grimalkin zuckte verächtlich mit den Schnurrhaaren, bevor er sich mir zuwandte. »Sei gegrüßt, Prinz. Wie ich hörte, hast du nach mir gesucht.«

»Wenn du das wusstest, warum bist du dann nicht zu uns gekommen?«

Die Cat Sidhe gähnte und entblößte eine rosa Zunge über scharfen, weißen Zähnen. »Die Intrigen der höfischen Politik haben angefangen, mich zu langweilen«, erklärte er und blinzelte mit seinen goldenen Augen. »Zwischen Sommer und Winter wird sich nie etwas ändern, und ich wollte mich nicht in das ewige Gezänk der beiden Höfe verwickeln lassen. Oder in die Spielchen einer gewissen Dunklen Muse.«

Puck zuckte theatralisch zusammen. »Du hast also davon gehört? Manche Neuigkeiten verbreiten sich wirklich rasend schnell.« Er schüttelte den Kopf und grinste mich breit an. »Ich frage mich, ob Titania unser kleines Spiel am Sommerhof bereits verdaut hat.«

Grimalkin ignorierte ihn einfach. »Zunächst wollte ich herausfinden, warum du nach mir suchst, um dann entscheiden zu können, ob ich mich bemerkbar machen sollte. Oder auch nicht.« Er rümpfte die Nase und musterte mich mit geneigtem Kopf. »Aber ein solches Anliegen hätte ich definitiv nicht von dir erwartet, Prinz. Wie überaus … interessant.«

»Dämlich, wenn du mich fragst«, mischte sich die Hexe ein und drohte mir mit dem Messer. »Wird eine Krähe zum Lachs, nur weil ihr gerade danach ist? Du hast keine Ahnung, was Sterblichkeit bedeutet, Prinz-der-keiner-ist. Warum willst du überhaupt einer von denen werden?«

Grimalkin antwortete, bevor ich etwas erwidern konnte. »Weil er verliebt ist.«

»Aaah.« Kopfschüttelnd musterte mich die Hexe. »Verstehe. Armes Ding. Dann wirst du sowieso nichts von dem aufnehmen, was ich zu sagen hätte.« Auf meinen kühlen Blick reagierte sie mit einem Lächeln. »Dann lebe wohl, Prinz-der-keiner-ist. Und Goodfellow: Wenn ich dich noch einmal zu Gesicht kriege, nagele ich deine Haut an meine Tür. Jetzt entschuldigt mich.« Entschlossen marschierte sie die Stufen hinunter und verpasste Puck im Vorbeigehen noch einen Schlag, dem er jedoch geschickt auswich.

Grimalkin starrte mich reglos an. Der leise Spott in seinen schmalen Katzenaugen missfiel mir, also verschränkte ich abwehrend die Arme vor der Brust. »Nun, kennst du einen Weg, wie eine Fee zum Sterblichen werden kann, oder nicht?«

»Nein«, erwiderte Grimalkin schlicht, und für einen Moment rutschte mir das Herz in die Hose. »Allerdings gibt es gewisse … Gerüchte. Geschichten von jenen, die nach Sterblichkeit strebten.« Er hob eine Vorderpfote, leckte darüber und putzte sich das Ohr. »Es gibt … jemanden … der vielleicht einen Weg kennt, um menschlich zu werden«, fuhr er dann betont ungezwungen fort. »Eine Seherin, die in der tiefsten Wildnis des Nimmernie lebt. Doch der Weg zu ihr ist verworren und schwierig, und verlässt man den Pfad nur ein einziges Mal, wird er unauffindbar.«

»Alles klar, aber du kennst diesen Weg natürlich rein zufällig«, unterbrach ihn Puck. Wieder ging Grimalkin nicht auf seinen Kommentar ein. »Komm schon, Kater, wir wissen doch alle, wohin das führt. Nenn uns deinen Preis, damit wir den Handel abschließen und uns endlich auf die Socken machen können.«

»Preis?« Nun blickte Grimalkin mit funkelnden Augen hoch. »Es hat den Anschein, als würdet ihr mich nur zu gut kennen«, stellte er in einem Tonfall fest, der mir ganz und gar nicht gefiel. »Ihr glaubt, dies sei ein simples Anliegen, dass ich euch mal eben zu der Seherin führe und damit gut. Dabei habt ihr nicht die leiseste Ahnung, was ihr da verlangt, was das für uns alle bedeutet.« Der Kater erhob sich, peitschte mit dem Schwanz durch die Luft und musterte mich ernst. »Ich werde keinen Preis festlegen, heute nicht. Doch eines Tages werde ich dich aufsuchen, Prinz, um diese Schuld einzutreiben. Und dann wirst du sie vollständig begleichen.«

Die Worte schienen schimmernd zwischen uns in der Luft zu hängen, so viel Macht lag in ihnen. Sie stellten einen Vertrag dar, noch dazu einen besonders üblen. Aus irgendeinem Grund nahm Grimalkin diese Sache sehr ernst. Ein Teil von mir wehrte sich dagegen, es widerstrebte mir, mich derart zu binden. Stimmte ich dieser Forderung zu, konnte der Kater alles von mir verlangen, mir alles nehmen, und ich wäre gezwungen, mich vorbehaltlos zu fügen.

Doch wenn ich dadurch menschlich werden konnte, wenn ich letzten Endes bei ihr sein konnte ...

»Bist du dir ganz sicher, Eisbubi?« Puck hatte ebenfalls Bedenken. »Es ist dein Abenteuer, aber wenn du jetzt zustimmst, kommst du da nicht mehr raus. Kannst du ihm nicht einfach eine hübsche Quietschemaus versprechen und es dabei belassen?«

Mit einem tiefen Seufzen drehte ich mich zu der Cat Sidhe um, die gelassen auf meine Antwort wartete. »Ich werde nicht vorsätzlich jemandem Schaden zufügen«, erklärte ich streng. »Du wirst mich weder als Waffe gebrauchen, noch werde ich jenen, die ich als Verbündete oder Freunde ansehe, Böses tun. Dieser Vertrag schließt niemanden sonst mit ein, nur mich allein.«

»Wie du wünschst«, schnurrte der Kater.

»Dann sind wir im Geschäft.« Ich spürte ein leichtes Zittern in der Luft, als der Handel besiegelt wurde, und ballte unwillkürlich die Fäuste. Nun gab es kein Zurück mehr. Nicht dass ich das vorgehabt hätte, aber mir wurde zugleich schlagartig klar, dass ich im vergangenen Jahr mehr Abmachungen getroffen und mehr Verträge angenommen hatte als während meines gesamten Lebens als Winterprinz.

Ich hatte das Gefühl, dass ich im Laufe dieser Reise noch mehr Opfer zu bringen hätte, doch daran ließ sich jetzt nichts ändern. Ich hatte ein Versprechen gegeben, und das würde ich nun erfüllen.

»Abgemacht.« Grimalkin nickte kurz, dann sprang er von seinem Eimer und landete auf einem kleinen Grasflecken mitten im Matsch. »Gehen wir. Wir verschwenden kostbare Zeit, wenn wir uns länger hier aufhalten.«

Puck blinzelte überrascht. »Einfach so? Willst du dem alten Hühnerhals nicht sagen, dass du gehst?«

»Das weiß sie bereits.« Grimalkin tappte vorsichtig über den Hof. »Im Übrigen bekommt der ›alte Hühnerhals‹ jedes deiner Worte mit, ich würde also vorschlagen, dass wir uns beeilen. Denn wenn sie mit dem Federvieh fertig ist, wird sie Jagd auf dich machen.« Am Zaun angekommen sprang er hoch, schaffte es irgendwie, auf einem der Schädel das Gleichgewicht zu halten, und drehte sich mit leuchtenden Augen zu uns um. »Du hast doch nicht wirklich geglaubt, dass sie dich einfach so davonkommen lässt, oder? Uns bleibt Zeit bis zur Abenddämmerung, um die Marsch zu verlassen, ab dann wird sie wie der Teufel hinter uns her sein. Wir sollten also besser einen Zahn zulegen, nicht wahr?«

Puck warf mir einen hastigen Seitenblick zu und grinste schwach. »Äh … Uns wird doch nie langweilig, was, Eisbubi?«

»Eines Tages werde ich dich umbringen«, versicherte ich ihm, während wir Grimalkin eilig in den Sumpf hinaus folgten. Und das war keine leere Drohung.

Puck lachte nur. »Da bist du definitiv nicht der Einzige, Prinz. Willkommen im Klub.«

Wiederkehrende Albträume

Unser Rückzug aus der Knochenmarsch war wesentlich qualvoller als die Suche nach der Hexe. Grimalkin sollte mit seiner Prophezeiung recht behalten: Sobald die Sonne im Westen den Horizont berührte, stieg ein wildes Heulen auf, das der Sumpf selbst als Echo zurückzugeben schien. Das Land wurde von einem Schauer ergriffen, und ein heftiger Windstoß nahm die letzte Wärme des Nachmittags mit sich.

»Vielleicht sollten wir uns ein wenig sputen«, schlug Grimalkin vor und sprang ins Unterholz, doch ich blieb stehen, wandte mich dem heulenden Wind zu und zog mein Schwert. Die heftigen Böen rochen nach Verwesung, modrigem Wasser und Blut, aber ich hielt einfach locker meine Waffe und wartete.

»Hey, Prinz.« Stirnrunzelnd kam Puck zu mir zurückgelaufen. »Was machst du denn da? Falls du es noch nicht wusstest: Der alte Hühnerhals ist auf dem Weg hierher, und sie sucht noch Sommer- und Winterfeen für ihren Eintopf.«

»Lass sie kommen.« Ich war Ashallayn'darkmyr Tallyn, Sohn der Mab, ehemaliger Prinz des Winterhofes – ich fürchtete mich nicht vor einer Hexe auf einem Besenstiel.

»Von einem solchen Vorgehen würde ich abraten«, murmelte Grimalkin irgendwo in den Büschen. »Immerhin ist das hier ihr Land, und solltest du darauf beharren, hier gegen sie anzutreten, wird sie einen formidablen Gegner abgeben. Es wäre wesentlich klüger, sich an den Rand des Sumpfes zu flüchten. Dorthin wird sie uns nicht folgen. Solltest du also wieder zur Vernunft kommen, wirst du mich genau dort finden. Ich werde meine Zeit jedenfalls nicht damit verschwenden, dich bei einer vollkommen unnützen Schlacht zu beobachten, die sich nur auf deinen lächerlichen Stolz gründet.«

»Komm schon, Ash«, drängte auch Puck und wich langsam vor mir zurück. »Irgendwann suchen wir uns noch mal eine mächtige Hexe zum Spielen. Aber jetzt verschwindet der Fellball vielleicht, und ich habe keine Lust, *schon wieder* durch das ganze Nimmernie zu rennen, um ihn aufzustöbern.«

Ich warf Puck einen finsteren Blick zu, den er mit einem arroganten Lächeln beantwortete, bevor er hastig dem Kater folgte. Ich steckte mein Schwert weg und rannte hinter den beiden her. Bald war die Knochenmarsch nur noch ein Wirbel aus Moosgrün und Knochengelb. Irgendwo hinter uns erklang ein schrilles Kreischen, das mich dazu veranlasste, mich vorzubeugen und das Tempo noch weiter anzuziehen. Lautlos verfluchte ich alle Sommerfeen.

Eine Stunde lang oder länger rannten wir in diesem Tempo, das irre Kichern unserer Verfolgerin im Nacken, das weder näher kam noch in die Ferne rückte. Dann wurde der Boden unter unseren Füßen nach und nach immer fester, während die Bäume langsam größer und stärker wurden. Die Luft verlor den durchdringenden Gestank des Sumpfes und wurde süßer, auch wenn noch immer ein Hauch Verwesung in ihr mitschwang.

Als ich einen reglosen grauen Fleck in einem der Bäume bemerkte, kam ich so abrupt zum Stehen, dass Puck prompt in mich hineinlief. Sofort wirbelte ich herum und stieß ihn von mir. »Hey!«, protestierte Puck noch, bevor er höchst unelegant auf seinem Hintern landete. Grinsend stieg ich über ihn hinweg und wich mühelos seinem Versuch aus, mir ein Bein zu stellen.

»Wir haben jetzt keine Zeit für Spielereien«, mahnte Grimalkin von seinem Aussichtspunkt und musterte uns herablassend. »Hierher wird die Hexe uns nicht folgen. Nun sollten wir rasten.« Damit kehrte er uns den Rücken zu, kletterte höher zwischen die Zweige und verschwand.

Ich setzte mich vor einen Baumstumpf, legte mein Schwert auf die Knie und lehnte mich seufzend zurück. Schritt eins war erledigt. Wir hatten Grimalkin gefunden, was sich wesentlich schwieriger gestaltet hatte, als ich mir je ausgemalt hätte. Der nächste Schritt bestand darin, diese Seherin zu finden, und dann …

Ich seufzte schwer. Alles, was danach kam, war noch verschwommen. Es gab keinen klaren Weg mehr, wenn die Seherin erst gefunden war. Ich wusste nicht, was man von mir verlangen würde, was ich tun müsste, um ein Sterblicher zu werden. Vielleicht war es mit Schmerzen verbunden. Vielleicht würde ich etwas anbieten müssen, ein Opfer darbringen, aber was sollte ich noch zu bieten haben, außer vielleicht mein nacktes Dasein.

Ich schloss die Augen und schob diese Gedanken beiseite. Es spielte keine Rolle. Ich würde alles tun, was nötig war.

Erinnerungen regten sich und schlichen sich an meinen Abwehrmechanismen vorbei, an der eisigen Mauer, die ich der Welt präsentierte. Früher hatte ich geglaubt, meine Rüstung sei unüberwindlich, dass nichts und niemand mich mehr berühren könnte, bis … Meghan Chase in mein Leben getreten war und es völlig auf den Kopf gestellt hatte. Mit ihrer bedingungslosen Loyalität und ihrer Sturheit, die ebenso unverrückbar war wie eine Felsklippe, hatte sie rücksichtslos alle Barrieren eingerissen, die ich errichtet hatte, um sie von mir fernzuhalten. Sie hatte sich schlicht geweigert, mich aufzugeben, und letzten Endes musste ich mich geschlagen geben. Es ließ sich nicht länger leugnen.

Ich hatte mich verliebt. In einen Menschen.

Dieser Gedanke entlockte mir ein bitteres Lächeln. Mit einer solchen Feststellung konfrontiert hätte der alte Ash entweder nur spöttisch gelacht oder dem Übeltäter den Kopf von den Schultern geschlagen. Ich hatte die Liebe bereits kennengelernt, und sie hatte mir solches Leid eingebracht, dass ich mich hinter eine undurchdringliche Mauer aus Gleichgültigkeit zurückgezogen und alles und jeden mit gnadenloser Kälte von mir fortgetrieben hatte. Die Feststellung, dass ich noch derart empfinden konnte, war also mehr als überraschend, nein, schockierend gewesen, sondern auch ein wenig Furcht einflößend, und es war mir nicht leichtgefallen, das zu akzeptieren. Wenn ich mich so aus der Deckung wagte, machte mich das verwundbar, und eine solche Schwäche konnte am Dunklen Hof tödlich sein. Doch viel entscheidender war, dass ich nicht noch einmal derartig leiden wollte – nicht noch einmal meine Panzerung aufgeben wollte, nur damit mir dann das Herz herausgerissen wurde.

Tief in meinem Inneren hatte ich immer gewusst, dass wir auf verlorenem Posten standen. Schließlich war klar, dass ein Winterprinz und die halb sterbliche Tochter des Sommerkönigs kaum eine Chance hatten, am Ende glücklich vereint zu sein. Doch ich war bereit gewesen, es zu versuchen. Ich hatte absolut alles dafür gegeben, und ich bereute nichts davon, auch wenn Meghan den uns verbindenden Eid aufgelöst und mich aus dem Eisernen Reich verbannt hatte.

An diesem Tag hatte ich meinen Tod kommen sehen. Ich war bereit gewesen. Der bei meinem Wahren Namen gesprochene Befehl, zu gehen und Meghan allein im Eisernen Reich sterben zu lassen, hatte mich fast ein zweites Mal vernichtet. Ohne meinen Schwur, dass ich eines Tages wieder mit ihr vereint sein würde, hätte ich vielleicht mein Leben weggeworfen – zum Beispiel, indem ich Oberon vor dem versammelten Sommerhof zum Duell forderte. Doch ich hatte diesen Eid geleistet, und nun gab es kein Zurück mehr. Hielt ich mich nicht an dieses Versprechen, würde es dafür sorgen, dass mein innerstes Wesen sich nach und nach auflöste, bis nichts mehr von mir übrig blieb. Selbst wenn ich nicht wild entschlossen gewesen wäre, einen Weg zu finden, um im Eisernen Reich überleben zu können, hatte ich nun keine Wahl mehr; ich musste weitermachen.

Ich werde wieder mit ihr vereint sein oder sterben. Es gibt keine anderen Optionen.

»Hey, Eisbubi, alles klar? Du machst schon wieder dieses Grübelgesicht.«

»Es geht mir gut.«

»Du bist so ein Miesepeter.« Puck lag in einer Astgabel und hatte die Hände hinter dem Kopf verschränkt, während er einen Fuß in der Luft hängen ließ. »Freu dich doch mal! Wir haben endlich den Kater gefunden – wofür wir übrigens einen Verdienstorden kriegen sollten, die Suche nach dem Goldenen Vlies war ein Scheißdreck dagegen –, und du siehst aus, als wolltest du gleich morgen früh losziehen, um Mab zum Zweikampf zu fordern.«

»Ich denke nach. Solltest du auch irgendwann mal ausprobieren.«

»Ohhh, wie geistreich.« Puck schnaubte abfällig, zog einen Apfel aus der Tasche und biss hinein. »Wie du meinst, Eisbubi. Aber du solltest es wenigstens ab und zu mit einem Lächeln *probieren*, sonst friert dein Gesicht ein, und du schaust auf ewig so drein. Habe ich jedenfalls gehört.« Grinsend kaute er auf seinem Apfel herum. »Also, wer ist mit der ersten Wache dran: du oder ich?«

»Du.«

»Wirklich? Ich dachte, du wärst dran. Habe ich nicht die erste Wache übernommen, nachdem wir die Knochenmarsch erreicht hatten?«

»Stimmt.« Ich musterte ihn verärgert. »Bis zu dem Zeitpunkt, als du das Lager verlassen hast, um hinter einer Nymphe herzurennen, woraufhin dieser Kobold mein Schwert klauen wollte.«

»Ach ja.« Puck kicherte, obwohl ich nichts Komisches daran finden konnte. Dieses Schwert hatten die Eisigen Archonten des Drachenberges für mich geschmiedet. Bei seiner Entstehung waren mein Blut, meine Magie und ein kleiner Teil meiner Lebensessenz mit eingeflossen. Niemand außer mir fasst diese Waffe an.

»Zu meiner Verteidigung möchte ich anmerken, dass sie auch versucht hat, mich auszurauben.« Puck grinste immer noch. »Ich habe noch nie gehört, dass eine Nymphe und ein Kobold sich zusammengetan hätten. Nur dumm für sie, dass du so einen leichten Schlaf hast, was, Eisbubi?«

Ich verdrehte die Augen, blendete sein ewiges Geplapper aus und entspannte mich.

Ich träume fast nie. Träume sind etwas für Sterbliche, für Menschen, deren Emotionen so stark und verzehrend sind, dass sie in ihr Unterbewusstsein vordringen. Feen träumen für gewöhnlich nicht, unser Schlaf wird nicht durch Gedanken an die Vergangenheit oder Zukunft gestört, es gibt nichts außer dem Jetzt. Während Menschen von Gefühlen wie Schuld, Sehnsucht, Besorgnis oder Reue gequält werden können, kennen die meisten Feen solche Empfindungen nicht. In vielerlei Hinsicht sind wir leerer als Sterbliche, uns fehlen die tiefer gehenden Emotionen, die jene so ... menschlich machen. Vielleicht üben sie gerade deswegen eine solche Faszination auf uns aus.

In der Vergangenheit war ich nur einmal von Träumen heimgesucht worden, in der Zeit nach Ariellas Tod. Es waren grauenhafte, quälende Albträume gewesen, von dem Tag, als ich sie hatte sterben lassen, dem Tag, an dem ich sie nicht retten konnte. Wiederkehrende Träume und immer wieder dieselbe Szenerie: Puck, Ariella und ich jagten den goldenen Fuchs, die Schatten um uns herum wurden dichter, der monströse Wyvern stieg wie aus dem Nichts auf.

Jedes Mal wusste ich, dass es Ariella treffen würde. Jedes Mal versuchte ich, sie zu erreichen, bevor der tödliche Stachel des Wyvern sein Ziel fand. Und jedes Mal versagte ich: Ariella sah mich mit ihren klaren, blauen Augen an und flüsterte meinen Namen, kurz bevor sie in meinen Armen erschlaffte und ich aus dem Schlaf hochschreckte.

Damals lernte ich, meine Gefühle erfrieren zu lassen, alles zu vernichten, was mich schwach gemacht hätte, und innerlich so kalt zu werden wie äußerlich. Die Albträume hörten auf, und ich träumte nie wieder.

Bis jetzt.

Ich wusste, dass ich mich im Zentrum des Winterreiches befand, dem Sitz der Dunklen Königin. Früher war dies mein Land gewesen. Die markanten Orientierungspunkte erkannte ich sofort, sie waren mir ebenso vertraut wie mein eigenes Gesicht, doch irgendetwas stimmte nicht. Die zerklüfteten Berge, die ihre Gipfel bis über die Wolkendecke streckten, waren unverändert. Jedes noch so kleine Fleckchen Land war mit Eis und Schnee bedeckt, die niemals gänzlich schmolzen, wie es immer gewesen war.

Doch alles andere war zerstört. Die weiten, dichten Wälder von Tir Na Nog gab es nicht mehr, an ihrer Stelle erstreckten sich kahle, trostlose Felder. Vereinzelt ragten noch Bäume auf, doch sie waren ein finsterer, verkrüppelter Abklatsch ihrer selbst und glänzten metallisch. Stacheldrahtzäune zerrissen die Landschaft, und halb vergraben im Schnee lagen die Überreste verrosteter Metallfahrzeuge. Wo einst eine Stadt aus Eis gethront hatte, deren silberweiße Kristalltürme in der Sonne gefunkelt hatten, erhoben sich nun schwarze Schornsteine, die finstere Rauchschwaden in den bedeckten Himmel pumpten. Überall ragten Wolkenkratzer aus gewundenem Metall auf. Die Spitzen ihrer glitzernden, skelettartigen Silhouetten steckten in trübem Nebel.

Auf dem düsteren Areal wimmelte es nur so von Feen, doch es waren nicht meine Dunklen Brüder. Sie entstammten dem vergifteten Reich: Gremlins und Viren, Drahtmänner und Eiserne Ritter, die Eisernen Feen der menschlichen Technologie. Schaudernd sah ich mich in meiner Heimat um: Hier konnte keine normale Fee mehr leben. Wir würden alle sterben – selbst die Luft, die wir atmeten, verbrannte uns von innen heraus, so dicht war der Nebel, den die zerstörende Wirkung des Eisens schuf. Ich spürte, wie er in meiner Kehle brannte und sich wie Feuer in meiner Lunge ausbreitete. Hustend presste ich meinen Ärmel vor Mund und Nase und wich taumelnd zurück. Aber wohin sollte ich fliehen, wenn es in ganz Tir Na Nog so war?

»Siehst du das?«, flüsterte eine Stimme hinter mir und ließ mich herumwirbeln. Da war niemand, aber aus dem Augenwinkel bemerkte ich eine Art Schimmern, eine Bewegung, die mir jedes Mal entglitt, wenn ich mich darauf konzentrieren wollte. »Sieh dich um. Das wäre passiert, wenn Meghan nicht die Eiserne Königin geworden wäre. Alles, was du kennst, *jeder*, den du kennst, wäre vernichtet worden. Die Eisernen Feen hätten das gesamte Nimmernie verwüstet, wenn Meghan Chase nicht gewesen wäre. Und *sie* wäre nicht so weit gekommen, wenn du nicht an ihrer Seite gewesen wärst.«

»Wer bist du?« Ich suchte weiter nach dem Wesen, das sich hinter der Stimme verbarg, doch die geheimnisvolle Präsenz huschte immer wieder davon und hielt sich am Rande meiner Wahrnehmung. »Warum zeigst du mir das?« Schließlich war das nichts Neues. Mir war vollkommen klar, was geschehen wäre, wenn die Eisernen Feen gesiegt hätten. Obwohl ich mir selbst in meinen schlimmsten Ahnungen nicht eine *solche* Zerstörung hätte ausmalen können.

»Weil du diese Alternative mit eigenen Augen sehen musst, *wirklich* sehen musst, um zu begreifen.« Ich spürte, wie das Wesen näher kam, auch wenn es sich frustrierend präzise aus meinem Blickfeld fernhielt. »Außerdem war deine Urteilskraft getrübt, Ash vom Winterhof. Du hast das Mädchen geliebt. Du hättest alles für sie getan, egal unter welchen Umständen.« Nun schlüpfte es hinter mich, obwohl ich meine Suche bereits aufgegeben hatte. »Ich möchte, dass du dich sorgfältig umsiehst und begreifst, von welcher Bedeutung deine Entscheidung war, Sohn der Mab. Hätte Meghan Chase nicht überlebt und den Eisernen Thron bestiegen, würde deine Welt heute so aussehen.«

Das Brennen in meinem Körper wurde unerträglich. Jeder Atemzug schmerzte wie ein Messerstich, und auf meiner Haut bildeten sich Blasen. Es erinnerte mich an meine Gefangenschaft bei Virus, einer der Untergebenen des Eisernen Königs, die mir einen intelligenten Metallkäfer eingepflanzt hatte. Sie hatte die Kontrolle über meinen Körper an sich gerissen und aus mir einen dienstbaren Sklaven gemacht. Ich hatte für sie gekämpft, und obwohl mir die ganze Zeit bewusst gewesen war, was ich da tat, war ich doch machtlos gewesen und hatte es nicht verhindern können. Der metallene Eindringling hatte sich wie ein glühendes Kohlestück in mein Bewusstsein gebrannt. Ich war vor Schmerzen fast wahnsinnig geworden, hatte es aber nicht zeigen können. Das hier war schlimmer.

Ich sank auf die Knie und versuchte mühsam, nicht ganz zusammenzubrechen, während sich meine Haut schwarz färbte und von meinen

Knochen schälte. Der Schmerz war grauenhaft, und in meinem Delirium fragte ich mich, warum ich nicht aufwachte. Das hier war ein Traum, so viel wusste ich noch. Warum konnte ich mich also nicht daraus befreien?

Dann erkannte ich es mit plötzlicher und grausamer Klarheit: weil diese Stimme es nicht zuließ. Sie fesselte mich an meinen Albtraum, obwohl ich wieder und wieder versuchte, aufzuwachen. War es möglich, in einem Traum zu sterben?

»Es tut mir leid«, murmelte die Stimme, die jetzt von weit her kam. »Ich weiß, dass es schmerzhaft ist, aber ich will, dass du dich an das hier erinnerst, wenn wir uns wiedersehen. Ich will, dass du begreifst, welches Opfer erbracht werden musste. Mir ist klar, dass du das jetzt nicht verstehen kannst, aber das wirst du noch. Schon sehr bald.«

Und mit einem Mal war sie verschwunden, und die Fesseln, die mich an die Vision ketteten, lösten sich auf. Keuchend schreckte ich aus dem Traum hoch und ließ die Welt des Schlafes hinter mir.

Inzwischen war es vollkommen dunkel geworden, doch die skelettartigen Bäume gaben ein sanftes, weißes Leuchten ab, das sie weich und unwirklich erscheinen ließ. Einige Meter weiter saß Puck noch immer zwischen den Ästen, stützte den Kopf mit den Händen ab und kaute auf einem Grashalm herum. Er ließ träge einen Fuß hängen und blickte in die andere Richtung; ich hatte bereits vor langer Zeit gelernt, Schmerzen zu verbergen und still zu erdulden, selbst im Schlaf. Am Dunklen Hof zeigt man keinerlei Schwäche. Puck wusste also nicht, dass ich wach war, doch in einem Baum ganz in meiner Nähe hockte Grimalkin und fixierte mich mit seinen glühenden, gelben Augen.

»Schlecht geträumt?«

Eigentlich war es keine Frage. Ich zuckte mit den Schultern. »Nur ein Albtraum. Nichts, womit ich nicht fertigwerden würde.«

»Da wäre ich mir an deiner Stelle nicht so sicher.«

Ich kniff die Augen zusammen und warf ihm einen strafenden Blick zu. »Du weißt etwas«, stellte ich vorwurfsvoll fest, woraufhin Grimalkin ausgiebig gähnte. »Was verschweigst du mir?«

»Mehr als du wissen möchtest, Prinz.« Grimalkin setzte sich auf und legte den Schwanz um die Pfoten. »Und ich bin kein Narr. Solche Fragen sind deiner nicht würdig.« Der Kater musterte mich durchdringend. »Ich sagte dir bereits, dass dies keine leichte Aufgabe sein würde. Du wirst die Antworten alleine finden müssen.«

Das hatte ich durchaus verstanden, doch bei Grimalkin klang es irgendwie unheilvoll, außerdem irritierte es mich, dass die Cat Sidhe offensichtlich mehr wusste, als sie zuzugeben bereit war. Ohne weiter auf den Kater zu achten, drehte ich mich um und suchte die Bäume ab. Eine winzige, verirrte grüne Fee, auf deren Rücken ein dichtes Grasbüschel wuchs, löste sich aus der Dunkelheit. Sie blinzelte mich an, neigte kurz das Köpfchen, das aussah wie ein Pilzhut, und verschwand dann eilig wieder im Unterholz.

»Diese Seherin...«, wandte ich mich wieder an Grimalkin und merkte mir zugleich sorgfältig, an welcher Stelle die Fee verschwunden war, damit ich sie nicht aus Versehen zertrampelte, wenn wir aufbrachen. »Wo finden wir sie?«

Aber der Kater war verschwunden.

Im Wilden Wald ist die Zeit ohne Bedeutung. Tag und Nacht gibt es hier nicht, nur Licht und Dunkelheit, und die können ebenso unstet und launisch sein wie alles andere auch. Manchmal vergeht eine »Nacht« innerhalb eines Wimpernschlages, oder sie dauert ewig. Licht und Dunkel jagen einander über den Himmel, spielen Verstecken und Fangen. Manchmal fühlt sich einer von ihnen durch eine eingebildete Kränkung verletzt und weigert sich auf unbestimmte Zeit, sich zu zeigen. Einmal wurde das Licht so wütend, dass in der Welt der Sterblichen hundert Jahre vergingen, bevor es sich dazu herabließ, wieder zu erscheinen. Bei den Menschen ging die Sonne zwar weiterhin auf und unter, doch es war eine ziemlich turbulente Zeit für die Sterblichen, da alle Wesen, die sonst in Schatten und Dunkelheit lauerten, sich ungehindert unter dem lichtlosen Himmel des Nimmernie herumtrieben.

Als Puck und ich wieder aufbrachen und der Cat Sidhe in das endlose Labyrinth des Wilden Waldes folgten, war es noch dunkel. Grimalkin glitt wie eine Nebelschwade zwischen den Bäumen hindurch, sein graues Fell machte ihn in der farblosen Landschaft fast unsichtbar. Er bewegte sich schnell und lautlos und ohne sich umzusehen, sodass ich meine gesamte Jagderfahrung aufbieten musste, um Schritt zu halten und ihn nicht im dichten Unterholz zu verlieren. Ich hatte zunehmend den Verdacht, dass er uns testen wollte oder irgendein ärgerliches Katzenspielchen mit uns trieb, indem er immer wieder unauffällig versuchte, uns abzuschütteln, ohne dabei völlig unsichtbar zu werden. Doch je tiefer wir in den Wald vordrangen, desto besser gelang es mir – immer dicht gefolgt von Puck –, mich dem Tempo der schwer fassbaren Cat Sidhe anzupassen, sodass ich sie kein einziges Mal aus den Augen verlor.

Das Licht hatte sich endlich dazu durchgerungen, in Erscheinung zu treten, als Grimalkin unvermittelt innehielt. Er sprang auf einen tief hängenden Ast, blieb reglos stehen, stellte die Ohren auf und hielt die zitternden Schnurrhaare in den Wind. Überall um uns herum ragten große, knorrige Bäume in den Himmel, deren graue Stämme und Äste uns den Weg zu versperren schienen wie ein riesiges Netz oder ein Käfig. Mir wurde bewusst, dass ich diesen Teil des Wilden Waldes nicht kannte, was allerdings nicht ungewöhnlich war. Der ewige Wald war in seinen Ausmaßen gigantisch und ständiger Wandlung unterworfen. Hier gab es viele Orte, die ich noch nie gesehen oder betreten hatte, trotz der vielen Jahre, in denen ich unter diesem Blätterdach gejagt hatte.

»Hey, wir haben ja angehalten.« Puck blieb hinter mir stehen. Er spähte über meine Schulter und schnaubte dann abfällig. »Was ist los, Kater? Hast du es endlich geschafft, dich zu verlaufen?«

»Sei still, Goodfellow.« Grimalkin legte die Ohren an, drehte sich aber nicht um. »Da draußen ist etwas«, stellte er mit zuckendem Schwanz fest. »Die Bäume sind wütend. Es gehört nicht hierher.« Mit zusammengekniffenen Augen sprang er von seinem Ast.

Und verschwand.

Stirnrunzelnd drehte ich mich zu Puck um. »Wir sollten wohl besser herausfinden, was hier los ist.«

Goodfellow kicherte. »Wo bliebe denn auch der Spaß, wenn uns nicht irgendeine Katastrophe über den Weg laufen würde?« Er zog seinen Dolch und winkte mir damit zu. »Nach Ihnen, Eure Hoheit.«

Vorsichtig setzten wir unseren Weg zwischen den Bäumen fort und suchten das Unterholz nach verdächtigen Spuren ab. Ich signalisierte Puck schweigend, sich von mir zu trennen, woraufhin er sich weiter rechts in die Büsche schlug. Falls irgendetwas im Hinterhalt lauerte, war es besser, wenn es uns bei seinem Angriff nicht zusammen erwischte.

Schon bald zeigten sich die ersten Anzeichen dafür, dass hier wirklich irgendetwas nicht stimmte: braune, sterbende Pflanzen, Bäume, deren Borke Brandflecken aufwies, und in der Luft hing plötzlich der Geruch von Rost und Kupfer, der in meiner Kehle brannte und mich würgen ließ. Das alles erinnerte mich an meinen Traum, an die grauenhafte Welt der Eisernen Feen. Instinktiv packte ich meinen Schwertgriff noch etwas fester.

»Meinst du, hier treibt sich irgendwo eine Eiserne Fee herum?«, murmelte Puck, während er mit der Dolchspitze ein verbranntes, totes Blatt aufspießte. Sobald die Waffe es berührte, löste es sich in Staub auf.

»Falls es so ist«, antwortete ich ebenso leise, »hat das jetzt ein Ende.«

In Pucks Blick lag eine Spur Unsicherheit. »Ich weiß nicht, Eisbubi. Eigentlich herrscht inzwischen doch Frieden zwischen uns. Was würde Meghan sagen, wenn wir einfach einen ihrer Untertanen töten?«

»Meghan ist eine Königin.« Ich duckte mich unter einen fauligen Ast und schob ihn mit der Schwertspitze beiseite. »Sie kennt die Regeln ebenso gut wie alle anderen. Das Gesetz verbietet es den Eisernen Feen, den Wilden Wald ohne die Erlaubnis von Sommer oder Winter zu betreten. Sollten die beiden Höfe das herausfinden, wäre das ein Bruch des Friedensabkommens, und im schlimmsten Fall würden sie es als kriegerische Handlung betrachten.« Ich durchschlug mit dem Schwert ein paar gelbliche Ranken, die nach Fäulnis stanken. »Falls sich wirklich eine Eiserne Fee hier aufhält, ist es besser, wenn wir es rausfinden und nicht die Spione von Sommer oder Winter.«

»Ach ja? Und was dann? Fragen wir sie höflich, ob sie bitte nach Hause gehen könnte? Was ist, wenn sie nicht auf uns hört?«

Ich sah ihn ausdruckslos an.

Puck zuckte zusammen. »Alles klar.« Er seufzte schwer. »Hatte kurz vergessen, mit wem ich hier rede. Na dann, schreite voran, Eisbubi.«

Wir folgten der Spur aus toten Pflanzen, bis der Wald sich lichtete und der Boden plötzlich zu einer felsigen Schlucht abfiel. Die Bäume hier waren nur noch schwarze, tote Krüppel, und die Luft roch giftig und faulig. Einen Moment später erkannte ich, warum.

An einem der Bäume lehnte ein Eiserner Ritter. Seine Rüstung glänzte in der Sonne.

Nach kurzem Zögern schlossen sich meine Finger um den Schwertgriff. Ich musste mir selbst in Erinnerung rufen, dass diese Ritter jetzt nicht mehr unsere Feinde waren, sondern dass sie der Eisernen Königin dienten und demselben Friedensabkommen unterworfen waren wie die anderen Völker. Zudem war dieser hier eindeutig keine Gefahr mehr für uns. Sein Brustpanzer war verbeult, und er saß in einer schwarzen, öligen Blutlache. Das Kinn ruhte reglos auf der Brust, doch als wir uns näherten, öffnete er die Augen und blickte auf. Aus seinem Mundwinkel tropfte Blut.

»Prinz ... Ash?« Er blinzelte hektisch, als könnte er seinen Augen nicht trauen. »Was ... was tut Ihr denn hier?«

»Dasselbe könnte ich dich fragen.« Ich blieb ein paar Meter von dem gefallenen Krieger entfernt stehen, immer noch mit dem Schwert in der Hand. »Deinesgleichen ist es verboten hierherzukommen. Warum bist du nicht im Eisernen Reich und schützt die Königin?«

»Die Königin ...« Der Ritter riss die Augen auf und streckte flehend eine Hand nach mir aus. »Ihr ... Ihr müsst die Königin warnen ...«

Mit zwei Schritten war ich bei ihm und ragte drohend über dem Ritter auf. »Was ist mit Meghan?«, drängte ich ihn. »Wovor soll ich sie warnen?«

»Es hat ... ein Attentat gegeben«, flüsterte der Ritter. Mein Herz war plötzlich voller Angst und eisiger Wut. »Gedungene Mörder ... sie haben sich ins Schloss geschlichen ... haben versucht, zur Königin vorzudringen. Wir konnten sie vertreiben und bis hierher verfolgen, doch es waren mehr ... als wir zunächst dachten. Sie haben den Rest meiner Einheit getötet ...« Er holte keuchend Luft.

Es war eindeutig, dass er nicht mehr lange leben würde, also kniete ich mich neben ihn, um ihn besser hören zu können. Das leichte Unwohlsein, das die direkte Nähe zu einer Eisernen Fee in mir auslöste, ignorierte ich. »Ihr müsst ... sie warnen«, flehte er wieder.

»Wo sind sie jetzt?«, fragte ich leise.

Der Ritter deutete über den Rand der Schlucht hinweg in den Wald. »Sie lagern ... am Ufer eines Sees«, flüsterte er. »Bei einem Turm ...«

»Den kenne ich«, meldete sich Puck, der einige Meter Abstand zu dem Eisernen Ritter hielt. »Früher hat da oben drin eine Frau mit irre langen Haaren gewohnt, aber inzwischen steht er leer.«

»Bitte …« Der Ritter sah mit gebrochenem Blick zu mir hoch und rang um seine letzten Worte. »Geht zu Eurer Königin. Sagt ihr … wir haben versagt …« Seine Augen verdrehten sich, und er sackte in sich zusammen.

Ich stand auf und trat einen Schritt zurück. Puck steckte seinen Dolch weg, kam an meine Seite und musterte skeptisch die tote Eiserne Fee. »Was jetzt, Prinz? Sollen wir zum Eisernen Hof gehen?«

»Ich kann nicht.« Frustriert und voll eisiger Wut umklammerte ich mein Schwert so fest, dass die Kanten des Griffes mir in die Haut schnitten. »Es ist mir verboten, das Eiserne Reich zu betreten. Deswegen sind wir doch hier, schon vergessen?«

»Jetzt dreh nicht gleich durch, Eisbubi.« Grinsend verschränkte Puck die Arme vor der Brust. »Noch ist nichts verloren. Ich könnte mich in einen Raben verwandeln, zurückfliegen und sie warnen.«

»Mach dich nicht lächerlich, Goodfellow.« Aus dem Nichts aufgetaucht, sprang Grimalkin auf einen Felsblock. »Du hast weder ein Amulett noch sonst einen Schutz vor den Einflüssen dieses Reiches. Lange bevor du die Eiserne Königin erreicht hättest, würdest du verenden.«

Puck schnaubte nur. »Ich bitte dich, Fellball. Hallo, ich bin's! Hast du etwa vergessen, mit wem du sprichst?«

»Wenn ich das doch nur könnte.«

»Genug jetzt!« Ich strafte beide mit einem kalten Blick. Grimalkin gähnte nur, doch Puck wirkte wenigstens leicht schuldbewusst. Wut und Hilflosigkeit brodelten in mir. Es war unerträglich, nicht mit Meghan zusammen sein zu können und gezwungenermaßen so auf Abstand zu bleiben. Aber ich würde mich nicht tatenlos zurücklehnen. »Meghan ist noch immer in Gefahr«, erklärte ich und blickte nachdenklich den Abhang hinauf. »Und die Mörder sind ganz in unserer Nähe. Wenn ich nicht zu ihr gehen und sie warnen kann, dann werde ich mich eben hier und jetzt um diese Bedrohung kümmern.«

Puck blinzelte zwar kurz, schien aber nicht sonderlich überrascht zu sein. »Ich dachte mir schon, dass du das sagen würdest.« Er seufzte. »Und natürlich kann ich nicht zulassen, dass du dich ganz alleine amüsierst. Aber ... dir ist schon klar, dass die eine ganze Einheit Eiserner Ritter ausgeschaltet haben, oder, Eisbubi?« Mit gerümpfter Nase schaute er zu dem toten Ritter hinüber. »Damit will ich nicht sagen, dass wir es nicht tun sollten, auf keinen Fall, aber was, wenn wir blindlings einer ganzen Armee in die Arme laufen?«

Ich schenkte ihm ein frostiges Lächeln. »Dann werden eine Menge Soldaten fallen, bevor der Tag zu Ende geht«, erklärte ich ihm leise und stieg den Abhang hinauf.

Der schlanke, leicht geneigte Turm mit den vermoosten Wasserspeiern und dem ausgebleichten blauen Dach ragte stolz am Ufer eines Sees auf und war schon von Weitem zwischen den Baumwipfeln auszumachen. An seinem Fuß lagerten zwischen schützenden Felsblöcken und bröckeligen Steinquadern einige Feenritter um ein qualmendes Lagerfeuer. Sie bemerkten weder Puck noch mich, da wir in den Schatten am Waldrand hockten. Ihre schwarzen Rüstungen waren mit langen Spitzen verziert, die wie gigantische Dornen aus ihren Schultern hervorstachen. Die ehemals wachsamen, stolzen Gesichter unter ihren Helmen waren nun eingefallen, als wären sie von einer schweren Krankheit heimgesucht worden. Unter der verkohlten, fauligen Haut und den offenen Wunden leuchteten die nackten Knochen hervor. Einige hatten ihre Nasen verloren, anderen war nur ein Auge geblieben. Als der Wind drehte, traf uns mit voller Wucht der Gestank von verbranntem, verwesendem Fleisch. Puck unterdrückte ein Husten.

»Die Dornengarde«, murmelte er und hob eine Hand an die Nase. »Was machen die denn hier, verdammt? Ich dachte, die wären im letzten Krieg alle umgekommen.«

»Anscheinend sind uns ein paar entwischt.« Leidenschaftslos musterte ich das Lager. Die Dornengarde war die persönliche Elitetruppe meines Bruders Rowan gewesen. Als sich Rowan den Eisernen Feen angeschlossen hatte, waren die Dornengardisten ihm gefolgt, da sie seinen Versprechungen geglaubt hatten, sie könnten gegen die Wirkung des Eisens immun werden. Sie waren davon ausgegangen, dass die Eisernen Feen das Nimmernie vernichten würden und sie nur eine Chance hatten, das zu überleben: Indem sie so wurden wie sie. Als Beweis ihrer

Loyalität trugen sie unter ihren Panzerhandschuhen einen eisernen Ring und erduldeten die damit einhergehenden Qualen und die Zerstörung ihrer Körper. Wenn sie die Schmerzen ertrugen, so dachten sie, würden sie irgendwann wiedergeboren werden.

Die Dornengarde war getäuscht und betrogen worden, doch sie hatte sich willentlich dazu entschlossen, sich im letzten Krieg auf die Seite Rowans und der Eisernen Feen zu schlagen, und das machte sie zu Verrätern am Feenreich. Der Haufen hier war sogar noch weiter gegangen, indem er Meghan gedroht und versucht hatte, sie zu ermorden. Das machte diese Ritter zu meinen ganz persönlichen Todfeinden – eine extrem gefährliche Position.

»Also.« Puck beobachtete noch immer das Lager. »Am Feuer zähle ich mindestens ein halbes Dutzend von den bösen Jungs, dazu kommen wahrscheinlich noch ein paar, die am Rand des Lagers patrouillieren. Wie willst du es angehen, Prinz? Ich könnte sie einzeln weglocken. Oder wir schleichen uns von hinten an und schnappen sie uns an verschiedenen Stellen ...«

»Es sind nur sieben.« Ich zog mein Schwert, trat zwischen den Bäumen hervor und ging Richtung Lager. Puck seufzte schwer. »Oder wir treten einfach die Tür ein, altbewährt und gut«, murmelte er, während er zu mir aufschloss. »Wie dumm von mir, eine andere Strategie in Betracht zu ziehen.«

Überraschte und alarmierte Schreie wurden laut, aber ich versuchte auch gar nicht, unentdeckt zu bleiben. In grimmigem, tödlichem Schweigen gingen Puck und ich am Ufer des Sees entlang in Richtung Turm. Einer der Späher rannte brüllend auf uns zu, doch ich wehrte seinen Schlag ab, durchstieß mit meinem Schwert seine Rüstung und stieg über ihn hinweg, als er im Matsch zusammenbrach.

In der Mitte des Lagers warteten sechs Dornengardisten in strenger Formation auf uns und streckten uns ihre Waffen entgegen. Puck und ich gingen ruhig weiter, bis wir den Rand des Feuerscheins erreicht hatten. Einen Moment lang rührte sich niemand.

»Prinz Ash.« Der Anführer der Dornengarde trat vor und lächelte schwach. Was allerdings schwer zu erkennen war, da er keine Lippen mehr hatte. Von seinem Mund war nur noch ein schmaler, zerfetzter Spalt übrig. Seine glasigen, blauen Augen huschten hektisch zwischen uns hin und her. »Und Robin Goodfellow. Was für eine Überraschung, euch hier zu sehen. Wir fühlen uns geehrt, nicht wahr, Jungs?« Das klang spöttisch, doch zugleich auch hoffnungsvoll. Er deutete auf den Wald hinter uns. »Die Berichte unserer Taten müssen sich wie ein Lauffeuer verbreitet haben, wenn der mächtige Winterprinz und der Narr des Sommerhofes sich auf die Suche nach uns gemacht haben.«

»Eigentlich nicht.« Puck grinste ihn höhnisch an. »Wir waren einfach gerade in der Gegend.«

Das Lächeln des Ritters erstarb, und bevor er etwas erwidern konnte, trat ich vor. »Ihr habt einen Angriff gegen das Eiserne Königreich geführt«, erklärte ich, als er den Blick wieder auf mich richtete. »Ihr habt ein Attentat auf die Eiserne Königin verübt, mit dem Ziel, sie zu töten. Bevor ich euch umbringe, will ich wissen, warum ihr das getan habt. Der Krieg ist vorbei. Das Eiserne Reich stellt nicht länger eine Bedrohung dar, und es herrscht Friede zwischen den Höfen. Warum solltet ihr all das aufs Spiel setzen?«

Einen Moment lang starrte mich der Dornengardist mit vollkommen ausdrucksloser Miene an. Dann verzog sich sein schmaler Mund zu einem hässlichen Grinsen. »Warum nicht?« Er zuckte mit den Schultern und deutete auf sein Lager. »Sieh uns an, Prinz«, fauchte er verbittert. »Wofür sollen wir noch leben? Rowan ist tot, der Eiserne König ist tot. Ins Winterreich können wir nicht zurückkehren, und im Eisernen Reich können wir nicht überleben. Wohin sollten wir gehen? Uns will man doch nirgendwo haben.«

Seine Geschichte war mir auf unheimliche Art vertraut, sie hatte viel Ähnlichkeit mit meiner eigenen: Aus meiner Heimat war ich verbannt und gleichzeitig unfähig, das Eiserne Reich zu betreten.

»Uns blieb nichts anderes als die Rache«, fuhr der Dornenritter fort und zeigte wütend auf sein Gesicht. »Tod jedem Eisernen Bastard, der uns das angetan hat, angefangen mit dieser Missgeburt von einer Königin. Wir haben alles darangesetzt und es sogar bis in den Thronsaal geschafft, aber das kleine Miststück war zäher, als wir angenommen hatten. Im letzten Moment hat man uns zurückgeschlagen.« Trotzig hob er das Kinn. »Aber wir haben es immerhin geschafft, einige von ihren Rittern zu töten, sogar diejenigen, die uns verfolgt haben.«

»Aber einen habt ihr vergessen«, erwiderte ich ruhig, woraufhin er überrascht die Augenbrauen hob. »Der eine, den ihr am Leben gelassen habt, hat uns verraten, wo ihr euch aufhaltet und was ihr getan habt. Ihr hättet besser darauf achten sollen, dass all eure Feinde ausgeschaltet sind, bevor ihr weiterzieht. Tut mir leid, aber das ist ein absoluter Anfängerfehler.«

»Ach ja? Nun, beim nächsten Mal werde ich bestimmt daran denken.« Sein verbittertes Grinsen war schauderhaft. »Dann verrate mir doch eines, Ash«, fuhr er schließlich fort. »Hat er dir schön sein Herz ausgeschüttet, bevor er starb? Schließlich seid ihr doch beide ganz versessen auf die neue Eiserne Königin und wollt unbedingt in ihrer Nähe sein. Hat er dir das Geheimnis verraten, weißt du jetzt, wie man einer von ihnen wird?«

Ich maß den Dornenritter mit einem kalten Blick. Sein Grinsen wurde noch breiter. »Tu bloß nicht so, als wüsstest du nicht, wovon ich spreche, Ash. Jeder hier kennt die Geschichte, oder, Jungs? Der mächtige Winterprinz, der sich nach seiner verlorenen Königin verzehrt und schwört, einen Weg zu finden, um im Eisernen Reich mit ihr vereint zu werden. Wie unglaublich rührend.« Mit einem abfälligen Schnauben beugte er sich vor, sodass der Feuerschein auf die verkohlte Ruine seines Gesichts fiel. Bei dem trüben Licht bekam man den Eindruck, eine Leiche vor sich zu haben.

»Seht euch das gut an, Eure Hoheit«, zischte er höhnisch und entblößte seine gelben, verfaulten Zähne. Sein Gestank stieg mir so in die Nase, dass ich mich zwingen musste, nicht vor ihm zurückzuweichen. »Sieh dich gut um, präge dir jedes dieser Gesichter ein. Das passiert mit unseresgleichen im Eisernen Reich. Wir dachten, wir könnten wie die sein. Wir dachten, wir hätten eine Möglichkeit gefunden, mit dem Eisen zu leben und nicht zu verschwinden, wenn die Menschen nicht länger glauben. Und nun sieh uns an.« Sein totes Gesicht verzog sich zu einer Fratze. »Wir sind Monster, genau wie die. Die Eisernen Feen sind nichts als eine Pest und eine Plage für das Nimmernie, und in der Zeit, die uns noch bleibt, werden wir so viele von ihnen töten, wie wir nur können.

Inklusive ihrer Königin und aller Sympathisanten des Eisernen Reiches. Wenn es uns gelingt, einen neuen Krieg gegen die Eisernen Feen anzuzetteln und ihr Königreich endgültig zu vernichten, war das alle Qualen wert, die wir erduldet haben.«

Ich stellte mir vor, was das bedeuten würde: wieder ein Krieg gegen die Eisernen Feen, wieder eine Zeit des Mordens, des Blutes und des Todes – und Meghan mittendrin. »Wenn ihr glaubt, dass ich das zulassen werde, dann ist das ein tragischer Irrtum.«

Der Ritter wich kopfschüttelnd einen Schritt zurück und zog sein Schwert. »Du hättest dich uns anschließen sollen, Ash«, sagte er bedauernd, während die anderen ihre Plätze einnahmen und die Waffen hoben. »Du hättest dir einen Weg in den Thronsaal erkämpfen und dein Schwert in das Herz der Eisernen Königin stoßen können. Du hättest auf diese Weise deine Schwäche ausmerzen können, wie es von einem Winterprinzen erwartet wird. Aber du musstest dich ja in sie verlieben, nicht wahr? Und nun bist du dem Eisernen Reich verfallen, genau wie wir.« Er musterte mich abschätzend. »Eigentlich sind wir gar nicht so verschieden.«

Puck seufzte melodramatisch. »Wollt ihr uns etwa zu Tode quatschen?« Der Dornenritter warf ihm einen finsteren Blick zu. »Oder können wir vielleicht endlich mal loslegen?«

Der Anführer hob seine Waffe, die schwarze, gezackte Klinge funkelte im Licht der Flammen. Der Rest der Dornengarde folgte seinem Beispiel. »Erwarte keine Gnade von uns«, warnte er mich, als seine Männer sich um uns herum aufbauten. »Du bist nicht mehr unser Prinz, und wir gehören nicht mehr dem Winterhof an. Alles, woran wir einmal geglaubt haben, ist tot.«

Mit einem bösartigen Grinsen drehte Puck sich um, sodass wir Rücken an Rücken standen. Ich hob mein Schwert, zog Magie aus der Luft und ließ die kalte Macht des Winters in mir aufsteigen. Dann lächelte ich.

»Gnade ist etwas für die Schwachen«, erklärte ich den Dornengardisten und sah in ihnen nur noch, wozu sie geworden waren: abscheuliche Kreaturen, die niedergemacht und vernichtet werden mussten. »Ich werde euch zeigen, wie viel von einem Dunklen noch immer in mir steckt.«

Die Dornenritter griffen mit dumpfem Kriegsgebrüll an, das aus allen Richtungen zu kommen schien. Ich parierte den ersten Hieb, schlug einen zweiten zurück und sprang über eine dritte Klinge hinweg. Hinter mir stieß Puck einen übermütigen Freudenschrei aus, und das Klirren seiner Dolche dröhnte laut in meinen Ohren, als er seine Gegner tänzelnd umkreiste. Sie folgten ihm hartnäckig. Rowans Elitekämpfer waren gefährlich und gut geschult, aber ich war sehr lange ein Teil des Winterhofes gewesen, hatte ihre Stärken und Schwächen gesehen und kannte all ihre lebensgefährlichen Fehler.

Als Einheit funktionierte die Dornengarde hervorragend, sie agierten als Gruppe, um ihre Gegner einzuschüchtern und mürbezumachen, ähnlich wie ein Wolfsrudel. Doch darin lag gleichzeitig auch ihr größter Schwachpunkt. Knöpfte man sie sich einzeln vor, löste sich alles auf. Plötzlich sah ich mich von drei Dornenrittern umzingelt. Ich wich zurück und schleuderte ihnen eine Wolke spitzer Eissplitter entgegen. Zwei von ihnen wurden mit durchschlagender Wucht getroffen und waren kurz irritiert, während der dritte alleine vorstürmte: genau in meinen Schwung hinein, sodass mein Schwert seinen Hals durchtrennte. Der Krieger löste sich auf, seine Rüstung zerfiel in alle Einzelteile, und an der Stelle, an der er zu Boden ging, entfalteten sich dichte, schwarze Ranken. Wie alle Feen wurde er im Tode wieder ein Teil des Nimmernie und hörte einfach auf zu existieren.

»Eisbubi, ducken!«, schrie Puck hinter mir, und als ich gehorchte, spürte ich die Klinge eines Dornenritters über mich hinwegzischen. Ich wirbelte herum und traf den Krieger an der Brust, während Puck gleichzeitig einen Dolch auf einen zweiten Gegner schleuderte, der mich von hinten angriff. Auf den Felsen breiteten sich weitere Ranken aus.

Nun waren nur noch drei Dornengardisten übrig. Puck und ich standen wieder Rücken an Rücken, schützten uns gegenseitig und bewegten uns in perfektem Einklang. »Weißt du«, meinte Puck leicht keuchend, »das erinnert mich an damals, als wir zufällig auf diese unterirdische Stadt der Grauzwerge gestoßen sind. Weißt du das noch, Eisbubi?«

Ich wehrte einen Schlag gegen meine Rippen ab und zielte auf den Kopf meines Gegners, was diesen dazu zwang, einen Schritt zurückzuweichen. »Weniger reden, mehr kämpfen, Goodfellow.«

»Ja, ich glaube, das hast du damals auch gesagt.«

Wieder blockte ich einen Hieb und warf mich dann nach vorne, um dem Ritter die Klinge über die Kehle zu ziehen. Puck hielt sich hingegen immer knapp innerhalb der Reichweite seines Gegners und rammte ihm schließlich einen Dolch in die Rippen. Beide Gegner lösten sich auf, und ihre Waffen landeten scheppernd auf dem Boden, als sie starben. Ihr Tod trieb den letzten Dornenritter in die Flucht – der Anführer, der mich vor dem Kampf verspottet hatte.

Ich hob den Arm, ließ den Schein um mich herumwirbeln und schickte dem flüchtenden Krieger drei Eisdolche hinterher. Mit einem gedämpften Knall bohrten sie sich in seinen Rücken, und er brach keuchend zusammen. Als ich vor ihn trat, hockte er schwankend auf den Knien und blickte zu mir hoch. In seinen glasigen blauen Augen spiegelten sich Schmerz und Hass.

»Da habe ich mich wohl geirrt«, stöhnte er und verzog seinen zerfetzten Mund zu einem letzten höhnischen Grinsen. »Du bist immer noch ein Dunkler und zwar durch und durch.« Sein Lachen klang eher wie ein ersticktes Keuchen. »Also, worauf wartet Ihr noch, Hoheit? Bringt es zu Ende.«

»Du weißt, dass ich dich nicht verschonen werde.« Ganz bewusst ließ ich mich von der Leere des Winterhofes durchströmen, fror alle Gefühle in mir ein und unterdrückte jeden Gedanken an Güte oder Gnade. »Du hast versucht, Meghan umzubringen, und wenn ich dich gehen lasse, wirst du immer wieder Schläge gegen ihr Reich führen. Das kann ich nicht zulassen. Es sei denn, du schwörst mir hier und jetzt, dass du von deinem Vorhaben, der Eisernen Königin, ihrem Reich und ihren Untertanen Schaden zuzufügen, Abstand nehmen wirst. Leistest du diesen Eid, werde ich dich leben lassen.«

Der Dornengardist musterte mich einen Moment lang stumm, dann presste er erneut ein Lachen hervor. »Und wo sollte ich hin?«, fragte er beißend, während Puck sich hinter ihm aufbaute und ihn ernst musterte. »Wer würde mich denn an seinem Hof aufnehmen, so wie ich aussehe? Mab? Oberon? Dein kleines Königinnenmiststück?« Er hustete und spuckte einen roten Klumpen auf die Steine.

»Nein, Prinz. Wenn du mich gehen lässt, werde ich wieder einen Weg zur Eisernen Königin finden, und ich werde mein Schwert in ihre Brust rammen und lachen, wenn sie mich deswegen niedermachen. Und falls ich das irgendwie überlebe, werde ich jede Eiserne Fee umlegen, die mir über den Weg läuft, ich werde sie in Stücke reißen, bis das Land in ihrem verseuchten Blut ertrinkt, und ich werde erst aufhören, wenn jeder Einzelne von ihnen tot zu meinen ...«

Weiter kam er nicht, da mein Schwert über seinen Nacken glitt und ihm den Kopf von den Schultern schlug.

Seufzend sah Puck zu, wie die Dornen aus dem toten Ritter hervorbrachen und sich wie gekrümmte Finger dem Himmel entgegenstreckten. »Na ja, das ist ungefähr so abgelaufen wie erwartet.« Er wischte seine Dolche an der Hose ab und warf dann einen Blick auf den Turm, dessen Fuß nun von einer frisch gewachsenen Dornenhecke umgeben war. »Meinst du, hier hängen noch mehr von denen rum?«

»Nein.« Ich schob mein Schwert in die Scheide und wandte mich ab. »Sie wussten, dass sie dem Tod geweiht waren. Sie hatten keinen Grund mehr, sich zu verstecken.«

»Mit einem Irren kann man einfach nicht reden.« Puck rümpfte die Nase und steckte kopfschüttelnd seine Waffen weg. »Aber gut zu wissen, dass sie noch genauso durchgeknallt waren wie früher, wenn auch einer anderen Art von Wahnsinn verfallen.«

Durchgeknallt? Mir kamen wieder die spöttischen, unheilvollen Worte des Anführers in den Sinn. *Du bist dem Eisernen Reich verfallen, genau wie wir. Eigentlich sind wir gar nicht so verschieden.*

War die Dornengarde denn wirklich so wahnsinnig gewesen? Sie hatten dasselbe angestrebt wie ich: eine Möglichkeit, den Auswirkungen des Eisens zu entgehen. Sie hatten ihr Leben verspielt, Qualen erlitten, die keine normale Fee ertragen hätte, und das alles in der Hoffnung, unsere ewige Schwäche zu überwinden. In der Hoffnung, im Eisernen Reich leben zu können.

Tat ich nun nicht genau dasselbe, sehnte nicht auch ich mich nach dem Unmöglichen?

»Das ist wieder das Grübelgesicht, Eisbubi.« Puck musterte mich streng. »Ich kann richtig sehen, wie dein Hirn Überstunden macht. Woran denkst du gerade?«

Ich schüttelte den Kopf. »Nichts Wichtiges.« Schnell wandte ich mich um und ging zurück Richtung Wald. Puck wollte protestieren, aber ich lief einfach weiter. Ich wollte nicht länger über diese Dinge nachdenken. »Wir haben hier schon genug Zeit verplempert, das bringt uns keinen Schritt näher zu der Seherin. Gehen wir.«

Eilig lief er hinter mir her. Ich hoffte, er würde still sein und mich in Ruhe lassen, aber natürlich waren mir nur ein paar Augenblicke des Schweigens vergönnt, bevor er wieder den Mund aufmachte. »Hey, du hast meine Frage nie beantwortet, Prinz.« Er trat nach einem Kiesel und sah zu, wie er über die Steine sprang. »Wonach haben wir in dieser unterirdischen Stadt eigentlich gesucht? Nach einem Schmuckstück? Oder einem Spiegel?«

»Nach einem Dolch«, murmelte ich.

»Aha! Du erinnerst dich also doch noch daran!«

Ich warf ihm einen finsteren Blick zu, den er mit einem frechen Grinsen quittierte. »Nur ein kleiner Test, Eisbubi. Wäre doch schade, wenn du vergisst, wie viel Spaß wir zusammen hatten. Sag mal, was ist eigentlich aus dem Ding geworden? Wenn ich mich richtig erinnere, war es ein wirklich schönes Stück.«

In meiner Brust breitete sich Taubheit aus, und ich antwortete gefährlich leise: »Ich habe ihn Ariella geschenkt.«

»…oh«, murmelte Puck.

Dann schwieg er.

Grimalkin erwartete uns auf einem abgerissenen Ast am Waldrand und putzte sich mit übertriebener Seelenruhe die Pfoten. »Das hat länger gedauert als gedacht.« Gähnend wartete er, bis wir vor ihm standen. »Ich hatte bereits überlegt, ob ich die Wartezeit mit einem Schläfchen überbrücken soll.« Nachdem er noch einmal über seine Pfoten geleckt hatte, musterte er uns aus schmalen, goldenen Augen.

»Wie dem auch sei, wenn die Herrschaften dann fertig sind, können wir ja weitergehen.«

»Hast du von den Dornenrittern gewusst?«, fragte ich ihn. »Und von ihrem Angriff auf das Eiserne Reich?«

Grimalkin schnaubte nur. Mit zuckendem Schwanz erhob sich der Kater und balancierte ohne eine Erklärung über den geborstenen Ast.

Dann katapultierte er sich mit einem eleganten Sprung auf einen höher gelegenen Zweig, verschwand ohne einen Blick zurück zwischen den Blättern und überließ es Puck und mir, ihn einzuholen.

Ariella Tularyn

Der Wilde Wald erstreckte sich schier endlos vor uns: düster, dicht und undurchdringlich. Ich hörte irgendwann auf zu zählen, wie oft es hell und wieder dunkel wurde, denn je weiter wir in die ungezähmte Wildnis vordrangen, umso unberechenbarer wurde dieser Rhythmus. Grimalkin führte uns durch eine Schlucht, in der uns die Bäume langsam folgten, außer wenn wir uns umdrehten und unsere Blicke sie erstarren ließen. Doch sobald wir ihnen den Rücken zukehrten, krochen sie wieder voran. Wir erklommen einen enormen, mit Moos bewachsenen Hügel und fanden erst heraus, dass dieser »Hügel« der Körper eines schlafenden Riesen war, als dieser eine Hand hob, um sich an der juckenden Wange zu kratzen. Auf einer weiten, windigen Ebene maßen uns die Wildpferdherden mit intelligenten, kalten Blicken, während ihre verstohlenen Kommentare vom Wind davongetragen wurden.

Die ganze Zeit über redeten Puck und ich nicht miteinander, abgesehen von vereinzelten, banalen Hänseleien, Drohungen, Beleidigungen und Ähnlichem. Seite an Seite mit Robin Goodfellow gegen die Dornengarde zu kämpfen hatte Erinnerungen geweckt, mit denen ich mich jetzt nicht auseinandersetzen wollte; Erinnerungen, die eigentlich tief in mir eingefroren bleiben sollten, da sie mir sonst nur Schmerzen bereiteten. Ich wollte nicht an die Jagden denken, an die Herausforderungen, an die vielen Male, als wir bis zum Hals in der Patsche gesteckt und uns nur mühsam wieder freigekämpft hatten. Ich wollte nicht daran denken, wie wir zusammen gelacht hatten, an die entspannte Kameradschaft zwischen mir und meinem ehemaligen besten Freund. Denn wenn ich in Puck mehr sah als nur einen Rivalen, erinnerte mich das lediglich an jenen Schwur, den ich voller Verzweiflung und Wut geleistet hatte und der in den Jahren danach erbitterte Feinde aus uns gemacht hatte.

Und natürlich konnte ich Puck nicht so sehen, ohne mich auch an *sie* zu erinnern.

Ariella. Die einzige Tochter des Eisherzogs vom Gläsernen Hügel kam das erste Mal anlässlich der Wintersonnenwende an den Dunklen Hof, in einem Jahr, als Mab das Elysium ausrichtete. Die Tradition gebot, dass Sommer und Winter zwei Mal in jedem Jahr der Sterblichen zusammenkamen, um politische Entscheidungen zu diskutieren, Abkommen zu unterzeichnen und sich darauf zu einigen, auch das nächste Halbjahr über nett zueinander zu sein. Oder wenigstens davon abzusehen, dem jeweils anderen Reich offen den Krieg zu erklären. Mich langweilte diese Veranstaltung zu Tode, aber als Prinz des Winterhofes und Sohn von Mab wurde von mir erwartet, Präsenz zu zeigen, also lernte ich, nach Mabs Pfeife zu tanzen und ein braves kleines Hofhündchen zu sein.

Die Abenddämmerung war noch nicht angebrochen, weshalb die Vertreter des Sommerreiches noch auf sich warten ließen. Da Mab es nicht gerne sah, wenn ich mich bis zum Beginn des Elysiums in meinem Zimmer einschloss, saß ich in einer dunklen Ecke des großen Hofes und las wieder einmal eines der Bücher aus meiner Sammlung sterblicher Schriftsteller und Poeten. Sollte jemand fragen, überwachte ich die Ankunft der letzten Gäste, doch eigentlich wollte ich nur Rowan und seiner aktuellen Schar von Hofschranzen aus dem Weg gehen, die mich stets mit affektierten, schmeichlerischen und doch rasiermesserscharfen Blicken beobachteten. Ihre Stimmen waren ein sanftes Schnurren, eine süße Melodie, und sie boten mir Gefälligkeiten, deren Hülle von reinstem Honig und Nektar war, jedoch einen Kern aus purem Gift verbarg. Immerhin war ich ein Prinz, Mabs jüngster und, wie manche behaupteten, bevorzugter Sohn. Wahrscheinlich hielt man mich für naiver und einfacher hereinzulegen als meine Brüder. Ich beherrschte das Spiel bei Hofe nicht so gut wie Rowan oder Sage, die sich wesentlich öfter hier aufhielten. Doch ich war ein wahrer Sohn des Winters und kannte die Fallstricke der Hofgesellschaft besser als die meisten anderen. Und wer versuchte, mich in ein Netz aus süßen Verheißungen und Gefälligkeiten zu verwickeln, fand sich bald in den Verstrickungen der eigenen, finsteren Versprechungen wieder.

Ich beherrschte das Spiel. Ich genoss es nur nicht.

Aus diesem Grund lehnte ich an jenem Tag an einer eisbedeckten Mauer und hatte mich in Musashis *Buch der fünf Ringe* vertieft, sodass ich nur am Rande wahrnahm, wie die Kutschen am Tor vorfuhren und der Adel des Winterreiches den Hof betrat. Die meisten von ihnen kannte ich zumindest vom Sehen: Die Edle zu Schneeflamme trug ein Gewand aus funkelnden Eiszapfen, die bei jedem Schritt melodisch klimperten. Der neue Herzog von Frostfall – der den alten Herzog losgeworden war, indem er für dessen Verbannung ins Reich der Sterblichen gesorgt hatte – glitt gefolgt von seinen Koboldsklaven durch den Schnee. Die Baroness des Eisigen Herzens schenkte mir ein unterkühltes Nicken, als sie an mir vorbeischritt, flankiert von ihren beiden Schneeleoparden, die fauchend und knurrend an ihren silbernen Leinen zogen.

Und dann kam *sie*.

Ich kannte sie nicht, was allein schon dafür sorgte, dass meine Neugier geweckt war. Sie war unbestreitbar schön: mit langem, silbernem Haar, blasser Haut und einem schlanken Körper, der zugleich zart und kräftig war. Aber die meisten von uns sind, wenn nicht übermäßig attraktiv, so doch auf jeden Fall irgendwie anziehend. Und wenn man stets von Schönheit umgeben ist, stumpfen die Sinne diesbezüglich ab, insbesondere wenn diese Schönheit überwiegend dazu dient, die Grausamkeit dahinter zu verbergen. Also war es nicht ihre Schönheit, die mich an jenem Tag so fesselte, sondern die Art und Weise, wie sie den Winterpalast ansah – in ihrem bezaubernden Gesicht war deutlich zu erkennen, wie beeindruckt sie war. Ein solches Gefühl passte nicht an diesen Ort; die meisten würden darin eine Schwäche sehen, die es auszunutzen galt. Die Adeligen konnten Emotionen riechen wie Haie das Blut – noch bevor der Tag zu Ende ginge, würde man sie verschlingen.

Ein Teil von mir bestand darauf, gleichgültig zu bleiben, und erinnerte mich daran, dass am Winterhof jeder für sich allein kämpfte, dass es schon immer so gewesen sei – dass dieses neue, unverbrauchte Mädchen endlich einmal die Aufmerksamkeit von mir weg lenken würde. Doch trotz dieser inneren Stimme war ich fasziniert.

Abrupt schlug ich das Buch zu und ging zu ihr.

Als ich sie erreichte, war sie gerade dabei, sich langsam um sich selbst zu drehen, sodass sie zusammenzuckte, als ich plötzlich vor ihr stand. »Oh, wie ungeschickt von mir!« Ihre Stimme war klar und rein, wie kleine Glöckchen. »Ich habe dich gar nicht gesehen.«

»Hast du dich verlaufen?« Es war weniger eine Frage als vielmehr ein Test, um herauszufinden, ob sie sich wehren konnte. Zuzugeben, dass man sich verirrt hatte, war am Winterhof ein schwerer Fehler; hier durfte man sich niemals bei einer Unaufmerksamkeit erwischen lassen. Die Tatsache, dass ich automatisch anfing, nach Schwächen und Lücken in ihrer Deckung zu suchen, fand ich selbst irritierend. Doch am Dunklen Hof konnte man nie vorsichtig genug sein.

Bei meiner Frage blinzelte sie kurz und trat einen Schritt zurück, fast so, als sehe sie mich nun zum ersten Mal. Leuchtende, blau-grüne Augen sahen zu mir auf, und ich machte den Fehler, ihren Blick direkt zu erwidern.

Ihre Augen hielten mich gefangen, sogen mich in sich auf, und mit einem Mal glaubte ich zu ertrinken. In ihrer Iris funkelten kleine, silberne Punkte wie Sterne und ließen mich glauben, ich könnte in ihren Augen das gesamte Universum erfassen. Ungezügelte Emotionen strahlten mir entgegen, rein, klar und unverdorben von der Finsternis des Dunklen Hofes.

Einen Moment lang sahen wir einander unverwandt an, und keiner von uns wollte den Blick abwenden.

Bis mir bewusst wurde, was ich da tat, und ich mich unter dem Vorwand umdrehte, die nächste Kutsche zu betrachten, die sich dem Tor näherte. Ich war wütend über meinen eigenen Mangel an Wachsamkeit. Ob sie es genau so geplant hatte? Ob sie vorgab, naiv und unschuldig zu sein, um so nichts ahnende Prinzen in ihre Fänge zu locken? Unorthodox, aber effektiv.

Zum Glück schien das Mädchen ebenso erschüttert zu sein wie ich. »Nein, ich habe mich nicht verlaufen«, erwiderte sie leicht atemlos. Wieder ein Fehler, aber ich hatte bereits aufgehört zu zählen. »Es ist nur ... ich meine ... ich war noch niemals hier, das ist alles.« Sie räusperte sich, nahm die Schultern zurück und schien sich wieder unter Kontrolle zu haben. »Ich bin Ariella Tularyn vom Gläsernen Hügel«, erklärte sie hoheitsvoll, »und ich bin hier, um meinen Vater zu vertreten, den Herzog vom Gläsernen Hügel. Er ist zurzeit indisponiert und lässt sich entschuldigen, da er leider nicht an den Feierlichkeiten teilnehmen kann.«

Davon hatte ich bereits gehört. Anscheinend war der Herzog auf einige Schwierigkeiten gestoßen, als er in den Bergen seines Herzogtums auf Eisdrachenjagd ging. Der gesamte Hof hatte darüber spekuliert, wen er wohl als seine Vertretung schicken würde, da er angeblich nur eine Tochter hatte, die nie das herzogliche Anwesen verließ.

Und die nun offensichtlich vor mir stand.

Ariella lächelte wieder und strich sich nervös das Haar aus dem Gesicht, wodurch sie sofort jeden Anschein von Herrschaftlichkeit verlor. »Das habe ich doch richtig gesagt, oder?«, fragte sie ohne jede Arglist. »War das die korrekte Grußformel? Das alles ist so neu für mich. Ich war noch nie bei Hofe und möchte die Königin nicht gegen mich aufbringen.«

In diesem Moment traf ich meine Entscheidung. Dieses Mädchen brauchte einen Begleiter, jemanden, der ihr zeigte, wie es am Winterhof zuging. Andernfalls würde sie das hiesige Adelsvolk zerfleischen und anschließend wieder ausspucken. Der Gedanke daran, dass dieses Mädchen sich in eine gebrochene, verbitterte Version ihrer selbst verwandeln und dass in diesen Augen nur noch wachsame Verachtung funkeln könnte, weckte einen seltsamen Beschützerinstinkt in mir, den ich selbst nicht ganz begriff. Wer mit Ariella Tularyn Spielchen spielen wollte, musste zunächst an mir vorbei. Und wenn es um den Dunklen Hof ging, war ich nun wirklich kein blauäugiger Neuling mehr.

»Dann komm.« Ich bot ihr meinen Arm, was sie zu überraschen schien; sie nahm ihn trotzdem. »Ich werde dich mit ihr bekannt machen.«

Ihr strahlendes Lächeln war mir Dank genug.

Von diesem Moment an fand ich immer wieder Vorwände, um die Gesellschaft der Tochter des Herzogs vom Gläsernen Hügel genießen zu können. Ich unternahm heimliche Jagdausflüge in das Gebirge der Gläsernen Hügel und lockte sie mit mir fort. Ich sorgte dafür, dass Mab beim nächsten Elysium die Anwesenheit des Herzogs *und* seiner Tochter wünschte. Jeden freien Moment nutzte ich, um bei ihr sein zu können, bis endlich der Tag kam, an dem ich sie davon überzeugen konnte, das Anwesen ihres Vaters zu verlassen und bei Hofe zu leben. Der Herzog war außer sich, aber ich war der Winterprinz, und so gab er unter der Androhung von Verbannung oder Tod schließlich klein bei.

Die Gerüchteküche brodelte natürlich. Als Teil der königlichen Familie wurde mein Leben genauestens unter die Lupe genommen, auch wenn es gar nichts Interessantes zu entdecken gab. Und plötzlich verbrachte ich so viel Zeit mit einer zukünftigen Herzogin … na ja, hätten Mab und Oberon beschlossen, einander das Jawort zu geben, es hätte wohl nicht weniger Aufsehen erregt. Prinz Ash war besessen, Prinz Ash hatte ein neues Spielzeug für sich entdeckt, oder das schlimmste von allen: Prinz Ash war verliebt. Mich kümmerte es nicht. Wenn ich mit Ariella zusammen war, konnte ich alles um mich herum vergessen: den Hof, meine Verpflichtungen und den ganzen Rest. Bei ihr musste ich nicht ständig daran denken, wachsam zu bleiben, mir den Rücken frei zu halten oder meine Worte abzuwägen. Ariella hatte keinerlei Interesse an den Spielchen des Winterhofes, was mich unglaublich faszinierte. War ich etwa tatsächlich verliebt? Ich wusste es nicht. Die Liebe war ein Konzept, das mir vollkommen fremd war, etwas, wovor alle mich stets gewarnt hatten. Liebe war etwas für Sterbliche und schwächliche Sommerfeen, im Leben eines Dunklen Prinzen hatte sie keinen Platz. Aber nichts davon stimmte mich um. Ich wusste nur eines: Wenn wir zusammen waren, konnte ich die Intrigen und Stolperfallen des Hofes hinter mir lassen und einfach nur ich selbst sein.

Es war Hochsommer, als derjenige, vor dem ich dies am meisten verbergen wollte, das mit uns beiden herausfand.

Ariella und ich gingen oft auf die Jagd. So konnten wir dem Hof entkommen und allein sein, ohne das Getuschel, das dreiste Starren oder die verstohlenen, mitleidigen Blicke. Sie war eine ausgezeichnete Jägerin, und so wurden unsere Ausflüge oft zu freundschaftlichen Wettkämpfen, um zu sehen, wessen Pfeil die Beute zuerst erlegte. Ich gewann genauso oft, wie ich verlor, was mich seltsamerweise stolz machte. Dass mein Geschick nicht zu verachten war, wusste ich; dass Ariella mit mir mithalten konnte, machte die Jagd wieder spannend und zwang mich zu höchster Konzentration.

An jenem Tag waren wir im Wilden Wald unterwegs, ruhten uns nach einer erfolgreichen Jagd aus und genossen einfach unser Zusammensein. Wir standen am Ufer eines klaren Teiches, ich hatte ihr den Arm um die Taille gelegt, und sie schmiegte ihren Kopf an meine Brust. So beobachteten wir, wie zwei Blumenelfen einen riesigen Karpfen ärgerten, indem sie knapp über der Wasseroberfläche schwebten und hastig abzischten, wenn der Fisch nach ihnen schnappte. Es wurde langsam spät, doch wir wollten noch nicht an den Hof zurückkehren. Während der Sommermonate waren die Winterfeen rastlos und reizbar, was zu jeder Menge Gezänk und Tratscherei führte. Hier im Wilden Wald war es ruhig und friedlich, und nur die skrupellosesten oder verzweifeltsten unter den wilden Feen würden es wagen, es mit zwei starken Dunklen aufzunehmen.

Ohne Vorwarnung wurde die friedliche Stille zerstört.

»Da bist du ja! Mann, Eisbubi, ich suche schon seit Ewigkeiten nach dir. Wenn ich es nicht besser wüsste, könnte ich langsam glauben, dass du mir aus dem Weg gehst.«

Ich zuckte resigniert zusammen. Natürlich, da war *er*, und nichts war ihm heilig.

Ariella fuhr ebenfalls zusammen, allerdings vor Überraschung. »Wer…« Sie wollte sich umsehen, aber ich rührte mich nicht und hielt sie weiter fest. Stöhnend vergrub ich das Gesicht in ihren Haaren. »Dreh dich nicht um«, murmelte ich leise. »Reagier einfach nicht, vielleicht geht er dann wieder.«

»Ha, als ob das schon jemals geklappt hätte.« Der Sprecher kam näher, und schließlich konnte ich ihn aus dem Augenwinkel sehen: Er hatte die Arme vor der nackten Brust verschränkt und grinste breit – wie immer. »Weißt du, wenn du mich weiter ignorierst, werde ich dich einfach in den Teich schubsen, Eisbubi.«

Ich ließ Ariella los und trat vom Ufer zurück, wobei ich Puck einen feindseligen Blick zuwarf, während der mit einem fröhlichen Grinsen vor mir zurückwich. »Was willst du, Goodfellow?«

»Ich freue mich auch wahnsinnig, dich zu sehen, Prinz.« Völlig unbeeindruckt streckte Puck mir die Zunge raus. »Schätze, das nächste heiße Gerücht, auf das ich stoße, behalte ich dann einfach für mich. Ich dachte mir, du hast vielleicht Lust, mal die angeblichen Quoatl-Sichtungen in

Mexico City zu überprüfen, aber wie ich sehe, bist du anderweitig beschäftigt.«

»Goodfellow?«, wiederholte Ariella und starrte Puck mit unverhohlener Neugier an. »Robin Goodfellow? *Der* bist du doch, oder? Der Puck?«

Puck grinste breit und verbeugte sich. »Der einzig wahre«, erklärte er vollmundig, und plötzlich hatte ich das Gefühl, dass mir die Situation entglitt. »Und wer magst wohl du sein, werte Dame, die Eisbubis volle Aufmerksamkeit fesselt?« Doch bevor Ariella antworten konnte, drehte er sich zu mir um und zog einen Schmollmund. »Das verletzt mich zutiefst, Prinz. Nach allem, was wir zusammen durchgemacht haben, könntest du mir doch wenigstens deine neue Freundin vorstellen.«

»Das ist Ariella Tularyn«, erklärte ich, ohne auf Pucks Sticheleien einzugehen. »Ariella, das hier ist Robin Goodfellow, der stets dort auftaucht, wo er am wenigsten erwünscht ist, auch wenn ich alles tue, um genau das zu vermeiden.«

»Welch ein Tiefschlag, Prinz.« Puck wirkte alles andere als betroffen, und ich verschränkte demonstrativ die Arme vor der Brust. »Äh, wahrscheinlich bist du immer noch sauer wegen dieser unglücklichen Geschichte mit den Harpyien. Ich schwöre dir, ich dachte, diese Höhlen wären leer.«

»Wie konntest du denn übersehen, dass in der Höhle an die hundert Harpyien nisteten? War der dichte Knochenteppich kein ausreichender Hinweis?«

»Klar, jetzt wird wieder gejammert. Aber wir haben den Steig nach Athen doch gefunden, oder etwa nicht?«

Ariella blickte verwirrt zwischen uns hin und her. »Moment, Moment«, sagte sie schließlich und hob abwehrend die Hände. »Ihr beide kennt euch? Und seid zusammen gereist?« Stirnrunzelnd musterte sie uns. »Ihr seid Freunde?«

Ich schnaubte frustriert. »So weit würde ich nicht gehen.«

»Oh, die allerbesten Freunde, Verehrteste«, sagte Puck gleichzeitig und zwinkerte ihr zu. »Eisbubi wird es zwar abstreiten, bis die Berge im Meer versanden, aber du weißt ja sicher, wie schwer es ihm fällt, zu seinen Gefühlen zu stehen, nicht wahr?«

»Aber du bist doch eine Sommerfee.« Verwirrt wandte sich Ariella an mich. »Robin Goodfellow gehört doch dem Lichten Hof an oder nicht? Verstößt Konspiration mit Sommerfeen nicht gegen das Gesetz?«

»Konspiration?« Grinsend sah Puck mich an. »Was für ein böses Wort. Wir konspirieren doch nicht, oder, Prinz?«

»Halt den Mund, Puck«, seufzte ich. Dann zog ich Ariella an mich, wobei ich so tat, als würde ich das spöttische Funkeln in Pucks Augen nicht bemerken. »Die Antwort auf deine Frage lautet Ja«, erklärte ich ihr leise. »Es verstößt gegen das Gesetz. Und innerhalb der Grenzen von Arkadia und Tir Na Nog sind Robin Goodfellow und ich Feinde. Das geben wir beide bereitwillig zu.« Ich warf Puck einen auffordernden Blick zu, woraufhin er noch immer grinsend nickte.

»Hier im Wilden Wald allerdings«, fuhr ich fort, »lassen sich die Gesetze zwar auch nicht völlig aushebeln, doch sie sind nicht ganz so strikt. Puck und ich, wir ... umgehen das Gesetz hin und wieder ein wenig. Nicht immer, nicht wirklich oft. Aber er ist der Einzige, der mit mir mithalten kann, und der Einzige, dem es egal ist, dass ich Teil des Winterhofes bin.«

Ariella lehnte sich zurück, und ihre blau-grünen Augen musterten mich durchdringend. »Du willst mir damit also sagen, dass du, ein Prinz des Dunklen Hofes, regelmäßig gegen das Gesetz verstößt und dich mit einem eingeschworenen Feind des Winterreiches zusammentust?«

Ich hielt den Atem an. Mir war durchaus klar gewesen, dass dieser Tag einmal kommen würde, aber ich hatte gehofft, ihr meine ... Bekanntschaft mit Puck zu meinen Bedingungen erklären zu können. Dass der berüchtigte Schelm des Sommerhofes die Angelegenheit forciert hatte, war zwar nicht überraschend, aber gleichzeitig fürchtete ich mehr als alles andere, mich entscheiden zu müssen, wem meine Loyalität galt. Ariella war immerhin eine Dunkle und dazu erzogen worden, alles, was mit dem Sommerhof in Verbindung stand, zu hassen. Wenn sie beschloss, Puck als Feind zu sehen und dass das Einzige, was wir mit ihm anstellen konnten, ein Kampf auf Leben und Tod war ... Was sollte ich dann tun?

Innerlich seufzte ich schwer. Ich war ein Prinz des Dunklen Hofes.

Ich würde mich immer auf die Seite meines Reiches und meiner Leute stellen, das stand für mich außer Frage. Sollte es zu dieser Wahl kommen, würde ich mich von Puck abwenden, von den vielen Jahren der Kameradschaft, und mich für den Winter entscheiden. Was aber nicht bedeutete, dass es mir nicht schwerfallen würde.

Ariella starrte uns schweigend an, und ich wartete ab, was sie nun tun, wie sie reagieren würde. Schließlich verzogen sich ihre Lippen zu einem spöttischen Lächeln.

»Also, nachdem ich gesehen habe, wie Ash seine ›Verbündeten‹ am Winterhof behandelt, musst du wohl die Ausnahme von der Regel sein, Robin Goodfellow. Es freut mich sehr, deine Bekanntschaft zu machen.« Sie zwinkerte mir flüchtig zu. »Und ich hatte mir schon Sorgen gemacht, dass Ash gar keine Freunde haben könnte.«

Puck lachte schallend. »Ich mag sie«, verkündete er dann, während ich wieder die Arme verschränkte und versuchte, möglichst gelangweilt und gereizt zu wirken. Die beiden kicherten darüber, aber das war mir egal. Ariella hatte meine »Verbrüderung« vorbehaltlos und ohne jede Verurteilung akzeptiert. Ich würde nicht wählen müssen und konnte ohne Opfer das Beste aus beiden Welten behalten.

Ich hätte wissen müssen, dass das nicht lange gut gehen konnte.

»Prinz.« Pucks Stimme riss mich aus meinen düsteren Gedanken und brachte mich in die Gegenwart zurück. »Prinz! Hey, Eisbubi!«

Ich blinzelte irritiert und starrte ihn dann finster an. »Was ist denn?«

Grinsend deutete er auf den Himmel, wo eine massive schwarze Wolkenwand aufzog. »Da braut sich ein fieser Sturm zusammen. Der Fellball hat vorgeschlagen, dass wir uns einen Unterschlupf suchen, da es hier in der Gegend öfter mal Überschwemmungen gibt. Außerdem behauptet er, dass wir morgen bei der Seherin sein müssten.«

»Schön.«

»Wow, was sind wir heute wieder gesprächig«, resignierte Puck kopfschüttelnd, als ich an ihm vorbeistapfte und eine ausgespülte Wasserrinne hinunterrutschte, in deren Senke Grimalkin wartete. Puck folgte mir leichtfüßig und redete einfach weiter. »Das ist mehr als alles, was du in den letzten zwei Tagen zu mir gesagt hast. Was ist los,

Eisbubi? Sogar für deine Verhältnisse warst du in letzter Zeit extrem mürrisch.«

»Lass es gut sein, Puck.«

»Und dabei dachte ich, dass wir echte Fortschritte machen.« Puck seufzte melodramatisch und passte sich meinem Tempo an. »Du kannst es mir genauso gut sagen, Prinz. Inzwischen solltest du doch wissen, dass ich nie etwas auf sich beruhen lasse. Irgendwie werde ich es schon aus dir rauskitzeln.«

Tief in meinem Inneren regte sich etwas Finsteres. Ein schlafender Riese, der spürte, wie der Wind sich drehte, ein vergessener Herzschlag, der leise, aber stetig war und langsam wieder an die Oberfläche stieg. Etwas, das ich seit Jahren nicht mehr gefühlt hatte, mir nicht zu fühlen erlaubt hatte. Das zu dem Teil meiner selbst gehörte, der durch und durch dunkel war, voller Hass, Finsternis und Blutlust. Einmal hatte ich mich darin verloren, an dem Tag, als Ariella starb. Ich wurde zu einem Wesen, das so von Wut und abgrundtiefem Hass zerfressen war, dass ich mich sogar gegen meinen besten Freund wandte. Ich dachte, ich hätte diesen Teil von mir begraben, als ich meine Emotionen gefrieren ließ und mir antrainierte, vollkommen gefühllos zu werden.

Jetzt spürte ich es wieder, den altvertrauten Wahnsinn, die uralte Finsternis, wie sie an die Oberfläche stieg und mich mit Wut erfüllte. Und Hass. Wunden, die sich nie richtig geschlossen hatten, rissen wieder auf und träufelten mir Gift ins Herz. Verstört drängte ich diese Gefühle zurück in die Dunkelheit, aus der sie emporgestiegen waren. Aber ich spürte immer noch, wie sie dicht unter der Oberfläche pulsierten und brodelten und nur auf einen Moment der Schwäche warteten, um erneut hervorzubrechen.

Und sie richteten sich einzig und allein gegen Puck, der noch immer quasselte.

»Weißt du, es ist ungesund, immer alles in sich reinzufressen, Prinz. Diese ganze Grübelei wird doch gnadenlos überschätzt. Also komm schon, raus damit. Was bedrückt ...«

»Ich sagte ...« Abrupt wirbelte ich herum, um Puck ansehen zu können, und kam ihm dadurch so nah, dass ich in seinen überraschten grünen Augen mein Spiegelbild erkennen konnte. »Lass es gut sein, Puck.«

Robin Goodfellow war zwar ein Possenreißer, aber er war kein Narr. Wir waren seit vielen Jahren miteinander verbunden, erst als Freunde, dann als Rivalen, und er kannte mich besser als irgendjemand sonst, manchmal sogar besser, als ich mich selbst kannte. Das respektlose Grinsen erlosch, und sein Blick wurde stahlhart. Wortlos standen wir uns gegenüber und starrten uns an, während der Wind zunahm, um uns herumfegte und Staub und Blätter aufwirbelte.

»Hast du es dir etwa anders überlegt?« Pucks Stimme war bedrohlich leise, meilenweit entfernt von seiner üblichen Flapsigkeit. »Ich dachte, das hätten wir erst mal abgehakt.«

»Niemals«, betonte ich, ohne seinem Blick auszuweichen. »Ich kann das nicht zurücknehmen, Goodfellow. Ich werde dich töten, wie ich es ihr geschworen habe.« Ein Blitz zuckte über den Himmel, und in der Ferne grollte der Donner, doch wir fixierten einander weiter aus zusammengekniffenen Augen. »Eines Tages«, erklärte ich leise.

»Eines Tages wirst du hochsehen, und dann bin ich da.

Das ist das einzige Ende, das es für uns geben kann. Vergiss das niemals.«

Puck neigte langsam den Kopf und musterte mich aufmerksam. »Spricht da Ash aus dir? Oder der Eid?«

»Das spielt keine Rolle.« Ich trat einen Schritt zurück, behielt ihn aber weiter im Auge, da ich ihm nicht den Rücken zuwenden wollte. »Es wird nie wieder so sein wie früher, Puck. Mach dir nicht vor, dass es anders wäre.«

»Ich habe es nicht vergessen, Prinz.« Pucks ernste Augen leuchteten in der Dunkelheit. Wieder zerriss ein Blitz den Himmel, und der Donner antwortete ihm. Als Puck fortfuhr, wurden seine Worte fast vom Wind davongetragen. »Du bist nicht der Einzige, der etwas zu bereuen hat.«

Ich wandte mich ab und ließ ihn stehen. Kalt und leer umschloss das Dunkel mein Herz. Am Fuß des Abhangs hockte Grimalkin auf einem Baumstumpf. Er hatte den Schwanz um die Pfoten gelegt und beobachtete uns mit starren, goldenen Augen.

Wir fanden eine Höhle, oder besser gesagt, ein genervter, ungeduldiger Grimalkin führte uns zu einer Höhle, und das nur wenige Sekunden, bevor der Himmel seine Schleusen öffnete. Während es rasend schnell dämmerte, ließ ich Puck am Feuer sitzen und zog mich in eine dunkle Ecke zurück. Ein Knie an meiner Brust lehnte ich mich an die Wand und starrte in die Flammen.

»So fängt es an.«

Grimalkin erschien neben mir auf einem Stein und beobachtete Puck, der sich um das Feuer kümmerte. Das flackernde Licht tauchte den Kater in einen leuchtenden Kreis.

Ich warf ihm einen fragenden Blick zu, doch er erwiderte ihn nicht. »Was meinst du damit?«

»Ich habe dich gewarnt, dass diese Aufgabe nicht leicht werden wird. Von Anfang an habe ich dir gesagt, dass ihr beide, Goodfellow und du, keine Ahnung habt, was auf euch zukommt.« Er zuckte mit einem Ohr und rutschte auf seinem Stein herum, ließ das Feuer aber nicht aus den Augen. »Du spürst es, nicht wahr? Die Wut. Die Finsternis.« Ich blinzelte überrascht, doch Grimalkin kümmerte sich gar nicht darum. »Je weiter wir kommen, umso schlimmer wird es werden.«

»Wohin gehen wir?«, fragte ich leise. Das Feuer zischte, als Puck ein gehäutetes Kaninchen über die Flammen hängte. Ich wollte gar nicht wissen, wo er es herhatte, sondern konzentrierte mich wieder auf Grimalkin. »Ich weiß, dass wir zu einer Seherin unterwegs sind, aber du hast uns noch immer nicht gesagt, wo sie sich aufhält.«

Die Cat Sidhe tat so, als würde sie mich nicht hören. Stattdessen gähnte sie, streckte sich träge, schabte mit den Krallen über den Stein und wanderte dann davon, um das Abendessen zu überwachen.

Draußen heulte und tobte der Sturm, drückte die Bäume nieder und trieb den Regen fast waagerecht am Höhleneingang vorbei. Das Feuer knackte fröhlich, die Flammen leckten an dem Kaninchenfleisch, und langsam breitete sich der Duft von Gebratenem in der Höhle aus.

Und trotzdem stimmte irgendetwas nicht.

Ich stand auf, ging zum Höhleneingang und blickte in den Sturm hinaus. Der Wind zerrte an meiner Kleidung, und der Regen peitschte in mein Gesicht. Jenseits der Höhle bildete das Wasser kleine Bäche, und die Tropfen fielen so dicht wie ein silberner Vorhang, der vom Wind bewegt wurde.

Dort draußen war etwas. Und es beobachtete uns.

»Hey, Eisbubi.« Puck erschien neben mir und spähte ebenfalls hinaus. Er benahm sich völlig normal, so als hätte der Wortwechsel zwischen uns nie stattgefunden. »Was guckst du?«

»Ich weiß nicht.« Sorgfältig suchte ich die Bäume und Schatten ab, versuchte den Sturm und die Dunkelheit mit Blicken zu durchdringen, konnte aber nichts Außergewöhnliches entdecken. »Es kommt mir so vor, als würden wir beobachtet.«

»Hm.« Puck kratzte sich an der Wange. »Ich spüre nichts. Und der Fellball ist noch da, was einiges zu sagen hat. Du weißt doch, sobald sich Gefahr nähert, verschwindet er schneller, als du *puff* sagen kannst. Bist du sicher, dass du nicht bloß paranoid bist?«

Der Regen strömte herab, und in der Dunkelheit rührte sich nichts. »Ich weiß nicht«, sagte ich schließlich. »Könnte sein.«

»Tja, du kannst gern hier stehen bleiben und dir Sorgen machen. *Ich* werde jetzt essen. Wenn du etwas Großes, Hungriges siehst, das in unsere Richtung kommt, schrei …«

»Goodfellow.«

Mein Ton ließ ihn innehalten, und er drehte sich wachsam zu mir um. Wieder standen wir uns gegenüber, diesmal im Eingang der Höhle. Ein heftiger Windstoß ließ das Feuer flackern.

»Warum bist du hier?«

Er blinzelte schnell und versuchte es halbherzig mit Humor. »Äh … weil ich nicht nass werden will?«

Ich wartete schweigend. Schließlich seufzte Puck, lehnte sich an die Wand und verschränkte die Arme vor der Brust. »Müssen wir das wirklich durchkauen, Eisbubi?«, fragte er scheinbar fröhlich, doch sein Ton wirkte fast flehend. »Ich denke, wir wissen beide, warum ich hier bin.«

»Und wenn ich dich bitten würde, zu gehen?«

»Warum solltest du das tun?« Puck grinste kurz, wurde aber sofort wieder ernst. »Es ist wegen vorhin, oder?«, vergewisserte er sich. »Was ist los, Ash? Vor zwei Tagen war noch alles okay mit dir. Und zwischen uns.«

Ich blickte zu Grimalkin hinüber, der das aufgespießte Kaninchen mehr als neugierig musterte. Und trotz meiner Bemühungen, sie einzufrieren, spürte ich, wie die Finsternis wieder in mir aufstieg. »Ich werde dich töten«, flüsterte ich, woraufhin Puck überrascht die Augenbrauen hochzog. »Nicht heute Nacht. Vielleicht auch nicht morgen. Aber bald. Die Vergangenheit holt uns ein, Goodfellow, und diese Fehde hat schon viel zu lange gedauert.« Als ich ihn ansah, begegnete ich seinem ernsten Blick. »Jetzt gebe ich dir die Chance zu verschwinden. Lauf weg. Geh zu Meghan und sage ihr, was ich vorhabe. Und wenn ich nicht zurückkomme, kümmere dich an meiner Stelle um sie.« Bei dem Gedanken an Meghan und die Möglichkeit, sie niemals wiederzusehen, bekam ich kaum noch Luft. Doch wenigstens wäre Puck für sie da, wenn ich versagte. »Verschwinde, Puck. Es wäre besser für uns beide, wenn du weg wärst.«

»Mann, du kannst einem wirklich das Gefühl geben, willkommen zu sein.« Puck schaffte es nicht ganz, seinen Ärger zu unterdrücken. Er stieß sich von der Wand ab und kam einen Schritt auf mich zu, ohne den Blickkontakt zu unterbrechen. »Nur damit das klar ist: Ich werde nirgendwo hingehen, ganz egal, ob du mir drohst, mich bestichst, nötigst oder anflehst. Versteh mich nicht falsch, ich bin vor allen Dingen *ihretwegen* hier, nicht deinetwegen, aber ich würde wetten, dass du es alleine nicht schaffen kannst. Also finde dich damit ab und gewöhn dich besser an meine Anwesenheit, Prinz, denn solange du unser Duell nicht hier und jetzt stattfinden lassen willst, werde ich nicht gehen. Und ich kann mindestens so stur sein wie du.«

Draußen tauchte ein Blitz alles in grelles, weißes Licht, der Sturm zerrte an den Ästen der Bäume. Puck und ich starrten uns wortlos an, bis ein lautes Knallen am Feuer uns ablenkte. Goodfellow beendete unser wortloses Ringen, indem er über die Schulter blickte. Dann stieß er einen spitzen Schrei aus.

»Hey!« Er wirbelte herum, stapfte zurück zum Feuer und deutete mit einer wilden Geste auf den leeren Spieß. »Mein Kaninchen! Grimalkin, du hinterhältiges, graues ... Schwein! Ich hoffe, du lässt es dir schmecken, denn beim nächsten Mal hängst vielleicht du über dem Feuer!«

Wie erwartet bekam er keine Antwort. Lächelnd wandte ich mich wieder dem Regen zu. Weder das Toben des Sturms noch mein Gefühl, beobachtet zu werden, hatten nachgelassen, doch auch eine weitere Suche zwischen den Bäumen und in den Schatten ergab nichts.

»Wo steckst du?«, murmelte ich tonlos. »Ich weiß, dass du mich sehen kannst. Warum kann ich dich nicht finden?«

Der Sturm schien mich zu verspotten. Ich blieb reglos stehen und blickte hinaus, bis der Wind endlich abflaute und der Regen zu einem sanften Nieseln wurde. Die ganze Nacht lang stand ich dort und wartete. Doch wer auch immer mich aus seinem geheimnisvollen Versteck heraus beobachtete … Er zeigte sich nicht.

Die Gejagten

Der nächste Morgen begann trübe und unheilvoll, hartnäckiger Nebel trieb über dem Boden und hüllte alles in eine undurchlässige Stille. Das Weiß um uns herum sog jedes Geräusch in sich auf und machte es unmöglich, mehr als nur ein paar Meter weit zu sehen.

Wir verließen die Höhle und folgten einem sehr selbstgefälligen Grimalkin in den Dunst hinaus. Im Vergleich zum Vorabend schien die Welt verändert, hintergründig und lauernd. Düstere Bäume ragten wie krumme Skelette empor. Kein Vogel sang, kein Insekt summte, kein kleines Tier raschelte im Unterholz. Nichts rührte sich oder schien auch nur zu atmen. Selbst auf Puck wirkte sich die düstere Stimmung aus, denn während wir durch diese stille, dumpfe Welt schlichen, sagte er kaum ein Wort.

Das Gefühl, unter Beobachtung zu stehen, hatte sich noch immer nicht verflüchtigt und sorgte dafür, dass ich mich zunehmend unwohl fühlte und unruhig wurde. Umso mehr, als ich zu spüren glaubte, dass irgendetwas in diesem stummen Wald uns verfolgte. Ich spähte zwischen die Bäume, in die Schatten und das Unterholz, suchte und lauschte auf irgendetwas, das aus dem Rahmen fiel. Doch da war nichts.

Der Nebel weigerte sich hartnäckig aufzusteigen, und je tiefer wir in den schweigenden Wald vordrangen, desto stärker wurden meine Ahnungen. Schließlich blieb ich stehen und drehte mich um. Auch hinter uns krochen die Nebelschwaden über den schmalen Pfad, auf dem wir gingen, aber jenseits dieser weißen Wand schien sich etwas zu nähern.

»Da draußen ist etwas«, flüsterte ich Puck zu, als der sich neben mich stellte und ebenfalls in den Nebel starrte.

»Allerdings ist dort etwas«, erklärte Grimalkin sachlich und sprang auf einen umgestürzten Baum. »Es verfolgt uns schon seit gestern Abend. Der Sturm hat es ein wenig zurückgeworfen, aber nun nähert es sich wieder schneller. Ausgehend von der Annahme, dass wir ihm nicht begegnen wollen, würde ich vorschlagen, dass wir uns ein wenig beeilen. Und wir möchten ihm ganz sicher nicht begegnen, glaubt mir.«

»Ist es die Hexe?«, fragte Puck, während er weiter angestrengt die Büsche und Bäume absuchte. »Meine Güte, fessele einmal einem Haus die Beine, und schon bist du fürs Leben gezeichnet. Das alte Mädchen ist aber schon ganz schön nachtragend, oder nicht?«

»Es ist nicht die Hexe«, erwiderte Grimalkin leicht gereizt. »Ich fürchte, es ist weitaus schlimmer. Und jetzt kommt, wir verschwenden hier kostbare Zeit.« Damit hüpfte er von dem Stamm und verschwand im Nebel. Puck und ich sahen uns an.

»Schlimmer als der alte Hühnerhals?« Puck zog eine Grimasse. »Schwer zu glauben. Oder fällt dir noch jemand ein, dem du in einem gruseligen alten Wald lieber nicht begegnen würdest, Prinz?«

»Eigentlich schon«, nickte ich und folgte Grimalkin zwischen die Bäume.

»Hey!« Hastig lief Puck hinter uns her. »Was soll das denn jetzt wieder heißen, Eisbubi?«

Der Wald schien kein Ende zu nehmen, und Grimalkin wurde nicht für einen Moment langsamer, er schlüpfte zwischen Bäumen und unter dicken Wurzeln hindurch und drehte sich kein einziges Mal zu uns um. Ich widerstand dem Drang, ständig über die Schulter zu schauen, rechnete aber halb damit, dass der Nebel sich plötzlich teilen und unser Verfolger auf den Pfad springen würde. Das Gefühl, gejagt und von irgendeinem unsichtbaren, unbekannten Monster verfolgt zu werden, gefiel mir gar nicht, aber Grimalkin schien fest entschlossen zu sein, ihm davonzulaufen, und wenn ich stehen blieb, riskierte ich, den Kater in dem dichten Nebel zu verlieren. Irgendwo hinter uns stieg unvermittelt ein Krähenschwarm auf, dessen schrilles Kreischen die Stille zerriss.

»Es nähert sich«, murmelte ich und ließ unbewusst eine Hand auf den Schwertknauf sinken. Auch jetzt drehte sich Grimalkin nicht einmal um.

»Ja«, bestätigte er nur gelassen. »Aber wir sind fast da.«

»Fast *wo*?«, meldete sich Puck zu Wort, doch in diesem Moment lichtete sich der Nebel, und vor uns lag das Ufer eines grau-grünlichen Sees. Verkrüppelte Bäume streckten ihre Äste über das Wasser, und ihre weitverzweigten Wurzeln ragten wie bleiche Schlangen aus dem Matsch. Kleine, zugewucherte Inseln wuchsen aus der Tiefe empor. Sie waren durch Seilbrücken miteinander verbunden, von denen einige so tief durchhingen, dass sie fast das Wasser berührten.

»Am anderen Ufer gibt es eine Herdmännlein-Kolonie«, erklärte Grimalkin, bevor er leichtfüßig auf die erste Brücke sprang. Dort blieb er stehen, zuckte mit dem Schwanz und schaute über die Schulter zu uns zurück. »Die schulden mir noch eine Gefälligkeit. Beeilung.«

Irgendetwas brach krachend durch das Buschwerk hinter uns – zwei verängstigte Rehe, die sich ins Unterholz flüchteten. Grimalkin legte die Ohren an und rannte los. Puck und ich folgten ihm.

Der See war nicht besonders groß, und so erreichten wir ein paar Minuten später die andere Uferseite, an der uns Grimalkin schon mit ärgerlicher Miene erwartete. Puck und ich hatten nach jeder Brückenüberquerung systematisch die Halteseile durchgeschnitten, damit unser Verfolger gezwungen war, zu schwimmen. Das würde ihn hoffentlich eine Weile aufhalten, bedeutete aber auch, dass wir im wahrsten Sinne des Wortes alle Brücken hinter uns abgebrochen hatten und nicht auf gleichem Weg zurückkonnten.

»Oh-oh«, murmelte Puck angesichts dessen, was vor uns lag.

Im Uferschlamm stand eine kleine Ansammlung primitiver, mit Stroh und Torf gedeckter Hütten, die zwischen den Wurzeln der riesigen Bäume hervorlugten. Überall im Matsch lagen Speere herum, einige davon zerbrochen, und die Dächer einiger Häuschen waren heruntergerissen worden. Totenstille lag über dem Dorf, während der Nebel aus dem See aufstieg und verhüllte, was von der Ansiedlung noch übrig war.

»Sieht so aus, als wäre uns jemand zuvorgekommen«, stellte Puck fest und zog einen geborstenen Speer aus dem Dreck. »Und der war dem Dorf nicht gerade wohlgesinnt. Hier wird uns niemand willkommen heißen, Grim. Wir müssen es woanders probieren.«

Grimalkin sprang verschnupft von der Brücke und schüttelte sich den Matsch aus den Pfoten. »Wie unangenehm.« Seufzend ließ er seinen missbilligenden Blick durch das Dorf wandern. »Nun werde ich diese Gefälligkeit nie mehr bekommen.«

Irgendwo in dem Nebel, der über dem Wasser hing, platschte etwas. Puck sah sich um und verzog das Gesicht. »Er ist uns immer noch auf den Fersen, dieser hartnäckige Bastard.«

Ich zog mein Schwert. »Dann werden wir uns ihm stellen, hier und jetzt.«

Nickend griff Puck nach seinen Dolchen. »Dachte mir schon, dass du das sagen würdest. Ich suche uns mal einen besseren Kampfplatz. Sich im Matsch herumzuwälzen ist nicht so mein Ding, es sei denn, dabei sind leicht bekleidete ...« Er verstummte, als er meinen Blick bemerkte. »Alles klar«, murmelte er. »Der Hügel da drüben sieht vielversprechend aus. Ich sehe mir das mal an.«

Grimalkin blinzelte irritiert, als Puck schmatzend auf eine buckelige Erhebung zustapfte, die mit Moos und Farnen überwachsen war. »Der war bei meinem letzten Besuch aber noch nicht da«, sagte er nachdenklich und kniff die Augen zusammen. »Eigentlich ...« Er riss die Augen wieder auf.

Und verschwand.

Ich wirbelte herum und hechtete los, während Puck bereits den Hügel erklomm, indem er sich an einer knorrigen Wurzel emporzog. »Puck!«, brüllte ich, woraufhin er mich stirnrunzelnd ansah. »Verschwinde da, sofort!«

Der Hügel geriet in Bewegung. Mit einem entsetzten Schrei verlor Puck den Halt und ruderte wild mit den Armen, als der Grashügel sich taumelnd schüttelte und sich langsam erhob. Puck sprang und landete klatschend im Schlamm, während der Hügel im Aufstehen lange, mit Krallen bewehrte Arme und kurze, dicke Beine entfaltete. Dann drehte er sich um, ein schlammgrüner, drei Meter großer Sumpftroll, auf dessen breitem Rücken Moos und Sträucher wuchsen, sodass er sich perfekt der Landschaft anpassen konnte. Feuchte, grüne Haare klebten an seinem Schädel, und seine roten Knopfaugen suchten verwirrt den Boden ab.

»Oh.« Puck starrte aus dem Matsch zu der riesigen Kreatur hinauf. »Tja, das erklärt einiges.«

Der Sumpftroll brüllte, aus seinem offenen Maul flog der Geifer. Er machte einen Schritt in Richtung Puck, der sofort auf die Füße sprang. Der Riese schlug mit einer Kralle nach ihm, doch Puck wich ihm aus, sprintete unter den massigen Körper und schoss zwischen die baumstammartigen Beine. Wieder brüllte der Troll und wollte sich umdrehen, doch diesmal schleuderte ich ihm eine Wolke aus Eisdolchen entgegen, die sich in seine Schulter und sein Gesicht gruben. Heulend taumelte der Troll auf mich zu. Seine schweren Schritte ließen den Boden beben. Ich wich seinem Angriff aus und rollte mich zur Seite, während der Troll Richtung Ufer stolperte und eine Schneise zwischen die Hütten schlug, bevor er einige von ihnen zermalmte.

Als der Troll zurückkam, schlug ich nach seinen dicken Armen und schaffte es, die borkenartige Haut zu verletzen. Wieder heulte die Kreatur auf, eher wütend als schmerzerfüllt, und drehte sich nach mir um.

Auf seinen breiten Schultern blitzte etwas auf, und plötzlich entdeckte ich Puck auf seinem Rücken, der begeistert grinste. »Alles klar«, verkündete er pompös, während der Troll sich zuckend um sich selbst drehte und vergeblich versuchte, ihn zu erwischen. »Hiermit nehme ich dieses Land in Besitz, im Namen der spanischen Krone!« Damit bohrte er seinen Dolch tief in den Nacken des Trolls.

Der Gigant stieß ein schrilles, schmerzerfülltes Kreischen aus und schlug sich verzweifelt auf den Rücken. Puck schob sich weiter, wich dabei den scharfen Krallen aus und rammte auf der anderen Seite noch einmal seinen Dolch in den Hals des Trolls. Wieder schlug er kreischend um sich, während Puck davonkletterte. Solange die Aufmerksamkeit des Trolls auf Puck gerichtet war, sprang ich auf ihn, stieß mich an einem der dicken Beine ab und versenkte schließlich mein Schwert in seiner Brust.

Schwerfällig fiel der Riese auf die Knie und landete mit einem tiefen

Stöhnen im Matsch. Im letzten Moment hechtete ich zur Seite, während Puck von seinen Schultern hüpfte und mit einer kleinen Rolle grinsend wieder zum Stehen kam, auch wenn er nun selbst ein wenig wie ein Sumpfmonster aussah.

»Jawohl!«, rief er triumphierend und schüttelte heftig den Kopf, sodass der Matsch in alle Richtungen flog. »Mann, das hat vielleicht Spaß gemacht. Noch viel besser als Bullenreiten auf einem wilden Pegasus. Können wir das noch mal machen?«

»Du Idiot.« Ich wischte mir mit dem Handrücken den Schlamm von der Wange. »Wir sind noch nicht fertig. Unser unbekannter Verfolger ist immer noch da draußen.«

»Außerdem darf ich euch vielleicht daran erinnern, dass Sumpftrolle sich dadurch auszeichnen, dass sie über zwei Herzen verfügen und über außergewöhnlich schnelle Selbstheilungskräfte?« Grimalkin warf uns aus dem Astwerk eines großen Baumes heraus einen arroganten Blick zu. »Wenn ihr ihn endgültig erledigen wollt, müsst ihr schon mehr bieten als ein Schwert in der Brust.«

Puck blinzelte überrascht. »Du meinst also, unser moosbewachsener Freund ist gar nicht ...«

Hinter uns plätscherte es, und Grimalkin verschwand wieder. Puck zuckte zusammen.

»Also schön«, murmelte er, als wir herumfuhren. Der Sumpftroll kam gerade mühsam auf die Beine und richtete seine wütenden roten Augen auf uns. »Runde zwei.« Mit einem schweren Seufzen ließ Puck abrupt die Hand sinken. »Box!«

Der Troll brüllte. Mühelos riss er mit nur einer Kralle eine Kiefer aus dem Sumpf, als würde er eine Pusteblume pflücken. Blitzschnell schlug er mit dieser Waffe nach uns.

Puck und ich sprangen beiseite, sodass der Baum in einem Wirbel aus Schlamm und Wasser zwischen uns hindurchzischte. In der nächsten Sekunde ließ der Troll den Stamm wie einen Besen über den Boden sausen, und diesmal konnte Puck ihm nicht mehr rechtzeitig ausweichen. Der Stamm erfasste ihn und schleuderte ihn durch die Luft, sodass er einige Meter weiter mit dem Kopf gegen einen Baum knallte und zu Boden ging. Daraufhin richtete der Troll seine roten Augen auf mich und kam drohend auf mich zu. Ich wich zurück, bis ich mit dem Rücken gegen die Uferbefestigung stieß. Ich stand wie versteinert, als das Monster seine improvisierte Keule wie einen Vorschlaghammer über meinem Kopf schwingen ließ.

Mit einem dröhnenden Knurren warf sich etwas Großes, Dunkles zwischen uns, ein monströses, zotteliges *Ding* prallte zähnefletschend mit dem Troll zusammen. Der Troll kreischte und wich zurück, an seinem Arm hing ein schwarzer Wolf, ungefähr so groß wie ein ausgewachsener Grizzlybär. Knurrend bewegte der Wolf den Kopf und grub seine Zähne noch tiefer ins Fleisch. Der Troll heulte und schlug um sich, stolperte rückwärts und versuchte verzweifelt, das Monster loszuwerden, das sich in seinen Arm verbissen hatte, doch der Wolf ließ nicht los. Als ich die Kreatur erkannte, stockte mir der Atem. Ich wusste, wer er war, doch mir blieb keine Zeit, mir Gedanken darum zu machen, warum er hier war.

Außerhalb der Reichweite des Wolfes duckte ich mich zwischen den Trollbeinen hindurch, drehte mich um und durchtrennte die dicken Sehnen an der Rückseite der Knie. Mit einem Schmerzensschrei bemerkte der Troll, wie seine Beine nachgaben. Während er fiel, sprang ich auf seinen Rücken – ähnlich wie Puck es getan hatte. Aber diesmal hob ich mein Schwert und rammte es genau zwischen den beiden Hörnern bis zum Anschlag in seinen Schädel.

Ein Schaudern lief durch den riesigen Körper. Dann versteifte er sich, und die Haut wurde grau und hart. Ich riss meine Waffe los und sprang gerade noch rechtzeitig von seinem Rücken, bevor der Troll sich wie ein riesiges Insekt oder eine Spinne zusammenrollte und zu Stein wurde. Wenige Sekunden später lag am Rand des Dorfes nur noch ein trollförmiger Felsblock im Schlamm.

Neben mir ertönte ein raues Lachen. »Nicht schlecht, kleiner Prinz, nicht schlecht.«

Ganz langsam drehte ich mich um und umklammerte meine Waffe, bereit, meine Magie in einem gewaltigen, wilden Stoß zu entfesseln. Nur wenige Meter entfernt starrte mir der gigantischste Wolf aller Mythen entgegen – seine Augen leuchteten im Halbdunkel gelblich-grün, und seine Lefzen waren zu einem bösartigen Grinsen verzogen, das seine gewaltigen Fänge entblößte.

»Hallo, Prinz«, knurrte der Große Böse Wolf. »Ich hatte es ja gesagt: Bei unserer nächsten Begegnung wirst du mich nicht einmal kommen sehen.«

Ich behielt den Wolf fest im Visier, als er anfing, mich zu umkreisen, mit noch immer gefletschten Zähnen und riesigen Pfoten, die tief im Schlamm versanken. Um mich herum und in meinem Inneren flackerte der kalte, tödliche Schein, bereit, entfesselt zu werden. Ich durfte nichts zurückhalten, nicht bei ihm. Das hier war wahrscheinlich das gefährlichste und älteste Wesen, das je die Wildnis des Nimmernie durchstreift hatte. Die Geschichten über ihn waren zahlreicher als alle Mythen und Legenden, die je erzählt wurden, und seine Macht wuchs mit jeder Neuerzählung, jeder düsteren Warnung und jedem Märchen, in dem sein Name auch nur geflüstert wurde. All diese Geschichten waren aus der Angst geboren; er war der unübertreffliche Schurke, die Kreatur, vor der alte Witwen ihre Kinder warnten, ein Monster, das kleine Mädchen verschlang und ohne jeden Grund ganze Herden abschlachtete. Seine Brüder in der Welt der Sterblichen hatten furchtbar unter den Ängsten zu leiden, die ihn hervorgebracht hatten – sie wurden erschossen, in Fallen gelockt und im großen Stil massakriert –, aber mit jedem toten Wolf wuchsen ihre Ängste und seine Macht.

Der unsterbliche Große Böse Wolf. Meghan und ich waren ihm schon einmal begegnet, und damals war es ihm fast gelungen, mich zu töten.

Das würde mir nicht noch einmal passieren.

»Leg das Stöckchen weg.« In der tiefen, kehligen Stimme des Wolfs schwang Belustigung mit. »Hätte ich deinen Tod gewollt, hätte ich mir nicht die Mühe gemacht, deinen erbärmlichen Hintern vor dem Sumpftroll zu retten. Das soll nicht heißen, dass ich dich nicht irgendwann töten werde, aber dann wird dein lächerliches kleines Spielzeug mich sicher nicht aufhalten, also kannst du dich auch ebenso gut zivilisiert benehmen.«

Ich behielt das Schwert in der Hand, was den Wolf sichtlich ärgerte, aber ich würde bestimmt nicht kampflos untergehen. »Was willst du?«, fragte ich betont höflich, ließ den Wolf aber gleichzeitig wissen, dass ich mich verteidigen würde, falls es nötig wurde. Ich würde überleben.

Es war vollkommen egal, dass der Wolf unsterblich war. Und es war auch egal, dass er mich bei unserer letzten Begegnung fast umgebracht hätte. Sollte es zum Kampf kommen, war ich fest entschlossen, ihn zu gewinnen, egal mit welchen Mitteln. Ganz sicher würde ich nicht am Ufer eines tristen Sees sterben, zerfetzt vom Großen Bösen Wolf. Ich würde diese Begegnung überleben und weitermachen. Meghan wartete auf mich.

Der Wolf lächelte. »Mab hat mich zu dir geschickt«, erklärte er fast schon schnurrend.

Mein Gesicht blieb vollkommen ausdruckslos, aber eine eisige Faust umklammerte meine Eingeweide und drückte zu. Es war weniger die Überraschung oder Angst, sondern das Wissen, dass die Winterkönigin meiner nun endgültig überdrüssig geworden war – ein Schicksal, das jedem ihrer Untertanen drohte. Vielleicht hatte meine Weigerung, an den Hof zurückzukehren, sie beleidigt. Oder sie hatte beschlossen, dass ein ehemaliger Winterprinz nicht frei herumlaufen durfte, da er zu explosiv sein und eine Bedrohung für ihren Anspruch auf den Thron darstellen könnte. Die Gründe waren vollkommen irrelevant. Mab hatte den gefürchtetsten Jäger und Meuchelmörder des gesamten Nimmernie geschickt, um mich zu töten.

Plötzlich war ich unglaublich erschöpft. »Ich sollte mich wahrscheinlich geschmeichelt fühlen«, erwiderte ich seufzend. Immer noch grinsend legte er den zottigen Kopf schief. Verstohlen holte ich Luft, um mich zu beruhigen und den Schein auf ein sanftes, leises Pulsieren zu reduzieren. »Hier rumzustehen und uns anzuglotzen wird uns nicht weiterbringen«, erklärte ich und hob mein Schwert. »Bringen wir's hinter uns.«

Der Wolf lachte leise. »So sehr ich es auch genießen würde, dir die Kehle durchzubeißen, kleiner Prinz«, sagte er mit funkelnden Augen, »bin ich doch nicht hier, um deinem Leben ein Ende zu setzen. Eigentlich ist sogar das Gegenteil der Fall. Mab hat mich geschickt, damit ich dir helfe.«

Fassungslos starrte ich ihn an, unfähig zu glauben, was ich da gerade gehört hatte. »Warum?«

Der Wolf zuckte mit den riesigen Schultern, deren Muskeln unter

dem Fell wogten. »Weiß ich nicht.« Gähnend präsentierte er seine tödlichen Fänge. »Interessiert mich auch nicht. Die Winterkönigin hat von
deinem Vorhaben erfahren, und sie weiß, dass du dazu wahrscheinlich
eine weite Reise unternehmen musst. Ich bin hier, um dafür zu sorgen,
dass du dein Ziel in einem Stück erreichst. Im Gegenzug schuldet sie
mir dann eine Gefälligkeit.« Er hob kurz die Nase in den Wind, dann
setzte er sich und musterte mich träge. »Davon abgesehen interessierst
du mich nicht. Genauso wenig wie der Sommerwitzbold. Der übrigens, wenn er den Kopf auf den Schultern behalten will, noch einmal
gründlich darüber nachdenken sollte, ob es wirklich sinnvoll ist, mich
von hinten anzugreifen. Schleich dich beim nächsten Mal gegen den
Wind an, Goodfellow.«

»Verdammt.« Puck tauchte hinter einem Busch auf und starrte den
Wolf mit einem verärgerten Grinsen an. »Ich wusste doch, dass ich
etwas vergessen habe.« Seine eine Wange war blutverschmiert, doch
ansonsten schien er in Ordnung zu sein. Mit gezogenen Dolchen stellte
er sich an meine Seite und sah dem riesigen Räuber ins Gesicht. »Du
arbeitest jetzt also für Mab, Wolfsmännchen? Bist ihr braver kleiner
Kampfhund? Rollst du dich auch auf den Rücken und gibst Pfötchen,
wenn sie es befiehlt?«

Der Wolf stand auf, sodass er uns beide überragte, und das Fell auf
seinem Rücken stellte sich auf. Am liebsten hätte ich Goodfellow eine
verpasst, doch mir war klar, was er vorhatte: Die Provokation des
Gegners sollte uns mehr Informationen liefern. »Ich bin kein Hund«,
knurrte der Wolf so tief, dass die Wasseroberfläche sich kräuselte. »Und
ich arbeite für niemanden.« Verächtlich zog er die Lefzen hoch. »Eine
Gefälligkeit der Winterkönigin ist eine beträchtliche Entlohnung,
aber glaubt bloß nicht, dass ihr mir Befehle erteilen könnt wie diesen
schwächlichen Kreaturen der Menschenwelt. Ich werde euch lebend ans
Ziel eurer Reise bringen.« Wieder knurrte er und fletschte die Zähne.
»Aber der Auftrag sagte nichts von unversehrt.«

»Du bist nicht wegen einer Gefälligkeit hier«, behauptete ich, was mir
ein misstrauisches Blinzeln einbrachte. »Du brauchst keine Gefälligkeiten, weder von Mab noch von sonst jemandem. Du genießt die Jagd, die
Herausforderung, aber dass du einem solchen Auftrag zustimmst, wenn

du am Ende niemanden töten kannst ... das ist sehr untypisch für dich.«
Der Wolf starrte uns ausdruckslos an. »Warum bist du wirklich hier?«,
fragte ich ihn. »Was willst du?«

»Das Einzige, was für ihn wirklich von Bedeutung ist«, erklärte eine
körperlose Stimme über unseren Köpfen, kurz bevor Grimalkin gute
drei Meter über dem Boden zwischen den Ästen eines Baumes erschien,
»ist Macht.«

Das Fell des Wolfes sträubte sich erneut, doch er bedachte Grimalkin
lediglich mit einem schmalen, bösartigen Lächeln. »Hallo, Kater«, sagte
er schließlich gelassen. »Ich dachte mir schon, dass das dein Mief ist, der
hier die Luft verpestet. Warum kommst du nicht zu uns runter, wenn
du schon über mich reden möchtest?«

»Erniedrige dich nicht, indem du das Offensichtliche aussprichst«, erwiderte Grimalkin gekonnt. »Dass meine Spezies der deinigen haushoch
überlegen ist, bedeutet ja nicht, dass du deine Dummheit derart offen
zur Schau stellen musst. Ich weiß genau, warum du hier bist, Köter.«

»Ach, wirklich?«, rief Puck und verrenkte sich fast den Hals, um den
Kater ansehen zu können. »Nun, würdest du deine Überlegungen dann
vielleicht mit uns teilen, Fellball?«

Grimalkin schnaubte. »Wisst ihr denn überhaupt nichts?« Er stand
auf und balancierte einen Ast entlang, verfolgt vom hungrigen Blick des
Wolfs. »Er ist hier, weil eurer Geschichte seinen Namen hinzufügen
will. Seine Macht, ja, seine gesamte Existenz entspringt Geschichten,
den Mythen, Legenden und amüsanten, doch finsteren Erzählungen
von seiner Person, die von den Menschen im Laufe der Jahre erschaffen
wurden. Nur so konnte der Große Böse Wolf so lange überleben. Nur
so konntest auch *du* jahrhundertelang überleben, Goodfellow. Das ist
dir doch sicherlich bekannt.«

»Na ja, klar weiß ich das.« Höhnisch verschränkte Puck die Arme vor
der Brust. »Aber das erklärt für mich immer noch nicht, warum unser
Wolfsmännchen hier plötzlich so hilfsbereit ist.«

»Ihr befindet euch auf einer Quest«, begann der Wolf, nachdem er
den Blick endlich von dem Kater losgerissen und auf mich gerichtet
hatte. »Das hat mir die Königin erzählt. Dass du, ein seelenloser Unsterblicher, für die Sterbliche, die du liebst, zum Menschen werden

willst.« Er unterbrach sich und schüttelte mit widerwilliger Anerkennung – oder vielleicht auch aus Mitleid – den Kopf. »*Das* ist mal eine Geschichte. Sie wird von Generation zu Generation weitergegeben werden, aber natürlich nur, falls du die Prüfungen überlebst. Doch selbst wenn nicht, selbst wenn aus der Geschichte eine Tragödie wird, wird mein Name darin vorkommen und mich dadurch stärken.« Er kniff die Augen zusammen. »Und natürlich wird es eine bessere Geschichte, wenn du das Ziel deiner Reise erreichst. Was das angeht, kann ich dir helfen. Wodurch die Geschichte auf jeden Fall schon mal länger wird.«

»Und wie kommst du darauf, dass wir deine Hilfe brauchen oder auch nur wollen könnten?«, fragte Grimalkin herablassend.

Der Wolf schenkte mir ein gruseliges Lächeln, das nur aus Zähnen zu bestehen schien, während seine Augen im Halbdunkel funkelten. »Ich werde Teil dieser Geschichte sein, kleiner Prinz. So oder so«, prophezeite er warnend. »Entweder als der große Wolf, der dich beschützt und dir hilft, dein Ziel zu erreichen … oder als das unermüdliche Böse, das dich durch die Nacht jagt, jedem deiner Schritte folgt und sogar in deine Träume eindringt. Ich war schon beides, und es fällt mir nicht schwer, in diese Rollen zu schlüpfen. Die Wahl liegt bei dir.«

Unnachgiebig blickten wir uns an, zwei Jäger, die einander abwogen und die Stärken und Schwächen des anderen einschätzten. Schließlich nickte ich und schob demonstrativ mein Schwert in die Scheide.

»Also gut«, begann ich, während Puck überrascht blinzelte und Grimalkin angewidert schnaubte. »Vorerst nehme ich deine Hilfe an. Aber ich mache keinerlei Versprechungen, was eine dauerhafte Allianz angeht.«

»Das tue ich auch nicht, Jungchen.« Der Wolf musterte mich, wie eine Katze eine Maus ansieht. »Also, da wir nun eine Übereinkunft getroffen haben, wie geht es weiter?«

Über uns stieß Grimalkin einen lauten Seufzer aus. »Unfassbar«, sagte er, woraufhin der Wolf ihn breit angrinste und sich mit seiner rosa Zunge über die Lefzen fuhr. Grimalkin blieb unbeeindruckt. »Vielleicht darf ich euch daran erinnern«, fuhr er dann voll gereizter Langeweile fort, »dass ich in dieser Gruppe der *Einzige* bin, der den Weg zur Seherin kennt. Und falls ein gewisser Köter seine guten Manieren vergisst, seid ihr, wie man so schön sagt, ziemlich aufgeschmissen. Denke immer daran, Prinz.«

»Du hast ihn gehört«, wandte ich mich an den Wolf, der nur die Lefzen verzog. »Unser Führer wird weder gejagt noch angegriffen. Wir brauchen ihn, um die Seherin zu finden.«

»Oh, bitte.« Grimalkin sprang empört auf einen anderen Ast. »Als ob ich das zulassen würde. Hier entlang, und trödelt gefälligst nicht.«

Das Tal

Nachdem wir den See und das ausgestorbene Herdmännchendorf hinter uns gelassen hatten, folgten wir Grimalkin durch den nächsten dichten Wald und dann über ein Felsplateau. Der große, schwarze Wolf blieb uns lautlos auf den Fersen. Die beiden Tiere sprachen nicht miteinander, und der Wolf blieb auf Distanz, selbst als wir die Hochebene durchquerten. Das ließ darauf schließen, dass sie irgendeine Art von Waffenstillstand geschlossen hatten. Auf einem der Felsen lungerte ein Basilisk, der uns hungrig in Augenschein nahm, als wir unter seinem Liegeplatz hindurchwanderten. Ein kurzes Zähnefletschen des Wolfes genügte, damit er jegliches Interesse an uns verlor.

Am Ende des Felsplateaus ging es steil bergab. Überall wucherten dichte Dornenbüsche, die selbst die Bäume zu ersticken drohten. Als wir die Talsohle erreicht hatten, umschlossen uns die Büsche wie ein stacheliges Labyrinth, in dem immer wieder schmale Nebelfetzen auftauchten. Der Boden hier war nass und aufgeweicht, er bestand aus Schlamm, Wasser und noch etwas anderem. Etwas Düsteres hatte die Erde durchtränkt, sie geschwärzt und vergiftet. Die Luft schien abgestanden, und es war totenstill. In den Schatten und Büschen regte sich nichts, nicht einmal Insekten.

»Weiter werde ich nicht gehen.«

Überrascht drehten wir uns nach Grimalkin um, der auf einem kleinen Fleckchen trockener Erde saß und uns aufmerksam betrachtete. »Von nun an seid ihr auf euch allein gestellt«, erklärte er und musterte uns der Reihe nach.

»Was?«, rief Puck. »Du willst also nicht mit uns ins Tal des Todes vordringen? Ich bin schockiert. Was meinst du, welche Art von Monster hier lebt, Eisbubi? Es muss ziemlich fies sein, wenn der Fellball uns so schmählich im Stich lässt. Ah, warte ...«

Grimalkin legte die Ohren an, ignorierte aber ansonsten den Kommentar der Sommerfee. Der Wolf nahm Witterung auf und knurrte leise, seine Nackenhaare richteten sich auf. »Mit diesem Ort stimmt etwas nicht«, murmelte er angewidert. »Ich werde vorausgehen und nachsehen, ob ...«

»Nein«, unterbrach ihn Grimalkin. Grollend drehte sich der Wolf zu ihm um. Die Cat Sidhe sah ihn ernst an. »Du musst hierbleiben. Das Tal wird keine Eindringlinge dulden. Dieser Teil der Reise ist für die beiden bestimmt, für niemanden sonst.«

Wolf und Kater starrten sich an. Grimalkin blinzelte kein einziges Mal, und irgendetwas an diesem durchdringenden Blick muss den wesentlich größeren Wolf überzeugt haben. Widerstrebend nickte er und trat beiseite. »Na schön«, grummelte er. »Dann werde ich eben die Grenzen ablaufen.« Er warf Puck und mir einen flüchtigen Blick zu. »Wenn ihr Hilfe braucht, dann schreit.«

Abrupt wandte er sich ab und trottete davon. Schnell war er zwischen den Bäumen verschwunden und verschmolz mit deren Schatten. Grimalkin sah ihm nach, dann widmete er sich wieder ganz uns.

»Ich habe euch so weit geführt, wie ich konnte«, erklärte er, erhob sich elegant und stellte den buschigen Schwanz auf. »Die letzten Schritte müsst ihr allein gehen.« Er kniff die Augen zusammen und musterte uns grimmig. »Gemeinsam.«

Ein Nebelfetzen schwebte über die Stelle, an der er stand, und er war fort.

Puck verschränkte die Arme und spähte in die finstere Dornenhecke hinein. »O ja«, seufzte er, »bestimmt ein richtig, richtig fieses Monster.«

Auch ich betrachtete das Tal vor uns, sah, wie der Nebel durch das Buschwerk strich und Schatten und Drachen schuf, wo keine waren. Die Stille war erdrückend – es war keine friedliche, getragene Stille, sondern eine Stille des Grabes, eine Stille in der Schlacht, in der Tod und Finsternis regierten und das Leben sich zurückgezogen hatte. Ich konnte Hass und Angst zwischen den Sträuchern wispern hören wie Geister im Wind. Und ich hörte, wie sie meinen Namen riefen.

Etwas in mir wich zurück und weigerte sich, auch nur einen Fuß in dieses Tal zu setzen, das dort, irgendwo im Nebel, auf mich wartete. Das mich beobachtete.

Voller unerklärlicher düsterer Vorahnungen trat ich den Rückzug an, blieb dann jedoch stehen, ärgerlich über mich selbst. Wo kam diese plötzliche Angst her? Angst war für mich ohne jede Bedeutung. Angst war nicht mehr als das Wissen um den Schmerz, die Erkenntnis, dass man verletzt werden könnte, dass man sterben könnte. Mehr nicht. Und ich kannte den Schmerz. Sehr gut sogar. Ich hatte ihn einst sogar willkommen geheißen, denn so hatte ich gewusst, dass ich noch etwas spüren konnte und nicht völlig zu Eis erstarrt war. Was konnte meinem Körper noch angetan werden, das ich nicht schon durchgestanden hatte?

Mit einem Nicken in Pucks Richtung zog ich mein Schwert und betrat das Tal. Ich spürte, wie der Nebel mich streifte, als wir in die dichten Schwaden eintauchten.

Sofort waren wir von einer grauen Wand umgeben. Sie wurde nur von einem trüben, gleichmäßigen Leuchten erhellt, das alles noch düsterer erscheinen ließ. Nichts regte sich. Alles Leben war von den dicken, schwarzen Ranken verschluckt worden, die überall wucherten und alles erstickten. Der Boden war noch immer weich und nass, doch der dichte Nebel machte es unmöglich, zu erkennen, worauf wir unsere Füße setzten.

Mit gezücktem Schwert schob ich mich zwischen den Dornenranken hindurch. Dass mit diesem Tal irgendetwas nicht stimmte, konnte ich mehr und mehr spüren, und zwar genau unter meinen Füßen. Der Boden pulsierte vor Hass, Blut und Verzweiflung. Ich konnte spüren, wie die Finsternis dieses Ortes an mir zerrte; meine dunkle Natur, die Kälte, Skrupellosigkeit und Wut streckten sich ihr entgegen.

»Dieser Ort ist verflucht«, murmelte Puck, während ich um Selbstbeherrschung rang, um die innere Dunkelheit zurückzudrängen. »Wir sollten möglichst schnell diese Seherin finden und dann von hier verschwinden.«

»*Ash*«, flüsterte es zwischen den Dornen. Mir stellten sich die Nackenhaare auf. Hastig wirbelte ich herum, aber da war niemand.

»Eisbubi?« Puck kam auf mich zu und musterte mich besorgt. »Ash? Alles in Ordnung?«

Und in diesem Moment wollte ich ihn töten. Ich wollte mein Schwert nehmen und es ihm in die Brust rammen, dabei zusehen, wie das Licht in seinen Augen erlischt, bevor er zu meinen Füßen zusammenbricht. Schnell wandte ich mich ab und versuchte verzweifelt, mich zu beruhigen, die kalte, tobende Wut in den Griff zu bekommen. Der Dämon in mir war erwacht und wollte sich nicht länger kleinhalten lassen, und der Kern dieser Wut zielte wie ein Speer auf Puck.

»*Ash*«, wisperte es wieder, und ich blickte auf.

Wenige Meter entfernt, doch durch den Nebel kaum sichtbar, glitt eine geisterhafte, leuchtende Gestalt zwischen den Büschen hindurch. Sie sah mich für den Bruchteil eines Augenblicks an, dann verschwand sie. Mir stockte der Atem.

Ich vergaß Puck, vergaß alles, was uns hierhergeführt hatte, und folgte der Gestalt in den Nebel. In den Ranken wisperten leise, unverständliche Stimmen, mehrmals hörte ich, wie sie meinen Namen zischten. Immer wieder erhaschte ich einen Blick auf die einsame Gestalt in den Büschen, aber stets glitt sie von mir fort, blieb außer Reichweite. Von irgendwoher hörte ich Puck nach mir rufen, er versuchte wohl, mir zu folgen, aber ich reagierte nicht. Schließlich lichtete sich das Gestrüpp, die unwirkliche Gestalt lief zielstrebig weiter, ohne sich umzusehen. Als sie hinter einer Biegung verschwand, hastete ich hinter ihr her ...

Die Dornbüsche teilten sich, und ich stand plötzlich auf einer kleinen Lichtung, die auf allen Seiten von Ranken umgeben war. Im Nebel vor mir ragte ein ausgebleichtes Skelett auf, das lang hingestreckt im Schlamm der nassen Lichtung lag. Es war riesig, das Skelett eines gigantischen Reptils, mit starken Hinterbeinen und einem langen, kräftigen Schwanz. Die Flügelknochen lagen zerbrochen neben ihm, und der mächtige Kiefer war aufgerissen wie zu einem letzten, stummen Brüllen.

Ich begann zu zittern. Nicht vor Angst, sondern vor allumfassender, verzehrender Wut, gleichzeitig brannte die Verzweiflung wie Feuer in meiner Kehle. Ich kannte diesen Ort. Endlich wusste ich, wo ich mich befand. Hier, genau an dieser Stelle hatten Puck, Ariella und ich gegen einen monströsen Wyvern gekämpft und ihn getötet, bei dem Gemetzel aber einen von uns verloren. Dies war die Senke, in der Ariella gestorben war. Dies war der Ort, an dem ich geschworen hatte, Puck zu töten. Alles hatte genau hier angefangen.

Und es würde hier enden.

»Ash!« Hinter mir erklangen platschende Schritte, und Puck stolperte keuchend auf die Lichtung. »Verdammt, Eisbubi, was ist denn in dich gefahren? Sag mir beim nächsten Mal gefälligst Bescheid, bevor du einfach abhaust. Man lässt doch niemanden allein in einem gruseligen, nebligen Todestal zurück.«

»Weißt du, wo wir hier sind?«, fragte ich leise, ohne mich umzudrehen. Ich spürte seine Verwirrung, hörte dann, wie er entsetzt nach Luft schnappte, als es ihm klar wurde. Ich packte mein Schwert und drehte mich langsam zu ihm um. Die Dunkelheit breitete sich in mir aus wie schwarze Tinte. Der Dämon war jetzt voll erwacht, die eisige Barriere, die ihn in Schach gehalten hatte, war gesprengt. Erinnerungen stiegen in mir auf, so frisch und schmerzhaft wie am ersten Tag: die Jagd, die wir auf Pucks Drängen hin bis in das Tal fortgesetzt hatten; das Brüllen des Monsters, als es mit tödlicher Geschwindigkeit angriff. Wie ein Wirbelsturm umtobten mich Wut und Verzweiflung – ob meine eigene oder die dieses finsteren Ortes, wusste ich nicht. Und es war mir auch egal.

Ich sah Puck fest in die Augen und ging auf ihn zu.

»Ash, warte.« Puck kniff die Augen zusammen und wich wachsam vor mir zurück. »Was machst du denn?«

»Ich habe dich gewarnt.« Ganz ruhig näherte ich mich ihm, die Waffe lag schwer in meiner Hand. »Ich habe dir gesagt, dass es bald passieren würde. Es ist Zeit, Puck. Der Tag ist gekommen.«

»Nicht jetzt.« Er erbleichte und zog seine Dolche. Da ich nicht stehen blieb, wich er weiter zurück, hielt aber seine Waffen bereit. »Krieg dich wieder ein, Ash«, sagte er fast flehend. »Wir können das jetzt nicht machen. Du bist doch nicht *ihretwegen* hier.«

»Sieh dir an, wo wir sind!«, brüllte ich und deutete mit der Klinge auf das ausgebleichte Skelett. »Wenn nicht jetzt, wann dann? Es war hier, Puck! Hier ist sie gestorben. Genau hier habe ich Ariella verloren. *Deinetwegen*!« Meine Stimme brach, und ich holte krampfhaft Luft, während Puck mich mit weit aufgerissenen Augen ansah. Ich hatte es ihm nie gesagt. Der Grund der Fehde, wegen der wir uns ständig bekämpften, war immer unausgesprochen geblieben. Wir kannten ihn beide, aber bis jetzt hatte ich Puck noch nie offen beschuldigt.

»Ich wollte nicht, dass das passiert, und das weißt du«, begann Puck mit zitternder Stimme, während wir einander weiter umkreisten. Unsere Klingen funkelten in dem trüben Licht. »Ich habe sie ebenfalls geliebt, Prinz.«

»Nicht so wie ich.« Jetzt konnte ich nicht mehr aufhören. Die Wut war wie ein kaltes, zerstörerisches Feuer, das sich von der Finsternis, der Trauer, dem Hass und den schmerzlichen Erinnerungen nährte, die in diesen Ort eingedrungen waren. »Und es ändert nichts an der Tatsache, dass du schuld bist an ihrem Tod. Hätte ich dich bei unserer ersten Begegnung getötet, wie es von mir erwartet wurde, wäre sie noch am Leben!«

»Meinst du denn, das wüsste ich nicht?«, brüllte Puck. Seine grünen Augen flackerten fiebrig. »Glaubst du wirklich, ich bereue nicht, was ich getan habe, und das an jedem verdammten Tag? Du hast vielleicht Ariella verloren, aber ich verlor euch beide! Glaub es oder nicht, aber ich war auch ziemlich fertig, Ash. Irgendwann war ich sogar so weit, dass ich mich auf unsere Duelle gefreut habe, weil das die einzigen Gelegenheiten waren, bei denen ich mit dir reden konnte. Während du verdammt noch mal versucht hast, mich umzubringen!«

»Vergleiche ja nicht deinen Verlust mit meinem«, fauchte ich. »Du hast doch keine Ahnung, was ich durchgemacht habe und das alles nur wegen dir.«

»Du meinst also, ich kenne keinen Schmerz?« Puck schüttelte fassungslos den Kopf. »Oder Verlust? Ich mache das hier schon wesentlich länger als du, Prinz. Ich weiß, was Liebe ist, und habe selbst schon einige Verluste erlitten. Nur weil wir unterschiedlich damit umgehen, heißt das nicht, dass ich nicht auch Narben mit mir herumtrage.«

»Zeig mir eine«, höhnte ich. »Nenn mir eine Sache, bei der du nicht …«

»Meghan Chase!«, brüllte Puck. Das machte mich sprachlos. Puck grinste bitter. »O ja, Eure Hoheit. Ich weiß, was Verlust bedeutet. Ich habe dieses Mädchen bereits geliebt, als sie mich noch gar nicht kannte. Aber ich habe gewartet. Ich habe gewartet, weil ich ihr nichts vormachen wollte, was mich betrifft. Ich wollte, dass sie die Wahrheit erfuhr, bevor irgendetwas passiert. Also habe ich ausgeharrt und meinen Job gemacht. Jahrelang habe ich sie beschützt und mich in Geduld geübt, bis sie eines Tages endlich ins Nimmernie ging, um ihren Bruder zu retten. Und dann kamst du daher. Als ich die Blicke sah, die sie dir zuwarf, wollte ich dich zum ersten Mal genauso dringend umbringen wie du mich. Also, Prinz, hier!« Ohne jede Vorwarnung schleuderte er mir seine Dolche entgegen. Sie blieben vor meinen Füßen in der Erde stecken und funkelten zitternd. »Ich habe die Kämpfe satt. Du willst Rache?« Er richtete sich stolz auf, breitete die Arme aus und starrte mich wild an. »Komm und hol sie dir! Hier ist sie gestorben, hier hat alles angefangen. Hier bin ich, Ash – töte mich endlich. Ich werde mich nicht wehren.

Lass es uns beenden, ein für alle Mal!«

Die Wut brodelte in mir. Mit erhobenem Schwert stürmte ich auf ihn zu, die Klinge auf seinen Hals gerichtet, sodass sie mit einem Schlag sein Schlüsselbein durchtrennen und an der anderen Seite wieder herausfahren würde. Ich *würde* es beenden, jetzt und hier. Puck rührte sich nicht, und sein Blick löste sich nicht von meinem, als ich angriff. Er zuckte nicht einmal, als die Waffe in einem eisigen, blauen Bogen herabfuhr …

… und stoppte.

Meine Hände zitterten, und das Schwert lag vibrierend an Pucks Schlüsselbein, sodass die Klinge eine schmale rote Linie in seine Haut ritzte. Keuchend rang ich nach Luft, während er mich weiter ausdruckslos musterte, sodass ich mein gequältes Gesicht in seinen Augen sehen konnte. *Tu es,* flüsterte die Wut mir zu, während ich angestrengt versuchte, meine Arme zu bewegen und zu beenden, was ich angefangen hatte. *Töte ihn. Das hast du doch immer gewollt. Beende die Fehde und löse dein Versprechen ein.*

Puck holte vorsichtig Luft und sagte leise: »Wenn du es tun willst, tu es jetzt, Prinz. Die Anspannung bringt mich noch um.«

Ich richtete mich auf und wappnete mich für die Tat. Robin Goodfellow würde heute sterben. Es musste einfach so enden. Dabei spielte es keine Rolle, dass Puck genauso viel verloren hatte wie ich, dass sein Schmerz ebenso groß war wie meiner, dass er Meghan genug liebte, um mir Platz zu machen und sich anstandslos zurückzuziehen. Dass seine Liebe zu ihr groß genug war, um seinen eingeschworenen Feind auf der Suche nach dem Unmöglichen zu begleiten, nur damit sie glücklich wurde. Dass er nicht meinetwegen hier war, sondern ihretwegen. Nichts davon war von Belang. Ich hatte hier, genau an diesem Ort, einen Eid geleistet, und den musste ich erfüllen.

Ich packte mein Schwert noch fester und spannte mich an. Puck stand reglos da und wartete. Wieder hob ich die Waffe ... wirbelte mit einem frustrierten Schrei herum und schleuderte sie in den nächsten Dornbusch.

Puck konnte es sich nicht verkneifen, erleichtert aufzuatmen, als ich davonstürmte, hinein in die Nebelwand und außer Sichtweite. Ich brach zusammen, fiel auf die Knie, schlug mit den Fäusten in den Matsch und ließ erschöpft den Kopf hängen. Warum tat sich nicht die Erde auf und verschluckte mich? Wut, Trauer, Selbsthass und Reue ließen mich zittern. Ich bereute, was passiert war, bereute mein Versagen und dass ich überhaupt jemals einen Eid geleistet hatte, meinen besten Freund zu töten.

Ariella, es tut mir leid. Vergib mir. Ich bin schwach. Ich konnte mein Versprechen nicht halten.

Ich weiß nicht, wie lange ich dort kniete. Vielleicht war es nur eine Minute, doch noch bevor ich mich wieder ganz beruhigt hatte, spürte ich, dass ich nicht allein war. Erstaunt, dass Puck dämlich genug war, mich jetzt zu stören, hob ich den Kopf.

Es war nicht Puck.

Dicht vor der Nebelwand stand eine verhüllte Gestalt, die so blass und durchscheinend war, dass sie fast mit dem Dunst verschmolz. Unter der großen Kapuze war nur Dunkelheit zu erkennen, doch ich konnte spüren, wie mich dieses Wesen beobachtete.

Langsam stand ich auf und bereitete mich darauf vor, sofort zu fliehen, falls dieser Fremde mich angreifen sollte. Ich bereute, mein Schwert nicht dabeizuhaben, aber dafür war es zu spät.

Ich betrachtete das fremde Wesen und spürte einen Hauch des Erkennens. Wir waren uns schon einmal begegnet und zwar vor gar nicht so langer Zeit. Ich hatte seine Anwesenheit gespürt, in dem Albtraum vom Eisernen Reich. Es hatte sich zwar nie gezeigt, mich aber in der Traumwelt festgehalten. Und je mehr ich an Selbstbeherrschung zurückgewann, umso mehr Erinnerungen kehrten zu mir zurück, bis ich schließlich wieder wusste, warum wir hier waren – wen wir gesucht hatten.

»Bist du … die Seherin?«, fragte ich leise. Meine Stimme zitterte und wurde von den dicken Nebelschwaden verschluckt, doch die verhüllte Gestalt nickte. »Dann … weißt du ja sicher, warum ich gekommen bin.«

Wieder ein Nicken. »Ja«, hauchte die Seherin so flüchtig wie der Nebel, der uns umgab. »Ich weiß, warum du hier bist, Ash vom Winterhof. Aber die eigentliche Frage ist … weißt du es auch?«

Ich setzte zu einer Antwort an, als die Seherin einen Schritt vortrat und die Kapuze zurückschlug.

Mir wurde der Boden unter den Füßen weggezogen. Fassungslos starrte ich sie an, völlig zu Eis erstarrt, was diesmal nichts mit meinem winterlichen Erbe zu tun hatte.

»Hallo, Ash«, flüsterte Ariella. »Es ist lange her.«

ZWEITER TEIL

Die Seherin

Ich konnte nicht glauben, was ich da vor mir hatte. Sie sah aus wie Ariella, klang wie Ariella. Selbst nach all den Jahren hatte ich die Melodie ihrer Stimme noch genau im Ohr, kannte noch die feinste Neigung ihres Kopfes. Aber ... das war sie nicht. Sie konnte es nicht sein. Es war ein Trick oder vielleicht eine Erinnerung, die durch unsere heftigen Gefühlsausbrüche zum Leben erwacht war. Ariella war tot. Und das schon seit langer Zeit.

»Nein«, flüsterte ich kopfschüttelnd und versuchte verzweifelt, irgendeinen klaren Gedanken zu fassen. »Das ... das ist nicht real. Du bist nicht real. Ariella ... ist nicht mehr.« Meine Stimme brach, und wieder schüttelte ich den Kopf, diesmal wütend. »Das ist nicht real«, wiederholte ich, damit ich es auch selber glauben konnte. »Was auch immer du bist, verlasse diesen Ort. Quäle mich nicht länger.«

Die verhüllte Gestalt glitt auf mich zu und zerteilte den Nebel vor ihren Füßen. Ich wollte vor ihr zurückweichen, aber mein Körper gehorchte mir nicht mehr. Ich war wie eingefroren und völlig hilflos, als das Ding, das wie Ariella aussah, immer näher kam, so nah, dass ich die Silberpunkte in den Augen sehen und den zarten Duft von Nelken riechen konnte, der sie immer umgeben hatte.

Ariella musterte mich einen Moment lang, dann hob sie eine schmale, blasse Hand und legte sie an meine Wange, wo ich sie kühl und fest an der Haut spürte.

»Fühlt sich so eine Erinnerung an, Ash?«, flüsterte sie. Mir stockte der Atem, und meine Knie wurden weich. Ich schloss die Augen, mochte der Hoffnung keinen Raum geben, zu groß war die Angst, sie könnte mir wieder entrissen werden. Ariella nahm meine schlaffe Hand und drückte sie an ihre Brust, sodass ich ihren Herzschlag unter meinen Fingern spüren konnte. »Oder so?«

Meine Ungläubigkeit verschwand. »Du lebst«, würgte ich hervor. Sie schenkte mir ein trauriges, gequältes Lächeln, in dem sich all die Jahre des Schmerzes und der Verzweiflung spiegelten, die mir so vertraut waren. Ihr Kummer war ebenso heftig und herzzerreißend gewesen wie meiner. »Du lebst«, hauchte ich wieder und zog sie in meine Arme.

Sie schmiegte sich an mich und flüsterte meinen Namen. Mit aller Kraft hielt ich sie fest, immer noch von der Angst getrieben, sie könnte sich im Nebel auflösen. Ich spürte ihren Herzschlag, der im Takt mit meinem dröhnte, lauschte auf ihre Atemzüge an meiner Wange und spürte, wie die altbekannte Trauer von mir abfiel und schmolz wie der letzte Schnee in der Frühlingssonne. Noch immer konnte ich es nicht fassen – ich hatte keine Ahnung, wie das möglich war, aber Ariella lebte. Sie lebte! Der Albtraum war endlich vorüber.

Mir kam es vor wie eine Ewigkeit, bis wir uns voneinander lösten, doch der Schock saß noch immer tief. Und als sie mich mit diesen Augen ansah, in denen alle Sterne des Himmels zu funkeln schienen, konnte ich umso weniger begreifen, dass sie hier vor mir stand. »Wie ist das möglich?«, stieß ich hervor, ohne sie loszulassen. Ich musste sie einfach berühren, musste fühlen, wie sie sich fest, lebendig und absolut wirklich an mich drückte. »Ich habe gesehen, wie du starbst.«

Ariella nickte. »Ja, das war keine sehr angenehme Erfahrung.« Als sie mein verwirrtes Gesicht sah, lächelte sie. »Es gibt einiges, das … ich dir erklären muss«, fuhr sie dann fort, und ein dunkler Schatten schien sich auf ihr Gesicht zu legen. »Ich muss dir so vieles erzählen, Ash. Aber nicht hier.« Entschlossen löste sie sich aus meinen Armen. »Ich lebe nicht weit von hier. Hol Robin Goodfellow, dann reden wir gemeinsam über alles.«

Ein ersticktes Keuchen unterbrach uns. Als ich mich umdrehte, stand Puck ein paar Meter von uns entfernt und starrte mit offenem Mund auf Ariella. Seine grünen Augen waren weiter aufgerissen, als ich es je gesehen hatte.

»Ich … habe Halluzinationen«, stammelte er, dann huschte sein Blick zu mir. Ich sah die Hoffnung darin aufblitzen. »Ash? Sag mir, dass du sie ebenfalls siehst.«

Es war unbegreiflich, aber Ariella lächelte ihn an. »Hallo, Puck. Es ist schön, dich wiederzusehen. Und nein – du hast keine Halluzinationen. Ich bin es wirklich.« Als Puck Luft holte, hob sie abwehrend die Hand. »Mir ist klar, dass ihr beide viele Fragen haben müsst, aber dies ist nicht der richtige Ort dafür. Folgt mir, dann werde ich versuchen, euch alles zu erklären.«

Benommen holte ich mein Schwert aus dem Busch, in den ich es so grob gefeuert hatte, dann folgten wir Ariella durch den Nebel und die Dornen. Ihre durchscheinende Gestalt glitt wie ein Geist vor uns her. Jedes Mal, wenn sich die dichten Schwaden um ihren blassen Körper legten, packte mich lähmende Angst. Ich war sicher, dass sie verschwunden sein würde, wenn sich der Nebel lichtete. Puck lief schweigend hinter mir. Mir war klar, dass er ebenso mitgenommen war wie ich und zu begreifen versuchte, was wir da gerade gesehen und gehört hatten. Auch mir drehte sich noch immer der Kopf, vom Schock und den vielen Fragen, die darin herumschwirrten. Und Puck war der Letzte, mit dem ich jetzt reden wollte.

Wir folgten Ariella durch eine dichte Hecke, hinter der die Luft klar war und die Dornenranken eine schützende Mauer um eine kleine, schneebedeckte Senke bildeten. Der Schein hier schuf die Illusion von sanft fallenden Flocken, von Eiszapfen an den Zweigen und klirrend kalter Luft, aber das alles war reine Einbildung. In der Mitte der Lichtung schimmerte ein Teich, neben dem ein einzelner Holunderbaum stand, dessen Äste schwer mit den dunklen Beeren beladen waren. In den Zweigen der Hecke waren Holzborde angebracht, auf denen diverse Tiegelchen, getrocknete Pflanzen und einfache Knochenwerkzeuge lagen, und unter einem Unterstand aus Korbgeflecht und Eis stand ein schmales Bett.

Ariella ging zu einem der Regale und wischte den nicht vorhandenen Staub von zwei Gläsern, wohl um sich zu sammeln. Staunend sah ich mich auf der Lichtung um. »Hier … hier lebst du also?«, fragte ich schließlich. »Du bist die ganze Zeit hier gewesen?«

»Ja.« Ariella holte tief Luft, drehte sich zu uns um und strich sich die

Haare aus dem Gesicht. Das hatte sie immer getan, wenn sie nervös war. »Setzt euch doch.« Sie zeigte auf einen alten Holzblock, der schon so abgerieben war, dass er glänzte, aber ich konnte mich jetzt nicht hinsetzen. Puck offensichtlich auch nicht.

»Also, seit wann bist du denn nun hier, Ari?«, fragte er, und sofort flackerte Ärger in mir auf, weil er diesen alten Spitznamen völlig selbstverständlich benutzte. Er hatte nicht das Recht, mit ihr zu reden, als wäre nichts gewesen. Als wäre plötzlich alles wieder in Ordnung. »Warst du seit … jenem Tag hier? Ganz allein?«

Sie nickte mit einem müden Lächeln. »Natürlich lässt es sich nicht mit dem Winterpalast vergleichen, aber ich komme zurecht.«

Meine Verärgerung verwandelte sich in Wut. Ich versuchte sie zu unterdrücken, aber sie kochte immer wieder hoch, als die dunkelsten Jahre meines Lebens mich plötzlich alle zugleich wieder einholten. Ariella war hier, die ganze Zeit, und hatte nicht ein Mal daran gedacht, zu mir zu kommen oder uns wissen zu lassen, dass sie noch lebte. All die Jahre des Kampfes, des Tötens, für nichts. »Warum hast du mir nichts gesagt?«, wollte ich nun wissen. Sie zuckte zusammen, als hätte sie diese Frage erwartet.

»Glaub mir, Ash, ich wollte ja …«

»Hast du aber nicht.« Mit großen Schritten ging ich zu dem Holunderbaum, ich konnte einfach nicht mehr stillstehen. Ihr Blick ruhte noch immer auf mir, als ich herumwirbelte und mit einer ausholenden Geste auf die Senke deutete. »Jahrelang warst du hier, Ari, und du bist nie zurückgekommen, hast nicht einen einzigen Versuch unternommen, mich wiederzusehen. Du hast mich glauben lassen, du wärst tot! *Warum?*« Ich schrie die Frage fast schon heraus, ich war dabei, die Beherrschung zu verlieren, konnte aber nichts dagegen tun. »Du hättest eine Nachricht schicken können, mich wissen lassen, dass es dir gut geht! All die Jahre dachte ich, ich hätte dich für immer verloren, ich dachte, du wärst tot. Ist dir eigentlich klar, was ich durchgemacht habe? Was wir beide durchgemacht haben?«

Puck blinzelte überrascht, als ich ihn mit einbezog. Doch ich ignorierte ihn und blieb völlig auf Ariella konzentriert, die mich zwar traurig ansah, aber nichts erwiderte. Schließlich ließ ich die Hände sinken, und mein Ärger verpuffte so schnell, wie er gekommen war. »Warum hast du mir nichts gesagt?«, flüsterte ich.

»Ganz einfach: Wenn ich zurückgekehrt wäre, hättest du niemals Meghan Chase kennengelernt.«

Bei der Erwähnung dieses Namens erstarrte ich.

Ariella seufzte tief – wodurch sie um hundert Jahre zu altern schien – und strich erneut ihr Haar zurück. »Das habe ich jetzt aber furchtbar erklärt«, stellte sie fest, scheinbar mehr an sich selbst gerichtet. »Lasst es mich noch einmal probieren, diesmal von Anfang an. Beginnen wir mit dem Tag, an dem ... ich starb.«

»Ich hatte schon immer leichte hellseherische Fähigkeiten«, begann Ariella und blickte dabei auf den kleinen Teich, als könne sie darin die Zukunft sehen. »Selbst vor dem ... Unfall ... konnte ich manchmal Dinge vorhersagen. Nur kleine, unbedeutende Sachen. Meine Kräfte waren nie so stark, dass ich für eine der Fraktionen bei Hofe eine Bedrohung oder eine ernst zu nehmende Konkurrenz gewesen wäre. Mein Vater versuchte, mithilfe meiner Gabe an mehr Macht zu kommen, doch er gab es schnell wieder auf, als ihm klar wurde, dass meine Visionen nie irgendetwas Nützliches beinhalteten. An jenem Tag in diesem Tal«, fuhr sie noch leiser fort, »als der Wyvern mich verwundete, geschah etwas mit mir. Ich spürte, wie ich starb, wie mein Leben verblasste und ich ein Teil des Nimmernie wurde. Ich versank in Dunkelheit, und dann hatte ich einen Traum ... eine Vision. Ich sah die Eisernen Feen und das Chaos, das sie bringen würden. Danach ... ich weiß nicht. Plötzlich wachte ich auf, ganz allein, an dem Ort, an dem ich gestorben war. Und ich wusste, was geschehen würde. Die Eisernen Feen würden uns vernichten, wenn es sie nicht gäbe. Ein Mädchen. Oberons halb sterbliche Tochter, Meghan Chase. Wenn die Zeit kommen und der Eiserne König schließlich seine Pläne in die Tat umsetzen würde, wäre sie unsere Rettung – falls sie lange genug lebte, um sich diesen Herausforderungen zu stellen.«

Ariella unterbrach sich, fuhr sich wieder mit der Hand durchs Haar und richtete ihren Blick auf etwas, das ich nicht sehen konnte. »Immer wieder hatte ich Visionen von Meghan Chase«, erklärte sie gedankenversunken. »Ich sah ihre Kämpfe so deutlich, als wären es meine eigenen.

Die Zukunft ist ständig im Fluss – es gibt nie nur einen deutlichen Weg, und manche meiner Visionen waren grauenhaft. Viele, viele Male sah ich sie sterben. Und jedes Mal, wenn sie unterging, rissen die Eisernen Feen das Nimmernie an sich. Der Eiserne König triumphierte, Dunkelheit senkte sich über das Feenreich, und alles, was wir kennen, wurde vernichtet.«

»Aber sie ist nicht untergegangen«, unterbrach Puck ihren Bericht. »Sie hat gesiegt. Sie hat eine Armee aus Eisernen Feen zur Festung des falschen Königs geführt, die Tür eingetreten und den alten Knacker in einen Baum verwandelt, bevor sie selbst die neue Königin wurde. Dank ihr vergiften die Eisernen Feen nicht länger das Nimmernie, zumindest solange sie in ihrem Territorium bleiben. Also sicher nicht der Weltuntergang, wie du ihn vorhergesehen hast, Ari.«

Ariella nickte. »Ja, und auch solche Zukunftsvarianten habe ich gesehen, Robin Goodfellow. Aber sie war nie allein. Ihr wart immer an ihrer Seite, du und Ash. Ihr habt sie beschützt, habt ihr geholfen, sodass sie siegreich sein konnte. Letzten Endes hat sie das Böse besiegt und sich ihrem Schicksal gestellt, aber erst ihr habt ermöglicht, dass sie so weit kommen konnte. Ohne eure Hilfe wäre sie gestorben.«

Seufzend spielte Ariella mit einigen Zweigen, dann wanderte ihr Blick wieder in die Ferne. »Natürlich war auch mir eine Rolle zugedacht worden«, fuhr sie zögernd fort, als wäre diese fatal gewesen. »Ich war die Puppenspielerin und habe im Hintergrund die Fäden gezogen, habe dafür gesorgt, dass alles am richtigen Platz war, bevor sie kam. Ich habe die Zeichen gesehen, die ihrer Ankunft vorausgingen. Ich habe jene Gerüchte in die Welt gesetzt, die dazu führten, dass Leanansidhe einen Putsch plante und schließlich verbannt wurde. Ich schlug vor, dass das Mädchen einen Wächter bekommen sollte, der sie in der Welt der Sterblichen beschützte. Und ich sorgte dafür, dass ein gewisser Kater nach der halb-menschlichen Tochter des Sommerkönigs Ausschau hielt, falls sie zufällig eines Tages in seinem Baum landen sollte.«

Ich war wie betäubt. Die ganze Zeit hatte ich meine Wut und meine Trauer gegen Puck gerichtet, dabei hatten mich meine Qualen auf etwas viel Größeres vorbereitet. Und sie hatte es mir nicht einmal sagen können.

Ariella schwieg eine Weile, schloss die Augen und kniff die Lippen zusammen. »Ich wusste, dass du dich in sie verlieben würdest, Ash«, flüsterte sie. »Die Visionen zeigten mir dies bereits Jahre, bevor du sie zum ersten Mal gesehen hast. Ich wollte ja zu dir gehen und dir sagen, dass ich noch lebe. Ich wusste, was du durchmachst, ich hörte sogar von deinem Schwur, Puck zu töten. Ich habe mir so sehr gewünscht, es dir sagen zu können.« Das Zittern in ihrer Stimme zerriss mir fast das Herz. »Aber ich konnte es nicht. Ich musste zulassen, dass du ihr begegnest, dass du dich in sie verliebst und ihr Ritter wurdest. Weil sie dich brauchte. Und weil wir alle sie brauchten, um zu siegen. Ich glaube, das Feenreich hat mich deswegen zurückgebracht – damit ich dafür sorge, dass Meghan Chase Erfolg hat. Ich durfte nicht zulassen, dass meine Gefühle für dich das verhindern. Ich … ich musste dich gehen lassen.« Sie holte tief Luft, und plötzlich klang ihre Stimme hart. »Ich habe mich *entschieden*, dich gehen zu lassen.«

Auch diesmal konnte ich in ihren blau-grünen Augen das Funkeln der Sterne sehen, als sie mich ansah. »Ich wusste, dass du kommen würdest. Irgendwann würdest du hierherkommen, da war ich sicher. Ich weiß von deinem Vorhaben, Ash. Und ich weiß, warum du hier bist. Du willst ein Mensch werden, ein Sterblicher, damit du zu ihr zurückkehren kannst. Aber jetzt gibt es nicht mehr nur Schwarz und Weiß, oder? Und deswegen werde ich dir nun eine Frage stellen. Ich weiß, was du tun musst, um sterblich zu werden. Doch der Weg dorthin ist voller Strapazen, und einige von uns werden ihn vielleicht nicht überleben. Hier also meine Frage: Willst du noch immer ein Mensch werden? Willst du immer noch mit Meghan Chase zusammen sein?«

Ich holte tief Luft, um meine Gedanken zu klären. Diese Frage konnte ich nicht beantworten, nicht, wenn die Liebe, die ich jahrzehntelang für tot gehalten hatte, nur wenige Meter von mir entfernt stand. Wortlos drehte ich mich um und verließ die Senke, ging zurück in den Nebel und tauchte in die Stille meiner Gedanken ein. Ich spürte Ariellas Blick im Rücken, doch sie folgte mir nicht.

An dem Ort, wo Ariella gestorben war, hielt ich inne. Ich musterte das riesige Wyvernskelett am Rand des Tals und versuchte zu verarbeiten, was passiert war. Sie lebte. Sie hatte die ganze Zeit gelebt und gewusst, dass ich dort draußen war, hatte mich beobachtet, aber keinen Kontakt mit mir aufnehmen können. So lange war sie allein gewesen. Es musste furchtbar für sie gewesen sein. Wäre es andersherum gewesen und ich hätte mit ansehen müssen, wie sie sich in einen anderen verliebte, hätte mich das wahnsinnig gemacht. Ich fragte mich, ob sie wohl auf diesen Tag gewartet hatte; den Tag, an dem ich endlich hierher zurückkommen würde. Und ob sie hoffte, wir könnten wieder zusammen sein.

Aber nun gab es jemand anderen. Jemanden, der auf mich wartete, der meinen Wahren Namen kannte und dem ich meine Loyalität schuldete. Jemanden, dem ich ein Versprechen gegeben hatte.

Plötzlich spürte ich Puck hinter mir, drehte mich aber nicht um. »Ganz schön verrückt, was?«, murmelte er, als er neben mich trat. »Wer hätte gedacht, dass sie die ganze Zeit hier war? Hätte ich das gewusst ...« Seufzend verschränkte er die Arme vor der Brust, beendete den Satz aber nicht. »Dann wäre bestimmt manches anders gekommen, nicht wahr?«

»Woher wusstest du es?«, fragte ich, ohne ihn anzusehen. Aus dem Augenwinkel bemerkte ich, wie er verwirrt die Stirn runzelte. »Woher wusstest du, dass ich dich nicht töten würde?«

»Wusste ich nicht«, erwiderte er mit gezwungener Heiterkeit. »Aber ich habe von ganzem Herzen gehofft, dass du es nicht tun würdest. Denn ich glaube, das wäre echt blöd gewesen.« Er musterte nun ebenfalls den toten Wyvern. Dann fragte er leise: »Ist diese Sache zwischen uns denn nun vorbei?«

Ich konnte ihn immer noch nicht ansehen. »Ariella lebt«, murmelte ich schließlich. »Ich denke, dadurch wird der Eid null und nichtig. Ich muss ihren Tod ja nun nicht mehr rächen. Wenn das also wahr ist ... ja.« Ich zögerte, da ich sehen wollte, ob sich die Worte richtig anfühlten, ob ich aussprechen konnte, was ich schon seit Jahrzehnten sagen wollte. Wäre es eine Lüge, könnte ich es nicht über die Lippen bringen. »Es ist vorbei.«

Es ist vorbei.

Puck stieß einen tiefen Seufzer aus, legte den Kopf in den Nacken und fuhr sich mit beiden Händen durch die Haare, bevor ein erleichtertes Grinsen auf seinem Gesicht erschien. Ich warf ihm einen kurzen Seitenblick zu. »Das heißt aber nicht, dass zwischen uns alles in Ordnung ist«, warnte ich ihn aus alter Gewohnheit. »Dass ich jetzt nicht mehr durch einen Schwur dazu verpflichtet bin, dich umzubringen, bedeutet nicht, dass ich es nicht trotzdem tun würde.«

Es war eine leere Drohung, und das wussten wir beide. Die Erleichterung, Puck nicht töten zu *müssen*, von einem Schwur befreit zu sein, den ich nie wirklich gewollt hatte, war einfach zu groß. Nun ließ ich niemanden mehr im Stich, wenn ich ihn verschonte. Fürs Erste war der dunkle Dämon in mir gesättigt.

Doch andererseits stimmte auch die Aussage, dass zwischen uns nicht alles in Ordnung war. Zu viele Kämpfe, zu viel Wut, Hass und böses Blut standen im Weg. Viele Jahre der Worte und Taten, die wir nun bereuten, alte Wunden, die einfach zu tief saßen. »Das ändert nichts zwischen uns, Puck«, fuhr ich steif fort. »Gib dich ja nicht dem Glauben hin, ich würde dir nicht mein Schwert ins Herz stoßen. Wir sind noch immer Feinde. Es wird nie wieder so sein wie früher.«

»Wenn du das sagst, Prinz.« Puck grinste breit, wurde dann aber schlagartig ernst. »Aber im Moment hast du, glaube ich, wesentlich größere Probleme als mich.« Stirnrunzelnd blickte er zu der winterlichen Lichtung zurück. »Meghan oder Ariella – diese Wahl würde ich nie und nimmer treffen wollen. Was wirst du tun?«

Meghan oder Ariella. Beide lebten. Und beide warteten auf mich. Diese ganze Situation war vollkommen surreal. Meghan war die Eiserne Königin und damit für mich unerreichbar. Ariella – die lebendige, unveränderte Ariella – wartete ganz in meiner Nähe. All die Möglichkeiten und Was-wäre-wenns wirbelten in meinem Kopf herum. Einen Moment lang überlegte ich, was wohl passieren würde, wenn ich einfach für immer hier blieb, bei Ariella.

Der Schmerz kam schnell und heftig. Es war kein stechender, brennender oder unerträglicher Schmerz. Es war eher ein Gefühl, als würde sich mein Innerstes langsam auflösen und in kleine Teile zerlegt werden, die im Äther verschwinden. Ich unterdrückte ein Keuchen und schob den Gedanken schnell von mir. Mein Versprechen, der Schwur, den ich Meghan geleistet hatte, war mit meinem gesamten Sein verwoben, und sollte ich ihn brechen, würde sich dieses Sein auflösen.

»Mein Versprechen gilt«, sagte ich leise, woraufhin der leise Schmerz so schnell verschwand, wie er gekommen war. »Es spielt keine Rolle, was ich gerne hätte, ich kann jetzt nicht aufgeben. Ich muss weitermachen.«

»Aber von dem Versprechen mal abgesehen.« Pucks Stimme war hart geworden, missbilligend. »Wenn es kein Versprechen gäbe, Ash, wenn du nicht durch einen Eid gebunden wärst – würdest du dann weitermachen? Was würdest du hier und jetzt tun, wenn du die freie Wahl hättest?«

»Ich …« Ich zögerte und dachte an die verschlungenen Pfade, die mich hierhergebracht hatten, die bitteren Entscheidungen und die beiden Wesen, die mir alles bedeuteten. »Ich weiß es nicht. Diese Frage kann ich jetzt nicht beantworten.«

»Tja, dann sollte dir besser schnell etwas einfallen, Prinz.« Puck kniff die Augen zusammen und fuhr mit fester Stimme fort: »Wir haben beide ziemlich viel Scheiße gebaut in unserem Leben. Immerhin kannst du an einer der beiden jetzt etwas gutmachen. Aber du kannst nicht beides haben, das ist dir doch wohl klar? Du wirst eine Wahl treffen müssen.«

»Ich weiß.« Seufzend drehte ich mich zu der Lichtung um, wohl wissend, dass sie mich auch jetzt beobachtete. »Ich weiß.«

Ariella wartete bereits auf uns. Sie stand unter dem Holunderbaum und sprach mit den leeren Ästen. Oder zumindest waren sie leer, bis plötzlich zwei goldene Augen zwischen den Blättern auftauchten und träge zusahen, wie wir die Lichtung betraten. Gähnend setzte sich Grimalkin auf, legte den Schwanz um die Pfoten und musterte uns.

»Du hast dich also entschieden?«, schnurrte er und grub seine Krallen in den Ast, auf dem er saß. »Gut. Diese ständige Selbstfolter wurde auch langsam öde. Warum brauchen Menschen und Feenvolk bloß immer so endlos lange, um einen Weg zu wählen?«

Puck blinzelte zu ihm hoch. »Oh, lass mich raten: Du wusstest natürlich die ganze Zeit, dass Ariella hier ist.«

»Außerdem hat euresgleichen die Angewohnheit, ständig das Offensichtliche zu betonen.«

Ariella musterte mich mit unergründlicher Miene. »Wie lautet deine Entscheidung, Ash vom Winterhof?«

Ich ging so nah an sie heran, dass ich ihr ins Gesicht sehen konnte.

Sie hatte sich in all den Jahren überhaupt nicht verändert. Sie war noch immer wunderschön, ihre Haut war makellos geblieben, doch in ihren Augen verbargen sich Schatten, die früher nicht dort gewesen waren.

»Du hast gesagt, du wüsstest, wie ich ein Sterblicher werden kann«, begann ich leise und wartete auf ihre Reaktion. Ihre Augen wurden einen Hauch schmaler, doch ansonsten blieb ihre Miene neutral. »Ich habe es versprochen«, fuhr ich sanft fort. »Ich habe Meghan geschworen, dass ich einen Weg finden würde, um zu ihr zurückzukehren. Das kann ich nicht einfach vergessen, selbst wenn ich es wollte. Ich muss wissen, wie man sterblich wird.«

»So sei es denn.« Ariella schloss die Augen, und es dauerte lange, bis sie sie wieder aufschlug. Als sie schließlich sprach, schien ihre leise Stimme von weit her zu kommen. Instinktiv stellten sich mir die Nackenhaare auf. »Es gibt einen Ort«, hauchte sie, »am Ende des Nimmernie. Noch hinter der Hecke, die das Feenreich umschließt, hinter dem Rand unserer Welt, existiert seit Anbeginn der Zeit das Feld der Prüfungen. Hier erwartet der Wächter all jene, die dem Feenreich für immer entkommen, die Welt der Träume hinter sich lassen und Teil der Menschenwelt werden wollen. Doch um dies zu tun, musst du den Heldenparcours überstehen. Keiner von denen, die sich bisher dieser Herausforderung gestellt haben, ist mit klarem Verstand zurückgekehrt, wenn sie überhaupt je zurückkehrten. Solltest du die Prüfungen dennoch überleben, so sagt es die Legende, wird der Wächter dir den Schlüssel zur Sterblichkeit anbieten. Der Heldenparcours sei deine Prüfung, und deine Belohnung sei … eine Seele.«

»Eine … Seele?«

Ariella musterte mich ernst. »Ja. Die Seele ist die Essenz der Menschlichkeit. Sie fehlt uns zur Sterblichkeit, und deswegen können wir die Menschen nie wirklich verstehen. Wir wurden aus ihren Träumen, ihren Ängsten und ihren Fantasien geboren. Wir sind das Produkt ihrer Herzen und ihres Verstandes. Ohne eine Seele sind wir zwar unsterblich, doch innerlich leer. Erinnert man sich an uns, so existieren wir. Vergisst man uns, sterben wir. Und wenn wir sterben, so verblassen wir, und es ist, als hätten wir niemals existiert. Ein Mensch zu werden, heißt, eine Seele zu erringen. So einfach ist das.«

Puck nickte, als wäre das alles völlig logisch für ihn.

»Also gut«, wandte ich mich wieder an Ariella. »Dann muss ich also zum Feld der Prüfungen. Wo ist es?«

Sie lächelte traurig. »Das ist kein Ort, zu dem man einfach so hinspazieren kann, Ash. Niemals brach jemand zum Feld der Prüfungen auf und hat überlebt. Jedoch ...« Ihr Blick wurde glasig und schweifte in sehr weite Ferne. »Ich sah es in meinen Visionen. Ich kann dir den Weg zeigen.«

»Wirklich?« Ich warf ihr einen prüfenden Blick zu. »Und was verlangst du als Gegenleistung? Was soll ich dafür schwören?« Ich trat ganz dicht an sie heran und fuhr so leise fort, dass nur sie mich hören konnte: »Ich kann dir die Vergangenheit nicht zurückgeben, Ariella. Ich kann dir nicht versprechen, dass alles wieder so wird wie früher. Jetzt ... gibt es eine andere.« In meiner Erinnerung tauchte ein Gesicht auf, anders als das von Ariella: blondes Haar, blaue Augen, ein Lächeln. »Diese Aufgabe, der Kampf um eine Seele, das tue ich nur für sie.«

»Ich weiß«, erwiderte Ariella. »Ich habe euch zusammen gesehen, Ash. Und ich weiß, was du für sie empfindest. Du hast schon immer ... mit ganzem Herzen geliebt.« Ihre Stimme zitterte, und sie holte tief Luft, bevor sie mir in die Augen sah. »Ich verlange nicht mehr von dir, als dass ich dir helfen darf. Mehr will ich nicht.« Als ich weiter zögerte, biss sie sich auf die Lippen, und ihre Augen füllten sich mit Tränen. »Ich habe dich seit vielen Jahren nicht gesehen, Ash. So lange habe ich auf diesen Tag gewartet – bitte geh nicht einfach weg und lass mich zurück. Nicht noch einmal.«

Schuldgefühle packten mich, und ich schloss die Augen. »Also gut«, gab ich seufzend nach. »Das bin ich dir wohl schuldig. Aber das ändert nichts an der Sache, Ari. Ich muss das Versprechen halten, das ich Meghan gegeben habe. Und ich werde nicht eher ruhen, bis ich eine Seele errungen habe.«

Sie nickte verstört. »Es ist ein langer Weg bis ans Ende der Welt.« Da sie sich von mir abwandte und zu ihrem Regal hinüberging, hätte ich sie fast nicht verstanden, als sie hinzufügte: »Da kann viel passieren.«

Als ich gemeinsam mit Ariella, Puck und Grimalkin das Tal verließ, erinnerte mich das auf gespenstische Weise an eine andere Reise, die dieser hier verstörend ähnlich gewesen war. Ich glaube, die Sterblichen nennen so etwas ein Déjà-vu, jedenfalls war es ein seltsames Gefühl, fast in derselben Konstellation unterwegs zu sein wie beim ersten Mal. An meiner Seite Grimalkin, Robin Goodfellow... und ein Mädchen. Ja, es war seltsam. Vor nicht allzu langer Zeit hatte ich noch gedacht, Meghan erinnere mich an Ariella, doch während ich nun meiner alten Liebe dabei zusah, wie sie durch den Nebel glitt und uns aus dem Tal herausführte, konnte ich nur daran denken, wie ähnlich Ariella Meghan war – und wie sehr sie sich gleichzeitig von ihr unterschied.

Entschlossen schob ich diese Gedanken beiseite und konzentrierte mich ganz auf die anstehende Aufgabe. Ich durfte mich nicht von meinem Ziel ablenken lassen. Ich durfte nicht anfangen, die beiden miteinander zu vergleichen – die Liebe aus meiner Vergangenheit und das Mädchen, für das ich einfach alles tun würde –, denn das würde mich über kurz oder lang in den Wahnsinn treiben.

Sobald wir die Grenzen des Tals überschritten hatten, schloss sich der Wolf uns wieder an, indem er lautlos aus der Dunkelheit auftauchte. Er beschnüffelte Ariella neugierig und zog kurz die Schnauze kraus, doch sie musterte ihn nur gelassen, als hätte sie ihn bereits erwartet. Niemand machte sich die Mühe, die beiden einander vorzustellen, und sie schienen sich vorbehaltlos zu akzeptieren.

Wir setzten unseren Weg durch einen Wald voll dorniger Bäume fort, in deren stacheligen Zweigen kleine Knochenstücke, Fellreste und Federn steckten. Aber nicht nur die Bäume waren mit Dornen besetzt, auch die Blumen, Büsche und sogar die Steine waren spitz und stachelig, sodass wir gut aufpassen mussten, wo wir hintraten. Offenbar hatten einige Bäume etwas gegen unsere Anwesenheit einzuwenden, oder vielleicht waren sie auch einfach voller Blutdurst, denn immer wieder schlugen uns funkelnde Zweige entgegen. Ich musste mit einer gewissen Gereiztheit feststellen, dass sie den Wolf komplett in Ruhe ließen und ihm sogar Platz machten, nur um dann zum Schlag auf mich auszuholen, wenn ich hinter ihm ging. Nachdem ich einigen dieser Attacken ausgewichen war, hatte ich die Spielchen satt und zog mein Schwert. Dem nächsten dornigen Ast, der nach meinem Gesicht schlug, verpasste ich einen Hieb, und von da an ließen uns die Bäume endlich in Ruhe. Zumindest die meisten von ihnen.

»Wie ist sie so?«, fragte Ariella mich völlig überraschend. Bis jetzt war sie sehr still gewesen und wortlos vorausgegangen, aber dann zwangen sie die dichten Dornenranken dazu, mir und meiner Waffe die Führung zu überlassen. Sie trug zwar einen Langbogen aus glänzendem, weißem Holz auf dem Rücken, doch ihre einzige Stichwaffe war ein kleiner Dolch.

Vollkommen überrumpelt blinzelte ich sie an. Verwirrt, aber wachsam antwortete ich schließlich: »Ich dachte, das wüsstest du bereits.«

»Ich habe das Mädchen gesehen, ja«, erwiderte Ariella, während sie sich unter einer Ranke voller nadelfeiner Dornen hindurchduckte. »Aber immer nur in kurzen Ausschnitten. Mehr haben mir die Visionen nie verraten.«

Hinter uns ließ ein fröhlicher Schrei von Puck erkennen, dass er mal wieder erfolgreich einem Angriff entgangen war, aber dem Rascheln der Blätter zufolge schlugen die Bäume weiterhin nach ihm. Offenbar hatte er Spaß daran, den Zorn des Waldes zusätzlich anzuheizen, aber wenigstens war er so abgelenkt. Grimalkin hatte schon vor einiger Zeit verkündet, dass er uns am anderen Ende des Waldes erwarten würde, und war dann in dem dornenbewehrten Unterholz verschwunden. Der Wolf trottete in einiger Entfernung vor uns her, sodass Ariella und ich quasi allein waren.

Da ihr durchdringender Blick mich nervös machte, wandte ich mich ab und hackte auf einen verdächtig wirkenden Ast ein, bevor er mich attackieren konnte. »Sie … sie ist dir ziemlich ähnlich«, gab ich schließlich zu, als der Ast wütend raschelte. »Ruhig, naiv, manchmal ein wenig leichtfertig. Stur wie ein …« Verlegen hielt ich inne, als ich Ariellas Blick im Nacken spürte. »Warum fragst du?«

Sie lachte leise. »Ich wollte nur sehen, ob ich eine Antwort bekomme. Weißt du noch, wie schwierig es früher war, dir eine konkrete Antwort zu entlocken? Es war wie Zähneziehen.« Grunzend widmete ich mich wieder dem Pfad, und sie trat dicht hinter mich. »Aber hör nicht auf, Ash. Erzähl mir mehr von diesem Menschenmädchen.«

»Ari.« Plötzlich stiegen Erinnerungen in mir auf, wunderschön und schmerzlich zugleich. Wie ich mit Meghan getanzt hatte. Meine Versuche, ihr das Kämpfen beizubringen. Wie ich gezwungen wurde, sie zu verlassen, als sie sterbend unter der großen, eisernen Eiche lag.

Eine Wurzel machte sich meine Unaufmerksamkeit zunutze und wollte mich zu Fall bringen, doch ich sprang beiseite und holte uns beide aus der Gefahrenzone. »Ich … ich kann darüber jetzt nicht sprechen«, erklärte ich Ariella, deren verständnisvoller Blick mich nur zu gut durchschaute. »Frag mich später noch einmal.«

Als wir den Dornenwald verließen, wurde es schlagartig dunkel, fast so, als hätten wir eine unsichtbare Grenze zwischen Tag und Nacht überschritten. Im einen Moment herrschte noch das ewig gleiche Zwielicht des Wilden Waldes, im nächsten war es stockfinster, und nur die Sterne leuchteten über uns. Gleichzeitig durchdrang ein neues Geräusch die Stille des Waldes, das stetig lauter wurde: Das gleichmäßige Murmeln steigerte sich zu einem dumpfen Rauschen, bis wir schließlich die letzten Bäume hinter uns ließen und ans Ufer eines großen, schwarzen Flusses gelangten.

»Wow«, flüsterte Puck nachdenklich, als er neben mich trat. »Der Fluss der Träume. Ich habe ihn zwar schon ein paarmal gesehen, aber es ist immer wieder überwältigend.«

Ich musste ihm recht geben, allerdings tat ich das schweigend. Die Wasseroberfläche war schwarz wie die Nacht selbst und reflektierte das dunkle Sternenzelt. Der Fluss erstreckte sich bis zum Horizont, sodass man nicht unterscheiden konnte, wo das Wasser endete und wo der Himmel begann. Monde, Kometen und Sternbilder funkelten auf seiner Oberfläche, während andere, seltsamere Dinge in dem tintigen Wasser trieben: Blütenblätter und Buchseiten, Schmetterlingsflügel und Silbermünzen. Ein Schwert ragte steil aus dem Wasser auf, die silberne Klinge mit Bändern und Spinnweben umwickelt. Einmal trieb ein Sarg an die Oberfläche, auf dem noch verwelkte Lilien lagen, dann verschwand er wieder in den Tiefen. In den finsteren Gewässern der Träume und Albträume schwammen die Überreste der menschlichen Vorstellungskraft.

Glühwürmchen und Irrwische schwebten in dichten Schwärmen über dem Wasser und funkelten ebenso hell wie die Sterne, was alles noch verwirrender wirken ließ. Dies war die letzte bekannte Grenze des Wilden Waldes. Hinter dem Fluss begann die Große Wildnis, das weite, unentdeckte Gebiet des Nimmernie, in dem die finstersten und ältesten Kreaturen lauerten, die fast schon in Vergessenheit geraten waren.

Der Wolf blickte über den Fluss. Er wirkte vollkommen gelassen und unbeeindruckt, ja fast schon gelangweilt. Er musste den Fluss der Träume schon sehr oft gesehen haben. Ich fragte mich, wie weit er ihm wohl gefolgt war und ob er vielleicht sogar in der Großen Wildnis zu Hause war.

Ich sah Ariella an. »Wohin jetzt, Ari?«

Die Lichter des Flusses spiegelten sich in ihren Augen, die Irrwische umkreisten sie und ließen sich in ihren Haaren nieder. Leuchtend und unwirklich stand sie am Flussufer und wirkte wie ein Nebelbild. Sie hob eine blasse, schmale Hand und deutete flussabwärts.

»Wir folgen dem Fluss. Er wird uns in die richtige Richtung führen.«

»In die Große Wildnis.«

»Ja.«

»Wie weit?« Angeblich war der Fluss der Träume endlos. Es war noch niemandem gelungen, ihn bis zu seinem Ende zu verfolgen; oder zumindest hatte niemand überlebt, der davon hätte berichten können.

Ariellas Blick war so entrückt wie die Sterne über uns. »Bis wir den Rand der Welt erreichen.«

Ich nickte. Egal, was es kostete; ich war bereit, selbst das Unmögliche zu versuchen. »Dann lass uns aufbrechen.«

Auf einem alten, halb im Schlamm des Flussufers versunkenen Fass saß ein uns wohlbekannter grauer Kater und schlug träge nach den Glühwürmchen über seinem Kopf. Als wir uns ihm näherten, löste sich aus einem Haufen angestauter Zweige ein großes Holzfloß, das mit Algen und langen Schlingpflanzen überwachsen war, und glitt ohne jede Führung in unsere Richtung. Es bestand aus breiten, robusten Bohlen, und selbst die Verankerungen waren so dick wie Baumstämme. Sogar der riesige Wolf würde bequem darauf Platz haben. An der Rückseite hing, halb im Wasser, eine lange Holzstange.

»Hey, seht euch das an«, rief Puck fröhlich und rieb sich die Hände. »Scheint fast so, als wüsste der Fluss, dass wir kommen. Ich fahre.«

Er wollte schon losrennen, doch ich fing ihn mit ausgestrecktem Arm ab. »Auf gar keinen Fall.«

»O Mann. Nie darf ich irgendwas.«

Der Wolf zog angewidert die Lefzen hoch und beäugte das Floß, als würde es ihn gleich anfallen. »*Damit* wollt ihr das Ende der Welt erreichen? Habt ihr eigentlich eine Ahnung, was sich so alles im Fluss der Träume herumtreibt? Und wir sind noch nicht einmal im Abschnitt mit den Albträumen.«

»Oh, hat das große, böse Wölfchen etwa Angst vor ein paar fiesen Fischlein?«

Der Wolf starrte Puck unheilvoll an. »Wenn du einige der Fische in der Großen Wildnis gesehen hättest, würdest du so etwas nicht sagen, Goodfellow. Aber was noch viel wichtiger ist: Wie willst du es bis ans Ende der Welt schaffen, wenn ich dir vorher den Kopf abbeiße?«

»Es ist schon gut«, sagte Ariella ruhig, bevor einer von uns reagieren konnte. »Ich habe uns gesehen … wir sind dem Fluss bis zu seinem Ende gefolgt. Wir müssen diesen Weg nehmen.«

Der Wolf schnaubte, gab ein geknurrtes »dämlich« von sich, sprang dann aber doch leichtfüßig auf die Bohlen. Das Floß schaukelte, Wasser spritzte über die Kante, doch es hielt sein Gewicht aus. »Was ist jetzt?« Mürrisch drehte er sich zu uns um. »Worauf wartet ihr noch, gehen wir diese Narretei endlich an.«

Ich half Ariella an Bord, stellte mich auf die Plattform am hinteren Floßende und griff nach der Holzstake. Nachdem auch Puck mir mit nachdenklichem Gesichtsausdruck gefolgt war, wandte ich mich fragend an Grimalkin, der immer noch auf seinem Fass hockte. »Kommst du nun mit, Cat Sidhe, oder nicht?«

Er musterte skeptisch das Floß und zuckte mit den Schnurrhaaren. »Das muss ich wohl, wenn ich euch ans Ende der Welt führen will.« Er stand auf und setzte zum Sprung an, zögerte dann aber und kniff drohend die Augen zusammen. »Ich warne euch: Wenn ich in diesem Fluss lande, weil irgendein Idiot mit dem Floß kippelt …«, er legte die Ohren an und blickte demonstrativ zu Puck, der ihn voller Unschuld ansah,

»dann kenne ich da einige Hexen, die besagten Idioten nur zu gerne mit ein paar mächtigen Flüchen belegen würden.«

»Wow, wenn ich jedes Mal eine Gefälligkeit erwarten dürfte, wenn das einer zu mir sagt …«

Grimalkin war keineswegs amüsiert. Er warf Puck einen letzten drohenden Katzenblick zu, dann sprang er hinüber und stolzierte am Rand des Floßes entlang bis zum Bug, wo er sich wie eine überhebliche Galionsfigur niederließ. Ich stieß uns mit der Stake vom Ufer ab, und das Floß glitt auf den Fluss der Träume hinaus und trieb Richtung Ende der Welt.

Eine Zeit lang war der Fluss ruhig. Abgesehen von dem einen oder anderen Traumschutt, der gegen das Floß schlug, glitten wir problemlos durch das Wasser. Um uns herum tauchten immer wieder die merkwürdigsten Gegenstände auf: Liebesbriefe, Armbanduhren, Stofftiere und schlaffe Ballons. Einmal fischte Puck ein ausgebleichtes Exemplar von Shakespeares *Sommernachtstraum* aus dem Wasser und grinste dämlich, bevor er es wieder zurückwarf.

Ich weiß nicht, wie lange wir den Fluss hinunterfuhren. Der nächtliche Himmel, sowohl der über uns als auch seine Spiegelung, wurde nie heller. Irgendwann legte sich der Wolf hin, bettete den Kopf auf die riesigen Pfoten und döste. Puck und Ariella saßen in der Mitte des Floßes und unterhielten sich leise, offenbar holten sie die vielen Jahre der Trennung nach. Sie schienen sich wohlzufühlen und gingen entspannt und zwanglos miteinander um. Hin und wieder lachte Ariella sogar – ein Geräusch, das ich schon sehr, sehr lange nicht mehr gehört hatte. Es zauberte mir ein Lächeln ins Gesicht, brachte mich aber nicht dazu, gemeinsam mit den beiden in alten Erinnerungen zu schwelgen. Zwischen Puck und mir lag noch einiges im Argen. Die düsteren, drängenden Erinnerungen hatten uns in dem Tal bis an unsere Grenzen getrieben. Das lag vorerst hinter uns, aber ich traute mir noch nicht ganz. Außerdem hing ich meinen eigenen Gedanken nach. Ariellas Fragen hatten sie zu dem Mädchen zurückgeführt, für das ich all das hier auf mich nahm. Ich fragte mich, wo sie wohl gerade war und was sie in diesem Moment tat. Ich fragte mich, ob sie ebenfalls an mich dachte.

»Prinz.« Plötzlich stand Grimalkin neben mir. Ich schaute zu der Cat Sidhe hinunter. »Ich würde vorschlagen, dass wir eine Rast einlegen«, erklärte er und glich mit dem Schwanz das leichte Schaukeln der Strömung aus, um auf den Pfoten zu bleiben. »Ich habe es satt, immer auf einem Fleck zu hocken, und da bin ich nicht der Einzige.« Er deutete mit dem Kopf auf Ariella und Puck, die dicht beieinander auf den nackten Hölzern saßen. Ariella hatte sich an Pucks Schulter gelehnt und schien zu schlafen. Ich verspürte einen Anflug von Ärger, den ich jedoch gleich wieder hinunterschluckte, als Puck reumütig zu mir herübersah. Es war lächerlich, eifersüchtig auf ihn zu sein oder überhaupt etwas in der Art zu empfinden. Dieser Teil meines Lebens war vorbei. Vielleicht bereute ich das, vielleicht wünschte ich mir, es wäre nicht so, aber ich konnte die Zeit nicht zurückdrehen. Das wusste ich schon sehr, sehr lange.

Ich lenkte das Floß an einer sandigen Stelle ans Ufer, das hier von alten, moosbedeckten Bäumen gesäumt wurde. Ariella wachte auf und sah sich verschlafen um.

»Wo...«

»Entspann dich, Ari. Wir machen nur eine kleine Pause.« Puck stieg vom Boot und streckte sich mit erhobenen Armen. »Schon komisch, auf Reisen dieser Art muss man sich immer mit Flößen oder schäbigen kleinen Booten herumschlagen. Warum können wir nicht mit einer Jacht ans Ende der Welt fahren?«

Der Wolf sprang ans Ufer und präsentierte in einem ausgiebigen Gähnen seine Fänge. Dann schüttelte er sich das Wasser aus dem Fell, musterte die mächtigen Bäume und grinste hechelnd. »Ich gehe jagen«, verkündete er schlicht. »Wird nicht lange dauern.« Mit Blick auf mich zog er spöttisch die Lefzen hoch. »Ich würde dir raten, nicht zu weit in den Wald hineinzugehen, kleiner Prinz. Wir befinden uns jetzt tief in der Großen Wildnis, und ich würde ungern bei meiner Rückkehr feststellen, dass ihr alle gefressen wurdet. Na ja, bis auf den Kater vielleicht. Der kann sich meinetwegen jederzeit fressen lassen.« Damit drehte er sich um und sprang davon; seine schwarze Silhouette verschmolz mit den Schatten.

Nur Sekunden später entdeckten wir, dass Grimalkin ebenfalls verschwunden war. Wahrscheinlich war er in den Wald geschlichen, sobald das Floß das Ufer berührt hatte, natürlich ohne eine Erklärung oder einen Hinweis darauf, wann er zurückkommen würde. Damit waren wir nur noch zu dritt.

»Wir könnten sie doch einfach hier zurücklassen«, schlug Puck vor und grinste breit, um zu zeigen, dass er es nicht ganz ernst meinte. »Was denn? Den Blick kannst du dir sparen, Ari. Wolfsmännchen ist wahrscheinlich irgendwo hier zu Hause, und den Fellball könnten wir doch sowieso nicht loswerden, selbst wenn wir es wollten. Wenn wir fast am Ende der Welt wären, würden wir vermutlich feststellen, dass er die ganze Zeit am anderen Ende des Floßes geschlafen hat.«

Ariella musterte ihn weiter missbilligend, woraufhin Puck ergeben die Hände hob. »Na schön. Dann sitzen wir eben so lange hier fest, bis die pelzigen Herrschaften sich bequemen, wieder aufzutauchen.« Seufzend blickte er zwischen uns hin und her. »Okay, also: Lagerplatz, Essen, Feuer. Bin schon dabei.«

Wenig später flackerte ein fröhliches Feuer am Ufer und versuchte tapfer, die Dunkelheit zu vertreiben. Ohne Erfolg. Die Schatten am Fluss der Träume schienen so undurchdringlich, als würde die Nacht höchstpersönlich an den tanzenden Flammen Anstoß nehmen, sich um den Lichtkreis drängen und versuchen, ihn zu verschlucken. Licht war hier genauso ein Eindringling wie wir.

Ariella hockte im Schneidersitz im Sand und stocherte mit einem Stock in der Glut herum, während Puck und ich uns der Nahrungssuche widmeten. Irgendwie war es Puck mithilfe des Scheins gelungen, aus einem Stock und einem Stück Faden eine Angel zu basteln, aber der Versuch, im Fluss der Träume zu fischen, stellte sich als ziemlich seltsam und höchst frustrierend heraus. Anfangs schaffte er es, ein paar Fische aus dem Wasser zu ziehen, aber es waren merkwürdige, fast widernatürliche Kreaturen: lang und dunkel wie Aale, mit riesigen Zähnen – die sie rücksichtslos einsetzten, wenn wir nach ihnen griffen. Sie waren sogar in der Lage, die Stöcke durchzubeißen, auf die wir sie aufspießen wollten. Schließlich entschieden wir, dass unsere Finger zu kostbar waren, um sie deswegen zu verlieren, und so ließen wir die Biester ins

Wasser zurückgleiten. Abgesehen davon fing Puck einen gelben Stiefel, eine Riesenschildkröte, die eine Taschenuhr von uns haben wollte, und etwas, das wie ein ganz normaler Seewolf aussah. Doch dann quollen dem Fisch plötzlich riesige Tränen aus den Augen, und er flehte uns inbrünstig an, ihn zu seiner Familie zurückkehren zu lassen. Ich hätte das Geheul vielleicht ignoriert und ihn trotzdem über das Feuer gehängt, aber der weichherzige Goodfellow ließ ihn ziehen.

»Dir ist schon klar, dass du gerade von einem Fisch übertölpelt wurdest, oder?«, fragte ich ihn, als der Seewolf höhnisch grinsend in den dunklen Tiefen verschwand. Puck zuckte nur mit den Schultern.

»Hey, er wollte immerhin einen seiner Enkelfische nach mir benennen«, protestierte er, während er erneut die Leine auswarf. »Eine meiner Regeln: Ich weigere mich, etwas zu essen, das seine Kinder nach mir benennen will.«

»Fische haben keine Kinder«, erklärte ich ihm trocken. »Fische haben Brut. Und auch aus Brutfisch wird schnell Bratfisch.«

»Trotzdem.«

»Na schön.« Ich verdrehte die Augen und trat vom Ufer zurück. »Ich bin raus aus der Sache. Sag Bescheid, falls du irgendetwas Nützliches fängst.«

Ich kehrte ans Feuer zurück, wo Ariella mich leise anlächelte, so als wüsste sie genau, wie unsere Angelversuche ausgegangen waren.

»Hier.« Sie warf mir eine rötliche Kugel zu. Reflexartig fing ich sie auf und erkannte dann überrascht, was es war: ein weicher, pelziger Pfirsich, fast so groß wie meine Faust. Dann bemerkte ich, dass neben Ariella ein ganzer Korb davon stand.

»Wo hast du die denn gefunden?«, fragte ich verblüfft. Sie lachte leise.

»Im Fluss.« Sie deutete mit dem Kinn auf das funkelnde, dunkle Wasser. »Dort kann man fast alles finden, wovon in der Menschenwelt geträumt wird, solange man nur weiß, wo man suchen muss. Während ihr beide mit Albträumen gekämpft habt, habe ich einfach den Blick über das Wasser schweifen lassen und gewartet, bis der Traumschutt kam.«

»Klingt so, als hättest du das nicht zum ersten Mal gemacht.« Ich setzte mich zu ihr.

»Nicht ganz«, schränkte sie ein. »Ich war noch nie leibhaftig am Fluss.

1125

Aber als Seherin kann ich manchmal in Träume hineinblicken, sei es bei Feen oder bei Sterblichen. Ich glaube, das nennt man Traumwandeln. Und manchmal kann ich diese Träume sogar umgestalten und dafür sorgen, dass der Träumende genau das sieht, was ich will.«

»So wie bei mir.«

Einen Moment lang starrte sie schweigend in die Flammen. »Ja«, murmelte sie schließlich. »Es tut mir leid, Ash. Aber ich wollte, dass du siehst, was passiert wäre, wenn Meghan verloren hätte. Du solltest verstehen, warum ich mich so entschieden habe, obwohl ich wusste, dass es dich verletzen würde.«

»Hast du ...« Ich sammelte kurz meine Gedanken. »Hast du meine Träume auch schon früher beobachtet?« Früher, bevor ich Meghan begegnet war, bevor ich gelernt hatte, meine Gefühle zu Eis erstarren zu lassen – jene Albträume, die mich nächtelang wach gehalten hatten, weil ich genau gewusst hatte, dass ich nicht die Augen schließen konnte, ohne diesen einen Tag wieder und wieder zu durchleben.

Zitternd zog Ariella die Knie an die Brust und nickte. »Ich wünschte, ich hätte dir helfen können.« Mit einem tiefen Seufzen stützte sie das Kinn auf die Knie. »Deine und die von Puck ... am liebsten hätte ich euch wissen lassen, dass ich noch am Leben war.«

Überrascht runzelte ich die Stirn. Puck hatte ebenfalls Albträume gehabt? Unwillig schob ich den Gedanken beiseite. Dann hatte er eben genauso gelitten wie ich, schön. Er hatte nichts anderes verdient. Ich wechselte das Thema: »Und was kommt als Nächstes?«

Ariella seufzte wieder. »Ich weiß es nicht«, antwortete sie gedankenverloren. »Von hier an ist alles verschwommen. Ich bin noch nie so tief in den Wilden Wald vorgedrungen.«

»Ich auch nicht.«

»Aber das beunruhigt dich nicht sonderlich, oder?« Sie schlang die Arme um ihre Beine und blickte auf den Fluss hinaus. »Du wirst alles tun, was nötig ist, nicht wahr? So warst du schon immer. Vollkommen furchtlos.« Wieder durchlief sie ein Zittern, und sie schloss die Augen und schien in sich hineinzuhorchen. »Ich wünschte, ich könnte so sein.«

»Ich bin nicht furchtlos«, protestierte ich. »Es gibt viele Dinge, die mir Angst machen.« Versagen. Die wilde, dunkle Seite meines Wesens. Jene nicht retten zu können, die zu schützen ich geschworen hatte. Noch einmal das Herz herausgerissen zu bekommen. »Ich bin nicht furchtlos«, wiederholte ich. »Keineswegs.«

Ariella musterte mich von der Seite, als wüsste sie genau, was ich dachte. »Aber du fürchtest dich nicht vor den Dingen, die uns anderen Angst machen«, erklärte sie trocken. »Die Dinge, die dich ängstigen *sollten*, lassen dich kalt.«

»Zum Beispiel?«, fragte ich herausfordernd, weil ich wollte, dass sie weiterredete, dass sie wie früher mit mir diskutierte. Diese neue Ariella, die so still und traurig war und von einem schrecklichen Wissen und zahllosen Geheimnissen niedergedrückt schien, konnte ich kaum ertragen. Ich wollte, dass sie wieder lachte, dass ihr altes Lächeln zurückkehrte. Grinsend biss ich in meinen Pfirsich und nahm eine provokant lässige Haltung ein. »Nenn mir eine Sache, von der du meinst, dass ich sie fürchten sollte.«

»Drachen«, sagte Ariella sofort, was ich mit einem Schnauben abtat. »Riesen, Hydras, Mantikore. Such dir eins aus. Nicht nur fehlt dir jeder gesunde Respekt vor ihnen, du stürmst ja selbst noch in ihre Höhlen und forderst sie zum Kampf heraus.«

»Ich habe großen Respekt vor Mantikoren«, wehrte ich mich. »Und wenn möglich, vermeide ich Kämpfe mit Drachen. Du verwechselst mich wohl mit Goodfellow.«

»Trotzdem ...«, Ariella warf mir einen gespielt bösen Blick zu, »das ist nicht dasselbe. Ich habe großen Respekt vor Kelpies, das heißt aber auch, dass ich niemals in einem ihrer Seen schwimmen würde.« Sie rümpfte die Nase. »Nicht so wie Puck und du, die herausfinden wollten, wer länger auf einem Kelpie reiten kann, ohne ertränkt oder gefressen zu werden.«

Ich zuckte mit den Schultern. »Ich weiß eben, wozu ich fähig bin. Warum sollte ich etwas fürchten, das mich höchstwahrscheinlich nicht umbringen kann?«

Ariella seufzte schwer. »Das ist doch kein Argument. Oder für dich vielleicht schon, ich weiß es nicht.« Sie schüttelte den Kopf und schenkte mir ein schiefes Grinsen, und für einen Augenblick war es wieder wie früher. Puck, Ariella und ich erforschten unbekanntes Terrain, ohne zu wissen, was auf uns zukommen konnte.

Schlagartig wurde ich mir bewusst, wie nah sie mir war, unsere Schultern berührten sich fast. Ihr schien es nicht anders zu gehen, denn als wir uns ansahen, waren wir beide atemlos. Der Fluss raunte neben uns, ein Stück weiter flussabwärts brüllte Puck irgendetwas, doch einen leisen Herzschlag lang gab es nur Ariella und mich, sonst nichts.

Ein Schrei riss uns aus unserer Versunkenheit. Puck stand am Ufer und zog und zerrte verbissen an seiner Angel. Offensichtlich hing am anderen Ende etwas Gigantisches und ließ in seinem Kampf die Leine tanzen. Mitten im Fluss begann das Wasser zu kochen wie bei einem Geysir. Puck riss noch heftiger an der Angel. Dann wirbelten explosionsartig Traumtrümmer durch die Luft, das Wasser wurde zu feinem Nebel, und ein riesiges, schlangenartiges Monster erhob sich fast fünf Meter weit aus dem Fluss. Drohend ragte es über Puck auf, die Angelschnur um eine gebogene Kralle gewickelt. Blaue, grüne und silberne Schuppen glänzten im Mondlicht, als der Wasserdrache seinen mächtigen gehörnten Schädel, an dem eine dichte Mähne und Barthaare flatterten, zu Puck herabsenkte und ihn aus traurigen, goldenen Augen musterte.

»Oh«, hauchte Puck atemlos. »Äh. Hallo.«

Der Drache blinzelte. Dann wanderte sein ernster Blick zu Pucks linker Hand, und er kniff die Augen zusammen. Puck folgte seinem Blick. »Ach, der Haken.« Er grinste verlegen. »Ja, das tut mir natürlich leid. Nichts für ungut, okay?«

Der Drache schnaubte, und plötzlich roch die Luft nach Fisch und Kirschblüten. Wie Wellen auf dem Meer wand er sich durch die Luft und glitt über die Wasseroberfläche, bevor er wieder in den Fluten verschwand.

Puck klopfte sich den Schmutz von der Kleidung und kam zu uns rüber. »Na, das war ja mal … interessant«, stellte er mit einem breiten Grinsen fest. »Schätze mal, das war eine offizielle Abmahnung, weil wir ohne Angelschein im Fluss der Träume gefischt haben. Hey, sind das etwa Pfirsiche?«

Wenig später tauchte völlig unvermittelt der Wolf aus der Dunkelheit auf und schlich zum Feuer. Puck und Ariella waren, nachdem sie überall ihre Pfirsichkerne verteilt hatten, beide eingeschlafen. Ich hatte die erste Wache übernommen und saß mit gezücktem Schwert auf einem Holzblock. Grimalkin war noch nicht wieder aufgetaucht, aber darüber war niemand sonderlich besorgt. Wir kannten die Cat Sidhe gut genug, um zu wissen, dass sie sich wieder zu uns gesellen würde, wenn es Zeit zum Aufbruch wurde.

Der Wolf trottete in den flackernden Schein des Feuers und ließ sich grunzend mir gegenüber nieder. Puck zuckte im Schlaf, murmelte etwas von Pfirsichen und Drachen, wachte aber nicht auf.

Einige Minuten lang musterten der Wolf und ich uns über das langsam verlöschende Lagerfeuer hinweg. »Diese Aufgabe, die du dir da gestellt hast«, begann der Wolf schließlich und fletschte kurz die Zähne. »Du hast mir noch nichts darüber verraten, kleiner Prinz. Es wäre schon nett zu wissen, warum wir diese halsbrecherische Reise über den Fluss der Träume machen. Du willst das Ende der Welt erreichen, so viel ist klar, aber ich weiß nicht, warum. Was gibt es dort, das von so großer Wichtigkeit wäre?«

»Das Feld der Prüfungen«, antwortete ich gelassen. Warum sollte ich es verschweigen? Interessiert stellte der Wolf die Ohren auf.

»Das Feld der Prüfungen«, wiederholte er dann ruhig und nickte. »Das hatte ich mir schon gedacht. Wenn du also zum Feld der Prüfungen willst, musst du auf der Suche sein.« Seine glühenden Augen musterten mich abschätzend. »Du vermisst etwas. Etwas Wichtiges. Deinen Namen? Nein.« Gedankenversunken schüttelte er den Kopf. »Irgendetwas sagt mir, dass du deinen Wahren Namen bereits kennst. Was dann? Du besitzt Macht, in gewissem Sinne auch Unsterblichkeit ...« Nach einer Weile trat ein hämisches Funkeln in seinen Blick. »Ahhh, ja, jetzt weiß ich es. Da bleibt ja nur noch eine Möglichkeit.« Er hob den Kopf und lächelte boshaft. »Du bist wegen des Mädchens hier, richtig? Du hoffst, eine Seele erringen zu können.«

Mit einem kalten Blick erwiderte ich: »Was weißt du darüber?«

Das bellende Lachen des Wolfs war so laut, dass Ariella sich unruhig im Schlaf umdrehte. »Was bist du nur für ein Narr, Junge.« Er senkte seine Stimme zu einem leisen Grollen. »Seelen sind nichts für unsereiner. Sie fesseln dich an die Welt, machen dich sterblich, machen dich zu einem von *denen*. Ein Dasein als Mensch … das wird dich in den Wahnsinn treiben, kleiner Prinz. Dich ganz besonders.«

»Was soll das heißen?«

Der Wolf blinzelte träge. »Ich könnte es dir sagen, aber das wird dich nicht von deinem Ziel abbringen. Deine Entschlossenheit ist so stark, dass ich sie sogar riechen kann. Du wirst die Sache durchziehen, so viel ist sicher. Warum sollte ich also meinen Atem darauf verschwenden?« Gähnend setzte er sich auf und hielt die Nase in den Wind. »Der Kater ist ganz in der Nähe. Zu traurig, dass er sich nicht verlaufen hat.«

Mit gelangweilter Miene trat Grimalkin zwischen den Büschen hervor. »Falls du auf den Sonnenaufgang wartest, verschwendest du nur deine Zeit, Prinz«, verkündete er übergangslos und stolzierte mit steil aufgerichtetem Schwanz an mir vorbei. »So weit dringt das Licht nicht in die Große Wildnis vor, außerdem haben wir durch diese gemütliche Rast mehr als genug Aufmerksamkeit auf uns gezogen.« Er hielt schnurstracks auf das Floß zu. »Weck die anderen auf«, befahl er. »Wir müssen gehen.«

Der Wolf und ich wechselten einen vielsagenden Blick. »Ich könnte ihn einfach fressen«, bot er mir an, ohne mit der Wimper zu zucken. Ich musste mir ein Grinsen verkneifen.

»Vielleicht später«, erwiderte ich, dann erhob ich mich, um die anderen zu wecken.

Puck war sofort wach, als ich ihm einen Stoß in die Rippen versetzte. Er fuhr mit einem empörten Schrei hoch, was dem Wolf ein anerkennendes Grinsen entlockte. »Aua!«, fauchte er. »Verdammt, Eisbubi, warum rammst du mir nicht gleich ein Messer in die Rippen und fertig?«

»Darüber habe ich auch schon nachgedacht«, erwiderte ich nur und ging in die Hocke, um Ariella zu wecken, die sich am Feuer auf ihrem Mantel zusammengerollt hatte. Sie hatte die Knie an die Brust gezogen und erinnerte mich, genau wie früher, an eine schlafende Katze. Als ich ihre Schulter berührte, regte sie sich und blinzelte mit ihren türkisfarbenen Augen verschlafen zu mir hoch.

»Müssen wir schon los?«, murmelte sie.

Mir stockte der Atem. Sie sah so verletzlich aus, wie sie dort im Sand lag, die Haare wie einen silbernen Fächer um den Kopf gebreitet. So zart und zerbrechlich, dass ich sie unbedingt beschützen wollte. Am liebsten hätte ich sie an mich gezogen und von allen Gefahren dieser Welt abgeschirmt. Diese Erkenntnis sorgte für Aufruhr in meinem Inneren.

»Komm«, sagte ich knapp und streckte ihr eine Hand entgegen, um ihr aufzuhelfen. Ihre Finger lagen weich in meinen, als ich sie auf die Füße zog. »Die allwissende Cat Sidhe ist zurückgekehrt und hat den Aufbruch befohlen.«

Wie erhofft brachte sie das zum Lächeln, und einen kurzen Moment standen wir einfach da, mitten im Sand, und sahen uns in die Augen. Unsere Gesichter waren einander gefährlich nah. Ariella drückte meine Hand, und alles schien wie früher zu sein, als wäre sie nie gestorben, als wären wir einfach zu einem Zeitpunkt zurückgekehrt, an dem wir glücklich waren, an dem es noch keine Todesschwüre zwischen Freunden und auch kein anderes Versprechen gegeben hatte, das zwischen uns stand.

Doch nur weil man sich das Unmögliche erhofft, wird es noch lange nicht wahr.

Schuldbewusst wich ich zurück und wandte den Blick ab. Ariella ließ meine Hand los, und ein dunkler Schatten zog über ihr Gesicht. Wortlos folgten wir Puck zum Floß, wo Grimalkin bereits auf uns wartete und ungeduldig mit dem Schwanz schlug. Der Wolf stromerte lautlos hinter uns her, doch ich konnte seinen wissenden Blick im Rücken spüren.

Unter Grimalkins strenger Musterung kletterten wir an Bord, stießen uns ab und ließen uns von der Strömung wieder auf den Fluss hinaustragen. Keiner von uns sagte ein Wort, aber ich registrierte sehr wohl die kalten, ärgerlichen Blicke von Puck und die verstohlenen von Ariella. Ich ignorierte sie beide und schaute stur nach vorne auf den Fluss hinaus.

Wenig später wurde die Strömung stärker. Nun war der Fluss der Träume nicht mehr verschlafen und träge, sondern jagte dahin, als wäre er auf der Flucht vor einer finsteren, gesichtslosen Gefahr, die ihn durch die Nacht hetzte. Der Traumschutt, der im Wasser auftauchte und unser Floß rammte, war nun irgendwie morbide: Särge, Messer und abgetrennte Puppenköpfe wirbelten an uns vorbei, Hockeymasken und Clownsschuhe prallten gegen das Holz.

»Das gefällt mir nicht«, stellte Puck nachdenklich fest, als wir knapp einer Kollision mit einem Grabstein entgingen, der unvermittelt aus dem Wasser aufgetaucht war. Er hatte schon einige Kilometer lang nichts mehr gesagt, was sicher ein neuer Rekord für ihn war. »Was ist denn aus den Blumen, den Schmetterlingen und dem ganzen anderen hübschen Traumzeug geworden?«

»Wir kommen nun zum Flussabschnitt der Albträume«, knurrte der Wolf Unheil verkündend. »Ich habe es euch ja gesagt. Das wird ganz und gar nicht schön werden.«

»Na wundervoll.« Puck warf ihm einen genervten Blick zu. »Und sagt mal ... hört ihr auch diese Trommeln?«

»Das ist nicht komisch, Puck«, schalt ihn Ariella, doch genau in diesem Moment bohrte sich ein Pfeil in die Bohlen und ließ uns überrascht zusammenzucken.

Ich suchte das Flussufer ab. Dort rannten kleine, blasse Wesen durch die Büsche, um mit unserem Floß Schritt zu halten. Ich konnte runde, rote Augen sehen, kurze, wulstige Schwänze und dunkle Mäntel, Genaueres ließ sich zwischen den Bäumen und Büschen nicht erkennen.

»Okay, die Eingeborenen hier sind definitiv *nicht* nett«, stellte Puck fest, während er einem weiteren Pfeil auswich.

»Hey, Kater, hast du irgendeine Ahnung, was für Scheußlichkeiten wir da so wütend gemacht haben?«

Aber Grimalkin war natürlich verschwunden. Immer mehr Geschosse segelten durch die Luft und bohrten sich in das Holz oder verfehlten uns knapp und landeten im Wasser. »Verdammt«, fauchte Puck. »Wir geben hier draußen wunderbare Zielscheiben ab.«

Mit einem wilden Knurren stand der Wolf auf, das Floß schlingerte heftig, als er mit einem weiten Satz ins Wasser sprang. Geschickt schwamm er gegen die Strömung an und paddelte Richtung Ufer, ohne auf die Traumtrümmer zu achten, die gegen seinen Körper prallten. Immer wieder spülte das Wasser über seinen mächtigen Rücken, doch es gelang ihm nicht, den Wolf in die Tiefe zu ziehen.

Mit einem gezielten Schwerthieb holte ich den nächsten Pfeil aus der Luft und zog gleichzeitig den Schein an mich, bis er mich wild umtoste. Eine genau kalkulierte Bewegung, und schon zerfetzte eine Salve Eisdolche das Gebüsch am Ufer. Sie bohrten sich in die Blätter und rissen im Flug ganze Zweige ab. Schmerzensschreie waren zu hören.

Ariella stand auf, hob ihren Bogen und spannte die Sehne. Sie hatte keinen Köcher, aber um sie herum leuchtete der Schein, und ein funkelnder Pfeil aus Eis erschien zwischen ihren Fingern, genau in dem Moment, als sie die Sehne losließ. Der Pfeil landete mit einem dumpfen Schlag in den Büschen. Wenig später tauchte ein kleiner weißer Körper auf und fiel taumelnd in den Fluss.

»Guter Schuss, Ari«, rief Puck, während der Wolf schon fast das Ufer erreicht hatte. Der Beschuss ließ nach, und unsere Angreifer kreischten schrill, als der Wolf seinen tropfenden schwarzen Leib aus dem Wasser hievte und sich ausgiebig schüttelte. Sie ergriffen jaulend die Flucht und verschwanden im Gebüsch. Brüllend machte sich der Wolf an die Verfolgung. »Schnapp sie dir, Wolfsmännchen!«, feuerte Puck ihn an, als sich die Feinde zwischen den Bäumen verteilten. »Sieht so aus, als hätte er sie vertrieben – wer auch immer sie waren.«

Doch am Ufer vor uns registrierte ich eine Bewegung. Ich kniff die Augen zusammen, um besser sehen zu können. »Sei dir da mal nicht so sicher.«

Etwas Kleines, Bleiches kroch auf einen Felsvorsprung über dem Wasser. Jetzt, wo es deutlich zu sehen war, erinnerte es mich an einen stämmigen Molch auf zwei Beinen, mit schleimiger weißer Haut und einem froschähnlichen Maul voller spitzer Zähne. Seine Knopfaugen waren milchig blau, nicht leuchtend rot wie die der anderen Angreifer, und er trug einen seltsamen Kopfputz auf dem kahlen Schädel.

Das Wesen umklammerte einen kleinen Stab, hob beide Arme in die Höhe und stimmte einen Gesang an.

»Das kann nichts Gutes bedeuten«, murmelte Puck.

»Ari«, rief ich und duckte mich, als eine weitere Salve Pfeile aus einem der Büsche herüberflog. Offensichtlich wollten die Eingeborenen ihren Schamanen beschützen. »Du musst ihn ausschalten, schnell!«

Ari spannte den Bogen und schickte einen Pfeil los – ein perfekter Schuss, der den Schamanen genau in die Brust getroffen hätte, wäre nicht eines der anderen Wesen vorgesprungen und hätte den tödlichen Pfeil abgefangen. Ich schleuderte Eisdolche auf ihn, doch wieder sprangen einige der Molchwesen auf und bildeten einen schützenden Kreis um den Schamanen; als das Eis sich in ihre Haut bohrte, kreischten sie zwar, rührten sich aber nicht von der Stelle. Während die Strömung unser Floß an den Felsen vorbei und außer Reichweite trieb, hielt der beschwörende Gesang unverzagt an.

Das Wasser um uns herum begann zu brodeln.

Ich zog mein Schwert, und in diesem Moment erhob sich ein riesiger Schlauch aus dem Wasser: schwarz, schleimig und dicker als mein Bauchumfang. Puck schrie auf, und Ariella taumelte rückwärts. Brüllend katapultierte sich ein mächtiger Kopf aus dem Wasser und ließ Traumschutt auf uns herabregnen. Das war keine Schlange und auch kein Drache; dieses Monster hatte ein rundes, lippenloses Maul voll scharfer Zähne, gemacht, um zu saugen, nicht um zu beißen. Es war ein gigantisches Neunauge, und wo es ein Tier dieser Sorte gab, waren normalerweise auch noch mehr.

»Puck!«, schrie ich, als das Floß begann, sich wie wild zu drehen und zwei weitere Riesenaale durch die Wasseroberfläche stießen. »Wenn wir im Wasser landen, sind wir tot! Wir müssen verhindern, dass sie das Floß zerstören!«

Das erste Neunauge ging schlängelnd zum Angriff über und stürzte sich auf mich. Ich blieb unverrückbar stehen und rammte ihm mein Schwert in den fleischigen Schlund. Das Tier ließ sich kreischend nach hinten fallen und schlug wild um sich. Sein Maul war sauber in zwei Hälften geteilt. Aus dem Augenwinkel sah ich, wie Ariella einem der beiden anderen einen Pfeil ins Maul schoss, woraufhin das Biest wild zuckend im Wasser verschwand. Der dritte Fisch ging mit weit aufgerissenem Saugmaul auf Puck los, doch der sprang im letzten Moment zur Seite, sodass das Neunauge stattdessen das Floß erwischte und seine rasiermesserscharfen Zähne in die Bohlen grub. Bevor es sich zurückziehen konnte, hatte Puck bereits einen Dolch gezogen und stach damit auf den dicken Kopf ein.

Kreischend schlang das Tier seinen aalähnlichen Körper um das Floß und drückte zu. Das Holz ächzte und begann stellenweise zu splittern. Ich wirbelte herum und durchtrennte den glitschigen Körper, doch es war zu spät. Das Floß zerbrach mit einem lauten Krachen, die Einzelteile flogen explosionsartig durch die Luft, und ich landete kopfüber im Fluss.

Die Strömung riss mich augenblicklich mit sich in die Tiefe. Ohne mein Schwert loszulassen, kämpfte ich mich an die Oberfläche und rief nach Ariella und Puck. Ich konnte sehen, wie das Neunauge, das noch immer um die Reste des Floßes geschlungen war, unterging, doch meine Gefährten konnte ich nirgends entdecken.

Etwas prallte gegen meinen Hinterkopf. Einen Moment lang wurde mir schwarz vor Augen, und ich bemühte mich krampfhaft, mit dem Kopf über Wasser zu bleiben, denn ich wusste, wenn ich jetzt das Bewusstsein verlor, würde ich sterben. Ich konnte nur hoffen, dass es Puck, Ariella und Grimalkin gut ging und dass sie überleben würden, selbst wenn ich es nicht schaffen sollte.

Dann zog mich die Strömung wieder unter Wasser, und der Fluss der Träume riss mich mit sich fort.

Die Hobjas

Als ich wieder zu mir kam, lag ich auf dem Bauch, und meine Wange ruhte auf etwas Hartem, meine Kleidung war durchtränkt vom Flusswasser. Es dröhnte dumpf in meinen Ohren, was jedoch, wie ich schnell feststellte, von dem Fluss hinter mir herrührte. Ich lauschte angestrengt auf andere Geräusche, auf vertraute Stimmen, auf ein Rascheln oder vielleicht die arrogante Frage eines Katers, ob ich endlich erwacht sei, doch da war nichts. Anscheinend war ich allein.

Langsam stemmte ich mich hoch und prüfte, ob mir etwas ernsthaft wehtat, ob etwas gebrochen oder nicht an seinem Platz war, aber abgesehen von einem Schnitt auf der Stirn und dumpfen Kopfschmerzen konnte ich keine ernsthaften Verletzungen feststellen. Diesmal hatte ich noch Glück gehabt. Ich konnte nur hoffen, dass die anderen ebenso glimpflich davongekommen waren.

Mein Schwert lag neben mir im Matsch. Als ich mich danach streckte, wurde mir bewusst, dass doch jemand hier war.

»Schön«, knurrte der Wolf irgendwo hinter mir. »Du lebst noch. Es wäre extrem ärgerlich gewesen, wenn ich Mab hätte berichten müssen, dass ich ihren Sohn bei diesem lächerlichen Abenteuer ertrinken ließ. Deinen Hintern aus dem Fluss zu ziehen gehört zu den Erfahrungen, die ich nicht gerne wiederholen möchte, Prinz. Hoffentlich wird das jetzt nicht zur Gewohnheit.«

Er lag wenige Meter entfernt am Ufer und beobachtete mich mit seinen glühenden gelb-grünen Augen. Als ich aufstand, nickte er anerkennend und erhob sich ebenfalls. Sein Pelz war noch immer strähnig und feucht.

»Wo sind die anderen?«, fragte ich ihn und sah mich suchend um. Der Wolf schnaubte abfällig.

»Weg«, erklärte er schlicht. »Der Fluss hat sie geholt.«

Reglos starrte ich ihn an und versuchte zu verarbeiten, was er gerade gesagt hatte. Verlust war mir nicht neu. Vor den schlimmsten Schmerzen hatte ich mich stets abgeschirmt – nichts an mich heranzulassen garantierte mir, dass ich auch nichts vermissen konnte, wenn es nicht mehr da war. Die Erfahrung hatte mir gezeigt, dass Bindungen in der Welt der Dunklen fehl am Platze waren. Doch ich konnte nicht glauben, dass Puck und Ariella nicht mehr sein sollten.

»Hast du denn nicht versucht, ihnen zu helfen?«

Der Wolf schüttelte sich, nieste und sah mich dann unbekümmert wieder an. »Die anderen zu retten war für mich nicht von Interesse«, erwiderte er gelassen. »Selbst wenn ich sie rechtzeitig hätte erreichen können … mir geht es nur darum, dich am Leben zu erhalten. Ich habe sie gewarnt, flussabwärts zu schiffen war keine gute Idee. Wir müssen jetzt wohl einen anderen Weg ans Ende der Welt finden.«

»Nein«, sagte ich leise und blickte über den schäumenden Fluss. »Sie sind nicht tot.«

Der Wolf fletschte die Zähne. »Das weißt du doch gar nicht, Prinz. Du kannst nicht sicher sein.«

»Ich würde es wissen«, beharrte ich. Denn wenn sie nicht mehr waren, gab es für mich allein keine Möglichkeit mehr, das Feld der Prüfungen zu erreichen, und damit keine Möglichkeit, meinen Schwur einzulösen. Wenn Puck tot war, würde meine Welt so kalt und leblos werden wie die dunkelste Nacht am Winterhof. Und sollte ich Ariella tatsächlich ein zweites Mal haben sterben lassen, so wäre es besser gewesen, der Wolf hätte mich nicht gerettet, denn diesmal würde der Schmerz mich nicht nur wahnsinnig machen – er würde mich umbringen.

Ich stieß abrupt den Atem aus und fuhr mir durch die nassen Haare. »Wir werden sie finden«, entschied ich und musterte prüfend den Fluss. Das Wasser toste und schäumte, nagte wütend an den Felsen und floss mit halsbrecherischer Geschwindigkeit dahin. Der Wolf hatte recht – es war nur schwer vorstellbar, dass nach der Zerstörung des Floßes jemand da drin überleben konnte, aber Robin Goodfellow war der reinste Überlebenskünstler, und ich musste einfach daran glauben, dass Ariella bei ihm und in Sicherheit war. Um Grimalkin machte ich mir sowieso keine Sorgen. »Glaub, was du willst«, fuhr ich an den Wolf gewandt fort, »aber Goodfellow lebt. Er ist schwerer zu töten, als du denkst ... vielleicht sogar schwerer zu töten als du.«

»Das möchte ich sehr bezweifeln.« Doch seine Stimme klang resigniert, und er schüttelte leise knurrend den Kopf. »Dann komm.« Mit einem letzten Zähnefletschen drehte sich der Wolf um und trottete am Ufer entlang. »Wir verschwenden nur Zeit, wenn wir hier rumstehen. Wenn sie überlebt haben, befinden sie sich wahrscheinlich weiter flussabwärts. Allerdings ...« Er unterbrach sich und warf mir über die Schulter einen warnenden Blick zu. »Wenn wir den Katarakt des Vergessens erreichen, kannst du es aufgeben. Niemand überlebt diesen Sturz. Nicht einmal ich.«

Er wandte sich um und setzte seinen Weg fort. Immer wieder hob er die Nase in den Wind, um Witterung aufzunehmen. Nach einem letzten prüfenden Blick auf den schäumenden Fluss der Träume folgte ich ihm.

Eine ganze Weile liefen wir am Fluss entlang und suchten nach Spuren, nach jedem noch so kleinen Hinweis auf Puck oder Ariella. Der Wolf trabte unermüdlich weiter, manchmal mit der Nase am Boden, manchmal in der Luft. Derweil suchte ich am Ufer nach Fußspuren, geknickten Zweigen, umgedrehten Steinen, irgendwelchen Lebenszeichen.

Schließlich erregte etwas im seichten Wasser meine Aufmerksamkeit. Zwischen zwei Felsen hatte sich ein geborstener Holzbalken verfangen. Es war ein Überrest unseres Floßes, der nun träge im Wasser trieb. Die Wucht des Wassers hatte ihn fast bis zur Unkenntlichkeit zerschmettert. Einen Moment lang starrte ich blicklos auf den Balken und weigerte mich zu akzeptieren, was das bedeuten konnte, dann wandte ich mich ab und setzte meine Suche fort.

Der Wolf, der ein Stück vorausgelaufen war, blieb abrupt stehen. Sein Kopf senkte sich, er schnüffelte auf den Felsen und im Matsch herum, richtete sich ruckartig auf und fletschte knurrend die Zähne.

Hastig lief ich zu ihm. »Hast du sie gefunden?«

»Nein. Aber vor Kurzem haben sich hier jede Menge Lebewesen herumgetrieben. Kleine Dinger, unangenehmer Geruch. Schleimig. Und irgendwie reptilienartig.«

Sofort dachte ich an die bleichen Molchwesen, die uns vom Ufer aus beschossen hatten, und an den Schamanen, der die Albträume aus dem Fluss heraufbeschworen hatte, um unser Floß zu zerstören. »Was sind das für Wesen?«

Der Wolf schüttelte angewidert das pelzige Haupt. »Hobjas.«

»Hobjas«, wiederholte ich nachdenklich, als mir die Geschichte dieser kleinen, unangenehmen Feen wieder einfiel. »Die Hobjas sind ausgestorben. Oder zumindest erzählt man es sich so.« Hobjas ähnelten Kobolden und Dunkerwichteln: Auch sie waren aggressive, Furcht einflößende Kreaturen, die tief im Wald lebten und die Menschen terrorisierten. Doch angeblich hatte das Volk der Hobjas nur aus einem einzigen Stamm bestanden, und diesen hatte ein grausiges Ende ereilt. Der Legende nach hatten die Hobjas versucht, einen Bauern und seine Frau zu entführen, und waren dabei vom Hund der Familie gefressen worden. Deshalb gab es nun keine Hobjas mehr.

Der Wolf schnaubte nur. »Du bist hier in der Großen Wildnis, Junge, in der Heimat der alten Legenden und vergessenen Mythen. Hier sind die Hobjas noch quicklebendig, und es gibt eine ganze Menge von ihnen, was du eigentlich erkennen müsstest, wenn du dir die Spuren ansiehst.«

Als ich mir den Boden genauer ansah, erkannte ich, dass er recht hatte. Überall zwischen den Felsen waren kleine Fußspuren zu sehen – dreizehig mit Krallen an den Spitzen. An verschiedenen Stellen war das Gras zerdrückt oder niedergetrampelt, und ein starker Moschusgeruch hing in der Luft.

Der Wolf nieste, schüttelte wieder den Kopf und zog angewidert die Lefzen hoch. »Gehen wir weiter. Bei diesem abartigen Gestank kann ich keine Witterung aufnehmen.«

»Warte«, befahl ich ihm und ließ mich direkt am Ufer auf die Knie sinken, um die verwüstete Vegetation zu untersuchen. Überall Hobjaspuren, aber dort im Gras gab es eine flache Mulde, die ein wenig aussah wie ...

»Ein Körper«, murmelte ich, als der Wolf über meine Schulter spähte. »Hier lag ein Körper, flach auf dem Bauch. Und es war kein Hobja, er hatte ungefähr meine Größe.«

»Bist du sicher?«, knurrte der Wolf. Vorsichtig schnüffelte er an der Stelle, auf die ich zeigte, schüttelte dann aber niesend den Kopf. »Igitt, ich rieche nur Hobjamief.«

»Sie hatten ihn umstellt«, murmelte ich und führte mir die Situation bildlich vor Augen. »Er muss aus dem Wasser gekommen sein, hat sich ans Ufer geschleppt und ist hier zusammengebrochen. Nein, es war nicht nur einer.« Ich strich mit den Fingern über das Gras. »Hier war noch einer. Sie waren zu zweit. Die Hobjas haben sie wahrscheinlich gefunden, als sie bewusstlos waren.«

»Hobjas kennen keine Freunde«, erklärte der Wolf ernst. »Und sie fressen so gut wie alles. Könnte sein, dass nichts mehr übrig ist, wenn wir sie einholen.«

Ich ignorierte den Wolf, eiskalte Wut brannte in meiner Brust, und am liebsten hätte ich jemandem den Schädel gespalten. Während ich den Spuren am Ufer entlang folgte, wurde mir klar, wie es gelaufen war. »Sie haben sie fortgeschleppt«, ich deutete auf eine Stelle, an der das Gras sich vollständig in eine Richtung umgebogen hatte, »in den Wald hinein.«

»Beeindruckend«, knurrte der Wolf und stellte sich neben mich. »Und dumm gelaufen, angesichts der Tatsache, dass die beiden sich nun in der Gewalt blutrünstiger Kannibalen befinden.« Er sog prüfend die Luft ein und starrte in den dichten, dunklen Wald hinein. »Das bedeutet dann wohl, dass wir ihnen folgen werden.«

Ganz unvermittelt durchströmte mich ein Gefühl der Erleichterung. Sie lebten noch. Sie waren gefangen, ja, und vielleicht wurden sie gefoltert, und ihnen drohte der Tod, aber im Moment waren sie noch am Leben. Ich warf dem Wolf einen kühlen Blick zu.

»Was denkst du?«

Er fletschte die Zähne. »Sei vorsichtig, Junge. In manchen Geschichten wird der Held eben doch von dem Monster gefressen.«

Die Verfolgung der Hobjas war in dem finsteren, unheimlichen Wald sogar einfacher als am Flussufer. Sie hatten sich nicht die Mühe gemacht, ihre Spuren zu verwischen, und ihr schmieriger Gestank haftete an jedem Blatt, Zweig oder Grashalm, den sie berührt hatten.

Die Spur führte uns tief in den Wald hinein, bis der Boden endlich sanft abfiel und wir ein flaches Becken mit sumpfigem Wasser vor uns sahen. Mitten im Schlamm standen Strohhütten auf Holzpfählen, dazwischen waren überall lange Speere in den Morast gerammt, an denen Gerippe, verwesende Kadaver und einige abgetrennte Köpfe steckten.

Kleine, bleiche Kreaturen, die genauso aussahen wie die am Fluss, krabbelten aufgebracht im Dorf herum wie Ameisen, deren Nest überfallen wird. Sie reichten mir kaum bis ans Knie. Neben dunklen Umhängen und Kapuzen trugen viele von ihnen dünne, scheinbar aus Knochen gefertigte Speere.

Knurrend trat der Wolf von einer Pfote auf die andere. »Widerliche Viecher, diese Hobjas. Und sie schmecken noch scheußlicher, als sie aussehen.« Er drehte sich zu mir um. »Was willst du jetzt tun, kleiner Prinz?«

»Ich muss Puck und Ariella finden, falls sie dort unten sind.«

»Hmm. Vielleicht stecken sie ja in diesem Topf.«

Über dem flackernden Feuer in der Mitte des Lagers hing an einem

Dreibein ein riesiger Kessel. Stinkende schwarze Dämpfe stiegen daraus auf, weshalb ich diese Idee kopfschüttelnd verwarf. »Nein, sie sind beide zu schlau, um so zu enden.«

»Wenn du meinst.« Wir begannen, das Lager zu umkreisen. »Ich hoffe nur, dass du dein Vertrauen nicht mit dem Leben bezahlst«, fügte der Wolf noch hinzu.

»Da seid ihr ja!«, zischte in diesem Moment eine ungeduldige Stimme über mir. »Warum hat das denn so lange gedauert? Ich dachte schon, der Köter hätte dich doch noch gefressen.«

Knurrend wirbelte der Wolf herum und legte den Kopf in den Nacken, um an dem Baum emporsehen zu können, in dessen Ästen Grimalkin hockte – außerhalb seiner Reichweite. »Ich habe deine Beleidigungen endgültig satt, Cat Sidhe«, rief er mit hasserfülltem Blick. »Komm hier runter und sag das noch mal. Dann werde ich dir deine spitze Zunge rausreißen, deinen Schädel zwischen meinen Kiefern zermalmen, dir die Haut von deinem nutzlosen Katzenhintern ziehen und dein Herz fressen.«

Mit jeder Drohung wurde seine Stimme lauter. Ich legte eine Hand an seine mächtige Schulter und versetzte ihm einen heftigen Stoß. »Sei still!«, befahl ich ihm, als er sich knurrend zu mir umwandte. »Du schreckst noch das ganze Lager auf. Wir haben jetzt keine Zeit für so etwas.«

»Welch weise Erkenntnis.« Grimalkin musterte den Wolf mit halb geschlossenen Augen. »Da hat der Prinz absolut recht, auch wenn ich gerne zusehen würde, wie du deinen Schwanz jagst und den Mond anheulst.« Wieder knurrte der Wolf, doch der Kater ignorierte ihn und wandte sich mir zu. »Goodfellow und die Seherin werden in einer der inneren Hütten gefangen gehalten, und ich glaube, sie sind beide noch ohne Bewusstsein. Der Hobjaschamane hat sie mithilfe von Drogen in Tiefschlaf versetzt – so können sie die beiden leichter in den Kessel stecken, wenn die Zeit gekommen ist. Noch warten sie darauf, dass er heiß genug wird, aber ich denke, es dürfte fast so weit sein.«

»Dann müssen wir uns beeilen.« Geduckt beobachtete ich wieder das Camp, sagte dabei aber zum Wolf: »Ich werde mich hintenrum anschleichen. Meinst du, du könntest ein Ablenkungsmanöver starten, das mir genug Zeit verschafft, um die anderen zu finden und rauszuholen?«

Der Wolf zeigte ein wildes Grinsen. »Ich denke, da wird mir schon was einfallen.«

»Dann warte auf mein Signal. Grimalkin ...«, ich blickte kurz zu dem Kater hinauf, der nur träge blinzelte, »... zeig mir, wo die beiden sind.«

Wir schlichen am Rand des Lagers entlang, schoben uns lautlos zwischen den Bäumen und dem sumpfigen Unterholz hindurch, bis Grimalkin sich schließlich direkt neben dem Tümpel niederließ.

»Hier.« Er deutete mit dem Kinn auf den linken Teil des Lagers. »Die Hütte des Schamanen ist die zweite, von dem modrigen Baum aus gezählt. Die mit den Fackeln und den Hühnerfüßen über dem Eingang.«

»Alles klar«, murmelte ich, ohne die Hütte aus den Augen zu lassen. »Von hier an übernehme ich. Du solltest dich ver...« Aber Grimalkin war bereits verschwunden.

Ich schloss die Augen, nahm den Schein in mich auf und erschuf mir so einen Mantel aus Schatten, vor dem jegliches Licht zurückwich. Solange ich keinen Lärm machte oder sonst irgendwie Aufmerksamkeit auf mich lenkte, würden die Blicke von mir abgleiten und der Schein der Fackeln würde die von mir geschaffene Dunkelheit nicht durchdringen können.

In meinen magischen Mantel gehüllt stieg ich über den Abhang in das sumpfige Wasser hinunter.

Ein fauliger, durchdringender Gestank hing in der Luft: Modriges Wasser, verwesende Kadaver, verrottender Fisch und der ölige Reptiliendunst der Hobjas selbst vermischten sich hier. Sie zischten und fauchten sich in ihrer verworrenen, blubbernden Sprache gegenseitig an, aus der nur ein erkennbares Wort hervorstach: *hobja*. So waren sie wahrscheinlich zu ihrem Namen gekommen. Von einem Schatten zum nächsten schleichend, immer darauf bedacht, jedes Plätschern der warmen Sumpfbrühe zu vermeiden, die meine Hose durchnässte, gelangte ich zu der Hütte des Schamanen. Leiser Gesang und dichter, stechender Rauch drangen unter den aufgefädelten Hühnerfüßen am Eingang hervor. Lautlos zog ich mein Schwert und schlich hinein.

Im Inneren der winzigen Hütte roch es nach verfaultem Weihrauch, er ließ meine Augen tränen und brannte in meiner Kehle. An einer Wand hockte auf einem Stapel Tierfelle ein stämmiger Hobja mit einem fetten

Wanst, der darin vertieft war, einen monotonen Singsang von sich zu geben und mit einem brennenden Zweig über zwei reglosen Gestalten herumzuwedeln. Puck und Ariella lagen ausgestreckt auf dem schmutzigen Boden. Ihre bleichen Gesichter wirkten schlaff, und sie waren an Händen und Füßen mit gelblichen Ranken gefesselt. Als ich eintrat, riss der Schamane den Kopf hoch und zischte ängstlich.

Blitzartig streckte er die Hand nach seinem Stab aus, der in der Ecke lehnte, doch ich war schneller. In dem Moment, als sich seine Klaue um das knorrige Holz schloss, traf ihn ein Eisdolch am Rücken. Das hätte ihn eigentlich töten sollen, aber der Schamane drehte sich um und kreischte etwas in meine Richtung, wobei er drohend mit den Knochen an seinem Stab rasselte. Ich spürte, wie sich finstere Magie zusammenballte, und stürzte mich mit gezücktem Schwert auf ihn. Der Schamane riss den Mund auf und spuckte mir eine ätzende, gelbe Flüssigkeit entgegen, die auf der Haut brannte. Trotzdem fand meine Klinge ihr Ziel. Der Hobja stieß einen letzten Schrei aus und zerfiel dann zu einem wuselnden Haufen aus Schlangen und Fröschen. Einer weniger, doch die anderen Hobjas waren sicher nicht weit.

Meine Haut brannte und wurde an den Stellen, wo sie von der Spucke des Schamanen getroffen worden war, bereits taub, doch darum konnte ich mich jetzt nicht kümmern. Ich kniete mich neben Ariella, schnitt ihre Fesseln durch und zog sie in meine Arme.

»Ari«, flüsterte ich drängend und tätschelte vorsichtig ihre Wange. Ihre Haut war kalt, und auch wenn das bei einer Winterfee völlig normal war, wurde mir ganz anders. »Wach auf, Ari. Komm schon, sieh mich an.«

Ich wollte gerade den Puls an ihrer Halsschlagader prüfen, als sie sich plötzlich regte und flatternd die Augen aufschlug. Die Erleichterung traf mich wie ein wohlplatzierter Pfeil, und ich widerstand mühsam dem Drang, sie fest an mich zu drücken. Ariella fuhr bei meinem Anblick überrascht zusammen. Schnell legte ich ihr einen Finger an die Lippen. »Ich bin's nur«, flüsterte ich, als sich ihre Augen weiteten. »Wir müssen hier raus. Aber leise!«

Am Hütteneingang ertönte ein Schrei. Mit weit aufgerissenen, roten Augen starrte uns ein Hobja an. Ich schleuderte einen Eisdolch nach ihm, doch er stob zischend davon und lief ins Lager hinaus. Wütende und ängstliche Rufe wurden laut, und man konnte hören, wie sich durch das Wasser viele Körper in unsere Richtung pflügten.

Fluchend sprang ich auf und packte mein Schwert. »Bring Puck auf die Beine«, rief ich Ariella zu und hetzte zum Eingang. »Wir müssen los!« Der erste Hobja stürmte in die Hütte, sah mich und stieß brüllend mit seinem Speer nach mir, ungefähr auf Kniehöhe. Mein Schwert fuhr herab und ließ seinen Kopf bis in die nächste Ecke rollen, er löste sich genau wie der Rest seines Körpers in einen Schwarm zuckender Salamander auf. Der nächste Hobja schoss herein und schleuderte seinen Speer auf mich. Ich antwortete mit einem meiner Speere. Die eisige Waffe traf ihn mitten zwischen den Augen und rutschte fort, als nur noch Schlangen und kleine Aale übrig blieben.

Mit einem Schritt war ich draußen und blockierte den Eingang zur Hütte. Ich hob mein Schwert und stellte mich der Horde, die von allen Seiten auf mich eindrang. »Hobja!«, kreischten sie. »Hobja, hobja, hobja!« Den meisten herbeifliegenden Speeren konnte ich entweder ausweichen oder sie ablenken, gleichzeitig schlug ich nach jedem Hobja, der mir zu nahe kam. Zu meinen Füßen bildete sich ein stetig anwachsender Haufen von Molchen, Fröschen und Schlangen, doch es kamen immer mehr Angreifer: Hobjas sprangen aus den Bäumen oder brachen aus dem Wasser hervor, manche kletterten sogar auf das Dach der Hütte und ließen sich auf meinen Rücken fallen.

Plötzlich schoss in einem Wirbel aus Flügeln und Federn ein großer, schwarzer Vogel aus der Schamanenhütte. Mit einem empörten Krächzen ließ er sich fallen, bohrte seine Krallen in einen Hobja und entführte ihn hoch in die Bäume hinauf. Der Hobja hing zappelnd und kreischend in seinem Griff. Die anderen verrenkten sich zischend und fauchend die Hälse, um seinen Flug zu verfolgen, während Ariella an meine Seite trat.

»Ich nehme mal an, es gibt einen Plan?«, fragte sie mich blass, aber gelassen, als es plötzlich Frösche und Schlangen aus den Bäumen regnete. Puck landete krachend wieder auf dem Hüttendach, die Dolche kampfbereit in den Händen. Ich lächelte Ariella erleichtert an.

»Aber immer doch.« Als die Hobjas wieder vorzurücken versuchten, schob ich mir zwei Finger in den Mund und stieß einen durchdringenden Pfiff aus.

Ein unheimliches Heulen antwortete mir. Die Hobjas duckten sich furchtsam und wirbelten mit ängstlichen Blicken herum.

Der Wolf landete mitten im Kampfgetümmel und knurrte so bedrohlich, dass der Boden bebte und die kleinen Kreaturen entsetzt zu schreien begannen. »Hund!«, kreischten sie, rissen die Arme hoch und rannten panisch im Kreis. »Hund! Hund!«

Der Wolf fletschte die Zähne. »Ich bin kein *Hund!*«, brüllte er und stürzte sich auf den nächsten Hobja, packte ihm beim Kopf und schüttelte ihn wild hin und her.

Ich nahm Ariella bei der Hand und zog sie mit mir fort. Puck folgte uns, murmelte dabei aber immer wieder leise Verwünschungen. Die Hobjas versuchten nicht, uns aufzuhalten. Gemeinsam flohen wir aus dem Lager und ließen das Brüllen des Wolfs und die panischen Schreie der Hobjas bald hinter uns.

»Ash.« Ariella ergriff meinen Arm. »Warte! Wir werden nicht verfolgt, bleib doch bitte einen Moment stehen.«

Taumelnd gehorchte ich und widerstand der Versuchung, mich am nächsten Baum abzustützen, um den sich drehenden Boden zum Stillstand zu bringen. Das Chaos des Hobjadorfes war weit entfernt, doch ich hatte uns so weit wie möglich von diesen Kreaturen wegbringen wollen, für den Fall, dass sie sich doch noch entschließen sollten, uns zu verfolgen. Sofern der Wolf einige von ihnen am Leben ließ.

Meine Brust und meine Schulter brannten von der Schamanenspucke. Ich ignorierte den Schmerz, der sich langsam über meinen Rücken ausbreitete, und lehnte mich gegen einen kühlen, vermoosten Baumstamm. Ich sah mich um und versuchte herauszufinden, wo wir waren. Die Bäume hier waren riesig und uralt, fast konnte man ihre Blicke spüren – kalt und wenig erfreut über die Eindringlinge in ihrer Mitte.

»Na, das war Spaß in Tüten.« Puck stieß den Atem aus und fuhr sich mit einer Hand durchs Haar. »Wie in alten Zeiten. Bis auf das mit den Drogen und der Rettungsmission. Das wird später noch verdammt wehtun, so viel ist sicher.« Stöhnend ließ er sich auf einen Felsen sinken und rieb über einen Bluterguss an seiner Schulter. »Nett von dir, dass du uns geholt hast, Eisbubi«, spöttelte er schleppend. »Wenn ich es inzwischen nicht besser wüsste, hätte ich fast auf die Idee kommen können, wir wären dir wichtig.«

Ich lächelte ihn gezwungen an. »Es wäre ja nicht halb so befriedigend, wenn ich dich nicht selbst umbringen würde«, erwiderte ich, woraufhin Puck breit grinste.

Eine kühle Hand berührte meine Wange. Als ich aufblickte, begegnete ich Ariellas besorgtem Blick. »Geht es dir gut?«, fragte sie mich und drückte die andere Hand gegen meine Stirn. Ich schloss die Augen und genoss das Gefühl ihrer weichen Haut auf meiner. »Du glühst ja. Was ist passiert?«

»Du riechst nach Krankheit, Prinz«, knurrte der Wolf, der wie aus dem Nichts erschien. »Nach Schwäche. So wirst du es nicht bis ans Ende der Welt schaffen.«

»Der Schamane«, erklärte ich. »Er hat ... mich angespuckt. Das hat irgendwas mit mir gemacht, denke ich.« Das Brennen in Brust und Schulter war einer Taubheit gewichen, die sich nun im ganzen Körper ausbreitete. Plötzlich wurde mir bewusst, dass ich meinen Arm nicht mehr spürte.

»Hobjagift löst Halluzinationen aus«, fuhr der Wolf mit gefletschten Lefzen fort. »Dir steht eine interessante Nacht bevor, kleiner Prinz. Das heißt, falls du jemals wieder aufwachst.«

Auf einmal begannen die Bäume, sich komisch zu bewegen, jahrhundertealte Giganten wiegten sich wie junge Weiden. Ich kniff die Augen zusammen, um wieder klar sehen zu können, doch beim nächsten Blinzeln lag ich auf dem Rücken, und über mir tanzten winzige Lichter.

Jemand beugte sich über mich. Augen wie Sterne, die voller Sorge waren. Sie war wunderschön, ein fleischgewordener Traum. Aber sie verblasste, ihr Strahlen wurde dunkler und dunkler, bis nur noch ihre Augen übrig waren, die mich reglos anstarrten. Dann blinzelten sie, und die Welt verschwand.

Wo bin ich?

Nebel waberte in zerrissenen Fetzen über den Boden und überzog alles mit einer weißen Decke. Die Luft war feucht und kalt, es herrschte die sanfte Stille des frühen Morgens. Ich konnte Kiefern und Zedern riechen und hörte irgendwo im Nebel das leise Plätschern von Wasser. Obwohl ich nicht wusste, wo ich mich befand, kam mir alles hier seltsam vertraut vor.

Da ich sonst nichts zu tun hatte, ging ich ein paar Schritte.

Der Nebel lichtete sich nach und nach und gab den Blick frei auf einen kleinen, grünen Teich, der von Kiefern umringt war. Leises Quaken drang durch die Stille, und ein paar Enten glitten über das Wasser zu einer blassen Gestalt, die am Ufer stand. Ich blieb stehen und holte verstohlen Luft, einen Moment lang war ich starr vor Angst, dass dieses Bild sich auflösen könnte und ich wieder nur Schatten hinterherjagen würde.

Sie trug Jeans und ein weißes T-Shirt, und ihre langen, blonden Haare waren zu einem Pferdeschwanz zusammengebunden, der weich über ihren Rücken fiel. Ihr Körper war schlank, mehr energiegeladen als graziös, und sie zerriss mit schnellen Bewegungen die Brotkanten, bevor sie sie ins Wasser warf. Nun war sie von einem Leuchten umgeben, einem flackernden Schein, in dem Magie und Macht vibrierten. Vor dem dunklen Teich und den Bäumen wirkte sie strahlend, wild und lebendig, ein brennendes Licht vor den Schatten.

Einen Moment lang sah ich sie einfach nur an, beobachtete, wie sie das Brot ins Wasser streute und lächelte, als sich die Enten darauf stürzten. Ich wusste, dass all das nicht real war. Die echte Meghan war die mächtige Eiserne Königin und befand sich in ihrem Reich. Ich wusste, es war nur ein Traum; oder vielleicht war ich auch tot, und mein Lebenslicht war unbemerkt verloschen. Doch bei ihrem Anblick schlug mein Herz wie verrückt, ich wollte sie nur an mich ziehen und mich von diesem Licht verzehren lassen. Selbst wenn ich mit Haut und Haar verbrennen würde, wäre das denn so schlimm?

Sie muss mich wohl gehört oder meine Anwesenheit gespürt haben, denn plötzlich drehte sie sich um und riss überrascht die blauen Augen auf. »Ash?«, hauchte sie, und das Lächeln, das sich auf ihrem Gesicht ausbreitete, wärmte mich wie ein Sonnenstrahl. »Was machst du denn hier?«

Ich musste dieses Lächeln einfach erwidern. »Ich weiß es nicht«, gestand ich ihr, nahm ihre ausgestreckte Hand und ließ mich von ihr vorwärtsziehen. »Ich glaube … das ist ein Traum.« Sie schlang die Arme um meinen Bauch, und ich drückte sie an mich und schloss die Augen. Kein brennendes Feuer, kein stechendes Licht, das mich in Staub verwandelte, einfach nur Meghan in meinen Armen. »Aber ich wäre überglücklich, wenn ich nie wieder aufwachen würde.«

Ich spürte, wie sie verwirrt die Stirn runzelte. Dann lehnte sie sich zurück und musterte mich mit geneigtem Kopf. »Seltsam. Ich dachte, das hier wäre *mein* Traum.«

»Vielleicht ist es auch so.« Das Denken fiel mir plötzlich schwer. Die leisen Bewegungen ihres Körpers an meinem, ihre Hand, die in kleinen Kreisen über meinen Rücken glitt, das alles lenkte mich ab. »Vielleicht bin ich gar nicht wirklich hier, und all das wird verschwinden, wenn du aufwachst, auch ich.« Sie drückte mich fester an sich, und ich lächelte. »So oder so würde es mich nicht kümmern.«

In meinem Hinterkopf rührte sich etwas, etwas Wichtiges, das ich vergessen hatte. Es schlug gegen mein Unterbewusstsein wie ein Vogel, der auf einem Fensterbrett herumflattert. Ungeduldig schob ich es weg und verbannte es in die hinterste Ecke meines Bewusstseins. Was auch immer es war, ich wollte mich nicht daran erinnern. Nicht jetzt. Ich wollte nichts anderes sehen oder spüren als dieses Mädchen vor mir, an nichts anderes denken.

Als ich mich vorbeugte, um sie zu küssen, schob sie eine Hand unter mein Hemd und ließ ihre weichen Fingerspitzen über meine nackte Haut gleiten. Von da an war es leicht, alles andere zu vergessen.

Später lagen wir im kühlen Gras am Teichufer. Meghan lehnte an einem Baum, während ich den Kopf in ihren Schoß gebettet hatte und in den Himmel hinaufblickte. Ihre Finger spielten mit meinen Haaren, und ich döste zufrieden vor mich hin, ohne das geringste Bedürfnis, mich zu rühren. Sollte ich tot sein und das hier war das große Nichts, dann hatte ich nichts dagegen. Und sollte ich noch schlafen, wollte ich um keinen Preis der Welt aufwachen.

»Ash?«

»Hmm?«

»Wo hast du in den letzten Monaten gesteckt? Ich meine…« Sie zögerte kurz und wickelte sich eine Haarsträhne um den Finger. »Ich weiß ja, dass du das Eiserne Reich nicht betreten kannst, aber niemand hat auch nur die kleinste Spur von dir entdeckt, nirgendwo. Und von Puck übrigens auch nicht. Was habt ihr beiden nur getrieben?«

»Ich… ich glaube, ich habe nach etwas gesucht.« Ich hob die Hand, umfasste ihre Finger und zog sie an meine Lippen. »Ich kann mich nicht mehr erinnern.«

Sie befreite ihre Hand aus meiner und streichelte meine Wange. Ich schloss die Augen und ließ mich treiben. »Meinst du nicht, es könnte wichtig sein?«

»Vielleicht.« In Wahrheit wollte ich nicht daran denken. Ich war zufrieden, hier zu sein. Was auch immer jenseits dieses Hains lag, jenseits dieser kleinen Nische im Reich der Träume oder der Realität, oder was auch immer es sein mochte – ich wollte gar nichts davon wissen. An viel konnte ich mich nicht erinnern, aber ich wusste ohne jeden Zweifel, dass es Schmerzen beinhaltete. Und das hatte ich satt. In meinem Leben hatte es so viel Schmerz, Leere und Verlust gegeben. Hier war Meghan. Hier war ich glücklich. Mehr musste ich nicht wissen.

Spielerisch tippte Meghan an meine Stirn. »Dir ist schon klar, dass einer von uns irgendwann aufwachen muss, oder?«, fuhr sie fort, doch ich grunzte nur, ohne die Augen zu öffnen. »Ich habe keine Ahnung, ob du nun meiner Fantasie entsprungen bist oder ich deiner, aber irgendwann wird sich das alles hier in Luft auflösen.«

Ich rollte mich herum und hockte mich hin, um sie ansehen zu können. Sie blinzelte überrascht, als ich mich zu ihr lehnte. »Du kannst ruhig gehen, wenn du musst«, erklärte ich und strich ihr eine Strähne hinters Ohr. »Ich werde mich nicht vom Fleck rühren. Wenn du zurückkommst, werde ich immer noch hier sein.«

»Nein, Ash«, mischte sich eine neue Stimme ein und zerstörte damit den friedlichen Augenblick. »Du kannst nicht bleiben.«

Meghan und ich zuckten zusammen und wirbelten herum, um zu sehen, wer in unsere kleine Welt eingedrungen war. Ein paar Meter von uns entfernt stand Ariella. Sie war in Nebel gehüllt und beobachtete uns mit finsterer Miene.

»Es war sehr mühsam, dich aufzustöbern, Ash«, fuhr sie erschöpft fort. »Als ich dich bei den Albträumen nicht finden konnte, hätte ich fast schon aufgegeben. Ich hatte zunächst nicht daran gedacht, dich in den Träumen einer anderen zu suchen, aber es war eigentlich logisch, dass du hierherkommen würdest.«

»Was willst du hier?« Meghan erhob sich mit der erhabenen Würde einer Königin, gelassen und unbeeindruckt. Mir fiel auf, wie sie sich unauffällig vor mich schob, während sie Ariella musterte, eine vertraute Geste, die mich überraschte. Die Eiserne Königin beschützte *mich*? »Wer bist du?«

»Du kennst mich, Meghan Chase.« Ariella machte einen Schritt, der Nebel teilte sich, und nun stand sie deutlich sichtbar vor uns. »Ich bin jene, die zurückgelassen wurde, jene, die Ash kannte, lange bevor du in sein Leben getreten bist.«

Meghan rührte sich nicht, aber ich konnte sehen, wie sie im Moment des Begreifens tief Luft holte. »Ariella«, hauchte sie, und in dem einen Wort lag so viel tiefe Emotion, dass ich zusammenfuhr. Sie schüttelte ungläubig den Kopf, dann drehte sie sich zu mir um. »Ist das auch wieder ein Traum, Ash? Hast du sie hierhergebracht?«

»Nein«, erwiderte Ariella, bevor ich etwas sagen konnte. »Ich bin kein Traum. Und auch keine Erinnerung. Ich bin ebenso real wie du, Eiserne Königin. Der Tod konnte mich damals nicht halten, vor so vielen Jahren.«

»Genug«, befahl ich rau und schüttelte endlich den Nebel ab, der sich über meine Gedanken gelegt hatte. Mit einem Schlag kehrte meine Erinnerung zurück: die Suche nach der Seherin, die verhängnisvolle Reise auf dem Fluss der Träume, der Plan, eine Seele zu erringen. Ich trat zwischen die beiden und spürte, wie ihre Blicke mich wie tausend glühende Messer durchbohrten. »Ari«, wandte ich mich zunächst an die Seherin. »Was machst du hier? Was willst du?«

Ariella kniff die Augen zusammen. »Ich bin hier, um dich aus diesem Traum herauszuholen«, erklärte sie mit einem schnellen Blick zu Meghan. »Dein Körper ist sehr krank, Ash, und der Fluch, mit dem der Hobjaschamane dich belegt hat, lässt dich nicht aufwachen. Ich weiß nicht, wie du den Weg hierher gefunden hast, aber nun wird es wirklich Zeit, dass du zu uns zurückkehrst.«

Meghans Blick bohrte sich in meinen Rücken. »Bist du... bist du jetzt mit ihr zusammen?«, fragte sie leise. Es war kein richtiger Vorwurf – noch nicht. »Wie... wie lange weißt du schon, dass sie noch lebt?«

»Nicht lange«, antwortete Ariella an meiner Stelle. »Wir konnten noch nicht viel Zeit miteinander verbringen.«

»Ari!« Wütend starrte ich sie an. Trotzig hielt sie meinem Blick stand, doch in ihren silbern gesprenkelten Augen lag auch Trauer. In diesem Moment sah ich die Eifersucht, die sie noch nie gezeigt hatte, den Schmerz darüber, dass ich mich einer anderen zugewandt hatte, auch wenn sie wusste, dass es so hatte kommen müssen. Das war wohl das erste Mal, dass ich eine solche Gefühlsregung an ihr bemerkte, und meine Wut verflog sofort. Ich hatte ihr das angetan. Sie hatte mir alles gegeben, und ich hatte mich von ihr abgewandt.

»Verstehe«, flüsterte Meghan mit einem kaum hörbaren Zittern in der Stimme. Plötzlich spürte ich, wie sie verblasste, wie sich ihre Präsenz aus dem Traum zurückzog, der uns umgab. »Dann... dann lasse ich euch beide besser allein.«

»Das ist nicht nötig, Eiserne Königin«, versicherte ihr Ariella kopfschüttelnd. »Dazu besteht kein Anlass. Ich bin gekommen, um Ash aus seinen Albträumen herauszuführen, doch dies ist dein Traum, nicht seiner. Wenn du erwachst, wird der Traum schwinden, und er wird zu uns zurückkehren. Es tut mir leid, dass ich hier eingedrungen bin.« Mit einem knappen Nicken, das uns beide einschloss, trat sie ein paar Schritte zurück und verschwand im Nebel.

Wieder allein mit der Eisernen Königin hielt ich gespannt den Atem an und wartete auf die Explosion, auf die wütenden Fragen. Doch Meghan holte nur tief Luft und schloss erschöpft die Augen. »War das wirklich sie?«, fragte sie schließlich, ohne mich anzusehen. »Ariella? Ist sie wirklich noch am Leben?«

Ich ging zu ihr und griff nach ihrer Hand. Als ich ihre Finger berührte, blickte sie überrascht zu mir hoch. »Es ist nicht so, wie du denkst«, erklärte ich ihr. »Bitte, hör mich an.«

Meghan lächelte traurig. »Nein, Ash«, flüsterte sie. »Vielleicht... vielleicht ist es besser so.« Und obwohl sie sich nicht rührte, konnte ich spüren, wie sie sich von mir zurückzog, wie sie mich losließ.

»Meghan...«

»Ich bin die Eiserne Königin«, sagte sie mit fester Stimme. »Egal, was ich will, das wird sich niemals ändern. Du gehörst noch immer dem Winterhof an. Selbst wenn du das Eiserne Reich betreten dürftest, würdest du dabei umkommen. Wir können nicht zusammen sein, und es hat keinen Sinn, sich das Unmögliche zu wünschen. Es ist selbstsüchtig von mir, noch weiter darauf zu hoffen.« Beim letzten Satz zitterte ihre Stimme wieder, doch sie atmete tief durch, um sich zu beruhigen, und sah mich an. »Vielleicht... ist es Zeit, weiterzumachen und mit jemand anderem glücklich zu werden.«

Ich wollte es ihr sagen, wollte ihr erklären, was ich vorhatte. Dass ich versuchen würde, eine Seele zu erringen. Dass ich für sie bis ans Ende der Welt gehen und versuchen würde, ein Sterblicher zu werden, wenn wir dadurch wieder zusammen sein konnten. Alles in mir schrie danach, ihr das zu sagen, doch gleichzeitig fürchtete ich mich davor, ihr Hoffnungen zu machen, die dann grausam zerstört würden, falls ich scheitern sollte. Ich wollte nicht, dass sie auf mich warten, immer in Sorge sein und ständig den Horizont absuchen würde, während niemand kam.

»Du hast jetzt die Chance, wieder glücklich zu werden«, fuhr Meghan fort. In ihren blauen Augen funkelten Tränen, doch sie wandte den Blick nicht ab. »Es ist *Ariella*, Ash, die eine Liebe, die du jahrzehntelang betrauert hast. Wenn sie wirklich zurückgekehrt ist, gibt euch das Schicksal eine zweite Chance, und ich... ich werde euch nicht im Weg stehen.« Eine Träne rollte über ihre Wange, doch sie lächelte tapfer. »Was wir hatten, war ein Traum. Es war wunderschön, aber eben nur ein Traum. Und nun wird es Zeit für uns aufzuwachen.« Ich wollte protestieren, aber sie drückte ihre Finger an meine Lippen und brachte mich so zum Schweigen. »Schließ die Augen.«

Ich wollte es nicht. In diesem Traum zu bleiben wünschte ich mir fast so sehr wie eine Seele zu erhalten, auch wenn ich wusste, dass er nicht real war. Doch widerstrebend fühlte ich, wie meine Lider herabsanken, und einen Moment später spürte ich ihre Lippen auf meinen. Eine federleichte Berührung, die mein Innerstes nach außen kehrte. »Lebe wohl, Ash«, flüsterte sie. »Werde glücklich.«

Und ich erwachte.

Ich lag auf dem Rücken unter einem dichten Blätterdach, durch das nur winzige Lichtpunkte drangen. Irgendwo links von mir brannte ein Feuer, dessen Rauch von einer leichten Brise zu mir herübergetrieben wurde und in meinem Hals kratzte.

»Willkommen unter den Lebenden, Dornröschen.«

Pucks Stimme drang nur langsam durch den Nebel an mein Ohr. Stöhnend versuchte ich, mich aufzusetzen, und rieb mir die Augen. Meine Haut war feucht und kalt, mein Körper völlig ausgelaugt. Aber vor allem fühlte ich eine große Leere in meinem Inneren, während mich ein dumpfer Schmerz in meiner Brust gleichzeitig daran erinnerte, warum ich einst alle Gefühle eingefroren und jeden durch Kälte von mir weggetrieben hatte. Es tat so weh, zu wissen, dass mich das Mädchen, das ich liebte, schon wieder freigegeben hatte.

Ariella und der Wolf waren nirgendwo zu sehen. Puck saß auf einem Holzklotz am Lagerfeuer, hielt einen Stock mit einem dicken Pilz über die Flammen und drehte ihn langsam. Ihm gegenüber lag Grimalkin auf einem flachen Felsen, er hatte die Pfoten angezogen und schnurrte zufrieden.

»Wurde aber auch Zeit, dass du aufwachst, Eisbubi«, sagte Puck, ohne sich umzudrehen. »Ich hatte ja gehofft, du würdest stöhnen und wild um dich schlagen, aber du hast nur dagelegen wie ein Toter. Und du hast nicht mal im Schlaf gesprochen, sodass ich dich später damit quälen könnte. Wo bleibt da der Spaß?«

Mühsam erhob ich mich und wartete einen Moment, bis sich der Boden wieder beruhigt hatte. »Wie lange war ich bewusstlos?«, fragte ich dann und ging zum Feuer.

»Schwer zu sagen.« Puck warf mir einen Pilzspieß zu. »Habe die

Sonne schon eine Ewigkeit nicht mehr gesehen. Wir müssen tief in der Großen Wildnis sein.«

»Wo sind die anderen?«

»Wolfsmännchen ist auf der Jagd.« Er stopfte sich einen ganzen Pilz in den Mund und schluckte ihn im Ganzen herunter. »Mein bescheidenes Schaschlik vom weißen Trüffel war ihm wohl nicht gut genug. Ist dir eigentlich klar, wie schwer es ist, die Dinger zu finden? Fellball hat auch nur die Nase gerümpft – wählerisches, undankbares Viehzeug.«

Ohne die Augen zu öffnen, erklärte Grimalkin hochmütig: »Ich esse keine Pilze, Goodfellow. Und wenn du diese Sporengewächse so sehr liebst, kau doch ein wenig auf den Fliegenpilzen herum, die dort drüben auf dem Elchdung wachsen.«

»O Mann, das ist doch widerlich.«

Ich schluckte die Pilze, ohne irgendeinen Geschmack wahrzunehmen, doch mein Körper erkannte, dass er Nahrung brauchte, auch wenn ich mit den Gedanken ganz woanders war. »Wo ist Ariella?«, fragte ich und warf meinen Stock zurück ins Feuer.

Puck deutete mit dem Kopf zum anderen Ende der Lichtung, wo Ariella mit dem Rücken zu uns zusammengesunken auf einem Felsen saß. »Ein paar Minuten, bevor du aufgewacht bist, ist sie weggegangen«, erklärte Puck leise und musterte mich scharf. »Erst wollte ich ihr folgen, aber sie meinte, sie wolle ein wenig allein sein.« Jetzt spürte ich, wie sein Blick mich durchbohrte. »Was hast du zu ihr gesagt, Ash?«

Ich war vollkommen durcheinander und wurde in so viele Richtungen gezerrt, dass es sich anfühlte, als würde ich gleich zerreißen. Meghans letzte Worte, die aufflackernde Eifersucht in Ariellas Blick, der schmale Grat zwischen dem Mädchen, das ich einst verloren hatte, und dem anderen, das ich haben wollte, aber nicht haben konnte – das alles brodelte in mir und ließ mich keinen klaren Gedanken fassen. Ja, Ari hatte Meghan in der Traumwelt eindeutig provoziert, aber trotzdem konnte ich ihren Schmerz nicht einfach ignorieren.

Ohne weiter auf Puck zu achten, ging ich zu Ariella hinüber. Sie hielt den Kopf gesenkt, und ihr silbernes Haar verdeckte wie ein Vorhang ihr Gesicht. Als ich mich ihr näherte, hob sie den Kopf, sah mich aber nicht an.

»Das war sie also.«

Ich zögerte. Ihre Stimme klang ausdruckslos, kein bisschen Gefühl schwang darin mit, keinerlei Hinweis darauf, was sie empfand. Da ich nicht sicher war, wie ich weitermachen sollte, beschränkte ich mich auf ein »Ja«.

Einige Herzschläge lang schwieg sie. Als sie schließlich fortfuhr, lächelte sie kaum wahrnehmbar, aber es war ein bitteres Lächeln wie herabfallende Blätter im Herbst. »Ich verstehe jetzt, warum du sie so liebst.«

Ich schloss die Augen. »Ari …«

Doch bevor ich irgendetwas sagen konnte, stand sie hastig auf, drehte sich aber noch immer nicht zu mir um. »Ich weiß. Ash, es tut mir leid. Ich …« Ihre Stimme stockte, sie schob sich das Haar aus dem Gesicht und fügte mehr für sich selbst hinzu: »Ich hätte nicht gedacht, dass es so schwer werden würde.«

Ich betrachtete sie im Widerschein des flackernden Feuers, der über ihr silbernes Haar tanzte, ich sah, wie sie sich voller Grazie und Selbstsicherheit bewegte, und musste daran denken, wie ich mich vor so vielen Jahren in sie verliebt hatte. Sie war noch ebenso schön wie damals, als ich selbst ein junger, arroganter Prinz gewesen war. Die Zeit hatte ihrer Makellosigkeit nichts anhaben können. Und ich musste daran denken, was Meghan gesagt hatte: dass das Schicksal uns eine zweite Chance gegeben habe; dass Ariella in mein Leben zurückgekehrt sei und ich nun glücklich werden könne.

Konnte ich mit Ariella glücklich werden?

Kopfschüttelnd schob ich diesen Gedanken beiseite, bevor er zu verlockend wurde, und weil ich fühlte, wie sich ein weiteres Fädchen aus dem Gewebe meines Seins zu lösen begann. Es spielte keine Rolle, sagte ich mir zähneknirschend. Egal, was ich empfand, ich konnte mein Vorhaben nicht aufgeben. Ich hatte geschworen, eine Möglichkeit zu finden, um zu Meghan zurückzukehren, und an diesen Eid war ich gebunden. Ich konnte mein Wort nicht brechen, selbst wenn ich dafür das Unmögliche versuchen musste. Selbst wenn Meghan nicht länger auf mich warten sollte, weil sie mir Lebewohl gesagt und mich freigegeben hatte. Ich konnte nicht aufgeben, selbst jetzt nicht.

Selbst wenn ich sterben und alle anderen mit mir nehmen sollte.

»Endlich wach, also?« Der Wolf tauchte aus den Schatten auf wie ein Stück lebendig gewordene Nacht. »Ich war schwer in Versuchung, dir während deiner Ohnmacht die Kehle durchzubeißen und dich aus deinem Elend zu erlösen, kleiner Prinz. Dir beim Schlafen zuzusehen wurde langsam ermüdend.« Er leckte sich das Maul, dessen Fell rot verschmiert war, und fletschte dann die Zähne. »Wir haben hier schon genug Zeit verschwendet, außerdem ist mir langweilig. Möchtest du nun zum Feld der Prüfungen oder nicht?«

»Doch«, versicherte ich, als Puck mit einigen Pilzspießen in der Hand zu uns trat. »Zeit zum Aufbruch. Wohin gehen wir jetzt?«

Ariella schloss die Augen. »Wir folgen dem Fluss der Träume«, murmelte sie, »durch die Hecke hindurch, bis wir die letzte Barriere erreichen und dann das Ende der Welt. Jenseits dieser Grenze erwartet uns das Feld der Prüfungen.«

»Aus deinem Munde klingt das vollkommen simpel.« Seufzend schob sich Puck noch einen Pilz in den Mund. »Durch die Hecke, sagst du? Und dann über das Ende der Welt hinaus? Wie lange werden wir dafür wohl brauchen?«

»Es dauert, so lange es eben dauert«, erklärte ich entschlossen. »Solange ich genug Luft in den Lungen habe, um weiterzugehen, werde ich das auch. Das heißt aber nicht, dass der Rest von euch das ebenfalls tun muss.« Der Reihe nach sah ich meine Gefährten an. »Von nun an wird es immer gefährlicher werden. Ich kann nicht von euch verlangen, weiter bei mir zu bleiben. Keiner von uns weiß, was jenseits der Hecke oder am Ende der Welt auf uns wartet. Wenn ihr umkehren wollt, dann jetzt. Ich würde es euch nicht übel nehmen.« Bei diesen Worten sah ich Ariella an. »Ich kann auch allein gehen, wenn es sein muss, wenn es zu gefährlich, zu anstrengend oder zu schmerzhaft sein sollte, bei mir zu bleiben.«

Ich will dir gern ersparen, mein Schicksal teilen zu müssen. Ich will dich nicht noch einmal sterben sehen.

»Hmmm. Hey, Eisbubi, halt die mal kurz, ja?« Puck streckte mir seine Pilzspieße entgegen. Stirnrunzelnd nahm ich sie, woraufhin er mir einen Schlag auf den Hinterkopf verpasste – nicht extrem fest, aber doch hart genug, um mich einen Schritt vorwärtstaumeln zu lassen.

»Sei nicht immer so verdammt fatalistisch«, schimpfte er, als ich mich knurrend zu ihm umdrehte. »Ich wäre bestimmt nicht hier, wenn ich es nicht wollte. Und du weißt ganz genau, dass du das nicht alleine schaffst, Eisbubi. Früher oder später wirst du mal anfangen müssen, uns zu vertrauen.«

Ich antwortete mit einem verbitterten, selbstironischen Lachen. »Vertrauen«, wiederholte ich spöttisch. »Vertrauen beruht immer auf Gegenseitigkeit, Goodfellow.«

»Genug«, grollte der Wolf und zeigte uns allen die Zähne. »Wir vergeuden wertvolle Zeit. Wer gehen will, soll gehen. Aber ich denke, es herrscht Einigkeit darüber, dass wir alle bleiben, oder?« Da ihm niemand widersprach, fauchte er: »Dann mal los. Es ist mir schleierhaft, warum die Zweibeiner ständig rumstehen und über alles reden müssen.«

»Dieses eine Mal muss ich dem Köter zustimmen«, meldete sich Grimalkin von einem Ast. Er spähte mit goldenen Augen zu uns herunter, während sich bei dem knurrenden Wolf das Nackenfell aufstellte. Grimalkin ignorierte ihn. »Wenn wir die Hecke über den Fluss der Träume erreichen wollen, müssen wir diesen zunächst einmal wiederfinden«, verkündete er und schärfte seine Krallen an der Baumrinde. »Da der Köter das Gebiet am besten kennt, sollte er sich vielleicht endlich einmal nützlich machen und uns hinführen. Ansonsten sehe ich nicht, warum wir ihn eigentlich mitschleppen sollten.«

Immer noch knurrend spannte der Wolf seine Muskeln an, als würde er zu dem Kater hinaufklettern wollen. »Eines Tages werde ich dich am Boden erwischen, Kater«, prophezeite er zähneknirschend. »Und dann wirst du nicht einmal begreifen, dass ich da bin, bevor ich dir den Kopf abreiße.«

»Das behauptest du schon seit Urzeiten, als die Menschen noch nicht einmal das Feuer kannten, Köter.« Grimalkin zeigte sich völlig unbeeindruckt. »Bitte verzeih, wenn ich nicht vor Schreck erstarre.« Damit verschwand er zwischen den Blättern.

»Also, ich sterbe vor Neugier«, verkündete Puck, während er zu mir aufschloss. Wir folgten dem Wolf durch einen Wald, der größer war als alles, das ich je gesehen hatte: Die massigen Bäume waren so hoch, dass man ihre Kronen nicht sehen konnte, und ihre Stämme so dick, dass ein Dutzend Leute es nicht geschafft hätten, sie zu umspannen. Dieser Teil des Waldes war außerdem von leuchtenden Blumen und Pilzen bevölkert, deren pulsierendes Licht in allen Farben des Regenbogens strahlte. Auf dem Boden wuchs dichtes, weiches Moos, das jedes Mal blau oder grün aufleuchtete, wenn man darauftrat. Unsere Fußabdrücke zogen geisterhafte Libellen an, die über den flachen Mulden herumschwebten. Der Wolf trabte unermüdlich durch diesen glühenden Wald und blieb nur hin und wieder stehen, um sich nach uns umzusehen, oft gereizt, weil wir so lange brauchten. Puck und ich folgten ihm stoisch, während Ariella das Schlusslicht bildete, lautlos wie ein Schatten.

Trotz ihrer Versicherungen, dass alles in Ordnung sei, nagte an mir die Sorge um sie. Nach unserer Traumbegegnung und dem angespannten, unbeholfenen Gespräch war sie noch distanzierter und in sich gekehrter als sonst. Mit jedem Schritt erschien sie schemenhafter, so als würde sie an Substanz verlieren. Ich hatte Angst, sie könnte sich auflösen wie der Nebel in ihrem Tal. Wenn ich sie ansprach, beantwortete sie lächelnd meine Fragen und versicherte mir immer wieder, dass es ihr gut ginge, aber ihre Augen schienen durch mich hindurchzublicken.

Ich für meinen Teil konnte Meghan genauso wenig aus dem Kopf bekommen. Ich wünschte mir, ich hätte ihr gesagt, was ich vorhatte. Ich wünschte mir, ich hätte überhaupt mehr gesagt, stärker protestiert. Das hätte mir vielleicht den höllischen Schmerz erspart, den ich in mir fühlte, wann immer ich an unseren Abschied dachte. War sie bereits weitergezogen, hatte sie mich schon vergessen? Aus ihrer Sicht hatten ihre Worte durchaus einen Sinn ergeben. Wenn ich nur daran dachte, dass sie mit einem anderen zusammen sein könnte, wollte ich nichts als kämpfen und töten, um zu vergessen. Ich hatte das Gefühl, zwischen Meghan auf der einen und Ariella auf der anderen Seite in zwei Hälften zu zerbrechen.

Mir war also überhaupt nicht nach Reden, als Puck mit diesem leisen

Lächeln im Gesicht wie aus dem Nichts auftauchte, offenbar auf der Suche nach Ärger. Mir war klar, dass mir seine Frage sicher nicht gefallen würde, aber sie überraschte mich dann doch: »Und, was hat Meghan gesagt, als sie Ariella gesehen hat?«

Auf meinen vernichtenden Blick hin grinste er nur. »Komm schon, Eisbubi. Ich bin doch nicht blöd. Ich musste doch nur eins und eins zusammenzählen, um herauszufinden, was passiert ist. Also, was hat sie gesagt?« Als ich weiterhin schwieg, schoss seine Hand vor, packte mich an der Schulter und wirbelte mich zu ihm herum. »Hey, ich meine es ernst, Prinz!«

Im nächsten Augenblick zog ich mein Schwert und zielte damit auf seinen Kopf. Puck wehrte den Schlag mit seinen Dolchen ab, sodass die Klingen kreischend und Funken sprühend aufeinandertrafen.

Über die gekreuzten Klingen hinweg funkelte er mich wütend an. Die Härte und Kälte in seinem Blick waren ein Spiegelbild meiner eigenen Gefühle. In einem wilden Tanz schwirrten die Libellen um uns herum, und der Wald zeichnete bunte Lichtflecken auf Pucks Stirn, die fast wie eine Kriegsbemalung aussahen. »Du strauchelst, Ash«, erklärte Puck leise. Seine Augen glühten ebenso hell wie der Wald um uns herum. »Ich habe gesehen, wie du Ariella neuerdings ansiehst. Du weißt nicht, was du willst, und diese Unschlüssigkeit wird dich vernichten und den Rest von uns gleich mit.«

»Ich habe dir die Wahl gelassen, du hättest gehen können.« Ich ging ganz bewusst nicht auf seine Vorwürfe ein. »Niemand hält dich hier. Du hättest nach Arkadia zurückkehren können, Puck. Du hättest gehen können, wenn du gewollt hättest…«

»Nein.« Seine Augen verengten sich zu grünen Schlitzen, als er zähneknirschend fortfuhr: »Ich werde nicht umkehren und Meghan dann erklären, dass ich dich hier alleingelassen habe, ohne einen blassen Schimmer, was aus dir geworden ist. Wenn ich zurückgehe, dann nur, um ihr zu sagen, dass du definitiv nicht wiederkommen wirst, falls ich dazu überhaupt Gelegenheit haben werde.«

»Verstehe.« Mein Lächeln war eiskalt. »Du willst, dass ich versage. Denn wenn ich sterbe, kannst du Meghan trösten. Du hoffst, dass ich nicht zurückkehre.«

»Ash! Puck!« Ariella kam angelaufen, blass und verstört. »Hört auf! Was soll das denn?«

»Schon in Ordnung, Ari«, sagte Puck, ohne den Blick von mir abzuwenden. »Eisbubi und ich plaudern nur ein wenig, nicht wahr, Prinz?«

Ich verharrte noch einen Moment, dann trat ich zurück und schob das Schwert in die Scheide. Puck grinste, doch der Ausdruck in seinen Augen verriet mir, dass es noch nicht vorbei war.

»Seid ihr zwei endlich fertig?«, ließ sich der Wolf gereizt vernehmen. »Wir sind fast da.«

So tief in der Großen Wildnis war der Fluss der Träume zu einem sehr breiten, trägen Kanal geworden, dessen pechschwarzes Wasser den lichtlosen Himmel spiegelte.

»Ich würde nicht so nah ans Ufer gehen, wenn ich du wäre«, sagte der Wolf warnend zu Puck, der gerade einen Stein in das glatte Nass schleudern wollte. »Wir sind hier noch ganz in der Nähe der Albträume, und wir wollen doch nicht, dass dich irgendetwas Fieses erwischt. Ich habe jedenfalls keine Lust, dich da rauszuziehen.«

Grinsend ließ Puck den Stein über das glatte Wasser hüpfen. Er traf fünfmal auf, bevor etwas Schuppiges aus dem Wasser schoss, sich in einem feinen Sprühnebel den Stein schnappte und wieder in den Fluten versank.

Wir wichen ein Stück vom Ufer zurück.

»Wie weit ist es noch bis zur Hecke?«, fragte ich Ariella, die sich erschöpft auf einem Stein niedergelassen hatte. Grimalkin hockte neben ihr und putzte sich die Vorderpfoten. Der Wolf beobachtete ihn missmutig, machte aber keine Anstalten, sich auf ihn zu stürzen. Offenbar waren sie wieder dazu übergegangen, so zu tun, als existiere der andere nicht.

»Ich bin nicht sicher«, antwortete sie und sah wie in Trance flussabwärts. »Ziemlich weit, denke ich. Aber wenigstens können wir uns nicht verirren. Wir müssen einfach nur dem Fluss folgen ... bis zum Ende.«

»Ich wünschte, wir hätten ein Boot«, murmelte Puck und warf den nächsten Stein. Wieder brach etwas Schuppiges durch die Wasseroberfläche, sodass Puck heftig zusammenzuckte. »Oder vielleicht lieber doch nicht. Das ist beim letzten Mal ja auch nicht sonderlich gut ausgegangen, dank der riesigen Aale, dem Pfeilhagel und dieser blutrünstigen Molche. Dann werden wir wohl doch eher bis ans Ende der Welt laufen, es sei denn, jemand hat einen besseren Vorschlag.«

Der Wolf ließ sich neben uns nieder, das Mondlicht zeichnete seine dunklen Umrisse nach. Nachdenklich blickte er auf das Wasser. »Es gibt noch ein anderes Boot«, erklärte er mit ernster Stimme. »Ich habe es schon ein paarmal gesehen. Eine Fähre, stets unbemannt, und sie fährt immer in dieselbe Richtung. Sie scheint nirgendwo zu halten, und die Albträume des Flusses scheinen sie nicht zu bemerken.«

»Hmmm, du meinst wohl die Geisterfähre«, nickte Grimalkin und unterbrach seine Säuberungsbemühungen. »Eine ziemlich bekannte Legende, soweit ich weiß. Auf dem Scherbenmeer geht ein ganz ähnliches Schiff um, ein Piratenschiff gefertigt aus Menschenknochen. Oder etwas in der Art.« Naserümpfend schüttelte er den Kopf. »Manche Legenden behaupten, die Geisterfähre erscheine immer dann, wenn sie gebraucht wird.«

»Tja, wir brauchen sie garantiert.« Puck suchte den dunklen Fluss ab. »Wir brauchen sie, weil ich keine Lust habe, wer weiß wie lange an diesem Fluss entlangzustapfen, bis wir endlich an der Hecke oder am Ende der Welt oder sonst wo ankommen.« Er legte die Hände wie einen Trichter um den Mund und brüllte: »Hörst du mich, Fähre? Du wirst gebraucht! Hier! Und zwar jetzt!«

Grimalkin legte die Ohren an, und der Wolf drehte sich mit gesträubtem Fell zu mir um. »Wie konnte er nur so lange überleben, ohne dass ihm jemand den Hals umgedreht hat?«

»Glaub mir, diese Frage habe ich mir auch schon oft gestellt.«

»Die Fähre wird kommen«, sagte Ariella so unvermittelt, dass wir uns alle umdrehten und sie anstarrten. Sie sah auf den Fluss hinaus, doch ihre Augen waren glasig, und ihr Blick schien in weite Ferne gerichtet zu sein. »Ich habe es gesehen. In meinen Visionen. Sie wird erscheinen, wenn die Zeit gekommen ist.«

»Und wann wird das sein?«, fragte ich sie.

»Ich weiß es nicht. Aber es wird nicht hier geschehen. Ich habe ein Boot gesehen und einen langen, langen Landungssteg. Mehr weiß ich nicht.«

»Tja …« Seufzend griff Puck nach dem nächsten Stein. »Dann müssen wir wohl nach einer Art Hafen Ausschau halten. Hat jemand eine Ahnung, wo der sein könnte?«

Als niemand antwortete, seufzte er wieder. »Dann also weiter auf Schusters Rappen.«

Auf unserer Seite des Flusses bekam der Wald bald ein anderes Gesicht und das so abrupt, als hätte jemand eine Tür hinter uns zugeschlagen. Das Licht verblasste, und die Bäume wurden zu verwachsenen, windschiefen Exemplaren, deren Zweige ächzten und quietschten, obwohl gar kein Wind ging. Die Sterne verschwanden, der Fluss wurde sogar noch schwärzer und reflektierte nichts als einen kränklichen roten Mond, der wie ein blutunterlaufenes Auge zwischen den Wolken hervorspähte. Ich schloss daraus, dass wir das Gebiet der Albträume noch nicht hinter uns gelassen hatten, und hoffte sehr, dass nichts aus dem dunklen Wasser oder dem finsteren Wald geschlichen käme, denn beide waren für meinen Geschmack etwas zu nah.

»Starr nicht zu lange in den Wald hinein, Prinz«, knurrte der Wolf, als es einmal im Gebüsch raschelte. »Direkter Augenkontakt lenkt die Aufmerksamkeit derer auf dich, die dort drin hausen. Und glaub mir: Die sind alles andere als nett.«

»Soll das etwa heißen, sie sind noch gruseliger als du?«, witzelte Puck, woraufhin ihm der Wolf ein unheimliches Grinsen zuwarf, mit dem er sein gesamtes Gebiss präsentierte.

»Ich bin der Angst und dem Misstrauen der Menschen entsprungen«, erklärte er grimmig, schien aber eigentlich stolz darauf zu sein. »Ihre Geschichten und Legenden verliehen mir meine Macht. Aber das hier sind Ausgeburten der menschlichen Albträume, also reiner, gedankenloser Terror, der einem das Blut in den Adern gefrieren lässt. Sie kriechen aus dem Fluss und schaffen es bis in den Wald, wodurch der Wald sich verändert und zu einer verkrüppelten Landschaft wird, wie sie die Menschen am meisten fürchten. Wenn du also einem von ihnen begegnen willst, tu dir keinen Zwang an, und lenke ihren Blick auf dich. Aber wundere dich nicht, wenn du den Verstand verlierst, nachdem du einen gesehen hast.«

Puck schnaubte skeptisch. »Oh, bitte. Was meinst du denn, mit wem du es hier zu tun hast? Ich habe für eine ganze Reihe menschlicher Albträume gesorgt. Habe ich alles schon mal gesehen, Wolfsmännchen. Es gibt absolut nichts, was mich um den Verstand bring… Aaah!«

Puck wich so hastig zurück, dass er über die eigenen Füße stolperte. Grimalkin fauchte und verschwand, während ich mein Schwert zog. Am Flussufer stand eine riesige Gestalt mit wirrem Haar, die eine Angelrute in den bleichen, langgliedrigen Händen hielt. Nun drehte sie sich zu uns um.

Ich konnte das Wesen nur fassungslos anstarren. Es musste eine Fee sein, aber so etwas hatte ich noch nie gesehen. Das Ding hatte keinen Körper, sondern nur einen enormen, aufgeblähten Schädel, von dem das zottelige weiße Haar bis zu den Knien herabhing. Nein, nicht die Knie, sondern *das* Knie. Der Riese stand auf einem einzigen, stämmigen Bein, das in einem klumpigen Fuß endete; die schmutzigen gelben Zehennägel bohrten sich wie Krallen in den Boden. Dort, wo eigentlich seine Ohren hätten sein müssen, wuchsen ihm zwei lange Arme. Mit großen, ungleichmäßig geformten Augen musterte er uns. In seinem Blick lag ein Hauch von Neugier.

Ich machte mich bereit, ihn anzugreifen, falls er Anstalten machte, sich auf uns zu stürzen. Schaltete man das eine Bein aus, würde es ein Kinderspiel sein, den Riesen zu Fall zu bringen. Doch er blinzelte nur träge und wandte sich dann wieder dem Fluss und seiner Angelleine zu.

Der Wolf hechelte und sah grinsend zu Puck, der wütend aufsprang und sich den Matsch von der Hose wischte. Ariellas Apathie war vergessen, als wir gemeinsam diese seltsame Gestalt musterten, die weiter fischte, als wäre nichts geschehen. »Was ist das?«, flüsterte Ariella und umklammerte meinen Arm. »Ein solches Wesen habe ich noch nie gesehen. Ist das ein Albtraum der Menschen?«

»Es ist kein Albtraum«, widersprach der Wolf und setzte sich. »Es ist eine Fee, genau wie ihr, aber es hat keinen Namen. Oder zumindest kann sich niemand an ihn erinnern.«

»Ich dachte bisher immer, sie wären ausgestorben.« Grimalkin erschien auf einem Stück Treibholz, doch sein Schwanz war immer noch doppelt so dick wie normalerweise. Er musterte den unbekümmerten Riesen und rümpfte die Nase. »Das hier ist vielleicht das letzte Exemplar.«

»Tja, gefährdete Spezies hin oder her, vielleicht kann er uns ja helfen«, entschied Puck und schob sich vorsichtig auf den Giganten zu. »Hey, Einbein! Ja, du!«, rief er, als der massige Kopf des Wesens sich drehte, um ihn anzusehen. »Kannst du mich verstehen?«

Perplex blickte der Wolf Puck hinterher, Ariella hingegen drückte sich enger an mich. Ich spürte ihre weichen Finger an meinem Arm. »Ich werde dich bestimmt nicht von seiner Fußsohle abkratzen, Goodfellow«, warnte ich ihn.

»Lieb von dir, dass du dir Sorgen machst«, erwiderte Puck. Er ging ein paar Schritte zurück und legte den Kopf in den Nacken, damit er dem Riesen ins Gesicht sehen konnte.

»Hallo«, begrüßte er ihn und winkte fröhlich. »Wir wollen nicht stören, aber könntest du uns vielleicht ein paar Fragen beantworten?« Als der Riese ihn nur stumm anstarrte, blinzelte er irritiert. »Äh ... einmal Nicken für Ja, zweimal Nicken für Nein.«

Das fremdartige Feenwesen geriet in Bewegung, und sofort spannte ich mich an; sollte es Puck zertrampeln wollen wie eine lästige Kakerlake, war ich bereit. Doch der Riese holte nur seine Angel ein und drehte sich dann um und blickte Puck offen ins Gesicht.

»Was ... willst ... du?«, fragte er schleppend, als müsste er sich erst wieder ins Gedächtnis rufen, wie man spricht.

Erstaunt zog Puck die Augenbrauen hoch.

»Hey, du kannst ja am Ende sogar sprechen. Hervorragend.« Grinsend drehte er sich zu mir um, aber ich war weniger amüsiert. »Wir haben uns nur gefragt«, fuhr Puck dann an den Riesen gewandt fort und schenkte ihm sein charmantestes Lächeln, »wie weit es wohl noch ist bis zum Ende der Welt. Nur so aus Neugier. Weißt du das? Du siehst aus wie ein Einheimischer, treibst dich hier bestimmt schon eine Weile rum, nicht? Also, was denkst du?«

»Ich ... kann mich nicht erinnern.« Der Riese runzelte angestrengt die Stirn, fast als würde ihm dieser Gedanke Schmerzen bereiten. »Tut mir leid. Ich kann mich nicht erinnern.«

»Du wirst nichts Nützliches aus ihm herausbekommen, Goodfellow«, knurrte der Wolf und stand auf. »Er weiß nicht einmal mehr, warum er eigentlich hier ist.«

»Ich ... habe nach etwas gesucht«, erklärte der Riese nachdenklich, und seine großen Augen wurden glasig.

»Ich ... ich glaube, im Fluss. Ich habe vergessen, was es ist, aber ... wenn ich es sehe, werde ich es wissen.«

»Oh.« Puck schien enttäuscht zu sein, doch dann hellte sich seine Miene wieder auf. »Okay, und was ist mit einem Boot?«, fuhr er unverzagt fort. »Wenn du schon eine Weile hier bist, müsstest du doch hin und wieder ein Boot gesehen haben, das flussabwärts fuhr.«

Der Wolf schüttelte resigniert den Kopf und wandte sich ab; offenbar hatte er genug gehört. Der Riese hingegen zog die dicken Augenbrauen zusammen und nickte nachdenklich.

»Ein Boot. Ja ... ich erinnere mich an ein Boot. Es fährt immer in dieselbe Richtung.« Sein blasser Finger zeigte in die Richtung, in die wir gingen. »Da entlang. Und es hält nur einmal an, am Landungssteg am Flussufer.«

Abrupt blickte ich hoch. »Wo?«

Die Runzeln auf der Stirn des Riesen wurden noch tiefer. »Eine Stadt? Eine Siedlung? Ich glaube, ich erinnere mich an ... Häuser. Und ... andere wie mich. Viel Nebel ...« Er blinzelte verwirrt und zuckte mit den Armen. Das sollte wohl ein Schulterzucken sein, was seltsam aussah so ganz ohne Schultern. »Ich kann mich nicht erinnern.«

Mit einem letzten Blinzeln wandte er sich so unvermittelt ab, als hätte er bereits vergessen, dass wir da waren. Alle weiteren Versuche von Puck, ihm etwas zu entlocken, blieben erfolglos.

»Weißt du irgendetwas über diese Stadt?«, fragte ich Grimalkin, als wir unseren Weg fortsetzten. Der Wolf war uns bereits ein Stück voraus und blickte sich gereizt nach uns um. Ich hätte ihm gern dieselbe Frage gestellt, aber er sah gerade so aus, als würde er lieber ein paar Köpfe abbeißen.

»Ich kenne nur die Geschichten, Prinz.« Grimalkin achtete höchst penibel darauf, wo er seine Pfoten hinsetzte, wich den Pfützen aus und tappte affektiert durch den Matsch. »Ich war nie in dieser sogenannten Stadt, doch es gibt einige sehr, sehr alte Geschichten über einen Ort in der Großen Wildnis, den die Feen aufsuchen, um zu sterben.«

Fassungslos starrte ich den Kater an. »Wie meinst du das?«

Grimalkin seufzte. »Unter anderem kennt man die Stadt unter dem Namen Phaed. Mach dir nicht die Mühe, mir zu sagen, dass du noch nie etwas davon gehört hast. Ich weiß, dass es so ist. Sie ist ein Ort für jene, an die sich niemand mehr erinnert. So sehr uns die Geschichten, der Glaube und die Fantasie stärker machen, so tödlich ist für uns ihr Fehlen. Selbst die Bewohner des Nimmernie sterben einen langsamen Tod, bis schließlich nichts mehr von ihnen übrig ist. Dieser Riese ist einer von ihnen, einer der Vergessenen. Er klammert sich an seine Existenz mithilfe der wenigen, die sich noch an seinesgleichen erinnern. Es ist nur noch eine Frage der Zeit, bis er einfach nicht mehr ist.«

Mich überlief ein Schauer, und selbst Puck wirkte betroffen. Tief in unserem Innersten fürchteten wir alle genau das: vergessen zu werden und im Nichts zu verschwinden, weil niemand sich mehr an unsere Geschichten und unsere Namen erinnerte.

»Schaut doch nicht so ernst drein«, mahnte Grimalkin, sprang über eine Pfütze hinweg und setzte sich dann auf einen Stein, um uns besser ansehen zu können. »Das ist das unausweichliche Ende jeder Kreatur im Feenreich. Irgendwann müssen wir alle vergehen. Selbst du, Goodfellow. Selbst der große, mächtige Wolf. Was glaubst du denn, warum er dich unbedingt begleiten wollte, Prinz?« Grimalkin sah mich mit zuckenden Schnurrhaaren an. »Damit seine Geschichte weitergeht. Damit sie sich im Herzen und Gedächtnis all jener verankert, die sich an ihn erinnern. Doch was auch immer er tut, es ist nur ein Aufschub. Früher oder später landet jeder in Phaed. Außer uns Katzen, natürlich.« Damit sprang er von seinem Sitz und trabte mit hocherhobenem Schwanz weiter.

Immer mehr Nebelschwaden stiegen aus dem Fluss auf, waberten über den Boden und zwischen den Bäumen hindurch. Bald war der Dunst so dicht, dass man nur noch wenige Meter weit sehen konnte und Fluss, Wald und Horizont von einer dicken weißen Wand verschluckt wurden.

Der Wolf war nicht mehr zu sehen, tauchte aber plötzlich wie ein lautloser, tödlicher Schatten wieder auf. »Weiter vorne blinken Lichter«, knurrte er. Sein Fell war an Schultern und Nacken so stark gesträubt, dass es fast dornig aussah. »Sieht aus wie eine Stadt, aber das Seltsame ist: Sie hat keinen Geruch, nicht den kleinsten Hauch eines Geruchs. Es bewegen sich Dinge im Nebel, und ich kann Stimmen hören, aber ich kann überhaupt nichts riechen. Es ist fast so, als wäre diese Stadt gar nicht da.«

»Das ist das Problem mit Hunden«, seufzte Grimalkin und war im dichten Nebel kaum zu sehen. »Sie vertrauen immer nur auf das, was ihnen ihre Nase sagt. Vielleicht solltest du ja mal deine anderen Sinne zu Wort kommen lassen.«

Der Wolf fletschte knurrend die Zähne. »Ich bin öfter an diesen Ufern entlanggestreift, als ich zählen kann. Hier gab es nie eine Stadt. Nur den Nebel. Warum sollte also plötzlich eine da sein?«

»Vielleicht erscheint sie auch unvermittelt, so wie die Fähre«, schlug Grimalkin gelassen vor, während er in den Nebel hinausstarrte. »Vielleicht erscheint sie auch nur, wenn sie gebraucht wird. Oder vielleicht …« Er warf Ariella und mir einen schnellen Blick zu. »Vielleicht finden nur jene, die bereits gestorben sind oder bald sterben werden, den Weg nach Phaed.«

Der Uferweg hatte sich in einen schlammigen Pfad verwandelt, dem wir so lange folgten, bis im Nebel dunkle Silhouetten auftauchten: die Umrisse von Häusern und Bäumen. Die Stadt Phaed tauchte vor uns auf, und der Pfad brachte uns mitten ins Zentrum des Ortes. Einige der Holzhütten, die auf Pfählen über dem Morast thronten, neigten sich gefährlich zur Seite, als wären sie betrunken. Grau verwitterte Schuppen hockten wie geduckte Tiere im Schlamm, einige waren wie Pappkartons aufeinandergestapelt und drohten herabzustürzen oder zusammenzubrechen, wenn man nur einmal dagegen trat. Alles war eingesunken, schäbig und brüchig oder aber so ausgebleicht, dass man unmöglich sagen konnte, welche Farbe es einmal gehabt haben mochte.

Auf der Straße lag überall Schutt herum, lauter Kleinigkeiten, die anscheinend irgendjemand fallen gelassen und nie wieder aufgehoben hatte. Mitten auf dem Weg stießen wir auf eine Angelrute, an deren Leine ein skelettierter Fisch hing. Der Wolf zog angewidert die Lefzen hoch und machte einen weiten Bogen darum. In einem kleinen Tümpel vermoderte eine Staffelei mit einem halb fertigen Bild, dessen Farbe wie Blut in das Wasser tropfte. Und überall lagen Bücher herum – von Gutenachtgeschichten für Kinder bis hin zu uralten, mächtigen Wälzern.

Hier war der Nebel noch dichter und dämpfte sogar die Geräusche. Nichts rührte sich, kaum ein Laut war zu hören.

»Nettes Plätzchen«, murmelte Puck, als wir an einem alten Schaukelstuhl vorbeikamen, der sich quietschend im Wind bewegte. »So gemütlich. Ich frage mich, wo die alle sind.«

»Sie kommen und gehen«, sagte der Schaukelstuhl hinter uns. Wir fuhren zusammen und wirbelten mit gezogenen Waffen herum. Wo gerade noch niemand gewesen war, saß nun ein seltsames Wesen mit blicklosen, weißen Augen und starrte uns an.

Es war eine ebenso unkenntliche Kreatur wie zuvor der Riese. Ihr Körper war der einer alten Frau, doch die Hände waren gekrümmte Vogelklauen, und ihre Beine endeten in Hufen. Zwischen den grauen Haaren ragten Federn hervor, die auch auf ihren dürren Armen wuchsen, und auf der Stirn entdeckte ich zwei winzige Hörner. Sie musterte mich mit vollkommen ausdrucksloser Miene, während plötzlich eine gespaltene Zunge zwischen ihren Lippen hervorschoss.

»Oh«, sagte sie überrascht, als ich tief durchatmete und meine Waffe wegsteckte. »Neuankömmlinge. Neue Gesichter habe ich in dieser Stadt ja schon seit ... also, eigentlich habe ich hier noch nie neue Gesichter gesehen.« Einen Moment lang sah sie uns durchdringend an, dann begann sie, zu strahlen. »Wenn ihr neu seid, habt ihr es ja vielleicht gesehen. Habt ihr es zufällig gesehen?«

Verwirrt runzelte ich die Stirn. »Es?«

»Ja. *Es.*«

In der Luft um sie herum konnte ich etwas Seltsames wahrnehmen, eine Art leichten Sog, so als würde Wasser durch einen Strohhalm gesogen werden. »Es ... was denn?«, fragte ich vorsichtig. »Wonach suchst du?«

»Ich weiß es nicht.« Sie seufzte schwer und schien in sich zusammenzufallen. »Ich kann mich nicht erinnern. Ich weiß nur, dass ich es verloren habe. Du hast es also nicht gesehen?«

»Nein«, erklärte ich bestimmt. »Ich habe es nicht gesehen.«

»Oh.« Die Alte seufzte wieder und wurde noch kleiner. »Bist du ganz sicher? Ich denke mir, du könntest es gesehen haben.«

»Wie dem auch sei«, mischte sich Puck ein, bevor sich das Gespräch endgültig im Kreis drehte. »Wir würden ja furchtbar gerne bleiben und diese Unterhaltung fortsetzen, aber leider sind wir in Eile. Kannst du uns sagen, wo der Landungssteg ist?«

Wieder schoss die Zunge des Wesens vor, als wollte es von der Luft rund um Puck eine Kostprobe nehmen. »Du bist so strahlend«, flüsterte die Alte. »Ihr seid alle so strahlend. Wie kleine Sonnen.« Puck und ich wechselten einen schnellen Blick und wichen zurück. »Oh, geht noch nicht«, flehte das Wesen und streckte uns eine schrumpelige Klaue entgegen. »Bleibt und unterhaltet euch ein wenig mit mir.

Manchmal ist es so kalt. So ... kalt ...« Sie zitterte, und dann verblasste sie wie Nebel, der sich im Sonnenschein auflöst. Der leere Schaukelstuhl, der noch quietschend vor und zurück wippte, war alles, was von ihr blieb.

Puck zitterte übertrieben und rieb sich die Arme. »Okay, das war bestimmt das Gruseligste, was ich seit Langem gesehen habe«, erklärte er dann mit gezwungener Fröhlichkeit. »Wer von euch ist noch dafür, dass wir dieses Boot finden und dann so schnell wie möglich aus dieser Stadt verschwinden?«

»Kommt«, knurrte der Wolf drängend, der offenbar derselben Meinung war. »Ich kann den Fluss riechen. Hier entlang.« Ohne auf eine Antwort zu warten, drehte er sich um und trottete die Straße hinunter.

Ich sah mich nach Grimalkin um, war aber nicht überrascht, als ich feststellte, dass er ebenfalls verschwunden war. »Was meinst du, wonach hat sie wohl gesucht?«, fragte ich Ariella, als wir tiefer in die stille Stadt hineingingen und dem riesigen Schatten des Wolfs durch den Nebel folgten. »Dieses Wesen am Fluss war auch auf der Suche nach etwas. Ich frage mich, was sie wohl verloren haben, das so wichtig sein könnte?«

Ariella erbebte und wirkte plötzlich gehetzt. »Ihre Namen«, sagte sie leise. »Ich glaube ... sie haben ihre Namen gesucht.« Für einen Moment wurde ihr Blick traurig und abwesend. Alarmiert erkannte ich, wie sehr sie auf einmal der Fee in dem Schaukelstuhl ähnelte. »Ich konnte die

Leere in ihnen spüren«, fuhr Ariella fast flüsternd fort. »Leere Stellen, die sie innerlich auffressen. Sie sind wie ein Loch, wie ein Fleck, an dem nichts ist, obwohl dort eigentlich etwas sein müsste. Dieses Wesen in dem Schaukelstuhl … sie war schon fast vergangen. Ich glaube, nur Pucks und dein Schein haben sie zurückgebracht, wenn auch nur für einen Augenblick.«

Nach und nach erschienen andere Gestalten in dem dichten Nebel, seltsame, fremdartige Kreaturen mit toten Augen und leeren Gesichtern. Sie taumelten benommen durch die Stadt, wie Schlafwandler, die sich ihrer Umgebung kaum bewusst sind. Manchmal drehte sich eine von ihnen um und starrte uns mit verhaltener Neugier an, aber niemand näherte sich uns.

Plötzlich zerriss ein lautes Brüllen die Stille, und der Nebel vor uns wurde so heftig aufgewühlt, dass ich sofort mein Schwert zog und losstürmte. Der Wolf stand mit gefletschten Zähnen und gesträubtem Fell über einem Wesen, an dessen Körper überall winzige Hände wuchsen. Dutzende von Armen und Händen waren schützend hochgerissen, und das Ding kroch verzweifelt rückwärts, als der Wolf sich auf seine Kehle stürzte.

Ich rammte dem Wolf meine Schulter gegen den Kopf und konnte ihn so zur Seite schieben, was er mit einem wütenden Jaulen quittierte. Knurrend wirbelte er zu mir herum, doch plötzlich stand Puck mit gezückten Dolchen neben mir. Gemeinsam bildeten wir eine Mauer zwischen dem Wolf und seinem Opfer, das nun auf seinen vielen Händen davonhuschte und unter einem der Gebäude verschwand.

Mit hasserfülltem Blick starrte uns der Wolf an. »Weg da«, knurrte er und kniff drohend die Augen zusammen.

»Ich werde dieses Ding finden und ihm den Kopf abreißen. Geht mir aus dem Weg.«

»Beruhige dich«, befahl ich ihm und achtete darauf, dass mein Schwert zwischen mir und dem wütenden Wolf blieb. »Wenn du einen von ihnen angreifst, ist anschließend vielleicht die ganze Stadt hinter uns her. Jetzt ist es sowieso weg, du kannst nichts mehr machen.«

»Ich werde sie alle umbringen«, erklärte der Wolf gefährlich leise. »Jeden Einzelnen von ihnen werde ich in blutige Fetzen reißen. Dieser

Ort ist widernatürlich. Spürt ihr das denn nicht? Er ist wie ein sterbendes Tier, das nach uns schlägt. Wir sollten sie alle töten und zwar sofort.«

»Davon würde ich dringend abraten«, erklärte Grimalkin und erschien aus dem Nichts. Mit schmalen Augen musterte er den Wolf, der ihn mordlüstern anstarrte. »Ihr wäret überrascht, wie viele Vergessene es auf der Welt gibt«, fuhr der Kater schließlich fort. »Ich versichere euch, es sind mehr, als ihr euch vorstellen könnt. Und starke Emotionen wie Wut oder Angst ziehen sie an wie der Honig die Fliegen. Also versuche bitte, dein hungriges Maul im Zaum zu halten und niemandem den Kopf abzubeißen. Dann schaffen wir es vielleicht, in einem Stück hier rauszukommen.«

Der unheilvolle Blick des Wolfes wanderte zwischen mir und Grimalkin hin und her, dann wandte er sich knurrend ab und schnappte böse nach der Luft. In diesem Moment bemerkte ich auf seinem Rücken und an seinen Schultern erste graue Strähnen in dem sonst so tiefschwarzen Fell. Doch dann schüttelte er sich, und die Farben verwischten.

»Wow, dieser Ort macht sogar das Wolfsmännchen nervös«, raunte Puck mir zu und beobachtete, wie der Wolf knurrend auf und ab lief. Hinter ihm bildete sich langsam eine Art Versammlung. Immer mehr neugierige Gesichter tauchten aus dem Nebel auf und fixierten uns mit leeren Augen. »Suchen wir das Boot und verschwinden wir, bevor er noch anfängt, die Häuser einzureißen.«

Wir folgten der schlammigen Straße, bis sie uns endlich wieder zum Fluss der Träume führte, der noch immer nebelweiß verhüllt war. Das dunkle Wasser schlug sanft gegen das morastige Ufer. Ein hölzerner Landungssteg ragte weit in den Fluss hinaus und verschwand dann im Nebel. Doch dort draußen rührte sich nichts. Alles war reglos und totenstill.

»Tja, den Hafen hätten wir gefunden.« Puck spähte so angestrengt in den Dunst hinaus, dass er schielte. »Aber ich sehe kein Boot. Vielleicht müssen wir erst eine Fahrkarte kaufen?«

»Indem ihr hier rumsteht, werdet ihr sicher nicht finden, was ihr sucht«, erklärte eine leise Stimme in unserem Rücken.

Diesmal drehte ich mich betont langsam um, unwillig, bei jeder plötzlich auftauchenden Kreatur dramatisch zusammenzufahren. Doch ich zog mein Schwert und legte dem Wolf die freie Hand auf die Schulter, um ihn davon abzuhalten, herumzuwirbeln und den Sprecher einen Kopf kürzer zu machen.

Zunächst sah ich niemanden. Die Stimme schien aus dem Nichts gekommen zu sein, aber auf dem Boden war ein langer, schmaler Schatten zu sehen.

»Zeig dich«, knurrte der Wolf mit gebleckten Lefzen. »Bevor ich die Geduld verliere und dir die Eingeweide rausreiße, sichtbar oder nicht sichtbar, ist mir egal. Ich kann beinahe riechen, dass du da bist, also hör auf, dich zu verstecken.«

»Oh, wie unhöflich von mir«, meldete sich die Stimme wieder, diesmal direkt vor uns. »Ich vergesse immer …« Scheinbar aus dem Nichts *drehte* sich eine große, unfassbar dürre Gestalt zu uns, sodass sie nun im Profil stand und dadurch sichtbar wurde. Der Mann war so dünn wie ein Blatt Papier, wie die Schneide einer Klinge, und war überhaupt nur zu sehen, wenn man ihn von der Seite betrachtete. Und selbst dann war er kaum mehr als ein hagerer Strich. Seine Haut war grau, und er trug einen eleganten grauen Nadelstreifenanzug. Er winkte uns mit seinen langen, spinnenartigen Fingern zu, wohl um sicherzugehen, dass wir ihn sehen konnten.

»Besser so?«, fragte er lächelnd. In dem lippenlosen Mund blitzten kleine, spitze Zähne auf. Mir schoss ein Name durch den Kopf, aber bevor ich ihn zu fassen bekam, war er bereits wieder verschwunden. »Ich bin der Betreuer dieser Stadt, der Bürgermeister, wenn man so will«, fuhr der schmale Mann fort und beobachtete uns scharf aus dem Augenwinkel heraus. »Normalerweise begrüße ich die Neuankömmlinge und wünsche ihnen einen langen, friedlichen Aufenthalt hier, während sie auf das Ende warten. Aber ihr …« Seine Augen wurden schmal, und er legte die Fingerspitzen aneinander. »Ihr seid nicht wie wir anderen. Eure Namen wurden nicht vergessen. Ich bin mir zwar nicht sicher, wie ihr diesen Ort überhaupt finden konntet, aber das spielt auch keine Rolle. Ihr gehört nicht hierher. Ihr müsst gehen.«

»Das werden wir«, versicherte ich ihm über die immer lauter werdenden Drohgebärden des Wolfs hinweg. »Wir warten nur noch auf die Fähre. Sobald sie kommt, werden wir euch nicht länger belästigen.«

Der dürre Mann ließ seine Finger gegeneinander trommeln. »Die Fähre hält hier nicht oft. Die meisten Einwohner von Phaed wissen nicht einmal, dass sie existiert. Aber hin und wieder kommt es vor, dass jemand es leid wird, nach etwas zu suchen, das eindeutig nicht hier ist. Dann kommt er auf die Idee, dass es sich außerhalb von Phaed befinden muss, jenseits des Flusses, und er geht auf die Reise, um zu finden, was er verloren hat. Nur dann erscheint die Fähre am Ende dieses Landungsstegs.« Er deutete mit seinem langen Finger auf den Holzsteg, der sich im Nebel verlor. »Die Fähre fährt nur in eine Richtung, und wenn sie auf der nächsten Runde zu jenem unbekannten Ort hier vorbeikommt, ist sie stets leer. Niemand weiß, was aus den Passagieren wird, die an Bord gegangen sind, doch sie kommen niemals zurück nach Phaed. Es ist, als würden sie über den Rand der Welt stürzen.«

»Das ist schon in Ordnung«, erklärte ich ihm und ignorierte krampfhaft die gespielt furchtsamen Blicke, die Puck mir zuwarf. »Wir haben ebenfalls nicht vor zurückzukommen. Wann erscheint die Fähre denn?«

Der dürre Mann zuckte mit den Schultern. »Normalerweise ein oder zwei Tage, nachdem der Entschluss gefasst wurde, zu gehen. Falls ihr wirklich auf sie warten wollt, würde ich euch empfehlen, euch bis dahin eine Unterkunft zu suchen. Der Gasthof ›Zum Wegekreuz‹ wäre eine gute Wahl. Einfach immer am Ufer entlang, bis ihr ihn seht. Man kann ihn nicht verfehlen.«

Damit drehte er sich, wurde zu einem geraden, kaum noch sichtbaren Strich und verschwand.

Ariella seufzte erleichtert auf und drückte sich an mich. Ich spürte ihre Schulter an meiner und musste den Impuls unterdrücken, sie in den Arm zu nehmen. »Sieht ganz so aus, als würden wir nun doch eine Weile hierbleiben.«

»Nur so lange, bis die Fähre kommt.« Ich spürte, wie wir aus dem Nebel und den Schatten heraus beobachtet wurden und wie dieser seltsame Sog an mir zerrte. »Los, suchen wir dieses Wirtshaus, damit wir von der Straße runterkommen.«

Der Gasthof war leicht zu finden, ganz wie der dürre Mann es versprochen hatte. Es war ein großer, zweistöckiger Pfahlbau, der so wind-schief über dem Wasser hing, als würde er jeden Moment in den Fluss fallen. Wir waren wenig überrascht, das dunkle, beengte Foyer leer vor-zufinden. Hinter uns waberte der Nebel durch die Tür und verteilte sich zwischen den wenigen Tischen im Raum.

»Puh.« Pucks Stimme hallte, und der Holzboden quietschte schau-rig, als wir vorsichtig eintraten. »Haaaalllooooo, Zimmerservice? Pagen? Könnte jemand mein Gepäck aufs Zimmer bringen? Anscheinend herrscht in diesem Gasthof Selbstbedienung.«

»Die Zimmer befinden sich im ersten Stock«, flüsterte es, und eine alte Frau glitt von der Decke herab. Sie bestand überwiegend aus Spinn-weben, die am Rand schon in Auflösung begriffen waren, doch die schwarzen Augen in ihrem unscharfen Gesicht waren hellwach. »Fünf Gäste? Schön, schön. Da kann sich jeder eines aussuchen. Außer ihm ...« Sie deutete auf den Wolf, der sofort wieder die Zähne fletschte. »Er kann das große Zimmer am Ende des Flurs nehmen.«

»Klingt gut«, sagte ich. Insgeheim war ich erleichtert, mich ein wenig ausruhen zu können. Ob es nun an den Auswirkungen des Hobjagif-tes lag oder an der Anstrengung, alle am Leben zu erhalten – ich war erschöpft. So müde war ich schon lange nicht mehr gewesen. Und ich wusste, dass es den anderen ähnlich ging. Ariella sah ziemlich mitge-nommen aus, und Grimalkin war sogar auf ihrem Arm eingeschlafen, die Nase unter seinem Schwanz vergraben. Puck wirkte trotz seiner un-erschöpflichen Energie ziemlich ausgelaugt, und auch der Wolf schien nicht ganz so wachsam zu sein wie sonst, von seinem ziemlich dünnen Nervenkostüm ganz zu schweigen.

Die Gästezimmer waren klein, in jedem stand ein Tisch und ein schmales Bett unter einem winzigen, runden Fenster. Als ich hinaus-blickte, breitete sich der Fluss der Träume unter mir aus, und ein Stück weiter, fast ganz im Nebel verborgen, lag der verlassene Landungssteg.

Für einen kurzen Moment konnte ich mich nicht mehr daran er-innern, warum wir eigentlich zu diesem Landungssteg wollten, ich wusste nur noch, dass es wichtig war. Als die Erinnerung zurückkehrte, setzte ich mich kopfschüttelnd auf die dünne Matratze und rieb mir die Augen. Müde. Ich war einfach müde. Sobald die Fähre kam, konnten wir von hier verschwinden und unsere Reise zum Ende der Welt fortsetzen. Und zum Feld der Prüfungen, wo ich endlich mein Vorhaben in die Tat umsetzen würde. Dort würde sich mein Schicksal entscheiden: Entweder kehrte ich mit einer menschlichen Seele zu Meghan zurück, oder es gab keine Rückkehr. So einfach war das.

Ich sank auf mein Bett, und kaum hatte ich einen Arm über mein Gesicht gelegt, verschwand die Welt um mich herum.

Ich kniete auf einem Feld, das mit blutigem Schnee bedeckt war, umgeben von den Leichen zahlloser Winter- und Sommerfeen.

Ich stand vor Königin Mab, durchbohrte mit meinem Schwert ihre Brust und sah zu, wie das Licht in ihren entsetzten Augen erlosch.

Ich saß auf einem Thron aus Eis, neben mir meine Königin: eine wunderschöne Fee mit langem Silberhaar und Augen aus Sternenlicht.

Ich stand noch einmal auf einem Schlachtfeld, beobachtete meine Armee dabei, wie sie sich auf die Truppen des Feindes stürzte, und verspürte ungezügelte Freude, als meine Soldaten ihre Gegner ohne jede Gnade töteten, verstümmelten, vernichteten. Die Dunkelheit in mir labte sich an dem Blut, sog den Schmerz in sich auf und ließ ihn sich so weit wie möglich ausbreiten. Doch egal wie viel Schmerz ich empfand, die Leere in mir verschluckte ihn, forderte mehr und immer mehr. Ich war ein schwarzes Loch, brauchte den Tod, musste morden, um dieses schreckliche Nichts in mir zu füllen. Ich war zu einem Dämon geworden, seelenlos und ohne Mitleid, und nicht einmal Ariellas Anwesenheit konnte die Verzweiflung lindern, die mich dazu trieb, alles abzuschlachten, was ich einst geliebt hatte. Nur eines konnte mich stoppen, und jeder Tod, jedes zerstörte Leben brachte es mir näher.

Am Ende kam sie, wie ich es mir gedacht hatte. Ich hatte dafür gesorgt, dass sie selbst kommen würde. Die schreckliche Eiserne Königin stand mir auf den verwüsteten Feldern des Nimmernie gegenüber. In ihrem Blick lagen nur noch Wut und Trauer. Die Tage, an denen sie mich angefleht hatte, versucht hatte, vernünftig mit mir zu reden, waren lange vorüber. Ich wusste nicht mehr, warum ich sie sehen wollte. Ich wusste ja nicht einmal mehr meinen eigenen Namen. Aber ich wusste, dass sie der Grund für die Leere in mir war. Sie war der Grund für all das hier.

Während der langen Jahre des Krieges war sie stärker geworden, ihre Macht war ins Unermessliche gewachsen. Nun war sie eine wahre Feenkönigin. Ich hatte so viele ihrer Untertanen getötet, unzählige Feen waren durch meine Hand gestorben, aber es war der Tod eines gewissen Hofnarren des Sommerreiches, der sie endlich hierhergebracht hatte. Nun standen wir uns gegenüber, die Eiserne Königin und der Dunkle König, umtost vom eisigen Winterwind, und wussten: Was auch immer wir einmal füreinander empfunden hatten, war bedeutungslos geworden. Jeder von uns hatte seinen Weg gewählt, und dieser Krieg würde nun ein Ende finden, so oder so. Einer von uns würde heute sterben.

Die Eiserne Königin hob ihr Schwert, und ein kränkliches Licht umspielte die stählerne Klinge, als der Eiserne Schein um sie herum aufflammte; ein Wirbelsturm tödlicher Macht. Ich sah, wie sich ihre Lippen bewegten, ein Name, vielleicht sogar meiner. Ich empfand nichts. Meine Magie stellte sich ihrer entgegen, kalt und gefahrvoll, und unsere Kräfte prallten brüllend aufeinander wie kämpfende Drachen.

Bilder flackerten auf und fielen wie Spiegelscherben zu Boden. Eisen und Eis in tödlichem Kampf. Wut und Hass tanzten in wirbelnden, hässlichen Farben um uns herum. Magie, Schmerz und Blut.

Mit voller Absicht ließ ich den tödlichen Schlag auf mich zukommen. Die Spitze eines Säbels bohrte sich in meine Brust …

Ich blinzelte, und dann verlangsamte sich der Lauf der Dinge. Kalt und wie betäubt lag ich auf dem Rücken, ein dumpfer Schmerz pochte in meiner Brust, ich konnte mich nicht bewegen. Über mir erschien das Gesicht der Eisernen Königin, so wunderschön und entschlossen, auch wenn es tränenüberströmt war. Sie kniete sich hin und strich mir das Haar aus der Stirn. Ihre Finger hinterließen eine flammende Spur auf meiner Haut.

Wieder blinzelte ich, und für den Bruchteil eines Augenblicks war ich es, der im Schnee kniete, den Körper der Eisernen Königin an meine Brust drückte und meinen Schmerz in den Wind hinausschrie.

Ihre Finger lagen an meiner Wange, und ich sah zu ihr auf, doch mein Blick trübte sich, alles wurde dunkel. Eine Träne landete auf meiner Wange, und in diesem Moment bereute mein altes Ich alles: alles, was uns hierhergeführt hatte, alles, was ich getan hatte. Ich versuchte zu sprechen, wollte um Vergebung flehen, wollte ihr sagen, dass sie mich nicht so in Erinnerung behalten durfte, aber meine Stimme versagte, und ich brachte kein Wort heraus.

Am Rande meines Gesichtsfeldes nahm ich noch jemanden wahr, der uns aus den Schatten heraus beobachtete. Derart unsere Privatsphäre zu stören war schrecklich, doch dann begriff ich, dass dieser Jemand hier nicht hingehörte, irgendwie war er nicht Teil dieser Realität.

Meghan beugte sich über mich, und ich konnte sie zwar nicht hören, las aber von ihren Lippen, als sie murmelte:

»Lebe wohl, Ash.« Dann drückte sie ihre Lippen auf meine Stirn, und Dunkelheit umfing mich.

Die Fähre

»Prinz.«

Ich stöhnte.

»Prinz.« Jemand tippte gegen mein Kinn. »Wach auf.«

Ich wälzte mich auf meiner Matratze und bemühte mich, die Augen aufzuschlagen. Etwas Schweres drückte auf meine Brust, aber meine Lider waren so bleischwer vor Erschöpfung, dass ich sie nicht aufbekam. Ich war müde und wollte einfach wieder im Nichts versinken, selbst wenn dort verstörende Träume auf mich warteten.

»Hmmm. Für einen so gut geschulten und leicht paranoiden Krieger bist du ziemlich schwer zu wecken. Na schön.« Zu meiner Erleichterung verschwand das Gewicht von meiner Brust. Ich hörte, wie etwas mit dumpfem Knall auf dem Boden landete und sich von mir weg bewegte. »Dann müssen wir wohl zu drastischeren Maßnahmen greifen.«

Während ich noch überlegte, was es mit diesen »drastischeren Maßnahmen« auf sich haben könnte, hörte ich schnelle Schritte auf mein Bett zulaufen. Eine kurze Pause ... dann landete dieses schwere Gewicht mit Schwung mitten auf meinem Bauch.

»Aah!« Ruckartig setzte ich mich auf, als die Luft in einer tückisch schmerzhaften Entladung aus meiner Lunge gepresst wurde. Diesmal war ich wach, hielt mir die Rippen und warf Grimalkin einen finsteren

Blick zu. Er hockte mit triumphierender, selbstzufriedener Miene auf dem Bett.

»Also gut«, brachte ich zähneknirschend hervor und atmete langsam ein und aus, damit die Übelkeit verging. »Du hast meine volle Aufmerksamkeit. Was willst du, Kater?«

»Aha«, schnurrte er, als wäre nichts passiert, »willkommen zurück. Fast hätte man meinen können, du wärst im Schlaf gestorben.« Er stand auf und schwenkte seinen Schwanz. »Es gibt Probleme. Das Boot ist da, aber ich kriege die anderen nicht wach.«

»Boot?«

Der Kater verdrehte die Augen. »Ja, Boot. Die Fähre ans Ende der Welt, die ihr unbedingt nehmen wolltet? Hast du dir vielleicht den Kopf gestoßen, bevor ich dich geweckt habe?« Er wurde mit einem Schlag ernst und musterte mich prüfend. »Die anderen lassen sich nicht wecken, und es ist höchst untypisch für dich, etwas derart Wichtiges zu vergessen. Wie fühlst du dich?«

Ich fand es meinerseits höchst untypisch für Grimalkin, dass er sich nach meinem Wohlbefinden erkundigte, doch dann runzelte ich verwirrt die Stirn. »Müde«, gab ich zu. »Fast schon ausgelaugt.«

Grimalkin nickte. »Das habe ich mir gedacht. Irgendetwas hier saugt dir die Kraft aus, deine Magie, deine Erinnerungen.« Er blinzelte irritiert und schüttelte sich. »Selbst mir fällt es schwer, die Augen offen zu halten. Komm.« Abrupt wandte er sich ab und sprang vom Bett. »Wir müssen die anderen wach bekommen. Wenn wir die Fähre nicht rechtzeitig erreichen, wird sie ohne uns abfahren, und dann sitzt ihr hier für immer fest.«

Ich stand auf und musste irritiert feststellen, dass sich alles drehte. Schnell rieb ich mir die Augen und wollte Grimalkin folgen, aber ein leises Geräusch vor dem Fenster ließ mich innehalten. Ich lehnte mich an die Wand, spähte durch die Scheibe und schnappte überrascht nach Luft.

Der Gasthof war von Vergessenen umzingelt. Die hohläugigen, verblassten, ausgehungerten Kreaturen standen Schulter an Schulter auf der schlammigen Straße und starrten mit schlaff herabhängenden Kiefern zu mir hinauf. Wie lange standen sie wohl schon dort und sogen unseren Schein auf, unsere Erinnerungen? Wie lange würde es noch dauern, bis wir so wurden wie sie, leer und hohl, schwarze Löcher, die jedes bisschen Leben verschluckten?

Taumelnd trat ich vom Fenster zurück und ging auf den Flur hinaus, wo Grimalkin bereits mit ungeduldig zuckendem Schwanz auf mich wartete.

»Beeilung«, zischte er und ging in das Zimmer nebenan. Kopfschüttelnd vertrieb ich meine Benommenheit und folgte ihm.

Auf dem Bett lag ein Mädchen, das sich hin und her warf, als hätte es schlimme Albträume. Sein langes, silbernes Haar bedeckte das ganze Kopfkissen. Einen furchtbaren Augenblick lang konnte ich mich nicht an ihren Namen erinnern, ich wusste nur noch, dass sie mir wichtig war. Die plötzliche Sorge, die ich bei ihrem Anblick verspürte, und der starke Impuls, sie beschützen zu müssen, waren ein eindeutiger Beweis dafür.

»Geh zu ihr«, wies mich Grimalkin an, während er sich wieder zurückzog. »Weck sie auf. Ich werde noch einmal versuchen, Goodfellow auf die Beine zu bringen. Vielleicht wacht er ja auf, wenn ich an strategisch wichtigen Stellen meine Krallen platziere. Anschließend könnt ihr gemeinsam den Köter in Angriff nehmen. Daran werde ich mich nämlich mit Sicherheit nicht beteiligen.« Naserümpfend tappte er davon.

Ich ließ mich neben dem Bett auf die Knie sinken. »Ari«, murmelte ich, packte ihre zarten Schultern und schüttelte sie sanft. »Wach auf. Wir müssen los, sofort.«

Ariella scheute vor mir zurück und hob im Schlaf die Hände, als würde sie nach jemandem greifen. »Nein, Ash … nein«, flüsterte sie. »Bitte, tu es nicht …«

»Ari!« Ich schüttelte sie jetzt so fest, dass ihr ganzer Körper schaukelte, doch sie wimmerte nur und versank noch tiefer im Schlaf. Schließlich nahm ich sie in die Arme und hob sie hoch. Sie wog nicht mehr als ein Bündel Zweige, das von zartem Stoff zusammengehalten wurde. Ich drückte sie an meine Brust und stolperte aus dem Zimmer.

Grimalkin saß bereits wieder vor der Tür, und hinter ihm tauchte ein gähnender Puck auf, der sich benommen am Hinterkopf kratzte.

Er nickte mir verschlafen zu, als er an mir vorbeischlurfte. Gemeinsam gingen wir in das Zimmer am Ende des Flurs, wo sich der riesige Wolf in einer Ecke zusammengerollt hatte und so laut schnarchte, dass die Wände vibrierten.

»Okay.« Puck lehnte am Türrahmen und sah so aus, als könnte er sich kaum auf den Beinen halten. »Mir ist schon klar, dass wir möglichst schnell von hier weg müssen, aber ... wer weckt denn nun das Hündchen?«

Ich deutete mit dem Kopf in eine Ecke. »Da steht ein Besen. Ich habe Ariella – dann solltest du dich wohl um den Wolf kümmern.«

»Hmmmm, schon okay, Eisbubi. Aber irgendwie habe ich etwas dagegen, dass man mir den Kopf abbeißt.«

»Goodfellow!«, fauchte Grimalkin noch, bevor er verschwand. »Über dir!«

Ohne Ariella loszulassen, wirbelte ich herum und sah, wie sich eine Vergessene von der Decke fallen ließ. Es war die Wirtin, der wir bei unserer Ankunft begegnet waren, doch nun waren ihre Augen glasig und ausdruckslos, und sie glitt mit weit aufgerissenem Mund auf Puck zu.

Die Augen des Wolfs öffneten sich. Ohne Vorwarnung sprang er brüllend auf, stürmte durch die Tür und packte mit seinen mächtigen Kiefern die ausgemergelte Gestalt. Die Vergessene stieß ein klagendes Heulen aus und löste sich auf wie Nebel im Wind. Der Wolf drehte sich kopfschüttelnd zu uns um.

»Sobald ihr zwei auftaucht, ist an Schlaf nicht mehr zu denken«, knurrte er zähnefletschend. »Also, verschwinden wir jetzt, oder wollt ihr die ganze Nacht hier rumstehen und euch gegenseitig anbellen?«

Die Vergessenen schoben sich nun die Treppe hinauf. Mit ihren schlaffen Gesichtern und offenen Mündern sahen sie aus wie Zombies. Puck und der Wolf traten ihnen Seite an Seite entgegen, ließen im trüben Licht Zähne und Dolche aufblitzen und bahnten uns so einen Weg zum Ausgang. Ariella lag stöhnend und murmelnd in meinen Armen, und ich drückte sie fest an mich – keiner der Vergessenen würde sie anrühren.

Wir stolperten durch die Eingangstür des Gasthofs nach draußen und blieben dann abrupt stehen. Eine riesige Ansammlung von Vergessenen hatte das Gebäude umstellt. Schweigend und reglos starrten sie uns an und rissen die Münder auf wie Fische auf dem Trockenen. Der Wolf sprang knurrend vor und schnappte in die Luft, woraufhin die Vergessenen widerstandslos zurückwichen. Doch ihr Hunger nach Schein, Erinnerungen, Gefühlen und Leben war so groß, dass der Wolf ins Stolpern geriet und fast gestürzt wäre. So viel Kraft saugten sie aus ihm heraus.

Der Boden drehte sich wieder, und ich musste darum kämpfen, auf den Beinen zu bleiben. »Bleibt in Bewegung!«, rief ich, während Puck nach einigen Vergessenen schlug, die sich zu nahe heranwagten. »Lauft zum Steg! Wir müssen die Fähre erreichen!«

Die Vergessenen teilten sich vor uns wie Meereswellen, völlig widerstandslos. Sie wichen der direkten Konfrontation aus, aber ihr Hunger war überall, labte sich an unserer Lebensenergie und machte es schwerer und schwerer, sich zu bewegen. Als ich einen kurzen Blick zu Puck hinüberwarf, sah ich, dass er grau und farblos wirkte wie die Vergessenen, sogar sein leuchtend rotes Haar schien stumpf und farblos. Grimalkin konnte ich nirgendwo sehen. Ich hoffte nur, dass der Kater sich nicht einfach in Nichts auflöste. Wenn er das tat, solange er unsichtbar war, würden wir niemals davon erfahren.

Vor uns in der Dunkelheit tauchte der Landungssteg auf wie eine Rettungsleine, und auf dem Fluss der Träume entdeckte ich den verschwommenen Umriss einer Fähre. Puck und der Wolf, die inzwischen so stark taumelten, dass sie sich fast aneinander abstützen mussten, erreichten den Steg als Erste. Puck schrie mir zu, dass ich mich beeilen solle, dann verschluckte ihn der Nebel.

Als ich einen Fuß auf den Steg setzte, hing plötzlich etwas an meinem Arm. Ein stechender Schmerz durchfuhr mich, eine Leere, die so stark war, dass ich sie körperlich spüren konnte. Ich sank auf die Knie. Der schmale Mann tauchte vor mir auf, seine langen Finger umklammerten meinen Arm.

»Ich habe es begriffen«, flüsterte er, während ich verzweifelt versuchte, meinem Körper eine Bewegung oder irgendeine andere Reaktion zu entlocken. Doch ich war völlig taub, so erschöpft, dass ich kaum noch bei Bewusstsein war, und der schmale Mann entzog mir immer mehr meiner Lebenskraft. Ich spürte, wie mir meine Magie zusammen mit meinem Leben entglitt und in dem schwarzen Loch verschwand, das dieser Mann darstellte. Mein Griff begann sich zu lösen, Ariella sank an meine Brust. Der schmale Mann ließ sie nicht aus den Augen.

»Du bist so stark«, fuhr er im Plauderton fort. »So viel Leben. Solch kraftvolle Erinnerungen, Magie und Emotionen. Du gehörst nicht hierher. Noch nicht. Du und deine Freunde, ihr habt das Gleichgewicht gestört. Selbst jene, die schon fast vergangen waren, sind zurückgekommen, und nun werden sie umso länger hier verweilen. Und das nur euretwegen.«

»Noch ... nicht?« Ich schaffte es kaum, die Worte hervorzubringen. Die Vergessenen hatten sich wieder versammelt und umringten uns mit aufgerissenen Mündern. Ihre vereinte Gier ließ mich fast zusammenbrechen. Überrascht sah mich der schmale Mann an.

»Weißt du das denn nicht?« Er neigte den Kopf zur Seite, sodass er für einen Moment unsichtbar wurde. »Dein Sein ist in Auflösung begriffen, Stück für Stück. Bald wirst du dich nicht mehr an deinen Namen erinnern können, an dein Versprechen, daran, wer du bist, und wirst nur noch von dem Verlangen getrieben werden, die Leere in deinem Inneren zu füllen. Doch es wird nie genug sein. Irgendwann wirst du wieder den Weg nach Phaed finden und hierbleiben, bei den Vergessenen und den Eidbrüchigen.« Sein abgehacktes Nicken zerriss den Nebelschleier. »Aber noch ist es nicht so weit.«

»Dann ... wirst du uns ... gehen lassen?«

»Selbstverständlich werdet ihr gehen«, erklärte der schmale Mann, als wäre das offensichtlich. »Ihr werdet gehen, und das Leben hier wird zur Normalität zurückkehren. Sie werden es alle vergessen, so sind sie nun einmal.

Ihr gehört nicht hierher. Aber sie ...«, sein durchdringender Blick wanderte zu Ariella, »... sie muss bleiben. Sie ist der Grund, warum ihr diesen Ort überhaupt finden konntet. Kein Sein. Kein Leben. Sie ist ebenso leer wie wir. Sie bleibt.«

Ich spürte Wut in mir aufflackern, doch sie wurde sofort von dem schmalen Mann aufgesogen. »Nein«, murmelte ich und versuchte verzweifelt, genug Kraft in mir zu finden, um vor ihm zurückzuweichen, um zu widerstehen. »Ich … brauche sie.«

»Sie bleibt«, flüsterte der schmale Mann wieder und machte Anstalten, Ariella aus meinen Armen zu reißen.

Nein! Ein übermächtiger Beschützerinstinkt erwachte wieder zum Leben und überlagerte alles andere. Niemand würde sie mir wegnehmen. Nicht noch einmal. Ich würde sie nicht noch einmal im Stich lassen.

Mit letzter Kraft stemmte ich mich auf die Füße, zog mein Schwert und drückte dem schmalen Mann die Klinge an den Hals.

Er schien überrascht, dass ich mich überhaupt noch bewegen konnte. »Sie gehört nicht zu dir«, erklärte er und sah gelassen zu, wie ich darum kämpfte, aufrecht stehen zu bleiben, die Klinge einzusetzen und dabei mit einem Arm das Mädchen festzuhalten. »Sie gehört hierher, zu uns.«

»Das ist mir egal«, sagte ich. »Ich werde sie nicht zurücklassen.«

Ein Brüllen zerriss die Stille, und der Wolf galoppierte aus dem Nebel auf uns zu. Er scheuchte die Vergessenen wie kleine Vögelchen auseinander. Dann schob er seinen mächtigen Körper zwischen mich und den schmalen Mann, musterte zähnefletschend die Menge und knurrte mich an: »Beweg dich, Prinz, das Boot legt bereits ab. Schnell!«

Ich steckte mein Schwert weg, nahm Ariella in beide Arme und lief taumelnd über den Steg. Auf halber Strecke wartete Puck auf mich. »Mann, du stehst auch total drauf, bis zum letzten Moment zu warten, damit es möglichst dramatisch wird, was, Eisbubi?«, murmelte er, als wir über die Planken rannten. Am Ende des Piers löste sich gerade ein kleiner, mit Moos und Ranken überwucherter Raddampfer vom Steg und glitt langsam auf den Fluss der Träume hinaus. Grimalkin saß auf der Reling und beobachtete uns mit glühenden, goldenen Augen.

»Schneller!«, drängte er, während sich das Boot immer weiter entfernte. »Sie kommen!«

Hinter uns hörte ich das Knurren des Wolfs, der sich langsam zurückzog, und spürte die Leere der Vergessenen, die selbst auf diese Entfernung noch an mir zerrte. Und dann krochen sie plötzlich unter dem Steg aus dem Wasser und griffen mit geisterhaften Fingern nach uns. Puck schlug nach einem von ihnen. Er zerfiel in zwei Hälften wie ein Blatt Papier und löste sich in Nebelfetzen auf. Doch es kamen immer mehr. Unermüdlich griffen die ausgehungerten Kreaturen nach uns.

Und die Fähre trieb immer weiter auf den Fluss hinaus.

Dröhnende Schritte krachten über die Planken. Ich drehte mich um und sah den Wolf mit mächtigen Sprüngen auf uns zustürmen. Dutzende von Vergessenen hingen ihm an Rücken und im Nacken, und jedes Mal, wenn er sich knurrend schüttelte, nach ihnen schnappte und sich befreite, rückten unzählige neue nach. Die Vergessenen, die sich unter dem Steg angeschlichen hatten, zogen sich zurück und wandten sich dem Wolf zu. Sofort wollte ich die Verfolgung aufnehmen, aber der Wolf sah mich mit einem flackernden Blick aus seinen grünen Augen an und zog die Lefzen hoch.

»Macht, dass ihr wegkommt!«, brüllte er, und wir stürzten los, der Fähre hinterher. Puck erreichte als Erster das Ende des Stegs, sprang, landete mit rudernden Armen an der Bootskante und konnte sich gerade noch an der Reling festklammern, um nicht ins Wasser zu fallen. Ich setzte direkt hinter ihm mit einem Hechtsprung über, Ariellas kaum spürbares Gewicht fest an mich gedrückt. Ich schaffte es knapp, rollte mich auf den Bootsplanken ab und krümmte mich schützend um das Mädchen in meinen Armen. Mein Rücken prallte schmerzhaft gegen eine Bank.

Unsicher richtete ich mich auf, legte Ariella auf der Sitzbank ab und lief dann zur Reling, um nach dem Wolf Ausschau zu halten. Doch der Steg war im Nebel verschwunden. Ein leises Plätschern verriet mir, dass die Vergessenen immer noch scharenweise im Wasser unterwegs waren. Auch das Knurren des Wolfs war noch zu hören, aber sehen konnte ich ihn nicht mehr.

»Wie tragisch«, bemerkte Grimalkin, und es klang fast so, als würde er es ernst meinen. »Dabei hatte ich mich beinahe schon an seinen Gestank gewöhnt.«

Genau in diesem Augenblick tauchte die dunkle Gestalt des Wolfs aus dem Nebel auf und flog über das Wasser. Er verfehlte die Fähre knapp und spritzte uns alle nass. Grimalkin verschwand fauchend unter den

Bänken. Der Wolf kam wieder hoch, stemmte sich aus dem Wasser, krallte sich an der Reling fest und schaffte es schließlich klatschnass an Deck.

Ich zuckte kurz zusammen, als er sich heftig schüttelte und uns endgültig in Flusswasser tränkte. Doch er gähnte nur, ignorierte Pucks empörten Aufschrei und musterte mich aus schmalen Augen.

»Damit habe ich euch bereits zum zweiten Mal das Leben gerettet, Prinz. Vergiss ja nicht, diesen Teil der Geschichte zu erwähnen, wenn du sie weitergibst.«

Mit einem erneuten Gähnen stellte er seine mächtigen Fangzähne zur Schau und schob sich leichtfüßig zwischen den schmalen Bänken hindurch zum Achterdeck. Dort rollte er sich zusammen, legte den Kopf auf die Pfoten und beobachtete uns, bis ihm die Augen zufielen und er einzuschlafen schien.

Ich drückte mir das Wasser aus der Kleidung und atmete tief durch. Völlig lautlos fuhr das Boot über den Fluss der Träume, und die Stadt blieb immer weiter zurück. Schon jetzt konnte ich mich nicht mehr an ihren Namen erinnern. Ihre Bewohner, deren Stimmen, alles, was ich gesehen oder gehört hatte, verschwand aus meinem Gedächtnis. Ich versuchte angestrengt, mich an etwas zu erinnern, das mir ein dünner Mann dort gesagt hatte, etwas sehr Wichtiges. Etwas über Ariella... und über mich...

Die Fähre glitt so plötzlich aus dem Nebel heraus, als hätte sie eine Mauer durchbrochen. Mit einem Mal breitete sich der mächtige Fluss vor uns aus, und über uns funkelte der Sternenhimmel. Blinzelnd sah ich mich um. Puck stand vorne am Bug und starrte aufs Wasser hinaus, während Ariella immer noch auf der Bank lag und schlief.

Verwirrt runzelte ich die Stirn; ich hatte das Gefühl, irgendetwas verpasst zu haben. Ich konnte mich daran erinnern, dass wir auf der Suche nach der Fähre am Flussufer entlanggewandert waren, aber wie wir letztendlich an Bord gelangt waren, wusste ich nicht mehr. Hatte uns jemand verfolgt? Ganz vage erinnerte ich mich an einen Landungssteg und daran, wie ich Ariella an Bord getragen hatte, aber ansonsten... nichts. Gleichzeitig war ich müde und desorientiert, so als wäre ich gerade aus einem Traum erwacht...

Der Traum. Mein Magen hob sich, und ich musste mich an der Reling festhalten, um nicht zusammenzubrechen. An den Traum erinnerte ich mich. Wie ich Mab getötet, über das Winterreich geherrscht und Krieg geführt hatte. An Blut, Tod und Gewalt, an diese unersättliche Leere, die mich in die Tiefe reißen und verschlingen wollte.

An den Kampf gegen die Eiserne Königin. An meinen Tod durch ihre Hand.

Benommen ging ich zu der Bankreihe vor Ariellas Schlafplatz, setzte mich und betrachtete sie. Nach ein paar Minuten begannen ihre Lider zu flattern, sie öffnete die Augen und blinzelte verwirrt zu mir hoch.

»Ash?«

»War das real?«, fragte ich sie, und selbst für mich klang meine Stimme rau. Stirnrunzelnd setzte sie sich auf und strich sich die Haare aus dem Gesicht.

»Wovon sprichst du?«

»Von dem, was ich gesehen habe.« Ich beugte mich zu ihr, doch sie wich zurück, und für einen Moment schien meine Nähe sie zu beunruhigen. »Das warst doch du, oder nicht? Du hast mir die Zukunft gezeigt: wie ich Mab töte und mich zum Winterkönig aufschwinge. Krieg führe gegen die anderen Höfe ...« Ich unterbrach mich schnell, da ich an den Rest nicht mehr denken wollte, an den Ausdruck auf dem Gesicht der Eisernen Königin, als sie mich tötete.

Ariella wurde blass. »Das hast du gesehen? Oh, Ash, es tut mir so leid. Ich wollte nicht, dass du siehst ...« Sie holte tief Luft. »Das muss das Hobjagift gewesen sein.

Dadurch wurdest du extrem empfänglich für Träume und das Traumwandeln. Im Schlaf hast du dann wahrscheinlich ...«

»Ari«, unterbrach ich sie sanft, woraufhin sie mich verwirrt ansah. Ich fuhr mir mit der Hand durch die feuchten Haare und versuchte ruhig zu bleiben, während die Finsternis sich in mir regte und mich in den Abgrund zu ziehen drohte. »Was ich da gesehen habe ... ist das ... die Zukunft? Meine Zukunft? Ist es ... ist es mir bestimmt, zu ... so etwas zu werden? Dem Zerstörer aller Höfe, der alles und jeden abschlachtet, den er kennt?« Als Ariella schwieg, griff ich nach ihrer Hand und hielt sie fest wie einen Rettungsanker, der mich davon abhielt, den Verstand zu verlieren. »Sag es mir«, bat ich sie gepresst. »Sag mir, wird das mein Schicksal sein?«

»Ich weiß es nicht, Ash«, flüsterte sie mit tränenerstickter Stimme. »Das ist *eine* Zukunft, eine von vielen. Wahrscheinlich die schlimmste, aber nicht die unwahrscheinlichste. Du… du trägst so viel Finsternis in dir, so viel Wut und Trauer. Wenn du dich der Verzweiflung hingibst und dein Versprechen brichst, könnte nicht einmal ich noch zu dir durchdringen.« Sie seufzte schwer. »Dein Sein… wenn es schwindet, wirst du alles vergessen, was dich ausmacht. Die meisten Eidbrüchigen verblassen einfach und werden nie wieder gesehen. Doch ein paar von ihnen, insbesondere die Starken unter ihnen, werden zu etwas ganz anderem.«

»Dann wird es also geschehen«, flüsterte ich. »Ich werde versagen.«

Einen Moment lang herrschte Stille. Die Fähre glitt weiter durch die Nacht, und es war nichts zu hören außer den Wellen am Bug und dem tiefen Atmen des Wolfs.

»Nicht unbedingt«, sagte Ariella schließlich, wich aber meinem Blick aus. »Nichts ist festgelegt, und dies ist nur eine von vielen möglichen Zukunftsvarianten. Aber… ja.

Wenn du hierbei versagst, besteht die reelle Chance, dass wir dich an die Dunkelheit verlieren und du der Winterkönig wirst.«

»Dann war das also nicht nur irgendein Albtraum«, meldete sich Puck zu Wort. Als ich mich umdrehte, stand er direkt hinter mir, hatte die Hände in die Taschen geschoben und musterte mich ernst. »Tut mir leid, aber das war nicht zu überhören, Leute«, fuhr er fort, klang aber kein bisschen entschuldigend. »In meiner Version allerdings war *ich* es, der stirbt. Irgend so ein widerlicher Winterkönig hat mich im Kampf abgestochen. Ziemlich traumatisch, wenn ihr wisst, was ich meine. Und das alles, *nachdem* er fast das gesamte Sommerreich zerstört hatte.«

Ich hielt seinem Blick stand. Puck rührte sich ebenfalls nicht, starrte mich unverwandt an und grinste schief. Doch hinter diesem Lächeln, hinter der Flapsigkeit, der Dreistigkeit und diesem bombastischen Ego spürte ich sein Zögern, die Furcht, die er vor der Welt verbarg.

»Bereust du es?«, fragte ich ihn. Er zog verwirrt eine Augenbraue hoch. »Bereust du, dass unsere Fehde beendet ist und dass du mich nicht getötet hast, als du die Gelegenheit dazu hattest?«

Puck schenkte mir ein gequältes Lächeln. »Oh, ein Teil von mir wird unsere netten kleinen Duelle immer vermissen, Prinz«, antwortete er leichtfertig. »Es geht doch nichts über einen anständigen Mordversuch, wenn man jemandem so richtig nah sein will, oder?« Sein Grinsen erstarb, ein Schatten legte sich über sein Gesicht, und er blickte mich ernst an. Dann schüttelte er den Kopf und sagte leise: »In Wahrheit bin ich froh darüber, dass es vorbei ist.« Er kratzte sich am Hinterkopf. »Ich wollte das nie, und ich habe es gehasst, ständig auf der Hut sein zu müssen, wo ich doch wusste, dass du die Sache auch nicht wirklich durchziehen wolltest, Prinz. Besonders gegen Ende hin.«

»Aber?«, hakte ich nach.

»Aber wenn ich Anzeichen dafür sehe, dass du dich in etwas verwandelst wie ... *das* ...« Puck schauderte. »Wenn ich den Verdacht habe, dass du Mab um die Ecke bringen und den Winterthron an dich reißen willst, brauche ich keine formelle Duellforderung, dann tauche ich ganz von allein in Tir Na Nog auf.« Er verschränkte die Arme vor der Brust und musterte mich mit einer Mischung aus Bedauern und Entschlossenheit. »Wenn es so weit kommt, Prinz, dann werde ich dich aufhalten.«

Ich erhob mich. Ein leichter Wind strich über den Fluss, fuhr durch meine Haare und zupfte an meiner Kleidung. Ich umklammerte die Reling und starrte aufs Wasser, spürte aber immer noch seinen Blick im Rücken. »Wenn es so weit kommt«, erklärte ich ihm leise, »werde ich mir wünschen, dass du das tust.«

Die Fähre trieb immer weiter über den scheinbar endlosen Fluss der Träume. Nie ging die Sonne auf, nie verblasste die Nacht. So tief in der Großen Wildnis war ewig Mitternacht. Je weiter wir kamen, desto mehr Traumschutt erschien im Wasser, und immer größere und seltsamere Fragmente glitten an uns vorbei: ein Kirschbaum, der mitten im Fluss verwurzelt war und seine rosa Blütenblätter wie Schnee auf uns herabregnen ließ; ein gläserner Sarg, in dem eine schwarzhaarige Prinzessin lag, die bleichen Hände im Schlaf ordentlich auf der Brust gefaltet; ein langer Tisch mit Kanne, Teller und Tassen – ein komplettes

Teeservice. Puck schnappte sich einen großen Korb mit Keksen, als wir dieses Arrangement passierten.

Ich konnte nicht genau sagen, wie lange die Fähre uns über den Fluss trug. Wir hielten abwechselnd Wache, aßen und schliefen, wenn es sich ergab, und unterhielten uns viel. Puck wurde schnell rastlos, und mit einem gelangweilten Robin Goodfellow und einem riesigen, aggressiven Wolf auf engem Raum zusammengepfercht zu sein war an sich schon ein Albtraum. Nach einem heftigen Streit, der fast das Boot zum Kentern brachte, schlug ich schließlich vor, dass Puck seine Rabengestalt annehmen und auf »Erkundungsflug« gehen sollte, worauf er sich zur allgemeinen Erleichterung gerne einließ.

Nachdem Puck weg war, beruhigte sich die Lage etwas. Grimalkin schlief fast die ganze Zeit, und der Wolf lief entweder wie ein Tiger im Käfig auf und ab, oder er rollte sich achtern zusammen und starrte mit flackerndem Blick in die Ferne. Er sprach fast nie mit uns, doch hin und wieder, wenn er Wache hatte und wir anderen eigentlich schlafen sollten, erwischte ich ihn dabei, wie er sich mit Grimalkin unterhielt. Ihre Stimmen waren jedoch zu leise, um sie zu verstehen. Waren wir anderen wach, ignorierten sich die beiden demonstrativ oder warfen sich verächtliche Blicke zu. Aber nachdem ich einmal gesehen hatte, wie sie gemeinsam am Bug standen und auf den Fluss hinausblickten, fragte ich mich, ob der ewige Krieg, den sie austrugen, nicht einfach nur eines ihrer vielen Spielchen war.

Ariella und ich unterhielten uns nur wenig, und wenn, dann ging es dabei fast nur um die Gegenwart, den Winter- und den Sommerhof und die Eisernen Feen, die ja erst kürzlich in unsere Welt eingedrungen waren. Die Vergangenheit mieden wir, all die alten Jagdausflüge und die langen Nächte im Wilden Wald, obwohl diese Erinnerungen jedes Mal wieder auftauchten, wenn wir miteinander sprachen. Doch seit diesem ersten Traum mit Meghan schien Ariella eine andere geworden zu sein. Sie war still und in sich gekehrt und grübelte anscheinend über eine Zukunft nach, die sich mir verschloss. Ihr Lächeln war starr und gezwungen, in ihrem Lachen schwang Melancholie mit. Einmal fragte ich sie, ob ihre Visionen ihr auch etwas über sie selbst verraten hätten. Da wurden ihre Augen ganz glasig, und sie blickte einfach durch mich hindurch, bis sie wieder zu sich kam und die Frage mit einem Lächeln abtat. Doch anschließend starrte sie noch lange Zeit auf den Fluss hinaus. Wenn ich die Hand ausstreckte, konnte ich ihre weiche Haut unter den Fingerspitzen spüren, aber dennoch kam es mir so vor, als würde ich einen Geist betrachten, nur einen Nachhall der Person, die ich gekannt hatte.

Einmal, als ich Wache hatte, kam sie zu mir an die Reling und ließ völlig überraschend eine Orange in meine Hand fallen. »Hier«, sagte sie und setzte auf meinen fragenden Blick hin hinzu: »Iss. Ich sehe fast nie, dass du etwas zu dir nimmst, dabei weiß ich doch, dass selbst du hin und wieder Hunger bekommst.«

»Wo hast du die her?«

Einen Moment lang wirkte sie verlegen. »Das ist doch egal. Iss sie einfach, Ash.«

In ihrer Stimme lag eindeutig ein warnender Unterton, aber ich konnte es nicht auf sich beruhen lassen. »Wo...«

»Ein paar geflügelte Affen haben mich damit beworfen.« Ariella verschränkte die Arme vor der Brust und sah mich drohend an. Die Szene kam mir total vertraut vor. »Während meiner letzten Wache tauchte am Flussufer plötzlich ein Garten auf«, fuhr sie fort. »Und dort lebte mindestens ein Dutzend Affen, die uns genau im Auge behielten. Ich habe einen Stein nach ihnen geworfen, und sie... haben so einiges zurückgeworfen. Allerdings nicht nur Nahrungsmittel.« Sie wurde rot vor Verlegenheit und bedeutete mir mit funkelndem Blick, dass ich mir jedes Lachen verkneifen sollte. »Du solltest sie also besser schnell essen, bevor ich dir etwas ganz anderes in den Rachen schiebe – und zwar keine Banane.«

Lachend hob ich die Hände, um ihr zu zeigen, dass ich mich ergab. »Wie Ihr wünscht, Hoheit«, sagte ich, ohne nachzudenken, wurde dann aber schlagartig ernst. Jetzt wusste ich, warum mir die Situation so vertraut gewesen war. Für einen Moment hatte Ariella genauso geklungen wie Meghan.

Und nach Ariellas Miene zu schließen, wusste sie das auch.

Heftige Schuldgefühle packten mich. »Hey.« Als sie sich abwenden wollte, griff ich nach ihrem Handgelenk. »Ari, hör zu. Wenn das alles hier vorbei ist und wir dieses verrückte Abenteuer hinter uns gebracht haben, werde ich dafür sorgen, dass du nach Hause gehen kannst, wenn du das willst.« Sie sah mich an, als wäre ihr dieser Gedanke noch nie gekommen. »Die Besitzungen deines Vaters stehen noch zur Verfügung«, erklärte ich ihr. »Bisher hat noch niemand Anspruch darauf erhoben. Oder du könntest an den Winterhof zurückkehren – ich denke nicht, dass Mab dich davon abhalten würde. Und wenn doch, kann ich versuchen, mit ihr zu reden. Ich habe noch immer einen *gewissen* Einfluss bei Hofe, egal, was Mab von mir hält. Du sollst einfach nur wissen, dass du versorgt sein wirst. Wenigstens das kann ich dir geben.«

Sie lächelte leise, doch ihr Blick war vollkommen entrückt. »Hätte ich diese Dinge gewollt, hätte ich sie längst«, erwiderte sie sanft. »Ich will nicht undankbar sein, Ash, aber es ist zu spät für mich, ich kann nicht mehr zu diesem Leben zurückkehren.«

»Ich will dir doch nur helfen«, erwiderte ich ebenso leise. »Alles, was in meiner Macht steht und was ich dir aus freien Stücken überlassen kann, sei dein. Lass mich wenigstens versuchen, Wiedergutmachung zu leisten. Sag mir nur, was ich tun soll.«

Sie legte eine Hand an meine Wange und kam mir so nah, dass ich sehen konnte, wie ich mich in ihren unglaublichen Augen spiegelte. »Bringe dein Vorhaben zu Ende«, flüsterte sie, löste sich von mir und ging, ohne sich noch einmal umzusehen, zum Heck der Fähre.

Einige Zeit später erwachte ich aus einem traumlosen Schlaf und stellte fest, dass ich bald mit der Wache dran sein würde. Auf der Bank mir gegenüber schlief Ariella, dicht daneben lag Grimalkin und schnurrte. Eine Strähne ihrer silbrigen Haare war über ihre Augen gerutscht, und ich war schon fast dabei, sie ihr aus dem Gesicht zu streichen, als mir bewusst wurde, was ich da tat.

Ich ballte die Hand zur Faust, wandte mich ab und ging nach vorne zum Bug, wo der Wolf im Mondlicht saß und den Blick über den Fluss schweifen ließ. Seine Ohren waren wachsam aufgestellt, und er hielt die Nase in den Wind, der durch sein glänzendes schwarzes Fell strich.

»Uns steht eine Veränderung bevor«, brummte er, als ich neben ihm an die Reling trat, wobei ich sorgfältig darauf achtete, nicht das Gleichgewicht zu verlieren. Selbst wenn er saß, reichte ich dem Wolf gerade mal bis zur Schulter, und bei jeder seiner Bewegungen begann das Boot zu schaukeln. »Ich kann es riechen. Entweder kommt etwas auf uns zu, oder wir sind fast am Ziel.«

Als ich nach unten blickte, entdeckte ich einen Fisch, der ungefähr doppelt so lang war wie die Fähre. Er hatte uns eines seiner riesigen, silbernen Augen zugewandt und musterte uns durchdringend, bevor er wieder in den Fluten versank. »Meinst du, wir werden noch auf irgendetwas stoßen, bevor wir die Hecke erreichen?«

»Schwer zu sagen«, erwiderte der Wolf. »Ich wundere mich ohnehin, dass wir überhaupt ohne Schwierigkeiten so weit gekommen sind. Glaubt man dem Kater, liegt das daran, dass die Fähre ein Teil des Flusses ist und zwischen den Träumen hindurchgleitet, ohne deren Aufmerksamkeit auf sich oder die Passagiere zu lenken.« Er schnaubte abfällig und zog eine Lefze hoch, als wäre ihm gerade erst klar geworden, dass er damit völlig wertneutral über Grimalkin gesprochen hatte. »Das heißt, falls man dem überhaupt irgendetwas glauben kann. Außerdem wird sich das wahrscheinlich sowieso ändern, sobald wir die Hecke erreichen.«

»Wie weit ist es noch?«

»Kann ich nicht genau sagen.« Der Wolf hob den Kopf und sog wieder prüfend die Luft ein. »Aber es ist nicht mehr weit. Die Hecke hat einen ganz eigenen Geruch, anders als alles, was es sonst so im Feenreich gibt.« Seine glühenden Augen richteten sich auf mich. »Hoffen wir mal, dass deine Süße den Weg kennt. Ich habe mich unzählige Male in der Hecke rumgetrieben, aber das Ende der Welt habe ich nie gesehen.«

»Sie wird uns hinführen«, sagte ich leise. »Ich vertraue ihr.«

»Wirklich?« Schnaubend wandte sich der Wolf wieder dem Fluss zu. »Ich wäre da vorsichtig.«

Ich kniff die Augen zusammen. »Was soll das heißen?«

»Oh, Junge. Riechst du das denn nicht? Nein, wahrscheinlich nicht.« Er drehte sich wieder zu mir um und ließ den Kopf so weit zu mir herabsinken, dass wir auf Augenhöhe waren. »Deine Süße verbirgt etwas vor dir, kleiner Prinz«, erklärte er mit einem leisen Knurren. »Sie stinkt nach Trauer, Unentschlossenheit und Schuldgefühlen. Und Verlangen, natürlich. Das ist bei ihr sogar noch stärker als bei dir. Und tu jetzt bloß nicht so, als wüsstest du nicht, wovon ich spreche. Ihr riecht beide wie brünstige Rehe, die nicht wissen, ob sie weglaufen oder es einfach hinter sich bringen sollen.« Meinen finsteren Blick kommentierte er mit einem knappen Lächeln. »Also, ich wäre bei ihr ganz vorsichtig, Junge. Irgendetwas hat sie dir verschwiegen. Ich habe keine Ahnung, was das ist, und es ist mir auch egal, aber sie will nicht, dass diese Reise zu Ende geht. Das sieht man in ihren Augen.«

Ich spähte zu Ariella hinüber und erkannte, dass der Wolf recht hatte. Sie verbarg etwas vor mir und zwar nicht nur ihre Gefühle, ihre Visionen oder die vielen Zukunftsvarianten, die sie sicherlich gesehen hatte. Ein goldenes Funkeln auf der Bank sagte mir, dass Grimalkin mich beobachtete, doch genau in diesem Moment hörte ich Flügel schlagen, und ein großer, schwarzer Vogel landete auf dem Deck.

In einem wilden Federsturm verwandelte er sich in Puck. Der Wolf zog die Schnauze kraus und nieste. »Warnung«, verkündete Puck, während er sich noch die Federn aus den Haaren zupfte. »Wir nähern uns der Hecke, und so wie es aussieht, fließt der Fluss mitten hindurch.«

Durch die Hecke

Die Hecke erhob sich vor uns wie eine schwarze Felsenklippe, ein endloser Wall aus Dornen, Ranken und Zweigen, die sich gen Himmel streckten. Aus der Entfernung schienen sie sich zu bewegen, zu schwanken und sich zu winden, ohne jemals innezuhalten. Von allen Orten im Feenreich war die Hecke der geheimnisvollste und der gefürchtetste. Sie hatte schon existiert, lange bevor den menschlichen Träumen die ersten Feen entsprungen waren, und angeblich umschloss sie das gesamte Nimmernie. Niemand wusste, wie sie entstanden war. Aber jeder kannte sie. Innerhalb des Dornenwalls lagen gut versteckt die Steige zu jeder Tür und jedem Zugang zur Menschenwelt und warteten nur darauf, entdeckt zu werden. Fand man den richtigen Steig, konnte man einfach überall hingelangen. Zumindest solange man lebend an den diversen Dingen vorbeikam, die zwischen den Dornenranken hausten. Und die Hecke selbst war auch stets hungrig.

Niemand hatte sie je vollständig erkundet, es gab sogar Gerüchte, denen zufolge dieses Labyrinth endlos war. Doch wenn Ariella recht hatte, lag hinter der Hecke das Ende der Welt und irgendwo dahinter das Feld der Prüfungen.

Wir fünf – also Ariella, Puck, Grimalkin, der Wolf und ich – standen aufgereiht am Bug des Bootes und musterten die mächtige Hecke vor uns. Der Fluss strömte träge auf die Dornenwand zu und dann in einen Tunnel hinein, der aus einem Geflecht von Zweigen gebildet wurde. Beim Näherkommen konnten wir die Hecke hören, ihre quietschenden und glitschigen Bewegungen, als könne sie es kaum abwarten, uns in die Arme zu schließen.

»Kurze Frage.« Pucks Stimme zerriss die Stille. »Hat jemand von euch an Anti-Mückenspray gedacht?«

Der Wolf warf ihm einen verwirrten Seitenblick zu, während ich nur eine Augenbraue hochzog. »Interessiert das irgendwen?«

»Mmmm, nein, wahrscheinlich nicht.«

Ariella beugte sich vor, um die dichten schwarzen Ranken besser sehen zu können, und ihr war deutlich anzusehen, wie überwältigend dieser Anblick für sie war. Ich musste an den Augenblick denken, als ich sie zum ersten Mal gesehen hatte: das hübsche junge Mädchen, das beeindruckt den Winterpalast gemustert hatte, so unschuldig, was das Verhalten am Dunklen Hof betraf.

Doch nun war sie eine andere und nicht mehr das Mädchen, das ich einmal gekannt hatte.

Als sie meinen Blick bemerkte, lächelte sie. »Ich habe die Hecke noch nie gesehen«, erklärte sie und schaute wieder zu den Dornen hinüber. »Zumindest nicht so. In Wirklichkeit ist sie ja viel größer als auf den Bildern.«

Der Wolf schnaubte kurz und zog die Nase kraus. »Ich hoffe, du weißt, wo wir lang müssen, Mädchen«, mahnte er unheilvoll. »Wenn wir uns da drin verirren, wirst du die Erste sein, die ich fresse, sobald es ums Überleben geht. Oder zumindest die Erste nach dem Kater.«

Ich warf dem Wolf einen finsteren Blick zu, doch Ariella schüttelte nur den Kopf. »Darüber müssen wir uns keine Gedanken machen«, sagte sie mit dieser geistesabwesenden Stimme und ohne uns anzusehen. »Der Fluss wird uns an unser Ziel bringen. Ans Ende der Welt.«

»Großartig.« Grinsend rieb sich Puck die Hände. »Klingt ja ganz simpel. Dann hoffen wir mal, dass wir am Ende nicht über den Rand fallen.«

Ich hielt mich an der Reling fest und starrte wieder an der ruhelosen Dornenwand hinauf. *Jetzt ist es also so weit. Das letzte Hindernis vor dem Ende der Welt und wieder einen Schritt näher an der Erfüllung meines Versprechens. Ich bin fast da, Meghan. Warte nur noch ein wenig länger auf mich.*

Als die Fähre in die Hecke eintauchte, verschwand auch das letzte bisschen Helligkeit, und wir setzten unsere Fahrt in völliger Finsternis fort. Ich streckte den Arm aus, zog ein wenig Schein aus der Luft und ließ auf meiner Handfläche eine Kugel aus Feenfeuer erscheinen, die alles in ein fahles, blaues Licht tauchte. Ich schickte sie ein Stück voraus, damit sie unseren Weg beleuchtete. Sie schlingerte und hüpfte durch den Tunnel und warf dabei verzerrte Schatten an die stacheligen Wände.

Grimalkin rümpfte die Nase. »Man kann nur hoffen, dass es nicht irgendetwas anlockt«, murmelte er nachdenklich und beobachtete das tanzende Licht, als wäre es ein Vogel, der vor ihm davonflatterte. »Immerhin sind wir keine Irrwische, die es darauf anlegen, dass ihnen jemand folgt. Vielleicht könntest du es ausmachen?«

»Nein.« Entschieden schüttelte ich den Kopf. »Wenn uns hier drin etwas angreift, will ich es sehen können.«

»Hmmm. Zugegeben, nicht jeder hat die perfekte Nachtsicht einer Katze, jedoch ...«

Puck schnaubte spöttisch. »Ja, nur dein perfekter Katzenblick hilft uns leider überhaupt nicht, solange du uns nicht hin und wieder mitteilst, wenn etwas kommt. Sich in Luft aufzulösen gehört nicht dazu. So werden wir wenigstens gewarnt.«

Der Kater peitschte mit dem Schwanz. »Du könntest ja zusätzlich noch ein Neonschild über unseren Köpfen anbringen, auf dem steht: ›Schneller Imbiss, einfach dem Blinklicht folgen‹.«

»Oder wir könnten dich als Köder benutzen ...«

»Hört ihr das auch?«, fragte Ariella.

Wir erstarrten und lauschten schweigend.

Die Hecke war niemals still, immer raschelte, kratzte oder quietschte es irgendwo, doch neben dem Geräusch der Ranken und dem Plätschern des Wassers hörte ich noch etwas anderes. Ein leises Klicken, wie Krallen auf Holz. Und es kam näher …

Der Wolf begann leise zu knurren, und das Fell auf seinem Rücken richtete sich auf. »Da kommt etwas«, murmelte er noch, dann verschwand Grimalkin.

Ich zog mein Schwert. »Puck, wir brauchen Licht da hinten, schnell.«

Über uns flammte in einer lautlosen Explosion strahlend grünes Feenfeuer auf und erhellte den Tunnel hinter uns. Hunderte glänzender, achtbeiniger Kreaturen wichen hastig vor dem plötzlichen Licht zurück. Der Tunnel war voll von ihren bleichen, angeschwollenen Leibern, die fast so groß waren wie Melonen und von vielen, dünnen Beinchen getragen wurden. Mit ihren schönen elfenhaften Gesichtern schauten sie kaltblütig auf uns herab und präsentierten uns lauter Mäuler voller schwarzer Fangzähne.

»Spinnen«, stöhnte Puck und zog seine Dolche. Aus dem leisen Grummeln des Wolfs wurde lautes Knurren. »Warum müssen es immer Spinnen sein?«

»Haltet euch bereit«, murmelte ich, während ich den Schein wie eine kalte Wolke an mich zog. Ich spürte, wie Puck sich ebenfalls rüstete. »Das könnte unangenehm werden.«

Zischend griff der Schwarm an. Sie ließen sich von der Decke fallen, landeten polternd auf den Planken und rannten mit klickenden Beinchen über das Deck. Dabei waren sie erstaunlich schnell, mit gefährlich spitzen Fängen und gespreizten Beinen segelten sie auf uns zu.

Ich schleuderte ihnen eine Wolke aus Eissplittern entgegen, tötete so einige noch im Flug und trat dem Rest von ihnen mit erhobener Klinge entgegen. Eine Spinne holte ich aus der Luft, wich der nächsten aus, bevor sie in meinem Gesicht landen konnte, und durchbohrte eine dritte, die es auf mein Bein abgesehen hatte. Ariella stand hinter mir und schoss einen Pfeil nach dem anderen ab. Der Wolf sprang brüllend herum, riss sich Spinnen aus dem Pelz und zerquetschte sie mit seinen starken

Kiefern. Puck, der schon mit schwarzem Schleim überzogen war, wich den Spinnen aus, wenn sie ihn ansprangen, um gleichzeitig nach allen zu treten, die ihm zu nah kamen, sodass sie platschend im Wasser landeten.

»Aggressive kleine Biester, was?«, rief er mir zu, riss eine Spinne von seinem Bein ab und schleuderte sie über die Reling. »Ein bisschen wie Dunkerwichtelbrut, nur hässlicher.« Er duckte sich und ließ eine zischende Spinne über seinen Kopf hinwegsegeln, sodass sie in den Fängen des Wolfes landete. »Hey, Prinz, weißt du noch, wie wir damals über dieses Hydranest gestolpert sind und gerade alle Jungen geschlüpft waren? Ich wusste doch nicht, dass Hydras bis zu sechzig Eier legen können.«

Ich erwischte zwei Spinnen auf einmal, woraufhin schwarzer Schleim auf mein Gesicht regnete. »Kein guter Zeitpunkt für schöne Erinnerungen, Goodfellow.«

Puck schrie kurz auf und schlug sich dann fluchend eine Spinne aus dem Nacken. Seine Hand tauchte blutrot wieder auf. »Darum geht's nicht, Eisbubi«, fauchte er und trat wütend nach einer Spinne. »Erinnerst du dich an diesen netten kleinen Trick? Ich denke, genau das sollten wir *jetzt* wiederholen.«

Es wurden immer mehr Spinnen; kaum hatte ich eine erschlagen, stürmten vier weitere auf mich zu. Sie waren inzwischen überall, krochen über die Reling und krabbelten über das Deck. Ariella und ich standen Rücken an Rücken, um einander zu schützen, während der Wolf völlig durchdrehte, sich wand und auf dem Boden wälzte, um die Spinnen loszuwerden, die wie gigantische Zecken durch sein Fell krochen.

»Komm schon, Prinz! Sag nicht, das hast du vergessen!«

Ich hatte es keineswegs vergessen. Ich wusste sehr genau, was er im Sinn hatte. Es war verdammt riskant und würde uns beiden eine Menge abverlangen, aber wenn die Spinnen weiterhin in so großer Zahl auftauchten, hatten wir vielleicht gar keine andere Wahl.

»Ash!«

»Ist ja gut!«, brüllte ich. »Wir machen es. Ari, bleib dicht bei mir. Ihr anderen geht in Deckung!«

Nur für einen Moment hörte ich auf zu kämpfen und spürte sofort, wie einige der Kreaturen auf mir landeten und ihre dünnen Beinchen über meine Kleidung glitten. Ohne mich darum zu kümmern, kniete ich mich hin und stieß die Spitze meines Schwertes in die Holzplanken.

Mit einem blauen Blitz bildete sich Eis um die Klinge und breitete sich über den gesamten Schiffsboden aus. Innerhalb weniger Sekunden war das ganze Deck damit überzogen: die Reling, die Bänke, sogar einige Spinnen waren eingefroren. Das Eis griff auf die Dornenranken neben dem Boot über und ließ eine dünne Schicht auf dem Wasser zurück. Und obwohl die Spinnenwesen unermüdlich weiter aus den Ranken aufs Deck fielen, herrschte für einen Moment absolute Stille.

»Jetzt«, befahl Puck leise, woraufhin ich das Schwert aus dem Boden zog.

Das Eis zerplatzte. Mit dem Geräusch von splitterndem Glas zerbrach es in unzählige spitze Scherben, die im trüben Licht funkelten. Und genau in diesem Moment entfesselte Puck den Sturm.

Mit einem Aufschrei der Sommermagie fegte Pucks Wirbelsturm durch die Dornen, peitschte um das Boot herum und sorgte heulend dafür, dass die Fähre sich heftig zur Seite neigte. Er sog alles ein, was auf seinem Weg lag – Zweige, Spinnenwesen und Tausende von Eisscherben – und wirbelte es mit der Kraft eines ausgewachsenen Tornados durch die Luft. Schnell packte ich Ariella und zog sie an mich. Der Wolf duckte sich neben uns und versuchte sich so flach wie möglich zu machen.

Als der Wind endlich nachließ, waren wir umgeben von abgerissenen Ranken, schmelzendem Eis und Spinnenteilen, die alles mit klebrigem Schleim überzogen hatten. Aus den Bänken und Seitenwänden ragten Eiszapfen wie Bombensplitter hervor, und alles war schwarz verklebt.

»Bingo!«, jubelte Puck. Ich ließ mich zu Boden sinken und lehnte mich an die Reling. »Eins zu null für die Heimmannschaft!«

Fassungslos starrte Ariella mich an. »Ich habe noch nie gesehen, dass ihr *das* gemacht habt.«

»Das war vor langer Zeit«, erklärte ich ihr müde. »Bevor wir uns kannten. Als Puck und ich …« In jenen Jahren, als Robin Goodfellow und Prinz Ash noch dachten, sie könnten es mit der ganzen Welt aufnehmen. Verwegen und voller Trotz missachteten sie die Gesetze der beiden Höfe und jagten stets der nächsten Herausforderung hinterher, immer auf der Suche nach mehr. Ständig stolperten sie dabei in irgendwelche Konflikte hinein, die eigentlich niemand überleben konnte. Ich schüttelte den Kopf, um die Erinnerungen loszuwerden. »Das war vor langer Zeit«, wiederholte ich abschließend.

»Wie dem auch sei.« Ohne jede Vorwarnung tauchte Grimalkin wieder auf. Er hockte völlig ungerührt auf einer Bank und hatte den Schwanz um die Pfoten gelegt. »Falls die beiden noch mehr Manöver dieser Art beherrschen, täten sie gut daran, sie sich ins Gedächtnis zu rufen. Werden der Schein des Sommers und des Winters vereint eingesetzt, statt gegeneinander, kann man damit Gewaltiges bewirken. Zum Glück hat keiner der beiden Herrscher das jemals herausgefunden.«

Der Wolf schüttelte sich und verteilte großzügig Schleim und Spinnenteile um sich herum, Grimalkin legte die Ohren an. »Magie und Taschenspielertricks«, schnaubte der Wolf abfällig und bleckte die Zähne, »bringen uns bestimmt nicht bis ans Ende der Welt.«

»Na ja«, schoss Puck zurück, »deswegen hocken wir ja auch auf einem *Boot*.«

Der Wolf warf ihm einen bösen Blick zu und stiefelte, ohne sich um die Spinnenteile zu kümmern, die überall auf dem Deck herumlagen, nach vorne zum Bug. Dort blieb er einen Moment stehen und suchte mit erhobener Nase und aufgestellten Ohren nach Hinweisen auf weitere Schwierigkeiten. Als er keine fand, rollte er sich an einer relativ sauberen Stelle zusammen und schloss demonstrativ die Augen, ohne uns weiter zu beachten.

Ariella blickte erst zu mir, dann zu Puck, der sich gähnend am Hinterkopf kratzte. »Das hat euch ziemlich viel Kraft gekostet, nicht wahr?«, stellte sie fest, und ich widersprach ihr nicht. Eine solche Explosion zu entfesseln hätte jeden an den Rand der Erschöpfung gebracht. Seufzend schüttelte Ariella den Kopf. »Ruht euch etwas aus, ihr zwei«, befahl sie dann. »Grim und ich übernehmen die letzte Wache.«

Mir war klar, dass ich kaum Schlaf finden würde, doch immerhin döste ich vor mich hin, während die Fähre sich weiter durch den endlosen Rankentunnel schob. Trotz der Versicherungen von Ariella und dem Wolf, dass wir nicht verfolgt wurden, konnte ich mich einfach nicht entspannen. Immer wieder schreckte ich hoch, wenn es irgendwo platschte oder ein Zweig brach, und hin und wieder hallte auch der Schrei irgendeiner unglückseligen Kreatur durch die Ranken. Schließlich gaben wir alle Versuche auf, zur Ruhe kommen zu wollen, und verbrachten den Rest der Reise in ständiger und erschöpfender Alarmbereitschaft. Mit Ausnahme von Grimalkin, der regelmäßig verschwand und durch seine Abwesenheit alle noch nervöser machte.

Die Hecke zog sich dahin, stets in Bewegung, niemals still. Zwischen den Dornen erspähte ich diverse Türen, Steige zu Orten in der Welt der Sterblichen und damit Wege, um das Nimmernie zu verlassen. Sichtbare und unsichtbare Wesen – manche pelzig, manche glänzend, einige mit extrem vielen Gliedmaßen – huschten durch die Ranken und beobachteten uns aus dem Dornengestrüpp heraus. Ein fast sieben Meter langer Tausendfüßler baumelte von der Tunneldecke herab und war so dicht über uns, dass wir das Klappern seiner Mundwerkzeuge hören konnten. Zum Glück zeigte er keinerlei Interesse an uns, doch Puck hielt danach noch kilometerweit seine Dolche bereit, und Grimalkin tauchte sehr lange nicht wieder auf.

Stunden vergingen. Vielleicht auch Tage – das ließ sich unmöglich sagen. Der Wolf und ich standen gerade zusammen am Heck und beobachteten, wie über uns eine gigantische Schlange durch die Zweige glitt, als Ariellas müde Stimme vom Bug zu uns herüberdrang.

»Da ist es.«

Ich drehte mich um und sah, wie der Tunnel in eine riesige Höhle mündete. Winzige Lichter schwebten durch die Luft und tanzten wie sprunghafte Glühwürmchen über dem Fluss. Aus dem Wasser ragten Fackeln hervor, einige völlig windschief und krumm, deren Feuer bläulich flackerten. Sie beleuchteten den Weg zu einem riesigen Tempel, der am Ende der Höhle auf uns wartete. Das steinerne Monstrum erhob sich aus dem dunklen Wasser und reichte bis über die stachelige Decke der Höhle hinaus, sodass sich sein Dach unseren Blicken entzog. Die brüchigen Wände waren mit Schlingpflanzen, Moos und Dornenranken überwuchert. Sie wanden sich wie besitzergreifende Klauen um die Säulen und lachenden Gesichter der Wasserspeier. Selbst an einem Ort, der so alterslos war wie das Nimmernie und die Große Wildnis, an dem

Zeit nicht existierte und *steinalt* nichts als ein Wort war – selbst hier war dieser Tempel uralt.

Ich atmete tief und langsam durch. »Haben wir es geschafft?«, fragte ich leise. Es gelang mir einfach nicht, den Blick von der massigen Steinwand abzuwenden, die wie ein Bergmassiv vor uns aufragte. »Ist das das Feld der Prüfungen?«

Ariella schüttelte den Kopf. »Nein«, flüsterte sie fast benommen. »Noch nicht, aber ich habe diesen Ort in meinen Visionen gesehen. Das Feld der Prüfungen liegt jenseits des Tempels. Dies ist die Pforte zum Ende der Welt.«

»Eine große Pforte«, murmelte Puck und verrenkte sich fast den Hals, als er in die Höhe starrte. Niemand reagierte.

Der Fluss der Träume floss an dem Tempel vorbei und dann wieder in die Dornen hinein, doch das Boot trieb träge zu den hohen Steinstufen, die zum Eingang hinaufführten, und hielt dort an.

»Das ist dann wohl unsere Haltestelle«, meinte Puck und sprang von der Fähre auf die Treppe. »Wow, schon schön, wieder festen Boden unter den Füßen zu haben«, stellte er fest und streckte sich, während der Rest von uns ebenfalls ausstieg und sich auf der Plattform am Fuß der Treppe versammelte. Grimalkin schlüpfte unter einer der Bänke hervor, stieg vorsichtig auf die unterste Stufe und begann damit, sich ausgiebig den Schwanz zu putzen.

Puck spähte die lange Treppe zum Tempel hinauf und schüttelte dann mit einem schweren Seufzen den Kopf. »Stufen.« Er verzog das Gesicht. »Ich könnte wetten, dass es irgendeinen Geheimkodex gibt: *Jeder mysteriöse alte Tempel muss eine Treppe mit mindestens siebentausend Stufen vor dem Eingang vorweisen können.*«

Als ich seinem Blick folgte, stellte ich stirnrunzelnd fest, dass wir nicht allein waren. »Da oben ist jemand«, sagte ich leise. »Ich kann es spüren. Es fühlt sich an, als ob … er auf mich wartet.«

Die anderen wechselten vielsagende Blicke, nur Ariella stand ein wenig abseits und starrte auf den Fluss hinaus. »Na dann.« Diesmal schnaubte Puck übertrieben fröhlich. »Es wäre wahrscheinlich ziemlich unhöflich, ihn warten zu lassen.«

Gemeinsam mit dem Wolf und Grimalkin nahm er die ersten Stufen,

hielt aber inne, als er merkte, dass ich ihnen nicht folgte. »Äh, Prinz ...
kommst du nicht mit?«, fragte er mich. »Immerhin ist das hier doch
deine Party.«

»Geht schon mal vor«, erwiderte ich mit einem Winken. »Wir kommen gleich nach. Schreit, falls ihr angegriffen werdet.«

»Glaub mir, das werde ich«, meinte Puck und ging hinter Grim und
dem Wolf die Treppe hinauf.

Ariella zeigte keinerlei Reaktion und blickte unverändert auf den
Fluss hinaus. »Ari«, sagte ich leise und trat vorsichtig hinter sie. »Was
ist denn los?«

Sie schwieg mehrere Herzschläge lang, und ich fragte mich schon, ob
sie mich überhaupt gehört hatte, als sie schließlich vorsichtig Luft holte
und die Augen schloss.

»Wir sind fast da«, flüsterte sie, und ein Schauer lief über ihren Körper. »Ich hatte nicht gedacht, dass es so bald sein würde. Und jetzt ...
jetzt gibt es wohl kein Zurück mehr.«

»Ari.« Behutsam legte ich ihr eine Hand auf den Arm. »Sprich mit
mir. Ich will dir helfen, aber das kann ich nicht, wenn du dich vor mir
verschließt. Ich könnte ...«

Abrupt drehte sie sich um, und bevor ich irgendwie reagieren konnte,
umfasste sie mit beiden Händen mein Gesicht und presste ihre Lippen
auf meine.

Vollkommen überrascht erstarrte ich, doch dann entspannte ich
mich, schloss die Augen und drückte mich an sie. Daran erinnerte ich
mich so gut. An das Gefühl von ihren Lippen auf meinen, die kühle,
sanfte Berührung ihrer Finger auf meiner Haut. Ich erinnerte mich an
ihren Geruch, an die langen Nächte, in denen wir uns in den Armen
lagen und gemeinsam unter dem kalten Sternenhimmel träumten.

Einen Moment lang reagierte mein Körper rein instinktiv. Ich wollte
sie an mich ziehen, die Arme um ihren Körper schlingen und ihren leidenschaftlichen Kuss ebenso hingebungsvoll erwidern ... doch dann
hielt ich inne.

Ich erinnerte mich so deutlich, jeder strahlende Moment mit Ariella
war auf ewig in meinem Gedächtnis verankert. Was wir gehabt hatten,
was wir miteinander geteilt hatten, einfach alles. In meiner Erinnerung

hatte ich einen Schrein für sie errichtet und ihn voller Trauer, Wut und Reue gepflegt. Jedes Detail unserer Beziehung war mir präsent: die Leidenschaft, das Gefühl der Leere, wenn wir nicht zusammen waren, die Sehnsucht und ... ja, die Liebe. Ich hatte Ariella geliebt. Ich wusste ganz genau, was sie mir einst bedeutet hatte, was ich damals für sie empfunden hatte ... und was ich nun nicht mehr für sie empfand.

Sanft zog ich ihre Hände von meinen Schultern, schob sie von mir weg und beendete so den Kuss. »Ari...«

»Ich liebe dich, Ash«, hauchte sie, bevor ich irgendetwas sagen konnte, und das traf mich wie ein Schlag in die Magengrube. In ihrer leisen Stimme schwang eine solche Verzweiflung mit, als müsste sie schnell alles loswerden, bevor ich zu Wort kam. »Ich habe nie aufgehört, dich zu lieben. Niemals. Selbst als ich wusste, dass du dich in Meghan verlieben würdest und als ich so wütend war, dass ich mir wünschte, ihr würdet beide tot umfallen, selbst da konnte ich nicht aufhören, dich zu lieben.«

Ich hatte einen dicken Kloß im Hals und schluckte krampfhaft. »Warum sagst du mir das jetzt?«

»Weil ich sonst nicht mehr die Gelegenheit dazu haben werde.« Ihre Augen füllten sich mit Tränen. »Und ich weiß ja, durch das Versprechen, das du Meghan gegeben hast, und nach allem, was wir durchgemacht haben, um hierherzugelangen ... ich weiß, dass es für dich kein Zurück mehr gibt, aber ...« Sie drückte sich an mich und blickte zu mir hoch. »Liebst du mich noch? Ich kann nicht ... ich muss es wissen, bevor wir weitermachen. Ich habe ein Recht, das zu wissen.«

Erschöpft schloss ich die Augen. So viele Gefühle tobten in mir, Schuld, Trauer und Reue, doch diesmal waren meine Gedanken ungetrübt. »Ariella.« Als ich ihre Hände in meine nahm, spürte ich, wie ihr Puls raste. Es fiel mir nicht leicht, das zu sagen, aber ich musste es aussprechen, und sie musste es hören. Selbst wenn sie mich danach hassen würde. »Als ich dich an jenem Tag verlor, war mein Leben beendet. Ich dachte, ich würde sterben. Ich wollte sterben, aber erst, nachdem ich Puck ebenfalls getötet hätte. Es gab nur noch einen Daseinszweck für mich: die Rache. Dabei hätte ich mich fast selbst zerstört, weil ich dich einfach nicht loslassen konnte. Auch als ich Meghan begegnete, kam es mir so vor, als würde ich dadurch dein Andenken verraten. Doch das ist inzwischen anders.« Erst jetzt öffnete ich die Augen und begegnete ihrem Blick. »Es gibt so vieles, was ich bereue. Ich wünschte, ich hätte für dich da sein können, und ich wünschte, jener Tag wäre nie geschehen. Doch es gibt eine Sache, die ich nicht bereue, denn das alles hat auch etwas Gutes hervorgebracht, nämlich *sie*. Ich werde dich immer lieben, Ari, und ich habe dich immer geliebt. Daran wird sie nie etwas ändern.« Ich drückte ihre Hände und ließ sie dann sanft los. »Du wirst immer ein Teil von mir sein. Aber ... ich liebe dich nicht mehr auf diese Art. Und unabhängig von meinem Versprechen, unabhängig von unserem Wiedersehen, tue ich das hier, weil ich mit Meghan zusammen sein will, und aus keinem anderen Grund.« Ariella liefen die Tränen über die Wangen, und ich trat langsam einen Schritt zurück, während ich so sanft wie möglich hinzufügte: »Ich kann nicht zu dir zurückkehren, Ariella. Es tut mir leid.«

Einen Moment lang sah sie mich mit unergründlicher Miene an. Dann huschte plötzlich ein trauriges Lächeln über ihr Gesicht.

»Das war's dann wohl«, murmelte sie gedankenverloren. »Zumindest für uns zwei.« Ich blinzelte überrascht, doch als sie mich ansah, war ihr Blick klar. »Ich wollte nicht, dass dir am Ende noch Zweifel kommen.«

»Ging es dir nur darum?« Fassungslos starrte ich sie an. »Wolltest du mich zu einer Entscheidung zwingen?«

»Nein, Ash, nein.« Ariella legte mir beschwichtigend die Hand auf den Arm. »Ich habe das alles ernst gemeint. Ich habe dich immer geliebt, und das solltest du wissen, bevor ...« Sie begann zu zittern und schlang die Arme um den Körper. »Ich freue mich für dich«, flüsterte sie, doch in ihren Augen sammelten sich neue Tränen. »Du weißt, was du willst, und das ist gut so. Dadurch wird es einfacher werden ...«

»Was meinst du damit?«

»Hey, Eisbubi!« Pucks verärgerte Stimme hallte über die Stufen zu uns herab. »Ich denke, du solltest jetzt besser mal hier raufkommen!«

Ich warf ihm einen gereizten Blick zu und verfluchte stumm sein schlechtes Timing. Ariella hatte sich zur Treppe umgedreht. Ihre Tränen waren getrocknet, und sie wirkte entschlossen. Ich spürte, dass sie gerade mit sich selbst Frieden schloss und eine wichtige Entscheidung fällte.

»Ari …«

»Ist schon gut, Ash.« Sie hob abwehrend eine Hand und wich meinem Blick aus. »Mach dir meinetwegen keine Gedanken. Ich wusste, dass es irgendwann dazu kommen würde.« Sie atmete tief durch. »Es wird Zeit, nach vorne zu blicken, und zwar für uns beide.« Sie wandte sich ab und schenkte mir ein tapferes Lächeln. »Los jetzt. Wir haben das Ende fast erreicht. Jetzt gibt es kein Zurück mehr.«

Puck wartete am oberen Ende der Treppe auf uns, den leise knurrenden Wolf neben sich. Da allerdings auch Grimalkin bei ihnen war, der gelassen seine Vorderpfote leckte und dem Wolf immer wieder herablassende Blicke zuwarf, entspannte ich mich ein wenig. Erst wenn der Kater verschwand, würde ich mir Sorgen machen.

Trotzdem wirkte Puck sehr ernst, als wir zu ihm traten, und deutete mit dem Kopf auf das obere Ende der Treppe. »Wir haben Gesellschaft bekommen«, murmelte er.

Auf der obersten Stufe stand eine über zwei Meter große Gestalt in einer Robe. Ihr Gesicht verschwand im Schatten einer Kapuze, die blasse, knochige Hand hielt einen glänzenden Stab aus knorrigem, schwarzem Holz.

Und obwohl sein Gesicht im Verborgenen blieb, spürte ich, dass mich das Wesen ansah.

Ich weiß, warum du gekommen bist, Ritter des Eisernen Hofes.

Die tiefe Stimme schien von überall her zu kommen, aus den Dornenranken, dem Fluss und dem Tempel. Kalt, kraftvoll und älter als die Sterne dröhnte sie in meinem Kopf und drang mir bis in die Knochen. Ich musste meine gesamte Willenskraft aufbringen, um vor dieser verhüllten Gestalt nicht auf die Knie zu sinken. Da Pucks freches Grinsen verschwunden war und sich das Fell des Wolfes sichtbar sträubte, wusste ich, dass es ihnen ebenso erging.

»Wer bist du?«, fragte ich.

Ich bin der Wächter am Ende der Welt, verkündete die Gestalt. *Ich bin der Hüter des Feldes der Prüfungen, derjenige, den du überzeugen musst, um eine Seele zu erringen.*

»Und da kommst du zu uns raus, nur um Hallo zu sagen? Das ist aber wirklich nett von dir.« Puck hatte sein Grinsen wiedergefunden. »Fühlst du dich jetzt nicht auch zutiefst geehrt, Eisbubi? Wir mussten nicht einmal bis ans Ende der Welt gehen. Sei schön nett zu dem Mann in der Robe, vielleicht kriegst du dann deine Seele.«

»*Doch bevor du das Ende der Welt erreichen kannst, musst du beweisen, dass du würdig bist. Du musst dich dem Heldenparcours unterziehen.*«

»Wusst ich's doch.« Enttäuscht schüttelte Puck den Kopf. »Es gibt immer einen Haken.«

Ich beachtete ihn nicht weiter, sondern wandte mich an die verhüllte Gestalt. »Ich bin bereit«, erklärte ich und suchte irgendwo in der dunklen Kapuze nach einem Gesicht, fand aber nichts. »Was auch immer du für mich vorgesehen hast – Parcours, Prüfungen, ganz egal –, ich bin bereit. Was muss ich tun?«

Der Wächter schien nicht überrascht zu sein. »*Diese Bedingung betrifft nicht dich allein, Ritter*«, fuhr er fort und ließ seinen Arm kreisen, als wollte er unsere gesamte Gruppe umfassen. »*Jeder, der das Ende der Welt zu sehen wünscht, muss zuvor den Heldenparcours überstehen. Alleine wirst du scheitern. Gemeinsam habt ihr vielleicht eine Chance, die Herausforderungen zu meistern. Doch bedenket dies: Nicht alle, die den Tempel betreten, werden ihn auch wieder verlassen. So viel steht bereits fest.*«

Mir wurde mulmig. Ich zweifelte nicht an seinen Worten, auch wenn ich sie nur widerwillig akzeptieren konnte. Der Wächter wollte damit sagen, dass nicht alle von uns den Heldenparcours überleben würden. Dass einer oder mehrere von uns sterben würden.

»*Ein letzter Rat.*« Der Wächter durchbrach mit einer Handbewegung unser Schweigen. »*Dir bleibt nicht viel Zeit, um mich zu finden, Ritter. Haben sich die Tore an beiden Enden des Heldenparcours erst einmal geöffnet, werden sie nicht endlos offen stehen. Befindet ihr euch noch immer innerhalb des Tempels, wenn sie sich schließen, werdet ihr bis ans Ende aller Zeiten dort gefangen sein, genau wie alle anderen, dir hier gescheitert sind. Habt ihr das verstanden?*«

»Ja«, sagte ich benommen. Die Kapuze hob und senkte sich einmal.

»*Dann sehen wir uns wieder am Ende der Welt, Ritter. Wo dich, falls du es so weit schaffst, deine eigentlichen Prüfungen erwarten werden.*«

Und damit war er weg. Er verblasste nicht, löste sich nicht in Rauch auf oder verschwand wie Grimalkin, wenn er unsichtbar wurde. Der Wächter war schlicht und einfach nicht mehr da.

Ich spürte die Blicke meiner Gefährten im Rücken und hob entschlossen den Kopf.

»Jeder, der umkehren möchte, sollte das jetzt tun«, erklärte ich ruhig, ohne mich umzudrehen. »Ihr habt gehört, was der Wächter gesagt hat. Nicht alle von uns werden hier wieder rauskommen. Ich nehme es niemandem übel, wenn er lieber gehen will.«

Ich hörte Puck abfällig schnauben, bevor er die letzten Stufen erklomm und sich mit verschränkten Armen vor mir aufbaute. »Wie, damit du dich dann ganz alleine amüsieren kannst? Du solltest mich besser kennen, Eisbubi. Obwohl ich zugeben muss, dass der Gedanke, auf ewig mit dir irgendwo eingesperrt zu sein, mehr als gruselig ist. Aber dann müssen wir eben einfach dafür sorgen, dass das nicht passiert, nicht wahr?«

»Ich bin schon so weit gekommen«, knurrte der Wolf und gesellte sich an Pucks Seite, »da macht es keinen Sinn, jetzt noch umzukehren. Ich habe zugesagt, dich bis ans Ende der Welt zu begleiten, und genau das werde ich auch tun. Der Kater kann ja hierbleiben, wenn er will. Wäre typisch für ihn, feige, wie er ist. Aber die Geschichte muss weitergehen.«

»Oh, bitte.« Grimalkin tappte die Stufen hinauf, drehte sich nach mir um und zuckte mit dem Schwanz. »Als ob ich zulassen würde, dass ich bis ans Ende aller Zeiten mit diesem Köter irgendwo eingesperrt werde.« Er rümpfte die Nase und ließ seine Schnurrhaare beben. »Keine Angst, Prinz. Zweifelsohne würde ich mich auf und davon machen, wenn ich der Meinung wäre, dass du scheitern wirst. Aber Prüfungen dieser Art beinhalten immer irgendein hirnloses Rätsel oder ein Gedankenspiel, das man lösen muss; ihr werdet also wohl jemanden mit Verstand benötigen, um es zu schaffen. Außerdem bist du mir noch eine Gefälligkeit schuldig.«

Ich nickte ihnen der Reihe nach zu und wandte mich dann an Ariella, die noch ein paar Stufen unter uns stand und gedankenverloren den Tempel hinter mir musterte. »Du musst das nicht tun«, erklärte ich ihr sanft. »Du hast uns bis hierhin geführt – damit hast du bereits mehr getan, als ich je hätte verlangen können. Du musst nicht noch weiter gehen.«

Wieder huschte dieses traurige kleine Lächeln über ihr Gesicht, bevor sie tief Luft holte. »Doch«, flüsterte sie und sah mir tief in die Augen. »Das muss ich.« Sie erklomm die letzten Stufen, stellte sich neben mich und griff nach meinem Arm. »Bis ans Ende, Ash. Ich werde dich bis ganz ans Ende begleiten.«

Ich legte meine Hand auf ihre und drückte sie. Puck grinste uns an, während der Wolf schnaubend den Kopf schüttelte. Angeführt von Grimalkin näherten wir uns geschlossen den massiven Steintoren des Tempels. Mit einem tiefen Grollen, das die Erde beben ließ, schwangen sie langsam auf und ließen einen Schauer aus Dreck und Steinchen auf uns herabrieseln. Hinter den Toren herrschte undurchdringliche Finsternis.

Wir gingen weiter, ohne innezuhalten. Mit Grimalkin an der Spitze, Ariella und Puck an meiner Seite und dem Wolf im Rücken traten wir über die Schwelle und begannen den Heldenparcours.

Der Heldenparcours

Wie erwartet unterlag der Tempel, so mächtig er von außen bereits aussehen mochte, nicht den Gesetzen des normalen Raums. Am Ende eines langen, engen Korridors lag ein großer, offener Innenhof, der von moosbewachsenen Mauern umgrenzt wurde. Von oben fiel merkwürdiges Licht herein, und überall standen zerbrochene Statuen, Säulen und Felsblöcke herum. Das Ganze wirkte wie ein Miniaturlabyrinth mit bröckeligen Wänden, Durchgängen und Pfeilern, die unter der Last des Alters und der dichten Schlingpflanzen, die überall wuchsen, fast zusammenbrachen.

Uns gegenüber befand sich auf einer erhöhten Plattform ein zweiflügeliges Portal, das zu beiden Seiten von monströsen Steinstatuen bewacht wurde. Sie sahen aus wie eine Kreuzung aus einem Löwen und einer Art Hund, mit breiten Schädeln, lockigen Mähnen und dicken Pranken.

»Wächterlöwen«, stellte Puck fest, während wir über zerbrochene

Säulen und umgestürzte Torbögen kletterten, um zu dem Portal zu gelangen. »Wisst ihr, ich bin einmal in Peking einem Wächterlöwen begegnet. Dieser hartnäckige Scheißer hat mich über das ganze Tempelgelände gejagt. Anscheinend dachte er, ich wäre eine Art böser Geist.«

»Unvorstellbar«, murmelte Grimalkin trocken, was dem Wolf ein schnaufendes Lachen entlockte. Puck warf mit einem Kieselstein nach ihm.

»Die hier sind allerdings eine Sonderausführung«, fuhr er dann fort und schnitt den beiden Statuen eine Grimasse. »Zum einen sind sie größer. Und älter. Gut, dass es keine richtigen Wächterlöwen sind, was? Sonst säßen wir jetzt ziemlich in der ...«

Und natürlich hallte in diesem Moment ein lautes Knirschen über den Hof, als beide Statuen den Kopf drehten, um uns anzusehen.

Ich seufzte schwer. »Du solltest es inzwischen doch eigentlich besser wissen, Goodfellow.«

»Ich weiß. Aber ich kann einfach nicht anders.«

Mit einem eindrucksvollen Brüllen sprangen die beiden Wächter von ihren Sockeln und landeten so schwer auf dem Boden, dass die Erde bebte. Die Augen in ihren zerfurchten Gesichtern glühten in grünem Feuer, unter ihren mächtigen Pranken zermalmten sie die Steine, und ihr dröhnendes Organ füllte den Raum. Grimalkin verschwand, und der Wolf mischte seine Stimme in das Gebrüll, während die Wächterlöwen die Köpfe senkten und zum Angriff übergingen.

Als einer von ihnen auf mich zustürmte, wich ich ihm im letzten Moment aus und zielte mit dem Schwert auf seine Flanke. Die Klinge fuhr kreischend über den Stein und hinterließ nichts als eine eisige Spur und einen oberflächlichen Kratzer in der Haut, den das Monster nicht einmal bemerkte. Es rannte frontal gegen eine Säule, zerlegte sie beim Aufprall in tausend Stücke und wirbelte dann völlig unverletzt herum.

Als der Wächterlöwe den nächsten Angriff auf mich startete, versuchte Ariella mit einem Eispfeil seine Aufmerksamkeit auf sich zu lenken. Aber der Pfeil prallte an seiner breiten Schnauze ab und hielt ihn nicht eine Sekunde auf. Wieder konnte ich ausweichen, und wieder raste er wie ein wütender Stier gegen eine Mauer, sodass deren Überreste auf ihn herabregneten. Mit einem Seitenblick zu Puck sah ich, dass er auf eine Säule gesprungen war, um dem zweiten Wächter zu entgehen. Aber der rammte lediglich seinen Schädel gegen den Sockel und brachte die Säule zum Einsturz. Puck gelang im letzten Moment ein Hechtsprung auf eine benachbarte Säule, während sich der Wolf auf den Wächterlöwen stürzte und nach dem dicken Hals der Statue schnappte. Seine Zähne rutschten an der Steinhaut ab, was ihm ein eher wütendes als schmerzerfülltes Fiepen entlockte. Der Wächterlöwe erkor ihn zu seinem neuen Ziel und griff an.

So ging das nicht. Und wir hatten keine Zeit, um mit zwei mörderischen Steinstatuen Fangen zu spielen. »Rückzug!«, schrie ich und duckte mich hinter eine kopflose Statue, um nicht von dem ersten Wächter niedergetrampelt zu werden, der grunzend abdrehte, bevor er irgendwo dagegen rannte. »Zum Portal, Puck, wir haben keine Zeit für Spielchen!«

»Klar doch, Prinz! Bei dir klingt das ja ganz simpel!«

Der Wächterlöwe, der mich zum Gegner auserkoren hatte, nahm mich knurrend ins Visier und stapfte entschlossen auf mich zu. Offenbar hatte er es aufgegeben, blindlings loszustürmen und darauf zu hoffen, dass er mich so zu Brei verarbeiten könnte. Aus dem Augenwinkel sah ich, wie Ariella die Bogensehne spannte. Ich winkte ab, ohne dabei den Löwen aus den Augen zu lassen.

»Kümmer dich nicht um mich, Ari. Geh einfach.«

»Bist du sicher?«

»Ja! Geh zum Portal – ich komme gleich nach.«

Ariella schlüpfte hinter einem Mauerstück hindurch und verschwand. Der Wächterlöwe drehte knurrend den Kopf in ihre Richtung, doch ich schleuderte ihm einen Eisdolch an den Kopf, der genau zwischen seinen Augen zerplatzte und dafür sorgte, dass er sich wieder mir zuwandte.

Mit gefletschten Zähnen stürmte er los. Seine Krallen hinterließen tiefe Furchen in den Steinplatten. Als er sprang, katapultierte ich mich ebenfalls in die Luft, stieß mich an seiner Schnauze ab und landete so auf seinen breiten Schultern. Für den Bruchteil einer Sekunde sah ich etwas Goldenes an seinem leuchtend roten Halsband aufblitzen, dann wurde ich von seinem Rücken geschleudert und rannte auf das Portal zu, wo Puck und Ariella auf mich warteten.

Der Wolf hielt weiterhin den anderen Wächterlöwen in Schach, er tänzelte um ihn herum und schnappte nach seinen Hinterbeinen, sodass dieser sich ständig im Kreis drehte. Als ich die Stufen zum Portal hinaufrannte, drehte sich das Biest knurrend zu mir um, doch der Wolf stürmte in einem Ablenkungsmanöver vor und rammte ihn mit der Schulter. Als ich zu Puck und Ariella stieß, sahen sie mich mit ernsten Mienen an.

»Das war umsonst.« Frustriert schlug Puck gegen den steinernen Türflügel und verursachte ein dumpfes Dröhnen.

»Die verdammten Mistdinger rühren sich einfach nicht. Schätze mal, es gibt einen Schlüssel oder sonst irgendetwas, um sie aufzukriegen. Hier, seht ihr das?«

Er zeigte auf die beiden Torflügel und zwei halbkreisförmige Vertiefungen darin, die nebeneinanderlagen und genau am Türspalt einen Kreis bildeten. Ein Schlüssel also, der sicherlich irgendwo auf diesem Hof versteckt oder platziert war. Hier im Reich der Wächterlöwen. Ich seufzte gereizt.

»Die Halsbänder, ihr Einfaltspinsel.« Grimalkin erschien auf einem der Sockel, auf dem zuvor ein Wächterlöwe stand. Er hatte die Ohren angelegt und zuckte nervös mit dem Schwanz. »Seht euch ihre Halsbänder an. Muss ich hier denn wirklich alles selbst machen?« Damit verschwand er wieder, gerade noch rechtzeitig, denn einer der Wächterlöwen stürmte gerade die Stufen hinauf.

Wir sprangen zur Seite, sodass der Löwe frontal gegen das Portal knallte. Das dumpfe Dröhnen der Torflügel ließ den Boden vibrieren. Als der steinerne Wächter benommen den Kopf schüttelte und ein paar Schritte zurücktaumelte, sah ich erneut das goldene Funkeln an seinem Hals. Ein Anhänger? Oder die Hälfte einer Kugel ...

Hastig wandte ich mich an Puck. »Du den einen, ich den anderen?«

»Geht klar, Eisbubi.«

Wir liefen in entgegengesetzte Ecken des Hofes – Ariella folgte mir, während Puck dem Wolf zu Hilfe eilte. Wie ich gehofft hatte, folgte uns der Wächterlöwe unermüdlich durch das verwitterte Labyrinth und sprengte bei seiner Jagd immer wieder Säulen oder Mauerreste.

»Wie lautet der Plan?«, flüsterte Ariella, als wir uns vorsichtig um eine Ecke schoben und mit dem Rücken an ein Mauerstück stellten. Direkt neben uns schlich knurrend der Wächterlöwe vorbei; er kam uns so nah, dass ich nur um die Ecke hätte greifen müssen, um ihn zu berühren. Einige Gänge weiter, anscheinend mitten im Labyrinth, knallte es, und eine Staubwolke stieg auf. Der zweite Wächter war ebenfalls in der Nähe.

»Bleib hier«, befahl ich Ariella. »Versteck dich. Ich will, dass sich dieses Ding einzig und allein auf mich konzentriert. Wenn Puck tut, was nötig ist, müsste das hier bald vorbei sein.« Neben uns fiel eine Säule um, dann erklang ein frustriertes Knurren. »Geh zurück zum Portal und warte dort auf uns«, fuhr ich hastig fort. »Falls möglich, such Grim und den Wolf. Wir kommen, so schnell wir können, mit den Schlüsseln zu euch.«

»Wie...«, setzte Ariella an, doch in diesem Moment sprengte der Wächterlöwe die Mauer neben uns und brüllte durchdringend, als er mich entdeckte.

Ich rannte los, tiefer in das Labyrinth hinein, dicht gefolgt von dem Wächter. Steine flogen, und Statuen verwandelten sich in Marmorstaub, während sich das massige steinerne Monster hinter mir durch die Gänge schob.

Als ich um eine eingestürzte Mauer herumlief, sah ich plötzlich Puck, der aus der anderen Richtung angerannt kam. Er riss die Augen auf, als wir aufeinander zuliefen, aber genau auf diesen Moment hatte ich gewartet. In letzter Sekunde warfen wir uns zur Seite. Als die Wächterlöwen um die Ecke bogen, prallten sie mit einer solchen Wucht aufeinander, dass die Erde bebte.

Nach diesem frontalen Zusammenstoß blieben die steinernen Riesen einen Moment lang reglos und völlig verwirrt stehen. Bei einem war die Nase abgebrochen, bei dem anderen zog sich ein Riss wie eine Narbe quer durch sein Gesicht. Am anderen Ende des Ganges stemmte sich Puck auf die Ellbogen hoch und grinste triumphierend.

»Weißt du, egal wie oft ich so etwas sehe, es ist immer wieder lustig.«

Ich sprang auf die Füße. »Schnapp dir den Schlüssel«, fauchte ich und näherte mich vorsichtig einem der Wächterlöwen. Da er noch immer benommen war, konnte ich ihm unbemerkt die goldene Halbkugel von seinem Hals lösen. Puck machte es bei dem zweiten Wächter genauso, blieb dann aber noch kurz vor ihm stehen und grinste ihm ins Gesicht.

»Ich wette, das hat wehgetan, oder?« Er schwenkte den Schlüssel vor der Nase des Löwen hin und her. »Ja, ja, ihr werdet noch wochenlang Kopfschmerzen haben. Das habt ihr jetzt davon, dass ihr so dickköpfig wart.«

»Puck!« Wütend fuhr ich zu ihm herum. »Hör auf, dich wie ein Idiot aufzuführen, und lass uns von hier verschwinden.«

Lachend schlenderte Puck zu mir herüber und warf die Halbkugel von einer Hand in die andere. »Ach ja, die Klassiker sind immer noch am besten«, murmelte er, als wir uns an der Ecke gegenüberstanden. »Hey, weißt du noch, wie wir diese Nummer mit den Minotauren durchgezogen haben? Die waren dermaßen sauer, dass sie …«

Ein leises, sehr wütendes Knurren aus zwei Kehlen unterbrach ihn. Ich warf ihm einen vernichtenden Blick zu, den er mit einem schwachen Grinsen erwiderte.

»Ich weiß, ich weiß. Du wirst mich umbringen.«

Wir rannten durch das Ruinenlabyrinth und umklammerten krampfhaft die beiden Halbkugeln, während die Wächterlöwen hinter uns herwalzten. Diesmal gab es keine Ausweichmanöver, keine Versuche, die Wächterlöwen in irgendwelche Ecken zu locken – wir rannten direkt auf das Portal zu, auf dem kürzesten Weg, den wir finden konnten. Ariella stand auf den Stufen und legte mit zusammengepressten Lippen auf die Löwen an. Sie wusste genau, dass ihre Pfeile den Wächtern höchstens ein Blinzeln entlocken konnten. Die letzten hundert Meter waren am gefährlichsten: offenes Gelände, auf dem es nichts gab, das unsere Verfolger aufhalten konnte. Ich spürte das Beben ihrer wuchtigen Sprünge hinter uns, als sie langsam aufholten.

Da flog der Wolf wie ein dunkler Schatten über eine Mauer hinweg und prallte so hart gegen einen der Wächterlöwen, dass er von den Füßen gerissen wurde und gegen seinen Kumpanen fiel. Ungebremst krachten die Statuen in eine Mauer und stolperten mit dem knirschenden Lärm eines entgleisenden Zuges übereinander. Keuchend, aber triumphierend sprang der Wolf die Stufen hinauf zu Ariella und Grimalkin, der direkt vor dem Portal erschienen war und ungeduldig mit dem Schwanz peitschte.

»Schnell!«, fauchte der Kater, als Puck und ich angerannt kamen. »Steckt die Schlüssel ins Schloss!«

»Du denkst wohl, du kannst einfach verschwinden und dann wieder auftauchen und Anweisungen brüllen, nachdem wir anderen die ganze Arbeit gemacht haben«, protestierte Puck, als wir das Portal erreichten. Grimalkin fauchte ihn aufgebracht an.

»Uns bleibt keine Zeit, um über deine Dummheit zu debattieren, Goodfellow. Die Wächter kommen. Die Schlüssel ...«

Seine Worte gingen im Brüllen der Wächterlöwen unter, die gerade die oberste Stufe erreicht hatten und wutentbrannt die Köpfe schüttelten. Da wir direkt vor dem Portal standen, hatten wir keine Chance auszuweichen. Der Wolf stellte sich ihnen knurrend entgegen, während Grimalkin die Ohren anlegte und fauchend befahl: »Ihr müsst die Schlüssel gleichzeitig ins Schloss schieben. Los, Beeilung!«

Nach einem schnellen Blick zu Puck, der knapp nickte, pressten wir die Halbkugeln in die Vertiefungen und spürten sofort, wie sie einrasteten.

In Erwartung der auf uns zustürmenden Löwen drehte ich mich um, doch sobald die Schlüssel ihre Position im Schloss eingenommen hatten, waren die Wächter erstarrt. Während das Tor langsam aufschwang, erschienen erste Risse in der Steinhaut der Löwen, die sich immer weiter ausbreiteten, bis beide Wächter synchron auseinanderbrachen und zu Schutt und Geröll zerfielen, das über die Stufen rieselte.

Erleichtert atmete ich auf und stieß mich vom Torrahmen ab. Uns blieb keine Gelegenheit, um diesen Sieg zu genießen. »Schnell«, ich schob die anderen drängend durch das Portal, »wenn das erst die erste Aufgabe war, dürfen wir keine Zeit verlieren.« Der Wächter hatte nicht genau gesagt, wie viel Zeit wir hatten, um den Heldenparcours hinter uns zu bringen, doch ich war mir ziemlich sicher, dass jede Sekunde kostbar war.

»Mann, dein Kapuzen-Freund hält wohl nichts davon, die Sache langsam anzugehen«, meinte Puck, als wir das Portal hinter uns ließen und erneut einen Korridor durchquerten. Hier hingen in regelmäßigen

Abständen steinerne Drachenköpfe an den Wänden, die furchterregend die Zähne fletschten. »Wenn die erste Aufgabe allerdings die einfachste war, dürfte uns noch so einiges bevorstehen.«

»Was dachtest du denn, was das hier wird, Goodfellow?«, fragte Grimalkin, der eilig vorauslief. »Ein netter kleiner Spaziergang im Park? Man nennt es ja nicht umsonst einen *Heldenparcours*.«

»Hey, ich habe schon so manchen Heldenparcours mitgemacht«, schoss Puck schnippisch zurück. »Im Grunde ist es immer dasselbe: Da wären die körperlichen Herausforderungen, das eine oder andere Rätsel, und natürlich immer ein paar fiese ...«

Aus einem der Drachenköpfe schoss eine Stichflamme hervor und fegte direkt über Grimalkin hinweg. Zum Glück war der Kater zu klein, um getroffen zu werden, doch der Rest von uns blieb abrupt stehen.

»...Fallen«, vervollständigte Puck seine Aufzählung. »Tja, das hätte ich kommen sehen müssen.«

»Nicht stehen bleiben!«, rief Grimalkin uns zu und rannte nahtlos weiter. »Lauft weiter, und dreht euch bloß nicht um!«

»Du hast gut reden!«, schrie Puck, doch dann wurde hinter uns ein dumpfes Brausen laut. Ich spähte über die Schulter und fluchte. Nun spuckten alle Drachenköpfe, die wir bereits passiert hatten, Feuer, und diese Flammen schossen durch den Korridor auf uns zu.

Wir nahmen die Beine in die Hand.

Der Gang schien sich endlos hinzuziehen, einige Male mussten wir im letzten Moment über Feuerzungen hinwegspringen oder unter ihnen hindurchtauchen, und selbstverständlich erwartete uns zum Schluss noch die klassische Fallgrube, die wir mit einem Hechtsprung ganz knapp überwinden konnten. Aber letztendlich kamen wir mit ein paar leichten Verbrennungen davon. Abgesehen davon, dass Ariellas Ärmel einmal Feuer gefangen hatte und die Schwanzspitze des Wolfs leicht angesengt war, war niemand ernsthaft verletzt worden.

Keuchend taumelten wir durch einen Torbogen in den nächsten Raum, wo Grimalkin bereits auf einer zerbrochenen Steinsäule saß und uns erwartete.

»Wow«, stöhnte Puck und wischte sich etwas Asche vom Hemd. »Das war echt lustig, aber auch ziemlich klischeehaft. Erinnert doch deutlich an *Indiana Jones und der Tempel des Todes*. Und wo hat es uns jetzt hinverschlagen?«

Wir standen in einem weitläufigen, runden Raum, dessen Boden mit feinem weißem Sand bedeckt war, der sich wie in einer kleinen Wüste zu Dünen und Hügeln auftürmte. Auch hier lagen Überreste von Säulen und Pfeilern herum, viele waren unwiederbringlich zerbrochen oder umgestürzt und halb im Sand versunken.

Von der gewölbten Decke, die sich hoch über unseren Köpfen befand, hingen Lianen herab, und an vielen Stellen hatten sich Wurzeln durch die brüchigen Wände geschoben. Staubkörnchen tanzten durch das trübe Licht. Hier schien die Zeit stillzustehen. Ein fallen gelassener Kieselstein würde in diesem Raum vermutlich reglos in der Luft hängen bleiben.

In der Mitte des Raums ragte eine riesige steinerne Plattform aus dem Sand, an deren Rand die Überreste von vier dicken Marmorsäulen erkennbar waren. Dahinter hockten zwei Statuen mit elegant aufgestellten Flügeln, deren Spitzen fast bis an die Decke reichten. Ihre Körper glichen denen großer, schlanker Katzen, ihre Vorder- und Hinterpfoten ruhten im Sand, doch ihre Köpfe, die einander zugewandt waren, schienen menschlich. Es waren die Gesichter von wunderschönen Frauen mit eiskalten Mienen. Reglos und mit geschlossenen Augen saßen die beiden Sphingen im Sand und bewachten das steinerne Portal, das neben ihnen aufragte. Wir kletterten auf die Plattform und blieben an ihrem Rand stehen, um uns die gewaltigen Wesen genauer anzusehen. Obwohl sich das Portal nur wenige Meter hinter den Tatzen der Sphingen befand, versuchte keiner von uns, zwischen den beiden hindurchzugehen.

»Hm.« Puck lehnte sich zurück, um die ausdruckslosen Gesichter der beiden zu mustern. »Jetzt also ein Sphinxrätsel? Das ist doch nett. Meint ihr, sie werden uns fressen, wenn wir falsch antworten?«

Grimalkin legte die Ohren an und erwiderte scharf: »Du wirst bei dieser Aufgabe gefälligst den Mund halten, Goodfellow. Sphingen reagieren nicht gerade erfreut auf Dreistigkeit, und deine unbedachten Kommentare werden hier nicht gut ankommen.«

»Hey«, wehrte sich Puck und verschränkte trotzig die Arme vor der Brust. »Nur zu deiner Information: Ich hatte schon öfter mit Sphingen

zu tun, Kater. Du bist hier nicht der Einzige, der sich mit Rätseln aus-
kennt.«

»Haltet die Klappe«, knurrte der Wolf die beiden an und deutete mit
der Schnauze nach oben. »Da passiert gerade irgendetwas.«

Mit angehaltenem Atem warteten wir. Einen Moment lang war alles
still. Dann öffneten sich die Augen der beiden Sphingen, die nur aus
bläulich-weißem Licht zu bestehen schienen, ohne eine Iris oder eine
Pupille. Wie blind starrten sie geradeaus, und doch konnte ich ihren
berechnenden Blick auf mir spüren. Ein warmer Wind fegte durch den
Raum, und die Statuen erhoben ihre Stimmen, in denen uralte Weisheit
und Macht mitschwangen.

Um die Zeit muss das ewige Rad sich drehen.
Der Winter birgt Narben, die niemals vergehen.
Der Sommer wie Feuer tief in dir brennt.
Der Frühling sich auch als Bürde kennt.
Herbst und Tod gehen Hand in Hand.
Des Rätsels Lösung verbirgt sich im Sand.
So suchet die Antwort, nur sie allein zählt,
da der Sand euch sonst als die Seinen erwählt.

»Äh, pardon«, sagte Puck sofort, als die Stimmen verklangen und sich
wieder Stille über die Dünen senkte. »Könntet ihr das noch einmal wiederholen? Und diesmal vielleicht etwas langsamer?«

Die Sphingen blieben stumm. Ihre blau leuchtenden Augen schlossen
sich so abrupt wie eine zuschlagende Tür, und sie regten sich nicht mehr.

Dafür begann sich rund um uns herum so einiges zu regen. Der Sand
geriet in Bewegung, als würden sich unter der Oberfläche Tausende
von Schlangen winden. Dann flogen die feinen Körner explosionsartig in die Höhe, und unzählige Skorpione – kleine, schwarze Tiere mit
glänzenden Panzern – ergossen sich über die Dünen und krabbelten in
unsere Richtung.

Puck kreischte, der Wolf knurrte überrascht, und seine Nackenhaare
sträubten sich. Wir drängten uns in der Mitte des Podests zusammen
und zogen unsere Waffen, während sich der Boden in eine brodelnde

Masse wuselnder Körper verwandelte, die in so dichten Haufen übereinanderkrabbelten, dass wir bald den Sand nicht mehr sehen konnten.

»Also, da würde ich doch lieber von den Sphingen gefressen werden«, rief Puck angewidert. Das Klicken und Schaben der Millionen von Beinchen war so laut, dass er schreien musste, um sich Gehör zu verschaffen. »Falls jemand einen Vorschlag hätte oder einen Plan oder Anti-Skorpion-Spray – ich wäre für alles offen!«

»Seht doch.« Ariella zeigte über den Rand der Plattform nach unten. »Sie greifen nicht an. Sie kommen nicht einmal näher.«

Ich folgte ihrem Blick und sah, dass sie recht hatte. Die Skorpione schlugen zwar wie Meereswellen gegen den Steinsockel und glitten um ihn herum wie um einen Felsen in einem Fluss, aber sie versuchten nicht, den knappen Meter emporzuklettern, der uns von ihnen trennte.

»Sie werden uns nicht angreifen«, erklärte Grimalkin gelassen. Mir fiel allerdings auf, dass er sich möglichst weit von der Kante entfernt niedergelassen hatte. »Zumindest noch nicht. Das geschieht erst, wenn wir eine falsche Lösung für das Rätsel präsentieren. Also keine Sorge, wir haben noch etwas Zeit.«

»Genau.« Puck wirkte keineswegs beruhigt. »Und jetzt kommt der Teil, wo du uns sagst, dass du die Antwort kennst, richtig?«

Grimalkin ließ seinen Schwanz über den Stein gleiten. »Ich denke noch nach«, erwiderte er hoheitsvoll und schloss die Augen. Abgesehen vom Zucken seines Schwanzes blieb der Kater vollkommen reglos, während wir anderen uns nervös umsahen und warteten.

Rastlos fuhr ich mit meinem Stiefel über den Stein, hielt dann aber abrupt inne. Vor einer der vier Säulen neben der Plattform entdeckte ich eingemeißelte Buchstaben im Boden, die jedoch halb mit Sand bedeckt waren. E-R-I-N-N. Ich kniete mich hin und wischte den Sand fort, bis das ganze Wort erschien.

Erinnerung.

Eine Idee durchzuckte mein Hirn, aber noch war sie zu verschwommen, um greifbar zu sein, wie ein Name, der einem auf der Zunge liegt. Ich hatte etwas Entscheidendes entdeckt, konnte die Puzzleteile aber nicht zusammensetzen.

»Such nach weiteren Worten«, sagte ich zu Puck, der mir neugierig über die Schulter geschaut hatte. »Es muss noch andere geben.«

Erinnerung, Wissen, Macht und *Reue*. Diese vier Worte fanden wir schließlich, alle jeweils vor einer der Säulen in den Boden gemeißelt. Mit jeder dieser Entdeckungen fügte sich ein weiteres Teil in das verschwommene Puzzle, doch noch immer ergab sich kein eindeutiges Bild.

»Okay.« Puck fuhr sich mit beiden Händen über das Gesicht und rieb sich dann erschöpft die Augen. »Denk nach, Goodfellow. Was haben Erinnerung, Wissen, Macht und Reue mit den vier Jahreszeiten zu tun?«

»Es geht nicht um die Jahreszeiten«, erklärte ich ruhig, als sich endlich das letzte Teilchen einfügte. »Es geht um uns.«

Verwirrt sah Puck mich an. »Könntest du mir diesen logischen Schluss vielleicht näherbringen, Prinz?«

»Der Winter birgt Narben, die niemals vergehen«, zitierte ich die zweite Zeile des Rätsels. »Ergibt nicht viel Sinn, oder?« Ich zeigte auf eine der Säulen. »Ersetze ›Winter‹ durch dieses Wort, und was kommt dann dabei heraus?«

»Die Erinnerung birgt Narben, die niemals vergehen«, sagte Puck automatisch. Noch immer verwirrt runzelte er die Stirn, riss dann aber erstaunt die Augen auf und sah mich an. »Oh.«

Der Wolf knurrte mit gefletschten Zähnen die Säule an, als wäre sie ein Dämon, der sich als Stein verkleidet hatte. »Sollen wir etwa glauben, die Lösung dieses Rätsels, dieses *uralten* Rätsels, das hier seit Jahrhunderten schlummert, sei auf *uns* zugeschnitten?«

»Jawohl.« Grimalkin schlug die Augen auf. »Der Prinz hat recht. Ich bin zu demselben Schluss gelangt.« Er sah sich auf der Plattform um und ließ den Blick über die vier Säulen wandern. »Erinnerung, Wissen, Macht, Reue. Die Jahreszeiten repräsentieren vier von uns, wir müssen also nur noch die Worte den korrekten Zeilen zuordnen.«

»Aber wir sind zu fünft«, gab Ariella zu bedenken. »Und es gibt nur vier Säulen. Einer von uns fehlt also oder wird ausgelassen.«

»Wir werden sehen«, erwiderte Grimalkin unbeeindruckt. »Zunächst müssen wir den Rest des Rätsels entschlüsseln. Ich denke, der Prinz hat seinen Platz bereits gefunden. Wie steht es mit dir, Goodfellow?« Mit zuckendem Schwanz wandte er sich Puck zu. »Der Sommer wie Feuer tief in dir brennt. Welches Wort beschreibt dich am besten? Wissen war ja nie deine starke Seite. Macht ... vielleicht.«

»Reue«, seufzte Puck mit einem schnellen Seitenblick zu mir. »Die Reue wie Feuer tief in dir brennt. Es ist die Reue, also sei still und mach mit den anderen weiter.« Er ging zu der Säule, die meiner gegenüberstand, und lehnte sich mit verschränkten Armen dagegen.

Die Skorpione wurden lauter und hektischer, als wüssten sie, dass wir kurz davor waren, das Rätsel zu lösen. Ihre Beinchen und Panzer schabten am Stein, und sie tosten um uns herum wie ein lärmender Ozean. Grimalkin rümpfte die Nase und wechselte einen vielsagenden Blick mit dem Wolf.

»Die letzten beiden sind dann ja wohl ziemlich eindeutig, oder nicht?« Er schlenderte zu der Säule hinüber, auf der »Wissen« stand. »Wissen ist manchmal allerdings eine schreckliche Last. Die letzte Säule ist dann wohl deine, Köter. Über deine Macht lässt sich nicht streiten. Über deine Intelligenz vielleicht, aber nicht über deine Kraft und Stärke.«

»Und was ist mit Ariella?«, fragte ich. Sie stand etwas verloren am Rand der Plattform. »Sie trägt ebenfalls die Last des Wissens, Cat Sidhe, nicht nur du.«

»Ariella ist eine Winterfee, und den Winter haben wir bereits besetzt«, erwiderte Grimalkin fröhlich, während er auf die Wissenssäule sprang und von dort auf uns herabblickte. »Und ich hatte gedacht, du würdest eine zügige Lösung bevorzugen, Prinz. Wie dem auch sei, ich glaube, wir müssen uns auf unsere jeweiligen Säulen stellen. Üblicherweise wird bei solchen Rätseln etwas Derartiges verlangt.«

Knurrend sprang der Wolf auf seine Säule. Seine Pfoten waren so groß, dass er sie dicht zusammenstellen musste und sie trotzdem noch direkt an der Kante hingen. »Wenn das nicht funktioniert, werde ich dich fressen, bevor uns die Skorpione erwischen, das verspreche ich dir, Kater«, murmelte er, während er angestrengt auf der kleinen Fläche balancierte. Grimalkin beachtete ihn gar nicht.

Puck und ich machten es ihm eilig nach und platzierten uns auf unseren Säulen, während unter uns die Skorpione herumwuselten. Ein paar Sekunden lang geschah nichts. Dann öffneten sich die strahlenden Augen der Sphingen, und ihre Stimmen hallten durch den Raum.

»Eure Wahl ist …« Obwohl sie leise sprachen, wirbelten sie mit ihren Worten den Sand auf. »… falsch.«

»Was?« Pucks Aufschrei wurde vom zornigen Summen der unzähligen Skorpione übertönt, die nun völlig außer sich waren. »Nein, das kann nicht stimmen. Der Fellball irrt sich nie! Wartet …«

»Ihr werdet …« Wieder hallten die Stimmen der Sphingen über den Sand. »… sterben.«

Ich zog mein Schwert und bereitete mich darauf vor, mich von der Säule zu stürzen, als die Skorpione losstürmten, auf die Plattform kletterten und sich wie ein Sturzbach über ihren Rand ergossen. Ariella keuchte entsetzt und wich vor der Flut zurück, doch der lebendige Teppich aus Scheren, Beinchen und Stacheln breitete sich unaufhaltsam aus.

»*Bleibt, wo ihr seid!*«, dröhnte Grimalkins Stimme mit stählerner Befehlsgewalt durch den Raum. Wir erstarrten, und der Kater richtete seine goldenen Augen auf Ariella.

Er fletschte die Zähne, und sein Fell stand steif vom Körper ab. »Zeit!«, fauchte er. »Zeit ist die fünfte Antwort, um sie muss sich das Rad drehen! Stell dich in die Mitte, schnell!«

Mit geballten Fäusten sah ich zu, wie Ariella zur Mitte der Plattform lief, während die Skorpione sie von allen Seiten einkreisten. Sie eroberten jetzt auch die Säulen, krochen über meine Kleidung, und ihre Beinchen und Zangen gruben sich in mein Fleisch. Mit einem Schlag schickte ich Dutzende von ihnen in den Sand zurück, aber es kamen ständig neue nach. Sie stachen nicht zu … noch nicht. Doch ich spürte, wie die Zeit verrann, und wusste: Sollte es den Tieren gelingen, vor Ariella die Mitte der Plattform zu erreichen, waren wir verloren. Puck schlug fluchend um sich, und auch der Wolf brüllte wutentbrannt. Aber Ariella schaffte es.

Sobald ihr Fuß das Zentrum der Fläche berührte, ging ein Beben durch den Raum, das sich von diesem Punkt aus ausbreitete wie Wellen auf einem Teich. Das Heer von Skorpionen hielt nur Zentimeter von Ariella entfernt inne und zog sich dann zurück, sie verließen die Plattform und krabbelten von den Säulen herunter. Ich schüttelte die letzten winzigen Giftschleudern ab und sah zu, wie sie sich wieder in den Tiefen verkrochen. Innerhalb weniger Sekunden waren sie spurlos verschwunden, und der Sand war wieder still.

»Eure Wahl ist ... korrekt«, hauchten die Sphingen und schlossen die Augen.

Ariella zitterte am ganzen Leib. Ich sprang von meiner Säule, eilte zu ihr und nahm sie wortlos in den Arm. Einen Moment lang bibberte sie an meiner Brust, dann machte sie sich sanft von mir los, trat zurück und strich sich das Haar aus dem Gesicht.

»Wow«, murmelte Puck und klopfte sich den Sand aus dem Hemd. »Das war echt bizarr. Ich hätte nie gedacht, dass ich einmal erleben werde, wie ...« Grinsend verstummte er.

Erschöpft drehte ich mich zu ihm um. »Also schön, ich habe den Köder geschluckt. Du meinst weder die Skorpione noch die Sphingen. Wir haben schon wesentlich seltsamere Dinge erlebt.«

»Nein, Eisbubi. Ich hätte nie gedacht, dass ich einmal erleben werde, wie Grimalkin sich *irrt*.«

Der Kater, der immer noch auf seiner Säule hockte, schien unbeeindruckt, doch seine Schnurrhaare zuckten, als er sich uns zuwandte. Nach einem ausgiebigen Gähnen sagte er: »An dieser Stelle sollte vielleicht erwähnt werden, dass ihr alle völlig durchlöchert wäret, wenn ich mich tatsächlich geirrt hätte. Doch wir verschwenden hier nur unsere Zeit. Ich würde vorschlagen, dass wir zügig weitergehen. Denn ich möchte gewiss nicht bis ans Ende aller Zeiten hier festsitzen, mit keinem von euch.« Bevor wir reagieren konnten, sprang er von der Säule und trottete zu dem nun geöffneten Portal. Mit hocherhobenem Schwanz lief er zwischen den beiden Sphingen hindurch.

Breit grinsend raunte ich Puck zu: »Ich glaube, damit hast du ihn beleidigt, Goodfellow.«

Mit einem spöttischen Lachen erwiderte er: »Wenn ich anfange, mir darüber Gedanken zu machen, darf ich den Mund überhaupt nicht mehr aufmachen.«

Spiegel

Das Portal hinter den Sphingen führte wieder in einen engen Korridor, der diesmal zwar keine Feuer speiende Drachen bereithielt, dadurch aber nicht weniger merkwürdig war. Er zog sich schier endlos in die Dunkelheit hinein und wurde nur von Kerzenschein erleuchtet. Die Flammen schienen in der Luft zu schweben und wurden von Hunderten von riesigen Spiegeln reflektiert, die zu beiden Seiten an den Wänden hingen.

Ich warf einen flüchtigen Blick auf mein Spiegelbild, blieb dann aber abrupt stehen, als ich überrascht feststellte, dass mir ein Fremder entgegenblickte. Das bleiche, dunkelhaarige Abbild starrte mich finster an, seine Kleidung war leicht verschlissen, und in seinen Augen zeigte sich Erschöpfung. Ich erkannte mich selbst kaum noch wieder, doch das konnte ja auch ein gutes Zeichen sein. Immerhin war ich doch genau deswegen hier: um mich zu verwandeln, um ein anderer zu werden. Wenn alles so lief wie geplant, würde Ashallayn'darkmyr Tallyn, der dritte Prinz des Winterhofes, bald nicht mehr existieren.

Wie wird es wohl sein als Mensch?, fragte ich stumm mein Spiegelbild. *Werde ich immer noch ich selbst sein? Werde ich mich noch an mein Leben am Winterhof erinnern können oder wird dieses Wissen vollständig verlöschen?* Ich schüttelte den Kopf. Es war sinnlos, sich darüber jetzt noch den Kopf zu zerbrechen, so kurz vor dem Ziel. Und doch ...

»Komm schon, Schönling.« Puck legte mir eine Hand auf die Schulter, doch ich schob sie fort. »Hör auf, dich aufzuplustern. Ich glaube, wir sind fast da.«

Während wir vorsichtig durch den Gang schlichen, immer auf der Hut vor Angriffen, Fallgruben und Hinterhalten, musste ich an Meghan in ihrem Reich denken. Es wäre doch grausame Ironie, wenn es mir zwar gelingen sollte, eine Seele zu erringen, ich dadurch aber all mein Wissen über die Feen verlieren würde, also auch die Erinnerung an sie. Dies schien ein angemessen tragisches Ende zu sein: Das verliebte Feenwesen wird zum Menschen, vergisst dabei aber, warum es das überhaupt wollte. In den alten Geschichten war diese Art von Ironie äußerst beliebt.

Das werde ich nicht zulassen, beschloss ich und ballte die Fäuste. *Selbst wenn ich Puck dazu zwingen muss, mir alles zu erzählen, selbst wenn er unsere gesamte gemeinsame Geschichte wieder aufrollen muss, ich werde einen Weg finden, um zu ihr zurückzukehren. Ich werde nicht zum Menschen werden, nur um dann alles zu vergessen.*

Der Korridor schien kein Ende zu nehmen. Die züngelnden Flammen warfen seltsame Schatten auf die Spiegel, die sich jeweils exakt gegenüber hingen. Endlose Reihen flackernder Lichter. Aus dem Augenwinkel sah ich mein Spiegelbild, das neben mir herging. Es grinste.

Im Gegensatz zu mir.

Ich blieb stehen, drehte mich langsam Richtung Spiegel und ließ eine Hand ans Schwert wandern. Die Spiegelung im Glas tat dasselbe ... doch das war nicht ich. Es war jemand, der so aussah wie ich, groß und blass, mit dunklen Haaren und silbernen Augen. Er trug eine schwarze Rüstung mit einem zerfetzten Mantel, und auf seinem Kopf saß eine Krone aus Eis. Ich atmete tief durch, denn plötzlich erkannte ich ihn.

Doch, das war ich, mein Ich aus jenem Traum – der Ash, der sich der Dunkelheit ergeben hatte. Der Mab getötet, den Thron an sich gerissen und eine blutige Schneise durch das Nimmernie und die anderen Höfe geschlagen hatte. Ash der Winterkönig.

Er lächelte mich an, ein kaltes, leeres Grinsen, hinter dem der Wahnsinn lauerte, doch abgesehen davon waren unsere Bewegungen absolut identisch.

Ich wich zurück und sah mich nach meinen Gefährten um, die nun ebenfalls ihre neuen Spiegelbilder entdeckt hatten. Hinter mir stand Ariella und musterte entsetzt eine bleiche, statuenhafte Version ihrer selbst in einem eleganten höfischen Gewand. In ihren schlanken Fingern ruhte ein eisiges Zepter. Doch ihre Augen waren leer und grausam, in ihrem Gesicht zeigte sich keinerlei Gefühl. Auf ihrem Kopf funkelte ein Schmuckreif, der gewisse Ähnlichkeit mit der Krone des Dunklen Königs hatte. Diese Königin des Winters starrte sie ausdruckslos an, bis Ariella sich schaudernd abwandte.

»Prinz«, murmelte Puck und schob sich so neben mich, dass er mir über die Schulter blicken konnte. Sein Tonfall war immer noch leichtfüßig, aber doch merkwürdig erschüttert. »Liegt das an mir, oder siehst du das auch?«

Als ich den Puck im Spiegel hinter uns sah, musste ich den Impuls unterdrücken, den echten zur Seite zu schieben und mein Schwert zu ziehen. Der Puck im Spiegel hatte die Lippen zu einem so grausamen Lächeln verzogen, dass es fast animalisch wirkte. Seine Zähne glänzten gefährlich im Licht der Flammen, und seine Augen funkelten fröhlich. Aber es war eine manische Fröhlichkeit, die einem Schauer über den Rücken jagt – eine Fröhlichkeit, die nur jemand empfindet, der mit Freuden kleine Kätzchen ertränkt oder ganze Viehherden vergiftet. Dies war ein Scherzbold, dessen Streiche tödlich endeten, der Nattern in Kissenbezügen versteckte, den Wolf in den Schafpferch einlud und absolute Finsternis herbeirief, wenn man am Rand einer Klippe stand. Er trug weder Hemd noch Schuhe und wirkte wie ein wildes Tier; der Robin Goodfellow, der hin und wieder aufblitzte, wenn das Original richtig wütend oder auf Rache aus war. Der Robin Goodfellow, der uns allen Sorge bereitete, da wir wussten, dass Puck sich in so etwas verwandeln konnte.

»Du siehst es also auch, ja?«, fragte Puck leise, als ich nicht gleich etwas sagte. Ich nickte knapp. »Tja, dein Spiegelbild ist ja auch nicht gerade ermutigend, Eisbubi. Schon irgendwie komisch, uns so zu sehen, denn du scheinst gerade nichts lieber tun zu wollen, als mir den Kopf abzuschlagen.«

Ich schob ihn von mir weg, und unsere Spiegelbilder taten dasselbe. »Ignoriere sie einfach«, sagte ich knapp und ging dann zu Ariella hinüber. »Es sind nur Abbilder dessen, was sein könnte. Sie haben keinerlei Bedeutung.«

»Ganz falsch.« Grimalkin erschien, setzte sich direkt vor einen der Spiegel und legte den Schwanz um die Pfoten.

Seine goldenen Augen musterten mich träge. »Sie zeigen nicht das, was sein könnte, Prinz. Sie zeigen, was bereits existiert. Ihr alle tragt diese Abbilder in euch. Ihr habt euch lediglich dafür entschieden, sie zu unterdrücken. Nehmt zum Beispiel einmal den Köter.« Der Wolf kam gerade zu uns zurückgelaufen. Das Fell in seinem Nacken stand steil in die Höhe. Ariella keuchte entsetzt und drückte sich an mich, und selbst Puck stieß einen leisen Fluch aus.

Das Spiegelbild des Wolfs war so gigantisch, dass es drei aneinandergrenzende Spiegel ausfüllte. Ein riesiges, knurrendes Monster mit glühenden Augen, dem der Schaum vom Maul tropfte. Seine rote Zunge hing zwischen den übergroßen Fangzähnen hervor, und als es uns hungrig musterte, war in seinen Augen kein klarer Verstand mehr zu erkennen.

»Eine Bestie«, erklärte Grimalkin gelassen, woraufhin der echte Wolf kurz die Zähne fletschte. »Eine Bestie in ihrer reinsten, ursprünglichsten Form. Ohne jede Intelligenz, ohne Verstand, ohne Moral, nur tierische Instinkte und das Verlangen zu töten. Nichts anderes zeigen euch diese Spiegel – euer Wesen in seiner reinsten Form. Tut sie also nicht als bedeutungslos ab. Denn dann macht ihr euch etwas vor.« Er stand auf und zuckte mit den Schnurrhaaren. »Und nun beeilt euch. Wir können nicht hier rumstehen und nichts tun. Wenn die Spiegel euch beunruhigen, ist die einzig vernünftige Reaktion, nicht hineinzusehen. Gehen wir.«

Er peitschte einmal auffordernd mit dem Schwanz und trottete dann den Korridor hinunter. Während er ohne sich noch einmal umzudrehen davonstolzierte, fiel mir auf, dass die Spiegelung der Cat Sidhe sich kein bisschen von dem echten Grimalkin unterschied. Irgendwie überraschte mich das nicht.

Als ich letztmalig in den Spiegel sah, fuhr mir ein neuer Schock in die Glieder. Da war nichts mehr, genauso wie bei den anderen. Die flackernden Lichter wurden nach wie vor reflektiert, doch unsere Spiegelbilder waren verschwunden.

»Schnell!«, kam Grimalkins Stimme aus der Dunkelheit. »Die Zeit läuft ab.«

Wir begannen zu rennen und hetzten an Hunderten von beunruhigend leeren Spiegeln vorbei. Die unsteten Flammen waren überall, Tausende von orangefarbenen Lichtpunkten an den spiegelnden Wänden. Doch abgesehen von den Flammen und den Wänden zeigten die Spiegel rein gar nichts. Es war fast so, als wären wir überhaupt nicht da.

Schließlich kamen wir an eine Weggabelung, an der sich der Korridor in zwei gegenüberliegende Gänge aufteilte. Mitten auf dieser Kreuzung saß Grimalkin und putzte sich entspannt die Vorderpfote. Als wir vor ihm stehen blieben, blinzelte er kurz und blickte dann verträumt zu uns hoch.

»Ja?«

»Was soll das heißen, ›ja‹?«, fragte Puck fassungslos. »Ist dein kleines Katzenhirn jetzt endgültig durchgeschmort? Erst sagst du, wir müssten uns beeilen, und dann sitzt du hier rum. Was soll der Mist?«

»Der Ausgang ist noch ein Stück entfernt.« Grimalkin legte gähnend den Schwanz um die Pfoten und lächelte dann. »Doch ich bezweifle, dass ihr ihn jemals erreichen werdet. Es ist höchst amüsant, dass du so unbeschwert über Intelligenz sprichst, wenn du nicht einmal unterscheiden kannst, was real ist und was nicht.«

»Was?« Puck wirkte völlig überrumpelt, doch der Wolf brachte plötzlich ein Knurren hervor, bei dem sich mir die Nackenhaare aufstellten. Ich zog mein Schwert und suchte den Korridor nach versteckten Angreifern ab.

Aus einem der Spiegel grinste mich Robin Goodfellow an. Er hatte die Arme vor der Brust verschränkt und lächelte dämonisch. Ein schneller Blick zu Puck zeigte mir, dass dieser gerade zurückwich und seine Dolche zog, also etwas ganz anderes tat als sein Spiegelbild an der Wand. Das winkte mir fröhlich zu …

… und trat aus dem Spiegel.

»Wo willst du denn hin?« Immer noch grinsend zog Goodfellow seine Waffen und wandte sich dem echten Puck zu. »Die Party hat doch gerade erst angefangen.«

Hinter mir nahm ich eine Bewegung wahr. Im letzten Moment wirbelte ich herum und warf mich zur Seite, bevor der gigantische Schädel des anderen Wolfs aus dem Rahmen hervorschoss und nach mir schnappte. Ich spürte seinen heißen Atem und hörte, wie seine mächtigen Kiefer direkt neben meinem Kopf aufeinanderprallten. Taumelnd wich ich zurück und umklammerte mein Schwert, als es aus dem Spiegel herausglitt: ein Monster mit irren grünen Augen, dem der Speichel in dicken Fäden von den Zähnen tropfte. Es heulte so laut, dass die Spiegel vibrierten, und setzte dann zum Sprung an. In diesem Moment erwischte es der echte Wolf von hinten.

Ich sprang beiseite, als die beiden mächtigen Wölfe an mir vorbei schlitterten, einer bereits fest im Fell des anderen verbissen. Sie verschwanden in dem zweiten Korridor. Plötzlich hing der Geruch von

Blut in der Luft, und ihr Brüllen und Knurren gesellte sich zu dem allgemeinen Chaos. Als ich mich wieder umdrehte, sah ich, dass Puck voll auf den Kampf gegen seinen Zwilling konzentriert war, während gleichzeitig hinter ihm ein zweiter Robin Goodfellow mit erhobenem Dolch aus einem Spiegel trat.

Ein Pfeil schoss durch die Luft und bohrte sich in die Brust des zweiten falschen Pucks, der sich sofort in einen Haufen Blätter auflöste. Mit grimmiger Miene hob Ariella erneut den Bogen, doch da glitt eine große, bleiche Gestalt aus dem Spiegel neben ihr. Mit einem warnenden Schrei stürmte ich los, aber die falsche Ariella hob bereits ihr Zepter und schlug es ihrem Zwilling auf den Hinterkopf. Bewusstlos brach Ariella zusammen, und die Fälschung beugte sich mit einem grausamen Lächeln über sie.

Brüllend ging ich auf die falsche Ariella los, doch die Eiskönigin blickte mich nur aus kalten, toten Augen an und glitt wieder in den Spiegel hinein. Als ich nach ihr schlug, traf die Klinge nur das Glas, das daraufhin in tausend Stücke zersprang. Kleine Scherben flogen funkelnd durch die Luft, dann brach die gesamte Spiegeloberfläche klirrend in sich zusammen, und die Splitter verteilten sich im gesamten Korridor.

»Geliebter.« Die falsche Ariella erschien in einem anderen Spiegel und sah mich eindringlich an. Wieder schlug ich nach ihr und zerstörte einen weiteren Spiegel, doch sie schlüpfte nur in den nächsten Rahmen, und ihr Blick wurde flehend. »Warum?«, flüsterte sie und verblasste, nur um dann in dem Spiegel an der gegenüberliegenden Wand wieder aufzutauchen. »Warum war ich nicht genug? Warum konnte ich dich nicht davon abhalten, dich der Verzweiflung hinzugeben?« Sie verschwand. Wachsam drehte ich mich im Kreis und wartete darauf, dass sie wieder erscheinen würde. »Ich habe dich geliebt«, hauchte ihre Stimme, ohne dass ich hätte sagen können, aus welcher Richtung sie kam. »Ich hätte alles für dich getan. Aber du konntest ja nicht aufhören, an *sie* zu denken. An einen Menschen! Du hast zugelassen, dass ein Mensch meinen Platz einnimmt.« Endlich erschien sie wieder, und nun war ihr Gesicht verzerrt vor Hass, und in ihrem Blick brannte die Eifersucht. »Dann kannst du jetzt auch für sie *sterben*!«

Zu spät erkannte ich, wen sie eigentlich ansah, doch trotzdem wirbelte ich herum und riss das Schwert hoch. Ich war zu langsam. Eine Schwertspitze bohrte sich in meine Schulter, und aus dem Spiegel hinter mir trat der andere Ash hervor und schleuderte mich gegen die Wand.

Das Brennen in meiner Schulter war so stark, dass ich fast die Waffe fallen gelassen hätte. Lächelnd schob der andere Ash seine Klinge noch tiefer in mein Fleisch und nagelte mich so an der Wand fest. Ich schob den Schmerz beiseite, wechselte die Schwerthand und zielte auf seine Brust, doch er riss seine Klinge los und wehrte den Schlag ab, als habe er ihn kommen sehen.

Mit vollkommen identischen Bewegungen umkreisten wir einander, und fast kam es mir so vor, als würde ich wieder in einen Spiegel blicken. Mit einem Lächeln stürmte der andere Ash auf mich zu, ein Angriff, der mir vollkommen vertraut war, weil ich ihn schon tausendfach geführt hatte. Ich drehte mich weg und schlug dabei nach seinem Kopf, doch er duckte sich bereits, als ich zu der Bewegung ansetzte. Schließlich kreuzten wir in der Mitte des Korridors die Klingen, blaue Funken flogen, als wir wieder und wieder aufeinander einschlugen, die Angriffe blockten und parierten. Das Scheppern unserer Schwerter hallte durch den langen Gang.

Der andere Ash wich geschmeidig zurück und führte den nächsten Schlag gegen mich. »Du kannst mich nicht besiegen«, sagte er, als ich seine Attacke abwehrte. Mit klirrenden Klingen trieben wir einander durch den Korridor. Ash Zwei verzog keine Miene. »Ich *bin* du«, fuhr er fort. »Ich kenne all deine Geheimnisse, all deine Schwächen. Und im Gegensatz zu dir kann ich ewig so weitermachen.« Seine Hand schoss vor, und ein Eisspeer flog auf meine Brust zu. Ich wirbelte herum und antwortete mit einer Ladung von Dolchen. Er trat gelassen in einen Spiegel, das Eis prallte gegen das Glas und überzog es mit einem feinen Netz aus Rissen.

Ich wartete einen Moment, um zu sehen, ob er wieder auftauchen würde. Als er sich nicht zeigte, lief ich zurück zu Ariella, die zusammengesunken an der Wand lehnte. Puck kämpfte noch immer gegen seine beiden Doppelgänger, die ihn mit einem wilden Grinsen abwechselnd attackierten. Irgendwo in der Dunkelheit des zweiten Ganges konnte man über die Kampfgeräusche hinweg das Knurren und Heulen der beiden Wölfe hören. Plötzlich ertönte ein schrilles, hohes Fiepen, bei dem sich mir der Magen umdrehte. Ich war oft genug auf der Jagd gewesen, um einen Todesschrei zu erkennen, wenn ich ihn hörte.

»Ari!« Als ich mich über sie beugte, hob sie den Kopf und verzog schmerzerfüllt das Gesicht. »Nicht bewegen, ich bin schon da.«

Aus einem der Spiegel schoss eine Schar kreischender Raben hervor, umkreiste mich und attackierte mit Krallen und Schnäbeln mein Gesicht. Schützend hob ich einen Arm und schlug wild auf die Vögel ein. Blut und Rabenteile fielen auf mich herab, bevor der letzte Vogel zurückwich und sich in einem Wirbel aus Federn in eine wohlbekannte, grinsende Gestalt verwandelte.

»Wo willst du denn hin, Eisbubi?« Grinsend wich der andere Puck meinem Schlag aus. »Du darfst noch nicht gehen, jetzt wird die Sache doch erst interessant.«

»Geh mir aus dem Weg, Goodfellow«, drohte ich, aber der andere Puck lachte nur.

»Meine andere Hälfte scheint im Moment ziemlich beschäftigt zu sein, deshalb dachte ich mir, ich komme kurz vorbei und sage Hallo. *Sha, la, la, la, lee*«, trällerte er, während er seine Dolche zog. »*Wer von uns ist das wahre Ich?*« Wieder schenkte er mir dieses dämonische Grinsen und ließ seine Waffen herumwirbeln. »Du darfst nur einmal raten, Prinz.«

»Hey, Eisbubi«, rief der echte Puck, der immer noch mit seinen beiden Doppelgängern zugange war, »hör auf, mit meinem bösen Zwilling herumzuspielen – du hast doch deinen eigenen!«

Frustriert blickte ich zu Ariella, die hinter dem falschen Puck lag, der mir absichtlich den Weg zu ihr versperrte. Mir gefror das Blut in den Adern. Ariella, die Eiskönigin, kniete neben ihrem Zwilling und beobachtete ihn mit einem grausamen Lächeln, während sie eine Hand auf seine Kehle drückte. Ariella wehrte sich schwach, doch die andere war unerbittlich. Ganz langsam hob die Eiskönigin einen schmalen, gezackten Dolch über den Kopf. Die gebogene Klinge funkelte wie ein bösartiges rotes Feuer. Der Blick aus den toten Augen war voller Hass.

»Nein!«, schrie ich und versuchte an dem anderen Puck vorbeizukommen. Doch der trat mir grinsend in den Weg und stach mit seinem

Dolch nach mir. Wutentbrannt packte ich sein Handgelenk, zog ihn zu mir heran und rammte ihm mein Schwert in die Brust. Ihm traten die Augen aus den Höhlen, dann löste er sich explosionsartig in trockenes Laub auf, das um meine Füße wirbelte. Ohne ihn noch eines Blickes zu würdigen, stürzte ich mich auf die Eiskönigin, doch ich wusste, dass ich zu spät kommen würde.

In diesem Moment hallte ein Brüllen durch den Korridor. Die Eiskönigin drehte sich danach um, riss entsetzt die Augen auf und ließ hastig von Ariella ab. Sie rettete sich mit einem Sprung in einen Spiegel und entging so nur knapp dem Maul des Wolfs, das aus der Dunkelheit hervorschoss. Knurrend begegnete der Wolf, *unser* Wolf, meinem Blick. Seine Schnauze war blutverschmiert, und er schüttelte sich heftig.

»Ari…«, keuchte ich und ließ mich neben ihr auf die Knie fallen. Ich griff prüfend nach ihrem Handgelenk und brachte sie vorsichtig in eine sitzende Position. Der Wolf blieb knurrend an unserer Seite. »Geht es dir gut? Kannst du aufstehen?«

»In einer Minute vielleicht.« Ariella hielt sich stöhnend den Kopf. »Wenn der Boden so nett wäre und aufhören würde, sich zu drehen.« Als sie mein besorgtes Gesicht sah, lächelte sie schwach. »Mach dir keine Sorgen, Ash. Ich bleibe einfach hier sitzen und schieße auf alles, was näher als zehn Meter an mich herankommt. Geh und hilf Puck, mir geht es gut.«

Widerwillig nickte ich und wandte mich dann an den Wolf. »Und was ist mit dir? Wo ist der andere Wolf?«

Unser Wolf fletschte triumphierend die Zähne.

»Billige Kopien können *mir* doch nichts anhaben«, knurrte er. Allerdings vermied er jede Bewegung mit seiner rechte Vorderpfote, und in seinem zotteligen Fell klebte Blut. Nachdem er einen Blick über meine Schulter geworfen und den Aufruhr hinter mir gesehen hatte, fuhr er mit zusammengekniffenen Augen fort: »Das sind einige Goodfellows zu viel für meinen Geschmack. Soll ich ein paar Köpfe abbeißen?«

»Nein.« Ich legte eine Hand an seine Schulter, um ihn zurückzuhalten. »Du bist verletzt. Bleib hier und bewache Ariella. Sorge dafür, dass ihr nichts passiert. Weiche nicht von ihrer Seite, ganz egal, was mit mir geschieht, verstanden?«

Der Wolf knurrte mürrisch, nickte aber. Hastig spähte ich über die Schulter zu Puck; seine Zwillinge hatten ihn zwar umzingelt, doch er hielt weiter durch. »Nimm dich vor ihrem Spiegelbild in Acht«, warnte ich den Wolf, »es treibt sich noch irgendwo hier herum.«

»Genau wie deins«, erwiderte der. »Genauer gesagt hat es den Anschein, als würde es dich bereits erwarten.«

Ich sah mich um. Der andere Ash stand in einem Spiegel neben mir und blickte mich durchdringend an. Dann salutierte er spöttisch, wanderte durch die Spiegel und verschwand so in dem anderen Korridor.

Ich stand auf und packte mein Schwert. »Kümmere dich um sie«, befahl ich ihm, ohne mich umzudrehen. »Ich werde dem jetzt ein Ende machen.«

Vollkommen ruhig ging ich in die Richtung, wo Ash Zwei auf mich wartete. Auf dem Weg dorthin schaltete ich noch einen Puck aus, der sich aus einem Spiegel auf mich stürzte. Als zwei weitere folgten und sich grinsend vor mir aufbauten, bohrte ich jedem von ihnen kurz nacheinander einen Eispfeil in die Brust und sorgte so dafür, dass sie in Blätter und Zweige zerfielen. In dem anderen Korridor, außerhalb der Reichweite der tödlichen Pfeile, wartete Ash der Winterkönig auf mich. Die Wände und Spiegel um ihn herum waren mit Reif überzogen.

Mein Ebenbild musterte mich fast schon mitleidig. Sein Schwert hielt er locker an der Seite. »Was soll das, Ash?«, fragte er kalt und umfasste mit einer Geste den Korridor, in dem wir standen. »Was tun wir hier? Zum Menschen werden? Eine Seele erringen?« Er lachte humorlos und schüttelte den Kopf. »Seelen sind nicht für jemanden wie uns bestimmt. Denkst du denn wirklich, wir könnten jemals etwas so Reines wie eine Seele erlangen, bei dem ganzen Blut, das an unseren Händen klebt?« Abrupt kniff er die Augen zusammen und schien bis in mein Innerstes zu blicken. »Sie ist für uns verloren, Ash«, flüsterte er. »Wir waren nie dazu bestimmt, mit ihr zusammen zu sein. Lass los. Lass los und gib dich der Dunkelheit hin. Nur so können wir überleben.«

»Halt's Maul«, knurrte ich lediglich und ging zum Angriff über.

Mühelos parierte er meinen Hieb und führte einen Schlag gegen mein Gesicht. Ich wich aus, und eine Zeit lang umkreisten wir uns schweigend, immer auf der Suche nach Schwächen des Gegenübers. Da bot sich allerdings wenig Angriffsfläche. Dieser Gegner kannte jede meiner Bewegungen, all meine Kampftechniken, und auch wenn ich dasselbe über ihn sagen konnte, war es nicht gerade hilfreich, gegen jemanden zu kämpfen, der haargenau wusste, was ich dachte, und zwar noch bevor es mir bewusst wurde.

»Du kannst mich nicht besiegen.« Ash Zwei lächelte kalt, als hätte er meine Gedanken gelesen. »Und dir läuft die Zeit davon. Das Tor wird sich bald schließen, ich hingegen habe alle Zeit der Welt.«

Ich wich einen Schritt zurück und prallte dabei gegen Puck, der sich offenbar gerade von seinen beiden Doppelgängern zurückzog.

»Hey, Eisbubi«, grüßte er mich. Ich spürte seinen schnellen Atem an meinem Rücken. »Das wird langsam langweilig. Sollen wir tauschen?«

Ich wehrte einen Hieb von Ash Zwei ab und schlug zurück. »Gibt es eigentlich noch irgendetwas, das du ernst nimmst?«

»Ich meine es ernst. Ducken!«

Ich duckte mich, und sofort flog ein Dolch über mich hinweg, nur knapp an meinem Ohr vorbei. Ein falscher Goodfellow lachte fröhlich, was mörderische Wut in mir auflodern ließ. »Na schön«, knurrte ich, brachte mein Schwert in einem weiten Bogen nach vorn und trieb Ash Zwei so einen Schritt zurück. »Auf drei. Eins … zwei … drei!«

Wir wirbelten in einer halben Drehung nach links und übernahmen so jeweils den Platz des anderen – und die dazugehörigen Spiegelbilder. Die zwei falschen Pucks blinzelten noch überrascht, als ich mich bereits wutentbrannt auf sie stürzte. Einer von ihnen zog etwas aus der Tasche und warf es mir entgegen, doch ich hatte unzählige Male gegen Puck gekämpft und kannte sämtliche Tricks. Die pelzige Kugel wurde zu einem quiekenden Dachs, der direkt auf meinen Kopf zuschoss, doch ich erwischte ihn noch im Flug. Er löste sich in ein paar verwobene Zweige und Tannennadeln auf. Ohne weiter auf das Gestrüpp zu achten, stieß ich mein Schwert in Robin Goodfellows Brust.

Er zerstob in wirbelndes Herbstlaub, der letzte falsche Puck sprang heulend durch diesen Blättervorhang und stach wild mit seinem Dolch nach mir.

»Das kommt mir irgendwie bekannt vor, Eisbubi«, stellte der falsche Puck mit einem brutalen Grinsen fest, während wir aufeinander einschlugen. »Meinst du denn, du hast diesmal genug Mumm, um es auch durchzuziehen?«

Meine Antwort bestand in einem Hieb gegen seinen Kopf, der sein Ziel jedoch knapp verfehlte, weil mein Gegenüber sich rechtzeitig abwandte. »Oho, das war ja fast schon leidenschaftlich.« Seine Augen funkelten spöttisch, als er sich wieder zu mir umdrehte. »Aber glaub bloß nicht, dass ich es dir aufgrund unserer gemeinsamen Vergangenheit leicht machen werde. Ich bin nicht wie meine andere Hälfte – schwach, erbärmlich, beschränkt …«

»Laut, unerträglich, unreif«, fügte ich hinzu.

»Hey!«, meldete sich der echte Puck von hinten und wich geschickt einem Hieb von Ash Zwei aus. »Ich kann euch hören, ihr zwei!«

Der andere Puck lachte so voller Grausamkeit, dass es mich anwiderte. »Das ist das Problem mit meiner anderen Hälfte«, erklärte er dann und trieb mich mit einigen wilden Attacken zurück. »Irgendwann im Laufe der Jahrhunderte hat er es geschafft, sich ein Gewissen zuzulegen, und damit wurde er unerträglich langweilig. Wenn er hier stirbt, wird es nur noch mich geben. Und genauso sollte es auch sein.«

»Interessant.« Grimalkin erschien vor einem der Spiegel. »Ich weiß nicht, wer mehr an meinen Nerven zerrt: der echte Goodfellow oder seine Kopie.«

»Nun ja, bedenkt man, dass sie ein und dieselbe Person sind«, merkte ein zweiter, vollkommen identischer Grimalkin an, der sich neben dem ersten materialisierte, »sollten wir jedenfalls dankbar sein, dass nur einer von ihnen übrig bleiben wird, wenn das hier vorbei ist.«

»Allerdings. Zwei Goodfellows wären mehr, als die Welt verkraften kann.«

»Allein beim Gedanken daran läuft es mir kalt über den Rücken.«

»Das hilft uns kein bisschen, Grimalkin!«, schrie der echte Puck, dann duckte er sich unter einem wilden Hieb hindurch, der gegen seinen Kopf gerichtet war. »Und wir sind nicht hier, um mit unseren bösen Doppelgängern ein Kaffeekränzchen zu veranstalten! Solltet ihr zwei nicht eigentlich versuchen, einander um die Ecke zu bringen?«

Die Grimalkins rümpften die Nasen. »Oh, bitte«, sagten sie synchron.

Über die Schulter meines Gegners hinweg sah ich, wie Ash Zwei einen Aufwärtsschlag führte, gefolgt von einem gezielten Tritt, der Puck zu Fall brachte. Das Abbild trat vor und hob sein Schwert, doch Puck griff hinter sich, erwischte ein paar der herumliegenden Zweige und schleuderte sie seinem Gegner entgegen. Sie verwandelten sich in einen Wespenschwarm, der den falschen Prinzen umzingelte, bis ein Stoß eisiger Luft ihn gefrieren und abstürzen ließ.

»Hey!« Der falsche Puck stieß so heftig mit seinem Dolch nach mir, dass ich mich nur mit einem Rückwärtssprung retten konnte. »Hier spielt die Musik, Eisbubi. Mach dir keine Sorgen um deinen Liebsten, mach dir lieber Sorgen um dich selbst.«

Ich wich noch ein Stück weiter zurück, doch der falsche Puck folgte mir mit einem dämonischen Grinsen. »Willst du etwa abhauen?«, stichelte er. Ich sammelte meinen Schein, spürte, wie er unter meiner Haut summte. »Aber du warst ja schon immer ein Feigling, nicht wahr, Prinz? Hattest nie genug Mumm, um ihn wirklich zu töten.«

»Stimmt«, sagte ich leise, was ihn etwas aus der Fassung brachte. Überrascht, aber wachsam runzelte er die Stirn. Ich fuhr lächelnd fort: »Ich habe immer bereut, dass ich diesen Schwur ausgesprochen habe. Und es gab immer einen Teil von mir, der ihn nicht erfüllen wollte.« Ich ließ mein Schwert sinken, bis die Spitze den Boden berührte. Eis floss aus der Waffe und überzog Boden und Wände, selbst die Spiegel froren mit einem schrillen Klirren ein.

»Aber bei dir ist das anders«, erklärte ich ihm mit schmalen Augen. »Du bist der Teil von ihm, den ich hasse. Der Teil, der das Chaos genießt, das er anrichtet, der nur für die Zerstörung lebt. Und eines kann ich mit absoluter Sicherheit sagen: Dich zu töten wird das reinste Vergnügen sein.«

Robin Goodfellows Gesicht verzog sich zu einer grausamen Fratze. Mit einem tierhaften Fauchen stürzte er sich auf mich. Sein Dolch funkelte in dem Licht, das von der Eisschicht an den Wänden zurückgeworfen wurde. Ich wich noch einen Schritt zurück, hob beide Hände und riss sie mit einem wütenden Schrei nach vorne, sodass sich der Schein explosionsartig entlud. Die gefrorenen Spiegel platzten mit einer solchen Wucht, dass die Scherben wie tödliche, rasiermesserscharfe Geschosse durch die Luft wirbelten und Puck, der genau in der Mitte stand, voll erwischten.

Ein schriller, wütender Schrei ertönte.

Und dann waren da nur noch die Scherben, die klirrend herabfielen, und ein paar schwarze Federn, die langsam zu Boden schwebten. Der falsche Puck war nicht mehr.

»Sehr elegant, Ash«, hallte die Stimme meines Ebenbilds zu mir herüber. »Aber du warst trotzdem zu langsam.«

Als ich aufblickte, drehte sich mir fast der Magen um. Ash Zwei hatte Puck an der Kehle gepackt und presste ihn gegen die Wand. Puck strampelte schwach mit den Füßen. Sein Gesicht war blutverschmiert, seine Dolche lagen einige Meter von ihm entfernt.

»Du hast Goodfellows Spiegelbild besiegt«, stellte Ash Zwei fest, während ich losrannte, obwohl ich wusste, dass ich nicht rechtzeitig da sein würde. »Glückwunsch. Und jetzt bin ich am Zug.«

Er hob sein Schwert und rammte es so heftig in Pucks Brust, dass es ihn an die Wand nagelte. Der Spiegel hinter Puck zerbrach und zerstob in einer abgemilderten Version meines Zerstörungsmanövers. Puck riss entsetzt den Mund auf, griff nach dem Schwert in seiner Brust und ...

... löste sich in einen wirbelnden Blätterregen auf. Ash Zwei blinzelte überrascht, riss dann aber schnell sein Schwert aus der Wand und wich zurück. Hinter ihm war eine schnelle Bewegung zu sehen, dann versteifte er sich und riss ruckartig den Kopf hoch. Als ich bei ihm ankam, fiel ihm scheppernd das Schwert aus der Hand, und er sah mich mit kalten, hasserfüllten Augen an.

»Du wirst ... scheitern«, flüsterte er erstickt, dann löste er sich auf wie Nebel im Sonnenschein.

Hinter ihm stand Puck. Sein leicht verschleierter Blick war grimmig. Der Dolch, der im Rücken des Prinzen gesteckt hatte, schwebte noch einen Moment in der Luft, bevor er zu Boden fiel. Puck fing ihn in der Luft auf und schob ihn in die Scheide. Dann musterte er mit einem Anflug von Reue den zerstörten Spiegel.

»Tja, dieses Spiel kann man auch zu zweit spielen, Eisbubi«, murmelte er kopfschüttelnd. Er schenkte mir ein trockenes, wenn auch leicht gequältes Grinsen. »Irgendwie hatte das eine therapeutische Wirkung, oder nicht?«

»Idiot«, erwiderte ich nur, um meine Erleichterung zu verbergen. Er bemerkte sie trotzdem, und sein Grinsen wurde breiter, während ich peinlich berührt eine mürrische Miene aufsetzte. »Komm schon, noch sind wir hier nicht raus.«

»Nein, ihr könnt nicht gehen!«, zischte es hinter mir. Ich wirbelte herum und riss mein Schwert hoch, als die andere Ariella aus einem der Spiegel trat. Ihre toten Augen waren hasserfüllt.

Gleichzeitig zischte etwas an mir vorbei, und die falsche Ariella erstarrte, als plötzlich der Schaft eines Pfeils aus ihrer Brust ragte. Noch während sie zusammenbrach, griff sie nach mir, dann löste sie sich auf, der Pfeil fiel zu Boden und zersprang.

Ariella hockte neben dem Wolf auf dem Boden, die Sehne an ihrem erhobenen Bogen vibrierte noch. Sie sah mich mit entschlossener Miene an und nickte nur.

»Tja, das war doch lustig«, verkündete Puck, während wir an den zwei Grimalkins vorbei zu den anderen liefen. Die beiden Kater trugen genau dieselbe nachdenkliche Miene zur Schau. »Ich wollte schon immer mal sehen, wie ich in einer furchtbaren Eisexplosion umkomme. Die Nummer hast du bei *unseren* Duellen nie gebracht, Eisbubi«, fuhr er nörgelnd fort.

»Heb dir das für später auf«, erwiderte ich schnell. »Wir müssen weiter.«

»Es ist zu spät.«

Wir drehten uns zu den beiden Grimalkins um, die nun mit hocherhobenen Schwänzen auf uns zukamen. »Ihr seid gescheitert«, erklärte einer von ihnen und musterte uns herablassend. »Eure Zeit ist um. Das Tor wird sich jeden Moment schließen.« Und wie es sich für Grimalkin gehörte, verschwand er.

»Moment mal.« Puck zeigte auf den verbliebenen Kater. »Welcher Grimalkin ist denn nun ...?«

»Wir haben keine Zeit, Puck! Komm schon!«

Wir hetzten durch den verspiegelten Korridor, begleitet von unseren Spiegelbildern, die nun wieder ganz normal waren. Endlich verbreiterte sich der Gang zu einem runden Raum. Hier standen Säulen, die zu einer hohen, gewölbten Decke aufragten. Gegenüber, am Ende eines weiteren langen Ganges, konnte ich einen großen, rechteckigen Lichtfleck sehen.

Der bereits schrumpfte.

Während wir durch den runden Raum stürmten, füllte sich dieser plötzlich mit Stimmen. Leises Stöhnen und Wehklagen ertönte, das sogar die Kerzen an den Wänden flackern ließ. Aus Wänden und Boden stiegen bleiche, durchscheinende Gestalten auf und griffen nach uns. Ein Troll, der sich aus einer maroden Säule löste, hängte sich an meinen Gürtel und versuchte, mich zu Boden zu ziehen. Als ich mit dem Schwert nach seinem Arm schlug, löste der sich in Nebel auf. Heulend wich der Troll zurück, doch sein Arm nahm wieder Gestalt an und verwuchs mit seiner Schulter, sodass er sofort wieder nach mir greifen konnte. Ich wich ihm aus und rannte weiter Richtung Tor.

Immer mehr Geister erschienen und versuchten uns zu packen, sie griffen nach unseren Kleidern und Gliedmaßen, sobald wir in Reichweite kamen. Offenbar wollten sie uns nicht verletzen, sie hängten sich einfach nur an uns und hielten sich fest, bis wir uns mit Gewalt befreiten. »Bleeeeeiiiib«, hauchten sie, wenn sie uns ihre geisterhaften Hände entgegenstreckten und an uns zerrten. »Du kannst nicht gehen. Bleib bei uns, bei jenen, die gescheitert sind. Dein Sein kann hier bei uns ewig verweilen.«

Mit einem trotzigen Knurren löste sich der Wolf aus der Gruppe und sprintete voraus. Doch für den Rest von uns war es zu spät. Noch während wir auf den letzten Korridor zuliefen, erkannte ich, dass wir es nicht schaffen würden. Das leuchtende Rechteck hatte sich zu einem schmalen Spalt verkleinert, und das steinerne Tor senkte sich knirschend von der Decke herab. So nah. Wir waren so nah dran, und nun lief uns im letzten Augenblick die Zeit davon.

Als der Wolf das Tor erreichte, war es gerade noch weit genug geöffnet, um sich hindurchzuschieben. Er warf sich mit gesenktem Kopf in die Öffnung, doch statt hindurchzukriechen, presste er seine breiten Schultern gegen die Unterkante des Tors und blieb breitbeinig in dem Spalt stehen. Keuchend verkeilte er die Pfoten im Torrahmen und stemmte sich dem unnachgiebigen Druck des Tors entgegen. Und völlig überraschend kam die mächtige Steinplatte zum Stehen. Geister umschwärmten ihn, griffen nach seinen Pfoten und seinem Fell und schwebten auf seinem Rücken. Wild knurrend schnappte er nach ihnen, wich aber nicht von seiner Stellung unter dem Tor ab, ganz egal, was die geisterhaften Gestalten auch versuchten.

Mit meinem Schwert kämpfte ich mich durch das Gespenstermeer und erreichte so das Tor. Hastig wirbelte ich herum und wartete auf Puck und Ariella. Beide wurden von hartnäckigen Geistern verfolgt. Einer erwischte Ariella an den Haaren und riss sie zurück, doch sofort ließ Puck seinen Dolch aufblitzen, trennte die Hand ab und schob Ariella voran. Als sie mich erreichte, taumelte sie so stark, dass ich sie stützen musste, damit sie nicht umfiel.

»Puck ...«, keuchte sie und drehte sich in meinen Armen nach ihm um.

»Alles in Ordnung, Ari!«, brüllte Puck und brachte sich eilig vor den Geistern in Sicherheit, die ihn noch immer bedrängten. »Geh einfach!«

Mit einem zustimmenden Nicken ließ ich sie los. »Geh«, wiederholte ich Pucks Befehl. »Wir kommen sofort nach.«

Sie rollte sich unter dem Tor hindurch und entging dabei nur knapp einer durchscheinenden Banshee, die plötzlich aus dem Boden emporschoss. Ich durchbohrte den Kopf des Geistes und sah mich gleichzeitig nach Puck um.

Er tastete sich rückwärts voran und stach unermüdlich auf die Hände ein, die nach ihm griffen. Anderen wich er gekonnt aus.

»O Mann, Leute. Ich weiß ja, dass ich eine Berühmtheit bin, aber ernsthaft, ihr klammert schon extrem. Bleibt doch bitte von meinem persönlichen Wohlfühlbereich weg.« Eine grazile Frau, deren Körper wie eine Kletterpflanze geformt war, schlang ihre Ranken um seinen Arm, woraufhin er sie mit seinem Dolch abschnitt. »Aus! Böser Geist! Nicht anfassen!«

»Würdest du dich dann vielleicht mal hierher bequemen?«, rief ich ihm zu und erstach einen Dunkerwichtel, der sich an meinem Bein festkrallte.

Puck ließ noch einmal seinen Dolch kreisen, hechtete zum Tor und krabbelte darunter hindurch. Ich wandte mich dem Wolf zu, um ihm zu helfen.

Er war völlig mit Geistern bedeckt; es waren so viele, dass er darunter kaum noch zu sehen war. Und immer mehr von ihnen schwebten heran, stiegen aus dem Boden auf oder glitten durch die Wände, um uns wieder in den runden Raum zurückzuzerren. Hinter mir torkelte ein Oger durch die Wand und griff nach meinem Arm, den ich ihm gerade noch entreißen konnte.

»Kümmere dich nicht um mich«, knurrte der Wolf. »Geh!«

Ich erstach einen Sidheritter, der mich irgendwie an meinen Bruder Rowan erinnerte. Er löste sich auf, nahm aber sofort wieder Gestalt an, als meine Klinge seinen Körper verließ. »Ich werde dich nicht hier sterben lassen.«

»Närrischer Prinz!« Der Wolf starrte mich wütend an und fletschte abwehrend die Zähne. »Das hier ist deine Geschichte. Du musst es bis zum Ende schaffen. Deshalb bin ich doch nur mitgekommen – um dafür zu sorgen, dass die Geschichte weitergeht.« Er schnappte nach einem Kobold, der sich seinem Kopf genähert hatte und nun zu einer nebligen Wolke wurde. »Anscheinend können die Geister den Tempel nicht verlassen, aber sie lassen mich auch nicht durch. Also geh jetzt, solange du noch Zeit hast!«

»Ash!«, rief Puck auf der anderen Seite des Tors. »Komm schon, Eisbubi, worauf wartest du noch?«

Noch einmal sah ich den Wolf eindringlich an, dann schob ich mich unter dem Tor durch und kam auf der anderen Seite wieder auf die Füße. Die Geister heulten auf, drängten sich um den offenen Spalt zwischen Boden und Tor und streckten die Hände nach uns aus, doch sie konnten die Schwelle nicht passieren.

Der Wolf keuchte und zitterte von der Anstrengung, sich dem Tor entgegenzustemmen und sich den zahllosen Wesen zu widersetzen, die an ihm zerrten. »Mach dich auf den Weg, Prinz«, knurrte er und sah mir fest in die Augen. »Du kannst mir nicht mehr helfen. Stell dich der Herausforderung, beende die Geschichte und vergiss nicht, mich zu erwähnen, wenn du sie weitererzählst. So lautete schließlich unser Handel.«

Ich starrte den Wolf hilflos an und suchte verzweifelt nach einem Ausweg. Doch er hatte recht – es gab nichts, was wir noch tun konnten. Ich hob mein Schwert zu einem feierlichen Salut. »Ich werde nie vergessen, was du für mich getan hast.«

»Pah!« Trotz der Anstrengung gelang es dem Wolf, verächtlich zu lachen. »Glaubst du etwa, das hier würde mich umbringen, Junge? Du solltest es besser wissen. Nichts in diesem erbärmlichen Heldenparcours kann mir etwas anhaben. Gar nichts.«

Das bezweifelte ich. Der Wolf war stark, und er war quasi unsterblich, doch gegen einen gewaltsamen Tod war er nicht gefeit. So konnte auch er sterben, genau wie jedes andere Lebewesen.

»Geht jetzt«, befahl er uns leicht gereizt. »Ich bin es leid, dass ihr mich angafft wie eine verschreckte Herde Rehe. Ich werde das Tor offen halten, bis ihr wiederkommt, nur für den Fall, dass wir denselben Weg zurück nehmen müssen. Solange wir hier nicht endgültig fertig sind, bringt mich hier keiner weg.«

»Wie überaus … hündisch«, stellte Grimalkin fest, der in diesem Moment neben Ariella erschien und den Wolf abfällig musterte. »Tapfer. Treu. Und unfassbar dämlich.«

Keuchend fletschte der Wolf die Zähne. »Das kannst du nicht verstehen, Kater«, knurrte er und zog die Lefzen hoch, um seine Verachtung auszudrücken. »Deinesgleichen hat keine Ahnung, was Treue bedeutet.«

»Als ob das etwas Schlechtes wäre.« Grimalkin rümpfte die Nase und wandte sich mit peitschendem Schwanz ab. »Wer befindet sich denn auf der richtigen Seite des Tors? Komm, Prinz.« Seine Ohren zuckten. »Wir sind nicht so weit gekommen, um uns nun kurz vor der Ziellinie aufhalten zu lassen. Der Köter hat seine Wahl getroffen. Gehen wir.«

Ein letztes Mal sah ich den Wolf an. »Ich komme zurück«, versicherte ich ihm. »Versuch so lange durchzuhalten. Wenn ich fertig bin, komme ich dich holen.«

Er schnaubte nur. Ob als Zeichen seiner Ungläubigkeit oder weil er nicht mehr genug Kraft hatte, um zu sprechen, wusste ich nicht. Ich wandte mich von ihm ab und brachte die letzten Schritte zum Ausgang des Tempels hinter mich.

Grimalkin saß inzwischen am Ende des Korridors unter einem steinernen Torbogen und hatte fein säuberlich den Schwanz um seine Pfoten gelegt. Hinter ihm konnte ich den dunklen Sternenhimmel sehen. Doch hier waren die Himmelskörper riesig und strahlend hell, als wären wir ihnen wesentlich näher als im Nimmernie. Beim Näherkommen hörte ich das Rauschen von Wasser und dann Pucks überraschten Seufzer, als wir den Kater erreichten.

Vor uns breitete sich die endlose Leere des Alls aus, unermesslich und zeitlos. Einzelne Sterne und Sternbilder funkelten über und unter uns, von winzigen Lichtpunkten bis hin zu gigantischen, pulsierenden Riesen, die so hell strahlten, dass man sie kaum ansehen konnte. Kometen schossen durch den Nachthimmel, und weit, weit entfernt konnte ich den Schlund eines schwarzen Lochs erkennen, das Milliarden von Kilometern entfernt ganze Galaxien verschlang.

Riesige Felsen und Erdplatten schwebten im leeren Raum. Ich sah eine kleine Hütte auf einem Gesteinsbrocken, der unermüdlich durch das All kreiselte, und einen hochgewachsenen Baum auf einer winzigen Grassode, dessen Wurzeln sich unten durch den Boden bohrten. Hinter einer Reihe zerklüfteter Felsen schwebte ein großes Schloss zwischen den Sternen.

Zu unseren Füßen schoss der Fluss der Träume unter dem Tempel hervor und rauschte brüllend über die Kante hinunter in einen Abgrund, dessen Boden sich unseren Blicken entzog.

Ich atmete tief durch und spürte, dass meine Gefährten ebenso überwältigt waren wie ich.

Wir hatten das Ende der Welt erreicht.

DRITTER TEIL

Das Feld der Prüfungen

Ariella entdeckte die Treppe. Über den schmalen, brüchigen Pfad stiegen wir zum Fuß der Klippe hinunter und starrten dann wieder in die leere Weite hinaus. Ein Stein schwebte direkt an mir vorbei. Als ich ihn antippte, flog er trudelnd in die Unendlichkeit.

»Das Ende des Nimmernie«, sinnierte Ariella. Ihre silbernen Haare umschwebten ihren Kopf wie eine strahlende Wolke. Sie klang erneut traurig und weckte so den Impuls in mir, sie zu trösten, aber ich hielt mich zurück. »Ich frage mich, wie viele es jemals so weit geschafft haben. Wie viele haben gesehen, was wir jetzt sehen?«

»Wie viele sind über die Kante gefallen und treiben jetzt irgendwo durch das All?«, ergänzte Puck und spähte in den Abgrund. Sein einziger Halt bestand aus einem kränklichen kleinen Baum, der zwischen den Felsen wuchs. »Ständig rechne ich damit, dass ein Skelett vorbeigeschwebt kommt. Oder fällt man einfach endlos weiter?«

»Das finden wir besser gar nicht erst heraus«, erwiderte ich und musterte das Schloss, das wie eine Sirene nach mir zu rufen schien. »Wir wollen zum Feld der Prüfungen – und wir werden dort hingelangen, ohne dass jemand vom Rand der Welt stürzt oder durch das All davonschwebt. Passt aufeinander auf und seid vorsichtig.«

»Also, um mich musst du dir keine Sorgen machen, Eisbubi. Die Schwerkraft ist nicht mehr so wichtig, wenn man ein Vogel ist.« Puck warf mir einen spöttischen Seitenblick zu und seufzte voll gespielter Verärgerung. »Irgendwann muss ich euch endlich mal beibringen, wie man fliegt.«

Zwischen uns und dem Schloss lag eine Art Fluss aus schwebenden

Felsen. Grimalkin wagte sich an einen von ihnen heran und sah sich dann mit zuckendem Schwanz nach uns um.

»Wir treffen uns am Schloss«, meinte er nur, bevor er leichtfüßig auf den Felsbrocken sprang. Der schwankte leicht, konnte das Gewicht des Katers aber problemlos tragen. Grimalkin zwinkerte uns spöttisch zu. »Ich vertraue darauf, dass ihr dieses eine Mal auch ohne meine Hilfe ans Ziel gelangt.« Damit sprang er mit der angeborenen katzenhaften Eleganz von Felsen zu Felsen.

»Wisst ihr«, grummelte Puck, »manchmal hasse ich ihn aus tiefstem Herzen.«

Ich stellte mich auf einen der schwebenden Felsen und schwankte kurz, als dieser sich leicht zur Seite neigte, doch er schien auch mein Gewicht zu tragen. »Komm.« Ich streckte Ariella die Hand entgegen. Sie ergriff sie und ließ sich zu mir auf den Felsblock ziehen, wich meinem Blick jedoch aus. »Wir haben es fast geschafft.«

Wir setzten unseren Weg über das heimtückische Terrain fort und sprangen von einem Felsen zum nächsten, möglichst ohne nach unten zu sehen. Einmal blickte ich zurück und sah so, dass sich das Tor des Tempels direkt über der Klippe eines Felsens erhob, der wiederum aus einer dichten Dornenwand herausragte. Die Hecke hingegen erstreckte sich schier endlos nach beiden Seiten. Das machte mir die unfassbaren Ausmaße dieses Ortes umso deutlicher, und ich fühlte mich plötzlich sehr klein.

»Ob es hier draußen wohl Leben gibt?«, überlegte Puck, während wir über die Überreste einer geborstenen Steinbrücke kletterten, die sich scheinbar ohne Sinn und Zweck über die Leere spannte. »Bisher dachte ich immer, am Ende der Welt gäbe es lauter Monster, *hic sunt dracones* und so weiter. Aber hier sehe ich kein einziges ... oh.«

Sein Tonfall sagte mir, dass mir nicht gefallen würde, was es als Nächstes zu sehen gab. »Sag's nicht«, seufzte ich, ohne mich umzudrehen. »Da draußen ist ein riesiges Monster, und es kommt direkt auf uns zu, richtig?«

»Okay, ich sag's dir nicht.« Puck klang leicht atemlos. »Und, äh, du solltest vielleicht auch besser nicht nach unten schauen.«

Vorsichtig spähte ich über den Rand der Brücke.

Zunächst dachte ich, unter uns würde ein ganzer Kontinent vorbeigleiten, da waren Seen, Bäume und sogar ein paar Häuser. Doch dann drehte sich der Kontinent, Schuppen und Zähne wurden sichtbar, und ein Leviathan von wahrhaft gigantischem Ausmaß glitt auf uns zu. Er schlängelte auf gleiche Höhe mit der Brücke dahin, was aussah, als würde ein Berg aus Schuppen und Flossen aus dem Abgrund auftauchen. Sein Auge erschien wie ein kleiner Mond, hell und allsehend, doch für ihn waren wir nicht größer als Insekten, wohl nicht einmal mehr als Staubmilben, zu mikroskopisch klein, als dass er uns bemerkt hätte. Auf seinem Rücken erstreckte sich eine ganze Stadt mit schimmernden weißen Türmen und einem funkelnden See.

Andere Wesen schwammen in seinem Schlepptau dahin, so groß wie Wale – aber neben ihm wirkten sie wie kleine Fischlein. Wie gebannt sahen wir dem Leviathan zu, der sich träge in der Luft drehte und nach und nach in der Unendlichkeit verschwand.

Wir blickten ihm noch lange hinterher, vollkommen überwältigt von diesem Anblick. Irgendwann holte Ariella zitternd Luft und schüttelte fassungslos den Kopf. »Das … war …« Offenbar schaffte sie es nicht, eine passende Beschreibung zu finden.

»Unglaublich«, half ich ihr leise aus, ohne den Blick von der davongleitenden Kreatur abwenden zu können. Niemand widersprach, nicht einmal Puck.

»*Hic sunt dracones*«, murmelte er beeindruckt.

Ich riss mich zusammen und trat vom Rand der Brücke zurück. »Kommt jetzt«, sagte ich zu den anderen, die noch immer leicht benommen schienen. »Suchen wir das Feld der Prüfungen, und bringen es hinter uns, damit wir wieder nach Hause gehen können.«

Wieder sprangen wir von Felsblock zu Felsblock, doch diesmal wachsamer, da es am Ende der Welt offenbar wirklich Monster gab. Schließlich erreichten wir das Schlosstor. Im Innenhof standen Statuen und knorrige Bäume, deren Art mir vollkommen unbekannt war. Dahinter erhob sich eine von schaurigen Wasserspeiern flankierte Freitreppe, an deren Ende uns der Eingang zum Schloss erwartete – und Grimalkin.

Und er war nicht allein. Neben ihm stand eine in eine Robe gehüllte Gestalt und beobachtete, wie wir die Stufen hinaufstiegen.

»Ihr seid weit gekommen«, verkündete der Wächter und begrüßte uns mit einem leichten Nicken. »Nicht viele haben es bis hierher geschafft, und nur wenigen von ihnen ist es gelungen, am Ende der Welt bei klarem Verstand zu bleiben. Doch deine Reise ist noch nicht beendet, Ritter. Deiner harren die Prüfungen, und sie werden qualvoller sein als alles, was dir bis jetzt widerfahren ist. Was dir nun bevorsteht, hat noch keiner überlebt. Ich gebe dir eine letzte Chance zu gehen – du kannst umkehren und diesen Ort lebendig und unversehrt verlassen. Doch wisse: Solltest du gehen, wirst du dich nicht daran erinnern können, was dich hierhergeführt hat, und der Weg ans Ende der Welt wird dir auf ewig verschlossen bleiben. Wie lautet deine Entscheidung?«

»Da ich so weit gekommen bin«, erwiderte ich, ohne zu zögern, »werde ich jetzt keinen Rückzieher machen. Unterziehe mich deinen Prüfungen. Wenn ich diesen Ort verlasse, dann als Mensch mit einer Seele oder gar nicht.«

Der Wächter nickte. »Wenn dies dein Wunsch ist.« Er streckte den Arm aus, und eine unbekannte Macht ließ mich erstarren. »So sei verkündet, dass Ash, ehemals Prinz des Winterhofes, sich vor diesen Zeugen bereit erklärt hat, die Prüfungen des Wächters zu durchlaufen. Sollte er sie erfolgreich bestehen, sei eine sterbliche Seele seine Belohnung.« Er ließ den Arm sinken, und ich konnte mich wieder rühren. »Deine erste Prüfung beginnt, wenn in der Außenwelt die Morgendämmerung einsetzt. Bis dahin gehört das Schloss ganz euch. Ich werde dich aufsuchen, wenn die Zeit gekommen ist.«

Damit verschwand er.

Grimalkin gähnte herzhaft und blinzelte dann träge zu mir hoch. »Ich soll euch eure Räumlichkeiten zeigen«, erklärte er so gelangweilt, als würde ihm allein der Gedanke daran zu viel sein. »Also, folgt mir. Und versucht gefälligst zusammenzubleiben. Es wäre mehr als ärgerlich, wenn ihr euch hier drin verirrt.«

Das Schloss war leer und düster, trotz einiger Fackeln und Kerzen an den Wänden. Abgesehen vom Flackern der Flammen rührte sich hier nichts: Kein Insekt kroch über die Steinplatten, keine Diener liefen durch die Gänge. Alles wirkte, als wäre die Zeit stehen geblieben, wie ein eingefrorenes Spiegelbild: perfekt, aber leblos.

Und das Schloss schien ebenso unermesslich zu sein wie die Weite vor den Fenstern. Während wir Grimalkin durch zahllose Gänge folgten, gewann ich zunehmend den Eindruck, dass man ewig durch die Flure und Zimmer wandern könnte, ohne je das gesamte Schloss gesehen zu haben.

Trotzdem waren die Gästezimmer leicht zu finden, einfach weil hier die Türen offen waren und in jedem von ihnen ein Kaminfeuer brannte. Unsere Zimmer waren einigermaßen hell erleuchtet, und auch wenn nirgends Bedienstete zu sehen waren, erwarteten uns neben einem frisch bezogenen Bett allerlei Speisen und Getränke. Obwohl jedes Zimmer groß genug für uns alle gewesen wäre und ich kein gutes Gefühl dabei hatte, dass wir uns in diesem riesigen Schloss voneinander trennten, verschwanden Puck und Ariella sofort in ihren eigenen Zimmern. Als Puck den überquellenden Esstisch sah, stieß er einen Freudenschrei aus, verabschiedete sich mit einem hastigen »Bis später, Eisbubi« und schlug mir die Tür vor der Nase zu. Ariella schenkte mir ein erschöpftes Lächeln, lehnte mein Angebot ab, gemeinsam zu Abend zu essen, und zog sich ebenfalls für die Nacht zurück. Grimalkin sparte sich wie immer jede Erklärung, wohin er ging, tappte durch den Gang und verschwand in den Schatten. Also blieb ich allein zurück.

Wenn ich ehrlich sein soll, war ich erleichtert. In meinem Kopf überschlugen sich die Gedanken, und die anderen hatten wohl gespürt, dass ich etwas Zeit für mich brauchte. Zeit, um das Geschehene zu verarbeiten und um mich auf das vorzubereiten, was noch kommen würde. Oder vielleicht waren sie meiner Gesellschaft auch einfach überdrüssig geworden.

Ich aß etwas, durchstreifte den Raum und versuchte mir mit einigen der dicken Wälzer aus dem Bücherregal in meinem Zimmer die Zeit zu vertreiben. Die meisten Bände waren in einer seltsamen alten Sprache verfasst, die ich nicht erkannte, in einigen stand seltsamerweise gar nichts, und wieder andere enthielten Runen und Symbole, bei deren Anblick mir bereits die Augen brannten. Eins der Bücher gab einen markerschütternden Schrei von sich, als ich es berührte, sodass ich hastig die Hand zurückzog. Schließlich stieß ich auf einen kleinen Gedichtband des sterblichen Autors E. E. Cummings. Ich blätterte ein wenig darin herum und blieb an einem meiner Lieblingsgedichte hängen: »Ganz in grün ritt feinsliebchen hatzen«. Mit einem wehmütigen Lächeln nahm ich die Strophen in mich auf und dachte dabei an all die Jagdausflüge, zu denen Ariella und ich aufgebrochen waren, und an ihr abruptes Ende.

Nagende Schuldgefühle packten mich, doch sie waren nicht mehr so schlimm wie zuvor. Ich hatte endlich Klarheit, was meine Gefühle für Ariella und Meghan betraf. Ich würde Ariella immer lieben, und ein Teil von mir sehnte sich nach den vergangenen Zeiten, als Ari, Puck und ich ein Team waren, vor … vor ihrem Tod, meinem Schwur und den Jahrzehnten der Duelle, der Kämpfe und des Blutvergießens. Doch diese Zeiten waren vorbei. Und ich hatte es satt, in der Vergangenheit zu verharren. Wenn ich das hier überlebte, hatte ich die Chance auf eine echte Zukunft.

Trotz dieser Einsicht konnte ich nicht schlafen. Mein Verstand konnte sich so wenig von der Situation lösen wie ein Hund von seinem Knochen, und mein Körper war zu überdreht, um sich zu entspannen. Ich setzte mich ans Fenster und beobachtete die Sterne und die Felsbrocken, die so nah vorbeischwebten, dass ich sie fast berühren konnte. Irgendwann öffnete sich quietschend die Zimmertür, und jemand kam herein.

»Klopfst du eigentlich nie an?«, fragte ich Puck, ohne mich umzudrehen. Er schnaubte höhnisch.

»Hi, ich bin Robin Goodfellow. Kennen wir uns?« Er lehnte sich neben mich an den Fensterrahmen, verschränkte die Arme vor der Brust und starrte auf das Ende der Welt hinaus. Nach einem Moment des Schweigens schüttelte er fassungslos den Kopf. »Weißt du, wir waren ja schon fast überall und teilweise an echt schrägen Orten, aber das hier hat wohl den Preis für den ›Seltsamsten Landstrich aller Zeiten‹ verdient. Das glaubt uns keiner, wenn wir nach Hause kommen.« Er seufzte schwer und warf mir einen prüfenden Blick zu. »Bist du sicher, dass du der Sache gewachsen bist, Eisbubi?«, fragte er dann. »Ich weiß, du bist der Meinung, du könntest alles schaffen, aber das hier wird echt hart. Und ›Ash, der Irre‹ klingt einfach nicht so gut wie ›Lass-mich-in-Ruhe-sonst-bring-ich-dich-um-Ash‹.«

Ich grinste spöttisch. »Für einen Erzfeind klingst du aber ziemlich besorgt.«

»Pah. Ich habe nur keine Lust, Meghan erklären zu müssen, dass du bei dem Versuch, eine Seele zu erringen, zu Gemüse geworden bist. Ich wüsste nicht, wie *das* für mich ein gutes Ende nehmen sollte.«

Lächelnd wandte ich mich wieder dem Fenster zu. In einiger Entfernung glitt eine Art gigantischer Mantarochen vorbei, dessen Flossen sich wie Meereswellen kräuselten. »Ich weiß es nicht«, gestand ich leise, während ich zusah, wie das Tier hinter einem Asteroiden verschwand. »Ich weiß nicht, ob ich so weit bin. Aber inzwischen tue ich das hier nicht mehr nur für Meghan.« Ich starrte auf meine Hände. »Ich glaube ... das ist meine Bestimmung ... falls das irgendeinen Sinn ergibt.«

»Nö, das ist einfach nur irre.« Auf meinen gereizten Blick hin grinste Puck, um seine Worte abzumildern, und hob beschwichtigend die Hände. »Aber wenn du wirklich so empfindest, nur zu! Wenigstens weißt du jetzt, was du willst. Erschien mir sinnvoll, diesbezüglich noch mal nachzuhaken.« Mit einem Grunzen stieß er sich von der Wand ab und klopfte mir im Vorbeigehen auf die Schulter. »Viel Glück, Prinz. Auf mich warten jetzt eine Flasche Pflaumenwein und ein weiches Daunenkissen. Falls du mich brauchst, findest du mich in meinem Zimmer – hoffentlich sturzbetrunken.«

»Puck«, rief ich, bevor er gehen konnte.

In der offenen Tür drehte er sich noch einmal um. »Ja?«

»Falls ... falls ich nicht zurückkomme ...«

Er nickte knapp. »Ich werde mich um sie kümmern«, versprach er sanft. »Um beide.« Mit einem leisen Klicken zog er die Tür hinter sich zu.

In dieser Nacht schlief ich nicht mehr. Ich blieb am Fenster sitzen, beobachtete die Sterne und dachte an Meghan, Ariella und mich. Ich rief mir all die strahlend schönen Momente mit den beiden ins Gedächtnis zurück ... nur für den Fall, dass ich sie niemals wiedersehen würde.

»Es ist Zeit.«

Die Stimme des Wächters durchbrach die Stille. Ruckartig drehte ich mich zu der verhüllten Gestalt um, die mitten im Zimmer stand. Sie hielt ihren Stab gepackt und schien mich aus dem Dunkel der Kapuze heraus erwartungsvoll zu mustern. Die Zimmertür war geschlossen.

»Bist du bereit?«, fragte der Wächter ohne lange Vorrede. Ich holte tief Luft und nickte.

»Dann komm.«

Vor meiner Zimmertür warteten Puck und Ariella. Gemeinsam folgten wir dem Wächter durch die weitläufigen Korridore des Schlosses bis zu einem schneebedeckten Garten. An den mit Frost überzogenen Bäumen hingen Eiszapfen, und das Wasser in dem Springbrunnen, der in der Mitte des Gartens stand, war gefroren. Die Szenerie erinnerte mich an zu Hause, an den Winterhof, doch diesen Gedanken verdrängte ich schnell. Tir Na Nog war nicht länger meine Heimat.

Am anderen Ende einer Brücke, die sich über das Nichts spannte, ragte ein zerklüfteter Fels auf. Sein Gipfel war so hoch, dass er in Nebel gehüllt war. Im kalten Licht der Sterne funkelten eisige Felswände, die glatt, scharfkantig und tückisch aussahen.

Der Wächter drehte sich zu mir um. »Nun beginnt deine erste Prüfung. Von jetzt an musst du allein weitergehen. Bist du gerüstet?«

»Ja.«

Die Kapuze senkte sich zu einem knappen Nicken. »Dann sehen wir uns auf dem Gipfel.« Der Wächter verschwand. Schweigend starrten wir auf den Berg.

»Tja.« Puck stemmte die Hände in die Hüften und musterte die hoch aufragenden Felswände. »Einen Berg zu besteigen ist jetzt keine sooo schwere Prüfung.«

Ariella schüttelte zweifelnd den Kopf. »Das kann nicht alles sein.« Mit einem besorgten Blick ermahnte sie mich: »Sei vorsichtig, Ash.«

Auch ich musterte den Berg – das erste Hindernis, das zwischen mir und einer Seele stand. Entschlossen ballte ich die Fäuste und lächelte.

»Ich bin bald zurück«, murmelte ich, dann rannte ich über die Brücke. Mit einem Satz landete ich am Fuß der ersten Felswand und begann den Aufstieg.

Ich zog mich auf einen schmalen Sims, lehnte mich an den Fels und versuchte, wieder zu Atem zu kommen. Ich wusste nicht, wie lange ich hier schon geklettert war, aber es kam mir vor wie mehrere Tage. Und noch immer war der Gipfel ein gutes Stück entfernt.

Das Schloss unter mir wirkte lächerlich klein, wie ein Kinderspielzeug, auch wenn es in Wirklichkeit riesig war. Es hatte sich herausgestellt, dass dieser Berg tückischer und schwieriger zu besteigen war, als ich angenommen hatte. Die zerklüfteten schwarzen Felsen waren an manchen Stellen so scharf wie Messerklingen, und meine angeborenen Fähigkeiten als Winterfee nutzten mir bei diesem Eis überhaupt nichts. Noch nie war ich auf Eis ins Rutschen geraten oder gestürzt, doch hier war alles anders. Meine Hände waren inzwischen zerschnitten und aufgerissen, und wenn ich mich an den Felsen festhielt, um nicht das Gleichgewicht zu verlieren, hinterließ ich blutige Abdrücke.

Zitternd rieb ich mir die Arme. Zu allem Übel war es hier oben so eiskalt, dass ich das erste Mal in meinem Leben fror – was für mich ein echter Schock war. Das Gefühl war mir so fremd, dass ich anfangs gar nicht begriff, was es war. Meine Zähne schlugen unkontrolliert aufeinander, und ich schlang die Arme um den Körper; zum allerersten Mal versuchte ich, Körperwärme zu speichern. So erging es also den Sterblichen und den Sommerfeen, wenn sie das Reich der Dunklen betraten. Und ich hatte mich immer gefragt, warum sie sich im Winterpalast so gar nicht wohlzufühlen schienen. Jetzt kannte ich den Grund.

Ich ließ die Zunge über meine trockenen, rissigen Lippen gleiten, stemmte mich auf die Füße und sah hoch zum Gipfel; er war immer noch in so weiter Ferne. Ich begann wieder zu klettern.

Ein zerklüfteter Felsen nach dem anderen tauchte vor mir auf. Mir kam jedes Zeitgefühl abhanden. Die Kälte ließ meine Glieder schwerfällig und taub werden, ich verlor immer mehr Blut. Irgendwann schwand jeder klare Gedanke, mein Körper bewegte sich von allein, ganz automatisch setzte ich einen Fuß vor den anderen. Völlig erschöpft, blutend und zitternd vor Kälte zog ich mich schließlich auf einen weiteren Felsvorsprung und stellte fest, dass über mir keine Felswand mehr war.

Vor mir lag ein eisbedecktes Felsplateau. Ich hatte endlich den Gipfel erreicht.

Der Wächter erwartete mich geduldig und reglos in der Mitte des Plateaus. Keuchend richtete ich mich auf und ging zu ihm. Dabei versuchte ich krampfhaft, nicht zu zittern und die Kälte auszublenden. Auch als ich bei ihm war, schwieg er. Blut tropfte von meinen Händen auf den Boden herab.

»Hier bin ich«, sagte ich rau. »Ich habe die erste Prüfung bestanden.«

Er lachte leise. »Nein.« Ich spürte, wie mich der Mut verließ. Der Wächter hob seinen Stab, aus dem eine Welle der Kraft hervorschoss und sich um uns herum ausbreitete. »Du hast lediglich den Ort der ersten Prüfung gefunden. Wir sind noch nicht fertig, Ritter. Die eigentliche Prüfung beginnt ... jetzt.«

Er schwang den Stab herum und schlug mit der Spitze auf den Felsen. Feine Risse erschienen und breiteten sich rasend schnell aus, während ein lautes Grollen ertönte. Hastig sprang ich zur Seite, als der Boden unter meinen Füßen einbrach und sich klaffende Löcher im Berg auftaten. Ein rötliches Glühen stieg aus diesen Kratern auf, begleitet von einem wilden Kreischen und dem Geräusch schlagender Flügel.

»Lebe«, rief mir der Wächter zu und verschwand.

In einem wilden Sturm brachen allerlei geflügelte Wesen aus den Kratern hervor: geschuppte, pelzige, gefiederte und nackte. Ein chaotischer Wirbel aus Flügeln, Klauen und Zähnen. Sie sahen aus wie Drachen, Wyvern oder gigantische Vögel, kein Wesen glich dem anderen. Nur eines hatten sie alle gemeinsam: Ihr Brustkorb war offen, und an der Stelle des Herzens hatten sie nichts als einen schwarzen Fleck, ein Loch, in dem sie ihre eigenen Sterne und Abgründe trugen. Explosionsartig schossen sie aus den Kratern hervor, und ihre kreischenden Stimmen schienen in der Leere des Raums widerzuhallen, als sie vom Himmel auf mich herabstürzten.

Ich packte mein Schwert und registrierte überrascht, wie eisig sein Griff war, bevor ich der ersten Kreatur den dünnen Hals durchtrennte. Mit einem schrillen Schrei ging sie zu Boden, und es sah aus, als würde das schwarze Loch in ihrer Brust sie in sich aufsaugen. Hastig wich ich zurück, doch dann griff der Rest des Schwarms geschlossen an.

Taumelnd wollte ich sie abwehren, doch meine Glieder waren schwer von der Kälte, und so erwischte mich eines der Wesen mit seiner pelzigen Kralle an der Schulter und hinterließ eine klaffende Wunde auf meiner Brust. Der Schmerz, der sich explosionsartig in meinem Körper ausbreitete, war schlimmer als alles, was ich je empfunden hatte. Ich musste die Zähne zusammenbeißen, um nicht laut aufzuschreien. Mein Körper funktionierte nicht, wie er sollte, er bewegte sich schwerfällig und ungeschickt, als würde er einem anderen gehören. Während ich zurückwich, attackierte mich bereits die nächste Kreatur und zerfetzte mir die Wange.

Halb blind vor Schmerz taumelte ich rückwärts und hob den Arm, um eine Ladung Eisdolche auf den Schwarm zu schleudern. Vielleicht würde sie das wenigstens für kurze Zeit aufhalten. Doch als ich wie schon Tausende Male zuvor die Hand nach vorne stieß, geschah nichts. Statt der tödlichen Salve, an die ich gewöhnt war, erschienen nur ein paar kümmerliche Eisklümpchen. Schockiert öffnete ich mein Wesen für den Schein, um ihn wie üblich aus der Luft zu ziehen.

Nichts. Kein Schein, keine Magie, keine bunt herumwirbelnden Emotionen. In mein abgrundtiefes Entsetzen mischte sich ein qualvolles Verlustgefühl, während ich weiter zurückwich und versuchte, einen klaren Gedanken zu fassen. War ich mit einem Bindungszauber belegt worden, der meinen Schein blockierte? Oder lag ein Siegel auf diesem Ort, sodass keine Magie möglich war? Trotz meiner Schockstarre wusste ich, dass keine der beiden Möglichkeiten in Betracht kam. Selbst bei einem Bindungszauber oder einem Siegel hätte ich meinen Schein noch gespürt. Doch ich spürte nur Leere. Als hätte ich niemals magische Fähigkeiten besessen.

Nur für eine Sekunde ließ ich in meiner Wachsamkeit nach, und sofort sprang mich eines der fauchenden Wesen an und riss mich mit sich zu Boden. Bevor ich die Klinge durch seine Kehle stieß und es ins Nichts gesogen wurde, spürte ich seine Zähne an meiner Schulter. Die restlichen Kreaturen hatten mich umzingelt und gingen nun kreischend auf mich los, bissen, kratzten und traten nach mir. Obwohl ich auf dem Rücken lag, schlug ich immer wieder mit dem Schwert um mich, sodass einige der Monster von ihren Brustlöchern verschlungen wurden. Doch hinter jedem von ihnen drängten weitere nach, stürzten sich mit wachsender Wildheit auf mich, zerrten und rissen an mir und schrien so schrill, dass es in meinen Ohren dröhnte. Ich spürte, wie sich Zähne in meinen Arm bohrten, wie Klauen meinen Bauch aufschlitzten. Mir wurde das Fleisch von den Knochen gerissen, und mein Blut spritzte wie feiner Nebel in die Luft, bevor es in dicken Strömen über den Boden floss. Ich versuchte aufzustehen, wollte mich ihnen stellen, wollte leben, doch der Schmerz legte sich wie ein rötlich schwarzer Schleier über meine Augen, und ich versank in Dunkelheit.

Und dann war es vorbei. Ich lag unversehrt auf dem kalten Steinboden des Schlosses, und der Wächter blickte auf mich herab. Aus dem Augenwinkel sah ich Puck und Ariella, die mich besorgt musterten, doch die Schmerzen, die sich bis in den letzten Winkel meines Körpers ausgebreitet hatten, machten es mir schwer, die Dinge klar zu sehen.

»Ich habe versagt.« Die bitteren Worte drückten wie ein schweres Gewicht auf meine Brust und drohten, mich zu zerquetschen. Doch der Wächter schüttelte den in der Kapuze verborgenen Kopf.

»Nein. Es war niemals vorgesehen, dass du das überlebst, Ritter. Egal, wie viele von ihnen du getötet hättest, es wären immer mehr nachgekommen. Egal, was du getan oder wie lange du dich ihnen widersetzt hättest, am Ende hätten sie dich in Stücke gerissen.«

Ich wollte nach dem Warum fragen. Warum ich verschont worden war. Warum ich noch nicht tot war. Doch neben dem Schmerz, der Verwirrung und dem Schock, noch am Leben zu sein, musste mein Verstand noch so viel anderes verkraften: Wie seltsam mein eigener Körper sich angefühlt hatte, wie schwach und fremd er plötzlich gewesen war, wie er überhaupt nicht funktioniert hatte, wie er eigentlich sollte. Die brennenden Schmerzen, diese vernichtende Qual, die ich nicht wie sonst einfach hatte ausblenden können. Und das Schlimmste von allem – die absolute Leere, die sich in mir aufgetan hatte, als ich versuchte, meine Magie anzuwenden.

»So empfindet ein sterblicher Körper«, erklärte der Wächter, als hätte er meine Gedanken gelesen. »Für einen Menschen ist es physiologisch unmöglich, sich so zu bewegen, wie du es tust. Ihre Körper sind schwerfällig und ermüden leicht. Sie sind empfindlich gegen Kälte,

Schwäche und Schmerz. Sie können keinerlei Magie zu Hilfe nehmen. Alles in allem sind sie ziemlich unscheinbar. Deine übermenschliche Kraft ist das Erste, was du aufgeben musst, wenn du eine Seele erringen möchtest.«

Der Wächter ließ mir etwas Zeit, um diese Erkenntnis zu verinnerlichen. Mir fehlte die Kraft zu jedweder Reaktion, keuchend lag ich auf dem Boden, während mein Verstand sich noch immer von dem Schock zu erholen suchte, dass mein Körper in Stücke gerissen worden war. »Die erste Prüfung ist vorüber«, verkündete der Wächter dann. »Wappne dich, Ritter. Die zweite Prüfung beginnt im Morgengrauen.«

Sobald er verschwunden war, stürmte Ariella vor und kniete sich neben mich. »Kannst du aufstehen?«

Mühsam versuchte ich, mich aufzurichten. Die Verletzungen waren verschwunden, und ich lebte noch, doch in meinem Körper wütete noch immer der Schmerz. Ich ließ mich von ihr auf die Füße ziehen und biss die Zähne zusammen, um nicht qualvoll aufzustöhnen. »Mir war nicht bewusst, wie ... verletzbar die Menschen sind.«

Puck kam nun ebenfalls zu mir, und es gelang ihm nicht ganz, seine Besorgnis zu verbergen. »Tja, das hätte ich dir sagen können. Obwohl manche stärker sind als andere.

Oder vielleicht einfach nur dickköpfiger.« Er verschränkte die Arme vor der Brust und musterte mich abschätzend. »Alles klar, Eisbubi?«

Ich antwortete nicht. Ohne auf Ariella zu achten, die mir helfend den Arm entgegenstreckte, humpelte ich durch die langen Flure zu meinem Zimmer. Die beiden folgten mir schweigend, hielten allerdings Abstand, und ich drehte mich nicht nach ihnen um. Mehr als einmal wäre ich fast gestürzt, doch ich zwang mich, ohne Hilfe weiterzugehen.

In meinem Zimmer ließ ich mich mit dem Gesicht voraus aufs Bett sinken und verfluchte meinen seltsamen, fremden Körper und seine Schwäche.

Wie soll ich sie in diesem Zustand beschützen? Wie soll ich so irgendjemanden *beschützen?*

Puck und Ariella blieben verunsichert im Türrahmen stehen. Einem

Teil von mir war es zuwider, dass sie mich so schwach und hilflos erlebten, und am liebsten hätte ich sie gebeten zu verschwinden. Doch während meines gesamten Lebens hatte ich andere stets weggestoßen und mich von der Welt und allen, die mich umgaben, abgekapselt. Und trotz meiner Versuche, meine Empfindungen in Kälte zu ersticken, hatte mir das nur noch mehr Schmerz eingebracht. Genau deswegen war ich immerhin hier: um ein anderer zu werden.

Vorsichtig drehte ich mich auf den Rücken, legte einen Arm über das Gesicht und schloss die Augen. »Ich werde euch nicht mit Eiszapfen bewerfen, wenn ihr über die Schwelle tretet.« Ich seufzte schwer. »Also hört schon auf, da rumzulungern, und kommt rein.«

Ich spürte ihr Zögern und stellte mir vor, wie sie fragende Blicke wechselten, doch dann hörte ich ihre Schritte. Ariella hockte sich auf den äußersten Rand der Matratze und legte mir vorsichtig eine Hand auf den Arm. »Hast du starke Schmerzen?«, fragte sie.

»Ziemlich«, gab ich zu und entspannte mich etwas bei dieser sanften Berührung. »Aber es wird schon besser.« Und es stimmte, das Feuer unter meiner Haut ebbte ab, als hätte mein Körper endlich begriffen, dass er gesund und unversehrt war und nicht zerfetzt auf einer einsamen Bergspitze lag.

»Was ist da oben passiert, Eisbubi?«

»Was meinst du denn, was passiert ist?« Ich nahm den Arm vom Gesicht, setzte mich auf und rieb mir die Augen. »Ich habe verloren. Ich kann keinen Schein einsetzen, ich kann mich nicht mehr so bewegen wie früher. Mein Verstand hat mir immer wieder gesagt, ich sollte diese oder jene Bewegung machen, sollte schneller agieren, doch es ging nicht. Ich habe *gefroren*, Puck. Kannst du dir vorstellen, wie das war, als ich schließlich begriffen habe, was da mit mir passiert?« Ich fuhr mir mit einer heftigen Bewegung durchs Haar. »Ich wäre gestorben«, fuhr ich widerwillig fort, da ich es nur ungern zugab. »Wenn der Wächter mich da nicht rausgeholt hätte, wäre ich gestorben. Diese Kreaturen hätten mich in Stücke gerissen.«

»Aber du lebst noch«, betonte Puck. »Und der Wächter hat nicht gesagt, dass du gescheitert wärst. Zumindest hat er uns nicht vor die Tür gesetzt. Also, wo ist dann das Problem, Eisbubi?«

Ich antwortete nicht, doch Ariella, die mich prüfend musterte, holte tief Luft und riet: »Meghan.« Ich zuckte schuldbewusst zusammen. »Du machst dir Sorgen, wie Meghan wohl reagieren wird, wenn sie dich so sieht.«

»So, wie ich jetzt bin, kann ich sie nicht beschützen«, erklärte ich verbittert und ballte die Fäuste, um nicht auf die Matratze einzuschlagen. »Ich bin nutzlos – ein Klotz am Bein. Ich will nicht, dass sie sich verpflichtet fühlt, ständig auf mich aufzupassen, oder dass ich nicht mehr alleine klarkomme.« Frustriert lehnte ich mich zurück und ließ meinen Kopf gegen die Wand schlagen. Der Schmerz hatte etwas Befriedigendes an sich. »Ich schätze mal, mir war nicht bewusst, was es tatsächlich heißt, ein Mensch zu sein.«

Du hast keine Ahnung, was Sterblichkeit eigentlich bedeutet, Prinz-der-keiner-ist. Die selbstgefällige Stimme der Knochenhexe erklang spöttisch in meinem Kopf. *Warum willst du überhaupt einer von denen werden?*

Puck schnaubte abfällig. »Du meinst also, als Mensch könntest du niemanden mehr beschützen?« Er warf mir einen finsteren Blick zu. »Das ist doch Bockmist. Wie genau wolltest du sie denn schützen, solange sie sich im Eisernen Reich befindet, Prinz? Ich dachte, wir wären hier, um dir eine Seele zu beschaffen, damit du bei ihr sein kannst, ohne dass sich deine Haut abschält. Und nun erzählst du mir, jetzt, wo du ein Mensch bist, willst du nicht mehr mit ihr zusammen sein?«

Mein Blick war ebenso unerbittlich wie seiner. »Du weißt genau, dass ich das so nicht gemeint habe.«

»Ist auch egal.« Er beugte sich über mich, so als wollte er jeden Widerspruch im Keim ersticken. »So wie ich das sehe, gibt es genau zwei Möglichkeiten, Eisbubi: Du kannst ein Mensch werden und mit Meghan zusammen sein, oder du bleibst eine Fee und bleibst von ihr getrennt. Aber du solltest dir besser verdammt schnell überlegen, was du nun willst, denn sonst ist das alles hier reine Zeitverschwendung.«

Ariella erhob sich. »Komm«, befahl sie Puck und knüpfte damit an eine alte Tradition an. Solange wir drei uns kannten, war sie stets die Friedensstifterin gewesen. »Er muss sich ausruhen. Ash, wenn du uns brauchst, wir sind gleich nebenan.«

Puck wirkte aufmüpfig, aber Ariella nahm seinen Arm und zog ihn sanft, aber unnachgiebig aus dem Zimmer. Als sich die Tür hinter den beiden schloss, ballte ich die Fäuste und starrte blicklos an die Wand. Mit einer heftigen Bewegung riss ich den Arm hoch, um Eispfeile auf die Tür zu schleudern, doch es geschah nichts. Nicht einmal ein kaltes Lüftchen regte sich.

Ich hatte keine Magie mehr. Mein Schein war verschwunden; jahrhundertelang hatte ich den Herzschlag der Erde gespürt, hatte Emotionen, Träume und Leidenschaften um mich herumtosen sehen, in jedem Lebewesen, das mir begegnete. Und all das war von jetzt auf gleich vorbei. Konnte ich mich daran gewöhnen? An all das? Ich war nicht mehr so beweglich wie vorher, nicht mehr so stark, und mein Körper war jetzt Schmerzen, Krankheit und Kälte ausgeliefert. Ich war schwächer. Ich war … sterblich.

Frustriert prügelte ich auf die Matratze ein und spürte, wie die Schläge den Bettrahmen erzittern ließen. Die Knochenhexe hatte recht gehabt. Ich hatte keine Ahnung, was Sterblichkeit bedeutete.

Die Schmerzen waren inzwischen zu einem dumpfen, pulsierenden Hämmern in meinen Schläfen zusammengeschrumpft. Der Kampf, die Kälte und der Schock über meinen Fast-Tod hatten mich erschöpft. Mein Kopf sank auf die Brust, und ich spürte, wie ich wegdriftete …

»Da bist du ja.« Lächelnd erschien Ariella in meinen Träumen. »Ich wusste, dass du irgendwann einschlafen würdest. Du warst ja völlig fertig.«

Ich blinzelte und fand mich unter den Ästen einer riesigen Zypresse wieder, die eine so dicke Schneedecke trug, dass jede einzelne Nadel mit Reif überzogen war. »Muss ich jetzt jedes Mal mit so etwas rechnen, wenn ich einschlafe?«, fragte ich.

Ariella erhob sich von ihrem Sitzplatz am Stamm des Baumes und kam auf mich zu, wobei sie die funkelnden Äste zur Seite schob. »Nein.« Sie nahm meine Hand und zog mich mit sich. »Meine Zeit als Seherin nähert sich dem Ende. Bald werde ich auch nicht mehr traumwandeln können, du musst mich also nicht mehr lange ertragen. Ich will dir etwas zeigen.«

Noch während sie sprach, veränderte sich die Landschaft um uns herum. Sie wurde wie Staub im Wind verweht, und schließlich standen wir auf einer mit Kies bestreuten Einfahrt und blickten auf ein altes, grünes Haus.

»Erkennst du es?«

Ich nickte. »Das ist Meghans altes Haus«, sagte ich und musterte die verwitterte, verblasste Fassade. »Hier lebt ihre Familie.«

Ein Bellen ließ mich innehalten. Die Haustür öffnete sich, und Meghan kam heraus, gefolgt von einem vielleicht vier- oder fünfjährigen Kind und einem großen Schäferhund.

Ich atmete befreit auf und wollte zu ihr gehen, doch Ariella hielt mich zurück.

»Sie kann uns nicht sehen«, warnte sie mich. »Diesmal nicht. Das hier ist eher eine Erinnerung als ein echter Traum. Meghans Bewusstsein ist nicht hier, du könntest also auch nicht mit ihr sprechen.«

Als ich mich wieder umdrehte, saßen Meghan und Ethan auf einer alten Schaukel und glitten sanft vor und zurück. Ethans Füße hingen knapp über die Kante des Schaukelbretts, und er strampelte immer wieder mit den Beinen, während Meghan ihm eine kleine blaue Schachtel reichte, aus der ein Strohhalm aufragte. Beau der Schäferhund stützte die Vorderpfoten auf das Brett und wollte ebenfalls hinaufkriechen, woraufhin Ethan fröhlich lachte und Meghan ihn anschrie, damit er runterging.

»Sie träumt oft von ihnen«, erklärte Ariella. »Von ihrer Familie. Besonders von dem Kleinen.«

»Das ist ihr Bruder«, murmelte ich, ohne den Blick von Meghan abzuwenden. Beau war ihrem Befehl gefolgt und hatte sich von der Schaukel zurückgezogen, woraufhin sie ihn durch ein Klopfen zu sich auf ihren Schoß holte. Sie kraulte den Hund hinter den Ohren, und als er sich zu ihr umdrehte, drückte sie ihm einen Kuss auf die Schnauze.

Ariella nickte. »Ja, das Kind, mit dem sozusagen alles begann. Als der Eiserne König ihn entführte und ins Nimmernie verschleppte, hat sie nicht gezögert und ist ihm gefolgt. Doch damit nicht genug. Als Mab ihre Magie versiegelte, sodass sie hilflos am Winterhof festsaß, hat sie es irgendwie geschafft zu überleben, selbst als sie dachte, du hättest dich gegen sie gestellt. Dann stahlen die Eisernen Feen das Jahreszeitenzepter, und sie hat die Verfolgung aufgenommen, obwohl sie weder Magie noch sonstige Waffen zur Verfügung hatte, um sich zu verteidigen. Und als beide Reiche sie baten, den Eisernen König zu vernichten, hat sie sich dieser Aufgabe gestellt, ungeachtet dessen, dass die Sommermagie und der Eiserne Schein in ihr sie krank gemacht haben und sie weder das eine noch das andere effektiv einsetzen konnte. Trotzdem ging sie ins Eiserne Reich und stellte sich dem Tyrannen, ohne genau zu wissen, ob sie ihn überhaupt schlagen konnte. Also ...« Ariella drehte sich fragend zu mir um. »Glaubst du immer noch, Menschen wären schwach?«

Bevor ich antworten konnte, verblasste die Welt um uns herum. Dunkelheit zog auf, Meghan und ihr Bruder verschwanden, und alles wurde schwarz. Als ich die Augen aufschlug, befand ich mich allein in meinem Zimmer und saß an die Wand gelehnt im Bett.

Glaubst du immer noch, Menschen wären schwach?

Ich lächelte reumütig. Oberons Halbbluttochter war einer der stärksten Menschen, denen ich jemals begegnet war. Selbst als ihre Magie versiegt war oder ihre Kräfte sie krank gemacht hatten, hatte sie es allein durch sture Entschlossenheit geschafft, mit allem fertigzuwerden, was das Feenreich ihr vor die Füße warf. Sie hatte *zwei* Feenkriege beendet, und als alles vorbei war, wurde eine Königin aus ihr.

Nein, sagte ich mir. Menschen waren nicht schwach. Das hatte Meghan Chase wieder und wieder bewiesen. Und es war völlig egal, dass ich keine Magie mehr hatte oder nicht mehr so stark war wie früher. Mein Schwur gegenüber der Eisernen Königin, den ich abgelegt hatte, als ich ihr Ritter wurde, hatte noch immer Gültigkeit.

Ich schwöre, von diesem Tag an Meghan Chase, die Tochter des Sommerkönigs, mit meinem Schwert, meiner Ehre und meinem Leben zu schützen. Stünde selbst die gesamte Welt gegen sie, so wird mein Schwert an ihrer Seite sein. Und sollte es versagen in meinem Streben, sie zu beschützen, so sei mein Dasein verwirkt.

Als Ash der Winterprinz konnte ich sie im Eisernen Reich nicht beschützen. Und wenn ich nicht da war, konnte aller Schein dieser Welt ihr nicht helfen. Ich musste menschlich werden, um an ihrer Seite sein zu können. Für einen Moment hatte ich das aus den Augen verloren.

Das würde mir nicht noch einmal passieren. Der Verlust meiner Magie konnte mich nicht abschrecken. Ich war immer noch ein Ritter, *ihr* Ritter. Und ich würde zu dem Mädchen zurückkehren, das zu schützen ich geschworen hatte.

Ich erhob mich, um Puck und Ariella zu suchen und ihnen zu sagen, dass es mir gut ging und ich bereit war, die restlichen Prüfungen anzugehen. Doch noch bevor ich wieder auf den Beinen war, erschien am Rande meines Gesichtsfeldes der schwarze Schatten des Wächters. Ohne jede Vorwarnung, ohne spürbare Kraft oder Magie, die seine Ankunft verraten hätte. Er war einfach da.

»Es ist Zeit«, verkündete er, während ich den Impuls unterdrückte, aus seinem kalten, schwarzen Schatten herauszutreten. »Du hast dich entschieden, so lass uns also fortfahren.«

»Ich dachte, ich hätte Zeit bis zum Morgengrauen.«

»Der Morgen graut bereits.« Die Stimme des Wächters war kalt, ohne jede Emotion. »Die Zeit vergeht hier anders, Ritter. Ein einziger Tag kann innerhalb eines Herzschlages vergehen oder eine Ewigkeit andauern. Es spielt keine Rolle. Nun steht die zweite Prüfung bevor. Bist du bereit?«

»Wie werde ich wissen, ob ich bestanden habe?«

»Es gibt kein Bestehen oder Scheitern.« Sein undefinierbarer, sachlicher Ton blieb immer gleich. »Sondern nur das Ausharren. Das Überleben.«

Ausharren und überleben – das konnte ich. »Also gut.« Ich atmete noch einmal tief durch. »Ich bin bereit.«

»Dann lass uns beginnen.« Er hob seinen Stab und tippte einmal auf den Steinboden. Ein Blitz flammte auf, und alles um mich herum verschwand.

Die zweite Prüfung

»Guter Schuss, Brüderchen. Beim nächsten Mal finden wir dann vielleicht auch mal etwas, das sich ein bisschen mehr wehrt. Ich wäre fast im Sattel eingeschlafen.«

Ohne Rowan zu beachten, ging ich zu dem Hirsch, der im Gras lag und wild mit den Hufen um sich trat. Zwischen seinen Vorderbeinen ragte der weiße Pfeil hervor, der sein Herz durchbohrt hatte, und das Maul des Tieres war mit blutigem Schaum verklebt. Er verdrehte panisch die Augen und versuchte aufzuspringen, sank dann aber wieder zurück und trat noch einmal schwach aus, als wäre ihm der eigene Tod noch nicht bewusst geworden. Ich zog mein Jagdmesser und beendete mit einem schnellen Schnitt durch die Kehle seine Qualen.

Dann steckte ich das Messer weg und blickte auf die zuckende Kreatur hinab, die tot irgendwie kleiner wirkte als im Leben. »Zu einfach«, murmelte ich und verzog abschätzig die Lippen. »Diese sterblichen Tiere sind einfach keine Herausforderung. Etwas zu jagen, das so leicht stirbt, macht keinen Spaß.«

Kichernd sah Rowan zu, wie ich meinen Pfeil aus dem Kadaver riss und zu meinem Pferd zurückging. Das bedauernswerte Tier ließ ich blutend im Dreck liegen. »Du jagst einfach nicht die richtige Beute«, stellte er fest, als ich mich wieder in den Sattel schwang. »Immer wieder konzentrierst du dich auf diese Tiere und hoffst, dass sie länger als einen Nachmittag durchhalten. Wenn du nach einer Herausforderung suchst, solltest du vielleicht deine Taktik ändern.«

»Zum Beispiel? Soll ich sie zu Tode quatschen? Das überlasse ich gerne dir.«

»Ha, ha.« Rowan verdrehte die Augen. »Kaum ist mein kleiner Bruder ein paar Jahrzehnte dabei, schon meint er, er wüsste alles. Höre auf jemanden, der schon ein paar Jahrhunderte auf dem Buckel hat: Wenn du dich einer echten Herausforderung stellen willst, musst du aufhören, diese Tiere zu jagen, und dich einer Beute zuwenden, die denken kann.«

»Du meinst Menschen«, murmelte ich, während wir durch den Wald ritten, zurück zu dem Steig, der uns hierhergebracht hatte. »Die habe ich auch schon gejagt. Da ist die Herausforderung noch geringer, als wenn man auf eine tote Ziege schießt.«

»Ach, Brüderchen.« Rowan schüttelte resigniert den Kopf. »Du denkst so einseitig. Es gibt verschiedene Wege, um Menschen zu ›jagen‹, man muss sie nicht immer niederreiten und ihnen einen Pfeil in den

Schädel schießen. Lebendig sind sie eine wesentlich interessantere Beute als tot. Das solltest du irgendwann einmal ausprobieren.«

»Du meinst die Art, wie *du* sie jagst?«, schnaubte ich. »Das hat wenig mit Jagd zu tun, es erinnert mich eher daran, wie eine Katze mit ihrer Beute spielt.«

»Sei nicht so selbstgefällig, Ash.« Rowan lächelte provokant. »Das Herz einer Menschenfrau für sich einzunehmen, dafür zu sorgen, dass sie sich in einen verliebt, und sie dann immer weiter an sich zu fesseln, bis zu dem Punkt, wo sie einem einfach alles verspricht – dazu braucht es mehr Geschick, als einfach nur jemandem einen Pfeil in die Brust zu bohren. Das menschliche Herz ist die schwierigste Beute von allen.« Sein Lächeln wurde zu einem höhnischen Grinsen. »Und ich bin mir nicht sicher, ob du das schaffen würdest.«

»Wer sagt denn, dass ich das überhaupt will?« Ich ließ mich nicht provozieren. »Ich habe Menschen gesehen, die ›verliebt‹ waren. Sie sind blind und dumm, und ihre Herzen sind so zerbrechlich. Was sollte ich wohl damit anfangen, wenn ich es erst mal hätte?«

»Alles, was du willst, Brüderchen. Alles, was du willst.« Rowan schenkte mir ein selbstgefälliges Grinsen, bei dem sich mir immer die Nackenhaare aufstellten. »Aber ich kann verstehen, dass du Angst hast. Wenn du denkst, du schaffst das nicht… Ich dachte eben, du sehnst dich nach einer etwas interessanteren Jagdmethode, aber wenn das zu viel für dich ist…«

»Na schön.« Ich seufzte gereizt. »Du lässt mich sonst ja doch nicht in Frieden. Zeige mir eine Sterbliche, und ich werde dafür sorgen, dass sie sich in mich verliebt.«

Rowan lachte. »Mein kleiner Bruder wird erwachsen.« Wieder grinste er höhnisch, dann wendeten wir unsere Pferde und ritten zum Waldrand.

Sobald wir die Beute in Reichweite hatten, war es nicht schwer, ein geeignetes Ziel zu finden. Noch während wir uns dem schäbigen Holzzaun näherten, der die Lichtung der Menschen vom Rest des Waldes trennte, hörten wir leisen, falschen Gesang. Wir brachten unsere Pferde zum Stehen.

»Da.« Rowan zeigte auf etwas, und als ich es ebenfalls sah, zog ich überrascht die Augenbrauen hoch.

Hinter dem Zaun, dicht am Waldrand, plätscherte ein Bach über ein steiniges Feld, auf dem einige bescheidene Hütten standen. Sie waren in einem lockeren Halbkreis um eine große Feuergrube errichtet worden. Es war eine der vielen kleinen Menschensiedlungen in der Gegend, doch diese hier forderte das Schicksal schon allein dadurch heraus, dass sie sich so dicht am Waldrand befand. Die Bewohner wagten sich nur sehr selten in den Wald und blieben nach Einbruch der Dunkelheit in ihren Häusern und das mit gutem Grund. Die Kobolde betrachteten das hier immer noch als ihr Land, und ich kannte mehr als nur eine Puca, die sich nachts in diesen Wäldern herumtrieb. Von diesen Menschen wusste ich nur, dass sie ein kleiner Stamm waren, der nach den Gesetzen der Druiden versuchte, im Einklang mit der Natur und dem Wald zu leben, der ihr Dorf umschloss. Das war riskant und dumm, doch so waren die Menschen nun einmal, und immerhin zeigten diese hier angemessenen Respekt.

Umso erstaunlicher war es, eine von ihnen ganz allein am Ufer des Baches zu sehen, wo sie singend die Wildblumen pflückte, die nur dicht am Waldrand wuchsen. Für einen Menschen war sie noch jung, sie trug ein schlichtes Kleid und weder Schuhe noch eine Kopfbedeckung. Ihr dunkles Haar glänzte in der Sonne.

Rowan hatte sein wölfisches Grinsen aufgesetzt, als er sich zu mir umdrehte. »Na schön, Brüderchen. Das ist deine Beute.«

»Das Mädchen?«

»Nein, Blödmann. Hast du mir nicht zugehört?« Mein Bruder verdrehte die Augen. »Ihr Herz. Ihr Körper, ihr Geist und ihre Seele. Sorge dafür, dass sie dich liebt. Stelle sicher, dass sie dir ganz und gar verfällt, dass sie an nichts anderes mehr denken kann als an dich. Wenn dir das gelingt, *dann* wirst du ein Jäger sein wie wir alle.« Er unterbrach sich und musterte mich herablassend. »Das heißt natürlich, wenn du dich der Herausforderung gewachsen fühlst.«

Ich blickte wieder zu dem Mädchen hinüber, das gerade leise summend eine Handvoll Vergissmeinnicht pflückte, und spürte, wie sich ein Lächeln auf meinem Gesicht ausbreitete. Noch nie hatte ich ein menschliches Herz gejagt; das konnte … interessant werden. »Gibt es eine zeitliche Beschränkung?«, fragte ich.

Rowan dachte kurz nach. »Na ja, auch die besten Pläne lassen sich nicht innerhalb eines Tages realisieren«, überlegte er, ohne das Mädchen aus den Augen zu lassen. »Doch es sollte nicht allzu schwer für dich sein, das Herz einer Sterblichen zu gewinnen, insbesondere wenn sie noch so jung ist. Sagen wir, bis zum nächsten Vollmond. Bring sie dazu, dass sie dir zum Steinkreis folgt und dir unsterbliche Liebe schwört. Ich werde dort auf euch warten.«

»Ich werde da sein«, versicherte ich ihm leise. Schon jetzt gefiel mir diese Herausforderung. »Mit der Menschenfrau. Ich werde dir zeigen, wie man das macht.«

Rowan salutierte spöttisch, wendete sein Pferd und verschwand im Wald. Ich hingegen stieg ab, sorgte dafür, dass der Schein meine Anwesenheit verbarg, und näherte mich lautlos der Sterblichen, bis ich nur noch einen Steinwurf von ihr entfernt am Waldrand stand. Noch würde ich mich ihr nicht zeigen. Wie bei jeder Jagd wollte ich zunächst die Beute studieren, mich über ihre Stärken und Schwächen informieren, ihre Gewohnheiten und Verhaltensmuster kennenlernen. Wenn ich einfach aus dem Wald herausspazierte, erschreckte ich sie vielleicht und verscheuchte sie dauerhaft von diesem Platz. Es war also Vorsicht geboten.

Das Mädchen war schlank und grazil, in gewisser Weise ähnelte sie einem Reh, was die Jagd noch spannender und vertrauter machte. Ihre dunklen Augen waren für die eines Menschen ziemlich groß. Sie wirkte so, als wäre sie ständig überrascht, und sie wanderte völlig unbedarft von einem Busch zum anderen. Wäre in diesem Moment ein Bär aus dem Wald gestapft, wer weiß, ob sie es überhaupt bemerkt hätte.

Plötzlich bückte sie sich und versenkte die Hand im Bach. Als sie sich wieder aufrichtete, umklammerte sie einen blauen Kieselstein und drehte ihn entzückt im Licht hin und her. Während ich zusah, wie sie den Stein in ihre Tasche fallen ließ, konnte ich mir ein Lächeln nicht verkneifen. Ich hatte den Köder gefunden, mit dem diese Beute anzulocken war.

Dir gefallen also hübsche Sachen, ja, kleine Sterbliche? Ich hockte mich hin, suchte mir einen einfachen grauen Kiesel und umschloss ihn mit meiner Faust. Dann zog ich ein wenig Schein aus der Luft. Als ich die Hand wieder öffnete, hatte sich der langweilige Stein in einen funkelnden Saphir verwandelt, den ich nun in den Bach schleuderte.

Es dauerte nicht lange, bis sie ihn fand und sich mit einem begeisterten Schrei darauf stürzte. Strahlend hielt sie ihn ins Sonnenlicht und sah zu, wie er glitzernd das Licht brach. Zufrieden wandte ich mich ab und ging zurück zu meinem Pferd. Ich war mir sicher, dass sie morgen wieder hier sein würde.

Am nächsten Tag überließ ich ihr eine Silberkette und beobachtete, wie sie das Schmuckstück mit derselben Begeisterung untersuchte wie zuvor den verwandelten Stein, und am Nachmittag darauf bewunderte sie sehr, sehr lange den goldenen Ring an ihrem Finger, bevor sie den Schatz in ihrer Tasche verschwinden ließ. Ich machte mir keine Sorgen darüber, dass sie ihn jemandem zeigen könnte – wie eine Krähe oder eine Elster würde sie nicht wollen, dass jemand ihre Schätze stahl oder sie über deren Herkunft ausfragte. Außerdem verblasste der Schein, mit dem ich die Dinge belegt hatte, nach und nach, sodass letztlich nur Steine und Blätter zurückblieben. Mir war klar, dass sie sich fragte, was aus den Sachen geworden war. Vielleicht redete sie sich ein, sie habe ihre Schätze verlegt oder verloren, jedenfalls zog sie es vor, die offensichtliche Erklärung zu ignorieren. Vielleicht schwante ihr sogar die Wahrheit, und sie ahnte, dass sie vorsichtig sein sollte, aber ich wusste, dass ihre Begehrlichkeit sie immer wieder zurückbringen würde.

Am Tag darauf hinterließ ich ihr nichts, sah ihr aber stundenlang dabei zu, wie sie im Bach herumstapfte, erst aufgeregt, dann immer verzagter, bis es schließlich dämmerte und sie mit Tränen in den Augen verschwand. Ich grinste versonnen und plante bereits den nächsten Schritt. Langsam wurde es Zeit, die Beute zu erlegen.

Am folgenden Nachmittag platzierte ich eine weiße Rose auf einem flachen Stein am Bachufer, zog mich in den Wald zurück und wartete ab.

Kurz darauf erschien sie, und als sie die Rose entdeckte, schnappte sie überrascht nach Luft, hob die Blume fast schon ehrfürchtig auf und hielt sie so vorsichtig, als wäre sie aus reinstem Kristall. Als sie sich aufrichtete und sich mit hoffnungsvollem Blick umsah, streifte ich den Schein ab und trat zwischen den Bäumen hervor.

Sie fuhr zusammen wie ein verschrecktes Reh, doch genau, wie ich es vorausgesehen hatte, machte sie keinerlei Anstalten, vor mir zu fliehen. Geduldig wartete ich, während sie mich wortlos anstarrte und der Schreck langsam nachließ. Da ich wusste, dass die Menschen uns außergewöhnlich schön fanden, hatte ich mich entsprechend gekleidet: der attraktive Prinz in Schwarz und Silber, mit einem kurzen Mantel, der über eine Schulter drapiert war, und natürlich dem Schwert an seiner Seite. Sie gaffte mich an wie ein Fisch auf dem Trockenen, und in ihren weit aufgerissenen Augen spiegelte sich zwar Angst, aber auch Neugier und Erregung.

Ganz vorsichtig ließ ich meine Magie auf sie wirken und nahm ihr die Furcht, bis nichts als Staunen zurückblieb. Menschliche Gefühle waren unstet und flatterhaft und daher leicht zu beeinflussen. Ich hätte sie vollständig verzaubern und dafür sorgen können, dass sie sich auf den ersten Blick hoffnungslos in mich verliebte, doch Rowan zufolge wäre das gegen die Regeln gewesen. Das war lediglich künstliche Liebe, bei der die Sterbliche nicht mehr war als eine schwärmerische, hohlköpfige Sklavin. Um sie ganz in meinen Bann zu ziehen, sodass mir ihr Körper und ihre Seele gehörten, musste ich sie vorsichtig und langsam manipulieren.

Was jedoch nicht hieß, dass ich mir nicht einen kleinen Startbonus gönnen konnte.

»Verzeih mir«, sagte ich mit kühler, beruhigender Stimme, während das Mädchen noch immer starrte. »Ich wollte dich nicht erschrecken. Doch ich beobachte dich jetzt schon eine ganze Weile, und ich konnte mich einfach nicht länger fernhalten. Ich hoffe, du empfindest meine Geschenke nicht als ungehörig.«

Das Mädchen öffnete den Mund, doch es kam kein Ton heraus. Ich wartete zwei Herzschläge lang, dann wandte ich mich ab und ließ den Kopf hängen.

»Was sage ich denn da?«, fuhr ich fort, bevor sie reagieren konnte. »Ich führe mich ja auf wie ein unzivilisierter Barbar, beobachte dich heimlich aus dem Wald. Selbstverständlich willst du da nichts von mir wissen – ich sollte gehen.«

»Nein, warte!«, rief das Mädchen – genau, wie ich es geplant hatte.

Ich drehte mich wieder zu ihr um, mit einem Ausdruck von verzagter Hoffnung im Gesicht. Sie stand lächelnd am anderen Ufer des Bachs. »Es stört mich nicht«, fuhr sie fort, plötzlich verlegen und scheu. Sie verschränkte die Hände hinter dem Rücken. »Du darfst bleiben ... wenn du willst.«

Ich verkniff mir ein Grinsen. *Noch einfacher als gedacht.*

Das Mädchen hieß Brynna, wie sie mir selbst verriet, und war die Tochter der obersten Druidenpriesterin des Dorfes. Ihre Großmutter war ebenfalls eine mächtige Priesterin und noch dazu sehr streng: Sie verbot allen Dorfbewohnern, den Wald zu betreten oder sich ihm auch nur zu nähern, da zwischen den Bäumen das »Schöne Volk« lauerte. Aber die Blumen am Waldrand waren nun einmal am schönsten, und Brynna liebte alles Schöne, deshalb wartete sie immer, bis ihre Großmutter ihren Mittagsschlaf hielt, um sich dann heimlich aus dem Dorf zu schleichen und an den Bach zu kommen.

»Und warum hasst deine Großmutter das Schöne Volk so sehr?« Dieser Name, den die Sterblichen uns gegeben hatten, belustigte mich. Wahrscheinlich benutzten sie ihn aus Furcht davor, uns bei unserem gewöhnlichen Namen zu nennen, da dies unsere Aufmerksamkeit auf sie lenken könnte. Ich lächelte das Mädchen mit gespielter Neugier an und wob weiter den Schein um sie, um mögliche Ängste zu unterdrücken.

»Sie ... sie hasst sie nicht.« Nervös strich sich Brynna die Haare aus dem Gesicht. »Sie fürchtet sie. Sie hat Angst vor dem, was sie tun könnten: unser Vieh töten, unsere Kinder stehlen, unsere Frauen unfruchtbar machen.«

»Und fürchtest du sie auch?«, fragte ich leise und schob mich noch näher an sie heran. Sanft griff ich nach ihren von der Arbeit schwieligen Händen und zog sie an meine Brust. »Fürchtest du dich vor mir?«

Als sie zu mir aufblickte, strahlte naives Vertrauen aus ihrem Blick, und sie schüttelte entschieden den Kopf.

»Da bin ich aber froh.« Lächelnd küsste ich ihren Handrücken. »Darf ich dich morgen wiedersehen?«

Ich kannte die Antwort bereits, bevor sie nickte.

Der Rest war einfach, auch wenn ich mir Zeit ließ, da ich das Spiel ganz korrekt spielen wollte. Jeden Nachmittag, kurz vor der Abenddämmerung, trafen wir uns am Bach. Manchmal brachte ich ihr Schmuck mit, manchmal Blumen, doch immer irgendein Geschenk, das dafür sorgen sollte, dass sie weiter zu mir kam. Ich überschüttete sie mit Komplimenten und zärtlichen Küssen, spielte den verliebten Trottel und lächelte, wenn sie in meinen Armen dahinschmolz. Nie bedrängte ich sie zu sehr, und stets beendete ich unsere Treffen, bevor sie zu weit führten. Wenn ich sie nahm, sollte es beim nächsten Vollmond am Steinkreis geschehen, und sie sollte alle Zweifel hinter sich gelassen haben.

Während das Spiel so voranschritt, stellte ich irgendwann fest, dass ich unsere Begegnungen sogar genoss. Menschen liebten so leidenschaftlich, so rückhaltlos, und je stärker ihre Emotionen waren, desto heller strahlte ihr Schein. Die Aura eines verliebten Menschen stellte alles in den Schatten, was ich je gesehen hatte, sie war so rein und intensiv, dass es fast süchtig machte. Nun verstand ich, warum man im Sommerreich so viel Energie darauf verwandte, diesen Gefühlen nachzujagen – in keinem der beiden Reiche existierte etwas Vergleichbares.

Und trotzdem war es nur ein Spiel. Zwar ahmte ich die Worte und Gesten eines Verliebten nach, aber Gefühle – das hatte ich am Winterhof gelernt – waren nichts anderes als Schwäche. Und als am letzten Abend unseres Spiels der Vollmond über den Bäumen aufstieg, wusste ich, dass sie mein sein würde.

Eifrig lief sie im bleichen Schein des Mondes über das Gras und hatte es so eilig, zum Bach zu kommen, dass sie mehrmals stolperte und der Länge nach hinfiel. Trotz der ungewöhnlichen Stunde, zu der ich sie herbestellt hatte, schaute sie kein einziges Mal zurück Richtung Dorf. Wenige Tage zuvor wäre sie schon allein vor dem Gedanken zurückgeschreckt, sich mit einem fast Fremden mitten in der Nacht im Wald zu treffen. Doch nun eilte sie eifrig herbei, ohne die geringsten Zweifel. Sie vertraute ihrem Prinzen und zwar vollständig und rückhaltlos. Das machte die Liebe also aus den Sterblichen.

Ich hielt mich noch ein paar Minuten verborgen und beobachtete lautlos wie ein Schatten, wie sie den Bach erreichte und sich suchend umschaute. Natürlich konnte sie mich nicht sehen, obwohl ich nur wenige Meter von ihr entfernt am anderen Ufer des Baches stand. Der Schein machte mich unsichtbar. Aus ihrem Eifer wurde bald Besorgnis, weil ich nicht auftauchte, und auf der Suche nach mir fing sie an, am Bach auf und ab zu laufen. Trotzdem blieb ihr Vertrauen unverrückbar, keinerlei Zweifel keimten in ihr auf. So sicher war sie sich, dass ihr Prinz kommen würde oder dass er lediglich durch etwas aufgehalten worden war. Dumme Sterbliche.

Als sie schließlich kurz davor war, in Tränen auszubrechen, streifte ich den Schein ab und trat zwischen den Bäumen hervor. Sofort erhellten sich ihre Züge, und die Liebe ließ ihre Augen strahlen, doch ich blieb auf meiner Seite des Baches, statt zu ihr zu gehen. Mit aufgesetzter Traurigkeit blieb ich am Ufer stehen, den Wald im Rücken, und schenkte ihr ein zärtliches Lächeln.

»Bitte verzeih, dass ich so spät komme«, begann ich mit genau kalkulierter Reue. »Doch ich wollte dich noch ein Mal sehen. Ich fürchte, dies wird unsere letzte Begegnung sein. Mir ist klar geworden, dass wir aus verschiedenen Welten stammen und dass ich dir nicht das Leben bieten kann, das du dir wünschst. Du bist wunderschön und liebenswert, und das würde ich dir nur nehmen. Deshalb ist es besser, wenn ich gehe. Nach dieser Nacht wirst du mich nicht wiedersehen.«

Wie vorausgesehen hatte meine Erklärung verheerende Auswirkungen. Ihre Augen füllten sich mit Tränen, und sie schlug entsetzt beide Hände vor den Mund. »Nein!«, keuchte sie mit Panik in der Stimme. »O nein! Bitte, du darfst nicht gehen! Was ... was soll ich denn tun ... ohne dich?« Schluchzend brach sie in Tränen aus.

Ich verkniff mir ein triumphierendes Lächeln, überquerte den Bach und zog sie an mich. »Nicht weinen«, flüsterte ich und streichelte ihr übers Haar. »Glaube mir, es ist besser so. Dein Volk würde mich niemals akzeptieren – sie würden mich mit Eisen und Fackeln vertreiben und versuchen, mich zu töten. Sie würden es tun, um dich zu schützen. Es ist selbstsüchtig von mir, mich mit dir zu treffen.«

Schniefend blickte Brynna zu mir auf, und in die finstere Verzweiflung auf ihrem Gesicht mischte sich wilde Entschlossenheit. »Mir ist egal, was die anderen sagen! Nimm mich mit dir. Ich werde alles tun, alles, was du willst. Aber bitte verlass mich nicht. Ich würde es nicht überleben, wenn du gehst!«

Wir schmiegten uns aneinander, das Mädchen legte den Kopf an meine Brust, und ihr strahlender Schein hüllte uns ein. Schließlich lehnte ich mich zurück, um ihr in die Augen sehen zu können. »Liebst du mich, Brynna?«

Ohne zu zögern, nickte sie. »Von ganzem Herzen.«

»Würdest du alles für mich tun?«

»Ja.« Sie klammerte sich an mein Hemd. »Alles, Liebster. Du musst nur fragen. Einfach alles.«

Ich trat zurück, stieg über den Zaun und entfernte mich so weit von ihr, dass die Schatten mein Gesicht verbargen. »Dann komm«, sagte ich leise und streckte ihr eine Hand entgegen. »Komm mit mir.« Ich wartete. Wartete ab, ob sie jahrelange Erziehung, fest verwurzelte Ängste, Furcht einflößende Geschichten und zahllose Warnungen, dem schönen Feenprinzen bloß nicht in den Wald zu folgen, innerhalb eines Augenblicks vergessen würde.

Sie zögerte nicht. Ohne sich auch nur einmal umzudrehen, kam sie zu mir, legte ihre Hand in meine und lächelte mich voll kindlichem Vertrauen an. Ich erwiderte ihr Lächeln und führte sie in den Wald hinein.

»Wo gehen wir hin?«, fragte sie wenig später, als wir Hand in Hand durch den Wald eilten. Schatten streckten sich uns entgegen, Äste griffen nach ihr und krallten sich in ihre Kleidung. Sie wussten, dass ein Mensch hier im Wald nichts zu suchen hatte, doch Brynna verspürte auch weiterhin keinen Argwohn und war einfach nur glücklich, bei ihrem Prinzen zu sein, auch wenn der sie durch einen finsteren Wald zerrte, in dem nicht einmal die Bäume ihre Anwesenheit tolerierten.

»Du wirst schon sehen«, erwiderte ich und zog sie geschickt zur Seite, als sich ihr ein Dornbusch in den Weg stellen wollte. Und da ich wusste, dass sie mich so lange nerven würde, bis ich nachgab, fügte ich noch hinzu: »Das ist eine Überraschung.«

Ein Irrwisch huschte hinter uns zwischen den Bäumen herum und versuchte, ihre Aufmerksamkeit auf sich zu lenken. Als ich ihn finster anstarrte, wirbelte er davon, doch sein leises Gelächter hallte zwischen den Ästen nach. In den Büschen erhob ein Kobold sein mit Warzen überzogenes Haupt und musterte uns finster. Er fuhr sich zwar mit der schwarzen Zunge vielsagend über die Lippen, wagte es aber nicht, uns zu nahe zu kommen. Brynna schien das alles nicht zu sehen, sie summte nur leise vor sich hin und folgte mir immer tiefer in den Wald.

Schließlich erreichten wir eine kleine runde Lichtung, auf der grob behauene Steine einen Kreis um einen verwitterten Altar bildeten. Er wurde zu verschiedenen Anlässen benutzt – Tänze, Blutrituale, Opferungen –, doch heute diente er einem anderen Zweck. Brynna musterte den Steinkreis neugierig, bevor sie sich wieder lächelnd zu mir umdrehte. Sie war vollkommen ahnungslos.

Rowan stand ganz in unserer Nähe, er lehnte mit verschränkten Armen an einem der Steine und grinste mich spöttisch an. Der Schein machte ihn unsichtbar für die Augen der Sterblichen, doch in mir weckte sein Anblick Entschlossenheit. Ich war schon so weit gekommen – nun wurde es Zeit, die Beute zu erlegen.

Sanft zog ich Brynna zum Altar, und sie folgte mir widerstandslos, immer noch voller Vertrauen, dass ihr Prinz sie beschützen würde. Ich hob sie hoch, setzte sie auf den flachen Stein, nahm ihre Hände und sah ihr tief in die Augen.

»Liebst du mich?«, fragte ich wieder, mit sehr, sehr sanfter Stimme.

Sie nickte atemlos.

»Dann beweise es«, murmelte ich. »Ich will deinen Körper, deine Seele, dein gesamtes Sein. Gib mir alles. Heute Nacht.«

Einen Moment lang war sie verwirrt, doch dann begriff sie. Wortlos schlüpfte sie aus ihrem Kleid und ließ das Mondlicht über ihre nackte, jugendliche Haut streichen. Sie zog sich sogar das Band aus den Haaren, sodass sie wie ein dunkler Wasserfall offen über ihre Schultern fielen. Langsam ließ ich den Blick über ihren schlanken, blassen Körper gleiten, der so zerbrechlich und makellos war.

Sie legte sich auf den kalten Stein und hieß mich mit offenen Armen willkommen, während ich mir alles nahm, was sie mir bot, alles, was sie geben konnte, und Rowan danebenstand und uns mit einem grausamen Lächeln zusah.

Als es vorbei war, schlief sie erschöpft in meinen Armen ein. Ohne sie zu wecken, stand ich auf, stieg lautlos von dem Altar herunter und zog mich an, während ich über das nachsann, was gerade geschehen war.

»Herzlichen Glückwunsch, Brüderchen.« Rowan erschien, für menschliche Sinne immer noch unfassbar, neben mir und grinste wie ein Wolf, der ein junges Lamm entdeckt hat. »Du hast deine Beute erlegt. Das Spiel ist fast vorbei.«

»Fast?« Auch ich hatte mich mithilfe des Scheins unsichtbar und unhörbar gemacht, sodass Brynna ungestört weiterschlief. »Was soll das heißen, fast? Mir gehört ihr Herz. Sie hat es mir aus freien Stücken und bereitwillig überlassen. Sie liebt mich – das war das Ziel des Spiels.«

»Nicht ganz.« Abfällig musterte Rowan das schlafende Mädchen. »Um das Spiel wahrhaftig zu gewinnen, musst du sie zerstören. Ihren Körper und ihre Seele. Zerschmettere ihr Herz und zwar so gründlich, dass sie nie wieder lieben wird, da nichts an das heranreicht, was sie mit dir hatte.«

»Geht das nicht ein bisschen weit?« Ich deutete auf die Sterbliche auf dem Altar. »Ich habe sie hierhergebracht. Sie hat sich mir hingegeben. Es ist vorbei. Ich werde sie zu ihrem Dorf bringen und mich nie wieder bei ihr blicken lassen. Irgendwann wird sie es vergessen.«

»Sei doch nicht so naiv«, winkte Rowan kopfschüttelnd ab. »Du weißt genau, dass sie uns nicht vergessen können. Zumindest nicht, wenn wir uns die Mühe gemacht haben, ihre Liebe zu erringen. Wenn du sie verlässt, ohne ihr das Herz zu brechen, wird sie für den Rest ihres Lebens jeden Tag zu diesem Bach laufen und nach dir suchen. Vielleicht rennt sie in ihrer Verzweiflung sogar in den Wald und wird dort von Trollen, Wölfen oder sonst etwas Grausigem gefressen. Genau genommen tust du ihr also einen Gefallen, wenn du sie freigibst.« Er verschränkte die Arme vor der Brust und lehnte sich mit einem spöttischen Blick zurück. »Also wirklich, Brüderchen. Dachtest du tatsächlich, die Sache würde ein glückliches Ende nehmen? Bei einer Sterblichen und einem Feenwesen? Was dachtest du denn, wie es ausgeht?« Sein Grinsen wurde grausam. »Bring zu Ende, was du angefangen hast, Ash, es sei denn, du willst, dass ich sie hier und jetzt töte, damit du es nicht tun musst.«

Wütend funkelte ich ihn an. »Na schön«, fauchte ich. »Aber du wirst dich nicht zeigen, bevor es vorbei ist. Das hier ist mein Spiel, auch jetzt noch.«

»Selbstverständlich, Brüderchen«, erwiderte er grinsend, wich ein paar Schritte zurück und deutete mit großer Geste auf den Altar. »Sie gehört ganz dir.«

Ich wandte mich wieder der schlafenden Brynna zu. Mir war egal, was Rowan sagte – sie zu zerstören war nicht Teil des Spiels. Ich konnte sie genauso gut zu ihrem Dorf bringen und dort zurücklassen, dann würde sie eben nie erfahren, was aus ihrem Feenprinzen geworden war. Die Herzen der Sterblichen zu brechen gehörte zu Rowans Vorstellung von Spaß, er tat das immer wieder gerne, nachdem er die Mädchen so lange benutzt hatte, bis sie nur noch leere Hüllen waren. Doch ich war nicht wie er; alles, was er anfasste, zerstörte er irgendwann.

Und trotzdem war es vielleicht wirklich besser, dafür zu sorgen, dass sie nicht nach mir suchte. Sicher, sie war nur eine Sterbliche, aber sie war mir während unserer gemeinsamen Zeit irgendwie ans Herz gewachsen, wie ein Hund oder ein treues Pferd. Es würde mich nicht sonderlich bekümmern, wenn sie ziellos durch den Wald irrte und sich dabei verletzte oder gefressen wurde, aber schön fände ich das auch nicht.

Ich ließ sie bis zum Morgengrauen schlafen, damit sie noch eine letzte, friedliche Nacht hatte, in der ihre Träume unversehrt waren. Als der Mond unterging und die Sterne am Himmel verblassten, überzog ich den Altar mit einer dünnen Reifschicht. Die Kälte reichte aus, um sie zu wecken.

Zitternd setzte sie sich auf und sah sich verwirrt um. Als sie mich neben einem der Steine entdeckte, verschwand die Schläfrigkeit aus ihrem Blick, und sie begann zu strahlen. Sie hob ihr Kleid auf, zog es an und kam mit ausgebreiteten Armen zu mir, um mich zu umarmen.

Während sie auf mich zukam, musterte ich sie kalt und umgab mich mithilfe des Scheins mit eisiger Luft. Noch bevor sie mich erreichte, blieb sie zögernd stehen und sah mich verwirrt an.

»Liebster?«

Als ich sie so ansah, wurde mir klar, wie einfach das werden würde. Sie war so zerbrechlich, ihr Herz lag in meiner Hand wie eine zarte Glaskugel, in der all ihre Wünsche, Hoffnungen und Träume ruhten. Wenige Worte, mehr brauchte es nicht, um aus diesem eifrigen, strahlenden Wesen eine leere, gebrochene Hülle zu machen. Rowans spöttischer Kommentar, mit dem er sich über meine Unwissenheit lustig gemacht hatte, hallte noch in meinen Ohren. *Dachtest du tatsächlich, die Sache würde ein glückliches Ende nehmen? Bei einer Sterblichen und einem Feenwesen? Was dachtest du denn, wie es ausgeht?*

Ich blickte ihr direkt in die Augen, lächelte kalt und zerschmetterte die Illusion. »Geh nach Hause, Mensch.«

Sie sank ein wenig in sich zusammen, und ihre Lippen begannen zu zittern. »W-was?«

»Das alles langweilt mich.« Ich verschränkte die Arme, lehnte mich gegen den Stein und musterte sie abfällig. »Du langweilst mich, genau wie dieses ganze Gerede von Liebe, Schicksal und Ehe.«

»Aber ... aber du hast doch gesagt ... ich dachte ...«

»Was dachtest du? Dass wir heiraten würden? Dass wir zusammen durchbrennen? Und jede Menge Halbblutkinder kriegen?« Angewidert schüttelte ich den Kopf, was sie noch weiter in sich zusammensacken ließ. »Ich hatte nie vor, dich zu heiraten, Mensch. Es war nur ein Spiel, und das Spiel ist nun vorbei. Geh nach Hause und vergiss das Ganze, denn genau das werde ich auch tun.«

»Ich dachte ... ich dachte, du liebst mich ...«

»Ich weiß ja nicht einmal, was Liebe ist«, erklärte ich wahrheitsgemäß. »Außer dass sie dich schwach macht und dass du niemals zulassen solltest, dass sie dich vereinnahmt. Sonst wird sie dich am Ende vernichten.« Sie schüttelte heftig den Kopf, doch ich konnte nicht sagen, ob sie damit Widerspruch oder Ungläubigkeit ausdrücken wollte. Es war mir auch egal. »Nichts von alledem war echt, Mensch. Versuche nicht, mich zu finden, denn du wirst mich nicht wiedersehen. Es war ein Spiel, und du hast verloren. Und nun sag mir Lebewohl.«

Wie betäubt sank sie auf die Knie, während ich mich umdrehte und zwischen den Bäumen verschwand. Kurz darauf zerriss ein grauenhafter, durchdringender Schrei die Stille, und ein Vogelschwarm stieg erschrocken zwischen den Bäumen auf. Ich blickte nicht zurück. Während immer mehr Schreie ertönten, einer schrecklicher als der andere, tauchte ich in die Tiefen des Waldes ein, und das Triumphgefühl überlagerte meine leisen Zweifel.

Als ich mich dem Steig näherte, der mich ins Winterreich zurückbringen würde, spürte ich plötzlich, dass ich nicht allein war. Zwischen den Bäumen stand eine große, dunkle Gestalt in einer weiten Robe, deren Gesicht von einer Kapuze verdeckt wurde. Während ich nach meinem Schwert griff, hob sie ihren knorrigen Stab und deutete damit auf mich ...

Keuchend kam ich zu mir und hob das Gesicht von dem kalten Steinboden des Schlosses. Nur langsam fand ich in die Gegenwart zurück. Der Wächter ragte kühl und unbeteiligt über mir auf. Mühsam kämpfte ich mich auf die Füße und lehnte mich an die Wand, während die Erinnerung an jenen Tag mir noch klar und schmerzlich vor Augen stand.

Brynna. Das Mädchen, dessen Leben ich zerstört hatte. Nach unserem letzten Treffen hatte ich noch einmal beobachtet, wie sie allein und mit leerem Blick am Bach entlangwanderte. Danach hatte ich sie nie wieder gesehen und auch nie wieder an sie gedacht, bis mich eines Tages die alte Druidenpriesterin aufspürte. Sie stellte sich als Brynnas Großmutter vor, die Hohepriesterin des Clans, und verlangte zu wissen, ob ich derjenige sei, der ihre Enkeltochter getötet hatte. Das Mädchen war in eine tiefe Melancholie verfallen, hatte jede Nahrung verweigert und nicht mehr geschlafen, bis ihr Körper eines Tages einfach aufgegeben hatte. Brynna war an gebrochenem Herzen gestorben, und nun war die Priesterin gekommen, um Rache zu nehmen.

Ich verfluche dich, Dämon, Seelenloser. Von diesem Tage an soll dir jeder genommen werden, den du liebst. Mögest du dieselben Qualen erleiden wie das Mädchen, das du zerstört hast, möge dein Herz unvergleichliche Schmerzen erfahren, solange du seelenlos und leer bleibst.

Damals hatte ich über sie gelacht und behauptet, dass ich zur Liebe gar nicht fähig und ihr lächerlicher Fluch deshalb vergebliche Mühe sei. Sie lächelte nur mit ihren gelben Zähnen und spuckte mir ins Gesicht, bevor ich ihr den Kopf abschlug.

Ich sank auf die Knie, vor meinem inneren Auge sah ich ihre Gesichter, ihre dunklen Augen, die mich vorwurfsvoll anblickten. Ich konnte kaum atmen. Hastig schloss ich die Augen, doch ich konnte den Bildern nicht entkommen – dem Mädchen, dem ich den Tod gebracht hatte, indem ich dafür sorgte, dass sie sich in mich verliebte.

Meine Augen brannten. Tränen ließen meine Sicht verschwimmen, liefen über meine Wangen und tropften zu Boden. »Was ... hast du mit mir gemacht?«, fragte ich keuchend und griff mir an die Brust. Sie war wie zugeschnürt, ich bekam kaum noch Luft. Der Wächter musterte mich ausdruckslos, wie ein regloser Schatten stand er da.

»Das Gewissen«, verkündete er schließlich, »ist ein Teil der menschlichen Natur. Kein Sterblicher kann der Reue auf Dauer entfliehen. Wenn du es nicht schaffst, mit den Fehlern aus deiner Vergangenheit Frieden zu schließen, bist du nicht reif für eine Seele.«

Ich kämpfte mich wieder in eine sitzende Position und lehnte mich erschöpft gegen die Wand. »Fehler«, wiederholte ich bitter, während ich versuchte, mich zu beruhigen. »Mein Leben war voller Fehler.«

»Jawohl«, nickte der Wächter und hob seinen Stab. »Und wir werden sie uns alle noch einmal ansehen.«

»Nein, bitte ...«

Zu spät. Ein greller Lichtblitz flammte auf, und schon war ich woanders.

Stimmen der Vergangenheit

Als ich den Kopf hob, sah ich Mab lächeln, verharrte aber weiter auf Knien vor ihrem Thron. »Ash«, schnurrte sie und bedeutete mir, mich zu erheben. »Mein *allerliebster* Junge. Weißt du, warum ich dich gerufen habe?«

Wachsam erhob ich mich. Man durfte Mab nicht trauen, wenn sie die Bezeichnung »allerliebst« verwendete. Ich hatte schon erlebt, dass sie jemanden so nannte und ihn danach bei lebendigem Leibe einfror, »um ihn für immer so in Erinnerung zu behalten«. Wesentlich öfter diente diese Bezeichnung allerdings dazu, meine Brüder eifersüchtig zu machen und uns mal wieder zu einem Wettbewerb anzustacheln. Sie unterhielt sich dabei bestens, mir machte es allerdings das Leben schwer. Rowan nahm es mir immer sehr übel, wenn ich gerade der Lieblingssohn war, und bestrafte mich dafür bei jeder sich bietenden Gelegenheit.

Während ich aufstand, spürte ich Rowans finsteren Blick im Rücken, konzentrierte mich aber weiter auf die Königin. »Ich weiß es nicht,

Königin Mab, doch was immer der Grund sein mag, ich werde deinem Wunsch nachkommen.«

Ihre Augen funkelten spöttisch. »Immer bist du so förmlich. Kannst du mir nicht hin und wieder ein Lächeln schenken? Rowan fürchtet sich nicht davor, mir in die Augen zu sehen.«

Rowan war auch wesentlich öfter bei Hofe als ich, sie zog ihn sich schließlich zum königlichen Berater und Vertrauten heran, außerdem teilte er ihren grausamen Sinn für Humor. Aber das konnte ich ihr auf keinen Fall sagen, also rang ich mir ein kleines Lächeln ab, das sie zu besänftigen schien. Sie lehnte sich auf ihrem Thron zurück und musterte mich fast schon liebevoll, dann deutete sie auf etwas, das sich hinter mir befand.

Zwei Winterritter in eisblauen Rüstungen traten vor. Sie schleppten etwas zwischen sich, das sie nun Mab vor die Füße schleuderten. Es war eine zarte Waldnymphe mit brauner Haut, einem spitzen Gesicht und stacheligen Ranken in den langen, grünen Haaren. Eines ihrer Beine war zerbrochen wie ein trockener Zweig und stand in einem seltsamen Winkel vom Körper ab. Sie war kaum noch bei Bewusstsein und zog sich stöhnend über den Boden – weg von dem Thron, der vor ihr aufragte.

»Diese Kreatur«, erklärte Mab mit Blick auf den verletzten, erbarmungswürdigen kleinen Körper, »hat zusammen mit einigen Freunden einen meiner Ritter angegriffen und ihn getötet, als er an der Grenze zum Wilden Wald patrouillierte. Sie hier konnten die Ritter bändigen, doch die anderen flohen in den Wilden Wald und entkamen. Ein solcher Angriff darf nicht ungestraft bleiben, aber die Kreatur weigert sich, uns zu verraten, in welchem Gehölz sie beheimatet ist. Da du ja so unglaublich viel Zeit damit verbringst, dort zu jagen, hatte ich gehofft, du wüsstest vielleicht, wo man ihren Stamm finden kann.«

Ich musterte die Nymphe, die sich nun in meine Richtung schob und flehend eine Hand erhob. »Gnade«, flüsterte sie und umklammerte meine Stiefel. »Gnade, Herr, wir wollten doch nur unsere Schwester retten. Der Ritter … der Ritter hat … sich an ihr vergangen. Bitte … meine Freunde … meine Familie … die Königin wird sie alle töten.«

Für den Bruchteil einer Sekunde zögerte ich. Ich zweifelte nicht an ihren Worten; die Ritter waren kalte, brutale Männer, die sich einfach nahmen, was sie haben wollten, doch einen Diener des Winterhofes anzugreifen war ein Verbrechen, das mit dem Tode bestraft wurde. Falls es ihr gelang, sie zu finden, würde Mab ihre gesamte Familie auslöschen, die nichts anderes getan hatte als die Ihren zu schützen. Natürlich konnte ich nicht lügen, doch es gab andere Wege, die Wahrheit zu verdrehen.

»Prinz Ash.« Mabs Stimme war nun nicht mehr freundlich und zurückhaltend, ein warnender Unterton schwang in ihr mit. »Wenn mich nicht alles täuscht, habe ich dir eine Frage gestellt«, fuhr sie fort, woraufhin die Nymphe sich verzweifelt an den Saum meines Mantels klammerte. »Kennst du den Aufenthaltsort dieser Kreaturen oder nicht?«

Was soll das denn, Ash? Ich ballte die Fäuste, versetzte der Nymphe einen Tritt und ignorierte ihren schrillen Schmerzensschrei. Gnade war etwas für Schwächlinge, und ich war der Sohn der Dunklen Königin. Ein Wesen von meinem Geblüt kannte keine Gnade. »Jawohl, Majestät«, antwortete ich. Die Nymphe brach weinend zusammen. »Ich bin diesem Stamm schon einmal begegnet. Ihre Kolonie befindet sich am Rand des Dornenwalds.«

Mab lächelte erfreut. »Hervorragend«, sagte sie mit rauer Stimme. »Dann wirst du heute Abend eine Einheit dorthin führen und sie vernichten. Tötet sie alle, holzt ihre Bäume ab und brennt den Hain nieder. Dort darf nichts stehen bleiben, nicht einmal ein Grashalm. Statuiert an ihnen ein Exempel für alle, die sich dem Winterhof widersetzen wollen. Habe ich mich klar genug ausgedrückt?«

Während die klagenden Schreie der Nymphe immer lauter wurden, neigte ich ergeben den Kopf. »Wie du wünschst, meine Königin.« Ohne mich von ihr abzuwenden, trat ich zurück. »So wird es geschehen.«

Der Waldelf umklammerte seinen Stab und starrte mich angsterfüllt an. Der kleine Elfenstamm, der hier im Grenzgebiet zwischen dem Wilden Wald und Tir Na Nog hauste, bestand aus einfachen Jägern und Sammlern. Sie bekamen sicher nicht oft Besuch, erst recht nicht von Abgesandten des Dunklen Hofes. Und ganz sicher nicht von einem der Prinzen.

»Prinz Ash?« Er verbeugte sich steif, was ich mit einem knappen Nicken zur Kenntnis nahm. »Welch eine … Überraschung. Was verschafft uns die Ehre, Hoheit?«

»Ich bin hier im Auftrag von Königin Mab, bezüglich eines Kriegers mit dem Namen Weißdorn«, erklärte ich formell, woraufhin er die Augenbrauen hochzog. »Kommt dir der Name vielleicht bekannt vor?«

»Weißdorn?« Der alte Elf runzelte die Stirn. »Ach ja, Weißdorn ist zu einer Heldenreise aufgebrochen, er wollte der stärkste Elf des Wilden Waldes werden. Woher kennt Ihr ihn?«

Ich seufzte. »Weißdorn landete letztlich am Dunklen Hof«, fuhr ich fort. Die Falten auf der Stirn des Alten vertieften sich. »Er trat vor die Königin und flehte sie an, ihn in ihre Garde aufzunehmen und ihm die Ehre zuteilwerden zu lassen, in ihrem Hofstaat zu dienen. Als Mab dies ablehnte, verlangte er, im Duell beweisen zu dürfen, dass er der stärkste Krieger sei. Er schwor beim Leben seiner Familie und seines Stammes, dass er siegen würde, und verlangte, im Falle eines Sieges in Dienst genommen zu werden. Das amüsierte Mab, und sie erlaubte ihm, gegen einen ihrer Krieger anzutreten.«

»Ich verstehe nicht …«

»Weißdorn wurde besiegt«, vervollständigte ich sanft meinen Bericht. Das Gesicht des Alten, das zunächst tiefbraun gewesen war, nahm die Farbe eines verdorbenen Pilzes an. Taumelnd fiel er auf die Knie und murmelte tonlos vor sich hin. Ich zog mein Schwert und ging ans Werk, während in den Hütten ringsum entsetzte Laute und Geschrei ertönten. »Das Leben seiner Familie und seines Stammes sind verwirkt, da er nicht gesiegt hat. Ich bin gekommen, um diese Schuld einzutreiben.«

»Gnade.«

Der Sterbliche kniete im Schnee. Ein Pfeil hatte seinen Oberschenkel durchbohrt, und sein strahlend rotes, menschliches Blut tropfte aus der Wunde. Zitternd verschränkte er die Hände und streckte sie mir flehend entgegen. In seinen Augen standen Tränen. Ein erbärmlicher Mensch.

»Bitte, Herr des Waldes, bitte, zeigt Gnade. Ich wollte nicht auf Euren Besitz vordringen.«

Ich schenkte ihm ein kaltes Lächeln. »Es ist euch verboten, den Wald zu betreten – deine Leute wissen das genau. Wagt ihr euch auf unser Gebiet, so ist es uns erlaubt, Jagd auf euch zu machen. Sage mir, Mensch, warum sollte ich mich gnädig zeigen?«

»Bitte, hoher Herr! Meine Frau … meine Frau ist sehr krank. Sie … die Geburt macht ihr Probleme. Ich musste die Abkürzung durch den Wald nehmen, um rechtzeitig in die Stadt zum Arzt zu gelangen.«

»Eine schwierige Geburt?« Abschätzend kniff ich die Augen zusammen. »Deine Frau wird tot sein, noch bevor du nach Hause zurückkehrst. Mit dem verletzten Bein wirst du es niemals rechtzeitig schaffen. Indem du unbefugt hierherkamst, hast du sie beide getötet.«

Der Mensch begann zu schluchzen. Der Schein in seiner Aura nahm das dunkle Blau der Verzweiflung an. »Bitte!«, schrie er und schlug mit den Fäusten auf den Schnee ein. »Bitte, verschont sie! Verfahrt mit mir, wie es Euch beliebt, aber rettet meine Frau und mein Kind. Ich würde alles dafür tun, bitte!«

Er sank in sich zusammen, weinte leise und murmelte wieder und wieder das eine Wort – »bitte«. Nachdem ich ihn einen Moment lang beobachtet hatte, seufzte ich gereizt.

»Deine Frau ist verloren«, erklärte ich ihm unverblümt, woraufhin er laut aufstöhnte und das Gesicht in den Händen verbarg. »Sie kann nicht gerettet werden. Dein Kind könnte allerdings noch eine Chance haben. Was gibst du mir dafür, dass ich sein Leben rette?«

»Alles!«, rief der Mann und blickte in feierlichem Ernst zu mir auf. »Nehmt Euch, was Ihr wollt, aber rettet mein Kind!«

»Sprich es aus«, befahl ich ihm. »Sage es laut und deutlich, auf dass die Bäume Zeugen deiner Bitte werden.«

In diesem Moment muss ihm klar geworden sein, was vor sich ging, denn er wurde noch blasser und schluckte schwer. Doch er befeuchtete seine Lippen und sagte mit zittriger, aber lauter Stimme: »Ich, Joseph Macleary, bin bereit, für das Leben meines Kindes alles zu geben.« Wieder schluckte er und sah mich fast schon trotzig an. »Nehmt Euch, was Ihr wollt, selbst mein Leben, solange mein Kind nur unversehrt und gesund aufwachsen kann.«

Lächelnd wartete ich ab, während sich die unsichtbaren Fäden der

Magie um uns schlossen und den Handel besiegelten. »Ich werde dich nicht töten, Mensch«, sagte ich dann und trat ein paar Schritte zurück. »Ich habe keinerlei Interesse daran, dir jetzt das Leben zu nehmen.«

Kurz huschte Erleichterung über seine Züge, doch dann wurde sein Blick wieder ängstlich. »Was wollt Ihr dann?«

Immer noch lächelnd machte ich mich unsichtbar und beobachtete, wie der Mensch sich in dem nun scheinbar leeren Wald umsah. Zunächst blieb er verwirrt hocken. Dann sprang er keuchend auf und humpelte in die Richtung zurück, aus der er gekommen war. Er hinterließ eine deutlich sichtbare Blutspur im Schnee. Als ich die Panik spürte, die ihn erfasste, sobald ihm klar wurde, was er da versprochen hatte, lachte ich leise. Er würde es niemals rechtzeitig nach Hause schaffen.

Ich lenkte meine Schritte zu einer kleinen Hütte am Rand des Waldes und blieb dabei weiterhin unsichtbar.

Das Samhain-Fest rückte näher, und am Winterhof wurde es stets mit Geschenken, Gefälligkeiten und Segenswünschen für die Winterkönigin begangen. In diesem Jahr fand Mab besonders viel Gefallen an meinem Geschenk, einem dunkelhaarigen Säugling. Und Rowans Gesichtsausdruck, als ich ihr den kleinen Jungen überreichte, war unvergesslich. Der Junge wuchs unversehrt und gesund am Winterhof auf. Er stellte niemals Fragen zu seiner Herkunft oder seiner Vergangenheit und entwickelte sich zu einem der Lieblingsspielzeuge der Königin. Irgendwann, als er ein wenig älter war und seine Kraft und Schönheit nachzulassen begannen, versetzte Mab ihn in endlosen Schlaf und schloss ihn in Eis ein, damit er auf ewig so erhalten bliebe. Und damit war der Handel, der in der Nacht seiner Geburt geschlossen wurde, erfüllt.

»Genug!«

Abrupt landete ich wieder in der Gegenwart und wich kriechend vor dem Wächter zurück. Aus den Schatten blickten mir die Gesichter all jener entgegen, deren Leben ich zerstört hatte. Ich schlug gegen die Wand und presste verzweifelt die Lider aufeinander, doch den Erinnerungen konnte ich nicht entkommen, den vorwurfsvollen Blicken, die mich durchbohrten. Den Schreien, dem Wehklagen, dem Gestank von brennendem Holz, dem Blut, dem Schrecken, der Trauer und dem Tod – ich erinnerte mich an alles, als wäre es erst gestern geschehen.

»Aufhören«, flüsterte ich, drückte das Gesicht gegen die Wand und spürte die Nässe auf meinen Wangen. Ich biss die Zähne so fest zusammen, dass mein Kiefer schmerzte. »Aufhören. Ich kann ... mich nicht erinnern. Ich will mich nicht erinnern.«

»Du wirst dich erinnern.« Die Stimme des Wächters war ruhig und gnadenlos. »An alles wirst du dich erinnern. An jede Seele, die du zerstört, an jedes Leben, das du genommen hast. Du wirst dich erinnern, Ritter. Das war erst der Anfang.«

Endlos ging es weiter.

Jedes Mal war ich dort, sah mich als herzlosen Dunklen Prinzen – kalt, brutal und mitleidslos. Noch viele Menschen jagte ich durch den Wald und genoss ihre Angst, als ich sie tötete. Ich mordete auf Geheiß der Königin, manchmal nur einzelne Personen, die sich ihren Unmut zugezogen hatten, manchmal ganze Familien – nur zu ihrer Unterhaltung – oder auch ganze Dörfer, um ein Exempel zu statuieren. Ich buhlte mit meinen Brüdern um Mabs Gunst, spielte meine eigenen grausamen Spielchen bei Hofe, die oft mit Verrat und Blutvergießen endeten. Ich verführte immer wieder Menschenfrauen, brach ihnen das Herz und ließ sie in dumpfer Schwermut oder in nackter Verzweiflung zurück.

Wenn ich diese Gräueltaten durchlebte, empfand ich nichts. Doch jedes Mal holte mich der Wächter für einen Moment zurück, und dann drohte das Entsetzen über meine Taten mich zu erdrücken. Ein Verbrechen nach dem anderen wurde hervorgeholt und legte sich als schwere Last auf mich, brachte immer neue Erinnerungen mit sich und immer neue Gefühle der Scham angesichts dieses albtraumhaften Lebens. Jedes Mal hätte ich mich am liebsten zusammengerollt und wäre gestorben, so groß war meine Schuld, doch der Wächter gestattete mir stets nur einen kurzen Moment der Besinnung, bevor er mich in das nächste Massaker katapultierte.

Endlich, nachdem es Jahre, nein, Jahrhunderte angedauert hatte, war es vorbei. Diesmal fand ich mich keuchend auf dem Boden meines Zimmers wieder, die Arme in Erwartung des nächsten Schreckensszenarios um den Kopf geschlungen. Doch nichts passierte, nur die Stimme des Wächters verkündete nüchtern und distanziert: »Die letzte Prüfung beginnt bei Sonnenaufgang.« Dann verschwand er und ließ mich allein zurück.

Meine Gedanken, die nun wieder mir gehörten, registrierten zögernd die Stille um mich herum. Und dann stürzten in dem plötzlichen Schweigen all die Erinnerungen auf mich herab, jedes einzelne Verbrechen meiner Vergangenheit, jeder Albtraum und Schrecken, die ganze Verderbtheit des Dunklen Prinzen, und unter all den Klagelauten, dem Weinen und dem qualvollen Stöhnen hörte ich meine eigenen Schreie.

Puck und Ariella stürmten mit gezogenen Waffen herein und sahen sich nach Angreifern um. Als sie sahen, wie ich mich tränenüberströmt auf dem Boden wand, verloren ihre erschreckten Gesichter jede Farbe. »Ash?«, flüsterte Ariella und kam vorsichtig auf mich zu. »Was ist passiert? Was ist los?«

Hastig kroch ich vor ihr weg. Sie durfte es nicht erfahren, keiner von beiden durfte wissen, was ich getan hatte, wie viel Blut an meinen Händen klebte. Ihr Entsetzen, ihre Verachtung und ihr Ekel, wenn sie herausfanden, wer ich in Wirklichkeit war – das würde ich nicht ertragen.

»Ash?«

»Zurück«, keuchte ich mit rauer Stimme. Verwirrt riss sie die Augen auf. »Bleib weg von mir. Ihr beide. Lasst … mich einfach in Ruhe.«

Ariella starrte mich fassungslos an. Und für den Bruchteil einer Sekunde sah ich Brynnas Gesicht vor mir, als ich ihr gesagt hatte, dass alles nur ein Spiel gewesen sei. Es war einfach unerträglich.

Ohne ihre besorgten Rufe zu beachten, rannte ich an den beiden vorbei und flüchtete mich in die endlosen Gänge des Schlosses.

In jedem Flur verfolgten mich Gesichter, drängten sich in meine Gedanken, durchbohrten mich mit ihren kalten, vorwurfsvollen Blicken.

»Ash«, hauchte Brynna in einem Alkoven. Sie hatte die Arme um den Körper geschlungen und sah zu, wie ich an ihr vorbeistürmte. »Du hast gesagt, du liebst mich.«

»Meine Schwestern.« Hinter einer Ecke tauchte die Waldnymphe auf und starrte mich mit brennenden schwarzen Augen an. »Meine Familie. Du hast sie umgebracht. Jeden Einzelnen von ihnen.«

»Dämon«, flüsterte der alte Bauer mit Tränen in den Augen und deutete mit zitternden Fingern auf mich. »Du hast mein Kind gestohlen. Er war alles, was ich noch hatte, und du hast ihn mir geraubt. Monster.«

Es tut mir leid, rief ich ihnen zu, aber natürlich konnten sie mich nicht hören. Sie waren schon lange tot, ihrer Trauer und ihrem Hass war nie eine Linderung widerfahren, und nichts, was ich jetzt noch sagen oder tun konnte, würde das ändern können.

Ich hörte Puck und Ariella, die immer wieder meinen Namen riefen und offenbar nach mir suchten. Ich hatte ihr Mitgefühl nicht verdient. Ich verdiente nicht einmal, sie zu kennen, diese beiden strahlenden Lichter in einem Leben voller Finsternis, Blutvergießen und Tod. Alles, was ich berührte, zerstörte ich, selbst jene, die ich liebte. Letzten Endes würde ich die beiden auch zerstören.

»Mörder«, flüsterte Rowan, der vor mir in einer Tür erschien. Hastig wich ich vor ihm zurück. Halb blind durch meine Tränen wusste ich nicht, wohin ich ging. Plötzlich trat ich ins Leere. Ich fiel eine lange Treppe hinunter, die Welt drehte sich unkontrolliert, bis ich atemlos unten landete. Ein stechender Schmerz fuhr durch meine Schulter und die eine Hälfte meines Körpers.

Mit zusammengebissenen Zähnen kämpfte ich mich hoch, drückte eine Hand gegen die verletzte Schulter und sah mich um. Die Schatten hier unten waren so dicht, dass sie alles zu ersticken drohten, die einzige Lichtquelle war eine flackernde Kerze im Mund eines steinernen Wasserspeiers. Neben dieser fratzenhaften Kreatur erhob sich eine massive Steintür, die an den Eingang einer Gruft erinnerte. Sie war angelehnt. Kalte, trockene Luft wehte durch den Spalt.

Taumelnd zwängte ich mich hindurch, drückte die gesunde Schulter gegen den Stein und schob mit aller Kraft. Knirschend schloss sich die Tür hinter mir und sperrte den schwachen Lichtschein aus. Undurchdringliche Finsternis umfing mich.

Ich hatte keine Ahnung, was für ein Raum das hier war, und es war mir auch egal. Tastend arbeitete ich mich zu einer Ecke vor, lehnte mich mit dem Rücken an die Wand und ließ mich zu Boden gleiten. Ich fror so sehr, dass ich anfing zu zittern, aber das körperliche Unbehagen war mir geradezu willkommen. Die Dunkelheit roch nach Staub, Kalk und Tod. Doch auch hier konnte ich den Stimmen nicht entkommen, den wütenden, hasserfüllten Vorwürfen, die sie mir zischend ins Ohr flüsterten – völlig zu Recht.

Monster.

Dämon.

Mörder.

Nun zitterte ich nicht nur vor Kälte, sondern auch vor Scham, drückte das Gesicht auf die Knie und ließ ihre Anschuldigungen auf mich einprasseln.

Das also war unsere wahre Natur. Meine wahre Natur.

Sonnenaufgang hatte der Wächter gesagt. Meine letzte Prüfung begann bei Sonnenaufgang. Tauchte ich nicht auf, würde ich durchfallen. Und wenn ich durchfiel, würde ich für immer hierbleiben. Allein.

So sollte es sein.

Die Zeit verging. Ich verlor mich in der Dunkelheit und den Stimmen. Manchmal weinten sie, manchmal schrien sie mich an, schleuderten mir grausame, verletzende Worte voller Trauer und Hass entgegen. Manchmal stellten sie Fragen: Warum? Warum hatte ich das getan? Warum hatte ich sie, ihr Leben, ihre Familien zerstört? Warum?

Ich wusste keine Antwort. Nichts, was ich vorbringen konnte, würde ihnen Frieden bringen, keine Entschuldigung konnte rechtfertigen, was ich getan hatte. Es wären nur leere Worte ohne Bedeutung. Wie hatte ich nur so vermessen sein und eine Seele verlangen können? Nun war allein die Vorstellung lachhaft, dass eine Seele in mir leben konnte, wo ich doch durch Jahrhunderte des Blutvergießens, des Todes und des Bösen gezeichnet war.

Darin gaben mir die Stimmen recht, sie lachten mich aus und verspotteten mein Streben. Ich verdiente keine Seele; ebenso wenig verdiente ich es, glücklich zu sein oder in Frieden zu leben. Warum sollte es für mich ein glückliches Ende geben, wenn ich eine Spur des Entsetzens und der Zerstörung hinterlassen hatte, wo auch immer ich gewesen war?

Ich konnte ihnen nicht antworten. Ich war ein Monster. In Finsternis war ich geboren worden, und in Finsternis würde ich auch sterben. Es war besser so. Ash, der Dämon des Dunklen Hofes, würde letztlich ganz allein vergehen und die Leben jener beklagen, die er vernichtet hatte.

Ein passendes Ende, dachte ich und gab damit den Stimmen nach, ließ sie weiter schreien und spotten. So würde ich niemanden mehr verletzen. Hier endete mein Streben, in diesem Loch der Finsternis und der Reue. Und falls ich hier nicht sterben sollte, falls ich ewig weiterlebte und den Stimmen all jener lauschen musste, denen ich unrecht getan hatte, bis ans Ende aller Zeiten, so wäre das vielleicht ein erster Schritt zur Wiedergutmachung.

»Hier steckst du also.«

Als diese Worte durch die Dunkelheit schwebten, hob ich den Kopf. Sie waren anders als das hasserfüllte Flüstern um mich herum, das Vergeltung forderte. Die Gruft war stockfinster, und ich konnte mich kaum vom Fleck rühren. Doch als ich die zwei goldenen Augen aufleuchten sah, die scheinbar körperlos auf mich zuschwebten, wusste ich, wer da gesprochen hatte.

»Grimalkin.« Meine Stimme klang so rau, als hätte ich sie seit Monaten nicht mehr benutzt. Ich hatte keine Ahnung, wie viel Zeit in Wirklichkeit vergangen war. Vielleicht waren es ja tatsächlich einige Monate gewesen. »Was machst du denn hier?«

Der Kater wurde nun vollständig sichtbar und blinzelte ernst. »Ich denke, diese Frage sollte wohl eher ich stellen. Warum versteckst du dich bei den Toten, statt dich auf die letzte Prüfung vorzubereiten?«

Ich zog die Schultern hoch und schloss die Augen, als der Chor der wütenden, quälenden Stimmen wieder einsetzte. »Lass mich in Ruhe, Cat Sidhe.«

»Du kannst nicht hier unten bleiben«, fuhr der Kater fort, als hätte ich nichts gesagt. »Was hat es denn für einen Zweck, hier herumzusitzen und nichts zu tun? Indem du hierbleibst und die Vergangenheit betrauerst, hilfst du niemandem.«

Leise Wut regte sich in mir, ich hob den Kopf und starrte den Kater finster an. »Was weißt du schon davon?«, flüsterte ich. »Du hast kein Gewissen. Für dich ist alles nur ein Austausch von Gefälligkeiten, dir ist doch völlig egal, wen du manipulierst. Ich kann einfach nicht vergessen … was ich getan habe.«

»Das verlangt ja auch niemand.« Grimalkin setzte sich, legte den Schwanz um die Pfoten und fuhr fort: »Das ist immerhin Sinn und Zweck eines Gewissens – dass man jene nicht vergisst, denen man unrecht getan hat. Doch sage mir eines: Wie willst du Wiedergutmachung leisten für deine Verbrechen, wenn du gar nichts tust? Meinst du denn, deine Opfer interessiert es noch, ob du lebst oder stirbst?«

Darauf hatte ich keine Antwort. Naserümpfend stand Grimalkin auf und peitschte mit dem Schwanz. Seine goldenen Augen musterten mich wissend.

»Es interessiert sie nicht. Also ist es sinnlos, sich darüber den Kopf zu zerbrechen. Sie sind tot, du lebst. Wenn du an dieser Prüfung scheiterst, wird sich nie etwas ändern. Es gibt nur einen Weg, um zu verhindern, dass du zu dem wirst, was du verabscheust: Beende, was du angefangen hast.«

Die Stimmen zischten noch immer, voller Verzweiflung, und hielten die Erinnerung an meine Verbrechen wach, an das Blut an meinen Händen, an die Leben, die ich zerstört hatte. Und das zu Recht. Ich konnte nichts mehr für sie tun. Doch damals war ich ein anderer gewesen. Rücksichtslos, seelenlos. Ein Dämon, genau, wie sie es gesagt hatten. Aber … vielleicht konnte ich ja noch einmal von vorne anfangen.

Grimalkin zuckte mit dem Ohr und trottete in die Dunkelheit zurück. »Verdiene dir deine Seele, Ritter«, rief der graue Schatten, der sich in der Finsternis aufzulösen schien. »Beweise, dass du aus deinen Fehlern lernen kannst. Denn nur dann kannst du ein Mensch werden.«

Seine Worte beschäftigten mich noch lange, nachdem er verschwunden war. Ich hockte in meiner kalten Ecke und grübelte über meine Vergangenheit nach, über all jene, die ich verletzt, manipuliert und vernichtet hatte.

Grim hatte recht. Wenn ich hier starb, wer sollte sich dann noch an sie erinnern? Wenn ich scheiterte und ohne Seele nach Hause zurückkehrte, würde ich auch weiterhin gefühllos in die Vergangenheit blicken, ohne Reue, ohne Schuld, ohne Gewissen.

Brynnas gebrochene, hasserfüllte Stimme erklang in meinem Kopf: *Ich habe dich geliebt. Ich habe dich so sehr geliebt, und du hast mich umgebracht. Das werde ich dir niemals verzeihen.*

Ich weiß, versicherte ich ihrem Andenken und stemmte mich endlich auf die Füße. Meine Beine taten so weh, dass ich mich an der Wand abstützen musste. *Und das solltest du auch nicht. Ich will keine Vergebung. Ich verdiene keine Vergebung für das, was ich getan habe. Aber ich werde etwas tun. Irgendwie werde ich Wiedergutmachung leisten für meine Fehler, das schwöre ich.*

Ich war müde, mein Körper war steif, ausgelaugt und schmerzte. Die Tür zu öffnen und die lange Treppe hinaufzusteigen kostete mich meine gesamte Kraft. Doch mit jedem Schritt, mit jedem schmerzhaften Ziehen in meinen Muskeln, fühlte ich mich leichter, irgendwie befreit. Die Stimmen wurden leiser und blieben in der Gruft zurück. Weder sie noch die Verbrechen meiner Vergangenheit konnte ich vergessen, aber ich wollte nicht länger daran zugrunde gehen.

Er erwartete mich am Ende der Treppe, wie immer mit dem Stab in der Hand und der Kapuze über dem Gesicht. Ich spürte, wie sein wissender Blick über meinen zerschlagenen, geschundenen Körper glitt. Er nickte zustimmend, als hätte er etwas in mir entdeckt, das ihm gefiel. »Die finale Prüfung steht bevor, Ritter«, sagte er, während ich die letzten Stufen erklomm und vor ihn trat. »Du hast die menschliche Schwäche kennengelernt und das Gewissen. Eines bleibt noch, bevor du eine Seele erlangst.«

»Wo sind Puck und Ariella?«, fragte ich schuldbewusst, weil ich so lange verschwunden gewesen war. Sie mussten in Sorge sein. Ich konnte nur hoffen, dass sie mich nicht für tot hielten.

»Auf der Suche nach dir«, erklärte der Wächter schlicht. »Aber das hier ist nicht ihre Prüfung, sondern deine, Ritter. Bist du bereit?«

Ich holte tief Luft. Puck und Ariella würden warten müssen. Hoffentlich hatten sie Verständnis, denn der Wächter ließ mir keinerlei Bedenkzeit. »Ja«, versicherte ich, auch wenn mir ganz flau im Magen wurde. Die letzte Prüfung. Das letzte Hindernis zwischen mir und einer Seele. Und Meghan. »Ich bin bereit. Bringen wir es hinter uns.«

Der Wächter nickte und hob ein letztes Mal seinen Stab.

Menschlich

Regentropfen trommelten auf meinen Rücken und weckten mich.

Ich lag bäuchlings auf einem harten Untergrund. So, wie sich meine Wange anfühlte, mussten es Pflastersteine sein. Das Regenwasser durchtränkte meine Haare und meine Kleidung. Ich war so klatschnass, dass ich schon eine Weile hier gelegen haben musste. Dafür sprachen auch die Abdrücke der kleinen, runden Steine auf meiner Wange. Mühsam stützte ich mich auf die Ellbogen und sah mich um, in der Hoffnung, herauszufinden, wo ich war.

Vor mir sah ich, leicht verschwommen durch den Regen, einen Garten, grün und silbern und mit einer üppigen Vegetation. Zwischen den kleinen Büschen und Stauden schlängelten sich gepflasterte Wege hindurch, während das Ganze von einer hohen Steinmauer umzäunt wurde, an der auch größere Bäume standen. Nur wenige Meter von mir entfernt befand sich ein marmorner Springbrunnen, doch das Geräusch, mit dem das Wasser in dem flachen Becken landete, wurde vom Rauschen des Regens übertönt.

Die Bäume um mich herum schimmerten vor Feuchtigkeit, und als der Wind durch die Zweige fuhr, funkelten ihre zahllosen Blätter wie Messerklingen. Vor meinen Füßen wanden sich neonfarben leuchtende Kabel in seltsamen Mustern über den Boden und schlangen sich um die Baumstämme. Straßenlaternen wuchsen direkt aus dem Boden und warfen gelbliche Lichtkreise auf die schmalen Wege. Als ich mich umdrehte, entdeckte ich ein mächtiges Schloss, eine Konstruktion aus Stein, Glas und Stahl, deren Türmchen und Giebeldächer bis in die Wolken hineinragten.

Blinzelnd versuchte ich, das alles zu begreifen. Ich war wieder im Eisernen Königreich. Die verbogenen Metallbäume, die Kabel auf dem Boden, das Schloss aus Glas und Stahl – das alles gab es nirgendwo sonst. Und der Regen ... mein Herzschlag setzte kurz aus, als ich zum Himmel hinaufblickte. Das Wasser war klar und sauber, es war nicht der ätzende Säureregen, der vor Meghans Herrschaft über das Land gefegt war.

Aber wenn es wirklich so war ... wenn ich mich tatsächlich im Eisernen Königreich befand ...

Tief sog ich die kühle, feuchte Luft in meine Lungen und hielt vorsichtig den Atem an.

Nichts. Keine Übelkeit, keine Schmerzen. Ich ging zu einem der verkrüppelten Bäume und legte die Hand an den eisernen Stamm, wappnete mich aus alter Gewohnheit gegen die Folgen. Das Metall lag kalt und nass unter meinen Fingern, kein Brennen war zu spüren.

Auf meinen Gesicht machte sich ein befreites Lächeln breit, während ich mich im Kreis drehte und mir noch einmal den Garten, das Anwesen und alles andere ansah. Ich legte den Kopf in den Nacken, streckte die Arme in die Luft und stieß einen triumphierenden Schrei aus, der von den Mauern des Schlosses zurückgeworfen wurde. Ich war im Eisernen Reich, ohne Amulett, ohne Schutz, und spürte trotzdem nichts. Das Eisen hatte keine Macht mehr über mich. Ich war ein Mensch. Ich hatte es geschafft!

Ein dröhnendes Bellen ließ mich herumfahren, und durch den Regen rannte ein schlankes, pelziges Wesen auf mich zu. Im ersten Moment dachte ich, es sei ein Wolf. Doch dann erkannte ich den großen Schäferhund mit den dicken Pfoten und dem dichten Fell, das im Regen ganz stachlig wirkte. Schlitternd kam er wenige Meter vor mir zum Stehen, senkte knurrend den Kopf und fletschte die spitzen, weißen Zähne.

Mit einem Lächeln ging ich in die Hocke, damit wir auf Augenhöhe waren, und ignorierte die gebleckten Zähne. »Hallo, Beau«, begrüßte ich ihn leise. »Ich freue mich auch, dich zu sehen.«

Beim Klang meiner Stimme blinzelte der Hund, und seine Ohren stellten sich auf. Er musterte mich misstrauisch, als würde er den Eindringling in seinem Garten nur schwer erkennen, dann wedelte er zaghaft mit dem Schwanz.

»Beau!«, hallte eine Stimme durch den Regen. Mein Herz begann wie wild zu klopfen. Als die Stimme näher kam, stand ich auf. »Wo steckst du, Junge? Bist du wieder auf Gremlinjagd?«

Mit einem glücklichen Bellen wandte Beau sich ab und rannte auf die Stimme zu, wobei er platschend durch die Pfützen sprang. Und dann erschien *sie* unter einem der Torbogen und sah sich suchend nach dem Hund um. Mir stockte der Atem.

Die Herrschaft über ein ganzes Königreich hatte sie nicht verändert.

Sie trug immer noch ausgebleichte Jeans und ein T-Shirt, und die langen blonden Haare fielen ihr offen über den Rücken. Doch nun war sie von einer schimmernden Aura der Macht umgeben, die sie selbst im Regen unglaublich real und irgendwie überlebensgroß erscheinen ließ. Und umwerfend schön. Als Beau auf sie zustürmte, ließ sie sich auf die Knie sinken und kraulte ihn hinter den Ohren. Erst als der Hund sich schwanzwedelnd in meine Richtung drehte, schaute sie hoch. Unsere Blicke trafen sich.

Wir standen beide wie angewurzelt da. Ich sah, wie ihre Lippen meinen Namen formten, doch sie gab keinen Laut von sich. Beau schaute winselnd zwischen uns hin und her, dann stupste er gegen Meghans Hand, was sie aus ihrer Erstarrung riss. Sie erhob sich und kam zu mir, ohne auf den Regen zu achten. Wir waren nur noch wenige Zentimeter voneinander entfernt. Mit klopfendem Herzen blickte ich in die strahlend blauen Augen der Eisernen Königin.

»Ash.« Es klang zögernd, als wäre sie sich nicht sicher, ob ich real sei. »Du bist hier. Wie ...« Sie blinzelte verwirrt, dann trat sie einen Schritt zurück, und ihre Stimme wurde fester: »Nein, du kannst nicht ... du darfst nicht hier sein. Ich habe dir verboten, jemals zurückzukommen. Das Eisen ...«

Entschlossen griff ich nach ihrer Hand, was sie verstummen ließ. »Es kann mir keinen Schaden zufügen«, versprach ich ihr. »Jetzt nicht mehr.« Hoffnung und Unsicherheit lagen in ihrem Blick, und als ich ihr sanft über das Gesicht streichelte, mischten sich Tränen in die Regentropfen auf ihren Wangen. »Ich habe dir doch gesagt, dass ich wiederkommen werde«, fuhr ich fort. »Und von nun an werde ich nicht mehr von deiner Seite weichen. Nichts wird mich jemals wieder von dir trennen.«

»Aber wie ...?«, flüsterte sie fassungslos. Ich beugte mich vor und küsste sie, um ihren Widerspruch zu ersticken. Atemlos schlang sie die Arme um meinen Bauch und drückte sich an mich. Ich hielt sie ganz fest, wollte ihren Körper an meinem spüren, damit es keinen Zweifel mehr daran gab, dass sie real war. Ich war tatsächlich im Eisernen Reich und hielt Meghan umschlungen. Beau sprang bellend um uns herum, der Regen fiel vom Himmel und durchnässte uns, doch wir hatten lange, lange Zeit nicht das Bedürfnis, uns von der Stelle zu rühren.

Als ich das nächste Mal erwachte, fürchtete ich mich davor, die Augen zu öffnen oder mich auch nur zu bewegen. Hinter meinen fest zusammengepressten Lidern war es dunkel. Zu groß war die Angst, dass alles verschwunden sein könnte, wenn ich die Augen aufschlug. Dass ich wieder auf dem Feld der Prüfungen sein könnte, mit dem eindrucksvollen Wächter, der mir mit dröhnender Stimme verkündete, dass ich gescheitert sei. Oder noch schlimmer: dass alles ein Traum sein könnte und ich die Prüfungen erst noch bestehen müsste.

Ganz vorsichtig blinzelte ich zwischen den Lidern hervor und rechnete damit, die Steinwände des Schlosses zu sehen, wappnete mich gegen den Schmerz, wenn mich die Realität einholte.

Doch als ich endlich die Augen ganz aufschlug, erwartete mich ein Zimmer mit weißen Wänden und einem großen Fenster, vor dem luftige Vorhänge wehten. Zwischen den Stoffbahnen drang ein Sonnenstrahl in den Raum, fiel auf die Teppiche auf dem Boden und beleuchtete einen Haufen feuchter Kleidungsstücke neben dem Bett. Dem Bett, in dem ich lag. Langsam kamen die Erinnerungen an die vergangene Nacht zurück, verschwommen und unwirklich wie Nebelschwaden.

Hinter meinem Rücken seufzte jemand, und ich spürte eine Bewegung.

Immer noch voller Furcht, dass alles sich als Traum entpuppen könnte, drehte ich mich um. Neben mir kuschelte sich Meghan unter die Decke, ihre Augen waren geschlossen, und einige Haarsträhnen bedeckten ihr Gesicht. Während ich tief durchatmete, um meinen rasenden Puls zu beruhigen, gönnte ich mir eine Minute, in der ich sie einfach nur ansah. Es war real. Das alles hier war Wirklichkeit. Zärtlich strich ich ihr die Haare aus dem Gesicht und sah zu, wie sie bei der Berührung erwachte und die Augen aufschlug. Ihr Lächeln war so strahlend, dass es das ganze Zimmer erhellte.

»Ich hatte schon Angst, es wäre nur ein Traum gewesen«, flüsterte sie.

»Du kannst dir nicht vorstellen, wie verzweifelt ich gehofft habe, dass es nicht so ist.« Ich zog sie zu mir und küsste sie. Sie ließ die Fingerspitzen über meine nackte Brust gleiten, sodass ich zitterte. Es war schon fast beängstigend, wie sehr ich dieses Mädchen liebte. Aber immerhin war ich bis ans Ende der Welt gereist und hatte mich Prüfungen unterzogen, die kein Lebender je erduldet hatte, und das alles nur für sie. Und wenn es sein musste, würde ich es wieder tun.

Im Vergleich dazu hätte es einfach sein sollen, ihr die Frage zu stellen, die mich beschäftigte. Doch als Meghan sich aufsetzte, um mich besser ansehen zu können, war mein Gehirn plötzlich leer, und ich war so nervös, wie ich es in meinem Leben als Winterprinz nie gewesen war.

Die Frage hing im Raum, während wir den Rest des Vormittags faul im Bett verbrachten, rundum zufrieden und unfähig, den anderen loszulassen. Als am Nachmittag die Diener vorsichtig anklopften und fragten, ob alles in Ordnung sei, standen wir schließlich auf. Die Frage blieb und quälte mich. Meghan befahl ihnen, mir trockene Kleidung zu bringen, und so schlüpfte ich in eine dunkle Jeans und ein T-Shirt. Die menschliche Kleidung fühlte sich fremd und seltsam an. Ich zappelte herum und zerbrach mir weiterhin den Kopf darüber, wie ich sie fragen sollte. Jedes Mal, wenn ich daran dachte, hatte ich ein Kribbeln im Bauch.

»Hey.« Als Meghan mich sanft am Arm berührte, wäre mir fast das Herz stehen geblieben. Sie lächelte, wirkte jedoch leicht irritiert. »Du bist schon den ganzen Morgen schrecklich nervös. Stimmt irgendetwas nicht?«

Jetzt oder nie, Ash. Ich holte tief Luft. »Nein.« Schnell drehte ich mich zu ihr um. »Es ist alles in Ordnung. Aber ich wollte dich etwas fragen, komm doch mal kurz her.«

Ich ergriff ihre Hände und schob sie in die Mitte des Raums zu einer freien Stelle vor dem Fenster. Sie ließ es zu, auch wenn sie immer noch ziemlich verwirrt schien. Ich schwieg einen Moment, um meine Gedanken zu ordnen.

»Ich … ich weiß nicht, wie man das in deiner Welt macht«, fing ich an, woraufhin sie mich neugierig musterte. »Ich habe es zwar schon mit angesehen, aber … ich bin nicht sicher, wie ich es sagen soll. Am Winterhof macht man das eigentlich nie.«

Meghan blinzelte verwirrt und runzelte die Stirn. »Wovon sprichst du?«

»Ich kenne meine Rolle hier«, fuhr ich fort. »Ich bin dein Ritter, und egal was passiert, daran wird sich niemals etwas ändern. Du bist die Königin dieses Reiches, und ich verspüre nicht den leisesten Wunsch zu herrschen. Und nachdem das nun geklärt ist, würde ich es gerne richtig machen, so wie die Menschen. Ich werde immer an deiner Seite sein, deine Feinde bekämpfen, stets hinter dir stehen, was auch immer sich uns in den Weg stellt. Aber es reicht mir nicht mehr, nur dein Ritter und Beschützer zu sein. Ich will mehr.« Wieder holte ich tief Luft, dann ließ ich ihre Hände los, trat einen Schritt zurück und sank auf die Knie. »Was ich zu sagen versuche, ist … Meghan Chase, würdest du mir die Ehre erweisen, meine Frau zu werden?«

Meghans Augen wurden unglaublich groß und rund, dann breitete sich ein strahlendes Lächeln auf ihrem Gesicht aus. Der Rest des Tages rauschte an mir vorbei, Gesichter tauchten auf und verschwanden wieder in der Bedeutungslosigkeit. Aufregung und Ungläubigkeit begleiteten mich bei jedem Schritt. Nur an einen einzigen Moment erinnerte ich mich deutlich, an das eine kleine Wort, das mein Leben für immer verändern sollte: »Ja.«

Die Hochzeit der Eisernen Königin wurde zu einer wesentlich extravaganteren Angelegenheit, als wir uns das gedacht hatten. Eheschließungen waren unter Feen eine Seltenheit – die berühmteste Verbindung dieser Art war die von Oberon und Titania, und die entstammten immerhin beide demselben Reich. Nicht einmal ich wusste so genau, warum die beiden Herrscher des Sommerreiches sich für die Ehe entschieden hatten, doch vermutlich ging es dabei um Macht, wie bei den meisten anderen Dingen auch. Sobald bekannt gegeben wurde, dass die Eiserne Königin den ehemaligen Prinzen des Winterhofes heiraten würde, herrschte Aufruhr im gesamten Nimmernie. Die anderen Reiche überschlugen sich fast in ihren Bemühungen, herauszufinden, was genau da vor sich ging. Gerüchte kamen auf und verbreiteten sich wie Lauffeuer: Meghan und ich wollten unsere Macht vergrößern, das Eiserne Reich wolle sein Territorium erweitern, ich sei ein Spion von Mab, der dafür sorgen sollte, dass sich das Eiserne Reich mit dem Winter gegen den Sommerhof verbündete. Keiner der anderen Herrscher war glücklich über diese Ehe. Oberon versuchte sogar, sie zu verhindern, indem er verkündete, die Gesetze von Sommer und Winter gestatteten keine Vermählung von Angehörigen verschiedener Reiche. Als Meghan davon erfuhr, erklärte sie dem Sommerkönig voller Gelassenheit, dass sie als Königin des Eisernen Reiches in ihrem eigenen Land tun und lassen könne, was immer sie wolle. Zudem sei ich kein Prinz des Winterreiches mehr, also könne er seine Gesetze nehmen und sie sich dorthin schieben, wo keine Sonne scheinen würde.

Nichtsdestotrotz war die Hochzeitsfeier eine bombastische Angelegenheit, bei der Vertreter aller drei Reiche anwesend waren. Meghans menschliche Familie konnte natürlich nicht kommen. Wahrscheinlich wäre keiner von ihnen bei klarem Verstand nach Hause zurückgekehrt, und so erklärte ich mich bereit, mit ihrer Familie eine zweite, kleinere Feier in der Menschenwelt zu veranstalten. Mir war zwar schleierhaft, warum es zwei Hochzeiten geben musste, aber Meghan bestand darauf, dass ihre Familie ebenfalls sehen sollte, wie sie vermählt wurde, also blieb mir keine andere Wahl, als mich zu fügen.

Die eigentliche Hochzeit fand im Wilden Wald statt, da kein Vertreter der anderen Höfe das Eiserne Reich betreten konnte, ohne sich zu vergiften. Und so versammelten sich die drei Feenhöfe unter einem mächtigen Baum auf einer Lichtung voller Wildblumen, wo Meghan und ich vor Sommer, Winter, Eisen und dem gesamten Nimmernie getraut wurden.

Menschliche Hochzeiten haben nichts mit Feenhochzeiten gemein, zumindest war es bei denen so, die ich im Laufe der Jahre miterlebt hatte. Ich trug die schwarz-silberne Uniform eines Winterprinzen, wie damals bei Meghans und meiner ersten Begegnung beim Elysium. Auch wenn ich nicht mehr dem Winterhof angehörte, wollte ich den Anwesenden dennoch ins Gedächtnis rufen, dass ich immer noch Ash war, dass ich immer noch hierhergehörte, ins Nimmernie. Mab und der Winterhof standen hinter mir, sodass ich ihre Kälte im Rücken spüren konnte und die Blumen um mich herum sich mit Reif überzogen. Auf der anderen Seite hatten Oberon, Titania und der Sommerhof Aufstellung genommen. Über den Gang hinweg warfen sie den Vertretern des Winters finstere Blicke zu. Und überall um uns herum standen die Eisernen Feen, das dritte Feenvolk, und sahen zu. Gremlins und Waldnymphen huschten durch das Gras und die Bäume, zischten und fauchten sich an. Die Rüstungen der Eisernen Ritter waren so lange poliert worden, bis sie den Betrachter blendeten. In Habachtstellung warteten sie auf den Beginn der Prozession. Einen Moment lang war ich völlig erschlagen von dieser Situation, die eigentlich unmöglich war. Es war noch gar nicht lange her, da waren die Eisernen Feen noch die tödlichste Bedrohung gewesen, der sich das Nimmernie jemals gegenübergesehen hatte, und niemand hätte sie am Leben gelassen, geschweige denn sich im Wilden Wald mit ihnen getroffen. Doch während ich mir die versammelten Vertreter von Sommer, Winter und Eisen so ansah, spürte ich Hoffnung in mir aufkeimen. Erst durch eine entschlossene, halb menschliche Sommerprinzessin und eine alte Prophezeiung war es gelungen, die Abgründe zwischen den drei Völkern zu überbrücken. Meghan hatte es geschafft. Es würde schwierig werden, und es lag noch viel Arbeit vor uns, aber vielleicht konnten wir irgendwann ja doch alle friedlich zusammenleben.

Eine leichte Unruhe in der Menge lenkte mich ab. Auf der Lichten Seite tauchte direkt gegenüber von mir ein bekannter Rotschopf auf, salutierte kurz und schenkte mir dann ein teuflisches Grinsen. Mühsam unterdrückte ich ein schmerzliches Schulterzucken. Puck und ich hatten seit der Hochzeitsankündigung nicht viel miteinander gesprochen, und auch wenn er es sich niemals anmerken lassen würde, vermutete ich, dass dieser Tag nicht leicht für ihn war. Außerdem hatte ich den leisen Verdacht, dass der Streichekönig noch ein paar Überraschungen für uns in petto hatte, um die anschließende Feier ein wenig wilder zu gestalten. Ich konnte nur hoffen, dass unser Fest sich nicht in einen Aufruhr mit anschließendem Blutbad verwandeln würde.

Doch als die Musik einsetzte, vergaß ich alles um mich herum. Die Menge, die Feenhöfe und ihre endlosen Querelen wurden bedeutungslos. Ich nahm weder Puck noch Mab noch Oberon, Titania oder die Eisernen Feen wahr. Ich hatte nur noch Augen für sie.

In dem langen weißen Kleid mit der hellgrauen Stickerei, die funkelte wie die Sterne am Nachthimmel, sah Meghan einfach umwerfend aus. Ihre Haare waren unter dem Schleier hochgesteckt, nur ein paar feine, hellblonde Strähnen hingen auf ihre nackten Schultern herab. Hinter ihr wallte eine Schleppe aus weißem Satin wie ein wogender

Fluss. Drei Elsterlinge hielten den Saum des Stoffs, damit er nicht über das Gras schleifte. Neben ihr stand Paul, ihr menschlicher Adoptivvater, dessen altersloses Gesicht vor Stolz strahlte, auch wenn er gleichzeitig etwas ängstlich wirkte. Als die Fanfaren schmetterten und die Ritter ihre Schwerter zum Salut erhoben, stimmten die versammelten Feen ein solches Freudengeheul an, dass der Lärm zwischen den Bäumen hallte und die Luft vibrieren ließ. Während meine Braut gemessenen Schrittes zu mir kam, begegneten sich unsere Blicke trotz Schleier, und mir stockte fast der Atem. Der Moment war gekommen. Es würde tatsächlich geschehen.

Als sie ihren Platz an meiner Seite einnahm, konnte ich mein Lächeln nicht länger zurückhalten. Meghan erwiderte es, und einen Moment lang verloren wir uns, einer im Anblick des anderen. Die jubelnden Feen, die aufdringlichen Blicke aller Parteien, die dröhnenden Fanfaren, das alles trat in den Hintergrund, es gab nur noch Meghan und mich.

Dann sprang Grimalkin auf den Baumstumpf, der vor uns stand, und seufzte schwer.

»Ich sehe zwar nach wie vor nicht ein, warum ausgerechnet ich dieses lächerliche Spektakel leiten soll, aber nun gut.« Gähnend setzte sich die Cat Sidhe hin. »Von allen Gefälligkeiten, zu denen ich mich je bereit erklärt habe, ist dies mit Sicherheit die langweiligste. Sollen wir es endlich hinter uns bringen?« Grimalkin richtete sich ein wenig auf und hob die Stimme, damit man ihn trotz der lärmenden Menge verstehen konnte. »Wir haben uns heute hier versammelt«, begann er hochmütig, »um Zeuge zu werden, wie diese beiden möglichst pompös in den vollkommen sinnlosen Stand der Ehe treten. Aus Gründen, die sich mir einfach nicht erschließen wollen, haben sie beschlossen, ihrer Liebe einen offiziellen Anstrich zu geben und …«

»Grimalkin«, seufzte Meghan, schaffte es aber, ein leicht erschöpftes Lächeln aufrechtzuerhalten. »Könntest du dich dieses eine Mal vielleicht nicht wie ein Arsch aufführen?«

Der Kater zuckte mit einem Ohr. Ich spürte, dass er sich insgeheim königlich amüsierte. »Ich kann nichts versprechen, Königin des Eisens.« Naserümpfend wandte er sich an mich: »Ihr habt eure eigenen Gelübde vorbereitet?«

Wir nickten.

»Wenigstens etwas.« Meghan starrte ihn böse an, woraufhin er kurz blinzelte und dann gemessen den Kopf senkte. »Nun gut, weiter im Text. Wenn du so weit bist, können wir fortfahren, Prinz.«

Ich griff nach Meghans Hand, atmete tief durch und sprach meinen Eid: »Meghan Chase. Von diesem Tage an schwöre ich dir, Ehemann und Ritter zu sein, an deiner Seite zu stehen, wenn niemand sonst es vermag, dich und dein Königreich mit allem zu verteidigen, was ich habe, und das für den Rest meines Lebens. Ich schwöre, dir treu zu sein und dich zu lieben, bis der letzte Atemzug meinen Körper verlässt. Denn dir gehören nicht nur mein Herz und mein Geist – dir gehört meine Seele.«

Meghan lächelte strahlend, doch gleichzeitig stiegen ihr die Tränen in die Augen. »Ash«, begann sie leise, und auch wenn sie ihn nicht aussprach, hörte ich meinen Wahren Namen in dem kurzen Wort mitschwingen. »Nur dir habe ich es zu verdanken, dass ich heute hier sein kann. Du warst immer da, hast nie gezweifelt, hast mich immer beschützt, ohne dabei an dein eigenes Wohl zu denken. Du bist mein Lehrer, mein Ritter und meine einzig wahre Liebe. Nun bin ich an der Reihe, dir etwas zu versprechen.« Sie drückte meine Hand und fuhr mit leiser, aber fester Stimme fort: »Hiermit schwöre ich, dass uns von heute an nie wieder etwas trennen soll. Ich verspreche, für immer an deiner Seite zu sein, und ich bin bereit, es mit allem aufzunehmen, was die Welt uns noch zu bieten hat.«

»Wie rührend«, bemerkte Grimalkin und kratzte sich hinter dem Ohr. Wir ignorierten ihn, woraufhin er sich empört aufsetzte. »Also, können wir diese Veranstaltung *ad nauseam* dann zu einem Ende bringen? Sollte jemand einen Grund vorbringen können, warum diese Verbindung nicht geschlossen werden sollte, so möge er jetzt sprechen oder für immer schweigen. Und falls jemand Einwände hat, sollten sie schon verdammt überzeugend sein, damit ich nicht Ewigkeiten hier rumstehen muss, während das Problem ausdiskutiert wird.«

Ich konnte spüren, dass die Herrscher der beiden anderen Reiche sich am liebsten zu Wort gemeldet hätten, da sie jede Menge Gründe und Einwände parat hatten, die sie gerne losgeworden wären. Doch was konnten sie schon ausrichten? Ich gehörte nicht mehr dem Winterhof an, sondern war ein einfacher Sterblicher, und Meghan war eine Königin. Keiner ihrer Einwände wäre überzeugend genug. Grimalkin wusste das ebenfalls, denn er ließ nur wenige, angespannte Sekunden verstreichen, bevor er sich erhob und verkündete: »So wisset denn, dass dieses Paar vor Zeugen aller Höfe für immer vereint wurde als Mann und Frau, auf dass keine Macht in der Welt der Sterblichen oder dem Feenreich sie je wieder trennen möge. Hiermit präsentiere ich euch die Königin und den Prinzgemahl des Eisernen Hofes.« Er gähnte, warf uns dann aber einen liebevollen Blick zu. »Ich denke, das ist der Teil, wo ihr euch küssen sollt und – na ja, auch egal.«

Ich hatte bereits Meghans Schleier gehoben und sie an mich gezogen. Und dann gab ich meiner frischgebackenen Ehefrau einen Kuss, der uns sogar die jubelnde Feenhorde vergessen ließ.

Nach und nach gewöhnte ich mich an das Leben am Eisernen Hof. Zum Beispiel daran, dass ständig Gremlins im Schloss herumwuselten und Meghan wie treue Hunde überallhin folgten, wobei sie immer noch erfolgreich für allerlei Chaos sorgten. Irgendwann griff ich nicht mehr zum Schwert, wenn die Eisernen Ritter sich Meghan näherten. Und auch die neugierigen, misstrauischen Blicke, mit denen ich beäugt wurde, ließen immer mehr nach, bis ich schließlich nur einer von vielen im Schloss war.

Ich entdeckte, dass die Eisernen Feen wesentlich geordneter lebten als Lichte oder Dunkle. Von den chaotischen Gremlins mal abgesehen, bevorzugten sie feste Strukturen, respektierten Rangstufen, Hierarchien und Befehle. Ich war der Prinzgemahl ihrer Königin, und einzig Meghan stand im Rang über mir – aus diesem Grund schuldete man mir Gehorsam. Selbst Glitch, Meghans Erster Leutnant, stellte das selten infrage. Und die Eisernen Ritter befolgten sämtliche meiner Befehle. Es war ein seltsames Gefühl, nicht ständig auf der Hut sein zu müssen, weil mich sonst jemand ans Messer liefern könnte – im wahrsten Sinne des Wortes. Natürlich gab es auch am Eisernen Hof, wie in jedem Feenreich, Streitereien und politische Intrigen. Doch die meisten Feen hier gaben sich geradeheraus und geschäftsmäßig und versuchten nicht, mich in tödliche Wortgefechte zu verwickeln, weil sie gerade Spaß daran hatten.

Als mir das schließlich klar wurde, lernte ich den Eisernen Hof um einiges mehr schätzen.

Vor allem, da ich als Sterblicher Dinge tun konnte, von denen ich als Fee nicht einmal geträumt hatte.

Kurz nach der Hochzeit wachte ich auf und stellte fest, dass ich allein im Bett lag und Licht aus dem Nebenzimmer herüberdrang – Meghans Arbeitszimmer. Also stand ich auf und ging hinüber, wo ich Meghan an ihrem Schreibtisch fand, vor sich den kleinen, flachen Bildschirm, den sie stets wie einen Notizblock mit sich herumschleppte. Auf mich wirkte dieses Ding höchst abenteuerlich: Durch reine Berührung der Oberfläche konnte sie »Ordner« oder »E-Mails« aufrufen, Bilder größer oder kleiner machen oder sie mit einer kurzen Handbewegung verschwinden lassen. Natürlich ging ich davon aus, dass es der Eiserne Schein war, der eine derartige Magie möglich machte. Als ich das allerdings einmal im Gespräch mit Diode erwähnte, einem Hackerelfen, der für das Computersystem des Schlosses verantwortlich war, begann der so hysterisch zu lachen, dass er nicht mehr sprechen konnte. Daraufhin ging ich entnervt meiner Wege.

»Hey«, murmelte ich nun und schlang von hinten die Arme um Meghans Taille. »Was machst du gerade?«

Sie hielt kurz inne, schmiegte den Kopf an meinen Arm und zog dann an zwei dünnen weißen Kabeln, die von ihren Ohren herabhingen. »Ich checke meine Agenda für heute. Die Mechanikerzwerge haben offenbar Schwierigkeiten, weil im Untergrund immer wieder Leute verschwinden. Ich muss Glitch darauf ansetzen, er soll rausfinden, was da los ist. Diode will, dass ich sämtliche Gremlins aus den Serverräumen verbanne. Er behauptet, er könne nicht denken, wenn sie ständig herumwuseln und überall reinkrabbeln.« Mit einem schweren Seufzen lehnte sie sich zurück und legte mir einen Arm um den Hals, während sie mit der zweiten Hand weiterhin den Bildschirm hielt. »Außerdem sind noch haufenweise Beschwerden eingegangen, dass in den nördlichen Provinzen immer wieder Winterritter auftauchen und die Feen auf unserer Seite der Grenze drangsalieren. So wie es aussieht, werden

Mab und ich mal ein ernsthaftes Gespräch führen müssen. Das wird bestimmt spaßig.«

Wieder seufzte sie und legte das Bildschirmding auf den Tisch. Ich starrte auf die Worte, die über die flache Oberfläche huschten: Die Sprache kannte ich, doch das Vokabular war mir völlig fremd. Meghan schaute zu mir hoch, und plötzlich grinste sie verschmitzt.

»Hier.« Sie stand auf, nahm den Bildschirm vom Tisch und hielt ihn mir hin. »Nimm. Ich werde dir zeigen, wie er funktioniert.«

Automatisch wich ich einen Schritt zurück und musterte das Ding, als wäre es eine giftige Schlange. »Warum denn?«

»Du bist jetzt ein Mensch, Ash.« Immer noch lächelnd streckte mir Meghan den Bildschirm entgegen. »Du musst dich nicht mehr vor solchen Sachen fürchten. Es kann dich nicht verletzen.«

»Aber ich verfüge nicht über den Eisernen Schein«, wendete ich ein. »Es wird bei mir nicht funktionieren.«

Sie lachte. »Um das Ding zu bedienen, brauchst du keinen Eisernen Schein. Das ist keine Magie, sondern Technologie. Jeder kann es benutzen. Jetzt komm schon.« Sie wackelte mit der ausgestreckten Hand. »Probier's doch einfach mal.«

Ich seufzte tief. Extrem vorsichtig streckte ich die Hand aus und nahm das Ding, rechnete aber immer noch halb damit, dass meine Haut auf das Metall reagieren und brennen würde. Als nichts dergleichen geschah, nahm ich den Bildschirm in beide Hände und starrte hilflos darauf. Ich hatte keine Ahnung, was ich tun sollte.

Meghan stellte sich neben mich und spähte an mir vorbei auf den Schirm. »Berühre den Touchscreen an dieser Stelle«, befahl sie geduldig und zeigte es mir mit ihren grazilen Fingern. »Siehst du? So kannst du auf Dateien zugreifen, Bilder aufrufen und sie vergrößern, das geht dann so. Versuch es.«

Ich gehorchte, und zu meinem großen Erstaunen reagierte das Ding auf meine plumpen Finger und funktionierte bei mir genauso gut wie bei Meghan. Während ich ein Bild aufrief, es in die Mitte des Bildschirms zog, erst größer und dann wieder kleiner machte und schließlich verschwinden ließ, spürte ich, wie sich ein verlegenes Grinsen auf meinem Gesicht breitmachte. Zwischen den ganzen Dateien auf diesem seltsamen Gerät entdeckte ich eine komplette Bibliothek, mehr Bücher, als ich mir hätte vorstellen können, und das alles in diesem winzigen Bildschirm versteckt. Ein Fingerdruck, und schon erklang Musik, eines der unzähligen Lieder, die Meghan »aus dem Web heruntergeladen« hatte. Es vergingen bestimmt zwanzig Minuten, in denen ich mit dem Gerät herumspielte, bis Meghan es mir schließlich lachend wegnahm und erklärte, sie müsse noch arbeiten.

»Siehst du«, meinte sie, als ich es ihr widerstrebend zurückgab, »es ist doch gar nicht so schlimm, ein Mensch zu sein, oder?«

Ich beobachtete, wie sie sich setzte und wieder in ihre Arbeit vertiefte. Ihre Augen waren konzentriert zusammengekniffen, während ihre Finger über den Bildschirm huschten. Schließlich bemerkte sie, dass ich sie anstarrte, blickte auf und zog fragend eine Augenbraue hoch. »Was ist denn?«

»Ich will so eins«, sagte ich schlicht. Wieder lachte sie, und diesmal grinste ich ebenfalls.

Das war der Anfang.

Das Menschsein war zunächst nicht leicht für mich, und es erschloss sich mir erst nach und nach. Ich vermisste noch immer den Schein, die mühelose Beweglichkeit meines Körpers, die Schnelligkeit und Stärke eines Dunklen. Damit meine Fähigkeiten nicht vollständig verkümmerten, trainierten Glitch und ich jeden Tag auf dem Übungsgelände, mit den Eisernen Rittern als Zuschauern. Ich wusste zwar nach wie vor, wie man mit einem Schwert umging, doch irgendwie war ich nie schnell genug. Techniken, die ich früher aus dem Effeff beherrscht hatte, waren nun extrem schwierig oder völlig unmöglich geworden. Gut, ich hatte trotzdem schon sehr viele Kämpfe hinter mir und war so erfahren, dass keiner der Ritter es im Zweikampf mit mir aufnehmen konnte. Aber gegen Glitch verlor ich öfter, als ich gewann, und das war äußerst frustrierend. Früher wäre das undenkbar gewesen.

Meine körperlichen Grenzen waren aber nicht meine einzige Sorge. Oft quälten mich Albträume aus meiner Vergangenheit, dann wachte ich mitten in der Nacht schweißgebadet und atemlos auf, und die geisterhaften Gesichter machten nur langsam der Realität Platz. Vorwurfsvolle, hasserfüllte Stimmen suchten mich im Schlaf heim und verlangten zu wissen, wie ich glücklich sein konnte, wenn sie doch tot waren. Meine Träume waren voller Blut und Finsternis, und in vielen Nächten konnte ich gar nicht schlafen, sondern starrte blicklos an die Zimmerdecke und wartete auf den Morgen. Doch je mehr ich diesen Teil meines Lebens vergaß und mich auf mein neues Leben konzentrierte, umso mehr ließen die Albträume nach. Sie hörten nie ganz auf, doch der Dämon, der in diesen Träumen die Hauptrolle spielte, war nicht mehr ich. Ich war nicht länger Ash, der Dunkle Prinz. Ich war ein anderer geworden.

Hin und wieder packte mich jedoch das surreale Gefühl, dass mir irgendetwas entging. Dass mein Leben mit Meghan nicht das war, was es zu sein schien. Dass ich etwas Wichtiges vergessen hatte. Jedes Mal schüttelte ich dieses Gefühl ab und redete mir ein, dass es nur an der Umstellung auf ein Leben als Mensch lag, doch es kam immer wieder und quälte mich wie eine verschwommene Erinnerung, die man einfach nicht zu fassen bekommt.

Dessen ungeachtet schritt auch im Eisernen Reich die Zeit voran. Meghan herrschte völlig unangefochten und meisterte das Labyrinth der höfischen Feenpolitik, als hätte sie nie etwas anderes getan. Ich tauchte in die Welt der Technik ein: Laptops, Handys, Computerspiele, Software. Und langsam, aber sicher gewöhnte ich mich daran, ein Mensch zu sein. Immer mehr geriet mein Leben als Fee – mit Schein, Schnelligkeit und Kraft – in Vergessenheit. Bis ich mich schließlich überhaupt nicht mehr daran erinnern konnte, wie es sich einmal angefühlt hatte.

Der Lauf der Zeit

Ein hektisches Piepen riss mich aus dem Schlaf. Benommen stemmte ich mich hoch, versuchte Meghan dabei nicht zu wecken und griff nach dem Telefon auf dem Nachttisch. Die blauen Leuchtziffern auf dem Display verrieten mir, dass es zwölf nach zwei war – morgens. Und dass Glitch des Todes war, weil er mich so früh weckte.

Ich drückte auf den Knopf, hielt mir das Handy ans Ohr und knurrte: »Da sollte schon jemand gestorben sein.«

»Tut mir leid, Hoheit«, hörte ich Glitchs Stimme. Offenbar versuchte er zu flüstern. »Aber es gibt ein Problem. Schläft die Königin noch?«

Schlagartig war ich voll da. »Ja«, erwiderte ich leise, schlug die Decke zurück und stieg aus dem Bett. Die Eiserne Königin hatte einen gesegneten Schlaf, da die arbeitsreiche Herrschaft über ihr Königreich sie oft völlig erschöpfte, und sie hatte die Tendenz, leicht gereizt zu sein, wenn sie mitten in der Nacht geweckt wurde. Nachdem er einige Male wegen mitternächtlicher Notfälle angefaucht worden war, hatte Glitch begonnen, derartige Probleme an mich weiterzuleiten. Normalerweise schafften wir es, solche Situationen gemeinsam zu meistern, bevor die Königin etwas davon erfuhr.

»Was ist los?«, fragte ich, während ich das Telefon zwischen Kinn und Schulter klemmte und mich gleichzeitig anzog. Glitch stieß einen halb wütenden, halb ängstlichen Seufzer aus.

»Kierran ist schon wieder abgehauen.«

»Was?«

»Sein Zimmer war leer, wir vermuten, dass er es irgendwie über die Mauer geschafft hat. Ich habe vier Einheiten losgeschickt, um ihn zu suchen, aber ich dachte, du solltest wissen, dass euer Sohn sich mal wieder in Luft aufgelöst hat.«

Stöhnend rieb ich mir das Gesicht. »Macht die Gleiter startklar. Ich komme gleich.«

Glitch erwartete mich auf dem höchsten Turm des Schlosses. Die Blitze in seinen Haaren knallten gereizt, und seine violetten Augen leuchteten in der Dunkelheit.

»Seine üblichen Verstecke haben wir bereits abgesucht«, informierte er mich, noch bevor ich richtig bei ihm war. »Er ist in keinem von ihnen, und wir suchen jetzt schon seit Mitternacht. Wir glauben, dass er es diesmal geschafft hat, die Stadt zu verlassen.«

»Wie konnte er überhaupt über die Mauer kommen?«, fragte ich und warf dem Ersten Leutnant einen finsteren Blick zu, der daraufhin das Gesicht verzog.

»Einer der Gleiter fehlt«, gab er zu. Ich stieß einen verhaltenen Fluch aus. Der blauäugige, silberhaarige Kierran war inzwischen fast acht Menschenjahre alt und hatte gerade genug Feenblut in sich, um so anstrengend zu sein wie eine Puca. Seit er laufen konnte, war es den Bediensteten nicht mehr gelungen, mit ihm Schritt zu halten. Geschickt wie ein Eichhörnchen kletterte er Wände hoch, aus Fenstern heraus und auf die höchsten Türme. Und wenn sich dann alle überschlugen, um ihn heil wieder runterzuholen, grinste er begeistert. Sein Wagemut und seine Neugier nahmen mit den Jahren immer weiter zu, und wenn man ihm sagte, dass er etwas nicht tun *könne*, war damit so gut wie sicher, dass er es versuchen würde.

Seine Mutter würde mich umbringen.

Glitch wirkte leicht beschämt. »Er hat mich heute Morgen noch nach den Gleitern gefragt. Da hätte ich es eigentlich schon wissen müssen. Irgendeine Idee, wo er vielleicht hinwollte?«

Ich durchforstete mein Gehirn und seufzte dann. In letzter Zeit war Kierran ganz besessen gewesen von den anderen Reichen und hatte ständig Fragen gestellt über das Sommerreich, den Winterhof und den Wilden Wald. Am vergangenen Nachmittag, als wir im Hof Bogenschießen übten, hatte er wissen wollen, was ich früher so alles gejagt hatte. Als ich ihm daraufhin von den gefährlichen Kreaturen des Wilden Waldes erzählte, von Riesen, Chimären und Wyvern, die einen in Stücke reißen oder im Ganzen verschlingen konnten, hatte er fast geglüht vor Begeisterung.

»Wirst du mich irgendwann mitnehmen auf die Jagd, Vater? In den Wilden Wald?«

Ich musterte ihn. Seine strahlend blauen Augen blickten unschuldig zu mir auf, die langen silbernen Strähnen hingen ihm ins Gesicht, und er hielt seinen Bogen mit beiden Händen fest umklammert. Unter seinem Haar lugten die spitzen Ohren hervor, eine ständige Erinnerung daran, dass er nicht ganz menschlich war, dass in seinen Adern das Blut der Eisernen Königin floss und ihn schneller, stärker und waghalsiger machte als jedes normale Kind. Er hatte bereits bewiesen, dass er ein Händchen für den Schein hatte, und auch den Umgang mit dem Bogen und den Schwertkampf lernte er unfassbar schnell. Und trotzdem war er erst acht, noch ein Kind, und völlig unbedarft, was die Gefahren im Rest des Feenreiches anging.

»Wenn du älter bist«, erklärte ich ihm. »Jetzt noch nicht. Aber wenn du so weit bist, werde ich dich mitnehmen.«

Sein Grinsen ließ das kleine Gesicht erstrahlen. »Versprochen?«

»Ja.« Ich ging neben ihm in die Hocke, rückte seinen Bogen zurecht und richtete ihn aus. »Und jetzt versuch noch einmal, die Zielscheibe zu treffen.«

Er kicherte und schien zufriedengestellt, zumindest erwähnte er es den restlichen Nachmittag nicht mehr. Und ich dachte nicht mehr daran. Ich hätte es besser wissen müssen.

»Ich hätte da eine Idee.« Mit einem Pfiff rief ich einen der Gleiter herbei, die an der Mauer hingen. Er drehte den insektenartigen Kopf in meine Richtung und summte verschlafen. »Lass die Ritter den Wilden Wald durchsuchen, insbesondere die Grenzgebiete der anderen Reiche. Und drück uns die Daumen, dass er es nicht bis nach Tir Na Nog geschafft hat.«

»Das wird den anderen Herrschern gar nicht gefallen«, murmelte Glitch. »Eigentlich dürfen wir ohne ihre Erlaubnis den Wilden Wald nicht betreten.«

»Hier geht es um meinen Sohn.« Ich warf ihm einen stechenden Blick zu, dem er hastig auswich. »Mir ist egal, ob wir dafür den gesamten Wilden Wald auseinandernehmen müssen. Ich will, dass ihr ihn findet, verstanden?«

»Jawohl, Herr.«

Ich nickte knapp und stellte mich mit ausgebreiteten Armen an die Mauerkante. Der Gleiter löste sich von der Mauer, flog kreiselnd zu mir herab und kroch mit ausgebreiteten Flügeln auf meinen Rücken. Dann warf ich Glitch, der mich bedrückt beobachtete, einen letzten Blick zu und seufzte schwer.

»Weck die Königin«, befahl ich ihm. »Sag ihr, was vorgefallen ist. Das ist etwas, wovon sie sofort in Kenntnis gesetzt werden muss.« Er zuckte erschreckt zusammen, und ich beneidete ihn nicht um diese Aufgabe. »Sag ihr, dass Kierran und ich bald wieder zu Hause sein werden.«

Damit sprang ich über die Kante und überließ mich dem freien Fall. Die Luftströmungen stabilisierten die Flügel des Gleiters und hoben uns an. Dann schossen wir in Richtung des Wilden Waldes davon.

Ich musste nicht lange suchen. Bereits kurz hinter der Grenze, die das Eiserne Reich vom Wilden Wald trennte, sah ich die Flügel eines Gleiters im Mondlicht funkeln und landete mit meinem eigenen Flugobjekt direkt daneben. Die beiden Eisenwesen begrüßten sich mit einem aufgeregten Summen, während ich eine Taschenlampe einschaltete und den Boden rund um den Landeplatz absuchte. Zwar verfügte ich nur noch über die Sehkraft eines Menschen, doch Jahrhunderte der Jagd und Fährtensuche im Wilden Wald vergisst man nicht so leicht, und so hatte ich die kleinen Fußabdrücke, die in dichtes Unterholz führten, schnell entdeckt. Grimmig folgte ich ihnen und hoffte inbrünstig, dass nicht irgendetwas vor mir da sein würde.

Ein Stück weiter ließen die Spuren nichts Gutes erahnen: Etwas Großes und Schweres hatte sich zu den kleinen Füßen gesellt. War ihnen gefolgt. Bald vergrößerte sich der Abstand zwischen den kleinen Abdrücken, dazu kamen jede Menge geknickte Zweige und Blätter. Kierran war offensichtlich vor etwas davongerannt. Mir wurde flau im Magen. Als ich schließlich den völlig zersplitterten Bogen fand, schnürte es mir vor Angst die Kehle zu, und ich begann selbst zu rennen.

Ein Schrei zerriss die nächtliche Stille und ließ mir das Blut in den Adern gefrieren. Mit gezogenem Schwert lief ich blindlings in die Richtung, aus dem er gekommen war. Die eisige Feenwaffe verbrannte mir die Haut, aber ich spürte es nicht einmal.

»Kierran!«, schrie ich, während ich durch das Unterholz brach. Die einzige Antwort war ein Brüllen. Wenige Meter entfernt hing etwas Großes, Schreckliches in einem Baum, kämpfte mit ledrigen Schwingen um sein Gleichgewicht und krallte sich in die Zweige. Es hatte einen knochigen, löwenähnlichen Körper mit blutrotem Fell und einer verfilzten, schwarzen Mähne. Der lange Schwanz trug eine mit Stacheln bewehrte Kugel am Ende, die sich aufblähte wie ein Seeigel und die umliegenden Bäume beschoss. Frustriert schlug das Tier um sich.

Weiter oben drückte sich eine kleine, helle Gestalt an den Stamm und versuchte noch höher zu klettern, nur weg von der brutalen Bestie, die knapp darunter hing und die Klauen ausstreckte. Kierrans verheulte blaue Augen entdeckten mich, aber sein leiser Schrei wurde von dem Brüllen des Monsters übertönt.

»Hey!«, rief ich durchdringend, woraufhin sich zwei leuchtend rote Augen auf mich richteten. »Lass ihn in Ruhe, sofort!«

Der Mantikor ließ sich heulend vom Baum fallen und landete mit einem dröhnenden Knall auf dem Waldboden. Mit zuckendem Schwanz kam er auf mich zu, sein erschreckend menschliches Gesicht verzog sich zu einer hässlichen Fratze, und er fletschte die spitzen Zähne. Ich umklammerte mein Schwert, ohne auf die brennende Kälte zu achten, die meinen Arm hinaufkroch.

Der Mantikor stürzte sich auf mich, schlug mit den mächtigen Pranken nach meinem Gesicht und meinem Hals. Ich wich ihm aus und verpasste ihm einen Schlag gegen die Schulter, der eine klaffende Wunde hinterließ. Das Monster stieß einen erstaunlich menschlichen Schmerzensschrei aus und wirbelte dann wieder zu mir herum. Sein Schwanz schoss so schnell vor, dass ich es kaum wahrnahm, irgendetwas berührte mein Bein.

Sekunden später überfielen mich stechende Schmerzen, die mich fast in die Knie zwangen. Als ich mit einer Hand nach unten griff, registrierte ich einen langen, schwarzen Stachel vom Schwanzende des Mantikors, der sich in mein Bein gebohrt hatte. Da ich wusste, dass er Gift in meinen Körper pumpen würde, so lange ich ihn in der Wunde stecken ließ, packte ich den Stachel und riss ihn mit einem Ruck heraus. Nur mit Mühe konnte ich einen Schmerzensschrei unterdrücken. Der mit einem Widerhaken versehene Stachel riss mein Fleisch großflächig auf, doch wenn das Gift des Mantikors im Körper verblieb, lähmte und tötete es das Opfer innerhalb kürzester Zeit.

Über meinem Kopf schrie Kierran voller Angst. Knurrend schlich der Mantikor auf mich zu, seine roten Augen glühten in der Dunkelheit.

Ich spürte, wie das Gift sich brennend einen Weg durch mein Bein suchte, und konnte mich kaum noch auf den Beinen halten. Trotzdem versuchte ich das Monster im Auge zu behalten, das um mich herumschlich und mit seinem tödlichen Schwanz zuckte. Es wartete darauf, dass sein Gift zu wirken begann. Ohne große Anstrengung ließ es erneut seinen Schwanz vorschießen, und ich spürte, wie der nächste Stachel meine Schulter traf. Mir blieb nicht mehr viel Zeit. Mein Bein wurde langsam taub, und meinem Arm würde es bald ähnlich ergehen. Aber ich musste Kierran retten. Zumindest würde ich dafür sorgen, dass er sicher nach Hause kam.

Ich täuschte einen Schwächeanfall vor, fiel taumelnd auf die Knie und ließ die Schwertspitze zu Boden sinken. Darauf hatte der Mantikor gewartet. Heulend stürzte sich das Monster auf mich, das Maul zum tödlichen Biss bereit. Ich ließ mich nach hinten fallen, riss meine Waffe hoch, und in dem Moment, als der Mantikor direkt über mir war, rammte ich ihm die Klinge in seine zottelige Brust.

Kreischend brach die Kreatur über mir zusammen und drückte mich in den Boden. Sein Körper roch nach Blut und verwestem Fleisch. Während das Tier sich noch in den letzten Todeskrämpfen wand, versuchte ich, es von mir herunterzuschieben, doch es war einfach zu schwer, und meine Schmerzen waren zu stark. So lag ich also unter einem toten Mantikor und wusste, dass ich wahrscheinlich bald genauso tot sein würde. Ich konnte spüren, wie sich das Gift durch mein Bein vorarbeitete, und der zweite Stachel steckte noch immer in meiner Schulter. Ash, der Winterprinz, hätte sich von solchen Verletzungen erholt, sein Körper hätte instinktiv den Schein herangezogen, um die Schwäche abzuschütteln. Er hätte sich mit dem endlosen magischen Reservoir selbst geheilt. Doch ich war nur ein Sterblicher und verfügte nicht über solche Kräfte.

Während ich darum rang, bei Bewusstsein zu bleiben, bemerkte ich Kierran, der schnaufend und weinend versuchte, den Mantikor von mir herunterzuzerren. »Steh auf«, hörte ich ihn schluchzen. »Steh auf, Vater.«

»Kierran«, rief ich leise, aber er schien mich nicht zu hören. Ich versuchte es noch einmal, doch genau in diesem Moment hallte eine Stimme durch den Wald, und Kierran riss den Kopf hoch. »Hier drüben!«, rief er und wedelte mit den Armen. »Wir sind hier, Glitch!«

Vertraute Geräusche näherten sich: Glitch, außer sich vor Wut. Das Scheppern der Eisernen Ritter, die den Mantikor wegzogen. Kierran, der schluchzend zu erklären versuchte, was passiert war. Ich versuchte, die Fragen zu beantworten, die auf mich einprasselten, aber meine Stimme war genauso taub wie der Rest meines Körpers, und ich konnte die Gestalten um mich herum nur noch verschwommen sehen.

»Das Bein sieht ziemlich übel aus«, sagte jemand leise zu Glitch, während beide sich über mich beugten. »Wir werden natürlich versuchen, es zu retten, aber er ist eben ein Sterblicher.«

»Tut alles, was in eurer Macht steht«, murmelte Glitch. »Ich bin nur froh, dass wir ihn lebend gefunden haben. Die Königin wird nicht erfreut sein.«

Was sie sagten, schien mehr und mehr aus weiter Ferne zu kommen. Geräusche, Personen und Stimmen – alles floss ineinander wie Tinte, und es wurde schwarz um mich.

Ich dachte, ich würde sterben, doch ich überlebte.

Mein Bein wurde nie wieder ganz gesund. Das Gift hatte irreparable Schäden hinterlassen. Der zweite Stachel hatte meine Schulter zum Glück sauber durchschlagen, sodass er am anderen Ende wieder herausgekommen war und nur eine pochende Wunde hinterließ, die schließlich vernarbte. Aber nach diesem Kampf konnte ich nie wieder normal gehen, und wenn ich das Bein zu lange oder zu stark belastete, brach es unter mir weg. Die Übungskämpfe mit Glitch und den Rittern wurden eingestellt, und auf Reisen oder bei längeren Fußmärschen brauchte ich einen Stock.

Es machte mir nichts aus … fast nichts. Ich hatte immer noch meinen Sohn und meine Frau und war ansonsten gesund, auch wenn mir dieser letzte Kampf wieder einmal gezeigt hatte, wie verletzlich ein Sterblicher war. Eine Tatsache, die mir auch Meghan schmerzhaft verdeutlichte, als ich wieder auf den Beinen war. Sie war noch immer außer sich vor Wut, und ihre blauen Augen flackerten wütend, als sie zu wissen verlangte, was ich mir dabei gedacht hatte, allein in den Wilden Wald zu gehen.

»Du bist jetzt ein Mensch, Ash«, sagte sie, als sie sich endlich wieder ein wenig beruhigt hatte. »Ich weiß ja, dass du denkst, du könntest es mit der ganzen Welt aufnehmen, aber so ist es nun mal nicht mehr. Bitte, bitte, versprich mir, dass du in Zukunft vorsichtiger sein wirst.«

»Jetzt bleibt mir ja sowieso keine andere Wahl mehr, oder?«, seufzte ich, nahm meinen Stock und humpelte aus dem Raum. Da ich ihren traurigen, besorgten Blick im Rücken spürte, blieb ich kurz in der Tür stehen. »Keine Sorge, Eure Majestät. Ich bin mir meiner Grenzen sehr wohl bewusst.« Ich versuchte wirklich, die Verbitterung und den Schmerz aus meiner Stimme herauszuhalten, aber irgendwie gelang das nicht ganz. »Nun werde ich auf lange Sicht keine Kämpfe mehr austragen. Das kann ich dir versprechen.«

»Das ist es nicht, was mir Sorgen macht«, erwiderte Meghan sanft, aber da war ich bereits aus der Tür.

Die Zeit verging, und im Eisernen Reich dokumentierte der große Uhrenturm im Stadtzentrum ihren Lauf. Kierran wuchs zu einem leidenschaftlichen Krieger heran, tödlich, leichtfüßig und voll übernatürlicher Schnelligkeit. Und an einem gewissen Punkt seines Lebens, kurz nach seinem siebzehnten Geburtstag ... hörte er einfach auf zu altern. Als ob er beschlossen hätte, dass er genau so glücklich war, und sich nun weigern würde, noch älter zu werden.

Meghan veränderte sich äußerlich ebenfalls nicht. Sie wurde im Lauf der Zeit zwar reifer, gerissener, weiser und eine hervorragende Königin, doch ihr Körper blieb so jung und schön wie bei allen anderen Bewohnern des Feenreichs auch.

Doch bei mir, dem Menschen im Eisernen Reich, für den die Zeit sehr wohl existierte und eine Sekunde nach der anderen verging, war das nicht so.

»Was hast du dir nur dabei gedacht?«

Als ich Meghans Stimme hörte, drehte ich mich um. Die Eiserne Königin war im Türrahmen stehen geblieben und hatte die Arme vor der Brust verschränkt. In ihrem langen Abendkleid, mit den dichten, blonden Locken, die schimmernd über ihren Rücken fielen, sah sie atemberaubend schön aus, aber keineswegs erfreut.

»Gedacht?«, fragte ich unschuldig, in der Hoffnung, sie so ablenken zu können. Dummerweise funktionierten solche Tricks bei der Eisernen Königin nur äußerst selten, und der heutige Abend bildete da keine Ausnahme.

»Fang gar nicht erst so an, Ash.« Meghan betrat unser Schlafzimmer und musterte mich finster. »Du weißt ganz genau, was ich meine. Warum hast du Kierran gesagt, er könne dieses Jahr das Elysium besuchen? Das Letzte, was wir gebrauchen können, ist, dass er sich mit einem der Wintersidhe anlegt oder jemanden aus dem Gefolge meines Vaters verführt. Die sind ihm gegenüber auch so schon misstrauisch genug.«

»Er bittet uns schon seit Jahren, ihn mitzunehmen«, erwiderte ich, während ich mir schwungvoll den Mantel um die Schultern legte. »Und ich denke, er ist jetzt alt genug, um es sich einmal anzusehen. Wir können ihn nicht ewig vor der Welt abschirmen. Als Prinz des Eisernen Reiches wird er die anderen Völker irgendwann kennenlernen müssen.«

Meghan starrte mich noch einen Moment wütend an, dann gab sie seufzend klein bei. »Also schön. Du hast ja recht.« Sie schenkte mir ein gereiztes Lächeln. »Es ist nur … er kommt mir immer noch so jung vor, wie ein Kind, das ständig in Schwierigkeiten steckt. Wo ist nur die Zeit geblieben?«

Sie trat ans Fenster und starrte versonnen auf das Panorama von Tir Na Nog hinaus. »Zwanzig Jahre, Ash«, murmelte sie. »Kaum zu glauben, dass es schon zwanzig Jahre her ist, dass wir den falschen König besiegt haben. Es kommt mir so vor, als wäre es erst gestern gewesen.«

Für dich vielleicht, dachte ich und sah in den Spiegel. Die silbernen Augen blickten mir aus einem gealterten, müden Gesicht entgegen. In den Augenwinkeln und um den Mund war die Haut von feinen Fältchen durchzogen, und über die linke Wange verlief eine Narbe bis zum Kiefer hinunter – ein Andenken an eine Basiliskenjagd im Wilden Wald. Seit Kurzem waren meine Schläfen grau meliert, und die Schulter, die den Mantikorstachel abbekommen hatte, tat bei feuchtem Wetter immer noch weh; ein dumpfer, pochender Schmerz. Die Jahre hatten ihre Spuren hinterlassen, und mir war nur allzu deutlich bewusst, wie die Zeit verging.

Und Meghan, meine wunderschöne, nur halb sterbliche Ehefrau war unverändert.

»Die Kutsche ist da«, verkündete Meghan mit einem Blick nach unten. »Und Kierran wartet bereits am Tor auf uns. Wir sollten wohl gehen.« Als sie sich umdrehte, zeigte ihre Miene einen Anflug von Besorgnis. »Brauchst du Hilfe bei der Treppe?«

»Ich komme zurecht«, erwiderte ich leise. »Geh ruhig schon vor. Ich komme gleich.«

»Bist du sicher?«

Ich nickte, woraufhin Meghan, immer noch besorgt, nachgab: »Na gut, aber bitte ruf einen Diener, falls du …«

»Ich werde schon klarkommen, Meghan«, unterbrach ich sie, was mir ein irritiertes Stirnrunzeln einbrachte. Ich zwang mich zu einem Lächeln, um die heftig vorgebrachten Worte abzumildern. »Nimm Kierran und fahr schon mal. Ich komme mit Glitch und den Wachen nach. Geh einfach, bitte.«

Ihre Augen blitzten, und einen Moment lang glaubte ich, sie würde sich mit mir streiten und in die Rolle der strengen, unnachgiebigen Eisernen Königin schlüpfen, die allseits gefürchtet war. Doch sie zögerte nur kurz, nickte dann und verließ den Raum, sodass ich mit meinen Gedanken allein blieb.

Wieder ein Elysium. Wieder eine Versammlung aller Höfe, bei der die Beteiligten vorgaben, sich zu mögen, während sie sich eigentlich am liebsten in Stücke reißen würden. Als Feenprinz hatte ich das Elysium nicht sonderlich gemocht, als Mensch war es mir einfach nur zuwider. Jene, die mich noch als Prinz Ash gekannt hatten – als den kalten, gefährlichen Eisprinzen, der ihnen jahrhundertelang Angst, Ehrfurcht und Respekt abgenötigt hatte –, sahen in mir jetzt nur noch den schwächlichen Menschen. Ein weichlicher, verkrüppelter Kerl, der von Jahr zu Jahr älter und schwächer wurde und sich mehr und mehr auf den Schutz seiner Königin verlassen musste. Ich registrierte all die hungrigen, mitleidigen, angewiderten Blicke, die uns trafen, wenn Meghan eintrat und ich neben ihr her humpelte. Auch die vielsagenden Blickwechsel zwischen den Adeligen von Sommer und Winter entgingen mir nicht: Wenn ich das schwächste Glied in der Kette des Eisernen Hofes war – wie konnten sie das zu ihrem Vorteil nutzen?

Feenpolitik und Machtspielchen; sie würden niemals eine offene Konfrontation mit der Eisernen Königin riskieren, doch ich konnte es einfach nicht ertragen, als Mittel zum Zweck gesehen zu werden.

Seufzend griff ich nach dem Gehstock, der an der Wand lehnte, und erhob mich mit einem letzten Blick in den Spiegel. Durch den langen schwarzen Mantel wurde der Stock größtenteils verdeckt, doch weder das Humpeln noch die Steifheit meines rechten Beins ließen sich ganz verbergen. Und trotzdem trug ich noch mein Schwert, ich weigerte mich, es aufzugeben, selbst wenn ich es nur noch selten zog. Erst wenn ich nicht mehr in der Lage wäre, meine Waffe zu gebrauchen, würde ich endgültig darauf verzichten.

Glitch wartete am Fuß der Treppe und beobachtete mit bewusst ausdrucksloser Miene, wie ich mich die letzten Stufen herunterschleppte. »Ihre Majestät und Prinz Kierran sind bereits zum Elysium aufgebrochen«, informierte er mich mit einer angedeuteten Verbeugung. »Sie hat mir gesagt, du wolltest, dass sie schon vorfahren. Stimmt irgendetwas nicht?«

»Nein.« Ich ignorierte den dargebotenen Arm und ging quälend langsam durch die Halle. In meinem Bein pochte es, doch ich biss die Zähne zusammen und schlurfte voran, verweigerte mir eine Pause oder einen Blick zurück. Glitch schloss sich mir an und hielt sich bereit, um meinen Arm zu packen, falls ich stolpern sollte. Doch während des gesamten, zermürbend langen Marsches zu der wartenden Kutsche sagte er kein Wort.

Stumm fuhren wir zum Winterpalast, und als die Kutsche vor dem Tor hielt, drehte ich mich zu Glitch um. »Warte hier«, befahl ich ihm, woraufhin er überrascht die Augenbrauen hochzog. »Du musst mich nicht begleiten. Ich kenne dieses Schloss wie meine Westentasche. Ich werde allein weitergehen.«

»Hoheit, ich denke nicht, dass ...«

»Das ist ein Befehl, Glitch.«

Glücklich war er damit nicht, aber die Eisernen Feen hatten sich stets dem Protokoll gefügt. Endlich nickte er. »Also schön. Aber ... sei vorsichtig, Ash. Meghan wird mich umbringen, wenn dir etwas passiert.«

Er meinte es nur gut, aber mein innerer Groll wurde dadurch bloß noch größer. Ich nahm meinen Stock, wandte mich von unserem Ersten Leutnant ab und betrat allein die eisigen Hallen des Winterpalastes.

Eigentlich hätte ich es wirklich besser wissen müssen, doch Stolz war immer meine Achillesferse gewesen, auch schon vor meiner Menschwerdung. Abgesehen von einigen stumpfsinnigen Ogerwachen waren die frostigen Gänge des Schlosses leer, was nur bedeuten konnte, dass sich bereits alle im Ballsaal versammelt hatten. Als ich jedoch um eine Ecke bog, drang ein Kichern hinter einer angelehnten Tür hervor, und eine Handvoll Dunkerwichtel sprang in den Korridor hinaus und schnitt mir den Weg ab.

Unsicher kam ich zum Stehen und analysierte die Situation. Wie die meisten Dunkerwichtel waren auch diese hier klein, gedrungen und wild. Ihre Wollmützen hatten sie mit dem Blut ihrer Opfer getränkt, und ihre grausam funkelnden Augen waren von einem ungesunden Gelb. Jeder einzelne von ihnen grinste und präsentierte so die rasiermesserscharfen Zähne. Fast alle hatten irgendeine improvisierte Waffe im Gürtel stecken. Dunkerwichtel waren nicht besonders helle, aber gewalttätig, und sie waren berüchtigt dafür, dass sie die Welt aus der Sicht eines Raubtiers betrachteten: Alles war entweder Beute oder Feind. Konzepte wie Status, Titel oder Hierarchien gab es für sie nicht. König, Prinz oder Adeliger, das war egal – war man schwach, glaubten sie, einen auseinandernehmen zu können und taten es auch, ohne einen Gedanken an mögliche Konsequenzen zu verschwenden.

Innerlich verfluchte ich meine Sturheit, musterte die Dunkerwichtel aber mit ausdrucksloser Miene. Jedes erkennbare Anzeichen von Schwäche würde einen Angriff provozieren. Die Dunkerwichtel mochten grob und dumm sein, aber sie wurden nicht ohne Grund im gesamten Nimmernie gefürchtet. Für Ash, den Winterprinzen, war ein Haufen Dunkerwichtel keine Bedrohung, aber diesen Ash gab es längst nicht mehr.

»Ja, ja.« Das Grinsen des Anführers wurde noch breiter, und er ließ seine dicken Knöchel knacken. »Seht mal, wer da ist, Jungs. Was für ein Zufall, dass wir dich hier treffen, *Prinz*. Und weit und breit kein königlicher Rock in Sicht, hinter dem du dich verstecken könntest.« Kichernd schoben sich die Dunkerwichtel näher an mich heran, wie hungrige Wölfe. »Hat die Königin endlich die Schnauze voll von ihrem Menschenspielzeug und hat dich im Schnee ausgesetzt?«

Vorsichtig machte ich einen Schritt und sah dem Anführer fest in die Augen. »Wenn du glaubst, du hättest leichtes Spiel mit mir, unterliegst du einem tragischen Irrtum«, sagte ich sanft. »Mag sein, dass ich nicht mehr euer Prinz bin, aber ich habe noch genug von ihm in mir, um Missgeburten wie euch über den gesamten Flur zu verteilen.«

Das Grinsen des Anführers wurde brüchig. Die anderen Dunkerwichtel wechselten nervöse Blicke und traten von einem Fuß auf den anderen, wichen aber nicht zurück. In diesem Moment wünschte ich mir, Ash, der Winterprinz, wäre tatsächlich noch da. Allein die Kälte, die von ihm ausging, wenn er bedroht wurde oder wütend war, hatte ausgereicht, um die meisten Angreifer in die Flucht zu schlagen.

Der Anführer der Dunkerwichtel schüttelte sich kurz, dann kehrte sein Grinsen zurück. »Ziemlich starke Worte, kleiner Mann. Aber dein Geruch sagt etwas anderes. Du riechst vollkommen *menschlich*. Keine Spur von dem Winterprinzen, nicht mehr.« Er fletschte die scharfen, gelben Zähne und befeuchtete sie mit seiner schwarzen Zunge. »Und ich wette, du schmeckst auch genau wie ein Mensch.«

Bei diesen Worten machten sie sich bereit, sich auf mich zu stürzen. In ihren Augen flackerte reine Mordlust. Unauffällig schob ich eine Hand unter den Mantel und packte mein Schwert. Die Kälte verbrannte mir die Finger, doch darum konnte ich mich jetzt nicht kümmern. Vielleicht würde ich hier sterben, aber dann würde ich so viele von den blutrünstigen Kreaturen mitnehmen, wie ich nur konnte. Und hoffen, dass mein Sohn oder meine Königin meinen Tod rächen würden.

»Vater!«

Laut und klar hallte die Stimme durch den Korridor und ließ die Eiszapfen an der Decke klirren. Fauchend wirbelten die Dunkerwichtel herum und richteten ihre Waffen auf den Eindringling, der ihnen den Spaß verderben wollte.

Am Ende des Flurs stand Kierran in seiner schwarzsilbernen Uniform, groß und eindrucksvoll. In den dämmrigen Schatten blitzten seine Augen wie Sterne. Er hatte sich die hellen Haare im Nacken zusammengebunden und wirkte so älter und strenger als sonst. Die markanten Wangenknochen und die spitzen Ohren, die seine wahre Natur verrieten, waren nun nicht mehr verborgen. Stolz aufgerichtet und reglos stand er da, halb im Schatten und halb im Licht. Er wirkte unmenschlich und wunderschön – ein wahres Feenwesen.

Der Anführer der Dunkerwichtel blinzelte überrascht, als der Eiserne

Prinz so plötzlich auftauchte. »Prinz Kierran«, knurrte er dann leicht nervös. »Welch eine Überraschung, dich hier zu sehen. Wir hatten gerade vor ... äh ...«

»Ich weiß, was ihr vorhattet.« Kierrans Stimme klang so kalt, dass sie frappierende Ähnlichkeit hatte mit der eines gewissen Winterprinzen aus längst vergangenen Tagen. »Den Prinzgemahl der Eisernen Königin zu bedrohen stellt ein Verbrechen dar, das mit dem Tod bestraft wird. Oder denkt ihr, nur weil er ein Mensch ist, würde ich euch am Leben lassen?«

Das tat weh. Nur ein Mensch. Nur ein schwacher, unwichtiger Sterblicher. Doch Kierran sah mich nicht an. Sein eisiger Blick war auf die Dunkerwichtel geheftet, die fauchend die Zähne fletschten. Ihr Anführer richtete sich demonstrativ auf und befahl spöttisch: »Okay, Jungs, achtet nur auf ...«

Metall blitzte, als Kierrans Arm so schnell vorschoss, dass es kaum zu sehen war. Der Anführer blinzelte, verstummte mitten im Satz und riss den Mund auf, als hätte er den Faden verloren. Die anderen Dunkerwichtel wirkten verwirrt, bis der Kopf ihres Anführers von dessen Schultern fiel und mit einem dumpfen Knall auf dem Boden landete.

Kreischend wandte sich die Horde zur Flucht. Doch Kierran war bereits mitten unter ihnen und ließ seine eiserne Klinge in kleinen, tödlichen Kreisen herumwirbeln. Ich wusste genau, welch ein gnadenloser Kämpfer er war. Immerhin war ich sein Lehrer gewesen, und meine Lektionen waren auf fruchtbaren Boden gefallen. Während ich dabei zusah, wie mein Sohn die Dunkerwichtel niedermachte – mühelos und ohne Gnade schlachtete er sie ab –, spürte ich einerseits eine Art grausamen Stolz, andererseits bildete sich in meiner Brust ein harter Klumpen der Bitterkeit. Einst war ich das gewesen.

Und würde es nie wieder sein.

Sekunden später war es vorbei. Blitzschnell und mit klar kalkulierter Präzision vernichtete Kierran die gesamte Horde. Ich hatte den Jungen gut ausgebildet. Der letzte Dunkerwichtel zerfiel noch in seine Einzelteile, als Kierran seine Klinge bereits schwungvoll in die Scheide schob und sich grinsend zu mir umdrehte.

»Vater.« Er verbeugte sich, was sein spitzbübisches Lächeln jedoch nicht verbergen konnte. Erstaunlich, wie schnell er sich vom eiskalten Killer in einen sympathischen jungen Prinzen verwandeln konnte. Am Eisernen Hof war Kierran allseits beliebt, besonders bei den Damen, die seinem teuflischen Charme kaum widerstehen konnten.

»Kierran.« Ich nickte anerkennend, auch wenn mir sein triumphierender Blick nicht so recht gefiel. »Was machst du denn hier?«

Mein Sohn grinste breit. »Die Königin war besorgt, weil du noch nicht aufgetaucht warst. Da habe ich ihr angeboten, nach dir zu sehen, nur für den Fall, dass du vielleicht in Schwierigkeiten stecken würdest. Sie meinte, dir würde schon nichts passieren, weil Glitch ja bei dir sei, aber ich war der Meinung, man solle besser auf Nummer sicher gehen. Also …« Demonstrativ sah er sich in dem leeren Korridor um. »Wo steckt Glitch eigentlich? Hast du ihn zu Hause gelassen? Ich wette, das passt ihm gar nicht.«

»Er wartet in der Kutsche.« Ich winkte Kierran heran und nahm seinen Arm, damit er mich in dem blutverschmierten Flur stützen konnte. Die Leichen verschwanden bereits und verwandelten sich in Schlamm, Blutegel und andere Scheußlichkeiten. Dunkerwichtel hinterließen bei ihrem Tod nie etwas Angenehmes. »Und kein Wort zu deiner Mutter, verstanden?«

»Natürlich nicht«, versicherte Kierran, doch er grinste immer noch.

Gemeinsam betraten wir den Ballsaal, der von einem eisigen Ende bis zum anderen mit Sommer- und Winterfeen gefüllt war. Auch Eiserne Feen waren hier, aber nur vereinzelt, und sie hielten sich von der Menge fern, da Sommer und Winter ihnen immer wieder feindselige Blicke zuwarfen. Düstere, melodramatische Musik lag in der Luft, und auf der Tanzfläche in der Mitte des Raums wirbelten Dutzende von Höflingen herum.

Kierran sah sich suchend im Raum um. Schließlich blieb sein Blick an einem schlanken Sommermädchen mit langen, rötlich braunen Haaren und grünen Augen hängen, das sich in einer Ecke gerade mit einer Dryade unterhielt. Sie blickte kurz zu ihm herüber, lächelte schüchtern und wandte sich dann hastig ab, als wäre er völlig uninteressant. Doch immer wieder kehrte ihr Blick zu ihm zurück, und mein Sohn wurde ganz zappelig.

»Kierran«, sagte ich warnend, woraufhin er so verlegen grinste, als hätte ich ihn mit der Hand in der Keksdose erwischt. »Vergiss das mal ganz schnell wieder. Du kennst die Regeln.«

Er seufzte und wurde von einem Moment auf den anderen vollkommen ernst. »Ich weiß«, murmelte er und wandte sich von dem Mädchen ab. »Aber das ist so unfair. Warum sollte sich der Einzelne den Vorurteilen unterwerfen, die zwischen unseren Reichen herrschen?«

»So ist es nun einmal«, erwiderte ich, während wir uns zwischen den Grüppchen hindurchschoben, zu denen sich der Feenadel zusammengefunden hatte. Mit einem Ausdruck der Geringschätzung und Verachtung in ihren Gesichtern machten sie uns Platz. »Und das wirst du auch nicht ändern, ganz egal, wie sehr du es versuchst. So ist es schon, seit das Feenreich existiert.«

»Dich konnte das aber nicht aufhalten«, wandte Kierran ein. Oberflächlich klang er ruhig und sachlich, doch in seiner Stimme schwang Trotz mit. Dem musste ich ein Ende machen, jetzt und hier. Ich wollte nicht, dass mein Sohn sich etwas in den Kopf setzte, das seinen Tod bedeuten konnte.

Ich blieb stehen und zwang ihn, ebenfalls anzuhalten, dann beugte ich mich ganz nah zu ihm. Erst sah ich ihn nur durchdringend an, dann fragte ich ihn mit leiser, rauer Stimme: »Willst du denn wirklich so sein wie ich?«

Ein paar Sekunden lang hielt er meinem Blick stand, dann schaute er zu Boden. »Vergib mir, Vater«, murmelte er. »Das war unangemessen.« Er konnte mir nicht mehr in die Augen sehen, doch ich starrte ihn weiter an, bis er sich schließlich verbeugte und einen Schritt zurücktrat. »Ich werde mich deinen Wünschen und den Gesetzen dieses Reiches beugen. Ich werde keinerlei Kontakt zu Sommer oder Winter haben, der über die üblichen diplomatischen Bemühungen hinausgeht.« Erst dann blickte er auf und sah mich mit eisigen, blauen Augen an. »Und nun entschuldige mich bitte, Vater. Ich werde zur Königin gehen und sie über deine Ankunft informieren.«

Ich nickte. Ein Sieg war es, ja, aber er schmeckte schal. Kierran verbeugte sich noch einmal und verschwand dann in der Menge. Dabei strahlte er eine Kälte aus, die mich frösteln ließ.

Ich suchte mir eine einsame Ecke und lehnte mich dort an die Wand, um mit einer gewissen Nostalgie die schönen, gefährlichen, brutalen Wesen um mich herum zu mustern. Vor gar nicht allzu langer Zeit war ich einer von ihnen gewesen.

Dann geriet Bewegung in die Menge, und durch einen Spalt zwischen den Gruppen konnte ich die Tanzfläche sehen.

Meghan, meine wunderschöne, unveränderliche Feenkönigin, schwebte über das Parkett, ebenso elegant und graziös wie der restliche Adel hier. Und ihr Partner, der noch ebenso attraktiv und bezaubernd war wie vor zwanzig Jahren, war niemand anderes als Puck.

Mir wurde übel, und ich umklammerte meinen Stock so fest, dass ich einen Krampf im Arm bekam. Ich konnte kaum noch atmen. Puck und Meghan wirbelten über die Tanzfläche, tauchten immer wieder zwischen den anderen Paaren auf, und sie hatten nur Augen füreinander. Sie lachten fröhlich, ohne sich um die Menge zu kümmern, die sie anstarrte, oder um mich, der ich in meiner Ecke Qualen litt.

Schließlich stieß ich mich von der Wand ab und drängte mich durch die Menge, ohne auf die geknurrten Flüche zu achten, mit denen man mich bedachte. Ich schob die Hand unter den Mantel und packte den Schwertgriff. Der stechende Kälteschmerz kam mir gerade recht. Ich hatte keine Ahnung, was ich tun sollte, und es war mir auch egal. Mein Gehirn hatte sich abgeschaltet, mein Körper handelte automatisiert, völlig instinktiv. Bei jedem anderen als Puck ... aber es *war* Puck, der da mit meiner Königin tanzte. Ich sah rot vor Wut und begann das Schwert zu ziehen. Natürlich war ich Robin Goodfellow in einem Kampf nicht gewachsen, und mein Unterbewusstsein wusste das auch, aber meine Gefühle hatten mich überwältigt, und ich konnte an nichts anderes mehr denken als daran, wie meine Klinge Pucks Herz durchbohrte.

Als ich mich der Tanzfläche näherte, wirbelte Puck Meghan gerade im Kreis herum. Ihr silberblondes Haar flog nur so, und sie legte lachend den Kopf in den Nacken. Ihre fröhliche Stimme traf mich wie ein Schlag in die Magengrube. Taumelnd blieb ich stehen. Wie lange war es schon her, dass ich dieses Lachen gehört, dieses Lächeln gesehen hatte? Während ich die beiden beobachtete, meinen ehemals besten Freund und meine Feenfrau, fühlte ich mich plötzlich krank. Sie wirkten so ... natürlich zusammen. Zwei überirdische, elegante Feenwesen, ewig jung, agil und schön. Sie sahen so aus, als gehörten sie zusammen.

Und in diesem Moment der Verzweiflung erkannte ich, dass ich ihr all das nicht bieten konnte. Ich konnte nicht mit ihr tanzen, sie nicht beschützen, ihr nicht die Ewigkeit anbieten. Ich war ein Mensch. Dazu bestimmt, zu altern, zu verblühen und schließlich zu sterben. Ich liebte sie so sehr. Aber sie? Würde sie noch genauso empfinden, wenn ich erst alt und gebrechlich war und sie noch immer so alterslos wie die Zeit selbst?

Meine Hand glitt vom Schwertgriff. Puck und Meghan tanzten noch immer, wirbelten lachend durch den Raum. Ihre Stimmen schmerzten mich wie tausend Nadelstiche in der Brust. Ich drehte mich um, schob mich durch die Menge und verließ den Ballsaal. Dann humpelte ich durch die dunklen eisigen Flure des Palastes, bis ich unsere Kutsche erreichte. Nach einem Blick in mein Gesicht stieg Glitch wortlos aus und gab mir Gelegenheit, mich in den Schatten zurückzuziehen.

Ich sank auf der Sitzbank in mich zusammen, bedeckte das Gesicht mit den Händen und schloss die Augen. Noch nie hatte ich mich so einsam gefühlt.

Noch mehr Zeit war ins Land gegangen.

Ich ließ die Hände sinken und kniff meine trüben Augen zusammen, um im Halbdunkel etwas erkennen zu können.

Das Licht, das hinter mir durchs Fenster fiel, reichte längst nicht aus, um die Schatten zu vertreiben, aber ich war mir fast sicher, gehört zu haben, wie jemand hereinkam. Vielleicht einer der Dienstboten, der sichergehen wollte, dass der verschrumpelte, grauhaarige Mensch nicht aus seinem Sessel gefallen war. Oder ihm dabei helfen sollte, in sein Zimmer zurückzuschlurfen, wo er sich dann auf seinem schmalen Einzelbett zusammenrollen konnte, einsam und vergessen.

Meghan war fort. Nach jahrelangem Frieden hatte der Krieg dann doch das Eiserne Königreich tangiert, und die Eiserne Königin war ausgezogen, um den Sommerkönig im Krieg gegen den Winter zu unterstützen. Glitch war als Befehlshaber der Armee an ihrer Seite, und Kierran hatte sich auf dem Schlachtfeld als wahres Monster erwiesen. Mit dem eisigen Schwert, das einst mir gehört hatte, pflügte er sich durch die feindlichen Reihen. Die meisten Bewohner des Schlosses waren ihrer Königin in die Schlacht gefolgt. Selbst die Gremlins waren fort, und ohne ihre summenden Stimmen hinter den Wänden war der Palast still, kalt und leer. Nur ich war noch hier. Wartete auf die Rückkehr der anderen. Völlig vergessen.

Als ein Regentropfen gegen das Fenster schlug, schreckte ich hoch. Ein Blitz zuckte über den Himmel, und der Donner grollte in der Ferne. Ich fragte mich, wo Meghan gerade war und was sie und Kierran wohl in diesem Moment taten.

Wieder leuchtete ein Blitz auf, und in dem grellen Licht erschien plötzlich eine Gestalt in einer dunklen Robe mit tiefer Kapuze neben mir. Wäre ich jünger gewesen, wäre ich sicher aufgesprungen und hätte zur Waffe gegriffen. Doch jetzt war ich einfach zu müde dazu.

Blinzelnd starrte ich zu dem Eindringling hoch, den ich nur verschwommen sehen konnte. Obwohl sein Gesicht unter der Kapuze verborgen war, spürte ich, wie er meinen Blick erwiderte. Er griff nicht an, er drohte mir nicht, er beobachtete mich stumm. Abwartend. Aus den Tiefen der Vergangenheit stieg eine Erinnerung in mir auf wie ein halb vergessener Traum. »Ich ... kenne dich.«

Der Wächter nickte. »Du hast das Ende deiner Prüfungen erreicht, Ritter des Eisernen Hofes«, erklärte er. Draußen donnerte es so laut, dass die Fenster klirrten. »Nun hast du auch die letzte Erkenntnis über das Leben als Mensch erfahren: Egal wie stark oder tapfer sie auch sind, die Sterblichen können dem Lauf der Zeit nicht entrinnen. Als Mensch am Eisernen Hof wirst du alt werden, während alle um dich herum auf ewig unverändert bleiben. Dies ist der Preis der Sterblichkeit. Du wirst sterben, und du wirst dabei vollkommen allein sein.«

Noch während er diese Worte sprach, legte sich eine kalte Hand auf meine Schulter, und eine Seite meines Körpers verkrampfte sich. Ich fuhr zusammen, Übelkeit und Schwindel überwältigten mich, und ich versuchte verzweifelt, aufzustehen und mich zur Tür vorzutasten. Mein schwaches Bein ließ mich im Stich, ich fiel und schlug mit dem Kopf auf dem kalten Steinboden auf, wobei mir die Luft aus den Lungen gepresst wurde. Keuchend zog ich mich mit einem Arm durch das Zimmer.

Meine linke Körperhälfte war vollkommen taub, alles um mich herum drehte sich wie wild, und am Rande meines Gesichtsfeldes tauchten dunkle Flecken auf. Ich unterdrückte den Schmerz und die Übelkeit und versuchte, um Hilfe zu rufen, doch aus meiner Kehle kam nur ein heiseres Keuchen. Niemand war da, der mich gehört hätte.

Bis auf den Wächter, der reglos dastand und zusah, wie ich kämpfte. Zusah, wie ich starb. »Der Tod«, erklärte er gleichgültig, während das Licht der Blitze über ihn huschte, »holt alle Sterblichen. Und am Ende wird er auch dich holen.«

Noch einmal versuchte ich aufzustehen und am Leben zu bleiben, auch wenn ein Teil von mir sich fragte, welchen Sinn das haben sollte. Aber es half nichts. Ich war so müde. Mein Kopf sank auf den kalten Boden, und die Dunkelheit breitete sich wie eine leichte, weiche Decke über mich. Ich spürte, wie der letzte Atemzug meinen Körper verließ und mein Herz – endgültig und unwiderruflich – aufhörte zu schlagen.

Das letzte Opfer

Kalt.

Alles war kalt.

Ich flog durch einen dunklen Tunnel, Bilder aus meinem Leben zogen an mir vorbei, und ich konnte einfach nicht anhalten. Ein Ausritt mit Meghan im Wilden Wald. Kierran und Glitch, die im Hof trainierten. Die Geburt meines Sohnes. Ein inniger Tanz mit Meghan auf irgendeinem Ball. Unsere Hochzeit …

Keuchend kam ich zu mir und stemmte mich von einem kalten, harten Untergrund hoch. Mein Herz trommelte panisch in meiner Brust, lautstark und lebendig. Ich tastete danach und sah mich um, da ich keine Ahnung hatte, wo ich mich befand. Steinerne Mauern, flackernde Kerzen in kleinen Alkoven, die tiefe Schatten warfen. Die große Gestalt in der Robe stand neben mir und beobachtete mich schweigend, und plötzlich kehrte die Erinnerung zurück.

Das Feld der Prüfungen. Die Aufgaben. Was mich hierhergeführt hatte, war der verzweifelte Wunsch nach einer Seele, damit ich mit

Meghan im Eisernen Reich leben konnte. Ich sank in mich zusammen und schlug die Hände vors Gesicht. Es fiel mir schwer, auch nur irgendeinen klaren Gedanken zu fassen. In meinem Kopf herrschte das totale Chaos, angestrengt versuchte ich die Fäden zu entwirren und herauszufinden, was real war und was in das Reich der Fantasie gehörte. Dabei spürte ich den kalten, abschätzenden Blick des Wächters auf mir, der offenbar auf meine Reaktion wartete.

»War das echt?« Meine Stimme war so schwach und rau, dass ich sie kaum erkannte. »War irgendetwas davon echt?«

Reglos starrte der Wächter mich an. »Möglicherweise.«

»Ash!«

Laute Schritte näherten sich, und dann tauchte Puck auf. Kurz flammte Hass in mir auf, als ich meinen alten Erzfeind sah und daran dachte, wie er und Meghan getanzt und gelacht hatten ... Doch dann hielt ich inne. Das war ja gar nicht passiert. Nichts von all dem war passiert. Mein gesamtes Leben als Mensch – meine Hochzeit, meine Frau, mein Sohn –, das alles war eine Illusion.

»Verdammt, Eisbubi«, keuchte Puck, während er auf mich zulief, »wir haben schon überall nach dir gesucht. Was ist passiert? Haben wir die Prüfung verpasst? Ist sie schon vorbei?«

Ungläubig starrte ich ihn an. Sekunden. Es waren nur wenige Sekunden vergangen, aber für mich war es ein ganzes Leben gewesen. Vorsichtig stand ich auf und atmete tief durch. Mein Bein war stark und gesund, mein Blick klar und ungetrübt. Als ich auf meine Hände sah, fand ich dort helle, straffe Haut, wo zuvor Falten und Altersflecken waren. Ich machte eine Faust und spürte die Kraft in meinen Gliedern.

»Es ist vorbei«, verkündete der Wächter. »Die Prüfungen sind vorüber. Du hast den Heldenparcours bestanden, Ritter des Eisernen Hofes. Du hast erfahren, was es bedeutet, ein Mensch zu werden – hast körperliche Schwäche, Gewissen und Sterblichkeit kennengelernt. Ohne diese Dinge würde eine Seele in deinem Körper verkümmern und sterben. Du bist weit gekommen, viel weiter als jeder andere vor dir. Doch eine letzte Frage ist noch offen. Eines musst du noch herausfinden, bevor du für eine Seele bereit bist.

Willst du sie *wirklich* haben?«

»Was?« Puck hatte sich neben mich gestellt und warf dem Wächter nun einen finsteren Blick zu. »Was ist das denn für eine Frage? Was hat er denn deiner Meinung nach die ganze Zeit hier gemacht? Blümchen gepflückt? Konntest du mit der Frage nicht rausrücken, *bevor* du ihn durch die Hölle geschickt hast?«

Ich packte ihn an der Schulter, um ihn zum Schweigen zu bringen. Wütend und voller Empörung sträubte er sich dagegen, doch ich wusste, warum der Wächter mir diese Frage stellte. *Vorher* war mir nicht klar gewesen, was es bedeutete, ein Mensch zu sein. Ich hatte es nicht verstehen können. Nicht so, wie ich gewesen war.

Jetzt schon.

Der Wächter hatte keinerlei Regung gezeigt. »Die Beseelungszeremonie beginnt bei Sonnenaufgang. Hat sie einmal begonnen, kann sie nicht mehr abgebrochen werden. Du hast die Wahl, Ritter: Solltest du es wünschen, kann ich alles ungeschehen machen – alle Erinnerungen an diesen Ort, alles, was du gelernt hast, es wird sein, als hätten die Prüfungen nie stattgefunden. Du könntest mit deinen Freunden vollkommen unverändert in das Winterreich zurückkehren, als unsterbliches, seelenloses Feenwesen.

Oder du erhebst Anspruch auf deine Seele und bekommst damit alles, was mit ihr einhergeht – ein Gewissen, die menschliche Schwäche und die Sterblichkeit.« Endlich bewegte sich der Wächter, doch nur um seinen Stab von einer Hand in die andere gleiten zu lassen, als rüste er sich zum Aufbruch. »Egal wie deine Entscheidung auch ausfällt«, fuhr er fort, »wenn du diesen Ort verlässt, wirst du niemals zurückkehren können. Wähle also klug. Ich werde wiederkommen, wenn du entschieden hast, welchen Pfad du beschreiten möchtest.«

Wählen.

Während ich tief Luft holte, spürte ich, wie sich das Band des Versprechens, das ich Meghan gegeben hatte, langsam löste. Ich hatte den Schwur erfüllt und einen Weg gefunden, wie ich zu ihr zurückkehren und ohne Angst an ihrer Seite leben konnte. Ich war frei.

Und ich hatte eine Wahl.

Ich kehrte nicht in mein Zimmer zurück, auch wenn ich mich vage daran erinnern konnte, wo es sich befand. Stattdessen suchte ich, bis ich den Innenhof fand, setzte mich unter einem verkümmerten Baum auf eine Bank und beobachtete die Sterne, die am Ende der Welt erstrahlten.

Sterblicher oder Fee? Im Moment war ich nichts von beidem, sondern stand an der Schnittstelle zwischen Menschlichkeit und Seelenlosigkeit, weder Mensch noch Fee. Ich stand kurz vor der Vollendung meiner Aufgabe, eine Seele und damit ein Leben mit Meghan war zum Greifen nah. Doch wenn die Zukunft, die der Wächter mir gezeigt hatte, sich bewahrheitete ... wenn ich dazu bestimmt war, einsam und verlassen zu sterben, war es dann die Qualen wert?

Ich *musste* nicht ins Eiserne Reich zurückkehren. Mein Schwur war erfüllt, es stand mir frei, zu tun und zu lassen, was ich wollte. Und es gab keine Garantie, dass Meghan noch auf mich wartete, keinerlei Sicherheit, ob sie überhaupt noch *wollte*, dass ich zurückkam. Ich konnte auch an den Winterhof zurückkehren, zusammen mit Ariella. Es könnte wieder so sein wie früher ...

Wenn ich das denn wirklich wollte.

»Hey.« Ariellas sanfte Stimme schob sich in meine Gedanken. Sie setzte sich so dicht neben mich, dass unsere Schultern sich berührten. »Puck hat mir von der letzten Prüfung und der Zeremonie morgen früh erzählt. Ich gehe mal davon aus, dass du dich noch nicht entschieden hast.« Ich schüttelte den Kopf, und sie strich mir zärtlich eine Locke aus der Stirn. »Warum quälst du dich noch so, Ash?«, fragte sie leise. »Du bist schon so weit gekommen. Du weißt, was du zu tun hast. Das wolltest du doch die ganze Zeit.«

»Ich weiß.« Erschöpft sank ich in mich zusammen und stützte die Ellbogen auf die Knie. »Aber diese letzte Prüfung, Ari ...« Mit geschlossenen Augen ließ ich die Erinnerungen an dieses andere Leben an mir vorbeiziehen. »Ich habe meine Zukunft mit Meghan gesehen«, erklärte ich ihr, öffnete die Augen und starrte blicklos auf meine Hände. »Ich bin zu einem Menschen geworden und in das Eiserne Reich zurückgekehrt, um mit ihr zusammen zu sein, genau wie ich es mir vorgenommen hatte. Und am Anfang waren wir glücklich ... *ich* war glücklich. Aber dann ...« Über uns schwebte träge ein blauer Komet vorbei. »Sie blieb unverändert«, murmelte ich schließlich. »Sie und mein Sohn, sie haben sich nie verändert. Und ich ... ich konnte nicht mithalten. Ich konnte sie nicht beschützen, konnte nicht an ihrer Seite kämpfen. Und am Ende war ich ganz allein.«

Ariella musterte mich schweigend. Seufzend fuhr ich mir mit der Hand durchs Haar. »Ich will ja bei ihnen sein«, gab ich leise zu. »Mehr als alles andere wünsche ich mir, sie wiederzusehen. Aber wenn meine Zukunft so aussieht, wenn all das unvermeidlich auf mich zukommt ...«

»Da irrst du dich«, wandte Ariella zu meiner Überraschung ein und lächelte. »Das ist *eine* Zukunft, Ash. Nur eine von vielen. Ich bin Seherin, ich muss es wissen. Nichts ist festgeschrieben. Die Zukunft ist ständiger Wandlung unterworfen, und niemand kann mit Sicherheit vorhersagen, was als Nächstes passieren wird. Aber eines wüsste ich gern: Du hattest in dieser Zukunftsvision also einen Sohn?«

Ich nickte. Beim Gedanken an Kierran spürte ich ein schmerzliches Ziehen in der Brust.

»Fehlt er dir?«

Ich seufzte schwer, nickte und sank wieder in mich zusammen. »Das ist seltsam«, flüsterte ich und spürte, wie sich ein Klumpen in meiner Kehle bildete. »Er ist nicht einmal real, und trotzdem ... für mich fühlt es sich so an, als wäre er derjenige, der gestorben ist. Seine Existenz war reine Illusion, aber ich kannte ihn. Ich erinnere mich an jedes noch so kleine Detail von ihm. Und von Meghan.« Der Klumpen schwoll an, dann spürte ich ein Brennen in den Augen und Nässe auf den Wangen. Ich konnte immer noch Kierrans Lächeln vor mir sehen, Meghans Atem auf meiner Haut spüren, wenn sie schlief. Und obwohl mein Kopf wusste, dass diese Erinnerungen reine Illusion waren, sperrte sich mein Gefühl aufs Heftigste gegen diesen Gedanken. Ich kannte sie. Jede Kleinigkeit an ihnen. Ihr Glück, ihr Kummer, ihre Triumphe, Schmerzen und Ängste hatten sich in meiner Erinnerung eingebrannt. Für mich waren sie real.

»Meine Familie.« Nur flüsternd konnte ich es eingestehen, während ich das Gesicht in den Händen verbarg. »Meghan, Kierran. Ich vermisse sie ... sie waren alles für mich. Ich will sie zurückhaben.«

Ariella legte mir einen Arm um die Schultern und zog mich an sich. »Und selbst wenn die Zukunft sich so entwickeln sollte«, flüsterte sie mir ins Ohr, »würdest du das alles verpassen wollen? Jetzt, wo du weißt, wie es ausgeht, würdest du irgendetwas ändern wollen?«

Ich entzog mich ihrer Umarmung, um sie anzusehen, während langsam eine Erkenntnis in mir heranreifte. »Nein«, murmelte ich und war davon selbst am meisten überrascht. Denn all der Schmerz, die Verletztheit und Einsamkeit, als ich erleben musste, wie sie mich alle verließen, wurden von dem Glück und dem Stolz überstrahlt, die ich bei Kierrans Anblick empfand, von der tiefen Zufriedenheit, die mich in Meghans Armen umgab, und von der allumfassenden, unendlichen Liebe, die ich meiner Familie entgegenbrachte.

Und vielleicht machte genau das das Menschsein aus.

Ariella erwiderte mein Lächeln, doch gleichzeitig sah ich die Trauer in ihren Augen. »Dann weißt du ja, was du zu tun hast.«

Ich drückte sie an mich und küsste sie auf die Stirn.

»Danke«, flüsterte ich, auch wenn es mir schwerfiel, es auszusprechen. Nun war die Überraschung auf Ariellas Seite. Feen bedankten sich unter keinen Umständen, da sie befürchteten, dem anderen dadurch etwas schuldig zu sein. Dem alten Ash wäre dieses Wort niemals über die Lippen gekommen. Vielleicht war das auch ein Zeichen dafür, dass ich auf dem Weg war, ein Mensch zu werden.

Entschlossen stand ich auf und zog Ariella auf die Füße. »Ich denke, ich bin bereit«, erklärte ich mit Blick auf das Schloss. Mein Herz klopfte erwartungsvoll, aber ich hatte keine Angst mehr. »Ich weiß jetzt, was ich zu tun habe.«

»Dann sollten wir keine weitere Zeit verschwenden«, verkündete der Wächter, der plötzlich hinter uns erschien. »Bist du zu einem Entschluss gelangt, Ritter?«

Ich löste mich von Ariella und stellte mich dem Wächter. »Jawohl.«

»Und wofür hast du dich entschieden?«

»Für meine Seele.« Sobald es ausgesprochen war, fiel mir eine riesige Last von den Schultern. Keine Zweifel mehr. Keine Grübelei. Ich kannte meinen Weg, wusste, was zu tun war. »Ich wähle das Menschsein, mit allem, was dazugehört. Schwäche, Gewissen, Sterblichkeit, alles.«

Der Wächter nickte. »So sind wir denn am Ende angelangt. Und du, Ritter, wirst der Erste sein, der erlangt, wonach er gestrebt hat. Folgt mir.«

Am Tor schloss Puck sich uns an. Gemeinsam folgten wir dem Wächter durch die düsteren Gänge und über eine lange Wendeltreppe bis zu einer Plattform auf dem höchsten Schlossturm. Hier gab es kein Dach mehr, sodass wir unter freiem Himmel standen, über uns die unzähligen Lichter und strahlend hellen Sternbilder. Funkelnde Felsen aus Mondgestein schwebten vorbei und zogen Spuren aus glitzerndem Staub hinter sich her. Der Wächter ging bis zum äußersten Rand der Plattform, dann drehte er sich um und winkte mich zu sich.

»Du hast alle Prüfungen erduldet«, begann er. »Du hast verinnerlicht, was es bedeutet, ein Mensch zu sein, ein Sterblicher, und ohne dieses Wissen könnte eine Seele nicht lange in dir verweilen. Du hast bestanden, Ritter. Du bist bereit.« Mein Magen verkrampfte sich vor Anspannung, aber der Wächter war noch nicht fertig. »Doch etwas so Reines wie eine Seele kann nicht aus dem Nichts erwachsen. Ein letztes Opfer ist erforderlich, jedoch wirst nicht du derjenige sein, der es erbringen muss. Damit in dir eine Seele geboren werden kann, muss ein Leben gegeben werden, und das aus freien Stücken und ohne jeden Vorbehalt. Wird diese selbstlose Tat von jemandem vollbracht, der dich liebt, so erwächst aus diesem Opfer eine Seele. Geschieht dies nicht, wird sich die Leere in dir nicht füllen.«

Für den Bruchteil einer Sekunde schwebte ich noch in seliger Unwissenheit, in der sich mir die wahre Bedeutung dieser Worte entzog. Doch dann begriff ich, was der Wächter da gesagt hatte, und eine eisige Faust schloss sich um mein Herz. Benommen starrte ich ihn an, und schließlich verwandelte sich mein Entsetzen in Wut. »Jemand muss für mich sterben«, brachte ich fast flüsternd hervor. Der Wächter zeigte keinerlei Reaktion, während sich in meinem Innern ein gähnendes Loch auftat und ich in die Finsternis hinabstürzte. »Dann war alles umsonst. Alles, womit du mich konfrontiert hast, alles, was ich durchgemacht habe, umsonst!« Zu der brodelnden Wut gesellte sich Verzweiflung. Ich hatte so sehr gekämpft, hatte so viel gelitten, nur um am Ende die Vergeblichkeit all dessen zu erkennen. Das konnte nicht sein. »Niemals«, presste ich hervor, während ich vor dem Wächter zurückwich. »Das werde ich niemals zulassen.«

»Es ist nicht an dir, dieses Opfer zu erbringen, Ash.«

Voller Bestürzung sah ich mit an, wie Ariella vor den Wächter trat. Ihre Stimme zitterte leicht, doch sie reckte stolz das Kinn. »Hier bin ich«, sagte sie leise. »Er hat mich. Ich bin bereit, diese Wahl zu treffen.«

»Ari«, hörte ich Puck hinter mir keuchen.

Nein! Ich stolperte auf sie zu, völlig schockiert von diesem Angebot. Mein Herz hämmerte voller Entsetzen und Verzweiflung. Genauso hatte ich empfunden, als ich zusehen musste, wie der Wyvern sie tödlich verletzte und sie in meinen Armen starb. Damals hatte ich hilflos mit ansehen müssen, wie sie mir entglitt. Aber das hier konnte ich verhindern. Das hier *würde* ich verhindern. »Nein, Ari«, protestierte ich mit rauer Stimme und stellte mich zwischen sie und den Wächter. »Das darfst du nicht! Wenn du noch einmal stirbst ...«

»Deswegen bin ich doch hier, Ash.« Mit Tränen in den Augen sah sie zu mir hoch und versuchte zu lächeln. »Nur deshalb bin ich mitgekommen. Für diesen Moment wurde ich ins Leben zurückgeschickt, um diese letzte Tat zu vollbringen, bevor das Feenreich mich wieder zu sich holt.«

»Das werde ich nicht zulassen!« Verzweifelt packte ich ihren Arm, und sie versuchte nicht, sich mir zu entziehen.

Der Wächter sah schweigend zu, wie ich sie weiter anflehte: »Tu es nicht«, flüsterte ich. »Wirf nicht einfach so dein Leben weg. Nicht für mich. Nicht schon wieder.«

Ariella schüttelte den Kopf. »Ich bin müde, Ash.« Ihr Blick ging durch mich hindurch und richtete sich auf etwas, das ich nicht sehen konnte. »Es ... ist genug.«

In meinem Rücken ließ Puck einen kurzen Seufzer hören. Ich hoffte, er würde ebenfalls protestieren und sie von diesem wahnsinnigen Vorhaben abbringen. Doch wieder einmal überraschte mich Robin Goodfellow, als er bedrückt, aber entschlossen sagte: »Ich bin so froh, dass ich dich noch einmal sehen durfte, Ari.« An dem leichten Zittern in seiner Stimme erkannte ich, dass er mit den Tränen kämpfte. »Und keine Sorge – ich werde gut auf ihn aufpassen.«

»Du warst mir ein guter Freund, Puck.« Ariella lächelte ihm zu, auch wenn ihre Augen blicklos in die Ferne sahen. »Es macht mich glücklich, dass ich euch beiden einen Neuanfang schenken konnte.«

Ich fühlte mich verraten und umklammerte ihre Schulter nun so fest, dass sie schmerzerfüllt zusammenzuckte. Aber Ariella sah mich noch immer nicht an. »Ich werde dich nicht gehen lassen«, erklärte ich ihr mit brechender Stimme. »Du darfst das nicht tun. Wenn es sein muss, werde ich dich mit Gewalt im Leben halten!«

»Prinz.« Grimalkins kühle, strenge Stimme durchdrang meine Verzweiflung. Dieses eine Wort, voll schimmernder Macht, bohrte sich in mich und zwang mich, ihn anzuhören, ihm zu gehorchen. Ich schloss die Augen und kämpfte voller Panik gegen das Gefühl der Ausweglosigkeit. Die Cat Sidhe forderte ihre Gefälligkeit ein.

»Nicht, Grimalkin«, presste ich mit zusammengebissenen Zähnen hervor. »Wenn du mich zwingst, werde ich dich töten, das schwöre ich.«

»Ich würde dich niemals zwingen«, erklärte Grimalkin ruhig. »Aber dies ist nicht deine Entscheidung, Prinz, sondern ihre. Ich verlange lediglich, dass du sie ihre Wahl treffen lässt. Gestatte ihr, ihren Weg selbst zu wählen, so wie du es getan hast.«

Damit war es um meine Selbstbeherrschung geschehen. Schluchzend sank ich auf die Knie, klammerte mich an Ariellas Kleid und ließ den Kopf hängen. »Bitte«, brachte ich unter Tränen hervor, »Ari, bitte. Ich flehe dich an, verlass mich nicht. Ich ertrage es nicht, dich noch einmal sterben zu sehen.«

»Ich hatte dich bereits verlassen, Ash.« Ariella legte mir eine Hand auf den Hinterkopf und fuhr mit zitternder Stimme fort: »Unsere Zeit ist längst abgelaufen.« Hemmungslos weinend kniete ich vor ihr, während sie mir zärtlich über das Haar strich. »Lass es mich tun«, flüsterte Ariella. Ihre Finger glitten unter mein Kinn, und sie zwang mich sanft, sie anzusehen. »Lass mich gehen.«

Ich konnte nicht sprechen. Zitternd und halb blind durch die Tränen ließ ich die Hände in den Schoß sinken. Ariella trat ein Stück zurück, legte aber für einen Moment die Hand an meine Wange. Schnell griff ich nach ihren Fingern, doch sie entglitten mir bereits. »Denk an mich«, flüsterte sie.

Dann drehte sie sich um und trat vor den Wächter, der sie mit einer Hand heranwinkte. »Es wird nicht lange dauern«, verkündete er, und dabei glaubte ich, eine Spur Bewunderung in seiner ausdruckslosen Stimme zu hören. Ariella nickte und holte zitternd Luft, während der Wächter ihr mit einer Hand das silberne Haar aus der Stirn strich.

»Wird es wehtun?«, flüsterte sie so leise, dass ich es kaum verstand. Der Wächter schüttelte das verhüllte Haupt.

»Nein«, versicherte er ihr sanft, dann bildete sich Licht unter seinen Fingern, das mit jeder Sekunde heller wurde. »Du wirst keine Schmerzen fühlen, Ariella Tularyn. Niemals wieder. Schließ die Augen.«

Sie warf mir einen letzten Blick zu. Und in diesem Moment sah sie genau so aus wie bei unserer ersten Begegnung, von jedem Kummer befreit und mit einem fröhlichen Strahlen in den Augen. Sie schenkte mir ein Lächeln voller Liebe, Freude und Vergebung, dann wurde das Licht so grell, dass ich den Blick abwenden musste.

Tief in meinem Inneren regte sich etwas, die Finsternis, die ich stets weggesperrt hatte, der Teil von mir, der ein wahrer Dunkler war: Hass, Brutalität und pechschwarzer Zorn stiegen brüllend an die Oberfläche und drohten mich zu überwältigen. Doch etwas Strahlendes, Reines und Mächtiges stellte sich ihnen entgegen, blendendes Licht verbrannte die Finsternis, erfüllte mich ganz und gar und breitete sich immer weiter aus, sodass kein Ort blieb, an dem sich die Finsternis verstecken konnte. Dieser Ansturm von Licht, Farbe und Gefühl ließ mich zittern, und erst jetzt wurde mir bewusst, wie leer ich bis zu diesem Moment eigentlich gewesen war.

Das Licht schwand. Ich kniete auf einer leeren Aussichtsplattform am Ende der Welt, und Mondgestein und Felsbrocken schwebten an mir vorbei. Der Wächter stand wenige Meter entfernt und stützte sich auf seinen Stab, als wäre er erschöpft. Er war allein.

Ariella war fort.

Dann richtete sich der Wächter auf und musterte mich aus den Tiefen seiner Kapuze heraus. »Nehmt euch etwas Zeit für eure Trauer«, sagte er, nun wieder kalt und förmlich. »Wenn ihr so weit seid, erwarte ich euch am Eingang zum Feld der Prüfungen. Ich muss euch noch etwas geben, bevor ihr geht.«

Ich bemerkte kaum, wie der Wächter verschwand. Benommen starrte ich auf die Stelle, wo noch vor wenigen Sekunden Ariella gestanden hatte. Grimalkin war ebenfalls verschwunden. Es schien fast so, als hätte er sich davongemacht, sobald die Zeremonie vollzogen war. Ich versuchte, wütend auf den Kater zu sein, aber es war sinnlos. Auch wenn er nicht aufgetaucht wäre, hätte Ariella sich so entschieden. Ich kannte sie gut genug, um zu wissen, dass sie es irgendwie geschafft hätte. Außerdem drückte mich die lähmende Trauer nieder wie eine schwere Decke und ließ keinen Raum für Wut. Ariella war nicht mehr. Sie war nicht mehr. Ich hatte sie gehen lassen. Schon wieder.

Jemand trat neben mich, doch es war nicht der Wächter. »Es war nicht deine Schuld, Ash«, sagte Puck leise. »Das war es nie. Sie hat ihre Wahl schon vor langer Zeit getroffen.«

Ich nickte, wagte aber noch nicht, etwas zu sagen. Seufzend ging Puck neben mir in die Hocke und ließ den Blick über den Turm wandern. »Ich weiß ja nicht, wie es dir geht«, fuhr er ernst fort, »aber ich will langsam mal wieder nach Hause. Lass uns den Fellball holen, nachsehen, ob der Wolf noch lebt, und dann von hier verschwinden.«

»Ja«, murmelte ich, ohne mich von der Stelle zu rühren. »Gib mir nur noch ein paar Minuten.«

»Geht klar.« Anstatt mich wie erwartet allein zu lassen, ließ sich Puck neben mir im Schneidersitz nieder. Gemeinsam starrten wir auf die Stelle, wo Ariella mich angelächelt und dann in einer strahlenden Lichtexplosion verschwunden war. Ein passenderes Ende hätte ich mir für sie nicht vorstellen können. Nach einem Moment des Zögerns legte mir Puck die Hand auf die Schulter.

Diesmal schob ich sie nicht weg.

Die Rückkehr

Schweigend und ganz in Gedanken versunken wanderten Puck und ich durch die leeren, dunklen Flure des Schlosses. Einmal blickte ich kurz zu ihm hinüber und sah, wie er sich hastig die Augen wischte. Die Korridore auf unserem Weg schienen noch verlassener zu sein, die Schatten dunkler – wir waren einer weniger als zu Beginn der Reise.

Ariella war nicht mehr. Ich wusste nicht, warum sie das getan hatte: uns zu begleiten, uns zu helfen, von vornherein wissend, dass sie nicht mit uns zurückkehren würde. Nun hatte ich sie zweimal verloren, hatte zweimal mit ansehen müssen, wie sie starb. Doch zumindest hatte sie ihren Weg diesmal selbst gewählt. Sie hatte diese Entscheidung vor langer Zeit getroffen, und wenn das Feenreich sie zurückgebracht hatte, würde es sicherlich nicht zulassen, dass sie spurlos verschwand, als hätte sie niemals existiert. Ein so strahlendes Leben wie ihres musste irgendwo erhalten bleiben; Ariella Tularyn war zu sehr geliebt und geschätzt worden, um einfach zu vergehen und vergessen zu werden. Das war nur ein kleiner Trost, aber ich klammerte mich mit meiner gesamten verbliebenen Kraft daran und hoffte dabei, dass sie – wo auch immer sie jetzt sein mochte, welche Form sie auch angenommen haben mochte – glücklich war.

Draußen an der Brücke wartete die riesenhafte Gestalt des Wächters, in seinem Rücken glänzten die Sterne und die dunkle, verschwommene Silhouette der Hecke.

»Nun trennen sich unsere Wege«, verkündete er, als wir bei ihm waren. »Dein Ziel ist erreicht, Ritter, deine Reise beendet. Weder mich noch das Ende der Welt wirst du jemals wiedersehen, du wirst dich nicht einmal an den Weg erinnern, der dich hierhergeführt hat. Doch da du der Erste bist, der überlebt und sich eine Seele verdient hat, überreiche ich dir hiermit ein letztes Geschenk, das euch auf der Heimreise nützlich sein dürfte.«

Er ließ einen funkelnden Gegenstand in meine ausgestreckte Hand fallen. Es war eine dunkle Kristallkugel von der Größe einer Orange, die sich warm und zerbrechlich anfühlte.

»Wenn ihr so weit seid, zerbrecht die Kugel, dann werdet ihr aus dem Feenreich in die Welt der Menschen befördert. Von dort aus könnt ihr dann weiterreisen.«

»Die Menschenwelt?« Puck spähte mir über die Schulter. »Das liegt aber eigentlich nicht auf dem Weg. Kannst du uns nicht etwas geben, das uns in den Wilden Wald oder nach Arkadia bringt?«

»Das wird nicht funktionieren, Robin Goodfellow«, gab der Wächter zurück und sprach Puck zum ersten Mal direkt an. »Ihr könnt auf dem Weg in den Wilden Wald zurückkehren, auf dem ihr gekommen seid, doch die Reise entlang des Flusses ist lang, und diesmal wäret ihr ohne den Schutz der Fähre.«

»Ist schon gut«, wandte ich mich an Puck, bevor der noch einen Streit mit dem Wächter vom Zaun brach. »Ich kann auch von der Welt der Sterblichen aus ins Eiserne Reich gelangen. Das heißt … falls du mir einen Steig öffnest.«

Verständnisvoll sah Puck mich an und nickte. »Na klar doch, Eisbubi. Kein Thema.«

»Aber um eine Sache müssen wir uns noch kümmern, bevor wir gehen«, erklärte ich dem Wächter. »Bei unserer Ankunft mussten wir einen unserer Freunde im Tempel zurücklassen. Ist er noch dort? Können wir ihn retten?«

»Der Wolf«, nickte der Wächter. »Ja, er lebt noch, auch wenn sein Funke schwach geworden ist. Er ist noch immer unter dem Tor gefangen, und ihr werdet ihn befreien müssen, bevor ihr ihn mit euch ins Reich der Sterblichen nehmen könnt.«

»Kannst du das Tor nicht einfach öffnen?«, fragte Puck stirnrunzelnd.

»Der Heldenparcours wurde nie geschlossen«, erwiderte der Wächter ausdruckslos. »Solange euer Freund das Tor blockiert, bleibt der Weg offen. Das Tor muss erst vollständig geschlossen werden, bevor man es wieder öffnen kann.«

»Ich würde vorschlagen, ihr beeilt euch ein wenig.« Grimalkin erschien auf einem schwebenden Felsen über dem Abgrund und musterte uns herablassend. »Wenn euch so viel daran liegt, dem Köter zu helfen, tut es schnell, damit wir endlich gehen können. Ich für meinen Teil würde gerne noch in diesem Jahrhundert nach Hause kommen.«

Nach Hause, dachte ich mit einem sehnsuchtsvollen Stich in der Brust. Ja, es wurde Zeit, nach Hause zu gehen. Ich war schon zu lange fort. Ob Meghan wohl noch auf mich wartete? Oder hatte sie ihren Entschluss aus dem Traum wahr gemacht und aufgegeben, um mit einem anderen glücklich zu werden? Würde ich sie bei meiner Rückkehr womöglich in den Armen eines anderen vorfinden?

Oder, noch schlimmer: als grausame Feenkönigin wie Mab, mächtig und gnadenlos, die nur mithilfe von Angst regierte?

Ja, ich fürchtete mich etwas, das ließ sich nicht leugnen. Ich hatte keine Ahnung, was mich am Ende meiner Reise erwarten würde. Doch was auch immer es war, selbst wenn Meghan mich vergessen hatte – ich würde zu ihr zurückkehren, koste es, was es wolle.

Wir hatten schon fast einen Fuß auf der Brücke, als der Wächter noch einmal das Wort an mich richtete: »Ritter!« Puck drehte sich zu ihm um, doch ich signalisierte ihm, schon vorzugehen. Er zog eine Grimasse, ließ uns dann aber allein. »Unterschätze nicht, was dir hier geschenkt wurde«, erklärte der Wächter leise, während Puck Grimalkin über die Brücke folgte. »In dir wohnt nun die Seele einer Winterfee. Du bist nicht länger Teil des Feenreiches, aber genauso wenig ein einfacher Sterblicher. Du bist … einzigartig.« Der Wächter trat einen Schritt zurück, und als er fortfuhr, glaubte ich leichte Belustigung in seiner sonst so ausdruckslosen Stimme zu hören. »Wir werden ja sehen, wohin dich das führt.«

Ich verneigte mich vor der verhüllten Gestalt und lief dann über die Brücke, den durchdringenden Blick des Wächters im Rücken. Doch als ich mich auf der anderen Seite noch einmal zu ihm umdrehte, war er verschwunden. Das gigantische Schloss schwebte davon, wurde kleiner und kleiner, bis es nicht mehr erkennbar mit dem Ende der Welt verschmolz.

Nachdem wir Grimalkin durch den Korridor zurück zum Tempel gefolgt waren, erreichten wir das mächtige Steintor des Heldenparcours. Einen Moment lang fürchtete ich, wir könnten zu spät kommen. Der Wolf lag reglos unter dem Tor und hatte den mächtigen Schädel auf die Vorderpfoten gelegt. Aus Maul und Nase quoll blutiger Schaum, sein Pelz war struppig und dünn, und unter der Haut zeichneten sich die Rippen ab. Durch den Spalt im Tor zerrten noch immer die Geister an ihm und versuchten, ihn in den Tempel zurückzuholen, auf dass er ewig mit ihnen eingeschlossen werde. Doch selbst in diesem scheinbar leblosen Zustand war er noch immer unverrückbar wie ein Fels.

»Schade«, bemerkte Grimalkin, als wir uns der reglosen Gestalt näherten. »Von einem Tor zerquetscht – nicht gerade das Ende, das man sich für den Großen Bösen Wolf so vorstellt. Dann war er wohl doch nicht unbesiegbar.«

Ruckartig schlug der Wolf die Augen auf. Als er uns sah, hustete er schwach und hob den Kopf. Das Blut lief ihm aus Maul und Nase, doch trotzdem brachte er hervor: »Du hast es also tatsächlich geschafft, kleiner Prinz. Da sollte ich wohl gratulieren, allerdings kümmert mich das gerade herzlich wenig.« Hechelnd ließ er den Blick zwischen Puck, Grim und mir hin und her wandern. Dann stellte er die Ohren auf. »Wo ist das Mädchen?«

Puck wich seinem Blick aus. Ich holte tief Luft und fuhr mir mit der Hand durch die Haare: »Sie ist nicht mehr.«

Der Wolf schien nicht überrascht zu sein. »Also, wenn ihr auf demselben Weg zurückgehen wollt, rutscht einfach unter dem Tor hindurch. Diese Geister sind zwar nervtötend, sie sollten aber für euch kein Problem mehr sein.«

»Und was ist mit dir?«

Der Wolf seufzte schwer und ließ den Kopf wieder auf die Pfoten sinken. »Ich habe keine Kraft mehr.« Er schloss die Augen und verlagerte mühsam sein Gewicht. »Und eure Kraft reicht nicht aus, um dieses Tor zu bewegen. Lasst mich einfach hier.«

Ich ballte die Fäuste. Die Erinnerung an Ariellas Opfer brannte noch quälend in mir. »Nein«, sagte ich entschlossen, woraufhin der Wolf kurz ein Auge öffnete. »Ich habe heute schon einmal zugesehen, wie ein Freund starb. Ich werde sicher nicht noch einen verlieren. Puck …« Ich schob eine Schulter unter die Steinplatte. »Komm schon, hilf mir.«

Puck schaute zweifelnd drein, stemmte sich aber ebenfalls von unten gegen das Tor und zuckte bei dem Versuch resigniert zusammen. »Uff. Weißt du auch, was du da tust, Eisbubi? Ich meine, du bist jetzt doch ein Mensch …«

Als er meinen Blick bemerkte, schwenkte er sofort um.

»Alles klar. Auf drei? Hey, Wolfsmännchen, du musst aber auch mithelfen, hörst du?«

»Ihr könnt mich nicht befreien«, protestierte der Wolf und musterte uns abwechselnd. »Ihr seid nicht stark genug. Erst recht nicht, wenn der Prinz jetzt nur noch ein Sterblicher ist.«

»Welch trauriger Anblick.« Grimalkin schlenderte heran und stellte sich so dicht vor die Schnauze des Wolfs, dass er gerade noch außer Reichweite war. »Jetzt muss sich der große Köter schon von einem Menschen retten lassen, weil er selbst zu schwach ist, um sich zu rühren. Ich werde mich hierhin setzen und mir das ansehen, damit ich diesen Tag niemals vergesse.«

Der Wolf begann zu knurren, und sein Nackenfell richtete sich auf. Er stellte die Vorderpfoten weit gespreizt auf den Boden, spannte alle Muskeln an und drückte die Schultern gegen den Stein. Zähnefletschend befahl er: »Los!«

Wir drückten. Der Stein blieb stur und rührte sich keinen Millimeter. Selbst mit der geballten Kraft von Puck und dem erschöpften Wolf war er zu schwer. Wir konnten ihn einfach nicht bewegen.

»Das funktioniert nicht, Prinz«, zischte Puck mit zusammengebissenen Zähnen. Sein Kopf war ganz rot von der Anstrengung. Ich ignorierte ihn, stemmte meine Schulter weiter gegen die Steinplatte und drückte aus Leibeskräften. Die Kante bohrte sich schmerzhaft in meine Haut, doch es rührte sich nichts. Instinktiv versuchte ich, den Schein zu Hilfe zu holen, ohne daran zu denken, dass ich ja nur ein Mensch war.

Die Luft bebte, es wurde schlagartig kalt, und plötzlich geriet die Steinplatte in Bewegung. Sie hob sich lediglich ein winziges Stück, aber wir spürten es alle. Puck riss die Augen auf und drückte mit voller Kraft, genauso wie der Wolf. Die Geister kreischten, heulten und griffen nach dem Wolf, als spürten sie, dass er ihnen entglitt. Ich schloss die Augen, ließ weiter die vertraute, kalte Kraft durch mich fließen und stieß damit, so fest ich konnte, gegen die Platte.

Mit einem dumpfen Dröhnen gab sie endlich nach und hob sich ein paar Zentimeter, doch das reichte schon. Mit einem triumphierenden Knurren schob sich der Wolf aus dem Spalt. Er riss sich von den letzten Geistern los, die noch an ihm hingen, und ließ sie unter dem Tor zurück. Puck und ich sprangen zurück, und das Tor sauste mit einem ohrenbetäubenden Knall herunter, wobei ein paar Geister zu feinem Nebel zerquetscht wurden.

Keuchend stand der Wolf auf und schüttelte sich kräftig, sodass Staub und Haare flogen. Dann warf er mir einen kurzen Blick zu und nickte widerwillig.

»Für einen Sterblichen bist du erstaunlich stark«, knurrte er zwischen schweren, rauen Atemzügen hervor. »Fast so stark wie ...« Misstrauisch kniff er die Augen zusammen. »Bist du sicher, dass du bekommen hast, was du wolltest, Prinz? Es wäre höchst ärgerlich, wenn wir den ganzen Weg umsonst gemacht hätten.« Bevor ich etwas sagen konnte, schnüffelte er an mir und rümpfte die Nase. »Nein, dein Geruch hat sich verändert. *Du* hast dich verändert. Du riechst nicht mehr so wie vorher, aber du riechst auch nicht so richtig ... menschlich.« Er legte die Ohren an, knurrte leise und wich vor mir zurück. »Was bist du?«

»Das ... weiß ich selbst nicht so genau.«

»Tja.« Der Wolf schüttelte sich wieder und schien nun schon ein wenig sicherer auf den Pfoten zu stehen. »Was auch immer du bist, du hast mich nicht hier zurückgelassen, und das werde ich dir nicht vergessen. Wenn du einmal einen Jäger brauchst oder jemanden, der deinen Feinden die Gurgel durchbeißt, musst du mich nur rufen. Und jetzt ...« Er nieste, fletschte die Zähne und blickte wild um sich. »Wo steckt dieser verfluchte Kater?«

Natürlich war Grimalkin verschwunden. Der Wolf schnaubte angewidert und wollte davonschleichen, doch da ertönte ein Rumpeln, und das Steintor begann sich knirschend zu öffnen.

Angespannt griff ich nach meinem Schwert, doch hinter dem Tor waren keine Geister mehr. Und auch sonst nichts. Statt des großen Raums lag nun ein langer, enger Korridor vor uns, der sich im Dunkel verlor. Spinnweben hingen an den Wänden, und eine dichte Staubschicht bedeckte den Boden, als wäre der Gang seit Jahrhunderten von niemandem mehr betreten worden.

Der Wolf blinzelte überrascht. »Magie und Taschenspielertricks.« Seufzend zog er die Lefzen hoch. »Ich bin froh, wenn ich das hinter mir habe. In meiner Heimat versuchen sie wenigstens offen und ehrlich, dich umzubringen.« Er schüttelte den zottigen Kopf. »Hier trennen sich unsere Wege, Prinz. Vergiss nicht, welchen Anteil ich an dieser Geschichte hatte. Denn falls du das vergisst, werde ich dich wohl oder übel jagen müssen. Und ich habe ein sehr gutes Gedächtnis.«

»Es ist ein langer Weg bis zum Wilden Wald«, gab ich zu bedenken und zeigte ihm die kleine Glaskugel. Die Magie darin ließ meine Haut kribbeln. »Komm mit uns. Wir kehren in die Menschenwelt zurück, und von dort aus findest du leicht einen Steig ins Nimmernie.«

»Die Menschenwelt.« Der Wolf wich einen Schritt zurück. »Nein, kleiner Prinz. Das Reich der Menschen ist nichts für mich. Es ist überfüllt, da fühlt man sich eingesperrt. Ich brauche die Weiten der Großen Wildnis, sonst werde ich ersticken. Nein, nein, die Zeit des Abschieds ist gekommen. Aber viel Glück. Es war ein respektables Abenteuer.« Damit schlich der Wolf in Richtung Korridor und schien augenblicklich mit den düsteren Schatten zu verschmelzen.

»Bist du sicher, Wolfsmännchen?«, rief Puck ihm nach, als er noch einmal stehen blieb und die Nase in die Luft hielt, um eventuelle Feinde aufzuspüren. »Eisbubi hat schon recht, der Rückweg zum Wilden Wald ist verdammt lang. Willst du bestimmt keine Abkürzung nach Hause nehmen?«

Der Wolf sah sich noch einmal nach uns um und fletschte mit einem leisen Lachen die Zähne. »Ich bin zu Hause«, sagte er schlicht und stürmte durch das Tor. Mit einem unheimlichen Heulen verschwand der Große Böse Wolf aus unserem Leben und wurde wieder zur Legende.

Nur Sekundenbruchteile, nachdem der Wolf gegangen war, tauchte Grimalkin wieder auf und putzte sich die Pfoten, als wäre nichts gewesen. »Also.« Er musterte mich träge. »Reisen wir jetzt ins Reich der Sterblichen oder nicht?«

Ich hob die Glaskugel, ließ sie dann aber wieder sinken und warf der Cat Sidhe einen prüfenden Blick zu, den sie gelassen erwiderte. »Hast du es gewusst?«, fragte ich leise. Der Kater blinzelte. »Hast du gewusst, warum Ariella mitgekommen ist?« Grimalkin wandte sich ab und begann, seinen Schwanz zu putzen. Meine Stimme wurde hart. »Sie wusste, dass sie sterben würde.«

»Sie war bereits tot, Prinz.« Nun sah Grimalkin mich an und kniff die Augen zusammen. »Sie ist an jenem Tag gestorben, als du geschworen hast, Goodfellow zu töten. Das Feenreich hat sie zurückgebracht, doch ihr war stets bewusst, wie es enden würde.«

»Du hättest ja mal was sagen können«, meldete sich nun auch Puck zu Wort. Seine Stimme klang matt und bedrückt, was mehr als untypisch für ihn war.

Grimalkin nieste, setzte sich zurecht und richtete dann die wissenden, goldenen Augen wieder auf mich. »Wenn ich das getan hätte, hättet ihr sie denn dann gehen lassen?«

Keiner von uns antwortete, woraufhin der Kater nickte. »Wir verschwenden Zeit«, fuhr er schließlich fort und stand mit hocherhobenem Schwanz auf. »Gehen wir ins Reich der Menschen, damit die Sache endlich ein Ende hat. Trauert um sie, aber seid dankbar für die Zeit, die ihr noch hattet. Sie hätte es nicht anders gewollt.« Er rümpfte die Nase und zuckte mit dem Schwanz. »Benutzt du jetzt endlich diese Kugel, oder muss ich mir Flügel wünschen und in den Wilden Wald fliegen?«

Seufzend hob ich die Kugel und betrachtete die Magie, die darin herumwirbelte. Als ich sie so in beiden Händen hielt, sah ich durch sie hindurch noch einmal das Ende der Welt, diesen funkelnden Abgrund, der mich immer wieder staunen ließ. Dann holte ich tief Luft, presste die Hände zusammen und zerbrach das Glas. Die Magie entschwebte in die Luft, gleißendes Licht umfing uns, und für einen Moment wurde alles weiß.

Das Licht erlosch – und die Geräusche der Menschenwelt setzten ein: brummende Motoren, Verkehrslärm, Hupen und Schritte auf Asphalt. Blinzelnd sah ich mich um und versuchte mich zu orientieren. Wir befanden uns in einer engen Gasse zwischen zwei Gebäuden, an den Mauern standen überquellende Müllcontainer, neben denen sich weitere Abfälle türmten. In einem großen Karton regte sich eine zerlumpte Gestalt und murmelte verschlafen vor sich hin. Sie drehte uns den Rücken zu und scheuchte dabei eine große Ratte auf, die an der Mauer entlang flüchtete.

»War ja klar.« Puck wich naserümpfend einem Lumpenhaufen aus, in dem sich die Maden wanden. »Ich *weiß*, dass es auch in der Menschenwelt noch Haine, Wälder und Wildnis gibt, und wo landen wir? In einer vergammelten, rattenverseuchten Gasse. Ist ja großartig.«

Grimalkin sprang auf einen Müllcontainer. Er fiel in dieser Umgebung erstaunlicherweise überhaupt nicht auf, sondern wirkte wie eine Straßenkatze, die ihr Revier überwachte. »Nicht weit von hier gibt es einen Steig«, erklärte er gelassen, während er vorsichtig über die Kante balancierte. »Wenn wir uns beeilen, können wir noch vor Sonnenuntergang dort sein. Folgt mir.«

»Moment mal, du weißt *jetzt schon*, wo wir sind?«, fragte Puck fassungslos, während wir über Müllsäcke und Schrott stiegen, um die Gasse zu verlassen. »Wie geht das denn, Kater?«

»Die meisten Großstädte sind sich ziemlich ähnlich, Goodfellow.« Grimalkin saß bereits auf dem Bürgersteig und blickte mit träge zuckendem Schwanz zu uns zurück. »Es gibt überall Steige, man muss nur wissen, wo man suchen muss. Außerdem bin ich eine Katze.« Damit machte er sich auf den Weg.

»Warte mal, Eisbubi«, hielt mich Puck zurück, als ich ihm folgen wollte. »Du hast etwas vergessen.« Er deutete auf das Schwert an meiner Seite. »Normale Menschen laufen nicht mit großen, spitzen Waffen durch die Stadt. Und wenn sie es tun, erregen sie damit jede Menge Aufmerksamkeit. Gib es besser mir, zumindest, bis wir den Wilden Wald erreichen.«

Als ich zögerte, verdrehte Puck genervt die Augen. »Ich schwöre, dass ich es nicht verlieren, in den Gully werfen oder einem Obdachlosen schenken werde. Komm schon, Ash. Das gehört nun einmal zum Menschsein dazu, du musst dich anpassen.«

Widerstrebend gab ich ihm das Schwert samt Scheide und Gürtel, den sich Puck sofort über die Schulter schlang. »Na, war doch gar nicht so schlimm, oder?«

»Wenn du es verlierst …«

»Ja, ja, dann bringst du mich um. Alter Hut, Eisbubi.« Kopfschüttelnd schob Puck mich voran. »Nach dir.«

Wir traten aus der Gasse auf einen überfüllten Bürgersteig hinaus, doch die Menschen hasteten vorbei, ohne uns eines Blickes zu würdigen. Über uns ragten gigantische Konstruktionen aus Glas und Stahl in den Himmel und funkelten in der Abendsonne. Hupende Autos schoben sich durch den Verkehrsstrom wie große Metallfische, und der Gestank von warmem Asphalt, Rauch und Abgasen hing in der Luft.

Es waren sehr subtile Veränderungen, doch ich spürte sie sofort. Die Welt war nicht mehr ganz so klar wie früher. Die Konturen waren leicht verschwommen, die Farben nicht mehr so strahlend. Auch die Geräusche waren dumpfer; das Stimmengewirr um mich herum war zu einem Brei menschlicher Laute geworden, und ich konnte nicht mehr einzelne Gespräche herauspicken, indem ich einfach nur zuhörte.

Sobald ich einen Schritt machte, rannte jemand in mich hinein und drängte mich wieder zurück. »Pass doch auf, wo du hinläufst, Vollidiot«, fauchte der Mensch und warf mir im Vorbeihasten einen finsteren Blick zu. Ich blinzelte irritiert, reihte mich dann aber in den Strom ein und folgte Grimalkin, der sich gekonnt zwischen den unzähligen Füßen und Beinen hindurchschlängelte. Niemand schien ihn zu bemerken, ebenso wenig wie Puck, der durch Schein getarnt neben mir ging. Selbst in der dichtesten Menge machten sie einen Bogen um ihn oder traten beiseite, manchmal auch erst im letzten Moment, ohne dabei zu ahnen, dass sich ein Feenwesen unter ihnen befand. Ich hingegen zog einige Blicke auf mich – neugierige, anerkennende und provozierende –, während ich mir einen Weg durch die Menge suchte, ohne allzu viel herumgeschubst zu werden. Es war gut, dass Puck mein Schwert genommen hatte. Sonst wäre ich vielleicht in Versuchung geraten, mir damit den Weg freizukämpfen.

Während ich wieder einmal einem Menschen auswich, streifte ich aus Versehen einen Eisenzaun, mit dem ein kleiner Baum am Straßenrand eingefasst war. Automatisch scheute ich vor dem Metall zurück, doch das Schwächegefühl und der Schmerz, den die Nähe zum Eisen mit sich brachte, stellten sich nicht ein. Allerdings warfen mir einige der Passanten merkwürdige Blicke zu. Vorsichtig streckte ich die Hand aus, jederzeit bereit, die Finger zurückzuziehen, da jahrhundertealte Feeninstinkte mich anflehten, den Zaun nicht zu berühren. Doch der Kontakt mit dem Eisen, der mich früher krank gemacht und mich verbrannt hatte wie glühende Kohlen, blieb folgenlos. Kalt und harmlos lag das Metall unter meinen Fingern. Grinsend hob ich den Blick und musterte die lange Reihe von Bäumen, die alle von einem solchen Eisenzaun umgeben waren.

»Würdest du bitte damit aufhören?«, zischte Puck wenig später und sah schaudernd zu, wie ich über jeden Zaun strich, an dem wir vorbeikamen. »Du machst mich wahnsinnig. Mir wird jedes Mal ganz anders, wenn wir an den Dingern vorbeilaufen.«

Darüber musste ich lachen, doch ich ließ die Zäune in Ruhe und schob mich wieder in die Mitte des Bürgersteiges, wo die Menge am dichtesten war. Da ich nun wusste, dass sie mir nicht einfach Platz machen würden, war es leichter, ihnen auszuweichen und sich durch den nicht enden wollenden Menschenstrom zu schlängeln. »Soll das heißen, wenn ich einen solchen Zaun um mein Haus ziehe, lässt du mich endlich in Ruhe?«, fragte ich Puck grinsend und erhielt ein abfälliges Schnauben zur Antwort.

»Bilde dir bloß nichts ein, Eisbubi«, fügte Puck hinzu. »Ich habe schon mit Menschen gespielt, da hast du noch nicht mal daran gedacht, einer zu werden.«

Je später es wurde und je tiefer uns Grimalkin in die Innenstadt hineinführte, desto weniger Leute waren unterwegs. Die Straßenlaternen sprangen an, und nach und nach wurden die Gebäude immer heruntergekommener und schäbiger. Überall sah man zerbrochene Fensterscheiben und Graffiti, außerdem konnte ich spüren, dass wir aus den Schatten und den dunklen Hauseingängen beobachtet wurden.

»Schicke Jacke, Mann.«

Vier Menschen mit Kapuzenpullis und Kopftüchern tauchten aus einer der Gassen auf und stellten sich mir in den Weg. Der Größte von ihnen, ein brutal wirkender Schlägertyp mit kahl rasiertem Schädel und unzähligen Tätowierungen, schlenderte grinsend auf mich zu. Mit einem schnellen Blick musterte ich ihn und seine Kumpane, suchte nach Hörnern, Krallen oder spitzen Zähnen. Nichts. Also keine Halbblüter. Keine Exilanten aus dem Nimmernie, die sich irgendwie in der Welt der Sterblichen durchschlagen mussten. Sie waren durch und durch menschlich.

»Mein Kumpel Rico hier dachte gerade eben erst, dass er genau so ein schickes Mäntelchen gut gebrauchen könnte.« Das Grinsen des Schlägertypen wurde breiter und enthüllte einen funkelnden Goldzahn. »Also, warum gibst du ihn ihm nicht einfach, Mann? Erst den Mantel, und dann kannst du auch gleich noch deine Brieftasche da auf den Boden legen. Wir wollen dir schließlich nicht deinen hübschen Schädel einschlagen müssen, nicht wahr?«

Der unsichtbare Puck seufzte schwer und schüttelte den Kopf. »Die sind ja nicht sonderlich helle, oder?«, fragte er mich mit Blick auf den Anführer, der ihn natürlich nicht wahrnahm. Grinsend stellte er sich hinter die Gruppe und ließ die Knöchel knacken. »Na ja, ein letztes Massaker können wir uns noch erlauben. Um der alten Zeiten willen.«

»Hey, du Freak, bist du taub?« Der Schlägertyp versetzte mir einen Stoß, sodass ich einen Schritt zurückwich. »Oder scheißt du dir gerade in die Hose vor Angst?« Die anderen drängten sich lachend heran und kreisten mich ein wie hungrige Hunde. Ich rührte mich nicht. Mit einem Aufblitzen der Klinge zog der Anführer ein Messer und hielt es mir unter die Nase. »Ich werde es dir noch einmal ganz freundlich erklären«, fuhr er fort. »Gib mir deinen Mantel, sonst stopfe ich dir deine Finger einzeln ins Maul.«

Ich sah ihm direkt in die Augen. »Wir müssen das nicht tun«, erklärte ich ihm leise. Puck grinste verschmitzt und ging in Position. »Ihr könnt einfach gehen. In ungefähr acht Sekunden werdet ihr dazu allerdings nicht mehr in der Lage sein.«

Der Mann zog überrascht eine Augenbraue hoch und leckte sich über die Lippen. »Na schön«, nickte er. »Dann also auf die harte Tour.« Er zielte mit dem Messer nach meinem Gesicht.

Ich wich nach hinten aus, ließ die Klinge an meiner Wange vorbeizischen, trat dann einen Schritt vor und verpasste dem Anführer einen so harten Schlag auf die Nase, dass ich spürte, wie der Knochen brach. Kreischend taumelte er rückwärts, und sofort wandte ich mich dem zweiten Kerl zu, der mich von der Seite angriff.

Der Rest lief wie in Zeitlupe. Aus dem Augenwinkel sah ich, wie Puck hinter den beiden verbliebenen Männern auftauchte und ihre Köpfe gegeneinanderschlug. Während sie benommen herumtorkelten, ließ er seine magische Tarnung fallen und lachte so laut, dass es sogar das Geheul und Geschimpfe seiner Gegner übertönte. Ich wich dem Messer meines zweiten Kontrahenten aus und trat ihm hart gegen das Knie. Wieder brach ein Knochen, und der Mann ging zu Boden.

Der Anführer krümmte sich noch immer und hielt sich die Nase. Plötzlich drehte er sich, ließ sein Messer fallen und griff nach etwas hinter seinem Rücken. Genau in dem Moment, als er die Pistole zog, stürzte ich mich auf ihn und packte sein Handgelenk, doch mit einem ohrenbetäubenden Knall löste sich der Schuss. Der Gangster schrie auf, als ich ihm mit einer Drehung das Handgelenk brach, und die tödliche Waffe landete klappernd auf dem Pflaster. Dann rammte ich den Mann gegen eine Mauer, presste meinen Unterarm gegen seine Kehle und drückte zu. Er riss die Augen auf und schnappte hektisch nach Luft. Ich war auf hundertachtzig, der Schuss dröhnte noch in meinen Ohren, und angesichts der Tatsache, dass ich gerade ganz knapp dem Tod entronnen war, schrie alles in mir nach Vergeltung. Dieser Mensch hatte versucht, mich zu töten. Nun hatte er dasselbe Schicksal verdient. Ich erhöhte den Druck auf seinen Hals, um ihm die Luftröhre zu zerquetschen, und sah zu, wie er blau anlief und die Augen verdrehte.

Doch dann hielt ich inne.

Ich war nicht länger eine Fee. Ich war nicht mehr Ash, der skrupellose Prinz des Dunklen Hofes, der keine Gnade kannte. Wenn ich diesen Menschen tötete, wäre das nur ein weiterer Mord auf der langen Liste meiner Verfehlungen. Und diesmal hatte ich eine Seele, die durch sinnloses Töten und Blutvergießen befleckt wurde.

Ich lockerte meinen Griff, trat zurück und ließ den Mann zu Boden gleiten, wo er hastig nach Luft schnappte. Ein schneller Blick zu Puck zeigte mir eine rothaarige Fee zwischen zwei stöhnenden Menschen, die sich den Kopf hielten. Und dieser Anblick schien ihm zu gefallen. Beruhigt wandte ich mich wieder dem Anführer zu. »Verschwindet von hier«, befahl ich ihm leise. »Geht nach Hause. Falls ihr mir noch einmal über den Weg lauft, seid ihr geliefert.«

Der Schläger umklammerte sein gebrochenes Handgelenk und rannte los. Seine drei Freunde humpelten hinterher. Ich sah ihnen nach, bis sie um die nächste Ecke bogen, dann drehte ich mich zu Puck um.

Der rieb sich grinsend die Fingerknöchel. »Na, das war doch lustig. Es gibt doch keinen besseren Weg, die Pumpe in Gang zu bringen, als eine gute, alte Schlägerei. Obwohl ich eigentlich gedacht hätte, du bringst den Kerl um, immerhin hat er auf dich geschossen. Ist mit dir alles in Ordnung, Eisbubi?«

»Alles bestens.« Ich starrte auf meine Hände. Noch immer konnte ich fühlen, wie sein Puls an meiner Haut gerast war. Ja, ich hätte seinem Leben ein Ende machen können. Ich grinste. »Ging mir nie besser.«

»Wollt ihr hier mitten auf der Straße noch mehr unmotivierte Schlägereien anfangen?«, fragte Grimalkin vorwurfsvoll von einer Motorhaube herunter. »Oder könnten wir vielleicht mal weitergehen?«

Er führte uns durch eine lange Gasse bis zu einer Ziegelmauer mit einer roten Tür. Das schmutzige Fenster daneben war mit Brettern vernagelt, doch das Schild darüber war noch lesbar: *Rudys Pfandhaus. Waffen, Gold und anderes.* Wir öffneten die Tür und traten ein, begleitet von Glockengebimmel. Der winzige Laden war bis unter die Decke mit Gerümpel zugestellt: Auf staubigen Regalbrettern reihten sich Stereoanlagen, Fernseher, Autoradios und Lautsprecher aneinander. Eine ganze Wand wurde von niedrigen Schränken eingenommen, in denen ausschließlich Waffen lagerten, die durch eine blinkende Überwachungskamera geschützt waren. Auf einem Ständer in der Mitte des Raumes türmten sich Videospiele, und in der Nähe des Eingangs stand ein langer Glastresen, dessen Auslagefächer ein funkelndes Vermögen in Form von Halsketten, Ringen und Gürtelschnallen präsentierten.

Dahinter stand eine einsame, pummelige Gestalt, die gelangweilt auf einige Patiencekarten starrte und nur flüchtig aufblickte, als wir eintraten. An seinen Schläfen ringelten sich kräftige Widderhörner, und als er die Karten einsammelte, bemerkte ich, dass seine Unterarme außergewöhnlich stark behaart waren. Also, außergewöhnlich für einen Menschen, jedoch nicht für einen Satyr. Oder für einen Halb-Satyr, wie ich einen Moment später erkannte. Er trug ein schmutziges T-Shirt und sandfarbene Shorts, und seine dünnen Beine waren zwar behaart, aber eindeutig menschlich.

»Komme gleich«, grunzte er, als wir uns dem Glastresen näherten. »Momentchen noch …« Er brach mitten im Satz ab, als er endlich aufblickte und uns richtig ansah. Puck grinste breit, während der Verkäufer blass wurde und vor Überraschung keuchte. »Oh. Oh, tut mir leid ... äh ... Eure Königlichkeit? Ich wusste ja nicht ... Kommen nicht viele Vollfeen hier durch. Ich meine ...« Er schluckte schwer und wurde noch bleicher, als Puck ihn weiterhin schweigend angrinste. Puck amüsierte sich offenbar prächtig. »Womit darf ich Ihnen behilflich sein?«

»Hallo, Rudy.« Grimalkin sprang auf den Tresen, und der Halb-Satyr machte kreischend einen Satz nach hinten. »Wie ich sehe, schlägst du dich immer noch mit dieser Feuerfalle durch, die du als Laden bezeichnest.«

»Na klasse.« Rudy musterte den Kater säuerlich, holte einen Lappen unter dem Tresen hervor und wischte die Glasplatte ab. »Wen haben wir denn da? Bist wohl gekommen, um mich mal wieder zu triezen, wie? Ist dir eigentlich klar, dass mich die Information, die ich von dir bekommen habe, fast das Leben gekostet hätte?«

»Du wolltest wissen, wo sich die Ruinen der Riesen befinden. Das habe ich dir gesagt. Damit war mein Teil des Handels erfüllt.«

»Ich dachte doch, die wären verlassen! Du hast nie gesagt, dass sie noch bewohnt sind!«

»Du hast ja nicht danach gefragt.«

Während die beiden sich stritten, nahm ich mir einen Moment Zeit und sah mich in dem Laden um. Die Ansammlung von Menschensachen in den Regalen übte eine unheimliche Faszination auf mich aus. Natürlich kannte ich die diversen Gegenstände, aber nun konnte ich sie zum ersten Mal berühren, ohne die zerstörerische Wirkung des Metalls fürchten zu müssen. Ich schlenderte zu der Wand mit den Waffenschränken und betrachtete staunend die zahlreichen Pistolen und Gewehre, die dort ausgestellt waren. So viele verschiedene Typen. Ich wusste so wenig über die Welt der Sterblichen. Das würde ich schnellstens ändern müssen.

Vom Tresen war Grimalkins verschnupfte Stimme zu hören. »Wenn man in alten Riesenruinen herumläuft, um dort nach Schätzen zu suchen, sollte man besser vorher sicherstellen, dass sie auch verlassen sind. Das ist jetzt allerdings vollkommen irrelevant. Ich denke, wir sollten zum Geschäftlichen kommen.«

»Na schön.« Rudy winkte resigniert ab. »Bringen wir es hinter uns. Ich nehme an, du willst etwas aus dem Hinterzimmer, richtig? Hey«, schrie er plötzlich, als ich eine Pistole aus einem Regal nahm, die genauso aussah wie die, mit der gerade auf mich geschossen worden war. »Vorsicht! Mann, seit wann können Feen überhaupt Pistolen anfassen?«

»Eisbubi.« Puck verzog das Gesicht und warf mir einen nervösen Blick zu. »Wir wollen den netten Waffenhändler lieber nicht aufregen, okay? Wir sind doch schon fast zu Hause!«

Ich legte die Waffe zurück und ging wieder zum Tresen, wo Rudy mich voller Misstrauen musterte. »Äh, genau.

Also, ihr braucht etwas aus dem ›Speziallager‹, richtig? Ich hätte Affenpfoten, Hydragift oder auch zwei Basiliskeneier, sind gestern erst reingekommen ...«

»Erspare uns den Bericht über deine Verbindungen zum Koboldmarkt«, unterbrach ihn Grimalkin. »Wir müssen die Tür benutzen, die in den Wilden Wald führt.«

»Tür?« Rudy schluckte schwer, und sein Blick huschte nervös zwischen uns hin und her. »Äh ... ich weiß nichts von einer Tür.«

»Lügner.« Grimalkin kniff die Augen zusammen. »Versuche ja nicht, uns hinters Licht zu führen, Missgeburt. Was glaubst du, wen du hier vor dir hast?«

»Na ja, die Sache ist die ...« Rudy senkte die Stimme. »Eigentlich ist mir der direkte Zugang zum Nimmernie untersagt«, gab er zu. »Ihr wisst doch, wie die bei Hofe sind. Wenn die rausfinden, dass ein stinkiges Halbblut über einen Steig verfügt, verwandeln die mich in eine Ziege und verfüttern mich an die Dunkerwichtel.«

»Du schuldest mir etwas«, sagte Grimalkin unverblümt. »Und jetzt fordere ich diese Schuld ein. Entweder gewährst du uns Zugang zu dem Steig, oder ich lasse Robin Goodfellow auf deinen Laden los, dann werden wir ja sehen, was hinterher noch davon übrig ist.«

»Goodfellow?« Rudys Gesicht nahm den Farbton von altem Leim an. Unsicher blickte er zu Puck, der breit grinste und ihm fröhlich zuwinkte. »A-alles klar«, stotterte er und trat benommen vom Tresen zurück. »Folgt mir.«

Er schloss eine Tür auf und führte uns in einen kleineren, noch volleren Raum. Die Ware, die sich hier an den Wänden und in den Ecken stapelte, war noch seltsamer als die draußen, aber für mich wohlvertraut: Basiliskenfänge und Wyvernstachel, glühende Tränke und Pilze in allen erdenklichen Farben. Unter einem Kopfschmuck aus Greifenfedern lag ein riesiger, wulstiger Fleischhaufen. Rudy schlängelte sich durch das Chaos und schob mit dem Fuß diverse Gegenstände aus dem Weg, bis wir die hintere Wand erreichten. Er zog einen Vorhang beiseite und enthüllte eine einfache Holztür.

»Aufmachen«, befahl Grimalkin.

Mit einem verzweifelten Stöhnen schloss Rudy die Tür auf und öffnete sie. Eine kühle Brise trug den Geruch von Erde und Laub in den kleinen Raum, und hinter der Tür erschien das trübe Grau des Wilden Waldes.

Puck atmete tief ein. »Endlich.« Er seufzte selig. »Ich hätte nie gedacht, dass ich mich über diesen Anblick einmal so freuen würde.«

Grimalkin war bereits durch die Tür verschwunden und tauchte mit hocherhobenem Schwanz in den Nebel ein. »Hey«, rief Rudy ihm stirnrunzelnd hinterher. »Keine Gefälligkeiten mehr, Kater, okay? Wir sind doch jetzt quitt, oder?« Er warf uns einen zerknirschten Blick zu, als wir uns dem Kater anschließen wollten. »Ich, äh, mir wäre es lieber, wenn niemand davon erfährt, Euer Gnaden. Immerhin habe ich Euch doch geholfen und so … äh …« Er verstummte, als Puck ihm einen abschätzenden Blick zuwarf. »Also, natürlich nur, wenn es Euch nichts ausmacht.«

»Ich weiß nicht.« Puck verschränkte nachdenklich die Arme vor der Brust. »Sag mal, hat Oberon nicht neulich erst etwas über eine Pfandleihe gesagt, Eisbubi? Im Zusammenhang mit Dunkerwichteln? Oder was war das noch mal?«

Rudy schien einer Ohnmacht nahe zu sein, doch dann schlug Puck ihm lachend auf die Schulter. Vor Schreck machte der Halb-Satyr einen ordentlichen Satz. »Du bist in Ordnung.« Grinsend trat Puck durch die Tür. »Vielleicht komme ich dich irgendwann noch mal besuchen. Beeilung, Prinz.«

»Prinz?«, fragte Rudy überrascht, als ich auf die Tür zutrat. »Robin Goodfellow und ein Prinz in meinem Laden?« Er musterte mich eingehend, und als er es begriff, schossen seine Augenbrauen in die Höhe. »Dann ... dann musst du ... du bist doch nicht etwa Prinz Ash?«

Der Wind aus dem Wilden Wald strich kühl über mein Gesicht. Ich blieb im Türrahmen stehen, warf Rudy über die Schulter einen kurzen Blick zu und schüttelte dann sanft den Kopf.

»Nein«, antworte ich, während ich durch die Tür trat. »Bin ich nicht.«

Der Eiserne Ritter

Der Wilde Wald war noch genauso, wie ich ihn in Erinnerung hatte – grau, düster, nebelig und voller riesiger Bäume, die den Blick auf den Himmel verwehrten. Und trotzdem war alles anders. Früher war ich ein Teil dieser Welt gewesen, Teil der Magie und der Kraft, die jedem Lebewesen des Nimmernie innewohnte. Jetzt nicht mehr. Ich gehörte nicht mehr dazu, war ein Außenseiter. Ein Eindringling.

Und dennoch konnte ich jetzt, wo ich zurück war im Nimmernie, noch immer den Schein in mir spüren, vertraut und fremd zugleich. Wintermagie, aber anders als früher. So als wäre es nicht mehr *meine* Magie, als könnte ich sie aber trotzdem fassen und nutzen. Vielleicht war auch das ein Teil der Seele, die ich errungen hatte, der Teil, den Ariella durch ihr freiwilliges, hingebungsvolles Opfer erschaffen hatte. Und falls es so war, lebte ein kleiner Teil von ihr in mir weiter.

Diesen Gedanken fand ich sehr tröstlich.

»So.« Grimalkin tauchte aus dem Nebel auf, sprang auf einen toten Baumstamm und schwenkte den buschigen Schwanz. »Da wären wir endlich. Ich denke, den Rest des Weges könnt ihr zwei auch ohne mich bewältigen, oder?«

»Schon wieder auf dem Sprung, Kater?« Puck verschränkte die Arme, doch sein Lächeln war liebevoll. »Und ich hatte mich gerade erst an deine Anwesenheit gewöhnt.«

»Ich kann schließlich nicht jeden deiner Schritte überwachen, Goodfellow«, erwiderte Grimalkin gelangweilt. »Es war ein nettes Abenteuer, aber nun ist es vorbei. Und auch wenn es schwer zu glauben sein mag, muss ich mich hin und wieder auch um meine eigenen Angelegenheiten kümmern.«

»Aber natürlich, dieses Schläfchen duldet keinerlei Aufschub. Wie konntest du das nur überleben?«

Diesmal ignorierte Grimalkin seinen Spott und wandte sich an mich. »Lebe wohl, Ritter.« Mit diesem Titel hatte er mich noch nie angesprochen. »Ich wünsche dir Glück auf deiner Reise, denn ich fürchte, sie wird nicht leicht werden. Doch du hast bereits so viel durchgestanden und mehr Gefahren überlebt, als man zu hoffen gewagt hätte, sodass ich vermute, du wirst auch das bewältigen.«

Ich verneigte mich vor dem Kater, der zwar überrascht blinzelte, die Geste jedoch offenbar zu schätzen wusste. »Ohne dich hätte ich es nicht geschafft, Grim«, sagte ich leise, woraufhin er die Nase rümpfte.

»Natürlich nicht«, erwiderte er, als wäre das eine Selbstverständlichkeit. »Überbringe der Eisernen Königin meine Grüße und richte ihr aus, sie möge nicht allzu bald nach mir rufen. Euch beiden aus der Patsche zu helfen ist immer äußerst ermüdend.«

Ein Rascheln im Unterholz lenkte mich für einen Augenblick ab, und in der nächsten Sekunde war Grimalkin verschwunden.

Puck seufzte schwer. »Dieser Kater weiß einfach, wie man einen guten Abgang hinlegt«, murmelte er kopfschüttelnd. »Na, dann komm, Eisbubi. Schaffen wir dich ins Eiserne Reich. Du wirst schließlich nicht jünger.«

Wir brauchten für unsere Reise zwei Tage, vor allen Dingen, weil wir im Knisterforst unvermutet in Grenzstreitigkeiten verwickelt wurden. Im Wilden Wald wurden ja selbst Kleinigkeiten zum Problem, und so führten die Koboldstämme gerade mal wieder Krieg gegeneinander und gingen noch rigoroser gegen Eindringlinge in ihrem Territorium vor. Puck und ich mussten vor diversen aufgebrachten Kriegsparteien fliehen und uns letztlich sogar an der Front durchkämpfen, um die Koboldgebiete hinter uns lassen zu können. Es war fast wie in alten Zeiten, wir zwei Seite an Seite gegen eine Übermacht. Mein Körper war mir wieder vertraut, mein Schwert lag ganz selbstverständlich und leicht in der Hand. Einmal wurde ich von einem vergifteten Koboldpfeil am Bein getroffen und musste abends unter starken Schmerzen versuchen, die Wirkung des Gifts zu lindern, aber bis zum Morgen ging es mir wieder gut, und ich konnte weitermachen.

Doch abgesehen vom Reiz der Schlacht und dem aufregenden Gefühl, am Leben zu sein, konnte ich es kaum erwarten, ins Eiserne Reich zu gelangen. Ich spürte jede Sekunde, dass die Zeit verrann wie der Sand in einem Stundenglas, und mit jedem Tag näherte sich unausweichlich mein Ende. Und egal ob meine Lebensspanne der eines gewöhnlichen Sterblichen entsprach, oder ob ich noch genug Fee war, um die Auswirkungen der Zeit zu verlangsamen:

Ich wollte meine verbleibenden Tage mit Meghan verbringen. Mit meiner Familie.

Am Abend, bevor wir die Grenze zum Eisernen Reich erreichten, schlugen wir unser Lager an einem kleinen See auf. Den Knisterforst und die wütenden, blutrünstigen Kobolde hatten wir endlich hinter uns gelassen. Die Grenze war so nah, dass ich sie quasi spüren konnte, und es fiel mir schwer, mich zu entspannen, was Puck wiederum äußerst amüsant fand. Schließlich setzte ich mich, lehnte den Rücken an einen Baum und blickte auf das Wasser hinaus. Irgendwann nickte ich ein.

In dieser Nacht hatte ich einen Traum. Ariella stand lächelnd am Ufer, ihre silbernen Haare strahlten im Licht der Sterne. Sie sprach nicht, und auch ich blieb stumm, da ich in diesem Traum keine Stimme hatte, aber ich denke, sie wollte mich einfach wissen lassen, dass sie glücklich war. Dass ihre Aufgabe erfüllt war und ich sie nun loslassen konnte, dass ich endlich die Erinnerungen an sie ruhen lassen konnte. Als ich aufwachte, waren meine Augen geschwollen, und ich spürte ein bedrückendes Ziehen in der Brust, aber zum ersten Mal seit jenem schicksalhaften Tag fühlte ich mich erleichtert. Ich würde sie niemals vergessen, doch nun fühlte ich mich nicht mehr schuldig, weil ich weiterlebte und mit einer anderen glücklich werden konnte. Mir war endgültig klar geworden, dass sie es nicht anders gewollt hatte.

Und dann, achtundvierzig menschliche Stunden nachdem wir den Wilden Wald betreten hatten, standen Puck und ich an der Grenze zum Eisernen Reich und blickten über die Metallbäume hinweg, die sich bis zum Horizont erstreckten. Anscheinend hatte das Nimmernie selbst alles getan, um sich vom Eisernen Königreich abzugrenzen, denn zwischen dem Wilden Wald und dem Reich der Eisernen Königin hatte die Erde nachgegeben und einen tiefen Graben gebildet. Eine eilig errichtete Hängebrücke führte über den Abgrund, doch der Wilde Wald war bereits dabei, sie nach und nach zu zerstören, denn Rankenpflanzen und Unkraut überwucherten die Planken, als wollten sie sie in die Tiefe ziehen.

Am Rand der Brücke blieben Puck und ich stehen. »Da wären wir also.« Der Hofnarr des Sommerreiches seufzte und rieb sich den Hinterkopf. »Dein trautes Heim, Eisbubi, auch wenn es seltsam klingt. Bist du sicher, dass du es alleine bis nach Mag Tuiredh schaffst? Ich wüsste jedenfalls nicht, in welcher Richtung es liegt.«

»Ganz egal«, erwiderte ich und musterte weiter den funkelnden Stahlwald. Noch vor wenigen Tagen wäre mir schon bei seinem Anblick übel geworden. Jetzt kam die Übelkeit von der Aufregung. »Ich werde es finden.«

»O ja, daran zweifele ich nicht.« Wieder seufzte Puck und verschränkte die Arme vor der Brust. »Mich wirst du allerdings eine ganze Weile nicht mehr zu Gesicht kriegen, Eisbubi. Der Gedanke, ins Sommerreich zurückzukehren, hat irgendwie an Reiz verloren. Vielleicht sollte ich ein wenig auf Reisen gehen.« In einer melodramatischen Pose breitete er die Arme aus. »Den Wind im Gesicht, die weite Straße vor mir, und hinter jeder Kurve warten aufregende Abenteuer auf mich.«

»Hm.« Ich warf ihm einen spöttischen Blick zu. »Oberon hat dir nicht gestattet, mit mir durch die Große Wildnis zu ziehen, richtig?«

»Nicht so ganz, nein.« Puck verzog das Gesicht. »Trotzdem finde ich, dass ich mir einen Urlaub verdient habe. Dann kann König Spitzohr sich in aller Ruhe wieder einkriegen. Drück Meghan von mir, okay? Vielleicht treffen wir uns alle in zehn, zwanzig Jahren mal wieder.«

»Wohin gehst du?«

Sorglos zuckte Robin Goodfellow mit den Schultern und sagte unbestimmt: »Wer weiß? Vielleicht werde ich versuchen, das Ende der Welt wiederzufinden. Oder ich reise eine Zeit lang im Reich der Sterblichen herum. Es ist vollkommen egal, wohin ich gehe oder wo ich lande. Da draußen wartet eine riesige Welt auf mich, und es wird höchste Zeit, dass wir uns wieder miteinander vertraut machen.« Mit funkelndem

Blick sah er mich an. »Ich bin froh, dass wir ein letztes gemeinsames Abenteuer bestritten haben, Eisbubi, aber jetzt muss ich mal wieder alleine losziehen. Amüsiere dich bloß nicht zu sehr ohne mich, okay?«

Damit wollte er gehen, doch ich hielt ihn zurück. »Puck.« Er drehte sich um und zog fragend eine Augenbraue hoch. Ein zaghaftes Lächeln huschte über sein Gesicht.

Ich holte tief Luft, trat vor und streckte die Hand aus.

Puck blinzelte überrascht, dann ergriff er voller Ernsthaftigkeit meine Hand und schüttelte sie. Ich erwiderte den Händedruck. »Viel Glück«, sagte ich leise und sah ihm offen in die Augen. Seine Lippen verzogen sich, doch es war nicht sein normales, spöttisches Grinsen, sondern ein aufrichtiges Lächeln.

»Dir auch, Ash.«

»Falls du jemals nach Tir Na Nog kommst, grüß Mab von mir.«

Puck lachte und trat kopfschüttelnd ein paar Schritte zurück. »Klar, werde ich machen.« Er hob grüßend eine Hand, während der Schein um ihn herum zu leuchten begann. »Wir sehen uns, Eisbubi.«

Die Magie entlud sich, Pucks Körper verformte sich und wurde zu einem großen, schwarzen Raben, der sich mit kräftigen Schwingen in die Luft erhob. Mit einem rauen Krächzen flog er über mich hinweg, zog eine Spur aus Federn und Magie hinter sich her und schwebte in großen Kreisen über die Baumwipfel. Schließlich wurde er zu einem schwarzen Punkt am Horizont und verschwand.

Lächelnd wandte ich mich vom Wilden Wald ab, überquerte die Brücke und wanderte allein in das Eiserne Königreich.

EPILOG

Die Eiserne Königin

Mein Name ist Meghan Chase, Monarchin von Mag Tuiredh, Herrscherin der Länder des Eisens und Königin der Eisernen Feen. Und wer auch immer behauptet hat, dass Könige und Königinnen es leicht hätten, hat keine Ahnung, wovon er redet.

Der Thronsaal des Eisernen Palastes war wieder einmal bis auf den letzten Platz gefüllt, und das Stimmengewirr der an den Wänden aufgereihten Menge bohrte sich wie unaufhörliches Summen in meinen Kopf. Das würde wieder ein langer Tag werden. Als Alleinherrscherin des Eisernen Reiches gehörte es zu meinen Aufgaben, Streitigkeiten zu schlichten, Rohstoffe zu verwalten, mir Beschwerden anzuhören und irgendwie dafür zu sorgen, dass mein Land und mein Volk nicht den anderen Feenhöfen zum Opfer fielen, die uns am liebsten tot sehen würden. Und all das, während ich ganz nebenbei mein eigenes Königreich wieder aufbauen und seine Position festigen musste. Man will ja nicht jammern, aber das war schon ziemlich viel verlangt von einer einst durchschnittlichen Siebzehnjährigen, die erst kürzlich ein ganzes Reich voll Eiserner Feen geerbt hatte. Zugegeben, manche Tage waren anstrengender als andere.

Ich rutschte auf meinem Thron herum, einer riesigen Monstrosität aus Holz und Eisen, die auch durch die dicken Kissen, auf denen ich saß, kein bisschen bequemer wurde. Anfangs hatte ich scherzhaft vorgeschlagen, wir sollten bei den langen Sitzungen einen Fernsehsessel benutzen, doch sowohl Glitch als auch mein oberster Berater, ein Elsterling namens Fix, hatten das kategorisch abgelehnt. Sie meinten, die Eiserne Königin müsse stark und beeindruckend wirken, selbst im

Sitzen. Zumindest nach außen hin müsse die Eiserne Königin unverwundbar erscheinen. Sie verstanden unter »unverwundbar« wahrscheinlich steif und verspannt. Zumindest war mein Rücken dieser Meinung.

Das ist das Eiserne Reich, dachte ich während einer kurzen Pause zwischen zwei Audienzen. *Da muss es doch nicht so altmodisch zugehen. Ich wette, Diode könnte es so einrichten, dass Petitionen auch per E-Mail eingehen können oder so.*

Der nächste Bittsteller trat vor. Es handelte sich um eine Drahtnymphe, deren Heimat dicht an der Grenze zum Winterreich lag. Geduldig hörte ich zu, wie sie die neuesten Entwicklungen schilderte: Kleine Gruppen von Winterrittern terrorisierten die Stämme, die dicht an der Grenze lebten. Ich würde mit Mab darüber reden müssen; sie hatte dafür zu sorgen, dass ihre Untertanen sich ebenfalls an das Friedensabkommen hielten. Darauf freute ich mich schon. Die Winterkönigin hasste mich sowieso, weil ich Oberons Tochter war, und jetzt, wo ich ebenfalls eine Königin war, musterte sie mich stets mit einer Miene, die man nur noch als gruselig bezeichnen konnte. Trotzdem: Ich *war* eine Königin. Ich hatte meinen eigenen Hof, und laut Feengesetz musste die Winterkönigin mich anhören, ob ihr das nun passte oder nicht.

»Alkalia«, sagte ich schließlich. Ganz bewusst hatte ich mir den Namen der Nymphe gemerkt. »Es war richtig, mich auf dieses Problem aufmerksam zu machen. Sobald es mir möglich ist, werde ich mit Königin Mab darüber sprechen.«

»Zu großzügig, Majestät.« Die Nymphe verbeugte sich und wurde hinausbegleitet. Mit einem Nicken wies ich Fix an, die Angelegenheit in meinen Organizer einzutragen, der bereits eine lange Liste von Dingen enthielt, die erledigt werden mussten.

»Lasst uns eine Pause machen«, sagte ich und stand auf. In meinem Rücken knackte es, als ich mich streckte. Fix zwitscherte eine Frage, und der Schrotthaufen auf seinem Rücken wackelte, als er sich zu mir umdrehte. »Wir sitzen jetzt seit fast vier Stunden hier«, erwiderte ich. »Ich habe Hunger, mein Kopf tut weh, und mein Hintern ist schon ganz taub, weil ich so lange auf diesem Folterinstrument hocken musste. In einer Stunde machen wir weiter, okay?«

Fix grummelte zustimmend, doch in diesem Moment schwangen

knarrend die Türen zum Thronsaal auf, und Glitch kam herein. Die Eisernen Feen wichen scharenweise zur Seite, als mein Erster Leutnant sich dem Thron näherte. Sein schmales Gesicht war angespannt. Hinter ihm ging eine Gestalt in einem zerrissenen Mantel, dem der Staub einer langen Reise anhaftete und dessen tiefe Kapuze das Gesicht verdeckte.

»Majestät.« Am Fuß des Throns angekommen, verbeugte sich Glitch. Die Stimme meines Ersten Leutnants klang ernst, doch zugleich schien er sich ein Lächeln verkneifen zu müssen. »Dieser Reisende hat einen langen Weg auf sich genommen, um eine Audienz zu erbitten. Ich weiß, dass du momentan sehr beschäftigt bist, aber bedenkt man seine Strapazen, könntest du ihn vielleicht doch anhören.«

Glitch verbeugte sich noch einmal und trat zurück, bis er am Rand der Menge stand. Ich warf ihm einen fragenden Blick zu, doch er sah stur geradeaus, ohne irgendetwas preiszugeben. Normalerweise machte sich der Erste Leutnant nicht die Mühe, Bittsteller persönlich in den Thronsaal zu führen, er war durch seine anderen Pflichten völlig ausgelastet, zu denen unter anderem die Organisation unserer Armee gehörte. Wenn er für diesen Reisenden eine Ausnahme machte, musste er ihn für besonders wichtig halten.

Stirnrunzelnd musterte ich den Fremden, der mitten im Saal stand und darauf wartete, dass ich ihn ansprach. »Tritt vor«, befahl ich ihm. Er kam heran, sank am Fuß des Thrones auf ein Knie und neigte den verhüllten Kopf.

»Woher kommst du, Reisender?«

»Ich komme vom Ende der Welt«, antwortete eine leise Stimme, bei deren Klang mir fast das Herz stehen blieb. »Ich habe den Fluss der Träume bereist, den Heldenparcours, die Hecke und die Große Wildnis überwunden, um heute vor dir erscheinen zu können. Ich habe nur eine Bitte – lass mich den Platz an deiner Seite einnehmen. Lass mich die Pflichten als dein Ritter wieder aufnehmen, dich und dein Königreich zu beschützen, bis zum letzten Atemzug.« Als er den Kopf hob und die Kapuze zurückschob, ging ein Raunen durch den Thronsaal. »Ich bin noch immer dein, meine Königin«, sagte Ash und sah mir in die Augen. »Wenn du mich noch willst.«

Im ersten Moment war der Schock zu groß. Ich stand da wie versteinert. Er konnte nicht hier sein, das war unmöglich. Keine normale Fee überlebte es, das Eiserne Reich zu betreten. Und doch stand er hier vor mir, leicht erschöpft und etwas mitgenommen, aber kerngesund. »Ash«, flüsterte ich und ging benommen zu ihm. Reglos sah er zu mir hoch; diese faszinierenden Silberaugen kannte ich so gut. Ich zog ihn auf die Füße, musterte den schlanken, durchtrainierten Körper, die widerspenstigen, schwarzen Haare, die staubig waren von der Reise. Er sah mich an, als wäre der gesamte Hofstaat verschwunden und wir die einzigen Lebewesen auf der ganzen Welt.

»Du bist hier«, murmelte ich und streckte die Hand aus, um ihn zu berühren. Es war kaum zu fassen – passierte das wirklich? »Du bist zurückgekommen.« Ash atmete tief ein und legte seine Hand auf meine.

»Ich bin nach Hause gekommen.«

Der letzte Rest unserer Selbstbeherrschung ließ uns im Stich. Ich drückte ihn an mich, er schloss mich in die Arme, und der gesamte Saal brach in Jubelrufe aus. Doch ich hörte es kaum. Ash war hier. Das war sein Atem in meinem Genick, sein Herzschlag an meiner Brust. Ich hatte keine Ahnung, wie das sein konnte; eigentlich hätte es unmöglich sein müssen, aber darüber wollte ich jetzt nicht nachdenken. Falls es ein Traum war, wollte ich wenigstens diesen einen Moment des reinen Glücks genießen, bevor die Realität zurückkehrte und ich ihn loslassen musste.

Schließlich löste ich mich von ihm und streichelte mit einer Hand seine Wange, während er mich so eindringlich ansah, dass ich mich fast in seinem Blick verlor. Und nun stellte ich die Frage, vor der ich mich so fürchtete, dass ich nicht einmal wusste, ob ich die Antwort hören wollte: »Wie?«

Erstaunlicherweise lächelte Ash. »Ich habe dir doch gesagt, dass ich einen Weg finden würde.« Als er meine ungläubige Miene sah, lachte er leise, und ich spürte seinen heimlichen Stolz – er war ausgezogen, um das Unmögliche zu erreichen, und hatte es geschafft. Er nahm meine Hand und legte sie an seine Brust, sodass ich seinen Herzschlag unter den Fingerspitzen fühlte. »Ich bin ein Mensch geworden. Ich bin bis ans Ende des Nimmernie gereist und habe meine Seele gefunden.«

»Was?« Ich trat einen Schritt zurück, um ihn anzusehen. Richtig anzusehen. Er schien leicht verändert zu sein. Seine Züge waren nicht mehr ganz so markant, er war nicht mehr ganz so kühl, doch die strahlenden Silberaugen und das widerspenstige Haar waren gleich geblieben. Vielleicht war er jetzt wirklich ein Mensch, aber er war immer noch Ash, immer noch derselbe Mann, in den ich mich verliebt hatte und den ich noch immer aus ganzem Herzen liebte. Und falls er wirklich eine Seele errungen hatte und ein Mensch geworden war ...

Wir können zusammen sein. Jetzt können wir ohne Angst zusammen sein. Er hat es wirklich geschafft.

Ash wand sich unter meinem prüfenden Blick. »Habe ich bestanden?«, fragte er fast flüsternd.

»Moment mal.« Stirnrunzelnd schob ich seine Haare zurück und entblößte ein elegant geschwungenes, spitzes Ohr. »Wenn du ein Mensch bist, wie erklärst du dir dann das?«

Ash grinste. Seine Augen funkelten, und plötzlich sah ich die Seele in ihm durchschimmern, strahlend, rein und wunderschön. »So wie es aussieht, habe ich noch ein klein wenig Feenmagie in mir«, erklärte er, während er mir mit den Fingern durchs Haar strich und dann mit dem Daumen meine Wange streichelte. »Zumindest genug, um mit dem Rest der Feenwelt mitzuhalten. Vielleicht sogar genug, um nicht zu altern.« Er lachte leise, als fände er den Gedanken faszinierend. »Du solltest dich besser an dieses Gesicht gewöhnen, Königin. Denn ich habe vor, sehr, sehr lange zu bleiben. Wahrscheinlich sogar für immer.«

Mir stiegen die Tränen in die Augen, und das warme Gefühl reinen Glücks breitete sich in mir aus, verdrängte alle Finsternis und ließ nur noch Platz für überschäumende Freude. Und dabei fiel mir nichts anderes ein als: »Aber bist du nicht schon jahrhundertealt?«

Ash zog mich noch dichter an sich. »Ich bin für dich bis ans Ende der Welt gereist, und dir fällt nichts Besseres ein, als dass ich mich gut gehalten habe?«, fragte er empört, doch seine Augen strahlten, und er lächelte breit. Ich beschloss, dass mir dieser Ash gefiel. Er war jetzt so gelöst und unbeschwert, als hätte die Seele einen Teil von ihm befreit, der in der Kälte des Winterhofes nie hatte ans Licht kommen dürfen. Ich bekam Lust, ihn noch ein wenig zu ärgern.

»Also, von *gut* war eigentlich nie die Rede ...« Doch in diesem Moment umfasste Ashallayn'darkmyr Tallyn zärtlich mein Gesicht und drückte seine Lippen auf meine, begleitet vom Jubel des Eisernen Hofes. Und damit begann der erste Tag unseres gemeinsamen »Für Immer« – genauso, wie es sein sollte.

Ein warmer Wind strich durch die Bäume in einem gewissen Tal und ließ die Blätter rauschen, dann pfiff er durch das Skelett einer riesigen Echse, das im Zentrum der Senke aufragte. Wie es dort hingestreckt mitten auf der Lichtung lag, wirkte es extrem fehl am Platz, ein Relikt des Todes zwischen so viel Leben. Der einst schlammige Boden war mit Blumen bedeckt, Vögel zwitscherten in den Bäumen, und die Sonne bahnte sich strahlend einen Weg zwischen den Wolken hindurch und ließ den Nebel verdunsten, der an einzelnen Stellen im Tal noch immer zwischen den Dornen hing. In diesem farbenfrohen Reigen wirkte das Skelett mit seinen ausgebleichten Knochen und dem aufgerissenen Maul bedeutungslos, und auch hier tat die Natur langsam, aber stetig ihr Werk. Moose und Flechten krochen an dem toten Riesen empor, winzige Blumen sprossen zwischen seinen Rippen und schlangen zarte Wurzeln um die Knochen. Die Jahreszeiten würden nicht mehr oft wechseln, bis er völlig verwandelt war.

Zwischen den Dornenranken schob sich ein Schatten hervor. Als er blinzelnd ins Sonnenlicht trat, entpuppte er sich als großer, grauer Kater mit goldenen Augen. Er schlich durch das Tal, vorbei an dem langsam verschwindenden Skelett bis zu einem großen Holunderbaum, der in voller Blüte stand. Vor dem Stamm setzte er sich, legte den buschigen Schwanz um die Pfoten und schloss die Augen, als wollte er dem Geräusch des Windes in den Bäumen lauschen. Als ein paar weiße Blütenblätter um ihn herumwirbelten und seine langen Schnurrbarthaare umspielten, schien er zu lächeln.

»Es freut mich, dass du endlich Frieden gefunden hast.«

Das Rascheln der Blätter über ihm klang fast wie Gelächter. Der Kater stand auf, hob den Kopf und ließ den Wind durch sein Fell streichen. Dabei beobachtete er aufmerksam, wie ein Blütenblatt durch die Luft wirbelte. Plötzlich zuckte er mit dem Schwanz und sprang so schnell ins Unterholz, dass nur ein grauer Schatten zu erkennen war, der vollständig vom Licht verschluckt wurde.

DAS GEHEIMNIS
VON NIMMERNIE

DIE REISE ZUM WINTERHOF

Versprechen muss man halten

Aus den tiefen Schatten der Höhle heraus beobachtete ich, wie der Jäger langsam näher kam. Sein Körper, der sich dunkel vor dem Schnee abzeichnete, schob sich vorsichtig auf uns zu, seine Augen leuchteten wie gelbe Flammen in der Finsternis, und sein Atem bildete Dampfwolken, die gespenstisch um seinen Kopf waberten. Das kalte, bläuliche Licht wurde von feuchten Zähnen reflektiert und enthüllte ein dichtes, verfilztes Fell, das schwärzer war als die tiefste Nacht. Ash stand mit gezogenem Schwert zwischen mir und dem Jäger und ließ die riesige Kreatur nicht aus den Augen, die uns seit Tagen verfolgte und nun endlich eingeholt hatte.

»Meghan Chase.« Seine Stimme war ein tiefes Knurren, tiefer als jedes Donnergrollen und urwüchsiger als alle wilden Wälder zusammen. Seine goldenen Augen waren auf mich gerichtet. »Endlich habe ich dich gefunden.«

Mein Name ist Meghan Chase.

Während meiner Zeit bei den Feen habe ich drei Dinge gelernt: Iss niemals etwas, das dir im Feenland angeboten wird; schwimme niemals in ruhigen, kleinen Teichen und lass dich niemals, unter gar keinen Umständen, mit irgendjemandem auf einen Handel ein.

Okay, manchmal hat man keine andere Wahl. Manchmal ist die Lage so aussichtslos, dass man sich auf einen Handel einlassen muss. Zum Beispiel, wenn der kleine Bruder entführt wurde und man einen Prinzen des Dunklen Hofes dazu überreden muss, einem bei seiner Rettung zu helfen, anstatt einen zu seiner Königin zu schleifen. Oder wenn man sich verirrt hat und einen neunmalklugen, sprechenden Kater bestechen muss, damit er einen durch den Wald führt. Oder wenn man durch ein bestimmtes Tor gehen muss, der Torwächter aber einen Preis dafür verlangt, dass er einen durchlässt. Die Feen lieben es, solche Handel abzuschließen, und man sollte sich die Vertragsbedingungen wirklich *sehr* genau anhören, sonst sitzt man verdammt in der Tinte. Solltet ihr also irgendwann einmal vertraglich an ein Feenwesen gebunden sein, denkt immer daran: Es gibt keine Möglichkeit, sich diesem Pakt zu entziehen, es sei denn mit katastrophalen Folgen. Und die Feen kommen *immer* zurück, um die Schuld einzutreiben.

Was auch der Grund dafür ist, warum ich vor achtundvierzig Stunden mitten in der Nacht durch unseren Vorgarten gelaufen bin und mich immer weiter von unserem Haus entfernt habe. Ohne mich auch nur einmal umzudrehen. Hätte ich zurückgeschaut, wäre vermutlich meine ganze Entschlossenheit flöten gewesen. Am Waldrand warteten ein dunkler Prinz und zwei leuchtende Pferde mit blauen Augen auf mich.

Prinz Ash, der drittälteste Sohn der Herrscherin des Winterhofes, musterte mich ernst, als ich näher kam. In seinen silbernen Augen spiegelte sich das Mondlicht. Er sah wunderschön aus und zugleich gefährlich – so groß und blass, mit seinem rabenschwarzen Haar und der unnahbaren Eleganz der Feen. Sein Anblick ließ mein Herz höherschlagen, ob vor Vorfreude oder Angst, wusste ich selbst nicht. Als ich in den Schatten unter den Bäumen trat, streckte Ash eine blasse, feingliedrige Hand aus, und ich legte meine hinein.

Seine Finger schlossen sich um die meinen, er zog mich an sich und legte die Arme sanft um meine Taille. Ich lehnte den Kopf an seine Brust, schloss die Augen, lauschte auf seinen Herzschlag und atmete seinen kühlen Duft ein.

»Du musst das wirklich tun, oder?«, flüsterte ich und grub die Finger in den weißen Stoff seines Hemdes. Ash gab ein leises Geräusch von sich, das wie ein Seufzen klang.

»Ja.« Seine tiefe Stimme war so leise, dass es kaum mehr als ein Murmeln war. Als ich mich zurücklehnte, um ihn anzusehen, sah ich mein Spiegelbild in seinen Silberaugen. Bei unserer ersten Begegnung waren diese Augen ausdruckslos und kalt gewesen wie Eis. Damals war Ash mein Feind gewesen. Er ist der jüngste Sohn der Winterkönigin Mab, der uralten Erzfeindin meines Vaters Oberon, der König des Sommerhofes ist. Jawohl. Ich bin eine halbe Fee – sogar eine Feenprinzessin –, was ich allerdings erst vor Kurzem erfahren habe, als mein menschlicher Halbbruder von Feen entführt und ins Nimmernie verschleppt wurde. Als ich das herausfand, überredete ich meinen besten Freund Robbie Goodfell – der, wie sich später herausstellte, Oberons Diener Puck war –, mich ins Feenland zu bringen, damit ich den Entführten zurückholen konnte. Doch dann musste ich feststellen, dass es im Nimmernie extrem gefährlich ist, eine Feenprinzessin zu sein. Zum Beispiel hetzte mir die Winterkönigin Ash auf den Hals, um mich gefangen zu nehmen, damit sie mich als Druckmittel gegen Oberon einsetzen konnte.

Zu diesem Zeitpunkt schloss ich mit dem Winterprinzen den Pakt, der mein gesamtes Leben verändern sollte: Wenn er mir half, meinen Bruder Ethan zu retten, würde ich ihm freiwillig an den Winterhof folgen.

Und da war ich nun. Ethan war wieder sicher zu Hause. Ash hatte seinen Teil des Handels erfüllt. Nun war ich dran, ich musste mit ihm an den Hof der Erzfeinde meines Vaters gehen. Die Sache hatte nur einen Haken.

Sommer und Winter sollten sich eigentlich nicht verlieben.

Ich biss mir auf die Lippe, sah ihm in die Augen und suchte nach einer Reaktion in seinem Gesicht. Früher kannte ich Ash nur völlig unterkühlt, aber während unserer gemeinsamen Zeit im Nimmernie war er zunehmend aufgetaut. Wenn ich ihn jetzt anschaute, wirkte er auf mich eher wie ein spiegelglatter See: ruhig und still, aber nur an der Oberfläche.

»Wie lange muss ich dort bleiben?«, fragte ich.

Er schüttelte langsam den Kopf, und ich konnte deutlich seinen Widerwillen spüren. »Ich weiß es nicht, Meghan. Die Königin weiht mich nicht in ihre Pläne ein. Ich habe nicht gewagt, sie zu fragen, warum sie dich überhaupt bei sich haben will.« Er griff nach einer Strähne meines hellblonden Haars und ließ sie durch seine Finger gleiten. »Ich sollte dich einfach nur zu ihr bringen«, murmelte er sogar noch leiser als vorher. »Ich habe geschworen, dich zu ihr zu bringen.«

Ich nickte verstehend. Sobald ein Feenwesen etwas verspricht, ist es unwiderruflich an dieses Versprechen gebunden, weshalb Vereinbarungen mit ihnen auch so heikel sind. Ash konnte seinen Schwur nicht brechen, selbst wenn er es wollte.

Das verstand ich ja, aber … »Ich möchte noch etwas tun, bevor wir gehen«, sagte ich und wartete ab, wie er darauf reagieren würde. Ash zog eine Augenbraue hoch, doch ansonsten blieb sein Gesichtsausdruck unverändert. Ich holte tief Luft. »Ich möchte Puck besuchen.«

Der Winterprinz seufzte. »Das habe ich mir schon gedacht«, murmelte er, ließ mich los und trat mit nachdenklicher Miene einen Schritt zurück. »Und wenn ich ehrlich sein soll, würde ich selbst gern wissen, wie es Goodfellow geht. Ich möchte schließlich nicht, dass er stirbt, bevor wir unser Duell ausgetragen haben. Das wäre höchst unglücklich.«

Ich zuckte zusammen. Puck und Ash waren eingeschworene Feinde und hatten bereits einige wilde, lebensbedrohliche Kämpfe ausgetragen, bevor ich überhaupt auf der Bildfläche erschienen war. Ash hatte geschworen, Puck zu töten, und Puck machte es einen Riesenspaß, den gefährlichen Winterprinzen zu provozieren, wann immer er die Gelegenheit dazu bekam. Nur weil ich darauf bestanden hatte, dass sie zusammenarbeiten, hatten sie einen ziemlich wackeligen Waffenstillstand geschlossen. Der sicherlich nicht lange halten würde, ganz egal, wie oft ich dazwischenging.

Eines der Pferde schnaubte und scharrte ungeduldig mit den Hufen. Ash drehte sich um und tätschelte ihm beruhigend den Hals. »Also schön, dann sehen wir eben nach ihm«, sagte er schließlich, ohne sich umzudrehen. »Aber danach *muss* ich dich nach Tir Na Nog bringen. Keine weiteren Verzögerungen, verstanden? Die Königin wird ohnehin nicht sonderlich entzückt darüber sein, dass ich so lange gebraucht habe.«

Ich nickte. »Klar. Dank … Ich meine … ich weiß das wirklich zu schätzen, Ash.«

Er lächelte schwach und streckte mir erneut die Hand hin, diesmal, um mir in den Sattel zu helfen. Als ich oben saß, griff ich vorsichtig nach den Zügeln und sah neidvoll zu, wie Ash sich so mühelos auf das zweite Pferd schwang, als hätte er das schon tausend Mal gemacht.

»Also schön«, sagte er leicht resigniert und schaute zum Mond hinauf. »Eins nach dem anderen. Als Erstes müssen wir einen Steig nach New Orleans finden.«

Steige sind Feenpfade zwischen der wirklichen Welt und dem Nimmernie, Tore, die direkt ins Feenland führen. Sie können überall sein und sich hinter jeder Art von Tür verbergen: einer alten Toilettenkabine, einem Friedhofstor, der Schranktür in einem Kinderzimmer. Wenn man den richtigen Steig kennt, kann man jeden Ort auf der Welt erreichen, aber diese Pfade zu benutzen ist nicht ganz einfach, denn manchmal werden sie von fiesen Gestalten bewacht, die von den Feen dort zurückgelassen werden, um ungewollte Gäste abzuschrecken.

Die halb verfallene Scheune mitten im Sumpf war unbewacht. Ihr Dach war so mit Moos überwuchert, dass es aussah wie ein grüner Teppich. An den Außenwänden wuchsen in dicken Klumpen riesige, gepunktete Pilze, in denen man bei genauerem Hinsehen winzige, geflügelte Gestalten entdecken konnte. Als wir vorbeigingen, spähten sie mit ihren großen Facettenaugen unter den Pilzhüten hervor und flogen dann mit schwirrenden Flügeln davon. Ich zuckte erschrocken zusammen, doch Ash und die Pferde ignorierten sie einfach, während wir durch den modrigen Türrahmen ritten und alles um uns herum weiß wurde.

Als die Welt wieder Gestalt annahm, schaute ich mich blinzelnd um. Wir befanden uns in einem unheimlichen, düsteren Wald, über dessen Boden Nebelschwaden zogen und sich wie lebende Kreaturen um die Beine unserer Pferde legten. Die massigen Bäume ragten bis in schwindelerregende Höhen auf, und ihre ineinander verschlungenen Äste versperrten den Blick in den Himmel. Alles war dunkel und trüb, so als seien die Farben dieser Welt verblasst und der Wald in ewigem Zwielicht gefangen.

»Der Wilde Wald«, murmelte ich und drehte mich zu Ash um. »Warum sind wir hier? Ich dachte, wir wollten nach New Orleans.«

»Wir sind auf dem Weg dorthin.« Ash wendete sein Pferd, damit er mich ansehen konnte. »Der Steig, den wir brauchen, befindet sich ungefähr eine Tagesreise nördlich. Das ist von hier aus der kürzeste Weg nach New Orleans.« Er blinzelte kurz und schenkte mir ein schmales Lächeln. »Oder wolltest du vielleicht per Anhalter reisen?«

Bevor ich etwas erwidern konnte, gab mein Pferd plötzlich ein markerschütterndes Wiehern von sich, bäumte sich auf und ließ die Vorderhufe durch die Luft wirbeln. Ich versuchte, mich an seiner Mähne festzuklammern, doch sie glitt mir durch die Finger, und ich rutschte rückwärts aus dem Sattel. Mit dem Geräusch von splitterndem Holz landete ich hinter dem Pferd auf der Erde und begrub dabei einige Büsche unter mir. Das Feenross schnaubte panisch, preschte davon, sprang zwischen den Bäumen über einen abgerissenen Ast und verschwand im Nebel.

Stöhnend setzte ich mich auf und tastete meinen Körper ab. Die Schulter, auf der ich gelandet war, pochte, und ich zitterte am ganzen Leib, aber ich hatte mir offenbar nichts gebrochen.

Auch Ashs Pferd scheute heftig, gab hysterische Laute von sich und schüttelte wild mit dem Kopf, aber der Winterprinz konnte sich im Sattel halten und das Tier wieder unter Kontrolle bringen. Dann schwang er sich aus dem Sattel, band die Zügel an einen Ast und kniete sich neben mich.

»Geht es dir gut?« Seine Finger tasteten überraschend sanft meinen Arm ab. »Irgendetwas gebrochen?«

»Ich glaube nicht«, murmelte ich und rieb mir die geprellte Schulter. »Dieser wundervolle Dornbusch hat meinen Sturz abgefangen.« Während der Adrenalinrausch langsam nachließ, begannen sich Dutzende kleiner Kratzer schmerzhaft bemerkbar zu machen. Finster starrte ich in die Richtung, in die mein Pferd verschwunden war. »Weißt du, das war jetzt schon das zweite Mal, dass mich ein Feenpferd abgeworfen hat. Und ein anderes hat versucht, mich zu fressen. Ich glaube nicht, dass Pferde mich besonders gut leiden können.«

»Nein.« Ash war sofort wieder ernst, stand auf und zog mich auf die Füße. »Das lag nicht an dir. Irgendetwas hat sie erschreckt.« Er sah sich langsam um und ließ eine Hand auf den Schwertknauf an seiner Seite sinken. Der Wilde Wald war dunkel und vollkommen still, so als hätten seine Bewohner Angst, sich zu rühren.

Ich schaute hinter uns, wo zwei Baumstämme so miteinander verwachsen waren, dass sie eine Art Torbogen bildeten. Die Stelle zwischen den Stämmen, an der sich der Steig befinden musste, lag im Dunkeln, und ich hatte das Gefühl, als würden die Schatten in unsere Richtung kriechen. Ein kalter Wind fuhr zwischen den Bäumen hindurch, riss an den Ästen und ließ die Blätter herumfliegen. Ich zitterte.

Mit einem wilden Zischen schoss ein Schwarm geflügelter Feen aus dem Steig hervor, flog einmal panisch um uns herum und verschwand dann in einer wirbelnden Spirale im Nebel. Ich schlug kreischend die Hände vors Gesicht, während Ashs Pferd erneut ein angsterfülltes Wiehern von sich gab, das die unheimliche Stille durchbohrte. Ash nahm meine Hand, zerrte mich von dem Steig weg und lief zu seinem Pferd. Schnell hob er mich in den Sattel, packte die Zügel und stieg vor mir auf.

»Halte dich gut fest«, warnte er mich. Eine Welle der Erregung durchflutete mich, als ich die Arme um seinen Bauch schlang und durch das Hemd seine harten Muskeln spürte. Ash rammte dem Pferd mit einem Schrei die Fersen in die Flanken, woraufhin das Tier so abrupt lospreschte, dass mein Kopf heftig nach hinten geschleudert wurde. Ich presste mich an Ashs Rücken und drückte mein Gesicht gegen seine Schulter, während das Feenross durch den Wilden Wald raste und wir den Steig immer weiter hinter uns ließen.

Hin und wieder hielten wir an, aber das auch nur, um mir und dem Pferd kurze Verschnaufpausen zu gönnen. Als es Abend wurde, zog Ash einige Lebensmittel aus den Satteltaschen und reichte sie mir: Brot, Trockenfleisch und Käse, also ganz normales Menschenessen. Anscheinend hatte er mein letztes Experiment mit Feennahrung noch nicht vergessen. Das war nicht besonders gut ausgegangen. Ich knabberte an dem trockenen Brot, kaute auf dem Trockenfleisch herum und hoffte stillschweigend, dass er den Vorfall mit den Sommerbuchteln nicht erwähnen würde. Das war doch ziemlich peinlich gewesen.

Ash aß nichts. Er blieb wachsam und misstrauisch und entspannte sich während der ganzen Reise nicht. Das Pferd schien genauso angespannt. Es war ruhelos und geriet bei jedem Schatten und jedem raschelnden Blatt erneut in Panik. Irgendetwas verfolgte uns, das spürte ich bei jedem Halt: eine finstere, verborgene Präsenz, die immer näher kam.

Wir ritten weiter in die Nacht hinein, und schließlich vertiefte sich das ewige Zwielicht des Wilden Waldes, und ein fahler Mond stieg am Himmel auf. Ash und das Feenpferd schienen über endlose Kraftreserven zu verfügen, oder zumindest über größere als ich. Stundenlang auf einem Pferd zu sitzen ist nicht einfach, und die Anspannung wegen unseres unbekannten Verfolgers forderte ebenfalls ihren Tribut. Ich versuchte krampfhaft, wach zu bleiben, döste aber an den Rücken des Prinzen gelehnt immer wieder ein und rutschte dabei gefährlich weit nach links oder rechts, bis ein Zucken oder ein scharfes Wort von Ash mich aufschrecken ließ.

Ich mühte mich verzweifelt, die Augen offen zu halten, doch plötzlich stoppte Ash das Pferd und stieg ab. Benommen schaute ich mich um, sah jedoch nichts als Bäume und Schatten. »Sind wir schon da?«

»Nein.« Ash starrte mich frustriert an. »Aber du bist andauernd kurz davor, vom Pferd zu fallen, und ich kann nicht ständig nach hinten greifen, um sicherzugehen, dass du noch da bist.« Er zeigte auf den Sattelknauf. »Wir tauschen die Plätze. Rutsch nach vorn.«

Ich schob mich in den Sattel, und Ash zog sich hinter mir wieder hoch, legte einen Arm fest um meine Taille und sorgte so dafür, dass sich mein Puls erhöhte.

»Halt dich fest«, befahl er leise, als das Pferd sich wieder in Bewegung setzte. »Wir haben den Steig fast erreicht. Sobald wir im Reich der Sterblichen sind, kannst du dich ausruhen. Dort sollten wir sicher sein.«

»Was verfolgt uns denn?«, flüsterte ich, woraufhin das Pferd die Ohren anlegte. Ash ließ sich Zeit mit seiner Antwort.

»Ich weiß es nicht«, murmelte er schließlich widerstrebend. »Aber was auch immer es ist, es ist sehr hartnäckig. Wir haben ein ziemliches Tempo angeschlagen, und trotzdem haben wir es noch nicht abgehängt.«

»Und *warum* verfolgt es uns? Was will es?«

»Das spielt keine Rolle.« Ash verstärkte den Griff um meine Taille. »Wenn es dich haben will, muss es erst mal an mir vorbei.«

In meinem Bauch kribbelte es, und mein Herz machte einen seltsamen kleinen Hüpfer. In diesem Moment fühlte ich mich absolut sicher.

Mein Prinz würde nicht zulassen, dass mir etwas zustieß. Ich lehnte mich gegen ihn, schloss die Augen und döste vor mich hin.

Ich muss wohl eingeschlafen sein, denn im nächsten Moment schüttelte Ash mich sanft. »Wach auf, Meghan«, sagte er leise, und sein Atem strich kühl über meinen Hals. »Wir sind da.«

Gähnend musterte ich die kleine Lichtung, die direkt vor uns lag. Ohne das Blätterdach der Bäume konnte man hier den mit Sternen übersäten Himmel sehen. Die Lichtung war einsam und verlassen, abgesehen von einer riesigen, knorrigen Eiche in der Mitte. Dicke, alte Wurzeln zogen sich über den Boden und verhinderten, dass hier irgendetwas wachsen konnte, das größer wäre als ein Farn. Der Stamm der Eiche war so dick und verschlungen, dass man meinen konnte, in ihm wären drei oder vier Bäume zusammengepresst worden. Doch trotz aller Größe und Dominanz konnte ich sehen, dass die Eiche starb. Ihre Äste hingen kraftlos herunter oder waren abgebrochen und lagen am Fuß des Baumes verstreut. Die meisten der ausladenden, feinadrigen Blätter waren abgestorben und brüchig, andere waren kränklich gelb oder braun. Die gesamte Lichtung wirkte verkümmert und krank, so als würde der Baum dem Wald in seiner Umgebung das Leben aussaugen.

»So war es früher hier nicht«, murmelte Ash hinter mir. Ich musterte den sterbenden Baum und wurde von einer überwältigenden Traurigkeit erfasst, so als würde ich einem todkranken Freund gegenüberstehen. Ich schüttelte das Gefühl ab und suchte nach einer Tür oder einer Pforte, aber hier gab es nichts außer diesem Baum.

»Wird er noch funktionieren?«, fragte ich Ash, als er das Pferd zu dem alten Baum dirigierte. »Der Steig, meine ich. Wird er sich öffnen?«

»Wir werden sehen.« Ash stieg ab und nahm das Pferd bei den Zügeln. Als es stehen blieb, rutschte ich aus dem Sattel und stellte mich neben ihn.

»Also, wie funktioniert dieser Steig?«, fragte ich und suchte den Stamm nach einer Tür oder so etwas ab. Im Nimmernie waren Türen in Bäumen nichts Ungewöhnliches. Meine erste Nacht im Feenland hatte ich sogar im Heim eines Baumgeistes verbracht, allerdings auf die Größe eines Käfers geschrumpft, damit ich durch die Tür passte. »Hier ist kein Tor. Wie kann man ihn öffnen?«

»Ganz einfach«, erwiderte Ash. »Wir müssen fragen.«

Ohne auf meine skeptische Miene zu achten, drehte er sich zu dem Baumstamm um und legte eine Hand an die raue Borke. »Hier ist Ash«, sagte er deutlich, »drittältester Sohn des Dunklen Hofes. Ich benötige eine Passage ins Reich der Sterblichen, zur Lichtung der Ältesten.«

»Bitte«, fügte ich hinzu.

Einen Moment lang passierte gar nichts. Dann hob sich mit einem lauten Ächzen und Stöhnen eine der dicken Wurzeln aus dem Boden und schüttelte Dreck und lose Zweige ab. Sie bog sich so weit nach oben, bis zwischen ihr und der Erde ein Torbogen entstand, in dem die Magie flimmerte.

»Da hast du deinen Steig«, murmelte Ash, während mein Puls sich drastisch beschleunigte. Hinter diesem Tor befand sich Puck. Falls er noch lebte.

Ich packte Ashs Hand und zerrte ihn in meiner Ungeduld fast hinter mir her, während ich geduckt durch den Torbogen schlüpfte.

Auf der anderen Seite stolperte ich prompt über eine Wurzel und konnte mich gerade noch abfangen. Als ich mich aufrichtete, befand ich mich in einem vom Mond beschienenen Hain im Stadtpark von New Orleans. Die riesigen, moosbewachsenen Eichen kannte ich bereits von unserem letzten Besuch. Die Luft war schwülwarm, und alles wirkte friedlich. Grillen zirpten, Blätter rauschten, und der Mond spiegelte sich im nahe gelegenen See. Nichts hatte sich verändert. Beim letzten Mal war es hier genauso idyllisch gewesen, obwohl damals gerade meine ganze Welt in Trümmern gelegen hatte.

Ash berührte mich am Arm und deutete mit dem Kopf auf eine Eiche, in deren Schatten ein gertenschlankes Mädchen mit moosgrüner Haut stand und uns mit großen, dunklen Augen überrascht musterte.

»Meghan Chase?« Die Dryade schwebte auf uns zu wie ein Zweig, der vom Wind herbeigeweht wird. »Was tust du denn hier?« Die Angst in ihrer Stimme ließ mich zusammenzucken. »Du darfst nicht hierbleiben!«, zischte sie, als sie näher kam. »Es ist nicht sicher. Etwas Gefährliches ist dir auf den Fersen.«

»Das wissen wir«, sagte Ash, wie immer gelassen und unbeeindruckt. Blinzelnd richtete die Dryade den Blick auf ihn. »Doch wir sind durch die Pforte der Ältesten gekommen, sie wird also hoffentlich nicht zulassen, dass dieses Wesen – was auch immer es ist – uns in diese Welt folgt.«

Pforte der Ältesten? Ich schaute über die Schulter, und sofort verkrampfte sich mein Magen so sehr, dass mir fast schlecht wurde.

Das war der Baum der Dryadenältesten, die große Eiche, die früher stolz und majestätisch alle anderen Bäume überragt hatte. Jetzt war sie, wie ihr Zwilling auf der Lichtung, vom Tode gezeichnet. Ihre Äste waren kahl, das verfilzte Moos an ihrem Stamm war braun und verrottet.

In meiner Kehle bildete sich ein Kloß. Die Erinnerung an die Älteste der Dryaden war in mir noch so lebendig, als wäre es gestern gewesen: eine alte, großmütterliche Fee mit sanfter Stimme und gütigen Augen. Sie hatte mir das Herz ihres Baumes gegeben, damit ich meinen Bruder retten konnte – und das Feenwesen töten, das ihn entführt hatte. Die Älteste hatte gewusst, dass sie sterben würde, wenn sie mir half. Und trotzdem hatte sie uns die Waffe gegeben, die wir gebraucht hatten, um den Feind zu besiegen und Ethan zurückzuholen.

Die junge Dryade trat neben mich und musterte die sterbende Eiche. »Es ist immer noch Leben in ihr«, murmelte sie mit einer Stimme, die wie Wind in den Blättern klang. »Ja, sie stirbt. Sie ist inzwischen zu schwach, um ihren Baum zu verlassen, deshalb schläft sie und träumt von ihrer Jugend. Doch noch ist sie nicht verschwunden. Es wird noch lange dauern, bis sie vollständig vergeht.«

»Es tut mir so leid«, flüsterte ich.

»Nein, Meghan Chase.« Die Dryade schüttelte mit einem leisen Rascheln den Kopf, und ein glänzender, kleiner Käfer kroch über ihr Gesicht und verschwand in ihren Haaren. »Sie wusste es. Sie wusste schon immer, was geschehen würde. Der Wind erzählt uns von diesen Dingen. Genau wie er uns berichtet hat, dass du dich im Moment in großer Gefahr befindest.« Sie sah mich mit ihren schwarzen Augen durchdringend an. »Du solltest nicht hier sein«, sagte sie bestimmt. »Es ist schon sehr nah. Warum bist du gekommen?«

Ich bekam eine Gänsehaut, doch ich schüttelte das beklemmende Gefühl ab und begegnete ihrem Blick. »Ich bin wegen Puck hier. Ich muss ihn sehen.«

Das Gesicht der Dryade wurde weich. »Ah. Ja, natürlich. Ich werde euch zu ihm bringen, doch ich fürchte, du wirst enttäuscht sein.«

»Das ist mir egal.« Plötzlich war mir kalt, trotz der warmen Sommernacht. »Ich will ihn einfach nur sehen.«

Die Dryade nickte und trat ein paar Schritte zurück, schwankend wie ein Blatt im Wind. »Hier entlang.«

Das Herz der Eiche

Puck – oder der berüchtigte Robin Goodfellow, wie er in Shakespeares *Sommernachtstraum* genannt wurde – hatte einmal noch einen anderen Namen. Einen menschlichen Namen, der einem schlaksigen, rothaarigen Jungen gehörte, dem Nachbarn eines schüchternen Mädchens auf einer Farm im Sumpf von Louisiana. Robbie Goodfell hatte er sich damals genannt, und er war mein Klassenkamerad, Vertrauter und bester Freund gewesen. Er hat sich immer um mich gekümmert, wie ein großer Bruder. Albern, sarkastisch und mit übermäßigem Beschützerinstinkt war Robbie … irgendwie anders als alle anderen. Wenn er nicht da war, konnten sich die Leute kaum an ihn erinnern, also daran, wer er war oder wie er aussah. Es war fast so, als würde er in ihrem Gedächtnis einfach verblassen, und das, obwohl er an allem, was in der Schule so schieflief, irgendwie beteiligt war: Mäuse in den Tischen, Sekundenkleber auf den Stühlen und einmal sogar ein Alligator in der Toilette. Niemand hatte ihn jemals in Verdacht, nur ich wusste Bescheid.

Trotzdem war es ein Schock, als ich herausfand, wer er in Wirklichkeit war: ein Diener König Oberons, damit beauftragt, in der Welt der Sterblichen ein Auge auf mich zu haben. Und mich vor jenen zu beschützen, die einer halb menschlichen Tochter Oberons schaden wollten. Außerdem sollte Puck dafür sorgen, dass ich im Hinblick auf die Feenwelt unwissend blieb und weder etwas über meine wahre Natur erfuhr noch über die Gefahren, die sich daraus ergaben.

Als Ethan entführt und ins Nimmernie gebracht wurde, machte das Robbies Pläne, mich blind und unwissend zu lassen, ziemlich zunichte. Entgegen Oberons striktem Befehl versprach er, mir bei der Rettung meines Bruders zu helfen, doch für seine Loyalität zahlte er einen hohen Preis.

Während eines Kampfes mit einer der Eisernen Feen – einer neuen Feenspezies, die durch Technologie und Fortschritt entstanden ist – wurde er angeschossen und wäre fast gestorben. Ash und ich brachten ihn hierher, in den Stadtpark, und die Dryaden steckten ihn in einen ihrer Bäume, damit er schlafen und seine Wunden heilen konnte. Dort befand er sich nun in einem komaartigen Tiefschlaf, und die Dryaden erhielten ihn am Leben, aber nicht einmal sie wussten, wann er wieder aufwachen würde. Falls er überhaupt wieder aufwachte. Wir hatten ihn hier zurücklassen müssen, als wir losgezogen waren, um Ethan zu retten. Und seither verfolgte mich mein schlechtes Gewissen.

Ich presste meine Hand gegen den bemoosten Stamm. Ob sein Herzschlag zu spüren war? Eine Schwingung, ein Seufzen? Irgendeine Kleinigkeit, *irgendwas*, das mir sagte, dass er noch da war. Doch ich spürte nichts außer dem Lebenssaft des Baumes, dem Moos und der rauen Borke. Puck befand sich, falls er noch lebte, außerhalb meiner Reichweite.

»Bist du sicher, dass er da drin ist?«, fragte ich die Dryade, ohne den Blick von dem Stamm abzuwenden. Ich wusste nicht, was ich erwartet hatte: etwa seinen Kopf, der plötzlich aus dem Holz hervorschoss und mich angrinste? Trotzdem hatte ich Angst, etwas zu verpassen, wenn ich den Baum auch nur eine Sekunde aus den Augen ließ.

Die junge Dryade nickte. »Ja, er lebt noch. Nichts hat sich geändert. Robin Goodfellow liegt in traumlosem Schlaf in Erwartung des Tages, an dem er in die Welt zurückkehren wird.«

»Und wann wird das sein?«, fragte ich, während ich mit den Fingern über den Baumstamm strich.

»Das wissen wir nicht. Vielleicht in ein paar Tagen. Vielleicht in ein paar Jahrhunderten. Vielleicht zieht er es aber auch vor, nie mehr zu erwachen.« Die Dryade legte eine Hand an den Stamm und schloss die Augen. »Er ruht bequem, ohne Schmerzen. Du kannst nichts für ihn tun, außer geduldig zu warten.«

Da ich ihre Antwort nicht gerade befriedigend fand, presste ich meine Hand erneut fest gegen den Baum und schloss die Augen. Der

Schein der Sommerfeen hüllte mich ein, die Magie meines Vaters Oberon und des Sommerhofes, die Kraft von Wärme, Erde und allen Lebewesen. Ich streichelte den Baum, spürte die von der Sonne erwärmten Blätter und das Leben, das durch ihre grünen Adern floss. Ich fühlte, wie Tausende von Insekten über den Stamm krabbelten und sich in das Holz fraßen, und den schnellen Herzschlag der Vögel, die in den Zweigen träumten.

Ich schob mich tiefer hinein, unter die Oberfläche, durch das weichere, wachsende Holz, bis in das Herz des Baumes.

Und da war er. Natürlich konnte ich keine physische Gestalt sehen, aber ich spürte ihn, spürte seine Gegenwart direkt vor mir, ein heller Fleck von Lebensenergie vor dem Herzstück des Baumes. Ich fühlte, wie das Holz seinen dünnen, schlaksigen Körper schützend umschloss, und hörte das leise Schlagen seines Herzens. Ich registrierte, wie er dalag: völlig schlaff, das Kinn auf der Brust und die Augen geschlossen. Im Schlaf wirkte er viel kleiner, irgendwie zerbrechlich und durchscheinend wie ein Geist, als könnte der leiseste Hauch ihn davontragen.

Ich tastete mich weiter vor und streckte mich, um ihn zu berühren, streichelte ihm mit körperlosen Fingern über die Wange und schob ihm die wilden, roten Locken aus der Stirn. Aber er rührte sich nicht. Ohne das leise Pulsieren seines Herzschlags im Inneren des Baumes hätte ich geglaubt, er wäre bereits tot.

»Es tut mir so leid, Puck«, flüsterte ich, oder vielleicht dachte ich es auch nur, tief im Herzen der riesigen Eiche. »Ich wünschte, du wärst jetzt bei mir. Ich habe Angst, und ich habe keine Ahnung, was mit mir passieren wird. Ich brauche dich, bitte komm zurück.«

Falls er mich gehört hatte, zeigte er es nicht. Kein Flattern der Lider, kein Zucken des Kopfes oder überhaupt irgendeine Reaktion auf meine Stimme. Puck blieb schlaff und reglos, das Echo seines Herzschlags drang ruhig und gleichmäßig durch das Holz. Mein bester Freund war so weit weg, so unerreichbar, und ich konnte ihn nicht zurückholen.

Deprimiert und mit einer seltsamen Übelkeit im Bauch zog ich mich aus dem Baum zurück und schlüpfte wieder in meinen Körper. Als die Geräuschkulisse meiner Umwelt wieder einsetzte, musste ich die Tränen zurückhalten. So nah. So nah bei Puck und doch so weit weg.

Ash wirkte sehr ernst, als ich ihn ansah. Er wusste, was ich getan hatte, und konnte sich denken, was dabei herausgekommen war.

»Er ist noch am Leben«, sagte er tröstend. »Mehr konntest du nicht erwarten.« Als ich mich schluchzend abwandte, seufzte er. »Mach dir nicht zu viele Sorgen um ihn, Meghan. Es war schon immer extrem schwierig, Robin Goodfellow zu töten.« Er sagte das halb gereizt, halb amüsiert, so als würde er aus Erfahrung sprechen. »Ich bin mir fast sicher, dass Goodfellow eines Tages wie aus dem Nichts auftauchen wird und zwar genau dann, wenn du es am wenigsten erwartest. Hab Geduld.«

»Geduld«, ließ sich eine belustigte Stimme irgendwo über meinem Kopf hören, »hat noch nie zu ihren Stärken gehört.«

Überrascht schaute ich hoch und versuchte, zwischen den Ästen der Eiche etwas zu erkennen. Zwei vertraute, goldene Augen hingen dort in der Luft und spähten auf mich herab. Mein Herz machte einen Sprung.

»Grimalkin?«

Die Augen blinzelten träge, und der Körper eines großen, grauen Katers erschien auf einem der untersten Äste. Es war tatsächlich Grimalkin, der Feenkater, dem ich bei meiner letzten Reise ins Nimmernie begegnet war. Grim hatte mir schon ein paar Mal aus der Patsche geholfen ... allerdings hatte seine Hilfe immer ihren Preis. Der Kater war ganz scharf darauf, Gefälligkeiten anderer zu horten, und tat nichts ohne Gegenleistung; doch ich war trotzdem froh, ihn zu sehen, auch wenn ich ihm von unserem letzten Abenteuer noch ein oder zwei Kleinigkeiten schuldete.

»Was machst du denn hier, Grim?«, fragte ich, während sich der Kater gähnend rekelte und dabei den buschigen Schwanz weit über seinen Rücken streckte. Erwartungsgemäß beendete Grimalkin erst mal seine Dehnübungen, setzte sich und leckte sich ein paar Mal über das Fell, bevor er sich dazu herabließ, mir zu antworten.

»Ich hatte eine Unterredung mit der Dryadenältesten«, erwiderte er gelangweilt. »Ich wollte wissen, ob sie etwas über den momentanen Aufenthaltsort einer gewissen Person erfahren hat.« Grim kratzte sich hinterm Ohr, inspizierte dann die Zehen seiner Hinterpfote und leckte sie kurz. »Dann habe ich gehört, dass du auf dem Weg hierher bist, also dachte ich mir, ich könnte genauso gut warten, um zu sehen, ob das wahr ist. Du warst schließlich immer höchst amüsant.«

»Aber ... die Dryadenälteste schläft doch«, meinte ich stirnrunzelnd. »Sie haben mir gesagt, dass sie sogar zu schwach ist, um ihren Baum zu verlassen.«

»Worauf willst du hinaus, Mensch?«

»Nicht so wichtig.« Ich schüttelte den Kopf. Grimalkin war ein ziemlich anstrengender Geheimniskrämer, und ich hatte schon vor einiger Zeit gelernt, dass er einen an seinem Wissen nur dann teilhaben ließ, wenn er dazu bereit war. »Es ist jedenfalls schön, dich zu sehen, Grim. Ich wünschte, wir könnten bleiben und ein bisschen reden, aber wir haben es gerade etwas eilig.«

»Mmmm, ja. Dein unglückliches Abkommen mit dem Winterprinzen.« Grimalkin schaute zwischen Ash und mir hin und her und blinzelte träge. »Übereilt und leichtfertig, typisch Mensch eben.« Er schnaubte und sah nun nur noch Ash an. »Aber ... ich hätte erwartet, dass du es besser weißt, Prinz.«

Bevor ich fragen konnte, was *das* nun wieder heißen sollte, spürte ich eine Hand auf meinem Arm und drehte mich zu Ash um. »Wir sollten gehen«, murmelte er, und obwohl seine Stimme fest war, sah er mich entschuldigend an. »Wenn uns wirklich etwas verfolgt, sollten wir versuchen, Tir Na Nog so schnell wie möglich zu erreichen. Dort wird es uns nicht so leicht verfolgen können. Und in meinem eigenen Reich kann ich dich besser beschützen als im Wilden Wald oder in der Welt der Sterblichen.«

»Einen Moment noch.« Grimalkin gähnte, sprang vom Baum und landete lautlos auf seinen Wurzeln. »Wenn ihr jetzt aufbrecht, werde ich wohl mit euch kommen. Zumindest ein Stück weit.«

»Wirklich?« Überrascht starrte ich ihn an. »Du willst nach Tir Na Nog? Warum das?«

»Wie ich bereits sagte, bin ich auf der Suche nach jemandem.«

»Nach wem?«

»Du stellst ermüdend viele Fragen, Mensch.« Grimalkin sprang von den Baumwurzeln und trottete mit erhobenem Schwanz davon. Nach ein paar Metern schaute er über die Schulter zurück und zuckte mit einem Ohr. »Nun? Kommt ihr oder nicht? Wenn tatsächlich etwas hinter euch her ist, wäre es wohl sinnvoll, nicht mehr hier zu sein, wenn es eintrifft, oder?«

Ash und ich tauschten einen verwirrten Blick und folgten ihm dann.

Die Pforte der Ältesten ragte vor uns auf, immer noch groß und eindrucksvoll, obwohl der Baum bereits im Absterben begriffen war. Als wir uns der Eiche näherten, bewegte sich der Stamm plötzlich mit einem lauten Stöhnen. Ein altes, faltiges Gesicht schob sich durch die Borke, und ein Teil des Baumes erwachte zum Leben. Die Älteste der Dryaden öffnete die Augen, schielte kurz, als fiele es ihr schwer, den Blick auszurichten, konzentrierte sich dann aber auf mich.

»Neeeeeiiiiiiinnnn«, hauchte sie so leise, dass man es kaum verstehen konnte. »Ihr könnt nicht auf diesem Weg zurück.

Auf der anderen Seite wartet *er* auf euch. Er wird…« Ihre Stimme versagte, und das Gesicht versank wieder im Stamm. Bevor es ganz verschwunden war, hörte ich noch ein leises »Lauft!«

Ich zitterte am ganzen Körper. Ash packte hastig meine Hand und zog mich mit sich in die entgegengesetzte Richtung. Sein Körper war so angespannt wie ein Drahtseil. Grimalkin schlich wie ein grauer Geist hinter uns durch die Schatten, doch das Fell an seinem Schwanz war gesträubt. Das alles hätte vielleicht lustig sein können, wenn ich nicht diesen Blick in meinem Nacken gespürt hätte – alt, wild und geduldig –, der registrierte, wie wir in die Nacht hinausliefen.

Ash blieb unter einer anderen Eiche stehen, führte die Finger zum Mund und stieß einen schrillen Pfiff aus. Sekunden später kam das Feenross aus den Schatten angaloppiert, schlug schnaubend mit dem Kopf und blieb abrupt vor uns stehen.

»Wohin jetzt?«, fragte ich, während Ash mir in den Sattel half.

»Wir können nicht durch das Portal der Ältesten zurück«, erwiderte der Prinz, als er sich hinter mir aufs Pferd schwang. »Also müssen wir einen anderen Weg ins Nimmernie finden. Und zwar schnell.« Er nahm mit einer Hand die Zügel und schlang den freien Arm um meinen Bauch. »Ich kenne zwar einen anderen Steig, der uns nah an Tir Na Nog heranführt, aber der befindet sich in einem Teil der Stadt, der für Sommerfeen nicht ganz… ungefährlich ist.«

»Du meinst den *Dungeon*, nicht wahr?«, fragte Grimalkin, der plötzlich in meinem Schoß erschien und sich dort zusammenrollte, als sei der Platz für ihn reserviert. Ich blinzelte überrascht. »Bist du sicher, dass du das Mädchen dorthin bringen willst?«

»Wir haben nicht unbedingt die Wahl.« Ash verstärkte den Griff um meine Taille und trieb das Pferd voran. So galoppierten wir durch die Straßen von New Orleans.

Ich hatte schon fast vergessen, was es bedeutete, sich als Halbfee durch die wirkliche Welt zu bewegen, oder zumindest, wie das ablief, wenn man in Begleitung einer mächtigen Vollblutfee war. Das Pferd lief über hell erleuchtete Straßen und durch enge Gassen, schob sich zwischen Autos und Leuten hindurch, aber niemand sah uns. Sie schauten nicht einmal in unsere Richtung. Normale Menschen konnten die Feenwelt nicht wahrnehmen, auch wenn sie von ihr umgeben waren. Zum Beispiel in Form von zwei Kobolden, die in einer Seitengasse einen umgefallenen Müllcontainer durchwühlten und auf Knochen und anderen Dingen herumkauten, die ich gar nicht genauer sehen wollte. Oder der Sylphe mit den Libellenflügeln, die auf einem Telefonmast hockte und die Straßen so intensiv überwachte wie ein Adler, der sein Revier verteidigt. Fast wären wir mit einer Gruppe Zwerge zusammengestoßen, die gerade aus einer der vielen Kneipen in der Bourbon Street kam. Die kleinen, bärtigen Männer lallten dem Pferd ein paar Flüche hinterher, als es sie nur knapp verfehlte und über den Bürgersteig davonpreschte.

Ash stoppte mitten im French Quarter, vor einer Reihe alter Häuser mit schwarzen Fensterläden und Türen. Über einem breiten Tor hing ein Schild mit der Aufschrift: *Ye Olde Original Dungeon*. Der Rahmen war mit roten Farbspritzern gesprenkelt, die wohl Blutstropfen darstellen sollten. Zumindest blieb zu hoffen, dass es Farbe war. Ash schob das Tor auf, hinter dem sich ein langer, schmaler Durchgang auftat, und drehte sich zu mir um.

»Das hier ist das Territorium der Dunklen«, flüsterte er mir ins Ohr. »Die Klientel hier ist ziemlich ungehobelt. Sprich mit niemandem und bleib immer dicht bei mir.«

Ich nickte und spähte den schmalen Gang entlang, der kaum breit genug schien, um hindurchzugehen. »Und was wird aus dem Pferd?«

Ash nahm dem Tier bereits die Satteltaschen und das Zaumzeug ab und warf es in eine dunkle Ecke. »Das findet schon einen Weg nach Hause«, murmelte er und hievte sich die Satteltasche auf die Schulter. »Gehen wir.«

Wir betraten den engen Korridor, Ash vorneweg, Grim als Schlusslicht. Er mündete in einen kleinen Innenhof, wo ein armseliger Wasserfall einen Graben vor dem eigentlichen Gebäude speiste. Wir nahmen den Weg über eine kleine Brücke, passierten einen gelangweilt wirkenden, menschlichen Türsteher, der uns keinerlei Beachtung schenkte, und betraten den dunklen, rot gestrichenen Raum.

Aus den Schatten an der Wand löste sich etwas Großes, Grünes: Ein weiblicher Troll mit einem monströsen Gesicht, beeindruckenden Zähnen und blutroten Augen bewegte sich auf uns zu. Ich stieß einen Schrei aus und wich einen Schritt zurück.

»Ich rieche einen Sommerwelpen«, knurrte sie und stellte sich uns in den Weg. Sie war fast zweieinhalb Meter groß, hatte matschgrüne Haut und lange Krallen an den Fingern. Ihre kleinen, roten Augen starrten aus der beachtlichen Höhe auf mich herab. »Du bist entweder verdammt mutig oder verdammt blöd, Welpe. Hast du eine Wette mit einem Puca verloren oder was? Hier sind Sommerfeen unerwünscht, also verzieh dich.«

»Sie gehört zu mir«, sagte Ash und stellte sich direkt vor mich, sodass er der Trollfrau den Blick auf mich versperrte. »Und nun geh beiseite. Wir müssen den verborgenen Steig benutzen.«

»Prinz Ash.« Die Trollfrau wich einen Schritt zurück, gab den Weg aber nicht ganz frei. Im Angesicht eines Prinzen des Dunklen Hofes schlug sie einen geradezu jammervollen Ton an. »Selbstverständlich würde ich Euch reinlassen, Hoheit, aber...« Sie warf über Ashs Schulter hinweg einen schnellen Blick auf mich. »Der Boss sagt, dass es hier drin absolut kein Sommerblut geben darf, es sei denn, wir trinken es.«

»Wir sind nur auf der Durchreise«, erwiderte Ash, immer noch vollkommen ruhig und unterkühlt. »Wir sind wieder weg, bevor uns überhaupt jemand bemerkt.«

»Ich kann nicht, Hoheit«, protestierte die Trollfrau, die immer verunsicherter klang. Sie schaute schnell über die Schulter und senkte die Stimme. »Es könnte mich meinen Job kosten, wenn ich sie reinlasse.« Ganz beiläufig legte Ash die Hand auf den Schwertknauf.

»Und es könnte dich den Kopf kosten, wenn du es nicht tust.« Die Trollfrau blähte die Nüstern. Sie schaute wieder zu mir, dann zurück zum Winterprinzen und ballte krampfhaft die Klauen zu Fäusten. Ash stand völlig still, aber die Luft um ihn herum wurde kälter, bis der Atem der Trollfrau in dichten Wolken vor ihrem Gesicht schwebte.

Als ihr klar wurde, wie fatal ihre Zwangslage war, wich die riesige Fee endlich zurück und gab den Weg frei. »Selbstverständlich, Hoheit«, murmelte sie, zeigte dann aber mit einer gekrümmten, schwarzen Kralle auf mich. »Aber sagt nicht, ich hätte Euch nicht gewarnt, wenn sie in eine Flasche gestopft und als Cocktail des Tages verkauft wird.«

»Ich werde daran denken«, versicherte Ash und führte mich in den *Dungeon*.

Der *Dungeon* entpuppte sich trotz gruseligem Dekor letztendlich als einfacher Nachtklub, auch wenn das hiesige Publikum definitiv zur makabren Sorte gehörte. An den Ziegelwänden hingen trübe Lampen, die alles mit einem roten Schein überzogen, und über der Bar waren zähnefletschende Monsterköpfe aufgehängt worden. Die Decke vibrierte von den Bässen im Obergeschoss, wo gerade AC/DCs *Back in Black* lief.

An der Bar und den Tischen saßen auch menschliche Gäste bei einem Drink, aber meine Aufmerksamkeit wurde ganz von den nicht-menschlichen Kreaturen in Anspruch genommen. Kobolde und Satyrn, Pucas und Dunkerwichtel und in einer Ecke sogar ein einsamer Oger, der einen ganzen Krug voll dunkelroter Flüssigkeit trank. Unsichtbar und unbemerkt mischten sich die Dunklen Feen unter die Menschen, spuckten in ihre Drinks, brachten die Betrunkenen zu Fall und stahlen aus Taschen und Geldbörsen.

Zitternd wich ich zurück, aber Ash packte unnachgiebig meine Hand. »Bleib dicht bei mir«, murmelte er wieder. »Hier ist es zwar nicht so schlimm wie oben, aber wir müssen trotzdem vorsichtig sein.«

»Was ist denn oben?«

»Totenköpfe, Käfige und die Tanzfläche. Nichts, was du gern sehen würdest, glaub mir.« Ash hielt weiter meine Hand umklammert, während wir uns zwischen Tischen und Gästen hindurchschoben, immer tiefer in den Raum hinein. Grimalkin war verschwunden – wie üblich –, weshalb all die kalten, hungrigen Blicke von allen Seiten ganz allein uns galten. Ein Dunkerwichtel – eine kleine, bösartige Feenart mit Haifischzähnen und einer Kappe, die im Blut ihrer Feinde getränkt wurde – griff nach mir, als wir an seinem Tisch vorbeigingen, und riss an meinem Shirt. Ich versuchte vergeblich, ihm auszuweichen, aber es war zu wenig Platz, und so krallten sich seine klauenartigen Finger in meinen Ärmel.

Ash drehte sich um. Ein blaues Licht blitzte auf, und der Dunkerwichtel erstarrte, als er einen Moment später ein glühendes Schwert an der Kehle hatte.

»Mach. Keinen. Scheiß.« Ashs Stimme war eisiger als der Frostschauer seines Schwertes. Der Adamsapfel des Dunkerwichtels hüpfte auf und ab, und er zog ganz langsam seine Krallen zurück. Die anderen Dunklen Feen waren ebenfalls erstarrt und sahen uns aus glühenden Augen feindselig an.

»Geh, Meghan.« Ash ließ seinen drohenden Blick über die Menge schweifen, als wartete er nur darauf, dass sich ihm einer entgegenstellte. Niemand rührte sich. Ich schob mich an ihm und dem Dunkerwichtel vorbei, der immer noch reglos auf seinem Stuhl saß, und ging zum hinteren Ende des Raumes.

»Hier entlang, Mensch.« Grimalkin erschien am Eingang eines weiteren Korridors, wie immer waren zuerst seine Augen und dann der Rest des Körpers sichtbar. Hinter ihm erstreckte sich ein enger, düsterer Gang voller Rauch. Seltsamerweise standen an beiden Seiten deckenhohe Bücherregale, die Art, wie man sie in Bibliotheken oder alten Landhäusern findet, aber bestimmt nicht in einer finsteren Bar im French Quarter.

»Okay, was hat eine Bibliothek im Hinterzimmer eines Gothic-Clubs zu suchen?«, fragte ich und musterte die Bücher. »Zauberbücher für die Dunklen Künste? Kochbücher für Köstlichkeiten aus Menschenfleisch?«

Grimalkin schnaubte.

»Sieh hin und lerne, Mensch.«

Genau in diesem Moment öffnete sich eines der Regale am Ende des Ganges so schwungvoll wie eine Tür, und zwei Mädchen im Studentenalter kamen kichernd heraus. Blinzelnd trat ich zur Seite, als sie in einer Wolke aus Zigarettenqualm und Alkoholdünsten in Richtung Bar an mir vorbeitorkelten. Ich erhaschte einen Blick auf den Raum, aus dem sie gekommen waren: eine Toilette, Waschbecken und Spiegel. Entgeistert starrte ich Grimalkin an.

»Das ist die *Toilette*?«

Grimalkin gähnte nur. »Was Menschen nicht alles tun, um sich Unterhaltung zu verschaffen«, stellte er fest und verengte die Augen zu Schlitzen. »Und es ist natürlich umso amüsanter, wenn sie richtig betrunken sind und die Tür nicht finden. Aber ich würde vorschlagen, dass wir weitergehen. Dieser Dunkerdepp hat ein ziemliches Interesse an dir entwickelt.«

Als ich mich umsah, stellte ich fest, dass der Dunkerwichtel sich inzwischen in Gesellschaft von drei Freunden befand. Die vier Feen starrten in unsere Richtung und unterhielten sich murmelnd. Ash schloss zu uns auf, immer noch mit dem Schwert in der Hand. Feiner Dampf stieg von dessen Klinge auf und vermischte sich mit dem Rauch des Korridors.

»Schnell«, knurrte er und schob uns auf das Ende des Ganges zu. »Es gefällt mir nicht, wie viel Aufmerksamkeit wir hier erregen. Hast du den Steig schon geöffnet, Kater?«

»Einen Moment noch, Prinz.« Seufzend trottete Grimalkin zu dem Regal, das gerade noch als Tür fungiert hatte.

»Warte mal, bist du nicht ihr Prinz?«, fragte ich verwundert. »Die sind doch auch Dunkle, oder nicht? Kannst du ihnen nicht einfach befehlen, uns in Ruhe zu lassen?«

Ash stieß ein leises, humorloses Lachen aus. »Ich bin *ein* Prinz«, erklärte er, ohne die Dunkerwichtel aus den Augen zu lassen, die wiederum uns nicht aus den Augen ließen. »Aber ich bin nicht der Einzige. Meine Brüder sind ebenfalls auf der Suche nach dir. Rowan hat seine Augen und Ohren überall, da bin ich mir sicher. Und er ist wesentlich skrupelloser als ich. Diese Dunkerwichtel könnten für ihn arbeiten oder sogar für Mab persönlich spionieren. So oder so werden sie *irgendjemandem* berichten, dass wir hier vorbeigekommen sind, und zwar sobald wir weg sind. Das kann ich dir garantieren.«

»Klingt ja nach einer tollen Familie, die du da hast«, murmelte ich.

Ash schnaubte. »Wenn du wüsstest.«

»Fertig«, verkündete Grimalkin. »Lasst uns gehen.«

»Nach dir«, sagte Ash und schob mich voran. »Ich werde sicherstellen, dass uns niemand folgt.«

Ich schob das Regal auf und rechnete halb damit, dahinter den winzigen Raum mit dem dreckigen Waschbecken, der Toilette und den beschmierten Wänden zu sehen. Doch stattdessen schlug mir ein kalter Wind entgegen, der nach Frost, Bäumen und vermoderten Blättern roch, und vor mir lag der neblige Wald des Nimmernie.

Grimalkin schlüpfte als Erster hindurch und wurde im Nebel fast unsichtbar. Ich folgte ihm und erkannte, dass die Tür auf der anderen Seite ein gespaltener Baumstamm war. Ash bildete den Schluss und schloss sorgfältig hinter uns die Tür, die verblasste und verschwand, sobald er sie losließ, und uns so von der Welt der Sterblichen abschnitt.

In diesem Teil des Wilden Waldes war es kälter. Der Boden und die Äste der Bäume waren mit Frost überzogen, und der Nebel strich über meine Haut wie ein feucht-kalter Finger. Ich konnte nur wenige Meter weit sehen. Alles war vollkommen still, so als würde der ganze Wald den Atem anhalten.

»Es ist nicht mehr weit bis nach Tir Na Nog«, sagte Ash, und der Nebel verschluckte beinahe seine Stimme. Im Gegensatz zu mir bildete sein Atem keine Wolken. Zitternd rieb ich mir die Arme, um mich zu wärmen. »Wir sollten uns beeilen. Ich möchte so schnell wie möglich an den Winterhof.«

Ich war müde. Meine Beine taten weh, vom Reiten wie vom Laufen, ich hatte Kopfschmerzen, und die Kälte entzog mir den letzten Rest von Willenskraft. Und ich wusste bereits, dass es immer kälter werden würde, je näher wir Tir Na Nog kamen.

Gott sei Dank bemerkte Grimalkin meinen Widerwillen. »Der Mensch fällt gleich um vor Erschöpfung«, stellte er unverblümt fest und zuckte mit dem Schwanz. »Sie wird uns nur behindern, wenn wir sie weiter vorantreiben. Vielleicht sollten wir uns einen Ort suchen, an dem wir uns ausruhen können.«

»Bald«, erwiderte Ash und drehte sich zu mir um. »Nur noch ein kleines Stück, Meghan. Schaffst du das? Wir werden Rast machen, sobald wir die Grenze nach Tir Na Nog überschritten haben.«

Ich nickte müde. Ash nahm meine Hand, und mit Grimalkin als Führer marschierten wir durch den Nebel.

Wenige Minuten später hörten wir das Heulen hinter uns.

Die Lebende Kälte

Ash blieb stehen, und jeder Muskel in seinem Körper spannte sich an, als das Echo des unheimlichen Rufs im Nebel verhallte.

»Unmöglich«, murmelte er erschreckend ruhig. »Es ist uns schon wieder auf der Spur. Aber wie? Wie konnte es uns so schnell finden?«

Grimalkin stieß unvermittelt ein lang gezogenes, leises Knurren aus, das ich noch nie von ihm gehört hatte und das mir eine Gänsehaut machte. »Es ist der Jäger«, erklärte Grimalkin, und sein Fell begann sich zu sträuben. »Der Älteste aller Jäger, der Erste.« Er musterte uns mit gefletschten Zähnen und wirkte plötzlich wild und gefährlich. »Ihr müsst fliehen, schnell! Wenn er erst mal eure Spur hat, wird er bald hier sein. Los, lauft!«

Also liefen wir.

Der Wald flog an uns vorbei, dunkel und undurchdringlich, mit schattenhaften Gestalten im Nebel. Ich hatte keine Ahnung, ob wir im Kreis liefen oder dem Jäger direkt in die Arme. Grimalkin war wieder verschwunden. In dem wabernden Nebel war es unmöglich, sich zu orientieren. Ich konnte nur hoffen, dass Ash wusste, in welche Richtung wir durch dieses unheimliche Weiß hetzten.

Wieder ertönte das Heulen, diesmal näher und ungeduldiger.

Ich wagte einen Blick über die Schulter, konnte aber nichts erkennen außer Nebelschwaden und verschwommene Schatten. Doch ich konnte *spüren*, wie es näher kam, was auch immer es sein mochte. Es konnte uns jetzt sehen, unsere Flucht beobachten, hatte meinen Nacken als verlockendes Ziel vor Augen. Ich kämpfte gegen die Panik und lief weiter, klammerte mich an Ashs Hand, während wir uns zwischen den Bäumen hindurchschlängelten.

Irgendwann wichen die Bäume zurück, der Nebel lichtete sich etwas, und vor uns tat sich plötzlich ein Abgrund auf, so monströs wie das klaffende Maul eines Ungeheuers. Ash schaffte es, uns knapp einen Meter vor der Kante zum Stehen zu bringen, was einen Regen aus kleinen Steinchen auslöste, der polternd in den nebligen Tiefen verschwand. Die Erdspalte zog sich so weit das Auge reichte am Rand des Wilden Waldes entlang und trennte uns von der Sicherheit auf der anderen Seite.

Uns gegenüber lag eine unberührte, verschneite Landschaft. Die Bäume waren mit Eis bedeckt, und jeder Zweig funkelte wie ein Kristall. Der Boden sah aus wie eine Wolkendecke, weiß und fluffig. Schneewehen glitzerten in der Sonne wie Millionen winziger Diamanten. Das war Tir Na Nog, das Land des Winters, die Heimat von Mab und ihrem Dunklen Hof.

»Komm.« Ash zog mich an dem Abgrund entlang, wo der Nebel aus dem Wilden Wald über die Kante quoll und wie ein langsamer Wasserfall in den Graben sank. »Wenn wir es bis zur Brücke schaffen, kann ich ihn aufhalten.«

Keuchend folgte ich ihm und stöhnte erleichtert auf, als weniger als hundert Meter vor uns eine Brücke aus reinem Eis auftauchte, die verführerisch in der Sonne funkelte.

Rechts von uns raschelte etwas im Wald, etwas Großes, Schnelles. Der Jäger war jetzt still, kein Heulen oder tiefes, kehliges Bellen mehr. Er bereitete sich auf den tödlichen Angriff vor.

Wir erreichten die Brücke, und Ash schob mich auf die eisige Fläche. Es gab weder Brüstungen noch Geländer, nur einen schmalen Bogen über dem gähnenden Abgrund. Mit schmerzendem Magen machte ich mich auf den Weg und versuchte, bloß nicht nach unten zu schauen. Da die Brücke aus Eis war, war sie vollkommen durchsichtig; es fühlte sich an, als würde ich durch die Luft laufen, unter mir die schwindelerregend tiefe Schlucht.

Ich rutschte mit einem Fuß ab und rang mit panisch rasendem Herzen um mein Gleichgewicht. Ash, der direkt hinter mir war, packte meinen Arm, und irgendwie schafften wir es auf die andere Seite.

Sobald wir festen Boden unter den Füßen hatten, zog der Winterprinz sein Schwert. Das Sonnenlicht glitzerte auf der Klinge, als er die Waffe hob und mit aller Kraft auf die schmale Brücke einschlug. Tiefe Risse durchzuckten die eisige Fläche, und funkelnde Splitter stoben durch die Luft. Ash hob das Schwert zu einem zweiten Schlag.

Auf der anderen Seite des Grabens brach eine große, dunkle Gestalt aus dem Wald hervor und ließ die Nebelschwaden aufwirbeln. Durch Dunst und Schatten war es kaum erkennbar, aber es war riesig, schwarz und Furcht einflößend, mit flackernden, gelb-grünen Augen. Als es begriff, was Ash vorhatte, brüllte es so laut, dass die Luft zu beben schien, und rannte auf die Brücke zu.

Ash ließ sein Schwert ein weiteres Mal niedersausen und dann noch einmal, bis schließlich die Eisbrücke mit einem ohrenbetäubenden Knirschen auseinanderbrach. Das Brückenende an unserer Seite rutschte weg, riss den gesamten Brückenbogen mit sich und rauschte mit lautem Getöse und schrillem Kreischen hinunter in die Tiefe. Der Schatten auf der anderen Seite kam schlitternd zum Stehen und lief keuchend und mit wütend funkelnden, grünen Augen an der Kante auf und ab. Dann fletschte er knurrend die riesigen, weißen Zähne, drehte sich um und verschwand im nebligen Wald.

Zitternd vor Erleichterung ließ ich mich in den Schnee sinken. Ich keuchte und hatte das Gefühl, dass meine Lunge, meine Beine und eigentlich mein gesamter Körper brannten. Doch als der Adrenalinschub nachließ, merkte ich, wie unglaublich kalt es auf dieser Seite des Grabens war. Der eisige Wind drang mir bis auf die Knochen und schnitt mir wie Messerklingen in die Haut.

Ash kniete neben mir nieder und zog mich sanft in seine Arme. Ich lehnte mich an ihn, spürte, wie sein Herz raste, und drückte mich zitternd an seine Brust. Er legte seine Stirn an meine, sagte kein Wort und war einfach nur da.

»Komm«, flüsterte er einen Augenblick später. »Suchen wir uns einen Ort, an dem du dich ausruhen kannst.«

»Was ist mit dem Jäger?«

Er stand auf und zog mich auf die Füße. »Der Eisige Schlund zieht sich meilenweit in beide Richtungen«, erklärte er und deutete mit dem Kopf auf den Abgrund hinter uns, »bis zum Wyrmzahngebirge im Norden und dem Scherbenmeer im Süden. Es wird lange dauern, bis der Jäger einen Weg findet, ihn zu überqueren.« Er kniff die Augen zusammen. »Außerdem ist das hier *mein* Reich. Ich bezweifle doch stark, dass er uns hier angreifen wird.«

»Da wäre ich mir nicht allzu zu sicher, Prinz«, meinte Grimalkin und tauchte auf den kläglichen Überresten der zerschmetterten Brücke auf. »Der Jäger ist älter als du – viel älter. Ihn schert es nicht, in wessen Reich er sich befindet, solange er einer Beute auf der Spur ist. Wenn er hinter euch her ist, werdet ihr ihn mit Sicherheit wiedersehen.«

Ich nieste, was den Kater dazu brachte, die Ohren anzulegen. Ash nahm mich am Ellbogen, führte mich von dem Abgrund weg und stellte sich so, dass er mich vor dem Wind schützte, der aus dem Graben heraufwehte. »Darüber werden wir uns Gedanken machen, falls er einen Weg auf die andere Seite findet«, erklärte der Prinz ruhig, während ich mir die Arme um den Körper schlang, um wenigstens ein bisschen warm zu bleiben. »Jetzt kommt erst mal die Dunkelheit und mit ihr die Kälte. Wir müssen Meghan nach drinnen schaffen.«

»Du meinst, noch bevor sie sich in einen Eiszapfen verwandelt? Gute Idee.« Grimalkin sprang von dem zerbrochenen Brückenstück und landete leichtfüßig im Schnee. »Die einzige Unterkunft, die ich in dieser Gegend kenne, ist das Haus der alten Liaden im Gefrorenen Wald. Aber da wirst du das Mädchen ja wohl nicht hinbringen wollen, oder?« Er blinzelte unter Ashs ungerührtem Blick. »Anscheinend doch. Tja, das dürfte interessant werden. Dann folgt mir.« Er schlich wie eine pelzige, graue Wolke in die weiße Landschaft hinaus und hinterließ dabei kleine, sachte Pfotenabdrücke im Schnee.

»Wer ist die alte Liaden?«, fragte ich Ash.

Bevor er mir antworten konnte, fegte ein eiskalter Windstoß aus dem Graben hervor, traf mich mit voller Wucht und wirbelte kleine Schneewolken auf. »Später«, erwiderte Ash knapp und gab mir einen sanften Schubs. »Schließ dich Grimalkin an. Los jetzt.«

Also folgten wir den Pfotenspuren in den Wald. Eiszapfen hingen an den Bäumen, manche davon länger als meine Arme und so spitz wie Speere. Immer wieder brach einer von ihnen ab und krachte mit dem Geräusch von splitterndem Glas zu Boden. Die Kälte war wie ein bösartiges Tier, sie kratzte über jedes Stück freie Haut und stach mir beim Atmen in die Lungen. Ich zitterte schon bald am ganzen Leib und dachte mit klappernden Zähnen sehnsüchtig an dicke Pullover, heiße Bäder und flauschige Daunendecken, unter denen man sich bis zum Frühling verkriechen konnte.

Der Wald wurde zunehmend dichter und düsterer, und die Temperatur sank weiter und weiter. Inzwischen hatte ich das Gefühl in Fingern und Zehen verloren, und die Kälte machte mich leicht benommen. Es fühlte sich so an, als würden eisige Hände meine Füße umklammern und mich nach unten ziehen, als wollten sie, dass ich mich zusammenrollte und Winterschlaf hielt, bis es wieder wärmer wurde.

Ein Aufblitzen von Farbe zwischen den Bäumen weckte meine Aufmerksamkeit. Auf einem Ast über mir saß ein kleiner Vogel, dessen leuchtend rote Federn sich von dem weißen Schnee abhoben. Er hatte die Augen geschlossen und das Gefieder so aufgeplustert, dass er aussah wie ein fluffiger, roter Ball. Und er war komplett in Eis eingeschlossen, von Kopf bis Fuß steckte er in kristallisiertem Wasser, das so klar war, dass ich jedes Detail erkennen konnte.

Dieser Anblick hätte mir einen Schauer über den Rücken jagen sollen, aber mir war so kalt, dass ich nichts als Taubheit spürte, die sich immer weiter ausbreitete. Es war, als würden meine Beine jemand anderem gehören und meine Füße überhaupt nicht mehr vorhanden sein. Ich stolperte über einen abgerissenen Ast und stürzte kopfüber in eine Schneewehe. Die Eiskristalle brannten in den Augen.

Eine überwältigende Müdigkeit überfiel mich. Meine Augenlider schienen bleischwer, und ich wollte einfach nur liegen bleiben und schlafen wie ein Bär im Winter. Es war ein wunderbarer Gedanke. Keine Spur mehr von der Kälte, nur noch Taubheit und verlockende Dunkelheit.

»Meghan!«

Ashs Stimme durchbohrte meine Apathie, er kniete sich neben mich in den Schnee. »Steh auf, Meghan«, sagte er drängend. »Du kannst hier nicht liegen bleiben. Du wirst erfrieren und sterben, wenn du dich nicht bewegst. Steh auf.«

Ich versuchte es, aber allein den Kopf zu heben verlangte mir eine übermenschliche Anstrengung ab. Ich wollte nichts als schlafen. Murmelnd wollte ich ihm klarmachen, wie müde ich war, aber die Worte gefroren in meiner Kehle, und ich brachte lediglich ein Grunzen heraus.

»Die Kälte hat sie erwischt.« Grimalkins Stimme schien von weit her zu kommen. »Sie friert schon ein. Wenn du sie nicht sofort wieder auf die Beine bringst, wird sie sterben.«

Trotz aller Anstrengung fielen mir immer wieder die Augen zu. Wenn meine Lider erst vollständig geschlossen waren, würden sie einfrieren und sich nie wieder öffnen lassen. Ich wollte sie mit den Fingern aufhalten, aber meine Hände waren bereits mit einer Eisschicht bedeckt, und ich konnte sie nicht mehr spüren.

Gib auf, hauchte die Kälte an meinem Ohr. *Gib auf und schlaf. Du wirst nie wieder Schmerzen haben.*

Meine Lider flatterten. Ash gab ein Geräusch von sich, das stark an ein Knurren erinnerte. »Verdammt, Meghan«, fauchte er und packte meine Arme. »Ich werde dich nicht verlieren, nicht so kurz vor dem Ziel. *Steh auf!*«

Er zog mich mit sich auf die Füße, und bevor ich überhaupt realisiert hatte, was geschah, presste er seine Lippen auf meine.

Die Benommenheit verflog schlagartig. Überrascht registrierte ich, wie mein Herz einen heftigen Sprung machte und sich mein Magen zusammenzog. Ich legte die Arme um Ashs Hals und erwiderte seinen Kuss, spürte seine Hände an meinem Körper, die uns eng aneinanderdrückten, und sog seinen scharfen, frostigen Duft ein.

Als wir uns schließlich voneinander lösten, atmete ich schwer, und sein Herz schlug so heftig, dass ich es unter meinen Fingern spüren konnte. Ich begann erneut zu zittern, aber diesmal war die Kälte dafür eine gute Entschuldigung. Seufzend drückte Ash seine Stirn an meine.

»Komm, nichts wie raus aus der Kälte.«

Grimalkin war mal wieder verschwunden, aber seine feinen Spuren waren im Schnee deutlich zu erkennen. Wir folgten ihnen bis zu einer kleinen, baufälligen Hütte, die unter zwei faulenden Bäumen stand. Kaum zu glauben, dass hier jemand wohnen sollte, aber dem Rauch aus dem Schornstein und dem gedämpften, orangefarbenen Licht hinter den Fenstern zufolge musste jemand da sein.

Ich konnte es kaum erwarten, der beißenden Kälte zu entkommen, und wollte schon reingehen, als Ash meine Hand nahm und mich zwang, ihn anzusehen.

»Du befindest dich jetzt im Reich der Dunklen, vergiss das nicht«, warnte er mich. »Was auch immer du in dieser Hütte sehen wirst, starr es nicht an, und sag unter keinen Umständen etwas über ihr Kind, verstanden?«

Hastig nickte ich. Ich hätte allem zugestimmt, wenn mir nur wieder warm wurde. Ash ließ mich los, trat auf die knarzende, schneebedeckte Veranda und klopfte an die Tür.

Eine Frau öffnete und musterte uns mit müden, blutunterlaufenen Augen. Eine graue Robe mit Kapuze umhüllte ihren Körper wie ein alter Vorhang, und obwohl ihr Gesicht noch ziemlich jung schien, war es von tiefen Falten durchzogen und wirkte erschöpft.

»Prinz Ash?«, fragte sie mit brüchiger, atemloser Stimme. »Was für eine Überraschung. Was kann ich für Euch tun, Hoheit?«

»Wir würden gerne die Nacht hier verbringen«, erklärte Ash leise. »Meine Begleitung und ich. Wir werden dir keine Umstände machen und morgen früh sofort aufbrechen. Lässt du uns rein?«

Die Frau blinzelte verwirrt. »Natürlich«, murmelte sie und machte die Tür weit auf. »Bitte, kommt herein. Macht es euch bequem, ihr armen Kinder. Ich bin Dame Liaden.«

Erst da sah ich ihr Baby, das sie liebevoll in dem freien Arm hielt, und ich musste mir auf die Lippe beißen, um ein entsetztes Keuchen zu unterdrücken. Die faltige, grässliche Kreatur in der fleckigen, weißen Decke war das scheußlichste Kind, das ich je gesehen hatte. Sein deformierter Schädel war viel zu groß für den Körper, die winzigen Gliedmaßen waren dürr und verschrumpelt, und seine Haut hatte einen ungesunden, bläulichen Farbton, so als wäre es ertrunken oder draußen in der Kälte vergessen worden. Das Kind strampelte schwach und stieß einen leisen, unheimlichen Schrei aus.

Es war etwa so, als würde man ein Zugunglück beobachten. Ich konnte die Augen nicht abwenden... bis Ash mir heftig seinen Ellbogen in die Rippen rammte. »Freut mich, Sie kennenzulernen«, sagte ich automatisch und betrat hinter Ash die Hütte. Drinnen brannte ein Feuer im Kamin, dessen Wärme sofort durch meine erfrorenen Glieder strömte. Ich seufzte erleichtert.

Nirgendwo in der Hütte stand eine Wiege, und die Frau legte ihr Kind auch kein einziges Mal ab, während sie durch den Raum lief, sondern umklammerte es, als hätte sie Angst, dass es ihr jemand wegnehmen könnte.

»Das Mädchen kann das Bett am Fenster nehmen«, beschied Liaden, während sie das Baby in eine weitere schäbige Decke wickelte. »Ich muss jetzt leider gehen, aber fühlt euch bitte ganz wie zu Hause. Im Regal findet ihr Tee und Milch, und im Schrank sind noch zusätzliche Decken. Aber es ist schon kurz vor Mitternacht, und wir müssen dringend gehen. Lebt wohl.«

Sie drückte ihr Baby an die Brust, öffnete die Tür, wobei sie einen eisigen Windstoß hereinließ, und trat in die Nacht hinaus. Die Tür fiel ins Schloss, und wir waren allein.

»Wo geht sie hin?«, fragte ich und ging näher ans Feuer. Meine Finger begannen zu kribbeln, endlich kehrte etwas Leben in sie zurück. Ash sah mich nicht an.

»Das willst du nicht wissen.«

»Ash...«

Er seufzte. »Sie wird ihr Baby im Blut eines menschlichen Kindes waschen, damit es wieder stark und gesund wird. Wenn auch nur für kurze Zeit.«

Angewidert wich ich zurück. »Das ist ja grauenhaft!«

»Du wolltest es ja unbedingt wissen.«

Schaudernd rieb ich mir die Arme und schaute durch das schmutzige Fenster nach draußen. Das Mondlicht fiel schimmernd durch die Scheiben, und die Landschaft dahinter war in Frost erstarrt. Dies war das Reich der Dunklen, genau wie Ash es gesagt hatte. Ich war weit weg von zu Hause, meiner Familie und der Sicherheit eines normalen Lebens.

Ich schloss die Augen und begann erneut zu zittern. Was würde mit mir geschehen, wenn ich erst mal am Winterhof war? Würde Mab mich in einen Kerker werfen oder mich vielleicht an ihre Kobolde verfüttern? Was würde eine jahrhundertealte Feenkönigin der Tochter ihres Erzfeindes antun? Was auch immer es sein würde, ich konnte mir nicht vorstellen, dass es mir sonderlich guttun würde. Die Angst kroch mir tief in die Eingeweide.

Ich spürte Ash hinter mir, so nah, dass sein Atem meinen Nacken streifte. Er berührte mich nicht, aber seine starke Präsenz und Gelassenheit wirkten beruhigend. Auch wenn der logisch denkende Teil meines Gehirns mir sagte, dass ich mich vor ihm vielleicht am meisten fürchten sollte.

»Also, wie wird das ablaufen?«, fragte ich ruhig und versuchte, jeden Vorwurf aus meiner Stimme zu verbannen. Es gelang nicht. »Werde ich eine Gefangene des Winterhofes sein? Ein Gast? Wird Mab mich in eine Zelle stecken, oder plant sie etwas, das ein wenig interessanter ist?«

Er zögerte, und ich hörte den Widerwillen in seiner Stimme, als er endlich antwortete. »Wie schon gesagt, ich weiß nicht, was sie vorhat. Mab teilt weder mir noch sonst jemandem ihre Pläne mit.«

»Aber es wird dort für mich gefährlich sein, oder? Immerhin bin ich Oberons Tochter. Alle werden mich hassen.« Ich erinnerte mich wieder an die hungrigen Blicke des Dunkerwichtels und rieb mir nervös die Arme. »Oder mich fressen wollen.«

Er legte mir sanft die Hände auf die Schultern, was automatisch meine Haut kribbeln und meinen Puls ansteigen ließ. »Ich werde dich beschützen«, murmelte er so leise, als würde er mehr zu sich selbst als zu mir sprechen. »Irgendwie.«

In diesem Moment erschien Grimalkin und sprang auf einen Hocker am Feuer. Ich zuckte erschrocken zusammen, und Ash zog sich von mir zurück. Sofort fehlte mir seine Berührung. »Ruh dich aus«, sagte der Winterprinz und wandte sich ab. »Wenn nichts dazwischenkommt, sollten wir den Winterhof morgen Abend erreichen.«

Vorsichtig streckte ich mich auf dem Bett am Fenster aus und versuchte, nicht daran zu denken, was wohl zuletzt auf dieser Matratze gelegen hatte. Ash setzte sich mit Blick zur Tür auf einen Stuhl am

Feuer, zog sein Schwert und legte es sich in den Schoß. Überraschenderweise war das Bett warm und gemütlich, und mit dem Bild von Ash vor Augen, der am Feuer Wache hielt, schlief ich ein.

Irgendwann im Laufe der Nacht muss ich aufgewacht sein, oder vielleicht habe ich es auch nur geträumt, aber in meiner Erinnerung standen Ash und Grimalkin gemeinsam am Kamin und unterhielten sich leise. Ich konnte nicht verstehen, was sie sagten, aber Ashs Gesicht wirkte so trostlos, dass es erschreckend war. Er fuhr sich mit der Hand durch die Haare und sagte etwas zu Grimalkin, der langsam nickte, bevor er etwas erwiderte. Ich blinzelte, oder vielleicht war ich auch wieder eingeschlafen, denn als ich das nächste Mal die Augen aufschlug, war Grimalkin verschwunden. Die Hände auf den Kaminsims gestützt, stand Ash noch lange mit gebeugten Schultern da und starrte regungslos in die Flammen.

Der Jäger

»Steh auf.«

Die kalte Stimme war das Erste, was ich am nächsten Morgen hörte, sie bohrte sich durch die vielen Schichten aus Schlaf und Erschöpfung und weckte mich. In steifer Haltung stand Ash vor mir und sah mich aus seinen Silberaugen unbewegt an.

»Wir gehen«, verkündete er mit ausdrucksloser Stimme und warf etwas auf das Bett, das dort in einer dichten Staubwolke landete: ein dicker Mantel mit Kapuze, so grau und staubig, als hätte man ihm jegliche Farbe entzogen. »Habe ich im Schrank gefunden«, fuhr Ash fort und wandte sich ab. »Der sollte verhindern, dass du erfrierst. Aber wir müssen jetzt sofort aufbrechen. Je schneller wir den Winterhof erreichen, desto besser.«

»Wo ist Grim?«, fragte ich, während ich mühsam aufstand, völlig aus der Bahn geworfen von seinem plötzlichen Stimmungsumschwung. Ash öffnete die Tür und ließ einen beißenden Windstoß herein.

»Weg. Er ist heute Morgen schon früh aufgebrochen.« Er wartete neben der offenen Tür, bis ich mir den Mantel übergeworfen hatte. Als ich die Kapuze aufsetzte, nickte der Prinz knapp. »Gehen wir.«

»Stimmt etwas nicht?«, fragte ich, während ich hinter ihm durch den Schnee joggte und mein Atem dichte Dampfwolken in die Luft schickte. Alles ringsum schien von einer frischen Eisschicht überzogen. »Ist uns der Jäger wieder auf den Fersen?«

»Nein.« Er sah mich nicht an. »Nicht, dass ich wüsste.«

Ich schluckte. »Habe ich ... irgendetwas falsch gemacht?«

Diesmal zögerte er kurz und seufzte. »Nein«, sagte er dann etwas sanfter. »Du hast nichts falsch gemacht.«

»Warum bist du dann so? Ash? Hey!« Ich hechtete nach vorne und packte seinen Ärmel, sodass wir beide stehen blieben.

»Lass los.« In Ashs Stimme lag eine deutliche Warnung. Ich verdrängte die Angst und blieb unnachgiebig stehen.

»Sonst was? Tötest du mich? Hatten wir diese Drohung nicht schon?«

»Führe mich nicht in Versuchung.« Aber die Kälte war aus seiner Stimme verschwunden – jetzt klang er nur noch müde. Er seufzte wieder und fuhr sich mit der freien Hand durch die Haare. »Es ist unwichtig. Nur ... etwas, das Grimalkin gesagt hat. Etwas, das ich eigentlich schon wusste.«

»Was denn?«

Er drehte sich zu mir um. »Meghan ...«

In der Ferne hallte ein Heulen durch den Wald.

Ich zuckte zusammen, während Ash sich abrupt aufrichtete und sein Blick sich verfinsterte. »Der Jäger«, murmelte er. »Schon wieder. Wie konnte er so schnell aufholen?«

Ein zweites Heulen ertönte, und ich drängte mich zitternd an Ash. »Was *ist* er?«

Die Augen des Prinzen verengten sich zu Schlitzen. »Ich weiß es nicht. Aber das wird jetzt ein Ende haben. Komm!«

Ash hielt meine Hand umklammert, während wir über den Schnee rannten. Ich musste an die Brücke denken, an den unfassbar breiten Graben, den der Jäger irgendwie überquert hatte, und hoffte inständig, dass Ashs Plan diesmal besser funktionieren würde. Es schien höchst unwahrscheinlich, dass wir diesem seltsamen, unermüdlichen Tier jemals davonlaufen konnten.

Der Wald lichtete sich, und rechts und links von uns erhoben sich steile Felsen, die in der Sonne funkelten. Riesige blaue und grüne Eiskristalle ragten aus ihren Wänden hervor und schickten bunte Lichtprismen über die Schneefläche. Ash führte mich durch eine enge Schlucht, deren nackte Eiswände uns schier zu erdrücken drohten, bis sich mitten in der Felsenlandschaft eine verschneite Lichtung auftat.

Wieder war das Heulen zu hören, geisterhaft hallte es durch den hinter uns liegenden Felsenweg. Was auch immer es war, es kam schnell näher.

»Hier entlang.« Ash zog an meiner Hand und zerrte mich auf die andere Seite der Lichtung. Zwischen zwei hohen Tannen tauchte ein schwarzer Fleck in der Eiswand auf, ein klaffendes Maul mit Zähnen aus Eiszapfen: der Eingang zu einer Höhle.

»Geh«, befahl Ash und schob mich vorwärts. »Geh rein, schnell.«

Ich kroch vorsichtig durch die Öffnung, um mich nicht an den Eiszapfen zu verletzen, dann richtete ich mich auf und schaute mich um. Die Höhle war gewaltig: ein gigantischer Hohlraum im Eis, mit Öffnungen in der funkelnden Decke, die vereinzelte Sonnenstrahlen hereinließen. Auch hier war alles voller Eiszapfen, spitze, glänzende Kolosse, manche davon sogar größer als ich. Ein leichter Wind ließ sie wie Windspiele klimpern, sodass die ganze Höhle von einem melodischen Klingeln erfüllt war.

»Ash«, setzte ich an, als der Winterprinz durch die Öffnung trat und sich den Schnee aus den Haaren schüttelte. »Was...«

»Schhh.« Ash legte einen Finger an die Lippen und schüttelte warnend den Kopf. Er zeigte auf die in der Höhle verstreuten Skelette, die halb vom Schnee begraben waren. Ganz in unserer Nähe lagen die Knochen eines großen Tieres, aus dessen Rippen ein herabgefallener Eiszapfen herausragte. Ich zuckte erschrocken zusammen und nickte zum Zeichen, dass ich verstanden hatte.

Und dann stürmte ein grauenhafter, schwarzer Schatten durch den Höhleneingang und schnappte nach meinem Gesicht.

Ash riss mich zurück und legte mir blitzschnell eine Hand auf den Mund, um meinen Schrei zu ersticken, während die Zähne nur Zentimeter von meinem Kopf entfernt laut aufeinanderschlugen. Wäre Ashs Hand nicht immer noch auf meinem Mund gewesen, ich hätte noch einmal geschrien, als sich die zwei brennenden, gelb-grünen Augen im Höhleneingang auf mich richteten.

Es war ein Wolf. Ein riesiger, schwarzer Wolf, so groß wie ein Grizzlybär, nur länger und dünner und tausend Mal furchteinflößender. Das hier war keins von den majestätischen Wesen, die man in Tierdokus in Rudeln durch den Schnee tollen sieht. Das hier war die reißende Bestie aus den Horrorfilmen über Wölfe: ein Monster mit dunklem, verfilzten Pelz, geifernder Schnauze und glühenden Augen ohne erkennbare Pupille. Hinter seinen hochgezogenen Lefzen sah man die schimmernden Fangzähne, die länger waren als meine Hand, und von seinem Kiefer tropfte der Speichel und gefror im Schnee. Sein Kopf passte geradeso durch die Öffnung, er wandte mir seine Schnauze zu, und ich hätte schwören können, dass er dabei grinste.

»Meghan Chase. Endlich habe ich dich gefunden.«

Ash zog mich tiefer in das Höhleninnere, während der riesige Wolf sich in der Öffnung wand und es irgendwie schaffte, langsam hindurchzurutschen. Mein Herz raste, als die Kreatur sich zu ihrer vollen Größe aufrichtete. Sie schien die gesamte Höhle auszufüllen. Ash schob mich hinter sich, drückte mich unter einen Felsvorsprung an die Wand und zog sein Schwert. Der Wolf ließ ein hämisches Kichern hören – ein tiefes Grollen, das mir einen Schauer über den Rücken jagte.

»Glaubst du etwa, du könntest mir mit diesem kleinen Ding da etwas anhaben?« Seine raue Stimme hallte durch die Höhle und ließ die Eiszapfen über ihm gefährlich klimpern. »Weißt du nicht, wer ich bin, Junge?« Er senkte den Kopf und fletschte die Zähne. »Ich bin *Wolf*. Ich bin älter als du, älter als Mab, älter als das älteste Feenwesen, das in diesen Welten wandelt. Ich bin schon in Geschichten aufgetaucht, lange bevor die Menschen meinen Namen kannten, und selbst da fürchteten sie mich.« Er machte einen Schritt in unsere Richtung, und seine riesige Pfote versank tief im Schnee. »Ich bin der Wolf draußen vor der Tür, das Wesen, das dem Mädchen mit der roten Kappe zum Haus ihrer Großmutter gefolgt ist. Ich bin der Wolf, der zum Menschen wird, und der Mensch, der in seinem Inneren ein wildes Tier ist. Meine Geschichten sind zahlreicher als alle anderen, die je erzählt wurden, und du kannst mich nicht töten.«

»Ich weiß, wer du bist.« Ashs Stimme zitterte leicht, was mich umso mehr erschreckte. Dass der furchtlose, unerschütterliche Ash vor etwas Angst hatte, ließ mir das Blut in den Adern gefrieren. »Doch du bist wegen der Sommerprinzessin hier, und ich habe geschworen, sie an meinen Hof zu bringen. Ich kann also nicht zulassen, dass du sie bekommst.« Er schwenkte sein Schwert, und die Magie des Winters wirbelte um ihn herum. »Dazu musst du erst an mir vorbei.«

Der Wolf lächelte. »Ganz wie du wünschst.«

Mit weit aufgerissenem Maul brüllte er und war mit einem Sprung bei uns. Er schien wie ein schwarzer Schatten in übernatürlicher Geschwindigkeit durch die Luft geflogen zu sein. Ich wich instinktiv zurück, doch Ash fuhr in einem Wirbel aus Magie herum und rammte seinen Schwertgriff gegen die Wand.

Ein ohrenbetäubendes Knacken hallte wie ein Pistolenschuss durch die Höhle. Die Decke vibrierte, die Eiszapfen klimperten wild und fielen dann in einem tödlichen, funkelnden Regen herab wie Tausende Porzellanteller, die alle gleichzeitig zerschlagen werden. Der Wolf hielt inne, schaute nach oben und ... wurde unter einer Tonne spitzer Kristallsplitter begraben.

Ein einzelnes, schrilles Winseln übertönte das Getöse des splitternden Eises. Ich wandte mich ab und schlug die Hände vors Gesicht. Dann legte sich der aufgewirbelte Schnee, der Lärm verebbte, und Stille breitete sich aus.

Als ich durch meine Finger hindurch einen Blick in Richtung Wolf riskieren wollte, packte Ash meine Hand und versperrte mir die Sicht. »Schau nicht hin«, warnte er leise. Ich sah nur einen roten Fleck, der sich hinter ihm im Schnee ausbreitete. Mir drehte sich der Magen um. »Verschwinden wir von hier.«

Wir vermieden es, die dunkle Masse in der Mitte der Höhle anzusehen, als wir fluchtartig wieder auf die Lichtung hinauskrochen. Es schneite, zarte Flocken tanzten im Wind. Zitternd holte ich Luft, die Kälte brannte in meinen Lungen und erinnerte mich daran, dass ich noch am Leben war. Ich schaute zu Ash, der nachdenklich den Höhleneingang musterte.

»Der Wolf«, murmelte er selbstvergessen. »Der Große Böse Wolf.

Nur wenige überleben eine Begegnung mit ihm und können davon berichten.« Er schüttelte verwundert den Kopf und sah sich nach mir um. »Ich frage mich, warum er hinter dir her war. Wer hat ihn geschickt, damit er uns so lange verfolgt?«

»Mab?«, riet ich. Ash schnaubte und verzog die Lippen zu einem abfälligen Grinsen.

»Mab will dich lebend«, erklärte er und machte sich auf den Weg zurück zur Schlucht. Ich setzte meine Kapuze auf und beeilte mich, ihm zu folgen. »Tot nützt du ihr nichts. Was das angeht, hat sie sich sehr klar ausgedrückt. Außerdem würde sie nicht einfach so mein Leben aufs Spiel setzen.« Er zögerte und runzelte die Stirn. »Glaube ich.«

Er hörte sich schrecklich verunsichert an. Eine Welle von Mitleid erfasste mich angesichts der Tatsache, dass Ash nicht wusste, ob seine Königin, seine eigene Mutter, den Wolf auf uns hetzen und dabei in Kauf nehmen würde, dass er verletzt wurde. Ich ging zu ihm und streckte einen Arm nach ihm aus.

Der riesige, blutverschmierte Kopf des Wolfs drängte sich brüllend zwischen uns und schleuderte mich rückwärts in den Schnee. Blitzschnell zog Ash sein Schwert, doch er reagierte eine Sekunde zu spät. Die Kiefer des Monsters schlossen sich um seinen Arm, und der Wolf schleuderte ihn von mir weg. Ich schrie.

»Ich habe dir doch gesagt, dass du mich nicht töten kannst!«, fauchte der Wolf und schlich auf Ash zu, der sich herumrollte und sein Schwert hochriss. Das dichte, verfilzte Fell des Tiers war voller Blut. In dicken Tropfen fiel es zu Boden und ließ kleine Dampfwolken aufsteigen, wenn es im Schnee landete. Unzählige Eiszapfen ragten wie rissige Speere aus seinem Körper. Trotzdem bewegte sich das Monster völlig mühelos, als spüre es keinerlei Schmerz.

»Dummer Junge«, knurrte der Wolf und umkreiste Ash, wobei er eine rote Spur hinter sich herzog. »Diesen Kampf kannst du nicht gewinnen. Ich bin unsterblich.«

»Geh, Meghan«, befahl Ash, ohne den Wolf aus den Augen zu lassen. Von seinem Schwertarm tropfte ebenfalls Blut auf den Boden. »Es ist nicht mehr weit bis zum Winterhof. Dort wirst du in Sicherheit sein – sag ihnen einfach, dass Ash dich geschickt hat. Und jetzt geh.«

»Ich werde dich nicht allein zurücklassen!«

»Geh!«

Der Wolf schüttelte sich und schleuderte Blut, Speichel und Eiszapfen durch die Gegend. »Um dich werde ich mich gleich kümmern, Prinzessin«, knurrte er und duckte sich zum Sprung. Unter dem verfilzten Pelz spannten sich die Muskeln, und die Eiszapfen in seinen Flanken und dem knochigen Brustkorb funkelten. »Bist du bereit, Junge? Ich komme!«

Er sprang. Ash riss das Schwert hoch. Und ich griff von hinten an.

Der Wolf prallte mit seinem vollen Gewicht gegen den Winterprinzen und schleuderte sie beide in den Schnee, wobei er das Schwert, das ihn traf, vollkommen ignorierte. Seine riesigen Pranken bohrten sich in Ashs Brust und Oberarme und fixierten das Schwert. Der Wolf riss die riesigen Kiefer auf, bereit, Ash den Kopf abzureißen.

Ich rannte mit aller Kraft, die ich noch aufbringen konnte, auf den Wolf zu und warf mich mit der Schulter gegen einen der glitzernden Eiszapfen. Die scharfe Kante durchschnitt meinen Mantel und meine Haut, aber ich spürte, wie sich das Eis tiefer in die Rippen des Wolfs bohrte. Die riesenhafte Kreatur stieß einen überraschten Schmerzensschrei aus und wirbelte herum, um mich aus wütenden, gelben Augen anzustarren.

»Du dämliches Gör! Was machst du denn da? Ich versuche hier, dir zu helfen!«

Völlig schockiert starrte ich ihn an, während ich keuchend nach Luft rang. Ash, der immer noch unter dem Wolf lag, versuchte aufzustehen, aber zwei dicke Pranken drückten ihn wieder nach unten. »Was redest du denn da?«, fragte ich. »Wenn du mir wirklich helfen willst, wie du sagst, dann lass Ash los.«

Das Biest schüttelte den Kopf. »Ich wurde geschickt, um dich zu retten und den da zu töten«, erwiderte es und verlagerte sein Gewicht, um sich besser auf Ash stützen zu können, der daraufhin schmerzerfüllt mit den Zähnen knirschte. »Du bist jetzt keine Gefangene mehr, Prinzessin. Ich beende das hier nur noch kurz, dann kannst du an den Sommerhof zurückkehren.«

»Nein!« Ich sprang vor, als der Wolf sich abwandte und erneut das

Maul aufriss. »Töte ihn nicht! Ich bin keine Gefangene. Wir haben eine Abmachung getroffen, einen Vertrag geschlossen: Ich gehe an den Winterhof als Gegenleistung für seine Hilfe. Er hält mich hier nicht gegen meinen Willen fest. Ich habe mich *freiwillig* dafür entschieden.«

Der Wolf blinzelte verwirrt. »Ihr habt einen Vertrag«, wiederholte er langsam.

»Ja.«

»Du hast einen Vertrag mit dem da.«

»Ja!«

»Dann ... hat sich dein Vater wohl geirrt.«

»*Oberon?*« Fassungslos starrte ich ihn an. »Oberon hat dir befohlen, das zu tun?«

Der Wolf schnaubte abfällig. »Niemand erteilt mir Befehle«, knurrte er und fletschte die Zähne. »Der Herr des Sommerhofes dachte, du seist entführt worden. Er hat mich gebeten, dich aufzuspüren, deinen Entführer zu töten und dich zu befreien, damit du an den Sommerhof zurückkehren kannst. Er meinte, die Jagd könnte so tief im Reich des Winters schwierig werden, und dass ich der Herausforderung vielleicht nicht gewachsen sei.« Der Wolf unterbrach sich und musterte mich mit seinen stechenden, gelben Augen, wobei sich ein Hauch von Ärger in seiner Miene spiegelte. »Wie auch immer, wenn du ein Abkommen mit dem Winterprinzen hast, ändert das die Lage. Die Vereinbarung mit Oberon besagte, dass ich dich aus der Gewalt deines Entführers befreien soll, doch nun gibt es keinen Entführer. Deshalb ...« Er fauchte frustriert und trat widerwillig einen Schritt zurück, sodass Ash von seinen Pfoten befreit wurde. »... muss ich den Vertrag ehren und euch gehen lassen.«

Mit einem finsteren Blick trat er beiseite. Er hatte die Beute schon vor der Nase gehabt, und nun wurde sie seinen Klauen entrissen. Nur für den Fall, dass der Wolf seine Meinung änderte, stellte ich mich zwischen ihn und Ash und half dem Prinzen aufzustehen. Ashs Schwertarm blutete stark, den anderen hatte er um die Rippen gelegt, als wären sie durch das Gewicht des Wolfes gebrochen worden. Er schob das Schwert in die Scheide, wandte sich unserem Verfolger zu und verbeugte sich leicht.

Der Wolf nickte. »Du hast großes Glück gehabt«, sagte er zu Ash.

»Diesmal.« Er wich ein paar Schritte zurück, schüttelte sich noch einmal und musterte uns dann mit widerwilligem Respekt. »Es war eine gute Jagd. Betet darum, dass wir uns nicht noch einmal begegnen, denn ihr werdet mich nicht einmal kommen sehen.«

Dann legte der Wolf den Kopf zurück und stieß ein wildes, markerschütterndes Heulen aus, bei dem sich mir die Nackenhaare aufstellten. Er verschwand mit ein paar Sprüngen zwischen den Bäumen, sein riesiger, schwarzer Körper wurde sofort vom Schnee und den Schatten verschluckt. Wir waren wieder allein.

Besorgt schaute ich zu Ash. »Bist du okay? Kannst du laufen?«

Er machte einen Schritt und sank mit schmerzverzerrtem Gesicht auf die Knie. »Gib mir noch einen Moment.«

»Komm.« Ich schob ihm einen Arm unter die Schulter und half ihm vorsichtig hoch. Die Lichtung sah aus, als hätte hier eine Schlacht getobt: zertrampelter Schnee, zerdrückte Pflanzen und überall Blut. Das konnte jagende Dunkle anziehen, und auch wenn ich mir sicher war, dass keiner von ihnen so unheimlich sein würde wie der Große Böse Wolf, war Ash momentan nicht in der Verfassung, gegen sie zu kämpfen. »Wir gehen zurück in die Höhle.«

Er protestierte nicht, und so humpelten wir über die Lichtung zurück zu der Eishöhle und krochen hinein. Der Boden war so mit zerbrochenen Eiszapfen übersät, dass es nicht ganz einfach war, sich einen Weg zu bahnen, aber ganz hinten fanden wir eine freie Stelle. Ash setzte sich und lehnte sich gegen die Wand, während ich einen Streifen von meinem Mantel abriss.

Er sagte nichts, als ich den behelfsmäßigen Verband um seinen Arm wickelte, aber ich spürte seinen Blick auf mir. Ich ließ seinen Arm los und schaute direkt in seine silbrigen Augen. Ash blinzelte langsam und musterte mich auf eine Art, die erkennen ließ, dass er versuchte, mich zu verstehen.

»Warum bist du nicht weggelaufen?«, fragte er schließlich leise. »Wenn du den Wolf nicht aufgehalten hättest, hättest du nicht mit nach Tir Na Nog kommen müssen. Du wärst frei gewesen.«

Ich schaute ihn böse an.

»Ich habe unserem Vertrag genauso zugestimmt wie du«, murmelte ich und machte mit einem heftigen Ruck einen letzten Knoten in den Verband. Ash gab nicht einmal ein Ächzen von sich. Zornig funkelte ich ihn an. »Was denn, hast du gedacht, nur weil ich menschlich bin, würde ich mich drücken? Ich wusste, worauf ich mich einlasse, und ich werde meinen Teil unserer Vereinbarung erfüllen, egal was passiert. Und wenn du glaubst, ich würde dich diesem Monster überlassen, nur damit ich nicht Mab gegenübertreten muss, dann kennst du mich kein bisschen.«

»Gerade *weil* du menschlich bist«, fuhr Ash mit derselben, leisen Stimme fort, ohne meinem Blick auszuweichen, »hast du diese taktisch günstige Gelegenheit verschenkt. Eine Winterfee hätte mich an deiner Stelle nicht gerettet. Sie lassen nicht zu, dass ihnen ihre Gefühle in die Quere kommen. Und wenn du am Winterhof überleben willst, musst du anfangen, so zu denken wie sie.«

»Tja, ich *bin* aber nicht wie sie.« Ich stand auf, trat einen Schritt zurück und versuchte zu ignorieren, wie verletzt und verraten ich mich fühlte, aber mir stiegen dennoch bescheuerte Tränen in die Augen. »Ich bin keine Winterfee – ich bin menschlich, mit menschlichen Gefühlen. Und wenn du denkst, dass ich mich dafür entschuldige, kannst du das vergessen. Ich kann meine Gefühle nicht so einfach abschalten wie du. Allerdings werde ich mir beim nächsten Mal auch nicht mehr die Mühe machen, dich zu retten, wenn du gefressen oder getötet wirst.«

Ich wirbelte herum, um beleidigt davonzustiefeln, aber Ash stand blitzartig auf und packte mich an den Oberarmen. Ich versteifte mich, drückte die Knie durch und hielt mich kerzengerade, da es keinen Sinn gehabt hätte, gegen seinen Griff anzukämpfen. Selbst so verwundet und blutend war er noch viel stärker als ich.

»Ich wollte nicht undankbar sein«, flüsterte er mir ins Ohr, und gegen meinen Willen meldeten sich die Schmetterlinge in meinem Bauch zurück. »Ich wollte dir nur etwas klarmachen. Die Angehörigen des Winterhofes sehen die Schwachen als Beute an. So sind sie nun einmal. Sie werden versuchen, dich in Stücke zu reißen, sowohl körperlich als auch emotional, und ich werde nicht immer da sein können, um dich zu beschützen.«

Ich begann zu zittern, mein Ärger verflog, und meine Zweifel und Ängste kehrten zurück. Ash seufzte, er lehnte die Stirn gegen meinen Hinterkopf, sodass ich seinen Atem im Nacken spürte. »Ich will das nicht tun«, gab er leise und gequält zu. »Ich will nicht mit ansehen müssen, was sie alles mit dir anstellen werden. Eine Sommerfee hat am Winterhof so gut wie keine Chance. Aber ich habe geschworen, dass ich dich zurückbringen würde, und ich bin an dieses Versprechen gebunden.« Er hob den Kopf, umklammerte fast schmerzhaft meine Schultern und fuhr dann mit einer Stimme fort, die nicht nur wesentlich tiefer, sondern auch grimmig und kalt war: »Deswegen musst du stärker sein als sie. Du darfst nie in deiner Wachsamkeit nachlassen, egal, was kommt. Sie werden dich in die Falle locken, mit Spielen oder schönen Worten. Und dann werden sie es genießen, wenn du leidest. Lass sie nicht an dich ran. Und vertraue niemandem.« Er unterbrach sich und fügte dann noch leiser hinzu: »Nicht einmal mir.«

»Dir werde ich immer vertrauen«, flüsterte ich, ohne nachzudenken. Augenblicklich verstärkte sich sein Griff, und er drehte mich fast gewaltsam zu sich herum.

»Nein«, widersprach er mit zusammengekniffenen Augen. »Das darfst du nicht. Ich bin dein Feind, Meghan. Das darfst du niemals vergessen. Wenn Mab mir befiehlt, dich vor dem gesamten Hofstaat zu töten, ist es meine Pflicht zu gehorchen. Wenn sie Rowan oder Sage befiehlt, dich langsam und genüsslich aufzuschlitzen und dafür zu sorgen, dass du in jeder Sekunde Höllenqualen leidest, wird von mir erwartet, danebenzustehen und sie gewähren zu lassen. Verstehst du das? Meine Gefühle für dich sind am Winterhof ohne jede Relevanz. Sommer und Winter werden immer auf verschiedenen Seiten stehen, und nichts wird das ändern.«

Ich wusste, dass ich eigentlich Angst vor ihm haben sollte. Immerhin war er ein Prinz des Dunklen Hofes und hatte gerade mehr oder weniger zugegeben, dass er mich töten würde, wenn Mab es ihm befahl. Aber er hatte auch zugegeben, dass er Gefühle für mich hatte – sicher, es waren Gefühle, die keine Rolle spielten, aber trotzdem kribbelte es in meinem Magen, als ich das hörte. Vielleicht war es ja naiv, aber ich konnte nicht glauben, dass Ash mir absichtlich wehtun würde, nicht mal, wenn wir am Winterhof waren. Nicht, wenn er mich so ansah wie jetzt und sich Zerrissenheit und Wut in seinen Silberaugen spiegelten.

Er starrte mich noch einen Moment aufgebracht an, dann seufzte er.

»Du hast kein Wort von dem gehört, was ich gesagt habe, oder?«, murmelte er und schloss die Augen.

»Ich habe keine Angst«, erklärte ich ihm, was eine Lüge war – ich hatte Todesangst vor Mab und dem Dunklen Hof, der mich am Ende dieser Reise erwartete. Aber solange Ash da war, würde mir nichts geschehen.

»Du bist verdammt stur«, sagte Ash und fuhr sich frustriert mit der Hand durchs Haar. »Und ich habe keine Ahnung, wie ich dich beschützen soll, wenn du keinerlei Selbsterhaltungstrieb hast.«

Ich stellte mich dicht vor ihn und legte eine Hand auf seine Brust, sodass ich seinen Herzschlag unter dem Hemd spürte. »Ich vertraue dir«, sagte ich nur und stellte mich auf die Zehenspitzen, bis unsere Gesichter nur noch Zentimeter voneinander entfernt waren. Langsam ließ ich meine Finger zu seinem Bauch hinuntergleiten. »Ich weiß, dass du einen Weg finden wirst.«

Sein Atem stockte, und er musterte mich hungrig. »Du spielst mit dem Feuer, ist dir das eigentlich klar?«

»Das ist witzig, wenn man bedenkt, dass du ein Eispri…« Ich kam nicht weiter, denn Ash beugte sich vor und küsste mich. Ich schlang ihm die Arme um den Hals, während er seine Hände um meine Taille legte, und für ein paar Augenblicke konnte mir die Kälte nichts mehr anhaben.

Wir verbrachten die Nacht in der Höhle, einerseits um Ash die Möglichkeit zu geben, seine Wunden zu heilen, andererseits, um uns noch eine Nacht Zeit zu verschaffen, bevor wir Tir Na Nog erreichten. Ash brauchte nicht lange, um sich zu erholen. Die Feen heilen unglaublich schnell, besonders, wenn sie sich in ihrem heimischen Reich befinden, und so waren die Bisswunden schon fast verschwunden, als es dunkel wurde. Als die Temperatur fiel, machte Ash ein Feuer – natürlich nur meinetwegen –, und wir teilten uns die letzten Vorräte, schauten in die Flammen und hingen unseren Gedanken nach.

Draußen schneite es unentwegt, der Schnee türmte sich vor dem Eingang auf, und die Flocken, die durch die Löcher in der Decke fielen, bildeten in der Mitte der Höhle einen kleinen Berg. Sie funkelten im Mondlicht und schwebten wie Diamantsplitter vom Himmel. Ich hätte mich am liebsten in den Lichtfleck gestellt, um sie mit der Zunge aufzufangen.

Ash schwieg den Großteil des Abends. Er hatte unseren Kuss unvermittelt abgebrochen und sich mit einem schuldbewussten, gequälten Blick von mir zurückgezogen, wobei er irgendwas davon murmelte, ein Lager herzurichten. Jedes Mal, wenn ich versuchte, mit ihm zu reden, gab er nur knappe, einsilbige Antworten, und wann immer es ging, wich er meinem Blick aus.

Jetzt saß er mir gegenüber, hatte das Kinn in die Hand gestützt und starrte trübsinnig ins Feuer. Ein Teil von mir wollte zu ihm rübergehen und ihn von hinten umarmen, und ein anderer Teil wollte ihm einen Schneeball in sein perfektes Gesicht pfeffern, bloß um irgendeine Reaktion zu provozieren.

Ich entschied mich für eine weniger selbstmörderische Variante. »Hey«, meinte ich und stocherte mit einem Stock in den Flammen herum, bis sie Funken sprühten. »Erde an Ash. Woran denkst du gerade?«

Er rührte sich nicht, und einen Moment lang dachte ich, er würde mit dem einen Wort antworten, das ihm heute Abend offenbar am liebsten war: *Nichts*. Doch dann seufzte er und schaute ganz kurz zu mir rüber.

»An zu Hause«, erwiderte er leise. »Ich denke an zu Hause, an den Hof.«

»Vermisst du es?«

Wieder eine Pause, dann schüttelte er langsam den Kopf. »Nein.«

»Aber es ist doch dein Zuhause.«

»Es ist der Ort, an dem ich geboren wurde. Mehr nicht.« Seufzend schaute er wieder in die Flammen. »Ich kehre nicht oft dorthin zurück und bleibe selten längere Zeit bei Hofe.«

Ich dachte an Mom, Ethan und unser kleines Farmhaus draußen im Sumpf und hatte plötzlich einen Kloß im Hals. »Das muss sehr einsam sein«, murmelte ich. »Bekommst du nicht manchmal Heimweh?«

Ash musterte mich über die Flammen hinweg, Verständnis und Mitleid im Blick. »Meine Familie ist nicht wie deine«, erklärte er mir ernst.

Mit einer geschmeidigen Bewegung stand er auf, so abrupt, als hätte er genug von dem Thema. »Schlaf ein wenig«, meinte er jetzt wieder unterkühlt. »Morgen werden wir endlich am Winterhof sein. Königin Mab wird es kaum erwarten können, dich zu sehen.«

Mein Magen verkrampfte sich. Ich legte mich so nah ans Feuer wie möglich, wickelte mich in meinen Mantel und versuchte, an gar nichts zu denken. Eigentlich war ich mir sicher, dass ich dank Ashs letzter Worte kein Auge zukriegen würde, aber ich war wohl doch erschöpfter, als mir bewusst war, denn bald fiel ich in einen tiefen Schlaf.

In dieser Nacht träumte ich zum ersten Mal vom Eisernen König.

Die Szenerie war mir auf unheimliche Weise vertraut. Ich stand ganz oben auf einem großen, eisernen Turm, und ein heißer Wind, der nach Ozon und Chemikalien stank, blies mir ins Gesicht. Vor mir ragte ein riesiger Thron aus Metall in den trüben, gelblichen Himmel und schien mit seinen schwarzen eisernen Spitzen die Wolken zu durchbohren. Hinter mir, am Rand eines Brunnens, lag Ashs kalter, bleicher Körper, langsam tropfte sein Blut in das Wasserbecken.

Machina, der Eiserne König, stand vor seinem Metallthron, und sein langes, silbernes Haar flatterte peitschend im Wind. Er stand mit dem Rücken zu mir, und die unzähligen Kabel, die aus seinen Schultern und seiner Wirbelsäule wuchsen, umgaben ihn wie schimmernde Flügel.

Ich trat einen Schritt vor und spähte zu der Gestalt vor dem Thron hinauf. »Machina!«, rief ich, doch meine Stimme klang im Brausen des Windes schwach und leise. »Wo ist mein Bruder?«

Der Eiserne König hob leicht den Kopf, drehte sich aber nicht um. »Dein Bruder?«

»Ja, mein Bruder. Ethan. Du hast ihn entführt und hierher gebracht.« Ohne auf den Wind zu achten, der an meinen Haaren und Kleidern zerrte, ging ich weiter. Über mir ertönte ein Donnerschlag, und die trüben, gelblichen Wolken wurden rot und schwarz. »Du wolltest mich hierher locken«, fuhr ich fort, als ich den Fuß des Thrones erreicht hatte. »Du wolltest, dass ich im Austausch gegen Ethans Freiheit deine Königin werde. Also, hier bin ich. Jetzt lass meinen Bruder frei.«

Machina drehte sich um. Doch es war nicht das scharf geschnittene, intelligente Gesicht des Eisernen Königs, das da auf mich herunterblickte.

Es war mein eigenes.

Schlagartig wurde ich wach. Mein Herz hämmerte wie wild gegen meine Rippen, und mir lief der kalte Schweiß den Rücken hinunter. Das Feuer war ausgegangen, und in der leeren Eishöhle war es dunkel, obwohl der Himmel, den man durch die Löcher in der Decke sehen konnte, bereits hell war. Dort, wo der Schnee eingedrungen war, lagen große, funkelnde Haufen, und an der Decke bildeten sich bereits einige neue Eiszapfen wie nachwachsende Zähne. Ash war nirgendwo zu sehen.

Immer noch zitternd von meinem Albtraum rollte ich mich von dem erloschenen Lagerfeuer weg, stand auf und schüttelte mir die Schnee-klumpen aus den Haaren. Dann wickelte ich mich fest in meinen Mantel und machte mich auf die Suche nach Ash.

Ich musste nicht weit gehen. Er stand draußen auf der Lichtung, umgeben von wehenden Schneewirbeln. Das blaue Leuchten seines Schwerts hob sich deutlich von dem makellosen Weiß ab. An den Fuß-spuren im Schnee erkannte ich, dass er seine Schwertübungen gemacht hatte, aber jetzt stand er reglos mit dem Rücken zu mir und schaute hinüber zu der Schlucht, durch die wir gekommen waren. Ich zog meine Kapuze über und stapfte durch den Schnee, bis ich neben ihm stand. Er registrierte meine Anwesenheit mit einem schnellen Seitenblick, be-wegte ansonsten aber keinen Muskel und blieb unverändert stehen.

»Sie kommen«, murmelte er schließlich.

Einen Moment später tauchte eine Gruppe von Pferden auf, so als hätten sie sich aus dem fallenden Schnee heraus materialisiert. Sie waren makellos weiß und blauäugig und schwebten ein paar Zentimeter über dem Boden. Auf ihnen saßen Ritter des Winterhofes in eisblau-schwar-zen Rüstungen, durch ihre Helme in Form von knurrenden Wolfsköp-fen hindurch musterten sie uns kalt.

Ash machte einen Schritt nach vorn und schob sich mit einer subtilen Bewegung vor mich, als die Ritter herankamen und ihre Pferde kleine Geysire aus ihren Nüstern schnaubten. »Prinz Ash«, sagte einer der Rit-ter förmlich und verbeugte sich im Sattel. »Ihre Majestät die Königin hat von Eurer Rückkehr erfahren und schickt uns, um Euch und die Missgeburt als Eskorte zum Palast zu begleiten.«

Der Begriff *Missgeburt* brachte mein Blut in Wallung, aber Ash schien von der Ankunft der Ritter nicht sonderlich beeindruckt.

»Ich brauche keine Eskorte«, erwiderte er gelangweilt. »Kehrt in den Palast zurück und sagt Königin Mab, dass ich bald eintreffen werde. Ich bin sehr wohl dazu in der Lage, alleine mit der Missgeburt fertigzuwerden.«

Sein Ton war erschreckend. Jetzt war er wieder ganz Prinz Ash, drittältester Sohn der Herrscherin des Winterhofes, gefährlich, kalt und herzlos. Die Ritter schienen keineswegs überrascht, was mich umso mehr beunruhigte. Dieser kalte, feindselige Prinz war offenbar der Ash, den sie kannten.

»Bedauerlicherweise besteht die Königin darauf, Eure Hoheit«, erwiderte der erste Ritter völlig ungerührt. »Auf Befehl von Königin Mab werdet Ihr und die Missgeburt mit uns an den Winterhof kommen. Sie erwartet Eure Ankunft bereits voller Ungeduld.«

Ash seufzte.

»Na schön«, murmelte er und schwang sich ohne mich anzusehen auf ein freies Pferd. Bevor ich protestieren konnte, griff einer der Ritter bereits nach mir und hob mich vor sich in den Sattel. »Bringen wir es hinter uns.«

Ein paar Stunden lang ritten wir schweigend dahin. Die Ritter sprachen weder mit mir und Ash noch miteinander, und selbst die Hufe der Pferde machten beim Galopp über den Schnee keinerlei Geräusch. Ash schaute kein einziges Mal in meine Richtung. Sein Gesicht war während des ganzen Ritts eiskalt und ausdruckslos.

Ich blieb ganz meinen Gedanken überlassen, die immer düsterer und verstörender wurden, je weiter wir ritten. Ich vermisste mein Zuhause und hatte schreckliche Angst vor der Begegnung mit Königin Mab. Und Ash hatte sich in ein kaltes, fremdes Wesen verwandelt. Im Geiste sah ich noch einmal unseren letzten Kuss und klammerte mich daran wie an einen Rettungsring bei stürmischer See. Hatte ich mir seine Gefühle für mich nur eingebildet, seine Absichten missverstanden? Was, wenn alles, was er gesagt hatte, nur Taktik gewesen war, eine List, um mich nach Tir Na Nog und zu seiner Königin zu schaffen?

Nein, das konnte nicht sein. Die Gefühle, die ich in dieser Nacht in seinem Gesicht gesehen hatte, waren echt. Ich musste einfach glauben, dass ich ihm etwas bedeutete, musste an ihn glauben, sonst würde ich wahnsinnig werden.

Die Nacht brach an, und ein riesiger, gefrorener Mond stieg über den Wipfeln der Bäume auf, als wir einen großen See erreichten. Zerklüftete Eisschollen kratzten am Ufer aneinander, und über der Wasseroberfläche schwebten dichte Nebelschwaden. Ein langer Holzsteg ragte weit in das Wasser hinein und verlor sich irgendwo im Nebel.

Gerade als ich mich fragte, wie weit es wohl noch bis zum Winterhof war, lenkten die Ritter ihre Pferde in Richtung des wackeligen Stegs. Sie ritten hintereinander darauf entlang, sodass ich hören konnte, wie unter uns das dunkle Wasser des Sees gegen die Pfähle schlug. Angestrengt spähte ich durch den Nebel. Lag der Winterhof etwa auf einer Insel in der Mitte des Sees?

Dann löste sich der Nebel für einen Moment auf und gab den Blick frei auf das Ende des Stegs, hinter dem sich nichts befand als das dunkle, trübe Wasser des Sees. Die Pferde begannen zu traben, fielen dann in Galopp und schnaubten ungeduldig, als das Ende des Stegs mit beängstigender Geschwindigkeit auf uns zuraste.

Ich schloss verzweifelt die Augen, und die Pferde sprangen.

Wir schlugen mit einem lauten Platschen auf dem Wasser auf und versanken schnell in den eisigen Tiefen. Das Pferd versuchte nicht einmal, an die Oberfläche zu schwimmen, und der Griff des Ritters war so fest, dass ich mich nicht befreien konnte. Also hielt ich die Luft an und unterdrückte die aufsteigende Panik, während wir immer tiefer in dem kalten Wasser versanken.

Mit einem ebenso lauten Platschen und Spritzen durchbrachen wir plötzlich die Wasseroberfläche. Keuchend rieb ich mir die Augen und sah mich um. Ich war völlig verwirrt und desorientiert und konnte mich absolut nicht daran erinnern, dass das Pferd wieder nach oben geschwommen wäre. Wo waren wir überhaupt?

Als ich wieder klar sehen konnte, stockte mir der Atem, und ich vergaß alles andere.

Vor mir lag eine riesige, unterirdische Stadt, in der Millionen winziger Lichter gelb, blau und grün funkelten wie eine dichte Sternendecke. Von der Stelle aus, an der wir im dunklen Wasser trieben, konnte ich große Steingebäude erkennen, Straßen, die sich spiralförmig einen Hügel hinaufwanden, und natürlich das Eis, das alles bedeckte. Von der Höhlendecke, die darüber liegen musste, war nichts zu sehen, und die funkelnden Lichter ließen die Stadt überirdisch strahlen.

Auf dem Gipfel eines Hügels thronte ein riesiger Eispalast und warf seinen Schatten über die Stadt, stolz zeichnete sich seine Silhouette vor der Dunkelheit ab. Ich zitterte und hörte zum ersten Mal die Stimme des Ritters hinter mir: »Willkommen in Tir Na Nog.«

Ich schaute zu Ash hinüber und fing endlich einen Blick von ihm auf. Einen Moment lang wirkte der Dunkle Prinz zerrissen zwischen Pflicht und Gefühl, und er schien mich wortlos um Verzeihung zu bitten. Doch eine halbe Sekunde später wandte er sich ab und versteckte sein Gesicht wieder hinter einer unbeweglichen Maske.

Durch schneebedeckte Straßen ritten wir zum Palast, wobei uns die Angehörigen des Dunklen Hofes aus glühenden, unmenschlichen Augen beobachteten. Am Palasttor angekommen, hielten wir vor zwei monströsen Ogern, denen der Speichel von den Hauern tropfte. Sie musterten uns finster, ließen uns aber dann wortlos passieren.

Auch im Inneren des Palastes waren die Räume und Flure mit Reif und durchsichtigen Eiskristallen in verschiedenen Farben bedeckt; gut möglich, dass es hier drinnen kälter war als draußen. In den Fluren waren allerlei Dunkle Feen unterwegs: Kobolde, Hexen und Dunkerwichtel musterten mich mit einem hungrigen, bösen Grinsen. Doch da ich von einer Gruppe finster dreinschauender Ritter und einem tödlich ruhigen Winterprinzen eskortiert wurde, beließen sie es bei anzüglichen Blicken.

Die Ritter führten uns zu einer hohen Tür, deren Flügel mit Schnitzereien eisbedeckter Bäume verziert waren. Wenn man ganz genau hinsah, konnte man kleine Gesichter erkennen, die zwischen den Zweigen hervorspähten, aber sobald man blinzelte oder wegsah, waren sie verschwunden. Unter der Tür drang ein Strom kalter Luft hervor, kälter, als ich es für möglich gehalten hätte, selbst in diesem Eispalast. Er strich über meine Haut und fühlte sich an wie tausend Nadelstiche. Zitternd wich ich einen Schritt zurück.

Die Ritter hatten sich in Habachtstellung im Korridor postiert und starrten unbeweglich geradeaus, ohne uns weiter Beachtung zu schenken. Während ich mir die kalten Arme rieb, kam Ash zu mir. Er berührte mich zwar nicht, war mir aber dennoch so nah, dass mein Herz schneller schlug. Mit dem Rücken zu den Rittern legte er eine Hand an die Tür, zögerte dann aber, als müsste er erst Kraft sammeln.

»Das ist der Thronsaal«, murmelte er kaum hörbar. »Königin Mab ist hinter dieser Tür. Bist du bereit?«

Eigentlich nicht, aber ich nickte trotzdem. »Ziehen wir's durch«, flüsterte ich, und Ash öffnete die Tür.

Als wir durch die Tür traten, schlug mir die schneidend kalte Luft entgegen und raubte mir fast den Atem. In dem Saal dahinter herrschte eine eisige Kälte; die Decke wurde von Eissäulen gestützt, und der vereiste Boden war spiegelglatt. In der Mitte des Saals wartete – umgeben von blassen, hochnäsigen Wintersidhe und Schoßkobolden – die Königin des Dunklen Hofes auf uns.

Königin Mab saß auf einem Thron aus Eis: majestätisch, wunderschön und Furcht einflößend. Ihre Haut war weißer als Schnee, und ihr blauschwarzes Haar war mit Nadeln aus Eis in eleganten Locken auf ihrem Kopf festgesteckt worden. Sie trug einen weißen Pelzmantel und hielt einen Kristallkelch in der feingliedrigen Hand. Ihre Augen, die so schwarz und unergründlich schienen wie das Universum, hoben sich langsam und fixierten mich mit einem durchdringenden Blick. Über ihrer mit Pelz gefütterten Halskrause verzogen sich die blutroten Lippen zu einem trägen Lächeln.

»Meghan Chase«, schnurrte Königin Mab. »Willkommen am Winterhof. Mach es dir doch bitte bequem. Ich fürchte, du wirst für eine sehr lange Zeit bei uns bleiben.«

SOMMERNACHTSTRAUM

»Ich heiß' Puck und halte Wort«

Namen.

Was ist schon ein Name? Ich meine, abgesehen von ein paar Buchstaben oder Lauten, die zusammen ein Wort ergeben. Würde eine Rose genauso gut riechen, wenn sie irgendeinen anderen Namen hätte? Wäre die berühmteste Liebesgeschichte der Welt noch ebenso ergreifend, wenn es um *Romeo und Gertrude* ginge? Warum ist es so wichtig, wie wir uns nennen?

Hey, tut mir leid, normalerweise bin ich nicht so philosophisch. Aber in letzter Zeit habe ich einfach mal darüber nachgedacht. Für meinesgleichen sind Namen natürlich sehr wichtig. Ich zum Beispiel habe so viele, dass ich mich gar nicht mehr an alle erinnern kann. Natürlich ist keiner davon mein wahrer Name. Niemand hat jemals meinen echten Namen laut ausgesprochen, kein einziges Mal, trotz aller Titel, Spitznamen und Mythen, die ich im Laufe der Jahre angehäuft habe. Niemand war überhaupt je nah dran an der Lösung.

Neugierig, wie? Wollt ihr meinen wahren Namen wissen? Okay, hört zu, den habe ich noch nie jemandem verraten.

Mein wahrer Name ist …

Hahahaha! Habt ihr wirklich geglaubt, ich würde ihn euch sagen? Tatsächlich? Mann, ihr macht mich echt fertig. Aber wie ich bereits sagte, Namen sind wichtig für uns. Zunächst mal schaffen sie eine Verbindung zu dieser Welt, sie verankern uns bis zu einem gewissen Grad in der Realität. Wenn man seinen wahren Namen kennt – nicht jeder in unserer Welt findet ihn –, ist man »echter« als alle, die nicht wissen, wer sie sind. Und für eine Spezies, die die Tendenz hat, im Nichts zu verschwinden, sobald sie vergessen wird, ist das irgendwie schon von Bedeutung.

Mein Name, oder genauer einer meiner vielen Namen, ist Robin Goodfellow.

Vielleicht habt ihr schon von mir gehört.

Früher hatte ich einmal zwei enge Freunde. Schockierend, ich weiß, bei meinem umwerfenden Charme, aber es gibt immer welche, die einfach nicht zu würdigen wissen, wie brillant ich bin. Eigentlich hätten wir drei gar keine Freunde sein oder auch nur freundlich miteinander umgehen sollen.

Ich gehörte dem Lichten Hof an, und sie ... nicht. Aber ich habe das mit den Regeln noch nie so genau genommen, und wer hätte gedacht, dass Mabs Jüngster eine ähnlich rebellische Seite hat? Und Ariella ... Ich kannte Ash schon lange, bevor Ariella auf der Bildfläche erschien, aber ich hatte nichts dagegen, dass sie da war. Sie war der Puffer zwischen uns: Sie wirkte beruhigend auf Ash ein, wenn die skrupellose Natur der Dunklen in ihm die Oberhand gewann, oder sie mahnte zur Vorsicht, wenn ihr einer meiner Pläne ein wenig zu ... impulsiv erschien. Damals waren wir unzertrennlich.

Damals habe ich eine große Dummheit begangen. Und habe sie dadurch beide verloren.

Was uns zurückbringt ... in die Gegenwart. Ins Hier und Jetzt. Wo mein ehemaliger bester Freund und ich gerade mal wieder dabei waren, uns in ein neues Abenteuer zu stürzen. Wie in alten Zeiten.

Bis auf die Tatsache, dass er mir immer noch nicht verziehen hatte, was vor all diesen Jahren passiert war. Und eigentlich hatte er mich auch gar nicht eingeladen mitzukommen. Ich hatte mich irgendwie ... selbst eingeladen.

Aber wenn ich immer und überall auf eine Einladung warten würde, käme ich ja nie irgendwo hin.

»Also«, sagte ich fröhlich und schloss zu dem grübelnden Prinzen auf. »Grimalkin. Den suchen wir doch jetzt, richtig?«

»Ja.«

»Irgendeine Ahnung, wo er steckt?«

»Nein.«

»Irgendeine Ahnung, wo wir am besten anfangen zu suchen?«

»Nein.«

»Dir ist aber schon klar, dass das nicht gerade ein präziser Plan ist, oder, Eisbubi?«

Er drehte sich um und starrte mich finster an, was ich als einen kleinen Triumph wertete. Normalerweise ignorierte Ash meine Sticheleien. Jedes Mal, wenn es mir gelang, die eisige Gleichgültigkeit des Winterprinzen zu durchdringen, war das ein kleiner Sieg. Natürlich war dabei äußerste Vorsicht geboten. Es ist nur ein schmaler Grat zwischen Gereiztheit und spitzen Eiszapfen, die direkt auf dein Gesicht zufliegen.

Ash starrte mich noch einen Moment an, dann fuhr er sich seufzend mit der Hand durchs Haar – ein klares Zeichen dafür, dass er frustriert war. »Hast du vielleicht einen Vorschlag, Goodfellow?«, murmelte er – in einem Tonfall, als würde er die Frage nur widerwillig stellen. Und für den Bruchteil eines Augenblicks sah ich, wie verloren er eigentlich war, wie sehr ihn die Zukunft und das, was noch kommen würde, verunsicherten. Niemand sonst hätte das gesehen, aber ich kannte Ash. Ich registrierte jedes noch so kurze Aufblitzen von Emotion, ganz egal, wie gut er es verbarg. Er tat mir fast schon leid.

Aber nur fast.

Ich grinste entwaffnend. »Was? Du hast mich doch nicht etwa nach meiner Meinung gefragt, Eisbubi?«, spottete ich, und sofort verwandelte sich sein Zweifel in Ärger. »Nun ja«, fuhr ich fort und lehnte mich lässig gegen einen Baumstamm. »Da du schon fragst: Vielleicht sollten wir überprüfen, ob irgendjemand hier in der Gegend ihm noch eine Gefälligkeit schuldet.«

»Das würde die Suche natürlich unglaublich eingrenzen«, erwiderte Ash sarkastisch. Ich verdrehte die Augen, aber er hatte leider recht. Wenn wir jeden in Betracht ziehen wollten, der unserem vierbeinigen Freund möglicherweise einen Gefallen schuldete, würde eine ellenlange Liste dabei herauskommen.

»Tja, dann.« Ich verschränkte die Arme vor der Brust. »Wenn du eine bessere Idee hast, würde ich sie liebend gern hören, Prinz.«

Doch bevor er antworten konnte, flimmerte eine Welle magischen Scheins durch die Luft. Glitzer und bunte Lichtbänder wirbelten um uns herum, und ein Chor aus zarten Stimmchen ließ einen einzelnen Ton erklingen. Ich fuhr zusammen, da ich wusste, dass es nur eine einzige Person gab, die einen normalen Auftritt – wie etwa durch eine Tür zu kommen – für unter ihrer Würde hielt. Sie musste ihr Erscheinen durch Flitter, Gefunkel und den Chor der Peterskirche ankündigen.

»Meine Lieben!«

Manchmal macht es keinen Spaß, immer recht zu haben.

»Leanansidhe«, grummelte Ash, der ungefähr so begeistert klang, wie ich mich fühlte, als die Königin der Exilanten aus ihrer Glitzer-Licht-Show heraustrat und auf uns herablächelte. Sie sah aus, als ginge sie zu einer Party mit dem Motto »Das funkelndste Abendkleid« oder vielleicht auch »Der schnellste Weg, andere zu blenden«. Sie zögerte kurz, warf sich für ihr enttäuschend unbeeindrucktes Publikum in eine dramatische Pose und wedelte schließlich mit der Hand, um das Feuerwerk zu beenden.

»Lea«, rief ich und grinste sie frech an. »Was für ein Schock. Welchem Umstand verdanken wir das Vergnügen deiner Gesellschaft und das *hier*, außerhalb des Zwischenraums und so?«

»Mein lieber Puck.« Leanansidhe schenkte mir ein Lächeln, das ungefähr so einladend war wie das einer Viper gegenüber einer Maus. »Warum bin ich nicht überrascht, dich hier zu sehen? Da hatte es gerade erst den Anschein, als wäre ich dich losgeworden, und schon bist du wieder da, Liebes.«

»So bin ich eben.« Ich warf mich ebenfalls in Pose. »Wie Falschgeld, das taucht auch immer wieder auf. Aber du hast meine Frage nicht beantwortet. Was willst du, Lea?«

»Von dir? Gar nichts, Liebes.« Leanansidhe drehte sich zu Ash um, der sich augenblicklich versteifte. »Ash, Liebes«, schnurrte sie. »Du bist ein richtiges Stehaufmännchen, wie? Nachdem du deinen Ritterschwur geleistet hattest, war ich mir absolut sicher, dass ihr beide dasselbe Ende finden würdet wie Romeo und Julia, dein Mädchen und du. Aber du hast die große Schlacht tatsächlich überlebt. Bravo, Liebes, bravo.«

Ich schnaubte. »Und was ist mit mir? Bin ich gehackte Leber oder was?«

Leanansidhe warf mir einen gereizten Blick zu. »Nein, Liebes«, seufzte sie dann. »Aber der Winterprinz und ich haben noch etwas Geschäftliches zu erledigen, oder hat er dir das nicht gesagt?« Lächelnd wandte sie sich wieder Ash zu. »Er schuldet mir eine Gefälligkeit – eine ziemlich große Gefälligkeit sogar –, als Gegenleistung für meine Hilfe. Und nun bin ich gekommen, um diese einzufordern.«

Ein Handel mit der Königin der Exilanten? Einen Moment lang glaubte ich, mich verhört zu haben. »Eisbubi.« Fassungslos schüttelte ich den Kopf. »Echt jetzt? Du hast dich mit *der* auf einen Handel eingelassen? Bist du vollkommen irre? Gerade du solltest es doch eigentlich besser wissen.«

»Es war für Meghan«, verteidigte sich Ash mit leiser Stimme. »Ich brauchte ihre Hilfe.« Er bedachte Leanansidhe mit einem flehenden Blick. »Kann das nicht warten?«, fragte er dann ruhig, und die Frage überraschte mich wirklich. Ash ließ sich nur selten auf einen Handel ein, aber wenn er es tat, achtete er höchst penibel darauf, ihn auch einzuhalten. Ich vermute, es ist für ihn eine Frage der Ehre, seinen Teil der Abmachung klaglos und tadellos zu erfüllen, selbst wenn es ihm passieren sollte, dass er bei einem Handel mal den Kürzeren zog. Ich erlebte zum allerersten Mal, dass er um mehr Zeit bat – dass er überhaupt inständig um irgendetwas bat.

Doch von der Königin der Exilanten war kein Mitgefühl zu erwarten. Das hätte ich ihm vorher sagen können. »Nein, Liebes«, erwiderte Leanansidhe schnell. »Ich fürchte, das kann es nicht. Ich weiß, dass du zusammen mit Goodfellow losziehen willst, um Grimalkin zu suchen, und ich befürchte, dass das einige Zeit in Anspruch nehmen wird. Sehr viel Zeit. Zeit, die ich nicht habe. Ich fordere *jetzt* die Begleichung deiner Schuld, und du wirst mir *jetzt* behilflich sein. Und im Übrigen, mein Lieber.« Leanansidhe rümpfte die Nase und wedelte melodramatisch mit ihrer behandschuhten Hand herum. »Wenn du das erledigt hast, werde ich vielleicht in der Lage sein, euch zu helfen. Grimalkin zu finden, wenn er nicht gefunden werden will, ist eine nahezu unlösbare Aufgabe. Ich könnte euch zumindest die entsprechende Richtung weisen.«

Ash seufzte ungeduldig, aber ihm waren die Hände gebunden. Nicht einmal ich konnte mich aus einem bestehenden Vertrag herauswinden, obwohl ich mir – wenn ich mich schon auf einen Handel einlassen musste – natürlich immer *irgendein* Schlupfloch ließ. Sonst saß man ja von vornherein komplett in der Falle. Die Adligen bei Hofe liebten dieses Spiel, jeder versuchte nur zu gern, den anderen auszutricksen. Allerdings waren die meisten von ihnen inzwischen so schlau, mit mir keinen Handel mehr zu versuchen. Insbesondere nach dem Fiasko mit Titania und dem Eselskopf.

Manchmal hat es eben auch Vorteile, eine lebende Legende zu sein.

Ash kannte die Feenhöfe genauso gut wie ich; er war damit groß geworden, ständig auf der Hut sein zu müssen. Deshalb überraschte es mich, dass er sich eine Vereinbarung mit Leanansidhe erlaubt hatte. Er hätte wissen müssen, dass sich das verdammt rächen würde.

Ash warf mir einen stolzen, abweisenden Blick zu, so als könnte er Gedanken lesen und wollte nun meinen Kommentar herausfordern. Und da begriff ich, dass ihm all das bewusst war. Mr. Kalt, Finster und Grüblerisch mochte ja viele Fehler haben, aber er war nicht dämlich. Er wusste, dass Feen grundsätzlich jede Schuld eintrieben, er kannte das Risiko, wenn man mit einer gefährlichen Feenkönigin im Exil verhandelte. Doch er hatte es trotzdem getan, für sie. Für das Mädchen, nach dem wir beide verrückt waren und das jetzt weit, weit weg war, unerreichbar für uns.

Meghan.

»Na schön.« Ash sah der Königin der Exilanten direkt ins Gesicht. »Bringen wir es hinter uns. Was benötigst du, Leanansidhe?«

Leanansidhe warf sich in die Brust. »Nur eine kleine Bitte, Liebes«, versicherte sie lächelnd. »Eine winzige Gefälligkeit, kaum der Rede wert. Das wirst du in Nullkommanichts erledigt haben.«

Was übersetzt so viel hieß wie: Es wird eine »unvorstellbar gigantische und gefährliche Tortur«. Ich runzelte warnend die Stirn, aber Leanansidhe fuhr fort, ohne auch nur in meine Richtung zu sehen: »Bedauerlicherweise habe ich etwas verloren.« Sie seufzte schwer. »Etwas, das mir sehr am Herzen liegt. Etwas, das unersetzbar ist. Ich möchte, dass du es mir zurückbringst.«

»Verloren?«, fiel ich ihr ins Wort. »Was heißt ›verloren‹? Verloren wie ›es ist mir in den Abfluss gefallen‹ oder verloren wie ›es ist aus der Tür gerannt und im Wald verschwunden‹?«

Leanansidhe zog einen Schmollmund und warf mir einen irritierten Blick zu. »Mein lieber Puck, ich möchte ja nicht unhöflich sein, aber warum bist du überhaupt noch hier? Ich habe eine Vereinbarung mit dem Winterprinzen, an der du nicht im Geringsten beteiligt bist. Solltest du dich nicht auf den Weg machen und Oberon oder seiner Basiliskenfrau auf die Nerven gehen?«

»Autsch.« Ich zog eine spöttische Grimasse. »Es ist doch immer schön, sich so willkommen zu fühlen.« Die Königin der Exilanten kniff die Augen zusammen, sodass sie ein kleines bisschen gefährlicher aussah, was ich mit einem Grinsen erwiderte. »Tut mir leid, wenn ich deine Seifenblase platzen lasse, Lea, aber ich war zuerst hier. Wenn Eisbubi will, dass ich verschwinde, muss er mir das sagen. Ansonsten werde ich nirgendwo hingehen.«

Das würde ich so oder so nicht, und beide wussten das, aber Leanansidhe sah trotzdem zu Ash. Als er stumm blieb, schnaubte sie. »Ihr seid beide absolut unmöglich«, stellte sie fest und riss frustriert die Arme hoch. »Also schön. Bleib hier oder geh, Liebes, für mich macht es keinen Unterschied. Eigentlich …« Sie unterbrach sich mitten in einer dramatischen Geste und musterte mich mit einem leisen Lächeln, das mich ziemlich nervös machte. »Wenn ich es mir recht überlege, ist das vielleicht sogar noch besser. Ja, natürlich, das wird wunderbar funktionieren.«

Ash und ich wechselten einen Blick. »Warum habe ich das Gefühl, dass mir nicht gefallen wird, was jetzt kommt?«, murmelte ich. Er schüttelte nur den Kopf, und ich seufzte. »Okay, genug um den heißen Brei herumgeredet. Kommen wir zur Zehn-Millionen-Dollar-Frage: Was genau hast du verloren, Lea?«

»Eine Violine«, rief Leanansidhe, als würde das auf der Hand liegen. »Es ist höchst ärgerlich, und ich bin seitdem völlig am Boden zerstört.« Schniefend fasste sie sich ans Herz. »Meine geliebte Violine wurde mir einfach so gestohlen.«

»Eine Violine?«, wiederholte ich mit einer ungläubigen Grimasse. »Echt jetzt? Deswegen forderst du eine Gefälligkeit ein? Willst du nicht lieber warten, bis du eine ganze Orgel verloren hast oder so?«

Ash musterte sie ernst. »Du willst, dass wir den Dieb finden«, meinte er, was nicht ganz wirklich eine Frage sein sollte.

»Nun ja, eigentlich nicht, Liebes.« Leanansidhe kratzte sich an der Wange. »Ich weiß ziemlich genau, wer der Dieb ist und wohin meine geliebte Violine gebracht wurde. Ich möchte einfach nur, dass ihr dorthin geht und sie mir zurückbringt.«

»Wenn du weißt, wer der Dieb ist und wo sie deine Violine hingebracht haben, wozu brauchst du dann uns?«

Leanansidhe schenkte mir ein strahlendes Lächeln. Ein ziemlich teuflisches Lächeln, wie ich fand. »Weil, mein lieber Puck«, schnurrte sie, »meine kostbare Violine von Titania gestohlen wurde, deiner Sommerkönigin. Ich brauche den Winterprinzen und dich dafür, sie dem Lichten Hof zu stehlen und mir wiederzubringen.«

Na großartig.

»Tja«, sagte ich fröhlich. »Ist das alles? Wir sollen einfach nur die Königin des Lichten Hofes bestehlen? Und ich dachte schon, wir hätten vielleicht eine selbstmörderische Mission vor uns, was, Eisbubi?«

Ash ignorierte mich einfach, typisch für ihn. »*Königin Titania* hat deine Violine?«, fragte er fassungslos. »Bist du sicher, dass sie es war?«

»Ziemlich sicher, Liebes.« Leanansidhe zog voller Empörung an einer Zigarettenspitze, die sie aus dem Nichts hervorgezaubert hatte. »Genauer gesagt ist das geschehen, kurz nachdem ihr ins Nimmernie zurückgekehrt seid. Dieser eifersüchtige Drache hat selbst dafür gesorgt, dass ich weiß, wer dafür verantwortlich ist. Sie glaubt immer noch, dass ich vor vielen Jahren ihren dämlichen goldenen Spiegel gestohlen hätte, und hat mir das nie verziehen.« Leanansidhe unterbrach sich und sah mich durchdringend an. »Ich habe keine Ahnung, wie sie auf diese Idee gekommen ist. Du vielleicht, Liebes?«

Voller Unschuld blinzelte ich zurück. »Was schaust du *mich* dabei an, Lea?«, fragte ich und flatterte mit den Lidern. »Ist dies das Gesicht eines heimtückischen Schurken?« Leanansidhe seufzte.

»Wie dem auch sei«, fuhr sie schließlich fort und wandte sich dabei wieder an Ash, »so ist die momentane Lage. Und da ich nicht länger bei Hofe erscheinen kann, brauche ich jemanden, der es kann. An dieser Stelle kommt ihr beide ins Spiel.«

»Ich kann nicht einfach nach Arkadia spazieren«, wandte Ash ein.

»Das wäre unerlaubtes Eindringen, und laut Gesetz könnte der Sommerkönig mich hinrichten, wenn wir entdeckt werden. Das weißt du doch.«

»Ich weiß, Liebes«, beschwichtigte Lea ihn schnell. »Aber ich gehe davon aus, dass du dir diesbezüglich irgendetwas einfallen lassen wirst. Zumal, wenn du Meister Goodfellow an deiner Seite hast.« Lächelnd blies sie mir einen Rauchhasen ins Gesicht. »Es sei denn, natürlich, er ist einer solchen Herausforderung nicht gewachsen. Es sei denn, er hat *Angst* vor seiner schrecklichen Sommerkönigin.«

»Oh, bitte. Glaub bloß nicht, ich wüsste nicht, was du hier gerade abziehst«, schoss ich zurück und zog demonstrativ eine Augenbraue hoch. »Ich bin doch nicht so blöd und falle auf so eine Nummer rein, Lea. Was meinst du denn, mit wem du hier gerade redest?«

»Ich hätte gedacht, so etwas wäre genau dein Ding, Liebes«, erwiderte die Königin der Exilanten. »Den Winterprinzen direkt unter Titanias Nase in Arkadia einzuschmuggeln? Etwas aus dem Schlafzimmer der Zickenkönigin zu stehlen, nur um es dann ihrer Rivalin auszuhändigen? Das ist doch eindeutig die Handschrift eines Robin Goodfellow.«

Ja, das war es wirklich, nicht wahr? Das klang ganz nach einem meiner üblichen Streiche, und ehrlich gesagt: Unter anderen Umständen wäre ich ganz heiß darauf gewesen. Titania war nicht gerade begeistert von mir, und dieses Gefühl beruhte absolut auf Gegenseitigkeit. Wann immer sich eine Gelegenheit bot, die Sommerkönigin zu ärgern, zu reizen oder völlig zur Weißglut zu treiben, packte ich sie beim Schopfe. Ich tat das nicht etwa, weil ich sie *hasste* – immerhin war sie ja meine Königin –, aber sie sollte sich wirklich mal ein sonnigeres Gemüt zulegen. Außerdem hatte ich inzwischen erfahren, was sie Meghan bei ihrer ersten Begegnung angetan hatte, und dafür verdiente sie einen kleinen Racheakt. *Niemand* verwandelt meine Sommerprinzessin in einen Hirsch und kommt damit durch, nicht einmal die Königin des Lichten Hofes. Selbst wenn Meghan niemals erfahren sollte, dass ich sie verteidigt hatte.

Doch in der momentanen Lage konnte ich Ashs Ungeduld nur zu gut verstehen. Sein Schwur gegenüber Meghan, sein Versprechen, zu ihr zurückzukehren, hatte zwar kein Verfallsdatum, aber ich ging davon aus, dass es ein langes, beschwerliches Abenteuer werden würde – auch ohne nervige Missionen, die uns vom Weg abbrachten. Wir mussten ein gewisses, unausstehliches Pelzknäuel finden und hatten eigentlich keine Zeit, der Lichten Königin irgendwelche Streiche zu spielen, ganz egal, wie unterhaltsam das klang.

Aber Lea ließ uns keine andere Wahl.

»Also, wenn ihr beide euch gleich an die Arbeit machen könntet«, sagte sie und wies lächelnd mit ihrer Zigarettenspitze auf uns, »wäre ich euch schrecklich dankbar. Wenn ihr die Violine habt, treffen wir uns einfach wieder hier, ihr Lieben. Ich werde eure Fortschritte von meinen Spionen überwachen lassen. Aber nun müsst ihr mich entschuldigen. Unglücklicherweise habe ich Rasierklingen-Dan für die Dauer meiner Abwesenheit die Verantwortung für die Sicherheit übertragen, und ich muss schnellstmöglich zurück, bevor er oder einer seiner Grobiane noch jemanden fressen. Viel Glück, ihr Lieben! Lasst euch nicht in einen Rosenbusch verwandeln!«

Ein weiterer Wirbel aus Glitzer und Licht, und die Königin der Exilanten war verschwunden.

Ash seufzte schwer. »Sag nichts, Goodfellow.«

»Was denn? Ich?« Ich bedachte ihn mit einem breiten Grinsen. »Etwas sagen? Ich bin nicht der Typ, der darauf herumreiten würde, dass an dieser absurden Situation ausnahmsweise mal nicht *ich* schuld bin. Natürlich bin *ich* so schlau, keine Vereinbarungen mit durchgeknallten, vom Göttinnenkomplex geplagten Exilköniginnen zu treffen. Und wenn ich es täte, würde ich fest damit rechnen, dass sie ihre Gefälligkeit zum denkbar ungünstigsten Zeitpunkt einfordert. Aber ich bin ja definitiv niemand, der darauf herumreitet. Das wäre nun wirklich nicht richtig.«

Ash massierte sich die Nasenwurzel. »Langsam bereue ich es, dich mitgenommen zu haben.«

»Das kränkt mich zutiefst, Prinz.« Ich verschränkte die Hände hinter dem Kopf; langsam fing das Ganze an, mir Spaß zu machen. »Insbesondere, da du meine Hilfe brauchen wirst, um in das Sommerreich zu gelangen. Glaub bloß nicht, es würde Oberon und Titania verborgen bleiben, wenn plötzlich ein Winterprinz ins Herz ihres Reiches spaziert. Du würdest auffallen wie ein Oger im Porzellanladen.«

Ash setzte eine finstere Miene auf – ob der schier unlösbaren Aufgabe wegen oder weil ich ihn gerade mit einem Oger verglichen hatte, wusste ich nicht. »Ich nehme mal an, du hast einen Plan?«, murmelte er und verschränkte die Arme vor der Brust.

Ich quittierte das mit einem bösartigen Grinsen und wurde dafür mit einem Blick belohnt, in dem eine gewisse Beklommenheit aufblitzte. »Oh, bitte. Hast du vergessen, mit wem du sprichst, Eisbubi? Überlass das alles getrost meiner Wenigkeit.«

»Denn Oberon spuckt Gift und Galle«

Als wir die Grenze zwischen der Welt der Sterblichen und dem Wilden Wald erreichten, dämmerte es bereits. Andererseits herrschte unter dem dichten Laubdach des Wilden Waldes immer Dämmerung. Kein Sonnenstrahl schaffte es, sich einen Weg durch das massive Dickicht der über hundert Meter hohen Bäume zu bahnen. Im Gegensatz zur strahlenden Helligkeit des Sommers und der kalten Schärfe des Winters war der Wilde Wald stets düster, undurchdringlich und voller Gefahren. Er war in einem ständigen Wandel begriffen, sodass man nie wusste, worauf man als Nächstes stoßen würde.

Ich liebte das. Auch wenn ich eine Sommerfee war, fühlte ich mich hier heimischer als irgendwo sonst.

»Da wären wir«, verkündete ich, als wir unter zwei Zypressen hindurchgingen, die so miteinander verwachsen waren, dass ihre Stämme einen Torbogen bildeten. Das trübe Zwielicht des Wilden Waldes hüllte uns ein, obwohl zwischen den Blättern ein paar einsame Irrwische herumtrudelten, die wohl auf der Suche nach verirrten Reisenden waren. Zwischen den Bäumen krochen dicke, schwarze Ranken über den Boden und erstickten jede andere Vegetation auf ihrem Weg. »Es ist nicht mehr weit bis nach Arkadia. Ich hätte ja den Steig benutzt, der durch die Quarzhöhlen führt, aber ich fürchte, nach meinem letzten Besuch hat sich da ein Lindwurm einquartiert.«

Ash sah sich um, wie immer wachsam, und hob dann eine Augenbraue. »Dir ist schon klar, dass du uns mitten in das Gebiet der Stachelwölfe geführt hast, oder?«

Ich zuckte innerlich zusammen. Ich hatte gehofft, dass ihm diese unbedeutende Kleinigkeit entgehen würde. »Tja, dann müssen wir uns eben schön leise hier durchschleichen.«

»Stachelwölfe haben keine Ohren«, fuhr Ash unbeeindruckt fort. »Sie orientieren sich bei der Jagd an den Vibrationen am Boden. Und in der Luft. Wahrscheinlich registrieren sie uns genau in diesem Moment.«

»Willst du jetzt zum Sommerhof oder nicht, kleiner Prinz?«, fragte ich herausfordernd und verschränkte die Arme vor der Brust. »Das hier ist nun mal der schnellste Weg.«

Ein Rascheln in den Dornbüschen unterbrach uns, und wir erhaschten einen Blick auf ein unheilvoll funkelndes, grünes Auge und irgendetwas Großes, Stacheliges, das wieder in den Schatten verschwand.

»Und schon zieht er los, um den Rest des Rudels zu alarmieren.« Ash starrte mich böse an. »Warum passiert so etwas eigentlich immer mir?«

»Ich schätze mal, das ist reine Glückssache«, erwiderte ich fröhlich, während wir die Beine in die Hand nahmen, bevor der Rest des Rudels hier eintraf.

Es lief nicht ganz so glatt, wie ich es geplant hatte. Stachelwölfe jagen, indem sie ihrer Beute hinterhältig auflauern. Es waren zwar längst nicht die fiesesten Monster, denen wir je begegnet sind, aber trickreiche kleine Scheißer. Sie hatten die schlechte Angewohnheit, wie ein völlig harmloser Dornbusch auszusehen, und wenn man dann direkt vor ihnen war, *kawumm,* sprang einem plötzlich dieser große, wolfsförmige Busch ins Gesicht. Durch Wendigkeit, Ausweichmanöver und gezielte Schläge schafften wir es, am ersten Dutzend vorbeizukommen und so den stacheligen Büschen des Todes zu entrinnen, die ohne Vorwarnung auf uns zusprangen oder aus den Dornen hervorschossen. Dummerweise besaßen die Stachelwölfe die Dreistigkeit, aus ihren Fehlern zu lernen, und so änderten sie irgendwann ihre Strategie und fingen an, uns in Gruppen zu jagen.

Wir hatten gerade eine Lichtung erreicht, als eine der stachelbewehrten Kreaturen in die Sträucher vor uns glitt. Während wir uns vorsichtig und sprungbereit anschlichen, erwachten vier andere Büsche um uns herum zum Leben und griffen ihrerseits an. Ash und ich wirbelten herum und bewegten uns instinktiv Rücken an Rücken, während die Stacheltiere von allen Seiten heranstürmten. Ashs Schwert blitzte auf und erwischte einen von ihnen mitten im Sprung. Ich riss inzwischen meinen Dolch hoch, traf einen Stachelwolf direkt unter dem Kinn und schleuderte ihn auf seinen nächsten Freund. Als der letzte Wolf durch Ashs Klinge ein schnelles Ende gefunden hatte, entrollten sich ohne jede Vorwarnung *zwei weitere* Büsche. Sie hechteten auf uns zu und erwischten uns diesmal eiskalt. Der stachelige Körper eines riesigen Wolfs prallte gegen mich und warf mich zu Boden, während der zweite Wolf auf dem Schwertarm des Prinzen herumkaute.

Eine plötzliche Kälte in meinem Rücken ließ mich zusammenzucken. Dem Eisbubi war endgültig der Geduldsfaden gerissen. Aus dem Augenwinkel sah ich, wie der Prinz einen Schritt vortrat und seinen Arm in das aufgerissene Maul des Wolfs schob. Wieder ein Kälteschub. Der Stachelwolf erstarrte, Eiszapfen schossen aus seinem Maul und durchbohrten seinen Kiefer wie gigantische Nadeln. Ash packte mit der freien Hand die Schnauze des Wolfs und drückte sie mit einem lauten Knacken nach unten, sodass der Kieferknochen brach wie ein erfrorener Zweig. Der Wolf jaulte auf, rollte sich zusammen und blieb regungslos liegen.

Mit einem finsteren Blick musterte ich das Biest über mir und mühte mich, seine scharfen Zähne von meinem Gesicht fernzuhalten. »Igitt, du brauchst wirklich ein Pfefferminz, mein Freund«, belehrte ich ihn und ließ den Schein in das dornige Monster strömen. »Dann wollen wir doch mal sehen, was wir gegen deinen Mundgeruch tun können.«

Ranken schossen aus dem mit Stacheln besetzten Kopf des Wolfs hervor und schlängelten sich über sein Gesicht. Sie wickelten sich wie ein Maulkorb um seine Schnauze und blockierten so seine Kiefer. Der Wolf riss erschrocken die Augen auf. Mit einem erbärmlichen Winseln sprang er davon und verschwand zwischen den Bäumen, wobei er sich immer wieder verzweifelt mit den Pfoten über das Maul fuhr.

Ich klopfte mir den Staub von der Kleidung und stand auf. »Na, das war doch … interessant«, hob ich an und ignorierte ganz bewusst Ashs finsteren Blick. Einer seiner Ärmel war zerfetzt, vom Unterarm bis zum Ellbogen war er blutbeschmiert. »Ich kann mich nicht erinnern, dass Stachelwölfe sich früher schon einmal so verhalten hätten.«

»Wenn ich dich nicht brauchen würde, um in das Sommerreich zu kommen ...«

»Oh, aber das tust du nun einmal«, rief ich ihm grinsend ins Gedächtnis. »Das sollten wir lieber nicht vergessen, nicht wahr, Eisbubi?« Seine Miene wurde noch finsterer, und er wandte sich ab.

»Komm schon«, sagte Ash schließlich mit einer Stimme, die noch kälter war als sonst. »Wir haben jetzt keine Zeit für deinen Blödsinn.«

»Das mag ich so an euch Winterfeen ... Ihr seid so unglaublich geistreich, solch clevere Wortakrobaten, solch kluge und ausgelassene ...«

Ich duckte mich, als ein Tannenzapfen an meinem Kopf vorbeisegelte, der mit genug Wucht geworfen worden war, um mehr als nur meine Frisur zu beschädigen. Trotzdem musste ich kichern. »Immer gut zu wissen, dass du Anteil nimmst, Eisbubi.« Mit einem kurzen Lachen rannte ich los und hoffte, außer Reichweite zu sein, für den Fall, dass kältere – und schärfere – Geschosse in meine Richtung fliegen sollten.

Nach dem Fiasko mit den Wölfen trennten Ash und ich uns vorübergehend. Der eisige Prinz verschwand zwischen den Bäumen, um seine Wunden am Arm zu säubern und zu verbinden, während ich uns ein Lager einrichtete. Das war unaufschiebbar, denn es war nie eine gute Idee, blutend durch den Wilden Wald zu laufen. Dadurch konnte man alles Mögliche – und damit meine ich wirklich *alles* – anlocken, was sich so in der Gegend rumtrieb. Außerdem brach die Nacht herein, und wir hätten riskiert, auf unserem Weg in den Fennmarschen zu landen. Nachts zogen Bargeste und Sumpfgeister auf der Suche nach Opfern durch dieses Moor, und auch wenn es eine schöne Herausforderung gewesen wäre, die Sümpfe zu durchqueren, ohne gefressen oder ersäuft zu werden, waren wir doch auf einer Mission.

Also suchte ich uns eine kleine Höhle, in der ringsum leuchtende blaue und orangefarbene Pilze wuchsen und deren Boden mit Moos bedeckt war. Ich machte ein wenig sauber und kümmerte mich um ein Feuer. Dann spießte ich ein paar Pilze, die ich unterwegs gefunden hatte, auf einen Stock, hielt diesen über die Flammen und lehnte mich zufrieden zurück. Ash war noch nicht wieder da, aber so wie ich ihn kannte, war der Eisbubi wahrscheinlich jagen gegangen, sobald er mit seinem Arm fertig war. Um ihn machte ich mir keine Sorgen; er würde den Ort hier auf jeden Fall finden, wenn er so weit war.

Schnaubend verdrehte ich die Augen. Es sei denn, dieser blöde Sturkopf hatte mal wieder beschlossen, alleine loszuziehen. Hoffentlich erinnerte er sich noch daran, wie dieser Versuch beim letzten Mal ausgegangen war.

Ein ungutes Gefühl machte sich in meinem Magen breit. Eigentlich hatte ich nicht an diese Nacht denken wollen, aber nun war es unmöglich, die Gedanken zurückzudrängen. Ich starrte in die Flammen, bis mein Blick glasig wurde, und schon kamen die Erinnerungen angekrochen.

Es war ein Abend wie dieser gewesen, an einem Ort voll leuchtender Blumen, nur dass es im Territorium des Winters gewesen war, nicht im Wilden Wald. Sie haben mich nicht gesehen, haben nicht gewusst, dass ich wach war, aber ich habe Ash und Meghan in jener Nacht beobachtet.

Und ich habe gehört, wie Ash ihr sagte, er würde allein losziehen, um das Jahreszeitenzepter zurückzubringen. Ich habe gehört, wie er ihr sagte, sie solle nach Hause gehen, zurück in die Welt der Sterblichen, und ihn vergessen. Ich habe ihre Gesichter gesehen: Meghans tränenüberströmt, aber um Tapferkeit bemüht; Ashs voll sorgsam unterdrückter Qual. Ich habe nichts gesagt, nichts getan, als er ihr das Herz brach, als er sich abwandte und aus ihrem Leben verschwand.

Und … ich war froh gewesen.

Angewidert von mir selbst rieb ich mir das Gesicht. Ich hatte mich darüber *gefreut*, dass Ash meiner Prinzessin das Herz aus der Brust gerissen hatte, weil er damit aus dem Weg war und ich nun endlich die Chance hatte, ihre Aufmerksamkeit auf mich zu lenken. Ich war zu geduldig gewesen, hatte mir zu lange Zeit gelassen und auf den Tag gewartet, an dem die Prinzessin die Augen aufmachen und in ihrem treuen Puck mehr sehen würde als nur den guten Kumpel. Den Tag, an dem ich endlich mehr sein würde als ihr Wächter, ihr Recke und der Clown, der sie immer zum Lachen brachte. Ich würde endlich ihr Ein und Alles sein, soweit ich dies vermochte.

Seufzend holte ich die Pilze aus dem Feuer und biss aggressiv hinein. Nach Ashs Verschwinden hatte ich versucht, das gebrochene Herz meiner Prinzessin zu kitten, das der gefühlskalte Eisprinz so kunstfertig zerschmettert hatte. Und einen wundervollen Moment lang hatte ich geglaubt, eine Chance zu haben. Die Erinnerung an Meghans Kuss war in mein Gehirn eingebrannt, ich würde diesen Tag nie vergessen, einen der glücklichsten Momente meines Lebens.

Doch gegen alle Widerstände hatten Meghan und Ash wieder zueinandergefunden, hatten sich gemeinsam gegen beide Feenhöfe gestellt, und ich war dabei auf der Strecke geblieben. Am Ende hatte ich sie verloren.

Warum zum Teufel bin ich dann überhaupt noch hier?

»Goodfellow.«

Ruckartig setzte ich mich auf. Das war nicht Ashs Stimme, sie war viel zu tief und kraftvoll, um dem eisigen Frostprinzen zu gehören. Ich erkannte sie sofort – es war eine Stimme, die ganze Wälder und Gehölze befehligen konnte, eine Stimme, der ich schon gehorcht hatte, lange bevor ich dem launischen Prinzen des Winters begegnet war.

Über das Feuer hinweg starrte mich Oberon an. Er verharrte in den Schatten, doch seine Augen leuchteten wie glühender Bernstein, und der Ausdruck auf seinem schmalen Gesicht ließ selbst die Erde vor Angst beben.

»Hallo, Robin«, murmelte Oberon ernst. »Ich fürchte, wir müssen uns unterhalten.«

Ach du Scheiße.

Wachsam erhob ich mich, setzte ein sorgloses Grinsen auf und verschränkte die Hände hinter dem Kopf. Jeder andere hätte sich verbeugt, einen Kniefall gemacht oder geknickst, das Mindeste wäre wohl ein respektvolles Nicken gewesen, aber ich kannte den Lichten König schon so lange, dass solche Förmlichkeiten zwischen uns vollkommen zwecklos gewesen wären. Wenn ich irgendeine Art von Respektbezeugung darbot, würde Oberon sofort *wissen*, dass etwas im Busch war. Denn so gut, wie ich ihn kannte, so gut kannte der Sommerkönig *mich*.

»Also, Oberon.« Immer noch grinsend nickte ich ihm zu. »Was macht Ihr hier?« Aufmerksam musterte ich seine Rüstung und den mächtigen Bogen, den er sich über den Rücken geschlungen hatte. »Ein kleiner

Jagdausflug? Ganz allein? Und Ihr habt mich nicht dazu eingeladen? Das trifft mich zutiefst.«

»Lass den Unsinn, Robin.« Der Lichte König hob die Hand, und in der Ferne grollte Donner. Das Lagerfeuer zwischen uns flackerte auf, als wollte es aus seiner Grube hüpfen, und die Pflanzen um uns herum drehten völlig durch, ringelten sich, wanden sich und tanzten, als wären sie überwältigt, ihn zu sehen. Solch eine gewaltige Macht hatte der Sommerkönig. »Ich denke, wir wissen beide, warum ich hier bin. Wo ist der Dunkle Prinz?«

»Prinz?« Angestrengt runzelte ich die Stirn, während mein Herz unter meinem Hemd wild raste. Wie hatte Oberon so schnell von Ash erfahren? Wir befanden uns noch nicht einmal innerhalb der Grenzen von Arkadia. »Warum glaubt Ihr, ich wüsste etwas über den Prinzen der Dunklen?«, fragte ich und setzte dabei meine glaubwürdigste Unschuldsmiene auf. »Wir sind schließlich offiziell verfeindet. Falls Ihr es noch nicht wusstet: Er hat diesen klitzekleinen Eid geschworen, mich eines Tages umzubringen.«

Nichts davon war eine Lüge. Wenn man erst mal so lange gelebt hat wie ich, wird man ein Experte darin, um die Wahrheit »herumzutänzeln«, wie manch einer es ausdrückt. Dummerweise war Oberon auch kein junger Hüpfer mehr.

»Robin.« Er warf mir einen betont geduldigen Blick zu. »Ich weiß Bescheid. Ich kenne euren Plan. Glaubst du etwa, ich wäre derart unwissend im Hinblick auf die Vorgänge an meinem eigenen Hof? Titania ist völlig vernarrt in ihr neues Spielzeug. Ich weiß, dass sie es Leanansidhe gestohlen hat – sie macht absolut kein Geheimnis daraus. Ich hatte mich bereits gefragt, wie Leanansidhe wohl darauf reagieren würde. Dann erhielt ich Kunde davon, dass du gemeinsam mit dem Winterprinzen den Wilden Wald betreten hast und dass ihr in Richtung des Sommerreiches zieht. Halte mich nicht für einen Narren, Goodfellow. Ich weiß, dass du vorhast, Leanansidhe ihr Spielzeug zurückzubringen. Aber wie auch immer«, setzte er fort, bevor ich einen neuen Plan parat hatte, um mich aus dieser Sache rauszuwinden, ohne für wer weiß wie lange in einen Vogel oder eine Ratte verwandelt zu werden. »Entspann dich, Robin. Ich bin nicht hier, um euch aufzuhalten.«

Ich entspannte mich keineswegs. Eher im Gegenteil. Ich verschränkte die Arme vor der Brust und zog fragend eine Augenbraue hoch. »Ach?«

»Meine liebe Gemahlin war davon in letzter Zeit gedanklich völlig absorbiert«, fuhr der Herrscher der Lichten Feen fort. »Sie vergöttert ihr neues Spielzeug und schenkt weder ihrem Hofstaat noch ihren Untertanen oder ihrem König die gebührende Aufmerksamkeit. Das missfällt mir.«

Aha! Das also steckte dahinter. Oberon war schon immer eifersüchtig gewesen. Alles, was Titanias Aufmerksamkeit von seiner Person ablenkte, sorgte für hitzige Debatten zwischen den beiden Feenherrschern. Beim letzten Mal hatte Titania sich geweigert, einen kleinen indischen Wechselbalg aufzugeben, woraufhin Oberon mir befohlen hatte, ihr einen Liebestrank in die Augen zu träufeln, damit sie das Kind vergaß.

Wir wissen ja alle, wie *das* ausgegangen ist.

Da ich wusste, in welche Richtung wir uns bewegten, seufzte ich schwer. »Lasst mich raten«, sagte ich dann. »Ihr werdet Euch in den nächsten Tagen ›rein zufällig‹ nicht bei Hofe aufhalten. Währenddessen wird Titanias aktuelles Spielzeug unter mysteriösen Umständen verschwinden, und Ihr werdet natürlich keinen blassen Schimmer haben, wo es geblieben sein könnte.«

»Ich werde mit meinen Rittern und meiner Meute zur Jagd gehen«, erwiderte der Erlkönig würdevoll. »Was Titania während meiner Abwesenheit tut, ist für mich ohne Belang. Jedoch …« Er trat näher heran und füllte mit seiner Präsenz die gesamte Höhle aus. Sein langer Schatten ragte über mir auf, als er mir in die Augen sah. »Eine Sache solltest du bedenken, Robin. Und dich an sie erinnern, wenn du mit deinem Plan nach Arkadia ziehst, wie auch immer dieser aussehen möge.«

Oberon beugte sich vor und flüsterte mit leiser, finsterer Stimme über die Flammen hinweg: »Wenn nun dein Gefährte plötzlich … verschwunden wäre«, hauchte er, und im selben Moment schloss sich eine kalte Faust um meinen Magen. »Wenn der Winterprinz nicht länger hier wäre, was meinst du, wie lange es dauern würde, bis Meghan Chase sich dir zuwendet?«

Ich atmete stoßweise. Völlig überrumpelt starrte ich zu Oberon hoch. Er erwiderte meinen Blick gelassen und so ungerührt wie eine Eiche. »Was ... Was wollt Ihr ...?« Ich konnte den Gedanken nicht einmal zu Ende bringen. »Warum glaubt Ihr ...?«

»Ich weiß, dass du sie liebst«, fuhr Oberon unbeirrt fort.

»Meine Tochter. Ich weiß, welche Gefühle du für sie hegst, Robin. Und ich bin gekommen, um dir zu sagen, dass ich es gutheiße. Lieber würde ich euch beide vereint sehen, als sie und den Sohn meiner Erzfeindin.«

»Sonst noch Wünsche?« Meine Stimme klang rau und kratzig, und schnell wandte ich mich ab. Mein ganzes Täuschungsmanöver im Hinblick auf Ashs Verbleib hatte sich in Luft aufgelöst, zusammen mit einem Großteil meiner Selbstbeherrschung. Oberons Blick folgte mir, als ich ein paar Schritte ging, mich im Geäst einer kleinen Pinie festhielt und in den Abend hinausstarrte. Das Feuer hinter mir prasselte und zischte, doch Oberons Blick brannte heißer zwischen meinen Schulterblättern als jede Flamme.

»Was verlangt Ihr von mir?«, murmelte ich, ohne den Blick von dem dämmrigen Wald vor mir zu lösen. »Soll ich ihm ein Messer in den Rücken rammen, wenn er gerade nicht hinsieht? Sieht so Euer neuester Befehl aus?« Allein bei dem Gedanken drehten sich mir die Eingeweide um. »Meint Ihr nicht, dass Meghan dazu einiges zu sagen hätte? Ich wäre niemals in der Lage, das vor ihr zu verbergen.«

»Du brauchst nichts dergleichen zu tun«, fuhr Oberon leise fort. »Es genügt, den Prinzen zu enttarnen, während ihr euch am Sommerhof aufhaltet. Titania wird den Rest übernehmen. So wird sein Blut nicht an deinen Händen kleben – du würdest einzig und allein das tun, was von einem treuen Diener des Sommerhofes erwartet wird. Wenn der Prinz nicht mehr ist, wird Meghan Chase bei dir Trost suchen. Und alles wird sein, wie es sich gehört.«

Ich konnte nicht antworten. Ich konnte beinahe fühlen, wie Meghan sich wild schluchzend an mich schmiegte und um ihren Winterprinzen trauerte. Ich konnte fühlen, wie ich sie in die Arme schloss und ihr zuflüsterte, dass alles gut werden würde, dass sie ja immer noch mich hätte, dass ich sie nie verlassen würde. Und ich hätte mir für diese Gedanken am liebsten selbst das Hirn weggeblasen.

Oberon beobachtete mich schweigend. »Robin Goodfellow«, murmelte er schließlich. »Trotz all unserer Differenzen in der Vergangenheit sehe ich in dir den treuesten all meiner Diener. Wir sind alt, älter als der Winterprinz. Wir kennen uns seit Ewigkeiten. Doch manchmal frage ich mich, ob dir eigentlich bewusst ist, dass du noch immer zum Sommerhof gehörst. Er ist dein Zuhause. Du brauchst nichts anderes.«

Ich ballte meine Hände zu Fäusten und spürte, wie unter meinen Fingern ein Ast splitterte. Falls Oberon es sah, kümmerte es ihn nicht weiter.

»Meine Tochter ist nun wahrhaftig eine von uns«, fuhr er fort. »Unsterblich. Eine Königin der Feen. Also hast du alle Zeit der Welt, um dafür zu sorgen, dass sie sich in dich verliebt. Es dürfte nicht einmal besonders schwierig sein – ihr beide steht euch bereits sehr nah. Ich weiß, dass du einen Weg finden würdest, um mit ihr zusammen sein zu können, selbst in diesem Eisernen Reich. Wenn du dir einmal etwas in den Kopf gesetzt hast, Robin, kann niemand es verhindern. Doch du musst zunächst den Winterprinzen loswerden, damit sie dich überhaupt in Betracht zieht.«

Ich antwortete nicht. Doch ich spürte, wie der Lichte König sich zurückzog und zum Aufbruch rüstete. »Die Entscheidung liegt natürlich bei dir«, sagte er noch, als das Feuer sich bereits beruhigte und die Pflanzen in der Umgebung ihren wilden Tanz beendeten. »Die Jagd wird mich weit von Arkadia wegführen, weg von den Unheil stiftenden Einflüsterungen, die den Sommerhof heimsuchen. Tu, was immer du willst, Robin, doch bedenke: Wenn du meine Tochter liebst, könnte dies deine einzige Chance sein, um letztendlich mit ihr vereint zu sein. Sonst wirst du Meghan an genau den Mann verlieren, der geschworen hat, dich zu töten.«

Eine warme Brise fegte durch die Höhle und ließ die Flammen und Blätter erzittern. Als sie sich gelegt hatte, war ich allein. Der Erlkönig war verschwunden.

Ash kam wenige Minuten später zurück, er fegte ohne Vorwarnung in die Höhle und hatte ein paar an einen Ast gebundene Kaninchen dabei. Er war also wirklich auf der Jagd gewesen. Er warf mir eins der Kaninchen vor die Füße, und wir begannen ohne ein weiteres Wort damit, sie auszunehmen. So arbeiteten wir schweigend, während langsam die Nacht hereinbrach.

Ash töten? Ihn an den Sommerhof verraten? Was dachte Oberon sich bloß dabei? Als ob ich zu so etwas in der Lage wäre, selbst wenn technisch gesehen Titania den tödlichen Schlag ausführen würde. Und das würde sie zweifellos. Ash mochte ein Prinz sein, aber Titania war eine Königin. Mit den Königinnen der Feen legte man sich besser nicht an; zumindest sollte man eine direkte Konfrontation vermeiden, besonders wenn man sich an ihrem Hof befand. Sogar ich musste das einsehen. Und wenn Oberon praktischerweise nicht da war, würde Titania den Winterprinzen umso weniger verschonen. Sie würde ihn erbarmungslos vernichten.

Das konnte ich dem Eisbubi nicht antun. Selbst nach all den Jahren, in denen böses Blut zwischen uns geherrscht hatte, nach all unseren Kämpfen, und selbst wenn er eines Tages sehr wahrscheinlich *im Ernst* versuchen würde, mich umzubringen und damit erfolgreich sein sollte … Ich konnte ihn nicht an Titania ausliefern.

Allerdings … wenn ich es nicht tat, würde Meghan mich niemals lieben. Meine Prinzessin, das Mädchen, für das ich einfach alles tun würde, würde mich niemals wahrnehmen, mich niemals so ansehen, wie sie Ash ansah.

Was an ihm war nur so besonders? Was hatte er, was ich nicht hatte?

»Du bist erschreckend still.«

Ich blinzelte erschrocken und sah von dem Kaninchen auf, dem ich gerade die Haut abzog. Ash kniete ein Stück weit vom Feuer entfernt und beugte sich konzentriert über seine Arbeit. Er führte sein Jagdmesser mit geübter Präzision. »W-was?«, stammelte ich ein wenig zu hastig. *Oh, wirklich brillant, Goodfellow. Das schreit nach einem Rettungsmanöver, aber schnell.* »Ich?«, fuhr ich also fort und tat so, als wäre ich schockiert.

»Wie, Eisbubi, was meinst du denn damit? Du machst dir doch nicht etwa Sorgen?«

Ohne hochzuschauen, meinte Ash ruhig: »Du verbirgst etwas vor mir. Wenn ich meine eigenen Gedanken hören kann, weil du nicht ununterbrochen quasselst, dann ist irgendetwas im Busch, oder aber irgendetwas wird demnächst verdammt schieflaufen. Gibt es vielleicht etwas, das du mir sagen solltest, Goodfellow?«

Verdammt, seit wann konnte Eisbubi mich denn dermaßen durchschauen? Daran musste ich definitiv arbeiten. »Na ja«, erwiderte ich schließlich mit einem gezwungenen Grinsen. »Ich denke, dich in ein Eichhörnchen zu verwandeln wäre der leichteste Weg, um dich in Arkadia einzuschmuggeln. Was meinst du? Oder, wenn dir das lieber ist, ginge auch eine Maus. Oder ein Vogel. Oder ein Kaninchen!« Ich schaute kurz auf den gehäuteten Kadaver in meinen Händen. »Obwohl das nach hinten losgehen könnte, falls Titanias Hunde in der Nähe sind ...«

»Schon gut.« Mit einem tiefen Seufzer schüttelte Ash den Kopf. »Tut mir leid, dass ich etwas gesagt habe.«

»Oh, oh, jetzt hab ich's!« Ich schnippte mit den Fingern. »Ein Chamäleon! So könntest du auf meiner Schulter sitzen und dich tarnen. Das ist brillant! Und du würdest bestimmt ein sehr hübsches Chamäleon abgeben, meinst du nicht, Eisbubi?«

Ash verdrehte die Augen, beugte sich wieder über seine Arbeit und schenkte mir keine weitere Beachtung. Ich redete weiter auf ihn ein, sinnloses, leeres Geschwafel, das keiner von uns ernst nahm. Es war ein Schild, eine Schutzwand, hinter der ich meine wahren Gedanken verbarg, die ich unmöglich länger zurückdrängen konnte.

Warum bist du hier?

Für Meghan. Das war die offensichtliche Antwort. Ich war für Meghan hier. Ich liebte meine Prinzessin, und ich wollte, dass sie glücklich war. Selbst wenn ihr Glück darin bestand, mit einem anderen zusammen zu sein. Selbst wenn dieser andere mein Erzrivale war. Ich wollte, dass sie glücklich war.

Meinst du nicht, du *könntest sie glücklich machen?*

Das könnte ich. Wenn sie mich gewählt hätte, hätte ich ihr alles gegeben. Ich war derjenige, der sie immer zum Lachen brachte, der ihr die Wunder der Sommermagie gezeigt hatte, der ohne zu zögern eine Kugel für sie abgefangen hatte. (Was, nebenbei erwähnt, verflucht wehgetan hatte.) Ich war derjenige, der sie vor ihren grausamen menschlichen Klassenkameraden beschützt hatte, der jeden Tag mit ihr zum Bus und zurück gegangen war, der an ihren Geburtstag gedacht hatte, wenn alle anderen – sogar ihre eigene Familie – ihn vergessen hatte. *Warum konntest du dich nicht für mich entscheiden, Prinzessin? War ich nicht gut genug? Oder bin ich selbst schuld, weil ich zu lange gewartet habe? Weil ich den richtigen Zeitpunkt verpasst habe?*

Verdammt. Ich hatte gedacht, das alles längst hinter mir zu haben. Ich hatte geglaubt, mit der Rolle des Freundes zufrieden sein zu können, aber ich bekam Oberons Worte einfach nicht aus meinem Kopf. Der Erlkönig – der zugegebenermaßen ein herzloser, manipulativer Mistkerl sein konnte – hatte recht. Solange es Ash gab, würde Meghan in mir nie mehr sehen als einen Freund.

Nun musst du dich also fragen, wer wichtiger ist, Goodfellow: Die Frau, die du liebst und für die du einfach alles tun würdest, oder der Rivale, der geschworen hat, dich eines Tages umzubringen?

Ich sah zu Ash hinüber, der grübelnd am Feuer saß und mit dem Rücken zu mir in den Flammen herumstocherte. Mein ehemaliger Freund, der zum Feind geworden war. Was würde der unbarmherzige Prinz der Dunklen tun, wenn er an meiner Stelle wäre?

Abrupt stand ich auf, woraufhin Ash wachsam über die Schulter spähte. »Noch was vor, Goodfellow?«

»Nur etwas frische Luft schnappen, kleiner Prinz. Aber ich bin wirklich gerührt, dass du so viel Anteil nimmst.« Auf mein breites Grinsen hin wandte er sich wieder dem Feuer zu. Ich bedachte seine Schulterblätter mit einer Grimasse. »Weißt du, ich finde es langsam ein wenig ermüdend, mich mit einer Felswand zu unterhalten«, fuhr ich fort, während ich zum Höhlenausgang ging. »Ich denke, eine Plauderei mit einem toten Fisch wäre befriedigender.«

»Das hat dich bisher doch auch nie gestört.«

»Siehst du? Genau das meine ich.« Ich verdrehte die Augen. »Bitte entschuldige, wenn ich jetzt etwas Zeit für mich brauche, Prinz. Ich muss mir überlegen, wie genau ich deinen frostigen Hintern in den Sommerhof schmuggele.«

Er sah mich scharf an. »Ich dachte, das hättest du bereits geplant.«

»Ach, *auf einmal* haben wir also Interesse an einem Gespräch, wie?« Kichernd verschränkte ich die Hände hinter dem Kopf. »Keine Sorge, Eisbubi, mir wird schon etwas einfallen. Das war bisher noch immer so.«

Er musterte mich stumm. Immer noch grinsend erwiderte ich seinen forschenden Blick – sollte er ruhig etwas sagen oder protestieren. Schließlich seufzte er und drehte sich wieder zum Feuer um.

»Es ist dein Hof«, hörte ich ihn murmeln. »Du kennst ihn besser als ich.«

Allerdings, dachte ich, während ich ihn allein ließ, um durch den Wald zu wandern. *Es ist mein Hof. Ich gehöre dem Sommer an, und du solltest eigentlich mein Feind sein, Ash. Hast du daran überhaupt einen Gedanken verschwendet? Dass du in das Gebiet deines Feindes eindringen wirst und das in Begleitung von jemandem, der dem Lichten Hof eigentlich treu ergeben sein sollte?*

Ich hatte auch dahingehend nicht ganz die Wahrheit gesagt. Eigentlich wusste ich bereits, wie ich seine königliche Eisigkeit an den Sommerhof bringen würde, direkt vor der Nase von Titania und der Sommergarde, ohne dass irgendjemand bemerken würde, dass er da war. Es würde eine echte Herausforderung werden; immerhin war Ash durch und durch Winterprinz. Man konnte ihm nicht einfach einen falschen Bart ankleben und auf das Beste hoffen, nicht bei der unverkennbaren Aura aus Schein, die ihn umgab. Zum Glück machte ich so etwas schon ziemlich lange. Wenn jemand einen Adeligen des Winterreiches unbemerkt an den Sommerhof bringen konnte, dann meine ergebene Wenigkeit.

Nein, ich brauchte einfach etwas Zeit für mich. Zeit zum Nachdenken. Zeit, um zu planen.

Zeit, um herauszufinden, was ich wirklich wollte.

»Nein.«

Ich verdrehte genervt die Augen. »Komm schon, Eisbubi. Immerhin werde ich dich nicht in einen Lemuren verwandeln oder so was. Das ist der einzige Weg, wie wir an den Sommerhof gehen können, ohne dass jeder gleich merkt, dass du ... du bist.«

»Es muss einen anderen Weg geben.«

»Gibt es nicht.« Ich verschränkte die Arme vor der Brust und starrte ihn finster an. Wir hatten die Grenze von Arkadia erreicht und konnten vom Rand des Wilden Waldes aus bereits das Reich des Erlkönigs sehen, das auf der anderen Seite des Flusses lag. Eine Holzbrücke voller Wildblumen, die am anderen Ufer von zwei Sommerrittern bewacht wurde, spannte sich über das Wasser. Hinter Bäumen verborgen beobachteten Ash und ich die Wachen jenseits des Flusses, seine gurgelnden Stromschnellen übertönten unser Gezischel.

»Es ist eine Tarnung, Ash«, wiederholte ich. »Eine Illusion. Wir müssen deinen frostigen Schein mit meiner Sommermagie übertünchen, und wir müssen dein Aussehen derart verändern, dass die Leute nicht ausflippen, sobald du bei Hofe auftrittst. Glaub mir, es geht nicht anders. Was dachtest du denn, wie das ablaufen würde?«

Ash seufzte schwer und legte den Kopf in den Nacken. »Du hast viel zu viel Spaß daran.«

»Tja.« Ich zuckte mit den Schultern und verkniff mir ein Grinsen. »Dagegen lässt sich nicht viel sagen.« Sein Blick glich einem Regen aus Eissplittern, weshalb ich beschwichtigend die Hände hob. »Willst du nun nach Arkadia oder nicht?«

»Also schön.« Er wedelte frustriert und hilflos mit der Hand. »Leg los. Bringen wir es hinter uns.«

»Ich dachte schon, du würdest das nie mehr sagen.« Schnell zog ich ihn tiefer zwischen die Bäume und griff nach meiner Magie.

»Halt still«, befahl ich ihm, woraufhin er die Arme verschränkte und versuchte, möglichst gelangweilt und genervt zu wirken. »Es wird nicht lange dauern, aber ich muss Sommermagie in die Illusion einflechten, damit sie stark genug ist, um deine winterliche Aura zu überdecken. Wenn du ein Dunkerwichtel oder ein Eisgnom wärst, bräuchte es nicht viel, aber du bist nun mal *du*, also ist die Herausforderung entsprechend größer.« Ich spürte, wie meine Sommermagie sich über ihn legte, und zugleich, wie sie vor der eisigen Kälte des winterlichen Scheins zurückwich, der ihn wie eine Rüstung umgab. Gereizt runzelte ich die Stirn.

»Hör auf, gegen mich anzukämpfen, Eisbubi. Wenn du diese blöde Gefälligkeit einlösen willst, bleibt dir keine andere Wahl. Du musst dir von mir helfen lassen.« Er schnaubte, doch der schützende Mantel aus Schein verschwand.

Schnell zog ich noch mehr Sommermagie an mich und übertrug sie auf den Prinzen, ich hüllte ihn vollständig in den Mantel der Illusion.

Seine Magie widersetzte sich mir – man kann über den Winterprinzen sagen, was man will, aber in seinem tiefsten Kern war Ash unglaublich stark. Er wusste, wer er war, und jemand mit weniger ausgeprägten Fähigkeiten hätte ihn niemals in etwas verwandeln können, das er *nicht* war, selbst wenn es sich dabei nur um eine Illusion handelte.

Aber ich bin ja auch nicht irgendein durchschnittlicher Trickster.

Ashs Silhouette begann zu schimmern und sich zu verformen. Er wurde weder größer noch kleiner, aber seine Haare wurden länger, bis sie ihm über den Rücken fielen. Statt rabenschwarz waren sie nun weizenblond. Seine blasse Haut wurde goldbraun, so als hätte er sein ganzes Leben in der Sonne verbracht, und seine kalten Silberaugen blitzten noch einmal auf, bevor sie einen hellen, funkelnden Blauton annahmen.

Auch seine Kleidung verwandelte sich: Der lange schwarze Mantel löste sich in einer Nebelschwade auf und wurde durch eine grün-goldene Rüstung ersetzt, auf deren Brustpanzer der stolze Kopf eines großen Hirsches prangte. Um seine Schultern legte sich ein schicker, goldener Umhang, dessen Saum mit einer Stickerei aus Blättern verziert war – ein Kleidungsstück, das Ash normalerweise nicht einmal tragen würde, um tot über dem Zaun zu hängen. Schließlich war unter den Bäumen keine Spur des Winterprinzen mehr zu finden. In den Schatten wartete nun ein Vertreter der Sommersidhe; allein der finstere Blick hatte eine gewisse Ähnlichkeit mit dem jüngsten Sohn von Königin Mab.

In gespielter Verzückung schlug ich die Hand vor den Mund. »Oh, Eisbubi, das ist ... das ist ... ganz du!«

»Dafür bring ich dich um«, knurrte Ash, zuckte aber sofort zusammen, als er den hohen, klaren Klang seiner Stimme hörte. Ich musste mir auf die Zunge beißen, um nicht laut loszulachen. Wenn Ash jetzt sein Schwert zog, wäre die ganze Illusion dahin und wir müssten von vorne anfangen.

»Ja, ja, verschieb das auf später, Eisbubi. Denk dran: Du darfst da drin keinerlei Wintermagie anwenden, sonst wird sich der Zauber auflösen. Das schließt das Ziehen deines Schwertes ebenso ein wie die Eiszapfen, die du gerne nach mir werfen würdest. Wir sollten uns also nicht in irgendwelche Kämpfe mit dem Sommeradel verwickeln lassen, solange wir dort sind, okay? Wir gehen lediglich da rein, schnappen uns die Violine und verschwinden wieder.«

Ash nickte. Ich trat einen Schritt zurück und verpasste mir die gleiche Illusion, sodass wir zu einem Paar fast identisch aussehender Sommerritter wurden. Dann sah ich meinen Ritterkollegen an und grinste. »Bereit?«

Er seufzte wieder und fuhr sich mit der Hand durch die nun ungewohnten Haare. »Geh voran.«

Die beiden Wächter nickten höflich, als wir über die Brücke kamen, würdigten uns sonst aber keines zweiten Blickes. Im Vorbeigehen sah ich, wie einer von ihnen ein Grinsen unterdrückte, doch unter den gegebenen Umständen war das nur allzu verständlich. Eigentlich dachte ich, Eisbubi hätte es nicht bemerkt, aber ich täuschte mich.

»Wen stellen wir eigentlich dar?«, fragte Ash, als wir tiefer in das Land des Erlkönigs hineinwanderten. Hinter der Brücke brannte die heiße Sommersonne auf uns nieder und wärmte meine Haut, was mir ein wohliges Seufzen entlockte. Von allen Dingen am Sommerhof vermisste ich die Sonne am meisten. Der Wilde Wald war zu dunkel, und Tir Na Nog war zu kalt. Aber in Arkadia schien die Sonne mit voller Kraft, und an den Bäumen neben der Hecke wuchsen die süßesten Äpfel, immer reif genug, um gepflückt zu werden. Zumindest, wenn man es an den beiden schrulligen Riesen vorbeischaffte, denen dieser Garten gehörte.

»Oh«, rief ich grinsend. »Richtig, die Namen. Also, du bist Sir Torin, und ich bin Sir Fagan, und wir sind zwei Heckenritter, die kreuz und quer durch das Nimmernie reisen, um für König und Hofstaat ruhmreiche Taten zu vollbringen. Du weißt schon, wir bekämpfen Unrecht, töten Drachen und suchen nach sagenumwobenen Schätzen, solche Sachen eben.«

»Dann sind sie also hoch angesehen.«

»Na ja ...« Verlegen kratzte ich mich am Hinterkopf. »Nicht ganz.«
Verwirrt starrte Ash mich an. »Was soll das heißen, nicht ganz?«

»Hast du *Don Quijote* gelesen?«, fragte ich. Woraufhin Ash stumm
die Augen schloss, um mir zu signalisieren, dass er das Buch sehr wohl
gelesen hatte. Ich kicherte. »Sie sind sehr bemüht«, fuhr ich dann fort
und versuchte nicht zu lachen, als ich seine Miene sah. »Und eines muss
man ihnen lassen, sie haben sehr noble Absichten. Aber die beiden würden ohne Karte nicht einmal aus einem Besenschrank herausfinden. Es
ist pures Glück, dass es ihnen bisher noch nicht gelungen ist, sich umbringen oder fressen zu lassen. Immer wieder flehen sie Oberon an, sie
auf eine noble, wichtige Queste zu schicken, damit sie sich beweisen
können, und schließlich überträgt Oberon ihnen irgendeine lächerliche
Mission, nur damit sie ihn in Ruhe lassen.«

»Und natürlich musstest du ausgerechnet diese Identitäten für uns
stehlen.«

»Das ist doch perfekt, oder nicht?« In einer großen Geste breitete
ich die Arme aus. »Sir Torin und Sir Fagan sind fast nie bei Hofe, die
anderen Ritter gehen ihnen normalerweise aus dem Weg, und so haben
wir sogar einen Vorwand, um Königin Titania aufzusuchen, denn wir
müssen ihr ja verkünden, dass wir unsere letzte Mission erfolgreich beendet haben.«

»Und wenn der echte Torin und der echte Fagan zufällig gerade dort
sind?«

»Tja.« Genervt von seiner Logik zuckte ich mit den Schultern. »Dann
werden wir eben improvisieren.«

Mir war klar, dass Ash diese Sache nicht gefiel. Er war der »Alles-
bis-ins-kleinste-Detail-geplant-Typ«, der meine »Mal-sehen-wie-es-
kommt-Taktik« für gewöhnlich nervenaufreibend und beunruhigend
fand. Aber er sagte nichts mehr, und wenig später erreichten wir schon
den riesigen, grasbewachsenen Hügel, der den Zugang zu Oberons Hof
markierte. Rund um die Erhebung wuchsen dichte Dornbüsche, doch
sie teilten sich problemlos vor uns und gaben den Weg frei, sodass wir
ohne Unterbrechung zur einen Seite des Hügels gehen konnten.

»Sonst noch etwas, das ich wissen sollte?«, murmelte Ash, während
wir nebeneinander auf den Hang zuliefen. »Irgendein kleines Detail,

das du bequemerweise übersehen hast und das zum Problem werden könnte, solange wir hier sind?«

»Äh …« Ich warf ihm einen schnellen Seitenblick zu. »Nur eine klitzekleine Sache.« Er zog eine Augenbraue hoch, und ich biss mir auf die Lippe. Oh, oh, das würde ihm gar nicht gefallen. »Es gibt Gerüchte, dass … Torin und die Königin … ein Verhältnis haben.«

» *Was?* «

Doch genau in diesem Moment hatten wir die Seitenwand des Hügels passiert und betraten einen weitläufigen Platz voller Sommerfeen – das Herz von Arkadia.

Musik erklang; es war eines meiner Lieblingslieder über Sonne, Schatten, wachsende Dinge und das Gefühl, auf dem Grund eines kühlen Flusses zu liegen und den Fischen zuzuhören. Die Bäume, die den Platz säumten, seufzten leise und bewegten ihre Zweige im Rhythmus der Musik, ja selbst die unzähligen Blumen, die hier überall wuchsen, wiegten sich im Takt. Auf der weiten Fläche wanderten Dryaden, Satyrn, Gnome und andere Sommerfeen herum, sie saßen auf Bänken, unterhielten sich oder tanzten gemeinsam im Gras. Ja, ich war eindeutig zu Hause angekommen.

Ich spürte Ashs Blick im Rücken und wusste, dass er mich am liebsten umgebracht hätte, doch in diesem Moment entdeckten uns die Feen, die dem Rand des Platzes am nächsten waren, und sprangen auf.

»Sei brav, Eisbubi«, raunte ich ihm zu und setzte eine strahlende Miene auf, als die Menge sich näherte. »Sie kommen, also immer hübsch lächeln und bloß nicht deinen Partner erstechen. It's showtime.«

»Sir Fagan!«, rief ein weiblicher Satyr, der enthusiastisch auf uns zu sprang. Ihre Hufe klapperten fröhlich auf den Pflastersteinen. »Sir Torin! Ihr seid zurückgekehrt, und Ihr seid am Leben. Willkommen zurück!«

»Wie war Eure Reise, Sir Fagan?«, fragte mich eine Nymphe mit einem verschlagenen Grinsen. »Ist es Euch diesmal gelungen, den Schatz der Mondbestie zu erringen? Habt Ihr den gefürchteten Wurm der Kahlen Sümpfe erlegt? Berichtet uns von Euren Abenteuern.«

»Ja, ja«, rief ein Heinzelmännchen. »Was ist passiert?«

»Ja, erzählt!«

»Erzählt uns Eure Geschichte!«

Ich hob eine Hand. »Genug, liebe Leute, genug! Uns bleibt noch genügend Zeit für Geschichten und Lieder und Berichte kühner Taten, doch nun ist nicht der rechte Moment.« Sie beruhigten sich etwas und bedachten uns mit enttäuschten Blicken. Ich stieß einen erschöpften Seufzer aus. »Sir Torin und ich sind weit gereist, und wir fühlen uns ermattet. Jawohl, wir mögen Geschichten zu erzählen haben, doch zunächst müssen wir mit unserem Herrn sprechen.«

»König Oberon hat den Hof auf unbestimmte Zeit verlassen«, erklärte die Satyrin und musterte mich mit ihren großen, braunen Augen. Dann schoss ihr Blick abrupt zu »Torin«, der neben mir stand, und sie grinste. »Aber Königin Titania ist hier, und ich bin mir sicher, dass sie Euch gerne empfangen wird. Soll ich einen Boten suchen, der sie von Eurer Rückkehr in Kenntnis setzt?«

»Das wäre zu reizend, werte Dame«, meldete sich Ash neben mir und brachte mich damit kurz aus dem Konzept. Die Satyrin strahlte und hüpfte davon, während wir uns auf den Weg zu dem Tor machten, das den öffentlichen Platz von Oberons Allerheiligstem trennte. Die Sommerfeen lächelten und nickten oder grinsten und tuschelten hinter vorgehaltener Hand. Wir ignorierten sie. So weit, so gut. Schritt eins – in den Sommerhof einzudringen – hatte reibungslos funktioniert. Jetzt mussten wir nur noch Leanansidhes Violine finden und aus Arkadia verschwinden, ohne dass unsere Tarnung aufflog. Und so wie ich die Sommerkönigin und ihren leicht zwanghaften Charakter kannte, befand sich das Ding wahrscheinlich in ihren Privatgemächern. Dadurch wurde die Sache … interessant.

Verstohlen schaute ich zu Ash. *Eine* Möglichkeit, wie wir in das Schlafzimmer der Königin gelangen konnten, fiel mir sofort ein, aber er würde wahrscheinlich ausflippen, wenn ich das vorschlug, also hielt ich vorerst den Mund.

»Was?«, seufzte Ash. Ich blinzelte unschuldig.

»Hm?«

»Du siehst mich schon wieder so an«, fuhr er fort, als wir stehen blieben – wenige Meter vor dem Tor und den beiden mächtigen Trollen in roter Uniform mit Messingknöpfen, die es bewachten. »Dieser Blick bedeutet, dass du einen Plan hast und dass er mir nicht gefallen wird. Ganz und gar nicht gefallen wird.«

»Na ja ... Ja, ich hätte da eine Idee ...«

»Und?«

»Und ... sie wird dir nicht gefallen. Ganz und gar nicht gefallen.« Er seufzte wieder und rieb sich die Augen. »Ich denke, ich habe eine Vorstellung von dem, was du vorschlagen wirst«, murmelte er mit einem gequälten Blick. Ich zuckte nur mit den Schultern.

»Es *wäre* nun mal der leichteste Weg, um zu überprüfen, ob sie die Violine in ihren Gemächern aufbewahrt. Du könntest sogar anbieten, ihr ein Ständchen zu bringen.«

»Wenn Titania mich durchschaut, bin ich tot, bevor ich auch nur mein Schwert ziehen konnte.«

Und wäre das nicht äußerst tragisch? »Eisbubi, bitte«, protestierte ich grinsend. »Als ob ich das jemals zulassen würde. Deine Tarnung ist narrensicher. Setze einfach keine Wintermagie ein, dann wird alles gut gehen.«

Ash fuhr sich mit den Fingern durch die Haare und beugte sich zu mir rüber. »Puck«, setzte er mit rauer Stimme an. »Ich ... ich kann das nicht. Das ist kein Spiel mehr. Du verlangst von mir, die Königin des Sommerhofes zu verführen. Das ist Hochverrat, und außerdem ...« Er wich meinem Blick aus, und seine Miene wurde angespannt. »Ich bin immer noch Meghans Ritter. Mein Schwur ...«

»Willst du diese Violine zurückholen oder nicht?« Er wirkte echt angeschlagen, und plötzlich tat mir der Junge ein wenig leid. »Hör zu, Eisbubi«, flüsterte ich. »Ich erwarte ja nicht von dir, dass du mit ihr ins Bett steigst oder sie auch nur küsst. Allein die Vorstellung ... *würg!*« Ich schauderte und schob den Gedanken weit von mir, während ich verstohlen mit einer fließenden Bewegung meinen Dolch zog. »Na großartig, jetzt werde ich dieses Bild für immer in meinem Kopf haben. Du sollst einfach nur ... ein wenig flirten. Sei charmant. Erzähl ihr von deinen ›Abenteuern‹. Und wenn sie zu sehr auf Tuchfühlung geht, entschuldigst du dich und haust ab. Um den Rest werde ich mich kümmern.«

»Das gefällt mir nicht.«

»Das habe ich nicht anders erwartet. Halt still.« Schnell hob ich den Dolch und schnitt ihm eine lange Haarsträhne ab, bevor er auch nur reagieren konnte. Sie fiel direkt in meine Handfläche, und ich schloss sorgfältig die Finger darum. »Perfekt. Verbindlichsten Dank, Eisbubi.«

Ash wich zurück, ein Funkeln in den Augen, und seine Hand zuckte in Richtung Schwert. Ich warf ihm einen warnenden Blick zu, woraufhin er wieder zur Vernunft kam und die Finger vom Schwertgriff löste.

»Was soll das, Goodfellow?«, fauchte er.

»Bleib locker, Prinz.« Ich musterte die Haarsträhne zwischen meinen Fingern und grinste breit, als sie sich von Hellblond zu Schwarz verfärbte. »Keine Sorge, das gehört alles zum Plan.«

Mit einem lauten Quietschen öffnete sich das Tor, und ein Satyr in Heroldsuniform watschelte mit drängendem Winken auf uns zu. »Tja, jetzt geht's los, Eisbubi. Versuch, dich vor der Königin einigermaßen zusammenzureißen.«

»Schlimm treffen wir bei Mondenlicht, stolze Titania«

Wir gingen durch das Tor in einen blühenden Tunnel aus Dornenranken, der sich dahinter erstreckte. Mit einem Seufzer sog ich die Luft ein, ich liebte die intensiven Düfte des Waldes. Ash neben mir wirkte nicht ganz so begeistert. Seine Haltung war steif und angespannt. Das konnte ich dem Jungen wohl kaum zum Vorwurf machen, denn immerhin betrat er gerade das Herz des Feindeslands, war umringt von Sommerfeen und konnte weder seine Magie noch seine Waffe einsetzen. Vermutlich hätte er mir leidgetan, wenn die ganze Sache nicht so verflucht amüsant gewesen wäre.

Am Ende des Tunnels hing ein Vorhang aus Ranken. Dahinter geisterten dunkle Schatten herum, und drängende, unheimliche Töne waren zu hören. Es war eine traurige, bittersüße Melodie, die sich mir in die Eingeweide brannte, bevor ich sie noch abschütteln konnte. Ich schaute zu Ash, und sein bleiches und entschlossenes Gesicht entlockte mir ein wildes Grinsen.

»Kein Zurück mehr, Eisbubi«, murmelte ich und rauschte durch den Vorhang in den dahinterliegenden Raum.

Der Thronsaal von Oberon und Titania war eine riesige Lichtung, umgeben von Bäumen, die die Ausmaße einer Kathedrale hatten und mit ihrem Geäst ein Deckengewölbe bildeten. Der Boden war mit einem dicken Moosteppich bedeckt, und die Ränder der Lichtung wurden von Dornenbüschen markiert. Ein Wasserfall füllte plätschernd ein kristallklares Becken, über dem Irrwische und Feenlichter tanzten, während andere ihrer Art wie trunkene Sterne über die Lichtung schwebten. Der Sommeradel mit seinen lächerlich prunkvollen Outfits saß oder stand rund um die beiden Throne, die in der Mitte der Lichtung aufragten – der eine leer, der andere jedoch mit ziemlich viel Präsenz ausgefüllt.

Oberon war natürlich nicht da, aber Königin Titania wirkte in ihrer provozierend trägen Eleganz wie eine Katze, die von ihrem Thron aus eine Mäuseschar überwacht.

Alle sagen, die Sommerkönigin sei atemberaubend, wunderschön, absolut faszinierend. Tja, kann schon sein, aber das ist ein Vulkanausbruch auch, und der ist wahrscheinlich weniger explosiv. Am Sommerhof zu arbeiten ist sicher ganz interessant, um es mal vorsichtig auszudrücken. Die Herrscher des Sommers haben mit ihren Streitereien in der Welt der Sterblichen schon Überschwemmungen und Flächenbrände ausgelöst, und Titania hat einmal sogar fast ein ganzes Dorf im Schlamm versinken lassen, allein wegen eines Missverständnisses um eine verlorene Haarnadel. Zum Glück kann Oberon ihre Wutanfälle und Temperamentsausbrüche meistens zügeln… Sofern er sich dazu aufrafft, sich einzumischen. Denn genauso oft verschließt er einfach die Augen vor den Aktivitäten seiner Gattin – es sei denn, natürlich, er ist selbst davon betroffen.

Keiner der Adeligen auf der Lichtung schien unsere Ankunft zu bemerken, ihre Aufmerksamkeit war ausschließlich auf Titania gerichtet, oder besser gesagt auf etwas, das am Fuß ihres Thrones saß. Ash sah sich schnell und routiniert um und nahm damit den gesamten Raum in sich auf, doch plötzlich weiteten sich seine Augen. Als ich seinem Blick folgte, rutschte mir das Herz in die Hose.

Die Musik, die wir bereits im Tunnel gehört hatten, diese langsame, trillernde Melodie, die so drängend, düster und wunderschön war, würde weder von einem von Titanias Harfenmädchen noch von Bediensteten oder Feenmusikern gespielt. Sie war mir so seltsam vorgekommen, weil sie anders war als das, was man normalerweise an einem Feenhof hörte. Das hier war keine Harfe, Flöte oder sonst eines der seltsamen, magischen Instrumente, die man nur in unserer Welt finden kann.

Es war eine Violine. Und sie wurde von einem sterblichen Mädchen gespielt, das kaum älter war als acht. Ihr kleiner Körper war aufs Äußerste gespannt, während sie wild über die Saiten strich und zupfte. Sie trug ein schlichtes schwarzes Kleid, und ihr rötlich braunes Haar hatte dieselbe Farbe wie das Instrument in ihrer Hand. Mit geschlossenen Augen spielte sie für ihr nicht menschliches Publikum, sie wiegte ihren dünnen Körper hin und her und bemerkte nicht einmal, dass die Königin ihr anmutig eine blasse Hand auf den Scheitel gelegt hatte.

Und da wusste ich es. Leanansidhes kostbarer Besitz und Titanias neuestes Spielzeug war nicht das Instrument in den winzigen, talentierten Händen des Mädchens.

Es war das Mädchen selbst. Sie war unsere »Violine«.

Tja, das machte die Sache mit einem Schlag wesentlich komplizierter.

Am Ende des Liedes schlug das Mädchen die Augen auf, die dunkel, ernst und ein wenig verwirrt dreinblickten, so als wäre sie nicht ganz sicher, ob das hier ein Traum oder die Wirklichkeit war. Die Adeligen kicherten, applaudierten und stießen bewundernde Seufzer aus, während sich auf Königin Titanias Gesicht ein schmales, zufriedenes Lächeln zeigte.

»Das war wundervoll, Vi«, schnurrte sie und fuhr dem Mädchen mit den Fingern durchs Haar. Der kleine Mensch blinzelte und sah dann mit ernstem Blick zu der Feenkönigin auf.

»Der Schluss war flach«, meinte sie bedauernd. Ihre Stimme war näselnd und tonlos, so als hätte die Violine ihr jede Lautstärke entzogen. »Und der Anfang war etwas gehetzt.« Schniefend biss sie sich auf die Unterlippe. »Tut mir leid, ich wollte es besser spielen.«

»Ach, meine Liebe, es war einfach perfekt.« Titania strich dem Mädchen die Haare aus dem Gesicht. »Oder nicht?«, fügte sie mit einem scharfen Blick zu ihren Höflingen hinzu, die sofort zwitscherten und nickten und angemessene Laute der Zustimmung von sich gaben. Ash neben mir murmelte etwas Unverständliches und warf mir einen schnellen Seitenblick zu.

»Ein Kind«, flüsterte er. »Leanansidhes ›Spielzeug‹ ist ein Kind. Wie sollen wir sie hier rausschaffen, Goodfellow?«

»Ich denke nach.«

»Dann denk schneller.«

»Und nun«, fuhr die Königin fort, während sie am Kleid des Mädchens herumzupfte und es zurechtzog, »würdest du doch bestimmt gerne etwas essen, oder, mein Schatz? Anschließend kannst du wieder für uns spielen, wenn du möchtest.«

Vi schniefte immer noch. »Darf ich Kuchen haben?«

»Natürlich, meine Liebe.« Die Königin lächelte nachsichtig. »Würde dir das gefallen?«

Das Mädchen nickte eifrig. Titania beugte sich zu ihr hinunter und küsste sie auf die Wange. »Dann werde ich verfügen, dass die Köchin dir die süßesten Kuchen bringt, die sie finden kann.«

Das Kind strahlte. Titania schnippte mit den Fingern, und sofort erschien ein Heinzelmännchen an ihrer Seite. »Du hast sie gehört«, erklärte sie ihm. »Sag der Köchin, dass wir ihre besten und süßesten Kuchen haben wollen und das so schnell wie möglich.«

»Die Kleinen mit Erdbeeren«, ergänzte Vi und lächelte die Königin strahlend an. Titania nickte dem Heinzelmännchen gebieterisch zu, das sich hastig verbeugte und davonwieselte, um sich in die Hecke zu flüchten. Die Königin kicherte und tätschelte den Kopf des Mädchens wie den eines kleinen Hündchens.

»Ist sie nicht süß?«, fragte sie in die Runde, und die Höflinge überschlugen sich fast, um ihr zuzustimmen. »Solch ein Talent und das schon in diesem Alter. Ich verstehe einfach nicht, wie Leanansidhe es ertragen konnte, sie aufzugeben.«

Sie lachte, und die Adeligen stimmten in ihr Lachen ein. Das Mädchen hatte die Hände im Schoß gefaltet und starrte mit leerem Blick auf die Feen, die um sie herumstanden.

Als das Gelächter langsam verebbte, entdeckte uns die Königin endlich am Rand der Lichtung, und ihre blauen Augen leuchteten erfreut auf.

»Oh, meine Lieben, wir sind ja schrecklich unhöflich.« Grazil richtete sie sich auf und winkte uns mit einer schlanken Hand zu sich. »Wir haben doch hochverehrte Gäste, die wieder einmal von einer schier unmöglichen Queste zurückgekehrt sind. Sir Fagan, Sir Torin, bitte, tretet näher.«

Als ich sah, wie Ash tief Luft holte und sich innerlich wappnete, nahm auch ich meinen ganzen Mut zusammen. »Los geht's«, flüsterte ich und warf mich in die Brust. »Mach es einfach so wie ich.«

Ich hob den Kopf, streckte das Kinn vor und plusterte mich auf, dann stolzierte ich auf die wartende Königin zu.

Titania legte die Fingerspitzen aneinander und beobachtete unseren Auftritt mit einem feinen Lächeln auf den perfekten Lippen. Ihr Blick war allerdings nicht auf mich gerichtet, sondern auf den »Sommerritter« an meiner Seite. So viel musste ich Ash zugestehen, er spielte seine Rolle tadellos, hielt den Kopf hocherhoben, ließ ein stolzes Lächeln aufblitzen und konzentrierte sich ausschließlich auf die Königin. *Sehr gut*, dachte ich, als wir uns am Fuß des Thrones verbeugten. *Immer schön auf Eisbubi schauen. Den Hanswurst neben ihm brauchst du gar nicht zu beachten. Achte nicht auf den Mann hinter dem Vorhang.*

»Sir Fagan.« Titania musterte mich flüchtig. »Sir Torin.« Sie schenkte Ash ein strahlendes Lächeln. »Willkommen zurück. Ich bitte Euch, meinen Gatten zu entschuldigen – er weilt zurzeit nicht bei Hofe, und ich bin nicht sicher, wann er zurückkehren wird.«

»Wir bedauern zutiefst, König Oberon nicht begegnen zu können«, erwiderte Ash mit klarer, selbstbewusster Stimme, in der ein Hauch Prahlerei mitschwang. Dann ergriff er die ausgestreckte Hand der Königin und führte sie an die Lippen. »Doch in Eurer Gegenwart sein zu dürfen, Majestät, ist ebenso viel wert wie alle Segenswünsche unseres noblen Herrschers.«

Fast hätte ich ihn überrascht angestarrt. Ich konnte mich gerade noch zusammenreißen und biss mir auf die Lippe, um nicht breit zu grinsen. *Sieh mal einer an, Eisbubi. Spielst also doch noch deine Rolle. Ich hatte schon ganz vergessen, dass du auch das ganz gut kannst, wenn man dich nur heftig genug dazu drängt.*

»Oh, Sir Torin.« Titania errötete und schaffte es, verlegen und beschämt zu wirken, während sie gleichzeitig triumphierend grinste. »Ihr seid ein solcher Schmeichler. Und wir sind so froh, dass Ihr zurückgekehrt seid. Ihr müsst ja einiges zu berichten haben, meine werten Herren. Der gesamte Hofstaat ist schon sehr gespannt auf Eure neuesten Abenteuer.« Sie verschränkte die Hände vor der Brust. »Ich bestehe darauf, dass Ihr uns heute beim Abendessen in der Großen Halle Gesellschaft leistet. Dann wollen wir auf Eure hehren Missionen anstoßen und Eure großen Taten würdigen. Außerdem könnt Ihr miterleben, wie meine neueste Errungenschaft für Euch spielt.« Wieder strich sie dem Mädchen über das Haar, doch Ash würdigte den kleinen Menschen keines Blickes.

»Es wäre uns eine große Ehre, Majestät.«

»Dann ist es entschieden.« Titania entließ uns mit einem würdevollen Nicken. »Heute Abend werden wir uns wiedersehen. Ich bin höchst gespannt, zu erfahren, was Ihr unterwegs erlebt habt.«

Wir verbeugten uns, und Ash ergriff noch einmal die Hand der Königin und führte sie an seine Lippen. »Bis heute Abend, Majestät«, murmelte er. Beim Verlassen des Thronsaals spürten wir den Blick der Königin im Rücken, der uns zum Eingang des Dornentunnels folgte.

Ich verkniff mir das Lachen, bis wir weit genug entfernt waren, doch dann drehte ich mich mit einem begeisterten Kichern zu Ash um. »Was war *das* denn, Eisbubi? Seit wann bist du denn ein solcher Charmebolzen? Ich wusste ja gar nicht, was alles in dir steckt.«

Ash wurde feuerrot. »Ich habe getan, was getan werden musste«, erwiderte er, ohne mich anzusehen, und verschränkte die Arme vor der Brust. »Wir sind an die Königin herangekommen und haben gesehen, worauf Leanansidhe uns angesetzt hat. Jetzt stellt sich die Frage, wie wir sie von Titania wegbekommen sollen – wie wir sie vom Sommerhof wegbekommen sollen.«

»Keine Sorge, Eisbubi. Ich habe bereits einen Plan.« Ich schenkte ihm mein schönstes Schelmengrinsen und rieb mir die Hände. »Robin Goodfellows brillanter Streich. Kommt sogleich.«

Die Große Halle war nicht wirklich eine Halle, sondern eher eine Art offener Hof unter dem Sternenzelt mit einem Fußboden aus Marmor, ringsum eingeschlossen von einem riesigen Heckenlabyrinth. Mitten in dessen Zentrum, zwischen einhorn- und löwenförmigen Büschen, feierte die Sommerkönigin an einer langen, ganz in Weiß und Gold gehaltenen Tafel ihre höchst extravaganten Partys, die stark an die Teestunden eines gewissen verrückten Hutmachers erinnerten. Um zu einer dieser Veranstaltungen eingeladen zu werden, musste man entweder ein Favorit der Königin sein, oder der Nächste auf ihrer imaginären Enthauptungsliste. Es muss wohl nicht extra erwähnt werden, dass Oberon niemals daran teilnahm.

Für »Sir Torin« und mich stellte der Irrgarten kein Problem dar, und auch wenn einige der Statuen versuchten, uns in die falsche Richtung zu schicken, fanden wir in Nullkommanichts die Dinnertafel im Herzen des Labyrinths. An ihr saßen die Lichten Höflinge in den fantastischsten Abendroben, darunter Kleider aus Federn und Rosenblättern oder Mäntel aus Schleierkraut und Spinnweben. Und am Kopf der Tafel thronte die lächelnde Sommerkönigin, in deren goldenem Haar Blumen und funkelnde Mondsteine eingeflochten waren. Huldvoll winkte sie uns zu sich.

Zu ihrer Rechten saß das Menschenkind Vi und arbeitete sich mit großer Ernsthaftigkeit durch einen beeindruckenden Berg aus pinkem und blauem Kuchen. Die Violine lag auf einem Kissen, das direkt hinter ihrem Stuhl von einem Satyr bereitgehalten wurde. Das Mädchen sah nicht einmal hoch, als wir uns näherten, doch die Königin schenkte uns ein strahlendes Willkommenslächeln.

Nach den Begrüßungsfloskeln und nachdem sich auch der Rest der Adeligen gesetzt hatte, bat die Königin gurrend: »Nun berichtet uns von Euren neuesten Abenteuern, edle Ritter. Sir Torin, würdet Ihr gerne den Hofstaat mit Euren wackeren Taten und Questen erfreuen?«

Torin, der neben mir saß, neigte den Kopf. »Ach, Majestät, nichts würde mich glücklicher machen.« Er nickte mir mit einem finsteren Blick zu. »Doch heute Abend ist es an Sir Fagan, unsere Abenteuer zu besingen. Ihm gebührt dieses Recht, da wir darum gewettet haben, wem diese Ehre zufallen solle, und ich habe verloren. Mit Eurer Erlaubnis werde ich ihm das Geschichtenerzählen überlassen.«

Titania zog einen Schmollmund, strahlte dann aber sofort wieder. »Nun denn, Sir Torin, so sei es. Doch ich bestehe darauf, dass Ihr mir heute Abend Gesellschaft leistet. Das ist das Mindeste, was Ihr tun könnt.« Sie zeigte auf den Platz zu ihrer Linken, der frei geblieben war. »Setzt Euch, Sir Torin. Entspannt ein wenig. Lasst Euch zur Abwechslung einmal von meiner Dienerschaft verwöhnen.«

»Majestät, es gehört sich nicht, dass ...«

»An meinem Hof entscheide immer noch ich, was sich gehört und was nicht, Sir.« Der Klang von Titanias Stimme erinnerte an in Samt gehüllten Stahl. »Wie Ihr sehen könnt, ist mein Gemahl nicht hier, ich brauche also jemanden, der mich vor dem Gesindel bei Hofe beschützt. Und welch besseren Beschützer könnte ich an meiner Seite haben als einen berühmten fahrenden Ritter?« Sie zeigte wieder auf den Stuhl, diesmal mit mehr Nachdruck. »Setzt Euch, Sir Torin. Das ist ein Befehl Eurer Königin.«

Sir Torin setzte sich. Vi starrte ihn über den Tisch hinweg an, wobei ihr Mund völlig mit Kuchenglasur verschmiert war, doch Titania würdigte das Kind keines Blickes. Ihre Aufmerksamkeit schien sich vollständig auf den Ritter verlagert zu haben, der nun an ihrer Seite saß. Torin erwiderte den Blick der Königin und schenkte ihr ein zögerliches, verstohlenes Lächeln.

»Nun, Sir Fagan«, verkündete Titania, ohne mich anzusehen, »wie es aussieht, werden wir heute also Euch lauschen, wenn Ihr von Euren Abenteuern singt. Ich hoffe doch sehr, dass es sich als unterhaltsam herausstellen wird.«

Oh, wenn du wüsstest. »Ganz gewiss, meine Königin.« Ich grinste breit. Dann entfernte ich mich mit einer schnellen Drehung von dem glücklichen Paar, marschierte in die Mitte des Hofes und zog eine Laute hervor. Sir Fagan – also, der echte Sir Fagan – konnte ganz passabel in die Saiten greifen, doch heute würde er seine bisher eindrucksvollste Vorstellung abliefern.

Meine Finger flogen über die Saiten der Laute, und ich sang von zwei Rittern, die von ihrem König ausgesandt worden waren, den Schatz der Mondbestie zu bergen, ohne dass die beiden gewusst hätten, was für ein Schatz dies sei. Nachdem sie wochenlang gesucht und keine Antwort gefunden hatten, kamen sie zu dem Schluss, dass sich der Schatz der Mondbestie wohl auf dem Mond befinden müsse und dass sie vom Grund des Meeres die große Perle der Königin der Meerjungfrauen bergen müssten, der man nachsagte, sie könne den Mond vom Himmel herunterziehen, wenn man sie aus dem Wasser hole. Die beiden Ritter wären beinahe ertrunken und mussten gegen Horden von Sirenen und Meermännern kämpfen, bevor sie sich auf rettendes Land flüchten konnten, doch es gelang ihnen, die Perle zu stehlen. Als sie sie jedoch in die Höhe reckten, um zu sehen, ob sie tatsächlich den Mond einfangen könne, wie die Legenden es behaupteten, da rutschte ihnen die Perle aus den Händen, rollte von einer Klippe und fiel zurück in den Ozean, aus dem sie gekommen war.

Die Sommersidhe grölten begeistert, als sie diese Geschichte hörten, sie lachten und klatschten und verlangten nach mehr. Ein kurzer Blick zum Kopf der Tafel zeigte mir, dass Torin und die Königin ins Gespräch vertieft waren und mir kaum Beachtung schenkten. Titania hatte sich zu dem Ritter herübergebeugt und sprach nur noch flüsternd, während Torin immer wieder gemessen nickte. Perfekt.

»Das nächste Lied«, kündigte ich an, als mein Publikum wieder still war, »ist die Geschichte einer verlorenen Liebe, und es zeigt uns, dass wir das, was wir haben, nie als selbstverständlich betrachten dürfen.«

Dieses Lied war sanft und langsam, voller Sehnsucht, und es handelte von einem Ritter, der eine Edelfrau liebte, es aufgrund des Standesunterschieds aber nicht wagte, seinen Gefühlen Ausdruck zu verleihen. Es war eine traurige Ballade, die ich so herzzerreißend gestaltete, wie ich nur konnte, wobei ich ein wenig Schein in die Töne einfließen ließ, um eine größere Wirkung zu erzielen. Ich bemerkte zwei Höflinge, die völlig gebannt zugehört hatten und nun plötzlich aufstanden und gemeinsam im Labyrinth verschwanden.

Während ich sang, behielt ich Torin und die Königin im Auge. Sie schauten nicht hoch, doch Titanias Kopf schob sich immer näher an den Ritter heran, bis sie nur noch wenige Zentimeter voneinander entfernt waren. Sir Torin entzog sich nicht, fing jedoch ihre Hand ab, als sie sich seinem Gesicht näherte, und drückte sie stattdessen an seine Lippen.

Abrupt erhob sich die Königin. Sie winkte einem Diener, zeigte auf

Vi und flüsterte ihm dabei etwas zu. Der Satyr neigte den Kopf, ging zu dem Mädchen, räumte den Kuchen ab und signalisierte der Kleinen, ihm zu folgen. Als Mensch und Satyr die Party verließen, grinste ich verstohlen.

Erster Akt: abgeschlossen. Vi wird uns heute Abend wohl doch nicht mehr unterhalten. Und nun, meine liebe Sommerkönigin, nachdem du dein kleines Haustier weggeschickt hast – wirst du den Köder schlucken?

Titania streckte sich wohlig, dann berührte sie Torin sanft an der Schulter und beugte sich zu ihm hinunter, um ihm etwas ins Ohr zu flüstern. O ja, sie schluckte ihn. Die Königin ließ ihre Finger über seinen Arm gleiten, trat einen Schritt zurück und schenkte ihm noch einen lasziven Blick, bevor sie auf das Heckenlabyrinth zu schlenderte und darin verschwand.

Torin wartete ein paar Herzschläge lang, dann schaute er zu mir. Ich nickte.

Ganz beiläufig erhob er sich und sah sich wachsam um. Niemand achtete auf ihn, sie waren alle völlig auf mich oder aufeinander fixiert. Inzwischen tanzten einige der Adeligen in Zweier- oder Dreiergruppen, und ihre Gesichter wirkten verträumt und benommen. Niemand sah, wie sich der Sommerritter davonstahl und der Königin in das Labyrinth folgte. Nachdem er verschwunden war, ließ ich noch ein paar Strophen folgen, dann beendete ich die Vorstellung.

Der zweite Akt hatte begonnen. Ich ließ meinen Blick umherschweifen und begutachtete mein Werk. *Ja, du hast es immer noch drauf, Goodfellow. Schon erstaunlich, was so ein kleines Liebeslied mit schwächeren Geistern anstellen kann. Nur schade, dass wir nicht mehr Zeit haben. Es ist schon eine Weile her, dass ich jemanden drei Nächte habe durchtanzen lassen.*

Und nun zum finalen Akt.

Ich verbeugte mich vor meinem Publikum. »Meine Lieben!«, rief ich, während sich die Adeligen noch benommen und verwirrt umsahen. »Ihr wart ein wahrhaft fabelhaftes Publikum! Doch ich fürchte, nun muss ich los! Versucht, nicht alle gleichzeitig loszustürmen, wenn das Geschrei beginnt. Und nun habt alle noch einen schönen Abend!«

Sie sahen mich blinzelnd an und verstanden wahrscheinlich kein Wort, da sie immer noch im Strudel ihrer Emotionen gefangen waren.

Ich verbeugte mich noch einmal und lief dann ins Labyrinth, ohne dass mich jemand aufzuhalten versuchte.

Mir war klar, wo Torin und die Königin sein würden. Ich war schon unzählige Male durch dieses Labyrinth geschlichen, entweder um in die Party der Königin hineinzuplatzen oder um ihre Gäste auszuspionieren. Manchmal auf Oberons Wunsch hin, manchmal aber auch zu meinem eigenen Vergnügen. Jedenfalls wusste ich, wo ich das entlaufene Paar finden würde: bei der verborgenen Quelle im nordöstlichen Teil des Labyrinths, zu der Titania all ihre »Interessenten« brachte.

Während ich mich anschlich, hörte ich ihre Stimmen, vorsichtig schob ich mich durch die Hecken, die in Form von Löwen, Hunden oder Einhörnern die Pfade säumten. Als ich vorsichtig hinter dem Brunnen mit der Meerjungfrauenskulptur hervorspähte, entdeckte ich die Königin und den Sommerritter neben dem Wasserbecken. Titania stand ganz dicht vor Torin und hatte ihm eine schlanke Hand auf die Brust gelegt. Sie war gerade dabei, sich noch weiter vorzubeugen.

»Majestät«, sagte der Ritter zögernd. »Ich ... ich kann das nicht tun ... nicht mehr. Was ist mit Eurem Gemahl? König Oberon ...«

»König Oberon«, unterbrach ihn Titania murmelnd und legte einen Finger an seine Lippen, »ist nicht hier. Und was Oberon nicht weiß ...« Sie beugte sich noch näher zu ihm und hauchte: »... macht ihn nicht heiß.«

Ich holte tief Luft. *Das war mein Stichwort.*

»Ihr habt ja so recht, Königin Titania!« Ich ließ meine Verkleidung fallen und trat hinter dem Brunnen hervor. »Was Oberon nicht weiß, macht ihn nicht heiß. Ja, ja, das sage ich mir so ziemlich jeden Tag. Es ist doch gut, zu wissen, dass wir so viel gemeinsam haben.«

Titania zuckte heftig zusammen, ließ von Torin ab und riss entsetzt die Augen auf, als sie mich sah. »Robin Goodfellow«, fauchte sie, und ihre Lippen verzogen sich hasserfüllt. Einen kurzen Moment lang zögerte sie, dann richtete sie sich zu voller Größe auf und starrte mich herablassend an. »Wie *kannst* du es wagen! Wie kannst du es wagen, uneingeladen hierherzukommen, insbesondere, wenn mein Mann nicht bei Hofe ist! Oder ... hat er dich etwa dazu angestiftet?« Voller Verachtung sah sie mich an. »Du warst doch schon immer sein kleiner Spion, sein braves Wachhündchen, stets bereit, die Aufgaben zu übernehmen, für die er sich zu schade ist. Jämmerlich. Ihr seid beide einfach nur jämmerlich!« Ein Blitz zuckte über den Himmel, sauste herab und traf einen Busch, der sofort Feuer fing. Ich hatte Mühe, nicht vor Schreck zusammenzufahren. In den flackernden Schatten leuchteten die blauen Augen der Sommerkönigin so hell, dass sie fast weiß wirkten. »Vielleicht erleidet der große Robin Goodfellow ja einen tragischen Unfall«, überlegte die Königin, und der Wind zerrte an ihren Haaren, als sie eine blasse Hand hob. »Ein Unglück, durch das er für ein paar Jahrhunderte zu völligem Stillschweigen verdammt wird.«

»Aber, aber.« Ich drohte ihr mit dem Finger und schickte ein furchterregendes Lächeln hinterher. »Ich denke eher, Ihr solltet mich belohnen, meine liebe Königin. Immerhin habe ich Euch gerade davor bewahrt, einen höchst peinlichen Fehler zu begehen. Ihr wurdet übertölpelt, Majestät. Man hat Euch vorgeführt. Direkt vor Eurer Nase sitzt ein Feind, und Ihr habt es nicht einmal bemerkt.«

Torin starrte mich unbewegt, aber finster an. Ich ignorierte ihn und konzentrierte mich ganz auf Titania, die mich nun mit vorsichtigem Misstrauen, aber gleichzeitig auch neugierig musterte. »Was für eine Gaunerei hast du wieder ausgeheckt, Goodfellow?«, fragte sie schließlich.

»Glaubt, was Ihr wollt«, entgegnete ich und erwiderte ungerührt ihren stechenden Blick. »Nennt mich, wie Ihr wollt, hasst mich meinetwegen, aber ich bin trotz allem ein treuer Diener des Sommerhofes. Dies ist mein Zuhause, und ich würde alles tun, um es zu schützen. Und wenn ich erfahre, dass wir von einem Feind unterwandert wurden, kann ich nicht tatenlos zusehen, selbst wenn das bedeutet, dass ich *Euch* warnen muss.«

»Wovon redest ...« Abrupt riss die Königin den Kopf hoch. »Leanansidhe«, zischte sie dann und kniff die Augen zusammen. »Sie hat jemanden geschickt. Jemanden, der meinen Spielmenschen stehlen soll. Wo ...«

»Direkt vor Eurer Nase, meine Königin. Wie ich es Euch bereits sagte.« Und bevor einer der beiden reagieren konnte, wirbelte ich zu Torin herum, zerriss seine Tarnung als Sommerritter und präsentierte der Sommerkönigin den darunter verborgenen Winterprinzen. »*Hier ist Euer Feind, Königin Titania. Verfahrt mit ihm, wie es Euch beliebt.*«

»Wenn wir Schatten euch beleidigt«

Verrat.

Das war die erste Reaktion in Ashs Gesicht, als er sich zu mir umdrehte. In seinen weit aufgerissenen silbernen Augen spiegelten sich Entsetzen und Ungläubigkeit. Ich grinste ihn nur an und verschränkte die Arme vor der Brust, während Titanias schriller Wutschrei sogar das Heulen des Windes übertönte.

Bevor Ash irgendetwas tun konnte, sauste ihr Arm herunter, einer ihrer Blitze traf ihn mitten in der Brust und schleuderte ihn gegen die Meerjungfrauenstatue. Benommen brach er an ihrem Fuß zusammen.

»Autsch.« Ich schauderte voller Mitgefühl. »Das sah aber schmerzhaft aus. Verpasst ihm noch eine, nur um sicherzugehen, dass er auch liegen bleibt.«

Wutentbrannt wirbelte Titania zu mir herum. »Du!«, fauchte sie. Jetzt waren ihre Augen wirklich gruselig. Ich blinzelte sie unschuldig an und wich einen Schritt zurück. »Ich weiß weder, wie du das bewerkstelligt hast, noch warum, aber sehr wohl, dass dies eine deiner Possen ist. So viel ist sicher! Welch niederträchtigen Unfug hast du denn diesmal in petto?«

»Ich?« Mit einem breiten Grinsen verschränkte ich die Hände hinter dem Kopf. »Das ist zu viel der Ehre, Königin Titania.«

»Ich bin keine Närrin, Robin Goodfellow.« Titania baute sich drohend vor mir auf, und über uns zuckten beängstigende Blitze. »Der Winterprinz ist gerissen und stark, aber er hätte das nicht allein tun können. Du hast ihn ins Sommerreich geschmuggelt – du bist der Einzige, dessen Magie stark genug ist, um ihn vor meinen Augen zu verbergen. Bevor ich also dafür sorge, dass Mabs Sohn mich um Gnade anfleht, will ich wissen, warum du das getan hast! Es gab eine Zeit, da wart ihr *Freunde.* Woher kommt also dieser plötzliche Sinneswandel?«

Ich vergrub die Hände in den Taschen, sah der Lichten Königin direkt in die Augen und murmelte: »Weil ... Er hat sich in *meine* Prinzessin verliebt.«

Ein paar Herzschläge lang herrschte Schweigen. Ash, der immer noch vor dem Brunnen lag, regte sich, doch die Aufmerksamkeit der Königin war ganz auf mich gerichtet.

»Ah.« Titania lächelte, und der gruselige Ausdruck in ihren Augen verblasste ein wenig. »Und schon ergibt alles einen Sinn. Du hast also *doch* einen leichten Hang zur Bösartigkeit, Robin Goodfellow. Oberons kleiner Schoßhund hat einen gewissen Biss.« Die Königin lachte in sich hinein und musterte mich abschätzend. »Ich bin fast ein wenig stolz auf dich.«

»Ich habe es nicht für Euch getan«, erwiderte ich. »Sondern für Meghan. Und für mich selbst. Und wenn Ihr den Eisbubi für Eure Demütigung zur Rechenschaft ziehen wollt, solltet Ihr besser schnell etwas unternehmen. Er ist bereits wieder auf den Beinen.«

Titania drehte sich hastig um. Ash stand neben dem Brunnen und musterte mich finster, während er mit gezogenem Schwert langsam zurückwich. Die Sommerkönigin schleuderte einen weiteren Blitz nach ihm, aber Ash ging hinter dem Brunnen in Deckung, sodass der Blitz lediglich einige Fische in Marmorkiesel verwandelte. Die Königin zischte vor Wut, während ich Ash mit einem trägen Grinsen bedachte.

»Sieh zu, dass du wegkommst, Eisbubi!«

Der Winterprinz hatte sich bereits in Bewegung gesetzt. Mit einem Hechtsprung landete er hinter einem löwenförmigen Busch, sodass der nächste Blitz ihn knapp verfehlte. Dann sprang er auf und rannte ins Labyrinth.

»Haltet ihn auf!« Die Sommerkönigin riss die Arme hoch, woraufhin der Schein wild fauchend ihren Kopf umwogte. »Haltet ihn!«, rief sie wieder, und nun regten sich die Löwen, Hunde, Einhörner und der Rest der Zierhecken. Sie sprangen von ihren Sockeln, heulten und brüllten. »Los!«, kreischte die Königin und gab ihnen mit der Hand eine Richtung vor. »Findet den Winterprinzen. Hetzt ihn und reißt ihn in Stücke!«

Brüllend verteilten sich die Büsche im Labyrinth. Vom Hof in der Mitte her hörte ich Kreischen und Geschrei, als die Party der Hofleute rüde unterbrochen wurde. Titania wartete noch einen Moment, dann drehte sie sich zu mir um.

»Ich werde ihn finden!«, fauchte sie. Das fast schon elektrisch blaue Glühen ihrer Augen vertrieb die Dunkelheit. »Für diese Demütigung wird er bezahlen! Goodfellow, ruf die Wachen, die Ritter, die Dienerschaft. Alarmiere den Rest von Arkadia. Der Winterprinz wird unseren Hof nicht lebend verlassen!«

Ich verneigte mich. »Gewiss, meine Königin«, versicherte ich ihr gedehnt. »Und dürfte ich vorschlagen, die Ritter für die Suche nach Eisbubi zumindest in Vierer- oder Sechsergruppen einzuteilen? Es sei denn, Ihr wollt in den Fluren bis zum Wilden Wald überall tiefgefrorenes Ritterschaschlik vorfinden. Ash kann ziemlich gut mit seinem Schwert umgehen.«

Mit funkelnden Augen hob Titania die Hand. Ein Blitz schoss herab, Rauch und der Geruch von verbrannter Erde stiegen vom Boden auf, dann war die Sommerkönigin verschwunden.

Ich atmete tief durch und ballte die Fäuste, damit meine Hände aufhörten zu zittern. *Letzter Akt: beendet. Das war leichter als gedacht. Und jetzt ... bleibt zu hoffen, dass der andere Teil ebenfalls problemlos abgelaufen ist ...*

»Nette Vorstellung, Goodfellow«, lobte eine Stimme hinter mir.

Erschöpft drehte ich mich um und sah, wie Ash aus dem Schatten des Labyrinths trat, immer noch als Sommerritter getarnt. Er trug ein schlafendes Kind in den Armen und drückte es fest an seine Brust. Vi schnarchte leise. Rund um ihren Mund klebte immer noch blaue Kuchenglasur. Bei der Menge an Schlafpulver, die sie heute Abend in sich reingestopft hatte, würde sie wahrscheinlich noch ein paar Stunden völlig weggetreten sein. Die ganze Flirterei mit der gigantischen Trollköchin in der Küche, die nötig gewesen war, um das Pulver in die angerührte Glasur zu schmuggeln, hatte sich also wenigstens gelohnt.

»Oh, gut, du hast sie gefunden.« Ich versuchte, ihn anzugrinsen, fühlte aber in Wirklichkeit eine seltsame Müdigkeit. »He, war das nicht eine grandiose Vorstellung? Eindrucksvoll genug, um eine Feenkönigin und den gesamten Sommerhof zu täuschen. Das wird vermutlich Geschichte schreiben.« Ash lächelte nicht, was mich seufzen ließ. »Also, wie viel hast du mitbekommen?«

»Genug.«

»Tatsächlich?« Ich sah ihn halb erschöpft, halb herausfordernd an. »Und hast du dazu irgendwas zu sagen, Eisbubi?«

»Nein.« Feierlich schüttelte er den Kopf. »Du hast gesagt, was nötig war. Du hast getan, was erforderlich war, um die Aufgabe zu erfüllen.«

»Ach? Wie furchtbar großzügig von dir, Prinz.«

»Nichts davon war gelogen, Goodfellow.« Ash sah mich durchdringend an. »Nichts von dem, was du gesagt oder getan hast, war wider deine Natur. Deshalb hat Titania dir bereitwillig geglaubt. Ich hätte es ebenfalls geglaubt.«

Ich seufzte noch einmal. »Gut zu wissen, wo ich stehe«, murmelte ich dann und rieb mir die Augen. »Dann lass uns gehen, Eisbubi. Verschwinden wir von hier, bevor Titania deinen Doppelgänger einfängt und herausfindet, dass er lediglich von ein paar Zweigen, Bindfäden und einer deiner Haarsträhnen zusammengehalten wird. Bei dem ganzen Theater hier sollte es ein Leichtes sein, sich heimlich, still und leise davonzuschleichen.«

Nicht ganz so leicht. Dank meines kleinen Ash-Klons herrschte am Sommerhof zwar das reinste Chaos, und alle überschlugen sich, um ihn zu finden, aber dennoch konnten wir nicht ganz ungehindert fliehen. Wir landeten mitten in einer Löwenzierhecke, die dringend gestutzt werden musste, und als Eisbubi sein Schwert zog, um gegen die Kreatur zu kämpfen, verflüchtigte sich seine Tarnung. Und natürlich begegnete uns im Anschluss eine Gruppe Sommerritter, mit denen wir eine schwungvolle Runde Fangen spielten, bevor wir uns endlich in die Hecke flüchten konnten. Während uns die Ritter dicht auf den Fersen waren, führte ich uns durch einen gewundenen Dornentunnel, der immer enger und enger wurde, bis er schließlich unvermittelt endete.

Ash fluchte leise und sah sich hektisch um, als sich das Geräusch schwerer Stiefel näherte.

»Bist du etwa falsch abgebogen, Goodfellow?«, knurrte er.

»Entspann dich, Eisbubi. Ich weiß, was ich tue.« Ich tastete unter einem alten Baumstamm herum und zog schließlich ein einfaches, grünes Tuch hervor, das schon ziemlich abgenutzt und zerrissen war.

Vorsichtig schüttelte ich es aus, hängte es über ein paar Dornen und schob es beiseite. Zwischen den Ranken tat sich ein schmales Loch auf. Ash, der immer noch Vi trug, schlüpfte hindurch, und ich folgte ihm, nicht ohne das Tuch wieder von den Dornen zu reißen. Die Ranken- wand verschwand, und die Geräusche unserer Verfolger verstummten so abrupt, als hätte jemand einen Fernseher ausgeschaltet. Als sich die Dunkelheit auf uns herabsenkte, atmete ich erleichtert auf.

»Wo sind wir?«, flüsterte Ash ganz in meiner Nähe.

Ich schnippte mit den Fingern, und prompt flackerte in einem ge- mauerten Kamin ein Feuer auf, in dessen Schein eine kleine Blockhütte mit Holzboden und Stützpfeilern aus lebenden Bäumen sichtbar wurde. Ein Zwischengeschoss erstreckte sich über die Hälfte der Hütte, jenseits davon war das aufragende Strohdach zu erkennen. Aus den Ecken späh- ten kleine Tiere hervor, die eher neugierig als ängstlich wirkten.

»Willkommen in meinem bescheidenen Domizil«, sagte ich grinsend zu Ash.

Der sah sich mit verhaltenem Staunen in der winzigen Hütte um. »Das hier ist *dein* Haus, Goodfellow?«

»Eines von vielen.« Ich verscheuchte einen Fuchs aus einem Sessel und ließ mich mit einem wohligen Seufzer hineinsinken. »Ich halte mir gerne einen Rückzugsort frei, um dem Wahnsinn bei Hofe entfliehen zu können. Einen Platz, an dem ich entspannen kann, ohne dass jemand weiß, wo ich bin.«

»Wo du dich verstecken kannst, wenn Oberon dir mal wieder nach dem Leben trachtet, meinst du wohl?«

»Autsch, Eisbubi. Sei in meinem eigenen Heim ein wenig netter zu mir, ja? Sonst bereue ich es vielleicht noch, dich hierher gebracht zu haben.« Ich lehnte mich zurück, legte die Füße auf einen kleinen Sche- mel und überkreuzte die Knöchel. »Keine Sorge, der Ort liegt in der Welt der Sterblichen – bei Hofe kann niemand mehr spüren, wo wir sind.«

Ash wirkte erleichtert. »Dann haben wir es also geschafft«, mur- melte er mit einem Blick auf die Wand, aus der wir vor wenigen Se- kunden anscheinend direkt herausgekommen waren. »Wir haben die ›Violine‹ gefunden und es aus dem Sommerreich rausgeschafft.« Mit einem tiefen Seufzer musterte er das schlafende Mädchen auf seinem Arm. »Dann bleibt wohl nur noch die Frage, was wir jetzt tun werden, oder?«

Ich zeigte auf ein Bett in einer der Ecken. Ash legte die Sterbliche auf die Überdecke und das für einen Winterprinzen erstaunlich sanft. Ich konnte mich nicht daran erinnern, dass er so umsichtig gewesen wäre, bevor er Meghan begegnet war. Vi zappelte ein wenig und murmelte ein leises »Mommy«, wachte aber nicht auf.

»Leanansidhe wartet sicher schon auf uns«, sagte ich, während der Fuchs auf meinen Schoß sprang, sich dort zusammenrollte und die Schnauze unter seinem buschigen Schwanz versteckte. Geistesabwesend streichelte ich seinen rötlichen Pelz. »Wahrscheinlich ist sie bereits unterwegs.«

»Ja.« Ash seufzte wieder und verschränkte die Arme, ohne das Mädchen aus den Augen zu lassen. »Wie würdest du es angehen, Goodfellow?«

Ich dachte kurz nach, dann zog ich schwungvoll die Füße vom Schemel und stand auf, wobei der Fuchs auf dem Boden landete. Er bellte empört und trottete aus der Tür. »Keine Sorge, Eisbubi«, meinte ich dann fröhlich und ging in die obere Etage, um etwas zu holen. »Ich habe noch einen kleinen Trumpf in petto.«

»Beklatscht, lässt Puck euch nie im Stich!«

»Meine Lieben!«

Leanansidhe stand im hohen Gras vor der Hütte und strahlte uns an, als wir durch die Tür kamen. Das Mädchen lag immer noch fest schlafend in den Armen des Prinzen. »Ihr habt sie gefunden, meine Lieben! Ich wusste, dass ihr es schaffen würdet. Ich hatte vollstes Vertrauen in eure Fähigkeiten.« Voller Dramatik legte sie eine Hand an die Brust. »Oh, ich wünschte, ich könnte Titanias Gesicht sehen, wenn sie entdeckt, dass ihr kleines Spielzeug nicht mehr da ist.«

Ash trat vor. »Unser Handel ist vollzogen«, erklärte er fest. »Wir haben gefunden, was dir gestohlen wurde, und haben es dir zurückgebracht. Damit habe ich meinen Teil der Abmachung erfüllt. Ich schulde dir nichts mehr.«

»Selbstverständlich, Liebes.« Leanansidhe lächelte ihn strahlend an. »Du hast hervorragende Arbeit geleistet. Wenn du sie jetzt einfach dort hinlegst, mein Täubchen, dann werden meine Bediensteten sie dir abnehmen.«

Ash ließ das Mädchen nicht los. Ich spürte sein Zögern, dann holte er tief Luft. Mit leiser Stimme fragte er: »Was würdest du verlangen, damit du sie gehen lässt?«

»Was?« Leanansidhe blinzelte überrascht und starrte den Winterprinzen fassungslos an, der ihren Blick gelassen erwiderte. »*Was* hast du gesagt, Liebes? Ich bin mir nicht sicher, ob ich das richtig verstanden habe.«

Schnell trat ich an seine Seite.

»Sie ist noch ein Kind, Lea.« Die Königin der Exilanten drehte sich zu mir um und spannte sich an wie ein wütender Puma. »Du kannst sie nicht so halten. Sie hat irgendwo eine Familie. Sie muss nach Hause zurückkehren.«

»Sie ist bei *mir* zu Hause, Liebes.« Empört richtete Leanansidhe sich zu ihrer vollen Größe auf, und ihre kupferblonden Haare peitschten wild um ihr Gesicht. »Und das Mädchen gehört mir! Ash, Liebes.« Sie wandte sich wieder an den Winterprinzen. »Ich kann das einfach nicht glauben. Deine eigene Königin verfährt wesentlich schlimmer mit den Menschen an ihrem Hof. Und du – ich weiß, was *du* den Sterblichen im Laufe der Jahre alles angetan hast, du genauso wie Goodfellow, ihr alle beide! Wie könnt ihr es wagen, über mich zu urteilen? Seid ihr vielleicht weich geworden, meine Lieben? Habt ihr etwa vergessen, dass wir Feen sind?«

Wow, zwei launische Feenköniginnen an einem Tag vergrätzt. Damit hatten wir bestimmt einen Rekord aufgestellt. Ich trat einen Schritt vor, bevor Lea auf die Idee kam, Ash in ein Cembalo zu verwandeln.

»Ganz und gar nicht«, sagte ich schnell und grinste die empörte Königin der Exilanten breit an. »Beruhige dich, Lea. Es ist ja nicht so, als wollten wir uns das Kind schnappen und damit abhauen. Wir sind bereit, dir einen Handel vorzuschlagen.«

Das besänftigte Leanansidhe ein wenig. »Einen Handel, Liebes?«, wiederholte sie nachdenklich und tat dabei so, als wäre sie nicht sonderlich interessiert, doch ich wusste, dass sie neugierig geworden war. Sie konnte gar nicht anders; das gehörte zu unserer Feennatur. »Und dürfte ich fragen, was in aller Welt ihr mir für die Freiheit des Mädchens anbieten könntet? Nur damit du es weißt, Liebes, der Preis wird hoch sein. Immerhin gehört dieses Mädchen zu meinen absoluten Lieblingen. Ich fürchte, euer Angebot muss schon ziemlich …«

Ich griff unter mein Hemd, zog einen Spiegel hervor und ließ ihn in der Sonne aufblitzen. Es war ein kleiner, goldener Handspiegel, mit Blumen aus Juwelsplittern am Rand und fein gearbeiteten Silberranken am Griff. Als ich ihn hervorzog, gab er einen süßen, durchdringenden Ton von sich, der die Vögel im näheren Umkreis zum Singen brachte und sogar ein neugieriges Paar Rehe aus dem Wald anlockte.

Leanansidhe riss die Augen auf. »Das … das ist doch …« Verblüfft blinzelte sie mich an, dann warf sie den Kopf zurück und lachte. »Oh, Robin, du schlimmer, brillanter Junge. Du hast ihn also *doch* gestohlen. Wie in aller Welt ist dir das gelungen?«

»Das ist eine sehr lange Geschichte« erklärte ich. »Eine, die zu einem anderen Zeitpunkt erzählt werden sollte.« Ich warf den Spiegel in die Luft und fing ihn lässig wieder auf, dann streckte ich ihn Leanansidhe entgegen. »Also, Lea, haben wir eine Abmachung oder nicht?«

»Bring das Mädchen zurück zu ihrer Familie, Liebes.« Leanansidhe nahm mir mit sichtbarem Entzücken den Spiegel aus der Hand. »Ich habe sie in irgendeiner Kleinstadt in den Ozark Mountains entdeckt. Wahrscheinlich kann sie euch sagen, wo sie wohnt … Ich hatte sie noch nicht sehr lange. Wie dem auch sei, ich denke, unsere Angelegenheiten sind damit geregelt.«

»Eine Sache wäre da noch«, meldete sich Ash, bevor die Königin der Exilanten aufbrechen konnte. »Grimalkin. Wir müssen ihn finden. Du sagtest, du wüsstest, wo er sich aufhält.«

»Nein, Liebes.« Leanansidhe bewunderte sich in dem Spiegel und wirkte dabei ungefähr so selbstzufrieden wie eine satte Katze. »Ich sagte, ich könnte euch eventuell die entsprechende Richtung weisen.«

»Und welche Richtung wäre das?«

Leanansidhe riss sich von ihrem Spiegelbild los und schenkte uns ein mildes Lächeln. »Nun ja, meine Lieben«, hob sie an und wedelte vage mit der Hand. »Irgendwo im Geisterwald leben drei Hexen, dort würde ich anfangen. Dieser Ort ist genauso gut wie jeder andere. Aber jetzt muss ich wirklich los, meine Lieben. Immerhin muss ich noch eine Violine ersetzen. Viel Glück bei eurer Suche nach Grimalkin. Falls ihr es schafft, den hinterhältigen kleinen Racker aufzuspüren, seid doch so lieb und grüßt ihn von mir. Ciao, ihr Lieben!«

Ein Wirbel aus Glitzer und Licht, dann waren wir allein.

Ash seufzte. »Der Geisterwald«, sagte er leise und verlagerte das Mädchen in eine bequemere Position. Sie murmelte etwas und schnarchte dann weiter. »Das ist … Pech. Ich hatte gehofft, wir müssten nie wieder dorthin zurück.«

Ich grinste ihn an. »Was denn, etwa wegen des Ogerstammes, den wir gegen uns aufgebracht haben, oder wegen des riesigen toten Gottes, den wir zufällig geweckt haben?«

»Den *du* zufällig geweckt hast.«

»Kleinigkeiten.« Lässig wedelte ich mit der Hand. »Also, starten wir nun in dieses neue Abenteuer oder was?«

Ash schüttelte den Kopf, aber ich sah den Schatten eines Grinsens in seinem Gesicht. »Dir ist doch wohl klar, dass ich dich wahrscheinlich schon sehr bald umbringen werde, oder?«, murmelte er, während wir in Richtung Wald gingen.

»Das ist doch ein alter Hut, Eisbubi.« Kichernd schloss ich zu ihm auf. »Und du weißt ja, dass ich das auf keinen Fall verpassen will.«

DAS EISERNE LAND

1

Dunkelheit hüllte mich ein.

Ich stand in einem mir wohlbekannten Raum, dessen Wände und Regale mit makabren, seltsamen Dingen bestückt waren. Eingelegte Schlangen im Glas, Zähne, Federn, Knochen und Blüten, die überall verstreut waren. Aus einer Ecke grinste mich ein Skelett an, das einen Zylinder trug. Gruselig, ja, aber ich fürchtete mich nicht.

Ich kannte diesen Ort. Mir wollte nur nicht mehr einfallen, woher.

Am Rande des Lichtscheins befand sich ein Schaukelstuhl, der nun quietschend in Bewegung geriet. Er stand mit dem Rücken zu mir, sodass ich nur eine zusammengesunkene Gestalt und dürre Arme erkennen konnte, die rechts und links vom Sitz herunterhingen. Als ich mich näherte, roch ich den Verfall, den Gestank von Grabesstaub, Lumpen und alten Zeitungen, die auf einem Speicher vor sich hinmodern. Ich ging um den Stuhl herum und hatte den verschrumpelten Körper einer alten Frau vor mir, deren Fingernägel sich zu langen Krallen bogen. Der Kopf der Alten war auf die Brust gesunken.

Plötzlich riss sie ihn hoch, und ihre Augen brannten in einem schwarzen Feuer, als sie den Mund öffnete und jene entsetzlichen Worte hauchte, bei denen mir vor Angst fast das Herz stehen blieb.

In diesem Moment wurde ich wach.

Mein Name ist Meghan Chase.

Und in letzter Zeit habe ich viel zu viel gearbeitet.

Ich hob blinzelnd den Kopf von der Schreibtischplatte und musterte den Computer und die sinnentleerten Worte, die über den Monitor flimmerten. Ein Blick auf die Uhr verriet mir, dass es sechs Uhr zweiunddreißig morgens war. Hatte ich etwa schon wieder die Nacht durchgeackert? Gähnend versuchte ich, die Spinnweben aus meinem müden Hirn zu vertreiben, und da kehrte die Erinnerung zurück. Nein, ich war erst vor einer Stunde hierhergekommen, um zu überprüfen, wie es mit dem neuen Schienensystem voranging, das gerade in meinem Reich verlegt wurde. Das war eines meiner Lieblingsprojekte, denn obwohl das Eiserne Reich das kleinste und jüngste Reich im Nimmernie war, umfasste es doch ein ziemlich ausgedehntes Areal. Seine Bürger sollten eine Möglichkeit bekommen, schnell und sicher zu reisen, insbesondere, wenn sie nach Mag Tuiredh kamen, um ihre neue Königin zu sehen. Die Eisenbahn war da die perfekte Lösung, auch wenn es noch eine Weile dauern würde, bis sie fertig war.

Entschlossen rieb ich mir die Augen, und die letzten Reste des Traums lösten sich auf. Irgendetwas mit einem Skelett und einer gruseligen Alten ... ich erinnerte mich nicht genau. Vielleicht sollte ich einen Gang runterschalten, mir etwas Ruhe oder einen Urlaub gönnen, falls der Eisernen Königin etwas Derartiges gestattet war. Inzwischen lag das nicht mehr vollkommen außerhalb des Möglichen. Das Eiserne Reich entwickelte sich sehr gut, obwohl es noch immer der Angst und dem Hass der anderen Höfe ausgesetzt war. Natürlich gab es hin und wieder kleinere Zwischenfälle, insbesondere im Hinblick auf den Winterhof, da die Grenzen von Tir Na Nog in unmittelbarer Nähe meines Eisernen Königreiches lagen. Doch insgesamt verlief alles wesentlich unkomplizierter und friedlicher, als ich zu hoffen gewagt hatte.

Apropos, heute war Winteranfang. Heute Nachmittag würde das Elysium des Winterhofes in Tir Na Nog stattfinden. Allein beim Gedanken daran stöhnte ich frustriert.

Mein Schäferhund Beau, der mir wie immer zu Füßen lag, hob den Kopf und klopfte hoffnungsvoll mit dem Schwanz auf den Boden, was mir ein Lächeln entlockte.

»Hey, Großer. Musst du mal raus?«

Hechelnd sprang der Hund auf und wedelte fröhlich mit dem Schwanz. Ich streichelte seinen Kopf und erhob mich ebenfalls, fuhr aber erschrocken zusammen, als der Boden unter meinen Füßen zu schwanken begann und mir übel wurde. Stirnrunzelnd stützte ich mich am Schreibtisch ab und biss die Zähne zusammen, bis das Gefühl nachließ. Beau winselte leise und stupste mit der Schnauze gegen meine Hand. Sanft fuhr ich über seinen Nacken, als die Übelkeit verflogen war und alles wieder normal schien. »Es geht mir gut, Großer«, versicherte ich ihm. Seine lieben, braunen Augen blickten besorgt zu mir auf. »Zu hart gearbeitet, schätze ich. Komm jetzt, ich wette, Razor wartet schon auf euer tägliches Versteckspiel.«

Leise traten wir auf den Gang hinaus, wo mich sofort einige Gremlins entdeckten, kleine Eiserne Feen, deren größte Leidenschaft das Chaos war. Lachend tanzten sie um mich herum, kletterten die Wände hoch, hingen an der Decke und triezten den armen Beau, bis wir schließlich die Tür erreichten, die zum Palastgarten führte. Sobald ich sie geöffnet hatte, schossen die Gremlins hinaus und summten voller Spott, bis Beau wild bellend die Verfolgung aufnahm. Ich verdrehte die Augen und schloss die Tür hinter ihm, woraufhin die Stille in den Eisernen Palast zurückkehrte, wenn auch nur vorübergehend. Trotzdem konnte ich mir ein Lächeln nicht verkneifen, als ich in meine Gemächer zurückkehrte. Der Weg führte mich an mehreren Eisernen Rittern vorbei, die sich respektvoll vor mir verneigten, was ich mit einem Nicken erwiderte. So sah mein Leben nun aus: Verrückt, verdreht, seltsam und magisch – und ich hätte es nicht mehr anders haben wollen.

Als ich das Schlafzimmer betrat, wurde mein Blick sofort von dem großen Bett an der Wand und dem Hügel unter der Decke angezogen. Durch die halb geöffneten Vorhänge fiel fahles Licht herein und beschien die schlafende Winterfee. Beziehungsweise ehemalige Winterfee. Ich blieb im Türrahmen stehen und gönnte mir einen stillen Moment, um ihn einfach nur anzusehen. In meinem Bauch tanzten die Schmetterlinge. Manchmal fiel es mir schwer zu glauben, dass er wirklich hier war, dass es kein Traum, keine Täuschung, keine Einbildung war. Dass er für immer mein war: mein Ehemann, mein Ritter.

Meine Fee mit einer Seele.

Er lag auf dem Bauch, hatte die Arme unter dem Kissen vergraben und atmete friedlich. Die dunklen Haare waren ihm in die Stirn gefallen. Die verrutschte Bettdecke legte seine schlanken, muskulösen

Schultern frei, und die Morgensonne liebkoste seine helle Haut. Normalerweise war es mir nicht vergönnt, ihm beim Schlafen zuzusehen. Meistens stand er vor mir auf und trainierte mit Glitch im Hof oder wanderte einfach nur durch das Schloss. Insbesondere in den ersten Wochen unserer Ehe war er oft fort gewesen, wenn ich nachts aufwachte. Die gesteigerte Wahrnehmung eines Kriegers ließ es nicht zu, dass er lange an einem Ort verharrte, nicht einmal zum Schlafen. Er war am Dunklen Hof aufgewachsen, wo man rund um die Uhr wachsam bleiben musste, und Jahrhunderte der Überlebenskunst unter Feen konnte man nicht so einfach abschütteln. Diese Paranoia würde er wohl nie ganz loswerden, aber er wurde dennoch zunehmend gelassener, was hin und wieder sogar so weit ging, dass er morgens noch neben mir lag und mich im Arm hielt.

Und da diese Momente, in denen er alle Schutzmechanismen außer Acht ließ und vollkommen entspannt war, so selten vorkamen, fiel es mir nun wahnsinnig schwer, ihn zu stören. Trotzdem betrat ich das Zimmer, setzte mich auf die Bettkante und streichelte sanft seine Schulter. Von einer Sekunde auf die andere war er wach, schlug die Augen auf und schenkte mir einen Blick aus seinen silbernen Augen, bei dem mir regelmäßig der Atem stockte. »Hey«, begrüßte ich ihn lächelnd. »Ich wecke dich ja nur ungern, aber wir müssen bald los, schon vergessen?«

Er grunzte, drehte sich völlig überraschend auf den Rücken und zog sich das Kissen vors Gesicht. »Ich werde dich wohl nicht dazu überreden können, ohne mich zu gehen, oder?«, drang sein gedämpftes Stöhnen durch den Stoff. »Sag Mab doch einfach, ich wäre von einem Mantikor gefressen worden oder so.«

»Wie bitte? Sei nicht albern.« Ich nahm ihm das Kissen weg, woraufhin er verschlafen zu mir hoch blinzelte. »Das ist unser erstes gemeinsames Elysium, Ash. Sie erwarten uns. Uns beide.« Stöhnend schnappte er sich das nächste Kissen. »Du wirst nicht schwänzen und die Winterkönigin verärgern. Ich tue mir das ganz sicher nicht alleine an.« Ich entriss ihm auch das zweite Kissen und ließ es zu Boden fallen. Dann warf ich ihm einen gespielt bösen Blick zu. »Hoch mit dir.«

Er schenkte mir ein trockenes Grinsen. »Dafür, dass du mich die ganze Nacht wach gehalten hast, bist du aber erstaunlich munter.«

»Hey, immerhin hast du angefangen!«, gab ich im gespielten Trotz zurück, doch sein Anblick ließ mein Herz vor Freude hüpfen. Jeden Tag schienen kleine Stücke aus seiner inneren Schutzmauer herauszubrechen, und dahinter kam diese wundervolle, strahlende Seele zum Vorschein. Natürlich wusste ich, dass sie existierte, aber bisher war sie von seiner Vergangenheit, dem Winter in seinem Wesen und seiner gnadenlosen Herkunft überlagert worden. Für jeden anderen im Schloss war er noch immer Ash der Eisprinz, und wenn er wütend oder aufgeregt war, kam dieser eisige Schutzwall noch manchmal zum Vorschein, aber er gab sich Mühe.

»Komm schon.« Ich pikte ihn mit einem Finger in die Rippen, was er mit einem Grunzen quittierte. »Wenn ich das erdulden muss, dann gilt das genauso für dich. Das war Teil des Deals, als du mich geheiratet hast.« Wieder wollte ich ihn piken, aber seine Hand schoss so schnell vor, dass ich sie nicht einmal sehen konnte. Er packte mein Handgelenk und zog mich an sich. Mit einem überraschten Quieken landete ich auf ihm, seine Arme schlangen sich um meine Taille und hielten mich fest umklammert.

»Ich weiß nicht«, murmelte er nachdenklich und grinste träge. Mein Herz schlug schneller. »Was würdest du tun, wenn ich dich einfach den ganzen Nachmittag hier festhalte? Wir könnten Glitch als Vertretung nach Tir Na Nog schicken – er würde die Wogen bestimmt glätten.«

»Na klar, das würde ein tolles Licht auf uns werfen ...« Weiter kam ich nicht, da Ash sich aufsetzte und meinen Protest mit einem Kuss erstickte. Ich schloss die Augen und schmiegte mich an ihn, genoss es, seine Lippen auf mir zu spüren und seinen Duft zu atmen. Gott, er war wie eine Droge: Ich konnte einfach nie genug von ihm kriegen. Meine Finger glitten über seine Schultern und seine nackte Brust, und er fuhr seufzend mit beiden Händen durch mein Haar.

»Dadurch ... wirst du dich genauso wenig drücken können«, erklärte ich atemlos und begann zu zittern, als Ash sanft meinen Hals küsste, direkt unter dem Ohr. »Du wirst trotzdem ... zum Elysium gehen ...« Mit einem leisen Lachen ließ er die Lippen über meine Wange gleiten.

»Euer Wunsch ist mir Befehl, meine Königin«, flüsterte er. Mir tat das Herz weh vor lauter Liebe zu ihm. »Ich werde gehorchen, selbst wenn du mir befiehlst, mir das Herz aus dem Leib zu reißen. Selbst wenn du mir befiehlst, mich der Hölle des Elysiums am Winterhof auszusetzen.«

»So ... schlimm wird es doch nicht werden, oder?«, brachte ich mit Mühe heraus. Ash grinste kläglich.

»Also, rücken wir das Ganze doch mal ins rechte Licht«, sagte er, strich mir eine Haarsträhne aus der Stirn und sah mich dann eindringlich an. »Wie oft hast du bereits am Elysium teilgenommen?«

»Drei Mal«, antwortete ich prompt. »Zumindest wird es diesmal das dritte Mal sein.«

»Und was meinst du, wie oft *ich* schon am Elysium teilgenommen habe?«

»Äh ... öfter als drei Mal?«

»Wirklich bewundernswert, wie du die Kunst der Untertreibung beherrschst.« Ash küsste mich noch einmal und ließ mich dann mit einem Kopfschütteln los. Ich stand ruckartig vom Bett auf, denn wenn ich noch länger hier lag und in diese wundervollen Augen blickte, würde ich nirgendwo mehr hingehen. »Also schön«, seufzte er schließlich und setzte eine beleidigte Miene auf. »Ich denke, ich werde auch noch ein weiteres Elysium ertragen können.« Er stützte sich auf einen Ellbogen und lugte zwischen den Kissen und Decken hervor. Das sah so sexy aus, dass ich am liebsten das Elysium zum Teufel geschickt und höchstpersönlich geschwänzt hätte. »Dir ist aber schon klar, dass mindestens ein Gauner vom Winterhof ankommen und mich herausfordern wird, weil sie mich für einen Verräter halten?«

»Tja, dann versuche wenigstens, niemanden umzubringen, Ash.«

»Majestät?« Es klopfte zaghaft. Als ich die Tür öffnete, standen drei Drahtnymphen vor mir. »Wir sollen Euch bei den Vorbereitungen für das Elysium helfen, Majestät«, erklärte eine von ihnen mit einem tiefen Knicks. »Hofrat Fix bestand darauf, dass wir ein Kleid für Euch herrichten, das einer Königin angemessen ist.«

»Hat er das?«, erwiderte ich mit einem Lächeln. Fix – Elsterling und mein enger Berater – war in letzter Zeit ziemlich damit beschäftigt gewesen, Nachforschungen über das Elysium, die anderen Höfe und die damit einhergehenden Gepflogenheiten anzustellen. Er war unglaublich effizient darin gewesen und wusste inzwischen vermutlich mehr über diese Festivität als die meisten der altehrwürdigen Feen.

Die Drahtnymphe trat verlegen von einem Fuß auf den anderen. »Ja, Eure Majestät. Er bat uns außerdem darum, Eure Hoheit daran zu erinnern, dass es höchst unschicklich wäre, am Winterhof menschliche Jeans und T-Shirts zu tragen. Wir können sofort beginnen, wenn Ihr bereit seid.«

Vom Bett drang ein Geräusch herüber, das verdächtig nach Gelächter klang. Über die Schulter warf ich Ash einen schnellen Blick zu, den er voller Unschuld erwiderte. Als Fix letzte Nacht mit mir noch einmal das Reglement durchgegangen war, hatte ich *im Scherz* erklärt, dass das Elysium immer so steif und formell sei und ich deswegen überlege, dieses Jahr in Freizeitkleidung hinzugehen. Dann hätte ich es wenigstens bequem, während ich erfror. Fix hatte so entsetzt gequiekt, dass ich dachte, er würde einen Herzinfarkt bekommen, weshalb ich ihm hastig versicherte, das sei nicht ernst gemeint gewesen. Elsterlinge waren wundervolle und unübertroffen loyale Feen, aber sie hatten die Angewohnheit, alles immer sehr ernst zu nehmen. Puck hätte seine helle Freude an ihnen gehabt.

Puck. Beim Gedanken an ihn wurde ich traurig. Wo steckte er wohl gerade? Was trieb er so? Seit dem Tag, an dem wir den falschen König besiegt und ich den Eisernen Thron bestiegen hatte, hatte ich meinen besten Freund nicht mehr gesehen. Ash schon; Puck war mit ihm ans Ende der Welt gereist und hatte ihm beigestanden bei dem Kampf um eine eigene Seele, damit er mit mir im Eisernen Reich leben konnte. Doch kurz darauf hatten sie sich getrennt, und seitdem hatte niemand mehr etwas vom König aller Streiche gehört.

Ich hätte zu gern gewusst, wo er gerade war. Er fehlte mir.

»Also schön.« Ich schenkte den Drahtnymphen ein Lächeln, um ihre Nervosität zu zerstreuen. »Geht voran.«

Eine ganze Weile später, nachdem man mich in ein Kleid geknufft und gezwängt hatte und meine Haare mit Mühe zu Locken geformt und mein Gesicht mit Make-up aufgefrischt worden war, ging ich zurück in Richtung Schlafzimmer. Gott sei Dank war das vorbei. Auf solche Dinge hätte ich gut und gerne verzichten können – auf diese extrem formellen Veranstaltungen, bei denen ich immer als die mächtige Feenkönigin erscheinen musste. Ich konnte Ashs Widerwillen gut verstehen. Feenpolitik war verzwickt, tückisch, und wenn man nicht aufpasste, auch verflucht gefährlich. Ihre Spielregeln hatte ich im Schnellverfahren lernen müssen. Zum Glück hatte ich Glitch und Fix, die mir mit Rat und Tat zur Seite standen, und nun natürlich auch Ash. Und der jüngste Sohn der Dunklen Königin war bestens bewandert, wenn es um die Machtkämpfe zwischen den Feenhöfen ging.

Da wir gerade von ihm sprechen …

Er wartete vor der Tür zu unseren Gemächern auf mich. Mit verschränkten Armen lehnte er an einer der weißen Marmorsäulen. Bei seinem Anblick musste ich mich kurz sammeln. In seiner schwarz-silbernen, höfischen Montur, mit dem Mantel und dem Schwert an der Seite machte er einfach eine fantastische Figur. Ich musste an unseren ersten gemeinsamen Tanz denken, bei meinem allerersten Elysium, als ich den kalten, gefährlichen Sohn von Königin Mab zum ersten Mal gesehen und mich Hals über Kopf in ihn verliebt hatte. Nennt es Schicksal, Bestimmung oder einfach nur unüberwindliche Sturheit von beiden Seiten, doch von diesem Moment an gab es kein Zurück mehr.

Als Ash mich jetzt kommen sah, stieß er sich lächelnd von der Säule ab und streckte die Hand nach mir aus. Er verfügte über die verblüffende Fähigkeit, jedes Detail meiner Erscheinung mit einem einzigen Blick zu erfassen, ohne dabei mein Gesicht aus den Augen zu lassen. Ich konnte spüren, wie er sie auch diesmal wieder zum Einsatz brachte. Einen Moment lang wirkte er leicht benommen, doch dann nahm er meine Hand und hauchte – ganz Gentleman – einen Kuss darauf.

»Tja«, seufzte ich und ignorierte angestrengt die Schmetterlinge in meinem Bauch, »da wäre ich also, fein herausgeputzt und bereit für das Elysium.« Kopfschüttelnd musterte ich mein Kleid: metallisch schimmerndes Grau und Weiß, die passenden Farben für eine Eiserne Königin. »Ich hoffe bloß, dass dieses Kleid warm genug ist. Mabs Palast ist nicht gerade der molligste Ort des Nimmernie.«

»Du siehst umwerfend aus«, versicherte mir Ash leise und zog mich an sich. Ich errötete, woraufhin ein verschlagenes Lächeln über sein Gesicht huschte. »Ich bin froh, dass Fix dir das mit der Jeans ausreden konnte.«

Mit dem Handrücken verpasste ich ihm einen Schlag in die Magengrube. Er lachte leise, bot mir seinen Arm, und gemeinsam schritten wir durch die langen Flure des Eisernen Palastes. An Wänden und Decken huschten kichernde Gremlins herum, und die Eisernen Ritter neigten ehrerbietig die Köpfe vor uns. Hackerelfen, Mechanikerzwerge, Drahtnymphen und Aufziehmännchen verbeugten sich, bevor sie wieder ihren Pflichten nachgingen. Meine Eisernen Feen. Kaum zu glauben, dass ich vor ein paar Jahren noch ein ganz normaler Teenager irgendwo im Sumpfland von Louisiana gewesen war und sich die Eisernen Feen damals darauf vorbereitet hatten, das Nimmernie zu zerstören. Nun war ich ihre Königin, und auch wenn sie im Wilden Wald und in den anderen Reichen nicht gern gesehen waren, galten sie inzwischen doch nicht mehr als Abscheulichkeiten, die ausgemerzt werden mussten. So vieles hatte sich verändert. *Ich* hatte mich verändert, genau wie alle anderen in meinem Umfeld.

Verstohlen spähte ich zu meinem Ritter hinüber, der wortlos neben mir herlief. Er schien sich im Eisernen Palast jetzt wirklich wohlzufühlen, er wirkte entspannt und zufrieden. Auch wenn sein Blick nie zur Ruhe kam, er unentwegt alles beobachtete und jede Fee, mit der ich mich unterhielt, aufs Strengste musterte – stets bereit, in Aktion zu treten –, hatte er sich überraschend gut im Eisernen Reich eingelebt. Anfangs hatte ich mir Sorgen gemacht, dass er Tir Na Nog und den Winterhof vermissen könnte und es schwierig für ihn werden würde, sich der fremdartigen Natur des Eisernen Reiches und seiner Bewohner anzupassen. Doch er war erstaunlich problemlos in seine neue Rolle geschlüpft, fast so, als wäre sie ihm bereits vertraut. Als hätte er genau diese Rolle schon einmal gespielt.

Und auch wenn es seltsam klingen mag, war das vielleicht wirklich der Fall. Ich wusste nicht, was Ash auf seiner Reise ans Ende der Welt alles durchgemacht hatte, um eine Seele zu erringen. Das Wichtigste hatte er mir erzählt, ohne dabei auf schmerzliche Details einzugehen, doch selbst das, was er mir anvertraut hatte, war unfassbar genug. Und es gab eine Episode, über die er höchst ungern sprach: Als er eine Version unserer gemeinsamen Zukunft gesehen hatte. Er wich mir nicht direkt aus, erklärte mir aber, dass er unsere wahre Zukunft nicht durch

Unsicherheiten und Dinge trüben wollte, die vielleicht niemals geschehen würden.

Das Ganze beunruhigte mich auch nicht sonderlich. Wenn ich ernsthaft darauf bestand, würde er mir alles erzählen, selbst das kleinste Detail, das wusste ich. Aber Ash war hier, in meinem Reich. Er hatte einen Weg gefunden, um bei mir sein zu können, ohne daran zugrunde zu gehen. Das war das Einzige, was zählte.

»Du starrst mich schon wieder so an«, murmelte er, ohne den Kopf zu drehen. Sein Mundwinkel zuckte verräterisch, und in seinen Silberaugen lag ein fröhliches Funkeln. »Liegt das am Outfit? Vielleicht sollte ich es ausziehen, wenn es dich so stark ablenkt.«

»Benimm dich, Ash.« Grinsend rümpfte ich die Nase. »Und glaub ja nicht, ich würde dich nicht durchschauen.

Aber dein kleiner Plan, dich so vor dem Elysium zu drücken, wird nicht...«

Mit einem erschrockenen Keuchen blieb ich mitten im Satz stecken. Ohne jede Vorwarnung wurde mir speiübel, und die Wände begannen sich zu drehen. Ich versuchte noch, etwas zu sagen, Ash zu beruhigen und seine Sorge zu zerstreuen, doch dann wurden meine Knie weich, und der Boden kam mir entgegen.

2

»Meghan!«

Stöhnend schlug ich die Augen auf.

Ich lag auf dem kalten Fußboden, und die Wände schwankten noch immer ein wenig, bevor das Schwindelgefühl ganz vorüber war. Ash kniete neben mir, hatte die Arme unter meine Schultern geschoben und ließ mich vorsichtig in die Waagerechte gleiten. Natürlich hatte er mich aufgefangen und musterte mich nun mit bleichem, besorgtem Gesicht. Ruckartig griff er nach meiner Hand und umklammerte sie so fest, dass es wehtat.

»Meghan.«

»Es... es geht mir gut, Ash.« Vorsichtig setzte ich mich auf und atmete tief ein und aus, bis sich alles wieder normalisiert hatte. »Ich bin einfach nur ... ohnmächtig geworden, schätze ich.« Wow, das war ja mal peinlich. Die Königin der Eisernen Feen bricht in ihrer eigenen Eingangshalle zusammen. Wie gut, dass wir noch nicht in Tir Na Nog waren – ein solches Zeichen von Schwäche in Gegenwart der Dunklen hätte nichts als Ärger bedeutet.

»Bist du krank? Was ist denn nur los?« Ash nahm meinen Ellbogen und half mir auf die Füße, während er mich prüfend ansah. »Soll ich einen Heiler rufen?«

»Nein, es ist alles okay.« Beruhigend drückte ich seinen Arm. »Es ist nichts. Wahrscheinlich bin ich einfach etwas überarbeitet. Aber jetzt geht es mir wieder wunderbar, ehrlich.«

»Vielleicht sollten wir besser nicht zum Elysium fahren.« Ash schien von meiner Unversehrtheit wenig überzeugt. »Glitch soll uns bei Mab und Oberon entschuldigen. Wenn irgendetwas nicht stimmt ...«

»Nein«, entgegnete ich entschlossen. »Ich bin die Eiserne Königin, und bei diesem Anlass darf ich nicht fehlen. Keine Diskussion, ich muss da hin.«

»Meghan ...«

»Wenn ich aus irgendeinem Grund nicht auftauche, lässt das dieses Reich schwach aussehen, und das können wir uns nicht leisten, Ash. Du weißt genau, was Mab denken wird. Wer wüsste besser als du, wie sie tickt.«

Ash nickte knapp. »Ich weiß«, murmelte er finster.

»Ich werde mein Volk nicht in Gefahr bringen.« Ich wandte mich von ihm ab und musterte die Gremlins, die Eisernen Ritter, die Elsterlinge und alle anderen, die sich in der Halle aufhielten. »Ich darf sie nicht enttäuschen, Ash«, fuhr ich fort. »Und ich werde sie nicht enttäuschen. Ich werde nicht zulassen, dass die anderen Reiche glauben, die Eiserne Königin sei nicht stark genug, um am Elysium teilzunehmen oder ihr Volk zu beschützen.«

»Das wird niemand denken.« Ash stellte sich hinter mich und legte mir die Hände auf die Schultern. »Aber du wirst so oder so nach Tir Na Nog fahren, ganz egal, was ich sage, oder nicht?« Er klang resigniert, und ich sparte mir eine Antwort. Seufzend ließ er den Kopf hängen, dann glitten seine Lippen über mein Ohr. »Ich konnte dich noch nie von irgendetwas abhalten, meine Königin«, murmelte er. »Aber du solltest wissen, dass ich heute Abend ganz besonders gut auf dich aufpassen werde. Dies ist dein Volk und damit auch meins, aber du stehst bei mir an erster Stelle. Immer.«

»Majestät!« Bevor ich Ash antworten konnte, kam Glitch auf uns zugeeilt. Grelle Blitze zuckten in seinem Haar und warfen violette Schatten an die Wände, als er sich vor mir verneigte. »Die Kutschen stehen bereit«, verkündete mein Erster Leutnant und nickte Ash kurz zu, der den Gruß gleichermaßen erwiderte. »Mit Eurer Erlaubnis können wir nach Tir Na Nog aufbrechen.«

»Dann los. Wir sollten Mab nicht warten lassen.« Ohne ihre Reaktion abzuwarten, ging ich voran, kerzengerade und erhobenen Hauptes, wie Fix es mir beigebracht hatte. Die Haltung einer Königin, herrschaftlich und selbstsicher. Einen Moment später war Ash wieder an meiner Seite. Ich spürte, dass er etwas sagen und mit mir diskutieren wollte, doch er blieb stumm und ließ das Thema auch während der langen, kalten Fahrt ins Winterreich ruhen.

Um es mal milde auszudrücken: Der Palast der Winterkönigin gehört nicht gerade zu meinen Lieblingsplätzen im Nimmernie. Bei meinem letzten Aufenthalt war ich als Gefangene von Königin Mab und dem Winterhof dort gewesen. Selbst verschuldet, natürlich, denn dies war Teil einer Vereinbarung zwischen mir und Ash. Er hatte mir im Gegenzug dabei geholfen, meinen Bruder sicher nach Hause zu bringen. Und auch wenn ich in einer ähnlichen Situation wieder genauso handeln würde, sind mir diese Wochen in Tir Na Nog doch als die schrecklichsten meines Lebens in Erinnerung geblieben. Mab hatte mich verabscheut, ihr mittlerer Sohn Rowan hatte mich in einer Tour gequält, und ihre Dunklen Untertanen hatten mich entweder töten, einfrieren, foltern oder fressen wollen.

Und dann war da noch Ash. Er war ebenfalls dort gewesen, hatte sich aber unterkühlt und grausam gegeben und mich ganz der Gnade seines Bruders und seiner Königin ausgeliefert. Zumindest dachte ich das damals. Der Winterhof ist brutal und unbarmherzig, Emotionen gelten als

Schwäche, die es auszumerzen gilt. Ash hatte mich auf die einzige Art geschützt, die ihm möglich schien: indem er den herzlosen Winterprinzen spielte. Und das hatte er hervorragend gemacht; ich hatte ihm die Nummer sofort abgekauft. Ich war wirklich überzeugt, er hätte mich nur benutzt und mich dann fallen gelassen, er hätte mir das Herz gebrochen. Erst später war mir klar geworden, wie viel Ash geopfert hatte, um mich zu beschützen.

Gott, war ich naiv, dachte ich, während ich beobachtete, wie die kristallenen Stalaktiten vor dem Kutschenfenster vorbeizogen. Mabs Palast befand sich in einer riesigen Eishöhle, deren Decke so hoch war, dass sie sich in der Dunkelheit den Blicken entzog. Es war reines Glück, dass ich nicht schon am ersten Tag gefressen worden war. Könnte ich zu diesem Moment zurückkehren und ein ernstes Wort mit mir selbst reden, würde ich mir wahrscheinlich eine runterhauen. Der Gedanke an das schüchterne, verunsicherte Mädchen von damals entlockte mir einen Seufzer. *Du kannst es dir nicht mehr leisten, dein Herz auf der Zunge zu tragen, Meghan. Nicht am Winterhof. Du bist jetzt die Eiserne Königin. Ein ganzes Königreich verlässt sich darauf, dass du stark bleibst.*

Langsam kam der Palast in Sicht, ein Schloss in makellosem, frostigem Blau, mit Eiszapfen an den Türmen und Reif auf jeder Stufe, ebenso schön wie tödlich. Genau wie seine Eigentümerin.

Die zugegebenermaßen nicht sonderlich entzückt war, dass ich ihren liebsten – und inzwischen einzigen – Sohn geheiratet habe.

Ash starrte mit ausdrucksloser Miene zum Palast hinüber, sein Blick schien in weite Ferne gerichtet zu sein. Versunken in Erinnerungen, genau wie ich. Trauer, Mitgefühl und Schuld zerrten an mir. Es musste schwer für ihn sein.

»Hey.« Ich strich über seine Hand und spürte den schmalen Goldring mit den silbernen Ranken und Blättern, der an seinem Ringfinger steckte – das Gegenstück zu meinem. Fast schon schuldbewusst drehte er sich zu mir um. Mit einem zögerlichen Lächeln fragte ich: »Alles in Ordnung?«

»Ja.« Er nickte. »Es geht mir gut. Alles nur …« Mit dem Kinn deutete er auf die vereisten Türme jenseits der Dächer und zuckte mit den Schultern. »Erinnerungen.«

»Vermisst du es?«

»Den Hof? Die Gerüchte und Intrigen, die Notwendigkeit, ständig auf der Hut zu sein und alles abzuwägen, was ich sagen oder tun will? Wohl kaum.« Er schnaubte abfällig, und ich hörte es voller Erleichterung.

»Allerdings ...« Seufzend schaute er wieder aus dem Fenster. »Da gibt es schon ein paar Dinge, die ich vermisse. Ich habe so lange hier gelebt, ich kannte den Winterhof besser als irgendjemand sonst. Das tue ich heute noch. Doch jetzt ...«

Er runzelte die Stirn. »Wenn ich mir Tir Na Nog jetzt so ansehe, fällt mir vor allem auf, was alles fehlt: Die Familie existiert nicht mehr, Rowan ist weg, Sage ist weg.« Sein Blick wurde trüb, und ich spürte die Reue, den nagenden Schmerz und die Schuld, die ihn umtrieben. »Ich hätte nie gedacht, dass sie mir einmal fehlen würden«, fuhr er leise fort. »Hätte nie gedacht ... dass ich einmal der Letzte meiner Ahnenreihe sein würde.«

Ich nahm seine Hand und drückte sie sanft, sodass sich das kühle Metall seines Eherings in meine Haut schmiegte. »Es tut mir leid, Ash«, flüsterte ich, als er mich schließlich ansah. »Ich kann mir nicht einmal vorstellen, wie sich das anfühlt. Obwohl ich meine Familie auch schrecklich vermisse, und die leben immerhin noch.«

»Das ist ein kleiner Unterschied.« Er schenkte mir ein schmales Lächeln, doch es erreichte seine Augen nicht. »In deiner Familie liebt man sich gegenseitig – du würdest alles tun, um sie zu schützen. Meine Familie hingegen ... na ja, du hast sie ja kennengelernt. In Gegenwart meiner Brüder musste ich stets wachsam sein, vor allem bei Rowan. Und Mab ...« Er schüttelte traurig den Kopf. »Mab war immer in erster Linie Winterkönigin, und sie hat stets dafür gesorgt, dass wir das niemals vergessen.«

»Und trotzdem fehlen sie dir.«

»Ja«, gab er zu. »Ich war Teil des Hofes. Alles war vertraut, es war ein sicherer Rahmen. Ich habe dazugehört. Trotz aller grausamen Spielchen, trotz der unzähligen Gelegenheiten, bei denen wir einander benutzt haben, wusste ich doch, dass Rowan, Sage und Mab immer da sein würden.« Er blickte auf seine Hand, die entspannt in meiner ruhte.

»Aber jetzt ist alles anders. Meine Brüder sind fort, und ich bin am Winterhof nicht länger willkommen. Zumindest nicht mehr so wie früher.«

»Heimweh?«

»Tir Na Nog ist nicht länger mein Heim.« Erst jetzt sah Ash hoch und begegnete meinem Blick. Seine Augen strahlten wieder in diesem wundervollen Silber, und er schenkte mir ein verlegenes Lächeln. »Ich bin ein ganz schöner Jammerlappen, was?«, fragte er kläglich und schüttelte den Kopf. »Nein, ich habe kein Heimweh. Vielleicht vermisse ich meine Familie, aber mein Heim ist in Mag Tuiredh, oder wo auch immer du deinen Herrschaftssitz haben möchtest: im Nimmernie, im Eisernen Reich, selbst in der Welt der Sterblichen – das ist mir ganz egal. Meghan …« Er schob sich ganz dicht an mich heran und streichelte meine Wange. »Mein Heim ist dort, wo du bist.«

Nicht weinen, Meghan. Ich biss mir auf die Lippe, um die Tränen zurückzudrängen. Schließlich durfte ich nicht mit verquollenen Augen am Winterhof erscheinen. Aber manchmal überrumpelte mich Ash mit diesen leisen, aufrichtigen Erklärungen, und dann konnte ich einfach nicht anders.

»Tut mir leid«, murmelte er, vielleicht auch, weil er meine Tränen für ein Zeichen von Gewissensbissen hielt. »Ich werde nicht mehr vom Winterhof sprechen. Schließlich wusste ich ja, dass ich irgendwann zurückkommen und Mab gegenübertreten würde. Da solltest du dir nicht anhören müssen, wie ich wieder und wieder davon anfange …«

»Ash«, unterbrach ich ihn und drückte einen Finger an seine Lippen, woraufhin er erstaunt die Augenbrauen hochzog. »Küss mich einfach.«

Er lächelte, schlang den Arm um meine Schultern, zog mich an sich und neigte den Kopf, bis seine Lippen auf meinen lagen.

Wir küssten uns in der dunklen Kutsche, fanden unseren Rhythmus, ohne uns um die Stadt der Dunklen zu kümmern, die an den Fenstern vorbeizog. Zunächst war Ash zärtlich, hielt sich zurück, doch als ich mich vorbeugte und federleichte Küsse auf seinen Hals hauchte, stöhnte er leise, flüsterte meinen Namen und ließ den Kopf an die Lehne sinken. Ich drängte ihn in die Ecke und vergrub die Hände in seinen Haaren, während er immer wieder über meinen Rücken streichelte. Nun waren unsere Küsse hungrig, fordernd. Meine Zunge drängte zwischen seine Lippen, dann glitt seine über meinen Hals, bis ich keuchte. Meine Hand fuhr suchend von seiner Brust über den flachen, harten Bauch, schob sich unter den Stoff und wanderte über seine Rippen. Er zuckte zusammen und atmete gepresst, bevor seine kühlen Lippen wieder über meine heiße Haut strichen.

Schließlich löste er sich von mir und funkelte mich mit strahlenden Silberaugen an. »Meine Königin«, keuchte er und legte eine Hand an meine Wange. Mein Magen machte Purzelbäume. »Ich gehöre ganz dir. Ganz egal, was Mab sagt oder wie lange ich in Tir Na Nog gelebt habe, mein Leben gehört dir. Nichts wird mich jemals dazu bringen, dass ich von deiner Seite weiche.«

»Wenn du so weitermachst, heule ich gleich wieder los«, warnte ich ihn, als mir die Tränen in die Augen stiegen und sein wunderschönes Gesicht verschwamm. »Und dann wird Mab entweder hocherfreut sein, dass ich in Tränen aufgelöst bin, oder sie wird uns zutiefst verachten.« Mit einem leisen Lachen zog er mich an sich und hielt mich so fest, als müsse er mich vor der ganzen Welt beschützen. Ich spürte seinen Herzschlag unter meinen Fingern, dann beugte er sich zu meinem Ohr hinunter und flüsterte: »Ich liebe dich, Meghan.« Ich schniefte glücklich und verbarg das Gesicht an seinem Hemd. Ash stützte das Kinn auf meinen Kopf und spähte aus dem Fenster. »Ich habe nichts mehr zu verbergen«, erklärte er leise, und es klang gleichzeitig zufrieden und trotzig. »Weder vor Mab noch vor sonst jemandem. Sollen sie doch reden und starren. Dieses Elysium wird ganz anders sein.«

Abrupt kam die Kutsche vor den Toren des Winterpalastes zum Stehen. Ash ließ mich widerstrebend los, als ich mich aufrichtete, um mich für die bevorstehende Prozedur zu sammeln. Der Kutscher sprang vom Bock, öffnete uns die Tür und ließ einen eisigen Windstoß herein. Ash stieg zuerst aus und half mir galant aus dem Wagen.

»Bist du bereit?«, fragte ich leise, als ich den kalten, verschneiten Hof betrat. Überall hingen Eiszapfen, und die Luft war schneidend kalt. O ja, wunderbares Wetter bei den Dunklen. Daran konnte ich mich nur zu gut erinnern. Glitch und eine Eskorte von Eisernen Rittern kamen herbei, nahmen Aufstellung und hielten sich bereit, um uns zu folgen.

Ash nickte, bot mir den Arm, und zusammen betraten wir Mabs tiefgefrorenes Domizil.

Während wir den Hof mit seinen Eisstatuen und den riesigen, bunten Kristallen überquerten, fielen mir als Erstes die unzähligen Winterfeen ins Auge. Was sicher nicht überraschend war, angesichts der Tatsache, dass wir uns hier im Herzen ihres Reiches befanden, aber es war beunruhigend, wie sie uns anstarrten. Die adeligen Sidhe beobachteten uns mit kaum verhülltem Hohn, Kobolde und Dunkerwichtel verfolgten uns hungrig, auch wenn sie auf Abstand blieben, und in den Schatten lauerten Schwarze Männer, die jeden unserer Schritte registrierten.

Ash hielt meinen Arm fest umklammert, beide versuchten wir angestrengt, das nicht-menschliche Publikum auf unserem Weg über den Hof zu ignorieren. Als wir die Freitreppe zum Palast erreichten, vollführte einer der Sidhe, eine schlaksige Fee mit stacheligen, vereisten Haaren, einen spöttischen Salut und grüßte Ash mit einem leisen, aber sarkastischen: »Prinz.« Ash reagierte nicht darauf, seine Miene blieb ausdruckslos. Die Maske des Winterprinzen.

Langsam begriff ich, was hier vor sich ging. Sie waren alle gekommen, um die neue Königin und ihren angeblich sterblichen Ehemann zu erleben. Nicht aus Höflichkeit oder als Willkommensgruß, sondern um nach Schwächen zu forschen, um herauszufinden, ob diese neue, halb menschliche Königin leicht zu manipulieren und zu verunsichern war. Und wegen Ash – um zu sehen, ob ihr ehemaliger Eisprinz als einfacher Sterblicher ein Weichei war. Was wiederum auch die Königin schwächen würde, der er diente.

Okay, das musste ein Ende haben. Hier und jetzt. Nicht nur zum zukünftigen Wohle meines Königreiches, sondern auch Ash zuliebe. Wollte er auch nur den geringsten Frieden in Tir Na Nog finden, musste er sich vor seinen Leuten beweisen. Ihnen allen zeigen, dass man weder die Eiserne Königin noch ihren Ritter unterschätzen sollte; auch wenn sie beide zum Teil sterblich waren.

»Ash«, flüsterte ich deshalb, als wir die Treppe fast erklommen hatten. »Weißt du noch, was ich heute Morgen gesagt habe in Bezug auf irgendwelche Zweikämpfe?«

»Ja.«

Wir hatten das Ende der Treppe erreicht und standen vor dem offenen Eingangsportal. Entschlossen zwang ich Ash dazu innezuhalten. Glitch und die Ritter wollten ebenfalls stehen bleiben, doch ich bedeutete ihnen mit einer Geste, schon vorzugehen. Sie musterten mich besorgt, verneigten sich dann aber, durchschritten den steinernen Bogen und warteten hinter dem Eingangstor auf uns.

Ich drehte mich zu meinem Ritter um, der ebenfalls leicht beunruhigt wirkte. »Ich nehme alles zurück. Der Mob da unten schreit nach Ärger. Und ich möchte, dass du ihnen diesen Wunsch erfüllst.«

Ash blinzelte überrascht. »Du willst, dass ich gegen sie kämpfe?«, fragte er ungläubig. »Jetzt?« Als ich nickte, runzelte er die Stirn und senkte die Stimme. »Mab und Oberon erwarten uns beide«, erklärte er. »Es könnte ein falsches Signal setzen, wenn du allein reingehst.«

»Mit denen komme ich schon klar.« Ein Blick auf die Menge am Fuß der Treppe zeigte mir ihr breites Grinsen und die hungrigen Blicke, die mich in meinem Entschluss nur umso mehr bestärkten. »Ich bin die Eiserne Königin – ich sollte den anderen Herrschern zunächst allein entgegentreten. Und ich möchte, dass du eine andere Nachricht verbreitest, Ash. Am Dunklen Hof fragt man sich bestimmt, ob der ehemalige Prinz noch immer so stark ist wie früher. Sie sind neugierig darauf, ob ein einfacher Sterblicher sich selbst und seine Königin am Winterhof beschützen kann. Besteht daran nur der geringste Zweifel, wird sich das herumsprechen, und dann könnte der Eiserne Hof in den anderen Reichen als schwach angesehen werden, als leichte Beute.« Ich drückte seinen Arm und lächelte kalt. »Diese Zweifel müssen auf der Stelle ausgemerzt werden. Ich will, dass du ihnen allen klarmachst, dass wir *nicht* schwach sind und dass man dem Ritter der Eisernen Königin besser nicht in die Quere kommt. Unter gar keinen Umständen.«

Ashs Augen funkelten, und ein boshaftes Lächeln huschte über sein Gesicht. »Wie Ihr wünscht, meine Königin«, sagte er leise, wobei er seine Vorfreude nur schwer unterdrücken konnte. »Euer Wunsch sei mir Befehl. Bitte entschuldige mich bei Mab und Oberon. Ich werde Euch schnellstmöglich folgen.«

Mit einem zufriedenen Nicken ging ich durch das Tor, signalisierte

Glitch, mir zu folgen, und überließ es meinem Ritter, sich der wartenden Menge zu stellen.

Ich hörte das schabende Geräusch der Klinge, als er sein Eisschwert
aus der Scheide zog, und dann vereinzelte Rufe im Hof. Schritte wurden laut, als mehrere Winterfeen sich hastig in Bewegung setzten, entweder um anzugreifen oder um zu fliehen. Eisige Magie wurde freigesetzt, wahrscheinlich von Ash, gefolgt von einem entsetzten Schrei.

»Was *bist* du?«, brüllte jemand, und dann war ein Krachen zu hören
und das laute Klirren von Eis, das am Boden zerbrach. Lautes Lachen –
Ashs Lachen, triumphierend und trotzig, ließ mich innehalten.

Was bist du?

Eine gute Frage. Ich hatte sie mir selbst schon mehr als einmal gestellt.
Körperlich war Ash derselbe geblieben; noch immer war er schlank und
geschmeidig, beherrschte die Wintermagie und sein Schwert so meis-
terhaft, dass er ein todbringender Krieger blieb. Er war wie früher leidenschaftlich, loyal und beschützend, und sein Blick konnte so eisig
werden, dass man innerlich erfror. In dieser Hinsicht hatte sich nichts
geändert.

Und doch war er manchmal wie verwandelt. Man würde Ash wohl
niemals als sanftmütig bezeichnen können, aber der Eispanzer, der den
Winterprinzen stets umgeben hatte, war verschwunden. Er war jetzt ...
weicher, war auf eine Weise einfühlsam, wie er es als Dunkler nie hätte
sein können. Manchmal wirkte er so menschlich – durch subtile Kleinigkeiten, die mir erst nach und nach zu Bewusstsein kamen und mich
fast vergessen lassen konnten, dass er einmal dem Winterhof angehört
hatte.

Die Frage war also, ob Ash ein Sterblicher war genau wie ich, ausgestattet mit Schein und Feenmagie, die eine Art Relikt aus seinem Leben
als Winterprinz darstellten. Oder war er noch immer ein Feenwesen?
Eine Fee ... mit der Seele eines Menschen?

Ich wusste es nicht. Und eigentlich kümmerte es mich auch nicht.
Ash war Ash. Man konnte ihm keinen Stempel aufdrücken; niemand
hatte je erreicht, was er erreicht hatte, niemand im gesamten Feenreich
war wie er. Er war ... einzigartig.

Wieder hallte ein Schrei durch die Gänge. Ich ließ den zunehmenden

Schlachtenlärm hinter mir und registrierte lächelnd das schmerzerfüllte und empörte Gebrüll. Was auch immer er sein mochte, er war der Beste in dem, was er tat. Er würde sicher nicht lange brauchen.

In diesem Jahr wurde das Elysium in Königin Mabs Ballsaal abgehalten, der bereits voller Feen war. Am Eingang wartete ein Herold der Dunklen und kündigte mich mit hoher, klarer Stimme an: »Ihre Majestät Meghan Chase, Monarchin von Mag Tuiredh, Herrscherin der Gebiete des Eisens, Königin der Eisernen Feen.«

Dann zögerte er kurz, als wollte er die Ankündigung für Ash folgen lassen, aber Ash war ja gerade nicht bei mir. Nach einem Moment nickte er, und ich betrat unter den aufdringlichen Blicken Dutzender Feen den Saal.

Am anderen Ende des Raums stand eine lange, weiße Tafel, an der bereits drei Personen Platz genommen hatten und noch zwei Stühle frei geblieben waren. Königin Mab, König Oberon und Königin Titania erwarteten mich, als ich kerzengerade und erhobenen Hauptes durch den Saal schritt.

»Meghan Chase.« Mabs Begrüßung vermittelte mir nicht wirklich den Eindruck, willkommen zu sein. Die Monarchin der Dunklen saß in der Mitte der Tafel. Ihr langes, schwarzes Haar war zu einer eleganten Hochsteckfrisur aufgetürmt, die mit kleinen Eiszapfen fixiert war. »Welch unverhoffte Bereicherung unserer Gesellschaft.«

»Königin Mab«, grüßte ich sie höflich und wandte mich dann mit einem Nicken nach links, wo mein Vater saß. »König Oberon, Königin Titania.« Die Sommerkönigin spitzte pikiert die Lippen und ignorierte mich, doch Oberon nickte gemessen mit dem Kopf. Nicht unfreundlich, aber auch nicht das, was man der eigenen Tochter gegenüber erwarten würde. Ich unterdrückte ein Seufzen. Es würde ein langer Abend werden.

»Wo ist Ash?«, wollte Mab wissen und blickte kurz zur Saaltür hinter mir. »Ist er nicht gekommen? Ist er nicht begierig, seinen alten Hof und seinesgleichen zu besuchen?« Sie senkte die Stimme, in der plötzlich eine leise Drohung mitschwang. »Hat er uns so schnell vergessen?«

»Nein, Königin Mab, Ash ist hier«, versicherte ich ihr eilig, da ich wusste, dass Mab schnell beleidigt und äußerst nachtragend war. »Er wurde ... aufgehalten, draußen im Hof. Aber er wird sicher in ein paar Minuten hier sein.«

»Verstehe.« Das beschwichtigte Mab offenbar, denn sie lehnte sich zurück und fuhr fort: »Gut. Ich würde gerne wissen, wie Ash in diesem verpesteten Reich zurechtkommt.«

Mir lag schon eine Antwort auf der Zunge – dass Ash prima zurechtkäme, vielen Dank auch –, als plötzlich sämtliche Lichter, alle Fackeln, Eiszapfenlüster und selbst die blauen Kerzen in den Säulen, flackerten und verloschen.

Fauchen und alarmierte Schreie wurden laut. Stühle fielen um, als einige Feen aufsprangen, ihre Waffen zogen und sich drohend den Vertretern des jeweils anderen Hofes zuwandten. Ich wirbelte herum und suchte nach versteckten Gefahren, nach allem, was dumm genug wäre, während des Elysiums anzugreifen, wenn die drei mächtigsten Feenwesen des gesamten Nimmernie in einem Raum versammelt waren.

»Ruhe!« Mabs Stimme hallte durch die Dunkelheit, und sofort verstummten alle. Man hätte eine Stecknadel fallen hören können, während die Dunkle Königin ihren Furcht einflößenden Blick durch den Saal wandern ließ. »Wer auch immer hierfür verantwortlich ist, wird sich schon bald wünschen, niemals geboren worden zu sein«, fauchte sie in die Stille hinein. »Ich lasse mich nicht während des Elysiums an meinem eigenen Hof derart bloßstellen. Zeig dich, sofort!«

Auf einen Wink ihrer Hand hin sprangen die Lichter wieder an, die Kerzen und Leuchter erwachten flackernd zum Leben. Erschrocken blinzelnd sahen sich die versammelten Feen um, immer auf der Hut vor Angreifern und voreinander.

So entging ihnen zunächst, dass mitten im Raum, wo gerade noch nichts gewesen war, eine alte Frau stand. Doch ich entdeckte sie sofort, und ein kalter Klumpen bildete sich in meinem Magen.

Das Orakel, so zerlumpt, verstaubt und hinfällig wie alte, zerfallende Zeitungen, sah mit seinen tief eingesunkenen Augen zu mir herüber und fixierte mich. Als auch die anderen Feen das uralte Wesen bemerkten, das nun in ihrer Mitte stand, hörte ich, wie Titania zischend Luft holte. Sie wichen vor ihr zurück, als hätte die Alte eine ansteckende Krankheit. Doch der starre Blick des Orakels blieb unerbittlich auf mich geheftet, wie ein Geist schwebte es auf mich zu, bis uns nur noch wenige Meter trennten.

»Orakel«, begann Mab mit ausdrucksloser Stimme. »Warum bist du hier? Was hat dieser Zirkus zu bedeuten?«

Doch das Orakel ignorierte die Winterkönigin und glitt noch dichter an mich heran. »Meghan Chase«, wisperte es, und sofort hing der Gestank von uraltem Staub in der Luft, es roch wie in einem Grab oder einer Gruft. »Eiserne Königin. Erinnerst du dich an mich?«

»Was willst du, Orakel?«, fragte ich ruhig. Hoch aufgerichtet stand ich da.

»Ich überbringe dir eine Warnung«, flüsterte das Orakel.

»Eine Warnung, die bereits einmal in den Wind geschlagen wurde. Weißt du noch, was ich dir sagte, Meghan Chase? Dir und dem Winterprinzen? Erinnerst du dich, welche Geschehnisse ich euch prophezeite?«

Ein Murmeln ging durch den Raum, und Mabs stechender Blick wurde umso schärfer; ich spürte ihn wie ein Brandmal auf meinem Hinterkopf. Eine Gänsehaut überlief mich, doch meine Stimme blieb fest. »Nein«, erwiderte ich und trat einen Schritt vor. »Du hast uns vieles prophezeit, und ich habe dir gegeben, was mir möglich war. Ich habe getan, was ich tun musste, um meine Familie zu retten. Alles andere war unwichtig.«

»Doch, du erinnerst dich«, beharrte das Orakel. »Oder etwa nicht? Das eine, was du nicht aufzugeben bereit warst und was dir nichts als Kummer bringen wird. Fällt es dir nun wieder ein, Meghan Chase?«

Einen Moment lang wusste ich wirklich nicht, wovon die Alte sprach. Doch dann traf es mich wie ein Blitz, und hätten mir nicht Hunderte von Feen, inklusive der Herrscher der anderen Reiche, dabei zugesehen, wäre ich wohl zusammengebrochen, so weich wurden meine Knie. Die vor ewiger Zeit gesprochenen Worte kehrten in mein Gedächtnis zurück. Damals hatte ich eine meiner Erinnerungen gegen ihre Hilfe eingetauscht, doch das war nicht das Einzige gewesen, was die Alte verlangt hatte.

»Du würdest es nicht weggeben, auch wenn es dir nur Kummer bringt?«

»O Gott«, flüsterte ich und fasste mir unwillkürlich an den Bauch.

Die Übelkeit, das Schwächegefühl und die Ohnmachtsanfälle ... Das konnte nicht sein.

»Jawohl«, wisperte das Orakel und deutete mit der verschrumpelten Hand auf mich. »Du weißt, wovon ich spreche, Eiserne Königin. Was du in dir trägst, wird die Höfe entweder vereinen, oder es wird sie vernichten. Ich habe es gesehen. Ich weiß, dass eine dieser beiden Möglichkeiten Wirklichkeit werden wird.«

»Nein«, wehrte ich mit zitternder Stimme ab. Es kam mir vor, als wären wir in unserer eigenen kleinen Welt gefangen, nur das Orakel und ich, und alles um uns herum schien weit, weit weg zu sein.

Die ausgezehrte Alte musterte mich erbarmungslos. »Du weißt, dass ich die Wahrheit sage, Meghan Chase«, fuhr sie fort. »Du weißt, welch große Macht in dir ruht. Eine zerstörerische Macht, die alles, was wir kennen, in Schutt und Asche legen kann. Doch noch ist es nicht zu spät.« Sie hob ihre krallenartige Hand. »Ich mache dir einen Vorschlag. Wir müssen uns eingehender unterhalten, aber nicht hier. Nicht so.« Ohne mich aus den Augen zu lassen, wich sie zurück. »Finde mich. Du hast Freunde, die dir den Weg weisen werden. Ich werde dich erwarten, dich und deine Entscheidung.«

Ein Windstoß fuhr durch den Ballsaal, blies die Kerzen aus und riss einige Lüster von der Decke, die in einer scheppernden Kakofonie zu Boden fielen. Auch diesmal sprangen die Feen heulend auf, und bis Mab die Ordnung wiederhergestellt und das Licht erneut entzündet hatte, war das Orakel verschwunden.

3

»Ich verlange eine Erklärung, Eiserne Königin!«

Zitternd wandte ich mich der Herrscherin der Dunklen zu, die aufgesprungen war und mich über die Tafel hinweg aufgebracht musterte. In Mabs Augen spiegelte sich das pure Misstrauen, und Oberon wirkte auch nicht sonderlich aufmunternd. Titania starrte mich natürlich mal wieder an, als wünschte sie sich, mein Schädel würde explodieren.

Aber die drei waren meine geringste Sorge. Die Worte des Orakels hallten in meinem Kopf nach, überfluteten mich wieder und wieder in ihrer vollen Tragweite.

Du weißt, welch große Macht in dir ruht.

Was du in dir trägst, wird die Höfe entweder vereinen, oder es wird sie vernichten.

Ich werde dich erwarten, dich und deine Entscheidung.

»Ich muss weg.«

Das hörten sie gar nicht gern. Mab richtete sich auf, jeder Quadratzentimeter an ihr bebte vor Empörung. »Wie kannst du es wagen, Eiserne Königin?«, fragte sie mit dieser erschreckend sanften Stimme. »Wie kannst du es wagen, mich vor meinem gesamten Hofstaat derart zu beleidigen? Vor meinem eigenen Volk?« Sie kniff die schwarzen Augen zusammen und lehnte sich über den Tisch, auf dem sich die Gläser augenblicklich mit Reif überzogen. »Du wirst mir sofort sagen, was hier geschehen ist, sonst wird dich der geballte Zorn des Winters treffen.«

Unerschrocken erwiderte ich ihren Blick. »Nein, Königin Mab. Ihr werdet wegen dieser Sache weder mich noch mein Königreich bedrohen.« Mab blieb vollkommen reglos, doch ich konnte spüren, wie schockiert sie war. Oberons Tochter war nicht länger das kleine, schüchterne Mädchen. Ich deutete auf den Saal hinter uns. »Ihr habt gehört, was das Orakel gesagt hat – das betrifft alle Reiche, nicht nur meines. Und ich werde mich sicher nicht nach irgendeinem lächerlichen, veralteten Protokoll richten, wenn mein Reich in Gefahr ist.«

»Das Mädchen hat recht, verehrte Mab«, sagte Oberon. *Endlich* stand er mir bei. Besser spät als nie, dachte ich. »Ein Ruf des Orakels darf nicht ignoriert werden. Wenn sie etwas weiß, wodurch die Stabilität der Feenreiche bedroht würde, müssen wir uns entsprechend vorbereiten.«

»Und was ist mit Ash?«, fauchte Mab gereizt. »Ich habe meinen Sohn seit Monaten nicht gesehen. Die Eiserne Königin trifft hier Entscheidungen, die ihn ebenfalls betreffen. Was hält Ash von der ganzen Sache?«

»Ash«, antwortete eine kühle Stimme neben mir, »steht hinter der Entscheidung seiner Königin.«

Ich rührte mich nicht, aber mein Herz machte einen Sprung, und am liebsten hätte ich mich voller Erleichterung zu ihm umgedreht. Doch ich hielt den Blick starr auf die Königin der Dunklen gerichtet. »Ash.« Nahtlos richtete Mab ihre Aufmerksamkeit auf meinen Ritter, der hoch aufgerichtet neben mir stand. »Du warst seit Monaten nicht mehr in deiner Heimat. Stört es dich denn gar nicht, dass deine Königin die uralten Traditionen des Elysiums verletzt? Ist es dir denn gleichgültig, dass sie dich gegen deine Heimat ausspielen würde, falls es zum Krieg zwischen unseren Reichen kommt?«

Die manipulative Art der Winterkönigin brachte mich in Rage, aber Ash blieb vollkommen gelassen. »Dies ist nicht mehr meine Heimat«, antwortete er klar und deutlich, sodass ihn alle hören konnten. »Und falls es zum Krieg kommen sollte, würde ich an vorderster Front kämpfen, um den Eisernen Hof zu verteidigen.«

Mab war sprachlos. Ich nutzte ihr Schweigen, um mich zu verneigen und einen Schritt zurückzutreten. »Wir werden euch jetzt verlassen«, erklärte ich den Herrschern des Feenreiches, ohne auf mein wild schlagendes Herz zu achten. Oberon war der Einzige der drei, der nickte. Titania schnaubte angewidert, und Mab fixierte mich wieder mit diesem unheimlichen, düsteren Blick. »Ich bedaure zutiefst die Unannehmlichkeiten, Königin Mab, aber wir müssen nach Mag Tuiredh zurückkehren. Bitte entschuldigt uns.«

Ohne auf eine Antwort zu warten, drehte ich mich um und verließ mit Ash an meiner Seite den Ballsaal. Bei jedem Schritt spürte ich den kalten Blick der Winterkönigin wie einen Dolch in meinem Rücken.

Das war der einfache Teil.

Sobald wir draußen im Korridor waren, wo die anderen Herrscher uns nicht mehr hören oder sehen konnten, drehte sich Ash mit durchdringendem Blick zu mir um. »Ich habe den Tumult im Ballsaal gehört«, erklärte er leise und eindringlich. Von der unterkühlten, beherrschten Gelassenheit, die er Mab gegenüber gezeigt hatte, war nichts geblieben. »Was ist passiert? Warum verlassen wir das Elysium? Was ist hier los, Meghan?«

Mir wurden die Knie weich. Jetzt, wo mich die anderen Monarchen nicht mehr beobachteten, stürmten die Worte des Orakels erneut auf mich ein und drohten, mich unter sich zu begraben. Ich konnte nicht denken, hatte keine Erklärung parat. Ich brauchte Zeit, um mich zu beruhigen und das Ganze zu begreifen. Ash musste es erfahren, immerhin war er ein Teil dieser Enthüllung, doch der Winterhof war nicht der richtige Ort, um so etwas zu verkünden. Ich konnte es ihm noch nicht sagen. Nicht so.

»Nach Hause, Ash«, sagte ich schließlich, da ich unbedingt von Tir Na Nog weg wollte, zurück in die tröstliche Vertrautheit meines eigenen Reiches. »Bitte. Ich erzähle dir alles, wenn wir zu Hause sind.«

Es passte ihm zwar nicht, doch er fügte sich meinem Wunsch, auch wenn er mich während der gesamten Fahrt nach Mag Tuiredh nicht einen Moment aus den Augen ließ.

Wie soll ich es ihm sagen? Was wird er von der ganzen Sache halten? Ich starrte aus dem Fenster, sein forschender, besorgter Blick bohrte sich förmlich in meinen Nacken. *Ach, Ash, ich habe diesen Tag herbeigesehnt, aber ich hätte nicht im Traum daran gedacht, dass unsere Vergangenheit uns an diesem Punkt einholen und so verfolgen würde. Was sollen wir nur tun?*

Glitch sagte nichts, als die Kutsche vor unserem Palast hielt, und niemand stellte sich mir in den Weg, als ich durch die Flure lief. Selbst die Gremlins, die normalerweise wie psychotische kleine Hündchen um mich herumtanzten, wann immer ich einen Raum betrat, blieben auf Abstand. Nur Ash hielt mit mir Schritt. Er blieb schweigsam, aber ich wusste, dass das vorbei sein würde, sobald wir in unseren Gemächern waren. Und ich hatte noch immer keine Ahnung, wie ich es ihm sagen sollte.

Beau lag auf dem Bett und hob den Kopf, als er uns kommen sah. Sanft schlug sein Schwanz gegen die Matratze. Ich ging zu ihm und kraulte ihn hinter den Ohren, während ich weiterhin verzweifelt versuchte, das Chaos meiner Gedanken zu ordnen. Der Hund drückte seine Schnauze gegen meine Hand und winselte leise, ich vergrub das Gesicht in seinem weichen Fell. Mein Herz raste, und mein Magen verkrampfte sich, als Ash hinter mir ins Zimmer kam.

»Also schön«, begann er und schloss nachdrücklich die Tür hinter uns. »Ich habe lange genug stillgehalten. Was ist los, Meghan? Was ist beim Elysium vorgefallen?«

Plötzlich war mein Mund wie ausgetrocknet. Gefolgt von einem besorgten Beau ging ich zum Balkon, öffnete die Glastür und trat hinaus. Tief sog ich die kühle Nachtluft ein. Unter mir schimmerte im Licht des Vollmonds Mag Tuiredh, die Stadt der Eisernen Feen. Meine Stadt. Meine Eisernen Feen. Ich hatte geschworen, dieses Reich vor jeglichen Gefahren zu schützen, kämen sie nun von innen oder von außen.

Was du in dir trägst, wird die Höfe entweder vereinen, oder es wird sie vernichten.

»Meghan.« Ash stand hinter mir in der Balkontür und sagte mit fester, aber eindringlicher Stimme: »Bitte. Sag mir, was los ist.«

Ich holte tief Luft.

»Ich … Wir hatten unerwarteten Besuch«, begann ich und ging zurück ins Schlafzimmer. Ash folgte mir, ließ die Glastür aber offen, sodass eine kalte Böe durch die Vorhänge fuhr. »Im Ballsaal. Es war das Orakel. Sie ist wie aus dem Nichts aufgetaucht und hat alle erschreckt. Erinnerst du dich noch an sie?«

»Natürlich«, erwiderte Ash verblüfft. »Wir haben ein Kleinod für sie besorgt, um es gegen deine Erinnerung einzutauschen. Der Grimm hat uns über den gesamten Friedhof gejagt. Warum? Was hat sie zu dir gesagt?«

Ich klammerte mich an eine Stuhllehne, um nicht zusammenzubrechen. Mein Herz schlug schmerzhaft gegen meine Rippen, und ich schaffte es kaum, die Worte über meine Lippen zu zwingen. »Sie … überbrachte mir eine Warnung. Sie erinnerte mich an das eine, das ich nicht aufgeben wollte, das mir nichts als Kummer bringen wird. Das …« Mein Magen schien Achterbahn zu fahren. Ich schluckte schwer und fuhr flüsternd fort: »… das ich in mir trage und das die Höfe entweder vereinen oder vernichten wird.«

»Das du in dir …« Ash verstummte und starrte mich an. Ich spürte, wie sich die Energie im Raum veränderte, als er begriff.

»Meghan.« Seine Stimme klang ruhig und kontrolliert, doch unter der Oberfläche tobten die Emotionen. »Bist du … bist du etwa schwanger?«

Zitternd schloss ich die Augen. Ich wusste nicht, ob ich lachen, weinen oder schreien sollte. »Ich glaube schon.«

Ash stieß langsam den Atem aus. Dann hörte ich, wie er sich ziemlich abrupt aufs Bett setzte.

Schweigen breitete sich aus. Beau winselte und stupste mit der Schnauze gegen Ashs Hand. Als der nicht reagierte, sprang der Hund aufs Bett, legte sich mit einem lauten Seufzer neben ihn und ließ den Kopf auf die Pfoten sinken. Wieder schloss ich die Augen und wartete.

»Was hat das Orakel noch gesagt?«, fragte Ash schließlich leise.

»Sie will mir einen Vorschlag unterbreiten«, erklärte ich. Ich fürchtete mich davor, mich umzudrehen und ihn anzusehen. Fürchtete, Angst, Entsetzen oder Enttäuschung in seinen Augen zu entdecken, denn das könnte ich in diesem Moment einfach nicht verkraften. »Sie will, dass ich sie aufsuche, sie meinte, ich hätte ›Freunde, die mir den Weg weisen würden‹. Sie würde mich erwarten, mich und meine Entscheidung.«

»Entscheidung?« Ich konnte geradezu hören, wie er verwirrt die Stirn runzelte. »Welche Entscheidung?«

»Das hat sie nicht gesagt.« Ich zitterte, bemühte mich krampfhaft darum, die Tränen der Enttäuschung zurückzuhalten. Sicher, ich musste stark bleiben, aber ich hatte gerade erfahren, dass ich schwanger war, und nicht nur das – auch dass mein Kind alles zerstören könnte, was ich durch harte Arbeit aufgebaut hatte und beschützen musste. Und das Schlimmste war, dass ich keine Ahnung hatte, ob Ash überhaupt ein Kind wollte oder bereit war für ein Kind. Ob *ich* bereit war für ein Kind. »Ich hatte keine Chance, nach Details zu fragen«, erklärte ich mit möglichst ruhiger Stimme. »Nach dieser kleinen Prophezeiung ist sie einfach verschwunden, und ich habe entschieden zu gehen, ganz egal, was die anderen Herrscher denken mögen.«

»Hey.« Ashs leise, sanfte Stimme schaffte es, dass ich mich endlich umdrehte. Er saß mit gelassener Miene auf der Bettkante und streckte die Hand aus. »Komm mal kurz her.«

Ich ging zu ihm und legte meine Hand in seine. Er zog mich an sich, schlang die Arme um meine Taille und drückte die Stirn an meinen Bauch. »Ich bin da«, murmelte er, als ich ein zittriges Schluchzen ausstieß und mich zutiefst erleichtert über ihn beugte. »Du musst das nicht allein durchstehen. Wir werden uns gemeinsam etwas ausdenken.«

Ich vergrub das Gesicht in seinen Haaren und ließ die kühlen, weichen Strähnen über meine Wangen gleiten. Er war mein Fels in der Brandung, das Einzige, worauf ich mich verlassen konnte, wenn die Welt um mich herum zusammenbrach. »Ich schätze, mein erster Auftritt als Königin bei einem Elysium war ziemlich eindrucksvoll«, murmelte ich, als ich mich ein wenig gefangen hatte und das Gefühl, den Boden unter den Füßen zu verlieren, langsam nachließ. »Hoffen wir mal, dass ich nach dieser Nummer überhaupt wieder eingeladen werde. Mab wird mir niemals verzeihen, dass ich sie einfach so stehen gelassen habe.«

Ich spürte sein Lächeln an meinem Bauch. »Sie wird drüber wegkommen.«

»Meinst du?«

»Wohl kaum.«

Ich stöhnte frustriert, dann schwiegen wir beide.

Wir blieben lange so sitzen, hielten uns aneinander fest, gaben uns Halt und Trost und hingen doch unseren eigenen Gedanken nach. Ash war sehr ruhig. Was er wohl dachte? Ob er sich darauf freute oder schreckliche Angst davor hatte, Vater zu werden? Noch dazu der Vater des Kindes, das später vielleicht alle Feenreiche vernichten würde. Wie ging man mit so etwas um? Konnte man sich auf etwas so Extremes überhaupt vorbereiten?

Ich konnte ihm diese Fragen jetzt nicht stellen. Ich wusste ja selbst noch nicht einmal, wie es *mir* dabei ging.

»Wann willst du aufbrechen?«, murmelte Ash irgendwann.

Ich atmete tief durch.

»Noch heute Nacht«, gab ich zur Antwort. »Ich werde ohnehin nicht schlafen können, bis die ganze Sache geklärt ist.« Er nickte, und endlich löste ich mich von ihm und wanderte nachdenklich im Zimmer auf und ab. Ash blieb auf dem Bett sitzen und sah mir schweigend zu. »Allerdings bin ich mir nicht ganz sicher, wie wir das Orakel finden sollen«, überlegte ich laut und sah ihn fragend an. »Sie hat nicht gesagt, wo sie warten wird. Vielleicht sollten wir einfach wieder in das Voodoomuseum in New Orleans gehen …«

»Dort wirst du sie wohl kaum finden, Mensch.«

Beim Klang der vertrauten, gelangweilten Stimme wirbelte ich herum. Draußen auf dem Balkon zeichnete sich der Umriss einer grauen, langhaarigen Katze vor dem dunklen Nachthimmel ab. Sie musterte uns mit mondhellen, goldenen Augen.

Beim Anblick dieses Eindringlings war Beau sofort hellwach, mit gesträubtem Fell fletschte er die Zähne. Er setzte zum Sprung an, aber Ash legte ihm eine Hand in den Nacken und murmelte etwas, woraufhin sich Beau schlagartig beruhigte und wieder auf die Matratze sank. Der graue Kater gähnte unbeeindruckt und leckte sich die Pfote.

»Hallo, Eiserne Königin«, seufzte Grimalkin dann, als würde dieses Treffen seine kostbare Zeit über Gebühr in Anspruch nehmen. »So treffen wir uns wieder. Schneller als gedacht, aber damit musste man wohl rechnen.« Wieder seufzte er, dann schüttelte er den pelzigen Kopf und musterte uns beide. »Warum schafft ihr zwei es einfach nicht, zumindest für ein paar Monate nicht in Schwierigkeiten zu geraten?«

Ash erhob sich vom Bett. Er war wachsam, aber auch verwirrt. »Wie bist du hierhergekommen, Kater?«, fragte er stirnrunzelnd. Grimalkin rümpfte die Nase.

»Ich bin geklettert.«

»Das meinte ich nicht.«

Da erst begriff ich, worauf Ash abzielte. »Moment mal«, protestierte ich und trat auf den Balkon hinaus, wo der Kater mir träge zublinzelte. »*Wie* kannst du dich hier aufhalten, Grim? Du bist keine Eiserne Fee, also kannst du nicht ohne Vergiftungserscheinungen nach Mag Tuiredh kommen, und ich bin mir ziemlich sicher, dass du nicht noch einmal zu deinem eigenen Wohl ans Ende der Welt gereist bist, oder?« Grim schnaubte, als wäre dieser Gedanke höchst beleidigend. »Wie machst du das?«, beharrte ich. »Und wenn du jetzt sagst: ›Ich bin eben eine Katze‹, werde ich dich eigenhändig von diesem Balkon werfen, das schwöre ich.«

Grimalkin nieste belustigt, sah mich aus schmalen Katzenaugen an und erwiderte: »Keine Sorge, Mensch, ich bin in keiner Weise gefährdet. Das gehört alles zu der Vereinbarung, die ich mit dem ehemaligen Ersten Leutnant getroffen habe.«

»Mit Eisenpferd?«

»Mmmm, ganz genau.« Grimalkin fuhr sich mit einer Pfote über das Ohr. »Man könnte sagen, sein ... hm ... Geist verharrt noch immer in dem Amulett, das ich beschafft habe, und solange es intakt bleibt, kann mir das Gift des Eisernen Reiches nichts anhaben.« Wieder gähnte er, und seine Schnurrhaare zuckten. »Ich weiß nicht, wie lange es seine Wirkung behält und wie viel Zeit mir in diesem Reich noch bleibt, aber immerhin gehörte der ehemalige Eiserne Leutnant zu den stärkeren Feen. Sein letzter Wunsch bestand darin, dich zu beschützen, auch wenn er es nicht mehr selbst tun konnte.« Er schniefte kurz, gähnte und zeigte dabei seine spitzen Zähne. »Trotzdem bezweifele ich, dass es ewig wirken wird, und ich beabsichtige mit Sicherheit nicht, länger hier zu verweilen als absolut notwendig. Die Zeit drängt.« Sein Schwanz zuckte. »Also, können wir dann fortfahren?«

»Dann weißt du also von der Prophezeiung des Orakels«, bemerkte Ash hinter mir.

»Ihr Menschen seid wahre Meister darin, das Offensichtliche festzustellen.«

»Weißt du, wo sie ist?«, fragte ich. »Und wo wir hinmüssen?«

Grimalkin blinzelte mich an. »Jawohl«, schnurrte er. »Und ich werde nicht einmal eine Gefälligkeit dafür verlangen, dass ich euch hinführe. Das wurde bereits geregelt. Ich soll die Eiserne Königin, ihren Ritter und eine dritte Person durch den Wilden Wald bis zum Baum der Wünsche geleiten.«

Die Art, wie Ash plötzlich erstarrte, zeigte mir, dass ihm dieser Name etwas sagte. »Was ist der Baum der Wünsche?«, fragte ich ihn.

»Möchtet ihr wirklich hier rumstehen und das ausdiskutieren?«, mischte sich Grimalkin ein, bevor Ash antworten konnte. »Wir vergeuden Zeit. Vor Tagesanbruch müssen wir uns alle zusammengefunden haben, und wenn wir uns nicht beeilen, verpassen wir unser Zeitfenster. Gehen wir.« Er erhob sich und peitschte mit seinem buschigen Schwanz. »Ich erwarte euch am südlichen Saum des Wilden Waldes, jenseits der Brücke zum Eisernen Reich. Es ist Eile geboten, Mensch.«

Und ganz wie es seine Art war, verschwand Grimalkin.

Ash und ich brauchten nur wenige Minuten, um uns umzuziehen – ich schlüpfte in Jeans und Pulli, er nahm seinen langen, schwarzen Mantel – und um Glitch zu einer privaten Besprechung zu uns zu rufen. Mein Erster Leutnant war nicht besonders glücklich darüber, dass ich mitten in der Nacht durch den Wilden Wald tingeln wollte. Ich war die Eiserne Königin, ich hatte Verpflichtungen gegenüber meinem Volk und meinem Reich. Was, wenn ich nicht zurückkehrte?

»Ich werde zurückkehren«, versicherte ich ihm, während ich mein Schwert aus der Halterung an der Wand löste und es mir umgürtete. Die geschwungene Stahlklinge lag wie angegossen an meiner Hüfte. Im Wilden Wald konnte man nie vorsichtig genug sein. »Ash wird mich begleiten. Es gibt dort draußen nichts, das unsere Rückkehr verhindern würde. Aber ich muss das tun, Glitch. Ich kann es dir jetzt nicht erklären, aber ich muss einfach gehen. Und ich vertraue darauf, dass du dich um alles kümmerst, während wir weg sind.«

Glitch schien wenig überzeugt, doch er verneigte sich. »Jawohl, Eure Majestät.«

Beau leckte winselnd meine Hand. Ich kniete mich neben ihn und kraulte ihn hinter den Ohren. »Und du musst ebenfalls brav sein«, erklärte ich. »Pass gut auf Glitch und Razor auf, bis wir wiederkommen, okay?«

Hechelnd wedelte Beau mit dem Schwanz. Ich tätschelte ihn noch einmal und stand dann auf. Der Luftzug von der offenen Balkontür fuhr durch meine Haare.

»Gehen wir«, wandte ich mich an Ash, der schweigend neben der Glastür stand, ebenfalls mit dem Schwert an der Hüfte. »Ich will nicht länger wegbleiben als unbedingt nötig.«

Ich trat auf den Balkon hinaus und legte die Hände auf die Brüstung, ohne die Stadt, die sich wie ein Sternenfeld unter mir ausbreitete, eines Blickes zu würdigen. Stattdessen schloss ich die Augen und konzentrierte mich auf meinen Schein. Die Magie von Sommer und Eisen strömte durch jede Faser meines Körpers und verband mich mit meinem Reich. Sie bildete die Essenz von Wissenschaft, Logik und Technologie – und von Natur, Wärme und Leben. Durch sie konnte ich eine Uhr betrachten und jedes noch so kleine Element erkennen, welches dafür sorgte, dass sich die Zeiger drehten und alles funktionierte, aber ebenso die minutiöse Genauigkeit im Detail, die Schönheit und Funktionalität nahtlos miteinander vereinte. Ich konnte einen Song hören und dabei die strengen Linien und das perfekte Timing der Noten sehen, die ihm zugrunde lagen und die behutsam durchwebt waren mit der puren Emotion der Musik selbst.

Ich konnte meine Eisernen Feen spüren. Indem ich mein Bewusstsein erweiterte, konnte ich ihre Gedanken fühlen und wissen, was sie gerade taten.

Nun schickte ich meine Magie durch den Palast und streckte meine unsichtbaren Fühler suchend aus. Ich spürte Glitch, der gerade zurück in die Eingangshalle ging, wobei er seine Besorgnis sorgfältig verbarg. Ich spürte die Wachen, die an ihren jeweiligen Posten strammstanden, ohne zu ahnen, dass etwas nicht stimmte. Und ich fing die hektischen Bewegungen der Gremlins ein, die an den Palastwänden herumwuselten, ständig zum Schabernack bereit. Immer weiter suchte ich, durchdrang die Mauern, hinauf, hinauf, bis... dort. Am Turm in der östlichen Ecke hingen sie verschlafen an den rauen Steinen, eben jene Wesen, nach denen ich suchte.

Durch die gedankliche Verbindung schickte ich ihnen einen sanften Impuls, und sofort reagierten sie, erwachten mit einem aufgeregten Summen. Ich schlug die Augen auf, löste mich von der Brüstung und sah zu, wie einen Moment später zwei insektenartige Gleiter an der Mauer hinunterkrochen und sich auf das Balkongeländer hockten. Mit ihren großen Facettenaugen blinzelten sie uns an.

Ich warf Ash einen kurzen Seitenblick zu. »Bereit?«

Er nickte. »Nach dir.«

Als ich wieder an die Brüstung trat und die Arme ausstreckte, kroch sofort einer der Gleiter auf meinen Rücken und schloss die Gliederbeine um meinen Bauch. Ich kletterte auf die Brüstung, packte die Vorderbeine des Tieres und sprang vom Turm. Der scharfe Wind riss an meinen Haaren. Die Flügel des Gleiters wurden von der Luftströmung erfasst, und wir stiegen in die Höhe. Wir schwebten über Mag Tuiredh hinweg und ließen die vielen Lichter weit, weit unter uns.

Ash schwebte von weiter oben herab und setzte sich an meine Seite, sein Gleiter summte den meinen freudig an, als hätten sie sich seit Tagen nicht mehr gesehen. Ash nickte mir ermutigend zu, dann lenkten wir unsere Gleiter in Richtung des Wilden Waldes.

4

Der Baum der Wünsche, so erfuhr ich von Ash, war eine dieser Kuriositäten des Wilden Waldes aus der Kategorie: zu schön, um wahr zu sein. Was ziemlich genau den Kern der Sache traf. Der Baum befand sich tief im Herzen des Wilden Waldes und war angeblich so alt wie das Nimmernie selbst. Es gab verschiedene Geschichten von mutigen Menschen, die ausgezogen waren, um ihn zu suchen, denn die Legende besagte, dass jeder, dem es gelang, den Drachen oder die Riesenschlange, oder welche Abscheulichkeit auch immer diesen Baum bewachte, zu überwinden, sich alles wünschen konnte, was sein Herz begehrte.

Doch wie das im Feenreich nun einmal so ist, sieht die Erfüllung dieser Wünsche nie so aus, wie es beabsichtigt war. Die verstorbene Liebste mochte ins Leben zurückkehren, aber dann ohne Erinnerung oder verheiratet mit einem Rivalen. Der erwünschte Reichtum konnte stattdessen einem anderen zufallen, der sehr stark, sehr mächtig und sehr, sehr wütend ist. Und sich die Liebe einer bestimmten Person zu wünschen war fast schon eine Garantie dafür, dass die Geliebte wenig später starb oder eine manische Obsession entwickelte, sodass man ihr nur noch entkommen wollte und den Tag verfluchte, an dem man von diesem Baum erfahren hatte.

»Und warum will Grimalkin uns ausgerechnet *dort* hinbringen?«, fragte ich, als wir mit unseren Gleitern dicht an der Grenze des Eisernen Königreiches landeten. Das aktuelle Abkommen besagte, dass keine Eiserne Fee ohne eine Erlaubnis von Sommer oder Winter die Grenze zum Wilden Wald überschreiten durfte. Als Eiserne Königin hätte ich diese Regel vielleicht dieses eine Mal ignorieren können, doch der Friedensvertrag war noch ganz frisch, und ich wollte keinen Staub aufwirbeln, also würde ich mich erst mal daran halten. Nachdem sie uns abgesetzt hatten, befahl ich den Gleitern, nach Hause zurückzukehren, was sie mit einem enttäuschten Klicken quittierten, doch letztendlich schwebten sie Richtung Mag Tuiredh davon. »Ich hoffe bloß, er erwartet nicht, dass wir uns etwas von dem Ding wünschen«, ergänzte ich, während Ash die Umgebung absuchte, wachsam und vorsichtig wie immer. »Denn ich habe meine Lektion gelernt, vielen

Dank. Ich würde mich lieber mit Mab zum Tee verabreden, als mir von einem sogenannten Baum der Wünsche mitten im Nimmernie etwas zu wünschen.«

»Du glaubst ja gar nicht, wie erleichtert ich bin, das endlich einmal von dir zu hören.« Ash musterte immer noch aufmerksam den Waldrand, und seine Miene war vollkommen ernst, doch er klang so, als würde er breit grinsen. Als ich ihm einen finsteren Blick zuwarf, drehte er sich um, und das Lächeln wurde sichtbar. »Ich denke nicht, dass wir uns deswegen Sorgen machen müssen«, meinte er dann gelassen. »Obwohl ich dir trotzdem raten würde, vorsichtig zu sein. Immerhin reden wir hier über Grimalkin.«

»Stimmt.« Ich seufzte, als Ash näher an mich heranrückte, nicht so nah, dass wir uns berührten, aber doch immer präsent. »Und er wird uns erst dann aufklären, wenn es ihm in den Kram passt und ich kurz davor bin, ihn zu erwürgen.«

Ashs Grinsen verschwand, er hob den Kopf und lauschte. »Hörst du das?«, fragte er leise.

Wir verstummten. Hinter den Bäumen wurden leise und dann immer lautere Stimmen hörbar: Schreie und Flüche, begleitet vom Klirren der Waffen.

»Klingt nach einem Kampf«, stellte Ash gelassen fest, und ich schnaubte frustriert. Aber natürlich. Immerhin war das hier das Nimmernie, hier lief nie alles glatt.

»Komm«, murmelte ich und zog mein Schwert. »Wir sollten besser nachsehen, was los ist. Aber ich schwöre, wenn ich noch einmal Winterritter so nah an der Grenze erwische, kann sich Mab auf was gefasst machen.«

Wir betraten den Wald, der schnell immer dichter und dunkler wurde, während das Eiserne Reich vom ewigen Zwielicht des Wilden Waldes verschluckt wurde. Die Kampfgeräusche wurden lauter und deutlicher, bis wir schließlich zwischen den Bäumen hervortraten und die eigentliche Grenze vor uns lag. Hier trennte ein tiefer Abgrund das Eiserne Reich vom Wilden Wald, nur eine Brücke verband die beiden Regionen. Zunächst hatte sich nur eine Holzbrücke über den Graben

gespannt, doch der Wald riss sie immer wieder ein, als wollte er verhindern, dass irgendjemand das Eiserne Reich betrat oder verließ. Also
wandte ich mich irgendwann an meinen Vater König Oberon, und eine
neue Brücke wurde gebaut, diesmal aus Stein, errichtet von Trollen und
Zwergen. Die massigen Stützpfeiler und Geländer waren zwar noch
immer mit Ranken überwuchert, doch niemand kennt sich besser mit
Steinen aus als die Zwerge, und deshalb würde diese Brücke wohl für
lange Zeit Bestand haben.

Was auch besser war.

Mitten auf der Brücke tobte ein Kampf – oder zumindest das, wovon ich annahm, es wäre ein Kampf. Es hätte ebenso gut ein verrückter, hektischer Tanz sein können. Eine Horde kleiner, dunkler Feen mit
Holzmasken umkreiste schnatternd ihren wesentlich größeren Gegner.
Speerspitzen blitzten auf, und erst jetzt erkannte ich, dass die kleinen
Männer versuchten, den Fremden damit zu durchbohren, der es jedoch
meisterlich verstand, ihren Angriffen auszuweichen oder sie mit seinen
Dolchen abzuwehren. Trotz der Dunkelheit leuchteten seine Haare in
einem warmen Rotton, und mein Herz machte einen Sprung.

»Puck!«

Die rothaarige Fee im Zentrum des Gefechts warf mir einen schnellen Blick zu. »Oh, hey, Meghan!« Robin Goodfellow hielt für den
Bruchteil einer Sekunde inne und winkte mir zu, bevor er sich mit
einem Rückwärtssprung vor dem nächsten Winzling rettete. »Mann,
die Welt ist echt klein! Und Eisbubi ist auch da! Was für ein Zufall,
ich war gerade auf der Suche nach euch. Hey!« Er duckte sich, und ein
Speer flog über seinen Kopf hinweg. »Ganz locker bleiben, Jungs. Ich
habe euch doch schon erklärt, dass es nur ein Missverständnis war.« Die
kleinen Männer brabbelten wütend und griffen mit unverminderter
Kampfeslust an. Puck zog eine Grimasse. »Äh … Eisbubi, wie wär's mit
einer kleinen Hilfeleistung?«

Sofort riss Ash den Arm zurück und schleuderte einige Eisdolche auf
die Brücke; fest genug, um die kleinen Männchen zu treffen, aber nicht
so hart, dass sie tödlich gewesen wären. Kreischend drehten sich einige der
Kleinen zu uns um, dann stürmten sie mit erhobenen Speeren auf uns zu.

Ich spannte mich an, aber an der Grenze zum Eisernen Reich kamen sie ruckartig zum Stehen und starrten mich mit weit aufgerissenen Augen an. Sie steckten die Köpfe zusammen und berieten sich in ihrer seltsamen, fremdartigen Sprache, dann drehten sie sich um und riefen den anderen, die bei Puck geblieben waren, etwas zu. Die unterbrachen sich und kamen herüber. Nun flüsterten sie alle miteinander und zeigten immer wieder erst auf mich, dann auf Puck.

»Was ist hier los?«, zischte ich Ash zu, der das Gespräch stirnrunzelnd verfolgte. Schließlich seufzte er.

»Das sind Aluxob«, sagte er, was meine Verwirrung nicht minderte. »Naturgeister der Maya. Sie beschützen die Wälder der Maya, zeigen sich Fremden gegenüber aber normalerweise ziemlich tolerant.« Er warf Puck einen finsteren Blick zu. »Es sei denn, der Eindringling tut etwas, das sie verärgert oder beleidigt.«

»Aha.«

»Was soll das heißen, ›aha‹?«, beschwerte sich Puck, ohne seine ehemaligen Gegner aus den Augen zu lassen, nur für den Fall, dass sie wieder angriffen. »Ich habe ihnen doch schon gesagt, dass es sich bei der Sache mit dem alten Kopfputz und der Begräbnisstätte um ein klitzekleines Missverständnis handelt. Wie hätte ich denn ahnen können, dass dieses Ding so wichtig ist?«

»Oh, Puck …«, stöhnte ich, doch da näherte sich einer der kleinen Männer und beäugte uns wachsam. Ich wartete ab, und schließlich verbeugte er sich ruckartig.

»Göttin?«, fragte er mit klarer, heller Stimme. »Du … Göttin dieses Ortes, ja?«

Ich hatte Mühe, den kleinen Männern gegenüber ernst zu bleiben, weil mir sofort das Zitat aus einem meiner Lieblingsfilme einfiel: *Wenn dich irgendjemand fragt, ob du ein Gott bist, dann sagst du … ja!*

»Ich bin Meghan Chase, Königin des Eisernen Reiches. Warum seid ihr hier?«

»Gebiete«, fuhr der Alux-irgendwas fort und zeigte auf Puck. »Gebiete dem. Geben zurück, was gestohlen. Geben zurück, dann wir gehen.«

Ash seufzte schwer und schüttelte den Kopf. Verwirrt blinzelte ich den Kleinen an, dann wanderte mein finsterer Blick zu Puck. »Was hast du ihnen gestohlen?«

»Ich habe es nicht gestohlen«, protestierte Puck empört. »Ich habe es mir nur ausgeborgt. Ich wollte es irgendwann zurückgeben.«

»Puck!«

»Okay, okay. Mann!« Mit einer schnellen Bewegung zog Puck eine lange Feder aus seinem Haar. Als das Mondlicht darauf fiel, schimmerte sie wie ein Regenbogen und bog sich anmutig im Wind. Widerstrebend reichte er sie dem am nächsten stehenden Winzling, der sie ihm wütend aus der Hand riss. »Echt, da krallt man sich einmal die Flugfeder einer gefiederten Schlange, und schon bist du lebenslänglich gebrandmarkt. Als würden sie die nicht sowieso alle zehn Jahre abwerfen!«

Die Aluxob zeigten Puck zischend die Zähne, dann verbeugten sie sich vor mir und machten sich blitzartig in Richtung Wald davon. Wir warteten, bis ihre kleinen Schatten endgültig im Dickicht der Bäume verschwunden waren und wir drei allein am Waldrand standen.

Ein paar Sekunden lang sahen wir uns schweigend an. Als ich Puck das letzte Mal gesehen hatte, war ich noch die normale Meghan Chase gewesen, das Mädchen, um das er sich auf Befehl meines Vaters Oberon hin jahrelang gekümmert hatte. Das war, bevor ich fast gestorben wäre bei dem Versuch, das Reich vor dem falschen König zu retten, bevor ich den Thron beansprucht und Pucks Erzrivalen geheiratet hatte. Bevor ich die Eiserne Königin geworden war.

Jetzt war alles anders. Nach der entscheidenden Schlacht war Puck verschwunden: Erst hatte er Ash dabei unterstützt, eine Seele zu erringen, dann hatte er das Nimmernie ganz verlassen. Niemand wusste, wohin er gegangen war, doch ich hatte vermutet, dass er ein wenig Abstand zwischen sich und mich bringen wollte und Zeit zum Nachdenken brauchte. Ich hatte mir verzweifelt gewünscht, ihn bald wiederzusehen, und sei es nur, um ihm zu sagen, wie dankbar ich ihm war! Puck hatte mich geliebt, und trotzdem war er mit Ash losgezogen und hatte ihm dabei geholfen, eine Seele zu bekommen, sodass sein Erzrivale ins Eiserne Reich und zu mir zurückkehren konnte. Trotz aller Streiche und Schabernack war Robin Goodfellow der liebste und großmütigste Mann, den ich kannte, und er hatte mir schrecklich gefehlt.

»Also«, brach Puck schließlich das Schweigen und kratzte sich verlegen den Nacken. »Irgendwie komisch. Eigentlich war ich davon ausgegangen, dass ich dich und Eisbubi mal wieder vor irgendetwas retten müsste. Normalerweise läuft unser Wiedersehen doch immer nach diesem Muster ab.« Er grinste verlegen, schlenderte von der Brücke und schob nervös die Hände in die Taschen. »Jetzt weiß ich nicht so genau, wie ich weitermachen soll, Eure Hoheit. Ich würde dich ja umarmen, aber das würde gegen das Protokoll verstoßen, und eine Verbeugung wäre einfach nur seltsam. Vielleicht bleibe ich einfach hier stehen und winke nur. Oder ich könnte auch salutieren …«

Kopfschüttelnd ging ich zu ihm und zog ihn an mich. Er zögerte nur eine Sekunde, dann erwiderte er meine Umarmung.

»Hallo, Prinzessin«, murmelte er, als wir uns voneinander lösten, und brachte mich mit diesem uralten, dämlichen Spitznamen zum Grinsen. Anscheinend war zwischen uns alles wieder in Ordnung oder zumindest nahezu. Sein Blick huschte zu Ash, der uns gelassen beobachtete. Fast schien er sich zu freuen, Puck zu sehen. Aber nur fast.

»Wir haben dich bei der Hochzeit vermisst, Puck«, sagte ich.

»Na ja.« Er zuckte mit den Schultern. »Da war ich gerade in Kyoto und habe ein paar Kitsune-Füchse besucht, alte Freunde von mir. Wir sind dann nach Hokkaido weitergezogen, um uns diesen antiken Tempel anzusehen, in dem es angeblich spuken sollte. Wie sich herausstellte, hatte sich dort eine Yuki Onna einquartiert und die Einheimischen vergrault. Sie war nicht gerade erfreut darüber, uns zu sehen. Ist das zu fassen?« Er grinste breit. »Könnte natürlich auch sein … na ja, dass wir sie ein wenig verärgert haben, als der Tempel Feuer fing. Ihr wisst ja, wie Kitsune so sind. Jedenfalls hat sie uns bis an die Küste gejagt, hat Eiszapfen nach uns geworfen, Blizzards heraufbeschworen … Die alte Schachtel hat sogar versucht, uns unter einer Lawine zu begraben. Wir wären fast gestorben.« Er seufzte verträumt und sagte dann zu Ash: »Du hättest dabei sein sollen, Eisbubi.«

»Und wie bist du dann hier gelandet?«, fragte ich. Irgendwann später würde ich die ganze Geschichte aus ihm herauskitzeln. Doch jetzt musste ich mich auf das Wesentliche konzentrieren.

Puck kratzte sich die Wange. »Na ja, nach dem … ääähm *Missverständnis* in Hokkaido habe ich beschlossen, dass ich mich besser von diesen temperamentvollen Schneemädchen fernhalte. Also bin ich nach

Belize gereist und habe mich ein wenig in diesen coolen Maya-Ruinen umgesehen, als plötzlich wie aus dem Nichts das Orakel auftaucht, total mysteriös und gruselig. Wahrscheinlich hat sie versucht, mir mit dem ganzen Staub und der Lichtshow einen Schrecken einzujagen, aber ich habe es schon so oft erlebt, dass irgendetwas aus einer Ecke springt und Buh ruft … Inzwischen ist das irgendwie nur noch traurig.«

Ich fuhr zusammen. »Das Orakel?«

»Jawohl.« Wieder zuckte er mit den Achseln. »Sie meinte, ich müsste so schnell es geht ins Nimmernie zurückkommen, weil du und Eisbubi bald meine Hilfe bräuchtet. Viel mehr hat sie nicht rausgelassen, bloß dass wir drei uns wieder zusammenfinden müssten, um irgendwelche großen Schrecken in der Zukunft zu verhindern. Natürlich ging ich davon aus, dass ihr zwei wieder mal in Schwierigkeiten geraten seid, und hier bin ich nun. Äh, abzüglich ein paar Anhalter, die ich in Belize aufgelesen habe.« Puck verschränkte die Arme vor der Brust und musterte mich abschätzend. »Also, was ist denn nun der große Notfall, Prinzessin? Ihr seht so weit ganz gut aus, Eisbubi und du, und das Nimmernie steht ebenfalls noch. Was ist los?«

»Puck, ich bin schwanger«, sagte ich leise. Ruckartig schossen seine Augenbrauen in die Höhe. In knappen Worten schilderte ich ihm, was beim Elysium passiert war, vom mysteriösen Auftritt des Orakels und dessen Aufforderung bis zu Grimalkins Rolle als Führer auf dem Weg zum Baum der Wünsche. Als ich damit fertig war, starrte Puck mich immer noch mit offenem Mund an. Er war sprachlos, was ihm zeitlebens sicher nicht mehr als einmal passiert sein dürfte, und ich hätte laut gelacht, wäre die Situation nicht so ernst gewesen.

»Oh«, brachte er schließlich heraus. »Das ist … äh … wow. So etwas hört man nicht alle Tage. Nicht ganz das, was ich erwartet hatte, auch wenn dieser ganze Prophezeiungs-Kram mit der Zeit etwas repetitiv wird.« Er schüttelte sich und schien sich dadurch wieder in den Griff zu kriegen. An Ash gewandt fügte er hinzu: »Die allseits beliebte Prophezeiung vom Erstgeborenen, das Verderben bringt, Eisbubi? Das reinste Klischee! Warum kann es nicht mal der dritte Neffe zweiten Grades sein, dem es bestimmt ist, die Welt zu zerstören?«

Ein wenig ärgerte es mich schon, dass Puck über diese ernste Sache

Witze riss, aber andererseits ... so war er eben. Das war seine Art, mit der Situation umzugehen. Man konnte es ihm kaum zum Vorwurf machen, immerhin hatte ich ihm da einen ganz schönen Brocken hingeworfen. Man erfährt schließlich nicht jeden Tag, dass die beste Freundin schwanger ist und den Weltenzerstörer unter dem Herzen trägt.

Na prima, jetzt mache ich auch schon Witze darüber.

Ash nickte Puck nur müde zu. »Bis jetzt wissen wir noch nichts Genaues«, sagte er und warf mir einen schnellen Blick zu, als wüsste er genau, was ich gerade dachte. »Wir müssen das Orakel finden und uns anhören, was es zu sagen hat und wie dieser Vorschlag aussieht. Bis dahin wäre es zwecklos, sich den Kopf über etwas zu zerbrechen, das noch nicht geschehen ist.«

Wie konnte er nur so ruhig bleiben? Wusste er etwas, das ich nicht wusste? Hatte er in dieser Vision unserer gemeinsamen Zukunft irgendetwas gesehen? Nein, das konnte es nicht sein. Wenn er so etwas gesehen hätte, würde er es mir erzählen – unser Kind, das die Höfe vernichtet. Das ist eine ziemlich große Sache, so etwas verschweigt man doch nicht.

Oder gehörte das auch zu den »Unsicherheiten« der Zukunft, über die er nicht sprechen wollte?

»Tja.« Puck rang sich ein gequältes Lächeln ab. »Wie in alten Zeiten, was? Du, ich und Eisbubi, die Zukunft des Nimmernie steht auf dem Spiel ... jetzt muss nur noch der Fellball auftauchen, dann ist alles perfekt.«

»Er ist bereits hier, Goodfellow«, ertönte die vertraute Stimme hinter uns. Sie klang zugleich gelangweilt und beleidigt. »Und das schon seit Beginn eures Gesprächs, geduldig wartend, dass du mal weiter blickst als nur bis zu deiner Nasenspitze.«

»O ja.« Puck seufzte, und wir drehten uns zu Grimalkin um. »Genau wie in alten Zeiten.«

5

»Also … warum müssen wir noch mal zum Baum der Wünsche?«, fragte Puck, während wir Grimalkin durch einen Teil des Wilden Waldes folgten, der noch düsterer und verwunschener schien als der Rest. Die Bäume drängten sich dicht aneinander, und Ranken und Gestrüpp wucherten wie verschränkte Finger über den Pfad. Es wäre ziemlich schwierig geworden, hier durchzukommen, wenn die Vegetation sich nicht zurückgezogen hätte, sobald ich mich näherte. Die verschlungenen Pflanzen lösten sich voneinander und ließen uns durch. Als es das erste Mal passierte, erklärte Ash mir, dass das Nimmernie eine Feenkönigin erkennen könne. Die Herrscher der Reiche waren auf die eine oder andere Weise alle mit dem Land verbunden, und das Nimmernie reagierte stets auf ihre Anwesenheit – selbst hier draußen im Wilden Wald.

»Hey, Fellball«, rief Puck, als Grimalkin nicht reagierte. »Ich weiß, dass du mich hören kannst. Warum müssen wir ausgerechnet zu dem verdammten Baum der Wünsche gehen? Wartet da die gruselige Orakelfrau auf uns?«

»Nein.«

»Nein«, wiederholte Puck und zog frustriert die Nase kraus. »Natürlich nicht. Das wäre ja auch viel zu logisch, richtig?« Grimalkin antwortete nicht, woraufhin Puck die Augen verdrehte. »Und wo *wird* sie auf uns warten, Kater?«

»Am Traumteich.«

»Okay. Alle, die genauso verwirrt sind wie ich, heben jetzt bitte die Hand.« Demonstrativ riss Puck den Arm hoch. »Dann muss *ich* also wieder einmal die Frage nach dem Offensichtlichen stellen? Wenn sie am Traumteich auf uns wartet, warum zur Hölle gehen wir dann zum Baum der Wünsche?«

Grimalkin blickte über die Schulter zurück und zuckte verächtlich mit dem Schwanz. »Ich dachte, die Antwort läge auf der Hand, Goodfellow«, erklärte er betont langsam und gereizt. »Wie du sicher noch weißt, befindet sich der Traumteich irgendwo im Inneren der Hecke. Sehr tief im Inneren der Hecke und nie zweimal am selben Ort. Um ihn auf normalen Wegen zu erreichen, muss man quasi zufällig über ihn stolpern. Und ich möchte nun wirklich nicht wer weiß wie lange mit euch dreien durch die Dornen wandern. Der Baum der Wünsche wird uns wesentlich schneller an unser Ziel befördern.«

»Und wie? Sag bloß nicht, dass du uns mit einem *Wunsch* dort hinbringen willst.« Puck warf Ash einen beunruhigten Blick zu. »Bei unserem letzten Versuch ist das nämlich nicht so gut gelaufen, nicht wahr, Eisbubi?«

Schockiert sah ich die beiden an, aber Ash schnaubte nur. »Du warst es, der den Wunsch ausgesprochen hat, Goodfellow. Ich weiß noch genau, dass ich dir davon abgeraten habe. Gerade du hättest es besser wissen müssen.«

»Ach ja?« Neugierig musterte ich den grinsenden Puck. »Will ich es überhaupt genauer wissen?«

»Ganz sicher nicht, Prinzessin.«

»Er hat versucht, Oberons Erinnerung an einen gewissen Streich in Titanias Schlafgemach auszulöschen«, erklärte Ash an seiner Stelle. »Ich weiß nicht einmal mehr, was es eigentlich war, aber auf jeden Fall ging die Sache nach hinten los, und diesmal war statt Titania Oberon der Leidtragende. Der Erlkönig hätte ihm fast den Kopf abgerissen.«

»Na klasse, Eisbubi, bei dir klingt das ja, als wäre es ein Weltuntergang gewesen!«

Ich seufzte resigniert und sah Puck kopfschüttelnd an. »Es ist wirklich ein Wunder, dass du so lange überlebt hast. Was war denn nun mit dem Baum?«

Puck kratzte sich verlegen am Hinterkopf. »Na ja … das ist jetzt auch schon echt lange her, weißt du … Wir gingen also zum Baum …«

»Was nicht gerade einfach war, weil Oberon uns quer durch den Wilden Wald gejagt hat«, unterbrach ihn Ash.

»Wer erzählt denn hier die Geschichte, Eisbubi? Wie dem auch sei …« Puck rümpfte beleidigt die Nase. »Wir gingen zu dem Baum. Und ich wünschte mir, dass Oberon … dieses kleine Missverständnis einfach vergessen würde. Ich dachte wirklich, ich hätte den Wunsch perfekt formuliert, ich wollte schließlich auf Nummer sicher gehen. Und es hat ja auch funktioniert … irgendwie.«

»Irgendwie?«

»*Alle* haben uns vergessen«, schnaubte Ash. »Das gesamte Nimmernie. Niemand hat sich mehr an uns erinnert oder daran, dass es uns je gegeben hätte.« Er bedachte Puck mit einem stechenden Blick. »Fast wäre ich vollständig entschwunden und das nur deinetwegen.«

»Das wird er mir wohl ewig unter die Nase reiben«, ergänzte Puck und verdrehte genervt die Augen. Erst auf meinen alarmierten Blick hin zog er eine Grimasse und sagte: »Aber ja. Es war verflucht schwierig, den Wunsch wieder rückgängig zu machen. So etwas würde ich nicht noch einmal machen wollen. Der Baum der Wünsche bringt nur Ärger. Und zwar auch ohne seinen blöden Bodyguard.«

»Das ist der Grund, warum *ich* hier bin, Goodfellow«, seufzte Grimalkin vor uns. »Um die Formulierung des Wunsches müsst ihr euch keine Gedanken machen – darum kümmere ich mich. Eure Aufgabe besteht lediglich darin, die Königin am Wächter des Baumes vorbeizuschleusen. Denn das dürfte wohl der Grund sein, warum *ihr* hier seid.«

»Wächter?« Verwirrt runzelte ich die Stirn, während sich die Ranken und Dornenzweige vor mir zurückzogen und eine kleine Lichtung freigaben. »Was für ein Wächter?«

Puck zuckte kurz zusammen und deutete dann mit dem Kinn nach vorne. »Dieser Wächter.«

In der Mitte der Lichtung stand ein Baum. Er war groß, mit heller Rinde, hatte aber keine Blätter. Seine knorrigen Äste reckten sich wie Klauen dem Himmel entgegen. Allerdings waren nur die obersten Zweige zu sehen, da eine Schlange ihren massigen Körper um den Stamm geschlungen hatte. Das riesige Tier hatte schwarze, glänzende Schuppen, die einen dicken Panzer bildeten. Immer fester drückte der mächtige Leib sich an den Baum, als wollte die Schlange ihn erwürgen. Ihr Kopf ruhte auf dem Boden, sie hatte den spitzen Schädel einer Viper und lidlose rote Augen. Die gespaltene Zunge, mit der sie ständig die Luft prüfte, war fast so lang, wie ich groß war.

»Mann, das Vieh ist aber ganz schön gewachsen«, murmelte Puck und starrte mit verschränkten Armen zu dem gigantischen Tier hinüber. »Als wir es das letzte Mal getötet haben, war es doch nicht mal halb so groß, oder, Eisbubi?«

Verwirrt sah ich ihn an. »Ihr habt es *getötet*? Aber ... warum ist es dann noch hier?«

»Die Schlange bleibt nicht tot«, erwiderte Ash, der über meine Schulter hinweg ebenfalls das Monster beobachtete. Sanft legte er eine Hand auf meinen Bauch. »Wer den Baum der Wünsche für sich nutzen will, muss zunächst den Wächter töten. Wenn es gelingt, bekommt man seinen Wunsch, doch wenig später erwacht der Wächter wieder zum Leben, größer und widerstandsfähiger als zuvor.«

»Oh.« Ich bedachte Grimalkin, der auf einem Stein hockte und sich gelassen die Pfoten putzte, mit einem finsteren Blick. »Das ist ja großartig. Und du erwartest also von uns, dass wir dieses Ding töten? Es ist so groß wie eine Scheune!«

Der Kater gähnte. »Ich erwarte gar nichts von dir, Eiserne Königin.« Träge musterte er seine Krallen. »Ich diene lediglich als Führer, damit du dein Ziel erreichst. Wenn du das Orakel nicht aufsuchen und Näheres über die Zukunft deines Kindes erfahren willst, ist das allein deine Entscheidung.« Er leckte noch einmal kurz über seine Pfote. »Der einzige Weg zum Orakel führt über den Baum der Wünsche. Und der einzige Weg zum Baum der Wünsche führt über den Wächter.«

»Er hat recht«, seufzte Ash und zog sein Schwert. Puck folgte seinem Beispiel und hielt seine Dolche bereit. »Wenn der einzige Weg zum Orakel an dieser Schlange vorbeiführt, müssen wir uns eben den Weg dahin freischlagen. Das haben wir schon einmal geschafft – wir müssen es einfach ein zweites Mal tun.«

»Jetzt sprichst du meine Sprache, Eisbubi«, grinste Puck.

Auch ich zog mein Schwert, doch Ash legte mir eine Hand auf den Arm und hielt mich zurück. »Warte, Meghan«, verlangte er leise und zog mich ein Stück von Puck fort. Zögernd folgte ich ihm zwischen die Bäume, wo wir die Schlange nicht mehr sehen konnten. »Ich möchte nicht, dass du dich an diesem Kampf beteiligst«, erklärte er mir mit ernster Miene. »Bleib bei Grimalkin und überlass diese Schlacht Puck und mir.«

Missmutig runzelte ich die Stirn. »Glaubst du vielleicht, ich wäre dem nicht gewachsen?«, fragte ich und sah aus dem Augenwinkel, dass Puck sich noch ein Stück entfernte, damit wir ungestört waren. Grimalkin war ebenso verschwunden, mein Ritter und ich waren also ganz allein. Verletzt und empört starrte ich Ash an. »Du hast wohl Angst, ich würde euch im Weg sein oder euch behindern.«

»Das ist es nicht ...«

»Was ist es dann?« Ich sah ihn mit ruhiger Entschlossenheit an – ganz die Eiserne Königin. Ich würde mich hier nicht wie ein frustrierter Teenager aufführen. Immerhin war ich die Herrscherin von Mag Tuiredh, die Königin Tausender Feen, da würde ich mich nicht mitten im Nimmernie hinstellen und einen Trotzanfall kriegen. »Du weißt, dass ich eine gute Kämpferin bin«, beharrte ich. »Du warst schließlich mein Lehrer. Wir haben Seite an Seite gegen Machina, Virus, Ferrum und eine ganze Armee Eiserner Feen gekämpft. Ich war an mehr Schlachten beteiligt als die meisten in ihrem gesamten Leben, und mir ist klar, dass ich auch in Zukunft noch werde kämpfen müssen. Das gehört zu meinen Pflichten, Ash. Ich bin nicht mehr klein und hilflos.«

»Das habe ich auch nie gesagt!« Ash legte eine Hand an meine Wange und sah mich eindringlich an. »Und so war es auch überhaupt nicht gemeint«, fuhr er leiser fort und streichelte mich sanft. »Es ist nur ... du trägst nun unser Kind in dir, Meghan. Ich kann nicht riskieren, dass dir etwas zustößt. Dass euch beiden etwas zustößt.«

Meine Wut verpuffte. Wenn er so etwas sagte, konnte ich ihm unmöglich länger böse sein. Trotzdem, ich war die Eiserne Königin. Ich würde nicht zulassen, dass sich diejenigen, die ich liebte, in Gefahr brachten, während ich danebenstand und zusah. So war es schon viel zu oft abgelaufen.

»Ash.« Ich blickte in seine strahlenden Silberaugen. »Ich kann nicht. Ich kann nicht im Hintergrund bleiben und nichts tun. Nicht mehr.« Er seufzte frustriert. Ich nahm sein Gesicht in meine Hände und sah zu ihm hoch. »Unser Leben, unsere Welt, das alles wird immer gefährlich sein, und es wird immer jemanden geben, der uns Böses will. Aber hier geht es um die Zukunft unseres Kindes und um die Zukunft unseres Königreiches, also werde ich an deiner Seite kämpfen. So wie ich es gelobt habe und wie es meine Pflicht ist als Königin. Ich werde nicht zulassen, dass sich etwas zwischen uns drängt oder sich uns in den Weg stellt.«

Ein warmes Feuer entzündete sich in Ashs Blick. »Wie du wünschst, meine Königin«, erwiderte er leise und beugte sich zu mir. »Wenn das dein Wille ist, werde ich an deiner Seite kämpfen, mit allem, was ich habe.« Er hauchte mir einen Kuss auf die Lippen.

Wir setzten diesen Kuss fort, bis Grimalkins ungeduldiges Seufzen durch die Bäume zu uns drang.

»Goodfellow wird langsam ungeduldig«, erklärte der Kater, als wir uns widerwillig voneinander lösten. »Und der Wächter erwartet euch. Vielleicht können wir die Feierlichkeiten auf später verschieben, wenn er besiegt ist.« Er rümpfte verächtlich die Nase, als ich die Augen verdrehte und nach meinem Schwert griff, das ich in die Erde gestoßen hatte. »Allerdings fühle ich mich verpflichtet, euch darauf hinzuweisen, dass der Wächter inzwischen nahezu unüberwindlich ist. Seine Schuppen dürften fast jeden Schwerthieb abwehren, und gegen magische Angriffe ist er immun. Ein Frontalangriff wäre also nicht zu empfehlen.«

»Okay, und wie sollen wir das Ding dann töten?«

Wieder rümpfte Grimalkin die Nase. »Wie wurde Achilles besiegt? Wie fand der Drache Smaug sein Ende? Es gibt immer irgendwo einen Schwachpunkt, Mensch. Er mag klein sein, aber er existiert immer.«

Ein lautes Zischeln durchschnitt die Ruhe auf der Lichtung und ließ mich zusammenzucken. Grimalkin verschwand. Die riesige Schlange hatte sich vom Stamm gelöst und erhob sich nun vor dem Baum in die Höhe. Ihre lange Zunge zuckte hektisch durch die Luft. Und dann erschien an der Stelle, wo der Schwanz hätte sein müssen, ein *zweiter* dreieckiger Kopf, ebenso groß und Furcht einflößend wie der erste. Mit einem wütenden Zischen präsentierte uns die zweiköpfige Schlange ihre langen, gebogenen Giftzähne.

»Äh … Leute?« Puck blickte über die Schulter zu uns zurück. »Ich will ja nicht stören oder so, aber das Ding sieht mich an, als wäre ich eine fette, leckere Maus. Ich hoffe, ihr schließt euch dieser netten Runde bald mal an.«

Ich drehte mich zu Ash um, der gelassen abwartete und sich weder um die Schlange noch um Puck oder Grimalkin zu bekümmern schien, sondern nur mich. »Bist du bereit?«, fragte ich. Er nickte und deutete mit seinem Schwert nach vorn. »Geh voran, meine Königin. Ich bin bei dir.«

Wir traten unter den Bäumen hervor und überquerten Seite an Seite die Lichtung. Die zweiköpfige Monsterschlange schickte uns eine zischende Warnung entgegen und richtete sich zu einem haushohen S auf, bereit zum Angriff.

»Wie wollt ihr es angehen?«, murmelte Puck, als wir bei ihm waren. Der starre Blick des Wächters verfolgte uns. Das Tier verharrte reglos – gefährlich still. Ich spürte die Spannung in seinem riesigen Körper, wie bei einem Gummiband, das gleich reißt. Mein Herz raste.

»Du übernimmst den einen Kopf«, wandte sich Ash an Puck, während er unseren Gegner aus zusammengekniffenen Augen beobachtete. »Ich kümmere mich um den anderen. Dadurch ist sie hoffentlich ausreichend abgelenkt, damit du nach der Schwachstelle suchen kannst, Meghan. Wir können nur hoffen, dass Grimalkin wusste, wovon er sprach.«

»Schwachstelle?«, wiederholte Puck verwirrt. »Welche Schwachstelle? Beim letzten Mal haben wir das Ding einfach in Stücke ge…«

Einer der Schlangenköpfe zuckte. Mit unfassbarer Geschwindigkeit schoss er vor, das Maul weit aufgerissen, ein düsterer Schlund, der mich vollkommen überraschte. Doch Puck war bereit. Er sprang steil in die Höhe, sodass die mächtigen Kiefer ins Leere schnappten, und landete mitten auf dem flachen, schuppigen Schädel.

Kreischend wich der Wächter zurück und schüttelte den Kopf, um den ungewollten Gast loszuwerden. Puck stieß einen Triumphschrei aus, klammerte sich fest wie eine Klette und stach immer wieder mit dem Dolch auf das Tier ein. Wo die Klinge auf Schuppen traf, flogen Funken, aber die Panzerung blieb undurchdringlich. Trotzdem muss es die Schlange ziemlich gepiesackt haben, denn sie versuchte immer rabiater, Puck abzuschütteln.

»Meghan, pass auf!«

Fluchend sprang ich zurück. In dem Bruchteil von Sekunden, in denen ich Puck beobachtet hatte, war der zweite Kopf mit geöffnetem Maul auf mich zugeschossen. Doch Ash warf sich dazwischen und begegnete dem Angriff mit seinem Eisschwert, das sich zielsicher in das Auge der Schlange bohrte. Das Tier schrie – diesmal vor Schmerzen – und zog sich zurück. Mit einem wütenden Zischen fixierte es Ash, der sich ihm mit erhobener Klinge entgegenstellte.

Das war knapp, Meghan. Konzentrier dich, verdammt!

Ich holte tief Luft und spürte Sommer und Eisen in mir aufsteigen. Während Puck und Ash den Wächter beschäftigten, schloss ich die Augen und schickte meine Magie in den Boden, in das Herz des Wilden Waldes. Ich spürte die Wurzeln des uralten Wunschbaums, die sich tief ins Erdreich gruben, und die Kraft, die durch sie und das gesamte Nimmernie strömte. Ich spürte sogar den Herzschlag des Wächters, erkannte seine plötzliche Furcht, als er begriff, dass die beiden Krieger, gegen die er antrat, nur eine Ablenkung waren. Dass der kleine, bedeutungslose Mensch dort unten, der plötzlich vor Macht glühte, die eigentliche Bedrohung darstellte.

»Meghan!«

Als ich Ashs warnenden Schrei hörte, wusste ich, dass beide Köpfe ihren Angriff unterbrochen hatten und sich nun mir zuwandten. Ich spürte, wie sie rasend schnell auf mich zuschossen und die tödlichen Fänge ausfuhren, um zuzubeißen und mich im Ganzen zu verschlingen. Und ich lächelte.

Tut mir leid, zu spät.

Die knorrigen Wurzeln des Wunschbaumes durchbrachen das Erdreich und schoben sich in die Höhe. Sie glitten dem Wächter entgegen, umschlangen ihn wie dicke Fesseln und rissen ihn zu Boden.

Die Schlange zischte, wälzte sich herum, schnappte nach den harten, dicken Wurzeln und schlug mit ihrem kraftvollen Körper so lange gegen sie, bis sie brachen und sie sich befreien konnte. Sie war stark, stärker, als ich angenommen hatte. Triumphierend schossen die beiden Köpfe zu einem erneuten Angriff auf mich zu. Da flog ein Eisspeer zwischen den verbliebenen Wurzeln hindurch und prallte an einem der Köpfe ab, während sich gleichzeitig ein großer Rabe auf den zweiten stürzte und ihm die Augen aushackte. Beide Köpfe zuckten und waren für einen Moment abgelenkt. Mehr Zeit brauchte ich nicht.

Wieder rief ich die Wurzeln, doch diesmal schickte ich meinen Eisernen Schein in das Holz, das sich um die Schlange wickelte. Der Wächter reagierte erneut mit einem irritierten Zischen und versuchte, sich durch wilde Zuckungen zu befreien, aber nun waren die alten Wurzeln mit Eisen verstärkt und glichen dicken Kabeln. Immer enger schlossen sich die eisernen Wurzeln um den mächtigen Körper, die Bewegungen der Schlange wurde zusehends langsamer, und sie kreischte frustriert.

Ich packte mein Schwert und ging auf sie zu, ließ dabei weiterhin meine Kraft in den Baum fließen, den vereinten Schein von Sommer und Eisen. Als ich am ersten der beiden Köpfe vorbeikam, versuchte er zischend nach mir zu schnappen, aber vergeblich. Auch der zweite Kopf hatte damit keinen Erfolg. Schließlich stand ich mitten zwischen den Wurzeln, direkt neben der gefesselten Schlange. Wieder schloss ich die Augen und suchte nach dem Puls, dem Herzschlag des Lebens, der den riesigen Wächter durchdrang. Unbeeindruckt von den wild zuckenden Schlangen- und Wurzelsträngen, die mich umgaben, folgte ich deren Lauf, bis ich gefunden hatte, wonach ich suchte: Die Schwachstelle in der Panzerung der Schlange war ein kleines Loch, nicht einmal so groß wie meine Faust. Der Wächter heulte auf und starrte mich durch die Wurzeln hindurch giftig an, woraufhin ich ihm ein trauriges Lächeln schenkte.

»Es tut mir leid. Aber ich bin die Eiserne Königin, und du stehst mir im Weg.«

Ich hob mein Schwert und rammte es mit der Spitze voran in den Spalt zwischen den Schuppen. Der Wächter stieß einen durchdringenden Schrei aus und zuckte so heftig, dass die Wurzeln des Baumes sich fast gelöst hätten. Taumelnd wich ich zurück, hielt mein Schwert aber weiter fest, während das Tier sich wand und verzweifelt gegen das Unausweichliche ankämpfte. Irgendwann wurde der Widerstand schwächer, das Licht schwand aus den glühend roten Augen, und die Schlange rührte sich nicht mehr.

Keuchend ließ ich mich gegen einen dicken Ast sinken. Der Einsatz von so viel Macht hatte meinen Körper erschöpft. Als Ash und Puck sich einen Weg durch das Wurzelgeflecht bahnten, rappelte ich mich auf und griff nach meinem Schwert. Ungläubig starrten die beiden mich an, was ich mit einem müden Grinsen erwiderte.

»Na, das war doch gar nicht so schlimm«, sagte ich, immer noch atemlos. »Warum hattet ihr zwei beim letzten Mal bloß solche Probleme damit?«

Puck blinzelte schockiert, während Ash sich dicht vor mir aufbaute.

Schweigend sah er mich an und verneigte sich dann feierlich. »Du bist eine wahrhafte Feenkönigin«, sagte er so leise, dass nur ich ihn hören konnte. »Und es ist eine Ehre für mich, dein Ritter zu sein.«

Ich spürte einen dicken Kloß in meinem Hals, doch genau in diesem Moment begann der Baum der Wünsche in einem strahlenden Licht zu leuchten. Hunderte, wenn nicht sogar Tausende von Kerzen entzündeten sich entlang der Äste, sodass der Baum die Dunkelheit durchbrach wie ein Leuchtfeuer.

»O ja«, nickte Puck und starrte zu den flackernden Lichtern hinauf. »Daran erinnere ich mich gut. Ein kleiner Rat, Prinzessin: Puste nicht mehr als eine Kerze aus. Wenn du versuchst, dir mehr als eine Sache zu wünschen, passieren die schrecklichsten Dinge.«

Vorsichtig traten wir unter die Zweige des Baumes, und sofort spürte ich die Hitze der unzähligen Flammen auf meinem Gesicht. Über uns huschte etwas Graues vorbei, dann hockte plötzlich Grimalkin auf einem der Äste und spähte zu uns hinunter. Das Kerzenlicht spiegelte sich in seinen goldenen Augen. »Der Wunsch wurde bereits ausgesprochen«, schnurrte er und peitschte mit dem Schwanz. »Der Weg zum Orakel ist frei. Wenn ihr so weit seid, pustet eine Kerze aus und schließt die Augen. Der Baum erledigt dann den Rest.«

»Und was wird er wohl sonst noch alles erledigen?«, murmelte Puck und musterte zweifelnd erst Grimalkin und dann die flackernden Kerzen. »Hast du den Wunsch auch wirklich *korrekt* formuliert, Kater? Keine Schlupflöcher oder seltsamen Formulierungen, die gegen uns verwendet werden könnten? Ich habe keine Lust, als Frosch aufzuwachen oder mich auf dem Grund des Ozeans wiederzufinden oder irgend so was.«

Unbeeindruckt kratzte sich der Kater am Ohr. »Ich fürchte, das Risiko werdet ihr wohl eingehen müssen.«

Ich machte eine Kerze auf einem tief hängenden Ast aus, deren orange glühende Flamme müde in den Schatten tanzte. »Kommt schon«, sagte ich leise zu den beiden Jungs. »Wenn das der einzige Weg zum Orakel ist, müssen wir es tun. Jetzt gibt es kein Zurück mehr.«

Ash kam zu mir und nahm meine Hand. »Wir sollten besser nicht getrennt werden«, murmelte er und verschränkte seine Finger mit meinen.

»Später wird es seinen Preis fordern, so funktioniert das nun einmal. Der Baum der Wünsche verlangt immer einen Tribut, ganz egal, was Grimalkin behauptet.«

Mein Magen verkrampfte sich, aber Ash lächelte ermutigend und drückte meine Hand. Ich spürte das glatte Metall seines Eherings auf der Haut und lächelte zurück.

Dann drehte ich mich zu Puck um und streckte ihm meine freie Hand hin. Der zögerte kurz und musterte noch einmal den Baum, bis ich spöttisch die Nase krauszog.

»Robin Goodfellow«, sagte ich mit einem provokanten Grinsen. »Du hast doch nicht etwa Angst?«

Der altbekannte Trotz blitzte in seinen grünen Augen auf, dann nahm er meine Hand. »Im Leben nicht, *Prinzessin*«, erwiderte er höhnisch. »Aber glaub bloß nicht, ich hätte dich nicht durchschaut. Wenn wir alle als Lamas enden, werde ich den Rest meines Lebens hinter dir herrennen und sagen: ›Ich hab's dir doch gesagt.‹ Und zwar auf Lamaesisch.«

Hastig verdrängte ich die Vorstellung von Puck als Lama, um nicht laut loszulachen. Jetzt galt es ernst zu bleiben und sich auf das Ziel zu konzentrieren. Das Orakel wartete auf mich, mit den Antworten zum Schicksal meines Kindes. Aber ich fürchtete mich nicht mehr. Nicht mit Ash und Puck an meiner Seite, die beide meine Hände umklammerten und an deren Aura ich ablesen konnte, dass sie mich um jeden Preis beschützen würden. Wie in alten Zeiten, hatte Puck gesagt. Wir drei hatten schon so viel zusammen durchgestanden, und wir waren immer siegreich gewesen. Diesmal würde es nicht anders sein.

Ich drückte ihre Finger, hob den Kopf und blies die Kerze aus. Die Flamme erlosch, ein feiner Rauchfaden wand sich in die Höhe. Dann sah ich nichts mehr.

6

Ich schlug die Augen auf und blinzelte verwirrt. Ich konnte mich nicht erinnern, sie geschlossen zu haben, aber es musste wohl so gewesen sein, denn alles um mich herum hatte sich verändert. Die Lichtung war verschwunden, der Baum der Wünsche und der Körper der riesigen Schlange. Stattdessen stand ich in einem Tunnel aus dicken, schwarzen Dornenranken, die sich mit einem leisen Quietschen umeinanderschoben, als wären sie lebendig.

»Da wären wir also«, sagte Puck und ließ meine Hand los, um seine Kleidung abzuklopfen, als wollte er sich versichern, dass auch nichts fehlte. »Und wie es aussieht, auch in einem Stück.« Er spähte an mir vorbei zu Ash, der meine Finger noch immer fest umklammert hielt. »Und vollzählig. Ich hatte schon fast damit gerechnet, dass wir alle in verschiedenen Ecken des Nimmernie landen würden oder zumindest in einem Haufen Scheußlichkeiten, die uns den Kopf abreißen wollen. Offenbar hat der Fellball es tatsächlich richtig gemacht.«

»Was hast du denn erwartet, Goodfellow?« Grimalkin tapste mit hocherhobenem Schwanz vorbei, ohne uns eines Blickes zu würdigen. »Ich bin eine Katze.«

Verstohlen schaute ich zu Ash. Er wirkte ebenfalls erleichtert, obwohl die ganze Situation ihn doch zu beunruhigen schien. Auch er hatte damit gerechnet, dass es bei unserer Ankunft Ärger geben würde.

»Bleibt wachsam«, befahl er uns leise, während wir Grimalkin durch den Dornentunnel folgten. »Dass die bösen Überraschungen nicht sofort über uns hereingebrochen sind, heißt nicht, dass sie nicht noch kommen können.«

Vor uns begann die Decke des Tunnels zu schimmern, bläuliches Licht breitete sich aus. Wenig später endete der Gang, und wir standen am Rand einer kleinen Höhle, die vollständig von Dornenwänden umgeben war. Über uns verdunkelte die Hecke den Himmel, ihre Zweige waren so eng verflochten, dass der Eindruck einer unterirdischen Grotte entstand. Die Wände waren übersät mit menschlichem Krimskrams: Spielsachen, Bücher, Bilderrahmen, Trophäen und Stofftiere hingen an den Dornen, als wären sie dort aufgespießt worden. Grimalkin war zwischen den Sachen verschwunden wie ein weiteres Plüschtier dieser riesigen Spielzeugsammlung. Unter dem bohrenden Blick einer einäugigen Porzellanpuppe betrat ich die seltsame Kammer.

»Das nenne ich doch mal gruselig«, murmelte Puck neben mir und musterte alarmiert die Puppe. »Falls du irgendwo Clowns siehst, zeig sie mir nicht, okay? Ich würde mir diese Albträume lieber ersparen.«

Gerade wollte ich ihn anfauchen, da ich dank ihm jetzt unweigerlich an Killerclowns denken musste, als Ash mich am Arm berührte und mit dem Kinn nach vorne deutete.

In der Mitte der Höhle schickte ein leuchtender kleiner Teich verschwommene Bilder an Wände und Decke. Das Wasser war jedoch so still und glatt wie ein Spiegel und reflektierte alles um sich herum. Die abstrus verzierten Wände und die Decke wirkten wie ein Loch in der schimmernden Oberfläche. In einem alten Schaukelstuhl am Ufer saß zusammengesunken wie eine Lumpenpuppe – oder eine verschrumpelte Mumie – eine uns bekannte alte Frau.

Ein paar Sekunden lang verharrte das Orakel so reglos, dass ich schon fürchtete, es sei nun doch gestorben. Dann bewegte es langsam den Kopf, und die scheinbar leeren Augenhöhlen richteten sich auf mich.

»Du bist gekommen.« Die Alte erhob sich aus dem Stuhl wie eine Marionette und winkte uns mit einem skelettartigen Arm zu sich. Ich nahm die Schultern zurück und ging entschlossen zu ihr hinüber, dicht gefolgt von Ash und Puck. Es schien, als würde die Hecke den Atem anhalten und die Puppen und Stofftiere aufmerksam zusehen, wie wir uns der Alten bis auf wenige Meter näherten. Der vertraute Gestank nach Gruft, Staub und alten Zeitungen brannte in meiner Kehle.

Einen Moment lang rührte sich niemand.

Dann räusperte ich mich. »Also gut«, begann ich und begegnete dem unheimlichen Blick der Alten. Oder zumindest hoffte ich das, denn das ist gar nicht so einfach mit einem Gesicht ohne Augen – man weiß nie, ob das Gegenüber einen nun ansieht oder nicht. »Hier bin ich, Orakel. Wir sind so schnell gekommen, wie es ging. Also, was ist das für ein Angebot, das du beim Elysium erwähnt hast? Was weißt du über mein Kind?«

»Dein Kind«, wiederholte das Orakel fast schon verträumt. »Dein

Sohn. O ja, ich weiß so einiges über ihn.« Als sie sah, wie schockiert ich war, lächelte die Alte. »Viele Versionen der Zukunft habe ich gesehen, und in allen ist er ein faszinierendes Wesen, geboren aus Sommer, Winter und Eisen, einzigartig unter seinesgleichen. Mensch und Fee, vereint er die Magie aller drei Reiche in seinem Blut, sodass er über nie gekannte Macht gebieten wird.« Sie unterbrach sich, und ihre Stirn kräuselte sich wie altes Pergament. »Doch dann trübt sich der Blick in die Zukunft. Dort draußen ist etwas, Eiserne Königin, etwas Finsteres, und es verfügt über die Macht, dir deinen Sohn zu entfremden. Ich kann es nicht genau erkennen, vielleicht ist es noch nicht einmal in dieser Welt, doch *er* wandelt auf einem sehr schmalen Grat, sodass er sich in jede Richtung neigen kann. Und was dann kommt …« Sie schüttelte den eingeschrumpften Kopf. »Ich habe Tod und Zerstörung im schlimmsten Ausmaß gesehen, viele Leben werden ausgelöscht, die Reiche vernichtet, und in der Mitte des Ganzen, im Auge des Sturms, befindet sich dein Sohn.«

Ich bekam kaum noch Luft und musste meine weichen Knie zwingen, mich weiter zu tragen. Sogar Puck schien schockiert – sein Gesicht unter den roten Haaren war bleich. Ash sagte nichts, doch er trat neben mich und legte eine Hand an meinen Rücken, um mich spüren zu lassen, dass er da war. Ich lehnte mich an ihn und zog Kraft aus dieser Berührung.

»Du … hast mir immer noch nicht gesagt, wie dein Angebot lautet«, flüsterte ich, während ich versuchte, die erschreckenden Informationen zu verarbeiten, mit denen mich das Orakel konfrontiert hatte. »Das alles hättest du mir auch im Voodoomuseum sagen können oder einfach irgendwo im Nimmernie. Warum hast du uns also ausgerechnet hierher bestellt?«

Die schmalen Lippen des Orakels verzogen sich zu einem grimmigen Lächeln. »Weil es etwas gibt, das ich dir zeigen will, Eiserne Königin«, erwiderte die Alte ebenso leise und deutete auf das glatte Wasser hinter sich. »Der Traumteich kann jedem, der richtig hinzusehen vermag, seine Zukunft zeigen, oder auch die Zukunft eines anderen. Komm …« Mit einer Krallenhand winkte sie mich zu sich. »Geh in das Wasser, dann zeige ich dir deinen Sohn.«

Zögernd blickte ich zu Ash, und er nickte. Doch bevor ich einen

Schritt machen konnte, ergänzte das Orakel: »Nur die Eiserne Königin!« Ruckartig sah ich hoch. »Nur eine Person kann mich in den Teich begleiten. Diese Entscheidung muss die Königin fällen, nur sie allein.«

»Es ist auch Ashs Kind«, protestierte ich. »Damit hat er ein Recht, das zu sehen.«

»Es geht nicht«, erklärte das Orakel schlicht. »Ich kann es nur einem zeigen, und du bist die Königin. Die Verantwortung und die Entscheidung, die damit einhergeht, lasten auf deinen Schultern.«

Ash nahm meinen Arm und zog mich in eine dunkle Ecke, ein Stück weg vom Orakel und dem schimmernden Teich. Puck trat wie selbstverständlich zwischen uns und das Orakel, verschränkte die Arme und grinste die Alte provozierend an, damit sie uns ja nicht folgte. Doch sie rührte sich nicht.

Als ich Ash verunsichert ansah, lächelte er zärtlich und nahm meine Hände in seine. »Ist schon gut«, murmelte er und blickte mir unverwandt in die Augen. »Ich vertraue dir. Ich weiß, dass du nur tun wirst, was für unseren Sohn das Beste ist, auch wenn ich nicht dabei bin. Denke immer daran, Meghan.« Er hob eine Hand an meine Wange.

»Was auch immer das Orakel dir zeigen wird, auch wenn es noch so düster, schrecklich und Furcht einflößend ist: Es ist noch nicht geschehen. Lass dich nicht durch Angst dazu verleiten, etwas zu tun, das wir beide bereuen könnten.«

Ich nickte, während mein Herz raste. Ash beugte sich über mich und hauchte mir einen Kuss auf den Hals, genau unterhalb des Ohres. Ich erschauerte. »Ich liebe dich«, flüsterte er. »Und ich werde immer bei dir sein, auch wenn du mich nicht sehen kannst.« Dann zog er sich gerade so weit zurück, dass er mir einen sanften Kuss auf die Lippen drücken konnte. Mit einem eindringlichen Blick fügte er hinzu: »Was auch immer du dort siehst, du wirst nicht allein sein. Du hast mich und Puck und ein ganzes Königreich, die dir auf dein Geheiß zur Seite stehen werden. Nichts von dem, was das Orakel dir enthüllen mag, könnte dafür sorgen, dass wir dich verlassen.«

Meine Kehle war wie zugeschnürt. Am liebsten hätte ich mich in seine Arme geworfen, mich an ihn geschmiegt und die Welt um uns herum ausgeblendet. Aber das Orakel beobachtete uns, ich spürte den

Blick dieser eingesunkenen Augen in meinem Rücken, und deshalb durfte ich jetzt keine Schwäche zeigen. Also drückte ich nur Ashs Hand an meine Wange und versuchte so, ihm ohne Worte zu vermitteln, was ich empfand. Er legte seine Hand auf meine und lächelte. Dann drehte ich mich um, richtete mich auf und kehrte zu der Alten zurück.

Sie hatte ihren Platz verlassen und schwebte nun in der Mitte des Traumteichs, von wo aus sie jeden meiner Schritte überwachte. Gemeinsam traten wir an das Teichufer. Die spiegelglatte Oberfläche zeigte uns unsere perfekten Abbilder: die Eiserne Königin, ihr Ritter und der berüchtigte Robin Goodfellow, wie er die Alte draußen auf dem Teich angrinste. Sie stand auf dem Wasser, als wäre es nur wenige Zentimeter tief. Doch obwohl die Oberfläche so ruhig war, konnte man unmöglich bis auf den Grund des Teiches blicken. Immer sah ich nur die dornige Decke der Höhle, die sich im Wasser spiegelte.

»Tritt vor, Eiserne Königin«, befahl das Orakel. »Komm zu mir, dann zeige ich dir deinen Sohn. Doch bedenke, nur dir wird dieses Privileg gewährt. Dein Ritter und der Sommernarr müssen zurückbleiben. Keine Sorge, es wird nicht lange dauern.«

»Orakel«, erwiderte Ash mit tödlich ruhiger Stimme, als ich schon ganz dicht am Wasser war. »Ich vertraue dir hiermit das Wohl meiner Ehefrau und einer Königin der Feen an.« Noch zögerte ich. »Sollte sie bei ihrer Rückkehr in irgendeiner Hinsicht Schaden erlitten haben, wird dich nicht nur der Zorn des gesamten Eisernen Hofes treffen, sondern du wirst es auch mit mir persönlich zu tun bekommen.«

»O ja, und er wird nicht allein sein«, mischte sich Puck ein. So ernst hatte er schon lange nicht mehr geklungen. »Du wirst es mit uns beiden zu tun kriegen, von einem extrem angefressenen Sommerkönig ganz zu schweigen. Und damit wahrscheinlich auch mit dem ganzen Lichten Hof.« Er grinste, aber es war eine seiner gruseligen, bösartigen Grimassen. »Nur eine kleine, freundliche Warnung. Bring sie also besser unversehrt zurück.«

Das Orakel spitzte die blutleeren Lippen. »Körperlich wird sie unversehrt bleiben«, erklärte es dann widerwillig, als würde es um das Kleingedruckte eines Vertrages gehen.

»Doch der Blick in die Zukunft, und sei es auch nur ein kleiner Ausschnitt, ist eine ernste Angelegenheit und kann sich auf schwächere Gemüter traumatisierend auswirken. Ich kann also nicht versprechen, dass sich eure Königin durch das, was sie sieht, nicht *verändern* wird. Ich kann ihr lediglich die Zukunft zeigen, aber ich kann keine Verantwortung für die daraus entstehenden Folgen übernehmen.«

Puck musterte mich besorgt. »Bist du sicher, dass du das machen willst, Prinzessin?«

Ich spürte Ash hinter mir, dachte an seine Worte und den Ausdruck in seinen Augen, und hatte plötzlich keine Angst mehr. »Ja«, sagte ich entschlossen. Ash hatte unsere Zukunft gesehen – oder zumindest eine mögliche Version davon – und hatte sich davon nicht aufhalten lassen. Ich musste es tun, musste so viel wie möglich über unser Kind herausfinden … über unseren Sohn. »Ich bin bereit«, erklärte ich dem Orakel. »Zeig mir, was du gesehen hast. Ich will alles wissen.«

»Dann komm«, hauchte die Alte und streckte mir eine Hand entgegen. »Tritt in den Traumteich, Meghan Chase. Tritt in den Teich, dann bringe ich dich zu deinem Sohn.«

Ich ging vorwärts, in Erwartung, im Wasser zu versinken und zu der Stelle waten zu müssen, wo das Orakel über der Oberfläche schwebte. Doch tatsächlich war der Teich nur wenige Zentimeter tief, das Wasser ging mir gerade einmal bis zum Knöchel und durchnässte auf dem Weg zur Teichmitte lediglich den Saum meiner Jeans. Die Oberfläche kräuselte sich durch meine Bewegung kaum und wirkte noch immer so glatt wie Glas, selbst dort, wo ich meine Füße hinsetzte. Als ich das geduldig wartende Orakel erreichte, war der Teich sofort wieder vollkommen still.

Die dunklen Augenhöhlen des Orakels musterten mich forschend. »Bist du sicher, dass dies dein Wunsch ist?«, fragte die Alte, als müsse diese letzte Formalität noch abgearbeitet werden. »Du wirst nicht auslöschen können, was du nun sehen wirst.«

»Ich bin mir sicher«, antwortete ich.

Sie nickte knapp. »Dann blicke hinab, Eiserne Königin. Sieh direkt nach unten, in das Wasser hinein.«

Ich sah hinunter.

Mein Ebenbild blickte mir entgegen, so klar und deutlich, als würde ich auf einer Glasscheibe stehen oder einem riesigen Spiegel, nicht in einem Teich. Doch dann schaute ich an meiner Reflexion vorbei, hinter meinen Kopf, wo eigentlich die Spiegelung der Höhlendecke hätte erscheinen müssen.

Sterne flammten zwischen den Dornen auf, und ein silbriger Vollmond erstrahlte an einem wolkenlosen Himmel.

Überrascht hob ich den Blick. Die dunkle Höhle war verschwunden. Zwar befanden sich meine Füße noch immer in einer Pfütze, doch nun stand ich mitten auf einer großen Wiese, umgeben von sanften Hügeln. Ein Stück weit entfernt liefen fluffige, weiße Tiere über einen Hang wie verirrte Wolken, und der Wind trug ihr leises Blöken heran.

»Wo bin ich?«, fragte ich und drehte mich langsam im Kreis. Der Gestank von Staub und Verwesung kitzelte mich in der Nase und ließ die Schafe entsetzt über die Hügel fliehen.

»Im Reich der Sterblichen«, hauchte das Orakel und erschien direkt neben mir. »Heutzutage nennt man diese Region Irland, glaube ich. Hier fanden viele unserer Art ihren Ursprung.«

Bevor ich fragen konnte, was wir denn in Irland verloren hätten, trug der Wind einen weiteren Geruch heran, bei dem mir beinahe das Herz stehen blieb. Er war nur schwach, aber ich erkannte ihn sofort. Wer genügend Schlachten überlebt hat, kann diesen Geruch unmöglich ignorieren.

Blut.

Ich drehte mich in die Richtung, aus der der Wind kam, und sah ganz in der Nähe eine Gestalt, die allein im Mondlicht stand. Der Mann stand mit dem Rücken zu mir, aber es war unverkennbar, wie groß und schlank er war. Sein Haar schimmerte silbrig in der Dunkelheit, es hing ihm offen über den Rücken und wehte leicht im Wind. Er war umgeben von Giftpilzen – dicke, weißliche Knollen, die einen nahezu perfekten Kreis um ihn herum bildeten.

Als ich mich ihm näherte, klopfte mein Herz wie verrückt. Der Mann drehte sich nicht um, er war ganz auf den Boden vor seinen Füßen konzentriert. Schließlich sah ich das elegant gebogene Schwert, das er locker in der Hand hielt. Die Klinge und sein Arm waren blutverschmiert, die dunklen Flecken zogen sich bis zum Ellbogen hinauf.

Erst als ich bereits ganz nah war, drehte sich die Gestalt um. Entsetzt keuchte ich auf.

Ich konnte sein Gesicht nicht sehen, es war völlig verschwommen, als würden seine Züge von dichtem Nebel verborgen. Aber ich kannte ihn. Ich erkannte ihn so eindeutig wie meinen eigenen Schatten oder den Rhythmus meines Herzschlags. Charismatisch, groß und umwerfend attraktiv, auch wenn sein Gesicht im Verborgenen blieb. Irgendwo in diesem Nebel erahnte ich die strahlenden, eisblauen Augen und spürte sein Lächeln.

Mein Sohn. *Das ist mein Sohn.*

Und er war voller Blut. Es klebte an seinen Händen, seinen Armen, zog sich in dicken Streifen über seine Brust. Mein Herz zog sich vor Angst zusammen, da ich dachte, er müsse schwer verwundet sein, vielleicht sogar tödlich. War es das, was mir das Orakel zeigen wollte? War das der Kummer, von dem es gesprochen hatte? Der Tod meines Kindes? Aber wie konnte das sein, wenn er doch hier vor mir stand und ich deutlich spüren konnte, wie er mich anlächelte?

Dann begriff ich, dass es nicht sein Blut war.

Und ich sah, was vor unseren Füßen im Gras lag.

Für einen Moment schien die Welt stillzustehen. Zitternd sank ich auf die Knie, unfähig, mich länger aufrecht zu halten. Nein, das konnte nicht sein. Das war ein grausamer Scherz, ein Albtraum.

Zu Füßen meines Sohnes ruhte ein Toter. Der Junge lag lang ausgestreckt auf dem Rücken und starrte blicklos zum Mond hinauf. Er war ungefähr in meinem Alter, mit zerzaustem braunem Haar und graublauen Augen. In den Händen hielt er zwei Dolche, doch ihre Klingen waren unbefleckt. Aus einer tiefen Wunde direkt über dem Herzen quoll Blut hei vor und färbte sein einst weißes T-Shirt beinahe schwarz.

Mir wurde übel, und ich musste die Hände vor den Mund pressen, um nicht laut zu schreien. Ich hatte diesen Jungen nie gesehen, zumindest nicht so, aber er war mir nur allzu vertraut. Ich erkannte sein Gesicht, seine Augen, den brennenden Schmerz in meiner Brust. Auch wenn er viel älter war und sich stark verändert hatte, würde ich ihn jederzeit wiedererkennen.

»Ethan«, flüsterte ich und berührte vorsichtig seinen Arm. Er war kalt und klebrig. Entsetzt zog ich die Hand zurück und schüttelte den Kopf. »Nein«, sagte ich zitternd. »Nein, das ist nicht wahr. Es kann nicht wahr sein.« Ich sah zu meinem Sohn hinauf, der jetzt nicht länger lächelte, und spürte seine kalten, blauen Augen, die mich abschätzend musterten. »*Warum?*«

Mein Sohn antwortete nicht. Er steckte sein Schwert weg und starrte auf den Leichnam hinab. Und obwohl sein Gesicht verborgen blieb, konnte ich spüren, dass ihm Tränen über die Wangen liefen. Eine leise Stimme wurde über das Gras zu mir herangetragen, klar, jung und voll unendlicher Möglichkeiten.

»Es tut mir leid.«

Dann drehte er sich um und ging davon, ließ mich in meiner Trauer, meinem Entsetzen und meiner Verwirrung zurück, während ich auf den leblosen Körper meines kleinen Bruders starrte.

»Dies ist immer der Auslöser«, flüsterte das Orakel irgendwo hinter mir. »Welchen Weg auch immer dein Sohn später wählt, den des Retters oder den des Zerstörers, dieser Schlüsselmoment ist der Vorbote jeder weiteren Entwicklung. Der Tod von Ethan Chase entfesselt einen Sturm, wie ihn das Feenreich noch nie gesehen hat, und im Auge dieses Sturms befindet sich dein Sohn.«

»Das ... das kann nicht seine einzige Zukunft sein«, stammelte ich. Ich wollte einfach nicht glauben, dass mein Sohn dazu bestimmt sein sollte, meinen Bruder zu töten.

»Es muss andere Pfade geben, andere Resultate. Das hier kann nicht festgeschrieben sein.«

»Nein«, gab das Orakel fast widerstrebend zu. »Es ist nicht der einzige Pfad. Aber diese Variante der Zukunft ist die deutlichste. Und mit jedem Tag wird sie deutlicher. Sieh es als Warnung, Eiserne Königin: Dein Bruder und dein Sohn befinden sich auf Kollisionskurs, und sollten sie sich jemals begegnen, hängt das Schicksal des Nimmernie am seidenen Faden. Ebenso wie das Leben deiner Familie. Aber ... ich könnte das verhindern.«

Endlich riss ich mich vom Anblick des toten Ethan los und sah zu ihr hoch. »Du? Wie denn?«

Die Augen der Alten starrten mich mitleidlos an, während der Wind ihre Kleidung herumflattern ließ wie alte Lumpen. »Ich biete dir einen Vertrag an«, hauchte sie. »Einen Handel, zum Wohl des Nimmernie und deiner Familie. Durch den viele Leben gerettet werden, auch das deines Bruders.«

Eine eisige Faust schien nach meinem Herzen zu greifen. Plötzlich wusste ich, was sie verlangen würde, doch trotzdem fragte ich weiter: »Was für ein Vertrag? Was willst du von mir?«

»Dein Kind«, bestätigte die Alte meine Vorahnung. »Versprich mir deinen Erstgeborenen, dann wird jede Zukunftsvariante, die ich von ihm gesehen habe, sich auflösen. Dein Bruder wird verschont werden, und das Nimmernie wird nicht in Gefahr geraten, wenn du seinen Faden aus dem Schicksalsteppich entfernst.«

»Nein!« Die Antwort kam wie aus der Pistole geschossen, ich musste gar nicht erst darüber nachdenken. Auf keinen Fall würde ich meinen Erstgeborenen dieser gruseligen Fee überlassen. Das kam überhaupt nicht infrage. Doch das Orakel hob beschwichtigend beide Hände, sodass seine Krallen im Mondlicht glänzten.

»Denke gründlich darüber nach, Eiserne Königin«, hauchte es. »Natürlich befiehlt dir dein erster Impuls, es abzulehnen, aber bedenke, welche Auswirkungen deine heutige Entscheidung haben könnte. Das Schicksal des Nimmernie und das deiner sterblichen Familie hängt davon ab. Du bist eine Feenkönigin – du hast Verpflichtungen gegenüber deinen Untertanen und deinem Reich. Dir obliegt es, sie zu beschützen, und zwar vor *allen* Gefahren, welche Gestalt sie auch haben mögen. Wäre es nicht dein Sohn, sondern ein Fremder, der die Zukunft des Nimmernie und zahllose Unschuldige bedroht, würdest du ihn nicht aufzuhalten versuchen?«

»Aber es ist *kein* Fremder«, erwiderte ich mit zitternder Stimme. »Es ist mein Kind. Ashs Kind. Das kann ich ihm nicht antun.«

»Du bist seine Königin«, hielt das Orakel dagegen. »Er wird es verstehen und jede deiner Entscheidungen respektieren, ganz egal, ob er deiner Meinung ist oder nicht.« Die Alte streckte die Hand aus und fuhr mit ernster Stimme fort: »Ich verspreche dir, Meghan Chase, dass es deinem Sohn bei mir an nichts fehlen wird. Ich werde wie eine Mutter für ihn sein. Er wird aufwachsen, ohne etwas von seiner wahren Herkunft zu erfahren, weit weg von den Feenreichen und jedem Einfluss, den sie auf ihn nehmen könnten. Er wird in Sicherheit sein und sich nie zu der Bedrohung entwickeln, die du heute hier gesehen hast. So lautet mein Angebot, das ich mit einem Schwur zu besiegeln bereit bin.

Also, Meghan Chase ...« Sie schwebte näher heran, und ihr leerer Blick schien sich in meine Haut zu brennen. »Das Schicksal deiner Welt hängt von deiner Antwort ab. Wie lautet sie? Haben wir eine Abmachung?«

Ich schloss die Augen. War ich dazu überhaupt fähig? Konnte ich meinen Sohn aufgeben, um das Nimmernie zu retten? Und falls ich ablehnte, war ich dann egoistisch, verurteilte ich dann alle anderen zu Chaos und Zerstörung? Und was war mit meiner Familie? Mit meinem Bruder, der dieses ganze Abenteuer ja quasi angestoßen hatte? Ich würde alles tun, damit er in Sicherheit war. Alles, bis auf ... das.

Verzweifelt schlug ich die Hände vors Gesicht, um besser nachdenken zu können, und spürte dabei etwas Hartes zwischen meinen Fingern. Ich schlug die Augen auf und starrte auf meine Hand. Golden und silbern funkelte mein Ehering im Mondlicht und erinnerte mich so an seinen Zwilling und den Ritter, der ihn trug.

Ash hat seine Zukunft gesehen, dachte ich plötzlich. *Er hat unsere Zukunft gesehen. Oder zumindest eine Variante, als er sich seine Seele erkämpft hat. Ob er wohl auch das hier gesehen hat? Wie unser Sohn Ethan tötet und das Nimmernie vernichtet? Falls ja ...*

... dann hatte er sich davon nicht aufhalten lassen. Er hatte erreicht, was er sich vorgenommen hatte: Er hatte eine Seele errungen und war ins Eiserne Reich zurückgekehrt, um bei mir zu sein.

»Ich vertraue dir«, hörte ich seine Stimme so deutlich, als stünde er direkt neben mir. *»Ich weiß, dass du nur tun wirst, was für unseren Sohn das Beste ist. Denke immer daran, was auch immer das Orakel dir zeigen wird, auch wenn es noch so düster, schrecklich und Furcht einflößend ist: Es ist noch nicht geschehen.«*

»Nein, ist es nicht«, flüsterte ich.

Das Orakel runzelte die Stirn. »Wie bitte?«, fragte die Alte verwirrt. »Das habe ich nicht verstanden. Bist du zu einer Entscheidung gelangt, Meghan Chase?«

»Das bin ich.« Ich richtete mich auf und starrte die Alte entschlossen an. »Und die Antwort lautet: Nein. Kein Handel. Ich werde unseren Sohn nicht aufgeben, nur weil diese Zukunft *vielleicht* Realität werden könnte. Ganz schön dreist, mir eine solche Entscheidung abringen zu wollen, wenn nicht einmal der Vater des Kindes anwesend ist! Wir sind jetzt eine Familie. Was auch immer kommt, wir werden uns dem stellen und zwar gemeinsam.«

Das verdorrte Gesicht des Orakels verzerrte sich vor Wut und wurde noch faltiger. »Wie bedauerlich, Eiserne Königin«, zischte es und schwebte einige Schritte zurück. »Wenn du mein Angebot nicht annehmen willst, lässt du mir keine andere Wahl. Um die Zukunft der Höfe und des gesamten Feenreiches zu retten, wirst du diesen Ort nicht wieder verlassen.«

Sofort zog ich mein Schwert, woraufhin das Orakel zischend die Krallen hob. »Du hast dein Wort gegeben«, erinnerte ich die Alte, während sie mich wie ein angestaubtes, zerlumptes Phantom umkreiste und ihre Haare im zunehmenden Wind wehten. »Du hast Ash und Puck versprochen, dass mir kein Leid geschehen würde.«

»Ich sagte, dass du *körperlich unversehrt* bleiben würdest«, verbesserte mich das Orakel und bleckte die fauligen, gelben Zähne. »Aber wir befinden uns hier nicht in der physischen Welt, Mensch. Dies ist eher ein Traum – oder ein Albtraum, je nachdem, wie du es sehen möchtest.«

Verdammte Wortklauberei der Feen! Ich hätte es ahnen müssen. »Ash und Puck warten trotzdem auf meine Rückkehr.« Gekonnt richtete ich die Schwertspitze auf sie. »Wenn ich nicht zurückkomme, wird das gesamte Eiserne Reich hinter dir her sein. Das ist es nicht wert, Orakel.«

»Deine Beschützer haben keine Ahnung, was hier gerade geschieht«, erwiderte die Alte und sprang zurück wie eine Marionette, deren Fäden gekürzt wurden. »Sie sehen nur deinen Körper, und der Tod deines Traum-Selbst wird darauf keinen Einfluss haben. Sie werden eine leere Hülle mit sich nehmen, wenn sie ins Eiserne Reich zurückkehren, doch bis dahin bin ich längst verschwunden. Immerhin sagte ich ja, dass durch unsere Begegnung gewisse *Veränderungen* möglich sind.«

Ich knurrte einen Fluch, machte einen Sprung in ihre Richtung und stach zu. Wieder wich sie abrupt zurück und entblößte ihre verfaulten Zähne. »Das hier ist *mein* Reich, Meghan Chase«, zischte sie. »Du magst eine Feenkönigin sein und über ein ganzes Königreich verfügen, das für dich in den Kampf zieht, aber im Reich der Träume bestimme ich!«

Fauchend bewegte sie ihre Krallen, und die Landschaft um uns herum veränderte sich. Die mondbeschienenen Hügel verschwanden, und stattdessen schossen schwarze, knorrige Bäume in die Höhe, die mit ihren Ästen nach mir griffen. Hastig wich ich ihnen aus und hackte auf die Zweige ein, die nach mir schlugen, doch das Orakel lachte nur.

Mit einem gezielten Hieb entledigte ich mich eines dicken Astes, der es auf meinen Kopf abgesehen hatte, und wirbelte zu der Alten herum. Ich zitterte vor Wut, achtete aber darauf, dass meine Stimme ruhig blieb. »Warum tust du das?«, fragte ich, während sie mich drohend anstarrte. »Du warst doch nie bösartig, Orakel. Früher hast du uns oft geholfen, warum stellst du dich also plötzlich gegen mich?«

»Du siehst es wirklich nicht, oder, Kind?« Mit einem Mal klang das Orakel erschöpft. Es wedelte mit seiner Kralle, und die Bäume zogen sich ein Stück zurück. »Ich tue das nicht gerne, dein Tod ist wahrlich nichts, was ich herbeisehne. Es geschieht zum Wohle des Nimmernie, für uns alle. Deine menschlichen Gefühle machen dich blind – du würdest die Feenreiche opfern, um ein einziges Kind zu retten.«

»*Mein* Kind.«

»Ganz genau.« Das Orakel zitterte, und sein Umriss begann zu flackern. Dann schien sein Körper in der Mitte durchgerissen zu werden, und es teilte sich in zwei, sechs, zwölf Duplikate seiner selbst. Die Orakelkopien schwärmten aus und umzingelten mich. Als sich ihre schrumpeligen Münder öffneten, sprachen sie alle mit einer Stimme: »Du fällst deine Entscheidungen wie ein Mensch und eine Mutter, nicht wie eine Königin. Mab würde nicht zögern, ihre Nachkommenschaft, ja sogar ihren geliebten dritten Sohn, zu opfern, wenn sie der Meinung wäre, er bedrohe ihren Thron.«

»Aber ich bin nicht wie Mab. Und ich werde auch niemals so sein.«

»Allerdings«, stimmte mir das Orakel traurig zu und hob seine Klauen. »Du wirst gar nichts sein.«

Sie kamen alle auf einmal, ein Dutzend zerlumpter, zappelnder Puppen stürzte sich auf mich. Ich wich der ersten Attacke aus und wehrte die zweite mit meinem Schwert ab.

Als meine Klinge den dürren Körper durchschlug, heulte das Duplikat auf und explodierte in einer Wolke aus Staub. Aber es waren zu viele. Ich spürte, wie ihre Krallen meine Kleidung zerfetzten und dicke, brennende Kratzer auf meiner Haut hinterließen. Tänzelnd schob ich mich zwischen ihnen hindurch, duckte mich, parierte ihre Schläge, wie Ash es mir gezeigt hatte, und schlug zu, wenn sich die Gelegenheit bot. Doch ich wusste, dass ich nicht ewig so weitermachen konnte.

Die Orakel wichen zurück. Ihre Reihen hatten sich gelichtet, und der Wind trug einige kleine Staubwolken davon, aber ich war ebenfalls verletzt. Ich spürte die Wunden, die ihre Krallen mir zugefügt hatten, und holte in tiefen, kontrollierten Zügen Luft, um trotz der Schmerzen einen klaren Kopf zu behalten.

Eines der Orakel vollführte eine knappe Geste, woraufhin der Baum hinter mir mit Wucht nach vorne knickte, um mich unter seinem Stamm zu begraben. Noch während ich zur Seite hechtete, spürte ich die Erschütterung im Boden. Ich rollte mich ab und kam keuchend wieder auf die Füße. Nun stöhnten die Bäume und wanden sich alle in seltsamen, unnatürlichen Winkeln, während die Orakel wieder vorwärtskrochen und versuchten, mich in den Wald hineinzudrängen.

Es ist nur ein Traum, versuchte ich mich zu beruhigen. *Eine Traumwelt, die von dem Orakel kontrolliert wird, aber trotzdem nur ein Traum. Ich werde hier nicht sterben. Ich bin die Eiserne Königin, und wenn das Nimmernie sich meinen Wünschen beugt, kann ich auch diesen Albtraum hier in den Griff kriegen.*

Die Orakel hatten mich eingekreist, sodass ich zwischen ihnen und den schwankenden Bäumen gefangen war. Ich wich einen Schritt zurück, schloss die Augen und schickte eine Sekunde lang meinen Geist durch den Traumteich, wie ich es sonst im Eisernen Reich tat.

»*Ich* werde immer bei dir sein, *auch wenn du mich nicht sehen kannst.*«

Ich hörte das schrille Kreischen der Orakel, als sie erneut zum Angriff übergingen, und riss abrupt die Augen auf.

Zwischen mir und zwei der Kopien flammte blaues Licht auf, das die beiden Gestalten so mühelos zerteilte, als bestünden sie aus Papier. Die übrigen hielten ruckartig inne, während Ash das Schwert sinken ließ, sich zu mir umdrehte und mir ein flüchtiges Lächeln schenkte.

»Ihr habt gerufen, meine Königin?«

Die Orakel wichen kreischend zurück und wedelten mit den Armen. »Unmöglich!«, heulten sie, als Ash sich mit steinerner Miene an sie heranpirschte. »Wie? Wie hast du ihn hergebracht?«

»Gute Frage«, ertönte eine weitere Stimme, und Puck trat hinter mir zwischen den Bäumen hervor, die Dolche bereits gezückt. »Gerade war ich noch mit dem Gedanken beschäftigt, ob mich diese Puppe nun komisch anschaut oder nicht, und im nächsten, *puff*, sind wir hier. Und offenbar gerade noch rechtzeitig.« Er drehte sich um und musterte die Orakel mit einem spöttischen Funkeln in den Augen. Dann drohte er ihnen mit einem Dolch und verkündete: »Das ist *mein* Trick!«

Die Orakel kreischten und stürzten sich mit ausgestreckten Klauen auf uns. Mitten auf der Lichtung prallten wir aufeinander, nun kämpften wir zu dritt, Seite an Seite. Staubwolken hüllten uns ein, als eine Kopie nach der anderen verschwand, zerteilt von meinem Schwert, erstochen von Pucks Dolchen oder von einem Eissplitter durchbohrt. Bis schließlich nur noch ein Orakel übrig war.

»Haltet ein!«, schrie das letzte, also das echte Orakel und riss die Hände hoch, als Ash sich näherte. »Nur einen Augenblick noch, Eiserne Königin! Verschone mich, ich flehe dich an! Ich habe dir nicht alles gesagt. Ich kenne noch ein letztes Geheimnis. Ich weiß etwas über deinen Sohn und deinen Bruder, das sie beide retten könnte!«

»Ash, warte«, rief ich, woraufhin er stehen blieb, sein Schwert weiter auf die faltige Brust der Alten gerichtet. »Noch mehr Geheimnisse, Orakel?« Mit gezogenem Schwert ging ich zu ihr. »Warum hast du mir das nicht früher gesagt?«

»Weil es nur eine Kleinigkeit ist«, flüsterte die Alte. Ihr nicht zu fassender Blick huschte zwischen Ash und mir hin und her. Puck gesellte sich zu uns, verschränkte die Arme und grinste zweifelnd. »Ein winziges, winziges Rädchen in einer riesigen, komplizierten Maschine. Doch wird es entfernt, bricht die gesamte Konstruktion zusammen und stürzt unsere Welt ins Chaos. Es ist der Dominostein, mit dem der Zusammenbruch beginnt.«

»Genug«, unterbrach ich sie, während Puck melodramatisch die Augen verdrehte. Ash rührte sich nicht, hielt die Klinge weiter auf das Herz des Orakels gerichtet und wartete auf meine Befehle. »Dann sprich, Orakel. Wie kann ich es aufhalten? Sag es mir, sofort.«

Das Orakel seufzte. »Um deinen Bruder zu retten, musst du …«

Ein ohrenbetäubender Knall ertönte, dann löste sich vom Baum hinter uns ein Ast und fiel dröhnend zu Boden, nur wenige Meter von uns entfernt. Ich zuckte zusammen und wandte für den Bruchteil einer Sekunde den Blick von dem Orakel ab …

… und die Traumlandschaft verschwand. Blinzelnd sah ich mich um und fragte mich, was passiert war. Wo befanden wir uns plötzlich? Ash und Puck standen neben mir und blickten sich ebenfalls verwirrt um. Das Orakel war nirgendwo zu sehen.

»Was zum Teufel?«, rief Puck und riss die Arme hoch. »Was ist denn verdammt noch mal passiert? Ich habe die Nase voll davon, ständig irgendwo ›hingebeamt‹ zu werden, nur weil das jemand gerade lustig findet!«

Als ich die steinerne Brücke erkannte, die wenige Meter hinter uns aufragte, holte ich zischend Luft. »Wir sind wieder im Wilden Wald«, erklärte ich fassungslos. »An der Grenze zum Eisernen Reich. Aber … wie?« Völlig perplex drehte ich mich zu Ash und Puck um. »Wir waren doch in der Hecke, im Traumteich. Das Orakel wollte uns gerade verraten, wie ich Ethan retten kann.«

Ash stieß einen tiefen Seufzer aus und steckte sein Schwert weg. »Der Wunschbaum«, sagte er nur, woraufhin ich verwirrt die Stirn runzelte. »Jeder Wunsch hat seinen Preis«, erinnerte er mich. »Meistens passiert im ungünstigsten Moment irgendetwas Unerwartetes oder Unerklärliches. Dies war der Preis, den er verlangt hat.«

»Und gar kein so schlechter Preis, wenn ihr mich fragt«, drang Grimalkins Stimme vom Brückengeländer herüber.

Der Kater hockte auf einem der Pfosten, als säße er dort bereits den ganzen Morgen über, und putzte sich gelassen die Pfoten. »Normalerweise treibt er seine Schulden auf wesentlich unterhaltsamere Weise ein. Andererseits war natürlich ich es, der den Wunsch ausgesprochen hat. Da blieb nicht viel Raum für Missverständnisse.«

»Und das war's jetzt?«, fragte ich. »Das Orakel kommt davon, wir wissen nicht, wo es ist, und ich habe immer noch nicht alles über Ethan und meinen Sohn erfahren. Oder darüber, wie ich die beiden retten kann.« Seufzend rieb ich mir die Schläfen, weil sich plötzlich stechende Kopfschmerzen bemerkbar machten. »Warum haben wir uns überhaupt darauf eingelassen?«, flüsterte ich und spürte, wie sich die dunkle Unwissenheit bedrohlich in mir breitmachte. »Welchen Sinn hat das Ganze? Abgesehen davon, dass ich von nun an ein paranoides Wrack sein werde?«

»Das ist das Risiko, wenn man zu viel weiß, Mensch«, erklärte Grimalkin leise. »Die Zukunft zu kennen erweist sich für die meisten deiner Art als allzu große Bürde. Doch verfügt man einmal über dieses Wissen, und sei es auch noch so gering, stellt sich die Frage: Was fängt man damit an?«

»Heute gar nichts mehr«, entschied Ash und zog mich an sich. Überrascht sah ich zu ihm hoch, und er schenkte mir ein erschöpftes Lächeln. »Jetzt sollten wir erst einmal nach Hause gehen. Was auch immer kommen mag, es reicht, wenn wir uns morgen damit beschäftigen.«

Ich nickte und lehnte mich müde an ihn. »Ja, du hast recht. Glitch hat inzwischen wahrscheinlich schon einen Nervenzusammenbruch. Wir sollten aufbrechen.« Entschlossen löste ich mich von ihm und wandte mich an Puck, der die Hände im Nacken verschränkt hatte und uns mit einem schmalen Lächeln beobachtete. »Was ist mit dir, Puck? Du hast mir gefehlt. Bleibst du eine Weile in der Gegend?«

»Na ja, eigentlich wollte ich ja in die Alpen und diesen Yetistamm aufspüren, der dort gesichtet wurde.« Grinsend zuckte er mit den Schultern und vergrub die Hände in den Taschen. »Aber bei all der bevorstehenden Aufregung kann ich genauso gut noch ein wenig bleiben. Zumindest vorerst.« Er zog eine Grimasse. »Ich frage mich, ob Titania sich inzwischen wieder beruhigt hat. Vielleicht sollte ich Arkadia einen Besuch abstatten und nachsehen, was sich während meiner Abwesenheit so getan hat. Die freuen sich bestimmt riesig, mich wiederzuhaben.«

Lächelnd ging ich zu ihm hinüber, und er schloss mich in die Arme.

»Lass von dir hören, Puck«, flüsterte ich ihm ins Ohr, während ich ihn drückte. »Ohne dich ist es nicht dasselbe.«

»Weiß ich doch«, erwiderte er fröhlich. »Mir ist schleierhaft, wie überhaupt irgendjemand ohne mich auskommen kann. Das muss doch furchtbar öde sein.« Er trat zurück und drückte mir einen Kuss auf die Wange. »Ich melde mich, Prinzessin. Und wenn du mich brauchst, schick einfach eine Nachricht. Oder einen Gremlin. Oder irgendwas.« Er winkte Ash zu, der den Gruß mit einem ernsten Nicken erwiderte. »Wir sehen uns, Eisbubi. Beim nächsten Mal bist du vielleicht schon mit Windeln und Gutenachtgeschichten beschäftigt.« Kichernd schüttelte er den Kopf. »Ach ja, wer hätte gedacht, dass du dich mal einfangen lässt und eine Familie gründest, Prinz? Der tiefe Fall der Mächtigen.«

Empört boxte ich ihm gegen den Arm, aber Ash schüttelte nur den Kopf. »Ich habe meinen Platz gefunden«, erwiderte er so leise, dass ich ihn kaum verstehen konnte. »Vielleicht solltest es auch einmal ausprobieren, Goodfellow.«

Lachend wich Puck vor ihm zurück. »Ich? Robin Goodfellow, ein Familienoberhaupt? Wohl kaum, Eisbubi. Ich meine, stell dir doch nur mal vor, wie sehr mein Ruf darunter leiden würde!« Der Schein um ihn herum leuchtete auf, und er zwinkerte uns noch einmal zu. »Bis dann, ihr Turteltäubchen. Sagt Bescheid, wenn das Kind kommt. ›Onkel Puck‹ hält sich bereit.«

In einem Schwall aus magisch funkelnden Federn verwandelte sich Puck in einen großen Raben. Mit mächtigen Flügelschlägen stieg er in die Höhe und krächzte noch einmal spöttisch, bevor er zwischen die Bäume des Wilden Waldes glitt und sich unseren Blicken entzog.

Ich musste mich nicht umdrehen, um zu wissen, dass Grimalkin ebenfalls verschwunden war. Der Platz auf dem Brückengeländer war leer, Grimalkin und Puck waren weg, aber ich war nicht traurig. Wir würden sie wiedersehen, alle beide. Wir hatten dafür eine Ewigkeit Zeit.

Ash streckte die Hand aus, und seufzend ließ ich mich in seine Arme sinken. Ich schloss die Augen, während er mir einen Kuss auf den Scheitel drückte.

»Lass uns nach Hause gehen«, flüsterte er.

EPILOG

Ich stand auf dem Balkon vor unserem Schlafzimmer, ließ den sanften nächtlichen Wind durch meine Haare streichen und betrachtete die Lichter von Mag Tuiredh, die tief unter mir funkelten. Beau saß neben mir und hatte die großen Ohren aufgestellt, um wachsam zu lauschen. Es war kurz vor Mitternacht, und in Mag Tuiredh war es still. Friedlich. Ich wünschte nur, ich könnte ebenfalls eine solche Ruhe finden.

Leise Schritte waren zu hören, und einen Moment später schlang Ash die Arme um mich. Ich griff nach hinten in sein weiches Haar, während er mit der Nase an meinem Hals entlang strich, was mir ein wohliges Seufzen entlockte. Beau drehte den Kopf zu uns, schnaufte und tapste ins Zimmer zurück, sodass wir allein auf dem Balkon zurückblieben.

»Woran denkst du gerade?«, murmelte mein Ritter dicht an meiner Haut.

»Ach, du weißt schon.« Ich neigte den Kopf, während seine Lippen über meine Schulter glitten. »Orakel, Prophezeiungen, Zukunftsvarianten, so etwas eben. Kann ich dich mal etwas fragen, Ash?«

»Alles, was du willst.«

Ich drehte mich zu ihm um und nahm seine Hände. Er wartete geduldig, während ich unsicher, ob ich ihm diese Frage überhaupt stellen sollte, nach Worten suchte. Aber er hatte gesagt, ich könnte ihn fragen, und ich wollte nicht, dass wir Geheimnisse voreinander hatten. »Ich ... ich weiß, dass wir noch nicht viel über deine Reise ans Ende der Welt geredet haben«, fing ich an. »Aber ... hast du ... hast du irgendetwas gesehen, als du in dieser Zukunft mit mir gesteckt hast? Hast du irgendetwas erfahren ... über unseren Sohn ... oder über die Vernichtung der Feenhöfe?«

»Ah.« Ash lehnte sich an die Brüstung und zog mich mit sich. »Ich hatte mich schon gefragt, wann du das ansprechen würdest.«

»Es tut mir leid, Ash«, sagte ich schnell. »Wenn du nicht darüber reden willst, verstehe ich das. Ich dachte nur … du warst während dieser ganzen Sache so gelassen. Da habe ich mich gefragt, ob du … vielleicht irgendetwas weißt.«

»Nein.« Ash hielt mich fest, als ich mich von ihm lösen wollte. Er blickte mir offen in die Augen und lächelte. »Ich habe nichts gesehen, was der Prophezeiung des Orakels entsprechen würde, Meghan. Wäre das der Fall, wäre in meinem Traum irgendetwas dieser Art geschehen, hätte ich es dir gesagt, das schwöre ich.«

»Oh.« Ich war erleichtert, aber auch irgendwie enttäuscht. Hätte Ash diese Zukunftsvariante gesehen, wüssten wir vielleicht, was kommen würde, und könnten uns darauf einstellen. Vielleicht könnten wir es sogar verhindern.

Gedankenverloren streichelte Ash meinen Arm. »Es ist schon seltsam«, murmelte er und sah an mir vorbei auf die Lichter von Mag Tuiredh. »Ich kann mich kaum noch an dieses Leben erinnern. An dich natürlich, und an unseren Sohn, und daran, dass wir in Mag Tuiredh geherrscht haben, aber … es verblasst alles. Jeden Tag verlässt mich ein Teil der Erinnerung.« Er schüttelte den Kopf, dann sah er mich an. »Und ich denke, so soll es auch sein. Dieses Leben war nicht real. Das hier …« Er umfasste meine Wange und sah mich eindringlich an. »Das hier ist real. Und nur das ist mir jetzt noch wichtig. Ich mache mir keine Gedanken darüber, was die Zukunft bringen wird. Alles, was ich brauche, habe ich hier.«

»Ich wünschte, ich wäre so unerschütterlich«, seufzte ich.

Ash zog mich wieder an sich und fuhr mit einem zärtlichen Blick fort: »Ich werde dir jetzt etwas verraten, was mir einmal jemand gesagt hat, als ich Angst davor hatte, was auf mich zukommen würde, Meghan.« Er beugte sich so dicht zu mir herunter, dass seine weichen Haare über meine Haut glitten. »Nichts ist sicher«, hauchte er. »Die Zukunft ist ständiger Veränderung unterworfen, und niemand kann vorhersehen, was als Nächstes geschehen wird. Wir können unser Schicksal beeinflussen, denn nichts davon ist in Stein gemeißelt, und wir haben immer eine Wahl.« Er strich mir eine Haarsträhne aus dem Gesicht und schob sie hinter mein Ohr. »Das hat mir einmal eine sehr mächtige Seherin gesagt. Und sie hatte recht. Deswegen fürchte ich mich ebenso wenig vor der Prophezeiung des Orakels wie vor unserer Zukunft. Wenn wir zulassen, dass das Schicksal uns kontrolliert, machen wir uns zu seinen Sklaven. Es gibt immer eine Wahl.«

Ich schniefte leise. »Ich wünschte, das hättest du mir schon früher gesagt«, gab ich mich beleidigt. »Dann hätte ich mir so manchen Ausraster sparen können.«

Ash lachte leise. »Ich wusste ja nicht, dass dich diese Sache so mitnehmen würde. Die Meghan, die ich kenne, lässt sich von so unbedeutenden Kleinigkeiten wie Orakeln oder dunklen Prophezeiungen nicht aufhalten.« Ich knuffte ihn in die Rippen, woraufhin er kurz schnaufte und dann fortfuhr: »Eines weiß ich jedenfalls: Was auch immer aus diesem Kind wird, wie auch immer es sich entwickelt, es wird geliebt werden. Keine Prophezeiung, kein Orakel, keine Warnung, Vorahnung oder Sonstiges kann daran jemals etwas ändern.«

Er hatte recht, und in diesem Moment war ich mir sicher, dass ich ihn niemals mehr lieben könnte als jetzt. Ich lehnte mich an ihn und schloss die Augen. Sanft hob er mein Kinn an und küsste mich, und ich schlang glücklich die Arme um seinen Bauch. Ganz egal, was passierte – solange er an meiner Seite war, solange wir zusammenhielten, würden wir allem gewachsen sein, was die Welt uns in den Weg legte.

»Ash«, flüsterte ich und platzte beinahe vor Glück, Erleichterung und Liebe. Ich lehnte mich zurück, um ihn ansehen zu können. »Kannst du das glauben? Du wirst Vater.«

Er legte eine Hand auf meinen Bauch und streichelte ihn sanft, während sich in seinen Augen eine Mischung aus Verwunderung und Ehrfurcht spiegelte. Er wurde Vater. Wir gründeten eine Familie. Mit tränenverschleiertem Blick schaute ich zu ihm hoch und grinste. »Dann bleibt wohl nur noch die Frage, wie wir ihn nennen sollen.«

Ash sah mich zärtlich an und erwiderte lächelnd: »Also, mir hat der Name Kierran schon immer gut gefallen.«

FÜHRER DURCH DIE WELT
DER EISERNEN FEEN

EIN WORT DER WARNUNG!

Dieser Führer enthält umfangreiche Details über die Geschehnisse im Feenreich. Sollten Sie noch nicht alle Romane der Reihe *Plötzlich Fee* gelesen haben, empfehlen Ihnen sowohl die Autorin als auch die darin beschriebenen Personen dringend, sich alle Bücher und Novellen zu Gemüte zu führen, bevor Sie weiterlesen. [Menschen sollten das hier eigentlich überhaupt nicht lesen. Bleiben Sie zu Hause und beschäftigen Sie sich auf gar keinen Fall mit den Angelegenheiten der Feen. Denn sollten Sie zufällig ins Feenreich stolpern und sich dann am falschen Ende eines Koboldspeers wiederfinden, wird mich mit Sicherheit eine gewisse, ach so weichherzige Königin damit belästigen, dass ich Sie retten soll. Gähn.]

Das einzig wahre Überlebenshandbuch für das Nimmernie

Geschrieben in der Hoffnung, dass andere all die schrecklichen Gefahren, in denen sich Meghan im Verlauf der *Plötzlich Fee*-Romane wiederfand, vermeiden mögen.

Lesen auf eigene Gefahr!

Haftungsausschluss

Dieser Leitfaden ist dazu gedacht, allen Wagemutigen, die das Reich der Feen bereisen, eine minimale Überlebenschance zu verschaffen – für den Fall, dass Sie mit den Kreaturen in Kontakt kommen, welche dieses Reich bevölkern. Es sei vermerkt, dass die Herausgeber dieses Leitfadens keinerlei Haftung übernehmen für Verlust oder Beschädigung der Seele, unwiderrufliche Verführungen sowie zufällige oder beabsichtigte Todesfälle. Meistens ist eine Reise durch das Feenreich mit erheblicher Gefahr verbunden und deshalb nicht zu empfehlen. Sehen Sie dies als ausdrückliche Warnung.

Vorbereitung

Auf eine Reise in das Nimmernie kann man sich nicht angemessen vorbereiten. Es gibt jedoch ein paar Regeln, deren Beachtung Ihre Überlebenschancen beträchtlich steigern kann.

Was zieht man an?

Die richtige Kleidung für das Nimmernie sollte sowohl praktisch als auch bequem sein. Falls Sie nicht sicher sind, ob ein Kleidungsstück geeignet ist, fragen Sie sich Folgendes: Würde es mich behindern, wenn ich um mein Leben laufe? Und: Würde es mir Schutz bieten, wenn ich auf der Flucht gefangen werde? Lautet die Antwort auf die erste Frage Ja, die auf die zweite aber Nein, so ist das Kleidungsstück untauglich. Es folgt eine Auflistung einiger Dinge, die Ihnen dabei helfen können, lebend aus dem Nimmernie herauszukommen:

- Eine leichte Tasche (entweder ein Rucksack oder eine große Umhängetasche) kann dazu verwendet werden, die notwendige Ausrüstung zu verstauen. Verwenden Sie keine zu großen, sperrigen oder schweren Taschen, da sie nur hinderlich sind, wenn (nicht falls!) Sie um Ihr Leben laufen müssen.

- Bequeme Kleidung, die Arme und Beine vollständig bedeckt (bedenken Sie, die Hecke ist sehr dornig). Tragen Sie ausschließlich gedämpfte Farben, helle oder leuchtende Farben ziehen die Feen an. Außerdem ist zu empfehlen, mehrere Schichten zu tragen, da die Temperaturunterschiede in den verschiedenen Regionen des Nimmernie zum Teil enorm sind.

- Ein schützender Talisman könnte eventuell verhindern, dass Sie gefressen werden. Am besten funktioniert Eisen, das während einer Neumondnacht von einem Druiden geweiht wurde. Sollte so etwas nicht erhältlich sein, können Sie auch auf einen Johanniskrautzweig, ein vierblättriges Kleeblatt oder eine Hasenpfote zurückgreifen. Haben Sie nichts davon zur Hand, tragen Sie Ihre Kleidung auf links gedreht – das könnte sich als hilfreich erweisen, wenn Sie in der Klemme stecken.

- Qualitativ hochwertige Turn- oder Laufschuhe. Und bitte bedenken Sie: Der Kauf der Schuhe allein reicht nicht aus. Bevor Sie das Nimmernie betreten, sollten Sie außerdem ein umfangreiches Ausdauertraining absolvieren.

Was nimmt man mit?

Viele machen den Fehler, allerlei Apparaturen wie Kameras, Handys, Laptops etc. mit ins Nimmernie zu nehmen. Das zweitgrößte Problem hierbei ist, dass diese Dinge im Feenreich nicht besonders zuverlässig oder überhaupt nicht funktionieren. Das größte Problem ist jedoch, dass die Feen, denen Sie eventuell begegnen, über so viel Technologie aus dem Reich der Sterblichen keineswegs erfreut sein werden, wodurch es wahrscheinlich zu einer Situation kommen wird, in der die oben erwähnten Laufschuhe zum Einsatz kommen. Beschränken Sie Ihr Gepäck besser auf wenige, schlichte Dinge.

- Proviant. Alle Platz sparenden, kalorienreichen und leicht zu transportierenden Nahrungsmittel sind geeignet. Mithilfe von Müsliriegeln, Süßigkeiten, Studentenfutter, Trockennahrung u. Ä. können Sie Ihren Aufenthalt im Nimmernie verlängern. (Anmerkung der Herausgeber: Es ist nicht empfehlenswert, seinen Aufenthalt im Nimmernie zu verlängern.) Sehr empfehlenswert ist es hingegen, nichts von der Nahrung zu sich zu nehmen, die man im Nimmernie findet oder angeboten bekommt. Nebenwirkungen von Feennahrung können unter anderem sein: Stimmungsschwankungen, Rauschzustände, Gedächtnisverlust, Veränderung der körperlichen Gestalt, Besessenheit, Bewusstlosigkeit, Verlust der Fähigkeit, das Nimmernie zu verlassen, und Tod.

- Waffen aus Stahl oder Eisen. Moderner Stahl (also Messer, Schwerter oder andere todbringende Werkzeuge) ist in diesem Zusammenhang zwar hilfreich, doch reines Eisen (ein Stück eines schmiedeeisernen Zauns etwa, oder eine Stange Roheisen) ist dem Stahl vorzuziehen, da es die stärkere Wirkung auf die Feen hat. Bevor Sie das Feenreich besuchen, sollten Sie sich unbedingt einem intensiven Kampftraining mit der Waffe Ihrer Wahl unterziehen. Nach einigen Jahren der Ausbildung sollten Sie in der Lage sein, sich gegen die schwächsten Feen zur Wehr zu setzen. Möchten Sie sich vor den stärksten Feen schützen, sollte Ihre Kampfausbildung mehrere Leben (eines Sterblichen) dauern.
- Geschenke für die Feen. Falls Sie auf Bewohner des Nimmernie treffen, können Sie einige davon eventuell für sich gewinnen, indem Sie ihnen Geschenke anbieten, die nicht mit einer Gegenleistung verknüpft sind. Passend wären in diesem Fall Honig, Süßigkeiten, Bronzewaffen oder Kleinkinder. Bitte informieren Sie sich über die in Ihrem Heimatland geltenden rechtlichen Bestimmungen, bevor Sie diese Dinge erwerben.
- Wasser. Zwar ist das Wasser im Nimmernie in den meisten Fällen trinkbar, ohne dass es zu direkten Nebenwirkungen kommt, in ihm finden sich jedoch viele im Wasser lebende Feen der weniger netten Sorte. Sich einem Gewässer zu nähern oder daraus zu trinken kann deshalb folgende indirekte Nebenwirkungen haben: Schwindelgefühle, Erbrechen, plötzlicher Blutverlust, unerklärliche Fluchtreaktionen und Tod.

Der Zugang zum Feenreich

Dieser Leitfaden enthält keine direkte Anleitung, wie man das Nimmernie betreten kann. Die Herausgeber haben sich diesbezüglich mit ihren Anwälten beraten, laut deren Aussage die (rechtlichen) Konsequenzen einer solchen Anleitung »den finanziellen Ruin dieser Firma, Vergeltungsmaßnahmen durch den Sommer- und den Winterhof sowie höchstwahrscheinlich das Ende der Welt, wie wir sie kennen« umfassen würden. Deshalb sei hier nur gesagt, dass man das Nimmernie mithilfe sogenannter Steige erreicht, also über Pfade zwischen dem Reich der Sterblichen und dem Feenreich. Diese Steige zu finden bleibt, mit allen rechtlichen Konsequenzen, Ihnen überlassen.

Sollten Sie trotz aller Warnungen zufällig ins Feenreich gelangen, könnten sich die folgenden Informationen als hilfreich erweisen, wenn Sie durch die verschiedenen Regionen reisen. Der Autor dieses Leitfadens übernimmt jedoch keinerlei Verantwortung, falls Sie gefangen genommen, gefressen oder in den Wahnsinn getrieben werden.

Geografie des Nimmernie

Das Nimmernie ist ein vielfältiges, wildes Reich voll seltsamer Kreaturen und uralter Kräfte. Angeblich verfügt sogar das Land selbst über ein Bewusstsein und einen manchmal regelrecht bösartigen Willen. Bereist man das Nimmernie, sind vor allem vier Gebiete von Belang, deren Tücken man sich stellen muss:

- Arkadia: Der Sommerhof, auch Lichter Hof genannt. In der Heimat der Sommerfeen findet man dichte Wälder, sanfte Hügel und blühende Ebenen. Neuankömmlinge könnten denken, das Reich des Sommerkönigs sei weniger gefährlich als der Rest des Nimmernie, doch lassen Sie sich nicht täuschen. Arkadia ist wunderschön, und es scheint das ganze Jahr die Sonne, doch es ist nicht sicher. In den Wäldern treiben sich Satyrn, Dryaden und Trolle herum, die Seen sind von Nixen und Undinen bevölkert. Der Hofstaat residiert unter einem gigantischen Feenhügel, wo König Oberon und Königin Titania als uneingeschränkte Herrscher regieren.
- Tir Na Nog: Der Winterhof, auch Dunkler Hof genannt. Das Reich der Winterkönigin Mab ist ebenso eisig und feindselig wie die Feen, die es bewohnen. Jeder Quadratzentimeter ist mit Schnee bedeckt, und die Wälder, Felder, Flüsse und Seen ruhen unter einer zentimeterdicken Eisschicht. Hier sind unzählige grausame Kreaturen beheimatet, darunter Kobolde, Dunkerwichtel, Schwarze Männer und Oger. Der Winterpalast, und damit das Heim der schrecklichen Win-

terkönigin, befindet sich in einer riesigen, unterirdischen Höhle. Nur wenige Sterbliche haben den Dunklen Hof und Mab erblickt und lange genug gelebt, um davon berichten zu können.

- Der Wilde Wald. Der finstere, undurchdringliche Wald dieses Namens bildet das größte Gebiet des Nimmernie, da er beide Reiche umschließt und sich bis in die Große Wildnis erstreckt. Er gilt als neutrales Gebiet; hier herrschen weder Sommer noch Winter, und die Bewohner des Wilden Waldes sind niemandem zu Gehorsam verpflichtet. Der Wald breitet sich schier endlos aus und ist von allen nur erdenklichen Kreaturen bevölkert. Dadurch wird der Wilde Wald nicht nur zu einem der gefährlichsten Orte des Nimmernie, sondern auch zu einem der mysteriösesten.

- Der Eiserne Hof. Bis vor Kurzem war noch kaum etwas darüber bekannt, doch unter geheimnisvollen Umständen ist innerhalb des Nimmernie ein neues Reich entstanden. Man hätte gedacht, ein Eisernes Königreich – das also eben jener Substanz entspringt, die den Feen so großes Leid zufügen kann – könne nicht mehr sein als ein Gerücht, würde im schlimmsten Fall aber schnell vernichtet werden. Und doch gibt es ein solches Reich, das inzwischen von einer jungen Königin namens Meghan Chase regiert wird. Angeblich ist die Eiserne Königin halb Mensch, halb Fee. In ihrem Reich findet man jene seltsame und rätselhafte Spezies, die sich Eiserne Feen nennt. Diese Feen – denn sie sind tatsächlich echte Feenwesen – haben sich wohl aus der menschlichen Vorliebe für Technologie und Fortschritt entwickelt. Zurzeit sind die Informationen über sie jedoch noch äußerst spärlich.

Der Umgang mit den Bewohnern des Nimmernie

Seien Sie klug und vermeiden Sie möglichst alles, wodurch Sie die Aufmerksamkeit der Feen auf sich lenken könnten. Doch selbst wenn Sie nur ein stiller Beobachter sind, kann es vorkommen, dass die Feen Sie entdecken. Tritt dieser Fall ein, gilt es einige Regeln zu befolgen, mit deren Hilfe Sie eventuell Ihren freien Willen und – wenn Sie sehr viel Glück haben – Ihr Leben behalten dürfen.

- Seien Sie stets höflich. Unhöflichkeit gilt unter Feen als schwere Beleidigung und wird äußerst negativ aufgenommen, ganz egal, wie cool Sie sich dabei vorkommen mögen.
- Lassen Sie sich durch die Höflichkeit der Feen nicht täuschen. Feen sind eigentlich immer höflich. Das bedeutet aber nicht, dass sie Ihnen nicht bereitwillig den Kopf abreißen würden. Die dadurch entstehende Belustigung ist ihnen immer willkommen. Oder, wenn Sie Pech haben, die sich daraus ergebende Mahlzeit.
- Wie heißt es so schön? Im Leben gibt es nichts geschenkt. Das gilt auch für das Nimmernie. Nehmen Sie unter gar keinen Umständen irgendwelche Geschenke an, auch wenn Sie sich absolut sicher sind, dass sie keinerlei versteckte Fallstricke enthalten. Selbst dann bleiben noch genug Fallstricke, um Sie anschließend nett zu verschnüren und jemandem zu überlassen, der eine Mahlzeit nötig hat.
- Verteilen Sie großzügig Geschenke. Dann werden die Feen Sie entweder für einen großen Manipulator halten und Sie deswegen respektieren, oder sie werden vollkommen perplex sein, weil ihnen jemand ein Geschenk ohne Hintergedanken anbietet.
- Lassen Sie sich nie, nie, niemals, unter gar keinen Umständen mit einer Fee auf einen Handel ein. Das endet immer böse und meistens tödlich. In den seltenen Fällen, in denen es kein böses Ende nimmt, nimmt es überhaupt kein Ende. Dann sind Sie für alle Ewigkeit gebunden.
- Sollten Sie weglaufen müssen, schlagen Sie möglichst viele Haken. Viele Feen sind mit Pfeil und Bogen bewaffnet.
- Sollten Sie zufällig einem großen, grauen Kater begegnen, sind Sie ihm wahrscheinlich noch eine Gefälligkeit schuldig. Selbst wenn Sie sich nicht mehr an diese Gefälligkeit erinnern können, begleichen Sie Ihre Schuld besser möglichst schnell. Letzten Endes werden Sie es so oder so tun, doch es wird wesentlich weniger schmerzhaft, wenn Sie das gleich erledigen.

Wie sollte man das Feenreich wieder verlassen?

Die beste Antwort auf diese Frage lautet: zügig. Verbringt man zu viel Zeit im Nimmernie, kann das seltsame Begleiterscheinungen mit sich bringen. Während im Feenreich wenige Minuten vergehen, können im Reich der Sterblichen Jahre verstreichen, aber auch das genaue Gegenteil kann zutreffen. Verlässt man das Nimmernie über einen anderen Steig als bei der Ankunft, kommt man – auch wenn die beiden Steige nur wenige Meter voneinander entfernt sind – eventuell am anderen Ende der Welt heraus oder auch auf dem Grund eines Ozeans. Beachten Sie deshalb beim Verlassen des Nimmernie folgende Grundregeln:

- Merken Sie sich immer den Rückweg zu dem Steig, durch den Sie gekommen sind.
- Fragen Sie unter keinen Umständen nach dem Weg oder nach einem Steig nach draußen. Viele Feen werden Ihnen zwar behilflich sein, doch nur gegen einen hohen Preis. In den meisten Fällen verlangen sie dafür Ihre Zunge, da sie nicht wollen, dass solche Informationen weitergegeben werden. Anmerkung: Sollten Feen jemals das Konzept der SMS begreifen, werden sie wohl auch die Daumen einfordern.
- Sollten Sie den Rückweg zu Ihrem Steig nicht finden können, erkaufen Sie sich mit den oben erwähnten Geschenken den Transport nach Hause. Falls Sie einen solchen Handel abschließen müssen, denken Sie daran, alles korrekt zu formulieren. »Ich habe mich verirrt und komme nicht mehr nach Hause« wird Sie ganz sicher in Schwierigkeiten bringen. Versuchen Sie es lieber mit so etwas wie: »Ich werde der Fee, die mich ins Reich der Sterblichen bringt, zwei Gläser Honig bezahlen, doch nur, wenn ich dabei am Leben und unversehrt und meine Seele und mein Verstand unangetastet bleiben, ich weder körperlich noch mental verletzt und auf festem Boden auf einer Anhöhe in einer Umgebung abgesetzt werde, in der menschliches Leben möglich ist, und das nicht weiter als einen Kilometer von einer menschlichen Ansiedlung entfernt, spätestens dreißig Minuten nach dem jetzigen Zeitpunkt.« Und selbst dann sollten Sie äußerst vorsichtig sein.

Zusammenfassung

Halten Sie sich an die oben genannten Leitlinien, so besteht eine geringe Chance, dass Sie Ihren Aufenthalt im Nimmernie überleben. Natürlich gibt es keinerlei Garantie, und absolut jede Interaktion mit einem Bewohner des Feenreiches sollte mit größter Vorsicht gehandhabt werden. Mit den hier vermittelten Kenntnissen werden Sie den anderen Sterblichen, die hin und wieder durch die Hecke wandern und im Feenreich landen, jedoch einen Schritt voraus sein. Wir haben Sie gewarnt. Sie handeln auf eigene Gefahr.

BIOGRAFIEN UND NÜTZLICHE INFORMATIONEN

Die Lebensgeschichte einiger zentraler Feengestalten könnte sich als hilfreich erweisen, wenn man ihrer Gnade ausgeliefert ist und darum fleht, nach Hause zurückkehren zu dürfen – oder auf ewig zu bleiben.

Hauptfiguren

Meghan Chase

(Meggie, Prinzessin, Halbblut, Tochter des Oberon, die Eiserne Königin)

Meghan Chase ist ein Teenie, halb Mensch, halb Fee, mit weißblonden Haaren und blauen Augen. Sie wächst bei ihrer Mutter, ihrem Stiefvater und ihrem Halbbruder mitten in den Sümpfen von Louisiana auf und wird als ganz normales Mädchen erzogen. Oft wird sie ignoriert, wobei ihr nicht bewusst ist, dass dies mit ihrem Feenblut zusammenhängt.

Meghans biologischer Vater ist Oberon, der König des Sommerreiches, doch das findet sie erst heraus, als sie ins Nimmernie reist, um ihren Bruder zu retten, der dorthin entführt wurde. Vor dieser Entdeckung geht sie davon aus, dass sie ein ganz normaler Mensch ist und ihr Vater verschwand, als sie sechs Jahre alt war. Später erfährt sie, dass Paul, der Mann, den sie für ihren Vater hielt, auf Pucks Auftrag hin von Leanansidhe, der Königin der Exilanten, entführt wurde, um ihn vor der eifersüchtigen Königin Titania zu schützen.

Meghan ist unglaublich loyal und immer bereit, sich selbst zu opfern, um jene zu schützen, die sie liebt. Gerade diese Stärke sorgt, gepaart mit ihren vielen anderen Qualitäten, dafür, dass Ash, der Prinz des Winterhofes, sich in sie verliebt, und Meghan erwidert diese Gefühle – auch wenn sie durch Sommer- und Winterhof verboten wurden.

Durch ihre Kindheit begleitet Meghan ihr bester Freund, der schelmische und oft geheimnisvolle Robbie Goodfell. Als ihr Bruder entführt wird, entdeckt Meghan, dass Robbie eigentlich Robin Goodfellow heißt und der berüchtigte Feentrickster Puck ist, berühmt aus Shakespeares *Sommernachtstraum.*

Als Tochter des Sommerkönigs kann Meghan auf die Magie der Sommerfeen zurückgreifen, den sogenannten Schein. Sie kann Wurzeln und Ranken herbeirufen und ihre Gegner damit fesseln. Außerdem vermag sie sogar vollkommen totem Holz noch Leben zu verleihen, und während sie vorübergehend das Jahreszeitenszepter in ihrem Besitz hat, gelingt es ihr sogar, Blitze zu erschaffen. Nachdem sie den Eisernen König zur Strecke gebracht hat, übernimmt Meghan seine Kräfte und wird zur wahren Erbin des Eisernen Throns. Zunächst bekämpfen sich die Eisen- und die Sommermagie in ihrem Inneren, wodurch ihr übel wird, wann immer sie beide getrennt voneinander einsetzen will, aber letztlich gelingt es ihr, die beiden zu verbinden. So bringt sie das Leben in das Eiserne Reich zurück und beendet seine zerstörerische Ausbreitung im Nimmernie.

Während ihrer Zeit im Nimmernie hat Meghan sich sowohl in der Sommerkönigin Titania als auch in Mab, der Herrscherin des Winterhofes, tödliche Feinde geschaffen, doch nachdem sie zunächst den Eisernen König und dann seinen illegitimen Nachfolger besiegt hat, ist sie am Ende ihrer Reise eine Königin mit eigenem Reich, deren Macht den Feen Respekt abnötigt.

Kleiner Tipp: Falls Sie sich in einer Zwangslage befinden, ist Meghan genau die Königin, die Sie um Hilfe bitten sollten. Sie steht treu zu allen, die sie liebt, und ist immer bereit, Menschen in Not zu helfen. Außerdem ist sie wohl das einzige Wesen im Feenreich, das dafür keine Gefälligkeit verlangen wird.

Ash

(der Winterprinz, Eisbubi, Sohn von Mab, Ashallayn'darkmyr Tallyn)

Prinz Ash ist der jüngste Sohn der Winterkönigin Mab. Er hat dunkle Haare, silberne Augen und ein engelsgleiches Gesicht. Niemand weiß, wer sein Vater ist, aber er hat zwei ältere Brüder, Sage und Rowan. Während seiner Kindheit am Dunklen Hof lernt Ash schnell, dass Gefühle eine Schwäche sind und gegen ihn verwendet werden können, also zwingt er sich dazu, sie auszuschalten.

Während seiner Jugendjahre ist Ash eng mit Robin Goodfellow befreundet und geht trotz der Tatsache, dass Sommer und Winter sich nicht anfreunden dürfen, oft im Wilden Wald mit ihm auf die Jagd. Doch als Puck Ashs Geliebte Ariella aus Versehen in ein Wyvernnest führt, wo sie den Tod findet, schwört Ash, Puck zu töten.

Nachdem er viele Jahre um Ariella getrauert und gegen die Dunkelheit angekämpft hat, die sich seit dem Tag ihres Todes in seinem Inneren auszubreiten droht, begegnet Ash Meghan, und während er mit ihr in das Eiserne Reich zieht, um König Machina zu besiegen, verliebt er sich nach und nach in sie. Später, nachdem er Meghan dabei geholfen hat, aus dem Winterreich zu fliehen und den Handlangern des falschen Königs das Jahreszeitenszepter abzunehmen, gesteht Ash im Beisein beider Feenhöfe seine Liebe. Da er es nicht über sich bringt, den Kontakt zu ihr abzubrechen, wählt Ash das Exil und wird aus dem Nimmernie verbannt. Wenig später wird er allerdings zurückgeholt, als Meghan zustimmt, in das Eiserne Reich zu gehen und den falschen König zu vernichten, bevor er das gesamte Nimmernie mit seiner eisernen Plage überzieht.

Ash ist ein hervorragender Kämpfer und besitzt ein eisblaues Schwert, das die Eisigen Archonten des Drachenberges für ihn geschmiedet haben. Dabei gingen sein Blut, sein Schein und ein winziger Teil seiner Selbst in das Werk mit ein, weshalb er es gar nicht gerne sieht, wenn jemand anders die Waffe berührt. Außerdem ist Ash ein Meister in der Magie des Winters, im Kampf schleudert er gerne Eissplitter auf seine Feinde. Es gelang ihm sogar, Meghan aus dem Eisblock zu befreien, in den seine Mutter sie eingeschlossen hatte.

Als Meghan Ash schließlich bittet, ihr Ritter zu werden, bedient sie sich eines uralten Rituals, das bedingungsloses Vertrauen erfordert und sein Leben untrennbar mit ihrem verknüpft. Ash leistet ohne zu zögern den Schwur und vertraut Meghan seinen wahren Namen an. Nach dem Sieg über den falschen König liegt sie sterbend im Eisernen Reich und will ihn von seinem Ritterschwur entbinden, damit er sich retten kann. Unter Zuhilfenahme seines wahren Namens befiehlt sie ihm, das Eiserne Reich zu verlassen. Noch während er geht, leistet er einen neuen Schwur: einen Weg zu finden, damit Meghan und er wieder zusammen sein können.

Mithilfe von Puck, Grimalkin und einigen überraschenden neuen Gefährten macht sich Ash auf zum Ende der Welt, wo er angeblich eine Seele erringen und menschlich werden kann, was es ihm erlauben würde, im Eisernen Reich zu leben, ohne Schaden zu nehmen. Auf dem Weg dorthin lüftet er ein Geheimnis, wodurch einiges, was er über sich selbst und seine Freundschaft zu Puck zu wissen glaubte, in ein völlig neues Licht getaucht wird. Durch echte Teamarbeit schaffen Ash und seine Freunde es bis zum Feld der Prüfungen am Ende der Welt. Dort unterzieht sich Ash den Aufgaben, die noch keine Fee jemals bewältigen konnte, erringt eine Seele und wird zu einem Mischwesen aus Fee und Mensch, sodass er in das Eiserne Reich zurückkehren und Meghan Chase heiraten kann.

Kleiner Tipp: Seit er eine Seele besitzt, zeigt Ash mehr Verständnis gegenüber dem Menschsein als früher. Solange man nicht ein alter Bekannter oder treuer Freund ist, gestaltet es sich zwar noch immer schwierig, ihn um Hilfe zu bitten, doch letztendlich nötigen ihn seine strikten Moralvorstellungen doch stets dazu, das Richtige zu tun. Es sei denn, Sie stellen in irgendeiner Art eine Bedrohung für seine Frau dar. Dann können Sie sich schon mal auf ein Leben als Tiefkühlgericht einstellen.

Puck

(Robin Goodfellow, Robbie Goodfell, der Streichekönig)

Puck ist eine Sommerfee und Diener von Sommerkönig Oberon, gleichzeitig aber auch ein ewiger Störenfried. Er hat rote Haare und grüne Augen und das Wesen eines Tricksters. Berühmt wurde er durch seine großartigen Witze, seine spektakulären Streiche und seine Vorliebe dafür, ältere, stärkere Feen zu reizen, einfach um zu sehen, wie weit er sie treiben kann.

Als Meghan Chase geboren wird, bekommt Puck den Auftrag, über sie zu wachen und dafür zu sorgen, dass sie nichts von der Feenwelt erfährt. Getarnt als Robbie Goodfell gelingt es ihm, sein Geheimnis zu wahren, bis der Eiserne König Meghans Bruder entführt und ihn durch einen Wechselbalg ersetzt. Um seiner besten Freundin zu helfen, widersetzt sich Puck den direkten Befehlen seines Königs – Puck enthüllt ihr sein wahres Wesen und führt sie ins Nimmernie.

Abgesehen von der normalen Sommermagie verfügt Puck über die Fähigkeit, sich in verschiedene Tiere zu verwandeln, unter anderem in ein Pferd und einen Raben. Außerdem kann er mithilfe von Blättern und Zweigen Klone von sich erschaffen und bewirft seine Gegner im Kampf gerne mit kleinen, pelzigen Kugeln, die sich dann als Tiere entpuppen, etwa als Bären oder Dachse.

Puck ist ein vorzüglicher Kämpfer – klein, schnell und gerissen –, doch anstelle eines Schwerts bevorzugt er zwei Dolche. Die langjährige Rivalität mit seinem ehemals besten Freund Ash führt oft zu Duellen, die er allerdings nicht sonderlich ernst nimmt. So schickt er gerne Klone ins Getümmel, die für ihn kämpfen, während er aus sicherer Entfernung sarkastische Bemerkungen macht.

Puck hat sich mindestens drei Mal seinem König widersetzt, um seiner besten Freundin Meghan zu helfen, und irgendwann gesteht er ihr seine Liebe. Als er gezwungen ist, einzusehen, dass Meghan Ash wählt, zieht sich Puck von den beiden zurück. Doch als der Ärger Meghan und Ash bis ins Exil verfolgt, kommt Puck ihnen trotz dieser schwierigen Situation zu Hilfe. Während Meghan sich auf den Kampf gegen den Falschen König vorbereitet, entdeckt sie, dass Puck ihr eine wichtige

Wahrheit in Bezug auf ihre Familie vorenthalten hat. Daran droht ihre Freundschaft zu zerbrechen. Doch am Ende versöhnen sich die beiden, und er steht ihr und Ash bei, als es darum geht, einen Weg in die Festung des falschen Königs zu finden und das Feenreich zu retten.

Nachdem Meghan die Eiserne Königin geworden ist und Ash alles daransetzt, den Weg für eine Rückkehr zu seiner Liebsten frei zu machen, schließt Puck sich dem Winterprinzen an. Als Begründung gibt er an, dass er Meghan glücklich sehen wolle, auch wenn es nicht mit ihm sei. Er begleitet Ash ans Ende der Welt und hilft ihm dabei, eine Seele zu erringen und menschlich zu werden. Dabei begraben die beiden Freunde auch ihre langjährige Rivalität.

Kleiner Tipp: Puck steht treu zu seinem Volk und noch treuer zu allen, die sich seinen Respekt verdient haben. Für seine Freunde geht er bis ans Ende der Welt und sorgt dabei auch noch für Unterhaltung. Dabei kann er mit seinen Streichen selbst die ausgeglichensten Charaktere in den Wahnsinn treiben. Er kann Ihr bester Freund oder Ihr schlimmster Feind sein. Sie sollten ihm besser nicht auf die Füße treten, es sei denn, Sie möchten in einen Igel verwandelt werden.

Grimalkin

(Grim, Cat Sidhe, Teufelskatze, Fellball)

[Falls Sie bis jetzt immer noch nicht wissen, wer ich bin, sind Sie sowieso ein hoffnungsloser Fall, Mensch.

Also schön, irgend so ein Lektor besteht darauf, detaillierte Informationen über mich einzufügen. Manchmal bange ich um die Zukunft Ihrer Art. Aber wenn Sie es denn unbedingt wissen müssen ...]

Grimalkin ist ein mysteriöser Feenkater mit langem, buschigem, grauem Fell und goldenen Augen. [Nun ja, es könnte schlimmer kommen. *Mysteriös* ist für den Anfang doch gar nicht schlecht.] Wie die meisten Katzen ist Grimalkin dermaßen selbstsicher, dass es schon an Arroganz grenzt [Sie begeben sich auf dünnes Eis, Mensch], und er verzweifelt oft an der mangelnden Intelligenz anderer. Er hat einen ausgeprägten Orientierungssinn, wobei nicht ganz klar wird, ob er sich lediglich gut an die Orte erinnert, die er schon einmal besucht hat, oder ob er das Gesuchte erschnüffeln kann. [Ihre Begriffsstutzigkeit ist frappierend. Wenn Sie die Puzzleteile zusammensetzen, begreifen Sie vielleicht, dass es durchaus ein wenig von beidem sein könnte, oder?] Außerdem brüstet er sich gerne damit, immer recht zu haben. [Wieso brüsten? Das ist eine simple Tatsache.]

Grimalkin verfügt über die Fähigkeit, schlagartig unsichtbar zu werden, die er regelmäßig einsetzt, sobald er Ärger wittert – verschwindet Grim, ist das ein sicheres Zeichen dafür, dass Gefahr droht. Sobald diese abgewendet ist, taucht er normalerweise wieder auf und wartet ungeduldig darauf, dass seine Begleiter »in die Gänge kommen«. [Die Tendenz der Menschen und liebeskranken Feen, Ewigkeiten herumzubummeln, wenn doch eindeutig Gefahr droht, werde ich wohl nie verstehen.] Fragt man ihn, wie er zu all diesen Dingen in der Lage ist, antwortet er oft einfach: »Ich bin eine Katze.« [Was eigentlich alles ist, was es über mich zu sagen gibt. Wozu diese langatmige Biografie, Mensch? Wen versuchen Sie zu beeindrucken?]

Des Weiteren zeichnet Grimalkin für die Erschaffung eines Amuletts verantwortlich, das es Winter- und Sommerfeen erlaubt, vorübergehend schadlos das Eiserne Reich zu betreten. Um diese Amulette zu produzieren, benötigt man allerdings die Essenz einer Eisernen Fee. Grimalkin verfügt über ein ziemlich mächtiges Exemplar, das die Essenz von Eisenpferd enthält, der sich selbst opferte, um Meghan Chase zu helfen. [Blicken wir nach vorn, Mensch, und lassen die Toten ruhen.]

Als Katze treibt Grimalkin eine durchaus verständliche Rivalität mit dem Wolf um, den er nur als »Köter« bezeichnet. Derartige Beleidigungen und Drohungen tauschen die beiden oft aus. [Gähn. Was müssen wir denn noch alles durchkauen? Das ist doch ein alter Hut, Mensch. Ein uralter Hut.] Manche – darunter Ash – vermuten allerdings, dass die beiden dieses Spiel regelrecht genießen, da ihre Provokationen nie Konsequenzen nach sich ziehen.

Grim hat eine Vorliebe für Gefälligkeiten und setzt seine Fähigkeit, Dinge aufzuspüren, oft dazu ein, jeder beliebigen Bekanntschaft Versprechen abzuluchsen. Er hat Meghan Chase mindestens zwei Mal in das Eiserne Reich geführt, außerdem durch die Hecke, durch die Menschenwelt und durch den Wilden Wald. Außerdem hat er Ash und Puck auf ihrer Reise ans Ende der Welt begleitet. [Also bitte, als ob diese beiden den Weg alleine überhaupt gefunden hätten!]

Bei der Begegnung mit seinem Doppelgänger, der sein wahres Wesen enthüllt, ist Grimalkin nicht sonderlich überrascht, dass sein Innerstes sich nicht wesentlich von seinem äußerlichen Auftreten unterscheidet, was darauf hinweist, dass er seine wahre Natur nicht unterdrückt. [Sind wir dann fertig? Ich sehe da einen Schmetterling ...]

Kleiner Tipp: Wenn Grimalkin Ihnen etwas mitteilt, hören Sie gut zu und tun Sie, was er sagt. Stellen Sie seine Worte nicht infrage, es sei denn, Sie möchten durch die Hand irgendeiner gefährlichen Kreatur den Tod finden oder sich als das dümmste Wesen fühlen, das jemals einen Fuß in das Feenreich gesetzt hat. Wenn Grim verschwindet, nehmen Sie die Beine in die Hand und laufen Sie so leise und schnell wie möglich davon.

Die Herrscher der Feen

Leanansidhe

(Lea, die Dunkle Muse, Königin der Exilanten, Herrscherin des Zwischenraums)

Früher einmal war Leanansidhe eines der mächtigsten Wesen des Nimmernie. Sie war die Inspiration vieler großer Künstler, darunter James Dean, Kurt Cobain und Jimi Hendrix, und half ihnen bei der Erschaffung ihrer größten Werke. Natürlich hatten ihre Gaben auch immer ihren Preis. Hin und wieder entführte sie besonders talentierte Sterbliche und behielt sie so lange bei sich, bis sie sich mit ihnen langweilte.

Angeblich verbannte Oberon Leanansidhe aus dem Nimmernie, weil sie zu mächtig wurde und zu viele sterbliche Anhänger hatte. Doch eigentlich geht ihre Verbannung auf die eifersüchtige Titania zurück. Leanansidhe schuf sich eine Residenz in Form eines Landhauses im Zwischenraum, scharte neue Verehrer um sich und krönte sich zur Königin der Exilanten, indem sie streunende Feen aufsammelte, die nirgendwo anders hinkonnten.

Leanansidhe liebt kostspielige Dinge und hat Klienten mit außergewöhnlichen Wünschen. Oft setzt sie ihre Halbblut-Anhänger als ihre »Angestellten« ein, um diese ungewöhnlichen Dinge zu beschaffen. Außerdem hat sie die Angewohnheit, männliche Musiker zu entführen und sie irgendwann in Musikinstrumente zu verwandeln. Sie nennt all diese Männer Charles, da es ihr schwerfällt, sich an ihre richtigen Namen zu erinnern. Unter anderem ist sie für die Entführung von Meghans Vater verantwortlich, auch wenn sie es auf Pucks Bitte hin tat und zu diesem Zeitpunkt nicht wusste, mit wem er verwandt war.

Leanansidhe ist unvorstellbar schön, mit lockigen, langen Haaren, die wie reinstes Kupfer schimmern. Sie ist groß, blass und gibt sich ganz als die Königin, für die sie sich hält.

Kleiner Tipp: Höchstwahrscheinlich werden Sie innerhalb kürzester Zeit Leanansidhes betörender Schönheit und ihrem umwerfenden Charme verfallen. Sollten Sie sich auf einen Handel mit ihr einlassen, ist größte Vorsicht geboten, sonst enden Sie schnell als Violine oder Konzertflügel.

Mab

(die Winterkönigin, Königin von Luft und Dunkelheit, Herrscherin der Herbstreiche)

Die Königin des Dunklen Hofes zieht alle Blicke auf sich. Ihre Haare sind so schwarz, dass sie fast schon blau wirken, und ergießen sich wie ein Wasserfall aus Tinte über ihren Rücken. Ihre Augen sind schwärzer als schwarz.

Mab ist eine grausame Herrscherin, sie zwingt ihre Söhne, um ihre Gunst zu buhlen, und setzt bei jeder Gelegenheit ihre Gefühle und Schwächen gegen sie ein. Und trotzdem ist offensichtlich, wie sehr Mab ihre Söhne liebt. Als sie Sage durch Verrat, Rowan durch Ashs Hand – aber vor allem durch seine eigene Torheit – und Ash an die Liebe verliert, ist ihre Trauer überwältigend.

Mabs Macht ist die des eisigen Winters, sie ruft Schnee, Eis und arktisch kalte Winde herbei, um jene hinzumetzeln, die ihr Missfallen erregen. Mit Vorliebe schließt sie andere in Eisblöcke ein; entweder, weil sie ihren Zorn auf sich gezogen haben, oder um sie für immer zu konservieren, damit sie ihnen nicht beim Altern zusehen muss. Die Opfer, die in Mabs Eis eingeschlossen werden, leben ewig, ringen dabei aber immer nach Luft, die niemals kommt.

Kleiner Tipp: Mab ist eine der vier mächtigsten Feen im gesamten Nimmernie. Ihr oberstes Ziel ist der Schutz des Winterreiches, und sie ist jedem wohlgesinnt, der über Informationen verfügt, welche ihrem Reich nutzen könnten. Allerdings liebt sie ihren Garten aus Eisskulpturen sehr, und ihr Dank für geleistete Dienste wird höchstwahrscheinlich darin bestehen, aus Ihnen ein neues Exponat zu machen.

Oberon

(der Erlkönig, König des Sommerhofes, Herrscher von Arkadia)

Der Lichte Herrscher Oberon ist ein großer, schlanker Mann mit silbernem Haar, das ihm bis über die Schultern reicht, und eisigen grünen Augen. Er trägt eine geweihförmige Krone und sitzt auf einem Thron, der direkt aus dem Waldboden zu wachsen scheint. Seine Macht ist so spürbar wie die Spannung eines aufziehenden Gewitters.

Als Herr über die Lichten Feen stehen Oberon die gesamten Kräfte des Sommers zur Verfügung. Er kann über Ranken und Pflanzen aller Art gebieten, Feuer und Blitze schleudern und sich in einen gewaltigen, baumgleichen Riesen verwandeln. Außerdem liegt es in seiner Macht, Robin Goodfellow in eine Gestalt seiner Wahl zu zwingen. Wenn er unzufrieden mit ihm ist, hält er ihn oft in Rabengestalt in einem Käfig gefangen.

Oberon verliebte sich in Meghans Mutter, als er sie im Park beim Malen beobachtete, und beschreibt sie als wunderschön und musisch.

Kleiner Tipp: Oberon ist das mächtigste Feenwesen von ganz Arkadia und eine der vier mächtigsten Feen des Nimmernie. Kommen Sie ihm nicht in die Quere, es sei denn, Sie heißen Puck und sind so wortgewandt, dass Sie einem Gewitter den Regen ausreden können.

Titania

(die Sommerkönigin)

Titania ist ein klassisches Beispiel für die überirdische Schönheit der Feen: gertenschlank, mit langem Haar, das zwischen Silber und Gold changiert, und funkelnden blauen Augen. Dazu kommt eine Ausstrahlung voller Arroganz und Macht.

Titania ist extrem eifersüchtig und gilt als rachsüchtig gegenüber allen, die diese Eifersucht wecken. Sie sorgte dafür, dass Leanansidhe aus dem Nimmernie verbannt wurde, weil sie es wagte, ihren Status als Königin zu bedrohen. Außerdem hatte sie es auf Meghans Stiefvater abgesehen, da sie in ihm ein Mittel sah, sich für Oberons Untreue zu rächen, ohne dabei die Frau zu verletzen, die er liebte, wodurch sie sich seinen Zorn zugezogen hätte. Bei ihrer ersten Begegnung mit Meghan versucht sie, die Tochter ihres Gatten in eine Hirschkuh zu verwandeln. Als ihr Mann schließlich eingreift und sie um das Vergnügen bringt, der verhirschten Meghan ihre Hunde auf den Hals zu hetzen, sorgt Titania dafür, dass sie in der Küche schuften muss – ganz ähnlich wie eine gewisse andere Märchenprinzessin.

Kleiner Tipp: Titania ist sowohl eifersüchtig als auch eitel. Wenn Sie ihr schmeicheln, können Sie es weit bringen. Wenn Sie ihr Missfallen erregen, gilt dasselbe, bis ihre Hunde Sie in Ihrer neuen Hasengestalt stellen und in Stücke reißen.

Die Nebenfiguren

Ariella Tularyn

(einzige Tochter des Eisherzogs vom Gläsernen Hügel, die Seherin)

Ariella ist Ashs erste große Liebe, eine unschuldige, naive Erscheinung, der er begegnet, als sie stellvertretend für ihren Vater zum ersten Mal bei Hofe erscheint. Dabei schwört er sich, sie vor dem grausamen Intrigenspiel der Höflinge zu beschützen, doch schnell verliebt sich Ash in sie und erkennt, dass sie die Einzige ist, bei der er ganz er selbst sein kann. Während einer Jagd im Wilden Wald entdeckt Ariella, dass Puck und Ash befreundet sind, doch obwohl eine solche Beziehung zwischen den verfeindeten Höfen untersagt ist, scheint sie das nicht sonderlich zu beunruhigen. Bald ist auch sie eng mit Puck befreundet, und die drei verbringen viel Zeit damit, gemeinsam im Wilden Wald auf die Jagd zu gehen. Als Pucks Risikobereitschaft die drei in ein Wyvernnest führt, stirbt Ariella, was die mörderische Rivalität zwischen Puck und dem Winterprinzen begründet.

Ohne dass irgendjemand davon weiß, wird Ariella vom Nimmernie selbst ins Leben zurückgeholt, und ihre Sehergabe wird verstärkt, so-dass sie Ash und Meghan bei ihrer schicksalhaften Aufgabe unterstützen kann, die Reiche vor dem alles verschlingenden Eisen zu retten. Mit-hilfe ihrer Hellsichtigkeit beeinflusst sie Geschehnisse wie Leanansidhes Verbannung, Pucks Ernennung zu Meghans Wächter und die erste Be-gegnung von Meghan und Grimalkin im Wilden Wald.

Als die Reise ans Ende der Welt sie wieder mit Ash und Puck zu-sammenführt, weist sie ihnen den Weg zum Feld der Prüfungen. Und nachdem Ash alle drei Aufgaben gemeistert hat, opfert Ariella sich, da-mit eine Seele für ihn erschaffen wird und er mit seiner wahren Liebe Meghan zusammen sein kann. In gewissem Sinne kann auch sie so für immer bei ihm sein.

Ethan Chase

Meghans Halbbruder Ethan, der Sohn ihrer Mutter und ihres Stiefva-ters, ist ein niedlicher Vierjähriger mit braunen Locken und großen, blauen Augen. Er hat den Blick, was bedeutet, dass er Feenwesen wahr-nehmen kann, die für die meisten Sterblichen von Natur aus unsichtbar sind. Er wird vom Eisernen König entführt und durch einen Wechsel-balg ersetzt, doch später von Meghan gerettet. Der Kleine liebt seine große Schwester über alles und begreift nicht, warum sie fortgehen und nicht wieder nach Hause zurückkommen kann. Letztendlich gibt er Ash die Schuld daran, dass sie ihn verlässt.

Ferrum

Ferrum war der Eiserne König, bevor Machina an die Macht kam – einerseits machthungrig, andererseits zerfressen von der Angst, seinen Thron zu verlieren. Seine Furcht wirkte sich schließlich zerstörerisch auf das Land aus, doch er weigerte sich, zu akzeptieren, dass er veraltet war und es Zeit wurde für einen neuen Eisernen König. Als Ferrum versuchte, seinen Ersten Leutnant Machina hinterrücks zu erdolchen, wurde er von ihm besiegt. Machina nahm seinen Platz als Herrscher ein und errang damit gemäß den Gesetzen des Eisernen Reiches auch all seine Kräfte. Doch Ferrum verging nicht einfach, sondern versteckte sich in den unterirdischen Tunneln seines ehemaligen Reiches, wo ihm nur die Elsterlinge als Untertanen blieben.

Bei Meghans erster Begegnung mit ihm ist Ferrum ein uralter Mann auf einem Thron aus Schrott. Seine Haut ist metallisch grau, seine Augen sind grün, und seine weißen Haare reichen bis auf den Boden. Bei ihrem zweiten Aufeinandertreffen trägt er voluminöse schwarze Gewänder und eine eiserne Krone auf dem Kopf. Ihn umgibt eine dunkle Aura der Macht. Ferrum hat spitze, krallenartige Finger, die er als Waffen einsetzt, und er ist unfassbar schnell. Meghan muss ihn besiegen, um das Feenreich zu retten und zur Eisernen Königin zu werden.

Glitch

Glitch war König Machinas Erster Leutnant. Er hat ein scharf geschnittenes, kantiges Gesicht und spitze Ohren, dazu wirre, schwarze Haare, die wie bei einem Punker in die Höhe ragen und von neonfarbenen, kleinen Blitzen durchzuckt werden. Er trägt gewöhnlich zerfetzte Jeans und eine mit Nieten besetzte Lederjacke. Seine besondere Fähigkeit liegt darin, schon mit der kleinsten Berührung elektrische Störungen hervorzurufen. Als Machina gestürzt wird und der falsche König seinen Platz einnimmt, zettelt Glitch eine Revolution gegen ihn an. Eigentlich will er Meghan an einem sicheren Ort verstecken, doch dann folgt er ihr und schließt sich den Armeen von Sommer und Winter an, um gegen Ferrums Streitkräfte anzutreten. Als Meghan den Eisernen Thron besteigt, wird er ihr Erster Leutnant.

Eisenpferd

(Rostbirne)

Eisenpferd ist ebenfalls einer von Machinas Leutnants. Er ist ein riesiges, schwarzes Pferd, dessen rote Augen wie Kohlen glühen und aus dessen Nüstern Dampf und Feuer aufsteigen. Sein Körper besteht aus Eisen, zwischen seinen Rippen ragen Kolben und Zahnräder hervor. Mähne und Schweif sind dicke Stahlkabel, und in seinem Bauch brennt ein großes Feuer, das durch die Ritzen an den Seiten hindurchschimmert.

Eisenpferd steht treu zum rechtmäßigen Herrscher des Eisernen Reiches. Ursprünglich ist er Meghans Feind und versucht im Auftrag von Machina, sie in seine Festung zu bringen. Nachdem Meghan Machina getötet und seine Kräfte und damit auch seinen Thron geerbt hat, sucht Eisenpferd sie auf und gibt vor, ihr bei der Suche nach dem Jahreszeitenszepter helfen zu wollen, während er ihr in Wahrheit als legitimer Herrscherin des Eisernen Reiches dient und sie beschützt.

Eisenpferd ist eine riesige, altmodische Maschine, und wenn er spricht, so tut er das stets mit dröhnend lauter Stimme. Trotz seines grimmigen Auftretens ist er sehr loyal, und am Ende opfert er sich sogar, damit Meghan ihre Feindin Virus besiegen kann. Kurz vor seinem Tod überlässt er Grimalkin seine Essenz, damit dieser ein Amulett erschaffen kann, mit dem der Feenkater durch das Eiserne Reich reisen und Meghan weiterhin beistehen kann, ohne dabei vergiftet zu werden.

Als Herr der Obsidianebenen ist Eisenpferd der Anführer eines Clans von pferdeähnlichen Eisernen Feen, die ganz ähnlich konstruiert sind wie er. Er verfügt über die Fähigkeit, sich in einen monströsen Schwarzen Mann mit glühenden roten Augen zu verwandeln.

Machina

König Machina war der wahre Eiserne König, der Nachfolger des ersten Königs Ferrum. Als Ferrum irgendwann veraltet war und sich weigerte, seinen Thron zu räumen, wurde er feindselig und paranoid, sodass Machina sich gegen ihn erhob und ihn stürzte, wodurch er seine Kräfte in sich aufnahm.

Seine große, elegante Erscheinung mit dem feinen Silberhaar und den spitzen Ohren lässt Machina kultiviert und graziös wirken, doch er verfügt auch unverkennbar über große Macht. Er trägt einen schlichten schwarzen Mantel, hat in einem Ohr einen metallenen Stecker und im anderen ein Bluetooth-Headset. Reine Energie umgibt ihn, und hin und wieder zucken elektrisch geladene Blitze durch seine schwarzen Augen. Sein Gesicht ist schön, wirkt aber arrogant mit seinen klaren Linien und scharfen Kanten, doch wenn er lächelt, erhellt das den gesamten Raum. Über seinen Schultern liegt stets ein seltsames, silbriges Cape, das sich leise bewegt, als wäre es lebendig. In Wahrheit besteht dieses Cape aus verflochtenen Silberkabeln, die sich unter anderem zu metallischen Flügeln mit rasiermesserscharfen Spitzen verformen können.

Machina entführt Meghans Bruder Ethan und ersetzt ihn durch einen Wechselbalg, um sie ins Nimmernie zu locken, wo er hofft, sie zu seiner Königin zu machen. Als Meghan ihn tötet, indem sie ihm einen Hexenholzpfeil ins Herz rammt, verwandelt er sich in eine riesige, eiserne Eiche. Durch seinen Tod übertragen sich seine Kräfte auf Meghan, und er erscheint ihr hin und wieder in ihren Träumen.

Melissa und Luke Chase

Melissa (Meghans und Ethans Mutter)
Luke (Meghans Stiefvater, Ethans Vater)

Meghans Mutter Melissa ist eine ehemalige Künstlerin, die, obwohl sie mit einem Sterblichen verheiratet war, den Verführungskünsten des Sommerkönigs erlag. Meghan wurde von Melissa und ihrem ersten Mann Paul, einem genialen Pianisten, wie eine Sterbliche aufgezogen.

Als sie sechs Jahre alt war, verschwand Paul unter mysteriösen Umständen.

Meghan konnte nicht wissen, dass Paul von Leanansidhe entführt worden war. Melissa floh daraufhin in die Sümpfe von Louisiana, wo sie Luke begegnete, einem Schweinebauern und »echten Hinterwäldler«, wie Meghan ihn beschreibt. Aufgrund ihrer Natur als halbe Fee wurde sie von Luke oft schlichtweg übersehen, und sein Hang zur Sparsamkeit war für sie höchst frustrierend. Trotzdem hat ihre Mutter sie niemals vergessen, und als sie zur Eisernen Königin wird, kehrt Meghan noch einmal nach Hause zurück, um sich von ihrer Familie zu verabschieden.

Razor

(die Kreissäge)

Der Gremlin mit den langen, dünnen Armen, den riesigen Fledermausohren und den schräg stehenden, grün leuchtenden Augen ist einer der Ersten, die erkennen, wer Meghan ist, und der versucht, ihr dabei zu helfen, ihr rechtmäßiges Erbe als Eiserne Königin anzutreten. Zunächst unterstützt er sie bei ihrer Flucht vor Glitch und den Rebellen, damit sie den Kampf mit dem falschen König aufnehmen kann. Später reist Razor nach Mag Tuiredh und schart auf Meghans Geheiß hin die Gremlins um sich, damit sie Ferrums Festung stürmen und die elektrischen Abwehrmechanismen kurzschließen können, wodurch der Vormarsch auf den Wilden Wald gestoppt wird.

Rowan

(Verräter, Mabs zweitältester Sohn)

Prinz Rowan, der Anführer der Dornengarde, ist der mittlere Sohn von Königin Mab. Die Machtspielchen der Mutter, in denen sie ihre Söhne jahrhundertelang gegeneinander ausspielte, haben Rowan zu einem von Neid zerfressenen, machthungrigen Prinzen geformt. Den tiefsten Hass hegt er dabei gegen seinen jüngeren Bruder Ash, der oft als Mabs Liebling angesehen wird.

Rowan verrät den Winterhof und tut sich mit den Eisernen Feen zusammen, da er davon überzeugt ist, gegen die Auswirkungen des Eisens immun werden zu können und so eine Überlebenschance zu haben, wenn das Nimmernie vollständig vom Eisernen Reich verschlungen wird. Doch der eiserne Ring, den er am Finger trägt, sorgt nur dafür, dass sein Körper verfault und er extrem geschwächt wird. Letztlich wird er von Ash getötet, während er versucht, den falschen König zu beschützen.

Sage

(Mabs ältester Sohn)

Prinz Sage ist nicht nur der älteste, sondern auch der größte von Mabs Söhnen. Er sieht ebenso umwerfend aus wie seine Brüder: blass mit hohen Wangenknochen und Augen, die aus grünem Eis zu bestehen scheinen. Betont werden sie von schmalen Brauen und den langen, schwarzen Haaren, die ihm sanft über den Rücken fallen. Sein ständiger Begleiter ist ein großer Wolf mit goldenen Augen.

Sage wird von Tertius getötet, als er versucht, das Jahreszeitenszepter zu verteidigen. Bei seinem Tod wird sein Körper vollständig zu Eis.

Virus

Virus ist König Machinas Zweiter Leutnant. Nachdem Meghan Machina getötet hat, schlägt sie sich auf die Seite des falschen Königs und stellt sich damit gegen Meghan und den Rest des Nimmernie. Sie hat giftgrüne Augen und Haare, die aus grünen, schwarzen und roten Kabeln und Drähten zu bestehen scheinen. Dazu trägt sie gerne blauen oder blassgrünen Lippenstift mit passendem Nagellack. Ihr bevorzugtes Outfit ist ein giftgrüner Hosenanzug mit Stilettos. Virus gebietet über Dronen – kleine, insektenartige Kreaturen, die sich in fremde Schädel bohren und ihr so die Möglichkeit geben, den jeweiligen Körper zu kontrollieren. Sie ist für die wild gewordene Chimäre auf dem Elysium am Sommerhof verantwortlich, außerdem hat sie den Plan zum Diebstahl des Jahreszeitenszepters entwickelt. Während sich das Szepter in ihrem Besitz befindet, pflanzt sie Ash eine ihrer Dronen ein und schickt ihn los, um Meghans menschliche Familie zu ermorden. Später wird sie von Ash getötet, indem er sie in zwei Hälften teilt, während sie durch Meghans Einsatz von Eisernem Schein abgelenkt ist.

Der Wolf

(der Große Böse Wolf, der älteste aller Jäger, Wolfsmännchen)

Der Wolf ist eines der ältesten, stärksten und legendärsten Feenwesen und hauptsächlich durch seine Rolle in einigen althergebrachten Märchen bekannt. Der perfekte Jäger begibt sich im Austausch gegen die richtige Art von Gefälligkeit auch manchmal auf eine Auftragsjagd. Er begegnet Meghan und Ash zum ersten Mal, als er sie auf eine Bitte von Oberon hin jagt; da dieser annimmt, dass Meghan in das Winterreich entführt wird, soll der Wolf sie vor diesem Schicksal bewahren. Später begleitet er Ash auf seiner Reise ans Ende der Welt.

Unter dem erschreckenden Äußeren des Wolfs schlägt ein treues Herz, was er unter Beweis stellt, als er sich opfert, um das Tor des Heldenparcours lange genug offen zu halten, damit es alle hindurchschaffen. Der Wolf durchstreift bevorzugt die Weiten der Großen Wildnis und bietet immer wieder an, Grimalkin zu fressen, falls der Feenkater ihm jemals die Gelegenheit dazu gibt.

Landschaftliche Eigenheiten im Nimmernie
(und darüber hinaus)

Die Welt der Feen – das Nimmernie – existiert parallel zur Menschenwelt, und die beiden beeinflussen sich gegenseitig auf eine Art und Weise, die den Menschen vielleicht gar nicht bewusst ist. Träume und Inspiration der Menschen nähren den Schein, der die eigentliche Essenz des Nimmernie bildet. Feenkriege und der Tausch des Jahreszeitenszepters prägen das Wetter und das emotionale Klima in der Welt der Menschen. Die rasante Zunahme der Technologie während der letzten Jahrhunderte ist bis in das Feenreich vorgedrungen und sorgte für den Aufstieg der Eisernen Feen – und bis eine Königin erschien, die ein Gleichgewicht zwischen dieser neuen Art von Schein und der traditionellen Feenmagie herstellte, lief das gesamte Feenreich Gefahr, dadurch vergiftet zu werden.

Sollten Sie jemals das Nimmernie besuchen, könnten Sie auf die folgenden Orte und Feen stoßen. Es ist Vorsicht geboten.

Arkadia

(der Lichte Hof, das Sommerreich)

Arkadia ist das Land des Sommers, der mächtigen Stürme und üppigen Vegetation, der natürlichen Schönheit und hitzigen Gemüter. Dieses Reich voller Musik, Festivitäten und Wärme wird von König Oberon und Königin Titania regiert und ist die Heimat aller sonnenhungrigen Feen.

Im Folgenden finden Sie den ersten Eindruck, den Meghan Chase vom Sommerhof gewann, wie er in *Plötzlich Fee – Sommernacht* beschrieben wird.

Der Zugang zu Arkadia:

Als wir die Bäume hinter uns ließen, erhob sich vor uns ein riesiger Hügel. Er ragte in seiner ganzen ewigen, grasbewachsenen Pracht vor uns auf, und sein Gipfel schien bis zum Himmel zu reichen. Überall wuchsen Dornbüsche und Brombeersträucher, besonders rund um den Gipfel, sodass das ganze Ding mich an einen großen, bärtigen Kopf erinnerte. Um den Fuß des Hügels zog sich eine dichte Hecke, deren Dornen zum Teil länger waren als mein Arm. Die Ritter trieben ihre Pferde auf den dichtesten Teil der Hecke zu. Dabei war ich nicht überrascht, als sich die Zweige vor ihnen teilten und einen Rundbogen bildeten, unter dem wir hindurchritten, bevor sie mit einem lauten Knirschen wieder in ihre alte Position zurückkehrten.

Ich war allerdings schon überrascht, als die Pferde direkt auf den Hügel zuhielten, ohne langsamer zu werden, und ich klammerte mich fest an Grimalkin, der protestierend fauchte. Der Hügel öffnete sich nicht und wich auch nicht irgendwie zur Seite aus. Wir ritten einfach *in* den Hügel hinein, was mir einen Schauer über den Rücken jagte, der sich bis in meine Zehen ausbreitete.

Der Sommerhof:

Vor mir erstreckte sich ein riesiger Hof, eine große runde Fläche mit Elfenbeinsäulen, Marmorstatuen und blühenden Bäumen. Springbrunnen schleuderten Wasserfontänen in die Luft, bunte Lichter tanzten über den Becken, und überall gab es Blumen in allen Farben des Regenbogens. Leise Musik drang an mein Ohr, eine Mischung aus Harfen und Trommeln, Geigen und Flöten, Glöckchen und Pfeifen, die irgendwie fröhlich und gleichzeitig melancholisch klang.

Der Thronsaal:

Auf der anderen Seite des Tors wuchs dichter Wald, fast als wäre die Mauer gebaut worden, um ihn zurückzudrängen. Vor mir erstreckte sich ein Tunnel mit Wänden aus blühenden Bäumen und grünen Zweigen, und der Duft der Blüten war so stark, dass ich davon leicht benebelt wurde.

Am Ende des Tunnels hing ein Vorhang aus Ranken, hinter dem sich eine große, von riesigen Bäumen umstandene Lichtung erstreckte. Die alten Stämme und verschlungenen Äste bildeten eine Art Dom – einen lebenden Palast mit dicken Säulen und einer gewölbten Decke aus Blättern. Obwohl ich wusste, dass wir uns unter der Erde befanden und draußen außerdem Nacht war, sah ich Sonnenstrahlen durch kleine Lücken im Blätterdach dringen und über den Waldboden tanzen. Glühende Lichtkugeln schwebten in der Luft, und in der Nähe plätscherte Wasser über Stufen in einen Teich. Und die Farben hier waren atemberaubend.

Auf der Lichtung waren ungefähr hundert Feen versammelt, alle in leuchtende fremdartige Stoffe gehüllt. So wie sie aussahen, schätzte ich, dass ich es hier mit den adeligen Höflingen zu tun hatte. Ihre Haare fielen in sanften Wellen über ihre Schultern oder waren zu unmöglichen Frisuren aufgetürmt. Satyrn, die man leicht an ihren zotteligen Ziegenbeinen erkennen konnte, und pelzige kleine Männchen servierten Getränke und Häppchen. Schlanke Hunde mit moosgrünem Fell schlichen herum und hofften darauf, dass ein paar Happen für sie abfallen würden. Elfenritter in silbernen Kettenhemden standen steif an den Rändern der Lichtung. Einige von ihnen hatten Falken oder sogar winzige Drachen bei sich.

In der Mitte dieser Versammlung standen zwei Throne, die direkt aus dem Waldboden gewachsen zu sein schienen und von zwei livrierten Zentauren flankiert wurden.

Eine weitere Sehenswürdigkeit in Arkadia:

Die Hecke

Die Hecke ist ein zahmer Teil des großen Gestrüpps, der sich innerhalb des Sommerhofes befindet. Im Gegensatz zum Wilden Wald ist die Hecke relativ berechenbar und bringt einen normalerweise stets an den Ort bei Hofe, den man zu erreichen wünscht.

Einige Einwohner von Arkadia:

Tansy

Während ihres Aufenthalts am Sommerhof findet Meghan in dem Satyrmädchen eine gute Freundin. Sie hat große, braune Augen und lockige Haare derselben Farbe, ist aber fast einen halben Meter kleiner als Meghan. Tansy ist etwas schreckhaft, scheint aber schließlich mit Meghan warm zu werden, führt sie in Arkadia herum und warnt sie vor den Regeln und Intrigen in der Feenwelt.

Sarah Hautschäler

Eine große, grünhäutige Trollfrau mit langen Hauern und braunen Haaren. Sie ist die Küchenchefin in Arkadia und nimmt auf Titanias Befehl hin Meghan widerwillig in ihre Dienste auf.

Dame Weberin

Die große, spinnenartige Schneiderin mit der bleichen Haut und den langen schwarzen Haaren entwarf das silberne Kleid aus Spinnenseide, das Meghan auf dem Elysium trägt.

Tir Na Nog

(der Dunkle Hof, das Winterreich)

Das Reich der Winterkönigin Mab zeigt sich Menschen gegenüber rau und gnadenlos, mit Temperaturen unter dem Gefrierpunkt, wilden Blizzards und endlosem Eis und Schnee. Die Feen, die hier leben, sind kalt und grausam und für Menschen noch tödlicher als ihre Entsprechungen im Sommerreich. Während Sommerfeen Menschen gerne als eine Art Haustier halten und gnadenlose Spielchen mit ihnen treiben, neigt eine Winterfee eher dazu, einem Menschen das Herz aus dem Leib zu reißen und es einzufrieren – natürlich nur aus Spaß. Der Rest des Körpers wird anschließend gefressen. Falls ein Mensch das Glück hat, Mabs Gunst zu erringen, friert sie ihn wahrscheinlich ein und stellt ihn als lebende Eisskulptur in ihren Figurengarten, wo er dann für alle Ewigkeit vergeblich nach Luft ringen wird.

Als Puck Meghan in *Plötzlich Fee – Sommernacht* das erste Mal ins Winterreich bringt, beschreibt er diesen Landstrich ganz treffend so:

Puck trat vor. »Ladys und Katzenwesen«, verkündete er hochtrabend und umfasste den Türknauf, »willkommen in Tir Na Nog. Land des ewigen Winters und der scheißhohen Schneewehen.«

Und das sieht Meghan, als sie das Winterreich das erste Mal betritt:

Ein Schwall eiskalter Pulverschnee strich über mein Gesicht, als er die Tür aufriss. Ich blinzelte die Eiskristalle fort, trat über die Schwelle und stand in einem gefrorenen Garten: Die Dornbüsche am Zaun waren mit Eis überzogen, und der mit Engeln verzierte Brunnen in der Mitte spuckte gefrorenes Wasser. In einiger Entfernung, hinter den kahlen Bäumen und dem dornigen Unterholz, ragte der spitze Giebel eines riesigen viktorianischen Anwesens auf. Als ich mich nach Grim und Puck umdrehte, standen sie unter einem Spalier, an dem violette Ranken mit leuchtend blauen Blüten hingen.

In *Die Reise zum Winterhof* begibt sich Meghan freiwillig als seine Gefangene mit Ash nach Tir Na Nog und erfüllt damit den Pakt, den sie in *Plötzlich Fee – Sommernacht* mit ihm geschlossen hat. Nachdem sie von einigen Winterrittern abgefangen wurden, erreichen sie zu Pferde das Winterreich, das sich Meghan so präsentiert:

Dann löste sich der Nebel für einen Moment auf und gab den Blick frei auf das Ende des Stegs, hinter dem sich nichts befand als das dunkle, trübe Wasser des Sees. Die Pferde begannen zu traben, fielen dann in Galopp und schnaubten ungeduldig, als das Ende des Stegs mit beängstigender Geschwindigkeit auf uns zuraste.

Ich schloss verzweifelt die Augen, und die Pferde sprangen.

Wir schlugen mit einem lauten Platschen auf dem Wasser auf und versanken schnell in den eisigen Tiefen. Das Pferd versuchte nicht einmal, an die Oberfläche zu schwimmen, und der Griff des Ritters war so fest, dass ich mich nicht befreien konnte. Also hielt ich die Luft an und unterdrückte die aufsteigende Panik, während wir immer tiefer in dem kalten Wasser versanken.

Mit einem ebenso lautem Platschen und Spritzen durchbrachen wir plötzlich die Wasseroberfläche und tauchten wieder auf. Keuchend rieb ich mir die Augen und sah mich um. Ich war völlig verwirrt und desorientiert und konnte mich absolut nicht daran erinnern, dass das Pferd wieder nach oben geschwommen wäre. Wo waren wir überhaupt?

Als ich wieder klar sehen konnte, stockte mir der Atem, und ich vergaß alles andere.

Vor mir lag eine riesige, unterirdische Stadt, in der Millionen winziger Lichter gelb, blau und grün funkelten wie eine dichte Sternendecke. Von der Stelle aus, an der wir im dunklen Wasser trieben, konnte ich große Steingebäude erkennen, Straßen, die sich spiralförmig einen Hügel hinaufwanden, und natürlich das Eis, das alles bedeckte. Von der Höhlendecke, die darüber liegen musste, war nichts zu sehen, und die funkelnden Lichter ließen die Stadt überirdisch strahlen.

Auf dem Gipfel eines Hügels thronte ein riesiger Eispalast und warf seinen Schatten über die Stadt, stolz zeichnete sich seine Silhouette vor der Dunkelheit ab. Ich zitterte und hörte zum ersten Mal die Stimme des Ritters hinter mir: »Willkommen in Tir Na Nog.«

In *Plötzlich Fee – Winternacht* ist Meghan Mabs Gefangene und weiß weder, wie lange sie bei ihr bleiben muss, noch, was Mab mit ihr vorhat. Dies ist ihre Beschreibung des Thronsaals, als Mab sie das erste Mal zu sich ruft:

Hier endete der Gang und weitete sich zu einem gewaltigen Raum, an dessen Decke Eiszapfen hingen wie funkelnde Kronleuchter. Irrwische und Kugeln aus Feenfeuer schwebten zwischen ihnen herum und ließen Lichtblitze über Wände und Boden zucken. Der Boden war mit Eis bedeckt und in Nebel gehüllt. Mein Atem bildete Dampfwolken, als ich den Raum betrat. Die Decke wurde von Eissäulen getragen, die wie durchsichtige Kristalle glitzerten und noch mehr zu der blendenden, verwirrenden Mischung aus Licht und Farben beitrugen. Lockende, schnelle Musik hallte durch den Raum, gespielt von einer Gruppe Menschen auf einer Bühne in einer der Ecken. Die Musiker bearbeiteten mit glasigen Augen ihre Instrumente und waren erschreckend dünn. Ihre Haare waren lang und verfilzt, als hätten sie sie seit Jahren nicht geschnitten. Und trotzdem schienen sie nicht beunruhigt oder unglücklich zu sein, sondern spielten ihre Instrumente mit zombieartigem Eifer, offensichtlich blind gegenüber ihrem nicht menschlichen Publikum.

Auf der anderen Seite des Raumes schwebte ein Thron aus Eis in der Luft, der in blendender Helligkeit erstrahlte. Und auf diesem Thron saß, mächtig und unbezwingbar wie ein Gletscher, Mab, die Königin des Dunklen Hofes.

Weitere Sehenswürdigkeiten in Tir Na Nog:

Der Gläserne Hügel

So bezeichnet man eine bergige Region des Winterreiches, die fernab vom Hofe durch den Eisherzog vom Gläsernen Hügel regiert wird. In den dortigen Bergen leben auch die tödlichen Eiswyrme.

Der Eisige Schlund

Dieser riesige Abgrund trennt den Wilden Wald vom Winterreich. Er erstreckt sich über viele Kilometer in beide Richtungen, bis er im Norden auf das Wurmzahngebirge und im Süden auf das Scherbenmeer trifft. Früher konnte man den Eisigen Schlund mithilfe einer geschwungenen Brücke aus Eis überqueren, aber die hat Prinz Ash zerstört, als ihnen der Wolf auf den Fersen war.

Das Haus der Kalten Klagen

Dieser gewaltige Landsitz ist völlig von Eis und Schnee überzogen. Seine Treppen sind spiegelglatt, die Böden erinnern an Eislaufbahnen, und die Luft im Inneren ist arktisch kalt. Bedient wird man hier von bleichen, skelettartigen Eisgnomen.

Weitere Winterregionen:

Das Scherbenmeer – Der Gefrorene Sumpf – Die Eisigen Ebenen – Gletscherbruch – Das Wurmzahngebirge

Die Bewohner des Winterreiches:

Die Dornengarde

Prinz Rowans Elitegarde, die nur seinem Befehl und dem der Königin untersteht. Gemeinsam mit ihrem Prinzen verraten die Ritter ihr eigenes Volk und schlagen sich auf die Seite der Eisernen Feen, da sie glauben, eine Immunität gegen das tödliche Metall entwickeln und so überleben zu können, wenn die Eisernen Feen das Nimmernie übernehmen. Sie tragen eiserne Ringe, die langsam ihr Fleisch verfaulen lassen, außerdem eine Rüstung, deren Dornen wie gigantische Stachelschweinborsten aussehen. Ihre Schwerter sind schwarz und mit rasiermesserscharfen Spitzen an der Klinge versehen. Wenn ein Dornengardist stirbt, verwandelt sich sein Körper in stacheliges Gestrüpp.

Tiaothin

Die Puca freundet sich mit Meghan an, als diese von Mab am Dunklen Hof gefangen gehalten wird. Bei ihrer ersten Begegnung wird Meghan gerade in der Bibliothek von einem Riesen verfolgt. Tiaothin hat Dreadlocks und gelbe Augen und kann unter anderem die Gestalt einer geschmeidigen schwarzen Katze oder einer zotteligen schwarzen Ziege annehmen. Im Gespräch wechselt Tiaothin oft vollkommen willkürlich das Thema. Sie dient Mab und den Winterprinzen als Botenjunge. Meghan hat manchmal das Gefühl, dass Tiaothin sie abschätzend mustert, und obwohl sie es ist, die Meghan bei der Leiche des ermordeten Prinzen Sage findet, hilft sie Prinz Ash dabei, Meghan aus dem Winterpalast zu befreien, indem sie die Wachen sinnlos durch die Gegend jagt. Später gibt Ash zu, dass er Tiaothin darum gebeten hatte, während ihrer Zeit am Winterhof auf Meghan aufzupassen.

Dame Liaden

Ein uraltes Feenwesen, das in einer kleinen, maroden Hütte lebt, die unter zwei modernden Bäumen in den eisigen Wäldern des Winterreiches steht. Sie trägt eine graue Robe mit Kapuze, die wie ein alter Vorhang an ihrem Körper herunterhängt. Ihre ganze Sorge gilt einem faltigen, hässlichen Baby in einer schmutzigen weißen Decke – ein grauenerregendes Kind, dessen deformierter Kopf zu groß für den Körper ist und dessen winzige, verschrumpelte Gliedmaßen wie der Rest seiner Haut auch eine ungesunde, bläuliche Färbung aufweisen. Um ihr Kind – wenn auch nur vorübergehend – wieder gesund zu machen, muss Liaden es im Blut von Menschenkindern baden.

Narissa

Ash, Meghan und Puck begegnen dieser Winterfee, als sie vom Haus der Kalten Klagen aus zu dem Steig reisen, der sie ins Voodoomuseum von New Orleans bringen soll. Dabei belauscht sie ein Gespräch, aus dem hervorgeht, dass Ash einen Pakt mit Meghan geschlossen hat, und informiert begeistert Mab und den gesamten Winterhof über seinen möglichen Verrat.

Das Eiserne Reich

(das Eiserne Königreich, der Eiserne Hof)

Als Meghan das Eiserne Reich zum ersten Mal betritt – das damals noch als das Reich des Eisernen Königs bekannt war –, findet sie eine karge Einöde vor, in der sich veraltete technische Geräte und Schrotthaufen auftürmen, während ein beißender Säureregen das Fleisch der Menschen und Feen verätzt. Der Klammergriff des Eisens vergiftet das herkömmliche Nimmernie und droht, das Gleichgewicht unter den Feen zu zerstören. Letztlich ist es Meghan, die lernt, das Alte und das Neue in Einklang zu bringen und eines durch das andere zu ergänzen, wodurch sie das gesamte Feenreich rettet und ihren Thron als Eiserne Königin besteigen kann.

Dies ist Meghans erster Eindruck des Eisenreiches, entnommen aus *Plötzlich Fee – Sommernacht*:

Vor uns erstreckte sich eine verseuchte Landschaft, öde und düster. Der Himmel darüber leuchtete in einem kränklichen gelbgrauen Schein. Das gesamte Land wurde von Schrottbergen beherrscht: Veraltete Computer, rostige Autos, Fernseher, Telefone und Radios waren zu riesigen Bergen aufgetürmt, die alles überschatteten. Einige der Berge brannten und stießen dichten, stinkenden Rauch aus. Ein heißer Wind fegte über die karge Landschaft, schob den Staub zu funkelnden Häufchen zusammen und ließ das Rad eines uralten Fahrrads rotieren, das auf einem der Schrottberge lag. Aluminiumstücke, alte Dosen und Styroporbecher rollten herum, und ein scharfer, metallischer Geruch hing in der Luft und setzte sich in meiner Kehle fest. Die Bäume waren kränkliche Dinger, verkrüppelt und verdorrt. An einigen hingen wie glitzernde Früchte Glühbirnen und Batterien.

Und so sah Meghan Machinas Turm:

Irgendwann ließen wir das Abfallgebirge hinter uns, und der Elsterling, der unsere Prozession anführte, zeigte mit dem Finger hinunter auf eine öde Ebene. Dort erstreckten sich Eisenbahngleise über ein rissiges graues Plateau, das von Lavaströmen durchzogen wurde und mit blinkenden Lichtern übersät war. Neben den Gleisen standen wuchtige Maschinen, die wie riesige Eisenkäfer wirkten, und spuckten Dampf. Und vor dem trüben Himmel ragte ein zerklüfteter schwarzer Turm auf, der in Abgase und wabernde Rauchwolken gehüllt war.

Machinas Festung.

Als Meghan in *Plötzlich Fee – Herbstnacht* sterbend am Fuß von Machinas Eiche liegt, besteht ihre letzte Tat, durch die sie schließlich geheilt und in die Eiserne Königin verwandelt wird, darin, dem Land die kombinierte Kraft von Sommer und Eisen zuzuführen. Das Ergebnis sieht dann so aus:

Farben wirbelten um mich herum, sie zeigten mir ein Land, das mir gleichzeitig vertraut und fremd vorkam. Mächtige Schrottberge beherrschten die Landschaft, doch jetzt waren sie mit Moosen und Flechten bewachsen, die sich schnell ausbreiteten und bunt blühten.

In einer riesigen Stadt aus Stein und Stahl standen sowohl eiserne Laternen als auch blühende Bäume an den Straßen, und in einem Brunnen im Zentrum sprudelte klares Wasser. Über eine mit Gras bewachsene Ebene zogen sich Eisenbahnschienen, und aus verfallenen Ruinen ragte eine riesige, silberne Eiche auf, die metallisch glänzte, aber quicklebendig war.

»Sommer und Eisen«, fuhr Machina leise fort, »miteinander verschmolzen und zu einer Einheit verbunden. Du hast das Unmögliche geschafft, Meghan Chase. Die Vergiftung des Nimmernie wurde behoben. Die Eisernen Feen haben jetzt einen Ort zum Leben, ohne den Zorn der anderen Reiche fürchten zu müssen.«

Weitere Regionen des Eisernen Reiches:

Machinas Turm

Machinas Festung ist ein zerklüfteter, schwarzer Eisenturm, umgeben von Qualm und Smogwolken, der steil in der Landschaft aufragt – groß, scharfkantig, metallisch und klar strukturiert. Im Inneren des Turms befinden sich Bollwerke, die von stacheligen Metallranken eingefasst werden, überall ragen spitze Scherben aus den Mauern, deren Sinn sich nicht wirklich erschließt. An der Mauer des Turms schraubt sich eine Wendeltreppe in die Höhe, mehrere Hundert Meter weit. An ihrem Ende befindet sich eine große Eisentür, auf der eine Krone aus Stacheldraht eingeprägt ist. Sie führt zu einem weitläufigen Garten. Er ist von glatten Eisenwänden umschlossen, aus deren Oberkante spitze Widerhaken hervorragen, während das Innere des Gartens aus Metallbäumen und gepflasterten Wegen besteht. In seiner Mitte prangt ein Springbrunnen, der aus unterschiedlich großen Zahnrädern besteht. Mithilfe dieses Brunnens lässt sich eine der Wände absenken, wodurch der riesige eiserne Thron von König Machina sichtbar wird.

Die Obsidianebenen

Eisenpferds Heimat, bevor er den Heldentod starb. Eine weitläufige schwarze Ebene aus Vulkanglas, auf der Eisenpferds Volk lebt. Im Zentrum der Ebene befindet sich das Schmelzbecken.

Das Schmelzbecken

Dieser See ist gefüllt mit brodelnder, flüssiger Lava. Dicht am Ufer ist die Luft so heiß, dass es einem die Haut abschält, außerdem riecht sie durchdringend nach Schwefel.

Die Höhlen der Elsterlinge

Das Höhlensystem der Elsterlinge zieht sich unterirdisch durch das gesamte Eiserne Reich, einige Tunnel dieses Labyrinths führen auch zu den Maschinenräumen unter Machinas schwarzer Festung. In einer gigantischen, kathedralenartigen Höhle laufen sie alle zusammen. Hier liegt haufenweise Schrott herum, mittendrin steht sogar ein Thron, der aus Müll zusammengebastelt ist. Von hier aus herrschte der ehemalige Eiserne König Ferrum bis zu Machinas Tod über die Elsterlinge.

Die Wüste der Verlorenen Dinge

Eine große Wüste voller Sanddünen. In der Wüste der Verlorenen Dinge landen alle Sachen, die in der Welt der Sterblichen verloren gehen.

Mag Tuiredh

Auch bekannt als Stadt der Fomorianer, da Mag Tuiredh einst die Heimat dieses uralten Riesengeschlechts war. Lange Zeit galt dieser Ort als böse, verflucht und voll unbekannter Monster, als einer der finstersten Orte des Nimmernie. Außerdem steht hier der Turm des Uhrmachers, wodurch die Stadt zum einzigen Ort im gesamten Nimmernie wird, an dem die Zeit gemessen wird. Alles hier hat Riesengröße, die Türen sind sechs Meter hoch, die Straßen so breit, dass ein Flugzeug darauf landen könnte, und die Stufen so hoch wie ein ausgewachsener Mensch.

Mit ihren schwarzen, qualmenden Türmen unter dem schmutzig gelben Himmel befand sich die gigantische Stadt ursprünglich halb innerhalb und halb außerhalb der Welt der Sterblichen, irgendwo in Irland. Irgendwann schluckte das Nimmernie sie dann ganz, und die Fomorianer wurden ins Meer getrieben, sodass die Stadt Tausende von Jahren verlassen war. Schließlich wurde sie vom Eisernen Reich vereinnahmt, und die Gremlins machten sie zu ihrer Heimat.

Als Meghan den Thron besteigt, baut sie Mag Tuiredh wieder auf und erklärt die Stadt zu ihrem Herrschaftssitz.

Bewohner des Eisernen Reiches:

Tertius

Der erste Eiserne Ritter diente König Machina und später dem falschen König Ferrum. Machina erschuf ihn und seine Brüder als Abbilder der Adeligen des Sommer- und des Winterreiches. Tertius ist eine exakte Kopie von Prinz Ash, mit der Ausnahme, dass seine Augen eher metallisch grau als silbern sind. Er ist verantwortlich für den Diebstahl des Jahreszeitenszepters in Tir Na Nog und für den Mord an Prinz Sage, der einen Krieg zwischen Sommer und Winter auslöst. Tertius wird von Puck erstochen, während Meghan sich dem falschen König Ferrum entgegenstellt.

Diode

Der Hackerelf ist ein schüchterner Vertreter der Eisernen Feen, der sich Glitchs Revolution gegen den falschen König anschließt. Er hat große, schwarze Augen, über deren Oberfläche ständig grüne Zahlenkolonnen laufen. Diode verfügt über umfangreiches Wissen und ist erst für Glitch, später auch für Meghan ein wichtiger Ratgeber und Assistent.

Der Uhrmacher

Der Uhrmacher ist eine sehr mysteriöse Eiserne Fee. Er residiert in einem gewaltigen Uhrenturm im Zentrum von Mag Tuiredh. Das kleine, gebückte Männchen ist nur halb so groß wie ein Mensch und trägt immer eine leuchtend rote Weste, an der mehrere Taschenuhren befestigt sind. Sein Kopf sieht aus wie eine Kreuzung aus Mensch und Maus, mit großen, runden Ohren, funkelnden Knopfaugen und einem Schnurrbart, der stark an Tasthaare erinnert. Außerdem hat er einen dünnen, mit einem Fellpuschel versehenen Schwanz und trägt eine winzige goldene Brille, die ihm immer bis ans Ende der Nase herunterrutscht.

Der Uhrmacher verfügt über die Fähigkeit, den Anfang aller Dinge zu sehen, und dazu den genauen Moment, in dem die jeweils dafür vorgesehene Zeit abläuft. Von ihm bekommt Meghan den Schlüssel, der ihr Zugang zu Ferrums eiserner Festung verschafft, zusammen mit einer Taschenuhr, die sie vor einem der Blitze schützt, die der falsche König auf sie schleudert.

Schienenstift

Das Eiserne Pferd stellt Meghan auf Wunsch des verstorbenen Eisenpferd, übermittelt von Grimalkin, seine Herde mechanischer Pferde zur Verfügung, damit sie gemeinsam mit ihren Anhängern in die letzte Schlacht gegen den falschen König ziehen kann.

Der Wilde Wald

Dieser Wald des ewigen Zwielichts ist der erste Bereich des Nimmernie, in den Meghan vordringt, als sie auf der Suche nach ihrem kleinen Bruder das Feenreich betritt. In seinen Tiefen verbergen sich viele Geheimnisse und seltene Feen, die nie ein Mensch zuvor erblickte. Im Folgenden sollen nur einige der bekannten Regionen des Wilden Waldes genannt werden.

In *Plötzlich Fee – Sommernacht* gelangt Meghan zum ersten Mal in den Wilden Wald, indem sie den Steig in Ethans Kleiderschrank benutzt. Dabei sieht sie dies:

Fahles silbriges Licht strömte in den Schrank. Die Lichtung auf der anderen Seite der Tür wurde von riesigen Bäumen umstanden, die so dick und dicht belaubt waren, dass zwischen ihren Ästen kein Himmel zu sehen war. Nebelschwaden zogen wabernd über den Boden, und der Wald war so düster und still, als wäre er in ewigem Zwielicht gefangen. Hier und da leuchteten einzelne Farbtupfer und durchbrachen das vorherrschende Grau. Ein Fleck mit Blumen, deren Blüten geradezu elektrisierend blau waren, wiegte sich sanft im Nebel. Eine Ranke wand sich um den Stamm einer sterbenden Eiche, wobei ihre langen roten Dornen in starkem Kontrast zu dem Baum standen, den sie tötete.

Eine warme Brise trug eine verwirrende Mischung von Gerüchen in den Schrank. Gerüche, die es eigentlich gar nicht zusammen an einem Ort geben sollte. Zerdrückte Blätter und Zimt, Rauch und Äpfel, frische Erde, Lavendel und der feine, durchdringende Geruch von Moder und Verwesung. Einen Moment lang nahm ich einen Hauch von Metall und Kupfer wahr, der sich über den Modergeruch legte, doch beim nächsten Atemzug war er verschwunden.

Über uns schwirrten scharenweise Insekten, und als ich genauer hinhörte, glaubte ich, Gesang zu vernehmen. Auf den ersten Blick schien der Wald völlig leblos zu sein, doch dann entdeckte ich Bewegungen in den Schatten und hörte, wie die Blätter um uns herum raschelten. Von überall her schienen mich unsichtbare Augen zu beobachten, sich in meine Haut zu bohren.

Orte, die Sie aufsuchen könnten – oder meiden sollten –, während Sie im Wilden Wald unterwegs sind:

Das Gestrüpp

Auch bekannt als die Ranken oder die Dornen. Das Gestrüpp ist eine gigantische, labyrinthartige Hecke, die sich durch das gesamte Nimmernie zieht, inklusive Winter- und Sommerreich, bis zum Ende der Welt. Es verfügt über ein sadistisch veranlagtes Bewusstsein und ist eine Macht, die weder gezähmt noch vollständig entschlüsselt werden kann.

Innerhalb des Gestrüpps befinden sich mehr Steige als irgendwo sonst im Nimmernie. Überall sind Türen verborgen, einige wechseln ständig ihre Position, andere erscheinen nur zu bestimmten Zeiten und unter bestimmten Umständen. In den Tunneln des Gestrüpps sind ständig flüsternde Stimmen zu hören, während die Wände stets in Bewegung sind und schlängelnd nach allem greifen, was sich bewegt. Tödliche Kreaturen lauern in den Schatten, Riesenspinnen, Drachen und wespenartige Feen streifen durch die Gänge. Der Große Böse Wolf behauptet ebenfalls, hin und wieder dort unterwegs zu sein.

Die Felder der Ewigen Ernte

Auf den Feldern der Ewigen Ernte werden alle größeren Kriege zwischen Sommer und Winter ausgefochten. Ein gefrorener Fluss teilt die Ebene in zwei Hälften und sie ist von den Ruinen eines gigantischen Schlosses umgeben. Auf diesem Feld riecht man quasi das Blut all der Schlachten, die hier im Laufe der Jahrhunderte geschlagen wurden.

Der Knochensumpf

Ein schlammiges, tristes Moor mit verkrüppelten grünen Bäumen, in dem es immer neblig ist. Der Knochensumpf verdankt seinen Namen den ausgebleichten Gebeinen, die überall aus seinem schlammigen Boden hervorragen. In diesem gefährlichen Teil des Wilden Waldes leben Katoblepas, Jabberwocks und einige andere Raubtiere, darunter auch die Knochenhexe.

Die Senke des Todes

Ein finsteres, von Dornenranken überwuchertes kleines Tal, dessen Boden so von Hass, Blut und Verzweiflung durchtränkt ist, dass er schwarz und giftig wurde. Früher einmal befand sich in der Senke des Todes ein Wyvernnest. An diesem dunklen, grabesstillen Ort wurde Ariella getötet, und hier legte Ash den Eid ab, Puck auszulöschen. Geziert wird dieses verfluchte Fleckchen Nimmernie von dem ausgebleichten Skelett des tödlichen Wyvern. Hier hauste Ariella, nachdem sie ins Leben zurückgeholt worden war, und wartete darauf, dass Ash sie auf seiner Seelenreise finden würde.

Der Fluss der Träume

Angeblich ist der Fluss der Träume endlos, und bisher hat auch noch niemand sein Ende gesehen, oder zumindest hat niemand überlebt, um davon berichten zu können. Er schlängelt sich durch den Wilden Wald und das Gestrüpp bis ans Ende der Welt. Befahren lässt er sich nur in eine Richtung, und will man auf ihm reisen, so ist das nur von ganz bestimmten Punkten an seinem Ufer aus möglich. Die Wasseroberfläche ist schwarz wie die Nacht und erstreckt sich bis zum Horizont. In diesem Fluss treiben die Manifestationen menschlicher Vorstellungskraft, Träume und Albträume. Das reicht von Buchseiten, Schwertern und Schmetterlingsflügeln bis hin zu den schrecklichsten, grauenerregendsten Kreaturen. Über seinen Wellen schweben Glühwürmchen und Irrwische. Der Fluss der Träume bildet die Grenze zu den bekannten Regionen des Nimmernie. Jenseits davon beginnt die Große Wildnis.

Die Große Wildnis

So bezeichnet man die weiten, unerforschten Territorien des Nimmernie, hier herrschen alte Legenden und vergessene Mythen. Selbst das Licht dringt nicht weit in die Große Wildnis vor. Angeblich hat der Große Böse Wolf hier sein Zuhause.

Phaed

Phaed ist eine Stadt in der Großen Wildnis, in die sich alte, vergessene Feenwesen zum Sterben zurückziehen. An diesem Ort gibt es weder Glauben noch Fantasie. Früher oder später endet jede Fee einmal in Phaed. Die Stadt selbst besteht aus heruntergekommenen, grauen Hütten und windschiefen Baracken, die auf Stelzen über dem sumpfigen Boden stehen. Alles in Phaed ist formlos, brüchig oder krumm, dazu ausgebleicht und farblos. Dicker Nebel hängt über der Stadt, und überall auf den Straßen liegen verlorene und anscheinend vergessene Gegenstände herum.

Der Heldenparcours

Er bildet die Grenze zwischen der Großen Wildnis und dem Ende der Welt. Wenn der Wächter vom Ende der Welt die Tore des Heldenparcours öffnet, muss der Kandidat das andere Ende erreichen, bevor sich das hintere Tor schließt, sonst sitzt er auf ewig in seinem Inneren fest und wird zum Geist.

Die Prüfungen des Heldenparcours stellen sich für jeden anders dar. Als Ash mit seinen Gefährten dort war, mussten sie sich zum Beispiel zwei bösartigen Wächterlöwen stellen, die jeweils einen halben Schlüssel um den Hals trugen, und sie durchquerten einen Korridor voller Spiegel, die sie mit den dunklen Seiten ihrer Persönlichkeit konfrontierten.

Der Knisterforst

Ein Teil des Wilden Waldes, der ganz in der Nähe des Eisernen Reiches liegt und mit Kobolden verseucht ist. Da die Koboldstämme ständig gegeneinander Krieg führen und Eindringlingen gegenüber nicht besonders freundlich sind, ist der Knisterforst definitiv ein gefährlicher Ort.

Die Knochenhexe

Die Knochenhexe lebt in einem alten, grauen Holzhaus, das am Rande eines schaumigen Teichs weit draußen im Knochensumpf steht. Es verfügt über zwei dicke, knotige Vogelbeine und wird von einem Zaun aus bleichen Knochen umgrenzt, dessen Pfähle mit polierten Schädeln gekrönt sind.

Rein äußerlich erscheint die Knochenhexe als alte Frau mit wirren weißen Haaren, einem faltigen Gesicht, durchdringenden schwarzen Augen und krummen gelben Zähnen. Die mächtige und unberechenbare Fee hat eine Abneigung gegen Puck, seit er die Beine ihres Hauses zusammengebunden hat, woraufhin es umstürzte, als sie ihn damit verfolgen wollte, um sich ihren gestohlenen Besen zurückzuholen. Trotzdem scheint Puck keine Angst vor ihr zu haben; er amüsiert sich königlich über seinen Triumph und ihre daraus resultierende Wut.

Auf seiner abenteuerlichen Reise sucht Ash die Knochenhexe auf, weil einige Legenden besagen, dass Grim hin und wieder einer Hexe Gesellschaft leistet, auf die ihre Beschreibung passt. Nachdem Ash und Puck Grim gefunden haben, gestattet sie ihnen zwar, ihr Haus zu verlassen, jagt sie dann aber bis an die Grenze des Knochensumpfes und schwört, Puck die Haut abzuziehen und sie über ihrer Tür aufzuhängen, falls sie ihn jemals wieder zu Gesicht bekommt.

Twiggs

Während ihrer ersten Nacht im Nimmernie gewährt dieser in einem Baum lebende Gnom Meghan und Puck Obdach.

Im Wilden Wald findet man die verschiedensten wilden Feen, unter anderem Kelpies, Katoblepas und Stachelwölfe, aber auch Kobolde, Drachen, Wyvern, das Einhorn und viele, viele mehr. Grimalkin ist dort ebenfalls zu Hause.

Der Zwischenraum

Den Zwischenraum kann man kaum besser beschreiben, als Puck es im Gespräch mit Leanansidhe tut, als er in *Plötzlich Fee – Winternacht* mit Meghan zum ersten Mal ihr Anwesen besucht.

»Wo sind wir, Lea?«

»Im Zwischenraum, Liebes.« Leanansidhe lehnte sich zurück und nippte an ihrem Wein. »Innerhalb des Schleiers zwischen dem Nimmernie und der Welt der Sterblichen. Das müsste dir doch inzwischen klar geworden sein.«

Jetzt schossen bei Puck beide Augenbrauen in die Höhe. »Im Zwischenraum? Der Zwischenraum ist eine große Leere, zumindest hat man mir das immer so erzählt. Wer im Zwischenraum hängen bleibt, wird normalerweise innerhalb kürzester Zeit wahnsinnig.«

»Ja, ich gebe zu, das war anfangs etwas schwierig.« Leanansidhe wedelte nachlässig mit der Hand. »Aber genug von mir, ihr Lieben. Reden wir von euch.«

Bekannte Orte im Zwischenraum:

Leanansidhes Herrenhaus

Leanansidhes Domizil ist ein traumhafter Anblick, inklusive großer Freitreppe, die sich beidseitig unter der gewölbten Decke in die Höhe schwingt, flackernden Kaminfeuern und vornehmen schwarzen Sofas. Die Hartholzböden haben einen rötlichen Schimmer, die Wände weisen schwarz-rote Muster auf, und vor den hohen Bogenfenstern sind durchscheinende schwarze Vorhänge drappiert. Fast jeder freie Fleck an den Wänden ist mit Bildern bedeckt – Ölgemälden, Aquarellen oder Schwarz-Weiß-Zeichnungen. Stets hallt Musik durch die Flure, gespielt von einem der vielen menschlichen »Lieblinge« der Hausherrin. Im großen Speisezimmer steht an der linken Wand ein langer Tisch mit Stühlen aus Glas und Holz. Er wird in seiner gesamten Länge von schwebenden Kerzenleuchtern erhellt, der Rest des Raums liegt im Dunkeln. Außerdem gibt es im Herrenhaus auch eine Bibliothek mit weichem rotem Teppichboden, einem offenen Kamin und Bücherregalen, die bis unter die Decke reichen.

Trotz allem Prunk im Inneren des Hauses sieht der Keller aus wie ein mittelalterliches Verlies – feuchte Steinwände, Fackeln an den Wänden, hölzerne Fallgitter und grinsende Wasserspeier an den Wänden prägen das Bild.

Leanansidhes Hütte

Durch eine Holztür im Keller von Leanansidhes Herrenhaus gelangt man auf eine Waldlichtung, über die ein kleiner Bach fließt. Dahinter befindet sich eine Hütte, die von Heinzelmännchen ausgestattet und in Ordnung gehalten wird. Allerdings handelt es sich bei Leanansidhes »Hütte« um eine große, zweistöckige Lodge, deren Obergeschoss sogar eine umlaufende Veranda zu bieten hat. Der vordere Teil des Gebäudes steht auf Stelzen ungefähr sechs Meter über dem Boden, wodurch man einen fantastischen Blick über die Lichtung hat. Meghan, ihre Freunde und ihr menschlicher Vater wohnen dort, während Meghan den Schwertkampf erlernt und herausfindet, wie sie den Konflikt zwischen ihrer Eisen- und ihrer Sommermagie in den Griff bekommen kann.

Bekannte Gesichter im Zwischenraum:

Kimi

Die kleine Asiatin ist zur Hälfte Mensch, zur Hälfte Puca. Sie verehrt Leanansidhe, die ihr Schutz gewährt, solange sie im Gegenzug für sie gewisse Dinge aus dem Nimmernie besorgt – oder stiehlt. Das zierliche Mädchen hat pelzige Ohren und zerzauste, schlecht geschnittene Haare; sie trägt einen schäbigen Pulli, der ihr zwei Nummern zu groß ist. Zusammen mit Nelson setzt sie ihre Fähigkeiten dazu ein, Meghan beim Einbruch in den Firmensitz von SciCorp zu helfen, wo Virus sich mit dem Jahreszeitenzepter versteckt hält. Dazu besorgt sie unter anderem Blaupausen des Gebäudes und einen Sicherheitsausweis. Am Ende übernimmt Virus mithilfe einer Drohne die Kontrolle über Kimis Körper. Nachdem sie Meghan eine Nachricht überbracht hat, wird ihr Gehirn quasi gefressen.

Nelson

Der zweite in Leanansidhes Halbblut-Klub ist zur Hälfte Troll. Er ist gebaut wie ein Footballspieler, hat schlammbraune Haare und eine Haut, die so grün ist wie das Wasser in einem Sumpf. Er hilft Meghan, bei SciCorp einzudringen, wird später aber auch von Virus' Käfern infiziert und erleidet den gleichen Hirnschaden wie Kimi.

Warren

Der Halb-Satyr gehört ebenfalls zu Leanansidhes Anhängern. Er verrät die Königin der Exilanten und Meghan, indem er sich mit dem falschen König verbündet. Zwar versucht er, Meghan zu erschießen, wird dabei aber selbst verletzt, als sie mithilfe ihrer Eisenmagie die Pistole in seiner Hand explodieren lässt. Anschließend ist er der Gnade der wenig amüsierten Leanansidhe ausgeliefert. Man vermutet, dass sie ihn zu Tode gefoltert hat, um herauszufinden, was er alles weiß.

Charles

So nennt Leanansidhe alle Männer, die sie aus der Menschenwelt entführt, da sie sich laut eigener Aussage einfach keine Namen merken kann. In der einen oder anderen Hinsicht sind sie alle Musikgenies, und wenn sie ihrer überdrüssig oder ihr Verstand zu stark angegriffen ist, neigt Leanansidhe dazu, sie in verschiedene Musikinstrumente zu verwandeln.

Der Charles, dem Meghan in Leanansidhes Herrenhaus begegnet, ist in Wahrheit Paul – der Mann, den sie früher für ihren Vater hielt und der verschwand, als sie sechs Jahre alt war. Wie sich herausstellt, hatte Leanansidhe ihn auf Pucks Wunsch hin zu sich geholt und ihm Schutz gewährt, damit er vor der eifersüchtigen Titania in Sicherheit war. Die Sommerkönigin konnte die Wut über die Untreue ihres Mannes weder an Meghan noch an ihrer Mutter auslassen, ohne dabei Oberons Zorn auf sich zu ziehen, und so wurde Paul zum nächstbesten Ziel. Zunächst tauschte Meghan ihre Erinnerungen an ihn beim Orakel ein, um einen Hinweis darauf zu bekommen, wie sie Ethan befreien kann. Später holt sie sich die Erinnerung allerdings zurück und rettet Paul nach ihrer Ernennung zur Eisernen Königin aus Leanansidhes Einflussbereich. Am Ende bringt sie ihn nach Mag Tuiredh, wo er in ihrem Palast lebt.

Rasierklingen-Dan

Er ist der Anführer von Leanansidhes Dunkerwichteln. Während der Koboldkriege suchten er und seine Gang bei ihr Zuflucht, nachdem sie sämtliche Koboldstämme des Wilden Waldes gegen sich aufgebracht hatten, indem sie an alle Seiten Informationen verkauften. Als sie sich mit Warren verbünden, begehen sie Verrat an Leanansidhe, die sie dafür allerdings nicht bestraft, da sie ja nur ihren grundlegenden Instinkten gefolgt sind.

Die Menschenwelt

Meghan wurde in der Menschenwelt geboren und hat dort bis zu ihrem sechzehnten Geburtstag gelebt. Im Folgenden werden Orte vorgestellt, die Meghan während ihrer Abenteuer rund um das Feenreich besucht. Die Menschenwelt ist – [Und wieder einmal muss ich unterbrechen, Mensch. Ihr alle lebt in der Menschenwelt. Wenn euch das bis jetzt nicht klar war und ihr nicht mehr über sie wisst, als auf diesen Seiten gesagt werden kann, besteht für eure Art nun wirklich keinerlei Hoffnung mehr. Absolut keine. Ich muss es wissen, ich bin eine Katze.]

Feentreffpunkte in der Menschenwelt:

Das Blue Chaos

Der zweistöckige Nachtklub, der mit blau-pinken Neonschildern für sich wirbt, befindet sich in Detroit im Staate Michigan. Er wird von der Fee Shard betrieben und beherbergt einen Steig ins Winterreich. Im Blue Chaos wabert Trockeneisnebel über den Boden, was ein wenig an den Wilden Wald erinnert. Pinkfarbene, blaue und goldene Scheinwerfer leuchten die Tanzfläche aus, auf der Menschen und Feen gemeinsam tanzen, wobei letztere sich an dem Schein laben, der hier in großen Mengen auftritt. Hinter einer Tür neben der Bar, deren Schild jedem außer dem Personal den Zutritt verbietet, befindet sich die Kellertreppe, an deren Ende der Steig von einem Oger bewacht wird.

Die Stadt der Toten

Gemeint ist hier der Friedhof von New Orleans. Jede Menge Gruften, Gräber und Mausoleen sind entlang der engen Pfade aufgereiht, einige davon geschmückt mit Blumen, Kerzen oder Gedenktafeln, andere uralt, verfallen und vergessen. Manche dieser Grabstätten sehen aus wie kleine Häuser oder sogar wie winzige Kathedralen mit Türmchen und steinernen Kreuzen. Auf einigen Dächern findet man Statuen von Engeln oder weinenden Frauen.

In der Totenstadt gibt es sowohl Banshees als auch einen wilden und extrem wachsamen Grimm. Außerdem beherbergt sie die letzte Ruhestätte eines Kleinods, zumindest bis Meghan und Ash es stehlen, um damit von der alten Anna, dem Orakel, Meghans Erinnerungen zurückzukaufen.

Rudys Pfandleihe

Auch dieser Laden dient den Feen hauptsächlich als Tarnung für einen Steig ins Nimmernie. Inhaber Rudy ist ein halber Satyr, doch im Inneren des Geschäfts sieht es aus wie in einer normalen Pfandleihe: Staubige Regale, vollgestopft mit alten Fernsehern, Videospielen und Schmuck. An einer Wand sind mehrere Waffen ausgestellt, die durch einen hohen Verkaufstresen und eine blinkende Überwachungskamera geschützt sind. Im Hinterzimmer versteckt Rudy allerdings eine wahre Fundgrube an Feenartikeln, die er ebenfalls verkauft, darunter Affenpfoten, Hydragift, Basiliskeneier, glühende Zaubertränke und magische Bücher.

Der Dungeon

Auch in diesem Nachtklub im French Quarter von New Orleans befindet sich ein Steig ins Nimmernie. Auf dem Schild über einem breiten, dunklen Torbogen steht *Ye Olde Original Dungeon* geschrieben, außerdem gibt es rote Farbspritzer auf dem Bogen, die wohl Blutflecken darstellen sollen. Geht man hindurch, gelangt man in eine enge Gasse, die zu einem Innenhof führt. Vor dem anschließenden Gebäude verläuft eine Art Burggraben, der von einem kümmerlichen Wasserfall gespeist wird. Über eine Holzbrücke erreicht man schließlich den in dunklem Rot gehaltenen Klub, in dem sich ein eher makaber anmutendes Publikum versammelt. Ziegelmauern, gedimmte Lampen, die alles in rötliches Licht tauchen, über der Bar hängen Monsterköpfe mit gebleckten Zähnen an der Wand: Der Dungeon gilt als Gebiet der Dunklen, und dementsprechend rabiat sind die Feen und Menschen, die man hier antrifft. Ash erzählt Meghan, dass sich im Obergeschoss nicht nur Schädel und Käfige befinden, sondern tatsächlich auch eine Tanzfläche.

Im hinteren Teil des Barraums befinden sich deckenhohe Bücherregale. Hinter einem von ihnen verbirgt sich je nach dem entweder eine Toilette oder ein Steig in den Teil des Wilden Waldes, der an das Winterreich grenzt.

Feen, die Ihnen in der Menschenwelt begegnen könnten:

Die Älteste der Dryaden

Sie lebt im Stadtpark von New Orleans, wo sie gemeinsam mit ihrer Sippe über die Bäume wacht. Die Älteste der Dryaden beschließt, ihre Eiche – und damit ihr Leben – zu opfern, um aus dem Herz ihres Baumes einen Hexenholzpfeil zu erschaffen, da sie hofft, dass Meghan damit den Eisernen König töten kann.

Das Orakel (die alte Anna)

Eine bis zum Skelett abgemagerte Frau, die nach Staub, Moder und alten Zeitungen riecht. Ihre Haare sind völlig verfilzt, ihre Hände dürr wie trockene Zweige, die Augen so tief in die Höhlen eingesunken, dass sie nicht mehr zu sehen sind, und die gelblichen Zähne in dem runzligen Gesicht sind spitz wie Nadeln. Anna verfügt sowohl über die Fähigkeit, die Zukunft vorherzusehen, als auch Verlangen und Bedürfnisse zu riechen. Im Austausch gegen Meghans kostbarste Erinnerung – die an ihren Vater – beantwortet sie ihr drei Fragen und ist erst bereit, die Erinnerung wieder freizugeben, als Meghan ihr im Gegenzug ein Kleinod bringt.

Rudy

Ein pummeliger Halb-Satyr, in dessen Pfandleihe sich ein Steig ins Nimmernie befindet. Früher hat er Geschäfte mit Grimalkin gemacht und gewährt Ash, Puck und Grim Zugang zu seinem Steig, da er dem Kater noch eine Gefälligkeit schuldet.

Leuchtsame

Die winzige Blumenelfe führt Meghan und Ash zu dem in New Orleans befindlichen Zugang zum Eisernen Reich. Sie hat blaue Haut, Haare wie eine Pusteblume und hauchzarte Flügel.

Shard

Die Dunkle Fee Shard lebt in der Menschenwelt, um einen Steig ins Winterreich zu bewachen. Sie ist klein und schlank, hat blasse Haut, neonblaue Lippen und stachelige Haare, die in alle Richtungen abstehen und so blau, grün und weiß schimmern, dass sie aussehen wie Eiskristalle. Ihr bevorzugtes Outfit besteht aus engen, ledernen Hosen, einem bauchfreien Oberteil und einem Dolch am Oberschenkel. Gesicht und Ohren sind mehrfach gepierct, natürlich alles Gold und Silber, und im Bauchnabel trägt sie einen Silberstab, an dem ein winziger Drachenanhänger baumelt.

Aufgrund ihrer Arroganz wird Shard von Meghan bei einem Feenhandel übers Ohr gehauen. Als sie Meghan anschließend umbringen will, indem sie den Oger Grumly auf sie hetzt, der im Keller des Blue Chaos gefangen gehalten wird, kann Meghan ihr wieder ein Schnippchen schlagen, da sie dem Oger verspricht, ihn als Dank für seinen Schutz freizulassen.

Das Ende der Welt

Nur sehr wenige Feen haben jemals das Ende der Welt gesehen. So weit man zurückdenken kann, haben es eigentlich nur Ash und seine kühnen Begleiter bis dorthin geschafft.

Und so beschreibt Ash in *Plötzlich Fee – Frühlingsnacht* diesen Anblick:

Vor uns breitete sich die endlose Leere des Alls aus, unermesslich und zeitlos. Einzelne Sterne und Sternbilder funkelten über und unter uns, von winzigen

Lichtpunkten bis hin zu gigantischen, pulsierenden Riesen, die so hell strahlten, dass man sie kaum ansehen konnte. Kometen schossen durch den Nachthimmel, und weit, weit entfernt konnte ich den Schlund eines Schwarzen Lochs erkennen, das Milliarden von Kilometern entfernt ganze Galaxien verschlang. Riesige Felsen und Erdplatten schwebten im leeren Raum.

Zunächst dachte ich, unter uns würde ein ganzer Kontinent vorbeigleiten, da waren Seen, Bäume und sogar ein paar Häuser. Doch dann drehte sich der Kontinent, Schuppen und Zähne wurden sichtbar, und ein Leviathan von wahrhaft unermesslicher Größe glitt auf uns zu. Er schlängelte sich auf gleiche Höhe mit der Brücke, was aussah, als würde ein Berg aus Schuppen und Flossen aus dem Abgrund auftauchen. Sein helles, allsehendes Auge war so groß wie ein kleiner Mond, doch für ihn waren wir nicht größer als Insekten, wohl nicht einmal mehr als Staubmilben, zu mikroskopisch klein, als dass er uns bemerkt hätte. Auf seinem Rücken erstreckte sich eine ganze Stadt mit schimmernden weißen Türmen und einem funkelnden See. An seiner Seite schwammen andere Wesen, die lediglich so groß waren wie Wale – neben ihm wirkten sie wie kleine Fischlein. Wie gebannt starrten wir den Leviathan an, während er sich träge in der Luft drehte und schließlich in der Unendlichkeit verschwand.

Was findet man vor, wenn man das Ende der Welt erreicht?

Das Feld der Prüfungen

Das Feld der Prüfungen ist eigentlich ein gigantisches Schloss, das in der Leere am Ende der Welt schwebt. Man erreicht es über einen tückischen Strom aus Felsbrocken. Das Schloss ist düster und leer, an den Wänden sorgen zwar Fackeln und Kerzen für Licht, doch ihr Feuer ist leblos und starr. Wie die Leere, so ist auch das Schloss endlos. Wer es bis zum Feld der Prüfungen schafft, wird in einem Gästezimmer untergebracht, in dem er Essen, ein sauberes Bett und einen brennenden Kamin vorfindet. Außerdem gibt es dort viele vergessene Bücher – manche von ihnen schreien, wenn man sie aufschlägt, andere sind in Sprachen verfasst, deren reiner Anblick schon wehtut.

Es ist nicht bekannt, ob das Feld der Prüfungen sich jedem Kandidaten anders präsentiert, doch bei Ashs Besuch gab es dort einen verschneiten Garten, dessen verkrüppelte Bäume mit Eis überzogen waren und in dessen Mitte ein Springbrunnen gefrorenes Wasser spuckte. Oberhalb des Gartens spannt sich eine steinerne Brücke über die Leere bis zu einem hohen, zerklüfteten Berg, auf dessen Gipfel Ashs erste Prüfung stattfand.

Der Wächter

Der Wächter am Ende der Welt ist eine über zwei Meter große Gestalt in einer weiten Robe, deren Gesicht in einer dunklen Kapuze verborgen ist. In seiner bleichen, knochigen Hand hält er einen glänzenden Stab aus knorrigem, schwarzem Holz. Seine dröhnende Stimme dringt einem bis ins Mark und hallt in den Köpfen seiner Zuhörer wider.

Der Wächter hütet das Feld der Prüfungen und ist der Herrscher über den Heldenparcours. Er prüft Ash und befindet ihn schließlich für würdig, eine Seele zu erhalten.

Das bringt uns dann auch zum Ende dieser kleinen Tour durch das Nimmernie mit all seinen Facetten. Hoffentlich haben Sie die Reise genossen und kehren gerne zurück in die Welt der Romane von *Plötzlich Fee*.

Kass Morgan und Danielle Paige

Der Club der Rabenschwestern

Magisch, geheimnisvoll und romantisch:
Die neue Fantasy-Saga der Bestsellerautorin von *Die 100*!

978-3-453-32162-5

Leseprobe unter **www.heyne.de**

Antonia Neumayer

Zwischen Dir und der Dunkelheit

Geheimnisvoll, magisch und romantisch

Nacht für Nacht träumt Sera von der Münchner Frauenkirche – und dem schönen Elias, dessen Schicksal mit dem ihren seit Jahrhunderten verbunden ist

978-3-453-32102-1

HEYNE ‹

Bernhard Hennen

Schattenelfen – Die Blutkönigin

Gewaltig, magisch, episch: Der Auftakt
zur großen neuen Trilogie von Bestsellerautor
Bernhard Hennen

978-3-453-27332-0